廖心一 著

嘉靖皇帝全传

① 议礼·议刑

戊戌桂秋王之鍏题

金城出版社 GOLD WALL PRESS · 北京 BEIJING

图书在版编目（CIP）数据

嘉靖皇帝全传：全四册 / 廖心一著 . —北京：金城出版社有限公司，2020.9
（明史纪实小说系列）
ISBN 978-7-5155-2040-7

Ⅰ. ①嘉… Ⅱ. ①廖… Ⅲ. ①纪实小说—中国—当代
Ⅳ. ① I247.5

中国版本图书馆 CIP 数据核字（2020）第 150331 号

嘉靖皇帝全传（全四册）
JIAJING HUANGDI QUANZHUAN

作　　者　廖心一
责任编辑　王媛媛
责任印制　李仕杰
责任校对　王秋月
开　　本　710 毫米 ×1000 毫米 1/16
印　　张　170
字　　数　3024 千字
版　　次　2020 年 9 月第 1 版
印　　次　2020 年 9 月第 1 次印刷
印　　刷　天津旭丰源印刷有限公司
书　　号　ISBN 978-7-5155-2040-7
定　　价　338.00 元（全四册）

出版发行　**金城出版社有限公司**　北京市朝阳区利泽东二路 3 号　邮编：100102
发 行 部　（010）84254364
编 辑 部　（010）64210080
总 编 室　（010）88637122
网　　址　http：//www. jccb. com. cn
电子邮箱　jinchengchuban@ 163. com
法律顾问　北京市安理律师事务所（电话）18911105819

明帝世系表

名讳		庙号	谥号	陵寝	年号	在位公元纪年
朱元璋		太祖	高皇帝	孝陵	洪武	1368—1398
朱允炆	（太祖孙）		惠皇帝		建文	1399—1402
朱棣	（太祖子）	太宗（嘉靖十七年改成祖）	文皇帝	长陵	永乐	1403—1424
朱高炽	（太宗子）	仁宗	昭皇帝	献陵	洪熙	1425
朱瞻基	（仁宗子）	宣宗	章皇帝	景陵	宣德	1426—1435
朱祁镇	（宣宗子）	英宗	睿皇帝	裕陵	正统	1436—1449
朱祁钰	（宣宗子）	代宗	景皇帝	景泰陵	景泰	1450—1456
朱祁镇		英宗			天顺	1457—1464
朱见深	（英宗子）	宪宗	纯皇帝	茂陵	成化	1465—1487
朱祐樘	（宪宗子）	孝宗	敬皇帝	泰陵	弘治	1488—1505
朱厚照	（孝宗子）	武宗	毅皇帝	康陵	正德	1506—1521
朱厚熜	（宪宗孙）	世宗	肃皇帝	永陵	嘉靖	1522—1566
朱载垕	（世宗子）	穆宗	庄皇帝	昭陵	隆庆	1567—1572
朱翊钧	（穆宗子）	神宗	显皇帝	定陵	万历	1573—1620
朱常洛	（神宗子）	光宗	贞皇帝	庆陵	泰昌	1620
朱由校	（光宗子）	熹宗	哲皇帝	德陵	天启	1621—1627
朱由检	（光宗子）	思宗（后改毅宗）	烈皇帝	思陵	崇祯	1628—1644

明朝文职简表

衙门	职官	职掌	备注
内阁	殿阁大学士，预机务，称阁臣或辅臣，初加低品职衔，后均加尚书职衔	票拟圣旨，批答奏章	史称阁臣有相权而无相名
六部（吏户礼兵刑工）	长官尚书，佐官左、右侍郎，属官郎中、员外郎、主事等	分掌庶务	以上衙门长官合称七卿
都察院	长官左、右都御史，佐官左、右副都御史，左、右佥都御史；属官十三道监察御史等	纠劾百司，会审大狱重囚	
通政使司	长官通政使，佐官左、右通政，左、右参议等	进内外章疏	
大理寺	长官卿，佐官左、右少卿	审谳平反刑狱	与刑部、都察院合称三法司。以上衙门长官称大九卿
太常寺	长官卿，佐官少卿	掌祭祀礼乐等	以下至苑马寺，长官称小九卿
光禄寺	长官卿，佐官少卿	掌祭享宴劳等	
太仆寺	长官卿，佐官少卿	掌牧马政令	
詹事府	长官詹事，佐官少詹事	辅导太子	
翰林院	长官学士，佐官侍读学士、侍讲学士	掌文翰、备顾问	
鸿胪寺	长官卿，佐官左、右少卿	掌朝会等仪礼	
国子监	长官祭酒，佐官司业	掌国学训导	
尚宝司	长官卿，佐官少卿	掌宝玺等	
苑马寺	长官卿，佐官少卿	掌各监苑马政	

续表

衙门	职官	职掌	备注
六科（吏户礼兵刑工）	都给事中，左、右给事中，给事中	侍从、规谏，稽察六部	
中书科	中书舍人	掌殿阁书写事	
行人司	司正，左、右司副，行人	掌颁诏、册封等	
督抚	总督、总制、总理、巡抚，加佥都御史至尚书、都御史衔	总督军务，巡抚地方	俗称封疆
顺天府	府尹、府丞等	掌京府政令	
应天府	同上	同上	
承宣布政使司	左、右布政使，左、右参政，左、右参议	掌一省之政	与都指挥使司合称三司
提刑按察使司	按察使、副使、佥事	掌一省刑名	
府衙	知府、同知、通判等	掌一府之政	
州衙	知州、同知、判官等	掌一州之政	
县衙	知县、同丞、主簿等	掌一县之政	

明朝武职简表

- **五军都督府**（中、左、右、前、后）
  - **长官**左、右都督
  - **佐官**都督同知、都督佥事
  - **都指挥使司**——**卫指挥使司**——**千户所**——**百户所**
    - 都指挥使司：**长官**都指挥使；**佐官**都指挥同知、都指挥佥事
    - 卫指挥使司：**长官**指挥使；**佐官**指挥同知、指挥佥事；**属官**镇抚等
    - 千户所：正千户、副千户、镇抚
    - 百户所：百户
  - **京卫指挥使司**：官制如卫指挥使司，南、北两京卫共计四十八，其中三十三卫隶属都督府，余十五卫与亲军卫不隶属都督府
  - **总兵官**——**副总兵官**——**参将**
    - 游击将军守备等
    - 亲军卫指挥使

亲军卫指挥使司（司宿卫，设官同京卫，其中，锦衣卫又司缉捕、刑狱，下设南、北二镇抚司，北司专治钦定重案，即所谓诏狱。）

明朝宦官简表

<table>
<tr><th>衙门</th><th>职官</th><th>职掌</th><th colspan="2">备注</th></tr>
<tr><td>司礼监</td><td>提督、掌印、秉笔等太监</td><td>掌内外章奏，御前勘合</td><td>有内相之喻</td><td rowspan="20">司礼监——司苑局合称二十四衙门</td></tr>
<tr><td>内官监</td><td>掌印、总理、管理等太监</td><td>掌宫室、陵墓等营造</td><td rowspan="11">以上十二监</td></tr>
<tr><td>御用监</td><td>掌印、把总、掌司等太监</td><td>掌御用物什</td></tr>
<tr><td>司设监</td><td>掌印、总理、管理等太监</td><td>掌仪仗、卤簿等</td></tr>
<tr><td>御马监</td><td>掌印、监督、提督等太监</td><td>掌御马房、象房等</td></tr>
<tr><td>神宫监</td><td>掌印、佥书、掌司等太监</td><td>掌太庙洒扫、香灯等</td></tr>
<tr><td>尚膳监</td><td>掌印、提督、总理等太监</td><td>掌御膳、宫内食用等</td></tr>
<tr><td>尚宝监</td><td>掌印、佥书、掌司等太监</td><td>掌宝玺、敕符、印信等</td></tr>
<tr><td>印绶监</td><td>掌印、佥书、掌司等太监</td><td>掌铁券、诰敕、勘合等</td></tr>
<tr><td>直殿监</td><td>掌印、佥书、掌司等太监</td><td>掌各殿、廊庑扫除</td></tr>
<tr><td>尚衣监</td><td>掌印、管理、佥书等太监</td><td>掌御用冠冕、袍服等</td></tr>
<tr><td>都知监</td><td>掌印、佥书、掌司等太监</td><td>随驾前导警跸</td></tr>
<tr><td>惜薪司</td><td>掌印、总理、佥书等太监</td><td>掌薪碳之事</td><td rowspan="4">以上四司</td></tr>
<tr><td>钟鼓司</td><td>掌印、佥书、司房等太监</td><td>掌出朝钟鼓及诸内戏</td></tr>
<tr><td>宝钞司</td><td>掌印、佥书、管理等太监</td><td>掌造粗细草纸</td></tr>
<tr><td>混堂司</td><td>掌印、佥书、监工等太监</td><td>掌沐浴之事</td></tr>
<tr><td>兵仗局</td><td>掌印、提督、管理等太监</td><td>掌制造军器、火药</td><td rowspan="4"></td></tr>
<tr><td>银作局</td><td>掌印、管理、佥书等太监</td><td>掌打造金银器饰</td></tr>
<tr><td>浣衣局</td><td>掌印、佥书、监工等太监</td><td>安置老年及罢退宫女</td></tr>
<tr><td>巾帽局</td><td>掌印、管理、佥书等太监</td><td>掌内用帽靴</td></tr>
</table>

续表

衙门	职官	职掌	备注
内织染局	掌印、管理、佥书等太监	掌染造御用、内用缎匹	
针工局	掌印、管理、佥书等太监	掌造宫中衣服	
酒醋面局	掌印、管理、佥书等太监	掌造宫中食用酒醋糖酱	
司苑局	掌印、管理、佥书等太监	掌蔬菜瓜果	以上八局
东厂	掌印、掌班、领班等太监	掌刺缉刑狱之事	与锦衣卫合称厂卫
西厂	同东厂		不常设
守备	南京、天寿山守备太监嘉靖时设承天府守备太监	护卫留都及守陵	
镇守	各省各镇镇守太监		时人比之督抚
织造	提督织造太监	掌织造御用龙衣	设于南京、苏州、杭州
市舶司	提督太监	掌海外朝贡、交易	设于广东、福建、浙江

目录

① 议礼·议刑

三、争“皇”争“考”

四、百僚廷哭

五、边镇多事

② 斋醮·斋居

七、天子祭陵

八、雷坛广布

九、悲夫列祖

十、别矣国公

十一、壬寅宫变

③ 禁海·肃边

三、议复河套

四、诛杀大臣

五、二龙相克

六、京师戒严

七、弹击权相

十一、筑巢柘林

十二、议招巨枭

④ 严相·徐相

一、计吏阁臣

二、道君天子

三、浙、直初平

七、名将初起

八、大蠹终摧

九、国有良相

十、家无遗贤

① 议礼·议刑

一、龙飞兴邸

第一章

湖广有两处安陆，一处为直隶布政司的安陆州，一处为德安府的安陆县。兴王府原在安陆县，后迁至安陆州。正德元年，寿王府自四川迁置安陆县。

正德十六年三月初十日，正午时分，一名着衣半似道者、半似俗客、看不出实际年龄的男子，出湖广安陆州北门，悠闲地向郊外的山地走去。看到路旁歇脚的一大一小二人，他放慢脚步，仔细打量。年长的那汉子似乎被他看怕，低下头，不敢与他对视。年少的那孩子却很大胆，两只圆圆的眼睛盯住他看。大概是有些时辰没有进食，孩子的眼神与其说在向他打招呼，不如说在向他乞求。

他微微一笑，转到二人面前，伸出右手，抚了抚孩子的头，道："小兄弟好记性，还认得出我？"

不知真的认出，还是认出就可以有所得，孩子居然点了点头。

"老哥称得上义士，怎么就认不出故人？"这是在问年长的汉子，颇有些责备的味道。那汉子头也不抬。看来，不是认不出，而是不想认。"刘百老哥，当初请在下相帮之事也忘记不成？"神情悠闲的男子问。

汉子不能再不答腔。他站起身，抱了抱拳，说："我怎能认不出方爷！方爷的好处，小人也不敢忘。只是方爷称小人义士，小人不敢当；再者，小人也不姓刘，小人姓张。"

被称作方爷的人一愣。"你要姓张，也只好由你，"他指着孩子，问道，"这孩子，你也忍心让他姓张吗？"

话问得怪，答得也怪："我姓张，他自然也只好姓张；他不姓张，难逃一劫。"

"好，好，好，"叫过三声，方爷不忍再相逼，"这么说，是天大的干系也肯担下，不枉我赞你义士二字。不过，"他瞥孩子一眼，说，"二位的肚皮却不像老哥一样争气，我们一起去前面寻个有酒有菜有汤有饭的地方如何？”

“如此甚——”被称作姓刘，自称姓张的汉子生生把后面的“好”字吞下去。“方爷记得小人姓张，有酒有菜有汤有饭的地方也罢，无酒无菜而有汤有饭的地方也罢，哪怕是只有一碗冷水、一口冷馍的地方，小人也带这孩儿随去。方爷若一味只把小人当成刘某人，小人便是饿死，也只在此处做个孤魂野鬼。这孩儿，自然也不会离开小人半步。”

“老哥自然姓张，”方爷无奈地说，“只是老哥的名讳，我记不清，还望赐告。”

“小人贱名，单是一个礼字，仁义礼智信的礼。”汉子道。

“虽然单是一个礼字，却将五者占尽。失敬，失敬，在下好不景仰。张老哥和这位——”方爷定定神，说，“张公子请吧。”

他心里想的是另外两个字：义仆。张礼其实姓刘，正是刘养正的家人刘百。刘养正系狱中，刘百在狱外打点，在狱内服侍；刘养正死后，他又全心全意地照料在狱中的刘妻。至于刘养正的独子，他不顾王法，认作己出，使之免受囹圄之灾。对老爷如此，对夫人如此，对小主人如此，这个仆字怎么说得出口！（刘养正事迹，参阅《正德皇帝全传》第二部）

刘养正的才学，在东南数省是出了名的。他不走正路，死有余辜，但与他有些渊源的人，比如这位方爷，对他和他的家人，仍然很关切。因而，对刘百的作为也探听得清清楚楚。况且，他一向知道刘百的为人，敬重刘百的为人，难怪一口一个义士。

在路口的一间酒肆，酒食安排妥当，方爷让刘百和孩子尽管放开吃，自己则把握酒盅，趁他们嚼咽的空当，说些话。

“真是他乡遇故知啊，”方爷边感叹，边问，“张老哥怎会走到这里的？”

刘百抿一口酒，润润喉咙，说：“方爷，这话我只告诉你，别人听到也不懂。”他瞥一眼酒肆的东家和小二，见他们并未留意，才压低声音说，“我家老爷归西前对我说，他的一生，毁在大意。他观星象，见帝星现于楚、越间，这是不错的；但他把楚、越间解作南昌，却大错而特错。楚、越者，非楚即越，这次是应在楚地。老爷嘱我携带公子，来此处谋一条出路。”

“子吉先生到底是慧眼，”方爷叹道，“张老哥此时既到此地，可有所见？”

“与别处并无不同。我与公子在别处要挨饿，到此地，也是要挨饿；昨日是挨饿，今日也是挨饿。”刘百说着，想起什么，“方爷当日与老爷时时切磋，老爷看得到的东西，方爷想必也看到。倒要请方爷看在故人的份上，为我们指一指路。”

“张老哥说此时此处与别处并无不同，是忘记你家老爷的话。张老哥在城外看不清楚，进城后或许会看清楚；即便看不清楚，问也问得清楚，”方爷顿了顿，说出关键的一句话，“今日兴府世子袭封王位。”

刘百点点头，说：“此事我在途中已听说。据说这位世子尚在丧期，是老王妃恳词奏请，才得以预袭的。要说不同，老王妃一奏即准，确是个异数。”

“张老哥差矣，一奏即准，算不得异数；你家老爷所言，才真是异数。”说到此，方爷咳嗽一声，把话音压得更低，“子吉先生算准帝星曜楚，是他的慧眼。我也卜出，新天子龙飞，就在本月。”

“方爷是说——”见方爷沉稳地点着头，刘百知道不该把话讲完，“照方爷的说法，我此时把公子带到此地，便不负我家老爷的托付？方爷，我将公子交与你如何？”

方爷紧锁双眉，暗自思忖。他或是本无此意，或是原有此意，临事又改变想法，总之，不便把孩子带在身边。他缓缓言道：“当日在南昌，你家老爷待我若上宾，虽然他声称求教养生，但向我传授天文地理，我受益更深。他的后人，我理应关照。但你把公子交与我，有诸多不便。第一条，你就放心不下。你说是不是？”

刘百不用多想，便承认：“方爷说得不差，我与公子虽有主仆的名分，却情同骨肉。将他交与你，我真有些难下决心。”

“这就是了，”方爷赞许道，“其次，我虽有所见，并无根基。我求富贵，今日以为富贵在此处，则来此处；明日以为富贵在彼处，便要去彼处。我一人漂泊，没有牵挂；若携带公子，还能说走就走，说住就住吗？”刘百想插话，被他止住，“张老哥割舍得下割舍不下，还不要紧；我行动方便不方便，更不要紧。要紧的是要对公子好。我说一句不好听的话，像你家老爷和我这样，赤手空拳，博取富贵，和在枪口刀尖上混日子无甚不同；你家老爷就因走差一步，害得你们连他的姓都姓不得。张老哥，你当日一席话，犹在我耳。你说，‘我家老爷与宁藩通，异日必及大祸。而诸人不能进言，言亦不肯听。我家老爷礼敬者，无过方爷，是天以方爷开悟我家老爷。请方爷对我家老爷说一句，勿附宁藩。’可惜我清晨起身而去，对不起你家老爷和公子，更有负你的信赖。今日我要对你说一句：公子可以不走这条路，就不要让他走这条路。”

一席话说得刘百如梦惊醒，他拉住孩子的胳膊，好似怕他跑脱。

“公子还是随我，我好歹要将他抚养成人。”他说。

“公子随张老哥，我也放心。”方爷从怀里掏出两锭银子，约有二十两，另外还有些散银。他把两锭大块的银子推到刘百近前，将散银又揣进怀里。“张老哥，你带上公子，或是在此处，或是回到江西，安下身来。江西龙虎山，有我的至交，若回江西，他们定会相助。有一日我取得富贵，再把你和公子接去享受。”

刘百看着桌面，毅然收起银两。他说：“方爷，那日见你不辞而别，我真有些恼怒，也真有些看你不起。谁知方爷亦仗义念旧之人。好，你这个朋友我交定。你也不必说接我等享受富贵的话，但愿你此去平安。待我安定下来，寻个职业，好歹赚些钱，再请你一起去过平安的日子。”说着，他拉过孩子，“来，给方爷叩个头。”

孩子吃饱肚子，看到刘百揣起银子，知道以后不至于再挨饿，叩几个头，又有什么不愿意的？

第二章

兴王府世子朱厚熜不袭封，兴献王的正妃蒋氏仍是王妃。朱厚熜奉旨袭封，她就成王太妃。王太妃的身份和王妃的身份不同，问起话来，感觉大不一样，口气大不一样。

“张佐，你出出进进的，可曾听到外间有些什么议论？”她问。

“议论奴才听到不少，”张佐答道。他是眼下王府最有身份、最有脸面的承奉，知道说些什么，会让蒋氏高兴。他掰着手指诉说，诸如世子贤孝，自当早日袭封；天子准太妃的奏请，是多么大的体面。

“还有——”两个字一出口，张佐后悔莫及。

“还有什么？”蒋氏对外间的议论着实关心，张佐止住不说，她立即知道，是不好说的话，是让她不高兴的话。这更要问个明白。

张佐不敢隐瞒：“若奴才说错，乞娘娘恕罪。奴才听不止一个人议论，说殿下的王位是坐不久的。”

这话岂止难听，简直是恶毒！蒋氏的脸沉下来。

“娘娘恕罪，奴才听他们的议论，和娘娘想的不一样。”张佐叩头请罪，并笨拙地补充一句。

“和我想的不一样？”蒋氏冷笑一声。“哼，听到这样的话，我什么也没有想，我根本不会去想！那些人是怎样想的，或者，你自己是怎样想的，说与我听听吧。”

“娘娘没有想，奴才怎敢想！”张佐道。

辩要辩一句，却又不敢多辩；多辩的话，蒋氏一定要责备他油嘴滑舌。

蒋氏满脸冰霜，且听他的正经说词如何。

张佐说：“据奴才想，他们的议论并不错。他们说，帝星现于楚境，定应在殿下一身。娘娘请想，咱家殿下有了天子之份，还能兼王爷的名分，还能兼理兴府之事吗？”

“休得胡言！”蒋氏嗔是嗔，眉头却舒展开来。

其实，帝星现楚之说，怎会不传入王府！然蒋氏为人端重，非礼勿听，王府中人都不愿自讨没趣，在她面前转述市井者言。张佐不是说漏嘴，也不敢妄言其事。还好，她并未恼怒；不但并未恼怒，而且看得出，她脸上未露出高兴的样子，心里却未必不高兴。

既然说开头，张佐索性说下去："奴才不敢胡言。奴才还听人议论，咱家殿下龙飞，不出三月。"

当今圣上尚在，就大言龙飞，岂非恶咒？亏得蒋氏沉得住气，不紧不慢地说："你听到这话，一定按捺不住，王府内外到处去说吧？你那长舌妇的样子，我想也想得出来。"

张佐知道，三月龙飞绝不是儿戏的话。他郑重地说："奴才无知，事体轻重还是知道的。这话除禀告娘娘，王府内外实不敢多说一句。"

蒋氏点点头，嘱咐道："对你，我信得过。但方才的话，毛病太多，不但是不该说的，也是不该听的。你告诉王府人员，对外面的议论最好不听；若是已听，我不追究，自己却不许说一句。谁不听我的话，你要长史司写文，送去衙门里鞫问。"

"是，奴才要是听到谁再说外面的议论，先拳打脚踢一番，再送去衙门，"表白过后，张佐又神秘地说，"不出三月的说法出自何人之口，奴才也查出眉目，要不要我把那人也送去衙门？"

蒋氏没开口，脸先沉下来。她的面容，当先王在世时还算得上妩媚清秀；她的性情，当先王在世时还算得上柔弱恭顺。先王去世后，她只可用冷若冰霜四个字来形容。她的脸沉下，王府中无人不怕。张佐心里发毛，想着要坏，自己又殷勤得过分。

让他先反省片刻，蒋氏才训斥道："谁让你去查那个人！是殿下让你去查的，还是我让你去查的？还要送去衙门！衙门是你送人的地方吗？我再三叮嘱你们，和外面的衙门交涉，要找长史司，要求长史司，你们谁也不把我的话放在心上。也好，若是有个风吹草动，我先将你送去衙门！再者，外人知道你在追查那人，没人说你张三李四背着主子生事，定是说我王府有何动作！那时，你置殿下于何地，置我于何地？"

一是不准宦者与外面交涉，二是追查闲言碎语将牵累王府，蒋氏想的深远细致，说的条理分明。张佐这才懂得厉害。他躬身聆听，头也抬不起来。

"说这许多，我的意思你该听得懂吧？"蒋氏的口气又转为温和。

"奴才听得懂，"张佐说，"听殿下说，我朝律令，禁止私习天文。传言帝星之类，犯的是大忌。"

“有所领悟就好，你去吧。”蒋氏道。

打发走张佐，蒋氏拿起才绣一半的手帕，放下；拿起才读一半的书，又放下。总之，今天做什么事情都没心思。她虽严厉训斥张佐，可帝星曜楚，龙飞三月这两句话，却深深嵌入脑际，挥之不去。

“喜眉，张佐的话你听到没有？”她问。

喜眉是蒋氏的贴身女婢，总带着一脸喜气，故蒋氏为她起这个名字，取喜上眉梢之意。不可对张佐说的话，或者不愿对张佐说的话，和她说一说却无妨。

“奴婢听到。”喜眉答。

“听他的话，你有何想法？”蒋氏又问。

“奴婢一则喜不自胜，二则张承奉有所领悟之事，奴婢也有所领悟。”喜眉道。有张佐前鉴，她不敢再往深里说。

蒋氏一笑：“张佐有所悟，有所不悟，我看你也有所不悟。”

“是，奴婢不悟之处，乞娘娘开导。”喜眉说。

蒋氏说：“今上无后，说句大不恭的话，也不会有子，自然要在藩府中择人入继。这又何须那些自诩识得天文的算命先生来说！但有一条，说帝星现于楚境，咱们湖广的藩府不止一家，为什么偏偏来安陆州絮聒，你知道其中的道理吗？”

“奴婢愚钝，不知道其中的道理。”喜眉说。

“难怪你不知道，来安陆絮聒的人，也未必知道，”蒋氏说到这里，显露出极度的自信，“让我来告诉你：今上是太祖皇帝的第七代孙，是宪宗皇帝的孙儿，咱们湖广有楚府，有襄府，有荆府，有吉府，除咱们这支，哪一处当家的王爷，是太祖皇帝的第七代孙，是宪宗皇帝的孙儿？择藩入继，不是兴府龙飞，又能轮到哪一家！”

原来蒋氏不但听过帝星现楚的说法，知道有些星卜家以为龙飞者，非第二代兴王莫属；而且为第二代兴王的龙飞找到根据。喜眉大为敬服，连连说：“娘娘明鉴，娘娘明鉴！”见蒋氏还有话，她抢先说出，“娘娘这番话，奴婢是绝不会传与他人的。对张佐、阎洪等人，奴婢也一字不说。”

阎洪是兴府中另一个有身份的承奉。

第三章

杨廷和、梁储、蒋冕、毛纪四位阁臣都在，阁中却是一片沉寂。按照太医院使吴杰的说法，皇上已在弥留之际，身为辅弼之臣，现在是欲哭不能，欲哭无暇。若皇帝这十六年是规规矩矩过来的，不留下隐患，他们悲哀是悲哀，却不必忧心如焚；若储君早立，他们悲哀是悲哀，而悲哀之外，一切都可以从容去做。现在的局面，让他们感到太沉重，沉重到难以负荷。

毛纪首先坐不住。他猛然起身，一步快过一步地踱着，沉闷的脚步声敲打着其他三人的心。没有人阻止他，没有人责怪他。或因这沉闷的脚步声才使得阁中稍有生机。

与一年多以前，奉敕居守京师相比，甚至和三个月以前，奉旨赴通州相比，杨廷和的容貌苍老许多，声音苍老许多。眼下的局面，朝野都在看内阁，内阁众人都在看他，他的每一个举动，每一句言谈，每一种神情，无不影响巨大。但他觉得，现在要他振作起来，是那么艰难。他想起任次辅时，首辅李东阳往往显示出力不从心的样子。他自己现在也感到力不从心。

“介夫先生，是不是须准备遗诏？”

蒋冕一开口，梁储抬头，毛纪站定，一起看着杨廷和。

对此事，杨廷和早已熟思在胸。他缓缓地说：“不错，遗诏须拟，遗诏也不难拟。但迎取嗣君一事，我等先要计议出个章程。此事无成见，遗诏怎生去拟？”

这当然要首先计议。天下不可一日无君，现皇帝弥留，而嗣君尚未知，尚未定。好似杨廷和提一句，众人才恍悟为何今日心绪不宁。几年来，关于迎立太子，沸沸扬扬地一再有人议论，但迎取嗣君，不到今日，内阁里谁敢说一个字！

梁储马上搭话：“嗣皇帝一事，介夫兄一定思虑多时，已有成算。就请说出来，大家计较。”

随皇帝南巡一年，梁储的精力耗费殆尽。告老还乡的念头，他早就产生，现在求去之心尤其迫切。但他知道，他一时还无法走；不迎来新天子，他向谁告请致仕！

“也不须思虑多时。”杨廷和道。若思虑多时，是早知皇帝不治。这四个字，只可存之于心，不可宣之于口。所以，他先要委婉地一卸，然后从容地说：“我朝祖训在，嗣皇帝不难确定。”

“介夫先生是说，兄终弟及？”蒋冕似问似言。并非他思路特别敏捷，朝廷大臣谁会不知“兄终弟及”的祖训？但须得杨廷和起个头，别人才好说话。

梁储随即说道：“那么，迎取兴王是正解。”

毛纪自然呼应。他回到座位，侃侃而言：“兄终弟及，不但是我朝的祖制，也合圣人之道。当初有人欲迎立宁藩世子为太子，而宁庶人乃皇上的叔祖；有人欲迎立内江王为太子，而内江王不过是天潢旁支。立国为私，何其荒诞！其人遭天谴，不亦宜乎！介夫先生出此一议，实乃国家之大幸，社稷之大幸，孝宗皇帝可以瞑目矣，吾皇万岁可以含笑矣。”

话又说过头，他忙止住。

“各位老先生看，遗诏中用这几句话可使得？”蒋冕把话岔开，竟拟起遗诏。“兴王厚熜乃朕皇考亲弟之长子，年已长成，贤明仁孝，伦序当立。已遵兄终弟及之祖训，告于宗庙，请于慈寿皇太后，即日遣官迎取来京，嗣皇帝位。”

“极佳！”梁储赞道，“我看竟不用改一字。”

“敬之兄不但将遗诏的架子搭起来，且毛羽丰满，有血有肉。”毛纪也乐得奉承一句。

“叔厚先生是前辈，一贯奖掖后进；维之兄，你怎么也要我难堪！”蒋冕的嘴一努，说，“二位都说可用，介夫先生却不以为可用。”

杨廷和笑笑，说：“敬之先生所拟，内容文字俱佳，只是称谓还要斟酌。兴王不如改为兴献王长子。这一改动，二之先生以为如何？”

蒋冕字敬之，毛纪字维之，同科进士，同在内阁，人以“二之”先生呼之。二人面面相觑，看得出，是不以为然；不以为然，又不便批驳。

梁储却可以驳之：“介夫兄，兴王袭封的诏书是五天前才颁下的，难道忘记不成？”

“准不准兴王妃所请，五天前，我等在此处一起议定，怎会忘！”杨廷和慢声应道，“但，这于改动有碍吗？”

“自是有些妨碍，”梁储道，“前旨既下，似不宜再称世子。”

“二位也是这么想吗？”杨廷和转问蒋冕、毛纪。

二人答道：“是，我等与叔厚先生所见相同。”

“这倒不可不辩一辩，”杨廷和说，“诸位的意思，既已袭封，不宜再称世子。我却以为：若未袭封，径自称王，是僭越；袭封王位，再称世子，未见得就是亵旨。对王府而言，今日兴王自是亲王；对先兴王而言，今日兴王仍可称一声世子。我的意思不知说清楚没有？”

杨廷和长于经济之才，是李东阳的评语，蒋冕、毛纪辈皆认同。他从正面阐述时，二人常叹，不如他想得深远，想得细致；他旁敲侧击谈论一个问题时，却使二人摸不着头绪。

毛纪揖道：“今日兴王仍可称兴献王世子，介夫先生所言极是。但可称兴献王世子，不是必称兴献王世子。介夫先生既曰斟酌，就不是可称，而是必称。其中定有深意，还请赐教。”

杨廷和微微颔首，表示这话点到要害。他又说深一层：“既曰斟酌，所须斟酌者，不在可称必称，而在有利无利。遗诏中称兴王也是可以的。称迎取兴王，则一味是继统。维之先生不妨想一想，将迎取兴王改为迎取兴献王世子，有何意味。”

“入继者不但继统，而且继嗣？”蒋冕首先听懂杨廷和的用意。

“正是，”杨廷和点头，“继统、继嗣二者，必须兼顾，且以继嗣为第一义。我等受孝宗敬皇帝和今上不世之恩，怎忍心敬皇帝的血脉就此中止？叔厚兄，敬之先生，维之先生，”他郑重地一一呼过。“兴献王世子入继，是不可变更之局；然继统，抑或继嗣，则在两可之间。迎取兴献王世子，固因其为敬皇帝和今上最近一支，亦因其继嗣最为妥当。我誓争敬皇帝血脉不断，并愿以此与诸公共勉。”

继统，指即皇帝大位。继嗣，则不是简单地即皇帝大位，而是以先皇帝子嗣的身份即皇帝大位。当然，先皇帝非指尚在弥留之际的今皇帝，而是指孝宗皇帝。蒋冕拟的遗诏，“伦序当立”“兄终弟及”等等，可以指继统，也可以指继嗣，并不明确。按照现在的局面，只好这样来写。但称谓不同，对继嗣之说能否成立，关系甚大。若以藩王入继，肯定是继统；而以藩王世子入继，好比是数年来臣子们议论的，于藩府中择迎贤者，入宫教养，以为储君，则便于作继嗣的文章。

其他人没有想到这一层，或者没有过多过深地想到这一层，杨廷和却想到；不但想到，而且无所顾忌地在阁中讲出来。他相信，内阁诸人都出身翰林，受孝宗、武宗两朝厚恩，和他的想法绝无二致。

果然，毛纪神情肃然地说：“想得深刻，公之所争，即某之所争。”

梁储和蒋冕没有附和，但看得出，毛纪道出他等心声。

杨廷和向三人环作一揖，说：“诸位抱定宗旨，实乃国家之大幸，社稷之大幸。”

这一番谈话，不但确定遗诏的写法，也确定继嗣的宗旨，每个人都恨不能出一口长气，甚而呼啸一声。而碍于内阁体貌，每个人都没有大的动作，大的声息。

蒋冕想到一件事，觉得需要议一议。他问：“迎取兴王是件大事，主张继嗣更是件大事。介夫先生，要不要和外面打个招呼？”

外面首先是指六部和都察院。想一想，本朝尚无相同的故事。皇帝不知哪一刻就会宾天，他的提醒可谓十分及时。

杨廷和有他的考虑，他沉稳地说，“内阁的主张，也仅是内阁的主张而已。若是太后不准，或是太后另有主张，内阁的主张就不必公之于众。若是太后别无主张，只要颁下懿旨，外面不就知道？我们把握不定，有必要和外面商议；我们把握得定，迎取事大，则不必与外面商议。倒是另有一事，或许要和王德华议一议。”

“介夫先生见教的是。”蒋冕本来也不是非和外面商议不可，听了杨廷和的剖析，自然折服。

王琼在去年年尾的最后一两天里，改吏部尚书，杨廷和说和他议事，可以泛指和外朝议事，也可以单指和他个人议事。在毛纪听来，杨廷和是单指和王琼个人议事。他敏感地问：“介夫先生可是要和王德华议镇国府的事？我看，找王德华，不如找王维纲。”

王琼改吏部，兵部尚书由本部左侍郎王宪升任。王宪字维纲，山东东平人，弘治三年进士。毛纪提到他，不仅因为他是现任的兵部尚书，处置武臣的事情，应该找他；而且因为王琼和梁储积怨甚深，对内阁几名大学士也是不阴不阳的态度，杨廷和找他，有失体面。

“王维纲要找，王德华也要找，而且要先找。”杨廷和答道，“朝廷大臣中，他是拿得出主意的人。”

第四章

王琼应该说再无其他奢求。由户部尚书改任兵部，他得到一次满足；由兵部改吏部，他再次得到满足，而且是更大的满足。他有没有别的心思呢？他不说，同年或同僚都不好猜测。他很自如很镇定地每天去吏部办事；在左顺门会议时，他一如既往地对梁储采取极为敌视的态度，对其他阁臣抱着疏而远之的态度。（王琼和梁储的恩怨，参阅《正德皇帝全传》第二部）

杨廷和造访，使他吃惊，又使他感动。

他迎出衙门，有些不自在地说："吏部衙门不是接待介夫先生之处，介夫先生若有吩咐，何不着人来东华门外唤取？"

"吏部衙门不肯接待我等，其他衙门唯吏部是瞻，谁还肯接待？"杨廷和说着，指指衙门内，"德华先生逐客，也应先让客人入内才是。欲与德华先生晤谈，来的可是很唐突。"

王琼笑了笑，往里肃让："介夫先生，请。"

二人坐定，说一阵闲话。

以现在的局势，杨廷和访吏部，该是有备而来。他却迟迟不说正事，让王琼揣摩不透。更有怪者，一阵闲话后，杨廷和咳嗽一声，王琼以为他要说正事，他却起身告辞。

"介夫先生不是为说闲话而来，闲话尚未说到精彩处，便要起驾，是不是太不把主人放在眼里！"王琼不卑不亢地说一句。

杨廷和不是真的要走，王琼一开口，他马上站立不动，回敬一句："德华先生既然知道我不为闲话而来，却不肯下问，也不是地主之道吧？"

"介夫先生编派我的不是，自然是我的不是，"王琼道，并问，"敢问介夫先生，枉顾敝衙，有所示教乎？"

"欲求教，"杨廷和恳切地说，"或告，今日之事当问兵部。某窃思，今日之事仍该问德华先生。一则，三个月前，德华先生长兵部，区区三个月，会变到哪里去？

二则，德华先生长兵部，观形势洞若观火；长吏部，观形势更加高屋建瓴，拿得出主意。”

“介夫先生谬奖，愧不敢当。”王琼道。他做个手势，杨廷和重又坐下。衙门里的人进来换过茶水，王琼挥挥手，命他们回避。他压低声音说：“有人食朝廷俸禄，而不忧朝廷之事，我知道，介夫先生不是这等人。”杨廷和欲言，被他拦住，“介夫先生，且听我把话说完。你是在为西城的镇国府发愁吧？此事兵部自当过问，而朝中大臣谁又可以不过问？介夫先生身近九重，不也在奔走吗？”

“说得好！”杨廷和赞道，“朝中大臣都该过问，然过问而无处置之方，不如不过问。能开出处置之方者，朝中朝外，寥寥数人而已。德华先生，我以为，能开出处置之方者，你是第一人。我今日避过外人耳目，无声无息而来，一定要讨教明白，方肯离去。”

“不敢。安邦定国，下官愿听老先生吩咐。”王琼嘴上说不敢，听他的口气，分明第一人非他莫属。

杨廷和不计较他的狂妄，态度更加恳切：“德华先生，国家哀丧，恐怕就在今、明两日。储位未定，西城镇国府兵众将广，此二事皆堪忧。储位之定，我等身为臣子，谁敢置喙？我想，只要那边不出乱子，凡事尽可从容。防范重于一切，此事须德华先生拿个主意。”

几句话说得巧妙，既把王琼捧作国家栋梁，使他不能不竭其才智，与江彬之辈斗法，又不让他议论储位之事。

王琼被他扼住，认真作起兵众将广的文章：“介夫先生说，那边兵众将广，诚有见地，诚须防范。然兵众和将广仍是二事。在我看来，边将虽多，但出于多门，肯为其人效死力者，不过李宗等一二人而已，一侯、伯制之足矣，不劳介夫先生和阁中诸老伤神。倒是兵众，皇上明令由其统辖，闹起事来，难以驾驭，须得有所处置。”

“德华先生道的极是，解的极佳，”杨廷和喝彩，“我等的心病，被一侯、伯除却一半；另一半，还望赐以良药。”

王琼微微一笑，他既然想到处置边兵是要点，自然开得出处置边兵的方子：“有一处地方，昔日边兵大集，人皆以为可忧；今日挥之而去，却是排忧解难的好去处。”

“你是说通州？”杨廷和听明白后，先点点头，继而摇摇头。昔日皇帝在通州，大兵集结，以边兵为主，自是可忧。今日皇帝在京城，将边兵驱至通州，不再有顾忌。王琼所指，定是通州无疑。但驱边兵至通州，谈何容易！

“介夫先生以为通州去不得吗？”王琼问道。

“通州自是边兵的好去处，”杨廷和皱着眉头说，“可通州虽然近在咫尺，却讲不出道理，让他等甘心而去。”

王琼极是自负：“道理在于讲，只要愿讲肯讲，怎会讲不出？讲出道理，他等不但甘心而去，且会欢腾雀跃而去。”

杨廷和起身，深作一揖，说：“这个道理，正要请教。”

王琼说：“传旨要他等去通州听赏，他等岂不欢腾雀跃而去？”

一句话里有两个要点：一者传旨，乃迫其行；一者听赏，乃诱其行。

杨廷和若有所思地说：“圣上在京师，却要他等去通州听赏。好，果然是好主意。”

王琼知道他已听明白，反问：“好在哪里，倒要向介夫先生请教。”

杨廷和逐渐恢复往日的镇定和潇洒，侃侃言道：“德华先生的主意，好就好在模糊二字上。我只在实字上打转，虽知可以将他等遣出京城，却苦于说不清楚道理。譬如要他等去通州听赏，为何去通州听赏，而不在京城听赏？德华先生模糊而言之，我才恍悟，有些道理，根本不需要说清楚。圣上要他等去通州听赏，就算是恍惚中说的，他等怎敢不去！他等不去，便是抗旨。好，果然是好主意！”

“此计可行，却也要担些干系。”王琼在一旁提醒。

“你是说旨从何来？”杨廷和很快作出决断，“请太后懿旨如何？”

现在讨圣旨，明摆着是利用皇帝的昏迷，不如干脆讨懿旨。

“既请懿旨，何不顺及储君事？”王琼道。

杨廷和正色说：“德华先生，此事当由圣上定夺、由太后定夺，岂容臣子置喙！”

第五章

三月十八日，平虏伯江彬在府邸坐立不安。大行皇帝是十三日宾天的，这五天里，他比任何人都沮丧、惶惧。他从来没有认真地和文职官员打过交道；满朝勋戚在他眼里，尽是纨绔子弟，不值得交往；各监司的公公，不阴不阳，相互托请可以，引为知己，引为兄弟，太给祖宗丢人。细想一想，真正喜欢他的人只有大行皇帝。大行皇帝自称威武大将军；是独一无二的；封他威武副将军，也是独一无二的。大行皇帝在一日，他的崇高地位在一日；大行皇帝不在，不必别人算计，他自己就六神无主，萎葸不振，如丧家之犬。

"大哥！"李宗的声音凄凉悲切，不复激烈，"前者小弟之议，大哥不听也罢；今日万望听小弟一句话：坤宁宫去不得！"

所谓前者之议，是劝江彬趁大行皇帝弥留之际造反。李宗分析：以江彬所握边军，驱逐京军，要挟朝廷，大事一举可定。即或谋事不成，率众突出，联结北虏，亦是一方之王。不论成败，都强过担惊受怕，苦挨时日。

江彬并非完全不动心。但一来以现在的地位，塞外称王实不甘心；二来念及大行皇帝的恩情，只要大行皇帝一息尚存，就难下决心。甚至大太监张永传旨，令各支边军分赴通州听赏，显见居心叵测，他也不肯采取行动。一来二去，错过时机，使得李宗禁不住扼腕长叹。

李宗说的坤宁宫之行，是司礼太监温祥传太后懿旨，称坤宁宫安兽吻，命江彬前去行礼。传懿旨后，江彬拉住温祥叙话，温祥抱拳躬身，说还要去工部办事，道声"得罪"，迈着碎步疾去。

江彬的亲信将领议论纷纷，或言坤宁宫可去，或言坤宁宫不可去；或言坤宁宫须去，或言坤宁宫不须去。李宗力言坤宁宫不须去，且不可去。众人散去，他一人留下，仍然在说。

江彬心乱神迷，不知所从。"皇上灵驾还停在宫中，他们就敢加害威武副将军不成？"他自语道。这正是他内心深处解不开的情结。

李宗苦口婆心地劝道：“大哥，除皇上和小弟等人，谁还把你看成威武副将军？且不说大哥的威武副将军，皇上的威武大将军又有谁真正认可？若有一人看重威武副将军，九门防守能不交与大哥？”

一连串的发问，令江彬更加举棋不定。大行皇帝宾天的当日，传遗旨，令太监张永、武定侯郭勋、安边伯许泰、兵部尚书王宪选精锐，防守皇城及京城诸门。许泰接旨，匆匆来见江彬，神态有些扭捏。李宗一见他，凶狠地问：你是助大哥夺门，还是助杨贼守门？许泰辩道：是父皇遗旨令我守门，不是杨廷和那厮令我守门。江彬劝止住二人，请许泰速去兵部，问个虚实。兵部尚书王宪即刻陪同许泰去内阁。

许泰回到镇国府后，向江彬等人学说在内阁的情形。杨廷和不容他二人就坐，开口问道：“各门防守之事安排妥当否？”部、院大臣轻易不至内阁，既至内阁，不设一座，不奉杯茶，王宪心中不快。他在室内踱来踱去，对杨廷和的问话竟似不闻。杨廷和仍不让座，肃然言道：“危疑之际，所仗在老太监、武定侯及二位大人。诸公报国，正在今日。维纲先生有话，请直说，勿令我辈揣摩。现今事务繁杂，我亦无心揣摩。”王宪说：“许总兵对我言道，他与江平虏同事西官厅，九门防守用他而不用江平虏，他心中不安。”杨廷和说：“许大人来得好，有一句话，正要许大人告知平虏伯：团营乃国家根本，须留平虏伯坐镇发落。”

这几句话，使江彬稍感踏实。其实，还有几句话，许泰没有说，不敢说。在杨廷和说过留平虏伯坐镇团营后，许泰脱口道：“这个贼！”声音虽低，杨廷和还是听到。他立即问：“贼为谁？”许泰在慌乱中答：“贼为李宗。”紧接着又说：“我家只有三百人防护，李宗若知我骂他是贼，必去拼命，我死矣。”杨廷和安抚他：“满朝义臣志士，李宗欲何为？他找你拼命，犯的是灭门之罪，他不怕吗？”许泰说：“李宗凶狠，多行不法。偏偏平虏伯倚为心腹，我深以为忧。”杨廷和说：“诸位在，李宗不敢妄动；即使妄动，也无所作为。”说着，退让一步，“我等书生，亦留平虏伯坐镇团营；许大人必与平虏伯同守九门，可一言决之。”许泰忙说：“朝廷大事，老先生作主，在下不敢妄言。”

要不是无意中说一句江彬倚李宗为心腹，这番对白并无毛病。但江彬倚李宗为心腹的话，许泰一定要说，因为他不仅是为江彬来探虚实，更是要探一探自己的前程凶吉。

说话间，提督张洪来到内阁。他也是江彬的心腹，他来必定也是为江彬探虚实，说不定是江彬嘱咐他来探许泰的虚实，许泰不敢久留，与王宪告辞而去。杨廷和送至庭中，急匆匆转回与张洪周旋。许泰听见，张洪声音响亮地说道：“杨阁老，平虏须防。”杨廷和是怎样说的，却不曾听到。许泰心中暗笑。张洪奉命而来不假，可他也想探一探自己的前程凶吉。即使杨廷和把许泰的话合盘对张洪托出，许泰也不必担心。

杨廷和回答张洪的话，许泰不知道，江彬却是知道的。杨廷和说：“将军疑平虏伯反乎？将军与平虏伯交深，我等均不疑，将军何疑？或平虏伯自疑？平虏伯位高权重，心中或自不安。我有一言，请将军为平虏伯决之。平虏伯但与诸公协力共济，嗣君至，闭门辞爵。朝廷不准，仍位高权重；朝廷若准，亦不失富贵。将军不须疑。平虏不须疑。”

如果说，两次试探，江彬还不能释疑，那么，司礼监的动静应该让他放心。他对太监们一向若即若离，却鬼使神差地与司礼监的大太监魏彬结成亲家。他和魏彬的来往虽不密切，但他深信，朝廷若有举动，魏彬一定会知道，一定会泄露与他。

再者，坤宁宫的小工程，文臣差工部尚书，勋戚差伯爵，前往行礼，再正常不过。要是大的工程，文臣或会差阁臣，勋戚或会差公爵。

颠过来，掉过去，想了又想，江彬虽然不安，却觉得宫中城中并无异常。而不往坤宁宫行礼，事态就变得严重。太后点名要他去行礼，不外乎他是大行皇帝的宠臣，给他面子，也算是对大行皇帝的一点点思念。他借故不去，或硬是不去，还能指望日后太后的庇护吗？

主意已定，江彬说：“猝然起兵，成败难料。不去坤宁宫行礼，自己断绝退路，不妥。兄弟，你去营中安排，我去坤宁宫走一遭。”

“大哥安危事大，我还是陪同大哥前去行礼。”李宗见劝不住，横下条心，欲同赴危难。

江彬摇摇头，说：“你去何益？即便有人算计我，也不会在今日。若有人要在今日动手，你在我身边，还不是束手无策？你在营中，才无人敢动我。你千万记住我一句话，莫要妄动。”

“大哥既拿定主意，我不再劝，”李宗无奈地说，“我想找一找王尚书，紧急时刻，他或会勉力为大哥周旋。”

“你是说王维纲吗？”江彬无可无不可地问道。

“不，我是说王德华，”李宗说，“杨廷和若有异动，论地位，论才干，朝中可与之抗衡的，只有一个王德华。”

“王德华会勉力为我周旋？”江彬不信，“调边军出京，你说是王德华的策划；杨廷和有异动，说不定又是他的策划。他怎会为我周旋！”

李宗却很有把握："不错，调边军出京是王德华的策划，可两天前颁布大行皇帝遗诏，王德华率九卿闯入内阁，厉声责问：朝廷大臣，以吏书为长，迎立大事，怎不使我预闻？此事虽未酿成大风波，王德华与杨廷和结怨已深。杨廷和有异动，王德华必定与他理论。他即使未必为大哥周旋，大哥也会多一层保障。"

堂堂威武副将军要他人保障，江彬不由有些气馁。但事已至此，多一层保障，总比多一层不利于己的策划要好。江彬说："兄弟看还要找谁，就去找吧。坤宁宫的事一了，我马上找你，我们也须策划策划。"

坤宁宫内举行安置兽吻仪式。平虏伯江彬和工部尚书李燧奉太后懿旨前往行礼。二人会齐时，看上去很不协调。江彬着一身吉服，李燧却着一身便服。并不是江彬疏忽，他曾差人去礼部询问当着何等服饰，礼部告诉他：宫中行礼，虽大丧期，亦当着吉服。江彬不疑。直到见了李燧，才发觉不妥。李燧在朝廷大臣中最和善，当然不说什么；况且在大丧之日，各人见面，一揖之外，均不苟言笑。江彬既然已经进入宫中，碍难回头，只得一刻一刻地挨下去。好不容易挨到祭毕，他拱拱手，道声"李大人请"，回身要走，一只手却从后面伸出，牢牢抓住他的右臂。

江彬大惊，欲待挣扎，听到的是熟悉的声音："爵爷，久违。"

定睛看去，身后站着张永。江彬不敢用力，小心地挣脱，嘴上问候着："老张太监辛劳，宫中的事，全靠你老人家运筹。"老张太监是大行皇帝对张永的称呼，江彬仍用旧称，既表示对张永亲近，又表示对大行皇帝的怀念，此刻再合适不过。

果然，张永脸上泛笑。"爵爷，"这一声呼唤，比刚才那一声亲热得多，"这几日事多，不敢离开半步，顾不上候问。今日听闻太后命爵爷主持安吻，真是众望所归，我早早就候在这里。走，爵爷和李大人请到舍下用饭，歇一歇脚，再走不迟。"

"这——"江彬想的是，宫中不可留，张永宅舍不可去，越早回到镇国府越好；可又不好生推硬辞，他只能苦苦地斟酌着词句。

"老张太监赐饭，下官不敢辞。"李燧在一旁替张永游说，"爵爷，老张太监一片诚意，若是不去，岂不显得生分！我是要去他的府上讨一碗素面吃的，不知爵爷意下如何？"

江彬与张永原有些不和，被挤对住，无奈地说："我与李大人同奉懿旨办事，同至宫里行祭，李大人怎样，我自当怎样。"

张永的私宅在宫城外护河边，布置朴实大方。几名小宦者穿梭般捧上菜来，盘盘精美，诱人食欲。见张永亲自取来一坛酒，江彬忙说："老张太监赐饭足矣，酒是无论如何不敢饮的。”

张永不理睬，边斟酒，边说：“不妨，这是宫中酿的素酒。换成别的酒，今天是什么日子，我敢劝二位饮！我等均受大行皇帝厚恩，这一坛酒，权作是大行皇帝索取，我等陪大行皇帝饮吧。”

李燧福分不够，大行皇帝不曾去过他的家宅。江彬的镇国府，大行皇帝没少去，果如张永所言，一去就索要佳酿，一口气痛饮几杯。张永提及往事，江彬动情，举起杯来，不须再劝，一饮而尽。

江彬的酒量极佳，且有一奇处，酒饮得越多，心中越是明白。坛中酒饮过大半，他猛然想起李宗，想起离开镇国府前与李宗的对答，这才发现，在张永私宅停留的时间太久。

“多谢老张太监，江某不胜酒力，告辞。”他站起身来，晃了晃，打个趔趄，一副要呕的样子。李燧捧酒，来不及起身，张永布菜，来不及相送，他已跨出门外。

一出张宅，江彬不复是室内的模样，他矫健地登鞍上马，嘱咐随从：“尔等在后慢行。”然后一勒缰绳，奔驰而去。礼部的诱导着衣，李燧的不冷不热，张永的碰巧迎候，殷勤劝酒，一一在脑际闪现，似乎都成为不祥之兆。他心里只有一个念头：快出西安门！只要出西安门，可保无事。

离西安门还有里把路，只见人影晃动，门前的军士比平日增加数倍。他心里一沉：西安门怕是出不去。是硬闯，还是改道？

略一思忖，硬闯是下策。若其他各门亦是如此，再闯也不迟。他勒转马，沿护河向北安门而去。这时，已听得见西华门方向嘈杂的说话声，和沉重的脚步声。似可听到有人问：江彬何在？

他心里恨透张永。大行皇帝宾天，早晚有人要算计他，但不应该在今日。今日他来不来宫中行祭，谁也难以算出。于他不利的安排，一定要在他进宫之后进行。要不是张永耽搁他大半个时辰，今日决不会出纰漏。他发着狠：总有一天，将张永老儿碎尸万段！

北安门同样布下重兵，江彬想：各门相若，不用再试。

北安门前领兵的军校向前跨一步，拦住江彬的马，顺手抓住缰绳。

“放手！”江彬怒喝一声。看着军校身后一排排官军，他总算没把手中的马鞭举起，只低声说句：“你好大胆！”

军校神态恭顺，话却说得简洁而倨傲：“有旨留提督，请提督下马。”

“有旨？皇帝安在，旨何出焉！”江彬向前屈身，打算掰开军校抓住缰绳的手。

军校闪开，喝声：“上！”四名士卒从马后包抄上来，一边二人，抱住江彬的腿，硬是逼迫他的脚脱离鞍蹬，四人向后一起用力，江彬好似腾空而起，然后重重地跌在地上。四人乘势将他按住，另上来四人，用绳索将他捆缚。

江彬喘着粗气，来不及骂人，从西华门追随而来的一队锦衣卫军校赶到。指挥他们的是一名年轻的太监。守北安门的太监恭恭敬敬地行礼，说：“禀报小苏太监，钦犯已然拿获。”

江彬看一眼小太监得意非常的面孔，心里长叹一声：“休矣！”这些年来，在他和前锦衣卫都督钱宁的明争暗斗中，小太监苏进一直偏袒钱宁。大行皇帝虽然更信任江彬，将钱宁治罪，但对苏进的信任从来没有动摇。现在，落在苏进的手里，还能有好吗？

“爵爷，向西行得好好的，怎么又折向北？”苏进嘲讽地问。

“忽然想到，西官厅的文书尚未办理，欲去取来。不可以吗？”江彬知道辩亦无用，仍然无力地辩一句。

“原来爵爷行色匆匆，是为公事，可钦可佩。可怎么空着两只手，又要出北安门？”苏进的嘴巴向来不饶人，何况面对的是多年的对头。

“忽然想到，文书已取回，不须再去。不可以吗？”江彬辩道。

苏进不再多问，转向守门军校说：“李将军，我看钦犯没把你放在眼里。他定是觉着，张将军守在西安门，他逃脱不掉；你守在北安门，却是拦不住他的，所以他弃西门而走北门。我看你并不逊于张将军。我若是你，被他这等小看，这口气是一定咽不下去的。”

守门军校为表示被江彬轻视的气愤，更是为取悦苏进，抬起腿来，重重向江彬的屁股踢去。江彬被缚，重心难以掌握，向前一冲。那名军校再要踢他，被苏进止住。“好了，好了！他是钦犯。踢出好歹，怎向太后娘娘交代？对了，”他又对江彬说，“远远就听见你质问，皇帝安在，旨何出焉？我来告诉你。奉太后娘娘懿旨：江彬不轨，着下锦衣卫狱，打着问。难道太后娘娘降不得旨吗？”他也恁是大胆，“打着问”是皇帝的口气，不会出自娘娘之口。但这里，除由他带来的锦衣卫官校，只有一名钦犯，几名士卒，谁敢驳他！

威风抖够，苏进才对锦衣卫军校们说：“快侍候爵爷启程吧，先去你们衙门的值房。你们没有擒拿之功，可不能踢他。要是谁和他有杀父母奸姐妹的深仇，想找找他的晦气，我倒有个法子。他的这把胡须长得不好，若是拔下一根，再大的怨气也就可以消除。”

边军至通州听赏，大行皇帝在世日，没有降旨取回，外四家军的营地几乎成座空营。大行皇帝宾天，传遗旨：边军还边。虽在通州尚未发遣，然军心早已涣散。江彬所谓李宗在营，无人敢妄动云云，不过是壮胆子的话。擒拿江彬，是在内阁中由阁臣杨廷和、蒋冕、毛纪和司礼太监温祥密定的。梁储奉遗旨赴安陆迎取嗣君，行前对局面深表忧虑，杨廷和要他安心而去，如期而返；说打发边军至通州听赏，是冒险的一着棋，江彬没有应对之招法，便输定。果然，江彬在皇城内束手就擒。

擒拿江彬的安排并没有通知张永，他留住江彬，半是听到温祥的暗示，半是觉察到宫中的异常举动，谁知无意中留住江彬大半个时辰，竟使得擒拿一事异乎寻常的顺利。当年杨一清说，千载以来的宦官，吕强、张承业和张永三人耳，可说见地独到。

另一名得到暗示的大太监是魏彬。杨廷和坚持要给他以暗示，温祥把握不定，但还是照办。魏彬果然与江彬划清界限，丝毫没有泄露机密。于是，另有一事，也要请他出面。外四家军的营地虽然空虚，到底逼近宫城、皇城，必须慎之又慎。能安安稳稳把李宗诱出营地的，只有魏彬。杨廷和要温祥教他几句话，无非是他讨到取回边军的懿旨，江彬命李宗前去议事。李宗不疑，一进魏彬的宅第，被死死抱住。

京师今年本是干旱年景，春日将尽，一场雨也没下。擒住江彬的当天晚间，天色骤变，淅淅沥沥地降下头场春雨。第二天，善于编排的京城居民编出两句童谣。一句曰：“拿了江彬，朝廷安稳。”这是借稳、吻的谐音。其实，应该说成“朝廷安稳，拿了江彬”更为恰当。

另一句童谣曰：“终日想，想出一张杀人网。”

此谣类谶。或问何为杀人榜？民者曰：杀江彬也。善解者曰：非也。此谶应在执政者身上。

嗣君未至，杨廷和奏请皇太后，裁革各皇店官校、各门办事旗校、豹房随侍官校等十四万余人，怨者甚众，其中难免有亡命之徒。

张太后深知杨廷和在危疑之际的重要地位，毅然仿效当年孝宗皇帝派军士护卫刘大夏的做法，为杨廷和设置一队护卫。杨廷和绝无惧色，绝不懈怠。他守在内阁，批答奏本，每每天色已黑，方才离去。

第六章

定国公徐光祚、驸马都尉崔元、大学士梁储、礼部尚书毛澄、司礼太监谷大用等未离京城，就开始争议如何与嗣君相处，如何自处。随后一路上在争论。总算毛澄引经据典，梁储一旁附和，说服众人：嗣君于王府门外接旨，众人于承运殿行叩拜礼，但不行五拜三叩首礼。

厚熜先以臣子的身份接旨，复以嗣君的身份与钦差大臣们周旋，相见时辞色谦恭。王府之中，其乐也融融。

众臣辞退，各回馆驿歇息。

张佐察看厚熜的脸色，与平日无异。他小心地说："有人欲谒见爷，奴才以为事体重大，不敢不禀奏。"

往日以小爷相称，偶尔也以爷相称，今日这一声"爷"与往日的内容大不相同：万岁爷还不能叫，可这一声爷也不是藩王的那个爷。

厚熜面无表情，淡淡地问："何人？"

"从京城来的司礼谷太监，再三恳请谒见，"张佐道。

"谷大用？"厚熜愣了愣，说，"不是方才见过吗？"

"谷太监说，全是为爷，还须单独谒见。"张佐转达谷大用的话。

"他有没说，单独谒见为的何事？"厚熜定下神，追问。

张佐细说："他说有两件事。一件事，他在宫中多年，宫中故事没有不清楚的，朝廷大臣的人品、才学没有不知道的。爷就要赴京，就要入宫，该防着谁，该重用谁，该疏远谁，该亲近谁，不给爷提醒提醒，他夜间都睡不安稳。"

"好啊，有人把朝廷的大小事件、大小人物说道说道，自是好事。"厚熜说着，不容张佐得意，脸色一变，声音也一变。虽然仍显稚嫩，却不失威严："可谷大用自己的人品、才学如何，你知道吗？"

张佐立刻知道，不能再为谷大用说话，更不能让厚熜看出他曾得谷大用的好处，以及谷大用许与他的更大的好处。"原来谷太监的人品、才学并不好？"他故作吃惊的样子。“奴才失察，为他陈请，罪该万死万万死。”

厚熜难得地笑了。“失察之罪，未必当死；纵然当死，一死足矣，不须万死万万死。”又难得地对张佐说起古来，“大行皇帝初登大位，相传身边有八虎，都是会吃人的。谷大用即其一。你说他的人品如何？后来，八虎中的刘瑾权压众人，据说其他几只虎都有所收敛，性情也有些变化。有一个张永，大约是你的本家吧，据说很为朝廷办过些事情。而这个谷大用，据说朝廷分派的差事，没有一件是能够办好的，连刘瑾也看他不起。你说他的才学如何？娘前日还对我说，朝廷的大事都让那帮太监们弄坏，而朝廷那帮太监们都让大行皇帝宠惯坏。谷大用此时欲私谒，不过邀宠而已，我自会分辨，怎会让他得逞！”

在他说话的间歇，张佐插言：“谷大用人品既劣，又无才学可言。他有所图谋，奴才也不会让他得逞。”

“不过，”厚熜沉吟片刻，嘱咐道，“谷某人是司礼太监，又是朝廷钦使，有他的身份。娘说过，犯不上得罪他。你告诉他，我要做娘派下的功课，在安陆就不单独见他。但你也不要与他多说，免失你的身份。”

“是，奴才这就去。”听这话，张佐比喝碗蜜水还要甜。厚熜此刻提起他的身份，其中的含义不用细说，他也理会得。

三月底，奉张太后懿旨前来迎护嗣君的三千军马驻扎于安陆城外。迎护大臣有司礼太监温祥、孙和，惠安伯张伟，兵部左侍郎杨廷仪。户部左侍郎郑宗仁和兵部右侍郎赵璜奉懿旨督饷。蒋氏知道杨廷仪是杨廷和的亲弟，着张佐前去拜晤，说了许多慰劳的话。

迎护大臣和迎护军伍一到，前后到达安陆的两起大臣，传旨大臣和迎护大臣，经过简短的磋商，确定嗣君四月初二日起驾。另确定一事：迎取的是嗣君，王太妃蒋氏仍留安陆，不与嗣君同行。这在情理之中，厚熜和蒋氏都不反对。

二日清晨，厚熜在张佐陪伴下，来到王府内殿，向蒋氏辞行。行过家礼，蒋氏问张佐：“钦使们是否将你家爷起驾的时辰定下？”

张佐道：“钦使们已在城外候着，待爷给娘娘行过礼，即刻起驾。”

蒋氏命道：“你去告诉他们，我们娘儿俩还有几句话说，请他们多候一候。你对诸位大人说，这些日子，有这些日子的话说；昨天晚间，有昨天晚间的话说；今晨我儿来辞行，有今晨的话说。并非我有意为难，劳他们久候。”

“娘娘的一番话，不去说也罢，”张佐要陪伴厚熜先行赴京，不由忘形，竟是不以为然的口气，“娘娘有话嘱咐爷，他等就是等上一个时辰，两个时辰，还不应该吗？”

蒋氏不悦，问道：“张佐，你可知他们是何等人？”

“回娘娘的话，他们是朝廷差来迎护爷的大臣。”张佐被当头浇一桶冷水，立时清醒。

“原来他们是朝廷大臣。”蒋氏冷笑一声，又问，“你可知你是何等之人？”

“奴才——奴才原是奴才，现仍是奴才，”张佐说着，做个掌嘴的样子，“奴才不敢忘自家的身份。奴才这就着人去告知各位大人。”

蒋氏的口气仍然严厉：“不要着人去，你自己去告知。”

“是，是，当然是奴才自家去告知。”张佐应着，退了出去。

厚熜对蒋氏向来是又敬又畏，蒋氏发作起来，他更是又敬又畏，作不得声。蒋氏不急着解释自己发作的原委，停一阵，估摸着张佐去远，才说：“我儿看到吧？刑余之人，其性本贱。他等好使唤，故王府中缺不得，皇家禁地更缺不得。但你对他略好，他就得意不已，你对他大好，准定祸国祸民。只顾好使唤，不顾其性贱，如大行皇帝般，就算做臣子的有所顾忌，史家会不记述吗？就算史家有所顾忌，天下的读书人会不记述吗？就算天下读书人都有所顾忌，天下百姓会不传述吗？若是如此，这个皇帝你不去做也罢。”

“儿子战战兢兢，就是怕做不好皇帝，有负娘的教诲，”厚熜道，并说，“娘说这个皇帝不做也罢，儿子就不去做皇帝吧。”

“皇帝怎能说做就做，说不做就不做呢？你存战战兢兢之心，皇帝没有做不好的！”蒋氏见厚熜确有忧心，安抚他说，“上次谷大用要私下谒见，你不答应，足见存战战兢兢之心。他离你远，有人却离你近。离你远的人，容易看出他是优是劣。娘怕你对身边之人，不像对外人那样警觉，所以才要提醒你。娘并不是怕你不能成为好皇帝。”

“是，儿子牢记，对身边的人更要警觉。”厚熜答应着。

“这就对了，”蒋氏颇感欣慰，她招呼厚熜，“你站过来些，让娘再好生看看你。”厚熜站到她的身边，想到独生的儿子就要远去，虽然是去做皇帝，她也是不舍，心情压抑，竟说不出话来。

厚熜懂得娘的心情，说：“娘也不须难过，儿子先行几日，等登大位，即刻差人接母亲入宫。”

蒋氏说：“也不急在一两日，总要把该办的事情办妥，把该安抚的大臣们安抚好，你才能腾出空来安排，娘也才好动身。”

“是，”厚熜点头应道，“儿子想娘的时候，就要想，只有早日办好朝廷的事情，才能接娘入宫，以天下孝养。”

自己说的是把该办的事情办妥，厚熜说的是把朝廷的事情办好，这就想深一层，蒋氏很是满意。她希望厚熜能再想深一层。

“办好朝廷的事，才能接我进宫，此言甚是。我倒要问一问：朝廷的事情，哪一件是眼下最要紧的？哪一件事情办好，方能接我进宫，母子团圆？”提罢问题，她说，“你不要急着回答，且细细想过。”

办好朝廷的事情，才能接蒋氏进宫，是厚熜随口说的。为何办好朝廷的事情，才能接蒋氏进宫？办好朝廷的何等事情，才能接蒋氏进宫？他苦思苦想，却想不出头绪。

是用人吗？好像不是。他见过梁储，断定他是忠厚长者；据说，杨廷和是难得的干练之才，其他朝廷大臣，多是先朝耆旧。再者，难道朝廷上必是一等的贤士，蒋氏才能进宫？

是除奸吗？也好像不是。钱宁、江彬者流，已在大狱，还怕他等跑脱不成？就算宫中、朝中还有其他奸人，还能阻止蒋氏进宫不成？

再深一步，就不是他所能设想、所能判断的。

蒋氏料知他不会想到那么深，那么远，她要一层一层地为他解说，适可而止地为他解说。“我儿孝顺，你父在天之灵知，娘在你身边知，左右之人知，天下人亦将知之。然有孝之重大者，有孝之细微者。我儿孝顺，但愿能知孝之重大者，不忘孝之重大者。”她说。

“何谓孝之重大者，请娘训示。”厚熜恭请。

“我儿说，接娘进宫，以天下孝养，此即孝之重大者，”蒋氏先就着厚熜的话说，然后进一步启迪他，“娘得天下孝养，须得有名分，无名分而得天下孝养，是坏祖宗制度，也坏娘的名声。”

厚熜聪慧，立即听明白这一层意思：“儿子知道，娘须得有太后的名分，才得以天下孝养。”他想了想，说，“儿子即大位，娘自然是太后。娘得不到太后的名分，儿子这皇帝一天也做不下去。”再仔细一想，他不难明白蒋氏的担心，“即使宫中已有太后，也只是两宫并立，这在以前又不是没有过。若有大臣不体察儿子的孝心，存心要争，儿子想，他们也是争不过儿子的。”

蒋氏担心的正是有大臣要争。厚熜年幼，不知轻重，但这几句说得铿锵有力，她脸上不由露出笑容，说：“我儿肯争，大臣们自然是争不过的。娘想，大臣们对这一件事，未必下力去争。他们要争，会争另一件事。另一件事争成，这一件事他们就不用争。”

厚熜头向上扬了扬，眼看要点下去，却停在那里不动。显然，蒋氏的话他没听懂，至多是似懂非懂。

蒋氏接着说：“娘说的另一件事，是你父的名分。你父的名分正，娘的名分自然正，大臣们要争也无可争；你父的名分不正，大臣们不用争，娘的名分也难正。这一层关系，我儿须得认真去想。再有一层，非天子之子，怎可做天子？既为天子，怎可不以天下飨其父？你父的名分不正，你的名分也难正。娘对你的嘱咐，就是时刻不可忘为娘和你父争到名分。”

厚熜的头这才点下来：“儿子记住了。儿子必以天下孝养娘，必以天下孝祭父。”

称父王于心不甘，称皇考不合制度，乃眼下厚熜最感尴尬之事。为父亲争名分的念头，从此深印在他的心里。

第七章

“爷，奴才问清楚：入东安门，宿文华殿，乃太子即位的仪制。”张佐贴近厚熜，轻声说。没有人嘱咐过他，在都城之下，须谨慎小心，只是从州、县城走向京师，从王府走向大内，越是接近，他心里越是忐忑，以至说话的语调和声音的大小，都有许多改变。

“太子即位礼？”厚熜愕然。本已定下明日进城，谁知差张佐去问问，竟问出个意想不到的结果。他取来杨应奎所上仪注，再仔细读一遍，似乎每一条款，甚至每一句、每一字，都有太子即位的涵义。

他放下奏疏，呆坐不动。他年龄尚小，还没有养成在踱步中沉思、在沉思中踱步的习惯，倒是呆呆地坐着，更能给人一种沉稳的感觉。

要为娘为父争名分，他想到蒋氏的嘱咐；父的名分不正，自己的身份也难正，他想到蒋氏的警告；必为娘和父争到名分，他想到自己的誓言。原以为，这一切要等到即位之后再去考虑，再去处置，谁知进京之前就面临着难题。

心情逐渐平静，他问张佐：“既是太子即位的仪制，你可问清楚，我是谁家太子？”

“爷自然是兴献王爷的太子，难道还是他人的太子不成？”张佐说完，才想到，皇帝并不是在问他，这个问题不该他来回答。于是，他惶惑地说：“奴才愚钝，没问清楚。奴才再去问吧？”

“不用。”厚熜摆摆手。行殿中有自己信赖的人，与其让张佐问他人，不如自己问他。“你请袁长史来见我。”他命道。

袁宗皋字仲德，湖广石首人，弘治三年进士，曾任兴府长史司左长史，后升至江西按察使。众钦使奉大行皇帝遗诏和皇太后懿旨至安陆州迎取嗣君，他恰好回乡省亲。石首属荆州府，滨大江，安陆滨汉水，二地临近。由蒋氏策划，他急速赶往安陆，扈厚熜北行。这也是他君臣二人的缘分。厚熜遇有不解和不决之事，自然乐于和他谈。

袁宗皋已知杨应奎所上仪注的内容，厚熜一询问，他立即说："入东安门，宿文华殿，为太子即位礼，此乃正解。"

他也这样说，厚熜大为失望："照袁长史的说法，我先做太子，再即帝位，是正解？那么请问，我是做弘治皇帝宫中的太子，还是作正德皇帝宫中的太子？大行皇帝的遗诏中，只要我来嗣皇帝位，可没说迎取我来立为太子。"

袁宗皋不慌不忙地分辩："臣只是说，入东安门，宿文华殿，为太子即位礼，乃正解；并不是说，嗣君先做太子，再即帝位，是正解。"

"袁长史所言二事有不同吗？"厚熜有所悟，有所不悟。

"是，二事有极大不同，"袁宗皋说，"于皇城各门中，东安门为偏门；于大内各殿中，文华殿为偏殿。若非行太子即位礼，何必入偏门？何必于偏殿宿一夜？故臣以为，杨文焕拟此仪注，欲嗣君行太子即位礼也；内阁但以杨文焕奏疏呈进，欲嗣君行太子即位礼也，已无可疑。"

文焕是杨应奎的字。

"要我行太子即位礼，却绝口不言行太子即位礼，用心好不险恶！"厚熜自语。

袁宗皋说："嗣君有见于此，不难洞烛一切。绝口不言太子即位礼，是不言，非不欲。是欲含混带过，在绝口不言中，已行太子即位礼。"

厚熜被含混带过四个字说得心惊胆战：要不是混沌中差派张佐一问，要不是疑惑中请来袁宗皋一解，岂不要铸成大错！

"故臣以为，行太子即位礼，于杨文焕拟疏，于内阁诸公，是正解，"袁宗皋总结一句，又继续说："但行太子即位礼，于大行皇帝遗诏，于太后懿旨，却非正解。大行皇帝遗诏曰：兴献王长子伦序当立，即日遣官迎取来京，嗣皇帝位。太后懿旨曰：已迎取兴献王长子来京嗣皇帝位，一切事待嗣君至日处分。敬诵大行皇帝遗诏和太后懿旨，均为嗣皇帝位，何尝言及以太子即位？以太子即皇帝位，实无端强加于嗣君，亦有违大行皇帝遗诏和太后懿旨。"

"说得透彻！"厚熜心里的疙瘩解开，高兴而又不失沉稳地喝彩，"杨应奎之议，既有违大行皇帝遗诏和太后懿旨，理应驳回。袁长史，你看是批在杨应奎的奏本上，还是着人传话去城里？"

袁宗皋略一思考，委婉地说："杨应奎不过一主事，郑而重之地批驳，太给他面子，却又太不给内阁诸公面子。不如着人传话回去。"

"好，就烦袁长史转达我的意思，如何？"厚熜问。

"嗣君信用，何其幸哉！"袁宗皋虽然这么说，却有他的顾虑，"但臣既不是王府官，又不是朝廷钦使，由臣传话，没有名分。不如由内使径直传话与梁阁老和毛尚书，让他们与城里交涉。”

“不错，梁先生、毛先生和城里交涉，是有名分的。”厚熜大为赞赏，又问，“是不是直斥杨应奎之议有违大行皇帝遗诏和太后懿旨，而不必涉及内阁大臣和其他大臣？”

他的想法有深度，袁宗皋的想法比他更有深度。“依臣之见，竟连杨应奎也不必直斥，”他说，“杨应奎和内阁诸公欲在含混中已行太子即位礼，嗣君何不也在含混中驳回杨应奎之议？”

“在含混中驳回杨应奎之议？”这话实在值得玩味，厚熜说，“怎样个含混法，袁长史，请你说与我听。”

袁宗皋为他设计应对之策：“杨文焕及内阁诸公不明言以太子即位之是，嗣君也不必明斥以太子即位之非，只说：其一，须从大明门入皇城，从承天门入禁城；其二，入宫的当天，即谒太后，即御奉天殿，不须沐浴焚香，在文华殿夜宿。内阁诸公顺从则罢，若是要争，嗣君只是不入东安门，他等还能强逼不成？”

厚熜暗自思忖，以含混对含混，不失为良策。

第八章

天色已晚，杨廷和一人独坐阁中。眼前不备镜子，照不出自己的模样，但想来不会比当年李阁老好看。那是多少年前的事？应该超过十年吧？那一日，李东阳在阁中，请杨廷和陪一陪他，就时局，其实也是就做人的道理，大发一通议论。当时，身为三辅的杨廷和，还体会不到全部压力压在身上的滋味。而今，言犹在耳，李阁老早已作古，全部压力早已转到他的身上。

杨廷和身为首辅，与嗣君尚未相见，已经感受到他的精明，他的倔强，和他的不同于大行皇帝的任性。

嗣君不是太子，但嗣君可以是太子。他一直在思考，有没有必要让嗣君接受太子的身份，以及如何使嗣君接受太子的身份。结论是：使嗣君成为太子，纵然不是绝对必要，也应该作一试探。在大行皇帝的遗诏中，只可以说嗣皇帝位，不可以说迎立太子。太子须由皇帝选立，是其一，国不可一日无君，是其二。大行皇帝宾天，国家需要的是天子，而不是太子，迎立太子的意思，怎能明白无误地写在纸上？在实际操作中，却不妨以太子的身份即皇帝位。即皇帝之位者有太子的身份，统绪一脉相承，大行皇帝可以安息矣，孝宗皇帝可以安息矣。

至于如何使嗣君接受太子的身份，他苦苦思考许多日子。可以说，从大行皇帝宾天起，他就在思考；或者说，从一行钦使离开京师起，他就在思考。不动声色，应该是一个大的原则。他不可以引起嗣君的反感，他更不敢激起大的动荡。

入东安门，宿文华殿，是他不动声色地为嗣君安排好的第一步。走出这一步，就等于默认太子的身份。只要有一个夜晚的承认就足够，以后的事情就便于操作。

他想不出第一步的安排有什么不妥。与江彬的斗争，不就得益于模糊两个字吗？边军在模糊中被遣散，江彬在模糊中被擒住。当然，不能像对待江彬一样对待嗣君。但所谓模糊，乃从权也。在模糊中使得嗣君接受内阁的安排有什么不好？须知，内阁做此安排，他杨廷和做此安排，全是为国家，为社稷，也是为嗣君本人，绝无半点私心。

不料，嗣君断然拒绝走这一步。他坚持走大明门，无疑是在坚持，他为嗣皇帝位而来，不是为立太子而来。太子的名分他一天也不肯接受！

太后颁下的是迎取嗣君的懿旨，不能不退让；杨廷和草拟的是迎取嗣君的大行皇帝遗诏和太后懿旨，不能不退让。嗣君明日就要堂堂正正地即皇帝位，这本来是一个普天同庆的日子，是在普天同哀的日子里的一个普天同庆的日子。可杨廷和想到明天，就感觉万般无奈，甚至感觉不寒而栗。明天是四月二十二日，嗣君正式登极，君临天下。一个只有十四岁的皇帝，精明如此，倔强如此，任性如此，身为大臣，身为首辅，如何与他相处？

尚觉宽慰的，是对他草拟的大赦诏书，嗣君没有提出任何异议，将在明天颁示天下。诏书中的条款，差不多包括所有他认为应该革除的弊病，将这些内容一字一字、一款一款写出来的时候，何其快哉！

宫中的大小太监们对其中的一些条款大为不满，因为进行革除之后，他们再也不能为所欲为。小宦者无奈，大太监力争。魏彬凭借资历，受众人托付，找到杨廷和，请削去数款。杨廷和驳道："往者司礼诸公行事，动则谓出上意。今欲删除诏书，亦出新天子意邪？诸公定要删除，我辈贺登极后，唯有求去；且叩告删除之事，请诸公自向新天子回话。"

魏彬无言以对。

内阁将大赦诏书呈进宫内，张太后报可。

蒋冕和礼部左侍郎王瓒携带大赦诏书赴行殿，将其内容一款一款剖析，嗣皇帝报可。

只在今夜将大赦诏书送去司礼监批红时，遇到一些麻烦。批红久久不出，内阁三公不得不邀同王瓒，径驱奉天殿，请出司礼监文书官，晓以大义。司礼监文书官说："批红不下，改日开读亦可。"王瓒危言道："自古人君即位，虽在草昧中，亦须下诏改元，以新天下之耳目。今日若无诏书，不知所改何年号，人心惶惑，尔等敢任其咎乎？"司礼监文书官悚惧，各太监悚惧，这才得以连夜奉出加以批红的大赦诏书。

颁示诏书，施之朝廷，新朝定会有一番新气象。

想到此，杨廷和稍感轻松。他蹒跚站起，离阁回宅。在轿中，他轻声背诵写在大赦诏书前面的几句话：

朕承皇天之眷命，赖列圣之鸿庥，奉慈寿皇太后之懿旨，皇兄大行皇帝之遗诏，属以伦序，入奉宗祧。内外文武群臣及耆老军民，合词劝进，至于再三。辞拒勿获，谨于四月二十二日，祇告天地宗庙社稷，即皇帝位。深思付托之重，实切敬业之怀。唯我皇兄大行皇帝，运抚盈成，业承熙洽，励精虽切，化礼未孚。中遭权奸，曲为蒙蔽，潜弄政柄，大播凶威。朕昔在藩邸之时，已知非皇兄之意，兹欲兴道致治，必当革故鼎新，事皆率由乎旧章，亦以敬承夫先志。自唯凉德，方在冲年，尚赖亲贤，共图新治。其以明年为嘉靖元年，大赦天下，与民更始。所有合行事宜，条列于后。

正德改元之初，内阁因新年号遭到嘲讽，被人说成不读书。杨廷和不敢懈怠疏忽，与内阁诸公考之典籍，考之辞章，反复演讲，确定无误，才选用嘉靖作为新天子的年号。

第九章

四月二十七日，皇帝御西角门视事。勋戚、五府、内阁、部院、司寺、科道等官行礼如仪。礼毕，百官退出，独留内阁四位大学士。

皇帝先招呼杨廷和："杨先生，皇兄大行皇帝宾天，及朕即位，其间四十余日，朝廷大事有赖主持。朕冲年即位，心中常怀惕息，国事当废当兴，还望杨先生和各位先生教导。今奉慈寿皇太后慈命：杨先生于朝廷有大功勋，要好生奖掖。朕与礼部毛卿等商议，杨先生当晋左柱国。内阁今日拟旨来看。"

杨廷和谢恩，请辞："尽忠辅政，是臣的职分，也是臣的志向。陛下与太后赐臣晋级，皇恩浩荡，臣愧不敢受。"

"赏不副功，杨先生不必谦辞。"皇帝说罢，转向梁储，"梁先生一路辛劳，不及歇息，又忙于朝廷大计。朕启明太后，亦当酬之。"

梁储道："圣君临朝，万姓欢欣，臣猥鄙不才，得以前驱恭迎，何其幸哉！然臣老体衰，上本求退，还望陛下恩准。"

"朝廷百废待兴，梁先生怎忍遽去？就不怕伤太后和朕的心？"皇帝自是不准。君臣间的酬应，及杨廷和、梁储而止，对蒋冕、毛纪，不须一一点到。皇帝正襟危坐，声调平和地说起正事："今日朕第一次临朝视事，诸位先生有所奏请，尽管说来。"

"大行皇帝宾天已四十日，陛下宜颁旨，命臣等拟就大行皇帝尊谥奏上。"杨廷和跨前一步，奏道。这是今日要议的第一件大事。

"知道了。"皇帝面无表情地说。

内阁拟大行皇帝庙号武宗，自周武王之后，庙号为"武"的天子，有贤有不贤，有有作为有无作为。本朝自"土木之变"后再无天子临兵之事，以大行皇帝的作为，庙号定为武宗还算合适。皇帝准是准，心里却不大情愿，因为武宗终归是上佳的庙号，所以他不带出任何表情。

阁臣们理解，"知道了"就是准允，此事不须再议。

杨廷和奏起另一事："连日来，科、道官就兴废事所上奏本甚多，足见兴革之举深得人心。有些奏本，陛下已作批答；有些奏本，陛下尚未批答。其中论劾内外大臣者，似宜早作处置。"

"杨先生说的是，"皇帝赞许地说，"朕记得，福建道御史王钧日前上的奏疏论及多人，尚不及处分，今天与众卿等议一议。"

王疏论及的有：司礼太监魏彬，与钦犯江彬结姻；御马太监张忠、于经、苏进等，或陷害忠良，或首开皇店，或导引大行皇帝巡幸；宣府镇守太监刘祥、总兵都督朱振、巡抚宁杲，夤缘盗饷；甘肃镇守太监王欣、总兵都督柳涌、巡抚文贵，假名贡献，引进外国。

杨廷和道："王钧所论均有实据，各人宜重治。"

皇帝道："魏彬前已有旨，功过相抵，无须再拟。张忠、于经、苏进戍孝陵。宁杲、文贵等除名。柳涌、朱振等下兵部议处。卿等看可恰当？"不待几位阁臣表示，他发觉有所遗漏，又狠狠地加上一句，"刘祥、王欣等，另着人逮入京来，下狱候勘。"

"皇上圣明！"杨廷和等齐声称颂。

皇帝看到蒋冕嘴动动，鼓励道："蒋先生有话，但说不妨。"

"臣遵旨，"蒋冕确实有话说，他奏道，"司礼太监张雄、东厂太监张锐，并张忠，宫中称为三张，他等自称金刚老儿党。臣以为，张忠戍孝陵，张雄、张锐理应同罪。苏进与赵林、佛保、马英、刘拳、周昂六人，以老儿党自居，均有恶行。臣以为，苏进戍孝陵，赵林等亦不可再留宫中使用，望陛下裁定。"

"不错，"皇帝赞同，"大行皇帝所行诸事，他等人人有责，罪不可绾。朕看，张忠等不忙戍孝陵，且送入狱中，依其罪行，再定处分。"

毛纪补充道："吏科右给事中阎闳上言司礼太监谷大用事，宜与魏彬处置仿佛。"

阎闳的奏疏是昨天由通政司呈进的，言及赐迎取之功，谷大用等各千金，币二十。阎闳写道：臣窃过之。毛纪指的也是赏赐过分。谷大用有恶行，和魏彬一样，最多是不赏不罚。当然，阎闳还写有两句很不中听的话，不便提及。

毛纪有顾忌，杨廷和却以为，不中听的话不妨在皇帝面前重复一遍。他说："阎闳奏疏中有两句话，可以振聋发聩，臣愿为陛下诵之：从来藩王入继天统，序援立之功，则主威弱；私扈从之人，则侍卫骄。此乃有感而发，深有心得，陛下欲成清明盛世，须牢记在心。"

"杨先生教导的是，"皇帝虽称是，却另有一番理解，"朕既伦序当立。谷大用等迎朕于安陆，劳苦是有的，说援立之功，朕窃过之。”

这话有些余味。既说“谷大用等”，梁储也该包括其中，皇帝怕他心存疑虑，说，“梁先生和谷大用不同。你和杨先生等议决迎立大事，自离安陆，又时时指点，处处教诲，不但有劳苦，而且有大功。”

梁储忙道：“臣但知恭迎之幸，不敢居援立之功。”

杨廷和也说：“臣等但知遵祖训办事，更不敢居援立功。”

皇帝接着自己方才的话说：“朕知谷大用的人品、才学，均属下乘，绝不以他为私人。他在安陆，请私谒于朕，用心险恶。他不唯无功，反是有过，何谓功过相抵！着司礼监传旨，降谷大用及丘聚等奉御，孝陵司香；张永、魏彬等，带俸闲住。”

这样一来，当年与刘瑾并称“八虎”的太监们一一从各衙门驱除。在大行皇帝朝，几位大臣们饱尝宦者用权之苦，内心压抑。皇帝决心严厉处置前朝的权势太监，他们无不额手称庆。

杨廷和再进一言：“谷大用辈实奸宦余孽，宫中知之，朝中知之，国人无不知之。陛下一举清除，诚国家大幸。望陛下以前事为鉴，远离此辈，则宫闱宁，国事清，盛世唾手可至矣。”

皇帝点点头，说：“杨先生提醒得好。朕不以谷大用辈为私人，然有张佐、王佐辈，来自安陆，现入司礼监办事，或以为是朕的私人。朕与杨先生约，此辈若行不法，朕定然严惩，决不假以颜色。”

皇帝说到激昂处，不由从御座站起。他的一身御袍，是他来京前在宫中赶制的，无法比量身材，因而大一些，长一些，直拖在地。与内阁首辅约，在他看来，是很郑重的事，他打算走到杨廷和身边，做些表示。不料，迈腿时被御袍绊住，身子一晃。好在他及时稳住，不至于跌倒。

皇帝将御袍向上一拉，瞥一眼御袍的下端，意殊不惬。

几位阁臣心中忐忑：君臣议事和谐，不想出这么个岔子，如不设法挽回，皇帝乘兴而第一次视事，败兴而回宫，可不是好兆头。

场面尴尬之时，只见杨廷和不慌不忙地向前跨出半步，不慌不忙地躬下身子，不慌不忙地说：“臣恭贺陛下。”

“杨先生所贺何事？”阁臣们茫然不解，皇帝更茫然不解。

“陛下垂衣裳而天下治，臣等焉能不贺！”杨廷和道。

皇帝龙心大怡，双手放开御袍，又稳稳坐下。

几位阁臣松口气，暗中钦佩杨阁老的应变之才，不唯自家无法望其项背，就是当年机敏过人的李东阳，恐怕也难以企及。

君臣接着议论：安边伯许泰，都督钱安、刘晖、张洪、马昂，都督同知狄福，及皮得、刘实等，俱下狱。他们均由大行皇帝收为义子，赐国姓。众人但以他们的原姓氏称之，但言他们的爵位得之不当，而不提大行皇帝的过失，也是为尊者讳的一片苦心。

“文臣中可有奸佞之徒？”皇帝突然问道，“朕是问，除被大行皇帝下狱的陆完等，除今日所议处的文贵、宁杲等，还有没有？”

这是皇帝出的一道不大不小的难题，阁臣们不好说没有，又不好随意奏列。杨廷和从容奏道：“百人百性。治刘瑾党人，文臣中清除若干奸佞之徒；治逆藩党人，文臣中又清除若干奸佞之徒。然奸佞之徒，不尽附刘瑾、逆藩，仍未清除者，陛下不妨在平日考察。考察出一人，清除一人；考察出一干，清除一干。”

“卿等须与朕一同考察，”皇帝应道，又突然问，“王琼其人若何？”

这是又一道不大不小的难题，梁储与王琼有积怨，不便答；杨廷和与王琼有近怨，也不便答。杨廷和在为难中，选择简单的回话：“陛下既问到他，定有所闻。”

“不错，我确实听到许多人对他的议论，”皇帝说，“都道此人才具是有的，人品却不佳，与钱宁等丑类过从甚密；逆藩作乱，他也牵涉其中。还有人说他嫉贤妒能，彭泽几死于他的排陷。不知是与不是？”

有皇帝的叙述，杨廷和才好回话：“王某人与钱宁交往是有的，过从是否甚密，臣实不知。陛下说此人才具是有的，则为的论。”

“有人说，大行皇帝遗诏和慈寿太后懿旨颁示之日，王琼率众卿至左顺门寻衅，可是实情？”皇帝再问。

杨廷和答：“也是实情。”

他本要加上一句：他或是质询，并非寻衅。但想了想，加上这一句，是真心为王琼辩白，还是为表明自己的坦荡？为王琼辩白，于王琼何益？表明自己的坦荡，又怎表明得了？既然无益，不如干脆不说。

皇帝想听其他阁臣的说法，看蒋冕一眼。

蒋冕说：“朝廷一时汹汹，京师一时汹汹，王尚书实为首作俑者。”

“这等行径，还能放在朝廷使用吗？还能居于列卿之首吗？”皇帝好似自语，又好似在问阁臣们，“要说奸佞之徒，朕看无出其右者。”

王琼必被究治无疑。但由皇上说此人不可再用，或由在场的任何一位阁臣说此人不可再用，则会开一个不好的先例。毛纪奏道："臣以为，陛下可命科、道官会劾大臣。其人行径暴露无遗，自会有公论。"

"毛先生的办法很好，"皇帝品味出这样做的好处，欣然言道，"王琼的行径，须得公之于众，由科、道会劾。其他大臣和王琼相同相似的行径，须得公之于众，由科、道会劾。"

皇帝给阁臣们出道难题，又轻而易举地解脱他等。杨廷和想：皇帝第一次视事，议到这等程度，已然很好。他在肚里杜撰出几句颂扬的话，以备应用。

但皇帝为第一次视事，准备特别充分。议论过对奸佞宦官的处置，对奸佞武臣的处置，对奸佞文职的处分，他清清喉咙，说："自古以来，圣天子无不以用贤为首务。卿等既佐朕去奸佞，还要佐朕用贤良。皇兄大行皇帝置诸先生于朝而不能用，更难免弃贤者于野。朕闻得，孝宗皇帝时，内阁有三贤臣。李先生已逝，朕无缘相见，不知另两位尚在世否？尚能为朕所用否？"

杨廷和回奏："刘健年迈，已八十有八；谢迁亦长臣十齿，今年七十有三。陛下可遣行人，或着抚、按官存问，以表思贤之意。前大学士费宏，人品谦和，年在壮遒；却为逆藩所嫉恨，为钱宁所不容，既已挤之去，复欲置之死。幸天佑之，存为陛下用。望陛下急召之。"

皇帝甚喜："费状元与逆藩为乡人，为姻亲，而不佞之。朝廷行新政，正要此等人才。"

说着，站起身来，表示议事可以结束。就在众人等着请辞之际，他好似无意地说道："两日前，朕遣司礼太监秦文、内宫太监邵恩前往安陆，恭迎慈母。慈母一日不在身边，朕心一日不得安宁。这是朕的家事，故事前未与卿等商议。但兴献王谥号，却是朝廷大典，卿等须于慈母到达京师之前议定。"

这是皇帝今天给内阁出的另一道难题。

第十章

数日来，礼部左侍郎王瓒心神不定，一直在苦苦思索皇帝与杨廷和的关系，以及他本人应当采取的立场。家人来报有客夜访时，他刚刚用过无滋无味的食物。“何人？”他不耐烦地问。

“小人从未见过他，不知他是何人，”家人答道，“小人只知，他是一位官人。他自称姓张，是老爷的乡党。”

“乡党？”王瓒是浙江永嘉人。永嘉属温州府。永嘉和温州士人在朝为官者，不能说没有，但确实不多。王瓒想不出，谁会在夜晚来访。他有心拒客，家人抢在他前面说：“这位姓张的官人说，老爷今晚不见他，他明晚还在这个时辰来；明晚不见他，他后晚再来。后晚不见他，他一定再后晚来！”王瓒觉得好笑，对家人说，“好吧，他既然如此见我心切，我倒不便不见。你请他进来吧。”

来客一身士人服饰，家人说他是位官人，显然有误；来客的气度与普通士人不同，家人说他是位官人，或是据此。乍看之下，很难说出他的准确年龄，但总应在四十至五十岁之间。王瓒看他眼熟，却一时道不出他的姓名，以及在何时何地见过他。

“思献先生别来无恙，忘却同邑后进张郎乎？”在他一愣之际，来客深作一揖，洒脱地说。王瓒字思献，是弘治九年进士。

王瓒拍拍脑门，还以一礼：“原来是秉用老弟，我真是眼拙得很。”

来客自称姓张，他猛然忆起，此人是新科进士张璁，字秉用，来自永嘉。以资历、身份而言，二人应该是座主和门生的关系；但有几个理由，王瓒宁愿和他做友辈交。

理由之一：这位张郎，被乡梓视作奇人。他曾七入会试考场而不利，回乡后聚徒教授山中，自题读书之堂曰“罗峰书院”。罗浮山是永嘉城外瓯江北岸的一处名胜，他以罗峰号书院，也以罗峰自号，足见其志不俗。

有人说他方去诸生，即建书院，何其不自知乃尔！诸生泛指各学的生员，俗称秀才。张璁取中举人，未中进士，故人以此嘲笑。张璁笑道：“莫说已离诸生，身为诸生，便不可建书院吗？便不可做祭酒吗？”

这句话说得恁大，祭酒主持国子监，乃国家的首席教官，与翰林学士相埒，小小的书院也设祭酒，实在骇人听闻。而张璁居然自称诸生祭酒，他招收的弟子也称他诸生祭酒。

理由之二：张璁的年岁着实不小。他二十四岁中乡试，第八次方才春闱题名。该科本该在正德十五年放榜，但因为大行皇帝南巡，拖到现在还没举行殿试。有消息说，下月将举行殿试。正德十五年是庚辰年，十六年是辛巳年。届时，称庚辰科，还是辛巳科，大概要起争议。而张璁已经四十七岁。

理由之三：张璁此科中第，有许多传闻。

永嘉骆某，精堪舆之术，人称永嘉骆先生而不名，王瓒亦颇知其人。正德十五年，张璁赴京前，陪同骆先生登览张氏祖茔，骆先生诧曰：“此地十年当出宰辅，应于子乎？”复又摇头，“可惜吾子齿长矣。”从中进士到入阁拜相，总要二三十年的时间，张璁那年四十六岁，即使高中一甲，直接授翰林院官，入阁的机会也是微乎其微，所以骆先生有此一叹。此传闻之一。

去岁，张璁入京师前，请御史萧鸣凤为他卜算。萧鸣凤看罢他的生辰八字，惊曰：“公本科中第，不数年辅天子，相天下。”萧鸣凤是浙江余姚人，王守仁的入室弟子，虽善卜，但以正统儒者自居，轻易不言卜。他肯为张璁卜算，因为同是浙江人。另外，张璁的八字和手相确有奇特之处。此传闻之二。

理由之四：张璁桀骜不驯，会试中第后，是科主考官石珤、李廷相，一个也不拜，更不要说他那一房的监考官。王瓒若以后进视之，他不买账，岂不是自讨无趣？不欲与他相交便罢，若相交，一定要以友辈视之。

二人坐定叙谈。王瓒说句笑话：“殿试在即，秉用老弟不知忌讳，跑来舍下作甚？难道要我也许下你些什么？”

张璁正色道：“思献先生说的是萧御史和骆先生吗？萧御史许下我些什么，我知道是作不得数的；骆先生未许下我什么，我不见得就不去奔前程。我之前程，在我努力，何须他人相许！”

几句话简练有力，王瓒不觉为之一振：“好，此言发人深省。”

张璁接着说：“我来思献先生府上，并非为殿试，并非求主人以功名相许，所以不必有所顾忌。而且，我不唯不求思献先生相许，反对先生有所期许。期许于先生者，期许于朝廷也，故更不必顾忌。”

“期许于我？”王瓒一惊，不禁危坐而恭听。“请讲。”

张璁直言：“权奸当道，危及新君，请思献先生振臂一呼，力挽狂澜，为朝廷立不世之功。”

“张郎差矣，权奸现在狱中。”张璁不似说笑，王瓒也不似说笑。

“思献先生差矣！”张璁回敬道，“思献先生说的是江彬、钱宁辈吧？此乃小奸，而今当道的是大奸。小奸易除，大奸难除。小奸寻常之人即可除之，大奸须大智勇者方可除之。”

“大奸为谁，请张郎告知。”王瓒揖道。

“某但言其事，不指其人。”张璁露出不屑直指其人的神情。

“请张郎告知其事。”王瓒又揖，诚心求教。

“新天子堂堂正正继我大明朝统绪，若使其不堂不正，即是普天之下第一大奸。”张璁言简意赅地说。

“新天子继我大明朝统绪，本就堂堂正正，谁能使其不堂不正！怎能使其不堂不正！”看来，王瓒既得其解，又不得其解。

“大行皇帝遗诏：太祖训兄终弟及，新天子伦序当立。这才是堂堂正正入继大统。若必使其忘却父母，继嗣他人，还能说是堂堂正正吗？思献先生敢说并无其事，并无其人吗？”张璁将他一军。

王瓒不敢说并无其事并无其人，不能说并无其事并无其人。

就在昨天，本部毛尚书在衙门里好似无意地说道：“为人后者为之子，千古定论。”在场的右侍郎顾清和他都没搭腔。若说主张新天子继嗣，许多人在不同的场合有所表露；公然主张新天子继嗣的言论，他还是第一次听到。

不知顾清为何不搭腔。他不搭腔，是因为有所思虑：新天子在不同的场合已表露只继统，不继嗣。大臣们表露，新天子也表露，还好处置。若大臣们公然而言，新天子也公然而言，大臣们力言力争，新天子也力言力争，大臣们以去官相争，新天子也以去位相争，结局如何，殊难逆料。大家都说：新天子虽在冲龄，所具圣明聪慧之质，令人欢欣鼓舞。大家都说：领袖群臣的首辅杨廷和，及梁、蒋、毛诸公，论人品，论才具，均众望所归。君是明君，臣是贤臣，为继统继嗣之争，伤和顺之气，是不是值得？

这是王瓒的顾忌，也是许多人的顾忌。

张璁不理会他内心的矛盾，自顾自地说：“我朝以孝治天下，孝莫大于尊亲，经百余年教化，庶民且知尊亲，岂有天子而不知尊亲，而不得尊亲！再者，自上古而下，有先继嗣而后继统之例，何尝见过先继统而后继嗣之例？遵大行皇帝遗诏，即以兴献王世子入继大统，复嗣于孝宗皇帝，怎能说堂堂正正！持其议者，还不是大奸！在下期许于思献先生者，自今日起，言继统则可，言继嗣则不可。先生独树一帜，则皇上倍受鼓舞矣，群僚皆知易辙矣，权奸有所掣肘矣。”

内阁诸公及毛澄等为权奸，王瓒一时难以接受这个结论。但“孝莫大于尊亲”，无疑是抓住继嗣继统之争的根本；而“别树一帜”的期许，更激发起王瓒的热情。他慨然允道：“得张郎期许，何其幸哉，敢不以贱躯相从？”

第十一章

杨廷和漫步走进礼部衙门，门役欲在前引路，他摆摆手，示意不必。

顾清正专心致志地写小楷，对他的到来不闻不见。毛澄、王瓒站在顾清身后观赏，看见杨廷和，欲招呼。杨廷和摆摆手，和二人一起观赏。

顾清抄录的是一首五言长诗，题目是《赠送前刘五经映三十四韵》。杨廷和对诗词不熟，不知何人所作，但从称谓来看，必是唐人之作。

毛澄、王瓒是看顾清的书法，杨廷和后来，读的是诗。读过起首的四句，他暗自摇头。那四句写道：建国宜师古，兴邦属上庠。从来以儒戏，安得振朝纲。

“以儒戏”三个字太刺眼，难怪他不以为然。

追到顾清的书写时，他正在写：周礼仍存鲁，隋师果禅唐？鼎新麾一举，革故法三章。杨廷和又暗自点头，似有所领悟。

他拍拍毛澄肩头，悄声问：“谁的诗？”

毛澄答：“李商隐之作。”

声音虽低，顾清还是听到。他放下笔，回头招呼道：“原来是介夫先生驾到，献丑，献丑！”

杨廷和这才仔细看他的字，不住称赏：“好，好，士廉先生的字更有西涯公的风格。”顾清是李东阳的得意门生，杨廷和这样赞他，他不会不高兴。杨廷和指着他方才写过的几句，边吟边问，“鼎新麾一举，革故法三章。士廉先生录李义山此诗，是为这两句吧？”

“以喻时局，介夫先生看是否恰当？”顾清反问。

杨廷和不说恰当，也不说不恰当，只说：“确有些味道。”又指着书案说，“三十四韵，士廉先生只写二十韵，请再续完。”

“介夫阁老在，我怎么写得下去？”顾清说着，揖让道，“请，请！介夫先生且和宪清兄去说话，我写罢，自要请介夫先生指教。”

杨廷和半拒半就，被顾清推出。毛澄也微笑着，随他走出去。二人边走边谈，毛澄就从方才的话题说起。

“士廉兄以李义山的诗喻时局，介夫先生好似不以为然？”他问。

走的本来就慢，杨廷和又放慢脚步。“怎叫以为然？怎叫不以为然？难道定要高喝一声妙，才是以为然？”杨廷和几问之后，说，“皇上即位以来，的确有鼎革景象。我担心的是，会有反复。”

法司治太监张锐、张忠、于经、于喜等人狱，一概论死，近日却传出，皇帝准他等纳银赎死。这就是杨廷和说的反复。

毛澄则看出，杨廷和不以为然，有更深层的原因。

“这只是小事，介夫先生的心思怕还是在议礼上吧？”他问。

杨廷和并不想隐瞒。他反问：“宪清先生的心思难道就不在议礼上？”

二人相视一笑，干脆站定。

毛澄说：“新天子不但继统，且须继嗣，我与介夫先生所见无有不同。但新朝推行新政，与新天子继嗣，二者孰重，我倒要请教。”

杨廷和不须思索，随口答道：“二者皆重。若一定要分出轻重，则新天子继嗣更重。”

“怎讲？”毛澄问。

“好，礼部正卿考校我，我便来做一篇‘新天子继嗣更重’的文章。”杨廷和夜思日想此事，自然出口成章，“所谓新政者，不过恢复旧制，恢复祖制。新天子锐意兴革，尽可大张旗鼓地去做；新天子欲以安静为主，一点一点去做，又有何妨？统嗣之争，则关乎宗庙大计。国家之事，有重于宗庙者乎？我朝宗庙，仅于太宗皇帝时一大变。此后，一直平静延续。国家平稳，江山万载，实赖于此。而太宗皇帝乃太祖皇帝亲子，于靖难之际，有不得不然者。新天子则为宪宗皇帝之孙，孝宗皇帝和兴献王均为宪宗皇帝之子。新天子为孝宗皇帝后，宗庙仍是平静延续。新天子为兴献王后，庙制必然大变。而庙制大变，实非社稷之福，实非万民之福，实非我等臣子之福！”稍稍一顿，他问，“以此立论，可否说得宪清先生动心？”

毛澄道：“本为同志，何须介夫先生说得我动心！如何说得圣上动心，才是介夫先生要用心的。”

他比杨廷和显得更焦虑。皇帝交代，蒋氏到京师前，须拟定兴献王谥号，虽是向内阁诸臣交代的，却要由礼部主持拟议。蒋氏来京，还有几个月时间。依本朝制度，及内阁和礼部大臣们的立场，议定兴献王谥号不难，难的是让皇帝接受。如果礼部拟定一次，皇帝驳回一次，就不知要耗费多少时日！

“这正是要与宪清先生计议的，”杨廷和说。“为人后者为之子，乃圣人之论，万世不易之法。但仅凭一句‘为人后者为之子’，恐怕难以使皇上动容，总得举出一二事例来，才可收功效。”

毛澄忙问：“介夫先生可想到什么事例？”

杨廷和点点头，表示已有所恃。

“介夫先生快说！”毛澄催促他。

杨廷和伸出一指，再伸出一指：“一个汉定陶王事例，一个宋濮王事例，宪清先生看可使得？”

毛澄认真思量这两件事。

定陶王刘康，是汉元帝之子，初封济阳王，封地屡迁，最后徙定陶。刘康薨，谥共王，子刘欣嗣王位，时为汉成帝阳朔三年。成帝无子，于绥和元年立刘欣为皇太子，改封楚王刘景为定陶王，奉定陶共王祀。刘欣后为汉哀帝。刘景死后，定陶王一脉不再传。

此即定陶王事例。

赵允让的濮王是在他死后追封的。宋太宗第四子赵元份封商王，赵允让是赵元份第三子。赵允让多子，十三子赵曙，四岁时被宋仁宗取入宫中教养。宋仁宗共用九个年号，第四个年号是宝元。宝元二年，皇一子生，赵曙归濮邸。但宋仁宗先后生三子，均早夭。宋仁宗崩，皇后传遗诏，复将赵曙迎入宫中，嗣皇帝位，是为宋英宗。

此即濮王事例。

哀帝当成帝在世时立为太子，以成帝为皇考，也曾有过争议，但算不得很激烈。英宗在仁宗死后迎立，以仁宗为考，则经历一场大争议，即所谓濮议。大儒程颐，力主宋英宗宜继嗣宋仁宗。他说了这样一段话：“为人后者，谓所后为父母，而谓所生为伯父母，叔父母，此生人之大伦也。然所生之义，至尊至大，宜别立殊称，曰皇伯父、皇叔父某国大王。”杨廷和、毛澄等在私下里议说的“为人后者为之子”，正是宗程颐之说。

二事有所不同，仅举濮王之例，遵循程颐之说，或许更为纯正。但濮议中不涉及对濮王一脉的处置，今处置兴府，可借鉴定陶王事例。毛澄说：“此二事均可作为今事的参照，介夫先生，我有个计较：阁、部齐上，不如礼部来做马前卒。礼部奏议被皇上驳回，还有转圜的余地。”

“宪清先生肯担待，再好不过。”这也正是杨廷和的想法。

五月间，礼部会廷臣议礼，接连上二疏。

前疏略云：今陛下入承大统，宜如定陶王故事，以益王第二子崇仁王厚炫继兴王后，袭兴王，主祀事。又考宋英宗入继仁宗故事，皇上宜考孝宗，兴献王称皇叔父兴献大王，母妃称皇叔母兴献王妃。

后疏略云：《礼》为人后者为之子，自天子至庶人，一也。

然后重复前疏之议，并录程颐《濮议》以上。

皇帝不准，命礼部博考前代典礼再议。

第十二章

七月初，接近立秋，天气该渐渐凉爽，至少晚间该有些许凉意。但正德十六年的暑天似乎比往年漫长，不但日间在晴空下，动则汗挥如雨，晚间在星空下，同样闷热难熬。人们都在祈盼：快下一场雨吧！下一场雨，或会迎来秋风，驱除暑气。在这样的气候下，感觉到朝廷风云变幻的人们，或是欲呼风唤雨的人们，常常彻夜不眠。

夜已很深，京城浙江会馆内，一间客舍仍然亮着灯火。院落的大门已关闭，廊下一条长凳，坐着一老一少两名更夫。

年少的更夫厌恶地说："这时还不歇息，搅得我等也不能歇息，定是祖上无德——"其实客官歇息不歇息碍不着他的事，他因闷热不能入睡，而迁怒于仍不熄灯的客官。

年老的更夫打断他："往来都是客，谁知哪一位日后就会发迹？后生家千万不要口出恶言。"

张璁寄宿在江浙试馆。试馆，又称作会馆，是专为在京师应试的同乡开设的。条件比一般的店舍要好，费用比一般的店舍要低。张璁中第后，试用于刑部，官场上称之为观政进士。观政的时限，或三月五月，或十月八月。不论长短，因为去向并不明确，一般不会接家眷来京，外籍的观政进士，多寄寓在食宿比较方便的试馆。

寄寓试馆者，或两人一房，或一人一房。张璁因年龄偏大，宁愿多花些银子，单独住一房。现在显示出独居一室的好处：他数易疏稿、整夜踱步，不会被人看到；他焦灼不安、对烛难眠，不会有人知道。

四月底，王瓒因议礼不合主流，被科、道官论劾，改调南京礼部。这件事使张璁沉闷一些日子，也使他多一分警觉：朝廷深邃，不是可以轻易议事的地方；使他等待一些日子，也使他多一分斗志：大僚跋扈，难道就可以长久约束皇上？

他跃跃欲试，执笔欲挥，沉思久久，复置笔于案几。他知道，不能再等待，不该再等待。不能再等待，是因为皇上几次批回大臣们的奏议，却没有得到任何臣子的回应。难道真让皇上伤心无奈，向大奸低首下心？不该再等待，是因为礼部侍郎王瓒在他的游说下，敢持正议，被排挤去南京。难道真让正派大臣伤心无奈，向大奸屈从认错？

他置笔而思，思而执笔，终于在天将明时，草就奏稿。他知道，此疏一上，前程难卜；他知道，对于继统而不继嗣之说，多数大臣不会接受，在一段或许很长的日子里，自己会十分孤立，被士大夫视为异类。但决心既下，对于将随之而来的灾难，他不复放在心上。

张璁的奏疏写道：

> 孝子之至，莫大乎尊亲。尊亲之至，莫大乎以天下养。陛下嗣登大宝，即议追尊圣考，以正其号；奉迎圣母，以致其养，诚大孝也。廷议执汉定陶、宋濮王故事，谓为人后者为之子，不得顾私亲。夫天下岂有无父母之国哉？礼非天降，非地出，人情而已。汉哀帝、宋英宗固定陶、濮王子，然成帝、仁宗皆预立为嗣，养之宫中，其为人后之义甚明，故师丹、司马光之论行于彼一时则可。今武宗无嗣，大臣尊祖训，以陛下伦序当立而迎立之。遗诏直曰兴献王长子，未尝著为人后之义，则陛下之兴，实所以承祖宗之统，与预立为嗣、养之宫中者，较然不同。《礼》曰：长子不得为人后，皇考止生陛下一人，利天下而为人后，恐子无自绝其父母之义。故在陛下，谓入继祖后而得不废其尊亲则可，谓为人后以自绝其亲则不可。夫统与嗣不同，非必父死子立也。汉文承惠帝后，则以弟继；宣帝承昭帝后，则以兄孙继。必夺此父子之亲，建彼父子之号，然后谓之继统，则古当有称高伯祖、皇伯考者，皆不得谓之继统矣。臣窃谓：今日之礼，宜别立圣考庙于京师，使得隆尊亲之孝，且使母以子贵，尊与父同，则圣考不失其为父，圣母不失其为母矣。

第十三章

看得出来，文渊阁大学士袁宗皋病得不轻，但皇帝有旨召入，他不得不拖着病体来见驾。

其实，袁宗皋既无力挽狂澜之才力，又无遍通古今之学识。他只不过是兴邸旧人，在京城之下，与皇帝辨析即位仪注，有一番嗣君即位与皇太子即位不同的议论，大得帝心，因而得以礼部尚书兼文渊阁大学士，匆匆入阁。这是五月间的事。

可惜他福薄，到京师后，病体虚弱，一日重过一日，三日中有两日不能去内阁办事。京城人相传，他病于女色。袁府中人传播的更加神奇，说袁宗皋任兴邸长史时，昼寝，梦美貌少女翩翩而来，跪于床前，嘤嘤而言：妾乃李若虚侍儿，愿充吾公下陈。袁宗皋惊醒，连呼怪事。李士实字若虚，是当时的名士，职位已相当高，他的美貌侍儿怎会弃高就低?（李士实事迹，参阅《正德皇帝全传》第二部）后袁宗皋扈驾有功，皇帝赐以宫婢六人。其中一姬，酷似梦中所见。一问，果是李士实小妾。袁宗皋因与她是梦中结下的情缘，嬖之。试想，年近七旬，怎禁得住床笫之事，他身子很快被掏空。

这是传闻，只能姑妄听之。

皇帝亲见袁宗皋，才发现他的病情比自己想象的还要严重。平心而论，实在不该再让他劳神；但他是皇帝唯一可以与之论礼的文职大臣，不找他来，又找谁来!

“袁先生，服用太医院开具的药方，可见好转？”皇帝关切地问。自袁宗皋入阁，皇帝就和称呼其他内阁大臣一样，称他先生。

“臣自觉见好。”袁宗皋强打起精神说，“臣以贱恙，分陛下之心，实惶恐不安。陛下差御医为臣调治，臣感激涕零。”

“爱卿安心将养，不要思前想后，”皇帝安抚他，又问，“这几日，袁先生可去阁中坐坐？”

袁宗皋道：“今日臣径由家中来见驾，前两日，臣都去内阁。”

“如此说来，张生奏疏，你已阅过？”皇帝问。

“是，臣已阅过；且听各位阁臣议过。”袁宗皋道。

皇帝很想知道袁宗皋阅读张璁奏疏后的感想，更想知道其他阁臣的议论。他断定，阁臣们是一定要抨击张璁之议的；至于抨击到什么程度，则是未知之数。他问：“各位阁臣是如何议论的？”

“有人说：皇上圣孝出于天性，足令做臣子的一则感动，二则欢欣。”袁宗皋转述内阁中一议。

此议与张璁的奏疏似无关连，想是为抨击张璁之议，先要把皇帝摘出来。皇帝问具体些：“阁臣们是如何议论张生的？”

“有人说：秀才安知国家事。”袁宗皋再转述内阁中一议。

“或许还有更严厉的议论吧？”皇帝道。

袁宗皋应道：“是，有人说：持此无天无地无君无师之论，当杀！”

一句“秀才安知国家事”，一句“持此无天无地无君无师之论，当杀”，都是意气用事的话。皇帝若问这话出自哪一位阁臣之口，袁宗皋不能不说。但皇帝没问。皇帝若问，让袁宗皋为难；皇帝若问，自己也为难。

“谁道秀才不知国家事，不能议国家事！”皇帝不指名道姓却有的放矢地批驳一句，然后问，“袁先生如何看张生奏议？”

“堪称奇文。”袁宗皋答的简洁。

“奇在何处？”皇帝问的也简洁。

“不辩为人后者为之子，但言长子不得为人后，此立论之奇；”袁宗皋伸出一指，“不言继统亦继嗣，不言继统不继嗣，但言统与嗣不同，此论理之奇；”袁宗皋又伸出一指，“称兴献王不以皇考，不以皇叔父，但以圣考，此称谓之奇。”袁宗皋伸出第三指。

皇帝大为赞许：“张生奏疏写得好，袁先生总括得更好。难怪有人不许他议国家事，难怪有人要杀他而后快！”复道，“张生言圣考，即要朕考吾父，深合朕意。但内阁诸公不许朕考吾父，朕当如何处置，望袁先生教之以方。”

袁宗皋略加思索，说：“世治，礼乐自天子出。”

皇帝心领神会。

七月十五日，皇帝御文华殿，召入杨廷和、蒋冕、毛纪。皇帝说：“张璁的奏疏，卿等都阅过吧？非张璁奏疏，朕几为礼臣所误。至亲莫若父母，卿等善体朕意。”

杨廷和欲辩，皇帝不给他机会，紧接着说：“卿等且退，照朕手敕拟旨。”一名近侍紧接着将皇帝手敕交与杨廷和。

手敕写道：今尊父为兴献皇帝，母为兴献皇后，祖母为康寿皇太后。

兴献王生母邵氏，宪宗皇帝时封宸妃，生兴献王后进贵妃。兴献王就藩国，邵氏留宫中，因思念亲子，双目失明。皇帝即位，至内宫拜谒祖母。邵氏喜极而泣，双手抚摸皇帝，由头顶直至足下。皇帝大受感动，欲尊父母的同时，也不忘尊祖母。

杨廷和将皇帝的手敕封还，拒不拟旨，在本朝堪称极大胆的举动。

同时，内阁以为人后者为之子、不得顾其私的旧调，再上一疏。定陶议、濮议虽是万代不易之说，哀帝、英宗到底是中等甚至中等以下之主，他们的事例，皇帝可以不理会。于是，内阁的奏疏改用两个大圣人的事例。一则曰：舜有天下，天子之号不加于瞍；一则曰：禹有天下，天子之号不加于鲧。皇帝欲效法古圣人，对舜、禹的事例总不能无动于衷吧！

其实，这两个事例也未必适用于今日。舜得天下，不以天子之号加于瞍，但舜亦不曾为尧之子；禹得天下，不以天子之号加于鲧，但禹亦不曾为舜之子。此乃舜、禹之世不同于今世者。舜得天下，不以天子之号加于瞍，亦不以天下传于子；禹得天下，不以天子之号加于鲧，其子却得天下。此乃舜世与禹世亦有不同处。

皇帝见不到这一层，袁宗皋也见不到这一层。皇帝应付内阁的法子是不报。皇考之争暂陷僵局。

第十四章

拖到八月，皇考之议还可以不做定论，蒋氏入京入宫的礼仪，却不能不从速议定。慈驾已离安陆州，这一段行程，一个月略嫌不足，两个月则有宽裕，九月底以前怎么也可到京师。

皇帝令礼部会廷臣集议。礼部上慈驾仪注，为蒋氏设计的路线是：自崇文门入京城，自东安门入皇城，自东华门入宫城。皇帝亲迎慈驾于东华门。这是迎王太妃的礼仪。

皇帝不准。当初要嗣君自东安门入皇城，夜宿文华殿，为皇太子即位礼，皇帝不接受；而今以王太妃礼迎蒋氏，他更不能接受。

皇帝口谕：想好了，写疏来看。这是指定要内阁议。但礼部之议，即内阁之议，内阁怎想得好！赞同礼部仪注的奏疏，皇帝不要看；以礼部所上奏疏为非的奏疏，内阁不能写。不能写，则不写；不但不写，连议也不议。皇帝显得不急，杨廷和也显得不急。

有人却急，是蒋冕。八月二十日，确定蒋冕及驸马都尉崔元出迎慈驾。崔元尚宪宗皇帝第二女永康公主，是皇帝的姑父，与蒋氏平辈。蒋冕则在梁储致仕后，成为次辅。恭迎慈驾的规格很高，恭迎慈驾的仪注却没有确定，蒋冕怎能不急！

“敬之先生为何愁眉不展？”杨廷和明知故问。

蒋冕说：“散朝时，崔驸马说句举步维艰，我深有同感。”

“二位是怕出得城，进不得城吧？”杨廷和笑道，“不过，敬之先生的怕和崔驸马的怕有所不同。崔驸马有前次城下的经历，是谈而色变的怕；敬之先生没有前次城下的经历，是模模糊糊的怕。”

“已到何时，介夫先生还有心思分辨此怕不同于彼怕！”蒋冕嗔道。

杨廷和安慰他：“敬之先生不必忧虑，并转告崔驸马不必忧虑。慈驾到时，不会没有仪注；二位出城，不会进不得城。”

蒋冕先是为这一趟差事忧虑，听杨廷和的话后，转而为他忧虑。他问：“介夫先生看，一两个月里，劝得转皇上吗？”

“敬之先生看呢？”杨廷和沉思着，脸上的微笑由悠闲变成艰涩。

“劝不转皇上，只有顺从皇上。”蒋冕自语。杨廷和说定会有仪注，而皇上又无法劝得转，那么，除臣子顺从皇上，还会有什么别的结果吗？蒋冕所说，是当然之义。

“敬之先生说的是，劝不转皇上，只有顺从皇上。”杨廷和应道，“宪清先生日前问我，慈驾入城入宫的线路，可不可以改动。我之意，皇上不准，线路不妨改动。不改动，形成僵局，反更误事。”

“哎，举步维艰，举步维艰。”蒋冕叹息而去。

杨廷和不像他那样悲观。礼部拟上慈驾仪注，并非只有这一条线路可行，而是因为确定这一线路，皇上尊崇之大礼，也可确定。皇上不准礼部所拟的线路，定要另行一条线路，并非尊崇之大礼便无法确定，而是确定尊崇之大礼，要费些周折。就如皇上入宫，行另一条线路，但尊崇之大礼，礼部仍在争，内阁仍在争。

礼部重新拟定的慈驾仪注，有相当大的改动：慈驾自正阳门之左门入京城，自大明门之左门入皇城，自承天门、端门之左门入宫城。

崇文门、东安门、东华门是偏门，正阳门、大明门、承天门、端门是正门。慈驾行走线路，由偏门改为正门。但正门中又有正门，却是身为王太妃的蒋氏不能走的。

皇帝仍然不准，亲自制定：圣母自正阳门中门入京城，自大明门中门入皇城，皇帝亲至午门恭迎慈驾。

第十五章

九月二十五日，蒋氏一行抵达通州。通州距京师四十里，张佐奉旨，兴冲冲驰去。赶到后，他避开蒋冕、崔元等大臣，先与伴蒋氏而来的原兴邸承奉、现已有太监名衔的阎洪见面。二人在兴邸关系最好分别近半载，见面倍觉亲切，拉着手，一人称张哥，一人称阎哥，一人问娘娘可好，一人问爷可好，只有问的工夫，没有答的工夫，二人不觉都笑起来。

“阎哥，我见娘娘在前，你见爷在后。还是你先说说，娘娘可安康，精神可好；上路以后，我再给你讲爷临朝以来的故事，和宫中的种种制度。这样，你我心里都有底。”张佐的要求合情合理。

“上路？一时怕不会上路。”阎洪苦着脸说。

“怎么，娘娘不是要我来引路的？”张佐不再兴冲冲。

“要你引路不错，可娘娘首先要你回话，”阎洪道，并警告说，“娘娘心里正在不痛快，你可要小心回话。”

张佐忙问：“阎哥可知道，娘娘为何不快？”

阎洪挠了挠头，说：“许多人都在说，我却总记不住。好像是爷自个儿要做咱家老王爷之子，大臣们偏要爷作孝宗老皇爷之子，娘娘因而甚恼甚怒。”

“我知道，是皇考之争，里里外外闹得好凶，爷在宫里也恼怒得很。”

了解了蒋氏不快的原因，张佐心里反而踏实。叩见过蒋氏，只等她开口问话，便可将朝廷上的争执一一道来。

蒋氏开口，不问朝廷上的皇考之争，甚至不问皇上身体好不好，而是问：“张佐，听说皇上赐你入司礼监，可有人说皇上的闲话？”

与其说问的是有没有人说皇帝的闲话，不如说问的是他敢不敢作恶。张佐答得很巧妙：“从兴邸随爷进宫者，爷赐好几人进衙门办事。咱们在兴邸时听从兴献王爷和娘娘的教诲，进宫以后，听从爷的教诲，办事小心规矩，谁能说得出闲话！”

“你们知道办事小心规矩就好！”蒋氏严厉地说，“若依仗是皇上旧人，敢胡作非为，皇上饶得过你们，我却饶不过你们！”

“是，奴才们不敢胡作非为。”张佐敛手站立，大气也不敢出。

“我知道你是有分寸的，”蒋氏的语气缓和下来，这才转问到朝廷上的争执，“听说朝廷上有人要皇上以孝宗皇帝为皇考，张佐，这到底是怎么一回事？”

张佐记性好，口才尚佳，从嗣君仪注，讲到慈驾仪注，其间小臣如何上疏，大臣如何上疏，礼部如何上疏，内阁如何上疏，讲完一桩又一桩，连细节也不放过。

“这个张璁，安排职位没有？”蒋氏一下留意到其中某人。

“没有，仍在观政。”答罢，张佐多句嘴，“奴才记得，爷曾说过，张生忠忱，日后堪当大任。奴才还对爷说，既然日后堪当大任，何不今日传旨，着于礼部授官。”

蒋氏不悦：“堪当大任，皇上说得，你也说得吗！”

“是，爷为这话已教训过奴才。”张佐早就准备好下文。

蒋氏说回皇考之争：“皇上看得出此事是非，明也智也，但只是小明小智。有没有大明大智，要看他是不是把握得定尊崇大礼。”

这是歌颂皇上功德的大好机会，张佐壮着胆子插言：“奴才斗胆，有一句话，不知当不当说。”

“你说。”蒋氏命道。

张佐说：“奴才看，尊崇大礼，爷一定把握得住。”

“你怎知道？”蒋氏问他理由。

张佐具体道来：“各官员、各衙门上那么多奏疏，一本比一本经典迭出，一句比一句措词严厉，爷都不为所动。发觉那些奏疏不好反驳，道理想不透彻，爷半夜半夜坐着发愣，有时急得泪都流出来。但是，对大官的奏疏也好，对小官的奏疏也好，对大衙门的奏疏也好，对小衙门的奏疏也好，爷总是亲笔批上两个字：不许；或是批上三个字：着再议；或是批上四个字：此议大谬。奴才看，满朝大臣，不管持议如何，对爷的定性，没有不服气的。”

听了这番话，近半年以来皇帝承受的压力可想而知。蒋氏一面感到骄傲，一面感到辛酸。但现在不是向皇帝表露真情的时刻，不是向某些大臣表示愤慨的时刻。她对张佐说：“你回去告诉皇上，他把握得定，娘很放心。朝廷大事，要多请教杨先生等，不可径作主张。皇考之事，要耐心与杨先生等周旋，请杨先生多多顾及我们母子之情，和他与圣考的父子之情。这是根本大事，不可有丝毫摇动。”

“是，娘娘的话，奴才都记住，”张佐应罢，小心地问道，“奴才奉爷圣谕，恭迎娘娘进城。在先，礼部拟的仪注不好，有失娘娘的身份，和爷对娘娘的孝意，娘娘不便就进城去；而今爷亲自拟定仪注，大臣们无可如何，娘娘还要在城外停留一两日吗？”

“也许一两日，也许三五日，也许十日八日，也许根本不进城入宫。”蒋氏说得很坚决，“你告诉皇上，一日名分不正，我一日留在城外。他若考孝宗皇帝，我立即返回安陆，与他永无相见之日。”说到这里，她重重地哼一声，“我家的儿子，怎能为他人之子！”

张佐不敢多问，拜别蒋氏，回城复旨。

第十六章

十月朔日，祭享太庙毕，皇上于文华殿单独召见杨廷和。这是新君即位以来从未有过的事情，杨廷和虽经历过不知多少风浪，也不免心情忐忑。蒋冕、毛纪及身在议礼旋涡中心的各位大臣无不心情忐忑。

“赐茶。”皇帝表示礼敬。

茶不能饮用，恩却是要谢的。杨廷和道：“谢陛下赐茶。”

皇帝挥手，近侍退下，殿内只有皇帝和首辅二人。这又是从来不曾有过的事情。其实，近侍退下，仍在近旁，不会听不到君臣间对答。皇帝命他们退下，无非是要表示慎重其事。

杨廷和知道，今次和皇帝的应答非同小可，大礼之议，恐怕要初见分晓。皇帝能够顺从舆情，体恤大臣们的一片苦心，自然很好；但看来机会不大。皇帝执意不从，自己是从权应变，还是以去就相争，也应该仔细在心里盘算盘算。

不容他多想，皇帝已开口：“张佐从通州带回话：问杨先生好；还有：杨先生安定社稷之功，本朝从来未有，宜封以爵位。”

杨廷和应对：“老臣惶恐，实不敢当。社稷安定，全赖陛下圣明，臣何功之有！我朝制度，文臣除非大征伐之功，不得封爵。祖宗制度，万万坏不得。”

“杨先生谦辞，朕也不敢做主，此事再议。”皇帝埋下伏笔。再议，不是由礼部再议，不是他君臣间再议，而是要等蒋氏入宫再议。“张佐还传话，武宗毅皇帝尊谥拟得甚好，武宗毅皇帝祔庙，成全尔君臣心愿。愿杨先生以辅导毅皇帝之心，辅导新君。”

这几句话意味深长：先皇帝的尊谥不是无可挑剔的。大臣们，首先是内阁大臣们，要为先皇帝争得一个上佳的谥号，由得他们；现在该把对先皇帝的忠心，移向新皇帝。

杨廷和有几分惶惑，几分委屈。惶惑的是：蒋氏若以为他只忠于先皇帝，不忠于今皇帝，皇帝若以为他的心思只在先皇帝身上，不在自己身上，他还如何为官，如何为人！委屈的是：今日争礼，还不是为皇帝有一个更正当的名分，还不是为大明朝的千秋基业！他的这片苦心，蒋氏和皇帝怎么就不能理解！

当然，在皇帝面前是不能争辩、无须争辩的。杨廷和说："臣受朝廷厚恩，自当尽心竭力，无愧职守。陛下聪明睿智，纳言从善，必能光大祖宗之业。臣为天下幸，为社稷幸。"

转达过蒋氏的意思，皇帝转到自己的意思，此乃今日单独召见杨廷和的主题。他说："杨先生，皇兄武宗毅皇帝主位祔庙，朝廷完成一桩大事。朝廷的另一件大事，是恭迎慈驾，还赖杨先生主持。"

"慈驾仪注，陛下亲拟；恭迎仪仗，由锦衣卫制作；臣崔元，臣蒋冕，已迎至通州。慈驾滞留通州不进，臣实不知何故。"杨廷和说到这些，不可能全无情绪，但他尽量保持平和的态度。

"宫禁后妃所居，名分未定，慈驾不便入宫，"皇帝说得简捷明了，"慈驾不得名分，不肯入宫。慈驾一日在外，朕心一日不安。还赖杨先生委曲折中，使朕得申孝情。"

说到这里，正是申述内阁和礼部主张的机会。杨廷和恳切地说："称帝称后，乃是大礼，关系万世纲常，四方观听。故必上顺天理，下合人情，不可不详，不可不慎。顺天合情，方能安祖宗列圣之心；祖宗列圣之心安，则陛下之心始安。"稍停片刻，让皇帝细心体会；然后，他又加上一句，"礼部日前所议，还望陛下采听。"

皇帝说："礼部说人心所安，杨先生说祖宗列圣所安，朕并非不能体会。但朕心不安，慈驾不安，难道祖宗列圣能安，人心能安？这一层，不知杨先生能不能体会？张佐传话，若是议不出结果，慈驾将返安陆。"说到此，掩面而泣，"朕不能在宫中孝养慈驾，请慈寿太后与众卿另于宗室择贤，朕情愿逊位，奉慈驾返安陆。"

杨廷和不啻是头顶遭一炸雷，作声不得。皇帝以逊位要挟，他能说"那就请皇帝逊位吧"？能再争礼逼迫皇帝逊位？他落后一步。皇帝强要加帝、后之号于所生父母，杨廷和不从，以去就相争，举朝大臣不从，以去就相争，则皇帝不好以逊位威胁；杨廷和坚不以帝、后之号加于皇帝所生父母，皇帝无奈，以逊位相争，杨廷和也不好再以去就威胁。君臣相处，必要如此，否则，岂不分崩离析？

落后一步，不得不退让一步。杨廷和说："陛下稍安，容老臣与众臣再商议。"

杨廷和心情极为沉重地回到内阁。由南京调京师，就吏部尚书职不久的乔宇，正端坐阁中，与毛纪闲话。见杨廷和进来，他起身行礼。杨廷和还礼后，笑着说："希大先生不要拘束，请坐。"作为内阁的主人，他定要笑一笑，不然，有逐客之嫌。

但他笑的实在勉强得很。

乔宇只比杨廷和晚两科，算得上同一代人。但他曾师从李东阳，李东阳与杨廷和同衙为官多年，所以他在杨廷和面前，以晚辈自居。见杨廷和心力交瘁的样子，他关切地问："皇上是为慈驾之事召见介公吧？"

杨廷和叹口气，说："真让人想不到，皇上要逊位。"

毛纪、乔宇无不震撼，或许比杨廷和亲耳听到这句话，还要震撼。

不等二人说话，杨廷和略述和皇帝的应答。然后，他缓缓言道："一个月前，我和敬之先生议论过，劝不转皇上，就只有顺从皇上。"

"介夫先生是说，现在只有顺从皇上？"毛纪没精打采地问。

"不错，现在只有顺从皇上。"杨廷和说。

"此事顺从皇上，则再无争辩的余地。"毛纪说。

"那却未必，"杨廷和是否定毛纪的看法，也是安抚毛纪的情绪。但他不忙述己见，而是转问乔宇："希大先生之见呢？"

乔宇想了想，说："加帝、后之号于所生父母，是一时权宜，只要暂时避开皇考一事，大礼还可以争。"

"正是！"杨廷和很高兴遇到知音，"加帝、后之号于所生，皇上是一定要争到的；争不到，宁愿逊位。皇上一定要争到，却不径降纶音，显是有所顾忌。皇上不直接降旨，事情还可以转圜。"

未加帝、后之号于兴献王和王太妃，欲使皇帝考孝庙，已是步步障碍；加帝、后之号于皇帝所生父母，欲使皇帝考孝庙，更是渺茫之极。但加帝、后之号于皇帝所生父母，到底不等同于考兴献王。加帝、后之号于兴献王、王太妃，考孝宗皇帝，还是考兴献皇帝，仍在未定之中。所以，杨廷和说，事情还可以有转机。

经他一说，毛纪对二者的区别也有所领悟。他想到另一层，问道："皇上不自行降旨，内阁难道能自行拟旨不成？"

乔宇脑筋灵活，小有他的另一个老师杨一清之风。他立刻说："内阁自行拟旨，还不成为笑柄？可不可以请慈寿皇太后懿旨？"

"对，"杨廷和双手一击，说，"请慈寿皇太后降懿旨，皇上有转圜的余地，内阁也有转圜的余地，两下里都有面子。"

当天午后，内阁拟旨：奉慈寿皇太后懿旨，尊兴献王为兴献帝，以兴献王妃为兴献后，以宪宗皇帝贵妃邵氏为皇太后。

初四日，蒋氏至京师，皇帝立于午门，迎候兴献后入宫。

第十七章

九月上旬，袁宗皋病卒，皇帝失去可以与之议礼的文职大臣，哀痛不已。亏得十月上旬，母亲蒋氏以兴献后的名分入宫，给皇帝极大的安慰和支持。但一来，蒋氏对圣贤之说、大儒之说远非谙熟；二来，本朝后妃不干政，皇帝不能日日与蒋氏商议，事事听取慈训。又亏得十一月下旬，张璁上《大礼或问》一疏，给皇帝以力量，使皇帝受到莫大鼓舞。

官员们的奏本誊录两份，一份，下阁、部议处；一份，皇帝留在身边，不时取出阅读、揣摩。并非每一个字，每一个词，每一个句子，他都能深解其意；但每读一遍，理解就会深一些，决心也就会大一些。

《大礼或问》序文不长，皇帝已经能够一气呵成地读下去。每当读到下面几句话时，他总是禁不住要回过头来再读一遍。

张璁写道：

> 臣不得已，乃据礼书，别异同，明是非，上呈圣览。然此非臣一人之见，凡有识者所共知也。间有一二台谏，不能开陈，又从附和，交章击臣，目为谄谀，诋为希进。由是有识之士，虽有章奏已具，皆钳口畏祸，无复敢献。遂使万世公议，阻于上闻，祇见臣说孤立，似一人之私也。夫礼以非礼为非，而非礼亦以礼为非，此臣所以不能自已于言也。唐陆贽曰：上不负天子，下不负所学。臣愚，虽未之学也，其不敢负天子之心，天地鬼神实临之也。

“上不负天子，下不负所学”，皇帝反复回味着这两句话，如见张璁其人。他敢在满朝皆以考孝宗皇帝为正论的氛围下，在大小臣工的交章攻击下，上书直陈，不但见识非凡，而且气魄非凡。若道他不是忠臣，忠臣应是什么样子！若说他不是诤臣，诤臣应是什么样子！

《大礼或问》的正文列出二十个题目，其中的几个题目、几段文字，皇帝反复阅过，不但熟记在心，而且对为何要争大礼，大礼议到底在争什么，有了更深刻的理解。

第一问是：今之典礼仪者，必以我皇上宜考孝宗，而以兴献王为叔父，谓之崇大统也，割私恩也。汉、宋之故事也，举朝无明其非，子独以为言者，何也？

张璁答曰：

张璁的回答略曰：成帝无子，立定陶王之子为嗣。仁宗无子，立濮安懿王之子为嗣。则哀帝、英宗者，乃是预立素养，明为人后者也。今孝宗皇帝，尝以祖宗大业授之武宗，但知武宗为之子。武宗嗣位，又十有六年，未有储建，是武宗无嗣，孝宗未尝无嗣。今日必欲我皇上为孝宗之嗣，承孝宗之统，则孰为武宗之嗣，孰承武宗之统？孝宗既以大业授之武宗矣，其心岂肯舍己之子，而子兄弟之子，以绝其统？武宗既以大业受之孝宗矣，其心岂肯舍己之父而不之继，而委叔兄弟继之，以自绝其统乎？兹议也，二宗在天之灵，果足慰乎？夫父子之恩，天性也，不可绝者也。知孝宗、武宗之心，则知兴献王与我皇上之心矣。

第二问是：然则我皇上于大统也，将谁继乎？

张璁答曰：

张璁的回答略曰：继武宗之后，以承祖宗者也。迎立之诏曰：兴献王长子，伦序当立，迎取来京，嗣皇帝位。此议之公也。又劝进之笺曰：以宪宗皇帝之孙，继孝宗皇帝之统。此说之变也。由前之言，则我皇上所继者，武宗也。是武宗虽无嗣而有统矣。由后之言，则我皇上所继者，孝宗也。是武宗虽有统而无传矣。

第四问是：议者谓，武宗以大业授我皇上，故止称皇兄。又谓我皇上既兄武宗，自宜父孝宗，兹言何谓也？

张璁的回答略曰：父子之恩，天性也，不可绝也，不可强为也。群臣定议，迎我皇上，乃遵祖训也，兄终弟及之文也。果若人言，则皇上于武宗兄弟也，固谓之父子也；于孝宗伯侄也，亦谓之父子也；于兴献王父子也，反不谓之父子可乎？

第五问：我皇上嗣兴献王，藩王也。今嗣大统，天子也，恩亦极矣。不正父子之名，得乎？

张璁的回答略曰：天下，外物也；父子，大伦也。瞽瞍杀人，舜窃负而逃，知有父而不知有天下。今欲我皇上舍天性之父子，而反称伯侄为父子，是天下重而大伦轻也，可乎？

第七问是：子必以我皇上不当考孝宗，岂以兴献王不可无后也？议者以我皇上考孝宗，而又以益王子崇仁王考兴献王，是或一道乎？

张璁的回答略曰：父子之恩，天性也，不可绝，不可强为。以我皇上考孝宗，而又以崇仁王考兴献王，是强为父子也。使孝宗不得子武宗，又使兴献王不得子皇上，是绝人父子也。夫古之为礼者，将使无后之人有后；今之为礼者，将使有后之人无后，可乎？

第十六问是：为人后者为之子，不得复顾其私亲，其说如之何？

张璁的回答略曰：此非圣人之言，乃汉儒之说。今日为人后者为之子，不得复顾其私亲，是以父母为伯叔，不复有爱敬之心，如路人矣。故曰非圣人之言，汉儒之说也。况我皇上乃入继大统，非为人后者。其说又焉可用哉！

在这些论述中，皇帝念诵的最多的，便是“父子之恩，天性也，不可绝也，不可强为也”这句话。它最能感染人，最能震撼人，最能振聋发聩。主张考孝宗皇帝，尽管有千条理由，万条理由，但在这一条理由面前都将土崩瓦解。

皇帝没有机会和张璁面对面地探讨《大礼或问》中提出的种种问题，因为张璁上疏后不久就被实授南京刑部主事，远离朝廷。皇帝相信，他在南京也不会放弃他的主张，他的努力，就像自己不会放弃一样。现在还不便召回他，但总有一天会召回他的。

《大礼或问》陪伴皇帝度过了在北方的第一个寒冬。

二、貌隆情疏

第十八章

嘉靖元年正月十一日，清宁宫灾。失火的不是正殿，是殿后的三间小室。起火的原因不详。反正冬日干燥，北风吹来，一星火花很容易燃成大火，三间小室顷刻化为灰烬。所幸者，扑灭及时，不曾殃及大殿，在后宫没有引起大的恐慌。

皇帝唤来两名司礼太监，萧敬和张佐，一是问话，二是有事差遣。

萧敬是和张佐一同从司礼监出来的，对皇帝宣召之意早已了然。他比张佐等高出好几辈，宫中典故几无不知，大小太监对他都很敬重；他为人谦和，年轻时不曾争风邀宠，现在更与世无争。

皇帝对萧敬说："改元伊始，有清宁宫之灾，朕心悚惧。内阁老先生们的意思，当降罪己诏书，以答上天。朕要听听你的见解。"

"是否降罪己诏书，取自圣裁，"萧敬不紧不慢地说，"据奴才想，内阁老先生们请爷降罪己诏书，有内阁老先生们的道理。爷恩准，有爷恩准的道理；爷不准，也有爷不准的道理。"

皇帝盼的大概就是这几句话，他饶有兴趣地问："这话怎讲？"

萧敬讲起故事："孝宗皇爷时，清宁宫曾走过一次水，奴才记得，是在弘治十一年。那一年，奴才在司礼监办事，杨阁老好似是左春坊大学士，奴才们都唤他杨学士。那一次，孝宗皇爷降罪己诏书，敕群臣修省，求直言。爷效仿孝宗皇爷，似无不可。但弘治十一年是大灾，烧坏清宁宫的正宫；今次是小灾，只殃及正宫后面的小室。据奴才看，降罪己诏书，不降罪己诏书，在两可之间。"

"好一个两可之间！"皇帝不唯高兴，简直可以说开心，"天降灾异，是对朕的眷顾爱护，朕报以罪己诏书，本无不可。所不甘心者，自即位以来，朕勤于政事，一夜一夜难眠；前朝弊端，一事一事议革。朕兴利除害，应天顺人，怎么即位不到十月，改元不过十天，便要降诏罪己？后世史家，将怎样评说今日？听萧老太监讲故事，朕顿时醒悟，这罪己诏书，是可以不降的。不，”他稍稍一顿，换一个说法，来表达决心，“这罪己诏书，是断然不能降的。”

“爷圣明！”萧敬为皇帝的选择提供依据，显得更加沉稳。

第一事有着落，皇帝又问第二事：“清宁宫灾，毁坏的宫室必要修葺，皇嫂等起居会不会不便？”

这一问，不指明要谁答，两名太监你看看我，我看看你，都不答话。

皇帝也不要二人回答，他自己说：“毁坏的宫室要修葺，皇嫂等定有许多不便。朕欲迁皇嫂于仁寿宫，迁皇兄贤妃、德妃于武安等宫，皇祖诸妃亦迁至西边。张佐，你伴萧老太监去内阁，降罪己诏书的事，你把朕的意思告诉杨先生等。皇嫂迁徙之事，由萧老太监传谕。”

仁寿宫是禁城西部的大宫，武安等宫是禁城西部的小宫。按照皇帝的安排，除做十余年皇后又做十余年皇太后的张氏，仍留在大内的东部，余者，以前的名分是皇后也好，是妃子也好，一概西迁。

“臣等万万不敢奉谕。”杨廷和向着北面揖道。

反应如此强烈，不似往日做派，萧敬实感意外。他怕杨廷和没听清，字正腔圆地强调:“介夫先生，万岁爷是着老朽来传宣圣谕的，不是着老朽来与老先生们商议的。”

“是，臣等知道，臣等不敢奉谕。”杨廷和也字正腔圆地回答。

“愿听介夫先生说教。”萧敬很客气。

杨廷和说：“有二事，我要请教。萧老太监和张太监讲得清楚，我等为何不敢接圣谕，就不必解释；二位讲不清楚，我倒是有个说法。”

“介夫先生请。”萧敬礼让道。

“我先要请教，武宗夏皇后何许人也？”杨廷和一本正经地问。

蒋冕、毛纪、费宏暗自喝彩：先声夺人，问得好！

萧敬一本正经地答道：“武宗夏皇后曾为国母。”

“武宗夏皇后曾为国母多少载？”杨廷和接下来问。

“约为一十五载。”萧敬道。

正德元年八月，夏氏立为皇后，到正德十六年三月，武宗宾天，大约是十五年。

杨廷和转身问张佐：“张太监，圣上是诞于正德二年吧？”

“是，万岁爷诞于正德二年八月初十日。”这个日子张佐记得最牢。

“二位请听好，”杨廷和正正身子，说，“武宗夏皇后母仪天下约为十五载，我等为其臣子约为十五载。我等，非唯臣廷和、臣冕、臣纪、臣宏，亦有臣敬、臣佐。二位想，可是这道理？”

“是。”萧敬、张佐应道。

“而圣上曾为其臣子约为十四载，二位想，可是这道理？”

本来用不着想，可答起来，也不那么爽快。张佐根本不敢回答。在他心目中，皇帝既然成为皇帝，就应该始终是皇帝，如太子登基，还能说太子那一段是臣子吗？他对皇帝向来是称爷的，即位前是千岁爷，即位后是万岁爷；现在却好像他的爷一直就是万岁爷。

萧敬不会和他的想法一样，但同样不敢遽然作答。若说皇帝曾为武宗臣子，为孝宗臣子，完全用不着犹豫。而夏皇后的地位尴尬，昔为天下母，今非皇太后，说皇帝曾为其臣子，好像就不是自然而然的事。但又无法否认皇帝曾为其臣子一事。

“万岁爷为其臣子约为十四载，介夫先生说的是。”萧敬终于说。

“好，这一节且放过一边。”杨廷和说。看来，他请教的第一事，要的就是皇帝曾为夏皇后臣子十四年的结论。

萧敬料到，第二个问题必定更难应付，不由紧张起来。果然，杨廷和的第二个问题提出，不但萧敬张口结舌，蒋冕、毛纪、费宏诸人听了，也是一惊，暗道：介夫先生问的太唐突，皇帝面子上不好看。

杨廷和问的是：“萧老太监，我再请教，仁寿宫何许地也？”

只有张佐懵懂无知，反问：“杨先生，仁寿宫何许地也？”

杨廷和不正面答：“你入宫时日不久，难怪你不知道。萧老太监却不会不知道，你何不向他请教！”

“萧老太监，请赐教。”阁中的气氛，众人的态度，令得张佐好奇之心大起。见萧敬仍不欲讲，他有些急：“在此处不肯讲，回到宫里，万岁爷问起来，萧老太监还能不讲吗？”

萧敬被纠缠不过，冷冷地说：“仁寿宫乃先朝幽闭废宫之所。”

阁中气氛更加凝重，连张佐也不知说什么好。

“萧老太监，张太监，”杨廷和语气沉重地招呼着二人，“我等为武宗夏皇后臣子约一十五载，圣上为武宗夏皇后臣子约一十四载，若使入居幽闭废宫之所，如何对臣子言，如何对史家言，如何对天下言，如何对子孙后世言！夏皇后千秋之后，与武宗合葬祔庙，又如何对祖宗言！今康陵之土未干，圣上行事不可不慎。”

杨廷和完全是辅导皇帝的口吻，萧敬和张佐等于是代皇帝受教，只能不作声，听他还有什么说教，或其他的阁臣有什么说教。

费宏咳嗽一声，众人的目光集中在他身上。他是在去年十月入阁的，排在内阁最后一位。这一声咳嗽甚是及时，既示意自己要发言，又示意蒋冕、毛纪有话，尽可以在他前面说。他是排列第四的阁臣，但眼下的局面有些僵，只有他适合打破僵局：他入阁早过蒋冕、毛纪，有资格接在杨廷和后面发言。他复入阁时，皇帝和阁臣们已就大礼争议过一些日子，他涉入较浅，他的话，皇帝较听得进去，眼前是萧敬、张佐较听得进去；他涉入较浅，杨廷和等也需要他在局面僵持时略加扭转。

众人都是鼓励的态度，费宏缓缓言道："介夫先生并不是说，圣上忘却武宗夏皇后曾母仪天下约为一十四载，并不是说，圣上欲迁武宗夏皇后入居仁寿宫，有何不慎；而是说，武宗夏皇后不可入居仁寿宫。圣上或不知，仁寿宫乃前朝幽闭废宫之所。"

不管杨廷和的原意是否如此，他不好反驳。而张佐总算找到一个说话的机会："费先生高明，我看也是，万岁爷并不知道仁寿宫何许地也。"

这一来，责任在萧敬。张佐不知道，不似伪装。皇帝不知道，在情理之中。只有他知道，他却不对皇帝讲明，以至皇帝降一道完全错误的圣谕，而且传谕内阁。他心里老大不舒服，但无法为自己辩解，只好糊里糊涂地把责任担起。

"还有一句话，烦劳两位公公代为启奏圣上，"杨廷和郑重地说，"上天降灾示警，修葺事小，修省事大。"

"朕只听说仁寿宫宽敞豁亮，谁又知是幽闭废人之所！"皇帝不高兴地说，"再者，前朝用仁寿宫幽闭废人，朕就不能用仁寿宫安置皇嫂吗？难道说，还有人疑朕幽闭皇嫂不成？好生可恶！"

其实，仁寿宫为前朝幽闭废斥之所，皇帝隐约听人说起过，但不曾留意。欲迁武宗夏皇后等入居仁寿等宫，是因为正经的宫室居住几代后妃，过于拥挤。迁去一部分，可以给兴献后蒋氏一个宁静的环境。没想到是迁不得的，他只得作罢。

让皇帝不安的，是杨廷和说的修省事大。所谓修省，大臣要修省，皇帝更要修省。听杨廷和的口气，好像皇帝有过失，自己不醒悟，不得不由臣子们来开导。想来，内阁要借此做文章，礼部要借此做文章，大小臣工都要借此做文章。

皇帝要准备应付臣子们的进言。

果然，奏疏纷至沓来，多是以灾变作引，言议礼之事。

兵科给事中邓继曾称"火实主礼"：天有五行，火实主礼；人有五事，火实主言。名不正则言不顺，言不顺则礼不兴。今岁未期而灾者三，废礼失言之效也。

礼部称“礼乐或愆”：陛下郊祀甫毕，禁中失火，密迩青宫，变不虚生。宜应之以实，法成汤之自责，效周宣之侧身，思礼乐教化之或愆，念庆赏刑威之有失，充其惧灾忧患之心，以致夫顺天悦天之实。

内阁的奏言最率直：火起风烈，此殆天意。况迫清宁后殿，岂兴献帝、后之加称，祖宗神灵容有未悦者乎？

皇帝开始动摇。在离开兴邸时就树立起来的必为父母争得名分的信念动摇，反复阅读张璁《大礼或问》时逐渐增强的信心动摇。在阅读通政司进呈的奏章时，他的目光会忽然停留在某一页、某一行甚至某一个字上，久久不离开，谁也不知道他在想什么。在司礼监太监给他诵读有关灾变的奏章时，他会忽然做一个手势，命其停下。然后久久不作声，然后忽然喝问：“为何不读？”

近身的小宦者，或较接近的太监，无所适从。

御马监太监阎洪从兴献后宫中过来。他本不该再在内宫走动，只因兴献后用惯他，还不时传他办事。

“娘娘知道爷心绪不定，命奴才给爷请安。”阎洪说。

皇帝不答话，也不问话，但情绪稍微稳定。

“娘娘说，爷实在为难，且照阁老们的意思办吧。”阎洪继续说。

“娘这么说？”皇帝的情绪更加稳定。他这些日子反复在想：上天真的因为他尊崇兴献帝、后发怒吗？祖宗真的因为他尊崇本生父母不悦吗？这个想法不能和任何人说，甚至不能和母亲说。另有一个想法，也不能和任何人说，甚至不能和母亲说，顺从大臣们，母亲会体谅他吗？

阎洪传来的一句话，顿时把压在他心里的石头搬去一半，在感到轻松的同时，他对母亲产生由衷的感激之情。

“你去后宫讲，朕不会让母后失望的。”他打发走阎洪。

接下来，决定两件事：第一，本拟再为父母争一个皇字，兴献帝为兴献皇帝，兴献后为兴献皇后，且作罢。第二，以孝宗皇帝为皇考，以孝宗张皇后为皇太后。

他要让文武大臣知道，让天下百姓知道，当今天子是如何顺天应人，以社稷为重的。

第十九章

朝廷有二朝房，是为廷臣上朝前作准备而设的，偶尔有人寄宿其中。东朝房近东长安街，属南薰坊，西朝房近西长安街，属大时雍坊，都在中城。工部衙门在城东，刑部衙门在城西。林俊以工部尚书召，本应寄寓东朝房，但未上任工部，即改刑部，于是寄寓在西朝房。品秩低的京官，住不进朝房；品秩高的大臣，都在京城有自己的家宅。像林俊一样住官家房屋的不多。朝房倒是很安静，朝房的衙役对寄寓官人的照顾也很周到。

天黑时分，有人敲门。守门的衙役满肚子不高兴，推门而出。见外面站立之人，穿戴着士人的衣巾，他不好发作。

“公子爷何事？”他问。

“拜客。”来人道。

“公子爷拜访何人？”衙役问。

“刑部林大人。”来人道。

堂堂刑部尚书不是随便可以拜访的，来者大约不是林俊的亲属，也是林俊的门生。衙役又增添几分谦恭。他说：“公子爷来的恁不巧，饭一用罢，林老爷就出外拜客。”

“去拜何人？”来人问。

“听林老爷的老家人说，是去拜吏部乔老爷。”衙役说。

来人沉吟：“他二人坐在一起，一时半刻怕是不会分手。”

听他口气，竟像是熟知林俊和乔宇间的交情。

衙役热情邀道：“公子爷急于见林老爷，可在我那小房里坐等。”

来人说：“不能等！我留下一函，烦你当面交到林大人手里。”

“公子爷放心，无论转交信函，转交物件，转交银两，我这里从未出过差错。”衙役说着，接过信函。

在大门外与乔宇互揖作别，打道回朝房，林俊一路上都很高兴。今日朝廷，杨廷和是一面旗帜，乔宇是一面旗帜。初至京师，拜晤这两位，是必不可少的礼数。但乔府之行，又不仅是礼节上的拜晤，还有一件正经事要谈，即如何处置文徵明。

新皇帝即位，诏征各地人才，文徵明在南直隶选送的士人中。既是奉诏，该等人才肯定会安排去各衙门任职，不同处在于去哪个衙门。

林俊看重文徵明的诗、字、画和人品，意欲将他安置在翰林院。以他的资历和声望，推举文徵明，未尝不可，但任用人才不是刑部的职掌，与其他来推举，不如请乔宇推举。

乔宇开始有些犹豫。不是他觉得文徵明进翰林院不合适，而是翰林院官有翰林院官的成见，林俊也好，他本人也好，都难以改变。文徵明进翰林院，面子够大，可他消受得了吗？而且林俊也好，乔宇也好，都没有入过翰苑，批评翰林院的成见，肯定要招致抨击。本来是件好事，何必反惹烦恼呢？

林俊坚持文徵明应入翰苑，坚称文徵明入翰苑，是太平盛世的一个生动标志。乔宇终于应诺，推举文徵明为翰林院待诏。

林俊了却一桩心愿，为朝廷办一件好事，为文徵明办一件好事，高兴地说："除文衡山，翰林院待诏谁敢任！除翰林院，哪个衙门请得进文衡山！这才是相得益彰。"

其实，待诏是极低品秩的职官，不过从九品。但待诏不常设，朝廷虚其位以接纳名动天下的文人骚客，故外而各大衙门，包括内阁，内而各大监局，包括司礼监，无不另眼相看。

回到舍间，林俊的高兴劲头顿失。

他刚一下轿，守门的衙役就迎上来，殷勤地说："林老爷，你老人家前脚刚离开，后脚就有客来访。"

"有这事？客人可留下话？"林俊奇怪地问。朝房不宜待客，只有他去访别人，怎会有人来访他？

"话没留下，却留下一函。"衙役把来客所投信函递上。

林俊道声谢，手持信函回到下榻房间，拆开来看。他只扫一眼，脸色立刻大变。

老家仆不安地问："来者何人，引得老爷慌张？"

林俊端坐片刻，理出头绪："来者说是俊杰，不似俊杰；说是无赖，不似无赖。我怎知他是何人！我只知，他是来为皇上做说客的。"

客人留下的信函，录了林俊的一首旧诗，题目是《普安盛孝子歌》：

君不见家中鹅，其母死，其子衔草以祭，仰天绝颈，死而同巢。又不见林中鸟，衔食哺其母，遶枝昼夜不飞去，以翼覆母声号呼。物类固如此，人灵不如物。家家爱儿如爱珠，儿生母命诚须臾。儿夜啼，母夜起，柔语温言劝谛视，儿饥母不食，儿病母忧泣。儿出远道母倚门，黑风赤日思寒温。儿寸草，母春晖，心欲报，愿则违。不能致显荣、具甘脆，床头无金瓶、无粟番。思一夜，肠百转。母益病，儿益贫，母身重，儿身轻。儿身况自母身出，皇天幸烛儿精诚。肝肠一缕入羹汤，母命可生儿可死。母病痊，儿疾痊，一时义事谁与传？割股奚须并牙烦，贫哉此子尤堪怜。呜呼贫哉，此子尤堪怜！

盛孝子名全，贵州都指挥使司普安卫戍卒，弘治年间，于城南龙王庙斋沐，割肝医母。众人赶至庙中，只见满地血迹，墙壁上书写“盛全为母”四字。林俊或是在云南任按察使时，或是巡抚四川时，听到这段故事。他深受感动，写下这首诗歌。今天，有人抄录这首诗歌送还给他。他马上想到，此人是为皇上做说客的，要他体察皇上孝顺母后的心情，推崇兴献帝的心情，而不要逼陷皇上于不孝。

听说来客为皇上游说，老仆比林俊还紧张。他把声音压低到几乎听不见，问道：“老爷，为皇上做说客，是皇上差他来的吗？”

“此人不正派，皇上怎会差他！”林俊不屑地说，“我料想，他一直在外侦伺，见我离去，慌慌张张跑来，留下一纸。真要为皇上游说，尽可光明正大地来见我，何必学鸡鸣狗盗的行径！”

“不是皇上差来的就好办，”老仆放下心来，“老爷，要不要我去兵马司备个案底，请御史老爷查一查此人？”

林俊连连摆手：“你对御史老爷怎说？说有人来访你家老爷，访不着，留下一函，是你家老爷旧日的诗歌？御史老爷定然说：林尚书的诗歌是好的，难得此人肯读书。说抄录你家老爷旧日诗歌，是为皇上游说？御史老爷定然说：能抄录林尚书的诗歌，是孝子；肯为皇上办事，是忠臣。此人堪称忠臣孝子。你还能怎说？我看免了吧。”

他虽这样说，老仆不放心，还是去中城兵马司报案。

第二十章

杨慎两次告假。一次在正德六年钦点状元后不久，为继母服丧，回四川新都老家。时杨廷和在内阁，士大夫中对杨慎抡魁议论甚多，甚至有“面皮状元”的讥诮。他借机告假，正好避一避舆情。另一次是在正德十二年底十三年初，为养病，再返新都。此次还朝，他仍是翰林修撰的旧职。虽是旧职，却多一层含义，皇帝着他以翰林院修撰充经筵讲官。

这次还朝，杨慎自购房屋，不再住进相府。应该说这一步走得对，越来越多的人只把他看作翰林院的杨修撰，而不看作“面皮”状元，而不看作首辅之子。距离杨廷和这棵大树远些，得以施展其才，得以广交朋友，杨慎自己也觉得日子过得轻快许多。

转眼间已至大暑。一日晚间，杨慎回到杨廷和府第，径直向父亲的书房走去。一二家人还在院中忙碌，见了他，殷勤地走近来，欲打招呼。他做个噤声的手势，悄自推开房门。

杨廷和对着灯火，双手捧着一本书看。书案上放杯茶水，杨慎走到杨廷和身后，把杯子挪开。杨廷和欲取杯饮茶，抓了个空，他一抬头，看见杨慎。

杨慎行过礼，笑道：“父亲大人在看什么书，好自在呀！”

杨廷和把书的封面给杨慎看，是《二程全书》。宋大儒程颐是洛阳人，与其兄程颢合称二程，程颢又被称作大程，程颐又被称作小程。后人把他们的著作合集付梓，即《二程全书》，把他们的学说称作洛学。

杨廷和说：“我于洛学知之甚浅，只好恶补。”

他从青年时起，便喜读经济之书，不喜读理学之书。硬着头皮读程氏理学，显然是放不下朝廷的议礼。

杨慎劝道：“父亲空闲时，读读《温国文正公文集》也就是，何必一定读小程先生的文章？”

司马光病逝后，赠温国公，谥文正，他的文集以此得名。司马光也赞成濮议，但他更长于史学，他的书读起来会轻松一些。

“不同的，不同的。司马温公的书要读，小程先生的书也要读。”杨廷和说着，指指一旁的椅子，要杨慎坐下，“慎儿多日不来看望我，就不想想，我已是垂暮之年，极需慰藉？”

“父亲在责怪儿子不孝吗？”杨慎不待坐稳，就开始为自己辩解，“暗示儿子搬出去住的是父亲，为儿子寻觅宅院的是父亲，怎么倒成儿子不孝？真是冤枉煞儿子。”

“那好，不是为子者不孝，是为父者不慈。”杨廷和笑道，“慎儿今日为何事而来，总不是为检查我的功课吧？”

杨慎说：“并无他意，只是来陪父亲说一说话。再者，暑日过半，再开经筵，第一讲就是儿子的差事，也须向父亲讨教。”

暑天经筵停讲，初秋重开，是本朝制度。欲皇帝成为圣明天子，以圣贤之道引导至关重要，讲经筵可说是首辅要关注的第一件事。杨廷和关切地问：“题目可定？”

“已定，是慎始终。”杨慎说，“题目是前次经筵后，父亲和另几位阁老议定的，怎么自己反倒忘却？”

杨廷和说：“并非忘记该题目，只是不知分派给你的是哪一个题目。”又自语，“当初和蒋、毛、费诸公议时，都道这个题目须得好好讲一讲；今日看来，这个题目尤须好好讲一讲。”

杨慎接上他的话：“故儿子有不克重荷之感。”

“这话有点儿言过其实，”杨廷和微微摇头，“圣贤典则你记得熟，今时事则你看得清，还谈什么重荷？不过，慎儿既来，要和我说一说话，而且要说的是经筵之事，有一句话，我不能不说。”

“请父亲示下。”杨慎道。

杨廷和点拨：“慎儿读不少古人的书，是好的；但于今时的奏章，也须稍加留意。”

“父亲特指陈显仁和汪德声的奏疏吧？”杨慎悟性极高，反应极快。

杨廷和轻拂须髯，反问：“慎儿也曾留意二子的奏疏吗？”

御史陈德鸣，字显仁，是弘治十一年的举人。因不是正途出身，熬到现在，还是一名老御史。不过，反过来说，举人出身，而选入科、道，也是难得的际遇。他日前上疏，对皇帝多有批评。如传奉多踵旧辙，腹心稍寄貂珰；如召对不闻，进讲日疏；如左右嬖幸，加赐亡极。

传奉，指不经过吏部，传内旨径自授官。貂珰，指宦官，源于汉代的宦官用貂、珰为饰物。陈德鸣开篇虽然说，陛下德政稍有懈怠，结论却是：有一于此，足以召灾，况兼而有之哉！他的批评可谓相当尖锐。

汪珊，字德声，正德六年进士，亦官御史。他仿唐代名臣魏徵谏唐太宗不克终十渐之意，上疏言皇帝之十渐：

> 陛下即位之初，事皆独断；今戚里左右得潜移阴假，一渐也。初咨访大臣，今貌隆情疏，二渐也。初罢诸淫祠，今稍稍议复，三渐也。初屏绝玩好，今教坊诸司技巧杂进，四渐也。初日览章奏，今或凭左右可否，五渐也。初革冗食冗费，今腾骧勇士不得核，御马实数不得稽，六渐也。初裁锦衣冒滥，今大臣近侍封爵世荫，藩邸旗校尽补亲军，七渐也。初罪阉正法，今贷死罚金，后患何惩，八渐也。中官有过，初旨不任；今镇守、守备，营求易置，幸门复启，九渐也。初纳谏如流，今于言事则曰已知，论罪则曰有旨，訑訑拒人，十渐也。

"儿子不唯留意二疏，且将二疏的内容大致记下。"杨慎不无得意地说，"陈显仁说，腹心尚寄貂珰，汪德声十渐里，竟有五事在说内臣。"他顿了顿，一事一事地数着，"教坊诸司是说内臣，勇士、御马是说内臣，左右可否是说内臣，罪阉贷死是说内臣，镇守、守备是说内臣。不敢对父亲隐瞒，我初时尚未留意；细读他二人的奏疏，不由得出一身冷汗。天下都知道皇上是圣明之君，怎么仅仅一年的时光，又蹈武庙的覆辙！"

杨廷和说："平心而论，汪德声十渐，不无过分。如近侍封爵世荫，并无其事。文职大臣世荫封爵，除一个王伯安，再无他人。而王伯安封爵，见仁见智，其说不一，未必就做错。"

文职大臣封爵，其实还有数人，杨廷和是也，蒋冕是也，毛纪是也。另外，费宏且荫一子为锦衣卫指挥使，毛澄荫一子为锦衣卫指挥同知。杨廷和等力辞，封爵事作罢。皇帝命杨廷和等子亦荫锦衣卫职，杨廷和等又力辞。皇帝命改荫文职，杨廷和等三辞。这是今年三月间的事。

因此杨廷和说，文职封爵世荫只有一个王守仁。

王守仁封新建伯，是在去年底。此事有人赞成，有人反对，有人不甚赞成也不坚决反对。杨慎知道，杨廷和对王守仁封爵，就不甚赞成，也不坚决反对。不坚决反对，是因为王守仁平定逆藩之乱，的确功不可没。不甚赞成，一是因为王守仁把平定逆藩之乱的首功，归于王琼，那么，朝廷处分王琼，显然是处分错；二是因为王守仁对朝廷议礼，态度含糊，或者说，他倾向于皇帝的立场。

杨廷和今天说，此事未必做错，不但是表示他的肚量，也表示不欲多谈论这个话题。杨慎深解其意，因而插问：“父亲看，德声兄还有什么话说得过分？”

“譬如，腾骧卫武士哪里就到不能核对的程度？御马监马匹哪里就到不能稽查的程度？”汪珊奏疏里的第六渐，杨廷和以为也过分。过分是过分，却并非无中生有。他总括自己的意思说：“或称汪德声哗众取宠，我看也过分。他说的十渐，和陈德鸣说的德政不无稍息，慎儿写讲章时，都不妨参酌。”

“是，儿子懂得。”杨慎道。

杨廷和又说：“不过，翰林不同于科、道，讲章不同于谏章，如何立意，如何用词，必要再三斟酌。”

“父亲为儿子取名，单用一个慎字，难道还怕儿子不慎吗？”杨慎说句笑话，又说，“父亲叮嘱再三，怕是还有心思吧？”

“慎儿太过聪明，未必是件好事。”杨廷和深深叹口气，问道，“慎儿既知我有心思，可知我的心思是什么？”

杨慎或是怕父亲担心他太聪明，或是真的把握不住父亲的心事，应付道：“心事茫茫，如何可知？”

“我的心事就在汪德声的奏疏里，我知你料得到。”杨廷和说。

杨慎不得不说：“可是‘貌隆情疏’这四个字？”

“‘初咨访大臣，今貌隆情疏’，”杨廷和轻声重复整句话后，自语道，“汪德声又怎体会得出！”

他没有承认自己的心思在“貌隆情疏”这四个字上，也没有否认自己的心思在“貌隆情疏”这四个字上。

第二十一章

国子监生员何渊午间向管他这一堂的助教告假。助教照例问他理由，他照例编排一个经不住查询却不会有人查询的理由。助教不再问。

何渊出国子监，走走停停，几步一问，时至傍晚，才找到西城兵马司巡检房浚的家。多亏他是喜爱在城里城外走动的人，换别的监生，别说从北城到西城，一出国子监所在的崇教坊，怕就要迷路。

巡检说官非官，说吏非吏，巡城时可以吓一吓工商人等，有些身份的人，谁也不会怕他。房浚曾读过几年私塾，为一家生计，无奈找了这样一份差事。对有幸入各级学校的人，他极是敬佩，极是羡慕，极欲结交。何况何渊来自国学，更是非同寻常的宾客。

“是房浚房大人吗？”何渊上下打量着他。

“大人的称呼万万不敢当，房浚正是在下，”主人回答之后，也打量着来客，并恭恭敬敬地问，“敢问先生尊姓大名，找房浚做何勾当？”

“小生姓何，”何渊揖道，“房大人在官，小生在学，应不是外人。大家交个朋友，我占些便宜，称你一声房兄吧。”

“不敢，不敢！”房浚忙还礼，“何兄有何吩咐，但说不妨。”

何渊又打量一下此处的住房，房浚家里有老有小，住两间屋，都不大。他二人要是占用一间说话，房家数口就只好挤在另一间小屋里。

“房兄不拿我作外人，我就不客气，”他直言道，“我想找个安静的地方，与房兄说件大事。来的路上，见巷口有间酒肆，尚未打烊。房兄给我个面子，让我做个东道，一起去小饮两杯，如何？”

“这怎好意思，何兄到我家，自然是我做东，”房浚推让着，“再说，酒肆的主人与我熟识，我可以在他那里赊账的。”

“小弟带有现银，何须赊账！”何渊道，又笑着对房浚的妻子说，“房家嫂子，今晚我不让房兄赊账，他回来说欠钱，一定没用在正道。”

酒肆客官不多，何渊、房浚找张僻静的桌子。何渊抢先占主席，表示一定要由他付账，房浚不好再争。小二送来一坛老酒，几碟现成的下酒菜。小酒肆不过如此，来者都不会挑剔。

“房兄且饮这杯酒，我有话说。”何渊将酒杯斟满，双手捧过去。

房浚是爽快人，仰头喝干杯中的酒。他说：“何兄先说事也罢，喝过酒再说事也罢，都请尽快。你再不说，这酒我一滴也喝不下去。”

何渊学他的样子，也喝一杯。抹抹嘴，他说：“这样喝酒才痛快！房兄，我是来投案的。若拿我到官府，是功劳一件，我愿成全你。”

房浚大吃一惊：“投案？何兄一杯酒下肚，就说胡话！”

何浚道：“我说的是实话，可不是醉话。你们西城兵马司不在缉拿给林老尚书投函之人吗？实不相瞒，这个人就是我。”

“怎么，数月前是你投函林老尚书？”房浚瞪大眼睛，盯住何渊。

“不错，”何渊沉稳地向两个杯子里斟酒，斟罢，自己端起一杯，“是现在就去衙门，还是喝完这坛酒再去衙门，全凭房兄一句话。”

“现成有酒，当然是先喝尽。”房浚端起另一杯酒，向何渊略略示意，又是一口喝干，“这一坛酒喝尽，何兄雅兴未尽，就再讨要一坛；若是喝到好处，便请回去，我也不再留你。”

“那么，是改日再去衙门？”何渊以为房浚今夜喝他的酒，拉不下脸来拿他，“其实，与房兄对饮一番，交上你这个朋友，心里欢喜得很。有事大可以早了，何必再改他日！”

“何兄误会。不是我存有私心，而是衙门根本不要拿你。”房浚道，见何渊困惑不解的样子，他详细解释，“林老尚书的家人曾来过西城兵马司，请求寻访一位给林老尚书投函的客人，这不假。可他当时讲的就是寻访，并非缉拿。衙门去人请示林老尚书，竟连寻访也不必。他只说，来客留下一束他旧日的诗歌，诗是他老人家家居时不经意写的，不想京师还有人读过，他很想见见这个人。衙门去的人请他出示来客留下的文字，他又不肯，只说不曾保存。衙门见他并非真心要寻访，又何必多事！不想事情平息多日，这人反来投案，真有些好笑。”

“确有些好笑，可又不单好笑。林老尚书是个好人，他一定很想见到我这个人，但又怕衙门的人为难我，所以不要衙门寻访。”何渊感慨道，并招呼，“来，来，房兄，既然你不拿我，我们喝个痛快！”

交杯换盏，彼此邀饮，二人大有同志之感。

房浚右手持杯，左手按住何渊的臂膀，贴心地说："既然林老尚书想见你，爱惜你，衙门你是不必去；他老人家的府上，你何不走一遭？你去的话，想必大有益处。"

"林老尚书的府上，本是想去的，该去的，"何渊说，"我去林老尚书的府上，并非为自家的益处，而是要劝老尚书为皇上办事。我抄录他的一篇旧诗，目的也是开启他的良知。但他和杨阁老同年，心思全在杨阁老的身上，随声附和，亦步亦趋，根本不体会皇上的一片苦心。因而，我对他早不存什么希望。道不同不相为谋，我还去见他作甚！"

"何兄原来也在关注朝廷大礼之议，难得！"房浚愿与读书人相交，朝廷的大事，皇帝的心思，大臣的立场，他多少也了解一些。但万万没想到，眼前的一名监生，也全神贯注于议礼；兵马司备案的一件小事，原来是一个小人物对朝廷大臣进行讽劝。他不由改换称呼，说："何先生有心报效皇上，何必假手他人？你也可以上疏陈言呀！"

"正有此意。"何渊揖道。"我听人说，房兄是条忠义汉子，今日见兄之面，听兄言谈，深信传闻不谬。我来见房兄，投案是个幌子；其实，我就是来与房兄谋此事的，来约房兄共同上疏的。"

房浚揖手还礼："多谢何兄抬举。我与何兄身份不同，同上一疏恐有不便；但共谋此事，却不妨。我亦有此心，愿闻何兄高见。"

"合谋分疏，还是房兄有见识。"何渊道，有备而来，他自是侃侃而谈，"朝廷议礼，风风雨雨一年多，谁也不能说服对方，谁也不能不向对方做些让步。观其大势，皇上停一步，进一步，大臣们停一步，退一步。今局面僵持，需要找一个题目，使皇上能够进一大步，迫使大臣们不得不退一大步，才可打破僵局。这个题目我已找到，就是在京师为兴献帝别立世庙。其实，这个题目许多人提到，但未详加阐述，专门阐述。我欲为皇上详论此事，专论此事。房兄以为然否？"

房浚想想，说："既然许多人提到，何兄可否为我略述一二？"

"尊崇本生父母之说，自张秉用先生肇始。他的奏疏中提出，今日之礼，宜别为兴献王立庙京师，使得隆尊亲之孝，且使母以子贵，尊与父同。"何渊说着，加上一句，"张先生现在南京任官。"

"我知道，秉用先生名璁，与我曾有一面之缘。秉用先生首倡尊崇本生父母之说，亦首倡别立献庙之说，这个题目或是可以用的。"房浚不仅同意，还想进一步了解，"许多人中还有何人，请何兄一并赐告。"

"房兄既知道张秉用先生，熊给谏悦之先生也一定知道吧？"何渊反问，并告诉他，“悦之先生核松潘粮饷还朝，径出为河南参议。”

“据说，萧御史弹劾宁藩的奏疏，就是悦之先生草拟的。京师故老提到此人，都很敬佩。”房浚不但知道大礼之议，而且知道许多前朝的故事，“不想悦之先生远在西南，也卷入议礼的风波。原以为他放外任，乃正常的升迁；看来，也不那么正常。”

熊浃是正德九年进士，算得上资深的给事中。他出任从四品的河南参议，应属正常的升迁；只因与议礼有关，使得旁观者猜疑。

“当然不正常！”何渊说，“悦之先生在归途驰疏议礼，回到朝廷，即被打发去河南，肯定不是正常的升迁。其时，石尚书掌吏部，对悦之先生的外放也很不以为然。”

他说的石尚书，是石珤，字邦彦，在正德十六年五月至七月任吏部尚书。其实，熊浃外放河南时，他已离开吏部，改掌东阁诰敕。

房浚问，“何兄可知，熊给谏归途驰疏，都写些什么？”

“他说，兴献王尊以帝号，别建一庙，以示不敢上跻于列圣；母妃则尊为皇太后，而少杀其徽称，以示不敢上同于慈寿。此与大统固无所碍，而天性之恩亦得以兼尽。”何渊复述。

房浚评议：“悦之先生虽然也主张尊崇本生父母，但持议远不如秉用先生爽快明朗。”

“房兄所言极是，”何渊道。他与房浚谈得投机，本来只想举一二例，现在恨不得倾其所知。“房兄，还有一位员外郎，离开京师的时间很久，不知还能记得否？”

“我做巡检，默默无闻约十年。十年里，京师各色人物的事迹，我多少知道一些。十年之外的人物，非我所能知。”房浚定以时限。

何渊屈指一数，说：“可惜，此员外离开京师在十年之外。”

“不妨，何兄试言之！”畅谈大礼，得其乐一；评估人物，得其乐二。房浚正在兴头上，不肯就此停下来。

“此人姓席，是杨阁老乡人。”何渊提示。

“莫不是席文同先生？”房浚问。

席书，字文同，四川遂宁人，弘治三年进士。房浚隐约记得，他外放前，任的是户部员外郎。

何渊大为敬佩，连声道：“不得了，不得了，房兄真是博闻强记！”

“并非我博闻强记，”房浚摆摆手，说，“换成他人，十年前的一名员外郎，早忘到九天之外；偏偏这位席员外，到贵阳后，请王阳明先生主持书院讲学，造福一方，很为人称颂。何兄，你是国学的生员，这事你应该比我清楚才是。”

何渊点点头：王守仁在贵州讲学，讲出些声势来，多亏席书的扶持。他的弟子讲到这一段，都不忘称颂席书。

“席文同先生已经做到一省大员吧？”房浚根据年头推测。

“岂止布、按二司，文同先生现任南京兵部侍郎。他的议礼奏疏，却是在湖广巡抚任上写的。”何渊说。

席书以右副都御史巡抚湖广，在正德十六年五月至嘉靖元年正月，正是议礼最紧张的一段日子。

不等房浚问，何渊叙述席书奏疏的有关内容：“文同先生说，为今日议，宜定号曰皇考兴献帝，别立庙大内，岁时享太庙毕，仍祭以天子之礼，似或一道也。他后边有两句解释，十分得体，胜过其他论者。”

房浚听得入神，催道：“文同先生的解释，一定高明，何兄请讲。”

何渊一字一字地学说：“他写道：盖别以庙祀，则大统正而昭穆不紊；隆以殊称，则至爱笃而本支不沦。尊尊亲亲，并行不悖。”

“尊尊亲亲，并行不悖，正是别立献庙的宗旨。”房浚称是。

“我再举一例，所知就差不多述尽，”何渊说，“房兄既因王阳明先生贵州讲学而知席员外，一定也因王阳明先生京师讲学而知方员外吧？”

“我当然知道方叔贤先生，他官职高于王阳明先生，却对王阳明先生执弟子礼，殊为难得。”房浚对此举由衷赞佩。

方献夫字叔贤，广东南海人，弘治十八年进士，选庶吉士。王守仁被召回朝廷任吏部主事时，他官该部员外郎。二人于衙门中论学，方献夫大为折服，请为入室弟子。

如果说，方献夫与前面说的各人有所不同，那就是他出身庶吉士。庶吉士无论散馆后是否留院，与翰林院总有扯不断的联系，与内阁总有扯不断的联系。方献夫难道会与内阁大臣们意见相左？

所以，房浚要问：“他可是庶吉士出身呀，也会依从秉用先生之说？”

何渊先背诵方献夫奏疏：“俯乞宣示朝臣，复称孝宗曰皇伯考，兴献帝曰皇考，别立庙祀之。夫然后合于人情，当拂名实，非唯得先王制礼之意，抑亦遂陛下纯孝之心矣。”然后解释，“据说，叔贤先生的奏疏也是在还朝途中写的。还朝后，见朝廷议礼的形势，未敢进。但奏疏的内容还是传出来，以至得罪众公卿，他不得不杜门乞休。房兄看，他是不是依从秉用先生之说？”

房浚说：“立庙之事，还可以从容计较；皇考之事一提出，定是一场大风波。怪不得叔贤先生有所顾忌。”

何渊收集这些奏疏的内容，绝非轻而易举可以办成。难得他不仅收集，而且熟读熟记。对房浚讲述过后，旋即转入正题。

“房兄，听张、熊、席、方诸公的议论，立庙这个题目，可以作文章吗？”他问。

房浚道：“长篇巨论我写不出来，一篇粗疏的文字则不在话下。我写一篇，何兄写一篇。我再向何兄荐一人：顺天府同知马时中与我是乡人，每与我谈起朝廷议礼，则激愤。约他上疏，他必欣然从命。我等是小人物，但有三篇奏疏，也会惊动朝廷。”

“好，三人为众，三篇文章可成舆论，”何渊豪情顿起，“夫子曰：吾从周。我的奏疏便立意于此。周文王未为天子，武王以天下祀文王；兴献帝未为天子，皇上一定要以天下祀兴献帝。房兄看，可使得？”

“有何使不得！”房浚的脸色变得严峻，“何兄，有一事，你可要想好。阁老权势大，凡持异议者，都没有好下场。据闻，张秉用先生离京前，杨阁老寄语曰：子不应官南京，唯愿静处之，勿复为大礼说难我。秉用先生的前程或因此被毁。依何兄的说法，熊悦之先生本应留在朝中，却被放外任。悦之先生的前程或因此被毁。方叔贤先生庶吉士出身，历官多年，本应受到重用，却落个杜门乞假的结果。他的前程或因此被毁。我还知道，叔贤先生的乡人霍渭先先生也因议礼，告病还家。他的前程或因此被毁。还有石邦彦尚书，对排斥议礼之士有微言，不得再掌吏部。他身在高位，无所谓自毁前程，而他一定怏怏不得志，说不定因此而告退。此数子的遭遇，因是传闻，不知几分是真，几分不实；但议礼者不见容于当道，应不会假。小弟家门不幸，不得已而从贱业，不能再读书上进；你却是国学中的高才，前程无量，不怕因此而毁弃前程吗？”

何渊愤然而起，道：“房兄何出此言！前者投书林老尚书，是我自己拿的主意，并没有别人的唆使；今日是我寻的房兄，又不是房兄寻的我。大丈夫立于天地间，但求伸展其身，谁在乎前程！况且，今日国子监生的前程，房兄也是知道的，哪里谈得上无量二字！就算有非常的机遇，升至极品，还不是为皇上办事？今日瞻前顾后，不是一心为皇上的好监生；日后定患得患失，也成不了一心为皇上的好官员。我的主意已定，三日之内，必定上疏。房兄何以处之，但请自决。”

房浚也愤然而起：“何兄义无反顾，在下亦不食言。马大人那里，我去试探。我的奏疏，在五日之内进呈。”

前一段，两个人彼此劝酒。后一段，两个人的心思全在谈话上，碰也不碰酒杯，本以为一坛酒不足以尽兴，谁知还留下大半坛。

九月底十月初，同知马时中、监生何渊、巡检房浚相继上疏，以张璁的议论为依据，在京师别立世庙的题目上大加发挥。

第二十二章

后宫没有专门的书房，兴国太后的宫室里摆放些诸如太祖高皇后的慈训和宋朝各皇后家法的小书。史称：宋后多贤。太祖高皇后命女官录其家法，以为宫闱之鉴。以后的皇后、皇太后喜欢读书的，读的多是这一类书。兴国太后正在读的也是这一类书。

蒋氏加兴国太后在三月。其时，首先是孝宗皇后张氏，上尊号为昭圣慈寿皇太后。其次是武宗皇后夏氏，上尊号为庄肃皇后。再次是宪宗妃邵氏，上尊号为寿安皇太后。再次是兴献后蒋氏，上尊号为兴国太后。

贴身宫女喜眉匆匆走进来。她在女官六局里挂个名，是正六品的职衔，但仍在兴国太后的宫里听用。

兴献后放下书，问道："什么事？"

"娘娘歇一歇吧，圣驾到。"喜眉说。

说话间，皇帝已走进来，行过家礼。

"皇上去过那边吗？"兴国太后问。那边指的是张太后的宫里。

皇帝答道："散朝后，儿子径直来母后这里，还没去那边行礼。"

兴国太后知道，皇帝有难以决断之事，才会疏忽次序，迫不及待地来见自己，但还是提醒他说："这样不好，皇上还该先去那边行礼，再来见我，免得招人非议。"

"是，母后慈训，儿子谨记。"皇帝说。

接下来，说些日常的话，无非是身体如何，起居如何。皇帝心不在焉地问，兴国太后心不在焉地答。

兴国太后觉着应酬得差不多，才问："皇上可是有难题？"

"母后说的是，"皇帝道，"朝廷议礼，在改元前甚是炽烈，改元后稍息。儿子虽不得不暂从众大臣之议，以皇伯父为考，但儿子是兴献帝和母后之子，须臾不曾忘。近日有二三下僚进言，请建世庙。儿子一面喜不自胜，一面不知如何处置，特来听母后垂训。"

何渊等上疏，兴献后是知道的。她问："此事皇上可与阁老们议过？"

"儿子将该等奏本均交内阁与礼部等大臣议过。"皇帝答道。

"杨先生怎说？"兴献后首先问杨廷和的态度。

皇帝道："杨先生说：匹夫议礼，何异小丑跳梁？不睬可也。"

杨廷和的态度在兴国太后的意料之中：新科进士他不放在眼里，一个国子监生他又怎会放在眼里！但她不欲在皇帝面前过分激烈地品评大臣，只说："三步之内，必有芳草；官民人中，不乏忠贞之士。若以丑类视何渊等人，自己岂不也成丑类！"

"儿子着阁、部再议，如何？"皇帝问。

"没用的，"兴国太后摇头，"杨先生说不睬可也，阁、部大臣谁还会睬？朝廷议礼，应是皇上与大臣们议，皇上一而再再而三地将下僚们的奏本批下阁、部，阁、部大臣都不睬，皇上不是自取其辱吗？"

没用的，皇帝想到；自取其辱，皇帝却没有想到。他不服气地说："儿子将母后的几句话一并批与阁、部，看大臣们睬不睬！"

"不妥，那岂不是羞辱大臣们？"兴国太后仍不赞同，"尔父加兴献帝称号，娘加兴献后称号，大臣们并不情愿；皇上只是与他等争，并未羞辱他等。尔祖母加寿安皇太后称号，娘加兴国太后称号，大臣们并不情愿；皇上只是与他等争，并未羞辱他等。今日，皇上只能加倍礼敬大臣们，更不可加以羞辱。皇上不知如何处置，我看，有八个字，皇上不妨试着去做一做。"

"哪八个字？"皇帝问。

兴国太后一字一顿地说："待之以礼，动之以情。"

"没用的，"皇帝不知不觉中学到母亲的语调，"晋以勋秩，封以爵位，还不算待之以礼吗？恳词以告，哀泣以对，还不算动之以情吗？杨先生等全不为所动。"

兴国太后说："也不是全不为所动，娘兴献后的名分，皇上还不是哀泣以对争来的？"顿了顿，又说，"待之以礼，动之以情，皇上做是做了，总还是做得不够，不妨再做的多些。皇上已然恳词以告，哀泣以对，为何不能施之以礼？"

皇帝一怔：何谓施之以礼？身为至尊，难道可以叩拜大臣？

不等他问，兴国太后说："皇上是不能向大臣们施礼的，着奴才们向大臣们施礼，又有何妨？"

皇帝不难悟出这样做的好处：让太监向大臣行大礼，给足大臣们面子，皇帝却不会失去面子。

"儿子让张佐等去办此事，好不好？"他问。

兴国太后说：“张佐还要与阁老们周旋，须给他留些面子。不但他不可去，阎洪亦不可去。皇上看司礼监中还有没有来自兴邸、地位却不显赫的内臣，差一人去即可。”

“有，有，”皇帝想起一人，高兴地说，“儿子差戴永去办此事。”

司礼太监戴永当年不但在兴邸侍奉过世子，而且侍奉过兴献王，略有学识，因而被安置在司礼监办事。但他在司礼监是个普通太监，远不如张佐、阎洪被皇帝和兴国太后看重。

第二十三章

戴永到礼部衙门时，翰林院编修孙承恩和礼科右给事中俞敦刚刚在毛澄面前坐定。他不是来传圣旨或者圣谕的，可碍于司礼监的特殊地位，及司礼监和各衙门的特殊关系，毛澄还是要迎出堂外。孙、俞二人也随着迎出堂外。

行礼毕，孙承恩、俞敦告辞："宪清先生，晚生等告辞。"

毛澄未做表示，戴永拦住问："二位为何就走？"

孙承恩说："我等本无事，已坐多时，公公即来，自然该让位于你。"

"先生是坦诚君子，怎么也作诳语？"戴永揭穿他，"我在门前打听过，你和俞给谏是宪清先生特地约来议事的，进门还没一盏茶的工夫。是不是不屑与戴某一语呀？"

孙承恩被说得浑身不自在。他向戴永一揖，说："戴公公以坦诚君子相许，着实惭愧。"

俞敦也在一旁解释："我等唯恐戴公公与宪清先生有要事相商，才要回避，怎是不屑与公公一语！"

戴永拉住二人，说："我亦无事，只是来和宪清先生说一阵子话。走，走，一起进去坐坐。"

二人看着毛澄，见他上眼皮稍垂，示意：他既留你等，你等且莫走。

四人入内坐定，衙役奉上清茶。

戴永端起茶盅，呷一口，问道："宪清先生约孙编修、俞给谏同来，为安南之事吧？宪清先生是要向孙编修询问，还是要为孙编修压惊？"

孙承恩、俞敦奉差出使安南，宣谕新天子即位事。二人到得广西龙州，闻其国大乱，于是转回。这是礼部要关注的事，毛澄将他二人请来，谁都料得到，是为询问其事。

毛澄笑笑，不必再答。

孙承恩苦笑道："不知为何，不过是一趟远差，人人都以为崇礼兄和孙某受到惊吓。"

俞敦接着说："人人以为贞父兄和俞某受到惊吓，自然人人都以为贞父兄和俞某不经一吓。"

孙承恩字贞父，南直隶华亭人。俞敦字崇礼，南直隶扬州人。二人都是正德六年进士。

毛澄说："贞父、崇礼觉着委屈，但和戴公公理论。我请二位来，只清茶一杯，难道也可以压惊？"

戴永忙摆手："二位不忙与我理论。人人都以为二位受到惊吓，足见不是我一人相见之后，要安慰两句。不知还有何人自作多情，二位不如先和他理论。"

"和那人一时恐怕无法理论，"毛澄说着，推测道，"定是时俊先生在梧州为他二人压过惊。戴公公，这却如何去理论？"

时俊是张嵿的字，时任两广总督，开府梧州。

孙承恩道："不错，时俊先生见我二人面就问：惊魂定否？"

"你怎样答他的？"毛澄问。

孙承恩道："我说：魂未大惊，体已极惫。到总督衙门，魂不再惊；见时俊先生，体亦不惫。"

"好，贞父真是妙语连珠。"毛澄赞道。

戴永就势把话岔开："听说，这位张都堂在赣省任官时，曾受宁藩馈赠，不知可有此事否？"张嵿在江西任官，由参政而右布政使，而左布政使。在戴永想来，宁王笼络他，他接受馈赠，都是理所当然的。

"果有此事，戴公公欲参他一本吗？"俞敦尖刻地问。

"那要看他受的是什么馈赠，"戴永说，"若是特别的馈赠，他在不在逆党之列，就很值得追究。"

"宁藩馈赠之物很不寻常，戴公公不妨追究追究。"俞敦道。他尽量板着面孔，却无论如何也掩盖不住嘲弄对方的神情。

"何物？"戴永不知是听不出他的嘲弄，还是听出也不得不问。

俞敦说："宁藩送时俊先生四样东西，一样枣，一样梨，一样生姜，一样芥子。不知戴公公以为这几样物品是否很不寻常，反正当时衙门里的人一见，无不大惊失色。"

都是再普通不过的物品，俞敦为什么要说很不寻常？衙门里的人为什么要大惊失色？戴永不得其解。

"戴公公不妨按照崇礼说的顺序去想。"毛澄提醒。

"枣，梨，生姜，芥子，"戴永嘴上念叨一遍，恍悟，"他是要张都宪早离疆界！"

“或是此意吧。”俞敦淡淡地说。

张嵿任江西布政使时，宁王欲拓宽王府，向布政司要地。张嵿不准。宁王一气之下，送去四物，暗含驱除之意。

戴永略觉尴尬，自我解嘲地说：“原来张都堂并非趋附宁藩，而是遏制宁藩，倒是一位高明之士。”

他是礼部的客人，对另外两位客人又热情得过分，毛澄不想他太难堪；而且闲话说得差不多，该转入正题。于是，他出面为戴永解围：“贞父、崇礼，”他招呼道，“二位行至龙州，又与时俊先生晤面，安南变故，到底是怎么一回事？”

安南变故，边关传说不一，孙承恩、俞敦记下一路听到的传闻，在总督衙门和张嵿相互印证，大致理出头绪。二人回京的第一件事，就是要奏闻其事。在拟疏前，先和礼部正卿交换一下意见，也是求之不得。毛澄问起，二人便你一言我一言，择要述之：

安南国变故起于正德初年，十年间换三王。初时的国王姓黎，名谊；后换阮姓国王，名伯胜；再后又换成黎姓的国王，名晭。

安南还有一巨姓，为陈氏，宋元之际，曾为国王。正德十一年，社堂烧香官陈暠，大约相当于本朝礼部官，诡言为前王陈氏之后，与二子陈丙、陈升作乱，杀黎晭自立。黎晭臣子莫登庸被陈暠收买，参与反谋，后又起兵讨陈暠。陈丙被擒，陈暠、陈升父子败逃。莫登庸立黎譓为王，挟功邀赏，被封为武川伯，总领水陆诸军。

黎氏臣郑绥不服，发兵攻之，为莫登庸所败。莫登庸居功狂傲，逼娶黎譓之母，自封为太傅、仁国公。去年，他率军攻败陈暠。陈暠死，莫登庸再无顾忌，乃有自立之志。

皇帝改元，莫登庸自称安兴王，密谋杀害黎譓。被他强娶的黎譓之母知其谋，密告黎譓，黎譓夜出间行以免，暂居清华。

莫登庸另立黎譓庶弟黎懬，迁居长庆，以清华、长庆为二都城。

变故讲罢，孙承恩、俞敦这一趟差事的为难之处也就明了。二人出使安南，是诏谕其国，告以天朝改元之事。若安南只有一王，不管是黎譓，还是黎懬，二人都会前往宣告。而安南现有两王两朝，该诏谕此王，还是该诏谕彼王，孙、俞二人不敢擅自作主，一定要得到朝廷的明示。而朝廷得到安南变乱的消息，分析判断，决定取舍，不知是何年何月何日的事！他们不能久驻龙州，只得先回梧州，再返京师，以待新旨。

“春秋无义战，此之谓也，”毛澄叹道，又问，“处置安南变故，时俊先生有何高见？”

孙承恩答道：“时俊先生说，处置安南变故，朝廷自有主张。但有一句话，他要我二人一定转告介夫先生和清宪先生。”

“他说句什么话？”毛澄很是关注。

俞敦插言：“不是时俊先生本人的话，是伦状元的一句话。”

他说的伦状元，名文叙，字伯畴，广东南海人，是弘治十二年的殿试第一名。毛澄记起来，正德改元时，他是朝廷差往安南的正使。当时黎谊为王，内讧的形势已见端倪。他回朝后，对首辅李东阳说：黎朝已呈纷乱，无力扰我疆土矣。

伦文叙在正德八年已经病故。

不但戴永对这一段掌故茫然无知，即便孙承恩、俞敦同是庶吉士出身，孙承恩还是翰林官，对这一段掌故也知之不详。毛澄略述后，说：“强则滋扰，乱需安抚，各有难处。”

戴永附和：“宪清先生说的是，此事着实要好生议一议。”

孙承恩、俞敦知道，戴永虽称无事，但绝不会无事而来。二人应毛澄之命来谈安南之事，既已谈过，不应再坐下去。孙承恩看看俞敦，俞敦看看孙承恩，相互会意，起身辞去。这次，戴永不再挽留，毛澄自然也不会再挽留。

茶水已凉，毛澄欲唤衙役来换过。戴永摆摆手，止住。毛澄知道他要说今日的来意，而且是重大之事，不能让他人在场，于是不再客套。

“此间再无第三人，戴公公对礼部有所吩咐，或对毛某有所吩咐，就请说吧。”毛澄道。

“果无第三人吗？”戴永站起，在室内走一圈，好似不尽相信。其实，礼部衙门的大堂再大，除两根大柱，几张大案小几，几把大椅小椅，并无他物，哪里藏得住人！

毛澄只得随他站起，心里愈发纳闷：其人以谨慎见长不假，可也不至于谨慎到如此地步！

戴永走回毛澄面前，道：“堂内果无第三人。”这话大可不必说，他不但说，还要问，“堂外近旁可有人？”

毛澄说：“这我却拿不准，戴公公不妨自己去看。”

原是气话，戴永却真走到门外，四处张望一番。回到室内，他又说句不必说的话：“近旁亦无人。”然后问，“宪清先生，远处可望得见堂内的情形？”

“近旁无人，远处自然望不见，”毛澄说着，不客气地加上一句，“既为堂堂礼部，衙门里的人均无窥伺的毛病。”

“那就好，”戴永不理会他的态度，继续问，“宪清先生，远处可听得清堂内的话语。”

“近旁无人，远处自然听不清。”毛澄懒得再多说。

“那就好。”戴永说着，向毛澄正面跨两步，突然一甩衣袖，双膝一屈，上身一挺，跪倒在他面前。

毛澄万万想不到有此一举，怔了怔，才想到该去搀扶。他边说“这可折煞老夫”，边弯腰托住戴永的双臂，欲将他托起。但毛澄是六十出头的老书生，体质又弱，戴永则身高体重，哪里能托得动！

戴永拜道：“求斋公给我一个面子。”

毛澄号白斋。因为杨廷和号石斋，若称斋公，必是指他，所以还没人径称毛澄斋公。戴永今日这样称他，一是为示敬重，二是为示亲近。

毛澄不能受他一拜，身子向边上稍挪：“戴公公有何难处，请起来讲。”

戴永说：“斋公不允，我是不会起来的。”

毛澄无奈地说：“究竟何事，总要讲出，才知可不可允。”

“斋公一定可允的，”戴永说着，从怀里掏出一锭黄金，双手递上，“倾某家财，唯此一物，请斋公哂纳。”

毛澄愕然，忙把双手背到身后，好似怕触摸到那锭黄金。“戴公公，这是何意？”他问的声音有些发抖。

“求斋公给我一个面子，收下此金。”戴永道。

“恕难从命，”毛澄摇着头说，“戴公公，你是知道的，我从不收人馈赠；内宫的馈赠，我更不能收。”

“求斋公给我一个面子，”戴永翻来覆去就是这句话，“万岁爷对我等说：人孰无父母，奈何使我情不获伸？求斋公收下此金，改变前议。”

他此行的目的，一句话就说得清楚。至于是自己拿定主意而来，还是得皇帝授意而来，或者干脆是奉旨而来，他没说清楚，也不必说清楚。今上驭内臣极严，这么大的举动，哪一个太监敢自作主张！戴永求毛澄给他一个面子，实际上是给皇帝一个面子。皇帝假戴永之口说出这句话，是自己要给自己留一个面子，同时也是要给毛澄留一个面子。

毛澄长吁一口气，说：“朝廷大礼，不是我一句话就可以改变的，也不是我和戴公公在这里可以私议的。戴公公，请代我奏明皇上：老臣悖耄，不敢以私情而隳国家典礼，唯有一去，不与议耳。”

不再参与议礼，这一点，毛澄已说清楚；至于私情，是指君臣间的私情，还是戴永今日这一拜的私情，他没说清楚，也不必说清楚。

他的心在流泪。

第二十四章

正德丁丑科，即正德十二年那一科中第的京官们各出“份子”，聚在一起喝酒。时至腊月中旬，有除旧迎新之意。

定在申末酉初开席，未时方过，就有人陆陆续续来到酒楼，两三人一处，要了香茗，边品茶，边说闲话。

最早到场的人物中，必有舒芬。他是那一科的魁首，眼下是翰林院修撰。衙门既清，身份又重，到得晚，怕被人视为矜傲。

户科给事中汪应轸比他到得更早，正一人独坐。舒芬招呼一声，在他对面坐下。汪应轸选庶吉士，授给事中，因谏武宗皇帝南巡，被谪外官。今上即位，将他召还，恢复原职。二人同因谏南巡遭谴罚，自然别有一层交情。

“国裳兄请，”汪应轸呼着舒芬的字，为他斟茶，“国裳兄与我约好同到，怎么还是晚一步？”

“晚一步，罚茶一口，”舒芬说着，抿了口茶，“不过，我晚到一步，与子宿兄有些牵连，子宿兄怪不得我。”

“与我有些牵连？”汪应轸不知何事，又不愿直接询问，他说，“国裳兄大约是找个借口，以便遁去。这可不似状元公的做派。”

“心有所疑，却不垂询，也不似子宿兄的做派，”舒芬笑了笑，随即道出原委，“方才与仕鸣先生在路上相遇，他说，子宿兄为畿辅百姓和畿辅官府做件好事，他很是感激；还说，改一日要请子宿兄饮酒。因这几句话晚一步，子宿兄看，是不是与你有些牵连？”

他说的仕鸣先生，是顺天府尹万镗。万镗是弘治十八年进士，府尹是介于朝官和外官之间的职官。万镗为何感激汪应轸，外人难以设想。

汪应轸自己却很清楚。

蓟州以西，在盘山的支脉，有一座金矿，官府早已停采，私人的开采则一直未停。后来，矿徒渐次增多，渐不安宁，渐有所举动。近日，指挥詹雄奉蓟镇总兵官马永调派，前往弹压，矿徒稍稍抵抗，四散而去。官军逮拿首领，安抚良善，填塞矿穴，地方恢复平静。

事件不大，与汪应轸亦无牵连。再说下去，却与他有牵连。蓟州矿徒往往是驱而散之，复而聚之，甚至官军前脚一走，矿徒后脚便至。这一次，矿徒却没有复聚的迹象。细究起来，或应归功汪应轸两三个月前上的一道奏本。他写道：“弥盗与御寇不同。御寇之法，驱之境外而已。若弥盗而纵使出境，是嫁祸于邻国也。凡一方有警，不行扑灭，致蔓延他境者，具宜重论。”蓟州矿徒十有八九来自山东，山东道路不断，蓟州矿徒不绝；山东官府若肯认真弥之而不驱之，蓟州自然相对平静。

汪应轸说：“仕鸣先生赞我为畿辅百姓和畿辅官府做件好事，有人却要骂我给山东百姓和山东官府出个难题，仕鸣先生这酒不饮也罢。倒是仕鸣先生可为畿辅百姓做一件好事，他怎么不做？”

“何事？”舒芬问。

汪应轸不忙回答，反问他：“国裳兄可知道，今日畿辅士、农、工、商四民中，以谁人最为困苦？”

舒芬手握茶杯，凝思片刻，说：“我不曾为一方父母，对民情体会不深。想来，从四民业，各有各的困苦吧。”

“国裳兄的话是不错，”汪应轸顺着他说一句，然后话锋一转，“可在畿辅，特别是在京师，仍以铺行最为困苦。”

铺行，亦称铺商或铺户，为城市坐商。官府根据各铺行资产，确定等则，轮流供物。京师铺行要提供的物品极为繁多：科举考试时要供给，在京藩王要供给，宫中选妃要供给，祭祀大典要供给，对以上种种有所涉及的衙门要供给。所供物品，款项应由官府支付，实则多由应差的铺行垫支，官府或是拖欠不偿，或是将物品之价压至极低，或是支给不断贬值的钱钞、成色甚低的银两。铺行在日常交易中不会不赚钱，但摊一两次差事，几年难以恢复元气，甚至破家。

舒芬听罢汪应轸的讲述，点头道：“铺户的困苦，我亦听他人言及，不知子宿兄有没有苏缓其困苦的法子？”

“我想到几件事，”汪应轸扳起手指，说道，“一事，差给事中、御史各一员，督同顺天府佐贰官员，并通行宛平、大兴二县，及五城兵马司，将各行铺户，查照往年事例，无分军民官舍之家，逐一挨门查出。二事，查出铺户，不拘有无免帖，具令当行买办。中间若系正德年间投托滥免，今已革退，例该应役者，亦逐一查出，与见在行户均编，一体当行。如有狡诈之徒，妄行奏告优免者，听有司参送治罪，仍旧当行。若恃强不服，躲避不出，及府、县卖富差贫者，听巡城御史访察拿问。三事，自古王畿之民，异于郡国，所任之事，务求轻简，盖休养其力，以重根本也。铺行编派差役、领价买办则可，令其出钱买办则不可。应使铺行尽革一应用度，价银取自有司。”

舒芬听得入神。听罢，说：“我原本也想，仕鸣先生的酒，子宿兄不饮也罢；听兄一席话，这酒不能不饮。子宿兄何不与仕鸣先生一起来为畿辅百姓做这件好事？”

汪应轸点点头，说：“我在户科当值，论矿徒事，难免要被人讥为越位言事；论京畿铺户事，却是应该的。”

另一边，也是一位翰林官和一位科、道官在叙话。翰林官是编修叶桂章，四川名山人，科、道官是兵科给事中夏言，江西贵溪人。

“公谨兄，”叶桂章呼着夏言的字，说，“听说你要与皇上理论，气魄之大，称得上雄姿英发。”夏言字与三国周郎同，故他掉用一句苏东坡传世的词句。

夏言说：“与皇上理论虽是笑谈，却并非无稽之谈。叶兄知道，朝廷派我一项差事，清理畿辅勋戚庄田。我却发现，畿辅皇庄之害更胜勋戚庄田。废除庄田，先要废除皇庄。这可不是与皇上理论？”

叶桂章一笑，问道：“与皇上理论，可有胜算？”

“虽无胜算，却占先机。”夏言神态悠闲地说。

叶桂章揖手：“何谓先机，愿闻其详。”

夏言解道：“皇上锐意新政，革除弊端。清理各类庄田，乃立新除弊之举。此即某之先机。所谓弊端，以发于正德朝者为大；皇庄之设置，以建于正德朝者为多。此即某之先机。与皇上理论，与勋戚理论，虽无胜算，却有胜理。”说着说着，有几分得意。

“皇庄之设置，以正德朝为多，诚是；然皇庄之设置，起于何时，知者不多，弟亦朦胧，还望赐告一二。”叶桂章不觉被这一话题吸引。

夏言和御史樊继祖奉旨出按畿辅庄田，正进行到关键的时刻，有人愿听，他自然乐意讲。

“翰林公下问，敢不奉告，”他客气一句，说，“据弟考察，皇庄名目始于天顺末年。此前，有宫庄之名目，如仁寿宫庄、未央宫庄等；另有诸王庄田，如德王庄田、秀王庄田等。这些庄田，为供宫中不时之需及藩王之用，占的都是官地；后宫不急需时，或诸王就藩后，地仍归官。天顺八年，宪宗皇帝即位，抄没大太监曹吉祥家产，有庄田一处，在顺义县安乐里板桥村，额数一十顷一十三亩。查抄官员请将该田产归还有司，宪宗皇帝不允，命仍收为宫中庄田，赐名皇庄。在清理的皇庄中，这是设置最早的一处。”

“这处皇庄我也多次听人言及，却不知它是第一座皇庄，更不知它的额数是一十顷一十三亩。”叶桂章重复着这个数字，忽觉和自己所知有异，他说，“该处皇庄有若干顷若干亩，说法不一。公谨兄方才丈量过，所说的数目一定是确实的。再听人言及，我也可以更正。”

“吾兄千万莫以一十顷一十三亩这个数目与人辩驳，若是追根溯源，问到我这里，我是不会承认的，”夏言笑道，看到御史曹嘉走过来，他随口说道，“一十顷一十三亩，只不过是仲礼兄的贵本家开始时在板桥村所占的一块——”

仲礼是曹嘉的字。他打断夏言的话：“曹吉祥那厮怎会是我的本家！他是北直滦州曹，我乃河南开封曹，相去远矣。”

“是，是，仲礼兄没有这位本家就好。”夏言说诙谐不全是诙谐，说认真不全是认真，让曹嘉笑也不是，恼也不是。

叶桂章说：“幸亏仲礼兄方才不在，否则我要得罪。”

“老兄又在说我什么怪话？”曹嘉问。

“我怎敢说仲礼兄怪话？但我赞公谨兄雄姿英发，仲礼兄想起贵祖上被一把火烧得丢盔卸甲，损兵折将，岂不要黯然伤神？”叶桂章抱拳拱手，道，“得罪，得罪！”

三人一笑。

夏言接着讲下去：“后那位滦州曹围绕板桥村的这块地，东抢西夺，先后又占地二十四顷八十七亩，正好凑个整数，共得三十五顷。仲礼兄，该处皇庄最初设置时，为三十五顷，而不是一十顷一十三亩。”

“听公谨兄的意思，清理该处皇庄，又不止三十五顷。”叶桂章道。

夏言说：“不错，从天顺末年至今，不足一个甲子，该处皇庄扩展一倍还要多，竟达到七十五顷，说起来实在是骇人听闻。”

曹嘉善于计算，说：“我来算算。成化二十二年，弘治一十八年，正德一十六年，再加上嘉靖元年，共计五十七年。以十年为一期，每期扩展约七顷。若不加清理，大概再不要五十七年，该处皇庄四周，就会既无民田，也无官地。”

“谁说不是！举此一处，他处可知。所幸者，初时皇庄数尚少，未成大害；今时则不同。”夏言的感触自然更深。

“公谨兄说过，皇庄之设置，以正德朝为多。”叶桂章说着，问道，“正德朝设置皇庄，与成化、弘治两朝相比较，究竟是怎样的情形？”

夏言仍不厌其烦地为他讲述：“成化年间，共设置皇庄两处。除顺义县原为曹吉祥产业的那一处，还有宝坻县王甫营皇庄一处。弘治年间，共设置皇庄三处，顺天府蓟州丰润县一处，保定府新城、雄县各一处。到先帝时，皇庄年年设置。二兄要不要我一一数来？”

叶桂章道：“有劳公谨兄，我正要听个端详。”

夏言掰开手指，一年一年、一处一处详述：“我先说弘治末年的设置。先帝是弘治十八年十月即位的，一月之内，增添七处皇庄。计有：十里铺皇庄一处，大王庄皇庄一处，深沟儿皇庄一处，高密店皇庄一处，石婆婆营皇庄一处，六里屯皇庄一处，土城庄皇庄一处。这七处皇庄都在大兴县。正德元年所设置：昌平州苏家口皇庄一处，通州三河县白塔皇庄一处，此二处在顺天府；赵州宁晋县谱头村皇庄一处，大刘村皇庄一处，赵州隆平县大灰窑皇庄一处，冀州新河县仙汪庄皇庄一处，冀州南宫县南庄村皇庄一处，此五处在真定府。正德二年所设置：东安县南葛里皇庄一处，通州神树皇庄一处，通州宝坻县李子沽皇庄一处，通州武清县灰锅口皇庄一处，王庆坨皇庄一处，此五处在顺天府；静海县四当口皇庄一处，此一处在河间府。其后年份，先帝的兴趣不在皇庄上，但不时仍有设置。正德四年，于顺天府大兴县三里河设置皇庄二处；正德五年，于大兴县六里屯设置皇庄一处；正德七年，于通州武清县尹儿湾设置皇庄一处，大直沽设置皇庄一处；正德八年，于顺天府昌平州楼子村设置皇庄一处，于河间府静海县卫河设置皇庄一处，于河间府青县孙儿庄设置皇庄一处，于保定府安州骟马庙设置皇庄一处，于保定府清苑县阎庄设置皇庄一处；正德九年，于保定府安肃县花社设置皇庄一处。”

曹嘉不但在仔细听，而且还加以议论：“据闻，当年刘六刘七造反，顺天、真定等府从者最众，恐怕与皇庄设置不无关系。”

“仲礼兄所言不谬，”夏言道，“如正德二年所设六处皇庄，竟有五处在顺天府，畿南怎能不乱！”

叶桂章心里一直在默算。他问：“自天顺末年至正德八九年间，数出的皇庄有二十九处之多，到底占有官地民地若干？”

“问得好！”夏言赞道，“方才提到板儿庄皇庄由一十顷一十三亩扩展至七十五顷，我称说骇人听闻，其实，七十五顷不过是皇庄所占官地民地的一个尾数。成化、弘治两朝设置的五处皇庄，占地已至一万二千八百余顷。弟等今次清查，皇庄共占地三万七千五百九十五顷又四十六亩。这才真正叫作骇人听闻呢！”

依仗年富力强，他不但对皇庄数记得一清二楚，对皇庄的田亩数也记得一清二楚。

“果然骇人听闻。”叶桂章咋舌道。

曹嘉更想深一层：“想那皇庄既经设置，必差派太监数人管理，差派之太监必奏带旗校，旗校又必有随人，每处不会少于三十五十，二十九处皇庄，便有千余人。这千余人哪一个是守法纪的，哪一个会把官府放在眼里，还不要将畿内搅个天翻地覆！”

“仲礼兄说这千余人将畿内搅个天翻地覆，一点也不错，”夏言说着，又作补充，“我为你举一例：皇庄的租税是要送进宫中的。以前送租税，用皇庄内自备车辆。自正德初年始，取官府廪饩供给，取地方车辆供用。单单这一项，已让沿途官府苦不堪言，使沿途农家倍受滋扰。”

叶桂章想起夏言前面的话，说：“皇上即位诏书，明令将管庄人员尽数革回。公谨兄说与皇上理论，其实是与这等太监理论。”

“革回管庄人员，乃我皇上一大德政，”夏言道，“然皇上近日敕书称，系皇庄者，解部类进。二兄请想，皇庄仍是皇庄，昨日革回管庄人员，早晚还要派人去管庄。故皇庄不革，还要与皇上理论。不但为皇庄事要与皇上理论，为勋戚庄田事也要与皇上理论。勋戚庄田之设置，虽因勋戚奏请，到底还要皇上准其奏请。”

“公谨兄言之不谬。勋戚奏请，须与勋戚理论；皇上准其奏请，须与皇上理论，”叶桂章亦有同感，他问，“对了，勋戚庄田之设置早过皇庄之设置，畿内勋戚庄田的扩展，也称得上骇人听闻吧？”

夏言说：“我经手清理的勋戚庄田有两处，一处是庆阳伯的庄田，先后奏讨保定府清苑、庆都，广平府清河等三县地五千四百余顷；一处是长宁伯的庄田，在景州东光一县奏讨田土一千九百余顷。有见于此，其他勋戚庄田大略可知。有一等奸民，专以已田，或指他人之田为已田，投献勋戚之家，使勋戚之家有奏讨的理由。据弟想来，投献的田数，均应清出，还民还官，这是无须再言的；对投献的奸民，亦须重治其罪。”

庆阳伯为武宗皇后夏氏的族人，现为第二代庆阳伯夏世臣。长宁伯是宪宗生母周氏的族人，现为第三代长宁伯周大经。

夏言说的投献，是一种令朝廷和各地衙门都感头疼的手段。奸民隐蔽田产，自行逃税，官府清查出来，必严惩不贷。而投献到勋戚名下，土地成为庄田，奸民受到庇护，官府只能徒唤奈何。国家在籍的土地日益减少，在北方，许多就是因投献而失去控制。

“公谨兄对庄田一事果然心得颇深。”叶桂章说。

他嘴上在称赞，脸上却是另有所思的表情。夏言看出来，问道：“吾兄有何见教？”

叶桂章说：“斋翁对清理庄田一事，亦甚关切，日前还对我提起。公谨兄既有心得，何不去他府上，听听他的说教？”

夏言尚未答话，曹嘉在一旁连声说道：“使不得，使不得！”

“倒要请教仲礼兄，为何使不得？”叶桂章不悦。

曹嘉欲言，见兵科给事中史道走进酒楼，改口说：“克弘兄到，我去与他打个招呼。公谨兄，堂堂相府，翰林们去得，科、道官去不得，你要拿定主意。”话音未落，已快步迎过去。

史道字克弘，顺天府涿州人。他与曹嘉同选庶吉士，同授科、道官，私交甚厚。

叶桂章有一番批驳曹嘉的话，曹嘉离去，无须再说。他两眼盯住夏言，看他的主意到底如何。

夏言说：“仲礼兄以为科、道官去不得相府，未免过激。但我与杨阁老从无私交，亦不必因为要和皇上理论，前去听教。他若唤我，我不会不去；他不唤我，我也不会径去。”

叶桂章讨个没趣，不再相劝。

曹嘉拉着史道的手，亲昵地说：“克弘兄为何姗姗来迟？”

看看酒楼内，应到者只到一半略多，史道说：“并未迟呀。倒是仲礼兄，最不喜与众人打瓶伙，三次里总有两次迟到。今日早到一刻，怎就责怪起我来！”

“打瓶伙”是河南土话，意谓众人在一起饮酒，各自付账。史道和曹嘉交往多，也学会这句话。

曹嘉说：“不为与克弘兄一晤，今日的瓶伙我不会来打。我为克弘兄而来，责怪你一句，不过分吧？”

“为我而来？敢问何事？”史道警觉起来。

曹嘉使个眼色，史道会意，随他行至一个角落。角落里蜷缩着一个小伙计在打瞌睡，被两位官人惊醒，慌慌张张地让开。

曹嘉压低声音说：“我从吏部听到一个不利于兄的消息，特来相告。”

“可是外放之事？我已知之。”史道说。

“外放何处何职也知道吗？”曹嘉问。

“闻是山西按察司。”史道答。

除非资历极深，给事中外放按察司，不会是按察使或按察副使，也不会是杂职，一般是按察佥事。给事中从七品，按察佥事正五品，连升五级，应该说是不错的迁转。几十年以前，一名给事中得此迁转，虽不一定欢欣雀跃，也一定不会牢骚满腹。但近来把给事中这一清要之职看得太重，迁转按察佥事，或正四品的知府，似乎成一种放逐，一种惩罚，别说本人不满，旁观者也会有看法。

所以曹嘉要问：“克弘兄准备就此怏怏而去吗？”

史道左顾右盼，欲言又止。

曹嘉一拍额头：“是我荒唐！此间席散，我与克弘兄换一处重新饮过。如何？”不管史道应允与否，他又加上一句，“自然由我做东，并非与克弘兄打瓶伙。”

“如此甚好，我就叨扰仲礼兄一次。”史道同意。

第二十五章

一家门面不大的酒肆，客官散尽、就要打烊时，两名官人，已有几分酒气，相拥而入，店小二眼巴巴看着东家，想他出面拦阻。但所谓“客大欺店”，来者身着常服，也是朝廷命官常服，店东怎敢不接待！他不是出面拦阻，而是出面迎客，满脸带笑地将两位官人让进来，实实在在地抹几下桌面，又象征性地抹几下坐凳。

店小二不露声色地送来两壶酒，几碟下酒的菜，心里暗自咒骂：喝成这样还要喝，天到这晚还要喝，老天该罚他二人醉死！

他一退下，曹嘉立即说：“克弘兄不觉得，此际外放，必有文章吗？”

这话他在酒楼里就想说，熬到现在，着实不易。

史道嗅嗅酒，并非佳酿；嗅嗅菜，也不甚新鲜。但他还是说：“仲礼兄不是请我来饮酒的吗？”

“是，是。”曹嘉应着，斟上酒。二人碰杯对饮。放下酒杯，曹嘉又迫不及待地问：“克弘兄外放是因前者为王德华先生申辩，然否？”

“仲礼兄以为然否？”史道反问，“我是问，我为德华先生申辩，仲礼兄以为然否；并非问，我因为德华先生申辩而被放外然否。”

“克弘兄为德华先生申辩，不知使多少人暗中喝彩。”曹嘉道

史道将酒杯重重地一放，说：“不平则鸣，是我辈本色。宁乱之际，我们又不是不在京师，不在朝廷，德华先生的作为是有目共睹的，德华先生的作用是有目共睹的。宁乱得平，社稷得安，杨某人有功，德华先生也有功。为什么一人被捧到天上，一人被打入死狱？交通逆藩，谄附钱、江，德华先生有份，杨某人也有份。为什么一人可以功掩过，一人却功不抵过？我但恨奸人权重，不能为德华先生讨还公道。我也庆幸皇上圣明，不使权相全逞其奸。”

王琼最终没有脱罪，所以史道说未能讨还公道；王琼由死罪而戍边，由极边而稍近，所以史道说杨廷和未能全逞其奸。

曹嘉对他的这番话十分欣赏，重复着其中几句：“宁乱得平，社稷得安，杨某

人有份，德华先生也有份；交通逆藩，谄附钱、江，德华先生有份，杨某人也有份。这实在是至公之论。”

“仲礼兄不是问我，是否就此怏怏而去吗？”史道说，“某实言相告：他容不得我，我也容不得他；即便他容得我，我亦容不得他。一旦吏部发布出处，我就要狠狠弹劾他一本。弹劾他的第一大罪状，正是他交通逆藩，谄附钱、江。”

“论得好！这一论论到要害！”赞罢，曹嘉问，“既有第一大罪状，必有第二大罪状。克弘兄弹劾他的第二大罪状又是何事？”

“他的第二大罪状乃是：不争先帝之大失，而争我皇上之大礼，”史道说，“先帝以天子之尊，而称威武大将军，自我太祖高皇帝开国以来，列朝之失政无过此者。身为首辅，不以去就争，不以生死争，致使先帝以威武大将军名号南巡，致使天下皆知先帝为威武大将军。而我皇上考兴献帝，乃人情之常，他却一字一句必要计较，必要力争。两相比较，我辈怎能不油然而生疑惑，天下之人怎能不油然而生疑惑！”

曹嘉翘起大拇指：“这两个题目，人皆惑之而人皆不言。克弘兄以此而作文章，真乃独具慧眼，真乃独具胆魄！”

“仲礼兄不要只是赞我，也须帮衬帮衬我。我欲在奏疏起首写几句话，请仲礼兄看是不是恰当。”史道不知早已打好腹稿，抑或一时兴起拟就，总之是出口成章：“臣顷在谏垣，尝指大学士杨廷和为漏网元恶，草劾欲上，为廷和所觉察，亟出臣外任。臣诚无状，恐一旦得祸，以忧臣母，唯乞陛下赐之致仕，全臣母子微生。

曹嘉边听边琢磨：“‘臣诚无状，恐一旦得祸，以忧臣母’一句，用在他时，似是俗笔；写在今时，深情含蓄，皇上不会不动心的。克弘兄以二大罪状弹劾当道，不知要使多少人瞠目结舌；以这两句起首，更可谓先声夺人。”

“仲礼兄首肯，我大可放心。”史道说着，独饮一杯。只觉杯子太小，难以抒其情怀，他说：“我二人换大碗痛饮，权当作为弟壮行色，仲礼兄意下如何？”

曹嘉慨然应允：“好，我与克弘兄各饮三大碗。”又说，“不过，这不仅是我为克弘兄壮行色，也是克弘兄为我壮行色。”

史道手已扬起，准备招呼店小二，听他这话，不由愣住。他把手放下，问道：“仲礼兄此言何意？”

“克弘兄欲弹劾首辅，我当壮之；我欲从公品题朝廷百官，克弘兄就不当壮之吗？”曹嘉道。

“仲礼兄欲仿效范文正公？”史道感到意外，又感到在意料之中，“都道曹御史行事出人意表，果然不谬。”

宋朝名臣范仲淹，谥文正。他在权知开封府时，曾上《百官图》，对朝廷大臣一一品题。这是许多人想学却学不来的。

在史道犹豫之间，曹嘉招呼店小二换来两只大碗。斟满酒后，他说：“我与克弘兄约，兄疏既上，或迟一二月，或迟三五月，我必论列百官。”

第二十六章

“皇上去过那边吗？”兴国太后等皇帝行过礼，问的仍是这句话。

“是，儿子已去那边候问。”皇帝答道。

“史道弹劾杨先生，她有什么说法？”兴国太后问。

“她说：杨先生有大功于社稷，史道恶言中伤，是皇上的罪人，社稷的罪人。”皇帝答道。

昭圣皇太后多个皇字，兴国太后少个皇字，其间的差别犹如天上地下，故而母子间叙话，只要没有第三者在场，对昭圣皇太后不是称作“那边”，就是称作“她”，从不称其尊号。

“皇上拟如何处分其事？”兴国太后问。

“儿子并无定见，特来听母后教诲。”皇帝说。

说并无定见，不如说犹豫不定。不能因史道一疏，而将勾结逆藩、勾结奸人和专擅的罪名加于杨廷和，皇帝是懂得的；但应不应该加罪于史道，皇帝却有些拿不定主意。史道上疏，已犯众怒。吏部尚书乔宇称：史道挟私妄言，当正其罪。兵部尚书彭泽称：杨廷和为史道构陷，大臣皆不自安；构陷当道，借口耳，意在脱许泰、王琼、陆完等罪，史道实为奸人之雄。不加罪史道，无法向杨廷和交代，无法向满朝大臣交代。但史道以议礼为言，明摆着是爱惜皇帝，痛恨大臣专权。加罪史道，以后谁还敢弹劾杨廷和？谁还敢为皇帝说话？

兴国太后缓缓言道：“有一件事皇上一定不可忘怀：先皇帝宾天后，大位空虚四十余日，非杨先生维持，局面怎堪？史道当时也在朝廷，难道就不知迎立事是怎样确定的吗？就不知大奸大蠹是怎样铲除的吗？有一句话皇上一定不可忘：以杨先生大功为大过，无论此人用心如何，断不可留在身边。”

此人断不可留在身边，亦即断不可留在朝廷，这是替皇帝拿主意。皇帝说：“儿子懂了。儿子这就传旨，将史道——”

兴国太后拦住他：“处分史道是朝廷的事，皇上不必对我说。”

皇帝回到文华殿，即着司礼监官传谕杨廷和，着鸿胪寺官传谕内阁。

给杨廷和的圣谕道：卿以正学直道辅佐先帝，随事匡救，备竭诚悃。先年能擒逆彬，俟朕从容嗣统，功在社稷。

给内阁的圣谕称：史道摭拾浮言，横肆诽谤，大伤国体，着法司逮治。中间果有朋奸党恶纳贿实迹，具讯本末以闻。今灾异频仍，正上下交相警戒之时。若谗佞得志，公议不明，正人君子不安其位，相率避嫌求退，此岂国家之福！

嘉靖二年正旦前夕，史道被逮下狱。

第二十七章

张佐躬身进殿，皇帝问他：“朕要的奏本，取来没有？”

“是，遵爷的旨意，奴才取来曹嘉的奏本。”张佐说着，小心地将一打疏纸置于御案。

曹嘉的奏疏，皇帝曾草草阅过一次。今日要重阅，有两个原因：一是奏疏中写到的一些典故，他多不知晓；即使略知一二，也很粗浅。因此，将司礼监最有学问的老太监萧敬唤来，为他详细讲解。二是今日呈进兵科给事中安磐所上奏本，对曹嘉和他的《百官图》大加挞伐。有萧敬的讲解作基础，有安磐的挞伐做对照，可以重新体会和评价曹嘉对朝廷大臣们的品题。

皇帝对张佐挥挥手：“朕要自己读此长疏，你不必在此侍候。”

张佐又躬身退出。

曹嘉的奏疏和其他类似的奏疏，如张璁所上《大礼或问》一样，分为两部分。前一部分是正疏，很短。曹嘉写道：品题大臣，古来有之，乃清明盛世的一大盛事。后一部分是附疏，很长。曹嘉为它起个题目，叫《百官图》。名为百官，实有在朝大臣五十人，曹嘉将他们分为四类，逐一品题：一类是资望颇久，一类是敛束寡过，一类是人品庸中，一类是行检卑污。

被列在第一类的大臣有：以吏部尚书衔掌詹事府事的石珤、户部尚书孙交、刑部尚书林俊、礼部侍郎汪俊、都察院右副都御史刘玉、南京兵部尚书陶琰、翰林院侍读李时和董玘等；

被列在第二类的大臣有：一个月前致仕的礼部尚书毛澄、都察院掌院都御史金献民、吏部侍郎何孟春、兵部侍郎李钺、刑部侍郎臧凤、都察院佥都御史周伦、太常寺少卿姚继岩、太仆寺卿刘麟、太仆寺少卿张九叙、翰林院侍讲学士丰熙、翰林院侍读温仁和、南京都察院都御史邹文盛等；

被列在第三类的大臣有：上任仅三个月的工部尚书赵璜等；

被列在第四类的大臣有：致仕已一年的刑部尚书张子麟等。

皇帝一面阅读曹疏，一面回想萧敬讲解的几则典故：

王珪是唐太宗时的名臣。同时的名臣还有房玄龄、李靖、温彦博、戴胄、魏徵等人。一日，众臣侍宴，唐太宗对王珪说："卿有识鉴，善谈论，自房玄龄而下，咸宜品藻。卿且说，诸子与卿孰贤？"王珪对曰："孜孜奉国，知无不为，臣不如玄龄；才兼文武，出将入相，臣不如李靖；敷奏详明，出纳唯允，臣不如温彦博；处繁理剧，众务必举，臣不如戴胄；以谏诤为心，耻君不及于尧、舜，臣不如魏徵。至如激浊扬清，嫉恶好善，臣与数子，亦有一日之长。"

皇帝听萧敬讲过这一段典故，心中暗赞：只用寥寥数字，各人长处呼之欲出，王氏果有识鉴。

关于范仲淹作《百官图》，萧敬讲道：范仲淹名为品题百官，实则为论宰相吕夷简揽权。他前面写的是这样一句话：进退近臣，凡超格者，不宜全委之宰相。

皇帝问：吕夷简揽权，是大大的奸臣吧？

萧敬不直言吕夷简是不是奸臣，只为皇帝背诵《宋史》评论吕夷简的几句话。《宋史》论曰：吕夷简以儒学起家，列位辅弼。仁宗之世，天下承平，因时制宜，济以宽厚，相臣预有力焉。方夷简在下僚，诸父蒙正以宰相才期之。及其为相，深谋远虑，有古大臣之度焉。在位日久，颇务收恩避怨，以固权利。郭后之废，遂成其君之过举，咎莫大焉。虽然，吕氏更执国政，三世四人，世家之盛，则未之有也。

萧敬不敢妄加评论，皇帝知道他的苦衷，也不再勉强。现在回过头去想：《宋史》论得明白，吕夷简收恩避怨，以固权利。范仲淹论他揽权并不错。但不能因范仲淹论吕夷简揽权，就把吕夷简列为大奸臣。他到底做过许多好事，天下承平，他有力焉。

萧敬最后讲的是解缙品题大臣的故事：一日，太宗皇帝书写吏部尚书蹇义，户部尚书夏原吉，礼部尚书李至刚，兵部尚书刘儁、方宾、陈洽，刑部尚书郑赐，工部尚书黄福、宋礼，都御史陈瑛等的名字，命解学士品题。解学士曰：蹇义厚天资，中无定见；夏原吉有德量，不远小人；刘儁有才干，不知顾义；郑赐乃君子，苦短于才；李至刚诞而附势，虽才不端；黄福秉心易直，确有执守；陈瑛刻于用法，尚能持廉；宋礼憨直而苛，不恤人怨；陈洽疏通机敏，亦不失正；方宾簿书之才，驵侩之心。

萧敬怕皇帝不懂驵侩之义，写出来，解释道：驵侩者，居间交易马匹之人。所谓驵侩之心，指方宾才干是有的，却没有大才干。

萧敬又述道：太宗皇帝命近侍录下解学士的品题，付与太子，即后来的仁宗皇帝。太子问解缙：詹事府官尹昌隆、王汝玉二人如何？解缙对曰：昌隆君子之人，而气量不弘；汝玉文翰不易得，惜有私心。他对朝廷大臣及太子辅导官的品题，后来无不被验证。

本朝的解学士品题大臣，丝毫不逊于唐人王珪、宋人范仲淹，想到此处，皇帝脸上露出不易被人觉察的、宽慰的笑容。

但曹嘉品题大臣如何呢？

皇帝的眉头又皱起来。曹嘉上《百官图》的消息传出后，他立即受到科、道同僚的抨击。皇帝记得，兵科给事中安磐的奏疏是这样写的：唐王珪之论房玄龄等，本朝解缙之论黄福等，以一人而议众人，皆承君命品藻，未有举朝缙绅恣其口吻，如曹嘉者也。上有礼貌大臣之心，而小臣启其猜疑，恐非太平之世所宜有也。

“上有礼貌大臣之心”，皇帝对这句话很看重。他想，自己是有礼貌大臣之心的，不然，怎么能容忍两年来君臣之间的对抗？安磐能看出这一点，不易；能写出这一点，不易。曹嘉以举朝缙绅恣其口吻，原来正是忽略自己对大臣的礼貌之心，难怪读后感觉不舒服。

但细想起来，对曹嘉的品题不满意，又不全因为他忽略自己对大臣的礼貌之心；更重要的，似乎是他的品题本身，不合自己的心意。

如张子麟被论，非一日两日，说他行检卑污，速宜削夺，也算得上忠谠之言吗？赵璜是大臣们推举，自己亲自选用的，怎么在曹嘉的眼里，竟成庸众？

将赵璜列入第三类，将张子麟列入第四类，还在其次，而有些大臣被列入第一类，恐怕名实不符。譬如林俊，皇帝知道，他早年曾有“南都四君子”之一的美誉，在江西、四川等地为官，干练清廉，政绩卓著，故皇帝登基，他最早被荐举，最早受大用。但他进入京师以来，除附和内阁大臣，特别是在议礼上紧跟首辅，亦步亦趋，再也看不出有什么作为，全无前朝名臣的风范。这不能不令皇帝大为失望。

有些大臣的等次，划分也不妥当。譬如礼部侍郎汪俊列入第一类，而原礼部尚书毛澄列入第二类，实不知何所依据。若说讲读，分辨不出二人的优劣；若说议礼，观察不出二人的区别；若说人品，毛澄虽然屡屡违旨，皇帝对他既敬且惮，却并无恶感。而且，怎知汪俊在尚书的位置上不会屡屡违旨呢？

皇帝得出一个结论：在私人感情上，曹嘉对汪俊亲一些，对毛澄疏一些。所以，他的品题并非出以公心。

再细想起来，对曹嘉的品题不满意，又不全因为他存有私心，失之公允，而是因为最该品题的大臣，竟被他避开。既曰品题大臣，吏部尚书乔宇不该品题吗？乔宇由南京兵部尚书改任现职，多少有些破例。皇帝选用他，一则因为他是成化二十年会试的“山西三杰”之一，有人望；二则因为在平息宁藩之乱中，显示出才干。但他掌铨以来，所出所入，如熊浃之放外，史道之下狱，究竟以亲疏为标准，还是以贤否为标准？曹嘉就曾上疏，指责他与大臣相互为地，阻塞言路。敢于上疏弹劾乔宇，却不敢在《百官图》中品题乔宇，实在令皇帝不解。品题百官而不品题乔宇，岂不成了百官无首？不品题乔宇，品题他人还有什么味道？

其实，百官之首并非乔宇，而是杨廷和。曹嘉品题百官，而不品题内阁大臣，不品题杨廷和，或是皇帝感觉失望、感觉不满意的真正原因。王珪品题大臣，首先品题宰相房玄龄，自不必说。解缙没有品题阁员，一则因为他本人在内阁，二则因为太宗皇帝时，内阁成员的品秩很低，称大臣首当称掌部、院者。而范仲淹品题大臣，虽没有直接品题吕夷简，但归根到底，是品题吕夷简。曹嘉品题大臣，品题各人优劣是否中肯且不论，单拿避开内阁大臣这一点来说，相去前人的品题已甚远。

皇帝不由想起对史道的处分。史道既然断不可留在身边，曹嘉也无须留在朝廷。于是，皇帝一面传旨，将曹嘉贬谪于外，一面安抚各大臣，要他们安于职守，竭忠图报，无相诋讦。

第二十八章

费宏收拾停当，看着杨廷和问：“介夫先生还不回去吗？”

杨廷和正在任情遐想，被他打断，一惊之下，定了定神。他说：“子充先生先走一步，我想再坐一坐。”

费宏对坐在近处的毛纪使个眼色，示意他接着再劝，然后与蒋冕招呼一声，先行离阁。

毛纪心不在焉地读过几行书，起身走到杨廷和身边，说：“时辰不早，介夫先生，回去歇着吧。”

杨廷和点点头，却说：“维之先生先走一步，我想再坐一坐。”

毛纪向蒋冕做个无可奈何的手势，也走出去。

也许已过许久，也许只在瞬息之间，杨廷和猛一抬头，看到室内除自己外，还有蒋冕，诧道：“敬之先生还没走？”

“我陪介夫先生坐一坐。”蒋冕道。

“不必，”杨廷和谢绝，“我只是有些累，想在此间坐一坐。难道敬之先生也累得走不出去？”

蒋冕被将一军，不得不走。

阁中只留下杨廷和一人。

他绝非只在此间坐一坐，他在想心思。想得最多的，是前任首辅李东阳。在武宗朝任首辅的六年多里，也是举步维艰，身心疲惫；但他没有特别想到李东阳，没有经常想到李东阳。在先皇帝宾天至今皇帝即位的四十多天里，也是举步维艰，身心疲惫；但他没有特别想到李东阳，没有经常想到李东阳。近两年来，他却特别想到李东阳，经常想到李东阳。这或许是因为，他不仅身心均感到疲惫，而且身心均感到厌倦。

杨廷和想到了李东阳在《孝宗实录》完成后所上的表笺。纂修《孝宗实录》，李东阳是总裁官，现在纂修《武宗实录》，他是总裁官。历朝修实录，以首辅总裁，是惯例，原本不必记挂在心，他也没有花费很多心思在修史上。但翰林院侍读董玘上一疏，使他警觉起来。

董玘疏称：焦芳主持修《孝宗实录》，变乱制度，颠倒是非，今修《武宗实录》，宜将《孝宗实录》一并发出，重为校刊。

杨廷和知道，董玘的奏疏不是冲着他来的，但还是禁不住要想：几十年之后，十几年之后，或许几年之后，会不会有人提出，现在正在纂修中的《武宗实录》宜重为校刊呢？

进《孝宗实录》时，李东阳写了两句话：是曰是，非曰非，岂敢专于独断；疑传疑，信传信，庶以俟于将来。

杨廷和以为，该文是近年来难得的一篇文字，这两句话写得尤其理直气壮。等到他进《武宗实录》时，能不能也写一篇难得的文字，也理直气壮地写上这样两句话呢？世人又能不能理解他的处境，体谅他的艰难呢？他没有信心。须知：在孝宗朝，李东阳没有任过一天首辅，焦芳没有任过一天首辅，而他在正德朝曾任过六年多首辅；须知：孝宗朝虽有是非之争，并不是太多，而正德朝的是非之争，谁说得清有多少？与他相关的是非之争，谁说得清有多少？

杨廷和想到了那晚李东阳邀他在阁中坐一坐时道出的肺腑之言。他现在的心态与李东阳当时的心态有惊人的相似之处，这且不说；使他感到悲哀的，是李东阳疲惫时，厌倦时，还能找他来谈一谈心，他今日竟连一个陪自己谈一谈心的人都找不到。并不是说，内阁诸同僚不可信任。他毫不怀疑，蒋冕、毛纪，包括费宏，都是正人君子。但以才干而论，他可以放心地将首辅的重担卸与谁呢？换句话说，他忍心将首辅的重担压在谁的肩上呢？

杨廷和想到了李东阳在议论边军京营对调时的义无反顾。李东阳向以儒雅著称，谁也想不到，他在廷议时会有如此慷慨激昂的语调，会用如此尖刻的语言。有人说，边军京营对调是正德皇帝一定要做的事，李东阳以他不肯调和的态度，来表示去意已决。对此，他从来没有正式承认，也从来没有正式否认。

这一件事，杨廷和想得最多，想得最深。李东阳抓住这样一个题目，作这样一篇文章，他是不是也能抓住这样一个题目，作这样一篇文章？

题目有不少，哪一个最合适呢？

议礼无疑是最大的一个题目，这将是君臣之间最大的一场冲突。但在这场冲突中，杨廷和及其他大臣没有任何先发制人的机会。皇帝已有明旨，以孝宗皇帝为皇考，你还能要求皇帝怎样？谁都知道，皇帝无时无刻不想做出改变；但在皇帝做出改变之前，谁都不能有所动作。

杨廷和想，另外有一个题目，与议礼相比是个很小的题目，却不妨利用来作一篇不大不小的文章，那就是牵涉内官监太监崔文的案子。

崔文奉旨，监督某工程。其家人李朝凤向工部匠头宋钰索取贿赂。宋钰倔强，不予。李朝凤怀恨，多次在崔文面前诉说。他不会说宋钰对他不敬，而是说宋钰对崔文不敬。崔文大怒，率一伙如狼似虎的家人，将宋钰捆绑，施以杖刑，险些把宋钰打死。法司给崔文留面子，只提去李朝凤讯问。案子尚未了结，崔文在皇帝面前为李朝凤诉冤，皇帝降旨，改由锦衣卫镇抚司讯理。刑部尚书林俊力争，说：不宜以小事诎法，伤平明之治。皇帝不予理睬。举朝上下对此事反应强烈，除林俊继续在争，科、道也纷纷上言。

此事好作文章，因为皇帝曾有承诺：内臣若行不法，定然严惩。但此事可作文章，还不在于官司本身。若只是一件太监家人与工部匠头的冲突，何劳阁老进言！何劳首辅进言！

崔文胆大妄为，皆因有宠于皇帝；崔文骤然有宠，皆因建议斋醮，为皇帝所接纳。虽说宫闱之事秘不可闻，但皇帝在宫内建醮祷祝的秘事还是传出来。据传，皇帝不但在大内建醮，而且要引羽士入宫；据传，延请入宫的道士已经物色好，是江西龙虎山上清宫真人邵元节。论劾崔文，这才是要害问题。道家之流虽产自中土，其言蛊惑，其术诡谲，与番僧又有什么不同？在大内建醮，引入羽士，和先帝在大内建寺，引入番僧，又有什么不同？

作这样一篇文章，对其他人来说，只有一个目的：谏止其事；对杨廷和来说，却有两个目的：一是谏止其事，一是向皇帝、向世人表示去意已决。他今日一直在想的，就是要不要作这篇文章，以及如何作这篇文章。至于让皇帝、让世人知道他的心迹又怎样，恐怕是很难彻底想清楚的，也无须彻底想清楚。

内阁同僚一个一个离开，他的主意也拿定。他命内阁的差役掌灯，一气呵成地拟就一道奏本，略曰：陛下登基之初，臣等条奏慎始修德十二事，写成牌匾，悬置殿壁。其一事谓斋醮祈祷，必须豫绝其端，不可轻信。在昔梁武帝、宋徽宗，崇信尊奉，无所不至，一则饿死台城，一则累系金虏，求福不得，反以招祸。二君且未暇详论，只如近日刘瑾建玄明宫，钱宁建石经山洞，张雄建大慧寺，张锐建寿昌寺，于经建碧云寺，张忠建隆恩宫，所费金银，不可胜计。其心皆欲求福也，然皆被诛窜。由此观之，则其不足信也明矣。夫谗邪小人，以为福田可种，利益可求，灾患可除，祥瑞可致；不知年来远近亢旱，风霾灾变，彼何不诵一经，不念一咒，以消弭之乎？南北直隶、山东、河南，流贼往来，焚劫杀戮，彼何不驱神兵鬼将，以扫平之乎？陛下试以此验之，则其无益有损，不待辩矣。正道异端，不容并立。心既系于彼，则必不系于此。邪说既入，圣贤之经训自疏。更乞大施乾断，凡无益斋醮，一切停免。惟日以敬天法祖、修德保身为先务，则圣治益隆，圣寿自延，而圣德愈光。

写罢疏稿，好似了却一桩积压多日的心事，杨廷和感到一阵轻松。

第二十九章

皇帝留住张佐说话，从一个他怎么也想不到的问题开始。皇帝问："张佐，宫里上上下下而今都是怎样称呼你的？"

张佐稍稍一愣。他无暇细想哪些可答，哪些可不答，哪些不可答，如实地说："回爷的话，宫里上上下下，称奴才张太监的居多。年幼的宦者及宫女，或叫奴才一声张叔；与奴才一起从安陆来侍奉爷的，仍是旧日的习惯，叫奴才张哥。"

"宫里人多且杂，有没有倚老卖老，沿袭旧习，叫你张小哥的？或者着力巴结，自甘下风，叫你张老太监的？"皇帝接着问下去。

张佐知道，皇帝对武宗身边的小太监们深恶痛绝，不分良莠，一律给以重惩；除一个萧敬，对被称作老太监的张永等人，也没有好感。他答道："这可没有。奴才为爷办事，知道自重，绝不容许他们叫奴才小张哥。再说，奴才年纪尚轻，还想多为爷办几年事情，若被人叫作老太监，奴才一定正色纠正。"他又试探，"张叔、张哥等称呼若有不当，请爷降示，奴才要宫里上上下下改个叫法。"

"上上下下都这样叫法，多少年来都这样叫法，又何必改！"皇帝道，"张佐，朕教你一个辨识人的方法：称你张太监的大小宦者，是对你敬重，又无求于你，你不必防他。称你张叔的小宦者和宫女，是对你敬重，又巴结于你；他们本就该巴结你，你不必防他。称你张哥的太监，是对你亲近，又无求于你；他们本就该与你亲近，你不必防他。唯独本该称你张哥却改称你张叔的太监，并非敬重你，而是有求于你，且是求你做你不该做的事情；对这一类人，你务必要防他。"

万岁爷亲自教诲，说这么多推心置腹的话，该是何等的恩宠！张佐感激涕零，顿首道："奴才记住爷的教诲，一辈子受益匪浅。"

"朕的话，能记住一半，已是你的造化，"皇帝说，"张佐，近日大臣们论劾内臣的奏疏不少。内阁杨先生等论劾崔文的奏疏，朕知你认真读过；御史余翱论劾你的奏疏，你也认真读过吗？"

余翱是正德六年进士，现任四川道监察御史。他上疏弹劾张佐，典司章奏不取上裁，假借纶音，疏隔内阁，以变移国是。他请皇帝亲揽政权，正此曹欺蔽之罪，以充新政。

这篇奏疏，张佐自然也是认真阅过。他半是羞惭半是委屈地说："奴才该死，奴才不会办事，惹得外朝论劾奴才，把爷的面子都丢尽。奴才惶恐万分，竟无以自辩。"

"这不干你的事，朕知你不好自辩，已替你辩，"皇帝说着，念诵他批复的几句话，"章奏朕皆亲览，付内阁票拟，一遵累朝故事。张佐侍朕敬慎不欺，御史安得出此言！"让张佐品味过话里的含义，皇帝问，"你看朕辩得如何？"

张佐再顿首："爷待奴才恩重如山，奴才为爷办事，怎敢不慎！怎敢有欺！敬慎不欺四个字，从此就是奴才作人、办事的宗旨。"想了想，这话有些不妥，他更正道，"奴才为爷办事，向来是敬慎不欺。但这四个字，爷不说，奴才不知。奴才只知老老实实为爷办事，不敢欺天，不敢欺爷，不敢欺心。奴才从此知道，这叫作敬慎不欺。"

"你也辩得不错，不枉朕为你辩白一番，"皇帝说着，口风一转，"可外间论劾内臣，不能每一个人都要朕代辩，每一件事都要朕代辩。"

张佐在他那一辈太监里并不以敏捷见长，但也没有迟钝到不能见机行事。他听懂皇帝的话，马上接上去说："奴才被外间论劾，实属冤枉；崔文被外间论劾，亦属冤枉。为崔太监辩白，奴才义不容辞。请爷恩准，奴才去内阁，与杨先生等辨析。"

"你是司礼太监，难道每次去内阁须得朕恩准吗？"皇帝道。这是向张佐暗示，内阁之行是他挺身而出，并非奉旨。"朕倒是想知道，去了内阁，你怎样为崔文辨析？"

"奴才就说，崔太监为爷办事，向来敬慎不欺。"张佐旋即收回这句话，"不妥，敬慎不欺四个字，是爷赐给奴才的，用在崔太监身上，怕他有些担不起。对，奴才对杨先生等说，崔太监一直是实心为爷办事。爷看，实心两个字，崔太监可担得起？"

"朕赐你四个字，你都担得起；你赐崔文两个字，也不必怕他担不起，"皇帝难得地说句笑话，"若是有人问你，崔文如何实心为朕办事，实心为朕办过哪一件事，你又该怎样辨析？"

"这——"张佐不是想不出一个例子，而是怕想出的例子不合适，"崔太监实心办事，是爷首肯的。怎样与内阁辨析，望爷赐教。"

"杨先生将崔文列入奸佞之徒，论的是他议设斋醮，你说他实心为朕办事，也须在斋醮一事上作文章，"皇帝道，他具体向张佐传授，"你对杨先生说，斋醮是敬天之事，崔文建议斋醮，即是实心为朕办事。"

"是，奴才就这么说，"张佐道，并借题发挥，"崔太监建议斋醮，是实心为爷办事；崔太监安排迎取龙虎山真人，也是实心为爷办事。崔太监实心为爷办事，有目共睹，有口皆碑，非奴才一人之见，一面之词。”

皇帝打断他：“你既说起龙虎山的事，朕倒要问一问此事的详情。”

张佐道：“回爷的话，差出的人日夜兼程，今日大约该到临清。估计一个月的水程，一个月的陆程，可到江西，再有一个月的行程，可到龙虎山。按照安排，他等该在八月十五日见到邵真人。邵真人接圣旨，不出一月，应该动身，来年清明前后，定可入京觐见。”总觉得还有些遗漏，他很快想出一事，“差出的人都是客商装扮，为的不招摇。”

“好，你和崔文安排得很缜密，”皇帝赞许地说，又叮嘱，“不过，你若去内阁辨析，却不能提及此事。”

见张佐一脸的困惑，皇帝解释道：“差出的人客商装束，是为不招摇，故他等出发几日，宫里无人知晓，朝中无人知晓，京城无人知晓。你去内阁一辨析，岂不是沸沸扬扬，人人皆知？”

“爷不说，奴才怎懂得这个道理！奴才只提崔太监建议斋醮一事，也足以证实他实心为爷办事，”张佐说着，跃跃欲试地问，“奴才这就去吗？”

“去内阁辨析？”皇帝不知为何，突然改变主意，“任你去内阁辨析，是朕过于敬重杨先生，还是朕过于轻视杨先生？不如朕批给他两句慰勉的话，朕想，他或不好再言此事。”

张佐大为折服：“如此处置，比奴才去内阁辨析，更为妥当。”

“朕知你担心辩不过诸位阁老，这也算你有自知之明，”皇帝说，“不去内阁，你大可不必担心。这里有两桩公案，都与司礼监有些干系，你与朕一起处置吧。”

“可是汪应轸论劾辛寿一案？”张佐问。

辛寿是司礼监典簿，发放上值卫军官俸银时，有两项过失：一是在午门外南面设座，无人臣礼；一是每发银一千两，就扣减一锭。汪应轸抓住这两件事，狠狠参劾一本。皇帝说与司礼监有关，张佐首先想到此事。

皇帝说：“这是其中一桩。张佐，他是司礼监的人，你道如何处置？”

皇帝若有处置，张佐照办就是，皇帝既询问，是一个难得的维护司礼监的机会，张佐自然不会轻易放过。他说：“辛寿行事不当，爷该重罚他。然汪应轸风闻言事，未必翔实。想那辛寿在午门外西侧发银，军官们都是西向而立，他怎能南向设座？辛寿与上值卫的军官们都熟识，点卯发银，免不了寒暄，怎记得住到千两之数，该扣减一锭？奴才想，辛寿是宫中的老人，办事不力，不重用就是，无须重罚。”

“你的辨析有些道理，处置也算公正，就照此办理吧。”皇帝道，又问，“你看，刑科与锦衣卫的那桩公案有没有个是非？”

这事与司礼监的干系不那么直接，但张佐也知之甚详。故事，锦衣卫缉拿犯人，持驾帖到刑科签发；刑科签发驾帖，要对照原奏。现时办事，多不遵守制度，厂、卫的人大大咧咧到刑科，把驾帖往案上一放，刑科办事人员马马虎虎签发了事。锦衣卫千户白寿晦气，遇见办事绝不马虎的给事中刘济，定要见到原奏才肯签发。白寿于是上一疏，告刘济耽误厂、卫的公事。刘济也上一疏，告白寿破坏制度。

白寿和阎洪关系密切，张佐也想略加袒护。他说：“锦衣卫不携原奏本，可说违制，亦可说从权；刑科不肯签发，可说从严，亦可说刁难。奴才看，两桩公案里的两个当事之人，名字都取得好。爷在宫中建醮，一是求社稷万年，一是求爷和太后娘娘长寿。这或是上天的回应。”

皇帝本无定见，听张佐一说，拿定主意：“白寿、刘济都道自己遵守制度，可着他二人各以状对。”

“爷圣明。”张佐对两件事的议论都被皇帝采纳，心里好不得意。

三、争“皇”争“考”

第三十章

十六七岁正是长身子的时候，兴国太后每见皇帝一次，就觉得皇帝长高一截，她的眼里不由流露出些许温情；可看到皇帝在长高的同时，心事好似也在增多，她的脸上也不由恢复往常的刚毅之色。

冬至那天，兴国太后命管事的公公请皇帝来后宫相见说话。皇帝不知何事，把看到一半的奏章扔下，带一名贴身的小宦者，匆匆赶去。

在母亲面前，皇帝尽量显得从容不迫、安闲自若；但终归是年轻，难以掩饰心中的愁苦。他的脸上挂着笑容，但笑得极为勉强。

“皇上，我不该让你来，免得你为难。”兴国太后说。

“母后有事，尽管使人召唤儿子，儿子并无为难之处。”皇帝说。

兴国太后不再多说，命喜眉：“去将莲羹取来。”

喜眉很快取来一碗热气腾腾的莲子羹。

兴国太后说：“皇上，这是湖广进贡的新莲子，我知你喜爱此物，亲自为你煮一碗，你趁热吃吧。”

皇帝欣喜道：“母后煮的莲子，儿子一定要吃。”

碗里有调羹，皇帝不用。他像儿时一样，一小口一小口地啜食，直到把一碗莲子羹啜尽。

在喜眉撤去家什时，兴国太后又提起方才的话题：“皇上说并无为难之处，可你对那边总要有个交代，怎会不为难！”

话音里充满对皇帝的体谅。但体谅归体谅，兴国太后仍唤皇帝来，也有她的道理：“我听公公们说，你近来膳也用得少，夜也歇不安稳，我再不为你分一分忧，你还能指望谁呢？皇上，我体谅你的难处，你也要体谅我的难处。我轻易不让你来，今日既让你来，你要把你的心思告诉我，才是孝顺。”

“是，儿子自然愿意把心思告诉母后，”皇帝应道，“嘉靖二年眼看到年尾，儿子登继大位说话就要三年。儿子宵衣旰食，不敢有一刻的懈怠。可大礼之议至今未决，故儿子心里不安。儿子想，再不能为兴献帝和母后争到一个皇字，儿子的皇帝之位不如让与他人。”

“皇上真的只是为争一个皇字忧虑吗？”蒋氏问。

皇帝流露出委屈：“天地悠悠，唯此事为大。儿子忙时也罢，闲时也罢，心里放不下的只有此事。母后难道还信不过儿子！”

“不是我信不过你，是你还不肯把心思完全告诉我。”兴国太后说。

皇帝不辩解，但问：“母后为何这么说？”

兴国太后析道：“天地悠悠，唯此事为大，你说得不错；拼却皇帝之位，也要争此事，你想得不错。可我对你讲过，此事虽大，非一时可争，也不必争于一时。今时今日，你要是一心一意只在此事上，你就不是一个好皇帝。可我知道，你是一个好皇帝；所以我也知道，你的心思不仅在此事上。你不对我说，或不愿我与你同忧。但你为国事忧虑，是本分；我为你忧虑，是天性。你不愿我与你同忧，是你的孝心，却不是纯孝。”

“儿子不愿扰乱母后的清静，为何不是纯孝？”皇帝问。

兴国太后说：“皇上自已想一想就会懂得。”

皇帝真的想了想。他说：“儿子已想明白。母后知道儿子忧虑在心，怎么还能清静？儿子不得母后指点，忧虑怎能消除？儿子愿做纯孝之人。”

“好，那就把你的忧虑说与我听，”兴国太后道，“皇上在为今年的灾荒忧虑，是不是？”

“是，”皇帝不再掩饰，忧心忡忡地说，“今年天下大灾，江南江北尤甚，许多地方颗粒无收。儿子日接灾报，心思全在于此。”

兴国太后点了点头：“皇上是怎样想的，说与我听听如何？我虽是妇人，却不信妇人之仁于时事无补。”

“是，”皇帝应道，“儿子有两个想法。第一个想法，上苍示警，是因为儿子施政不仁。果如是，儿子当常存戒惧，日求新政。第二个想法，上苍示警，是因为儿子议礼不洽。果如是，儿子当日夜祈祷，恳请上苍，明我拳拳赤子之心，全我父子母子之情。”

兴国太后沉吟不语。从皇帝日渐长高的身体和皇帝日渐增多的心思，可以感觉到皇帝在日渐成熟，从皇帝这一番话语，更可以感觉到皇帝在日渐成熟。她由衷地欣慰；同时，隐隐约约有些不安。

皇帝不习惯母亲的沉默，局促地问："儿子的想法不对吗？"

兴国太后说："皇上想得很恳切，但有些想歪。你是好皇帝，天下大灾非为你施政而起。父子母子之情，乃天地间至情，天下大灾非为你议礼而起。皇上要记好一句话：天有不测风云。逢此灾变，但以镇静处之，以人事弥之，必可远离凶险。"说到此，她忽问，"你父在世时，盛赞楚地多杰出之士，皇上还记得吧？"

"儿子记得，"皇帝答道，"儿子还记得，父亲曾赞曰：当世吾楚有三杰：内阁李东阳，部、院刘大夏，督、抚杨一清是也。"

"李阁老和刘尚书均已谢世，楚地三杰，独存杨一清，我就为皇上说一说杨一清。"兴国太后是有心人，兴献王当年说过的一字一句，她都记得，"杨一清曾言：无事常如有事时提防，有事常如无事时镇静。我听人议论，张永败刘瑾，王守仁擒宁藩，都得益于这两句话。"

"无事常如有事时提防，有事常如无事时镇静，这话很耐人琢磨。"皇帝回味道，"母后说，天下大灾，非为儿子施政而起，非为儿子议礼而起，儿子心里镇定多了。如何以人事弥之，还请母后点拨。"

蒋氏说："所谓以人事弥之，无非是差派的赈灾之臣得当。皇上不妨与大臣们议一议，让他们举荐可用之人。皇上说，今年的灾荒，以江南、北为甚，则南畿赈灾尤不可忽视。我想，有一人可以任用。"

"母后说的是哪一位大臣该任用？"皇帝急切地询问。

"不是该任用，是可以任用；该不该任用，须皇上把握，"兴国太后纠正道，"本来，可以不可以任用，我也不该说的；但皇上日夜忧虑，我心有不忍，故不顾忌讳，与皇上谈论此事。我说某人可以任用，皇上要认真考察。看他真可以任用，才加以任用；看他不可以任用，则不加任用。千万不要给外面留下口实，说我在操纵朝廷人事。"

"是，母后说的是可以任用。母后说可以任用，儿子看一定可以任用。"皇帝改口而不改其意，"母后论人，出于爱护儿子之心，亦即维护社稷之心。儿子懂得，天下人都懂得，无人敢妄自议论。"

"你懂得就好！天下人是不是都懂得，我也不去多想。"兴国太后说着，提示，"我初进宫时讲过，湖广巡抚是干才，皇上还记得吗？"

蒋氏离开安陆时，席书刚刚由福建左布政使升任湖广巡抚。他紧急处置的几件事，口碑不错。皇帝初登大位，正是用人之际，蒋氏提起过此人。不久，席书上疏议礼，果然很合皇帝的心意。

“儿子记得此人，”皇帝答道，“母后对儿子提到他，儿子怕一时忘记，还把他的姓名写帖。去年正月，他升任南京兵部右侍郎。”

兴国太后说：“我知道他已去南京。南畿情形，南京大臣应该熟知。南畿赈灾，当差派南京大臣。以席书任之，不是很合适吗？”

皇帝表示同意：“南畿赈灾，当差派南京大臣，母后说的是。儿子今天就传谕内阁拟旨，命席书署理南京户部事，赈江南、北灾。”

“皇上莫急，此事还须与吏部、户部堂官商议。”兴国太后说。她的微笑一现即逝，更显出后面要说的内容无比重大，无比严肃。“还有几句话，我要说与皇上听。”

“是，儿子恭聆慈训。”皇帝道。

“我要与皇上说的是杨先生。”兴国太后开个头，停顿一会儿，让皇帝掂量这句话的分量，“杨先生几次乞休，我都对皇上说，皇上年幼，须老成辅弼，不能让杨先生离去。但现在，皇上已然成熟。杨先生感觉疲惫，一定要离去，皇上不如遂他之愿。”

“母后真的以为，杨先生可以休致？”皇帝站起身来，兴奋地问。但随即发觉，这一表现不像是成熟的皇帝，复又坐下。

兴国太后很平静：“不错。杨先生在朝一日，皇上一日无法议礼。杨先生去官，对皇上是个解脱，对他本人也是个解脱。”似乎担心皇帝操之过急，她又说，“不过，皇上不能罢去杨先生的官职，也不能使人讽喻。欲速则不达，总要杨先生自己觉得不能不走才好。”

皇帝也平静下来：“是。杨先生要走，儿子不会殷勤挽留；杨先生不走，儿子也不会强行逐去。”

这两句话不太顺耳，但兴国太后无心纠正。她遥望远方，自语道：“昔日上《大礼或问》的张郎，不知尚有余勇乎？”

“母后想到他，儿子也想到他。”皇帝说。

第三十一章

距正旦节还有几日，南京刑部衙门公会毕，自郎中以下，都亲亲热热向尚书边宪作揖贺岁，边宪也客客气气向众人还礼贺岁。主事桂萼不屑此举，双手向后一背，迈着方步，径自朝外走去。将出衙门时，后面有人拉他一把，回头一看，是同为主事而不在同一司的张璁。张璁使个眼色，桂萼会意，让张璁先出衙门的大门，他随后跟上。门前的差役躬身行礼，二人傲然地随便招呼一下。

桂萼字子实，江西安福人，是正德六年的进士。

走出一截子路，回头向刑部衙门张望。张璁道："大衙前似少一联。"

桂萼应声道："秉用先生请出上句。"

张璁似吟似说吐出七个字："新年新岁新气象。"

桂萼没有片刻迟疑，对以七个字："俗人俗客俗官员。"

两个人呵呵一笑，彼此握手。桂萼问："秉用先生招我何往？"

"子实先生欲何往？"张璁反问。

"我向秉用先生所去之处而去呀。"桂萼道。他科第比张璁差不多早十年，在称谓上本该有所区别，一般只呼字而不加先生。但张璁身上具有一种非同凡响的气质，孤傲如桂萼，对他也不敢有丝毫失礼。

"居处冷清，酒肆喧闹，青楼去不得，我们往鼓楼走一走，如何？"张璁饶有兴致地提议。比起京城，南京的鼓楼更是一个热闹的去处。

"甚好，"桂萼无可无不可地应道，"秉用先生要去鼓楼，我们就去鼓楼。秉用先生要出正阳门，我们就游秦淮河。秉用先生要出朝阳门，我们就登锺山。秉用先生要出清凉门，我们就登鸡鸣山。秉用先生要出太平门，我们就观大江。总之，无不奉陪。"

"这不像是子实先生的话，倒像是高侍郎的话。"张璁说。南京刑部侍郎高友玑，与边宪都是弘治三年进士，在张璁看来，这位佐贰之卿对堂上正官唯唯诺诺，没有气节，他甚是鄙视。

桂萼说："古人所言近墨者黑，此之谓也。我比秉用先生早到南京几个月，早入刑部衙门几个月，受俗官员的熏染也早几个月。然又有另一说：我比秉用先生早到南京几个月，早入刑部衙门几个月，看清俗官员的心肺也早几个月。对边某人和高某人，我从不引为同志。"

"子实先生见得深刻，"张璁附和他的见解，"我从京师赴南京时，一路上都在想，南京远离内阁的控制，大人物们从正议或容易些。然非如我所想，南京的大人物无不想改官朝廷，只要有机会改官朝廷，他们怎会从正议？我又想，王伯安先生见识与众不同，又是皇上赐予的爵位，他应为皇上分忧。谁知他沉湎于浙山浙水之中。我又想，杨应宁先生于你有知遇之恩，对你的议论深表赞同，他应奋出直言，谁知他不肯与元老们交恶。说实话，这二位如肯树起旗帜，何须我等下僚猖狂！子实先生，从南京进击内阁老朽，靠不得他人，只能靠你我。"

"身居下僚，不忘忧国，正是我辈的风范。进击腐朽，我与秉用先生立有誓约，不敢辞。不过，"桂萼意味深长地停顿片刻后，说道，"南京大员并不都是内阁附庸，至少有一人，观其言而知其心，堪与你我同志。"

"你说的是席文同吗？"桂萼提到南京大员，又提到观其言，张璁自然会想到在湖广巡抚任上就大胆进言，以兴献王为皇考、别立庙于大内的席书，朝廷内外，称得上大员的文职官员中，首先是他，唯独有他，与阁老们持异议。

"正是，"桂萼道，"秉用先生说王伯安先生见解与众不同。最早赏识王伯安先生的，正是席文同。王伯安先生见解与众不同，秉用先生对他寄予期望。席文同先生赏识王伯安先生，对他也该寄予期望。王伯安先生有负秉用先生的期望，是因为他远离朝廷，也远离南京。席文同先生身在南京，关注朝廷，他该不会让我等失望。"

张璁不如他乐观："子实先生说，席文同堪与你我同志，我深然之；但能不能与你我同事，却要两说。席文同不是随意附和之人。他来自川蜀，如随意附和，早该附和杨介夫；他弘治三年中第，如随意附和，早该附和彭济物。他不附和杨介夫、彭济物，又怎肯附和你我？只怕你不要他上疏的时候，他会连篇累牍地上疏；等到你劝说他上疏的时候，他却心有疑虑，不知奏疏该不该写，或心存不快，不肯命笔。"

"不与深谈，不解其意，总该与他推心置腹地谈一谈。"桂萼道。

"子实先生肯做一番试探，也好，"鼓动席书进言，张璁并不反对，他自己也在积极联络堪为同志的大员，"子实先生可与席文同推心置腹地谈一谈，我也要找机会，与闻静中推心置腹地谈一谈。"

应天府尹闻渊，字静中。张璁看中他，一则，闻渊是浙江鄞县人，和他同乡；

二则，闻渊对他在议礼中所持议论表示过理解和支持；三则，应天府尹正三品，虽不如南京六部和南京都察院堂官显赫，在南京，也可以堂而皇之地称作大员。

“甚好，但愿我二人均有所得。”桂萼觉得他的选择不错。

“但愿我二人均有所得，”张璁重复这一祈愿，紧接着又说，“子实先生，席文同、闻静中等辈肯不肯与你我同心同事，并不要紧；要紧的是，你切莫忘记我的肺腑之言。”

桂萼说：“秉用先生的叮咛，我怎敢忘！我之拙见，与秉用先生一般无二。皇上三年之内不能议定大礼，则以孝宗皇帝为皇考，以兴献帝为本生父的局面不可动摇，日后无须再议；则皇上终生抱憾。无论席文同、闻静中等是否与你我同心同事，正旦、上元两个大节一过，我的第二本奏章总是要呈进的。”

“好，子实先生不负约定，我也不负约定。”张璁高兴地说，“我引子实先生为同志，今日同议礼，他日同治国。”

第三十二章

户部尚书孙交于十月致仕，廷推南京礼部尚书秦金继掌户部。京师与南京一来一往，秦金于正旦之后至京师赴任，甚或正旦之后再离开南京，都不为过。但今年灾情太大，天下赈灾要由户部通盘把握。他不敢懈怠，奉旨后立即启程北上，于正旦节前赶到京师。

眼下的部、院大臣，吏书乔宇和兵书金献民是成化二十年进士，刑书赵鉴是成化二十三年进士，掌院右都御史俞谏是弘治三年进士，秦金和其他各部的尚书，以及户部左侍郎邹文盛、右侍郎王承裕，都是弘治六年进士。秦金匆匆赴任，来不及向这几位讨教，首先拜晤吏部右侍郎何孟春。

何孟春也是弘治六年进士。

“国声兄赶来就好，赈灾之事可以通盘安排，”何孟春欣然言道，“朝廷上下，包括内阁几位老先生，都在殷切盼望吾兄。”

“我拜晤子元兄，正是来请教的，”秦金道，“方才，子元兄提到通盘安排，就请先解释解释通盘二字。据弟想来，只有真正理解这两个字，朝廷赈灾之举才有实效。”

秦金诚心就教，何孟春不再客套。他认真地说：“我想，所谓通盘，就不简单是放赈。放赈是从粮仓取粮，从银库取银。通盘安排，则要考虑，粮仓里有没有粮，银库里有没有银；则要考虑，从粮仓里取粮以后，粮仓里仍有粮，从银库里取银以后，银库里仍有银；则要考虑，粮仓里如何常有粮，银库里如何常有银。通盘安排，则要参酌各朝各代是怎样赈灾的；则要参酌，各朝各代的贤者能臣是怎样使国家的粮仓里常有粮，银库里常有银的。我拟就一疏。引汉、魏以来名臣关于赈灾的奏记，供皇上参酌。国声兄既来，请先为我参酌此疏。”

“子元兄的想法很有新意，可否详细说说？”秦金道。

“读些史书，坐想几日，我拟引八事，”何孟春说着，以手指比画一个八字，“其一，北魏韩麒麟陈言：自承平日久，丰穰积年，竞相矜夸，遂成侈俗。贵富之家，童妾袨服；工商之族，玉食锦衣。农夫餔糟糠，蚕妇乏短褐。饥寒之本，实在于斯。”

秦金边听边点头："子元兄欲借韩齐州之言，请禁止奢靡。好，我皇明立国百五十余年，虽有动乱，然承平之久，过韩氏多矣。正该借他的奏议，压抑奢侈之风气。"

韩麒麟是北魏朝大臣，昌黎人，任过齐州刺史，赐鲁阳男爵。不是熟读史书，不知道这个人物，不知道他的有关奏议，也不知如何称呼他。称他韩齐州而不称韩昌黎，是因为他的名声远不如唐人韩愈显赫，称他韩齐州而不称韩鲁阳，是因为齐州刺史远比鲁阳男爵具有实际意义。

话逢知己，何孟春说得更加顺畅："其二，唐朝陆贽陈言：赏罚之于驭众也，犹绳墨之于曲直，权衡之揣重轻。驭众而不用赏罚，则善恶相混而能否莫殊；用之而不当功过，则奸妄宠荣而忠实摈抑。罪以隐忍而不彰，功以嫌疑而不赏，姑息之道，乃至于斯。"

秦金道："子元兄欲借陆宣公之言，请慎重赏罚。史以陆贽比秦之商鞅、汉之贾谊，并不为过。"

陆贽是唐中叶的名臣，死后赠兵部尚书，谥宣，后世以陆宣公称之。

何孟春转述他引的第三段文字："其三，宋朝王禹偁陈言：一谷不收谓之馑，五谷不收谓之饥。馑则大夫以下，皆损其禄；饥则尽无禄，廪食而已。今旱云未沾，宿麦未茁，望下诏直云：君臣之间，自乘舆服饰，下至百官奉料，悉第减之，上答天谴，下厌人心，俟雨足复故。"不等秦金评论，他问，"借王学士之言，请减百官俸禄，国声兄看可使得？"

王禹偁是宋太宗时的名臣，曾入翰林，为学士。

秦金对这一条有些踌躇："身为大臣，当与朝廷休戚与共。但我朝百官俸禄本来就薄，轻言减俸，只怕皇上也难以恩准。"

"准与不准，由皇上裁定吧。"何孟春显然不准备放弃。他接言下一事，"其四，宋朝范镇陈言：备契丹莫若宽三晋之民，备灵夏莫若宽秦民，备西南莫若宽越、蜀之民，备天下莫若宽天下之民。又曰：民犹鱼也，财犹水也，养民而尽其财，譬犹养鱼而竭其水也。"

秦金称是："子元兄欲借范华阳之言，请裁革冗费，甚当。备天下莫若宽天下之民，借范镇之言，不但可以安抚已被灾荒之民，还可以预为安抚未被灾荒之民。"

范镇是成都华阳人，与王安石、文彦博、司马光、苏轼等同时，也是一代名臣。

何孟春接述："其五，宋朝苏辙陈言：财富之原，出于四方，而委于中都。故善为国者，藏之于民，其次藏之州、郡。州、郡有余，则转运司常足；转运司常足，则户部不困。唐制，天下赋税，其一上供，其一送使，其一留州。祖宗以来，法制虽殊，而诸道蓄藏之计，犹极丰厚。是以敛散及时，纵舍由己，利柄所在，所为必成。”说到这里，问道，“国声兄，我欲借苏子由之言，请散财于民，你看可使得？”

“好。”秦金称善，“苏子由的文学之作，较其兄或略逊一筹，说起议论文章，沉静简洁，汪洋淡泊，则绝不在其兄以下。”

“其六，《宋史》所记范仲淹故事：其岁大蝗旱，仲淹请遣使循行，未报。乃请间曰：‘宫掖中半日不食，当何如？’帝恻然，命仲淹安抚江、淮，所至开仓振之，”何孟春述罢，问道，“国声兄，我欲借范文正公的故事，请遣臣赈灾，你看可使得？”

范仲淹不但写出“先天下之忧而忧，后天下之乐而乐”这样的千古名句，而且身体力行之，在家置义庄，赡族人，为政崇尚忠厚，所至有恩，死后谥文正。

“好，”秦金称善。“通盘安排，不仅是放赈，而赈灾是第一要务。须得遣派范文正公这样宅心仁厚的大臣，才能安国利民。”

“其七，宋朝廖刚陈言：国不可一日无兵，兵不可一日无食。今诸将之兵备江、淮，日待哺于东南之转饷。今浙民已困，欲救此患莫若屯田。国声兄，”何孟春呼唤一声，问道，“我欲借廖工部之言，请恢复屯制，你看可使得？”

廖刚是南宋初年之臣，因得罪秦桧，由吏部改官工部。

“好，”秦金称善。“水旱之灾，一年困我江南之民；转运粮饷；年年困我江南之民。恢复屯田之制，实是富国抒民的根本。”

“最后一事，宋朝赵汝愚陈言：切念救荒之政，譬如拯溺救焚，势不可缓。应合赈粜赈济去处，许提举官将一路见管常平义仓米通融拨借。其有诸州已措置赈济，朝廷从速降旨，庶几官吏便可奉行，百姓早被实惠。”何孟春最后问道，“我欲借国姓知院之言，请允行便宜，国声兄看可使得？”

赵汝愚是南宋名臣，知枢密院事，时人多称赵知院。又，赵在宋朝是国姓，宪圣太后曾说过“知院同姓”之类的话，赵汝愚亦以“同姓之卿”自称。

“好，”秦金称善。“宋朝灾频，百姓多受这位同姓之卿的荫庇。朝廷以民为本，应允许被灾之地的官员便宜行事；被灾之地的官员以民为本，亦当勇于便宜行事。”

听何孟春议论过八事，秦金不再久留，起身告辞。他说：“户部不日会议，我将广为宣传子元兄搜录的精彩文章。”

果如秦金所料，百官减俸一事，皇帝不准，其余各项，具如议行。

第三十三章

正旦节和上元节连续放假，整个正月沉浸在节日的气氛里，写疏上疏的少，议论朝政的少，好似有天大的事，也要放到二月议处。

但桂萼在去年十一月底写的第一本议礼的奏疏送达朝廷，让皇帝和大臣们早早地收心。皇帝自己阅过两遍该疏，仍觉不足，又命在文华殿侍驾的张佐摘录要点再为他诵读一遍。

张佐清清喉咙，读道：臣闻古昔帝王，莫不以孝治天下。仰惟陛下遵太祖高皇帝兄终弟及之训，奉武宗毅皇帝遗诏付托之重，伦序当立，秩然不待文饰者矣。礼官失考典章，故遏绝陛下纯孝之心，且使兴国太后处慈寿皇太后之间，礼莫之尽。三纲顿废，非常之变也。臣闻有为陛下修书论辨于执政者矣，有为陛下谋立论传之后世者矣。然终不敢以闻，岂皆不畏陛下，不畏天命，不畏圣人之言，而独畏二三执政者与！臣以此惟后世强臣乘其君之暗弱，故有以黑为青，使人莫敢议其非者。夫要君者无上，非圣人者无法，非孝者无亲。切念陛下在兴国太后之侧，触事生情，慨兴献帝弗祀三年矣，拊心出涕，不知其几！而臣子乃宴然自以为是，岂一体之义乎？

读至此，皇帝喝道："且住！"张佐好像也想到在此处应该停一停，戛然止住。

"兴献帝弗祀三年"，这句话深深刺痛皇帝。兴献帝只有他一个儿子，自他即皇帝之位始，就不能再主持兴献王的祭祀。大臣们曾提出以他藩嗣兴献王，主持兴献王的祭祀，皇帝和兴国太后不能接受。现在，兴献王虽然有兴献帝的尊号，但因少个皇字，不是皇考，不能入祀太庙，皇帝仍不能主持对他的祭祀；而因有个帝字，以他藩祀之，更加不可能。弗祀三年，说得极是实在，极是深刻。

从离开安陆的第一天起，皇帝就抱定以天下飨父王的决心。实际状况是：过去快三年，弃大位而就藩府的念头越来越淡薄，而父亲的名分仍然没有争到。桂萼的奏疏使他愈发感觉悲哀，感觉愤懑，同时也使他增加再争下去的勇气。

"再读。"他指示张佐。

张佐接着读下去：不知三公何以论道，而卿大夫百执事何以将顺陛下明明德于天下也。故臣愿陛下速发明诏以答天下之心，必称情立文，循名考实，称孝宗曰皇伯考，称兴献帝曰皇考，而别立庙于大内，则所谓事天明矣。正兴国太后之礼，定为圣母之称，则所谓事地察矣。称武宗以皇兄，继其统而不泯其传焉。

“好了，”皇帝再次止住张佐。这次不是要他停一停，而是告诉他不必读下面的一段。桂萼批驳大臣们的议论，无须再听，皇帝要听的是该疏的结尾。他对张佐说：“最后一段桂萼是怎样写的，你读与朕听。”

张佐翻找到最后，读道：“切唯非天子不议礼；天下有道，礼乐自天子出。伏望陛下奋然将二臣之疏，付之礼官。如礼官自知其非，则陛下固当容之矣。如复执前说，则当令臣等面质。臣等所议果非天理人心，甘当万死；议者果出强附，则其倨傲无礼，亦已甚矣，岂圣世所可容耶！”

桂萼提及的二臣，一是席书，一是方献夫。二人奏疏的内容早已传开，但在当时的情势下，他们均未将奏疏呈进。日前，席书将疏稿示与桂萼，桂萼又从其他途径得到方献夫的疏稿，他自作主张，将二疏与自己的奏疏一并上之。

皇帝命道：“依桂萼所言，将各疏下礼部集议。”

第三十四章

张璁与桂萼在衙门前相遇，见他的表情，严峻中带有颓丧，怒气中含着冷笑，遂问：“子实先生从何处来？”

“从兵部衙门而来。”桂萼答。

“子实先生何事不平？”张璁又问。

桂萼愤愤地说：“席文同不仅毁约，竟然避而不见，好不让人恼怒！”

原来是在兵部衙门碰壁。张璁劝慰道：“子实先生无须气恼，无须气馁。子实先生错看席文同，我错看闻静中，可见肉食者鄙。”

“怎么，闻静中也避而不见？”轮到桂萼问了。

张璁冷笑着说：“见是见，却以敬谢不敏一句搪塞。”

“果然应秉用先生的话：从南京进击内阁老朽，靠不得他人，只能靠你我。”桂萼道。

他以为在自语，话音很低，但还是被人听到。一人朗声言道：“南京欲进击内阁老朽者，恐怕不止二位吧！”

张璁、桂萼这才发现，只顾发泄心中的怨气，没注意所处的位置：他们立在衙门前通道的边缘，进出衙门的人，几乎就从他们身边走过。一人站立通道中央，正要往衙门里行去，看来先听到他二人的对话，然后才看到他二人，然后才向着他二人转过身来。

二人议的虽不是极机密之事，可也不该随便被人听到；现有人插话，他们不由得有些惊慌。循声望去，见此人是南京都察院经历黄绾，又不由得同时松口气。黄绾因是荫官，沉浮几二十年，也不过由后军都督府都事升至现职。

二人迎过去，黄绾迎过来，相互揖手行礼。

“宗贤先生来敝衙，所为何事？”桂萼问。

“且不忙说我的来意，”黄绾道，“听子实先生方才的言语，把南京百官都看低，在下身为其中一员，不能不辩。”

张璁说："宗贤先生所谓子实先生言语，实为某之言语。有何不当，愿闻宗贤先生指教。"

"这话原无不当，"黄绾说着，指指张璁，"但不该由秉用先生说。"又指了指桂萼，"也不该由子实先生说。"

"那么，该由谁人来说？"二人同声问道。

黄绾指指自己："譬如，不妨由在下来说。从南京进击内阁老朽，可不是要靠二位大贤！"

似是说笑，不似说笑。张璁、桂萼相视一笑，谁也没想到，在此种场合，是不是该有一句谦辞。当然，他们也没想到，黄绾还有下文。

"此其一也。"黄绾说。

张璁一揖："请宗贤先生赐教其二。"

黄绾道："二位岂不闻'三步之内，必有芳草'？"

桂萼愣了愣，问道："芳草者，宗贤先生自谓乎？"

"子实先生若以芳草相许，我也不敢以杂芜自居；不过——"到转折处，黄绾有意放慢速度。"我不是三步之内的芳草。对子实先生、秉用先生而言，三步之内的芳草另有其人。"

他虽未道出姓名，却也如同道出姓名。张璁猛然想起一人，失声道："宗贤先生说的是我部与你同姓的郎中吧？"

刑部郎中黄宗明和张璁、桂萼在一个衙门里办事，但二人从未和他联络。究其原委，一是因为在南京，六部的郎中实在算不得大员，若找一人扯起大旗，不会找到他的头上；二是因为在同一衙门，反而未加留意。经黄绾提醒，回过头再看黄宗明，不难发现，他在议礼中的态度是很明确的。

"宗贤先生今日来晤见诚甫先生吗？"桂萼问。

"在下欲晤见诚甫先生，亦欲晤见秉用先生、子实先生。"黄绾说。

"宗贤先生欲晤见我二人？"张璁怪道。平素无来往，忽然寻到衙门里，他觉得奇怪，在情理之中。

黄绾坦然地说："我拟就了一道议礼的奏本，欲请教二位。"说着，从怀里取出一卷纸，递过去。

"好，"张璁接过，说，"别人的奏本，我是从来不看的；宗贤先生议礼的奏疏，却一定要拜读。"

奏疏不长，略曰：武宗承孝宗之统十有六年，今复以陛下为孝宗之子，继孝宗之统，则武宗不应有庙矣。是使孝宗不得子武宗，乃所以绝孝宗也。由是，使兴献帝不得子陛下，乃所以绝兴献帝也。不几于三纲沦，九法斁哉？

行文虽简约，远不如张璁的《大礼或问》和桂萼所上的奏疏，层层说理，层层批驳，但敢于在今日写这样的奏疏，也属不易。

“写得好！”桂萼称赞一句，复问，“宗贤先生此疏只是写一写，还是要呈与圣上御览？”

虽问的荒唐，近似无礼，黄绾还是耐住性子说：“既然写出来，自然要呈进，这又何须问！”

张璁将疏稿还与黄绾，说：“宗贤先生看重我二人，信赖我二人，我也不相瞒。前者不论，去年十一月，子实先生上疏，为第一疏。大节过后，我上一疏，为第二疏。宗贤先生所上，乃是第三疏。俗称，三人为众，有此三疏，足以震撼朝廷。”

桂萼在一旁说：“既然前者不论，便只论今岁。秉用先生上疏，为第一疏。宗贤先生紧随其后，为第二疏。我又有一疏，已打好腹稿，不日即落笔，为第三疏。不过，宗贤先生决心上疏，一定要快。否则，落在我之后，只好认作第三疏。”

“我不过追随二位，紧赶慢赶，也抢不到前面去的，”黄绾笑道，并问，“子实先生下一篇奏疏定的什么题目，可否赐告？”

桂萼说：“我拟专在皇考二字上作作文章。我以为，圣上欲孝其亲，要争的正是这两个字。二字中，尤其要争的又是一个考字。甚至可以说，圣上欲孝其亲，不在于皇不皇，唯在于考不考。我料想，圣上一定要争皇，争到最后，执政大臣会为兴献帝加一皇字。加皇非他等本意，但加皇，他等尚能退让，如加帝时退让一样。兴献帝成献皇帝又如何？圣上仍要以孝宗皇帝为考，不能以献皇帝为考。争皇时可以退让，争考则绝不会再退让。此乃执政大臣们的伎俩。而对圣上来说，不以兴献帝为考，无论加千字百字的徽称，终其身为无父之人，何益于孝！”阐论一番，问，“宗贤先生，这个题目还作得文章吗？”

“高明之至，”黄绾揖道，“宏文拟就，还望赐我一读。”

“好说。”桂萼应道。

黄绾转问张璁：“秉用先生，何不问我为何晤见诚甫先生。”

“宗贤先生为何晤见诚甫先生？”张璁依言问道。要他问，他才问，犹如儿戏，问罢，他自己也笑；并指指黄绾手上的疏稿，道：“大约是请诚甫先生教正吧？”

黄绾说：“请诚甫先生教正，此其一也。其二，欲邀诚甫先生参与讨伐，莫只作个观战者。”

张璁、桂萼相视，暗中都点头。席书、闻渊两位大员让他们失望，同时，又得到两个同盟者，可谓有得有失。

“宗贤先生看，邀得动诚甫先生吗？”张璁问。

黄绾颇有几分自信，却偏要绕个弯子说：“在下人微言轻，未必邀得动诚甫先生。以二位的名义号召，诚甫先生定欣然而从。”

“如此甚好，”桂萼道，“诚甫先生是我等司官，我等贸然相邀，若是话不投机，日后不好相处。宗贤先生既愿出面，就请代我二人致意，我二人愿与宗贤先生、诚甫先生共谋大事。”

“好说。”黄绾回敬一句。

第三十五章

桂萼说席书避而不见，是冤枉他。桂萼到兵部衙门的时候，席书刚刚离开，去应天巡抚衙门。席书是独往独来的人，出衙门时，并不与他人打招呼。因此，桂萼询问起来，上上下下都说不出他的去向，以至桂萼以为他故意避开。

桂萼和张璁在衙门前议论他时，他正坐在应天巡抚衙门里，饶有兴致地读着吴廷举硬塞给他的两篇注释文章。文章是汉朝大儒董仲舒写的，一篇曰《求雨文》，一篇曰《求晴文》，注释显然是今人作的。

《求雨文》中春旱求雨之术有“无伐名木，无斩山林”句。席书说：“不为求雨，最好也能‘无伐名木，无斩山林’。”

求雨祭物用雄鸡、公猪。席书说：“董子深知阴阳相辅之道。雨为阴者，故用雄鸡、公猪。”

《求晴文》中写道：禁妇人不得出入市；大体女子欲其藏而匿，丈夫欲其和而乐。席书说：“这却不对。晴者为阳，应以阴求之，为何禁妇人出入？”随即醒悟，拍着头，“人为献祭者，非为祭物，当然不能以女子求晴。”

吴廷举一直笑而不语，等他把两篇文章和注释读完，才说：“文同先生不必津津乐道，我知你是怎样想的。”

“我是怎样想的？”席书问。

“你在想，”吴廷举斟酌着词句，“未成大灾，不妨求雨求晴；已成大灾，赈济才是当务之急。今南畿已成大灾，献臣老儿却要我读《求雨文》《求晴文》，岂不是老糊涂！”

吴廷举和阁臣蒋冕既是同乡，又是同年，却不知为什么原因，形同水火。皇帝即位，他被召为工部右侍郎，上疏论劾陆完、王琼及梁储、蒋冕。时陆完早已获罪，王琼和梁储也去官，该疏明显是针对蒋冕的。为安抚蒋冕，皇帝将吴廷举调南京，先任侍郎，后任巡抚。

正德年间，吴廷举曾以右副都御史赈灾湖广，后来席书也赈灾湖广，这是席书来访吴廷举的主要原因。

“我向来视献臣先生为老翁，不知也可以视献臣先生为老儿的，”席书说句笑话后，手指才读过的两篇文章说，“董子的文章写得绝妙，献臣先生的注释也作得绝妙。”

吴廷举说：“董子的文章写得绝妙，是不必说的。我在南海、湖湘等处行之，皆验。至于注释是否绝妙，则不敢妄作定论。反正我是请人抓刀，文同先生说它绝妙，不是赞我；说它绝差，不是辱我。文同先生，我知你来是为江南、北赈灾之事。朝廷将这一差事委与你，我甚是欣慰。你不来寻我，我也会去寻你。”

以席书为钦差大臣赈南直隶灾的圣旨已下。应天巡抚辖十府，多是灾区，有些事务，二人是要协调的。

席书说：“《求雨文》《求晴文》不该读于今日，献臣先生这话不错。我来见献臣先生，乃为请教赈灾之举。”

二人的谈话这才切入正题。

吴廷举道：“文同先生先如何看今次赈灾？”

席书道：“一言以蔽之，难于举措。”

“何谓难于举措？”吴廷举问。

席书说：“既要赈灾，先要朝廷有决心。朝廷降旨，可知有赈灾的决心。这一条不必多说。朝廷虽有决心，而各次赈灾的结果迥异，关键在于得人与否。这一条也不必多说。”

言外之意，朝廷用他赈灾南畿，人选得对。吴廷举自然不会驳他。他接着说：“另一条，则须国家富足。要粮时，仓里拿得出粮；要钱时，库里拿得出钱。献臣先生，你想一想，如今有司有储备吗，户部有积蓄吗？赈灾难以举措，原因在于此。”

“文同先生，无粮无钱也可以赈灾吗？”吴廷举这一问近乎戏谑。

席书知道自己有语病，马上换个说法：“我不是说无粮无钱也可以赈灾，我是说粮少钱少而又必须赈灾时，有什么权宜的办法。”

“文同先生想到什么权宜的办法？”吴廷举问。

“我再三思之，唯有做粥一法。赈之以粥，”席书用右手按下左手的拇指，“不须审户，”再按下左手的食指，“不须防奸，”最后左手合成一拳，“至简至要，可以举行于时下，可以救死于日前。”

“赈粥？”吴廷举提出疑义，“作粥省粮省钱，无须解释；但遍阅古今文字，赈粥的效果往往不如人意，文同先生可曾想过？”

席书说：“赈粥不如人意，不是其法不善，而是行之不善。以往赈粥，多举于一城。如江南、北灾荒，则举于南京；鲁地灾荒，则举于济南；川蜀灾荒，则举于成都，均举于省城而不散布于各州、县。南京、济南、成都等城再大，容得下多少人？故四方远近饥民风闻并集，致使主持者难于应付，死亡者堆积无计。世俗之人据此而称，作粥之法行不得。”

“文同先生是想在受灾的州、县广为作粥吗？”吴廷举既有奉旨赈灾的经历，又有自行赈灾的经历，不难听懂其意。

“正是，”席书应道，“我查询江南、北灾情：江南以应天、镇江、太平三府最为严重。应天府八县，镇江府三县，太平府三县，共一十四县。江北凤阳、扬州、淮安、庐州、安庆五府共计五十六州、县，其中灾重者大约三十州、县。我拟于以上四十四州、县作粥赈灾，而不将施粥处设于南京一城，设于凤阳、扬州、淮安、镇江等几座府城。”

“州、县有大小，人口有多寡，各处设粥也不能划一吧？”吴廷举道。他任过十年知县，深知做一名好的亲民官不容易。为人是不是清廉，行事是不是果断，自然是判断的标准；而如何处置灾荒，能不能处置灾荒，更是判断的标准。因而，他想到的问题也能切中要害。

“正是，”席书道，“一处作粥，约可应付五百人，再多，局面难以掌握。我筹计，规制大的州、县，应付八千灾民，可设粥十六处；中等规制的州、县，应付五千灾民，可设粥十处；小州小县应付四千灾民，可设粥八处。如此设置，灾民略少，自能应付；灾民大至，亦可从容。”

吴廷举点头，对这一筹计很欣赏。但突然间，他想到另一件事，于是问道：“文同先生，各处施粥，是只施给本州、县之人，还是人不分彼此，地不分疆域，一体施给？”

“灾荒之间，田毁而家不存，四外流离者难免，当然是一体施给。凡穷饿者，不分本郡外省，江南江北，或军或民，男妇老幼，举其家口，但赴厂者，一体给粥赈济，”席书毫不犹豫地说，“我知献臣先生担心何事。灾民流离，各州、县略加劝止，确有必要。但只可略加劝止，不可硬行阻止。赈灾亦如防水，不可一味堵塞。故各处设粥，还应约日并举。否则，扬州先设，镇江灾民必蜂拥渡江，淮安灾民必沿运河而下，路途骚动，大有可虞。那时再说镇江、淮安明日亦将设粥，有谁会信！待镇江、淮安各州、县真的设厂赈粥，扬州各处的乱子已不可收拾。我将奏明皇上，有不遵守约定，早一日开设粥厂，或迟一日开设粥厂，州、县官下法司问罪，概不宽贷。献臣先生，有此举措，还有什么可忧虑吗？”

“文同先生筹划甚是周全，我还有什么忧虑！”忧虑绝非没有，只是一时提不出来；而疑惑总是有的。吴廷举道：“开设粥厂的日子，由文同先生与各州、县父母官约定，在下想，上至圣主，下至庶民，无不赞同。关闭粥厂的日子，也由文同先生与各州、县父母官约定吗？文同先生设想，各州、县的粥厂是同一日关闭，还是各依实情关闭？”

席书笑道，“献臣先生关心的不是各粥厂怎生关闭，而是各粥厂何时方能关闭吧？再者，献臣先生还会关心，粥厂开设这些时日，花销共计几何吧？”

“也许我该这样请教文同先生，更切中要害。”吴廷举也笑。

席书侃侃而谈：“献臣先生直接提的问题，我先简短作答。粥厂关闭的日子，我将与各州、县官议定。是议定，而不是约定。各州、县关闭粥厂的日子不会在同一日，但也不会相差太远。开设粥厂的日子，定在正月十六日，关闭粥厂的日子，定于麦熟之时，江南应在三月中，江北应在四月初，或四月中，少则两月有余，多则三个月。我大致计算过，江南十四县，约用米五万余石，江北三十州、县，约用米十万余石，合计用米十六万石。江南三府，除各府积蓄银谷外，我欲奏请朝廷，于原发淮、浙盐银十万两中，量支五万两。江北各府不知积蓄若干，亦不知户部发下若干。我欲奏请早发下十二三万两，内支十万两，籴米作粥。江南、北如此安置，约可存活二十余万人。所用有限，未至太糜；而所赈有方，不至虚费。法简直而奸假难作，事平易而有司能举。此法一行，穷饿垂死之人，晨举而午即受惠，三四举即免死亡。其效甚速，其功甚大，非但宜于南畿，实可推行于天下。人谓作粥之法难，我谓作粥之法必，献臣先生以为然否？”

“今次赈灾，必以作粥之法，文同先生说的是。”吴廷举说着起身，向外让道，“这件大事，文同先生想得好，也一定能够行得好。救灾如救水火，我不敢留客，文同先生请吧。”

第三十六章

杨慎听家中老仆说，杨廷和这两日心绪不宁，食欲不振，昨夜未曾入眠，今天不曾进食。他心中焦急，匆匆赶往被称作杨相国府的深宅大院。虽说已是春天，从院落里的景象感受不到春天的气息，见不到多少嫩绿的颜色；从院落里的人们也感受不到春天的气息，众人的表情都很凝重。

杨廷和见到他，颇感意外："慎儿，晚至此，怎还过来？"

"听说父亲身子不舒服，放心不下。不来看一看，今夜我也将寝不安席。"杨慎道，"父亲哪一处不好，何不请御医来诊脉开药？"

"也没有哪处不好，只是觉着乏得很，觉着烦得很。总归是心里有病，而不是身子有病，请御医来何益？"杨廷和说。他本半卧半坐在一把藤椅上，杨慎不来，或许就这样半卧半坐到天明。杨慎到来，使他精神略有好转，想动一动。借着与杨慎招呼，他站起来，说："你既来，也好，就陪我去院里走走吧。"

"是。"杨慎应道。

院里有几株大树，杨慎随父亲走到这株大树下站站，看看，走到那株大树下站站，看看。家人看到老爷出来散步，无不欢喜。他们都有意离远些，以免搅他父子二人的兴致；可又睁大眼睛，竖起了耳朵，留神老爷这边有什么吩咐。

杨慎觉得父亲心情已较为平静。他说："父亲若身子有病，我虽略知医道，却不敢为父亲开方子，故劝父亲请御医来诊脉。父亲若心里有病，我虽不知就里，却愿意胡乱开一张方子，父亲可敢照方服之？"

"你既敢胡乱开方，我为何不敢胡乱服之！"杨廷和笑道。他把胡乱两个字说得很重，显然是杨慎用这两个字用得好，使他觉得开心。

"好，父亲服之无效，请勿责怪；服之有效，请为我扬名。我担保不会服之有害就是，"杨慎学着江湖郎中的口吻，念念有词，"'答韦中立论师道书'，父亲看，这张方子开得如何？"

"慎儿能从《河东先生文集》里开出方子，好！"杨廷和很赞赏他的机警。《答韦中立论师道书》是柳宗元文集里的名篇之一，他自己是记得的。“慎儿开的是一张好方子，却又是一张老方子。要服用，须得将各味药写出来。因其老，各味药我已记不清。你能为我道来否？”

“屈子赋曰：‘邑犬群吠，吠所怪也。’仆往闻庸、蜀之南，恒雨少日，日出则犬吠。”杨慎朗朗背诵过柳宗元文章中相关的两句，说，“日不灭，蜀犬岂无后乎？吴某人者，今日之蜀犬也。父亲如蜀南之日，不唯吾蜀，天下皆被其光泽。任吴某人吠之，于父亲何损！”

杨廷心中宽慰，嘴上却说：“柳子厚写的寓言，自然传之千古，慎儿用在此处，却有失厚道。吴翀与杨家有宿怨，今日借杨恺之事，攻我父子，绝非正人君子。而杨恺做事，太过猖狂，也难怪乡人怨恨。”

吴翀是四川郫县人，嘉靖二年进士，初于朝廷某衙门试职，现已实授。该科张榜时，吴翀即愤愤不平，说天下的好处都让杨廷和一家得去。原来他在榜上见到两个熟悉的名字：一个是杨惇，杨廷和的儿子；一个是杨恺，杨廷和的侄子。他四下里说，四下里问，得知杨惇来自新都，是杨廷和的儿子不假；杨恺却来自广东，不过与杨廷和的侄子同名同姓而已。这使他规矩一段日子，试职时，谨言慎行，没有错处让别人抓住。而自实授后，他似变个人。这几日，不断在同僚中散布杨廷和及其家人在乡间不法的事，特别提到，杨恺倚势杀人，地方官员不敢绳之以法。杨恺是杨廷仪的儿子，不喜读书，不求上进。杨慎、杨惇兄弟先后中进士，他仍是举人，纨绔子弟的恶习则沾染不少。杨廷仪做官做到侍郎，被劾致仕，在乡间已有很大的势力。倚他之势，完全可以横行乡里。吴翀偏要说，他是倚杨廷和之势杀人。杨恺杀人实有其事，无论杀人者与被杀者孰是孰非，杨廷和辩不得；为杨恺讲情实有其事，无论是不是因他讲情而网开一面，杨廷和辩不得。有科、道官论吴翀讪谤元老，请治其罪。皇上不予理睬。吴翀妄言寻衅，和皇帝的暧昧态度，都使得杨廷和心神不宁。

杨廷和辩不得，杨慎却要辩一辩。

他原本没有想到安抚杨廷和。以杨廷和丰富的经历和大度，是不需要安抚的。听老家人报说杨廷和的情形，他有些意外；同时，他也想到，父亲毕竟年过六旬，已是老人。壮年时经受不住风浪的人，老年时或能经受得住；壮年时经受得住风浪的人，老年时却未必还经受得住。父亲经历的风浪太多，比一般的老人更需要得到安抚。

他首先想到“蜀犬吠日”的典故。杨廷和说该典故用于吴翀有失厚道。不管是不是有失厚道，他还是要尖刻地说出自己的看法。

“吴某人不只是与我杨家有宿怨，他还极善于钻营。若非时机有利，他怎有胆量兴风作浪！”杨慎道。

所谓时机有利，谁都知道，是指君相在议礼中的冲突。

杨廷和双眉紧蹙，在月光下看去，又老几岁。

“慎儿的话不错，这正是我最感不安的事，”他说，“内阁的处境本就艰难，今日又出个吴翀，煽动倒杨，我实在愧对蒋敬之、毛维之、费子充几位先生。杨某不去，内阁不宁。我想，应该是求退以谢诸公的时候，此位绝不可再恋！”

“父亲有一日留恋过首辅之位吗？”杨慎尖锐地问道，“今日之情势，不是父亲离不开其位，而是其位离不开父亲。不是杨某不去，内阁不宁；而是倒杨之人不去，朝廷不宁，天下不宁。天子年幼，新政不协；大礼未定，天下疑惑。近日南京一干丑类又在蠢动，大有据南都发难之势。即使父亲忍心一走了之，内阁诸公和朝廷百官也要竭力挽留；即使天子欲父亲速去，碍于舆情，也不会准允。若真退得下，于父亲而言，可是件天大的好事。”

杨廷和不以为然地说：“其位离不开我，怕是你一厢情愿的想法。你说于我而言，退得下是天大的好事；其实于皇上而言，同样是天大的好事。甚至于内阁诸公而言，也是天大的好事。我于此际退下，自己得以解脱，皇上得以解脱，内阁诸公也得以解脱。”

“父亲的话，煞是费解。”杨慎道。说杨廷和解脱，皇帝解脱，还好理解，内阁诸人都把杨廷和看作主心骨，怎么他一致仕，内阁诸人也得以解脱？这是杨慎解不开的地方。

“慎儿不懂内阁诸公的解脱吧？”杨廷和自然知道他为何事困惑，“我和内阁诸公共事多年。我主持内阁，他等必然和我保持一致，在外人看来，是被我所裹挟。我不在内阁，他等只需为皇帝负责，只需为自家负责，岂不是解脱！”

“父亲的说法过于牵强。”杨慎未被说服。

他还要辩，被杨廷和止住：“好吧，皇上准不准我还乡，能不能一走了之，我也不大放在心上。慎儿，我真正放心不下的是你。”

“父亲放心不下我？”杨慎一怔。

“是啊，”杨廷和沉重地说。此际他的心里，他的脸上，都说得上是愁云密布。他问：“慎儿还记得当年抡元时，我的一席话吗？”

杨慎不由打个冷战，低声说：“父亲的话，孩儿记得。”

正德六年廷试，杨慎点状元。时杨廷和为次辅，说取士不公的人自然有，向杨廷和、杨慎父子道贺的人也着实不少。杨廷和当着杨慎的面，对众人说过一席话：“君知为傀儡者乎？方奏伎时，次第陈举，至曲终，必尽出之场。此亦我曲终之时，何贺为！”闻者，包括杨慎，以为其言不祥，均失色。以后，无人再提起他的这席话。

杨廷和解释当时的心情：“慎儿登场，我之曲终，话不该这样说。但我想，天下之物，无不盛极而衰。我得入阁，慎儿得抡元，我杨氏盛极矣，该是曲终之时。不料，西涯公致仕，我为首辅，先后又有十年。比起正德六年时，可谓盛之又盛。我那时说曲终人散，不免过早。现在说曲终人散，是其时矣。慎儿，”他语重心长地唤着杨慎，“还是那句话：我放心不下的是你。你聪明过人，我为之欣喜，亦为之忧伤。人太聪明，天必不容，或令夭而折之，或降灾而挫之。我日夜为你祈祷，幸未夭亡。你至今未受大挫，必非福事。你方才说，今时我退得下，是件天大的好事。我却在想，你若能陪我还乡，结庐读书，才能说上苍仍未弃我父子。”

说来说去，由杨慎安抚杨廷和，变成杨廷和训导杨慎。

杨慎不敢轻佻，定一下神，郑重地说：“父亲既放心不下孩儿，孩儿就在父亲致仕前，先行告退，回乡结下草庐，等候父亲。”

“这又是你一厢情愿的想法。我决意求退，皇上念我这两年的好处，不会留难我。你在朝廷有过多少建树？你为皇上立过什么功业？皇上未必会轻易放你走。就算一时慈悲，放你走，日后想起你这几年所言所行，还要与你计较。慎儿！”杨廷和说到忧心处，又语重心长地唤一声，“我可以一走了之，你不可以一走了之。你要切记我的话，不论皇上准不准我辞去此位，你对人对事都要收敛。方才我说你引‘蜀犬吠日’的典故有失厚道，不是说对吴翀太刻薄；而是说，即便对吴翀也不必太刻薄。”

“是，父亲的话我已记住，父亲的用心我理会得。”杨慎感激地说。

第三十七章

文华殿里，皇帝踱来踱去。不知从何时起，他感觉到，在御座和御案前走动走动，比静坐在御座上，更容易集中精神。节奏分明的脚步声所具有的震撼和威慑的力量，是他以前不曾体会到的；现在，他从近侍们的眼神里，特别是从张佐的眼神里，体会出来。

张佐没有从内阁带回皇帝期待的答复，心中忐忑不安。如果现在允许他自作主张的话，他唯一想做的事情，就是搀扶皇帝回到御座，不要再踱下去。

“张佐。”皇帝唤道。他虽然没有回到御座，却在张佐面前停下。

“奴才在。”张佐的头又往下低了低，手又往下垂了垂。他知道，只要稍稍抬起头，就会碰到皇帝严厉的目光。

“杨先生等仍不肯写敕吗？”这话方才已问过。

“是，杨阁老等仍不肯写敕。”这话方才也回过。

皇帝恼怒地说：“把织造都减，都省，朕不怕着旧衣旧袍，难道慈寿皇太后和母后也可以不制新衣吗？朕不是不知节俭，但要朕把不能节俭的费用也节俭，未免不通情理！”

张佐不敢搭腔。

“张佐，”皇帝喝问，“你为何不说话？”

张佐低声道：“奴才无能。奴才再去内阁，与杨先生等理论。”

“你说实话，再去内阁，可能辩过他等？”皇帝问。

“奴才不知。”张佐全无自信。

“你再说实话，愿不愿辩过他等？”皇帝又问。

张佐忙说：“奴才实在想多长出一张嘴来，辩得他等哑口无言。”

“你也不必多长出一张嘴，有几句话，你替朕去内阁说一说，看杨先生等如何作答！”皇帝复又踱步，边踱步，边在心里遣词造句。待几句话理顺，他一字一句地说，“皇兄欲得敕旨，内阁不从命，则御文华殿，宣召某位阁老见驾，每每如愿。朕无意效仿皇兄，欲得敕旨，则命司礼太监至内阁商议，每每不能如愿。何以皇兄不按规矩办事，而能如愿；朕按规矩办事，反不能如愿？朕心惑之。”

张佐在心里默诵一遍，体会到皇帝的恼怒和几句话的分量。

“朕的话，你记住没有？”皇帝问。

“奴才熟记在心。”张佐道。

“既熟记在心，为朕复述一遍。”皇帝命道。

张佐改换称呼，复述道：“正德皇爷欲得敕旨——”

“住！”才开始，就被皇帝打断。“朕不要你以自己的口气去内阁辩说，朕要你以朕的口气去内阁辩说。”

“奴才遵旨，”张佐愈发体会到皇帝的恼怒和几句话的分量，“爷命奴才传谕内阁：皇兄欲得敕旨，内阁不从命，则御文华殿，宣召某位阁老见驾，每每如愿。朕无意效仿皇兄，欲得敕旨，则命司礼监至内阁商议，每每不能如愿。何以皇兄不按规矩办事，而能如愿；朕按规矩办事，反不能如愿？朕心惑之。”

皇帝挥挥手：“好，就这样去内阁说。”

处置过这件事，皇帝心里忽而轻松，忽而紧张。轻松的是，君臣间的对峙，君臣间的均势，因此事或可结束；紧张的是，不知杨廷和有没有厉害的还击手段。不肯写敕，进谏乞休，是一种应对的手段；不肯写敕，也不上疏，是另一种应对的手段；顺从上意写敕，是第三种应对的手段。杨廷和采用第一种手段，无论奏章写得多么尖锐，皇帝不怕；而且，皇帝盼望的就是他采用第一种手段。采用第三种手段，无论多么勉强，皇帝也不在乎；杨廷和早已不那么可怕，这一次再顺从，就更不可怕。皇帝比较担心的，是杨廷和既不写敕，也不上疏，果真如是，还要再费些周折。

不过，从自己即位以来杨廷和的一贯表现来看，从杨廷和近一年的表现来看，皇帝断定，他一定会采用第一种手段。

张佐去远，皇帝回到御座。除两名近侍，没有其他人，他本可以坐得随便些。但他刻意地挺直身板，坐得端端正正。他现在更加觉得，自己像一个天子。

第三十八章

送走司礼太监张佐，内阁几位大臣各就其位，沉默无言。

正德皇帝自加威武大将军，内阁不肯草拟敕旨，正德皇帝先后将杨廷和、梁储召入文华殿，终于得到敕旨。敕旨是杨廷和写的，还是梁储写的，或根本未经内阁草拟，是司礼监写的，杨廷和、梁储二人讳莫如深，不说不辩；其他大臣认为是他们的隐私，也不说不问。相距不过数年，此事竟成疑案。皇帝今日重又揭开这个疮疤，再刺上一下，使阁臣们，特别是杨廷和，感到疼痛。

“介夫先生，这道敕旨写得吗？”毛纪问。他不是没主见，实在因为这些年来，凡遇难断不决的事，大家都习惯地先询问杨廷和。

杨廷和则习惯地先问众人：“诸位意下如何？皇上的话，张太监已转达。他说，皇上命他一字不差地转达。我看，一字不差，他未必做得到，但大意是不会差的。我听罢皇上口谕，诚惶诚恐，诸位有没有同感？这道敕旨写不写？要写，怎样写；要不写，怎样回复？请一议而决。”

蒋冕说：“我看写不得。去年多处大灾，户部即使有银子，也要用于赈灾，不能用于织造；何况户部捉襟见肘，拿不出银子。至于浙盐、淮盐的入项，赈灾要用，各边也要用，更不能用于织造。”

对他的话，毛纪和费宏都表示赞同。

“好，”杨廷和接着蒋冕的话说，“不写敕旨，是内阁的定议。不写，怎样回复，我来说。诸位听得出来，皇上的话是冲着我来的，我一定要有所表示。我欲草拟一疏，不是内阁的公疏，而是我个人的奏疏，请皇上停止织造。皇上不准，我则以去就相争。不以内阁公疏的名分，而以我个人奏疏的名分，原因在于此。皇上的一番话，已经没有留我在内阁的意思。我最后再上一疏，争一事，也算对得起皇上；我去而留诸公在内阁，也算对得起皇上。”

言简意赅，把他的心思说得清清楚楚，其他几位阁臣想劝也无法劝。蒋冕看看毛纪，毛纪看看蒋冕，然后二人一起看看费宏。费宏虽排在四辅的位置，但杨廷和对他的敬重，却在蒋、毛之上。

费宏似乎也知道自己的重要，他谁也不看，缓缓言道：“织造之事要争。但以内阁的名义争，还是以介夫先生个人的名义争，要商榷；以去就相争，恐与内阁体貌不合。

这话不难懂得，但杨廷和还是说：“请子充先生赐教。”

费宏解说：“我记得，正德初年，争织造之事，户部韩老尚书是以去就相争，内阁刘、李、谢三公则于先帝召对时据理进言。想来，这就是内阁与其他衙门的不同。介夫先生若以去就相争，国声先生等何以自处？前日，抑之先生和我闲话时还提到：介夫先生绝不能去；介夫先生若去，朝廷大事谁人主之？抑之先生洒脱，且有此议，况朝廷百官！介夫先生还须三思。”

汪俊，字抑之，是弘治六年的会试第一名，原任吏部左侍郎，毛澄致仕后升任礼部尚书。

阁中气氛沉闷，杨廷和说句笑话：“抑之不让我去，自己却在写乞休之疏。他这个礼部尚书不该忘记圣人的教导：己所不欲。勿施于人。”

“介夫先生莫小觑抑之先生的话，他道出众人的心声。”毛纪也在一旁相劝。

盛情难却，又不得不却。杨廷和说：“人心齐，则我之去，于事无损；人心移，则我之留，于事无补。今日情势，与内阁三公初佐先帝时不同。彼时，先帝不时召见三公，尽可以从容进言。到正德七八年间，再从容进言的机会锐减，西涯公还不是以去就相争！诸位还记得吧，西涯公争的名目是边军京军对调，那该是兵部以去就相争的名目。难道说，兵部该争的名目，首辅可以去就相争，户部该争的名目，首辅就不可以去就相争？以去就相争，不在名目大小，而在势有不得不以去就相争者。今日情势，不同于正德初年，而同于正德七八年。身为首辅，不见容于圣天子，即该乞退。能以进谏而退，复有何憾！”

都知劝也无用，毛纪还想再劝：“介夫先生说，今日情势同于正德七八年，我等深有同感。但今日情势也有不同于正德七八年者：内无三张之辈，外无钱宁、江彬之流，议礼之事，尚可以一争，此其一也。当年西涯公体弱多恙，今日介夫先生身体尚健，此其二也。”

杨廷和道：“不错，议礼之事，尚可以一争，但不必由我再争，不好由我再争。我与皇上争持几年，皇上已经厌烦我。由他人再争，或可以峰回路转，柳暗花明。至于我的身体，维之先生是只见其表。我在内阁与诸公共事多年，其中的艰辛，非外人所能体会。身之疲惫，犹在其次；心之疲惫，唯我自知。但求诸公明我心迹。”

心思既已表明，无论众人能否体谅，都不必多说。他转而叮嘱费宏：“子充先生，我那句人心齐、人心移的话，还请转告抑之先生。我以户部该争之事相争，并非忘却礼部该争之事。赈灾事大，议礼事亦大。请他勉力把持，好自为之吧。”

“介夫先生要我转告汪抑之，不可急于求退吗？”费宏问。

“不但抑之先生不可急于求退，在座各位也都不要急于求退，”杨廷和说，“宪清先生去，抑之先生可继其任；若抑之先生与宪清先生一起去，礼部交与谁主持？难道请王思献来任尚书？我去，敬之先生、维之先生、子充先生均可继其任；若几位与我一起去，内阁交与谁主持？难道请张秉用来做首辅？”

杨廷和想起在南京衙门任官的张璁，是很自然的事，却不知怎么想起早已致仕的王瓒。或是王瓒议礼摇摆，不宜任礼部侍郎，因而改官南京，此事做的有些过分？

夜深之际，各处报来的灾情如一幅一幅图画，在杨廷和脑际闪现。此疏的宗旨已定：只言灾情，不论是非。其他一切无须再想。

他挥笔写道：

臣看得，南直隶苏州并松江、常、镇等府。并浙江嘉、湖、宁、绍等府，自去年四月以后，亢阳而虐，入秋以来，大雨不止，旱涝相继，灾异非常。委的地方十分狼狈，本等钱粮不能办纳，尚要奏求蠲免。若又差官织造，一应物料工匠何从出办拨给？非唯逼迫逃亡，抑恐激成他变。又况经过地方，淮、扬等府，邳、徐等州，见来水患非常，高低远近，一望皆水，军民房屋田土，尽被淹没，百里之内，寂无一炊一烟。流徙死亡，难以数计，所在去处，白骨成堆。幼男稚女，称斤而卖，十余岁者，只得铜钱三十余文，有经数日卖而不得，母子相视痛哭，投水而死者。各该地方官员要赈济，该部为因公私匮乏，钱粮无从出办，方且昼夜忧惶，计无所措。自今至于麦熟之时，尚有数月。各处饥民，岂能俯首枵腹，坐以待毙？其势必将起而为盗。传闻凤阳所辖泗州，地名洪泽，饥民聚集舟中者，已不下二千余人，劫掠过往客商船只，莫敢谁何。所闻果实，未知何日始得剿平。将来时势，尚有不可预料者。伏望皇上悯念地方灾伤重大，收回成命，停止织造官员不差。宗社生灵，不胜庆幸。

在阐明织造不得不停的理由后，杨廷和再次恳乞致仕。

首辅以个人名义上疏，在朝廷中引起不小的震动，稍有经历或稍有心机的官员无不为首辅的去留忧心。

皇上不肯停止织造，出乎许多人的意料：以皇上的仁德睿智，实不该斤斤计较于织造事。杨廷和上疏乞退，则在许多人的意料之中。大家隐隐感到，皇上这次不会加以挽留。果然，二月十一日，皇帝降旨，准杨廷和致仕，赐玺书，给舆廪邮护如故。除有车轿船米的方便，杨廷和比其他致仕大臣还多护卫一项。

第三十九章

二月十三日，即杨廷和致仕的第三天，廷臣奉圣谕，于左顺门庑廊集议桂萼、张璁等先后所上奏疏。蒋冕才晋为首辅，就遇到这样一场重大的讨论，心里无底，提前来到左顺门。任礼部尚书半年的汪俊好似心有灵犀，也提前来到左顺门。

朝廷议礼，礼部尚书担的责任更重；内阁决策，首辅担的责任更重。二人携手嘘问，都有不胜负荷之感。

“斋翁去内阁方两日，便有集议之命，真让我辈心寒。”汪俊感慨。

蒋冕却从另一个角度看此事：“桂某的奏疏压下一个月，张某的奏疏压下半个月，圣上方命议之，也算给介夫先生天大的面子。”

桂萼凡上二疏，压一个月，指的是他的前一道奏疏。

汪俊听出弦外之音：“依敬之先生之见，斋翁还是不该急去？”

“那又未必，”蒋冕道，“介夫先生此时得去，为争织造事得去，或于介夫先生，于圣上，都是件好事。”

汪俊发挥道：“是啊，或于大家都是件好事。”他说的大家，应包括他二人和其他议礼大臣，而不仅指皇帝和杨廷和。

“抑之先生看得更为深刻，”蒋冕说着，将话题转到桂萼、张璁的奏疏上，“张秉用的笔法我等已经领教过，谁知桂子实的恶毒绝不在他之下，二人均可谓不世枭雄。”

“敬之先生看，桂子实最恶毒之处在哪里？”汪俊问。

“前一疏之恶毒，无过兴献帝不祀三年的挑唆；后一疏的恶毒，无过不在于皇不皇，唯在于考不考的议论。”蒋冕道，“先人不祀，莫说贵为天子，便是庶民之家，也要号啕三日。读到他写的这句话，我不由想起宁藩作乱时散发的伪檄，也有太祖高皇帝不血祀之类的话。大约奸人作乱，每每以此为词。”

“这个桂子实确实敢言！敬之先生，难道桂子实之流把握得定，皇上并不在乎皇不皇？”汪俊不解地问。

蒋冕道：“桂子实不是一般的敢言，他是十分的大胆！皇上与我等争持几年，争持几件事，很在乎皇不皇；他也知道，皇上很在乎皇不皇。他说不在于皇不皇，是下一个很大的赌注。他敢下这个赌注，一是看准皇上在乎皇不皇，更在乎考不考；二是看准我等在考不考上，绝不会退让，而在皇不皇上，或者可以退让。”

汪俊插问：“敬之先生且慢，在皇不皇上真可以退让吗？”

“抑之先生说呢？”蒋冕反问。

汪俊说：“我心中惶惑，没有主见。一时觉得，必不得已，只好于兴献帝上加一皇字，以全徽称；一时又觉得，皇字守不住，考字大概也守不住。还请敬之先生赐教。”

蒋冕道：“若非介夫先生致仕前，约我长谈过一次，于皇字之争，我和抑之先生一样，也是心中惶惑。”

“斋翁怎说？”汪俊忙问。

蒋冕转述杨廷和的话：“介夫先生说：兴献称帝，下一步，皇上一直在争而且会再争皇字；王太妃称兴国太后，皇上一直在争而且会再争皇字。阁、部据理抗争持一年，皇上也隐忍一年。但皇上一定还会降谕。那时要见机行事：皇字可争，则再争一争；皇字不可争，则须让一让。皇上得皇字，必不满足，必要再争考字。介夫先生说：自皇上即位以来的议礼之争，要害在一个考字。皇上得一考字，一切不必再争，满盘皆赢；我等让一考字，一切无可维护，满盘皆输。”

汪俊琢磨杨廷和的话，琢磨蒋冕的转述，渐渐有所领悟：“是不是我等声望不如斋翁，力量不如斋翁，皇字不可再争？”

“还是用介夫先生的话来说吧，可争则争，不可争则让。”蒋冕道。

话音才落，毛纪、费宏到，吏部尚书乔宇、户部尚书秦金等到，各衙门堂上官及科、道官陆续也到。众人或径自落座，或相互寒暄几句再落座。

最后，司礼太监张佐、黄英也到。二人都是兴邸旧人，皇帝差他二人来，而不差萧敬来，使得集议尚未开始，已蒙上一层阴影。萧敬来的好处，未见得敢支持阁、部大臣，但他至少听得懂阁、部大臣们的议论；对张佐、黄英大发宏论，无异于对牛弹琴。

汪俊主持集议，他照例先要问一问两位司礼太监：“张公公，黄公公，皇上可有圣谕？”

二人摇头。皇帝交代过，对今日廷议，但仔细听，勿得轻言。

汪俊道：“今日奉旨集于廷，为议南京主事桂萼、张璁奏本。该等奏本诸位有人阅过，有人未阅过。”他先举起二疏，说，“桂萼奏疏在此，我为诸位读一遍。”又指着案上另一疏，对礼部左侍郎吴一鹏说，“那是张璁奏疏，南夫兄，一会儿请你来读一遍。”

吴一鹏点头应诺。

奏疏读罢，汪俊环视众官员，并顺势点点到会人数，共七十三人。

汪俊又说：“桂、张二疏，是针对礼部之议而发，我等礼部官员不好为自己分辩。诸位见解如何，请畅所欲言。”

无人开口，连私下议论的声音都没有。

汪俊笑道：“诸位皆吝其言，我只好点名。”

吏部尚书乔宇为他出主意：“抑之先生与其点人，不如点文。”

“希大先生，何谓点文？”汪俊问。

乔宇说：“桂、张二疏是批驳礼部之议的，拥戴礼部之议的奏疏亦多。何不统而计之，看批驳礼部之议的奏疏若干，拥戴礼部之议的奏疏若干，再看在座各官拥戴礼部之议的若干，拥戴桂、张之议的若干？”

话音未落，有人叫好；持重者不叫好，也不住点头。礼部早做过统计，赞同礼部之议者，自尚书，至新科进士，共二百五十余人；或单独上疏，或合而上疏，共八十余本。而持议与桂、张相同者，只有主事霍韬、给事中熊浃等二三人。该等数字一经宣示，庑廊间立刻活跃起来。再询问在座大臣，竟无一人支持桂、张之议。

不知谁说一句：“桂萼等肆言无忌，宜罪。”众人无不赞成。

第四十章

兴国太后端详着皇帝面容，慈爱地说："皇上脸色不好，身子若有不妥，须请许大使诊一诊脉，开几味药。"她说的许大使，是在太医院御药房供职的太医许绅。许绅医术精湛，深得皇帝和兴国太后信任。

皇帝应道："儿子只是昨晚歇得不好，身子并无不妥。"

"皇上歇不好，可是为前日的廷议？"兴国太后问。

"是，"皇帝用力点头，"礼部奏上廷议事，欲以人多势盛，迫儿子就范。儿子想一想，就气愤不已。礼部称，赞同张、桂两位主事之议者仅霍韬、熊浃二三人，为何何渊、房浚等的奏疏，不计算在内？席书、方献夫奏疏附于桂萼奏疏而上，难道不是赞同张、桂之议！"

几句话虽然理直气壮，但兴国太后听得出来，皇帝心里并不踏实。何渊、房浚没有名分，席书、方献夫不敢上言，廷议时不将他等考虑进去，其实也是给皇帝留点儿面子。

因此，她问道："皇上是仅止气愤，还是气愤之外，有些沮丧？"

皇帝的心思被说破，羞愧地说："母后说的是，儿子确有些沮丧。"

"一方是区区主事，一方是满朝公卿，难怪皇上沮丧。"兴国太后表示理解，并劝慰道，"不过，皇上不必过于气愤，也无须沮丧。礼部称，与会七十三人，无一人赞同张、桂之议。这或是实情。可礼部为何不说，与会七十三人，无一人批驳张、桂之议？"

"是啊，为何无一人批驳张、桂之议？"对此，皇帝也觉奇怪。

兴国太后解释："其一，张、桂虽只是主事，其议深刻，不那么好批驳；其二，礼部虽说赞同张、桂之议者仅霍韬、方献夫二三人，却知道还有一人赞同，那就是皇上，不能不投鼠忌器。"

"母后说的是，有此二者，儿子无须沮丧，"皇帝受到鼓舞，"他等不敢批驳张、桂之议，儿子却要出面维护张、桂之议。母后看可使得？"

兴国太后点头称许：“皇上与群臣交锋，此其时矣。此外，皇上还须做一件事。桂主事在前一疏的结尾写道：礼官复执前说，则令臣等面质。皇上召张、桂二人入朝，亦其时矣。”

“母后教诲的是，儿子这就传旨。”皇帝应道。

第四十一章

福建会馆里住着两名莆田籍御史，一人姓朱名淛，字必东，一人姓马名明衡，字子萃。二人均为嘉靖二年进士，新授御史。因家中贫困，他们还来不及迁来家眷，购置房舍。

晚饭后，朱淛一身便装，优哉游哉地走进马明衡的房间。

“子萃兄，难得今晚有闲呀。”他说。

马明衡是前江西督粮主事马思聪之子。马思聪死于宁乱，大家怀念忠义，爱屋及乌，对马明衡也较为热情，时或请他去做客。朱淛的话似讥似谐，但绝无恶意。

马明衡道：“我的意思，不可外行。必东兄说去外面走一走，见有酒肆，必定不再走，必定掀帘而入，必定把盏说话。反正要把盏说话，不如就留在屋里。”

朱淛击掌：“反正要把盏说话，子萃兄可谓深知我心。子萃兄可知我要引你走去何处？不如我二人赌个东道：子萃兄猜一猜，我要引你去哪里？若猜对，喝我的酒；若猜错，喝你的酒。如何？”

“我若不猜呢？”马明衡兴趣不大。

朱淛说：“那自然是喝你的酒。子萃兄看，这个规矩可公道？”

“由你奉告，总是你对我错。喝你的酒，机会是一；喝我的酒，机会是二。公道何在！”马明衡算计不过朱淛，干脆输得潇洒些，“今晚的酒由我做东，欲去何处，请你奉告吧。”

“承让。子萃兄要我说，我就说。”朱淛说着，向外一指，“从我们福建会馆出去，过两个街口，大约百十丈远，是浙江会馆。我欲约子萃兄去浙江会馆看一看。”

马明衡奇怪：“必东兄为何要看浙江会馆？”

朱淛说：“方才子萃兄大度，这次我也大度一回。为何要去浙江会馆走一走，由我来说。说得有道理，喝你的酒；说得没道理，喝我的酒。如何？”不等马明衡答腔，他饶有兴致地讲起来，“四年以前，有一名和我们一样的士子住进浙江会馆。浙江会馆占据好风水，不在我们福建会馆之下。那位士子多次落榜后，终于如愿以偿。

两年以前，于衙门试职。在浙江会馆里，他草拟一篇惊世骇俗、震动朝廷、诱惑皇上的奏疏。他没有因为使朝廷震动受罚，也没有因为使皇上振奋受奖，而是被打发去南京任职。我引子萃兄去浙江会馆走一走，是想与兄探讨，浙江会馆里写得出来的文章，在福建会馆里就写不出来吗？”

马明衡听罢，吸了口凉气。他冷冷地说：“原来必东兄打算效仿张秉用！恕客舍寒酸，无酒款客。必东兄的酒，我今晚也没心思喝。”

把房门推开，算是下逐客令。他自己从书案上随意拿起一书，似读非读，不再理睬朱淛。

朱淛夺过书，说道：“子萃兄不忙逐客，我的用意还没说完。效仿张秉用，是在会馆草拟奏疏；其意，则是反而用之。”

“反而用之？”马明衡一时转不过弯来。

“难道在会馆里写疏，必要附和张秉用？”朱淛道。

“好一个反其意而用之！”马明衡大致听明白，“必东兄是说，张秉用在会馆写疏，诱惑皇上；我二人在会馆写疏，批驳张秉用？”

朱淛摇摇头，又点点头。“虽不中，不远矣。自杨相，至蒋相，自宪清先生，至抑之先生，无不在批驳张秉用。不知你怎样想，依我的想法，批驳张秉用，我们是写不过他们的。近来有一事，说大不大，说小不小，说与议礼有关也行，说与议礼无关也行，正可以借题发挥。”

“必东兄可是指慈寿皇太后寿节，免命妇朝贺一事？”马明衡问。

见朱淛的神情，马明衡知道自己说对，朝廷近日也只这一件事颇可议论。说来也巧，兴国太后的诞辰在正月三十日，慈寿皇太后的诞辰在二月三十日。正月二十九日，皇帝降旨，着命妇次日朝贺。二月二十九日，皇帝降旨，免命妇次日朝贺。二旨不同，引起众多议论。

马明衡又问：“此事怎么说大不大，说小不小，说与议礼有关也行，说与议礼无关也行？”

朱淛分析：“皇太后寿节，命妇免贺，此前也曾有过。单看这一节，算不得大事。但一个月前，兴国太后寿节，命妇朝贺，何其隆重！把这两件事放在一起，可说是大事。慈寿皇太后寿节，免命妇朝贺，或因慈寿抱恙，烦见众人，皇上因而降旨，则与议礼无关；但今天京城内纷纷传言，不日将有敕旨，重定大礼，则此事必与议礼有关。皇上重兴献，轻孝宗，重兴国，轻慈寿，明矣！我欲约子萃兄上疏论之。”

“好！必东兄约弟去浙江会馆的用意甚佳，慈寿皇太后寿节免贺的奏疏该写，今晚的酒我该请。”马明衡一连说出三层意思。

第四十二章

早朝后，掌镇抚司狱的锦衣卫指挥使骆安回到值房，先伸个懒腰。昨夜轮到他在大内值宿，觉是可以睡的，但睡不踏实；而且早早地就要起身，巡视奉天殿等处。直到早朝毕，他心才定下来。一夜缺觉，总得打个盹补一补。他寻思着，是就便在值房打个盹，还是回衙门再打盹？

当他拿定主意，先回衙门再说时，却回不去了。他一条腿刚迈出值房，就见皇帝身边的一名小宦者迎面走过来。

他记得，小宦者姓崔。他迎上去，问道："小崔哥来此何干？"

"来向骆大人交代差事。"小宦者说着，将一张御用纸笺交给骆安。

纸笺上写着两个官员的姓名、官职，骆安认得，确是皇帝的笔迹。小宦者交代，"爷着你将此二人逮入大内。"

"是逮入大内？"骆安这话问得多余。一来，皇帝不会召入两名御史；二来，即便召入御史，无论如何也轮不到他出面。

小宦者说得更明白："是，爷着你即刻将二人逮入大内鞫讯。"

将朝廷官员逮入大内鞫讯，是从来没有过的事，至少是骆安从来没有遇到过的事。他不敢怠慢，应道："请小崔哥代为复旨，臣骆安遵照圣谕办理。"然后又问，"小崔哥，这是怎么一回事？"

"爷阅过此二人所上奏疏的节本，怒不可遏，当即写下他二人的姓名，命我交与骆大人办。"小宦者说。骆安还要细问，被他止住。"爷等着呢，骆大人不可再延误。"

骆安经提醒，道声"承教"，匆匆而去。

若是缉拿其他官员，他会挑选两名在宫中当值的锦衣卫官校，径直前往该衙门。因为是缉拿御史，而都察院衙门与锦衣卫衙门相去不远，均在皇城西，他赶回锦衣卫，佥选几名魁梧干练的官校一同去办皇帝交代的差事。当然，这只是为壮壮声势，倒不是担心两名钦犯拒捕。

行动再快，这样一来一往，也差不多要用一个时辰。骆安督催锦衣卫官校将两名御史押解至西华门时，姓崔的小宦者已不知在门廊之间走了几多来回。骆安等一到，他就抱怨：“骆大人，我一再对你说，这是急差，你怎么还是漫不经心！爷若怪罪，谁担当得起！”

幸亏他等候在此，不然，只说大内，谁知道该去哪里！骆安不敢申辩，赔着笑脸问：“小崔哥，现往何处？”

“文华殿。”小宦者说着，在前面带路。从西华门到文华殿，一干人与其说是疾走，不如说是迅跑，总算在一个时辰以内赶到。其实，皇帝并未限定在一个时辰内，但骆安，以至小宦者，都觉得能在一个时辰内交差，才对得起“急差”二字。

骆安在小宦者的导引下，躬身进入文华殿旁的一间侧室，见里面已布置停当：御座南向而设，皇帝安坐其上，看来已等得不耐烦。右侧有一张桌案，一把椅子，是为鞫讯钦犯，临时安放的。

骆安跪奏：“臣骆安复旨，钦犯解到。”

“着他二人入内。”皇帝命道。

两名御史被押解进来，欲在御座前跪倒，行君臣之礼。皇帝不受，挥挥手，锦衣卫官校将二人推至桌案前跪倒。

“骆安，此二人是御史，你可审得？”皇帝问。

骆安道：“无论何人，居何官职，只要得罪万岁，微臣都审得。”

皇帝哼了一声，说：“他二人不是得罪朕，而是得罪祖宗，得罪两位太后。”又问，“骆安，你可知他二人是如何得罪祖宗，得罪两位太后的？”

“微臣尚不知。”骆安不安地说。

“不读他二人的奏本，你恐怕也不知怎样向他二人问罪！”皇帝对一名近侍做个手势，该近侍将朱淛、马明衡奏疏的节本交与骆安。

该疏称：

> 皇太后亲挈神器以授陛下，母子至情，天日昭见。若传免朝贺，何以慰亲心而隆孝治？暂免朝贺，在恒时则可，在议礼纷更之时则不可。且前者兴国太后令节，朝贺如仪，今相去不过数旬，而彼此情文互异。诏旨一出，臣民骇疑。万一因礼仪未决，稍成嫌隙，使陛下贻讥天下，匪细故也。

读过奏本，骆安仍不知如何向二人问罪。

皇帝指点道："你问他二人：何谓暂免朝贺，在恒时则可，在议礼纷更之时则不可？议礼与慈寿皇太后暂免朝贺有何关联？"

骆安据皇帝指点而问："何谓暂免朝贺，在恒时则可，在议礼纷更之时则不可；议礼与慈寿皇太后暂免朝贺有何关联，二犯从实招来。"

"罪臣启奏陛下——"朱淛、马明衡争着欲辩，又相互谦让。

皇帝说："骆安，朕只让你问他二人，并没让他二人招供。朕这里岂是他等随意分辩的地方！"

"是，"骆安应道。亏他见机得快，想出一句话："你二人先听好本官发问，到时自有你二人开口的地方。"

"你再问他二人，"皇帝继续指点，"诏旨一出，是臣民骇疑，还是他二人骇疑？"

骆安重复一遍。朱淛、马明衡知道，无论问的多么尖刻，都不会准许他二人申辩的，因而再不开口。

皇帝还没问完："你再问他二人：他二人是怕慈寿皇太后与朕构成嫌隙，还是欲慈寿皇太后与朕构成嫌隙？"没等骆安学舌，皇帝接着说，"你告诉他二人：写此疏，上此疏，乃离间宫闱，归过于朕。"

朱淛、马明衡心里均是一沉：离间宫闱，这个罪名如何担当得起！皇帝把怕构成嫌隙和欲构成嫌隙分而论之，其实，即便是怕慈寿皇太后和皇帝构成嫌隙，也难以分辩。因为平白无故的，为何要怕慈寿皇太后和皇帝构成嫌隙？前面的问题，是知道不准分辩而不分辩；这次，就是准他二人分辩，他二人也不知如何分辩。

把朱淛、马明衡逮入大内，要骆安当着皇帝的面鞫讯，实则是皇帝教他如何鞫讯，这很像是一场游戏。游戏结束，皇帝说："骆安，朕把他二人交与你，你一定要用心问实。"

"微臣领旨。"骆安应道。

第四十三章

蒋冕一步一步挨到内阁衙门，看他满脸的忧伤，不用问，也知在皇帝面前碰壁。蒋冕恳乞面圣，皇帝会不会即刻召入，他自己，以及毛纪、费宏，都没很大把握。但皇帝准他单独入宫见驾，其结果如是，三人或多或少都料到。

“敬之兄，如何？”虽说不必问，毛纪还是忍不住问一句。

“唉，一言难尽。”蒋冕哀叹道。

费宏给他送去一杯热茶，说：“敬之兄莫急，慢慢道来。”

蒋冕是为朱淛、马明衡之事入宫的。二人下诏狱后，侍郎何孟春、御史萧一中上疏论救，皇帝不理睬。御史陈逅、季本，员外郎林应骢接着上疏论救，皇帝将他三人一并打入诏狱，谪外任。外间盛传，皇帝必杀朱淛、马明衡。二人因言获罪，还算不得大事；若因言被诛，可说是一件天大的事。于是，满朝官员盯住七卿，七卿盯住内阁。科、道和一般官员论救不起作用，要二人不死，只有靠阁、部大臣。

疏陈为上策，还是面陈为上策？三人一起面圣为上策，还是蒋冕一人面圣为上策？三位阁老认真计议，达成共识：上疏，皇帝置之不理，或批几个字敷衍，再要面圣已晚，所以，一定要面陈；与其三人面谏，徒增皇帝不满，不如首辅一人乞情。

蒋冕略述面圣的经过。

皇帝并不隐瞒想杀二人。他说：朱淛、马明衡罪当死。

蒋冕问：二人何罪当死？

皇帝说：此辈敢陷朕于不孝。

蒋冕说：是非且不论，陛下杀不得此二人。

皇帝问：为何杀不得？

蒋冕说：陛下方兴尧、舜之治，奈何有杀谏臣名？

皇帝不语。蒋冕膝行顿首，为二人请命。

良久，皇帝色稍解。他说：此事容朕想一想，再与先生议。朕决意尊兴献帝为皇考，烦内阁为朕写敕。

事情本末至此讲述完毕，再要讲，就是讲一路上的联翩浮想。

毛纪却抢先讲出他的感想：“皇上是要用内阁一敕换两条性命！”

这是显而易见的。皇帝并未承诺，内阁写敕，一定宽恕朱淛、马明衡；但内阁不写敕，皇帝一定不会罢休。蒋冕早想到这一层，费宏听过他的讲述，也想到了这一层。二人只是不说。因为皇帝的心思，不容臣子随意揣度；而且，皇帝若真想以两条性命换一张敕旨，那是以权术待臣子，而不是以仁术治天下。

毛纪也想到，自己把不该说的话说出来。他把话岔开：“敬之兄是如何回复圣上的？”

“我只能说，此事容臣想一想，回阁与二兄议一议。”蒋冕道。

“不过，此事如何处置，敬之兄已经想好了吧？”费宏插进来问。

“只是想过，却未想好。”蒋冕说。

“敬之兄怎想的？”毛纪好似和费宏约好，一人一句轮番问。

事关重大，蒋冕想过，还要再想一想。他说：“这张敕旨恐怕不能不写，关键在于如何写？”

毛纪一惊，问：“是尊兴献帝为皇考的敕旨不能不写吗？”

“自然是该敕，否则，说什么恐怕不能不写！”费宏代蒋冕答道。

“为何不能不写？介夫先生临去前说些什么，难道都忘记不成！”毛纪不知在质问蒋冕，还是在质问费宏。

费宏说：“维之兄莫急。敬之兄称不能不写，必有道理。不妨听过他的解说，再来议论。”

“子充兄说的是，”毛纪稍稍平静，揖道，“请敬之兄解说。”

“譬如皇上不是当面对我说，而是着司礼太监送来手谕，我等能封驳吗？”蒋冕先提一问。

杨廷和数次封还皇帝手谕，引起许多官员的敬重，也招来一些非议。褒也好，贬也好，三人都知道，他等与杨廷和的声望相去甚远，若亦步亦趋，只能落个“东施效颦”之讥。

毛纪、费宏不答，蒋冕道：“这算得一个理由吧？”

“此事皆可会意，敬之兄还有什么理由？”费宏催他往下说。所谓皆可会意，即不便深论。

蒋冕说：“再者，我等不欲将朱、马生死与议礼联系在一起，但皇帝定要将二者联系在一起。难道能眼看着二人死于进言，皇上落个杀谏臣的恶名？这也算得一个理由吧？”

“敬之兄请说第三个理由。”毛纪道。

不能眼看朱、马死于进言，这个理由还可以辩一辩；不能眼看皇帝落个杀谏臣的恶名，却是无法再辩的。

蒋冕说：“皇上已召张秉用、桂子实入朝面质，若内阁写敕旨，大约就不必召他二人赴京。这也算得一个理由吧？”

这不但是一个理由，而且是一个大臣们都会为之动心的理由。张璁、桂萼真到京师，出现在朝会上，是各部的堂官与他争辩，还是内阁几位阁老亲自出面与他争辩？况且，皇帝没有他等，已难以应付；加上他等，岂不是如虎添翼！

但这个理由，以及前面的两个理由，说起来并不是很充分的。内阁用这几条理由来说明不能不写敕，他人也可以找出千条万条理由来说明不能写敕。好在蒋冕还有另外一句话。

“敬之兄说关键在于如何来写，敬之兄打算如何写敕？”费宏问他。

“正要与二兄商议，”蒋冕说着，反问，“子充兄还记得，当初议定兴献帝徽号时，全称是什么？”

当时有人提出，可称“本生父兴献帝”。杨廷和以为“本生父”三字写出来扎眼，读起来刺耳，不允。因此，只尊兴献王为兴献帝。

蒋冕提及此事，毛纪、费宏心里一动：这三个字昔日为衍文，今日说不定可以救急。

“敬之兄欲尊兴献帝为本生皇考？”毛纪明知其意，还要问实。

“二兄看可使得？”蒋冕问。

“以孝宗皇帝为皇考，以兴献帝为本生皇考，我看使得。”毛纪说。

“若无人反对，这倒是个两全的法子。”费宏说。

蒋冕知他遇事往往能想深一层，问道：“子充兄担心汪抑之反对吗？”

费宏摆摆手：“抑之先生对你说过，‘皇’字若守不住。‘考’字怕也守不住，可见有所预测。我不担心他。我担心的有二事：一是张、桂二人会不会再指‘本生’二字为衍文；二是既称本生皇考，在大内别立庙祭祀，就顺理成章，敬之兄将何以处之？”

“子充兄虑的是，”毛纪说，“张、桂反对，那是无可奈何的事；倒是皇上要在大内为本生皇考立庙，不可不预为处分。”

“维之兄，那不也是无可奈何的事吗？”蒋冕显得镇定、坦然，“张、桂反对，提出去掉‘本生’二字，只好靠大家与他争。至于不得在大内立本生皇考之庙，是我要守的最后一个关口。我只顾得眼下，以后情势再变，朝纲只好赖二兄维持。”

毛纪、费宏知道，他已经找好以去就相争的题目。今日之势，首辅的位置实在难坐，谁也无心劝解。三人商议后，拟就一道敕旨，加昭圣慈寿皇太后为昭圣康惠慈寿皇太后，兴献帝为本生皇考恭穆献皇帝，兴国太后为本生章圣皇太后。

皇帝即命礼部议行。

第四十四章

尊兴献帝为本生皇考、兴国太后为本生皇太后的诏令一经颁发，皇帝的精神为之一振，容貌焕然一新。他随即处置两件事。

一是传谕，张璁、桂萼暂勿赴京。为母后争到“皇”字，为兴献帝不但争到“皇”字，而且争到“考”字，无须张、桂二人再与大臣面质。几位阁老既然说不必召二人入京，为安抚他等，那就不召吧。而且，皇帝用词巧妙，张、桂只是暂勿赴京；并不是说，日后皇帝就不能大用他二人。

一是传谕礼部，于奉天殿侧别立室，恭祀本生皇考兴献帝。

前一事，不必说，群臣皆欢呼拥戴。后一事，又是一片反对的声音。皇帝最看重的，是内阁和礼部的态度，或者说，是蒋冕和汪俊的奏疏。

二疏一先一后。汪俊的奏疏先上，写道：陛下入奉大宗，不得祭小宗，亦犹小宗之不得祭大宗也。乃今圣心无穷，臣等敢不将顺？但立庙大内，有干正统，臣实愚昧，不敢奉诏。

皇帝将礼部奏议驳回三次，汪俊三次上疏，皆如此议。为将顺圣心，汪俊又请于安陆建献帝百世不迁之庙，俟他日袭封兴王子孙世世献飨；并说：陛下岁时遣官持节奉祀，亦足伸无穷至情。

能说的话说尽，皇帝仍然不准，汪俊只得上疏乞休。皇帝在他的奏疏上批道：其言肆慢，无人臣礼，允去。

既尊兴献帝为本生皇考，群臣仍坚执反对在大内别立庙祭祀，多少有些出乎皇帝意料。因此，他又动召入张璁、桂萼的念头，差人催取。

蒋冕的奏疏后上，写道：自汉至今，未有为本生父母立庙大内者。陛下先年有旨，立庙安陆，与前代适同，得其当矣。岂可既奉大宗之祀，又兼奉小宗之祀？夫情既重于所生，义必不专于所后，将孝、武二庙之灵安所托乎？窃恐献帝之灵亦将不能安，虽圣心亦自不能安也。是日廷议建庙，天本晴朗，忽变阴晦，至暮风雷大作。天意如此，陛下可不思变计哉！

故调重唱！皇帝读至此，心生厌恶。嘉靖元年，朕不得不改变初衷，难道真是为天变所惑吗？朕是为杨廷和所惑，为杨廷和所迫。你蒋冕不是杨廷和，也想以此说来惑朕，来迫朕！

“情既重于所生，义必不专于所后”。皇帝把这句话读好几遍，忽有所思：这句话如果反过来说呢？情既分于所后，义必不专于所生，是不是同样的道理呢？朕尊父亲为本生皇考，皇考为谁？不还是孝宗皇帝吗？朕有两个皇考，岂能专于所生！

本来使皇帝感到兴奋的称谓，陡然间，使皇帝生出疑窦。

不过，皇帝要急于处置的，不是该称谓妥当与否，而是蒋冕的去留。蒋冕在上疏谏止立庙大内之后，很快又上一疏，恳乞休致。是放他走，还是温旨挽留？其间得失是要权衡的。

君臣议礼不合，很难长期相处，杨廷和居相位时，相互掣肘，都不舒服，即为明证。蒋冕为正人君子，或如群臣对他的评价。但以声望而论，他远不如杨廷和；以才具而论，他别说赶不上杨廷和，恐怕连费宏也赶不上。杨廷和可以离去，他的离去又何足道哉！

不过，皇帝也不得不考虑这样一个问题：礼部尚书才致仕，相隔几天，首辅又因同一争议而致仕，群臣会怎样说，世人会怎样说？有没有必要因为蒋冕其人招致议论？

最后，皇帝下决心，蒋冕且留一留。

同时，皇帝还下另一个决心：礼部尚书不用呼声甚高的礼部左侍郎吴一鹏，而用南京兵部侍郎席书。

四、百僚廷哭

第四十五章

皇帝二月十三日降谕，召张璁、桂萼赴京面质。群臣反对召入，内阁竭尽所能地拖些日子，至二月下旬，才拟旨。这是普通的谕旨，不是紧急的谕旨，送达南京，已是三月中旬。二人接旨后，交代过衙门里的公务，定于三月二十日动身。路线是：从镇江过江，陆路至凤阳，溯淮而下，沿运河北上。这样走，绕个小弯子，当然有目的。经凤阳，是为拜谒祖陵和皇陵；经镇江，则是为拜望杨一清。

杨一清虽没有直接参与朝廷议礼，却对不止一个人称赞过张璁。说得含糊些，是：这个张生，恁是不简单；说得直截了当些，是：张生此议，圣人复起不能易也。作为几朝元老，能够接受、支持张璁所论，殊为不易。所以，张璁、桂萼要在赴京前，听听他的高见。

南京去镇江二百里，第三天午前赶到。张璁、桂萼用过午饭，歇息片刻，出驿馆，径向杨一清的府第行去。据驿馆的差人说，去杨相国府，路途不近，张璁、桂萼奉旨赴京，是完全可以向驿馆讨要轿子和马匹的；但为表示对杨一清的敬重，他二人决定步行，不用轿马。

边走，边说些闲话，不知不觉，走到杨一清宅前。所谓杨相国府，远不如他二人想象中气派。大门白日里也紧紧关闭，大概含有隐居之意。

二人敲门投刺。不多时，从院里走出一风度翩翩的青年，想是杨一清派出迎客的家眷。他们都知道，杨一清并无子女，家眷云云，或为侄、甥。令人不解的是，青年的身后，跟着两顶小轿。门丁称，他是为老爷管家的杨芝杨公子。管家只不过说起来好听些，他既与主人非亲非友，应仍是仆辈。家人又称他公子，听起来不伦不类。

张璁、桂萼不以为怪。杨芝其人其事，他们多多少少听说过，知他不是寻常的仆辈，不是寻常的管家，被下人称一声公子，未尝不可。

张璁说："据闻，武宗皇帝从丹徒应宁先生府上取去两件宝物，一件是精制的《文献通考》一部，一件是精制的少年管家一名，公子想来是其中一宝。"

他七次会试不第，好不容易考中进士，又因议礼而被排斥，心情压抑几十年，待人一向严谨。见到杨芝，他难得地说句戏谑的话。

杨芝手里拿着两张名刺，翻过来倒过去地看看，问他："大人是——"

"张璁。"张璁介绍完自己，又介绍桂萼，"这位是桂子实先生。"

杨芝不卑不亢地说："有人说错，张大人听错。武宗皇帝从我家老爷府上取走两件宝物，另一件宝物，是精制徽州歙砚一方。"

张璁知此人不可冒犯，揖一揖，道："多谢公子教正。"

"不敢当。"杨芝还以一揖。他恢复自己管家的本色，一丝不苟地传达主人的话："我家老爷说，两位大人乃奉旨入朝，地位尊贵，前程无量。他不过是闲居之人，不便与两位大人相见，还望体察。来呀！"他向轿夫招呼一声。

轿夫将轿子抬落在张璁、桂萼面前。

"公子，这是何意？"桂萼问。

杨芝露出得意之色："我家老爷说，两位大人一定是徒步当车，行走过来的。两位大人任重，不可偏劳，特备下小轿，送两位大人回去。"

"难得应宁先生好意，不肯相见，却备轿送客。"桂萼不无嘲讽。

"桂大人不肯乘轿吗？"杨芝话接得极快，"我家老爷说，两位大人，不论哪一位辞谢，让我只说一句：不必客气。"

桂萼说："并非客气，府上的轿子，我二人怎么敢坐？备轿不如借马，让我二人乘马而去就是。"

"那又不可，"杨芝一本正经地驳道，"我家老爷说，一来，骑马仍要劳累，不是敬客之道，不如乘轿。二来，二位大人骑马，不派人相送，也要派人去取马，不合算，不如备轿。他等抬两位大人去，自己可回府。"他掀开一顶轿子的帘布，说，"请上轿吧。"

张璁、桂萼从没和前朝元老交往过，碰到这样的情形，一时手足无措。再求相见，轿子已停在面前；就此上轿，却心有不甘。

张璁很快想出应付的办法：杨一清好像什么都想到，他就要让杨一清有想不到的地方。

"公子，应宁先生还有什么话交代吗？"他问。

杨芝道："没有。我家老爷的话，我都已转告二位大人。"

"不对，应宁先生一定还有话交代，"张璁不容置辩地说，"应宁先生不便相见，我二人可以体察，但应宁先生该对我二人说的话却没说，不知是应宁先生的错，还是公子的错。请公子把我的话转告主人。"

杨芝先是不信：知老爷者莫过于他，难道一名与老爷不曾谋面的官员会比自己更知道老爷的心思？但看张璁神色泰然，绝无试探欺诈之意，他的自信开始动摇。与张璁对视良久，最后，他转身而去。

"秉用先生，你在拿这位管家公子开心吗？"桂萼悄声问道。

"且听他来分解。"张璁放下杨芝方才掀起的轿帘，悠然自得地说。

不多时，杨芝转回，面无愠色，反而多些谦恭。"张大人说得是，我家老爷还有句话交代：前往京师之路虽然平坦，二位切莫走得太急。"

"多谢应宁先生指教。"张璁向着院内深处一揖后，又问杨芝，"就这一句话吗？"

"不错，就这一句话。"杨芝道。

张璁说："应不止这一句话，公子可否再问一问应宁先生？"

杨芝看他一眼，一句也不争辩，又退回院内。转回来时，脸色更加谦恭。"是我操之过急，老爷的话才讲半句，我便匆匆出来传达，"他说，"前往京师之路虽然平坦，二位切莫走得太急，这是老爷的上半句话。下面还有半句话，老爷说的是：退回南京之路虽然无恙，但二位的前程，宜进不宜退。"

"退回南京？"桂萼大惑不解。他问张璁："应宁先生说，我等要退回南京？"不等张璁答话，复问杨芝，"应宁先生说，我等要退回南京？"

杨芝道："我家老爷并未说，两位大人要退回南京；只是说，两位大人的前程，宜进不宜退。张大人，方才我可是这么说的？"

张璁称是："不错，公子是这么说的。"

杨芝又掀轿帘："张大人请吧。张大人说，我家老爷该说的话没说。我去一问，果然有该说的话没说。现在，老爷该说的话已说过，两位大人请回吧。"

"公子且慢，"桂萼止道，"应宁先生该说而没说的话，张先生提醒你去问，你去了。还有一件事，我二人要请教应宁先生，再烦你代我二人向应宁先生致意。上一次，你欠张先生的情；这一次，张先生和我一定领你的情。"

杨芝抚抚前额，抚抚后颈，看看张璁，看看桂萼，半晌才说："真是奇哉怪也，二位大人好似一个一个都比我更知我家老爷。"

话虽这样说，他大约陪伴杨一清颇觉寂寞，与张璁、桂萼打交道，有一种新鲜感，所以，还是甘愿为桂萼再跑一趟。

“桂大人要向我家老爷请教何事？”他问。

桂萼也向院内深处一揖，说：“请问应宁先生：我等到得京师，何为首先之务？”

杨芝更不多言，回身而去。

等他去远，张璁半是赞赏半是讽刺地说：“子实先生，你的问计之计很妙呀。”

“彼此，彼此，我是从秉用先生求言之言中学来的。”桂萼回敬道。

杨芝转回，桂萼迎上去问：“应宁先生怎说？”

杨芝喘口气，转述道：“我家老爷说，不知二位有没有兴致读读《三国志通俗演义》之类的闲书？该书诸葛孔明初赴江夏，见周公瑾，论其主抗曹心志不坚的那段故事，大可以一读。”

张璁呵呵一笑，对桂萼说：“应宁先生告诫后进，要佐皇上完成议礼大业，必先坚其心志。子实先生，我等谢过杨公子，就此辞去。”

二人郑重其事地谢过杨芝，各自登上一轿。

第四十六章

凤阳距南京只有三百三十余里，不知是因为杨一清“切莫走得太急”的叮嘱起的作用，还是因绕道镇江而耽搁数日，张璁、桂萼到得凤阳，已经是三月底。在路过泗州时，停留一天，拜谒祖陵。进入凤阳城前，二人商议，拜谒皇陵，是停留两日，或亦停留一日。但方一接近馆驿，却知情形有变。

两名家童奉主人之命，先一刻到馆驿，联络住处。驿丞听说来意，打量打量张璁的家童，打量打量桂萼的家童，然后，顾不上回答二童的提问，匆匆出外，向远处张望。

二童不解其意，也匆匆随他出外。

好不容易盼来张璁、桂萼，二童向主人迎去，驿丞也随二童迎去。

不容二童开口，驿丞先问道：“是张大人，桂大人吗？”

二童抢着替主人回答：“正是我家老爷。”又抢着向主人引见，“老爷，这位是凤阳城馆驿的宋驿丞。”

宋驿丞顾不上向二人候问请安，又打量打量张璁，打量打量桂萼。二人被看得莫名其妙，也相互打量起来。

“宋头，我二人与常人有异吗？”桂萼问道。

他的家童抢着说：“老爷莫怪他，他方才也是如此这般地盯住我和张小哥看。老爷与常人有异还好说，难道我也与常人有异？”

宋驿丞这才说话：“二位大人从东面来，从南面来？”

“从东面来。”桂萼道。

“坏事，坏事！”宋驿丞连声叫道。

“宋头，从东面来有何不妥？”张璁问。

宋驿丞说：“两位大人从东面来，本无不妥；不过，钦差张大人是向南面去的，这就大大不妥。”

“哪一位钦差张大人？他向南面去，与我等何干？”张璁问。

宋驿丞说："钦差是行人司的张大人，他特来向两位大人传宣圣谕的，怎么与两位大人无关！"

原来有给二人的圣谕，难怪他不住地打量两名童儿，不住地打量两位大人。张璁、桂萼几乎同声道："圣上有谕旨给我二人？"

张璁接着问："宋头可知谕旨的内容？"

宋驿丞说："不仅知道，而且有责任向大人交代。"

"如此说来，宋头是要代传圣谕？"张璁、桂萼不由肃然。果如其言，他二人至少该换个位置，站到南面，听宋驿丞传谕。

，"小人不过代传钦差张大人的口讯。他老人家怕与两位大人擦肩而过，所以交代，无论哪一站接待两位大人，都须留个口讯。"

"什么口讯？"桂萼急问。

宋驿丞说："张大人说，圣上命张大人、桂大人暂勿赴京。"

此言一出，张璁、桂萼大惊。别说宋驿丞看上去还谨慎老实，就算他玩世不恭，怕也不敢假传圣谕。而且，不是什么重大机密，留口讯给沿途各衙门，给驿站，也是情理之中的事。皇帝改变主意，不使二人赴京，一定真实无误！

皇帝由宣召二人入京到制止二人入京，其中原委，宣旨钦差或略有所知，或是并不知晓；而凤阳馆驿的小小驿丞，十有八九是一无所知。

但桂萼还是抱着一线希望。他问："宋头知道不知道，朝廷之上发生何事？"

他问得很巧妙。若是问，皇上为何制止二人赴京，宋驿丞多半不会知道；即便听到些风吹草动，也不敢乱讲。问的是朝廷之上发生何事，宋驿丞只要愿意，知一说一，知二说二，顾虑会少许多。

碰巧宋驿丞略知朝廷上发生何事。张钦差与他是同乡，他陪同张钦差吃饭时，张钦差将朝廷议礼的动向，拣可说的，告诉他几事。

碰巧张钦差说的几事，诸如尊兴献帝为本生皇考等，正是张璁、桂萼希望知道的。

碰巧宋驿丞颇喜饶舌。皇帝降旨给张、桂两位大人，虽则是命其暂勿赴京之旨，对两位大人来说，是多大的面子！两位大人不耻下问，垂询于他，对他来说，是多大的面子！

张璁、桂萼心里有数，相互会意地点点头，张璁有意把话岔开："我二人暂不赴京，还可以借宿吗？"

"那是自然，"宋驿丞应道，"得知两位大人要到凤阳城，下官备好两间上房。好叫两位大人知道，下官只知圣上命两位大人暂勿赴京，并不知道圣上有召两位大人赴京之命。”

“难得，难得。”张璁道。

“多谢，多谢。”桂萼道。

张璁占用馆驿的一间上房，桂萼占用馆驿的一间上房，好似要各自歇息。但天黑以后，张璁、桂萼凑到一间房里，把两名家童打发到另一间房里。他们没有正式奉接皇帝的谕旨，但听宋驿丞传达钦差的口讯，算是间接奉接皇帝的谕旨，何去何从，得好好议一议。

张璁拿出产自浙江的名茶，桂萼拿出产自江西的名茶，争先请对方品尝自己的名茶，又争先要品尝对方的名茶。争来让去，干脆喝起清水，谁的茶都不品尝。

“秉用先生，可曾想到这一着？”桂萼问。

“不曾想到，”张璁如实地说，“不过，在镇江杨府前受教，总觉得应宁先生的两句话不会是凭空而论，谁知果然被他说中！”

“是啊，应宁先生真有神算之功，竟料到局面会变，”桂萼感叹，“宜进不宜退，秉用先生，这也应当是我二人的宗旨吧？”

“不宜退，应宁先生说得不错；我看，不但不宜退，也不必退。”张璁把杨一清的一句话析而成二，先细细品味后面的半句。

桂萼没有经历过前一阶段朝廷上的议礼，对“不宜退”，可能不像张璁理解的那么深切。而“不必退”，显然是张璁得知朝局有变时的感想，张璁想得到，他自然也想得到。

“秉用先生是指，圣上的谕旨只命我二人暂勿赴京，并未命我二人仍回南京衙门供事吧？”他问。

“子实先生以为如何？”张璁问。

桂萼道：“好，不必退，则我与秉用先生大步而进。”

张璁微微摇头，又细细品味起杨一清的前半句话：“宜进，却不可贸然而进。”

桂萼听得懂“不必退”，自然也听得懂“不宜贸然而进”。他说：“秉用先生是指，不能以圣上未命我二人仍回南京衙门供事为由，径赴京师，对吧？”

“子实先生以为然否？”张璁问。

桂萼大表赞同：“很是。譬如登殿，总要拾阶而上。”

“拾阶而上？”张璁重复一遍这一比喻，说，“子实先生说得再恰当不过。若跃栏而上，与强人何异！”

“不知秉用先生欲如何铺设阶陛？”桂萼问。

“上疏。”张璁的回答只有两个字。

“留在凤阳上疏？”桂萼问。

“对，留在凤阳上疏。”张璁肯定地说。

“如何拟疏，秉用先生已有成算吧？”桂萼问。

桂萼方才问，可想到这一着，是把朝局当作棋局。张璁以为，这不是一着，而是两着。礼部和内阁投“本生皇考”这一子，打算以退为进，但其进取之路在哪里呢？所以，说起来，此乃败着。皇上应该下的一着是暂取“本生皇考”的名目，而不是命他二人“暂勿赴京”。皇上应的也是一步软着，这是很可惜的。不过也不要紧，他可以断定，礼部和内阁即便还有下一着，也难以进取；而皇上的下一步仍可进取。他和桂萼的责任，就是要助皇上投好下一个棋子。

想到这里，他说：“礼官和内阁以‘本生皇考’的名目应付，以为有一个眼位；制止我二人赴京，以为又有一个眼位。却不知两个都是假的眼位。我二人但称，不亟去本生之称，天下后世终以皇上为孝宗之子，则第一个眼位被堵死。我二人再称，礼官和内阁惧我等面质，故玩弄权术，欺蒙皇上，则第二个眼位也被堵死。而皇上只要召我二人赴京，则满盘棋子皆活。”

“秉用先生说的是，疏稿正该这样来写。”桂萼道。

围绕“本生”二字之非，及礼部官的图谋，议一句，写一句，很快拟好疏稿。二人最后奏明：恭闻谕旨，暂留凤阳，以候皇帝随时宣召。

第四十七章

在凤阳馆驿一住就是二十多天。除拜谒皇陵，再无可去之处，也无心再去别处。张璁、桂萼多是在各自的房间读书，读搜集到的疏稿；或聚在一起，议论议论朝政，议论议论人物。

这一日，张璁正在读书，桂萼进屋，道："秉用先生，且不读书，说一说话，如何？"

张璁把书放到一边，说："正有此意。"

桂萼坐下，又要求道："秉用先生讲段故事吧。"

"听我讲故事，不如听他讲故事，"张璁说着，手指站立一旁的家童，"你等读书人都道，三岁启蒙识字；人家自诩，三岁开口说故事。"

"那也是奇才，"桂萼向张璁的家童招一招手，道，"小哥请开尊口。"

家童走近些，清清喉咙，说："两位老爷要听故事，小人就讲一段新近听到的故事吧。小人要讲的汪老爷，两位老爷都是熟知的。"

二人岂止熟知汪应轸！汪应轸原为户科给事中，一再恳请南调，以便孝养尊亲，终于获准，改南京户科给事中。他官职不重，但声望颇著，张璁、桂萼曾想约他共同上疏议礼，未能如愿。大约在张、桂奉旨赴京前不久，他迁转为江西按察司佥事。

童儿摆出说故事的架势，出口不俗："且说汪老爷带一名老家人前去江西赴任。这一日，走得兴起，该落脚时不肯落脚；等到天色昏暗，想落脚时，却找不到落脚的地方。"

张璁、桂萼相视一笑。桂萼是被开场的几句话吸引住，张璁则带有几分得意，好似在问：如何？

童儿讲道："老家人盘腿坐在马车上，喋喋不休地发着牢骚：'少爷何须多行这一程！要是像秦公、赵公那样，奉旨入朝，风风光光的，走急些，也还可说；或者像我那样，赶去南京侍候少爷，欢欢乐乐的，走急些，也不碍。江西算什么好地方，早到一天迟到一天又有何妨！'两位老爷莫怪他发牢骚。离开浙江去南京是一种向上的心情，离开南京去江西肯定是另一种心情。”

秦公指秦金，赵公指赵鉴，二人原为南京尚书，一在去年年底召入朝，一在今年年初召入朝，都走得很急。

“他心情不同，我和你家老爷都理会得，小哥不须担心。”桂萼道。

听者插一句话，可以理解为捧场。童儿再讲下去：

汪老爷稳稳地骑在马上，笑笑，不应声。行不多久，前方有一片树林，他鞭梢向前一指，大声道：“不好，林里有强人！”

老家人惨叫一声，趴在车上，双手抱住头，屁股高高撅起，口中念念有词：“我家少爷是清官，不是贪官，你等强人不可冒犯他。”

赶车的夫役见状，忍不住要笑。汪应轸向他做个手势，命他不可出声。但不出声已不可能，他急中生智，拼命咳嗽两声，才没笑出来。

汪老爷说：“幸好你的话很见效，强人不过探一探头，已退去。”

老家人跳下车，向前张望。见并无异状，他不免心生疑惑。这哪里是林子，分明只有几株稀稀落落的树木，也藏得下强人？再看少爷和夫役的表情，不免疑心更重。

“少爷，强人真的听到我的话吗？”他不相信地问，“我只不过低声念叨，并未大声疾呼。”

“你喃喃细语，已经有大将军的威风，还用大声疾呼吗？”话中无疑带有嘲讽；汪老爷板起面孔，又不像是嘲讽。

夫役再也忍不住，终于笑出声来。等到笑够，他讲出实情：“管家说的是，方才这里只有几株树，并无强人。可汪老爷也并未看花眼，他老人家不过和管家开个玩笑。”

说笑间，夜路已经走到尽头。穿过不像林子的林子，前面一片湖泊，虽然不是很大，方圆也有数百顷。在月光下，水波不兴，幽静动人，汪老爷禁不住喝彩起来：“好一片湖水，好一处景致！坐在湖边，赏水赏月，也不虚度此夜！”他问夫役，“天亮之后，可不可以找到渡船？”

“老爷站的地方，就是渡口。天亮之后，大的渡船，小的渡船，官家的渡船，私家的渡船，都可以寻到。老爷尽管放心，”夫役道，又指着不远处的一块高坡说，“汪老爷也不必在湖边坐一夜，那里有一座荒庙，我铺些车上的谷草，保管老爷，还有这位管家，能安安稳稳睡上一觉。”

老家人说要侍候少爷先睡，可他熬不住，很快睡熟。夫役照料好牲口，也睡熟。汪老爷在湖边，立一阵，坐一阵，这边走走，那边看看，竟发半夜怀古的幽思。最后他进到荒庙，躺在谷草上，酣然入睡。

等他一觉醒来，天已大亮，夫役说：“汪老爷，我寻到一只大船，三人一车一马，只收五吊钱。左近没有饭铺，也没有像样的人家，汪老爷凑合着吃几口干粮，就上船吧。现在起身，总要午后才能到对岸。”

“好，一切都依你。”汪老爷说着，伸个懒腰，信步踱出荒庙。他先望望渡口、湖面，然后回过头，看看昨夜栖身的荒庙。庙墙、庙门、庙窗都已残缺，唯独一块匾牌完整无缺地挂在原处，上面写着“红莲古寺”四个大字。看到这四个字，汪老爷猛然被触动，转身望去，凝神良久。

“这个渡口，可是叫红莲渡？”他问夫役。

“汪老爷真是神人，怎知它叫红莲渡？”夫役惊问，“莫说老爷从南京来，就是本省本府本县的人，也很少知道红莲渡的名称。”

汪老爷不欲解释，只是命道：“你去对船家说，我们明天再走，船钱嘛，你加倍给他。我见渡口还有几只船，你也劝一劝，今天莫走。”

夫役问：“我对那些船家说，汪老爷要他们莫走吗？”

汪老爷摇摇头，说：“他们怎知汪老爷是谁，你只对他们说，一个过路的客人心有所动，劝他们在红莲渡口多停留一日。”

夫役去渡口交涉。他雇用的船家，得双倍的船钱，无可无不可。他照汪老爷的说法，请其他船只多留一日，引起一片哄笑。解开缆的，放船而去；未解缆的，开始解缆。他遵命行事，劝不动众人，也就作罢。汪老爷看着一只一只船向湖心荡去，暗自叹息。

渡口渐渐由喧闹而寂静，汪老爷等三人百无聊赖地坐在荒庙前，各想各的心思。老家人几次要数落汪老爷，看着他一脸的肃穆，把话咽下肚里。

接近正午时分，静如止水的湖面忽然风浪大作，只见正在行近湖心的船、已经行至湖心的船、已经行过湖心的船，一条一条被浪头卷翻吞没，刹那间失去踪影。岸边之人，看着这惊心动魄的场面，无不惊呆。

一个时辰以后，湖面恢复平静。夫役雇用的船家，飞也似的奔向荒庙，跪在汪老爷面前叩头不止，感谢他的救命之恩。

汪老爷要老家人和夫役把船家搀起，命道：“尔等将庙里的供案摆放好，将庙里清扫清扫，我要祭奠一番。”

供案上放置供香，以及随身携带的几样干粮、果品，汪老爷恭恭敬敬地向着神位三作揖。

“红莲神是何方神圣，少爷要祭他？”老家人待他揖后，悄声问道。

汪老爷说："我祭的不是红莲神，是你家少奶奶。"见家人惊惑不解，他加上一句，"不是现在这位少奶奶，是前面那位少奶奶。她救我一命，也救你等性命，你等该给她磕几个头。"

桂萼张张嘴，有话要问。童儿不给他机会："这段故事已到尾声，桂老爷等我讲完再问不迟。"

老家人知道，老爷早年曾给少爷说过一门亲事，少奶奶姓龚，亲家老爷是一名通判。少奶奶不但貌美贤惠，而且自幼跟随龚通判读书识字。可惜才子佳人无缘，少奶奶没等过门，死于恶病。少爷后来才娶了现在这位少奶奶。他却不知道，少爷多情，既慕龚氏是位淑女，又念她是文士之后，与张氏完婚前，私下曾祭奠龚氏，恸哭甚哀。当夜，龚氏入梦，与他叙话。临别，龚氏说：红莲丈夫欲害君，谨防之。醒来后，但觉梦得蹊跷，却不得其解，不想多年过去，却应在今日。要不是他对龚氏一往情深，要不是看到写有红莲字样的匾牌，他也会葬身浪底。

老家人不知详情，少爷既说是少奶奶救他，他一边叩头，一边念叨："少奶奶恕罪，龚氏少奶奶救小人的命，小人不能不知好歹，要诚心诚意给她磕几个响头。龚氏少奶奶救少爷的命，小人知道，少奶奶也是感激龚氏少奶奶的，少奶奶要是给龚氏少奶奶磕几个响头，龚氏少奶奶或担当不起，也由小人代少奶奶磕头吧。"

童儿粗声粗气地学完汪应轸老家人的话，说："桂老爷，还有什么听不明白的地方，请问吧。"

"听小哥一讲，已没有不明白的地方。"桂萼道。

张璁对童儿使个眼色，童儿知道老爷要和客人议事。他知趣地退出房间，去找桂萼的家童说话。

桂萼就方才听到的故事议论道："汪子宿在馆时谏南巡，在泗州时抗圣命，真是为浙省士人争不少光，不想他也是性情中人。"

张璁应道："是啊，我因他有气节、有才干，方对他颇为敬重。可惜道不同，不能共事。"

桂萼在听故事的过程里逐渐产生一个想法，张璁的家童在，他是不会说的；张璁的家童走开，是不是说，他也拿不定主意。不说，如刺在喉；说吧，怕被张璁小觑。犹豫再三，终于还是要说。

"汪子宿如有神算，对于议礼，他是不是算出什么，才对我等之疏不肯署名？"他遮遮掩掩地说。

张璁听出他话外的意思，尖锐地问："子实先生是说，他算出议礼终不能成功？

子实先生是不是也担心议礼终不能成功？”

“我放心不下的，仍是秉用先生那句话，”桂萼忧心尽显于外地说，“四月眼看就要过去。”

张璁曾言道：皇上三年之内不能议定大礼，则以孝宗皇帝为皇考，以兴献帝为本生父的局面不可动摇。皇帝是正德十六年四月即大位的，今年的四月一过，三年之期也将过去。日子一天一天在过去，桂萼怎么能够不担心，不忧心！

张璁并非不担心，不忧心。但他知道，两个人不能一起担心，一起忧心。桂萼在担心，在忧心，他一定要为他鼓一鼓劲，也为自己鼓一鼓劲。否则，两个人就会一起被压垮。

所以，他豪爽地说：“汪子宿算出什么又怎样！四月过去又怎样！明知难为而勉为之，明知难成而促成之，才称得上大丈夫！况且，皇上圣明，定不会让我等失望，定不会让我等老死于赴京途中。”

桂萼振作起来：“秉用先生说的是，我等但尽忠心，勿念成败可矣。”

皇帝没让二人再久等。四月底，有旨：召张璁、桂萼速赴京。

第四十八章

五月中，张璁、桂萼赶到京师。

二人知道，首次出现在朝廷非同小可，一定要有充分的准备。张璁在浙江会馆住过，是熟客，桂萼同他暂住在那里。外官入朝，本该频频活动，但二人竟不知应该拜晤哪一位，可以拜晤哪一位。几天来，皇帝并未针对他们的到来降旨，他们干脆将自己关闭在会馆里，养足精神。直到第五天，皇帝才命他们上朝。

他们自以为做好充分的准备，谁知上朝的那一天，仍然手足无措。

二人早早到左顺门，发现有许多官员，包括各衙门的堂上官，比他们到得还早。左顺门前不是排班的地方，大家三人一伙，五人一伙，说些正经的话，或者说些闲话。他二人走到一处，一处的官员就缄口不言。他们先对他二人侧目而视，随后踱步散开，却在另一处重新聚合。有的官员可能不认识他二人，见他二人以目光相邀，似有上前招呼之意；但被人附在耳边轻声说"张、桂"二字。他们一惊，如见洪水猛兽一般，连忙把头扭向一边。初时还好，旁人占据一处，他二人也占据一处，看不出有什么不同。随着天色大亮，官员们来一批又一批，别处都聚满人，专门为他二人空出了一块场地，使他们产生一种困兽的感觉。好在只是一阵难堪，他们很快镇定下来。众人对他们施以冷眼，他们也报以冷眼；众人对他们施以仇视，他们也报以仇视。

朝会时辰到，大家的注意力逐渐转向宫里，不知皇帝今天会降下什么旨意，不知张、桂的出现会带来什么刺激。

不多时，司礼太监张佐不慌不忙从宫里走出来，在门前站定，高声说："万岁有旨，今日免早朝。"

随后与站在他附近的几个熟识的大臣寒暄几句。

这大大出乎众官员的预料，但也可以说，在众官员的预料之中。他们不忙着散去，目光再一次聚集到张璁、桂萼的身上。二人明白众人目光中的含义：皇上命你二人上朝，怎么见也不见你二人？这次的难堪比方才的难堪更甚。面对众人的轻蔑，面对众人的幸灾乐祸，他们要报以冷眼，报以仇视，都感觉困难。

张佐应酬过附近的大臣之后，做作地咳嗽一声。众人知道他有正经的事，立时静下来。

“万岁爷要我问一声，张璁张大人在吗？”他不动声色地问。张大人几个字此时此处出自他之口，实在是不寻常。

“臣张璁在。”张璁跨前一步，如释重负。他对内臣向来没有好感，对于张佐适时相助，他第一次产生感激之情。他知道，张佐晚一会儿再问话，或者用另一种腔调问话，效果完全不同。

“万岁爷还要我问一声，桂萼桂大人也在吗？”张佐又问。

“臣桂萼在。”桂萼也跨前一步。

“万岁爷要我告诉二位大人，你们从南京赶来，很辛苦，今日不见；你们且回住处，随时等候宣召。”张佐重复着皇帝的口谕。

张璁、桂萼领旨谢恩，顿时精神振奋，仿佛经皇帝一问，他们就可以傲视一切人。众人注视他们的目光也好似在一瞬间发生变化：你可以对二人施以冷眼，施以仇视，却绝不可轻蔑地看待二人。

张璁、桂萼恢复素有的高傲，相视一笑，昂首欲去。桂萼忽然发觉有人拉他一下，回头一看，身后站立一位身着锦衣卫官校服色的男子。

“是南京来的桂大人吗？”锦衣卫官校恭顺地问道。

“你寻他何事？”桂萼警觉地上下打量他一番，反问道。

锦衣卫官校知道认对人。他邀道：“请借一步说话。”

桂萼看张璁一眼。张璁示意，可以随他去。桂萼随着锦衣卫官校走向远离众人的地方。估计不会有人听得到他们的谈话，锦衣卫官校站定，向桂萼施礼，说：“桂大人，小可有紧急事相告，请恕唐突。桂大人和张大人暂不可去会馆，请找一处安全的地方避一避。”

“这是为何？”桂萼见他不像是作戏的样子，不由也有些紧张。

“小可日前听众人纷纷扬扬地说，马顺在世，当殴毙之。小人不知马顺是谁，但知众人将不利于二公，故赶来相报。”锦衣卫官校说。

桂萼心里一沉。来人不知马顺为何人，他却知道。马顺是正统朝一名锦衣卫指挥，是大太监王振的爪牙，在王振指示下做尽坏事。王振死于土木堡，朝廷之上，群情激愤，在给事中王竑的倡议下，将马顺扭出午门，当场击毙。原来在朝廷众臣的眼里，他和张璁不过是又一马顺而已。在惊惧的同时，他也感到激愤。

“请问阁下何人？为何以此情相告？”这是桂萼一定要问清楚的。

“小可姓隋名全，现任锦衣卫百户。小可仰慕两位大人的为人，心想，保全两位大人，亦即报效皇上。”隋全回答他的问题后，劝道，“桂大人，众官随时会加害，情势万分危急，请尽快离开此地，以策安全。”

“是。隋百户的好意，我不会忘记。”桂萼挥手，与隋全辞别。回到张璁一侧，他三言两语，把隋全告诉他的情况告与张璁。

“有这等事？”张璁半信半疑，惊诧不已。

“宁信其有，莫信其无，”桂萼道，“众人欲生食我二人的心思，不用说，看也看得出来。有人振臂一呼，我二人危矣。隋全说的是，该找安全的地方避一避，日后才可以在皇上面前一辩是非。”

“可到什么地方才是安全的呢？”张璁深感无奈。京城之内，天子脚下，处处都应该安全；要是朝廷上不安全，宫门前不安全，会馆里不安全，他二人还找得到安全的地方吗？

“莫想何处安全，先离开最不安全的地方再说。”桂萼提议。

张璁点头称是。二人慌不择路，忽而张璁在前，桂萼在后，忽而桂萼在前，张璁在后，不多时，出东华门。见前面并无众官聚集，后面并无众官追赶，二人才定下心来，脚步也随之放慢。

“子实先生。你的‘宁信其有，莫信其无’险些要我二人的命呀，”张璁喘口气，说道。他想的还是：我二人奉旨入朝，与众官面质，众官真有天大的胆子，加害于我二人？

“秉用先生，怎知不是‘宁信其有，莫信其无’挽救我二人的性命？也挽救皇上议礼的大业？”桂萼道。他想的还是：我二人负有重大使命，绝不可受伤害于众官的拳脚之下。

东华门和东安门之间，一名管家模样的人立于路旁，身后跟着一队家丁，还摆放两顶软轿，好似在等候什么人。见张璁、桂萼，管家模样的人迎上前来，深施一礼，说：“我家爵爷请张大人、桂大人前去一叙。府上离此处虽不甚远，可也不是很近，我家爵爷不敢劳动二位贵人，特命备下轿子。”

张璁眉头一皱，要问他家爵爷是谁。桂萼摇头，伸手向前一指。张璁看清，家丁的胸前都有一个斗大的郭字。

“原来是武定侯府在迎客，子实先生，倒不可辜负爵爷的一片盛情。”张璁洒脱地说。

第一代武定侯郭英是太祖皇帝的爱将，屡建战功。郭勋是第六代武定侯，正德年间曾坐镇两广，今上即位，命他掌领团营。张璁想的是：进入郭勋府中，暂避一时，乃是上策。

“正是，”桂萼与他心意相通，应道，“秉用先生，管家说府上不甚远，我二人何不随管家步行过去，也好问一问管家，爵爷为什么要我二人前去一叙？”

“好，管家来迎我二人，我二人随管家走一走，都是缘分。”张璁道，“子实先生，我听说，要入京城的深宅大院，须先结识管家。现在，郭府的管家找上我二人，这个机缘不可放过。”

管家既觉得意，又觉惶恐，连连作揖：“不敢，不敢！二位是大贵人，我家爵爷倾心相结。在下是什么身份，敢与二位贵人讲缘分？步行一事虽小，在下也做不得主，还请二位贵人体恤。”

“好说。”张璁道，并指指轿子，说，“是爵爷有顾忌，不是我二人讲究排场。管家，这一层我们要说清楚。”又指指轿子，对桂萼说，“子实先生，请入瓮吧。”

第四十九章

当天晚上，司礼太监戴永从武定侯府把张璁宣进文华殿。

“张爱卿，要不是会馆的人多一句嘴，说你在武定侯家里，我险些要命东厂全城访查。”张璁行过叩拜礼后，皇帝笑着说。

张璁解释：“并非会馆的人多嘴，臣璁与臣萼避进武定侯府，深恐陛下不时宣召，故差人告诉会馆的人，宫中来人如何对答。”

“怎么，你和桂爱卿是避进武定侯府的？”皇帝好似听说一件滑天下之大稽的事，“众人皆知你二人奉旨入朝，这个避字从何说起？”

“陛下恕罪，这个避字是臣用错，”张璁道，“确实地说，不是臣二人避进侯府，是武定侯将臣二人接进侯府。但武定侯将臣二人接进侯府，仍有避的意思。外间纷纷传言，众臣将不利于臣二人，武定侯惧有不测，命人将臣与桂萼接进侯府。臣想，武定侯此举，看似保全臣二人，其实也是为陛下分忧。”他在皇帝面前恰当地为郭勋进一美言，算是报答郭勋危难时相助的情意。

“郭爱卿肯为朕分忧，朕是知道的。”皇帝称许郭勋，亦即接受张璁的进言。他向前探探身子，问道，“张爱卿，你可知道，朕为你和桂萼而免今日早朝？”

张璁稍一迟疑，很快体会皇帝的用意。他答道：“陛下免今日早朝，是怕臣二人与众臣在朝廷上对质，有失体统；众臣喧嚣，臣二人也难以尽吐心声。陛下用心良苦，臣感荷圣恩。”

“你知道就好，日后有人分派朕的不是，你二人要多为朕分担些。”皇帝不知在说笑，还是真的担心有人会拿今大的免朝搬弄是非。

张璁认真地说：“君无戏言，陛下之命，臣不敢从。陛下今日免朝，乃是圣人之心，作为臣子，颂扬犹且不及，谁能分派不是！若有人定要议论陛下今日免朝不是，这个不是，应由臣与桂萼完全担下。至于陛下其他不是，臣见一事，进一言，不敢欺瞒，亦不敢分担。”

此言逆耳，皇帝有些不快：“张爱卿也说得出朕的不是吗？”

张璁不改口，实实在在地说：“臣愿为陛下言一事。陛下访查臣二人，降旨五城兵马司足矣，不必差派东厂。东厂不奉明旨，还要生事；东厂一出，城乡骚乱，鸡犬不宁。故以少差派为好。”

皇帝转怒为喜，说道：“杨阁老以前朝为鉴，也多次进言，要朕慎用内臣；但他讲的没有爱卿率直。好，但愿你能记住今天的话，见一事，进一言。”

君臣初次见面，通过简短的对答，彼此有所了解，有所默契。皇帝对张璁的持重很满意，张璁对皇帝的少年老成也大为折服。

皇帝稍稍沉吟，说到今晚宣召张璁的用意：“张爱卿今日差人去会馆传话，事虽小，却想得很周到，办得很得体。你在危难时，仍念念不忘奉旨入朝，念念不忘朕要宣召，足见赤诚之心。朕召你与桂萼入朝，本想你等与众臣辨析。但内外汹汹，你二人若置于众人之中，轻者，或受辱骂；重者，将受殴击。别说郭爱卿担心有人将不利于你二人，就是朕也在担心。朕想了又想，辨析应放在后面，第一步，应将你二人在朝廷安顿下来。故你二人来到京师几天，朕一直未加宣召。这几天，朕一直在想安顿的事。”

张璁应道：“臣知入朝辨析，不是易与之事。皇考之争，对臣子而言，如父母般，岂有不上心的？争辩起来，定是情绪激昂，言语莽撞。若臣一二人，虽置身其中如置身虎穴，亦无所惧。若陛下亲临主持，而受惊吓，则臣虽万死，不足以赎之。故臣亦不敢轻言辨析。陛下先将臣等安顿下来，再行辨析，是对臣等的爱怜，臣不胜感荷。臣想，陛下欲臣二人与众臣辨析，因内外汹汹，有所顾忌；陛下欲安顿臣二人，内外汹汹不已，也会有所顾忌。”

“朕的确有所顾忌，不然，何不早日将二卿安顿下来？”皇帝道，随即又向前探探身子，说，“内外汹汹，朕甚苦之，甚感无奈。朕不畏祸，祸福愿与卿共之。但如何应付此局面，还望张爱卿教朕。”

“内外汹汹，将无数污言秽语加于臣身，陛下明鉴，臣无须辩，”张璁先表白一句，接着，果断地说，“天子至尊，明如日月，威如雷霆，谁敢抗争！纵有一二丑类，敢遮日月之光，敢当雷霆之怒，用锦衣卫数力士足矣。”

皇帝一怔。议礼，全在一个议字，用锦衣卫力士，就不是议论的议，而是压抑的抑了。他微微摇头：“皇兄武宗皇帝用锦衣卫力士止谏，朕用锦衣卫力士止议，天下后世将视朕为何等之君！”

张璁不慌不忙地辩道：“武宗皇帝用锦衣卫力士，为逞一己之快；陛下用锦衣卫力士，是为万世立法。其间相隔霄壤，不可同日语。再者，天下有道，礼乐自天子出，这是圣人的话，众臣难道真不知这个道理？以孝宗皇帝为皇考，抑或以兴献皇帝为皇考，是陛下家事，陛下当自定之。以孝宗皇帝为皇考，抑或以兴献皇帝为皇考，关系礼法之兴衰，为万众所瞩目，陛下当自定之。”

皇帝赞道：“论得精辟！”

他不知在赞用锦衣卫力士的道理，还是在赞礼乐自天子出的道理。皇帝尚在少年，读书有限，坚持议礼是出于对兴献皇帝的情感，道理讲不出多少。内阁大臣和翰林院官讲经筵，都是相反的道理，或避过议礼之事，泛泛地讲些其他的道理。张璁、桂萼等奏疏，讲过不少这一类的道理。但长篇宏论，皇帝未必读得进去；司礼太监来讲，未必抓得住要领。张璁短短几句话，一字字都说进皇帝的心里。

领悟礼乐自天子出的道理，也就想好对张璁、桂萼的安置。皇帝说：“张爱卿，你与桂萼的安顿，朕已想好。朕要你二人任翰林院学士，掌翰林院事。朕要方献夫任翰林院侍讲学士。还有，朕要席书任礼部尚书，早已降旨；明日再降一旨，催他速速上任。张爱卿，你和桂萼明日即去翰林院办事，好好看一看那班翰林们如丧考妣的样子。”

翰林院学士，极为清要显贵，往往加以尚书或侍郎的职衔。张璁中第只有三年，以正德十五年计，也不过四年，官只是主事；而以几本奏疏，一席夜话，骤然升至此位，在本朝是从未有过的际遇。

汪俊致仕，以席书升补，是三月间的事。当时南直隶赈灾正在紧要关头，席书没有赴京。现在，赈灾已毕，不该再拖延。所以，皇帝要催他赴任。方献夫销假还朝，复官为礼部员外郎，因议礼，被众官员视为异类，再乞给假。皇帝不准，早有心重用，这次与张璁、桂萼一起被安置在翰林院任职。

第五十章

翰林院编修王元正见到杨慎，愤愤地说："用修兄，别人有顾忌，不来找你，我却没有顾忌。斋翁的训诫，到了今日，还不该破一破吗？"

杨慎身后的墙壁上，贴一尺见方的两个大字：敛束。谁都知道，这是杨廷和致仕前，对杨慎的训诫。杨慎本就不是个狂傲之色形之于外的人，这几个月来，他谨言慎行，更像换了个人。

"舜卿兄，饮口茶，消消气。"他把自己用的茶具推给王元正。

王元正字舜卿，陕西盩厔人，与杨慎同是正德六年的进士。

王元正把茶杯推开，说："这口恶气，怎消得去？试看今日之翰苑，竟是谁家之天下！入得衙门，仰视豺狼，一之为甚，岂可再乎？用修兄，我要向你讨个说法。别人劝我，用修兄有他的难处，不要再难为他。可我不能不来。我不来，对不住用修兄，也对不住介夫老先生。"

"舜卿兄同年之谊，至爱之情，弟深感之，"杨慎说着，一揖到地，"其实，舜卿兄不来找我，我也要去找舜卿兄。敛束，是父亲大人赠与我的训词，而不是父亲大人加于我的枷锁。收敛也有尺度，也有限度。事关个人可以收敛，事关国家不可以收敛；事关琐屑可以收敛，事关大礼不可以收敛；事关财物可以收敛，事关名节不可以收敛。今日之事，关乎国家，关乎大礼，关乎名节，我决意不再收敛。我最敬重西涯先生，西涯先生在天之灵，一定要我不可再收敛。我最爱戴父亲大人，父亲大人远在川蜀，一定也要我不可再收敛。要讨我的说法，舜卿兄请看。"

说着，他把自己刚刚拟就的一篇疏稿递与王元正。

疏稿写道：臣等与璁、萼辈学术不同，议论亦异。臣等所执者，程颐、朱熹之说也。璁、萼等所执者，冷褒、段犹之余也。今陛下既超擢璁、萼等，不以臣等之言为是，臣等不能与同列，愿赐罢斥。

"言简意赅，写得好！张璁、桂萼正是今日之冷褒、段犹，"王元正说着，试问，"我欲在用修兄这篇奏疏上署名，可乎？"见杨慎摇头，他说，"我知用修兄高洁，不愿与人同疏。我另拟一疏就是。”

杨慎说：“误会！舜卿兄向来仔细，怎么没有看出来，我在几处写的都不是臣，而是臣等。既曰臣等，便是众人上的奏疏。”

见王元正还不甚了然，杨慎进一步解释他的想法：“众翰林中，耻与张、桂同列者，不止你我。但有多少人因耻与张、桂同列，宁愿罢斥，你我心里却没有底数。何不以此疏相号召，使同志者皆签署。签署既众，声势则大。也好让皇上听到众人的呼声，让张、桂之流知道，翰林院中终究是正人为多，奸邪必难容身！”

“用修兄说得是，此疏众翰林签署为好，”王元正说着，又想了想，“多官同疏，是件很张扬的事。虽然用修兄决意不再收敛，还是由我去翰林院宣读此疏吧。”

“多谢舜卿兄能体察我的处境，拜托，拜托。”杨慎揖手称谢。

翰林官们争相签署，加上杨慎、王元正，竟有三十六人之多。侍讲学士丰熙出外办事，回衙门晚，没赶上签署，对杨慎发几句牢骚。杨慎不得不应允，日后与他再上一疏。

张璁、桂萼的反应，是请辞学士一职，并提出，和众臣，当然包括众翰林廷辩。廷辩的题目为两考之失。

皇帝的反应，是给上疏的众翰林官不轻亦不重的处分：罚俸。众人罚俸一个月，杨慎起草该疏，罚俸两个月。

第五十一章

七月十五日，朝廷上，人人心绪不安；京城里，人人感觉异样。

吏部尚书乔宇在这一月的初六日已经致仕，他没有马上离开居大不易的京城，返回山西老家，主要不是因为有多方应酬，而是为等家乡送来银两，做搬迁之用。为官多年，为高官多年，到致仕时，竟然家无余赀，恐怕是许多人想不到的。

不用早起上朝，乔宇仍保持着往日的习惯，天不亮就起身，稍稍活动一下，在刘氏、许氏二妾的侍奉下用早饭。

乔宇今年六十有一，刘、许二氏均不到四十岁，仍然风姿绰约，且出身世家，都是绝顶聪明。乔宇对二妾爱若明珠，亲自教授。刘氏爱诗词，他教授以诗词；许氏爱文章，他教授以文章。乔宇的诗文，师从李东阳，有大家气候，在他的调教下，刘氏、许氏的诗文也堪称上乘。

“皇上准我致仕，有十日吧？”他啜了一口粥，问道。今日不知为何，早饭吃得没有一点儿滋味。

刘氏才要答话，许氏拍拍她的后背，她又把嘴闭上。许氏掰下一小块馍，说：“老爷张嘴，吃下这口馍，我再告诉你。”

乔宇知道她要哄自己多吃些，笑了笑，任其摆弄。

“这才对嘛，”许氏心满意足地说，“老爷致仕，今天正好是第十日。老爷还没老糊涂，不知皇上为何肯让老爷走。”

乔宇说：“不是皇上让我走的。”

这话十分古怪，许氏问：“那是谁让老爷走的？”

“是介夫先生让我走的，”乔宇说着，沉溺于回想之中，“介夫先生致仕时，我应承他，再勉力支撑半年。半年之期已到，我已践诺。”

“老爷要不要听我抱怨介夫先生几句？”许氏又掰下一块馍，“老爷吃下这口馍，我才肯抱怨。”

乔宇依照他的吩咐，边嚼馍，边说：“好，你来抱怨。”

许氏说：“介夫先生明知要勉力才能支撑，甚或勉力亦不能支撑，他却拔腿就走，留下老爷在朝中勉力支撑，实在有欠公允，有欠厚道。我看，不仅我该抱怨他，老爷也该抱怨他。”

乔宇摇头：“我有三个理由，不能抱怨他；我看，你也不必抱怨他。”

“三个理由，岂不太多？”许氏噘起嘴，“老爷须吃一口馍，我和姐姐才肯听你絮叨。”

乔宇咽下馍后，细细道来：“其一，皇上最容不得的是介夫先生，还是我？我若抢在介夫先生前面致仕，岂不是抬高自己的身份？所以，介夫先生走在先，我走在后，无可抱怨。其二，介夫先生以谏织造事致仕，对首辅而言，这是个很小的题目。堂堂吏部尚书于同时为同事致仕，岂不贻笑大方？所以，我不能与介夫先生一同致仕，无可抱怨。其三，介夫先生致仕，敬之先生首当其冲，必不能久任。果然，他在五月致仕。我若在介夫先生致仕后，匆匆求去，在局外人看来，岂不有如鸟兽散？所以，介夫先生走后，我再支撑半年，无可抱怨。两位小夫人看，我这三个理由哪一个是不能服人的？”

“每一个理由都可以服人，可每一个理由也都牵强得很。”许氏说。

这两句评语可谓恰当之极，三人都忍不住笑出声。

刘氏乘机劝道：“老爷再多用些食物。”

乔宇实在没胃口吃，可又不忍心拂刘氏的心意，于是说：“她要我吃馍，总有些理由；你要我吃馍，也该有个说法吧？”

刘氏说：“妹妹要老爷吃馍，老爷无不应，有什么理由？不过，我若学她，施以娇嗔，老爷又要说我亦步亦趋。不如这样，我说一说老爷今早不思茶饭的理由。说得对，不必理会；说得错，老爷吃一口馍。”

许氏拍手：“这个主意不落俗套，甚好，甚妙！”

“好，看你如何算计。”乔宇答应。

刘氏问：“老爷因为想起与介夫先生之约，心绪不宁吗？”

乔宇摇头：“我并未负介夫先生，为何要心绪不宁？”

刘氏掰下一小块馍，塞进他嘴里，说：“下次老爷自个儿吃，莫等我动手。”又问，“杨晋书先生尚未赴京，老爷是为吏部的事操心吧？”

乔宇说：“晋书先生一时不能到任，吏部还有何子元先生，何需我操心！子元先生看似一介书生，实则大器已成，应付吏部的事务，游刃有余。晋书先生赴不赴任，我都不必操心。我看，晋书先生在南京舒心得很，他与席文同不一样，八成不会应命北来。”

杨旦字晋书，福建建安人，弘治三年进士，嘉靖二年任南京吏部尚书。乔宇致仕，廷推数人补缺，皇帝点杨旦。这或因为他是大名鼎鼎的“三杨”之一的杨荣的曾孙；更重要的原因则是，朝廷的各部尚书在议礼中都有明确的立场，不可再用，而对远在南京的杨旦可以放心些。但乔宇以为，第一，杨旦并不热衷于功名，第二，杨旦对议礼的态度即使不全同于朝廷大臣，也绝不会全同于张璁、桂萼、席书等。所以他断定，杨旦对改任一事不会热心，他很可能借故推托，甚至为此而去官，也在所不惜。

乔宇不是挂念吏部的事，不是挂念由杨旦掌吏部，还是何孟春代署吏部。他在为其他的事情心绪不宁。

刘氏还要猜测他的心思，被他一个手势止住。

“你二人只怕我饿出病来，就不怕我吃出病来？”乔宇道，“为何心绪不宁，我自己也说不清楚，你又怎么说得清楚！我心绪不宁，只是觉得今天要出事。可今天到底会出什么事呢？”

他苦苦地思索着。

第五十二章

蒋冕致仕后，毛纪、费宏依此晋为首辅、次辅，同时，以掌詹事府事吏部尚书石珤补入，为三辅。

石珤与毛纪是同科进士，并同选庶吉士。在前，内阁蒋冕、毛纪、费宏三人都是成化二十三年进士。现在，内阁还是成化二十三年那一科的一统天下。

这一日，他在内阁值房里踱来踱去，自语道："奉先殿侧别建兴献祀室，不妥，不妥。"

毛纪走入，恰好听到。他问："邦彦兄也感到不安吗？"

如此问法，显然包含不满情绪。石珤曾掌翰林院事，曾掌詹事府事，曾主考正德十五年、嘉靖二年两届会试，门生众多。毛纪觉得，朝廷上下不能在议礼中完全保持一致，他的态度起很重要的作用。

不错，石珤确实很称赏张璁的胆识，在张璁授官南京时，对他勉励有加；确实很称赏熊浃的标新立异，在熊浃外放河南参议时，对他勉励有加；确实很体谅皇帝的心情，支持过尊崇皇帝本生父母的立议。他的想法，兴献王称帝，兴王妃称后是不可逆转之势，无可厚非。

但以后的种种变化，如兴献王称皇帝、本生皇考，兴王妃称太后，称皇太后，乃至在宫中别立一室奉祀兴献皇帝，他越来越感到不能适应，越来越感到无法接受。

回过头去想一想，三年的议礼，是一环一环相扣，一步一步走过来的。

他深悔当初持议之偏，持议之非。所以，当张璁授翰林院学士，意气风发地前来拜晤时，他推说身体不适，回绝不见。原来存在十二人间的友善因此而断绝。

毛纪的不满，或还有责备，石珤都不以为过。但他不想过多地自责，过多地反省。要紧的，是对已成的局面加以补救。

"不错，对奉天殿侧别建兴献祀室，我感到不安，而且是深感不安。这件事一定要劝止。我愿与维之兄、子充兄勠力而为。"他说。

费宏走入，听到后半句话。他问："邦彦兄在与维之兄说何等重大之事，须得内阁三公戮力而为，加以劝止？”

石瑹方欲重复，忽然紧皱双眉，改变话题。他不安地问：“维之兄，子充兄，外面发生何等之事？”

毛纪、费宏仔细地听，好似听到什么，又好似什么也没听到。

毛纪回到方才的话题：“邦彦兄在说，奉先殿侧别建兴献祀室不妥。”

“原来邦彦兄要劝止此事，”费宏道，“邦彦兄，你说要劝止，维之兄也说过该劝止，我也以为该劝止。可以今日的情势，怎样劝才止得住，二兄可曾费心想过？”

“建室另祀，是议礼议出来的，我以为劝止其事，也当以礼议之。建室别祀非礼，明矣，故——”石瑹发觉费宏心不在焉，似听非听，不高兴地说，“子充兄，弟之议论有不足取处，还请指教。”

“建室另祀，当以礼议之，所见极是。弟不知怎么一下子走神，歉甚。”费宏向外指了指，问，“维之兄，邦彦兄，外面发生何等之事？”

毛纪、石瑹仔细地听，好似听到什么，又好似什么也没听到。

“邦彦兄言犹未尽，请继续说。”毛纪先定下神来。

石瑹记不起方才的话题，又说起另一层意思：“皇上承列圣之统，总百神，临万方，凡事皆须慎重。非正人之说不可听，千百年不易之典不可干。非正人者，并非泛泛而指，但对皇上言及其事，也不必——”

“且稍住，”毛纪打断他的话，“二兄请听，外面发生何等之事？”

费宏、石瑹仔细地听，好似听到什么，又好似什么也没听到。

自三辅，而次辅，而首辅，相继提出同样的问题，谁也找不到答案，再议事绝无可能。

第五十三章

兵部职方司主事郑晓来到堂上，向金献民行过礼，问道："舜举先生唤下官来，有何吩咐？"

去年十月，兵部尚书彭泽致仕，金献民自左都御史改掌兵部。

"来，窒甫，坐下说话。"金献民亲切地与郑晓招呼。

郑晓字窒甫，浙江海盐人，嘉靖二年进士，在兵部试职一年，实授时，仍留在兵部。他以才情为公卿大夫所重，在礼节上却大而化之，金献民要他坐，他毫不客气地在堂官面前坐下。

金献民摆开闲谈的架势，随意问道："窒甫，我听说你家尊亲不愿你读书，可有此事？"

"半是谬传，半是误解。"郑晓说，"家父为下官起的乳名，叫阿文。他若真不愿我读书，何不叫我阿富、阿贵、阿猫、阿狗，而偏偏要叫阿文呢？或曰，叫我阿文，是因我从小文弱。这又是谬传。下官从小顽皮，体魄健壮，日间与一伙顽童爬树捉鸟，夜间与另一伙顽童循沟捕蚌。叫我阿文，非为我文弱，实盼我读书，明矣。"

"可我听说，你到八九岁时，仍披一件破棉袄，在乡间闲逛。盼你读书，似不应如此。"金献民道。

士子中第，总有些他们的故事从家乡传到京城，再向四面广为传播。多数的内容是表彰，也有的内容是贬抑。关于郑晓孩童时的故事，说不上是表彰，还是贬抑。

"家父不是不愿我读书，而是不愿我受读书之苦，"郑晓辩道，"我乡里有一位姓土的诸生，说我昂藾丰颅，苍颜凤目，乃富贵之相，何不令学！舜举先生，相者之言实不可信。我这同一张脸，在海盐，善相者说是富贵之相；在京城，善相之人说是落魄之相。你说我信谁？家父大人听善相者之言后，说道：吾父积学一生，仅官提举。吾学数十年，碌碌不自拔。吾父子教授乡里弟子凡数百，显者有几？读书良苦，我不忍以读书苦吾子。家父非不愿我读书，不愿我受苦，明矣。"

"尊亲不愿子辈受苦，怎么终于还是让窒甫读书？"金献民问。

“下官幼时即喜爱读书，然不善选择。我曾向乡邻借来《步天歌》及天文诸书，白日抄录，夜间步量城楼，观察星象。家父取杂书焚之，告诫我说：这一类书，国家律令所严禁，尔读之无益。且远视星日，丧明之道。古人精于此者，少得善终。从此，家父教授我读经读史读诗读文。我乡试得第一，会试入二甲，皆家父教授之功。”

金献民叹曰：“果然，世传尊亲不愿你读书，半是谬传，半是误会。如尊大人者，可谓善施教也。窒甫，你一举中第，尊亲可长舒一口气吧？”

“非也。”郑晓道，“得捷报日，家父喜忧参半。下官请家父教示，家父说，从此能为国家办事，诚可喜；少年得志，许多学问还没作通，许多做人的道理还没学懂，猝当大任，诚可忧。”

“尊亲期于窒甫者甚伟，故有此忧。其实，也不必过虑，我朝少年得志，卒成大业者不少。近者如西涯公、邃庵公、石斋公，比窒甫还要早成。他等出将入相，哪个不有一番业绩？窒甫当好自为之。”

“多谢舜举先生激励，”郑晓揖道，并说，“西涯公、邃庵公、石斋公都是当世奇才，我不敢以此数人自期，但也绝不让吾公失望。”

“好，少年立志，不愁功业无成。”金献民道，提到杨廷和，他想起一事，问道，“听不少人说，窒甫对介夫先生成见很深，却为何事？”

“我对介夫先生成见很深？这是从何说起！”郑晓叫屈。

金献民看他真的大惑不解，也觉奇怪，不由追问一句：“并无此事吗？”

“绝无此事！”郑晓断然言道，“我对斋翁的学问、人品，一向是十分敬重的。舜举先生听人说我对斋翁有成见，可听说是为何事？”

“好像是为一篇文章的事，”大约是传来传去，金献民也说不太清楚，“介夫先生请窒甫代写一篇文章，窒甫愤然宣称，不为首相捉刀。听说介夫先生约请的说客很是难堪；他回报介夫先生，介夫先生也很是难堪。”见郑晓失声而笑，他问，“怎么，当真是谬传？”

“并非一般的谬传，简直是谬之千里。”郑晓说着，详述内情，“介夫先生命我写一篇文章，确有其事。是有人将叔厚先生离京时，朝中诸公馈赠的诗文汇集付梓，序文自然要由介夫先生来作。介夫先生拟好题目，我记得是《彭泽父老送渊明致仕序》，命我代笔。我不曾应介夫先生之命，也确有其事。我不曾应命，不是因为对介夫先生有成见，而是别有原因。为介夫先生传命者，是董翰林文玉先生。那时，我尚未在京城购置房宅，我和家父租赁一处客房住。我和文玉先生在外间说话，家父在里间歇息。文玉先生说明来意，我亟欲应允，又有些犹豫。有心应承，原因有二：

想在士大夫间，试一试笔，按照家父后来的说法，无非要卖弄，这是其一；介夫先生出的题目极佳，读书人见到好题目，如同商贾见到珠玉，嫖客见到佳丽，欲舍不能，这是其二。至于为何犹豫，我也说不清楚。我想，在与文玉先生的对答中，我既欲应承，又在犹豫的心情表露无遗。就在这时，家父在里间咳嗽一声，唤我进去。我见家父神情不豫，懵懂中有所悟：我所以犹豫，无非是不知家父愿意不愿意我应承。见家父的神情，我知道他不愿意我应承。我低声说：杨相之命，儿子回绝吧。家父眉宇舒展，点了点头，低声说：理当如此。后学初入仕，立即通谒相府，他日何所不至！我这才彻底醒悟，介夫先生之命为何不可应承。文玉先生本以为，我已然应承，家父也不会反对，他可以回去复命，没想到是相反的结果。他沉默片刻，说：久闻尊公能教，果然。他会有一些难堪，但不至于很是难堪；介夫先生大度，更不会很是难堪。”

金献民听得入神，赞道：“原来又是一段尊亲善于施教的佳话。”然后，变一种口气，招呼道，“窒甫。”

郑晓知道，叙过闲话，就要进入正题。他站起来，躬身道：“舜举先生有事，但请吩咐。”

“窒甫请坐，”金献民指指座位，等郑晓坐下，他说，“窒甫是有见识的人，且看此事当如何处置。”

说着，取出一函，递过去。

“舜举先生，何事？”郑晓边接函，边问。

“是韩汝节的大札，窒甫自己读吧。”金献民道。

韩邦奇在浙江按察佥事任上，因开罪浙江的几员太监而罢免，现官山西参议。他在给金献民的私函中写道：大同巡抚张文锦以参将贾鉴督修五堡，严厉寡恩，军卒怨愤。堡成，张文锦欲以大同镇卒二千五百家戍守，官卒均推诿不行。或请募新丁，可免除家小之虑。张文锦不从，却命亲兵先往，看谁敢后！

张文锦字谙夫，北直隶安丘人，弘治十二年进士。宁藩作乱时，守安庆有功，嘉靖元年以右副都御史巡抚大同。

读罢韩邦奇的信札，郑晓道：“谙夫先生驭下，不如许抚；军卒思乱，过于甘镇。大同堪虞！”

他说的许抚，指前甘肃巡抚许铭。许铭正德十六年四月到任，嘉靖元年正月，即为乱卒所杀。不过，甘肃军变，主要是因为该镇总兵官李隆与许铭不合而引起，和眼下大同军伍普遍不满，不可同日而语。

金献民说："是啊，张谙夫五月上疏言道，在大同城北九十里外增设水口、宣宁、只河、柳沟、桦沟等五堡，以为耕守计。大家都说，他此事办得好，胜过前几任许多；有他守大同，朝廷对北边可以放一半心。皇上还特别降敕奖掖。谁知他操办起来，竟是如此急切。大同不出事才怪呢！"

"听说，张谙夫赴任前，济物先生曾有交代，提醒他须防激变。谁知他还是一意孤行！果如舜举先生所言，大同将要出事。"郑晓叹道。

他说的济物先生，即前任兵部尚书彭泽。

"窒甫说什么，今天要出事？"金献民突如其来地问一句。

郑晓一惊：他说的是大同将要出事，何尝说过今日要出事？但细想一想，二者相差也不太远。

"不是今天要出事，只怕出事之日不远。"他说。

金献民问："窒甫看，还有没有预防的法子？"

郑晓为他筹措："预防之法，无非有二。一是取消大同军卒戍守新堡的成命，二是召回谙夫先生，另委大员。不过，兵变若已在酝酿之中，取消成命和调换都堂，怕也无济于事。"

"既如此，须得应付急变。"金献民自语。

郑晓也突如其来地问道："舜举先生说什么？今天有急变？"

二人在叙闲话时，显得十分轻松，而在议正事时，又显得过于紧张。大同之事堪虞，大同之事不为不急，但二人的心思好似都不在大同，而在朝廷。不在日后大同会发生什么事，而在今天朝廷会发生什么事。

第五十四章

秦金邀户科都给事中张汉卿至户部叙话，张汉卿不情愿去，又不能不去。虽说六科和六部，包括户科和户部，常因公务上的事有冲突，但正德六年的进士不能不给弘治六年的进士一些面子，正七品的都给事中不能不给正二品的尚书一些面子。

“元杰，你可给我出道难题。”秦金说。

张汉卿字元杰，河南仪封人，正德六年进士。

“国声先生是说上一月我的奏疏吗？”他问句不需要回答的话。

上月，他上疏论劾席书赈灾时乖张累民，想来，皇上把这事交与户部议处，所以秦金才会找他。

“我不过说他乖张，算不得什么大事，国声先生不必为他不平。”张汉卿不以为意地说。

“大事？今天又有什么大事吗？”秦金不清不楚地问道。

席书赈灾乖张算不算大事，怎么变成今天有大事，张汉卿甚是不解。他以为自己听错，也不追问，仍然按照自己的思路说下去：“侵渔赈灾款物，算不算大事？我因侵渔事大，不便轻论，只论他乖张，已经很慎重。赈灾是朝廷大事。若说侵渔款物是传闻，乖张累民是传闻，户部不便论劾；户科论劾，却是当然之义。户科的作为，向来不会算在户部的头上，国声先生怎说我给户部出道难题？”

“我听说席文同在江北赈灾，全活甚多，各州、县都在歌颂他的功德。这一传闻与元杰听到的传闻截然不同。这且不去说它。”秦金道。他的难处不在于哪一传闻为实，而在于户部的职掌。“元杰想过没有，席文同赈灾，向户部要钱要粮，户部无法满足其数，连一半都没给到。席文同说户部对赈灾之事不尽心，户部有口难辩。现在，你说他乖张累民，有人说他侵渔款物，皇上要户部察勘，你说户部怎样裁定？”

“这有何难！”张汉卿头脑灵活，马上为秦金想出一个主意，“他在江南江北赈灾，到底全活甚多，功德无量，还是乖张累民，还是侵渔款物，总要查个水落石出。若是怕户部不好裁定，何不请准圣上，由他部派员，同往查勘？国声先生只说，若有侵渔，事干刑律，请刑部亦差员，圣上一定会准。查实席文同侵渔，自有刑部拟他的罪，户部不必和他纠缠不清。”

秦金想一想，说：“元杰机敏，法子果然不错。不过，席文同升任礼部尚书，大事已定；查勘不查勘，都不会有改变。”

他要说的是席书升任礼部尚书之事已定，不知怎么口风一转，偏偏说成大事已定。

“大事已定？”张汉卿听他这话，有所触动，匆忙告辞。

第五十五章

这一天，皇帝降旨免早朝，毛纪、费宏、石珤回内阁，金献民拉郑晓回兵部，秦金约好张汉卿回户部，但多数官员并没散去。众人在左顺门外听何孟春讲前朝群臣的一次争礼。

何孟春讲道：宪宗皇帝时，有两位皇太后，一位是英宗皇帝的皇后钱氏，一位是英宗皇帝的妃子、宪宗皇帝的生母周氏。钱太后崩，周太后不愿她与英宗皇帝合葬，而要把与英宗皇帝合葬的那个位置留给自己。宪宗皇帝命群臣议行，众人一致主张，钱太后应葬于裕陵，祔庙。宪宗皇帝母命难违，犹豫不决，礼部尚书姚夔率群臣伏哭于文华门外，自巳时至申时，终于感动宪宗皇帝。

秦金、金献民，以及刑部尚书赵鉴、工部尚书赵璜、掌通政司工部尚书俞琳在衙门里坐不住，先后赶来时，何孟春的故事刚刚讲完。

“这是国朝故事，可以仿效。”何孟春说着，看杨慎一眼。

杨慎慨然言道：“国家养士百五十年，仗节死义，正在今日！”

王元正跳出来，说：“光耀祖宗，万世瞻仰，在此一举。不肯力争者，上苍厌之，众人击之。谁要退后，从我身上踏过！”他站得靠后，复向后两步，面对宫阙，右腿向前跨出，就势跪倒。

户科给事中张翀与他并排跪下，说：“好，我与舜卿兄同在。”

金献民道：“子元先生讲的是成化年间的故事吧？成化年间的老人所剩不多，我算是一个。那一次争礼我没赶上，这次争礼不能再落后。”他走到王元正、张翀身边，说，“后生可畏。来，给我让出一块地方。”

他做出表率，随他跪倒的官员不在少数。

何孟春一跺脚，说：“哭谏是我倡议的。言在前而行在后，真正愧煞人！我等为孝宗皇帝争礼，弘治朝的进士不可辱没先帝。”

王元正、张翀说以身体挡住众人的退路，其实是挡不住的。只是众人为他二人的气势所震慑，即使想要离开这是非之地，也迈不动腿。不过，他二人的举动有迫人就范之意，故响应者寥寥。是金献民之举带动一批官员，何孟春之举带动又一批官员，再看左顺门前，跪倒的官员和站立的官员差不多各有半数。

忽然，跪倒的官员中有人呼叫一声“太祖高皇帝”，若有所诉。接着，有人呼叫一声“孝宗敬皇帝”，放声大哭。刹那间哭叫声响成一片。于是，仍然站立的官员再也站立不住，纷纷跪倒，加入哭谏的行列。

他们当中，六部、都察院的堂上官，除几位尚书和暂署吏部事的侍郎何孟春外，还有：吏部侍郎孟春、礼部侍郎朱希周、刑部侍郎刘玉、都察院副都御史王时中、张润，计十人。

他们当中，各司寺的堂上官有：寺卿汪举、潘希曾、张九叙、吴祺，佐卿张瓒、陈霑、徐文华、张缙、苏民、金瓒、葛禬、袁宗儒，加上顺天府府丞张仲贤，计一十三人。

他们当中，翰林院官有：掌詹事府事礼部侍郎贾詠，侍讲学士丰熙，侍讲张璧，修撰舒芬、杨维聪、姚涞、张衍庆，编修许成名、刘栋、张潮、崔桐、叶桂章、王三锡、余承勋、陆釴、王相、应良、王思，检讨金皋、林时，加上杨慎、王元正，计二十二人。

他们当中，给事中有：张汉卿、刘济、安磐、张原、谢蕡、毛玉、曹怀、张嵩、王瑄、张廷、郑一鹏、黄重、李锡、赵汉、陈时期、郑自璧、裴绍宗、韩楷、黄臣、胡纳，加上张翀，计二十一人。

他们当中，御史有：王时柯、余翱、叶奇、郑本公、杨枢、刘颖、祁杲、杜民表、杨瑞、张英、刘谦亨、许中、陈克宅、谭缵、刘翀、张录、郭希愈、萧一中、张恂、倪宗岳、王璜、沈教、锺卿密、胡琼、张濂、何鳌、张曰韬、兰田、张鹏翰、林有孚，计三十人。

他们当中，各部属官有：吏部郎中余宽等十二人，户部郎中黄待显等三十六人，礼部郎中余才等十二人，兵部郎中陶滋等二十人，刑部郎中相世芳等二十七人，工部郎中赵儒等十五人，计一百二十二人。兵部属官中包括主事郑晓。

他们当中，大理寺属官有：寺正毋德纯等十一人。

以上总计二百二十九人。

第五十六章

皇帝先是在御座前走来走去，接着一屁股坐下。走得急，他的脸色涨得通红；一静下来，又变得煞白。他的两只手在胸前扭来扭去，好像恨不得把对方扭断。

二百多名大臣在左顺门外恸哭呼号，声动大内，皇帝惶惑不安。恰好阎洪在奏事，皇帝立即差他去向圣母皇太后讨教。

张佐来迟一步，一动不动、一声不出地站立一旁，唯有两只耳朵警觉地竖起来。他知道，皇帝一时不会降旨；但还是怕听漏皇帝的一句话，一个字，甚至一声低吟，一声叹息。

阎洪的身影一出现，皇帝马上起身迎过去，问道："母后怎说？"

阎洪奏道："圣母皇太后说，张先生之议很好，彼等敢抗天子之命，用锦衣卫数力士足矣。但还有一句话，皇上切切要记住：先礼而后兵。"

"母后这是要我先谕退众臣，"皇帝正确理解慈训，并问，"彼等不退，又如何？"

阎洪奏道："圣母皇太后说，彼等不退，皇上当再劝谕，即可谓仁至义尽。"

"正当如此，"皇帝点头，随即命张佐，"你去传谕众臣，他们的意思，朕知之。他们可回去写疏呈进，待朕阅后定夺，不要在宫外喧闹。"

张佐匆匆向左顺门方向走去。

皇帝又是走一走，坐一坐。这回轮到阎洪一动不动、一声不出地站立一旁。不像张佐早在皇帝面前站立惯，他只有在心里祈道：众官快散去吧，张哥快回来吧。

张佐又匆匆返回。一看他的模样，就知不会有好消息。但皇帝还是问道："众人怎说？"

张佐奏道："众人必得谕旨，方肯退去。"

皇帝哼道："什么谕旨，还不是要朕屈已从善！"复命张佐，"你再去传谕，还是那句话：他们可回去写疏，不要在宫外喧闹。"

张佐再回，带来一张名帖。他说："奴才要守左顺门的公公录下的，爷或用得着。"他以为琢磨透皇帝的心思，满脸的得意之色。

显然，左顺门外聚集的官员仍不肯退去。

皇帝扫一眼名帖，说：“朕不要这多人，朕只要领头倡乱的人。”

“他们没看清谁是领头倡乱的，奴才也来不及查问，不敢乱说，”张佐不再那么得意，但仍有应对之词，“爷圣明，自然知道谁领的头。”

皇帝不难为他，操起御笔，自己圈点。各衙门的堂上官，他一扫而过，在一列翰林院官的名字上，他稍稍犹豫，圈住丰熙。

“不治一治他，翰林院里哪有张、桂二卿的位置！”他心里说。

下面的人，他有的知道，有的不知道；知道的，印象也不太深，圈点谁，全凭兴之所至。在给事中里，他圈点张翀；在御史里，他圈点余翱；在吏部属官里，他圈点余宽；在户部属官里，他圈点黄待显；在兵部属官里，他圈点陶滋；在刑部属官里，他圈点相世芳；在大理寺属官里，他圈点毋德纯。

“这八人领头倡乱，可下诏狱。”他命道。

司礼监官至左顺门传旨，锦衣卫官校如狼似虎，将丰熙等八人解入诏狱。果如张璁所言，对付敢于抗命的大臣，力士数人足矣。

左顺门外哭谏的众官，并不因为皇帝的震怒而屏息，并不因为锦衣卫官校逞威而畏缩。已然抗命，索性抗下去。他们更大声地哭号，更大声地倾诉。左顺门外的声音，前一时是时高时低时隐时现地传入大内，现在则是高亢持续地传入大内。

皇帝怒不可遏，复传旨：左顺门喧闹的官员，四品以上者于午门前宣谕停俸，五品以下者各下诏狱杖之。

要打的都是皇帝的死对头，行杖者谁敢姑息，谁敢做手脚！每一杖都实实在在打在受杖者的皮肉上。翰林院编修王相、王思，给事中张原、毛玉、裴绍中，御史张曰韬、胡琼，郎中杨淮、胡琏，员外郎申良、张瀔，主事安玺、仵瑜、臧应奎、余祯、殷承叙，司务李可登，共十七人，或当场死于杖下，或杖后不久疮发身亡。

五品以下官员杖刑后重者或遣戍，或罢斥，轻者罚俸：丰熙戍福建镇海卫，杨慎戍云南永昌卫，王元正戍茂州卫，张翀戍瞿塘卫，刘济戍辽东，安磐、张汉卿等斥为民，徐文华罚俸四月。

四品以上官员未受杖刑。大概在皇帝的意识中，职官升至四品以上，才可以称作大夫，才可以免加刑罚。对他们也没有立即加以处分。唯一的例外是何孟春，皇帝责备他倡众逞愤，非大臣事君之道，法宜重治，姑且从轻，夺俸一月。不久，他被改调南京工部左侍郎。朝廷调南京，已是一种贬抑；吏部改工部，又是一种贬抑；南京六部只设侍郎一员，南京工部现有右侍郎，复以何孟春为左侍郎，更是一种贬抑。何孟春一出京师，即上疏乞休，皇帝当然不会让他轻易去官。

朝廷议礼的形势出现一次大的逆转。

第五十七章

张佐引张璁至文华殿外，跪奏“臣张璁奉旨见驾”，皇帝宣召入殿、进前、赐座。单独召入文华殿，已属殊荣；赐座说话，更是殊荣中的殊荣。前朝时，内阁大臣间或有之，翰林学士赐座，可说是绝无仅有。

“张先生。”皇帝唤道。

张璁尚未坐稳，听了这一声呼唤，先是一怔，随后心情惶恐不已，激荡不已。翰林院学士而被皇帝当面称一声先生，也可说是绝无仅有。

他起身应道：“臣在。”

但还有更让他惶恐不已、激荡不已的事。

“张先生请坐。”皇帝又让一次，“母后对朕说：张先生于社稷有大功，于我母子有大恩，皇上当亲近之，礼敬之。对张先生亲近之，礼敬之，不但是母后的慈命，也是朕的心愿。朕对母后说：愿与张先生约。母后问：何以约？朕说：祸福共之。母后道：约得好！张先生，今日朕郑重与尔约：祸福与尔共之。”

皇帝大概想解释，为什么要以张先生称呼。但这一约定亲近是亲近，却不是一般的亲近；礼敬是礼敬，却不是一般的礼敬。张璁纵然自视甚高，目空一切，也感到难以承受。

他再次起身，躬身道：“陛下和章圣皇太后的恩宠，臣不胜感荷。然大功、大恩云云，臣何以克当！臣但愿略尽绵薄之力，使陛下孝思得申，圣政得布，则别无所求矣。”

“张先生忠忱，天人共识之。”皇帝说着，第三次让道，“张先生坐好，与朕说话。”

张璁这一次才坐得比较安稳。

皇帝道：“朕前次与张先生聚于此间，内外汹汹，朕问张先生何以教之；今次与张先生聚于此间，内外寂寂，朕仍要问张先生何以教之？”

于社稷有大功，于皇帝和章圣皇太后母子有大恩，这样的称赏，张璁当不起，辅佐皇帝，他却是当得起的。如果说，现在和以前有什么不同，那就是：以前他是以一般臣子的身份建言，现在则是以皇帝亲近臣子的身份谋划。他懂得这一改变的意义，也知道一定要适应这一改变，因此，议事时比以前更加镇定，更加从容。

他不慌不忙地说：“臣以为，当今急务有二，一是本生皇考恭穆献皇帝，本生二字宜去，本生章圣皇太后，本生二字宜去；二是孝宗敬皇帝不宜称皇考，昭圣皇太后不宜称圣母。但二事又不可一并颁示天下。”

“为何不可一并颁示天下？”皇帝问。

张璁道：“左顺门之变，群臣争的是‘本生’二字不可去，陛下既已对左顺门之变有所处置，则去‘本生’二字一日也不可迟。陛下径降一旨，本生皇考恭穆献皇帝去本生二字，本生章圣皇太后去本生二字，是势所必然。群臣尚未争孝宗敬皇帝、昭圣皇太后称谓，陛下径自降旨改之，有所不妥。”

“前者以孝宗皇帝为皇考，献皇帝为本生皇考，且有两皇考之嫌，今献皇帝去本生二字，岂不更被视为两皇考？”皇帝没被说服，至少没被完全说服。

“二事不可同日语，”张璁道，“一为皇考，一为本生皇考，书之于诏书，确是两皇考。去本生二字，以献皇帝为皇考，而不言及孝宗皇帝称谓，并不表明仍以孝宗敬皇帝为皇考；相反，陛下不以孝宗敬皇帝为皇考之意，尽在不言之中，陛下早晚要改变孝宗敬皇帝的称谓。”

“张先生看，何时方可改变孝宗敬皇帝称谓？”皇帝问。

张璁说：“孝宗敬皇帝和昭圣皇太后称谓应否改变，如何改变，当命廷臣集议。臣以为，待礼部尚书席书到任，即可廷议。”

去掉本生皇考、本生皇太后中的本生二字，改变孝宗皇帝、昭圣皇太后的称谓，命大臣廷议，正是皇帝想到而没有想得太连贯太明确的几件事，经张璁一说，变得连贯，变得明确。

皇帝说：“孝宗敬皇帝和昭圣皇太后称谓，待席卿到任再议。献皇帝和章圣皇太后称谓，去本生二字，朕明日即颁旨。总之，皆依张先生之言。”又道，“朝廷除这件当务最急的事，可还有什么当务次急的事？请张先生再教之。”

张璁奏道：“次急之事，莫过于用人。”

“张先生是指用耆旧，还是指用新进？”皇帝问。

“兼而有之，”张璁说，“前朝老臣，有贤有不贤，有能有不能，陛下宜择而用之。就眼下而言，莫过于召用因议礼而被斥之于外的官员。”他一一数道，“如给事中于桂、史道、陈洸、阎闳，御史曹嘉等。他等皆因得罪前内阁元老而被摈斥，陛下将他等召回朝中，既可使朝廷之上增多可用之人，又可正前内阁元老之非，可谓一举两得。”

对其他人的处置，皇帝记不太清；但对曹嘉的处置，他心里是有数的。曹嘉说，品题大臣是清明之世的一大盛事，可他的《百官图》实在不能为今世增添什么光彩。好好一个题目作坏，为此也该处分他，出之于外并不过分。不过，细想起来，当初处分他，何尝不是为笼络对立的大臣，特别是为笼络杨廷和？想到此，皇帝对曹嘉的成见骤减。将其他因得罪权势大臣而被摈斥的科、道官召回，独不召回曹嘉，似乎也没必要。

话说回来，真正吸引皇帝的，不是于桂等数人，而是“又可正前内阁元老之非”这句话。所谓前内阁元老，特别指杨廷和，张璁的意思是明白无误的。正前内阁元老之非，即正杨廷和之非。杨廷和千方百计贬抑皇考，贬抑母后，难道只是“非”，不是“罪”？杨廷和贬抑皇考，贬抑母后，使朕何等压抑，让母后受多少委屈，难道只是“非”，不是“罪”？张先生为什么只说“正其非”，不说“正其罪”？

想到此，他不由说出来：“为何是‘正其非’，不是‘正其罪’？”

“古云水到渠成，陛下不必操之过急。”张璁说。

第五十八章

“终于轮到我！”毛纪长吁一口气。听他的语气，与其说是有许多伤感，不如说是如释重负。

费宏和石珤都理解他的感受。在杨廷和致仕前，他们在他的脸上看到这种表情。在蒋冕致仕前，他们在他脸上看到这种表情。现在毛纪的脸上有这种表情，就是说，他也将要致仕；他要以去就相争，而且确信，皇帝不会再挽留自己。

除了如释重负，毛纪心里还有一种感受，却是费宏和石珤体会不出来的。三年多以前，内阁有四位大臣。除梁储致仕，与议礼没有直接的关系，杨廷和、蒋冕都为争礼而去。每次首辅致仕、次辅晋为首辅，议礼的局面都有一个大的改变，皇帝的心愿都得到一部分满足，内阁不得不做出一些退让。如今他再致仕，当年在一起确定大礼宗旨的阁臣，再无一人；当年确定的大礼宗旨，荡然无存。若说现在的心情有伤感的成分，那便是为此而伤感。

“维之兄，还是大家一起拟疏进谏吧。”石珤说。他既有劝说毛纪之意，又在表明自己的立场。

费宏对他使个眼色，示意他不必再劝说：维之兄致仕，一定是我坐在首辅的位置上。现在大家在争抢这个位置，还是恨不能避开这个位置？我都不劝说他，你又何必劝说他！

石珤似乎懂得他的意思，不再多说。

“子充兄。”毛纪唤一声，欲言又止。

费宏问：“维之兄有什么话要交代吗？”

毛纪缓缓地说：“内阁这副担子，要子充兄和邦彦兄，特别是要子充兄来担。今日挑起这副担子，又不同于昔日。介夫先生主持内阁，敬之兄主持内阁，以及弟主持内阁，唯一要做的事情，是据理力争。今日则不同。宵小们纷集朝堂，子充兄不仅要据理力争，而且要谨防暗算。”

“听维之兄一番话，我都不禁毛骨悚然，不知子充兄作何感想？”石珤问费宏。

费宏兄笑着指指毛纪，没有作答，意即：他还有话说。

毛纪接着说："子充兄乃豁达之人，我不担心你忍受不了众宵小的作弄，拂袖而去；只担心你强自忍耐，郁积在心。"

费宏兄试问道："维之兄是嘱咐我不可过于恋位？"

"正是此意。若说错，子充兄切莫介意。"毛纪说。

"好，维之兄的嘱咐我会牢牢记下。"费宏说。

"邦彦兄。"毛纪又唤道。

石珤问："维之兄有什么话要叮嘱？"

毛纪的叮嘱很简单："唯愿邦彦兄能在内阁多陪子充兄几日。"

"维之兄为何偏心至此？劝说子充兄及早抽身，却把我拴牢？"石珤似在说笑，又不似说笑，但他还是应承一半，"要说的话不说，我也要郁积在心。要说的话说出来，皇上肯容我，我便不以去就相争；皇上不肯容我，却不是我违背维之兄的叮嘱。"

毛纪上疏称：臣虽有体国之心，不能自尽，"乞赐骸骨归乡里，以全始终"。

皇帝降旨切责，但还是准允他致仕，命有司给月廪岁役。

石珤亦上一内容相同之疏，并乞致仕。皇帝不准，但戒勿复言之。

五、边镇多事

第五十九章

大同卫卒郭鉴、柳忠是结义兄弟，郭鉴年长为兄，柳忠年少为弟。还有一个更年少的三弟，叫徐毯儿，未入军籍，和郭鉴的父亲住在一起。

七月末的一天，郭鉴、柳忠从参将贾鉴宅第出来，脸上有不平之色。

“莫说二妹给他做妾，就是去做堂堂正正的大奶奶，我也不会答应。”柳忠明明白白表达他的心迹。

柳忠的妹妹没有大名，行二，柳忠唤他二妹，大家也随着叫她二妹。贾鉴一妻二妾，都无生息，他相中柳二妹，要娶她做第三房小妾。但柳二妹与徐毯儿从小结伴长大，青梅竹马，情投意合，即便没有结义之事，柳忠也不会拆散他们。

“你要是应许贾鉴那厮，就不是好兄弟。”郭鉴说，他心思缜密，有些话，柳忠还来不及说，他已猜到，“他向你提两次，你都回绝；他又找你，用的不会还是荣华富贵那一套说辞吧？”

“大哥算把那厮看透，”柳忠说，“他知道而今大家在意的是不去新五堡当戍，他向我保证，只要二妹嫁过去，不但我可以不去新五堡，大哥也可以不去。”

郭鉴在卫卒中威望很高，贾鉴看上柳二妹而不敢用强，主要是知道郭鉴和柳忠的亲密关系。

郭鉴重重地哼一声：“不去新五堡，不见得只有卖掉妹子一途。”

大同巡抚张文锦因下层军官和卫卒不肯去新修筑的五堡，极为恼怒，扬言要把他的亲兵派往新堡。巡抚都御史这样表示，大同镇守太监和总兵、参将等武臣，不得不做出响应的样子，也称将派亲兵赴新堡。各位大人的亲兵们，有门路的，去找门路，没有门路的，聚在一起想办法。郭鉴和柳忠都是副总兵时陈的亲兵，极有可能派去新五堡，如何自救，他们已琢磨多日。

听郭鉴的口气，已有办法，柳忠高兴地问："大哥，今天去见疤子爹，就是请他老人家敲定一下你的主意吧？"

郭鉴的父亲脸上有一条显眼的疤痕，谁也说不上是怎样落下的。大家都叫他郭疤子，柳忠和徐毯儿，还有柳二妹，则叫他疤子爹。

"也没什么特别的主意，"郭鉴道，"爹爹常挂在嘴边的一句话是官逼民反，我想，官逼兵反也是一样的道理。官府压迫百姓，百姓没有活路，只有造反；官府压迫军卒，军卒没有活路，也要造反。张都宪和贾某人，逼迫我等戍新堡，还一定携家带口，不但我等没活路，我等的家小也没活路。此时不反，更待何时！"

"大哥说的是，"柳忠点头附和，"官府压迫得太狠，我等造反，疤子爹想来也不会反对，何不将众兄弟一起约去？"

郭鉴说："爹爹虽然不会反对，但去家里的人一多，他便不愿意开口讲话。只我二人回家，他说不定会出些好点子。我让三弟准备烈酒，哄得爹爹喝上几口，他的话会更多。"

果如他的期待，郭疤子两碗老白酒下肚，不用劝，主动讲起造反的事：

"修筑新堡本是为国为民的好事，偏偏要携家小的人去守，好比驱羔羊入虎口。修筑新堡该赶在深秋之前竣工，偏偏只知严督，不知爱恤，好比以黎元为仇寇。张都宪乖僻，贾将军暴虐，反也反得，杀也杀得。但只凭你们几个人不行。你们要反他二人，反不出名目，反被他二人弹压；你们要杀他二人，杀不到大堂，反被他二人收拿。有一个人，我冷眼看他很久。请得他出来，要反，反得出名目；要杀，杀得到大堂。但这个人用寻常的办法请不出来，非要造成些声势才请得出他来。我给你们定计，只有这样两句话：先造反，再劫狱，请出将军成大事。"

柳忠听得不耐烦，打断他的话："疤子爹，都什么时候，你说话还是夹三夹四不清爽！谁能带我们成大事，你何不道出他的姓名？"

"爹爹已然说清楚，"郭鉴道，"你想，狱中的将军，还会是谁？"

郭疤子说请出将军，其实是劫出将军。柳忠心思不活泛，听说请出，以为和劫狱是两回事。经郭鉴点拨，才醒悟："疤子爹是说朱总兵？"

"正是他。"郭疤子兴致更高，又喝一口酒，他唤道，"毯儿，你告诉他们，疤子爹平日是怎么对你说的。"

"疤子爹说：整个大明朝，皇帝是第一人；大同镇，朱总兵是第一人。朱总兵洪福齐天，不然，正德皇帝也不会收他为义子。皇帝的义子，谁都可以做得吗？"徐毯儿尚年少，大哥、二哥和疤子爹议事，他只默默地坐在一旁听，疤子爹让他说，他才鹦鹉学舌地说几句。

接下来，你一言，他一语，具体商讨行事的步骤。

他们谈论的朱总兵，叫朱振。他原是大同镇的偏将，在边军京营对调时进京。朱振原本不姓朱，被正德皇帝收为义子，赐以国姓，原来的姓氏反而被人遗忘。正德皇帝时，安置一批义子，他被用为大同总兵官。今上即位，大治江彬余孽，正德皇帝的义子多少和江彬有些瓜葛，科、道官劾朱振贪赃，将他收系在大同狱。朝廷早把他忘掉，张文锦和前任巡抚也没把他的事放在心上。

郭鉴、柳忠率领三五十弟兄闯进参将驻扎的营地。他们中有时陈的亲兵，有张文锦的亲兵，有原属朱振现在无着无落的亲兵，也有一般的卒伍，就是没有贾鉴的亲兵。贾鉴的亲兵有百十人，见众人各执刀枪，知来者不善，不知该拦还是不该拦。

郭鉴高声叫道："我来寻姓贾的晦气，不关尔等之事，尔等不要阻挡！"

贾鉴不得人心，他的亲兵听郭鉴一喊，都不再动。有几人跟进去，也是想看热闹。

贾鉴见这阵势，心里发毛，平日的威风一点儿也摆不出来。他一面脸上堆笑，与众人搭讪；一面向门、窗处挪移，准备夺路而去。

"贾大人，我来给你回话。"柳忠边说，边随他挪移，挡住他的去路。

"不急，不急！"贾鉴连声说，"令妹之事，尽可从长计议。"

"我妹子的终身大事，我一家的祸福，你不急，我却急！"柳忠斜眼睃去，问他，"我妹子嫁去贾府，我可以不去新堡，此话当真？"

"当真，令妹到我家，我们成至亲，我当然要关照。"贾鉴说。

"郭大哥可以不去新堡，此话也当真？"柳忠指着郭鉴问。

"我一向敬重郭大哥，正要留他在身边，为我谋划。何况他与你有金兰之谊，我关照你，也一定关照他。"这话私下说过，当众也敢说。

"这里的几十个弟兄都是我的至交，他们也可以不去新堡吗？"不等贾鉴答话，柳忠又问，"营寨里成千的弟兄也可以不去新堡吗？"

贾鉴再也无法强笑："赴新堡戍守是张都宪之命。柳大哥也知道，我在张都宪面前，不过一走卒而已。一二人我可关照，三五人我也可关照，再多，我却无力关照。柳大哥与我至亲，莫要难为我。"

"呸！"柳忠啐一口。"咱是堂堂正正的汉子，谁与你至亲！我的好弟兄你不能关照，还要娶我的妹子，我答应，我妹子也不答应！"

"迎娶之事，柳大哥不答应，我也无可如何。我与令妹无缘，还有来世。柳大哥放心，我不会行强迎强娶之事。”贾鉴道。柳忠答应不答应亲事，他现在真的不在乎，只希望围拢他的几十名虎狼之士快些散开。

“虽然贾大人信誓旦旦，我还是不放心。”柳忠含有深意地一笑。

贾鉴比见到他发怒还要吃惊，问道：“要怎样，你才放心？”

“去掉你那话儿，我才放心。”柳忠说着，逼上前去，一把扯开他的下衣。他待要反抗，上去两名弟兄将他双臂扭住。柳忠的快刀对准他的胯下一挥，只听他惨叫一声，那话儿落地，下身血流不止。

贾鉴忍痛，断断续续地说：“姓、姓柳的，你、你让我成为废人！”

“我倒是想让你成为废人，只怕他们不答应，要你成为废鬼！”柳忠将沾上血迹的战刀在身上擦擦，又是一笑，透露着残忍。

几名卒伍上前，挥刀砍去，将贾鉴肢解。一直没开口的郭鉴简短命道：“把他的头挂在营前示众，弟兄们随我去镇抚司狱。”

朱振很庆幸没有留在京师，没有作为江彬党人被治，没有被关入诏狱，很庆幸在大同的狱里保留下性命。诏狱的恐怖他是知道的，进去的人，不被整治至死，也要剥下一层皮。外地的牢狱也有外地牢狱的恐怖。但他曾是大同镇的最高武职，至今朝廷仍未委派新的总兵，原因何在，谁也琢磨不透；加上他平素待下较宽容，狱里无人刁难他。

不论想事，还是不想事，他总是面壁而坐。这一天，他听出身后推开牢门的声音与平日有异，稍觉奇怪，但并没回过身去。

“总兵大人！”一个顺从而略带怯懦的声音呼道。

“总兵大人！”几个顺从而略带怯懦的声音呼道。

“总兵大人！”一个刚劲而无所忌惮的声音呼道。

“总兵大人！”一片刚劲而无所忌惮的声音呼道。

第一个声音他很熟悉，是每天要打开门与他寒暄几句的狱吏；前面的几个声音他也熟悉，是轮流在门外当值的狱卒。后面的一个声音和一片声音，他不熟悉，听不出是谁。他回过头去，看见奇特的场面：离他最近处，跪着狱吏，狱吏身后，站着一名身材并不高大体格却很健壮的男子；离他稍远处，跪着狱卒们，狱卒们身后，站着一排高矮不等体格都很健壮的男子。一名男子和一排男子，都是大同卫士卒的装束。显然是这群士卒迫使狱吏和狱卒们打开牢门。

“我等向总兵大人请罪。”狱吏叩首道。几名狱卒随着叩首。

“总兵大人，他等平日若对你恭顺，今日便饶他等性命；他等平日若对你不敬，今日便送他等归西。”狱吏身后的士卒躬身道。

朱振不明所以：如果朝廷有旨，复他官职，该是钦使，至少该是大同镇的军官来问他在狱中的情形，而不应该是士卒在这里问；如果不是朝廷有旨，怎会出现这样的场面？

“他等对我很好，并无不敬之处。”朱振说罢，问道，“阁下是谁？”

“总兵大人如此说，他等算是捡回一命，”那人说着，向狱吏及狱卒低吼一声，“你等去吧！”

狱吏及狱卒给朱振磕个头，给那人磕个头，然后狼狈退出。那人复向朱振行礼，跪拜，后面的士卒也向朱振行礼，跪拜。

那人说，“在下郭鉴，在大同是个小人物；他们与在下一样，在大同是些小人物。总兵大人不识我等。但我等都知总兵大人的声望，都知总兵大人蒙冤下狱。我等斗胆，请总兵大人再做我等的总兵。”

“做不做总兵，要朝廷降旨，非我与尔等可以强求。”朱振说。

“我等生死存亡，系于总兵大人一身。朝廷降不降旨，我等做不了主；但请总兵大人仍做我等的总兵。”郭鉴在乞求中含着胁迫。

“请总兵大人仍做我等的总兵！”他身后的士卒齐声呼道。

朱振明白，面前的这群人要造反，很可能已经造反。他们要他做他们的首领。他知道，只要随他们走出牢门，他的宁静的生活从此失去，他的复职的梦想从此破灭。他不能拒绝他们。他若是拒绝，他们不会给他生活下去的机会，不会给他梦想复职的机会。就算他们宽容地不加害于他，朝廷也不会再给他生活下去的机会，不会再给他梦想复职的机会。

他沉重地点着头，说：“好，我答应做你们的总兵；但有三事，你们须得答应我。”见众人没有反对的表示，他说下去，“第一事，逼迫你等的是巡抚，是参将，不是朝廷。你等只可反巡抚，反参将，不可反朝廷。朝廷若为你等惩治巡抚、参将，你等须归顺朝廷。”

“那是自然。朝廷肯为我等做主，我等为何反它？”郭鉴应承。

“第二事，”朱振再说，“大同宗室众多。我蒙先帝恩赐国姓，与他们算是同姓同宗。你等对他们要以礼相待，不可伤害他们。”

“只要王爷们不碍我等事，我等自然不会伤害他们。”搭腔的是柳忠。

“怎叫碍你等事？”朱振非坐实不可，“他们无兵无将，能将你等怎样？敢将你等怎样？你们最好爽快答应，不要推三推四。”

“总兵大人要我等不可伤害宗室，我等答应便是。”郭鉴又应承。

“第三事最要紧，”朱振扫众人一眼，说，“你等家室多在大同，但你等要保全自身，保全家室，就不能留在城中。”

“前两事还听得懂，这一事却听不懂。为何要保全自身，保全家室，反不能留在城中？”郭鉴问。这也是众人想不明白的问题。

朱振解释其中道理：“四面官军毕至，谁敢担保守得住城？你等与家室厮守在城里，你等死期不远，你等家室也难以保全。不如在城外，海阔天空。声势若大，官府不敢找你等家室的晦气；声势不大，官府不屑于找你等家室的晦气。你等家室不想住在城里，也可到四乡投亲暂住。”

“不留在城中，却去何处安身？”郭鉴问。

朱振道：“城北焦山墩地势极佳，可以立寨。”

郭鉴应承第三事：“国无二主，军无二帅。我等奉总兵大人为首领，自当听从总兵大人号令。就请总兵大人率领我等去焦山墩立寨。”

大同城里民少衙门多，真可谓十羊九牧。郭鉴等只杀贾鉴，只劫牢狱，并未惊动各衙门。张文锦心悬起来不多时，又落回去。他把副总兵时陈请来，商议大计。旧制，总兵官驻大同城，副总兵官驻大同左卫城，大同镇现无总兵，时陈代署总兵事，暂住大同城里。

“乱卒杀人劫狱，十恶不赦，我竟不知如何奏报朝廷。时将军有何良策？”张文锦忧心忡忡，坐立不定，再不见往日的干练和果断。

“要在一个赦字，”时陈献计，“都堂大人千万不要先说不赦。”

“怎讲？”张文锦不快，“以将军数千军马，还灭不了数百乱卒？”

“焦山墩易守难攻，数百悍卒固守，须数千精兵强攻。我虽有数千军马，有几成称得上精兵，都堂大人比我清楚，”时陈说着，无奈地苦笑一声，“再者，攻得急，数百悍卒弃寨而去，投奔北虏，那比数百悍卒据寨为乱，更要可怕。地方动乱，朝廷有旨剿灭，则着力于剿；朝廷有旨安抚，则着力于抚。未奉明旨，都堂大人可剿灭可安抚。便于剿灭者则剿之，便于安抚者则抚之。”他平日话不多，遇事却比张文锦还有主意。

张文锦被他说动，又有些犹豫：“道理不错，但贾参将他——”

时陈忙说：“我知道都堂大人的心意。贾参将死于国事，谁不痛心！都堂大人若对贾参将之死无动于衷，反让我等心寒。但事有缓急，安定事急，一日也不可缓；

为贾参将讨还血债，却不必急在今日。”

张文锦被启发，下定决心：“对，受安抚后，仍可依律治罪。”他命道，“时将军，你在大同日久根深，安抚乱卒之事，偏劳将军。”

“末将愿往焦山墩一行，”时陈躬身道，临行，又提醒，“都堂大人，末将斗胆进一言：依律治罪，切不可再说！”

朱振与时陈是一镇的正将副将，明着是谈判条件，实际是帮助说服众人。时陈招抚成功，只在焦山墩上停留半日，即带领众人下寨回营。行至半路，一骑迎面而来，马上之人老远叫声“郭大哥”，郭鉴加一鞭，径直向他驰去，二人交耳说几句话。时陈认出来人是张文锦身边的一员亲兵，心知不好。他俯在朱振耳边说句：“大人保重，我须逃命。”不等朱振反应过来，他也加一鞭，向另一方向驰去。

众人得知安抚是假，治罪是真，怒火顿起。有人要放马追回时陈。朱振对众人说：“让他去吧。武臣不如文臣狡诈，他是真心安抚而来。逼迫你等去新堡戍守的是张文锦，以安抚为名要治你等罪的是张文锦，你等要问个明白，不如去找张文锦那厮。”

郭鉴响应：“对，该找张某问个明白。弟兄们，随我杀去巡抚衙门！”

巡抚衙门大门敞开，张文锦听罢时陈讲述，知道前景凶险，早已逃命去了。众人边问边追，不多时，眼见张文锦带一二家人在前面奔逃，惶惶如丧家之犬；眼见张文锦逃进博野王府第。

代府就藩大同。博野王是第三代代王的第三子，现在是第三代博野王，袭封于弘治十三年。他经历二十余年的宁静生活，不愿卷入任何争斗中。但巡抚是一方封疆大吏，声言进府避一避，他不好公然拒绝。而当郡王府被乱卒围住，吼叫着要王府交出张文锦时，他再也顾不上面子。

“谙夫先生，”他哀道，“你食朝廷俸禄，有守土之责，有保全宗室之责；我食国家禄米，有守土之责，却无保全朝廷职官之责。他们口口声声说，要与谙夫先生理论，如不交人，则冲进王府。谙夫先生，要是我小小王府有闪失，朝廷也不会放过你。不如你现在出去，与他等理论。以谙夫先生之捷才，编氓无知，谅他们理论不过。王府里还有几匹好马，我赠与谙夫先生一匹，骑上理论，十倍威风。”

张文锦苦笑：“他们真肯理论，我还怕甚！”

话虽这样说，博野王送马与他，明摆着是让他外出逃命；他也知道留在王府，并不安全。万般无奈，他只得硬着头皮，冲将出去。但仇人相见，他怎能跑脱得了！众人争先挥刀，将他砍倒在博野王府前。

大同乱卒杀一名巡抚，一名参将，成为大的动乱。

第六十章

朝廷大臣奉旨集议，吏部左侍郎孟春应兵部尚书金献民之约，早一刻来到左顺门廊庑。孟春字时元，山西泽州人，弘治九年进士。吏部去一个何孟春，留一个孟春，众人无不道是件巧得不能再巧的事。

金献民是眼下朝廷资历最深的大臣，他约孟春议事，孟春不能不应。况且，他约孟春先到左顺门议事，考虑得十分周到细致。因为他是前辈，又是正堂，去吏部议事不妥；吏部是第一衙门，约孟春到兵部衙门议事也不妥。借廷议的机会，先议一议与吏、兵二部有关事宜，再好不过。

"舜举先生可是要谈大同的事？"孟春见面就问。

金献民叹口气，算是默认。

兵变之前，大同有没有总兵官，不是件大事。既然发生兵变，差派总兵官，以及差派何人为总兵官，就成一件大得不能再大的事。这主要由兵部和五军都督府议定。吏部过问，不过备案而已。而大同巡抚被杀，一定要差官补任。在平日，督、抚有缺，主要由吏部议定。而今是在兵变时督、抚有缺，就该吏、兵二部协议。

孟春对金献民的叹息很不理解。大同兵变，虽说起于肘腋之间，但也算不得很严重的事件，兵部堂官不必承担很重的责任，缘何要叹息？他却不知，金献民现在真正是后悔不已。他和郑晓已料到大同要出事，只因牵涉到阙下哭谏的事件中去，事后遭到皇帝的严厉斥责，无暇顾及大同的局势。等心情稍稍稳定，重新估量时，大同兵变的塘报已送达兵部。这时要考虑的不是如何弭祸，而是如何平乱。

"舜举先生，大同镇总兵用何人，可与五府议定？"孟春又问。

"拟用后府都督佥事桂勇，时元先生看如何？"金献民反问。

孟春想了想，说："桂将军曾任大同卫都指挥使；据闻，他麾下有五名养子，个个了得。此人选得好！"

"时元先生既说好，此事不必再议，"金献民说着，迅即转到需要议的话题，"李孔教称病，不肯赴大同，时元先生看如何处置？"

李铎字孔教，山东莱阳人，弘治十五年进士，官宣府巡抚。张文锦被杀，急需大员主持剿抚事宜，以宣府巡抚或山西巡抚改任，最为方便。两地中，又以宣府更近，故以李铎改抚大同，是朝廷的第一选择。谁知李铎称病，用他原是为快捷，现在反而延滞。

朝廷命李铎改抚大同的同时，还发布新任宣府巡抚，先是以府丞署应天府事的寇天叙，后是大理寺左少卿张缙。李铎在此际称病，无疑是表示：即便官不做，也不肯去大同。这倒让人奈何不得他。

孟春知道，金献民不是问他如何处置李铎。现在即便拿李铎问罪，于大同局势又有何益？金献民问的是大同巡抚的人选。虽说吏部对这一任用起主导作用，他还是要先听听金献民的意见。

他把问题具体化："舜举先生看，就近择人，或由他镇择人，或由朝廷差派，孰为上策？"

"自然就近择人为上策，"金献民毫不迟疑地说，随即又补充，"大同乱起，山西镇与之为唇齿之势，毕都堂不宜调动。"

山西巡抚毕昭，山东新城人，弘治十二年进士。金献民主张就近择人，又不主张毕昭改抚大同，显然是要在山西布、按二司中择人。

"愚意亦是如此，"孟春表示同意，又问，"舜举先生看，是用布政使好，还是用按察使好？"

"自然用按察使好。"金献民又是毫不迟疑地说。布政使泛掌一省之政，承流宣播，按察使掌一省刑名按劾。应付大的动乱，按察使应比布政使更有权威，更有经验。

山西按察使蔡天佑，字成之，河南睢州人，弘治十八年进士。

"那么，吏、兵二部合力举荐蔡成之？"孟春接着问。

金献民点点头，说："我也想到此人。"

武将，兵部与五府拟用桂勇，吏部无异议；文臣，孟春提出蔡天佑，金献民也无异议。各位大臣正陆陆续续向此处走来，吏、兵二部的堂上官正好结束他们的议事。

孟春揖揖手，说："处置好此事，我心里可以踏实，舜举先生心里却未必踏实。蔡成之虽在辽东有政绩，能否独自支撑一镇，尚在未知之数。大同之事，兵部还要多费心，舜举先生还要多费心。"

蔡天佑任辽阳分巡副使时，开辟滨海圩田数万顷，当地兵民名之曰"蔡公田"。孟春说他有政绩，指的此事。

金献民又叹口气，摇着头说："兵部对大同事是一定要费心的；我即便要费心，也不知有没有机会。”

“怎么？”孟春有点儿吃惊。

“时元先生不知土鲁番部寇肃州，西北形势紧迫吗？”金献民自问自答，“我已向圣上请命督师。”

甘肃巡抚陈九畴关于土鲁番速檀满速儿率部寇边的奏疏，是这一二日到京的。肃州距京师约五千里，奏疏到京，需要一两个月，金献民披星戴月地赶路，到肃州也需要两三个月。等他到肃州，西北的局势不是坏到不可收拾，就是陈九畴早已平息此事。以兵部尚书之重而自请督师边陲，实在是没有必要。

金献民自请督师，多半是由于议礼的挫折。他虽不是议礼中的主要角色，到底参与左顺门哭谏，心情一定感到十分压抑，所以宁愿赴外镇。

而皇帝虽然对聚集在左顺门的大臣没有严厉处分，但迟早是要处分的。可以说，金献民自请督师西北，是一定会获准的。

想到金献民历官四十年，已是古稀之人，还要跋山涉水，风餐露宿，孟春也禁不住陪他叹息一声，并说：“舜举先生又何必如此！”

第六十一章

席书被论劾，皇帝一面差官前往他曾主持赈灾的湖广、南直两地查勘，一面仍督催他赴礼部尚书之任，使得他感激涕零。他的办事效率可谓极高，或曰，皇帝对他的督促极严。

赴任两天以后，于八月十八日，他在左顺门主持集议。因议不出结果，他和张璁、桂萼、方献夫等上疏，称：伯、父、子、侄，份不可易，势无二道，人无二本。孝宗皇帝本伯也，宜曰皇伯考。昭圣皇太后本伯母也，宜曰皇伯母。献皇帝父也，已去本生，宜曰皇考。章圣皇太后母也，已去本生，宜曰圣母。武宗皇帝仍曰皇兄，庄肃皇后仍曰皇嫂。名义如此，大伦大统，两有归矣。奉神主而别为弥室，于至亲不废；隆尊号而不入太庙，于正统无嫌。

他们的奏疏是今次廷议的第一个议题。另一个议题则是锦衣卫百户隋全、光禄寺录事钱子勋等所奏显陵由安陆迁至天寿山一事。

席书主持集议，与首辅费宏招呼道："子充先生，开始吧？"对次辅石珤、才被推入内阁的三辅贾詠，以及其他各部堂官，则全不理会。

费宏点头，眼角向张佐一瞥。席书会意，又与张佐招呼："张公公，圣上有什么特别的交代吗？"

皇帝对张佐交代的仍是四个字：但听勿言。张佐道："万岁爷并无谕旨，请大人们各抒己见。"

席书开场道："本官与张学士，"以手指向张璁示意，"桂学士，"以手指向桂萼示意，"叔贤先生，"以手指向方献夫示意，"连署上疏，请皇上以孝宗皇帝为皇伯考，以昭圣皇太后为皇伯母，以献皇帝为皇考，以章圣皇太后为圣母。我等皆以为，必如此，方合天理人心。诸位所见不同，尽可在此一辩。我看，错过这个机会，则再无分辩之处。"

他说过之后，廊庑之上长时间地沉默。

张璁、桂萼、方献夫的意见在奏疏中充分表述出来，没有人提出反对意见，他们也无须多说。至于众多的反对派，虽然早已知道这几个新贵的议论，早已知道今日的议题，还是不知从何说起。

他们都知道，席书不是在随意恫吓。皇帝既颁诏，献皇帝的本生皇考、章圣皇太后的本生皇太后去本生二字，以孝宗皇帝为皇伯考，以昭圣皇太后为皇伯母就是必然的结果。两皇考是任何一方都不赞成的，主张以献皇帝为皇考的一方不赞成，主张以孝宗皇帝为皇考的一方也不赞成。

否则，内阁和礼官怎么会同皇帝对峙这些年？

但席书说，这是反对派唯一的分辩机会，却又错。应该说，今次的廷议，也不允许反对派分辩。你要分辩不可以孝宗皇帝为皇伯考，以昭圣皇太后为皇伯母，就要分辩皇考献皇帝的尊谥、章圣皇太后的徽号不可去本生二字。但皇帝颁诏，不容置辩，你又怎样分辩？

谁也不肯开口，原因或在于此。

桂萼清了清喉咙，戏弄道："众位老大人无话可说，是不是都拥戴后生们之议？"席书是弘治三年进士，算不得后生；其他三人在内阁大臣和七卿面前，确是后生辈。

石珤也清了清喉咙，说："后生不可太狂妄。众人无话可说，怎知不是都反对尔等之议？"

"且休道众位老大人是不是都反对，石阁老一定是反对吧？石阁老既然反对，何不与后生们辩个痛快？"桂萼激他。

石珤张了张嘴，还是决定不与他争辩。

席书想，向几位内阁大臣寻衅是不明智的，内阁大臣在此时保持沉默或许更好些。于是，他对坐在近旁的朱希周说："懋忠先生曾署礼部事，若不肯直言己见，有负皇上的信托吧？"

朱希周一直不注视他，听他一说，干脆把脸转向另一边。

皇帝召席书任礼部尚书，礼部左侍郎是吴一鹏，右侍郎是朱希周。席书不能即刻赴任，吴一鹏奉旨赴安陆迎取献皇帝神主，在不算长也不算太短的一段时间里，以朱希周署部事。可以说，他介入左顺门哭谏一事是很深的。为此，他多次受到皇帝责备，心情很是沮丧。席书偏偏要他讲话，他还能有好脸色！

席书道："懋忠先生不肯说话，各位不肯说话，难道就这样坐到天黑不成？难道就这样禀奏皇上不成？"

说着，特意看了张佐一眼。意即：皇上发怒，第一就要给你颜色看，你就不想想办法，撬开众人的嘴巴？

张佐得皇帝四字箴言，上眼皮往下眼皮一搭，只当作没有看见。

见此情形，费宏不得不出面："文同先生，今日有两个议题，既然第一个议题众人无话可说，何不换一个议题来议？"

席书被提醒，始从尴尬中解脱出来。他说："子充先生所言极是。对迁陵一事，不知诸位可有话说？"

隋全、钱之勋等下吏的前程可以说取决于今日一议。若迁陵之议被采纳，他们的前面一片光明；若迁陵之议不被采纳，他们大概永无出头之日。张璁、桂萼曾在危难时得到隋全的帮助，按说，此时应该助隋全一臂之力。但二人曾议论过，都以为难以附和迁陵之议。他们还设想到另外一种情况：皇帝倾向迁陵，则在皇帝与大臣之间会产生新的冲突，在这场冲突中，即使不能完全站在皇帝一边，也绝不能站在反对的大臣一边。因此，对迁陵一事，一定要慎言。

"各位大人对此事也无话可说吗？"席书又在催促。

"未必是无话可说，"吴一鹏道，"此议发自隋全、钱子勋辈，且要在朝会上集议，足以令礼部蒙羞，令翰林院蒙羞。"

他自安陆还朝后，兼了一项差事：以翰林院学士，值内阁诰敕。这是并非内阁大臣而在内阁办事的一项差事，兼了它，实际上就不再管礼部的事，说起"蒙羞"之类的话，也没有顾虑。

"内阁亦觉蒙羞。"石瑶附和道。

桂萼心中甚是气闷。谁听不出来，吴一鹏所说"蒙羞"，既包含议隋全、钱子勋之建言，足以蒙羞的意思；也包含与他等一堂议事，足以蒙羞的意思！因此，虽然确定慎言的宗旨，对吴一鹏所谓蒙羞也不能不有所表示。

"皇上不因其人卑微而废其言，堪称海纳百川。南夫先生发'蒙羞'之论，不知又该以何称之？"他质问。

"桂学士只知大海容纳百川，却不知大浪淘尽污浊？"吴一鹏反击。

桂萼不再客气，直呼其字："区区吴南夫敢认定其议是污浊？"

吴一鹏也不客气："不错，区区吴南夫敢于认定。堂堂桂子实难道不以为其议污浊？难道拥护献陵北迁之议？"

"我懂子实先生之意，只是议然后定，并非拥护其议。二位不必做无谓之争。"席书在一旁劝解，又对吴一鹏说，"南夫先生，你是反对迁陵之议的吧，可否稍加阐述？"

"不言自明。"吴一鹏心中不快，懒得多说。

席书见诱不出他的话，又去招呼别人："南夫先生反对迁陵之议，已表明立场，各位不言，难道都是拥护迁陵之议？”

“我也反对迁陵之议。”工部尚书赵璜说。

“廷实兄不会也只有‘不言自明’四个字吧？”席书笑问。

赵璜与席书同是弘治三年进士，从正德十二年任右侍郎起，已做了七年工部堂官。迁陵自是朝廷上下皆关注的一件大事，但一旦确定下来，必由工部来操作实施。因此，对迁陵一事，赵璜比其他大臣想得更多，想得更深。

“虽不止四个字，但也只有三句话。”赵璜说。

“廷实兄请讲。”席书道。

赵璜道：“我以为，迁陵有三不可。其一，体魄所安，不可轻犯；其二，灵秀所萃，不可轻泄；其三，根本所在，不可轻动。”

三句话外，他一个字也不多说。

“廷实先生三句话说得好！”石珤喝彩，“若要迁陵，首先该迁祖陵；祖陵建于凤阳，太祖高皇帝不曾迁于南京。若要迁陵，其次该迁孝陵；孝陵建于南京，太宗文皇帝不曾迁于天寿。太祖高皇帝不迁祖陵，太宗文皇帝不迁孝陵，我皇上何必要迁显陵！”

“邦彦先生也说得好！”朱希周喝彩，“我看，廷实先生一番话，邦彦先生一番话，已然把意思说尽，迁陵一事无须再议。”

会场顿时活跃起来，众人纷纷发言，或是为赵璜、石珤叫好，或是重复朱希周无须再议的意见。随后又静下来。

张璁等虽然没说话，但看得出，也很赞赏赵璜所言。

席书看看费宏，征询他的意见。费宏点头，意即：有赵璜反对迁陵的几条具体理由，有石珤反对迁陵的几句空泛理由，完全可以回复皇上。确如朱希周所说，此事无须再议。

“此事无须再议，前一议又当如何？”席书向费宏请教。

费宏说：“不如且将此议奏明皇上。至于前一议，皇上若命再议，则廷集而议之；若无再议之命，各人亦可上疏议之。”

办法虽有些消极，却可以避免正面的争辩。席书称是。

第六十二章

章圣皇太后招呼皇帝：“皇上，你坐下，我有个心愿，要与你说说。”

“母后请讲。”皇帝边坐边应。

章圣皇太后说：“太祖高皇后写了一部《慈训》，为历代后妃及民间女子立身之本。我想仿照高皇后遗意，写一部《女训》，为今世及后世后妃及民间女子立身之本。皇上看可使得？”

皇帝说：“太祖高皇帝之世与今世有许多不同，太祖高皇帝之世的宫中与今日的宫中有许多不同，宫中的规矩也有许多改变。母后有此宏愿，实是今世之大幸，万世之大幸。母后可要儿子从司礼监挑选几名长于文字的太监来帮助母后做这件事？”

“不必。”章圣皇太后说。太祖高皇后起于草莽，识字不多，读书有限，传之后世的《慈训》其实是由她口授，请人代写的。章圣皇太后通文义，喜读书，立意要自己写成这部书。

“母后做了这件事，不唯胜过那边的皇太后多矣，也胜过前世各皇太后多矣。不过，”皇帝口气一转，殷殷叮嘱，“写书是件伤神的事，母后不可太劳累。”

章圣皇太后心里升起一股暖意。皇帝一直是孝顺她、体贴她的，可嘱咐她不可太劳累，还是第一次。看来皇帝确实已长大。

“娘自有分寸，”章圣皇太后说着，盯住皇帝看了许久，然后问，“皇上的气色很好，一定有好消息要告诉娘吧？”

皇帝说：“好叫母后知道，定大礼的诏书已颁示天下。”

皇帝命廷议席书、张璁、桂萼、方献夫等所上奏疏，因众大臣缄口不言，以原疏奏复，使之成为确定大礼的基础。皇帝批复：择日祭告，颁诏天下。过了十天，颁告天下的诏书才拟定，可谓极为郑重其事。

皇帝高兴，章圣皇太后也高兴。“诏书是怎样写的，皇上择其要，说与我听听。”她说。

择其要，不过是这样几句话：朕仰遵祖训“兄终弟及”遗诏，嗣皇帝位。已告天地、宗庙、社稷，称孝宗敬皇帝曰皇伯考，昭圣皇太后曰皇伯母，恭穆献皇帝曰皇考，章圣皇太后曰圣母。各正厥名，天伦无悖。布告中外，咸使闻知。

诵罢，皇帝炫耀地说："这篇诏书，内阁和礼部会同拟出，儿子阅读几遍，又亲自修改，所以记得格外牢实。"

"大臣们写得好！皇上改得好，诵得好！"章圣皇太后赞道。

皇帝深有感触地说："儿子即位时，很知道敬重大臣们，可有些大臣不知敬重儿子。现在皇考和母后既得尊崇，看谁还敢不敬重儿子！"

"不可这样讲，"章圣皇太后教训道，"皇上天下至尊，谁敢不敬重？但真要人敬重，还须下一番功夫，整顿好朝政，治理好天下。"

"是。"皇帝恭顺地应道。

章圣皇太后接着说："说到整顿朝政，治理天下，我想起一事。张先生和皇上论当务之急是用人，皇上问他是用耆旧，还是用新进。他说兼而有之。但他只提及新进，未提及耆旧。难道耆旧中竟无可用之材？"

"也不是这样，"皇帝说，"儿子后来和张先生议及天下人才，张先生曾为儿子举荐过数人。"

"他举荐过谁？如何举荐的？"章圣皇太后问。

"张先生向朕举荐前四川巡抚胡世宁。儿子问：胡世宁是何等之臣？张先生道：干练之臣。儿子问：何以知其干练？张先生道：愿举四事，"皇帝说着，转述张璁所举之事，"其一，胡世宁任南京刑部主事时，应诏上言，陈边备十策。孝宗皇帝见其疏，称：胡世宁干练。自孝宗皇帝之言观之，胡世宁干练。其二，胡世宁是弘治六年进士，主考李东阳风评该科进士，称：淳厚，顾清最；处事，胡世宁最。自李东阳之言观之，胡世宁干练。其三，胡世宁疏劾宁藩，宁藩必杀之而后快，胡世宁径投都察院。杨一清说：胡子险中求安，死而后生，人所不及。自杨一清之言观之，胡世宁干练。其四，胡世宁在江西剿盗，自称：吾料事十不失三，吾子胡继料事，十不失一。胡继料事，是否十不失一，姑且不论；世上料事十不失三者，能有几人？自其自评之言观之，胡世宁干练。"

张璁举的四事，第二事有些出入。李东阳盛赞顾清的淳厚不假，说到处事，他最欣赏的是何孟春。但何孟春议礼固执，皇帝深恶之，张璁亦深恶之，乃移花接木，改换成胡世宁。不过，李东阳确实称赞过胡世宁、李承勋等的行政才干。他举此事，也不全系子虚乌有。

"张先生能为皇上举荐人才，娘很放心，"章圣皇太后说。"他称胡世宁为干练之臣，意即：此人可用于部、院，不宜用于中枢。”

“儿子也以为，他是这个意思。”皇帝道。

章圣皇太后又说：“胡世宁是干练之臣，皇上固当召入朝廷；另有一耆旧，不仅干练在他之上，皇上尤当召入朝廷。”

“母后说的是谁？”皇帝问。

“张先生言及此人，你父皇在世时也言及此人。”章圣皇太后提醒。

皇帝顿悟：“母后说的是杨一清吗？儿子一直在思慕其人，科、道官屡屡举荐其人，张先生、桂先生也称其人尚可大用。”

第六十三章

八月底，朝廷降敕，免前大同总兵朱振赃罪，立功叙用。

实际占据大同城的叛卒很是喧闹一阵。有人主张杀他，以免后患；有人主张随他一起归顺朝廷。郭鉴、柳忠等与郭疤子计议后决定：不杀他，不放他，名义上仍尊他为总兵，但不再听他的号令。为避免出差错，他们派一队弟兄日夜巡视在他的住宅附近。在众人的心目中，郭鉴才是总兵，柳忠则是副总兵。

朱振安居在自己的宅院里，不因朝廷的一道敕旨而急于为朝廷立功，也不因叛卒改变对自己的态度而急于离开大同。这一日，郭鉴和柳忠来看他，他不卑不亢地接待，请客人入坐，命家人上茶。

“总兵老爹的茶不能御寒，还是赏一碗酒吧。”柳忠大大咧咧地说。

按照当地的习惯，他改称朱振总兵老爹，不再称总兵大人。喝一大口酒，他又大大咧咧地说，“总兵老爹，我们是真把你当作老爹看的；谁知你受朝廷敕旨，一味帮助朝廷来算计我等。”

朱振驳他：“朝廷降敕，非止一日，你看我为朝廷做过什么事情？”

“你先要我等善待宗室，又命我等不要抢劫仓库，不要杀人放火，让弟兄们心冷。这还不是为朝廷做事！”柳忠气愤地说。

朱振辩道：“我此等号令，并非只为朝廷，也是为尔等众人。前者张某、贾某被杀，是他等咎由自取，朝廷已有明旨，所以不予追究。尔等若杀戮宗室，抢掠仓库，朝廷还会安抚吗？我要尔等驻扎焦墩山，尔等怕吃苦，偏要驻进大同城里。尔等想想，除静候朝廷安抚，尔等还有别的生路没有？”

柳忠还要抢白，被郭鉴止住：“二弟，我等既奉他为总兵，就要听他号令。他有异心，我等可以不再听他号令，犯不上与他斗嘴。”说着转向朱振，“朱总兵，你说蔡巡抚对我等真心安抚，朝廷对我等真心安抚，可这些日子，接二连三地出事，我等不能不起疑心。”

“郭兄弟说接二连三地出事，不知指的哪些事？”朱振问。

郭鉴一一为他数落：

第一事，蔡巡抚进城，即命军士献首恶。弟兄们说姓蔡的是首恶，要杀他。你却说蔡巡抚只是扬言而已，并未认真抓人。果然，他迄今未找我等晦气。此事就算过去。

第二事，朝廷大军过大同，弟兄们说，朝廷不给我等生路，我等与他玉石俱焚。你却说金尚书、杭总兵出师甘肃，并非为大同事。果然，大军向西而去。此事就算过去。

第三事，大同城里纷纷传言，朝廷将遣京营来弹压，统军大员，据说文官是户部侍郎胡瓒，武官是都督鲁纲。弟兄们说，胡侍郎来剿，我等投胡人去。你却说此系谣言。朝廷既言安抚，怎会用兵？果然，至今未见胡侍郎、鲁都督大军。此事就算过去。

第四事，胡侍郎、鲁都督大军未至，却来一个送饷银的。弟兄们说，大军未发，粮草先行；饷银既来，大军必随至。你却说李主事的饷银不是送来大同的，而是送往甘肃的。果然，我等围困李主事于馆驿，李主事说，他奉旨押解饷银去甘肃。此事就算过去。

数落完了，郭鉴道："朱总兵，每一次都是你说得对，我现在要说的是，弟兄们探得，果有大军发自京师，李主事押解的饷银并未西去，明摆着是要算计大同。你又怎说？"

宣府与大同毗邻，蔡天佑奉旨改抚大同，两三天内赶过来。他以数骑进城，一面要军士献首恶，一面奏请朝廷宽赦，使叛卒感到诚意，也感到压力。

金献民因肃州告急，以兵部尚书兼右都御史，总制陕西三边军务，不知与他在左顺门哭谏时的表现有没有关系；他奉旨西行，对大同局势根本不屑一顾。

前两件事，朱振很容易说服众人。后两件事则不同。

朝廷对大同兵变剿、抚之策不定，胡瓒、鲁纲率京营进剿，确有其事，只是大军行进迟缓，至宣府，又得新旨，暂驻毋进。户部主事李枝押解饷银，确是为犒劳进剿大同乱卒的京营官兵，他走得快，先到大同一步。他本就要到大同，还能往哪里去？这两件事不能不让众人猜疑。

"郭兄弟问我，果有大军发自京师，李主事并未西去，该怎说。说实话，我也不好说。定要我说，我还是那句话：朝廷对尔等真心安抚，"朱振道，他自信，举出一件人人都在谈论的事，可以说服众人，"尔等知道，桂将军是带领妻小来大同赴任的。朝廷不是真心安抚，他肯吗？"

郭鉴找不出理由来反驳，他半是友好半是威胁地说："好，我再信你一次。大同一旦有危难，朱总兵好自为之。"

腊月初，狂风怒作，天气大寒，新任分守大同参议韩邦奇到总兵衙门，拜晤新任大同总兵官桂勇。桂勇迎出，身后站立他的五名养子，依次是：桂全胜、桂彪、桂锦、桂麟、桂俊。自进入大同城后，他们五人不离桂勇前后，出迎官府的人物也不例外。

"好一群虎狼儿！"韩邦奇顾不上与桂勇寒暄，先对五子赞不绝口。

"汝节先生，"桂勇呼着他的字，揖道，"你好大的胆子！今日大同好比火牛阵、恶犬阵，你也敢大摇大摆地从城那头走到城这头。你就不怕被火牛踏成肉齑，就不怕被恶犬撕成碎片？"

"将军也怕火牛阵，也怕恶犬阵乎？"韩邦奇笑道，"今日大同得将军镇守，在我看来，已是万全之地。将军可知，我初到大同时，身后只有一名老仆。我夜宿西安驿，距大同城大约五六十里。清晨起身，命驿卒领我进城。驿卒不但自己不来，也不让我来。我说，大同我是一定要去的，你们不肯去，我只好自己去。你猜怎的？那两名驿卒竟露出匕首胁迫。我知他二人是好心，怕我命丧大同城。可我若被他们降服，岂不有负朝廷的任用？我向他们逼去。只见我向前逼一步，他们向后退一步，就这样走出里许，他们大叫一声，跑脱。"

"只身犯险，豪气逼人，"桂勇赞道，"有汝节先生这样的文臣，羞煞我等武夫。请！"

他向前做个手势，请韩邦奇入内；又向后做个手势，要韩全胜等五人不要跟随得太紧。

二人入堂坐定，桂勇示意在先，桂全胜等至堂前而止，留在堂外，小声地议论着。桂勇喝道："我要你等不要紧靠着我，以免汝节先生取笑，又不是不要你等听汝节先生的训诫，你等怎不敢进来！"

五养子入堂，如往常一样，各自分据门窗等要害处。年纪最幼的桂俊不像几位兄长守规矩，喃喃地说："韩老爷豪气逼人，我等虽无用，亦非胆小鼠辈，连韩老爷豪气逼人的话也不敢听。"

桂勇要斥他，韩邦奇笑笑，抢在前面回敬道："我正因只身犯险，所以无所顾忌。你家将军明知大同是火牛阵、恶犬阵，仍携家室而来，豪气更胜一筹。我与你五人一见之下，以虎狼儿相许，谁人敢视你等为鼠辈！你等到大同多日，仍未建立奇功，是因未得其时。我名中有一奇字，我这一来，说不定就给你们带来建立奇功的机会。”

五人一笑，或傲然，或羞赧，不再因桂勇盛赞韩邦奇自觉受到羞辱。

“汝节先生，你闯祸了！”桂勇连连顿足，不知真着急，还是假着急。

韩邦奇大惑不解：“我说给令郎们带来立功的机会，怎就闯祸？”

“他等年轻气盛，你说有建立奇功的机会，他们会每日向我要建立奇功的机会，我去哪里找给他们！你这还不是闯祸！”桂勇讲给他听。

“机会是有的，只怕桂将军舍不得他们几人犯险，”韩邦奇一语点破，“桂将军这几日在发愁吧？何不将发愁的缘由讲给他们听？”

“是啊，主翁这几日夜间都睡不踏实，到底为的何事？”桂彪插话。

“让我来告诉诸位小将军，”见桂勇低头不语，韩邦奇代他说，“朝廷准蔡都宪宽赦大同乱卒之请，但申明必须捉拿到元凶。在前，并不知元凶为何人，捉拿元凶是虚的，大家只在嘴上说。后来查出，元凶有郭鉴、柳忠、徐毬儿、郭疤子等。蔡都宪因谣言四起，恐促之叛，再请朝廷宽赦乱卒。朝廷以元凶郭鉴等未获，不准，并严令捉拿之。如大同本卫军不足，则使暂留宣府的京营前来剿杀。”

桂勇叹口气，说：“将军拼杀疆场，哪个不想建立奇功！但我出镇大同，实有难处。都宪请朝廷宽赦，是对的。大同从乱的卒伍毕竟是少数，元凶更是少数。派大军剿灭，将冤死多少人？朝廷严令捉拿元凶，也是对的。不惩治元凶，各镇纷纷效仿，将国无宁日。而在大同，乱卒与顺民纠缠一处，从犯与元凶纠缠一处，让我好生为难。”

“不知元凶姓氏，朝廷要你捉拿元凶，你好生为难，我理会得；既知元凶姓氏，朝廷要你捉拿元凶，你还是好生为难，我好生不解！”韩邦奇道，“桂将军的为难之处，可告知否？”

“正要向汝节先生讨教方略，”桂勇说，“不知元凶姓氏，我觉为难，是不知向哪里使力；知道元凶后，才发觉，我原来并无气力。”

“将军是说，大同卫将士不堪信用吗？”韩邦奇瞥桂全胜一眼，激道，“大同将士不堪信用，将军身边难道也没有可以信用之人吗？”

堂上五子闻言，无不大怒，血脉几贲裂。桂全胜喝道：“我等自幼随主翁习武，只为临阵可用，谁敢欺我主翁身边无人！”

桂彪道：“主翁为天下大元帅，忠于国而不爱其身，而能舍其家。我等为主翁之仆，乃不能忠于家，而忍负主翁乎！”

桂锦在五子中多读几天书，有些文雅之气。他说："国之臣，家之仆，身份虽殊，其道一也。主翁豢养之恩，我等誓以死报！"

桂麟道："不错，犬马受豢养之恩，犹知报答；我等忍听人说，主翁身边无可用之人，岂非犬马不如！"

"众位哥哥听我说，"轮到桂俊时，他涕泪交流，几不成声，"我自幼没有见过亲爹娘的面，主翁待我如亲爹，主母待我如亲娘，主翁主母恩重如山，要用我时，我这一身血肉都舍得出去！"

"好一群虎狼儿！"韩邦奇又赞一句，"桂将军，你养子如此，还有什么为难之处！"

桂勇的目光依次扫过五子，亦觉欣慰，但未出一言鼓励嘉奖。

韩邦奇再次点破他的心思："还是那句话：将军舍不得诸位小哥犯险。其实，他等要建奇功，未见得比我只身入大同更犯风险。"

"汝节先生这话怎讲？"桂勇顿觉精神一振，侧过身问道。

韩邦奇早打好腹稿。他不慌不忙地说："我入大同，在驿卒看来是犯险；五位小哥欲立功，在将军看来是犯险。无非因为彼在暗处，我等在明处。如若颠倒过来，彼在明处，我等在暗处，又会有多少风险？"桂勇急欲插话，韩邦奇摆摆手，继续说，"将军谓大同军不可用，无非因为官军与乱卒纠缠一处，官军中有乱卒的探子，如若颠倒过来，乱卒中有官军的探子，又会有多少风险？"

"汝节先生手下有乱卒的探子吗？"桂勇问道。

韩邦奇欲言又止，对五子说："隔墙有耳，哪位小哥出去看看。"

"我去！"老二桂彪身手敏捷，抢在众人前面，一闪身，窜出大堂。

韩邦奇这才压低声音说："我手下没有乱卒中的探子，大同卫千户苗登手下却有乱卒中的探子。我与苗登秘谈过两次，知他心怀忠义，以灭贼为己任。也知他的弟兄散布在乱卒中，乱卒首领的行踪均可掌握。将军欲捉拿郭鉴等元凶，尽可和他密约。由他带领五位儿郎，及亲信家丁，乘着夜色，摸进元凶住宿之所，大功不难告成。不过，大同乱卒甚众，捉拿郭鉴容易，看管郭鉴麻烦，不如斩杀。"

桂勇大喜，招呼桂全胜等："汝节先生果然给尔等带来建立奇功的机会，还不快来谢过！"

桂全胜等四人，连同返转的桂彪，齐跪拜致谢。

韩邦奇向桂勇使个眼色，桂勇会意，一挥手，桂全胜等退出大堂。

韩邦奇把声音压得更低，说道："桂将军，夜袭元凶，绝无凶险，只怕夜袭得手后，会有不测。将军可把夫人等先行移至宣府。”

桂勇深作一揖，由衷地说：“汝节先生精心筹划，桂某感激不尽。”

腊月中旬的一个夜晚，黑云遮月。千户苗登，武艺平平，但看上去就是一副精悍的样子。他带领桂全胜等五人，及桂勇挑选的家丁数十人，臂上各佩标记，悄无声息地摸进郭鉴等夜宿的营房。

营房后部有一排小屋，原是用作堆放杂物的，郭鉴、柳忠及其他首领分住在各屋里，或二人一间，或三五人一间。营房里每夜安排逻卒巡值，小屋前后安排加倍的逻卒。这一夜，下半夜巡值的逻卒，在上半夜被苗登的探子拉去喝酒，都有八九成醉意。被上半夜巡值的逻卒唤醒，他们披衣抱刀而出，被风一吹，摇摇摆摆，各自找个避风的地方，先是立着，然后是坐着，然后是躺着，不多时，无不酣然入梦。

苗登指引桂全胜等进入正中的小屋，靠里的两个墙角各砌一张单人的土炕，一张炕上睡着郭鉴，一张炕上睡着柳忠。

郭鉴警觉，被轻微的脚步声惊醒，迷迷糊糊地问道：“二弟，是你吗？”被桂彪当胸一刀捅去，他来不及喊叫一声，死于非命。柳忠在睡梦里，被桂俊一刀砍断颈项，桂麟又在胸口补上一刀，他也命归黄泉。

桂全胜打着火石，苗登认了认，说：“二人既死，可放手冲杀。”

桂全胜等五人各率几名家丁，一屋一屋砍去。初时顺手，一屋三五人，片刻了结。不多时，有人在醒过来时挨一刀一枪，发出凄厉的吼声。又不多时，有人操起兵器抵抗，要经过许多回合的厮杀，才能砍倒一人。又不多时，营房里喊声大作，显见有人在呼唤士卒，集合队伍。

苗登听出郭疤子的声音，知道此人很有心计，在乱卒中威信很高。他对桂全胜说：“元凶已毙命，大公子，我们可以回撤。”

“好。”桂全胜按照约定，打两声唿哨。众人相互掩杀，匆匆撤离乱卒的营房，取不同的路径，返回总兵府。这时，已见东方的曙光。

桂勇等得正急，见众养子率家丁，一批一批回到身边，大喜。但他还没来得及正式慰劳安抚他们，门上来报：有大队乱卒杀到。桂勇说：“既送上门来，也罢，我当与儿等奋力杀敌，剿尽乱党，再来贺功！”

总兵府前的敌军，不少于二三百人。为首一老者，脸上一道深疤，容貌吓人，正是郭疤子。他的左边站立一英俊少年，是徐毯儿，右边站立一美貌女子，是柳二妹。见桂勇指挥家丁及少数卫、所士卒排开阵式，老者对女子说：“二妹，你兄长被这一伙人所杀，你要为他报仇。”

柳二妹持剑向前。她的泪已流尽，眼中只有仇恨，把桂勇及在他身后环立的五名养子一一扫过，怒道："谁杀我哥哥，速来送死。"

桂俊欲抢将出去，被桂全胜一把拉住。"五弟，我先上。"他挥刀迎去，说，"我知你是柳二妹，本事不错，特来领教。我兄弟五人如一体，你兄长不是我杀的，也和我杀的一样。你杀得我，杀我；杀不得我，不如嫁入桂府。我生得丑，你未必看得上我，那也无妨。我兄弟五人，你可以随意挑选一人，做你的夫君。"

身后桂彪叫道："大哥看上的人，还能由得她挑选？她不肯的话，我们众兄弟捆住她手脚送入洞房。"

随即是一片叫好声、哄闹声。

徐毯儿怒不可遏，喝声"无耻小贼，敢辱我二妹"，就要上前。

郭疤子拦住他，说："你二妹对付得了他。"

柳二妹一剑刺去，说："也罢，我先杀你，再杀害我兄长之人。"

桂全胜见她剑来的飘忽，不敢大意，忙用刀迎，不想迎个空。他吃一惊，回跳一步。向前看去，柳二妹也回跳一步。

"到底是女流之辈，不敢乘势而上。"他想着，往前一冲，一刀去砍头部，一刀去砍腰部，一刀去砍腿部。

柳二妹一缩，一退，一跃，轻盈闪过。

"我刺你一剑，你还我三刀，我还欠你两剑。好，看我两剑里取你性命！"柳二妹说着，一剑刺向桂全胜的腹部。桂全胜用刀去架，不想剑锋向上一挑，直刺他的咽喉。桂全胜躲闪不及，只见他喉间血喷如注，向后扑倒。

桂俊跃出，哭叫道："你兄长是我杀的，你要报仇，为何不寻我，却杀我大哥！"

柳二妹不答话，挥剑刺去。桂俊的气力不及桂全胜，武功却在桂全胜之上，但只招架十余回合，也死于剑下。桂俊倒下后，柳二妹又连在他胸口刺数剑，以泄杀害兄长之恨。

桂勇不忍目睹，闭上双眼，泪水从眼角流下。

不待他发话，余下三子一起跃出，挥刀乱砍。那边徐毯儿跳出助战，他用的也是剑。双剑三刀，舞成一团。先是桂锦的刀脱手，徐毯儿一剑，刺中他的要害。接着，桂麟倒下。桂彪武功最高，剩下他一人，犹且与双剑苦斗几个回合。

徐毯儿叫一声："二妹，上！"

二人跃起，空中展剑，双双把剑刺进桂彪的前胸。

桂勇长叹一声："罢了！"舞动长枪，直取郭疤子。

郭疤子以剑招架。没斗几个回合，后边有人喊：“疤子爹，大军来到！”郭疤子架开桂勇的长枪，喝道：“你杀我一亲子一义子，我杀你五养子，看看是谁划算！今日且留下你的老命，它日来取。”

说着，他虚刺一剑后，一手携徐毯儿，一手携柳二妹，疾奔而去。乱卒随他溃退。

桂勇站立不动，也不追赶，呆呆地望着五个养子的尸首。不论以前是把他等视作亲子，还是视作奴仆，现在他动的是真情。

率官军杀来的大同巡抚蔡天佑看到这一景象，也觉凄惨，不忍与桂勇叙话。随蔡天佑而来的朱振俯下身去，一一抚摸，使桂全胜等的双目闭合。

多亏他脱身后，全力斡旋，蔡巡抚才集合起大同卫数百官军。

腊月十五日，朝廷降旨，桂勇进都督同知，召还；朱振为署都督佥事、总兵官，镇守大同。大同的局势看似稳定。

但郭疤子、徐毯儿、柳二妹等首犯流窜出城，不知去向。大同镇、巡等官，心情忧郁且不安。大同与京师近在咫尺，大同局势不明，多少也使大节前的京师蒙上一层阴影。

第六十四章

河南洛阳城里有一处不大不小的宅院，洛阳县乃至河南府的人都称之为刘阁老府，主人是入阁十八年、任首辅八年的前朝名臣刘健。刘健自重名节，一向宁静度日。嘉靖元年六月，皇帝委派河南巡抚何天衢存问，刘阁老府热闹一阵，洛阳县城热闹一阵。随后又趋于平静。

上元节过后不久，刘阁老府来了一位刘健不能不见的客人，是朝廷新任命的陕西三边总督杨一清。去年九月，肃州被回人所困，朝廷命兵部尚书金献民总制陕西三边军务，十二月，肃州解围，金献民还朝。皇帝命推总督，吏部举杨一清、彭泽、王守仁以上。皇帝点用杨一清。他在入朝途中，特意绕道来洛阳拜望刘健。

刘健不能不见他，一是因为早年在朝廷，刘健任职翰林，杨一清为中书舍人，二人就有来往；二是因为杨一清也曾入阁，身份与他人不同。

二人相见，自有一番寒暄。刘健年过九旬，身体尚健，杨一清向他表示祝贺，是发自内心的祝贺；杨一清再次出山，又可以报效朝廷，刘健也向他表示祝贺，却不是发自内心的祝贺。

叙了一阵话，刘健问："应宁先生小我二十余岁，也已近七旬吧？"

"到今年贱辰，晚辈整整七十岁。"杨一清答道。

"按照太祖高皇帝的规矩，年至七旬，一定要致仕，"刘健说着，忆起旧事，"我致仕那年，七十有三。我常想，祖宗定下的规矩，我没有遵守，后来朝廷的那些处分，我也是咎由自取。"

刘健被宣示为奸党之首，是刘瑾的罪孽，刘健却说是他咎由自取。陪坐的长孙刘承学皱起眉头，说："老太爷又在说昏话。"

"你不要责我发昏，我心里清楚得很，"刘健板起面孔驳道，他又转向杨一清说，"应宁先生大才，不同于老朽之人，朝廷自当起用。但一定要把应宁先生留在朝中，才是敬重和体恤老臣之道。"

杨一清此番出任何职，刚相见时，刘承学已告诉过刘健一次，杨一清自己也说过一次，刘健还要这样说，刘承学脸上有点儿挂不住。他放大声音说："应宁先生这次再挂帅印，出任陕西三边总督。"

"当真？"刘健满脸狐疑，不似作假。

"当真，"杨一清说，"朝廷因近年西北多事，我在先曾督理过西北军务，故命我再膺此任。"

"这可不对。"刘健说。不知是指朝廷不对，还是指杨一清不对。

他不说明，杨一清不好应答，也不好问。

沉静片刻，刘健说："我记得，应宁先生亦曾为阁老，不知是我记错，还是他们传错。"说着，随手指指在一旁陪坐的孙儿刘承学。

"应宁先生入阁，天下皆知，我怎会传错！"刘承学不高兴地说。

"晦庵公没有记错，我是在正德十年入阁的。"杨一清听出刘健话里有话，而且能猜出他话里有什么话，但还是照实答道。

"这可不对，"刘健重复一遍，"应宁先生虽不出自翰林，但既曾为阁老，复出做总督，内阁体统，为你一人坏尽矣！"

杨一清正因为不出自翰林，并不认为做过阁老，再出任总督，就坏内阁体统。他淡淡地说："朝廷简命，晚辈不得不赴其任。"

刘健不住摇头，大不以为然："虽朝廷简命，进止由汝，谁能强之！"

这话说得强硬、干脆。杨一清不驳，会很难堪；要驳，则一定得罪刘健。刘承学知道祖父的性子，他再不出面圆场，还会有更难听的话。

"应宁先生赶许多路，说许多话，该请他歇一歇吧？便饭已备好，老太爷是不是陪应宁先生小酌两盅？"他问。

"我不去，"刘健断然说道，"我老且衰，不耐久坐，孙儿们陪一陪应宁先生。"又对杨一清说，"今上隆恩，荫承学中书舍人，并准他在家中伴我。我还能活几年？他总有一天要去衙门应差。应宁先生，你任中书舍人多年，是他们的老祖宗，席间不妨传授一二。望之今秋要应河南乡试，正在临阵磨刀，没有陪应宁先生说话，一会儿罚他多饮几盅。"

"不敢，二世兄要应省试，是何等大事，不要扰他吧。"杨一清客气一句，复向刘健揖道，"晦庵公坐累，但请自便。"

刘望之还是出来，与刘承学一起陪杨一清入席。二人是堂兄弟，性格迥异：刘阁老府的一应事务，都由刘承学办理，把他磨练得较为世故；刘望之一心读书，少涉室外，则更为纯朴。

席间，刘承学拉着刘望之，先向杨一清告罪："家祖父年迈，说话无所顾忌，有得罪之处，还请应宁先生见谅。一杯水酒，聊表诚意。"

"你说错话，这杯酒我不能饮。晦庵公不是年迈，说话无所顾忌。他是向来说话无所顾忌，老而不改，这才令人钦佩，"杨一清笑道，又说，"不瞒两位世兄，若非晦庵公率真，我们吃不成这顿酒。"

"此话怎讲？"刘望之知道杨一清满腹经纶，禁不住好奇地问。

杨一清解释："我已让人在白马寺定了一桌素席，欲与住持谈禅。晦庵公如果一定要陪席，我定以此事奉告而辞。晦庵公明言不能相陪，则我辞去，岂不有负他的率真和两位世兄的诚意？大世兄，你说错话，该罚。二世兄，我回答你的问题，你该陪。"

"是，家祖父要应宁先生罚我多饮两杯，这一杯权充其数。"刘望之道，饮过酒，又说，"家祖父罚人酒前，必先自饮一杯。应宁先生如何？"

"原来二世兄要罚我酒。我认罚。二世兄先请。"杨一清让道，

刘健家教极严，宅中少有笑声。杨一清的诙谐，引得两位公子大笑。

各饮了杯中酒，刘承学动作敏捷。顺手又斟上。

"江南士大夫讲，应宁先生府上的小管家才貌两全，在江南亦属难得。我出外迎候应宁先生时，怎不见其人？"他边为杨一清布菜，边问。

杨一清还没有来得及张口，刘望之抢着说："应宁先生不是差人去白马寺定素席吗？不用说，那一定是小管家的差事。"

"未见得，"刘承学不服气，"或是应宁先生留他在江南。"

"不会的。江南士大夫都说，应宁先生一日也离不开小管家，这次奉旨出镇，离江南不是一日两日，自然是带在身边，"刘望之说着，欲与刘承学赌酒，"大哥，我二人赌一杯酒，请应宁先生仲裁，如何？"

"那有什么，我几时赌酒怕过你？要是赌诗，我输得多些，十次中或会输六次；赌起酒来，十次中你还不是要输九次。"刘承学说。

别说是诗书礼乐之家的子弟，就是普通人家子弟，也没有在客人面前赌酒的道理。刘承学、刘望之无非是要取悦客人，杨一清很是承情。不等他们再邀，主动地说："旁人如何仲裁，我不去管，二人要我仲裁，我先要说，二位世兄都输了，都该罚酒一杯。"

刘承学、刘望之齐声说："有理无理，各五十板，哪有这等仲裁法？"

“二位稍安，听我道来，”杨一清不慌不忙地说，“鄙管家杨芝大约十四五年前在京师跟随我，那时有西涯李公家人的例子，大家也称杨芝一声小管家，纯系戏谑。后来杨芝随我返镇江，大家称他小管家，是因为家里原有一大管家。如今大管家已去，十四五年过去，杨芝不可能依然还小，你们却一口一个小管家，岂不该双双罚酒？”

“大哥，不管谁对谁错，应宁先生说的一层道理，我二人都输。这杯酒，我们认罚吧。”刘望之端起酒杯来，说道。

“既输，还有什么好说！饮酒就是。”刘承学也端起酒杯。

二人饮过，杨一清说：“我此番北上，杨芝确是带在身边。大世兄错，二世兄对。大世兄当再饮一杯。”

刘承学不推脱，又饮一杯。

杨一清又说，“二世兄说我一日也离不开杨芝，错。二世兄当再饮一杯。”刘望之欲申辩，杨一清说，“你虽把江南士大夫挡在前面，这话还是出自你口，要我仲裁，该罚你。我今日离不开的，另有其人。”

刘望之饮酒后，说：“家祖父每称应宁先生大才，今世难有其敌。果然，简单几句话便把我兄弟二人的公案了断。”

“不错，我兄弟二人各饮两杯酒，服气得很，”刘承学随刘望之称赞一句，又调皮地问，“应宁先生是不是又添一名小管家？”

“非也，”杨一清摇头，“我今日离不开的，乃是与我相知有年的一名参赞。此人还有一段故事，两位世兄要不要听？”

“既是应宁先生的参赞，又有一段故事，何不请来相见？”刘承学陪伴刘健的时间太久，颇感寂寞。听说有故事，精神一振。

杨一清说：“大世兄又错。我虽视此人为参赞，他却不在我身边。我说离不开他，是说到西北后，一定要设法把他调至我帐下。”

他介绍，此人姓赵名时，字仲甫，四川犍为县人，正德二年中乡试，现任乾州知州。乾州属西安府，下领武功、永寿两县。

“既然见不到其人，就请应宁先生讲一讲他的故事吧。”刘承学说。

“赵仲甫的故事，亦即我的故事。”杨一清铺垫一句，“正德朝，我曾两次出任陕西三边总制。两任之间，总制为才汝励都宪。才都宪治军，与我大相径庭。我任总制时，重视军令，演习营阵。才都宪见了我的下操军令，行营阵图，笑我迂阔，说：此皆古本子，何足法！边兵自能杀贼，若得骁勇将官，贼来，驱之使战，有进无退，何功不成，安用营阵！才都宪可谓骁勇之帅，可惜未得骁勇之将。正德四年，他亲率轻骑百余人，直捣贼营，但被贼数十骑反冲，百余骑溃散。才都宪中箭坠马，惨遭杀害。我第二次出任陕西三边总制时，在灵州吊祭才都宪，旁有一官冷笑道：‘公不见他题于边堡的两句诗吗：堪笑书生无勇略，演营习阵日纷纷。似此狂傲无知之人，不吊也罢。’这个人就是赵仲甫。我留他叙话，甚是惊诧：谁知边地竟有这样难得的人才。所以我说，此次再赴西北，杨芝不在身边不妨，赵仲甫一定要置于身边。”

“应宁先生讲完了吗？”所谓故事，似有似无，刘承学不由要问。

“大世兄很失望，是不是？”杨一清猜中了他的心思，“赵仲甫的故事，我只讲一句话：但此人一定会演绎出惊心动魄的故事。”

酒饭后，刘承学、刘望之送出门外。杨一清登轿，飘然而去。

杨芝见杨一清回来，满脸的不高兴：“老爷让我与老和尚约定，临时又变卦。就算老爷不愿意吃寺里的斋饭，刘府的酒饭又有什么好吃的？寺里的和尚们告诉我，整个洛阳城，再没有比刘阁老的饭更难吃的。两边都不好，老爷也不该吃最不好吃的那边。老爷不顾自己面子，也该顾一顾下人的面子。如此这般地毁约，老和尚泥塑一般，高兴时看不出高兴，嗔怪时看不出嗔怪，倒也不怕。小和尚没有那么好的性子，让我以后怎么见他们？”

杨一清边擦脸边分辩：“我被刘阁老奚落几句，不吃他一顿饭，岂不太吃亏？再者，我怎敢不顾你的面子？在刘阁老的孙儿面前，我管家长管家短的，把你吹捧到天上。”

“原来老爷还被刘阁老奚落一句，这不是自取其辱吗？”杨芝也奚落他一句，“不知刘阁老是怎样奚落老爷的？”

“他说我以阁老之尊，不该受督师之命。”杨一清叙述刘府的对话。

“奚落得好！老爷也真该好生反省。”杨芝道。

杨一清擦净脸，双手一背，迈起方步，口里念念有词：“故任祸者，唯忠诚忧国之君子能之，小人不能也。”

“老爷在说什么？”杨芝没有听懂。

“芝儿知道这句话是谁写的吗？”杨一清反问。

“不知。”杨芝答得干脆。

杨一清告诉他：“这是王伯安给我信函里的话。”

“那又怎样？”杨芝道，“王爵爷也未必赞成你再次督师。”

“未必赞成，但决不会劝阻，更不会奚落。”杨一清极有把握地说。

“我说与王伯安有相通之处，他说的君子能任祸，小人不能任祸，我甚是赞同。不然，于此边关多事之秋，我何不守在江南，安享天年，却要踏上万里征程呢？既言任祸，入阁拜相是任祸，督理边务也是任祸，故王伯安不会劝阻我。”

“刘阁老说老爷此行坏内阁体统，他反对老爷任祸，就是小人吗？”杨芝记性好，杨一清说一遍的话，他多能重复；但该说不该说，该问不该问，何时该说，何时该问，他把握不住。这一问，太没分寸。

“这——”杨一清思绪再快，也要想一想怎样说，“晦庵公自然是君子之人，他反对我出为将帅，是另有看法，并不是反对我任祸。”

“老爷莫怪，刘阁老与我也有相通之处。”又是句不知深浅的话，但杨芝要杨一清莫怪，是莫怪他赞成刘健，不是莫怪他不知深浅。

“你与晦庵公有相通之处？”杨一清哭笑不得，“可有说法？”

杨芝更加得意：“说法嘛，我迟些再说。我还要说，至大先生也与刘阁老有相通之处。老爷曾说过，至大先生在吏部尚书的位上，老爷就不会起用。话是对的，却不知其所以然。至大先生不愿意起用老爷，也因刘阁老那句话：以老爷阁老的身份，出为将帅，坏内阁体统。我与他们相通，说法却与他们不同：塞外艰辛，我怕老爷熬不下来。”

“不伦不类，”杨一清无奈地摇摇头，“但各人都是反对，仍以芝儿的说法最为实在。”

第六十五章

工部主事龚辉，字实卿，浙江余姚人，嘉靖二年进士，他奉旨赴四川、贵州采大木，以应京师大工之需。因为赶路，正旦节、上元节都是在途中过的，上元节过后，才到达成都。在四川采木，和四川巡抚衙门，布、按二司衙门都要交涉，估计无论如何也要停留三五日。因此，他在馆驿里找间较为安静的屋子住下。

晚间睡觉时，听到隔壁的屋里有人走动，龚辉觉得奇怪。因为白天他进进出出时，无意观察一下，见那间屋子紧闭，不像有人住的样子。

他进进出出时，特别留意观察，见那间屋子仍然紧闭，不像有人居住。可到晚间，里面还是有动静。

第三天，他实在忍不住，向差役打听。这才知道，那间屋子里果然住着一名官员，是按察司分巡威州、茂州地区的副使余珊。威、茂二州均属成都府，在府城西北四五百里之外，因距离较远，故设分巡道。

余珊字德辉，南直隶桐城人，正德三年进士。按察副使职位不低，完全可以在成都安家。但他从江西调来四川不久，还顾不上接取家眷，购置房屋；而且，半数日子要去威、茂地区巡视。因此，回到成都，他仍寄寓馆驿。

晚间，龚辉决定去拜会这位邻人。

走到门前，见门窗都拉上帘子，这才明白，为何看不到里面的光亮。他敲敲门，有人走动，开门。

打量了他一番，屋里的人问："来客是龚主事吧？"

龚辉也问："主人是余先副吧？"

二人执手大笑。余珊把龚辉让进屋里。

"实卿，为何扰我？"叫得出龚辉的字，看来，余珊对他有所了解。

"德辉先生闭室清修，所为何事？"龚辉也问。

"实卿这么一问，我已知道答案，"余珊说，"实卿以为隔室住着一个怪物，不看一看他的真面目，心中不安。是也不是？"

龚辉要辩解，余珊又抢着说："其实，并非清修，我关起门来，只为草拟一篇奏疏，乃俗客的修为。"

"草拟一篇奏疏，要闭室三日？"龚辉不太相信。

"题目不寻常，故耗费时日。"余珊解释。

"是何题目，可否赐告？"龚辉道。

"那有什么不可以，"余珊说着，问，"实卿，识贵池汪德声否？"

"可是汪御史？"龚辉反问。

余珊点点头，说："就是他。"

龚辉说："他上《十渐疏》，在下虽不识他，却早闻其名。"

"实卿可知，他与我是小同乡，名全同，字同其半？"余珊说一事，扳下一根手指，扳下第四根手指时说，"今即将有第四同。"

"德辉先生也要上《十渐疏》？"见余珊点头，龚辉一揖，道，"题目果然不寻常；德辉先生闭室撰写，更不寻常。可否拜读？"

"那有什么不可以。"余珊为人豪爽，边说，边把疏稿取来。

"'十渐'拟就，仅一结语未写，实卿但看不妨。"

余珊称，今渐不克终者有十，并以嘉靖初政与正德之政比较，再以今日之政与嘉靖初政比较。

第一渐为纪纲之颓。他写道：天下无纪纲，则中国非中国，夷狄非夷狄。

第二渐为风俗之坏。他写道：吴王好剑术，百姓多疮瘢；楚王好细腰，宫中多饿死。其实由于朝廷之所好尚，而为士习之所转移。

第三渐为国势之衰。他引用宋儒周敦颐的话：一家有一家之势，一国有一国之势，天下有天下之势，四夷有四夷之势。

第四渐为外裔之强。他写道：古谓胡虏无百年之运，臣亦谓胡虏无百年之衰。试以汉唐之下而言之。西汉自文帝时呼韩邪之来朝，至明、章、安、顺间曾无宁岁，未百年也。东汉自匈奴款塞，至五胡之云扰，亦未有百年之久。唐自太宗之时吐蕃、高丽各国并遣子弟入学，未有百年而安、史倡乱，吐蕃劫盟。

第五渐为邦本之摇。他引用晁错的话：人情莫不欲寿，三王生之而不伤；人情莫不欲富，三王厚之而不困；人情莫不欲安，三王扶之而不危；人情莫不欲逸，三王节其力而不尽。

第六为人才之凋。他写道：仲尼于周之末而叹人才之难得，郭泰伤汉之衰而叹人才之云亡。……天生人才，自足以供一代之用，非必借才于异代，人人如稷、契、皋、夔而后谓之才也。

第七为言路之塞。他写道：臣闻夏禹、商汤，拜言改过，其兴也勃焉；夏癸、商辛，拒谏饰非，其亡也忽焉。以一代之兴亡，系一言之从违，其迹虽微，而其祸甚著。

第八为邪正之淆。他写道：今夫孔雀、鸾凤，天下所共知也。高德孺指孔雀为鸾而隋帝信之，是岂真不知哉？盖其心悸目眩，而无见于雀与鸾耳。

第九为君臣之睽。他引用高宗告傅说的话：若作酒醴，尔惟麴蘖；若作和羹，尔惟盐梅。盖调燮之资，非臣无望矣。

第十为灾异之臻。他引用董仲舒的话：天人相与之际，甚可畏也。若狎恩恃爱，以为天怒不足畏也，天爱不足惜也，敢行暴虐，戏豫而驰驱之，是为恒君悖子，天必割爱而改顾他人。

龚辉读罢，双手将疏稿捧还。

余珊问："实卿有何见教。"

"足以振聋发聩，不枉费德辉先生数日夜心血。"龚辉道。

余珊收起疏稿，说："文字粗糙，还要润色。实卿不肯教正，我不勉强；但有一事，我却要对实卿讲。"

龚辉揖道："请德辉先生赐教。"

"大木之役，如虎之政，采木之地，谁不谈而色变！"余珊还以一揖，说，"望实卿对我川人多些怜爱之心，莫让我或后人又有第'十一渐'的讥议。"

"谨受教，"龚辉应道，"川民亦皇朝赤子，若不知怜爱，天厌之。"

第六十六章

勋戚大臣、内阁大臣、六部尚书、都察院左右都御史、翰林院学士，及其他衙门堂上正卿，陆续进入左顺门廊庑。

他们奉旨集议建立世室一事，皇帝指定英国公张仑、内阁首辅费宏、礼部尚书席书、司礼太监张佐共同主持。此外，皇帝还特别关照翰林院学士张璁、桂萼与会。

众人依序就座，才见张佐匆匆而来。他向在座者统作一揖，坐在张仑和费宏之间空着的凳子上。

“本家太监，”张仑亲昵地称呼一声，问道，“皇上可有旨意？”与会太监晚到一步，通常会有人问一句，何况是奉旨主持集议的太监。

这些年来，张佐不知参与多少次集议，但与几位大臣一起主持集议，还是第一次。他的话不由得多起来：“没有，没有。我请示万岁爷，何寺丞要不要与会。万岁爷责怪我糊涂。各位大人是什么身份，何寺丞是什么身份？他来的话，在此处一坐，还让不让各位大人坐；他一开口，还让不让各位大人讲话？万岁爷处处顾及各位大人的面子，各位大人千万不要辜负万岁爷的体恤。”

说到这里，他转向费宏，“子充先生，开议吧。”

费宏点点头。在他之前，杨廷和、蒋冕、毛纪三人与皇帝议礼不合，相继去官。他当时多少有些不解：三人都是谦谦君子，都懂得做官的圆滑，为何在这件事上要以去就相争？等他进为首辅，始有切身体会。退让一步，必要退让两步、三步，直至正统荡然无存。如果说，以献皇帝为皇考，还只是一种称谓，皇帝的私情还令人同情；那么，献皇帝神主入太庙，皇朝的整个统绪就一定要改写。

但是，既然以献皇帝为皇考，献皇帝神主奉祀太庙还不顺理成章吗？

好在情形有些变化。为献皇帝争皇争考时，皇帝并不完全孤立，有张璁、桂萼、席书等人支持他并能提出一套主张。费宏以为，他们的主张不能说完全错。现在议建世室，张、桂、席等人不会附会何渊的主张；至少席书对他说过，对何渊之议，不能苟同。

“文同先生告诉我，建立世室之议，礼部曾议过。”这话是对众人讲的，费宏然后对坐在身边的席书说，“文同先生，请先把礼部所议的结果公之于会议，如何？”

席书回敬道：“子充先生命我先说，我就先说。子充先生告诉我，内阁几位老先生对此事也有议论。我说过后，子充先生，或邦彦先生，也要把内阁所议的结果公之于众才好。”

“那是自然，既曰集议，各家都议才是。”费宏坦然地说。

“建立世室之事，我与南夫先生、懋中先生议过几次。我三人见解小异而大同。我没讲到之处，请他二位补充；我讲错之处，请他二位纠正。”交代两句后，席书侃侃而谈，“欲论建立世室之是非，先要明确二事。一是世室之由来。王制：天子七庙，始祖居中，百世不迁，以下三昭三穆，随世而祧。周以后稷为始祖，后稷庙自然百世不迁。而文王、武王有大功德，乃立世室，亦百世不迁。世室即百世不迁之宗庙。周朝制度：后稷庙不迁，文、武世室不迁，其下宗庙，依世而祧。后世如建立世室，均仿效周制。二是我朝庙制。我太祖皇帝定太庙之制，前正殿，后寝殿。正殿一堂，寝殿九间，为同堂异室之制。寝殿每间一室，奉藏列祖列宗神主。中室奉德祖，东一室奉懿祖，西一室奉熙祖，东二室奉仁祖。以后西二室奉太祖皇帝，东三室奉太宗皇帝，西三室奉仁宗皇帝。东四室奉宣宗皇帝，西四室奉英宗皇帝。至此，九庙已备。孝宗皇帝即位，礼部尚书周尧弼先生主持议定：德祖以上无考，德祖视同周后稷，不可祧。宪宗皇帝祔庙，当祧懿祖。遂于太庙寝殿后别建祧殿。礼部又议：德祖不可比于后稷。我太祖皇帝享有天下，不可比于周文。太庙既有始祖，又有太祖，是宗宋朝王安石之议。我朝祭祀，以太祖配天，而太庙里太祖又不居正位南向，非礼之正。请并祧德祖、懿祖、熙祖，而以仁祖居中，设为七庙。异时再祧仁祖，而以太祖皇帝拟后稷，神主百世不迁。孝宗皇帝从之，成为今日遵守之制。”

世室之由来，是粗浅的常识，席书不会说错。祧，即远祖之庙。不论七庙之制，还是九庙之制，太庙的室数有限，总有每室都已安奉祖宗神主的时候。新宾天的天子不能不入太庙，就只好将始祖外、世室内祖宗外最远的祖先的神主请出太庙，另建庙奉祀。留在太庙的神主则依次前移，新宾天天子的神主列于最后。

至于后面的一段议论，不是出自礼部尚书周洪谟，而是出自当时的吏部尚书杨守陈。不过，即便出自杨守陈之议，此等大事，总要由礼部议定。席书混为一谈，不能算作大错。至于所述内容，则很准确。

费宏、石珤相视一笑。改变庙制时，他们方入翰林院。相视一笑，既表示听出错处，又表示这一错处无须纠正。

石珤道："这两件事都讲得很透彻，文同先生，皇上命议论何寺丞的奏本，我等当如何回复，还请明示。"

"既然讲得透彻，回复自然在其中，"席书道，"献皇帝若可比于周之文、武，则建立世室尚有可议；献皇帝不可比于周之文、武，则立世室出于何典？我等皆以为，为献皇帝建立世室不合古制，亦非推重献皇帝之道，宜予驳回，重责倡者。"

三辅贾詠接言道："献皇帝虽有盛德，终非创业之主，不可比于文、武；立世室于太庙，恐我皇上亦有不安。宜予驳回，重责倡者，很是。"

吏部尚书廖纪说："是否创业之主，乃是关键。纵然献皇帝盛德可比于文、武，其神主也不宜安奉太庙。"

乔宇致仕，廷推南京吏部尚书杨旦接任。杨旦在赴京途中疏论张璁、桂萼，被刚刚召回京师的给事中陈洸纠劾。陈洸并荐曾任南京吏部尚书、现已家居的廖纪。于是，皇帝改用廖纪掌吏部。

又有数人发言，都是支持席书的说法：驳回该议，重责倡者。

似乎再无可议。张佐隔过费宏，问道："文同先生，我是否对皇上说，先生倡言'何寺丞之议，宜予驳回，重责倡者'？"

"虽本人倡言，却是全体公议。张太监不妨这样禀奏皇上。"席书说。虽然张佐明摆着是威胁，但他要维持自己的尊严，不能不充一回好汉。

石珤把话岔开："当年秉用学士首先提出，在京师别建庙祀献皇帝。别建庙不是立世室，二者之分别，是不是请秉用学士讲一讲。"

众人都知道，驳回建立世庙之议，一定要有相应的提议，才能对皇帝有个交代。在可以代替建立世室之议的提议中，于京师别立祀庙，是皇帝最有可能接受的。但别立祀庙在本朝也没有前例，有些人是没有想到这一层，有些人则担心贸然提出，会为清议所不容。听了张佐和席书的对话，众人一时不知怎样措词，几乎要陷于僵局。幸亏石珤巧妙的引言，使众人摆脱窘境。有人不由想到，张璁与会，也有好处。

在座的不少大臣当年是论敌，现在却要恭听自己的宏论，张璁感觉到一种从未有过的满足。他矜持地说："于京师别为献皇帝立庙，与为献皇帝建立世室，根本的不同在于，前者不干正统。何渊以献皇帝为自出之帝，比于周文王，上干九庙之威，下骇四海之心，不经甚矣。何渊请入献皇帝于太庙，不知序于武宗之上，或序于武宗之下？昔人谓，孝子之心无穷，份则有限。得为而不为，与不得为而为之，均为不孝。"

说到这里，他顿了顿。接下来要说，以昔日之事而论，考献皇帝，礼之可为者也；但一想，让在座的许多大臣愤懑和难堪，他观政于部时可以这样做，他任南京主事时可以这样做，现在是翰林院学士，不该这样做。

于是，他煞尾道："迎献皇帝入太庙，礼之不可为者，别立祀庙，礼之可为者。此天下万世之公议。"

驳立世室，容易表态，附和的人不少；而赞成别立祀庙的话，则难于启齿，所以，张璁之议不谓不精彩，却无一人附和。

席书作为主持集议者之一，也作为张璁的同志者，出来收拾局面："本次集议通过二事：一是驳回何寺丞之议，二是请别立献皇帝祀庙。诸位看，是不是这样回复圣上？"

"就是这样吧。"这一结果在费宏意料之中，他首先表态。

张佐似乎不满足。他转过脸去，看看坐在另一旁的张仑，还他一个亲昵的称呼："本家爵爷，关键之事，关键之时，也请说一说。"

张仑笑了笑。关键之事，不必解释；所谓关键之时，显然是张佐无力扭转局面，想他与一班文臣对抗。他深知自己的角色：地位崇高不假，但在廷议时，他的话一钱不值。

"席尚书已然概括为二事，费阁老已然说就是这样，我还说什么？反正此事重大，须得皇上亲裁。"他说。

言者无意，闻者有心。张佐立即说："那么，是不是加上一句：建立世室，或别立祀庙，请万岁爷亲裁？"

老道的费宏不会留下这样明显的空子让人钻。他说："张太监不必加以蛇足。重大之事，自是皇上亲裁。但集议没有结果时，可加一句请皇上亲裁。今日集议，并非没有结果，也加上'请皇上亲裁'，是不是以后的集议，都要写上这句？有一次忘写，是不是就不必皇上亲裁？"

张佐眨眨眼，无言以对。

第六十七章

张佐向皇帝叙述完集议的经过，愧疚地说："奴才实在无用。"

皇帝丝毫没有责怪他的意思："何渊骤升光禄寺丞，不知引起多少人非议。你知道说朕不让何渊与会，是顾及各人的面子，已经很难为你。朕虽未明言之，用意正在于此。"

"谢爷称赏，"张佐为表示感激的心情，又评论道，"奴才只是觉得，席先生一席话，全是向阁老们献媚，有负圣恩。"

"那张先生是不是献媚，是不是负恩呢？"皇帝面无表情地问。

"奴才不敢乱说，"张佐道，不敢乱说，是不敢说假话，可还须回话，"席先生的话，奴才今日才听到，别立祀庙，张先生在几年前就写在奏疏里；席先生的一番议论，众人不住喝彩，张先生的一番议论，却无人响应。奴才想，张先生并没向谁献媚。"

"席先生认为何渊建立世室之议荒谬，加力批驳，是出于真心，算不得向谁人献媚。但他要重惩议者，却有些过分。"皇帝这才说出自己的看法，并问，"张佐，你看他是不是私心太重？"

"既然其议荒谬，请爷重惩似乎也说得过去。爷为何要说席先生私心太重？"侍奉皇帝多年，张佐摸准，一定不要以不知为知。

"何渊的奏疏呈进多时，朕也批与礼部斟酌，席先生从不曾提出重惩议者。朕一命廷议，他却要重惩议者，你说怪也不怪？"皇帝自问自答，"朕简单地批与礼部，席先生看不出朕是不是重视何渊之议，所以不放在心上。朕命廷议，他看出朕重视何渊之议，于是感到不放心，所以他要重惩议者。他担心朕因重视其议而重视其人，或会要他转任礼部官，或会要他掌礼部。你说，席先生提出重惩议者，是不是过分，是不是私心太重？其实，何渊监生起家，官至光禄寺丞，朕已有些不安，怎会让他转任礼部官，怎会让他升任礼部堂上官！席先生完全可以用心做他的礼部正卿，又何必疑神疑鬼！"

"听爷一说，席先生好似真的私心太重。"张佐轻飘飘地应道。

皇帝命道：“张佐，张先生怎样说的，你再为朕学一遍。”

“是。”张佐最怕皇帝让他重复学说，第二次说的内容和第一次说的不同，甚至第二次用的词句和第一次用的不同，皇帝听出来，就有麻烦。他尽量回想着刚才引述的说法。“张先生说，于京师别为献皇帝立祀庙，不干正统。又说，孝子之心无穷，份则有限。又说，别立祀庙，礼之可为者；迎献皇帝入太庙，礼之不可为者，此天下万世之公议。”

“原来张先生是要争天下万世之公议，”皇帝边点头，边思忖。然后，他忽问，“张佐，你看朕该不该准礼部之议。”

张佐惶然地说：“这等大事，奴才怎分辨得出来！”

皇帝得意地说：“朕该给张先生这个面子，可又不能轻易地给张先生这个面子。朕要驳回礼部之议，待众臣分别上疏，再作处分。”

五月二十七日，皇帝命于环碧殿旧址为献皇帝立庙，定名曰世庙。

第六十八章

八月下旬，重庆仍湿热难忍，成都已有些许凉意。天色已晚，四川巡抚王軏正准备就寝，门上来报，外面有一花子，叫着喊着一定要见老爷。王軏知道，晚间敢闯巡抚宅第的，一定不是寻常之辈，被家人看作花子而敢晚间闯巡抚宅第的，一定更不是寻常之辈。

“请他在前厅稍候，我马上去与他相见。”他吩咐道。

在卧室不住催他就寝的爱妾大为不满，扭捏作态，口出怨言。他拂袖而去，顾不上安抚两句。

在烛光下，他仔细打量一番“花子”，不由失笑：“我道是哪处来的‘花子’，原来是工部龚主事。实卿，你从山里回转，先在馆驿安顿下来，有话明日来说不行吗，偏要今夜来搅我！”

龚辉不拘于礼仪，否则，不会一副“花子”模样，夜闯巡抚衙门。

“载卿先生，”他随意一揖，说，“我紧赶慢赶，就是要在你上床前，赶来见你。要是你已上床，再把你请出来，难免要不好意思。”

“你余姚的读书人都是顽皮！”王軏指点着龚辉，无奈地说，“二十多年前，余姚出个王伯安，顽皮得连王老伯都要头痛不已。二十多年过去，王伯安早变得稳重，余姚又出个龚实卿，和当年的王伯安一样顽皮。我做二十多年官，最大的一件憾事，是不曾去你浙江主政，着实整顿一下余姚的士风。”

这样说，颇有些倚老卖老。王軏字载卿，南直隶江都人，和王守仁是同年的进士。他当然有资格把龚辉视为后生。

“载卿先生主政浙江，不知道会不会也变得顽皮。”龚辉以玩笑对付王軏的玩笑。“载卿先生要怪，不能怪我余姚的士风不好，只能怪朝廷对得力之臣过于倚重。试想，载卿先生若不加以工部侍郎的职衔，我这个工部主事也敢来巡抚衙门拜谒吗？”

朝廷大工频仍，要修缮仁寿殿和太庙，要兴建世庙；皇帝要求世庙的规模与太庙等。所有的工程都需要大木，采木成为当务之急。朝廷差派工部的郎中、员外郎、主事赴湖广、四川、贵州等地督工，随后命四川巡抚王軏总领其事。龚辉进山前，王軏只是以右副都御史巡抚四川；待他出山时，王軏又以工部右侍郎兼督采木。

王軏叹口气，道："实卿，不再说笑。我奉旨总督采木，说来还是拜你之赐。你若不相信，不妨想一想，湖广、贵州、四川三处采木，三处都设有巡抚，为何偏偏以四川巡抚总督采木之事？"

"载卿先生干练，采木的苦差事只好由载卿先生承担，"话音一落，龚辉马上拱手一揖，"恕罪，恕罪，载卿先生吩咐过，不再说笑。载卿先生一提示，我不难想明白。湖广巡抚、贵州巡抚、四川巡抚都可以总督采木之事，结果由四川巡抚承担，皆因一龚姓小子，上一道不知深浅的奏疏。载卿先生，你怪我不该上疏？"

王軏摇摇头，说："我知你为上那本奏疏，历尽艰辛，怎会怪你！"

龚辉先随郎中牟泰往贵州采木，地方官员及百姓俱称，贵州不产朝廷所需大木。郎中一般只坐镇会城，由员外郎或主事去山里实地勘察。贵州山地辽阔，龚辉驱单车前往几处山林，有时不得不徒步而行，勘实果无大木。他于是上疏，据实以奏，请停免贵州采木之役。幸朝廷恩准，大纾贵州之困。而原本定为两地采伐的大木，改由四川一省贡入，龚辉也随另一郎中李煌，专心在四川督工。四川大木集中在马湖、叙州两府，马湖府在成都西南一千一百里，叙州府在成都以南一千二百里。龚辉奔走两地，难怪巡抚衙门的差役会把他看成"花子"。

王軏说他为上那本奏疏，历尽艰辛，还有另一层含义：他使贵州的百姓和官员从大役中得到解脱，而他自己却没有解脱出来。

"四川，一泱泱大国也；湖广，一泱泱大国也；贵州，乃一穷山恶水、未尽开化之地。载卿先生主政四川，不与湖广计较，却与贵州计较，不是怪我上疏上错，又是为的什么？"龚辉道，"我原本以为想明白，让载卿先生一说，好似又不明白。"

"实卿，我不怪你，只怕四川的百姓要怪你，布、按二司及下面各衙门的官员要怪你，"王軏说。"贵州无木，你为贵州百姓及贵州官员们请命，有什么错？而四川有木，你在四川督采，历时半年，往返会城与木厂间数次，也不会没体会吧？可否略道一二？"

"是。'昊天胡不仁，此地亦何辜？鱼胡不生别县，茶胡不生别都？'"龚辉起身，恭敬而向往地说，"韩汝节先生任官我浙时，曾抄录此谣，亦因此而被祸。我奉旨于川蜀采木，但愿川蜀无大木。"

"实卿慎言！"王軏知他的话发自真心，甚为感动，也甚为吃惊。韩邦奇因抄录童谣而被逮赴京师治罪，现虽在四川巡抚衙门，未必就没有朝廷的耳目。龚辉的话传到京师，又会是一场“文字之狱”。

“在载卿先生处，言者无罪，我又何惧！”龚辉看上去满不在乎，但也不再吟唱出自富阳江的童谣。“载卿先生，我不再说笑。听说工部发下公箚，要四川倍输大木入京，可有其事？”

“有其事，”王軏答道，“部劄十天前才送到，你得知消息好快！”

“谋其事，与闻不敢不快。”龚辉说，“我离京时，廷实先生还对我言及，大木五千株，太多，三千足矣。怎么出尔反尔，又要倍之？”

他嘴上发着牢骚，心里却清楚，工部尚书赵璜这话是私下对他说的，算不得数。所以，他在四川督工，仍以五千株大木为限。

“圣命难违，廷实先生也是不得已。”王軏很同情赵璜的处境。

“叙州、马湖两地采伐大木，动用数万民，历时半年余，总算可足五千之数。朝廷又要多输，载卿先生怎说？”龚辉问。

“李郎中已奉召还朝，我正要与实卿商议此事。”王軏道。

龚辉慷慨而言：“叙州、马湖两地民力疲惫，已至不堪，需要休养生息；四川民力疲惫，已至不堪，需要休养生息。我欲再次上疏，请朝廷停免四川增输大木之数，望载卿先生助我。”

“好！我空挂一总督其工的虚名，此事我若上疏，徒招责备。实卿奉旨专办，肯为四川百姓请命，一定能说动皇上和在朝诸公。”王軏一直安坐其位与龚辉说话，此刻起身，向他一揖，“拜托！拜谢！”

“不敢，”龚辉还一揖。“不知载卿先生心迹，此疏不敢贸然而写，贸然而上。得载卿先生首肯，我一刻也等不得，这就回馆驿草拟。”

王軏止住他，说：“既然一刻也等不得，何必移足他去？我这里有客房，有差役侍候，实卿不如留下。”

招呼一声，进来一名差役，王軏吩咐道，“龚大人今晚要办事，你在客房相陪，要好生侍候。”

龚辉亦无不可，与王軏别过，随差役去巡抚衙门的客房。

差役手脚奇快，先把床铺收拾妥当，才问：“龚大人今晚要办何事？”

龚辉用手比画一下，说：“写字。”

“大人怎不早说！”差役埋怨道。“大人要睡觉，我该收拾床铺；大人要写字，我该收拾桌案才是。”

转瞬间，案上摆好笔、墨、纸、砚，桌案上放一盏灯，桌案上方挂一盏灯。看来，他经常为巡抚大人办这一类事，无须旁人指点。

“龚大人，还有什么事要小人做吗？”差役问。

龚辉看得发呆，定定神，说：“方才没有告知今晚要写字，歉甚。”

“也怪不得大人，是我没问清楚，”差役道，“都堂大人讲，龚大人今晚要办事。睡觉怎算得办事？我信口埋怨，龚大人休怪。”

龚辉喜欢他的利索乖巧，随口问道：“小兄弟，你叫什么名字？”

“里里外外的人都叫我阿三，都堂大人也叫我阿三。”差役说。

“那么，我也叫你阿三吧，”龚辉拍拍他的肩头，语气亲密地说，“阿三，我今天赶一天的路，甚是疲惫。你能给我找一壶酒吗？”

“怕是不能，”阿三说，“都堂大人禁止在巡抚衙门饮酒。”

“好吧，这话当我没说。”龚辉不再强求。砚台里的墨汁是研好的，他右手持墨，又缓缓研几圈，借以集中精力。

“阿三，你是成都府人吗？”他无话找话地问道。

“不，小人是长宁人。”阿三答着，从龚辉手里取下墨锭，放置一旁，而把笔递与他。“龚大人，墨研得再浓，不好写字。”

龚辉精神一振，连连发问：“你是长宁人？长宁是属叙州府吧？我才从那里赶回。阿三，今年官府征夫入大山采木，你家中可有人被征？”

“不止一人被征。我阿爹带着我的两个哥哥都进山。我若留在家里，怕也要进山。原以为这一两天阿爹和哥哥们就要下山，谁知——”阿三大概听到些采伐大木的艰难，想到在山里的爹爹和兄长，悲情溢于言表；想到自己本来也会上山采木，又不寒而栗。

“放心，他们这一两天下不了山，停几日也会下山。”龚辉安慰道。

“龚大人为何这么说？”阿三盼着亲人下山，却不敢相信听到的话。

龚辉说：“我今晚要办的事，是写字；要写的，是请求朝廷免增大木的奏疏。采伐大木的艰辛我已亲身体会，我会尽数写出。皇上仁慈，公卿动情，或会恩准。你的爹爹和兄长不就可以下山？”

阿三瞪大眼睛望着龚辉，低声问道：“大人的话可当真？”

龚辉说：“我骗你作甚！我离开山林，一连赶几天山路，今天更是天不亮就催马蹽行，不为写这道奏疏，还不该好好睡一觉吗？”

“怪不得，怪不得，”阿三嘴里念叨着。他突然给龚辉磕几个响头，爬起身来，说，“龚大人，你等着，我去一去，马上转回。”

不多时，只见他又匆匆转回，手里拎着一个酒葫芦。

“龚大人，请喝两口酒，再写字。”他说。

“这么晚，你去哪里找来的酒？”龚辉惊奇地问，“载卿先生明令，巡抚衙门里不许饮酒，你找酒与我，难道不怕被他惩处？”

阿三拍着胸膛说：“都堂大人不许在巡抚衙门里饮酒，是对其他人定下的规矩，龚大人不在其列。别人要饮酒，别说这么晚向我讨要，就是在白日里向我讨要，也是没有。龚大人要饮酒，则不一样。休道龚大人要饮酒，龚大人要饮血，我们也舍得奉上。”

“好，好！”龚辉一气喝下半葫芦酒，热泪欲滴。只见他思绪如潮，笔走如飞，一页纸顷刻写满。在“臣谨按：全蜀古梁、益之地，险厄四塞，独冠天下”一句引言后，他把一路上听到的山、水名目尽数录上。山名如杀人剜脑之类，水名如帚节鬼门之类，让人读后听后浑身战栗。

乘龚辉换纸的当儿，阿三说：“龚大人，我去去就来。”

“好，你尽管去做自己的事。”龚辉道。略一扫视，见阿三捧着他写的第一张疏稿，踮起脚，向外退去，他问：“阿三，你要把它拿去哪里？”

“龚大人休怪，”阿三面红耳赤，支支吾吾地说，“都堂大人吩咐小人，龚大人每写完一张纸，便送去与他看。他说，龚大人今晚不睡，他也不睡。他说，龚大人写的文章，他要先睹为快。”

“你们都堂大人不是先睹为快，他是先睹为安。”龚辉纠正道。“他怕我不肯认真为四川百姓请命，又怕我写出‘昊天胡不仁，此地亦何辜’之类的句子，给他招来麻烦，才坐卧不安地等在那里。”

阿三听不懂“昊天胡不仁，此地亦何辜”的含义，但听得出龚辉的不满。他说：“龚大人不想我拿去给都堂大人看，我就不拿吧。”

“难为你们都堂大人叫你在这边侍候，他自己在那边侍候，你不拿去，他岂不失望？不过，你要走快些，不然，你还在路上，另一张纸又写好。”龚辉挥挥手，不再多说，接着写下去。

顾名思义，险实与具。第不幸而不遇二子，寂寥无闻。其亦幸而未经品题，不拒人于千里。自分终弃之材，犹得以登庙堂之用。作山川险恶。

寒岩冰壑，崎岖万状，攀木缘崖，索桥伛偻，升之则跻于九天之上，降之则入于九地之下。怵目骇心，神竈飞越。作跋涉艰危。

尝闻蚺蛇吞象，三年而出其骨。禽兽逼人，自古为然。而况深山穷谷，老箐荒林，固其所窟穴哉！作蛇虎纵横。

道里之远，程以千计；夫役之众，日以百计；供顿之繁，岁以万计。栉风沐雨，水陆疲劳，虽鸡犬亦有不宁者。作采运困顿。

断岸千尺，下临无际；结构重叠，绵亘数里。作飞桥度险。梁栋美材，天地故秘藏之。重以频年采取之故，所遗无几。崇冈叠巘，限隔高下，其为力且百倍于曩时。作悬木吊崖。

人日食米一升，负米五斗，往返之期有七日。自给之外，仅足以给二人。万一变生不测，趋赴少后，缓急将何所济？作饥饿流离。

轻生嗜利，夷虏之常。以逸待劳，以众暴寡，昏夜乘间，将何所不至哉！作焚劫暴戾。

天灾流行，世所必有。加以蛮烟瘴雨之所侵淫，饥渴劳瘁之所摇夺，鲜不及矣。作疫疠时行。

至若滩高水落，为里尤难，筑堤壅泉，架木飞輓，若辘轳之汲水然。游移前却，日不能以一里。作天车越涧。

波涛泛涨，冲激四出，挽留无计，仰天太息。要之水旱具病，唯川蜀为然。作巨浸飘流。

上至藩臬，以至若府、州、县，转相督责，抚字之心诚劳，而职业固然，不敢怠废。矧无知犯法，小民之恒性哉！作追呼逮治。

山林材木，初不必其皆良。兼之天时人事，参错不齐，外直而中空者十之八，毁折而遗弃者十之九。侥幸苟且，百才一二。宿负未偿，新逋是急；称贷不足，继以田宅；田宅不敷，继以子女；子女不给，随以妻妾。夫人孰不欲有宫室之奉，夫妻子母之属哉！自全之道，固如是也。作鬻卖偿官。

验收登记，比次成筏，连筋捩顶，顾募器用之类，种种各备。每筏为木凡六百有四，为竹凡四千四百有五，为银以两计者凡百四十有八。公私耗靡，莫可胜记。作验收找运，自蜀至京，不下万里，每运为筏，以二十三十为率。每筏运夫四十，每夫日计值十分之五，大约三年，其为值殆且六万。要皆生民膏血。日朘月削，其存几何？父往子来，曾无宁岁，出万死于一生。作转输疲弊。

噫！不身膏野草，则葬于江鱼之腹，随其所在，动若陷阱。彼青黄雕刻，木之灾也；楩楠杞梓，独非生民之灾乎？夫楩楠杞梓，爱护而保全之，徒以应用营建所需之故，而伤陛下赤子，曾梗楠杞梓之所不若。每三复苌楚之诗，为之於邑。

龚辉写结尾的一段时，王軏随阿三一起来到客房。他站立龚辉身后，看着他写完最后一个字。

龚辉最后一段写的是：

噫！不身膏野草，则葬于江鱼之腹，随其所在，动若陷阱。彼青黄雕刻，木之灾也；梗楠杞梓，独非生民之灾乎？夫梗楠杞梓，爱护而保全之，徒以应用营建所需之故，而伤陛下赤子，曾梗楠杞梓之所不若。每三复苌楚之诗，为之於邑。

“载卿先生，苌楚之诗可吟得？”龚辉问。

苌楚是一种植物，《诗经》中有歌咏它的诗篇。

“同是咏物，《隰有苌楚》要含蓄得多，”王軏说着，把一叠疏稿还与龚辉，“实卿，你应有十五张图画，都已完成否？”

龚辉奏疏的题目是《采运图说》，十五张绘图的题目分别是：山川险恶、跋涉艰危、蛇虎纵横、采运困顿、飞桥度险、悬木吊崖、饥饿流离、焚劫暴戾、疫疠时行、天车越涧、巨浸漂流、追呼逮治、鬻卖偿官、验收找运、转输疲弊。

“载卿先生为我数过吗？”龚辉笑道。“我本不擅长作画，但在山林间流连，见工役之人劳作，有感而发，执笔临摹，不知是不是可以呈进圣前，不知是不是可以触动公卿大夫恻隐之心？”

王軏说：“我等但谋人事而已，后果如何，不必多虑。实卿，你的图画是否让人放回馆驿？你取来与我，我差快骑送入京师。不论朝廷准不准你的恳请，四川的百姓都不会忘记你的恩德。”

幸运的是，龚辉的《采运图说》呈进后，工部尚书赵璜请暂停其他各殿工程，专事仁寿殿工，皇帝准允，而废止增输大木的前旨。

第六十九章

乾州属西安府，在府城西北，相距约一百六十里。乾州城以南三山相连，从东到西，曰惇物山、武功山、太白山。十月初的一天，天色昏黑，城门将闭之际，州人如往常一样，三三两两出城，聚于山脚下。他们或是静坐，或是谈笑，但都在张望通往东方的大路。不多时，远处出现一队行路之人，人人举着火炬，宛如一条火龙。火龙渐次移近，聚于山脚下的州人不待人指挥，纷纷跪倒。行路的队伍停下，为首一人声音低沉地说：“会友们起身！”州人们齐道：“谢天公！”然后起身。

被称作天公的人，姓樊名绅，世代居住本州，家境殷实，到他这一代，花银子在州衙买个椽吏作。他纠集一些不安分的州人，宣扬邪术，每于晚间在城外山脚下作法事。他给他们的团伙起个很响亮的名字，叫天中会。加入者，均称会友。他的死党鼓动他称天王，他不答应，只是以天公自称。他以下的首领，渐渐有天侯、天伯等称谓。天中会开始只有会众十数人，经过数年，现在已有一两千人。除州城外，乾州所辖武功、永寿二县也发展不少会众。晚间在山脚下作法事，在当地可以造成惊天动地的声势。樊绅雄心勃勃，还打算把天中会扩展到西安府的其他州、县，以及陕西其他各府。

“天伯，告诉会友们，咱们在会城去到何处！”他得意地吩咐道。

天伯是乾州城里的一名丐儿，能说出他姓氏的州人没几个，能说出他名字的州人更是寥寥无几。他今年夏季才加入天中会，入会后向樊绅建议：利用他吏员的身份，请准州衙，作役法，以寓兵政。其法每百丁出一车，车置器械旗帜；每日以十车役于官，每车服役十日，轮流更替；人随车役，责在守城。樊绅问他这样做的好处，他说：服役之事，人皆苦之。可暗中通告会友，踊跃服役，则乾州城在我控制之下。樊绅很称赞他的想法，但担心知州赵时识破其用意，不会答应。没想到，赵时不但答应，而且大加鼓励。于是，从夏季到秋季的几个月里，天中会的势力有极大发展，超过以前几年。丐儿入会后，不道姓名，只称天丐，由于建议之功，他很快升至天伯。

“我等随天公在西安城里共住三天，”天伯清了清喉咙，说道，“第一天，天公会见城里几个寺院的大和尚，他们轮番与天公说法，大为折服，称：佛子、天公，本是一体。天公问：是尔等入会为天公，还是我入寺为佛子？他等称：我等入会，亦会友而已；天公入寺，定是佛子。”

会友中此起彼伏地响起欢呼声。加入天中会的人中，不少是佛门虔诚的俗家弟子。西安城里的寺院在他们心目中的地位极为崇高。寺院的大和尚都说天公乃是佛子，他们自然兴奋莫名。

“第二天，天公去西安府衙门说法，”天伯又说，“西安府及长安、咸宁二县各衙门的官员、吏员，聚而聆听。他们或是担心受责，换一身普通士人的装束，但从一举手一投足，不难看出他们的身份。看在眼里，我就在想：官人们实在不值得羡慕。我们要听天公说法，无所顾忌；他们要听天公说法，却不得不做一番伪装。我们听天公说法，坦然舒畅，要静思即静思，要喝彩即喝彩；他们听天公说法，却战战兢兢，欲哭而不敢哭，欲笑而不敢笑，欲思而不敢思，欲问而不敢问。各位会友想做官，或想子女做官，不妨以西安府听天公说法的官员为鉴。”

这一番对比引起会友们的欢笑。他们中，没有本州本县的官员，却有和樊绅一样的吏员，有州学、县学的生员，有想用钱买个官作，或给子女买个官作的富人。他们笑得多少有些勉强，有些尴尬。多数人家境贫寒，除维持生计，再无奢望。他们的笑发自内心，还多少有些自豪。

“第三天，天公在布政司衙门说法，”天伯的情致更高涨，“我没见到巡抚衙门、布政司、按察司的官员、吏员，未免有些失望。但聚集在衙门的听者互相一招呼，我才知道，来的有某位都堂的幕僚，有某位参政的管家，有某位副使的亲眷。他们本人不是不想来，而是不敢来。他们有心成为我们的会友，而不能得。他们只能听他们的幕僚、他们的管家、他们的亲眷学着说法，只能做天公的再传弟子。”

山脚下，会友们摩肩擦掌，欢呼雀跃。忽然有一人叫道：“我们要听天公说法！”众人稍一迟疑，齐声叫道：“我们要听天公说法！”

在四面火炬映照下，樊绅显得威武而镇定，与乾州城关帝庙里的神塑有几分相似。他将手一扬，上千人众立刻静下来。“会城三日，征服万众，天伯兄弟讲的都是实情，”他先总括一句，然后说，“宣扬我天中会的教义是说法，宣扬我天中会的威风也是说法。天伯兄弟今天的说法很好，我只再说一句：天神显灵，要我们近日有所举动。”

樊绅没想到，任何一个会友也不会想到，那个开始自称天丐然后成为天伯的丐儿，竟是知州赵时安插在天中会的探子。而作役法以寓兵政的建议，自然也是由赵时授意的。在樊绅和会众因天中会的势力扩展而欢欣鼓舞时，天中会的一举一动已在官府的掌握之中。

“老爷，那丐儿有一句话要我禀报：天中会近日将有举动。”说话的是衙门里赵时最信任的差役，知道丐儿底细、与丐儿接头的只有他一人。接头的地点在乾州城主要街道的一间茶肆。在州人看来，衙门里的差役去茶肆喝茶，再自然不过；丐儿去茶肆行乞，再自然不过。差役要一壶茶，逍遥自在，自斟自饮。丐儿从他面前走过，高声道：“大老爷行行好。”紧接着压低声音，把消息传过去。差役挥挥手，连声说：“去，去，大老爷今日没闲钱。”而用眼神向他表示已听清楚。几个月来，二人三五天在茶肆会见一次，做得天衣无缝，毫无破绽。

“好，我等的就是樊绅的大举动！”赵时双掌一击，兴奋地说。

“老爷，樊绅的大举动，是要起事！”差役听赵时说得轻松，毫不在意，怕他不了解事态的严重，又加重语气，提醒一句。

“你怕我不懂大举动就是起事吗？你的意思我听懂，我的意思你却不懂，”赵时道。“好，我换个说法：我等的就是樊绅起事。”

“今年的樊绅和去年不同，这月的樊绅和上月不同。”差役说。

“你不错，我命你留意樊绅，你果然留意；你不但看出樊绅今年和去年不同，而且看出樊绅这月和上月不同，”赵时赞道。“而樊绅今年和去年不同，只是泛泛一说；樊绅这月和上月不同，才有实在的内容。我来问你，樊绅这月和上月不同在何处？”

“在官府服役的兵车，均受命于樊绅。作役法寓兵政，本该有利于官府，现在却有利于樊绅。这就是不同，”差役说。“对樊绅而言不同，对老爷而言亦有不同；这月与上月不同，下月与这月亦有不同。”

“你说的不错，”赵时点头。“正因有下月与这月的不同，我才说，我等的就是樊绅的大举动，等的就是樊绅起事。他上月没有大举动，没有起事，这月处分起来，就觉出难一层。他这月再没有大的举动，再不起事，到下月，处分起来，不更要难上一层？”

“老爷当初料到今日之难，就不该答应他作役法。”差役愤愤地说。

“可我当初不答应他作役法，他今日会有大的举动吗？”赵时问道。

“怎么，老爷当初答应他时，就料到今日的情势？就是为他今日的大举动？”差役这才醒悟。“以此丰满他的羽翼，风险未免太大。”

“不冒风险又怎办？不作役法，他的羽翼也要丰满。这些年来，他的羽翼不是一直在丰满吗？不以作役法丰满他的羽翼，他自有其他办法丰满羽翼。以作役法丰满他的羽翼，虽有风险，但我看得见，把握得住；他以其他办法丰满羽翼，风险或小些，但我看不见，把握不住。你说，我是采取主动，让他尽快丰满羽翼好，还是不闻不问，任他缓慢丰满羽翼好？”在乾州，赵时少有知音，不觉在一名差役面前说个不停。“我不是一个喜欢冒险的人，我只想，我在乾州短暂，他在乾州长久。他做他的事，不必急；我做我的事，不得不急。故我甘冒风险。”

差役感叹道：“老爷的用心果然良苦，今日终于可以遂老爷的心愿。老爷在乾州短暂，樊绅在乾州长久，是肺腑之言。我也对老爷说一句肺腑之言：樊绅在乾州长久，我也在乾州长久。老爷除去樊绅，是为我等长久居住在乾州的人。我还可以为老爷做些什么，就请吩咐吧。”

“好！”赵时一直在等这一天，该做什么，心中有数。他说，“午后你再去茶肆闲坐。那丐儿见你去，一定也会跟随而去。你抽空对他说：要让樊绅在南山起事，这是一；起事后，樊绅必攻城，要他攻我东门，这是二；攻城不下，樊绅必他窜，要他投奔于翱，这是三。这三件事说清楚，是你的一件奇功。这三件事办妥了，是他的一件奇功。”

“于巡检与樊绅有些暧昧，”差役再次提醒，永寿县境内有土副巡检司，于翱是该处巡检，“老爷是想他们合于一处，一并歼灭吗？”

“非也，我差人送一柬与于翱，他知道怎样做。”赵时沉静地说。

十五日，几十辆载有器械、旗帜的兵车，一两千情绪异常的州人，陆陆续续出乾州城南门。守城的军士不以为怪，还不时与相识的人招呼。州人出城，直奔西南方向的武功山。但见北面、西面亦有人群涌至，是来自武功和永寿的会友。至薄暮，会集起大约三千人。樊绅部署，分为十队，依此向乾州进发，目标是乾州的东门。攻占州城后，取武功、永寿不费吹灰之力。有了天州、天县，再作天府之想。

赵时在城里部署。乾州城池较为坚固，虽守城军士不足五百，全力守城，尚可应付裕如。赵时之志，不但在守地，还在歼敌，这就要费心筹划。州衙官员，除他外，还有一名同知，两名判官。他命同知率十余人，把守南门，判官各率十余人，把守北门、西门。留五十人驻城中心，而偏近南门。他估计，樊绅不肯攻东门的话，极有可能攻南门。城中五十军士即刻赶到，可以抵挡一阵。他率一百五十人，把守东门。其余二百五十人由一名千户率领，出北门，埋伏在乾州与土副巡检司之间的险要处，待敌军至，击鼓呐喊，于混乱中杀敌。

天色将明，樊绅率先行一队进至城下，后面的队伍相距不过里许。赵时站立城楼，待攻城军队排开阵势，樊绅坐骑行于阵前，他高声言道：“樊绅，你身为衙门中人，怎敢做出大逆不道之事！”

樊绅道：“赵大人，我等欲借乾州之地行天道，并非谋逆之举。”

赵时不再多说，命军士将十余人押上。他们都是天中会的会友，或是前几日犯事被关在狱里，或是昨日有事来不及出城。赵时一声号令，军士举刀乱砍，将十余人斩杀。他们的尸首被抛至城下。

天中会会友多数没经过战事，未攻城而先见会友殉难，不免惊慌失措。樊绅怒喝道：“树梯！”几十辆兵车载着事先准备好的攻城云梯，被推到城墙脚下，一字排开。樊绅又怒喝道：“攻城！”天中会会友心中的恐慌化作仇恨，个个挥刀舞枪，争先而上，刹那间杀声震天。

守城军士早备下弓箭、石块、砖瓦等。赵时怒喝道：“射箭！”后排的军士箭矢上弦，居高临下，瞄准云梯下端正准备登梯的天中会会友射去。被射中者惨叫一声，倒地挣扎。赵时又怒喝道：“投掷！”前排的军士高举瓦石，居高临下，向爬到云梯上端或中部的天中会会友抛去。被击中者惨叫一身，从高处跌落下去。侥幸未被击中者，听到下方的惨叫，受一次惊吓，听到身边的惨叫，又受到一次惊吓，手脚一软，也从高处跌落下去。第一次攻城失利，城外抛下数十具尸首。

第二队会友赶到，接替第一队会友攻城，第三队会友赶到，接替第二队会友攻城，第四队会友赶到，接替第三队会友攻城，相继失利。丐儿天伯随第五队会友赶到时，已是正午时分。城下堆放着二三百具会友的尸首，被撤下来休整的会友和准备攻城的会友都心情沮丧。

“天公，这样攻城不行。”丐儿天伯把樊绅拉到一旁，焦虑地说。

“你说这样攻城不行，怎样攻城才行？”樊绅狂躁不安，厉声问道。

“东门尚且如此难攻，其他城门的防范更可想见。依我看，不如先不攻城。”丐儿天伯说。

东门易攻难守，不但丐儿天伯这样说，由于赵时不断放出风声，所有的人都这样说，以至樊绅深信不疑：欲取乾州，必攻东门。现在东门久攻不下，他的必胜之心开始动摇。

“不攻乾州，却去哪里？”听口风，樊绅并非一定要攻城；只是原定攻占乾州再作打算，不攻乾州，如何打算，他一时拿不定主意。

丐儿天伯早知该去哪里，却不急于为他策划，故作苦思冥想状。

“无处可去，只有再攻城！”樊绅踱来踱去，恼怒地说，“老虎还有打盹时，只那么几个人守城，我不信，他们就不眨一眨眼！”

“不可！”丐儿天伯低声道，“若再失利，军心动摇，天公想把会友们带去别处，亦不可得。于天侯与天公是莫逆之交，答应举兵接应，既然攻城不下，不如且向北面去与他会合。”

于翱并没有正式加入天中会，但他有一支军队，不论何时加入，都应是天侯的身份。

樊绅望着城楼上，但见平静如常。他知道，以赵时的才干和威信，守一座乾州城，不在话下。他这才后悔，不该过低估计赵时的能力，过高估计可以聚集起来的数千会友和数十辆兵车的作用。

“也好，”他下定决心，“乾州可守，巡检司也可守，我们去与于巡检会合，再作计议。”

樊绅集合队伍，绕过州城，向北而去。经过一高岗时，遭到一支官军阻击。樊绅不明敌情，无心恋战，率大队夺路而去。在逃窜中，会友或被杀，或被俘，损失一千余人。赶到土副巡检司时，天色已黑，虽还有二千人左右，但众人又饥又乏，完全失去作战的能力。

于翱搬出几十缸酒，煮好几十只羊，热情款待。这使得樊绅略觉宽慰。于翱声称，他倾其所有，是为慰问天中会的朋友，他的弟兄，一块肉不准吃，一滴酒不许沾。樊绅带来的人击掌跺脚，尽情欢呼。一锅肉、一缸酒周围坐上百十人，等不及羊肉煮烂，他们抢着捞食。巡检司有几间房子，每间房里一张大台，摆上些好酒好菜。于翱把樊绅和其他首领让进去，樊绅由他亲自陪伴，其他首领由他的亲信陪伴，饱食欢饮。

昨天夜里极度兴奋，不曾合眼，今天攻城半天，赶路半天，两碗酒下肚，樊绅已醉死过去。等他醒来时，天色大亮。他想起身，却动弹不得，原来已被人结结实实捆绑在床上。睁眼一看，其他首领如烂泥一般，也被绳索捆绑，胡乱丢在一旁。他这才知道，自己已成阶下之囚。

第七十章

陕西三边总督开府于平凉府城。

清晨，杨芝侍候杨一清梳洗毕，如往常一样，陪着他说一阵闲话。

“我说塞外的和尚不如江南的和尚料事如神，老爷不信。现在如何？老爷称许的那位大师傅没再来老爷的衙门骗食吧。”说起这件事，杨芝很有些幸灾乐祸的样子。

“他并无得罪之处，芝儿为何就容不得他！”杨一清责怪道。

杨芝辩道：“不是我容不得他，是他料事的确不准，我有什么法子！”

初冬季节，塞外寒风凛冽。杨芝在镇江时，从不曾盼望回到京师；到塞外，京师却成他心目中的天堂。数月前，他说的那位大师傅曾被杨一清请来谈禅，预言杨一清今年的生日将在京师度过。杨一清的生日在十二月，自听大师傅的预言，杨芝就在苦苦期盼，盼到今日，未能如愿。大师傅也有些日子不来。

“距老爷的生辰只有两月，老爷自己看，回不回得去！”杨芝说。

“原来是为此事，”杨一清笑笑。“芝儿要离开苦寒之地，我不怪你；你不该为此而埋怨大师傅，坏大师傅名声。我告诉你，不是大师傅料事不准，而是我佛要我留在这苦寒之地，超度一人。”

“超度一人？”杨芝最喜欢佛门的故事，忙说，“老爷讲给我听听！”

“今天可是你缠住我讲的，不要听后又不高兴。”杨一清道。

“是超度那个赵时吗？”杨芝的嘴巴果然噘起。杨一清对不少人说过，他此次再赴西北，最离不开的是乾州知州赵时，杨芝听在耳里，记在心里，只要杨一清提到赵时，他就不快。“老爷为把这个赵知州诓到身边，的确花费不少心思，只可惜未能如愿。怎么，时至今日老爷还不死心吗？”

“如何？我知道你第二容不得大师傅，第一却是容不得赵时。”杨一清打趣道，“赵时可助我守边，我需要他，和需要你不一样。”

“老爷把我看成妒妇吗？我怎会第一容不得这个，第二容不得那个！是老爷没本事弄他来，却不是我不让他来。”杨芝讪讪言道。

“没本事弄他来，我早已死心。”杨一清说，他对世事都可以看淡，当然不会因为招不来一名幕僚烦恼，“但赵时眼下有一场劫难，我不能不管。”他大致讲述乾州天中会之乱，然后说，“陕抚上疏言其事，竟称赵时行事荒唐，激变州人，实在有失公允。我若不在陕西三边总督之位，这件事也不想管它；今日尚未离任，撇开不管，有负我佛慈悲。”

杨一清上疏，为赵时申辩。朝廷接到陕西巡抚的奏疏，只命赵时自赎，没给其他处分；因此，接到杨一清的奏疏，也不必为他昭雪。这些都是后话。杨一清上疏不久，果有敕旨，要他交割边务，速速还朝。

六、新贵竞奔

第七十一章

翰林院官与其他衙门的官员，特别是和六科官员不同，不必坐衙。不等到散衙的时辰，翰林院里已剩不下几名官员。挨到时辰的翰林院官员明知掌院学士张璁、桂萼还在，却飘然而去，谁也不过去打个招呼。

被召至京师一年多，张璁、桂萼各自购置房屋，安顿下来。但二人很少至私宅互访，有事时，或是早一刻来衙门，乘别人都未到时议一议；或是在衙门多留一刻，议罢各自回家。

是否有事，二人心里都有数，不必相约。

衙门里没有其他官员时，张璁才对桂萼说："陈鲁洋的事在京师里传得沸沸扬扬，子实先生想必也听到不少。"

"是，"桂萼应道，"陈鲁洋议论洒脱，无所顾忌，想不到在乡里竟有这等劣迹。奉旨前去广东查勘的官员即将返回，他这一关恐难挨过。"

陈洸字鲁洋，广东潮阳人，正德六年进士，曾任给事中，外放湖广按察司佥事。因张璁的建议，他和其他外放的科、道官一起被召回朝廷。还朝后，陈洸立即遍劾大臣，包括内阁费宏等，部、院大臣金献民、吴一鹏等，部属官余才等，科、道官郑一鹏等。费宏等不得不上疏乞归，皇帝当然不会准允。桂萼称他议论洒脱，指的正是这件事。

没想到的是，随着他大展拳脚，一场官司随之而来。这是他始料不及的，也是张璁、桂萼始料不及的。

陈洸告假回乡时，曾与潮阳知县宋元瀚发生冲突，互相讦告。这场官司从县里打到府里，打到布、按二司，由广东按察司副使汪鋐化解。

汪鋐字宜之，南直隶婺源人，弘治十五年进士。虽然因为相隔得远，他在议礼中没有发挥太大的作用，但也曾上疏支持过张璁、桂萼。因此，化解陈、宋讼案，其实是不了了之：对陈洸根本未作处分，把宋元瀚也从狱里放出来，却免去他的官。说起来，不是化解，还是偏袒一方。

宋元瀚下狱，初论谪戍。他不肯认输，在狱中书写一文，记录陈洸在乡间的罪恶行径，取名《辩冤录》。汪鋐为二人化解，当然要扣压该文，宋元瀚也答应就此罢手。可《辩冤录》还是传播出来，而且传播到京城。五城之中，到处有人传抄，陈洸隐私，成为茶楼酒肆谈论的话题。

据陈洸所言，他和宋元瀚的官司里，有两个关键人物：一个是赖寡妇，与宋元瀚有染；一个叫林钰，与赖寡妇有染，与宋元翰亦有染。但读《辩冤录》后，京师人都相信，这两个莫名其妙的人物和陈、宋之间的诉讼并无关系，而陈洸被揭露出来的罪恶行径却令人发指。桂萼也相信，这两个莫名其妙的人物和陈、宋之间的诉讼并无关系，而陈洸被揭露出来的行径却令人发指。和一般京师人不同的是，他仍然无法完全割断和陈洸之间的感情瓜葛。

"秉用先生，陈鲁洋尚可维护否？"他怀着一线希望问。

所谓维护，即在朝廷上保全陈洸，在皇帝面前为陈洸说几句好话。皇帝同时将张璁、桂萼召入朝廷，同时授翰林学士，同时以先生称呼，但在态度上仍有区别。皇帝多次单独召见张璁，却从来不单独召见桂萼；也就是说，桂萼在时，张璁必在。维护陈洸，张璁当然更有力量。

"子实先生既叹陈鲁洋在乡里劣迹，为什么还要维护？"张璁显然已有定见，却不急于回答。

"大约是物伤其类吧？"桂萼说。

张璁正色言道："子实先生引陈鲁洋为同类，谬矣。同室议礼、同室拟疏者，可引黄诚甫、黄宗贤为同类；同室议礼、而未同室拟疏者，可引席文同为同类；未同室议礼、未同室拟疏、而心意相通者，可引熊悦之、方叔贤、霍渭先为同类。甚至何渊、隋全辈之言若可用，亦不妨引为同类。独陈鲁洋人品卑猥，绝不可引为同类。此其一也。"

"秉用先生尚有其二？"桂萼问。

"不仅有其二，还有其三。"张璁道。

桂萼一揖："请一并赐教。"

张璁说："陈鲁洋敢于冲杀，子实称他洒脱，未尝不可。他既敢于冲杀，自有人维护，又何需你我出面？此其二也。"

他的意思，他们不在皇帝面前为陈洸说好话，皇帝也会维护。桂萼不会听不懂，他点头道："言之有理。"

张璁又说："议礼为朝廷第一大事，天下第一大事，却不是朝廷唯一大事，天下唯一大事。我等既以议礼为皇上所知，为皇上所用，必要有一番作为，才对得起皇上，也才对得起自家。"

"譬如？"桂萼问他，如何有一番作为。

"譬如为朝廷举荐有用的人才。"张璁说。

"再譬如？"桂萼又问。

"再譬如整顿朝纲及天下吏治。"张璁说。

"秉用先生可谓志向远大，此二事足以成就一生的事业。"桂萼说着，把话题拉回第一事，"为朝廷举荐有用的人才，秉用先生首先想到的，是应宁先生既召回，西北边事应交与谁人吧？"

"是，"张璁应道，"应宁先生出镇陕西三边，是你我力荐的；应宁先生入阁，又是你我力荐的。皇上对你我言无不纳，你我要举荐一得力人物，替代应宁先生，才不负皇上的信托。"

桂萼也念及此事，并且心目中有一个自以为最合适的人选。

"秉用先生既如此看重西北边事，我倒想起一个人来。"他说。

"何人？"张璁问。

桂萼追忆前事："正德朝，有两位前辈能臣，均以知兵而被称道，又都曾在朝廷担任要职。士人中流传两句风评，一句是：杨一清，其人若龙；一句是：王琼，其人若虎。"

"子实先生欲荐王德华？"张璁问。

"秉用先生也曾想到此人吗？"桂萼反问。

"想到过。"张璁说。

"以王德华接替陕西三边总督一职如何？"桂萼问。

"很是恰当，"话虽这样说，张璁还有些犹豫，"只怕难以通过。"

桂萼道："即便一时难以通过，现在荐他，亦可立此存照。"

"说的是。"张璁赞同。

桂萼又说："除王德华，还有一人也可大用。"

"子实先生说的可是王伯安？"张璁问。

"正是。"桂萼点头，"阳明子虽得爵位之重，却遭内阁嫉妒，一直未得重用。我看，王伯安先生宜用于南地。”

“天生我材必有用，朝廷总有用他的地方，用他的时候。”张璁说。

两个人又议论一阵两京的大臣，及休致在乡而尚可为朝廷所用的大臣。然后，桂萼把话题转到张璁提到的第二事上。

“今日同议礼，他日同治国，是秉用先生在南京时和我订下的誓约。对整顿朝纲和天下吏治，秉用先生一定已思虑多时吧？”桂萼道。

“虽思虑多时，现在才有畅言的机会。”张璁说。

桂萼稍一用心，不难想到张璁为何这么说。一则，大礼基本议定，对这件朝廷第一大事，天下第一大事，不必再花费太多的心思。二则，今年四月里，仁寿宫灾，皇帝降诏求言。半年过去，虽有一些官员上疏陈言，但绝无一篇可以称为力作，岂不正是他们显露身手的时候？

“秉用先生的意思，我二人是合疏，还是分疏？”他问。

“我以为，分疏为好。”张璁说。

“请教秉用先生，好在哪里？”桂萼又问。

张璁恳切地说：“分疏，不是你或我要独得其功。整顿朝纲，整顿吏治，是你我要论的新题目，皇上能否采纳，能采纳几分，均是未知之数。皇上采纳我的议论，不会疏远子实先生；皇上不采纳我的议论，却会更亲近子实先生。只要皇上仍信用子实先生，亲近子实先生，我相信，我的议论迟早会为皇上采纳。这就是分疏的好处。”

“可以同进，不必同退，秉用先生想得很周全，”桂萼本来也是这样的想法，“如秉用先生所言，我二人各自去作自己的文章。待我的文章作好，还要请秉用先生修正。”

“言重，言重！但子实先生的大作，我一定要拜读。”张璁说。

“我还有一句话，”桂萼语气很重，表明是经过深思熟虑，“秉用先生把维护陈鲁洋和有一番作为看作鱼与熊掌，我深然之。我愿与秉用先生一起成就一番事业；但若有人欲重治陈鲁洋，无论秉用先生出面为他说话否，我是一定要为他说话的。”

“那是自然，”张璁说，“我等不可刻意维护陈鲁洋，也绝不能坐视他被置于死地。”

第七十二章

十月下旬，吏部最为繁忙。先是为召杨一清入朝，众说纷纭。

请召杨一清入阁的文章，是御史吉裳出面作的。杨一清是几朝老臣，对他再次入阁，本不该有争议。只是有人私下议论，吉裳是镇江府丹阳县人，他举荐杨一清多少有些私心。但后来传出确实的消息，吉裳举荐杨一清是受翰林院学士张璁指使。据传言，张璁与费宏每每议事不和，他自已知道，别说置身内阁之外，无力与费宏对抗，就算入阁，以费宏的资历，他也奈何不得。因此，他欲请出一名资历更深的老臣与之抗衡。

内情披露，舆情大哗。给事中章侨、御史侯秩等上疏，极力反对杨一清入阁。皇帝指斥他等挟私，并谪侯秩外任。

于是，杨一清回朝入阁之事就此决定下来。

杨一清还朝，陕西三边总督的人选又在酝酿之中。吏部推前兵部尚书彭泽和挂职南京兵部尚书的新建伯王守仁。以这两个人的才干、功勋和经历，皇帝任意圈定一人即可。但皇帝迟迟不肯圈定。

不久传出消息，张璁、桂萼等有意起用戍边于绥德的前兵部尚书王琼。处分钱宁、江彬之狱过去几年，现在可以说，王琼在宁藩变乱中是功大于过的，以钱宁党羽被治罪，他着实冤枉。

吏部尚书廖纪与左侍郎孟春、右侍郎温仁和私下商议，都以为起用王琼不妥。一则，不管王琼冤枉不冤枉，他仍是待罪之人，不经朝廷正式平反，不可委以重任。二则，张璁、桂萼等有意起用王琼，主要因为王琼是杨廷和的宿仇。廖纪等知道，他们无力再维护杨廷和；但在选择陕西三边总督上不让张璁、桂萼等太如意，还是可以做到的。

有这个基础，廖纪把孟春、温仁和请来，正式商议会推一事。

“王德华万万不可出任此职，”孟春明确表态，“应宁先生再任一年半载，是上上之策。但应宁先生年事已高，皇上不忍心他坐镇西北，也是体恤老臣的苦心。济物先生接手应宁先生，是上中之策。可惜济物先生是陕西人。以陕人守陕，不合祖制，皇上用他，会有顾忌。”

“依时元先生之见，用王伯安先生是上下之策吧？”温仁和问道。

“非也，”孟春摇头，“皇上肯不肯用伯安先生且不说，伯安先生亦有不适合此任者。应宁先生、济物先生，以及王德华，都曾在北边任过巡抚、总督，而伯安先生没有这一经历。北边平静之时，用他在西北，以增加他的阅历，未尝不可；如今北边并不平静，皇上不肯用他，很是。”

温仁和说：“按照时元先生的标准，我倒想起一人。”说着，问道，“二位看，邓礼方先生如何？”

邓璋正德年间曾任河南巡抚、陕西三边总督，在南京户部尚书任上致仕。孟春言及的两个条件，他都具备。

“民怀先生休要讲笑。所谓标准云云，不过是我姑妄言之。但邓礼方这个人，民怀先生想得好，皇上即使一时不想用他，也不会责备吏部推人不当，”孟春说着，转身问廖纪，“时陈先生，你说呢？”

“不用济物先生，因他是陕人；不用伯安先生，因他无北边经历。我想，皇上的思虑，大约如时元先生所言。”廖纪说，“推举邓礼方先生接替应宁先生，很是恰当。我还想到另一人，或可与礼方先生媲美。民怀先生，你看王维纲先生可推得？”

他想到的另一人王宪曾任陕西巡抚、兵部右侍郎、兵部尚书。

温仁和想了想，说：“我举邓礼方先生，以为是难得之选；时陈先生所举王维纲先生，细细一想，竟比礼方先生还要适合。”

他的意思，王宪曾任兵部尚书、兵部侍郎，又优于邓璋。

于是，孟春定下标准，廖纪、温仁和各提名一人，可谓配合默契。以王宪、邓璋二人推上，成为定论。

主要的事议过，三人的心情都放松下来。

孟春啜口茶，道：“说到邓礼方先生，我想起南京的另一位尚书。好端端的，为何让献臣先生致仕？我记得，廷实先生还说过，大司空的位置正好留与他。”

不久前，皇帝命南京工部尚书吴廷举致仕，不仅让孟春困惑，也让其他许多大臣困惑。

“时元先生不知吗？据说是为四句诗。”温仁和不知从何处得知。

“四句诗？献臣先生写四句什么诗？”孟春问。

温仁和说：“不是献臣先生自己的诗作，是他抄录的古人的诗句。”

“抄录古诗也会出毛病？这倒是桩奇事！”廖纪显然也不知原因何在，他问，“民怀先生记得是哪四句诗吗？”

“四句诗出自两位诗人，而且是两个朝代的诗人，”温仁和说，“前两句是宋朝张詠的诗句：幸得太平无事日，江南闲煞老尚书。后两句是唐朝白居易的诗句：月俸百千官二品，朝廷雇我作闲人。”

廖纪、孟春对张詠的诗不甚熟悉，对白居易的诗却记诵过不少。白居易这两句诗摘自《从同州刺史改授太子少傅分司》，是一首七律诗。孟春随口吟诵：

承华东署三分务，履道西池七过春。歌酒优游聊足岁，园林潇洒可终身。留侯爵秩诚虚贵，疏受生涯未苦贫。月俸百千官二品，朝廷雇我作闲人。

“献臣先生一生执着，抄录这四句诗，正是他的做派。”廖纪说。

孟春说：“在京师食朝廷俸禄，为朝廷办事；在南京同样食朝廷俸禄，为朝廷办事，何必牢骚太盛！要我说，同样食二品俸禄，乐得在南京清闲，多读几本张氏、白氏的集子。”

温仁和接着说：“不错，献臣先生也是不甘寂寞，才抄录此等诗。他若多吟一吟《达哉乐天行》，何至于在晚年激怒皇上！”

孟春又转而为吴廷举辩解：“献臣先生性子虽急，但论为人，是好人；论为官，是好官。他曾赞扬刘时雍先生‘忧民如有病，见客似无官’，有人说，今日官僚，称得上这两句评语的，只有他自己。他抄录这四句诗，也足见拳拳报国之心。”

廖纪忠厚，自己不愿风评大臣，也不愿听别人风评大臣；不愿听批评大臣的话，也不愿听赞扬大臣的话。他把话岔开：“《达哉乐天行》是长诗吧？民怀先生尚能吟否？”

“时陈先生要听，我试吟之。”温仁和吟道：

达哉达哉白乐天，分司东都十三年。七旬才满冠已挂，半禄未及车先悬。或伴游客春行乐，或随山僧夜坐禅。二年忘却问家事，门庭多草厨少烟。庖童朝告盐米尽，侍婢暮诉衣裳穿。妻孥不悦甥侄闷，而我醉卧方陶然。起来与尔划生计，薄产处置有后先。先卖南坊十亩园，次卖东都五顷田。然后兼卖所居宅，仿佛获缗二三千。半与尔充衣食费，半与吾供酒肉钱。吾今已年七十一，眼昏须白头风眩。但恐此钱用不尽，即先朝露归夜泉。未归且住亦不恶，饥餐乐饮安稳眠。死生无可无不可，达哉达哉白乐天。

“果然是好诗，”廖纪赞道，“我看，不但献臣先生该多吟一吟此诗，我乃垂耄之人，也该多吟一吟此诗。”

第七十三章

刑部郎中叶应骢、锦衣卫千户李经往广东潮阳勘实给事中陈洸行迹，历时几一年，在十二月初，终于满载而归。

叶应骢顾不得回家，先去衙门里报到。

尚书赵鉴在和左侍郎刘玉议事，一见他，高兴地说："肃卿回来得好，我和咸栗先生正在议论，今年的正旦节你是在路上过的，回程多耽搁几日，明年的正旦节又要在路上过。两个正旦节，前后三年，你这趟差事岂不是费时太多！"

其实，今年闰十二月，距正旦节还有两个月，叶应骢无论如何赶得回来。赵鉴不过在表示刑部堂官们盼望他早些赶回来的急切心情。

赵鉴字克正，山东寿光人，成化二十三年进士。刘玉字咸栗，江西万安人，弘治九年进士。叶应骢字肃卿，浙江鄞县人，正德十二年进士。

"克正先生，咸栗先生，"叶应骢依次与二人招呼之后，说，"这趟差事虽然费时多些，收获却是极大。以至我和锦衣卫李千总在崇文门前分手时，不由得各自说了四个字？"

"李千户是锦衣卫衙门的人，他说什么，我猜不出；你是我衙门的人，你说什么，我还能不知吗？况且又只有四个字，"赵鉴的口气又似认真，又似说笑，"肃卿一定是说：不辱使命。"

叶应骢大惊道："莫非克正先生、咸栗先生在崇文门安置耳目？我和李千户一分手，迅即奔赴衙门，那人竟能比我走得还快？"

刘玉笑着说："克正先生是顺风耳，还用旁人盗听！肃卿离京前，与李千户焚香誓天，誓约的最后一句就是不辱使命。这件事在京师广为传布，你大约还不知道吧？克正先生方才是说笑，不但你说的四个字我等知道，李千户说的四个字我等也知道。"

"不错，李千户自然是说：壮哉此行。"赵鉴道。

这是誓约的倒数第二句。每人说四个字，十有八九会是这两句话。

叶应骢还有些疑惑："壮哉此行，不辱使命，确是我和李千户誓约的最后两句。两位先生怎么知道，是我说后一句，李千户说前一句，而不是掉转过来呢？一年前誓天时，我和李千户可是齐声念诵这两句的。"

"这只好去问上苍，"刘玉道，"不过我想，这两句话你二人掉转过来说，克正先生一定还有解释。譬如，他会说，他本该用左耳去听，却拿右耳去听，结果听掉转。如此等等，不一而足。"

赵鉴笑着说："知我者，咸栗先生也。"

谈笑一阵，叶应骢多少天来趱赶路程的疲惫一扫而去。

赵鉴这才说起正事："虽有誓天之约，我等只相信肃卿一定会敦守，李千户将如何行事，我等心里则没有底。既然你二人入京师前又重复前约，想来他也不负誓约。"

"是，"叶应骢应道，"我与他焚香誓天，本来是一时兴起的举动。还有人责怪我与武夫立誓，有辱斯文。是不是有辱斯文，我不曾想过；对方会不会恪守誓约，我也不曾想过。我只想用誓约约束自己。谁曾想，李千总也是重诺重义的君子之人。他真要让许多读书人汗颜。"

"其实，武夫中不乏君子之人，锦衣卫中亦不乏君子之人，大可和他等交一交。"刘玉说。

他在正德初年官御史，因得罪刘瑾免官。当年的锦衣卫指挥佥事牟斌，署理镇抚司事，经他而存活的官员不在少数。刘玉也曾得他关照，至今想起来，还感慨不已。

"咸栗先生又在怀旧。"赵鉴止住二人对锦衣卫官的议论，对叶应骢说，"肃卿，自你和李千户赴粤后，咸栗先生和我心里一直不安。你说不辱使命，李千户说壮哉此行，我二人一听，都觉得安心。但不瞒你说，安心是安心，却有些不实在。你可不可以让我们实在一些？"

"谨遵台命。我迅即奔赴衙门，就是要向二位大人禀告这一趟的差事。"叶应骢说着，拣要紧的讲述。"正所谓自作孽，不可活。陈某人作孽已尽，人神共愤，绝无逍遥法外之理。我与李千户第一程到广州，巡按御史熊兰，布政司参政李锐、参议汪思，按察司副使胡琏、佥事施儒，无不欢呼恶有恶报。汪得之、施聘之二位还陪同我们一起赴潮阳。"

得之是汪思的字，聘之是施儒的字。

"他二人一聘之，一得之，倒也有趣，"赵鉴说句笑话，并问，"肃卿还不知道，施聘之已升任副使，仍为惠、潮兵备吧？"

惠指惠州府，潮指潮州府。潮阳县即属潮州府。

“果有此事？施聘之为惠、潮兵备，大得民心。我在广东时，听说其地之民常许两个愿，一是施聘之留任，一是施聘之升官。有人嘲笑：升官即不能留任，留任即不能升官，祷祝者非傻即痴，怎会同时许下两个相反的愿望！谁知朝廷顺应民意，竟都应验！”叶应骢叹道。又说，“我还见到梁大用先生，他说，陈洸一无赖耳，朝廷为何兴师动众？”

大用是广东布政司左布政使梁材的字。

“虽曰不必兴师动众，但梁大用先生也一定以为勘实陈洸行迹是件快事。”刘玉断言。

“确如咸栗先生所言。”叶应璁点点头，接着往下讲，“第二程是潮阳。汪得之、施聘之先陪我们到潮州，知府唐升相见之下，竟也说句‘恶有恶报’。唐知府与我等一起到潮阳，不久，熊天秀也去。从县衙到陈某所居乡坊，众口一词，无不称‘恶有恶报’。”

“人心所向，朝廷兴师动众，很是值得。”赵鉴插言，继问，“肃卿，众人雀跃之情，如在眼前，指证陈某行迹，也很踊跃吗？”

“踊跃之至，可说是欲禁不能。”叶应骢说得兴奋，唾星四溅，“反正是朝廷差派，我等索性在县城和四乡张贴告示。第一日在县衙正堂接待诉者，先是一人说，我等四五人听；然后人来得多，只好一人说，一人听；然后人来得更多，把大堂挤满，只好四五人说，一人听；四五人先是一人一人依此说，后来七嘴八舌地说起来。几日之后，不能再坐在县衙正堂，我等搬几张桌案，摆放在院子里。先是一张桌案前有三五个人，然后七八个人，最多时，竟然有三五十人。又过几日，不能再坐在院子里，我等搬几张桌案去城里空旷处。又过几日，空旷处不再觉得空旷，我等不得不搬几张案桌，移至县城之外。一个月之间，人来人去无虚日，竟算不过来有几多人指证。”

“肃卿一说，我也想去经历经历这等阵势，”赵鉴羡慕地说，“你二人离京前，虽有‘壮哉此行’的誓词，人概也没想到有这等阵势。”

“谁说不是！”叶应骢应道，“阵势一大，也有为难之处。衙门里书办不足，不得不请县城和四乡识字善书之人帮助。听说要给陈某的劣迹录供，识字善书之人亦很踊跃。但他等不知录供的规矩，有时人家指述三句，他只录下一句，有时人家说一句，他却录有三句，或是谩骂之词，或是他本人的感受。我将他等聚集一处，告诉他等有一录一，不能录二，有十录十，不能录九，告诉他等怎样的话不必录，怎样的话定要录，怎样的话可录可不录。悟性高的，两三日后才领会大旨。”

“肃卿造就书办多人，潮阳人日后不会怕打官司。”刘玉讲句笑话。

叶应骢不睬，只顾往下说：“我等将陈某人的乡邻、县城居民、以及外乡外县甚至外府之人的指述合而并之，二位大人知道，所录陈某人的积案，共有多少宗吗？”不等赵鉴、刘玉回答，他边比画边说，“二十年间，积案竟有一百七十二宗之多。”

“肃卿，”赵鉴想起旧事，说道，“陈某人的讼案历事已久，他的种种罪恶，经人讼之于前，又经赦免者，不可再复奏。”

“理会得，”叶应骢道，“不但经人讼之于前，又经赦免者，不可复奏；稍有疑惑，情节暧昧者，亦不可奏上。所录陈某行迹，我与李千户及广东各官员一一核实，一一排除，确定者仍有一十三宗。”

“由一百七十二宗而余一十三宗，为何变化如此之大？”刘玉不解。

叶应骢说：“案由在要害而不在众多，虽只余一十三宗，不足原诉十之一，但夺人田土，坏人婚姻，阴蓄亡命，伤人杀人，污蔑群官，横加以罪，桩桩可列为大案。虽只余一十三宗，但分散于二十年间，牵连三百余人，被逼逃徙、被逼致死数十人，桩桩当置以重典。”

赵鉴说：“可见，陈某中第前就不法于乡里，其性本恶。他入仕后的种种行径，他在朝廷的种种行径，不过是他恶性的发作。不中第，不入仕，他也是乡间恶徒；一旦入仕，更是恶上加恶。”

陈洸是正德六年进士，入仕至今不过十四五年，而叶应骢等勘实他二十余年的大宗罪恶，故赵鉴有此一叹。

叶应骢告退后，屋里又只有一尚书一侍郎。

刘玉看着赵鉴的脸色，说道：“人人皆曰陈某可杀，现在有杀他的理由，克正先生好似并无快意。”

“不是杀他无快意，而是杀不杀得他无把握。”赵鉴说。

刘玉没想明白：“一十三桩罪恶，我也嫌少；但肃卿说，桩桩都当置之重典。克正先生为何以为，杀不得陈某人？”

“叶肃卿广东之行，不辱使命，他说得一点儿也不错。可惜的是，办这桩案子，只得其人，不得其时。”赵鉴颇有些无奈地说。

“不得其时？”刘玉听到这四个字，恍然大悟，“克正先生是说，因《大礼集议》之刊布，皇帝绝不会杀陈某？”

皇帝命将议礼章奏汇集刊印，取名《大礼集议》，以颁布于各藩府及中外群臣，并命各省刊布。此书一出，朝廷重臣和议礼之臣非升既荫，陈洸的罪恶再大，皇帝怕也不会杀他。

“是啊，”赵鉴点头，“法外施恩之事，历朝历代都有。陈某罪恶滔天，人人皆曰可杀，咸栗先生，你有把握杀得他吗？”

刘玉无言以对。

第七十四章

编纂《大礼集议》，本该内阁大臣或礼部尚书领衔。对此事，几位内阁大臣热情都不高，皇帝也不想劳动他等，或者是不太信得过他等，乃委于席书。谁知席书患眼疾，读不了文章。他曾请皇帝召还不久前告病的侍读学士方献夫主持，皇帝却将其事交付与张璁、桂萼。

皇帝降诏求言，张、桂有心陈言，而一直静不下心，这是主要原因。

席书在家中将养几日，没想到，张璁、桂萼联袂而来探视。家人要搀扶，被他甩开。他自己起身，一手握住张璁，一手握住桂萼，说道："些许小恙，怎敢劳动两位学士！快快请坐。"

二人一边一个坐定。

桂萼说："本该早些来；但校阅文稿，皇上限定日子，秉用先生和我一刻不敢耽搁。所以文同先生告假已几日，我们今日才来。"

"是啊，"张璁补充说，"不能如期交卷，皇上放不过我二人，大家也都别想轻松过节。不得已而来迟，文同先生谅之。"

"不敢，不敢，"席书连声说，"二位校定《集议》，于我皇上有大功；二位如期交卷，于众臣有大德，于我更有大德。二位完成这件功德无量的大事，立即驾临舍下，我已感激不尽。"

话虽这样说，偌大一件功劳拱手让与他人，或许不该说让与他人，而是被皇帝送与他人，席书心里却很不是滋味。

张璁或是觉察出他的话里有"让功"的意味，正色言道："文同先生休言功德。议礼由我皇上主持，洗千古之陋，乘百王之法。自汉、宋以来之君所不决之疑，至我皇上决之；所未成之礼，至我皇上成之。编纂《大礼集议》，由我皇上倡议。将所决之疑，留于青史；将所成之礼，传之后世。要说功德，乃我皇上无量之功德，我辈焉敢擅之！"

说这一番话，好似不是来探疾的，而是来谈经论道的。

席书讨个没趣，只能说："秉用先生指教的是。"

桂萼见气氛不甚和谐，出面打圆场："秉用先生与我不敢居功，却是来与文同先生贺功的。编纂《大礼集议》由我皇上倡议，文同先生却以礼书主持其事。大功告成，文同先生傅、保之荣是可以确保的。"

听这话，席书心里舒服一些。他说："二位不敢擅功，我又怎敢擅功！即便皇上加恩，我也是要力辞的。再者，我主持其事，不过虚名而已。在先尚可勉强阅读时，若不是秉用先生提议编为上、下两册，到现在恐怕还理不出头绪。"

这倒是句实话。何渊请建世室，被众臣驳回，主要是被支持皇上议礼的众臣驳回。他不肯罢休，左一本奏疏，右一本奏疏，议论其事，大有死缠烂打之势。而他每上一疏，皇帝就下之礼部，命席书采入《大礼集议》。不采入，有违圣意；采入，作为议礼之臣，都觉脸上无光。幸亏张璁建议，将《集议》编为两册，上册专议皇考事，下册专议世庙事。这样一分，不但内容有条不紊，而且也不怕何渊的干扰。

张璁说："还是文同先生从善如流。当时不过一议，并未深思熟虑，却被文同先生采纳。我和子实先生后来依照文同先生铺列的纲目办事，也觉得便捷。说起来，我和子实先生还是受文同先生之惠。"

相互一赞，气氛转变过来。

桂萼说："文同先生要辞加恩，只管辞。有一项加恩，却万万辞不得；不但辞不得，皇上若稍有疏忽，我等还要千提醒万提醒。文同先生，这件事我与你议过几次；今日来，是想一起再议一议。"

"是陈鲁洋之事吗？说起议礼，他算得有功之人，我怎会不记得！"席书说着，仔细品味桂萼的话。"子实先生是说，刊布《大礼集议》的加恩，也应加于其人？这个想法好，陈鲁洋可以得救。秉用先生，你一直不肯为他说话，现在肯为他进一言吗？"他将张璁一军。

"文同先生说，陈鲁洋于议礼有功，这话不错。"张璁先肯定席书的话，再一层一层说下去。"但其人顽劣，实有辱议礼诸臣。议礼中有二人荒诞，何某是言论荒诞，陈某是行为荒诞。我不肯为陈某说话，实基于此。不过，陈鲁洋虽荒诞顽劣，但罪不当死；何况于议礼有功，又可抵一部分罪过。朝廷奸党恶人一定要置他于死地，我就是想坐视，也无法坐视。"

"极是。陈鲁洋论死，议礼之臣还可立于朝廷吗？"席书道。

张璁比席书想得更深。他分辩道："这话也要两说。奸党恶人置陈鲁洋于死地，原是要抽打我等的脸面；以遂奸党恶人之意，我等则无脸面立于朝廷。这是一说。

陈鲁洋有恶行，本该论治；若非关乎议礼，他死有余辜。这又是一说。论救陈鲁洋，动以反对议礼、仇视议礼之臣为言，固是一法；但一定要与陈鲁洋沆瀣一气，是不是有些失策？我之意，不可不论救陈鲁洋，不必动则以议礼论救陈鲁洋。刑部叶肃卿等以一十三事论治陈鲁洋，若以议礼论救，是否救得他且不说，于议礼也有些不好。不如借《集议》刊布之机，请皇上加恩。这是一层意思。我方才说，陈鲁洋其人顽劣，我等不可与之为伍，不可长期与之为伍。以议礼论救，陈鲁洋不但得以不死，而且必须复官，必须升赏。以《集议》刊布论救，陈鲁洋不死足矣。这又是一层意思。这两层意思，我与子实先生小议过，子实先生很以为是。我二人特来向文同先生请教。”

席书瞥桂萼一眼：他也曾主张以议礼论救陈洸，怎么一下子就想明白，一下子就改变？桂萼知道这一瞥的含义，但不作答，一笑了之。

“那有什么，”席书说，“论救陈鲁言，首先是救他不死。秉用先生说以《集议》刊布论救好，我等便以《集议》刊布论救。”

十二月至闰十二月，赵鉴、刘玉及都察院副都御史张润、刑科给事中解一贯等相继上疏请置陈洸重典。皇帝终以《集议》加恩，免其死罪。

第七十五章

中城小时雍坊散布的军卫衙门有：虎贲左卫，龙骧卫，武功左卫，武功中卫，留守左卫，彭城卫。其中，虎贲左卫属侍卫上直军，其余各卫均为京营。

虎贲左卫衙门的一面是太仆寺，另一面是一座修有花园、楼阁的大庭院。天黑后，各衙门灯火全息，而大庭院里灯火通明，大门外挂着两盏大灯笼，上面有硕大的“郭”字。此处正是武定侯郭勋的宅院。

在两京，仅有一爵位算不得什么，郭勋在正德年间出任过两广总督，那是极有油水的差事；皇帝即位不久，他又入掌团营。因而，他与其他爵爷不同。他的宅院一而再再而三地拓展，大有雄霸一方之势。

闰十二月里，天寒风烈。虎贲左卫指挥王琬出衙门，被风一吹，禁不住打个冷战。跟在他后面的两名卫卒，也随着打个冷战，不由得把紧身的袄子再紧一紧。

“爷，跑两步好不好？”一名卫卒看着邻家的灯笼，提议道。

“不可，去爵爷府上，须行得稳重。”王琬教训他。

三人顶着寒风，走近郭勋的宅院。

一门役迎上前，说：“大爷若为衙门的事，今儿个可见不到爵爷。爵爷吩咐下来，凡为公事，一概免见。”

王琬不敢计较门役的阻拦，讪笑着说：“爵爷肯见我，我也不敢见爵爷。我只见一见老郭，麻烦通报一声。”

门役爱理不理地说：“宅子里一百多人都姓郭；一百多人里，一半以上是老郭。连我家爵爷也是老郭，不知大爷要见的是哪一个老郭？”

“该死，是我没有说清楚，”王琬边责怪自己，边掏出块碎银子，递塞给门役，他说，“我要见郭顺郭大爷，烦劳哥哥为我通报一声。”

“原来是这一位老郭，爷早说明白，不就结了吗？爷不用赏银，我也不用爷赏银。”门役絮叨着，把银子握紧，进里面通报。

不多时，郭顺挺胸而出。他是郭府资深的仆隶，在宅院里面，没有他昂首挺胸的机会；一出大门，他的胸自然就挺起。

见王琬，他一抱拳，说："我道是谁，原来是王爷。"又抱怨，"王爷找我有事，着人来招呼一声，我还不是立刻就去，用得着自家寻来吗？"

"不是情急，我也不敢来爵爷的府上，"王琬说，"郭大爷，我们上次议的那件事，我看有些不妙。都察院的老爷找到虎贲左卫指名要我去回话，我看躲不过，只得硬着头皮去一趟。我想，这事得告知府上。"

"都察院的老爷？"郭顺还要问什么，看见王琬身后的两名卫卒，改变话题，"几步的路，王爷自个儿来不可以吗，还连累两位兄弟不方便。"

"因是同路，他们就陪我来，没什么不方便。"王琬不懂事地说。

"王爷自个儿没什么不方便，可让爵爷看到，你说方便吗？"郭顺推着王琬，道，"走，去你的衙门说话！"

"我的衙门没生火，和外边一样是冷。郭大爷怕他两个招人注意，让他们站到暗处就是。"王琬说。他终于明白郭顺的意思，用手一指，两名卫卒闪进黑暗处。

"王爷休怪，这事不可多传人耳，"郭顺说着，问道，"王爷说都察院的老爷指名要王爷去回话，是哪一位老爷？问些什么？"

两个问题，王琬说得上一个："哪一位老爷我说不上来；是人家问我，我不敢去问人家。他只问我，郭顺是不是武定侯府的人？"

平日都称郭爷，或郭大爷，今日被指名道姓地叫作郭顺，怎么听也不顺耳。但郭顺顾不上和他计较，忙问："王爷怎说的？"

"郭大爷早就吩咐过，我还敢怎说！我当然是说，郭顺并非武定侯府的人，只是京城一小民，在小时雍坊有一处院子，愿售与虎贲左卫。都察院的老爷又问：这郭顺现在何处？我说：他得到虎贲左卫付与他的定银，我也寻不到他。"

没露出破绽，郭顺不再担心。他说："王爷答得好！记住，不论哪个衙门再要王爷回话，王爷休得慌张，只这样回答就是。"

"还要回话？"王琬不能不慌，"郭大爷，你得和爵爷说一声，及早把这事了结。再有人唤我问话，我可是招架不住的。"

"好了，好了！我心里有数，爵爷心里有数，不会再有人向王爷问话。"郭顺不耐烦地说。他把脖子向衣领里缩一缩，道："晚间风大，王爷请先回吧，我里面还有客人呢。"

让王琬心惊肉跳的事，在郭顺看来，根本算不得事。事情的原委是这样的：虎贲左卫奏称，卫衙局促低洼，请易地新建衙门。工部差官查勘，该衙门果然局促低洼，准建新衙门，是顺理成章的事。虎贲左卫觅得一处宅院，房主郭顺愿将它让与虎贲左卫，而自用虎贲左卫衙门的房屋。双方交易成功，据说都很满意。

郭顺将原属虎贲左卫衙门现归到他名下的宅院献与武定侯。

后来有人说，郭顺的宅院竟比原衙门更局促低洼。工部差官查勘，郭顺的宅院果然比虎贲左卫衙门更局促低洼。虎贲左卫指挥王琬自称办事懵懂，工部官员也自称办事懵懂，这事就该过去。谁知这郭顺把虎贲左卫衙门献与爵爷后，竟不知去向。

爵爷说，府上无人与王琬接洽过，或是实情；可府上定有人与郭顺接洽过，也是实情吧。不然，虎贲左卫衙门怎会成爵爷的产业？

于是，这件事在民间、在官员中引起许多议论。于是，虎贲左卫经手其事的王琬又是惊惧，又是沮丧。

但郭顺有恃无恐。在朝班上，他家爵爷虽然还不是首席勋臣；在皇帝的心目中，他家爵爷已然是首席勋臣。谁又奈何得他！

武定侯府里有上百的家奴、使女，凡地位稍高或地位虽不高但办事得力者，都单独有一间屋子。郭顺办事得力，也单独有一间屋子。

郭顺被门役招呼出去时，正在自己的屋子里接待一个客人。回去后，他说声“得罪”，继续与客人叙话。

“大爷说姓张，我该称呼张大爷吧？”他又从头询问。

“不敢，在下单名一个寅字，”那人说。“我比郭大爷年长，郭大爷愿意，唤我一声大哥也使得。”

“使得使不得，迟些再说，”郭顺道，又问，“张大爷说从何处来？”

“从山西太原府来。”那人答道。

“太原府可是个大去处。”郭顺道，又问，“张大爷说在太原卫当差？”

“算不得当差，在下不过用钱捐个指挥的头衔。”那人答道。

“张大爷使得起钱捐官，阔绰得很呀，”郭顺道，又问，“张大爷说能点石成金，可是真的？”

“在下从小修炼黄白之术。”那人答道。

郭顺摇头：“这事听着玄，我有些不信。”

那人笑笑，从怀里掏出一锭金子，递过去。

“给我的？”郭顺欲接而不急着接。

“郭大爷看看，是真是假。”那人说。

不用看，也知道是真的。郭顺接过金锭，又问：“既炼得出黄物，炼白物更不在话下吧？”

那人又从怀里掏出一锭银子，递了过去。

“也是给我的？”郭顺还是不急着接。

“郭大爷再看看，这块是真是假。”那人说。

一锭金子，一锭银子，并排摆在桌上，郭顺左看右看，越看越爱。

“张大爷欲见我家爵爷，是不是想我家爵爷提携？”郭顺问。

“在下求见爵爷，不为升官。”那人说。

“不为升官，又为何事？”郭顺问。

“在下常在京师和山西两地之间走动。到得京师，若能出入侯府，不但在京师大有体面，回到山西说起来，更是大有体面。在下的心思，只为得一个体面。”那人说着，一揖到地，“望郭大爷成全。”

郭顺得人钱财，为人办事。他说：“张大爷是想走亲戚一样，到京时，来这里走动走动？这没问题；但只是我的亲戚，不是爵爷的亲戚。张大爷若想成为爵爷的亲戚，就得为爵爷办事，我才好去游说。张大爷既然善黄白之术，我就以此事去打动我家爵爷吧。”

第七十六章

嘉靖五年上元节后的一天，早朝后，工科都给事中黄臣拉住工部尚书赵璜，问道：“廷实先生，要不要听故事？”

赵璜看了看他的脸色，说：“伯邻，你不是要讲故事，是要讲官司。”

黄臣字伯邻，山东济阳人，正德六年进士，选庶吉士，由吏科给事中升至现职。

“讲故事也好，讲官司也好，反正与新贵有关，与工部有关，但乞廷实先生俯听。”黄臣一本正经地说。

与工部有关，还不太吸引赵璜；与新贵有关，却极大地吸引赵璜。他问：“是翰林院里哪一位掌院的故事？”

“事关新贵，为何一定出在翰林院？不能出在显灵宫吗？”黄臣道。

“看来，廷实先生是愿意听，我就陪廷实先生走一段路吧。我们走慢些，到衙门时，故事大约可以讲完。”

赵璜站定，说，“那倒不必，故事既长，不如就在这里略站一站。”

散朝后，去不同方向的官员要说一说话，就在左顺门附近站一站，或者找一处可以略坐一坐的地方。

“谨遵台命。”黄臣随赵璜离开左顺门正中显眼的地方，边走边说，“故事有两段，不知廷实先生要先听上段，还是先听下段？”

“听故事，自然要按照上下顺序。”赵璜说。

黄臣说：“上段故事发生在应城，下段故事发生在密云。既然廷实先生要按照顺序听，我先讲应城的那段故事。”

他有顿有挫，故事讲得生动有趣。

应城属湖广德安府。应城县里有一位乞食为生的长者，谁也说不出他的年纪，城里的老人们说起他，有一句话总是挂在嘴边：听我爷爷说；有时还要加上另一句：我爷爷也是听他的爷爷说。细心的人一代一代地算下来，竟发现，从太祖皇帝洪武年间，这位长者就居住在应城县。更细心的人，不知从爷爷那里还是从爷爷的爷爷那里得知，老者姓赵名婴童。因为是口传耳听，只记其音，说不清是婴童两个字，还是应同两个字。

城里人说，赵婴童从来不白食人家的东西，得人施舍，必回赠药丸。这一家若有病人，他就说，午间就温水服下；或者说，晚间就温水服下。这一家没有病人，他就说，两日后小娃娃胸口堵闷，即以米汤就服。其言无不奇验。有钱人家或无钱人家，官宦人家或百姓人家，他随兴而至。奇的是，当日或数日内无患者的人家，他从来不去乞食。有人备下好酒好菜，或备下纹银，向他讨药，他挥之去。有人询问他的底细，他置若罔闻。全城之人习惯，与他安然相处。

在应城人的印象里，他从来也不曾离开过县城。但出过门的应城人，或去岳州，或去荆州，或去襄阳，甚至远去河南邓州，都会在不经意中见到他。碰个正着，他脸上露出一丝微笑，擦肩而过，不出一言。出门的人回到家中一问，家中的人好像在街头巷尾见到他，又好像没见到他。出门的人，家中的人，百思不解，想要追究，却无从追究。久而久之，有一个共同的解释：赵婴童不是寻常之人。大家也不再以为怪。

维年月日，应城居民不约而同出门，城中、城东、城西、城南、城北，各聚集不少。并没有人号召，更没有人强制，他们都在不知不觉中迈出门槛，走上大街。只见赵婴童一忽出现在城中，一忽出现在城东，一忽出现在城西，一忽出现在城南，一忽出现在城北。据人们事后追忆，他几乎同时出现在各处。他说的只有一句话：吾行矣，与众位乡邻别过。

廷实先生，讲故事的人不是故弄玄虚，所谓“维年月日”，不是根本说不出具体的日子，就是不好说出具体的日子。不过，据我想来，这个日子离现在不会很远，听了下一段故事可以知道。

再说回来。赵婴童与应城居民将将别过，一只大船泊在城外西河边上。船上下来一伙如狼似虎的道人，围住赵婴童，为首一人声称：他们来自江西龙虎山，奉张真人之命，请赵老者上山论道。

西河是汉水的上流之一，汉水入大江。泛舟至九江，穿越鄱阳湖，就离龙虎山不远。龙虎山是道教圣地，掌教道士被朝廷封为大真人，眼下的大真人是张彦頨。自龙虎山上清宫道士邵元节被皇帝召入京师，龙虎山的地位如日中天，天下道观皆难以望其项背。张彦頨邀赵婴童上山，并非要与他论道，而是向他讨长寿的秘诀。皇帝召邵元节入京，以礼待之，足见其好神仙之术。张彦頨分派龙虎山道士赴各地，采取遗散的经书和知名的古器，以备进贡。他很快知道应城县有这样一位异人。

赵婴童一到龙虎山上，就成哑巴。张彦頫以卑言诱劝也好，以权势逼迫也好，一连拖几个月，他就是不开口。张彦頫恼羞成怒，命年轻力壮的道士加力鞭笞。赵婴童这样一个不知年龄几何的长者，哪里经受得住，竟一命呜呼。张彦頫既怒且悔，命人将他葬于龙虎山后山坡。故事的上一段到这里临近尾声。廷实先生，你猜得出结局如何吗？

“怎么是临近尾声，长寿者亦可鞭笞致死，这不已是结局？”赵璜风趣地说，“张大真人见此状，也不必太后悔。”

“他本来可以不太后悔的。但鬼使神差，把赵婴童埋在后山坡上，他总是心神不安。一日，他命徒儿们掘墓开棺，吃惊地看到，棺木里只有一根竹杖，赵氏之尸却不见。”黄臣说。

结局的确是神来之笔，善讲故事的人一定要到此煞住。下一段故事，黄臣讲得简单一些。

密云城外有一处荒庙。时在隆冬，下过一场大雪。一城里人去乡间亲戚家做客，酒喝得多，路行得晚，夜半时分走到荒庙处。他想，去到城下，叫不开城门，连避风的地方也不好找，不如且蜷缩在荒庙里，等天亮再进城。荒庙里恰好无人，却有丐儿们过夜留下的谷草。他把谷草铺铺好，躺倒上面。迷迷糊糊之际，听到外面有脚步声。先来一人，停在门外，并不进来。不多时，又来一人。见到先来的人，他声音哽咽：“道兄，果然是你！此处酷寒，非内地可比，道兄何不入内？”

先到的那人道：“里面有人小憩，不便扰他。师弟不惧怕酷寒，我难道就惧怕？师傅当年说，一个要耐得寒，一个要耐得热，一百五十年后，你二人在寒地相会。谁知竟是分毫不爽。师弟可好？”

荒庙里那人，听外面的人知道他在里面，大吃一惊。他不敢出声，轻手轻脚站起，轻手轻脚挨近庙门，从门缝向外张望。借着月光，看到外面互称道兄师弟的两个人，不由更加吃惊。先到的那人是道兄，从未见过；后到的那人则太熟悉，不说天天见到，也是随时随处可见。

大约三四年前，密云城里来一乞丐，蓬头垢面，长须长发，除一短裤外，身无片丝。问他姓名，答曰无姓名。问他来处，答曰无来处。问他年纪，答曰还小呢。大家见他肚脐周围一片赤红，煞是吓人，都叫他赤肚儿。有人招手，他就过去；有人呼叫，他也答应。

赤肚儿像是乞丐，但从不行乞。白日随地一坐，城外这处荒庙，也是他常打坐的地方。有人赠与食物，不论多少，不论种类，他点头示意，取而食之。一日行善的人多，你也给食，他也给食，他一概不拒，随给随食。暗中有人算计，大约足十余壮汉一日之食，被他一次吞下，未见他有异样。一日行善的人少，从早到晚，没有人赠粒米滴水，他也无可如何。暗中有人算计，大约十余日不进食，也未见他有异样。暗中算计的人吐吐舌头：赤肚儿可不是平常的肚儿！

晚间他多歇于人家屋檐下。谁也不知他什么时候坐到屋檐下，谁也不知他什么时候离开屋檐下，真是来去无声。主人偶尔见到了他，想要撵他，却发不出声音；想请他进屋，也发不出声音。本以为檐下坐个不相干的人，这一夜别想睡安稳，谁知竟睡得格外香甜。更有一奇处，他在哪一家的檐下歇一夜，那一家中有病人，第二天就觉好转。久而久之，哄传开来。有人特意邀他去，他或是应，或是不应。

天寒时，有人就想，赤肚儿不知该怎样熬过，是不是要离去。

赤肚儿没离去。他仍然是短裤外身无片丝，仍然随兴之所至，在这家檐下歇一夜，在那处空地坐一日。大风雪时，他反倒不躲至荒庙里、屋檐下，在空旷之处一坐，只见方圆丈许之内，没有落下一片雪花。密云城里的人视他为神物，但看他蓬头垢面的样子，又不相信他为神物。就这样，几年过去，赤肚儿和大家泰然相处，相安无事。

躲在荒庙里的人不再害怕。赤肚儿怪是怪，吓人是吓人，却从不害人。其道兄想来也不害人。但有一事让他惊诧不已：他二人分手百五十年，还不要有二百岁！他定下神来，听外面的对答。

赤肚儿说：道兄生性喜静，不似我，惯于飘游。一处停留数年而已。你说应州山水大佳，居民纯朴，是个好处所，为何一日弃之而去？

道兄说：应州确是个好处所，可惜的是离龙虎山近。

赤肚儿怒道：张家的人寻道兄的晦气？是张元吉，还是张元庆？

张元吉是成化年间的掌教真人，张元庆是弘治年间的掌教真人，看来，赤肚儿主要在北地云游，龙虎山的消息传到他耳中，已是隔代之事。

道兄说：如今已是张元庆之子张彦頨。我无故领受他一顿皮鞭。

赤肚儿说：徒儿徒孙辈，也敢猖狂！道兄难道白挨他一顿皮鞭？

道兄笑着说：我也不大难为他，只放把火烧去他几间宫室。

“廷实先生，讲到这里，故事的下一段亦临近尾声。”黄臣说。

“用不着伯邻煞尾。赤肚儿的故事，十个京师老儿中，八个说得出来。还有人杜撰，赤肚儿是前元大臣，伯邻不知道吧？”赵璜笑道，“赵婴童放把火，是画龙点睛之句，再多讲，就是赘言。”

不久前，龙虎山失火。怪的是，只烧大真人张彦頨的府第，他处皆无损。张彦頨奏言此事，请官府拨钱拨粮重建，并请朝廷差遣内臣监工。据说，皇帝已有准允之意。黄臣的故事，动人是动人，但赵璜一直是听故事而已。直到讲出放火，才知道他的用意。

“廷实先生，”黄臣郑重地说，“工部和工科要联手阻止此事。”

“非止工部、工科，各衙门都要联手阻止此事，”赵璜补充道，“伯邻，你的故事讲了足足半个时辰，如何谏止，不会没有想法吧？”

“有一个现成的例子可用，”黄臣答道，“前两年，赵王府、秦王府、荣王府相继火灾，三王请重建，皇上均降诏，命先行勘量，估价计值，不肯轻动土木。皇上撙节国用，爱惜民力，真乃圣贤君主。今龙虎山之工，未经勘估，辄敢烦劳有司，请遣中官，是无视皇上亲定之前例。皇上若准，是优容张彦頨更出于亲王之上。”

赵璜听得连连点头：“赵、秦、荣三王府修建，虽不曾确定为例，但既由朝廷降诏，无疑可作为例。以此为言，很能站住脚。伯邻，我还想，你善讲故事，前朝的故事是不是也可以为皇上引用一二。”

“廷实先生是说——”他的话含蓄，黄臣一时没有领会。

“栾叔元殿廷饮酒，噀之西南，而成都火灭，不是段好故事吗？”赵璜提示道。

东汉人栾巴，字叔元，官至黄门令，大约类似现时的司礼太监。据说，皇帝在殿廷赐他饮酒，他突向西南方向喷去一口。不久，成都官员报曰：某月某日，成都城中起火，扑之不及，幸亏天降一场天雨，把火浇灭。称曰天雨，因为那场雨只降在起火之处。大家一计算，成都官员报称起火的日子，正是栾巴西南噀酒的那一天。

“对，对，大真人身边的火都扑不灭，怎算得上有道之人！朝廷为什么要礼敬他？”黄臣多一个作文章的题目，高兴地说。

第七十七章

显灵宫在大内以西，永乐皇帝时是奉祀王灵官的殿宇。宫里太监们一代一代相传，说永乐皇帝从东海获王灵官神像，奉祀于此，极有灵验。宪宗皇帝时，拓宽其址，赐名大德显灵宫，以奉祀上帝。

大殿之西，有两株古柏，相距丈许，各有数枝垂落至地，宛若一门。人行至此，必须拂开柏枝，才能过去。不知何时，古柏后面建几间房舍。龙虎山上清宫道士邵元节被征入京，挑选此处居住。

邵元节正在凝神打坐，小道士报称，皇帝正走来。他慌不迭地起身，还没迎出去，皇帝已进到房舍前，只有几名贴身的近侍跟随。

“不知陛下驾临，未曾出迎，贫道请罪。”邵元节行礼道。

他入京一年有余，多次在显灵宫或入大内为皇帝祈祷。皇帝对他很亲近，但还没有正式封授，所以他只能自称山人或贫道。

“都说你这处方外之地，凡俗之人是进不来的。朕倒要看一看，能不能进来。”看来，皇帝心情很好，话语间显露出少有的顽皮。

“此处无人守护，谁想进来会被阻隔？只是有一二狂躁之徒，不知轻重，将这古柏的枝叶一推，就要入内。殊不知千年古柏，自有灵性。你不敬它，它就要罚你。他等被古柏枝叶弹回击伤，反说我这里进不来。”邵元节微笑着解说，“再者，普天之下，莫非王土；率土之滨，莫非王臣。陛下赏赐的居处，贫道栖息的观宇，岂有陛下进不来的道理！”

皇帝兴致勃勃地说：“朕也听人讲起，欲见邵道人，须轻拂柏枝。可朕过来时，尚未动手，那柏枝自动退缩。你道怪不怪？”

“果有此事？”邵元节惊道，“这两株柏树是千年灵物，来自天庭。贫道入居之前，它有何显示，贫道不敢妄言。贫道入居之后，从不曾见它张手迎客。就是贫道一出一进，也要轻拂轻放方可。他显灵于陛下，据贫道想，陛下万寿无疆，就应在这两株古柏上。”

“那好，你就代朕好生敬奉此柏。”皇帝道，他轻轻抚摸几下柏枝，说起心血来潮，闲逛到显灵宫的意图，“邵师傅，你曾对朕说过，龙虎山上有道之士数百上千。朕今日要问你，哪一位师傅道行最深？”

“那自是掌教张大真人。”邵元节猜不透皇帝用意，只能据常理答。

“朕原本也这样想，”皇帝说，“可有一件事，朕不明白。邵师傅入京将近两年，为朕祷雨祷雪，每有灵验。张大真人道行最深，为什么连龙虎山的一场回禄之灾也测算不出，也制止不了？”

龙虎山失火，张彦頨请官府重建，邵元节是知道的。前几日，皇帝也曾向他征询。他说，这是振教之举，一钱一粟，都有后报。当时看来，张彦頨之请，皇帝会准，怎么今天皇帝的语气又变？或是有人进言，说龙虎山不过如此，张彦頨不过尔尔，致使皇帝起疑？

邵元节很有心计，不愿多说张彦頨道行深浅，唯恐皇帝仰慕之心日增，把张彦頨也召入京师。皇帝虽然向他许愿，迟早要封他为真人；他也自信，自己的道行远胜张彦頨。可张氏数十代的声望摆在那里，张彦頨若与他同在京师，肯定要压他一头，说不定这一居处也要让出去。

但今日情势不同。皇帝对龙虎山的地位起了疑心，对张彦頨的地位起了疑心，不设法打消弭合，终有一天，也要对他起疑心。

“张真人说了，这一次是天火，”邵元节沉着地说，“天降回禄，怎能测算得出，怎能制止得了？贫道于灾起之日，也仅有感而已。”

他对这一奏答深感满意。宫中失火频仍，他入京后，也有过小灾。皇帝至今没有责问他，为何不预测预止？以后皇帝问起，都是这般说法。

“天火不可测，不可止，有些道理。”皇帝对他的说法似信不信，“邵师傅，你说龙虎山火，你曾有感，你看，张真人是否也会有感？你虽有感，但距龙虎山远，不曾用心，也是有的。朕听说，起火之时，张真人置身火中，他既然有感，为何不乘势测算，早离险境？”

这一节邵元节是要辩解的。他说：“贫道想，张真人亦应有感。不过，张真人一心为陛下求养生之术，不老之符，悉差得力弟子往各地寻找，他每日焦候他们的消息，于他感有所忽略，也是有的。”

皇帝说“也是有的”，意为或是如此；他说“也是有的”，意为定是如此。

“难得张真人尽心为朕祈福，为朕办事，”皇帝听邵元节寥寥数语，尽释前疑，“张师傅，张真人的府第，朕该为他重建。”

邵元节欣然言道：“陛下说的是。宋人诗云：每把新桃换旧符。龙虎山道观也是每逢有道君主临世，则要翻建。天降回禄于张真人府第，是向世人宣示：有道君主再降人世，有道君主成就大业。”

《大礼集议》刊世是皇帝成就的一番大业。听了邵元节的话，他更加踌躇满志，把黄臣和其他科、道官的谏言一股脑儿抛到九天云外，而传旨江西有司供给夫役，支拨物料，并挑选干练太监赴龙虎山监工。

二月朔日，皇帝封邵元节为致一真人，赐银印一颗。

第七十八章

张璁骤贵，他两次居住过的浙江会馆也随之风光起来。从管事到门役，原来对衙门里的人，对官员们的家人，对铺行的人，都有十分的敬重，现在只存下七分、五分、三分；原来对市井之人有三分的轻慢，现在增加到九分。只是对寄住的客人，一如既往地热情周到，一来，因为他们多是浙江人；二来，他们多是士人，还有许多是应试的士人。

“王老爷、钱老爷两位老爷大喜，我一直在院子里恭候，好亲自向两位老爷恭贺。”见王畿、钱德洪一起从外面进来，会馆的管事抢在他们前面，连连向二人打躬作揖。

王畿字汝中，山阴人。钱德洪原名宽，德洪是他的字，余姚人。王守仁不喜欢宽字，今年赴京会试，命他以字为名，改字洪甫。

“我们会有什么喜事，敢劳大驾相候？”王畿不得不停住脚步。

管事更凑近些，说：“王老爷不知道吗？两位老爷都高中！”

“高中什么？”王畿不知真的不明白，还是拿管事寻开心。

“咿，两位老爷来京城为的何事？”管事自问自答，“为的是科考之事吧？小人说高中，当然是说两位老爷科考高中。”

“尊驾说我二人高中，可曾听到午门前唱名？可曾见过长安左门张榜？”王畿讥笑地问。

进士题名，在长安左门张挂是惯例，而午门前唱名是太祖皇帝时的制度，早已改为奉天殿上唱名。奉天殿唱名，管事自然不会听到。所以，王畿还是问他，可曾听到午门前唱名。

管事实在不懂，这样一件大喜事，两位老爷为何面无喜色，王老爷还不留情面地抢白。他讪讪地说：“两位老爷当然知道，会试高中，是不会唱名，不会张榜的。不过，这离唱名张榜也不过一步之遥。”

二月会试，中试者于三月初一殿试，取一甲三人，赐进士及第，二甲若干人，赐进士出身，三甲若干人，赐同进士出身。那时，才在奉天殿唱名，在长安左门张榜。这个规矩，管事是懂的。

“管事说不过一步之遥，我也知道不过一步之遥。要是这一步跨不过去怎生是好？现在怎能肯定高中？”王畿问得匪夷所思。

管事很有把握地说：“不会的。凡会试得中者，就是进士。再加殿试，不过是排定名次而已，两位老爷怎会跨不过去这一步！”

“那么，现在并不知名次，怎就敢说高中？排在三甲第一百五十名之后，能说是高中吗？排在二甲第一百名之后，能说是高中吗？就算排在二甲前十名以内，甚至点为榜眼、探花，你说高中，我偏不以为高中，你又该怎说？”王畿善辩，一连串的问话，让人耳不暇接。

管事咋舌：“王老爷必要得状元才算高中，小人可再也不敢开口说这两个字。两位老爷请想，三年一试，每试状元只得一名，两位老爷里只轮得到一位。纵然真有一位老爷中状元，我对两位老爷该说高中呢，还是不该说高中？”

该管事也很善辩。

“谁说必得状元才算高中？我师阳明子中的是二甲第六，就不算高中吗？我兄邹谦之先生中的是一甲第三，就不算高中吗？我告诉你，就是排在二甲第一百名之后，甚或三甲第一百五十名之后，只要心有所甘，也是高中。若心有不甘，则另是一说，”王畿说到这里，歇一口气。然后接着说，“你说这一步不会跨不过去，我也知道这一步不会跨不过去；可是，我来问你，若是我等不愿跨出这一步，又当怎说？”

这话更是匪夷所思。管事吐吐舌头，说：“不会吧？两位老爷要是不愿跨出这一步，何必要跨出前面成千上万步？王老爷拿我开心吧！”

“还真不是拿你开心，”王畿说，“你的话总不成理，所以要驳。”

“也未见得小人的话总不成理，是王老爷的道理太多太深，”管事本不敢反讥，到底忍耐不住。“都像王老爷这样，小人就没办法伺候。”

“谁要你来伺候！”王畿道，“你向我二人报喜，无非是想讨几个赏钱。不是喜而曰喜，不该报喜而报喜，我是不会给赏钱的。”

“小人是伺候两位老爷的，怎敢讨赏！向老爷讨赏的人方才来过。小人对他们说，老爷出外，待皇榜张出后，你们一并来讨赏吧。他们不信，硬说小人把老爷们藏起来。真是市井无知，两位老爷这么大的人，我想藏起来，就藏得起来吗？奈何不得，也是替两位老爷高兴，我就代两位老爷给他们些赏钱。”管事哭丧着脸说。

王畿欲发作，钱德洪把他拦住，抢着说：“张榜之后，说得出第几甲第几名，来向举子们报喜，讨几个辛苦钱，还说得过去。会试之后，又不张榜，他们怎么晓得谁人中式？就凭着一句‘老爷中式’，也能讨得到赏钱吗？京师竟有人吃这一碗饭吗？”

“怎么没有！”管事只管拣好听的说。“又不是所有的举子都像钱老爷、王老爷，知道自己定然可以中式。有那心里没底的，听一句‘老爷中式’，还不大把大把往外掏银子？每届科考，连会试并未中式，而报中式，而被骗去赏钱的，都有好几位呢。”

钱德洪从怀里掏出几块碎银子，说：“真喜也罢，假喜也罢，赏银不好要你出。这里面，除你代我二人给报喜之人的赏银外，大约还有些剩余，就算我二人额外给你的赏钱吧。”

“谢钱老爷。”管事喜出望外。

他早就发觉，钱德洪比王畿宽厚。和王畿对答，听了不少奚落和训斥，他一直在后悔：何不等钱老爷一人时，再说此事？还好，钱德洪及时出面，让他得点儿好处。

当然，也不敢得罪王畿，他极不情愿地补加一句：“谢王老爷。”

“且慢！”王畿板起面孔，喝道。

管事迅速把拿银子的手藏在身后，问道：“王老爷还有什么吩咐？”

王畿见状，几乎要笑出声来：“放心，钱老爷的赏钱，王老爷不会讨回。只是方才我二人进院时，你有一句话说错，须得纠正。”

管事不再担心得而复失。他两手垂落，道：“小人说错话，请王老爷指正。小人常说错话，十句话里，总有五句小错，三句大错，还望见谅。”

“别的错话我不管你，这句错话一定要改正过来。你方才见到我二人，第一句话是：王老爷钱老爷两位老爷大喜。以后不贺喜便罢，若是贺喜，要说：钱老爷王老爷两位老爷大喜。”王畿说。

管事看看王畿，看看钱德洪。王畿的脸上毫无笑意，钱德洪脸上虽带着笑，却笑得让人心里发毛。

他困惑地说：“是，王老爷既然如此吩咐，若钱老爷也不责怪，我就先招呼钱老爷，再招呼王老爷。”

“王老爷的吩咐，我才不会不高兴，”钱德洪笑着说，“不过，今日你先招呼王老爷后招呼钱老爷，是钱老爷给的赏钱；等到下次，你先招呼钱老爷后招呼王老爷，只管向王老爷讨赏钱。”

“不对，不对，”王畿连连摆手，“钱老爷姓钱，不论先招呼钱老爷，还是后招呼钱老爷，都须向钱老爷讨赏钱，千万莫负他的姓氏。”

管事挠着头说：“向来是先招呼哪位老爷，哪位老爷给赏钱，到两位老爷这里，章程却变。先招呼哪位老爷，哪位老爷就不高兴，就不给赏钱。既如此，小人也有个主意，以后见面时，只招呼两位老爷，不分先后。两位老爷一高兴，就都会给小人赏钱吧？”

王畿噗嗤一声笑起来，面孔再也板不住：“你很明白事理，知道到我二人这里，章程却变；你很有急智，想出个两面讨赏钱的法子。可两面讨赏钱，常常是一面的赏钱也得不到，这你知道吗？”

“不会吧？”管事道，“两位老爷都是体面人；小人报喜讨赏，办的也是体面事。再不济，也会从一面得到赏钱，绝不至于两面失手。”

谈笑一阵，管事告退。

王畿说：“此人甚是有趣。报喜讨赏，原来也是体面事。我再三告诉他，他报的并非喜事，他却再三报喜。洪甫兄，他这算是体面事，我看我们也不必做什么体面人。”

“体面人还是要做的。对我来说，今日也确逢喜事，”钱德洪说着，问道，“汝中兄，主意可拿定？”

“主意已定，朝廷不知谁人当道，竟连吾师这样的天下第一贤者、第一奇人都不肯起用，我二人踏入仕途，又有什么意思！”王畿道，“洪甫兄，我二人同进同退，来自同一处，还回到同一处吧。”

绍兴府和山阴、余姚二县同城，王畿、钱德洪可说是来自同一处之人。而回到同一处就耐人寻味。同中进士，同告假省亲，是回到同一处；同中进士，同不就职而还乡，是回到同一处；现在还未成进士，而说回到同一处，那是指：同不就殿试而还乡。

已中会试，不就殿试，正是二人拿定的主意。

第七十九章

桂萼兴冲冲地推门而入，见张璁一动不动地坐在自己的座位上，不知在想什么。他招呼道：“秉用先生！”

张璁听到推门的声音，听到桂萼的招呼，也招呼道：“子实先生！”

二人都知对方找自己有事，相视一笑。

桂萼说：“秉用先生稳坐钓鱼台，请先讲。”

张璁说：“不，子实先生冲冲撞撞而来，请先讲。”

“冲冲撞撞？”桂萼自我解嘲，“我当真如此不沉稳？”

“钓鱼台我当真坐得稳？”张璁亦自我解嘲，相互谦让不是他们的风格，二人又是相视一笑。

“秉用先生要我先讲，我就先讲，”桂萼道，坐定后，他说，“年前欲作文章，拖延到年后，又拖延至今，总算拖出作文章的心情。”

“子实先生是打好腹稿，还是已作成文章？”张璁忙问。

桂萼道：“腹稿尚未打好，哪里说得上作成文章！我只是想出了几个小题目，想与秉用先生议一议。”

“请。”张璁作出洗耳恭听的样子。

“我打算议的第一件事是恤逋逃，秉用先生以为如何？”桂萼问。

张璁说：“宽恤小民，确是第一要务。不过，朝廷既要宽恤小民，又要钱粮足用，二者万万偏废不得。”

“提醒得好！我正是想在二者万万偏废不得上作作文章，”桂萼道，他想的是先报出题目，再讨论细节，所以一句话带过，接着说下一个题目，“秉用先生，我要议的第二件事是除欺蔽。”

张璁皱起眉头：“这个题目听似空泛。”

桂萼解释：“我所谓欺蔽者，乃五年前内阁所拟我皇上即位诏书。”

张璁心头一震：“子实先生，这可是篇无人敢作的文章！”

“秉用先生看我可不可作？”桂萼问。

“除子实先生，这篇文章恐怕无人会作。”张璁道。

“那我一定要努力作好，不负秉用先生的期许。”桂萼说着，换一个题目，“我第三件要议的事是严鼓禁。”

“子实先生且慢，严鼓禁可是严登闻鼓之禁？”张璁问。

“是。”桂萼颔首。

“登闻鼓为申民间冤情而设，若严鼓禁，不惧壅蔽吗？”张璁问。

“着厂、卫缉访，逐日面奏，何患壅蔽！”桂萼道。

张璁想说：以厂、卫代替登闻鼓，有损我等整顿朝纲、整顿吏治的初衷；又一想，还不是议论细节的时候，且不必说。

“子实先生要作的第四篇文章是什么？”他问。

“第四，复边粮。”桂萼道。

“这个题目重大，子实先生要用心作。”张璁说。

“理会得。”张璁粗粗一叮嘱，桂萼也粗粗一应，“秉用先生，我要议的第五事是革奸徒。”

“天下奸徒甚多，子实先生针对哪里的奸徒而言？”张璁问。

“京师的奸徒。”桂萼道。

“京师奸徒亦甚多，子实先生针对哪些奸徒而言？”张璁又问。

“养济院光棍。”桂萼道。

张璁说：“京师养济院为收养老幼残疾而设，为一干光棍把持，反而害民。这事官府是该管一管。”

“我担心这件事太小，要被秉用先生批评。秉用先生既道官府该管一管，我可以放心去作文章。”桂萼回应一句，再往下说。“我准备议的第六件事是开堧田。”

张璁问：“天下荒田甚多，子实先生为何只想到开堧田？”

所谓堧田，主要指城墙下之地，所以张璁有此一问。

桂萼解答：“城里游手丁壮甚多，以城里游手之民开城下之地，以废人开废地，不相宜乎？”

“相宜，相宜，子实先生的想法很新颖。”张璁道。

“我要议的第七事是谨旷官，要议的第八件事是悯穷吏，都是关于考察吏治的。”桂萼把两个题目合在一起说。

张璁估计题目已列完，但还是问：“子实先生只想到八个题目吗？”

“秉用先生以为少？”桂萼反问。

张璁说：“八个题目不少。但我以为，不妨再加两个，凑成十议。”

“秉用先生有何建议？”桂萼问。

“譬如，申圣教可以列为一个题目，广圣孝也可以列为一个题目，”张璁随随便便提出来两个。“我知子实先生不尚空谈，但官样文章，有时候也得作一作。”

“不错，这是该作的文章，”桂萼应道。“秉用先生，这两个题目，容我再想一想，其他的题目，我倒是都有些想法。”

听他的意思，是准备探讨细节。张璁说：“其他的题目，子实先生也不妨再想一想。”

“秉用先生是说，还不是拟疏的时候？”桂萼大惑不解。

张璁说：“子实先生议论的，都是重大题目，并非一般地就事论事，也不是立即就要解决的题目，我想，最好是师出有名。”

“秉用先生是说，仍以应诏陈言为好？”桂萼道。

张璁点点头，伸出一指：“此乃其一。”又伸出一指，说，“再者，另有一个题目，虽然说不上重大，但早一日解决，会多一份实效。方才子实先生进来，我亟欲对你说的，就是这件事。”

桂萼领悟：“秉用先生说的，可是西北的题目？不错，那虽是小题目，却可以作出大文章来。”

第八十章

“这个陈九川、陈邦偁是什么官职，敢如此大胆？”皇帝听张佐讲过天方国使臣马黑木的讼词后，龙颜大怒，厉声问道。

马黑木的讼词说，陈九川刁难禁锢外使，使外邦寒心，怨谤四起。他说的刁难外使，指陈九川验收天方国所贡玉石，过于严苛。他说的禁锢外使，指陈九川命会同馆，约束马黑木等，不许随意出入。他说的怨谤四起，指陈九川不肯代他奏请蟒衣等物。谁不知道，朝廷赐予蟒衣，贡使才有面子！

马黑木说的这三事，都是有的。他本不欲生事，是与他相识的通事胡士绅告诉他，可以上诉朝廷，治陈九川等罪，才有这一场御前的诉讼。

胡士绅是四夷馆中西天馆的通事，因与贡使私相易货，被陈九川怒斥。通事地位低下，与平民没多少区别，被本部官斥责是经常的事。陈九川如果只是怒斥他一通，他或许不会生事；要紧的是，陈九川不仅怒斥他，还禁止他再与贡使易货。通事薪俸微薄，全靠与外邦贡使交易，才能小有改善。被陈九川断绝财路，胡士绅心怀怨谤，为马黑木筹划上讼。马黑木说的怨谤四起，首先是起自胡士绅的怨谤。

张佐答：“回爷的话，陈九川是礼部主客司郎中，陈邦偁是礼部主客司主事，四夷馆的事正该他等管理。”

郎中发话，主事自然对胡士绅严加约束，陈邦偁因此捎带着被告一状。刁难禁锢外使，与他本不相干。

皇帝哼一声，说：“他管理得好！我朝以仁德抚绥远人，却被他等管理得怨谤四起！”又问，“大臣们对此事有何说法？”

张佐奏道：“礼部席尚书以为，陈九川等行事乖张，不能抚缉夷人，致生怨谤，诚宜问罪。然进上之物，不得不辨验精详。且严禁夷使出入，我朝旧有规矩。至于待通事人等，约束严苛，纵然过分，亦有可谅之处。胡士绅挟夷情以快私愤，二陈固不足惜，唯恐夷人效尤，愈肆桀骜。”

尚书为属官开脱，亦是常情。经席书一说，陈九川验收贡玉、禁锢外使，简直是一无错处。

皇帝不由皱起眉头，问：“这胡士绅又是何人？”

张佐回奏：“他是四夷馆的通事。”

皇帝问：“天方国贡使上讼礼部二臣，席尚书怎么牵扯进通事？”

张佐如实答道：“席尚书以为，马黑木上讼，皆是胡士绅操纵。”

“未必是胡士绅操纵，”皇帝别有一种解释，“马黑木不通中土语言，不解中朝制度，欲讼陈九川等，必须通过胡士绅。胡士绅在倾听马黑木讼言时，或有所发挥；在讲述中朝制度时，或有所建议。但只要讼陈九川、陈邦偁出自马黑木本意，就不能说胡士绅操纵。”

“爷圣明。”张佐道。

马黑木上讼，有几成是出自本意，有几成是胡士绅唆使，本来就难以界定，但绝不至于毫无讼意。按照皇帝的标准，席书断言胡士绅挟夷情以快私愤，肯定是不对的。皇帝对席书，时而极为敬重，时而有所不满，没有准数。张佐当然不会傻到为他辩白。

皇帝把席书搁置一边，又问：“别的大臣还有什么说法吗？”

“翰林院张、桂两位学士以为，陈九川等刁难禁锢贡使，有伤国体，其中恐怕还别有隐情，朝廷应勘问明白。”张佐说。

他知道，皇帝笼而统之地问别的大臣，其实关心的是张璁、桂萼二人的说法，因此，说完席书，马上说他二人。

“别有隐情？”皇帝很重视这四个字，问，“是何等隐情？”

张佐道：“张先生、桂先生没明说。据奴才想，或与中枢大臣有关。”

中枢大臣无疑指内阁大臣，皇帝立刻想到，是与费宏有关。

毛纪致仕，费宏成为首辅，这与张璁、桂萼召任翰林院学士差不多同时。应该说，费宏与张、桂在议礼方面的冲突，不如蒋冕、毛纪尖锐；但费宏是状元出身，入翰林院天经地义，对于因议礼而入翰林院的张、桂二人，有一种可说是与生俱来的轻蔑。他以轻蔑的态度对待张、桂的议事奏事，以轻蔑的态度对待张、桂的颐指气使，经常使张、桂二人感到难堪。张、桂与蒋冕、毛纪的冲突应该更尖锐，却并未正面展开；张、桂与费宏的冲突应该稍微缓和，却一日一日趋于尖锐。

对此，张佐不会一无所闻，皇帝不会一无所闻。所以张佐才会说，别有隐情与中枢大臣有关；皇帝才会想到，别有隐情与费宏有关。

费先生自然是赞成席尚书之说。皇帝这样想，也这样说出来。

皇帝对费宏没有太深的成见，与另外两名内阁大臣石瑶、贾詠比较，费宏似乎更有辅弼大臣的风度和气质，皇帝似乎对他也有更多依赖之情。但张璁、桂萼指出，陈九川等有伤国体的行为别有隐情，张佐道出，别有隐情与中枢大臣有关，皇帝是能听进去的。他对费宏的依赖之情因此减少一分，对费宏的猜疑因此增多一分。

张佐有一说一，有二说二："费先生对陈九川之事如何评说，奴才不知。但奴才听人议论，陈九川与费先生是乡人，往来密切。"

陈九川是抚州府临川人。抚州府与铅山所在的广信府都在江西省西部，与福建接壤。据常理而言，陈九川应与费宏往来密切。

皇帝不直接批评费宏，却反转来批评席书："席书称，陈九川、陈邦偁行事乖张，太轻巧；他二人绝非行事乖张，而是恣肆妄为。"

行事乖张，说俗些，不过是不合情理而已；恣肆妄为，要严重得多。皇帝说一句对陈九川、陈邦偁而言分量很重的话，又接着说一句对席书而言分量很重的话："身为礼部堂官，不行举奏，反而论救，这难道是大臣事君之道！"

话的分量重，皇帝的语气也重，张佐在这种时候，绝不敢接话。

"张佐，"皇帝命道，"你传谕镇抚司，将陈九川、陈邦偁下狱，差得力官员用心拷问，务必问明此案的隐情。"

张佐知道，让锦衣卫镇抚司考问此案，势必招致大臣的议论和科、道的批评。但皇帝有主见，他这个司礼太监是无法劝解的。况且，马黑木讼言之后的案子，明摆着是文职大臣之间的争斗。那就让他们去争斗吧，自己何必卷入这场是非中去！

张佐知道，皇帝亲近费宏，却更亲近张璁、桂萼，以此而论，他应该倾向于张、桂；费宏不十分亲近内臣，张璁、桂萼更不亲近内臣，以此而论，他应该倾向于费宏。但他倾向于任何一方，都将是利少弊多；不偏不倚，是最明智的立场。

第八十一章

朝廷处置马黑木讼案，逮二陈下狱，在礼部引起一阵骚动；传闻另一方面也要逮人，在提督四夷馆又引起一阵骚动。胡士绅是此案的始作俑者，比其他的通事和译字生更加不安。

胡士绅住在北城。散衙回家，他一般都是出东安门，顺着皇城根向北行走。这天到金鱼胡同口，被一人拦住。

“胡大哥，在下讨杯酒喝，可使得？”那人一身说不出什么身份的装束，一口说不出什么地方的方言。

胡士绅仔细打量他一番，确定与他从未见面，从不相识，才说：“这位兄台面生得很，不知怎样称呼？”

他久居京师，深知不可以轻视任何人。就算没有官司上的事，他也不会一口回绝对方的要求，何况现在真有些心虚。

“可不是面生！以胡大哥眼下的处境，若和我套交情，我真有些不敢应，”那人笑着说，“在下姓张，胡大哥大约没有姓张的朋友吧？”

“张大哥要饮酒，好说，”胡士绅爽快地应道，他指指胡同里相隔不过三五步的一家小店，说，“那间酒肆的酒不错，就请张大哥去喝几杯。”

那人摇头：“此处离衙门太近，不好。”

“依张大哥的意思呢？”胡士绅问。

“不如往北走走。”那人说。

往北不远，就是东厂外衙门。胡士绅忽生疑窦，嘴向前方一努，问道：“尊驾不是那个衙门里的人吧？”

“胡大哥看我像是那个衙门里的人吗？”姓张的只是笑笑。

“不像，不像。”胡士绅忙说。

京师官民人等对东厂人物无不又怕又恨又看不起，他恨不得对方不是东厂衙门的人。而从姓张的这个人的装束，特别是从姓张的这个人的腔调，可以断定他不是东厂衙门里的人。

“兄台说往北走走，就往北走走。”胡士绅道。

剪子巷如其名，是条细窄的胡同，姓张的引路，在其间穿过几条小巷，到一间门面很小的酒店。

“此间的酒也不错，胡大哥不妨尝尝。”他向里让道。

二人挑选靠里的一张桌子坐定，无非是要一壶酒，几样小菜。姓张的吩咐店小二：“我们兄弟要叙旧，不招呼，你不要过来打扰。”

“二位尽管叙话，”店小二边说，边为二人斟满酒，“这个时辰客人不多。有客人来，我安排他们靠外面坐。”

姓张的右手一抬，邀道：“请。”

二人举起酒盅，相互示意，各自饮酒。姓张的问：“胡大哥，这酒的味道如何？”

“不错，不错。”胡士绅应付道。

姓张的说：“城西也有一家酒店，门面和这家差不多，是这家店主的兄弟开的，卖的酒和这家一般无二。胡大哥既然喜欢这家的酒，等打镇抚司官司的时候，我让那家小二天天给胡大哥送酒去。”

胡士绅慌神，忙问：“兄台怎知小弟在镇抚司有一场官司？”

姓张的用筷子夹起一粒五香豆，送进嘴里，慢慢咀嚼，直到嚼得没有味道了，才咽下去。

“胡大哥交情广泛，竟无人告诉你将有牢狱之灾吗？”他问。

“不用人告诉，我自家也知。”胡士绅苦着脸说，他盯住姓张的看一阵，好像忽然想起自己是主人，“来，我敬兄台。”

“好说，好说。”姓张的不阴不阳地应道。

二人又喝一盅。胡士绅双手抱拳，向姓张的一揖，说：“兄台不是寻常之人，小弟斗胆问一句，牢狱之灾可解否？”

“可解。”姓张的说，“不为解官司，我怎会讨胡大哥的酒喝！”

胡士绅又是一揖：“请兄台为我指一条明路。”

“牢狱之灾可解，却要你自家去解。”姓张的说着，手指一点，胡士绅侧过头，把一只耳朵送过去，“这场官司原本由西天贡使和陈九川等打起来的，有人一定要把胡大哥牵扯进去，胡大哥的牢狱之灾和这场官司就成一回事。要解牢狱之灾，别无他法，须得打赢这场官司。”

“兄台的意思是——”胡士绅好似听明白，又好似没听明白。

姓张的瞥一瞥前后，低声说："胡大哥帮助西天贡使在御前告陈九川一状，陈九川即被下狱；胡大哥再亲自告他一状，他即输定。"

"我再告他？"胡士绅思量着，"多谢兄台为我点明其间关节，但马黑木用来告他的那些事，我是不能再用。我却告他何事？"

"事情是有的，只不知胡大哥有没有上奏的胆量。"姓张的激他。

"那有什么！"胡士绅显露出泼皮本色。"写一道奏本，告一名贼官，难道会比入镇抚司狱还可怕吗？这酒盅太小家子气，我与兄台换大碗喝酒。兄台为我指明一事，我喝一大碗，如何？"

"好，胡大哥不愧为血性男儿！"姓张的喝彩。"我告诉你三件事，你依此上奏，这场官司一定打赢。胡大哥所以被牵扯到官司里去，皆因有人替陈九川说话；胡大哥上奏以后，也会有人替胡大哥说话。"

胡士绅写一道奏本，以三件事告三个人。

第一件事，牵扯上四夷馆的另一名通事龚良臣。胡士绅说，龚良臣受人指使，把马黑木讼词中的"郎中"两个字译成"兰州"，好像马黑木讼告的不是陈九川，而是兰州的官员。

第二件事，牵扯上镇抚司佥事张潮。胡士绅说，陈九川下镇抚司狱，托兵部张郎中为他周旋，兵部张郎中又转托了镇抚司张佥事。

第三件事，牵扯上首辅费宏。胡士绅说，陈九川借口玉石有瑕，不肯上贡，又不肯退还，转送费阁老。该玉石现缀于费阁老的腰带上，因而，费阁老要竭力为陈九川开脱。

第一件事，说龚良臣受人指使，已让人隐隐约约觉得，其人即费宏；至第三件事，终于公然点出费宏。

镇抚司重新鞫讯。结果：陈九川以侵盗贡玉戍边，陈邦偁以不抚夷情为民，张潮以回护降职，本就是杂职的龚良臣罚俸。

牵扯到费宏，皇帝不问，本人不辩，不了了之。

第八十二章

席书的眼疾一日重过一日，终于一目完全失明，一目几乎失明。他一面挣扎着去衙门办事，一面上疏乞休。

六月初一日，司礼太监黄英奉旨到礼部探疾，带去皇帝赐给的酒馔。席书先向着大内的方向叩头谢恩，然后请黄英坐下叙话。

“文同先生，你和时陈先生、廷实先生都是同年，年岁也应在伯仲之间吧？”黄英手捧茶盅，不慌不忙地说起闲话。

“时陈兄年长我六岁，我记得很实在；廷实兄比我大几岁，记不确实，大约总要大个四五岁吧。”席书凭着记忆说。

“我看时陈先生、廷实先生的身子未必比你健壮，怎么他们的眼睛还好，文同先生却大坏？”黄英的语气中透露出惋惜。

席书好似把身体的好坏看得很淡。他说：“我虽比他们小几岁，可也是六十五岁的人。黄太监，六十五岁的人，什么毛病都会来。粗粗一看，我比时陈兄、廷实兄要结实，可身体到底怎样，我最清楚。我的身体不如他们，眼疾只是在向我报个信息。”

“未必如文同先生所言。我看，文同先生是读书太多太久，这两年任礼部尚书，又着实辛苦，眼疾才重起来。眼疾就是眼疾。眼睛长在脸上，心肺长在肚子里，两不相干。人之生死取决于心肺，不取决于眼睛。眼疾再重，只要心肺无碍，就能长寿。文同先生一定比时陈先生、廷实先生长寿。他们能再活十年，文同先生就能再活二十年；他们能再活二十年，文同先生就能再活三十年。”

他只管拣好听的话，胡乱说上几句，说得席书应也不好，不应也不好，只得听他说一句，笑一声。

黄英转入正题：“有病养病，文同先生不必辞官。我老实说一句，眼下谁都可以辞官，唯独文同先生不可以辞官。文同先生辞官，皇上是断然不会准的。”又加上一句，“不准辞官是皇上亲批，不是我妄言。”

“皇上对我恩重如山，若非万般无奈，我怎会上疏乞休！”席书道，随后诉说他不放心的事，“大礼之议，虽有《集议》可据，但上自公卿，小至僚属，与我皇上同心者能有几人？我真担心会功亏一篑。《实录》之修，虽有兴邸旧人参与，但上自总裁，下至撰写，知我皇上之心者能有几人？我真担心修成非鹿非马。黄公公，皇上于纲常不振之际，命我掌礼部，是何等信赖，我怎忍心一旦弃职而去！实因眼疾日重，居其位，而不能尽其职，负皇上更多。”

黄英理解他的心思。所谓议礼功亏一篑，是指阁臣费宏、石珤等，七卿廖纪、秦金等，并非全心全意辅佐皇帝议礼，一些重臣还与嘉靖三年的左顺门哭谏有牵连。所谓《实录》非鹿非马，是指今年二月，确定修《献皇帝实录》，以费宏为总裁官，费宏等借口不详其事，请由邸臣类述，皇帝已准。但几个月过去，竟连条例也没拟出来。这样拖下去，修《献皇帝实录》成为漫漫无期的事。

黄英说：“文同先生的心迹，皇上是知道的，所以才不准辞官。文同先生不能亲拟疏稿，总还可以口述吧？不能亲阅疏章，总还可以耳听吧？皇上对司礼监交代，文同先生欲奏事，可向司礼监官口述。这可是我朝从未有过的盛典。皆因文同先生掌礼部，皇上心里才踏实。文同先生也就踏踏实实留在礼书的位置上吧。”

皇帝只是这么一说。大臣欲奏事，机会合适，哪位司礼太监又情愿，不妨请他代为转奏，却不可能事事请司礼太监代为转奏。再者，欲奏之事，恰好与司礼监有关，又如何口述？但皇帝这么一说，席书还真要请黄英代为转奏一二事。不然，太辜负皇帝的恩宠。

“皇上如此相待，让我真不知说什么好！有一件事，请黄太监代我转奏，”席书等黄英表示愿意效力，才说下去，“御史苏恩、大理寺评事杜鸾重新勘过长沙李鉴之案，黄太监可知？此事看似小，却也不小。”

黄英知道此事，知道这是席书巡抚湖广时，审理过的一桩旧案；知道苏恩、杜鸾重新审理，尽反其说，称李鉴为长沙一巨盗，杀戮官军，劫夺财物，焚烧房屋，罪不容诛。不过，他不必探究孰真孰伪，他要做的，是记下席书托他转奏的内容。

“文同先生要我如何转奏？”他问。

席书先绕个弯子：“黄太监这些年在司礼监，最知道议礼之臣的难处。朝廷众人视我等为异端，百般刁难，百般挑剔，百般诋毁。凡我等所为之事，众人无一事以为是。如我在江南、北赈灾，也被说得一无是处。”

黄英道：“议礼之臣的难处，不是我最知道，是皇上最知道；议礼之臣的忠忱，也是皇上最知道。”又道，“赈灾一事不是有定论吗！”

“赈灾虽有定论，仍有一等小人抓住类似情节，欲置议礼之臣于死地。”席书说着，转向正题，“我任湖广巡抚时，处置过李鉴一案。李鉴与其父李华俱为良人，绝非盗贼。李华被诬逮，瘐死狱中；李鉴又被诬逮，有司欲以盗贼论死。我讯得实情，宽释李鉴。事过数年，科、道官仍汹汹而言，要重新审理此案，要将李鉴解至京师勘问。李鉴，长沙一小民，何至于引起朝廷众人关注？无非因为我曾任湖广巡抚，无非因为我曾了断该案。众人审理该案是虚，审理我席某人才是实，打击议礼之臣才是实，排除皇上心腹才是实。我被审理不足惜，议礼之臣被排除不足惜，朝廷遍布奸人，皇上将何以为政，何以议礼！”

黄英见他越说越激动，安慰道：“文同先生稍安勿躁。我把文同先生这番话转奏皇上，皇上必有处分。”

皇帝听罢黄英转述席书的奏言，命道：李鉴一案，既经席书审理，必有冤情，不必再勘。着免李鉴死罪。

第八十三章

杨一清原在东郊有一处大宅，在城里有一处小宅。受刘瑾陷害后，惶然南归，把大宅变卖，小宅却一直保留。他每次入朝，稍稍收拾即可入住。反正老夫人不会随行，居所不必太奢华。京师不少人私下议论，他一日不变卖小宅，官运就一日不会终结。

杨一清正在读一函，见杨芝引文徵明入室，高兴地说："徵仲，我回到京师几有一月，就是不见你的影子，让我等得好不心焦。你不知宗儒兄与我是好友吗？延至今日才来，有负我与乃翁的一段交情。"

文徵明的父亲文林，字宗儒，也是成化八年进士。

文徵明行过晚辈礼，说："我自知身份，今日敢来，胆子已是一壮再壮。这是其一。家父在日，凡当面言及，某某为友人；家父去世，凡文字记及，某某为友人，一字一句，在下不敢忘。家父见弃几三十年，实不知邃庵翁与家父友爱。这是其二。有此二端，故不敢早来。"

他说的其一，暗指相府门槛高，不好进，杨一清不致太难堪。他说的其二，公然指杨一清以无为有，若非极有雅量之人，真要无地自容。

杨一清轻咳一声，说："大约是宗儒兄担心，他与我的这段交情有辱后人，故不以一字一言示之。早知他的苦心，我也不该说。"

"不敢，邃庵公言重，在下担当不起！"过于直率，文徵明也有些后悔，于是笨拙地加以掩饰，"谁不知邃庵公以弱冠之年跃入龙门，前程无量。家父或是担心，在下无知，攀附富贵，为先人辱。"

"若有此心，宗儒兄可谓不知其子。徵仲不但不攀附富贵之人，也不让富贵之人攀附。"杨一清说。

文徵明终于不肯说，文林曾言及和杨一清的交情。杨一清知道他的性情，也不勉强。他是长辈，不能因为文徵明让他难堪，也说出些让文徵明难堪的话，做出些让文徵明难堪的事。

“我到京的第一天，徵仲就来看我，不为早；今天徵仲来看我，也不为迟。我在镇江时，闭门修养，少与人来往。徵仲在苏州，同饮一江水，终因相距三四百里，我不敢约徵仲一见。现住同一城中，还应多些来往。徵仲虽说在翰林院做过几年事，但我知道，你在京师并无至交好友。我虽说才到京师，但故旧甚多。徵仲有什么难解之事，也可以来与我商量。”他恳切地说。

“是，”文徵明应道，“晚生今日得闲，特来参拜，并无他事。”

杨一清看他一眼，好似看透他的心思。

“都道徵仲是至诚之人，本有事而来，一定要说无事，自然显得不自在。”杨一清道。

文徵明心思被点破，多少有些不自在。他讪讪一笑，说：“邃庵公读的好似一篇旧稿，不知是邃庵公旧日的文稿，还是他人旧日的拜函？”

杨一清知道猜对。文徵明定是有事而来，只是一时还不想说。

他仍不勉强，将方才正在读的信函递过去，说：“徵仲，你来读一读这首诗，且看识得作者否。”

纸上写的是一首七律诗，题曰《上邃庵杨元宰七十初度》：

雪晴江阁放梅英，七帙佳辰四海荣。天子问安免杖履，门生献颂半公卿。

手调元气中书省，身系斯文老大名。北固山头南极灿，重瞻霖雨起苍生。

“这是我姑苏沈寿卿的祝寿诗吧？”文徵明说。他与其说识得其诗，不如说识得其字。

沈龄字寿卿，苏州嘉定人，也是江南颇有名气的文人。正德五年，在长洲娄江边，文家舟船之侧，有一段奇缘。吴县唐伯虎、嘉定沈寿卿、无锡吕叔同在不同处喝过酒，不约而同地行至此处。长洲、吴县、嘉定均属苏州府。长洲、吴县与苏州同城，嘉定也不甚远。唐伯虎、沈寿卿随兴之所至，走到文徵明家，还不难解。无锡属常州府，距长洲总有二百余里，吕叔同也行到此处，可不要说奇缘！三人兴致大起，上舟联诗，一人一句，自念自写。此事被大加渲染，成为一段佳话。三人联诗时，文徵明恰好不在，得知后好不懊悔。但联诗的底稿留在主人家里。从那时起，文徵明就熟识沈龄的字体。只不知杨一清怎么会现在拿着沈龄的贺寿诗，算起来，他的七十大寿应该在嘉靖二年。

杨一清好像看透他的心思，解释道：“我离开镇江时，要杨芝取一些旧日的函件带上，于嘉靖二年，选的是王伯安一函和沈寿卿一诗。王伯安一函，我在赴西北的途中重读；沈寿卿一诗，我在赴京途中重读。他们两年前的文字，现在读起来，还都有些味道。”

“今日再捧读沈诗，已是三读。一诗而为邃庵公三读，沈寿卿何其幸哉！”文徵明叹道。

一首贺寿的诗，再精巧，又能好到哪里！文徵明真不知道，杨一清一读再读，能从诗中体味出一些什么。

“其实，沈寿卿写得有神采的，还是他的传奇。‘昔掌天曹，今为地主’，这两句真是情事合一，天衣无缝。”他引的是沈龄为贺杨一清七十寿辰而写的传奇《还带记》中的句子，据说，杨一清极为赏识。

“沈寿卿的传奇与诗作孰佳，我说不出；徵仲是方家，想来评论不会错，”杨一清道，“但沈寿卿的这首贺寿诗，为何再读三读，我却可以说出些道理。不知徵仲有没有兴趣听？”

“吾将寄远心于车马，托大隐于城市；期深造以独得，匪超举而长逝。”文徵明先背诵李东阳《邃庵解》里的四句话，然后拱手说，“邃庵公说出的道理一定深邃，在下恭听。”

“西涯公的文章，徵仲也有心记诵？”杨一清忆及故人，颇为伤感。

“并非有心记诵，”文徵明说，“了然于胸者，自然会记住。”

“托大隐于城市，西涯公致仕后做到，我却没有做到。”杨一请感慨一句，思绪从《邃庵解》回到《上邃庵杨元宰七十初度》。“我所以从嘉靖二年诸多文翰中挑选王伯安的信函和沈寿卿的贺诗，一则，二子皆爱我者也；二则，二子立意相辅相成。伯安强调的是任祸，寿卿强调的是惠民。为官者一定要想到这两件事。我赴任西北时，重读伯安的信函；到京师，入值内阁，我当然要重读寿卿的贺诗。”

“原来有此深意，”文徵明稍有体会，“陕西三边总督权柄虽大，但任重道远，所以心思在于‘任祸’；入阁以后，心思则要用在‘惠民’上。”

杨一清说：“如此分割二事，未必恰当。但我赴陕西三边之任时，晦庵刘公指责我既有前阁臣的身份，不该再督边师，读伯安任祸的一段话后，我心绪稍觉安宁；而今再次入阁办事，读寿卿惠民的一首诗后，我心绪又觉安宁。这却是实情。”

文徵明仍然似懂非懂。他说：“原来晦庵老先生以为邃庵公不该出任陕西三边总督，他也一定以为我不该待诏翰苑。”

杨一清笑笑，问道：“徵仲，你找我，是要我助你辞官吧？”

文徵明先是一怔，随即释然。以杨一清的机敏，以杨一清交际的广泛，不会猜不出他的来意。他也报以一笑，不急着回话。

“徵仲迟迟不肯言及，是因为曾求助他人而碰壁吧？”杨一清又问，“我可与徵仲一赌输赢，此人定是你翰林院掌院张学士。”

“日前之事，邃庵公怎知？”文徵明这回真是大惊。

“谁不知秉用先生是宗儒兄所取士！”杨一清含蓄地说。

永嘉县属温州府，县衙与府衙同城。文林曾任温州知府，张璁正是在他任知府时入学的。士人中第，与家乡府、州、县官的关系，远不如和乡试、会试考试官的关系密切。张璁却与众不同。石珤是正德十五年会试的正主考官，曾为内阁次辅，因杨一清入阁，降为三辅；张璁对他并不亲近。李廷相是该科会试的副主考官，现为翰林院侍读学士；张璁对他也不亲近。独有文林，张璁多次对人说，他是文先生所取士，不敢忘师恩；并因此亲近文徵明。

“徵仲，秉用先生是如何答复你的，可告知否？”杨一清问。

“正要请教。”文徵明述道，“秉用先生和邃庵公一样对我说，有什么不解之事，可以与他商量。我说，我欲一诉思乡之苦。秉用先生说，思乡之心，人皆有之。他于夜深人静时，罗山、瓯江也常浮现眼前。我说，我和秉用先生不同。秉用先生助圣明天子完成伟业，朝廷须臾不可缺少。我是一个无用之人，枉费朝廷俸禄，朝廷准我辞官，于圣政丝毫无损。秉用先生说，这话大错而特错。朝廷把我入翰林比之盛唐李太白被召用，我若辞官，皇上定然失望，怎说与圣政无关？”

叙述过后，他问，“邃庵公，在下辞官，真于圣政有碍吗？”

杨一清道：“此话迟些再说。徵仲，我先问你，他还说些什么？”

文徵明稍一迟疑，说：“还有些闲话，不足为邃庵公道。”

“其实，闲话才有味道，”杨一清意味深长地说，“徵仲，我再问你一句，你要如实相告。你欲辞官，并非因为思乡，是不是？”

文徵明不善说谎，此事也无须说谎：“也是也不是。在下辞官，确是为思乡。邃庵公有切身体会，京师与我江南气候大不相同。一到冬季，避不开的寒冷，挡不住的风沙，掩不去的污秽，让人怎生行走，怎生饮食，怎生居住！让人怎能不怀念江南的山清水秀！在下一直向往北方的雄关峻岭，定居京师以后才发觉，雄关峻岭也黯然失色。”

“这是实话，”杨一清道，“除江南山清水秀，徵仲还思念一二同志吧？我听说，为唐子病故，你在西山一座禅寺前，坐哭一夜。”

“还有枝山兄，”文徵明道。唐寅是在嘉靖二年病逝的，得知此消息后不久，又听到祝允明疾病缠身，穷困潦倒的情形。“他的字曾经雄于一时，曾经那么受世人喜爱，到晚年，应更为精粹，怎么反而不能买来一醉！邃庵公，你知枝山兄在病中托人带给我一句什么话？他说：这个待诏，不作也罢。听这话，我在张家湾水边，又坐哭一夜。”

张家湾是运河的北端。取水路南归，该处是第一程。

“徵仲从未恭维过唐子、祝子的怪诞和放荡，对二子却情深如斯，真让人想不到。”杨一清插话。

“我不赞成二子的怪诞和放荡，可二子的才气和成就，我为之折服，”文徵明说，“我本该与他等为伍，而不应热衷于官场上的一席之地。”

“我听出来，徵仲一直在说为思乡而请辞官，其实是因厌官而请辞官。”杨一清评论道。

“所以邃庵公问我时，我说也是也不是。我欲辞官，确实不只为思乡，”文徵明说，“在翰林院任官的甘苦，外人是想象不出来的。”

“这我想象得出来。”杨一清说。

别说非进士出身的文徵明，张璁称得上是当今第一宠臣，在翰林院中又如何？他若制服得了众翰林，大概多少可以改变文徵明的处境。杨一清称得上三朝元老，在内阁又如何？还不是因为非翰林出身，不用别人说，自己总有些不自在的感觉。因此，他不仅想象得出文徵明在翰林院的处境，而且深感同情。

“徵仲，听说有一二翰林连连取笑你，可确实？”杨一清问道。

“连连是一二翰林。取笑却不是一二翰林！”文徵明愤愤地说。

一日，衙门无事，大家闲得发慌。一名编修向他一揖，说：“文先生莫怪，我以你的职位出个对子。”他出的上联是：待诏不见应召。他解释说，第二个召是召之即来的召。

众人或矜持，或肆意，都是一笑。

某检讨复向文徵明一揖，说：“文先生休怪，我以你的专擅对下句。”

他对的下联是：作画何如造化。众人或矜持，或肆意，又是一笑。

文徵明要维持尊严，唯有拂袖而去。

“无耻之尤！”杨一清也很愤慨，“西涯公谑而不虐，何其高雅；不过二三十年，翰林院的风气怎如此不堪！徵仲，要说有辱斯文，他们不是辱你，而是自取其辱。”

文徵明说：“二人作对取笑，我倒不很在乎，一干人在旁讪笑，我实在难以忍受。

何谓歧视，何谓怄气，由此才可以体会。”又问起方才的问题，“既然不以我为有用之人，不以待诏为应设之官，大可由我辞官。邃庵公，这于圣政又有什么妨碍？”

“说于圣政有碍，稍觉过分；但秉用先生说徵仲此时不宜辞官，也有道理，”杨一清说着，想了想，“徵仲，不如我们用个变通的法子。”

“邃庵公又有什么变通的法子？”文徵明好似不再做他想。

“徵仲先说，秉用先生为你想的什么变通的法子？”杨一清道。

张璁提出的变通的法子，使得文徵明不快之上又加不快。他本不想说这件事，但杨一清抓住他无意中用个“又”字，迫得他不能不说。

“他说，其子随入京师，不能马上补入府、县学，请我精神好时，与之周旋一二。翰林院那边，由他安排，不必再去受闲气，”讲罢，他戏谑地问，“邃庵公以为，此变可通？”

“秉用先生虽是好意，但我知徵仲是不会答应的。”杨一清说。

张璁的话虽然含糊不清，但意思很明白，要文徵明去他的府上做塾师。试想，文徵明被召入翰林，是皇帝的“西席”，一下变为某公卿的西席；且此一公卿，并非积年已久的老公卿，而是因事骤升的新贵，他心里是什么滋味？再说，在翰林院里受闲气，去张府做塾师就不受闲气？在翰林院的闲气，受在明处；在张璁家里，说不定要在暗处受更多的闲气。杨一清可以断定，文徵明对张璁的提议，一定是这样想的。但这些想法只可意会，他不能编派张璁的不是，还要为他辩一辩。

“我在镇江时，就知张生的傲骨，且甚为赞赏。现在，张生已成为秉用先生，自然更是傲视公卿。所以他想不到，徵仲要离开翰林院，只需换一个衙门。”他说。

从翰林院调往其他衙门，从翰林院待诏调任其他衙门相当的职位，张璁不和吏部堂官交往，所以不会想到这一层。杨一清曾任吏部尚书，现在又是阁老的身份，在他看来，这是很容易办到的事。

“邃庵公所谓变通的法子就是换个衙门吗？”文徵明问。

“徵仲以为此变通不通？”杨一清不无得意。

“邃庵公变通的法子比秉用先生另谋的一策略胜一筹，可邃庵公莫忘，我欲辞官，也是为了思乡之苦。”文徵明深作一揖，说，“在下恳请邃庵公助我辞官。”

果然辞官之外，不作他想。

见他愀然不乐的样子，杨一清于心不忍：“徵仲决意南归，得便时，我自然会代为陈请。”

此外，再说不出什么安慰的话。恰好杨芝送点心上来，他乘机把话岔开：“芝儿见过徵仲吗？”

“老爷好不糊涂！”杨芝不管有没客人在场，对杨一清说话都很随便，“徵仲先生是我领进来的，我怎会没见过他？”

“我可不是糊涂，”杨一清笑着说，“芝儿，你总赞我江南的和尚料事如神，可知我江南世俗中也有料事如神的高明？”

“你是说徵仲先生吗？”杨芝打量文徵明一番，“我只知有善诗善书善画的文待诏，却不知有善于卜算的文待诏。”

“你二人一时说江南的和尚，一时说塞外的和尚，这是你杨府的事。我弄不懂，也不便问，怎么又扯到我身上？”文徵明插言道。

“我不是说徵仲善于卜算，我是说他的尊亲善于卜算，”杨一清说着，转向文徵明，欲证实其事，“徵仲，宗儒兄精于易算，我的话不假吧？”

“不假，”文徵明神情黯然，“家父精于卜算，世人皆知，世人皆传。但邃庵公大约不知道，家父的祭日也是他自己卜算出来的吧？”

“真有此事？请徵仲道其详。”杨一清显然听过这件事，却未深信，文林守温州日，衙门中有一差役，姓孔，人皆不知其名，但呼为孔老人。一日，文林命孔老人锯解一木。次日，文林升堂，孔老人来报，该木锯解已毕。文林问：锯出若干片？孔老人答曰：五十五片。文林大惊失色，复问：尚可锯解乎？孔老人：朽烂不堪解。从那以后，文林再也提不起精神。有人向他问寿，他摇摇头，不答。衙门中有人欲向他问寿，他则说，不必问我，去问孔老人吧。不久，文林死于疽。

后来，人们才知道，文太守那年恰好五十五岁。

杨芝听得睁大眼睛：“徵仲先生，我听过的卜算故事，以此事最为怪异。想那木虽朽，总还能锯解几片；那孔老人一定知道文老先生的心思，竟不肯用心检查，多解一片。想起来，真恨煞人！”

杨一清评述：“芝儿哪里知道，冥冥之中，一切都有定数。那木解五十五片，是定数；孔老人报出五十五片，是定数；宗儒兄以此木问寿亦是定数。芝儿若以为，宗儒兄的心思是该木可多解几片，或寄望于孔老人答尚可解，就大错。宗儒兄是哲人，怎会与定数相争？”

文徵明本觉心里被一件东西堵得发慌，听杨一清一番评述，顿时开朗。杨一清不是在说他的父亲，而是在说他；不是在开导杨芝，而是在开导他。他要在翰林院里经受多少年苦难，进而言之，他要在这个世界上经受多少年苦难，由冥冥之中的那个定数把握。人或能卜算出那个定数，却无法与之相争。既无法争，又何必求助于人！

第八十四章

六月十三日早朝毕，皇帝命司礼太监传旨，于平台召见内阁大臣。

大内三大殿，前曰奉天殿，中曰华盖殿，后曰谨身殿。谨身殿后，正门曰云台门，东门曰后左门，西门曰后右门。云台即谨身殿与后三门之间而偏于西侧的一处平台，是皇帝召见亲近大臣主要是阁臣的地方。

四员阁臣的排序是：费宏、杨一清、石珤、贾詠。杨一清第一次被皇帝召见，稍稍迟疑，行礼时有些靠后。行过礼后，皇帝手指费宏和石珤之间的位置，对他说：“杨先生，你要离费先生近些。”

杨一清觉出四人不够整齐，挪了挪，说：“臣失仪，请陛下降罪。”

“杨先生年岁大，行动迟缓，算不得失仪，”皇帝体恤地说，又嘱咐费宏，“卿等以后排班，也要迁就迁就杨先生才好。”

皇帝先要杨一清离近费宏，又要费宏迁就杨一清，费宏得体地奏道：“陛下命臣等整齐步伐，和衷共济，臣等谨遵陛下旨意。”

“如此甚好，”皇帝高兴地说，“今日召见众位先生，是因为早朝前，朕草草写了两行字，要请众位先生一览。”

他向站在后面的一名近侍点头，该近侍双手捧着一张不大不小的御用纸笺，躬身立于皇帝面前。皇帝挥挥手，他手捧纸笺，行至费宏正面，展开纸笺。

费宏轻声诵道：“法祖安民，奉天行道，福善祸淫。”

近侍依此行至杨一清、石珤、贾詠前方，杨一清等同样轻声诵读。

费宏颂扬道：“陛下之心，拳拳治道，虽游戏翰墨，无不在于天道、祖德、民生、政务，真可比隆于三代。”

“朕登基五年，若说有所进步，一是皇考昔日垂训之功，二是章圣皇太后这些年慈训之力，三是众卿教导辅弼之劳。朕虽有求治之心，向上之志，还须众卿孜孜不倦，启发诱导；一切政务得失，还须众卿劳神费心。”皇帝说几句客套话后，招呼道，“费先生。”

“臣在。”费宏应道。他站立最前，只要稍稍前移即可。

“有人说，费先生于修《献皇帝实录》不用心，朕断然不信。皇考垂训之功，与日月同辉。记以文字，结成书册，是我君臣共识，费先生怎会不用心？果然，不数月而实录成，朕心慰之。”

说到这里。皇帝颇有些动情：“再有几日，就是皇考的祭辰，朕亦可以告慰皇考神灵。费先生和各位先生的辛劳，朕必有赏赐。”

兴献帝崩于正德十四年六月十七日，费宏等在他祭日前几天，将《献皇帝实录》完稿进呈，可谓用心良苦。

费宏奏言：“陛下深知臣心，臣感激涕零，死亦无憾，何言辛劳！臣屡经攻劾，自知德行不足以服人，才学不足以胜任，本当即刻求去，以免玷污圣政。唯皇考实录未成，所为恋恋。”

他也有些动情，说到此处，触动伤心之事，声音竟变得呜咽。

他定下心来，又说，“先皇帝实录成，其于圣谟睿德记载颇为翔实，然臣等不敢自以为功。盖累朝实录皆有章奏可据，而献皇帝三十余年事，唯司礼监太监张佐、黄英、戴永等原编实录一册，详细记载献皇帝亲制序文及各年章奏，功当首论。其后编纂，又得司设监太监杨保、陈清，锦衣卫正千户翟裕、陆松之助，功当并论。”

这些内容，在进呈《献皇帝实录》的表章里都有。皇帝召见，把纂修《献皇帝实录》劳绩归之于内阁诸臣，特别是归之于首辅，费宏又口述一遍，为潜邸旧臣请功。

“张佐等之功，朕已交代：张佐荫弟侄锦衣卫指挥佥事，黄亮、戴永荫弟侄锦衣卫正千户，杨保荫弟侄锦衣卫百户，陈清荫弟侄锦衣卫总旗，俱世袭。翟裕、陆松升锦衣卫指挥佥事。众位先生看，如此升赏是否妥当？”上列荫赏，皇帝已降旨，这会儿也当面口述一遍。

皇帝即位之初，革除旧弊，锐意新政，其中，革除荫官荫爵一项最为群臣称道。时隔不久，荫风又起，经筵官反复开导，科、道官反复论说，而不能止。皇帝召见大臣，一般不会主动言及此事，大臣们也不便进言，或是皮毛地说几句。今天，这个话题是费宏提起的，其余阁臣也知道，不能不提起。于是，皇帝堂而皇之地谈到几名太监的荫封，还询问阁臣们妥当否，倒让他们应也不是，驳也不是。

皇帝不难为他们，顺着该话题说下去：“张佐等功当首论也好，功当并论也好，编纂之功还在各位先生。他等升赏，不过是虚应故事而已。对各位先生如何嘉勉赏赐，朕却是花费一番工夫。”

他伸出右手，一名近侍呈递上一张御用纸笺。

“费先生近前。”皇帝招呼道。

费宏诚惶诚恐，躬身向前走几步。

“费先生，朕做诗一首赐卿，卿其勉之，”皇帝将纸笺交与费宏。纸笺上是皇帝亲笔书写的六句七言诗：

睠兹忠良副依赖，舜皋仿佛康哉赓。朕缵大服履昌运，天休滋至卿其承。
沃心辅德期匪懈，未让前贤专令名。

费宏捧接御笺，叩首谢恩。

皇帝说：“朕不善写七言诗，费先生为内阁首辅，朕勉为其难，为卿作六句。朕之心意，费先生还要体会。”

“陛下以忠良命于臣，以前贤期于臣，臣虽驽劣，唯兢兢业业，不敢有丝毫懈怠。”费宏说罢，退后。

接下来该赏赐杨一清，皇帝却招呼：“石先生近前。”

石珤愣住，站在后面的贾詠捅捅他，他才迈开腿，如费宏般，向前走几步。由于心神不定，一个趔趄，险些跌倒。

“石先生慢些，不要慌，”皇帝关切地说，随后，把近侍呈递的御笺交与石珤，“朕有一诗赐卿，卿其勉之。”

御笺上是一首五言诗：

黄阁古政府，辅导须才良。卿以廷荐人，性资特刚方。
在木类松柏，在玉如珪璋。可否每献替，忠实无他肠。

石珤捧接御笺，叩首谢恩：“陛下以松柏、珪璋期于臣，臣无一敢当，唯忠实于社稷，忠实于朝廷，忠实于陛下，不敢有他肠。”

皇帝接下来说几句让众人都感意外的话：“当初费先生入阁，他的名次本该在蒋冕、毛纪之前，但蒋、毛二人无相让之心，所以委屈费先生。今次杨先生入阁，朕知卿是忠厚之人，不会计较，所以让杨先生列名卿前。卿果然识得大体，甘愿礼让，朕心甚慰。”

内阁的名次与阁臣肯不肯礼让不能说毫无干系，也可说干系甚微。费宏以原职衔入阁，是礼部尚书兼武英殿大学士，别说具有谨身殿职衔的蒋冕要排在他前面，职衔是户部尚书兼武英殿大学士的毛纪也要排在他前面。皇帝如果想费宏排名在前的话，可以特别交代，费宏在杨廷和后，或干脆改变他的职衔。但皇帝没有这样做。至于杨一清入阁，他的职衔高过石珤、贾詠，皇帝不特别交代，他就该排在二人前面。

石珤奏道："臣一清乃前朝元老，功勋素著，地位崇高。再次入阁，列于臣珤、臣詠之前，实属天经地义。陛下顺势安排，臣等心口俱服。且此等情事，前朝有例，臣亦不敢专擅其美。"

这几句话，还算得体。远者不说，正德朝就有杨廷和、梁储的例子：杨廷和原是首辅，梁储原是次辅。杨廷和丧父，归葬守制，梁储为首辅。杨廷和还朝，仍为首辅，梁储退居次席。

皇帝又问起别的事："石先生，庚辰科的主考是你吧？"

辰、戌、丑、未为会试之年。庚辰年即正德十五年。

"是，"石珤答道，"那一科，臣珤与臣廷相为考试官。"

"翰林院学士张璁是那一科的进士，"皇帝说，"张学士有爱君之心，有治国之才。石先生为国家拔选英才，亦是大功一件。"

石珤顿住。不是无话可答，而是有好几种答法，一时难以选择：一是说，张璁屡为科、道论劾，并非端士；二是说，张璁径授翰林院学士，升迁太速，有违体制；三是不说张璁，只说选用人才。

石珤最终选择后一种答法："一般人才，由吏部甄别拔选；特别人才，由陛下甄别拔选。臣奉旨为考试官，只是泛泛选士，不敢居功。"

"石先生说得对，张学士是特别人才，朕定要大用。"皇帝说。

石珤并没说张璁是特别人才，他只说特别人才由皇帝甄别拔选。但皇帝从众臣中甄别拔选出张璁，说他是特别人才，也没有错。

皇帝又说："有人批评张学士升迁太速，考试官李廷相还是侍读学士，他却是翰林院学士。朕驳他们：好，你们把这件事视为不经，何不去读一读《昌黎先生集》？石先生，韩昌黎是怎样说的？"

石珤知道皇帝问的是韩愈的哪一篇文章，他背诵《师说》中的两句话："是故师不必贤于弟子，弟子不必不如师。"

"对！师不必贤于弟子，师亦不必先于弟子。张璁骤升，朕没错。翰林学士实在说不上是大用，张璁大用还在日后，"皇帝意气风发地发通议论，仍不招呼杨一清，而去招呼贾詠，"贾先生近前。"

贾詠上前如仪，皇帝也有一笺与他，笺上是一首五言诗：

卿本中州俊，简在登台衡。君臣际良难，所贵德业并。

朕固亮卿志，夙夜怀忠贞。卷阿有遗响，终听凤凰鸣。

“卷阿”是《诗·大雅》中的篇名，记述召康公讽周成王求贤用士。贾詠是河南临颍人，皇帝赐诗中使用“中州”二字，很是老道。他是弘治九年进士，在几名阁臣中资历最浅，但为人老成，经筵多由他主讲。皇帝赐诗中用“卷阿”的典故，很是恰当。

贾詠捧接御笺，叩首谢恩：“中州德业并重的俊士甚多，臣不敢当其称。陛下用臣，有如养一雉，而将引群凤，为陛下齐鸣。”

皇帝赞赏地点点头，并问：“朕记得，费先生、石先生都是成化丁未科的进士。贾先生迟于他二人，却是哪一科的？”

贾詠回奏：“臣是弘治丙辰科进士。”

“那一科的考试官是谁？”皇帝又问。

贾詠回奏：“那一科的两名考试官，一是詹事府詹事兼翰林院侍讲学士谢迁，一是翰林院侍读学士王鏊。”

“原来是两位前朝的阁老，”皇帝道，“贾先生，他二人谁年长？”

这是个事前不会想到的题目，贾詠凭着印象说：“臣迁长臣鏊一岁。”

“王先生却先去，可惜。”皇帝说。

王鏊是在嘉靖三年病故的，皇帝为之叹息。

他又问：“贾先生，廷臣多人举荐谢先生，谢先生尚可用乎？”

“臣师虽已七十有八，但体格尚健。”贾詠大概想到皇帝谈论张璁和李廷相时，引用《师说》里的句子，所以也用“臣师”这样的字眼。

皇帝未做表示，贾詠退后。皇帝这才招呼：“杨先生近前。”

杨一清步履沉重，走上前去。皇帝隔过他而赐诗三辅、四辅，不知用意何在。皇帝前面说过阁臣礼让之类的话，他是不是也该礼让？

“朕作一诗赐卿，卿其勉之。”开场的话一样，后面的程序却不一样，皇帝把御笺展平，说，“杨先生眼花，朕读与你听。”

迩年西陲扰，起卿督边方。宽朕西顾忧，威名满华羌。

予承祖宗绪，志欲宣重光。卿展平生猷，佐朕张皇纲。

诵罢，皇帝解释："朕与石先生、贾先生说过话，再与杨先生说话，并非轻慢。一来，朕今日与诸位先生说话，是为纂修皇考实录之事，杨先生近日入阁，未预其事；二来，朕慕杨先生之名已久，第一次召见，或要多问几句。朕之心思，众卿体会之。"

"陛下思虑精细，臣景仰莫名，怎敢作他想！"杨一清恩宠异于前面的阁臣，捧接御笺，叩首谢恩，"唯臣休致有年，承蒙陛下起臣督边，尸位一年。西北未靖，臣于心不安。"

皇帝说："朕用杨先生督边，为后任做个表率而已。杨先生古稀之年，岂可久冒风寒！况且朝廷亦要老成，内阁更重于边关。皇考在日，曾对朕讲，今楚有三杰：大司马刘先生，内阁李先生，及督帅杨先生。李、刘两位先生今已过世，上天唯存杨先生辅朕，朕倍觉珍惜。因皇考昔日以督帅一职重卿，故请卿行边，以告慰皇考。今特召还，以为辅弼。"

皇帝把杨一清先起督边、复召还朝的用意大致一述，然后问："西边虽略安静，但士马虚乏，终堪忧虑。杨先生有何良策？"

"此事重大，须与户部、兵部共议。"杨一清应句虚的，说句实的，"臣日前奏请取回陕西织造太监，以免扰边，也关系到强边之计。"

陕西织造，用的是羊绒，取之于临洮、兰州等地。皇帝命在西安设局，遣太监梁玉督其事。杨一清请取回梁玉，以织造事委之陕西三边总督和陕西镇守太监。皇帝未准。

他这次又提及旧事，皇帝说："此事已有旨，杨先生再说其他大计。"

杨一清奏道："臣以为，固边之计，以用火器为首选。"

"为何以火器为首选，杨先生说给朕听听。"皇帝命道。

杨一清从容地说："与夷狄比较，无论我士卒有多强健，彼亦强健；无论我马匹有多充足，彼亦充足。唯火器，我军中有大将军、二将军、三将军等名目，力大而猛，为我之长，彼之短。"

"杨先生几次督边，可曾验其效？"皇帝问。

杨一清奏道："臣昔督边时，曾取该铳试之。自总兵官以下皆惧，但告无人能用。臣曰：询诸军中，必有能用者。西安卫指挥杨宏果曰：曾于会城校场间用此器。于是，在花马池下操时，取二将军试之。杨宏装药举火，其声如迅雷，远及三百步，一营皆震。臣乃募工匠集于固原城，按照二将军样式打造，分布边城营堡。臣计：

二骡可运一铳，一营用八骡，可运四器。出师时节，置之军中，以备危急。不过数壮士之劳，数骡之用，可当千夫万夫之力。”

“杨先生督边，甚是用心，”皇帝嘉勉一句，又说，“朕闻佛郎机铳炮之力亦大，亦可及远，已命南京仿制，他日可于各边试用。”

皇帝即大位以来，第一次心情轻松地与阁臣议事，不知不觉，已到午时，这才命赐馔各先生。

七、钦定大狱

第八十五章

嘉靖五年六月下旬的一天，太原城里官军调动频繁，见识稍广的人能分辨出，太原左卫、太原右卫、太原前卫都出动。形势不紧急，何至于动用三卫？这话一传十,十传百，城里城外人心大乱。

太原居民看着一队一队的官兵向南而去，三三两两地议论：他们开赴何处？若径自向南，那是去徐沟县，或五台县；若折向东，那是去繁峙县；若折向西，那是去代州城。代州是太原府的属州，五台、繁峙是代州的属县，徐沟则直属太原府。

在衙门有亲朋好友的人，忙着去打探，带回的是扑朔迷离的消息：某处有贼出没。某处是哪一处，他们说不清楚，衙门的人也说不清楚。

官兵成为一队，返回太原。军中三匹高头大马，马上两名文职，一名武职。武职是随官兵一起出城的，当时就有人指点着说：那是都指挥使司的马大人。两名文官不知是从何处接来的，认识他们的人又指点着说：这位是按察司的李大人，这位是山西巡按马大人。

军中三挂马车，车上各安置一囚笼，每个囚笼里关着一名犯人，都是五花大绑。囚犯被押解到按察司狱，狱外挤满看热闹的人。

第一名犯人从囚笼里出来，有人说：这不是张大吗？

旁边的人纠正：他的大名叫大仁。

第二名犯人从囚笼里出来，众人乱喊着：张二，张二。

有人纠正：他叫张大义。

第三名犯人从囚笼里出来，众人齐声喊叫：张大礼，张大礼。

喜欢纠正别人的人言道：对，他是张三。

众人于是知道官军去的哪里，又从哪里回来。

第一人说：原来是去徐沟，一日一夜，真够这些军爷们受的。

第二人说：在县城还好，你老哥还不知，他们是住在同戈镇吧？

第一人说：他们住的地方不好，同室操戈，怪不得会被抓来。

第二人说：让你说对。当初有位道爷，曾劝他们的父亲搬去别处。可他们父子舍不得置下的田产、房产，你说有什么法子！

第三人说：他们的父亲不是捐个太原卫指挥使吗？怎不见他？

第四人说：你们没见到他，我却见到。上一月，我去京师走亲戚，在街上见到他，神气得很，是从一座王府里出来的。不对，不对，从王府里出来是在咱太原，京师并无王府。在京师，他是从一座公侯的大宅子里出来的。我本想打个招呼，但自觉寒酸，没有上前。不然，糊里糊涂牵扯进去，你说冤枉不冤枉！

第三人说：他们兄弟几人，不也在京师混个差事吗，回来作甚？

第二人说：他们对人说过，因为在京师混不下去，不得不回来。

议论的声音越来越大，正往狱里走去的张大礼听到，回身一揖，道："哪位兄台提到家父？请捎个口讯去，就说我兄弟吃了官司。"

山西巡按御史马录、山西按察使李珏、山西都指挥使马豸亲自监督把张氏三兄弟押入按察司狱，然后一起去山西巡抚衙门。

"三位辛苦，"巡抚江潮向他们道声乏，他满脸疲惫，看来也是一夜未眠，"原本算计你们要申时才能回来，为你们准备的是晚宴；谁知你们辰时就回来，只有请你们马马虎虎吃一顿早饭。吃早饭，省晚宴，我巡抚衙门也可省却一笔开销。"

最后一句显然是笑话。

马录还句笑话："为省却天信先生的这笔开销，小马大人可是跌跌撞撞，赶一夜的路；老马大人跌跌撞撞，赶一日一夜的路，就更不用说。也不知值得不值得？"

江潮字天信，江西贵溪人，弘治十二年进士。马录字君卿，河南信阳人，正德三年进士，是资历很深的御史。所以他在巡抚衙门一向随随便便。小马大人，指他自己，老马大人，则是指马豸。

江潮与他也不客气："君卿休得抱怨。我知道你的心思：案犯押在县衙，反正睡不安稳，不如连夜赶路，免得夜长梦多。"

早饭摆上来，无非是些家常小菜和点心，一大盘切成薄片的酱羊肉，算是犒赏几位同官。不是正经的宴席，不必太讲究，江潮坐主位，其他人则随便坐。

江潮说："酒只一壶，诸位慢些喝，权作休息。"

两盅酒下肚，一夜的疲劳驱去一半。

李珏说：“唯恐夜长梦多，我和君卿先生的心思是一样的。不过，我二人先在徐沟县城歇一日，是以逸待劳。马将军及时赶到徐沟，又及时离开徐沟，实在难得。天信先生上奏此事，首功应归于马将军。”

“都堂大人再三叮嘱，到徐沟，一切听命于廷重先生、君卿先生，我怎敢有违！在太原，是天信先生运筹帷幄；在徐沟，是廷重先生和小马大人调度有方。我不过走一遭，有什么功劳！”马豸说。

李珏字廷重，直隶开州人，弘治十八年进士。

“别说是你，我还不是听他二人调度！他二人在徐沟，要我整顿兵马，我便整顿兵马；要我速速发兵，我便速速发兵。不然，我何至于让你去应这趟苦差。”江潮这几句话，算是安抚马豸，他转身问马录，“君卿，徐沟指证之人叫薛良吧？他现在何处？”

马录说：“薛良也住同戈镇，与张家为邻。不，我说错，他是与李家为邻。因还有些事要问他，我把他带来太原。”

“甚好！”江潮赞道，“这个薛良乃主要指证之人，一是不要让他走脱，二是不要生出意外。主犯还未归案，我怕他会下毒手。”

马录应道：“理会得。薛良也怕得很，巴不得我带他来太原。”

江潮转身对马豸说：“这桩案子，你恐怕知道得最少。首功归于你也罢，不归于你也罢，总要让你办事办得明白。”说着，问道，“马将军，抓来的这三兄弟，你知道其父是谁吗？”

“只听他们说，其父与我同僚，怎不袒护？却不知是谁。”马豸道。

“不错，其父确与你同僚，”张潮说，“张寅这个人，你熟悉吧？”

“怎么，老张是这几个大贼的阿爹？”马豸不由大惊。

“这几个盗贼是小贼，张寅才是大贼，”江潮说，“不过，张寅并非姓张。马将军，君卿方才的话，你听到：薛良不是与张家为邻，而是与李家为邻。张寅原姓李，名福达。这个名字，你可有些印象？”

“有些印象，”马豸道，“弘治年间，山西妖贼王良、李钺谋反，主犯之一，是崞县人李福达。我那时官职卑微，不与机密，只听得说，李福达发戍山丹卫。”

崞县隶属代州。山丹卫属陕西行都指挥使司，距甘州不远。

“此事只有你最清楚。王良、李钺作乱时，我三人都不在山西，”江潮道，“你且听我往下说。不多久，山丹卫不见这个叫作李福达的戍卒；而在山西某处，突然出现一人，自称李午。清军御史在山西勾军，认定李午是逃卒，将他勾调山海卫。至于清军御史为何不查明这个李午的真实身份，只有天知道！后来，李午逃离山海卫，出现在陕西洛川。他在洛川有一个叔父，叫李越。他们或非同宗，只是偶尔相遇的。二人在洛川宣传弥勒佛教，诱致教众。当地富户邵过禄、何蛮汉等俱入其教，不但为他网罗乡人，而且给他带去大宗财富。洛川后来发生一起民变，倡乱者李越、邵过禄、何蛮汉等俱为官府捕获，他们供认，首谋是李午。而在洛川，早不见李午的影子，教众为他积聚的大宗财富也不知下落。差不多就在同时，山西五台县出现一名男子，就是今时的张寅。他在五台和徐沟间来往多次，几乎走遍各个村镇，最后选中同戈镇，和镇上张姓的巨室结拜，在那里落下脚。在张姓巨室的帮助下，他输粟捐得太原卫指挥使，于是和马将军成为同僚。”

马豸听得呆住，乘江潮喘息的当口说：“这张寅捐的是闲职，从不见他来各卫走动，也不见他与哪一同僚有深交。我等只知他是五台县巨富，无聊之极，才捐个官作。他的家产有多少，谁也说不出个准数。听得差派去京师的同僚说，他一次送过武定侯一万两银子。”

“还有另一种说法，”马录插言，“这张寅深谙黄白之术，一万两银子是他在武定侯府上点化出来的。所以武定侯视他为上宾，他每次赴京师，必是侯府接待。武定侯还把他的几个儿子在京师补匠役。这是用光兄复函中写的，想来不会毫无根据。”

徐文华字用光，与马录同为正德三年进士，曾任山西按察司副使，现官大理寺右少卿。

马豸问：“君卿先生是为访查张寅在京师的行迹，函询徐少卿的吗？”

马录看看江潮，说：“这是后话，还是请天信先生讲下去。”

“也不是很后的话，马将军问的事，我就快讲到，”江潮回应一句，讲下去，“有张姓巨室的扶植，有张寅的大宗财富，张氏三子如三条恶狼，别说同戈镇人，徐沟县人也没有不怕不恨的。张寅不想结怨乡邻，把他们送去京师。廷重方才讲到黄白之术，张寅或真懂得，也传授与他的三个儿子。张寅不在京师时，三子以烧丹和药为由，时常出入武定侯府。武定侯是当今第一有宠的勋臣，借助他的势力，三子渐如在徐沟时猖獗。但京师不同于徐沟，他的靠山有势力，受他欺负的人家说不定也有势力。他们渐渐被顺天府衙门盯住，被东厂衙门盯住。武定侯不愿为他们与人打官司，打发他们回到徐沟。于是，才有薛良密告张家底细的一段故事。君卿，我讲得口干，下面的事你来讲。”

把这段故事的来龙去脉讲清楚，江潮自己心里也感到踏实。

马录接着讲：“薛良曾受过张寅三子的欺侮，张寅向他赔罪，把儿子又送去京师，他也就作罢。但他多个心眼，暗中查访张家的来路，谁知还真让他查出端倪。再说张寅三子回到同戈镇，性子未改，闯过一次京师，更不把薛良放在眼里。薛良想，忍气吞声，到哪一天才能出头？不如大家扯破脸。于是他密告到巡按衙门。开始，我没太在意，听薛良讲下去，越听疑心越重。待我确定薛良之言有七成把握的时候，就禀告天信先生，准备查按其事。”

“第一步应做实，张寅即李午。”马豸不善狱事，也知从何处着手。

“天信先生和我也是这样想的，”马录称是，“我请善图之人，根据薛良所述张寅样貌，图其形，并暗中询问同戈镇居民，总有八成相似。随后差人一赴延安府取证，一赴京师取证。”

“为何要赴延安府取证？”马豸疑惑不解地问。

李珏说：“延安府辖三州十六县，鄜州为三州之一；鄜州辖三县，洛川为三县之一。洛川属鄜州，却也属延安府。”

“我之意，李越、邵过禄、何蛮汉等只要还有一人在洛川狱中，向他取证即可，何必还要去延安府取证？”马豸道。

马录说：“洛川弥勒佛教之变已平息数年，李越等人不是被处死，就是病死狱中，并无存者。据李越等人交代，李午不只蜗居洛川，中部、宜君、保安、米脂等县亦常窜至。多处取证，方可确认。”

中部、宜君二县同属鄜州，米脂县属绥德州，保安县则直属延安府。

“君卿先生说的是，事隔已久，更须多方取证。”马豸点头道。

“在洛川县、鄜州、延安共寻得父老十余人画押取证，张寅即当年在洛川等地以弥勒佛教蛊惑群氓的李午。至于赴京师取证，我请用光兄相助。说来也巧，用光兄熟识的同僚中还真有一人是鄜州籍，此人还真在家乡见过李午的面。他就是刑部刘主事。”马录又引出一人证。

刘主事名仕，陕西中部人，正德十五年进士。李午在鄜州各县频繁走动时，他正在州学就读。

“刘主事懂得识图，他这里遮一遮，那里添一笔，更确定今日之张寅即昔日之李午。”江潮说明。

“可谓铁案如山，”马豸断言，复问，“却怎知李午即李福达？”

“其实，确定张寅即李午，此案就可以办。但薛良既然说，张寅即李福达，如能加以确定，岂不更了却一桩积案？兵科常给谏家在徐沟，前两年探家时，偶见张寅一面，对家人说，此人好眼熟。刘主事与他一起参详图形，也是这里遮一遮，那里添一笔，常给谏认出，他就是几十年前的李福达。那时他还年幼，李福达曾到过徐沟。据我想来，薛良或也在那时见过李福达。”

常给谏名泰，正德十五年进士。

“数十年前的事，指证起来有些难处。”马豸不像刚才那样确信。

“张寅既是李午，应是李福达无疑。我等为朝廷除一大患，实应庆幸，”江潮说着，摇摇酒壶。“话已够多，酒已不剩，各位回去歇一歇吧。”

第八十六章

七月的一天，一人进太原城，直奔巡按衙门。在衙门前走几个来回，他终于向差役声言，求见巡按大人。差役问他是何人。他道：无须多问，巡按大人正在等我。差役说：不道姓名，不予通报。他道：不予通报，我自己闯不进去吗？差役无奈，向里通报。马录果然像在等他，说：着他进来。那人进入巡按衙门大堂，马录一身官服，正襟危坐，三班衙役站立两旁，齐声喝道：跪倒！

那人朝当中一站，并无惧色。他："马大人不识得小人吧？"

马录冷冷一笑，把一张图像掷于案下，说："你看我识不识得你！"

那人拾起图像，仔细端详，又把它掉转过来，让两旁的衙役观赏。

"倒有七八分相似，"他不无嘲弄地说，"大人要见我，差人招呼一声就是，何必到处散发这人不似人，鬼不似鬼的图形？"

"你是什么人，本官是什么人，不查清你底细，本官见你作甚！"马录鄙夷地说，"你本就三分似人，七分似鬼，休怪我画工不精。凭着这三分似人七分似鬼的图形，你还不是要来投案。"

"我为三子而来，并非为这人不似人鬼不似鬼的图形而来。若不是三子被大人拘捕，我又来见大人作甚！"那人的口气也很强硬。

马录喝道："强贼还敢嘴硬！实话说与你听，你那三子，罪恶不小，本可立即弃市。但本官拘他三人，却是为等你。你的罪恶更在他三人之上。你肯出首，你那三子或有一线生机。你若肯将几十年的行径从实道来，本官可以担保，为你保存一子二子。"

"犬子无知，得罪大人和乡邻，还乞宽恕，"那人软下来，方才衙役们的喝声，他置若罔闻，现在却主动跪下，"小人跪求。"

马录不叫他起来，反而说："仅你这一跪，绝救不得他等性命。"

"大人是什么人，小人是什么人，小人自然不敢妄向大人求情。只求大人看着别人的面子，予以关照。"那人说着，从腰间取出一函。

离他最近的衙役接过，呈与马录。

那人说："写函之人，拳拳致意，请大人细读。"

马录把那函从头到尾读两遍，放置一旁。他说："此函不知是真是假，假函固救不得他等性命，真函也绝救不得他等性命。"

那人有所恃而来，见马录无视那函，不由心虚。

"小人亦识法度，怎敢假武定侯爵爷的名头写函？小人说句实话，没有爵爷的大函，小人不敢来向大人乞饶。"他说。

"我才说，真函也绝救不得他等性命。"马录不动声色地说。

"大人要怎样，才救得他等性命？"那人虚问一句后，咬了咬牙，说，"小人在家乡饶有资产，愿以半数捐官，但求保全数子性命。"

"你说的家乡，是徐沟，还是五台？"马录问。

那人警觉地说："是徐沟。小人祖籍虽在五台，却无存寸土片瓦。"

"既然在五台不存寸土片瓦，那么，你在洛川也无存寸土片瓦吧？在崞县更无存寸土片瓦吧？"马录乘势追问，"你说，你饶有资产，在几处却不存寸土片瓦，不知你这个人是悭吝至极，还是阴险至极！"

那人脸色一变，分辩说："大人是什么意思，小人理会不得。小人从不曾离开过太原府地界，崞县小人偶尔一去，不知为何该在那里买地置业。至于洛川，小人不唯不曾去过，连它属那一府，也不知道。"

"你没有去过洛川不妨，你不知为何要在崞县买地置业不妨。李午却去过洛川，李福达却知为何要在崞县买地置业，你不妨问一问这两个人。"马录道出这两个姓名时，特意顿了顿，"我方才也说，你若肯将几十年的行径从实道来，本官可以担保，为你保存一子二子。"

"大人是要小人承认就是李午，就是李福达吧？"那人道，"大人不是要为小人保存一子二子，是要将小人置于千刀万剐之下。"

"怪事，你怎知李午、李福达该当千刀万剐？"马录听出话中破绽。

"李福达是崞县人，他从乱之事，太原府像我这般年纪的人，谁不知道！谁不说他该千刀万剐！"那人虽在分辩，却不那么理直气壮。

"不错，李福达之事，你应该知道。可李午之事，太原府像你这般年纪的人，也都知道吗？你不知洛川属于哪一府，却知道多年前在洛川煽乱的李午该千刀万剐！这也没什么可奇怪的吗？"

在马录一句紧过一句的追问下，那人无话可答，只有自语道："李午是李午，李福达是李福达，小人只是张寅。”

“虎毒亦知舐犊，你就不肯舍身救子吗？”马录不屑再问，说，“你既来了，不必再回徐沟，更不必去京师，就在我这里想一想吧。”

江潮、马录自觉此案查勘得很实在，上之都察院。

第八十七章

皇帝召张璁至文华殿，御座前设一小凳，看来要长谈。

张璁行礼坐定。除皇帝身后两名近侍，余人皆退出。皇帝一挥手，两名近侍也退后数步。这更让人觉得，君臣二人亲密无间。

“张先生去兵部衙门办事，已有些日子吧？”皇帝问。

“臣到兵部衙门办事，已两个月。”张璁答道。

他在七月七日升任兵部右侍郎，今天是九月六日，整整两个月。

“兵部的官员应不似翰林院官难以调训。”皇帝说。

“兵部事务繁多，臣与尚书对坐，为部属决断，以事论事即可；不似在翰林院里，要谈经论道，斟酌礼仪。但谈经论道，斟酌礼仪，臣亦不输与众翰林官。”张璁道。听起来，他不以离开翰林院而怨，不以超擢侍郎而喜，一副超脱于得失之外的口气。

“张先生不嫌弃兵部就好。朕却为不差你去礼部而懊悔。”皇帝说。

皇帝决定张璁超迁，传谕吏部，吏部奏：唯兵部侍郎有缺。当时礼部左侍郎是刘龙，右侍郎是翟銮，都是正经的翰林官出身，若毫无道理地调用，朝廷上定会议论不休。皇帝不想张璁的超迁引起议论，又急于大用张璁，于是准吏部之议。现在想想，还真有些后悔。

“臣在兵部，仍然可以谈经论道，斟酌礼仪。”张璁道。

“朕正要你谈经论道，斟酌礼仪，”皇帝满意地说，“世庙垂成，祀礼必备。朕自制乐章，已谕示内阁和礼部等官，更定曲名。朕对他们说：世庙乐章，章圣皇太后要用一个和字，朕也要用一个和字。内阁及礼部奏：迎神之曲改为永和之曲，初献之曲改为清和之曲，亚献之曲改为康和之曲，终献之曲改为冲和之曲，撤馔之曲改为太和之曲，送神之曲改为宁和之曲，甚合朕意。张先生，你看此等曲名如何？”

张璁有什么好挑剔！他说：“内阁及礼部体会圣母皇太后和陛下深意，苦心斟酌，臣看，此等曲名堪称贴切。”

皇帝点头，表示曲名不必再议。

“但内阁和礼部所定用舞，朕要与张先生议一议。”皇帝说。

“陛下早已心有所归，并非把握不定；但世庙祀礼重大，陛下必要广征博采，方肯用之。”张璁道。

这两句话甚是得体，不管皇帝采纳内阁和礼部之议，还是不采纳内阁和礼部之议，都是裁自圣心，而不是受别人左右。

这层意思说过，张璁才问：“不知内阁和礼部怎样议定世庙用舞？”

“他等议，世庙但用文治之舞，不用武德之舞。”皇帝说。

“但用文治之舞，不用武德之舞，不知何所依据？”张璁再问。

“他等议，汉高帝以武功定天下，故兼用文治、武德之舞，至惠、文二帝，不尚武功，故只用文治之舞。献皇帝生于太平盛世，只用文治之舞，亦取此意。”皇帝简述过内阁和礼部的奏议，再说他自己的想法。“皇考生于太平盛世，而只用文治之舞，朕不知可取不可取。朕思之再三，世庙不用武德之舞，或有人视为缺典。但太庙兼用二舞，世庙只用其一，所以尊让太庙也，说不上是缺典。”

“臣亦以为，世庙只用文治之舞不可取。”张璁断然地说。

“张先生似乎说中朕的心思，朕却不知怎样才能说中自家的心思。”皇帝这句话实在有些绕口，有些顽皮，所以他还要郑重地加上一句，“还请张先生为朕仔细说一说。”

“陛下以为臣说中陛下的心思，是因为陛下知道内阁和礼部之议不可取；陛下称臣似乎说中陛下的心思，似有所疑，是因为陛下先入内阁和礼部之议而惑于内阁和礼部之议。臣请为陛下析之。”张璁说。

他有意把这句话拖得很长，是因为需要仔细想一想。一方面，有了皇帝不知内阁和礼部之议可取不可取这句话，他大可以直诉己见；另一方面，皇帝也说，世庙只用文治之舞，说不上是缺典，他阐述不当，就把皇帝一起批驳。想来想去，辨析内阁和礼部之议不可取，一定要涉及其“缺典”；要皇帝听得进，能接受，也只有从这两个字入手。

“陛下称，世庙只用文治之舞，说不上是缺典。臣请先为陛下说典，”张璁道，“陛下建世庙，是欲以天子之礼祀献皇帝，必以天子之礼祀献皇帝。祭祀典礼有别，古而言之，天子之典不同于诸侯之典；今而言之，天子之典不同于亲王之典。然典礼之别，在等级，唯以舞之佾数为隆杀；不在先后，不可以文武为偏全。禹以揖让得天下，非以武功得天下。若必以武功得天下者，方可兼用文武，则禹只用文治之舞可矣。然则史称：禹兼用文武。内阁和礼部之臣敢不敢说，禹只可用文治之舞？

敢不敢说，禹只曾用文治之舞？内阁和礼部之臣举汉惠、文二帝为言，殊不知汉礼改古礼多矣。惠、文二帝只用文治之舞，即为缺典。世庙只用文治之舞，亦为缺典。汉、宋之礼多不法古，陛下一一改之。祭祀之典，陛下亦当从古礼，不当从汉礼。陛下称，世庙只用文治之舞，说不上是缺典，皆因惑于内阁和礼部之议。臣以为，世庙用舞缺典，过错在于内阁和礼部之臣，不在于陛下。”

“典礼之别，唯以舞之佾数为隆杀，不以文武为偏全，”皇帝重复这两句话后，道，“不错，朕不知其议可取不可取，正是为此。”

“臣想，席尚书苦于眼疾，所谓礼部之议，其实是侍郎们之议，”张璁先把礼部的过失推到左侍郎刘龙、右侍郎翟銮身上，以解脱席书，再论内阁过失，“科、道屡言，首辅费宏立朝行事，律以古大臣固不能无议。但入仕至今，未闻有大过。臣道，世庙用舞，不能从古礼，乃他一大过失。”

张璁、桂萼、席书不满内阁诸臣，屡加攻讦，费宏自然首当其冲。科、道本该以纠劾大臣为己任，对此颇为不平，纷纷谈论。张璁所引的话，出自吏科都给事中解一贯的奏疏。奏疏还说：璁、萼平生奸险，特以议礼一事偶合圣心；与宏积怨已久，欲夺其位而居之。这话他却没有引。现在，和皇帝议世庙用舞之事，又是一个攻讦费宏的好机会。

“席书并非全无责任，费宏不该全担责任，”皇帝息事宁人地说，“张先生，费先生只是见识不如你，却非奸佞之徒。对朕，他还是忠心的；对朝廷之事，议礼之事，他还是用心的。卿等须相互谦让。”

张璁暗自懊悔：世庙用舞正说到精彩处，不该岔开。

“臣谨遵圣训，”他躬身道，“臣请再为陛下说世庙用舞。天子祀典，文治之舞八佾，用人六十有四，武德之舞八佾，用人六十有四，共计百有二十八人。我朝太庙用的是此数。诸侯祀典，文治之舞六佾，用人三十有六，武德之舞六佾，用人三十有六，共计七十有二人。献皇帝在藩时用的此数。今陛下以天子之典祀献皇帝。若只用文治之舞，用人六十有四，反不如献皇帝在藩时多。陛下其心安否？内阁和礼部之臣难道能说，文舞增至一十六佾吗？”

“自古以来，焉有一十六佾的祀典！内阁和礼部之臣再荒诞，也绝不会有此议。”皇帝说，他脸上浮现出笑容，不只因为一十六佾的说法太离奇，而且因为他已拿定主意，“朕以天下奉祀皇考，怎能反不如在藩时！世庙不能只用文治之舞，一定要文、武兼用。不是张先生反复辩论，险些酿成大错。上苍以张先生相授，实朕之大幸，社稷之大幸。”

“陛下圣明，千载难逢。臣受知于陛下，得以平生抱负事陛下，实臣之大幸！”皇帝褒奖张璁，出于真心；张璁颂扬皇帝，也出于真心。

“还有一事，朕也把握不定，要与张先生议之。”看来是一件颇为为难之事，竟使得皇帝欲说不能，欲罢不能。

张璁已知皇帝要议什么事，但皇帝不说，他自然不便先说。

停了片刻，皇帝说：“母后欲谒庙。阁臣们说：国初皇后谒太庙；自从永乐间改为谒奉先殿，无再至太庙者。朕为此把握不定。”

张璁对此事深思熟虑，议论起来更加从容：“章圣皇太后欲谒庙，臣有所闻；阁臣不欲章圣皇太后谒庙，臣亦有所闻。臣敢问，陛下欲章圣皇太后谒庙否？”

“母后之意愿，即朕之意愿，又何须问！”皇帝道。

前有一问，后有一答，张璁的思绪刚好澄清。他说：“陛下之心，圣人之心也；圣母皇太后之心，圣人之心也。臣请先为陛下说唐朝之制。唐开元年间更定礼制，有皇后庙见之仪。皇后可庙见，皇太后亦可庙见，自不必说。臣请再为陛下说我朝之制。阁臣奏曰：国初皇后谒太庙，永乐间改谒奉先殿。这是不错的。但阁臣并没有奏明，国初之礼是，抑或永乐之礼是。”

“张先生是说，国初之礼与永乐之礼亦有是非？”皇帝即位后，一直在议礼，一直在对抗大臣们引述的各种礼法，可从来没有议论过祖宗所定礼制的是非，所以听了张璁的话，不由吃惊。

“臣以为国初之礼与永乐之礼亦有是非，”张璁坦然自若地说，“国初所定制度，乃是根本，永乐年间改变旧制，是礼臣失考。臣以为，我朝礼制，皇后、皇太后谒庙为是，止谒奉先殿为非。”

“是是非非，均由祖宗所定，张先生看，该怎样弥合？”皇帝问。

张璁奏道：“阁臣知国初之礼与永乐之礼不同，但因循旧规，不思辩证，故请陛下从永乐之礼。臣则坦言，当从国初之礼。臣以为，谒庙有二，一是谒太庙，一是谒世庙。章圣皇太后欲谒者，世庙也。臣则以为，章圣皇太后宜先谒太庙，以补前礼之缺；再谒世庙，以成今礼之全。”

他敢言国初之礼与永乐之礼有是非，阁臣不敢言，他已占上风；他不唯敢言，且思补救，更占尽上风。

章圣皇太后入宫时，欲谒奉先殿，大臣们也是极力反对的。因为那时章圣皇太后还没有皇太后的名分。皇帝不理会大臣们的反对，陪同章圣皇太后谒奉先殿。这是议礼的第一步，也是至关重要的一步。只有皇后、皇太后可以谒奉先殿，章圣皇太后谒奉先殿，她就应该成为皇太后，她就必须成为皇太后。可以说，章圣皇太后被尊为皇太后，是从那一步开始的。现在，章圣皇太后欲谒庙，大臣们又是极力反对。他们提出的理由，皇帝无法辩驳，深感为难。但章圣皇太后谒世庙，也许又是至关重要的一步。皇帝在内心，是把谒奉先殿和谒庙当作一回事来看待的。要是大臣们对，章圣皇太后不该谒庙；那么反对谒奉先殿也对，而后来一系列的议礼全错。这是皇帝所无法接受的。

幸亏天生张璁，以辅圣政。他说，皇帝心有所归，一点儿也不错；他说，当从国初之礼，一点儿也不错；他说，先谒太庙，再谒世庙，一点儿也不错。仅谒世庙，大臣们会说，是章圣皇太后一时心潮所至，是皇帝曲从章圣皇太后之意；先谒太庙，再谒世庙，则是改变有缺憾的典礼。张璁补救的法子实在高明。

皇帝拿定主意，说："好，朕就请圣母皇太后先谒太庙，再谒世庙。"

第八十八章

“文同先生眼已不明，耳不可再不聪！”刘龙对席书说。这话本就刻薄，他的声音又严厉，大可以振聋发聩。

“礼部是讲礼的地方，舜卿先生是礼部堂官，有话好生说。一味比较声高，成何体统！”席书回敬道。

刘龙字舜卿，山西襄垣人，弘治十二年进士。他比席书晚三科，席书有资格以前辈的身份教训他。

“文同先生知道礼部是讲礼的地方就好。”刘龙并不买账。

他是正正经经的翰林出身，对非翰林出身的这位礼部尚书本就成见很深；席书在大是大非面前，一味推诿，装聋作哑，更让他看不上。

“我今日约仲鸣先生来，就是要与文同先生讲一讲礼。”他说。

翟銮是弘治十八年进士，比刘龙又晚两科。刘龙约他一起见席书，他不好拒绝；但抱定宗旨：两不得罪。刘龙扯上他，他才开口：“舜卿先生对谒庙之事，深不以为然；对我说，礼部该议一议。”

“礼部是该议一议，舜卿先生对谒庙之事怎说？”席书问。

“如何，我说文同先生也是要议的吧？”翟銮料中席书的态度，颇为得意，“舜卿先生，此事静下心议，礼部不难议出个头绪。”

“本就不难议出个头绪，”刘龙说，“章圣皇太后只可谒奉天殿，不可谒太庙，这是祖宗朝立下的规矩。”

“舜卿先生说只谒奉天殿是祖宗朝立下的规矩；皇上却说，谒太庙才是祖宗朝立下的规矩。”席书站在皇帝的立场，反驳道。

“这哪里是皇上说的，这是一干奸佞之徒以诡言蛊惑！”刘龙道。

奸佞之徒的姓名，简直呼之欲出，但还是被他强忍下去。

“你说是一干奸佞之徒以诡言蛊惑，我且不与你辩，”席书格外平和地说，“谒奉天殿是祖宗朝立下的规矩，持此议者，皇上也不是没有给他等说话的机会，他等怎就不能说服皇上？”

“文同先生是说阁老们吗？”刘龙自问自答，“阁老们只说到谒奉天殿是祖宗朝立下的规矩，却不敢说谒太庙对与不对；不似有人无所顾忌，敢指祖宗朝立下的规矩不对。其实，谒奉天殿是祖宗朝立下的规矩，谒太庙也是祖宗朝立下的规矩。规矩不同，应辩其是非。阁老们不肯辩，不敢辩，难怪说不服皇上，难怪奸佞之人有空子可钻。”

“对祖宗朝立下的规矩要辩是非，这不是阁老们该说的话，也不是礼卿该说的话吧？”席书说着，问翟銮，“仲鸣先生以为如何？”

翟銮圆滑地说：“且看舜卿先生是怎样的说法。”

刘龙道：“祖宗朝立下的规矩，阁老和礼卿以外的人可以随心所欲地分辩，难道阁老和礼卿一句话也说不得？文同先生不欲分辩，勉强不得，却也不要阻止我等分辩。国初制度，皇后谒太庙。永乐年间，改为谒奉天殿，明明是国初礼文未备，却被说成永乐礼臣失考；明明是谒庙有违古制，却被说成谒太庙是，谒奉天殿非；明明是阁老请从永乐之典，却被说成因循旧规。真不知其是何用心！再者，国初庙见，为大婚册后之制，后来复定其制，册后亦止谒奉天殿。大祭之礼，怎可附会！我等分辩是非，欲弥合制度之缺陷；有人分辩是非，却是张大制度之缺陷。故分辩是非之中，亦有是非。”

“舜卿先生好一番慷慨陈词。”席书不无赞赏地说。

与内阁争礼，张璁、桂萼、席书本是一心。但在议礼中，除内阁，礼部是最重要的衙门。许多事情，是礼部和内阁共议的。论及内阁，往往累及礼部。席书作为礼部正卿，也常被皇帝斥责。他被斥责时，张璁又往往受到皇帝称赏。即使张璁不在皇帝面前搬弄是非，他也会不平；何况张璁是不是在皇帝面前搬弄是非，他心有疑惑。因此，有人痛快淋漓地指斥张璁，如今日之刘龙，他犯不上为张璁辩解。当然，他也犯不上和刘龙一起指斥张璁。

赞赏刘龙后，他问翟銮：“仲鸣先生之见如何？”

“舜卿先生以为，永乐年间改国初之制，是弥合制度之缺陷，大约是不会错的。”这是刘龙话中的精髓，翟銮无关痛痒地评论一句；又抓住席书话中的精髓，无关痛痒地评论一句：“文同先生以为，祖宗朝立下的制度，礼卿不可分辩是非，大约也是不会错的。区区两面听教，真正说得上是受益匪浅。”

这话等于没说。刘龙欲得一助，才拉他来与席书理论，但他只说无滋无味的话，使得刘龙好不失望。

“弥合之说是，不用分辩；失考之说非，也不用分辩。仲鸣先生不欲分辩，是非却是有的。”刘龙说。

“舜卿先生莫恼，听我把话说完。”翟銮安抚他，“舜卿先生说，阁老们不敢分辩制度之是非，这话也对也不对。阁老们的确没有陈述国初礼制未备，则舜卿先生对；阁老们即以永乐之制为是，则以国初之制为非，则舜卿先生不对。阁老们以永乐之制为是，未能说服皇上，舜卿先生就可以说服皇上吗？舜卿先生说，有人张大祖宗之制的缺陷。说服不了皇上，却一定要分辩是非，不也是张大祖宗之制的是非吗？我之意，礼部只议谒庙之事，不必多论制度之是非。”

“如此说来，谒庙之事也不必议！礼部是不是只要坚持，章圣皇太后可谒奉天殿，不可谒太庙、世庙即可？”刘龙负气地说。

席书说：“章圣皇太后谒太庙、世庙，已是定局，礼部怎可坚持？说到弥合其间，不如请章圣皇太后谒庙时，皇上同行，以主持典礼。”

翟銮立即叫好，刘龙一通议论之后，也想不出其他具体弥合的法子。礼部以席书之议上之。

此议无碍主旨，皇帝自然不会不准。

第八十九章

又是一个寒冷的冬季。外面寒风凛冽，堂上却被几盆通红的炭火烧得温暖如春，主人更是满面春风。

郭勋招呼道："秉用先生请，子实先生请。本不敢相邀，只因近日请得一名厨子，很有些过人之处，才请二位来，一起品尝品尝。"

张璁、桂萼接过家人奉上的热巾，擦擦脸，擦擦手。

"侯府厨子个个了得，新厨又有什么过人之处？"桂萼问。

郭勋介绍："别家的厨子，或是江、浙菜，或是四川菜，只擅长一样。我这个新厨，说不出他擅长什么，他烹制江、浙菜，不似江、浙菜，却胜过江、浙菜；烹制四川菜，不似四川菜，却胜过四川菜。更有一奇处：宫里赐馔，他尝过其味，则能烹制出来。"

"这岂不是不似宫里菜，胜过宫里菜吗？"张璁问。听不出他是在赞赏，还是在讥刺。

"非也，"郭勋忙说，"是不似宫里菜，略似宫里菜。略似宫里菜的味道，却比宫里菜差些味道。今晚就请二位尝一席略似的宫里菜。"

张璁对厨子没兴趣，说起他人："府上的厨子有无过人之处，且不去说他；府上的管家倒是有过人之处，爵爷不可不赏他。两年多以前，爵爷也是差的这位管家去接我二人的吧？当时我问他：府上远不远？他说不远。我二人上轿子后，才知要绕半个皇城。今日见他，我又问：府上远不远？他还是说不远，不过又多句话：轿子是旧的轿子，轿夫是旧的轿夫，请老爷无论如何赏光再上一次轿。"

"不错，他对我说的也是这番话，只是又多一句：张大人在轿里候着呢。我想起秉用先生那年说的'请入瓮吧'，秉用先生先入瓮，我怎好落后！"桂萼笑着说。

二人的话里都有些嘲讽的味道，却无恶意，郭勋陪着干笑几声后，说道："难得他与两位先生有缘，日后请两位先生，我只差他去就是。"

因为是不似宫里菜、略似宫里菜的酒宴，只有大菜，没有小菜。每上一道菜，稍加品尝，果然略似宫里菜的味道。随即饮一盅酒。酒却是正宗的宫酿御酒。菜上几道，酒过几巡，话多起来。

“秉用先生，子实先生，”郭勋带着几分酒气呼道，“朝廷上，谁都可以不防，杨某不可不防。费某是恶人，杨某更是恶人。”

“爵爷是说应宁先生吗？为何他不可不防？”桂萼问。

郭勋因杨一清提议被免去团营的差事，因而怨恨他。张璁不容郭勋开口，挑明这一点：“爵爷不应团营的差事也好。要是爵爷还在团营办事，子实先生怎样且不说，我就不好来。”

他这样说，意在表明，应约而来，与公务无关。

郭勋一直在想，张、桂要是不留情面，拒绝他的邀请，该怎样应付？

至于张、桂二人接受邀请，也不留情面，该怎样应付，他却没有多想。被张璁不软不硬地数落两句，他只好讪讪地为自己圆场：“我丢团营的差事不足惜，只怕此人将危害秉用先生、子实先生。”

桂萼自信地说：“爵爷不须多虑。应宁先生此番入阁，多得我二人助言。他心里有数，绝不会与我二人为敌。”

张璁却说：“爵爷，你说丢团营的差事不足惜，不知当真不当真。我要告诉爵爷，你丢团营的差事，并非应宁先生一言而定。”

“如此说来，还是因为科、道的弹劾？”郭勋问。

丢团营的差事，不是毫无损失，但的确可以不去计较；被皇帝斥责几句，脸面丧尽，就不是丢一件差事可比的。他当然想知道缘故。

“爵爷行事，确有可以检点之处。”张璁既不说是因科、道的弹劾，也不说不是因科、道的弹劾，而是让他自己去想。

张璁泛泛而谈，郭勋则就事分辩：“虎贲左卫的事，非我家人所为。我命管家一一查问，无一家人与该卫指挥接洽过。”

张璁以为，这件事他该说的话已说，不必多言。

桂萼说：“爵爷不要误会秉用先生的意思。应宁先生请皇上免去爵爷团营的差事，是因为爵爷处置营务有不当之处，这是爵爷日后要检点的。但皇帝免去爵爷的差事，并非因为应宁先生之请，而是别有原因。这也是爵爷日后要检点的。至于科、道论劾，则与爵爷检点不检点无关。爵爷不检点，他们要论劾；爵爷检点，他们仍要论劾。”

语多玄妙，郭勋百思不解。他说：“子实先生的话，我听不懂。”

“爵爷不是在说虎贲左卫的事吗？”桂萼道，“科、道干脆是把郭顺认作侯府的人。郭顺与王琬串通，以更局促低洼的宅院与虎贲左卫衙门互易，而把该衙门划入侯府。若问：这一说法有没有人相信？答曰：有。若问：这一说法有没有根据？答曰：全无根据。全无根据而编造出这一说法，用心何在？科、道弹劾爵爷，与爵爷检点不检点，又有什么关系？”

“的确没有关系，”郭勋听了这些似是而非的话，对张璁、桂萼的态度已经了然，他更加大胆地为自己辩白，“科、道因此事弹劾，与我检点不检点无关；因彼事弹劾，与我检点不检亦无关。”

科、道弹劾郭勋，集中在两件事上：一是他用卑劣伎俩占据虎贲左卫衙门，这是一年前的事；一是他被牵涉进张寅狱案，这是半年前的事。虎贲左卫的事，实在没有什么好辩的。郭勋知道，张璁、桂萼要说的，一定是张寅狱案。

果然，张璁说道：“子实先生已说虎贲左卫之事，我再来说一说张寅狱案。张寅输粟捐太原卫武职，就算备册，太原卫由后府辖制，要见一见他，是后府都督、都督同知、都督佥事的事，与爵爷何干？爵爷不但见他，而且与他过从甚密。说他每至京师，必拜爵爷，不虚吧？说他每至侯府，必捐巨资，不虚吧？说他每捐巨资，必有宴饮，不虚吧？爵爷为朝廷勋贵，本应自重身份，对知道根底之人，都不该轻易交结，何况是不知根底的人！爵爷如此行事，有没有可以检点之处？”

“秉用先生说的是，我不该结交不慎。”郭勋道。

“科、道可不是说爵爷结交不慎，”张璁接着说，“山西抚、按所上狱案，称张寅即李午，又称李午即李福达；都察院勘覆该狱案，称张寅即李午，又称李午即李福达。李午何许人也？李午是在陕西以弥勒教惑众的首恶。李福达何许人也？李福达是在山西煽乱的余恶。爵爷结交张寅，即结交李午也；结交李午，即结交李福达也。科、道不是弹劾爵爷结交不慎，而是弹劾爵爷结交乱贼；结交乱贼，罪当连坐。”

“秉用先生——”郭勋明知张璁要为他辩解，还是出了一身冷汗。

张璁继续说：“爵爷结交张寅，可说结交不慎，不可说结交乱贼。爵爷明明只是结交张寅，科、道却弹劾爵爷结交李午，结交李福达。爵爷请想，科、道的弹劾，与爵爷行事检点不检点又有什么关系？”

皇帝可以因为虎贲左卫之事免去郭勋的差事，科、道不可因虎贲左卫之事弹劾郭勋；皇帝可以因为张寅狱案免去郭勋的差事，科、道不可因张寅狱案弹劾郭勋。桂萼、张璁说的是同一意思。

郭勋气愤地说：“我不检点，科、道要论劾；我检点，科、道也要论劾。不唯论劾，还要置我于死地。我与科、道不能两立！该当如何行事，还请秉用先生，子实先生告我。”

“科、道无理纠缠，我二人也很为爵爷抱屈。但我还要重复一句：爵爷行事，确有可以检点之处。”张璁一丝不苟地说。

“秉用先生放心，我行事有可以检点之处，我绝不会与皇上纠缠，亦不再与杨阁老纠缠。”郭勋信誓旦旦地说。

“爵爷重义，我二人也重义。今晚不似宫里菜、略似宫里菜的酒宴，我二人不会白白领受，”张璁道，“科、道为何与爵爷过意不去，为何必欲置爵爷于死地，爵爷知道，我二人也知道。爵爷要摆脱困境，须得在根本上作文章；我二人助爵爷摆脱困境，也要在根本上作文章。非如此，局面不能根本改观。”

“秉用先生所谓根本仍是议礼？”郭勋想了想，说，“不错，科、道与我过意不去，欲置我于死地，根本在于此；科、道不能置秉用先生、子实先生于死地，却屡屡与秉用先生、子实先生纠缠，根本也在于此。”

十二月二十六日，司礼监传旨：移张寅狱，即山西抚、按和都察院所称的李福达狱之一干案犯和人证至京讯之。

有人为之欢欣，有人为之忧虑，有人为之惶恐，但谁也没有料到，它竟酿成大明皇朝中叶的第一大狱。

第九十章

嘉靖六年正月初五日有旨：民间疾苦情状甚多，一时所开，或有未尽，则匹夫匹妇犹有不被其泽者，可令诸司各将利民事宜具本条陈，限正月二十日以前奏来。

桂萼好像一直在等待这道圣旨，和张璁议论过整顿朝纲、整顿吏治后在等待这圣旨，和张璁、二黄拟疏于南京时在等待这道圣旨，甚至中第后初任丹徒知县时就在等待这道圣旨。他恨不能把所学所见所思所行一下子都写出来，奉献给皇帝，奉献给朝廷。

张璁提出的“申圣教”“广圣孝”是必做的题目，但桂萼想放一放，先按照自己的思路，写自己定下的题目。

第一个题目是“恤逋逃”。

所谓逋逃，一曰逋租，一曰逃民。逋租有很多是已经蠲免，重又追缴，这部分当然应该全部蠲免。如有纳过而田产已变卖，则应随产追给。逃民则是难以承受粮差、抛弃妻子、荒芜田土者。劝逃归农，宜预为量免六年分钱粮。

有人会问，蠲逋逃，足以宽恤小民，兵粮不足怎么办？

一个最简便的办法，是转无用为有用。今天下州、县民壮，祖宗所设，但在承平之际，徒为冗食，可折其费以资卫、所。此乃兵、农相资，桂萼为知县时曾试行之，民皆称便。

有人会问，预免六年之租，足以劝农，国无数年之蓄怎么办？

其实，预免田租卒收富强之效，是有前鉴的，如汉文帝、唐太宗时。今乃于会计之前，不肯预免；会计之后，奏荒者至，又不得不免之。这才真的是没有算计。

第二个题目是“除欺蔽”。

所谓欺弊，桂萼对张璁说得很清楚，特指正德十六年时内阁为皇帝草拟的即位诏书。

有人会问，登极之诏也可以改吗？

诏书非我皇上钦定，为什么不能改！况且，该诏书有那么多弊端。譬如革冗食，当边军在内时耗费行粮，是为冗食，但边军还边后仍要革冗食，却是夺贫人之衣食。如营伍之军及厨役之人，随缺收补，在原籍者无起解之苦，在京师者有衣食之资，有什么不好？非要在革冗食的名义下追呼天下之里甲而解补之，徒使州、县小民为之骚然。

第三个题目是“严鼓禁”。

登闻鼓为通壅蔽而设，请严鼓禁，一定会让许多人不解。但如果告诉他们，为通壅蔽而设的登闻鼓，今已成为壅蔽之所，司鼓官与问案官沆瀣一气，杜冤抑之口，积怨愤之气，他们还有什么不解？

那么，怎样才能真正通壅蔽呢？无他，在我皇上特敕厂、卫分投缉访，审记起数，逐日面奏。

第四个题目是“复边粮”。

复边粮，实则复盐法。国家大计，不患无银，患无粮料，这是桂萼的基本立论。汉法，输粟于边者得以赎罪拜官，此边方劝农之始。我朝盐商本来是赴边纳粮的，到弘治朝，误从某尚书之议，改为赴运司纳银。一时运司年例之银充满太仓银库，举朝皆以为利，不知坐是而少耕种之人，道路无买卖之积，困苦边士四十年。

有人会问：何以久而不革？

还不是因为边将利于侵渔，运司利于卖引，中外利于通贿！

有人会问：如子言，决不可不革矣，然须渐革之，抑或可即革之？

边粮乃目前之急，宜即革之。但令六年以后，商人必上本色，边粮实收到部，方付盐引，则不出三四年，兵食举足，灶户、商人均受其惠。

第五个题目是“革奸徒”。

所谓奸徒，特指把持养济院的光棍。京城有养济院，各地也有养济院，其间弊端，恐怕只有像桂萼这样任过知县的亲民官，才会留意到。

光棍把持养济院有二途：一是收瞽目妇女能弹唱占卜者，出入势家，

投作恩主。其权势大臣，亦利其通情纳贿，非有司所能禁治。二是收养者已死，不除其名而冒领之。革此弊端不难，在京城令厂、卫缉访奸冒，散米时令科、道官各一员监之，在各地申令有司查革。

第六个题目是“开堧地”。

京城之下，御河之内，及天下府、州、县沿城隙地，古所谓堧地。可

收游手之民，令土著者给养而督率开种。堧地所收，秸稿作贡，谷粟归民。古人生财之道，此固其一事也。今天下府、州、县方宴安无事，若遣五城御史，刻日行之，始于京师，达之天下，将使海内无游手饥冻之人。

第七个题目是“谨旷官”。

所谓旷官，是针对地方官员赴部考察而言。三载考绩，古法也；考察之际，解官赴部，启奔兢之俗，开贿赂之门，则非古法。宜免其赴部，准令造册，差吏至京，考核黜陟，使在任不旷其官，在部实考其册。

至于造册，是巡按等官员的责任，在考察地方官员的同时，也兼察巡按等官。其所造册，善无实迹，则虚荐者连坐；恶无实迹，则诬劾者反罪。

第八个题目是“悯穷吏”。

今在京吏役，或父办事而子为佣工，或夫办事而妻为乞丐，可谓伤天地之和气。造成贫吏的一个重要原因，是吏役到部，而吏役册未到，须罚班四月，入息全无。宽恤之法，是吏役到部，免其罚班，吏役册未到，亦准暂拨。

洋洋数千言拟罢，桂萼但觉殚精竭虑，头脑里一片混沌。收笔时才想到，还有两个题目空在那里。照理说，“申圣教”“广圣孝”排在第一、第二的位置，必须写得精彩，以吸引皇帝读下去。但他志不在此，只草草写几句，不像是向皇帝进言，倒像是应付差事。

第九十一章

章圣皇太后一笔一画地写着字。喜眉轻手轻脚地走进来，轻轻咳嗽一声，这是表示有事。章圣皇太后不理睬，她只得再轻轻咳嗽一声，禀道：“司礼监公公张佐叩见娘娘。”

章圣皇太后继续写字，仍不理睬。

喜眉等了等，听不到回音，自作主张地说：“要不，奴婢去告诉他，娘娘正忙着，让他迟些再来。”

章圣皇太后等她转身走到门口，才唤道：“喜眉！”

喜眉似乎料到娘娘会叫住自己，马上站定。

章圣皇太后说：“张佐一定是皇上差他来的，就这样打发他走？再者，要说，也该说我想静一静，不该说我在忙着。我有什么可忙的！”

张佐入殿，给章圣皇太后行过礼，说：“奴才张佐奉皇上旨意，来给圣母娘娘叩头。”

“皇上有什么话说？”章圣皇太后问。

张佐奏道：“皇上本该现在来恭请娘娘圣安，但正处置两件事，要迟些再来。皇上唯恐圣母娘娘担心，差奴才先来叩头。”

“皇上处置朝政，我有什么可担心的！”章圣皇太后道，并吩咐，“你去对皇上说，安心处置朝廷的事，后宫的事不要想得太多。”

“奴才谨遵娘娘懿旨。”张佐应道。

“皇上在处置什么事？要紧吗？”章圣皇太后又问。

张佐奏道：“奴才说的两件事，其实是两本奏疏。两本奏疏，皇上都读得很认真，奴才想，一定是很要紧的。”

皇上在读的奏疏，司礼太监一定是读过的，至少是知道的。章圣皇太后不问，且看张佐自己会不会说。

张佐很懂得自己的差事。皇上探视章圣皇太后，并没有规定时辰，早些迟些怕什么？皇上若要自己与章圣皇太后议论这两本奏疏，就不会差他先来。朝廷的大事，皇上每每要在章圣皇太后面前学说；差他来，就是要他向章圣皇太后学说。他怎么会不说！

“第一本奏疏是翰林院桂学士上的，他应皇上求言诏书，共议十件事，”张佐述道，“桂学士写的是一篇长疏，皇上一字一句，仔细在读。”

章圣皇太后说：“桂先生写的既是长疏，要你讲，你大概也讲不出来。你且讲一讲，皇上读他的奏疏时，说些什么？”

“是，圣母娘娘体恤奴才，奴才着实感激，”张佐道，“奴才记得，爷读桂学士的奏疏时，自语两次。一次爷说：虽令廷臣条陈，却好似一直等的就是桂学士这篇奏疏。桂学士大忠可用，大才可用。一次爷说：桂学士存心办一些实事，但他出身县令，有时不免显露出小家子气。”

“听皇上的评语，如见其人，如见其文，”章圣皇太后评论皇上的评论，“不过，看似小家子气，未必真是小家子气。既然‘大忠可用’‘大才可用’，就不必犹豫。”

“娘娘懿旨，奴才一定奏明皇上。”张佐讨好地说。

章圣皇太后不理会他，又问：“另一本奏疏是谁上的？”

“另一本奏疏是王邦奇上的。”张佐回话。

“王邦奇？”章圣皇太后对此人毫无印象，问，“王邦奇居何官职？”

“锦衣卫带俸署百户。”张佐道。

连正式的百户都不是，也有过人的议论？看来，又是一个何渊、隋全之类的人物。这些想法在章圣皇太后脑际一闪而过，她是不会当着奴才们的面说出来的。

“王邦奇写的不会也是一篇长疏吧？他所议何事？”章圣皇太后问。

“他的奏疏并不长，”张佐道，“他议的是哈密事。他说：哈密失国，两个人罪责难逃。一人是彭泽，他督师时，贿赂土鲁番人求和。一人是杨廷和，他在内阁时，拟诏杀写亦虎仙。又说：内阁大学士费宏、石珤俱为杨廷和党，极力遮掩其过失。又说：兵部主事杨惇为杨廷和子，藏匿旧牍，贻误国事；翰林院侍读叶桂章为杨廷和义子，修撰余成勋为杨廷和婿，来往各衙门，交通请托，俱应治罪。又说：费宏、石珤夜过杨一清宅，请杨一清维护大臣体面，被拒。”

据张佐所述，关于哈密事，王邦奇写有三层意思：其一，杨廷和、彭泽首先有罪过；其二，费宏等续有罪过；其三，杨一清不欲牵连其中。翻出哈密这桩旧案，不仅要告旧日大臣，而且要告今日当政大臣，难怪皇帝会把王邦奇的奏疏当作一件大事来处置。

章圣皇太后说：“杨先生有大过失，亦有大功劳。处置哈密事，皇上尽可随意；

处置杨先生，却要慎重才好。”

谁都听得出来，她说的杨先生，是杨廷和，不是杨一清。

“娘娘懿旨，奴才一定奏明皇上。”张佐又说。

章圣皇太后没再出声，看来再没什么话要问，也没什么话要说。

张佐见喜眉在一旁使着眼色，会意，欲叩首退出。

“张佐，我还有几句话，你听好！”章圣皇太后忽然又开口。“我说桂先生当大用，你要奏明皇上；我说处置杨先生要慎重，你要奏明皇上。我要对你说的是：皇上经过几年磨练，已不是五六年前的皇上。该大用谁，该处置谁，皇上心里一定有数。我朝太祖皇帝立下规矩，后宫不预政。我从来没想过干预朝政；现在皇上完全可以自立，我更不会干预朝政。对其他臣子，可以大用，也可以不用，但对张先生、桂先生一定要大用；对其他臣子的处置，可以慎重，也可以不太慎重，甚至完全不慎重，但对杨先生的处置，一定要慎重。这两句话，就算是我最后对皇上的提醒。以后，皇上不必再对我谈论朝政，我也不会再对朝政有所议论。这几句话，你要如实奏明皇上。”

张佐不知章圣皇太后为什么要这样说，但他隐隐觉得，皇上正希望章圣皇太后这样说，正等待章圣皇太后这样说。好像为表示对章圣皇太后的忠诚和敬意，他多叩两个头，才慢慢起身退下。

趁章圣皇太后就寝前心情较为平和的机会，喜眉说：“不知张佐办错事，还是奴婢办错事，惹得娘娘一整天都不开心。”

“你们都没办错事，”章圣皇太后不让她胡乱猜疑，反问她，“你有没有这样的体会：你一直在期盼着一件事，是在真心期盼；可当这件事临头的时候，却不知该高兴，还是该失落？”

皇帝没有随意处置杨廷和，只是命将杨廷和的儿子杨惇、杨廷和的乘龙快婿余成勋、杨廷和的义子叶桂章下诏狱鞫讯。叶桂章出使分封在河南南阳的唐府，突然遭此横祸，在被缉拿还京的途中，乘解押的锦衣卫官校不备，自缢身死。

几天以后，皇帝准内阁首辅费宏、三辅石珤致仕。

第九十二章

三月二十六日，三法司于午门外会讯张寅一案，刑部尚书颜颐寿、都察院掌院都御史聂贤、大理寺卿汤沐自然是主审官。司礼监参与会讯的是太监戴永，锦衣卫参与会讯的是不久前升任指挥佥事的陆松。陆松和锦衣卫指挥使骆安一样，也是兴邸旧人。

戴永坐定后，见众人目光都在注视自己，知道他最后交代一句，会讯就可以开始。

“皇上前次就有旨：但讯其情，毋得酷治。今次还是这两句话：但讯其情，毋得酷治。”他说罢，向颜颐寿点点头。

颜颐寿向陆松点点头：“陆大人，传人犯和人证吧。”

一干人犯和人证都关押在镇抚司狱，须由锦衣卫官提出。

陆松说：“要说人犯，他等在我镇抚司狱中都是人犯；要说人证，他等在我镇抚司狱中都是人证。颜大人，先提哪一个？”

在山西抚、按官所上狱案中，在都察院送上狱案中，张寅、张大仁、张大义、张大礼等是人犯，薛良、李景全、石文举等是人证；而一干人奉旨提来京师，交由镇抚司狱关管，便都成人犯，或都成人证。尽管在诏狱，这怕也是件奇事。

颜颐寿知道，对人犯、人证一视同仁，不会是陆松本人的意思。

“还是先问一问张寅吧？”他是答复陆松，也是征询众人的意见。

张寅阅历丰富，见过不少世面，大摇大摆进过武定侯府，镇定自若受过山西抚、按的鞫讯，因此，今日直对数十名大大小小的官员，他向当中一跪，毫不慌张。

颜颐寿按惯例问：“下面跪者姓甚名什，多大年岁，何方人氏？”

张寅答道：“小人张寅，六十七岁，祖辈居于山西五台。”

“张寅，你听好！”戴永向前探探身子，说，“皇上很看重你的案子，传旨‘毋得酷治’。这里的大人问你什么，你要一切据实而答。”

戴永办事谨慎，各衙门有口皆碑。“毋得酷治”这四个字，一定是皇帝亲口交代的，一定是皇帝要他当着张寅的面说出来，他才会说。

“小人叩谢天恩，”张寅道，“小人在太原巡按衙门，就是据实而答，不敢有半句谎话。那时，还没有‘毋得酷治’的圣旨。”

听他这几句话，许多官员心里在说：此人至少是个刁民。他不说山西鞫讯时，是否用过刑，只说山西鞫讯时，没有“毋得酷治”的圣旨。言外之意，山西官员鞫讯时，一定是用过刑的，可能还用过大刑。若反山西狱词，他这第一句话，就可以反过一半。

刑部理刑，但刑部尚书亲自问狱不多；都察院理刑，但都御史亲自问狱也不多。说起来，还是大理寺评谳狱案，寺卿必须亲与其事。所以，颜颐寿、聂贤的目光几乎同时扫向汤沐。

汤沐理解二人的用意，不慌不忙地说：“问案用刑，也不是了不得的大事，我朝何尝有禁止用刑的法典？对刁钻之徒，恐怕一定要用刑，他才会从实招来。张寅，这里数十人，人人是鞫讯的行家。不必用刑，你供的是不是实情，人人都可以分辨得出来。我的话，你可听明白？”

“小人听明白，小人但招实情就是。”张寅不再像方才那样嚣张。

人犯的气焰被压下去，颜颐寿复问：“张寅，有人举告你原是李福达，系山西崞县人，曾于山西从贼魁王良、李钺作乱；后更名李午，复于陕西鄜州以邪教惑众倡乱，杀人伤人众多。你有什么话说？”

“小人冤枉，”张寅道，“小人只是姓张名寅，从无他姓，从无他名。小人只是山西五台殷实人家，从未居于崞县，从未居于鄜州。小人输粟，在太原捐个指挥使，一则，愿对国家尽匹夫之责，二则，想的是光宗耀祖。小人光的是张姓之宗，耀的是张姓之祖。小人若真是姓李，却光耀张姓的门庭，小人祖宗在天之灵，也放不过小人。”

“此处是天子脚下，且慢把你张姓或李姓的祖宗引来。”颜颐寿不无讥刺地说，“张寅，现有众多人证，你肯与他等对质吗？”

“小人说的均是实话，不怕与人对质，”张寅说，“小人的仇家诬陷小人及小人之子，众位大人一定人人都可以分辨出来。”

张寅引汤沐的话，也包含有讥刺的意味。

汤沐冷笑：“是你的仇家诬陷，还是你不从实招供，当然人人分辨得出来。本官实话告你，我等第一个唤出的人证，就是你的大仇家。”

“陆大人，请传人证薛良回话。”颜颐寿对陆松说。

陆松方才传命带张寅，而不是带人犯张寅；现在仍是传命带薛良，而不是人带证薛良。从始至终，他对这一干人，都是同等对待。

薛良不似张寅镇定，见这多坐着的官员，见这多站着的官校，还有跪在下面的张寅，他竟不知该跪在何处。

身后的锦衣卫官校喝道：“跪下！”

他回头望去，满脸的可怜相。张寅跪在靠右的一边，锦衣卫官校朝着另一边努嘴，薛良才在靠左的一边重重地跪倒。

“跪者姓甚名什，多大年岁，何方人氏？”仍是颜颐寿在问。

薛良答道：“小人薛良，四十九岁，是山西徐沟人。”

“薛良，皇上很看重这桩案子，传下旨来：毋得酷治。这里的大人们问你什么，你要一切据实而答。”戴永又交代一遍。

薛良站在那里，慌乱而不自在；跪倒后，反而镇定。他说：“小人是一定讲实话的。这张寅，即李福达，不用重刑，是一定不讲实话的。”

戴永说过“毋得酷治”，本可不再开口，但觉得薛良实在好笑，又多说两句：“依你的意思，须得酷治？毋得酷治，是皇上仁慈，你难道不懂吗？要酷治，则一律酷治。现在鞫讯你，则先酷治你；待鞫讯张寅时，再酷治他。如何？”

薛良之意，自然是只酷治张寅，而不酷治自己，听说对自己也要酷治，而且要先酷治，大为慌张。他忙说：“皇上仁慈，体上苍好生之德，众位大人体皇上仁慈，小人无限感戴。不须酷治，小人也是要讲实话的。”

“薛良，你举告张寅是李福达，有些什么证据？你要一件一件如实道来。须知，诬告是要反坐的。”聂贤道。

薛良说：“小人不敢诬告。小人与张寅，即李福达，为邻十余年，一直怀疑他不是良善之辈。小人也不是平白无故地怀疑他，实是事出有因。一则，他自称五台人氏，与我徐沟同戈镇民人张英为本家。张英为同戈镇巨室，亲友多，家仆多。他的亲友、家仆又都多嘴，在外乡有何本家，无不津津乐道。众位大人可以传讯同戈镇乡人，是不是这样？可张英本人，张英的亲友，张英的家仆，在张寅，即李福达到徐沟前，从不曾提到，在五台有这样一个本家。二则，张寅，即李福达，定居同戈镇后，张英一再说，张寅，即李福达，家教很好，几个儿子都很上进，在五台时，还入过县学。可小人见过张大仁，张大义，张大礼，与他等闲谈，才知道他等根本不曾识字读书；不但不曾入过县学，连家塾也没有念过。小人问：尔父家财万贯，为何不为尔等请一名塾师。他等支吾不言。有一次，我与张大义喝酒，又问及此事。张大义说：他家原籍也不在五台。搬迁到五台时，他兄弟三人年岁已大，无心就学。

小人问他家原籍在何处，他似有警觉，不肯说。小人又问他在原籍时家中是不是很有钱，他也似有警觉，不肯说。”

他罗里啰唆讲一大通，只是他如何起疑。这样讲下去，不知还要多久，才能讲到要害。

右副都御史刘文庄打断他的唠叨，问张寅：“张大义是你二子吧？他向薛良吐露，你家原籍并非五台。你怎说？”

“薛良那厮将大义灌醉，诳他胡言，怎算得数！”张寅辩道。

薛良叫屈：“明明他自己贪杯，哪里是我将他灌醉？”

张寅的原籍肯定有疑点，但聂贤不想二人纠缠此事，他继续向薛良问话：“你怀疑张寅非善良之辈，根据有二：其一，张寅非张英本家，其二，张寅原籍不在五台。此二事我等都听明白。我再问你：你是怎么知道张寅即李午，即李福达的呢？”

“小人得知张寅，即李福达，不是五台原籍，还不甚在意，可偶然在一天，小人得知他并不姓张，就不能不在意。那天，小人在街上见到他的孙儿，唤道：张同，你来。这张同是张大礼之子，他不睬小人。小人又唤道：张同，你来。他仍不睬小人。小人问他：张同，你为何不睬我？他瞥小人一眼，说：我不姓张。小人问：你不姓张，却姓什么？他说：阿爹不许我说，阿爷不许我说。小人说：你对我说，我买糕饼与你吃。他说：阿爷本姓李，阿爹也该姓李；阿爹姓李，我也该姓李。可阿爷如今姓张，阿爹和我也只好姓张。阿爹阿爷问起，你可不许说我告诉你的。”

“薛良，你说的张同，有多大年纪？”大理寺少卿汪渊问。

“张同与小人说这话时，是在前年，他大约五六岁光景。”薛良说。

聂贤问张寅：“张同是你孙儿吗？他称的阿爹，即是张大礼吧？他称的阿爷，即是你吧？他向薛良吐露，他阿爷原姓李，你怎说？”

“老爷也听到，薛良哄骗同儿说他阿爷姓李时，他只有五六岁。实则两年前，同儿只四岁。四岁的孩儿，与他一块糕饼，莫说可以让他承认阿爷姓李，让他承认阿爷姓猪姓狗，亦无不可。”张寅辩道。

“仅一孩童之言，的确不足信，”刘文庄同意他的说法，“薛良，你举告张寅即李午，即李福达，可还有其他根据？”

“是，仅一孩童之言，小人不敢举告张寅即李午，即李福达，”薛良说，“同戈镇有一老者，走南闯北，去过很多地方，善辨各地乡音，尤其善辨山西各县乡音。他告诉小人，张寅口音很杂，有五台之音不假，此外还有崞县之音，还有京北之音，还有陕西鄜州之音，还有陕西洛川之音。小人一心查明张寅的身份，不辞辛劳，先去崞县，再去陕西。皇天不负有心人，真让我找到众多辨认得出李午、李福达的人。在崞县有李二、李俊、李三，是张寅，即李福达的族人，有杜文柱，是张寅，即李福达的姻亲，有韩良相、李景全，是张寅，即李福达的友人；在鄜州有高尚节、王宗美，张寅，即李午，在鄜州时，曾寄寓高、王二人家中；在洛川有邵继美、宗自成，张寅，即李午，在洛川时，曾寄寓邵、宗二人家中。山西抚、按大人鞫讯时，小人曾一一举出上述各人，抚、按大人亦将他等提到，一一鞫讯，他等均可证实小人之言。”

颜颐寿低声与戴永、陆松计议：“这一干人证均在。都察院前次鞫讯他等，与山西抚、按的鞫讯，绝无异词。二位看先鞫讯谁人？”

“薛良第一个提到的是李二，我看先鞫讯他吧。”戴永说。

陆松赞同道：“甚是，这个李二不早些问，怕有意外。”

提李二过堂，见他衰老不堪的样子，才知陆松的话不假。颜颐寿问过姓名、年龄、籍贯，戴永交代过“毋得酷治”的圣旨。

聂贤问：“李二，你识得李福达吗？下跪二人中可有李福达？”

“小人识得李福达，”李二指着张寅说，“那边跪的就是李福达。”

“你前次须仔细看过他的头顶，才确认他为李福达；今次怎么一见之下，就确认他是李福达？”刘文庄问。

前次都察院鞫讯时，李二径直拨开张寅的额发，观看他的头顶，都察院的大人们又是好笑，又是奇怪。

李二说：“小人与李五几十年不见，他的模样变化太大，小人自然不敢辨认。但他什么地方变化，头顶不会变。他自小头顶就秃，本族人都叫他秃五。”

众人这才觉察，所谓李午，还有一叫法，即李五。

李二的说法太牵强，不足为凭。但众人还来不及再问，张寅在那边叫道：“老二，你好不可笑。到你我这般年纪，头顶还有不秃的吗？”

话音未落，他后悔不迭。这一声“老二”叫得太唐突。

“哼，”汤沐冷笑一声，“你说不曾在崞县居住，却知他是老二。”

张寅低垂下头，不再吭声。颜颐寿问：“诸位还有话要问吗？”

“还有什么好问！”陆松道。在他心目中，张寅现在有些像人犯。

戴永方才挑选一崞县人鞫讯，他觉得接着该鞫讯一鄜州人。

“薛良道，鄜州高尚节识得李午。提他上来鞫讯，如何？”他问。

高尚节大约是州城的富室人家，衣着质地很好，但经过长途递解和多日关押，被揉搓得不成样子。他在李二身边跪下，一双眼看看堂上，又看看堂下，看看张寅，又看看薛良。

“高尚节，下面跪的几人，可有你识得的？”聂贤问道。

“这里跪的几个人，小人都识得，”高尚节说，“我与这位老哥关押一室，彼此都很关照。这二人虽不关押一室，隔着木栅，也可招呼。”

老哥指的是李二，另二人则是张寅和薛良。

“这位大人是问你，这里跪的几个人，可曾去过你鄜州，可曾在你家中留宿？”汤沐觉得聂贤的问题不明确，复问道。

“这二人都曾去过我鄜州，都曾在我家中留宿，”高尚节指着张寅、薛良说，“这位薛大爷是前一年或再前一年去的鄜州，到我家中探听州中往事，小人还以为他是衙门的公差呢。这位姓李，名午，正午的午。小人自从知道他在我州的洛川犯过事，不敢再称他大爷。”

“张寅，你识得此人吗？”刘文庄指着高尚节，问道。

“小人虽曾到过鄜州，却不识得他。”张寅矢口否认。

“你这人好没良心！”高尚节道，“你初到我家时，两手空空，我见你可怜，留你住下，一住就是半月，整日伴我那娃儿要。你怎不识得我！你后来大发横财，我并不巴结你。是你自己去我家，要带我的娃儿去街上买糕饼吃。我还告诉过你，我陕西人不吃糕饼，只吃馍，你忘记不成？后来你出事，我那娃儿还吵嚷着要给你收尸。你不能没良心！”

张寅长长叹口气，无言以对。

人证一个一个传上鞫讯，整整挨过一天。三法司根据笔录整理出的狱词，和都察院前次的狱词，和山西抚、按前次的狱词，大致相同。

第九十三章

五月十五日，皇帝于云台召见阁臣。

费宏、石珤致仕后，皇帝命大臣推举补充。杨一清举荐谢迁，皇帝降诏起用。但路途遥远，他即便奉诏，半年之内未必赶得到京师。另补一员，皇帝嘱意张璁，但第一次廷推，不列其名。皇帝不允，命再推，仍无张璁之名。皇帝无奈，在大臣推举的诸人中点用翟銮。翟銮以翰林院侍读任讲官，皇帝对他印象不错。他原职是礼部右侍郎，三月，改吏部左侍郎兼翰林院学士，入值文渊阁。

杨一清、贾詠、翟銮行过礼，静候皇帝问话。

皇帝说："昨讲官讲《大学衍义》，道汉明帝三雍，一曰明堂，二曰灵台，三曰辟雍，皆古之制。既为古制，为何不见于今日？"

杨一清奏道："其名虽不见于今日，其实则存之。"

"何谓其名不见于今日，其实则存之？"皇帝问。

"臣请先为陛下说灵台，"杨一清道，"灵台之名始见于周：文王以民力为台为沼，而民欢乐之，谓其台为灵台，谓其沼为灵沼。其典出自《孟子·梁惠王》之上篇。"

翟銮补充："后世论灵台之起有两说：一说文王筑灵台，与民同游观；一说文王筑灵台，以观天象。"

皇帝点了点头。

杨一清继续讲道："文王筑灵台，或为游观，或观天象，后世用灵台之名，则专指观天象之所。东汉有登灵台、望元气的记载，唐、宋有登灵台、望云物的记载。所谓望元气，望云物，即观天象也。臣以为，东汉之灵台，后世之司天台，国初之司天监，今时之钦天监，名不同，实则为一，皆古之灵台也。"

皇帝说："杨先生讲解得很清楚。钦天监之名，祖宗朝定之，历代祖宗沿用之，世人皆知之，不用灵台之名亦可矣。"

"皇上圣明。"杨一清道。

"皇上圣明，钦天监不须更名。"贾詠、翟銮附声道。

皇上吩咐：“杨先生再讲解其他二雍。”

“臣请为陛下讲辟雍，”杨一清把辟雍排在第二，“辟雍之制亦始于西周。大学在郊，天子曰辟雍，诸侯曰頖宫。”

皇帝对这句话有些印象，问：“此典是出自《礼记》吧？”

“是，这句话出自《礼记·王制》，”杨一清应道，“光武帝营建三雍，汉明帝颁养老之令于辟雍，命诸生讲说经书，被传为美谈。汉蔡邕解说，古之大学设于四面环水之处，圜如壁。故頖宫亦作泮宫。臣说的第二个泮是水边加一半字。自东汉以后，历朝皆有辟雍，却将它改为祭祀之所。北宋末年，复旧制，仍以辟雍为学堂，但已不是大学，而是外学，即预备之大学。祭祀之所也好，预备之大学也好，都不是古制。”

“依古制，辟雍应是今日之国学？”皇帝对自己的结论不十分肯定。

“陛下说的是，辟雍即为今日之国子监也。”杨一清则肯定地说。

皇帝议道：“汉明帝于辟雍颁养老之令，已失其古义；但命诸生讲说经史，总还可见国学的踪迹。东汉以后之人，怎会不加考究，把辟雍作为祭祀之所呢？难道各朝就不需要一个诸生讲说经书的地方？”

翟銮说：“东汉以后各朝另有诸生讲说经史的地方。”

“你是说，东汉以后各朝便设立国子监？”皇帝寻根究底地问。

“国子监设立于隋朝大业三年，而国子学自西晋咸宁年间就设立。西晋以后，除国子学，还有太学、中书学等名目；隋以后，国子监统领各学。以国子监为正式称号，始自元朝，我朝因之。”翟銮回奏。

“爱卿讲述得很好，”皇帝赞道，因贾詠一直不曾开口，皇帝特意向他提个问题，“贾先生，朕记得大业是隋炀帝的年号，然否？”

“陛下说的是，大业是隋炀帝的年号。”贾詠奏道。

“隋炀帝虽是昏君，暴虐无道，丧国辱身，但他设立国子监，而传之后世，功不可没，”皇帝论道。“国子监之名甚好：国者，国家也，朝廷也，社稷也；子者，诸生也，学子也，人才也；国子监乃为国家储养人才之所。既有国子监，不用辟雍其名，可矣。”

“陛下圣明，”杨一清道，“国子监乃为国家储养人才之所，陛下命公、侯、伯未经任事、年三十以下者，送监读书，诚为鼓舞士气之举。”

“勋臣子弟入监读书，以增长学问，是我朝一善政。朕想，年三十以下，已经任事者，也应送监读书，”皇帝说着，问道，“杨先生看如何？”

“正该如此，”杨一清说，“未经任事者，需要增长学问，以利来日办事；已经任事者，也需要增长学问，以利眼下办事。陛下虑之长久。”

由古之辟雍而议及今之国学，议及已经任事的公、侯、伯也要送去国子监读书，可以说，议得很深入。

皇帝说：“请杨先生再讲一讲明堂。”

“是，”杨一清遵旨讲述，“灵台、辟雍之典皆出自西周，明堂之制，其来更为久远。相传黄帝设明堂而祀上帝，其后，每代均有祀上帝之所，如唐虞之五府、夏之世室、殷之重屋是也。至周朝，视明堂为王者所居以出政治、以布政令之所。其法：建堂于四方，东方曰青阳，南方曰明堂，西方曰总章，北方曰玄堂。四时各入一堂，春季入青阳，夏季入明堂，秋季入总章，冬季入玄堂，王坐以朝诸侯，施政令。明堂、玄堂旁有二室，称左个右个。凡此堂室，总称作明堂。”

“古之人以春为青阳，朕记得是有典的。”皇帝插话。

翟銮道：“陛下博学，臣等仰慕欣慰之至。‘春为青阳’，见于《尔雅·释天》。东晋郭璞注曰：春气清而温阳，故称青阳。”

他任讲官的时间既长，一应典籍，自然阅览许多，记住许多。

“贾先生，冬为玄堂，是不是也有典？”皇帝又特意问贾詠。

贾詠奏道：“臣记得，《礼记·月令》中说：‘孟冬之月，天子居玄堂左个。’东汉郑玄注曰：‘玄堂左个，北堂西偏也。’”

“注玄堂，舍郑玄而其谁！”皇帝说句笑话，众臣一笑。

皇帝接着说：“杨先生讲到灵台、辟雍，皆是后世改周朝之制。孔夫子曰：吾从周。灵台、辟雍者，当然以周制为准，后世改周制为非。而明堂者，周改更古之制，黄帝之制是耶，周改黄帝之制是耶？”

杨一清讲述明堂，只讲到一半，就被打断，难怪皇帝会有周制不同于更古之制的想法。杨一清继续讲述：“周虽以明堂为出政之所，而周之祀典亦与明堂有关。明堂四面堂室，其中空阔，立室立庙于其中，祭祀上帝。而周人于大祀时，以祖宗配上帝，故称之为太庙太室。周以前，不闻有太庙之设。周于明堂之中设太庙，而明堂为出政治之所矣，亦为祀上帝、祀祖宗之所矣。周人集出政治、布政令与祀上帝、祀祖宗于一处，实有深意。光武帝营建明堂，明帝祀上帝于明堂，而以光武帝配。魏、晋以至于唐、宋，皆有祀明堂之文，则但知明堂为祀上帝、祀祖宗之所。至宋仁宗，以明堂为王者布政之所，以常朝、大朝合祀天地于明堂，大致恢复周制，而后人因袭之。”

“周制以太庙置于明堂之间，而不即以明堂祀上帝、祀祖宗，则明堂不能比之今日太庙。我朝亦有明堂之制否？”皇帝问。

“臣以为，明堂即今日之奉先殿也。”杨一清奏道。

皇帝一想，可不是：太祖皇帝建奉先殿，原是为展孝思，为祀祖宗。而今日之奉天殿，又成为常朝、大朝之所，成为出政治、布政令之所。

杨一清又说：“我朝享祀、施政、望气、养士，自太祖、太宗皇帝以来，皆有成法，卓冠古今而规模宏远，实为国家之大幸。”

“杨先生说的是，”皇帝说，听杨一清讲述，他心中豁然明朗，不由赞道，“朕得杨先生辅弼，内阁得杨先生首辅，亦是一件大幸事。”

杨一清顿首答：“臣衰老驽顿，陛下不弃，一用臣督边，二用臣入阁，三用臣首辅。臣感激涕零，唯有兢兢业业，办好陛下托付之事。”顿了顿，又说，“至于学识博洽，贯于古今，非臣敢当，亦非臣所长。前阁臣谢迁不但学识高于臣，资历深于臣，且人品为一时之冠。幸陛下俯纳臣议，召他还朝。谢迁未至，臣暂居首辅之位；待谢迁至日，臣自当退居次席，佐谢迁而共辅陛下。”

皇帝摇摇头，说：“杨先生，朕知你至诚之意，却有三条理由，不能应允。其一，谢先生学识、人品俱佳，终是年迈，首辅责任重大，朕不能加于彼，杨先生难道就忍心由他负荷？其二，谢先生学识、人品俱佳，杨先生也是学识、人品俱佳。杨先生入阁时，费宏为首辅。费宏学识、人品不如杨先生，朕亦未更换首辅，何况谢先生、杨先生学识、人品在伯仲之间？其他各官，适者任，不适者去，胜者任，不胜者去，佳者任，不佳者去，朕皆可一言以蔽之，一言以定之。唯首辅，关系极大，谁人适，谁人不适，谁人胜，谁人不胜，谁人佳，谁人不佳，朕必审慎，必三番五次斟酌。而既已选定，则不可轻易。杨先生是朕审慎选中，三番五次斟酌选中。故谢先生至日，只好屈居次辅，杨先生仍是首辅。谢先生居次辅，贾先生不会争，谢先生不会让，内阁可一团和气。谢先生居首辅，杨先生不会争，谢先生必推辞，内阁难以和谐。首辅、次辅不可争，亦不可让，这个道理，朕须得讲透彻，杨先生不可不理会。”

“首辅责任重大，陛下看重首辅，臣理会得。”杨一清道。

谢迁年迈，不宜首辅，皇帝一带而过；首辅不可轻易，皇帝颠过来倒过去，详加辨析。杨一清要让出首辅，并非虚情假意；但皇帝讲这样一通大道理，并称讲透彻，他若再坚持，便有些不知趣。

皇帝还有另一个理由：“其三嘛，杨先生应该心里有数，贾、翟二卿也应该心里有数。这几个月来，朝廷变动太大，就更不能轻易首辅。”

皇帝说这几个月朝廷变动太大，一点儿也不差。

先是二月，礼部尚书席书加武英殿大学士，致仕，并于次月病卒。席书致仕后，皇帝用曾以吏部左侍郎摄该部尚书事的罗钦顺继之，罗钦顺辞不赴。到五月，以礼部左侍郎入内阁专典诰敕兼掌詹事府事的吴一鹏回部，才有人接掌礼部。

三月，兵部尚书王时中告假，不能视事，兵部事由左侍郎张璁署理。

同一月，工部尚书赵鉴致仕，以左侍郎童瑞升该部尚书。童瑞，弘治三年进士，正德十六年任工部右侍郎，嘉靖元年改左侍郎，无论是一般的资历，还是在工部的资历，他升任工部尚书都是顺理成章的。

还是这一月，户部尚书秦金致仕，以左侍郎邹文盛升任该部尚书。邹文盛，弘治六年进士，正德十六年任户部右侍郎，嘉靖二年改左侍郎。无论一般的资历，还是在户部的资历，他升任户部尚书都无可挑剔。

四月，吏部尚书廖纪晋柱国、少保，得一玉带，随即致仕。廷推继任者，皇帝又选用罗钦顺，罗钦顺仍不赴。皇帝方才说，首辅不可轻易，固然不错；而吏部尚书一职，也不是可以轻易予人的。所以，至今吏部尚书仍然空缺，暂以左侍郎温仁和摄部事。

六部中，四部正堂致仕，一部正堂告假；正堂致仕的四部中，二部及时有继任，一部总算有继任，一部尚无继任，本朝除建文、永乐之际的“靖难之役”，景泰、天顺之际的“南宫复辟”，真不曾在数月内有这么大的变动。即便刘瑾擅政，也没有一时间更换这多尚书。不讲别的理由，只这一条理由，首辅也不可轻易。

贾詠、翟銮齐声称：“首辅不可轻易，陛下看得深刻。”

“谢先生未至，众卿要协力办事；谢先生到后，众卿仍要协力办事。总之，朕寄厚望于众卿。”皇帝道。

三位阁臣知道，最后这句勉励的话一出口，就该行礼退出。

皇帝却招呼道：“杨先生暂留，朕还有话说。”

杨一清目送贾詠、翟銮躬身退下。皇帝要和他单独说些什么，他大致可以揣摩出来。张寅等一干人解入京师十个月，其狱至今未结。如果说，都察院初讯时，皇帝还没有什么成见，因为郭勋与张寅有牵连，皇帝还责他对状；那么，随着三法司一次一次地会鞫，皇帝一次比一次坚定地认为，从山西抚、按官到三法官都审错；而且，不是一般地审错，其中包含着极大的阴谋。这个阴谋就是：通过张寅之狱，来打击议礼有功的郭勋，来翻大礼之议的案。

因此，气氛骤然紧张起来。在山西的江潮、马录等心情是否惴惴不安，还不得而知，但想来应是如此；而刑部尚书颜颐寿、掌院都御史聂贤、大理司卿汤沐等心情惴惴不安，看也看得出来。连杨一清自己，虽与张寅之狱没有任何牵连，也不时觉得惴惴不安。

果然，皇帝说起这件事。

“三法司官与山西抚、按内外交结，诬陷大臣，草菅人命，朕欲亲讯张寅之狱，杨先生以为如何？”他问。

“臣以为不可，”杨一清道，“国家设法司，治狱非天子事。陛下若以为法司官有私，不妨差官勘察，不妨更易法司官，却不可代替法司官，亲理刑狱之事。”

“卿言甚是，”皇帝点头，“朕决意更易法司官，不仅要将张寅之狱问个水落石出，也要将该等法司官勘察个水落石出。”

杨一清心情沉重，不知更易法司官是个好的建议，还是个坏的建议。

第九十四章

一清早，西城河漕西坊永清左卫胡同里，沸沸扬扬。一年轻男子，约在二十左右，容貌清秀，身材适中，人人见他，都会精神一振。但他衣冠不整，双目呆滞，嘴上念念有词，向胡同口走去。他嘴上念叨的是：公主不要我了。反反复复就是这六个字。

京师人本就好看热闹，听他的话和公主有关，这等热闹岂肯放过！年轻男子身后跟随不下百余人，胡同两旁簇拥不下百余人，胡同口站立不下百余人。居住附近的街邻，喜看热闹的，无所事事的，唯恐不乱的，走得动路的，无不走出来。不爱看热闹的人，担心出乱子的人，有急事要办的人，都远远地离开这条胡同。

“二哥，他不是陈宁那厮的独子吗？这是怎的？”路旁有人问。

“轰动京城的事，你竟会不知！”被问的人像看怪物一样看他一眼。

“二哥多担待，我这几日不是精神不好吗，”问的人赔着笑脸说，“我出门抓药，也见人三三两两在议论，因精神不好，不曾打听。谁知今日精神好些，出门一看，竟是如此光景！在我，简直恍若隔世。”

“可不是，”被问的人说，“全打听今次却误打听，岂不太没面子！从今往后，看你还敢不敢用京城万事通这个名号！”

“从今往后，京城万事通的名号送与二哥，我老五降一辈，称京城千事通足矣。只求二哥快些说与我听。”问的人说。他看上去已按捺不住，再无人告诉他眼前发生什么事，他能一头向身边的古树撞将过去。

“你这名号我可不敢接，我告诉你就是，”被问的人说，“老五，前一个月，宫里给公主选驸马，这件事你总该知道吧？”

“前一个月？”问的人把他在那一个月里听到的事，搜肠刮肚地想个遍，没有想起，只得说，“宫里选驸马的事，我怎没听人说起？定是我那时精神也不好。二哥快告我，宫里给哪位公主选驸马？”

“老五，你别说当不成京城万事通，我瞧你已不是京城的居者。”被问的人说，

“你算一算，宫里还能有几位公主？”

几日精神不好，问事竟如此荒唐，问的人恨不得抽打自己嘴巴。正德皇爷是没有公主的，不必往他那边想。成化老皇爷的公主，不是已离开人世，就是子女成群，该给他们的女儿选主。要选驸马的，只有弘治老皇爷的公主。弘治老皇爷的长女太康公主未下嫁而薨，二女永福公主在嘉靖二年，下嫁昆山人邬景和，还留在宫里的是三女永淳公主。

“原来永淳公主也要下嫁，”问的人说着，讪讪为自己的荒唐一问辩解，“我也不是明知故问，嘉靖四年不又册封两位公主吗！”

“老五，你不辩还好；你一辩，我只能说你枉为京城之人，”被问的人斥责道，“长宁公主、善化公主曾入住过大内一日吗？”

二公主是献皇帝之女，早逝于安陆兴邸，公主是追封的。

“二哥论的是，兄弟真是枉为京城之人！”问的人应道。要在平日，他一定要辩下去，直辩到二哥承认他自己枉为京城之人，方肯罢休。今日急于打听，顾不上分辩：“二哥快讲，永淳公主选驸马又怎的？”

问的人肯听训斥，被问的人心满意足，讲述本末：“陈宁的独子单名一个钊字。礼部张榜选驸马，陈宁为陈钊报名。”

“徒有其表、肚里空空之人，也想攀龙附凤！”问的人不齿地说。

“老五，你又要我快讲，又不停地打岔，到底要怎样？”被问的人不快，“告诉你，就是这个徒有其表、肚里空空的小子，被宫里选中！”

“二哥休怒，”问的人赔礼，“我是说，这陈钊容貌还算整齐，行止是否端庄且不论他，有没有家教也且不论他，但宫里选驸马，只准十四岁至十六岁的军民子弟报名，他却有二十岁。”他说的几件事，都是选驸马的标准。礼部先于京城张榜，自觉符合以上标准者，都可以报名，由礼部官与司礼监官会选。在京城报名的军民子弟中选不中，再于畿内、山东、河南挑选。司礼监官将选中的三人呈进，皇帝钦定一人。

“陈钊今年一十有九，”被问的人说，“老五也不想一想，永淳公主选驸马耽搁这几年，还能定在十四至十六岁吗？”

“二哥这么一说，这陈钊似乎又不够年岁。”问的人好似比皇帝还要上心。宫闱中的事，外间知之不详，但弘治老皇爷宾天已二十二年，永淳公主至少也有二十二三岁。按照女大三的标准，陈钊都有些小。“司礼监公公从数百人中挑选三人，其中有他；皇上从三个人中挑选一人，又选中他。该算他有造化吧？可他怎成这等模样？他口口声声说，公主不要他了。皇上选中的驸马，公主还可以不要吗？”

“皇上选中的驸马，公主当然不可以不要；但皇上自家不要，却有何不可！”被问的人道，“从数百人中选中他，他的造化确是不小；皇上选中他最终没要他，他的造化仍是不济。”

“选中驸马又不要，自永乐皇爷迁都以来，从未听说过。也该着我辈闻前人之所未闻，”问的人说，“二哥，这陈钊一表人才，在军民子弟中算得上一号人物，皇上为何又不要他？”

“老五方才看不上他，转瞬间怎么又为他抱屈？”被问的人该答的答，不该答的不答，“这话你别问我，你问皇上去。你见不到皇上也不妨，我再给你指一条路。司礼监有一位余公公，谅你这京城万事通不会不识。皇上为何选中驸马又不要，你去问他！”

“我也不必问他，”问的人故作神秘地说，“我已知原委。”

“我倒要向老五请教。”被问的人听这话，又是好气，又是好笑。

“二哥只想陈宁，莫想陈钊，”问的人指点，“陈宁乃永清右卫军余，偏住到我们永清左卫来，如此颠倒之人，皇上怎会要他的儿子！”

被问的人道：“只想陈宁，莫想陈钊，你说得对；皇上因为陈宁左右颠倒而不要其子，你却说错。皇上选中陈钊又不要，有两条堂而皇之的理由：其一，陈钊早年丧父，据人举告，陈宁死于恶疾，陈钊大概也已经染上；其二，陈宁死后，陈钊之母再醮，与人为庶妾。有此二事，陈钊不可尚公主。”

“陈宁死于恶疾？其妻再醮？”问的人不住地眨着眼睛，自语道，“如此重大的事，我竟然一无所知。看来，未病之前，我也是浪得虚名。”

“这却怪你不得，”被问的人边说，边指指点点，“老五只想观音寺胡同的陈宁，莫想永清左卫胡同的陈宁。”

观音寺与永清左卫仅隔一条胡同，巧的是，那里也住着一个陈宁。永清左卫胡同的陈宁，两年前的冬日，在街上冰雪中行走，脚下一滑，跌一跤，摔断腿，从此卧床不起，并非患有恶疾，更没有死。而观音寺胡同的陈宁，则确实在前些年死于恶疾。永清左卫胡同的陈宁，其妻至今仍在家中守着他，并未再嫁，更不要说与他人作庶妾。而观音寺胡同的陈宁，其妾在他死后不久，即再醮为他人庶妻。

问的人顿时醒悟：“二哥是说，有人张冠李戴，把观音寺胡同的事安在永清左卫胡同？余公公是个精明人，难道也被人糊弄？”

“谁知他被人糊弄，还是要糊弄人？”被问的人显然讨厌余公公。

问的人再一想此事，想出破绽。他说：“被糊弄也好，糊弄人也好，须得陈宁是陈钊的老爹，才能糊弄。难道观音寺胡同也有一个陈钊？”

被问的人一击掌：“观音寺胡同没有另一陈钊，却有一陈昭。他这个昭是昭然若揭的昭，不是金刀之钊。好叫老五知道，昭然若揭的陈昭正是观音寺胡同那个陈宁之子！”

“真是匪夷所思，”问的人文绉绉地叹一句，“这样一桩公案，别说宛平县衙门、顺天府衙门审理不清；就是送到刑部衙门、大理寺衙门，怕也审理不清。再者，一个张寅的案子已经让刑部老爷叫苦不迭，哪里还有心思审理别的案子！”

“老五，皇上抓住不放的案子，你也敢胡言！”被问的人训斥道，“万事通做不成，还可以作千事通、百事通，退一万步说，还可以逍遥自在地做个万事不通。总强过你被送去镇抚司吃官司吧！”

问的人服服帖帖地说：“二哥教训的是，我不敢再胡言。”

他不但不敢胡言，连看热闹的心思都不再有。只见他向四面扫一眼，把头往衣领里一缩，灰头土脸地溜回家。

第九十五章

席书过世百日，兵部左侍郎张璁、礼部右侍郎桂萼相约，前往灵堂拜祭。为示敬重，距席府还有百丈，二人下轿，徒步行去。

“秉用先生，王道夫还在告假吗？”桂萼问的是兵部尚书王时中。

张璁道：“我部这位正堂患的是心病，一两个月里怎会好！”

两三个月前，叙蓟州平盗功，在兵部议上的名帖中，有通州守备鄢佑。科、道劾王时中有私，他上疏乞休不算，还诋毁言者，因钳制言官再次被科、道论劾。于是，他请病假。此即张璁所谓心病。

“无论王道夫患的是真病，还是心病，我看，他的大司马之位要让与秉用先生。”桂萼说。

皇上要大用张璁的话早从宫里传出来，王时中养病，张璁将升任本部尚书的传言不胫而走，竟然连桂萼都相信。

“无稽之谈，子实先生怎么也相信！论兵是杨应宁、王伯安、王德华辈的事，我等论礼起家，皇上怎会让我掌兵部！”张璁说着，意味深长地加上一句，“皇上不需我等论兵，或须我等论刑。”

“秉用先生是指张寅之狱？”桂萼点头，“不错，颜天和、聂承之等问狱问不清楚，皇上亲自鞫讯，应宁先生又不准，或许真要我等论刑。”

“承蒙子实先生认可‘或许’，我再改两个字说：皇上定要我等论刑，”张璁道，并开玩笑地问，“子实先生要不要与我一赌？”

张璁善于料事，桂萼一向宾服。他揖道：“承蒙秉用先生改换两个字，我更要认可。皇上定要我等论刑，这有什么好赌！”

二人一笑，已到席书府邸。席书致仕时，皇帝深感惋惜，特赐第一所，给俸如故，命席书在京养治。新第须修缮，尚未竣工，席书已不治。所以灵堂仍设在旧居。席书之子席中、之弟席春，迎将出来。见面并无多余的话，相互一揖，均有哀色。席春等在前面引路，把张璁、桂萼领至席书的灵堂。灵堂的布置简朴大方，符合席书的身份。祭台上有一幅席书的画像。两旁各有四个大字，上首写的是：学得真传；下首写的是：德唯一致。这是皇帝御制祭文中的评语，请首辅杨一清题写。张挂出此联，席书的祭所确实有与众不同的气氛。

张、桂致祭毕，对席中、席春等说几句缅怀席书和节哀顺变的话。席中、席春再三向二人致谢。

“请到内室用茶，”席春邀道。拜祭之时，席中是主。拜祭过后，席春与张、桂同辈，由他来张罗：“叔贤先生、渭先先生早到一步，听说秉用先生、子实先生要来，正在里面恭候二位。”

席书的宅第前后三层，今日辟出数室接待前来祭拜的同僚友好，在最后面的院里辟出一室，专门是为张璁、桂萼等准备的，可谓用心良苦。“同修《大礼全书》，都难得相见，他二位肯在此相侯，不可不见上一面。”张璁说着，随口问桂萼，“子实先生意下如何？”

敕修《大礼全书》，是今年正月的事。皇帝命费宏、杨一清、石珤、贾詠、席书总裁，张璁、桂萼副总裁，起方献夫、霍韬、熊浃及福建盐运使黄宗明、翰林院修撰席春、编修孙承恩、廖道南，王用宾、张治、南京工部员外郎黄绾、礼部主事潘潢、曾存仁等纂修。现费宏、石珤致仕，席书病逝，总裁剩下杨一清、贾詠。但编纂《大礼全书》的起因是张璁的一篇奏疏，所以他不把自己看作副总裁，而是看作总裁。

参与纂修者，不全是翰林官，但除方献夫、霍韬、熊浃三人，都是现任官。方献夫告病还乡时，是少詹事兼侍讲学士，这次仍以原职衔起用。霍韬告病还乡时，实际上是兵部主事，皇帝三番两次召他还朝，嘉靖四年，升他少詹事兼侍讲学士，再次召他还朝，他都没有即赴京师。这次起用，他理所当然的是少詹事兼侍讲学士的职衔。熊浃则因父丧去官，时为河南参议，这次以都察院右佥都御史起用，而且协理院事。霍韬和熊浃均应属于超擢。

皇帝起用他三人，当然因为念及他等议礼之功。

熊浃至京师，先后拜晤杨一清、贾詠、张璁、桂萼等总、副裁。霍韬个性极强，只差人至张璁、桂萼府上投刺，并不亲往应酬。据闻，杨一清的府上，他也只投刺而已，贾詠的府上连名帖也不曾投。方献夫与霍韬同乡同官同时起用，霍韬不去诸府，他也不好独往。

张璁既以总裁自居，对此当然小有不满。想不到，在席府得以相见。

方献夫、霍韬正在室内悠然闲话，见一行人进来，起身互揖酬答。席中对在座的各人来说，都是晚辈，而外间又必须他主持，应酬一两句话后，他又匆匆到前面去忙；席春是纂修《大礼全书》的同事，自然该留下来，陪众人说话。

张璁坐下，侧过身子，对方献夫、霍韬说：“叔贤先生、渭先先生终于应召赴朝，暂屈史馆，足慰皇上缱绻之心，对我等也是极大鼓舞。纂修《大礼全书》多要仰仗二位。”

霍韬字渭先，广东南海人，正德九年进士。

“不敢当，秉用先生、子实先生有主持纂修《大礼集议》的经历，又为纂修《大礼全书》定下格局，这一次的史馆当然是二公执牛耳，我等供其事而已，”方献夫回应过张璁的致意，又解释没有及时拜晤的原因。“我与渭先赶路急切，到京师后，觉身体不适。加之收拾旧居，去衙门报到，故至今未至二位府上造访，还乞见谅。”

“叔贤先生确是身体不适，他曾多次言及，”霍韬证实，“我没有造访秉用先生、子实先生私第，却另有考虑。我等奉旨参与盛事，未见圣上，先见大臣，恐遭议论。应宁先生私第，我等亦不便去。”

“渭先先生虑的是。”张璁说，“子实先生与我亦有此虑，故二位到京这些日子，我二人既没有前去看望，也没有相邀。此次晤见，纯系偶然，绝无预谋，上苍及席府主仆均是见证。”

此言一出，众人相视而笑。

“虽未晤见，神交已久，”方献夫收起笑声，背诵张璁那篇奏疏里的句子，“‘此礼之失，非今日也，自汉、宋诸君失之。此礼之争，非今日也，自汉、宋诸臣争之。故皇上之改，改汉、宋诸君也；臣等之争，争汉、宋诸臣也。’秉用先生寥寥数语，真有一番扭转乾坤的大气象。‘昔唐有开元礼，宋有开宝礼，所载皆仪文制度而已，今宜如《通鉴》凡例，以年月为纲，事关大礼者必书，而圣裁备载。’秉用先生一言，体裁为之而定。我等未至京师，先拜诵秉用先生之文；未至史馆，先知所修礼书之宏伟。再三拜诵，若与秉用先生神游矣。”

“在下粗浅之议，得叔贤先生认同，何其幸哉。皇上下其奏付史馆，还要听取众议，”张璁对方献夫的盛誉稍作酬答，随即问霍韬，“纂修《大礼全书》，借用《通鉴》体例，渭先先生以为可否？”

霍韬略无谦辞，直抒己见：“修史书，有《通鉴》体，以年月为纲；亦有《史》《汉》体，以纪传为纲；亦有《本末》体，以事体为纲，亦有《典》《志》体，以制度为纲。各有所长，各有所憾。”

《通鉴》指宋司马光所撰《资治通鉴》，是编年体史书。《史》指西汉司马迁所撰

《史记》,《汉》指东汉班固所撰《汉书》、南朝范晔所撰《后汉书》，是纪传体史书。《本末》指南宋袁枢所撰《通鉴纪事本末》，是纪事本末体史书。《典》指唐杜佑所撰《通典》,《志》指南宋郑樵所撰《通志》，是典志体史书。

霍韬用简单几句话概括出各种体裁的史书，席春由衷赞道：“渭先兄以‘各有所长，各有所憾’一语纵论史籍，真称得上是学问大家。”

霍韬不甚理会他的赞评，继续述己之见：“修礼书，又不同于修史。修史书，体裁不同，偏重亦不相同。《本末》体详于事体，而疏忽制度；《纪传》体详于人物，而年月模糊。此所谓各有所长，各有所憾也。愚意，修礼书，则应详于制度，其他或稍详或稍略，皆可不计。”

其他皆可不计，年月也可不计，这等于否定张璁提出的“以年月为纲”的要略。众人听罢，都担心张璁勃然作怒，难以收场。

张璁没有勃然大怒。他稳重地询问：“依渭先先生之见，此次纂修《大礼全书》，还是采用《典》、《志》体为好？”

“那又不然，”霍韬摇摇头，说：“前次纂修《大礼集议》，是采用《典》《志》体，以制度分为二册。采用《典》《志》体若完美，则无须再修《大礼全书》。须得再修《大礼全书》，可见以《典》《志》体修礼书有所缺憾。秉用先生提议以年月为纲，正是为弥补前次缺憾。愚意，纂修《大礼全书》应从秉用先生之议，以年月为纲。在纂修中若有疑惑，若有缺憾，不妨再作调整。”

张璁不住点头：“以年月为纲，再作调整，渭先先生所议甚是。”

众人均松口气。张璁出乎寻常的大度纳言，霍韬纵横捭阖的巧妙议论，在此次纂修《大礼全书》中，或许会成为一段佳话。

第九十六章

山西巡抚江潮、按察使李珏在巡按御史马录之后被逮至京，使得张寅之狱有重大转机。转折的关键是江潮、李珏改口，归罪于薛良，说薛良与张寅结仇，故以李午作李福达，以张寅作李午。张寅惑众谋逆之事皆是虚妄。三法司所上新狱词，认可无谋逆之事，但称张寅以妖言惑众是实情；并称，前因石文举妄认张寅，故拟死罪。

皇帝对张寅之狱的态度很明确，先是认定张寅受冤屈，继又认定张寅之狱与朝廷议礼相关。张寅之狱牵连郭勋，是为牵连议礼诸臣，是为推翻大礼。但江潮、李珏若不反口，三法司若不上新狱词，皇帝虽然恼怒，除驳回所上狱案，斥责诸臣无能，说些“死刑大狱不可轻有出入，各官所问，先后情词不一，至会问，又多偏听回护”之类的话，也是无可如何。江潮、李珏反口，三法司上新狱词，就不会如一驳一斥那么简单。皇帝怒斥山西抚、按和三法司问狱反复，谋反之罪，率意加人，将颜颐寿、聂贤、刘玉、王启、刘文庄、汤沐、江渊、徐文华等，及江潮、李珏等，俱下三法司鞫讯。马录早已入狱，自不在话下。所有审狱之人均成为被审之人。另以礼部右侍郎桂萼署刑部事，兵部左侍郎张璁署都察院事，詹事府少詹事方献夫署大理寺事，从新审理张寅之狱。

八月中，三法司在午门再次会讯张寅案。被讯之人除老者李二已病死狱中，张寅、薛良等均被提到，颜颐寿、聂贤、汤沐、江潮、马录、李珏等也被提到。与讯者，司礼监仍是戴永，锦衣卫仍是陆松。但主讯者全部易人。桂萼、张璁、方献夫坐到主讯席上。

首先被鞫讯的还是张寅。主讯易人，戴永连“毋得酷治”也不必交代。陆松前次与讯时，稍有偏向，被皇帝训斥几句，这次不再多嘴。刑部郎中、员外郎、主事换人，刑科换人，对该案只听过传闻，均未仔细读过卷宗，无话好问，鞫讯的只是桂、张、方三人。

“你是张寅？”桂萼先问。

“是。小人张寅，六十七岁，祖辈居于山西五台。”张寅和前次会讯时的答话一样，只是比前次会讯时更加镇定自若。

“你可还用过其他的姓，其他的名？”桂萼又问道，“譬如，你是否曾姓过李？譬如，你是否曾叫过李午，或李福达？”

张寅答：“小人从不曾姓过李，从不曾叫过李午，或李福达，”张寅回答后，又是一番曾经说过的话，“小人捐个官职，一则是对国家尽匹夫之责，二则想的是光宗耀祖。小人光的是张姓之宗，耀的是张姓之祖。”

“张寅，你识得薛良吗？”桂萼忽然换个题目，问道。

“小人识得薛良，他和小人在徐沟同戈镇同住多年。”张寅答。

“你二人在一镇同住多年，彼此应该熟知，”桂萼说，“他人说你是李午，是李福达，或无道理；他说你是李午，是李福达，总有道理。他一次说你是李午，是李福达，或无道理；他三番两次说你是李午，是李福达，在徐沟说，在太原说，在京师还说，总有道理。”

“大人允许小人辩一辩吗？”张寅颇有心计地问。

这一问产生很大影响。桂萼对堂上诸人说：“各位听他这话，好似清平世界就没有一个讲理的地方！张寅，你以前为何不辩？”

“不是小人不辩，是前次鞫讯的大人们不许小人辩。”张寅说。

“大堂上辩都不许辩，何其毒也！”戴永插话，“万岁爷真是圣明，真是仁慈，一眼看出前次鞫讯不公，此案定有隐情。”

“那有什么奇怪！朝廷之上，不准我等讲理；午门之前，还会让一小民讲理吗！”张璁说着，转向张寅，“我等就是要听你的辩词；皇上也在等你的辩词。你有冤屈，尽管辩来。”

“小人遵命，”张寅叩头，滔滔不绝地分辩起来，“小人一生做过的错事，莫过于好善乐施。大人们恕小人口拙，说不清楚。并非好善乐施有什么错处，但好善乐施，不看对什么人好善，对什么人乐施，却是错。薛良是同戈镇人人厌恶、人人畏惧的泼皮。小人不幸可怜他，借与他数十两银子，从此陷入火坝之灾。小人借与他银子，无非遵从先人的教诲，好善乐施，并不指望他报恩。他若还不回银子，小人也不会为难他。谁知，他竟诬陷小人是在山西、陕西两地作乱的恶人！大人说，他三番两次指小人为李午，为李福达，总有道理。这就是其中的道理。”

“道理如此简单，一省巡抚、巡按、按察使竟会问不出来，三法司官员竟会问不出来，实在骇人听闻，实在用心险恶！”桂萼愤愤地说。

桂萼问罢，张璁开始提问：“张寅，你说你今年六十七岁？”

“小人生于皇朝天顺五年，今年六十有七。”张寅答道。

“生于天顺五年，到今年可是六十七岁？”张璁不知在问谁。

方献夫在心里算算，说：“不错，天顺五年至今，恰是六十七年。”戴永不知张璁为何对张寅的年岁问得这么仔细，随口说道：“张寅，你倒是驻颜有术，近古稀之年，看上去只有五十几岁。”

“那也不足为怪，”张璁道，“说他看上去只有五十几岁可以，说他看上去六十几岁可以，说他看上去七十几岁了也可以。”并略带奚落地说，“戴公公，有人告诉我你四十岁，可看上只有二十岁。”

“不错，戴公公看上去确实年少。”方献夫在一旁附和。

“子实先生已申明不再问张寅，秉用先生、叔贤先生若也不再问他，何不换一个人来问？问案犯问的乏味，却拿我来开心，好没有道理！”戴永笑道。

第二个提上堂来鞫讯的仍是薛良。他跪在下面，见上面的主讯官员全部易人，不知是吉兆，还是凶兆。前次对上面坐的公公不大理会，对他那句“毋得酷治”还略加批驳，今日真希望再听他说一句“毋得酷治”。

“你是薛良，山西徐沟人，居住该县同戈镇？”桂萼比照案卷发问。

“小人是薛良，山西徐沟人氏，居住本县同戈镇。”薛良重复一遍。

“五台人张寅可是与你同居住同戈镇？”桂萼问道。

“五台人张寅与小人同居住同戈镇，”薛良答过，觉得所答有误，更正说，“五台人张寅，并非五台人，原名也不是张寅。”

“本官问你什么，你答什么，不须多言，”桂萼警告他，“薛良，张寅说你借过他数十两银子，不曾归还，可有其事？”

“小人从没有借过李——”想了想，薛良还是用张寅的现名，“——张寅的银子。那数十两银子，是小人从他儿子张大义手上赢过来的。做儿子的，名为大义，实则不义，输给我钱，硬说成借与我钱；作老子的，不明事理，偏袒其子，自己向我讨要不算，还赂使官府帮他讨要。”

“你赢他钱也好，他借与你钱也好，你为这数十两银子，就要置他于死地？”桂萼自己也觉察，这话的倾向性过于明显，他换句话问，“现在本官问你，你是不是曾供认，张寅即李午，即李福达？”

“小人从来不曾供认，小人是举告。”薛良辩道。

在他想来，张寅的同案犯，才应该称作“供认”，他识别出张寅的身份，告之官府，绝不是张寅的同案犯。可他越来越感觉到，鞫讯他的官员，以至看管他的狱吏狱卒，即便没有把他看作张寅的同案犯，也是把他看作一个案犯。

“没有人告诉你，你是本案中的案犯吗？”桂萼道，“也好，本官来告诉你，你是本案中的案犯。案犯所供之词，就是供认。你现在回答本官的问话，就是供认。本官再问你一遍，你可曾供认张寅即李午，即李福达？”

薛良满腹委屈地说：“是，小人曾供认张寅即李午，即李福达。不只小人一人供认，供认张寅即李午、即李福达的，约有三四十人。小人不知那些人是不是本案的案犯，不知他们是供认，还是举告。”

“供认二字，你用得很贴切，”张璁说，听他的意思，这两个字，好似薛良自己想出来的，而不是桂萼告诉他的，“张寅即李午，由他人辨认出来，由他人供认，我不问你；张寅即李福达，由你辨认出来，由你供认，我就要问一问你。薛良，你看张寅现在有多大年岁了？”

“小人不善于看人的年岁。小人看，张寅大约六十多岁。”薛良道。

“你很善于看人的年岁呀，”张璁说，“我可以告诉你，张寅本人供认，他今年六十有七。有人看他只有五十几岁，你看出他六十几岁，还说不善于看人年岁！薛良，你供认张寅即是李福达；并供认李福达曾从王良、李钺谋逆；并供认，你于其时亲眼见过其人。那好，我先问你，你知不知道，王良、李钺案发生在哪一年？”

“王良、李钺案发应在四十多年前，小人记不确切。”薛良说。

“你记不确切，我可以告诉你，王良、李钺案发，是在弘治二年。”张璁说着，问道，“薛良，弘治二年时你有几岁，可算得出来？”

这不难算，薛良掐指一数，答道：“小人那年正好是十岁。”

“十岁孩童，该懂得识别人，”张璁点点头，又问，“薛良，你在弘治二年亲眼见过李福达，你可记得他那时是多大年岁？”

“小人记得，那时的李福达已是成年之人，没有三十岁，总也有二十七八。”薛良无法随口答出，必须静下心来想一想。

“不错，张寅今年六十有七，回到三十八年之前，正好是二十九岁。薛良，你可谓心中有数，”张璁赞道，“可惜，三十岁，或二十七八岁，你是算出来的，并非看出来的，更非记下来的。有一事，你大约不曾想到：山西黄册内确有李福达其人。成化十八年山西黄册载明，李福达，年七岁。你总该知道，成化十八年至弘治二年，其间七年，李福达只该一十有四岁。且不说，一十四岁孩童怎会从王良、李钺谋逆；且不说，一十四岁孩童怎会成为该案重犯；且不说，一十四岁孩童怎会发去山丹卫充军。薛良，一十四岁孩童，比当年的你大不了许多，却被你看作三十岁的成年之人，至少是二十七八岁的成年之人，岂不怪哉！”

黄册又作赋役黄册，是官府按照里甲编制的户籍，每里一册。十岁以下的幼男，不算正式的男丁，不服徭役，附于册后，称作带管畸零。

方才随口附和的方献夫和没有附和的桂萼这才明白，张璁为何对张寅的年岁问得如此仔细；戴永这才明白，为何他说张寅看上去只有五十几岁，张璁要奚落他，反驳他。成化十八年七岁，弘治二年十四岁，今年正该五十几岁。薛良是按照他所知道的张寅现在的年岁，计算当年李福达的年岁，而张璁是按照当年李福达的年岁，计算现在张寅的年岁。张璁的计算好不厉害，倒要看薛良有什么话说。

“成化黄册上有李福达的名字？按照黄册上的登记，李福达今年只有五十几岁？”薛良一下子懵住，难以辩白。

“确切地说，李福达今年只有五十二岁，与张寅相差一十有五岁，与你倒只是相差三岁。说他是李福达，不如说你是李福达，”张璁尖刻地说，“薛良，你还要供认，张寅即昔日之李福达吗？”

薛良喃喃地说：“弘治二年，小人十岁。小人确实亲眼见到李福达，见他与王良、李钺等走在一起，见他与王良、李钺等一起被官府抓获。后来听人讲过，他被发戍山丹卫。或是大人在山西黄册上查找到的李福达，并非小人所说的李福达。对，小人所说的李福达，当年已是成年之人，不应列在畸零，他的名字应在正丁中查找。”

看他前言不搭后语的样子，张璁微笑着说笑：“你莫急，慢慢想来。我等不似一些官员那么糊涂，掩首而露尾，顾此而失彼。我等查找黄册，不会只查找畸零，不查找正丁。山西成化十八年的黄册，我等查找过正丁，才查找的畸零，正丁中并无李福达其人，畸零中只有一李福达。山西成化十八年前十年的黄册，前二十年的黄册，我等也查找过。前二十年的黄册，正丁栏里有一李福达，是太原人氏，那年四十七岁。山西成化十八年后十年的黄册，我等都不忘翻一翻。巧得很，在畸零那一栏里，又有一李福达，是大同人氏，那年五岁。薛良，山西成化十八年黄册上的李福达，正是崞县人氏，他不是你说的李福达，哪个是你说的李福达？你总不能说成化十八年已六十七岁的李福达，或成化十八年还不曾出世的李福达，是你说的那个李福达吧！”

“小人已说，不善于看人年岁。或是小人看得不确，以为李福达已是成年之人，而他只是看上去老成，其实并未成年。小人以为他有二十七八岁，其实他只有十七八岁。”薛良辩道。

堂上众人听着他的胡言乱语，无不轻快地笑起来。

方献夫说：“薛良，你不须再辩。如你所指，昔日从王良、李钺作乱的李福达，即今日之张寅，年岁仿佛，则黄册上所载不对；如黄册所载，昔日李福达，今年该五十二岁，则与张寅的年岁不符。你道我等该信哪一个？信黄册所载，还是信你所言？”

“薛良，我还要告诉你，陕西反贼卷宗内确有李福达和李午的名字，”张璁继续以官府档案批驳薛良，“但那是两个人，而不是一个人。李福达，名中的两个字全不对，前一个字是伏天的伏，不是福气的福，后一个字是回答的答，不是发达的达。李午，不是正午的午，而是数字的那个五。卷宗内载有李伏答、李五二人，以弥勒佛教惑众取财，案发时，此二人均已病亡。卷宗内原是二人，被你说作一人；卷宗内原是二人病亡，被你说作潜回山西。相差何其远也！不过，我已说过，张寅即李午，是他人辨认的，陕西一案，在你是道听途说，我也不与你多说。你指张寅即李福达，他人指张寅即李午，皆是妄指。尔等或受他人指使，或为他人所用，犯下的都是弥天大罪。还是伏法认罪吧。”

“小人不知其他，只知张寅即是李福达呀！”薛良哀叫道。

“只用一页黄册，而案情大白于天下，流传后世，亦是一奇谈。秉用先生卷宗看得仔细，我等均有所不及，”方献夫赞道，“这个薛良，看他哀苦的模样，已是知罪。我看不必再问他。”

“不错，秉用先生问得好，叔贤先生也总结得好，”桂萼道，“这个薛良，不必再问，其他山西来的案犯，我意，也不必依序提问。张寅之狱，皆由马录而起，不如先提他上堂按问，诸位意下如何？”

人证太多，先讯马录，倒是纲举而目张的法子，众人均赞成。

职官下狱，与民人下狱不同。职官下狱，只是鞫讯，并不一定丢掉官职；若下狱下错，鞫讯之后，还会恢复官职。所以，鞫讯时，民人是一定要跪在堂上，职官却可以立在堂上。当然，职官既已下狱，和会鞫官员就不是对等的关系，对会鞫的官员，不能称兄，不能称先生，总得称一声大人。会鞫者对下狱者，不客气的，直呼其姓名，客气些的，称一声职衔。桂萼科第在马录之后，称他一声职衔还是应该的。

“马御史，”桂萼不冷不热地称呼道，“在座的都是你的熟识，你对叔贤先生而言，是后进，对秉用先生和我而言，是学长。但我等是奉旨会鞫，没有后进与学长，也说不上有得罪之处。圣上对此狱甚是关切，我等为臣子，要为圣上解忧。你也是臣子，也要为圣上解忧。”

“桂大人肯交代一句，在下感激不尽，”马录亦不冷不热地说道，“罪官问案不明不实，有负使任。各位大人尽管讯问，罪官知无不言。”

“马御史晓义达理，很好，”桂萼说，“我只问你一事：你是嘉靖五年出按山西的，薛良却在嘉靖三年，已举告张寅即李福达，即李午。此事你知与不知？”

“罪官知道，自嘉靖三年始，山西抚、按衙门已有薛良举告张寅即李福达，即李午的案卷。”马录答。

“山西前巡抚其实已审定，薛良举告张寅即李福达，即李午，乃诬妄之词，你知与不知？”桂萼问。

山西前巡抚指的是毕昭，他在嘉靖二年八月，以右副都御史巡抚山西，四年二月致仕。

“毕大人审定薛良诬陷张寅，罪官也知道。”马录答。

“山西前巡抚既已审定，你为何不惜推翻前案？张寅并非李氏，你为何还要受理？薛良犯下诬陷之罪，你为何不予处置？”桂萼一连三问。

“罪官对毕大人并无不敬，但觉得毕大人审定张寅之案，过于草率。山西黄册曾有李福达其人，现在却查找不到他，难道不该立案吗？山丹卫兵册有李福达其人，却无人说得出他的下落，难道不该立案吗？陕西卷宗有李午其人，或称他病亡，或称他不知所终，难道不该立案吗？”马录三辩。“罪官严讯其案，乃勤于职守，不觉有什么过错。”

“勤于职守，怕未必吧！”张璁说着，也是三问，“张寅若与武定侯府没有牵涉，你也会勤于职守，严讯其案吗？武定侯若与我等没有牵涉，你也会勤于职守，严讯其案吗？我等若与议大礼没有牵涉，你也会勤于职守，严讯其案吗？讯案是假，攻武定侯是真；攻武定侯还在其次，攻我等是真；攻我等还在其次，攻大礼之议是真。”

“罪官想的只是勤于职守，并未想到朝廷议礼。”马录无奈地说。

“现在才这样说，晚矣！”张璁以冷冷一句话结束了当日会讯。

第九十七章

在外间说起来，镇抚司狱似鬼蜮之所。身在狱中，皮肉之苦是少不了的。马录要感激的是，遇上一个心地厚道的狱卒，不难为他，有时还会给他些方便，或说几句宽慰他的话。

“马老爷，有没有话捎给家里？”狱卒送饭时，问道。

从太原递解京师，转眼半年。初时，在狱中的待遇还好，想是三法司衙门有所交代。这两个月则不同，三五日一讯，讯必用刑。那张寅，不，那李福达在太原狱中，也未必遭过这等罪。

马录招呼狱卒：“我对你说过，我已不是老爷，你莫唤我老爷。我看，你比我还要大上几岁，你就唤我马兄弟吧。”

“不敢，不敢！”狱卒连声说，“我做这营生二十多年，像老爷这般垂头丧气进来，趾高气扬出去的老爷，见得太多。哪一个我敢认作兄弟！马老爷，你千万莫丧气。在你之后入得狱来的老爷，一个比一个官大，一个比一个年高，还不是躲不过这场无妄之祸？这就叫作是祸躲不过。不瞒马老爷说，对你用刑的时候，我就心惊肉跳。对后面这些老爷们用刑，更是不能看。马老爷大约还不知道吧，市井好事之人对你们这些关押在镇抚司狱的老爷有个说法？”

京师市井之徒的那张嘴实在厉害，马录不知会被怎样取笑，又是好奇又是担心地问：“市井之徒怎说？是取笑我等，还是怜悯我等？”

“说取笑也可，说怜悯也可，说取笑中含怜悯也可，说怜悯中含取笑也可，”狱卒不厌其烦地啰唆几句，不知性子本来就慢，还是为与马录多说几句话。“他等说的是：恁可笑，侍郎拶得尚书叫。”

尚书自然是刑部尚书颜颐寿，侍郎则是张璁、桂萼辈。传闻桂萼改吏部左侍郎，方献夫升任礼部右侍郎，那么，侍郎里也应包括方献夫。由于桂萼以侍郎署理刑部事，市井之徒说的侍郎，应是特别指他。

“还好，市井之徒虽无甚知识，对天和先生还算客气，”马录道，“怜悯一尚书，我等均受怜悯。伙计，你等镇抚司的长官听到这等说法，不知会作何感想？”

“他们只知听命于司礼监，能作何感想！”狱卒道。“要是我镇抚司牟大人还在管事，说不定会击掌叫好，说不定会亲自来告诉你。”

牟斌两掌镇抚司狱，经他保全的狱中要犯不少，马录虽未直接受过牟斌的好处，但面前的狱卒厚道，说不定也是受其熏染，所以，他对牟斌也极有好感。

“像牟大人这样的狱帅，百年难得一遇，可惜我入狱不得其时，”马录感慨地说，“不过，得遇伙计，也算是我的福分。”

“言重，言重！”狱卒道，“我怎能和牟大人相比。牟大人会把你提去问话，问话处会备下一壶酒，几碟菜。酒非佳酿，菜非肥腻，却让你领受到他的情谊。他能为老爷们做的，我可做不来。狱里要我给老爷们送一个面馍，我不敢送一碗米饭；要我给老爷们送一盂汤，我不敢送一壶酒。我怎能和牟大人比！”

“汤、馍不同于酒、菜，心意则一。伙计，”马录亲切地唤一声，说，“我的后事，牟大人在，托付与牟大人；牟大人不在，只有托付与你。”

“后事？”狱卒吓一跳，“马老爷，入得诏狱，出不得诏狱之人，不是没有；但马老爷这样的官司，怎会想到后事上去！”

马录叹口气：“你以为我的官司小？我却知我的官司不小。狱中民人数十，起因在薛良，薛良难逃一死；狱中官人数十，起因在我，我难逃一死。我于心不安者，老尚书、老都堂等因我而受苦受辱。我诬服挟私断狱，故入人死罪，也是为解脱他等。”复长叹一声。“只怕我把官司揽到自己身上，于他等亦无好处。”

“马老爷为众人，把天大的责任揽到自己身上，是条好汉！”狱卒拍拍胸膛，说，“我一生敬重的，就是好汉。马老爷信得过我，把后事托付与我，这事有天大的干系，我也要揽到自己身上。”

第九十八章

朝廷颁发桂萼、张璁、方献夫等拟的《钦明大狱录》，详述张寅之狱始末，及有关民人、官人的处分。

原告薛良依诬告律，论绞。

韩良相、石文举等依诬执人死罪律，发戍极边，遇赦不宥。

原问官马录挟私问狱，草菅人命，永戍南丹卫，遇赦不宥。

原问官布政使李璋、按察使李珏、按察佥事张纶、都指挥使马豸，并大理寺少卿徐文华，阿附巡按，杀人媚人，俱发戍极边，遇赦不宥。

给事中刘琦，御史程启充、卢琼，挟私弹劾，亦充边卫。

给事中王科、秦佑、沈汉、程辂，扶同妄奏；并左都御史聂贤，俱罢为民。

刑部尚书颜颐寿，侍郎刘玉、王启，都御史江潮、刘文庄，大理寺卿汤沐，少卿顾佖、汪渊，畏避言官，推勘不实；太仆寺卿汪玄锡，光禄寺卿余才，呈愤横议；吏部侍郎孟春、工部侍郎闵楷，都御史张仲贤，交通私劄，各革职闲住。

其出差未至，如都御史张润，御史任淳；逮捕未至，如给事中常泰，郎中刘仕；行提未至，如给事中张逵，御史高世魁、姚鸣凤、张英，评事杜鸾，郎中司马相，俱候至京定拟。

南道御史潘壮、戚雄，风闻失实，下南京法司。

副使周宣，失亡案牍；副使王昂，给驿送囚；知州杜蕙、胡伟，镇抚鲍玉，指引证佐，下各该巡按御史勘问。

被处分各人，有与张寅之狱实有关联的，有与张寅之狱并无关联、只是与有关联之人有些关联的。最觉幸运的当属马录，他本以为必死无疑，却得一线生机。

八、天丧哲人

第九十九章

正德十六年十二月，王守仁以平定宁乱功封新建伯。余姚及绍兴的百姓，浙东的学子、士大夫为此雀跃不已，无不欢呼皇上的圣明，和浙江的好山水哺育出又一代贤哲。本朝文臣封爵，寥寥可数。最为人称道者，当数太祖皇帝第一号谋臣刘基刘伯温，他是浙江处州府青田人。以文臣的功勋而论，后世则以王守仁居首。

由于种种原因，王守仁一直不被起用，直到嘉靖六年，因广西土官作乱，才被委任为两广总督兼广西巡抚。

王守仁定于明日动身，于白日集合众弟子，做个交代。晚间，王畿饭后出门，不知不觉又向王守仁宅院行去。到宅院门前一看，钱德洪正从对面走来。二人先均一怔，随即走到一起，握手欢笑。

“我知汝中兄还要来打扰阳明子，故来相会。”钱德洪解释来意。

“洪甫兄来的很是。我知洪甫兄知我还要来打扰阳明子，我若不来，洪甫兄定会失望。”王畿也解释来意。二人笑声更高。

王府管家王不小被笑声惊动，出外观看，见是他二人，也随着笑起来。直到笑够，方才问道：“洪甫先生、汝中先生因何而来，因何而笑？”

二人被问住，相互一视。钱德洪说：“汝中兄，我觉你的话里含有禅机，不想，亦大管家的话里也有禅机。”

王小跟随王守仁多年，王守仁一次不经意地说，王小已不小，于是易名不小。不知哪位善谑的弟子为他拟字：亦大，众弟子间很快传开。王守仁听这称号，一笑了之。王不小对这称号倒是很中意。

“亦大管家，是这样的，”王畿道，“今日午前，我等都来听阳明子的临行训诫。

午后，洪甫兄和我去晤见张叔谦，于舟上论学。我突然想起，有几句话与洪甫兄互有歧见。阳明子明日启程，我想，无论如何，须得阳明子为我等一解，于是前来。洪甫兄大约是为同一缘故也来。他却说为我而来。我二人虽都在笑，却有不同，洪甫兄是讪笑，我是哂笑。”说到此，王畿又和王不小开起玩笑，“要不，请亦大管家为我二人一解，也是一样的。”

张元冲字叔谦，山阴人，是本地前贤张以弘先生的孙辈。

“汝中先生是在说笑吧！学问是老爷的事，本管家从来也不过问的。”王不小不屑一问的姿态引得钱、王二人禁不住又要发笑。这次是文笑，没有出声。

王不小又说，“不过，二位见老爷，得候一候。”

“阳明子有客吗？”王畿问，“这客人也恁不知趣，主人明日要启行，他今晚还来拜访。亦大管家，你怎也不知挡一挡！”

“老爷等他等好几日，我怎好挡！”王不小为自己辩解。

“原来来的是那位姓岑的先生！”王畿点头，表示错不在王不小，“他也到得恁巧，早不到，晚不到，阳明子明日要启程，他今晚赶到。亦大管家，是辛苦他明日一起动身，还是阳明子再迁就他一两日？”

王不小说：“老爷统率千军万马，令出如山。定好明日动身，怎好更改？岑某人拖至今晚才到，老爷最能体恤人，自不会要他同行。老爷要他在此处歇息一两日，再去追赶，也不知他还赶得上赶不上。”

“听亦大管家的口气，对这位岑先生很看不上呀。”王畿说。岑先生此时到达，他和钱德洪不能立时见到王守仁，他对此人也很看不上。

王不小发起牢骚：“摊上个怪姓，又起个怪名，叫人怎看得上！明明身材矮小，偏叫什么伯高。我看，不如叫不高。”

其实，伯高是非常普通的名字，根本说不上怪；岑也不是很怪的姓。王不小看不上客人，当然不会因为他的怪名怪姓。

他说：“汝中先生，实不相瞒，我第一眼见到岑某人，就觉得他和你等不是同一类人。我和你等在一起久处，你等一言一行一举一动，我都看惯。你等大圣人有一句话，老爷时常挂在嘴边，正可以形容我与你等相处。可我就是学不上这句话。”

“可是‘入鲍鱼之肆，久而不闻其臭’？”王畿打趣地问。

“像是这句话，又不太像是这句话，大致是不错吧。”王不小却没有说笑的意思，他叹道，“早知如此，不如将萧先生、雷先生留在身边。”

萧禹、雷济是王守仁在江西的幕僚，与王守仁共过患难。王不小初时也很看不上他二人，相处一久，渐渐看惯。

“洪甫兄，”王畿和钱德洪商议，“这位岑不高先生明日不与阳明子同行，今晚必有许多话要说，我二人还要不要等候在此？”

“既来，何妨多等一等！”钱德洪道，“你怪人家岑先生早不到，晚不到，偏偏今晚赶到，你还不是早不言，晚不言，偏偏今晚才言。今晚既言，不听阳明子一言解惑，我等怎能安心！阳明子将书院之事，托付与你我二人，心存疑惑，我等怎能胜其任！阳明子常常教诲，一日有惑，一日解之；一日不解，寝食不宁。汝中兄怎能惑于心中一年余！”

“洪甫兄说的也是，也不是，”王畿道，“无善无恶心之体，有善有恶意之动，知善知恶是良知，为善去恶是格物。这四句话是吾师一生学问的总结，不是一时兴起而说的。心是无善无恶之心，意是无善无恶之意，知是无善无恶之知，物是无善无恶之物。若意有善有恶，则心怎会无善无恶？这是我数年来揣摩吾师学问的心得，也不是一时兴起而说的。洪甫兄说我早不言，晚不言，偏偏今晚才言，大错特错。可谁知早不想起，晚不想起，偏偏阳明子明日要启程，今日却想起来，说出来！”

二人说起学问，王不小兴趣索然，背起手走开。

第一百章

前两广总督姚镆，字英之，浙江慈溪人，科第比王守仁早两届。王守仁和岑伯高谈论两广的局势，自然要先提到他。

“英之先生在两广任上有两三年吧？”他问。

岑伯高点头应道：“恰好两个年头。姚都宪到任两个月后，在下离开广西，漂泊四方，记得很清楚。”

这句话引起王守仁的兴趣：“伯高，你是不是料定英之先生必要兴师，必能息乱，所以才离开家乡的？”

岑伯高竖起拇指，赞道：“主翁真乃料事如神。”

王守仁有些不解：“已然料定结局，以伯高之大才，何不在英之先生帐下做些事，既有利乡梓，自家也可有长足进取？”

岑伯高沉吟片刻，说：“阳明公大约还不知道，我与岑猛的关系，用得上藕断丝连四个字。我虽不会助纣为虐，可要我为官府出谋划策，剿灭岑氏，也实有不忍。这件事我一直隐瞒，还望阳明公勿怪。”

岑猛是广西田州土首领，桀骜不驯；对他如何处置，从弘治末年起，朝廷就在剿、抚之间摇摆。

“乌鸟私情，谁人无之！”王守仁不但不怪，还很赞赏，“伯高离乡，足见是性情中人；今日肯对我说明原委，又足见是坦诚君子。”

但再谈下去，彼此都会有些不自在。王守仁咳嗽一声，换个话题：“伯高虽不在家乡，对田州之役还是很关注吧？”

“诚是。无论在何处，遇到乡人，在下总要打听一二，”岑伯高道，他也咳嗽一声，自信地说，“田州之役，在下或可以了如指掌自诩。”

“如此甚好，我正好请教，”王守仁说着，询问第一件疑惑之事，“征猛之议，起自思徵先生，英之先生却以为岑猛未必反，这事有吧？”

姚镆的前任盛应期，字思徵，苏州吴江人，也是弘治六年进士。

“有，”岑伯高应道，“建议用兵者，不仅有盛都堂，还有谢国正先生。姚都堂不欲用兵，而不得不用兵，多半是因为谢先生。”

他说的谢国正，名汝仪，浙江鄞县人，正德九年进士，为广西巡按。

巡按御史与节制一方的都御史不和，以至相互讦奏，是常有的；巡按御史能左右总督都御史，却是奇谈。所以，王守仁说：“他二人都是我浙产，或是谢国正说服英之先生。”

“与其说是说服，不如说是挟制。”岑伯高道。

“挟制二字用的是不是过分？”王守仁问。

“并不过分，”岑伯高很有把握，“用兵之事，姚、谢二人已议定方案，却因易帅而搁置。谢大人愤而参劾姚都堂一本，称：维东状元受岑猛万金，故姚都堂极力庇护岑氏。事情真伪且不说，此疏一上，姚都堂再不敢拖延，亲自上疏请战。”

姚镆之子姚涞，字维东，高中嘉靖二年一甲第一人。

“说姚维东收受贿银，恐怕是无稽之谈。”王守仁插言。

“别说吾公不信，论者也未必信。”岑伯高道

王守仁听出弦外之音。他问：“伯高的意思，谢国正是要迫英之先生就范？”边说边摇头，“这可不像是英之先生的性情。”

岑伯高说：“不错，姚都堂从主抚的立场转而用兵，并非只为谢御史一疏，他实际是被沈将军说动，专心进剿的。”

“可是沈唐佐？”王守仁问。

沈希仪字唐佐，广西贵县人，初任指挥使，以战功升至都指挥同知。

岑伯高点头：“正是他。在下听人讲述，官兵攻打田州要塞工尧前，姚都堂把沈将军请去议事，问他：攻占工尧有几成把握。沈将军答道：姚都堂要我有几成把握，我就有几成把握。”

“这话有些意思，”王守仁道，“难道英之先生要他有十成把握，他就有十成把握；要他攻取工尧，他就能攻取工尧；要他扫平田州，他就能扫平田州？”

岑伯高说：“姚都堂也这样问沈将军，沈将军答：不错，关键在于姚公的决心。姚公统帅一方，号令三军，若有疑虑，麾下将士如何效力？”

“这话大有意思，”王守仁道，“沈唐佐有此见识，堪当大任。”

岑伯高接着讲述：“姚都堂曾上疏称，岑猛并无反意；发兵之际，仍然认为，岑猛并无反意。沈将军道：东泉公督两广日短，不知岑氏奸诈。末将说他作态，则是一二十年所亲闻亲见。愿为公述三事，以证实师出有名。弘治十八年，朝廷讨平思

恩、田州，改设流官，降岑猛为福建平海卫千户，岑猛迁延不行，阻止掌田州府事右参政谢湖赴任。此岑猛可讨者一也。正德二年，岑猛以重金贿赂刘瑾，尽翻前案，致使前兵部尚书刘大夏，前两广总督潘蕃遣戍极边。此岑猛可讨者二也。嘉靖二年，岑猛率兵攻泗城，拔六寨，克州治，耀以兵威，滋扰一方。此岑猛可讨者三也。东泉公知其往昔，可知其今日。岑猛作态，不可信，不足怜。”

王守仁评述：“英之先生心有疑虑，是担心岑猛不反，而使田州受涂炭，不仅有损天威，而且屠戮无辜，蒙千载骂名。听沈唐佐这番话，他不必担心师出无名；取工尧、下田州，应可势如破竹。”

“诚如公言。”岑伯高道。

姚镆和沈希仪商定以夷攻夷的方略，先行策动岑猛的岳丈、归顺州知州岑璋站在官府一边。田州之役持续一月有余。岑猛兵败，被岑璋迎至归顺州，安置在别馆，好酒肥肉陈于前，美女妖童侍于侧，岑猛倒也过上几天安谧日子。一日，岑璋以毒酒一盂献岑猛，说：天兵索君甚急，不能庇，请自便。岑猛已是瓮中之物，怒喝一声：悔堕老儿奸计！乃饮酒身亡。

对于田州之役的经过和结局，王守仁没太大的兴趣，他好似更关心姚镆的去留。

“剿、抚两策本当相机而行，英之先生主抚，未见得处置不当；况且田州之役，虽未获全功，战果亦很可观。为何朝廷容不得他，他也心灰意冷，决意求去？”王守仁问。

初降旨时，是要王守仁督兵讨田州余党，姚镆以两广总督同其事。姚镆以身体有疾为由，请求致仕，朝廷亦准。

岑伯高道：“朝廷容不得姚都堂，阳明公说得对。但容不得他，不是因为他处置广西事有什么不妥，而是因为他处置广东事大有不妥。”

广东事？王守仁心中暗道：真是闲居太久，这么明显的事情都没想到。当年，魏校督学广东时，将拆毁的寺观田产归入官田，约有数千亩。不想，这些田产后来流入私家，据说，方献夫、霍韬都有侵占，却被姚镆复追还入官。方、霍二人因议礼而受知于皇上，现在的地位已经很高，前程更加光明。姚镆得罪他等，怎在两广任职！

想是想明白，却不便说出来，尤其不便当着幕僚的面说出来。方献夫、霍韬都很推崇王守仁。王守仁此番起用，也是因为方献夫、霍韬的举荐，还有张璁、桂萼的举荐，总不好编排他们的不是。

王守仁不说，岑伯高自然也不会说。

第一百零一章

王守仁送出客人，王畿、钱德洪一看，果如王不小所言。岑伯高身材矮小，但两眼有神，傲慢不羁，难怪王不小看不上他。王守仁在庭院站定，一揖手，岑伯高辞去。送幕僚至此，礼节已很重。王守仁转身欲入内，王不小禀曰："老爷，洪甫先生、汝中先生已等候多时。"

"他二人在，好极，"王守仁道，随即命道，"移席院中，我与洪甫、汝中叙话。今晚月色亦明亦晦，把盏赏月，定是别有一番滋味。"

钱德洪、王畿这才从阴影中现身，向王守仁行礼。王不小指挥一二仆役，将酒席移至院中。师弟三人坐定，不用人在旁侍候，亲切随意。

"洪甫、汝中来得正好，"饮过一盅酒，王守仁先开口，"我知你二人有话问我，我也有话对你二人说。你二人要问我的话，一定非同小可；我要对你二人说的话，则是寻常的托付。我先说，你二人后问，如何？"

"先生有所命，自应先生先说。"钱德洪、王畿道。

"书院的事，我白日已经托付过；我现在要托付的，是家中之事。"王守仁说，"我本想留不小在家中，好有照应。但他执意不肯，说，我不论到哪里，他总是跟随，有了他，我才能逢凶化吉；这次去的广西，闻得比贵州还要偏远，如何能让我一人去！我不忍拂他的好意，只得答应。他不在，我对家中的事真有些放心不下。正宪及其他侄儿辈已至读书的关键年岁，我却来不及仔细安排。古人云：脱去凡近，以游高明。正宪等从洪甫、汝中游学，我之大愿也。"

"先生放心，"钱德洪应道，"先生命汝中兄与我执事阳明书院，正宪等读书其中，汝中和我伴正宪等读书是当然之义。"

"第二事却与你二人有关，"王守仁说着，看看身边的两名弟子，"丙戌年，你二人罢试而归，我半是欣慰，半是惋惜。再有一年余，己丑又是会试之年。我望你二人有所准备，或是同赴京师，或是一人暂留浙地，料理书院，一人先赴京师。我设书院，终究还是要为国家养育人才。尔等中第，不但是为争前程，也是为我学争光。”

王畿道：“我二人不能随先生赴职所，侍左右，以尽绵薄之力，心里已是不安。科举之事，先生不须记挂，洪甫兄和我自有计较。”

“好！”王守仁点点头，泛泛地交代道，“第三事，说亦可，不说亦可，便是家中其他一应事务，也多有赖洪甫、汝中。”

钱德洪、王畿知道，这“家中其他一应事务”，才是王守仁最放心不下的，其中包括去年才出生的少公子。王守仁一直无子，过继兄弟之子王正宪为后。嘉靖四年正月，夫人诸氏病卒，嘉靖五年十一月，继室张氏生子，取名正亿。朝廷起王守仁总制两广、江西、湖广军务的敕书送达浙江，在六月，王正亿只有半岁多。王守仁疏辞的原因，小半是两广仍有总督，疏辞是应作的文章；大半是难舍幼子。朝廷自然不准，八月，正式命两广总督姚镆致仕，敦促王守仁上任。一疏一谕，一来一往，耽搁两个月。现在要就启程，王守仁放心不下的，仍是王正亿。

这一点，王守仁没说明，钱德洪、王畿也泛泛而应：“先生放心，府上一应事务，向来井井有条；先生不在，也不会坏规矩。”

王守仁嘱咐过三事，顿觉轻快。他说；“俗务已了，我可与洪甫、汝中切磋学问。二子此时相候，要说的一定是非同小可的话。请讲。”

“先生以为我二人要说的是非同小可的话，弟子亦以为是非同小可的话。不过，此话非我二人说的，而是汝中兄一人说的。我二人略加辨析，各执一词，只得烦请先生为我二人解惑。”钱德洪说二人今晚在此相候的原委，而“非同小可的话”，要留给王畿去说。

“先生方才用非同小可几个字，弟子心里一阵乱跳；洪甫兄再用非同小可几个字，弟子心里又是一阵乱跳。弟子这几句话若是非同小可，挨到今晚才说，岂不太晚！”王畿看来真被“非同小可”四字惊吓住，先做个说明，“先生时时以四句箴言教诲我等，弟子以为：心体既是无善无恶，意亦是无善无恶，知亦是无善无恶，物亦是无善无恶。意若有善有恶，心亦当有善有恶。洪甫兄驳弟子：心原本无善无恶，今习染既久，觉心体上有善恶在；为善去恶，正是恢复本体功夫。若见得本体如此，便以为意无善恶，知无善恶，物无善恶，还有什么功夫可用？弟子的见解，乃偶有所思，随口说出。听洪甫兄的辨析，深为折服；可又隐隐觉得未被说服，善恶之有无，仍分辨不清，故请先生解惑。”

王守仁面露欣然之色：“说的非同小可，辩得恰到好处。一说一辩，我待之久矣。”

他一直随意而坐，随意而谈，此时端正身体，如在书院讲习。钱德洪、王畿知道下面是要紧的话，也端正身体，如在书院听讲。

“二子一说一辩，我待之久矣，”王守仁重复一遍，然后说，“我把一生的学问归纳成四句话，反复向诸生讲述，反复与诸友切磋。诸友、诸生言及体会，我总感觉不深刻不透彻。我每次讲述完毕，总要静思默想，也不得要领。我甚而疑惑，把一生的学问归纳成这四句话，是对，抑或不对？是该，抑或不该？是值得，抑或不值得？今日听二子一说一辩，我顿觉开朗。我把一生学问归纳成四句话，绝无错处；这四句话完全可以论说得更深刻更透彻。远行之际，有此一得，何其快哉！”

钱德洪、王畿瞠目结舌，不知该惊该喜，不知该说什么该问什么。他二人绝想不到，一说一辩，竟如此重要。王畿更没想到，心有所思，随口说出，竟获得先生如此褒奖。

“汝中，”王守仁唤道，“宣讲我之学术，你有一大功，有一大过。”

“弟子不敢居其功，但愿闻己过。请先生教诲。”王畿躬身道。

“你对洪甫说出这话，一则，你悟性甚高，二则，你甚是用心。这是你的大功。你说，这话是偶有所思，随口说出。我看不然。你不是偶有所思，而是深思熟虑。你一直不对我说，是因为尚未想透彻，”王守仁说着，问道，“汝中，你有所思而不言之，是不是这个原因？”

埋藏极深的一个想法被王守仁点破，王畿面有愧色。

“是不是这个原因，弟子也没想透彻，或被先生说中。”他说。

“我要告诉你一个道理，”王守仁恳切地说，“一件事，一时想不透彻，或许一生都想不透彻。要把它想透彻，要快些把它想透彻，须得和同道者切磋。你不和同道者切磋，是你的大过。”

“多谢先生教诲，弟子知过。”王畿也恳切地说。

“勇于认错，善莫大焉。迟虽迟，你终归把你的想法提出来切磋，还是功更大，”王守仁为王畿论过是非，才解释一说一辩的重要，“我提出心、意、知、物四事，有一根本。四者的根本，乃是心。意、知、物三者皆出自心，而有所变化。三者欲归于心，须多用功夫。汝中的一说，是抓住四者的根本。洪甫的一辩，是抓住三者的功夫。二子一说一辩，正好相取，不可相病；正好互补，不可互诟。”

钱德洪、王畿恍有所悟，但还想王守仁讲得更清楚些。二人齐言道：“何为相取互补，何为相病互诟，请先生再为我等解说。”

“洪甫须参透汝中之本体，须体会，意、知、物所归者，心也；汝中须参透洪甫之功夫，须体会，意、知、物要用功夫，才能归于心。这是相取互补。洪甫若一味强调，意、知、物三者要用功夫，而不参其归于何处，则功夫有何用？汝中若一味强调，意、知、物三者将归于心，而不参其须用功夫，则如何归于心？这是相病互讵。洪甫、汝中各于一面想得很深刻透彻，若再参透另一面，我学更无遗念。”

钱德洪、王畿都在思索王守仁对他们提出的要求。钱德洪思索的是如何参透王畿所言之本体，王畿思索如何参透钱德洪所言之功夫。

钱德洪似有所悟，而仍未参透。

“心即本体，意者、知者、物者皆应归于本体，归于心，弟子当如何解说？”他向王守仁请教。

王守仁说：“我以太虚喻之。太虚之中，日月星辰，风雨露雷，阴霾饐气，何物不有？而又何一物得为太虚？人心本体亦复如是。我以良知喻之。你有良知，便是你本体之中有良知，而良知并非本体。太虚无形，一过而化。洪甫，你的功夫须得如此，方合得本体功夫。我只讲到此，你不解也不打紧，静时反复参酌，定有所得。”

王畿似有所悟，而仍未参透。

“心即本体，意者、知者、物者皆须用功夫，方归于本体，归于心，弟子当如何解说？”他向王守仁请教。

王守仁说：“有汝中之见，诚属难得。你但默默自修，不可以己之见，与人探究。上根之人，一世难遇。一悟本体，即见功夫，物我内外，一齐参透。此圣贤者不敢承当，岂可轻易期之世人！汝中，那四句宗旨，归纳我一生学问，以此自修，可直跻圣位；以此接人，更无差池。”

所谓接人，是指引人的意思。王畿品味王守仁的话，觉出他对自己的那番见解有所不满，但还是忍不住问：“参悟本体，又当如何解说先生的四句宗旨？”

“四句宗旨，自初学以至圣人，都是这一番功夫，”王守仁说，“初学用此，循序而入；虽至圣人，穷究无尽。尧、舜之精一功夫，亦是如此。研习这四句宗旨，中人以上皆可受益。人心自有知识以来，已为习俗所染，今不在良知上实用为善去恶功夫，那个本体，还是悬空的，一切事为，俱不能落实。所以我要你参透洪甫的功夫。悬而不实，乃研习学术之大忌，亦是做人之大忌，不可不早日为你说破。今晚的话，就说到此处，你要好自参酌。洪甫，你也要好自参酌。”

王守仁说罢起身，在院内慢慢踱步。钱德洪、王畿随着起身，跟在他身后。夜色已深，微风吹拂，月儿介于弯月和圆月之间，月光透过薄云洒于庭院。师弟三人随走随想，随想随说，均无倦意。钱德洪、王畿各受一番教益，自觉精进，面有喜色。王守仁借着月光，看见他二人面上的喜色，自己的脸上也露出喜色。

“二子有所悟乎？以今晚之论，主持书院，我大可放心，”王守仁说着，向钱德洪、王畿一揖，“拜托！”

钱德洪、王畿向王守仁道声“珍重”，辞去。

第一百零二章

一般的官宦人家，都有书童，专门在书房侍奉老爷或少爷。书童取其天真烂漫，好比书房中增添一样精巧的摆设。霍韬的书童霍刚甚有灵气，深为霍韬喜爱。

霍韬嗜书，读起书来，终日不辍。但这些日子，架上的书、案上的书，一直未见翻动。

霍刚说他："老爷这几日只顾写奏本，连书也不读。"

"学而致用。严唯中在钤山读书十年，读得满腹诗文；我在西樵山读书五年，读得满腹经纶，不于此时施展，更待何时！"霍韬道。

"老爷满腹经纶，皇上也看中老爷满腹经纶，君臣相得，本是件天大的好事。可皇上要升老爷的官职，老爷一次请辞，算是对皇上客气客气，小人也很赞成；再次请辞，未免过分。"霍刚絮叨。

所谓皇上要升霍韬的官职，是皇帝在论大狱功之余，想到霍韬。他虽然不曾与讯张寅之狱，但议礼之尖锐，之深刻，毫不逊于张璁、桂萼。因此，升他为詹事府詹事兼翰林学士。詹事正三品，往往以侍郎，甚至尚书兼之。霍韬这一升迁，荣耀不在治成大狱诸人以下。

"咿，不想你还有一番见解，"霍韬觉得好笑，"我第一次请辞，你既赞成，可知我为何请辞？我第二次请辞，你说过分，过分在哪里？"

"老爷第一次请辞的奏疏，曾对小人念过，小人怎会不知！"霍刚不仅知道，而且背诵得出疏稿，"'自杨士奇、杨荣、杨溥及李东阳、杨廷和专权植党，笼络翰林为属官，中书为门吏，故翰林迁擢不关吏部，而中书至有夤缘进秩六卿，及支一品俸者。臣尝建议，翰林官迁擢去留尽属吏部，庶不阴倚内阁为腹心，内阁大臣不阴结翰林为朋比，且欲令京官补外，以均劳逸。议未即行，躬自冒之，而又一旦躐居学士徐缙之上，胡颜之厚可以居此！'"诵毕，问，"老爷听可有错处？"

难为他把一段绝非口语化的文字一字不差地背诵出来。但霍韬没有夸奖他，反而说："你记是记下，却未必懂得我的用意。"

“老爷无非是说，内阁推官非祖宗制度，夤缘之风易起；老爷无非既指责昔日内阁大臣，又指责今日内阁大臣，我怎么不懂！”霍刚道，“中书夤缘进至六卿，支一品俸，除杨阁老，还会是哪个！”

“朝廷的事你知道不少，连杨阁老是中书出身都知道，”霍韬刺他一句，接着问，“我第二次请辞，理由和第一次相同，为何又过分？”

“正因为理由相同，我才说老爷爷过分，”霍刚道，“皇上第一次升升老爷的官职，是取内阁之议。老爷不辞，可说是循然取官。皇上第二次升老爷的官职，难道还是取内阁之议？老爷不辞，就不能说是循然取官。老爷的心思是，有第一次请辞，第二次不请辞，觉得没有面子。老爷的这个想法有没道理，我不敢妄议。但老爷想过没有，老爷要面子，皇上也要面子。老爷第一次请辞，伤不到皇上的面子；老爷第二次请辞，多少会伤及皇上的面子。老爷有第一次请辞，不做第二次请辞，自家失面子；皇上第二次升老爷的官职未果，定然要第三次升老爷的官职。那时，小人看老爷是不是要第三次请辞。”

霍韬是极有主见之人，没想到，找个书童，也极有主见。霍刚滔滔不绝的议论听得霍韬真有些发蒙。

“皇上也要面子，这话不错，”他试图反驳，“我一辞再辞，并不想伤皇上的面子。一定要说伤谁的面子，那是伤内阁的面子，伤内阁大臣们的面子。伤及他等的面子，我以为，并无不妥。”

“老爷承认不想伤皇上的面子，便是认同我的道理，”霍刚马上说，好像不马上说，霍韬会不认可，“老爷不怕伤内阁的面子，我也正好要论及内阁的面子。老爷想过没有，今日内阁与半月前的内阁不同，今日内阁有四员阁臣，半月前内阁只有两员阁臣。半月前的内阁，老爷不怕伤它的面子；今日的内阁，老爷最好不要伤他的面子。”

“霍刚不必再说，我已懂得你的意思。”霍韬阻止道。

霍刚不肯罢休，仍在说：“小人的意思虽然浅显，老爷却未必懂得，还是听小人说下去吧。小人知道，皇上敬重杨阁老，但绝不会偏袒杨阁老。老爷指责内阁的不是，皇上最多是不指责杨阁老，绝不会指责老爷。新近入阁的阁老却不一样。皇上不但敬重张阁老，而且一定要偏袒张阁老。老爷指出内阁的不是，皇上说不定就要指责老爷。老爷想一想，何必要自讨没趣！”

会审张寅之狱后，张璁、桂萼相继大用，先是在八月，桂萼升任礼部尚书，接着在十月，张璁入阁。在霍刚看来，抨击今日的内阁，矛头也对着张璁。这可是件危险的事。

霍韬沉下脸来，说道："今日内阁实不同于半月前内阁。可我伤及内阁的面子，全是以事论事，与内阁有四位阁老还是有两位阁老无关，与张阁老在不在内阁无关。张阁老不在内阁，我不会循然取官；张阁老在内阁，我也不会循然取官。张阁老不在内阁，我请将翰林官迁擢去留尽归吏部；张阁老在内阁，我也请将翰林官迁擢去留尽归吏部。你要是以为，半月前之内阁可任人指责，我就指责；半月后之内阁，皇上偏袒，我就不指责，那你就错了。我但论其事，不论其人。唯因皇上偏袒，无人敢指责，我更要指责。"

霍韬在言志，霍刚却以为在责备他，发愣片晌，才委屈地说："小人一席话全是为老爷好。老爷不肯听，也不必对小人呵斥。"

"你为我好，我很领情，"霍韬知他一片赤诚，又反过来加以安抚，"好，我依你，不伤及今日内阁老先生们的面子。"

第一百零三章

嘉靖七年正月十五之夜，月色极佳，是这些年来不曾有过的。皇帝先侍奉圣母皇太后饮酒赏月，又召陈皇后一起饮酒赏月，直至后半夜才歇息。第二日天不明，皇帝又匆匆起身，于寝宫中行礼拜天。皇帝每日清晨于宫中拜天，已有两三年。每日拜天，总于前一日晚些时召一名亲近的大太监，按时前来侍驾。这一日，召的是司礼监太监戴永。

夜间酒喝得多，觉睡得少，皇帝行礼时，神情有些恍惚。

行礼毕，戴永小心地说："爷昨夜与圣母皇太后一起赏月，与皇后娘娘一起赏月，亦是拜天。今日清晨的拜天礼仪，似可省却。"

"这话让外间大臣去说，你不必说。"对他的劝止，皇帝没有动怒，只是略加警告，"朕即大位以来，年年有灾异，朕多拜一次天，只盼着少降一方之灾，多佑一方之民，故一日也不敢懈怠。朕一片爱护黎元之心，不想外人得知；尔时时在朕身边，却不可不知。"

"爷一片爱护黎元之心，天下无人不知，无人不颂，何况奴才等亲眼见爷行事，亲耳听爷教诲。只是奴才见爷这般辛苦，心中惶惑，除日夜祈祷上苍降福于爷，便只有劝爷爱惜万尊之身，"戴永说着，看看天色，"距早朝还有一个时辰，爷进去再歇一歇吧。奴才看，爷要是感觉疲倦，把早朝时辰稍稍推迟，或免一次早朝，亦无不可。"

"朕行拜天，是为天下的黎民百姓；朕举早朝，也是为天下的黎民百姓。怎可勤于此而忽于彼！戴永，你出此言，虽是赤子之心，但不是爱朕，而是害朕。"皇帝责备他两句，也看看天色，"距早朝还有一个时辰，朕并不觉疲倦。你随朕进去，说一阵话。"

戴永陪同皇帝进宫室，侍奉皇帝脱去厚袍。室内生起暖炉，热气逼人，与外面宛如两个世界。皇帝进进出出，可以添减衣物；贴身的近侍，在室内的不必外出，跟随皇帝在外的不必入内，倒还不觉什么；像戴永这样的大太监，皇帝一般不会召入寝殿，既被召入寝殿，就难免要想：寒热不均，宫里的差事办完，千万莫忘向御医讨一剂药服。

皇帝坐定，问：“戴永，邵真人何时可回京师？”

戴永回奏：“致一真人的一二徒儿已回到京师，奴才听他等说，致一真人在临清偶感风寒。他等言道，致一真人知道爷盼他早日到京，虽然不适，也只是慢行一步，不敢留滞，大约明后日可到京。”

致一真人是皇帝赐封邵元节的道号，前面还有“清微妙济守静修真凝元衍范志默秉诚”一长串修饰之词。

“他知道朕盼他早日到京就好，”皇帝说，“邵真人这次还山，大有衣锦还乡之意；朕准他还山，也有要他衣锦还乡之意。不然，朕为何再上一年不准他还山之请，上一年却准他还山之请呢！”

嘉靖五年，邵元节以致一真人的身份统辖显灵宫。嘉靖六年，邵元节以致一真人的身份，统辖朝天、显灵、灵济三宫，总领道教。嘉靖五年回山，还是嘉靖六年回山，对他来说，差别实在是很大。

戴永说：“雨雪愆期，致一真人祷之，每有灵验，爷对他自然眷顾。”

“邵真人既已衣锦还乡，再回山就没有名目，”皇帝说，“他总领天下道教，不再是一座龙虎山的真人，也不该把心思放在一座龙虎山上。朕知他再要回山，不是因为与龙虎山的渊源，而是因为挂念其父其母未得封赠；他不安心于京师，不是因为京师不可安居，而是因为京师无他安居之所。朕再为他一一安顿，让他安心为朕留在京师。”

“奴才听人说，显灵宫是神仙处所，致一真人怎无安居之所？爷对致一真人恩宠有加，他不会不知深浅。”戴永辩道，好像怕皇帝因邵元节不安心留在京师而怪罪下来。

“显灵宫虽是神仙处所，起居却甚是不便，朕要让他一切方便。”皇帝并不怪罪，“戴永，你代朕传谕，赠邵真人之父为太常卿，赠邵真人之母为安人。”想了想，又加上一条，“邵真人对朕说过，他先后师从范文泰、李伯芳、黄太初，而与范文泰师弟之情最为深切。朕不能一次封赠他的三位师傅，却可以先赠范文泰为真人。”

“致一真人其父其母得爷封赠，再无可以挂念之事，一定会为爷安心留在京师，一定会尽心为朝廷办事。”戴永又好像在代邵元节谢恩。

“至于居所，邵真人只要愿意，仍可留宿显灵宫。朕还要为他在西城另起一座真人府。”皇帝吩咐戴永，“此事你传谕工部吧。”

“奴才遵旨，”戴永应罢，问道，“致一真人总领道教，不可把心思放在一座龙虎山上，也要奴才代爷传谕吗？”

皇帝摇头：“此事你也代朕传谕，倒好似朕强留他。戴永，朕知道你和邵真人很合得来，你的话他很听得进去。莫要轻离京师，你自己对他说这番意思，他也会好好想一想的。”

第一百零四章

张璁去一趟翰林院，回到阁中，径对翟銮说："仲鸣先生，在下一事不明，须得请教。"

言词不善，翟銮心生警觉，应付道："不敢，请秉用先生赐教。"

杨一清看出二人之间有一场官司，不愿卷入是非。他起身说："二位慢慢请教、赐教，木斋公病得不轻，我先去他府上探视。二位得闲时，也该去候问一二，他于我等终究是前辈之人。"

谢迁虽入阁比杨一清早，但中第比杨一清还要晚一科，绝算不得前辈之人。但杨一清若说，他于尔等终究是前辈之人，难免有教训人的味道，所以，干脆把自己也算作晚一辈。

张璁却不放他走："探视于乔先生不忙。我只有几句话问仲鸣先生，应宁先生无须避开。"

"是，"翟銮附和，"应宁先生方才还在说，上疏之事要和秉用先生议一议。秉用先生回来，你不好就走。"

不论张璁要和自己说什么，有杨一清在场，总不至于太难堪，翟銮也希望他留下。

二人都这样说，杨一清坚持离去，太不合情理。其实，他未必不想知道二人之间的官司。

"也好，二位说二位的话，我读我的书。"杨一清说着，捧起书来。

"仲鸣先生，屠文升昨日是否去过府上？"张璁问。

屠应埈字文升，浙江平湖人，嘉靖五年进士，官刑部主事。

"是，"翟銮应道，"屠文升对我言及，东湖公刑部主事出身，他又授官刑部，实是难得的际遇。"

东湖是屠应埈之父屠勋的别号，翟銮中第时，他任右都御史，是元老一级的人物。

屠应埈选庶吉士，一般而言，应留在翰林院。张璁、桂萼掌翰林院事，绝大多数翰林官采取轻蔑和不合作的态度，令得张璁十分恼火，一再责骂翰林官"乳臭不堪教养”。他在去年十月上疏，请将翰林官外调；十一月散馆，没有一名庶吉士留在翰林院。选庶吉士时排在第一名的袁袠出为刑部主事，庶吉士考核中排在第一名的陆粲出为给事中，排在最后面的庶吉士有出为知县者。屠应埈授刑部主事，不是最差的铨选。翟銮说他并无怨言，是投张璁之好，表示庶吉士出任外官无甚不妥。

杨一清听着二人的对话，不动声色，心里却叫道：好个糊涂的翟仲鸣！庶吉士出任外官，是他的得意之笔，何须你来为他申辩。

果然，张璁冷笑一声，说：“屠文升有怨言又怎样！他有怨言，我还是孟夫子的那句话：国君进贤，如不得已。他屠文升敢自称贤者吗？翰林院里又有几人敢自称贤者？不过话说回来，屠文升虽称不上贤者，但称得上良臣。他赴仲鸣先生府上一行，便称得上良臣。”

翟銮一怔，说：“秉用先生的话是何用意，我听不大懂。”

“此刻不懂，稍后会懂，”张璁冷冷地说，“我先请教，屠文升去仲鸣先生府上，是他自己去的，还是仲鸣先生约他去的？”

“这个——”看似简单的问题，还真有些不好答。翟銮犹豫片刻，含混地答道，“说他自己去也可，说我约他去也可。他虽授官部属，到底是庶吉士出身，年节之际，拜一拜阁臣，无可挑剔。”

这话有些寻衅的味道。张璁入阁时，竟无一名庶吉士前去拜贺。翟銮偏要说，庶吉士拜阁老无可挑剔，等于揭他的痛处。

张璁冷笑道：“仲鸣先生的话很是。屠文升于年节之际拜一拜仲鸣先生，自然无可挑剔。但若仲鸣先生约的屠文升，也无可挑剔吗？”

“阁老约庶吉士，又有什么可挑剔！”翟銮道，“何况，秉用先生该记得，我与嘉靖五年科考，还有些渊源。”

“我记得，仲鸣先生并非与嘉靖五年的科考有些渊源，而是与嘉靖四年的科考有些渊源。”张璁驳道。

嘉靖四年，翟銮主顺天府乡试。所谓渊源，应是指此。

张璁讥道：“仲鸣先生既不是嘉靖五年会试的考试官，又不是该科庶吉士的教习，渊源恐怕说不上。再者，该科庶吉士二十一人，仲鸣先生为何不约他人一见，只约屠文升一见？屠文升在馆时，仲鸣先生未约他一见；授官刑部时，仲鸣先生未约他一见。怎么年节之际，却想起约他一见？不知仲鸣先生敬重的是东湖公，还是屠文升本人？不知仲鸣先生敬重庶吉士屠文升，或刑部主事屠文升，或别的什么屠文升？”

一连串的发问，使得翟銮不知如何回答。杨一清却听明白：翟銮约屠应埈一见，应与今秋的乡试有关。张璁大约得知，翟銮约屠应埈一见，请他关照一二；也说不定是屠应埈有什么说法，被他听到，故而兴师问罪。杨一清不解的是，翟銮三子分在顺天府学、宛平县学和大兴县学就读，尽管传闻屠应埈在差派之列，但绝不会参与顺天府的乡试，因为顺天府、应天府的秋闱总要差翰林官主持。张璁听到传言，不知是否核实，即大加指责，未免太轻率。反转来说，翟仲鸣为区区小事，大张旗鼓地请托，也太没有大臣的气度。这件事该不该插手，如何插手，倒真要好好寻思一番。

“好教仲鸣先生得知，屠文升已改差江西，”张璁捅出其事，果如杨一清所料，“屠文升的一番话，仲鸣先生真应该亲耳听他说一说。他未对仲鸣先生说明，想是有所顾忌。也罢，我就代传其言吧。他道：国家百七十年，唯贡士之法秉公不废，岩穴之士得以自觉；若苟徇私，安用选试！仲鸣先生，凭他这一番话，良臣二字当之无愧吧？凭他这一番话，不必人许，也当重贵吧？亏得子实先生、叔贤先生深知大义，改动他的差事。不然，内阁的面子荡然无存！”

翟銮的脸色一时红，一时白。只要肯关照三子，“当重贵君”，确是他的许诺，不想这么快就被披露出去。看来，屠应埈改差江西，不会是假话。这可真是偷鸡不成反蚀把米。秋闱差员，由吏部和礼部会议选人。去年十一月，桂萼改任吏部尚书，方献夫升任礼部尚书，改动屠应埈的差事，一句话就可以办到，根本不必有什么理由。

“应宁先生——”翟銮无言以对，转向杨一清乞援。

“二位的话说完否？”杨一清堵住他的口，“秉用先生方才说到内阁的面子荡然无存，我却听到一事，于我等阁臣大有面子，还请证实。”

这下轮到张璁怔住。他问：“应宁先生所指何事？”

“秉用先生晋秩，听说皇上赐诗一首，我等可否仰闻？”杨一清说。

正月初十日，张璁进少保兼太子太保，据闻，皇帝有赐诗。

“皇上确有赐诗，却不是为晋秩一事。”张璁道。

日子相差无几，在张璁晋秩时，皇帝祭祀太庙回宫，张璁侍于道旁，皇帝屡屡回视。不久，一名司礼太监将一首御制五言诗送至张璁宅第。至于皇帝是为他晋秩而赐诗，还是为其他事赐诗，没人说得上来。

“我听人诵过前两句，皇上赞的是：貌奇真才杰，形端志气伸；后两句圣诗尚未听人诵过。秉用先生可赐告否？”杨一清请教道。

“后两句是：予喜荷天贶，赍贤作邦珍。皇上的赞誉，张某愧不敢当，不是应宁先生诚心问起，此诗我是不会示人的。”张璁说。

杨一清善解人意，故自己诵前两句，要张璁诵后两句；要是他诵后两句，把前两句留与张璁诵，“貌奇”二字，“形端”二字，更难启齿。

“好一首赐诗！”杨一清喝彩，“秉用先生得此赐诗，不但是你一个人的荣耀，也是我内阁数人的面子。皇上以此诗赐予秉用先生，内阁的面子怎会荡然无存！历来君臣融洽无如今日者，就算我——”顿了顿，接下来说，“或者仲鸣先生，小有过失，也不是不可弥补。”

他摆明要调解此事，翟銮松口气：他向张璁讨要这个面子，张璁或许不给；杨一清向张璁讨要这个面子，张璁不会不给。

张璁几句厉害的话说过，翟銮的面子已经荡然无存，是否公然认错，本是无所谓的事。沉寂片刻，张璁说：“应宁先生见教的是，皇上是很给内阁面子的，他人也不会不给内阁面子。应宁先生有事等我回来商议，似是写疏的事。不知是为何事上疏？”

“此事可谓重大，”阁内的风波既已平息，杨一清平心静气地谈论写疏的事，“皇上每日早起，于宫内拜天，宫里的人都知道。据说，一些很有体面的公公，曾当面劝阻；科、道官中也不乏人议论。悠悠万事，皇上御体康健是头等大事；我等身为辅弼大臣，不可不言之。”

张璁对内臣严峻，内臣无论有什么事，也不敢和他商议；皇帝每日拜天之事，竟没有宫里的人直接和他说过。他间接听人议起，半信半疑。今日杨一清这样说，可见不虚。他说：“应宁先生之议甚是，此事内阁须得上疏。仲鸣先生手下来得快，就请执笔吧。”

他很自然地把草拟奏疏的事交与翟銮，好似没有方才那一通指责。

翟銮也好似没有受到方才那一通指责，说：“二位口述，我记之。”

不多时，翟銮据杨一清、张璁所述，拟就一篇疏稿：伏闻皇上每晨拜天于宫中。臣等窃谓上帝至尊，故凡大祀必斋戒，乃敢与对。若宫寝之中，原非祀帝之所，旦旦祝拜，似顿且亵。此礼考之古典、祖训，皆不载。唯英宗宝训，谕阁臣李贤等曰：朕自复位以来，每日五鼓初，即起拜天；已，乃阅奏牍，朝庙视朝。则拜天之礼，是时始为之。然亦英庙自述其勤诚之意，未尝著为令也。事不师古，请已之。

“仲鸣先生‘似顿且亵’用得好，就这样吧。”杨一清说。

事体说大非大，说小非小，张璁也指不出有什么不妥的地方。

第一百零五章

广西梧州城里，最宏大的一处堂室，要数两广总督衙门。衙门后院一排三间侧室，幽静雅致，王守仁选了自用，一间做寝室，一间作王不小和充作书童的王小小的寝室，一间作书房。晤见幕僚、属将及两广要员，都是在用作书房的这间侧室里。岑伯高有事无事，每日午前午后都要来见上一面，或是闲话，或是计议。虽说王守仁的起用是为田州之役，但既有两广总督的名分，大小事务报呈到衙门，他都须过问。所以，主、宾二人，闲话时少，计议时多。

岑伯高进入书房，行过礼，见王守仁在室内踱来踱去，不似往常的神态；他略感不安。王小小送来的茶水，不似往常香浓，送茶的神态，不似往常亲近；他更感不安。王小小退下后，他问："阳明先生可是为了云南的事焦虑？朝廷已差遣时泰先生平定寻甸、武定二处，阳明先生与此公同年而出，在江西共成大业，难道对他还不放心吗？"

云南有土官衙门，有流官衙门，寻甸、武定二处均设土知府。寻甸土官为安姓。成化年间，前有土官舍人作乱，土知府无力抚定；后有兄弟争袭，以至兵戎相见。十四年改置流官，土知府废除，但土官仍有，土舍仍有。土知府无力抚定，流知府同样无力抚定。去年，土舍安铨失职，流知府要惩处他，安铨不服，起兵作乱。寻甸境内有木密关，是一要紧去处，设有木密千户所。安铨第一步，驱逐寻甸知府马性鲁，攻掠木密关，还没在云南境内引起大的惊慌；第二步，攻掠嵩明州，昆明的各级官员再也坐不住。寻甸府治所在昆明东北二百六十里处，嵩明州属云南府，治所在昆明东北一百二十里处。攻掠嵩明，从寻甸至昆明的一程路已过半程。巡抚傅习命指挥王升、唐功剿乱，乱未剿成，嵩明州失守，王、唐二将阵亡。傅习来不及部署下一举措，被朝廷大臣会推为大理寺卿，应天巡抚欧阳重改抚云南。

武定土知府初为商姓，后改为凤姓。正德年间，土知府凤英从征有功，进秩右参政，仍知武定府事。在诸多土知府中，他的地位最崇。今年初，土舍凤朝文作乱，杀本府同知以下官吏。土司衙门，正职为土官，副职则为流官。杀正职，还可视为土著仇杀，杀副职，则无疑是反逆。而且，凤朝文还与安铨联手，进犯云南府，朝廷绝不能坐视。

伍文定是平定宁乱的大功臣，与王守仁相比，可说一直未得大用。嘉靖六年，他才任兵部右侍郎；同年冬，升右都御史，掌都察院事。云南乱起，伍文定以右都御史，并加兵部尚书衔，提督云南、四川、贵州、湖广军讨之，可见朝廷对云南局势的关注。岑伯高以为王守仁对云南放心不下，特别提起伍文定，好安一安他的心。

王守仁摆摆手，说："寻甸、武定之乱，子重足以定之，何劳时泰兄远征？我看，时泰兄不及入滇，子重便可奏凯。"

子重是欧阳重的字。

"那么，阳明先生还是为了广西的事焦虑？"岑伯高揣摩着。

王守仁凝神望了望他，没有即刻回答。过了片刻，他反问道："岑先生，你看广西的事该不该焦虑？"

他与岑伯高对答，时称伯高，时称先生，今天的称呼，语气特别重。

岑伯高心头一颤，他不但感觉到王守仁的语气与往常有所不同，而且对问题的本身也感觉诧异。主人问的好像不是他该不该对广西的事焦虑，而是问他对广西的事是不是焦虑。王守仁提问，从来不曾这样。

"广西的事确应重新考虑，却不必焦虑。"他尽量平静地说。王守仁重新考虑广西的事，是他希望的；为广西的事焦虑，又是他不希望的。

"好，岑先生先来说广西的事确应重新考虑，"王守仁道，"岑先生这样说，定是知道卢苏、王受二人的心思又变吧？"

卢苏、王受均为岑猛党羽，诈称岑猛未死，复煽土著作乱。王守仁督兵，所要对付的，正是此二人。

"是，王佐将军已告诉我此事，"岑伯高点头，"在越城一夕谈，阳明先生已确定了攻心为上的方针。我赶至梧州会合，阳明先生更提出了收服卢苏、王受的计划。我记得阳明先生对我说，由田州变乱，可引出二戒，一戒骄奢，一戒穷迫。所谓骄奢者，阳明先生说两广军门上无可任之将，下无可用之兵，有警则倚调土官狼兵，若岑猛者。故此辈得以凭恃兵力，日增桀骜。及事平，功皆归之于上，彼无所升赏，固不能无怨。上嫉下愤，日积月深。所谓穷迫者，今山瑶海贼，乘衅摇动，穷迫必死之寇，既从而煽诱之；贫苦流亡之民，又从而逃归之。其可忧危，十百倍于二酋之为患。不虑及此，而汲汲于二酋，诚为过计。有此二戒，阳明先生以为，二酋当抚用而不当剿灭。"

“我不但以为二酋当抚用而不当剿灭，而且以为土官不可尽去，流官不可尽设。借土官兵力，可为中土屏蔽。尽杀其人，改土为流，则边鄙之患，我自当之；自撤藩篱，后必有悔。我的这一番话，岑先生也还记得吧？”王守仁把他的意思补充完整。“岑先生是不是说，我本欲抚用卢苏、王受，但他二人不肯受抚，只好从新考虑？”

“不错，阳明先生抚用卢苏、王受，可体念上苍之仁德，可省却国家之兵粮，可巩固西南之边陲；同时，也可予二人一条生路。一举数得，何乐而不为之！”岑伯高说到这里，两手一摊，满脸的无奈。“然心怀猜忌，行事反复，正是蛮夷本性。卢苏、王受与阳明公有盟约，不数日而反悔，诚所谓自作孽，不可活。阳明公不得不再作打算。”

“这话不能说没有道理，”王守仁思忖着，又问，“岑先生称再作打算，王将军也称再作打算，二位的再作打算，可是进剿？”

“也不尽然，”岑伯高从容解说，“以前一心用抚，日后还要剿、抚并行，可抚则抚，须剿则剿，卢、王受抚则抚，抗拒则剿。”

“以前一心用抚，也不尽然，”王守仁却说，“我如果真的不曾想到剿，为何议于思恩、田州开设督府，并请林守仁宪职驻扎？为何请用沈唐佐为柳州、庆远参将？卢、王二人不受抚，我是有备的。”

林富字守仁，弘治十五年进士，现官广西左布政使。

“是，阳明先生策事万全，是我等只计其一，未计其二，”岑伯高说着，恳请道，“召抚卢、王受，可托付于王将军与我，我二人再与他等接洽，看他等到底会不会受抚。阳明先生看可使得？”

“此事待定下剿、抚之策再议吧，”王守仁不置可否，“岑先生方才说广西的事不必焦虑，也请你讲一讲理由吧。”

“阳明先生之焦虑大约有二，其一，担心朝廷责怪，其二，担心剿而不胜，不知是也不是？”岑伯高其实很有把握，改抚为剿，不外二者。

王守仁仍不置可否。他问：“岑先生先讲一讲，剿灭可必胜乎？”

“以姚都堂之才一举而剿灭凶顽岑猛，以阳明先生之威剿灭余凶，结果如何，不言而可知。”岑伯高没有从正面回答。

“英之先生是前辈干才，岑先生不可小觑他。况且时势略异，英之先生用兵时，有归顺州愿为应合，今日有可用为内应者乎？岑先生要记住，剿灭卢苏、王受，并非举手之劳。当然，二人定不肯受抚，我也有剿灭之策，但剿灭到底不是上策，”王守仁小议一通，再问另一事，“先议抚之，复而剿之，朝廷其将罪我乎？”

岑伯高答道：“阳明先生上疏请抚，兵部格之，而朝廷决意用抚。是以西南之事委于先生，是先生游刃于剿、抚，朝廷无不从之。”

“这话也不能说没有道理，”该问的问了，该答的答了，王守仁的思绪转向别的事情，“岑先生，剿乎抚乎，容我再想，我另有一事拜托。”

岑伯高揖道：“在下但听阳明先生吩咐。”

“岑先生知道，我一生最看重的是兴办学校，”王守仁说，“田州府学，形同虚设，我与布、按二司官议过几次。用夏变夷，宜有学校，田州府学一定要振兴。岑先生，这件事拜托你与提学道一同筹划。”

岑伯高大感突然。督府的幕僚应是参谋军事的，王守仁约他同赴广西，更说明了是为田州之役，现在怎么让他去办学校？他作为督府的幕僚，是一种身份；为提学副使或提学佥事出出主意，又是一种身份。二者相去甚远，虽不同于官贬为吏，但和京官贬为外官也差不多。

岑伯高不甘心这样的结果，还要争一争：“振兴府学固然重要，但对卢、王剿、抚未定，办学之事是不是迟些再议？”

“布、按二司官也曾这样对我说，”王守仁显然不同意这个说法，“我答曰：你等任职广西，没有即刻兴办田州府学，已然是迟，怎能再迟？现在布、按二司官想通了，希望岑先生也能想通。”

“我这就去田州商办吗？”岑伯高问。

见王守仁点头，他怏怏辞出，心想：东主生疑，这个幕僚不能再作。

第一百零六章

王小小撤去岑伯高用过的茶盅，为王守仁换了新茶，侍立一旁。

“小的犯了过错，要向老爷请罪。”他嘴上说请罪，样子却似邀功。

“小小知道犯错，大有长进，”王守仁赞道，“你且说犯有何错？”

王小小说：“老爷交代过，对岑先生要敬重。小的平日对他总是敬重，今日却用次等茶叶为他冲茶。岑先生也恁是挑剔，嗅出气味不对，竟一口也不肯用。他不用，我倒不怕，只怕老爷会不高兴。”

王守仁觉得有趣，问他：“你今日为何要用次等茶叶为他冲茶？”

“也不是小人要用次等茶叶为他冲茶，是不小叔要小的用次等茶叶为他冲茶。”王小小见王守仁没有不高兴，才敢道出实情。“不小叔说，茶为君子之饮，小小，今日你用次等茶叶为他冲茶，小的欣然从命。”

“好一个欣然从命！”王守仁笑道，“管家大人早就看岑先生不顺眼，一定早就让你使用次等茶叶，你却为何今日才欣然从命？”

“老爷的话错了，”王小小驳道，“不小叔虽然早就看岑先生不顺眼，却没有早就让小的使用次等茶叶。是小的今晨告诉了他一件事，他听了以后，脸都气白，这才让小的使用次等茶叶。”

“你告诉他的事，定与岑先生有关，”王守仁说，“你这位不小叔可是经过大场面的人，你告诉他岑先生什么事，会把他的脸也气白？”

“老爷更是见过大场面的人，不知听了这事，会不会把脸也气白。昨晚我奉老爷之命，把公文送去岑先生处。在门外，听见里面两个人在低声说话，我便站了站。说话的二人，一是岑先生，我马上分辨出来；或许并非分辨出来，在岑先生的房里，不是他还是哪个？一人说了好几句话，我才分辨出来，是衙门里的王将军。王将军说：田州那边不肯纳万金乞命，还怒督府欺诳，奈何？可否减至五千金？岑先生说：不肯纳万金，也不肯纳五千金。减金之事你不要提起；他等若提起，我二人再商议。王将军问：大人面前怎样说？岑先生说：你只告卢、王二人反悔，其他的话由我去讲。我这才推门而入。岑先生和王将军见了我，都有些不自在。岑先生还问我，有没有听到他们说的话。我说，听是听到了，但声音太小，我还以为是鼠儿咬架。他长吁一口气，说：王将军在与我议军机大事，你听到不妨，让别人听到，会误了大人的事。”

“小小，你厚道不如你不小叔，机敏却超过了他。亏得你机敏，你若不这样答话，性命堪虞。”王守仁脸色没有大变，但也着实一惊。

“岑先生、王将军真敢杀人？”王小小也随之一惊，“不小叔也是这样对我说的。昨晚回来，见他已睡熟，我没唤醒他，告诉他这件事，他一直嗔怪我。他还说，此事一定要禀告老爷。老爷，我这算禀告了吧？”

“不小虽然没有小小机敏，却比小小警觉，”王守仁说，“小小，你使用次等茶叶为岑先生冲茶，算不得过失；可你昨晚没有把此事告诉你不小叔，没有告诉我，却是一件过失。当然，也算不得大过失。卢苏、王受二人反复得蹊跷，我已料定，毛病出在岑、王二人身上；而岑、王合谋，必有一主一从，必是岑主王从；王来往梧州、田州间，尚可用，岑坐镇梧州，不可再用。小小，你没听到他二人的对话，我一时难知我的判断是否正确，或会猜疑一阵；你听到他二人的对话，证实了我的判断，我不用再猜疑。”

“原来他二人的作为，老爷早已料到，”王小小甚感欣慰，“老爷为此才要岑先生去办田州的学校吧？”

“不错，”王守仁道，“岑先生书读了不少，也很干练，只可惜心术不正。不小第一次见到他就不喜欢，是有道理的。”

“老爷为安定一方，请朝廷赦免卢苏、王受；朝廷为安定一方，准予赦免卢苏、王受。他开口讨要万金，实在太狠毒！”王小小愤愤地说，“他还威胁我，被别人知道了他和王将军所议，会误了老爷的事。他难道不知道，他已经误了老爷的事！”

“我早也看出，其人急功近利，成亦是他，败亦是他。我对他没有及时处置，是想：爱财之心，人多有之，只要他致财有道，不必过苛。我用他的长处，不与他大权就是，谁知还是被他钻了空子！”督府中用了这等幕僚，王守仁不无悔意，“他方才对我讲，卢、王二人受抚则抚，抗拒则剿。他所谓受抚抑或抗拒，即是纳不纳金。卢、王二人肯纳万金，下而言之，肯纳五千金，则抚之，准其生；卢、王二人不肯纳万金，下而言之，连五千金也不肯纳，则剿之，致其死。生死剿抚之权柄，我都不敢操持，他却要操持手上。你说他狠毒，这才是他最狠毒之处。”他随即命道，“小小，把我二月间的疏稿取来。”

“老爷要那篇十患十善的奏疏，还是那篇荐人的奏疏？”王小小问。

“自然是要十患十善的奏疏，”王守仁说，王小小办事利落，不多时取来疏稿，王守仁边翻阅，边说，“用兵穷治，未必不克，但后患有十：其一，伤伐天地之和，亏损好生之德；其二，兵连不息，财匮粮绝；其三，调集之兵，水土不服；其四，男不得耕，女不得织；其五，诛二遗孽，养十岑猛；其六，盗贼千百，官兵不敷；其七,百姓困苦，难应重征；其八，兔死狐悲，土目猜疑；其九，自撤藩篱，势有不可；其十，闾左之戍，秦乱之盟。罢兵行抚，则有十善：其一，远夷荒服，感恩怀德；其二，息财省费，节缩盈金；其三，戍兵得归，疾死得免；其四，不废农作，不弃为盗；其五，土官守境，自息反侧；其六，内外兼防，彼此兼顾；其七，息运省役，解民倒悬；其八，土官土民，安心定志；其九，各保境土，中外安枕；其十，近悦远来，商旅通行。小小，你可知，我和岑先生一连议了两夜，才议出这十患十善？”

王守仁翻阅以前的奏疏，重新整理他的思路，王小小可以理解；王守仁由以前的奏疏又念起岑伯高的好处，令得王小小诧异。他说：“老爷差岑先生去兴办学校，莫不是后悔了？岑先生贪图一己之利，视国家大事为儿戏，视老爷托付为儿戏；老爷不把此事揭穿，已经很给他留面子；差他去办学校，已经很给他留面子了。我倒是以为，老爷用他去办学校，应该后悔。老爷说过，兴办学校为大事。招抚卢、王的大事不能交与岑先生去办，兴办学校的大事怎么就可以交与他办？”

“好，小小的见识远胜过不小，”王守仁赞道，“兴办学校确是一件大事，兴办学校确不能委与岑先生，我让他去办学校，不过给他一个辞去的理由。他的长处在军事，在政务，不在教育。我门中弟子数百，以品行而言，最顽劣者，也胜他多矣。我最顽劣之弟子，尚可化育，其人则不可化育。我不用他的长处而用他的短处，不可化育之人而要他育人，我的用意不在用他，而在逐他。他再顽劣，也体会得到。”

“他一定不肯走，一定要误老爷的大事，奈何？”王小小仍不放心。

“那也不妨，我自会向布、按二司交代清楚，”王守仁说，“他是清客，是见弃于总督府的清客，谁人还会把他视为上宾？”

卢苏、王受为岑猛部下勇将，岑猛被诛杀，卢、王潜逃在外。姚镆奏请朝廷，田州改土为流，以王熊兆署田州府事，以布政司参议汪必东、按察司佥事申究、参将张经统兵万人镇其地。不久，防务松懈，王、申称病还司，汪、张分兵而守，各觉势力孤单。卢苏、王受暗中串通土著之民，放出风声，一是说岑猛并没有死，一是说从交阯借兵二十万。土著信之，渐为笼络。二人聚众上万，围攻府城。张经仓促出击，兵少不敌；要退守城池，却发现满城都是卢、王的内应。官军败退至向武州，田州城为卢苏、王受占据。

其后，卢苏据守田州城，王受攻据思恩城，互相呼应。卢苏接回王熊兆，表示愿听抚。王受开释所执知府、守备多人，也表示愿听抚。姚镆一面抚之，一面传檄各处土官，勒兵自效。

王守仁开府梧州时，已是这样的局面。王守仁威望素著，如果卢苏、王受前者听抚是佯，得知王守仁统兵，却是真心听抚。王守仁统兵至南宁，卢苏、王受及头目数百人，身着囚服，自缚双臂，到军门请命。王守仁命二人各受杖一百。杖乃假杖，为的是显示朝廷已惩治了他们的罪过。杖后，王守仁亲解其缚，表示朝廷已宽恕了他们罪过。王守仁又与布政使林富亲赴其营安抚，令众人各归其业。

不料，奉王守仁之命与卢、王接洽的幕僚岑伯高、指挥王佐却向卢、王讨要乞命金一万两银子，险些酿成大变。王守仁虽然及时处置岑伯高、王佐，还是不禁出了身冷汗。

第一百零七章

六月初一日近午时分，皇帝宣张佐至文华殿。张佐匆匆进殿，行过叩拜礼。皇帝立于御案前，意气风发，正审视着案上的一张条幅。四个大字湿漉漉的，笔还握在手中，显然是刚刚写好。

“来，张佐，为朕念一念这四个字。”皇帝把笔掷于案上，命道。

“奴才遵旨，”张佐一字一顿地念道，“明伦大典。奴才念的可对？”

皇帝也一字一顿地念道：“明伦大典，就是这四个字。”复问，“张佐，用作书目，《明伦大典》与《大礼全书》哪一个好？”

“奴才说不好。”张佐答道。

他知道皇帝一直在盼望新修的礼书完成；知道新修的礼书原名为《大礼全书》，去年八月皇帝赐改书名曰《明伦大典》；也知道张璁、桂萼等昨日奏告，新修的礼书已经完成。他琢磨不透的是，皇帝为何又想起旧日的名目。难道又要改回旧名不成？两个名目都是皇帝赐的，皇帝问他之见，他不能说哪个好，哪个不好，所以先要说声不知道；但他又总要有些说法，不能只答一句不知道。

他说：“当初张先生、桂先生编纂《大礼集议》时，奴才就想，这个名目妙不可言；内书堂的书，奴才得闲时，或者忙里偷闲时，会去翻一翻，还没有见过这般气度恢宏、这般朗朗上口的名目。后来爷命内阁和礼部编纂新的礼书，爷说：位号已定，庙祀已成，岂可无一全书？因此以《大礼全书》定为名目。奴才只觉得这个名目更加气度恢宏，更加朗朗上口。奴才就想，此书完成，一定是前无古人，后无来者。奴才记得，去年八月，内阁、礼部以初稿六册呈进，爷说：斯礼也，不但创行于今日，实欲垂法于万世，以明人伦之经纲，《大礼全书》四字未尽其意，宜更名曰《明伦大典》。奴才去内阁传旨的时候，只觉得这个名目最为气度恢宏，最为朗朗上口。至于哪一个名目好，奴才不敢妄加评议。”

“你用气度恢宏，朗朗上口八个字评议个遍，还说不敢妄加评议！”皇帝居然重复张佐的八个字，看来，很是中意。

张佐忙说：“奴才一是少文，二是口拙，心里想用千言万语评议，说出口的只有这八个字，再多就想不出来。这八个字也不知用得对否？”

“很对，”皇帝说，“让朕来评议，除气度恢宏，朗朗上口，竟也想不出其他。但比较起来，《明伦大典》更胜过《大礼全书》。所谓‘全书’，则精华糟粕，一概收入；所谓‘大典’，则只选收精华。朕欲该书垂法万世，收入许多糟粕作甚？这是其一。所谓‘大礼’，数代之后，或不知所指为何物；所谓‘明伦’，涵义明确。这是其二。编纂《大礼全书》，议对者不必赏，议错者不必罚；编纂《明伦大典》，合典者则赏，违典者则罚。这是其三。张佐，朕的话你可听得懂？”

张佐不住点头：“奴才听得懂。奴才原本以为两个名目都好，分别不出哪一个更好；听爷分说，自然是《明伦大典》更好。”

“《明伦大典》有三好，朕今日只与你说一好，”皇帝掩饰住内心的兴奋，故作轻快地问，“张佐，你知道朕要与你说哪一好？”

只收精华不收糟粕，一看收入的奏疏篇目便知；大礼之义含糊明，伦之义清晰，一品字义便知。这都不用多说。张佐料到，皇帝要说的一定是第三好，却不敢接答。书编纂出来，皇帝的兴奋感觉得到；书编纂出来，赏是惯例，罚非常情，但感觉得到，皇帝的兴奋在于罚。传将出去，说他挑唆皇帝处罚，那才是天大的冤枉呢。

“爷说的三好，寓意且精且深，每一好都可以给奴才讲上几天，”他乖巧地说，“只不知爷打算从前向后讲，还是从后向前讲？”

“你把朕视作国学的教授，还是书院的先生？”皇帝对他的乖巧也无奈，只有嗔怪一句。

“奴才万万不敢！”被皇帝嗔怪也好，张佐知道，皇帝嗔怪后，就不会难为他，“教授、先生授徒有限；爷是圣人，是天下之父之师。”

“合典则赏，违典则罚。朕压抑多年，终该抒张！”皇帝不理会他的饶舌，命道，“张佐，朕今日说的每一赏每一罚，你须得记好。”

“奴才遵旨。”要赏的不是一人，要罚的不是一人，一人赏升的职衔或非一项，一人受罚的罪状或非一宗。张佐打起精神，不敢再随意。

“朕初始任用五人为总裁，有费先生，有杨先生，有石先生，有贾先生，有席先生。可惜费先生、石先生、贾先生先后致仕，更可叹席先生已过世。诸位总裁中，朕可赏的只有杨先生一人。”皇帝问，“张佐，眼下杨先生的职衔你还记得齐全吗？”

司礼监每天要和内阁打交道，杨一清的职衔，张佐当然记得齐全。他答道：“杨先生原是少师兼太子太师、吏部尚书、谨身殿大学士，上一年八月，录其陕西功，晋左柱国、华盖殿大学士。”

皇帝思忖着：“晋左柱国，勋阶无可加矣；少师兼太子太师，荣宠无可加矣；吏部尚书，兼衔无可加矣；华盖殿大学士，殿、阁无可加矣。如何嘉赏杨先生，倒真有些让朕为难。”忽然有了主意，他说，“朕记得，上一年杨先生加左柱国，仍是从一品俸。这次，改正一品吧。”

“是，内阁杨先生加正一品俸。”张佐应道。

皇帝又想起一宗赏赐：“还有，朕记得上一年八月杨先生以陕西功，世荫锦衣卫百户。今以修书功，改荫尚宝司丞。”

本朝制度，正一品官子侄可荫叙至正五品。尚宝司丞虽仅正六品秩，但尚宝司掌御用宝玺、符牌、印章等，是个清要的衙门，得荫寺丞，已是难得之极。

“官加正一品，子侄荫寺丞，已可以赏杨先生之功吧？”皇帝道。

“皇恩浩荡，杨先生叩首谢恩，一定是发自内心的。”张佐说。

“两位副总裁今日均是朝廷柱石，更须厚加赏赉，”皇帝言语间包含深情，“张佐，张先生现时是什么名分？”

张佐答：“上一年十月，爷命张先生以礼部尚书兼文渊阁大学士入阁。今年正月初十日，爷赏加张先生、桂先生太子太保，张、桂两位先生疏辞，爷不但不准，反而另加张先生少保衔。张先生现时的名分是：少保兼太子太保、礼部尚书、文渊阁大学士。”

“张先生以功之首，居三少之尾，难怪他要疏辞。”皇帝说。

三少是少师、少傅、少保的合称，也是太子太师、太子太傅、太子太保的合称。今年正月加张、桂二人太子太保，不知张、桂二人是不是满意，皇帝显然是不满意。

“张先生进少傅兼太子太傅、吏部尚书、谨身殿大学士。对，再荫其一子为中书舍人。”皇帝命道。

张佐重复一遍，说：“爷对张先生的赏赐，说得上前无古人。”

“可朕觉得，此等赏赐还不足以当其功，”皇帝说，“朕厚赐张先生，也不能亏待桂先生。可惜的是，吏部还须桂先生掌管，且命他进少保兼太子太傅；也荫一子中书舍人。张先生、桂先生之外，还应厚赐的有方献夫、霍韬等，命方献夫加太子太保，命霍韬加礼部尚书衔，掌詹事府事，命熊浃进右副都御史，命黄绾进詹事府詹事。”

桂萼一半居于三少之尾，一半跃入三少之中，或是为与张璁有所区别。此等相兼之法，以前不是没有。吏部职任特重，一时难易正堂。皇帝因此而惋惜，明显是要桂萼入阁。

方献夫得进三少之尾，在六部尚书中，除桂萼和他之外，再无他人。

詹事府为辅佐太子的衙门，皇帝未有所出，或未立太子时，其官亦设。詹事往往以礼部尚书或侍郎兼。今年四月，进霍韬礼部右侍郎，霍韬力辞得准；这一次，皇帝超升他礼部尚书。

熊浃也在四月由都察院右佥都御史升大理寺卿，这次以修书功迁右副都御史。黄绾则从少詹事兼侍讲学士升任詹事。他不是正途出身，用作詹事府官、翰林官，已不寻常，用作詹事，更是异数。

说过对五人的赏赐，再加一句："其他修书官员，均依例赐予酒、币。"

所谓合典则赏，赏到这里，告一段。

张佐喘一口气，说："爷慢些，让奴才一一记牢。"

"你不要慌。合典则赏，朕说得快；违典则罚，朕自会慢慢地说，"皇帝说着，顿了顿，缓缓述说眼下的心境，"朕以前朝滥用刑罚为戒，对于违典者，一向过于宽容。嘉靖三年的左顺门哭谏，以杨慎为首，一班臣子闹得太不成样子。朕不得已，廷杖一部分，罢免一部分，谪戍一部分。对参与其事的大臣，朕未深究；对未参与其事的大臣，朕更不曾深究。朕也说不清，这件事做对，还是做错。"

皇帝不仅指参与哭谏的官员，而且指没有参与哭谏的大臣，使得张佐难以启齿。说皇帝不该过于宽容？他是不敢的；颂扬皇帝的宽容？可嘉靖三年处置左顺门哭谏，被杖者数百，杖死者十七八人，据说，比正德朝处置谏南巡还要惨烈。说宽容，是颂扬，还是讥刺？

他只能避实就虚地说："爷是明君圣主，爷做的事，是不会错的。"

"当日未深究，有当日的道理；今日不能再不深究。今日再不深究，怎能使《明伦大典》垂法万世？"皇帝自语，并陷入长长的思考。

他提及三类人。一是参与左顺门哭谏而被处分者，张佐知道，这一部分人以杨慎为首；一是参与左顺门哭谏未被处分者，指的是当时的部、院大臣，张佐知道，这一部分人以何孟春为首；一是未参与左顺门哭谏而议礼违典者，主要指当时的内阁大臣，张佐知道，这一部分人无疑是以杨廷和为首。

杨慎发戍云南永昌卫；现在有理由加重对他的处罚。嘉靖五年间，杨廷和患疾的消息传至云南，杨慎不顾一切，日夜兼程，赶回新都。父子二人相见，抱头痛哭。杨廷和的病或因思念杨慎而起，这一哭，反把病哭好。杨慎又返回永昌卫。

张佐还知道，加重对杨慎的处罚，并不能使皇帝兴奋、冲动。

"爷首先要深究何孟春吧？"张佐有所悟的样子。

何孟春由署部事的吏部左侍郎改为南京工部右侍郎，是明显的贬抑。现在理所当然应加重对他的处分，将他削籍为民，甚至发戍边方。

张佐也知道，加重对何孟春的处分，并不能使皇帝兴奋、冲动。

皇帝所以兴奋、冲动，是因为现在终于可以处分杨廷和。

皇帝对杨廷和的怨愤，别人不知道，张佐却是知道的。当年内阁四次封还御批，皇帝还说得上什么威严！其中三次，是张佐去的内阁。当年杨廷和有定策阁老之称。张佐把这个称谓说与皇帝听的时候，皇帝咬紧嘴唇，不出一声。当年有人称皇帝是门生天子。张佐把这个称谓说与皇帝听的时候，皇帝咬紧嘴唇，不出一声。

三件事中只要有一件，就够皇帝记一辈子的。杨廷和把三件事占全，皇帝怎能不与他计较！

皇帝焦躁不安地在殿里踱来踱去。他的目光时而阴冷暴戾，时而深沉柔和。张佐看得出，他的内心正在经历一场从未有过的较量。当他的目光阴冷暴戾时，似乎有一个声音在说：杨廷和应该死！杨廷和必须死！当他的目光深沉柔和时，似乎有一个声音在说：杨廷和虽然罪不容赦，但不能处死他。

开始，他多次以阴冷暴戾的目光扫向张佐，维持的时间很长，使得张佐垂下头，不敢仰视。随后，阴冷暴戾的目光和深沉柔和的目光频频更换，每一次更换，维持的时间相当。张佐也可以略略抬起头来，偷瞥一眼。最后，他长吁口气，看得出，深沉柔和战胜阴冷暴戾。

“张佐，你听好！”皇帝一字一句地交代，像在诵读一篇文章，“杨廷和为罪之魁。其怀贪天之功，制胁君父，定策阁老以自居，门生天子而视朕。法当戮市，特予宽宥。革了职，着为民。”

“杨廷和特予宽宥，革了职，着为民。”张佐一字一句地重复着。从嘴里说出这几个字，比起说“着戮于市”，要轻松得多。

接着，又处分一干前任大臣：内阁蒋冕、毛纪，尚书乔宇、林俊、汪俊，各革了职，冠带闲住。他们略胜过杨廷和，还保留着官籍。

前礼部尚书毛澄，已故多年，因其表现极为恶劣，皇帝也没放过，着革去他生前所有官职。

第一百零八章

当朝陈皇后之父陈万言在西安门外的大宅院，被附近的居人习惯地称作陈皇亲府。工部郎中叶宽、员外郎翟璘试图限制修缮工程，被皇帝严厉处置；同时，皇帝对陈万言呈报的规制也有所杀减。但以宏大而论，陈皇亲府在富贵人家聚集的积庆坊首屈一指，在整个京城也数得着。积庆坊人与别人争论优劣时，往往会说一句：我坊里有陈皇亲府，你坊里有吗？被问的人多哑口无言。

陈绍祖一撩袍服，匆匆迈上台阶。守在门前的差役躬一躬身，招呼道："国舅爷。"

陈绍祖是陈万言之子，陈皇后之兄，官封尚宝司丞。大宅院里的人都称他国舅爷，而不称大人或老爷。

陈绍祖点一点头，问："老太爷没出去？"

老太爷自然指陈万言。

门役说："老太爷没出去；可老太爷几次差人来门上问，国舅爷回来没有？看来急得不成。差来的人还叫小的们小心，别在这时犯下什么过错，那可就不是一顿板子可以了结的。"

怨不得他话多，大宅院中向来车水马龙，欢声笑语，哪里有过这些日子的沉闷！

"不错，你等还是小心些好。"陈绍祖顾不得听他絮叨，直奔内院。

从远处可见到，正堂外面站立一群丫环、仆人，有的丫环还端着茶具、食盘等，显然是里面不招呼，谁也不敢进去。从远处可听到，堂上陈万言和夫人冀氏吵闹成一团，二人都忘了曾着人准备茶点，也顾不上招呼外面的人入内。管家人还老实，却不知应变，在人群里不住叹气，不住跺脚，就是拿不出一个办法。一见陈绍祖，他马上迎过来。

"国舅爷回来就好，国舅爷回来就好！"他搓着手，连声说。

"怎不进去劝一劝？"陈绍祖责问道。

"不敢呀！"管家道，"无论谁进去，老太爷张口就骂，抬手就打。"

"让老太爷骂几句，打几下，有什么关系！老太爷气出个好歹，如何是好！别人不知利害，你是管家，也不知道利害！”陈绍祖埋怨道。

“小人们不懂事，国舅爷说的是，”管家边认错，边向里让，“别人是劝不住老太爷的，只有国舅爷的话，老太爷还听得进去。”

陈绍祖知道，让别人小心，他也得小心。陈皇亲府遇到了天大的不幸，天大的麻烦，难怪老太爷要对下人大骂，要和夫人吵嘴。他把管家推到一边，对挤在门前的男男女女挥挥手，命道：“都回房间去做事！”众人如获大赦，四散而去。他这才定下神来，推门而入。

陈万言也不理他，只顾责怪冀氏：“你生下的女儿，不去教管，难道要我替你教管不成？我早对你说过，这女儿的性子太坏，要管一管，你不肯听。到今日，她居然敢和皇上使性子，你后悔已来不及。”

“绍祖，”冀氏招呼儿子，“你听你爹的话有没有道理？养不教，父之过。我生下的女儿，难道就不是他的女儿！他就不该教管！”

“谁说我不教管！女子三从四德，我对她讲得少吗？可我一教管她，你就袒护，我还怎么教管！”陈万言愤愤地说，“太太，有一件事你该知错吧？那时，我一抚弄你的手，你就说我不正经。今日如何？皇上不也要抚弄你女儿的手吗？可见男人抚弄女人的手，乃人之常情，再正经不过。你不要我抚弄，我不抚弄就是。皇上可没有我的好性子，你的女儿会动怒，皇上难道就不会动怒！”

宫里传出消息，娘娘患病，病得不轻。向宫里要好的公公打听，渐渐探知实情：那一天，皇上与娘娘在宫里同坐说话，张妃、方妃进奉香茗。陈皇后右手从袖间伸出，端起茶盅品尝。她五指尖尖，煞是好看。皇上看得发呆，看得兴起，不由握住陈皇后左手，轻轻抚摸。不知是二妃在侧，陈氏觉得脸上挂不住，还是另有原因，陈氏试着将左手抽回。但皇帝握得紧，试几次抽不回去。陈皇后不由着急，右手的茶盅重重放落案几上。皇帝吃惊，看一眼坐着的陈皇后，看一眼站立的张妃、方妃。但见陈皇后若无其事，张妃、方妃掩口窃笑。这下轮到皇帝的脸上挂不住，他由吃惊而恼怒，操起陈皇后的茶盅，狠狠向地下摔去。宫里用的是宣德瓷器，薄脆精巧，哪里经得住一摔！茶盅粉碎，茶水四溅。陈皇后惊吓，从座位跌落在地；张妃、方妃跪倒，不敢仰视，也不敢照料陈皇后。皇帝甩袖而去。张、方二人这才忙着唤人，把娘娘搀扶起来。陈皇后已有身孕，受不得惊吓，从此卧床不起。

一想到这场大祸的起因，陈万言忍不住就要埋怨冀氏。

“绍祖这么大的人，老爷在他面前夹七夹八地乱说，也不害羞！”冀氏脸色微微一红，问起正事，“绍祖，你去宫里这么久，可曾打探到什么消息？”

陈万言被提醒，把怨气转泄到陈绍祖身上："家中出这么大的事情，大家都急，就是你不急！我屡屡差人去催，你也不知早些回来。"

"我不是不急，我是无奈，"陈绍祖耐心解释，不和老太爷争执，"我的身份和老爷不同，衙门里的事，总要交代一下，不好说走就走。再说，老爷吩咐过，一定要打探到切实的消息再回来。打探不到切实的消息，人回来，老爷和太太还不是要急？还不是要埋怨我不会办事？"

"衙门里会有什么事！有皇后娘娘，才会有你衙门里的差事；没有皇后娘娘，你还保得住衙门里的差事！这么浅显的道理都不懂，不知你在衙门里都学到一些什么！"陈万言又是一通埋怨。

"我现在回家，宫里的消息也打探到，老爷要不要听？老爷不要听的话，我先回衙门办事，晚些再说。"陈绍祖忍不住，终于反唇相讥。

"老爷住口吧，"冀氏说，"听绍祖讲一讲宫里的消息，才好筹划。"

"你要听宫里的消息，我就不要听？不是我发话，他会去打探吗？看他的样子，我就知道，不会有好消息！"陈万言唠叨着，还是住口。

"消息不太好，但总算切实，"陈绍祖拌句嘴，马上转到正题，"要好的公公，我一个一个都找过，娘娘的病情，没一人敢明言。不管见到哪个，都是一样的话：国舅爷沉住气，转请府上老太爷沉住气，娘娘是大贵之人，一场小病，想来不会有大碍。可看他们的脸色，娘娘生的绝非一场小病。老太爷，太太，我转达大家的话：二老须看得开些。这是第一件事。"

"看得开，看不开，还用他们说吗，还用你说吗！"没有一句实在的话，陈万言又急。"你快说第二件事！"

陈绍祖不睬，按着自己的思路说："太太进宫看望娘娘的事，要好的公公倒是肯说实话。也是一样的话：娘娘的病轻，万岁爷不会让太太进宫；娘娘的病重，万岁爷不忍让太太进宫。国舅爷想，转请府上老太爷想，是不是这个理？或是不会让，或是不忍让，反正是不让太太进宫，太太也就不必再恳请。这是面子上的话。还有甘冒罪责的实话。司礼监一位与咱府上有深交的公公对我转述皇上的一段话。皇上把老太爷的奏疏拿给几位阁老看。皇上说：国丈意，朕久已知之。他先要宫人奏称娘娘不安，再奏请冀氏入宫视疾，让朕好不为难。朕并非不讲仁义，唯自古有外戚以视病为言，入宫禁窥伺朝政者；在彼为得计，在其君为堕计也。"

"几位阁老都怎样说？他们莫非也说是我设的圈套？"陈万言问。

"几位阁老倒不是落井下石之人，除恭请皇后娘娘圣安，他们并未多言，"陈绍祖说，“据说，张阁老还有为太太请命之意，终因皇上的脸色不对，没敢说出来。司礼监的公公说，张阁老对内臣，对勋戚，向来严厉；今做出这等表示，他也感觉意外。”

“公公们知道，阁老们也知道，娘娘是真病，并非我设的圈套。我为视病，并非为窥伺朝政，”对于阁老们的沉默，陈万言感到欣慰。而对于皇帝借题而发的议论，他又感到郁愤。他说：“我倒要看一看，在我为得计，在他为堕计，万岁当着我的面怎说得出口！”

“在老太爷面前，万岁爷自然是说别的话，”陈绍祖道，“老太爷等着吧，司礼监的公公悄声告我，万岁爷就要对老爷降旨。”

来陈皇亲府传旨的是司礼太监戴永。他与陈绍祖一直称兄道弟，关系也算亲密。但奉旨而来，不敢有丝毫马虎。陈万言率冀氏、陈绍祖等跪接圣旨，却原来并没有写旨，戴永传诵的是皇帝的口谕：“宫禁严密，非外人所得出入。朕虽笃念亲亲，实不敢违背祖宗典制。皇后患病，已命御医用心调治，岂必得见亲人方可痊愈！所奏不准，毋复烦扰。”

陈万言聆听圣谕，谢恩，把戴永请到客堂去坐。家人奉上茶水后，一概退出，连陈绍祖也借故避开，室内只有陈万言和戴永。

“戴公公，我斗胆问一句：万岁命我毋复烦扰，是不是和皇后娘娘已恩断义绝？”除戴永，陈万言对别的公公是不敢问这话的。

“爵爷说哪里话！”戴永看看门户，确定不会有人窥视窃听，才郑重地说，“万岁爷最重人伦，对皇后娘娘恩宠有加，对爵爷恩宠有加，爵爷又不是不知道。恩断义绝的话，千万不要再说起。”

“有戴公公这句话，我心稍宽，”陈万言说着，身子向戴永那边倾了倾，“娘娘的病情到底怎样，你对我讲一句实话。”

戴永说：“爵爷，宫闱秘事外泄，是砍头的罪过。我与府上的交情，尽人皆知，追究起来，我这颗头还保得住吗？你让我留住这颗头，还能侍候万岁爷，还能侍候娘娘，还能侍候爵爷父子，好不好？你若问宫里别人，或会讲几句宽慰的话；我只能奉劝一句：万岁爷的性子，你是知道的。既有不许出入宫禁的圣谕，再奏请也无用。爵爷真的别再烦扰。万岁爷已命御医用心调治，爵爷就静等宫里的消息吧。”

这几句话同样推心置腹，又不会惹祸上身。

第一百零九章

十月初二日，陈皇后不治。礼部上丧祭仪注，皇帝以为过隆，命礼部再议。礼部依照旧例，稍加删改而上。皇帝仍不满意，改命阁、部大臣集议。张佐出席左顺门会议，一脸的悲伤，使得到会者无不面带哀容。

“我和宗易先生熬一通宵，拟出仪注，不合皇上之意；我二人又熬一个通宵，拟出第二稿，还是不合皇上之意。这才不得不劳动诸位大人，真是惭愧之极。”方献夫一席话，与其说在责备礼部无能，不如说在埋怨皇上小题大做。

李时字宗易，河间府任丘县人，弘治十五年进士。方献夫是去年十一月升任礼部尚书的，李时则在今年五月才由户部左侍郎改任礼部左侍郎。

李时心里说：方叔贤好不识时务！皇上命阁、部大臣集议。内阁几位都在，不让他们先说；司礼监的人在，不先请教他们。偏要自个儿先开口，几句话又很不得体，这是何苦！他嘴上却说：“为拟仪注，叔贤先生煞费苦心。”

方献夫忽略先向司礼太监请教的规矩，杨一清为他弥补上。

“张太监，”他招呼张佐，“皇上对丧祭有哪些谕示，可否说一说？”

张佐回应道：“皇上确有谕示，应宁先生看，是先请诸位大人畅言，还是由我先宣示皇上的意思？”

往常司礼太监与会，以听为主，可不说则不说，可少说则不多说；今天的集会，张佐可能成为主角，所以比往常显得矜持。

“皇上既有谕示，张太监还是首先宣示，我等体会圣意，也可事半功倍。”杨一清说。

他其实并不知皇帝是否已有定见，他只是想，皇帝没有定见的话，驳回礼部所拟仪注，不会这样干脆。不想一言而中，皇帝果然已有定见。

“秉用先生，你说呢？”他问坐在身边的张璁。

“也好。”张璁道。他不置可否，其他大臣自然不会反对。

“那好，我就遵从应宁先生、秉用先生的安排。”方献夫忘了先请教自己，张佐也不把他挂在嘴边，“万岁爷的意思是：初丧三日，爷不视朝。朝两宫，则如常，服浅色衣，饰玉带，以尽事亲之道。第四日成服，爷以黑翼善冠，衣素服，饰犀带，视朝十二日。百官如旧仪。爷也是翻阅许多礼书，才做出的裁定。请诸位大人详议。”

内阁大臣、礼部尚书及侍郎、各部尚书及侍郎、都察院掌院都御史及副都御史、其他衙门堂官哑然无声。皇帝裁定的丧礼和礼部所拟丧礼，和旧制，相去太远。附和皇帝之议，或驳回皇帝之议，暂时都没有人下得了决心。有人心里暗自埋怨杨一清：早知皇帝如此裁定，还不如众人先抒己见；既有皇帝的裁决，大家反倒不好说话。也有人感激杨一清：知道皇帝的意思甚好，难道犯得上反其意而行之！

沉默一阵，杨一清说：“皇上虽然已有主张，还是要各位详议。大家有什么想法，还要直言不讳。不然，”他向张佐一笑，“我请张太监先宣示圣谕，不就成堵塞言路的始作俑者？”

有人笑出声，气氛不再那么凝重。

大家的目光集中在杨一清身上，大概希望他先说说自己的想法。他安坐不动，似乎以主持者的身份，不好轻易发言。

大家又把目光转向方献夫，看他会说什么。方献夫不理会，忽而和坐在左边的翟銮悄声说几句，忽而和坐在右边的李时悄声说几句。

“皇上因常朝两宫皇太后，服饰不可太素，亦是至孝之意，”众人的目光逐渐转向张璁时，他已率先发言，“但天子之与后，犹父之与母也，皇后丧仪，不可太杀。我以为，宜素冠服绖带十二日，其后乃服黑翼善冠犀带，前后二十七日，俱御西角门视朝。百官皆素绖二十七日。以后皇上御奉天门，百官乃更素服角带。”

张璁所议，和礼部所拟仪注稍有区别，但和皇帝所裁定仪注区别更大。皇上指定丧服用玉带和犀带，张璁主张用绖带，即麻制腰带；皇帝指定，素服犀带十二日，张璁主张，素服犀带二十七日。

别人若持议与皇上不同，张佐一定先要训诫几句；对张璁，他则不敢。他扫视众人，看有没有人起来反驳张璁之议，维护皇帝之议。

李时紧接着说，却是附和张璁：“秉用先生说，后如母，丧仪不可太杀，礼部亦是此意。初丧素服绖带，继而素服犀带，实在不能再杀。”

“叔贤先生，礼部果是这个意思吗？”张佐转而追问礼部正堂。

“礼部议过几次，确是这个意思，”方献夫答道，“秉用先生所议，似稍有不足，但和祖宗朝订立的制度，尚可符合。”

“应宁先生之意如何？”张佐又问杨一清。

“秉用先生议礼，每每能合上意；张太监不是不知，又何必多虑？”杨一清虽然没有正面回答，但他一定是赞同张璁所议。

“好，诸位再议，我去去就来。”张佐匆匆离去。司礼太监在集议时回宫请旨，以前也曾有过，与会大臣边议边等就是。但为陈皇后丧仪一事，集议未半，即去请旨，许多人觉得，实在没有必要。张佐一走，众人无心再议，三三两两说起各衙门的事务，或者干脆说起闲话。主持集议的杨一清和方献夫听之任之，置若罔闻。

张佐说是去去就来，但过了差不多半个时辰才赶回来。他一出现，左顺门廊庑顿时没有声息。张佐向杨一清点点头，在他身边坐下后，用衣袖拭去额上的汗珠，不紧不慢地说：“秉用先生和各位能够直陈己见，万岁爷甚是欣慰。秉用先生说，丧仪不可太杀，很有道理。但黑冠素服绖带，三日固速，十二日亦太久，减至九日而释，可矣。”

丧服期限由三日加至九日，皇帝从善之心可谓诚矣。但十二日的期限是张璁提出来的，减至九日是不是适当，谁也不好确定。

张璁也知道，此事须得他来确定。以他的性格，既然议之，一定要议下去；既然争之，一定要争下去。

“古礼，父为子，夫为妻，皆服三年。后世，夫为妻，始制为齐衰杖期，父母在则不杖。”张璁说到此，停了停，让大家体会。

子为父、妻为夫服丧，其服以粗麻制，不缉边，称斩衰，为一等丧服；子为母、夫为妻服丧，其服以粗麻制，缉边，称齐衰，为二等丧服；杖，即丧棒，期，即居丧一年之期，父母在，夫为妻服丧不杖期，父母不在则杖期。

无人插话，张璁接着说：“皇上为后服期，以日易月，服丧一年，则十二日；臣等为母后，以日易月，服丧三年，则二十七日，较之古礼已至杀。杀而又杀，则亡矣。我不忍后世史官书曰‘天子不成后服’，自我皇上始。”

服丧三年，每年按九月计，所以不是三十六个月，而是二十七个月。张璁的意思很明确，十二日已是至杀，绝不能再杀。

张佐不知所措，东看看，西看看，希望有人出面与张璁争一争，至少也在九日和十二日之间调和调和。但无人愿意出面。杨一清倾向张璁提出的十二日，不会出面和他争。翟銮被张璁一次整怕，也不会出面和他争。方献夫被皇帝驳回两次，很没有面子，宁愿在一旁看皇帝和张璁的争执。桂萼则在离开礼部以后，对议礼的兴趣大减。

就在张佐绝望之时，听到较远处有人轻轻咳嗽一声。抬头看去，是坐在大七卿后面的詹事霍韬，他不觉欣喜：此时此事，其他大臣不敢争，此人一定敢争。

“渭先先生有话说吗？”他招呼道。

霍韬又咳嗽一声，说：“秉用先生提到夫为妻丧的杖期，还有子为母丧的杖期。古礼，父在，为母杖不上于堂，以尊父也。至于朝廷，何独不然？我以为，皇上可玄冠素服，不必黑冠素服，御西角门。以十日为期，即可玄冠玄衣，御奉天门。百官入左掖门，则乌帽玄衣。侍班奏事，退出公署及居私第，仍白帽，二十七日而除。若曰于礼犹有所未足，则待山陵事毕而除。百官入见皇上服玄服者，杖不上堂之义也；出即素服者，子为母之义也。”

十日素服，虽然比皇帝定下的九日多一日，但皇帝不必黑冠绖带，比皇帝自己定下的礼数还要杀减；百官见皇帝时玄服，比皇帝自己定下的礼数还要杀减。这两条，反礼部所拟仪注而行之，反张璁立意而行之，真正称得上标新立异。

张佐如获至宝，向霍韬揖道：“渭先先生高论，还请拟疏进之。”

张璁欲与他辩，杨一清抢先一步说：“秉用先生之议，渭先先生之议，与圣谕有同有不同。秉用先生和渭先先生都引用古训，以为立论的依据。张太监不妨把二人所议如实奏闻，请皇上参酌。”

皇帝修改自己的裁定，参酌的是霍韬之议，而不是张璁之议。

第一百一十章

自广东北上，越过梅岭，是江西南安。南安是江西最南端的一个府，距南昌一千五百余里，若非梅岭阻隔，划属广东或者更为恰当。

十一月二十九日辰时方过，周积慌不择路，从衙门赶到章江水泊。江面不宽，但可停泊和行走较大之船。

江岸靠泊一大一小两船，王守仁休憩在大船上。

周积字以善，是浙江江山人，王守仁的入门弟子，以乡荐入国子监学，现官南安府推官。王守仁的到来，对他来说，本是大喜之事；但王守仁在三天前到南安时，身体之虚弱令他惊慌不已，以至接风的酒宴都不敢张罗。

江西不乏名医，南安城里也不乏名医。周积用自己的轿子接来城中最有名气的程先生。程先生为王守仁诊过脉，开出一副方子，要周积差人抓药。周积送程先生出去，悄声问老师的病情如何，程先生摇头不语。王守仁服过两日药，感觉精神稍好，昨晚移至船上，准备今天离开南安。

王不小站立船头，显然是在等他。他快行两步，跃上船去，问道："不小，先生怎样？"

危急之中，他不敢再称王不小那个戏谑的字号。

"我看不大好，"王不小低声说，"老爷几乎一夜不曾入睡。"

"我再请程先生来为先生开一处方，你看如何？"周积和他商量。

"我也这样想，所以一直在舱外等候周先生，"王不小正想他请医生来，"我只是怕老爷有事相唤，不然，早就迎过去。"

"好，你先守住先生，我去去就来。"

周积转身要走，听到舱里王守仁呼唤王不小的声音。王不小做个手势，要周积稍等，自己走进船舱。不多时，他神色黯然地出来。

"如何？"周积问道。

"老爷听见我和你的话。他吩咐，请程先生无益，周先生不必多跑这一趟，"王不小转述道。“老爷请你进去，他有话要对你说。”

周积随王不小进舱，行过礼。王守仁精神还好，不像不大好。周积稍觉放心。

“听不小管家说，先生昨夜未能入睡，还是在南安再歇息一两日吧，”他挽留道，“南安虽僻远，医家尚有可取之处。”

“以善无须再费心，”王守仁摇了摇头，说道，“我在南安已住三日，以善每日遵医嘱，每日在舱外候问，不敢进舱，以为我不知道吗？我第一天到南安，就对你说过，我病势危疑，不死者，元气耳。以善不信，定要请医。医者穷其技，不过延我数日不死。以善不要再难为他。三日未能多说话，今日以善坐在舱里，陪我说一阵话。”

周积一向不曾有违王守仁之命，王守仁这几句话更说得他荡气回肠。他应道：“弟子从命。”又嘱咐，“先生千万不要太累。”

“我现在还说得动；说不动的时候，我自然不说，”王守仁安慰他，“你虽未与会试，但我知道，你的干练是他人不及的。不小守着我，寸步不肯离开。我让小小到城里转一转，他回来告诉我，城里的人都道，周老爷断狱如神，居民不敢枉法。我听后，甚觉欣然。”

“刑狱关乎人之生死，弟子不敢不用心。”周积说。

“办事用心，亦是一得。”王守仁讲起往事，“我往昔讲学时，有一属官说：此学甚好，只是簿书讼狱繁难，不得为学。我告诉他：尔既有官司之责，从官司的事上为学，才是真格物。以善，推官一职，簿书讼狱亦可谓繁难，你也不要忘记从官司的事上为学。”

“先生教诲，弟子牢记在心。”周积应道。

“还有几个字，我要与你说一说，”王守仁道，“我在山中听讲学的人说，勿忘勿助的工夫甚难。以善，勿忘勿助四字你可解得？”

他在家乡时，每日与众弟子厮守一处，无日不讲述，无日不交谈。两广总督军务繁重，无暇论学；身边的人多以公事与他周旋，也无人可以论学。遇到周积，多少日子没说的话，恨不得一下全说出来。

“既曰工夫，忘者亡也，勿忘即无失；助者为助长之意，勿助，即曰不要急于求成，”周积略释。并问，“彼讲学人之意，不知是否如此？”

“你且听他的解说，”王守仁道，“我问他：何为忘，何为助。他答：才著于意，便是助；才不著于意，便是忘。我又问他，你说忘，是忘个什么；你说助，是助个什么？他答不上来。”

“才不可著于意，又不可不著于意，岂不是大难？”周积听出两句话的毛病，却不知如何驳斥。他问，“先生对忘和助是怎解的？”

“其实，你对勿忘、勿助的解说大致不错。所谓忘者，即指工夫间断；所谓助者，即指求其速效，”王守仁先肯定周积的理解，“我不说勿忘勿助工夫，我只说必有事焉。必有事焉者，即以修省为必要的功课，日不可少。时时去用必有事的工夫，而或有时间断，这就是忘；即须提醒勿忘。时时去用必有事的工夫，而或有事欲速求效，这就是助；即须提醒勿助。其工夫定要用在必有事焉之上，勿忘勿助，只就必有事焉提醒警觉。若是工夫原不间断，即不须再说勿忘；原不欲速求效，即不须再说勿助。必有事焉的工夫何等明白简易，何等洒脱自在！勿忘勿助的工夫悬在空中，不过让人学成一个痴呆汉。此即学术误人者也。以善，我的这一番体会，只在与聂文蔚的信函里论及，再就是讲与你听。你要好生记下。”

聂文蔚名豹，是江西永丰人，正德十二年进士，现官苏州知府。他没有拜在王守仁门下，但对致良知学说极是信服。

“弟子记下。”周积应道。“弟子事繁时也想，做学问千万不可间断；读书时也想，读这些书，为何还不精进？听先生一席话，弟子才醒悟，要使做学问成为每日第一要事，而不必多想今日是否已做学问；要使修炼成为每日第一要事，而不必计较今日是否已有收获。”

“你体会得不错。”王守仁快慰地说。

他感觉疲惫，不觉闭起双眼。稍后再睁开，目光显得呆滞，失去往日的风采。

“先生歇一歇吧，”周积不安地说。“我让后面船上送一碗参汤来。”

“虚不受补，没有用的。”王守仁眼珠微微转动，示意他不要离开，“有一件事我要对你讲清楚：我此次离任返转，朝廷没有准允，朝廷也不会准允。朝中公卿或对我有戒心，或对我有奢望，怎会准我养病，怎会准我离开职任？”

南安地处偏远，对朝廷大臣间的恩怨知之甚少。周积不可能知道，王守仁所说对他有戒心的公卿，指的是首辅杨一清。内阁中，杨一清与张璁的关系越来越紧张，这与王守仁本不相关。杨一清以长辈的身份，一直很器重王守仁；王守仁以伯爵的地位，一直很敬重杨一清。二人间从无过节。詹事黄绾助张璁反杨一清，是因为张璁欲升他为吏部侍郎，被杨一清抑止，与王守仁也不相关。但黄绾在与杨一清结怨的同时，却请召王守仁入阁，在二人间造成隔阂。杨一清是否真有戒心，王守仁无法肯定；但他因病乞休，杨一清肯定不会为他说话，则可以断定。

周积也不可能知道，王守仁所说对他有奢望的公卿，指的是吏部尚书桂萼。桂萼好大喜功，以安南事变，寄书王守仁，要他乘两广兵胜之机，一举攻取安南。王守仁以为此事绝不可为，已回书婉拒。桂萼心胸狭隘，容不得异己，即使不马上报复，也是绝不会为王守仁说话。

但王守仁因未得朝廷准允而不安是可知的。周积安慰他说："田州事已大定，朝廷不该不准先生养病，朝廷不会不准先生养病。"

"我不欲丧生蛮夷之地，也是为朝廷思虑，"王守仁表述心怀，"虽说为臣子者当鞠躬尽瘁，但我的身份与一般大臣略有不同。我受朝廷爵封，挂的是兵部尚书和都御史的重衔，死于异地，朝廷的面子上不好看。离任之际，我曾上疏自辩。回得到家乡，我仍会上疏自辩。我若回不到家乡，以善，你要把我的心意说与众人听。"

众人是指他的门生弟子，也不全是指他的门生弟子。周积职位太低，不可能托付其上疏代辩；可以托付给他的，是把自己拳拳为国家为朝廷之心，昭告天下。

"先生视生死为寻常事，弟子景仰莫名。古所谓大仁大勇者，先生是也。"周积道。见王守仁的样子，他止不住啜泣出声。

"生死本是寻常事，以善休要哀伤。我在此地叨扰你数日，留一件物什，与你作个纪念吧，"王守仁说着，打起精神招呼王不小进舱，"我谒伏波庙时写的两首诗，你找出来与我。"

王不小从箱内翻出一纸，交与王守仁。周积知道老师要以诗相赠，恭恭敬敬站立榻前，准备领受。

王守仁说："我十五岁时曾在梦中拜谒伏波将军庙，我一生的武功或皆肇于此梦。所以在岭南，我是一定要实地拜谒的。十五岁梦谒后，我曾赋诗一首，现在读来，甚觉稚嫩。此次拜谒后，我又赋诗两首，亦不觉是佳作，但脱稚嫩之气。两首诗尚未示人，就赠与你吧。"

周积跪于榻前，双手接过诗稿。纸上的字迹与以前所见，大不相同，看得出，王守仁写这两首诗时，执笔已很困难。第一首诗写道：

> 四十年前梦里诗，此行天定岂人为？徂征敢倚风云阵，所过如同时雨师。
> 尚喜远人知向望，却惭无术救疮痍。从来胜算归廊庙，耻说兵戈定四夷。

第二首诗写道：

> 楼船金鼓宿乌蛮，鱼丽群舟夜上滩。月遶旌旗千嶂静，风传铃柝九溪寒。
> 荒夷未必先声服，神武由来不杀难。想见虞廷新气象，两阶干羽五云端。

周积读罢，说不出王守仁写这两守诗是什么样的心情。“从来胜算归廊庙”，好像是很无奈的感慨；“神武由来不杀难”，又好像是很坚定的信念。他不能细细揣摩，只有小心地将诗稿收起，向老师拜谢。

“先生既言生死本是寻常事，弟子亦无须避讳，”他强忍哀痛，问起后事，“先生若在南安有了不测，有什么话向弟子交代吗？”

王守仁说：“自岭南而来，我脑际浮现几句话，可惜再也拿不住笔。这是对幼子的叮嘱，就叫示子诗吧。以善，我念，你帮我记下。”

周积跪于榻前，把耳朵尽量贴近王守仁嘴边，听一字记一字，听一句记一句，录下了王守仁自称的《示子诗》：

> 幼儿曹，听教训。谨读书，要孝弟。学恭俭，循礼义。
> 节饮食，戒游嬉。毋贪利，毋斗气。毋责人，但自治。
> 能下人，是有志。能容人，是大气。凡做人，在心地。
> 心地好，是良士。心地恶，是凶类。譬树果，心犹蒂。
> 蒂若坏，果必坠。吾教汝，全在是。入谛听，勿轻弃。

后面的几句，声音极轻，周积好不容易才分辨出来。说到“勿轻弃”，连续重复了两遍，大概这就是结尾。

周积伏在王守仁耳边，说：“先生的《示子诗》我已记下。先生还有什么话交代吗？”

王守仁点点头，表示听懂了他的意思；又摇摇头，表示再没有话说。他用眼神示意自己要歇息，让周积退下。

就在周积准备起身时，王守仁突然睁开双眼，拼尽全身的气力，高声道：“此心光明，亦复何言！”

周积握住王守仁的手腕，摸了摸，几乎没有脉。他跳将起来，高声唤进王不小，嘱咐他守在老师身边，自己一步窜出船舱，一步跃上岸，三步并作两步，直奔城里而去。一来，他必须立即把程先生接来，二来，他也要准备后事。也就走出里许，听到身后传来王不小的号啕声。他知道，不必再请程先生。

第一百一十一章

绍兴城西郭门内光相桥东，是无数学子向往的地方。王守仁在嘉靖四年创办的阳明书院坐落于此。王守仁赴两广职任一年多，在钱德洪、王畿管理下，阳明书院里仍然是一派兴旺景象，阳明书院的一应事务仍然是井井有条。

安排好众生当日的功课，王畿把钱德洪拉到他歇息的小室，关好门窗，商议他二人之间的事。

“德甫兄，何去何从，决心下定否？”他问。

“尚未，”钱德洪说，“吾辈自当以先生之意为意。先生坚命吾辈赴京与试，吾辈不敢不勉力一行；先生不欲吾辈即刻赴京，吾辈则当安心于书院之事；先生若在两可间，吾辈亦无所适从矣。”

“洪甫兄是说，先生今亦在两可之间？”王畿问。

“汝中兄之见呢？”钱德为人持重，先要听王畿的看法。

王畿之见与钱德洪大致相同：是否参加明春的会试，王守仁的态度在两可之间，因而他也无所适从。他分析说：“明春与试，现在就要准备动身。但先生上月手札一个字也没有提及，不知是因为公务繁琐，把日子忘记，还是因为明年春闱之事，去否在两可之间。”

前些日子，二人得王守仁信函。

王守仁写道：书来见近日工夫有进，足为喜慰。而余姚、绍兴诸同志又能聚会讲切，奋发兴起，日勤不懈。吾道之昌，真有火燃泉达之机矣，喜幸当何如哉！此间地方悉已平靖，只因二三大贼巢，为两省盗贼之根株渊薮，积为民患者，心亦不忍不为一除剪，又复迟留二三月。今亦了事矣，旬月间便当归途也。

下面几句是家事：守俭、守文二弟，今承夹持启迪，想亦渐有所进。正宪尤极懒惰，若不痛加针砭，其病未易能去。

最后是殷殷嘱托：父子兄弟之间，情既迫切，责善反难，其任乃在师友之间。想平日骨肉道义之爱，当不俟多嘱也。

对明年的会试，果然一个字也没写。

若真一字不写，先生的意图也就明确，他二人也就安下心来。却又不是。前一两日，王守仁在赣州的弟子何廷仁转来先生给他的信函。

王守仁先写了自己的病情：区区病势日狼狈，至广城，又增水泄，日夜数行不得止。至今遂两足不能坐立。须稍定，即逾岭而东矣。

下面写一段心愿：诸友皆不必相候。果有山阴之兴，即须早鼓钱塘之舵，得与洪甫、汝中辈一会聚，彼此当必有益。区区养病本去已三月，旬日后必得旨，亦遂发舟而东。纵未能遂归田之愿，亦必得一还阳明洞，与诸友一面而别，且后会又有可期也。千万勿复迟疑，徒耽误日月。

这一段里提到钱德洪、王畿，要紧的却是再下面一句：洪甫、汝中辈，亦可促之早为北上之图。

给钱德洪、王畿的信函中只字不提，给远在南赣的何廷仁的信函中却促二人早日北上，真是怪异之极。

议及北上事，钱德洪、王畿不约而同想到的，就是何廷仁转来的信函。王守仁并没有嘱咐何廷仁将信函转来绍兴，大概他自己想到，赴京之事刻不容缓，于是自作主张把老师的信函转来。

“先生预计近期返越，或打算回来再与我二人商议此事。”王畿说。

“我与汝中兄同感，”钱德洪道，“我所想的，不是今日与汝中兄如何商定行止，而是他日我二人与先生如何商定行止。”

王畿琢磨他的话，渐渐琢磨出了些味道：“洪甫兄是说，先生若命我二人入京会试，我二人也不一定从命？”

“先生之命焉能不从！”钱德洪道，“我是想，先生病得不轻，即便得以长住越城，恐怕也没有精力亲自料理书院。先生固不忍心耽误我二人的前程，我二人又岂忍心先生的毕生心血弃之一旦？”

“洪甫兄言之在理，”王畿点头，“我等宁违其命，不废其业。”

钱德洪说：“重违先生之命，先生又要添心病。先生之命也不违，先生之业也不废，此事或能两全。其实，这个法子还是先生提出的。”

“果是好法子！”王畿听懂他的意思，“或是同赴京师，或是一人暂留越城，料理书院。先生不在，这般区处；先生回来，也是这般区处。德甫兄，你的学问扎实，自然你赴京师，我在先生身边再磨砺几年。”

“话不能这样说，”钱德洪不同意，“会试题目是大人们出的，答卷却是我等作的。

赴京与试，也是阐发先生的学术。汝中兄既善言辩，又解得深透，自然汝中兄赴京师，我留在越城，协助先生料理书院琐事。”

“我二人一去一留，先生定嘱意洪甫兄赴试，”王畿说，“不是怕先生添加心病，我二人都不必赴京；要先生不添加心病，还该着洪甫兄去。”

“怕是未必，”钱德洪不以为然，“要不，我二人决于先生一言。”

“那不是要先生为难吗？”王畿立即反对，“先生或曰：你二人同去吧，那时怎与先生辩？还是我二人先议出个章程来才好。”

二人没有议出结果，房门忽被撞开，闯进一人，二人一惊。见来人满脸污垢，衣裳不整，正是随王守仁赴两广的王小小，二人更惊。

“小小，你这是怎了？”钱德洪问道，“先生到了何处？”

“老爷，老爷他——”王小小声音哭得已经沙哑，说不出话来。

王畿与他一杯水，道：“先喝口水，润一润喉咙。”

王小小一饮而尽，复又放声大哭。

钱德洪、王畿已经预感到不妙，但不敢说，不敢问，只有等他哭够，自己来说。

“老爷的灵柩已到南昌。”王小小抽泣着说。

然后简述经过：离桂林府时，王守仁的门人、广西布政使王大用供献上等棺木，说是冲喜，实则防备不测；在南安时，周积请医会诊，临终前，与周积大约谈半个时辰的话；至赣州时，南、赣巡抚汪鋐迎祭于道；至南昌时，王守仁门人，按察司副使赵渊及巡按御史储良材率民哭奠。他说一句，哭一声，抹一把鼻涕眼泪。

钱德洪、王畿边听边泣，王小小唠叨些什么，根本没听进去。

钱德洪先收住哭声，说：“汝中兄，我二人还是一人留城一人出行。”

王畿怔了怔，说：“是。就请洪甫兄留城主持一切，我随小小向南昌方向迎过去。”

这件事，用不着再争议。

九、阁臣荣损

第一百一十二章

北风又起，杨芝及时地关闭好门窗，但杨一清还是被惊扰，两眼直直地盯住窗外发愣。

“老爷，是小风，不碍事的。”杨芝宽解他。

“何谓大风，何谓小风，你怎知之！”杨一清道。

“我不呆不痴，难道连风之大小也分辨不出！”杨芝与其说要和杨一清分辩出个是非，不如说要引杨一清说话，“上一月的风连起三日，吹得街上沙飞石走，吹得院里树摇花凋，吹得屋内窗响灯闪，那就是大风。经过那次大风后，我心中祈告，再不要起大风。”

他一连用三句排比，倒也把那次的大风形容得淋漓尽致。

“芝儿从不知惧怕，却惧怕大风乎？”须得杨芝一引，杨一清才能把心思放开，“天有不测风云，你祈告息风，是祈告不来的。”

“老爷以为我惧怕大风则错。错得厉害！”杨芝瓮声瓮气地强调一句，“随老爷在固原度过一冬一春一秋，哪一天不是大风呼啸，我何尝惧怕过？实话说吧，我不是为自己祈告息风，我是为老爷祈告。”

“你是说我惧怕大风？”杨一清摆出争辩的架势。

“老爷以前肯定是不惧怕大风的，现在是不是惧怕大风，我也说不好，”杨芝有意激他，“要是有人对我说，老爷一直惧怕大风，我一定不信，一定要和他辩一辩；要是有人对我说，老爷现在不惧怕大风，我又心存疑惑，不敢为老爷辩。”

“芝儿，你对我讲清楚，疑惑自何而来？”杨一清道。

“这是自然要对老爷说的，”自然要说，杨芝却不急着说，他反问，“老爷还记得，上一月风起后，自家都说些什么？”

虽然记性大不如前，一个月前的话总还能记得。杨一清道："我对你说：北虏遇大风霾，即乘机入寇。这话难道有错？"

"这话没错，"杨芝肯定的话只有四个字，质疑的话却有好几句，"老爷料事总是准的，何不静待边报，却要我一次一次地向外面跑？我想，不止我以为老爷被大风惊吓住，别人也会以为老爷被大风惊吓住。"

提起此事，杨一清也不由失笑："芝儿说的他人，是指王道夫、王子衡、周伯明吧？"

王时中字道夫，山东黄县人，弘治三年进士，现官兵部尚书。王廷相字子衡，河南仪封人，弘治十五年进士，现官兵部左侍郎。周伦字伯明，苏州昆山人，弘治十二年进士，现官兵部右侍郎。兵部的三位堂上官，被他一一提到。

"还有位吴郎中，老爷千万别忘，"杨芝道，并述说那一晚的情景，"大风一起，老爷是说'北虏遇大风霾，即乘机入寇'。接着，老爷又唤我，去王大司马家中问一问边上的声息。我本想对老爷说，等风停再去。见老爷焦虑的样子，没敢说。我顶住大风，去的王大司马家。王大司马反问我：你家老爷是不是听到边上什么声息？老爷不肯罢休，说：王大司马养病多时，对衙门的事不太上心，再去王少司马家里问一问吧。我又顶住大风，去王少司马家。王少司马嘱咐：你家老爷听到边上声息，还乞速告。老爷又要我去周少司马家，去职方吴郎中家。也怪，兵部的人对边上的声息一概不知，好似边上的事不由兵部辖制。他们几位也会捉弄人，在一个衙门办事，却两个住城东，一个住城西，一个住城北。我从吴郎中家回来时，东方即白。老爷，这一件一件，都是有的吧？老爷一晚让我去四位老爷家，四位老爷当时不说，第二天聚齐，除以为老爷惧怕大风，还会说别的吗？"

"打住，打住！"杨一清笑着拦他，"莫说他们以为我惧怕大风，我也要自以为惧怕大风。芝儿，我知道那晚偏劳你，你耿耿于怀是免不了的，但也不必如此刻薄。"

"耿耿于怀我是不敢的，"杨芝道，"老爷为国事，不敢向皇上抱怨；故我在大风里走一晚，也不敢向老爷抱怨。我只有祈告上苍。老爷听，大风可因祈告而起，亦可因祈告而息。"

杨一清心里一动。侧耳听去，外面的风声果然减弱许多。

"可因祈告而起，可因祈告而息，芝儿，你这话说得好。看来，我也应当有所祈告。"他的后一句话是对自己说的。

"老爷要祈告什么？"杨芝问。

"祈告息风呀，"样一清意味深长地说，"不过，那是另一种风。"

“另一种风？风还有不同吗？”杨芝不解。

“彼风起自人世间，与起自天地间的风，自然不同。”杨一清道。

杨芝不住摇头：“老爷这样一说，我更加糊涂。”

“那好，我念一段文字与你听。”杨一清从书案上拿起一张纸，念道：“人君以论相为职，宰相以正君为功。任用非人，天下治乱兴亡所关也。我朝内阁有声者，称三杨而已矣。后奸人鄙夫占据内阁，贪污无耻习以为常，内阁之地虽重，而居内阁之人品甚轻。故臣自简命内阁，尝奏请严私门之禁，绝请托之交。凡臣之所议为，皆人之所不便，故鼓动谗口，设为阴挤之计，不陷臣于危疑之罪不已也。”

前无起因，后无结果，杨芝不能全听懂；但杨一清念的是一篇奏疏，却是听得出来的。他问：“老爷念的，是今日奏疏，还是前日奏疏？”

“芝儿怎听得出，是我写的奏疏？”杨一清怪问。

“奏疏里写道“臣自简命内阁”，与老爷的身份相符，这是其一；奏疏里写道‘设为阴挤之计’，与老爷的心境相符，这是其二。”杨芝说罢理由，得意地问道，“老爷，我说的可有道理？”

“那么，‘奸人鄙夫占据内阁，贪污无耻习以为常’，也像是我写的话吗？‘内阁之地虽重，而居内阁之人品甚轻’，也像是我写的话吗？”杨一清质问，“所谓奸人鄙夫，我是指前面的李西涯，还是指后面的杨介夫，或是我自指人品甚轻？”

“经老爷一说，这篇奏疏又不像是老爷写的。人家多是顾头不顾腚，我是顾腚不顾头，听后面的话，却忘前面的话，”杨芝挠挠头，断然言道，“这篇奏疏不是老爷写的，则一定是写老爷的。”

“好，芝儿仍有当年的灵气，”杨一清深觉快慰地说，“芝儿，这篇奏疏就算是写我的，你看写的可有几分道理？”

杨芝毫不迟疑地说：“这篇奏疏若是老爷写别的什么人的，当然是大有道理；这篇奏疏若是别的什么人写老爷的，则全然没有道理。”

“大有道理，或全然没有道理，你总要说出道理来；只是因人而论，不用说难以服他人，我都不服，”杨一清虽然对他的回答很不以为然，但仍在鼓励他。“芝儿若说得出几分道理，我就可以更加心地坦然。”

“老爷以为我说不出道理吗？”杨芝先自不服，“这奏疏里说，奸人鄙夫，如何如何，”他记不起奏疏里的句子，只好用如何二字替代。

“记好，”杨一清重复奏疏里的话，“我朝内阁有声者称三杨而已矣。尔后奸人鄙夫占据内阁，贪污无耻，习以为常。”

“是，”杨芝虽应，却仍然用自己的话来说，“奸人鄙夫，如何如何，其言大谬。三杨以后的阁臣总有三五十人吧？”

“那又如何？”杨一清问。

“历朝皇上专门挑选奸人鄙夫入阁，岂非咄咄怪事？”杨芝的话很合乎情理，“别的什么人的话大谬不然，此其一也。”

“尚有其二？”杨一清问。

“那是自然，”老爷似乎捧场，杨芝的情绪更高，“老爷莫忘，别的什么人所谓奸人鄙夫，是在说谁。即便三杨以后大多数阁臣不是奸人鄙夫，也不能说明老爷不是奸人鄙夫。”

这话也很合乎情理，杨一清问：“芝儿如何分辩我不是奸人鄙夫？”

“那再简单不过，”杨芝虽称简单，说起来却啰里啰唆，“我也不必自己费神分辩，我借用皇上的一句话吧。皇上起老爷总制陕西三边时，把老爷比作郭子仪。老爷给我讲过，郭子仪是安邦定国的大将之才。定安禄山、史思明之乱，立有大功；收复西京、东京，立有大功；联络回纥，共败吐蕃，立有大功。我倒要问一句：郭子仪难道也是奸人鄙夫？皇上把老爷比作郭子仪，也是把老爷比作奸人鄙夫？”

杨一清心想：幸亏给他讲这段典故时，没讲唐德宗把郭子仪召回京师，称为尚父。不然，他随随便便带出这两个字来，还得了！

杨芝看出他有话要说，抢先言道：“就算郭子仪是武臣，在今日是不能入阁的。入阁以后，皇上把老爷还有一比，老爷没忘吧？皇上对司礼监张公公说，杨先生真乃今日之姚崇也。老爷也给我讲过姚崇其人。姚崇在唐明皇时，三为宰相，尽心辅佐，直言能谏，和他所举荐的宋璟并称‘姚、宋’。老爷说，开元之治，姚崇之功居首位。若说郭子仪乃武臣，他那个宰相不是地地道道的宰相，姚崇却是文臣，他这个宰相该是地地道道的宰相吧？姚崇难道也是奸人鄙夫？皇上把老爷比作姚崇，难道也是把老爷比作奸人鄙夫？”

“阐述得更好。芝儿，你不生于春秋时，实在可惜；若生于那时，不难独成一家。”杨一清道。自己平日无心讲的故事，杨芝记得这般详尽，用得这般得体，他不能不赞赏一句。

“我也不要独成一家，老爷也不要把我变成两千年前的死人。今日谈论老爷是不是奸人鄙夫，老爷还是多为自家操一操心吧，”杨芝用教训的口吻说，“我为老爷作二辩，老爷自家也该会辩吧？”

“得芝儿教诲，辩是一定要辩的；可怎样个辩法，还须考究。一辩四十六七员阁臣并非都是奸人鄙夫，二辩杨某人并非奸人鄙夫，没有大臣气度。”杨一清先把杨芝捧得高高，再把他拉回原地。

“老爷顾及大臣的气度，也可不这样辩。”杨芝气沮片刻，又有一主意，“别的什么人说，三杨以后奸人鄙夫占据内阁，别的什么人是阁臣吗？要是的话，不用说，也是奸人鄙夫。老爷这个辩法好，叫作：‘即以其人之道，还治其人之身。’”

“这个辩法不好，也不是我的辩法，”杨一清道，见杨芝怫然不悦，他哄劝着说，“我倒有一个辩法，芝儿看使得使不得。”

“用我的辩法，老爷觉得委屈，必要自家想出一个辩法，”杨芝说，“我看，老爷未见得就有什么好的辩法，至多是把我的辩法改头换面。”

“不错。芝儿的辩法很好。可惜不是息风，而是煽火，所以还要改头换面。”杨一清笑着附和，“五月二十五日，将上《明伦大典》，我曾上一疏，道是今日之务在省事不在多事，在守法不在变法，在安静不在纷扰，在宽厚不在严苛。我就这四句话与别的什么人辩一辩，足矣。”

在说的时候，他心里已在打腹稿：今持论者尚纷更，臣独主安静；持论者尚刻严，臣独主宽平。因而多龃龉。

孰是孰非，还是由皇上裁断吧。

第一百一十三章

成国公朱麟、礼部右侍郎严嵩赶回京师，距嘉靖八年的正旦节只有两天。严嵩在四月由国子监祭酒升任礼部右侍郎，七月即得到致祭献陵的差事，可说是十分幸运。

“老爷回来了？”家人严年欢天喜地迎上去，问道，“老爷是先沐浴梳洗，还是先与公子相见？”

“世蕃没有去国子监？”严嵩有些意外。

严年料到，老爷回到家中，首先要见的是公子，所以自作聪明地问一句；却忘记严世蕃被荫国子监生，本该在监念书的。好在他心思快，马上找到一个合理的解释。

“公子原本要去的，出门前忽然想到，老爷这一两日要到京，很可能今日就到。想来公子见老爷心切，决定留在家里等一等。”严年说。

不管严年的话是真是假，严嵩似乎也很希望马上见到严世蕃。他不顾身体的疲惫，说：“他在家也好，你唤他来。”

严世蕃的样貌没有特别的惊人之处，但谁见到他，都会留下深刻印象。这或是因为他脸部的线条过于粗犷，完全没有他父亲的含蓄和儒者风范；或是因为他的颈项奇短，让人一眼望去，感到滑稽。而事后想起来，又好像不是这一类的原因。

不多时，严年找来严世蕃，同时送来两杯香茶。

严世蕃请安后道：“大人年节前赶回来，甚是好兆。”

“好在哪里？”严嵩问。

严世蕃双手端起茶杯，做个敬奉的动作。严嵩接过后，他不慌不忙地说：“大人这趟差事，奏疏是一定要写的。奏疏在年节之前呈进，还是在年节之后呈进，结果大不一样。”

严嵩琢磨他的话：“你的意思，年节之前呈进好过年节之后呈进？”

“大人不以为然吗？”严世蕃问。

严嵩当然不会不以为然。他把这一节岔过去，说：“世蕃，写疏之事我有些把握不定，正要听听你的见解。”

“大人把握不定的，是只写所见灾异，还是只写所见祥瑞；是多写所见灾异，还是多写所见祥瑞。对吧？”严世蕃卖弄地问。

“就算对吧，”严嵩认可，“你看该如何来写？”

“听大人所问，我不由想起一件旧事，”严世蕃说着，忆道，“大人曾对我说，赴京会试的那一年，京城到处传抄传读李阁老自曲阜还京时写的奏疏。大人可还记得？”

“是有此事。西涯公奉旨致祭阙里，是弘治十七年五月还朝的，我是弘治十八年正月底赶到京师的。半年多过去，京师之人还在传抄传读西涯公的奏疏，可知确有功力，”严嵩道。“西涯公的奏疏详述沿途灾异，然后写的是这样几句话：夫闾阎之情，郡县不得而知也；郡县之情，庙堂不得而知也；庙堂之情，九重不得而知也。放榜后，大家心情自然放松，我与几位友好细细品味，都道这几句话可以传世。”

说到此，严嵩疑惑起来：“你要我大写灾异吗？”

“大人理会的不对，”严世蕃摇头，“李阁老自曲阜返京，孝宗皇帝心系民瘼，大写郡、县不知闾阎之情，恰到好处。大人自楚返京，当今圣上心系皇考，大人大写各地灾异，大写郡、县不知闾阎之情，如何使得！”

“我也知使不得，”严嵩点点头，说出他的困惑，“不过，此次有事于献陵，大写祥瑞，终究有些不妥。”

“大人说的是。”严世蕃略动心思，拿出主意，“灾异二字不可写，祥瑞二字不可用，我倒想出两个字来：灵异。大人看，可使得？”

“灵异？这两个字极佳，”严嵩高兴地说，随即又有难题，“可一路上平平淡淡，如何写得出灵异？若随意编造，却瞒不过朱爵爷。”

严世蕃一笑，开导道：“大人无须编造。天有不测风云，大人千里之行，难道真的风平浪静？致祭献陵，难道竟没一片云，一丝风？”

“你一说，我想起来：致祭献陵时，天落细雨，不妨写作燠云酿雨。”严嵩动起脑筋。

严世蕃不知燠云何所谓，想来不会是不好的意思，他调皮地拍拍巴掌，说：“大人可教也。”

他知道，这时说深些，说浅些，严嵩都不会见怪。

严嵩的奏疏写道：

天眷陛下，灵异非一。恭上宝册，其辰燠云酿雨。及致题之际，灵风飒然，若神灵仿佛而未下；奏安神床前夕，愁雾彻霄。及行礼之际，祥曦散彩。群臣欢庆而动色。至于白石产枣阳，有群鹳集绕之祥；碑物入汉江，有河流骤涨之异。此两事尤为殊特。昔太宗皇帝建碑孝陵，得英石于阳山，学士胡广有记。营建北京，求大木于蜀，有巨石当道，夜闻吼声如雷，石划而开，木由中出。遂敕胡广撰神木山之碑。今奇产灵贶，事适相类，不有记载，后世何述！臣请敕辅臣撰文，行令工所立石以记。天眷圣孝，昭示万世，与兹山无极。而营建岁月工费、诸臣执事微劳皆附著之，俾后有考焉。

第一百一十四章

嘉靖八年正月十三日，皇帝祭天地于南郊。回宫后，在奉天殿赐宴。

司礼监大太监张佐代皇帝劝酒。他先到内阁首辅杨一清席前。

“爷有旨：杨先生高迈，酒不可多，先饮三盅，其后自便。”他说。

杨一清面北跪拜，叩首谢恩。张佐亲自斟酒，看着他连饮三盅。

接下来，张佐到张璁一席，说：“万岁爷谕旨：张先生神仙酒量，须得多饮。亦赐酒三锺，却不是上中下皿的盅，而是左金右重的锺。”

跟随他身后的两员小宦者，一员捧酒锺，一员抱酒坛，这才现出身来。酒锺虽不是大号，但比席中用的酒盅大十倍都不止。张佐选的是身体壮、气力大的小宦者，倾斜酒坛向酒锺注酒，和常人手擎酒壶向酒盅注酒一般。

“爷赐张先生的酒，尔等要注满。”张佐嘱咐道。

张璁北面跪拜，叩首谢恩毕，说：“请张太监回复圣上：臣张璁当不得神仙酒量，恳乞圣上还是以上中下皿之盅赐酒。”

“新春伊始，万岁与张先生共贺，这酒不好辞，”张佐劝道，“万岁爷还有话呢：三锺之后，张先生可改用小盅，尽兴方罢。”

“皇上赐酒，臣不敢不尽兴；但三大锺酒，容臣恳辞。”张璁说。

“张先生一定要辞，我也只好代为陈奏。不过，张先生总得有个说法才是。一句‘当不得神仙酒量’，万岁恐怕不会恩准，我也不好为张先生陈请。”张佐说。他心里有数，虽是代皇帝劝酒，对张璁也勉强不得。

张璁自然有说法：“请张太监禀奏皇上：臣奉母命，饮酒不敢过量。”

“既然太夫人有命，万岁爷大概是会体恤的。”张佐通达情理地说。

说罢想到：皇帝最孝敬圣母皇太后，知道臣子孝敬其母，只会高兴，一定不会怪罪的。

想罢又道：“请张先生具体说说，万岁爷若是问起，我好一一回奏。”

张佐的要求不过分，这件事也不怕人知，张璁仔细说起：“张太监可禀奏圣上：

臣倚仗有些酒力，不知爱惜身体，饮则多醉。臣母年高，颇忧之。臣每次醉酒，臣母通宵不眠，守候在臣身边。但臣母知臣嗜酒，只把忧虑积压在心，从不命臣戒酒，或少饮。一次，友人自家乡来，我陪他饮酒又醉。醒来时，友人已去，只在案上留下四句诗。诗曰：圣君恩重龙头选，慈母年高鹤发垂。君宠母恩俱未报，酒如成病悔何追？我读罢诗，猛有所悟。自此，臣不对亲客不饮酒，不以大锺饮酒。臣不敢醉酒，不唯奉母命，亦为报君恩。”

“有张先生这段话，我大可向万岁陈述，”张佐说着，对众大臣一抱手，“各位且请自饮，我去去再来。”

不多时，他回到奉天殿张璁席前，说，“奉万岁爷谕旨：张先生有慈母良友，朕甚是欣慰。然大锺既已斟满，张先生可为朕破例，且尽饮此锺，然后自便。”

两个小宦者如释重负，无论抱酒坛的小宦官，还是执酒锺的小宦官，站立许久，不能大动，都有难负重荷之感。

张璁重新叩首谢恩，从小宦者手里接过酒锺，跪饮而尽。

张佐一挥手，抱坛的小宦者和捧锺的小宦者一起退出。看来皇帝不会再以大锺赐酒，不知是被张璁的故事所感动，还是本来就只对张璁显示殊宠。

在张璁之后，张佐又向三辅翟銮、吏部尚书桂萼、户部尚书梁材、礼部尚书方献夫、兵部尚书胡世宁、刑部尚书高友玑、工部尚书刘麟、掌都察院兵部尚书李承勋等一一劝酒。当然，不如对杨一清、张璁劝酒那么殷勤，那么亲切。

现任的大七卿中，除桂萼、方献夫外，胡世宁、李承勋也是自嘉靖六年起任正卿，只是不断地在兵部、刑部、都察院等衙门相互迁转。梁材、高友玑、刘麟则在嘉靖七年升任现职。

至于六部侍郎，都察院副都御史、佥都御史，以及其他大小衙门的堂官，张佐用不着一一劝酒。

殿内肃穆，邻近各官也不能相互敬酒，更不用说推杯换盏。和往常一样，皇帝赐宴，是吃不好喝不好的。众人如坐针毡，只盼着奉旨行事的张佐早些把该劝的人劝到。

第一百一十五章

赐宴完毕，众人鱼贯而退。出宫门，桂萼快行几步，追赶上张璁。

“秉用先生，今晚月圆而微晦，风清而稍寒，何其惬意！”桂萼说。

“怎么，子实先生也热心于雕虫小技？”张璁不无讥讽地说。

“我等劝圣上不可热心于雕虫小技，自己怎好热心于彼！”桂萼故意说得响亮，让走在略前的杨一清听到。

恰在两年之前，杨一清奉旨作元宵诗进呈，其中一句是：爱看冰轮清似镜。皇帝说，这句似写中秋之月，不似写元宵之月，可改为：爱看金莲明似月。杨一清上疏谢恩，群臣中传诵为佳话。张璁、桂萼却借日讲之机进言说：雕虫小技，不足劳圣虑。

皇帝于政事之暇喜做诗文，时时与首辅费宏切磋，时时与辅弼大臣唱和，被张、桂二人浇一瓢冷水，心里很是不快。如果是别人上此疏，他定要严厉斥责。张、桂当时说“雕虫小技”云云，主要针对费宏，今晚旧话重提，则完全是针对杨一清。

杨一清不回头，径自前行，不知是没有听到，还是听到却不屑理会。

“子实先生咏诵风月，难道不是雕虫小技？”张璁问。

“难得月圆而微晦，风清而稍寒，”这大概是桂萼的得意之句，他重复一遍，说，“欲邀秉用先生同行一段路，可使得？”

“敢不从命！”张璁应道。

出左顺门，二人沿着道路，并肩而行。

“内阁上有痴老，下有痴儿，秉用先生甚觉孤立吧？”桂萼问。

去年三月，次辅谢迁致仕，不论是拥护桂萼的官员，还是反对桂萼的官员，一致以为该轮到他入阁。谁知十个月过去，一直没有增补阁臣的消息。桂萼一颗心悬浮其上，难免患得患失。

约张璁在皇帝赐宴后散步，也是为讨个确信。

张璁深知他的心思，说：“眼下虽孤立，等到子实先生入阁，就不再孤立。子实先生少安毋躁，多则一两月，少则一两天，定会有旨。”

他言之凿凿，桂萼不由要问：“所谓多则一两月，少则一两日，秉用先生据何而言？”

“依据子实先生已说，还用我说吗？”张璁道。

“我已说依据？”桂萼一时想不明白。

张璁说：“内阁上有痴老，下有痴儿，这不是依据？我在内阁孤立，皇上对内阁难道就放心？”

二人相视一笑。

张璁进一步说：“内阁重要，吏部也重要。皇上迟迟不召子实先生入阁，据我想来，不是对子实先生入阁下不了决心，而是对谁继掌吏部下不了决心。若能推出皇上中意者，子实先生入阁指日可待。”

“不是推不出皇上中意的吏书，只怕廷推者皇上不中意，皇上中意者不入廷推之列。”桂萼为难地说。

“吏书及各部尚书须由廷推，乃因循旧制，于朝政实无益处，”张璁说，“不如由皇上自择阁臣，内阁之权归之于皇上；由阁臣而择七卿，七卿之权归之于内阁；由七卿而择部属，部、院之权归之于七卿。职权简易明晰，归属简易明晰，朝政更容易化一。”

他议论得大胆，桂萼也为之一惊。

阁臣择七卿，七卿之权归之于内阁，则阁臣同于昔时宰相。太祖高皇帝当年鉴于宰相权势过大而革之，以权散于六部，谕曰：后世议复宰相者，罪在不赦。张璁今晚的议论，追究起来，乃是不赦之罪。

不过，桂萼知道，不会有人弹劾张璁的议论，皇帝也不会追究张璁的议论。他完全可以心平气和地为自己辩道：他议的是七卿之权归于内阁，而不是归于宰相。宰相是太祖皇帝革除的，内阁却是太宗皇帝设立的。权散于六部，握权者尚书六人；权归于内阁，握权者阁臣数人。只要权不归于宰相一人，他的议论有什么不妥！

“与秉用先生同在内阁办事，我之大愿也。”桂萼说。

这一点，不必隐讳；道出这一点，已经足够。

张璁料他还有话，问道：“子实先生约我同行，不是为议入阁事吧？”

“秉用先生才说，皇上自择阁臣，我怎敢在此地私议！”方才张璁引桂萼一句话，现在桂萼也引张璁一句话，“有一件大事，乃吏部所掌，我要和你议一议。”

桂萼从不虚张声势。他说大事，一定是大事；他说要认真一议，不能不认真对待。

“子实先生请讲。”张璁放慢脚步。

“王伯安卒于南安，秉用先生怎想？”桂萼问。

“你是问两广总督的人选吗？”张璁以为两广总督人选算不得大事，但还是答道，“王伯安曾上疏荐举林守仁，皇上大约也嘱意于林守仁。”

嘉靖七年初，朝廷议于田州设都御史一员，王守仁荐举林富可担重任；后来王守仁病重，又荐举林富继任两广总督。

“子实先生仍掌铨曹，若对林守仁不放心，尽可另荐。”张璁又说。

“林守仁与梁大用之才干在伯仲之间，梁大用可掌户部，林守仁怎就不可以总制一方？”显然，桂萼提起王守仁，意不在两广总督的人选。“秉用先生，王伯安未得敕旨，擅离任所，此风不可不杀。”

“不错，子实先生打算如何杀此风？”张璁先应后问，看来有自己的想法。

“王守仁是始作俑者，首先当然要追究他，”桂萼的态度非常明确。见张璁沉吟不语，他问：“秉用先生不以为然？”

“追究王伯安可以，但不知子实先生要追究到什么程度？”张璁道，“王伯安虽然不得敕旨，擅离任所，但在离开任所前，他曾上疏乞休，理由是病重；他离开任所不久，即卒于途中。朝廷若为此而严厉追究，恐怕有人会说，朝廷待重臣太不厚道。这是我的一个顾虑。再者，朝廷以王伯安总督两广，是得子实先生与我之荐。朝廷此时严厉追究王伯安，我二人也难免贻人口实。这是我的第二个顾虑。”第二个顾虑夹杂私心，他加上一句。“贻人口实倒也不怕，朝廷待重臣还是要厚道些。”

“秉用先生与我荐用王伯安，并没有错，”桂萼辩道，“我二人因王伯安的才干而荐用他，他的才干也足以当两广总督之任。但其人可用，其说害人。我二人荐的是他的才干，却不是他的学术。王伯安卒，其人已不可用，其说仍在害人。朝廷对此不能不予追究。”

“原来子实先生要追究的是王伯安的学术。”张璁似有所悟，又似不甚解，他追问道，“子实先生准备怎样追究王伯安的学术？”

桂萼思之甚详，说：“一是直接追究其说间接追究其人，禁止学习、探究、研讨其学术。二是直接追究其人而间接追究其说，停止王伯安世爵及其他恤典。”见张璁又在沉吟，他问：“秉用先生仍不以为然？”

“我有一言，不知当不当讲？”张璁看来着实犹豫。

桂萼道：“但讲不妨。”

张璁说：“子实先生和我一样，都是有抱负之人。有抱负之人不可惧怕贻人口实，可也不该轻易贻人口实。”

他又提到“贻人口实”四个字，桂萼不服气地问：“学术不同，难道也怕贻人口实吗？”

“学术之争，想不贻人口实亦难，这就是我说的不可惧怕贻人口实。”张璁说，“如大礼之争，自第一次上疏，子实先生和我就贻人口实；延至今日，子实先生和我仍然被不少人非议；一代两代人之后，抨击子实先生和我的，还有人在。此事无奈，只好贻人口实。”

“大礼之争，秉用先生无私无畏，着实令我敬佩。可是——”桂萼意味深长地停在“可是”上，让张璁自己去揣摩言外之意。

张璁怎会不解！他平静地说：“若是大力荐举王伯安时申明：荐的只是他的才干，而不是他的学术；若是初掌翰林院时申明：王伯安之才干可取，学术不可取；若是在南京刑部时申明：王伯安之才干可取，学术不可取，自不会遗人口实。可是——”

他回敬一个意味深长的“可是”。桂萼的“可是”，是说他的无私无畏没有一以贯之，他的“可是”，则是说桂萼的学术也没有一以贯之。

“我在南京时以为，王伯安赞同议礼，以为他的学术有利于议礼，实乃误信人言。现在想想，王伯安的学术与议礼何干！”桂萼道。

大者相投，小者不合，在他二人是常有的事。不合之事有时能相让一步，有时一步也不能让。桂萼要是只说自己的见识有误，还无所谓；他偏要说误信人言，把见识有误全加于张璁，张璁不能不辩。

“也未必没有干系，”张璁说，“陆原静不是听从王伯安的说教，才幡然悔悟、痛斥前非的吗？子实先生不是以为，陆原静知过而改，宜于礼部任职吗？”

举荐陆澄，大概是桂萼这几年来最后悔的一件事。

陆澄字原静，是王守仁弟子，曾官南京刑部主事，和张璁、桂萼出入一个衙门。但在议礼中，他和二人道不同，不相往来。守制三年后，他赴京候用，张、桂已是朝廷上的人物。他和桂萼是同年，利用这一层关系前去拜晤，自称以前议礼议错，回乡后得恩师点拨，才觉悟过来。桂萼被他的如簧之舌所打动，于《明伦大典》成书之际，不仅鬼使神差地举荐他任礼部主事，而且鬼使神差地把他昨非而今是的改变奏告皇帝。不想，皇帝还记得陆澄前疏，对他极是厌恶；读桂萼奏疏后，对他的善变，又加一层厌恶，将他谪为高州通判。

这件事对陆澄的打击很大，对桂萼的打击更大。张璁与他辩论王守仁学术的时候，举出这件事，可谓相当尖刻。

上陆澄一当，桂萼只能把懊丧埋藏在心里，但嘴上还要把陆澄作为改悔者，不然，就更没面子。

“王伯安的门人中，不仅有陆原静，还有邹谦之；王伯安的门人中，陆原静少而邹谦之多。”他说。

邹守益也是王守仁弟子，在议礼中大忤圣意，左顺门哭谏前两个月，被贬为广德州判官。

张璁道：“邹谦之未必不如陆原静。”

邹守益从未反省议礼之失，也不闻王守仁要他反省议礼之失，张璁反而对他多些谅解。皇帝似乎也多些谅解，已让他渐升至南京礼部郎中。

话不投机，再也说不下去。

“我欲邀秉用先生共议王伯安事，既然所见不同，我只好独自上疏。”桂萼颇有些负气地说。

“所见不尽相同，我所虑者，只在‘贻人口实’四字，”张璁更正说。“子实先生尽管疏言王伯安事。我早说过，我二人大事求同，小事不必求同；大事同进退，小事不必同进退。不过——”他欲言又止。

“秉用先生但讲不妨，”桂萼道，“小事不必求同，也不必有异动。”

“广东之事未了，皇上是一定要追究王伯安擅离任所的，”张璁说。“吏部不妨先请朝廷原宥，以尽人之情；皇上泰半不肯罢休，子实先生再论王学之非，以尽臣之忠。一弛一张，子实先生看如何？”

“亦无不可！”只要张璁不会为王守仁学术辩，桂萼心里就踏实。

二月初一日，皇帝命议王守仁擅自解任事。初二日，吏部奏请原之。皇帝意未解，命廷臣议其学术、事功。

初四日，桂萼上疏，称王守仁事不师古，言不称师，《传习》转讹，悖谬日甚。宜免夺封爵，以彰国家之大信；申禁邪说，以正天下之人心。

初七日，桂萼入阁。他的职衔是少保兼太子太保、吏部尚书、武英殿大学士，在翟銮之上，列为三辅。吏部事务暂由该部左侍郎董玘署理，但谁都知道，礼部尚书方献夫将转吏部。方献夫也匆匆向礼部左侍郎李时交代前事，放手让李时处置事务，免得降旨改任时慌乱。

初八日，皇帝降谕旨：王守仁所封伯爵，本当追夺，但系先朝信令，姑与终身。其没后恤典俱不准给。都察院仍榜谕天下，敢有踵袭邪说、果于非圣者，重治不饶。

圣旨一下，朝野震动。朝廷大臣中有二人曾是王守仁弟子。一人即方献夫，另一人则是詹事黄绾，亦曾师事王守仁。他们心里为王守仁抱屈，但慑于皇帝威怒，不敢申辩。

第一百一十六章

侍奉圣母皇太后用过晚膳，又说几句闲话，皇帝辞退，回驾文华殿。

明天放榜，今晚无论如何要把一甲三人确定下来。内阁呈进的是罗洪先、唐顺之、程文德、杨名、陈束、任翰六人的试卷，皇帝要在这六人中挑选本科的状元、榜眼、探花。如果皇帝对这六人的试卷不满意，内阁将呈进第二批试卷，但一般不会发生这种情况。

皇帝把六人的试卷阅读一遍，甚是高兴：今年由张先生、霍先生主试，真是令文风为之一变。

本科会试以次辅张璁、詹事兼翰林院学士霍韬为考试官。二人主张文字简劲，告诫会试诸生，程式文毋超出三百字。不然，皇帝也不能这么快就把内阁会同礼部精选出来的六篇文章阅毕。

赶来侍候的张佐匆匆问道："爷看过罗洪先等人的程文，还要不要看其他人的程文？"

这是一定要问的。方献夫改任吏部尚书后，礼部尚书空缺，春闱阅卷的事，稍稍耽搁。十日降旨，以礼部左侍郎李时升任本部尚书。李时办的第一件事，是奏请宽廷试读卷一日，皇帝恩准。皇帝连夜阅卷定等，也与宽延一日有关。如需调阅其他试卷，必定还要惊动许多人。

"不必！"皇帝显然已有中意的程文，"我正要问你，这六卷的顺序，是内阁定下来的，还是你司礼监的人随意摆放的？"

"爷是说罗、唐、程、杨、陈、任的顺序吧？"张佐对六人的前后顺序记得很清楚。"这是阁老们定下来的，奴才们怎敢随意摆放！"

"有人说，杨先生嘱意唐顺之，怎么罗洪先排在首卷？"皇帝问。

廷试确定进士的名次，由皇帝亲定，但阁臣会起很大的作用，首辅的作用更大。议论试卷时，杨一清对唐顺之的文字极为称赏，大有置于榜首之意。当然有人把内阁会同礼部的议论禀奏皇帝。

“奴才也说不清楚，”张佐奏道，“据奴才想，或是几位阁老在一起议了议，一致以为，罗卷更胜于唐卷；或是因为杨先生与唐顺之是小同乡，虽然以为唐文更佳，也不好坚执己意；或是因为杨先生对唐顺之的文章虽然称赏，对其人却不甚称赏。”

他一口气说出三种推测。第一种推测应该说最光明正大、合情合理，但也最难令皇帝相信。内阁数人，对各项事务的看法，都不一致，怎会一致地把罗洪先的试卷推为第一！

唐顺之是常州府武进人，杨一清定居镇江府丹徒，两地都属南直隶，相距不远。前朝丹徒人靳贵为考试官，因试题泄于常州考生而被论劾。杨一清以前事为鉴，处事谨慎，是可能的。但皇帝对这一推测也不大相信。唐顺之与杨一清是同乡，罗洪先是江西吉水人，与桂萼同乡，桂萼就不怕招惹是非吗？

于是，皇帝的心思放在张佐的第三种推测上。

“杨先生对唐顺之其人不甚称赏，你可有所耳闻？”他问。

“奴才听说，杨先生很赏识唐顺之应策试的文章，转请一名常州籍官员向他索要，唐顺之对来者说，少年入仕，守己当严，竟不肯给，”张佐讲述一段传闻后，说，“杨先生或因此对唐顺之其人不甚称赏。”

“你听来的事，未必靠得住，”皇帝说，“罗洪先为何置于首卷，唐顺之为何置于次卷，朕再阅一番，自有分晓。”

他对杨一清之言之行也不是完全满意，但杨一清老成持重，心怀广阔，却是他人难及的。眼下他宁信其无。

张佐知道，状元非罗即唐，再不会有第三人。这不仅因为内阁把罗、唐二人试卷置于第一、第二，而且因为皇帝第一次审阅后，已然赞同内阁的挑选。

皇帝把内阁呈进的六份试卷重新阅过。然后，把另外四份试卷放置一旁，只留罗洪先、唐顺之二人的试卷在御案正中，更加细心地审阅。读过罗洪先的试卷，若有所思，读过唐顺之的试卷，又是若有所思；读过罗洪先的试卷，马上翻阅唐顺之的试卷，读一遍不够，还要多读一遍，读过两遍唐文，马上又翻转来读罗文。最后，他终于把罗、唐二卷合上，平行置于案上，同时伸出右手。

这是要写批语。张佐上前一步，从笔筒中抽出皇帝用惯的毫笔，递与皇帝，同时把御砚里的墨轻轻调和。这本来是近侍们的差事，但他碰巧在皇帝身边，难道还能呼唤近侍？只有他动手来伺候。

皇帝在罗洪先的试卷上批一句话，将试卷交与张佐；在唐顺之的试卷上批一句话，也将试卷交与张佐。

“念。”皇帝命道。

在罗洪先试卷卷首的御批是：学正有见，言说而意必忠。在唐顺之试卷卷首的御批是：条论精详殆尽。张佐各念诵一遍，不知接下来该做什么，只好手捧试卷，呆呆站立在御案之侧。

“张佐，把试卷与朕，朕还有一句话没写。”皇帝忽然命道。

“是。”张佐大有解脱之感，忙不迭地要把两份试卷放回御案。

“朕要一份。”皇帝方才好似在为张佐解围，现在又好似在刁难他。

张佐思忖：皇帝在罗洪先试卷上批的字多，在唐顺之试卷上批的字少，是不是要在唐顺之的试卷上补写几个字，以取齐？刚要把唐顺之的试卷放在皇帝面前，又一想：不对。字并不在多少，要看意思完整不完整，因为皇帝说的是，还有一句话没写上。“学正有见，言说而意必忠”，无疑是句完整的话。“条论精详殆尽”，也是一句完整的话。可见，皇帝并不是因为御批的句子不完整而要补充。

那么，皇帝要加写一句什么呢？

张佐心里一动：对了，皇帝要在二人中择一状元，御批中却没有写明，现在一定是要补充上这一句话。他呈与皇帝的，应该是状元的试卷。

“怎么，你不知朕要在哪一份试卷上加写？”皇帝看他紧张思索，额头上沁出汗珠，两手各执一卷，拿不定主意呈上哪一卷，感觉开心。

“奴才放错，望爷恕罪。”张佐果断地把罗洪先的试卷呈上。

他选择罗洪先，一来，因为内阁呈进的顺序，先罗后唐；二来，皇帝御批的顺序，先罗后唐；三来，“学正有见”与“条论精详”比较，褒奖之意更高。何况，罗卷上的御批还多一句话。

“你懂得朕的心思。”皇帝说着，在罗洪先原批的后面加上一句：宜擢之首者。不知内阁把罗洪先名次置于唐顺之前，是不是经过激烈的争论，但皇帝做出的选择和内阁最后做出的选择是一致的。

按照惯例，皇帝只需确定殿试第一人，如果皇帝同意内阁会同礼部选择的一甲第一人，一般也不会反对入选的一甲第二人、第三人。张佐无须奏请皇帝在唐顺之的试卷上加一句“宜置于第二”等等的话，但却必须问个清楚。

“爷把唐顺之置于第二吗？”皇帝只要点一下头，他就可以代皇帝在唐顺之的试卷上做一个记号。

“不，唐顺之不能置于一甲第二。”皇帝说。

在确定一甲第一人的同时，也确定一甲第二人。他不讲理由，继续在其他的四份试卷上书写御批。

他在程文德的试卷上只写四个字：探本之论。

“爷是要把程文德置于一甲第二吗？”张佐唯恐皇帝把几份试卷一气批过后，又要他来猜断谁人将点为榜眼，忙问一句。

“不错，”皇帝说，“罗文学正有见，程文探本之作，珠联璧合。”

“爷，内阁呈进此卷，曾有过一番争论。”张佐觉得有必要提醒。

“内阁有何争论，你讲与朕听。”皇帝命道。内阁的争论未必会改变他的决定，但内阁争论的内容他是一定要知道的。

“桂先生反对呈进该文，”张佐道，“桂先生说，程文德师从王守仁，朝廷方有禁止王守仁学术之旨，不宜置程文德于高第。”

“程文德是王守仁弟子？他籍贯在何处？”皇帝问。

试卷首有考生籍贯，张佐照答：“回爷的话，程文德是浙江永康人。”

“那么，是张先生主张呈进程卷？”皇帝半是询问，半是肯定。

“爷圣明，料事无不中鹄。”张佐想到一个恰如其分的词。

皇帝对料事中鹄不无得意：“这不难料到。涉及王守仁弟子，杨先生是不会为他作主的，翟卿是不敢为他作主的，除张先生，还会是哪个！”随即又问，“张先生主张呈进程卷，可有说法？”

张佐学说：“张先生道，朝廷禁止的是王守仁学术，不是王守仁弟子。程文德作文，依照朝廷颁发的程式，并非依照王守仁的学术。他的文章作得好，为何不能呈进，为何不能置于高第！”

“辩得好！”皇帝不由喝彩，“杨先生与唐顺之同乡，不为他争名次，是杨先生的长处；张先生与程文德同乡，肯为他争名次，是张先生的长处。只有像张先生、桂先生这样不存私念的人，才能内举不避亲。桂先生内举不避亲，朕准；张先生内举不避亲，朕焉能不准！”

于是，钦定程文德为一甲第二人。

“一甲第三人，朕还要斟酌。”皇帝说着，在余下三卷上写御批。

在杨名试卷上写的是：能守圣学，以为此知要之说。

在陈束试卷上写的是：仁智之用，著之吾心，此不易之说。

在任瀚试卷上写的是：勉吾敬一之为主，忠哉！

所谓斟酌，不是斟酌三卷的立意和文字，而是斟酌自己的批语。三卷的御批都是至高至重的褒奖，一时难以断定哪一句更高更重，皇帝只得再次以阁老们确定的先后为先后，把杨名置于一甲第三。

“张佐，你知朕为何不把唐顺之置于一甲吗？”皇帝忽问。

张佐心存疑惑而不敢问，没想到皇帝反而问起他来。他忙说：“奴才也一直在想此事。奴才想来想去没想通，但知爷必有深意。”

皇帝正要把自己的本意说与人听：“罗文、唐文，朕反复推敲，可说分不出高下，也可说略有高下之分。以分不出高下而言，把唐顺之置于一甲第二，士子们要将唐文与罗文比较，越发觉得，二文没有高下之分。以略有高下之分而言，把唐顺之置于一甲第二，士子们会觉得，高下之分没有被突出。朕不置唐顺之于一甲，以为二文分不出高下的人，可少做些比较；以为二文略有高下的人，也知朕区别的出二文的高下。故朕宁愿置唐顺之于二甲之首。”

“爷思虑之深，非奴才敢测。”张佐说。

他这样说，不仅是奉承，也是由衷敬佩。

一甲三人确定下来，二甲第一人确定下来，二甲第二人、第三人应该说也确定下来，但还要坐实。

“爷批陈束、任瀚二人试卷，该以陈束置于二甲第二、以任瀚置于二甲第三吧？”张佐问。

“就这样吧。”皇帝道。二甲第一以下的名次，本不劳圣虑。

皇帝召来张佐，是为确定罗、唐六人的名次，这件事可以说已办好。

另有一事，张佐顺便请旨：“杨先生对奴才说，呈进的六份试卷，爷钦定的一甲三人外，其他三人为二甲前三名，亦为庶吉士前三名。今次庶吉士，内阁拟定为十九人，还有十六人的试卷，爷要不要审阅？”

皇帝摇头，表示不再阅。

张佐刚要问，是不是如内阁所议，皇帝的话已说在前面：“朕想，今科还是不选庶吉士吧。”

张璁曾议曰：庶吉士皆乳臭不堪教养。故嘉靖五年庶吉士无一人留在翰苑。在皇帝看来，选取庶吉士最要紧的一点，还不是其乳臭不堪教养，而是庶吉士每为大臣徇私选取，市恩立党。大臣以庶吉士为爪牙，还怎能实心为朝廷选取人才`！庶吉士以大臣之是非为是非，以大臣之进退为进退，还怎能实心为朝廷办事！既然选取庶吉士于朝廷无益，甚或有害，不如暂不选取。

暂不选取，至少是今科不会选取，张佐需要进一步请旨：“奴才是不是明日传谕内阁和吏、礼二部，今科暂不开馆，二、三甲进士一体除用？”

皇帝想了想，说：“内阁呈进六卷，又呈进名帖，不如索性点明，唐顺之等一体除用，既表示不选庶吉士，又表示唐顺之为二甲第一。”

“爷想的周全，”张佐应道，“奴才传旨：唐顺之等一体除用。”

“你再向吏部传朕的旨意：该科进士，有才行卓异学问优正者，吏部举奏，收之翰林，以备擢用。”皇帝最后向张佐交代。

第一百一十七章

罗洪先、程文德、杨名、唐顺之、葛守礼、杨爵、杨博七人离开张璁宅第，径往霍韬宅第。

相约拜师，是一定要拜张璁的，因为他是第一大主考。然后才好去拜霍韬。拜张璁，礼节性的因素多一些；拜霍韬，感情上的因素多一些。据闻，他们七人都是由霍韬取中的。他们是不是为此而约在一起，没有人说得出来；但拜辞张璁时，他含义颇深地说了一句："你们同去看望渭先先生，极好。"可见传闻总有来头。

走在路上，七人口音不同，装束各异，有说有笑。

葛守礼趁人不注意，拉拉唐顺之的衣襟。唐顺之理会得，走慢一步，二人落在后面。

"应德兄，"估计他人听不到时，葛守礼呼着唐顺之的字，抱怨地说，"本科进士，你最机敏，为何却在秉用先生面前装聋作哑？"

"与立兄好手段，赞我一句，怪我一句。赞我一句，我不领情；怪我一句，我也不领罪，"唐顺之说着，问道，"我怎的装聋作哑了？"

与立是葛守礼的字。

"秉用先生两次示意，欲荐你任职翰林，你却佯作不解，这还不是装聋作哑吗？"葛守礼道，"才行卓异、学问优正者，收之翰林，是圣上的旨意。秉用先生依旨行事，又不是私情，你为何要回避？"

"与立兄等均不入翰林，我为何要入翰林！"唐顺之与他分辩，"我不好正面拒绝秉用先生，只有装聋作哑；除装聋作哑，与立兄难道还有别的好法子？"

"话不是这样说。本科进士三百人，总要有几人在翰林，才显示得出我辈的实力。应德兄不入翰林，他人又怎入得翰林？秉用先生欲举应德兄，也是他有眼力，"葛守礼回应的是唐顺之前面的话，下面，他又问句很尖刻的话，"应德兄不肯入翰林，是否不甘心居于达夫兄之下？"

达夫是罗洪先的字。

罗洪先、唐顺之的学识文章在伯仲之间，很多人为唐顺之不平。葛守礼借这个机会，正好探一探唐顺之本人的想法。

“达夫兄的进士第一，是圣上钦定的，怎会有错！”唐顺之正色言道，“换成别人，我或有不服，达夫兄的学问有大家风范，我对他的敬重出于真心，怎会不服！我在秉用先生面前装聋作哑，只因他的话让我不好应对，与达夫兄却不相干，与入不入翰林其实也不相干。”

“是，应德兄君子之人，自然非礼勿言。”葛守礼问到此处作罢。

杨博觉出身边少个人，回过头来，见唐顺之、葛守礼二人正在低声谈论。他叫道：“应德兄，与立兄，闪在后面谈闺房秘事吗？”

“唯约兄尚未成年，也懂得闺房秘事？”葛守礼回敬道。

唯约是杨博的字。

他今年二十一岁，早已成年，早该懂得闺房秘事。但他在本科进士中差不多是最年轻的一人，葛守礼拿他取笑，也因为已厮混熟，不拘细节。其实，葛守礼只比他长四岁，唐顺之只比他长两岁，均属年少一辈。

一对一答之间，唐顺之、葛守礼快行一步，赶上众人。到得霍韬宅邸，罗洪先等各递上自己的名刺，门上的家人请众人稍候，自己去里面报信。不多时，一人随他翻转回来，手上捧着众人的名刺。

“在下霍刚，奉老爷之命，迎候诸位新贵，”那人边说，边向众人统作一揖，“老爷说，请诸位入内叙话。但门生帖不敢收，请取回。”

说着，将几张门刺递与门役，让众人自取。

众人听说霍韬性情怪异，尤其疏于座主、门生之情，还在半信半疑。想不到，对前来拜谒的诸生，他也不肯以老师自居。在他，算得上一以贯之；在众人，不知该不该取回名刺，也不知该怎样取回名刺，颇感为难。若每人去门役手上辨取自己的门刺，那场面一定够难堪的。

众人中，杨名阅历较多。见大家都在发呆发愣，想不出应付的办法，于是从门役手上取回名刺，一一分发给各人。他说：“自占先生有命，弟子无不遵从。我等先随这位小兄弟去见过渭先先生。”

都没面子，也就无所谓。大家跟在霍刚后面，进入院内。

宾主见面，罗洪先等欲行门生参拜座主的大礼，霍韬说声“免”，只让他等行晚辈见前辈礼。

众人坐定，霍韬说：“进士者，国家之人才也，天子不用为私人，我等臣子怎敢说士由我进，为我门生？考试官为国家取士，应试生为国家入仕，二者之间，不过如此。考试之后，或有前辈、晚辈之别，或有上官、下官之分，也不过如此。座主、门生云云，最是荒唐。师者，所以传道授业解惑也。古人都知道，老师是不能随便叫的，今人怎么反而不知道？考试官未向应试者传一道，授一业，解一惑，怎就收取一干弟子？应试者未经考试官传一道，授一业，解一惑，怎就拜得一位老师？他日你等作考试官，是不是以座主自居，我不能强求；今日我做考试官，是绝不能认下门生的。”

唐顺之以右手划一大圈，把七人都划进去。他说：“渭先先生于我等为前辈，”又以左手划一圈，把罗洪先、程文德、杨名划进去，“于他等为上官，”然后两手一合，“我等是来拜望前辈和上官的。”

听这两句话，霍韬微笑，众人也随之笑起来，室内的气氛才稍稍融洽。

“不收名帖有不收名帖的麻烦，首先，各位的名字就叫不上来，”霍韬说。他对杨名稍有印象，但不知其字，便问：“子为杨探花吧？”

“不敢，不敢，晚生杨名，字实卿，四川遂宁人。”杨名自报家门。名字、籍贯都是名刺上注明的，他把这几样同时道出，等于送上一纸名刺，足见他能见机行事。霍韬不承认他们之间座主、门生的关系，但承认他们之间前辈、晚辈的关系。自称晚生，是霍韬可以接受的。

果然，霍韬亲切地对他说：“实卿，皇上赞你能守圣学，到翰林院以后，你要在这上面多下些功夫，以为众翰林的表率。”

“晚生在翰林院愿听从渭先先生的教诲，”杨名道，“只是晚生已告准假，一两日内要离京还乡。今日来，一是拜谒，二是辞行。”

“实卿家里有什么要紧的事吗？”霍韬问。

“是，”杨名应道，“晚生近日得家书，大母病逝。”

杨名是妾室所出，大母，指其父之正夫人。这些事情，士子一般不会对外人讲。杨名对霍韬讲时，毫无顾忌，心目中还是视他为老师。

“这是要告假的，”霍韬说着，转问罗洪先，“罗状元，闻得你对人说，状元三年一个，不足为喜，儒者事业有大于此者。可有其事？”

“晚生不敢小觑朝廷名位，实是觉得，学问事更为重大。话说得偏颇，还请渭先先生指正。”罗洪先说。

霍韬称赞道：“罗状元见识不凡。”

“晚生字达夫，是江西吉水人。”罗洪先赶快介绍自己，免得霍韬状元状元地唤自己。

霍韬重复赞道：“达夫的见识不凡。达夫得翰苑，翰苑得达夫，两相得也。”

“渭先先生赞誉，晚生实在当不起，”罗洪先谦道，“渭先先生，晚生今日来，一是拜谒，二是告假。晚生不同于实卿兄，没有不得不还乡的理由，只是家大人年事已高，晚生欲请三五个月的假，回乡省亲。”

“遵道先生有六十五岁吧？”霍韬问。

既知罗洪先的父亲是罗循，可见对他不是一无所知。罗循字遵道，弘治十二年进士，与王守仁同年。霍韬对王守仁十分推崇，嘉靖三年回朝时，特意绕道绍兴，与王守仁夜话数次。二人交谈许多研究学问的心得，也讲过许多闲话。王守仁讲到同年的情形，他记住数人。

“承蒙渭先先生垂询，家大人今年六十有六。”罗洪先回答。

“是该回去看看，达夫尽管奏请。”霍韬掌翰林院事，先予准允。

“舜敷兄，朝廷新任的三位翰林官，前面的一位后面的一位都告假，中间的一位不准备告假吗？”杨爵有些调皮地问程文德。

“达夫兄、实卿兄若不告假，或二兄中只有一人告假，我则有意告假；他二人都告假，我就不好再告假。”程文德说得实在。

霍韬知道他是程文德，问道：“程榜眼字舜敷？”

“是。”程文德应道。

“这两个字用在一起很可以玩味，”霍韬道，“舜敷，达夫、实卿告了假，你就不准备告假，是怕人说我在翰林院留不住人才吗？”

“晚生等告假，与渭先先生声誉何干！”程文德道，“晚生只是觉得，翰林院一次而授三官，若一次而均告假，于我辈声誉不好。”

“舜敷很识大体。”霍韬点点头，复问，“舜敷是哪一省人？”

“晚生是浙江永康人。”程文德这才想起，有一句该说的话没说。

“对，我想起来，”霍韬忽有所悟，“你与秉用先生是同乡。”

“我等拜谒渭先先生之前，拜谒了秉用先生。秉用先生当着众人的面，对我说：他等都该来，你却不该来。”程文德委屈地说。

在他想来，霍韬疏于师弟之情，无可抱怨；张璁疏于同乡之情，却可以抱怨抱怨。

霍韬笑笑，说：“这正是秉用先生过人之处。”

杨爵有意无意引出程文德，霍韬盯住他看一阵，说，“与君似曾相识，又不相识。”

“晚生杨爵，字伯珍，是陕西富平人，”杨爵忙说，然后加上一句，“晚生不慧，最是落后，渭先先生不该识得晚生。”

“三甲第六，伯珍还觉得落后吗？”霍韬笑道。

他随口说出杨爵的名次，令得所有在座的人都有些吃惊。只能说，他虽不肯以座主自居，对由他选入的进士，还是十分关注的。接下来一问，更可见他的关注：“伯珍，你的一位本家，排在三甲第四十八名的，可随你等一起来？”

杨爵没有回过味来，杨博知道是在说自己，愣了愣，答道：“晚生来了。晚生杨博，字唯约，是山西蒲州人。”

“唯约，我记得你，是因为你的文章实有过人之处，”霍韬说，“你将来的成就，远不是三甲第四十八人的名次可以束缚的。”

他不直言杨博的名次排得太后，而是预言杨博将来的成就，也算是一种勉励。

“晚生但愿将来不负渭先先生的期望。”杨博颇为感动。

霍韬看看还不曾开口的两个人，问道：“不知哪一位是唐会元？”

唐顺之揖道：“在下唐顺之，字应德，是常州府武进人。”

自他用一句笑话打破室内的沉闷，霍韬一直在暗中注视他；现在又把他重新打量一番，赞道：“应德英气见于眉宇间，果有南直魁首的风范。”复又叹道，“今科人才太盛，换在他科，应德一定是大魁之选。”

“得居罗洪先科二甲之首，晚生知足得很。”唐顺之说。

“好，我知道你说的是真心话，”霍韬点头言道，“你的文章，洸洋纡折，有大家之风。莫道房考读后赞赏不已，秉用先生和我读后赞赏不已，就连内阁诸公读后，也无不赞赏不已。你所欠缺者，是火候不够，只要用心锤炼，定是本朝文章一大家。”

“洸洋纡折四个字，说得晚生惶然不安；火候不够四个字，又说得晚生心口俱服，”唐顺之道。“渭先先生训示，晚生牢记一生。”

“这位是葛生？”霍韬不知在问葛守礼本人，还是在问众人。

“晚生葛守礼，字与立，山东德平人。”葛守礼是最后一人，不由多说几句话，“晚生手慢，拖到最后才封的卷。晚生腿慢，方才走在后面，被人取笑一番。晚生嘴也慢，抢不过大家。好不容易余下应德兄和我，心想，应德兄是谦谦君子，或会让一让我。谁知我向他使若干眼色，他还是抛下我，抢先一步，聆听渭先先生的训示。”

众人哄然而笑，霍韬也禁不住莞尔。

杨博想起他在路上对自己的挖苦，说道：“与立兄难得的是心思最快。想要快时，手也快，腿也快，嘴也快；想要慢时，手也慢，腿也慢，嘴也慢。他要挖苦我，故走在后面；他要责备大家，故说在后面。”

众人又是一笑。

笑声一住，霍韬问："诸位知道我今日最高兴者何事？"

众人你看看我，我看看你，皆茫然无知。

霍韬自答道，"我今日最高兴的是你等七人同行。达夫是江西人，应德是南直人，舜敷是浙江人，伯珍是陕西人，与立是山东人，实卿是四川人，唯约是山西人。七人七省，不树乡党，在我皇朝，就要树立起这样的风尚。"

七人相约时，不曾想到树乡党，也绝不曾想到不树乡党，听罢霍韬的称赞，心中道声惭愧。宾主又天南地北地闲聊几句，众人告辞。

第一百一十八章

太常寺卿刘銶在第二道门把新科进士李开先迎进去。李开先揖道："不敢劳动西桥翁大驾。"

刘銶字汝中，号西桥，山东寿光人。

刘銶笑道："我不是礼谦伯华，我是要看住我的书。"

李开先字伯华，山东章丘人，在太常寺试职。

第二层院落搭起木板，上面放满书。今日天气晴好，刘銶命健仆把一部分书搬出来晾晒。他说看住书当然是一句笑话，真把李开先当作窃书贼，他早该闭门谢客。院里放书太多，走路时不小心，就会把书碰落在地，为客人引路，提醒客人当心，倒是真有必要。

刘銶出身官宦人家，其父刘珝是成化年间的阁老。他本人有一段奇特的遭遇：八岁被召入宫中，宪宗皇帝见他聪敏异常，拜起如礼，大爱之，即授职中书舍人。这件事在当时被传为美谈，刘銶的前程也就此而确定下来：他不能入县学、府学、国学，不能参加乡试、会试、殿试。他不用与成百上千的士子争一席之地，可也不用想与进士出身的官僚一争高下。他生性爱书，官宦世家的背景，使他有能力大量藏书，本人奇特的遭遇，使他有心境大量藏书。刘銶富于藏书，京师无人不知。

李开先也是爱书之人，见一院子的书，禁不住问："可否浏览？"

"伯华请便。"刘銶既然迎进客人，自然不会拒绝。

李开先随意取一册，翻了翻，放回原处，又随意取一册，翻了翻，放回原处。开始还翻一翻里面，后来只扫一眼封面。他心里有一疑团，一直隐忍不发，终于忍耐不住。

"西桥翁所藏图书，都是珍品。可怎么都是刘氏所著？难道西桥翁只重同姓同宗之人？"他问。

"刘姓作者的书，我收藏的多，但并非仅藏同姓同宗之人的书，"刘銶说，"正因收藏刘姓作者书多，我独辟一室存放。唐、宋以来的刘姓文集，我收藏大约五六十部，二百余函，一千余册。”

李开先大惊。他问：“此间晾晒的，只是西桥翁一室之书？”见刘鈗点头，他说，“我以为见识到西桥翁藏书，却原来只见一斑。”

“今日晾书，家中较乱，改日再请伯华品书。”刘鈗说着，把李开先让入室内。一家人送上茶水后，又出外帮助晾晒图书去。

李开先端起茶杯，闻闻茶香，又放下。

“有一句话，我逢人就讲，到得西桥翁府上，我却不敢讲。西桥翁知道我常讲的是句什么话吗？”他问。

“伯华该不是讲好购书吧？”刘鈗胡乱猜测，并不当真。

李开先朗声一笑：“正是此话。”

“伯华不必羞于启齿，我四十年前亦如此病。”刘鈗说。

李开先一怔：好购书怎成为病？

他换个话题：“在下又好辞章。”

“这也无妨，我三十年前亦如此病。”刘鈗用的仍是个病字。

“近年来，为备科举，本该多读四书五经、程式文章，我却偏偏好探究朝廷故实，乃至于移日竟夜，枉费不少时光。”李开先再换话题。

刘鈗喜道：“伯华不必懊悔，我二十年前亦如此好，然不为病也。制度沿革，世事变动，我仍在关心。伯华也可来舍下，作移日竟夜之谈。”

“在京师日短，但忽有所悟，我辈当穷经学、讲时务。”李开先说。

刘鈗由小喜而大喜：“我十年来方究心于是。穷经致用，以经术饰吏治，自古皆然。惜今人学多支漫，不在根本上做工夫。我居京师五六十载才悟及此，伯华在京师月余便有此悟，真可说后生可畏。”

“五六十年之悟与月余之悟，虽是同一悟字，涵义大不相同，凡事还赖西桥翁指点。”李开先说。

嘉靖初年以来，进士中第者无不求乡之先达者自托，李开先的话也有托请刘鈗关照的意思。

李开先有托请之意，刘鈗也就不客气：“伯华，你不以我为老朽，我就倚老卖老，嘱咐你句话。穷经致用，远避是非，你记好这八个字。”

李开先立即警觉：“西桥翁是说，朝廷上将有是非吗？”

“伯华不必紧张，”刘鈗气定神闲地说，“今上求的是穷经致用之士，朝廷之上，也多是讲求穷经致用之士。应宁先生自不必说，我曾与他同衙，深知他的为人。秉用先生和子实先生虽则新起，我看得出来，二人也是讲求穷经致用的。伯华对穷经致用有所悟，本该是大展身手的时机，但内阁数人都太强，互不相让，难免要起是非。你若卷入是非中，别说有所作为，恐怕自身也难以保存。”

“不依附权势，则可远避是非，这也正是我的宗旨。”李开先说。

“不依附权势，并非不交权势，”刘鈗进一步开导。他从书案上取一纸，递与李开先，“元瑞先生的新诗，伯华拜读过吗？”

是一首纪本科会试的诗，刘麟写道：

> 宫阙东偏紫阁西，九官分局主恩齐。明明抚运收才俊，穆穆临文自品题。
> 手谄日中垂藻鉴，奎文时暝散云霓。安车打伴南宫宿，中使宵传有御批。

李开先读罢，将诗稿奉还。字迹清新，大约不是昨日之作，就是前日之作。由此可见，刘鈗与刘麟的关系相当密切。他以刘麟新诗相示，是说这样的公卿可交，还是说这样的公卿可学，李开先不解。

“朝廷之上，多是讲求穷经致用之士，可这位刘大司空却是超脱世俗的公卿。”刘鈗好像在讲他的用意，但讲的仍然含糊。

李开先只好自己揣摩：“西桥翁要我好讲辞章吗？”

“寓穷经致用于辞章，有什么不好？”刘鈗意味深长地说。

第一百一十九章

云南巡抚欧阳重在同一天里接获两函。一函来自成都，是四川巡抚唐凤仪写的，一函来自永昌卫，是罪官杨慎写的。两函来自两地，出自两人之手，却是为一件事：飞报杨廷和讣闻。唐凤仪和欧阳重同是正德三年进士，遇有如杨廷和这样的一代名臣去世的事情，彼此会通个消息。

欧阳重一手持一函，暗自嗟叹：二函不该在同一日到的，却在同一日到，一缓一急，由此可知。云南府差不多在成都府正南，而永昌卫差不多在云南府正西，就算从成都去永昌可以取近路，大概也要比到昆明远一千里，加上从永昌到昆明一千二百余里，共两千余里，其间有不少崎岖山路。这是一个数字。杨廷和居住新都，距成都不到一日的行程。这又是一个数字。譬如杨家同时向成都和永昌飞奔告丧，唐凤仪在接丧报后过两日再向昆明告丧，两边都是同样的速度，他的信函也该比杨慎的信函早到十天八天。两函同日到达，可见杨府家人送信给杨慎和为杨慎送信到昆明，不仅日夜兼程，而且日夜飞驰。

不应责怪唐凤仪之缓，他肯致函欧阳重，请他关照杨慎，已经是很讲情面。欧阳重所以嗟叹，是因为想到：杨廷和七十一岁而卒，不该说早夭，可也不能说得寿，因为他的身体一直很好，本应活得更长久。杨廷和之死，无疑是郁闷所致。而杨慎发戍极边，不能陪伴在身边，或是杨廷和最觉郁闷的一件事。听说嘉靖五年杨廷和病重，见到杨慎，病好一半；杨慎在家与他盘旋数日，他的病又好一半。父子间的真情由此可知。杨廷和临终前，杨慎不在身边，他怎么阖得上眼？他含恨辞世，在永昌的杨慎致函欧阳重，托付他奏准朝廷，允许奔丧；在四川的家人托付唐凤仪致函欧阳重，请他为杨慎说情。这样的一个结局，对杨廷和来说，实在是太凄惨；对杨慎来说，实在是太凄惨。

欧阳重手捧杨慎的信札，又读一遍。杨慎写道："万里闻讣，五内摧裂。奈何，当复奈何！于此不归，是无父也；归而不告，是无君也。执事若矜其情而赐之告，使襄事宁凶，遄归反役，维情与宪，实两兼之。闻执事仁人也，锡类者也，哀有丧者也，必欲归处不肖者也，故敢以私于左右。临状荒眩，不知所宣。”

杨慎少时习字于李东阳，草书、隶书俱佳。但此函大约二百字，划去重写者竟有七八处；未加改正者，不是笔画扭曲，就是布局欠佳，全不见往日的豪放和潇洒。他写函时的心境，可想而知。

欧阳重由杨慎的字想到李东阳，想到了李东阳对杨廷和的风评。李东阳说：“吾于文翰，颇有一日之长，若经济事须归介夫。”

这话是在杨廷和入阁时说的，应在正德二年八九月间。欧阳重在正德三年三四月间入仕，与其时大约相隔半年，而他听到不少士大夫私下里仍在重复“经济事须归介夫”。这句话给他留下很深的印象。

欧阳重并非对杨廷和的一言一行都很敬佩，有一件事就很不让他敬佩：正德五年，刘瑾之兄病亡，文武大臣竞相前往吊唁，杨廷和也在其中。自己没有去，刘瑾拿自己不是也没有办法吗？他当时想：杨廷和为什么就不能不去？难道不知道，吊唁一名太监的兄长，不合自己身份吗？后来阅历日深，他渐渐懂得，杨廷和不能不去。不去吊唁，是把自己置于刘瑾的对立面。自己不去吊唁，而未招致刘瑾的报复，因为他不过是小小的主事，刘瑾根本不把他放在眼里。即便有人向刘瑾举告，刘瑾未必屑于理会。杨廷和却不一样。一名内阁大臣不去吊唁，成为刘瑾的对立面，刘瑾绝不会置之不理。以刘瑾那时的权势，要报复杨廷和，并不是件为难的事。杨廷和为保全自己，就一定要去吊唁。欧阳重当时很看重此事，后来渐渐看轻。是不是经世济国之臣，不该只看这样的事。

武宗皇帝嬉戏豹房，北狩南巡，欧阳重对杨廷和，一半是不满，一半是敬佩。杨廷和作为内阁首辅，听任皇帝荒诞不经，无力改变，这使欧阳重对他不满。杨廷和作为居守大臣，一身而系天下安危，能够镇定自若，化险为夷，这使欧阳重对他敬佩。如果说，杨廷和任首辅之初，欧阳重对他的不满要多于敬佩，那么，两三年之后，欧阳重对他的不满和敬佩不相上下，再有两三年，欧阳重对他的敬佩已多于不满。

而从武宗皇帝去世到今上即位的四十天里，不管对杨廷和曾有过多少不满，也应该化解。你可以说，手握重兵的江彬并无反意。你可以说，身居高位的王琼会拥戴新天子。但当时主持朝政的若不是杨廷和，会出现怎样的局面，时至今日想一想，恐怕也要惊出一身冷汗。

不管对杨廷和曾有过多少不满，看看今上即位之初推行的新政，也应该化解。你可以说，朝廷出现的新气象，是物极必反。你可以说，嘉靖初的新政裁自圣衷。

但当时主持朝政的若不是杨廷和，会不会有新政，新政会推行到什么程度，众人心里大概都要问一问。

欧阳重不曾积极参与议礼。他不完全赞同杨廷和，也不完全反对杨廷和。以礼法而言，杨廷和可能是对的；以人情而言，杨廷和可能是错的。议礼新贵的指责，同样使欧阳重困惑：杨廷和在刘瑾专权时可以退让，在武宗皇帝荒诞时可以退让，而且不是退让一步，有时要退让几步；为什么对于当今圣上议礼，就一步也不肯退让呢？

困惑是困惑，却没有根本改变欧阳重对杨廷和的看法：一来，欧阳重对杨廷和的敬佩，经过许多年，经过许多事，已经根深蒂固；二来，欧阳重对议礼之争，介入不深，成见不深。所以，他曾经把杨廷和视为经济之臣，现在仍然把杨廷和视为经济之臣。多少年以后，再品味李东阳对杨廷和的那句评语，更觉其深刻和正确。

想得太远。欧阳重用力摇摇头，把思路从李东阳的评语和杨廷和的功过拉回到手上的两份信函。唐凤仪的信函写得简而含蓄，杨慎的信函写得简而感人，两份信函都给他一些启示。

唐凤仪称：长者逝去，举家哀痛，举郡哀痛，川中同仁哀痛。其府上下呼唤长公子还蜀治丧，亟望吾兄善为奏请。

去年六月，定议礼诸臣罪，杨廷和削籍，从那时起，他已是一介平民。唐凤仪不称他前相公，不称他介夫先生，不称他石斋公，而使用长者这个词，可谓用心良苦。既称长者，就没有把他看作罪臣；他的功名可以一笔勾销，他的功过却不可以一笔勾销。既称长者，也没有把他看作贤臣；对他的功过应据实论之，对他的品行却不必苛求。唐凤仪使用长者这个词，既认同杨廷和是一代名臣，又要和他保持一定的距离。对杨廷和的这种态度，在他们那一代士人中大概是很普遍的。

尽管杨廷和是一介平民，作为辖制一隅的四川巡抚肯定要把他去世的消息上奏朝廷。唐凤仪本来也可以代杨家奏请，准允杨慎奔丧。但杨慎身在云南，四川巡抚代他奏请，不如云南巡抚代他奏请效果好。欧阳重想，唐凤仪托付他奏请，而不直接奏请，不是推卸责任，而是有所考虑；不是怕担风险，而是知道他敢担风险。倒不可辜负这一番相知！

杨慎称：于此不归，是无父也；归而不告，是无君也。嘉靖五年，他得知杨廷和病重，并未请于朝，私自还蜀。那时只想着与杨廷和见上一面，并不在乎被视为无君。现在杨廷和已经去世，他反而不肯被人视为无君。他或是希望，朝廷会对杨廷和有一个新的说法。他的希望不能说完全没有根据。朝廷对杨廷和的处置，和对他的处置有所不同。他的罪名是在争议大礼的过程中，由于过激的举动，直接加于他的。杨廷和的罪名则是在致仕后，被追加的。直接加于他的罪名无法纠正，追加于杨廷和的罪名则可以纠正。得知杨廷和去世，杨慎肯定心急如焚，恨不得立即哭拜在杨廷和的灵位前。只因怀着这样的希望，唯恐朝廷因为他的妄动而不纠正对杨廷和的处置，他宁愿抑制自己急切的心情，通过正常的途径，向朝廷奏请。

欧阳重知道，不论杨慎在杨廷和去世后的举止如何，朝廷都不会纠正对杨廷和的处置；即使他或唐凤仪代为奏请，朝廷也不会恩准。但让杨慎堂堂正正地离开永昌，回到新都，却是做得到，也应该做的。他铺纸执笔，拟就代杨慎陈请的奏疏，差专人送往京师。

第一百二十章

皇帝皱起眉头："这陆粲上个月刚刚被杖三十，还敢上疏论事？"

给事中陆粲、刘希简因争一宗狱案，被下诏狱，杖三十，还职。事隔不久，皇帝记得这件事。今天听张佐要读陆粲的奏疏，肯定会联想前事。

张佐不知皇帝是因前一事而记恨陆粲，还是因后一事而称赞陆粲，只能回答一句不含褒贬的话："奴才听说，陆粲别无长处，只是劲挺敢言。"

"劲挺敢言还不是长处吗！"皇帝道，"朕大用张先生，还不是因为他劲挺敢言；朕大用桂先生，还不是因为他劲挺敢言。朕今日倒要看一看，陆粲是怎样劲挺敢言的！"

陆粲上的是参劾张璁、桂萼等的奏疏，称二人恩隆宠异，振古未闻；乃敢罔上逞私，专权招贿，擅作威福，报复恩仇。所举事例，主要针对桂萼。如受尚书王琼馈金钜万，连章力荐；如昌化伯邵杰，本邵氏养子，桂萼纳其重贿，竟使奴隶小人滥袭伯爵。至于掌吏部一年，引用乡故，不可悉数。如致仕尚书刘麟，其中表亲也；侍郎严嵩，其子之师也；佥都御史李如圭、南京太仆少卿夏尚朴、礼部员外郎张敔、御史戴金等，皆其姻党。该疏顺带参劾其他大臣，说礼部尚书李时柔和逢迎，狡猾多智；南京礼部尚书黄绾曲学阿世，虚谈眩人；谕德彭泽夤缘改秩，躐玷清华。此数人皆阴厚于张璁而阳附于桂萼。

昌化伯的公案，皇帝还记得。老昌化伯邵喜是佑圣太皇太后之弟，嘉靖初年封爵。邵喜病逝，子邵蕙嗣。邵蕙病逝，无子，以邵杰嗣。邵杰乃邵喜兄邵安之孙。关于邵杰之立，大臣间有过争论。张璁说，邵氏子孙已绝，不宜立。桂萼说，邵杰可立。

《明伦大典》修成，皇帝命武定侯颁赐勋戚，不及邵杰，邵杰上疏自请。皇帝为此曾责问武定侯。武定侯引用张璁之言，称邵杰不是昌化伯嫡派，请勘之。皇帝不准，仍命颁赐。

若桂萼纳邵杰重贿，这事倒要斟酌斟酌。皇帝想。

王琼得张璁、桂萼大力举荐，去年起用为陕西三边总督，因事权重大，皇帝还特别降敕，改总督为总制。皇帝相信张璁、桂萼的举荐，相信王琼确有才干。如果桂萼收王琼重金，皇帝可说被蒙蔽到家。

皇帝不愿和张佐议论邵杰、王琼之事。他问："又是私人，又是表亲，又是朋比为奸，这些人你都知道吗？"

张佐说："有些知道，有些不知。知道的，也不很熟；不知的，奴才也大致问了问他们的籍贯、科第等。"

"先说你知道的。"皇帝命道。

张佐一一述说："刘麟是江西安仁人，弘治九年进士，上月以工部尚书致仕。奴才记得，桂先生也是安仁人，他二人是不是中表亲，奴才不得而知。严嵩是江西分宜人，弘治十八年进士。桂先生请他为其子授书，奴才倒是听不少人提及。李时是北直任丘人，弘治十五年进士，今年三月代方先生掌礼部。黄绾是浙江黄岩人，非进士出身，现官南京礼部尚书。奴才只听人议论，李、黄二人与张先生、桂先生友善，是否阴厚于张璁而阳附于桂萼，奴才不敢妄议。"

果然知道的也不很熟，仅说得出一些皮毛。

皇帝点点头，问道："陆粲是不是还提到桂萼姻亲？那三五个人，你都问出些什么？"

"奴才记得，是四人，"张佐不知好歹地更正。

皇帝哼一声："三五人者，或三人，或五人，还用得着你来说明！但三五人者，泰半既不是三人，也不是五人。多于三人，少于五人，你说是几人！"

张佐暗地里吐了吐舌头，心想：有人要倒霉。倒霉的不是张璁、桂萼，就是陆粲。他嘴上却说："谢爷教诲，原来三五人泰半便是四人。爷不说，奴才怎会知道？姻亲四人，李如圭是湖广澧州人，弘治十二年进士，曾任安福知县。奴才原以为听错，应是安仁知县；后来才知道，江西还有一安福县。安仁县属饶州府，安福县属吉安府。李如圭是去年升任坐院右佥都御史的。夏尚朴是江西永丰人，正德六年进士。他和辅臣桂萼既是同省，又是同科。张敔不是进士出身，大家都说他是江西人，可在哪一郡哪一邑，竟没人说得出。戴金是湖广汉阳人，正德九年进士。这四人与辅臣桂萼是怎样的姻亲，奴才无能，尚未查实。"

"尚未查实，不必再查。"皇帝没兴致再细问。

张璁、桂萼等人曾指斥前首辅杨廷和、后首辅费宏私结党羽，把持朝政。皇帝想，殷鉴不远，他们大概不会再蹈前辙。而按照陆粲所言，二人私结党羽，更甚于杨廷和、费宏。皇帝好不失望。

陆粲参劾张璁、桂萼的奏疏，并不比其他科、道官员参劾张璁、桂萼的奏疏更尖锐，更深刻，却引起皇帝非同寻常的关注。这是张佐绝不会想到的。皇帝踱来踱去，思虑不定时，他绝不敢出一言，连是不是要传旨的话都不敢问。此时请示要不要传旨，有催促皇帝处置张璁、桂萼之嫌。皇帝没有处置张璁、桂萼的意思，就要得罪；皇帝有处置张璁、桂萼的意思，以后反悔，也要得罪。

“朕曾经对杨先生评说过张、桂的长短得失，是想他二人避短就长。他二人如此行事，被科、道官随随便便举出数端，朕想袒护，也袒护不得，”皇帝说着，终于痛下决心。“张佐，传旨吧。”

八月十三日有旨：内阁辅臣张璁负君忘义，勒回家省改。内阁辅臣桂萼革去少保兼太子太傅、武英殿大学士等散官，以尚书致仕。奏疏涉及的其他人，或下狱，或罢免。最后，皇帝用其言而罪其人，责怪陆粲不早言，把他也下狱。

第一百二十一章

桂萼听报张璁来访，不由愣住。张璁大概将近两年不来他家做客；当然，近两年来，他也没有去张璁家做客。

才入翰林院时不是这样的，二人甚至同住过一家会馆。后来各自升任侍郎，也不是这样的。二人彼此冷淡、疏远，不是始自桂萼先一步升至尚书，就是始自张璁先一步入阁，那是在嘉靖六年九、十月间；而可以肯定地说，二人彼此交恶，是在桂萼也进入内阁以后，那是在今年的二月。不知是张璁容不得他，还是他容不得张璁。他有时觉得，张璁对杨一清都要比对他亲切。

回过神来，“有请”两个字才要出口，又咽回去。

“侍候更衣，我出去相迎。”他吩咐。

张璁上上下下打量着桂萼一身正式会客的衣着，笑道：“知我者，子实先生也。”

桂萼被他看得心里发毛，问道：“秉用先生何意，是怪我迎迟吗？”

“迟是迟些，却迟得有道理。我是赞你，不是怪你，”张璁说，“子实先生事先做好出门的准备，应该是知道我的来意。”

“秉用先生是来约我出门的？”桂萼并不知道张璁的来意，“我还以为，秉用先生不期而至，是来与我约一个离开京师的日子。”

张璁说：“离开京师的日子可约可不约，今日出外走走，却一定要约。去处不远，子实先生不必备轿。”

说着，先一步跨出院门，然后让道：“请。”

桂萼稍一迟疑，随着跨出院门，嘴上问着：“秉用先生带我去何处？”

“不是带子实先生去某处，是约子实先生去某处，”张璁边走边说，“我方才说，离开京师的日子，可约可不约，并不是不讲情意。子实先生或以为，你我同赴京师，必要同离京师。恕我直言，这是妇孺之见。若皇上此次命我回家省改，而没有命子实先生致仕，难道你我二人也要一起离京？若皇上嗣后念及你我中一人的好处，譬如，念及子实先生的好处，命子实先生复官，难道子实先生必要等我一起赴京？所以我说，离开京师的日子，可约可不约。方便相约则相约，不方便相约则不必相约；方便同行则同行，不方便同行则不必同行。”

“皇上嗣后念及你我中一人的好处，自然是念及秉用先生的好处。”桂萼说。

这是他的真实想法。但言及此，便止住，他绝不会说诸如“还请秉用先生关照”之类的话。倒是张璁说的另一层意思，他要问个明白。

“秉用先生说，今日出外走走，却一定要约。不知秉用先生今日为何事而约，更不知今日为何一定要出外走走？实不相瞒，我眼下的感受，不是应秉用先生之约而出，而是被秉用先生劫持而出。”

“子实先生言重，”张璁不由笑出声来，“你我相约离京也好，各自离京也好，离京之前，总该去看一看昔日的同僚吧？”

“看一看昔日的同僚？难得秉用先生有雅致。”桂萼讪笑。

“我急不择词，说错了，”张璁道，并换个说法，“我约子实先生，不是拜晤昔日同僚，而是拜晤昔日同志者。这还好笑吗？”

“拜晤昔日同志者？”桂萼细细一想，果然不再笑，“秉用先生是欲将朝廷政事托付，还是欲将你我今后命运托付？”

“兼而有之吧，”张璁说，“陆子余的奏疏写得聪明：他绝口不提议礼中的是非，只论劾所谓结党，这是其一；他绝口不提其他议礼之臣，只论劾你我二人，这是其二。若不这样写，怎能说得动皇上？然则道高一尺，魔高一丈，他写得聪明，我等也可以用聪明的法子应对。他论劾你我，你我不好自辩。他不论劾其他议礼之臣，其他议礼之臣与他争辩，却不是党同伐异。子实先生以为如何？”

子余是陆粲的字。

“甚有道理，”桂萼得到启示，“陆子余纠劾一干官员，独独放过叔贤先生、渭先先生。我不解其意，没想到是他包藏祸心，更没想到可以毒攻毒。陆子余的奏疏看似肤浅，实则深刻，用字看似笨拙，实则巧妙，不像是少年所为。”

他的结论是：“秉用先生，他身后有老谋深算之人吧？”

张璁剖析：“他身后要是有老谋深算之人，私结党与的就不是你我，而是他等。皇上因他的奏疏处置你我，却又把他下狱，所为何事？难道真是因他言之过迟吗？明摆着，皇上对他并不信任。”

他也得出结论：“只需一道有力的奏本，陆子余也好，他身后老谋深算的人也好，都难以容身。”

“是这个道理，”桂萼点头，又问，“秉用先生说去处不远，叔贤先生、渭先先生府上都在前面不远，秉用先生意在哪一府？”

“我们来卜一卦如何？”张璁顽心突发，从身上摸出一块玉坠，一块碎银，他说，“玉坠是叔贤先生府上，碎银是渭先先生府上，我一手握住一块。子实先生，你来挑选。选中玉坠，我二人去叔贤先生府上；选中碎银，我二人去渭先先生府上。”

说着，握紧双拳，伸出左拳在桂萼眼前摇晃一下，又伸出右拳在桂萼眼前摇晃一下。

桂萼推开他双拳，说：“谁不知秉用先生不信神鬼！其实要去哪一府，秉用先生早已确定，何不直言！”

“子实先生说得对，要去哪一府，我曾反复权衡，”张璁道，“叔贤先生人缘好，他上疏争辩，反感的人会少一些。但他过于柔弱，把此等大事托付给他，子实先生放心吗？我看，去方府不如去霍府。”

“渭先先生上疏，当然会掷地有声，”桂萼对二人的长短，也看得很清楚，“但渭先先生倔傲，今日你我请他奏辩，他会从命吗？”

“为什么要请渭先先生奏辩？渭先先生深明大义，我送他四个字，他自己就会上疏争辩。子实先生不妨拭目以待。”张璁自信地说。

第一百二十二章

“霍刚，你知道唇亡齿寒是哪本书里的掌故吗？”霍韬问。

这就是张璁方才送他的四个字。

“老爷对我讲过，是《左传》里的掌故，”霍刚不但知道，而且说得出来，“春秋时，有一小国，叫虢。又有一小国，叫虞。虢国被敌国攻打，向虞国求救。虞国有人主张出兵，有人反对出兵。主张出兵救虢的大臣，用的就是唇亡齿寒的例子。”

“‘虢，虞之表也；虢亡，虞必从之’，”霍韬把《左传》的原文背诵一遍，道，“我自懂唇亡齿寒的道理，何须秉用先生提醒！”

“老爷懂得，我却不懂！”霍刚要对老爷发难，是从不留情面的。“老爷原本说，张老爷、桂老爷被免职，冤哉枉也。老爷是不喜欢应酬的，但他二人离京前，定要设宴请一请。今日张老爷、桂老爷自己送上门来，略备一席，不过举手之劳，老爷怎么不留客？”

“你是说我日前之言不诚吧？”霍韬问罢，郑重其事地说，“你的话大错。日前我说要为秉用先生、子实先生饯行，是诚心诚意；今日不提饯行之事，是另有所思。秉用先生用唇亡齿寒的掌故，是托付我为他二人争辩，你没听出来吧？秉用先生不托付，我既懂得唇亡齿寒的道理，也是要为他二人争辩的。但为他二人饯行在先，为他二人争辩在后，两不妨碍。秉用先生既将争辩之事托付与我，为他二人争辩，须争于一朝一夕，不能送走他二人再去争辩。争辩事大，饯行事小，若是有人因我为他二人饯行，而论劾我为他二人争辩有私，岂不是因小失大！所以，为他二人饯行的酒席是不能设的。霍刚，这番道理你未必懂得，但虞应出兵救虢，你是懂的。虞要出兵，你还不快快献上利刃！”

“老爷的道理，也不那么深奥难懂。老爷不在乎为不为张老爷、桂老爷饯行，张老爷、桂老爷不在乎老爷为不为他们饯行，我又何必在乎！”霍刚研好墨，铺好纸，把笔递与霍韬，大声道，“利刃来也！”

霍韬接过笔去，饱蘸墨汁，在砚台边一抹。他说：“秉用先生、子实先生怕被指为报复，不敢追究陆子余一疏的谋主，我却不怕！陆子余背后必有主使之人，主使之人职位必在张、桂二公之上。霍刚，且看我把此人揪出来示众！”

他要揪出来的主使之人是杨一清。

八月二十三日，霍韬上疏。虽然皇帝没做任何批复，但朝廷上的气氛骤然紧张。虽然霍韬没为张璁、桂萼饯行，也没任何一名大臣为张璁、桂萼饯行，他二人却坦然收拾行装，各自上路。张璁走得更是潇洒，一日或三里五里，或十里八里，即打尖停宿。

第一百二十三章

九月九月日午后，杨一清乘一领小轿，杨芝骑一匹骏马，一前一后，出西直门，过高粱桥北转，直向畏兀村而去。

村外一块墓地，李东阳的父母葬于此，李东阳留有遗言，死后也葬于此。几座坟头，几块墓碑，看上去显得肃穆。距墓地几丈之外，搭着两间草庐，一间供李东阳先年的书童、后成为李府管家的李荃常年居住，一间供扫墓祭拜的客人歇脚使用。

在坟前摆上祭物，杨一清行礼毕，久久凝视墓碑。碑前的字是他题的，碑后的文是他撰的，一晃眼，已是十三年前的事。坟土是新铺放的，没有一棵杂草；坟四周刚打扫过，没有一片落叶。难得日复一日，月复一月，年复一年，李荃的心思全用在这里。

李荃和杨芝离开杨一清有十几步远，好像知道他们的老爷有话要说，不便打扰。

“芝弟，杨老爷的神色不对呀，”李荃低声说，“都道人逢喜事精神爽，怎么在杨老爷脸上绝无一丝快意？”

“都道人逢喜事精神爽，他脸上为何该有快意？”杨芝反过来问。

李荃说：“谁不知姓张的阁老、姓桂的阁老沆瀣一气，欺凌杨老爷？也有人说，杨阁老深谋远虑，姓张的阁老、姓桂的阁老不是他的对手。杨老爷略施手段，那二人果然落荒而去，这还不是杨老爷的喜事？”

他少年时爱听人说古，记住了“沆瀣一气”“深谋远虑”“略施手段”“落荒而去”几个词，一股脑儿插用在这里，不失生动。

“悄声！”李荃的声音已经很低，杨芝还是给他一个警告。

“不对吗？”李荃很不服气，“人人这样说，又不是我一人这样说。”

“荃哥的话没什么不对，但——”杨芝一顿，问道，“荃哥多久没进城了？”

李荃掰开手指也没数清，只好含混地说：“总有十几二十天吧。”

“难怪！”杨芝得理不饶人，奚落地说，“荃哥住在这神仙洞府，怎知京城里一日十变！荃哥上次进城时，大概只听说皇上免张、桂二人，却不知张、桂二人是哪一日离开京城的。小弟来告诉你：皇上免张、桂二人在八月十三日，张、桂二人出城却在八月二十四日。”

“那又怎样！他二人在城中赖一阵，还不是要出城！”李荃说。

“荃哥怎么听不明白！”杨芝有些发急，不说自己说不明白，反说李荃听不明白，“张、桂二人出城，向东行去。不用说，他们是要去运河乘船南下。姓桂的行走快慢，我说不上来，姓张的却是一步三摇，二十四日出城，二十八日才到通州城，竟走五天！”

“那又怎样！他行走再慢，还不是要搭乘船只！”李荃说。

“通州城离京城只有四十里，姓张的却走五天，荃哥还要问‘那又怎样’！”杨芝不禁大摇其头。“荃哥说他还不是要搭乘船只，却不知他因行走得慢，竟不用搭乘船只。”

“这话怎讲？”李荃觉出蹊跷，不再说“那又怎样”。

杨芝说：“姓张的五日只走四十里不说，到通州，还不即刻登船，又在城里耽搁两日。到本月初一日，皇上降旨，召姓张的还朝值阁。他可不是不用搭乘船只！”

“那姓张的又复职！”要不是杨芝按住他的胳膊，李荃就叫出来，“怪不得杨老爷脸上并无快意，原来是姓张的去而复还。不过，杨老爷有得有失，无须沮丧。姓张的虽回来，姓桂的却没回来，去二人，回来一人，这是其一；姓张的是去而复返，杨老爷与他曾经交手，占尽上风，用不着怕他，这是其二。”

李荃说得兴起，声音又高，杨芝不得不再次警告：“悄声！”

他本该解释，李荃的话为何不能大声说；但见杨一清已回转身子，向他们这边走来。他对李荃使个眼色，李荃会意，不再出声。

“你二人比比画划，在说些什么？”杨一清问道。

“我们能说什么，我不过问问乡间这两年的情景。”杨芝遮掩着。

“哼！”杨一清冷笑一声，揭穿他，“恐怕你不只是问问乡间这两年的情景，还要讲讲城里这两日的情景吧！”

杨芝乖巧，他心中的念头，未必一眼能看出来；李荃敦厚，他心中的念头，想瞒也瞒不住。

“荃哥或要问一问城里这两日的情景，老爷一来，他却问不成。”杨芝说着，把话岔开，“老爷，荃哥藏一坛陈酒，要不要尝过再走？”

“不是你家老爷当年藏下的吧？”杨一清笑着问李荃，“西涯公一得好酒，必奉出享客。真有佳客到，家中往往没有佳酿，还要向我那里去借。荃儿，你去我那里借过几回酒，还记得清吗？”

“小人记不清，”李荃说，“杨老爷大概还不知道，有一次无锡邵先生辞行，我家老爷定要以宫中御酿款待，我还和老爷争吵起来。有几人像杨老爷，每次过访都命人抬酒去！我家老爷又不开酒坊，皇上赐酒，能有几瓮？若得一坛老爷留下的陈酒，我倒真要好生珍藏。不瞒杨老爷，我藏的这坛酒，是安阳崔先生托人送的。”

“难得崔子锺言而有信，始终不忘和荃儿的酒友之约。”（参阅《正德皇帝全传》第一部）杨一清叹道，“他不忘和荃儿的旧约，实则难舍和西涯公的旧情。荃儿，这坛酒，你该先在西涯公坟前祭奠，然后再与友人畅饮一回。”

“杨老爷吩咐的是，”李荃道，“得到这坛酒后，我每日早、中、晚各以一满碗祭于老爷坟前，共祭三日，用去半坛。另外半坛酒，我想，有一日老爷的哪位挚友若来，可请他饮。恰好杨老爷碰上。”

“好，你想的很周到，”杨一清赞道，“荃儿，除崔子锺送来这坛酒，这些年来，可有其他人在你老爷墓前祭拜？”

李荃答：“前些年来祭拜的人多些。小人记得，弘治六年那一科的进士，常是结伴而来。听说后来遇到挫折，已然四散。新都的杨公子以前每年要来的，我也记不清，自嘉靖四年还是五年，没再见到他。听说，杨老相公已不在人世。这几年，武陟何先生每年清明都要来老爷的墓前磕头，今年没见他来，听说他回家养病，又听说他改官南京。”

杨一清知道：李荃说的弘治六年进士，包括毛澄、顾清、汪俊、吴一鹏、何孟春等，他们与那一科的主考李东阳有特殊的情谊。嘉靖三年以前，他们陆续升至高位，成为有影响的人物，而在议礼的过程中；又一个一个结束宦海生涯。杨公子自然指的是杨慎。何先生则是指何瑭。他转任工部、户部、礼部侍郎，最后升任南京右都御史，以病乞休。这些人不再祭拜李东阳，与其说是人情冷暖，不如说是时势使然。

“我身子不好，精神也不好，今天的酒不喝，”杨一清的脸上果然满是疲惫之色，“芝儿，你与你荃哥许久没有见面，今天你兄弟二人好生喝一回，谈一回。晚上你也不用赶进城，就留在荃儿这里过夜吧。荃儿，你进城时，也去看一看我和芝儿。”

也许站立太久，吩咐过后，他迈腿要走时，打个踉跄，险些跌倒。

“老爷，不碍事吧？”杨芝忙扶住他，关切地问，“我看，我今天还是陪老爷回去吧。荃哥这里，我过几日再来叙话，荃哥也不会怪我。”

“我不碍事，”杨一清摆脱开他，站稳身子，“今日既来，你不和荃儿把话说够，回去也要和我闹，还是不忙走吧。荃儿，崔子锺是酒痴，他送来的定是好酒，你二人要慢慢饮，才品得出味道。”

李荃、杨芝搀扶杨一清上轿，又送出一程，看看真没什么妨碍，才回转来，径去李荃的草庐。

李荃招呼杨芝坐下，摆上几样自己平日舍不得吃的肉菜，抱出酒坛，斟满两碗酒。在李阁老胡同，二人喝酒，用的也是碗，是细瓷制作；在此间用的碗，却是粗陶制作。

李荃说：“崔先生送来的酒好，果如杨老爷所言。芝弟，今天我二人以饮酒为主，肉是我自己烹制的，粗糙得很，恐怕难以下咽。”

“荃哥还和我说什么客套话。荃哥每日吃的就是这些，荃哥吃得，我怎么就难以下咽！”杨芝说着，夹一块卤水煮的牛肉，送进嘴里，边嚼边说，“荃哥自己过起日子，菜也做出味道。”

“味道好不好，我还不知吗！味道不好，就是不好；味道不好，你也要吃，”李荃说着，端起碗来，“芝弟，我们喝了这碗。”

二人饮尽碗里的酒。

“果然是好酒！”杨芝抹抹嘴，问道：“荃哥可知，因为这酒是崔先生送来的，我家老爷才不肯饮？”

“真是这样？”李荃有些不信，“杨老爷对崔先生有什么成见吗？”

“我家老爷和崔先生甚少过往，会有什么成见！”杨芝道，“与其说有成见，不如说触景生情。”

李荃挠挠头：“我又不懂。要是我家老爷在世，见崔先生送来的酒，或会触景生情；杨老爷和崔先生甚少来往，会生什么情？”

“荃哥说这话，是少见多怪，”杨芝说，“崔先生那样对待你家老爷，你家老爷会触景生情；要是有一人像他对待你家老爷那样对待我家老爷，我家老爷见他送的酒，怎会不触景生情！”

“怎么，有人像崔先生对待我家老爷那样对待你家老爷？”李荃问。

“还要坏！”杨芝叹口气，“我家老爷说，崔先生那样对待你家老爷，实在不该。可他是看法太偏颇，并非人品不好。我说的这个人，却是人品不好。我先不说这个人人品如何不好，我先说说另一个人。皇上罢免张、桂二人，姓张的过十天才陛辞，荃哥已经知道。”

“芝弟是要对我说说姓张的吗？”李荃插问。

“我不是要对荃哥说说姓张的；但说另一个人，却要从姓张的说起，”杨芝的话题越扯越远，“皇上听宫里的人说起姓张的陛辞，心有不忍。心有不忍是我家老爷的话。我家老爷说，皇上与张某人共过患难，心有不忍是常情。却说皇上秘召我家老爷，问：张某人可留乎？我家老爷说：朝命方下，未可遽变。且张某人妻父亡，每欲归葬，莫若待其回家葬毕，诏取回京，则公私两无损。荃哥，你听我家老爷这席话如何？”

“入情入理，好得很呀，”李荃道，并问，“皇上听得进去吗？”

“入情入理，皇上自然听得进去。皇上后来变卦，不让姓张的回家归葬，却是因为另一个人。此人姓霍名韬，才是我要对你说说的那个人，”杨芝总算归于正题，“霍韬上疏，说许多姓张的好话，又说许多我家老爷的坏话。于是皇上不顾君令如山，硬把姓张的召回朝廷。”

“军令如山，应是军伍的军，不是君王的君。”李荃听出纰漏。

“军伍的军令如山，君王的君令就不必如山吗？”杨芝狡辩，“却说霍韬写许多我家老爷的不是，虽然鸡毛蒜皮，上不得台面，皇上也不可能依其奏请处置，我家老爷心里也不会舒服。再一看他写的那些事情，三件中有两件，只有那一个人知道；他写的那些话，三句中有两句，只有那一个人知道。荃哥知道我家老爷的性子，心里知道是怎么回事，却不会打听，更不会报复。但有人愤愤不平，告诉我家老爷，那个人把我家老爷居官之事，日常之话，摘录数十条，呈送霍韬。怪不得霍韬不会知道的事全知道，不该知道的事全知道！”

“此人品行不好，难怪杨老爷连崔先生的酒都不肯喝，”李荃与杨芝有同感，“我家老爷待崔先生如家人，崔先生那样对待我家老爷，才使他痛心。杨老爷对那个人痛心，也是因为平日待他有如家人吧？”

“谁说不是！”杨芝说到此处，大动肝火，“那人姓孙名育，原是一名国子监生。我家老爷因他是镇江人，对他格外关照。他说，愿在殿、阁内谋个差事，我家老爷帮他打通关系，让他入文华殿供事。这差事一般监生是做梦也想不到的。孙育在文华殿不过一两年，复以劳绩，授以京职。荃哥想，文华殿的差事，不过抄抄写写，会有什么劳绩？还不是我家老爷爱护，说他许多好话。这等人，不当官时一心想当官，当官后一心想保官。他知道霍韬要上疏论劾我家老爷，生怕受到牵累，把他那芝麻大的官丢掉，就不惜卖——”

说卖主求荣，好像不合适；说卖师求荣，好像也不合适。一时想不到合适的词，杨芝别别扭扭地说，“——我家老爷求荣，真乃卑鄙小人，犬豕不如！”

“世上竟有这等人，听芝弟一说，我都没心思喝酒。”李荃道。

“那可不成，我家老爷没心思喝酒，你我兄弟却不能没心思喝酒，”杨芝说着，端起碗来，“荃哥，我二人就为孙育小人喝一碗。”

李荃按住他的手臂，责备：“你酒未多喝，怎先说起胡话！”

“我说的不是胡话，荃哥不喝，我先喝。”杨芝说着，拨开李荃的手，一仰头，喝干碗里的酒，“荃哥，你不要瞪起眼睛看我，我这碗酒，不是为孙育小人喝的，是为小人终得恶报喝的。我听说，孙育自打卖我家老爷求荣后，一直卧病不起。你说，这碗酒该不该喝？”

李荃这才端起碗来，“如芝弟所言，这碗酒是该喝的。”

他喝酒后，又把两只碗斟满。

他端起杨芝的酒碗，递过去，说：“杨老爷因为这酒是崔先生送来的不肯喝，我已懂得。但芝弟方才左一句‘悄声’，右一句‘悄声’，说得我又是慌乱，又是茫然。我现在也不知，有哪一句话会得罪杨老爷。”

杨芝道：“我并没左一句‘悄声’，右一句‘悄声’，我只说过两次‘悄声’。一次是在荃哥说我家老爷深谋远虑，略施手段，那二人落荒而去时，我说句‘悄声’；一次是荃哥说我家老爷与张、桂二人曾经交手，占尽上风时，我说句‘悄声’。荃哥，我记得不错吧？”

“是啊，就是你这两句‘悄声’，让我不懂，”李荃说，“杨老爷是不愿听我赞他‘深谋远虑’，还是不愿听我赞他‘占尽上风’？”

杨芝说：“在别的时候，就别的事情，荃哥赞我家老爷‘深谋远虑’也好，‘占尽上风’也好，我家老爷不会不愿听。可在今天，就张、桂二人免职一事，就姓张的又复职一事，荃哥说我家老爷‘深谋远虑’‘占尽上风’什么的，我家老爷肯定不愿听。”

“这是为何？我还是不懂。”李荃实在是不懂，并非作态。

“我把霍韬的事情都讲与荃哥，荃哥还是不懂？”杨芝一脸的无奈，“也难怪，荃哥远离尘嚣，于此等事确实不容易懂。我且问你，可知姓张的、姓桂的是如何被免职的？”

“不是被一名姓陆的给谏弹劾一本，就免职了吗？”李荃道。

“荃哥可知陆给谏是哪里人？”杨芝问。

“不知。”李荃说。

“我告诉你，他是苏州人。”杨芝好似说出一个天大的秘密。

“是苏州人，那又怎样？”李荃又用上常挂在嘴边的话。

“荃哥忘记我家老爷是镇江人吗？”杨芝道。

“杨老爷是镇江人，那又怎样？”李荃说。

“镇江和苏州均属南直隶，荃哥也不知道吧？”不等李荃“那又怎样”出口，杨芝紧接着说，“因为镇江和苏州均属南直隶，霍韬那厮说我家老爷唆使陆给谏上疏，好像顺理成章；许多人听他一说，好像再无疑义。”

“这么说，皇上罢免姓张的、姓桂的，不是杨老爷的盖世之功？”这和李荃原来的想法不一样，他脸上露出失望的神色。

“自然不是，”杨芝说，“我家老爷与姓张的、姓桂的不合，世人皆知。但姓张的、姓桂的要联手欺凌我家老爷，也不是那么容易。我家老爷不和后辈之人一般见识，根本不想假手科、道除去他二人。现在霍韬指我家老爷主使，用心险恶。我家老爷说，当皇上问他张某人可留乎时，对霍韬的说法，三成中有两成不信；当皇上召回张某人时，对霍韬的说法，三成中有一成不信；等有一天，皇上对霍韬的说法，三成中有三成都信，他老人家也就无法在朝廷立足。”

“难怪在他面前，‘深谋远虑’‘占尽上风’也不可说，”李荃自语，然后对杨芝说，“杨老爷既不曾唆使陆给谏上疏，辩一辩也就是，用不着积郁在心。”

杨芝摇着头说：“谈何容易！我家老爷问我：你和我终日厮守，我道陆给谏上疏，与我不相干，你会相信吗？你都不会全然相信，何况他人！荃哥，我今日听你的话，才相信老爷所言不差。你怕是仍不相信，我家老爷与陆给谏上疏不相干。你我如此，我家老爷还辩得清楚吗？”

“杨老爷的话，按说我没有理由不相信，可是——”李荃斟酌着词句，“就凭着一名给谏的一本奏疏，皇上会把两位阁老罢免，而且，如芝弟所言，不，如杨老爷所言，是与皇上共过患难的阁老，人多难信。”

“所以我家老爷要给我讲明其中的道理，”杨芝被杨一清说服在先，现在又设法说服李荃，“我家老爷说，谁要是以为，皇上罢免张、桂二人，是因为陆给谏的奏疏，那就大错。早陆给谏一个月，兵科给事中杨应奎曾上疏，评议内阁数人的优劣。杨给谏说：知人当自辅臣始。今大学士杨一清虽练达国体，而惜私其故旧，此可以谘谋，难独任也。张璁学虽博，而伤于自恃，犹饬励功名，当抑其过而任之。至于桂萼以枭雄之资，桀骜之性，作威福而沮抑气节，上负委任而下贻隐忧，使天下敢怒而不敢言，特陛下未之察耳。杨应奎是山东人，他上书，该不是我家老爷唆使吧？”

李荃未忘朝廷的规矩，说：“大臣被言路攻讦，总是要乞退的。”

“皇上当时不准，”杨芝道，“皇上谕我家老爷：卿宜展布忠诚，尽心匡辅，秉公持正，以为率先。谕张某人：卿性质刚正，或伤于过，宜思所以济者，以协恭辅朕，赞理化机。谕桂某人：卿质任宽迂，因致物论，宜加修饬。皇上降谕各阁臣，该不是我家老爷唆使吧？皇上已经提醒张某人‘宜思所以济者’，提醒桂某人‘宜加修饬’，他二人不肯思济，不肯修饬，科、道当然要论之，皇上当然要免之。”

“罢免张、桂是皇上自己的意思，召回张某人是皇上自己的意思，杨老爷就更不必忧心忡忡，”李荃道，并嘱咐，“芝弟，你该好生劝慰。”

杨芝却和杨一清一样忧心忡忡：“我怎样劝慰他？我也知道，皇帝一旦深信陆给谏上疏是我家老爷唆使，我家老爷就无法在朝廷立足。”

第一百二十四章

通州张家湾码头，杨一清和杨芝站立岸边，看着家人和通州衙门差来的衙役，把箱子从车上搬下，直接搬上船。

九月十九日，皇帝忽命刑部议上杨一清私亲纳贿之罪。没人知道其中原委，也没人想不到，此事一定和张璁的去而复返有关。

杨一清引罪乞恕。皇帝不予深究，准他以原官致仕。接旨后，杨一清未多耽搁，匆匆打点行装南下。

杨芝絮絮叨叨地抱怨："老爷也真是急，一定要即刻装船！他能十日八日行到通州，老爷就不能十日八日行到通州？他能在通州挨上两日，老爷就不能在通州挨上两日？"

杨一清不动声色，看着船装得差不多，才说："我归心似箭，不想再挨。要不，芝儿替我在通州挨上两日？"

杨芝嗔道："老爷说的什么话！难道圣旨到，要我去接？"

"不会有圣旨的！"杨一清不由伤感起来，转过身说，"芝儿道不必急，咱们就不急，待在岸上吃过饭再上船。"

二人走进一家既卖酒又卖饭的小店，要些酒、菜，分上下首就座。他们在家中不分主仆的名分，在路途上，更不必讲究。

各饮一口酒，杨一清饮的一口多些，杨芝饮的一口少些。

"芝儿心里还不高兴？"杨一清问。

"我有什么不高兴的！"杨芝虽不承认，但马上又说，"可也没什么高兴的。荃哥赞老爷略施手段，姓张的姓桂的落荒而去。今日看来，是姓张的略施手段，老爷落荒而去。"

杨一清摇着头说："芝儿以为我输在他手里？那却未必。我今年七十有六，他今年五十有五，芝儿且看，他活到七十六岁时是什么模样。"

"那也不过是二十年后的事，老爷自已去看吧。"杨芝的话听似冷嘲热讽，实则在宽慰。

“何必二十年后再看，那时的情景，现在就想得出来。”杨一清说。

杨芝好奇心起，央道：“老爷说说，那时的情景怎样？”

杨一清谈兴亦起，问道：“你还记得西涯公写过一篇《猫相乳行》吗？”

“怎不记得？李老爷写的是，兄弟二人各畜一猫，猫各产三仔，每一猫出，另一猫必代乳。”杨芝只记得故事的梗概。

“李献吉写过一篇《东郭氏之猫》，你可知道？”杨一清问。

李献吉即名气极大的文学大家李梦阳，杨芝是知道的；老爷提到的文章，却不知道。他说：“老爷没讲过，我自然不知。”

杨一清说：“好，我今日就与你讲一讲李献吉的文章。”

李梦阳写的是东郭氏家中的一群猫，本相亲相戏，一旦投以腐鼠，则相斗相噬。他以猫喻人，说今之人，平居则相与握手附耳，及乎势位一接，幸于得而忘其所以为丑。这使他不由得感慨：心术之移于利也如是，则与东郭氏之猫何异哉！

讲述之后，杨一清问道：“芝儿听懂没有？”

意思听懂，杨芝说：“这猫好似和李老爷的猫不同。”

“知道李献吉写的猫和西涯公写的猫不同，芝儿果然听懂，”杨一清道，“西涯公为人忠厚，写的猫也侠义；李献吉为人尖刻，写的猫也逐利。但他二人都是借写猫讽喻人生，西涯公劝人从善，李献吉劝人戒恶，却又是殊途同归。”

“原来写文章还有这多讲究！”两文章似懂，老爷为何提及该文却不懂，杨芝问，“可姓张的二十年后的情景，与这些猫儿有何关连？”

“芝儿还是没懂，”杨一清叹口气，“今日他等相与斗且噬，二十年后，他等还不是相与斗且噬！今日他等斗败别的猫儿，二十年后，或不必二十年后，他等还不是要被别的猫儿斗败。”

言谈间，他又恢复以往的潇洒和豁达。

第一百二十五章

开封的气温虽然较之京师略高，但到十一月，也是冰天雪地，寒风刺骨。李梦阳早就不敢出门，尽管屋里放着两个大炭盆，他还是止不住打冷战。前些日子，一位友人来看望他，说此间阴气太重，他的病皆由此而起，切不可让女人入室。从那以后，妻妾婢女皆摒，他休憩的房间里，一切都由一名男仆打理。可他的病并未见好。

李梦和进屋，李梦阳正伏案写字，他悄悄走过去。

李梦阳感觉身后有人，猛然回头。见是兄长，他把笔放下，站起身来。他在刘瑾当权时下狱，能活着出来，李梦和起了不小的作用，他对自己这位兄长一直很敬重。

“献吉在写什么？”李梦和问。

李梦阳说：“久不提笔，手上发痒，随便写几句话。”

李梦和读着他随便写的几句话：有求于人而不加亲，无求于人而不加疏，此其人君子也。有求于人而惟恐不亲，无求于人而惟恐不疏，此其人小人也。是故君子之友谓之真，小人之友谓之伪。伪友者，常多有也。真友者，常鲜有也。鲜真友，是以友而有始终者，十不能一二也。多伪友，是以友而无始终者，十常有八九也。

句子有些拗口，李梦和读两遍，才能断开。

“献吉，你写的是一篇《友论》呀。”他说。

“我没定题目，兄长说是《友论》，就是《友论》。”李梦阳道。

李梦和说：“此文虽短，却很有味道，和献吉往常的文章，大相径庭。看来，病这一场，献吉的性情改变不少。”

“或许此即‘人之将死，其言也善’吧。”李梦阳忧郁地说。

十二月二十九日是除夕，这一天，李梦阳卒于开封。弘治、正德年间，李梦阳和信阳何景明、吴县徐祯卿、历城边贡、武功康海、鄠县王九思、仪封王廷相并称七才子；七人中除却王廷相，而加以宝应朱应登、上元顾璘、上元陈沂、闽县郑善夫，又称十才子；李梦阳和何景明、徐祯卿、边贡则称四杰。四杰、七才子、十才子，都有着文人的傲骨，卑视一世；在文学理论上，他们都主张复古。他们的一句名言是“文必秦、汉，诗必盛唐”，秦、汉、盛唐以下，不足为道。

李梦阳、何景明是七才子、十才子中的领袖人物。二人论诗，复古的大旨相同；其后一主模仿，一主创造，遂起争论。何景明卒于嘉靖元年，李梦阳卒于嘉靖八年，二人先后谢世，执天下文坛牛耳者，一时不知何许人也。

十、礼典纷华

第一百二十六章

嘉靖九年正月十四日，礼部三位堂官聚于衙门，互贺年节。

尚书李时无意中讲了一事：“夏公谨昨日在我那里坐了一阵。”

“巧了，昨日他也去了舍下，也坐了一阵。”左侍郎严嵩接言道。

去年给事中陆粲纠劾阁臣张璁、桂萼，涉及严嵩，皇帝曾降旨罢免其职。但不久，张璁复官，杨一清致仕，桂萼以原职衔致仕，陆粲谪为贵州偏远地方驿丞，严嵩自然也没被罢免。

“唯中兄，那还说不得一个巧字。”右侍郎湛若水在一旁说。

严嵩、湛若水均弘治十八年进士。严嵩任国子监祭酒时，湛若水任南京国子监祭酒，严嵩升任礼部左侍郎，湛若水又随之升任礼部右侍郎，二人算得上有缘。

“那么，依元明兄之意，怎样才说得一个巧字？”严嵩问。

“夏公谨昨日要是也去了舍下，要是也坐了一阵，才是巧呢。”湛若水转问李时，“宗易先生，你说是不是？”

“夏公谨昨日真去了元明先生府上？”李时自问自答，“元明先生严于律己，从不打诳语，夏公谨昨日自然是到了元明先生府上。”

严嵩在一旁讲笑：“元明兄是说‘要是’，夏公谨未必去了他府上。”

“那么，依唯中先生之意，怎样才知夏公谨是不是去了元明先生府上？”李时依然自问自答，“夏公谨要是没去他府上，要是没坐上一阵，元明先生何必还在一个‘巧’字上作文章？”

“宗易先生见事极明，夏公谨昨日一定去了元明兄府上，一定在元明兄府上坐了一阵，”严嵩称是，“元明兄，我说一个‘巧’字，你说算不得巧，我倒要请教，你的这个‘巧’，有什么说法吗？”

"怎么没有！"湛若水道，"身为吏科都谏，一日间走访礼部三堂官，无论他是不是也走访他部堂官，此事不仅算得上巧，而且算得上怪。"

夏言初任兵科给事中，后升该科都给事中，再后改吏科都给事中。

"元明兄还不迂阔，"严嵩说，"我用个巧字，也是这一层意思。"

"二位该不是说，夏公谨是要考察礼部堂官吧？"李时道。

"当然不是。考察是吏部职事，轮不到吏科插手，"严嵩说，"夏公谨去礼部三堂官宅第，为的定是同一件事，大家也不须相瞒。宗易先生，这件事我看礼部倒是要好生议一议。"

"夏公谨昨日与我议的是天地分祀，唯中兄说他去三家为的是同一件事，那么，他与宗易先生、唯中兄议的也是这件事？"湛若水问。

"不错，他与我议的正是此事，"李时道，"唯中先生说这件事礼部要好生议一议，却不知议起来甚有难处。我称秉用先生为议礼大家，二位想必不会有异议吧？"

严嵩、湛若水均一笑，算是认同。

李时接着说："皇上以天地合祀非礼，命大臣议之。我曾请教秉用先生，他也曰甚有难处。议礼大家尚不敢妄议，礼部又怎议得！"

"宗易先生和秉用先生商议过，按兵不动应无妨碍。"严嵩说。

其实他早应该想到，皇帝既命大臣计议天地合祀、分祀之事，首先礼卿必须计议；而天地之祀典重大，礼卿又须与阁臣计议。李时若不是心中有数，怎会把这件大事从年前拖到年后！

"宗易先生和秉用先生以为此事议起来甚有难处，大概是因为祖制甚难更改吧？"严嵩又问。

"不仅因为祖制甚难更改，而且是祖宗更改之制更难更改，"李时道，"不然，以秉用先生的气魄，能不思进取吗？"

所谓祖制，指天地合祀之典定于洪武十年。所谓祖宗更改之制，指洪武十年之前，原是天地分祀。那时以南京为帝都，南京城南门曰正阳门，北门曰太平门，城东北为锺山。在正阳门之外，锺山之阳，建圜丘以祀天；在太平门之外，锺山之阴，建方丘以祀地。洪武十年，即圜丘旧址，覆以屋舍，名大祀殿，于此合祀天地。

"合祀之典，自洪武十年行于今，欲议而改之，确有难处，"严嵩说。他和张璁、李时并无歧见，他顾虑的，是夏言的造访："但夏公谨遍访礼卿，显是有备而去。阁臣、礼卿不能遂皇上的心思，却让一名科臣占尽先机，说出去，大家面子上都不好看。"

"唯中先生过虑，"李时却有不同的见解，"科臣能遂皇上的心思，有什么不好？

科臣建议，礼臣、阁臣不管赞成不赞成，大家面子上都没什么不好看。”他向湛若水征询，“元明先生，你说呢？”

湛若水好似不知他二人争议何事，看看这个，看看那个，突然冒出一句全不相干的话来：“面子还在其次，要紧的是心。”

李时、严嵩面面相觑，哭笑不得。严嵩说：“元明兄，才道你还不迂阔，怎么说几句明白话，又成学究！须知此间是礼部衙门，不是你的西樵讲舍。”

湛若水为母亲守丧三年，在广东增城乡间建西樵讲舍讲学。

“西樵讲舍的过客都是去求学的，且不去说他等，”李时由此引出另一个话题，“元明先生和王伯安先生均立意讲学，又都主张心学。当初你二人聚在一起时，不知是怎样的光景；这句‘要紧的是心’，不知是出于元明先生之口，还是出于伯安先生之口？”

“宗易先生，你言及此，须得耐住性子听我辨析，”李时或是一句笑话，湛若水却不当作笑话，“我讲心，阳明子也讲心，我之心却非阳明子之心。阳明子所谓心，指方寸而言，所以其学术以致良知为宗旨。我所谓心，指万物之体而无一遗者，所以我之学术以随处体验天理为宗旨。阳明子称我之学术求之于外，我则谓阳明子格物之说有四不可信。我为唯中兄解说四不可信，唯中兄只听其二，便逃之夭夭。我要是责他为朽木，他是一定不会服气的。宗易先生，我来为你解说格物之说有哪四不可信，也好让唯中兄懂得，什么是古人说的学而不厌。”

“我是朽木，元明先生不必劳神。”李时忙告饶。

严嵩以手掩面，到底没忍住，笑出声来。湛若水一怔，也笑出声。幸亏引出这一个话题，谈论起来甚有难处的天地合祀、分祀的议题，不必往下再谈论。

第一百二十七章

夏言见来客的名刺上写着“晚侍生顾从礼”，想不起是何人。听家人说，他一口江南腔调，才猛然悟到，是国子监的老监生顾从礼。此人原籍上海，运气不济，一直未被选用。夏言见他谈吐不俗，一手字也写得漂亮，故记住他。改任吏科都给事中后，夏言向吏部力荐。吏部这个面子是要给的，把顾从礼安置在制敕房供事。他不是正途出身，应些抄抄写写的差事，不会有什么大出息；但多熬些年头，任个正式的中书舍人还有希望。监生历事，有这样的结局，已很不错。

不用说，他在年节之际拜望夏言，是为谢恩。夏言本想收下名刺，不见来客；又一想，不如见见客人，退回名刺。收下署为晚侍生的名刺，等于承认他是自己的门人，反而不好。除去举荐这一层关系，大家做个朋友，以后还好相处。于是，他命家人引顾从礼进来。

顾从礼提着礼盒，里面装的无非是上海的土特产品，二人交情尚浅，绝不敢送厚礼。家人须听主人的吩咐：主人命收下礼盒，他才能把礼盒拎走，随后送茶上来；主人拒收，他会替主人撵客。一般而言，主人是不会拒收的。

“顾先生来就是，何必客套，倒让我却之不恭。”夏言说着，示意家人从顾从礼手上接过礼盒。

顾从礼说：“没什么贵重东西，让恩公见笑。年前家里捎来些江南的点心，尚有味道，请恩公尝个新鲜。”他两手空下来，准备行大礼。“恩公请受我一拜，再造之恩，永志不忘。”

“言重，言重，”夏言一把拉住他，“顾先生，点心我收下，礼却不敢受，名刺也请收回。你有长处，朝廷需要你的长处，朝廷当用你的长处。你若谢恩，当谢皇上；退一万步说，当谢吏部，绝不可谢我。我两次称你顾先生，是愿与你做个萍水相逢的朋友。你肯听我的话，我这里你随时可来；你不听我的话，我从此再不见你。”

“恩公——”夏言脸色要变，顾从礼马上改口，“公瑾先生有命，不敢不从。说句疯话，我从此与公瑾先生就是萍水相逢的朋友。”

见他如此爽快，夏言大喜，让道：“顾先生请坐。”

顾从礼不再谦让，向主人一揖，随即落座。

夏言说：“你的疯话从我学去，算不得数，看何时我也学到你的疯话。”

“公谨先生肯向我学，何愁学不到。”顾从礼话里果然有些疯意。

家人送茶上来，听到这话，吓一跳。偷瞥一眼夏言，见他并不动怒，才放心地将茶具置于案上，说句“先生用茶”，复退出。

一只茶壶，两只茶盅，是景德镇官窑烧出来的精品，原本只供应大内，现在却有不少流落到宫外。茶叶则是庐山的云雾茶。夏言亲自动手斟茶，自己取一盅，示意顾从礼取另一盅。顾从礼双手捧盅，高举齐额，以示谢意，然后分三次将茶水饮尽，嘴上连声赞道：“好茶！”宾主共饮一壶茶，比各饮一杯茶，更觉亲切。

夏言欠身，再次向茶盅斟茶。第二轮茶自便，不求一致。夏言不再相让，自己端起茶盅，问道：“老顾从街上走来，可曾见到有趣的事？”

顾从礼也端起茶盅，说：“不曾见到有趣的事，却听到有趣的话。”

“有趣的话？学与我听听！”只要有趣，夏言就愿听。

“我走过三条街，听两条街上的人说，公谨先生这一两日就要改礼科。”顾从礼学罢，问道，“公谨先生，此事可确实？”

夏言先是一愣，随后反问：“老顾，你对此事是怎么看的？”

“我有些不信，”顾从礼说，“虽然六科不同于六部，未见得吏科就高过他科一头，但在六科迁转，升至吏科都给谏就算到头。我不知朝廷的规矩，只是凭空而想，不知实情如何。”

他虽说吏科未必高过其他各科，但实际上还是把吏科看高一头。

“你不相信街上的话，有你的道理；但三街中有两街的人说我要改礼科，也有他们的道理，”夏言说得有滋有味。“在京城各条街上传出来的有趣的话，一般而言，不会是空穴来风。”

“公谨先生是说，朝廷确有其意？”顾从礼没听懂他的话。

“不是朝廷确有其意，是我自己确有其意，”夏言先纠正他的话，又纠正自己的话，“我说的也不对。不是我确有其意，是街上闲人确有其意。”想了想，话还是没说对。“又错。也不是街上闲人确有其意，是街上闲人不甘寂寞，妄自猜测。老顾，你听懂我的意思吗？”

顾从礼揖道：“恕在下直言，公谨先生越说得多，我越是不懂。”

“那我就简而言之吧：我昨日去三家府上拜年，你道是哪三家？一是李宗易先生府上，一是严嵩中先生府上，一是湛元明先生府上。老顾，我这样一说，你该懂了吧？”

顾从礼不答懂不懂，却问：“公瑾先生是无意中去的三府，还是有意在一日内相继去三府？”

“我存心议礼，怎么会无意中去的？”夏言对他不必掩饰。

“时至今日，公瑾先生却要议礼？”顾从礼不以为然。

“听你的口气，我不该议礼。却是什么缘故？”夏言颇感意外。

“我不说该不该议礼，只说议礼有不可不防者，”顾从礼道，“皇上锐意礼文不假，议礼可以骤贵不假，可骤贵者被骤责也不假。在上者，张秉用先生被斥，桂子实先生致仕，熊悦之先生罢免，不必我说，公谨先生自己都看到；在下者，如去年八月，右春坊右谕德彭泽和大理寺丞叶忠被论劾，调外任，公谨先生可曾留意？如去年十月，太仆寺丞何渊贬为永州卫经历，公谨先生可曾留意？”

“处置彭、叶时，我还在兵科，不曾留意；处置何渊时，我已改吏科，知道将他逐出朝廷，逐出京城，上下无不欢呼。”夏言说。

他知顾存礼诚心为自己着想，虽然两个“可曾留意”甚是失敬，也不介意。

“我知道公谨先生会留意的，”顾从礼点点头，再说深一层，“彭、叶二人依附桂子实先生，还可以说，处置他二人，是受桂子实先生的牵累。何渊独往独来，议礼诸臣弃之厌之，不把他放在眼里。处置他，该不会因为他为某人党羽。皇上容不得他，朝廷容不得他，是因为他屡上礼书，惹得天怒人怨。处置何渊最能证实，皇上已厌倦议礼。”

皇帝厌倦何渊，夏言同感；是不是厌倦何渊，即厌倦议礼，厌倦何渊所议之礼，即厌倦一切议礼，夏言的看法则不同。

他说：“老顾事事留意，见识不凡，可惜只见到其一，未见到其二。何渊独往独来，议的仍是献皇帝事。大礼之事，可定者均已定，未定者尚不可定，还有什么好议的！何渊喋喋不休，不知深浅，是自取其辱。皇上厌倦议礼，是厌倦议献皇帝事。老顾，这是你见到的其一。你有见于此，是你胜过何渊的地方。张秉用也有见于此，所以不再议献皇帝事，是他胜过何渊的地方。”

“我只见到其一，未见到其二；公谨先生则既见到其一，又见到其二。这是公谨先生又胜过我的地方吧？”这是夏言话里的话，顾从礼怕他不好说，代他说出来。

“这不仅是我胜过老顾的地方，也是我胜过张秉用的地方，”谁知夏言说得更加狂傲，“皇上厌倦议献皇帝事，并没对其他礼文事一概厌倦，否则，怎么会命大臣议处天地合祀、分祀？张秉用却以为皇上对礼文事一概厌倦，竟对该议之事也嗫嚅不言。老顾，这是不是我胜过你的地方，我不问；你且说，这是不是我胜过张秉用的地方？”

“公瑾先生自然有胜过张阁老的地方，可是——”下面的话，说深不是，说浅不是，顾从礼一定要好生斟酌，“我听说，皇上虽称天地合祀非礼，该不该天地分祀，却也没拿定主意。”

“皇上自己是拿定主意的，只是骤然改变祀典，有些难处，”夏言好像看透皇帝的心思，“张秉用因议礼骤贵，对有些难处的礼文事，漫无举措，不能为皇上排忧解难，皇上早晚会对他失望的。”

“公瑾先生对有些难处的礼文事，已有举措？”顾从礼问。

“正是，”夏言不无得意，“我朝开国至今，百六十余年，其中百五十余年行合祀之典，一旦改为分祀，在我看来，也是有些难处。但我对有些难处的礼文事，不会漫无举措。老顾，你道我会怎做？”他顿了顿，故作神秘地说，“我会请皇上亲耕于南郊，请皇后亲蚕于北郊。老顾，你说句实话，我是不是很荒唐？”

顾从礼认真想了想，说：“我朝立国之初，不曾将亲蚕列入祀典，请皇后亲蚕，乃首创之议。我记得，公谨先生曾在嘉靖初年上疏，请改后宫庄田为亲蚕厂、公桑园。大概从那时起，公谨先生已在筹划亲蚕典礼吧？提起此事，我对公谨先生敬佩有加。”颂扬之后，转到正题上。“可是我不懂，请皇上亲耕皇后亲蚕，与天地合祀、分祀有何关联？”

“你若即刻懂得，是我胜过你，还是你胜过我？”夏言说句笑话，“老顾，我先要提醒你，改庄田为亲蚕厂，和行亲蚕礼是两回事。改庄田为亲蚕厂，命有司种植桑树，是备宫中蚕事。亲蚕礼则是应备的祀典。亲耕之礼为郊祀，亲蚕之礼亦为郊祀。亲耕之礼行于南郊，有先农坛。亲蚕之礼应行于北郊，应建先蚕坛。先农坛、先蚕坛分设于南北二郊，而南北二郊不仅可分设先农坛、先蚕坛。说到这一层，老顾该懂了吧？”

“公谨先生是不是说，南北二郊既立，天地祭祀之坛也可渐次分立？”顾从礼懂是听懂，却不能十分肯定，也不敢十分肯定。

“好，老顾可与我做萍水相逢的朋友，”夏言高兴地说，“天地合祀之典行百五十年。不是说骤然改变，甚有难处吗？无妨，咱们先不改变天地合祀，咱们增加一项亲蚕之礼，为行亲蚕之礼而设北郊，该没有难处吧？亲耕之礼行于南郊，亲蚕之礼行于北郊，由此而分两郊，该没有难处吧？两郊有，天地分而祀之不用急，等不为难时再说。”

“妙！”顾从礼喝彩，“人人皆以为，必先定天地分祀，才可设南北二郊；公谨先生却独辟蹊径，先设南北二郊，再定天地分祀。公谨先生真能想人所不能想，计人所不能计。在下由衷敬佩。”

“老顾先莫赞我，我看你还有疑惑，不知亲蚕之议能不能言之有据，能不能言之成理。我索性一起说与你听吧，”夏言愈说兴致愈高，“议设亲蚕，圣人的依据是有的：周公之告成王，其见于《诗》，有若《七月》，皆言农桑之候也；其见于《书》，有曰《无逸》，欲其知稼穑之艰难。议设亲蚕，历代的依据也是有的：汉代皇后蚕于东郊，唐代立坛于长安北苑。农桑之业，衣食万民，不宜独缺；耕蚕之礼，垂法万世，不宜偏废。国初议礼诸臣竟未议及亲蚕之礼，实为本朝缺典，而有待于我皇上施行。”

他这一番话，直若奏疏文字。

顾从礼揖道：“公瑾先生口才之佳，又非朝廷诸公可比；一段话说下来，即是一篇力作！此疏一上，必能受知于上。在下预为恭贺。”

第一百二十八章

严年捧一砚，停在严世蕃居室前，轻扣两下，唤道：“公子！”严世蕃推门而出，把他挡在外面。

严年愤愤地说：“我请教数人，都说这方端砚是假的。他们称，此砚不会超过二十两银子，咱们用八十两银子买来，吃了大亏。”

那方石砚不大，也不会太重，他捧在手里，似有千斤。

严世蕃瞥那砚一眼，全不在意。他吩咐：“老爷唤我去，你放下它，我与你边走边说。”

严年两手一空，浑身松快。他跟在严世蕃身后，又开始唠叨：“我想用老爷的名刺去报案，可又不知报到兵马司好，还是报到顺天府好。”见严世蕃微微摇头，他马上说，“或许该报到宛平县？”

严世蕃只顾走路，不理睬他。

严年无地自容。他说：“公子一再吩咐小人，要善辨真伪，可小人只想八十两银子买一方端砚太便宜，却忘记公子的吩咐。小人上当不说，还连累公子上当。公子要责罚小人，小人服气。”

“你好不糊涂，谁说你买回赝品，我就要责罚你！”严世蕃道。

“小人花冤枉钱，公子不惩罚小人？”严年困惑。

“我要责罚你，也是因你说错话，非因你办坏事，”严世蕃只要一开口，就不可收拾，“你要报案，去报吧。去兵马司，去顺天府，去宛平县，悉听尊便。可你为何要持老爷的名刺去报案？你说句连累我上当，可见你也知道，上当很丢面子。你连累我丢面子不说，难道还要连累老爷丢面子？至于你花冤枉钱，我才说不责罚你。我不责罚你，也不放过你。你花费八十两银子，买一件不值二十两银子的货色，是不是觉得很没面子？那好，我就责罚你出去对人说，你花费一百六十两银子，买一方假的端砚。我还要你出去对人说，你家公子知道你买的是假端砚，不但没责罚你，而且赏你四十两银子，以凑足二百两。”

“公子的赏银，我绝不敢收。”严年推辞。

“蠢货！”严世蕃斥道，“八十两银子我是好不容易讨来的，还会有四十两银子给你吗！我只要你在嘴巴上舒服一下，实惠是没有的。”

“公子不真给赏，我就放心。不过——”严年欲言又止。

“你是不是要说，那不是更没面子吗？”严世蕃道。“年兄，要不要我给你讲一段掌故？”

他兴致好时，才会讲掌故；兴致好时，才会以年兄相称。

“公子肯讲古，再好不过！”这也是让严年高兴的事，他一揖到地。

“古时有一个国王，喜爱好马，”严世蕃开个头，不忘奚落一句，“你不读书，我就不讲哪一个年代哪一个国家哪一个国王。有人对国王说，某某人最善相马。于是，国王召来某某人为他寻觅千里马。某某人说：想得千里马，是要花大价钱的。国王说：只有得到千里马，孤家不惜大价钱。于是，某某人携带国王的金银珠宝，去为国王寻觅千里马。他一走就是三五个月，回来时，人虽瘦，可精神抖擞。国王问他有没有找到千里马。他说找到。国王要他把千里马牵来。他说不用牵，千里马就在眼前。国王往某某人身后看去，见不到千里马；往四面看去，见不到千里马。他问：先生，千里马在何处？某某把身上挎的包袱打开，说：千里马在此。包袱里原来是几块马骨。国王愣住，某某人解释说：我为大王寻觅到千里马，可惜已死。我知道大王一心想得到千里马，我花大价钱把千里马之骨买下。马骨太重，我不能全背回来，只为大王捎回来几块，其他的已就地掩埋。国王拿起一块马骨，掂了掂，实在哭不得笑不得。他问：不知先生买这几块马骨，花了多少钱？某某人答曰一千金。年兄，你听好，是一千金，可不是四十两！国王不相信他听到的话，追问：你花费千金，买回这几块马骨？某某人不苟言笑地说：是啊。我以千金为大王买回几块马骨不贵，我相马几十年，从没见过如此良驹。国王懊恼地说：此驹再良，也是死驹，有何用处！某某人说：大王错矣。我以千金为大王购一死千里马，此事传播开来，大王还愁没人把活的千里马为大王送来吗？国王听他说得有理，不再追究，反而厚葬千里马之骨。后来四面八方的良驹果然云聚国王的马厩。”严世蕃尽量讲得浅显；讲完后，还说，“我讲的国王是历史上有名的国王，我讲的某某人是历史上有名的人物，你以后肯读书，就会知道国王是谁，某某人是谁。”

严年只关心千金买回死马的故事，不关心国王是谁，某某人是谁。他问：“公子，我以数倍价银买回假砚，是不是堪与古人媲美？”

“你要是为我买回一方古砚，哪怕它残缺不全，哪怕它碎成数块，你也可以和古人媲美，”严世蕃挖苦道，“我给你讲这段掌故，不是拿你和古人相比。某某人真善相马，你也真识古董吗？某某人以千金买一死马，极为聪明，极有哲理；你以数倍价银买一假砚，也是极为聪明，极有哲理吗？蠢材就是蠢材，蠢事就是蠢事。我给你讲这段掌故，是要让你看看，我怎样化愚蠢为神奇。”

严年也说出一句富有哲理的话：“公子讲的故事，某某人比国王高明得多，小人可比公子差得远。”

严嵩等得发急，一见严世蕃就埋怨道：“怎么才来？”

严世蕃说：“下人办事不力，我代大人教之以方。”

“教之以方”用在这里，颇是不伦不类。严嵩却懒得纠正。他直接说起要说之事：“仕鸣兄自南京上一疏，今日下礼部议复。宗易先生太精明，元鸣兄太懵懂，都不会帮他。我欲帮他一把，可不知帮得帮不得？”

万镗与严嵩同年，现官南京都察院右都御史。

“万世伯疏论何事，要下礼部议复？”严世蕃问。

“还不是郊祀之事！仕鸣兄是办实事的人，谁知议起礼来，居然也头头是道！”听不出严嵩的话里，称赏多一些，还是嘲讽多一些。

“万世伯该不是主张天地合祀吧？”严世蕃嬉笑着问，就好像在问：万世伯该不会以卵击石吧。

“让你说对，仕鸣兄正是主张天地合祀。”严嵩说。

“竟有这事！”严世蕃认真起来，问道，“不知万世伯怎议的？”

严嵩叙述得有详有略：“总而言之，合祀之典，是太祖皇帝亲定，不可更改。下面几句话，他写得很精彩：得于精神心术之微，验之天人感格之际，观诸古今会通之典，合乎因革可久之宜，万世当遵，不敢轻议。宗易先生甚至说，‘天人感格’四字是从元明兄处泊来的。”

“湛世伯老成持重，该不会自鸣得意吧？”李时用一个“泊”字，显然含有取笑之意；严世蕃说“自鸣得意”，也含有取笑之意。

他问：“万世伯如何来维护太祖高皇帝亲定之典礼？”

“仕鸣兄说，有不可改者二，有不忍改者一，有不当改者三，有不必改者一，有不易改者一。”严嵩先拉出提纲后，一一述其内容。“周时冬至为岁之首，冬至祀天，夏至祀地，是先祀天而后祀地，其序为顺。今时冬至为岁之暮，冬至祀天，夏至祀地，是先祀地而后祀天，其序为逆。此不可改者一。成周之世，风调雨顺，故可坛而不屋。我圣祖以临祭风雨为忧，若撤去殿宇，遇有风雨，何以处之？此不可改者二。世蕃，你看此二议能立足否？”

“有似是而非之嫌。万世伯道冬至是岁之暮，但朝廷每年刊发的历书，还不是以冬至为岁元？至于大祀殿，既曰为备，合祀也好，分祀也好，自然都不必撤去，”严世蕃议罢，说道，“大人且告以下文，不忙议论。”

“说的是！”礼部计议万疏，总感觉说不到要害，严世蕃草草几句话，使严嵩恍有所悟，连连点头，“你听仕鸣兄是怎样论不忍改的：两京大祀殿之初创，太祖、太宗既竭心思，分祀之说若行，则丘、泽在所必复，殿宇难以必存。当其掀揭撤毁之际，行道之人亦将疚心酸鼻，况为圣子神孙者乎？”

严世蕃评论其字句：“疚心酸鼻四字，俗而又俗，堪称败笔。”

严嵩一笑，改说不当改者：“大祀殿内，供奉上帝、皇祇，及我二圣神主；除去殿宇，必撤而各藏之，犹子之于父母一旦暌离。此其不当改者一。今各处凶荒荐臻，若更改郊礼，则丘、泽之修治，仪物之增改，不知费财若干万而后足，劳民若干年而后成。此其不当改者二。周礼今多不可兴复，独取分祀一事行之，是既不能纯于复古，又不能慎于从今。此其不当改者三也。”

严世蕃评论其立论：“既不能纯于复古，又不能慎于从今，所谓不当改者，有此一论足矣。何必扯上年景凶荒？万世伯算不得精明。”

“尚有不必改者一，不易改者一，”严嵩不理会他的评论，“不必改者，仕鸣兄说：合祀行之百数十年，大典成而甘露降，虔祷至而瑞雪呈。有何不得已而辄欲改之，以自取纷扰？”严世蕃欲言，被严嵩制止。“世蕃不忙议论。不易改者，仕鸣兄说：圣祖亲定合祀天地社稷之文，一则曰去繁就简，二则曰永为定礼。今若大祀一分，礼文必然倍增。陛下励精复古，行之诚无所难，但欲圣子神孙可传可继，则我圣祖之训，所宜深念也。不然，安知后来不有惮其繁难，而又改从简易者耶？则是一王大典，先后不伦，恐非所以观示万世也。”

严嵩喘一口气，道：“好吧，世蕃有什么话，可以说了。”

“万世伯方才扯上年景凶荒，现在为证实典礼不必改，又是甘露降，又是瑞雪呈，岂不是自相矛盾？”严世蕃重复自己的论点，“议礼就是议礼，不必扯上年景。”

“仕鸣兄不该把合祀、分祀之事与年景凶荒扯在一起，我也有同感，”严嵩说，“若不扯上年景，仕鸣兄上此疏算不算得精明？”

“与精明相去甚远，不可以道里计，”严世蕃用力摇头，“要不是怕大人责怪，万世伯上此疏，我早就以二字箴言或四字箴言敬赠。”

“是哪两个字，哪四个字，世蕃可说与我听。”严嵩命道。

“两个字是荒唐，四个字是不甘寂寞，”严世蕃答道，“我深知大人为人，荒唐事是绝不会做的，我只怕大人会学万世伯，不甘于寂寞。”

严嵩笑着说：“今日礼卿，可不是不甘寂寞的差事！看你胸有成算，何不教我个甘于寂寞的好法子？”

“好法子没有，有句现成的话可供大人参酌，”严世蕃道，“论文，无人可与大人匹敌；论礼，胜于大人者甚多。张秉用先生算得一个，夏公瑾先生也算得一个。大人虽在礼部，遇有礼文事，不必逞强，不必占先，不必观望，不必随风。把握得住，大人不妨议论几句；把握不住，大人不妨三缄尊口。如此行事，可立于不败。”

“我再不济，也不会以仕鸣兄马首是瞻，世蕃只管放心，”严嵩说着，舒展身体，大为满意。“明日再议，我已知如何立论。”

第一百二十九章

喜眉陪着章圣皇太后说闲话。

“圣母将《女训》改了又改，奴婢已经是第三次抄录。这次抄录完毕，总该付梓吧？”她问。

“我改的也有些倦怠，这次抄录完毕，我就不再改，”章圣皇太后说，“《女训》是要颁行天下的，所以不能有一丝差错。这个心愿一了，我也可以好生歇息。喜眉，你陪着我忙活几年，也别虚挂着局里的职衔，该去侍奉侍奉皇上和皇后娘娘。”

喜眉一惊，问道：“圣母是不是嫌弃奴婢无用，要把奴婢撵走？”

“这话从何说起！”章圣皇太后道，“从兴邸带来的人里，你是我最离不开的。可我也要为你的前程着想，不能让你总守着我。再者，你去局里办事，我才可以放心。皇上大婚这些年，后宫中仍无喜兆，你说是怎么回子事？你得为我留意宫闱之事。”

“皇上还年轻，圣母不必过虑。圣母难道不记得，老皇爷当年就说过，皇上的相貌好，第一个好处是宜子？”喜眉说着宽慰的话，“奴婢是不肯离开圣母的，圣母若看奴婢无用，不如把奴婢送去西山皇姑庵。”

“去皇姑庵也要看缘分，”章圣皇太后说，“好吧，你是离开我，还是守着我，以后再说。喜眉，另有一件为难的事，要你替我去做。”

“是，圣母吩咐下来，奴婢立即去做，”喜眉应道，“奴婢说一句大话：圣母这里有什么为难的事，一时还离不开奴婢。”

“谁说不是！”章圣皇太后笑笑，但很快收起笑容，认真地说，“皇上将一人下都察院狱。我本以为，皇上只是一时之愤，待平息下来，就会放出该人。可过一个多月，该人仍被系于狱中。”

“圣母要过问此事？”喜眉道，“不知他是何等人，竟劳圣母挂念。”

“这个人你该知道的，”章圣皇太后说，“我曾反复向你念叨，皇上身边有四大忠臣，赐予免死铁券都不过分。他是其中的一个。”

“奴婢记得，四大忠臣，一人姓张，一人姓桂，一人姓霍，一人姓方，”喜眉回想着章圣皇太后的念叨，“不知皇上把哪一人下狱？”

“第三人，”章圣皇太后道，“议礼有今日局面，四人各有建树，皇上不该忘怀他等的好处。霍韬若因他事下狱，不打紧；他因议礼下狱，岂不让仇者快，亲者恨？”

喜眉说：“圣母把我说糊涂。四大忠臣都是助皇上议礼的，姓霍的怎么又因议礼被皇上下狱？”

章圣皇太后解释：“他等助皇上议礼，是议皇考事；皇上将霍韬下狱，却是议郊祀事。皇上以为，天地合祀，不合古礼。霍韬却说，祖制不宜更改，因而得罪皇上。”

“这姓霍的好不知趣，”喜眉道，“皇上既说合祀不合古礼，当然就要分祀；他偏不肯，难怪皇上动怒。如此不知好歹的人，圣母何必管他！”

章圣皇太后摇了摇头：“话不能这样说。我称张、桂、霍、方为忠臣，不仅因为他等助皇上议礼，而且因为他等深明大义，不畏权势。不然，助皇上议礼的，还有许多人，我为什么不说他们是忠臣？一切顺从皇上，就不是张、桂、霍、方，我也不会说他四人是大忠臣。君臣各执一说，相互辨析，愈辩愈明，又有什么不好！”

“圣母既然称姓霍的是大忠臣，既然说相互辨析没什么不好，何不对皇上明言？”喜眉又不解，“难道皇上还会不遵懿旨？”

章圣皇太后又摇头：“这也不好。皇上最孝顺，我对他说什么事情，他不会不办。但合祀、分祀之争和皇考之争不同。皇考之争，皇上不好说的话，我来替皇上说；皇上不好争的事，我来替皇上争。但由我出来说话，由我出来争事，到底不好。我朝制度，后、妃不预政事，不该由我而坏。皇考之争既有结果，其他的事情，我不会再干预，不会再出来争。天地合祀、分祀，是朝廷大典，我更不会干预，更不会出来争。再者，皇上以为霍韬不当放，因我之言放之，难免不快；皇上以为霍韬可放，却是因我之言而放，脸上难免无光。所以，我几次三番要对皇上说这件事，又忍住。所以，我才说要你为我做这件事。”

“圣母处处为皇上着想，当然不好出面，”喜眉说着，请示懿旨，“奴婢也是无法出面的，奴婢又该怎样为圣母做这件事呢？”

“我要你做的事情，说难也难，说易也易，”章圣皇太后说着，示意喜眉更靠近些。“我问你，一同从兴邸来的太监中，哪一个是你相好？”

“圣母——”喜眉被人问及隐私，禁不住脸颊绯红。

“你用不着慌乱，这是常人之情，我不会责怪你的。我问你此事，也不过是要借助那个人之力，”章圣皇太后道，并问，“是阎洪那厮吗？”

喜眉把脸转开，不敢正视章圣皇太后。她低声说：“不是，是戴哥。”

“是戴永？他在司礼监，更好办事，”章圣皇太后说着，吩咐道，“你要他找个机会对皇上说，我因霍韬下狱一事很郁闷。”

戴永可以有两种说法：一是说，圣母皇太后召他面谕；一是说，无意中听宫里人议论。喜眉不敢自作主张，问道：“圣母要他怎说？”

“不可说我召谕他的，”章圣皇太后否定第一种说法，“你要戴永对皇上说，夜晚在宫中行走，听宫里人讲的。”

夜晚听到，可以不知道是谁讲的。喜眉仍不放心地问一句：“皇上若追问，要他答说是奴婢讲的吗？”

“皇上不会追问的，”章圣皇太后断然言道，“皇上难道不知道，我对霍韬下狱一事郁闷，却又不当面对他说，是为他好吗？”

第一百三十章

“张佐，你对朕说实话，”张佐前来候旨，皇帝板起面孔问他，“礼部集议郊祀大典时，你有没有被那阵势吓住？”

那是一个半月以前的事，张佐记忆犹新。

“奴才没被吓住，”他说，“那一日，赞成天地合祀的约二百人，赞成天地分祀的约二百人，比起当年议大礼，要容易应付得多。奴才只是想：赞成天地分祀的约二百人，议论起来，不如赞成天地合祀的约二百人畅快，是一件憾事。不过，奴才又想：万岁爷一言定夺，赞成天地合祀的约二百人，议论起来，应该也不会畅快。那时，有一百九十九人或会转而赞成天地分祀。”

张佐知道，皇帝心情舒畅，才会问他有没被吓住，所以他回话的时候也很放松，有些调侃的味道。当然，是调侃群臣，非调侃皇帝。

皇帝果然心情舒畅，不计较他的调侃。并命道：“你莫说约二百人，且对朕说，那日赞成天地合祀的，实有若干人？”

张佐摸着脑门想了想：“奴才记得，是二百又六人。”

“不对，应是二百又七人吧。”这回是皇帝在调侃。

张佐用心回想一遍，辩道：“爷，那日礼部核计的是二百又六人。”

皇帝说：“我知礼部那日核计的是二百又六人，但霍韬那日不曾与会，他是力主天地合祀的，核计时怎能撇下他！”

礼部集议，在三月十一日。霍韬下狱，在三月十日。礼部呈报那日集议的情形，当然不会把霍韬核计在内。

“爷圣明。奴才怎没想到，核计时不能撇下他！”张佐迎合道。

“差一人，乃小错；而且错在礼部，不在你，”皇帝放过此事，又问，“你说赞成天地分祀的约二百人，你再告诉朕，实数是多少？”

张佐把双方都说成约二百人，是为了形容实力相当，心里却是有数的。他说：“礼部核计，赞成天地分祀的官员共一百九十二人。其中，但言天地分祀，不啰里啰唆再言其他的，有八十二人；赞成天地分祀，又称工程巨大，未可轻举的，有八十四人；赞成天地分祀，却反对以地祇为方丘，而主张以山川坛为方丘的，有二十六人。奴才说，赞成天地分祀的官员议论起来，不如赞成天地合祀的官员畅快，大概是为此。”

皇帝说：“不对！他等不是不畅快，而是处在犹疑两可之间。”

朝廷关于天地合祀、分祀的争议，是这两个月里的大事。天地分祀是皇帝先提出来的，由于张璁等的反对，特别是由于卜之太祖，不吉，皇帝已准备放弃自己的主张。夏言却于此时提出皇帝亲耕于南郊、皇后亲蚕于北郊之议，大为皇上称赏。以此为契机，朝廷兴起天地合祀、分祀的大争议，许多大臣卷入。

三月，因皇帝的两项处置，争议双方渐分出输赢。

一项处置是：召夏言于便殿，赐玺书褒谕，予正四品朝服，许遇事直陈。都给事中仅正七品秩，予正四品朝服，可说是殊荣中的殊荣。

一项处置是：将掌詹事府事礼部尚书霍韬下狱。霍韬不仅地位崇高，而且议礼有功，将他下狱，可说是严惩中的严惩。

霍韬下狱，在皇帝召见夏言的第二天，而礼部集议又在霍韬下狱的第二天。不是皇帝的两项处置，结果可能不会是约二百人赞成天地合祀，约二百人赞成天地分祀，张璁可能不会是犹疑两可。

他要是公然赞成天地合祀，皇帝肯定大感为难。

在礼部集议之后，其实是在皇帝两项处置之后，很快确定郊祀大典：天地分祀，冬至祀天于南郊圜丘，夏至祀地于北郊方泽；日月分祀，春分祀日于东郊日坛，秋分祀月于西郊月坛。日、月之祀在国初曾列为大祀，洪武二十一年，因从祀于其他祭典而罢。

天地分祀的大旨确定后，皇帝命内阁首辅张璁、吏部尚书方献夫率户部、礼部、工部诸臣，还有吏科都给事中夏言，前往南郊相择其地，定以武定侯郭勋、大学士张璁知建造事，以礼部尚书李时督视，以工部左侍郎蒋瑶提督，以右都御史汪鋐、都给事中夏言监察。

工程尚未开始，但这一切都有头绪，所以，今天皇帝的心情特别舒畅。而张佐恰到好处的搭讪使得皇帝更加舒畅。

“爷无其他事吩咐，奴才先回司礼监值房。”张佐道。

“你且慢走，”皇帝止住他，脸色稍稍阴沉，“母后因霍韬下狱一事不快，张佐，你可知此事？”

“奴才略有所闻，但均是支吾其言，”张佐小心地回答，又小心地请旨，“要不要奴才去问个明白？”

“这却不必，”皇帝说，“问来问去，必然要问到母后那里。母后不预政事，所以才不当面向朕诉说她的不快。朕又岂能让母后为难？朕将霍韬下狱，有朕的理由。霍韬反对天地分祀，朕本不会处分他；但他说过一句错话，做过一件错事，朕就不能不处分他。他说的错话是：‘南北分祀，唯见《周礼》;《周礼》乃王莽伪书，不足为据。’此论荒唐之至！秦、汉之时，有祀天山上、祀地泽中之制，难道所据也是王莽伪书？他做的错事是：致函夏卿，诋毁谩骂。此举荒唐之至！郊祀之议，本是朝廷正事，他却视为私人争斗。”

说到此处，皇帝忽有主意。他兴奋地唤道：“张佐！”

“奴才在。”张佐一惊，应道。

“朕的话你可听懂？”皇帝问。

“奴才听懂。”张佐回话。

“你可记下？”皇帝问。

“奴才记下。”张佐回话。

“好，”皇帝说，“这些话，你代朕讲述与母后听。”

“奴才遵旨，”张佐虽领旨，但于细节不敢擅自做主，他问，“奴才要不要禀奏圣母娘娘，是爷命奴才代为讲述的。”

“朕不好当面对母后讲述，才要你代朕讲述，怎可说是朕命你代为讲述的！”皇帝交代，“你只禀奏母后，朕将霍韬下狱时，曾对你讲述过处分他的理由。你这样讲述，朕和母后都不会不自在。”

“是，奴才这就去给圣母娘娘请安。”张佐欲去。

皇帝自语：“母后的意思，要朕放出霍韬；朕也想到，是该放出他。不过，他吃一个半月狱里的饭，不能没有补偿。”他吩咐道，“张佐，你去传旨：着霍韬赔补一个半月的饭金，仍回衙办事。”

第一百三十一章

皇帝即位以来，凡交礼部议处的，都是大事；礼部凡事与内阁议处，主要由礼部尚书与内阁首辅议处，似乎成为惯例。初杨廷和任首辅、毛澄任礼部尚书时如此；今张璁任首辅、李时任礼部尚书，亦如此。

张璁、桂萼从南京刑部主事骤升翰林院学士时，李时恰归家守丧。所以，他虽然听过不少张璁人品如何、学识如何的传言，但与他并无冲突；待任礼部尚书，与张璁接触多起来，李时并不觉得他离经叛道，飞扬跋扈，反而觉得他很可以亲近。有了这样的感觉，与他单独议事自然没有负担。

这一日午后，李时差衙门的吏员给张璁送去一函，称有事请教。张璁要吏员带回话来，请他申时以后去内阁。

让他晚些去，或是为图个清凉，或是有机密情事，要避开另两位阁臣，李时想。申时以后，他处置完衙门里的公务，提前半个时辰，离开礼部。礼部衙门距内阁衙门有很长的一段路。

去年十一月奉召复任的桂萼和翟銮已都不在，张璁正读一部闲书，显然为等他。二人揖过，各就一凳坐下。内阁杂役奉上新茶，见张璁挥手，躬身退出。

“有劳宗易先生行路，敬奉一杯清茶。”张璁举手让一让。

“有劳秉用先生相候，敬告一件俗事。”李时捧杯品一品。

二人相视一笑。张璁道：“宗易先生还是为丰林王上疏一事吧？你来得正好，早朝后皇上召我入殿，也谈到这件事。”

丰林郡王属庆府。第一代丰林王是第二代庆王第六子，封于成化八年。现丰林王名台瀚，是第三代丰林王，于今年袭封。

数日前，台瀚上疏言四事：一曰崇辅导，二曰建学校，三曰定子女，四曰均人役。

宗室上疏，除宗人府要议，礼部也要议；何况台瀚所言四事，前三事都是礼部该议的。关于崇辅导、建学校，台瀚是虚议，礼部的议复亦虚拟。关于均人役，台瀚是着重要议的，但此事不是一个衙门可以处置，所以礼部也是虚拟。议覆中有三条是虚拟，皇帝依拟而行。唯有第三事定子女，礼部连虚拟也不敢，但拟一句“斟酌以行”，不明不白，不清不楚，礼部几位堂官自己都知道，皇帝是不会放过的。果然，皇帝朱批：定子女一事所拟未一，其再会官议之。

李时就是为再议此事而来内阁的。

听说皇帝也谈到这件事，李时忙问：“有何圣谕，可赐告否？”

“皇上亲作一书，欲赐发诸王，”张璁简单答复一句后，道，“皇上的意思我迟些再来细说，宗易先生，请先说一说你和礼部诸公的意思。”

“丰林王请定子女一事，无非是要限制宗室的数目；我等议了议，无非是要在限制宗室数目上作作文章，”李时也简单答复一句，随即向张璁请教，“秉用先生，你看礼部的立意妥否？”

张璁说：“丰林王请定子女一事，在限制宗室的数目，诸位把握得很好。可怎地作好这篇文章，还须费些心思。”

“说的是，”李时应道，“渭先先生曾言及贫藩，大用先生曾称宗禄为国家会计之大者，秉用先生看，请定子女的文章可不可由此作起？”

霍韬、梁材的奏议都是一年前写的。

霍韬写道：我朝百六十年来，宗支日广，禄粮不给，将军、中尉而下，奏告不得禄粮者屡至矣。有晨朝进食仅一麦饼腹不充饥者矣，有假息蓬窝无室屋以居者矣，有不幸物故无棺敛者矣，有女年四十不得适人者矣。民不遂其生，怨恨之气，犹能感召灾变；况亲藩骨肉，不得其所，怨恨之气，有不感动太祖在天之灵，而招致灾变乎？

梁材写道：

> 山西初封晋府一王，岁支禄米一万石。今增郡王至仪宾等，共一千八百五十一人，岁支禄米八十七万二千石。河南初封周府一王，岁支禄米一万石。今增郡王至仪宾等共一千四百四十人，岁支禄米六十九万二百五十石。山东初封鲁府一王，岁支禄米一万石。今增郡王至仪宾等共三百六十一人，岁支禄米一十三万九千二百三十七石。湖广初封楚府一王，岁支禄米一万石。今增郡王至仪宾等共五百八十七人，岁支禄米二十五万九千八百三十石。

两篇奏议，张璁读过不止一次，而且是很用心读的，其内容不说烂熟于胸，也大部记得。李时一提，上面的两段文字马上在脑际闪现。

他边想二人的奏议边说：“宗室日繁，不可不筹措，宗易先生欲由此作文章，是不会错的。不过，霍渭先、梁大用议的是朝廷度支。在户部，如此议事则可；在礼部，如此议事则不可。”

“我等也是这么想的，”李时道，“礼部拟复三事，谈的均为礼法。”

“拟复三事？不算少。”张璁这话，听不出是嘲讽，还是出自真心；但要听礼部具体的议论，则是真心的。他揖道：“请宗易先生示知。”

“第一事，关于花生子女。”李时说。

所谓花生子女，指宗室人员与非婚配女子，如婢女、妓女、姘头等，所生子女。此等子女，只要宗室人员认可呈报，就可以入玉牒。礼部会议定子女，首先针对花生子女。

张璁颔首，以为此事可以议复。

“礼部如何议的？”他问。

“众人议道：花生子女不得请名；以前造入玉牒者，削名；现养赡者，亦行停止。凡花生子女，听其编入民籍，自为生计。”李时说。

关于花生子女，可议者大约也就这么多。张璁问：“宗室子女中，花生子女约占几成，宗易先生可有数，礼部可有数？”

“秉用先生问得好！我也想到，须得知道花生子女占的成数有多少，才可知道这一议的分量，”李时说到这里，不无遗憾。“可惜礼部没统计过，宗人府也没统计过，今日只好泛泛而议。”

“花生子女占的成数愈高，这一议的分量愈重，可这一议的阻力也愈大。这一节，宗易先生不可不知。”张璁提醒他。

在众人那里只好泛泛而议；张璁除泛泛而议，还看到实施这一举措，并非举手之劳。

礼部只是议复，可否实施，不必想得太多。李时没出声。

“请讲第二事吧。”张璁也不必说得太多。

“第二事，关于犯罪宗室，”李时说，“众人议道：凡镇国将军、辅国将军、奉国将军以下，有犯罪降为庶人者，及由高墙放回罪宗，不论已革爵未革爵，所生子女，只许请名，不得请封，给予养赡婚嫁之资。已革爵者于未革爵前所生子女，仍与冠带；若以谋逆废者，亦许请名，不许请养赡婚嫁。秉用先生，这一条里枝节颇多——”

李时欲稍加讲解，张璁说：“我听明白了，众人议的是犯罪宗室之子女，不是犯罪宗室。其中，将军以下宗室犯罪，多被降为庶人，这是一类。郡王以上宗室犯罪，多被禁锢凤阳高墙，这又是一类。其子女只许请名，不得请封；只给养赡婚嫁之资，不给禄米。这是一个笼统的处置。宗室犯罪，其爵位有革与未革的区分，其子女又有所区别：一是革爵前所生子女，予以冠带；一是以谋逆废者，不给养赡婚嫁之资。”

“正是这样，”李时连连点头，“将军以下犯罪废为庶人，其子女仍得封；凤阳高墙放回宗室，其子女仍得封。宗人府和礼部都有记载，为数不少。宗藩定子女，这一条若能实施，革除的数目相当可观。”

“宗易先生还要革除已得封的犯罪宗室的子女？”张璁惊诧。

犯罪宗室未革爵前所生子女是一个概念，犯罪宗室未革爵前子女得封又是一个概念。他大概不曾料到，礼部这次会议，竟要追究后者。

“不该革除他等吗？”李时也有些惊诧，“秉用先生可曾想过，不革除他等，只不许以后犯罪的宗室子女请封，不是一视同仁？”

见张璁没有赞同的表示，他问：“秉用先生以为不妥？”

“这一事迟些再议，”张璁道，“请宗易先生先讲一讲第三事。”

“第三事是严嫡庶子女之分，”李时说，“众人议道：将军以下，凡嫡子女许请封，无嫡子女，许以一庶子女请封。其余只许请名，给以冠带及养赡婚嫁之资。议这一条时，有人说，过于严苛，有失亲亲之道。”

“的确过于严苛。”张璁认同。

“这一事也不妥？”李时颇为灰心，“礼部会议三事，一事分量愈重，阻力愈大，一事不妥当，一事过于严苛，竟无一可取。”

“话不能这样说，”张璁安慰他，“我听宗易先生讲述三事，感受只有两个字：认真。众人议得认真，宗易先生概括得认真。但毋庸讳言，皇上多半不会准礼部所拟。宗易先生不是问我皇上有无圣谕吗？我说皇上多半不会准礼部所拟，正要从圣谕说起。皇上的意思，是要降等分封。宗易先生，此处的降等分封，与祖宗的降等分封不同。祖宗的降等分封，是嫡长子袭封，次子以下降一等分封。皇上提出的降等分封，却是宗藩本身各降一等，自今时起，朝廷诸皇子皆封郡王，现亲王嫡长子袭封，其余诸子皆封镇国将军。下以此而推。”

“宗室爵位降等分封，可谓大手笔；与之相比，作花生子女、犯罪宗室子女、将军以下庶生子女的文章，实在不足道，”李时感叹道，“可降等分封只能出自圣谕，非臣下所敢妄言、妄议。”

张璁笑道：“宗易先生也无须妄自菲薄。常言说，花儿虽好，也要绿叶扶衬。如花生子女、犯罪宗室等，也好出自圣谕吗？皇上降等分封之大手笔与宗易先生等限定宗室的三条议处正可合璧。”

“花生子女、犯罪宗室等言论是该出自臣下的，”李时附和着，他忽然想到一事，似有不解，不由叫道，“秉用先生！”

“宗易先生要问：既然圣谕与礼部会议合璧，皇上为何不会依拟而行吧？”张璁猜到李时的疑惑，“不瞒宗易先生说，我今日到处摇头：对礼部会议的各项处置，我摇头；对皇上的大手笔，我也摇头。”

“秉用先生以为降等分封不可行？”李时一惑未解，又生出一惑。

张璁说：“也不是全不可行。朝廷诸皇子与亲王诸子封爵，我朝原有定制，一概降等分封，有失亲睦之道。此乃不可行者。降等分封，无非是为减少禄米支出。以祖宗之制，亲王禄米万石，郡王禄米两千石，二者比较，五份中省却四份；镇国将军千石，与郡王比较，两份中省却一份；以下又各减二百石。一律降等分封，朝廷省却禄米多矣。但不降其封爵，只减其禄米，又如何？此乃可行者。以我之见，与其降等分封，不若量减禄米。宗易先生以为如何？”

“省却禄米而不失亲睦，秉用先生所议甚是，”李时赞同，“皇上经秉用先生劝说，可放弃降等分封的念头？”

“皇上没有立即放弃降等分封的念头，但我估计皇上一定会放弃降等分封的念头，”张璁说着，补充一句，“故皇上不会准允礼部议复诸事。”

“秉用先生对礼部之议摇头，对圣谕也摇头，我斗胆问一句：秉用先生欲如何处置宗藩事？”李时问。

“我还是那句话：量减禄米可以，有失亲睦之道不可以；限制宗室数目可以，有失亲睦之道不可以。处置宗藩事的基本一条，是不可有失亲睦之道。”张璁反复强调“亲睦之道”后，将话题一转，“我今日读的是丰林王奏疏，思索的却是另一位宗人的奏疏。”

“秉用先生思索的是哪一篇奏疏？”李时听出这句话很要紧。

“嘉靖初年，襄府枣阳王曾上一疏，议开四民业，以安贫宗，且省禄粮，”张璁略述其疏。并问，“宗易先生可还记得此事？”

四民指士、农、工、商，从四民业指耕作、匠作、商贾、科举。

“记得，”李时点头，又摇头，“我朝不同前朝的制度，以宗室不得从四民业最为重大。皇上当年未准枣阳王所议，今日恐怕也不会准。”

“无论准与不准，我反复思量，这才是根本的处置。”张璁很自信。

李时无须与他辩驳，但问：“听秉用先生一番宏论，礼部所拟三事不知上得上不得？”

“礼部奉旨会议，众人各进其言，怎么上不得！”张璁道。他再次强调，“皇帝可以不准礼部所拟，礼部却不可以不议复。”

对礼部所拟三事，皇帝果然批曰：事体重大，俟从容审定。

第一百三十二章

午朝后，皇帝在宫内的小花园里散步。御马监太监阎洪刚被皇帝召来问话，跟在皇帝身后半步。再后面，是皇帝的两名贴身近侍。皇帝从两个花圃间穿行时，一名近侍眼尖，叫道："爷，看好脚下！"

皇帝一惊，左脚跨向前，正要落地，又轻轻地撤回原处。低头看去，两脚之间，停着一蟹。那蟹似乎也被近侍的叫声惊住，不知该向哪个方向爬。皇帝只吃过熟蟹，没见过生蟹，但知道蟹的钳子很厉害，急向后退两步。他问："阎洪，宫里怎会有生蟹爬行？"

皇帝退到后面，阎洪离蟹最近。他弯下腰，右手捏紧蟹的两只钳子，将蟹提起，学着皇帝的话："宫里怎会有生蟹爬行，真是怪事！"看了看被捏紧两钳的蟹，他叫道："爷，这只蟹有些古怪！"

"蟹便是蟹，有何古怪？"皇帝不再怕，向阎洪靠近一步。

"奴才见过的其他蟹没有古怪，这只蟹确实有古怪。"阎洪半是提半是捧，把蟹送到皇帝面前，"爷看，这只蟹的背上有字。"

皇帝一看，可不是！蟹背上横一道，竖一道，真的写有字。只是初看上去，辨不出有几个字，也辨不出是什么字。

"奴才看，这是天书，"阎洪见皇帝不语，自作聪明地说，"不然，奴才好歹也是陪同爷读些日子书的，怎么连一个字也认不出来！"

皇帝仔细辨认，该断开的断开，该连接的连接，终于辨出端倪。

"这不是天书，是草书；不是书法大家的草书，是胡乱勾画的草书，"皇帝边说，边比画，"字是两行，每行二字，共计四字。"

"共计四字？"阎洪两眼随着皇帝的手指乱转，"不错，奴才也看出是四个字；可是哪四个字，奴才却辨认不出来。"

"你先看上一行，前一个字辨认出来，后一个字就不难辨认。阎洪，朕教你辨认。"皇帝书说，"前一个字的左面是弓字，右面上方三道短横，三短横的左端一长竖，一长竖的下端连接一长横。再下面是衣的下半部。阎洪，你认得出是个什么字吧？”

“这个字奴才熟悉得很，可不知怎的，一时竟念不出来。”阎洪说。其实他不是念不出来，而是皇帝忽横忽竖，把他弄糊涂了。

“你不是念不出来，你是没把横横竖竖合起来。”皇帝戳穿他的谎言，“这样一竖，这样一横，下面是这样的写法，合在一起，不是一个长字吗？左弓右长，是个什么字，你总念得出来吧？”

“对，奴才辨认出来，这是个张字！”阎洪刚一高兴，马上又收敛，“爷说，辨认出前一个字，后一个字就不难辨认。可奴才在爷的引导下，辨认出来第一个字，第二个字仍然辨认不出来。”

“第一个字你辨认不出来，是你的确辨认不出来；第二个字你辨认不出来，是你不敢辨认出来，”皇帝说，“第二个字左边是斜玉，右边的上部是半个窗字，下部是个心字，阎洪，你不能说念不出这个字吧？”

“是个璁字？”阎洪惊诧不已。“爷说上一行的两个字是张璁？”

“不是朕说，是蟹背上写的，”皇帝纠正道，“下一行的两个字要容易辨认些，至少可看出第一个字左面的偏旁，第二个字上面的部首。”

阎洪点点头，说：“第一个字左面好似木字旁，第二个字上部好似草字头。第一个字右面整齐些，第二个字下部又乱起来。”

“不怕它乱，只怕你不肯想，”皇帝点拨他，“下一行二字和上一行二字对照起来，第一个字的右面和第二个字的下部根本用不着辨认。”

“奴才总算开窍，第一个字应是桂，第二个字应是萼。”阎洪道，“可将字辨认出来，奴才又不明白：宫里有蟹爬行，已是离奇古怪；蟹背上有张先生、桂先生的名讳，就更加离奇古怪。”

皇帝冷笑一声，说：“这两行字若是天书，还可说是离奇古怪，既是人写的，又有什么离奇古怪！写字的人无非要对朕说，张先生、桂先生横行不法；可又不敢当面对朕说，就在蟹背上装神弄鬼。”

“有话对爷说，又不敢当面对爷说，就在蟹背上装神弄鬼，”阎洪把皇帝的意思重复一遍，评论道，“此人真有心计。”

“谁说不是！”皇帝的目光从蟹背上转到阎洪的脸上，又从阎洪的脸上转到蟹背上，突然问道，“阎洪，这字不是你写的吧？”

阎洪被问，有如猛受一击。他站立不住，一头跪倒在地，口称：“奴才不敢！于蟹背写字，好比写匿名揭帖，是严禁的。”

皇帝说："朕知道不是你写的。一则，你没有心计，有话你会当面对朕说。二则，就算你对张先生、桂先生不满，要告御状，这几个字你也写不出来。"

他踱来踱去，甄别着想到的人：张佐被司礼监的事务缠住，每日看朝内朝外的奏疏，头都看昏，不会做此儿戏。近侍们与外朝素无瓜葛，不会议论朝臣的是非。

他忽然在阎洪面前站定，对他说，"你不错！你的一句话提醒朕，朕知道此事该着落在谁人头上。"

"有这等事？"阎洪无法相信，"奴才昏昏然，还能说出明白话来？"

"你人不明白，话却是明白的，"皇帝道，"你说蟹背上的字是天书，这就是明白话。谁会写天书？朕请来的天师会写。天师不在宫里，宫里谁会写天书，和天师过往密切的奴才会写。阎洪，你有没有听懂？"

"爷是说，此事是崔哥所为？"阎洪恍悟。

内官监太监崔文最早向皇帝建议，在宫内设立斋醮。皇帝把龙虎山邵真人请入京师后，崔文与他接触最多。皇帝把道家写的符录称作天书。

"不是他，还会是谁！"皇帝有十分的把握，"阎洪，你代朕去盘问崔文：他有话，为什么不当面对朕讲清楚，却要行此龌龊伎俩！"

"奴才遵旨。"阎洪叩头。

皇帝示意他起身退下。他习惯地以右手撑地，立起，却忘记他的右手正握住蟹的双钳。蟹先是微微活动双钳，随后，猛然钳住阎洪左手中指，越钳越紧。阎洪感到一阵钻心的疼痛，不由惨叫出声。他不住甩动右手，可越是甩动，蟹把他钳得越紧，他越是疼痛难忍。

皇帝愣了愣，意味深长地说："蟹虽横行，朕不亵玩，就不怕。"

羽林卫指挥使刘永昌的奏本引起皇帝的兴趣，不仅因为指挥使一类的武臣很少写疏，更少在疏中议论朝政，而且因为刘永昌写得既明白无误，又闪烁其词，很有些意思。

刘永昌称：

人臣之恶，其大纲有六，曰贪赃，曰嘱托，曰私党，曰苟延，曰骄纵，曰淫滥；人臣偾事，其大纲亦有六，曰欺君，曰坏法，曰误国，曰害人，曰用舍不公，曰刑狱不平。臣闻太祖罢丞相，设府、部、院以分理庶务。太宗命史臣于文渊阁参预机务，官止学士。至于后世，而加以师、保重职。于是虽无丞相之名，而有丞相之权。迩者杨廷和谬言大礼，植私党以抗朝廷，至于数年犹未定。伏望皇上存内阁以尊太宗之制，减事权以守太祖之训。再仿祖宗之意，令六部诸大臣更番入值，以备访问。

皇帝立即看出奏疏里的一些毛病：如贪赃是人臣之恶，难道贪赃就不偾事？如欺君偾事，难道欺君就不是人臣之大恶？以人臣之恶和人臣偾事立议，内容难免要交叉重叠。

但皇帝还是饶有兴致。虽无丞相之名，而有丞相之权，这算不算得警言？武臣有这般见识，殊是难得。

读着读着，皇帝以手指敲击奏疏里的一句话，若有所思。那一句话是："迩者杨廷和谬言大礼，植私党以抗朝廷，至于数年犹未定。"

这里点出杨廷和，但他写的真是杨廷和吗？杨廷和去官六年多，论劾他"植私党以抗朝廷"为什么不在那时？朝廷给杨廷和定罪两年多，论劾他"植私党以抗朝廷"为什么不在那时？

显而易见，刘永昌要论劾他人，又难以下笔，才搬出杨廷和来做个靶子。显而易见，刘永昌要论劾的是张璁，因为现在享有"丞相之权"的只有他，能"植私党以抗朝廷"的只有他。

朕难道真会让哪一个人享有"丞相之权"，真会允许哪一个人"植私党"？皇帝心里说：刘永昌，你也太小看朕！

不错，上月有一名叫赵汉的科臣，上疏论劾阁臣，皇帝对他略加处分。

赵汉疏言：内阁桂萼、翟銮称病三月，未尝以旷职恳辞。张璁久专政权，亦未闻引贤共济。乞谕翟銮、桂萼亟去，简用两京大臣及家居耆旧，以分张璁之任。

他未言首辅"有丞相之权"，但"分张璁之任"的用意是很明白的。

皇帝一面传谕张璁毋避，仍赴阁办事，一面命赵汉列奏所欲用者。

小臣欲用大臣，朝廷什么时候有过这样的规矩？赵汉无论如何不敢列奏，先是说：臣欲张璁引贤，无私人欲用；继言：辅臣简命，出自朝廷，非小臣所敢预。

皇帝再命赵汉以实对，并夺其俸一月。

处分是处分，但仅夺俸一月而已。皇帝心想：朕的心思，难道还没有人懂得吗？

若说皇帝处分赵汉时的心思尚费琢磨，那么，处分崔文时的心思总该有人想到些什么吧？

御花园蟹背事件，后查实果是崔文所为。痛恨他的人无不喜形于色，与他交好的人无不捏着一把汗，以为他在劫难逃。谁知，皇帝只将他打发去南京，说谪遣也可，说调转也可。皇帝宽以待之，多数人都以为，是因为崔文在斋醮中的作用，很少有人想到，与张璁、桂萼本人有关。

皇帝很想在刘永昌的奏本上批写几个字，着他以实对，看他到底敢不敢点出“植私党”者的姓名。想了想，似乎又不是时机，不如不发一言，将该疏发下有司。对赵汉之流的奏疏有所处置，对崔文的“龌龊伎俩”有所处置，对刘永昌的奏疏却不做任何处置，总可以发人深省吧？

两天之后，兵科给事中薛甲上疏言四事：其一，扩茹纳以来忠谠；其二，正习俗以明体统；其三，勤延访以尽人才；其四，养和平以凝天休。在“正习俗以明体统”一事里，他写道：刘永昌以武夫而劾冢宰，张润以军余而议勋臣。夫股肱耳目之臣，人得指摘谋孽，下陵上替，不知所指。

薛甲在兵科。议复武臣的奏疏，正是他的职责；至于褒之贬之，也是见仁见智的事，本不该引起非议。但薛甲是嘉靖八年进士，张璁是那一科的大主考，薛甲为张璁申辩，难免被视作徇私。

刑科给事中饶秀就持这一看法，他上疏劾薛甲阿附。皇帝将二疏下吏部再议。薛甲不待吏部议出结果，又上疏自辩。皇帝责他不懂规矩，把他谪为湖广布政司照磨。

皇帝想：这一处置，更可以发人深省。

第一百三十三章

镇江城里，被称作杨相国府的杨一清府第，本来就是清冷去处，这几日更显得沉寂。杨一清病重的消息不胫而走。镇江及所属各县，有头有脸的人物都来过。东而苏、松，西而南京，在职或不在职，凡与他有些渊源的士大夫，陆陆续续赶来；江北、浙江等地，在职或不在职，凡与他有些渊源的士大夫，开始赶来。绝大多数的客人被挡在第一层院落，由杨府的老家人与之周旋，最有面子的客人只能进入第二层院落，由管家杨芝与之周旋。老家人和杨芝应付他们的只有一句话：老爷神志不清，无法见客。于是，前来探视的客人，或在第一层院落对老家人说几句安慰的话，或在第二层院落对杨芝说几句安慰的话，然后怏怏而去。

只有一青年，报上姓名、身世以后不肯离开。门前院里的家人忙着招呼其他客人，顾不上搭理他。稍闲下来时，有人会说一句：此人好无聊。另一人说：好耐得住性子。会问：他是咱老爷的哪一门子亲眷？前面的一人说：只知他姓孙，是府学里的生员，和咱老爷是不是亲眷，谁也不知道。那青年任凭别人议论，好像和他全不相干。

后来杨芝出来，带他去后面的院落，肯定是杨一清要见他。不多时，杨芝又送那青年到大门外，相互一揖，那人痛哭而去。杨芝转身匆匆赶回后院。家人们见了他脸上的神色，谁也不敢和他招呼。

杨一清半卧在榻上。他身上裹条厚毯，看不出什么；而本来就不丰腴的脸庞又瘦下去一圈，让人看着心疼。只有一双眼睛，仍然深邃有神。

见杨芝进来，他问："你可是依我的吩咐，送他出大门？"

"老爷此刻的吩咐，我敢不从吗？"杨芝不无抱怨地说，"那么多该见的人老爷不见，却偏偏允许他进来，不伦不类地见一面，还和他不伦不类地说些话。明日别人提起此事，我怎么替老爷挡驾！"

"何谓该见？何谓不该见？芝儿，你的成见太深，"杨一清说着，喘口气，"你不愿意我见他，是因为他父亲不好，并非因为他不好。我正因为他父亲不好，才一定要见见他。你说那么多该见的人我不见，我却觉得，我可以见他们，也可以不见他们。我见他们，于他们无补；我不见他们，于他们无损。对孙育之子，却不同。我见他，他从此得以解脱；我不见他，他或一生不得安宁。”

“他父亲病死，按说也是天报。老爷亲往吊之，已仁至义尽。老爷病得不轻，大可不必再见他，”杨芝道。他仍不高兴，但见杨一清说起话来，高一声低一声，很是吃力，不忍心再用严厉的词句。

这个青年正是由国子生选入文华殿当差的孙育之子。杨一清免官后不久，孙育病死京师。他的灵柩送回老家时，最让其子伤心、最让其子感动的一件事，是杨一清亲往吊唁。他阻在门外，不放杨一清进入灵堂，说：“家父负恩，愧煞地下，不敢受公一祭。”杨一清道：“这事怪不得他。他借我免祸，是无奈之举。我早已谅之。”其子泣而拜谢。所以，得知杨一清病重，他无论如何也要来探视。杨一清了却他的心愿。

“单是他要见我，不见也罢，奈何我也要见他！其父若彼，其子若此，很是难得。他虽无大才，但在我乡也将是一正派人物，”杨一清说着，问道，“芝儿，此际若在京师，你知我最想一见的是哪一位吗？”

杨芝想：不会是皇上，老爷对皇上不会称哪一位；不会是荃哥，老爷对荃哥也不会称哪一位。那么，老爷说的哪一位会是谁呢？他突然想到一人，随口说了出来：“老爷最想见的不会是同事张某人吧？”

因不愿意称呼张璁的名字，他想出这样一个既俗且怪的叫法。

杨一清愣了愣神，随即叹息道：“到底是芝儿知我。”

“老爷的想法真让人难懂，”杨芝趁机大发议论，“我知道老爷那一辈的人已不多，可朝廷上，朝廷外，真心敬重老爷者不少，全力维护老爷者不少，堪与老爷论学者不少，愿随老爷问道者不少，”这四个“者”一气呵成地说出，使他自己都吃惊：口才何时又得长进？“这些人，老爷哪一个都不想见，却偏偏想见张某人。他与你虽是同事，绝非同心。老爷大概不知道夜间的梦呓吧？老爷不知叹过多少次‘小子卖我’。小子是谁，总不会是孙育那小子吧？老爷亏得不在京城。要是在京城的话，要是别人不见，单单见张某人，不知京城人会有什么怪话呢！”

杨一清说：“亏得不在京城，芝儿这句话说得很对。要是在京城的话，哪容得你这般静养！阁、部的大臣来探视，哪一个你好不见！各衙门的公公来探视，哪一个你好不见！更不用说，还有些人是奉旨来探视的。芝儿，在京城的话，你是挡不住那些来探视的人的。”

“也未见得，”杨芝争辩，“京城里的人不就是官大吗？可谁的官能大过老爷？京城里的人不就会拿圣旨吓人吗？他们能奉旨，我就不能奉旨？我去敲响登闻鼓，向皇上请愿，别让众人再来打扰老爷。我不相信，我心疼老爷，皇上就不心疼老爷！”

这话有些不对：皇上真的心疼杨一清，怎会罢他的官？怎会听信小人之言，定以赃罪？去年霍韬论劾杨一清贪赃等罪，刑部坐实其言，请削杨一清籍。谁都不会怀疑，霍韬攻讦杨一清，是张璁的指使；而张璁却三上密疏，称杨一清有赞礼功，乞赐宽贷。皇帝遂命他以原职衔致仕。后有人举告他受太监张永之弟张容金钱，为张永撰写墓志，与张容世袭锦衣指挥，皇帝愤怒，免去他一切职衔。据说，这一举告案又是张璁在幕后操持的。杨一清也是从那时起，才有“小子卖我”的梦呓。

杨芝又加一句牢骚话，“皇上就算不心疼老臣，总该怜惜老臣。”

说到辛酸处，杨一清也不禁神色黯然。“皇上还是圣明的，”这句话是一定要说的。他随后说的是，“但皇上光明正大，怎懂得小子善用诡计！芝儿，我说想见他，和想见孙育之子不同。我想见他，是要对他说：与小子斗智，老夫诚输。宫里传出他上密疏为我申辩时，我的确想过，此人不失为正人君子。后来我才想通，只要我在朝廷，只要我据理自陈，这桩公案谁输谁赢，尚不可料。他上密疏，是促皇上早下决心，命我致仕。我不在朝廷，他才好从容筹划。置我死地。这一着阴险狠毒，连阉寺刘瑾辈都要望尘莫及。想想当初我盛赞他：张生此论，圣人不易；想想入朝后每于议礼事附会于他，我真追悔莫及！”

杨一清一向以镇定自勉勉人，但此刻说到激动处，也禁不住全身颤抖。他按住胸口，猛然咳几声。杨芝在他背上轻拍几下，扶他坐好，安慰道：“这话不必老爷亲口对他说，我有机会，代老爷对他说也是一样的。老爷说皇上圣明，总有一天会厌倦小子的。”

南直隶卫、所有的以府、州名，如扬州卫、徐州卫等；有的以该地名胜名，如设于镇江的军卫称金山卫。这一日，金山卫衙门里的两个厨子，正在切肉的姓张，正在择菜的姓李，边干活，边闲聊起来。

姓张的厨子斜眼看看姓李的厨子择的菜，指责道：“老李，不是我说你，你这菜择的不干净，被司务老爷看到，我等又要晦气。”

“我已经很用心，你怎么还说择得不干净！”姓李的厨子委屈地说。他转身看看姓张的厨子切的肉，反过来加以指责。“老张，你看你切的肉，大小厚薄不匀。你不知道，司务老爷见到要发火吗？”

“罢了，罢了！”姓张的厨子把刀狠命朝肉案上一剁，“我看你择的菜不干净，你看我切的肉不整齐，今日这锅菜还怎么做！老李，这种情形从来不曾有过，你说，今日我二人撞的什么邪气？”

“对，今日定是撞到什么。你说撞到的是邪气，我却说撞到的是神灵，”姓李的厨子道，他压低声音，反问，“老张，你敢不敢说，我二人今日一大早抬着肉、菜经过杨相国府的时候，你见到什么？”

“那有什么不敢说的！”姓张的厨子刚要说，又犹豫，“实不瞒你，今日一大早经过杨相国府时，我是见到什么；难道你也有所见？”

“你见得到，我为何见不到，难道你事事要压我一头！”姓李的厨子不服气，“你道今日撞的是邪气，我却知撞的是神灵。”

“先不忙争撞的是邪气还是神灵，老李，我来问你：你见到的可是一挂大将军的舆车出杨相国府，径向东驰去？”姓张的厨子问。

“谁说不是！”姓张的厨子问得离奇，姓李的厨子答得更离奇，“我还见到，车上的大将军回过头来，几次张嘴，似有许多话对我说。虽舆车越去越远，我却看清楚，车上的大将军正是石淙先生。”

石淙是杨一清晚年自号，在镇江城里，若是问起应宁先生，或邃庵先生，说不定有许多人不知所指；问起石淙先生，则无人不知。

姓张的厨子反驳姓李的厨子：“舆车上坐着石淙先生，那是不错的。他似有许多话要说，也是不错的。可他明明要对我说，怎是要对你说？”

“我二人在一起，怎知他要对谁说！”姓李的厨子退让一步，“总之，他有许多话要对我二人中的一人说，或有许多话要对我二人说。”

“你这样说，看似公允，却并不公允，”姓张的厨子仍不罢休，“你说石淙先生似有话要对你说，没有任何道理；我说石淙先生似有话要对我说，却有许多道理。世人都知道张冠李戴，何时有人说张冠李戴。我们姓张的被你们姓李的占便宜，不知占了多少年，今日我要讨回公道。”

“好，好，就算是石淙先生有许多话要对你说，”姓李的厨子被纠缠不过，又退让一步。但紧接着质问，“可你见到石淙先生坐在舆车上，却说撞上邪气，是何道理？镇江城里谁会把石淙先生看作邪气？”

“邪气肯定是有，可我又没有说石淙先生有邪气，”姓张的厨子分辩，他压低声音问，“老李，除舆车，你还见到他物没有？”

“自然见到，”姓李的厨子刚要说，也犹豫，“老张，你是知道的，我为人再实在不过。见到舆车，是你先说的。我并不因为你先说出，就不承认。我担心你不会和我一样实在。”

“我二人一起居住，一起应役，怎会不一样实在！”姓张的厨子道，“反正这次轮到你先说，你一说，就知我是不是和你一样实在。”

“你见到的他物，若和我见到的他物不同，也有道理。不然，你怎会说撞到邪气，我却说是撞到神灵？我当时怕看花眼，还揉了揉眼睛。老张，你是看到我揉眼睛的，”姓李的厨子心细，先做好铺垫，“你道我看见什么？我看见舆车前面有数百大旗，旗上写的都是天朝都督的字样；舆车后面跟随千军万马，则都是官军的装束。”

“你没有眼花，我见到的和你见到的是同一景象，所以我才说撞到邪气，”姓张的厨子说，“你想一想，石淙先生威震西北，他率领的千军万马怎会向东面进发呢？老李，你该明白吧，我不是说石淙先生有邪气，我是说在杨相国府前见到的景象有邪气。”

这一天是九月二十八日，杨一清卒于家中。

嘉靖八年的状元罗洪先回乡省亲，一住就是一年半。他是大孝之人，每日在家里陪伴父亲罗循，甚少出门。听说恩师李中从广西归来，他禀告过父亲，前去问安。

李中字子庸，与他同邑，正德九年进士，现任广西按察副使，听说转任广东布政司参政。在两任之间，他回乡看看。

罗洪先是李中的入门弟子，罗循弘治十二年中第，却是李中的前辈。所以，他受罗洪先礼拜后，问：“遵善先生好吧？”

“家父身体还好，他老人家要我代他问候先生。”罗洪先说。

“多谢。你回去也代我问候遵善先生，就说，我改日去拜望他，”客套话讲过，李中命道，“达夫，你坐。我去后面交代一声就来。”

罗洪先不知他要去交代什么事，不敢多问。不多时，李中从从后面出来，面有尴尬之色。罗洪先更加不敢问。李家的老仆跟在李中身后，说：“老爷，我去了。”李中挥挥手，老仆出门。

李中恢复常态。他问：“达夫，应宁先生病逝，你知道吧？”

“已知，”罗洪先应道，“那年放榜后，我去拜望应宁先生，曾听他许多勉励的话。他知道我出自先生之门，还对我提起先生。后来，就听说应宁先生致仕。我想，什么时候还朝，一定要转道丹徒，去应宁先生府上再聆听教诲。不料，斯人已然作古。”

“我与应宁先生交往不多，可他于我，也有知遇之恩。我中第时，朝廷命新科进士考作言官。时应宁先生掌吏部，数次召我应试，我均未从命，”李中说着，问道，

“他对你提起我，说的是此事吧？”

“说此事，也说其他的事。应宁先生特别提到，先帝称大庆法王，建寺西华门内，先生上疏谏止，该奏疏是篇佳作。”罗洪先说。

“那时也是年轻气盛，不知畏惧，”李中回忆起当时的情势。“要不是在朝的老先生们包括应宁先生的救助，大概也没有今天的我。”

李中眼望门外，罗洪先随着望去，只见老仆手提一布袋进来，高高兴兴地向李中打个招呼，走进厨房。

李中这才说，“达夫，今日有米，就在我这里吃午饭。”

罗洪先想不到老师家里竟如此拮据，连下锅的米都要去借。他正要说什么，老仆又从厨房出来，站在他和老师所在的这间屋子的外面，欲进不进，欲言不言，看来是有十分为难的事。

“达夫不是外人，有什么事，你说吧。”李中吩咐。

“老爷，没有柴火，不知该去哪家借。”老仆颇感难为情地说。

李中一时也想不出，该去哪家借柴火。

罗洪先说：“先生不必去别人家借。我出门时，家父曾嘱咐：子庸先生清廉，家里不宽裕，一则，你不要在他家里吃饭，二则，看他家里缺少什么，请他来取。家父之命，弟子不敢有违：午饭不必准备；先生府上缺少什么，请差人去取。”

李中苦涩地一笑，说：“只为清廉二字，我为官十几年，竟连请人在家里吃一餐便饭都有难处。说起来，真让人心寒。达夫，不瞒你说，我也正为这两个字，和应宁先生就是无法亲近。”

“先生是说，应宁先生多欲？”听口气，罗洪先颇不以为然。

“达夫用多欲二字，比用其他的字，听起来要舒服些，”李中说，“应宁先生是我朝不可多得的人才，只可惜多欲，有玷清誉。”

“先生恕弟子直言，”罗洪先长揖道，“世以多欲病应宁先生，可弟子独知，应宁先生性非贪婪，说他廉介，亦无不可。”

他先行告罪，李中不好责怪，只是问：“达夫何以独知其廉介？”

罗洪先说：“世间传言，应宁先生总督陕西三边时，曾有故人馈赠宝珠一斗，他收下。故人辞去，他立即召集众将领及左右之人，或与一珠，或与二珠，顷刻散尽。同僚、门生以贫归者，应宁先生无不解囊助给，数十金为常。峻拒馈赠，一介不取，固是廉介；如应宁先生，虽受馈赠，却为天下用，而不以私蓄，弟子以为，也是廉介。”

李中不语。他是那种“峻拒馈赠，一介不取”的廉介之士，一直厌恶收受馈赠的行为；可仔细琢磨罗洪先的话，也以为有些道理。

第一百三十四章

来客只说故人来访，不报姓名。见还是不见，迎还是不迎，夏言拿不定主意。不见的话，来客或会报出姓名，或是不得不见的人，那时再说请进，岂不被动！看来，还是该见。既和他开这么一个不大不小的玩笑，定有所恃，不出迎的话，礼数或有亏。看来，还是该迎。

“怎么是克弘兄？”史道站在门外，是夏言没料到的。二人虽是同科进士，并无深交；史道才升任都察院右佥都御史，来访不知何意。

史道开心地笑起来。他向着夏言一揖，道：“若不使些诡计，公瑾兄定是闭门拒客，哪里还会亲迎出来！恕罪，恕罪！”

“亲迎不会，拒客也不会，”夏言还礼，让道，“请。”

史道边走边说：“公瑾兄亲迎，我当不起；若要拒客，我也不怕。我在门外的石阶上一坐，你还能撵我不成，还能拴我去兵马司不成！”

“克弘兄在翰苑、科道均磨砺过，不该是这般性情呀。”夏言笑道。

说着，二人入室，坐定。

史道接着夏言方才的话说：“公瑾兄看我迹似无赖，却不知我今日来，一是献言，二是献宝。公瑾兄若闭门拒客，倒是想想，究竟是于我有大损，还是于自家有大损？”

夏言道：“献字言重，弟改一个字：赐。克弘兄赐言，弟洗耳恭听；克弘兄赐宝，容弟婉拒。”

“公瑾兄以为宝者为物吗？非也。我所谓宝者，贤上也，宏文也，”史道自问自答，“公瑾兄稍安勿躁，先听我之言，如何？”

“遵命，”夏言既放入此人，由不得不听。

“我欲寄语公瑾兄者：切莫以被人中伤为意。”史道说。

夏言被人中伤，说来话长。今年延绥大饥，原巡抚萧淮在二月改抚大同，亟待有人接任。吏部推举陕西左布政使胡忠，夏言推举都察院右佥都御史李如圭。皇帝用李如圭。这样一来，右佥都御史的位置空出，吏部按照旧例，推举二人，皇帝皆不用。吏部又推举二人，其中一人是夏言，皇帝命用夏言。即将宣旨之际，波澜骤起：御史熊爵上疏，称夏言别有居心，推举李如圭，是为自已升迁该职位作铺垫。夏言疏辞，皇帝不准。夏言再辞，皇帝才准。说起来，夏言在这一攻讦中并没什么损失，他未升正四品的右佥都御史，皇帝却给他更高的荣誉：以都给事中服四品服，食四品俸。再要说起来，史道是受益者，他得到右佥都御史这个位置，可说是拜夏言所赐。

不过，这差不多是半年前的事。夏言不信，史道今日来访，为的是旧事重提。

“熊子修以为我举荐李国宝是为区区佥宪一职，如此小觑我：克弘兄以为我不得区区佥宪一职心里不快，也如此小觑我！”夏言冷笑道。

史道不在乎他的态度，说：“熊子修并非小觑公谨兄，他是惧怕公谨兄；我并非小觑公谨兄，我是关心公谨兄。后者不须多讲，前者我要多讲一句：公谨兄莫忘，熊子修是正德十六年的进士。”

熊爵字子修，河南祥符人，正德十六年进士。

夏言没听懂，或不愿顺着史道的思路去想：“就算熊子修称得上资深御史，我便惧怕他吗！”

“并非公瑾兄惧怕熊子修，是熊子修惧怕公瑾兄，”史道纠正他的话，并把话挑明，“我再多说一句：其实并非熊子修惧怕公谨兄，是他那一科的进士中另有其人惧怕公谨兄。”

“克弘兄说的这个人已升至高位吧？”夏言不能再作出没有听懂的样子，可也不愿做出完全听懂的样子。

“不是高位，是最高位。”史道更正。

“他已升至最高位，我不过升任区区佥都御史，其间差别，不啻霄壤，他何必惧怕于我？”夏言完全听懂，可没完全想明白。

“当然因为朝廷上可取他而代之的只有公瑾兄，”史道坦然自若地说出一句石破天惊的话，“他是议礼起家，议到现在，已议乏，也议怕。公瑾兄却初显身手，议亲蚕礼，议分祀礼，议四郊礼，事事与皇上心意相合。设身处地地想一想，公瑾兄是他的话，能不惧怕吗？公瑾兄现在升的是区区佥宪，但接下来，必要升副宪、贰卿，乃至阁、部，他能不惧怕吗？公瑾兄若还不信，不妨再想一想，我和公瑾兄同科，我升佥都御史，为什么就没人论劾？”

“那自然因为克弘兄人缘好。”夏言言不由衷地敷衍。

“我的人缘好不好，公瑾兄应该最清楚。”史道苦笑道。他曾因论劾杨廷和而下狱，得罪过不少人。

夏言不再奚落，改为抱怨：“这就是克弘兄的赐言吗？我以为克弘兄是来开解我的，谁知却是来烦扰我的。熊子修如何，我并不放在心上。克弘兄偏偏要说另有其人惧怕我。实不相瞒，不是其人寝食不安，是我要寝食不安。克弘兄既来开解，还望点拨一二。”

“公瑾兄真要我点拨？”史道问。

“诚心请教。”夏言揖道。

史道说：“对熊子修，不须理会；我知公瑾兄也不会理会。对另一人，要而言之，无非可持三种态度：一是独立抗衡，二是依偎其后，三是不即不离。公谨兄其择之。”

夏言思忖：“三是上策，一是中策，二是下策，然否？”

“公谨兄高明，”史道竖起大拇指，“公谨兄初显身手，不同凡响。其人对公谨兄只会猜忌，不会信任。得势时，他不会与公谨兄方便；失势时，公谨兄却要受他牵累。其人刚愎自用，总有一日，皇帝容不得他。故依偎其后是下策；不仅是下策，而且是下下策。眼下，其人是议礼议乏，而不是议礼议出大错；他让皇上不满足，而不是让皇上不满意。凡事争执，独立抗衡，则前途未卜；但一旦他失势，则公谨兄将大受信用。故独立抗衡是中策。不即不离，若即若离，当同则同，当异则异。他办他的事，公谨兄办公谨兄的事；他议他的礼，公谨兄议公谨兄的礼。他已升至最高位，但凡议错一事，皇上不会忘记；公谨兄前途无量，只要议对一事，皇上不会忘记。他得势，皇帝必不为公谨兄与他不即不离而责怪；他失势，皇上必因公谨兄与他不即不离而赏识。故不即不离，可进可退，为公谨兄宜取之上策。”

“好一个他议他的礼，我议我的礼！”夏言起身揖道，“多谢赐言。”

此行的目的达到一半，史道心满意足。他从怀里取出几张纸，摇了摇，说：“区区末议，公瑾兄肯采纳，且再看我所献之宝。”

张张纸上写满字，夏言读过几行，不由皱起眉头。原来这是一篇关于古乐的文章。夏言探究古礼，颇有心得；对古乐，虽不是一无所知，却是知之甚少。读起这些深奥的文字，自是索然无味。

“克弘兄在钻研古乐吗？赐之于我，有如对牛弹琴。”他说。

“公瑾兄以为我写得出此等文章？”史道说，“这是张先生的大作。”

“哪位张先生？”夏言仓促间想不起来。

“他不曾对牛弹琴，却曾对马弹琴。”史道说句笑话。

他说的是张鹗，非进士出身，致仕前只作到甘肃行太仆寺丞。此人精通乐理，有第一乐家之称。史道说句对马弹琴，夏言心领神会。

“克弘兄与这位张先生可是旧识？”夏言问。

“只是闻名，未尝谋面。偶得他文稿，特来献与公瑾兄，”史道说，“如今确定分祀之礼，四郊之礼，定要博访人才，考定雅乐。公瑾兄举荐他，乃是一件大功劳。”

“克弘兄以稀世之宝见赐，倒让我受之有愧，”夏言握住张鹗文稿，好像真的握住一件宝物。“弟当如何相谢？”

他不问，史道也要说的：“我辈人中，堪成大事业者，唯有公瑾兄；我辈欲成一番小事业，须得公瑾兄扶植。某虽不才，也想成就一番小事业。我来见公瑾兄，无非是请公瑾兄扶植。”

他开诚布公，夏言也开诚布公：“多谢克弘兄坦诚相见。克弘兄对我期许甚高，我对克弘兄也期许甚高。我之才，或堪用于庙堂；克弘兄之才，却适用于边方。方才诓我出迎，正是用兵的妙着。皇上锐意礼仪之兴革，但天下动荡，周边不宁，用兵是免不了的。能绥靖北边者，其在克弘兄乎！”

第一百三十五章

徐阶约王教一起去拜望顾鼎臣。王教不想去，又不好拒绝。一来，他和徐阶不但是翰林院的同僚，同任编修，而且还是同科同甲进士，他是嘉靖二年科考的一甲第二人，徐阶是那一科的一甲第三人。二来，顾鼎臣是弘治十八年的状元，大家都是一甲出身，原该亲近些。

于是，他找出一个不像理由的理由："子升兄，你与九和先生是同乡，要是说起不便为外人道的事情，我坐在一旁，岂不尴尬？"

顾鼎臣字九和，南直隶昆山人，现官詹事府詹事兼翰林学士。徐阶字子升，南直隶华亭人。昆山属苏州，华亭属松江，苏、松在南直隶是几不可分的两个府。所以，二人不但是同乡，而且是十分亲近的同乡。

徐阶听他说这话，拉住他不放："庸之兄，今日你去与不去，本是两可。但论起同乡，你不得不去。我去见九和先生，只为公事，南直人议得，河南人同样议得。"

王教字庸之，是河南祥符人。

"子升兄不必拉扯，我去就是，"王教说，徐阶松手，他整整衣衫，道，"子升兄要与九和先生谈什么公事，可否向弟示知一二？"

"庸之兄不须问，到得九和先生处就会知道。"徐阶却不想先说。

翰林院在长安左门外，詹事府在东城玉河边，两处相距不算远，也不算近。徐阶怀着即将议事的兴奋，王教怀着即将议事的好奇，二人不知不觉中加快脚步，很快来到詹事府衙门。詹事府官和翰林院官经常兼摄，所以詹事府的衙役对翰林院官员很热情，很客气。

顾鼎臣对徐阶、王教也很热情，很客气。

"庸之、子升联袂而来，难得，极好，"他招呼二人，用词甚是悭吝，"庸之用信阳毛尖，子升用六安瓜片，如何？"

"九和先生准允的话，我想尝一尝信仰毛尖。"徐阶颠而倒之。

王教无奈地说："子升兄先声夺人，我只好用六安瓜片。"

顾鼎臣倒也随和，不问原因，打发衙役为两位翰林准备茗茶。衙役退下，他才问:“二位不在馆里读书籍、作文章，闲逛来此处作甚？难道想在詹事府里兼个差事？”

“子升兄为公事访九和先生，我是他拉来的陪客。”王教实话实说。

顾鼎臣问：“请问庸之，为的是哪一桩公事？”

“九和先生问我？”王教向徐阶那边一撇嘴，“子升兄的性子，九和先生还不知道吗？为哪一桩公事，他是要亲口对九和先生说的。”

“如此说来，庸之是糊涂的陪客？”顾鼎臣忍不住发笑。

“既是陪客，当然糊涂些好，九和先生说是不是？”王教道。

“子升，你拉来一位糊涂的陪客，不会要我也作一个糊涂的主人吧？”顾鼎臣和王教搭讪几句后，才转向徐阶。这正是他的仔细处：他和徐阶同乡，一上来问他，难免会冷落另一位客人。“我倒要听一听，是什么公事，竟不肯轻泄，一定要当着我的面才好说？”

“晚生不先说，自有晚生的道理，”徐阶先对顾鼎臣交代一句，然后转向王教；不过，仍不说他的道理，“我不先说的道理，庸之兄听我与九和先生述过公事，自然就清楚。我径与九和先生议论公事，且不讲那一层道理，如何？”

“子升兄请便。”王教相信，徐阶说有道理，必然是有道理；徐阶说议过公事，他自会清楚，必然是议过公事，他自会清楚。

“九和先生，”徐阶向顾鼎臣深作一揖，问道，“晚生听说朝廷欲易孔子之王号，欲毁孔子之塑像，不知可有此事？”

“有此事。”顾鼎臣说。

易号毁像之事许多人在议论，听说皇帝马上就要命礼部会同翰林院诸臣会议，他用不着否认，或佯作不知。

“请问九和先生，”徐阶又一深揖，问道，“易孔子之王号，毁孔子之塑像，是出自圣上之意，还是出自某高官大臣之意？”

高官大臣指张璁，倒要斟酌着回答。顾鼎臣沉吟片刻，反问：“子升，此举出自圣上之意如何？出自某高官大臣之意又如何？”

徐阶面孔白皙，眉清目秀，看似文弱，而一簇长长的须髯却为他增添许多威严。只见他一抚须髯，铿锵有力地说：“若出自圣上之意，晚生将拚将一死谏之；若出自某高官大臣之意，晚生将拚将一死斥之。”

顾鼎臣点点头，说：“我料到，此议一出，又是一桩公案。子升，你问我此举出自圣上之意，还是出自某高官大臣之意，我着实答不出来。秉用先生上言：孔子宜称先圣先师，不称王；祀宇宜称庙，不称殿；祀宜用木主，其塑像宜毁。此事是有的。但廷纶先生称，在秉用先生上疏前，皇上就有意将孔子塑像易为木主。至于是皇上自己有这个意思，还是经秉用先生上言，才有这个意思，他却没说。你说，这是出自圣上之意，还是出自某高官大臣之意？”

许诰字廷纶，是刑部尚书许讚的次兄，弘治十二年进士，现以太常寺卿掌国子监事。

徐阶虽说出自圣上之意如何如何，出自某高官大臣之意如何如何，在内心里，他更相信此举出自高官大臣之意。而按照许诰的说法，圣上在张璁上疏前就有此意。看来，他先前的判断不对。

趁他思前想后，顾鼎臣问：“子升要争此事，为何来找我？”

这用不着多想。徐阶说：“九和先生是前贤，圣人的事，关乎天下治乱盛衰，愿九和先生挺身而出，号召众官，为晚生等领袖。”见顾鼎臣摇头，他问，“怎么，九和先生无意于此吗？”

“我不但无意于此，奉劝子升也要慎重，”顾鼎臣道，“子升要争，自家去争，用不着号召众官。子升要争，据理而争可矣，用不着拼将一死而谏，拼将一死而斥。子升说到天下治乱盛衰，何谓治乱盛衰？古云：天下治，礼仪自天子出。圣人号、像之议，出自圣上之意，还是出自某高官大臣之意，我着实答不出来。而某高官大臣请易其号更其像，圣上欣然从之；或圣上欲易其号更其像，某高官大臣观风言之。不管怎说，某高官大臣之意即圣上之意，圣上之意即某高官大臣之意，不容置疑。那么，此议之出，是天下之治，还是天下之乱？我劝子升慎重，这是第一。第二嘛，为子升自家计，也要慎重。子升不要误会，我说的为自家计，并非为一人一家计，而是另有所指。子升要不要听？”

顾鼎臣的态度，在徐阶的意料之中，可多少也让他感到失望。下面的话，听亦可，不听亦可。

他还没想好怎样回答，王教在一旁说：“自家而非一人一家，九和先生的话含意颇深，子升兄是一定要听的；子升兄若不要听，晚生也是要听的。请九和先生阐述。”

“庸之，你不要听，我也逼迫你听；我劝子升为自家计，与你也有牵连，”顾鼎臣说。“子升，你可曾想过，嘉靖二年科考，未选庶吉士，因而翰林院里眼下只有你和庸之二人，单薄得很？”

“果然与晚生有牵连，”王教紧接着他的话说，“子升兄，你不先说的道理，我已懂。你大概也是虑及，嘉靖癸未科的同年，在翰林院中太单薄。你准备拼将一死而谏，拼将一死而斥，却不想牵连上我。子升兄，我说的对不对？好，你既有此心，我答应你不受牵连。”

顾鼎臣说：“你那一科，只有三人入翰林院，姚维东因争大礼，先去官；朝廷几番要他还朝，他不肯应召。子升，你争圣人之事，不至于拼将一死，但翰林院总是要离开的。虽然你用心良苦，不把庸之牵连上，庸之也答应你，不受牵连，可同科三人只余下一人，岂不是更单薄？子升，我所谓为自家计，其一，是为嘉靖癸未科士子计。”

“其二，大约是为我苏、松士子计吧？”徐阶揣摩其意。

“不错，”顾鼎臣道，“我苏、松人才虽盛，可子升看，翰林院里现在还有几个苏、松人？”

弘治朝苏、松人才最盛，弘治三年的状元钱福是华亭人，六年的状元毛澄、九年的状元朱希周以及顾鼎臣本人都是昆山人。各科庶吉士中也有相当比例的苏、松人，故在正德朝的翰林院里，苏、松籍官员居多。而正德朝，不曾出过一个苏、松籍的状元，苏、松籍的庶吉士也明显减少，故在嘉靖朝的翰林院里，苏、松籍的官员显得单薄。

顾鼎臣忽然想到苏州名士文徵明。他说：“嘉靖初年，乔大冢宰、林大司寇联袂力荐，朝廷将文徵仲安置在翰林院，本是旷代盛事。可徵仲竟度日如年，在京师一天也不愿多留。想一想，当时若是多几个苏、松籍的翰林官，姚维东、杨达甫对他也不会太放肆。”

杨维聪字达甫，比姚涞早一科，是正德十六年的状元。文徵明在翰林院日，受他二人凌辱最多。弃官还乡后，他每每与人说起，使得江南士子无不知晓。

顾鼎臣说这话时，王教脸色稍变。文徵明嘉靖五年才离职而去，那几年，王教也在翰林院，要说对文徵明放肆，大概也有他的份。

“庸之，”顾鼎臣自知话说得不妥，招呼道，“我无意中提起旧事，并无责怪你的意思。”

“九和先生只责怪廷试第一人，当然不会责怪晚生，”王教说，“晚生只有一事不明：达甫先生是北人，看不惯文徵仲的名士派头，在情理之中；维东兄是浙人，怎么也看不惯文徵仲的名士派头？”

杨维聪是顺天固安人，姚涞是浙江慈溪人，所以王教要问。他既说北人看不惯名士派头在情理之中，表明他也是看不惯文徵明的。

“对名士派头，庸之兄不可一言以蔽之，”顾鼎臣不及开口，徐阶先起而驳之，“徵仲先生主吴中风雅，诗、书、画均堪称大家，就算带着些名士派头，又有何妨？我对徵仲先生是很敬重的。”

王教辩道：“我也不是说文徵仲一无可取，我只是说：达甫先生和维东兄对文徵仲并非放肆。达甫先生和维东兄响应用修先生的号召，志在议礼，与文徵仲说不到一起，难免会有些不好听的话。”

杨维聪、姚涞积极参与左顺门哭谏，都受杖刑，对他们日后的进退影响不小。但把杨、姚与文徵明冲突的原因归之于议礼，则过于牵强。

徐阶驳道：“达甫先生、维东兄在议礼中，和你我也没说到一起，对你我为何不放肆？还不是因为徵仲先生的身份和你我不同。庸之兄，杨、姚二位视其他途径入仕者为草芥，你也不必为之辩解。”

“子升兄怎知我不是在为自家辩解？”王教首先觉出荒唐，笑了笑，“子升兄和九和先生的公事议完没有？若是议完，我二人先辞过九和先生，回到衙门再接着争论，如何？”

徐阶也笑。他说：“庸之兄切莫多心，九和先生绝无责怪你的意思，他是在责怪我：徵仲先生是我江南名士，他在翰林院受委屈，我没有挺身而出；今日为圣人争号争像，我有什么资格挺身而出！”

顾鼎臣不理会他的嘲讽，一脸正经地说：“不管二位怎样想，我要把话说完。子升，我所谓为自家计，其二，是为我苏、松士子计。”

阁老招呼，翰林院官是不能不去的。徐阶来到左顺门廊庑，内阁和众礼臣将将议过前一个题目。众人散去，只留下阁老和礼部尚书李时。

“常朝日，内阁官于东陛，锦衣卫官于西陛，各以次升立于宝座之东、西。锦衣卫官在司礼监官之西。捧敕用翰林官，日轮一员，立于内阁官后，承旨后，由左陛下至御道，授与领敕官，复回至本班之次。”张璁又总结一遍，问道，“诸位看，有没有落掉什么？”

常朝时，内阁官、锦衣卫官和其他职官一样，立于墀下，是行之多年的制度。皇帝日前降旨内阁：皇祖时，内阁、锦衣卫官立于左之东、西，盖在陛上也，此可遵复。朕唯王言不为不重，群臣、四夷瞻奉在此，凡领敕者，欲令翰林官一人捧侍。卿等即会礼卿议闻。

阁、部所议的内容和皇帝降旨的内容完全相同，还会落掉什么？

李时道：“并未落掉什么，就是这些吧。”

“好，”张璁把上奏的底稿归拢起来，说，“子升对圣号、圣像事与众人持议不同，我等一起来听一听他的高见吧。”

“子升的高见，我已听过，各位老先生和他慢议。”李时辞去。

正是他把徐阶在会议时的高见，告诉张璁，张璁才将徐阶招来，意在训诫。若是夹在中间听他二人的争辩，必将左右为难。

“子升，”张璁等他去远，招呼徐阶，“宗易先生是厚道人，惧尔如惧虎，狼狈离去。你一个后生，何必盛气凌人！”

左顺门是议事之所，本来是可以让徐阶坐下，徐徐而议。张璁不让他坐，明摆着是长者教训晚辈的架势。他不让坐，徐阶也不争坐。

“怎知宗易先生不是惧秉用先生如惧虎？”他针锋相对地说。

以张璁的声望，想不到徐阶会这样与自己说话。他一愣，话入正题：“孔子宜称先师，不宜称王，祀宜木主，不宜塑像，是盛世君臣的共识，是天下读书人的共识。你却道王号不宜革，塑像不宜更，是何道理？”

徐阶归纳出三不必五不可，在礼部与翰林官会议时已说过，面对几位阁老，他不欲重复旧议，只简单地说一事：“洪武三年，太祖高皇帝命革山岳海渎诸神封号，唯孔子封号依旧。”

“革诸神封号，独存孔子封号，是高皇帝少年时的处置，”张璁随意地说，“高皇帝少年时的处置，今日不可作为依据。”

这话很不得体，徐阶若揪住不放，将使张璁难堪。但徐阶只是就事论事：“高皇帝得天下而议礼，其时尚少年乎？这是第一。即便洪武三年，仍可视高皇帝为少年，然圣人之作，无老少之分，一以贯之。这是第二。照秉用先生的说法，洪武三年定四郊之祀，也是高皇帝少年时所作。同是高皇帝作于少年时，四郊之祀今日可用作依据，孔子封号今日怎就不可用作依据？这是第三。以此三者观之，秉用先生谬矣。”

徐阶虽然没有揪住张璁的失言不放，但一层一层地驳析，也使张璁体会到“后生可畏”。他静想片刻，让脸颊上的红晕逐渐退去，才换个争辩的题目：“子升，我来问你，孔庙祀以塑像，是古礼吗？”

“祀以塑像，自然不是古礼，”徐阶说，“然树立塑像，也不是一年两年的事。事塑像如事先师。既师事已久，何忍毁之？”

如果说，前一个题目是据理而言，那么，这一个题目，他就是依情而言。

“程子有一句话，子升读过吗？”张璁问，“程子曰：一毫发不似吾亲，何以亲名之？子升如何说？”

徐阶说：事孔子塑像如事孔子；张璁借程颐的话说：塑像未必毫发皆如孔子，不可把孔子的塑像视作孔子。

张璁在议大礼时，首先要驳的就是程颐。他用程颐的话来驳徐阶，不知是因为觉得，此处引这句话十分恰当，还是想和徐阶开个玩笑。

“有一毫发不似吾亲，难道就可以毁之？难道就一定要毁之？”徐阶反其意而用之，“在下不敢说，太庙之内，列圣之御容毫发皆似。秉用先生何以处之？”

他问得尖锐，丝毫没有开玩笑的意思。

张璁无言以答，勃然而怒。他厉声道：“子升，你要叛我吗！”

“秉用先生说错，”徐阶镇定地说，“若欲叛一人，须先附之。我何时曾附秉用先生？我既不曾附秉用先生，怎能说我叛秉用先生？”

“好，子升，你说得好！你从不曾附我！”张璁怒极，不知所云。

桂萼、翟銮后悔没有和李时一起辞去。内阁首辅和翰林编修争执到这等程度，成何体统！他等劝解不是，坐视也不是。

翟銮想桂萼出面劝解，但桂萼安坐不动，他只好自己出面。

缓缓走到徐阶身边，翟銮低声说：“子升，秉用先生是为你好，你难道不知吗？听我句劝，快向秉用先生认个错吧。”

“我不知有错，怎向秉用先生认错！”徐阶倔强地说。

他向在座的众大臣统作一揖，说声“在下拜辞”，扬长而去。

十一月十五日，礼部会翰林诸臣议奏：于孔子神位题“至圣先师孔子”，去其王位及大成、文宣之称。改大成殿为先师庙，大成门为庙门。

徐阶以为自己必死无疑，甚至沉重地向家人和乡人交代后事。结果因桂、翟二相及吏部右侍郎唐龙、刑部左侍郎闻渊都出面为他求情，他才有生机，只被谪为延平府推官。

第一百三十六章

虽说京师仿南京而建，宫、室及城门等也尽量使用相同的名称，但两城仍有不同之处。没有到过南京的京师居民，和没有到过京师的南京居民，最容易混淆的一事大概就是：京师的东华门、西华门在内，是宫城诸门中的二门，而东安门、西安门在外，是皇城诸门中的二门；南京正好相反：东安门、西安门在内，是宫城诸门中的二门，而东华门、西华门在外，是宫城外门中的二门。

南京东华门外的王府早已废弃不用，这几日打扫干净，迎来一行官员办事。与官府有交往的市民指点着说：走在第一位的大员是南京礼部郎中张时彻；与官府交往更深的市民还可以说出：他是嘉靖二年进士。嘉靖二年的进士任到郎中，升迁不算慢。与官府有交往的市民又说：走在第二位的大员是南京都察院御史冯恩；与官府交往更深的市民还可以说出：冯恩是嘉靖五年进士。他以行人赴两广慰劳王守仁，结果没有还京，被升为南京御史。另外一二名官员，就没有他二人的名气。

从旧王府到东华门，整个地区戒严，行人绝迹。一名一名的青年女子，从东华门鱼贯而出，行至王府，又鱼贯而入。青年女子由一名一名的中年女子陪同，他们或是青年女子的母亲，或是青年女子的姑嫂姨娘。

与官府有交往的市民说：这是皇家在选取妃嫔。

听者多不会信：皇家选人，向来是差派内臣，怎么会差派外官？

与官府有交往的市民嗤之以鼻：你们见到前两日到来的京官吗？他是来传旨南京礼部的：今次选取妃嫔，朝廷不钦差内臣，也不用南京内臣，由南京各衙门分遣官员往南方各省选取。

听说是皇家选取妃嫔，相信是皇家选取妃嫔，谁不想看看未来宫里的人物是什么模样！于是，一群一群、一伙一伙的闲散市民纷纷向东华门外凑去，但都被戒严的官员无情地阻喝。有人说：那边过来许多顶轿子，一定是为应选女子准备的。众人于是向轿子的方向拥去。可轿子被允许进入戒严的地方，一顶一顶停在王府前。应选的女子出王府，认出自家的轿子，一扭身钻进去。众人只能看清陪伴她们的中年女子。

一心要看热闹的人看不到热闹，不免失望。有人说：要看清日后的皇妃娘娘，须去西华门。应选的女子是在西华门外下轿，穿过南京故宫，出东华门，去王府候选。有人问：既在东华门外选人，为何要在西华门外下轿？那人说：这还不明白吗？走不下这一程路的，还能进宫侍候皇上吗？虽走下这一程路，仪态却不端庄的，还能立为妃嫔吗？

这天的热闹将散，众人相约：明天一起去西华门。

十一月二十八日，是选妃的第二日，西华门外围观的人数远远超过昨日东华门外。西华门外也有官军戒严，虽不如东华门外圈出的区域大，但载着应选女子的小轿径入戒严的圈子里，围观的人群只能看见轿子停在西华门外，应选的女子轻飘飘地下轿，一扭身进入西华门。每当一顶轿子停下，围观的人群这边一阵哄乱，有人拥向前去，又被戒严的官军撵回来。轿子的后面跟着男女二人，多是应选女子的父母。围观的人群只能看见母亲随女儿进西华门，父亲探头向里张望许久，直到看不见母女二人的身影，才回转身来，打发轿子去东华门外接人。据说，今次选妃比以往选妃都要严格。以往选妃，父母都可以送到里面去；今次选妃，只允许母亲送入，父亲止步于西华门外。

两个年龄都在二十多岁、身着士人便服的青年在人群外不期而遇。年龄稍小一二岁的青年欲躲闪，被年龄稍长一二岁的青年一把抓住。

“会元公不在家中静养，跑来这里作甚？”稍长一二岁的青年喝道。

“厚德兄不在家中读书，跑来这里作甚？”被喝的青年亦喝道。

二人拉手大笑。周围的人正好对西华门外的景象实在看得有些不耐烦，见他们扭作一处，本以为要大打出手，纷纷围拢过来。听到有人称“会元公”，不觉一愣；再见二人拉手，知道是熟人相遇。看来这里也不会有热闹，他们心里叫声晦气，又去关注西华门外的轿子。

年龄稍小一二岁的青年，正是嘉靖八年会试考第一的唐顺之。他在内阁考选的庶吉士中也排名第一。但那一科并未开馆，选中的庶吉士旋即授官。张璁爱唐顺之才，欲留于翰林，唐顺之坚辞，被任为兵部主事。不久，他以病告归，回到武进老家。

年龄稍长一二岁的青年姓李名诩，字厚德，是江阴人。江阴和武进同属常州府，二人在府里考核各县生员时，均名列前茅，一起进入府学。二人相互敬佩，相互爱惜，巧的是，字里又都有一个德字，在旁人看来，更加宛若兄弟。但此后二人的运程相去甚远，唐顺之在乡试中一试而蹴，会试中拔得头筹，李诩却连乡试这一关也没过去。

李诩出生于弘治十八年，唐顺之出生于正德二年，正差两岁。

李诩拉着唐顺之走出人群，向人少的地方走几步。他责备道："应德兄来南京，怎么不打个招呼？有病之人，总得有人照顾吧！"

"我这病，说有便有，说无便无，厚德兄又不是不知道，"唐顺之说着，解释来南京的原委，"我原是去镇江探访友人，并无来南京之意。镇江的友人告诉我南京这件盛事，这才有南京之行。一来，此等盛事，我等一生大约也只能遇上一次，不可错过；二来，听说来南京传旨的行人是一位熟人，顺便想看一看他。"行人是嘉靖八年进士，唐顺之怕说同年，会引起李诩伤感，故用了熟人一词。这也是他细心体贴的地方。

他称熟人，李诩也称熟人："应德兄见过京师来的那位熟人吗？"

"不巧得很，我今日一早进城，前去访他，他却在昨日离开，"唐顺之说，"一人想到，不曾见到；一人未曾想到，却恰好见到。一得一失，皆是缘分。厚德兄，你怎么也有雅兴，为观此典而来南京？"

"家父有雅兴，非我有雅兴；我来南京，是奉命之行。"李诩说。

"世伯也来，在何处？"唐顺之四面寻找，道，"容我叩拜老人家。"

"应德兄不必找，他不在此间，"李诩说，"应德兄在镇江听到这个消息，近一半的路，可以说是顺便来一趟南京。家父恁是怪，在江阴听到这个消息，也一定要来一趟南京。还不许来晚，三日的路，必要两日赶到，一住下，就道乏。昨日拉着我在三山街、针巷口走一遭，在此间看了两眼，根本看不出眉目，回去又道乏。今天他不想再出来，却一定要我守在西华门，人群不散，不得返转。"

"世伯什么大事没见过？他拉你来南京，是为你长一番见识。厚德兄乃大智之人，这也不解吗？"唐顺之为老人辩解，"也好，此间一散，我随厚德兄去下榻处叩拜他老人家吧。"

"我看，家父那里，应德兄还是不去见的好。"李诩一口回绝。

"却是为何？"唐顺之好不奇怪，"难道世伯对我有什么成见？"

"家父对应德兄倒是赞不绝口，只怕应德兄怕见家父。"李诩说。

"厚德兄越说我越不懂，我为何怕见世伯？"唐顺之问。

"应德兄不怕，方才见我，为何躲闪？应德兄见我都怕，见家父岂不更加怕！"李诩说。唐顺之是有身份的人，为观看选妃而来南京，而与市井之人拥挤在一处，传将出去，自然是不好。“应德兄与其去见家父，不如此间一散，我二人去饮酒叙话。”

二人在街旁只顾说话，空了的轿子和应选女子的家人一伙一伙从身边走过，他们都没在意。唐顺之偶一转身，正好看见一顶轿子抬过去，走在轿边的男子也侧过脸，看他一眼。在那男子侧脸的工夫，脚下被绊住，身子一晃，眼见要跌倒。唐顺之、李诩同时上前拉住他。

“多谢二位公子。”他站稳后，向唐、李二人道谢。

“丈人慢些走，不须慌张。”唐顺之也客客气气还一礼。

“丈人呼我公子不妨，却须呼他老爷。”李诩板起面孔说道。

“是，多谢公子，”那人不知李诩是在和他开玩笑，重向李诩打躬作揖。然后又重向唐顺之打躬作揖。“多谢老爷。”

唐顺之不再还礼，盯住他的面孔看去，直看得那人心里打鼓。

“公子——错！是老爷，”那人跺着脚，问道，“老爷在看相吗？”

李诩继续拿他打趣：“你说得不错，这位老爷最会看相。”

“老爷——错了！是公子，”那人又跺脚，“公子向这位老爷说一声，小人出门走得急，没携带银两，请他不必为小人看相。”

“这话可不好说，”李诩道，“这位老爷脾气怪得很，请他看相的，十有八九他不会看；不要他看相的，十有八九他一定要看。给他银子的，十有八九他不会收；舍不得给银子的，十有八九他一定讨要。”

“小人不是舍不得给银子，小人确是没携带银子。”那人再解释。

“这位公子难缠得很，丈人千万不要被他缠住，”唐顺之也拿李诩开句玩笑，随后一揖，道，“不敢请教丈人贵姓？”

“是小人不敢，是小人不敢！”那人连说两句不敢，觉出毛病：人家不敢请教你贵姓，你不敢什么？想了多时，才给“不敢”续上下文。“小人之姓不敢称贵。小人姓方，名锐。不是祥瑞的瑞，是锐利的锐。”

“一心想着祥瑞，未必祥瑞，丈人这个方字姓得极好。”唐顺之说。

“果然是个好姓，却被应德兄道破，”李诩说着，转向方锐，“方丈还不谢过？”他二人称方锐丈人，加上他的姓氏，却成了“方丈”。他说姓好，却是打发方锐出家，原来也是一句玩笑话。

“谢过公子吉言，”方锐跺脚，道，“错！是谢过老爷吉言。”

“谢字且收起，”唐顺之说着，又是一揖，“不敢请教方丈贵庚？”李诩把方丈二字用在这里煞是有趣，他也照此称呼。

“是小人不敢，是小人不敢！”方锐道，“小人年庚不敢称贵。小人今年虚度

三十有九，在弘治爷壬子年出生，贱辰是六月十七日。”他懂得说“年庚”、“虚度”、“贱辰”等字眼，也是读过几日书的

唐顺之掐算算，壬子年是弘治五年。他说：“方丈的年庚也很好。”

“谢过公子吉言，”方锐又跺了跺脚，“错！是谢过老爷吉言。”方锐这次主动称谢，不用李诩从旁提醒。

唐顺之指着停在前方的轿子，说：“轿夫们等得着急，方丈请吧。”

方锐有点儿糊涂，盯住唐顺之面孔看许久：“老爷不为小人看相？”

“我哪里会看相，方丈上了这位公子的当。”唐顺之说。

“这位公子真是，”方锐自顾自地埋怨，“小人急事缠身，这位公子却还拿小人开心。难怪这位老爷说，这位公子难缠得很。”

“我怎是拿你开心！”李诩辩道，“这位老爷说，方丈的方字姓得极好，方丈的年庚也很好，这不是为你看相，怎样才算为你看相！”

方锐更加糊涂，盯住李诩面孔看许久：“依这位公子的说法，小人的姓氏好，年庚好，就是这位老爷为小人看的相吗？”

唐顺之、李诩走进开设在鼓楼附近的一间酒楼，问清有些什么拿手的大菜，点上几样，然后要两壶黄酒，四碟现成的小菜，一边慢饮，一边闲谈，一边要店小二催促后面厨灶间，快些烹炒菜肴。

李诩小啜一口，道：“酒不错，不知菜如何？”他举杯邀唐顺之，“应德兄请。”二人饮一杯，他说，“应德兄机敏聪慧，怕是无人可敌。今日你不但拿那位方丈开个玩笑，也拿我开个玩笑。”

“厚德兄以为我在开玩笑？错！”唐顺之完全是正经的模样，“厚德兄或是开玩笑，我对那位方丈说的话，字字句句都是可以推敲的。”

“不是开玩笑，应德兄为何匆匆打发走方丈？”李诩驳他，“不错，是我向应德兄提出，西华门一散，我二人饮酒叙话。可我并没催你来饮酒叙话；你匆匆打发走方丈，不可说是为我。”

“匆匆打发走方丈，当然不是为与厚德兄饮酒叙话，”唐顺之说，“匆匆打发走方丈，并非我没看出什么。我有所见，有所算，有所思，有所断，只是有些话不便在当事之人面前说罢了。”

“应德兄洽贯群籍，难道易卜之书也尽数读过？”李诩仍难相信。

唐顺之笑笑，自负地说：“厚德兄不知举一反三吗？易卜之书何必尽数读过，读过一本，天下之事可以推算出来一二，还不够吗？”

“推算天下事？”李诩吓一跳，“就算应德兄真能推算出来，我也不听。今日不必推算天下事，只说这位方丈。一来姓氏极好，二来年庚也很好，应德兄从中到底推算出什么，我倒要听一听。”

“这位方丈富贵不可言状，其女富贵不可言状。”唐顺之简而言之。

不可言状也是不便说的意思，李诩隔过富贵到什么程度这一节不问，只说：“这位方丈的姓氏和年庚好在哪里，请应德兄明示。”

“我为厚德兄说三事，”唐顺之伸出三指，提个要求，“厚德兄就这样听我说？我说起来没兴致，厚德兄听起来也没兴致。总要有所表示才好。”他那三指在空中摇来摆去，作饮酒状。

“我知道应德兄不会放过我，”李诩自恃酒量过人，并不在乎，“也罢，应德兄讲过一事，不管有没有道理，我都连饮三杯。三事讲过，我一共饮九杯。九九归一，不如我再多饮一杯。”语音未尽，他先饮一杯。

“这个便宜我不会占的，”唐顺之陪饮一杯，“厚德兄说不管有没有道理，话中有话，让人听了不舒服。这个便宜，我也不会占的。若有一事，厚德兄说我没道理，我饮还你三杯，如何？”

“无愧丈夫本色！”李诩叫来店小二，取来几个酒杯，在自己面前和在唐顺之面前，各一排摆三只。他这才说：“应德兄请讲第一事。”

“第一事我讲方丈的姓氏，”唐顺之说，“我称他的姓氏好，只因朝廷选妃是在确定天地分祀之后。天地分祀不定，他这个方姓寻常得很。天地分祀，南郊祀天，北郊祀地；南郊建圜丘坛以祀天，北郊建方泽坛以祀地。厚德兄看，他这个方姓是不是极好？”

“难怪应德兄道，不便在当事之人面前说！弟愚昧，不敢妄言。”李诩不置可否。他把自己面前的三只酒杯斟满，然后端起一杯。

“且慢！”唐顺之按住其手，“厚德兄日后得知，今次选妃没有方姓之人，就算我说得没有道理。到那时，我加倍饮还。”

“应德兄是君子之人，就是这样的饮法。”李诩道，边饮酒，他边问，“第二事要讲方丈的年庚吧？不知他八字，应德兄怎样为他掐算？”

“我用不着掐算他的八字，”唐顺之说，“厚德兄记得方丈的生辰吧？

弘治五年六月十七日，这三个数相加，是二十八。今次南京定选六日，本月二十七一日，二十八一日，下月初三一日，初九一日，十五一日，二十一日。方丈偏偏在二十八这一日来，你道巧不巧？”

“有门道，这酒我饮得服气。”李诩又连饮三杯。

“第三事恐怕又不入门道，”唐顺之说，“厚德兄不问我方丈可富贵到哪一步，承情得很。实不相瞒，我也不好说他能富贵到哪一步。今日他在你我面前不住跺脚，厚德兄还记得吧？错称厚德兄老爷跺两次脚，错称我公子跺两次脚，共是四次。他一生中，会四次受封。不然，四次以后，他为何不再犯错呢？不过，这却要日后印证的。这酒厚德兄不饮也罢；厚德兄饮，我即刻饮还也罢。”

“酒是要饮的，”李诩说，“你我立的约是：你说一事，我饮三杯，又不是你说对一事，我饮三杯。要说印证，你说的三事，哪一件不要印证？反正说错，你日后要加倍饮还，我怕什么！”

他的话不错。唐顺之说的三事，关键在第一事。以天比帝，以地比后，方锐之女不但有入选妃嫔之兆，而且有母仪天下之兆。若第一事应验，第二事是入选之兆，自不必说；方锐受封，也是当然之义。

说话间，一道主菜送上来，名曰大煮干丝，是用浓浓的鸡汤鸭汤，把细细的豆腐丝煮了又煮，所以花费的时间较多。二人尝一口，连声叫好，你一筷子我一筷子，刹那间吃去一大半。

“应德兄，听说今次选妃是出自张阁老之议，可有说法？”李诩问。在他想来，张璁是嘉靖八年会试的主考，唐顺之总该和他有一些瓜葛。

“出自秉用先生之议，大概不会有错，”唐顺之说，“镇江的友人告诉我，就在本月初，秉用先生上言：‘古者天子，一后，二妃，三夫人，九嫔，二十七世妇，八十一御妻，所以广嗣也。陛下春秋鼎盛，宜博求淑女，为子嗣计。’于是有选取九嫔之典。”

“这位张阁老，惹出的是是非非甚多，赞之者有，贬之者亦有。然册立九嫔，堪称正议，”李诩说句公道话，“皇上大婚，眼看进入第十个年头。至今仍无储君，普天之下，无不忧心如焚。”

唐顺之点点头，说：“厚德兄问有什么说法，问得实在高明。厚德兄知道福建有个平和县吗？平和知县王禄上疏，请皇上预养宗藩子备储贰。据说，皇上大怒，免去他的官。王知县议得太唐突，仅是免官，已属侥幸。但储贰事大，总是不能回避的。册立九嫔，便是为此。”

“应德兄看，其女有宜子之相吗？”李诩也提出一个很唐突的问题。

“我只见父以女贵，大内的其他事，不敢妄言，”唐顺之说，“南京大选六日，选贡六人，得一人充九嫔之数，已属大幸。厚德兄，后几日的大选不必再看，你我二人侍奉世伯一起回常州吧。”

第一百三十七章

关于禘礼，朝廷之上有三种说法。禘者，指帝王于始祖庙追祀始祖之所出，即始祖的先人，而以始祖陪享。国初，曾命礼部等衙门讨论禘祭。本朝太祖高皇帝出自淳皇帝，庙号仁祖；淳皇帝出自裕皇帝，庙号熙祖；裕皇帝出自恒皇帝，庙号懿祖；恒皇帝出自玄皇帝，庙号德祖。德祖所自出，无考。故礼臣称，禘礼难以遽行。不但本朝难以遽行，汉、唐以来，莫能明其始祖所自出，均难行。汉、唐以降的禘礼实际已失去追祀远祖之义，只是和祫礼一起，成为在太庙合祀列祖列宗的典礼。祫礼三年一行，禘礼五年一行。这并不是古义上的禘礼。

太祖高皇帝未成之礼，今皇帝欲成之。

三种说法，其一出自吏科都给事中夏言，其一出自詹事府官廖道南，其一是阁、部会议时多数人之见解。廖道南，湖广蒲圻人，正德十六年进士。为该科庶吉士第一人，现官右春坊右中允。

夏言称：自汉以下，谱牒难考，欲如虞夏之禘黄帝，商周之禘帝喾，不能尽合。德祖既为太祖之始祖，岂能复为所自出之帝？谨推明古典，采酌先儒精微之论，宜为虚位以祀，而加隆称，仍以太祖配。

廖道南称：据《太祖实录》，朱氏出自颛顼，宜禘颛顼。

皇帝命礼部集阁臣、九卿、詹事府官、翰林院官、国子监官议于东阁。集议时，以夏言、廖道南各抒已见为主，众官对某一说提出疑义的多，对某一说公然赞同的少，他们不是没有认真思考过，就是有所顾虑。李时请张璁评说，张璁说了两句话：称虚位者，茫昧无据；尊颛顼者，世远难稽。众官几乎是一致响应。所谓第三种说法，实则是张璁的说法。但礼部呈上集议结果，说的是众臣咸谓，而不是张璁独议。

集议中的三种说法，皇帝都仔细听过；凡呈进的有关奏章，皇帝都仔细阅过。孰是孰非，皇帝已有定见。如何处置此事，皇帝想到三种做法：一是径自降旨；二是他赞成哪一人的说法，则单独召见哪一人详议，然后降旨；三是不论他赞成哪一人的说法，都先单独召见张璁详议，然后降旨。三种做法各有长短，想来想去，他决定采用第三种做法。显然，皇帝不同意第三种说法。第三种说法是众议，是张璁之议。它不但否定夏言之议、廖道南之议，而且提出权宜的办法。皇帝如果同意的话，还用得着想来想去吗？

这一层，张璁也想到。因此，皇帝单独召见时，他抱定宗旨：该讲的时候认真讲，该听的时候仔细听，该坚持的时候坚持，该放弃的时候放弃。他否定夏言和廖道南的说法，主要是为否定夏言的说法。禘礼是皇帝首先要议的，皇帝命他与夏言计议，他没有拿出章程，夏言先拿出章程，让他感受到很大的压力。不是为此，既要行禘礼，又难考始祖之所自出，虚位以祀未必不是一个好的办法。

皇帝等张璁行礼、坐定后问他："张先生，朕欲复古禘礼，今世之人或有不解，后世之人或有不解，他们会不会怪朕多事？"

"国初草创制度，有未完备者。陛下补充之，完善之，既足以慰祖宗之灵，又可以为后世之法，堪与高皇帝订立制度并炳青史，"张璁颂扬过后，加上一句，"不解者或有之，臣等当阐明其义。"

"复禘礼古义，正赖张先生等定制。"皇帝回敬一句，然后说，"朕阅夏言之疏，以为虚位以祀甚有道理；阅廖道南之疏，以为禘颛顼也甚有道理。而礼部集议，以为虚位以祀茫昧无据，禘颛顼世远无稽，竟是无所适从。既然虚位以祀甚有道理，说它茫昧无据，总不能也甚有道理。既然禘颛顼亦有道理，说它世远无稽，总不能亦有道理。张先生以为，是虚位以祀甚有道理，还是说它茫昧无据甚有道理？是禘颛顼亦有道理，还是说它世远无稽亦有道理？"

说是赖张璁等定制，皇帝对一个"甚有道理"一个"亦有道理"的肯定，对另一个"甚有道理"另一个"亦有道理"的怀疑，其心意已经明确无误地表露出来。

张璁不甘心，还要争一争："虚位以祀，甚有道理，禘颛顼亦有道理，诚如圣训。然茫昧无据和世远无稽，也要参酌。况且——"说到这里，有些犹豫。下面的理由未必对自己有利，说不定会使自己很被动；但他还是忍不住说出来。"虚位以祀若可行，高皇帝时已行之；禘颛顼若可稽，高皇帝时已稽之。"

"张先生是说，礼仪之事，高皇帝未行者，则不可行之；高皇帝未稽者，则不可稽之？"这个理由果然使得皇帝不快。

"非也，"张璁摇摇头，略加阐明，"礼仪之事，高皇帝未行者，正当由陛下行之；高皇帝未稽者，正当由陛下稽之。然高皇帝未行者，如何行之，未稽者如何稽之，陛下须加审度。"

"张先生看，行禘礼当如何审度？"皇帝问。

“高皇帝不曾念及禘礼是一说，高皇帝曾经念及禘礼是一说，”张璁道，“高皇帝若不曾念及禘礼，则虚位以祀，或禘颛顼，均无不可；高皇帝曾念及禘礼，则虚位以祀，或禘颛顼，均有不足。故臣言茫昧无据，世远无稽，也要参酌。然臣所言参酌，又不是说禘礼未行之于高皇帝时，故不可行之于今日。太祖时庙制，以德祖为始祖，其所自出无考；朱氏出自颛顼，亦为推测，非有实据。故难行禘礼。今时庙制，以高皇帝为始祖，其所自出，最久远者为德祖，故当禘德祖。”

高皇帝既定为始祖之位，当禘德祖，是礼部集议提出的权宜办法。

“张先生说的是众人之议吧？”皇帝问得很巧妙。他随即驳道，“以太祖皇帝为始祖，是于太庙而言，非于始祖庙而言。太庙以高皇帝为始祖，可禘德祖，始祖庙以德祖为始祖，也可禘德祖吗？”

“陛下说的是夏言之议吧”这句话险些脱口而出，被张璁生生吞下去。皇帝说的，确是夏言之议。他在礼部集议时辩曰，禘德祖有四可疑：德祖自开国以来享始祖之祭，今又以为所自出之帝，此可疑者一。太祖之为始祖者，太庙中之始祖，非王者所立始祖庙之始祖。误认创业之始祖为上世之始祖，是知有太祖之所自出，而不知无德祖之所自出。此可疑者二。古制：禘祭五载一行。我朝无禘礼而有祫礼，岁一大祫。若禘德祖，何以定将来禘祭之年数？此其可疑者三。禘德祖，惟以太祖配之。则懿、熙、仁三祖既不得相从德祖于禘，又不得降从太祖于祫，无可享祀之时。此可疑者四。

皇帝所言，正是夏言四可疑中的第二可疑。但张璁若把那句不该说的话说出来，后果就很难预料。首先一点，你指出皇帝说的是夏言之议，为的是要反驳之，而皇帝明明不希望你反驳。皇帝没有说，他在重复夏言的议论，是把这一番话当作他自己的议论。你反驳的话，该反驳到怎样的程度？说轻，无关痛痒；说重，那是在反驳皇帝。总不能不投鼠忌器吧？退而言之，你道皇帝说的是夏言之议，好，皇帝道：朕说的就是夏言之议；夏言不但有此一议，还有另外三议。皇帝一一道出，你怎么办？难道能一一反驳吗？须知：夏言称禘德祖有四可疑不是没有道理，皇帝信服禘德祖有四可疑不是没有道理。

张璁庆幸，在礼部集议时的评说很有分寸。他只说“称虚位者，茫昧无据，尊颛顼者，世远难稽”；以高皇帝为始祖，而禘德祖，不是他提出来的。皇帝有定见，他很可以便宜行事。即便皇帝追究起礼部集议的始末，也不要紧。其实，皇帝单独召见他计议，当着他的面驳斥，也是因为这个权宜的办法不是他提出来的。

“国初以德祖为始祖，今仍应以德祖为始祖，陛下所见极是，”他小心地斟酌着字句。“以德祖为始祖，或禘颛顼，或虚位以祀，可令群臣再议。”夏言的说法与廖道南的说法，虽有分歧，但以德祖为始祖是一致的。把众官的说法否定了，夏言的说法和廖道南的说法还有一争，何时能争出结果，还很难说，哪一种说法最后取胜，还很难说。这也没有什么不好。

皇帝却不愿意再争论下去：“朕看不必再议。朱氏出自颛顼，乃泛泛之议，朕之意，不足为凭。禘礼未行，既是缺典，朕之意，今日当行之。德祖之所出，既一时无考，朕之意当虚位以祀。请张先生为朕裁定之。”

皇帝已然裁定，却要张璁为他裁定，是给了他天大的面子，张璁怎能不知！禘礼之议，皇帝有了定见，而张璁其实是无可无不可，这也是皇帝知道的，所以才给了他这个面子。

张璁稍稍一想，说：“设虚位，以禘德祖所自出之帝，陛下已裁定。臣亲聆圣谕，不胜欢欣鼓舞。臣想，议礼众臣聆听圣谕，亦将欢欣鼓舞。臣之意，禘礼仅以太祖配，祫礼仍以德祖统群庙之主合食。至于禘礼若干年一行，祫礼若干年一行，禘礼之仪注如何，祫礼之仪注如何，可下礼部议之。”

张璁这样快就转变过来，不但转变过来，而且明确表示他不会再争，群臣也不会再争，这使得皇帝很高兴。他说：“祫礼当尊德祖，如张先生之议。禘礼仪注，祫礼仪注，命礼部议之。”见张璁有拜退之意，他说，“张先生再坐一坐，朕还有一事，要与张先生计议。”

本来只想议一事，现在可以再议一事。

“是。”张璁又定下心来。

皇帝说：“京师以北原黄土山，太宗文皇帝卜建山陵时，赐名天寿山，长陵以降诸陵均在焉。然他处皇陵之所在，尚无名目，朕欲于今日名之。张先生看，可使得？”

“此亦属缺典，陛下宜于今日名之。”张璁应道。

“好，张先生既然这样说，就请张先生为朕参酌拟名。”皇帝说。

国初，太祖高皇帝四代以上，追封帝号。德祖、懿祖之陵墓无所考，可考的是熙祖之陵，称祖陵，在凤阳府泗州蠙城北，洪武十九年葬德祖、懿祖、熙祖三帝后冠服于此。大明皇朝运数之根基，肇于祖陵。

皇帝提出，祖陵之所在，要用一个基字，一个运字。张璁斟酌，称基运要比称运基入耳，于是，定为基运山。

仁祖为太祖皇帝所自出，仁祖之陵，称皇陵，在凤阳府太平乡。

皇帝的意思，圣字是一定要用的，另一个字，则把握不定。张璁想，皇陵之所在，应取龙飞之意。但名飞圣山，不但太俗，而且其意不佳。与飞同义而更胜飞字，他想到了“翔”。皇帝问他出何典。他顺口吟了《诗经》里的句子：翔而后集。于是，皇陵之所在，定为翔圣山。

孝陵之所在，本是有名的。其名不知源于哪朝哪代，反正自本朝开基，那处就称作钟山；自高皇帝安葬，钟山与孝陵就难以分开。不过，钟山并非为孝陵而拟，现在应为孝陵而拟一名。皇陵之所在，用了圣字，孝陵之所在，应用神字。张璁想了个“烈”字，与神字合用。皇帝问出何典。张璁引了句《国语》：君有烈名，臣无叛质。并解释：烈同于列，烈祖即列祖，即始祖。于是，孝陵之所在，定为神烈山。

显陵之所在，是皇帝亲拟的，曰纯德山。

基运山、翔圣山、神烈山、纯德山，与天寿山并为五大山陵。

十一、讦者易罪

第一百三十八章

嘉靖十年正月二十日，张璁双喜临门：一是新第落成，迁入新居，二是原配病卒后，一直未娶，借着这个好日子，把新妇潘氏迎入府来。新妇是浙江景宁人，属处州府。潘氏在当地算得上大户，送亲的，贺喜的，来不少人。张府在后院里摆的许多桌酒席，专为招待潘氏亲属。无论酒菜好坏，当朝首辅亲自为各人敬酒，这要是逢人说起，该是多大的面子！所以人人春风满面，饮一口酒，必要说是御酒；尝一口菜，必要说是御馔。酒确实是御酒，皇帝时有赏赐，存些留待今日用。菜却不是御馔，就算请御厨做的，并非在御膳房里制作，也算不得御馔。

张璁敬酒敬到一人面前，觉得面熟，可实在想不起：是在浙江老家见过此人，还是在京师见过此人？在浙江老家见过的话，此人是张家的远亲，还是潘家的支系；在京师见过的话，此人是哪个衙门里的属官，还是哪级学校里的生员？若是生员的话，也是一个老生员，看他年龄总在四十开外。这些念头在脑子里不停地转，敬酒的话没说出来。

那人起身，向张璁行一礼，道："下官前来向张相致贺。"

果然是一职官，因身着常服，故难以辨认。这一层疑惑解开；可到底是谁，还是辨认不出。

"阁下是——"张璁不得不问。

"下官潘余庆，挂职锦衣卫指挥佥事。"那人恭恭敬敬地回答。

"原来是潘大人。"张璁稍稍还礼。既是武职，认不出来，也就难怪。他敬过酒，又问一句："潘大人的乡贯也是景宁吗？"

"是，"潘余庆应罢，解释道，"可下官生长在京师，还不曾回过景宁。只听说青田析地建景宁县后，好风水都被景宁带走。"

景宁建县在景泰二年。他这样说，是句讨主人高兴的话。

张璁果然高兴。他亲热地招呼着："余庆，你今天也算得上半个主人，代我好生招待家乡的父老。"

"理会得，理会得！"潘余庆受宠若惊，连声说道。"今日前来致贺的人多，张相尽管在前边应酬，家乡来的父老由下官张罗。"

张璁在后院应酬一阵，真要到前庭应酬。百官来贺，他虽不必人人都见，但部、院大臣来，总要见一见，总要陪着说几句话。

第一起见的是礼部尚书李时和左侍郎严嵩。

李时笑着说："秉用先生有命，贺礼一概不收，我和唯中先生只好空手来。来的路上，唯中先生道：我等不好学秉用先生的样子，所有喜酒一概不喝。秉用先生，我二人虽是空手而来，喜酒却是要讨一盅的。"

"那是自然。"张璁说。他随命家人取来一壶酒，三个酒盅，亲自斟满。"宗易先生，唯中先生，我只陪饮一盅，二位请自便。"

李时、严嵩知道张璁限制饮酒的原委，知道张璁陪他二人饮一盅酒，已是很大面子，当然不会邀他多饮，自己也不会多饮。

"我不多饮酒，宗易先生、唯中先生能够体谅；不收贺礼，宗易先生、唯中先生也一定能够体谅，"张璁说，"我原来那处宅院，虽然小些，但有许多好处。首先一个好处是清静。司礼监的公公们也是多事，今日去一个，回奏皇上，说我的宅院小；明日去一个，回奏皇上，说我的宅院小。皇上听多，还真以为那处宅院不能住人，再三命司礼监传谕，要我另觅一处宅院。不得已，换了这处。决定搬迁时，我定下两条规矩：一是修缮从简，能不动则不动，能不花钱则不花钱；二是奉旨搬迁，不收贺礼。为搬这个家，我心里已经不安；众人攀比送礼，在天子脚下搞出大动静来，我的罪过岂不更大！"

"秉用先生以清廉自律，为百官楷模，"李时说，"秉用先生不肯收礼，只顾自己心里踏实，却让众人好不为难。遇到秉用先生今日这样的大喜之事，互表心意，是人之常情。无所表示，心里难免不安；有所表示，秉用先生严命难违。我与唯中先生就曾计议，其他俗礼可以不送，字不可以不写几个。唯中先生书法大家，在京师称得上第一人，何不奉上墨宝？可唯中先生说，不知秉用先生新第的堂额，不好写字。无奈得很，我二人只好空着两只手来。"

官宦人家的宅院，大堂的题额好比提纲挈领，确定之后，才好斟酌其他地方的用字和整体的布局。李时不是不懂这个规矩；但如他所言，空手而来，心里难免不安，于是顺便一推，把责任推到严嵩头上。

“唯中先生书法，岂止京师称得上第一人，天下大概亦称得上第一人，”张璁对严嵩的字更加赞赏，“唯中先生的学问也是好的，舍下堂额拟用‘荣恩’两个字，还要请你和宗易先生参酌，可否用得？”

严嵩起身，在堂上走一圈。张璁称赞他的学问好，又请他和李时两个人参酌，真有些难为他。他不能作苦苦思索状，那会让张璁觉得，他在挑这两个字的毛病；他也不能即刻回答，因为是两个人参酌，李时议论之前，他也不好议论。走一圈，回到李时面前。

“宗易先生，‘荣恩’两个字，秉用先生拟得好，”他像在礼部堂上议事一样，很有分寸地说，“因圣恩而荣，舍秉用先生，谁人敢用！”

“不错，我也这样想，”李时点点头，补充道，“这处宅院也是因圣上谕旨，才成为秉用先生新第。秉用先生因圣恩而荣，它也因圣恩而荣。”

“既可用，唯中先生可肯赐写条幅，阐明其意？”张璁相邀。

“秉用先生也盛赞唯中先生的字，何不就请他书写堂额？”李时说。

“不可，”严嵩断然拒绝，“秉用先生的堂额是要请准圣上的。”

“唯中先生提醒得好，”张璁道，“我拟这两个字的用意，二位说得很透彻。但不知圣上是不是准用，倒真是要奏请。”

“极是，”李时附和道，“虽然皇上绝无不准的道理，但一定要等旨。说来好笑，秉用先生的新居，秉用先生都不急，我又何必着急！”严嵩的意思是，以皇帝的情致，以张璁的恩宠，张璁上奏，皇帝十有八九会御笔题之，哪里轮得到他来写！李时不难明白他的意思，也知道张璁所谓“不知圣上准不准用”是含糊其词，只有自我解嘲才能摆脱窘迫。

张璁在堂前迎候现任兵部尚书李承勋时，不由吃一惊。他关切地问：“立卿先生，怎瘦成怎样？”

李承勋果然消瘦一圈，走路飘忽摇摆，真让人担着一份心。

“本想安安稳稳过一个年节，谁知呕一肚子气，焉能不瘦！”他没有行礼，没有致贺，先发起牢骚。

“可是为了腾、武等卫属部之事？”张璁边上前搀扶，边问道。

正旦节前，兵部奏言，将二十二上值亲军卫中的腾骧左、腾骧右、武骧左、武骧右四卫属部。所谓属部，实际是隶各都督府。天下卫、所分隶各都司，又分隶五军都督府，唯有亲军卫及少数京卫直属大内，不隶都督府。国初，亲军卫只有十二个，后增至二十二个。腾、骧等四卫就是后来增设的。腾、骧等四卫掌力士值驾、随驾，以职事而言，是最不该属部的。但腾、骧四卫冒滥最多，兵部清理军士，当然想拿四卫开刀；而四卫直属大内，清理起来阻力很大，所以兵部提出，四卫属部。

对于此议，皇帝无可无不可，只是打算留在年节之后再处置。谁知这一等，生出枝节。内臣纷纷进言，反对兵部之议。

“可不是，”李承勋愤愤地说，“这些公公们如丧考妣，半个月的年节，不堵在衙门，则找到家中，要与我理论。”

“欺人太甚！”张璁亦怒，“明摆着的事，他们又有什么好理论的？”

“没有正理，还没有歪理吗！”李承勋道，“他们说，当年彰义门破也先，是四卫之功，东市剿草贼，是四卫之功。四卫建殊勋，皆因大内当值，容易集结；改属兵部，诸多不便。”

也先是鞑靼首领，在土木堡大破官军，掳去英宗皇帝，是本朝第一件奇耻大辱。破也先是景泰年间的事。曹吉祥是大太监，曾图谋造反。所谓东市剿草贼，即弹压曹吉祥。这是天顺年间的事。把此二事的功劳归于四卫，的确是荒诞不经。

“直属大内，若能出征平乱，才是怪事，”张璁说，“立卿先生，你这场官司赢了！”

直属大内，名义上由皇帝指挥，但皇帝越来越不可能直接指挥。那么，亲近大臣中，谁的权柄大，谁就可以指挥。司礼监的权柄大，司礼监可以指挥；锦衣卫的权柄大，锦衣卫可以指挥。眼下司礼监和锦衣卫的权柄都不大，所以张璁有十分的把握。

“彰义门之祸，由王振而起；东市之贼，就是曹吉祥。腾、骧等卫交与这干人，还不要天下大乱！”张璁稍一点拨，李承勋有了辩词，他呵呵一笑，说，“没的让衙门里的琐事搅了秉用先生的清兴。今日来为的何事，竟被我忘了个干干净净！”

“各衙门都是这等琐事，还有什么清兴可言！”张璁搀扶李承勋就座，道，“方才我还与宗易先生、唯中先生说，迁居实非我所欲。”

“迁居非秉用先生所欲，迎娶亦非秉用先生所欲吗？”李承勋又是呵呵一笑，“不先迁居，怎好迎娶？秉用先生不须抱怨。”

二人科第相差几三十年，年龄却仅相差一两岁，被李承勋打趣，张璁还真有些难为情。

“宗易先生、唯中先生是讨了一盅酒喝，才肯离去的，我是不是陪立卿先生多饮几盅？”他忙把话岔开。

李承勋在他那一辈的官员中，才干是很突出的，又没有议礼的过节，他对张璁比较友善，张璁对他也另样看待。

“秉用先生不必为我坏了规矩，”李承勋说，“碰上今天这样的事体，里里外外要饮多少盅酒，秉用先生才能打发过去？不见怪的话，我那盅酒就免了吧，但请秉用先生赏一口茶喝。”

张璁知他病得不轻，不敢勉强。李承勋要喝茶，他也陪着喝茶。喝了两口热茶，李承勋的脸色渐渐红润，张璁也放下心来。

说过几句闲话，张璁忽然想起后堂的客人。他问：“锦衣卫里有一名指挥佥事，姓潘，叫潘余庆，是景宁人，立卿先生可记得他？”

“秉用先生不说他是景宁人，我一时难以断定；他既是景宁人，就不会错，”李承勋说，“他也曾列在革除锦衣卫官校之列，后因是宪宗朝端妃族人，得保存其籍。”

这一两年，革除锦衣卫官校五百余人，是李承勋主持兵部以来的一大政绩。言及此事，他颇为得意。

“潘余庆是宪宗朝端妃族人？”张璁一惊，“不会有差错吗？”

“我命武选司核查过，应不会有差错，”李承勋说，张璁的神情令人不解，他问，“秉用先生是不是知道潘余庆其人有些差错？”

“不，我只是问问，没有差错就好。”张璁若无其事地支吾着。

他的内心可不像他脸上的表情那样轻松。潘余庆是宪宗朝端妃族人，今天又以新夫人的亲属出现在张璁的后堂，把两件事合在一起，就有不大不小的麻烦。大明朝制度：宗藩戚属不得任京官。宪宗第十三子祐枢是端妃所出，潘余庆夹在潘端妃和潘夫人之间，张璁也成了宗藩戚属。连京官都不能任，还任什么内阁首辅！李承勋大概没有想到这一节，张璁却不能不想。潘余庆的事早晚要传出去，他早晚要为潘余庆的事奏请回避，这也用不着懊悔了。潘夫人和潘端妃不能是一族，这是肯定的。景宁有潘氏三族，潘夫人和潘端妃不是一族，容易分辨清楚。要紧的是：潘余庆若是潘端妃族人，就不能是潘夫人族人；若是潘夫人族人，就不能是潘端妃族人。潘余庆若是潘夫人族人，他今日走进张府后堂，名正言顺。可他不是潘端妃族人，他的锦衣卫指挥佥事岂不成了骗来的？潘余庆若是潘端妃族人，他锦衣卫指挥佥事一职，倒是顺理成章；可他不是潘夫人族人，却堂而皇之进入张府后堂，岂不贻笑大方？一件看来小而又小的事，却让当朝首辅左右为难。

“万岁爷说：适逢佳日，赐阁臣张璁金若干，币若干，羊若干，酒若干，以资行礼。”这几句话，皇帝是正正经经说的，张佐也正正经经传谕。紧接着，还有一句：万岁有旨：张先生无须谢恩。

皇帝体贴张璁，不但赐钱赐物，而且免去他今日的跪拜。

他身后跟来二十名小宦者，四人捧着圆盘，一盘盛金，一盘盛银，两盘盛放铜钱；八人抱着新鲜羊腿，八人抬着宫中御酿，齐声道：“给张大人叩喜！”张府的家人忙引他等去厢房饮酒。

“有劳张太监，”张璁揖道，“还烦张太监代我叩谢皇上的恩典。”

“好说，好说，”张佐应着，随张璁慢慢向堂上走去，一眼看见堂前正中是空的，他指点着问，“秉用先生，怎么匾额还没有安放？”

“写都没写，怎生安放！”张璁正在等他这一问。

“是找不到合适的人写？”张佐向他推荐，“何不请严唯中先生？”

张璁说：“唯中先生方才在这里，说起此事，被他回绝。”

“有此等事？”张佐不由得摇起头来，“这可不像是唯中先生的为人。我和唯中先生还说得上话，要不要我为秉用先生说项？”

“张太监肯说项，自然是好，”张璁道，“可唯中先生提醒，所拟堂额，应该请准圣上。他提醒得好，故我不便勉强他。”

“是这道理，”张佐又点起头来，“秉用先生拟的是几个什么字？”

“只有两个字：荣恩。”张璁说。

“荣恩堂？”张佐一怔，这几个字他是很熟悉的，“秉用先生预修过《献皇帝实录》，还记得吧，潜邸后堂，献皇帝拟的也是这两个字。”

“记得。张太监是不是说，献皇帝拟过这两个字，臣子就不好再用？”张璁问，并说，“张太监若有此意，我深不以为然。荣恩二字，表示臣子铭记天子的恩典。献皇帝拟这两个字时，是藩王，拟得很恰当。天子龙飞，在先藩王今追尊为皇帝，这两个字用于潜邸，则不恰当。不过，正因献皇帝曾拟过这两个字，我须得请准皇上，才好用之。至于皇上准不准我用这两个字，不在它是不是曾用于潜邸，而在它是不是适用于宅下。我的这一番议论，张太监以为然否？”

“说得深刻！”张佐无不赞同，“别人当不得这两个字，奏请使用，皇上未必会准；若私自使用，说不定还要降罪。秉用先生则不同，圣主之恩，贤臣之荣，传之千古，乃是一段佳话。”

二人步入堂屋，按宾主坐定。家人上前请示，敬茶还是敬酒。

“自然是饮酒，”张璁说着，与张佐商议，“张太监，同官来了，我只陪饮一盅酒；

你是奉旨而来，不敢怠慢，我陪饮三盅酒。如何？”

“不敢，”张佐拱手道，“万岁爷不准我来秉用先生府上多讨酒喝。万岁爷说：你若是嘴馋，喝三两盅不妨；张先生今日应酬的客人多，他陪饮的话，一盅足够。万岁爷爱惜秉用先生，真是无微不至。”

“有皇上这话，张太监饮三盅，我一定要陪饮三盅，”张璁道，饮了第一盅酒，他说，“这是谢皇上之恩的。”饮了第二盅酒，他说，“这是谢张太监之劳的。”说着，要饮第三盅酒。

张佐放下酒盅，说：“不知怎的，我有些胆怯。饮第三盅酒，秉用先生该有所命吧？不如先出题目，看我作得来作不来。”

“诚有所拜托，”张璁说着，饮第三盅酒，“张太监不饮，也不打紧。”

张佐不能不饮，嘴上说道：“秉用先生不要让我太为难。”

张璁挥手，家人撤去酒具。

“堂额之事，不便上疏；张太监既知我心意，还望代我奏请，”张璁说。并笑问，“这事不会让张太监太为难吧？”

张佐说：“这是分内的事，理当从命。”

他起身告辞，张璁送出堂外。

“秉用先生，还有一事，我忘禀白，”张佐边走边说，“众人都知秉用先生双喜临门，却不知，秉用先生今日还有第三喜。”

“何谓第三喜，还请张太监示知。”张璁警觉起来，不由停下脚步。

张佐说：“万岁爷今日交代司礼监拟旨，准子实先生休致之请。”

张璁面无表情，踱几步，又走近张佐，可见心情是很复杂的。

“张太监是说，我容不得子实先生吗？”他这一问既直率，又伤感。

“这——”张佐含混不清地说，“或是他容不得秉用先生。”

张璁神情凝重地说：“子实先生入阁后，与我确有些口舌之争。有人由此以为我二人形同水火。恐怕皇上也为此而不安。子实先生以病乞休，皇上与我商议，我力主放他还乡。有人更以为我容不得他。却无人想过，以子实先生的病情，我劝皇上留他在朝，不是有意刁难他吗？我请皇上准他还乡，与我二人的争执无关。实则我二人争的都是朝廷的事，公家的事，绝无半点私情。他容不得我，是容不得我的错处，并非容不得我为内阁首辅；我容不得他，是容不得他的失误，并非容不得他为内阁次辅。我等一片缱绻之心，可以对天。”说到此，禁不住潸然涕下。

“秉用先生凡事出以公心，万岁爷是知道的。”张佐劝慰道。

第一百三十九章

傅汉臣走进户部衙门。门役不认得他，也不知他来访哪一位老爷，正在犹豫。他作了个不须通报的手势，门役不再理会。反正这几日衙门里的事多，来衙门的人多，不报就不报。

傅汉臣进入大堂，见梁材坐在案前，捻须凝想。案上一份公文，他放下又拿起，拿起又放下。

傅汉臣放轻脚步，走上前去，念念有词地说："拿起重如泰山，放下轻如鸿毛，大用先生，你可不是没有定见的人呀。"

梁材受惊，猛一抬头，见是他，招呼道："原来是元功来了。"

傅汉臣字元功，山东平定州人，嘉靖五年进士，现官御史。

他在梁材近处坐下。坐下后，大概觉得还不够近，他又挪了挪椅子。

"元功有什么秘事与我说，还怕别人听到？"梁材问。

"我是怕大用先生有秘事要与我说，不欲别人听到，"傅汉臣回答，并问，"不知哪处送来的咨文，竟让大用先生这般为难，这般费解？"

"为难，费解，倒也不假；可并非秘事，"梁材说着，将案上的文牍递与傅汉臣，"不过是福建布、按二司报来的拖欠田赋的县份。"

"福建欠赋？"傅汉臣接过，并不浏览，但问，"定有建阳吧？"

梁材觉得有趣，反问一句："元功怎知建阳拖欠田赋？"

"不是建阳拖欠田赋，大用先生有什么好为难的？有什么好费解的？"傅汉臣自问自答，"大用先生为难的不是建阳县的拖欠，为难的是薛子修的拖欠；费解的不是建阳县的拖欠，费解的是薛子修的拖欠。"

梁材不置可否："薛子修的拖欠让我为难，让我费解，可有说法？"

"薛子修若非良吏，他拖欠，大用先生有什么好费解的！薛子修若非廉吏，他拖欠，大用先生有什么好为难的！"傅汉臣言简意赅。

"算你说对，"梁材道，"薛子修三历知县，皆有口碑。朝廷奖掖廉能，授以科臣。

一面是他的前程，一面是朝廷风纪，令我难以权衡。”

薛宗铠字子修，广东揭阳人，嘉靖二年进士，初授贵溪知县，先后改知将乐、建阳二县。将乐、建阳都是福建的县份，将乐属延平府，建阳属建宁府。薛宗铠在将乐有什么政绩，知道的人不多；而在建阳，至少有两件事，在朝廷上传开。其一，宋朝大儒朱熹的学说被称为“闽学”，是因为他出生于福建尤溪，后又徙居建阳。但建阳并不特别重视朱子之祀。薛宗铠到任后，寻求朱熹后人，主其祀事，很为当地士大夫称颂。其二，去年建阳岁饥，薛宗铠先开仓赈济，然后才上奏朝廷，存活甚众。建阳拖欠田赋，也是因为去年的灾荒。去年底，薛宗铠赴京觐见，被留在朝廷，拜礼科给事中。现在福建的文牍送来，他任上有拖欠之事，梁材当然感到有点儿为难。

“元功，你既知我的为难，我的费解，可有以教我？”梁材问道。

“一面是他的前程，一面是朝廷风纪，大用先生想，我能说什么，薛子修又能说什么！”傅汉臣道。

他的意思很明确：给事中、御史都是风宪官，风宪官遇到有关朝廷风纪的事，应该何所取、何所舍？

梁材闻言而喜：“元功，你不是来为薛子修求情的？”

“大用先生错矣，我不是来求情的。”傅汉臣道。

“那么，元功是来促我处罚薛子修的？”梁材又问。

“大用先生又错，我不是来促罚的。”傅汉臣道。

“既非求情，又非促罚，元功为何而来？”梁材问。

“大用先生问得好笑，偌大一个户部衙门，难道只为处置薛子修而设？”傅汉臣当真笑起来，笑得有些放肆。

梁材也觉出好笑：“如此说来，元功不是为薛子修而来？”复道，“不知这次会不会再错？”

“说对也对，说错也错，”傅汉臣道，并不容梁材发问，抢先说，“大用先生问我两件事，我也斗胆问大用先生两件事，可否？”

梁材耐住性子，道声“请”。

傅汉臣第一问：“薛子修诚为良吏。大用先生掌国家会计数年，依大用先生看，良吏拖欠田赋，为数甚多，还是绝无仅有？”

梁材认真想了想，道：“不能说为数甚多，可也不是绝无仅有。”

傅汉臣问：“那么，庸吏拖欠田赋，是为数甚多，还是绝无仅有？”

梁材又认真想了想，道：“不能说绝无仅有，可也不是为数甚多。”

“晚生若是说，拖欠田赋绝非与良吏、庸吏无关，但也不全在良吏、庸吏，大用先生以为如何？”傅汉臣向深里问一句。

“这——”梁材感觉不好回答。无论哪一级地方亲民官，凡拖欠田赋，均会被朝廷视为失职。但难道失职者真的都是庸吏吗?

“好，这一节且放置一边，”傅汉臣并不逼他回答，又提第二问，“大用先生手里拿的是福建咨文，依大用先生看，福建拖欠田赋的县份，去年遭受灾情的，为数甚多，还是绝无仅有？”

梁材早统计过：“闽省五十七县，去年遭受灾情的，年景丰稔的，年景平常的，约各三之一。故非为数甚多，亦非绝无仅有。”他扫一眼福建的文案，接着说，“遭受灾情的县份，约六成拖欠田赋，约四成不曾拖欠田赋。故非为数甚多，亦非绝无仅有。”

傅汉臣道：“晚生若是说，拖欠田赋绝非与灾年、丰年无关，但也不全在灾年、丰年，大用先生以为如何？”

两问提罢，梁材已懂他的来意：“原来元功是来谈赋役之法的。”

“所以，我来见大用先生，并非为处置薛子修，却又与处置薛子修有关。”傅汉臣的这句话，同时也解释了他那句“说对也对，说错也错”。

梁材不理会他的解释，继续说：“田赋拖欠不全在良吏、庸吏，不全在灾年、丰年，元功的意思，是赋役之法该有所变更吧？”

“大用先生明鉴，与公议事，真要省却一半的气力。”傅汉臣道。

“与元功议事，我却要多费一倍的气力，”梁材笑道，“接下来，元功大概要说，须行新法，只是其一，还有其二，是要恢复旧法吧？”

“大用先生怎知？”傅汉臣吃一惊。朝廷不乏机敏的大臣，也不乏稳重的大臣，既机敏又稳重的大臣，却不那么多。

“那有什么费解！”梁材笑了笑，一语破解，“如果只要行新法，不必复旧法，拖欠田赋就全不在良吏、庸吏，也全不在灾年、丰年。”

“大用先生明鉴，”傅汉臣又赞一句，“大用先生也想到赋役之法须变革，我就直言。我以为，无论新法旧法，要紧的是一个均字。有田则有赋，有丁则有役，赋重则役轻，赋轻则役重，祖宗建立制度，正着眼在均字上。但有些地方，田粮本重，丁役复又加重；另有些地方，田粮本轻，丁役复又减轻，形成畸轻畸重之势。这是一种不均。若一府一州一县之内，有人田粮本重，丁役复又加重；有人田粮本轻，丁役复又减轻，形成畸轻畸重之势。这又是一种不均。因前一不均，故某地民户耗损；因后一不均，故各地民户无不耗损。于前一不均，得复旧规足矣；于后一不均，只复旧规或有未足。”

梁材插话：“元功，你说一说，如何才能做到一个均字？”

“两个字：划一。”傅汉臣道，顿了顿，他解释说，“若田粮丁役划一，不但各地赋役之轻重可以立见，一地之内，各户赋役之轻重也可以立见。这样，就不患不均。”

“丁粮划一，正德十五年所行纲银法已有其意，可并没有除却各地赋役畸轻畸重之弊。”梁材不以为然地说。

所谓纲银法，是将一县用费分为正、杂二项，按丁四粮六征收。其法简而不繁，如网之有纲。

“仅在一县内划一，自然不足以除弊。我来解说划一二字，大用先生莫要怪我啰唆，”傅汉臣说着，伸出十指，又收拢十指，“这是十户，我将十户丁粮总于一甲。”复伸出十指，又收拢十指，“这是十甲，我将十甲丁粮总于一里。一州一县或三五十里，或七八十里，”十指不够用，他不再作手势。“我将各里丁粮总于一州一县，再将各州、县丁粮总于府，再将各府丁粮总于布政司。布政司通将一省丁粮，均派一省徭役。其中要量除优免之数。每粮一石，审银若干；每丁一名，审银若干。斟酌繁简，通融科派，造定册籍，行至各府、州、县，永为遵守。则徭役公平，而无不均之叹。大用先生，这就是我说的划一。”

梁材听罢傅汉臣的议论，在大堂内连踱几个来回，站定后说：“元功，欲将一省之丁粮总于布政司，比起纲银之法，进一大步。可元功想过没有，若不清丈各府各州各县各里各甲各户之田土，若不清理各府各州各县各里各甲各户之人丁，总于一甲的并不是各户的实在丁粮，总于一里的并不是各甲的实在丁粮，总于一州一县的并不是各里的实在丁粮，总于一府的并不是各州、县的实在丁粮，总于布政司的并不是各府的实在丁粮，所谓划一就成一句空话，所谓均赋均役就成一句空话。”

“大用先生所议极是，各府各州各县各里各甲各户之田土确应清丈，各府各州各县各里各甲各户之人丁确应清理。”傅汉臣说。

“谈何容易！”梁材想着心思，问道，“元功与郭子弼交往多不多？”

郭弘化字子弼，江西安福人，嘉靖二年进士，也是一名御史。

“都在一个衙门，大用先生为何要问？”傅汉臣反问道。

“前几日子弼上一疏，元功不会不知吧！”梁材道，“子弼称：天下土田视国初减半，宜通行清丈。元功，他与你倒是心有灵犀。”

“欲奋起而革除弊端者，恐怕不只郭子弼与我二人！”傅汉臣声音洪亮，真有奋起的气势，“大用先生何不顺应人心，顺应潮流，起而主持天下田土之清仗与人户之清理？”

“谈何容易！”梁材又是一句，“元功，不是我不知天下人心，但你想过没有，通行清丈，天下纷扰，一旦激变，谁担得起这份责任？刘瑾之鉴不远，敢不慎之？”

正德初年，梁材任过刑部主事和御史，对刘瑾动辄变更成宪，因而引起的动乱，记忆犹新。刘瑾并没有清丈天下田土，他只是清丈各边屯田，已使天下骚然。

“那么，就听任天下赋役之不均吗？”傅汉臣听了梁材这一番老成持重的话，大失所望。

“我之意：不可由朝廷遣官，通行清丈，但敕有司逐渐清核，可矣！”梁材说着，补充道，“遇田册与田亩不符者，或遇举告隐瞒田亩者，始履亩而丈，则不至于天下骚扰。”

“那么，丁粮划一也可以逐渐而行吗？”傅汉臣似在质问。

议的是朝政是非，梁材不以他的顶撞为忤。

“郭子弼通行清丈的奏议可以上之，元功划一赋役的奏议自然也可以上之，”他平和地说。“但通行清丈，户部须权衡利弊；划一赋役，户部也须权衡利弊。”

傅汉臣将丁粮划一，一省均派的改革措施，称之为一条鞭法，上疏朝廷，请行于天下。皇帝一时理不出头绪，下之户部；户部一时也理不出头绪，将其搁置。

第一百四十章

守陵太监萧洪奏报，显陵香殿暖阁微漏。

皇帝谕曰：陵寝殿宇，乃皇考安神之地。缮造未几，即有渗楼，此督役诸臣之罪。工部查参以闻。

工部奉旨，用不着详查。当年显陵之役，宫里派的总监是内官监太监崔文，崔文已被贬去南京，皇帝要查办他，尽可以从严；另太监李寅、李朋、李怀监工。朝廷派的提督是前任工部尚书刘麟和前任侍郎章拯，刘麟现已致仕，章拯现已闲住；另派前任工部主事高仲嗣收放物料，高仲嗣现升署郎中；另派给事中李凤来、御史施一德、郎中甘为霖等监督。

尚书蒋瑶一面斟酌奏疏里的词句，一面对左侍郎黎奭、右侍郎钱如京说："显陵出纰漏，朝廷一定要差官修复。朝廷差官，不是辛苦师召先生，就是辛苦公溥先生。二位无论谁去，都请从实回奏。"

黎奭字师召，湖广京山人，正德六年进士。钱如京字公溥，南直桐城人，弘治十五年进士。蒋瑶嘴上说"从实回奏"，实则是"从轻回奏"。二人都能体会他的心情：蒋瑶嘉靖八年任工部侍郎，刘麟、章拯先后是工部的正堂，不论交情深浅，他总不愿意他们被严处。萧洪奏报的是微漏，被差去提督修复的官员如果回奏大漏，皇帝必怒，不但刘麟、章拯，还有高仲嗣等人，都免不了受到严厉的处分。对此事尽量化解，而不张大，也是黎奭、钱如京的心情。蒋瑶的托请，二人自然不会拒绝。

皇帝批复工部奏疏：诸臣有负委托，章拯罢职为民，刘麟闲住，高仲嗣谪为开州同知，施一德谪为兴国州判官，李凤来夺俸三月，甘为霖夺俸五月，有关布、按二司官及镇、巡等官夺俸半年。

提督显陵修复工程，皇帝差派黎奭。宫里没有差人，皇帝命崔文从南京径赴安陆督工。这不像是处分，倒像是给他一个立功补过的机会。

京城读书人提到河南祥符高氏昆仲，又觉羡慕，又觉有趣。羡慕的是高仲嗣、高叔嗣相继中第；至于有趣，却不能一言以蔽之。高叔嗣为弟，中嘉靖二年进士，高仲嗣为兄，中嘉靖五年进士，这可以算作一件有趣的事。高叔嗣中嘉靖二年进士，现在仍是吏部的员外郎，高仲嗣中嘉靖五年进士，现在却署工部郎中，这又可以算作一件有趣的事。高叔嗣一步一步升迁，现在位置尚稳，高仲嗣超擢，却被谪为外官，传出去，就是第三件有趣的事。

百官升迁罢黜由吏部发布。高叔嗣任职吏部，要避嫌，不能过问这件事。他托一位朋友打听，看有没有办法转圜。他托的朋友是嘉靖八年会试高中二甲第二名的陈束。陈束可托，有两个原因：一是他和高叔嗣以诗文相交，互为知己；二是他虽然授礼部主事，岳丈却是前吏部左侍郎董玘，在吏部很有几个要好的朋友。陈束少有才名，董玘召而视之，见此少年垂髫而前，卓然不群，试以辞赋，挥笔立就。董侍郎大爱之，以女许配。而高叔嗣少年聪颖，十六岁时作《申情赋》，洋洋数万言，读者无不惊异，正可与陈束匹敌。陈束中第，授以京官。在前辈和同辈中，他独看重高叔嗣，对高叔嗣的诗尤其称许。高叔嗣把兄长的事托与他，在上面提到的两个原因中，主要还是第一个原因。

陈束查明，显陵微漏一事的处分，是皇帝亲拟的。愿为有关官员说话的朝廷大员，能为有关官员说话的朝廷大员，都出来说过话，这才从轻处分。也就是说，或免或谪，已成定局，不用再设法。高叔嗣死心，摆酒为兄长送行，请来坐陪的只有陈束。

陈束知道河南人酒要好酒，菜则不甚讲究，他自己提些家乡腌制的火腿、腊鸭等去助兴。但宾主精神不佳，酒、菜再好，也是枉然。

喝过几口闷酒，高叔嗣手握酒杯，发起牢骚：“凡事该讲个公平。同是提督陵工，为什么一个罢职，一个闲住？”

这是说刘麟、章拯二人的处分不公。

他仰头喝干杯中之酒，重又斟满，仍把酒杯握在手中：“他二人都居高位，不用我等下僚抱打不平，就不去说它。可同是监督，为什么一个夺俸三月，一个夺俸五月？”

这是说甘为霖、李凤来二人的处分不公。

如法炮制，他又喝一杯酒，接着说“他二人已是轻而又轻的处分，就不去说它。可同是外差，为什么有的贬谪，有的夺俸？”

这是说高仲嗣、施一德和甘为霖、李凤来四人的处分不公。

看他不再说，陈束又说出一条：“他四人都是下僚，就不去说它。可同是谪官，为什么一个谪为同知，一个却谪为判官？”

州同知从六品秩，州判官从七品秩，其中的差别，比夺俸三月或五月的差别，肯定要大。

高叔嗣不由愣住。他抱怨对刘麟、章拯的处分不公，是为章拯不平；抱怨对甘为霖、李凤来的处分不公，是为甘为霖不平；抱怨对高仲嗣、施一德、甘为霖、李凤来处分不公，是为高仲嗣、施一德不平。而陈束的抱怨，岂不是在高、施二人中更为施一德不平？

“约之兄，对我兄长的处分轻吗？”他不满地问。约之是陈束的字。

“依二哥的说法，元瑞先生也该罢职，德仪先生也该夺俸五月，不，他和公望先生都该谪官，处分才公平，”陈束道，他一直称高仲嗣大哥，称高叔嗣二哥，“处分不公是二哥的说法，我可不敢妄议。”

德仪是李凤来的字，公望是甘为霖的字。甘为霖与高叔嗣是嘉靖二年的同年，所以陈束又说，“加重处分公望先生，二哥忍心乎？”

高叔嗣把酒杯放回，腾出手来好挠头。他问：“如此说来，我说错？”

“雷霆雨露，皆是圣恩，二哥千万莫忘这句箴言！”陈束道，“二哥不能说该不该处分，只好说处分公平不公平。其实，处分公平，抑或不公平，皆在各人体会。大哥豁达，谪官在他看来，本来只是寻常之事。二哥，你又为何想不开，一定要惹得大哥伤心？”

“谪官只是寻常之事？是我惹得兄长伤心？”高叔嗣喃喃自语，“不欲兄长伤心，反惹得兄长伤心，看来，我又该罚酒。”

“罚酒还在其次，大哥出行，你敬他酒，总是该的。”陈束说。

高仲嗣道：“约之的话只说对一半。我既把谪官看作寻常之事，子业无论说什么，也不会惹得我伤心；我被子业惹得伤心，就不是真豁达。我究竟真豁达，还是在伤心，连我自己也说不清楚，二位也不必费心揣摩。”高仲嗣举杯让道，“不如大家喝酒。”

子业是高叔嗣的字。

话多起来，气氛也稍稍改变。陈束趁着相互斟酒的机会，说道：“弟有一事相求，大哥若准，弟在众人面前便有面子；大哥不准，弟在众人面前便没面子。无论如何，还望大哥给弟这个面子。”

“约之有何事，不妨直言，怎么也啰唆起来！”高仲嗣道。

“大哥命我直言，我就直言，”陈束边应边问，“我浙省又出一位少年名士，姓蔡名汝楠，字子木，大哥听说过此人吗？”

“可是德清蔡汝楠？”高仲嗣问。

蒋瑶是归安人，归安和德清均属湖州府。蒋瑶闲时与工部属员讲起乡梓俊杰，曾提到蔡汝楠。

“妙极！”陈束双手一击，说，“大哥知道他，此事就好办。”

“约之不是有事命我吗？怎么和蔡子木扯到一起？”高仲嗣不解。

“我求大哥的事，乃是蔡子木求我的事，”陈束说，“蔡子木对大哥和二哥仰慕得很，托我致意，并且为他定约：他到京师时，大哥和二哥准他拜望。我想，二哥若在京师，凡事好商量；但大哥即将离开京师，我要先在大哥嘴里讨个实信。”

高仲嗣以为这是遥遥无期的事，随口道：“再说吧。”

陈束道：“蔡子木定下明年春天赴京师，不能再说。”

“定下明年春天赴京师？所为何事？”高仲嗣问。

“一场无妄之灾把大哥搅昏头，连读书人最关心的事也忘个干净，”陈束道。“大哥不妨想一想，明年是什么年份？”

经他一提醒，高仲嗣笑道：“可不是被搅昏头！”

辰、戌、丑、未是朝廷大比之年，明年壬辰年，读书人赴京师，不是为会试，还会是为什么！

高仲嗣静下心来，想起蒋瑶的话，又觉得不太对头。

“约之，粹卿先生曾对我说，那蔡子木今年只有十七岁，不会错吧？”他问。

陈束掐指计算：“不对，他生于正德丙子年，应是十六岁。”

“原来蔡子木是一位少年举人！”高仲嗣也掐指算起来，“他今年十六，，就算上一次乡试得意，那是在嘉靖七年，他只有十三岁。约之，我朝少年中第的人不少，可在十三岁就中乡试的却不多。”

“大哥莫不信。”听陈束的口气，蔡汝楠好像真在上一次，或者再上一次就中乡试。不料，他反问道：“谁说蔡子木已中乡试？”

“不入秋闱，怎入春闱？”高仲嗣真的吃惊，“难道说，蔡子木今年参与乡试，一定榜上有名？”

“恐怕他就是这样想的，”陈束道，“不然，他怎会定下明年春天赴京师？又怎会托我代他与大哥、二哥相约？”

“好，果是名士者流！”高仲嗣不知是褒是贬。

“大哥应允？”陈束大喜。

高仲嗣说：“与少年名士一晤，我求之不得，有什么应允不应允的！但江南赴京师，大名府并非通衢，开州更非通衢。他赴考前匆匆赶路，高中后须钻研前程，何必让他存下绕道开州的心思？再者，蔡子木要见的是子业，约之以为我不知道吗？”

陈束会心地一笑。蔡汝楠请他介绍京师的诗、词大家，他介绍的是高叔嗣；蔡汝楠表示要拜晤的也是高叔嗣。对高仲嗣说起这件事，是想他忘记贬官的懊恼。既被高仲嗣说破，无须多做解释。

“有应物之冲淡，兼曲江之沉雄，体王、孟之清适，具高、岑之悲壮，如此论子业之诗，恐怕再也没有第二人。约之引蔡生见子业足矣。”高仲嗣很洒脱地将此事带过。

韦应物善写田园，其诗淡雅。曲江指张九龄，有《曲江集》传世，其诗浑雄。王指王维，孟指孟浩然，并以五言诗见长。高指高适，岑指岑参，并以边塞诗著称。唐朝的这几位诗人均成一家，陈束说高叔嗣的诗兼有诸家之长，对他的评价极高。

蔡汝楠后来更推高叔嗣的诗为本朝第一，却是高仲嗣没有料到的。

刘麟被勒闲住的消息，很快在南京城里传开。刘麟原籍是江西安仁，世袭南京军卫职，定居南京。他本就清傲，致仕后更加深居简出，有人慕名而来，多被他婉言拒之。得知他受朝廷处分，就算有人存心前来宽慰几句，但想到以前被拒时的难堪，多半会望而却步。

刘麟若无其事，一如既往地回绝访客，一如既往地一早读书、赋诗、作画。致仕和闲住，到底有多少区别，又何必在意！

跟随他多年的老仆，悄无声息地三次进入书房。第一次见到老爷面对画纸发呆，知他在构思，没敢说话，退出去。第二次见老爷专心作画，不忍打扰，退出去。第三次见老爷画已作完，正在赏玩，这才开口。

“老爷，今天买卤味的钱是用，还是存？”老仆问道。

刘麟喜欢吃南京店铺里的卤味，买卤味成为家里的一项开销；每天家里人都须请示，要不要买卤味回来。

他吩咐道：“存。”

“老爷，今天买酒的钱是用，还是存？”老仆又问。

刘麟喜欢饮酒，家里存不下酒，买酒也成为家里的一项开销；每天家里人都须请示，要不要买酒回来。

他吩咐道：“存。”

“老爷有五天不曾买卤味、买酒。”老仆提醒他。

“不妨。”刘麟指着画，问，“来，你且看我今日这画如何？”

“老爷画的是什么？”老仆看了又看，竟然看不出来。

刘麟叹口气，道：“你知我想的是什么，就不知我画的是什么？”

“是楼屋？”老仆重新端详，画中有石有水有草有树，中间粗略几笔，不是楼屋又是什么！他摇摇头，说，“这等楼屋，不居住也罢。”

“你别看不上这楼屋，它远离尘嚣，有什么不好！”刘麟道，“实话告诉你，我十年二十年不食卤味，不饮酒，未必盖得起这座楼屋。”

羡慕楼居，而在南京只有一处小院落，他常画一画楼，聊以自慰。

“可不是吗，老爷什么时候见过，从酒食中节省下钱来盖楼的！”老仆唠唠叨叨地说。“南京人道，江东有三才子，第一是老爷，第二是顾璘顾老爷，第三是徐祯卿徐老爷。其实，老爷哪里有财，可以和那两位老爷相提并论！”

刘麟、顾璘、徐祯卿都在二十岁出头考中进士，被称为“江东三才子”。老仆故意把才学的才说成家财的财，以取笑老爷。

刘麟笑道：“你倒有眼光，我之才气，固不能与顾、徐二位比肩。”

他又把家财的财改回才学的才。

“那也不见得，老爷为朝廷节省下那么多钱财，朝廷肯念及老爷的好处，老爷就楼屋也有得住，卤味也有得吃，酒也有得饮。”不管老爷怎样说，老仆还是认准家财之财。

惜薪司、钟鼓司、宝钞司、混堂司为内官四司，各有所掌。四司财物贮藏后堂大库，司官任意侵吞。刘麟曾议：由户部或工部差郎中一员主理大库。皇帝欣然准允，赐名其库曰“节慎库”。断了财路的内臣，对他恨之入骨。所谓为朝廷节省钱财，这是第一件大事。

刘麟主持显陵工程，执役者都希望得到重赏。而工程完毕，刘麟只为他等奏请赏赉，不为他等奏请升授官职。渴求官职的小人，对他恨之入骨。所谓为朝廷节省钱财，这是第二件大事。

言官奏请停止中外杂派工役，工部响应，停止其中最大的一项，即浙江、苏州、松江等地织造，连上供皇帝之用的袍服也被停止。营求其职的太监，对他恨之入骨。所谓为朝廷节省钱财，这是第三件大事。

刘麟后来致仕，也是因内臣中伤。

“你是说，朝廷把节省下来的钱财赐予我，我就楼屋也有得住，卤味也有得吃，酒也有得饮，是不是？”刘麟自问自答，“你好不糊涂！我没有为朝廷开源之才，只有为朝廷节流之才，就算朝廷有所赏赐，我怎敢接受？朝廷为什么要节流，还不是因为国用不足！我知国用不足，身在其位，尽绵薄之力，发些为朝廷节省钱财的议论。皇帝知国用不足，不以我驽劣，恩准我那些为朝廷节省钱财的议论。这是君臣各得其所。朝廷若将节省下来的钱财赐予我，是朝廷糊涂。我若接受节省下来的钱财，是我糊涂。你以为朝廷应将节省下来的钱财赐予我，我应接受节省下来的钱财，可不是你糊涂！幸亏今日糊涂的是你，不是朝廷，不是我。”

他讲过来讲过去，讲的仍然是才学之才。

“老爷说我糊涂，我就彻底糊涂一回，”看来，老仆是一定要辩出青红皂白的，“老爷为朝廷节省下来那么多钱财，老爷说各得其所，我信。老爷致仕，看似与老爷为朝廷节省下来那么多钱财无关，实则由老爷为朝廷节省下来那么多钱财而起，这也是各得其所吗？老爷不但致仕，而且闲住，看似与老爷为朝廷节省下来那么多钱财无关，实则由老爷为朝廷节省下来那么多钱财而起，这也是各得其所吗？”

老仆的辩词多少有些刺痛刘麟。他说：“我与你说句实话，朝廷现在需要的不是能节流之才，而是需要能开源之才。朝廷前次准我致仕，已是念及我的好处。以我之才，能够从日常酒食中节省一二，以做白日之梦，就该知足。”

他的辩词则更像是强词夺理。不过，慕居楼屋的不是老仆，贪恋酒食的不是老仆，老仆何必争执！

“老爷不急，我陪着老爷等就是，又有什么好急的。”他说。

“说的是，你不急，我不急，大家都不急！”老仆要退出时说，刘麟却在他身后说，“既然不急，今天买卤味的钱还是用去吧。”

“是，”老仆应道，“我就知道老爷今天要吃卤味。”

“既然不急，今天买酒的钱也用去吧。”刘麟又吩咐。

“是，”老仆应道，“我就知道老爷今天要饮酒。”

老仆退出，刘麟颓丧地把那幅似楼非楼的图画揉成一团，扔出窗外。

第一百四十一章

太常寺卿彭泽出霍韬家门，又是失望，又是气恼。

彭泽字仁卿，广东南海人，与霍韬同乡。他中正德十二年进士，只比霍韬晚一科。尽管他屈己下人，在霍韬面前以晚辈自居，可相求之事，还是被霍韬一口回绝。霍韬向来标榜君子不党，这回可以看得更清楚。

彭泽除责备自己糊涂，没有别的法子可想。

太常寺掌祭祀礼乐，是清要衙门；不是像翰林院那样的清要衙门，而是有着具体事务的清要衙门。它地位崇高：一则，在司、寺衙门中，除通政司、大理寺，只有太常寺是正三品衙门；二则，太常寺卿经常由侍郎兼署，太常寺卿的出路一般也是晋升侍郎。

彭泽朝思暮想的，就是升侍郎，至少也要挂一个侍郎的职衔。

若桂萼仍在朝中，他多半会向桂萼讨教。桂萼也不把同年看得十分重，但昔日对陈洸很关照，现在不会对他全不关照。

方献夫若仍在朝中，他多半会向方献夫讨教。方献夫也不把同乡看得十分重，但对后进向来很关照，现在不会对他全不关照。

桂萼致仕不是时候，方献夫养病不是时候，他只好向霍韬讨教。

霍韬显然懂得他的来意，却闭口不言可不可以帮衬，只是大讲自己三辞侍郎的故事，让他好不难堪。

“仁卿先生！”他正在自怨自艾，忽听得有人招呼。抬头一看，面前站着一书生，恭恭敬敬向他行礼。他觉得书生面熟，应该见过不止一次。但肯定不是单独的见面，不是私下的见面。若是单独见过面，私下见过面，就不会不知道他是何许人，就不会想不起他的名字。

那人见彭泽似识不识的样子，揖道，“晚生詹桀给仁卿先生请安。”

“是子启吧？”彭泽模模糊糊还记得他的字。

“是，”詹桀一脸的阿谀奉承，“仁卿先生真是过目不忘的大才。”

“你过我之目，我不忘；我过你之目，你也不忘。要说大才，彼此彼此，”彭泽说句笑话，“子启，还在都院历事吗？”

“晚生仍在都院历事，无缘时常聆听仁卿先生教诲。”詹桀道。他原是国子监监生，分到都察院办事已近一年。

彭泽今日正烦，遇见一个虽不熟悉、却也相识、对他恭顺有加的晚生，兴致突发。他邀道：“子启，我们去前面的店里小酌一番，如何？”

曾桀受宠若惊，忙道：“仁卿先生有命，敢不从之。”

二人走进路边一间看来还算洁净的酒店，点要酒、菜。店主见其模样、举止，知是官场上的人物，小心侍候。

“我与这为老爷有话要说，你去照看别人吧。”彭泽吩咐。

店家从命，送上酒、菜后退下。没人在旁侍候，自然是曾桀动手。他边斟酒，边问：“我看仁卿先生从渭先先生府上出来，两位先生是在议论朝廷大事吧？”

朝廷三品大员无论议什么事，在历事都察院的监生眼里，都是朝廷大事。彭泽开玩笑地问：“子启猜一猜，我和渭先先生在议什么大事？”

曾桀想也不想就说：“两位老先生一定在议詹事府衙门的委任。”

彭泽一愣：这个监生，还真不可小觑！

朝廷之上，霍韬视夏言为第一大敌。新近夏言升任詹事府少詹事兼翰林学士，翰林学士是个虚职，少詹事却是实授。这让掌詹事府的霍韬怎能不窝心！彭泽没有想起这件事，不然，见了霍韬，先痛斥几句夏言，霍韬的态度大概会不一样。

想是这样想，却不可表现出来。彭泽说：“詹事府衙门的委任算不得朝廷大事。就算是朝廷大事，也该吏部官议，不该我礼部官议。”

太常寺听于礼部，太常寺卿常由礼部侍郎兼，所以他这样说。

“仁卿先生提起吏部，我倒有件大事请教，”曾桀说，并借着酒力道出自己的心事，“我有心弹劾吏部堂官，不知使得使不得？”

方献夫回乡养病，吏部堂官不是左侍郎徐缙，就是右侍郎唐龙。

去年，徐缙由吏部右侍郎改左侍郎，唐龙由右副都御史改吏部右侍郎。唐龙字虞佐，浙江兰溪人，正德三年进士。

彭泽问：“子启要弹劾徐子容，还是要弹劾唐虞佐？”

“不知弹劾徐子容难些，还是弹劾唐虞佐难些？”曾桀反问。

这是一个莫名其妙的问题，难以回答，也无须回答。

彭泽说：“弹劾不问事体轻重，而问弹劾难易；见易则上，见难则避。这等子启，可要让我小看！”

“晚生若不是见难则避，而是见难则上呢？”詹棨问。

“见难则上，谁人能不敬重！”彭泽道。

“不瞒仁卿先生，我等监生在各衙门历事一年，还不予授官，对吏部无不怨气冲天，”詹棨说，“徐子容和唐虞佐都有可弹劾之处，我想，他二人中，哪一人难弹劾，我就弹劾哪一人。”

“好，子启果然让人敬重。”彭泽道。

他忽然生出一个想法：钻营侍郎，他本来没想好哪一部。如果能去吏部，岂不大妙？本来没有求得吏部侍郎的机会，现在说不定会有。徐缙、唐龙有一人被纠劾辞官，凭着他在议礼中的作为，空出的位置，不敢说非他莫属，但八成会属于他。

想到此，兴奋莫名。但他尽量做出若无其事的样子，用若无其事的语气说：“徐子容是弘治十八年进士，该科进士，内阁有人，七卿有人，部、院贰卿中更不知有几人！弹劾徐子容，自然比弹劾唐虞佐要难。可不知子启弹劾徐子容，有什么把柄抓在手里？”

“感谢上苍，原来弹劾徐子容难。若是弹劾唐虞佐难，我倒真要多花费些气力。”詹棨说，“仁卿先生问我有什么把柄，我只能说把柄太多。前河间知府喻茂坚骤升云南参政，仁卿先生知道是怎么回事吗？那是喻茂坚有重金输入徐子容私第。”

“我也听说喻某行贿朝廷重臣，却没想到贿的是徐子容。”彭泽道。

喻茂坚是正德六年进士。该科进士升至参政者，其实不乏其人。

曾棨又说：“知县萧一中，不几年竟升为知府，仁卿先生知道是怎么回事吗？说来简单，萧一中乃徐子容弟子。”

“萧质夫是徐子容弟子？怪不得！”彭泽点头，好像一直弄不懂徐缙和萧一中的关系，现在终于懂得。

萧一中字质夫，湖广华容人，正德十二年进士。彭泽连与他同科这一点也不屑提及。

彭泽不但不为同年辩解，还提供另一同年的秘密：“我还听说一事：伍君求是徐子容至亲，故他百般庇护，不知是真是假？”

伍余福字君求，苏州吴县人，也是正德十二年进士。

“是兵部武库司的伍郎中吧？”詹棨知道此人，“他与徐子容同邑，说他与徐子容沾亲带故，绝不会错。收受贿赂是一事，骤升门生是一事，庇护至亲是一事。有这三件事，足以拉徐子容下马。只是——”詹棨再问一次，“仁卿先生，我有心弹劾徐子容，不知使得使不得？”

“怎么使不得！”彭泽给他打气，“皇上近日有旨，许六部历事监生发廷臣奸弊。六部历事监生可以发，都察院历事监生就不可以发吗？都察院纠劾百官，都察院历事监生更该发廷臣奸弊。只是——”他也稍稍停顿，显得犹豫，也显得郑重。“子启，你说有这三件事，足以拉徐子容下马，想得太简单。官官相护，你一名历事监生，轻而易举就能把一名侍郎拉下马吗？上疏弹劾徐子容，是皇上恩准的，你不必害怕。你上一疏，能把徐子容来下马，自然很好。可你一疏未必能把他拉下马。你一疏不能把他拉下马，能助你时，我自会助你。可我助你，也未必能把徐子容拉下马。所以，你还得找那些不官官相护的大臣相助。”

“不官官相护的大臣，那又是谁？”詹棨眼睛忽然一亮，“可是张秉用阁老？”话一出口，眼睛又黯淡下来。“可张阁老居庙堂之高，我虽然一直仰慕他，却无缘拜会，无缘结识。”

“你未曾拜会他，未曾结识他，又有何妨！未曾拜会他，未曾结识他，正是你的好处。”彭泽说着，招一招手。

詹棨把耳朵贴过去。

第一百四十二章

早朝前，百官陆续赶至左顺门外。通政使司左通政陈经不是到的最早的一个，也是到的最早的几个人中的一个。他心绪不宁，踱来踱去。与人打照面时，不冷不热地招呼一句；听到别人的问候，也是不冷不热地回应一句。要和他搭讪的官员，见他这副样子，只得作罢，去找别人说话。有人低声议论：通政司的人事要大动，通政使张瓒将升某部侍郎，陈经要升任正卿。陈经的不宁，不知与提升有没有关系。

见吏部左侍郎徐缙从另一边走来，他装作漫不经心地迎过去。擦身而过时，他一拉徐缙的衣袖。徐缙会意，随他走到一旁。

“子容先生，你好沉得住气，挨至这时才来！”陈经抱怨。

“我来得迟？”徐缙问罢，点点头，“不错，我是来迟。往日我比伯常先生来得早，今次我比伯常先生来得晚，可不是来迟！”说着一揖，“伯常先生息怒，这厢有礼。”

陈经字伯常，山东益都人，正德九年进士。

“我无心与子容先生说笑，”陈经说着，引徐缙向远处又走两步，他仍是抱怨，“子容先生得罪谁人不好，怎么偏偏得罪市井小人？”

徐缙皱起眉来，苦苦思索。他乔迁过一两次，但一直与邻里安然相处，难道竟在无意中得罪某一位？

“我得罪市井小人？”他问，“伯常先生，你的话我怎听不大懂？”

“我知道你在想什么，”陈经说，“你一定在想：住在我家四下里的人不是棋友，就是酒友，怎会得罪？子容先生，我所谓市井小人并非你的高邻。我来问你，詹桀其人，你可识得？”

“有些印象，”徐缙回应之际，猛然想起，“可是在都察院历事的国子生？他虽不是甲科出身，却是读书人的坯子，伯常先生不该辱骂他。”

他曾任礼部侍郎，自觉对各类生员还算亲近。

“他排陷子容先生，子容先生反维护他，未免也太宽厚！”陈经道。

“他排陷我？”徐缙忙问，“伯常先生，是怎么回事？”

一个可说没有任何关系的人排陷自己，谁在乍听之下，都会惊慌。

“我今早去衙门，见所上奏疏中有詹棨一疏，专论子容先生，写得荒诞不经。所以，我特地与子容先生打个招呼。”陈经讲述其事。

“不知这詹棨的疏里都写些什么？”徐缙是一定要问的。

“我来不及细读，也不便细说，子容先生心里有数就是。”陈经道。

来不及细读是托词，不便细说才是关键。詹棨奏疏写的事情，用的语言，陈经不便转述，这是第一个不便。徐缙如果不等詹棨奏疏批下，立即上疏自辩，追究起来，是陈经的责任，这是第二个不便。

一人不便细说，一人不便追问。徐缙忐忑不安地上朝，回衙，办事，起居。两天后，皇帝将詹棨奏疏批下，他心里才稍稍踏实。

第一百四十三章

天色已黑，汪鋐匆匆赶到张孚敬府第。

张府家人匆匆引他入内。

张孚敬见他，匆匆招呼道："宜之先生，不是家中出大事，不敢在晚间劳动大驾。请！"

他把汪鋐让到正堂，二人就座。

"相府中有事，绝不会是小事，"汪鋐说，"府上少什么，请茂恭先生开出单子，我亲去兵马司交代。"

张璁改名改字是最近的事。他因璁字与皇帝的名讳同音，要求更改名字。恳请再三，皇帝赐他新名曰孚敬，新字曰茂恭。

汪鋐曾询问过前去相邀的张府家人，只知和物品有关，具体是什么物品却说不清，所以，他问得直截了当。

"少什么？宜之先生差矣，"张孚敬连连摇头，"若是家里少些无关紧要的东西，倒没什么；若是家里少些要紧的东西，我自会向兵马司交代。我请宜之先生来，是因为家里多些东西。"

"多些东西？"汪鋐问罢学舌，"若是茂恭先生家里多些无关紧要的东西。倒没什么；茂恭先生家里一定是多些要紧的东西。"

"是不是要紧的东西，宜之先生一看便知。"张孚敬说。

家人将多的东西捧将上来。原来是一锦袋。家人手伸进锦袋，取出一物，放在几上。原来是一锭金子。又取出数物，放在几上。原来是四锭银子。又取出一物，放在几上。原来是一副宝石首饰。最后取出一帖，家人将它呈与汪鋐。汪鋐先找落款，没有，可以确定是无名帖。上面写的是：金七十，银三百，宝石来天外。主人笑纳。

"茂恭先生，这是怎么回事？"汪鋐不知就里。

张孚敬手指一家人，命道："你来讲给汪大人听。"

“是，”那家人往前站站，讲起来，“天将黑时，小人听到有人敲门，出去张望，一眼看到台阶上放着这个锦袋。小人顾不得看锦袋里有什么，先去寻人。只见一人影匆匆而去，走出有十几步。小人追上两步向他喝问：这位老哥，门前的物件是你放下的吗？那人回过头来，应道：是我放的。他虽回头说话，却并不停下。小人因大门洞开，不敢追远，遂喝问道：你为何将它放于此处？那人回头应道：我家老爷吩咐我将它送到张相国府上。小人又喝问：你家老爷是谁？他回头应道：我家老爷是吏部侍郎徐老爷。小人料他不敢回来，于是拎起锦袋回禀老爷。”

他的几番“喝问”说得很壮烈，好似击退千军万马。

“是徐子容差人送来的？”汪鋐吃惊，“那人说是徐子容差来的，茂恭先生不会也以为是徐子容差人送来的吧？”

“我正因不知真伪，才要听一听宜之先生的高见。”张孚敬说。

汪鋐思忖着说：“詹子启论劾徐子容一案，皇上命都察院从公勘复。劾之者说有，辩之者说无，二人各执一词，官司尚难结案。却有人奉徐子容之命，行贿茂恭先生，其中怕是有诈。”

“言之有理，”张孚敬道，想了想，又说，“宜之先生奉旨勘复，疑其事无是应该的。可信其事有也是应该的。宜之先生请想，徐子容平素与我疏远得很，今日欲我替他斡旋，难道会堂而皇之差人来行贿？”

“茂恭先生的意思，来人行为诡谲，正可见是徐子容差来的？”汪鋐揣摩他的心思。

“来人未必是徐子容差派，可徐子容差派之人，一定如此行事，”张孚敬说，“我若不声不响地收下他的贿赂，必然为他讲情；我若不肯收下他的贿赂，他也可以矢口否认行贿之事。”

“听茂恭先生所析，我也不由对徐子容多几分怀疑。”汪鋐并不以为这一判断多么有道理，但还是先应付一句。然后又说：“此事太出乎常情，我也不知该信其有，该信其无。”

张孚敬说：“皇上命都察院勘复徐、詹讼案，故今晚之事，我一定要先与宜之先生打个招呼。无论宜之先生信其有，还是信其无，此事我都要奏报朝廷。唯愿宜之先生早日勘实。”

第一百四十四章

前吏部尚书许进六子，长子夭折，二子许诰在众兄弟中如同长兄。老三许讚虽然昔日科第比他早一届，今日职位比他高两级，和他说话时仍是极为恭顺。说高两级，只因许诰以太常寺卿兼国子监祭酒，若只是祭酒，比起许讚的刑部尚书，就要差五级。

“廷美，”许诰唤着许讚的字，质疑道，“詹子启疏劾徐子容一案，皇上指明都察院勘覆，汪宜之都不能肯定诬陷，你怎么就断定是诬陷？”

“詹子启诬陷徐子容，并非我一人断定，”许讚说，“我和静中先生、克谐先生议过几次方才断定，必是诬陷无疑。若詹、徐之案只是意气之争，刑部本不必说话；事涉诬陷，刑部不能不说话。”

他搬出本部左侍郎闻渊、右侍郎朱廷声，为自已辩护。二人中，又着重于朱廷声。朱廷声字克谐，江西进贤人，和许诰同是弘治十二年进士。许讚希望搬出他来，可以消弱二哥的疑惑。

许诰的疑惑果然消去一半。他说：“读书人能进入国子学，很不容易。作为前辈，都该爱惜。再说，当今圣上重视国子学，恨不得国子学每人都成栋梁之材；我等不该太伤圣主之心。廷美，你说是不是这个道理？”

“兄长说的是。皇上恨不得国子学每人都成栋梁之材，我等身为臣子，自然也是希望国子学每人都成栋梁之材，”许讚附和着许诰的说法。“可爱惜归爱惜，法纪归法纪。不知兄长想过没有，宜之先生一向是附和茂恭先生的，这次茂恭先生疏称徐子容行贿，他为何不附言徐子容行贿，却说事有可疑？”

许诰不愿多想，反问道：“你说他为何这次不附和茂恭先生？”

许讚解说道：“此案由詹子启讦告而起。皇上准六部历事监生告发廷臣奸弊，本是件极好的事，吏治正可由此而整顿，奸佞正可由此而扫除。但宵小之徒却借机发难，下僚要挟上官，吏员要挟大臣，市井要挟官府，以至而今之京师，讦告成风。说句不中听的话，前次孙某人诬陷应宁先生，未大力讨伐，朝廷上已增多许多污浊之气；这次詹子启若得逞，讦告之风恐怕再无人可以收拾。宜之先生大约是看到这一点，宁得罪茂恭先生，也是决计不能让詹子启得逞的。”

孙育指杨一清贪赃，十有七八的人以为是栽赃；十有七八的人却没有想到，应该认真追究。许诰属于后一个十有七八的人之内，许讚属于后一个十有七八的人之外，许讚提起这件事，许诰有所醒悟。

“你的话有道理，讦告盛行我也看到，”许诰说，“但想到监生历事，落个身败名裂的下场，总让人心里不舒服。”

“所谓当局者迷，正是指的二哥，”许讚说，“二哥莫把詹子启看作国子学的监生，只把他看作历事的监生，心里又会有什么不舒服？皇上看重国子学，为什么不偏袒詹子启，就因为只把他看作历事的监生。”

“经你开解，我也在想，此案大概可以詹子启讦告徐子容了断，”许诰道，又问，“廷美，徐子容行贿一事，又当如何了断？”

“今时仍是都察院勘复，我想，宜之先生对此也很感棘手。他可以断定詹子启讦告徐子容，总不好断言茂恭先生讦告徐子容；他可以判定詹子启的罪，却未必肯帮徐子容把这件事审理清楚。”

听这几句议论，许诰知道许讚对此事想得很透彻。

“都察院若审理不出结果，当如何？”他问。

“多半要交刑部审理。”许讚答道。

“刑部怎生审理？”许诰又问。

“一日皇上命刑部勘复，我也只能抱定宜之先生的宗旨。”许讚说。

闰六月初七日，皇帝降旨：徐缙法当重治，念日讲旧劳，黜为民。詹棨能奉诏言事，宥其过失。

第一百四十五章

黄昏时，城北的一座院落前，摆着一张矮凳。凳上坐着的汉子右手把壶，左手摇扇，正在纳凉。他身上的长裤短褂，都是质地极佳的绸缎；但又脏又旧，不堪入目。院门大开，一眼瞥去，可以看见院内巨石垒起的假山，主人昔日的辉煌由此可以想见。但石山残缺，已呈败落。

对面走过来一条汉子，身材瘦长，獐头鼠目。他身上的衣袍虽是新缝制的，但用的是一般的布料，和坐在门前的汉子正成鲜明对照。

坐在门前的汉子瞥见走过来的汉子，先是愣神；随即站起身，迎前几步，警觉地问道："老童，你今日来作甚？"

走过来的汉子姓童名源，是军匠籍。但他一向在京城里闲逛，从来也不应卫、所的差事。他双手抱拳，打拱道："见过郭总管。"

被他称作郭总管的汉子单名一个禄字，昔日不曾做过总管，今日更作不了总管。他拍拍童源的肩头，自嘲地说："家里男男女女加起来，不过三五人，也用得着人来总管？老童，你这不是在骂我吗！"

"我可不是骂你，"童源一本正经地说，"不管在别人眼里，你老是什么身份；在我眼里，你老永远是总管。"随后亲切地问，"多日不见贤侄，他该又有长进吧？"

问的是郭禄的独子郭麟。

郭禄嘴一撇："他会有什么长进！还不是今日和张公公喝酒，明日和阎将军出游。"

他的口气里，三分是奚落，七分是得意。姓张的内官太多，当今第一太监也姓张，不知郭麟和哪一个张公公一起喝酒。至于阎将军，一定是锦衣卫带俸指挥阎纪。郭麟和他可以说是莫逆之交。

"今日和张公公喝酒，明日和阎将军出游，这就是长进，"童源道，"我说一句郭总管不爱听的话：论功业，姓张的公公中再不会有人超得过咱家的张公公；可论权势，姓张的公公中已有人超过咱家张公公。能和张公公一起喝酒，还不算长进吗？"

他说的咱家的张公公，是指张永。郭禄是张永之弟张容的家人，童源以为他的话郭禄一定爱听。

不料，郭禄沉下脸来："老童，你愿意的话，可以说是你家的张公公，别说是咱家的张公公。告诉你，这话我不爱听！"

本想讨好郭禄，却惹得郭禄不快。童源虽不知究竟，但也想得出个大概：张永在时，张容得势，郭禄的好处就多；那时说一句咱家的张公公，他肯定爱听。张永一死，张容失势，郭禄没有好处可得；再说咱家的张公公，他爱听才怪！

童源连声应道："是，是。不是咱家的张公公，也不是我家的张公公。他张公公是哪一家，与你我何干！"

"这话我也不爱听，可比你方才那句话，听了要受用些，"郭禄说，他无心再与童源周旋，又问一遍，"老童，你今日来作甚？"

童源嘴向院子里一努，话中带着轻蔑："我今日来找那人。"

那人自然是张容。郭禄追问："你找那人作甚？"

要在平日，童源一准要说"还不是来给爵爷请安"；今日听郭禄的口气，对张容竟是十分不满，他说："还不是来寻他的晦气！也不知他今日在家不在家。"

边说，边向里张望。

"他不在家，还能在哪里！"郭禄极是爽快，道，"你进去找他吧。"

第二层院落的正房敞开着门，张容长裤短褂，右手把壶，左手摇扇，在室内纳凉。瞥见童源，他也先是愣神，随即警觉地问道："老童，你今日来作甚？"

到底主人和家人不同，他用不着起身相迎。

童源双手抱拳，打拱道："特来给爵爷请安。"

"你又不是不知，我早不是什么爵爷了，怎还乱叫！"张容嗔道。

正德年间，因张永的功绩，其兄张富封泰安伯，其弟张容封安定伯。今皇帝即位，有旨：前朝太监张永、魏彬等弟侄冒滥官爵，并依诏书查革。

"我可不是乱叫，"童源一本正经地说，"不管在别人眼里，你老是什么身份；在我眼里，你老永远是爵爷。不管别人来不来给爵爷请安，我一有空闲，总是要来给爵爷请安的。"

张容点点头，自语道："我今日身体不适，对老郭交代过不见客。他越来越没用，连这件小事也办不好。"

童源说："爵爷莫怪老郭。他的确告诉我，爵爷今日不想见客。可他又说：我和别的客人不一样。别的客人只会惹爵爷生气，我却可以引爵爷开心；别的客人爵爷不想见，我却是爵爷第一想见的客人。于是放我进来。我也来得巧，恰逢爵爷贵体欠安。我来陪爵爷说几句话，爵爷一开心，准保万病不上身。爵爷，您说呢？”

张容好不气恼：谁说过这个童源可以引自己开心！谁说过这个童源是自己第一想见的客人！郭禄岂止没用，他简直是故意作对！可对童源这样的市井无赖，又得罪不起。得罪他，日后还不知会惹什么麻烦。

张容只想客客气气把他打发走：“老童，多谢你来看我。过一两日我的病稍有减轻，即着老郭去请你来家里喝酒，你可不许不来。”

“多谢爵爷赐酒。”童源站立不动，双手又是一抱拳。

张容心里道声晦气。童源今日来作甚，难道他会看不出来？还要说请他来家里喝酒。好，他现在就要向你讨酒喝，看你怎样应付吧！

晦气是晦气，还是不能动怒。

张容说：“老童，我家里的情状，你是知道的。别说我不过被封几年名义上的伯爵，就算我真的是贵戚世爵，只有出，没有进，又能维持多久！我一家上上下下的开销，全靠城外的几十亩田产。收成好，日子就宽裕些；收成不好，日子就紧巴些。今年的租子还没收上来，也不知今年的日子是宽裕些，还是紧巴些。但我家里一年不如一年，你是能看出来的。要不，我怎么会撵走看门的老王，使老郭去门前支应呢？实话对你说，不定哪一天，老郭也得走人。老童，你看这样好不好，等今年的租子送进城，你再来找我？我不但请你喝酒，而且，绝不让你空手而回。”

他尽量说得婉转，好像真欠童源的债一样。

童源岂肯罢休！他滔滔不绝地说：“爵爷，你有三处说错。其一，你说只有出，没有进，这话有谁相信？难道每年的租子也是出的，不是进的？其二，你说城外只有几十亩田产，这话有谁相信？谁不知张府的大爷爱钱，二爷爱权，三爷爱田？到头来，爱钱的大爷没钱，爱权的二爷没权，爱田的三爷没田，真是笑煞人。往少说，爵爷在城外的田产几十顷也不止。其三，爵爷是大人物，要言而有信。说赐酒喝，一定要赐酒喝。爵爷贵体不适，可以不相陪；赐酒与我，我自己也会喝的。说赐酒与我，却又推三推四，要等租子送进城，传将出去，岂不被人耻笑！爵爷贵体不适，我也不敢在爵爷面前多耽搁。只要爵爷不被人耻笑，我立刻辞去。”

他伸一手在前，作讨钱状。必要给赏钱，才不被人耻笑，迹似要挟。张容再好的性子，也无法忍受。

“老童，”他冷冷地招呼道，“张某先前有爵位，后来被查革，被不被人耻笑？张某先前有多少田地，自己也记不清；后来仅余几十亩，被不被人耻笑？张某任人耻笑，并不在乎。你若不耻笑我，挨过几日，租子送进城，我沽酒来，与你痛饮。你若和别人一样耻笑我，哼！我既不在乎别人耻笑，也只好任你耻笑！”

张容变脸，开始把童源震慑住。但在京城混得久，什么样的人物没见过，什么样的场面没经历过！他很快又镇定下来。

“我是为爵爷好，谁知爵爷却不领情。只怕府上的事传将出去，不只是被人耻笑，还会招惹祸端，那可就不值得。”他话中有话地说。

“招惹祸端？”张容本要撕破脸皮，撵他出去，听这句话，又改变主意，“老童，何谓‘招惹祸端’，你说说清楚。”

“我倒想给爵爷说说清楚，只怕我也说不清楚，”童源怪腔怪调地说，“我听风水先生讲，张老太监下世，爵爷为他老人家建坟，建得有些不妥。这话爵爷当然听不到，人家风水先生不会当着爵爷的面讲的。不过，爵爷也大可放心，我听风水先生讲起这事，马上问他，是不是对别人讲过。他说没有。他知道爵爷怜惜邻里，和我有些交情，先来和我讲这件事。我嘱咐，千万不要再和别人讲这件事。风水先生很给面子，也应承我。爵爷，别的我不担心，我只担心风水先生一不小心，又和别人去讲这件事。那岂不要招惹祸端？爵爷赐酒，我哪里敢喝，我不过想替爵爷堵住那风水先生的嘴。”

为张永建坟，弄得动静很大，各种议论都有，说坟建得不妥还是轻的。连张容自己也后悔太过张扬。

不过，单为这件事，他是不会给赏钱的。

“老童，除这事，还有什么事会招惹事端？”他不动声色地问。

“那事或与爵爷有关，或与爵爷无关，我却更说不清楚。”童源更加怪腔怪调地说，“宫里有一位小公公，我是怎么认识的，爵爷不必问。我只告诉爵爷，这个小公公当年是侍候张老太监的。小公公如今也不过二十来岁，当年有没有十岁都很难说。别看他年纪小，见到的事情可不少，知道的事情可不少，记住的事情可不少。他对我说，张老太监当年曾得一桩差事，是取宫里的银子，去买金子。银子他取足，金子却没买够，好像是少一千两。买一千两金子需要多少银子，我也计算不清。那一千两金子后来去何处，小公公不知道。他只知道大爷府上后来增添不少珠宝，三爷府上后来增添不少田亩。小公公连声道：这事真怪。我听小公公讲起这事，马上问他，是不是对别人讲过？他说还没有。他知道爵爷体恤下人，和我有些交情，先对我讲这件事。我嘱咐他，千万不要再和别人讲这件事。小公公很给面子，应承了我。爵爷，别的我不担心，我只担心小公公一不小心，又和别人去讲这件事。那岂不要招惹祸端？小公公那张嘴恐怕也要堵一堵才好。”

张容说：“老童，还有谁的嘴要堵，你且一并道来。”

童源不想再说：“就这两个人，就这两件事，祸还不够大吗？”

“若只是这两个人，这两件事，老童不必费心去堵人家的嘴。”张容断然拒绝童源的勒索。

并非这两件事祸还不够大，一来，这两件事早就传进过张容的耳朵里，绝非如童源所言，前一事风水先生只对他讲过，后一事小公公也只对他讲过。既然传播已广，那风水先生的嘴，那小公公的嘴，包括童源的嘴，堵不堵已无所谓。二来，像童源这样的市井无赖，贪得无厌。他既知道这两件事，绝不会要挟索取一次就肯罢休。今日不给他赏钱，他固然要报复；今日给他赏钱，明日不给他赏钱，他还是要报复，而且会加倍报复。

既然如此，还不如今天就断了他要挟索取的念头。

第一百四十六章

童源首告张容一案，皇帝降旨，命刑部鞫讯。

鞫讯前，三位堂官聚于堂上。说起这桩案子，无不觉得心烦起腻。

右侍郎朱廷声首先发起牢骚："人皆道礼部的官不好作，我看，刑部的官更加难作。"

"克谐先生这话怎讲？"闻渊问。

朱廷声说："议礼不成，可继之以刑；鞫讯童源之辈，有礼好讲吗？"

后半句话还没什么，前半句话有点儿可出格。什么叫议礼不成，继之以刑？嘉靖以来大狱，无过会讯张寅。私下有人议论，张寅之狱因议礼而起，但在公开场合，没人敢这样说。皇帝只说与讯群臣借其案以翻议礼的案，可没说要借其案以打击反对议礼的群臣。臣子若作此想，作此言，岂不是对皇帝大不敬！

许讚很机敏，忙把话岔开："虽然克谐先生说的那个'礼'不好讲，另一个'理'却还是可讲的。"

"廷美先生说的可是天理之理？"闻渊问。

"与其说是天理之理，不如说是道理之理。童源首告张容一案，仍可以常理析之，"许讚道，稍顿之后，他说句意味深长的话，"见此案，我不由想起一桩旧案，大有似曾相识之感。"

"可是詹槊之案？"朱廷声问。

"不是，还要早。"许讚说。

"可是孙育之案？"朱廷声又问。

"不是，还要早。"许讚说着，转向闻渊，"静中先生，克谐先生那时不在刑部，你是在刑部的，该记得那桩案子。"

"可是张福讦告张柱杀害其母一案？"闻渊问。

"正是。"许讚点头。

张柱杀张福母一案，发生在嘉靖八年。张柱、张福住在同一小巷，一天，张福直奔位于灯市口以北的东厂外衙门，举告张柱杀害其母。东厂的人到现场查验，证实张母是被人用锦带勒死的，于是逮捕张柱；因是杀人重案，又直接把他解去刑部。刑部主审此案的是郎中魏应召，他鞫讯人犯、人证，知道张福、张柱近年来因事结仇，彼此报复。张柱杀张福之母以泄愤，在情理之中。而张柱又拿不出不曾杀人的证据，魏应召以张柱故意杀人，坐以死罪结案。张柱在大堂上，在牢狱里，不住声地喊冤，不住声地哭泣。但是，如果没有奇迹出现，他注定要死。

奇迹出现：就在张柱狱渐渐被人淡忘的时候，张福的姐姐到宛平县衙，为张柱辩诬。案情重大，宛平县衙略加审理，移至顺天府衙门；顺天府衙门略加审理，移至刑部。所以略加审理即移交，一是因为刑部已经结案，宛平县衙、顺天府衙不好直接上奏；二是因为重犯在秋后要处决，不能再拖延。魏应召得讯，很是吃惊，要是其他人为张柱辩诬，倒无所谓，但为张柱辩诬的是张福的亲姐，他不能不重视。

张福的姐姐关押在顺天府狱，魏应召亲自去顺天府衙提人鞫讯。鞫讯的结果，让人触目惊心。原来张福的母亲不是被张柱杀害的，而是被张福本人杀害的。

确定张柱为凶手的一个主要证据，是勒死张福母亲的锦带，它出自官宦人家，在市井之家是找不到的。而张柱是某大户人家的家人。

张福的姐姐证实：那条锦带确是张柱的，但被张福在事发前盗去。她亲眼看见，母亲死前，张福用它勒死一条狗儿。张福家的院子里有一棵梨树，死狗埋在梨树下。勘查证实，狗儿的确是被锦带勒死的。审讯四邻证实，张柱没有机会把死狗埋在那里。

物证找到，动机也不难找到。张福是个浑人，和张柱争斗不胜，想出这么一个恶毒的主意。他对亲生母亲下得去毒手，也是因为自从和张柱结仇后，母亲曾训诫过他几次，他连母亲也恨上。

魏应召重上张柱狱词，皇帝责他出尔反尔，草菅人命，将他下诏狱。都察院掌院都御史熊浃鞫狱，以魏应召所言奏之，亦被免官。刑科给事中陆粲、刘希简上疏争之，又被下诏狱。

狱案本身，遂不了了之。

听罢案情，朱廷声注意到一个细节。他问："张柱是某大户人家的家人，到底是哪一个大户人家？"

许讚不正面回答，却提到前刑部尚书周伦："伯明先生当年和我议论，称该案有三个罕见。克谐先生可知是哪三个罕见？"

朱廷声只好跟上他的思路，说："亲姐首告亲弟，算一个罕见吧？"

"不错，"许讚道，"伯明先生感慨，事到临头，真正能做到大义灭亲的能有几人！"

“魏郎中自反其狱，也算一个罕见吧？”朱廷声又说。

“不错，”许讚道，“伯明先生感慨，知错而改，魏郎中不愧为大仁大勇者。”

“廷美先生，第三个罕见我想不出。”朱廷声说。

“皇上对该案极是关注，也是一个罕见吧？”许讚道。

皇帝的关注，从对魏应召、熊浃的处分可以明显感觉出来。至于皇帝为什么关注，朱廷声心想，一定和那个大户人家有关。他问过一次那个大户人家，许讚不答，他不好再问。

闻渊好似知道他的心思，在一旁低声说：“克谐先生，那张柱还姓夏。”

一语解惑，不必再问，不必再说。武宗朝的皇后姓夏，其父封庆阳伯，世袭。张柱既姓夏，一定是他府上的人。皇帝对孝宗皇帝的后家、武宗皇帝的后家均有成见，张柱是庆阳伯的家人，他绝不会放过。

第一百四十七章

鞫讯童源一整天，结束后，三位堂官留在大堂上。

“二位看，此案还有可疑之处吗？”许讚问。

“应无可疑之处，”闻渊首先接过话去，“我一看童源，就觉此人心术不正；再一讯问，更觉他的话绝不可信。那年制三宫用宝，因大内所存黄金不精，皇上命张永在外购买。当时我虽不在京师，这件事却是知道的。听说从内承运库取出五千多两银子，购进一千多两黄金，怎么可能一下就少一千两金子？童源显然是听人说起这件事，听的又不确实，就到官府首告。廷美先生请讯当时的管库太监，高明之至。”

皇帝即位之初，张永闲住，后又起用。恰逢皇上的祖母寿安皇太后、孝宗皇后慈寿皇太后、武宗皇后庄肃皇后进徽号，按照制度，印、宝须用金制。皇帝把购买纯金的差事交与张永。

“我也是据理推测，”许讚说，“童源所谓张永与张容等私吞一千两黄金云云，显然是不可信的。但张永奉旨购进一千五百两黄金，实际购入大内的却不足此数，在当时就有传闻。若说童源讦告张容亦有可取之处，那就是正好利用这个机会查清一笔糊涂账。怎样查清呢？只有从管库太监口里才问得出实情。出账多，入账少，管库太监也脱不掉干系。但时隔多年，他尽可以往张永身上一推了事。我料定他会从实招供。果然，他供出有一百两黄金的出入。”

“廷美先生‘讦告’两个字用得很是讲究，”朱廷声说，“既然有一百两黄金、约合三四百两银子的出入，童源原本算不得讦告。而廷美先生却毫不含糊地称童源讦告，请问是何原因？”

“克谐先生问得好，”闻渊附和道，“我也正要向廷美先生请教。”

许讚说：“请教不敢当。我用‘讦告’二字，用得讲究不讲究还不要紧，要紧的是用得恰当不恰当。克谐先生说‘讦告’二字用得很是讲究，可见并非用得很是恰当，甚或用得很不恰当。我却以为，对童源其人，须得用‘讦告’二字。”

朱廷声看看许讚，说：“在下愚笨，还请明示。”

“克谐先生并非愚笨，而是疾恶如仇。”许讚道，“首告有一百两黄金的出入，不算讦告，克谐先生说得对；但有一百两黄金的出入，不是童源的首告，而是管库太监的供词。因此，你可以说管库太监不是讦告，却不能说童源不是讦告。童源首告的出入不是一百两黄金，而是一千两黄金。在克谐先生看来，不管是一百两黄金的出入，还是一千两黄金的出入，皆是损公肥私，皆是恶行，皆可杀也。但一百两黄金的出入和一千两黄金的出入，实则相差甚大。若说有一百两黄金的出入可杀，那么，要杀的人，该杀的人太多。若说有一千两黄金的出入可杀，有一百两黄金的出入尚可宥之，则张永奉旨而行的交易中，有一百两黄金的出入，他不必死，有一千两黄金的出入，他须得死。生死之间，不能说差别不大吧？我称童源讦告，这是第一个原因。”

“廷美先生辩得好，我很服气，”朱廷声说罢，请教，“那么，称童源讦告的第二个原因又是什么？”

“张容说童源要挟索取，童源不能辩驳。要挟索取在先，首告在后，显见是讦告。这是第二个原因。”许讚说。

“童源不能辩驳，我亦不能辩驳。由张永金、银交易一事而言，他果然是讦告，”朱廷声认同之后，又问，“他首告另一事也是讦告吗？”

“以廷美先生的法子推论，自然也是讦告，”闻渊抢先说道，“童源说张容为张永建坟违制。其坟之大，超越制度，这是有的。但说张永之坟有碍皇城龙脉，则属无稽之谈。他供称有碍龙脉是风水先生说的。但请京师几位风水先生看过，请龙虎山来的邵真人看过，都道张永之坟与风水无碍。于是乎，童源又是不能辩驳。”

“静中先生学得好快，用得好快呀。”朱廷声说笑道。

许讚说深一层：“建坟违制，是一种过失，一种处分；有碍龙脉又是一种过失，一种处分。建坟违制，过失小，处分轻；有碍龙脉，过失大，处分重。张容犯的是后者，童源以前者首告，不算他讦告尚可。张容犯的是前者，童源以后者首告，就只好算作讦告。”

“童源讦告，已然铁定。对张容又当如何处置？”朱廷声问。

闻渊说：“张永购金失数，似与张容无关，且时已久远，拟不追究。建坟违制，可诏令损减如式。二位看，如此处置使得使不得？”他又加上一句，“张容早已削爵，对他无须纠缠。”

“静中先生所拟极是。”许讚称许。

“静中先生所拟极是。”朱廷声也称许。

许讃沉吟片刻，发几句议论："我称童源讦告，也是有所感触。詹棨讦告徐子容案发，我对家兄说：京师已然讦告成风，若让詹棨辈得逞，讦告之风恐怕再无人可以收拾。今天我还要说这句话：若让童源辈得逞，讦告之风恐怕再无人可以收拾。我等鞫讯此案，张容是不是受委屈，可以不在乎；止住讦告之风，才是第一要务。"

"廷美先生说的是。"闻渊、朱廷声齐道。

许讃的担心不无道理，不久，他自己也遭讦告，所幸没有到下狱免官的地步。

童源首告张容，经刑部鞫讯结案。童源不服气，请来一个善于舞文弄墨的同郡之人，姓张名雄，为他再写供词，不但告发张容诸不法事，而且告发朝中大臣受收张容贿赂。

被他告发的大臣，许讃名列首位，此外还有：掌院右都御史汪鋐、掌国子监太常寺卿许诰、右佥都御史史道、右春坊右中允廖道南、司礼太监黄锦等，共数十人。

依照惯例，许讃、汪鋐等上疏乞罢。皇帝命三法司会鞫，再次证实童源是讦告。皇帝这才下决心，将童源以累肆渎奏，结党诳诈，张雄以迭造诬词，蔓引害众，俱发极边卫所充军。其所诬构内外官员，悉置不问。

十二、谏者可杀

第一百四十八章

行人司正薛侃闻得彭泽来访，不紧不慢地迎出去。

二人广东同乡，薛侃是潮州揭阳人，彭泽是广州南海人。二人同中正德十二年进士，薛侃是三甲第一百七十一名，彭泽是二甲第九十九名。从名次上看，彭泽的官职在薛侃之上顺理成章；但行人司司正只有正七品，太常寺卿却是正三品，相差如此之大，则不能说是顺理成章。薛侃迎出去不能太快，太快或会被人说成阿谀，说不定也会被彭泽理解为阿谀；又不能太慢，太慢或会被人说成矫饰，说不定也会被彭泽理解为矫饰。不紧不慢恰好符合他的身份。

迎至门前，揖道："天色已晚，想不到仁卿兄大驾光临。"

"听说尚谦兄染恙，特来探视。"彭泽说。

尚谦是薛侃的字。

"我染恙？"薛侃大觉困惑，"仁卿兄听说，为何我却不曾听说？"

这话听来十分可笑，彭泽道："尚谦兄自然是用不着听说的。"

薛侃想想，可不是这个道理！于是让道："仁卿兄，请。"

彭泽与他并肩进院，边走边说："我不但听说尚谦兄染恙，而且听说尚谦兄是积郁成疾。同科如手足，我甚是关切。"

"我积郁成疾？"薛侃更加困惑，"仁卿兄到底是听谁人说的？"

"今日偶遇诚甫先生，我听他说的。"彭泽答道。

二人已走到门前，薛侃已准备请客人入室；听彭泽提到黄宗明，他又突然站定。

"诚甫先生说我染恙，说我积郁成疾？"他问。

"诚甫先生并未肯定尚谦兄积郁成疾。他也是听说尚谦兄染恙，担心会积郁成疾，"彭泽说着，四下看看，显示后面的话非同小可，"他不但担心尚谦兄积郁成疾，而且担心尚谦兄积郁成疾是因他而起。”

“诚甫先生太过多心！”薛侃这才让道，“仁卿兄，请。”

彭泽就座，薛侃亲自为他冲茶。潮州人比广州人更讲究饮茶，茶叶要精品，茶具也要精品。滚水倾入紫壶，不多时，四下飘香。

“好香浓的茶水！好正宗的冲茶功夫！”彭泽把茶盅放回托盘，大赞一句，随即又问，“尚谦兄说诚甫先生多心，是怎么回事？”

薛侃一面向壶里续水，一面说：“这话该我问仁卿兄：诚甫先生为什么担心我积郁成疾？为什么担心我积郁成疾是因他而起？”

“诚甫先生说得含混，不知我理解得对还是不对，”彭泽道，“好像尚谦兄欲上一疏，向诚甫先生请教，却被诚甫先生劝止。”

“一年前的事，诚甫先生还放在心上，这可不像他的为人，”薛侃道，并解释，“我欲上一疏，仁卿兄说得对。诚甫先生说该疏不宜上，仁卿兄也说得对。其实，该不该上疏，我当时拿不准。我向诚甫先生请教，是真心的；诚甫先生教我，也是真心的。如果我身体偶有不适，未见得是积郁成疾；即便是积郁成疾，也不会因上疏之事而起，不会因诚甫先生而起。所以我说，诚甫先生太过多心。”

“果有此事，尚谦兄的疏稿可允拜读？”彭泽请求道。

“一年前的疏稿，不知尚存否。”薛侃的话，明摆着是托词。

“拟就疏稿还要请教诚甫先生，会是寻常的疏稿？不是寻常的疏稿，尚谦兄会不存下？”彭泽追逼之下，说一句，“这也不似尚谦兄的为人。”

推托不掉，薛侃只得说：“仁卿兄一定要读，我去找找。”

为彭泽斟上茶，这才去书房翻找疏稿。彭泽的判断不错，这篇疏稿，薛侃不但存下，而且是特意存下，随手即可拈出。彭泽等些时间，是因为疏稿该不该拿出来，薛侃仍有些犹豫。他手持疏稿出来时，彭泽百无聊赖，正学着他的样子，中规中矩地斟茶。

“侥幸得很，总算找到。”他言不由衷地说。

彭泽不管他是真话还是假话，接过疏稿，诵读出声：

祖宗分封宗室，留亲王一人在京司香，呼为守城王。有事或为居守，或代行礼。正德初，逆瑾怀异，尽行出封。乞查旧典，于亲藩中择其亲而贤者，迎取一人，入京为守城王，选端人正士为辅导。他日东宫诞生，其为辅王，亦不可缺。如有以次皇子，则仍出封大国。

疏稿仅寥寥数言，彭泽读罢，他既不说宜上，也不说不宜上，而是说一句别有深意的话：“难怪诚甫先生要说，尚谦兄若积郁成疾，或因他而起。”

薛侃满腹狐疑地盯着他看一阵，说道：“仁卿兄有话，请明言。”

彭泽说：“先天下之忧而忧，是我辈读书人的本色，尚谦兄一向以此自励。我皇上登极十载，尚无子嗣，是天下第一等大事。想不到这一层，自不必说；既然想到这一层，且拟就奏疏，却没有呈进，等于积压一块心病。尚谦兄无恙则罢，不曾积郁成疾则罢，若是有恙，若是积郁成疾，定是因诚甫先生而起。”

“想不到这一层，自不必说”听似赘语，实则不可少。不说在前面，他会很难堪。薛侃问：“仁卿兄为何不上一疏？”

“仁卿兄的意思，此疏该上？”薛侃总算听明白。

“该不该上疏，尚谦兄自有主张，我只是据理推说，”彭泽道，见薛侃犹犹豫豫，似乎仍无主张，他说，“诚甫先生以为该疏不宜上，也有道理。皇上讳言的事，尚谦兄不讳之，说不定要引起雷霆之怒。尚谦兄又不是言官，此事还是留待不怕死的言官去议论吧。”

相激胜过相邀。薛侃睁大双眼，怒道：“仁卿兄说我怕死吗！”

彭泽将头一昂，故意不看他：“不怕死的人，又不是被别人一说，就变得怕死；怕死的人，也不是自家一说，别人就相信他不怕死。尚谦兄何必在乎我怎样说！”

他的话阴不阴，阳不阳，让人不舒服。

“既然我不必在乎仁卿兄怎说，仁卿兄也不必再说！”薛侃止住彭泽。“仁卿兄说我自有主张，我当然自有主张！”

第一百四十九章

彭泽离开薛侃家，径直奔张孚敬府第。被让进内室，不等张孚敬询问，他深作一揖，道："在下给茂恭先生贺喜。"

"给我贺喜？"张孚敬上下打量着他。"我看，不像是我有喜事，倒像是你有喜事。来，仁卿先生且请坐下，把你的喜事慢慢道来。"

彭泽抑制不住心头的喜悦，一坐下，就没头没脑地问道："茂恭先生最大的心愿，是不是有人做错事？"

"那要看做错事的是何人。"张孚敬说。

"就算做错事的是仇家吧。"彭泽道。

"那要看是何等仇家。"张孚敬说。

"就算是不共戴天的仇家吧。"彭泽道。

"那要看他做的是何错事。"张孚敬说。

"就算自取死道的错事吧。"彭泽道。

"好，说来听听。"张孚敬一直兴致不高，听到这里，兴致略增。

彭泽不慌不忙把薛侃一年前要上疏又未上疏的故事，以及薛侃疏稿的内容讲述一遍。讲述过后，问道："茂恭先生，如何？"

张孚敬细细品咂，不但品咂故事的本身，还品咂彭泽讲述时的语气。

"事是自取死道的错事，人却不是不共戴天的仇家。"他慢慢地说。

"茂恭先生在说薛尚谦吗？"听彭泽的语气，张孚敬好像没说对人。

"难道仁卿先生说的不是薛尚谦？"张孚敬反问。

"我说的自然不是薛尚谦。"彭泽道。

"那么，你是说，薛尚谦背后另有其人？"张孚敬品出味道。

"茂恭先生高明之至。"彭泽乘机奉承。

"其人不会是黄诚甫吧？"张孚敬自己也觉这个想法好笑。"当年在南京刑部，诚甫先生与我同心同德，两下无猜，我对他是何等敬重！近年来，他对我虽有些疏远，也不至于结成仇家。”

“茂恭先生说的是。诚甫先生与茂恭先生共过患难，怎会结成仇家！”彭泽一语双关地说，“夏日方尽，即得薛疏，真可谓天赐良机。”

原来在说夏言！七月初，京师仍然暑气逼人。但从节气来说，已经立秋，晚间不时有凉风送爽。彭泽一说，张孚敬顿有凉风送爽的感觉。

他嫉恨夏言，可说是毫无道理，也可以说甚有道理。夏言并非礼臣，却对议礼有着莫大的热忱，这一点，就足以使张孚敬对他放心不下。几年来，至少有两三次，张孚敬和夏言在议礼时持议不同，而皇帝都是取夏言之议，这一点，更加使张孚敬对他放心不下。二人的身份仍然相去甚远，张孚敬不得不保持大臣的气度，对夏言的议礼，对皇帝的取舍，表现出不以为意的姿态。但和他关系亲密的官员都知道，他无一日不想除去夏言。在夏言肆意议礼之前，这或许很容易办到；在夏言开始议礼，而皇帝还没有留意他之前，这或许也很容易办到；挨到今天，除非有合适的机遇，却不容易办到。

彭泽当然也知道，张孚敬无日不想除去夏言。他或比其他与张孚敬亲近的官员，更刻意钻营除去夏言的机会。这个机会终于被他找到。

薛侃上疏，无疑会激怒皇帝，遭到严惩。夏言指使薛侃上疏，无疑会激怒皇帝，遭到严惩。除去夏言，这是一个极好的机会。

但薛侃上疏，是不是另有其人且不说；即使另有其人，怎么能把其人就坐实为夏言？

不错，夏言与薛侃同科，可以算作一个理由。但这个理由太牵强。薛侃的同科并非夏言一人，彭泽也是薛侃的同科。不能因此断定，薛侃上疏是受彭泽指使吧？

不错，夏言热中议礼，他升至现在的少詹事的职位，完全得益于议礼。但薛侃同科中热中议礼的并非夏言一人，彭泽也热中议礼，而且比夏言更早就热中议礼。不能因此断定，薛侃上疏是受彭泽指使吧？

那么，为什么薛侃上疏，就是受夏言指使呢？

张孚敬不能不问：“薛尚谦上疏，仁卿先生有几成把握？”

“薛尚谦重信诺，七成把握总是有的。”彭泽说。

这一问其实不重要，重要的是下一问：“薛尚卿上疏后，牵连上另一人，仁卿先生有几成把握？”

“也是七成把握吧。”彭泽这次说的不那么肯定。

张孚敬斟酌其事：“七成把握，不足以成大事；况且，有没有七成把握，仁卿先生也无法肯定吧？”

彭泽却有信心：“七成把握是少些，但只要茂恭先生肯相助，薛尚谦上疏，及上疏后牵连另一人，将有九成把握。”

“仁卿先生要我做什么？”张孚敬询问时自己已想到答案，“是不是要我把他二人勾结上疏的始末，说与皇上？”

这件事不去做，牵连夏言只是句空话；而要说得皇上相信，除张孚敬，再也没人能做到。

“茂恭先生高明之至！”彭泽不仅设计由张孚敬出面取信皇帝，而且设计出取信皇帝的细节，“我将薛尚谦的疏稿抄录一份与茂恭先生，茂恭先生进言时可将抄录的疏稿一并呈进。那时，不但我会促薛尚谦上疏，皇上大概也要逼他上疏。”

“如此更好。”张孚敬以为可行。有抄录的疏稿在手，薛侃即使不上疏，也不妨。

商议妥当，彭泽起身告辞。张孚敬格外给面子，直送到门外。

“我与仁卿先生谋而后动，仁卿先生为何也只说有九成把握，而不说有十成把握？”他问。

“谋事在人，成事在天，总该留一成给上苍吧？”彭泽呵呵一笑，与主人告别。

第一百五十章

皇帝手里拿着两本奏疏：一疏，陕西巡抚、巡按等官论劾该处镇守太监张绅贪肆；一疏，四川巡按官弹劾该处镇太监萧通贪肆。

把奏疏读两遍，皇帝忽然问在一旁侍奉的张佐："召回山西镇守太监周缙是在上月吧？"

"回爷的话，召回周缙是在六月。"张佐答道。

今年闰的六月，皇帝说在上月不对，应是上上月。那时，也因山西官员弹劾，皇帝命取回治罪。

见皇帝无话，张佐补充说："召回周缙后，司礼监拟上三位公公，请爷选补。爷谕暂且不补。"

太监的任用，特别是镇守太监等重要职位的任用，和外廷大臣的任用一样，要列出数人，由皇帝圈点。

皇帝点点头，说："朕改主意。"

张佐以为皇帝又要选补，应道："奴才还记得三位公公的姓名。"

皇帝摇头，表示不是要那三人的姓名。

"爷要司礼监重新拟定候选的公公吗？"张佐问。

"朕改主意，不是山西镇守太监不补，而是山西镇守太监不设，"皇帝的口气一下变得严厉起来，"张绅、萧通也照此办理，一并召回。陕西、四川镇守太监亦革去不设。"

皇帝定下的事情，张佐不敢再议。好在皇帝定得快，没有细读细想陕西、四川送入的奏疏，否则，二疏涉及的宫内太监也会被治罪。

张佐恨不得皇帝的注意力马上转移到其他方面。他提醒说："爷，今日还有薛侃的奏疏。"

皇帝自己取过薛侃的奏疏来读。

张佐想：薛侃恐怕要触大霉头。皇子事为万岁爷大忌，薛侃妄言之，这是第一；

万岁爷好似早知薛侃要上此疏，等待多日，这是第二；今日一来，他便奏道，有薛侃的奏疏，万岁爷却置于一旁，不理不睬，等到最后才读，这是第三。

皇帝手一扬，将薛侃的奏疏投掷于地。张佐见皇帝脸色大变，不敢去拾。他垂手而立，听皇帝有什么旨意。皇帝嘴张两下，没出声，却伸出手来。张佐稍稍一愣，立即醒悟，拾起薛侃奏疏，呈递上去。

皇帝再读一遍，自语道："果如张先生密疏所言。"

这两日，张孚敬连上两道密疏，连张佐也不知内容。听皇帝这句话，才想到是和薛侃的奏疏有关；当然，张佐只是乱想，不敢请皇帝证实。

"张佐，"皇帝忽然问道，"你可听过守城王的称呼？"

"奴才没听过。"张佐答道。

宫中所存典籍，他不可能全部读过。在他读过的典籍中，未见有守城王的记载。倒是年老的公公，在说古的时候，会不经意地提起守城王之类的称呼。盘问他们，也不知这个称呼起于哪朝，哪位皇爷用过这个称呼。张佐读薛侃的奏疏时，也觉得奇怪：外朝大臣怎么用起传之于内臣之口的称呼？

"说什么祖宗分封宗室，留亲王一人在京司香，呼为守城王。又说什么列圣相承，莫之或改。全是一派胡言！"皇帝恨恨地说，"张佐，依照我《大明律》，妄造祖宗典制，该治何罪？"

张佐也不知该治何罪，甚至不知《大明律》及以后的律、例中有没有妄造祖宗典制一款。

"该治重罪。"他含混地说。

皇帝道："张佐，你去传旨，命法司会文武大臣及科、道官于午门前会讯。一定要勘实，薛侃是何居心；一定要勘实，守城王的旧典载于哪一朝的宝训；一定要勘实，他受何人指使，他与哪一府的亲王交通！"

第一百五十一章

自会讯张寅狱案后，午门前的会讯已多年没有举行。

刑部尚书许讃、掌院右都御史汪鋐、大理寺卿周期雍主审。他们先到一步，简单议论几句。随后三法司的佐卿、属官，各衙门的堂官、佐官，各道御史，各科给事中，陆续到来。随后各部尚书陆续到来。随后内阁大臣张孚敬、翟銮，司礼太监张佐一起到来。各官依序就座，约百人。

锦衣卫校尉解来薛侃，只见他头发散乱，袍服沾血，走起来一拐一拐，显然在狱中已用过刑。

许讃简略开场："薛侃，今日是奉旨鞫讯，在座各官问你的话，你要据实而答，不得有半点虚假。你可听明白？"

"狱里问话，我都据实而答；各位大人只是问话，我自然据实而答。"薛侃说。

他话中有话：狱里问话的是锦衣卫官，和他不是同类；今日问话的是朝廷百官，和他是一样的身份。这是一层意思。狱里不只是问话，还要动刑；今日在百官面前，大概不会动刑。这又是一层意思。不管哪一层意思，他都会实话实说。

"你据实而答就好，"汪鋐道，"我来问你：你欲于亲藩中迎取守城王，是何居心？"

皇帝要勘实三件事，汪鋐上来就追究薛侃的居心。

薛侃答道："除爱惜皇上、维护社稷的忠心外，别无居心。"

"皇上春秋鼎盛，迎取守城王，乃暗含赌咒。这也是爱惜皇上吗？我朝并无亲王司香守城之制度，你议迎取守城王，乃变乱祖宗制度。这也是维护社稷吗？"汪鋐斥道，"你说你是爱惜皇上、维护社稷的忠心，我看你是大奸似忠，包藏祸心！"

"大奸似忠吗？"张孚敬在一旁插话，"我看不出有似忠之处。"

"不错，连似忠之处也没有，还谈什么忠心！"汪鋐改口。

薛侃辩道："我绝无暗含赌咒之意。疏中明明白白写着：他日东宫诞生，其为辅王，亦不可缺。如有次皇子，则仍出封大国。我不但期盼东宫早日诞生，而且期盼皇子广出。是不是大奸似忠，或似忠之处也没有，我不辩；但汪大人以暗含赌咒、包藏祸心罪我，我不能领受。”

“说你包藏祸心，恐怕你也不能辩！”汪鋐道，“你说逆瑾怀异，守城王遂并出封，说的是荣王之国吧？首先，荣王并非守城王。荣藩封于弘治四年，未即至封国，只因年幼。正德二年，荣王十余岁，应赴藩国，与逆瑾无关。其次，荣王若不该至藩国，武宗毅皇帝宾天之际，是个什么局面，你自己去想一想吧！”

最后一句话，别说薛侃听后吓一跳，在座各官听后无不吓一跳。荣王是宪宗皇帝第十三子，于武宗毅皇帝和当今皇帝为叔父辈，就如太宗文皇帝于建文帝为叔父辈一样。果如薛侃所言，他留在京师作守城王而不就藩，武宗毅皇帝宾天后，即位的是不是当今皇帝，就很难说。即使仍是当今皇帝即位，卧榻之侧有一位皇叔监国，以后的局面也很难预料。开始时不理解薛侃奏疏严重性的官员，逐渐理解；开始时不理解皇帝为何大动肝火，竟命廷讯薛侃的官员，逐渐理解。正因为有所理解，一时寂然无声，没有人指责薛侃，也没有人为薛侃申辩。

“我举正德初年事例，只为证实改守城王之制，出自逆瑾，并无其他居心。”薛侃说。相对于汪鋐尖锐的问题，他的辩解实在苍白无力。

“谁知你是为证实逆瑾之非，还是别有居心！”汪鋐以荣王之国事例讯问薛侃的居心，十分成功。他将身子向后一靠，不再多问。

“不论你有没有其他居心，举正德初年的事例都错。我朝并无亲王司香守城之制度，”周期雍先概括前一事，再问第二事，“我再问你：你请皇上查覆旧典，倒是说说看，守城王的事例曾见于我朝哪一朝宝训，守城王的称呼曾见于我朝哪一种典籍？”

薛侃拟疏时，心思一动，想起读书时曾读到守城王三个字，于是随笔写上，并随笔把设立守城王当作本朝的制度。其实，这个称呼究竟出于何典，究竟出于本朝典籍还是出于前朝典籍，究竟出于典籍还是出于野史笔记，他也说不清楚。上疏后，他就隐约觉得，守城王的典故用得不妥；他就一直在苦苦思索，这个掌故是在哪本书里看到的。想来想去，想不出眉目，干脆不想。那时倒是想过，追究起来，认罪就是。

“周大人问起这事，我好生愧疚。当初拟稿时，守城王的事例似有出处，但究竟出于哪一朝宝训，究竟出于哪一种典籍，我现在也记不清楚。用典不慎的罪责，我甘心领受。”薛侃认罪的态度还算诚恳。

“既然似有出处，你还要用心去想。守城王的出处，不是我等在追究，而是皇上在追究。你既用该典，早晚要对皇上作一交代。”周期雍与其说在鞫讯，不如说在循循诱导。他上一月，才由顺天巡抚召为大理寺卿，还不习惯众官会讯的方式。

汪鋐颇觉不平。他讯问时，薛侃百般狡辩，不肯领受；周期雍讯问，薛侃却给自己加个罪责，痛痛快快地领受。

“用典不慎？”他冷笑一声，尖利地说，“仅是用典不慎，皇上会命廷讯吗？我朝本无守城王事典，你说守城王是祖宗制度，此乃欺君之罪。你不知守城王事例出于哪一朝宝训，守城王称呼出于哪一种典籍，却请皇上查覆旧典，此乃戏君之罪。你的罪责绝非用典不慎，而是欺君、戏君！”

薛侃知道，不会有人出面替他申辩，他自己也无从申辩。他沮丧地说：“汪大人若责我用典不慎是欺君、戏君，我也只得领受。”

全场沉寂，轮到许讚问话：“薛侃，你拟此疏，可曾与人计议？”

他问拟疏时可曾与人计议，不问上疏时可曾与人计议，可谓十分明智。皇帝要追究指使者，只有拟疏时与他计议的人，才可能是指使者。

“我独自拟疏，并未与人计议。”薛侃答得坦然。

“所谓与人计议，不一定是与同乡、同科、同僚计议，与百官之外的人计议，也包括在其中。”许讚说。

这一开导似拙实巧。皇帝要勘实，薛侃是否与藩王交通；廷讯时总不能问他，是否受藩王指使。这样问，说轻些，是不妥；说重的话，是在皇帝和宗藩之间挑唆。

薛侃答：“我独自拟疏，并未与何人计议，既未与同乡、同科、同僚计议，也未与百官之外的人计议。”

许讚问得巧，薛侃答得实，这一事本可顺利问过去。不想节外生枝，三品官的席位上站起一人，正是彭泽。他一步一步向薛侃走近，薛侃的心怦然一动，不知他会说些什么。

“这话恐怕不实，”彭泽说，“尚谦兄，你曾告我，曾与人计议。”

薛侃想，难道彭泽要把黄宗明供出？但许讚问的是拟疏时可曾与人计议，根本无须把黄宗明供出。

他说：“许尚书问我拟疏时可曾与何人计议。彭大人，我拟疏时并未与何人计议。”

“不对，你曾告我，拟疏时与人计议过，怎么自己反而忘记？”薛侃着重于“拟疏”二字，彭泽也着重于“拟疏”二字。

“我曾告你，拟疏时与人计议过？”彭泽这么肯定，把薛侃也弄糊涂。他问：“彭大人，我曾与哪一位计议过？”

“你忘记，我只好代你说，”彭泽道，“你不是告我，拟疏时与夏言夏公谨计议过，而且是出于夏公谨的授意吗？”

四下里一阵喧哗。夏言愤然而起，被坐在他后面的户科左给事中孙应奎拉一把，复又坐下。孙应奎是正德十六年进士，也曾任兵科给事中，与夏言同衙，相处不错。

“公谨先生且听下去。”他低声说。

“原来我曾告彭大人，拟疏时与夏大人计议过！”薛侃总算懂得彭泽促他上疏的本意，反而平静下来，他冷冷一笑，说，“许大人，我拟疏时不曾与何人计议，但上疏时却曾与人计议过。”

听这话，四下里又静下来。许讃本不想问他，上疏时可曾与何人计议，但他主动提及，又不能阻拦。

“你上疏时曾与何人计议，如何计议，且说来听。”许讃道。

薛侃这边望望，那边望望，目光落在谁的身上，谁的心就要怦然跳动。最后，他的目光落在离他最近的彭泽身上。

“我拟疏时不曾与何人计议，上疏时却曾与彭大人计议，彭大人难道已不记得？”他说。

“你——”彭泽很难及时做出反应。

喧哗声又起，不等声音落定，薛侃又说，“彭大人不但指使我上疏，而且对我说，张少保亦谓此乃国家大事，当从中赞成之，彭大人难道也忘记不成？彭大人说自家指使，或张少保指使，则可；说夏大人指使，却不知是何道理？”

语惊四下，有人“咦”一声，意思是：怎会如此？有人“唉”一声，意思是：原来如此。没有人敢起而附和薛侃，也没有人马上想起喝止。

彭泽发急，连连跺脚：“薛尚谦，你怎敢诬陷我，怎敢诬陷张少保！”

“我并非诬陷彭大人和张少保，我是据实而答，”薛侃沉着地说，“许尚书命我据实而答，我既应允据实而答，则绝不反悔。今日在各位大人面前据实而答，明日在诏狱据实而答，后日在圣上面前，也是据实而答；今日做人据实而答，明日做鬼也是据实而答。”

视诏狱若等闲，视死如归，薛侃的气势震慑住一部分官员，吸引了一部分官员。不过，仍然没人敢附和他，也没人想起喝止。

“宜之先生，汝和先生，当如何处置？”许讃低声问汪鋐、周期雍。

周期雍字汝和，是江西宁州人，正德三年进士。

他只来得及说一句话：“我看，薛尚谦之言，当作笔录。”

汪鋐已攘臂而起，冲向前去，怒声喝道：“薛尚谦，你诬陷张少保，是罪上加罪！你说你拟疏时，不曾与何人计议。可我知道，你拟疏时曾经与人计议，这个人就是夏公谨。你说你上疏时，受张少保指使。可我知道，你上疏时，不是受张少保指使，是受夏公谨指使。你拟疏时如何与夏公谨计议，上疏时如何受夏公谨指使，须得据实而答！”

那厢夏言按捺不住，厉声言道：“汪宜之，这里是会讯薛尚谦，还是会讯你？薛尚谦说，指使他上疏的是张少保，你没听到吗！薛尚谦说不曾与我计议，你偏说他曾与我计议；薛尚谦说张少保指使他上疏，你偏说张少保不曾指使他上疏。作人走卒，也不是这样的做法！”

“夏公谨，你说清楚，谁在做人走卒！”汪鋐说着，转向张孚敬乞援，“茂恭先生，你可听到，他说我做你的走卒！”

詹荣诬陷徐缙一案，汪鋐没有附和张孚敬，二人之间一直有些别扭。他今天出力地讯问薛侃，又出力地为张孚敬辩白，是一种示好的姿态。

“我说你做人走卒又怎样？我不但说你做人走卒，你若敢走近，我还要殴你这走卒！”夏言挥动拳头，不是离得较远，真要与他殴斗。

张孚敬想置身事外已无可能。他站起身来，刚要开口，坐在他后面的孙应奎和户科给事中曹汴绕到前面，拦住他。

孙应奎揖道：“茂恭先生，薛尚谦的供词涉及你，你不便介入争辩。”

曹汴揖道：“薛尚谦的供词涉及茂恭先生，茂恭先生理应回避。”

二人恶作剧一样，一面好言相劝，一面拥他离去。他挣扎不开，只得任二人摆布。

午门前乱成一团，会讯无法继续。许讃、汪鋐、周期雍与张佐略事商议，决定暂且停止会讯，待奏明皇帝，再作处置。

张孚敬趋至内阁，立即草疏，叙述午门前会讯情状。皇帝一面命将夏言、孙应奎、曹汴三人下狱，一面命武定侯郭勋、大学士翟銮、司礼太监张佐会五军都督府、六部、九卿、科道、锦衣卫官用刑鞫于廷。与前次不同者，一是明旨用刑于廷，二是命张孚敬不与其事。不知是不是因为薛侃供词牵涉到他，故要他回避。

皇帝阅罢廷鞫奏议，伤感多于愤慨，连声说：“张孚敬负朕！”

奏议称：第一，薛侃上疏实出己意；第二，所引夏言，为彭泽诬陷附会；第三，辅臣欲借此案中伤夏言。

奏议的处置：彭泽宜重治；薛侃性本猖狂，心尤险诈，摇惑人心，妄生异议，并宜重处。对张孚敬的处置，奏议不置一言，而皇帝最先想到的却是张孚敬。

因有嘉靖八年旋罢旋召的事例，皇帝伤感也罢，愤慨也罢，张佐都不作声。与议众官中，不乏怨恨张孚敬之人。他们都不敢议及，何况是他！

“张佐，张孚敬的两道秘疏，你为朕找出来，”皇帝命道，“明日早朝，朕要将其出示群臣。他既负朕，朕决计不再偏袒他。”

张孚敬的两道秘疏，一是秘进所抄录的薛侃奏疏，二是秘奏薛侃奏疏出于夏言授意。皇帝把两道秘疏公之于群臣，无疑是要群臣起而弹劾，才好对他作出处置。

“奴才遵旨。”张佐应道。

皇帝又说：“夏言下狱，并非因他午门前滋事，而是因张孚敬的秘疏。今是非既定，彭泽造谗，汪鋐党恶，诚如夏言所言，可将其释回。”

“是，奴才这就去传旨。”张佐道。

张孚敬秘疏被出示，御史谭缵、端廷赦、唐愈等纷纷上疏。

七月初九日，皇帝敕谕三法司：

> 薛侃以猖狂之性，发不讳之言。据其言，似忠谋远虑；原其心，实怀欺国，忍于言君终无建嗣之期。妄生异议，致生事端，法当重处，以杜祸源。法司拟罪来看。彭泽质非才用，性本无良，小人狡诈之资，奸邪谲诡之品。往来构祸，搬弄是非。致使薛侃招称有干宗室，伤朕亲亲之情；俾辅臣攻击，害朕君臣之义。罪犯甚重，法当处死，姑从宽宥，发边远地面充军。辅臣张孚敬，初以建议大礼，朕特不次进用。既而被人弹劾，有旨令其自改。却乃不慎于思，固悛于性。朕以心腹是托，奚止股肱而已。望以伊、傅之佐，岂唯待遇是隆！乃昧休休有容之量，化戚戚妒忌之心。殊非朕所倚赖。专于忌恶；甚失丞弼之任，难以优从。着致仕去。夏言既于斯事无干，不应拍案控鸣，匪徒失仪，亦涉争报。朕念其被害所激，故特赦而不问。孙应奎、曹汴职在纠举，岂责彼言！但其时事未明白，遽斥辅臣，迹涉回护。故朕并令拿问。今念尔言官，亦从赦放。

法司拟彭泽发山西行都司充军，薛侃纳赎为民。彭泽为朝中许多人不齿，他被发戍，可说是大快人心。薛侃守城王之议，荒诞无稽，得以不死，皇帝对他实在是很宽容，也有不少人为他庆贺。

第一百五十二章

张孚敬到得南京时，正好是八月十五。两年前第一次去官，内阁有杨一清，张孚敬唯恐去而不返，故行之悠悠，一步三回首。果然，行至通州，被皇帝召回。这次他真的想看一看故乡的山水，唯恐皇帝召之太速，故离京后行之疾速，一日三挥鞭。赶十余日路，才慢下来。一快一慢，从京师到南京，走了整整一个月。

除南京礼部尚书一职暂缺，南京吏部尚书刘龙、南京户部尚书秦金、南京兵部尚书王廷相、南京刑部尚书周伦、南京工部尚书何诏、南京都察院掌院右都御史万镗、南京粮储总督毛思义、应天巡抚陈轼等约齐，一起去馆驿看望张孚敬。他们多在朝廷任过事，有人还在朝廷任过尚书之职，如秦金、周伦等。无论张孚敬为何免官，他途经南京，这些人前来看望看望，略尽地主之谊，都是应该的。

馆驿中自然把最大的客房让与张孚敬用。来的都是南京的高官，不用招呼，差役们就忙着送上茶水。

待每人面前都有了茶，张孚敬说："我是隐退山林，不是巡视南京，诸位待我这样客气，令我在南京不敢留住。"

"幸亏茂恭先生是隐退山林，若是巡视南京，我等只好一个一个被茂恭先生召来说话，怎敢一起拥至！"刘龙说。

他嘉靖七年改官南京，先任礼部尚书，后任吏部尚书。南京的吏部尚书不像朝廷的吏部尚书，高出各部尚书半头，但既掌吏部，他不先开口，别人也不好开口。他在朝廷任礼部侍郎时，因议礼不合，很看不上张孚敬，私下里从无来往。后来听说，张孚敬议礼，能坚持己见，并非事事附和，对他倒有几分敬意。

周伦与刘龙同年，说笑道："舜卿兄怕什么！茂恭先生若是巡视南京，第一个要召见的就是舜卿兄。我等即使一起拥至，也是舜卿兄先进来说话，我等在外面苦苦等候。舜卿兄话又多，我等不知要等到何时。所以应该是我等说，幸亏茂恭先生是退隐山林。舜卿兄，应该我等说的话，就让我等说，无须你代言。"

周伦的诙谐在于他的啰唆，众人无不发笑，连刘龙也笑出声来。

笑声稍住，万镗道:“舜卿先生，伯明先生，你二位都错。茂恭先生说退隐山林，二位怎么也跟着说退隐山林？二位请想，就算茂恭先生欲退隐山林，朝廷怎会让他退隐山林？”

“仕鸣先生，错的不是他二人，是你，”张孚敬苦涩地摇着头说，“这次就是朝廷让我退隐山林的。”

“朝廷让茂恭先生退隐山林？”万镗好像仍不相信，“茂恭先生，那么是你错。朝廷只是让你致仕，并未让你退隐山林。皇上不过体恤茂恭先生怀念家乡之情，放茂恭先生回乡看一看。”

有第一次召回就有第二次召回，这是许多人的想法。

“仕鸣先生真是善解人意呀。”张孚敬笑着说。

所谓善解人意，既可理解为善解他意，也可理解为善解皇帝之意。

秦金说:“茂恭先生不经南京，我等无奈，总不能倾城而去镇江迎候吧？既经南京，我等拟公请茂恭先生喝一次酒，是众人凑的份子，不是用的公款。还望茂恭先生给我等这个面子。”

他在众人中科第最先，由他出面代大家相邀，最为恰当。

“诸位盛情，我心领，”张孚敬说，“国声先生知道，在朝廷时，我已戒酒。皇上赐酒，我也从不饮过三盅。诸位请我喝酒，只喝三盅，有什么趣味？若过三盅，我怎么对皇上交代？我看，酒不必喝；诸位来看我，陪我说几句话，我就感激不尽。”

宾主之间，并无特别的交情，众人来看他，公请他，都是面子上的事，他既然不允，而且有冠冕堂皇的理由，众人不再勉强。不过，他既然希望众人陪他说一说话，也没人好意思立即告辞。

“仕鸣先生，”张孚敬问万镗，“你赣省可有什么要紧的消息？”

专问江西的消息，不但万镗意外，众人都有些意外。仔细一想，江西并无特别要紧的消息，他问的一定是桂萼的病情。这使万镗和众人更加感到意外。问得虽然不经意，万镗却很作难。第一个难处，是说不说桂萼的病情？第二个难处，是怎样说桂萼的病情？张、桂关系不同于一般，张、桂今年的关系又不同于以往，你说该怎样说？

万镗觉得还是要说，要如实地说。

“茂恭先生是问子实先生吧？”他以这句话开场，“不久之前，重器兄去饶州府视事，顺便去安仁拜晤子实先生。据重器兄说，子实先生面黄枯瘦，几无人形。因是私访，不是奉旨探视，重器兄不能久留，不好多说。辞别后，他私下打听，为子实先生诊治者是赣省一位名医。据其所言，子实先生能熬过中秋之夜，已是大幸。这些都是重器兄函告我的。”

重器是江西巡抚胡琏的字，他也是弘治十八年的进士。

因是转述他人之函，万镗尽量把来龙去脉讲清楚。

但还是没讲清楚。张孚敬问：“是今年的中秋之夜吗？”

万镗心想，这是无须赘言的呀。他答道：“是今年的中秋之夜。”

“仕鸣先生不要怪我啰唆，我问你是有道理的，”张孚敬不急着讲他的道理，却突然问，“仕鸣先生在京，与白云观的王道长过从甚密吧？”

“是，”万镗应道，“他为修建白云观山墙，去顺天府衙找过我。”

万镗改官南京前，曾任顺天府尹。

张孚敬又问：“仕鸣先生离京后，可曾听过这位王道长的故事？”

“不曾再听说。”万镗道。

“那好，我给你讲一段王道长的故事新编。”张孚敬环视众人，是想众人都用心听，“嘉靖八年八月十日前的一天，子实先生和王道长一起饮酒。子实先生请王道长为他卜算前程。王道长三番两次地推却，子实先生不允。王道长无奈，说道：你官作不过八月十五，命活得过八月十五。果然，那年的八月十三日，子实先生和我一起被免官。王道长的前半句话算是应验。可那一年的八月十五，子实先生是在京师过的，安然无恙。第二年的八月十五，又是在京师过的，又是安然无恙。你知我听到这段故事是怎样想的？我想：王道长这一卦卜得好，年年有八月十五，子实先生年年的八月十五都活得过，定是长寿之人。所以，今日又听说八月十五，我要向你问个清楚。”

这段故事饶有趣味，万镗说：“原来子实先生的寿数，早已卜出。”

不管对桂萼怀有多深成见，说到生死各有定数，众人嗟叹不已。

沉默片刻，张孚敬问：“仕鸣先生，重器先生还写了些别的吧？”

“茂恭先生怎知？”万镗被他一问，大为惊诧。

“我若退隐山林，是一定有话要对来客说的，”张孚敬的解释再简单不过，“子实先生和我有相通之处，皆以国事为重。安仁县城，去一位巡抚都御史不容易。子实先生一定要向他打探朝廷之事，也一定有许多肺腑之言要对他说。”

“茂恭先生真是料事如神！”万镗赞叹道，“不过，子实先生对重器兄说些什么肺腑之言，茂恭先生就未必知道，未必猜得出。”

毛思义一直在静听，这时插话说：“茂恭先生若猜出，仕鸣先生岂不为难？仕鸣先生还是自己说吧，免得为难。”

毛思义字继贤，山东阳信人，是弘治十五年进士。

“我总说山东人性急，如何？”万镗道。“果是继贤先生先等不及。”

“河南人也性急，仕鸣先生说还是不说？”王廷相也是弘治十五年进士，出面维护他的同年。

“两位学长逼迫，我敢不说吗！”万镗看似告饶，实是讥刺。“子实先生的话关乎茂恭先生，我才要他猜一猜。谁知你等却不准。”

“既然关乎我，还请仕鸣先生如实相告。”张孚敬道。

桂萼说起他，想一想，多半不是什么好听的话，但万镗既然说是关乎他，他要是怕众人听到，就太没气度。再者，万镗不当着他的面说，私下里就不对人说吗？

“子实先生只一句话：秉用先生独撑国是，他很惦念。”万镗转述。

听这话，众人多生感慨，张孚敬更是唏嘘不已。

桂萼今年正月病归，但对张孚敬二月改名易字，不会不知道。他还称秉用先生，无非因为这个称呼代表他二人间曾经有过的亲密无间，合作共事。他一定是在病重时想起他二人的亲密无间，合作共事，一定是在病重时更加怀念他二人的亲密无间，合作共事。

张孚敬止住哀痛，缓缓地说：“世人皆知我和子实先生不和，却不知我二人若有不和，也是国是之争，政见之争，绝非意气之争，党私之争。我和子实先生经历不同，各有短长。书读得多，是我的长处；事历得多，是子实先生的长处。读的书多，本是长处；但不切实际，却成短处。事历得多，本是长处；但拘于一隅，却成短处。我常想，我和子实先生不和，大概由此而起。”

他坦率地谈论与桂萼之间的不和，是众人绝料不到的。对张、桂不和幸灾乐祸者，不好意思再幸灾乐祸；对张、桂不和妄加评论者，不好意思再妄加评论。

第一百五十三章

西苑新建一殿，皇帝命名曰无逸殿；新建一亭，皇帝命名曰豳风亭。无逸是《尚书》篇名，豳风是《诗经》篇名。此后，皇帝常在无逸殿和西苑旧有的仁寿宫召见阁、部大臣。

八月二十六日，仲秋时节，皇帝于无逸殿召见阁臣翟銮、礼部尚书李时、右都御史汪鋐、礼部左侍郎夏言四人。夏言是在七月底，论四郊建坛之功升任今职的。

九月十九日，深秋时节，皇帝又在仁寿宫殿召见四人。此前，九月十六日，李时入阁；九月十八日，夏言升本部尚书。李时是第一次以阁臣的身份，夏言是第一次以礼部尚书的身份，被皇帝召入议事。

四人的位置有两处不合惯例。其一，张孚敬去官后，翟銮应该成为首辅。但李时以太子太傅、礼部尚书兼文渊阁大学士入阁，而翟銮只有礼部尚书兼文渊大学士的加衔，所以，内阁排名，李时为首辅，翟銮仍是次辅。其二，七卿中，尚书本该排在都御史之前，但夏言升左侍郎时，汪鋐已加太子太保衔，故宣召时，汪鋐仍排在夏言前面。

四人行礼毕，皇帝先对李时、翟銮说："两位爱卿一两日后为朕讲解《无逸》《豳风》二篇。"

皇帝称大臣先生，是从杨廷和开始，延至张孚敬、桂萼的，而且只限于少数几人。现在，张孚敬致仕，桂萼病卒，皇帝无论对哪一个大臣都不再以先生称呼。一般是直呼姓名，地位崇高者，则称卿；地位崇高、皇帝也有好感者，方称爱卿。

皇帝又加上一句："李爱卿讲《无逸篇》，翟爱卿讲《豳风篇》。"

李时、翟銮行礼道："臣等领旨。"

"今日召众卿来，为议一议人事。"皇帝对四人说。

朝廷的人事，实在该议一议。以内阁而言，虽补入李时，但只他和翟銮二人，与正常的情况相比，仍然有些少。以七卿而言，吏部尚书之职，整整空缺一年。七月，曾召养病的前尚书方献夫回朝，方献夫没有奉召，似乎对吏部尚书之职感到厌倦。几天前，梁材因母亲去世，回家守制，又空出户部尚书的职位。

李时先奏言内阁人事："内阁备员，以三至四人为宜，望陛下于前阁臣中召还一二人。首辅一职，尤为重大。臣翟銮居内阁已历四载，而臣之才德，不足以孚众。臣恳请陛下，以翟銮为首辅，以臣居次席。"

翟銮奏道："李时德望、才干都在臣之上，科第亦先于臣，宜居首辅之任。臣以为，李时所请，陛下不宜准。"

皇帝不理会二人的礼谦，说："今日不议内阁，且议六部。"

李时不能再推托，即刻把自己的思路调整到皇帝的思路上。

议六部，本该先议吏部。但现在有一桩大差事，急待人办。他说："前日皇上降旨，叶相擢户部左侍郎，赈陕西饥。叶相告病，不能赴任。此事须紧急处置。"

前几日，陕西三边总督王琼、陕西总兵刘文的专差到京，一是进呈固原甘露，一是请赈陕西灾。

"朕也在想此事。叶相告病，灾仍要赈。谁人堪当此任？"皇帝问。

翟銮奏道："臣以为，可以陕西巡抚刘天和就地赈灾。若边事繁重，亦可调河南巡抚徐瓒就近赈之。"又开解道，"今年陕西初报灾伤重大，后闻收成尚可，陛下不必过于忧虑此事。"

皇帝摇摇头，说："就算收成尚可，百姓仍度日维艰。陕西之民和他处之民一样，为朕之子民，朕岂能不忧虑！朝廷怎能不遣官救之！"

他想的是朝廷遣官赈灾，否定就地赈灾和就近赈灾。

朝廷遣官赈灾，可遣之官其实是很有限的，重大灾情，所遣之官一般都是侍郎。众人只有在侍郎中考虑合适的人物。

"唐龙如何？"皇帝提出一人。

唐龙是吏部左侍郎。如果说吏部尚书是正卿中第一人，吏部左侍郎则是佐卿中第一人。皇帝首先想到他，更可见看重赈灾一事。

李时说："唐龙巡抚凤阳，多举善政，民甚德之。今委唐龙赈灾陕西，定可申明朝廷之意，慰藉陛下之心。"

不过是赈灾的差事，皇帝提出人选，首辅赞同，其他人不会反对。

"好，就遣唐龙赈灾，"皇帝确定此事，又说，"吏部事繁重，唐龙差派，一侍郎岂能胜任！吏部尚书之职，不能再空缺。"

议人事，这才算议到正题上。

李时试探着说："吏部尚书一职不可再空缺，诚如圣谕。臣等也议过，不知改用他部堂官好，还是选用外官好。”

皇帝于此已有主见，但不想马上说出来。他招呼翟銮：“翟爱卿，李爱卿出的题目，你来作文章。”

翟銮想了想，说：“召回方献夫，仍是首选。”

吏部尚书空缺一年，皇帝不命廷推，谁都看得出来，皇帝仍嘱意方献夫。他一次不奉诏，何不再降一诏？

翟銮以为自己的想法万无一失，却被皇帝否定：“他不奉诏，有他的道理；朕再用他，也不一定用在吏部。”

看来皇帝可能让他改任他部尚书，或让他入阁，但不让他掌吏部。

“那么，以改用他部尚书为宜。”这是翟銮的次选。

皇帝又否定：“朕想，吏部尚书宜用老成。”

翟銮一愣。改用他部尚书，在场的夏言、汪鋐都包括在内。难道在皇帝眼里，夏言、汪鋐都不够老成？原来有几位更老成的官员，如秦金等，被打发去南京任尚书或侍郎。皇帝是不是有意召回？

想到此，他说：“选用南京堂官亦可。”

皇帝不再和他兜圈子，说：“朕拟定一人，陕西三边总督王琼，众卿之意如何？”

在有资格出任吏部尚书的官员中，他大概是最有争议的一人。李时委婉地说：“北边多事，须重臣镇守。召回王琼，谁可接替？”

夏言科、道出身，不忘风评大臣：“王琼虽有才干，口碑不好。两年前，陛下因十三道御史奏劾，欲罢免他。今日召拜，言路必谏。”

王琼是桂萼极力举荐的，皇帝欲罢免王琼，其实是因为桂萼被罢免。桂萼复职，皇帝又急诏王琼照旧用事。

李时想：不提罢免还好，提起罢免，皇帝念及桂萼，更要召用。

果然，皇帝说：“起用王琼时，言路纷渎。但朕决计用他。结果如何？他在北边多有建树，朕没用错人。言路奏劾他，无非因为他与钱宁辈交接。但宁藩之叛，朝廷军事多赖他调度，怎就没人说！尔等居于高位，谁不被言路论劾，怎就容不得他被言路论劾！”

这话是对众人说的，不等众人认错，皇帝又多说几句。他先对夏言说：“言路不办实事，对办实事的人多有烦言。实事办得越多，烦言越多。夏卿不同于他等，是办实事的人，切不可去短就长。”

夏言虽被训饬，实是讨个极大的面子。他谢道：“陛下谆谆教诲，臣不敢忘。”

然后，皇帝转向李时说："爱卿问：召回王琼，谁可接替。朕要问一句：不召王琼，难道让他老死边陲？朕念王卿历任边方，效劳年久，特取回京师。内阁拟旨，一定要申明朕意。"

皇帝决心已下，不须再争。李时、翟銮道："臣等领旨。"

接下来该商议户部尚书的人选。皇帝画个框框："吏部尚书已选用外官，朕看，户部尚书由他部堂官改任吧。"

现任各部尚书中，许讚的资历最深，汪鋐的资历最浅。用老成，当用许讚；用锐进，当用汪鋐。看皇帝今日的意思，是用老成。

"臣举刑部尚书许讚改任户部。"夏言说。

"可，"皇帝痛痛快快地准允，"许讚醇谨，正可掌国家会计。"

许讚改官，又要推刑部尚书。众臣还在想这次是改用他部堂官，还是选用外官时，皇帝已想起一个人来。

"前左都御史王宪安在？"他问。

"王宪免官家居，已然两年。"李时奏道。

王宪罢免，是因为夏言。

嘉靖八年八月，王宪自南京兵部尚书任上召入，任都察院左都御史。十二月，北边告警，廷推王宪出督宣、大军务。王宪拒行，说："我甫入中台，何驱之亟也！"因而被吏科都给事中夏言论劾罢免。

皇帝问到他，显然有起用之意。

"刑部事务烦钜，王宪已垂耄，不宜任。"夏言说。

"谁要他管刑部！"皇帝道，"王宪长于军事，宜掌兵部。着兵部尚书王时中去掌刑部。"

议到此，六部的正堂全部确定。不变的二人：礼部尚书夏言、工部尚书蒋瑶；补入的二人：吏部尚书王琼、兵部尚书王宪；改官的二人：原刑部尚书许讚改户部尚书，原兵部尚书王时中改刑部尚书。

人事议得顺畅，皇帝难得地说句笑话："总不能请来一位王尚书，罢去一位王尚书吧。"

众人不露痕迹地随之一笑。

李时抓准机会，说道："陛下，臣重复一句：北边多事，须重臣镇守。"

皇帝马上说："李爱卿不是还有一句话吗？唐龙多善政，民甚德之。"

李时的话只说半句，皇帝的话也只说半句，但众人都听得明白。李时的后半句话是：谁接王琼？皇帝的后半句话是：就用唐龙。

“唐龙以吏部侍郎总督陕西三边军务，似有不妥。”翟銮议道。

前朝事例且不说，自嘉靖三年金献民以兵部尚书兼右都御史总制陕西三边军务以来，杨一清、王宪、王琼都加兵部尚书衔。唐龙仅为吏部左侍郎，规格不够。

“唐龙以吏部左侍郎赈灾，总督陕西三边军务自然不能以吏部左侍郎，”皇帝说着，略一思忖，“着升唐龙兵部尚书兼右都御史，总督陕西三边军务，卿等看如何？”

这一升迁虽算不得超擢，也是很了得。可见皇帝既重唐龙其人，又重陕西三边总督其职。

“陛下处置得当。”四人齐称道。

皇帝说今日议人事，议过六部人事，因召还王琼，又顺带着议过陕西三边总督人选，似该结束。众人只等着皇帝说“众卿且退”，或者说“偏殿赐酒、饭”，精神都有些松懈。

谁知皇帝又问起话来：“众卿入来时，可曾留意仁寿宫的匾额？”

众臣你看看我，我看看你，不知皇帝这一问用意何在。

皇帝告诉他们：“该匾额字迹黯淡，且有斑驳，须换新的匾额。众卿可举荐善写之人。”

仁寿宫是一座旧宫殿，匾额旧损，是件无所谓的事。要换匾额，随便由谁来写，也是无所谓的事。但现在皇帝经常来西苑，经常来仁寿宫，经常在仁寿宫召见大臣，就不能等闲视之。要是换写新的匾额，皇帝一见就恼火，举荐的人吃得消吗？

夏言想起一人，不是现在才想起，早就想到此人可用。

“臣举一人，仁寿宫匾额，张电可写。”他奏道。

“张电？”皇帝似曾听过这个名字，可又实在想不起这个人，他问，“夏卿举荐的张电，是何方人士，现官何职？”

“张电是上海人，现在内阁东、西厢房当值。”夏言回奏。

内阁东、西厢房安置一些善于书写的士人，以备不时之需。文华殿、武英殿、东阁等处，需要用人时，亦从中挑选，前去当值。

张电是上海人，皇帝的印象由模糊变得清晰。

“可是字文光的那个张电？”皇帝问，“朕想起来，杨一清在内阁日，曾举荐过他，说他学书于陆深，得其笔法，而有前代李北海之气度，有本朝沈度之韵味。既然夏卿也举荐，仁寿宫的匾额就让他写吧。李爱卿，你去交代。”

“臣遵旨。”李时应道。

夏言奏请：“陛下御制《大明集议》序，臣亦拟嘱张电书写付梓。”

“可。”皇帝准奏，“朕看，不但仁寿宫的匾额该换，西苑的许多匾额都该换。大内的一些匾额也该换。对了，太庙的匾额也有些旧。先让张电写仁寿宫匾额，他的书法果然好，再多派他些差事。”

“张电当值已有数年，似宜授以官职。”李时议道。

“李爱卿想得仔细，”皇帝点点头，复问众人，“张电宜授何职？”

“可先授鸿胪寺序班，书写称陛下之意，再升其职。”汪鋐奏道。

序班是从九品的官，在朝廷所授散官中品秩最低。

“好，就先授以鸿胪寺序班。”皇帝准允，由张电想到其师，他问，“翟爱卿，陆深与你同年吧？他现在何处任官？”

“仍为延平同知。”翟銮道

陆深在严嵩之后任国子监祭酒，嘉靖八年，因上疏反对阁臣审定经筵讲章被贬。这件事，皇帝已忘，翟銮还记得。

“朝廷还要用陆深，不可让他久任同知。”皇帝道。

翟銮趁机荐道：“山西提学副使一职空缺，吏部一时推不出合适的人选，可否升调陆深任其职？”

“可。”皇帝又准。

这是今日议决的最后一项人事。议过后，皇帝再回转到今日议决的第一项人事：“唐龙以兵部尚书兼右都御史，总督陕西三边，管理赈济，宜亟赴任。朕念陕西灾伤重大，务令小民速沾实惠。”

敕谕唐龙，口气比较缓和。下面说到叶相，口气变得严厉：“叶相此际患病，得无规避？着吏部勘闻。有朋比者，治其罪。”

第一百五十四章

几天后，皇帝在文华殿召见李时、翟銮、汪鋐、夏言四臣。

“今日召众卿来，为议一议宗庙之制。”皇帝说。

天地有合祀、分祀之争，祖庙也有合祀、分祀的区别。建国之初，于南京宫城东南分立四亲庙，即皇高祖德祖庙、皇曾祖懿祖庙、皇祖熙祖庙、皇考仁祖庙，这是分祀祖先的依据。但后来迁都北京，建立太庙，将各位祖先合祭于太庙。

既确定天地分祀，再于太庙一殿之内合祭祖先有些不妥。有人早想过这一层，不过没提出来；今日也要先听皇帝怎么说。

皇帝说：“天地百礼祀典具已厘正，唯宗庙之制尚未尽善。夫父子兄弟同处一室，在礼非宜。我太祖高皇帝初立四亲庙，分而祭之。后因合祭天地，始定同堂之制。今当复旧制。”

李时对曰：“皇上曾言，祀典当正，庙祀难更。古人庙制卑小，今太庙规模宏伟，一旦改作，恐事体重大。臣以为未可轻举。”

皇帝不答，眼睛看着夏言，是要他说话。

夏言道：“各立一庙虽为古礼，但在一日之内，须遍祭九庙，恐大劳圣躬。”

他是力主天地分祀的，怎么也反对祖先分祭？皇帝大感失望。

“朕今日只言庙制，不论行礼。唯恐大劳，朕可每日祭一庙，数日即可遍祭。若仍不妥，亦可遣官代祭。”皇帝说。

第一个难处被批驳，夏言改说第二个难处：“国初四亲庙皆南向，今太庙各室皆东向，古制难以尽复。”

皇帝说：“不必尽如古礼，但大体却须依据。朕思皇考南面专享世庙之祀，而太宗以下列圣乃东西而不得专祀，心有所未安者。朕想，太庙大殿不必动，于两庑立庙即可。”

未曾做过皇帝的献皇帝独立一庙，做过皇帝的列祖列宗却只在太庙里占据一室，一则过隆，一则过杀，皇帝因此而决心分立九庙。

众臣顿首曰：“圣谕及此，真乃圣人大孝之心也。”

颂扬是颂扬，如何利用太庙两庑，仍是个难题。

夏言奏道：“太庙两庑之间隙地狭窄。宗庙事重，须量度地势广狭，方可拟议。”

“卿为礼官，可具实奏行。”皇帝说。

张佐捧来今日进呈的奏疏，皇帝问：“可有礼部奏章？”

“有礼部尚书夏言的奏章。”张佐回奏。

“可是关乎宗庙之制的？”皇帝问。

“不是关乎宗庙之制的，是关乎迁陵之议的。”张佐道。

这也是关乎祀典的一件大事。显陵北迁，屡经提起，屡经驳回。近日，光禄寺厨役王福、锦衣卫千户陈升等又上疏，请迁徙显陵，迎献皇帝梓宫入葬天寿山，以全大孝。

明知夏言不赞成迁陵，皇帝还是要看他是怎样写的。

夏言的奏章以赵璜的“三不可”说为立论基础，说今以显陵所在之山名纯德山，以显陵所在之州升承天府，则事体已定。譬如木之根本，培植已固，而一旦动摇，似非所以求枝叶茂盛之道，不可不慎重。有人议曰：陛下震位久虚，咎在显陵。又有人议曰：陛下龙飞江汉，福缘显陵。这都是在为迁陵造势。夏言驳道：上天笃生圣人为中兴之主，以能生圣嗣以开万世之传，非地灵鬼福所能握其机者。他最后提出，禁绝细人自今不得复议园陵重事，伤国大体。

奏疏不长，皇帝以为，道理已说透。

“张佐，你去礼部告诉夏卿，朕奉母后慈训：陵寝根本重地，不可轻动。今后有奏扰者，罪之。”皇帝吩咐。

“奴才遵旨，”张佐道，复奏请，“礼部左侍郎湛若水亦上一疏，爷要不要亲阅？”

“他的奏疏，不会也是关乎迁陵的吧？”皇帝问。

“爷圣明，湛若水所上奏疏关乎钦安殿斋醮。”张佐回话。

“关乎钦安殿斋醮？”皇帝猜测，“他一定不赞成朕的举措喽？”

“回爷的话，奴才看他也不是一定不赞成爷的举措，也不敢一定不赞成爷的举措；他只是不完全赞成爷的举措。至于几分赞成，几分不赞成，奴才却说不准。”张佐罗里啰唆地说。

“既然你说不准，不如朕来读他的奏疏。”皇帝道。

湛若水写得很简略：陛下以皇储未建，祈祷求之于神者，至矣。臣愚，以为当修其在己者，以协应之。所谓在己者，收敛精神是矣。

建醮不但可以祈雨祈晴，还可以祈子。皇帝早想在大内做这件事，却碍于面子，一年一年拖下来。今年又到年底，皇帝不想再拖，命于钦安殿设醮行礼。此事传开，引来许多议论。

湛若水寥寥数语，读得皇帝精神大坏。他重重地哼一声，说："他既欲朕收敛精神，便不必如此烦扰。去一魏校，又来一魏校。"

把湛若水比作魏校，皇帝的厌恶不待言而知。陆深被贬，魏校接任国子监祭酒。他是严嵩、陆深之后，第三个任该职的弘治十八年进士，虽未选为庶吉士，却专攻理学，贯通诸儒之说，比那一科的大多数庶吉士都有学问。这是用他掌国子监的主要原因。或许爱君心切，见圣嗣迟迟未诞，魏校竟托请桂萼代他上"种子方"。皇帝当时没处分魏校，但多少有些看不上他，以为他不足为人师表。不久，因讲经筵不称旨，命他改官太仆寺少卿。

皇帝看不上魏校，大概还有一个原因：他虽握有"种子方"，自己却无后。这让皇帝怎么相信他？

皇帝因湛若水而想到魏校，因魏校而想到桂萼，想到桂萼和张孚敬的争执。张、桂失和，众人都说他偏袒张孚敬。实则二人均有功于社稷，有功于自己。自己何尝不愿他二人和好如初！但说起行事，二人又有不同。皇帝听人说，桂先生因王守仁、魏校之争，故奏夺王守仁世爵，还不大相信。但代魏校上什么'种子方'，他是亲手接过的，也能不信吗？桂萼病故，不该再说他什么坏话，但皇帝相信，此等事张孚敬是绝不会做的。

皇帝本不想再阅疏，但一眼看见，张佐捧来的奏疏里，有一份比其他的厚许多。他问："今日谁作篇大块文章？"

张佐边呈上该疏，边说："今日真怪，一个衙门里，尚书上疏，左侍郎也上疏；左侍郎上疏，右侍郎也上疏。礼部堂官们都变得勤快。早知都要上疏，何不写作一份！"

在六部正卿确定后，各部佐卿也有改动：礼部左侍郎严嵩改吏部左侍郎，右侍郎湛若水改本部左侍郎，詹事府詹事顾鼎臣升礼部右侍郎。

夏言论迁陵，湛若水议祈祷，要他二人写作一份，是无稽之谈。皇帝想，顾鼎臣所言，大概又是一件事。

果然，顾鼎臣写道：斋醮之事，青词尤为至要，恐道家者或慢易，幸戒谕之。

并附上《步虚词》七章，大概是想作为青词的范例。

皇帝高兴地说："词臣肯用心，写青词自然胜过道家。今后青词皆以词臣撰写。"

钦安殿设醮，成一座大道观。皇帝命礼部尚书夏言为监礼使，礼部左、右侍郎湛若水、顾鼎臣导引迎春词，武定侯郭勋、阁臣李时、尚书王宪、都御史汪鋐等逐日荐香。

斋醮祈祷自十一月二十三日至十二月初八日，共进行十五天。

斋醮刚刚结束，科、道官上两本奏疏，让皇帝大为恼火。

一本奏疏为御史喻希礼所上。他写道：陛下祈嗣礼成，瑞雪遂降，臣以为招和致祥不尽于此。议礼、议狱得罪诸臣远戍边徼，乞量移近地，或特赐赦免，则和气熏蒸，前星自耀。

另一本奏疏为御史石金所上。他写道：陛下一日万几，经理劳瘁。若恭默凝神，挈其纲领，使精神内蕴，根本充固，则百斯男之庆，自不期而至。王守仁首平逆藩，继靖巨寇，乃因疑谤，泯其前劳。大礼、大狱诸臣，久膺流窜，因郁既久，物故已多。望录王守仁功，宽诸臣罪，则太和之气塞宇宙间矣。

设醮祈子是至重至大之事，臣下只应恭颂恭贺，岂能说长道短！特别是喻、石二疏，都提到宽释议礼、议狱得罪诸臣，是皇帝绝对不能容忍的。皇帝可以原谅其他人，但不能原谅无君无父，在左顺门哭谏的诸臣，不能原谅为推翻议礼，草菅人命，审定张寅之狱的诸臣。

皇帝在喻希礼的奏疏上批道：希礼谓朕加罪诸臣，致迟胤嗣，此理有无，人则知之。所司参看以闻，不得党护。

皇帝在石金的奏疏上批道：金欲朕勿御万几，即古奸恶诱其君以不亲政事，所司并看以闻。

皇帝命所司参看以闻，不是命法司鞫讯以闻。喻、石二疏下于礼部。夏言上疏称：嗣者，喻希礼、石金谓宥罪可迓天休，是狃常情福利之说；谓养心不当勤政，是启人君息逸之渐。论事迂阔，罪实难逭。然原其本意，似亦无他。乞皇上俯赐优容，或量加饬治。

或者“俯赐优容”，或者“量加饬治”，夏言本意，在为喻希礼、石金说情，却也不敢态度明朗地说情。

无人说情还好，有人说情，更激起皇帝的怨愤。夏言说“似亦无他”，皇帝偏要说“有他”，他命将喻希礼、石金逮送镇抚司狱，严刑鞫治。

同时，南京御史多人论劾王琼不宜召用，被锦衣卫官校逮入诏狱。言事降罪和设醮祈嗣，成为腊月里极不协调的两件大事。

第一百五十五章

嘉靖十一年，鞑靼大酋吉囊屯于河套，请延绥总兵、巡抚等官奏请朝廷，准其通贡互市。

三月十四日，皇帝命兵部会九卿议之。

会议结束，众大臣各回衙门。王琼越发感觉到身体衰弱，以至落在最后。恰逢张孚敬从宫里出来，二人相对一揖，站下来说话。

张孚敬是三月初三日回到京师，再次入阁的。他的加衔由原来的少傅兼太子太傅、谨身殿大学士晋为少傅兼太子太师、华盖殿大学士，自然仍是首辅。现在正是廷试的紧要关头，兵部的集议他肯定不能参加。

“德华先生，你气色不大好。”张孚敬甚是关切。

“稍觉疲惫，”王琼边说，边以手比画，“七十四岁，难与儿郎比埒。”

“德华先生在说我吗？”张孚敬问后说，“儿郎辈也已五十八岁。”

“果真？”王琼细细打量对方，“可不是，茂恭先生两鬓亦斑白矣。”

“来，我陪你走一程。”张孚敬让道。

二人向东华门的方向走去，一边走一边谈论。

“德华先生，今日的会议如何？”张孚敬问。

王琼说：“兵部在会议前拟御边十事，皆可谓高明之作。非深谙边情者，是绝然拟不出的。”

他和王宪都经历过陕西三边总督一职的磨砺，英雄相惜，不会拆台。

“不知兵部拟的哪十事？”张孚敬问。

王琼一一道来：

第一事，招募惯战勇敢。兵部拟曰：边民多晓勇，宜谕以就募，有功者赏，事宁之日欲自便者听。

第二事，预处粮饷支费。兵部拟曰：延镇孤悬河套，宜饬当事诸臣，乘道路无梗，亟备粮饷待用。

第三事，备征马匹。兵部拟曰：太仆司所畜，不足以给战马。宜令守臣取之苑马寺所孳养，茶马司所易得，及各边所贮马价。

第四事，严备守。兵部拟曰：宜戒饬防守将士，乘贼未至，日夜为备；其单弱处所，可调京营，前往助阵。

第五事，招徕被虏人口。兵部拟曰：华人被掳，多为所用，宜厚加优恤归正人口。

第六事，招募间谍。兵部拟曰：虏计渐狡，必有阴为之教者。宜诱令杀虏归华；纵事不成，亦足以疑虏，使不敢深入。

第七事，计处内地饥馁。兵部拟曰：民不聊生，恐致内变。宜令守臣预修救荒备盗之政。

第八事，戒饬将领掊克。兵部拟曰：将失士心，每由贪黩。今后犯科索、役占者，不止罪谪，当尽数查追，以为后戒。

第九事，招改京军实边。兵部拟曰：京军，游民所萃，招兵为易。边镇缺伍，计补无术，宜许各京卫军，自安业服役者之外，有原籍陕西流亡、愿改边卫近地者听。

第十事，类覆建言奏疏。兵部拟曰：先因虏警，本部会议有博采群策之条，致言者纷纷剿说，恐渎圣听。今后择其急者复请，余月终类奏。

“调动京营？”张孚敬对这一款最吃惊，也最上心，“德华先生，真已到调动京营的地步吗？”

“茂恭先生好厉害！”王琼不由笑出声，“我称兵部所拟十事都是高明之作，实则这一事是要商榷的。在我看来，京营不可发亦不必发。”

张孚敬说：“请教德华先生，何谓不可发，何谓不必发？”

“茂恭先生考校前任总制吗？”王琼仍然笑着，他对此事胸有成竹，不怕考校，“北边大患在河套，河套要冲为花马池。北虏若有举动，必出花马池。维纲先生的判断并不错。但花马池是否单弱，我自信比维纲先生判断得更准确。维纲先生总督时，花马池或称单弱，自我总制，花马池不单弱矣。我在任三年有余，最得意的一件事，正是修筑花马池一带边墙。边墙一起，胜过千军万马，北虏知其难下，必不肯入。退一步说，北虏纵入，彼处足以守御，亦不须虑。”

“这就是德华先生说的京营不必发吧？”张孚敬为他总结。

“不知茂恭先生以为如何？”王琼问。

张孚敬不置可否：“我还要听一听京营不可发的理由。”

“当年李西涯称京军边军对调十不可，皆可用于今日。”王琼说。

正德七年，朝廷会议京营边军对调之事，王琼时任户部左侍郎。李东阳议十不可，不但慷慨，而且愤懑，给在座各人都留下深刻的印象。

王琼不能详述其十不可，只能概括成几句话：“简而言之：若调京军，远涉边境，道路疲劳，未必可用。而沿途骚扰，害亦匪细。倘若至彼而北虏已退，则徒劳往返，岂不成儿戏？军国大事，又岂可演化为儿戏？莫说北边自可守御，不必调动京营，就算北边真的弱不可支，也要在改进边军上作文章，不可轻言调动京营。”

“德华先生的意思我懂得，”张孚敬若有所思地点着头，“德华先生，有一句话，我不该说，可又不能不说。守边大计，朝廷仰仗者，德华先生也，维纲先生也。二位切不可因持议不同，而生芥蒂。”

“多谢茂恭先生提醒，”王琼道，“我与维纲先生只是在这一件事上持议不同，我绝不会因此而与他不和。兵部的事，当然由维纲先生主持，我绝不会对兵部的事务横加干涉。”

“德华先生以国事为重，令人敬佩，”张孚敬说，“皇上问起此事，我自会将德华先生的意思奏明。皇上问我之见，我亦不赞同调动京营。”

说话间，已近东华门。张孚敬说：“老尚书年事已高，要多珍重。”

王琼回道：“张少傅已不是儿郎，也要珍重。”

二人揖手作别。

第一百五十六章

国初，殿试定于三月初一日举行，后改三月十五日，间或移作他日。

殿试又称廷试，由会试中第者当廷作策论，题目是皇帝制定的，或内阁大臣代皇帝制定的。考生试卷由内阁大臣、部院大臣分阅，确定名次。一甲三人的名次则由阁、部大臣选荐，皇帝钦定。

嘉靖壬辰科殿试，即嘉靖十一年的殿试，在三月十五日举行。一早，皇帝常服御奉天殿，文武百官各具公服上朝，如常行礼。先一日，鸿胪寺官已设策题案于殿之东，光禄寺官已备试桌于殿之两庑。

百官如常聚于奉天殿行礼时，礼部仪制司主事田汝成在宫门外焦虑万分，踱来踱去。三百多名举子都已集中，独一举子迟迟未到。

一名小宦者从里面匆匆而出，说："田大人，上殿时辰已到。"

田汝成知不能再等，最后对众举子作一交代："廷对策论，亦有程式。各位作论，须遵照程式，切勿标新立异。"

众举子称："谨受教。"

就在这时，一人奔跑而来，举子中有人说："缺的人终于赶到。"

田汝成松口气。那名举子三步两步奔至面前，不等他解释迟到的原因，田汝成责备道："今天何等日子，兄台也敢来迟！"

那举子喃喃地说："在下本不敢来迟，可不知怎的就来迟。"

他的南方口音极重，若不是整句话尚能理解，单"来迟"两个字简直不知所云。看来，他不是广东人，就是福建人。

不管听懂他的话，还是没听懂他的话，众举子都被他慌慌张张的样子和怪腔怪调的答话引得哄然而笑。

田汝成也笑。殿试之前，有这一段小小插曲，大可调节一下举子们紧张的心情。他说："你要本敢来迟，早该除名。"

田汝成引众举子入至奉天殿下，登丹墀。众举子分立东、西、南三面。执事官举策题案于殿中，一名司礼太监将策题付与礼部尚书夏言。夏言将策题置于案上。执事官将策题案置于御道中。

鸿胪寺官引众举子立于行礼的位置，赞道：“贡士行五拜三叩首礼！”

众举子行礼如仪。

礼毕，分东、西向侍立。执事官复举策题案，行于丹墀东。

鸿胪寺官奏：“礼毕！”皇帝圣驾退出，文武百官依序而退。

军校纷纷而动，从两庑取试桌，举至丹墀，列于东、西、南三面。礼部各官留下，给众举子发题。众举子列班跪受，叩头就试。就试前，天若降雨，或起大风，试桌便置于两庑，众举子分向两庑就试。就试后，天若降雨，或起大风，复从丹墀将试桌放回两庑，众举子分向两庑续试。这一日，天气晴好，无雨无风。众举子在丹墀上，试桌前，神态安详，作策对。写毕，对监试官禀报一声，手持作好的策对，行至东角门，纳卷于受卷官而出。十年寒窗的辛苦，到此时该有结果；一生一世的荣辱，到此时或可确定。但纳卷而出的举子，仍说不清是喜是悲。

东角门侧一室，原本没有名目，也不必有什么名目。因每科殿试，受卷官纳卷后，要入该室，它就被简单地称作弥封官。受卷官将举子的试卷弥封，交与掌卷官。掌卷官则随时将弥封的试卷转送东阁。皇帝钦定的读卷官们集中在东阁，分阅试卷，判定高下。

受卷、掌卷均委翰林官。读卷则委内阁大臣及六部、都察院、通政司、大理寺正卿，詹事府、翰林院堂上官。内阁大臣除自己要读卷，其他各官读到上乘之作，也送与内阁大臣评阅。

东阁读卷，首辅张孚敬的取舍，起决定性的作用。一则，以往的首辅自己行文，未必有独特的风格，对策论的行文，未必有确定的标准；张孚敬却有自己独特的行文风格和对策论行文的确定标准。二则，以往的首辅小心谨慎，生怕被同僚视为独断专行，被言路劾为独断专行。众人说好，他觉得不好，也不会说不好；众人说不好，他觉得好，也不会说好。张孚敬则宁愿被视为独断专行，被劾为独断专行，也不放弃主张。李时、翟銮知道他的性情，因而，荐与他看的策论一定是最精彩的。

李时持卷来找张孚敬时，他刚刚闭上眼睛，稍事歇息。他读过的试卷，放置两边。一边只有很少几份，放置整齐，应是他觉得比较出色的试卷。另一边放置的试卷要多几倍，放置零乱，应是不被他看好的。刚刚读过的一卷，他显然并不看好，随意往多的那边一放。

李时的脚步虽轻，还是被张孚敬听到。他睁开眼时，李时把手上的试卷放在他面前，说道："这一份策论有王者之气，请茂恭先生阅定。"

试卷之首，书应试举子三代姓名、籍贯、年甲。张孚敬扫一眼试卷，见本人姓名处填写的是孔天胤，乡贯处填写的是山西汾州，户籍处填写的是军籍。年甲处填写的是二十六岁。

张孚敬边阅边点头，看来和李时一样，他也很赏识该文。

"难怪宗易先生称其有王者之气，"他读完试卷后说，"没有十五年的作文功力，写不出此等文章。可我看他只有二十六岁，实可谓少年老成。"合上试卷，他问，"仲鸣先生可曾读过？"

"尚未读，"李时答道，"茂恭先生以为可与他读，我这就送去。"

"自然要与他读。他不读，会以为今科真无好文章。"张孚敬说。

他顺手拿起原以为不错的那几份试卷，放到另一边。空出的一边，看来是要放置孔天胤的试卷。

"仲鸣先生读过，还烦宗易先生送来这里。孔天胤无论如何应置于一甲。"他交代道。

汪鋐携卷来时，孔天胤的试卷上又增加一份试卷。举子的姓名叫高节，是四川罗江人，民籍。这一份，是张孚敬自己选中的。

"还好，不算迟。"汪鋐没头没脑地说一句。

读一天试卷，大有读不下去的感觉。汪鋐一来，正好换换脑筋。

"宜之先生说什么还不算迟？"张孚敬问。

汪鋐指指孔天胤、高节的试卷，说："要是三份试卷摆放整齐，我岂不是来迟！幸好三而缺一，且请茂恭先生读一读此卷。"

说着，他把携来的试卷递与张孚敬。

"若有高明之作，这两份也是算不得数的。"张孚敬接过试卷说。

试卷之首填写：姓名林大钦，乡贯广东海阳，户籍军民籍。

汪鋐道："林生此卷也不敢说是高明之作，只有些怪异而已。"

"朝廷取士，以文章高明，未闻以文章怪异，"张孚敬对怪异二字很不以为然，"不知宜之先生是何说法？"

"答策前无冒语，你道怪不怪？"汪鋐道，"但于怪异处或可见其高明，故呈与茂恭先生一阅。"

本朝科举要写八股文章。在第一股"破题"之前，要申明文章大义，好比给人戴一顶帽子，叫作冒语。

张孚敬翻开一看，可不是！文章无冒语，直接破题。很快读完全文，他把试卷放置在孔天胤、高节的试卷之上：“林文又胜过那两篇策论，文字明快，可备御览。”

汪鋐又议：“林大钦殿试作文怪异，会试作文一定也怪异。不知为何在张唯信、郭价夫两位大主考眼下漏网。”

今科会试，皇帝命两名翰林主考，一是詹事府少詹事兼翰林院学士张潮，字唯信，一是翰林院侍读学士郭维藩，字价夫。汪鋐说怪异，指会试前，礼部尚书夏言奏请正文体，其中一款曰：“举子经义论策，各有程式。请令今岁举子，凡骋词浮诞磔裂以坏文体者，摈不得取。”所谓不得坏文体，亦即不得坏程式。林大钦的会试文章坏程试，怎么还被取中？不论初取他的分考官是哪一位，最后总要过主考这一关。林大钦真的取错，两位主考官难辞其咎。

“我看张唯信、郭价夫两位主考甚有见识，”张孚敬却说。“林生之卷，我和宗易先生、仲鸣先生再议。他二人不欲得罪礼部，我独自进呈林卷。”

这是意气用事的话，岂有首辅一人进卷的道理！

三月十七日，皇帝亲定，以林大钦为一甲第一人，孔天胤为一甲第二人，高节为一甲第三人。

夏言一回到礼部衙门，就把田汝成找来，问他：“叔禾，殿试之日，我要你传话给众举子，毋得有违程式，毋得标新立异，你为何不传话？”

田汝成字叔禾，浙江钱塘人，是嘉靖五年进士。

见夏言气色不对，田汝成不知出什么事。他分辩说：“遵公谨先生之命，我于殿试前召集众举子，再三嘱咐，毋得有违程式，毋得标新立异。公谨先生若是不信，可找与试的举子，一问便知端的。”

“既有明令，怎么还有人写出这样的策论？真正是岂有此理！”夏言不只是说，举子写有违程式、标新立异的策论岂有此理；而且是说，读卷官，首先是内阁大臣取中该举子岂有此理。

“不知是哪一名举子策论不合程式？”田汝成小心地问。

“还有谁，本科状元林大钦！”夏言愤愤地说。

“竟然是他？”田汝成大为吃惊，不知是因林大钦抡魁吃惊，还是因林大钦策论有违程式、标新立异吃惊。

夏言听出他话中有话，忙问：“叔禾识得他？”

“不识，”田汝成摇头，“只知道他是广东举子。”

夏言不再多问。

田汝成却很不甘心。殿试之前，他明明对数百举子谆谆告诫，怎么有人置若罔闻；而置若罔闻的人偏偏被点状元？别说夏言对此不满，他自己都对此不满。想来想去，必须找林大钦问个明白。

林大钦寓居广东会馆，田汝成找到他，两个人都是一怔。

林大钦正是殿试那天迟去的举子，他听得礼部官员来到会馆，指名道姓地找他，不知是福是祸，脸上青一阵，白一阵。

记得这官员姓田，他不安地问：“田大人所为何事，要亲自找来？”

田汝成知道他的心情，安抚道：“敬夫休得慌张，我只是私访。”并问，“敬夫独住一屋，还是与人合住一屋？”

林大钦心里踏实许多。他答道：“在下和同乡合住一屋。他因落第，心情不好，说去西山玩几天，至今未回。我正在为他担心。”

“西山是好去处，他既去西山，敬夫用不着为他担心，”田汝成说着，指指会馆内，“可否借下榻处说几句话？”

“田大人请。”林大钦侧过身子，往里相让。

客居在外，一切从简。林大钦张罗着要找会馆执事，烧水冲茶。

“只说几句闲话，不必，”田汝成止住他，往椅子上一坐，说，“我与敬夫虽未谋面，却早闻大名。”

林大钦不信：“在下普通举子，田大人怎会听说过？”

田汝成说：“海阳有一举子，少年时家贫，卖菜为生。他今日卖菜路过一家私塾，听先生正在讲书，堂上学生听好些日子的课，一脸懵懂，不知先生所云。他只听几句，言道：原来书意如此。明日卖菜路过一家私塾，见学生正在作文，不知听先生翻来覆去讲过多少遍，仍作不出一篇像样的文章。他只听几句，言道：原来文义如此。就这样，今日听几句，明日听几句，半年后，他竟能作文章。敬夫，你对卖菜儿不陌生吧？”

“海阳卖菜儿的故事，竟传到京师！”林大钦惊叹。

“我说早闻大名，不假吧？”田汝成问。

林大钦模棱两可地说：“卖菜儿学作文章，未必只海阳有。”

“好，我再讲一段故事，”田汝成讲述的兴致更高，“海阳有一举子，少年时家贫，被聘为富家蒙师。富家子弟有无可造就之材，且不去说。只说富家有位姑爷，进士出身。他回乡省亲时，富家主人宴请，要蒙师相陪。姑爷不但没看不起他，反而说：吾妻父家先生，当首席。蒙师不曾应酬过，姑爷相让，他不客气地坐上首席。富家主人又急又气，酒席散后，连连向姑爷赔礼，说蒙师山野村夫，不懂礼数。姑爷却说：这位先生谈吐不俗呀。后来读蒙师的文章，又说：这位先生文字了得呀。他劝翁丈：这位先生若取功名，不出一甲；稍加用力，即可抡魁。翁丈大女下嫁于我，确受委屈；尚有小女，都道是诰命夫人的运数，不如许配与先生。富家主人竟然允诺。蒙师成主人家乘龙快婿。敬夫，你对这穷蒙师也不陌生吧？”

“穷蒙师的故事，也传到京师！”林大钦又一声惊叹。

“我说早闻大名，不假吧？”田汝成一定要他认可。

林大钦反问道：“海阳的故事，田大人从何而得知？”

田汝成说：“这两段故事是吴允祥兄讲与我听的，总不会假。”

吴麟字允祥，浙江孝丰人，嘉靖五年进士，现官广东巡按。

道出吴麟，林大钦肃然起敬：“田大人莫非就是叔禾先生？”

他只知田大人，不知田大人即田汝成，真是迂阔得很。

田汝成笑笑，说：“允祥兄早就掷下函来，告知广东海阳林敬夫种种事迹，托我关照。不过，敬夫到京城，并未找我，我也不好找敬夫。科考凭的是真功夫，我有心关照，也无从关照。”

吴麟致函田汝成，不仅请他关照，还写道：他自潮州还省，省里诸公问起潮州人才，他将林大钦列在首位，称林子必大魁。诸公哂笑不已，吴麟却深信不疑。

田汝成对夏言说，他只知道有广东举子林大钦其人，并不相识，这是实话。但吴麟致函之事，他不会讲，只在心里赞叹：允祥兄好眼力！

林大钦说：“允祥先生与我虽无师弟之名，却有师弟之实。他多次对我提及同科进士田叔禾先生，对叔禾先生工古文，善叙述，备赞之。今日听叔禾先生讲海阳的故事，果然名不虚传。若非身历其境，怎能讲述得如此生动！不过，拜请叔禾先生关照，允祥先生并未对我言及。我本想放榜之后，再去参拜叔禾先生，不想叔禾先生先今日亲来。”

“我本也不该在今日来，可有一事，不问问，总觉不踏实，”田汝成道，“敬夫，我听说，你的策论极佳，只是起手有些散漫，不合程式。兄台既游刃有余，为何不稍稍留意一下程式？”

林大钦心里一沉，惶然地说：“会试作文，须合程式，我是知道的；策论须合程式，无人相告呀。”

田汝成不快：“怎么无人相告？进宫之前，我不是再三交代？”

林大钦先是一愣，随即释然：“叔禾先生不记得，我那天去迟吗？”

田汝成一拍脑门：“哎呀，我好糊涂，竟忘掉这一层！”

“叔禾先生，要紧吗？”林大钦不放心地问。

“要紧不要紧，再有两日便知，”田汝成含混地说，“敬夫若心情不好，也可去西山小住。不过，到放榜日，一定要赶回来。”

第一百五十七章

吏部尚书王琼卧榻不起，皇帝命御医诊视。御医回奏，老尚书病入膏肓，医药难以回天。朝中官员相继探视。职位较低的，只是投刺候问，不敢打搅；内阁及部、院大臣总要见上一面，见他精神不好，说几句宽慰的话，也即告退。

方献夫离开时，拉着王琼的手说："老尚书硕果仅存，一定要好生将养，过几日，你精神大好，我再来和你说话。"

他是今年五月奉诏入朝的，以太子太保、吏部尚书兼武英殿大学士入阁办事，排名在张孚敬之后，李时之前。

小童送走方献夫，又回到老爷身边。

"这位方阁老为何说老爷硕果仅存呢？"他问。

"满朝大臣中，成化年间的进士除我，还有哪一个？"王琼解释道，"他是说，成化年间的进士，我硕果仅存。"

"听他这样说，老爷心里一定很得意吧？"小童的问话充满稚气。

"他不过说我功名久，年事高，这也用得着得意！"王琼道。

小童好奇地问，"老爷的经历中，究竟有没有什么得意的事？"

"我的经历，你见识不少；没有见识的，你也听过不少。你倒是说说，"王琼心情不错，很愿意多说几句。

小童想想，先举出一事："一日，老爷从朝房出来，满面春风。我问老爷有什么喜事，老爷说：张阁老赞我老成持重，料事如见。张阁老难得赞人，得他一赞，老爷心里一定很得意吧？"

这是不久前他亲见的事，所以说起来很生动，诸如满面春风之类的句子也想得出，用得上。

王琼摇头："料事偶中，得意是可以得意，却不必很得意。"

在他一生的事业里，料中北虏必不会从花马池入河套，实在是微不足道的一件小事。

不是亲见的事，还有听说的事。小童道：“宁王爷起兵谋反，江西战报迭至，满朝大臣无不惊恐；独老爷说，新建伯定能平乱。后来新建伯果擒获宁王。听到这个消息，老爷一定很得意吧？”

王琼又摇头：“遇事镇定，得意是可以得意；然驰骋疆场、建立殊勋的，到底是王新建，我也不必太得意。”

王守仁平定宁王变乱，与他鼎力支持并适时授以方略分不开。在他一生事业里，这或许是最值得自豪的。但王守仁的功勋归王守仁，这一点，他还分得清楚。

小事也不是，大事也不是，小童不再胡乱猜想：“这也不是，那也不是，老爷自个儿说吧。”

王琼边回想往事，边说：“我少年成名，中进士时只有二十六岁。”

“这也不必很得意，”小童打断他的话，“老爷曾告诉我，我朝有十一二岁考中举人，十七八岁考中进士的少年才俊。”

“我不是为二十六岁考中进士而得意，”王琼说，“我那一届的科考，有三名山西籍的进士很被看重，被称为河东三凤：一凤是乐平人乔宇乔希大，他曾任吏部尚书；一凤是和顺人王云凤王应韶，他曾任过国子监祭酒；另一凤就是太原人王琼王德华。这件事让我很得意。三凤中，我长乔希大五岁，长王应韶六岁。这件事让我更是得意。”

“这我就不懂！”小童反驳他的说法，“老爷如果小过那两凤，才该更加得意；为什么长过那两凤，却更加得意呢？”

“我自然有道理，”王琼道，“世人因我三人是少年才俊，故比作河东三凤。你说，是年少者更被看重，还是年长者更被看重？”

“听老爷的口气，是年长者更被看重吧？”小童仍是不解。

“对！”王琼道，“乔希大中第时二十一岁，王应韶中第时二十岁，以年岁而论，无疑是少年才俊。我中第时二十六岁，以年岁而论，可被视为少年才俊，也可不被视为少年才俊。我名列河东三凤，岂不是比他二人名列河东三凤，更被看重！我岂不该更加得意！何况，河东三凤，硕果仅存者，又是那年岁较长的一凤。”

“那位乔老爷和王老爷都已不在世吗？”小童觉得不祥。

“是，”王琼点头，“王应韶在正德十二年病逝；不然，他也该作到尚书的。乔希大却是去年病逝的。”

小童插话：“去年从山西来的人纷纷言道，出件轰动一时的大事，一位老爷去世，二妾为他殉葬，就出在这位乔老爷家吧？”

“难得你留心记住这件事，后人写《乐平县志》《太原府志》《山西通志》，对二女殉葬一定要大书一笔，”王琼说，“乔希大的两位爱妾，一位姓刘，一位姓许，都是难得的才女。经他用心调教，一人专攻作文，一人专攻赋诗，遣词用典，皆具大家风范。这等风流，是我比不了的。二氏于乔希大，生则相伴，死则相随。这等奇缘，我也只有叹羡的份儿。”

言至此，他有些伤感，复又振作。“大丈夫在世，建功立业，不可儿女情长。我在边在朝的作为，是乔希大比不了的；我为朝廷效力之长久，是乔希大比不了的。”

七月二十日，王琼病卒。皇帝命方献夫暂掌吏部。

第一百五十八章

御案上并列摆放两本奏疏。皇帝看看左手的一本，若有所思；看看右手的一本，若有所思。司礼太监张佐早被他挥之而去，守在身边的只有一名小宦者。皇帝头一歪，恰好看到小宦者的正面。面孔是非常熟悉的，名字却记不起来。

“过来，回朕的话。”皇帝命道。

小宦者向皇帝靠近一步，陡然紧张。他不知道皇帝要问什么话，但他知道，皇帝有什么事情难以决断的时候，心情最坏，最难侍奉。一句话中意，可能会有赏赐；一句话说差，定然会有重罚。十次中，也只会有一两次说对皇帝的心思，八九次是要受罚的。今晚皇帝明显有难以决断的事，小宦者早已准备好受罚。

“你是姓崔，还是姓麦？”皇帝问的却是一句闲得不能再闲的话。

身边常有两个小宦者，他总觉得二人样貌相差无几，难以区分。

“回爷的话，奴才姓崔。”这句话是绝对不会说差的。

“你是崔——”名字到皇帝嘴边，硬是叫不出来。

“奴才是崔成，不是麦福。”小宦者乖巧地把另外一人的姓名也道出，免得皇帝想不起来，还要询问。

“不错，你是崔成，那孩子是麦福，”他的乖巧让皇帝很中意，连“孩子”这样的称呼都用上。皇帝忽然问：“崔成，前次阎洪在园子里拾到一横行之蟹，你和麦福就在朕的身后吧？”

崔成和崔文是远亲。他忙说：“崔叔做这等荒唐的事，是从来也不和别人商量的；奴才早知道的话，定然劝止。”

“你劝得住他？”皇帝哼一声，说，“崔成，你不必怕。朕知道你和那事无关。再者，崔文那件事虽然做得荒唐，朕并没十分怪他。”

他把面前的两本奏疏一推，起身命道：“崔成，随朕去外面走走！”

这一天是八月二十五日，天上的月亮还剩下大半个。皇帝仰首望天，他望的不是月亮，而是银河以东的那一片星辰。其中一星，射出一道光芒，特别醒目，用手比量一下，那道光芒约有三四尺。

皇帝指着那颗星问："崔成，你知那是何星？"

"奴才不知。"崔成道。

宫里的老太监，有时会对晚辈说一说日月星辰的故事，但用的都不是正式的名称，不足以皇帝面前说道。

"天上有二十八星宿，你知道吗？"皇帝又问。

崔成答道："奴才听叔辈们讲，天帝有二十八员大将，分守天庭四方，就是二十八宿。也不知他们讲得对不对。"

"你看到的这一颗，就是其中的一员大将，"皇帝指着那颗星的手还没有放下，"二十八星宿分列四方，东方有七颗，叫作苍龙七宿，西方有七颗，叫作白虎七宿，南方有七颗，叫作朱鸟七宿，北方有七颗，叫作玄武七宿。你看到的这一颗，名曰井宿，是朱鸟七宿中的第一宿。"

"原来是第一名大将军，难怪这等威风。"崔成说。

他所谓的威风，即指挂在井宿星上的那道亮光。老公公们私下里都说，这一道光芒透着邪气，不知哪一方又有灾难。这话他不敢学说。

皇帝神情抑郁，久久凝望着井宿星和它引出的光芒。

"你以为那是大将军的光芒？非也，那是彗星撞入井宿。"他说。

"彗星？那不是人人惧怕的扫帚星吗？"崔成不敢再说威风。

"说人人惧怕，不如说人人厌恶。"皇帝更正道，又问，"崔成，你看这些天来，那道光亮可有什么不同？"

彗星最初是八月初四日出现的，十几日未退，只要是晴夜，抬头可以看得到。也许因为司空见惯，一般人反而看不出有什么变化。崔成年少，闲下来的时候喜欢观望天象，还真看出一些变化。

"奴才看，这些日子，扫帚星的长把一日长过一日。"他说。

"无论天上的事，还是地上的事，你倒都用心，"皇帝不知是称赞，还是挖苦，"彗星初现时，其芒仅一尺余，现在已长至三尺余。"

一尺余、三尺余，是钦天监测出的，并非皇帝信口说来。

"三尺余？"崔成吐吐舌头，"再长，岂不要跃出井宿大将军？"

"井宿决然禁囿不住它的，"皇帝道，并问，"你可知它要窜向何处？"

崔成看看方位，说："它似向南窜去，奴才却不知它窜向何处。"

"向南窜去，那是太微垣，"皇帝讲解道，"太微垣可非同小可。它以五帝星为中枢，周围环绕十星。东藩四星，曰：东上相、东次相、东上将、东次将；西藩四星，曰：西上将、西次将、西上相、西次相；南藩二星，曰：左执法、右执法。除拱卫五帝星的十星，四下里还有三公、九卿、五诸侯、太子、郎官、虎贲等星无数。这彗星窜入太微，即可横扫千军，你道它厉害不厉害！”

“二上将，二次将阻挡不住它，着实厉害！”崔成以人间万象比拟天庭万象，道，“奴才看，天庭之上，将无法安定。”

“不是天庭无法安定，是朝廷无法安定，”皇帝则以天庭万象比拟人间万象，“天上变故对应人间变故，崔成，你看彗星现于井宿，将出东井，主人间何事？”

井宿在银河之东，故又称东井。

扫帚星主灾难，难道人间真要有灾难？扫帚星在天庭横扫千军，难道人间真有奸恶之徒横扫千军？

崔成不敢乱说，想出个乖巧的说法：“爷说天上变故对应人间变故，也不知这颗彗星主的是何方的变故？”

“彗入井宿，天下人都看得到，当然不会是小民家的变故，”皇帝说，“前两日有人说，此次天变应在朕的病上，朕不相信。朕只是偶有小恙，何至于惊动上苍？再者，朕又不是第一次不适。为什么前次朕不适时，天无变故，这次却有如此大的变故？”

皇帝前一次患病，是在去年正月下旬，可能因为正月里在外的活动多，感染风寒。这次不适是在七月下旬，有人传言，天变应在皇帝的病上。这种话无人敢当面对皇帝说，但还是传到皇帝的耳朵里。

“爷说的是，”崔成迎合道，“爷偶不适，是爷为江山社稷日夜操劳。上苍心疼得紧，于是想个法子，安排爷歇息几日。”

他想得出奇，说得中听，皇帝高兴地说：“朕为天子，上苍自然要心疼朕。既要朕歇息几日，就不会以天变警告朕。还是魏良弼的话对，此次天变应在朝廷，应在大臣身上。”

事关朝廷，崔成不但不敢乱说，也不敢乱问，只是重复日常挂在嘴边那句话：“爷圣明，爷的话是不会错的。”

看够天上异象，议够天上异象，皇帝不再仰首望天。他低头踱步时，好似又看到那只背上有字，在地上横行之蟹。

“崔成，”他唤道，“你是见过崔文的字的，你看那天蟹背上的字，像是崔文写的吗？”

崔成回想着那天的情景：“阎叔提起蟹的时候，奴才和麦哥也曾上前看那蟹背。

当时就没看出，张、桂等字是崔叔写的；今日爷一问，奴才再想，那字真不似崔叔平日的字体。崔叔的字清秀整齐，蟹背上的字却东倒西歪。难道有仇家栽赃崔叔不成？不对，崔叔自己后来也承认，那四个字是他写的呀！要不，崔叔担心被人认出，故意改变字体？可事发之后，爷着人一问，他就承认呀！”

“你没明白朕的意思，”皇帝说，“那四个字是崔文写的，那件荒唐事是崔文办的，不会错。崔文自称迷惘之中从御厨房里抓去蟹，迷惘之中在蟹背上写字，迷惘之中把蟹放入园里，也不会错。只是他不知道，所谓迷惘者，是冥冥之中的神祇，借他的手做的这件事。”

皇帝两次提到横行之蟹，看似在说崔文，其实又不是在说崔文。这是崔成听得出来的。不在说崔文，就是在说张、桂。这也是崔文想得出来的。一提起张、桂，大太监张佐在皇帝面前谨言慎答的样子，给崔成留下深刻的印象。除“爷圣明，爷的话不会错”，他不会多说一个字。

皇帝命道：“好，随朕回殿吧。朕要亲自批答二疏。”

皇帝左手边的奏疏是礼科都给事中魏良弼所上，只议一事，内容单纯，文字精练：彗星晨见东方，君臣争明。彗孛出井，奸臣在侧。张孚敬窃弄威福，骄恣专横。妖星示异，唯其所召。

皇帝对君臣争明、奸臣在侧的说法半信半疑，命一名小宦者私下去问钦天监官。钦天监官含糊地说：星占之书上确有这种说法。

天变示警，大臣照例要引咎，或者请求辞官，或者请求处分。内阁张孚敬和方献夫、李时、翟銮各上疏求退。皇上自然不会准允。读魏良弼的奏疏后，听钦天监官不明朗的回答后，皇帝对君臣争明、奸臣在侧这八个字印象很深，对天变示警产生新的想法。

君臣争明，历来是君相争明，是天子和权臣争明。今日能和天子争明的，只有张孚敬。皇帝半信半疑。半信者，是张孚敬或会和他争明；半疑者，是张孚敬并非奸臣。张孚敬只是权臣，绝非奸臣。奸臣是杨廷和，是乔宇，是何孟春，是杨慎，不是张孚敬，不是桂萼，不是方献夫。这是皇帝把握得定的。要是魏良弼把奸臣在侧改成权臣在侧，皇帝或许更能听得进去。

奸臣在侧也好，权臣在侧也好，要是魏良弼上疏后，皇帝命张孚敬疏辩，他再上疏，或者皇帝不要张孚敬疏辩，他仍引咎求退，皇帝无疑不会放他去的。但张孚敬不等皇帝的批复，就上疏自辩，并且讦奏魏良弼。这就不但触犯众怒，而且增添皇帝的猜疑。

皇帝右手拿的是张孚敬的奏疏，他辩称，魏良弼上疏论劾他，是挟私报复。他说的挟私，是一件极小的事：前者皇帝有旨，命各官荐举武职。魏良弼上疏荐举数人，张孚敬称他写的保语过当，请下兵部复核。兵部与张孚敬的看法一样，认为魏良弼对武臣的评价揶仰过情。

张孚敬疏称：臣复请上夺其俸两月，仍敕兵部推用武职，毋得轻信保语。臣之心，实欲黜陟之权自天子出，不得下移台谏、郎司也。今良弼挟私报复，坐臣专擅。夫臣为皇上守法，顾来专权之毁。而今之曲法媚人者，乃获得众之誉。臣恐自是效忠无地矣。

若非天变，皇帝对张孚敬的一番辩词定然深信不疑。魏良弼的论劾，张孚敬的疏辩是因天变而起，皇帝就不会深信不疑。魏良弼挟私报复，不是没有可能。但魏良弼荐举武臣，有过情之语，其他官员荐举也有过情之语；魏良弼因而受处分，其他官员也因而受处分。为何只有魏良弼一人挟私报复？这是皇帝第一点疑问。张孚敬说魏良弼保语过当，兵部也说魏良弼揄仰过情，六部以内阁之是非为是非，不正好说明权臣在侧吗？这是皇帝的第二个疑问。张孚敬说魏良弼保语过当，是小奸；魏良弼说张孚敬与君争明，是大奸。应先除小奸，还是应先除大奸？这是皇帝的第三个疑问。

皇帝原本拿不定主意，是在魏良弼的奏疏上加批，还是在张孚敬的奏疏上加批。在外面看一回天上横冲直撞的彗星，想一回地上横冲直撞的螃蟹，他拿定主张：且看明日有没有人议论此事。明日有人论劾张孚敬，则处分张孚敬；明日有人论劾魏良弼，则处分魏良弼。

他把这也看作是天兆。

第二日，兵科给事中秦鳌上疏，论劾张孚敬“强辩饰奸，言官论列，辄文致其罪”。疏中有一段话很醒目：且天子之权，不可下移，票拟圣旨，岂容不密！今孚敬动辄引以自归，明示中外，若天子之权在其掌握。有臣如此，所以上干天和，下拂人情。不去孚敬，天意不回。

张孚敬竟敢于私第票拟圣旨！皇帝动怒，不再多想。他在秦鳌的奏疏上批道：秦鳌之言，实出忠说。张孚敬屡疏词意，朝廷岂不识！直是国家待辅臣之体当如此耳。孚敬不必陈状，准其致仕。

昨晚斟酌不定的事已有结果，皇帝且不起立，在御座上活动活动腰身，又与崔成说起闲话：“崔成，你的名字起得好。”

“奴才的爹爹，和爹爹的爹爹，都不识字，能起得出什么好听的名字？”崔成不以为然，“爷在拿奴才取笑。”

“名字的好坏不在好听，而在好意。”皇帝说，他不忙着解释崔成二字有什么好意，突然问道，“你可愿意读书上进？”

“奴才愿意读书，”崔成说，“奴才听张太监等为爷读疏，一气呵成，羡慕得不得了。奴才心里总在想，什么时候多识几个字，也能为爷读疏，才不白白在爷身边侍候一回。所以，一有闲空，奴才就缠着学问大的叔辈，教奴才认几个字。奴才已认得出二三百字。”

皇帝说：“读书不是只识字，还要懂得字意。学问大的公公教你认字，那不是读书上进。也罢，朕就催成你一次，遣你去内书堂读书。”

原来崔成名字的好意在此。

自宣德年间始，选小宦者于宫中开班读书，称为内书堂。因为司礼太监经常要代皇帝批朱，必须识字，所以司礼太监多任用在内书堂读过书的宦者。司礼太监被视为内相，内书堂也就被视为内翰林；宦者入内书堂读书，也就成内吉士。

皇帝当面答应某宦者入内书堂，是难得的恩宠。崔成喜出望外，跪下不住地叩头，不住地声称：“奴才叩谢万岁爷的恩典！”

“你先起身！”皇帝又想起另一个经常在身边侍奉的小宦者，“麦福也有灵性，只可惜他的名字不好。人人都要买福，他怎么却卖福呢？”

崔成壮着胆子说：“奴才妄言一句，他的名字也未必不好。”

“他的名字有什么好处，你倒是说说看。”皇帝好奇心大起。

“有福才能卖福，多福才能卖福。他有福多福，才卖福。”崔成说。

“你的解说不无道理，”皇帝说，“既然他有福多福，朕再舍他些福，让他和你一起去内书堂读书吧。”

崔成又代麦福谢恩。

第一百五十九章

翰林院编修杨名把同僚程文德约到家中说话。程文德见他心情抑郁，神态凝重，劝慰道：“皇上御批之句，并非是责备，实卿兄不必太在意。”

他比杨名年长八岁，遇事沉稳。

两个多月过去，撞入井宿的彗星非但没有退去，其光芒反而一日长过一日，现在已长丈余。皇帝命众官建言。杨名上疏称，天变示警，皇帝也有责任。皇帝在他的奏疏上批道：“览奏俱见忠诚。其喜怒失中，用舍不合民情者，宜明言之。”皇帝引的两句话，正是杨名在奏疏中含混带过，不曾具体指明的。程文德说皇帝的御批不是责备，岂止不是责备，皇帝简直在鼓励杨名直言。不知他为何显得沉重？

杨名说：“正因为皇上不是责备，我才向舜敷兄请教。皇上有旨，我绝不能缄口不言。请舜敷兄示知，我当如何行事？”

程文德对这件事是有所考虑的。他说：“实卿兄有进退二策。欲进一步，则再上一疏，明言何谓喜怒失中，用舍不合民情；欲退一步，则以言语失当请罪。欲进一步，欲退一步，实卿兄自己拿主意，莫再问我。”

“二策可并用否？”杨名边问边说，“我已拟就一疏，请舜敷兄指教。”

他把刚刚写成的疏稿递与程文德，程文德并不推辞。

杨名奏疏的第一部分，正是程文德所说的退一步，无非是：臣本庸劣，无所知识；问学未明，言多乖谬；故以草茅之见，腾为狂妄之说等自贬自责的话。

后面则是程文德所说的进一步，即明言何谓息怒失中，何谓用舍不合民情。

对用掌吏部的汪鋐，他写道：盖以鋐之为人，心行反复，举动乖张，志惟务于逢迎，心只期于报复。向总宪台，累遭论劾，今迁吏部，又被群言。

对久典戎务，屡代祀事的武定候郭勋，他写道：其赋性奸回，立心险诈，阿奉权贵，叨受天恩。使为臣子者，皆如勋之为人，岂得无可虑乎！

对用于太常寺的陈道瀛、金赟仁辈，他写道：臣观其声音容貌，既极粗鄙；及闻其素行，则饮酒食肉，贪财好色，无所不至。一遇祭祀，则专意于分受品物，及香烛柴炭之类而已。

对真人邵元节，他写道：祈祷之说，自古无验。以皇上敬一之心，万寿之福，百男之祥，可以坐致。乃使异端小术，禳以为功，书之史册，以垂后世，亦谓何哉！

杨名疏还提到“近见大学士李时以爱惜人才为请”，指的是九月十五日，皇帝御文华殿，宣谕辅臣修省。李时疏言三事，一曰务安静，二曰惜人才，三曰慎刑狱。皇帝悉从之。用在这里，颇有以皇帝之矛攻皇帝之盾的味道。用的合适不合适，则很难说。

程文德读罢，问道：“上月有人对汪宜之大加鞭挞，实卿兄尚记否？”

他说的是魏良弼等劾罢张孚敬后，因天变未弥，又论劾汪鋐，主要是说汪鋐贪佞，不宜居冢宰之位。原以为张孚敬都可以劾罢，除去汪鋐又有何难？不料，皇帝并没有罢免汪鋐，却处分上疏的科、道官，罚去魏良弼等两个月的俸禄。

“舜敷兄是说，张秉用可以论劾，汪宜之却不可以论劾？”杨名问。

张孚敬现在用的字是皇帝赐的，杨名宁愿用他先前的字。

“并非汪宜之不可以论劾，”程文德道，“我只觉得，魏师说可以劾罢张秉用，却撼不动汪宜之，颇耐人寻味。张秉用居内阁之首，被科、道劾罢；汪宜之居七卿之首，又被科、道劾罢。实卿兄不妨想一想，进退大臣之权，是属于皇上，还是属于大臣，还是属于台谏？没有张秉用之罢，罢免汪宜之，应不是难事；既已罢张秉用，又欲罢汪宜之，皇上是不会准的。实卿兄要听我的见解，我直言以告：既知皇上不会准，不如且置汪宜之于不顾，只论劾陈道瀛等。兄意如何？”

魏良弼字师说，江西新建人，嘉靖二年进士。

杨名沉思片刻，问：“对郭武定又当如何，是论劾还是置于不顾？”

“在两可之间，实卿兄不妨再斟酌。”程文德的答复不明确。

“舜敷兄看，只论劾陈道瀛辈，不论劾汪宜之辈，称得上‘用舍不合民情’吗？”听杨名的口气，他不同意程文德的提议。

程文德并不见怪。他笑着说：“实卿兄说二策并用，实则有进无退，真进假退，以退为进。”

“古人云：义无反顾。我若真退一步，岂不愧对古人！”杨名道，“我既上前疏，即便皇上无旨，也该续以此疏；我既言喜怒失中，用舍不合民情，即便皇上不追究，也该论劾群奸；群奸以汪宜之为首，我即便不论劾陈道瀛，也该论劾汪宜之。”

他一连说三个“也该”，程文德自然不会再劝阻。

“实卿兄无私无畏，敢于进言，我只有仰慕而已。”他说。

皇帝阅过杨名的奏疏，气不打一处来。他要杨名明白指说，杨名却罔上怀奸，怙名卖直，托言星异，挟制朝廷，泛引旁牵，诬害忠善，意引党类，以图报复，乱法怨君，殊为无理。一口气写十句成语，皇帝命锦衣卫将杨名执送镇抚司狱，用刑拷讯，奏请处分。

“用刑拷讯”，或“打着问”，不是愤怒已极，不会降这道明旨。

第一百六十章

夜深了，北风吹得门窗簌簌作响。南京御史冯恩丝毫不感觉寒冷和困乏，仍在奋笔疾书。忽然，有人轻轻碰一下他的手臂。回头一看，是儿子冯行可，手上端着一碗肉羹，立于身后。

"行可，怎么还不去睡？"冯恩接过肉羹，问道。

"爹爹大义凛然，不畏危难，孩儿要陪伴爹爹。"冯行可说。

他今年只有十三岁，说起话来，却完全像个大人。

"你怎么知道爹爹会有危难？"冯恩又是心疼又是感动。

冯行可不知该怎么说，回过头看。冯恩随他的目光寻去，见母亲吴氏站在门口，正深情地望着自己。他连忙起身，迎过去。

"儿子不孝，连累母亲大人不得歇息，儿子心里甚是不安。"他说。

吴氏拉着他的手，回到书案前。冯恩请吴氏坐在他方才坐的位置，吴氏说："恩儿为国事不眠，行可小小年纪，都知道要陪伴你；为娘的陪一陪你，还不应该吗？"她扫一眼案上的疏稿，问道，"尚未完成吗？"

冯恩说："还有几句话，儿子一定要写上。写完这几句话，还要把全疏改一改。儿子努一把力，天亮前总可以完成。"

"娘看得出来，你写的不是普通奏疏。此疏一上，恐怕就要惹祸上身。"吴氏道。她一手握住冯恩的手，一手抚摸冯行可的头，镇定地问："恩儿，你对娘说实话，到底会是怎样的一场祸？"

冯恩无法从正面回答，他缓缓言道："儿子若未入仕途，就可以不议论官场的是非。儿子既入仕途，若未任御史之职，就可以不议论朝廷的是非。现儿子已入仕途，已官御史，尽忠于朝廷与尽孝于母亲不能两全，儿子只有尽忠于朝廷。母亲深明大义，一定不会阻拦儿子的。"

悄自挣脱开吴氏握住的手，重又握住笔，他说："请母亲带行可去歇息吧，母亲留在这里，儿子的奏疏写不下去。"

“我不阻拦你，我只让行可看一看，他父亲是怎样面临危难的。行可，你日后为国家做事时，这就是你的榜样。”吴氏对冯行可说。

“孙儿知道，”冯行可懂事地说，“爹爹有危难，孙儿去救他。”

冯恩心里有话，却说不出来。他目视祖孙二人边说着话，边往外走。

他写的是一本悉数左右大臣邪正得失的奏疏，品藻的大臣包括阁臣四人、尚书六人、都御史一人、侍郎六人。

在冯恩眼里，阁臣中的焦点人物是方献夫。

为什么不是张孚敬？因为皇上对他“知之已深”，魏良弼对他“论之已悉”，不值得再赘言。为什么不是李时？因为他虽然谦和、纯良、忠厚、老成，但“济时拨乱非其所长”。至于翟銮，“附势依权，持禄保位”，只要说出他的“京油”的绰号就够了。

而方献夫，至少可以从三个方面看出他外饰谨厚，内实凶奸。其一，前在吏部，私厚乡亲，酬恩报怨，无所不至。人品如此，何望其容贤纳士，以长百官！其二，他以诈病还籍，陛下特遣行人招之。他先是倨傲偃蹇，不即奉诏。待得知有赴京别用之命，才欣然就道。以前吏部尚书别用，非入阁而何？即便如此，到张家湾后，他仍请容旬日调理，徘徊顾望，为的是试陛下别用之意何如。心机如此，何望其容贤纳士，以长百官！其三，近见邸报，广东佥事龚大稔疏讦他侵占山地，他不自咎请罪，反而肆佞辩及，科道进谒，盛怒不解。器度如此，何望其容贤钠士，以长百官！今又以辅导之尊，方献夫掌部而彗星见，天不可诬如此，他正是今日所当急黜者。

七卿中的焦点人物，则是兵部尚书、都察院右都御史汪鋐。其实，汪鋐已改吏部尚书，但消息还没有传到南京。

其他部、院正卿，以及佐卿，有长处，也有短处。如户部尚书许讚，谨厚谦恭，平易和煦，处事缜密；可惜调度之才略短。如礼部尚书夏言，多蓄之学，不羁之才，尤可嘉者，不立党与，扶持正论，堪称救时宰相。

如兵部尚书王宪，刚直不屈，通达有为，诚是掌兵部的佳选。

如工部尚书赵璜，刚方不昵，廉介自持，不畏强御。刑部尚书王时中不足为道，但也仅是进退昧已，萎靡不振而已。

至于吏部左侍郎周用，才猷通敏，学识老成，虽直谅未见过人，然雅度颇能容众。右侍郎许诰，长在讲论便捷，而学术迂邪；急于功名，而全无廉耻。其人宜酌处别用。礼部左侍郎湛若水，强致生徒，勉从道学，

王守仁犹为有用道学，湛若水乃无用道学。右侍郎顾鼎臣，警悟疏通，和平坦

易，文学底于深造，材艺不拘偏长。兵部左侍郎钱如京，安静为人，操守无议。右侍郎黄宗明，文学通儒，因人成事。刑部左侍郎闻渊，存心正大，处事精详，寄以股肱，不尸位也。右侍郎朱廷声，笃实不浮，谦约有守。工部左侍郎黎奭，滑稽浅近，才亦有为。右侍郎林庭棉，才气可取，通达不执。

对黄宗明，他只写两句话。他觉得这两句话写得很中肯，很切实。

以上他着力抨击的张孚敬、方献夫，及下面将要着力抨击的汪鋐，都是议礼之臣，一定会有人说，他要翻议礼的旧案。但黄宗明也是议礼之臣，如实肯定黄宗明的长处，可以证明他抨击的只是奸佞之臣，而不是议礼之臣。

对汪鋐的品评。可以用一句话来概括：方今天下第一恶毒小人。其巧排正士，明报私仇，纳款佯诚，文奸饰险，是没有人可以比的。冯恩需要说明，他于汪鋐非有私怨，所以不惜一死论劾汪鋐，是因为天下公义决不可掩，陛下决不可负，君子小人决不可并立于明；是因为都察院为纪纲之首，陛下不早易之以忠厚正直之人，其败坏天下，轇轇下民，为邪乱之彗，岂不大哉！

冯恩拟疏的重点，是要朝廷驱除方、汪，这已表述得十分明白。但冯恩意犹未尽，还要刻意加上几句话。他对母亲说，还有几句话要写上，就是要写这一内容。

朝廷一定要驱除方献夫、汪鋐！说好听些，这一层意思需要写得更生动、更有力；说难听些，这一层意思需要写得更尖刻、更刁钻。这让冯恩颇伤脑筋。在写作被吴氏和冯行可打断之前，好像曾有一条与全文贯通的思路，现在已经无从想起。对此也不必懊丧，冯恩对方才拟定的结尾，隐隐约约也不满意，正好可以从新拟过。

他把论列方献夫、汪鋐的两段文字再细心地读一遍。在论列方献夫时，有一句话："故献夫掌部而彗星见"；在论列汪鋐时，有一句话："其为邪乱之彗"。他猛然醒悟：他是因天变而陈言，最后还是要归结到天变上。汪鋐"其为邪乱之彗"是个绝妙的说法，除他之外，张孚敬、方献夫也是人间之彗、朝廷之彗。他提笔作结：

> 陛下欲去张孚敬而不去此二人，天下之事未可知也。臣谓张孚敬，根本之彗也；汪鋐，腹心之彗也；方献夫，门庭之彗也。三彗不去，百官不和，愿陛下任贤不二，去邪勿疑，开忠正之门，塞群枉之路，蠲急迫之令，养优裕之休，则善言日闻，善政日布，何天灾之不可攘哉！

第一百六十一章

十一月中，一行锦衣卫官校进入南京城，奉旨缉拿冯恩，杻械赴京。上路的那日，天色阴沉。出南京刑部大狱，一干南京刑部的官员，包括尚书周伦、左侍郎王爌及各司郎官，在狱门外为冯恩送行，使他大为意外，大为感动。不久前，他和南京刑部还打过一场笔墨官司，想不到，对他上疏获罪，他们不但是同情，而且是全力支持。

“伯明先生，存纳先生，各位大人，实在不敢当！”冯恩上镣带枷，不能行礼，只有以目光向他等致意。

“子仁，”周伦呼着他的字，环指刑部的一干人，说道，“我等中间，对你恨入骨髓者，不乏其人，但大家还是都来为你送行。”

冯恩道：“多谢盛情。在下这一去，不知立下的章程是不是就此改变。若是改变，只要朝廷放我回来，我仍要维持原议。”

“子仁放心，”周伦说，“只要我和存纳先生在刑部，章程暂不会改变。即使改变，也要等子仁回来，我等再重新议过。存纳先生，”他转过去问，“我等是这样议定的吧？”

“不错，”王爌道，“子仁离开南京这段日子，刑部具狱，仍然报与相关御史。待子仁回来，我第一个出来与你再争辩。”

旧例：南京御史，无论是应天府巡按御史，还是巡城御史，还是在台御史，受理状告，有所执讯，自己是不能立案的，必须移交刑部。而刑部结案后，不再通报该御史。冯恩以为这样的处置没有道理，与刑部交涉。刑部堂官答说：“旧例如此。”刑部郎官愤曰：“刑部结狱，又要报与御史，岂非以属吏视我？”冯恩说：“区区七品御史，怎敢以属吏视五品郎官？但案由御史而发，御史应知始末，得与刑部相互检核。”周伦觉得他的辩词不无道理，竟然同意。

冯恩是嘉靖五年进士，授行人，曾奉旨赴两广慰劳王守仁。他崇信王守仁的学说，执弟子礼。他在奏疏中贬抑湛若水，实际上也包含学术之争。那次差派后，他没回京师，而是被升擢为南京御史。他到南京都察院不过两三年的时间，就为刑部立个新例。刑部堂官还没什么，直接受理刑狱的郎中、主事们，心里都憋着一口气。所以周伦说，南京刑部对他恨入骨髓者，不乏其人。

冯恩说：“伯明先生、存纳先生欲改章程，无须等我回转来；存纳先生也无须想着待我回来，再和我争辩。在下京师之行，结果难料。说不定，在镇抚司里，静下心来想一想，自己又将章程改回。”

这话说得轻松，其实暗含有去无回之意，众人都觉伤感。周伦也只能说：“子仁此刻不必多想，到镇抚司狱亦不必多想。皇上也不过要对你奏疏里的议论问个明白。”

说着，对王爌使个眼色。

王爌会意，把为首的锦衣卫官校拉到一边，从怀里掏出两大锭银子，递过去，对他说：“诸位往返京师、南京间，恁是辛苦。这些银两，权作慰问。对这位冯先生，还请诸位一路之上多加关照。”

锦衣卫官校出外拿人，从来是趾高气扬，目空一切。但刑部衙门一下来这么多人，把他拉到一边说话、与他银子的又是刑部侍郎，算给足他面子。他说：“如周大人所言，皇上不过要提冯先生去朝廷问话，不会太难为他。大人所赐银两，本不该受。既然是各位大人对冯先生的一片心意，我等就拿着，一路上为冯先生安排饮食吧。”

“这却不必，”王爌又掏出些碎银子，取一小半交与锦衣卫官校，“这些可用来安排冯先生一路上的饮食。”指着余下的部分说，“这些交与他本人。他到京师，除托赖各位关照，少不了还有用银子的地方。”

“此亦同僚之情，王大人请便。”那员锦衣卫官校说。

意即他不阻拦王爌把银子交与冯恩，日后也不会向冯恩索要。

冯恩在一边听见他二人对话，忙说：“诸位大人的盛情，在下心领。诸位大人代小人慰劳几位锦衣卫的老爷，在下感激不尽。但这银两，绝不敢受。在下现为一钦犯，千万不要牵累诸位大人。”

“圣上若命南京刑部鞫讯，我等自然不敢徇私。子仁现在是赴京师，我南京刑部没什么责任，说不上受牵累。”周伦道，“我等知道，你家境尚宽裕，但老亲在堂，需要奉养，她老人家知道与你争执不休的一干人有此举动，心里也会宽慰。我等是为她老人家，你不必推托。”

“伯明先生这样说。在下从命。”冯恩双手略略一举，以示谢意。

与众人别过，冯恩在众锦衣卫官校的簇拥下，向偏西的金川门行去。南京北面的正门曰太平门，钦犯不可以通行，一干人要从金川门出城。

一人站立路旁，见到他等，迎将上来，显然在等着为他送行。他忙上前，道：“惭愧，仕鸣先生受我之累，还来相送。”

那人正是南京都察院掌院左都御史万镗。他因天变上疏言事，说的也是用人：人主所取于下者，曰任怨，曰任事，曰恭顺，曰无私。而邪臣之恣强戾、好纷争、巧逢迎、肆攻讦者，其迹似之。人主所恶于下者，曰避事，曰沽名，曰朋党，曰矫激。而正臣之守成法、恤公议、体群情、规君失者，其迹似之。治天下贵实不贵文。今陛下议礼，制度考文，至明备矣，而于理财、用人、安民、讲武之道，或有缺焉。至大礼、大狱得罪诸臣，幽锢已久，乞量加宽录。

如果没有一两句涉及大礼、大狱的话，万镗的奏疏并未涉及具体人物；如果没有一两句涉及大礼、大狱的话，或不会得罪。既然涉及大礼、大狱，他说的邪臣是谁，正臣是谁，也就定有所指。皇帝震怒，在问罪冯恩的同时，也将他免官。同时罢免的还有右副都御史张睿。冯恩不知万镗上疏的内容，还以为他免官是因为自己。

“你有你的账，我有我的账，千万不要扯到一起去，”万镗说着，奇怪地问，“怎么，行可吵闹多日，今日却没跟在你身边？”

“下官再三恳求这里的几位老爷和狱吏、狱卒们，千万不要告诉他动身的日子。行可倔强，我怕他一定要陪同我去京师。”冯恩说。

“子仁的托嘱，他等真是认真看待，连我也问不出启程的日子，”万镗说，“实话告诉你，我等在这里，为的是强行留下行可。”

“仕鸣先生如此费心，下官何以克当！”冯恩感激地说，“行可虽然倔强，但还懂得道理。请仕鸣先生教诲他：在家中供奉祖母，就是代我尽孝。京师的事，不用他记挂。”

“子仁放心，行可与我还是有话缘的。”万镗慨然允诺。

第一百六十二章

吏部的三位新堂官聚坐一处，可以说有要议的事，也可以说并无要议的事。不久前，霍韬升任吏部左侍郎。张潮升任吏部右侍郎，同时兼着翰林院学士。坐在正位的是尚书汪鋐。

“两名翰林官下诏狱，翰林院里人心不稳，人心不平，”张潮对霍韬说，“你一直兼着翰林院的差事，你我二人是不是共上一疏，保释他二人？保不出二人，且保出一人也是好的。程舜敷下狱，冤枉得很。”

杨名下诏狱，皇帝有“用刑拷讯”的明旨，镇抚司官岂能不用心追究主使之人？杨名受刑不过，供出程文德曾阅过疏稿。于是，程文德也被下诏狱。张潮相信，程文德的确看过疏稿，但绝非主使之人。

“唯信先生虽有吏部的差事，但主管翰林院。请释杨实卿、程舜敷，在情理之中。”霍韬说，“我虽兼着翰林院的差事，但主要在吏部办事。我出面请释他二人，似有不便。不过，”他也不完全置身事外，说，“皇上若命廷臣会议，我自会附和唯信先生之议。”

听他二人一对一答，汪鋐心里很不舒服：杨名辱骂的是我，你二人自然若无其事，大谈保释。张潮素无交情，不须计较；霍韬却是休戚与共之人，怎样也在一旁看笑话？

想到这里，他冷冷地说：“翰林院官猖狂言事，触怒天威，本该借此机会，好生整顿一番。唯信先生不虑及此，先想到上疏保释，岂不是有失职守？再者，南京御史冯子仁下狱，难道唯信先生也要保释？一则保释，一则不保释，唯信先生就不怕被人说有私心？”

“宜之先生既然说到职守，我也来说一说职守，”张潮意在反驳，“大臣被论，首先要请朝廷善待论劾他的官员，这也是大臣的职守。杨实卿论劾的不止宜之先生一人，但首先论劾的是哪一人，一目了然。宜之先生本该请朝廷善待他才是；宜之先生有难处，我不会勉强。但我为宜之先生上疏，请朝廷善待杨实卿，怎么反而有失职守？是我有失职守，还是宜之先生有失职守，天下自有公论。”

张潮的一番话说得汪鋐脸一块白，一块红。他叫屈道：“唯信先生，杨实卿是得罪我，还是得罪皇上，你不清楚吗？是我要治杨实卿的罪，还是皇上要治杨实卿的罪，你不清楚吗？你既说我有难处，又如此不肯体谅，到底是何居心？”

张潮不理睬他，继续议道：“宜之先生不是还说到私心吗？我也来说一说私心。宜之先生说，杨实卿得罪的是皇上。好，就算他得罪的是皇上，宜之先生上疏的难处，在于他得罪的是皇上。但他得罪皇上，宜之先生不肯勉为其难，是不是私心呢？宜之先生说，要治他罪的是皇上。好，就算要治他罪的是皇上，宜之先生上疏的难处，在于要治他罪的是皇上。但皇上要治他罪，宜之先生不肯勉为其难，是不是私心呢？杨实卿若得罪的是宜之先生，是宜之先生要治他的罪，我请朝廷宽释，或是有私心；杨实卿得罪的是皇上，要治他罪的是皇上，我请朝廷宽释，难道也是有私心吗？杨实卿得罪皇上，是因为他论劾宜之先生；皇上治杨实卿的罪，也是因为他论劾宜之先生。我请宜之先生奏请皇上，善待杨实卿、程舜敷，天下难道连这样的道理也没有吗？何况，我原是与渭先先生商议上疏的事；我已说过，宜之先生有难处，我不勉强。但不肯勉为其难不妨，也用不着向火上泼油，必置杨实卿于死地！”

他最后这句话着实厉害，汪鋐脸涨得通红。他说：“唯信先生，你把话讲清楚，谁向火上泼油，必置杨实卿于死地？”

张潮句句是责问：“前科一甲第三人是川人，今科一甲第三人又是川人，足见杨介夫阴魂不散，这话是谁说的？杨实卿为杨介夫之侄，这话又是谁传播的？如宜之先生所言，杨实卿已然得罪皇上；再把他和杨介夫拉扯在一起，不是置他于死地，又是什么？说这话的人恁是无知：杨介夫是新都之杨，杨实卿是遂宁之杨，川蜀杨姓之人不计其数，难道都是同宗？”

汪鋐本不欲再辩，因提起杨廷和，忍不住又辩起来：“杨介夫阴魂不散，不知是谁的说法。唯信先生有意，我愿与你一同追究此说的出处。至于杨实卿为杨介夫之侄，并非由我捏造。唯信先生不妨向川蜀士子询问，十个人中大概有七个会告诉你，杨实卿是否为杨介夫之侄。唯信先生所谓遂宁之杨与新都之杨的差别，实在不值得一驳。两地相距不过二三百里，为什么就不能是同宗？我倒要问一句：杨实卿真是杨介夫之侄，唯信先生怎样？是我欲置杨实卿于死地，还是他有该死之罪？”

“杨实卿即便为杨介夫之侄，也未必有该死之罪。”张潮说。

“这倒要认真辩一辩，”汪鋐转守势为攻势，“说我有失职守，说我有私，我可以不辩；杨实卿为杨介夫之侄，唯信先生等闲视之，我却不可以不辩。杨介夫是议礼奸凶，朝廷早作定论。杨实卿非杨介夫族人，他攻讦我等有一个说法；杨实卿为杨介夫族人，他攻讦我等，又有一个说法。他非杨介夫族人，攻讦我等，或因见解不同，或与我等有私怨。他的见解纵然是错的，朝廷也可处分可不处分；他为私怨而攻讦，朝廷当然要处分，但处分可轻可重。他为杨介夫族人，则情形大不相同。他攻讦我等，定是因为不满朝廷议礼，妄改朝廷大典。那是一定要处分的，一定要重加处分的。我说杨实卿得罪的是皇上，我说杨实卿为杨介夫之侄，便有该死之罪，原因在于此。”

说着，他问在一旁静听的霍韬，“渭先先生看，是不是这样的道理？”

霍韬不正面回答：“处置杨实卿、程舜敷，不是吏部的职掌；处置冯子仁，也不是吏部的职掌。”

如果张潮只点到汪鋐有失职守，汪鋐有私心，霍韬是不想卷入二人的争辩的。汪鋐点到杨名与杨廷和的关系，不管真伪，他一定要卷入二人的争辩。但汪鋐像是强行把他拉扯到争辩中来，这使他很反感。当他不想就一件事发表议论时，谁也不能逼迫他发表议论。

下面的话更是不痛不痒：“唯信先生欲上疏，请朝廷宽释杨实卿、程舜敷；好，那就请唯信先生上疏。宜之先生欲借此机会，整顿翰林院；好，那就请宜之先生请旨；我不反对唯信先生上疏，也不反对宜之先生整顿；好，那就由我在唯信先生上疏时附会宽释，在宜之先生请旨时附会整顿。此事既然不该由吏部处置，各人随心所欲，又有何妨？”

在汪鋐的心目中，霍韬不该这样的。在张潮的心目中，霍韬也不该这样的。二人都琢磨，霍韬为何会变成这样，反倒顾不上彼此的争辩。

第一百六十三章

前沔阳州判官黄直，为亡父守丧三年后，赴吏部听用。他是嘉靖二年进士，说起为官的经历，颇有些离奇。初次授职，他任漳州推官。漳州习俗敬鬼，境内淫祠甚多。黄直到任，一概拆毁，以其木材修建桥梁公所。他因此得罪巡按御史，被网罗罪状，送吏部降用。行至途中，黄直上疏，请皇帝早定储君。皇帝无子，所谓定储君，即迎取宗藩世子，这是最忌言的话题。皇帝大怒，差锦衣卫官校缉拿到京鞫问，他由待降之官一下变成戴罪之官。好在当时议论储君的不止他一人，又都没有恶意，皇帝未加重罪，只是依照原议，把他降一秩，贬为沔阳判官。他在该任上，直挨到父亲去世。

到得京师，因与魏良弼既是同科，又是江西同乡，先去拜望。

魏良弼见他大惊："以方兄，怎瘦成这样？莫不是哀戚成疾？"

黄直字以方，江西金溪人。魏良弼想的是，三年的时间，再多的哀戚也应该化解。

黄直说："三年不食酒肉，一天两天哪里补得起来！"

他立誓：为父守丧的日子里，不进滴酒，不食一口肉。三年来，他没有食言。

简单解释后，他上下打量魏良弼，说道，"师说兄还好，虽然受些挫折，未见憔悴。"

"惭愧，我那算是什么挫折！"魏良弼苦涩地一笑，"论劾汪宜之由我而发，受苦的却是杨实卿、程舜敷、冯子仁诸君。"

他疏劾汪鋐在九月，早过杨名、冯恩等人。皇帝对他仅是夺俸而已，可谓幸运之极。

"师说兄，这事也真是怪！"黄直道，"我在家中听闻师说兄疏劾张某人，以为凶多吉少，暗自为吾兄担不少心。谁知几天之后，却传来消息，道是张某人被勒致仕。我不由得扬眉吐气，遥贺师说兄成就一番大事业。接下来，师说兄又疏劾汪某人。我心里想，张某人致仕，彗光不消，定是除奸未尽。师说兄继续疏劾奸人，是顺理成章的事；皇上继续罢免奸人，也是顺理成章的事。谁知几天之后传来的消息大大出人意料：汪某人岿然不动，师说兄等却受处罚。这岂不是闯过大风大浪，却在小河沟里走翻船吗？”

“闯过大风大浪，却在小河沟里走翻船，也是常有的事。”魏良弼说，“有人以为，皇帝宁肯罢免张某人，而不肯罢免汪某人，足见对汪某人的宠信更胜过张某人。其说大谬。皇上宁肯罢免张某人，而不肯罢免汪某人，原因有二：一是科、道论劾张某人在前，而论劾汪某人在后。以方兄说彗光不除，继续罢免奸人在皇上是顺理成章的事；却不知彗光不除，罢免张某人是否错，在皇上也是顺理成章的想法。二是张某人乃心腹之臣，汪某人乃股肱之臣。天变有应，是应在张某人身上，不会应在汪某人身上。罢免张某人未曾弥灾，罢免汪某人就更无法弥灾。说起来，在皇上的心目中，汪某人还是不能与张某人相比的。”

“是这个道理，”黄直一天不曾在朝中任官，当然信服魏良弼的判断，但对这件事，他也有自己的想法，“师说兄论劾汪某人，被夺俸；杨实卿、冯子仁相继论劾汪某人，被下狱。我想，再有人论劾汪某人，仍然不会奏功。看来，大奸一时难除。但大奸可以暂且不除，忠良却不可以一刻不救。为救助杨实卿等，还是要人进言的。”

“以方兄说的是，”魏良弼忧心忡忡地说，“朝中谈汪色变，救杨无力。连诚甫先生上疏其事，也惶惶不可终日。我是因此事获罪之人，再为此事上疏，难免要被人责以欺君。这是我的为难之处。”

兵部侍郎黄宗明上疏，是前几日的事。他以替程文德鸣冤为主，替杨名申辩为辅，说：连坐非善政，今以一人妄言，必究主使，廷臣孰不惧？杨名搒掠已极，当严冬或困毙，将为仁明累。

皇帝迄今尚未批复。

黄直说：“师说兄已尽力在前，怎么还能让师说兄为难！朝廷之上，大臣有大臣的难处，科、道有科、道的难处，唯弟一待命之臣而已，无功无过，无牵无挂，疏救杨实卿、程舜敷，舍我而其谁！”

“怎么，以方兄一入京师，就抱定上疏的主意？”魏良弼惊喜地问。

“师说兄谬矣，我人未入京，已抱定上疏的主意！”黄直慨然言道，“一路上，听到杨实卿下狱的消息，听到程舜敷下狱的消息，听到冯子仁下狱的消息，我心急如焚，恨不能插翅飞入京师，即刻疏谏。”

魏良弼赞道：“以方兄有作为，敢任事，不愧丈夫二字。既然决心已下，何不将上疏之意说出来，我二人也可仔细斟酌字句？”

“我径直来拜师说兄，正是要表明心迹，请教方略。我之意——”黄直正要讲述一路上设计的疏稿内容，忽然多生出个心眼。他笑道，“师说兄，你要作第二个程舜敷，尽管去作；我却不愿作第二个杨实卿。这本奏疏如何拟，我自有主张，师说兄就不必操心。”

黄直暂时寄宿于江西会馆。告别魏良弼，回到住处，他关起门来，草拟疏稿曰：九经之首曰修身；修身有曰：敬大臣，体群臣。今杨名以直言置诏狱，非所以体群臣。黄宗明以论救与杨名同罪，非所以敬大臣。二者未尽，天下后世疑陛下修身之道亦有所未尽矣。”

第二天，黄直将奏本送去通政司。

黄宗明说：杨名搒掠已极，当严冬或困毙，将为仁明累；黄直说：二者未尽，天下后世疑陛下修身之道亦有所未尽。二人都姓黄，一个是浙江人，一个是江西人，倒没有被编排成同宗。

司礼监传圣谕：杨名之罪，死有余辜，未伤朕仁明之治。方将究主使之人，而名坚执不报。想黄宗明即主使之尤者，想黄直即杨名同谋者，着锦衣卫执送镇抚司，并鞫以闻。

于是，黄宗明、黄直先后被下诏狱。

在被拷讯时，冯恩供认：曾与宋邦辅谈论朝政及大臣得失。于是，宋邦辅被下诏狱。宋邦辅与冯恩同是嘉靖五年进士，同任南京御史，就因在一起议论政事，品藻大臣，横遭牢狱之灾。

十二月初一日夜，彗星渐渐消失。彗星之出是应在张孚敬身上，还是应在杨名、程文德、冯恩、宋邦辅、黄宗明、黄直等人身上？彗星之消，是因为皇帝罢免张孚敬，还是因为皇帝惩治杨名、冯恩等人？谁也说不清楚。但有一点大家是清楚的：杨廷和致仕是九年前的事，议定大礼是八年前的事，宣示杨廷和等奸党是四年前的事，而大礼之议仍然有文章可作，仍然在影响着朝政。

第一百六十四章

掌北镇抚司狱的锦衣卫指挥使陆松从衙门回到家里，颇觉疲惫。他吩咐家人：“多备些酒菜，唤炳儿来，陪我饮几盅酒。”

陆炳二十二三岁的模样，身材高大，鹰貌鹤步，肤色紫里透红，一眼看去，便会给人健硕无比的印象，令人精神为之一振。

他进得门来，爽声说道：“陪爹爹饮酒不妨，爹爹可不许耍滑。”

没听到回应，再一看，陆松的脸色不对。他压低声音问道，“爹爹找孩儿有事？”

“无事，”陆松指指身边的椅子，说，“今日疲惫，找你来喝酒解乏。”

陆炳考中嘉靖八年的武会试，授锦衣卫副千户，和陆松在一个衙门。他虽然不应北镇抚司狱的差事，但知道，爹爹只要忙碌起来，一定有重大诏狱。他于是说：“孩儿但愿年节快些到来。”

“长成偌大一条汉子，还在说傻话。难道你想它快些到来，它就能快些到来吗？”孩儿虽已成人，在陆松眼里，还是孩儿。他问：“炳儿为何但愿年节快些到来？是想自己去灯市、庙会闲逛，还是想爹爹有假日，带你出去玩耍？”

“年节里停刑，爹爹就不必用心伤神，狱里那些人也可以少受些皮肉之苦。”陆炳的话仍有些稚气，却不是孩儿的话。

陆松想不到他竟如此体贴，叹道：“难得你存心仁厚。炳儿，我不要你在北司应差，也是想让你少用些心，少伤些神。我看你起初还不服气，现在心里不再埋怨爹爹吧？”

“孩儿心里从来不曾埋怨爹爹，”陆炳辩道，“孩儿只是想，爹、娘给孩儿许多方便，但孩儿还要靠自己的本事，有一番作为。”

“你能这样想很好，”陆松点点头，训诫道，“你要知道，咱们这位皇上圣明睿智，绝非前朝的任何一位皇上可比。靠着你爹、娘的脸面，你也不是没有前程；但要取得似锦的前程，须得靠你自己的努力，靠你自己的机会。所以你中武举时，我要问你，是不是沾娘的光。”

陆松之父陆墀隶锦衣卫籍，兴献王就藩国时，充王府仪卫。到陆炳这一代，和当今皇帝有三代的渊源。最难得的是，陆松之妻曾为皇帝乳娘，他升至今日的官阶，与此不无关系。但他训诫陆炳不可把前程完全寄托在这上面，可以说眼光独到。

“孩儿也曾想过，没有爹、娘的面子，能否中那年武举。”陆炳说。

陆松很有兴趣地问：“炳儿想的结果如何？”

“孩儿自信不输与任何武生，没有爹、娘的面子，也能中那年武举。但能否获锦衣卫的官职，孩儿却没把握。”陆炳说。

“炳儿的话不温不火，很切实际。”陆松赞赏道。

和陆炳说一阵话，他的精力稍有恢复。恰好厨房里把酒、菜准备停当，送上来。他叫道：“来，我且与炳儿饮过三盅，再说闲话。”

酒过三巡，陆炳问起北镇抚司狱的刑讯：“杨编修供认出一个程编修，冯御史供认出一个宋御史，孩儿想，程编修、宋御史虽然不会是主使者，但总算问出眉目，对朝廷可以作个交代。怎么看爹爹的神色，比没问出程编修、宋御史时，还要沮丧？”

“既然知道程编修、宋御史不是主使者，又怎向朝廷交代！”陆松道，“程编修的供状称：先行阅读杨编修的奏疏，是有的；指使杨编修拟疏上疏之事，则绝无。宋御史的供状称：与冯御史议论朝廷大臣，是有的；冯御史拟疏上疏之事，则全然不知。读过他等供状，别说以皇上的圣明，不会把他二人当作主使者；就连方阁老、汪冢宰等被论劾的大臣，也不会把他二人当作主使者。镇抚司只好重新打问杨编修、冯御史。他二人也变得聪明，别说供认主使之人，连谁曾先行阅读过奏疏，曾与谁在一起议论过朝廷大臣，也不肯再说。”

“打问也不肯说，或是并无主使之人。”陆炳据理推测。

“炳儿这话只可在爹爹面前说，在外人面前千万不可说，”陆松嘱咐道，“皇上说有主使者，就一定有主使者。皇上命打着问，就有打着问的道理。今日打问不出，明日继续打问，总可以把主使者打问出来。”

“并无主使者，或是皇上也认可。”陆炳又是一句推测。

“炳儿这样说可有所依据？”陆松不由皱起眉头。

“不敢说有确实的依据，”话虽这样说，陆炳却是很有把握的样子，“可孩儿听人说，皇上对杨、程两位翰林已经发落。杨编修被编戍瞿塘卫，程编修被谪为信宜县典史。爹爹请想，他二人既被发落，岂不是皇上不欲再追究主使之人？皇上不追究，岂不是并无主使之人？”

“杨编修编戍，程编修谪外，炳儿从何处得知？”陆松吃惊地问。

皇帝已发落杨名、程文德，镇抚司却还在严刑拷讯，追究主使者。闹出这样的笑话，也不是不可能。譬如皇帝决定处分杨名、程文德，要命内阁拟旨，内阁拟就，呈入宫中，司礼太监再去镇抚司传旨，在哪个环节上稍慢些，就要花去一天的时间。皇帝清晨定下的事，或要午后传到有关衙门；午后定下的事，或要次日清晨传到有关衙门。而皇帝身边的宦者，司礼监的公公，内阁的文书等，只要有人多一句嘴，外面就会有人得知。所以，陆炳先知道对杨名、程文德的处分，陆松并不能断定就是讹传。

"司礼监的公公们再无聊，也不会无中生有，编造这等故事，"陆炳模模糊糊地道出他的消息来源，"爹爹明日去衙门，若接不到敕旨，或是别有变故。但十有八九，杨名上疏一案该有结果。孩儿想，皇上宽仁，这样处理，也在情理之中。孩儿还想，今日爹爹劳心伤神，打问杨名、冯恩二人，明日只需打问冯恩一人，就可以省些精神。再放开想：爹爹今日打问杨编修，明日有旨处分，不再追究主使之人。爹爹明日打问冯恩，后日会不会也有旨处分，不再追究主使之人？爹爹明日再拷讯冯御史时，也不必过于劳心伤神。"

话含蓄，陆松却听得明白："炳儿是说，对冯御史不必用刑鞫问？"

"不是不必用刑鞫问，是不必严刑鞫问。"陆炳改一个字。

"严刑都问不出来，不施严刑，还能问得出来？"陆松大不以为然。

"对这件事，爹爹尚未想透彻，"陆炳道，"皇上一直在命镇抚司拷讯杨编修，同时命法司拟罪。镇抚司拷讯不出主使者，皇上不是对镇抚司不满，而是对法司拟罪不满。孩儿听说，法司拟杨编修罪，从罚俸到闲住，一次一次加重，皇上都不准，现在亲自拟定编戍。同样是杨编修的奏疏，同样是镇抚司呈进的供状，论罪轻重，却截然不同。爹爹请想，皇上究竟是对法司不满，还是对镇抚司不满？对冯御史，无非也是如此。镇抚司在这厢拷讯，法司在那厢拟罪。或许这厢还没有拷讯出结果，皇上那厢已拟准罪名。故爹爹这厢一般用刑拷讯，或严刑拷讯，并无不同。孩儿若说得对，爹爹请饮这盅酒。"

陆松端起酒盅，却只饮半盅。

"炳儿，我不能说你的话不对，可我也不能说你想得透彻，"他反过来说陆炳，"皇上命镇抚司鞫讯，命法司拟罪，法司拟罪不当，皇上则亲自拟罪，这层道理你想透。可皇上既命法司拟罪，为何还命镇抚司鞫讯，这层道理你却没有想透。法司的职责是为朝廷除却大奸大恶。可径交法司去办，他等或是包庇同情，或是结党维护，使大奸大恶成为小奸小恶。这是其一。法司的职责是除恶必尽。可径交法司去办，他等或是包庇同情，或是结党维护，使奸恶之徒逍遥法外。这是其二。皇上知其人大奸大恶，知其人必有奸党，径定他的罪亦可，但总不如打问明白，再定他的罪，可使群臣宾服，可使天下归心。故罪须由法司拟定，供状却要由镇抚司打问出来。炳儿，爹若说得对，你饮这半盅酒。”

他指指自己的酒盅。

“爹爹比孩儿想得透彻。”陆炳饮尽陆松酒盅里剩下的酒。

“镇抚司今日不曾接到圣旨，就不得不劳心伤神，打问杨编修；明日接旨，自然不须再打问他。镇抚司明日不曾接到圣旨，就不得不劳心伤神，打问冯御史；后日接旨，自然不须再打问他。”陆松说着，往他和陆炳的酒盅里都斟满酒。“炳儿，你现在不应北司的差事，可以少用些心，少伤些神。日后皇上要你应北司的差事，该用的心要用，该伤的神要伤。有句话却须记牢：依旨行事，不可妄为。炳儿若记得住这句话，便与爹爹同饮这一盅酒。”

“是，爹爹的训示，孩儿不敢忘。”陆炳应道。

第一百六十五章

皇帝一面命镇抚司打问冯恩，一面命法司拟定冯恩的罪罚；果如陆炳所料；镇抚司没有问出眉目，皇帝就命将冯恩移至刑部狱，却是陆炳没有料到的。陆炳没有料到，刑部也没有料到。

这无疑是在催促刑部尽快结案。刑部尚书王时中将广东司郎中张国维、员外郎孙云请去商议。广东清吏司带管应天府及锦衣卫，无论作为南京的案子，还是作为镇抚司的案子，都该交与广东清吏司主办。

张国维字培元，南直隶上海人，嘉靖二年进士。孙云字从龙，南直隶昆山人，嘉靖八年进士。

“培元，从龙，二位都不怕担责任吧？”王时中依仗资深位高，对他二人有话直说，用不着客套。

“道夫先生不怕担责任，我等自然也不怕担责任。”张国维说。

“好，”王时中很满意他的回答，“刑部议杨实卿的处分，三次被驳回，皇上不连带着处分刑部官员，已经很宽容。此次处分冯子仁，皇上怕是不会再这样宽容。我不想牵连静中先生、介夫先生，所以找二位商议。开句玩笑，刑部的事可由尚书一人而定，我连二位也不必找。”

新任刑部右侍郎刘节的字，和杨廷和相同。他是江西南昌人，弘治十八年进士。

“道夫先生说的不是笑话，是取笑的话，”孙云的话很不客气，“我也说句笑话：刑部的事不须大司寇作主的话，关于实卿兄的官司，下官或培元先生早可拟议；关于冯子仁的官司，也不必牵连道夫先生。”

“从龙说得痛快！”王时中知他二人心甘情愿担这份责任，不再多说题外的话，“冯子仁的案子与杨实卿的案子有同有不同。均论劾大臣，这是相同的。而杨实卿一味论劾，冯子仁在论劾之外，又有颂扬。处分杨实卿，可以恣意论劾大臣为辞。处分冯子仁，有人一定要依上言大臣德政律处分。若被他得逞，后果不堪设想。”

他点出要害：依《大明律》，妄自上言大臣德政，犯的是斩罪。大臣不可以随意论劾，更不可以随意颂扬。王时中说的有人，可能是指汪鋐，也可能是指郭勋。无论是谁，都能让皇帝相信，可以依上言大臣德政律处分冯恩。杨名一味论劾，与上言大臣德政根本沾不上边，说起来，反而走运；冯恩能不能像杨名一样走运，尚很难说。

其实，杨名没有依上言大臣德政律处分，既是杨名走运，也是刑部官员走运。冯恩能不能像杨名一样走运，亦即刑部官员能不能再次走运。

“道夫先生说的是，”张国维应道，“冯子仁移来刑部狱，从龙就对我说过，至少有二事，于他很不利。”

“是哪二事？”王时中问。

张国维对孙云说：“从龙，把你的想法再对道夫先生说一遍。”

“下官从命，”孙云道，“臣子不许妄言大臣德政，寓意深刻。大臣笼络小臣，小臣阿谀大臣，极易结党。不许上言大臣德政，正为防止结党，这是其一。大臣德政，归根结底，是朝廷的德政，天子的德政。颂扬大臣德政，置朝廷于何地，置皇上于何地？这是其二。冯子仁的奏疏对大臣有褒有贬，平心而论，他所褒者，算不得上言德政。但他合褒贬于一疏，被他贬抑的大臣，被他论劾的大臣，欲重加其罪的恐怕是多数。这是于他极为不利的第一事。”

“不错，这是于他极为不利的一事。”王时中说着，问张国维，“于冯子仁极为不利的第二事又是什么？可是冯子仁台宪的身份？”

张国维点头：“杨实卿在翰苑。朝廷重翰苑，翰苑之臣迕旨，得从轻处分，皇上自会从轻处分；翰苑之臣轻易不论劾大臣，杨实卿偶尔上疏，皇上还能容他。冯子仁在台宪。台宪之臣动辄论劾大臣，动辄议论大臣进退，恨不能左右之。大臣进退之权岂能在台宪！故冯子仁上此疏，皇上难以容他。”

叙述过后，他问：“于此二事，道夫先生以为如何？”

“这两件事我也想到，”王时中说，“不过，二事稍有不同。冯子仁在台宪，是无可如何的事，皇上为此而重其罪，谁也劝解不了；而冯子仁的奏疏，论列百官，有上言大臣德政之嫌，则又有一说。”

“道父先生是说，此事尚可转圜？”孙云问。

王时中说：“不敢说有把握，略尽人事而已。我想起嘉靖初年的一个事例，不知可不可援引。”

“道夫先生指的是嘉靖二年曹仲礼上《百官图》的故事？”孙云问。

曹嘉上《百官图》，曾轰动一时，孙云其时虽未入仕，也听说过。

"二位以为如何？"王时中反问道。

曹嘉上《百官图》时，张国维正在会试的考场，对此事更有体会。他说："道夫先生提起这段故事，我倒是觉得，冯子仁上疏，与曹仲礼上《百官图》确有相似之处；但如何援引，还须斟酌。"

王时中缓缓言道："我记得，曹仲礼上《百官图》后，有人上疏论劾他，说过这样两句话：上有礼貌大臣之心，而小臣肆其轻侮；上有信任大臣之意，而小臣启其猜疑，恐非太平之世所宜有也。曹仲礼上《百官图》，也可说有上言大臣德政之嫌；而未以上言大臣德政处分，正是因为在他的褒与贬中，众人关注的是其贬而非其褒。"

"好，"孙云先赞附道，"在冯子仁的褒与贬中，有人被贬，而欲皇上关注其褒。我等可反其道而行之，偏偏关注其贬。"

"道夫先生提起嘉靖初年事例，让我想起另一事例。"张国维从曹嘉上《百官图》想到其他，"我读列朝律例，记得曾有生员张绅上书，被法司坐以上言大臣德政者律，处斩，结果却被遣戍。生员犯律都可以遣戍，何况是科、道官员！"

三人反复阐述，反复辨析，议复冯恩之狱道：往生员张绅上书，坐上言大臣德政者律斩。恩宜比附绅律。第恩言毁誉相参，似非专颂大臣。蒙恩减死充戍，请如绅例发遣。

但冯恩之狱并未到此结案。

嘉靖皇帝全传

② 斋醮·斋居

戊戌桂秋王之鏵题

廖心一 著

金城出版社 GOLD WALL PRESS · 北京 BEIJING

② 斋醮·斋居

一、铁骨御史

第一百六十六章

嘉靖十二年正月十日，皇帝命起驾西苑。宫里和宫外一样，正在筹备上元节。人人皆知万岁爷喜静不喜乱，好动好乱的太监们平日无不尽量控制自己，不高声喧哗，不滋生事端。现在各被派差事，该张灯的张灯，该扫除的扫除，欢声笑语自然多起来。一年一度的大节令，皇帝也不扫他们的兴，干脆自己躲出去。

内官监太监鲍忠从乾清宫追到文华殿，从文华殿追到西苑无逸殿。一眼看见皇帝在距无逸殿不远的豳风亭前踱步，紧忙走两步。小宦者崔成、麦福的模样悠而闲之，皇帝的心情定然也不错。鲍忠不必太担心。

"母后精神可好？"皇帝不等他行礼就问。

鲍忠一面行礼，一面奏道："圣母皇太后娘娘精神焕发，留住奴才说了许多话。慈寿皇太后精神也好。"

后面这句话，看似多余，实则是大太监们这些年年节之际，奉旨给两宫皇太后请安，揣摩出来的。问过圣母皇太后之后，皇帝是一定要问一句慈寿皇太后的。皇帝不得不问，可又无心去问，不如当奴才的抢先说出，也算是为爷分忧。

"母后精神好，乃天下的福分，"皇帝说着，问道，"鲍忠，圣母皇太后留住你说些什么话？"

"圣母皇太后问起阁臣张先生，"想了想，说得不确切，鲍忠纠正道，"圣母皇太后问起前内阁大臣张先生。"

"是怎样问的？"皇帝一下警觉起来。

张孚敬去年八月致仕，四个月来，皇帝不能说没有想起过他，但总是一想而过，可以说没有认真想过。现在或许该认真想一想？

鲍忠回话准确而具体："圣母皇太后问奴才：鲍忠，你可知张先生年庚几何？

奴才知道她老人家问的是内阁张先生，可还是得坐实，才敢回话。奴才问：娘娘问的是哪一位张先生？圣母皇太后说：你家万岁爷称过几人张先生？我称过几人张先生？奴才说：爷没有派过奴才去内阁传旨的差事，奴才不曾问起过张先生年庚。听奴才这样一说，圣母皇太后不知为何笑起来。”

皇帝也笑：“圣母皇太后笑得很是。就是派个你去内阁传旨的差事，你能当着几位阁臣的面，请教张先生年庚几何吗？”

“奴才糊涂，原是不好问的。”鲍忠道，他接着讲述，“圣母皇太后说：你不知张先生的岁数，我却知道。张先生中进士那一年是四十七岁，现在过去十一年，应该是五十八岁。圣母皇太后命道：鲍忠，你去对皇上说，张先生今年是五十八岁。你可记得住？这句话又不难记，怎会记不住？奴才真是不解其意。”

“母后提醒得好，”皇帝说，“鲍忠，你再去见圣母皇太后，就说，母后慈谕朕已知晓，朕依谕行事，请母后放心。”

“奴才这就去吗？”鲍忠问。

听了圣母皇太后的话，鲍忠不得其解；听了皇帝的话，他更是不得其解。他有心问个明白，却哪里敢问！

“母后在等你的回音，你不即刻去，还等什么！”皇帝看见那边张佐正走过来，对鲍忠又多说一句，“从圣母皇太后那里回来，你去司礼监找张佐，你不明白的事，可以问他。”

鲍忠和张佐打个照面，低声对他说：“佐哥，迟些在衙门里等着我。”

不容张佐询问，他扬长而去。张佐停在那里，好一阵发呆。

皇帝看在眼里，等他走近后，问道：“张佐，鲍忠对你说些什么惊天动地的话，竟使你魂不守舍？”

“并无惊天动地的话，他只要奴才在衙门里等他。”张佐道。

“是朕要他去找你的。”皇帝说，“母后慈谕：张先生今年五十八岁。这话寓意深切，鲍忠听不懂，朕不想点破，要他向你请教。张佐，你倒是说说看，母后命他传谕这句话，是何用意？”

“圣母皇太后慈谕寓意深切，奴才不敢妄解，”张佐说，“奴才想，圣母皇太后的意思，是不是张先生尚可为朝廷效力？”

“不错，母后正是这个意思，”皇帝颔首，“张先生若四十八岁，朕不必急于用他；张先生若六十八岁，朕无法再用他。他今年五十八岁，正该是为朝廷效力的时候。”顿了顿，皇帝称赞张佐，“朕知道，母后的话，鲍忠听不懂，你却听得懂。居潜邸时，朕看你和鲍忠说话行事相差不了许多。十年过后，他再难望你项背。”

“谢爷表彰，”对皇帝的称赞，张佐倒也心安理得，“所谓近朱者赤，奴才日日在爷身边办事，耳濡目染，若不强过他，岂不有负爷教诲？”

对他的颂扬，皇帝更加心安理得，于是交代正事：“你要内阁拟敕，写上这样几句话：朕所以去卿用卿，其意不待自述，自有公论。但卿何其自娱哉？今卿归，星芒未见速退，应与否与？其他不必费笔札矣。”

“奴才遵旨。”张佐记好这几句话。

“还有一件事，你命内阁拟旨。”对此事如何表述，皇帝略显迟疑。

嘉靖十年十一月，皇帝命于钦安殿建醮求嗣。一年之后，真个灵验，九嫔之一的阎氏首先怀上龙种。从去年十月闻此喜讯开始，皇帝就在想着赏赐有功之人。礼部尚书夏言是监礼使，第一个被赏赐，加太子太保衔。现在皇帝想的是如何赏赐在钦安殿建醮的邵元节。

邵元节早被封为致一真人，统辖朝天、显灵、灵济三宫，总领道教，准服紫衣玉带；奉天殿举宴时，立于二品班位，地位崇高，无以复加。

一人得道，惠及前人。他去世的父亲被赠与太常寺丞，他去世的母亲被赠与安人，他的第一位师傅范文泰被赠与真人。再要施恩，就轮到他的后人。施恩与后人和加恩与先人不同：加恩与先人，职位再高，也是虚的；施恩与在世的后人，授一官，就要占据一个位置。譬如，施恩与邵元节的后人，皇帝想到的，是授太常寺丞。这个太常寺丞，和赠与邵元节父亲的太常寺丞就大不一样。前阁臣桂萼病卒，也只录其一子为尚宝司丞。二寺丞都是正六品的官秩，但尚宝司只是正五品衙门，太常寺却是正三品衙门，其间相差甚大。

赠与邵元节父亲太常寺丞，也会有微言，但不至于太激烈；授与邵元节后人太常寺丞，反对的官员一定会更多，议论一定会更激烈。

这就是皇帝迟疑的原因。

想来想去，终于被邵元节建醮的业绩，祈祷得子的喜悦，占了上风。大臣差不多都参与钦安殿的法事，他们是不会反对赏赐邵元节的，说不定还在盼望赏赐邵元节。因为在赏赐邵元节之后，他们也可能得到赏赐。如果有人反对，一定又是那些不甘寂寞的科、道官。但钦安殿斋醮，他们反对；斋醮有成效，难道他们还要反对？皇帝心想：朕为祈子有应而赏赐，胆敢出言不逊，那就是存心与朕做对。

“致一真人有大功于社稷，”皇帝先笼统地说一句，然后命道，“张佐，你命内阁拟旨：致一真人之孙邵启南现为道录司右正一，命改太常寺丞；致一真人之曾孙邵时雍现为道录司左至灵，命改太常寺博士。”

道录司和僧录司都是朝廷的正式衙门，隶太常寺，掌天下僧、道。二司是正六品衙门，所设官，如左、右正一，正六品，左、右至灵，正八品。与其他衙门不同，道录司、僧录司设官而不给俸。皇帝命改太常寺官，对邵启南来说，衙门得升；对邵时雍来说，不但衙门得升，官品也得升；对二人来说，均可支俸，亦即有实在的好处。

“奴才遵旨。”张佐道。

他想，一道召张孚敬还朝的敕旨，一道赏赐邵元节的敕旨，说起来简单，拟起来都有些棘手，够让阁老们头疼的。

“命工部在城中择地，为致一真人建真人府。”皇帝又命道，“此事不必内阁拟旨，你去工部传朕的口谕即可。”

第一百六十七章

灯节期间，严世蕃约上唐汝楫，不去灯市观灯，却去了白云观。

唐汝楫是陕西三边总督唐龙之子，与严世蕃同在国子监读书。严嵩去年十二月升任南京礼部尚书，严世蕃、唐汝楫均不能随父赴任，故年节之际约在一起消遣。

唐汝楫带着一名小厮，严世蕃却是只身一人。

“严兄，你那位管家煞是能干，今日怎么不带在身边？”唐汝楫问。

严世蕃说：“家大人一定要他随行，其他家人一个笨过一个，我懒得带出门来，让人家取笑。奈何不得，只好委屈自个儿。”

“不但你要委屈自个儿，我也要和你一起受委屈。身边没有贵介，怎能恣情肆意！”唐汝楫道。

他捧严年，即捧严世蕃。捧过后，他指着自家的小厮说：“也不妨，他虽笨些，伺候我还可以。他伺候我，我来伺候严兄。”

严世蕃大喜：“我担心被人家取笑，不料一出门，还是被唐兄取笑。说是你伺候我，还不知是谁伺候谁呢。”

“严兄年长过我。长者为尊，自然是我伺候严兄，这又何须说！”唐汝楫道，“何况家父再三嘱咐我，要好生向严兄学着做人。”

“唐世伯让你向我学着做人，不让你向我学着做学问，是深知我也，”严世蕃说。“不过，唐世伯让唐兄向我学着做人，已给我天大的面子。唐世伯知道，唐兄也知道，我是做不了学问的。”

“家父说，严兄不是做不了学问，是无须做学问，”唐汝楫转述唐龙的话，“严兄无须做学问，富贵自会找严兄。我却没有这样好的福气，我必要苦心做好学问，才能取得富贵。”

严世蕃握住他的手，郑重地说：“果如唐世伯和唐兄所言，今年今日今时，我也有一句话：苟富贵，毋相忘。”

“严兄慨诺，足够小弟享受一生。”唐汝楫谢道。

说话间，来到白云观。院里院外，观前观后，只见得人头攒动，只听得人声鼎沸。年节之际，白云观着实是个热闹的去处。

严世蕃把唐汝楫拉到观后稍微安静些的地方，一边逛来逛去，四下张望，一边问道："唐兄，知道我为何约你来游白云观吗？"

"严兄不是说，白云观热闹非凡吗？我已领教。"唐汝楫答道。

"白云观热闹非凡不假，我却不是为看热闹而来，"严世蕃说，"闻得白云观王道长善测未来，我特地来会一会他。"

"严兄与这位王道长可相识？"唐汝楫问。

"不相识，只听万世伯讲过他的模样。"严世蕃道。

"既然不相识，何不去问一问观中的小道长，"唐汝楫停了下来，提议道，"如严兄这般寻来寻去，寻到清明、端午，怕也寻不到。"

严世蕃却有寻来寻去的道理："唐兄有所不知，年节之际，你向白云观的小道者寻问王道长，他或是说不出，或是不肯相告。年节之际，王道长飘忽不定，出没于游人之中，必须自己去寻。至于寻得到寻不到，那要看各人的缘分。"

唐汝楫问："严兄肯定与他有缘分吗？"

意即：没有缘分，不必去找。

"事在人为，"严世蕃说着，手向前一指，"那不是他吗？"

前方几株大树好像围出一个清静世界，无论树外如何喧闹，树下只有一道人，静坐养神，对外间的一切，不闻不问。

"严兄怎知他就是王道长？"唐汝楫七分不信。

"王道长于闹中取静，不能离开白云观，又不欲与俗人周旋。谁能料到此人就是王道长？所以，他一定就是王道长，"严世蕃说，"再者，他不是王道长，也定是一位高人，与他说一回话何妨？"

"我二人上前，可要打破他的沉寂。"唐汝楫仍然似信不信。

二人径直走到那道士面前。怪的是，并无人跟在他二人的后面。

"两位公子既然寻到我，何不坐一坐？"那道士相邀。

"怪了，你怎知我二人在找你？"唐汝楫好奇地问。

"两位公子走来走去，走到我面前，不是找我，又是找谁？"那道士的理由似是而非，"在下姓王，人皆称王道长。其实，我并非白云观之道长，白云观亦非我之道观。说起来好笑，我只是在白云观客居久些，游人皆以我为白云观道长，官府皆以我为白云观道长，连白云观的众道友，竟也以我为道长。"

"那是道长自有取信于人之道，"严世蕃说着，往王道长身边的石头上一坐，"我二人正要寻王道长，为我二人看一看前途。"

“这位公子的话好坦直！”王道长把严世蕃打量一番，说道，“两位老爷离去不久，前程尚未确定，两位公子又何必急着问前途？”

听他这话，严世蕃还沉得住气，唐汝楫则大惊失色，忙问道：“道长可知两位老爷是谁？为何说两位老爷前程尚未确定？”

王道长不慌不忙地说：“两位公子不赐告，我怎知两位老爷是谁？两位公子不是出自寻常官宦人家，我的话对吧？两位老爷若在京师，两位公子怎会相约，来到这里？我的话对吧？两位老爷既然派外差，不在京里，前程自然还没有确定，我的话对吧？”

一句一问，让人无法驳斥。严世蕃定一下神，说：“先看老爷前程，再看公子前程，白云观任何一位道长大概都做得到。先看公子前程，再看老爷前程，王道长有没有这本事？”

“那也不难。只是话中若得罪，还请勿罪。”王道长重新打量过严世蕃，一板一眼地说，“公子一切都好，唯有样貌不好。”

“何谓样貌不好？”严世蕃问，“道长是说我丑陋不堪吗？”

“公子并非丑陋不堪；就算样貌丑陋，也不碍事，”王道长说，“公子且听我解说何谓一切都好。每逢年节之际，都有人来白云观寻我，但在这里寻到我的，十年中不过一二人而已；凡在此时此地寻到我的，必有厚福。所以我说，公子一切都好。”

“道长说的是先后的后，还是厚薄的厚？”严世蕃问。

“公子有此一问，足见聪慧过人，”王道长赞道，“有此一问者，十个寻到我的人中不过一二人而已。可惜，是厚薄的厚，不是先后的后。”

“既然这位公子一切都好，就不必再说。”唐汝楫插言。

“很是，”王道长赞成，“我意亦是不必再说。”

“道长差矣，我来是请教样貌不好的，不是请教一切都好的。”严世蕃不肯罢休，“何谓样貌不好，还请道长明言。”

“公子定要我说，我不得不说：公子身体略肥，而颈项奇短，具猪相，”王道长说着，不由叹息，“公子具猪相而未必属猪，不是争挨那一刀吗？”

“道长不得放肆！”唐汝楫斥道，“可知这位公子是谁？”

“兄台不必动怒，”严世蕃拦住他，“也请王道长为他看一看样貌。”

王道长未被唐汝楫断喝唬住，说：“他样貌甚好，其他就未必好。”

“这话怎讲？”严世蕃、唐汝楫齐声问道。

“这位公子若问功名，定可入得一甲，”王道长说，“可惜他是你指引来的，不是自己寻来的。功名之后的事，谁又能逆料！”

第一百六十八章

何良俊到了南京，先去拜望前辈学者顾璘。顾璘字华玉，号东桥，应天府上元人，弘治九年进士。对何良俊来说，他称得上耆旧；他曾被起用为浙江布政使、山西巡抚，虽均未赴任，也算得上方面大员。但何良俊从来把他看作前辈学者，而不看作前辈大员。

何良俊被家人引进书屋，坐在顾璘对面。见顾璘身后新挂上两张条幅，他揖道："东桥公请让一让，容我拜读你的新作。"

顾璘乐与后辈结交。后辈士人虽敬重他，但相处随意，往往忘记身份和辈分。要不，何良俊也不会让他起身。

顾璘绝无不快，神态自若地站起来。他说："字写得不好，却是警辞。元朗可仔细读读。"

何良俊字元朗，是松江华亭人。

"东桥公且莫自得，容我先拜读过。"何良俊道。

左面的条幅写的是：言行拟之古人，则德进；功名付之天命，则心闲；报应念及子孙，则事平；受享虑及疾病，则用俭。

右面的条副写的是：好辩以招尤，不若忍默以怡性；广交以延誉，不若索居以自全；厚费以多营，不若省事以守俭；逞能以诲妒，不若韬精以示拙。

顾璘道："元朗看过，评一评这几句话吧。"

"东桥公站立在前，我怎敢评！"待顾璘坐定，何良俊才说，"东桥公虽坐下，晚生也不敢妄评。果如东桥公所言，两面的话都是警句。我欲借纸、笔一用，抄录下来。东桥公可准允？"

"那有什么！"书屋里纸、笔都是现成的，顾璘要他自取，并说，"我知道自己的字不好，还要书写出来，还要张贴出来，不但因是自己的体会，要自勉；也是为的与诸同志者互勉。元朗正好四下里为我传播。"

何良俊写罢，将纸折叠好，纳入袖中。

“好，我可为东桥公传播，却不知有无犒赏？”他说笑一句。

顾璘摆摆手，说：“并无，并无！我今日既无文章赠元朗，也不拟陪元朗一醉。元朗在南京友人多，还是他处去讨犒赏吧。”

“指使晚辈效劳却无犒赏的事情，东桥公也做得出来！”何良俊还在说笑，“晚生在南京友人虽多，今次却是特地来看东桥公的。”

顾璘却说起正事：“我不是不想与元朗饮酒；元朗新春伊始，到南京来看我，我很是承情。但有一人，元朗该去拜望一下。”

“哪一位我该去拜望？”何良俊忽然想起一人，“是元瑞先生吗？他受委屈，我自然该去拜望，但总要与东桥公饮过酒再去。”

在江南士人眼里，刘麟和顾璘一样，是前辈文人，前辈大员。

“元瑞先生那里可以迟些去，唯中先生现在南京，你该先去拜望他，”顾璘说，“不能让唯中先生说，我江南士子都不知礼数。”

顾璘话中有话，何良俊忙问：“他责怪过东桥公吗？”

“他若责怪我，是他不知礼数，反倒好，”顾璘说，“他是当着我的面，责怪过徵仲。唯中先生是上元节前履新南宗伯的，元朗知道吗？他来看我时，问道：文徵仲到南京，可有此事？我不知他为何要问，答曰：有此事。他问文徵仲可曾来拜过我，我答曰：拜过。他说：不拜他人犹可，我过苏州，曾访过他；他来南京，却不回拜。江南士人果然狂傲得很！他哪一年过的苏州，我不便问；他为何访徵仲，我也不便问。但徵仲到南京时不曾拜他。他很有些不快。”

“唯中先生不该责怪徵仲先生，”何良俊为文徵明辩解，“徵仲先生来南京，从不去河下拜客，这是南京大小官员都知道的。”

南京重要的衙门，沿护城河而设，河下即泛指各大衙门。

顾璘接道：“我也是这样对唯中先生说的：此所以为衡山也。他若不拜他人，只拜唯中先生，还称得文衡山吗？”

何良俊说：“东桥公这话说得极有分量，令得晚生好不欢欣鼓舞。想来唯中先生不会再说我江南士人狂傲。”

“江南士人是不是狂傲，江南士人的狂傲有没有道理，天下自有公论，也不在乎唯中先生说不说。不过，”顾璘话锋一转，说，“元朗还是该去拜望他。一来，唯中先生有文名，且甚是爱才，元朗权作拜望文坛前辈，不必视作拜望南宗伯。二来，元朗切莫见怪，你与徵仲到底有些不同。徵仲是从翰林院里出来的，元朗却还没有入过翰林院。”

他的意思是：文徵明为翰林院的一段经历伤透心，再也不想混迹官场；而何良俊还没进过考场，未必不想踏入宦途。

这样比较，容易引起误解。顾璘这样比较，是自恃与何良俊的忘年之交，不怕他见怪。何良俊知道顾璘绝无恶意，的确也不会见怪。

“东桥公说该拜望唯中先生，我就去拜望他，何须‘一来’‘二来’的理由。”何良俊说着，起身告辞。

“也不能说走就走，元朗第一次拜望唯中先生，总要准备一二，”顾璘为他考虑得很周全，“你可在我这里，将平日得意的诗作抄录若干，以作进门之阶。”

何良俊知道他是为自己好，无不遵命。

严嵩听报何良俊来访，亲迎出来。何良俊口称不敢当，执晚辈礼。二人进到南京礼部衙门的一间侧室，那是严嵩接待友人的地方。

何良俊重新行礼，就座，说：“晚生从东桥先生那里听得，介溪先生新近升任南宗伯，特来贺一声。只是来得太唐突。”

“元朗要来，随时可来，何言唐突！这话说错，要罚酒，”严嵩道，“换一日，还望元朗携小陆，一起来我这里坐坐。”

何良俊不由一愣：小陆自然是指他的胞弟何良傅。何氏兄弟都善诗文，有当代“二陆”之誉，何良俊被比作大陆陆机，何良傅被比作小陆陆云。开始只不过在华亭有人这样说说，半是推重，半是说笑。后来，何氏兄弟的文学功力日深，就不再有说笑的意思。再后来，何氏兄弟与邻县、邻府一些有影响的人物，如长洲的文徵明、上元的顾璘相交，很得他们的推重，“二陆”的声誉更是不胫而走。

想不到的是，严嵩赴南京之任不知道有没有一个月，居然也知道“二陆”的称呼。这使何良俊顿时感到亲切。

“‘大陆’‘小陆’云云，是乡人胡乱称呼的，出于尊口，羞煞人也。”何良俊说着，躬身将刚刚抄录下的诗词曲赋，约有二三十首，呈递过去，“晚生有几篇习作，请介溪公哂阅。”

介溪是严嵩的别号。

严嵩大喜，起身接过诗卷，还以一揖：“子渊兄常对我言及，乡人何元朗，小小年纪即有传世作品。今日得饱览元朗之作，何其快哉！”他出手一让，道，“元朗请坐。”

等何元朗坐好，他才坐下，品读何氏之作。

诗要吟，严嵩却不出声，只是不住地赞好。

读过全篇，他指着一句小曲说："元朗，如此佳句是怎样造出来的？"

那一句是：牛女情随此夜尽，恩是隔年留。

何良俊说；"去年七夕之夜，我在院中观览天河，宛见牛女相会相散，想起人间之事，亦每每如何，不由且喜且悲，且歌且舞，一气写出三阕小曲，此处录的是其中之一。介溪先生，这个句子造得不好吗？"

"造得极好，"严嵩首肯，"我少年时赋诗，也如元朗，有感则发。当年在南昌城中，偶尔读到大复先生与献吉先生论诗的大函，后来又读到献吉先生与大复先生论诗的大函，无所适从，不敢再做诗。"

李梦阳、何景明诗论之争，沸沸扬扬，士人无不争读其函。（参阅《正德皇帝全传》第二部）

"介溪先生大家风范，晚生怎敢攀比！"何良俊道，"不过，介溪先生的感慨，我也有同感。诗论不可不读，亦不可多读；不可不想，亦不可多想。读的一多，想的一多，就不会做诗。"

"读而不多，想而不多，很是，很是。"严嵩点头。

说起诗和诗论，二人甚是投机。但初次见面，无法谈得太深。严嵩又问起其他事情："听说元朗家中藏书甚丰，有上万卷之多？"

"我尚未计其数，两三万卷总是有的吧。"何良俊说。

"除文学之作，元朗也收集经书吗？"严嵩又问。

"也收集一些，"何良俊答，"如孔颖达等人所注十三经，是有的。"

"唐代有九经，又有十三经，是什么说法？"严嵩问。

何良俊说："唐人初以易、诗、书及三礼、春秋三传为九经，后益以孝经、论语、孟子、尔雅四家，合而为十三经。"

"汉人称七纬，元朗也藏有汉代纬书吗？"严嵩问。

"据晚生所知，汉纬书已不传世，仅散见于各书，"何良俊说着，一一数道，"七纬者，有易纬，有诗纬，有书纬，有春秋纬，有礼纬，有乐纬，有孝经纬。此外，有论语纬、河图纬、洛书纬，不在七纬之数。"

"元朗不唯诗赋写得好，学问亦精深，极是难得。"严嵩赞道。

说到此处，差役来报，酒饭已备好。

严嵩邀道，"我今日就陪元朗在衙门里清酌两盅。他日约上华玉先生，一起再聚。不过，一定要叨扰华玉先生，他那里每宴必用乐，比我这里要热闹得多。"

何良俊一笑，随主人用便饭。

第一百六十九章

显灵宫虽在大内之外，轻易却进不去。

一名中年男子，衣衫不整，面色疲惫，被几名道士拦在大门外，任他怎样解说，也要由守宫门的道士报与邵时雍，由邵时雍报与邵启南，再由邵启南决定是否报与掌教大真人。

与十年前相比，邵元节从服饰到言谈，到神态，都有巨大变化。没有变化的，是每日早、中、晚的三次静默打坐。每到这时，除邵启南等少数一二人，徒儿徒孙们是不敢进入他的居室的。

“可有远客来？”邵元节问话时，看也不看邵启南。

祖父料事奇准，邵启南早已习惯。他答道：“客人从湖广来，姓陶，自称是老真人弟子辈，别的不肯多说一句。”

朝廷上对年高资深的大臣表示尊重，往往在其职位前加一老字，如老尚书、老太监之类。显灵宫里的道人沾染上这个习气，掌道真人年事既高，也加一老字。邵启南和众人一样，称呼邵元节老真人。

“是陶典真？”这回，是邵元节有些意外，“我在龙虎山时，他曾去看望过我；我在京师，他又追到京师来看望，堪称一个诚字。”

他自言自语地说着，站起来。静坐时，他不希望被打搅。但宫里来人，不能拒之门外；远方的道士来，也不能拒之门外。他深知天外有天的道理，看上去毫不起眼的来客，说不定就是哪一方的神圣。所以他吩咐，有远方的道士来，定要报与他知道。

邵启南以为他要出迎，说：“老真人要见故人，我请他进来就是。”

邵元节摇摇头，忽问：“启南，你看他一身怎样的装束？”

“好笑得很！”邵启南道，“他那一身装束，干净倒还干净，可道者不像道者，士者不像士者，让人看后，忍不住要发笑。他若不说是老真人的弟子辈，门前的道兄们不打发他，我也早打发他。”

“这一身装束正是他的身份，”邵元节说，“你不知道，这个陶典真是黄冈县人，早年投在万玉山门下。万玉山是罗田人，曾在龙虎山习艺，和我算是同门。陶典真后来在官府谋个差事，任黄梅县吏。出身我道门，又混迹于官府，可不要这样一身装束！听说他要改调辽东，充任管库大使。我问了问，比县吏强一截，但也仅是一小截而已。”说到这里，他轻蔑地比画一下，“大使仍是吏员，连未入流的官员都算不得。我还在想，他不会为这个高一小截的吏员，远离故土的。但他的装束既然依旧，看来，还是舍不得他的这段前程。”

黄梅、黄冈、罗山都是湖广黄州府的属县。黄冈县与黄州府同城。

邵启南听出邵元节不想见来客，便说：“老真人立下宗旨，不与官府中人来往。陶某人既是混迹于官府，不见也罢。”

“不与官府中人来往，无非是自重的意思。他视我为异类，我难道不知趣，还去巴结他？他若敬重我，我自然也会敬重他。再者，与陶典真来往，也说不上与官府中人来往。”邵元节讲的虽是这些理由，其实仍然不想见客，“我今日没心思与人周旋，启南，你代我招待一下故人吧。”

“孙儿该如何与他周旋？”邵启南请示机宜。

他原想的是打发，那很简单，说一句老真人不见客即可。现在改为周旋，就要用些心思。

邵元节说：“万玉山与我并无直接的师门渊源，但排起来，应该是同辈。你是我的孙儿，可直接由我授艺，和陶典真也是同辈。话若投机，你称他一声道兄；话不投机，你称他一声陶兄，均无不可。”

“如何称呼，孙儿理会得。”邵启南要问的，不是这一件事。

邵元节又说：“你领他去外面铺子里吃饭。他不忌口，你随他吃酒吃肉；他若忌口，你随他饮几杯素酒。这又何须问？你多带些银两，别过时，二三十两的银子总要与他的。”他最后吩咐一件事，“你对他说，辽东这一趟辛苦，他是不能辞的，不然，我就留他在身边。等他在辽东任满，再来京师寻我，显灵宫里有他的一份差事。”

西城甘石桥以北、四牌楼以南的双塔寺，距显灵宫不算很远，也不算很近。邵启南领客人行至此处，在一间酒肆前停下。

邵启南道：“陶兄，我二人就在这里小酌，如何？”

客人向四下里看一眼，说：“邵兄若不介意，另换一处吧。”

“陶兄是嫌外面嘈杂吗？酒肆里有雅间的。”邵启南说。

客人说："嘈杂并不可怕，只是此处戾气太重，不宜久坐。"

邵启南不由一愣，不复多言，领着客人向旁边的一条巷子里走去。直到看得见巷子的西口，路边有一间小饭铺，客人才说："此处既安静，看上去也还洁净，不如我与邵兄进去坐一坐。"

"悉从尊便。"邵启南说着，与客人走进饭铺。

饭铺里有四张桌子，一张桌子被客人占用，余下的三张桌子擦拭得干干净净。见进来客人，老板娘亲自出来张罗。邵启南随意拣张桌子坐下，问道："陶兄是吃素还是吃酒？"

客人说："我二人进到这间饭铺，便是与主人家有缘。要是吃一碗素面就走，主人家岂不是钱没有赚，反惹许多麻烦？"

于是，邵启南高高兴兴点下酒、菜。显灵宫里常年吃斋，他恨不得天天跑到外面尝一尝腥荤，但畏惮老真人，不敢自己外出。今天有机会外出，若是碰到一个不食酒肉的道人，那才冤枉呢。

酒肉送上来，在邵启南斟酒的工夫，客人却对老板娘说："麻烦店家，给我一碗白水，再煮一碗素面。"

"陶兄还是吃素？"邵启南往他杯子里才斟一半酒，停住不动。

客人说："邵兄只顾饮酒，不必管我。我在二十岁时患一场大病，从此不能开荤。但友辈在我面前饮酒，我却大感快意。"

"既如此，悉从尊便。"邵启南道。

客人先要来酒、菜，才申明吃素，确是善解人意。

两杯酒下肚，邵启南问，"陶兄的名讳上典下真，不像是寻常人的名字，更像是我道家法号。"

客人看着他狼吞虎咽的样子，既无食欲，也不反感。他喝一口白水，说："不瞒邵兄，我祖上与龙虎山颇有渊源，故为我取这样一个名字。这些年来，出入官府，常有人提及，我很想把它改动改动。"

"这个名字好，无须改动。我为陶兄好名讳饮一杯，"邵启南道，饮过酒，他问，"陶兄以前曾到过京城吗？"

陶典真摇摇头，说："我这次赴辽东，是第一次往北方来。"

"陶兄未到过京师，怎知四牌楼是行刑的场所？"邵启南好奇地问。

四牌楼是刑场，每年秋决的重犯押至此处行刑。

"难道方才沿着大道再往前走，就是四牌楼？"陶典真问，并说，"难怪。我虽不知前方是四牌楼，却觉出其地的戾气，故不敢在其地久留。奉劝邵兄，以后饮酒不妨，却不可在那里流连忘返。”

“道兄的功力远非我辈可及。”邵启南赞道。

他一直称对方陶兄，忽然改称道兄。

“可也有不同的说法：正德朝的大都督钱宁就是在该处饮过酒而发迹的。所以不少人专程去该处饮酒。”邵启南又说。

陶典真不以为然：“钱宁发过迹，可又死于非命。谁说得清，他因在彼饮酒而发迹，还是因在彼饮酒而死于非命？依我看，我辈宁愿不在彼饮酒而不得发迹，也不可在彼饮酒而死于非命。道兄以为然否？”

邵启南称他一声道兄，他也回敬一声道兄。

邵启南连连点头，表示受教。

酒喝得差不多，眼看客人一碗素面也吃完，他约道，“道兄，今日不巧得很。不如你明日再去显灵宫，我为你约见老真人，如何？”

难得他一片热心肠，想不到被客人一口回绝：“我求见邵老师傅，也是为向道兄贺喜。既已见过道兄，我可以去矣。”

“为我贺喜？”邵启南不解地问，“我喜自何来？”

“道兄与小道兄都去太常寺支俸，不是一件喜事吗？”客人道。

邵启南失声而笑：“不想高明如道兄，也有失察的时候。对圣上的隆恩，老真人上疏坚辞，职衔虽未辞去，俸禄却辞去。道兄还不知吗？”

“辞去了太常寺的俸禄？”客人愣了愣神，随即坦然地说，“这正是要向道兄和邵老师傅等道贺的。圣上决意施恩，不会就此罢休。”

“诚如道兄所料，”邵启南不无得意地说，“我父子二人的俸禄虽辞去，圣上却命岁加老真人俸禄百石，另给差役四十人。老真人说：天子所赐，即上天所赐，非人力所能推辞掉的。”

“如此说来，我不但该向道兄道贺，也该向邵老师傅道贺。可喜可贺的不仅是得百石俸禄，更是百石俸禄想辞也辞不掉。不过，”客人重复着邵元节的话，“邵老师傅指示，辽东一行不可辞，我也知辽东一行不可辞。明日我即离京北去。邵老师傅约我了结辽东的差事，再与他见面，必有深意。我就到了结辽东差事换上道袍时，再与他见面吧。”

第一百七十章

辅国将军祐椋闯进王府，在赵王厚煜面前号啕大哭，连声叫道：“殿下不为我等作主，我等只有死路一条！”

赵府封于河南彰德，第一代赵王是太宗皇帝第三子，厚煜是第六代赵王。赵府以下的郡王府没有十个，也有九个，祐椋属于哪一处郡王府，赵王早就分辨不出，只知他是辅国将军，比起自已还要长一辈。赵王的禀性，一是不愿生事，二是偏袒本府的宗人。见祐椋哭得死去活来，他索性问也不问，任他哭个够。待得祐椋不哭，他才开口说话：“小叔叔哭饿没有？我吩咐厨房为叔叔做些点心来。”

他待本府宗室极是宽厚，不然，也不会对本府的长辈都称叔叔，对比他还要年少些、只封为辅国将军的祐椋也称一声小叔叔。

祐椋愤愤地说：“我不要吃点心，我要殿下为我作主！”

“你是我赵府一脉，我自然要为你作主；不但我要为你作主，我不能为你作主的事，朝廷也会为你作主，”赵王说着，把话一转，“可到底出何事，你不说出来，让我怎为你作主？”

“有殿下这句话，我则有望，我不再哭，”祐椋止住哭声，以衣袖拭去泪水，“到底出何事，我不说，殿下也知道。除官府，谁还能迫得我欲哭无泪，欲诉无门？”

“小叔叔的泪水把王府都要淹没，还道无泪？”赵王说句笑话，“到底出何事，还请小叔叔说出来。小叔叔受官府的委屈，到底是哪一处官府，是受安阳县衙门的委屈，还是受彰德府衙门的委屈，还是受开封府什么衙门的委屈，我知道后，才好为你讨还公道。”

安阳是彰德府的属县，与府同城。开封的衙门，指布政司、按察司之类。赵王不愿与官府打官司，可也不怕与河南境内的官府打官司。

“安阳县衙、彰德府衙让我受委屈？殿下是不是看着我太无能无用！”祐椋道，“彰德府衙门让我受委屈，也是因为开封城里的衙门为它作依。我说的开封城里的衙门，可不是指布政司、按察司，我是指开封城里的巡抚都御史衙门和巡按御史衙门。”

赵王不出声。巡抚都御史、巡按御史都是朝廷差出的官员，和地方官员不同。地方官员对本地的藩府多少会讲些情面，和巡抚衙门、巡按衙门若有官司，就要实实在在去打。

“殿下难道也怕巡抚衙门、巡按衙门不成！”祐椋激他。

“巡抚衙门和巡按衙门也没什么可怕，”赵王振作起精神，“听小叔叔的说法，还是彰德府衙让小叔叔受委屈。彰德府衙到底怎样让小叔叔受委屈，巡抚衙门和巡按衙门到底怎样为彰德府衙作依，小叔叔总要说一说，我也好斟酌，这场官司怎么个打法。”

“依我看，这场官司既要和彰德府衙门打，更要和巡抚衙门、巡按衙门打，才打得赢。”祐椋先做个铺垫，再述说他受的委屈，“彰德知府王天民今日差人将我的随从人员全部捉拿下狱。我去彰德府狱要人，王天民承认，我要的人的确在他的狱中；但又说，我要人，不该找他要，该找吴都堂和王御史要。殿下看看，是不是彰德府衙门让我受的委屈，巡抚衙门和巡按衙门在为彰德府衙门作依？”

赵王大致清楚事情的原委，反不急于为祐椋作主。

“小叔叔说，王知府把小叔叔的全部随从人员捉拿下狱，不知到底被他捉拿去几人？”他问。

“辅国将军府里能有几员随从？不过二三人而已。”祐椋含混地说。

“是二人还是三人？”赵王认真追问。“小叔叔说二人，我与官府交涉，则讨要二人；小叔叔说三人，我与官府交涉，则讨要三人。”

祐椋犹犹豫豫地说：“是三人。不过，辅国将军府里虽只有三人被彰德知府捉拿下狱，他们又有三五个随从也被捉拿下狱。”

“他们的随从是三人还是五人？”赵王追问。

祐椋仍是犹犹豫豫地说：“是五人。不过，他们的随从有七八个家人也不明不白地被彰德府衙门捉拿下狱。”这次，不等赵王问，他主动交代，“随从的家人不多不少，共有八人。”

赵王掰着手指数道：“小叔叔的随从是三人，随从的随从是五人，随从的随从的家人是八人，共计一十六人，对不对？”

“对，”祐椋道，“请殿下与官府交涉，将这一十六人都讨要回来。”

赵王沉吟片刻，说：“小叔叔将军府上的三人，我设法讨要回来，小叔叔尽可放心。至于其他一十三人，不是王府人员，不属王府管辖，不便讨要。我不便出面讨要，小叔叔也不要出面讨要。”

“那可不成，”祐椋态度很坚决，“那十三人，虽不是辅国将军府里的人，却为辅国将军府办事。他们下狱，我不能不讨要。”

“小叔叔说他等为辅国将军府办事，是支应辅国将军府外的差事吧？”赵王问，“小叔叔在府外有多少差事，要用十数人去支应？辅国将军八百石的年俸，就算全数支领，除去妻妾子女的用度，又哪里用得起十数人？小叔叔听我一句劝，日后也不必再用他们。”

“他等虽为我办事，却不需我豢养。”祐椋辩道。

“他等不但不须辅国将军府豢养，恐怕还能贴补辅国将军府上的用度吧？”赵王说着，瞥他一眼。

“殿下何意？”祐椋的神情变得不大自然。

赵王说：“外间盛传，小叔叔手下有一干精兵强将，专门夺人田地，抢人妻女，掠人财物。我原本不信，今日听小叔叔说一下子被官府捉拿去十数人，不由得我不信。”

“外间的谣传，殿下也信？”祐椋做出不屑一驳的样子，“在殿下面前，我不说假话。这些人与山林强人抗争是有的。强人出没，官府无奈，我身为天潢贵胄，食国家俸禄，为国家分忧，也不对吗？夺人田地、抢人妻女、掠人财物的事，他等绝不会去做。否则，我也饶不过。”

“这些强人行径，他等做没做，我一时难以追究，恐怕你一时也难以辩明。不过，”赵王说着，改变口气，“小叔叔府上的人，我总须讨要回来；小叔叔既受委屈，这场官司总须去打。我说过，小叔叔是赵府一脉。小叔叔的事情，我不作主，却叫谁人作主！”

祐椋在本府王爷面前告准状，改忧为喜，转回府第，静候佳音。

第一百七十一章

抚、按同城，一般来说，相互攻讦者多。河南巡抚吴山、巡按王仪能够和衷共济，协力办事，称得上难能可贵。

吴山字静之，南直隶吴江人，正德三年进士，自江西左布政使升右副都御史，巡抚河南。王仪字克敬，顺天府文安人，嘉靖二年进士，由知县、知州擢为御史。

“克敬请。”吴山让了让，自己先坐下。

王仪一揖，随即坐下。

“克敬当初定下三个锦囊妙计，第一计，先由彰德府将辅国将军祐椋的爪牙下狱，视其所向。现在，祐椋屡屡向王郡守寻衅，赵王殿下也与彰德府衙门交涉，该出示你的第二计了吧？王太守宦途坎坷，再与藩府继续纠缠下去，他要吃不消的。”吴山说。

王天民是正德十二年进士，熬到今日还是一名知府，迁转稍觉迟缓。

“王太守吃不消，把彰德府捉拿的祐椋爪牙一并移至会城狱中，不就无事？”王仪轻松地说，“静之先生称第一计的名目为斩其爪牙，第二计的名目不妨叫作断其联络。”

“你是要把麻烦引到会城，在会城和王府打这场官司？”吴山问。

“这场官司不仅要打到会城，恐怕还要打到朝廷，”王仪说，“视其所向，就是看一看藩府的举动有多大。如果那厢只是祐椋动作，王太守不会招架不住；如果那厢祐椋煽惑赵王殿下寻事，王太守自然招架不住。静之先生，请快些移咨彰德府衙门吧。”

吴山摇摇头，说：“克敬不要慌，我还要想一想。”

“静之先生也不愿招惹这桩麻烦，也不愿打这场官司吗？”王仪问，“若是这样，就害苦我那位本家太守。祐椋的爪牙为害一方十余年，彰德百姓叫苦不迭，是你我议定对其动手的。现在把责任都推到王太守身上，谁还敢有除恶必尽的壮举，谁还敢接都堂大人的差事！”

“克敬，你太性急。我只说想一想，谁说要把责任推在王太守身上？”吴山不急不恼，“我不过要想想克敬的第三计，这总应该吧？”

“那又忙什么，”王仪说，“祐椋爪牙移来开封，我自会说第三计。”

“克敬可以不忙，我却不可以不忙；克敬可以不想，我却不可以不想，”吴山道，“克敬随时都会调离，我却去向谁问计！”

话里有话，王仪焉能听不出来！他忙问：“对在下的去向，静之先生是否有所闻？”

“克敬自己一无所闻？”王仪茫然无知的神情，绝不是故意做出来的，吴山告诉他，“京里传来消息，克敬擢任苏州知府，朝廷已定下来，不日即将发表。消息甚是可靠，不会有假。”

原来，吴山说王天民宦途坎坷，正是和王仪比较。王仪步入宦途不到九年，就升任知府，而且苏州和彰德，其大小繁简，绝不在同一等次。御史擢知府，并非优差，但擢苏州知府，则有些不同。

王仪还是不大相信：“静之先生对我说，顾状元九和先生曾言于朝廷：姑苏繁剧，须才有力者乃可使。我想，况公之后，至今不下百年，应该由才有力者主其政。但朝廷用我，怕是选错人。”

宣德年间，况锺任苏州知府，刚正廉洁，爱民如子，称一代名臣。

顾鼎臣是苏州人，关注苏州知府的人选，在情理之中。他刚刚由礼部左侍郎改吏部左侍郎，掌詹事府事。虽然不专任吏部事务，但吏部确定苏州知府的人选，他不会不发表意见。说不定，选用王仪就是他的主张。吴山与顾鼎臣同府，说不定顾鼎臣了解和赏识王仪，就是他举荐的。

这中间的来龙去脉，吴山当然是不会说的。他只说：“朝廷怎样选人，我不知道：朝廷是不是选错人，我不敢说。但克敬任苏州太守，必有一番作为，我是敢说的。况公之后，至今百年，该由才有力者主姑苏之政，这个才有力者为什么就不能是克敬？”

“静之先生谬爱，在下感激不尽，”王仪揖道，“我还以为，事至临头，静之先生怕承担责任。原来为我的去留，静之先生才急于听我的第三计。这样，静之先生还是先安排解押人犯之事吧。”

第二步总是要走的，吴山答应下来：“也好。”

他当着王仪的面拟就两封咨文：一封给河南都指挥使，命他选派一员干练的指挥使，率一队卫卒，前去彰德府押解囚犯；一封给彰德知府，命他差人，配合将囚犯押来开封。

安排妥当，吴山道：“克敬，可说否？”

“三条锦囊妙计云云，大家不过开个玩笑，其实静之先生早知如何处置，”王仪说。“我一直在想，斩其爪牙，断其联络，都可以朗朗上口，第三计也该有个响亮的名目，不如叫作抽其釜薪。”

“抽其釜薪？这个名目有趣。”吴山道。

王仪略加解释：“将祐棕爪牙移至开封，一定可以问出他等种种不法行径，而且事事都会牵连祐棕。那时奏告朝廷，就好治他的罪。静之先生早已谋及此，只因牵涉到赵王，故有所犹疑。下官说的可对？”

“我的心思，克敬一览无遗，”吴山感叹地说，“赵王殿下素有贤王之称。真要和赵王殿下打这场官司，能不能打得赢，尚在两可；纵然打赢，连累赵王殿下受责，心中却有所不忍。”

嘉靖八年，彰德府大饥，赵王请辞岁禄千石以佐朝廷赈济。皇帝大为感动，命有司速发粟，而不准其请。至今，彰德府的不少百姓还对他感恩戴德。所谓贤王，此为一例。

“我也有过静之先生的犹疑，”王仪接着他的话说，“我所谓视其所向，何尝不希望赵王殿下不要出面与官府周旋？只与祐棕打这场官司，在静之先生与我，有十成胜算；在祐棕，罪有应得；在赵王殿下，更增其贤名。但赵王殿下既出面与官府周旋，就不能这样想；就不能想赵王殿下是不是贤王；就不能想与赵王殿下的官司打得赢打不赢。我等只能想：与祐棕的这场官司该不该打。若谓赵王殿下出面周旋，与祐棕的官司就可以不打；那么，赵王殿下不出面，这场官司也可以不打；若谓与祐棕的官司该打，赵王殿下出面，这场官司也要打，即使打不赢，这场官司也要打。反之，官府与祐棕该打的官司，赵王殿下出面周旋，他究竟是不是贤王，就大可怀疑；他在嘉靖八年赈灾时是贤王，在嘉靖十二年的官司中不是贤王，则不必怀疑。”

“克敬的一番议论实在精辟，实在透彻！”吴山大为称许，“赵王殿下出面周旋，无非是这场官司更加难打，输赢更加难料。赵王殿下出面，这场官司仍然是与祐棕的官司，在克敬与我，仍然是要为民除害。我意已决：祐棕爪牙移至开封，克敬尚在任上，我与克敬联袂上疏；祐棕爪牙移至开封，克敬已赴新任，我便独自上疏。与祐棕的这场官司一定要打到底，输赢不在话下，得失不在话下，荣辱不在话下！”

“祐棕爪牙移至开封，我尚在任上，这场官司有我一份；祐棕爪牙移至开封，我已赴新任，这场官司也有我一份。荣辱得失，我与静之先生共之，”王仪好像在与吴山立誓，复又宽解，“其实，眼下局面于静之先生极为有利，赵王殿下是否出面周旋，于结局都无大的妨碍。”

吴山一时没想明白，问道：“克敬，何谓局面有利？”

“年初时，河南获白鹿，静之先生进于朝廷，这件事不会忘吧？”王仪提醒他的是一件与官司全不相干的事，“去岁星变，皇上一直郁郁寡欢，得此瑞兆，大快心怀。此际与祐椋打这场官司，与赵王殿下打这场官司，于静之先生难道不是极为有利吗？”

“原来克敬指的是这件事，”吴山点点头，合起双手祈祝，“但愿此瑞兆应在河南除却奸凶上。”

祐椋的爪牙移至开封，王仪尚在任上，他抓紧时间，与吴山一起讯案，一起拟疏，奏告祐椋在河南的种种不法事，奏告赵王庇护祐椋。

第一百七十二章

河南抚臣进献白鹿，打破整整四个月的沉闷。二月二十八日，皇帝命奏闻两宫皇太后，将白鹿献于太庙、世庙。大臣们纷纷作文恭贺。

皇帝一本一本翻阅大臣们进呈的文章：阁臣方献夫、李时、翟銮，吏部右侍郎张潮，翰林院侍读王教进呈的是《献鹿诗》；吏部尚书汪鋐，翰林院修撰王甲寅、编修童承叙进呈的是《献鹿颂》；礼部尚书夏言、左侍郎湛若水、右侍郎席春，翰林院学士蔡昂、修撰姚涞、编修张衮，国子监祭酒林文俊进呈的是《献鹿赋》；掌詹事府吏部左侍郎顾鼎臣进呈的是《献鹿乐章》。每读到上佳的句子，皇帝便禁不住拿起笔来，一字一字圈住。每品出上佳的意境，皇帝便禁不住吟诵出声。每读过一篇文章，皇帝便禁不住露出欢快的笑容。

读到汪鋐的颂文，他没有划圈，也没有吟诵，只是默默地想着心事。他想说什么，但没有说，只是把汪鋐的颂文搁置在一旁。直到把大小臣僚的文章都读过一遍，他才又取来汪鋐的颂文，重新读过。

“人多言汪卿粗俗不文，你等读他的《献鹿颂》，有哪一句粗俗？有哪一处比翰林们的颂文差？”他对在一旁侍奉的崔成、麦福说。

皇帝说过让他二人去内书堂读书，但一直没有安排。二人不管是不是真心想去内书堂读书，反正不敢催问。现在听了皇帝的话，你看看我，我看看你，不敢应声。他们都不曾读过汪鋐的颂文，即便读过，十句话中，未必解得出一句半句。

皇帝面对二人说话，其实是在自语。他又说：“汪鋐有哪一点不好，杨名必欲劾罢他，冯恩必欲劾罢他，没有上疏的科、道官必欲劾罢他，在一旁静观事变的人臣也恨不得劾罢他！”

崔成、麦福你看看我，我看看你，更不敢应声。二人曾见到司礼监太监张佐在皇帝议论朝政时是怎样做的，见到御马监太监阎洪在皇帝议论朝政时是怎样做的，见到阁、部大臣在皇帝议论时是怎样做的。如何迎合，如何辩白，他们学不到；谨言慎行，还是学得到的。

皇帝吩咐："崔成，你去司礼监，将汪鋐两年前论奢侈的奏疏取来。"

"是，"崔成应罢，问一句，"要不要哪一位司礼监的公公来？"

为皇帝读疏，是司礼太监们的职责。

"不必，"皇帝道，"朕不听他等为朕读疏，朕自己来读与你等听。"

平日都是太监们为皇帝读疏，今日皇帝要为宦者读疏，真可谓千古奇闻。崔成愣一愣神，才说得出话来："奴才这就去司礼监取疏。"

不多时，他取疏而回。皇帝接过汪鋐的奏疏，粗略一看，说："不错，就是这一本。"他省略前面一段例话，读起来，竟比司礼太监读的还要慢。因为他知道，司礼太监所读，他能听懂；他用同样的速度去读，崔成、麦福就未必能听懂。

汪鋐写道：风俗莫善于俭约，莫不善于奢侈。

读开篇一句后，皇帝加以评论："莫不善于，看似俗句，实则最见功力。有人前面用一个莫善于，后面必要用一个莫坏于、莫败于之类。细品起来，都不如用莫不善于得体。"

崔成不懂何谓得体，但他记性极好，用皇帝刚读过的两句话比较："风俗莫善于俭约，莫不善于奢侈；风俗莫善于俭约，莫坏于奢侈；风俗莫善于俭约，莫败于奢侈。果如爷所说，莫不善于听起来顺耳。"

"岂止是顺耳！"崔成敢说话，麦福咳嗽一声，也壮起胆子说道，"莫坏于奢侈，莫败于奢侈，简直不知所云。"

"崔成说的顺耳不知所云，麦福说的不知所云不顺耳，"皇帝对二人各批一句，"朕说的得体二字，你二人好生体会。"

皇帝接着读道：居官者奢侈，则必贪；为士者奢侈，则必淫；富者以奢侈，而遂贫；贫者以奢侈，而为盗。风俗之弊，惟奢侈为甚。合无令各巡按御史务要躬行俭约，表率一方。监生、吏典承差，陆路并骑驿驴，水路应付递转船，并不得杠抬四轿乘坐。司、府、州、县官吏军民人等悉从俭约，凡饮食、宴会、服饰、车马、婚姻、丧祭等项，俱有品节限制，不得奢靡。

读到这里，皇帝想起，兵部尚书王宪在一本奏疏里也写到驿驴，写的是：各抚、按等处公差人员，往往利于赍文讨马，不肯带册讨驴。

看来，驿递用驴用马，确有许多不同。

想到此，他问："你二人可知，驴价马价究竟有多少差别？"

崔成抢着说："据奴才所知，一匹马可换到两三头驴。"

麦福补充："奴才听说，买匹中等好马的价钱，可以买到五头驴。买匹上等好马的价钱，可以买十头驴都不止。”

“相差如许，”皇帝点着头说，“怪不得大臣们要在用驴用马上作文章。看来，驿递真该多备些驴来应付。”

“爷圣明。”崔成、麦福道。

皇帝由汪鋐的《献鹿颂》而想到他论奢侈的奏疏，又由他论奢侈的奏疏而想到其他。

汪鋐有哪一点不好，科、道官就容不得他！纵览此疏，务倡俭约，务戒奢侈，难道也是逢迎朕，报复谁？要说报复，杨名才是报复；要说奸险，冯恩才是奸险！

皇帝又想到刑部近日的奏疏，请法外施恩，开释冯恩。

这个王时中，好不糊涂！冯恩的奏疏把他说得何等不堪，他却还在显示他的仁者心怀，长者风范。这样的人，不能再用。朕已经放过一个奸恶的杨名，绝不再放过这个奸恶的冯恩！

皇帝提笔写道：冯恩所言，非专指张孚敬、方献夫、汪鋐三臣，徒以大礼故，仇君无上，死有余辜！王时中乃欲欺公鬻狱耶？

二月底，王时中罢免，张国维、孙云贬极边杂职。冯恩论死，打入死狱，等候秋决。只有宋邦辅，皇帝网开一面，恢复他原官。

第一百七十三章

四月初，张孚敬回到京师。原以为很快可以见到皇帝，不巧，适逢宫中斋醮，早朝匆匆举行过，皇帝即还驾，不与臣子接一言。皇帝只是命张孚敬即日入阁办事，他仍是首辅，方献夫退居次辅。

皇帝这样待他，是因为不巧，还是别有缘故，张孚敬不得而知。

直至四月十四日，皇帝才将张孚敬和其他阁臣召入南城。

大内南部，内承运库以东，有一院落，名崇质宫。但它的正式名称已经没有多少人记得。当年英宗皇帝自瓦剌释还，景泰帝将他安置于此，名曰奉养，实为幽禁。从那时起，宫里就把这一处院落唤作南城，英宗皇帝曾幽居的殿宇被俗称为黑瓦殿。

皇帝将内阁大臣召入南城，是为挑选御用坐骑。南城较为开阔，皇帝高兴，想牵过一马，当场演试，这里是合适的场所。

“卿等且随朕选马，选过后，朕还要与卿等议事。”皇帝交代。

“臣等恭逢盛事，何其幸哉！”张孚敬等应道。

这一日，最得意之人当属大太监阎洪。他一会儿指挥御马监的勇士换牵一匹马来，一会儿上前抚一抚马背，一会儿在皇帝面前讲解马的来历。指挥勇士时，他显得很有权威；抚摸马背时，他显得很有情感；为皇帝讲解时，他显得很有信心。

皇帝只钟意白马。其他毛色的马匹牵过时，他往往只看上一眼，将手一挥，驭马的勇士便将马牵下。有特别威猛，或特别俊俏的马匹牵来时，他也会多看两眼。但仅是多看两眼，不会确定为御骑。一旦牵来的是匹白马，则不同。皇帝会从马首看到马尾，从马背看到马腿，有时还会向前走几步，以便看得更清楚。

勇士牵过一匹高大而显得温顺的白马，皇帝命道：“朕看看此驹。”

他径直步至马前，拨弄着它的鬃毛，看它一身之间，是否杂有他色。尽管马匹都被驯化过，但每到这时，阎洪和驭马的勇士仍然格外紧张，做好应付一切紧急变故的准备。

那马好似也通人性，扭转头来，马鼻在皇帝的衣袖上噌噌。皇帝大为高兴，在马面上拍拍，问几位阁臣："众爱卿看，此驹如何？"

几位阁臣还来不及说话，阎洪言道："爷真是神目。这马是西域进贡的。使臣说：其国王得到这匹宝马，不敢自己骑用，诚心诚意贡与大明皇帝。奴才本想讲一讲它的由来，谁知爷一眼看中。"

"既是贡马，朕却之不恭，"皇帝说着，招呼李时，"李爱卿，古人伯乐是你的乡人，你来为它取个名字吧。"

古伯乐，一说是周天子的御者，一说是秦国之臣，一说是赵国之臣。不管哪一说，伯乐善相马，善御马是无疑的。以赵国之臣而言，赵国都邯郸，邯郸今为县，属广平府。李时是任丘人，属河间府。二府均为北直隶，所以，皇帝会开这样一个无伤大雅的玩笑。

李时上前一步，奏道："臣闻，御马监每进一马，即定下名称。请陛下询问御马监臣，该马是何名称。若御马监所起名称可用，则用其名称；若御马监所起名称不可用，陛下再命臣等拟之，或陛下亲赐名称。"

皇帝问阎洪："进御马监的马匹果然都有名称吗？"

阎洪答道："为便于辨认，御马监的马匹都有个名号。譬如该马名号叫张三，奴才便对喂养的人说：张三见瘦，须多加些料。譬如该马的名号叫王二，奴才便对喂养的人说：王二已老，换一匹吧。奴才们给御马监的马匹起个名号，只为唤起来方便，算不得正式的名称。"

他不知应该还是不应该给御马监的马匹起个名称，不知皇帝对此满意还是不满意，故采用模棱两可的说法。皇帝和李时说的都是名称，他偏要说名号，以示不是一回事。举例时，用过张三，本该用李四，但一想，李四与李时两个字太相近，所以改用王二。

"阎洪，你且说，你等给此马起个什么样的名号，"皇帝听得有些不耐烦，"总不能真的叫它张三，或者王二吧？"

"是，张三、王二只是奴才打的比方，"有方才的说明，阎洪坦然得多，"回爷的话，奴才等唤此马玉麟飞。"

皇帝默然不语。这三个字说俗不俗，说雅不雅，说可用，用的不那么舒服，说不可用，又挑不出毛病，倒让皇帝为难。

张孚敬一直想找个机会说话，这时正好趁着皇帝迟疑的机会进言："臣以为，这三个字可用，但须稍加改动。"

"当如何改动，张先生请讲。"皇帝一如既往对他礼貌有加。

张孚敬说：“玉、麟两个不必改动，飞字用得稍有些俗，但只要加一马字部首，便是极佳的名称。”

皇帝原是觉得飞字俗，听张孚敬一说，再默念这三个字，真觉得一点也不俗。他问：“张先生用的騛字可有出处？”

“有，”张孚敬道，“古有騛兔，为良驹。《史记》记曰：骋六騛。”

“张先生一字之改，而化腐朽为神奇，”皇帝赞道，并转身吩咐阎洪，“你等要好生看待玉麟騛。”

一句话，表示已把它列为御骑。

然后又选出五匹白马，御马监原取的名号，分别叫作白玉驯、碧玉骄、照夜碧、银河练、瑶池骏。阎洪一一解说其来由。见皇帝对这些名称没有异议，他要勇士再牵过其他马匹。

皇帝道：“不用再选。不闻张先生说‘驰六騛’吗？朕得六匹良驹，心满意足了。”

阎洪不无遗憾地指挥御马监勇士勒转皇帝看过的没看过的马匹退下。

“张先生这一向可安好？”皇帝这才回转来问候张孚敬。

“臣身体尚可，只是无比惦念皇上，”张孚敬真情地说，“回到朝廷，见皇上的身体比臣离开时更加强健，精神比臣离开时更加充沛，而且，宫中已有喜兆，天下无不欢欣鼓舞，臣亦不胜欢欣鼓舞。”

皇帝说：“张先生歇息一段日子，方爱卿、李爱卿、翟爱卿居于内阁，办事都很努力。张先生既回阁，内阁的事务有赖张先生主持。朕说过，去卿用卿，自有公论。前此之事，张先生无须再想。”

“臣谨遵陛下教诲，”张孚敬答道，“臣这次蒙陛下薄谴，返回乡里，面壁思过达半年之久，受益颇多。”

“朕知这一次歇息于你是有补益的，”皇帝亦现欣慰之色，复对众阁臣说，“朕今日要与众爱卿计议的事，由桂先生说起。桂先生曾议，以科、道官互相纠劾。这些年来，此议或认真办理，或未认真办理。认真办理，科、道的风气好些；未认真办理，科、道的风气就坏些。上一年未认真办理，出个冯恩，兴风作浪。今年，朕决意认真办理，所拟科、道互相纠劾的旨意也严厉。朕想，今年科、道的风气又会好些。吏部已议定被纠劾各人的处分，众爱卿看，彼等议的是不是公正，是不是妥当。”

令科、道相互纠劾，是桂萼任吏部侍郎时的举措。今次考察，令科、道互相纠劾的圣旨称：“科、道官系朝廷耳目。顷大臣多畏避奸邪，以致考察宽纵不公，兹互举亦不过苟且塞责。”这两句话不但对科、道官来说够严厉，对朝廷大臣来说也够严厉。

科、道互纠，科臣纠劾御史张相、郑洛书、汪似、李循义、苏信等，台臣纠劾给事中张润身、饶秀、商大节、曹汴、徐俊民、戴儒等，各不称职。吏部议：张相、郑洛书、汪似、戴儒冠带闲住；苏信、商大节、曹汴各降一级调外；李循义、张润身、徐俊民暂留用。

因为纠劾前的圣旨把阁臣们也训斥一通，使得阁臣难以为言。说吏部的处分重，担心皇帝又说畏避奸邪；说吏部的处分轻，担心科、道官说借机打击；说吏部的处分轻重合宜，担心成附和吏部。对阁臣而言，不仅是左右为难，而且是左右中皆为难。

别人难以为言，可以躲在张孚敬身后。他却无处可躲，见众人沉默不语，他奏道：“臣有二议陈启。”

“张先生请讲。”皇帝道。

张孚敬沉稳地说：“其一，臣以为，吏部将被纠劾的科、道官分三等处分，必有说法。陛下可拟旨，命吏部奏明，受各等处分，是什么理由，然后，命臣等参酌情节轻重，审度其处分轻重。其二，科、道中的奸恶之徒未必全数被纠参，尚有奸恶之徒被宽隐，被显用。陛下可拟旨，命吏部再从公严加考察，以清言路，有不职者，奏闻处分。”

二议从容道出，既符合皇帝的心思，又使阁臣们避免尴尬。方献夫、李时、翟銮心里都在暗自揣摩，自己有没有这等本事。

“张先生之议甚当，内阁就为朕拟旨吧。”皇帝采纳其议。

就在这时，阎洪匆匆返转来，奏道：“爷，光禄寺官请旨：重华殿里的赐宴已准备好，内阁各位老先生是否就去？”

皇帝道：“你去吩咐，再迟半个时辰，朕要与各位老先生从嘉乐馆、环碧殿一路游去。”

张孚敬等谢恩。

皇帝命道：“卿等今日与朕一起选马，一起游宫，不可无诗以志。阎洪，今日赐宴，朕就差你侍候各位老先生；各位老先生题咏，朕就差你侍候笔墨。你务须殷勤，以体朕对各位老先生的敬爱之心。”

御马监太监难得和阁老们对等交结，皇帝这话等于给阎洪一次机会，也等于是对他今日办事得力的嘉勉。

他赶忙应道：“奴才领旨。奴才一定殷勤侍候。”

嘉乐馆在南城以东，其北有追先阁、钦天阁等，其东为苍龙门，其南为丹凤门。

环碧殿在石山之后，引水绕之，独成一景。重华殿却在禁城之外、北安门东南。若一路走去，半个时辰或许差不多；一路游去，就不知要用多少时间。但难得皇帝有兴致，几位阁臣自然竭力奉承；皇帝出的咏诗的题目，一路游时，正好动动心思，打打腹稿。

张孚敬诗云：

传宣万乘御重华，得赐同游即赐茶。环碧殿前先看马，苍龙门外更观花。
君臣自古原同体，海宇于今总一家。锡宴从容还赐服，圣恩莫报实无涯。

方献夫诗云：

御林初夏晴明日，天子乘龙喜色多。共讶飞云擎白玉，浑看匹练干银河。
同游环碧臣何幸，赐对重华语更和。应制惭无天马赋，南薰唯颂舜廷歌。

李时诗云：

圣王御极万方安，试马宸游惬众欢。内苑草茵迎玉辇，行宫花气袭雕鞍。
熏风拂拂当朱夏，翠霭葱葱映紫銮。千载明良真不偶，流传青史后人看。

翟銮诗云：

宸游内苑御飞龙，尽是神驹渥产雄。巧剪绯罗缠宝镫，分题玉篆佩花骔。
三千骏内名称贵，十二闲中品料崇。从此受恩何以报，愿将赭汗从长风。

众阁臣饮御酒，食御馔，咏诗句。阎洪连声称谢，捧着诗稿，飞也似的奔向宫里，去向皇帝邀功。

第一百七十四章

四月，都察院左都御史聂贤在王时中罢免后改任刑部尚书。五月，大理寺卿陈璋在闻渊升南京刑部尚书后升任刑部左侍郎。六月，正是酷暑时分，法司遇到一桩棘手的案子。

“河南的官司，必得翻过来。”聂贤自言自语地说。

陈璋点了点头，表示赞同。

“说起来，吴静之也是胆大心细的人，怎样办事也这样毛躁，竟被禁锢的宗人跑到京师！”他说。

“你这话没道理，”聂贤辩道，“别说祐椋是从高墙之内跑出来的，即便是在解赴凤阳途中跑脱的，吴静之又有什么法子可想？再者，我只听说吴静之是忠厚长者，尚未听说吴静之胆大心细。朝廷处置祐椋后，他未加防范，正可见他的忠厚。”

河南巡抚吴山、巡按御史王仪奏上祐椋罪行，皇帝命将他废为庶人，禁锢凤阳高墙。不料，却被他跑出，潜入京师，跪在午门前喊冤叫屈。不能说陈璋的责难全无道理：凤阳距京师远距彰德近，祐椋在潜入京师前，肯定曾潜入赵府，吴山、王天民等警觉一些，祐椋肯定入得河南，出不去河南。而聂贤的辩解也有道理：吴山等还不是以为，朝廷既已裁定，案子也就了结；怎料得到，祐椋竟敢窜出高墙！

陈璋不与聂贤细辩：“承之先生说的是。祐椋胆大妄为，窜出高墙，不关吴静之的事。如今怎样审理河南的案子，才是要紧的。”

祐椋叩阙诉冤，皇帝命法司重新审理河南的案子，首先是刑部鞫讯。

“着哇，宗献先生看，该怎样审理河南的案子？”聂贤问。

陈璋字宗献，浙江乐清人，是弘治十八年进士。

“是啊，该怎样审理河南的案子？”陈璋也自问道。

祐椋先被锦衣卫带去镇抚司鞫讯，查明身份后，移交宗人府。祐椋陈说三件事：其一，加于他身上的罪状，是王仪罗织的，句句不实。其二，右副都御史毛伯温，巡按河南时，与己有私憾；这次审理河南的案子，偏袒王仪及彰德知府王天民，入已之罪。其三，他曾建醮祈诞皇嗣，为王天民讪笑，发生口舌，王天民这次是借机陷害。祐椋状告王仪、王天民，没有状告吴山，却把多年前与他结怨的毛伯温拉出来。是因为吴山宽厚，还是别有缘故，谁也说不清楚。

“祐椋所诉三事，要一件一件审理，不能笼而统之地审理，”陈璋一边琢磨，一边说，“第一事，他说王克敬罗织的罪状句句不实，我等须得查明，河南案状是句句不实，还是句句皆实。句句不实，王克敬难脱干系；句句皆实，祐椋难逃法网。”

河南的这场官司，抚、按所奏实与不实是根本。所奏不实，一方有罪；所奏是实，另一方有罪。这还用得着说吗？

聂贤却问：“若有实有不实呢？”

“那要看哪些是实，哪些不实，几分是实，几分不实。”陈璋道。

哪些是实，哪些不实，现在还难以判定；几分是实，几分不实，聂贤和陈璋心里大致有数。河南所上卷宗或稍有夸大，但绝不会无中生有。

聂贤说：“祐椋所陈只此一事，他就输定。”

“承之先生是担心，王克敬仍会输？”陈璋听出另一面的意思。

担心肯定有，聂贤尚不欲说：“宗献先生且说第二事。”

陈璋第二事说得顺畅：“第二事，他说毛汝厉以私憾故入已罪，我等须得查明：毛汝厉与祐椋有私憾，或并无私憾；毛汝厉入祐椋之罪是以私憾，或并未以私憾。”

毛伯温字汝厉，江西吉水人，正德三年进士。

“宗献先生，我插一句话，”聂贤打断他，“二人有私憾，祐椋未必无罪；二人无私憾，祐椋未必有罪。”

陈璋则有他的理由：“承之先生说的是，但此事仍须查明。须有私憾，方能以私憾入祐椋之罪；若无私憾，以私憾入罪云云，又从何说起？”

聂贤不再分辩。毛汝厉是否与祐椋有私憾，真得查个明白。据河南案状，祐椋种种不法行径，都是这十余年间所犯，而毛伯温是十余年前任河南巡按的，那时，祐椋与官府并无冲突，与毛伯温并无冲突。反转来说，毛伯温敢作有为，不逊于王仪；祐椋在他任河南巡按时多行不义，多行不法，恐怕也不用等到今日才处置。但作为奉旨重新审理的刑部尚书，聂贤现在不能断言毛伯温是否有私，否则，也会被视为偏袒。

“宗献先生，请再说毛汝厉是否以私憾入罪。”他邀道。

“毛汝厉以私憾入祐椋之罪，他自然难脱干系；毛汝厉并未以私憾入祐椋之罪，祐椋则难逃法网，”陈璋道，“但其间又有二说。河南案状是实，或情节严重者是实，或所指八成是实，还要看毛汝厉是依据河南案状入祐椋之罪，还是以私憾加重祐椋之罪。这是其一。河南案状不实，或情节严重者不实，或所指八成不实，就要看毛汝厉是明知其错，故入祐椋之罪，还是偏信案状，误入祐椋之罪。这是其二。他若故入祐椋之罪，则离间宗室，罪莫大焉；他若误入祐椋之罪，则属一般过失，尚可原宥。”

从有无私憾，说到是否以私憾入罪，全面具体，滴水不漏。聂贤大为叹赏：“好一个据状、加重！好一个误入、故入！把这两件事查明，谅祐椋再无不服，难以私憾入毛汝厉之罪。”

“承之先生是说，毛汝厉要么不输，要输也输得心服？”陈璋问。

聂贤情绪一下低落。他说：“且不说毛汝厉输赢，宗献先生先说一说，祐椋所诉为王天民陷害一事，该如何重新审理。”

陈璋说：“第三事，他说王天民讪笑他建醮为皇上祈嗣，因而借机陷害。我等须得查明，有无其事。若有其事，王天民难脱干系；若无其事，祐椋难逃法网。”

他对第三事的说法，与对前两事的说法没什么不同，但几句话说得无精打采，完全没有侃侃而辩的气概，而且思路也不那么清晰。

聂贤马上听出他话里的毛病，问道：“所谓有无其事，宗献先生是指有无王天民讪笑之事，还是有无王天民陷害之事？”

陈璋愣了愣，说：“我也不知到底要查明什么。有无王天民讪笑之事，无疑是应查明的。但刑部有机会查明吗？祐椋说他曾建醮，王天民说他不曾建醮，怎生分辨？王天民说自家不知祐椋建醮，祐椋说王天民知他建醮，怎生分辨？祐椋说，王天民知他建醮，加以讪笑；王天民说，知祐椋建醮，未加讪笑，怎生分辨？王天民说，他对祐椋建醮有过议论，却不是讪笑；祐椋说，王天民对他建醮有过议论，正是讪笑，怎生分辨？我说要查明有无其事，其事却绝难说得清楚。毋庸讳言，查明前二事，我不为难；查明第三事，我甚觉为难。”

聂贤静静地听着，在陈璋停下时，插一句话：“宗献先生说这许多，我却觉得，还是避重就轻。”

“我知承之先生指的是什么：即便刑部查明有无其事，又当如何？”陈璋只是停下来稍歇，并没说完，“祐椋陈说三事，以第三事最为险毒。若有其事，王天民讪笑的不是祐椋，而是皇上。若无其事，怎能令皇上相信？皇上在宫中建醮祈嗣，朝廷上有人说三道四；祐椋在王府建醮，地方官员中就无人讪笑？故祐椋以他事讦告，都不足以激怒皇上；而以此事讦告，无论王天民怎样分辨，都不足以平息皇上之怒。

我这样说，承之先生还要责我避重就轻吗？”

“宗献先生还是没明白我的意思，”聂贤说，“查明第三事，固难过查明前二事，但在我看来，还不是甚觉为难之事。宗献先生既知刑部查明有无其事，也无可如何，应知甚是为难之处并不在于查明，而在于处分。那么，我要问一句：处分第三事为难，处分前二事就不为难？”

“承之先生所言极是，”陈璋点头，“所以，祐椋与王克敬的官司，即便是王克敬赢，承之先生担心他仍然会输；所以，祐椋与毛汝厉的官司，毛汝厉若输，未必输得心服。如是者，皆因有祐椋与王天民之官司。方才承之先生问我，该怎样重审河南的案子，其时，我只想过第三事难以查明，遂姑妄言之。现在，我已知第三事不唯难以查明，且难以处分；不唯第三事难以处分，且前二事亦难以处分。倒要请教承之先生，怎样重审河南的案子？”

“依例而审，据实而奏，如是而已，岂有他哉！”聂贤道。

他说得颇有豪情，心里却是万般无奈。不过，经历过会鞫张寅的风波，又见王时中因冯恩之狱而获罪，还能这么说，也实在很难得。

第一百七十五章

“老爷唤我？”王廷相的家人一进都察院衙门内室便问。

王廷相四月由南京兵部尚书召入，任掌院左都御史，到任不过一月。

“将门带上。”王廷相正在阅读公札，头也不抬地说。

家人知有机密事，小心地带上门。室内立刻闷热许多。他走到王廷相身后，小声地说：“老爷有事，请吩咐吧。”

“我要托请你帮一帮你的乡人，”王廷相说，“此事不会有多大的危险，却说不定会惹很大的麻烦，不知你怕不怕？”

“老爷千万莫说托请二字，小人担待不起，”家人惶恐地说，“麻烦小人是不怕的，但要小人为小人的乡人办事，小人却不懂。”

“你不怕麻烦，便听我对你说，”王廷相说着，问道，“今日早朝后，你随我回衙门，看到了匍匐在长安街上的那个孩子吧？”

“小人看到。”家人答道。

“你平日只在家中侍候，今日我让你随我上朝，就是要你看一看那个孩子，”王廷相说。随即又问，“你知他匍匐长安街上几日？”

家人摇摇头，说：“小人不知。”

“今日是第三日。第一日他拦住我的轿子，第二日他也拦住我的轿子，你知道今日他为何不来拦我的轿子了吗？”王廷相自己解答道，“因为他实在没有气力挪动。”

“他是小人的乡人？老爷要小人帮一帮他？”该家人回问。

王廷相点点头，说：“他是松江华亭人，是你的乡人吧？”

王廷相是河南仪封人，家人也都是河南人，唯独这个家人是他任职南京时，跟随他的，原籍也不知是松江，还是苏州，反正都是江南。

王廷相不等家人开口，接着说，“那个孩子是赴京为他父亲诉冤的。凡有轿舆从长安街过，他就上前拦住，哭诉他父亲所受冤屈。第一日，他的声音还很清脆；第二日，他的声音已经嘶哑。我想，他今日不仅没有气力挪动，也已经没有气力哭号。”

“我见他的模样，还在想，他为何如此作践自己？原来是为父亲诉冤的。”这一层，家人懂了；另一层，家人却不懂，他问，“他既然拦下了老爷，老爷为何不替他作主？”

“你以为所有的冤状都察院都能作主，我都能作主吗？”王廷相道，“有一些冤状，我身为掌院都御史，也只能徒唤奈何。”

“老爷也不能作主？”这是家人从来不曾想到的，“既然老爷都不能为他作主，小人又能帮他什么？难道要小人陪他哭诉？”

“你若陪他哭诉，就不是帮他，而是害他了，”王廷相说，“我想你在暗中照顾他。陪同那个孩子赴京师的，只有他家中的一名老仆。老仆每日为少主人送两次饭，辰时送一次，申时送一次。你带些银两，去长安街等候，但要离那个孩子远一些。老仆送饭去时，你不必上前，老仆离开时，你尾随他去。至无人处，你赶上去与他搭话，把带去的银两送与他。他问你何人馈赠，你告他不须多问。他不肯收下，你告诉他，他家老爷爷的案子不知哪一天了结，他带着公子不知要在京师住几久，请代少爷收下银子，以支日常用度。以后每隔三日五日，只要他主仆二人不离京，你就依此法送些银两与他。”

“老爷吩咐得太仔细了，”家人嗔道，“些许小事，还怕我办不好？”

“这是托请你办的第一件事，”王廷相道，第二件事，他说的就不那么仔细了，“哀伤加上劳顿，三日间，那孩子已三变，再有一二日，他必将病倒。那时，老仆就照顾不了他了，我托请你带他就医，为他买药。等他病情好转，是送他南归，还是继续留住京师，再视情形而定。”

“这件事我也办得了。”家人一口承诺。

他还有话要说，但话到嘴边，又咽了回去。

王廷相看出，命道：“我托请你办的事，你答应了。你有所求，尽管说。能答应的，我一定答应。”

“老爷帮那孩子，是仗义，难道我看不出来吗？老爷能仗义，我就不能仗义？”家人生气了，“我并非有所求，而是有所不解。老爷命我办的两件事，一则为诉冤的人送银，一则为诉冤的人治病，都是常情之中的事。老爷为什么说，会惹很大麻烦？”

“不一定会惹很大的麻烦，但说不定会惹很大的麻烦，”王廷相更正道，“因为他的父亲是钦定死罪的重犯，说不定东厂的人，或锦衣卫的人在那孩子周围窥测，他们要给你找的麻烦，自然都是很大的麻烦。所以我要先问清楚，你怕不怕麻烦。”

“老爷都不怕，我怕什么？”家人说着告退，“我要去了。去得迟了，错过了老义仆送饭的时辰，就要等到午后才能与他搭话。”

家人前脚离开，毛伯温后脚走进。见他愁眉不展，心绪不宁，王廷相以为他在为自己的处境担心，宽慰道：“是非自有公论，是皇上常挂在嘴边的话。对祐椋的讦奏，汝厉先生不必放在心上。”

毛伯温说：“我何尝把此事放在心上，我是心悬于另一桩案子。”

“汝厉先生是心疼行可那孩子？”王廷相问。

“不错，”毛伯温点头，“子衡先生可知那孩子匍匐长安街几日了？”

这是王廷相方才问家人的话，现在又被毛伯温拿来问他。他暗自一笑，说：“我记得有三日了，汝厉先生可有事托请我来办？”

毛伯温不知他的话何所指，愣了愣神，说：“我无事托请子衡先生办，倒是我自己欲办一事，特来与子衡先生计议。”

“汝厉先生请讲。”王廷相让道。

毛伯温说：“行可在长安街匍匐三日了，其状感人，其声感人，其情感人。凡读过冯子仁奏疏的京城居民，无不赞道：冯子仁大丈夫，无负朝廷！凡见过冯行可匍匐长安街的京城居民，无不赞道：冯行可好男儿，无愧其父！而至于今日，朝廷之上尚无一人出头为冯行可讨个公道，为冯子仁讨个公道。我居庙堂之上，深以为羞辱。我欲上疏，力辩冯子仁罪不当死，子衡先生以为可否？”

王廷相沉默不语，但看得出，他早就想过这一节。

“汝厉先生欲救冯子仁，还是欲速冯子仁之死？”他突然反问道。

“子衡先生何出此言？”毛伯温乍一听，大惊失色。

“汝厉先生为祐椋讦奏，皇上如何处分，尚难以预料，但皇上震怒，举朝皆知。汝厉先生此际出面为冯子仁申辩，不是加重其罪，加速其死吗？”王廷相说。

毛伯温出面，对他自己，对冯恩，都将不利。但王廷相知道，若说对毛伯温自己不利，只会激得他立即上疏。所以，他只说不利于冯恩：“他人皆可为他申辩，独汝厉先生不可为他申辩。”

“我亦想过，我不宜出面，”毛伯温说，“但皇上把案子放在刑部拟罪，刑部诸公不好出面为冯子仁申辩，须得由都察院出面。我虽不宜出面，但让世人知道朝廷仍有公论，总强过无人出面。”

“须得由都察院出面不错，都察院却不止汝厉先生一人，”王廷相说，“皇上命我掌都察院，都察院须得出面申辩，自是我须得出面申辩。”

“子衡先生肯为冯子仁出面？”毛伯温问。

话一出口，他觉出不妥：一个“肯”字，岂不暗示王廷相患得患失？他忙改了个说法：“子衡先生真的以为，须得由都察院出面？”

“都察院不出面，怎让世人知道朝廷仍有公论？”王廷相笑道。

他其实想得很细致：自己上疏为冯恩申辩，说不定也会得罪。所以他再三吩咐家人小心行事，免得因此而对自己更加不利，对冯恩更加不利。

命家人照顾冯行可的事，不必对毛伯温说，他只是说：“我不但真的以为，须得由都察院出面，而且，我的奏疏已经呈进。”

“子衡先生真乃讷于言而敏于行。”毛伯温引了句孔夫子的话赞他。

王廷相说：“我上疏，不过尽人事而已，未必救得下冯子仁；但另有一天赐良机，或可令得冯子仁不死。”

“果是天赐良机！”毛伯温不住点头，显然是心领神会。

第一百七十六章

八月十九日，皇长子诞生。大内欢腾。京城欢腾。全国欢腾。

王廷相、毛伯温两个月前说的天赐良机，便是指的此事。皇子诞生，特别是皇长子诞生，特别是建醮祈嗣后皇长子诞生，一定会大赦天下，已被论死而要在冬日行刑的冯恩，正好赶上获赦的日子。

皇长子诞生之次日，皇帝降诏，大赦天下，罪官罪民，包括一些因议大礼、审大狱而获罪的官员，被免罪或减罪。但同时，一些重罪官员不在赦免之内，如因左顺门哭谏而戍云南的杨慎，因张寅之狱而戍广西的马录。另外，冯恩也不在赦免之内。

霜降后，三法司会同各衙门堂官、司礼太监于午门朝审重囚。聂贤、陈璋、王廷相、毛伯温、大理寺卿陈轼等三法司官是都要到的。其他衙门，除吏部尚书汪鋐、左侍郎霍韬、右侍郎席春皆到外，或到正卿一人，或到佐卿一人。席春是席书之弟，两天前由礼部右侍郎改任吏部。司礼监到的是太监黄英，锦衣卫到的是指挥使陆松。

午门前，东面摆了一排桌案，各官先后到来，稍作寒暄，各就其位。汪鋐的座位前，放着笔墨纸砚。按照制度，朝审由吏部尚书秉笔录供。

刑部官校将一干重囚解至，于桌案前方，面东而跪。各囚都知道自己是将死之人，若存一点侥幸，就是在座的哪一位大人动恻隐之心，驳回刑部之议，所以极具恭顺之态。官校要他们立于何处，他们就立于何处；要他们跪于何处，他们就跪于何处。

独有一人，面北而跪。官校上前，欲牵转他，他动也不动。

汪鋐看在眼里，冷笑一声。

官校在午门之前，当着各位大人的面，不能与他扭打，不敢过于动粗，只好低声对他说："冯大人，你跪错方向。"

那人正是冯恩。他厉声言道："我膝只跪朝廷，岂跪汪鋐奸贼！"

汪鋐又冷笑一声，说："冯恩，在你口里，我是奸贼；在你笔下，我是方今天下第一恶毒小人。你不跪我不妨。此处各位大人，你也都不跪吗？难道他等也都是奸贼，都是恶毒小人？”

冯恩扭过脸来，说道：“各位大人优劣不等，我也曾议过。但我口里的奸贼只有你一人，我笔下的恶毒小人只有你一人。此处无你，我跪各位大人，即跪朝廷；此处有你，我跪各位大人，即跪你。各位大人不屑与你同列，在此处也羞于受我一跪。”

冯恩不跪汪鋐，也没有跪在座的所有大臣，汪鋐欲以此激起公愤，同仇敌忾；冯恩则把在座的其他大臣和汪鋐区别开来，不使自己和他之间的对立，扩展为自己和在座所有大臣的对立。二人唇枪舌剑，第一回合的交锋，都是争取在座的大臣，方才劝解冯恩改变方向的刑部狱卒，从未见过朝审日，被处死刑的重囚和主持朝审的吏部正堂争吵的场面，不由惊呆。见本部堂官不开口说话，他不动声色地退到一旁去。

冯恩言罢，转回头去，仍是面向北方，更显示出对汪鋐的轻蔑。

汪鋐与冯恩僵持住，不由也后悔：冯恩是被审之人，他是主审之人，这样一人一句、一来一往地对阵叫骂，岂不有失身份！开始时，他以为可以任意取笑、凌辱冯恩，现在他只想有人出面，帮他摆脱窘境。

坐于汪鋐左首的第一人是黄英。若换其他司礼太监，遇到这样的场面，或许知道该如何处置。不巧的是，黄英第一次参与朝审，即便他想说话，也不知说些什么，即便他想帮助汪鋐，也不知如何帮助。

坐于汪鋐左首的第二人是聂贤。他好像看出汪鋐的心思，隔过黄英，低声说道：“宜之先生，不如先审理他囚。”

汪鋐不无感激地瞥他一眼，说：“承之先生说先审理他囚，就先审理他囚。”

他有意提高声音，让在座的大臣都听到，让冯恩也听到，以便显示：他并不窘迫，并不怕与冯恩继续对峙。

朝审重囚，由刑部尚书、侍郎，或主管的郎中逐一讲解案情，各官或提些问题，或无疑义，或向囚者提些问题，或听囚者自己申辩几句。

汪鋐心不在焉地做着笔录，心思完全放在下面如何对付冯恩上。对此，他自己心里很清楚，众人心里也很清楚。所以，议论某一重囚的案情时，议论用刑是否恰当时，没有人向他询问。

终于只剩下冯恩一人。汪鋐心里不由漾起一阵快意：鞫讯他人时，你可以面北而跪；现在要鞫讯你，你还能面北而跪吗？对我说话，你可以扭转头去，一副轻狂的姿态；对其他大臣说话，你也是扭转头去吗？

聂贤做个手势，唤来一名狱卒，在他耳边轻声说几句话。该狱卒一面听着，一面连连点头。听罢，他走到冯恩身后，弯下腰来，在他耳边轻声说几句话。冯恩听罢，说道："多谢成全。"不知在谢他，还是在谢别的什么人。只见他站起身来，在狱卒的引领下，向南走几步，重新北面而跪。这样一来，他回答朝审官员们的问话，侧过脸来即可，不会显得过于生硬。

聂贤方才帮助汪鋐摆脱窘境，现在又帮助冯恩摆脱窘境。

有人问话，无非是有没有主使者，有没有同谋者之类。冯恩的回答与在镇抚司被鞫讯时、在刑部被鞫讯时一般无二。

"冯恩！"汪鋐忍了又忍，直到没人再问话，才开口，"朝廷以上言大臣德政律坐你死罪，你心服不心服？"

冯恩本不想回答他的问话；但想到，不答他的问话，反而让他得意，于是说："君要臣死，臣死而无憾。然以上言大臣德政罪我，我不服。"

汪鋐哼一声，说："你的奏疏放在那里，人人阅过，都说，凭这一篇文字，以上言大臣德政律问罪，很是恰当。皇上明察秋毫，从众之议，钦定你罪，难道还委屈你不成？"

冯恩驳道："皇上可以上言大臣德政律罪我，人人皆可以上言大臣德政律罪我，独你不可。皇上以上言大臣德政律罪我，我不喊冤屈；独你以上言大臣德政律罪我，我一定要喊冤屈。"

"真乃奇哉怪也！"汪鋐说，"同样的奏疏，同样的文字，为什么他人可论定你罪，我身为朝廷大臣，却不可论定你罪？"

冯恩正要以此自辩，遂犀利地说："你知道自己身为朝廷大臣就好！我在奏疏中论的最多的就是你。鄙夫壬人，方今天下第一恶毒小人等等，难道也是上言大臣德政？我在奏疏中还论到内阁大臣，还论到根本之彗，腹心之彗，门庭之彗等等，难道也是上言大臣德政？若谓此皆上言大臣德政，本朝就不会定上言大臣德政的律条。"

他只顾逞口舌之快，该说的话不该说的话，一股脑都说出来。

毛伯温警告他："冯御史，并未上言大臣德政，你不妨为自己辩白；本朝定不定上言大臣德政的律条，不是你该议论的。"

冯恩也知道话说过头。他话锋一转，说："我居官台宪，得以论劾朝廷奸臣，不失为一大快事。只是意犹未尽，实在有些遗憾。"

"意犹未尽，你还想说什么？"汪鋐问，"难道还要朝廷杀我不成？"

"正是！"冯恩更加无所顾忌，"我只请朝廷急黜你，未请朝廷亟诛你，现在想起来，太过心慈手软，难免要给朝廷留下隐患。"

到此时此地，好像越激怒汪鋐，心里才越畅快。

汪鋐不怒反笑："你虽未曾请朝廷杀我，你上疏的用意，却是要朝廷杀我。可今日，你杀不得我，我却要杀你！"

冯恩丝毫不惧，叱道："圣天子在上，你身为朝廷大臣，难道欲以一已私怨杀言官，坏国家法度？你这话，胆敢当着在座公卿大夫的面，直言不讳，何其猖獗乃尔！你要杀我，好，我任你杀害。我死之后，变成厉鬼，再击你杀你，为朝廷除害，为天下除害！"

汪鋐说："我将笔一落，即可杀你，又有何难！你要杀我，却不知是何日的事。等你变为厉鬼，再说杀我的话不迟。"

说着，提笔欲书。坐于他右首下的礼部尚书夏言，知道他要录下冯恩的话，止道："宜之先生，记不确实的话，还是不记为好。"

汪鋐一愣：想到：有的话，果然不记为好。录下"本朝不会定上言大臣德政的律条"，固然于冯恩不利，而录下"你杀不得我，我却要杀你"，却于自己不利。本来应该说"朝廷却要杀你"，气急之下说成"我却要杀你"，这话不好录。他顾不得细想夏言是在善意地提醒自己，还是恶意地帮助冯恩，重重地把笔搁置案上。

汪鋐似再无话问，冯恩似再无话辩。二人不出声，午门前顿时静下来。在座的大臣，无论倾向于冯恩者，还是倾向于汪鋐者，都稍觉松弛。二人都说了些过分的话，不知还会说些什么过分的话，不如就此打住。有无主使者、有无同谋者的问答，已经录下；二人彼此之间的谩骂，不必录下。还有什么好问，还有什么好答呢？

陈轼道："公谨先生说，记不切实的话，还是不记为好；但记得切实的话，不知宜之先生记下没有？若已记下，朝审可以中止。"

"且慢！"汪鋐还有话要说，这次不是与冯恩交锋，而是问聂贤，"承之先生，冯恩在狱中接受馈赠，这事是有的吧？"

在诏狱中，以及在刑部大狱中，有银子的囚犯，和没有银子的囚犯，境况大不相同。冯恩在朝中的同年同乡，或出于敬佩，或出于同情，会送些银两与他开销，或替他打点狱吏狱卒。无亲无故的官员，或出于敬佩，或出于同情，也会送些银两与他开销，或替他打点狱吏狱卒。甚至京城百姓，或出于敬佩，或出于同情，也曾送过银两，或打点狱吏狱卒。

对这等事，刑部堂官不会全然不知，但从来不加干预。汪鋐既问，聂贤含混地说："或有之。狱中得人馈赠者，不止冯御史一人。"

"冯恩是皇上钦定重囚，得人馈赠，与他犯得人馈赠不同，"汪鋐说，"这件事，刑部招议未曾记载，今日应加补录。"

一个被论死的重囚，加上这样一条不成为罪状的罪状，又算得什么！在座的大臣相互看看，没人出面反对。

汪鋐一面笔录，一面说："向以廉洁自负，为何也要受人馈赠？"

"汪大人是在问我吗？"冯恩在远处高声问道。

听得冯恩嘴里吐出"汪大人"这等称呼，不但汪鋐吃一惊，在座的其他大臣也无不觉得怪异。

汪鋐说："我正是问你，你又待如何？"

"汪大人不问我，我不作答；汪大人既问我，我自然要作答，"冯恩的语气，和方才慷慨而斥，慷慨而辩，大不相同，"汪大人问我为何要受人馈赠，难道不知患难相助，乃古之大义？我在狱中十月，馈赠与我者，不知几人；有恩于我者，不知几人。借今日汪大人询问之际，我正好向所有馈赠于我者、有恩于我者道一声谢。在下虽不富足，但各位对我的情谊，我会叮嘱儿辈报答。若说朝廷罪囚不当受人馈赠，"他忽然又恢复到方才慷慨而斥的语气，称谓又从大人变成奸贼，"与奸贼受人金钱，鬻朝廷官爵，鬻国家名器，又岂能同日而语！"

"你——"汪鋐怒不可遏，掀案而起。他说冯恩向以廉洁自负，其实，任职朝廷以来他自己也是以廉洁自负的，而卖官鬻爵无疑是对一名吏部尚书最严厉的指责。他直欲冲上前去，以拳脚相加。

王廷相早有防备，抢先拦在他身前，说道："宜之先生居七卿之首，当为国家存大体。天子脚下，岂容我辈动武！"

汪鋐转个身，想从左面冲出，被毛伯温拦住："宜之先生自重。"

他又转个身，欲从右面冲出，被夏言拦住："宫门之下，不是大冢宰的私家。我方才苦心劝告，宜之先生忘记不成？"

汪鋐左右被阻，愤恨地跺了跺脚，一屁股坐下去。再一抬头，恰好看见本部的两名佐卿，若无其事地坐在原处。在对冯恩的毒怨之外，在对王廷相、毛伯温等人的记恨之外，他对这二人也大为不满。

"你先要落笔杀我，现在欲动手杀我吗？"冯恩在那厢愤恨地说。

大概是觉出汪鋐的记恨，王廷相转而训诫冯恩："宜之先生已平心静气，冯御史毋得再动气。我朝自太祖高皇帝立国，至今已一百六十二年，从不公然杀戮言官。宜之先生难道甘为始作俑者？我辈难道甘为始作俑者？冯御史不可再说'落笔杀我''动手杀我'之类的话。"

王廷相虽在训诫冯恩，他的话却好像是针对汪鋐而说，让汪鋐听后，更加不自在。

聂贤适时命刑部官校将一干重囚解回刑部大狱。

第一百七十七章

两个年轻人，不是国子监生员，就是顺天府学生员，路过刑部大狱时，停下来，相对一视，不约而同向狱内深作一揖。

“赵兄，我知你读过他的奏疏，却不知你是否听过他的辩词？”一生员问另一生员。

“常兄说的可是冯子仁先生在朝审时的辩词？”姓赵的生员问罢，说道，“这是前一日的事，我还以为，除我之外，再无人知晓。”

“赵兄一心只读圣贤书，怕是除你之外，再无人不知晓，”姓常的生员讥道，“赵兄切莫强不知以为知呀。”

“如此说来，常兄不相信我听过冯子仁先生的辩词？”姓赵的生员煞是气愤，“常兄既然知我一心只读圣贤书，难道我还会欺诈？”

“欺诈二字，言重，”姓常的生员说。“我不过据常理推测：京城的故事，你都是听我说后才知道的；冯子仁先生的辩词，我未对你说过，你怎会知道？我并非信不过赵兄，只是有所疑惑。”

“常理可不是常姓人家的道理，非你说才算数。”这句话说得俏皮，姓赵的生员不免得意；姓常的生员没体会出其中的妙处，他又不免失望，“看来，我不转述几句冯子仁先生的话，你仍是不信。”

“尚祈赵兄赐告，我二人也好印证一二。”姓常的生员不知真的要印证，还是有别的缘故，竟不休不止地追问下去。

“常兄听好，”姓赵的生员伸出第一指，“我膝只跪朝廷，岂跪汪鋐奸贼！冯子仁先生说过这话吧？”

“说过，”姓常的生员点头，“自始至终，他确不曾跪汪鋐。”

“皇上可以上言大臣德政律罪我，人人皆可以上言大臣德政律罪我，独你不可。冯子仁先生说过这话吧？”姓赵的生员伸出第二指。

“说过，”姓常的生员道，“以上言大臣德政律加罪，我亦不服。”

“我只请朝廷急黜你，未请朝廷亟诛你，难免要给朝廷留下隐患。冯子仁先生说过这话吧？”姓赵的生员伸出第三指。

“说过，”姓常的生员点头，“冯子仁先生这句话最为痛快凌厉。”

“我变成厉鬼，再击你杀你，为朝廷除害，为天下除害。冯子仁先生说过这话吧？”姓赵的生员伸出第四指。

“说过，”姓常的生员竖起拇指，“冯子仁先生这话最为慷慨激昂。”

转述冯恩在朝审时的四句话后，姓赵的生员道：“常兄还不相信我听过冯子仁先生的辩词吗？倒要请常兄也为我学说几句。”

“精彩处都被赵兄学说过，我还学说什么？”姓常的生员心思一动，说，“赵兄虽然把精彩处都学说，却不知这几处都有讲究。”

“请教常兄，有何讲究？”姓赵的生员忙问。

姓常的生员伸出一指：“冯子仁先生说：我膝只跪朝廷，岂跪汪鋐奸贼？是冯子仁先生之膝，铁膝也。”

“不错，”姓赵的生员赞道，“这一处讲究得好。”

姓常的生员伸出第二指：“冯子仁先生说：人人皆可以上言大臣德政者律罪我，独你不可。是冯子仁先生之辩，铁口之辩也。”

“不错，”姓赵的生员赞道，“这一处讲究得也好。”

姓常的生员伸出第三指：“冯子仁先生说：未请朝廷亟诛你，难免给朝廷留下隐患。是冯子仁先生之胆，铁胆也。”

“不错，”姓赵的生员赞道，“这一处讲究得更好。”

姓常的生员伸出第四指：“冯子仁先生说：我变厉鬼，再击杀你，为朝廷除害，为天下除害。是冯子仁先生之骨，铁骨也。”

“不错，”姓赵的生员赞道，“这一处讲究得最好。”

“冯子仁先生具铁膝，具铁口，具铁胆，具铁骨，真乃四铁御史也，”姓常的生员最后概括了一句，然后问，“赵兄，这一处讲究如何？”

“好至无以复加，”姓赵的生员赞道，“常兄，今日我请你喝酒。你要去哪处喝酒，就去哪处喝酒；你要喝几碗，就喝几碗。”

很快，“四铁御史”的绰号响遍京城。

二、灾降侯门

第一百七十八章

司礼太监张佐、锦衣卫指挥使陆松同时应召而入。陆松来，是皇帝要问话；张佐来，是准备拟旨。陆松行礼时，打个踉跄，险些跌倒。

皇帝看他一眼，关切地说："陆松，你的气色不大好。"

陆松奏道："微臣无碍，只是走得急，心里有些发慌。"

"你身体不适，回过话，找许绅诊一诊脉，"皇帝吩咐，"朕看，他的医术很是高明。"

许绅是太医院使，皇帝对他很信赖。

"微臣遵旨，"陆松感激地说，"皇上关怀备至，微臣难以为报。"

两句话后，陆松的气息匀称，脸色也逐渐红润。

"两日过去，朕要你打探的事情，你可打探清楚？"皇帝问他。

陆松奏道："皇上命微臣打探的两件事，微臣无能，经过好些周折，一件总算打探清楚，另一件还是没打探清楚。"

"两件事办好一件，也不算无能，"皇帝说，"朕料，苏州的事情你打探清楚，吏部的事情你却没有打探清楚。可是？"

陆松露出惊诧之色，道："皇上圣明，洞察一切，怎就知道微臣打探清楚苏州的事情，却没有打探清楚吏部的事情？"

"这有何难！通常是远处的事情容易打探清楚，近处的事情反而不容易打探清楚。"皇帝说着，命道，"说吧，苏州是怎么一回事？"

所谓苏州的事情，是指：河南巡按御史王仪出为苏州知府，到任仅三月，因祐椋讦奏，被免官。苏州士民数人至京师，乞留王知府。皇帝怀疑此事背后有什么名堂，命陆松查一查。

“皇上命微臣不动声色地打探，故耽搁些日子，”这是在回答皇帝说的“两日过去”。陆松接着讲述，“微臣查明，苏州士民至京师者共计七人。微臣差派数人，一个一个与他等闲叙，结果找到六人，有一人未找到。他等都道：王大人是苏州多少年没有摊上的好知府，在任三月，知府衙门里的风气焕然一新；估计再有三月，苏州城里的风气可焕然一新；再有半年，全府的风气可焕然一新。故他等受苏州百姓之托，赴阙请命，乞留王大人。他等都道：是自愿而来，并无人指使。”

皇帝说：“既无人指使，王仪还可以用。但何时起用，用于何处，却要朝廷斟酌。”

朝廷斟酌，即皇帝斟酌。张佐、陆松均理会，没有应声。

皇帝惦记另一事：“陆松，吏部的事情虽未打探清楚，也说一说吧。”

所谓吏部的事，是指：侍郎席春提议，原翰林官杨维聪、陈沂仍还翰林院，尚书汪鋐不从。推举礼部侍郎，吏部议上原兵部右侍郎、后被谪为福建右参政的黄宗明和南京礼部右侍郎黄绾。吏部议上，实际上是汪鋐与霍韬商议的结果，并没与席春商议。席春大怒，在衙门大堂上与汪鋐诟骂不已。汪鋐上疏，以二事讦告席春。其一曰：席春在议礼时，与其兄席书异议，而附和邪党杨慎等，为邪党遗奸；其二曰：圣嗣诞生，廷臣皆以吉服贺，独席春以公服谢，有悖臣子之道。汪鋐最后称：羞与席春同列，请皇帝或罢己，或罢席春。

侍郎有所议，尚书不从，侍郎因而记恨，侍郎的错处多些；尚书议事，侍郎不与，尚书的错处多些。但二事都在明处，二人因而不共戴天，皇帝怀疑暗处有什么名堂，命陆松查一查。

陆松也不是完全没打探清楚。众人都道：他二人不在一个衙门时，并未起过冲突。而席春改官吏部，不过一个月的时间，怎会结下如此深的怨恨？陆松感觉：汪鋐容不得席春，是在朝审之后。那一日，他也在场，据他的观察，霍韬和席春虽然都不曾出面为汪鋐解围，但二人的神态有所不同。在王廷相等说话时，霍韬面无表情，席春则是面带欣赏；在夏言说话时，席春面无表情，霍韬则是面带厌恶。他看得出来，汪鋐难道会看不出来？他几乎可以肯定，汪鋐是要报复席春那一日的态度。

这只是陆松的揣测，而皇帝要的却是二人不和的实实在在的原因；既然说不实在，他宁愿说，这件事没打探清楚。

“微臣差人，找过数名吏部衙门的差役闲叙，还找过汪大人、席大人的家人闲叙，”陆松说到这里顿了顿，加以说明，“微臣也交代，须得不动声色地打探。”

“既是闲叙，当然不动声色。”皇帝说。

“皇上指点的是，”陆松道，“闲叙的人都说：那一日，席老爷可谓暴怒，汪老爷也可谓暴怒。吏部衙门里从未见过两位堂官如此互诟。闲叙的都道：两位老爷从来是互相敬重，不知为何忽成冤家。”

“从来互相敬重，怕也未必，”皇帝不同意这个说法，“朕本要为他二人辨出是非，再作处置；看来，一时也难以辨出。”

“微臣无能，有负皇上重托。”陆松不安地说。

“你已尽力，打探不清楚，不干你的事。”皇帝安抚他。

张佐在一旁问：“爷现在要处置这件事吗？”

“只好如此，”皇帝说，“席春初附杨廷和，与其兄持异议，朕并非不知。朕看在席尚书的情分上，对他未加处分，还委以大用。席尚书的遗疏朕曾读两遍，他虽未公然为席春乞情，却有这一层意思。朕不因席春持议舛谬而处分他，当然也不会因他与汪尚书不和而处分他。所以朕要打探清楚他二人不和的原委，以期公正处置。既然打探不清楚，朕只能为汪尚书罢免席春，不能为席春罢免汪尚书。”皇帝决心既下，命道，“张佐，你去传旨，命席春免去原官致仕。”

“奴才遵旨，”见皇帝盯着自己看，张佐问，“奴才这就去传旨吗？”

皇帝道：“陆松事已奏毕，朕也有旨，你不速去传旨，还等什么？”

“真是的，奴才不速去传旨，还等什么？是奴才糊涂。”张佐知道皇帝不是真在责怪，所以并不紧张，边说，边退下。

皇帝好似无意地瞥了瞥身后站立的两名小宦者，他二人亦躬身退下。

“陆松！”随着一声招呼，皇帝的目光这才落在陆松的身上，“朕要你打探的事情，该张佐知道的；朕要他与朕一起听；不该他知道的，朕就让他去传旨。这件事，朕若交东厂或锦衣卫办，总得让张佐知道。但朕想交与你办，你下去后，不必对别人说，也不必对张佐说。张佐若是一定要问你，你让他来问朕。”

“不该说的话，张太监不会说；不该问的事，张太监也不会问。”陆松为张佐说句好话，复表白自己的心迹，“微臣先人随献皇帝从京师到潜邸，微臣随皇上从潜邸入京师，虽然皇上命微臣掌锦衣卫事，奴才自视，为皇上的家臣。皇上命微臣办的事，微臣一定尽心竭力去办。”

“你忠心不二，朕是信得过的，不然这件事，朕也不会交与你办。”皇帝说着，站起身来。

陆松以为，皇帝要他靠近些，便欲迈步。皇帝却摆摆手，自己向他走去。走到他面前，皇帝没停下，又径自向前走。走到殿室的另一端，才折转回来，在他面前驻足。一个来回走下，让陆松紧张无比。

“陆松，你还记不记得司聪这个人？”皇帝问。

“司聪？”陆松想了想，不十分肯定地说，“微臣记得，三年前不明不白死去的龙骧卫指挥姓司。可是他？”

那时，还是骆安掌锦衣卫。不明不白死一名指挥，他只知这件事，不知死者姓名，情有可原。

“就是他，”皇帝点点头，提到骆安，“你知他是不明不白死去的，骆安掌锦衣卫，却不知他是不明不白死去的。骆安当时对朕说，他患痨病而死，死因无可怀疑。”

“微臣当时也是听说司聪因患痨病而死，并不知道他死得不明不白。听说司聪死得不明不白，是近日的事。”陆松解释。

“陆松，你听到些什么，说与朕听。”皇帝命道。

陆松回奏：“微臣听得外间传言，司聪死前并未患痨病。他的死，似与某勋戚之家有关。皇上是要微臣查办这件事吗？微臣听外间的传言后，正想从头到尾把这件事打探清楚，以正视听。”

“倒也不必从头打探，”皇帝似乎比他了解得更多，“有一件事，你或许还不曾听说，朕告诉你，你就知道该从何处着手打探。司聪之死与某勋戚之家有关，你听到的传言不谬。勋戚之家，建昌侯府也。司聪虽在衙门里挂衔，却甘心为建昌侯办理私事，有如其家人。他死前，曾为建昌侯放贷收息。”

陆松倒吸口凉气：“皇上是说，司聪之死与建昌侯有关？”

建昌侯张延龄和昌国公张鹤龄都是慈寿皇太后的亲兄弟，若说司聪之死牵连到建昌侯府，那可不是牵连一般的勋戚之家。

“怎么，你觉得为难？”皇帝冷冷地问。

陆松还真有些为难，最让他为难的一点，不在于建昌侯为慈寿皇太后亲弟，而在于皇帝对慈寿皇太后的怨愤。宫里动辄言两宫皇太后，总是慈寿皇太后在先，圣母皇太后在后，而慈寿皇太后于圣母皇太后绝无谦让之心。皇帝对此一直耿耿于怀。看皇帝今日的架势，一定要好生查处这件事。但慈寿皇太后终归是慈寿皇太后，建昌侯终归是慈寿皇太后亲弟，作为臣子，当如何处置？

这些心思只能在心里默默地想，是绝对不能说出来的。陆松说的是：“微臣不觉为难。微臣担心皇上为难。”

“朕有什么为难！”皇上哼一声，“国家有法度，朕只需依法度处置，有什么为难！陆松，你听到传言，就想到司聪死因有疑，想从头到尾打探清楚。朕听得司聪为建昌侯放贷收钱，断定他的死因有疑，岂能不打探清楚！司聪之死与建昌侯府上有关，朕便治建昌侯的罪；司聪之死与其他勋戚有关，朕便治其他勋戚的罪。”

“皇上以国家法度为重，千秋万代，必颂扬圣治。不过，”陆松犹豫着说，“以镇抚司勘问建昌侯之案，似有不妥。”

“朕不要镇抚司问建昌侯之罪，”皇帝早想到这一层，“朕才说，这件事不交与锦衣卫办。朕再说一句，这件事也不交与镇抚司办。朕只要你办，朕只要你查实这件事。和办前两件事一样，你这次仍须不动声色地打探。到可以论罪的时候，朕自会交与法司办。”

只需打探，陆松不再紧张：“是，微臣一定把这件事打探清楚。”

“好，”皇帝满意他的表态，又向他交代，“朕已告诉你，这件事该从何处着手打探；朕还要告诉你，这件事该如何打探。”

“微臣如何打探，请皇上垂示。”陆松说。

“司聪之死似与建昌侯府上有关，但你不能直接去建昌侯府，更不能直接向建昌侯打探。”皇帝绕着圈子说。

“微臣理会得，”陆松说，“司聪之死若与建昌侯府上无关，微臣为取证，可以去建昌侯府；司聪之死与建昌侯府有关，微臣为鞫讯，也可去建昌侯府。现在司聪之死似与建昌侯府有关，微臣又不是鞫讯，自然不能去建昌侯府。”

“你知道就好，”皇帝点点头，教他如何打探，“你只要向两个人打探，司聪的死因便可揭示。一人是司聪之子司升，一人是天文生董昶之子董至。这两个人过去是建昌侯府的常客，如今却与建昌侯府疏远。董至过去与司家过从甚密，如今几乎没有来往。”

天文生隶钦天监，分科肄业，是吏员，不是生员。

“董至？”这个名字，陆松听到过，“微臣知道他。说司聪之死与某勋戚之家有关的人中，就有他。”

“既知董至其人，其事不难打探，”皇帝道，“能告诉你的，朕都告诉你。其他的事情，该由你告诉朕。这件事，朕不规定时限，你哪一日打探清楚，哪一日来说与朕听。朕还要对你说一句：你虽不能直接去建昌侯府，却一定要留意建昌侯府，夜间尤其要留意建昌侯府。如果日后建昌侯府的事，朕知道，你却不知，你可不好向朕交代。”

“微臣知道利害，不敢有丝毫懈怠。”陆松道。

眼见陆松出殿室，当值近侍入殿，奏道：“爷，崔成在殿外候旨。”“朕正要与他说话，着他进来，”皇帝很高兴，近侍转身之际，他又改主意，“不必着他进来，着他随朕在外面走一走。”

崔成跟随皇帝身后，信步走去。

“你去内书堂有半年吧？可有长进？”皇帝问。

“在别人面前，奴才敢说长进；在爷面前，奴才不敢说长进，”崔成道，“反正一起读书的都说：崔哥从爷身边来，和我等就是不同。教习的先生常说：小崔公公早已读懂，你等为何还读不懂？奴才能为爷争到一些脸面，没有辜负爷平日的教诲。”

“你有长进，朕也很高兴，”皇帝说着，又问，“在内书堂里读书，众人是埋头读书，还是也能听到一些外面的事情？”

“各衙门来的人都有，听得到一些外面的事情。”崔成答。

“既听得到外面的事情，可知何谓‘四铁’？”皇帝问。

“爷说的可是铁膝、铁口、铁胆、铁骨？”崔成以问作答。

皇帝点头：“南京御史冯恩下诏狱时，你还在朕身边，后来拟定他死罪，你已去内书堂。那次朝审，你听人说过吗？”

“奴才听说过，”崔成答，“冯御史仇君无上，死有余辜。”

他不但听说过这件事，而且听说过圣谕。

“可朕今日决定，先不杀他，”皇帝说，“有人称他‘四铁御史’，那好！无论他是好铁，还是恶铁，朕先把他放在那里，明年再审。天有好生之德，他果有可赦之处，朕未尝不可放他一条生路。”

“爷圣明，”崔成颂道。并问，“爷这样处置，是为以观后效吧？”

皇帝摇头：“你用错典。以观后效，是说他还可以再用。朕断然不会再用他。朕不是为以观后效，朕是为以服民心。”

第一百七十九章

大同地处口外，十月初，刚刚立冬，已是北风肆虐，滴水成冰。天一擦黑，城门紧闭，院门紧闭，屋门紧闭，人们早早就熄灯睡觉。户内听不到什么说话的声音，户外更没什么人走动。因而，几下有节奏的敲门声，在夜空中回荡，格外刺耳。

等候在院里的人有意不出声，听着外面的动静。

只听得一人说："或许睡熟，再重重地敲几下吧。"

"不，约好只敲三下，"另一人说，"他知我二人要来，不会睡。"

院里的人这才压低声音问："是福胜兄弟吗？"

"将军，是我，还有杨钺兄弟。"外面第二个说话的人答道。

院里的人轻轻开门，让进外面二人。他自己探出身子，向外张望一阵，然后急速关好院门。"快进屋去！"他对二人说。

火炕烧得发烫，屋里又放一个炭盆，一进屋，便觉热气袭来，好不惬意。从外面来的两个人，脱去裹在身上的棉袍，随地一扔。那棉袍已十分破旧，二人贴身穿着的衣衫也已十分破旧。

"朱将军，赶一天的路，饥渴难挨，"方才在外面第二个说话的人对主人说，"冷水也好，糠菜也好，随便拿些来吧！"

主人姓朱，是大同镇前总兵官朱振。从外面来的二人，一人叫王福胜，是大同卫的军士，一人叫杨钺，是山西行都指挥使司通事。山西行都指挥使司的治所也在大同。王福胜从大同东北的天成卫赶来。卫城距大同一百二十里，他的的确确是赶一天的路。

"冷水糠菜，福胜兄弟把我这里当作牛圈马棚吗？"朱振从里屋抱出一坛酒，一盘羊肉，笑道，"吃的，喝的，我早为你准备好。"

边军边将不讲究，大块的水煮羊肉不再切碎。王福胜抓起一块，当当正正地咬一口，边嚼边说："天之下，地之上，只有将军心疼我等。"

杨钺摆好炕桌，朱振把酒坛和肉盘放在炕桌上，取来三只大碗，一碗一碗地倒满浓烈的白酒。杨钺端起一碗，递与王福胜，他接过，一口喝下去一半，又迫不及待地吃起羊肉。看来，真是饥渴难挨。

朱振、杨钺都是吃过饭的，一面看着王福胜狼吞虎咽，一面陪着他也用些酒、肉。等王福胜吃到半饱，三人才开始说话。

“天成卫那边，已分派好地段吗？”朱振问。

“已分派好，”王福胜用衣袖抹去嘴角的油水，答道，“总共要挖四十里沟堑，各卫所均摊，限三日内竣工。”

前些日子，忽得北虏即将入犯的消息，巡抚潘仿、总兵李瑾等计议，在天成卫城挖掘沟堑，以阻北虏骑师。计算下来，大约要挖四十里。因时间紧迫，除当地之卫，又从其他卫所抽调大批军士。

“天成两卫，临近的阳和两卫，加上大同调派的各卫，约有十卫之多。区区四十里沟堑，说不定可以竣工。”杨钺说。

“竣工个鸟！”王福胜说句粗话，“坐在大同城里，都道可以竣工。能不能竣工，杨钺兄弟，要到天成去走一走，才会知道。”

“不能竣工最好，”朱振说，“天气陡然大冷，值戍已然辛苦，还要分派这等挖沟掘堑的差事，更加苦不堪言。”

王福胜接过他的话茬：“不分派这等差事，我等只知道天寒的滋味；分派下这等差事，我等才知道还有地冻的滋味。”

“地冻？”朱振问他，“冻得狠不狠？”

王福胜道：“不十分狠。可也要多次用力，才能开出一道口子。所以我告诉杨钺兄弟，区区四十里的沟堑，绝无可能在三日内竣工。”

“好！”苦不堪言，朱振却叫起好来。

“我等在那里吃苦，将军怎么反而幸灾乐祸？”王福胜不快。

“我并非为你等吃苦叫好，我是为你等有解脱的机会叫好，”朱振说，“天气陡然大冷，你等得天时；地也冻起，你等又得地利。这是上天给予的好机会，你等切莫错过。”

王福胜听他这这话，觉得不对头，一时又想不出，有什么不对头。反复品味了朱振的话，才恍然醒悟：朱振说的是“你等”，而不是“我等”，这话有些不对头。

“难道不是将军得天时、地利？”他问。

“李瑾那厮逼迫得你等没活路，又不是逼迫得我没活路。天要杀他，可不是你等得天时？地要杀他，可不是你等得地利？”朱振先小心地在他和王福胜之间划出界限，然后再表露自己的侠义情怀，“不过，我与福胜兄弟等情若手足，同甘共苦，他逼迫得你等没活路，我不能坐视。所以，我要你一定看一看天成那边的情形，我要你今天一定赶回来，把那边的情形告诉我。你等得天时、地利，自己还不知。我告诉你，是在助你等，是与你等同甘共苦。”

杨钺是个小通事，用不着和王福胜划出界限。他说：“朱将军常告诉我等，欲成大事，须得天时、地利、人和。福胜兄弟，我等已得天时、地利，朱将军肯相助，我等又得人和。”

“依将军说，我等可以举事？”王福胜要朱振再说得肯定些。

朱振道：“杨钺兄弟说，我肯相助，你等便得人和。这话虽不错，却还不够。福胜兄弟常对我说，各卫、所中，都有你的好兄弟。在各卫、所中，你若能一呼百应，那才是真得人和。”

“各卫、所中，与我结拜者，不下数十人。我不敢说一呼百应，但振臂一呼，十有八九会响应。只不过，该如何行事，还请将军教我。”王福胜抱拳道。

朱振已有成算，不紧不慢地说：“李瑾逼迫得你等没生路，不是朝廷逼迫得你等没生路。但朝廷眼下顾不上你等，你等只好自己搏出一条生路。这是你要对众人讲清的第一件事。”

“对，我等只杀贼将领，不反朝廷。”王福胜应道。

“天成沟堑，限定三日竣工，众人都知道；可三日不能竣工，李瑾要加处罚，众人就未必知道，”朱振说，“处罚者，轻则倾家荡产，重则身首异处。这是你对众人要讲清楚的第二件事。”

“李瑾还敢杀人？”这是王福胜始料不及的，他不由大吃一惊。

“怎么不敢！”朱振道，“我曾亲见他写的条幅，你知写的什么？”见王福胜、杨钺都在留意听，他一字一字地背诵其文，“十卒而杀其三者，威震于敌国；十卒而杀其一者，威震于三军。你说他敢不敢杀人！”

杀三卒而震敌国，杀的是什么人，可能听不懂；但杀一卒而震三军，杀的是部卒，却一定可以听懂。王福胜怒道：“李瑾那厮平日对我等倒也知嘘寒问暖，原来都是惺惺假意，心里只想着怎样杀戮我等！”

朱振说：“他嘴上不说杀人，心里却想着杀一儆百。即使他心里并未想着杀人，你也要让众人知道，至期不能竣工，他一定会杀人。”

“我懂了，”杨钺道。“这就是朱将军平日说的置之死地而后生。”

“李瑾要杀人，将军能说得我相信，我也能说得众人相信，”王福胜说着，问道，

“将军，对众人讲清楚这两件事，就可以吗？”

“还有一件要紧的事，”朱振说，“大同各卫去天成挖掘沟堑的弟兄，少者十之一二，多者也不过十之二三。不能竣工，军法从事，只有这十之一二、十之二三的弟兄畏惧，只有这十之一二、十之二三的弟兄愤怒。但军中有连坐之法，差去天成的弟兄被处罚，留在本卫的弟兄也要受到处罚。这是你对众人要讲清楚的第三件事。这三件事情讲清楚，你不但可以一呼百应，而且可以攻无不克。”

“多谢将军相助，”王福胜站起身来，躬身谢道，“我在将军这里稍歇一个时辰，即向回赶，明日午时或可赶至天成。将军指明的三件事，天成那边的弟兄，我对他等讲；大同这边的弟兄，杨钺兄弟可约王保兄弟、黄镇兄弟等对他等讲。我明日午后起事，后日可杀回大同。那时再与将军和各位弟兄相会。”

朱振说：“你有三碗酒下肚，有一个时辰的歇息，又可以精神焕发，你那马却再也跑不动。我送你一匹好马，明日午时前定可赶回天成。”

三天后，王福胜率天成叛卒杀回大同，王保、杨钺等率大同叛卒响应。李瑾被杀，巡抚衙门被焚。大同巡抚潘仿一面差人向宣、大总制刘源清告急，一面聚集各卫、所军士，试图平定叛乱。

各卫、所有人效忠官府，有人依附叛卒；有的卫、所官府一方势力大，有的卫、所叛卒一方势力大。大同城里乱成一团。

巡抚衙门的军校温景清穿墙越巷，避开叛卒，回到家中。

其妻王氏、其子温钺，听得外面喊声惊天动地，不敢出外，正在家中为温景清的安危焦虑，见他平安回来，均喜极而泣。

温景清见他母子二人无恙，也松口气。他说：“你等没出外就好。”

“爹爹不是嘱咐过，外面乱时，先躲在屋里，爹爹会来解救吗？娘本来要出去，被我拦住。”温钺说。

大同常有虏警，各户的男丁都叮嘱过家中女人及老幼，遇到紧急情况，不可轻动。

“钺儿懂事，”温景清深情地抚摸着温钺的头，长长地叹口气，“可惜，这次能不能解救你和你娘，爹爹也不知道。”

他是个本领高强，遇事不慌的男子，在王氏的记忆里，他从来没说过这样的话。

“外面到底出了什么事？”她惊恐地问。

“郭疤子回来。”温景清简要地说一句。

“郭疤子？”王氏颤声说道，“他不是多年前就被捉拿正法？”

嘉靖三年，大同军士叛乱，郭疤子是乱卒首领郭鉴的父亲。郭鉴死后，他又煽惑军士叛乱。难怪王氏提到他，浑身战栗。

“是他的鬼魂回来。”温景清改换一个更恐怖的说法。

“爹爹，可是当年被你捉拿归案的那个大恶人？”温钺在一旁问。

“就是他，当年爹爹捉拿到他和其他多名首恶，交与官府。他被官府所杀，今日来找爹爹报仇，”温景清说着，情不自禁地把温钺搂紧，“他这次来，不但要加害我，也要加害你和你娘。”

“爹爹不怕，”温钺小小年纪，出奇地镇定，“爹爹说，当年捉拿郭疤子的时候，孩儿只有三四岁。那时他若要加害爹爹，孩儿无力相搏；现在他要加害爹爹，管他是人是鬼，孩儿拼将一死，也要维护爹爹。”

“钺儿有这等志气，爹爹很高兴，可是，与他拼搏，你还是太小，”温景清扳住温钺的双肩，像在和一个成年人说话，“钺儿，你听好：郭疤子是死在爹爹手下。当年，郭疤子叛乱，为官军平定，郭疤子逃至塞外。爹爹奉巡抚蔡大人的差派，侦伺、捉拿叛乱的首恶。爹爹知道郭疤子是首恶中的首恶，于是千方百计寻找他，跟踪他，终于捉拿到他。今日，他的鬼魂附在两个人身上。这两个人，一个叫王保，一个叫杨钺。爹爹当年就曾经对巡抚大人说过，这两个人也是首恶，理应勘实处死。唉！”这一声叹息里，既包含对自己人微言轻的无奈，也包含对官府无能的怨愤。“最后还是让这两个人漏网。郭疤子的鬼魂附在王保、杨钺身上，是要回来杀爹爹的。这一劫难，爹爹怕是躲不过去。钺儿不怕，爹爹也不怕。爹爹效力朝廷，效力官府，对做过的事情不后悔。再见你和你娘一面，爹爹死而无憾。钺儿，爹爹若是躲不过去，不要你现在去和郭疤子的鬼魂拼搏，爹爹要你维护好你娘和你自己。你记好王保、杨钺这两个人，他二人不死，你一定要给爹爹报仇。”

巡抚蔡大人即大同前巡抚蔡天佑，温景清当年是奉他的密令行事。

听到王保、杨钺这两个名字，王氏浑身又是一颤。在捉拿郭疤子的过程中，在捉拿郭疤子之后，丈夫都对他提起过这两个人；走在街上，也会与二人不期而遇。虽然二人脸常挂笑，但王氏一眼可看出笑容后面的虚假和阴险。他相信丈夫的话，这两个人作乱，是一定要和丈夫算旧账的，丈夫一定要躲出去，全家一定要躲出去。

温景清一篇长话，是在对温钺交代后事，王氏不便打断。趁着温景清说话的工夫，她匆匆收拾一些必带的物什，用布单裹起。温景清的话说完，她也收拾好包裹，挎在肘上。

“夫君欲逃向何处？”她问。

温景清说：“最好能溜出城；不能出城，就在城里找个可躲之处。”

原来他也没有确定的去处。王氏慢慢把包裹放回炕上，说：“还是溜出城好。不过，我三人在一处行走不方便。不如分成两下，你想法子先溜出城，我带着钺儿随即出城。即便不能出城，城里乱哄哄的，未必就被他找到。”说着，她掏出些碎银子交与温景清，“这些你带在路上用。”

温景清推还给她：“分成两下也好。我单身一人，用不着银子，你带在身上。我若溜出城，就在岳丈的村子里等你；若溜不出城，我会躲在詹大人衙门附近。”

詹大人指的是大同督饷郎中詹荣。叛卒于城中劫掠，闯入许多衙门，却没有冒犯督饷郎中衙门，据说是颇为敬畏詹荣。

叛卒控制住大同城的大部分区域，王保、杨钺带着一队弟兄，在城里搜捕温景清。温景清没有被找到，王氏、温钺母子却被找到。

“温嫂如花似玉的一个女子，何必作践自己！”杨钺掀去王氏遮在头上的一块土布，戏谑地说。

王氏头上遮的是土布，身上穿的是土布，脸上抹了几处炭黑，再也不见往日的光彩。

“我与温嫂时不时打个照面，说句不怕见笑的话，我对温嫂的容貌早就垂涎。”杨钺嬉笑着说，并指指王保，“这位王保兄弟，你怕是没有见过。你没有见过他，温大哥却一直在惦念他。碰巧我二人今天都在，很想约温大哥叙一叙旧，谁知他却踪影全无。不如你带我二人找到他，于你于他都大有好处。”

“谁要约他叙旧！”王保粗声粗气地说，“前日他要杀我，今日我要杀他。找到他，我和他单打独斗，绝不要一个帮手，不是我死在他手，就是他死在我手。杨钺兄弟，我知你功夫不行，我要败在温景清手里，你再指挥众兄弟一起动手，杀他为我报仇。”

“姓王的有话直说，还是一条汉子；姓杨的，你算什么东西！”王氏见杨钺围着自己转，知他存心不良，抢先斥骂道。

“臭婆娘，要离间我兄弟二人吗？”杨钺嘴脸一变，回骂道，“你不讲，不打紧，这孩儿不会不讲。”转身问温钺，“你可是叫温钺？”

“我是温钺，”温钺应道，并反问，“你可是杨钺？”

“咿，你一个童儿，居然也知道杨钺大爷的名头！”杨钺怪道。

“错！”温钺手指他说，“你不是杨钺大爷，你是杨钺兄弟。你我的名字都是钺字，你我是平辈之人。我娘是你长辈，你对她不可不敬。”

见杨钺被一个十几岁的孩子戏弄，王保不由笑起来。杨钺压住心头的恼怒，应和着温钺的话："不错，你我是平辈之人，长辈的事情总不愿对晚辈讲。你爹去哪里，就没对我讲。他也不会对你讲吧？"

"爹爹去哪里，也没对我讲。"温钺承认。

"可你爹大致要去哪里，会对你讲，是不是？"杨钺说。

"爹爹大致要去哪里，会对我讲。"温钺又承认。

"你也对我讲，好不好？"杨钺诱道，"你对我讲，你我便是同辈之人，你娘便是我的长辈，你爹也是我的长辈。"

"钺儿，休得胡言！"王氏见温钺上当，大惊，高声在那边叫道，"你爹大致要去哪里，怎会对我母子讲。"

"爹爹是讲过嘛，"温钺不理会母亲的惊怕，又对杨钺说，"我爹爹大致去哪里，本来是可以对你讲的；可我一对你讲，你又要对那个姓王的讲。爹爹是你的长辈，却不是他的长辈；爹爹大致去哪里，不可让他知道。你要是保证不对他讲，我才对你讲。"

"且住，"王保吼道，"要讲就对两个人讲，不可只对他一人讲。"

"你说不可，我不讲就是，"温钺道，"姓王的说，你们找我爹爹，是要杀他。我若告诉你们爹爹的去处，是我杀爹爹。你们与爹爹有深仇，此生难以化解，那就杀我以抒愤吧。"

杨钺顾不得与王保争辩，狞笑着说："你既然知道，由不得你不讲！"

他左手抓住王氏前胸，用力一拉，把她的上衣扯开，右手持刀，稍一用力，把她贴身的兜袋挑开，王氏的乳房裸露出来。

王氏要挣扎，双臂被人死死按住。

杨钺捏住她右边的乳房，说，"温钺，我问你一句，你不讲，我割下你娘一个奶头；问你两句，你不讲，我割下你娘两个奶头。"

说着，厉声问道，"你讲与不讲？"

温钺咬紧牙关，闭上眼睛。随着王氏一声惨叫，她的一个乳头被杨钺割下。第二个乳头被割下时，她已疼得昏死过去，全凭身后的两个汉子架住，才没倒下。杨钺仍在一遍一遍地问着"你讲与不讲"，没有回声，他就一刀砍在王氏臂上，一刀砍在王氏腿上。

泪水从温钺的眼角流下，他却一直没有再睁开眼睛。

那凄惨的场面，使得围观的许多乱卒也有所不忍。杨钺知道不能再拖延，一刀割断王氏喉咙，回手一刀，刺进温钺的心脏。

第一百八十章

陆松除向皇帝提到的司升、董至打探，还向不知在哪一卫挂衔的百户胡经、不知在哪一衙门挂职的校尉阮彪打探。京城里像他等随意在一个卫、所里挂衔，在一个衙门里挂职的人极多，他等在哪一个卫、所挂衔，在哪一个衙门挂职，反而不必费心查问。向司升、董至打探，了解到司聪之死的细节；向胡经、阮彪打探，除了解到司聪之死的细节，还了解到发生在建昌侯府里的另一起命案。

司聪之死的细节是这样的：司聪为建昌侯放贷收钱，如皇帝所言；司聪欠下建昌侯府五百两银子，亦如皇帝所言。他欠下的银子，少数是放出去没有收回，多数是收回来，被他自己干没。

如果不是张氏兄弟在得势时不法事甚多，失势后京城的无赖少年蜂拥而来，以过去的不法事向他勒索钱财；如果欠下的银子多数是没有收回，少数是被他干没，张延龄可能是另一种处置。现在欠下的银子多数是被他干没，少数是没有收回，而蜂拥而来的无赖少年又难以再招架，张延龄自然不肯罢休，一定要向司聪索回。司聪被逼不过，与董至计议。

董至是建昌府上常客，这话略有出入。其父董昶才是建昌侯府上的常客。董昶虽是天文生，但文笔颇佳，张延龄所上奏本，十有八九由他草拟。董昶一死，董至除和无赖少年一样，前去勒索一番，很少再去建昌侯府。董昶没给董至留下多少财产，却留给他许多获取钱财的法宝，这就是建昌侯府的隐私。董至去建昌侯府勒索，比其他无赖少年更加得心应手。但到建昌侯府真的入不敷出的时候，他那些勒索的法宝也失验。

司聪与董至计议，董至为他定下以攻为守的计策：以讦奏不法事胁迫张延龄。二人草拟一疏，以正德朝曹祖之案为言：曹祖之子曹鼎是张延龄家奴，曹氏父子不和，曹祖奏告张延龄及曹鼎图谋不轨。正德皇帝命下曹祖刑部狱。可就在刑部要会众官廷鞫的前夜，曹祖却莫名其妙地吞食毒药。司聪和董至的奏疏提起这件事，指证张延龄确实图谋不轨。

司聪拿着疏本见张延龄，不说自己要上疏，只说有人要上疏；并且说，只要张延龄肯出钱，他可以阻止其人上疏。他要的钱不多不少，整五百两银子。数目与他欠下的银子相合，这是他办的第一件蠢事。

张延龄一面把他扣留在侯府，一面差人搜他家中，结果在他家的箱子里搜出奏疏的正本。把奏本藏在家中，这是他办的第二件蠢事。

张延龄获得司聪奏疏的正本，连他有没有同谋都不问，命家人打他一百棍，把他幽闭在密室。司聪被杖，气息垂危，横卧密室，不见天日，不过两三天的时间，就一命呜呼。

张延龄唤来司升，把司聪冰冷的尸首交还给他，命他自己抬去焚烧。好处是：司聪欠下的五百两银子一笔勾销。一面是张延龄手执司聪立的字据，一面是身后三五个膀大腰圆的张府家奴，司升不敢不从。他背负起司聪的尸首，张延龄当着他的面将字据撕毁。把司聪的尸首交与他的儿子处置，这是张延龄所犯的第一个愚蠢的错误。

司聪是因张延龄责打而死。司聪被张延龄责打是因董至的策划。司升不怨恨张延龄而怨恨董至，或者说，他不敢怨恨张延龄，而敢于怨恨董至。他不敢怨恨张延龄，甚至司聪拟疏是与董至合谋，也不敢告诉张延龄。他担心张延龄把他当作知情人之一灭口，只有在私下里，或当着可信的朋友，“董至奸贼”“董至匹夫”地詈骂。

董至与司家几乎没有来往，也略有出入。不是几乎没有来往，而是情同仇寇。

董至知道，司升把他视为杀父仇人，早晚有一天要和他把这笔账算清。他更害怕，张延龄查访司聪拟疏之事，早晚有一天会查到他头上。在司升和他算账之前，在张延龄查访到他之前，被官府知道司聪的死因，对他没什么好处。在司升即将和他算账时，在张延龄即将查访到他时，向官府供出司聪的死因，就能得到官府的保护。正好在他最担心害怕时，锦衣卫找到他，陆松找到他。

董至可以提供张延龄杀害司聪的最有力的证据：司聪讦告张延龄的奏疏正本。张延龄以为司聪奏疏的正本被销毁，就可以安然无恙，却没想到，董至的精细远在他之上。司聪讦告张延龄的奏疏，不是被抄录一份正本，而是被抄录两份正本，一本放在司聪的家里，另一本却在董至的手上。没有用心查访司聪的合谋者，而且是这样一个精细的合谋者，这是张延龄所犯的第二个愚蠢的错误。

陆松向董至打探司聪的死因，董至立即把他知道的一切原原本本供出，并且把蓄意藏起的司聪奏疏正本呈堂。

这样一来，司升无法隐瞒，也把他知道的一切原原本本供出。

董至的供词和司升的供词完全相符。

董至向官府提供司聪的死因，是为自救；把胡经、阮彪牵扯上，则是为报复。胡经、阮彪虽在某卫所挂衔，在某衙门挂职，却是建昌侯府地地道道的家奴，甘愿充当建昌侯府的打手。董至曾被他二人当众羞辱，记恨在心。在做供时，他除原原本本供出知道的一切，还供出他本不该知道的一些。例如，指证责打司聪一百闷棍的，是胡经、阮彪。

陆松向胡经、阮彪打探，二人矢口否认。但供认：张延龄向司聪索要五百两银子时，他二人在场；供认：司聪向张延龄出示疏草时，他二人在场；供认：张延龄取得奏疏正本时，他二人在场；供认：张延龄责打司聪一百棍时，他二人在场；供认：张延龄命将重伤的司聪置于密室时，他二人在场；供认：司聪死于密室时，他二人在场；供认：司升取回司聪尸首时，他二人在场。董至所供认的一切，他二人无不亲眼目睹。于是，进一步坐实：司聪死于建昌侯府上。

胡经、阮彪知道陆松的身份。陆松的打探，他二人以为是锦衣卫的鞫讯。锦衣卫对司聪之死无所不知，使得二人惶恐不已。因此，除供认司聪之死的一切细节，二人又供认：嘉靖初年，张延龄还杀过两个人，一是女婢，一是僧人。那是一起更离奇的事件。

建昌侯府女婢众多，其中一女婢唤作玉兰。胡经说：玉兰只是身材高挑；阮彪说：玉兰的容貌也只是看得过去而已。一致的看法是：在建昌侯府众多女婢中，玉兰并不特别出众。

现在的建昌侯府很少延请僧人，出入的都是羽士。这是因为皇帝崇敬道家。正德年间，以至嘉靖初年，却不是这样，京城内和京郊的许多寺院，都到建昌侯府上化缘，张延龄也愿意与各寺院结缘。除施舍，家里有事时，他也请僧人去府上作法事。

有一僧人，法号普智。胡经说：他是城里护国寺的僧人；阮彪说：他是城外云居寺的僧人。胡经说：他大约二十二三岁；阮彪说：他大约二十五六岁。胡经说：他是正德末年第一次去建昌侯府的；阮彪说：他是嘉靖初年第一次去建昌侯府的。一致的看法是：他是自幼剃度的僧人；法号虽然老气，却并非老僧，而且眉目清秀；第一次去建昌侯府的时间，距他被杀的时间并不太久。

正德末年，或者嘉靖初年，建昌侯府丢失一锭银子。胡经说：是五十两一锭的银子；阮彪说：是一百两一锭的银子。一致的看法是：那时建昌侯府财大气粗，丢失这样一锭银子，并不在乎。

但张延龄却在乎，而且不遗余力地追查。胡经说：他是因为知道有家贼才要追查；阮彪说：他是因为知道有外贼才要追查。一致的看法是：那时他就知道家贼是玉兰，外贼是普智。

张延龄知道玉兰是家贼。胡经说：是因为张延龄之子行奸被拒，一怒之下告的密；阮彪说：是因为建昌侯府的管家行奸被拒，一怒之下告的密。一致的看法是：举告玉兰，和奸情有关。

张延龄知道普智是外贼。胡经说：是因为他十日八日，或一月半月，去一次建昌侯府，故张延龄起疑心；阮彪说：是因为他和玉兰眉来眼去，故张延龄起疑心。一致的看法是：张延龄疑心他二人有奸情。

玉兰的确从侯府窃得一锭银子，施与普智。张延龄追问时，她自己承认。但与普智有奸情一事，她坚决不肯承认。她说：盗窃银两，施与普智，是请他超度自己死去的爹娘。

普智被追问时，也坦然承认，从玉兰手里接受一锭银子。但与玉兰有奸情一事，他坚执不肯承认。玉兰施与银子，是请他超度父母，他接受银子，是答应替她超度父母。他并不知道银子是窃自侯府。

这一段情节，胡经、阮彪所言相同。

玉兰承认窃银，普智承认受银，张延龄还不肯罢休。胡经说：张延龄曾要普智当着他的面与玉兰行苟且之事；阮彪说：张延龄曾要玉兰当着他的面色诱普智。胡经说：张延龄命人扒去普智的袈裟，赤身裸体立于玉兰面前；阮彪说：张延龄命人扒去玉兰的衣物，赤身裸体立于普智面前。胡经说：张延龄命将普智、玉兰赤身裸体在一室禁闭三日；阮彪说：张延龄命人将普智、玉兰赤身裸体在一室禁闭两日。一致的说法是：张延龄想尽一切法子，坐实二人有奸情，都不曾达到目的。

张延龄恼羞成怒，命玉兰杖打普智。玉兰不肯。

张延龄说：他不是和你没有奸情吗，你为什么舍不得打他？

玉兰说：师傅和我没有奸情，却于我有恩，我不能打他。

张延龄问：他于你有何恩？

玉兰说：他为我爹娘作法事，超度我爹娘。

张延龄冷笑道：他得你银子，才为你爹娘作法事，于你有什么恩！

玉兰替普智分辩：他说过，我没有银子施与他，他也会超度我爹娘。

张延龄又命普智杖打玉兰。普智不肯。

张延龄说：她不是和你没有奸情吗，你为什么舍不得打她？

普智说：女施主和我无奸情，更无罪过，我不能打她。

张延龄说：她窃主人家钱财，不是罪过吗？

普智说：她窃施主家钱财，是为超度父母，虽为过失，却不是大罪过。何况，她因此罪过，受尽施主种种折磨，足以抵消。

张延龄说：她窃取主人家钱财，你受她施与，足以使你蒙羞，足以使贵寺蒙羞。你还说她没有罪过！

普智说：她窃施主家钱财，不是为自己挥霍，而是施与小僧。这是向善。小僧已将她施与的银子全数上交寺院，为行善之用。她的罪过，更可以抵消。不但她无罪过，她以施主的钱财行善，施主有什么罪过，也可以抵消。施主怎可说她有罪过！

说不动二人相互杖打，张延龄命家奴行刑。命两壮汉执棍站定。

张延龄问玉兰：是你的气力大，还是那二人气力大？

玉兰道：自然那二人的气力大。

张延龄问：同样杖打二十，你杖打伤他重，还是那二人杖打伤他重？

玉兰道：自然那二人杖打伤他重。

张延龄说：你杖打，还是那二人杖打，现在由你来选择。

玉兰说：我宁愿由那二人杖打。

张延龄不解：明知那二人伤他重，为何还要那二人杖打？

玉兰说：我以为他有罪，才杖打他。他没有罪，我杖打，他会以为我是非不明。他身体受的伤害或小，他心里受的伤害更大。

张延龄又问普智：是你的气力大，还是那二人的气力大。

普智道：年纪相仿佛，气力应该也相仿佛。

张延龄问：同样杖打二十，你伤她重，还是那二人伤她重？

普智道：施主命那二人杖打，那二人即上前杖打；施主命小僧杖打，小僧却不会杖打。这是其一。施主命重，那二人即重，施主命轻，那二人则轻；小僧却一定轻起轻落。这是其二。谁伤她重，不言自明。

张延龄说：你杖打，还是那二人杖打，现在由你来选择。

普智说：小僧宁愿由那二人杖打。

张延龄说：你就不怕那二人施重手，伤重她吗？

普智说：那二人杖打，女施主以为是魔在杖打；小僧杖打，女施主以为是佛在杖打。小僧杖打，女施主身体的伤或轻，心里却被重创。

张延龄说：好，你二人都不怕对方身体伤得重，莫怪我无情。来，每人与我重重责打五十棍！

从张延龄命玉兰、普智二人相互责打，到张延龄转命家奴责打玉兰、普智二人，胡经、阮彪所述相同，到家奴举棍责打，又不同。

胡经说：张延龄命家奴先责打普智，命玉兰在一旁观看。打到三十下时，普智气息似有似无。玉兰跪在张延龄面前，请代普智受余下的二十棍。张延龄不允，一棍一棍亲自数下去，直到打完五十棍。

阮彪说：张延龄命家奴先责打玉兰，命普智在一旁观看。打到二十下时，玉兰气息似有似无。普智双手合十，请代玉兰受余下的三十棍。张延龄不允，一棍一棍亲自数下去，直到打完五十棍。

一致的说法是：玉兰、普智同一天在棍下毙命。张延龄命家人在侯府最后面的小院挖个坑，将二人尸首在坑内焚化。家奴请示骨灰如何处置，张延龄道：一起掩埋，看他二人还能说没有奸情！

胡经说：自从掩埋普智、玉兰二人骨灰，侯府最后面的小院加上一把大锁，日夜都有鬼声，再也没有人敢走进。

阮彪说：最后面的小院早就加一把大锁，自建昌侯入住，就没人进去过。为焚化普智、玉兰二人的尸首，才重新开启；掩埋二人骨灰后，又重新加锁，更加没有人敢走进。

至于自己在杖打玉兰、普智那天充当什么角色，是不是行刑的那两名壮汉，胡经、阮彪不说，陆松也不问。

第一百八十一章

聂贤、陈璋和右侍郎杨志学聚于刑部大堂议事。

杨志学字逊夫，南直徐州人，弘治六年进士，由宁夏巡抚任上召回。

“唉，”聂贤说事前，先叹口气，“我来刑部上任时，有一件棘手的案子；宗献先生来刑部上任时，有一件棘手的案子。逊夫先生，如今你来刑部上任，又有一件棘手的案子。刑部真到多事之秋！”

他和陈璋差不多同时来的刑部，分开说，大概指他来时有冯恩的案子，陈璋来时有祐椋的案子，杨志学来时的案子，自然是指张延龄的案子。皇帝命将该案下刑部鞫问，锦衣卫将司升、董至、胡经、阮彪等的供状及他等本人一并移与刑部。

“司、董、胡、阮绝非串通作供，建昌侯府上的命案应无可疑，”杨志学说，“承之先生以为此案棘手，是因慈寿皇太后的缘故吧？”

“也是也不是，”聂贤道，“因慈寿皇太后的缘故，该案也棘手，但不如今日棘手。因慈寿皇太后的缘故，我的顾虑只有一个：须从重结案时，有人却要你从轻结案。今日还有别的缘故，我的顾虑有两个。除有人托请从轻结案，又顾虑：须从重结案时，有人却要你更重结案。二位听着不顺，我再换个说法：建昌侯不当死罪，有人却要定他死罪。”

归根结底，还是牵涉到慈寿皇太后。死于建昌侯府的几个人，一婢一僧一弁，都没什么来历。建昌侯不当死罪，为什么有人要定他死罪，还不是冲着慈寿皇太后？陆松感觉为难的事，聂贤也感觉为难。

陈璋、杨志学都知道他指的是皇帝。皇帝与慈寿皇太后越来越疏远，越来越隔陌；对后族越来越严厉，越来越寡恩。于此宫中有议论，朝廷有议论，京城有议论，天下有议论。可这件事不便点明，因此，聂贤只好用“有人”代替皇上，听起来好不别扭。

“承之先生也无须过虑，”陈璋说，“承之先生有两句话，说得十分精彩，怎么事到临头，自己却忘？”

“我的两句话？”事到临头，聂贤还真的不记得，“请宗献先生提醒。”

陈璋说：“依例而审，据实而奏，承之先生不是这样教诲我的吗？”

“果然精彩，”杨志学说。他初到刑部，听二人的经验之谈，大受教益，“我方才说，建昌侯府上的命案应无可疑，但此数人如何致死，不能听司、董、胡、阮等一面之词，还须勘鞫建昌侯府一应之人，包括建昌侯本人，这才是依例，这才能据实。”

聂贤说：“建昌侯府的命案犯，自当依逊夫先生之议去办。还有司聪所拟的奏疏，查实是他的字迹。二位看，又当如何去办呢？”

“这桩旧案，我等都是经历过的，”陈璋议道，“曹祖前次讦告其子及建昌侯，刑部当年已有定论；司聪今次讦告，除建昌侯馈赠钱宁、张锐各五百金，是结案后的事情，再无证据，还用得着重新审理吗？”

钱宁当年掌锦衣卫，张锐当年掌东厂，都与狱案有关。

“当年钱宁、张锐权势熏天，即便没有案狱之事，建昌侯馈赠他等，也在情理之中，”杨志学盘算着，有了主意，“司聪引曹祖事，讦奏建昌侯谋逆，不如以岁远无验议复。”

“眼下只好这样议复，只怕岁远无验，皇上也定要勘实。”聂贤想的要深一层。这次，他不说“有人”。

第一百八十二章

寇天叙原任刑部侍郎，嘉靖九年丧父，回家守制，还朝后，改任兵部。他是大孝之人，当年就读国子监时，闻父亲患病，连夜驱驰，六天赶到家中，父亲见到他，病亦得愈。这次是为父亲奔丧，他的哀伤可想而知。他还京后，原本健硕的体魄，脱落得不成人形，精神日见萎靡。

王宪甚觉惋惜。寇天叙是干练之才，原想他为佐卿，自己肩上可以卸去一半的重荷。谁知没过多少日子，他就不得不卧榻静养。

寇天叙见王宪进屋，挣扎着坐起来。

“北边不宁，大同兵乱，都待维刚先生处置，维刚先生又何必来探视一个垂危之人。”他说。

“子惇说的什么话！”王宪嗔道，“我问过太医院许院使，他说子惇的病由风寒而起，静养些日子就会好。”

“许院使好心，谁人患病，都是这么一句话，”寇天叙笑着说，“至于这样说我，不是他在宽慰维刚先生，就是维刚先生在宽慰我。死生有命，不去说它。维刚先生，大同遽变，朝廷已有处置否？”

他把话岔开，免得彼此伤心。

“督、抚各执一词，朝廷难下决心。”王宪答道。

宣、大总督不常设。恰好今年二月，以宣府巡抚刘源清为兵部右侍郎，总制宣、大等处军务，便发生大同兵变。

刘源清字汝澄，山东东平人，正德九年进士。大同巡抚潘仿字景哲，河南洛阳人，正德六年进士。刘源清职位在上，潘仿科第在先，二人间有摩擦，在所难免。但二人奏事大相径庭，好像又不是这个原因。

“潘景哲先生以李瑾虐下激变为由请抚，刘汝澄先生以戕戮大将为由请剿，各有各的道理。子惇，依你当如何处置？”王宪问。

“不如剿、抚并用。”寇天叙说。

“我意亦是如此，”王宪高兴地说，“不剿不足以威慑，不抚不足以安定。首乱当诛，余众宜遣，是处置大同兵变的全策。”

“维刚先生已有成算，为什么还难下决心？”寇天叙问。

“对大同之内可以说有成算，对大同之外我仍不放心。”王宪说。

寇天叙很理解：“维刚先生是怕乱卒与北虏勾结？”

“我不是怕乱卒与北虏勾结，我是知乱卒与北卒已有勾结，”王宪说，“刘汝澄先生与潘景哲先生的奏本都提到杨钺、王福胜。据兵部探报，这两个人曾经数次潜入虏地。每次去时，都携带大宗日用物品，或是换回羊群、马匹，或是换回金银。原以为他二人只是深入虏地交易，无碍大局。现在想想，不是那么简单。”

“可有他二人与虏酋勾结的证据？”寇天叙忙问。

王宪说：“确实的证据还没有，但有一事，很有些意思。他二人最近一次潜入虏地，除携带大宗日常物品，还携带两个乐妇；回来时，大宗日常物品已无，两个乐妇亦无。难道那两个乐妇也被交易？就算是杨钺、王福胜把那两个乐妇交易，恐怕也不是与一般的虏众交易。子惇，你看这一件事算不算证据？”

“他二人最近这一次潜入虏地，十有八九见到虏酋。”寇天叙说，“我在甘肃、陕西两地时，听到不少人讲，大酋吉囊极为好色，周围遍布有姿色的女子。杨钺、王福胜携带的两个乐妇，不知姿色如何？”

王宪说：“那两个乐妇，一名粉儿，因皮肤细嫩而得名；一名金斗儿，因床笫间的功夫了得而得名。以姿色而言，大同城无出其右者。”

“那就不会错，”寇天叙道，“一般虏众，乃至小酋，只想到索要缎匹绸布等物，只有大酋，才想得到索要有姿色的女子。未见大酋，杨钺、王福胜如何想得到携带乐妇潜入虏地？粉儿、金斗儿饶有姿色，赎价一定不低。未见大酋，杨钺、王福胜如何拿得出重金？又如何能获得重赏？我估摸，他二人没有见到吉囊，也一定见到吉囊的亲信。他二人煽惑军士作乱，不是受吉囊指使，也一定得到吉囊的承诺。维刚先生，你不放心大同城外，确有道理。”

“子惇如此估摸，话可以说回来，”王宪道，“潘景哲先生主抚，却不知杨钺、王福胜等是不可以抚的；刘汝澄先生主剿，却不知强虏在后，须得防备。大同的情势，比张谙夫那时更让朝廷放不下心。”

张谙夫即前次大同兵变时被杀的巡抚张文锦。

二人议了议大同的局势，王宪见寇天叙精神还好，便说：“近日见一疏，议论大同应对之策，很有见地，子惇可想听一听？”

“求之不得，维刚先生请讲。”寇天叙迫不及待地说。

“该疏是岳厚夫所上，”王宪说着，问道，“子惇，你可知此人？”

寇天叙摇头。他对这个人毫无印象，根本无从想起。

“岳厚夫是嘉靖五年的进士，”王宪提示他，“子惇还想不起吗？”

寇天叙猛然想到一人：“他可是单名一个伦字？”

“对。他任行人时，曾疏劾宰相专擅。他虽因此而被贬为齐东县丞，我料定子惇不会忘记他。”王宪说。

“岳厚夫仍在山东吗？”寇天叙问。齐东属山东济南府。

“他由山东到山西，现任曲沃知县。”王宪回答之后，简述岳伦奏疏的主题，“岳厚夫是极力主剿的，虽稍觉偏颇，但说起朝廷对大同局势的把握，说起大同的攻防之策，不无可取之处。他说：大同军士往杀张文锦，继执桂勇，今又杀李瑾，兵已三变，进兵征讨必矣。巡按、乡官，在利害中，为生死所迫，鲜不为彼陈乞；而在廷之臣，主利害者计难易，较钱谷者计劳费，保全宗社者计俱焚。有一于此，诚足误事。”

“保全宗社者计俱焚，这话怎解？”寇天叙没听明白。

“俱焚，大约取玉石俱焚之意，或投鼠忌器之意，”王宪也是猜测，“有人担心，朝廷大动干戈，用力去剿，或会殃及藩府。”

寇天叙有他的看法：“若作此解，俱焚也是不得不计的。岳厚夫所言三事，计之太过，诚足误事；全然不计，亦足误事。”

“子惇所虑，比他更要精细，”王宪称道，稍稍停顿，他继续讲述岳伦的奏疏，“子惇，你看他下面这三句话如何：其一，处利害之内者，其谋论不足采；其二，除蛟龙之害者，其网罟不足惜；其三，制坚城之敌者，其攻取不可急。”

寇天叙对这三句话不多加评论，却说：“岳厚夫不处利害之内，一定提出制敌之策吧？”

“他的制敌之策，便是以守为攻。”王宪概括，“子惇且听：今时当隆冬，官兵不必顿之城下，只于聚落堡、怀仁县诸处，环而攻之，使锡腊沟之炭，一月不入，四方之米，二月不至，可以坐待其毙。或宥或诛，威福之柄在我矣。”

聚落堡在大同以东，修筑于天顺年间，是大同东面的重要门户。怀仁县在大同西南，属大同府。岳伦之策，是将叛军困死在大同城里。

王宪又述：“岳厚夫引宋之典故：昔澶渊之盟，寇准谓：以战盟，则盟在我而可坚；以赂盟，则盟在彼而易叛。今切不可使朝廷之赦在彼。”

寇天叙论道："朝廷与乱卒也可以为盟吗？这且不计。与敌国盟，只能以战求之，不能以赂求之，岳厚夫的话是不错的。"

"岳厚夫奏疏最让我动心的，是下面的一段话，"王宪说着，背诵道，"今日以诸边计大同，为力易；他日以大同计诸边，则为力难。近见邸报，以鲁纲镇守大同，督其赴任。鲁纲一入大同，必为彼所牵制。不若别给符印，令住阳和，使得便宜调遣，则各城之兵，有所仰恃系属，不敢携贰观望。仍另置管粮郎中一员，共住阳和，以供军饷，以明示置大同于度外，则进退伸缩在我矣。"

背诵完毕，他很有些得意：以他的年纪和身份，能背诵下一员知县的奏疏，着实不易。

"欲将取之，必先予之，岳厚夫能把这一条灵活运用于此，有大家气度，"寇天叙说，"大同总兵官暂驻阳和，不唯使叛卒知道，朝廷对大同并不在意；而且，阳和处大同、宣府间，对调度两处的军事，也十分要紧。依我看，可驻于阳和的，不止是大同的总兵官。"

"子惇是说，总制宣、大军务的尚书、都御史也可开府于阳和？"王宪抚髯深思，"这个想法比岳厚夫的想法又深一层。子惇，你好生将养，等康复，我二人再仔细议一议此事。"

说着，站起身来。

"维刚先生要走吗？"寇天叙挣扎着往起坐。

"子惇不要动，"王宪按住他，"皇上命礼、兵二部计议西域之事，我与夏公谨约定时辰，不好再耽搁。"

第一百八十三章

礼部的两位新侍郎都到任，左侍郎黄绾坐于夏言左首，右侍郎黄宗明坐于夏言右首，王宪则形只影单地坐在三人对面。兵部眼下只有一名侍郎，以寇天叙的病状，是绝对无法到会的。

“子惇先生可见好转？”夏言关切地问。

“比我前两日见他时又重，”王宪叹息道，“哪位旧情未了，可在这两三日去探望。两三日后，不知会如何。”

“可惜，”夏言也叹息一声，转到正题，“维刚先生，我和宗贤先生、诚甫先生议了议，都道皇上命礼、兵二部会议西域之事，颇有深意。裁夺其王，不仅是礼仪之议，也是兵事之议。”

西域诸国称王者多，本不关朝廷的事；但一人称王，就要差派一起贡使。接受贡品，与朝廷有关；给予赏赐，更与朝廷有关。礼部上疏，请朝廷量加处置，才有皇帝命二部会议之旨。

王宪道：“裁夺西域冒滥称王者，既是礼仪之议，也是兵事之议，很是。但先礼而后兵，礼部各位先生既曾议过，不知议出什么结果？”

“我等所议，公谨先生已经奉告。一言以蔽之：既是礼仪之议，也是兵事之议也，”黄宗明把这句话又重复一遍，“据我想来，兵事之议还要在前面。若无武备，礼部就是理直，也难以气壮。”

“诚甫先生好一个遁词！”王宪笑道，“诚甫先生说理直气壮，但据我想来，礼部恐怕理亦未直吧？”

夏言也笑：“维刚先生真可谓明察秋毫。其实，并非礼部理亦未直，只是对内阁的复议，我与宗贤先生略有歧见而已。正好维刚先生驾临，就请维刚先生议一议内阁的议复吧。”

内阁议复礼部之请，曰：西域诸王，疑出本国封授，或部落自相尊称。先年亦有至三四十人者并称王。今尽裁夺，恐夷情失望。

显然，内阁议复，与礼部奏疏的意见相左。

礼部意见，主要是夏言的意见。内阁议复，主要是张孚敬的意见。夏言虽然未必愿意与张孚敬发生争执，但绝不会赞同内阁的议复。黄绾在以往多以张孚敬之是非为是非，经过自朝廷而南京，自南京而朝廷一番周折后，更加贴近张孚敬。裁夺西域诸王，他附和内阁之议。

“内阁复议，确有含混不清之处。”王宪说。

他不见得完全赞同夏言的意见，甚至不见得真的以为裁夺西域诸王，也是兵部该管的事。但内阁复各部之议，往往随意辩驳，使得各部难以行事。所以，在阁、部之议冲突时，他宁愿为部议说句话。

对他的一句泛泛之议，礼部的几位堂官都不好说什么。他问黄绾：“宗贤先生与公谨先生有歧见，想必是赞同内阁议复？宗贤先生赞同内阁议复，想必是懂得内阁议复？”

“内阁议复的几句话，明明白白，不知有何不懂？”黄绾反问。

“人之悟性，有高有低，宗贤先生懂得，不一定人人懂得，”王宪说着，举一例，“如公谨先生是请每国只称一人为王，其他均不得称王；内阁议复却说，今尽裁夺，恐夷情失望。这中间的区别，我就不大懂得。”

“所谓尽裁夺，自然是将一人之外的其他诸王尽数裁夺，”黄绾代内阁解释，“我想，公谨先生的奏疏，内阁诸公不会没有读懂；因而，在议复时绝不会指，把称王的一人也裁夺。”

“原来如此，”王宪点点头，又问，“那么，我又不懂：称王的一人之外，是尽数裁夺，还是并不尽数裁夺？”

“应视情形而定吧。”黄绾说。

“那么，如何裁夺？谁应裁夺，谁不应裁夺？”王宪问。

黄绾不好再代内阁解释。他说：“内阁诸位先生议复如此，必有说法。维刚先生既然不懂得，何不径问内阁诸公？”

“皇上命礼、兵二部会议，又没有命阁、部会议，我只好在请教内阁诸公之前，先请教礼部诸公，”王宪说，“内阁议复：先年入贡称王亦有至三四十人者，不知是怎么一个说法？”

黄宗明解释：“公谨先生疏请处置西域冒滥诸王，是由撒马儿罕、天方、土鲁番三国今年入贡而起。这是维刚先生知道的吧？西域他国或不称王，或虽称王，却不入贡。内阁议复称，先年入贡称王亦有至三四十人者，指的是这三国入贡称王亦有至三四十人者。”

“既曰亦有至三四十人者，就不是从来入贡称王者三四十人，然否？”没有人说不对，王宪又问，“请教礼部诸位先生，入贡称王者三四十人，是近来的事，还是久远前的事？”

“应是近来的事，”夏言说，王宪明显在帮衬他，他解说的也特别仔细，“见于案牍，我朝弘治年间至正德初年，土鲁番入贡凡十三次，称王者一般只是一人，至多不过三人；正德年间，天方国入贡凡四次，亦是如此。他人遣使入贡，朝廷未一律峻拒，但只称头目，而不称王。至嘉靖二年、嘉靖八年，载于案牍，天方国称王者多至六七人，土鲁番称王者多至十一二人，撒马儿罕称王者多至二十七人。内阁称三四十人者，乃合三国之数，大略而计之。”

“大略而计之，亦有出入：六七人，以六人计之，十一二人，以十一人计之，加之二十七人，应是四十四人；六七人，以七人计之，十一二人，以十二人计之，加之二十七人，应是四十六人。故应曰四五十人，不应曰三四十人，”王宪仔细计算过数字，说，“我记得，嘉靖二年，毛宪清、汪抑之两位先生先后主礼部，不曾言及西域称王者冒滥。嘉靖八年，方叔宪、李宗易两位先生先后主礼部，不曾言及西域称王者冒滥。公谨先生为何要上言西域称王者冒滥之事？”

夏言道：“今年西域入贡若仍是三四十人——”想到王宪的计算，他说，“若仍是四五十人，我或许也不会上言。”

“今年入贡之王又不止此数？”王宪吃惊地问。

“你让他二人说一说吧。”夏言分别指指两位黄侍郎。

黄绾说：“维刚先生又不是真不知西域诸国称王入贡的人数，何必我等奉告！”

他这么说，不知是对夏言不满，还是对王宪不满。

王宪分辩：“我知西域诸国称王入贡的人数载于邸报，但皇上未命礼、兵二部会议之前，我未加留意。并非我知道其数，故意询问。”

“既然维刚先生真的不知，我来报与你知，”黄宗明怕王宪与黄绾冲突起来，出面调解，“土鲁番原是十一二人，今年为十五人；撒马儿罕原是二十七人，今年为五十三人；天方国原是六七人，今年却是二十七人。按照茂恭先生的说法，总数是八九十人，按照维刚先生的计算，总数应近百人。”

“以总数而言，是九十五人，”王宪报出准确的数字，“四年之间，增加一倍不止。我知今年的人数又增，却不知增至这多。”

情形明了，该是礼、兵二部拿出共同意见。

“礼部和内阁的歧见，我和宗贤先生的歧见，维刚先生已了然。尊意以为如何？”夏言问。

王宪毫不迟疑地说：“西域称王入贡者，今年增至九十五人，朝廷若不加裁夺，再过四年，又不知增至几何。这是其一。茂恭先生称尽数裁夺不妥，是以为嘉靖二年、嘉靖八年的三四十人，尚可接纳。但那三四十人可以接纳，今年增添的五六十人就没有不接纳的道理。不接纳那三四十人，恐远夷失望；接纳那三四十人，不接纳增添的五六十人，远夷仍会失望。不如西域各国，只给一敕，以示国无二王之义。”

礼、兵二部会议，两位尚书的意见一致，即可上奏。裁夺西域称王入贡者，是嘉靖十二年岁末朝廷最后定下的一件大事。

第一百八十四章

嘉靖十三年正月初六日，后宫设宴，皇帝与皇后及众嫔共迎新春。大内各宫张挂起宫灯，布置好鲜花、盆景，内使、宫女人人换上新装，到处可以感受到喜庆祥和的气氛。

皇后张氏率众嫔行礼如仪。陈皇后在日，张氏封顺妃。嘉靖七年，陈皇后因惊悸而崩，张氏进封皇后。以后册选九嫔，但至今尚未进封一名妃子，更不要说进封贵妃。去年八月，阎嫔诞皇长子，本有可能首先进封为妃的；但到十月，只有两个月的皇长子还来不及命名，便夭亡，薨后谥为哀冲太子。

哀冲太子之死，没有特别引起皇帝的哀痛，也没有特别引起皇帝的不安。皇长子之诞，在宫中建醮祈嗣之后，是上天的赐予，这已经足够使皇帝宽慰；皇长子之诞，证明皇帝不会乏嗣，这已经足够使皇帝宽慰。而为他再诞皇嗣的，就是跪在前面的这些女子。想到这一层，皇帝内心隐约感到一种满足，隐约产生一种欲望。

“皇后平身，众嫔平身。”他的语气比平日宽厚平和许多。

上首两张食桌，是为皇帝和皇后准备的，下面两排食桌，是为九嫔准备的。先是皇帝就座，然后是皇后就座，然后是九嫔就座。食案上摆放的是些看似平常、实则极不平常的食物。菜疏如韭黄、生菜、荸荠等，荤菜如猪羊肉、鸡鸭子等。这些都是供献于太庙、世庙的荐新仪物。每个月以新产之物贡献于太庙、世庙，这是礼拜祖先的一种形式。荐新仪物从太庙、世庙撤下，才轮得到皇帝享用。正月里的荐新仪物正是韭黄、生菜、荸荠、鸡子、鸭子等。皇帝与皇后、众嫔共同享用这些仪物，是皇帝的恩典，是祖宗的恩典。

“朕今日要与皇后、众嫔饮酒，以迎新春。”皇帝说。

皇后、众嫔无不兴奋。皇帝今日第一句话就说要饮酒，可见心情极好。年节之际心情极好，说不定这一年里心情都会极好。

皇帝要饮酒，自然是皇后亲侍。张皇后起身，轻盈如燕，行至皇帝身后，从宫女手里接过酒壶，为皇帝斟酒。

皇帝拦住她，问道："皇后，你要朕饮几盅？"

"皇上欲饮几盅，臣妾侍奉几盅，众嫔陪饮几盅。"张皇后说。

"若这样饮酒，朕一口也不饮。"皇帝说。

"要怎样，皇上才肯饮？"张皇后问。

皇帝定下规矩："皇后要与众嫔向朕劝酒，皇后与众嫔说得出朕一定要饮酒的理由，则朕饮。说得出一条理由，朕饮一盅；说得出十条理由，朕饮十盅。来，就由皇后开始吧。"

张皇后想了想，说："臣妾率后宫向圣母皇太后行礼，圣母皇太后宣谕：皇上辛苦一年，举宴时，尔等要劝他多饮几盅佳酿。臣妾这盅酒，是代圣母皇太后劝的，请皇上饮。"

皇上不说饮酒，她不敢强劝，皇上自己要饮酒，命她说出劝酒的理由，这是一个现成的理由。

"你请出母后来，朕焉能不饮！"皇帝痛痛快快饮了这盅酒，他将酒盅交还与张皇后，并问，"母后今日饮酒否？"

张皇后说："臣妾等侍膳时，圣母皇太后兴致很好，不但饮了臣妾敬斟的两盅酒，还赐臣妾一盅，一定要臣妾饮。撤膳后，圣母皇太后还为臣妾等讲一会儿《女训》，臣妾等才退下。"

"圣母皇太后饮你斟的两盅酒，朕也饮你斟的两盅酒吧。"皇帝又饮一盅。

这次，他不把酒盅交还张皇后，而是手持酒盅，向坐在最近的郑嫔命道："郑嫔上前。"

九嫔没有明确的次序，郑嫔在九嫔中是第一个侍寝的，因而占些便宜，行礼时，举宴时，她都排在最前面。她原以为阎嫔诞育皇长子，功在社稷，今日敬酒，皇后之后该轮到阎嫔。没想到，皇帝还是先点她。

她性情温和，却不善于动心思。斟上酒，却没想好劝酒的话，不由心里慌乱，只好把皇后的理由又重复一遍："圣母皇太后要皇上多饮几盅，臣妾想，一盅两盅是不够的。圣母皇太后命臣妾等劝皇上多饮几盅，皇后劝过，臣妾也斗胆叩请皇上饮一盅。"

皇帝没说什么，把她的一盅酒也饮了。

下面轮到王嫔。

皇帝说："你莫不是也以圣母皇太后慈训为言？"

"是，臣妾也是遵圣母皇太后慈训，劝皇上饮酒。"王嫔应道。

皇帝接过酒盅，没有即刻饮下。他掉过脸去，对张皇后说：“皇后，你调教得好，在宫里居然也是萧规曹随，亦步亦趋。”

“皇上，什么是萧规曹随？”王嫔问。

这个问题提得恰到好处，皇帝也正好要给她们说说古。

他把酒盅放回食桌，说：“汉高祖得天下，军事靠的是韩信，政事靠的是萧何。汉高祖建国后，以萧何为丞相，定立国家各项制度。朕在潜邸时，教授为朕讲史，说萧何之后，曹参为丞相。朕后来读《汉书・百官公卿表》，才知他讲得不对。萧何之后的丞相是何迁，不是曹参。不过，何迁没什么作为，后人很少提到他。何迁死后，曹参任丞相。萧何订立的制度，他都遵守。后人因此造出萧规曹随一句话。”

“若是如此，臣妾等萧规曹随并无错处，皇后娘娘遵从圣母皇太后《女训》，在宫里定立的规矩，臣妾等自当遵守。”王嫔说。

与郑嫔相比，王嫔算是善言者。她捧起酒盅，双手呈上，说：“臣妾虽然也以圣母皇太后慈训为言，却又有不同。臣妾劝酒，引出皇上一段掌故，臣妾聆听，大受教益。请皇上饮这盅酒。”

皇帝讲掌故比王嫔听掌故更高兴，不会不饮。

王嫔之后是方嫔，她款款走到皇帝面前行礼。

皇帝不等她拎壶注酒，又定一条规矩：“你不妨以母后慈训为言，但仅以母后慈训为言，这盅酒朕是无论如何不会饮的。朕也没有掌故再讲与你听。要让朕饮这盅酒，你还须多动些心机。”

“皇上知道臣妾最无心机，为何轮到臣妾劝酒，偏要多动心机？”方嫔委屈地说。她说无心机，其实还是有心机的，眼珠一转，已有主意，“今日赐宴，臣妾欲讨一恩典，乞皇上俯允。”

这话有新意，皇帝饶有兴致地命道：“你说来听听，只要不是以圣母皇太后慈训为言要朕饮酒，朕就准允。”

“皇上已有旨，臣妾怎敢有违，”方嫔说，“皇上治理国家，辛苦一年；皇后娘娘治理内宫，也辛苦一年，皇上方才还赞娘娘调教得好。臣妾要向皇上讨个恩典，代皇上劝娘娘饮一盅酒。”

“皇后辛苦一年，着实该饮一盅，”皇帝道，“这个恩典，朕准。”

方嫔手拎酒壶，绕过皇帝，走到张皇后面前，给张皇后斟满酒。

“娘娘，臣妾代皇上劝酒，请娘娘饮下。”她说。

方嫔劝皇后的酒，是皇上准的，张皇后怎能不饮？

方嫔侍候张皇后饮过酒，回到皇帝身边，一面向皇帝的酒盅里斟酒，一面说：“臣妾幸不辱使命，劝皇后娘娘饮一盅酒。”

“好，朕再看你如何劝朕饮酒。”皇帝说。

“臣妾代皇上劝皇后娘娘饮一盅酒，臣妾斟的这盅酒，皇上还不该饮吗？”方嫔用不着另外编造什么皇帝一定要饮酒的理由。

皇帝稍愣，饮酒，并笑道：“一箭双鸟，你还说没有心机？”

随后，阎嫔、沈嫔等一一向皇帝劝酒，或是以龙体康健为言，或是以国运昌盛为言，皇帝也都痛快地饮了。一轮过去，皇帝连饮十盅，可以称得上圣母皇太后所言多饮几盅的那个多字。

皇帝仍未尽兴，对张皇后说：“她等再劝酒，朕无论如何不肯饮；皇后还有劝说之词的话，朕再饮一两盅。”

宫中御酿，清冽而不浓烈，张皇后知道，皇帝再饮一两盅，绝不会过量。她原本还有一事要用来向皇帝劝酒的，但皇帝饮的第二盅酒，并非她劝的，而是皇帝自己要饮的。此刻皇帝情绪好，兴致高，如果不乘机说那件事，恐怕再无机会。

“臣妾率后宫向慈寿皇太后行礼，慈寿皇太后宣谕：皇上圣明，天下归心。尔等与皇上宴饮，即天下同庆之意。尔等要劝皇上多饮几盅。臣妾再代慈寿皇太后，劝皇上饮一盅。”她说。

皇上听过这番劝酒的话，一言不发，低头饮酒，然后重重地扣放在桌案上。那动静，好似晴日里惊雷乍响。张皇后、众嫔，以及侍宴的太监、女官，心头无不随之一震。

张皇后懊悔莫及。

她原本想的是：皇上情绪好，兴致高，不妨提及慈寿皇太后；现在才知道：皇上情绪好，兴致高，也不可提及慈寿皇太后。此刻提及慈寿皇太后，已是愚蠢；以慈寿皇太后的名义劝酒，更是愚蠢。张皇后心中暗祷，但愿皇帝大度，把慈寿皇太后放到一边，不再提及。

皇帝没那么大度，也再没有方才的宽厚平和。沉默过后，他冷冷地问：“皇后，慈寿皇太后还有什么懿旨？”

皇后不敢不答、不敢全答地说：“慈寿皇太后除叮嘱臣妾操持宫中一应事物，不让皇上再为宫中的事务操心，再无其他懿旨。”

因皇帝先用懿旨两个字，张皇后才敢用。

“让朕不要操心宫中的事务，自己却在操心宫外的事务！”皇帝省略称谓，但谁都听得出，他是在指责慈寿皇太后，“皇后，慈寿皇太后还有什么懿旨，你如实说与朕知，不得有丝毫隐瞒。”

事已至此，要隐瞒也隐瞒不住，不如爽快地说出来。张皇后跪倒在皇帝面前，道：“臣妾有罪，听不该听的话，应不该应的事。”

“先说听的什么不该听的话。”皇帝命道。

皇帝不让起身，张皇后不敢起身，众嫔不敢为她讲情。

“慈寿皇太后要臣妾在皇上面前代她乞哀，请皇上从轻处置建昌侯，”她如实而奏，且不忘为众嫔开脱，“慈寿皇太后把臣妾唤到近前，私下说的这番话，为的是不让众人听到。臣妾之罪，与众人无关。”

“你便应她？”皇帝问。他本也不想把别人牵扯进来。

“臣妾糊涂，见她哀恸出自真情，便答应代她陈乞。”张皇后道。

“你不是一时糊涂，你是忘记皇后的身份，”皇帝说，“你道听不该听的话，很是。她言及宫外之事，你应该正色言道：不敢闻。这就是孔夫子和圣母皇太后教诲的非礼勿听。不该听的话，朕尚且不听；她几番要见朕，朕谢而不见，就是因为不该听的话，朕不欲听。你却毫无顾忌，听她说不该听的话。你道应不该应的事，很是。建昌侯干犯国法，朕只能依祖宗之法处置，岂能以私情处置！你既听她的话，不能晓之以大义，也就罢了，怎么还答应替她陈乞？你答应替她陈乞，置朕于何地？若答应你，还要不要国家法度；若不答应你，让天下之人如何议论朕，让子孙后世如何议论朕？她等说，你遵从圣母皇太后《女训》，在宫里定立规矩，朕看第一个不懂宫里规矩的，就是你！你不自重身份，无德无容，怎配居皇后之位，怎能母仪天下！”

越说，皇帝口气越重，脸色越沉，心里越怒。

张皇后一句也不敢辩，皇帝斥一句，她应一声“臣妾知罪”。

郑氏、王氏等众嫔，早已花容变色，跪作两排，听皇帝训斥。

“戴永！”皇帝唤道，因声音低沉，而更具威严。

今晚侍宴的大太监，是司礼太监戴永。皇帝唤他，是要做处置。

郑嫔匍匐奏道：“皇后娘娘听不该听的话，应不该应的事，虽有过失，然情有可原。臣妾愿代皇后娘娘受罚。”

有人开头，众嫔皆匍匐言道：“臣妾等愿代皇后娘娘受罚。”

“朕只罚有罪，不罚无辜，”皇帝道，“她自家也说，是她听不该听的话，应不该应的事，与尔等无干。但今日的事，尔等不许在外面透露一个字。谁不听朕的话，便是自取死道，勿谓朕言之不预。戴永，”他又唤了一声，“朕的话，你听清没有？”

“奴才听清，”戴永叩首道，“奴才不敢在外面透露一个字。”

“你起来，去嘱咐他等。”皇帝命道。

他等，指的是在场的所有内臣、女官、宫女。对他等，皇帝不屑于亲自嘱咐。

戴永把内臣、女官、宫女聚拢在一起，说：“今日的事，尔等不许在外面透露一个字。谁不听爷的话，便是自取死道。尔等听清没有？”

内臣们应道：“奴才们听清，不敢在外面透露一个字。”

女官、宫女们应道：“奴婢们听清，不敢在外面透露一个字。”

戴永向皇帝回话：“奴才遵旨，嘱咐过他等。”

皇帝点点头，指着张皇后说：“褫下她皇后冠、服，拖去宫后，鞭挞二十，以正其罪。朕要你监罚。”

皇帝命褫下张皇后冠、服受罚，并没说废去她皇后之位，内臣、女官、宫女们不知谁该上前褫下她冠、服。在众人犹豫时，张皇后已向皇帝叩首谢恩，然后挣扎着站起身来。

平时向皇帝行过大礼，不是皇帝亲自搀扶她起身，就是贴身的女官搀扶她起身，现在要自己撑地而起，真有些吃力。她自己摘下九龙四凤冠，脱去五色礼服，凄凄惨惨，向宫后走去。戴永率领几员内臣、女官，紧随在她后面。

第一百八十五章

第二天，张佐奉召见驾，他越走近文华殿，越发觉气氛不对。他发觉气氛不对，其他人肯定也能发觉气氛不对；他不知道气氛为什么不对，其他人就更不知道气氛为什么不对。让他分外惊诧的，不是他找不到一个可以询问的人，而是竟没一个人来询问他。

当值的近侍心绪不宁、又不得不若无其事地站立在皇帝身后。他等一定和他一样，和其他人一样，发觉气氛不对，又不知气氛为什么不对。

“爷，奴才来请旨。”张佐行过礼，加倍小心地说。

皇帝看他一眼，问道：“张佐，建昌侯之案，刑部是如何议上的？”

皇帝问到这件事，也有些怪。按照惯例，正月十五日之前，皇帝是不会询问刑狱事的。但皇帝问这件事，比皇帝问其他事，或交代其他事，让张佐感到轻松。建昌侯狱案是一件大事，宫里说不定有几位公公，会为此案寝食不安。但张佐不会，建昌侯狱案与他毫无牵连。

“爷指的是刑部前一次所议，还是后一次所议？”张佐反问。

前一次拟议在去年十月，后一次拟议则在去年的最后几天。

皇帝不耐烦地说：“刑部前一次所议，朕已驳回，你道朕指的是刑部前一次所议，还是后一次所议？”

刑部前一次拟议，一谓张延龄擅买违制田宅及杖杀僧、婢、司聪事有证，一谓张延龄阴谋不轨，岁远无左验，结论是：张延龄系应议亲臣。意即：刑部不好论其罪罚。

皇帝朱批：夫谋逆者只论谋与不谋，岂论成否！聂贤等徇私党比，令戴罪，会法司及锦衣卫镇抚司从公究诘。其司聪以箠死，曹祖服毒死，想有主使纵容者，宜并追论。其原问法司官吏，备列其名以闻。

之后，才有刑部后一次拟议。

张佐回奏：“回爷的话，刑部后一次议称：延龄逆谋虽无左证，而僭侈多端，凶残成性，罪应论死；其兄鹤龄居第相连，坐事不谏，责亦难辞；前任刑部尚书张子麟，侍郎张纶、杨茂元，该司郎中祝浚，主事王言、陈能、曹春等，迁延疏慢，以致囚死狱中，皆宜追问；延龄奴马景等按律，各罪有差。”

皇帝对刑部后一次拟议，尚未朱批，也不曾交内阁批复；若交内阁批复，以皇帝对该案的关注来看，也会做些交代。皇帝既问到此事，下面该要拟旨。张佐一定要集中精力，记下皇帝的口谕。

果然，皇帝命道：“张佐，你记下朕的谕旨，下之礼部。”

张佐一下蒙住：应该传谕内阁，或是传谕刑部，怎么会传谕礼部?

他不敢发问，只是口称：“奴才遵旨。”

听皇帝第一句话，他就明白，为什么这道谕旨应传之礼部。

皇帝降谕：夫为妻纲，妇道曰敬慎而已矣。朕之原配既早失，遂推张氏为皇后。近乃多不顺不敬不逊，昨又侮肆不悛。如此之妇，焉克承乾！今收其皇后册宝，天下并停笺贺，如敕奉行。

“记下了吗？”皇帝问。

“记下了。”张佐将笔录的谕旨呈与皇帝御览。

没有需要改动之处，皇帝又交还张佐，道：“传谕礼部吧。”

张佐一句话也不问，出文华殿，急速向东华门行去。皇后之尊，仅次于皇帝，皇后之立废，恐怕也是仅次于天子登基的大事。原来皇帝紧急召他，是要废去皇后，难怪越走近文华殿，越发觉气氛不对。

他原想的是皇帝要批答刑部关于张延龄的拟议，不料，却是关于废后的谕旨。这两件事是不是有关连呢？他不敢想下去。

第一百八十六章

南京兵部职方主事吴逵见本部侍郎潘珍走出衙门，不时回头看一看，模样十分好笑，便侧行一步，恭让于道旁。

潘珍从他面前走过，竟没认出他来。

吴逵咳嗽一声，说："一步一回首，不若倒行而逆施。"

潘珍正好要回头，见是他，干脆转回身来。

"是近光呀！我告诉你，倒行尚可，逆施切莫为之。"潘珍说。

吴逵字近光，江西新淦人，嘉靖八年进士。

"多谢玉卿先生教导，"吴逵揖道，复问，"衙门里出何等怪事，使玉卿先生心神不定？"

潘珍字玉卿，南直隶婺源人，弘治十五年进士。

"怪事？"或是这个词有些刺耳，或是潘珍的确心神不定，琢磨一会，他才醒悟过来，"不错，确是怪事。近光见过舜卿先生大怒吗？若是不曾见过，今日你可以见到。"

"舜卿先生大怒？"怪事出在本部正堂刘龙身上，吴逵也开始琢磨。

南京兵部一尚书一侍郎，均以镇定见称，今日少司马心神不定，大司马大怒，说得上是咄咄怪事。

"舜卿先生为何事而大怒？"他问。

"说起来着实可气，"潘珍可以讲述始末，看来已知情状，"舜卿先生今日一早来衙门，路中与守备一行不期而遇。"

"是内守备还是武守备？"吴逵问。

内守备指南京守备太监，以司礼太监充任；武守备指南京守备大臣，以勋爵充任，兼领南京中军都督府事。二者在南京均为要职。

"是武守备。"潘珍道。

现今的南京守备大臣、魏国公徐鹏举，为开国元勋徐达的六世孙，他在正德十三年袭封魏国公爵位的同时，也继承南京守备大臣一职，算起来，在其位已有十五年之久。

“舜卿先生怎会和徐魏国发生争执？”吴逵颇觉不解。

潘珍说：“近光只见舜卿先生谦和的一面，却不知他刚强的一面。与人相处，他绝不会欺负到谁人头上；但有人欺负到他头上，他是一定要抗争的。就拿今早的事来说，与徐魏国在路上不期而遇，要是徐魏国也谦和一些，舜卿先生定然会让一让的。”

“他是守备，舜卿先生也是参赞机务，为何要让一让！”吴逵道。

他年轻气盛，对这件事的态度，和老成持重的刘龙、潘珍不同。本来也是，往好里说，南京六部养着一批待用之臣；往坏里说，南京六部养着一批失宠之臣。但唯独南京兵部有所不同。南大司马挂着参赞机务的职衔，在南京，一个守备，一个参赞机务，才是要职。

“我只是说舜卿先生谦和，并非说让一让就对，”潘珍解释，“谁知徐魏国手下的人吆三喝四，一路冲将过来，把舜卿先生的轿子挤到一旁，动弹不得。抬轿子的人不住叫喊：这是兵部刘尚书的轿子！徐魏国的家人扬鞭喝道：任他是谁，也得为我家爵爷让道！眼见得他等一行飞驰而去，留下一片尘埃。你说，舜卿先生怎忍得下这口气！”

“如此霸道，果是气人！”吴逵气愤地说。想到潘珍方才的模样，他问，“玉卿先生只身一人，要去魏国府理论吗？”

“与徐魏国这等倚势横行的人，有什么好理论的！”潘珍道。“我担心舜卿先生被气出病来，先去太医院里打个招呼。”

吴逵说：“玉卿先生不必去，舜卿先生的病，我可以医治。”

“你？”潘珍不信任地打量着他。“你能医治，再好不过，可速去见舜卿先生。无论如何，太医院我还是要去。”

刘龙在室内不停地踱步，嘴里不停地说：“正月未过，便碰到这等事，好不晦气！”吴逵进来，被他拉住说，“守备可以欺侮参赞，近光，你说有没有这样的道理！今日一早——”

他又要讲述始末。

“下官已知，舜卿先生不必赘述，”吴逵打断他。“徐魏国欺人太甚，舜卿先生不于此时和他打一场官司，更待何时？”

“打官司？”这是刘龙没有想到的。“到哪里去打？”

“和一等公爵的官司到哪里打？自然是到朝廷打！”吴逵说。

刘龙沉吟："只为争道的小事，官司恐怕无法打到朝廷。我看，就算以欺侮大臣、有伤体统上言，对他也不过训饬而已。"

听了刘龙的话，吴逵觉得好笑："舜卿先生也恁是实在，今日遇到一件文、武大臣争道的事，就只能以争道打官司？今日之徐魏国，是中山王的不肖之后，横行不法行径甚多，随便摭拾几事，足以惊动朝廷。"

徐达生前封魏国公，死后追封中山王。本朝异姓不封王，中山王自然是不能袭封的，后人提起中山王，或徐中山，特指徐达一人。

"我真是气昏头，只想到今早的官司，"刘龙也觉得好笑。"徐魏国横行不法事甚多，近光看，举哪些事可以惊动朝廷？"

"一事论之以理，一事启之以情，举两件事足够。"吴逵说。

"论之以理，一定是公事，我知近光所指，"刘龙道，"南京官民皆知，魏国公擅役各营军士，以为家丁。此乃制度所严禁，用这一条和他打官司，比用欺侮大臣和他打官司，要有力得多。"

"下官正是此意，"吴逵再说深一层，"边地武臣私役军士，有家将名目；腹里武臣私役军士，有家丁名目。朝廷无法禁止，也无意禁止。但徐魏国私役军士，不是数人，不是数十人，甚至不是数百人，而是动辄数千。武臣私役国家军士数人，数十人，朝廷能容忍；甚至私役数百人，朝廷尚能容忍。私役数千人，朝廷还能容忍吗？徐魏国私役军士一事，无人论劾，朝廷不过问；有人论劾，朝廷还能不过问吗？其他衙门、其他官员论劾，朝廷或不过问；南大司马论劾，朝廷还能不过问吗？在下官看来，这场官司舜卿先生可以打上朝廷。"

"好，这是近光说的论之以理，我亦以为可以一论，"刘龙说着，转到下一句话，"启之以情，一定是私事，我就不知所指。"

"舜卿先生既知是私事，我可以简而言之，"吴逵道，不知从哪里听来的魏国府隐私，他说，"徐魏国宠爱一名小妾，舜卿先生知道吧？"

刘龙应道："有所耳闻。但此事不足以启之以情。"

"该小妾曾出一子，舜卿先生也知道吗？"吴逵问。

"有所耳闻，"刘龙还是不以为然，"此事亦不足以启之以情。"

"徐魏国以小妾冒称夫人，欲立其子为嫡，舜卿先生大约就不知道吧？"吴逵道。"徐魏国宠爱一员小妾，不足以启之以情；该小妾曾出一子，不足以启之以情；徐魏国以小妾冒称夫人，欲立其子为嫡，也不足以启之以情吗？皇上最重礼法、最重夫妇之道。徐魏国所为，有悖礼教，皇上绝不会听之任之。说不定，私役军士数千人，朝廷不会处分；立小妾之子为嫡，朝廷却要重重处分。”

“近光说的是，有悖礼教的事，今日正好作文章。”刘龙说。

与徐鹏举打官司一事确定，论劾的两件事项议定，刘龙的心情大为好转，可他仍没有放走吴逵的意思。

“近光，还有件要与你议一议。”他支吾着说。

“舜卿先生不是要我代为草拟疏稿吧？”吴逵开个玩笑。

“那倒不必。”刘龙摇了摇头。

他是翰林出身，在朝廷任过礼部侍郎，在南京任过礼部尚书，要论劾的，又与礼法有关，岂有命人代笔的道理！

他要议的事是：“我想问你，今日的官司，我一人与徐魏国打为好，还是拉上南京一二正卿与徐魏国打为好。”

“我看，能拉上南京一二正卿，摆开阵势，与徐魏国打这场官司最好。”吴逵没把这件事看得很重要，信口答道。

“那么，近光为我参酌，应与哪一位正卿联手。”刘龙央道。

吴逵静思片刻。是否联手，无须认真去想；与谁联手，却要好生想一想。“舜卿先生不如与廷纶先生计议。”他说。

“哪一位廷纶先生？”刘龙紧接着追问一句。

这是一定要问的。眼下南京六部，有两位正卿字廷纶，一是户部尚书许诰，一是工部尚书何诏。南京人曾对一联，形容六部及都察院正堂：六部三翰苑，七卿两廷纶。三位翰林出身的尚书，除刘龙之外，还有吏部尚书严嵩、礼部尚书湛若水。去年，南京六部的人事有一番大变动：吏部尚书刘龙改兵部，礼部尚书严嵩改吏部，而礼部左侍郎湛若水升本部尚书。另外，刑部尚书周伦致仕，由朝廷的刑部左侍郎闻渊出任南京刑部尚书。两廷纶则指许诰、何诏。何诏是弘治九年进士，现官南京工部尚书。

吴逵敬重刘龙的人品，对同是翰林出身的尚书严嵩、湛若水，颇有成见，因而主张刘龙与其他尚书联手，至于与许廷纶联手，还是与何廷纶联手，他没有定见。

“均无不可；舜卿先生以为不妥，也可以拉上静中先生。”他说。

“与廷纶先生联手并无不妥。”刘龙说。

这是泛指许诰、何诏。他同意吴逵的说法：约上二人中任何一人联署上疏，均无不可。

想了想，他又说，“廷纶兄近日抱恙，还是与廷纶先生计议为好。”

这次就有区别，廷纶兄是指许诰，廷纶先生是指何诏。

吴逵盯住刘龙看了看，问道：“既有所嘱意，舜卿先生为何仍然犹豫？”问罢一拍脑门，“我明白了，舜卿先生是怕连累他人。”

刘龙点头称是：“近光猜透我的心思。我知道，一公事足以论之以理，一私事足以启之以情；但打起官司来，谁有必胜的把握？”

“舜卿先生还是想一人和徐魏国打这场官司？”刘龙真决定，吴逵不会反对；看来刘龙还没有决定，他就再说一说自己的理由。“在他日，与徐魏国打官司，没有必胜的把握；在今日，与徐魏国打官司，却有必胜的把握。舜卿先生看一看朝廷对建昌侯的处置就知道。皇上既然不容亲爵横行，难道就会容勋爵横行？”

这个理由虽然有力，但刘龙很固执，还是说：“与徐魏国打这场官司，我主意已定，是独自上疏，还是联署上疏，容我再想。”

徐鹏举不知因为怕私相立嫡的作为惹恼皇上，还是因为其他原因，被南部大臣论劾后，竟上疏乞解兵柄。

都察院掌院都御史王廷相等议道：留都为国家创业根本重地，使徐氏典兵，势必有尾大之弊。我国家分建之制，使世禄者不世其土，世爵者不世其权，正所以防逆乱之渐。宜从鹏举之请，解其兵柄。

皇帝降诏，许徐鹏举辞请，命兵部推举代徐氏者。

兵部与五军都督府会议，以抚宁侯朱麒出任南京守备大臣。

三、两镇兵乱

第一百八十七章

宣、大总制刘清源，请朝廷发京营五万驰援。首辅张孚敬、吏部尚书汪鋐等主张发兵，掌詹事府礼部左侍郎顾鼎臣、礼部左侍郎黄绾等反对发兵，兵部尚书王宪犹疑于两可之间。最后，皇帝起用侍郎钱如京、都督江桓，统兵八千，即刻赴援。

早朝后，廷臣不即刻离去，他们三三两两聚在一处，议论大同的局势。有几人拉住钱如京，或欲问以方略，或欲教以方略。

钱如京揖道："奉旨即行，不敢延宕。诸公高论，上之朝廷吧。"

"大同的事，都坏在刘汝澄手里！"工部左侍郎林庭㭿道。

他没有明确反对发兵，但以为刘源清应该对大同的混乱局面负责。林庭㭿字利瞻，福建闽县人，弘治十二年进士。

大理寺卿陈轼问："利瞻先生这样说，有什么根据吗？"

前些日子，朝廷差工部员外郎李文芝、兵部主事楚书前往大同阅事。李文芝除有公开的奏疏呈与朝廷，少不了也有些私下里的消息传到工部。林庭㭿自信，关于大同的局势，他比别人知道得更多。

"两个月里，刘汝澄至少有两次机会抚定大同乱卒，可惜却被他轻而易举地放弃。"他对众人说。

听他这话，善作文字功夫的顾鼎臣微微一笑。

"我只知可以轻而易举地获得，原来放弃也是可以轻而易举的，"他说，"抚定大同的机会是怎样轻而易举放弃的，利瞻先生可否赐告？"

他反对发兵，只是以事而论，倒没想过，刘源清的处置是否恰当。

林庭㭿已然开头，自然要说下去："刘汝澄率军驻阳和时，潘景哲在大同已密捕叛卒首领七十余人，包括巨恶王保等。刘汝澄若乘叛卒慌乱之机，挺身而出，张榜安抚，怎么会有后来叛卒据城顽抗的局面？这是他放弃的第一个机会。官军围困大同，城内缺少柴薪，叛卒首恶黄镇亲自交涉，请官军准许叛军出城伐薪。刘汝澄应允。可第二天，城里采薪者出，却被官军擒执。这是他放弃的第二个机会。”

“第一个机会在乱卒初叛时，不易把握，就不说它，”恰好经过的王宪插话，他问，“第二个机会，依利瞻先生看，刘汝澄当如何处置？”

林庭㭿说：“维刚先生乃兵法大家，我不敢班门弄斧。不过，依我看来，他或是乘黄镇交涉时，设计擒之，或是乘采薪者出时，宣谕朝廷安抚之意，令其转谕城里叛众，都比今日的局面要好。”

又走过来一人，是汪鋐。听到林庭㭿的议论，他驳道：“利瞻先生不要存有成见，或此或彼，不过都是空议，以之加罪刘汝澄，莫说他不心服，只怕三军将士也不会心服。”

林庭㭿知道，眼下汪鋐是庙堂上第二位有宠的大臣。但他并不畏惧，揖了揖，道：“或此或彼，为何不切实际，倒要向宜之先生请教。”

汪鋐说：“黄镇交涉，正是兵部下安抚令时。”

说着，扫王宪一眼。

王宪知道这是在责备他，不能不辩：“兵部下安抚令，是在廷议之后，请了旨的。”

对大同兵变，他的宗旨是：首乱当诛，余宜遣散。首乱是起事之人王保、王福胜、陈钺等，而不是后来被裹挟的黄镇等。王保被擒，可以说首乱已诛。兵部下安抚令，遣散其余众，是顺理成章的事。兵部下安抚令，经过廷议，并请准旨，这不假；但兵部下安抚令，王宪的主张起关键的作用，这也是毋庸置疑的。后来，张孚敬力主刘源清征剿之议，对兵部下安抚令，痛加责备，王宪感到压力很大。今天汪鋐提到这件事，他正好为自己稍加辩解。

“兵部下安抚令，亦即朝廷下安抚令，”汪鋐并非要与王宪辩，而是要与林庭㭿辩；反而王宪的话可用，他便顺着王宪的话说，“刘汝澄若在黄镇交涉时，设计擒之，非宣、大总制食言，非兵部食言，是朝廷食言也。故利瞻先生或此者，不可行也。”

“宜之先生的话不错，朝廷绝不可食言；不唯朝廷不可食言，兵部亦不可食言，宣、大总制亦不可食言。”林庭㭿说着，话锋一转，“然则设计擒黄镇是食言，擒出城采薪者就不是食言吗？或此者不可行，或彼者为何也不可行，我真有些不明白。”

“这就是我说的，利瞻先生存有成见，”汪鋐说，“我不知利瞻先生据何而知，是刘汝澄命擒采薪者；据我所知，擒采薪者是郤帅之命。”

郤永官都督同知，与刘源清同率官军平大同叛军。

“郤帅可以不受刘汝澄节制？”林庭棉摇摇头，道，“换言之，刘汝澄总制宣、大军务，不能节制郤永，亦为失职。总之，兵部下安抚令，刘汝澄不能安抚，反而激变，是他放弃第二个机会。”

刘源清的功过一时难以辩明，汪鋐不好多为其辩，他把话题转到剿、抚之议：“利瞻先生既然提到安抚令——”

林庭棉立即更正：“是宜之先生先提到安抚令。”

“无论谁先提到，利瞻先生以为安抚令如何？”汪鋐问。

“首恶必诛，余宜遣散，原是不错的。”林庭棉说。

“可它是错的。错就错在：抱定这一宗旨，必然除恶不尽，”汪鋐不无得意。“朝廷以前次大同兵变为鉴，下定决心，除恶务尽。刘汝澄无论有多少不是，在这一点上与朝廷之意相合。所以我赞成他的主张，茂恭先生也赞成他的主张。”

林庭棉并不服输：“除恶务尽是除恶务尽，失机偾事是失机偾事，二者不可混淆。”说着，转向在一旁静听而不出言的本部尚书秦金。“国声先生，你说呢？”

秦金先后任户部尚书、南京户部尚书，嘉靖十一年由南京召还，任工部正卿。他年事已高，在人多的场合一般不愿发表议论。现在林庭棉问到他头上，他不能沉默不言。

“刘汝澄主剿，也是以昔日伯珩兄为鉴，利瞻先生对他又何必苛求！”他不紧不慢地说。

议论至此，已牵扯到张孚敬；再议论下去，说不定就要牵扯到皇帝。秦金不愿惹上麻烦，故采用息事宁人的说法。

胡瓒字伯珩，北直隶永平人，弘治六年进士，与秦金同年。嘉靖三年大同兵变时，朝廷命他统京军驻宣府，相机行事。叛军首领多数被杀被擒后，京军班师。有人提出，叛军余党潜逃塞外，必为后患，胡瓒则言逃卒无足虑。后来，潜逃塞外的郭疤子等亦被灭，其他逃卒也没有酿成大乱，但嘉靖八年，科、道官却论劾胡瓒失处大同乱军，他因而致仕。

秦金举胡瓒事例，意在淡化汪鋐、林庭棉的争论，特别是告诫林庭棉，不要轻率议论剿、抚之争。林庭棉懂得他的心意，不再多说。

另一边，霍韬正在侃侃而谈：“今之议者曰：大同城极坚，未易攻也。我则谓：是爱惜吾城，不忍攻破之耳。计城中甘心为叛者，不过数百人而已。以数百人之故，遂破一城，岂不可惜？如必破之，不如用李光弼破史思明之策，穴为地道，则坚城数十丈，可期陷而破之。”

他用的是唐朝安、史之乱时的一段典故。

夏言在一旁插话：“师古不可拘泥。李光弼昔时用此计，攻破史思明，刘汝澄今时用此计，未必能攻破大同。渭先先生，愿不愿与我一赌？”

“公谨先生何出此言？”黄绾问。“难道料准此计不可行？”

夏言道：“我不是料准此计不可行；我是听说，刘汝澄曾用此计，结果无功而返，白白折损许多将士。”

京师传闻：刘源清督官军攻城不下，在城外挖掘十数条地道，拟从地下攻入城中。不想，被城中叛军发觉，在地道挖通时，放起毒烟。进入地道的官军被熏死无数，损失惨重。这个消息，不知霍韬为何没听说，还在大谈穴为地道。

“那是用计者草率，我若用兵，绝不至于如此。”霍韬辩道。

“去年此时，宜之先生请行边；今年此时，渭先先生也要请行边吗？”夏言问。

去年初，汪鋐上疏，自请行边。曾任吏部尚书，而后督边，不乏其例；在职的吏部尚书督边，本朝还不曾有过。夏言提起这件事，听不出是在赞赏，还是在嘲讽。

“那又有何不可？”霍韬负气地说。“人人皆知，公谨先生一直关注北边，你我二人一同乞请行边，督师大同，如何？”

因天地分祀、合祀之争，霍韬一度被下狱，二人结怨极深。霍韬这次以吏部左侍郎还朝，夏言已是礼部尚书。身份不同，不能像以前那样眦裂以见；但彼此疏远，很少能平心静气地议事。今日碰巧凑在一起，一开口，便针锋相对，把原议的话题岔开。

一是多年交好，一是本部正堂，黄绾不愿二人当着众官的面，在朝房发生冲突，忙作调解：“二位都是朝廷柱石，皇上一位也不会放走。对边情之灼见，也只好议于庙堂之上。渭先先生有破城、困城二论，还只说到破城。来，公谨先生，我等再听他的困城之论。”

“二位请继续畅议，我却要回衙门。”夏言说着，双手倒背而去。

霍韬气息不匀，恨恨地盯着他的背影。

黄绾为他分辩：“衙门里确实有事，公谨先生不得不去处置。渭先先生，请再赐教。”

霍韬渐次平静，复侃侃而谈：“今之议者曰：不忍破城，则将围困之。然大同粮饷，素称充实，困之恐不易。我则谓：困之，可指日致彼伏罪。前日官军攻夺关厢，城内已坐困。彼所幸者，时值冬月，故困未极耳。若至春夏之月，冰冻既消，湿热熏蒸，粪秽堆积，恶气相染，闭城三月，人自死矣。人见亡者，自相离叛，自相仇杀，城门不攻自开，良民自将稽首以迎王师。自古以来，未有孤城不自破者。”

黄绾说：“大同若在腹地，困之以待其自破，可矣。大同为京师西北门户，叛军若引胡虏，我军腹背受敌，深可虑也。”

“叛军引胡虏一事，可虑之，却不足深虑，”霍韬说着，问道，“宗贤先生可知，胡虏自图入寇，与叛卒引而入寇，有所不同？”

“请渭先先生言之。”黄绾揖道。

霍韬对这一层显然深思熟虑过，他说：“胡虏自图入寇，则彼为谋必深，其气必锐，是深可虑也。今叛卒诱之而来，则彼所利者，叛卒金帛耳。得利则退，不会居久。彼谋不深，气亦不锐。我据险待之，坚壁勿战，徐设埋伏，邀其归路，胡虏可擒也。宗贤先生何必深忧！”

“说的是，”黄绾信服地说，“胡虏为金帛而来，叛卒与之金帛，彼未必真心与官军作战；叛卒无金帛与之，彼反生怨恨，或与叛卒为仇。”

霍韬言犹未尽：“前月刘汝澄并力攻城，实是失策。如移攻城之力，筑一小城于大同城之前，申令曰：凡叛卒自相擒斩出首者，俱免本罪。城中良民，赤身素手出城者，不许官军擅杀。城中官军非叛卒党者，赤身来归，皆给月粮。唯叛卒出城，抗拒官军，乃执而杀之。不出城不杀也，示以久困之计。良善知有生路，不肯助逆；叛卒知前路穷，悔罪自伏。此赵充国困西羌之策也。胡虏虽或再来，我军有城可守；叛卒虽或出敌，我则以逸待劳。坐收平定之效，此乃制胜之策也。”

他又引了一段汉朝西征的典故，充满自信。

这一番议论，对反对发兵一派是强有力的支持，黄绾更加坚信自己的主张正确：“以渭先先生之言，更可知朝廷无须发兵。”

廷议时，霍韬没明确表示，是主张发兵，还是反对发兵，现在正好借议论的机会，作一交代。

“这又有所不同，”他说。“主张发兵者、反对发兵者皆知，发兵与否为次，剿、抚与否为主。主张发兵者以为，既剿，则须发兵，朝廷发兵才表示剿；反对发兵者以为，既抚，则无须发兵，朝廷不发兵才表示抚。二者未免都有些偏颇。我主张剿、抚并用，朝廷发兵，未必不抚，朝廷不发兵，未必不剿。”

黄绾皱起眉头：“听渭先先生方才一番议论，朝廷似不能不抚。”

“好，我再为宗贤先生说一说朝廷不能不剿，”霍韬道。“潘景哲奏称，首恶已斩，叛卒已献，城中已相安。我则要问：众臣多论官军无纪乱杀，以至叛卒不肯就抚，却不知城中首恶果尽擒否？前日所杀者，不知果真首恶否？城中隐伏，不知尚有首恶脱免否？首恶未尽擒，尚有一脱免，其祸患叵测。我试为宗贤先生言之，朝廷若曰必核实首恶真伪，脱免奸人将为讹言以摇惑众心，曰：朝廷查勘变乱，一人不赦也。叛众危疑，又将图变。此其一也。朝廷若曰首恶真伪，俱不查究，唯查究官军罪过，边镇旁观，必窃窥曰：叛军杀主将，杀官军，罪俱不问，只官军失律者乃究问。自今巡抚、总兵有不良者，我率众杀之，据城叛之，朝廷不忍戮及平民，又将赦我。是则边军效尤，皆敢犯上，纪纲之坏，不可振也。昔唐人藩镇之乱，起于姑息，应永为世鉴。此其二也。故首恶有一脱免，剿议不可全息。”

查究也不是，不查究也不是，让朝廷煞是为难；抚亦不可忘剿，剿亦不可忘抚，让朝廷煞是为难。

黄绾仍皱着眉头，问道，“渭先先生有何良策？”

“不若寓剿于抚。”霍韬回答四个字。

“寓剿于抚？”造词新奇，黄绾品咂其味，“寓剿于抚，大约就是在外为抚，内含剿意。渭先先生可否再讲得仔细些？”

霍韬说：“叛卒杀主将，其来有渐。虽皇上圣明宽大，朝廷恩赦不问，彼益怀疑畏，益怀反侧，益相屯结。主将一切宽纵之，彼益骄奢，曰：尔虽主帅，生死之命在我手也。主将稍绳以法，彼则愤懑而聚，又杀主将，又据城以叛，祸乱遂不可已。”

“渭先先生虑的是平乱以后的变故。”黄绾插言道。

“因有嘉靖三年平乱以后的变故，今次平乱，便不得不虑及其后的变故，”霍韬说，“朝廷宜差大臣，分遣叛军散回四州七县，防守各边，或退回本军，另佥户丁补伍。使尔各安生业，永无疑变。此乃上策。”

大同府辖四州：浑源州、应州、朔州、蔚州；七县：大同、怀仁，直属府；山阴，属应州；马邑，属朔州；广灵、广昌、灵丘，属蔚州。霍韬说了许多，只有将叛卒散回州、县，退回本军，才是要点。遣散叛卒，进可以剿，退可以抚，说寓剿于抚未尝不可。但遣散叛卒，要在大局稍定之后。现在叛卒仍占据城池，高谈遣散尔等，不说是痴人说梦，也是不得要领。黄绾曾任后军都督府都事，对军事稍有所知，又曾师从王守仁，虽论的是圣学，对武学也稍稍涉及。他知道，霍韬也很推崇王守仁，但这番议论，在他听来，太过书生气。

而且，不论霍韬怎样掩饰，怎样说朝廷不能不剿，他的宗旨仍在于抚。特别是在大局未定之前高谈遣散，更是十足的抚。黄绾反对发兵，确如霍韬所言，是因为认准：既抚，则无须发兵。因此而与张孚敬意见相左，他心里很不安。他极有耐心地听取霍韬的议论，主要是想分辨，自己的主张是不是有误。结果令他失望。

“多谢渭先先生指点，我也要回衙门办事去，”黄绾揖道，并戏谑地加上一句，“我在公谨先生面前，不像渭先先生在宜之先生面前；我得处处小心，才好与他相处。”

第一百八十八章

皇帝命小宦者唤来阎洪。

年初，皇帝大怒之下，废去张皇后，那时，宫中人人如临深渊。好在两三天后，即立方嫔为后，同时，册封沈嫔为宸妃，阎嫔为丽妃，宫中又恢复平静。只是张皇后为什么被废，不在场的人怎么也打探不出，因而成为一个讳莫如深的话题。

因急召，阎洪是跑着来的，他喘着粗气对皇帝说："爷，奴才来了，奴才给爷叩头。"

说要叩头，腿抖着，跪不下去。

"免了。"皇帝没有计较他的失态，"钱如京、江桓离开京师一个多时辰，朕要你在御马监里挑选一匹快马，天黑前，务必将朕的手谕交到他二人手里，命京营班师，不去大同。"

半日之内，皇帝改变主意。

在阎洪奉旨召还京军的同时，张佐持皇帝手谕到内阁。在阁外，他就呼道："张先生，各位先生，皇上有谕旨。"

张孚敬、方献夫还在议论早些时朝房的争论，李时则有一句无一句地与二人搭话。时翟銮以生母病逝，回家奔丧，内阁只他三人。听到张佐的呼唤，张孚敬等连忙出外，恭迎圣谕。皇帝的手谕无须宣读，三人行礼毕，张佐把手谕交与张孚敬，他的差事就算完成。

字迹有些潦草，可见是匆匆写就的。皇帝写道：叛卒谋杀主将，法不可赦，然非举城所为。郤永听刘源清，贪功嗜杀，致逆卒劫囚勾虏。既胁从不问，何又引水灌城？大同北门要地，祖宗所遗，源清必欲破城入诛，纵使成功，何由兴复？若二人不用，岂有今日之患！今可去二臣，别遣大臣备虏；密擒贼魁，庶免劳师伤财。

张孚敬读罢，不由怔住：差钱如京、江桓统率京军赴援，皇帝的态度很坚决，怎么说变就变？在方献夫、李时轮流看谕旨时，他问对面而坐的张佐："张太监，皇上还别有谕旨吗？"

"皇上未命我传告别的谕旨，但茂恭先生问，告之亦不妨。"听张佐的口气，别人若问，他是不会说的，“皇上已别差使臣，召还京军。”

事已至此，争亦无用。

张孚敬向张佐一揖，道：“有劳张太监奏上，我等即与吏部尚书、臣汪鋐等，别推大臣，备虏平乱。”

汪鋐、王宪、夏言、王廷相等相继至左顺门朝房，与三位阁老议事。眼下兵部无侍郎，都察院无副都御史，众人议之再三，拟以户部右侍郎张瓒改兵部左侍郎兼右副都御史，取代刘源清。

估计皇帝不会反对这个人选，众人说些别的事后，逐渐散去。张孚敬使个眼色，把汪鋐留下来。

汪鋐会意，延挨着不走，等众人散尽，他在张孚敬近处坐下。

“茂恭先生莫非对张廷献不放心？”他问。

张瓒字廷献，京师人，弘治十八年进士。

“非也。”张孚敬摇头，不多说一个字。

“那么，茂恭先生是为刘汝澄抱不平？”汪鋐再猜测。

“亦非也，”张孚敬这次多说几句，“刘汝澄以前事为鉴，必除奸凶，以杜后患，是不错的。但他刚愎自用，狠而无谋，治军不力，屡遭论劾。皇帝免去他官职，也是他咎由自取，怪不得别人。”

“那么，茂恭先生是要与我议一议顾九和、黄宗贤？”汪鋐道。

事不过三，他估计，第三次的猜测不会错。

不会错，却也不完全对。张孚敬说：“顾九和撰写的青词，皇上很中意，不必议他。我只欲与宜之先生议一议黄宗贤。宜之先生知道，奸相当道时，我和子实先生在南京与之抗争，黄宗贤毅然入盟。他虽非正途出身，我对他一直礼貌有加，从不曾怠慢。不想，他这次从南京还朝，却像变一个人，与我歧见日深，与我关系日疏，我好生不解！”

“其实也不难解，”汪鋐道，“他与夏公谨所见日同，与茂恭先生自然歧见日深；他与夏公谨关系日近，与茂恭先生自然关系日疏。”

“既如此，我也庇护他不得！”这等事，张孚敬怎会不知！他只是要汪鋐为他说出来，“大同之议，他持议舛谬，贻误国事。他任礼部佐卿，于朝廷不利。宜之先生，吏部应有所处置。”

汪鋐说：“当时推礼部侍郎，我和渭先先生计议，都道黄宗贤曾与茂恭先生在南京共抗奸相，彼此相知，由他佐掌礼部，对夏公谨也可牵制。所以，黄宗贤、黄诚甫二人中，还将他推为左侍。他还京后的举止，实令人齿冷。我也在想，该把他放为外官。”

“那一定要有适当的理由；否则，皇帝念记旧情，是断然不会放走他的。”张孚敬说。

他表面上在提醒，实际上在询问，有什么适当的理由。

“理由再适当不过，”汪鋐说着，问道，“茂恭先生可记得邹谦之去官的事？”

黄绾任南京礼部侍郎时，邹守益为南京礼部郎中，以疾告假。寻常一员郎中告假，皇帝是不会留意的。邹守益是因议礼而被贬谪的翰林官，渐升至该职。他告假，皇帝却会留意。皇帝降诏，命黄绾核实。黄绾久久未奏报，邹守益却不奉旨而去。

“是个适当的理由，”张孚敬认可，又问，“宜之先生何以为言？”

汪鋐说：“皇上降诏核实，黄宗贤懈怠不报，此乃过之一也。黄宗贤与邹谦之出自同门，他定知道邹谦之奏请不实，却隐而不报，形同欺蔽，此乃过之二也。”

黄绾曾拜入王守仁门下，王守仁死后，他只承认是其友人，不承认是其弟子。但过来的人都知道，二人有师弟之谊。汪鋐说他与邹守益同门，并不是凭空捏造出来。

“过之一，即当调任外官；过之二，则应贬秩外调，”张孚敬说。“此事还请宜之先生着力去办。”

第一百八十九章

在大同城里，督饷郎中是一个不起眼的职官，督饷郎中衙门是一处不显眼的衙门。詹荣不肯归顺叛军，叛军首领黄镇便差人日夜守住督饷郎中衙门，监视他的举动。叛卒奉令行事，让守住衙门，就规规矩矩守住正门，却不知衙门后面的巷子里，还有一小门。

夜深时分，卫指挥使纪振、游击戴濂、镇抚王宁，一个一个从小门闪入督饷郎中衙门的后院，进入一间厢房。屋内没有点灯，詹荣正在等候他们。这三人都不肯从乱，与他歃血结盟，誓破乱贼。

王宁职位最低，不为人注意，所以，衙门里衙门外的联络，城里城外的联络，都依靠他。众人坐定，詹荣问他："王兄，今日外间吵吵嚷嚷，又出什么大事？"

与一名镇抚称兄道弟，在文职中甚是难得。

"若道大事，还真是一桩大事，"王宁说，"今日正午时分，杨钺那厮引数十骑北虏入城，得意非凡地在城里巡视一周。杨钺指着代王府，对其酋长说：苟退官兵，以此相谢。"

"有这等事！"纪振、戴濂惊叫起来，又忙各自捂住嘴。

城中叛卒引北虏助守，抗拒官军，确是一桩大事。

詹荣好似早料到有此一变，并不慌张。他起身靠近门户，听听外面的动静，确定纪振、戴濂方才的叫声并没有引起守在前面的叛军的警觉，这才问："城中首领，有谁一同巡视？"

"我识得的，只有黄镇，"王宁道，"我见他周围布满死士，似乎对北虏也存有疑虑。得意非凡的，只是杨钺。"

詹荣沉思片刻，欣喜地说："杨钺刁顽小丑，无论如何不敢擅自引来北虏；此举必是经黄镇准许。好！"

"仁甫先生是为杨钺引来北虏叫好？"纪振大惑不解。

詹荣字仁甫，山海卫人，军籍，是嘉靖五年进士。

“我不是为引来北虏叫好，我是为此事与黄镇有牵连叫好。”詹荣简单地解释一句，又问，“王兄，马升、杨麟等果真不曾一同巡视？”

“马升、杨麟我如何不识得？他二人果真不在。”王宁说。

黄镇是大同参将，马升、杨麟是大同指挥，均被叛卒拥戴为首领。

“好，这是黄镇自取死道。”詹荣说，“纪兄，戴兄，你二人可还记得，当初我等议道：马升、杨麟并无逆志，独黄镇真心反叛。由今日之事，更可见我等议对。二兄，叛军又可使间矣。”

说又可使间，可知以前曾使间。提起此事，戴濂心有余悸。

“仁甫先生，此事须得慎重。前次我险些命丧马升刀下。”他说。

前次，詹荣等认定，马升、杨麟并无逆志，戴濂和马升有交情，自告奋勇，前去叛军营中游说。果然，马升有心归顺朝廷，只苦于不得与官军联络的途径。二人一拍即合。戴濂说，督饷郎中詹大人可与总制大人、巡抚大人接洽；马升说，只要朝廷允许自新，他就率所部反正，也可以劝说杨麟率所部反正。

戴濂把这一情节告知詹荣，詹荣连声叫好，当即写下密书，安排王宁混出城外，交与已接任巡抚的樊继祖。樊继祖当即准允马升反正，并答应给马升三千两银子，使募死士效力。樊继祖领王宁去见尚在总制任上的刘源清。他原以为须费一番口舌，谁知刘源清也是一口答应。

一边是叛军首领马升、杨麟，一边是总制刘源清、巡抚樊继祖，詹荣等居中联络，内外接应，本该顺利平定大同之乱，谁知却出岔子。原来准允马升、杨麟反正，詹荣是真心，樊继祖是真心，刘源清却不是真心。他佯作准允，以麻痹马升、杨麟，实际上在准备穴地攻城。他通过王宁告诉马升，他要挖掘一条穴道，以便于内外联络。但马升后来发现，官军不是在挖掘一条穴道，而是在挖掘十几条穴道。于是，刘源清的用心昭然若揭。马升惊出一身冷汗，也恨透设圈套让他钻进去的人。要不是他和戴濂多年交好，相信戴濂不会卖己求荣；要不是他还想给自己留一条退路，他一定会杀戴濂，一定会杀詹荣。

“不是我等不慎重，是刘都堂失策，”詹荣叹了口气，随即又振作起来，“但黄镇准许杨钺引北虏入城，确实给我等一个再次行间的机会，我等不可错过。马升、杨麟与黄镇不同，黄镇是真叛，马升、杨麟并无逆志。但三人都被叛军拥戴为首领，都肯做叛军首领，却是相同的。以此而言，马升、杨麟可以反正，也可以不反正。反正顺利，则反正；反正不顺利，则不反正。勾引北虏一事却不同。马升、杨麟肯做叛军首领，却绝不肯做北虏的奸细；做叛军首领，马升、杨麟可以和黄镇相安无事，一旦黄镇成北虏奸细，马升、杨麟和他就成冤家对头。作为要反正的叛军首领，刘都堂设的圈套，或者说，官军设的圈套，使他等愤怒；而黄镇、杨钺与北虏勾结为奸，使他等更为愤怒。”

“仁甫先生，请等一等，”王宁打断他的话，“我一直在想，有什么重要的事情还没说；你两次提到刘都堂，我想起来。我今日听到城外的官军议论，朝廷已免去刘都堂的官职。”

“当真？”这个消息和杨钺引北虏入城的消息一样，令詹荣、纪振、戴濂震惊。如果说，对北虏入城的消息，纪振、戴濂更为震惊；那么，对刘源清免官的消息，詹荣更为震惊，或者说，更为振奋。

“戴兄，还敢不敢拿你项上的人头去冒一次险？”他问。

“为何不敢？”戴濂也变得情绪高涨，“刘都堂以朝廷大事为儿戏，我不愿为他冒风险；但为朝廷冒风险，却是我等的本分。”

“好，”詹荣点点头，开始分派各人的差事。“王兄，樊都堂尚欠你三千两银子，你去取来。你连夜出城，明日回城，有没有把握？”

“区区小事，不在话下。”王宁道。

“戴兄，马升那里，须得你去，”詹荣说，“他知道刘都堂免官，心情定然不同。说冒风险，其实不会有多大的风险。你告诉他，樊大人已准允他反正，三千两银子就是明证。但他拿到朝廷的赏银，须在三日内将黄镇的人头献与樊大人。黄镇勾引北虏，死有余辜。你告诉他，他不杀黄镇，自会有人杀黄镇。那却不是他的功劳。”

戴濂应道：“我明日午前去一次，午后去一次。午前去一次，与他续上旧缘；午后去一次，却是为他送去王哥取来的三千两银子。”

“戴兄想得仔细，”詹荣赞他一句，“马升反正，杨麟十有八九会追随，但杨麟那里，也要下些功夫。纪兄，这件事交与你。”

纪振寡言，只点头，不作声。

“我等都去，詹大人安守于此，等候佳音吧。”王宁起身欲辞。

他这句话，或是随口而出，但被人听来，却有《三国》故事里莽张飞质问诸葛孔明的意味。

詹荣没有答话，在王宁要出门时，却问：“王兄知不知道，朝廷以何人接替刘都堂？”

“听说是户部的张侍郎。”王宁回头答道。

“是廷献先生？妙极！”詹荣击掌叫好，“廷献先生是我的老堂官，行事与刘都堂绝不相同。我等此间的筹划，不会坏于他手。即便有所梗阻，我也便于疏通。王兄，我并非安守，须我出手时，我会出手。”

最后这句话，算是对王宁的回答。

第一百九十章

实际上，张瓒来不及插手，大同局势已然大变。二月二十二日，马升、杨麟请黄镇饮酒叙话，席间，伏兵突起，乱刀杀死黄镇和他的亲信共计九人。马升命部下将首级送去城外巡抚大人的营帐。

樊继祖大喜，匆匆整顿军马，准备入城。到城下，却见城门仍然紧闭，不由大疑。中军指挥喝道："都堂大人至此，为何还不开城？"

马升、杨麟登上城楼，向城外张望。樊继祖任山西参政时，分守大同，二人识得。见城下确是樊大人，二人抱拳唱喏："樊大人来得急，城内尚未安定，故不敢开城。樊都堂恕罪。"随即命道，"为都堂大人开城。"

只听得"吱呀"一声，城门打开一道缝，一人将将可以侧身而过。

中军指挥见城门没有开大的意思，喝道："快将城门大开！"

"大开不得，"马升说，"胡虏就在左近，若乘虚而入，如何是好？"

"一派胡言！"中军指挥斥道，"城门不大开，车马如何进得去？"

"本也不欲车马进城，"马升回敬一句，然后向着樊继祖双拳一抱，说，"大乱之后，人心多疑，请樊都堂只率二十人入城。超过二十人，众必疑之，恐于都堂大人不利，在下亦难相救。"

在樊继祖身边的山西按察司佥事孙允中马鞭向城头一指，说："马升，你既知城内尚未安定，怎敢请都堂大人只率二十人入城？都堂大人若有闪失，你如何向朝廷交代，如何向官军交代？"

马升说："有我在，都堂大人绝不会有闪失。一人不带，我也可保证都堂大人安然无恙。请都堂大人带二十人，只为他起居方便。"

孙允中还要争辩，樊继祖一摆手，招呼道："马指挥，只准二十人进城，是连我在内呀，还是除我之外。"

城里城外原本是剑拔弩张的态势，这话一问，立即变得缓和。

马升一笑，说："都堂大人在不在二十人之内，悉听尊便。"

“那我就讨个便宜，多进一人，”樊继祖说着，翻身下马，命中军指挥挑选随他进城之人。

“我随孝甫先生进城吧。”孙允中请求道。

“城里我一人可以应付，伯庸另有重任，不必进城，”樊继祖说，“廷献先生已到阳和，伯庸速去迎他来大同。”

伯庸是孙允中的字。

樊继祖率二十名官校行至城门前，守城门的叛卒把城门稍稍开大，让巡抚大人可以堂堂正正地入城。他入城后，城门又成一道缝，官校们不得不侧身而入。中军指挥走在最后，可在他要入城时，却被把守城门的叛卒拦住，两把刀架在他的胸前。

“为何不放我入城？”中军指挥吼道。

叛卒不答话，只是不许他再向前走一步。樊继祖看看分布在自己四周的官校，再看看中军指挥，明白了是怎么回事。

“你好糊涂！”他责备中军指挥。“人家只许二十人入城，你数数，你是第几人？人家说，我在不在二十人之内，悉听尊便；可没说，你在不在二十人之内，悉听尊便呀。这次你怪不得人家，只能怪自己糊涂。”

中军指挥一数，可不是，他忘了把自己算在二十人之内。

樊继祖和把守城门的叛卒商量：“此人虽糊涂，本官奉旨放钱放粮，赈济贫军，却离不开他。放他进城，说不定对你等都有好处。已进城的官校出去一人，把他放将进来，如何？”

把守城门的几名叛卒交头接耳地商议一阵，答应下来。

巡抚衙门被一把火焚烧得面目全非，当初没烧光的门板窗框，因城里柴薪短缺，也被拆卸一空。中军指挥提议：“此处不能住，我去借一所像样的民居，都堂大人暂且栖身吧。”

“不必，”樊继祖不允。“你去寻些谷草来即可。从今日起，我就居于此处，你等随我居于此处，直至它修葺一新。今日是我等进城的第一天，今晚是我等入居的第一夜，肯定不会太平。你等都睡安稳，无论外面有什么响动，不要起身，不要惊扰。你等只须想：不管什么鬼蜮魍魉，只在夜间出没，天色一明，自会消散。这样一想，就不慌张。”

这一夜果然不太平。叛军的逻卒，不时光顾，呼叫一阵离去。樊继祖只作不知，伴随的官校也只作不知，有善睡者，甚至鼾声如雷。

第二日，樊继祖在城中张榜抚谕，发仓赈济。对不法之徒，始则训诫之，再则鞭笞之；有入室抢劫，杀人奸人者，量杀一二人示众。他恩威并施，叛卒倒也肯为他所用。不多时，张瓒和巡按御史苏佑鼓吹入城。张瓒置酒安抚，赏赍将士，城中始大定。

第一百九十一章

江西贡入祭器青爵，皇上召首辅张孚敬、次辅李时、吏部尚书汪鋐、礼部尚书夏言、武定侯郭勋等于文华殿，一同观赏。原次辅方献夫以疾乞休，疏凡三上，经皇帝恩准，在四月致仕。

青爵精美绝伦，君臣反复观赏，反复赞叹，约用去小半个时辰。然后，神宫监的太监指挥着小宦者们把青爵撤下，皇帝与众臣顺便议事。

“张先生，”皇帝一如既往，只要张孚敬在场，就先招呼他，“累朝宝训、实录，及献皇帝宝训、实录，正本藏于内府，副本藏于内阁。朕看，副本藏于内阁，很是。但正本藏于内府，朕时忧之。一则，大内灾，纸帛之书，难以幸免；二则，内府各监、司，即便指定专人，但和其他事务混杂，难负专责。朕欲另辟一处，存放累朝宝训、实录正本，及献皇帝宝训、实录正本，卿意如何？”

各朝修前朝实录，修毕，誊录正本一部，副本一部，原稿焚毁。所以，两部实录中，无论失去哪一部，另一部就成孤本。大内宫室，以木为柱梁，保存典籍，实在是很不适宜的。

张孚敬上前一步，奏言：“陛下圣明。我皇朝千秋万代，历朝宝训、实录，及献皇帝宝训、实录，存之千秋万代，确应另辟妥善之处。臣之见：选址建所后，已存于内府之宝训、实录，不须搬动，可选取善书者，重新誊录一部，新所竣工，新书录就，即可存放。”

“就依卿奏，”皇帝允道，“誊录之事，内阁和吏部、礼部议行之；建新所之事，内阁和工部议行之。朕想，新所建起，可将祖宗列圣御容供奉其中，而将宝训、实录分置御容下。其所，可名神御阁。至于所址，”想了想，说，“大内西南部，较为空旷，而且，与内阁东西相对，宜于收存典籍。张先生等可与有司计议，量选所址。”

“臣等遵旨。”张孚敬应声退回原处。

汪鋐跨前一步，奏言：“神御阁恭存列圣御容、宝训、实录，最要紧是防火。臣意，新所不必用木柱、木梁，可改为砖石拱券。再者，暑夏之际，石匮潮润，纸张易损。臣意，可改用铜匣。”

兴建殿宇，大者本应以工部尚书督工，小者本应以工部侍郎督工。汪鋐既有具体提议，皇帝顺势命道：“汪卿所言甚有见地。神御阁之工，就由汪卿兼兵部尚书总督之。”

以吏部尚书总督某工，说出去总有些不顺，所以，皇帝给汪鋐加个兵部尚书的兼衔。

“臣领旨。”汪鋐应声退回原处。

“夏卿。”皇帝招呼站在后面的夏言。

夏言跨前一步，道：“臣夏言在。”

“你部左侍郎黄绾奉旨抚辑，是否已赴大同？”皇帝问。

夏言奏道：“臣黄绾于奉旨次日即赴大同。据臣所知，黄绾居危城而不惧，处乱局而有方，树立木栅，计设保甲，倡立社学，教化军民子弟，已初有成效。”

黄绾才到大同，即便在京时就做种种筹划，也不过初施，不会立即见到成效。夏言相信黄绾必能安定大同局面，才这样说。他当着张孚敬、汪鋐等，在皇帝面前这样说，心情快甚。

皇帝也快甚，说：“以今日之情势看，朝廷决定差遣大臣，这一着走得对。夏卿举荐黄绾，这个人也用得对。”

“臣不过奉旨举荐，黄绾不过奉旨行事，大同本是皇朝疆土，其军其民皆是皇朝子民，陛下德泽广布，焉有不向化的道理！”夏言说。

张孚敬、汪鋐听这话，心里好不是滋味！廷议差遣大臣一事，他二人反对；皇帝未从他二人之议，决定差遣大臣。夏言举荐黄绾，他二人更是反对；皇帝又未从二人之议，差遣黄绾。

在此之前，张孚敬、汪鋐曾合谋排陷黄绾。汪鋐第一次奏论邹守益去官一事，隐约涉及黄绾，皇帝命夺邹守益官，并命汪鋐复核；汪鋐第二次奏论其事，直指黄绾欺蔽。内阁拟旨，其实是张孚敬拟旨，将黄绾降三级，出外。这样的处置过重，皇帝本就犹豫，恰礼部上祈谷典礼仪注，以黄绾为导引官，皇帝遂命黄绾留礼部供事。汪鋐不甘心，再次上疏，攻讦黄绾。黄绾亦上疏自辩，他的话很尖刻，称汪鋐为张孚敬鹰犬，自请罢黜以避祸。皇帝最终还是命黄绾留任，但也没追究汪鋐。

排陷黄绾不成，张孚敬、汪鋐失一次面子；朝廷差遣黄绾赴大同，二人又失一次面子；今日皇帝和夏言的对话，是二人第三次失面子。汪鋐还不觉太难堪，这一口气，张孚敬却再也无法忍受。

第一百九十二章

六月初四日，张孚敬以丧子乞休，皇帝不准。初十日，他又以已疾乞休，皇帝降旨慰留。张佐传旨回宫，皇帝问他："张先生如何答朕？"

"张先生领旨谢恩，并未答话。"张佐道。

"你看他的心思回转否？"皇帝又问。

"他有什么心思，奴才说不好，"张佐道，事关张孚敬，他不敢乱说，只是小心地加上一句，"奴才只是觉得，他心里好似有什么苦衷。"

"不错，朕也觉察，除丧子之哀，疾病之痛，张先生还有些别的苦衷，"皇帝说，"朕要留住张先生，须得知道他的苦衷。"

皇帝会不知道张孚敬的苦衷？张佐困惑不解。他原以为，张孚敬有什么苦衷，皇帝早已洞察。或许，皇帝这样说，有别的用意？他试探地问："爷要不要奴才试着问一问张先生？"

"朕要问，就光明正大地问，何须试着问！"皇帝顺手取一御笺，说，"朕亲写一手谕，你即刻送去内阁。"皇帝写道：

> 卿累疏乞退，或疑朕耳。夫疑朕有二：去来进退四三作矣，我必终不以礼待，不如早求去，一也。方献夫年力尚未及我，而去之，此必信一等人，勿用我辈，不如早求去，二也。或因大同事者，又或为今日之事难处，坚不欲法处延龄者，曰为昭圣皇太后耳，恐君上失德。夫凡此数者，皆不足虑。大臣居丞弼之任，一以尽诚以事其君谨事计祸，此是何等臣耶？况今也亦无甚事，止是辅君安民耳。卿必欲去，果为何者？明言之，无忌于是。

汪鋐晚间造访张孚敬，一是为致哀，二是为劝解。主客二人坐于荣恩堂，面前各放一杯清茶。也许是荣恩堂建得过大，而摆设的家具少，显得空荡；也许是主人今日的心绪与往日不同，显得沉闷。汪鋐坐下去，竟有心里有话不知从何说起之叹。

端起茶杯，很快又放下，他语调沉痛地说："逊志公子英年早逝，我辈无不伤痛。茂恭先生，还望以身体为重，以国事为重，节哀顺变。"

张逊志是张孚敬之子。

"多谢宜之先生探望，多谢宜之先生深情，"张孚敬揖道，"生死有命，我倒也看得开。逊志染疾多年，与其苦挨，不如撒手人寰。至于贱躯，有逊志之丧，不会更衰弱；无逊志之丧，也好不到哪里去。我终归是年届花甲。但有逊志之丧，我更加心灰意冷，也是实情。皇上的话对：方献夫年力未及我，而去之，我还不该去吗？"

他这番话把因丧子乞休和以已疾乞休，糅合在一起。

"茂恭先生若把这话理解为皇上恩准你的请乞，未免辜负圣心。"汪鋐的话听似指责，其实还是劝解，"皇上耐心解析茂恭先生求去，有四事：一是茂恭先生疑皇上终不以礼待，二是茂恭先生疑皇上不用，三是大同之事持议不同，四是今日之事难处，又一一辩驳之。自古君臣相处，无如我皇上与茂恭先生者。茂恭先生怎忍心弃之而去？"

"他人说我不该去，宜之先生怎也说我不该去？"张孚敬不满地说，"我以二事乞休，皇上以四事裁断我。二事也罢，四事也罢，皇上说过一句我应留下的话吗？宜之先生能举出我应留下的一条理由吗？"

"别的理由我不举；皇上说，今亦无甚事，只是辅君安民。有皇上这句慰留的话，茂恭先生还不该留下吗？"一句话，汪鋐当然举得出。

"今日若有事，我为皇上留下；今亦无甚事，我又何必留下？"张孚敬对这句话的理解和汪鋐完全不同，"皇上说这句话，并非慰留我，而是告诉我，朝廷可有我，亦可无我。只要我说得出道理，尽可以去。"

"茂恭先生定要向偏里去想，也只好由你，"汪鋐无奈地说，"就算我举不出茂恭先生一定要留下的理由，茂恭先生又说得出一定要辞去的理由吗？若说得出，在下恭闻。"他反将张孚敬一军。

张孚敬摇摇头，说："没有一定要留下的理由，当然就没有一定要辞去的理由。宜之先生所举我一定要留下的理由，不足以服我心，我举一定要辞去的理由，也不足以服宜之先生心。留与不留，辞与不辞，只在一念之间。今日我想的是必得乞休，宜之先生想的是必得留朝；明日或转过来，宜之先生想的是必得乞休，我却想的是必得留朝。"

"即如所言，何为茂恭先生一念之间，可否赐告？"汪鋐道。

"言之无益，言之亦无妨，"张孚敬完全是一种无可无不可的态度，"我先为宜之先生说我乞休的二事，遇此二事，乞休有乞休的道理，不乞休有不乞休的道理。以丧子而言，宜之先生劝我节哀顺变，以国事为重，这就是说，我不该乞休。我则心灰意冷，不乞休，于朝廷何益？于我何益？以衰病而言，宜之先生劝我以身体为重，这就是说，以身体为重，亦不必乞休。我则尸位素餐，于朝廷何益？于我何益？自古以来，丧子之大臣多矣，衰病之大臣多矣，或去或留，后人并不以此定其优劣。因为各人有各人的处境，各人有各人的取舍。”

“茂恭先生可以这样对我说，也可以这样对皇上说吗？”张孚敬的话似是而非，免不了有漏洞。汪鋐抓住他主要的漏洞，问道，“皇上问茂恭先生果为何事，茂恭先生总不能回奏：乞休有乞休的道理，不乞休有不乞休的道理吧？总不能回奏：一念之间，便要乞休吧？”

“皇上问果为何事，是问四事中果为何事，”张孚敬把话题从他乞休的理由转到皇帝裁断的理由，“我再为宜之先生说皇上裁断我乞休的四事。心疑君上，非臣子之道。我之进退，虽四三作，我不敢疑皇上。不以礼待，不为所用，这样的念头我从未有过，我须向皇上说清楚。”

“那么，茂恭先生乞去，是要和皇上争是非？”汪鋐的话很尖刻。

“余下二事，都有是非，那是朝廷上的是非之争，不是我和皇上的是非之争，”张孚敬说，“皇上不言及，我但乞休而已，不敢妄言；皇上既有所问，我不能不言。”

“茂恭先生欲争一事，还是二事一并争之？”汪鋐问。

“以宜之先生之见呢？”张孚敬反问。

准备争是非，就不是一定要乞休的姿态。汪鋐用不着问张孚敬是否接受皇上的慰留，而是要和他商议如何上疏争执。

“茂恭先生不问，我不敢妄言；茂恭先生既有所问，我不能不言，”汪鋐学着张孚敬的口气说，“二事是朝廷上的是非之争，诚如茂恭先生所言。但二事又有轻重，我以为：建昌侯事为轻，大同事为重；处置应分先后，我以为：先争大同事，日后有机会，再争建昌侯事。”

“宜之先生可否说仔细些？”张孚敬道，“我原在想，建昌侯事非小，即使不先争，也该和大同事一并争之。”

汪鋐说：“事之轻重，相较而言。建昌侯事与他事相较为重，与大同事相较为轻。大同事关乎社稷安危，朝廷体统，国家命脉；建昌侯事但关乎皇上息怒。社稷为重，君为轻，故争二事有轻重之分。建昌侯事今日不争之，秋审之日尚可争之；大同事今日不争之，何日争之？故争二事有先后之分。建昌侯事茂恭先生与叔贤先生曾争之，皇上不悦，而未猝死建昌侯；大同事茂恭先生与我曾争之，皇上未不悦，而抚计定矣，大臣遣矣。故争二事有难易之分。争建昌侯事，皇上必怒，则他事不可争；争大同事，皇上未必怒，则他事尚可以争。故争二事有权宜之分。有此四者，须先争大同事，不得先争建昌侯事，亦不得二事一并争之。"

"为我这篇奉旨而拟的奏疏，宜之先生可谓机关算尽。"张孚敬道。

他的话听似调笑，其实，他内心颇为感动。汪鋐一定是不愿他辞去，不愿他得罪皇帝，才想得那么多，想得那么深。大同事须亟争，建昌侯事不须亟争，大同事可争，建昌侯事难争，他又何尝没有想到！

"然则茂恭先生肯否俯从刍议？"汪鋐问。

张孚敬深作一揖，道："宜之先生用心良苦，不从命，有负厚谊。但皇上既有所问，不表明心迹，何以报圣恩？我意，仍以二事并争之。但以大同事在先，建昌侯事在后；以大同事为主，建昌侯事为辅。忠君而不负友，庶可两全。"

他当即按照他们谈论的几个方面拟疏。

关于辞官非为猜疑，他写道：皇上任臣不疑，无啻心膂，臣岂敢复有所疑！所以求去，实自揣终无益于君上耳。皇上所以数进臣者以礼，而臣数获罪当返，亦以义。此我皇上公天下之心，而臣岂敢存一己之嫌也。

虽非猜疑，顾虑却是有的：第臣责任愈久，罪过愈大。昔年力强，尚不能免，况今衰病，能无虑乎？

关于大同兵变，他写道：初山西潞城之变，姑息了事。今将士杀叛军者俱有罪，而叛军屠戮平民全家者，俱置而弗论，法典荡然。臣恐国事诚有大可虑者。臣日郁郁，臣之子逊志亦日郁郁，所以受病皆由于此。

关于张延龄案，他写道：又圣谕谓臣不欲法处张延龄者，臣之心天日可鉴。如真得其情，臣岂不愿正国法哉？正虑万一不得其真，未免有累圣德耳。

他最后分辩几句：正人指邪人为邪，邪人亦指正人为邪，惟在皇上早辨之而已。夫党邪成风，则忠正无以自见。今日皇上所接引若二三臣者，其立心操行，人皆知之，臣愿皇上早辨之而已。臣前尝论用人之道，并潞城讨贼二疏，今重录进览。伏乞皇上察臣之心，行臣之言，臣虽去犹用也。不然，虽留臣无益也。

皇上边阅张孚敬的奏疏，边问："张佐，张先生谓朕所接引二三臣者，你可知是指何人？"

"是不是桂萼、方献夫、霍韬、黄绾诸人？"话一出口，张佐就知道不对。他改正道：“奴才想，张先生指的不是桂先生等人，但黄侍郎定在‘二三臣者’之列。”

皇帝说：“黄绾在‘二三臣者’之列，是不错的。但‘二三臣者’的第一人，并非指黄绾，而是指夏言。”他指点着疏本说，“不然，张先生何必提起多年之前的潞城之变？”

潞城县属山西潞安府，境内有青羊山。嘉靖七年，盗众聚于青羊山，抗拒官府。官军讨之，败绩，知州一人、指挥一人被杀，朝廷因而撤换山西巡抚。半年之后，事变平息，兵科都给事中夏言前往勘核功罪，以定赏罚。当时没人对他的勘核提出异议，按照张孚敬现在的说法，朝廷对潞城之变的处置过于宽纵，皆夏言未据实以勘所致。

皇帝又写一道手敕，命张佐亲送去张孚敬家中。皇帝写道：

> 卿求去之必者，特以一大同事耳。夫城破人诛，固无难，如无罪者何？又何时得复是镇，以卫京师乎？此虽言之言，合本出自朕。况事之是非，自不当较也。今内阁缺人，不顾朝廷，必求自遂，是为辅臣之谋乎？

措辞虽稍严厉，但亲昵之情显见。张孚敬复出视事，不再争去。

第一百九十三章

去年秋、冬之际，吉囊率数万大军渡河西，大破亦不剌、卜儿孩两部。收获虽大，亦觉疲惫，他率部复入河套，与俺答互为掎角之势，一方养息整顿时，另一方则犯边劫掠。七八月间，草高马肥，正是犯边的好时机。吉囊十万众，忽而宁夏，忽而延绥，忽而固原，所至多有激战。

多少年来，鞑靼人皆奉小王子为首领。吉囊、俺答都是前代小王子阿著之子。阿著死，汗位传与二人长兄。长兄死，又传位与其子。故吉囊、俺答都是今小王子叔父，他们的势力日强，既不曾欺凌小王子，也从不曾听小王子号令。

吉囊先入河套，多次与各镇官军交战，互有胜负。俺答一直屯居在山海关以外开原等地，去年也进入河套。吉囊让出地盘，率部西征。不过，二人有约：吉囊征战劳顿，随时可入河套休整。

俺答独自坐在大帐外的土坡上，看着长子黄台吉和几个同父异母的姐妹在坡下一条小河边戏水，脸上流露出罕有的慈爱之情。但看着看着，他脸色阴沉下来，喊道：“黄台吉，你过来。”

黄台吉只有十三四岁，还是个孩子，听到父汗唤他，不知何事，蹦蹦跳跳跑过来，边擦拭脸上的汗水，边问：“父汗，你唤我？”

俺答一双鹰鸷般的眼睛盯在他的脸上，久久不开口说话。他心里一沉，不由低垂下头，脸上失去笑容，两只手放在身前也不自在，放在身后也不自在。他知道，父汗用这样的眼神看他，轻了，要受一顿训斥，重了，免不了要受皮肉之苦。

果然，俺答的皮鞭重重抽打在他脊背上，一记，又一记。他脊背上顿时火辣辣地疼痛，那里一定留下两条深深的鞭痕。他咬紧牙关，没有呻吟，泪水却怎么也忍不住，流下来。那边他的几个姐妹，方才还在叽叽喳喳说笑，见这一情景，顿时不再出声。

“知道我为什么要惩处你吗？”俺答先打后问。

“不知。”黄台吉低声答道。

俺答指着小河边的几个女孩子，说：“你为什么牵着她等的手？”

“她等是我的姐妹，愿意与我牵手。”黄台吉说。

“她等与你牵手，是她等的过错；你与她等牵手，是你的过错。我不会用一条鞭子惩处她等的过错；我要惩处她等的过错，就用一把刀子。可你是我的长子，我只好用鞭子来惩处你的过错。”

俺答把鞭梢卷起，看来不准备再用鞭子惩处，而要与他讲道理。

“黄台吉，我问你，你是鞑靼人，还是汉人？”他厉声问道。

“我是父汗的长子，自然是鞑靼人。”黄台吉说。

“你是鞑靼人中的汉子，还是鞑靼人中的无赖？”俺答问。

“我是父汗的长子，自然是鞑靼人中的汉子！”黄台吉擦一把脸上的汗水和泪水，扬起头，毫不示弱地说。

“你要做鞑靼人中的汉子，就要懂得鞑靼人的规矩，”俺答的声音变得柔和，“鞑靼人中的汉子，不会动不动就与女人牵手，那是南朝汉人的习俗。南朝汉人柔弱，就是因为喜欢与女人牵手。长在我们鞑靼汉子身上的，应该是一双更有力量的手。”

“父汗是说，我的一双手不可以碰到女人身上？”黄台吉问，“即便遇到我喜欢的女人，我也不可以触摸她们的身体？”

“我说的是：你应该有一双更有力量的手，”俺答告诉他，“遇到你喜欢的女人，你的一双手可以扒下她的袍子，握住她的乳部；可以撩起她的袍子，抚摸她的胯下。你可以把她摔倒在地，可以压在她身上。但是，你不能与她牵手。在南朝，一个男人可以与乐妇、女娼牵手。可是，按照我们鞑靼人的规矩，你与一个女人牵手，就是要她做你的妻子。这是一定要谨慎，一定要庄重的。”

“她等是我的姐妹，也可以握住她等的胸部，抚摸她等的胯下吗？也可以把她等摔倒在地，压在她等身上吗？”黄台吉问。

“为什么不可以？”俺答不容置疑地说，“凡是遇到你喜欢又不要她做你妻子的人，你都可以这样做。但你不能与她牵手。”

“我懂了，”黄台吉跃跃欲试，“我这就照着父汗教的去做。我一定可以把她等一个一个都摔倒，压在自己的身下。”

“现在不要，”俺答制止他，“你现在应该去练习骑马、射箭。”

俺答命人找他最得力的属下阿不孩和新近由内地来投靠的汉人石天爵来帐前议

事。俺答本来没有请汉人谋士的想法，但看吉囊手下有几个汉人谋士，果然能出好主意，也留意起俘获或投顺的汉人。石天爵是在内地犯事，无法安身，逃出边墙，前来投顺的。他本姓李，但想到，李姓是中原第一大姓，若说姓李，俺答必有顾虑，于是冒姓石。石姓曾是北方少数民族的大姓。仅此一事，可见他算计极深。

阿不孩先到，看出俺答面有不豫之色，问道："大汗为何事不快？"

"南朝汉人有一句话：望子成龙。我担心黄台吉成不了龙，教训他几句。"俺答说着，讲述一遍方才的事情，"不知为什么，你我从小就知道的事情，黄台吉这么大年岁，还是不知道。"

阿不孩与俺答情同兄弟，由于石天爵到来，二人间不知不觉出现隔阂。所以，阿不孩对石天爵颇为不满。听完俺答的讲述，心想，正可以把这件事怪罪到石天爵头上。

"你不该怪黄台吉，你该怪石天爵，"阿不孩说，"黄台吉听石天爵讲南朝的习俗太多，难免要忘记鞑靼人的习俗。"

"依阿不孩兄弟，我不该用石天爵？"俺答问。

阿不孩说："用不用他，由大汗决断。大汗看他可用，就用他；大汗看他不可用，就不用他。但大汗部族的人，特别是黄台吉等，年少无知，应少与他接触，少受他蛊惑。"

单蛊惑二字，就可知他的态度。听他这话，俺答大笑不止，说："阿不孩兄弟识得这两个字，是不是也受他的蛊惑？"

阿不孩赧愧地说："我也不知怎的，居然识得这两个字。可见受人蛊惑，全在懵懂之中。唯其如此，大汗要留意他。"

"汉人不会与我鞑靼同心，我自领会，"俺答说，见石天爵从远处走过来，他三言两语结束这个话题，"我看他尚可用，方才用他。既要用他，就不能疑他，也不能让他生疑。阿不孩兄弟，你也不能疑他，不能让他生疑。我部族的人，要照常与他接触，受他蛊惑。你部族的人，要照常与他接触，受他蛊惑。你可听得明白？"

"听得明白，我遵从大汗之命就是。"阿不孩应道。

石天爵走到面前，俺答随手一指，让他在一旁坐下。

"大汗为何而笑？"他问，"百步之外，就可听到大汗的笑声。"

"我和阿不孩兄弟在笑你。"俺答道。

"笑我？"石天爵问，"阿不孩将军说我什么可笑的事？"

"他说你善于蛊惑，他说他善受蛊惑。"俺答直言不讳。

石天爵知道阿不孩对他有成见，知道眼下他如果和阿不孩发生冲突，俺答一定是舍他而取阿不孩的。所以，他没表现出任何恼怒。

“阿不孩将军是不是说到，大汗也善受蛊惑？”他问。

“尚未说到，你迟到片刻，或许就说到。”俺答道。

“阿不孩将军不精通汉话，蛊惑这个词他没用对，”石天爵不动声色地说，“他不是说我善于蛊惑，他是赞我善于用计，赞大汗善于听计。自然，阿不孩将军自己也是善于听计的。”

“不错，我也想这个词他用错。”俺答回应一句，迅速转入正题，“石军师，兄汗那边的战事如何，你说与我和阿不孩兄弟知道。你是有好的消息说与我二人听，还是有坏的消息说与我二人听？”

吉囊为兄，俺答唤他兄汗。

石天爵说：“有好的消息，也有不好的消息。”

“石军师先将好的消息说与我听。”俺答命道。

石天爵简明扼要地说：“吉囊汗率部入花马池，在秦坝和宁夏总兵官王效开战。吉囊汗部众四万，南朝官军不足一千。吉囊汗军势如破竹，大败南朝官军，杀官军指挥成贤、吕仲良等人。”

俺答听得直摇头：“四万人胜不足千人，所杀不过指挥一二人，算得什么大好的消息！”

“对吉囊汗来说，算不得大好的消息；对大汗来说，却是大好的消息。”石天爵道。

他的话听起来有些像故弄玄虚，俺答问：“军师是什么意思？”

“请大汗听我说过不好的消息，再来分解，如何？”石天爵道。

阿不孩不快地斥责他：“大汗问你，你不即答，却又言他！”

俺答却说：“也罢，石军师且说不好的消息。”

“吉囊汗和官军数次交锋，胜少败多，”石天爵说，“他在秦坝获小胜，却被宁夏副总兵梁震阻于乾沟，吃的苦头不小。”

“乾沟也能阻我大军向前？”阿不孩不相信地问。

乾沟是一条长约三十里的天然沟渠，有边军驻守。做此部署时，原以为既有沟渠，就可利用地势，遏制北军。其实，乾沟的名称原为浅沟，既窄且浅，难怪阿不孩不相信它有什么实际的阻击作用。

“阿不孩将军不知，今日乾沟非昔日乾沟，”石天爵说，“梁震因其地当冲要，命将乾沟挖深挖宽，再不是浅沟。挖出的泥土，堆积在沟外，成一道不高不矮的边墙。

我千军万马掩至，再也不能像过去那样一蹴而过。南朝边军从两边冲出截杀，吉囊汗损失百余名健儿，仓促中不及应战，不得不引师而退。这是第一个不好的消息。”

“这个梁震，饶有机略，以后遇到他，倒要小心些。乾沟既有备，日后也不可再至。”俺答不知在嘱咐阿不孩，还是在嘱咐自己，又问，“石军师，你说这是第一个不好的消息，兄汗还吃了什么苦头？”

石天爵述道：“吉囊汗在乾沟吃完苦头，移师固原，和陕西总兵官刘文战于青山岘，和指挥王晋战于半个城。他本可以得些便宜的，在安定、会宁等处，掠获亦颇丰。不料王效所统宁夏官军追击别部至固原，与刘文合师，先在安定，复于灵州，击败吉囊汗部。王效所统宁夏官军追击吉囊汗返回宁夏，在宁夏卫城附近的兴武千户所最后打一仗，吉囊汗不得不远遁。每次交战，稍有不利，吉囊汗即退，但仍丧失一二百人，合而计之，约有千数。这是第二个不好的消息。”

虽只寥寥数语，战场却广阔无比。安定、会宁二县属巩昌府，巩昌府在陕西西部，距西安约一千六百里；固原州属平凉府，青山岘、半个城都是固原附近的地名，平凉也在陕西西部，距西安约六百五十里；灵州则直隶布政司，在陕西北部，距西安约一千里。吉囊这一次犯边，大约一个月，与边军在半个陕西周旋。

阿不孩听出破绽，问道：“石军师说王效在秦坝被吉囊汗打败，他怎么又追击别部到固原？怎么又从固原追击吉囊汗返回宁夏？究竟是吉囊汗打败王效，还是王效打败吉囊汗，我听不懂。”

“是我没讲清楚，”石天爵道，“吉囊汗在秦坝和宁夏军打一仗，是王效布置的，却不是他亲自指挥的。边镇一名总兵官，怎会只统八百人交战？开始是王效中吉囊汗计谋。吉囊汗先以小部趋固原，以大部趋秦坝，王效得探报，却以为吉囊汗以大部趋固原，以小部趋秦坝，所以，命成贤、吕仲良等守秦坝，自己统领大军趋固原。这一仗，是吉囊汗打败王效。后来，吉囊汗大部真的趋固原，被刘文、王效合击，却是王效打败吉囊汗。”

“原来如此。”石天爵说得头头是道，阿不孩也不得不承认已听清楚。

俺答想的却是另一件事。他说：“大同兵变，兄汗与乱卒约定，里应外合，攻取大同。这也是兄汗多年的夙愿。他怎么只去大同走一遭，还是回到河套来？难道他是被大同乱卒欺骗？”

“未见得是欺骗，”石天爵说，“大同兵变，参与者有卒伍，有军官。掌事的自然是军官，军官多不会为吉囊内应。这是其一。卒伍中有愿为吉囊汗内应者，有不愿为吉囊汗内应者。不愿为内应者多，愿为内应者少。这是其二。大同城里有军官和卒伍，有的参与兵变，有的未参与兵变。没有参与兵变的卒伍，自然不会为吉囊汗内应。这是其三。大同四周有许多卫、所，其军官和卒伍没有参与兵变，更不会为吉囊汗内应。这是其四。故大同虽有兵变，吉囊汗虽欲利用大同兵变的机会，陈兵大同城下，却没有得手。”

他一层一层，剖析得很透彻。

“这个机会失去，我总觉得是件可惜的事，”俺答不无悔意地说，“当初我若和兄汗一起趋赴大同，情形或不同。”

“陈兵大同城下，是吉囊汗的志向，大汗和他一起趋赴大同，他会怎想？”石天爵的想法和他不同，“大汗没有发兵，是对的。”

“军师说的也是，”事已过去，俺答不再多想，“宁夏王效、梁震，陕西刘文，都有大将之才，甘肃姜奭也知韬略，总制各镇的唐太师是个什么样的角色？”他问。

鞑靼人把朝廷职位高的官员一概称作太师，陕西三边总制算得上是极高职位的官员。

“依我看，唐太师比当年的杨太师、王太师或略有不足，但也是很干练的。”石天爵说。

杨太师指杨一清，王太师或指王琼，或指王宪。

“我差遣勇士前去刺杀他，或在朝廷行间，让南朝皇帝召回他，这数镇岂不群龙无首？”俺答想好一策，兴奋地问，“军师看怎样？”

石天爵以为二事均不可行。他说：“三边制帅护卫众多，未必刺杀得了他。朝廷像他这样的大臣还很多，即便刺杀他，或行间得手，朝廷召回他，还会来一个杨太师，王太师，于大汗并无益处。若有一天，刺杀一人，可令边军大乱，行间得手，可令朝廷大乱，再行其计不迟。”

“还是军师想得仔细。”俺答说。

吉囊那边的战事讲完，不着边际的想法搁置一边，他又回到方才的问话：“军师说，对兄汗来说，不是大好的消息，对我来说，却是大好的消息，我和阿不孩兄弟都没听懂，该由你来分解。”

“我正要与大汗议及此，”石天爵正正衣襟，以示下面一段话的重要，“大汗一定想：吉囊汗打胜仗，是好消息；打大的胜仗，是大好消息。吉囊汗打败仗，是坏消息；打大的败仗，是大坏消息。”

“这不对吗？”阿不孩质问，“难道吉囊汗打败仗，却成好消息？”

“我的想法未必全如军师所言。军师且不必管我的想法，只说你的想法。”俺答道。

“吉囊汗打大败仗，固然是大坏消息，打小败仗，却未必是坏消息，”石天爵从阿不孩的插话说起，“反之，吉囊汗打小胜仗是好消息，打大胜仗，却未必是大好消息。”

“我听出些门道，”俺答点头，“你再说下去。”

石天爵爵接着说：“当年吉囊汗因吃亏，才由得大汗入套，与他共谋大事，若是打大胜仗之后，他会心甘情愿这样做吗？他的声势如果足以独谋河套，他恐怕连立足之地也不会留给大汗。所以，吉囊汗打大胜仗，并不是大好消息，甚至是大坏消息。”

阿不孩也听出些门道：“吉囊汗打大胜仗，不是大好消息，打大败仗，就该是大好的消息。军师为何也说是大坏的消息？”

石天爵说：“吉囊汗打大败仗，元气尽丧，再无力与边军对阵，必退出河套。那时的吉囊汗就如今日之小王子，而大汗的声势还不够大，谁与大汗相互策应？所以，吉囊汗打大败仗，也是大坏消息。吉囊汗和大汗各率所部，相互策应，在河套与边军周旋，是最好的局面。吉囊汗没有打大的胜仗，也没有打大的败仗，吃些小亏，也占些小便宜，对大汗来说，才是大好消息。”

“军师一席话，使我茅塞顿开。”俺答问，“眼下我当如何行事？”

“吉囊汗吃些亏，大汗可差人送去粮草、牛羊，以示慰劳，以安其心。”石天爵为他谋划。

第一百九十四章

深秋时节，天气晴好，皇帝召武定侯郭勋，阁臣张孚敬、李时，礼部尚书夏言，工部尚书秦金等于平台，商议九庙事。

一是事体重大，谁还敢意气用事？二是大同之争到底已成过去，钦差大臣黄绾即将还朝，还有什么好争？加上中间有一个善于调和的李时，张孚敬和夏言这一对冤家已经可以平心静气地在皇帝面前议事。

六月底，南京太庙灾，烧得只剩下断壁残垣。南京礼部尚书湛若水奏请修复。具体建议是：权将南京太庙香火移于奉先殿。重建太庙后，补造列圣神主。他说的奉先殿，自然是南京奉先殿。

八月中，皇帝单独在平台召见夏言。然后，命礼部集廷臣议。张孚敬已被皇帝劝慰视事，商议南京太庙事，和夏言出乎意料的一致。廷臣集议的结果，是不必重建南京太庙。

张孚敬、夏言等言道：古者国无二庙，庙无二主，以明尊无二上也。我太祖都南，即周公建洛；太宗都北，即武王都镐。太祖末年，尝欲改都，太宗商成厥志。南京太庙可勿建也，南京原有奉先殿，其朝夕香火，当合并供奉如常。太庙遗址，当仿古坛墠遗意，高筑墙垣，谨司启闭，以致尊严之意。

墠为坛前供祭祀之用的地面。《礼记》称：王立七庙，一坛，一墠。

皇帝立意恢复古制，只要说明二庙二主非古制就足够。

在廷臣集议之外，夏言又奏言："京师宗庙，将复古制，而南京太庙遽灾，殆皇天列祖佑启默相，不可不凛承者。"

皇帝欲将京师宗庙改为九庙制度，即太庙前建三昭庙三穆庙，再加以太宗皇帝世室和献皇帝世庙。世室和世庙均是百代不祧，即百代不迁的。对皇帝的这个想法，南京太庙灾可以说是一个鼓励；当然，也可以说是一个警告。

夏言自然不会说是一个警告。皇帝自然不会不接受夏言的说法。

皇帝召入张孚敬、李时、夏言，就是要议定九庙的规制。

“张先生，”皇帝可以单独召见夏言，但只要张孚敬在，仍是先招呼他，“我朝多项制度均已恢复古制，京师宗庙亦要恢复古制。这是朕多年的心愿，今日终于可以实现，朕心甚慰。”

“改建九庙，恢复古制，是我朝一大盛典，臣等得辅弼陛下成其事，何其幸哉！”这是君臣同心要办的事，张孚敬说得很坦然。

皇帝说：“今日请众卿来，只为议一议九庙的规制。”随即问秦金，“朕要卿等量地广狭，模拟规制，卿等所议如何？”

秦金奏道：“臣等奉皇上敕旨：庙寝不必相去远，即前堂五间，向后丈许，接寝室三间，义亦在矣。臣等议得，群庙建于太庙以南，左为三昭庙，合太宗文皇帝世室而为四；右为三穆庙。群庙各深十六丈有奇，广十一丈有奇。文皇帝世室殿寝视群庙稍崇，而纵横深广与群庙等。列庙总门与太庙戟门相并，列庙后垣与太庙祧庙后墙相并。请皇上裁之。”

太庙正门，设二十四戟，称戟门。

“世室视群庙崇几许，卿等可议过？”皇帝还是在问秦金。

“臣等尚未议及。”秦金奏道。

“张先生，”皇帝转过去询问张孚敬，“卿等所议，文皇帝世室视群庙稍崇，正合朕意。以卿之见，世室前殿高出若干为宜？”

张孚敬想了想，说：“臣未曾与众人议过。但即曰稍崇，则高出一二尺是稍崇，高出三四尺也是稍崇，请陛下裁之。”

他说到四尺而止，皇帝问：“不可再高些吗？”

“臣以为，再高，与太庙不相衬托。”张孚敬说。

皇帝点点头，又问夏言：“夏爱卿之意如何？”

夏言奏道：“臣孚敬道，世室再高，与太庙不相衬托，臣以为不无道理。臣以为，世室可视群庙崇四尺。”

“好，就定为四尺。”确定一事，皇帝再论一事，“卿等原议：世室殿寝视群庙稍崇，而纵横深广，与群庙等。朕想，所谓稍崇，若只崇尺许，纵横深广不妨与群庙等。今既议定，世室前殿崇四尺，其纵横深广似不可与群庙等。卿等之意如何？”

“皇上圣明，”郭勋颂道，“世室前殿加崇四尺，纵横深广仍与群庙等，莫说与太庙不相衬托，它自身也不相衬托。”

郭勋绝对算不上通晓礼制的大臣，又不甘心在议礼时只作陪衬，一直在等机会说话，终于被他等到一个机会。

“圣谕甚是，”夏言的话则有实质内容，不只是颂扬，“臣以为，世室前殿既崇四尺，深广可半之，即拓深二尺，拓广二尺。再者，世室前庙既异群庙之制，寝殿亦当异群庙之制。臣以为，世室寝殿视群庙，可崇二尺，深、广亦各拓二尺。”

“张先生以为如何？众卿以为如何？”皇帝问。

虽然是询问，但对夏言所议，显然是深为赞赏。

“臣以为，臣夏言之意可行。”张孚敬率先奏称。

他不反对，其他人当然更不会反对，于是，九庙的规制确定下来。皇帝很高兴，他本想问夏言，黄绾哪一日到京，因为大同的局势终究是让他牵挂的。但想到，前次提及大同之变，提及差派黄绾抚辑，张孚敬三番两次上疏乞休；今日议事顺当，张、夏二人亦相和睦，我且不招惹你，总成吧？

于是问：“众卿还有什么要说的吗？”

“臣有一事启奏。”夏言出位言道。

“夏卿说吧。”皇帝命道。

夏言说：“永嘉大长公主之孙郭勍请荫，臣以为不当准。”

永嘉大长公主是太祖皇帝第十一女，下嫁郭镇。郭镇是开国功臣、武定侯郭英嫡子，被招为驸马。因他不能袭爵，武定侯袭封数遭变故。

郭英死后，武定侯爵位停袭达二十年之久，这是第一个变故。

永乐二十二年，郭英另一子郭铭之子郭玹袭封武定侯。时永乐皇帝已宾天，仁宗皇帝即位。郭铭之女为仁宗皇帝贵妃，郭玹得以嗣封，有赖于此。这是第二个变故。

英宗皇帝时，永嘉公主奏言：其子郭珍为郭英嫡孙，乞嗣侯爵。郭玹死后，子郭聪与郭珍争嗣，爵位停袭十余年。这是第三个变故。

天顺元年，英宗皇帝诏以郭珍子郭昌袭爵。郭昌死，子郭良当嗣。郭聪言郭良非郭昌之子，爵位又被停袭。这是第四个变故。

郭氏宗人共上疏，请择郭英孙一人嗣爵位；廷臣则言，郭良即郭英嫡孙，宜嗣侯。弘治十五年，孝宗皇帝诏以郭良嗣爵。这是第五个变故。

郭良死，子郭勋嗣爵。郭勋是郭镇之后，郭勍也是郭镇之后。

皇帝问：“郭卿，郭勍可是你弟？”

郭勋回奏：“是臣的族弟。”

“夏卿道，不当准郭勍入监，卿以为如何？”皇帝问。

“郭勍为臣族弟，臣不便言之。”郭勋道。

“你必是不赞同，才不便说，对吧？”皇帝原有些倦怠，听了他的话，又有精神。“不妨，你有道理，尽管说来，朕自有主张。”

“事关族人，臣本该避嫌；陛下要臣说，臣不敢不说，”郭勋的申辩好似很勉强，“臣以为，郭勍请荫入监，朝廷宜准之。”

“说得明快！为何宜准，你说出理由。”皇帝命道。

“郭勍乃臣祖郭英之后，请荫入监是天经地义之事。”郭勋的话更加明快。

皇帝问夏言：“郭卿之言，卿以为如何？”

夏言辩道：“不错，勋臣之后，请荫入监是天经地义之事；但公主之后，请荫入监也是天经地义之事吗？”

“郭勍既是勋臣之后，又是公主之后，当如何？”皇帝问。

“臣以为，当从其祖论。”郭勋道。

“臣以为，当从其贵论。”夏言道。

皇帝说：“听二卿之言，朕一时也无主张。李卿，你代朕裁之。”

让张孚敬裁定，或会偏袒郭勋；让秦金裁定，或会支持夏言。皇帝特意点李时的名。

“陛下无主张，便是有主张。”李时圆滑地说。

皇帝笑笑，不再难为他。

“朕若说，郭勍宜从贵论，郭卿还有宜从其请的理由吗？”皇帝问。

“臣还有理由。”郭勋很自信。

“好，你说出来，朕和众卿为你参酌。”皇帝道。

郭勋说：“本朝制度，有律从律，无律从例。公主之后请荫入监，本有事例，汝阳大长公主孙谢琰曾请荫入监。”

汝阳大长公主是太祖皇帝第十五女，下嫁谢达。谢琰是其庶孙，曾乞请入国学就读，允之。郭勋未必熟知宫中故事，但汝阳大长公主与永嘉大长公主同母，她后人的故事，郭勋是知道的。

“夏卿，你怎说？”皇帝又问夏言。

夏言奏道：“臣郭勋道，请荫入监，本有事例，臣先就事例二字言之。事例不同于律令。律令须得遵守，事例可从可不从，故未著为令。祖宗定制：公主之后，只得武荫，不得文荫。其制在先；谢琰入监，是前朝特例，其例在后。臣以为，郭勍之事，当从制，不当从例。”

郭勋辩道：“谢琰并非勋臣之后，可以请荫入监；郭勍为勋臣之后，不得请荫入监，岂不是勋臣之后，反而吃亏？”

"勋臣之后，更应遵从制度，怎叫吃亏！"夏言道。"当初郭驸马虽是嫡子，因尚永嘉大长公主，而不得嗣爵。若说吃亏，那不是吃更大的亏？若说请荫入监是便宜，这个便宜，我看还是不要的好。勋臣之后，不该取小利而忘大义。"

郭勋涨红了脸，不是在皇帝面前，直欲拳脚相加。

他还要再争辩，被皇帝止住。皇帝问夏言："此事可通融否？"

"祖宗制度在，臣为礼卿，不敢有违。"夏言的回答很坚决。

皇帝思忖片刻，说："二卿不必争，这件事待朕斟酌再定。"

皇帝终于未准郭勍入监之请。为安抚郭勋，赐给永嘉大长公主一个"贞懿"的美谥。

第一百九十五章

皇帝正在文华殿里赏玩自己写的几帖字，崔成入殿请安。皇帝心不在焉地问他：“你入内书堂读书可有一年？何时回来当差？”

崔成道：“奴才入内书堂读书将近一年。奴才想再多读一年书，长些本事，以后好在爷面前效力。”

“知要长进，很好。”皇帝招呼，“来，看朕近日的字如何。”

崔成一帖一帖捧起诵读。

第一帖的两个字是：宝纶。

第二帖的两个字是：忠礼。

第三帖的两个字是：琼恩。

第四帖的两个字是：宝泽。

第五帖的两个字是：昭恩。

字都认对，意思也懂得。崔成道：“爷在写赏赐大臣们的匾额吧？爷的字，字字有圣人气派。”

“果有长进！”皇帝高兴地说，他指着第一帖说：“这是赐给内阁张先生的。”指着第五帖说：“这是赐给吏部汪尚书的。”指着其他各帖说：“这些是赐给礼部夏尚书的。”

崔成说：“夏尚书好福气，一次就得爷这多赏赐。内阁张先生只得一帖，李先生一帖也未得，他等不会抱怨吗？”

在皇帝身边，哪一位大臣被宠信，哪一位大臣被疏远，不用人说，也看得出来。在内书堂读书，接触的人多，外面的事情又知道得多一些。张孚敬与夏言不和，崔成是知道的。

“并非朕偏心，”皇帝道，“昔日张先生建书院，朕曾赐名，曰贞义。今年早些时候，李阁老建书院，朕也赐额，曰珍谟。”皇帝指着第一帖说：“这次赐给张先生的宝纶二字，便是由赐给李阁老书院的名字想起的。为拟这个额名，朕最费苦心。你说，张先生为什么要抱怨，李阁老为什么要抱怨？”

“奴才妄言，乞爷宽恕，”崔成说。“爷再公道不过，张先生、李先生等都该知道的。”

操过张孚敬、李时的心，崔成又去操夏言的心：“爷赐额名，有一个足矣。爷为何赐予夏尚书的书院三名？”

“朕已赐过张先生书院额名，为何这次又要赐给？”皇帝解释，“朕前次赐给张先生的，是他书院的名字。张先生在书院里建一楼，又乞赐名，朕今次赐给的，是他书院中书楼的名字。”

“看来，”崔成猜测，“夏尚书定是在书院中建两座书楼，书院乞一名，书楼乞二名，所以需要三个名字。”

“焉有一书院建两书楼的道理！”皇帝道。“他没有建两座书楼，但在书院中还建一堂。‘忠礼’是朕赐给他书院的名字，‘宝泽’是朕赐给他书楼的名字，‘琼恩’是朕赐给他书堂的名字。”

“奴才要是他，书院中除书楼、书堂外，再建一亭，再建一舍，”崔成想不出更多的名堂，不无遗憾地说，“请爷再多赐几名。”

他的话滑稽，引得皇帝笑起来。

二人说着闲话，张佐捧疏而至。崔成知道皇帝要阅疏，欲告退。

皇帝不让他走：“崔成，你既来，不忙走，且选一篇奏疏读给朕听。”

这是皇帝要考校，崔成跃跃欲试地应道：“奴才遵旨。”

皇帝虽命挑选，他也不敢胡乱翻动。一眼瞥见，有一本奏疏最单薄，他灵巧地抽出来。

“奴才为爷读这本吧。”他说。

皇帝示意：可。

崔成找到起始处读道：“臣父——”才读两个字，惊叫起来。“爷！”

皇帝知有异，警觉地问：“何事惊慌？”

“是血书！”崔成道。

皇帝更加警觉：“谁上的血书？”

张佐答道：“冯恩之子冯行可所上，通政使陈经特别呈进。”

凡通过通政司所进奏疏，一定要奏明皇帝，不许隐瞒，这是皇帝一再交代的；何况是由通政使本人特别呈进的。崔成要挑选一篇短的奏疏，偏偏挑选到这一篇，“又是为其父乞情吧？”皇帝伸手，“拿来朕看。”

崔成不用读，如释重负，战战兢兢把冯行可的血书呈上。

冯行可写道：

祖母吴氏年已八十余，忧伤之深，仅余气息。若臣父今日死，祖母吴氏亦必以今日死。臣父死，臣祖母复死，臣茕然一孤，必不独生。冀陛下哀怜，置臣辟，而赦臣父，苟延母子二人之命。陛下戮臣，不伤臣心。臣被戮，不伤陛下法。谨延颈以俟白刃。

皇帝阅罢，久久没有出声。张佐、崔成在一旁侍立，也不敢出声。见皇帝右手把冯行可的血书送出，张佐上前欲接，皇帝把手摇了摇，不交与他。崔成乖巧地上前接过。

皇帝命道："你再为朕读一遍。"

崔成遵旨，把冯行可的血书读一遍。他的声音尚稚嫩，读起另一少年以自己的鲜血书写的文字，使人听起来，更觉哀而动人。

"崔成，你今年十几岁？"皇帝问。

"回爷的话，奴才今年十七岁。"崔成道。

"朕听说，这个冯行可去年在长安街上一连跪半个多月，那时他十三岁。今年他该十四岁，"皇帝说到这里，叹口气。"他和你一样，长一岁，也长了本事，知道给朕上血书。也真难为他！"

停了停，皇帝命道，"张佐，你传旨三法司堂上官，命他等再议。"

"奴才遵旨。"张佐应道。

刑部尚书聂贤、都察院掌院都御史王廷相等上言：前所引律，情与法不相符，宜用奏事不实律，输赎还职。皇帝不准，但也没坚持论死，冯恩一案被搁置在那里。

第一百九十六章

嘉靖十四年正月里，皇帝三次召大臣入宫。

第一次在正旦日举行过大朝仪之后，召张孚敬、李时、汪鋐、夏言及郭勋五人于文华殿。众臣再次向皇帝恭贺新岁，皇帝心情很好，说了不少嘉勉的话，又出示元旦诗。众臣恭诵，然后退出。

第二次在初三日天降大雪之后，召张孚敬、李时、夏言于平台赏雪。

该日降雪，称得上是瑞雪。皇帝说："蒙天赐时玉，思见卿等。"夏言说："时玉为皇上首创之语，臣请以赋贺。"皇帝高兴地说："夏卿可作《天赐时玉赋》，李卿可作《天赐时玉诗》，张先生，请你作篇《天赐时玉文》。"三臣领旨，次日，各以文、诗、赋进。

第三次在二十一日午时，召张孚敬、李时、汪鋐、夏言于文华殿西室。正旦节假已过，上元节假已过，这次是要正式议事。

其实，议事本该在十九日。但那日天降春雨，张孚敬等在朝房候旨，等到的是皇帝的口谕和一桌酒、菜。因是初春时所赐，又逢春雨，皇帝美其名曰长春酒、长春菜。内使传皇帝的口谕：昨朕手敕，以今日共卿等面议大礼，适天雨，内传不以卿等趋。未刻，朕问，犹未知停时。春雨且寒，兹时品给卿等饮食之。期二十一日午刻来议。

因而，张孚敬等于二十一日午时赶至文华殿候旨。皇帝命于西室议事。四人见皇帝，先叩谢前日赐长春酒、菜之恩。

皇帝说："宗庙改建之事，迫在眉睫，面议大礼，推迟两日，朕心焦虑不已。但卿等可以从容思量，朕可以从容思量，也有好处。"

张孚敬随即应道："臣等这两日心思全用于此事，诚为从容思量。"

"张先生等言，心思全用于此事，朕不说深信不疑，也不会深疑不信。汪卿若言，心思全用于此事，朕却不信。"皇帝对汪鋐说，"你那里要应付百官，怎会有多余的心思从容思量此事？"

汪鋐道："今年大计，皇上格外看重，三日一垂询，五日一降旨，臣怎敢不殚精竭虑，用尽心思！改建宗庙之事，为我朝大典，臣不能心思全用于此，也应心思多用于此，但只恨分心无术。"

"你要分心，自然比分身更难，"皇帝笑道，"不过，你的话未免言过其实。你不想想，今年才过几天，朕怎能三日一垂询，五日一降旨？"

"臣想说皇上看重今年的大计，故言不择词。"汪鋐道。

皇帝说："汪卿不欲朕三日一垂询，朕就不垂询。但有几句话，朕要说在前面。朝觐、考察系国家黜陟大典，被黜者既不容奏辩，又终其身不许叙用，吏部、都察院务出以公心，唯以抚、按等官考语，及科、道等官论劾为据。其一切暧昧影射事情，毋辄听信。若抚、按等官徇私贤否，开具失真，吏部、都察院参奏处置。"

"臣谨遵圣谕，并请传布各官知晓。"汪鋐说。

"可。"皇帝准允，"汪卿，朕知你心悬大计之事，你回部吧。"

汪鋐不由愣住。皇帝召入议礼者，只有三五大臣。跻身其中，实是身份的象征。他已取得这种身份，却被一句"分心无术"断送。皇帝说他要应付百官，没有多余的心思，或是赞他办事专注，他实在没必要作这一番表白，他难道不知道，皇帝最不愿意听臣下表白？知道还要表白，只能说他有些得意忘形。

事已至此，悔也无用。汪鋐只得叩谢过皇帝体恤，怏怏而去。

待他去远，皇帝说："大计乃国家大典，朕不是只说给汪卿一人听的，也不是只交给汪卿一人办的，卿等亦要用心。"

张孚敬等齐声应道："臣等遵旨。"

"今日与卿等议修建九庙事，"皇帝说着，眉头一皱。"前次议过九庙事，朕有一惑：文祖庙今既定为世室，后世皆应避世字，皇考世庙亦当易号。卿等看，此事如何处置。"

张孚敬奏道："臣以为，其他名号皆可易，独献皇帝世庙不可易号。"

"这是为何？"皇帝问。

"世庙为皇上钦定，且著之《明伦大典》，颁诏四方，一旦易号，难免人心浮动，"张孚敬道。"与其世庙易号，不如世室用别名。"

世庙之号得之不易，是皇帝争力多年，他张孚敬力争多年，才争来的。一旦更易，必有人会说，皇帝和他以前争错；必有人以为，议礼的公案要翻过去。这是万万不可的！世室取自古典，是现成可用的名号，但为不与世庙重复，宁愿不用古典。向来是后人避前人讳，为人心稳定，祖宗避一次后人讳，亦未尝不可。

他的这番心意，不必说出，皇帝也懂得。

“世室用别名，朕亦想过。卿等看，以文庙称之，如何？”皇帝问。

文皇帝是太宗皇帝的尊谥，以之作为世室的名号，似乎未见于旧典，是否适当，张孚敬等均感踌躇。譬如，现在提起太宗皇帝，均称作太宗文皇帝，若立文庙，岂不要称文庙文皇帝？

李时说：“不如以太宗庙称之。”

“称太宗庙，似有违朕之初衷。”皇帝说。

在嘉靖十年更定庙祀之前，德祖百世不迁，太祖百世不迁，其余列宗以次迁入祧庙。当时太庙中有德祖、太祖、太宗、仁宗、宣宗、英宗、宪宗、孝宗、武宗十神主，太宗以次，神主分布东一室、西一室、东二室、西二室等。时九庙已备，再加一位神主，就该太宗神主迁入祧庙。皇帝不欲太宗迁庙，于是有嘉靖十年更定庙祀之议。将德祖迁入祧庙，仍未确定太宗百世不迁，于是有嘉靖十三年改建九庙之议。各庙分立，太宗庙更名世室，其要旨，就在太宗百世不祧。把世室再改回太宗庙，不是和其他各宗又没有区别？

李时也想到这一层。他解释道：“称太宗并不违背皇上初衷。古人最重太宗，既有太祖庙，宜有太宗庙。太宗庙亦百世不迁。”

皇帝还在犹豫，夏言说：“古者祖有功宗有德，世室称太宗庙最当。皇上若以为和初衷有违，除太宗庙外，其他群庙可不用宗字。”

皇帝没听明白，问道：“群庙当如何称？”

张孚敬听懂夏言的意思，替他说：“群庙但用本庙号，如仁宗庙只称仁庙，武宗庙只称武庙。他日递迁，牌额依次而进即可。”

这倒是个两全的办法：太祖称祖，太宗称宗，其余但以本庙号称之，世庙不用更易名号，太宗庙与其他各庙也有区别。

皇帝思考之际，李时又有新的想法：“不如依照东、西各室之称，群庙称昭一庙、昭二庙，昭三庙，穆庙亦如之。他日递迁，不须更换牌额，但请出、奉入神主即可。”

“昭一庙、昭二庙，昭三庙，”皇帝轻声念叨着，忽停下，说，“加一字更为完备：昭庙称昭第一庙、昭第二庙、昭第三庙；穆庙称穆第一庙、穆第二庙、穆第三庙。张先生以为如何？夏卿以为如何？”

显而易见，李时的提法很合他心意。

张孚敬、夏言相互一视，已有共识。二人个性都强，难以和睦相处；但平静议事时，却很容易取得一致。

张孚敬说：“称昭第一庙、穆第一庙等，虽然便当，但不如以本庙号称之，更觉庄重。”

“夏卿之意呢？”皇帝再次追问夏言。

夏言道：“臣意亦是如此。”

“那好，”皇帝说，“依卿等之意，群庙但以本庙号称之。”

议到这里，此事总算有结果。随后又议世庙之事。经过这么多年的争论、酝酿，世庙入太庙势在必行。君臣一致同意，世庙建于太庙左方，少杀旧规，不使逾于列庙。

皇帝一定要亲自侍膳，圣母皇太后只得由他。皇帝斟满一盅酒，双手奉上。圣母皇太后接过，小饮一口。她每次用膳，只饮一盅，因而总是一小口一小口地饮，这样，膳用罢时，酒亦饮尽。

这个习惯，皇帝是知道的，今日却劝道：“这盅酒，母后饮尽吧。”

圣母皇太后看皇帝一眼，依其劝告，一饮而尽。

皇帝又要斟酒，圣母皇太后伸手遮住酒盅：“皇上今日有什么喜事？告诉我，再饮不迟。”

“我告诉母后，母后肯再饮一盅？”皇帝欣喜地讲述今日的朝议。

圣母皇太后饮酒，说：“世庙不易名号，世室改太宗庙，群庙但用本庙号，三者一脉相承，可传于万世，是该多饮一盅。”

“母后请用。”皇帝奉酒。

圣母皇太后饮一口，说：“世庙入太庙，规制少杀，既顾全国家体统，又成全我母子私情，也该多饮一盅。这一盅我慢慢饮。”

“此事最令我快意，我先代母后饮了这盅酒。”皇帝道。

不等圣母皇太后发话，他端起酒盅就饮，然后又斟上一盅。他幼时对母妃的亲昵，后来对母后的亲昵，一直是拘谨的、含蓄的、礼仪上的；这次却公开显露，在表现亲昵的同时，还少有地表现出顽皮。

圣母皇太后感觉出了这个变化，感到由衷的欣慰。

圣母皇太后说：“世庙迁入太庙，太宗庙、世庙百世不迁，极是圆满。但有一件事，我不十分明白，想问一问皇上。”

“母后可是要问，我为什么不欲太宗文皇帝迁祧？”皇帝猜测。

“是，”圣母皇太后应道。“夏言说，祖有功宗有德，于皇上而言，何不以宪宗纯皇帝称宗？”

献皇帝为宪宗纯皇帝之子，分立九庙后，纯皇帝有二子入太庙，一是孝庙，一是世庙。以宪庙称宗，也有道理。

皇帝说：“儿子这话有些唐突，母后勿罪。太宗文皇帝有圣功，仅亚太祖高皇帝，非宪宗纯皇帝可比。本朝制度，创自于太祖高皇帝，而完备于太宗文皇帝。故当以太宗文皇帝称宗。”

“皇上说的是。太宗文皇帝称宗，当世之人不会存异议，后世之人不会存异议，”圣母皇太后说着，又问，“除太宗文皇帝圣功圣德，皇上必以太宗文皇帝称宗，还另有缘故吗？”

她这样问，是断定另有缘故。

皇帝不承认，也不否认：“另有缘故，亦不足道。”

若说另有缘故，那就是太宗皇帝并非嫡传，他是从建文帝手里夺来的天下。不是嫡传的太宗文皇帝称宗，同样不是嫡传的献皇帝，才可以堂堂正正地在太庙中有一席之地，世庙才可以百世不迁。这一缘故是私心，确实不足道。

圣母皇太后不再追问。“我看，皇上的心思，张先生等是知道。不然，怎能把改建九庙之事议得这般圆满？我常想，张先生、桂先生，还有现在的夏尚书，是上天赐予皇上的，”说到这里，她不放心地问：“皇上与张先生相处可好？”

“尚好，”皇帝说。“只是建昌侯一案，儿子多次与他私议，他都不肯相从。儿子有时真是气恼，恨不得骂他几句。”

这是朝廷的事，不是宫里的事，圣母皇太后不便轻议是非。她开解皇帝：“皇帝以为对，张先生以为不对，皇帝再好好和他计议。你二人相处十几年，曾有福祸以共之约，他会尽心辅弼皇上的。”

“母后的话，儿子牢记。”皇帝说。

圣母皇太后端起酒盅，说：“好，这盅酒我也该喝完它。”

第一百九十七章

春寒料峭，在他处，可以感觉到似有似无的春色、春意，在清宁宫里，却只能感觉到尚未过去的严寒。自嘉靖元年，皇帝欲迁武宗庄肃皇后于仁寿宫，被阁臣杨廷和等阻止，干脆连宫后被焚毁的小室也不修缮，殿前的庭院也不修整。进得宫中，一派败落的景象收入眼中。

一名御医出寝殿，匆匆欲去。庄肃皇后的贴身宫女从后面追上，拦住他，带着哭腔问道："娘娘的病情怎样？"

御医左顾右盼，见只有她和自己，才低声说："我看熬不出正月。"

今日是二十三日，熬不出正月，也就是说，只有几日的阳寿。

宫女强忍悲痛说："好歹也请先生再多开几种药，娘娘服下，说不定能多挺一两个月。娘娘前日还说，今年的桃花开时，要多看上几眼。"

清宁宫里栽有几株桃树，住在宫中的人，全靠它等报春。

"没有用的，姑娘就好生服侍娘娘这几日吧。"御医说。

嘉靖十四年正月二十五日，庄肃皇后崩于宫中。

二月十八日，群臣于东阁集议庄肃皇太后谥文，勋臣以郭勋为首，文臣以张孚敬、李时、汪鋐、夏言为首，各衙门堂上官均与会。此外，十三道御史、六科给事中齐集。皇帝差派的内臣仍是张佐。

庄肃皇后驾崩已有二十多日，皇帝和礼卿反反复复商议丧礼仪注。

皇帝命司礼太监宣谕礼部：量视孝惠康肃太皇太后制行。

孝惠康肃太皇太后是献皇帝生母，皇帝即位，先后被尊为皇太后和太皇太后，实际上没有一日母仪天下。而庄肃皇后曾母仪天下一十六年，皇帝的这一道谕旨，已把庄肃皇后的丧仪杀减许多。

不过，圣谕是量视而行，这就有余地。礼部议上仪注，礼仪稍有杀减，而基本上是以国母待庄肃皇后。其中两款尤为重要，一是皇上素冠、素服，绖带举哀；二是群臣行奉慰之礼。

皇帝批驳道：朕于皇兄后无服制，何况奉两宫皇太后在上，又迫临圣母寿诞，安忍用素服？皇帝自定：以青服视事。礼部所上仪注，皇帝用不着一款一款斟酌，而是退回礼部再拟。

夏言等上言：大行庄肃皇后丧礼，其在臣民者，不容别议。唯皇上以天子之尊，服制既绝，则不必临御西角门，及一切奉慰礼，皆不当举。皇上于礼不能纡尊，臣民于礼不能不隆，有些事情就难办。如上朝时，皇帝服青，大臣服素，就很不协调。夏言提出一个权宜的办法：情固有所当伸，尊尤在所当避，宜俟命下，暂免朝参。

这一臣民举国丧、皇上不服国丧或半服国丧的仪注，看起来有些不伦不类，皇上反而很爽快地准允。

现在群臣要集议上尊谥一事。此事原本不必集议，只要翰林院选定字词，礼卿酌定即可。但皇上不但命群臣集议，而且要群臣先议谥文的字数，使许多大臣感到意外。自太祖马皇后始，历朝皇后都是十二字谥，连一日不曾母仪天下的太皇太后邵氏也不例外。这有什么可议的？

因此，集议还没有开始，气氛就很紧张。

左都御史王廷相首先对张佐发问："先议庄肃皇后宜用几字谥？张太监，你没理会错皇上的意思吧？"

这一问实在唐突得很，无异于在问：张太监，你没传错圣旨吧？传错圣旨和假传圣旨几无差别，太监们有几个脑袋，敢传错圣旨！

张佐成年累月和士大夫打交道，知道此刻不能动气。若和王廷相发生争执，耽误议论正事，皇帝首先要责怪的是他。

"是不是传错圣旨，子衡先生可问茂恭先生，莫要问我，"他不急不恼地说，"皇上前一日有手敕，着我送达内阁。"

"茂恭先生，皇上果有手敕？"王廷相问。

这一问更是唐突，无异于在问：张太监是不是在假传圣旨？

张孚敬不提皇帝的手敕，直接议道："庄肃皇后与累朝皇后事体不同，故谥文的字数须得议一议。"

皇帝有手敕，是肯定的；他不提，想是皇帝交代过，不必示于众臣。

"请教茂恭先生，庄肃皇后与累朝皇后事体之不同，在于何处？"礼部左侍郎黄绾问。

抚辑大同回来，他和张孚敬形同水火，提出问题，也是不阴不阳，让被提问的人听后，老大不自在。

张孚敬听而不闻，这边和李时私下议几句，那边和夏言私下议几句。

“茂恭先生，”工部尚书秦金招呼他，“宗贤先生在请教你，庄肃皇后与累朝皇后事体之不同，在于何处？”

张孚敬不能再不答：“累朝皇后非为在位天子之皇后，既为在位天子之母后，庄肃皇后则为今天子之皇嫂。”说罢，他反问秦金，“国声先生，你看这算不算事体不同？”

秦金也有趣，代他问黄绾：“宗贤先生，这算不算事体不同？”

“是国声先生在问我吗？”黄绾装痴。

秦金指指张孚敬：“不，是茂恭先生在问你。”

“庄肃皇后为今天子皇嫂，与累朝皇后有同有不同，”黄绾说，“以其不同而言，国声先生，不知谥文的字数当如何议？”

秦金听罢，转向张孚敬：“茂恭先生，我再传一次话。宗贤先生问，庄肃皇后谥文的字数当如何议？”

张孚敬权当他在问：“承国声先生下问，庄肃皇后既与累朝事例不同，其用谥之文，自宜二字，若有异议，亦可加至四字。”

听他的口气，四字只勉强可行。

张佐不等众臣开口，先定下调子：“各位大人若赞成茂恭先生之议，不如说说看，到底二字为宜，抑或四字为宜。皇上还等着回复呢。”

“茂恭先生不过开个头，未必就没有异议，”夏言批驳道，“列圣元后俱为十二字谥，庄肃皇后止用二字、四字，恐与其身份不相称。”

“是啊，”王廷相与他呼应。“我朝只皇妃用二字谥，从未见以皇后之尊用二字谥。茂恭先生之议，我不敢苟同。”

吏部左侍郎霍韬说：“子衡先生但知祖宗朝皇妃用二字谥，可知美人亦有用二字谥者？”

王廷相听出这是在呼应他，揖道：“未曾留意，还请渭先先生赐教。”

“太宗文皇帝王美人谥庄惠，子衡先生不妨查一查。”霍韬说。

“渭先先生果然博学，”王廷相赞道，“皇妃用二字谥，美人用二字谥，庄肃皇后怎可用二字谥！渭先先生，你说呢？”

霍韬不答反问：“二字谥与庄肃皇后身份不符，四字谥又如何？”

王廷相说：“我朝皇妃多用二字谥，但亦有用四字者，甚至有多至六字者。庄肃皇后用四字谥，渭先先生道是如何？”

二人一唱一和，旁若无人，张孚敬的脸色阴沉下来。李时知道，只要张孚敬出言相斥，必成僵局，难以转圜。

“二字、四字太少，庄肃皇后谥文，须得八字。”他说。

“元后用八字谥，恐怕亦于礼无据。”夏言驳他。

李时道：“宣庙胡皇后用的是八字谥，怎说于礼无据？”

胡氏是宣宗皇帝第一位皇后，死于英宗皇帝正统八年，英宗皇帝天顺七年上尊谥曰：恭让诚顺康穆静慈章皇后，用的果然是八个字。

王廷相说：“宣庙胡皇后是废后，与庄肃皇后不可同日语。”

胡氏只作三年皇后，就退居长安宫，宣宗皇帝赐号静慈先师。

李时也知庄肃皇后和静慈皇后不可同日语，不再分辩。

汪鋐接过这个话题，说：“静慈皇后乃上表辞位，并非被废，载于典籍，亦不称其为废后，子衡先生有所疏忽。”

“典籍虽不称静慈皇后为废后，也无论静慈皇后为宣宗皇帝所废，还是上表请辞，载于典籍，宣德三年之后，天下母为孝恭皇后，不是静慈皇后。”孝恭皇后是宣宗皇帝第二位皇后孙氏。王廷相质问，“宜之先生是不是说，典籍不称静慈皇后为废后，她就可以和庄肃皇后同日而语？静慈皇后以嫔妃礼葬于金山，后虽谥为皇后，但未曾改葬景陵，神主未曾祔庙。宜之先生欲庄肃皇后不祔葬康陵，神主不祔于武庙？”

景陵是宣宗皇帝的陵寝，康陵是武宗皇帝的陵寝。

是否祔葬、祔庙，是根本的区别。汪鋐本来还有些理由，证实静慈皇后可以和庄肃皇后同日而语，但和这两件事比起来，都微不足道。

王廷相说的是不可用八字谥，汪鋐辩的是可用八字谥，再争下去，八字谥恐怕也不为众人接受。张佐从二字谥、四字谥的立场后退一步，问道：“用八字谥，茂恭先生以为如何？”

“张太监何不问礼官！”张孚敬赌气地说。

张佐真的去问：“公谨先生以为如何？”想到夏言的话，明明是反对八字谥的，他支吾着加上一句，“议礼之事，公谨先生可谓一言九鼎。”

“议礼之事，唯皇上一言九鼎，”夏言对他的奉承并不领情，“请谥者，礼官之责；定谥者，翰林之事。今众议不协，当请自上裁。”

“那么，今日便不议吗？”王廷相意犹未尽，又说出一条理由。“庄肃皇后作配武宗皇帝，昔日武宗皇帝庙谥与列圣一体，今日庄肃皇后之谥与累朝皇后亦宜一体。渭先先生，可是这个道理？”

“子衡先生说不议，自己却还在议，”霍韬对他笑笑，转对夏言说，“谥者，天下之公，非天子自行之。今日众臣之议，宜备陈以请。”

有没有这句话，都是要具疏奏闻的。

“茂恭先生，内阁、礼部是共具一疏，还是各具一疏？”夏言问。

张孚敬与李时低声议论几句，干脆把此事推与礼部：“持议不同，怎么共具一疏？请公谨先生汇集众人之议，具疏奏闻吧。”

礼部具疏，叙述众臣所议，最后写道：“本朝列圣元后之谥皆十二字，武宗庙谥既与列圣相同，则庄肃谥号似亦不当稍异。皇上特命会官集议者，只欲考据懿行，以谥书人道之终始耳，非议字数之增减也。况二字、四字、八字之拟，于礼无据，而十二字之谥，似为累朝事例，宜今日之所遵者。”

皇帝听过张佐的讲述，读过礼部的奏本，心里说：这个霍韬好不厉害！裁定和自行，是两回事。凡事自行，独夫也。庄肃皇后之谥，朕亏得让群臣集议，没有自行之。否则，岂不成独夫！

他对张佐说：“张先生拟用二字、四字，李阁老拟用八字，王廷相、夏言、霍韬以为不当；王廷相、夏言、霍韬一定要用十二字，张先生以为不当。朕看，只好用六字。”

“爷说用六字谥，就用六字谥。”张佐道，并问，“要不要明示群臣？”

“霍韬说朕不能自行之，你却要朕明示，不是糊涂到家吗！”皇帝命道，“你传旨下去，要群臣再议。”

群臣再次集议，张孚敬、王廷相、夏言等再无可议，轮到前次集议时沉默不言的大臣们发言。汪鋐和成国公朱凤等说：今日定谥之义，圣谕甚明。昨礼部唯以庄肃皇后大行，固上同于列后，若论大份，实上压于两宫。遽加全礼，于皇上委有伦理之嫌。今日大行皇后议谥，止宜据谥法，二字以表称懿行，俟他日再加徽号，以备全典，庶几情礼两得。

虽仍是用二字谥，却进一步：庄肃皇后之谥，可先以二字，概括她的懿行，日后方便的时候，再补全谥。至于全谥用多少字，也到方便的时候再说。可能始终用二字，也可能补齐十二个字。

这倒是便宜的办法，众臣均无异议。

皇帝批答：既复议归一，皇嫂谥用六字，曰孝敬庄惠安肃毅皇后。数既用，且阴六，又合其令。其翰林院撰策文，礼部且议，择日以闻。

无论如何，皇帝不让庄肃皇后得到十二字谥。

第一百九十八章

殿试一般在三月中举行，因庄肃皇后丧，皇帝命改在四月初二日，内阁和礼部渐把注意力转到这件大事上。不久，张孚敬病倒。皇帝遣御医诊治，差中官赐药。据御医说，他的病不轻。

时内阁只有张孚敬、李时二人，通常是张孚敬主事，李时佐之。张孚敬病倒，内阁一应事务，须得李时主持。他虽在内阁有四年，但如何独自处置，还真有些把握不定。这日，被皇帝单独召入议事之后，他匆匆赶到张孚敬府邸，探视病情。

张孚敬半卧在床榻，一见李时就说："方才恭接皇上手敕，身子乏得很，起不来身。失敬之处，还望宗易先生担待。"

皇帝的手敕写些什么，是不好问的。

床榻前罢张凳子，李时坐下，说："同阁数年，茂恭先生不须把我当作客人。"随即问，"歇息几日，茂恭先生感觉如何？"

皇帝写一句话：古有剪须疗大臣疾者，朕今以己所服者赐卿。

中官同时送来皇帝自己服用的药饵。

"皇上待辅臣如同家人，真令我又惶恐，又感动。"张孚敬简单说一句自己的感受，随即问道，"内阁补员之事，皇上可裁定？"

"尚未，"李时道。"皇上只是担心，宜之先生和武定侯争执不已，会贻误国事，命我传谕，戒饬他二人。"

二人近来议事，意见每相左，以至上疏互讦。皇帝对此大为不满。

张孚敬说："皇上一定以为宜之先生的错大。"

"茂恭先生怎知？"李时问。

"皇上日前曾论到他，宗易先生莫非忘记？"张孚敬道。

皇帝品评七卿，提到五个人：一是王廷相，皇帝只说个"好"字；二是去年九月回任的户部尚书梁材，皇帝说的是两个字：甚正；三是聂贤，皇帝也说两个字：犹健；四是秦金，皇帝说的是三个字：已衰矣；至于汪鋐，皇帝却说四个字：事无定见。

王廷相力主庄肃皇后用十二字谥，皇帝送他一个“好”字；汪鋐留有余地，主张先用二字，日后再加徽号，皇帝却说他“事无定见”。皇帝的心思真不好揣摩。只能说，皇帝对汪鋐的游移态度更为不满。

“茂恭先生料得不错，皇上果然以为宜之先生的错大，”李时说是这么说，心中却想：你知道皇帝是如何品题七卿的，恐怕还不知道皇帝是如何品题你的。皇帝对他说：孚敬性颇执拗，且不惜人才，以致丛怨。

张孚敬好似看透他的心思，说道：“于宜之先生，皇上责备他事无定见；于我，皇上怕要责备我固执己见。”

“皇上所敬重者，或亦是茂恭先生坚持己见。”李时只能这样答。

张孚敬没有接话，但从他的神情看，是大不以为然。皇帝说他执拗，其实自己更执拗；他说自己固执己见，其实皇帝更固执己见。对他的执拗，对他的固执己见，皇帝或会宽容；说到敬重，那是不会的。

“皇上责备我固执己见，众人却责备我一味阿附，辅弼大臣立世，实有不得已者，”张孚敬叹道，“宗易先生，别人不知道我，你是知道我的。我难道是一味阿附之人吗？就以东阁之争而言，众人都以为，皇帝与我手敕，说只用二字谥、四字谥，我不过阿附皇上而已。殊不知皇上的手敕只言及，庄肃皇后之谥不宜与累朝皇后相同，用二字谥、四字谥，则是我自己的想法。”

“茂恭先生静心养息，这些事不要多想了，”李时劝慰道，“茂恭先生之议，有茂恭先生的道理；众人之议，有众人的道理。是非本难以判定。我试图调和，还不是被众人指责，皇上还不是不肯采纳？”

张孚敬还是要想，还是要说：“宗易先生知我并非一味阿附之人，但我如何不肯阿附，宗易先生未必尽知。以建昌侯之狱而言，皇上的心思，宗易先生是知道的，众人也无不知之。我的立场，宗易先生是知道的，众人也无不知之。但我的固执己见，和皇上对我的指责，宗易先生却不知道，众人却不知道。”

“若不便告知，茂恭先生还是不说的好。”李时提醒他。

“有什么不便？我不说，皇上也要说的，”张孚敬道，此事在他心里积压很长时间，早就恨不得一吐为快，“皇上与我论及张延龄之狱，必欲坐其谋反，族其家。我争道：张延龄，守财奴耳，焉能反？这一段，宗易先生是知道的。去秋，我又上疏称：昭圣皇太后春秋高，卒闻延龄死，万一不食，有他故，何以慰敬皇帝在天之灵？这一段，宗易先生也是知道的。可皇上是怎样当面指责我的，宗易先生有没有听人说起过？”

李时摇头。宫中的隐秘时有传出，皇帝单独召入张孚敬的对答，却很少传出。这或是因为君臣燕对时，皇上不让近侍在场；或是因为，皇帝严禁在场的近侍外传。

“皇上指责说：自古强臣令主非一人，张先生，你今日爱死囚而令主矣。是不是后悔未从杨廷和事敬皇帝？”张孚敬复述道。

重新提起这句话，张孚敬仍禁不住心头一颤。“强臣令主”，哪一个辅臣当得起这项罪名！

“我惊是惊，但没有阿附，”张孚敬说。“现在想想，倒有些悔意。我真该阿附一次，免得皇上为这样一件区区小事，而不快，而积郁。”

李时劝慰道：“茂恭先生不必怄气；茂恭先生的用心，皇上是体察的，众人迟早也会体谅的。”

张孚敬安下心来，歇息几日。四月中，皇帝准他回籍养病。这一次和前两次致仕果然不同，皇帝不但想到，应由有司按照制度供给车船、饮食、差役，而且还命御医一路护送。

第一百九十九章

辽东都指挥使司辖区东至鸭绿江，西至山海关，南至旅顺海口，北至开原。所领二十五卫，主要环绕四处分布：环绕原辽阳县的有定辽中、左、右、前、后等卫；环绕原广宁府的有广宁卫及广宁中、左、右等卫；环绕原义州的有义州卫及广宁中屯、左屯、右屯、前屯、后屯等卫；环绕原沈阳路的有沈阳中、左、右、中屯及铁岭等卫。在此区域中，前元曾设立府、州、县，洪武十年俱罢之。

辽东巡抚与他处巡抚不同：他处巡抚既管军政，又管民政，由于本地区已无行政设置，辽东巡抚只有军政可管。

四月十六日，两匹坐骑进入广宁卫城，直趋广宁中卫衙门。骑者一老一少，在衙门前下马，径直向里走去。衙门前当值的官校欲上前拦阻，老者不予理睬，只以手上的马鞭拨开他，仍向里面走。跟在他后面的少者，拉住门前当值的官校，伏在他耳边轻声说句话。该官校一惊，看着老者的背影，不敢再拦阻。他从老者身边绕过去，先一步进入衙门，报与本卫都指挥使袁璘知道。

袁璘忙迎出来，在大堂外与老者打个照面。不错，果然是少者在门前告与当值官校、当值官校又入内禀报与他时所说的那个人。他迎头拜倒，口称："末将参拜都堂大人。"

闯入的老者，正是巡抚辽东右副都御史吕经。

他拉起袁璘："袁将军免礼。你看我这副模样，怎受得住你参拜？"

袁璘说："道夫先生受惊了，我这就命人侍候道夫先生沐浴更衣。"

吕经字道夫，陕西宁州人，正德三年进士，去年九月，自云南布政使门任辽东巡抚。到任将将半年，就发生辽阳军士变乱。

"大人命人备下热水即可，我来侍候我家老爷洗沐，"吕经身后的少年说，"再劳大人准备些衣物，我家老爷这一身官袍实在无法再穿。"

袁璘不知少年的身份，不好称呼。吕经对他说："流窜各城，多亏我这小厮伶俐，才化险为夷。"

所谓流窜各城，先是在辽阳发生兵变，定辽中卫都指挥刘尚德被愤怒的军士殴打。吕经逃出辽阳，流窜到一百余里外的海州城。辽东地区设苑马寺卿一员，兼管金州、海州、盖州、复州各卫军事，冬、春驻于海州，夏、秋驻于盖州。吕经躲在苑马寺衙门，被追赶而至的军士和当地的军士搜出，幽禁在辽东都指挥使司，大受凌辱，冠、裳均被毁坏。幸亏局面混乱，他得以逃脱，这才流窜到广宁。

“如此有劳小哥。”小童与都堂大人共此患难，袁璘礼貌有加。

洗沐更衣之后，吕经逐渐恢复堂堂封疆大吏的威严。

“袁将军，广宁情势如何？”他步入大堂后问。

“尚属平稳。”袁璘使用一个自以为很恰当的词。

至少广宁各卫还可以控制，吕经多少可以放心。

“袁将军请，”他自己先坐下，再要袁璘坐下，“流窜十余日，我一直在想，有什么事情办错？是种树种错，还是修边墙修错？是收牧地入官收错，还是编余丁入册编错？但辽阳所行之事，广宁亦行之，而广宁情势平稳。以此观之，并非事情办错，而是另有原委。”

所谓种树，是命各卫军士每人种树两棵。这本是既有利防边，又有利屯田的一件好事，但对穷困已极的军士来说，要出工种树，要花钱买苗，是一个很大的负担。由此而激变，并非不可能。

修边墙是北边各镇一直在做的事情，不过有时督之急，有时督之缓，有人督之急，有人督之缓。吕经督之急，由此而激变，也并非不可能。

旧制：辽东军士，每正军一人，佐以余丁三人。吕经到任之后，将余丁三人减至余丁一人，其余二丁编入均徭册，以服差役。余丁不但要在正军病死时补伍，而且要在平时供养正军。三丁养一军，较为宽松，一丁养一军，那是无论如何也难以承受的。这一更改，最易激起兵变。

旧制：辽东养马，马一匹，给牧地五十亩。吕经到任之后，将牧地尽收还官。养马军士原本只需以五十亩地养一马，现在除养马之外，还须承受官地的租赋，不堪负担。激起兵变，这也是一个重要的原因。

广宁尚未变乱，不是不会激变，而是尚未大张旗鼓地照新的章程行事。辽东巡抚开府辽阳，辽阳各卫在吕经的眼皮下面，在他的亲自督促下，定然行之急切；而广宁各卫，他还没来得及认真督察。

袁璘知道其中原委，后悔“尚属平稳”说得过于草率。但他又不能说明自己的想法，只能问：“道夫先生说另有原委，指的是什么？”

“辽阳卒悍，必有奸人操纵把持，”吕经说，“袁将军，广宁既然尚属平稳，我就要借广宁之力，平息辽阳之乱。”

吕经在辽阳，乱在辽阳；吕经到广宁，只怕要乱在广宁。袁璘实在不欲他长住广宁，但又不能公然逐客。好在有说得出口的理由。

“这些日子，道夫先生颠沛于途，还不知道辽阳之乱已经平息吧？末将以为，辽阳大乱之后，更须道夫先生安抚。”他说。

“辽阳之乱已然平息？”听口气，吕经果然不知道。

“是啊，曾大人和李将军已平定辽阳局面。”袁璘说。

曾大人是辽东巡按御史曾铣，李将军是辽东副总兵李鉴。辽阳兵变时，曾铣行部至金州、复州，闻讯，急檄在城中的李鉴，速罢吕经所行诸事。李鉴也知兵变是由减余丁，收牧地，修边墙等事而起，但不敢自行停止。有曾铣檄文，他则没有顾忌。袁璘只能讲到辽阳兵变已经平息，至于曾、李二人是如何平息辽阳兵变的，他不好讲。

辽阳兵变就此平息，吕经更觉难堪。辽阳变乱时，他身在城中，未能平息其事。曾铣、李鉴等平息辽阳变乱，他就这样回去，太没有光彩。这是其一。袁璘不说，他也想得出，曾铣、李鉴是怎样平息辽阳变乱的，甚至想得出，曾铣一定会上疏，论劾他激变，一定会上疏，为乱卒乞赦。他回到辽阳，坚持所行诸事，乱卒必将复起；改变所行诸事，则是承认，他诸事行错，辽阳兵变由他激起。这是其二。

“你说辽阳变乱平息，未必是真已平息。你说广宁尚属平稳，却是真属平稳。坐镇广宁，以观辽阳，方是上策。”吕经说。

“广宁只是尚属平稳，并非十分平稳。都堂大人说辽阳卒悍，广宁卒亦悍；辽阳卒易为奸人操纵把持，广宁卒如被奸人操纵把持，后果更是不堪。辽阳有都司，曾大人也到辽阳，再生变故，有人与都堂大人计议，尚有可为；广宁如有不测，都堂大人却与谁计议？”

辽东镇总兵驻广宁，辽阳设分守副总兵。广宁有变，吕经不能与总兵官计议？袁璘只想把吕经请走，顾不上总兵官脸上有没有光彩，自己脸上有没有光彩。结论是：广宁实不宜他久留。

吕经吃尽辽阳悍卒的苦头，听说广宁卒亦悍，心里就是一紧。但辽阳的兵变实实在在发生过，广宁却只是可能会发生兵变。比较二处局势，吕经还是不愿意离开广宁，回到辽阳。

第二百章

广宁卫军士于蛮儿吃过饭，在街上闲逛。他身体壮，气力大，武功好，加上好抱打不平，凡事都敢出头，在同卫的军士中，乃至在其他各卫的军士中，威信很高。他是正军，本该轮戍，但总有一班弟兄代他戍守，使他变成个闲人。卫、所军官也乐得不与他打交道。

一中年乞丐迎着他走来，央道："大爷赏两个钱，买口饭吃。"

于蛮儿从怀里掏钱，递过去时，觉得乞丐面熟。多看一眼，不由笑出声，一把从那人手里将钱夺回。

"怎让大爷赏你钱吃饭？该你赏大爷钱喝酒。走，喝酒去。"他说。

进一家小酒店，要两大碗酒，一人一口，对饮起来。

"老赵，你怎么这身打扮？"于蛮儿把嘴一抹，问道。"辽阳热热闹闹、风风光光的，你不留在那里，却跑来广宁作甚？"

扮作乞丐的，是定辽中卫军士赵劓儿。和蛮儿不是正经的名字一样，劓儿也不是正经的名字，大家这样称呼惯，他们的真实名字反而没人说得出。和于蛮儿在广宁威信很高一样，赵劓儿在辽阳威信也很高。辽阳兵变，他是一个主要的倡议者。于蛮儿提到辽阳，赵劓儿向他做个手势，两眼机警地向四下里看看。

"老赵到得广宁，还有什么好怕。"于蛮儿大大咧咧地说。

赵劓儿喝口酒，说："辽阳原本热热闹闹，风风光光，可现在已经不热闹，不风光。我看，广宁倒是该热闹一回，风光一回。"

于蛮儿道："辽阳热闹时，你不请我去看热闹；风光时，你不请我去一起风光。广宁的热闹、风光，你也休想沾上边。"

"不让我沾边，不要紧；只怕身边有热闹时，被于大哥错过。该风光时，于大哥畏缩不前，未免可惜。"赵劓儿激道。

"我畏缩不前？你老赵敢做的事，我于蛮儿不敢做？"于蛮儿一激就怒，不然，也不会得一个蛮儿的诨号。"不就是吕都堂在辽阳时，你把他关押起来！现在他到广宁，你看我怎样整治他！”

赵劓儿说：“于大哥要整治他，就得抓紧，不然来不及。”

广宁各卫军士并不像辽阳各卫军士一样，对吕经有切肤之恨。于蛮儿还没想好怎样整治他，听说要晚，不由发愣。

“怎么？”他问。

“于大哥没听说，朝廷要把他召回？”赵劓儿反问。

“老赵的消息可确实？”于蛮儿忙问。

赵劓儿的话，他不相信：虽说辽阳有副总兵衙门、都司衙门，都堂大人却在广宁，怎么会辽阳有消息，广宁却没有消息？

“消息不确实，我为什么换这一身人不似人鬼不似鬼的衣服，来广宁找于大哥？”赵劓儿以为，有这一条理由，足以说服于蛮儿。

其实，有没有朝廷召回吕经的消息，他都不能待在辽阳。曾铣、李鉴等平息辽阳兵变，在为军士乞赦的同时，已在暗中察访倡乱之人。

朝廷召回吕经，等于申明吕经所行之事是错的，应予停止。对各卫军士来说，这是一个好消息。但于蛮儿想的更多的是：辽阳的弟兄摧毁巡抚衙门，焚烧均徭册，前两天，抚顺的弟兄捆缚抚顺指挥使刘雄，到广宁这里，却无所作为，他可丢不起这个脸。何况，朝廷只召回吕经，并没正式处分吕经，而他现在又在广宁。

“老赵的消息确实，就真要抓紧。”于蛮儿说。

在广宁一呼百应，他是有把握的；如何万无一失，他却没有把握。

他与赵劓儿合计：“老赵，广宁与辽阳有所不同：辽阳的弟兄们苦吃得大，听说与都堂大人计较，人人奋勇。广宁的弟兄们没吃那么大的苦头，要他们与都堂大人计较，恐怕还须费些口舌。”

“咱们一身之外，别无所有，还怕费口舌吗？”赵劓儿有备而来，早就想好在广宁各卫该怎样发动。“广宁的弟兄还没吃那么大的苦头，不碍事。朝廷不惩处都堂大人，辽阳弟兄们昨日吃的苦，今日就该广宁的弟兄们吃。而咱们不整治都堂大人，朝廷怎会惩处他？于大哥把这道理一讲，大家都会懂得。而且，我一进广宁，就听到弟兄们抱怨，为何只发给一半银、粮；于大哥身居广宁城里，就没听到吗？于大哥可知，这次为何只发给一半的银、粮？”

“你说，为何只发给一半的银、粮？”于蛮儿显然听到弟兄们的抱怨，却没顾得上打探卫、所克扣军饷的原因。

“这与我方才告诉于大哥的消息有关，”赵劓儿说。“朝廷召还都堂大人，广宁的军官们要把你等的衣食钱，送给他制作冠服。”

“有这等事？”于蛮儿先是一愣，随后一笑。他拍着赵劓儿的肩头说，“老赵，你好本事！才到得广宁，一切都听到，都看到。军官们昧着良心做事在先，休得怪咱们不守规矩。”

二十七日，于蛮儿等率数百军士拥入吕经居所，将他剥光衣服，置于广宁卫狱。随后，又拥入辽东镇守太监王纯的居所，迫他上疏朝廷，奏劾吕经十一条罪状。王纯早被吓破胆，哪里敢抗拒！

第二百零一章

朝廷先从曾铣的奏疏得知辽阳兵变，不太在意，只是命召回吕经；后从王纯的奏疏得知广宁、抚顺等处相继兵变，才觉出事态严重。于是，一面命将吕经下诏狱，一面差大臣前往辽东勘实其情。差遣的大臣是工部左侍郎林庭棉。处置过后，兵部的几位堂官聚在一起议论此事。

王宪已在三月致仕，以张瓒升任兵部尚书；兵部左侍郎一职，由南京吏部右侍郎李廷相改任；原兵部右侍郎徐问致仕，召保定巡抚周金接替。李廷相字梦弼，山东濮州人，弘治十五年进士。周金字子庚，南直隶武进人，正德三年进士。二人都是才到兵部衙门办事。

"听说三月间辽东镇静堡地震，接着就有辽阳兵变，这事真是巧得很。"李廷相说。这是他赴京师后听到的第一件新闻。

"与其说巧得很，不如说是一个征兆，"张瓒更正他的说法，"二位请想，连镇静堡都不镇静，岂非要出乱子？"

两位侍郎相视一笑。说镇静堡地震是兵变征兆，的确更为合适。

周金说："大同兵变时，朝廷议定抚辑，但仍有武备。廷献先生即受命于危难之际。现只差利瞻先生往勘，是不是太大意？"

"子庚先生说我受命于危难之际，实在不敢当，"张瓒谦道，"我受命总制宣、大军务时，朝廷尚未议定抚辑；待朝廷议定抚辑，宣、大武备，主要就是用来对付北虏，而不是用来对付大同。利瞻先生奉旨前往辽东查勘，和前者宗贤先生奉旨前往大同抚辑，是一个意思。若加武备，反而显得朝廷不是真心安抚。"

李廷相说："朝廷须得真心安抚，诚如廷献先生所言；但嘉靖元年以来，北边各镇屡经兵变，也得从根本上加以处置才是。"

"梦弼先生有什么高见？"张瓒问。

李廷相说："自嘉靖四年官南京后，我是首次被召还，对北边的军事，我说不出什么见解。但前两日听渭先先生的议论，深有感触。"

“渭先先生居官吏部，却最喜议军事，”张瓒不知对霍韬喜议军事是赞赏，还是贬抑，他问，“于辽东兵变，渭先先生是如何议论的？”

李廷相转述：“渭先先生以为，辽东兵变的根本，在于屯田被侵占。他说，辽阳军士之变，虽曰抚臣乖方，细审事由，只因工役骤兴，然已停止；又差徭帮丁不免，亦已改正；查马军田，亦已给军。虽云每军栽树两株，所费亦复几何？每军敛银一分，所取亦复几何？所云吕都御史具本奏各军罪状，则辽阳人惧罪；广宁何罪，乃亦惧？若曰奏减军粮一半，则讹言虚诞，激愚军者；必有奸人鼓煽摇惑，致士卒纷起，而怨而怒，举镇兵皆变。然后彼奸可逞，而大得志。”

“不说其他，辽阳兵变必有奸人，我亦同感。”周金插话。

“若只议及有无奸人，就不是渭先先生，”张瓒道。“关于辽东屯田，不知渭先先生有没有议论？”

“有，”李廷相应罢，接着转述：“渭先先生说：实考辽东屯田，原额粮六十万，近年仅存二十五万。则三十五万之粮之田，皆入势家奸人之橐可知也。今又仅存十九万，余六万皆捏称无田虚粮。则六万之粮之田，又入势家奸人之橐可知。今将查究前田，则奸人必惧；不查前田，则额粮日耗，军士于何仰给？且势家侵隐屯田之利，乃逼贫军出粮，为政失平，孰大于是？”述罢，问道，“二公以为，此议如何？”

“边镇之坏，无过屯田之坏；屯田之坏，无过皆入势家奸人之橐。于此，我有同感。”周金说。

张瓒却有另一番见解：“单以清理屯田而论，渭先先生的话是不错的；牵涉到辽东兵变，却又当作别论。”

“这是为何？”李廷相颇为不解。

“这有什么难解？”周金代张瓒答道，“边镇之坏，无过屯田之坏，吕道夫清理屯田，有什么错？势家奸人抗拒清理屯田，还可以抚恤吗？朝廷当务之急，是平息辽东事态，然后才议的到屯政。”

张瓒笑而不语，李廷相似有所悟，不再追问。

第二百零二章

两个月后的一天，天色已晚，于蛮儿带着赵劓儿在城里绕来绕去，越走越僻静，越走越觉恐怖。

“于大哥，你要带我去哪里？”赵劓儿终于忍不住，开口问道。

“你害怕了？”于蛮儿冷嘲热讽地说，“老赵在辽阳还算有胆子，到广宁就不成。走一段夜路，你竟问三遍！”

“我不是没胆子，”赵劓儿分辩，“我做事，总要心里有底。你只说带我去见两个人，不说见谁，不说去哪里见，我心里怎会有底？”

“方才不告诉你，是怕你胆怯，不敢随我来。现在却不碍事，”于蛮儿说着，向前一指。“看见前面那两盏鬼火吗？那是广宁卫的大狱，咱们就去那座鬼门关。”

前方高处挂着两盏灯，吐出昏暗的光亮，一闪一闪的，真像是鬼火；不注意看，又会以为是天上的星光。

“于大哥把人约在大狱外相会，有气魄。”赵劓儿道。

“不是约在大狱外相会，而是约在大狱内相会。这有没有气魄？”于蛮儿调笑道。“不瞒你老赵说，我不但把人约在大狱内相会，而且是约在死牢里相会，你说，有没有气魄？”

“死牢里？”赵劓儿打个冷战。“于大哥，咱不是自投罗网吧？”

“放心！要死，也是我陪你一起死，”于蛮儿道。走到离大狱只有一步之遥，他才讲为何要来大狱。“死牢里关押着两个人，一人叫王杲，一人叫刘向上。二人都是汉子，有勇有谋。我每日送酒送肉供养着他们，却一直舍不得使用他们。现在该是使用他们的时候。”

“竟在死牢里埋伏奇兵，高明！”赵劓儿伸出拇指，“我原以为自家的谋略胜过于大哥，今日才知于大哥的谋略远胜过我。”

“老赵说谋略胜过我，我不服气；可要说我胜过老赵，我自个儿也不信。不如说，你我二人旗鼓相当吧。”于蛮儿说罢，大笑三声。

听到笑声，一名狱卒应声而出，向二人招招手。二人随他走进去，里面站着的狱卒，随即关上狱门。看样子，于蛮儿来这里不止一次。

狱卒打开死牢的大锁，放二人进去，又从外面锁上。两个狱卒，一个在院里张望，一个去大门张望。赵劓儿看这一切都进行得那么自然，心里不再慌张。他细心观察死牢里的情形：死牢里摆放一张矮桌，桌上一大盘肉，一大壶酒。桌旁，席地坐着两个男子：一人高大，皮肤黝黑；一人瘦小，像是梨园里的人物。

“来，大家认识一下。”于蛮儿介绍三人相识。

“久仰，久仰。”赵劓儿抱拳道。

“久仰，久仰。”王杲、刘向上也抱拳道。

“什么久仰，不是老子，你们谁也不认得谁，”于蛮儿粗声大气地说。“大家都是朋友，不必客气。先喝口酒，我有话说。”

三人依他，每人喝一口酒。

于蛮儿说：“吕都堂到广宁，老赵也到广宁。他要我把吕都堂关进大牢，与老王、老刘做伴。后来锦衣卫来，把吕都堂押解去京师，老赵却没有随着一起去京师。现在，曾台官在广宁，老赵拿不出主意对付。过几天，林钦差要来，他更没主意对付。故不得不请老王、老刘出山。”

赵劓儿也不否认他的担心：“吕都堂我见识过，不过如此，我不怕他。曾台官行事，高深莫测，我还真有些怕他。”

“曾台官不过年纪轻些，行事果决，未必比吕都堂厉害多少，赵大哥不须怕他，”刘向上说。“曾台官已在广宁也罢，林钦差要来广宁也罢，两位大哥在辽阳在广宁已闹得天翻地覆，只有一不做二不休。”

“我想的也是一不做二不休，才来与你二人合计，”于蛮儿道，“老刘，你有心计，你说，该怎样一不做二不休？”

王杲豪放，说：“既要一不做二不休，还合计什么！曾台官厉害，我先出狱去割下他的人头，再回这死牢继续住着。”

“王大哥不要性急。我说不须怕曾台官；既不须怕他，也不忙着割他的头。”刘向上沉得住气。稳住王杲后，他自言自语道，“赵大哥怕的是曾台官，于大哥怕的却是林钦差。”

“老刘，你还不知我的性子？谁怕他个鸟钦差！”于蛮儿逞几句强，话又软下来。“不过，林钦差来，比曾台官在城里，更要讨厌。”

“于大哥说，为何林钦差比曾台官更要讨厌？”刘向上问。

于蛮儿嘴张几下，说不出理由。他蛮横地说：“你问我，我问谁？”

“他问你，你不会问他吗？”赵劓儿奚落一句，自己问道，“刘大哥，你倒是说说看，为何林钦差比曾台官更讨厌？”

“自然因为他是钦差，”刘向上戏谑地说。“曾台官再厉害，他不曾奉旨，不敢贸然行事。两位大哥被逼急，大可和他闹一闹。和吕都堂闹一闹，不算是反朝廷；和曾台官闹一闹，也不算是反朝廷。林钦差则不然，他是奉旨而来，两位大哥就不好和他随便闹一闹。”

“听刘大哥一说，我也觉着林钦差比曾台官更讨厌，”赵劓儿道。并问，“咱们不好和他随便闹一闹，就不闹吗？”

刘向上说：“不闹也不成；不闹，弟兄们只好任他宰割。两位大哥都道一不做二不休，就是不愿任他宰割，怎能不闹？”

于蛮儿不耐烦地说：“方才就问怎样一不做二不休，绕个圈子，还是要问怎样一不做二不休。老刘，你答得出来，还是答不出来？”

“怎样一不做二不休，要着落在林钦差身上，”刘向上从容地说。“林钦差虽然比曾台官更讨厌，但也比曾台官更有用。”

“有用？林钦差除对朝廷有用，还会对谁有用？”王杲想不通。

“是啊，难道林钦差还会对我等有用？”于蛮儿、赵劓儿齐问。

“会不会对我等有用，且不忙说，我先问你等，”刘向上说着，问于蛮儿、赵劓儿，“两位大哥若对弟兄们说：曾台官业已籍定名次，要将两城作乱的首犯从犯，尽数砍头，弟兄们会怎样？”

“多数会说：他没那狗胆。”于蛮儿道。

“两位大哥若对弟兄们说：林钦差业已籍定名次，要将两城作乱的首犯从犯，尽数砍头，弟兄们会怎样？”刘向上问。

“多数会说：朝廷不给我们活路。”赵劓儿道。

“两位大哥看！”刘向上颇为得意，“弟兄们还有活路，得不闹时，就不去闹；没有活路，才会一心一意跟随两位大哥去闹。林钦差让弟兄们相信，他们再没有活路，算不算对我等有用？”

“大有用处！”赵劓儿用胳膊肘拱一下于蛮儿，自问自答，“于大哥还记得，我初到广宁时，是怎样对你说的吧？我说：辽阳的弟兄们昨日吃的苦，今日轮到广宁的弟兄们吃。这不，广宁的弟兄们果然和吕都堂闹起来。”

“你还以为，我们广宁的弟兄是被你拉下水的吗？”于蛮儿讥笑道。“实话告诉你，你的这番话，老刘早就对我说过。”

“好，刘大哥和我所见略同。”赵劓儿说。

刘向上笑了笑，接着说：“我还有一问：广宁的弟兄们若将曾台官拒之城外，向朝廷要赦要赏，朝廷会怎样？”

“朝廷多半会说：曾台官办事不力，换掉他吧。”于蛮儿道。

“广宁的弟兄们若将林钦差拒之城外，朝廷会怎样？”刘向上问。

“朝廷多半会说：钦差体重，赦吧，赏吧。”赵劓儿道。

刘向上说：“有此二者，所以我说，林钦差虽然比曾台官更讨厌，但也比曾台官更有用；不是对朝廷有用，是对我等有用。”

“听老刘一说，我也觉着林钦差有用，”于蛮儿说着，问道，“林钦差既有用，如何与他闹一闹，老刘想好没有？”

刘向上已有成算：“林钦差到日，刘总兵、曾台官及各卫指挥等都要在城外等候，各卫军士要集队恭迎。城中空虚，于大哥率数十人，即可占据城池；占据城池，就好和林钦差闹。”

“莫说数十人，数百人也不在话下。”于蛮儿一口应承。

“于大哥占据城池，我却做什么？”赵劓儿问。

“赵大哥最好回辽阳，率数十弟兄，把辽阳也占据。”刘向上说。

赵劓儿不如于蛮儿自信：“广宁军官、卒伍都在城外，有数十人即可占据城池。辽阳军官、卒伍守在城中，数十人恐怕难以占据城池。”

“即便无法占据城池，只要闹起来，也可以接应广宁，”刘向上说着，与于蛮儿合计。“我守在牢中，恭候两位大哥的好消息。王大哥另有重任，还请于大哥安排他出狱。抚顺城里的王经大哥，是他堂兄，我欲让他去抚顺，和王经计议。三城都闹起来，朝廷就不能不赦不赏。”

“好，这事我来安排。”于蛮儿应道。

第二百零三章

曾铣出总兵衙门，气愤不已。广宁各卫士卒密谋起事，总兵比自己知道得还多，就是不肯下手，把几名主谋抓起来！他有他的道理：前次辽阳、广宁、抚顺相继闹事，朝廷处分的是巡抚吕经，而不是闹事的士卒；这次若闹事，朝廷也未必处分闹事的士卒。朝廷不欲处分，他怎好处分！这是一个理由。钦差林大人不日即莅临广宁。他带有皇上的旨意，如何处分，应听他的主张。这是又一个理由。曾铣气恼的是他不敢任事，不敢分担责任。一切都听钦差的，还要各官作甚！

总兵官如此，各卫指挥使也指望不上。拿广宁中卫指挥使袁璘来说，吕经因激变，被朝廷下狱，激变也有他一份，他心里想的，只是朝廷会怎样处分他，哪里还有心思用在职事上！

其他各卫的指挥使也不比袁璘强多少，没一人敢出头，以职事为重，为朝廷分忧。刘尚德，回避；郭继宗，称病；王孝忠，一味装痴；刘维，只知喏喏。等把广宁之事处分完毕，一定要重重劾他等一本。

想过武官，又想镇守太监王纯。对于擒拿主谋，以靖广宁，王纯连听也不要听。他还说：广宁军士闹事是为吕经所逼，我已上疏为他等请赦；还问：你不是也为辽阳的军士请赦吗？你不是也以为吕经激变，才改正他的做法吗？殊不知，二人请赦根本不同。自己是为弭祸而请赦，王纯却是为保命而请赦。自己在请赦后，暗中侦缉首犯；他在请赦后，便以为大功告成，对谁是首犯，问也不敢问。

还是副总兵李鉴稳妥，可以一起谋事，一起任事。前者平息辽阳变乱，虽说靠的是自己一道密劄，也多亏他肯依计行事。自己赶到辽阳时，城里已平静如常。要不是他暗中察访首犯，那个叫赵劓儿的军士，怎会逃离辽阳，窜入广宁？听说他又窜回辽阳。也好，再下一道密劄给李鉴，他这回一定不会让赵劓儿跑脱。

赵劓儿窜回辽阳；死牢里逃出一死罪犯人，听说窜去抚顺。抚顺无李鉴这样的大将，可也没有辽阳赵劓儿、广宁于蛮儿这样的巨奸。前次抚顺闹事，扣住指挥刘雄。现已察明，领头的是士卒王经。王经本想以刘雄为质，要挟讨赏，你不理会他，他讨个没趣，自己就把刘雄放出。这样一个人，有什么可怕？抚顺镇抚胡承恩，职位虽不高，却很干练，足以应付王经，还有那个从广宁窜去的死囚。

辽阳、抚顺都不必分心，对广宁却不能掉以轻心。于蛮儿是亡命之徒，死牢里的刘向上甚是奸诈，对他们不可不严加防范。广宁自总兵官，至各卫指挥，都不可谋事，只好依靠无名小卒。行部广宁一段日子，与各卫军官和士卒广为接触，发现其中不乏忠勇之士，愿意报效朝廷。譬如广宁中卫的镇抚韩承恩，说起于蛮儿等人的横行无忌，说起袁璘等人的姑息养奸，就愤愤不平。他是一个可以用的人。譬如舍人金镇，其父在职，和袁璘等人一样，对悍卒只知迁就，他却懂得养痈为患的道理。据他说，舍人中和他一般见识的，不在少数。这也很好理解：身居官位的人，只想如何保住官位，意不在立功。舍人作为武官的子弟，其父在职时，得不到官位；其父死亡，也不一定能实授官职。他们中的无志者成纨绔子弟，有志者则立功心切。这个金镇，还有他结识的一干舍人，是可以用的人。譬如那个叫郎山的达官，虽是外夷，却分得清是非正邪。于蛮儿拉他一起闹事，他不肯相从，还把这件事告诉刘总兵。刘总兵因他是外夷，不予理会。他又把此事告诉自己。问他：若于蛮儿等倡乱，将如何？他道：愿手刃之。广宁有达官，也有达兵。华夷有别。在平时，对达官、达兵有戒心；在乱时，不肯从乱的达官、达兵却可以借用。这个郎山，也是可以用的人。

曾铣想到李鉴，对处分辽阳之事，心里有底；想到胡承恩，对处分抚顺之事，心里有底；想到韩承恩、金镇、郎山三人，对处分广宁之事，心里也有底。回到巡按衙门，他抓紧部署。

他先差人将韩承恩、金镇、郎山约来。并嘱咐，他三人要从不同的方向来，相互要隔开一段时间来。

在等候三人时，他拟就一道与李鉴的密劄，差衙门里可靠的人送去。他告诉李鉴，赵劓儿又潜回辽阳；现已查实，赵劓儿的死党只有七八人，姓名如左；他对李鉴说，只要擒获这七八个人，就可保辽阳平安。

被差派的人问：密劄送到，是否即返回？

他说：不急。等擒获赵劓儿等人，再返回报信。

可见，他对李鉴很有信心。

然后拟就一道与胡承恩的密劄，差心腹之人送去。他告诉胡承恩，王经又要闹事；王经的死党，只有五六人，姓名如左；他对胡承恩说，只要擒获这五六人，就可保抚顺平安。

心腹之人问：密劄送到，是否即返回？

他说：不急。你在彼处，协助胡镇抚擒拿各犯。

他对胡承恩信心不是很足，对差去的人却很有信心。

韩承恩、金镇、郎山先后来到。曾铣将三人带入密室，告诉他们，钦差大人到日，于蛮儿将要起事。于蛮儿的死党约有十二三人，只要擒获这十二三人，广宁则无恙。他说出一个人的姓名，韩承恩认识。他说出另一个人的姓名，金镇认识。他说出第三个人的姓名，郎山认识。十二三人，都有人认识。

他问韩承恩，可以集结多少人。韩承恩道：十余人。他问金镇，可集结多少人。金镇道：十余人。他问郎山，可集结多少人。郎山道：十余人。他说：足矣。三位共集结四五十人，足以擒获于蛮儿十二三人。于是，分布韩承恩埋伏于何处，金镇埋伏于何处，郎山埋伏于何处。待城里起事时，先擒获于蛮儿。再分别擒获于蛮儿死党十二三人，三人各擒拿自己熟知者。再喝令余众散去。三人受命而去。

第二百零四章

于蛮儿策划在钦差大人到日起事。曾铣策划在钦差大人到日擒获首犯。谁知天有不测风云，在钦差大人到的前一日，下一场大雨，城外泥泞，钦差大人不得不推迟行期，各卫军士仍聚集城中。

于蛮儿占据空城，以拒钦差大人，以讨赦讨赏的计划落空。

曾铣乘于蛮儿起事之机，将其党人一举擒获的计划也落空。

于蛮儿未能如期起事，也没想到一两日里会有什么变故，仍留在城里。曾铣依照以前掌握的线索，指挥韩承恩、金镇、郎山等，或围于窝点，或截于途中，或一次擒获一人，或一次擒获二三人，不到半天的工夫，把于蛮儿等十三名首犯全部擒获。

差不多在同时，副总兵李鉴在辽阳擒获赵劓儿等八名首犯。

镇抚胡承恩在抚顺擒获王经等七名首犯。

曾铣上疏称：大同之祸，起于制帅之喜事，成于用兵之寡谋。智用俱废，卒无成功；得失昭然，鉴戒不远。皇上独断辽东之事，而不疑于群言，真御乱之上计也。夫法不可假，情不可纵，苟上有假借之法，则下多放荡之情。今宜敕兵部会法司议行，钦差大臣核实其事。惟据凶逆之原情，以尽律例之本法。至于应参职官，悉从重究，无事姑息。则威行于恩外，威震而恩益深；仁尽于义中，义明而仁益笃。

皇帝有旨：首恶既擒，不必查勘，从重拟罪。林庭棉取回，其余未尽事情，令巡按御史勘明具奏。

曾铣和才到任的辽东巡抚任洛议定：赵劓儿、于蛮儿与王经等斩，即时处决。并先病死于狱者五人，俱枭示各城。原禁死囚刘向上、王杲事关别案，锢以待报。都指挥刘尚德、郭继宗、袁璘等，俱比照守御官抚驭无方，致所部军人叛者律，追夺世袭，杖发戍边。前巡抚吕经持法过苛，行事乖方，以至损威辱国；太监王纯、总兵刘淮、游击史俊控驭寡谋，治下无术，听乱军而妄奏，施卑礼以求容；户部郎中李钦昊多加额银，虚补侵克，均属有罪，请自上裁。

皇帝准其奏，批道：王杲、刘向上如律处决。刘尚德、袁璘谪发永戍极边，其职不许子孙承袭。李钦昊召回别用。吕经比照抚驭无方、致所部军人叛者律，应戍边，准革职闲住。

最后说道：曾铣设谋弥乱，忠勇可嘉，待有京缺升用。

四、三擘沉沦

第二百零五章

东城思城坊面条胡同是一条细小的巷子，巷内有夫妻二人开的一间既能吃饭又能投宿的小店。由于偏僻，前去投宿的人不多，前去吃饭的人也不多。好在夫妻二人上无老人，下无子女，日子还过得去。

这一日，店里来两个男子，年长的约有四十岁，年少的看上去还是个孩子，也就十二三岁。年少的管年长的叫爹。

“两位客官，”店主殷勤地招呼道，“小店虽小，却是京城里第一干净的。两位客官为父子，住一间房屋就够。”

“你能看出我们是住店的？”年长的男子问。

那还用看：二人风尘仆仆，定是外地来人，光为吃饭，不会走进巷子里；看他们的样子，又不像是投亲的，不是来投宿又是来作甚？店主不但一眼看出二人是来住店的，而且一下听出二人的来处。

“老哥从开封府来？一路走得辛苦。”店主道。

“你连我是开封府人都知道？”年长的男子又惊又怕。“怪不得五哥告诉我，京城里开黑店的都有些道道。娃儿，这店咱不能住。”

“爹，店不能住，饭能不能吃？”年少的男子问。

“黑店的饭，谁敢吃！”年长的男子说。

三句话里，两句说的是黑店，让店主哭笑不得。

“京城里又有东厂，又有锦衣卫，又有兵马司，谁敢开黑店！”他指着巷子外面说，“出咱面条胡同，往右转一个弯，就是东城兵马司，你不放心我，尽管去那里。再者，我听出老哥是从开封府来的，也算不得稀奇。老哥是开封府人，我也是开封府人。”他用家乡的话说，“我是原武人，听老哥口音，离我家不远。”

“原武人？”年长的男子琢磨他的话音，“像，也不像。”

“我离家十多年，自会有不像的地方，”店主解释后，又问，“老哥家在阳武，还是在延津？”

原武、阳武、延津都在开封西北。

“开黑店的好厉害！”年长的男子仍把小店称作黑店，但不像开始那么提防。“店家听出眉目，我就实话对你说：我家在延津，我姓李，叫李拱臣。拱是拱手相让的拱，臣是臣民的臣。”

店主说：“巧得很，我也姓李，远近街坊都唤我李二，唤得我连自家的官名也不记得。李大哥休要见怪，也唤我李二吧。”

“官名也不记得，越发见的是黑店，”李拱臣说句笑话。“李二哥，我就住你这黑店，你替我收拾出一间上房来。”

“爹，五叔说，黑店不能住。”轮到儿子提醒爹爹。

“别家黑店不能住，李二叔的黑店住住不妨。”李拱臣叫着儿子的名字，“应时，来，给你李二叔行个礼。”

李应时行过礼，李二把李拱臣父子二人带到后院，安排他们住在正房。他一面吩咐娘子送去洗脸的热水，一面生火开灶，烧菜做饭。不多时，饭菜烧熟，他请父子二人到前店用饭。李应时饥饿难耐，草草洗一把脸，早就等着开饭。李拱臣洗过脸，换身衣服，牵着儿子的手出来。

见桌上无酒，李拱臣说：“一路上怕误事，不敢喝酒，今日总算到京城。李二哥，你店里的好酒，烫一壶来。”

“爹，五叔说，黑店的酒不能喝。”李应时警告过爹爹，自己拿起一块馍，狼吞虎咽地吃下去。等李二烫一壶酒，送上饭桌时，他已吃饱肚子，嚷嚷着乏了，跑回房间睡觉。

“李二哥，何不来一起喝两盅？”李拱臣邀道。

“甚好。”李二打横坐下，为李拱臣斟酒。

李拱臣又吃又喝，李二只喝酒，不动筷子。李拱臣吃喝得差不多时，李二说：“李大哥不像是生意人，问句不该问的话：你来京城，是为看亲戚，还是为谋生路？”

“看亲戚又怎样，谋生路又怎样？”李拱臣问。

李二说：“京城里人情薄，李大哥若是来看亲戚，又不直接去他家里，可见并不是很亲。这样的亲戚，不看也罢。京城谋生不易，李大哥若是来谋生路，又没靠山，不如稍住两天，见识见识京城的风光，还是回延津去，再作打算。我与你同乡，才与你说这番心腹话。”

“多谢见教，”李拱臣抱拳拱手道，“李二哥对我说心腹话，我也对李二哥说心腹话。我这番来，不是想看亲戚，而是想结一门亲戚；不是想为自己谋生路，而是想为闺女谋生路。当然，还有一句心腹话：我闺女的生路谋到，我和她兄弟也就有生路。”

“李大哥说的，可是亲生闺女？”李二问。

“自然是亲生闺女，别人家闺女，我管她作甚！”李拱臣道。

“要是别人家闺女，倒没什么；亲生闺女，怎舍得送去作那营生？”李二不住地摇头，“李大哥真长一副铁石心肠！”

“你道我送闺女去做何营生？”李拱生没听明白。

“还不是操皮肉的营生，李大哥又何必要我说明！”李二道。

“岂有此理！”李拱臣怒道，“我亲生的闺女，我怎会往堂子里送！我对你说，来京城想认一门亲戚，难道是要认鸨母和龟儿吗？”

李二笑出声，说：“你一进我这小店，就说是黑店。我到现在才说你要把亲生闺女送去堂子，谋下贱营生，你急什么！”然后说起正事，“京城里的亲戚不像我们乡里好认。我不是看不起李大哥，你来京城认亲戚，认的一定是小户人家。他自己生计艰难，怎有余力照料你？他怕你啰唆，说不定会把你送去官府。”

“我也见过世面，你休要诈我！”李拱臣叱他一句，好似不愿再听他说话，可自己忍不住又说起来。“你说我送亲与小户人家，是看走眼。我那闺女，大贵大富，我怎会把她许与小户人家！”

“失敬，失敬，原来李大哥是大户人家，把闺女也许与大户人家，”李二讥笑地说。“不知与李大哥结亲的大户人家，是在京城里开家店铺，还是在哪个衙门里供事？说不定，你想结亲的人家，与我也有交情。”

“你？”李拱臣上下打量着他。李二不相信他能和京城里的大户人家结亲，他也不相信李二和京城的大户人家有什么来往。

“不过，我得对老哥说一句实在话，”李二戏弄地说，“那家开的店铺，要是和我这小店一般，就算不得大户人家。”

“谁说我把闺女许给开店铺的人家！”李拱臣不高兴地说。

“原来李大哥把闺女许与在衙门里办事的人家，可喜可贺，”李二仍是讥笑的口吻。“不知他在大兴衙门供事，还在宛平衙门供事？”

“什么是大兴衙门，什么是宛平衙门？”李拱臣不解。

“京城里的人说话好偷个懒，该省的字，不该省的字，都要省，难怪李大哥听不懂，”李二道。“京城里只有两座县衙，一座是大兴县衙门，京城的人就叫它大兴衙门，一座是宛平县衙门，京城里的人就叫它宛平衙门。李大哥，我再对你说一句实在的话：要是比大兴县衙门、宛平县衙门还小的衙门，京城里的人就不叫它衙门。”

“谁说我把闺女许给在县衙里供事的人？”李拱臣反唇相讥，“县衙门我又不是没进去过，李二哥不必讲那么多。李二哥把县衙看作是个衙门，我还没把县衙看作是衙门呢。”

“李大哥把闺女许给在通州衙门里供事的人吗？好，可喜可贺。”同样是四个字，李二却不再是讥笑的口气。

“通州衙门是不是比大兴衙门、宛平衙门大一些？”李拱臣问。

“岂止是大一些！”李二道。“通州虽在京城之外，但辖有四县，官高一等，地多数倍。在通州衙门里供事，比在大兴衙门、宛平衙门供事强得多。你把闺女嫁去那里，要来京城，也便当得很。”

“谁说我把闺女许给在州衙供事的人？”李拱臣的口气更大。

“难道李大哥把闺女许给在顺天府衙门里供事的人？”李二不由吃惊。不等李拱臣发问，他解释说：“顺天府衙门比通州衙门又不是大一些。顺天府辖五州二十二县，通州只是五州中的一个州，大兴、宛平只是二十二县中的两个县。李大哥想，顺天府有多大。”

“也不很大，”李拱臣不屑地说，“我开封府辖有四州三十县。”

“那可不同，”李二耐心地解释，“开封府再大，也只是一府而已，顺天府却是京畿。开封府的长官是知府，顺天府的长官却是府尹。李大哥可知道府尹是多大的官？他往外一调，不是去做河南布政使，而是去做河南巡抚。河南巡抚衙门，李大哥怕是没去过吧？”

“我想在京城里结一门亲戚，李二哥提那河南巡抚作甚！”李拱臣埋怨道，“李二哥说大兴、宛平县衙门，说通州衙门，说顺天府衙门，好像京城除这几处衙门，再无别的衙门。我怎么听别人说，朝廷的大衙门，都在京城呀。原来我被欺，京城也只有顺天府衙门。”

“该死，我怎么只在顺天府打转转，没有料到李大哥是来朝廷的衙门认亲戚的！”李二拍着脑门说，不知是真懊恼，还是拿李拱臣开心，“朝廷有六部，有都察院，还有五军都督府等，都是第一等的衙门；有翰林院、通政司、大理寺、太常寺等，都是第二等的衙门；有鸿胪寺、尚宝司、行人司、中书科等，都是第三等衙门；再有，如我方才说过的兵马司，也是朝廷的衙门，但只能算作第四等的衙门。请问一句，李大哥把闺女许给在第几等衙门供事的人？”

李拱臣还是那句话：“谁说我把闺女许给在朝廷衙门供事的人？”

又加上一句，“谁说我要在朝廷衙门里认个亲戚？”

李二好不晦气，从大兴、宛平县衙，到六部衙门，自己说个遍，却被他一一驳回。本想拿李拱臣开心，看来，却是被李拱臣拿自己开心。

“李大哥不把闺女许给在朝廷衙门里供事的人，不想在朝廷衙门里认个亲戚，为何却对我提起朝廷的大衙门？”他没好气地问。

“李二哥莫恼，”李拱臣心平气和地说，“我虽然不把闺女许给在朝廷衙门里供事的人，但须得通过朝廷的大衙门，我才能把闺女许出去；我虽然不想在朝廷衙门里认个亲戚，但须通过朝廷的大衙门，我才能把亲戚认下来。”

这话癫是癫，还能听出眉目。

李二试探着问：“李大哥，咱家的闺女，既不许给开店铺的大户人家，又不许给在衙门里供事的大户人家，难道要许给皇亲国戚不成？”一想，也不对，与皇亲国戚结亲，又何必通过朝廷的大衙门？要说这事由朝廷的大衙门管着，那就是被选为王妃。所以，他又更具体地问，“或是想她征入藩府？”

“咱家的闺女，不想她留在河南，”这一猜测又被李拱臣否定，“李二哥，任你估摸来估摸去，我可有些泄气。还让我来问你一句：前些日子，皇上降旨，要补选娘娘，究竟有这事没有？”

不是补选娘娘，是补选九嫔。自方嫔被册封为皇后，沈嫔被册封为宸妃，阎嫔被册封为丽妃，九嫔只余六嫔。十一月中，皇帝降旨，另选淑女补选。

“咱家闺女要应选九嫔吗？”李二摇着头说，“李大哥这样来应选，恐怕不成。皇上选九嫔，要先由各地选出可应选的女子，再由礼部和司礼监差官前去遴选；他们选出来，皇上还要亲阅。”

“恐怕来不及，”李拱臣说，“可恨延津知县，不肯将我闺女报送府衙。我径直去开封交涉，又可恨府衙门槛太高，布政司衙门就更不必说。无奈，我只得横下心，径直来京城交涉。”

亏他想得出来，在开封不能径直交涉，在京城就可以径直交涉？延津知县不肯报送，必是延津知县觉得不宜报送。就算宜于报送而未报送，也不是什么了不得的大事，何至于径直来京城交涉？

这是李二的第一个想法。接下来，想法不同。要是李拱臣之女宜于报送而延津知县未报送，他为何不该来京城交涉？他不是说：想为闺女谋条生路，也为他父子谋条生路？天下的生路，还有胜过与皇帝认个亲戚的吗？要是这件事真办成，他这家小店就可以在思城坊，在东城，在整个京城，大大扬名。为此，他也该为李拱臣出出主意。

但首先要宜于报送，若其女姿貌不佳，品行不端，就不必用心。

“李大哥，延津知县为什么不肯报送咱家闺女？”李二问。

“他不仅不报送咱家闺女，延津县的女子，他一个也没报送，”李拱臣悻悻地说，“想来他是不肯用心为朝廷办事吧。”

不肯用心办事，他是不敢的。延津一名女子没有报送，或是河南布政司、开封府衙根本不想在延津选人。

“李大哥，我问句不该问的话：咱家闺女，有没有选入宫中的把握？”说不该问，李二却是一定要问的。

“那还用问！寻常的闺女，我何苦行这上千里路！”李拱臣道，“我这闺女，第一是端丽。李二哥懂得什么是端丽吧？端即端庄，这是最要紧的；丽即艳丽，这也是要紧的。”

他肯定是听别人说起这个词，自己不甚理解，以为李二也不会懂得。

“多谢李大哥指教，”李二说，“咱民间女子，首先该想到进献与皇上。但艳丽而不端庄，不能母仪天下；端庄而不艳丽，不足取悦皇上。咱家闺女既称端丽，天生是侍奉皇上的。李大哥径直来京城交涉，有胆识，有气魄！不知李大哥可想好，到京城，与谁交涉，如何交涉？”

“自然是与朝廷的衙门交涉，”李拱臣想了想，觉得还没有说到点子上，又加上一个字。“自然是与朝廷的大衙门交涉。李二哥，你在京城多年，朝廷哪个衙门最大，你说与我听。”

“朝廷最大的衙门，当属内阁。”李二告诉他。

“那咱们就去与内阁衙门交涉，”李拱臣说，“李二哥，你今晚替我找一个先生，为我写一张陈状，我明天一早送去内阁衙门。”

李二摇头：“找内阁交涉，不很妥当。”

“内阁不是最大的衙门吗，为什么不妥？”李拱臣问。

“别的且不说，内阁在午门以里，李大哥怎么进得去？”李二说。

“原来内阁在禁城以里，李二哥为什么不早说！”李拱臣道，又问，“禁城咱眼下进不去，禁城以外，朝廷哪个衙门最大？”

“禁城以外的朝廷衙门，当属吏部最大。”李二说。

“那咱们与吏部衙门交涉不行吗？”李拱臣和他商量。

“也不妥当，”李二摇着头说，“吏部衙门管的是朝廷用人，百官升黜，宫中补选娘娘的事，李大哥去交涉，吏部是不管的。”

“它只管朝廷用人？河南用人它管不管？”李拱臣问。

“朝廷用人，不是只用朝廷的官员，各地官员的升黜，包括河南官员的升黜，也由吏部管着，”李二说，“譬如，延津的官员办事不力，开封的官员办事不力，李大哥尽可与吏部交涉。”

“原来延津知县、开封知府也是有人管的，好极！”李拱臣道，“不过，那是日后的事。李二哥先说说，咱家闺女的事是由哪个衙门管着。”

“补选娘娘的事，该由礼部管着，”李二说，他知道九嫔不当称为娘娘，但为迎合李拱臣，也就顾不上合不合规矩，“但李大哥径直与礼部交涉也不妥。李大哥这样去礼部衙门，十有八九是见不到尚书大人、侍郎大人的，礼部下面的那些官员，只会糊弄你。”

“李二哥是不是说，朝廷的衙门也有不用心办事之人？”李拱臣问。

“岂止是也有！各衙门得不用心便不用心、得不负责便不负责的官员，比比皆是，李大哥找到他等头上，肯定误事。”李二说。

“与河南各衙门无法交涉，与朝廷各衙门也无法交涉，咱家闺女岂不是再无出头之日？”李拱臣悲愤地说。

“李大哥也不必灰心。李大哥不是已横下一条心？横下心，还怕不能为咱家闺女谋条生路？”李拱臣眼看是没主意，该着李二为他出主意。“李大哥与其和各衙门交涉，不如径直陈奏皇上。”

“我可以径直陈奏皇上？”这是李拱臣没有想到的。

“有何不可！”李二理直气壮，“皇上有旨补选九嫔，李大哥有女愿意进献，这事不可径直陈奏，还有什么事情可以径直陈奏？”

“不错，这事可以径直陈奏！”李拱臣气也壮，理却不直，“不过，我对李二哥说句实话，如何径直陈奏皇上，我不懂得，还得李二哥教我。”

“径直陈奏皇上，说难也难，说易也易，”李二说。他没有径直向皇帝上过奏疏，但京城闲人多，喜欢生事的人多，动不动就把官司打到朝廷的人也多。他今日听一句，明日听一句，已熟知该怎么做。“李大哥不是想写张陈状，送去内阁吗？大可不必。我不是说不必写陈状，我是说不必送与内阁。李大哥可把陈状径直送与通政司。

别说李大哥无法把陈状送与内阁，即使能送与内阁，内阁也不理会。李大哥把陈状送与通政司，通政司就不能不理会。通政司一定要奏明皇上。李大哥只要在陈奏中写上‘端丽’两个字，还怕皇上不理会吗！”

“李二哥的主意好，径直与皇上交涉，强过和各衙门交涉百倍！”李拱臣得意忘形，和皇帝也交涉起来。

第二百零六章

刑科给事中潘子正坐在值房里，面前摆着几份刑部送来的卷宗。他耐住性子一页一页翻阅，但阅得心不在焉，不时左顾右盼，瞥一瞥和他一样在办事的同僚。每有一人起身离去，他嘴上打着招呼，心里在想：好，又走一人。刑科值房里的人走尽，他又开始注视与刑科值房比邻的工科值房。那边一有响动，他必要抬头望去，看着人家从自己值房前走过，再低头看卷宗。

那边很久没有响动，要见的人未见走过，他这才站起来，放轻脚步走出值房，放轻脚步走进工科值房。

果如他所料，工科值房只有一人尚未离去，正是冯汝弼。

"汝中兄还没走？"冯汝弼见他走进，问道。

"唯良兄不走，我怎敢走！"潘子正说。

冯汝弼字唯良，浙江平湖人，潘子正字汝中，南直隶六安州人。二人都是嘉靖十一年进士。

"汝中兄是来约我一同走的？"冯汝弼边说边起身，"正好，今日该办的事办好，我正要走。"

"非也，"潘子正按他坐下，"我不是来约唯良兄同走的，我是来陪唯良兄坐一坐的。"

说着，自己先坐下。

冯汝弼指点着他，说："这次是你自己要来的，休得怪我这里食无鱼，饮无酒，款待不周。"

"我是来乞言的，又非来乞食的。不怪，不怪！"潘子正连声说。

"乞言？"冯汝弼品咂其味。"汝中兄，你说清楚，是来劝我上疏的，还是来拉我一起上疏的？"

潘子正道："说劝也可，说拉也可，总之，唯良兄一定要上疏。"

"上疏不难，却不知疏论何事？"冯汝弼问。

“怎么，唯良兄竟以为无事可论？”潘子正故显惊讶，“河南人李拱臣自献其女之事，难道不值得论一论吗？”

“原来汝中兄为此事来找我，”冯汝弼点头，“此事该论，也好论。只要引一引前朝事例，不必再言其他，圣上也会动心。”

洪武年间，有金华某氏赴南京，自献其女，太祖皇帝却之。冯汝弼说的前朝事例，是指这件事。

“不错，引高皇帝事例，足矣。”潘子正说。

“好，”冯汝弼伸个懒腰，问道，“汝中兄，可走不可走？”

“怎么，唯良兄这就要走？”潘子正又故显困惑。

“出题目的人出过题，作卷子的人交上卷子，此时不走，更待何时！”冯汝弼轻松地说。然后，两眼眨了眨，戏弄道，“除非出题目的人还没把正经题目抛出。”

潘子正呵呵一笑：“唯良兄可谓深知我者。”复问，“唯良兄既知我还有题目，可猜得出是何题目？”

“那有什么难猜！”冯汝弼低下头，手指在案上重重点三下，扭过头问，“汝中兄，那半边还要我写出来吗？”

“那半边我来写！”潘子正道。

他用手指在案上重重划出三条横道，当他要用一条竖道从中间把三条横道连起时，冯汝弼拉住他的手。

“汝中兄，不必给他全尸。”冯汝弼说。

潘子正笑着拍拍手，问道：“这个题目如何？”

“这个题目是一定要作的，不过——”冯汝弼话没说完，却停下来不说。

“唯良兄可有顾虑？”潘子正问。

冯汝弼先摇头，然后点头。

“不是我有顾虑，怕是汝中兄有顾虑。”他说。

“此话怎讲？”潘子正不解地问。

冯汝弼说：“我知汝中兄久欲弹击汪某，汝中兄亦知我久欲弹击汪某，汝中兄挨到今日方来约我上疏，此其一也。汝中兄欲约我上疏，不去我家里计议，也不约我去府上计议，而要在值房里计议，此其二也。汝中兄必待你那值房里的同僚散尽，必待我这值房里的同僚散尽，方来与我计议，此其三也。有此三者，汝中兄还要说没有顾虑吗？”

“唯良兄果然精细！”潘子正叹道，“唯良兄指我有顾虑，我的确有顾虑。实不相瞒，我的顾虑，由昨夜一梦而起。”

“汝中兄昨夜有梦？”不知为何，冯汝弼竟很兴奋，“来，把你的梦说与我听！”

潘子正讲起他的梦：“夜半时分，昏昏沉沉，不知行走到何处。忽见眼前有一大缸，缸内一条大黑鱼，数十尾杂色小鱼。大黑鱼翻身一跃，一缸水顿时浑浊。大黑鱼将小鱼一尾一尾吞噬，复一尾一尾吐出。经一吞一吐，有几尾小鱼很快苏醒，有几尾小鱼若死若生，有二小鱼不再生还。那大黑鱼随即亦死。梦到大黑鱼死，我忽惊醒，只觉出一身冷汗。向窗外望去，可见晨曦。不知此梦主凶主吉？”

冯汝弼听得心头沉重，说：“毋庸讳言，此梦主凶。”

“我也这么想。”潘子正眼中失去光彩。

“有此一梦，汝中兄还要约我上疏吗？”冯汝弼问。

“那是自然。”潘子正毫不迟疑地说。

“好，我昨夜也有一梦，却是主吉，”冯汝弼说着，讲起他的梦，“我梦的是过桥。一恶少走在前面，将桥踏断，我无法渡过。正在焦虑，有人从桥下乘舟而过，将桥修葺。梦至此时，东方亦白。两梦一凶一吉，此时弹击汪某，亦凶吉参半。汝中兄梦凶不惧，我何惧之有！”

监察御史戴铣赴户科左给事中薛宗铠之约，以为有一顿地道的广东菜可吃。见只有一杯清茶，他笑着问：“子修先生不是请我来饮贺功酒的？”

他二人都来自广东。薛宗铠字子修，是揭阳人，属潮州府；戴铣字子声，是东莞人，属广州府。薛宗铠是嘉靖二年进士，戴铣比他晚两科，是嘉靖八年进士。因是同乡，来往比较多。

“贺功？子声以为现在就可以贺功？”薛宗铠很不以为然。

戴铣说：“我所谓功者，不是功业之功，而是成功之功。”

“我说的也是成功之功，”薛宗铠道。“我辈之人，岂敢轻言功业？”

“子修先生是说，以朝廷对习之兄和我二人奏疏的处分观之，还不能说是成功？”戴铣问。并不服气地说，“或是子修先生的期待太高。”

日前，戴铣与御史曾翀上疏，论劾九名大臣庸劣猥鄙，宜罢去。吏部驳回二人的意见，拟九名大臣留用。皇帝又驳回吏部的意见，九名大臣有的改官，有的勒令致仕，独给刑部尚书聂贤留点儿面子，许他自陈休致。一叶落而知秋，戴铣以为，皇帝这一处分，足以表明汪鋐失宠，足以让科、道和以清流自居的大臣快于心。

习之是曾翀的字，他和戴铣同科。

“若说期待太高，也不是我一人期待太高，”薛宗铠说，“时事不同，一年之前，甚或半年之前，汪某人上得皇上信赖，下有张茂恭庇护，皇上对吏部的议复是绝不会这样处分的。那时，若有子声和习之这样的奏疏，若有吏部这样的议复，若有皇上这样的处分，还不人人歌咏之，舞蹈之，狂饮之，欢庆之？眼下则不同，张茂恭致仕；汪某人何许人，皇上不说看出十分，也看出七八分。只拟吏部堂上官夺俸一月，众人怎能甘心？以此而言，实在说不上成功的那个功字，实在不足以贺。”

“在下谨受教。子修先生不说，我还不知，我和习之兄的那篇奏疏，实在是微不足道的。”戴铣这样说，最多只有三分出自真心。

薛宗铠不管他是不是真心，又说：“子声也不必妄自菲薄，没有子声和习之的奏疏，就不会有吏部的议复；没有吏部的议复，就不会有皇上的处分。以此言之，子声和习之功不可没。”

“子修先生说的这个功，应该是功业的功。”戴铣说笑。

“我说的正是功业的功，”薛宗铠却不是说笑，“可这个功字，应坐实在去汪上；不能去汪，这个功不足一哂。”

“子修先生可是约我商议去汪之事？”戴铣听明白他的意思。

薛宗铠不答，客气地让了让：“子声，请用茶。”

戴铣饮口茶，又问：“子修先生可是约我一起上疏？”

薛宗铠说：“若谓约子声商议去汪之事，这话也对，也不对。若谓约子声一起上疏，这话全不对。”

说到此处止住，留给戴铣一些时间，让他思考。

戴铣想不出所以，放下茶杯，坐端正，揖道：“请教。”

薛功铠说：“去汪是朝廷的大事，怎可由我二人私议？此所谓不对也。去汪是朝廷的大事，匹夫有责。我二人为何不可议？此所谓对也。子声，对你的第一问，我这样答，够不够？”

“言简意赅，足够。”戴铣说。

薛宗铠又说：“我约子声来，却不是为商议一起上疏，而是要与子声商议，我二人由谁上疏。所以，你说我约你上疏，全错。”

戴铣更想不出所以：“子修先生不欲与我一同上疏，我二人尽可各自上疏。难道有谁规定，我二人中只有一人可上疏吗？”

“这要看怎么说，”薛宗铠道，“去汪之心，人皆有之。我不欲与任何一人一起上疏，也不会劝阻任何一人上疏。但子声和我二人中，我希望只有一人上疏。并非我二人中只有一人可上疏。”

“请子修先生再说清楚些。”戴铣揖道。

“子声不见冯子仁故事吗？”薛宗铠更加言简意赅。

戴铣终于明白他的意思：论劾大臣要冒风险，他二人都是广东籍，一人若生不测，另一人可以帮助料理后事。

想到此，心里不由遮上一层阴影。但今日之汪鋐非昔日之汪鋐，他不相信会再出一个冯恩狱。

“子修先生，不至于如此吧。”他说。

“圣意难测，”薛宗铠叹息道，“子仁兄上疏时，汪某人的十分奸恶，皇上只看出二三分，故遭不测。现在，汪某人的十分奸恶，皇上看出七八分。我等以为，披露其余二三分，是顺理成章之事，却未必真是顺理成章之事。一则，我等披露，皇上是不是看得出来？二则，皇上看出来，是不是愿意我等披露？故今日上疏论劾，仍会有不测。”

他希望君臣一心，除奸除恶，但居言路数载，他知道君臣一心是很难达到的。稍稍沉默，他又情绪激昂地说，“唯有风险，才需我辈上言。若皇上已看出十分，早已处置，岂不羞煞天下的言官！”

“唯有风险，才需我辈上言，子修先生说得好，”戴铣道，并当仁不让地说，“既然我二人中只宜一人上疏，这疏自然该我来上。”

“为何自然该子声上？”薛宗铠问。

“自然不该子修先生上，故自然该我上。”戴铣显得顽皮。

“子声这样说，难以服我，”薛宗铠道，“子声要上疏不妨，但要说得出一个足以使人信服的理由。”

戴铣笑道：“一个太少，我有两个足以使人信服的理由。”

“请先说其一。”薛宗铠让道。

“子修先生拜为科臣有三难，可见寄托之重，当为朝廷惜其任。这算不算一个足以使人信服的理由？”戴铣说得理直气壮。

薛宗铠曾三任知县，最后一任在建阳。赴京觐见时，留任礼科给事中。户部奏，他在建阳有拖欠的赋税，应还任。皇帝从之。他回到建阳，县民踊跃输赋，那一年，该县征收为天下第一。朝廷又召他入值礼垣。

戴铣说的三难，一是指：知县升迁，第一步往往是从六品的州同知，或正六品的府通判。升调京职，百人中未必有一人。二是指：知县擢入科、道，并非年年都有；从知县中选拔科、道官，一次也不过二三人，对天下一千多知县而言，又是千里得一的美迁。三是指：擢入谏垣后，退还知县任，复又被召，在本朝几乎绝无仅有。

薛宗铠不置可否，但道："请再说其二。"

"尚谦先生以建言失官，饱受磨难，天下士人无不景仰。子修先生当为薛氏惜其任。这算不算一个足以使人信服的理由？"戴铣以薛侃为言，还是很自信。

"子声只有这两个理由？"薛宗铠问。

"子修先生要一个理由，我有两个理由，还不够吗？"戴铣反问。

"两个理由不少，却不足以使人信服，"薛宗铠道。"子声若说，有这两个理由，自然不该我上疏，自然该子声上疏，那么，我只用一个理由，便抵得上子声的两个理由。"

"以一抵二，我倒要领教子修先生的高明。"戴铣说。

"我的理由只在子声自身，"薛宗铠道。"子声说，我当为朝廷惜其任，当为薛氏惜其任，我却只说，子声当为自身惜其任。"

"当为自身惜其任？"戴铣被他说糊涂。

"换句话说，子声当为自己的名讳惜其任。"薛宗铠说。

"子修先生是说，我与前辈贤者同名姓？"戴铣恍悟。

正德朝有一臣，与他姓名相同，任兵科给事中。正德初年，上疏论劾"八虎"，奏留阁臣刘健、谢迁，激怒皇帝，死于廷杖。

薛宗铠分辩说："子声与习之此次上疏，有伪字，误以璋为章，皇帝未加责怪，你知是为什么？是因皇上见子声名讳与前辈贤者同，特重之，特宥之。是子声为自己的名讳惜其任，更是为朝廷惜其任。子声与前辈贤者一产南粤，一产南直，两位的尊人，彼此不相知，但姓同而名亦同，冥冥之中，必定有个说法。是子声为自己的名讳惜其任，更是为戴氏惜其任。子声看，我的一个理由，是不是可抵你两个理由？"

曾、戴二人的奏疏中有伪字，皇帝未降罪，有人说，是因为见戴铣的姓名，爱惜之。当然，这只是传闻，二人戏言，用不着辨其真伪。

戴铣不服，说："我与前辈贤者同姓名，当无愧于前辈贤者。"

"若这样说，我有二者不能愧对，"薛宗铠说。"以寄托者重而言，我当无愧于朝廷；以家叔忠谠而言，我当无愧于薛氏。"

戴铣甚是好笑，也甚是无奈："子修先生方才以一抵二，现在又以二胜一，总而言之，我辩不过子修先生。"

六科给事中冯汝弼、潘子正、薛宗铠、翁溥、孙应奎，十三道御史曾翀、曹逵、方一桂等上疏，论劾汪鋐。薛宗铠的奏疏写得尤其尖锐，其中有“肆奸植党，擅主威福；上格明诏，下负公论”等句。而汪鋐竟然不上疏自辩，大大出乎皇帝意料。

他踱来踱去，一直在考虑是慰留汪鋐，还是许他致仕。

这本该是下一步的事，当务之急是要安顿内阁。现在只有两名阁老：首辅费宏，次辅李时，内阁算不得安顿好。费宏自七月底入朝，身体明显比嘉靖六年致仕时衰老，入阁办事几天，毛病越添越多，皇帝对他也越来越不放心。所谓内阁安顿，主要指此：费宏可以办事，要增补阁臣；一旦费宏办不了事，更须增补阁臣。

皇帝原本的想法是，安顿好内阁，再处置吏部的事。安顿内阁，是增补阁员；处置吏部的事，无疑是指汪鋐的去留。

汪鋐不自辩，但上疏请去，看来，该把下一步办的事提前。

如何处置吏部事，既拿定主意，皇帝接着考虑如何处置科、道。

汪鋐一经论劾，辄肆中伤，诤臣杜口已三年。这是曾翀奏疏里的话，其他奏疏里也有类似的话。真不知他们在论劾汪鋐，还是在论劾皇帝。退一步说，就算他们在论劾权奸，但曾翀既知汪鋐‘擅主威福’，为何不早言；薛宗铠既知汪鋐放纵二子为奸利，为何不早言?

皇帝拿定主意：上疏各官皆应被罚，先杖于阙下，然后或黜或降。

汪鋐免官和薛宗铠等受杖刑均在九月初一日。因行杖之人下手太重，薛宗铠、曾翀二人当即丧命。这好像是应验潘子正的梦，薛宗铠自己在上疏前好像也料到这一结局。

第二百零七章

严世蕃的小童牵着两匹马，在安定门城门下等候主人。严世蕃告假，蹓蹓跶跶离开国子监，转弯向北，立刻加快脚步。主仆二人会合后，一出城门，立刻快马加鞭，在城外绕半个圈子，直向白云观而去。

王道士和严世蕃已然很熟，见了他，打趣道："严公子又偷懒，不知今日向先生告假，用的是什么名目？"

严世蕃喘口粗气，说："道长言之差矣。在国子监读书，根本不必用心费力，在王道长这里，才是真正求学。我向先生告假，向来是说，我要去用功。先生不知我去哪里用功，凡我告假，他无有不准。"

"虽说先生不得不给面子，也是公子智慧过人。"王道士赞道。

所谓不得不给面子，是指严嵩任南京礼部尚书，官高资深。

王道士又说："其他监生告假，十次中有九次不准；公子告假，十次中有九次皆准。此事虽小，却不是每个人都可以办得到。如那位唐公子，近来就告不下假。"

严世蕃为唐汝楫辩解："唐老弟告不下假，不是先生不给面子，也不是他无智慧，只因有人比他的面子更大，他只好徒唤奈何。"

所谓有人面子比他更大，是指唐龙回到朝廷，向国子监交代，对唐汝楫要严加约束，助教自然不敢轻易准他假。

"有人比他面子更大，严公子这说法有趣得很。"王道士说。

小童在外面系好马，一步一跳地走过来。

王道士打量着他，说："严公子，这位小友面生得很。"

"他是新跟上我的，特地带来与道长见一面。"严世蕃讲述他的来历，"家乡来人，送两名小童。他善骑，另一小童善步。我若骑马来，一定带他，若乘轿来，一定带另一人。道长记好。"

"他的面相很好，想来另一位小友也不会错，"王道士说，"仅面相好尚有不足，须得名字也好。不知他二人怎样称呼？"

严世蕃说：“他二人以前的名字肯定不好。我为他二人改了名字，好与不好，还要请道长参详。他原叫严银，被我改作严字；另一小童原叫严玉，被我改作严画。道长看可使得？”

“想人所不能想，这个名字，只有公子改得出来，”王道士道，“我记得，当年新建伯收一弟子，名叫王银。新建伯不喜欢银字，将其拆为二字而取其一，他取的是艮字。这是一种改法。严公子舍银易字，舍玉易画，又是一种改法。还是严公子的改法高明。”

严世蕃对严字说：“我当时为你改名，你还不高兴。如何，道长都说你的名字改得好吧？你回去对严画说，他的名字也是改得好的。”

“有什么好！”严字不服气，“公子不爱写字，唤我严字，以后还不是要我替公子写字；公子不爱作画，唤他严画，以后还不是要他替公子作画。却不知，我二人也是不爱写字，不爱作画的。”

王道士听他的话有趣，也说些有趣的话：“小友这样说，我倒要请教。你家公子爱银，无人不知，他为何不仍叫你严银？你家公子爱玉，无人不晓，他为何不仍叫你那小伴严玉？”

严字又有一番说词：“我叫严银，公子怕抢他的银，这个名字用不得。我那小伴叫严玉，公子怕抢他的玉，那个名字也用不得。”

王道士说：“你的话有道理，却不是你家公子本意。银者，人人皆爱。玉者，人人皆爱。他和别人一样去爱，未免俗。好字，一字千金。好画，一画万斛。他把爱银之心，转为爱字，把爱玉之心，转为爱画，不唯不俗，而且获利更钜。你家公子的心机，非你所能逆料。”

“但愿我家公子本意，果如道爷所言，”严字道，“我家公子俗也罢，雅也罢，爱银也罢，爱字也罢，只要不让我替他写字，我就不怕。”

“在道长面前，你还敢说什么俗雅！”严世蕃叱他，“我爱银也罢，爱字也罢，在道长眼里，总是个俗人。”

王道士说：“严公子虽是俗人，却俗得可爱。我和公子第一次见面时，出言不逊，公子全不见怪。俗人也罢，雅人也罢，难得有几人及得上公子。故我乐与公子交结。但愿公子待人待物，常能存此宽容之心。”

“道长金玉之言，俗人谨记，”严世蕃道，“道长不弃俗人，在下幸甚。今日来见道长，仍是一俗事，要请指点。”

“严公子可是有南下之心？”王道士推测。

“道长果然料事如神。”严世蕃大感钦佩。

他荫入国子监，和官场上的人物不便来往；国子监生员无不想拼出个前程，这和他的想法不同，所以，他几乎没有可以说知心话的人。他喜欢和三教九流的人交往，对王道士，他更愿意倾吐心声。

“愿闻公子心愿。”王道士说。

严世蕃说：“家大人改官南京，整整三年，三年的正旦，我和家大人都不在一起。我知家大人对我甚是惦念，我对家大人也甚是惦念。现在已进入腊月，我欲告个长假，去南京过节。”

二人是随意而坐的，严世蕃恰好坐在南面，王道士恰好坐在北面。王道士的目光从严世蕃头顶扫过，向南方望去。他好像望到很远处，直望到南京。严世蕃和唐汝楫一同来时，他曾经对他二人说，严嵩和唐龙会被召回，各掌一部。现在，唐龙已被召回掌刑部，严嵩却还没有一点被召回的音信。严世蕃有南下之心，是因失望。

其实，他父子二人总是要团聚的。严嵩被召回，有被召回的好处；留在南京，有留在南京的好处。但是否召回，是有定数的。严嵩至少有二十年的富贵，王道士坚信，他不会看错。不被召回，富贵从何说起？

“严公子可不可以再忍耐一时？”他终于开口。

“道长的意思，是不是我不宜南下？”严世蕃疑惑地问。

“公子不是不宜南下，是不必南下，”王道士道，“尊大人被召回朝廷，应在半年之内。公子此刻在国子监告长假，定非尊大人所愿。我愿与公子定半年之约，尊大人不召回，我陪公子一起去南京走一遭。”

“当真？”严世蕃大喜，“道长不要食言！”

对他来说，父亲可望在半年之内被召回，是一喜；有这样一位奇人陪伴去南京，也是一喜。

“我若食言，公子可让字、画两位小友捆绑我去。”王道士说。

“严字听好，”严世蕃命道，“届时，你二人要用力捆绑！”

严字说：“公子放心。我和严画从来还没捆绑过人，第一次捆绑，就碰上一个牛鼻子老道，我二人绝不会手软。”

“休得乱讲！”严世蕃喝道，“他即使食言，你仍该称他声道长。”

“他不食言，我尚且不称他道长；他既食言，我为何反要称他道长？”严字振振有词，“在乡下，人们都是这样称呼的。”

严世蕃还要训斥他，王道士拦住：“严字小友愿意叫我牛鼻子老道，让他去叫吧，公子不必介意。公子叫他严银，或叫他严字，他仍是他；他叫我道长，还是叫我牛鼻子老道，我还是我。”

“他这样称呼道长，道长不介意，他这样称呼别人，别人也不介意吗？他年纪小，太不知深浅。”严世蕃说两句后，也不再说。

当今皇帝崇敬道者，街上走的道士，不知哪一人，就是未来的真人，或和现在、未来的真人有什么瓜葛，都是不能得罪的。

“公子教训的也是，”王道士对严字说，“小友哪一日心中晦气，想叫一声牛鼻子老道出气，只管来白云观寻我。若遇其他牛鼻子老道，嘴上还是要留些情面。”

“叫一声牛鼻子老道，未必就得到什么好处。公子不许我叫，我不叫就是；可要我叫道长，也休想。”严字说。

他小小年纪，不知什么时候和道士结下深怨，一边嘟囔着，一边走得离二人远些。

严世蕃正要他走远些。严字虽是近身的小童，但并非所有的心思都可以让他知道。譬如，现在要与王道士谈论的话题，就不让他知道为好。

“道长的话，从来是灵验的。家大人半年之内被召回，我信而不疑。但不知家大人被召回，可是为补朝廷的缺？”严世蕃问。

王道士知道他的心思，但不点破，只笑笑：“公子问得好怪，召尊大人回朝，不为补朝廷的缺，却为作甚？”

严世蕃也笑笑：“我又以俗人俗事烦扰道长；我是问，家大人被召回朝廷，可是为补现在朝廷的缺。”

随即收敛笑容，显示他问的是正事。

朝廷六部堂官，今年又是一大变：先是在三月，兵部尚书王宪致仕；然后在七月，刑部尚书聂贤致仕，工部尚书秦金改南京；最后在九月，吏部尚书汪鋐被免。兵部、工部的尚书，已由侍郎升补，刑部的尚书，已用唐龙。现在朝廷空缺的，只有吏部尚书。

以资历和眼下的职务而论，严嵩被召回朝廷，一定是补尚书的缺，很有可能是补吏部尚书的缺。当然，也可能别部尚书改吏部尚书，以他补别部尚书。

严世蕃希望父亲能补吏部尚书的缺，而且，他的希望不是没有来由。

“严公子为何以为，尊大人召回，是补朝廷现在的缺？”王道士问。

严世蕃讲述他的理由：“汪大冢宰去官，皇上命会推，共推出五人。除罗允升先生赋闲外，有现户部尚书梁大用先生，现礼部尚书夏公谨先生，现刑部尚书唐虞佐先生，现掌院都御史王子衡先生。罗允升先生是弘治六年进士，在嘉靖初年即以吏部左侍郎摄尚书事。召拜吏部尚书，他的资历是不成问题的。但他当年因议礼而去官，皇帝不用他，也在情理之中。另外四位现任大七卿，梁大用先生是弘治十二年进士，在嘉靖七年出掌户部，十年致仕，十三年又起。王子衡先生是弘治十五年进士，在嘉靖九年任南京兵部尚书，嘉靖十三年改掌院左都御史。拜吏部尚书，他二位的资历也是不成问题的；且二人均不牵涉议礼，皇上不会有恶感。唐虞佐先生是正德三年进士，资历略有不足。但他嘉靖十年出任陕西三边总督时，加的是兵部尚书兼右都御史衔，足见皇上委用之重。他在西北四年，颇有建树，声威仅为杨应宁、王德华两位老先生之亚。聂承之先生致仕，皇上首先想到召回他，又足见委用之重。夏公谨先生是正德十二年进士，资历是不够的。但自他献天地分祀之议，已成为继张茂恭先生、桂子实先生之后，又一位议礼的大功臣。张茂恭先生、桂子实先生初起时，是不被朝廷的老臣们放在眼里的；夏公谨先生初起，即被张茂恭先生视为劲敌，可见他的势头，又在张、桂二人之上。他在嘉靖十年拜礼部尚书，距今也已四年有余。”

在九月到十月的一个月里，会推吏部尚书，廷臣共推出罗钦顺、梁材、夏言、唐龙、王廷相五人。严世蕃一一道出各人的优势。

“罗允升先生是弘治六年进士，夏公谨先生是正德十二年进士，其间相差二十四年；罗允升先生嘉靖初年署吏部事，唐虞佐先生嘉靖十四年任刑部尚书，其间相差十三年。难得严公子把众人的履历说得一事不差，一字不差。听过这一番解说，我真长不少见识，”王道士大加称赏。“若吏部尚书不必进士出身，严公子堪称第一人选。吏部尚书碍于资格，严公子若掌文选司，定是第一流的郎中。”

“道长且休谬赞，我的话还没说完，要紧的话在下面，”严世蕃说，“以资深而论，罗、梁、王三人均可用；以资深且为皇上赏识而论，梁、王二人可用；以资浅而为皇上赏识而论，唐、夏二人可用。结果，皇上一人也没用，道长道是为何？”

“或是可用的人有四五人之多，皇上反而不知用谁好；或是皇上并不中意此数人，而在心目中另有可用之人。”王道士说。

“不会再有第三个缘故吗？”严世蕃问。

“我虽略知朝廷事，但实在想不出第三个缘故。”王道士说。

严世蕃想到的，也不出这两个缘故。他说：“以常理推测，这两个缘故都对，但后来朝廷上又出一件事，第一个缘故就显然不对。”

“不知这两个月里，朝廷又出什么了不得的大事？”王道士问。

“也不算了不得的大事，只是耐人寻味，”严世蕃道。“廷臣会推五人，皇上一人不用，乃命科、道官各荐举。这等事，以前从未有过。”

王道士说：“廷臣会推者，皇上不用，不是什么大事；但为何却要科、道官会推？此事确有些耐人寻味。”

“我说耐人寻味，这是其一，”严世蕃道，“我再说其二：六科十三道接圣谕，无一给事中无一御史出面荐举，却共上一疏辞命，称道：吏部尚书一职，简在帝心，臣等不敢妄举。”

王道士听后，不住点头：“六科十三道间的相互攻讦，从未终止，今次却一致抗命，果然更耐人寻味。不过，廷臣会推，把可以荐举的大臣，都荐举，六科十三道一则无人可以荐举，二则再有荐举，皇上多半也不会任用。干脆不荐举，亦是明智。”

“我最初的想法和道长一样。”严世蕃大有相遇知音之感。

“然后严公子的想法不同？”王道士问。

“我反复地想，还是想不出，除道长说的两个理由，会有什么样别的理由。”这话一出口，两个人都笑起来。

“科、道官们的心思，公子也没必要反复地想。”王道士笑着说。

“是。道长不要我想，我就不再想，”严世蕃说。“我再为道长说其三。六科十三道上疏辞命，皇上大怒，罢免为首者官职，余者戴罪留任。被罢免的官员有：吏科都给事中董进第，户科都给事中王紫，礼科都给事中潘大斌，兵科都给事中曾忭，刑科都给事中周昆，工科都给事中戴继，及各道署印御事王祚、张敕、戴铣、曾孔化、蔡霙、方淮。道长看，为荐举事，一次罢免科、道十余人，是不是耐人寻味？”

都察院下有十三道，各以资深监察御史一人署印，为署印御史，又称掌道御史。十三道署印御史常有空缺，皇帝这次处分科、道，只有六名署印御史。戴铣没和薛宗铠、曾翀等一起上疏论劾汪鋐，免受杖刑，但这次还是被免官。

严世蕃得出结论：“由此三者而观之，皇上不用会推大臣，不是所推甚多，不知用谁好，而是心目中另有可用之人。”

“公子一环扣一环，绝无破绽，让人听后，不得不说一句：原来如此，必是如此！不过，”王道士下面又有文章，“仍是百密一疏。公子只想到吏部尚书一职空缺，怎没想到内阁大臣也有空缺呢？”

“内阁大臣空缺？”严世蕃的确没想到，不由怔住。

王道长讲起内阁的情形，头头是道：“公子说，吏部尚书空缺三个月；而自张阁老致仕，内阁缺员已八个月。其间虽有费阁老补入，但他与其说入阁办事，不如说入阁颐养。到十月费阁老病故，八个月里，其实只李阁老一人在内阁支撑。吏部尚书空缺三个月，皇上又命廷臣会推，又命科、道荐举；内阁缺员八个月，皇上却从不曾命廷臣推补。严公子道是何故？”

“据我想来，是皇上和张阁老的缘分未断。”这是严世蕃想过的。

“不错，皇上，还有圣母皇太后，都希望与张阁老善始善终，”王道士压低嗓音，一听就知道他要说一件机密的事，“张阁老离京前，我在远处见他一面，我看，他再回不到朝廷。”

严世蕃虽不懂相人生死，但也听多人讲过，张孚敬这次的病恐怕不会有好转。

“张阁老回不来，朝廷一定要另补阁臣。”他说。。

王道士问他：“严公子看，另补阁臣，皇上会用哪一位？”

“补吏部尚书的空缺，廷臣至少推出五人，在这五人中，我看不过一二人可补内阁的空缺。”严世蕃说。

“一人者，为夏；二人者，再加上罗。然否？”王道士问。

严世蕃先点头，后摇头：“罗允升先生，廷臣再推，皇上仍是不会用的，能推入内阁者，其实只有夏公谨先生一人。”

“不错，”王道士同意他的说法，但又说，“内阁备员三四人为宜。现在有一位李阁老，再有一位可补入的夏公谨先生，还是不够的。”

“道长是说，家大人被召回，是为补入内阁？”严世蕃且惊且喜。

王道士则先摇头，后点头：“这是两件事。我只说，半年之内，尊大人将被召回；可没说，尊大人被召回，是为补入内阁。夏公谨先生未见得半年内可入内阁，更不必说严唯中先生。”

第二百零八章

徐阶由湖广黄州知府升任浙江按察司提学佥事，是一件喜事。南直隶的江南部分与浙东毗邻，不但同是富庶地区，而且在风土、习俗、人文各方面，也感觉亲近。

到杭州，在按察司衙门点过卯，和同僚见过面，徐阶急忙安排巡视各学校。要去的第一处，自然是杭州府学。杭州府学其实也是浙江全省的最高学府，应该集中全省最优秀的学子。

出罢试题，生员们领取试纸作题，府学的教授、训导等分散在各房监试，只剩下徐阶一人在堂上看书。

一个时辰以后，生员陆陆续续交卷。他们一般都是安安静静退出，但有两名生员一起来交卷，下堂后就争吵起来。

一名生员说：不为等你，我早来交卷。

另一名生员说：我不是又多读一遍吗？徐大人是翰林出身，第一次看我等的卷子，若有白字，别说我等脸上不好看，教授脸上也不好看。

第一名生员说：我也多读一遍，可还是要等你。我总说你应试不如我机敏，你不相信。今日考试，又是如此，你总该相信吧？

第二名生员说：何谓机敏？我不过手上慢些，就不如你机敏？众人争辩时，从未见你赢过。与我争辩时，你也是赢少输多。

二人声音越来越高，干脆站下来。小童欲上前呵斥，徐阶拉住他，摆摆手。徐阶仍在阅卷，小童听他二人争论，不再觉得寂寞无聊。

第一名生员说：你那是嘴上快些，又有什么用？今年乡试也好，明年会试也好，考的是各人手上的工夫，又不是嘴上的工夫。我看，今次的贡举，兄台让我吧。

第二名生员说：既称我兄台，就该你让我，焉有兄台让弟台的道理。

第一名生员说：我要你让，是为维护你的脸面。兄台考不过弟台，面子上好看吗？你却偏要争，好不知趣！

第二名生员说：手上快，未必作的就是好文章；手上慢，未必就作不出好文章。

你不必在乎我的脸面，还是多留意自家的脸面吧。

二人争吵着离去。徐阶吩咐小童：“你让他二人不要走远，阅过卷子，我有话说。”小童应声追出去。

不多时，又有两名生员一同交卷。离去时，互相逊让。

第一名生员说：兄台大才，这次一定又名列前茅。今次选一名贡生，必是兄台无疑。小弟想，哪里有资格与兄台争雄，还是让与你吧。

第二名生员说：兄台出此言，令我汗颜。输与别人，我心有不甘；输与兄台，我心悦诚服。兄台若让与我，不是要我后悔终生吗？

第一名生员说：是我失言。兄台凭的是功力，何须我让！

第二名生员说：我不是这个意思。我这次若考在兄台前面，那定是兄台相让。兄台成全之意，我心领；但我宁愿把这个名次让回兄台。教授知道兄台的功力，只要比较平日的文章，就不难判定优劣。

小童嬉笑着，说：“老爷，我去把这两个生员也留下吧？”

徐阶奇怪地问：“你怎知我要留下他二人？”

“那两个生员争辩时，老爷不住摇头，后来要我把他二人留下。这两个生员争辩时，老爷又不住摇头，不是要把他二人留下吗？”小童道。

“你既然知道，还不快追将上去。”徐阶开心地说。

在前的两名生员站于左首，在后的两名生员站于右首。徐阶指着左首的两名生员说：“你二人争得好凶！”又指着右面的两名生员说，“你二人让得好凶！”然后问，“可否告知，你等争的是什么，让的是什么？”

左首的两名生员说：“我二人争的是今岁贡生的名额。”

右首的两名生员说：“我二人让的是今岁贡生的名额。”

各府、州、县学入国子监的贡生，额数略有出入，或府学岁二人，州学二岁三人，县学岁一人，或府学岁一人，州学三岁二人，县学隔岁一人。现行制度，府学岁二人。今次考试，未必和贡生之选有多大关系，但许多生员以为，贡生之选会由这次考试而定，以至相争相让。

徐阶问左首的第一名生员：“你争过他，你就可选贡生吗？”

他答道：“晚生不知；晚生只知，他选贡生，晚生就选不上贡生。”

“这话也是。贡生额数有限，选上他，就选不上你。”徐阶道。又问右首的第一名生员，“你让他，他就可选贡生吗？”

他答道：“晚生不知。晚生只想他选为贡生。”

徐阶说：“你四人若在他处争辩，我听不到，无法与你等理论。你四人在堂前争辩，被我听到，我就不能不与你等理论。理论之一：各学贡生，应选学识优者，积分高者。学识优，积分高，是可以争，可以让的吗？”指着左首的两名生员说，“你二人相争，争不出学识，争不出积分。”指着右首的两名生员说，“你二人相让，让不出学识，让不出积分。”问四人，“我这样说，各位意下如何？”

“督学大人教导的是。”四人应道。

“所以，贡生之选，我不欲使人争，也不能使人让。”徐阶对理论之一做出结论，接着说，“理论之二：在平常之年，各学选送贡生，是第一等的大事。今年是秋闱之年，我不说选送贡生不是第一等的大事，但至少秋闱和选送贡生都是第一等的大事。各位的心思只知用在选送贡生上，全不用在秋闱上；只知选送贡生是为国家造就人才，不知举行秋闱也是为国家造就人才。这岂不是太无见识？我这样说，不知各位意下如何？”

“督学大人教导的是。”四人应道。

“理论之三：人各有短长，不当傲气凌人，也不当萎靡不振。”徐阶指着左首的第一名生员说，“你看到他的短处，却没看到自己的短处。”指着右首的第一名生员说，“你看到他的长处，却没看到自己的长处。”问四人，“我这样说，各位意下如何？”

“督学大人教导的是。”四人应道。

“《千字文》中有两句话，各位应牢记，”徐阶说，“一句是罔谈彼短，一句是靡恃己长。一位前辈写下这两句话，各加以注，张贴于壁。在‘罔谈彼短’下加注曰：我亦有短；在‘靡恃己长’下加注曰：人各有长。我看，你四人都当以此书之座右。”

四人还未应声，窗外一人喝彩道：“好一个循循善诱的徐子升！”

四人循声看去，见一人立于窗外，他们都不认得。徐阶循声看去，却识得此人。“惭愧，我只顾理论，却不知咫尺之外有大贤者，”他说着，迎过去，问道，“勉之先生，已窃听多时吧？”

立于窗外的，正是吴县人黄省曾。他曾学理于王守仁、湛若水，而不拜入王门、湛门；曾学诗于李梦阳，而不拜入李门。此人不受约束，自成一家，在江南大有文名。但在科场上，他却不得意。嘉靖十年，年过四旬，才中乡试。别人都为他惋惜，他却处之泰然。

“自子升先生理论之一，我就在听。子升先生字字珠玑，你不但在教导他等，也好似在教导我。”黄省曾说着，绕进堂上。

“勉之先生切莫再羞辱我，”徐阶拉着他，对几名生员说，“来，我为各位引见，这位是我姑苏鼎鼎大名的名士。”

“听督学大人呼他勉之先生，难道是黄勉之先生？”一名生员问道。

“正是！”徐阶道，并问，“你等知他字勉之，可知他另有一大号？”

另一生员说：“晚生等只知勉之先生优游于山水之间，独喜西子湖风光，却无缘拜识，更不知他另有雅号。请督学大人赐告。”

“勉之先生神龙遨游，莫说你等无缘拜识，就是我，要不是这时该观钱塘潮，也寻他不着。”徐阶说着，给众人讲述黄省曾的自号。“勉之先生喜游西子湖，这话不错，他就是在游西子湖后得其号的。但说他独喜西子湖，却未必。勉之先生游西子湖之意，不在湖而在山，他最瞩意者，武林山也。而他游山之意，又不在西子湖之山而在天下之山，故他游西子湖后，以五岳山人自号。”

“以此可见勉之先生志向之大，”一名生员半是奉承半是羡慕地说。他还有话要说，但被人在身后一拉，猛然醒悟。他向徐阶揖道：“督学大人谆谆教诲，晚生等感激不尽。督学大人有客，晚生等告退。”

众生员鱼贯而出，徐阶在他等身后走几步，算是送客，黄省曾又在他身后走几步。直到看不见众生员的身影，徐阶才转回身来。

“子升先生，他等不是在嘲笑我吧？”黄省曾问。

“他等嘲笑勉之先生？”徐阶摸不着头脑，“勉之先生此言何意？”

“他不是在说，可见我志向之大吗？子升先生知道，我是最没志向之人。他等不是嘲笑我，又是何意！”黄省曾道。

“勉之先生心系五岳，志在五岳，不但他等要说可见你志向之大，我也要说可见你志向之大。”徐阶才与几名生员理论完，又与黄省曾理论。“我记得，勉之先生对我说过，当年宁藩之变，乔希大先生在南京城里，如何运筹帷幄。希大先生自然是最有志向之人。可我还记得，希大先生也说过，当年宁藩之变，勉之先生游山谒陵，悠闲自得，官民为之心安。勉之先生难道就不是最有志向之人？世上不可无希大先生之志向，也不可缺少勉之先生之志向。”

宁藩之变时，乔宇任南京兵部尚书，大有东南半壁倚其支撑之势。恰黄省曾至南京，乔宇走了看似无聊、实有余味的一步棋，请他谒陵，陪他游览，果收奇效，南京城里顿时平静如常。

想到此，黄省曾释然：“如此说来，听了他等的话，我不必汗颜？”

“不但不必汗颜，还应得意。”徐阶说着，吩咐小童，“春风得意的黄勉之先生驾到，还不奉茶！听好，要用龙井新茶。”

小童嘴角向外一撇：“老爷以为是在哪里，要奉茶，就奉茶；要奉上龙井新茶，就可奉上龙井新茶？”

顺势看去，几位教授、训导聚在院中闲话，大概是考试结束，督学大人在堂上有客，不便打扰。徐阶这才想起，黄省曾是客，他也是客。

“是我见到勉之先生，忘乎所以，”他说。“走，我们换一处说话。”

黄省曾应道：“正要去子升先生府上一坐。”

“舍下还在收拾，诸多不便，”徐阶说，“我还是在衙门里款客吧。”

“去衙门就不必，”黄省曾一口回绝。按察司衙门里，大大小小都是进士出身，去了人人招呼，想起来就不自在。“子升先生要品龙井新茶，不如我二人去西子湖畔寻一茶肆。”

“我也有此意，只是怠慢，”徐阶说着，揖让，“勉之先生请。”

徐阶自己有轿子，再向府学衙门借一顶轿子，与黄省曾乘，二人直向西湖而去。距岳王庙不远，有一座茶楼看上去还算整齐清静。二人登楼，要了两壶龙井新茶，几碟点心，品茶闲话。小童则在楼下等候。

徐阶啜口茶，问道：“明年春闱，勉之先生一定要北上的吧？”

“明年的事，明年再说。”黄省曾没把这件大事放在心上，倒是把一件小事放在心上，“五岳山人，不过是前些年，游西子湖后，致函田书禾，随意涂写的，怎传到子升先生的耳中？”

“礼官、翰林，本就有些来往，何况我与叔禾先生以文交契，相互仰慕；勉之先生又没叮嘱他：五岳山人四字不可入徐子升之耳，他为何不告与我知？”徐阶从田汝成处听到的，还不止这个绰号。“叔禾先生不但告知大号，而且对我说过，勉之先生诚山人也，你恐怕还不知吧？”

“叔禾先生果有此言？”黄省曾急切地问，“他是怎说的？”

“他说五事，可谓精辟之至。不过，”徐阶似真似谑地说，“叔禾先生嘱咐过我，他日与勉之先生聚晤，这五事不可随随便便说出来。”

“田叔禾刁钻古怪，子升先生莫要学他。”黄省曾急不可耐地说。

“那次叔禾先生也不甚刁钻古怪，”徐阶仍似真似谑，“他只是叮嘱我，若在饮酒，一定要勉之先生饮过酒再说。”

“今日无酒，我以茶代酒，子升先生说一事，我喝一壶茶，如何？”黄省曾瞄了瞄茶楼用的茶壶，估计五壶茶还可以消受。

“那岂不成牛饮？”徐阶终是宽厚，说，“我说一事，勉之先生只抿一口吧。在叔禾先生那里，我也可以交代过去。”

黄省曾占得便宜，忙说：“就依子升先生。”

“叔禾先生说，有五事，可知黄子诚山人也，”徐阶一事一事数来，“其一，黄子癖就山水，不顾功名，可谓山兴。”

“知我者，田叔禾也。”黄省曾叹道。

“是，”徐阶应一声，又道，“其二，叔禾先生说：瘦骨轻躯，弃危涉险，不烦筇策，上下如飞，可谓山足。”

黄省曾自顾身躯，问：“我真是瘦骨轻躯吗？”

听人说过，文人多以瘦折，他怕自己清瘦，并非吉兆。

“这四个字，虽未传勉之先生之形，却可传勉之先生之神。况且，山足二字选用得再恰当不过，”徐阶宽慰他。“勉之先生再听。其三，目击清辉，便觉醉饱，饭才一溢，可旷旬日，可谓山腹。”

“有的山，其腹富可资国；有的山，其腹一贫如洗。我之腹也是如此，有时忽觉满腹经纶，有时忽觉满腹糟糠。”黄省曾发一通感慨后，与徐阶理论道，“子升先生说，叔禾先生‘山足’二字用的恰当，我却觉得，还是‘山腹’二字用得最恰当。”

“二处比喻用得都恰当，也难说哪一处比喻最恰当，说不定，后面又有更恰当者。”徐阶不硬争，也不逊让。他对生员说：不欲使人争，也不能使人让。他自己正是这样一个人。“其四，谈说形胜，状其奥妙，含庾咀隽，歌咏随之。若易牙调味，口欲流涎，可谓山舌。”

“叔禾先生在笑我饶舌，你还说他的比喻恰当！”黄省曾不依不饶。

“以勉之先生现在的情形，他的比喻实在恰当。”徐阶道。田汝成并未笑黄省曾饶舌，而他自己真是在饶舌。“若说叔禾先生的这个比喻不合尊意，勉之先生，他最后一个比喻恐怕是有意激你发怒。其五，解意苍头，追随不倦，搜奇剔隐，以报主人，可谓山仆。”

古人称私奴为苍头，这个称呼，今时仍沿用。黄省曾听到最后的比喻，不但没有发怒，反而朗声大笑。

“解意苍头，我看这四字用得最恰当，子升先生以为如何？”他问。

“见仁见智，哪一句最恰当，无须分辩。”徐阶说。

“无须分辩，就不分辩，子升先生见识终是高人一头，”黄省曾说着，如约饮下最后一口茶，并问，“子升先生，叔禾先生有什么结束之语？”

“勉之先生知叔禾先生还有结束之语，也可谓知他者，”徐阶道，“叔禾先生说：备此五者，而谓山人，不亦宜乎？人此五者无一焉，而漫曰游山，必非真能赏鉴者也。”

黄省曾也说句结束之语：“叔禾先生有此一说，方可谓真结山缘。”

第二百零九章

嘉靖十五年三月二十一日，皇帝和方皇后奉圣母皇太后谒陵。扈驾大臣有郭勋、李时、夏言，侍驾太监有张佐、阎洪，少监有崔成、麦福。因是短期离京，没有特别安排居守大臣。

二十四日，依次拜谒过长陵、献陵、景陵后，皇帝带着张佐和崔成，弃舆弃马，顺景陵向东南方向步行过去。

走过一段弯弯曲曲的山路，到一高坡处。皇帝站定，向四面张望。但觉微风徐来，沁入心扉；但见远山近谷，尽收眼底。

崔成手捧一坐垫，喘着气问："爷要不要歇歇？"

"登高望远，你却要朕歇歇，好不扫兴！"皇帝说着，又向上走几步，才回过头问，"张佐，崔成，你二人可知这里是何处？"

"奴才不知。"张佐紧跟在皇帝身后，答道。

"奴才也不知，"崔成又跟在张佐身后，话却比张佐多得多，"奴才家乡有一座小山。自然是不能与这天寿山相提并论的；但山上有一小径，向左一拐，向右一拐，拐来拐去，拐到山顶，乡里人叫它九道坡。奴才看，这里也是拐来拐去的，何不叫作九道岭。奴才想，九道岭比九道坡更神气多。"

"你能想出一个岭字来，不枉在内书堂读两年书，"皇帝说，"朕告诉你，这山的名字里确有一岭字，但不是九道岭，而是十八道岭。"

"十八道岭？"张佐一下明白，皇帝为什么把他二人带到此处。

皇帝看他一眼，问道："你知此处？"

"奴才略知，"张佐点了点头，说，"奴才侍候爷阅过张先生所进十八道岭图帖，可万万没想到，十八道岭竟是这般伟峻险要。"

崔成在后边捅捅他腰眼，低声问："张叔，你说的张先生，可是张阁老？他为何要绘十八道岭图帖？"

张佐回头看他一眼，不知从何说起，干脆不答。

皇帝听到崔成的问话，说："其实，那图帖并非张先生所绘，而是兵部员外郎骆用卿所绘，由张先生呈进。"

骆用卿是浙江余姚人，正德三年进士，嘉靖七年时任兵部员外郎。他不但善于绘图，而且精习堪舆，曾奉旨随阁臣张孚敬、礼部尚书方献夫、工部尚书刘麟等，在天寿山为皇帝择陵址。十八道岭的图帖是那时由骆用卿绘制、张孚敬呈进的。与十八道岭图帖同时呈进的，还有燠儿谷和橡子岭二处的图帖。众臣当时选中三处，请皇帝钦定。皇帝反复比较图帖，选定燠儿谷。这次奉圣母皇太后谒陵，正好亲自巡视三处，皇帝首先就被十八道岭吸引。

张佐知道这段故事，大约能猜到皇帝的心思，但他不敢胡乱插话。崔成不知道这段故事，猜不到皇帝的心思，他也不敢胡乱再问。

"崔成，朕来问你，天寿山为我列祖皇陵，是谁选中的？"皇帝问。

"自然是太宗老皇爷选中的，"崔成道。大概觉得"自然"两个字用得太轻佻，他又改口道，"奴才听说，是太宗老皇爷选中的。"

"人人皆知，文祖由南京迁都北京，崔成，你可知道，文祖是在哪一年迁都北京的？"皇帝又问。

"奴才记得，在永乐元年。"崔成想也不想就说。

皇帝大摇其头，转过去看张佐。

张佐说："永乐元年，太宗文皇帝诏以北平为北京，而不是以北平为京师。当时北京称行在，京师还在南京。奴才记得，永乐老皇爷迁都北京，是在永乐十八年。"

"虽不中，不远矣，"皇帝道。并为二人讲解，"永乐十八年，文祖诏自明年改京师为南京，北京为京师。永乐十九年正月朔日，文祖始奉安德祖、懿祖、熙祖、仁祖及太祖高皇帝五庙神主于北京太庙。始御北京奉天殿受百官朝贺。"

"奴才糊涂，把迁都北京提前一年，"张佐道，"奴才这次记住，迁都北京是在永乐十九年正月朔日。"

"奴才更糊涂，把迁都北京提前十八年。"崔成道。

"你虽更糊涂，却也不是糊涂得全无道理，"皇帝给他一个台阶下。"太宗文皇帝实际上早已定计迁都，在永乐十九年以前，文祖留住北京的日子恐怕比回到京师的日子还要多。而且，早在永乐五年，仁孝皇后宾天时，文祖就命于北京择寿陵。"

仁孝皇后徐氏，是开国第一功臣徐达的长女，太宗文皇帝得天下，仁孝皇后功业殊伟，太宗文皇帝万岁之后，肯定是要与她合葬的。既在北京为徐皇后择陵，可不早就存有迁都之意？

“太宗老皇爷永乐五年就选中天寿山？”崔成问。

“还要晚些，”皇帝说，“仁孝皇后宾天后，因不得佳壤，有两年未入葬。当时的礼部尚书是河南祥符人赵羾。赵羾举人出身，机敏干练，甚得太宗文皇帝信用。觅不到吉地，葬不成仁孝皇后，他比任何一人都急。比起进士出身的大臣，他还有一个好处：不耻下问。听说北京来个江西人，叫廖均卿，堪舆精湛，便上门求教。廖均卿说：吉壤在北。北京城北面太辽阔，赵羾问：在正北，抑或东北，抑或西北？正北为昌平县，昌平在那时还是县，至正德元年始升为州，东北为怀柔县，西北为永宁县。廖均卿胸有成竹地说：在正北。赵羾请廖均卿遍阅昌平诸山，结果，在县东觅得一处吉壤，名黄土山。赵羾奏闻文皇帝，文皇帝即日亲临巡视，又命其他善堪舆者卜之，俱言佳。于是，文皇帝赐名该山为天寿山，始建山陵。这是在永乐七年五月。”

“爷讲的真是动听，就好似亲身经历一般。”崔成说。

本想奉承，话一出口，才觉出欠妥。把百余年前太宗文皇帝经历的事说成皇帝经历的事，皇帝成什么！他想，真得好好向张佐学学，该说的话他说，不该说的话他一句也不说，半句也不说。

还好，皇帝没有追究。他说：“朕在许多方面，比不了文祖；但有一件事，朕可胜过文祖。文祖的寿陵，是赵羾、廖均卿等为他选定的，朕虽有张先生、骆用卿等，但朕的寿陵，却是自家选定的。”

皇帝的意思很明白，张孚敬等提供三处陵址，皇帝亲临巡视，自己选取一处。这一处自然是十八道岭。

皇帝在岭上站立许久，看看这棵树，摸摸那块石，心绪连绵，颇有不舍之意。然后，他率张佐、崔成二人返回景陵。

走在路上，皇帝忽问：“崔成，你可有乳名？”

“奴才乳名狗儿，实在不好听。”崔成道。

“乳名只为唤起来亲切，要什么好听！”皇帝说着，回头望去，“十八道岭好比是此山的乳名，如今，它该有个正名。”

崔成说：“天寿山的乳名是黄土山，天寿山是永乐老皇爷为它取的正名。爷何不在今日为十八道岭取个正名？”

“和你二人在一起，朕取得出什么正名！”皇帝笑道。“要取正名，朕须回到宫中，沐浴焚香、沉思默想方可。要不，你卖弄卖弄在内书堂得到的学问，给它起个正名。”

“奴才万死不敢！”崔成吓一跳：皇帝选中的陵址，他怎敢取名。

“是不敢，还是不能？”皇帝问。

“不敢，也不能，”崔成说。“若由奴才取名，比十八道岭这个乳名还要更像乳名，十八道岭反而成为正名。”

“张佐，你不会取一个比乳名更像乳名的正名吧？”皇帝问。

“奴才愚驽，取不出比乳名更像乳名的正名，也取不出比乳名更像正名的正名，”张佐说。“奴才上山时没留意，听爷说此处即十八岭；奴才下山时，暗中数了数，好似并没有转十八道湾。爷若要奴才取名，奴才再去数一遍，看究竟是转几道弯。”

“若只转十七道弯，你就起个十七道岭的名字吗？”皇帝问。“十八道岭的名字只可体会其意，怎可实地去数！你数出个十七道岭或者十九道岭的名字来，还有什么味道？”

比乳名更像乳名，是崔成的说法；看十八道岭究竟转几道弯，是张佐的说法。皇帝当然不会由他们给十八道岭易名。其实，对十八道岭的正名，他已在心里酝酿成熟。正名，须用双字，上一字，由夕阳斜照而想到，下一字，由层峦叠翠而想到，十八道岭可称阳翠山。但是不是就用这两个字，他还真要好好想一想。

次日，皇帝、方皇后奉圣母皇太后谒裕陵、茂陵、泰陵、康陵。其间，皇帝巡视橡子岭，两相比较，仍以十八道岭为佳。

二十六日，皇帝、方皇后奉圣母皇太在天寿山行宫歇息一日。

二十七日午前，皇帝、方皇后奉圣母皇太后还至沙河行殿，稍事歇息，进膳。皇帝传谕：免昌平田租三分之一，赐昌平七十以上老人粟帛。

午后，皇帝、方皇后奉圣母皇太后巡幸西山，谒景皇帝陵。

二十八日，皇帝、方皇后奉圣母皇太后自西山下西湖乘舟，向东经玉泉山西河，复向东经高梁河，舍舟登舆，奉圣母皇太后回到宫中。

第二百一十章

四月初十日，皇帝召武定侯郭勋、阁臣李时、礼部尚书夏言于文华殿侧室。先议两项人事：一是召入因丧母去官的前户部尚书许讚，出任空缺已久的吏部尚书；二是召入南京吏部尚书严嵩，以礼部尚书督修新的宋史。接着议了议建立讲武堂。长安街上的大兴隆寺不久前被火烧焚，皇帝的意思，寺院不必修复，可于其址建讲武堂。三位大臣都无异议。最后，皇帝提起上月谒陵。

“上月二十五日谒康陵，卿等有何感受？”皇帝问。

“臣谒康陵时，想到正德朝政事得失，想到正德年间辅弼大臣得失，不由怵然而惕，”李时很得体地说。“怵然而惕”四字，足以表明他对先皇帝和先朝辅弼大臣的评价。

“朕的想法和卿有所不同，”皇帝道，并问，“李卿，朕记得，议皇嫂谥时，你主张用八字吧？”

这话说得很慢，且神态凝重，使得李时，以及夏言和郭勋，更要“怵然而惕”。皇帝想的是毅皇后谥号，要议的是毅皇后谥号。但皇帝想法是什么，是觉得毅皇后谥号用字多，还是用字少，或有什么其他不妥之处，从皇帝的话和皇帝的神态，不易看出。

李时的回答很慎重：“是。毅皇后和累朝皇后略有不同，诚如臣张孚敬所言。臣以为，用八字谥，是一个便宜的办法。”

皇帝点点头，问夏言：“卿是主张用十二字吧？”

“是，”夏言应道，“该日集议，廷臣主张用十二字者为多。臣王廷相说：庄肃皇后作配武宗，今日之谥，似宜一体。”

皇帝说：“李卿请用八字，夏卿请用十二字，而张先生请用二字或四字。朕原本拟从张先生之议，用二字谥，或四字谥，但反复比较众议，又觉得李卿、夏卿等之议亦有道理。二字、四字、八字、十二字都有道理，朕无所适从，只得取其中，命用六字。朕那日谒康陵时，朦朦胧胧在想：毅皇后之谥用六字，到底对还是不对？

朕朦朦胧胧在想：张先生主张用二字，或四字，似有不妥。”

李时说：“天下治，礼仪自天子出。定毅皇后谥号，若有不妥，皆是臣等误导之罪。陛下可命礼部再集廷臣会议。”

皇帝慢慢地摇几下头，说：“朕与卿等说的，只是朦朦胧胧的想法。卿等勿急，容朕再朦朦胧胧去想。”

虽说只是朦朦胧胧的想法，但皇帝显然已觉察六字之谥，与武宗毅皇后的身份不称，显然已有按照制度，另拟十二字谥的想法。这是三位大臣都没料到的。

第二百一十一章

礼部郎中屠应埈改官翰林院侍读，与其他同僚话别后，特别去和本部的堂官话别。他是浙江平湖人，本部两位侍郎都是浙江人，离开衙门前，总要去谢一谢他们在几年里的关照。正好三位堂官在一起，他不必一人一人去找。

“文升，你来得正好，”夏言先与他招呼，“我和宗贤先生、诚甫先生正在说，衙门里虽去一名才子，我等也该为你贺一贺。”

屠应埈改翰林官，其实最感觉遗憾的就是夏言。屠应埈善著文，礼部不少重要的奏疏，是由他执笔的；他这一去，对礼部来说，对夏言来说，是个不小的损失。

“不敢当，”屠应埈道，“晚生在礼部，担不起礼部的职任；去翰林院，也未必担得起翰林院的职任。哪里当得老先生们一贺！”

“不必过谦，”黄宗明说，“文升的大才，我等都是赞叹不已的。不过，贺一贺，倒也不必。文升那一科的庶吉士均授以部属官，否则，你在翰林院里也该磨练十年了。”

屠应埈是嘉靖五年进士，选庶吉士。根据张孚敬（时名张璁）的提议，那一科的庶吉士都没有留在翰林院。不过，屠应埈在嘉靖五年的进士中排在三甲第八名，在二十二名庶吉士中排在第十名，即使庶吉士直接授翰林院官，散馆后他也未必留在翰林院。黄宗明这样说，是对他的勉励。

黄绾则是另一说法：“文升在礼部磨练十年也未见得没有好处。当年文升若授翰林院官，今日未见得就能升至侍读。以此而论，在礼部磨练十年，收获也算得很大。”

这话不错，在翰林院中迁转，十年中升至修撰，就算是正常升迁。

“是，是，”屠应埈连声应道，怕两位侍郎因持议不同，而发生争执，他说，“宗贤先生、诚甫先生爱惜晚进之心，在下心感之至。”

三位堂官聚在一起，肯定是在议事，他好似才觉察到这一点，对夏言说，“公谨先生是在与宗贤先生、诚甫先生议事吧？搅扰，搅扰。晚生暂且告辞，改日再来向三位老先生请教。”

说着，就要离去。

夏言叫住他，并指指前面的椅子："文升先不要走，我有话问你。"

这大概也是改官翰林院的好处，否则，本部的三位堂官正在议事，岂容部属搅扰，更不要说让座。

屠应埈坐下，问道："公谨先生要问何事？"

"文伯先生近来如何？"夏言问的似是闲话。

屠应埈的兄长屠应埙，字文伯，正德三年进士。屠应埙二十三岁中进士，屠应埈二十五岁中进士，在其家乡平湖传为佳话。

屠应埈不知夏言为什么问起兄长，答道："家兄自湖广副使任上致仕，身体大不如前，现在家中静养。公谨先生要我带话给他吗？"

"今日见文升，不由想起令兄，倒不是有什么话要带给他，"夏言说，"贤昆仲二人都是礼部出身，十分难得。我想，文伯先生若仍在礼部，或仍在京师，听到今日消息，一定会格外开心。"

屠应埈微驳道："家兄常说，居庙堂之高，处江湖之远，都是为国家做事。晚生外放州、府，家兄不一定懊丧；改官翰林，家兄不一定开心。"

夏言知道他误会自己的话，解释说："文伯先生开心，不是为文升改官之事。文伯先生在礼部日，曾有一番举措，轰动京畿。皇上今日又命处置于禁中，他得知这个消息，怎能不格外开心？"

"公谨先生说的，可是家兄拆毁京师庵寺？"说起屠应埙在礼部时的举措，屠应埈断定，一定是这件事。

夏言点头："当时力主尽毁京畿淫寺者，有二人：一是翰林院侍读学士方叔贤先生，一是礼部郎中屠文伯先生。叔贤先生议之而不能行之，其议几寝。礼部以其事嘱文伯先生，文伯先生一夕发檄顺天府衙门、五城兵马司、大兴县衙门、宛平县衙门。各衙门闻风而动，一日夜间，京师淫寺悉从拆毁。三五日里，京畿共拆毁庵寺六百余区。文伯先生气魄之大，办事之力，令人叹为观止。"

"得公谨先生褒奖，家兄何其幸哉！"屠应埈代其兄长致谢，"晚生听家兄提起过此事，也只说上奉圣旨，下得礼部各堂官支持。他说：僧道盛，王政衰，君臣于此已有共识。"

"文伯先生这样说，是隐恶扬善。僧道盛，王政衰，是霍渭先先生的话。皇上极是称赏，但并非人人称赏。那时的士大夫谈禅说佛者多，未必人人都支持他拆毁淫寺。"黄绾插言。

他并非具体指责哪一位尚书或侍郎，只是泛指当时崇尚佛教的风气。

“谁说不是！”黄宗明也有同感，“我和宗贤先生当时在南京，很想在南京也有一番举措，然竟不能行。由此可知，文伯先生虽是奉旨行事，但在京师拆毁淫寺，也不是轻而易举的。”

“听三位老先生一说，我对家兄也不由肃然起敬，”屠应埈说句笑话，然后问道，“公谨先生为何说今日又行之于禁中？”

“文升要向文伯先生传话，不妨把这件事转告他，”夏言讲述其事前，先问，“文升可知，禁中有一大善佛殿？”

“晚生偶有所闻，却不知其详。”屠应埈说。

夏言讲道：“大善佛殿在大内之西，忽而是这个名称，忽而是那个名称，但以大善佛殿的名称最为人熟知。大善佛殿内，有历朝供养于禁中的僧人的画像，均以金银制作；有历朝供养于禁中的僧人的佛骨、佛头、佛牙等，均贮藏于金银函内。皇上日前谕示内阁和礼部，尽撤佛殿。文升，文伯先生气魄再大，办事再力，怕也撤不去大善佛殿。”

屠应埈应声说：“这等气魄，这等决心，只皇上才有。”复问，“公谨先生，皇上已下决心拆毁大善佛殿吗？”

黄绾抢着说：“岂止是拆毁！皇上更有出人意表的举措，公谨先生才断言，文伯先生会格外开心。”

屠应埈在好奇之外，颇为惊诧。他说：“皇上更有何等出人意表的举措，请三位老先生赐告，晚生也好带话给家兄。”

“宗贤先生用出人意表四字，再恰当不过，”黄宗明与黄绾相处甚久，总觉得他有言过其实的毛病，这次倒很赞成他的说法，“文升，不瞒你说，提起皇上这一举措，我三人脸上很没有光彩。但我三人不能不由衷仰颂皇上这等气魄，这等决心！”

屠应埈知道，他二人扮演配角，正事还得问夏言：“宗贤先生、诚甫先生风也煽足，火也燃旺，公谨先生还不登场吗？”

夏言笑笑，说：“原来文升先生以为我三人在合演一出戏。要说脸上没有光彩，只是我脸上没有光彩，与他二位无关。其实，皇上这一举措，与其说使我等脸上无光，不如说给我等增添光彩。”

“要说增添光彩，只是给公谨先生增添光彩，与我二人无关。”黄绾回敬他一句。责任夏言独自承担，光彩自然也该他独得。

屠应埈向他一揖：“宗贤先生可否迟些再与公谨先生理论？”

“文升莫急，我这就说，”夏言道，“皇上不止要撤佛殿，而且要即其地建皇太后宫，命武定侯、李阁老和我三人勘视殿址。但我特意告诉文升，特意请文升带话给文伯先生的，也不是这件事；我说文伯先生会格外开心的，也不是这件事。且说我和武定侯、李阁老勘视殿址后，觉得最难处置的是众多佛骨。不知武定侯、李阁老有什么高明的主意，我以为只有一法可想。于是，我上一本奏疏，请皇上降敕有司，将佛骨埋于中野。诚甫先生说脸上无光，皆因这一做法与皇上举措相去甚远。”

“我说我三人脸上很没有光彩，乃因其疏虽公谨先生所上，其事却经我三人议定。”黄宗贤补充说明。

“三位老先生之议，公谨先生之疏，为杜愚民之惑，亦在情理之中。”屠应埈应付一句，又急迫地问，“然则皇上究竟是何举措？”

“皇上谕曰：此物智者曰邪秽，必不欲观；愚者曰奇异，必欲尊奉。今虽埋之，将来岂无窃发以惑民者？可议永除之法。我与宗贤先生、诚甫先生再议，请投之火，皇上从之。此一举措，虽由我等议之，实由皇上裁决。大约这一两日，就要付诸实行，”夏言讲述罢，问道，“文升看，此事是否应该带话给文伯先生？文伯先生是否会格外开心？”

将佛骨等投之火，不但屠应埈没想到，当年拆毁淫寺淫庵的屠应埙也不会想到。

“多谢公谨先生念及家兄，晚生一定带话给家兄。”屠应埈说。

第二百一十二章

崔成、麦福二人奉旨，率一干小宦者焚毁集中于大善佛殿的佛骨及金银像等。这也是皇帝的细心处：年长的太监多信佛，这个差事交给他们办，说不定他们自己先藏起一块佛骨。崔成、麦福自小在宫中跟着他，他怎么想，他们也会怎么想；他要怎么做，他们就会怎么做。

崔成把麦福拉到一旁，问他："麦哥，想不想让爷高兴？"

"想，"麦福说，"爷高兴，咱才会高兴。"

"麦哥，想不想把今次的差事办圆满？"崔成问。

"想，"麦福说，"今次的差事办圆满，爷才会高兴。"

"麦哥，想不想今次的差事由我安排？"崔成问。

"不想，"麦福说，"你来安排，今次的差事肯定办不圆满；差事办不圆满，爷不高兴；爷不高兴，你我都别高兴。"

崔成倒很随和："那也好，不由我安排，由麦哥安排。"

"把那些乌七八糟的骨头堆积起来，放把火一烧了事，还要什么安排？"在麦福看来，今次的差事再简单不过。

"请示麦哥，把那些乌七八糟的骨头堆积在什么地方？"崔成问。

"堆积在什么地方？"麦福需要想一想，不会马上有答案。

"麦哥说在乾清宫，咱就在乾清宫；麦哥说在奉天殿，咱就在奉天殿。"崔成选择两处最显赫的地方说。

麦福吓一跳："崔哥莫乱讲，乾清宫、奉天殿怎好举火！"

"所以，并非堆积起来便可了事。"崔成说，"再请示麦哥，眼下虽燥热，用火炬去点那乌七八糟的骨头，想来也引不着，该如何处置？"

"焚烧乌七八糟的骨头须用柴火，以火炬怎能引烧！"麦福道。

"请示麦哥，该去哪里取得柴火？"崔成问。

被他三问两问，麦福好不厌烦："我没法安排，崔哥，你来安排。"

“麦哥，这话可是你说的。”崔成紧逼一句。

“我向来言之有信，我说由崔哥安排，一定听崔哥安排。”麦福道。

崔成早有算计：“大善佛殿拆毁，是要建皇太后宫的，咱们不能在殿前殿后烧那些乌七八糟的骨头，免得老娘娘日后搬进去，心里堵得慌。可乌七八糟的骨头太多，咱也不能搬运到城外去烧。咱不能去宛平县衙门，或去大兴县衙门要一块空地，烧那些乌七八糟的骨头。别说劳力费时，就是半路上丢一两块乌七八糟的骨头，或被无知乡民抢去偷去一块乌七八糟的骨头，差事也不算办圆满，咱也没脸向爷交差。”

这话一句比一句有道理，只是太啰唆。麦福知道任他讲下去，他可以由天明一直讲到天黑，一定得打断。

“崔哥是什么主意，安排就是，少讲不相干的事。”他说。

“主意倒有一个，但不知合用不合用，若不合用，还是麦哥来安排。”崔成卖起关子，见麦福不接话，他又不得不说下去，“阎叔平日待咱不错，咱去和他开个玩笑。现在东南风多，咱让小的们在御马监的东南方挖个大坑，把那些乌七八糟的骨头堆积在坑里，放把火一烧，就可以了事。那些乌七八糟的骨头化成灰，飘飘荡荡，要找谁的晦气，有阎叔招架，咱也不用怕。在阎叔那里烧，还有个好处：御马监柴火多，咱们顺手牵羊，就可以牵过来。自然，咱也不会白白用去阎叔的柴火。今次的差事办完，咱们在爷面前替他美言一句，说他鼎力相助，他必有好处。也算这些年来，他疼咱一场，没有疼错。”

“崔哥的主意不错，就在御马监那里烧吧。”麦福欣然赞同。

“还有件事要和麦哥商量。”崔成欲言又止。

“崔哥安排就是，还商量什么！”麦福彻底服了崔成。

“今次的差事由别人办，肯定是一烧了事。”“一烧了事”是麦福说的，所以，崔成还得替他说圆，“爷交给麦哥和我的差事，就是烧乌七八糟的骨头，一烧了事不能算错。可一烧了事也不能算把今次的差事办圆满。我多想一层：咱们在烧那些乌七八糟的骨头时，若算计出总计烧多少，报与爷知，爷一定高兴，咱们才算把今次的差事办圆满。麦哥，不知意下如何？”

“既由崔哥安排，崔哥要怎样，便怎样。”麦福无可无不可。

“那好，”崔成伸出右手，攥成拳头，“原来只有一件事，就是烧。”把拳头松开，伸出两根指头，“现在变成两件事，一件是烧，一件是计。既然变成两件事，麦哥，你我二人就得分派分派，你督办一事，我督办一事。麦哥，主意是我出的，分派由你。这两件事若分不出难易，你我占阄，谁摊到什么事，就督办什么事。这两件事若有难易之分，麦哥，你来分辨哪一件事难办，哪一件事易办。易办的那一事，麦哥去督办；难办的那一事，我去督办。谁让主意是我出的呢！”

“那怎么成！”崔成仗义，麦福也仗义，“你花费脑筋，出个让爷高兴的主意，我已经占你的便宜。我不可再拣易办的事督办。崔哥，还是你来分辨，难办的事我督办，易办的事你督办。”

“麦哥要我分辨，我就分辨，”崔成不再谦让，“其实，所谓难办易办，也因人而异。有的事，在我看来难办，在麦哥看来却易办；有的事，在我看来易办，在麦哥看来说不定反而难办。不如这样：我把我觉得难办的事说出来，你要是也觉得难办，咱仍是占阄；我觉得难办的事，你要是不觉得难办，就由你来督办。麦哥，我这个法子如何？”

“真是什么难处都难不倒崔哥，就依崔哥。”麦福很爽快。

崔成说：“麦哥知道，我这个人胆子极小，烧那些乌七八糟的骨头，想起来我心里就发怵。对我来说，烧和计两件事，烧难办。我知麦哥向来胆子大，却不知怕不怕在一旁看着烧那些乌七八糟的骨头？麦哥要是不怕，于麦哥而言，烧和计二事，烧易办。”

绕着弯子说来说去，就是要把苦差事推给麦福。

“好，我督烧，崔哥督计，”麦福仍很爽快，“对我而言，不仅烧易办，而且计难办。崔哥肯督我难办的事，我感激不尽。”

于是，麦福指挥一干小太监，在御马监侧面划好地界，开始挖坑。阎洪问他做什么，他简单地答道：如阎叔所见，挖坑。阎洪问他挖坑做什么，他简单地答道：架柴。阎洪问他架柴做什么，他简单地答道：阎叔去问崔哥。阎洪知道再问他也问不清楚，干脆不问；不但不问，而且指挥御马监的宦者帮助麦福带来的宦者挖坑。

不多时，坑挖得够深。麦福指挥带来的小太监搬运御马监存放的柴火。阎洪问他做什么，他简单地答道：点火。阎洪问他点火做什么，他简单地答道：焚烧佛骨。阎洪问他为什么来御马监烧，他简单地答道：阎叔去问崔哥。阎洪知道再问他也问不清楚，干脆不问。皇帝要焚烧佛骨，他是知道的，于是，指挥御马监的宦者们帮助搬运柴火。

不多时，在深坑里堆积起一层一层的柴火，只等那边运来佛骨。

那边，崔成在有条不紊地督办。首先，他找来一张桌子，一把椅子。桌上摆放着笔墨纸砚，他坐在桌后，准备记录数字。

其次，他找来尽可能多的箩筐，让两个小宦者抬一副箩筐。

再次，他找来两杆大称，让四个看上去就有灵气的小宦者分掌。

先称空箩筐的重量，抬箩筐的小宦者要记得清清楚楚。然后，抬来装满佛骨、佛头、佛牙的箩筐，再称一次。抬箩筐的小宦者先报出装满佛骨、佛头、佛牙的箩筐的重量，再报出空箩筐的重量，崔成亲自算出佛骨、佛头、佛牙的重量。算一遍，不放心，还让精于计算的小宦者再核对一遍，这才记录下来。

记录下重量的佛骨、佛头、佛牙等被抬到御马监之侧，在麦福号令下，倒入深坑。第一筐佛骨、佛头、佛牙抬来后，麦福下令点火。只见一阵阵浓烟冲天而起，接着变成熊熊大火。每一筐佛骨、佛头、佛牙倒入深坑，就可听到一阵噼噼啪啪的响声，小宦者们随之欢呼。

佛骨、佛头、佛牙抬得差不多，崔成又让小宦者们集拢金银佛像，在他那里登记个数字，同样抬到麦福那边去销毁。

根据崔成的记录，共焚烧佛骨、佛头、佛牙等一万三千余斤，销毁大小金银佛像一百六十九躯。这是在五月十一日。

第二百一十三章

顺天府尹刘淑相拖延到很晚，才离开衙门，吩咐打轿回府。行到半路，他忽命停轿，问轿外的家仆，有没有衙门里的人跟在后面。家仆说没有。他命轿子调过头来，改向霍韬宅第行去。轿夫奇怪，家仆也奇怪，从衙门去霍侍郎家，有一条好端端的直路，老爷为何偏要绕个弯子？

在霍韬家门前下轿，刘淑相与门前乘凉的霍韬家人打个招呼，命自己的家人和轿夫在门外侍候，自己则进院子，径奔书房。他是霍韬家里的常客，不必家人入内通报。

“养忠兄，为何姗姗来迟？”霍韬问道。

刘淑相字养忠，湖广麻城人，和霍韬同是正德九年进士。霍韬这样问，可见他是应约而来。

“家贼不得不防。”刘淑相说。

“养忠兄请坐，”霍韬让了让，“养忠兄说的家贼，可是费——”

名字经常挂在嘴边，可要说时，怎么也想不起来。

“正是费完，”刘淑相应道，“费某人如他人安设在顺天府里的坐探，无时不在窥伺我的一言一行，一举一动，我不得不格外留心。我从衙门来渭先兄府上，必待他离去才可离去；他离去，我还不放心，必得先向家里的方向走一段，走到半路，才弯转来，故而来迟。”

“养忠兄是堂上正官，用不着畏他如虎。”霍韬不以为然地说，“他不过当年是费子充一走狗，如今是夏公谨一走狗。”

费完现官顺天府治中，刘淑相喻他为坐探，霍韬更甚，喻他为走狗。

喻他为费宏走狗，因为他也姓费。他不是正途出身，许多人说不出他的籍贯，但他是江西人应无可疑。费宏在内阁时，他是费家的常客。喻他为夏言走狗，因为他为夏言姻亲，是夏家的常客。

“狂犬日尚可吠，况我等凡人，”刘淑相也不以为然，“渭先兄只知要防费子充和夏公谨，怎就不知要防费子充和夏公谨走狗？”

霍韬不想和他争这个无聊的话题，说：“主人要防，走狗也要防，养忠兄所言不差。我之意，费完是狗，不是虎，并非说，费完不必防。今日约请养忠兄来，正为商议如何防走狗。”他以较为严厉的口气问，“养忠兄，顺天府衙停发各厢长之银，到底是怎么一回事？”

京城城内划分为坊，城外划分为厢，都是一种编民的组织。坊长、厢长没有俸银，但定期到衙门里支领办事的费用。这一次各厢厢长去顺天府衙门，却没支领到银两。有人说，是被刘淑相的姻亲周祯串通刘淑相的家人鲸吞；有人说，是被衙门挪作他用。城里沸沸扬扬。

“渭先兄也听说此事？”刘淑相甚是懊恼。“顺天府衙门的事，渭先兄是知道的。有多余的银两，就分发给各厢长一些使用；没有多余的银两，只好待有银两时再分发。此乃多少年来的规矩，怎么他人任府尹，衙门里可以没有多余的银两，我任府尹，衙门里就不可以没有多余的银两？怎么他人任府尹，可以暂不分发厢长银两，我任府尹，就不可以暂不分发厢长银两？他人不知道顺天府衙门的规矩，口出怨言，可以不计较；费某人在顺天府衙门混事几十年，难道也不知道规矩？他凭什么也对我指三道四的！”

他不好说霍韬凭什么质问他，就以费完作幌子。

“养忠兄与其叫屈，不如查一查衙门里的公人，有没有闹出名堂；或者，查一查养忠兄的家人，有没有闹出名堂。”霍韬冷冷地说。

刘淑相是可以帮助他的人，也是他愿意帮助的人，但如今出这样的事情，出这样的风言风语，令得他很是恼火。

“衙门里、家里，我均查实，衙门里绝不会闹出名堂，弟之家人绝不敢闹出名堂。”刘淑相信誓旦旦地说。

“养忠兄我是信得过的，养忠兄既说衙门里、家里均无名堂，就是别人在搞名堂，”霍韬说着，问道，“怎么，费某人对养忠兄指三道四？”

刘淑相更加气恼：“衙门里没多余的银子，他是知道的。这两日他却逼我分发厢长银，并说：本月内分发不出厢长银，他就要上疏议论议论。若有人在搞名堂，一定就是他！”说到这里，他作一揖。“渭先兄，你约我来商议防走狗，不知有何良策？”

“凡事总要占住先机，先发制人，后发制于人，”霍韬说。“他能上疏议论议论，养忠兄就不能上疏议论议论？”

“是。费某人甘为人走狗，我正要上疏论劾，”刘淑相应道，“但费某，下人也，成无大功，失无大过。渭先兄，我当如何论劾他？”

霍韬说：“养忠兄只论劾他，却有难处。搞名堂的不止费某人，养忠兄要防他，更要防他身后之人，要论劾他，更要论劾他身后之人。养忠兄不是说他甘为人走狗吗？养忠兄的文章就要作在这一点上。”

“渭先兄是说还要上疏论劾夏公谨？”刘淑相明知故问。

难怪他有些犹豫。攻讦费完，不过是同衙上下官意见不合；科、道官若纠劾，也只能说意气用事；皇帝若不满，也只能说无大臣气度。攻讦夏言却不同。夏言为礼部尚书，顺天府尹和礼部尚书会有什么瓜葛？顺天府尹攻讦礼部尚书，除私怨，不会有别的缘故。再者，夏言有宠于皇帝，谁不知道！张孚敬和他明争暗斗多年，都没胜过他；区区一个顺天府尹，胜得过他？即便霍韬出手相援，也难操胜算。攻讦费完，官司输赢都不要紧；攻讦夏言，赢不了官司，恐怕要吃苦头。

“养忠兄不欲论劾夏公谨，则不必论劾费某人。”霍韬说。

这话的意思很明白，但刘淑相还要问：“这话怎讲？”

他的想法不同：和夏言的官司打不打，还要权衡利弊，和费完的官司是一定要打的；不仅自己要打，也希望霍韬帮助他打。

霍韬说：“论劾费某人，为的是打赢官司，打不赢官司，又何必论劾他？论劾费某人，为的是不输官司，官司肯定输，又何必论劾他？”

“渭先兄断定，这场官司打不赢，肯定输？”刘淑相吃一惊。

“非也。我是说，养忠兄只论劾费某人，不论劾夏公谨，这场官司打不赢，肯定输。”霍韬说着，一层一层剖析，“养忠兄说了，费某人成无大功，失无大过。养忠兄只以细事论劾他，皇上断然是不会处置的。皇上不处置，费某人仍然留在顺天府，作别人坐探，作别人走狗，养忠兄的官司不能算打赢吧？养忠兄不欲论劾夏公谨，是不欲官司打大。费某人却不怕官司打大，必欲官司打大。费某人被养忠兄论劾，必哭诉于夏公谨，必求助于夏公谨，夏公谨必为其后盾，必与养忠兄作对。养忠兄想避开夏公谨，最终还是无法避开。养忠兄的官司岂不是肯定输？”

“渭先兄是不是说，夏公谨出面，我的官司肯定输？”刘淑相问。

他本就怕牵扯上夏言，听霍韬这话，更觉得无望取胜。

“那也未必，”霍韬说，“养忠兄主动论劾夏公谨，官司是一种打法，养忠兄不主动论劾夏公谨，却被夏公谨主动论劾，又是一种打法。主动论劾夏公谨，输赢各占五成，被夏公谨主动论劾，则输八赢二。”

“这话怎讲？”刘淑相请教。

霍韬说："费某人犯的其他事都小，唯依附权势为大过。夏公谨犯的其他事都小，唯培植私党为大过。皇上相信二人结党，养忠兄的官司赢；皇上不相信二人结党，养忠兄的官司输。主动论劾夏公谨，论的正是他结亲党，乱政事，这就占得先机。不主动论劾夏公谨，则落后手，皇上信谁很难说。养忠兄的官司如何打得赢？"

"是这个道理。"刘淑相不住点头。

单单论劾费完，是下下策，实不足取。或是上疏论劾夏言、费完二人，或是一人也不论劾，二者必择其一。比较二者，又以上疏论劾夏言、费完为上策。他和费完交恶，已到水火不容的地步，必须要大打出手，决个输赢。他不上疏论劾费完，费完也要上疏论劾他。等到费完上疏，他仍要打官司，那时又落后手。主动和夏言、费完打官司是上策，还有一个原因：他主动论劾夏言、费完，霍韬一定会助他；费完上疏论劾，他被迫应付，霍韬或置身事外。

想到这里，他说，"渭先兄道，搞名堂的不止费某人，是这个道理。还有一层道理，不知渭先兄想到没有？渭先兄说，搞名堂的不止费某人，而费某人与夏公谨搞名堂，也不止为刘某一人。"

"养忠兄是怕我作壁上观吗？"霍韬问得很尖刻，说得也很中肯，"夏公谨指使费某人搞名堂，意在沛公，我难道看不出来？养忠兄只管与他二人去打官司，夏公谨不出手，我亦不出手，养忠兄胜费某人不在话下。夏公谨若出手，一定挥拳向我，我欲不出手，亦不可得。"

第二百一十四章

“爷，今日京城里出件奇而特之的事。”崔成兴冲冲地说。

若简单地说奇事，皇帝未必有兴趣听，成为奇而特之的事，他的兴趣想压都压不住。他命道：“是何奇而特之的事，讲！”

“今日早朝后，礼部夏尚书和吏部霍侍郎回衙门时，在巷口打起来，”崔成先笼统地讲一句，接下来再讲细节。“爷知道，出东华门，去六部衙门——”

皇帝插话：“是五部衙门。去刑部衙门，不必出东华门。”

“奴才说错，是五部衙门，”崔成道，“出东华门，去五部衙门，可以走大街，也可以穿小巷。今日散朝，夏尚书和霍侍郎不约而同地都穿小巷。出东华门时，霍侍郎走在前面，夏尚书走在后面。奴才听说，他二人行走都快，但不知是夏尚书行走更快，还是霍侍郎有意今日行慢，行至小巷口时，夏尚书赶上霍侍郎。两人于是争吵起来。第一句话是夏尚书说的，他说：不要挡路。第二句话是霍侍郎说的，他说：何必如丧考妣！夏尚书道：你在骂谁？霍侍郎道：你要谁让道？接着，二人争吵得昏天黑地。”

“你别混杂在一起讲，先说夏尚书讲霍侍郎些什么。”皇帝道。

“爷圣明，混杂在一起讲，奴才多一张嘴，也讲不清楚。”崔成应道，“夏尚书说：前日扈驾游银山寺，说什么既焚大内佛骨，就不该有此一游。妄自议论时政，居然还存有出掌吏部之心！他还说有许多其他的话，但奴才听得出来，这句话是最主要的。”

“不错，有这句话，许多其他的话大可不必说，”崔成抓住要点，被皇帝称赞一句，“你再说，霍侍郎讲夏尚书些什么。”

“霍侍郎说：费子充谥文宪，既犯皇祖庙号，又犯皇考庙号。一谥而两犯，还有脸坐礼部大堂！”崔成叙述道，“他还说许多其他的话，但奴才听得出来，这句话最要紧。”

“这果是一句要紧的话。”皇帝说。

得皇帝首肯，崔成更得意："奴才说一句不中听的话，除夏尚书一句主要的话，霍侍郎一句主要的话：两位大人说的许多其他的话，和妇道人家撒泼，没甚不同。"

"朕说一句更不中听的话：夏尚书一句主要的话，霍侍郎一句主要的话，和妇道人家撒泼，也没甚不同。"皇帝道。

"爷圣明。"崔成忙煞尾，"夏尚书和霍侍郎争吵得浑天黑地，五部衙门的官员，还有其他衙门的官员，要回衙门，只能走大街，不能穿小巷。可他们也不急着回衙门，远远地观望这场争吵怎样了结。"

"那么，这场争吵是怎样了结的？"皇帝问。

崔成边说边比画："礼部的黄侍郎把夏尚书向左拉开，从左面绕个圈子，回到衙门，吏部的张侍郎把霍侍郎向右拉开，从右面绕个圈子，回到衙门。"

一经说穿，奇而特之的事似乎不那么奇而特之。

夏言与霍韬诟骂时那句主要的话，前两日已写在奏疏里。刘淑相上疏论劾夏言私结党羽，夏言上疏自辩，并论劾霍韬、刘淑相二人扈驾巡幸时，议论时政，讪谤圣天子。

皇帝想：说霍、刘二人讪谤朕，言过其实，他等只不过在编派礼部的不是。若仅写疏而已，此事放过去也就是。发展到一尚书一侍郎在街头巷口叫骂，就不能不处分。霍韬身为吏部侍郎，纠劾礼部尚书，尚属其职责，刘淑相身为顺天府尹，无端编派礼部的不是，此风不可渐长。刘淑相应下狱鞫问。

霍韬与夏言诟骂时那句主要的话，前些日子也写在奏疏里。文宪的宪与宪皇帝的宪同字，此所谓犯皇祖讳者；文宪的宪与献皇帝的献同音，此所谓犯皇考讳者。霍韬只论劾礼部，并没指名道姓地论劾夏言。但谁不知，论劾礼部，即论劾夏言？

皇帝想：说夏言犯庙号是无稽之谈。礼部拟费先生谥文宪，取勤学好问，博闻多能之义，还算公允。若说皇祖庙号为宪，文宪不可再用，那么，皇兄庙号为武，武字起首的各谥岂不是都不能用？武臣去世，让礼部怎生拟谥？若仅写疏而已，也不必计较。发展到一侍郎一尚书在街头巷口叫骂，就不能不处分。原想，夏言、霍韬都是人才，都应留在身边，看来不行。若留一个人在身边，自然要留夏言。正好南京吏部尚书严嵩召回，南京礼部尚书湛若水改南京吏部，不如让霍韬去任南京礼部尚书。他早该食正二品俸，但这次闹得实在不像话，给他一个从二品秩，也算是对他的一个警告。

既已计定，皇帝不由得又为霍韬惋惜。当年襄助议礼的大臣，数一数，十数人而已。皇帝最器重、欲委以大任者，其实只有三人：一是张孚敬，一是汪鋐，一是霍韬。张孚敬之去，一半是因为病，他的确病得很重。养了这些日子，是不是见好？是不是又该差人去慰问慰问他？是不是有可能召他回朝？汪鋐之去，完全不是因为病，但听说他现在也病得很重。看来，他是不能再为朝廷所用。而现在霍韬也要离开，说起来着实有些可惜。

但又不能不让霍韬离开。三人为皇帝所器重，而三人又有一个共同的毛病：偏颇。甚至偏颇到皇帝也不能容忍的地步。夏言有时也显得偏颇，但和他们相比，还没有偏颇到皇帝不能容忍的地步。

崔成呆呆地看着皇帝，不知他在想些什么。他绝对不会料到，他讲的奇而特之的故事，会引出皇帝的许多联想。

第二百一十五章

北上京师的行装准备齐全，只有携带的书籍还需要挑选，这件事，家人、丫环都帮不上忙，帮得上忙的只有夫人潘氏。张孚敬和潘氏已经忙碌一个时辰，当然，不是一直在忙碌，而是忙碌一阵，停下来说一阵话。以张孚敬目前的身体状况，不可能坚持一个时辰的忙碌。

他们把一定要携带的书整齐地摆放在一边，把肯定不需要携带的书散乱地摆放在另一边，可携带可不携带的书摆放在第三处，等一定要携带的书装箱之后，再加斟酌。

家人来报本府知府郁大老爷造访时，挑选书籍已近尾声。

“我有些疲倦，不见吧？”张孚敬又像决定，又像询问潘氏。

“不见不好。别人可以找个借口不见，子静先生不好找个借口不见。”潘氏说。

现任温州知府郁山，字子静，南直隶华亭人，与张孚敬同科。

“夫人说说，为什么不见子静兄不好？”张孚敬问。

潘氏说：“子静先生是老爷的同年。他的地位、声望若在老爷之上，老爷大可不必见他；他的地位、声望若与老爷相埒，老爷见他或不见他，在两可之间；现在，他的地位、声望绝不能与老爷相比，他以父母官的身份来与老爷话别，老爷拒而不见，不怕被人说成薄情吗？”

“夫人说的是，”张孚敬点点头，向外让道，“夫人且去后面歇一歇，子静兄走后，再来陪我拣书。”又吩咐家人，“请郁大老爷来书房相见，就说：书房乱得很，我要收拾收拾，才有落座之处。恕我不出外迎候。”

这是句客套话。堂堂致仕首辅，现奉召还朝，出外迎候一名知府，尽管有同年之谊，让他如何担当得起！

家人出外，迎进郁山。

郁山向着张孚敬深作一揖，道：“驿递的车马已准备停当，老先生明日几时动身，下官特来讨个准信。”

张孚敬还一揖，说：“我在回乡途中，闻得子静兄守温州，心里好不欢喜。不承想，第一面见子静兄，子静兄竟以老先生相呼，好不生分。我在乡里居住一年，最后一面见子静兄，子静兄仍以老先生相呼，真不知我有什么地方开罪子静兄！”

“老先生言重，”郁山道，“老先生居揆相之位，年岁又长我许多，我敬重尊者，敬重长者，称一声老先生，是应该的。”

“长幼不一，职位不同，同年之谊不可忘却。子静兄今日肯呼我一声茂恭兄，我定会欣慰不已。”张孚敬说。

“如此，僭越，”郁山一揖，复问，“茂恭兄可定下明日何时动身？”

“子静兄请坐，”张孚敬让道，“夫人的意思，第一日行路，赶迟不如赶早，就定在辰时初刻动身吧。”

“嫂夫人所见甚是，明辰时前，车马准定在府外恭候大驾，”郁山说着，掰着手指将备好的车马一一道来，“两挂驿车，铺设软榻，是为茂恭兄和夫人准备的；三挂马车，是为茂恭兄载运行囊的；健马四匹，是为随从准备的。茂恭兄看，足不足用？”

“太多，”张孚敬道，他算计，“舆车一挂足矣，我和夫人可同乘。马车烦子静兄准备两挂，一挂载运行囊，一挂供夫人的女婢及厨娘使用。马车不足，牛车亦可。我只带三名家人同行，不必备四匹马。”

郁山上下打量着张孚敬，似有刮目相看之意。

“茂恭兄这话当真？”这一声“茂恭兄”唤得亲切，是发自内心的。

“为何不当真？”张孚敬道，“民力有限，官府之力亦有限，而迎来送往几无暇日。子静兄的难处，我是知道的。”

“茂恭兄如此体恤下情，在下心感，温州之民无不感激，”郁山揖道，“一挂舆车，两挂马车，三匹骑乘，在下这就去重新分派。”

“子静兄先不忙走，”张孚敬留客，“有一事，我甚是不明，要向子静兄请教。分派车马之类的细务，大可交与府衙的人办，甚或大可交与永嘉县办。子静兄为什么却要亲自操办？”

“茂恭兄当真要知道？”郁山欲说不说的样子。

“子静兄第二次问是否当真，”张孚敬摇摇头，警告说，“子静兄若是再一次问我是否当真，就是当真把我视为心口不一之徒。”

“是，在下再不敢问，”郁山道，“车马之事，我不是不想交与府衙的人或永嘉县办，是他等不敢承办，我只好亲力亲为。”

“他等为何不敢承办？”张孚敬问。

“两挂舆车，三挂马车，四匹健马，是我定下的数目，他等以为太少，怕到茂恭兄府上碰壁，”郁山说，“实不相瞒，我也做好在茂恭兄面前被斥责的打算。我受斥责，总比他等受斥责好。一则，数目是我定下来的，若其不足，该我受斥责；二则，数目不足，就要商量，他等又作不得主，不如我自己来与茂恭兄商量；三则，若茂恭兄索要的数目过多，府、县难以支应，他等又不好回绝，不如我来回绝。不想茂恭兄自减其数目，他等知道，一定和我一样，羞愧不已。”

“子静兄肯担责任，是贤守令，”张孚敬说着，起身送客，“子静兄有公务，我不久留。来，我送子静兄出去。”

“不劳相送，不劳相送，”郁山连声说道，“茂恭兄且忙收拾书籍，我今日也不算与茂恭兄别过，明日一早，我再来送行。”

“父母官驾临，我不迎候，茶也不未奉上一杯，我再不往外送一送，传出去，怕于名声有损。”张孚敬说笑。

他与郁山携手出书房，郁山再三恳请他留步。他不答应，坚持要送客到大门之外。幸亏这一送，站在门外，不经意地望街面上一看，心里道声：惭愧！怎么把这件事忘了？

温州城里，正在兴建皇帝敕赐的宝纶楼。去年回乡后，他的藏书楼动工，因楼额为皇帝所赐，建楼之事由官府督办，供给物料，差派夫役。

对工程的规模和进度，张孚敬都不甚满意。

他拉起郁山的手，说：“子静兄为一方父母，我有一事，还要请子静兄多加关照。”

郁山一愣：本该执手道别的，怎么又说起这话？他想在张孚敬的脸上寻找答案，却见张孚敬的双眼盯住自己身后。

“不敢，茂恭兄有事，但请吩咐。”他答道。

张孚敬放开手，看来，不是一两句话可以说完的。

“去年致仕还乡，我未做再出之想，因此，宝纶楼建的快些慢些，大些小些，不曾留意。建得快些，我早些看到；建得慢些，我迟些看到。建得大些，我可与子静兄商议，稍杀其制；建得小些，我可与子静兄商议，稍拓其址。总之，一俟竣工，我便可看到，便可立即与子静兄商议。不想，皇上不准我颐养，又召我还朝。修建宝纶楼之事，只好悉数托付与子静兄。”说罢，他深作一揖。

“茂恭兄不说，我亦不敢怠慢，”郁山忙还一揖，他也要和张孚敬计议此事，“宝纶楼非茂恭兄一人的荣耀，也是永嘉的荣耀，温州的荣耀。楼在我任期竣工，也是我为温州办的一件好事。不过，快些慢些，我与茂恭兄的想法略有不同。茂恭兄致仕家养，我想快些将宝纶楼建好，以使茂恭兄早些见其模样；茂恭兄又要赴京，我想，慢些倒也不妨，反正茂恭兄要等下次省亲，才能见到。现供役者，日以千计，富室人家率编以督工。他们都是茂恭兄乡邻，为茂恭兄计，似不宜督之过严。我之意，拟将日供役人数减至五百,十日后，再减至三百。虽完工之日稍有拖延，小民得以稍安。不知茂恭兄意下如何？”

张孚敬本想请郁山加快工程，郁山却要放缓工程，这是他始料不及的。郁山有这一想法，可以和他计议，也可以不和他计议。现在和他计议，是敬重他；他不能断然反对，只好曲意表明自己的态度。

“不知三百人供役三月，和一千人供役一月，有何不同？”他问。

“那可不同，”郁山道，“一千人供役，需要一个月，三百人供役，未必需要三个月。这是其一。一千人供役，各乡各村一次摊派的人数多，难免有怨言；三百人供役，各乡各村一次摊派的人数减少，必然心情舒畅。这是其二。故我宁以三百人供役三月，不欲一千人供役一月。”

“子静兄着落在不可督之过严上，我无话可说。”张孚敬避开进度，改说规模，“宝纶楼乃皇上所赐，以现在的规模，失于狭窄，左右至少各拓阔十数丈才好。子静兄，意下如何？”

郁山不同意：“茂恭兄，各拓阔十数丈，要将一二十户人家迁徙。为求拓阔，致使一二十户人家流离，公之心安否？该楼以后传之子孙，子孙之心安否？茂恭兄居朝，屡称伊、傅、周、召之相业。公欲为贤相，天下皆知，不可因此事有损令誉。”

张孚敬被数落几句，心里很不受用，可郁山的话有理，他发作不得。

“子静兄见教的是，唯赐楼之建，还仰仗作主。”他说。

第二百一十六章

自温州北行，到处州，是一个大去处，张孚敬一行歇一日。到金华，又是一个大去处，也准备歇一日。再往下，就是杭州。到杭州，转水路，沿运河北上，会舒适一些。

在金华馆驿安顿下来，潘氏说："老爷气色不好，在此多歇一日吧。"

"我的气色怎的不好？"张孚敬问。

"老爷的脸色一阵红，一阵白，让人好不担心！"潘氏说。

"夫人可知我的脸色为何不好？"张孚敬问。

"一是疲惫，二是郁闷，还用说吗！"潘氏道。

"疲惫不必说，夫人且说，我有什么可郁闷的？"张孚敬问。

潘氏说："老爷的郁闷，在内阁时就有，致仕还乡后更甚。皇上召老爷还朝，本该消除老爷的郁闷，可老爷积郁太深，一时又解不开。"

"何不直言我的郁闷因夏公谨而起！"张孚敬的脸色由白而红。

潘氏善解人意，在他面前从来不提这个名字。但她知道，要想消除老爷的心病，必须把这个人说透，把这件事说透。今日是个机会，张孚敬终于忍不住，首先提起这个名字。

潘氏说："老爷致仕，内阁一直不曾补员，任由宗易先生苦力维持。不仅老爷在想，满朝官员无不在想，普天之下无不在想：内阁的位置是留给谁的？老爷心里有一个声音在说：内阁的位置仍是留给我的。满朝官员中有一个声音在说，普天之下有一个声音在说：内阁的位置仍是留给老爷的。可老爷心里另有一个声音在说：内阁的位置是留给夏公谨的。满朝官员中另有一个声音在说，普天之下另有一个声音在说：内阁的位置是留给夏公谨的。老爷致仕后郁闷更甚，便是为此；皇上召老爷还朝，老爷的郁闷不能消除，便是为此。"

张孚敬静静地听着，忽然问道："皇上召我还朝，为什么不是把内阁的位置留给我和夏公谨两个人呢？"

“老爷的意思，皇上召老爷还朝后，还会召夏公谨入阁？”潘氏一想，也不是没有这种可能，她说，“那又如何？老爷还朝在前，夏公谨即便入阁，也是在后。一前一后，正可见一重一轻。总不能夏公谨入阁后，名次反而排到老爷前面吧？”

“他即便入阁，名次绝不会排在我的前面，也不会排在宗易先生的前面，”张孚敬的疑虑并不在名次，“但前者我在内阁他在礼部时，尚且无法相处；二人同在内阁，又如何相处！”

“原来老爷的郁闷不在于内阁的位置是否留给自己，而在于内阁的位置是否留给夏公谨，”潘氏说。“内阁的位置是否留给老爷易知，是否留给夏公谨难知，这就难怪老爷的郁闷难以消除。”

“这只是其一。”张孚敬说。

“老爷的其二却是何事？”潘氏问。

张孚敬方才问，皇上为何不是把内阁的位置留给他和夏言两个人，现在又倒转过来说：“皇上知我二人不能并立，是不会把内阁的位置同时留与我二人的，若真心召我还朝，则不会让夏公谨入阁；欲夏公谨入阁，则不会真心召我还朝。”

“老爷是说，皇上并非真心召老爷还朝？”这是潘氏没想到的。

张孚敬说：“皇上是不是真心召我还朝，我一时难以断定；就连皇上本人，怕也难以断定。不然，皇上为什么要我自行断定？”

张孚敬上疏问安，皇帝手敕答复：朕躬楷泰，原选淑女曹、王二氏，喜期将近。卿疾未愈，不烦以见；如稍可，即星夜以行。

皇帝亲笔写的这两句话，如待家人般的亲情更加浓郁，但绝无急切见到张孚敬之意，绝无朝政非委张孚敬不可之意。手敕是五月底写的，皇帝命锦衣卫副千户刘昂前来永嘉视疾。刘昂于七月初赶到永嘉。张孚敬从他嘴里知道，朝廷上人事变动不小，但内阁和礼部依旧。

张孚敬恭诵皇帝的手敕，在“星夜以行”四个字上长久停留，禁不住泪水盈眶。他和潘氏议论皇帝的手敕时，也是不住地重复“星夜以行”四个字。所以，他才决定奉召北上，在二嫔诞皇子前，赶赴朝廷。

但毕竟大病未愈，而自浙江至京师的路途又是那么遥远，才不过走过十分之一的路程，他已感觉身体一日沉重过一日，以至潘氏不得不告诉他，他的气色不好。在身体一日沉重过一日的同时，他的思绪却一日清晰过一日，他不断地回忆起皇帝的手敕，他所留意的，不再是“星夜以行”四个字，而是“不烦以见”四个字。

由“星夜以行”四个字推测，皇帝希望见他，由“不烦以见”四个字推测，皇帝并不是一定要见他。那么，皇帝究竟想见他还是不想见他？

因为有“不烦以见”四个字，对“星夜以行”四个字也不觉得那么亲切。皇帝命他“星夜以行”，只是因为曹、王二嫔喜期将至，皇帝希望他赴朝，恭贺其事。皇帝并没命他入阁办事。显然，他的匡弼之力，皇帝可以要，也可以不要。

因为有“不烦以见”四个字，对皇帝差派的使臣也觉得不对头。皇帝遣官视疾，一般是差遣行人司官或鸿胪寺官，有时也差该地巡抚，或布政使，今次怎么差遣一个锦衣卫副千户？差遣行人司官或鸿胪寺官，皇帝在表示，不仅他本人在关心你，朝廷也对你有所倚重；差遣锦衣卫官，皇帝在表示，他仍关心你，但不再寄托厚望。

不知这只是他的胡思乱想，还是皇帝的手敕，皇帝差遣的使者，确实包含有这层意思。张孚敬的心绪一日清晰过一日，他的郁闷也一日更甚过一日。潘氏说，他的郁闷因夏言而起。错！他的郁闷实则因皇帝而起。潘氏或是没有意识到这一点，或是意识到这一点，而不敢指明。她只能说是因夏言而起，张孚敬也只能承认是因夏言而起。

半夜时分，张孚敬忽被惊醒，连呼心口发闷。潘氏及家人、女婢等乱作一团。驿丞被惊动，急速找来金华城里的名医。开方、煎药、服药，一直忙乱到天明。金华城里的名医坚持，张孚敬不宜远赴京师。张孚敬请金华知府把这一情形上奏朝廷。他自己也拟就一疏，遥贺皇子诞生，请皇帝和圣母皇太后珍重。他差派家人直接把自己的奏疏送上朝廷，而不由地方官员转呈。

在金华歇息两日，病情稍有好转，张孚敬在潘氏的照料下，在金华名医的护送下，返回永嘉。

当张孚敬在路途挣扎时，前吏部尚书汪鋐在家乡婺源，也备受病痛折磨。不同的是，张孚敬返回永嘉，略见好转，汪鋐则病重不治。

第二百一十七章

八月，南京礼部右侍郎费寀改南京吏部右侍郎，以国子监祭酒吕柟为南京礼部右侍郎。十月初，吕柟到达南京。

霍韬对吕柟甚是敬重，不等他来衙门报到，自己先去馆驿看望。

“我终要去衙门的，不劳渭先先生移驾。”吕柟揖道。

霍韬拉住他的手，说：“泾野先生大贤，我闻得先生要来南京，恨不能赴京师迎候；来馆驿拜望，又算得什么！”

吕柟是正德三年的状元。由于刘瑾插手，那一年的廷试引起许多非议，但对吕柟的进士第一，则无不服气。长者也好，幼者也好，位高也好，职低也好，都称他泾野先生。

二人坐下叙话，霍韬述说南京的人物，吕柟述说沿途的风情。

实则霍韬更关心的是朝廷的情形。他很快转变话题，问道：“传闻夏公谨要入阁，他为何还在礼部？”

吕柟说：“入阁之旨未下，公谨先生当然还要留在礼部。不过，公谨先生入阁，怕是和廷美先生长吏部一样，无可更改。”

霍韬坐不住了，起身走几步，愤怒之情溢于言表。

“他人皆可入阁，独此人不可入阁。”他自语道。

虽不是和吕柟商讨的意思，吕柟还是要问：“渭先先生为何这么说？”

“夏公谨傲凌百官，刚愎自用，且贪婪成性，肆索钱财，”霍韬罗列夏言几条罪状，说，“以他入阁，足令朝廷蒙羞。”

吕柟心想：论起傲凌百官，刚愎自用，你霍渭先恐怕还要在夏公谨之上。想是这样想，却不能这样说，否则，以后怎么在一个衙门里相处？

于是，他避开这一罪状，单问另一罪状：“公谨先生肆索钱财，不知渭先先生是有确凿证据，还是耳闻？”

“我不举其他，只举一件南京上下都知道的事情，”霍韬看来是有确凿证据，他问，“扬州卞家，泾野先生知道吧？”

“卞家五世同居，朝廷为立牌坊，谁人不知！”吕柟道。

霍韬说：“五世同居，本难能可贵，但近日卞家恃其富盛，凌吞乡里，占人田土，被乡人诘讼。卞氏掌家犹不知改过，反攀附权要，为之庇护。这些，泾野先生知道吗？”

“这却没听人说过。”吕柟道。

“泾野先生可知，他攀附的是哪一家权要？”霍韬又问。

“他难道攀附的是公谨先生？”吕柟推测。

“不是夏公谨，又是谁！”霍韬愤愤地说，“卞家每年送夏公谨一千两银子，以为得他为之冰山，便可为所欲为。殊不知，其恶名已满，为众所弃，为法不容，他日必将倾覆，殒身灭族！”

他咒的是扬州卞家，而一腔怒火，全部发泄在夏言身上。

岁以千金行贿，不是一笔小数目。如果是别人讲述这件事，吕柟一定会动容；而霍韬讲述这件事，他则要问：“此事当真？”

“信不过我不打紧，泾野先生不是和静中先生熟识吗？不妨去问问他，乡民状告卞家的有多少，涉及卞家行贿夏公谨的讼状有多少。”霍韬道。他推出南京刑部尚书闻渊，很有些意气用事。

“渭先先生要我问静中先生，我自会去问，”吕柟说，他知霍韬心中不满，但不愿改变自己的中立态度，“我有一言，不知渭先先生肯听否？”

“请讲。”霍韬道。

“渭先先生和公谨先生均为朝廷重臣，公谨先生掌礼部，渭先先生掌南京礼部，二公能和衷共济，佐天子以正，实朝廷之幸事，亦二公之幸事，”吕柟说着，一揖，“有得罪处，渭先先生海涵。”

正所谓话不投机半句多，霍韬一张脸顿时沉下来。他兴致勃勃地来看望吕柟，兴致勃勃地开口说许多话，不料，得到这样两句教训。

他站起身来，冷冷地说：“如何自处，我还省得。”

说罢，拂袖而去。

吕柟苦笑一声。他担心得罪霍韬，日后不好处，说话尽量小心。但最后还是把霍韬得罪，霍韬或会视他为夏言党羽。但日久见人心，自己为何许人，他以后会知道的。

五、北地攻防

第二百一十八章

因为嘉靖十五年闰的是十二月，冬季格外漫长；待嘉靖十六年的正旦节一过，立即有春色盎然的感觉。新年伊始，向来是有人欢喜有人愁，今年却是欢喜人多愁人少。至少在三户人家是大欢喜。

一是履新吏部数日的许讃家里。其父许进在正德初年曾任吏部尚书，二十七八年后他又任吏部尚书。父子长吏部，除洪武年间詹同、詹徽，再也找不出其他事例，可不是该大欢喜！

二是入阁数日的夏言家里。礼部尚书入阁，本来不是太难得的事。但皇帝宁愿内阁独相一年多，而不召他入阁，他的入阁，可谓得之不易。皇帝不轻易命他入阁，肯定有想法；一旦命他入阁，无疑也在表示着什么，可不是该大欢喜！

三是掌礼部数日的严嵩家里。严嵩从南京被召回，多亏李时所进数言，而说到底，多亏皇帝有修史的念头。如果他仍在南京，多半是会用顾鼎臣为礼部尚书；即使严嵩被召回，也不一定实授礼部尚书。而今他得实授，可不是该大欢喜！

应酬一天前来拜年贺喜的客人，严嵩要严年唤严世蕃来说说闲话。严年现在管着十余家人、使女，是名副其实的管家。

严世蕃过许久才来，严嵩等得心焦。

“大人在府内应酬，我在府外应酬，这一日真是累得狠。”严世蕃进屋就说。

边说，边向站立一旁的严年眨眨眼睛，不知二人间有什么秘密。

严嵩只当不知，问道：“你在府外应酬何事？”

“显灵宫的道爷向我道喜，我能不应酬吗？司礼监的公公向我道喜，我能不应酬吗？”严世蕃要说道理时，道理总是脱口而出，“老爷应酬他们，有诸多不便，我只好把这些应酬揽在自己身上；在府上应酬他们有诸多不便，我只好在府外应酬他们。”

显灵宫的人，是不能得罪的。大内各衙门的人，是不能得罪的。不但不能得罪，还要设法拉拢。可是，以严嵩的身份，又不便公然拉拢。严世蕃三言两语，把严嵩要责备他的话堵回去。

“府外的应酬，确须你多承担。”严嵩说。

严年暗向严世蕃做个佩服之至的手势，严世蕃不予理会。

严年对严嵩说：“老爷和公子都累得狠，我吩咐厨房整治两碗解乏的汤来，可好？”

严嵩应许，严年趁势走开。

“府外的应酬，自然该我承担；衙门里的事，大人没头绪时，也不妨命我为大人参详。”严世蕃说。

这话一定要严年离开时再说，免得伤及父亲的尊严。

严嵩长于文学，而处置起衙门里的事务，往往摸不着门道。南京吏、礼二部幸亏是闲差，不然，他早把严世蕃唤到南京去。回到朝廷，又任半年的闲职，现在掌部务，才忽然觉出严世蕃的才干，是他所缺少的，是他离不开的。他再也不问严世蕃在国子监读书的情形，倒是每天要向严世蕃讲述衙门里的事务。

“我唤你来，正是为此，”严嵩说，“既掌礼部，不能只在家里应酬。我赴礼部视事以来，还没上过要紧的奏疏，上元节一过，须得认真议事。你看，礼部今年上的第一本奏疏，议何事为宜？”

“大人怎想？”严世蕃问。

严嵩说：“简腾芳和王宗用所上宗禄亏损事，可以议一议。”

简霄字腾芳，江西新喻人，正德九年进士，现官河南巡抚。王镐字宗用，北直隶滦州人，嘉靖八年进士，现官河南巡按。河南是分封宗藩最多的省份之一，简、王二人在去年底合上一疏，专论宗禄拖欠事。宗藩事，是礼部应该关注的，严嵩欲议一议。

“不知他二人的奏疏是怎写的？”严世蕃问。

“他二人写道：河南宗室岁禄共计五十六万石，自正德五年以来，二十年间，拖欠至二百四十余万石，各藩府屡索哗变。”严嵩略述。

“他二人是请朝廷补给积欠，还是请朝廷革除积欠？”严世蕃问。

严嵩皱起眉头，看严世蕃一眼，好像他提的问题匪夷所思。

“自然是补给，宗禄还能革除不成！”严嵩说。

“未见得一定不能革除。”严世蕃说。

他想的是，国初时可会料到，河南宗室岁禄竟需五十六万石？今日五十六万，十年之后，二十年之后，又该是多少？国家如何负担？

但他只浅言而止，不与严嵩争辩。

“他二人只是向朝廷要粮，还是有所策划？”他又问。

严嵩说：“他二人疏陈六事，其一，折征存留税粮；其二，扣还起运盈余；其三，动支库藏银两；其四，量减粮料价值；其五，给发邻场盐引；其六，再开原奉事例。”

他只讲题目，也只能讲题目，具体内容他无法记熟。

对严世蕃来说，有一个题目足够。

“大人看，他二人所陈六事，哪一事可行，哪一事不可行？”他问。

“我把握不定，所以才要与你商议。”严嵩道。

“大人就该把握不定，”严世蕃说。“他二人所陈六事，都该户部把握，不该礼部把握，大人为何要议其可否？”

“你是说，此事礼部不必议？”严嵩皱眉思索。

“非但不必议，且不可议，”严世蕃说，“新年伊始，礼部议的第一事，是户部该议之事；赴任伊始，大人议的第一事，是大司徒该议之事。皇上必不以大人为贤能，而以大人为生事；同僚必不以大人为敢任，而以大人为越位；天下必不以大人为勤政，而以大人为糊涂。”

严嵩连连点头，说：“一举而三失，吾不为也。”

严世蕃给他一句评语：“大人胜于常人处，恰是把握不定。”

最大的长处是把握不定，严嵩听这一评语，真有些哭笑不得。

“你胜于常人处，却是把握得定。”回敬一句后，他请教，“你看，新年伊始，礼部首先该议哪一事？上任伊始，我首先该议哪一事？”

“大人既赞我把握得定，我就为大人把握一次，”严世蕃说。“我看，礼部该议、大人该议者，无过立储一事。”

“立储？”严嵩皱眉不语。

“大人以为不必议，还是不可议？”严世蕃问。

严嵩缓缓地说：“因议立储而得罪的官员可是不少。”

“此一时彼一时也，”严世蕃说，“择立宗藩为太子，皇上自然是不情愿的。而今皇子已诞四月，可以议立太子。此事内阁该议，礼部该议。礼部议在先，皇上肯定不会忘记大人。”

“皇子之诞仅四月，议立太子，似乎略早。”严嵩犹豫。

严世蕃却有其议宜早的道理：“若仅一皇子，议立太子不妨迟些，但要好的小公公告诉我，皇三子之诞，就在这一两天。无嫡立长，皇二子、皇三子都非嫡出，早立太子实是安邦定国的大计。”

皇次子诞于嘉靖十四年十月，出自昭嫔王氏，而康妃杜氏这一两天即将诞育皇三子。如果要生产的是皇后娘娘，当然应该立嫡；都是庶出，为避免宫廷内的变故，则宜早日立长。这是严世蕃的考虑。

在严嵩左思右想的工夫，他又补充说：“皇上即便不准，也绝不会怪罪礼部，怪罪大人。上任伊始，大人议的第一事，不在皇上准与不准，而在皇上必以大人为贤能，同僚必以大人为敢任，天下必以大人为勤政。我以为，议立储，最为适宜。”

严嵩被说服，但还不能即刻答应下来。他说：“明日去衙门，我与李梦弼、张崇象两位先生议过，再定此事。”

礼部现任左侍郎李廷相，字梦弼；现任右侍郎张璧，字崇象。

“议尽管议，拿主意的却是大人。”严世蕃说。

“这我晓得，”严嵩很有把握地说，“李梦弼先生、张崇象先生都是好相处的人，我拿定主意的事，想来他们必会附和。”

正月二十日，礼部上疏，请立太子。皇帝批复：暂俟之。他不准允，也绝无责怪礼卿多事的意思。

第二百一十九章

郭勋的书房，藏书之多，器具之精，不逊于当朝任何一位文臣。他喜欢坐在书房里读书，也不只是附庸风雅。本朝的典籍，他确实读过许多，本朝的掌故，他确实知道许多。

书房里备一藤椅，可坐可卧，是为他休息用的。他正卧在藤椅上，闭起双眼，任由两个清秀的小妾捶腰捏肩。

管家轻步走进来。一小妾在他耳边低声说："老爷，管家来了。"

郭勋睁开眼，示意两小妾将他扶起。

"何事？"他问管家。

"侯爷要见的那人来了。"管家说。

"着他进来。"郭勋说着，站起身来。他挥挥手，两小妾退出。

管家引进一人，说："快来见过我家侯爷。"

那人随随便便地一揖，口称："见过爵爷。"

郭勋打量着那人：年龄大约在四五十岁之间，衣着随便。郭勋最满意的是他随随便便的一揖，由此可以看出他为人放荡不羁。眼下要办的这件事，绝不能交与一个拘泥小节的人。

他挥手让管家退下。

"先生尊姓大名？"他客客气气地问道。

那人答道："无名之辈，不足以姓名示人。"

"先生不愿说，我不勉强，"郭勋说着，让道，"先生请坐。"那人坐下，郭勋问道，"我请先生办的事，先生已经知道吧？"

那人道："府上的管家已经交代过。不过，我也告诉他，爵爷出的价钱有点儿少，却不知他禀报过爵爷没有？"

郭勋点点头，问道："我出多少价钱，先生才说不少？"

"再出这些。"那人平伸五指，上下一翻。

“先生要的价钱也恁多！”郭勋道。“我出五百两银子，请你写一本书，有人已说多。先生一开口，便又多要五百。”

那人说：“别人没有读过我的书，由得他说多说少。爵爷是读过我书的，难道也说多？”

“正因为读过你的书，我才肯出五百两银子。”郭勋说。

那人说：“依府上管家所言，只写老侯爷一人的事迹，五百两银子应该是够的。可我想了想，只写老侯爷一人的事迹，未免单薄，须得陪衬着多写一些人，才能遂侯爷的心愿。所以，我斗胆多要五百两银子。”

郭勋好不奇怪。他的心愿别说没对此人讲过，对管家他也没讲过，此人怎会知道他的心愿?

“先生知道我的心愿是什么？”他问。

那人说：“府上管家告诉我，爵爷要请人写老爵爷的事迹，以传后世。可我知道，爵爷的心愿是要老爵爷从祀于太庙。”

国初，太祖皇帝以功臣从祀太庙，后又另立功臣庙，列名其中者，都是有建国功且死于洪武年间的将领。郭英虽然甚得太祖皇帝宠爱，但死于永乐年间，所以不在其列。郭勋每以此事为憾，他请人写郭英的事迹，正是要大肆渲染郭英的功绩，他才好奏请进祀郭英于太庙。管家请来写书的人好厉害，竟然看穿他的用心。

“先生既知我的心愿，我可以再出这些，”郭勋说着，也平伸五指，上下一翻。“是五十，不是五百。先生必要遂我心愿，我才可再出五百。”

“如某所言，多要五百，正为遂爵爷的心愿。”那人说。

“如何遂我心愿，只是陪衬着多写一些人吗？”郭勋问。

“不错，要遂爵爷的心愿，一定要陪衬着多写一些人。但陪衬着写哪一些人，怎样去写，大有讲究。”说到关键处，那人不肯轻易透露。“爵爷应承在下之请，在下才好精心为爵爷设计。”

“你且说与我听。你设计得好，我自会应承。”郭勋也不轻易应承。

那人让一步：“我先为爵爷说说，陪衬着写哪一些人。国初配享的功臣共有二十一位，他们是：中山武宁王徐达、开平忠武王常遇春、岐阳武靖王李文忠、宁河武顺王邓愈、东瓯襄武王汤和、黔宁昭靖王沐英，此六人祀于功臣庙正殿；越国武庄公胡大海、梁国公赵德胜、巢国武壮公华高、虢国忠烈公俞通海、江国襄烈公吴良、安国忠烈公曹良臣、黔国威毅公吴复、燕山忠愍侯孙兴祖，此八人祀于功臣庙西序；郢国公冯国用、西海武庄公耿再成、济国公丁德兴、蔡国忠毅公张德胜、海国襄毅公吴桢、蕲国武义公康茂才、东海郡公茅成，此七人祀于功臣庙东序。在写老爵爷时，这二十一人都要陪衬着写。凡读此书者必要问：二十一人未必人人功在老爵爷之上，却都配享太庙，入祀功臣庙，老爵爷为何未配享太庙，入祀功臣庙？在下说一句大话：想到要陪衬着写这二十一人，就不止五百两银子。”

“先生想得果然好，”郭勋赞道，“而今谈生意，讲究让价。你说值五百，让我一成，是四百五。其中，二百五算在我应许与你的五百两银子里，我另外再加你二百。先生看如何？”

“就依爵爷的算法，”那人得手，才有兴致说下去。“我再为爵爷说说，如何写法。国初史籍，以《国初事迹》最为人称道。”

郭勋插问：“可是刘辰所著《国初事迹》？”

刘辰字伯静，浙江金华人，从太祖皇帝于军中，曾出使方国珍，又在大将李文忠幕下，所著《国初事迹》一书，虽仅一卷，但从实而录，被奉为信史。

“我说的正是此书，”那人说。“老爵爷事迹及功臣庙二十一人事迹，都依刘伯静的法子写，凡读者都相信是信史，却没有多少人要读。写众人事迹，一定要源自信史，又要超出信史。”

“如何源自信史，又超出信史？”郭勋请教。

那人道：“我知道爵爷是喜欢读史的，请问爵爷，《三国志通俗演义》和《三国志》摆在面前，是愿读《三国志通俗演义》，还是愿读《三国志》？《水浒传》和《宣和遗事》摆在面前，是愿读《水浒传》，还是愿读《宣和遗事》？”

“或有人愿读《三国志》，我却愿读《三国志通俗演义》；或有人愿读《宣和遗事》，我却愿读《水浒传》。”郭勋说。

“爵爷尚且如此，不喜欢读史的人会如何选择，可想而知。”那人说，“《三国志通俗演义》源自《三国志》，却不拘泥于《三国志》；《水浒传》源自《宣和遗事》，却不拘泥于《宣和遗事》。《三国志通俗演义》一出，谁还读《三国志》，谁还以《三国志》为信史，《三国志通俗演义》为虚构？《水浒传》一出，谁还读《宣和遗事》，谁还以《宣和遗事》为信史，《水浒传》为虚构？今日写老爵爷事迹，一定要写成《三国志通俗演义》和《水浒传》，不能写成《三国志》和《宣和遗事》。”

“先生可否试举其例？”郭勋提出进一步的要求。

那人举一例：“如太祖皇帝平吴，史称：张士诚困于苏州，拒户自缢，为部将赵世雄解救。大将军徐达数遣李伯升、潘元绍谕降，张士诚瞑目不答。抬出葑门，登舟，不复食。至金陵，自缢死。可见，张士诚是被生擒的。那么，他是被谁生擒的？徐达统率大军围城，不会是徐达生擒的。李伯升、潘元绍奉命谕降，不会是李伯升、潘元绍生擒的。在徐达谕降和将张士诚抬出葑门之间发生的事情，记焉不详。老爵爷曾在大将军帐下效力，说老爵爷深入敌穴，生擒张士诚，又有何妨？”

“请先生再举一例。”郭勋听得过瘾，还想听。

那人再举一例：“太祖皇帝灭汉，史称：鄱阳湖大战，汉军且战且走。陈友谅从舱中伸出头来，有所授意，骤中流矢，贯穿其目，及后颅而死。汉军遂大溃。叙述鄱阳湖战事，只说陈友谅为流矢所杀，未免太让人扫兴。再者，老爵爷从太祖皇帝征战武昌时，汉将陈同佥，骁勇异常，突入我阵。太祖皇帝急呼老爵爷杀之。谁射杀陈友谅，记焉不详；老爵爷如何杀陈同佥的，记焉不详。把这两件事合为一事，说太祖皇帝急呼老爵爷杀陈友谅，老爵爷力挽神弓，一箭中的，又有何妨？”

“这两件战事，先生果然想得好。”郭勋赞道。

“设计此等写法，又不止五百两银子！”那人得意地说。

“先生还是要让我一成，”郭勋说，“先生设计此等写法，值四百五。其中，二百五算在我应许的五百两银子里，我另外再加你二百。”他一笔一笔地算计道，“原许与先生五百，先生说中我的心愿，加上五十，先生要陪衬着写二十一功臣，加上二百，先生设计绝妙写法，加上二百，我总共与你九百五十，先生看如何？”

“爵爷一丝不苟，令人钦佩，”那人说。他天花乱坠地讲述自己的想法，连五百两银子都争不到，除了无奈，更多的是好奇。他问，“爵爷为何只肯给九百五十两银子，不肯凑成一个整数？”

“不是我不肯凑成一个整数，”郭勋解释说，“该加的我都如数加给你。五十两虽是个小数，我也不能无缘无故地加给你。这样吧，书的框架已有，写法已有，你再想出一个好的题目，我给你凑成整数。”

“好，我再给爵爷想一个好的题目。”那人想了想，漫不经心地说，“爵爷一再说要写老爵爷事迹，就用《武定侯事迹》如何？”

“先生的这个题目可以值到五两银子。”郭勋说。

“可不可以改为《郭武定传奇》？”那人随口又说一个题目。

“我看，还不如《武定侯事迹》。”郭勋说。

那人准备放弃。想一个好的题目，绝不比设计一个框架、设计一个写法容易。为设计一个框架，设计一个写法，他不知读多少书，伤多少神，一个好的题目，怎会立时就想出？

就在这时，管家进来，手里捧着一张条幅。

郭勋正在得意。他得意的不是省下五十两银子，而是难住这个看上去绝顶聪明的写书人。

“谁送来的？”他问管家。

管家看客人一眼，不知该不该当着他的面说。可他也糊涂，不知该不该当着那人的面说，他就不该捧着条幅进来；他捧着条幅进来，爵爷是一定要问的，他怎能不答！

他也有法子，走过去，俯在郭勋的耳边轻声答一句。

“谁送来的？”郭勋精神一振，显然是听清楚，却仍然大声地问。

管家也只好大声答道：“是礼部严尚书差人送来的。”

“唯中先生差来的是何人？”郭勋问。

“我认得他，是严府的管家严年。”郭勋说。

“他家老爷可有话说？”郭勋问。

管家转述：“这位严管家说，他家老爷命他向爵爷致意。他家老爷说，爵爷的厚礼收下，感激之至。他家老爷还说，多年没有好好写字，笔画都生疏，特意写几个字，回赠爵爷，请爵爷雅正。”

“这位管家很有口才，你等远不及，难怪都说唯中先生离不开他。”郭勋说着，问道，“可曾看赏？”

“不知赏多少，才来请示爵爷。”管家说。

“严府的家人与他府的家人不同，严府的管家同他府的管家不同，”郭勋想也不想地说。“赏他五十两银子。你好好应酬他几句，就说，多谢唯中先生赐字，我改日亲去府上致谢；就说，严管家亲自送字来，我同样是感激的，请他闲时常来走动。另外，你再约个时间，请他饮酒。”

“请他饮酒，不能说是爵爷的意思吧？”管家问。

“那还用问，请他饮酒自然是你自个儿的意思。”郭勋说。

管家等一会儿，见郭勋不像再有什么交代，请示道：“爵爷没别的吩咐，我就到前面去看赏，去应酬。”

郭勋点点头，他捧着条幅欲出，被郭勋叫住。

“爵爷还有吩咐？”他问。

“我不是叫你，我是叫它。”郭勋指指他手上的条幅。

“我真糊涂，只想着来问爵爷赏数，就忘记也是送字来给爵爷观赏的。”管家说着，把条幅留下，自己退出书房。

郭勋把条幅摆放在书案上，招呼客人："先生要的那个整数，反正是凑不成，何不一同来赏玩唯中先生的墨宝？"

"爵爷把我讨要的五十两，赏给严府的管家，可不是凑不成我的整数，"那人笑着说，"爵爷赞严府的管家有口才，却不知他的话不实，还是他家老爷交代与他的话不实。"

"是哪一句话不实？"郭勋顾不上看字，先问道。

那人边向书案走去，边说："严府管家道，他家老爷多年没有好好写字，好似他家老爷不轻易写字赠人，这话就不实。"

"他说的不实，实情又如何？"郭勋问。

那人道："我听说，唯中先生的字都是要润资的。精心写的，是一个价钱；随意写的，是一个价钱。唯中先生精心写的字，索价太高，没几个人出得起，所以他就很少精心写字。他不是多年没好好写字，而是多年无人敢要他精心写的字。"

"这样编排唯中先生，未免有失公允，"郭勋说，"今日的士大夫写字、作画、撰文，谁不要润资？我请先生撰文，先生不是也要润资吗？我出的润资少，先生还要讲价。怎么唯中先生要润笔，就成罪过？"

"爵爷不能拿我和唯中先生相比，"那人说，"我向爵爷索要一千两银子，是因为我觉得，我为爵爷写的这本书，值一千两银子，如果它不值一千两银子，我是不会索要的。这是其一。我只是一平民，除撰书取钱，再没其他索财的门径。这是其二。"

郭勋听出他话外的意思："先生是说，唯中先生索要润笔，超过所值；唯中先生不仅写字要润资，还因为居于高位，可以索取赂金？"

"我只说我自家而已，这些话是爵爷说的。"那人道。

"是我说的，是先生说的，又有何妨？先生无非是说，唯中先生贪爱钱财。这又有什么不对？"郭勋为严嵩辩道，"先生修炼得一手好文章，可以索要润资，也可以不索要润资；先生索要，就是贪爱钱财。唯中先生修炼得一手好字，可以索要润资，也可以不索要润资；他索要，就是贪爱钱财。唯中先生修炼到高位，他可以索取赂金，也可以不索取赂金；他索取，无非也是贪爱钱财。比起修炼得一手好文章而索要润资，修炼得一手好字而索要润资，这又坏到哪里？"

"爵爷说的是。唯中先生居于高位而索取赂金，未见得就坏到哪里，"那人附和道。再想想，他也觉得好笑：自己和爵爷第一次见面，只谈一事，就是润资，有什么理由责怪严尚书贪得无厌？"愿与爵爷一同观赏唯中先生的翰墨，在下也不虚此行。"

郭勋将条幅铺展开来，上下款还来不及看，四个尺径见方的大字先映入眼中。

那人不由得念出声："忠义千秋。"

"我知先生学富五车，是个奇人，古今人的真迹一定也见过不少。你看唯中先生这幅字如何？"郭勋问道。

那人说："果是大家手笔，别的且不论，敢写此四字，就不同凡响。"

郭勋不懂："这四字不好写吗？"

"确是不好写，"那人说，"一则，这四字笔画少，多的只有十余笔，少的只有三笔，甚难搭配。二则，这四字尺径大小，写起来就更难。而唯中先生写起来，看似平和，却是藏拙蕴巧，游刃有余。"他又赞一句。"果是大家手笔。爵爷得此字，堪传后世。"

郭勋大喜，揖道："藏拙蕴巧，先生的评语也堪和此字传之后世。"

"我传之后世的不是这四字评语，而是其他。"那人戏谑地说。

"先生莫不是想好书的题目？"郭勋问。

那人点点头，说："这个题目，爵爷不能再说值不到五十两银子。国朝英烈传，爵爷看如何？英烈者，老爵爷及二十一位功臣庙主之谓也，而其中暗藏老爵爷的名讳，尤其是老爵爷之谓也。"

"就是它，就是它！"郭勋连声说道，"先生的酬金凑个整数。"

"多谢，"那人语气中颇有嘲讽的味道，"今日得凑成整数，一则是爵爷的慷慨，一则是唯中先生的点拨，二位都是该谢的。"

"先生大赞唯中先生的字，不是投桃报李吧？"郭勋开玩笑地问。

"在下并非佞人，"那人郑重其事地说，"唯中先生人品不好，在下如实而言；唯中先生的字好，在下也如实而言。"

"好，先生的书脱稿，我当如实而言，"郭勋也郑重其事地说，"再者，我出千金买你书稿，一是要好，一是要快。你先随管家去账房，支领纹银二百两，书稿完时，你一手交稿，一手把其余的银子领去。"

"爵爷要我多少日内完稿？"那人问。

"两月之内，"郭勋说，"我把酬金分成一百份，你迟一日完稿，我扣除你一份酬金。你若是迟三月完稿，你不但支领不到其他的酬金，今日预领的酬金，你还要退还与我。"

"我若不足两月交稿，又当如何？"那人问。

郭勋说："你每提前一日，我多与两份酬金。先生看如何？"

"如此，甚合情理。在下告辞。"那人揖道。

第二百二十章

年节过后不久，刑部尚书唐龙和左侍郎杨学志、右侍郎周期雍上疏，请宽赦获罪官员，录上文武官员一百四十二人。

皇帝把该疏反复阅读几遍。

刑部首先提出要赦的，是因钦明大狱而流戍的官员，包括：御史马录、芦琼，都御史李璋、李珏，按察佥事章纶，都指挥使马豸，给事中刘琦、张逵、常泰，刑部郎中刘仕，大理寺左少卿徐文华，知州胡伟，共计一十二人。

皇帝记得，对这十二人，有两种处置，一是谪戍极边，遇赦不宥，除马录外，还有原山西布政使、后升宁夏巡抚的李璋，原山西按察使、后升甘肃巡抚的李珏，及马豸、徐文华，共五人。其余七人谪戍边卫。

其余七人没有戴“遇赦不宥”的帽子，但从他们发配边卫至今，差不多十年，还无一人赦还，想一想，未免太严苛。即便“遇赦不宥”的五人，除马录以外，难道都是死有余辜？而今刑部请赦，一是为皇子之诞，一是为圣母皇太后上徽号，何不名副其实地大赦一回？

其次要赦的是大同、辽东失职致变的官员，包括：巡抚辽东都御史吕经，大同副总兵赵镇，大同都指挥武镗，大同指挥杨德、赵椿。

这件事没有张寅之狱让皇帝上心，他很快做出决定：吕经激辽阳之变，罪不可赦；赵镇、武镗等武职官员，可赦。

再次要赦的是论劾议礼大臣的官员，包括：太常寺卿张鹗，刑部郎中叶应骢，工部员外郎邵经邦，南京御史冯恩。

皇帝第一个想法是：两年不杀冯恩，对他，对天下人都有所交代。第二个想法是：今日若赦他，对故去的汪尚书怎么交代？其他人可赦，冯恩不可赦，皇帝的态度极其坚决。

邵经邦也是因为论劾张璁、桂萼等而被发戍的。皇帝还清楚记得，邵经邦奏疏里有一句话特别让人恼火。他写道：今陛下以璁议礼有功，不察其人，不揆其才，而加之大任，似私议礼之臣也。似私议礼之臣，是不以所议者为公礼也。

这是什么话！天子所议之礼，还有什么私礼、公礼之别吗？皇帝对他特别恼火，也就特别处置。其他各臣在镇抚司拷讯后，都由法司拟罪。对邵经邦，皇帝说：“此非常犯，不必下法司。”他是不经法司拟罪，而被发戍福建镇海卫的。虽未加“遇赦不宥”之词，但也绝不可以轻易宽赦他。既然当初邵经邦发戍，未经法司议，今日刑部怎可议其宽赦？

至于张鹗、叶应骢，可赦。

第四要赦的是左顺门哭谏的官员，包括：翰林学士丰熙、修撰杨慎、检讨王元正，刑科都给事中刘济、礼科都给事中张翀，御史余翱，吏部郎中余宽、户部郎中黄待显、兵部郎中陶滋、刑部郎中相世芳，大理寺正毋德纯。

杨慎不能赦，但不予宽宥的，不能只是他一人，那会让人联想到杨廷和。翰林院为储养人才之所，翰林官煽惑人心，滋事禁中，皆罪不可赦。其他各衙门的官员，可赦。

数了数，这四类官员，共三十余人。皇帝再想不出，以其他原因治罪的官员还有哪些不可赦，于是命道：除马录、吕经、冯恩、邵经邦、杨慎、王元正、刘济、丰熙八人外，刑部录上官员一概准赦，但吏部不得朦胧起用。

第二百二十一章

吉囊屯兵于大同以北威宁海子，举棋不定。两个谋主梁威、辛洪，各有各的主意，争执起来，互不相让。

辛洪道："我说一句泄气的话，大汗在西面吃过这位梁总兵的苦头，才移师东来。不想在东面又碰到他，真可谓冤家路窄。他既到东面，大汗不如再挥师西向，以避其锋。"

他提到的梁总兵，是现任大同总兵官梁震。梁震在宁夏、延绥、陕西多次击败过吉囊。说吉囊大军东来，是为避他，未免言过其实；但对他，吉囊及吉囊的部属确实心存畏惧。

梁威道："堂堂大汗，十万之师，避一区区总兵，说出去，好笑不好笑？辛洪兄弟不怕丢自己的脸，也不怕丢大汗的脸吗？辛洪兄弟不怕在石天爵那厮面前气短，也不怕大汗在俺答汗面前气短吗？"

吉囊和俺答明里联手经营河套，暗里却时时有一比高下之心。吉囊的谋主梁威、辛洪，自然也有和俺答的谋主石天爵一比高下之心。

吉囊脸色阴沉，站起身来，凝望着把他的大帐围起的一层又一层的亲军营帐，又远眺沿水屯驻的大军。兵强马壮，为何屡遭败绩？

"我大军真不堪与梁太师一战？"他不服气地问。

"不是不堪一战，是梁总兵风头正劲，不如暂避其锋芒。"辛洪说。

"在延绥时，辛洪兄弟也说他风头正劲；到大同，又说他风头正劲。不知他可有风头不劲的时候？"梁威讥道。

辛洪正色言道："与大汗议正事，梁威兄弟休得取笑。"

"梁威兄弟不是取笑；我也想知道，梁太师在延绥为何是风头正劲，在大同为何又是风头正劲。"吉囊说。

辛洪答道："我最早听说梁震其人，是在九年前。那时，他以署都指挥佥事，协守宁夏兴武营。六年以前，又听说其人，他升至延绥游击将军。三年以前，再听说其人，他已经是延绥副总兵。他在朝廷里没有奥援，升迁靠的是军功。大汗请想，他在延绥时是不是风头正劲？”

“在延绥，梁太师确是风头正劲。”吉囊不得不同意。

“我再说他在大同风头正劲，”辛洪道，“大同卫卒凶悍，先杀巡抚张都堂，又杀总兵李将军。据说，李将军继任鲁将军，对卫卒根本不敢管束，卫卒益加骄横。我曾想，无论谁人镇守大同，一年内难以整顿各卫。谁知才过半年，大同的局面完全改观。大汗说，他在大同是不是风头正劲？若说他在延绥风头正劲，靠的是敢于拼杀；在大同风头正劲，则靠的是声威已著。”

“所以你主张避其锋芒，对吧？”吉囊这一问是虚，下一问问梁威才是实。“你不欲挥师西去，除怕大家丢脸，还有没有别的理由？”

“不知要什么理由，大汗才肯留在东面与官军周旋？”梁威反问。

“譬如，梁威兄弟有对付梁太师的计谋，便可留在东面与官军周旋，”吉囊说，“可牛心山一仗，我没有打过梁太师，梁威兄弟和辛洪兄弟也没算计过梁太师。我想，暂且避其锋芒，或是上策。”

牛心山在大同郊外，因形状似牛心而得名。去年底，吉囊部在牛心山与梁震遭遇，双方激战。吉囊部被杀百余人，不得不退至威宁海子一带。辛洪主张西向，牛心山之败是主要原因。吉囊虽然还没拿定主意，但显然被辛洪方才一番话打动。

梁威说：“就算我没算计过梁总兵，可汉人有一句话，叫作‘人算不如天算’，不知大汗听过没有？”

“何谓‘人算不如天算’？”吉囊觉得这句话有趣。

梁威半是解释，半是鼓动：“梁总兵的算计，胜过我等的算计，但仍是人算；如果上天要大汗成就一番功业，梁总兵是万万阻挡不住的。”

“大汗志向远大，梁威兄弟不必假以上天之名。”辛洪说。

这次，轮到他讥笑梁威。

“辛洪兄弟不要取笑，且听梁威兄弟的天算是什么。”吉囊道。

“大汗说，有对付梁总兵的计谋，可留在东面与官军周旋，若并非与一般的官军周旋，而是与大明天子周旋，又当如何？如果八九十年前也先汗得到的机会摆在大汗的面前，又当如何？”梁威充满豪情地问。

也先是另一支蒙古人瓦剌部的首领，正统末年，在怀来卫西南的土木堡大败大明军队，俘获大明天子英宗皇帝。

“你是说，我可与大明天子直接周旋？”吉囊的精神为之一振。

“我所谓天算，正在于此。梁总兵可算计过我等，大汗越过他，直接和大明天子周旋，他就奈何不得。”梁威说，“去春，大明天子驾至天寿山，大汗屯师贺兰山，欲攻略凉州。去秋，大明天子又驾至天寿山，大汗陈兵延绥，欲攻略宁夏。相距数千里，非驱驰一日可至，这都不必多说。据谍报，本月之内，大明天子将第三次驾至天寿山，大汗大军集于大同境内，焉可轻易放过与其周旋的机会！”

“大明天子本月驾至天寿山，谍报可实？”吉囊兴奋地问。

“我派出的探子都这样说，想来不假。”梁威很有把握。

“辛洪兄弟，你看如何？”吉囊询问另一谋主。

“得与大明天子周旋，自是天降福音于大汗；不过——”辛洪觉得，这不是一件轻而易举的事，他说，“大明朝廷在大同、宣府驻有重兵，大明天子巡狩天寿山，必以京营严守居庸等关，这数重关隘，如何一重一重闯将过去？且首先要闯将过去的，就是大同这一重关隘。”

“不错，大同、宣府有重兵，居庸等关有京营，我军如何到得天寿山？”吉囊所受的诱惑，又被困惑取代。

梁威已有算计。他说：“大明天子留在天寿山，不会超过两日。若我师游移于大同境内，得知大明天子离京后，突然挥师向东，别说沿途有重重关隘，就算可以长驱直入，等赶到天寿山，大明天子也早回驾。若我师在大明天子离京前，堂而皇之地挥师向东，别说沿途的众多战事，未必仗仗都打得赢，就算每战则胜，官军知我所向，各镇报警，大明天子一定会取消天寿山之行。所以，与大明天子周旋于天寿山，必用奇兵。大汗可分兵数支，各取小路，不得声张，不得劫掠，越过大同、宣府，最好潜伏于居庸关内，如果不得其便，潜伏于居庸关外亦可。总之，不可惊动大明朝廷。一旦得知大明皇帝到天寿山，挥师而南，不难与大明天子直接周旋。”

他总述的是一种设想，实际上预想到好几种情形：分兵潜行，一种情形是可以越过大同、宣府，一种情形是越不过大同、宣府；越过大同、宣府，一种情形是可以潜入居庸关内，一种情形是只能潜伏在居庸关外；越过居庸关，一种情形是赶得及与大明天子周旋，一种情形是赶不及与大明天子周旋。但无论哪一种情形，都是值得尝试的。

面对诱惑与困惑，需要吉囊决断。而在需要决断的时候，他能很快做出决断。他从容地部署道：“我亲自领一军，梁威兄弟随小七王领一军，辛洪兄弟随小十王领一军，各取小路，潜越大同、宣府，会师于居庸关下。如果三军齐至，则以三军与大明天子周旋，如果只到得一军，则以一军与大明天子周旋，此举纵然不能让也先汗的功业再见于今日，也要长我吉囊的志气，让大明朝君臣吓破胆。”

第二百二十二章

镇守大同太监杨进不等通报，径自闯进巡抚衙门。见史道正在读一部书稿，他没头没脑地问："克弘先生还在读书？"

史道甚觉奇怪："我为何不该读书？杨公公进来，不问我在读什么书稿，却好似怪我还在读书。这事可是怪得很呀！"

他去年再被起用，以左佥都御史巡抚大同。

杨进按照他的意思，问道："克弘先生在读什么书稿？"

史道没来得及回答，镇守大同总兵官梁震快步如风，闯将进来。见史道手捧书稿，问的也是那句话："克弘先生还在读书？"

史道看梁震一眼，又看杨进一眼，禁不住笑出声。杨进看史道一眼，又看梁震一眼，捧腹大笑。梁震不知他二人为何要笑，但想到二人在笑他大概是不会错的，也跟着笑几声。

杨进拿腔拿调地说："梁将军进来，不问克弘先生在读什么书稿，却好似怪克弘先生还在读书，这事可是怪得很呀。"

梁震本想按照他的意思，问一句：克弘先生在读什么书稿。嘴一张，却变成问杨进："杨公公既然问我，定知克弘先生在读什么书稿吧？"

"克弘先生书稿还捧在手中，梁将军不去问他，却来问我，岂不是舍近求远！"杨进指着史道说。

"杨公公既不知，却随克弘先生取笑我，好没道理。"梁震道。

"梁将军不也好没道理地在取笑吗？"杨进说。

梁震说："我那是被人取笑后，无奈地讪笑，怎是取笑！"

杨进道："梁将军又怎知我那不是被人取笑后，放肆地讪笑？"

史道称赞二人："讪笑而可以放肆，杨公公妙语惊人。虽则舍近求远，却不落俗套，梁将军问得聪明。"

梁震的心思被他识破，这才问他："克弘先生在读什么书稿？"

“二位都说被人取笑，无疑是被我取笑。可我要告诉二位在读谁的书稿，就该二位取笑我，”史道说着，顿了顿，告诉二人。“我读的是张谙夫都堂的书稿。”

梁震、杨进虽没取笑，却着实有些意外。谁的书稿不好读，却偏要读张文锦的书稿？张文锦在大同任上，失大于得，罪大于功，朝廷是有定论的。张文锦的父亲曾奏陈他在宁藩变乱时守安庆的功绩，恳请朝廷给予恤典，被皇帝断然拒绝。张文锦的妻子再言，皇帝愤怒，把代她上疏的人抓起来。从辽东巡抚吕经被发配，可见皇帝对处置不当，致激兵变的官员，绝不会姑息。史都堂读张都堂的书稿，难道要为他申冤？

史道知道他二人的想法，说：“我研读张都堂的书稿，有两个原因：一则，他是我的前任，他在任上的作为，我该了解。二则，正因为朝廷已有定论，他的书稿我不读，怕是不会有人读。”

“克弘先生这样做，更是不落俗套，”梁震恭维一句后，问道，“克弘先生读张都堂书稿，可有心得？”

“开卷有益，心得总是有的，”史道说，“读张都堂的书稿，我对大同之急务，更多一层体会。大同镇以北一带，东抵于阳和，西尽于高山，其间绵延一百四十余里，皆是平川旷野，黄沙白草，直与虏境通连。我太祖高皇帝以此为胡马奔冲之会，特建雄镇，犹中流砥柱，将使虏酋不敢背城南下，轻犯倒马、紫荆等关。然一城孤悬天外，漫无重山叠嶂之险，一马驱驰，可直至关下，是以本镇地方，从来遭患特甚。”

镇守大同太监，以前或是美差，而今却是苦差。杨进深有感触地说：“一城孤悬天外，克弘先生的心得，也是我的心得。”

“杨公公真懂克弘先生的心得吗？”梁震问一句，意味深长地说，“我看，克弘先生之心得，未必是杨公公之心得。”

“梁将军既懂克弘先生的心得，何不说与我听？”杨进毫不相让。

梁震说：“大同孤悬天外难守，故须审度地势，据险筑城。克弘先生的心得，欲修筑五堡，这也是杨公公的心得吗？”

杨进听他一说，嘴张几次，才问出来：“克弘先生真想再筑五堡？”

张文锦因筑五堡，而激大同兵变，自己惨遭杀戮。其后，修筑五堡成讳莫如深的话题，再也没人敢提及。

“我确有修筑五堡之意，”史道说，并反问，“杨公公以为如何？”

“殷鉴不远，克弘先生须慎之。”杨进警告他。

“梁将军果然料中我之心得，未必是杨公公的心得；然则，各险要处所果能立堡设兵，实为我国家亿万年永逸之计，”史道说。“张都堂英见远虑，谋国未为不忠。只可惜举动之间，不识变通，重拂群心，以至罹难。张都堂急其工，命三月而竣，我缓期至一年可以不可以？张都堂不体恤下情，我事事体恤之，可以不可以？我想，只要在举动间，不拂众意，不为已甚，大同士卒未必皆不通事理。再者，”他笑着对梁震说，“梁将军有五百健儿，即便乱党尚未除尽，也未必敢轻举妄动。”

梁震在宁夏兴武营时，精选五百健儿，畜养帐下，作为亲军。他在宁夏，在延绥，屡建功勋，多赖这五百健儿；来到大同，稳定局面，也多赖这五百健儿。史道对他提起五百健儿，他报以一笑。

“梁将军，你方才说，我之心得不是杨公公的心得；现在，我要再问一句，我之心得是不是你的心得？”史道问。

“克弘先生问我，我照直说；有不当之处，勿罪。”梁震道，“大同一城孤悬天外，诚如克弘先生所言，诚如杨公公所言。大同城外立堡设兵，为永逸之计，诚如克弘先生所言。举动得宜，不会激变军士，诚如克弘先生所言。但大小边计定于朝廷，非定于各镇；定于文臣，非定于武臣。本镇一武夫耳，杨公公一内使耳，不足与克弘先生计议。”

这话不但出自真心，而且说得深刻。大同修建五堡，与梁震、杨进计议是没有用的，一定要与朝廷中有力量的大臣计议。史道想到夏言。他赴任时，夏言还是礼部尚书，现在已是内阁大臣。一定要得到他的支持，在大同才能有一番作为。

想到这里，他说：“梁将军直言，我也直言。二位不是不足以计议，是没必要担此干系。二位今日都是有事而来，一句‘克弘先生还在读书’，致使坐话许久，二位的事情一句还没说。现在请吧。”

杨进让道：“梁将军行色匆匆，梁将军请先讲。”

“我行色匆匆，怎么先到的是你？”梁震让回，“杨公公请先讲。”

“我先讲也好，”杨进不再谦让，“北虏大军退而复进，又移向大同，万岁爷不日将至天寿山致祭，我等不可不严为戒备。”

“这是杨公公自己的想法，还是宫里有密敕？”史道问。

“是我自己的想法，也有司礼张太监的私函。”杨进说。

“梁将军也是为此事而来吗？”史道问。

“我与杨公公不谋而合。”梁震点头称是。

皇上天寿山致祭，没有明诏宣示天下；但宫里的重大决定，很快会传出宫外，京城里的重大消息，很快会传出城外。何况，皇帝天寿山之行，并无严禁外泄之旨。

史道、梁震、杨震都听到一些传言。梁震、杨进不来找史道计议，史道也一定要找他二人计议的。

“此事正该与二位好生计议，”史道不急不慢地说。“皇上天寿山致祭，看来无可更改；大同须严加戒备，看来也是一致的见解。但如何严加戒备，梁将军，你是否已有成算？”

梁震确实仔细筹划过，他简而言之：“严阵大同镇城以北，邀战虏军，是一法；严防大同镇城以东大小路径，是一法。”

“梁将军所言两法，都是根本之法。但大同守军有限，两法难以兼顾。”史道说着，问道，“以梁将军之见，宜用哪一法？”

“防止北虏东窜，乃今日大同第一要务。”梁震说。

“杨公公以为如何？”史道又问杨进。

“两位大人的主张，也是我的主张。”杨进不懂为不懂，倒也知趣。

“梁将军之议甚是，”史道说。“大酋吉囊若意在惊动圣驾，必不肯在大同与我纠缠，我欲邀战，亦不可得。梁将军，大同以东各大小路径，请你善自部署，严加防范，不可使一支虏军越过大同。”

几天以后，官军在宣宁湾拦截一支虏军，在红岩口拦截一支虏军，在其他路径，没有发现重大敌情。

第二百二十三章

山西境内二镇，大同镇设总兵官一员，山西镇设副总兵官一员。

周尚文听说韩邦奇来访，大感意外。韩邦奇是嘉靖十四年以右副都御史巡抚山西的，周尚文今年初才被起用，任镇守山西副总兵官。总兵官或副总兵官到任，不去拜会都堂，却要都堂来拜会，至少近几十年，没有这规矩。何况，镇守山西副总兵不驻太原，而驻代州境内的宁武关，距太原城有几百里路。

周尚文上任之初，不去巡抚衙门点个卯，也有他的道理。他在嘉靖九年已升至宁夏总兵官，这次被用作副总兵，心情难免有些抑郁。这是一个原因。他自负军功，桀骜不驯，在文职面前从不肯低首下心。这是又一个原因。周尚文前次解职，就是与宁夏巡抚杨志学不和，因而被劾。这使得他对文职的成见更深。

“大帅身体不适，不如延请韩都堂至卧榻相见。”长子周君佐提议。

周尚文不去太原的借口是有病，周君佐提醒他要作出有病的样子。

对这一提议，周尚文嗤之以鼻：“大丈夫死且不惧，还怕见一都堂？君佐，你把韩都堂迎至大堂，我去见他。”

周君佐暗自叫苦：父亲脸色红润，气宇轩昂，韩邦奇若是问病，看他怎样作答！但他知道父亲性情倔强，只得抱着满腹心思出迎。

韩邦奇好似知道其中的尴尬，并不问病。他拉着周尚文的手说：“乡亲相会数千里外，实是有缘，今日特来向周将军讨一顿肉吃。”

他不来讨酒喝，却来讨肉吃，这说法也算是很奇特。

“别说是乡亲，不是乡亲，都堂大人驾到，也有肉吃。”周尚文说。

他是西安右卫人，韩邦奇是西安朝邑人，算得上乡亲。但他的口气，不卑不亢，完全没有交结乡亲的热情。

周君佐在一旁插话：“听说都堂大人在巡抚衙门，一切不许有司供应，过五日，才以俸米易肉一斤。今日一来就讨肉吃，看来所传不谬。”

“五日吃一斤肉？”韩邦奇连连摆手，“五日哪里吃得上一斤肉！我交代厨房，五日买一次骨头煮汤，十日才买一次肉。”

周尚文爱兵如子，从不准部将克扣军饷，听这几句对话，不由对韩邦奇大有好感。

“我这几个儿子，如狼似虎，我若是十天才给他们一顿肉吃，他们会把我吃掉，”他对韩邦奇讲起笑话。随后命周君佐，“你去厨房看一看，肉煮得少，命他们再多煮些。韩都堂来，肉总要让他吃够。”

周君佐欲出，韩邦奇把他拉住：“不忙，我们先谈正事。正事谈完，周将军再看，值不值得多煮些肉。”

“是，都堂大人既有正事，自然是先谈正事。”周尚文道。

“好，我先说第一事，”韩邦奇道。“我巡抚宣府时，清核墩台、隘口军士盔甲、兵器，周将军，君佐，你父子二人可想得出短缺的情形？”

“十成中短缺二三成，不足为怪。”周君佐答道。

“十成中短缺二三成？”韩邦奇苦笑一声。“君佐是据常理而言吧？”

言外之意，宣府盔甲、兵器的短缺，绝不止此数。

“难道还能短缺半数不成？”周尚文惊问。

“周将军在宁夏时，短缺半数，应该已经骇人听闻吧？”韩邦奇沉住气，不慌不忙地说。“宣府清核的数目，我还记得，说与二位听一听。那次是一墩一台，依次清核的。宣府一镇所辖守墩军士，共八千五百二十人，短缺盔六千六百八十顶，甲七千二百二十二副，腰刀三千六百一十八把。二位看，短缺的是二三成，还是半数？”

周君佐算计得快：“盔者，十成中短缺七成半；甲者，十成中短缺八成半，原来不是十成中短缺二三成，而是十成中不足二三成。即腰刀者，十成中也短缺六成。”算计过后，问道，“都堂大人，宣府短缺盔甲短缺腰刀，怎会如此严重？”

“我也问过指挥、千户、百户等，其说不一，但总而言之，令人困惑，”韩邦奇道。“譬如，我曾问一管墩官：你墩守军三十人，应有三十副盔甲，为何只有三五副盔甲？他答曰：为虏贼劫去。”

“真是好笑，他守墩上，盔甲怎会为虏贼劫去！”周尚文道。

“你听他下面的答话，不唯好笑，而且困惑，”韩邦奇说，“我问他：虏贼如何劫去？他答曰：墩军下墩取水，及走报声息，往往为三五零贼，连人带盔甲，即行擒去。其后，墩军或能生还，盔甲却带不回来。”

“边军为虏贼生擒，也是寻常事，都堂大人为何困惑？”周君佐问。

“君佐不知，宣府与宁夏、延绥等镇，有所不同，”韩邦奇道，“宣府墩台甚密，其间远者不过二三里，近者仅里许。举旗发炮，邻近各墩可即至。遇三五零贼来擒墩军，纵不能斩获追随，而应援救护，力亦所能，何至于被他将墩军擒获而去？”

“原来如此，”周君佐听懂，又问，“都堂大人没有再追问管墩官？”

“君佐也好笑，盔甲反正是短缺，追问又有何用！”周尚文道，“古云：器械不利，是以其卒与敌也。宣府四成军士无刀杀人，七八成军士无盔甲自保，如何御敌？韩都堂，你有什么法子补足盔甲、腰刀？”

韩邦奇说：“腰刀短缺三千六百一十八把，已量给过八百；万全都司库中，现存腰刀五百零四把；先年赴京操，带回腰刀五千三百五十三把；京营对调，留下腰刀二千一百四十八把。总而计之，可足支用。盔短缺六千六百八十顶，已量给过八百；万全都司库中，现存盔三百六十六顶；先年赴京操，带回盔八百九十九顶；京营对调，留下盔一千九百一十七顶。共计是——”

周君佐算计得快：“共计三千九百七十六顶。”

“不错，”韩邦奇点头，“甲短缺七千二百二十二副。已量给八百；万全都司库中，现存甲三百五十七副；先年京操，带回甲四十六副；京营对调，留下甲一千九百四十七副。君佐，烦你算一算，以上共计有多少副甲？”

“共计三千一百七十七副。”周君佐随口答道。

“多谢，”韩邦奇道，“是盔短缺者近半数，甲短缺者犹过半数。我请朝廷敕兵部查议，准将前述各项军器支给墩、台守军使用外，仍短缺之数，于该部现收盔甲内照数发运宣府，分给各路墩军收领。各路损坏不堪之盔甲、腰刀，收送都司，可修补者修补。”

“韩都堂处置，甚是恰当。”周尚文说着，问道，“韩都堂要谈的第一件正事，便是清核山西各卫、所墩台盔甲、腰刀吧？”

“我有此意，不知周将军所见如何？”韩邦奇反问他。

周尚文说：“我说过：器械不利，是以其卒与敌。士卒皆我子也，我不能以之与敌。不过，我也有一事困惑，欲请教韩都堂。”

“周将军请讲。”韩邦奇恭听。

“韩都堂出抚山西，已非一日，为何不早日清核？”周尚文问。

韩邦奇说：“一则，山西一镇辖地千里，清核一遍，需要时日。二则，清核兵器，须文臣、武臣合力而为，山西镇将久缺，我独力难撑。今恰逢周将军到任，若不十分疲惫，我愿与周将军合力把这件事办好；周将军若偶有小恙，请君佐来办这件事，也是一样的。”

他这才不露痕迹地探问一下周尚文的身体。

周尚文慨然应诺："韩都堂不辞辛劳，我和君佐自然听从策使。父子二人不足，我还有两个儿子，也已长成，可以一同差使。"

"我以为是大事，周将军也以为是大事，山西的事就好办，"韩邦奇喜道，"我再说第二事。我巡抚宣府时，曾上一疏，议处年久糜烂预备仓粮。其时宣府预备仓储粮计五万五千三百余石，我议道，在粮价特高之时，将仓粮借支与本城军士，作为月粮，候秋成之时，再籴买还仓。如此，转移之间，可有五便。以陈朽而得新好，国储不至于有亏，一便也。军士得受其实惠，而不至于怨訾，二便也。富商不得专大利，而时价可平，三便也。所费之银少，所得之米多，四便也。经收人员，不至含冤负枉，破家亡身，五便也。"

周君佐一直随父亲在军中，对地方吏治不甚了然。他问："都堂大人，预备仓经收人员真至于破家而亡身吗？"

"仓中粮米，存放一石便是一石，绝不会增至两石。这个道理，谁都懂得。但时日一久，会有损耗，经收人员，经年看守，不得聊生。每逢朝廷遣官查盘，有所亏折，动辄坐问侵盗。破家亡身，绝非夸大其词，"韩邦奇说着，又加上一句，"其实，破家亡身不止预备仓经收者，如任一年粮长，而破家亡身者，也大有人在。"

周尚文说："韩都堂所言五便，归根到底，是便于军士。不过，预备仓之事，非本镇得以议处，得以清核，不知韩都堂要我怎做？"

"预备仓之事，不劳周将军费心；清核、议处墩台守军粮饷短缺之事，周将军却义不容辞。"韩邦奇说。

周尚文慨然应诺："一军士饥馁，是我一子侄饥馁；都堂大人不使军士饥馁，是不使我子侄饥馁。我和君佐但听都堂大人吩咐。"

"好，我还有第三事，是与周将军从容议及山西守防之要略。"和前二事不同，韩邦奇这次不再从宣府说起。

"都堂大人任山西事在先，请赐教。"周尚文更为关心的也是此事。

韩邦奇说："欲定守防，须知己知彼。我观今日山西虏贼之入寇，与昔日我少年时所闻陕西虏贼之入寇，大有不同。昔陕西之虏贼无甲胄，今山西之虏贼则明盔明甲。这是一个不同。昔陕西之虏贼，不敢进城进堡；今山西之虏贼，则整备锹镐，进攻城、堡。这是又一个不同。昔陕西之虏贼，不知我虚实夷险，虽或深入，不敢久留；今山西之虏贼，则从容久掠，按辔而归。这是又一个不同。昔陕西之虏贼，群聚而入，群聚而出，忽若飘风；今山西之虏贼，则大举决于一处，而分掠各边，使不暇应援。这是又一个不同。昔陕西之虏贼，兵无纪律，乌合而来，星散而去；今山西之虏贼，则部伍严整，旗帜、号令分明。这是又一个不同。昔陕西之虏贼，不焚庐舍；今山西之虏贼，则放火焚烧矣。这是又一个不同。或还有些别的不同，但披挂不同，攻城不同，久留不同，分掠不同，纪律不同，劫后焚烧不同，这是六个主要的不同。”

“韩都堂所言今昔六不同，我在宁夏时，已间或可见，但不如韩都堂所言确凿；宁夏各官，也不似韩都堂用心总括，”周尚文难得地称赞一句。复问，“请教韩都堂，今日昔日为何会有六不同？”

韩邦奇说：“以我之见，今日昔日虏贼有所不同，一言以蔽之，是因为有中国之人为之谋划，有中国之人为之向导，有中国之人为之奸细，有中国之人遗之铁器。”

周君佐边琢磨边说：“有中国之人为之谋划，故虏贼懂得分掠各边，互为犄角之势；懂得建立纪律，严整部伍。有中国之人为之向导，为之奸细，故虏敢于深入各边，从容久掠。有中国之人遗之铁器，故虏贼得以铁锹铁镬，挖通沟壑，攻我城堡。但虏贼放火焚烧为什么也是中国之人作祟，都堂大人，我却有些不懂。”

“虏贼放火焚烧，尤可见中国之人作祟。”周尚文代韩邦奇答道，“有其庐，则有其民；有其民，则守其土。焚烧庐舍，一则使我边军边民无居守之心，二则使我边军边民无居守之处。昔日虏贼，只知饱掠而去，不知放火焚烧有什么好处；现在知道有这等好处，自然是中国之人作祟，自然是中国之人为之谋划。”

“周将军所言甚是。”韩邦奇赞同他的解释。

“今日山西之虏贼，与昔日陕西之虏贼，有所不同，诚如韩都堂所言，韩都堂又何以为计？”周尚文问道。

“我以为，当务之急有二事，”韩邦奇说，“一事，我朝北边，山西镇乃一大空缺，亟待增而强之。以居庸关言之，其外有宣府一镇。镇城既设重兵，复设五路参将，大小城堡，各设守备、操守、把总等官，原额旗军一十二万。以雁门关言之，其外有大同一镇。镇城既有重兵，复设三路参将。九州县、大小城堡，各设守备等官，原额旗军八万余。二处城之坚必不可攻，池之深必不可越，驭戎设险之道，诚莫有加。以偏头关、宁武关言之，其外则山西一镇。本镇止设一总兵，一游击，仅骑兵九千余。且宣、大既有巨镇重兵，而内犹守居庸、紫荆、雁门之险；今偏头等处既已兵孤将寡，而兴县、岚县等险要去处，又皆弃而不守，虏骑长驱而下，何所恃以为藩屏？此事愿与周将军详议。”

周尚文不置可否：“当务之急不是有二事吗，请一并言之。”

韩邦奇点点头，说：“其二，坚壁清野。我山西镇所属东路，与大同浑源、应州互为掎角；所属西路，与大同朔州、马邑互为掎角。而山西镇兵力寡弱，全恃浑源、应州、朔州、马邑为屏蔽。近年以来，该等地方不可倚恃，若虏贼深入山南，地方未免受害。我意，可将雁门兵备道所属地方，三关、八角守备地方，及岢岚、保德、河曲、代州、繁峙等州、县所属地方，俱归并堡舍，预备器械、铳炮，多积砖石、灰瓶等物。一遇有警，各收敛人畜，坚壁清野。此事愿与周将军详议。”

韩邦奇一并言之，周尚文一并答之：“韩都堂所言二事，诚为急务，我愿再补充言之。山西镇较他镇薄弱，山西镇须增而强之，但此事非韩大人和我二人可以议处。我意，岢岚州实华夷之界，有险可据，宜设一参将，统兵三千守之。神池堡实要害之地，宜拓一城，设一守备，统兵五百守之。八角之东、宁武之西适中之地，宜筑一堡，设一守备，统兵三百守之。八角之西、偏头之东适中之地，宜筑一堡，设一守备，统兵三百守之。韩都堂在奏请增强山西镇时，可先奏请增设以上各处。”

总括今日昔日虏贼入寇之不同，周尚文不如韩邦奇敏锐；但设兵布防，周尚文则胜过韩邦奇。凭借多年用兵的经验，他在很短时间里，找到需要设防的要点。

韩邦奇高兴地说：“周将军提到的这几处，我都记住。我来宁武关，就是要听周将军的真知灼见。”

“一得之见，当不得韩都堂一赞，”周尚文说，对韩邦奇说的另一事，他又补充道，“归并堡舍之事，不妨一面奏请，一面部署。各州、县归并，韩都堂可与布、按二司议处。兵备道等归并，我意：宜委都指挥一员，前赴老营堡，统领各处游击兵马；委都指挥佥事一员，带领官军，前去镇西卫所地方；差把总指挥一员，带领官军，前去代州地方；差指挥一员，带领官军，前去天门关地方。”

“此事一如周将军所言，”韩邦奇说着，身子向后一仰，“我的正事说完，请周将军和君佐看，值不值得多煮些肉来。”

“岂止是值得多煮些肉，还值得多备些酒，”周君佐知道，这话他父亲是不会说的，故抢在前面代他说；而且不忘代他博个彩头，“不过，家父携我去太原时，都堂大人是不是也该多煮些肉？”

“二位去太原，我绝不让二位素食，”韩邦奇道。他咬咬牙，伸出二指；再咬咬牙，伸出三指。“二位去太原，我煮三斤肉款待。”

周尚文说：“君佐何必难为都堂大人？去太原，我等当然是自备酒肉。”

宾主三人一阵畅笑。

第二百二十四章

二人对坐饮酒。一人姓游名居敬，字行简，福建南平人。一人姓桑名乔，字子木，南直隶江都人。他二人是嘉靖十一年的同科进士，现在又同官御史；不同的是，游居敬先选庶吉士，散馆后授御史，桑乔则由部属官改为御史。

游居敬看着一桌子菜肴，问道："子木兄不是兴师问罪吧？"

他因上疏称王守仁、湛若水学术为伪学，请禁二人书籍刊行，请毁王守仁弟子所办书院，为一些人所称赏，也得罪不少朝野士人。该事已过去一个多月，凡被人拦于路，或被人宴于舍，他都准备受一顿责骂。

他的口音很重，兴师问罪几个字说得很吃力。桑乔听得也很吃力，但总算听懂。

"行简兄没撼动那株大树，是不是后悔？"桑乔问。

皇帝有旨，改毁书院，游居敬可以扬眉吐气；皇帝不愿罢免湛若水，使他多少有些难堪。

"后悔倒不后悔，只是心有余悸，"游居敬说着，主动询问桑乔对该疏的看法，"子木兄，我那道奏本，有人说上对，有人说上错，你却不置评一字。依你看，我是上对，还是上错？"

"行简兄以为对，便是上对，行简兄以为错，便是上错，又何必问我！"桑乔仍然不置评一字。他口风一转，又说，"不过，我要是上疏，就不论劾远在南京的湛老夫子。"

"子木兄先说，是不是要上疏？"游居敬巧妙地问道。如果他直接问"子木兄要论劾谁"，桑乔说并不准备上疏，他问的岂不唐突！

桑乔说："不错，近日已酝酿一疏。"

游居敬这才问："子木兄要论劾谁？"

"行简兄先饮一盅，再听我说不迟。"桑乔敬酒。

"不，子木兄先说，我再饮酒。"游居敬却很固执。

桑乔知道，他这位同年不好饮酒，更难得开怀畅饮；他忽然想到一个让游居敬多饮几盅的法子。

“我要论劾的，不是湛老夫子，却是和湛老夫子如影随形的人，行简兄，你道是谁？”他的法子是，“行简兄尽管一人一人说下去，若料中，我饮酒；料不中，就自己一盅一盅地饮下去。如何？”

“这还不是一料即中吗？”话一出口，游居敬发现不是那么好料。他虽曾论劾湛若水，但对湛若水的交往，知道得并不翔实。

想来想去，落实到一人身上，他自语道：“定是他。”

“行简兄说的是哪一个？”桑乔问。

“是仲木先生吧？”游居敬想到的是吕柟。“湛元明为南京礼部尚书，仲木先生为南京礼部侍郎，侍郎与尚书，如影随形，这是其一。湛元明讲求学术，仲木先生也讲求学术，相互辨析，如影随形。这是其二。”

桑乔不住摇头，说：“仲木先生为一木，我亦为一木；仲木先生为北木，我为南木。我不论劾他。行简兄饮过酒，重新料过。”

游居敬又想到一人：“不是状元，定是会元。子木兄说的如影随形者，可是邹谦之先生？”

吕柟是正德三年殿试第一人，邹守益是正德六年会试第一人，殿试第三人。游居敬想到邹守益，显然因为在王守仁的弟子中，堪与湛若水切磋学术者，以他为首。

“湛老夫子为行简兄所不齿，与他如影随形的人，行简兄却很是抬举，”桑乔说。“王伯安曾与湛老夫子共同讲求经学，是不错的，但后来各立门户，王伯安的弟子怎会与湛老夫子如影随形！别说湛老夫子长南京礼部时，谦之先生已引疾归，他就是仍在南京礼部，对湛老夫子恐怕也是亦趋亦避。我不论劾他。行简兄饮酒，重新料过。”

邹守益言事得罪，早已免官回籍，桑乔要论劾的不是他。

游居敬将酒盅一推，说：“左一个不是，右一个不是，谁耐烦再料下去！你要说就说，不说就散。”

“行简兄莫急，我说几桩事，行简兄就知道此人是谁，”桑乔劝慰。“弘治十八年会试，湛老夫子是二甲第三人，二甲第二人却是谁？选庶吉士，湛老夫子又是第三人，第二人却是谁？嘉靖八年，湛老夫子任礼部侍郎，嘉靖七年任礼部侍郎的却是谁？嘉靖十二年，湛老夫子任南京礼部尚书，嘉靖十一年任南京礼部尚书的却是谁？嘉靖十五年，湛老夫子由南京礼部尚书改南京吏部尚书，嘉靖十二年由南京礼部尚书改南京吏部尚书的却是谁？有此五事，行简兄说，是不是如影随形？”

这个人呼之欲出，不必再东猜西猜。

“子木兄为何要论劾唯中先生？”游居敬问。

“严唯中不当论劾吗？”桑乔反问。

游居敬说：“论劾大臣，无所谓当与不当。不过，子木兄不妨想一想，自席文同以来，长礼部者，哪曾有一个文学之士？严唯中得长礼部，可说是众望所归。”

席书当然算不得文学之士。他以后的礼部尚书方献夫、李时，虽是庶吉士出身，但也算不得文学之士。李东阳去世二十多年后，严嵩可以被视为文坛的一代宗师。

“文学之士？”游居敬使用这个词，让桑乔齿冷。“行简兄，三十年前的严唯中，你不妨称他是文学之士。二十年前的严唯中，你不妨称他是文学之士。甚至十年前的严唯中，你也不妨仍称他是文学之士。但今天的严唯中，绝不可再称他是文学之士！”

游居敬微微点头：“今天的严唯中不同于三十年前的严唯中，不同于二十年前的严唯中，甚至不同于十年前的严唯中，我懂得。我不曾结识过前日的严唯中，但从前辈们的嘴里可知，前日的严唯中淳朴，今日的严唯中则世故；前日的严唯中坦诚，今日的严唯中则虚夸。不过，世故归世故，虚夸归虚夸，文学之士仍是文学之士。”

“诚如行简兄所言，仅世故、虚夸，或不失为文学之士。但恕我直言，行简兄和多数士人只感触到表面的不同，”桑乔语气一转，言辞变得犀利，“前日的严唯中淳朴，行简兄说得对；今日的严唯中却不是世故，而是奸诈。前日的严唯中坦诚，行简兄说得对；今日的严唯中却不是虚夸，而是贪婪。奸诈，贪婪，二者居一，还能称作文学之士吗？”

桑乔改换的两个词，使得游居敬也不由得动容。

“果如子木兄所言，我辈岂止不能尊之为文学之士，而且应竞相论劾。但奸诈和贪婪，恶之已极，不可随意加于大臣。”他说。

“这四个字，我绝非随意加于严唯中，”桑乔道，“严唯中的奸诈，在他出使显陵时，以燠云、灵风为言，借白石、群鹤谄媚，已见端倪。以后由修史而长礼部，待人处事，益见其奸。严唯中的贪婪，在他任国子监祭酒时，私下里已有许多议论。其时监生，献金者积分则高，不献者名次则后，不是一人所经历。但那时他到底品位尚低，不敢太过放肆。升到南京尚书，特别是长南京吏部，他索取贿赂，再无所顾忌。”他重复道，“奸诈、贪婪，我绝非随意加于他。”

他的话不能说全无道理，但游居敬还是觉得，有些牵强附会。如严嵩还自显陵，大书祥瑞，换任何一名官员，也会这样写。最大的区别，或是文字没有他的漂亮。这正是他的长处。

但游居敬不再多说。科、道论劾大臣，本就不需要特别充分的理由和依据，他再辩驳，会显得有私，或会被同僚视为依附大臣。

第二百二十五章

屋里，两名年轻官员，操一口四川口音，正在闲谈。一人是翰林院编修赵贞吉，字孟静，内江人。一人是户科给事中胡汝霖，字仲望，绵州人。二地均属成都府。二人都是嘉靖十四年进士，都被选为庶吉士，散馆后，一人留在翰林院，一人外授科、道。

二人都没把家迁来，合租一所不大的院落同住。

“圣人云：三十而立。孟静兄今年有什么建树吗？”胡汝霖问。

赵贞吉正德三年出生，今年正好三十岁。

“三十而成就大事者，我朝能有几人？”赵贞吉自己回答这个问题，口气很大，“虽然如此，我也总要议上几件事。皇上对羽士太过信赖，以前只有一个邵真人，如今又多一个陶仲文，成为大内的座上宾。姓邵的已经加至礼部尚书衔，我看，姓陶的前程还不止于此。衣冠之士与羽流同列，我深耻之。我欲请皇上求真儒，赞大业。”

“孟静兄论列其事，也算成就一件大业。不过——”胡汝霖欲言又止。

“仲望兄是不是担心姓陶的祷愈皇子痘疾，论劾他，皇上听不进去？”赵贞吉猜出他的意思。

皇二子患病，入宫为他祷祝的，不是显灵宫的老道长邵元节，而是一张新面孔。据说，陶仲文原名典真，正式进入显灵宫后改的名字。据说，去年宫中生妖氛，邵元节卧病，荐陶仲文入宫祛妖，他以一碗符水，一把噀剑，告成大功。据说，今次皇二子患病，皇帝没有再找邵元节，直接命陶仲文入宫。总之，经过去年祛妖，经过今年祷祝，陶仲文名声大振，已不在邵元节以下。

不等胡汝霖可否，赵贞吉满不在乎地说：“我辈只论事理，不计成败。论劾姓邵的、姓陶的，无非得罪几个方士，我又何惧哉！”

“好，孟静兄的豪气令人心仪。”胡汝霖深表敬佩。

“说起豪气，我是不会输与古人的，”赵贞吉绝不自谦，“且不说我，仲望兄与真龙天子同庚，今年又有什么建树？”

胡汝霖长他一岁，与皇帝同年。

“孟静兄这样说，我可消受不起，”胡汝霖说着，向北面一揖，“孟静兄决意得罪方士，我也来得罪几个不成器的读书人吧。”

赵贞吉马上问：“仲望兄是要得罪姓严的，还是要得罪姓张的？”

桑乔上疏，论劾林庭棉、张云、严嵩、张瓒四人，皇上命前二人致仕，后二人留任。已然致仕的大臣，没什么好论劾的，再论劾，不是严嵩，就是张瓒。

胡汝霖笑笑，说：“孟静兄果然机敏过人。为桑子木一疏，皇上立即罢去两名尚书，说起来，我等科、道官也可以扬眉吐气。但他论劾的四人中，林某人只是迂阔，张某人只是懦弱，另一张某人只是畏难，极恶之人其实是严某；而严某又极不自知，居然还上疏自辩，并讦诋桑子木等，实无大臣之体。我下决心得罪，自然是得罪他。”

“严某人极恶，仲望兄比桑子木又说深一层。不过，”赵贞吉别有一番见解，他说，“严某人为人如何，真有些让人琢磨不透。以他文学的功力，以他数十年的履历，现在应很有威望才是。怎么每有人把他列入奸佞之列？仲望兄说他是极恶之人，或许不谬；但在我看来，他又是城府极深之人。反是其子小严，其貌则陋不堪言，其言则俗不堪言，其行则秽不堪言。各衙门官员，凡相识者，他无不称兄道弟；市井三教九流，凡相识者，他也无不称兄道弟。我对他的厌恶，远胜于对其父的厌恶。严某人对他听之任之，今日不为极恶之人，日后也必为极恶之人。”

“孟仲兄是说，应连带其子一起议一议？”胡汝霖问。

“非也，非也，”赵贞吉摆手道，“科、道有朝廷耳目之寄，怎能将笔墨用在这等没有名分的人身上！我以为方士当议，则议方士；仲望兄以为不成器的读书人当论，则议不成器的读书人。小严鄙壬，尚未坏及朝政。等他坏及朝政时，自有人议他。”

“孟静兄说的是，我二人这就各自动笔吧。”胡汝霖道。

第二百二十六章

嘉靖十六年是秋闱之年。和历次乡试一样，科、道官密切注视着考试中有没有营私舞弊的事情发生，有没有鬻题的考试官；不同的是，今年从各省乡试中传出不少离奇的故事，成为各道御史闲谈的话题。一连闲谈几日，某地如果没有离奇的故事，反而不正常。

某道御史某甲对山东道御史某乙说："山东为北方第一大省，他省没有故事时，都会有故事，今次怎会没有故事？是不是兄台只想听别人的故事，把自己的故事藏起来，以便囤积居奇？"

"我只善听故事，不善讲故事，兄台又不是不知，"某乙委屈地说，"山东道御史不止我一人，兄台为何逼着我讲？"

"指名要你讲，自然有指名要你讲的道理，"某甲说，"山东巡按李公是你的同乡，山东今年乡试的故事，别人不知，你也当知。"

他说的李巡按，名松，正德十六年进士，苏州长洲人。不知某乙底细的御史心里在想：但看他长大身材，应该是北地人；谁知他不是苏州人，也该是南直隶人。想到此，他们纷纷响应某甲的说法，催促某乙快讲山东乡试中的故事，特别要讲李巡按的故事。

某乙无奈，说："兄台既然提及巡按李公，实不相瞒，我还真听过他的一段故事。李公是前辈，我本不该在背后议论他。但这段故事并未编派他的不是，我就讲给众位兄台听听吧。"

"编派他的不是，也只是故事而已，有什么要紧！"有人道。

"兄台说的是，我就当作故事讲，"某乙说，"今次山东乡试，李公是其中一房的房考官。李公文笔极佳，众位兄台都是知道的。所以，他连阅多篇试卷，都不甚满意。"

"未必文笔极佳，就看不上别人的文章，"有人插话，"李东涯的文笔比这位李老兄怕要高出许多，但他两次主考会试，一次主考顺天试，一次主考应天试，众多弟子拜入他门下。故如何看待他人的文章，不在于自己的文笔好不好，而在于肯不肯扶掖后进。”

“兄台说的是，”某乙并不为李松辩解，只管讲下去，“对上佳的试卷，李巡按还是很器重，很爱惜的。且说他阅到一篇试卷，禁不住击案叫好，执起笔来，饱浸浓墨，准备批点。”

“饱浸浓墨，恐怕就难落笔。”另一人插话。

“果然被兄台说中，”某乙好性子，对谁的话都附和，“他难以落笔，却不是别的缘故，而是几只苍蝇飞集于笔端。”

“居然不是一只苍蝇，而是几只苍蝇！”有人说，“想那笔端有多大一块，竟能聚得几只苍蝇！”

众人闻之一笑。

某乙不笑：“确是几只苍蝇，它等不落他处，单单落在笔端，各位兄台切莫以为它等是为李公而落。李公落不下笔，将笔轻轻甩动，几只苍蝇四散而去。李公看了看笔端，见无异常，从新浸墨，准备批点。可是，几只苍蝇又飞转来，聚于笔端。”

“定是李公又轻轻甩动笔端，几只苍蝇又四散而去。”有人代述。

“兄台好悟性，”某乙说，“我听人讲故事，就想不到这一层。”

“想到这一层，也不需要很好的悟性，”那人说，“兄台不过在听故事时，心不在焉，仍然惦记圣人之书。这正是兄台过人处。”

“兄台过奖，不敢当。”某乙笑笑，继续讲述，“苍蝇散而复聚，聚而复散，一连三次，或是四次。李公不得不将笔搁置。”

“到底是三次，还是四次？”一人存心捉弄，而问。

“先散后聚便是三次，先聚后散便是四次。”一人亦存心捉弄，却答。

“或如兄台所言。”某乙说，“总之，李公不得不投笔，叹道：此生得无阴谴乎？遂大书其卷曰：此卷当得上第，方欲批点，而苍蝇凑笔者三四次，意鬼神阻之也。吾敢违天乎！”

一人说：“原来三次或四次，不是兄台编派，而是有典。”

另一人说：“尽管三次或四次有典，但李公一执笔，苍蝇便聚于笔端，他又如何写得出这一段合情合理的话来？”

第三人说：“几只苍蝇深解人意，李公欲点该卷上第，它等便聚于笔端；李公大书不敢违天，它等便去而不返。”

“或如兄台所言，”某乙说，“秋闱毕，李巡按按图索骥，到该生家乡暗访，得知，该生在乡多行不义，多行不法，乡里苦之。”

一人说："李公一定要呼一声'苍天有眼'。"

另一人说："蝇者称作苍蝇，大概就是为此事。"

第三人说："或如兄台所言。"

在众人哄笑声中，某道御史某丙对湖广道御史某丁说："湖广为腹里第一大省，湖广的故事一定会比山东更离奇，兄台又善于讲故事，不可不讲一个。"

他一说，屋内顿时静下来。

某丁说："山东的故事，是考试官不取考生的，我再讲一个湖广的考试官慧眼识英才的故事。"想一想，说法不对头，改口道，"其实并非考试官慧眼识英才，而是巡抚都御史慧眼识英才的故事。"

"东桥公的故事，一定好听。"有人插话。

现任湖广巡抚是顾璘，某丁说湖广的故事，又说巡抚都御史的故事，那一定是在说他。

"湖广今年的乡试，取中一名十三四岁，或十四五岁的少年，众位兄台可听说？"某丁以炫耀的口气问，好像湖广取中一个十五岁以下的少年举人，他身为湖广道御史，脸上也有光彩。

一人讥笑道："十三岁，抑或十四岁，十四岁，抑或十五岁，兄台说不清楚；十三四岁，抑或十四五岁，也说不清楚吗？"

"年岁虽说不清楚，姓名却是有的，比起山东乡试的故事，堪称信史。"某丁说，"湖广这位小举子姓张名居正，是荆州府江陵县人，顾华玉先生巡视该郡时见他一面，二人乃成忘年之交。"

一人推测："华玉先生以文学称，他与张生定是以文学交。"

"正是，"某丁道。"华玉先生视江陵县学，见张生年少身小，便出个题目，命他作文。张生心底坦然，面无惧色，片刻间写就。华玉先生一看，不仅文字通畅，而且意境不凡，大为惊叹。"

一人提出疑义："华玉先生是文学大家，会赞一个十三四岁，抑或十四五岁童子的文章'文字通畅，意境不凡'？我有些不信。"

另一人说："文学大家愿意扶掖后进，也是有的。"

第三人说："虽是华玉先生愿意扶掖后进，也要张生确有过人之处。"

"正是，"某丁道，"十三四岁，抑或十四五岁童子的文章，得华玉先生首肯，江陵士子，荆州士子，人人竞相诵读。"

第三人没听明白，问他："兄台所谓'正是'，是华玉先生愿意扶掖后进'正是'，还是张生确有过人之处‘正是’？”

“两位兄台所言，无不‘正是’。”某丁道。

“兄台自己也诵读过吧？何不即席为我等背诵一段？”有人提议。

“我不是江陵士子，荆州士子，并未诵读过。”某丁道声惭愧，接着讲述，“华玉先生从此知道江陵有一张生，回到巡抚衙门，又特地将张生召到武昌见面。”

有人说：“闻得华玉先生到湖广后，遍历州、郡。华玉先生是今年初赴任的，遍历州郡，总得有半年的时间。他将张生召到武昌见面，应就在秋闱前不久。”

言外之意，张居正中乡试，是不是得到顾璘的关照。

第二人说：“华玉先生遍历湖广州、郡，未必是一次就走遍。说不定，他到任后，首先巡视荆州，离开荆州后，随即回到武昌，随即将张生召到武昌。则张生到武昌距秋闱还有半年之久。”

他欲申辩：张居正中乡试并非得到顾璘关照，但申辩得实在拙劣。

“正是，”某丁怕被人人追问，先补充道，先补充一句，再接着讲述，“两位兄台所言，无不‘正是’。华玉先生在巡抚衙门接见张生，问他饮不饮茶，他说年少不宜饮茶。问他饮不饮酒，他说年少不宜饮酒。问他想不想入仕，他说年少不宜入仕。问他既中第则何如，他说愿读书翰苑。接下来问他作文的道理；问过作文的道理，问他做人的道理；问过做人的道理，问他做官的道理。张生一一道来。华玉先生听后，赞道：此儿国器也。”

“兄台这段故事，耳熟得很。”有人说。

另一人紧接着说：“不错，像是——”

话到嘴边，生生咽下去。四川籍大臣余子俊致仕还乡，见到少年杨廷和，曾说过类似的话。现在不至于谈杨色变，但还是不谈的好。

“正是，”某丁仍应道，“张生辞别时，华玉先生以金钱馈赠，说是充作他读书的膏油费。张生秋闱中第，喜气洋洋，去巡抚衙门向华玉先生道谢。华玉先生比他更加喜气洋洋，竟从腰上解下犀带以赠。”

“这话不实！”有人说，“华玉先生不该系犀带。”

本朝制度，文武官员一品用玉带，二品用犀带，三品用金带。顾璘以右副都御史巡抚湖广，是正三品的职衔。

“兄台好不糊涂！”另一人说，“华玉先生曾出任浙江左布政使，为何不该系犀带？”

布政使是从二品，许多官员是从左、右布政使升任巡抚，所加副都御史衔不该用犀带，但原来的职衔却可以用犀带。

第三人说：“不管华玉先生赠以犀带也好，赠以金带也好，他肯慷慨解带，诚心可见。张生得其馈赠，造化不浅。”

“正是，”某丁应罢补充，“三位兄台所言，无不‘正是’。华玉先生赠以犀带后，勉励张生说：老弟异时当系玉带，今日所赠，不过为饰。”

对十三四岁，抑或十四五岁的童子，以公卿期许，闻者无不为顾璘的大胆预测动容，无不欲见上湖广这位大器童子一面。

各道御史讲过几个相应省份的故事，众人又开始注意彼此的籍贯。某道御史某戊对某乙说：“今次应天试的故事也不少，兄台何不略述一二？”

乡试除在各省举行外，在顺天、应天二府也举行。但举于顺天、应天者，不称乡试，而称顺天试、应天试。

某乙叫屈：“我在山东道，山东的故事要我讲；我是南直人，应天的故事又要我讲，劳逸未免太不均？”

“说劳逸不均亦可，说能者多劳亦可。”有人插话。

“若有不劳的能者呢？”某乙说着，转向某戊，“兄台既道今次应天试的故事也不少，就请为我这个南直人讲一段吧。”

“兄台一定要把应天的故事推与我，我就讲一段，”某戊道，“这段故事，和苍蝇集于笔端的故事，有相似之处，却不是讲善有善报、恶有恶报之类，而是讲世事无不有验。南直隶某府某县诸生某与应天试——”

一人说：“好不容易听一段张生的故事，兄台又回到无名无姓。”

另一人说：“若是善有善报、恶有恶报的故事，不妨道出姓名。无善无恶的故事，道不道出姓名，又有何妨？”

第三人说：“比较而言，终归是有名有姓的故事好听。”

“兄台各执一说，岂不让我为难？”某戊道，他仍按自己的说法讲述，“且说某府某县诸生某与应天试，一连三场，不是十分得意，也不是十分失意，大约以平平二字言之，再恰当不过。怪的是，该生应有三张试卷，但找来找去，只找到他的两张试卷。多方核查，一名监试官记起，一日刮阵狂风，只见一张纸飘向空中。当时不曾留意，现在想来，必是该生试卷无疑。几位考试官瞠目结舌：考生的试卷收上来，却被大风刮走，岂不太离奇！聚在一起合计，都觉为难。要是该生另两张试卷特别优秀，不必看第三张试卷，可以取他；要是该生另两张试卷特别低劣，不必看第三张试卷，可以不取他。但他的另两张试卷恰恰介于优秀和低劣之间，这就不好决定取他还是不取他。”

“这段故事传到御史中来，怕不是好事。”一人说。

“为何传到御史中来，便不是好事？”另一人问。

前一人说：“被他人听到，哄然一笑而已；传到御史中，无论取他，还是不取他，还怕没人上疏论劾？”

后一人说：“那也未必。我等就不能哄然一笑而已？”

“兄台且听后面的故事，再决定是不是哄然一笑，”某戊道。“某考试官说：该生文章不佳，尚可造就，不如送去南京国子监读书。这个主意一出，引得众人喝彩。”

当场也有人喝彩：“这个主意果然精妙绝伦！不过，兄台为何要说，世事无不有验，我却仍是不懂。”

“我这就要讲到，”某丁道，“南京国子监的官员们商讨，该生员当不当收入。伦先生说：不可不收入。或问有什么理由，伦先生说：他的试卷几天以前刮至国子监，已代他报到，还问什么理由！”

他说的伦先生，是南京国子监祭酒伦以训，正德十二年殿试的榜眼。

“妙得很，原来他的试卷飘飘然自行飞去南京国子监，”一人说，“兄台的铺垫不错，果然是世事无不有验。”

另一人问：“兄台可知，出主意的是江谕德，还是欧阳洗马？”

今次应天试，朝廷所差二人，一是右春坊右谕德江汝璧，江西贵溪人，正德十六年进士；一是司经局洗马欧阳衢，江西泰和人，嘉靖五年的探花。

另一人说：“莫讲下去，江谕德和欧阳洗马今次的麻烦已经不小，兄台还要给他二位再找麻烦吗？”

喝彩的人不再出声，其他人也不再出声。

每科乡试须将试录进呈，收录中第者名籍、策对，及考试官批语。今年应天进呈的试录，批语下考试官忘记列名，成为乡试中的一大事故。比起御史们讲述的故事，这要真实得多，严重得多；难怪一提起这件事，御史们的心情立即沉重起来。

事下礼部，礼部谓事属不敬，考试官、提调官皆当提问。

皇帝最不满意的，还不是应天试的考试官没有列名，而是应天试以祀戎策题，而诸生的策对多不如人意。据说，已有朱批：考官既不填名，策题又以国家祀戎大事为问，所对语多讥讪。谕德江汝璧、洗马欧阳衢，令锦衣卫官逮治；提调府尹孙懋、府丞杨麒，监试御史何鋐、沈应阳，南京法司究问；考官学正许文魁等，所在巡按御史逮问。所取生儒不许会试。各官最后如何处分，尚不得而知。据说，江汝璧、欧阳衢谪外，已成定局。按照惯例，应天试取中举人约百名，一概不许参加会试，这个处分未免过于严苛。倒是那名因试卷被大风刮走而送去南京国子监肄业的举子，反而因祸得福。

在众人的沉默中，不知谁好似预言般说了一句：“今年因考试而中祸，恐怕不止江谕德、欧阳洗马二位。”

八月乡试毕，从八月底开始，各省及顺天、应天二府就陆续有试录进呈。广东路程远，十月才将试录送到京师。广东的试录和应天的试录一样，也有毛病，毛病也不小。

毛病之一：一些字词，如圣谟、帝懿、四郊、上帝等，应抬头，而不行抬头，有失尊崇之意；其二：一些人物，如陈献章、伦文叙，不应称其字号，而称其字号，有失君前但呼臣名的惯例。

陈献章字公甫，号白沙，广东新会人，正统十二年举于乡，不曾中进士。伦文叙字伯畴，号迂冈，广东南海人，弘治十二年的会试第一人和殿试第一人。二人都是岭南学问大家，陈献章更被奉为一代宗师，有“活孟子”之称。广东所进试录，有些儒生的策对，公然书写陈白沙、伦迂冈字样，而广东乡试的考试官、提调官居然不以为怪，将其置于高第，并将原稿录上。此事又下礼部议之。

严嵩疏奏这两项过失，写道：且录中文体大坏，词义尤为荒谬，宜治罪。得旨：学正王本才等，布政使陆杰等，按察使蒋淦等，俱命巡按官逮问。王本才等夺其礼币，御史余光命法司逮问。通行天下提学官，严禁士子，敢有肆为怪诞、不遵旧式者悉黜之。

两名广东道御史在私下议论此事。

一人问：兄台看，皇上对余晦之如何处置？

余光字晦之，应天府江宁人，嘉靖十一年进士。

另一人答：保得住命，保不住官。

前一人说：前辈都道张茂恭、霍渭先待人刻薄，二人用事，我没赶上。只知嘉靖八年，张、霍主会试，也主张改变文体；却没听说，有谁因文体乖谬，而被处分。都道严唯中厚道，今其长礼部，却处分过应天的考试官，又处分广东的考试官。我好生不解！

后一人说：正因为张、霍用事时，没处分考试官员，所以才有今次考试中的种种怪诞。弊端需严唯中起而肃清，严唯中需肃清弊端而树威，这才是相得益彰。奉劝兄台一句：日后办外差，千万要慎之又慎。

第二百二十七章

住进华州馆驿的两名官宦子弟，一是中年，四十余岁，一是青年，约二十岁左右。他二人只带一名家人，却是由四五名军士送来的。军士个个身材魁梧，不是来自陕西三边总督衙门，就是来自各巡抚衙门。他等对送来的官宦子弟很恭顺，称中年的官宦子弟刘大爷，称青年的官宦子弟刘公子。军士们请刘大爷和刘公子在华州安心住两日，告辞而去。两名官宦子弟和一行军士相伴走一路，乏味得很，也巴不得离开他等，自己放松放松。

馆驿的门役把这些情形看在眼里，不由加份小心。

但百密一疏，仍免不了得罪。华州距西安府还有二百里，从东、南、北三个方向去西安，走大路的话，都要经过华州，有些来历的，都要住进馆驿。晚饭后，门役稍一疏忽，不知刘大爷和刘公子什么时候出的门。半夜时分，也不知什么时辰，馆驿的大门被敲得震天响。

馆驿的门役半夜被惊醒是经常的事，被惊醒后，一边磨磨蹭蹭去开门，一边抱怨几句，谩骂几句，也是经常的事。等开门，见外面站的是刘大爷和刘公子，要改口，已经来不及。

两名官宦子弟的家人，本站在主人的身后，大门一开，他一步跨到前面，用手中的鞭子指着门役，问道："小子，你在骂谁？"

门役要是被刘大爷或刘公子叫一声小子，不敢多话；但他年岁比两名官宦子弟的家人大得多，被他叫了一句小子，心有不甘。门役回嘴道："谁不晓事，把老子叫作小子，我在骂谁！"

"你已经听到，我把你叫作小子，又待如何？"家人道。

"那我就在骂你。"门役针锋相对地说。

"骂得好！"家人说着，一鞭抽上去。

"好，你敢打老子！"门役上前抢鞭子。

家人身手灵便，闪开后，又是一鞭。

“你自称一句老子，我就赏你一鞭，你信不信？看你的嘴硬，还是我的鞭子硬。”他说。

门役仍嘴硬，一会儿一句我老子如何如何，一会儿一句你小子如何如何。果不其然，他每说一句，就挨一鞭子，一连挨十几鞭子。直到他骂累，两名官宦子弟的家人打累，才算了结。

馆驿门前似乎风平浪静，事情却并未了结。门役有一个亲戚，是州衙里的吏目，见门役被鞭挞得惨不忍睹，一怒之下，在知州面前告一状。吏目有心计，他并不隐瞒刘大爷和刘公子出自势力之家，反而添枝加叶，把刘大爷和刘公子的来历吹嘘一通，倒要看知州老爷敢不敢管。

知州性情刚直，大怒，命州衙巡捕带领一支弓兵，把馆驿大门封锁起来。他人皆可以进入，独两个姓刘的官宦子弟和他们的家人不许出大门一步。巡捕在门前一站，不必动粗，刘大爷、刘公子及家人知道是冲着他们来的，连望也不敢向大门望一眼。住在馆驿的客人，又是害怕，又是好奇，或是躲在房间里不出，或是挎起行囊，一走了事。

馆驿本来是供应饮食的，但奉知州大人之命，一切供应俱免。刘大爷、刘公子及家人午间饿一顿，还耐得住，晚间再饿一顿，便觉得耐不住。三人熄灭烛火，在房间里商量对策。

“都是你多事！”刘大爷责怪家人，“谁不知道强龙不压地头蛇的道理？你却偏要在地头蛇的头上做手脚。现在可好，弄得我叔侄二人成阶下囚一般，见到叔父，我怎么交代？”

家人嘴一撇，说：“我还不是为你老人家和公子的体面？大爷又不是没听到那恶役是怎样骂人的。他说骂的是我，其实骂的是大爷和公子。他骂大爷和公子，就是骂的老爷。大爷和公子是什么人，老爷是什么人，岂能容得他骂！怪的是，这狗官怎会和他一鼻孔出气？难道他不知大爷和公子是谁，不知老爷是谁？也好，狗官既要较量较量，咱们就和他较量较量，倒要看是他凶，还是咱家老爷凶。”

刘大爷埋怨一句，引出家人十句，他无奈地说：“谁凶也凶不过你！现在被禁闭在这里，我倒要看你是怎么个凶法！”

“五叔不要和他赌气，”刘公子劝道，“先设法逃出去，再作计较。”

刘大爷听劝，不再赌气。他说：“逃出去并不难，馆驿大门紧闭，弓兵们只守在门外，并不入内。弓兵人数不多，只能守住大门，不能把馆驿围住。我看馆驿后面墙垣低矮，不难翻越。只是我等初至，不熟悉地理，出得馆驿，也不知向哪里去。”

“出得馆驿就不怕，”家人说。“我曾随老爷来过华州，城里有一两个熟人。要向导，可找到人；要乘骑，可找到马。”

三人商量定，更换衣物，以避人耳目。行李可不带的，一概丢弃在馆驿内；一定要带的，也尽量少带。家人先屏住气息，蹑手蹑脚去后院勘探一番，果然，可以轻而易举地爬上墙头。然后，他回来招呼刘大爷和刘公子。主仆三人不出一点儿声响，行到后院；不出一点儿声响，翻墙而出。家人在前引路，三人急急如丧家之犬，直奔他熟悉的人家。

主人知道了刘大爷和刘公子的身份，听完他们的讲述，简直难以相信。他埋怨家人：“你为何不向知州大人说个明白？”

“我又没见到知州大人，怎么说个明白？来的官员根本不理睬，我怎么说个明白？”家人委屈地说。他不敢再呼叫狗官。

主人胡乱准备些食物，可口说不上，总可以勉强一饱。然后备一挂车，命熟悉道路的车夫连夜出城去，把他三人送到西安。从家乡接他们来的几名军士正在西安城里等他们。

“老爷，那三人已安然出馆驿。”巡捕向知州禀报。

“安然出馆驿就好。”知州悬着的心放下一半。

“老爷，那三人已安然出华州城。”不久，守城军士前来禀报。

“安然出华州城就好。”知州悬着的心又放下另一半。

“老爷，那三人将这些什物丢弃在馆驿。”最后，馆驿管事禀报。

“好，你交与本官，”知州解开行囊，一件一件审视里面放的东西。“你等都看到，并无贵重之物。这才像是刘都堂的眷属。”

巡捕问：“老爷，要不要卑职追将上去，把物品送还？”

“不必，”知州道，“过几天，我去固原办事，亲自送去制府。”

夏粮收毕，该入库的入库，该送去边关的，华州知州亲自押解至固原交割。知州与陕西三边总督，至少隔着知府、布政使、巡抚三级，知州到总督衙门投晚侍生的名刺，说声“烦劳将爷”，准备把在馆驿里收拢的刘大爷、刘公子遗留的物品，一并交与门前的校尉，然后离开。

校尉看他的名刺后，不等他交过行囊，说道：“督帅有话，大人若到，须立即禀报。大人请稍候，末将这就入内禀报。”

“将爷看，这行囊如何处置？”知州指着一名衙役抱着的行囊问。

“我先去禀报，再作处置，”校尉告声得罪，进到衙门里。不多时，他匆匆而出，道，“督帅请大人进去相见。”

府、州、县跟随本官来的衙役是进不去总督衙门的，知州接过行囊，自己抱着向里走。引路的官校只顾引路，并不帮他一把。

总督大人不迎出来，天经地义；督帅大人迎出来，才真是骇人听闻。刘天和在大堂外迎候，已使得华州知州惶恐莫名。

“参见都堂大人，”知州见总督，是要行叩拜礼的。但他手抱行囊，无法行礼；把行囊放置地面，空出身子行礼，他又有些踌躇。

“不必多礼，请进大堂叙话。”刘天和适时开口，使他解脱困境。

进入大堂，知州不知把行囊交与谁，不知把行囊放置何处，仍不能行礼，更不能就座。刘天和也没马上请他就座。

“多谢贤守令亲自把行囊送来，”刘天和说，“不过，在收下行囊前，我要先查验一番，还请贤守令莫怪。”

“言重，请都堂大人查验。”知州说。

他也只能这样说。要是刘天和说短少一千两金子，一万两银子，以及珠宝若干，古玩若干，他只能叫屈，再也没有别的法子。当然，他不相信刘天和会陷害他，可也想不明白，刘天和为什么要亲自查验。

刘天和接过行囊，先掂一掂，好像要估摸一下它的分量，然后把它放在桌案上。他从行囊里认真取出每一物，认真地查验。查验过一物，放置一边，直到把行囊里的物品掏空，他把行囊又掉转来抖一抖。然后，再一件一件把物品放回去。

“极好，并无差错，”他满意地说，“行囊我收下，我还须开一收据与你，免得日后有人为这件事找你晦气。”

“养和公体恤，下官深感，”知州这才放心，但仍不明白刘天和为什么要亲自查验。他问，“养和先生并非失主，为何不请宝眷查验？”

“欲知行囊里少什么，自然该让他等查验；欲知行囊里多什么，也可以让他等来查验吗？”刘天和反问。

“原来养和先生是怕我收买宝眷，有损令誉！”知州道，“其实，养和先生大可不必担心。我一穷州守，毁家荡产，也未必能餍其心。”

“不怕其无，只怕其有。万一贤守令想化解此事，行囊里多放进些东西，他等会不会出声，我实在没有把握，”刘天和说着，让道，“贤守令请坐。”知州坐下，他致歉道，“贤守令赐函，我早已收讫。但近日一直忙于部署防秋，又要上疏言事，故贤守令函中所言之事，没有及时处置，还望见谅。”

“不敢，”知州说，“事有轻重缓急，养和先生肩负朝廷边阃之寄，自当先处置重者急者，再处置轻者缓者。”

“对我而言，此事亦非轻者缓者，只因是家事，不得不推迟来办。况且，我知贤守令要来固原，就存心等贤守令到日再办，”刘天和说，“在华州生事的两个后辈，年幼的一个，是我的孙儿。其父早逝，丧期已毕，我想把他接到任上抚养，既是为他上进，也是为了其父的心愿。年长的一人，是我的侄儿。其父母双亡，他也是孤身一人。我想，不如把他也接到任上，可以和我的孙儿结个伴。于是，我差派几个办事得力的军士去湖广老家迎接。不想，这二人倚势横行，给贤守令找不少的麻烦。我代他二人向贤守令谢罪。”

说着，一揖。

知州忙还礼：“不敢。在华州生事的，并非养和先生的两位宝眷，而是那位健仆。我对此事的处置，也过于严厉。”

“贤守令不必自责，此事处置得当，我很是敬佩，很是感激，”刘天和说，“家人横行，他等未加阻拦，有一半的过错就该他二人负。贤守令既来，我二人就议一议如何了结此事。”

“下官但听养和先生主张。”知州说。

“也好，”刘天和不再谦让，处置道，“家人出手伤人，该受刑罚。但贤守令把他领回华州用刑，又似乎没有必要。就在我这里打他二十军棍，由贤守令监刑，贤守令看如何？”

“二十军棍太重，下官不敢监刑。”知州反而为家人说起情来。

“贤守令有为难处，我也不勉强，但二十军棍不能少。我正好借着这件事，诫饬其他恶奴。”刘天和说。“我的孙儿和侄儿不是不该受刑罚，但念及其孤身，一直无人管束。养不教，父之过，我亦有过。军棍且免，我要他二人闭门思过一个月，日后有机会去华州，我再要他二人向贤守令请罪，并恤问被伤者，贤守令看如何？”

知州说：“两位公子去华州请罪，不敢当；两位公子有兴致，想去华州一游，我愿作个东道。被伤之人，我愿先代两位公子恤问。”

“如此，拜托。”刘天和又是一揖。

知州告辞后，他心里想：这位守令有刚有柔，很是值得举荐。

早朝后，严嵩和唐龙在朝房外站定，说着闲话。

“虞佐先生总督陕西三边军务在前，养和先生总督陕西三边军务在后，你二人处置西北事，有什么相同处，有什么不同处？”严嵩问。

“唯中先生为何问起此事？莫非你不掌礼部，改掌兵部？”唐龙道。

这当然是笑话。皇帝若有将严嵩改用兵部的意思，早该满城风雨。

“笑话，我朝什么时候会让翰林院出身的书呆子掌兵部！”严嵩道。

细想一下，可不是。前朝的事不必细考，正德、嘉靖两朝，除正德皇帝即位时的兵部尚书刘大夏是庶吉士出身，再也没有一任大司马是从翰林院出来的。

“不过，今日有见识的士大夫谁不关注北边！我略加关注，也不过分吧？”严嵩又说。

这也是实情。唐龙在心里比较一下自己和刘天和的异同，说：“唯中先生命我说，我就简单地说一说。养和兄和我都看重修筑边墙，这应是相同处吧。”

“看重修筑边墙，也不只是虞佐先生和养和先生，自秦世樱先生总制三边以来，历任督边者，特别是杨应宁先生和王德华先生，无不看重修筑边墙，无不竭其力修筑边墙。”严嵩说。

“唯中先生说的是，由此可见，边墙总是要修筑的，”唐龙道，“另有一事，也可说是我和养和兄的相同处。我看重火器，养和兄也看重火器。但看重火器者，又不止我二人。如杨应宁先生，也看重火器，也竭力在三边推用火器。由此可见，火器总是要使用的。”

“那么，虞佐先生和养和先生有何不同处？”严嵩问。

“养和兄议于朝，欲用独轮战车；这是我万万没想到，没议过的，”唐龙说，“不知是独轮战车确有妙用，我不知其妙用，还是养和兄过高估计独轮战车的妙用？”

“独轮战车有无妙用，并不要紧，”严嵩说着，问到要紧的一事。“守边守在何处，虞佐先生是怎想的？”

“唯中先生在关注朱子谦的奏疏吧？”唐龙恍然大悟。

朱隆禧字子谦，苏州昆山人，嘉靖八年进士，现官兵科都给事中。日前，刘天和上疏，议及北边防守诸事；朱隆禧复上一疏，就其奏疏议论北边防守事。二人之议大相径庭。朱隆禧其实在驳刘天和。但朱隆禧的奏议没有特别引人留意，却被严嵩留意。

“对养和先生的奏议和朱子谦的奏议，虞佐先生怎看？”他问。

“养和兄称：舍六百里平漫之地，守百二十里易据之险，有其不得已者，不过——”唐龙斟酌适当的说法。

所谓六百里平漫之地，指的是固原镇西路红寺堡至黄河岸的防线。刘天和的奏疏说：自杨一清筑白马城堡一线边墙，东路之寇不至；自王琼筑下马房关一线边墙，中路之患得免。唯西路六百里，地势辽阔，难以保障，为固原镇今日当加意筹措者。

守百二十里易据之险，也不是刘天和的创议。总兵官任杰建议，在红寺堡东南徐斌水至鸣沙州一段河岸，修筑一道新边。比起原边，该边后撤数百里；但需要防守的地段也减少数百里，可以大大减轻固原镇西线的压力。刘天和以为其议可行，在奏议今年防秋时提出来。

“虞佐先生是不是和朱子谦有同样的担心？”严嵩问。

唐龙点头：“轻弃旧边，二镇孤悬边外，朱子谦之议甚是。”

朱隆禧议道：祖宗之时，以黄河为界，河套固中国地也。自余子俊修筑边墙，不复以黄河为界，而河套为虏所据，宁夏诸夷部为邻，以贺兰山为其界。自王琼弃镇远关，创为新边，而贺兰山又为虏所据，遂使延绥、宁夏二镇饱受虏患。至今明鉴不远，人所共惜。刘天和敢于妄议，不思新边既筑，旧边不守，红寺堡五百里之地，直弃虏中，使延绥、宁夏二镇，俱在边外。我退一步，虏进一步，非所以为国长虑也。

余子俊修筑边墙，是在成化年间。

“虞佐先生于其事有灼见，当上疏议之。”严嵩说。

唐龙摇摇头，说：“对此事，我有难言之隐。”

“虞佐先生难言，却是为何？”严嵩问。

“唯中先生难道不知，养和兄是我向皇上举荐的吗？”唐龙反问，“我既举荐养和兄，对他的奏议，我不好随意置评，这是其一。养和兄在总督任上，废寝忘食，用心良苦，我不忍随意置评，这是其二。兵科的奏议，皇上肯定要听兵部的复议。兵部诸公，从兵部的角度，自有一番议论，我不便随意置评，这是其三。”

对他的解释，严嵩颇不以为然：“功是功，过是过，不可混淆；他人之议是他人之议，自家之议是自家之议，不可替代。”

“唯中先生说的也是。”唐龙应付道。但他终于没有上疏议事。

兵部议复：疆界不可轻弃，堡军未宜移撤，任杰等避危就安，割已资敌，罪不可释，诚如隆禧所奏。

皇帝批曰：移筑边墙，往者督、抚大臣屡尝举行，劳民费财，迄无成功。天和何以蹈袭故辙，无事生扰！姑贯不问。任杰擅兴妄议，弃捐旧边，夺俸半年。

六、南疆征抚

第二百二十八章

嘉靖十六年中，以右都御史召毛伯温还朝。原是要他和两广总兵官仇鸾出任征讨安南的文、武大臣，因用兵与否，议论纷纭，皇帝收回成旨，命他与左都御史王廷相同掌院事。到年底，干脆命他接任工部尚书。

交代过在都察院里的公务，毛伯温信步去相邻的刑部衙门，与同年唐龙辞别。刑部衙门在城西，工部衙门在东华门，廷议时见面的机会虽然很多，在衙门里互相走动、闲谈，就不那么容易。

“汝厉兄悠闲得很呀。”唐龙边迎候边说。

“身似悠闲，心不悠闲；日似悠闲，夜不悠闲。”毛伯温道。

“以右都御史待命南下，心不悠闲，尚合情理；现有旨掌工部事，为什么还不得悠闲？”唐龙不解。

“待命南下，因要思忖用兵方略，故不得悠闲；掌工部事，要化去用兵方略，亦不得悠闲。”毛伯温解释。

唐龙大笑，说：“化去二字，用得极妙。”

刑部事烦，唐龙引毛伯温去大堂后面的小室叙话，免得被人搅扰。

“听汝厉兄的意思，用兵方略已熟稔在胸。愿闻一二。”唐龙道。

“这么大事，虞佐兄要闻一二便闻一二吗？”毛伯温似不肯说。

“朝廷大计，不以示人，也好。”唐龙不勉强他。

“不以示虞佐兄，我来刑部衙门作甚！”毛伯温却说。

这也不是，那也不是，唐龙问：“汝厉兄意下如何？”

毛伯温说：“虞佐兄要么但闻其详，要么一个字也不必听。”

说罢，大笑。唐龙也随之大笑。

“好，愿闻一二说得轻率，我愿闻其详。”唐龙说。

毛伯温饮口茶，润润喉咙，然后说：“选用人才，调度兵马，议处粮草，详审道路，酌量时月，此五者为用兵之要，尤为安南用兵之要。”

唐龙插言：“汝厉兄道此五者尤为安南用兵之要，很是；我再贸然加上一句：详审道路又尤为安南用兵之要。汝厉兄可否先讲详审道路？”

“谨遵台命。”毛伯温不在乎先讲哪一事，“我军入安南，可有三途：自广西南宁府而南，稍偏于西，约千里，至龙州、凭祥州。距凭祥三十里，入界首关，即入安南界。这一程皆土山绿坡，山岭平缓。自界首关至小卜邻站，其间约二百七十里，是为一程，山沟深峻。自小卜邻站，再行一程，约二百六十里，至东关。这一程道路平坦。自南宁南下，至安南重镇东关，共计一千五六百里，为中路。”

所谓东关，泛指安南东部。

“凭祥是中路，也是入安南的正路。”唐龙说。

毛伯温接着说：“广东钦州有乌雷山，为入安南之要道。钦州属廉州府，距廉州一百四十里，距广州一千三百余里。自钦州至安南之永安，仅一日路程，是为东路。”说罢东路，又说西路，“云南临安府，距云南府约四百二十里。所辖宁州蒙自县，在临安府西南，距府城不足二百里。蒙自县西南有大窝关、杨柳河关，东南有废果寨，贺谜寨，均通安南，是为西路。”

唐龙问：“三路中，汝厉兄欲取哪一路？”

“我取西路，则莫氏东窜；我取东路，则莫氏西窜；我取中路，则莫氏东、西窜。故我欲三路并进，以期合围。”毛伯温答道。

“也只有三路并进，才体现出天朝用兵的气势，”唐龙又加上一条，“不过，穿山涉水，深入他境，所经之处，不可不慎。”

“虞佐兄说的是，”毛伯温应道，“兵法云：不知山林之阻险于川泽者，不能行军。所以才要详审道路。”说罢，问道，“详审道路是不是可以暂议至此？虞佐兄要我再说哪一事？”

“悉听尊使。”唐龙没有特别的要求。

“我就再说调度兵马吧，”毛伯温道，“南北用兵，各有所宜。今日所调，必用土兵、狼兵、钩刀手等。三路并进的一个好处，就是不必在我境内大肆调度。我拟，四川酉阳之土兵，湖广永顺、保靖之土兵，广西田州、泗城、左江、右江之土兵，自南宁入安南；贵州、云南之土兵，自临安入安南；广东之土兵，自钦州入安南，则各就其便捷矣。虞佐兄以为如何？”

他具体指明四川、湖广、广西诸路土兵，不但因为在他的心目中，这几处土兵骁勇可用，而且因为在他的心目中，入安南的中路，亦是正路。这和唐龙无意中所言，正好不谋而合。

“朝廷若以我督师，也是这般调度，”唐龙说。“汝厉兄是不是要说选用人才？愿闻其详。”

毛伯温说：“所谓选用人才，凡才艺之士，俱当录用之。”

“聋者可用乎？”唐龙问。

“聋者善视，可用。”毛伯温道。

“瞽者可用乎？”唐龙问。

“瞽者善听，可用。”毛伯温道。

“廉者可用乎？”唐龙问。

“廉者不贪，可用。”毛伯温道。

“贪者可用乎？”唐龙问。

“贪者守财，可用。”毛伯温道。

“勇者如何用他？”唐龙问。

“勇者用于破坚夺隘。”毛驳温道。

“捷者如何用他？”唐龙问。

“捷者用于抢关探报。”毛伯温道。

“选用人才，终以选将为主，汝厉兄是如何打算的？”唐龙问。

毛伯温说：“兵不能离将，将不能离兵。四川、湖广、广西各路土兵，宜用各守、巡官统领。黔国公在滇经营数代，云南土兵必以黔国公檄调。他省土兵，不可滥用，我拟亲自选练。贵州总兵李璋、广西参将沈希仪，谋勇兼之，可用于制府，参酌大计。”

“良匠无遗材，良将无遗士，汝厉兄之谓也。”唐龙叹道。

家人在门外晃来晃去，被唐龙看到。

“还有二事，汝厉兄要快些说，”他催促道。并告诉毛伯温，“我命厨房里准备些酒菜，看来已准备停当。”

毛伯温仍是不紧不慢：“酌量时月，只有一两句话。安南远在海隅，炎蒸异常，瘴疠之气，夏秋尤甚，必待立冬以后，方宜用兵。至于议处粮草，又尤为重要。南方素无储蓄，岁入之数，不足岁支之用，况今兴师动众，所费不赀。兵法曰：千里馈粮，日费千金。此但言十万之师，千里之行，今岂但十万之师，又岂但千里之行哉！兵法又曰：国之贫于师者，远输。此但言有粮者远输之难，况粮之未备乎！广西南宁，犹有水道可通，云南则高山峻岭，陆路险逖。军粮一石，其费当十余倍。永乐年间，总兵官张辅征安南，统兵八十万。以十万人日费千金计之，当八千金，十日则八万金，百日则八十万金。虞佐兄，你督师过陕西三边，是耗费国家钱粮最多的地方，你说句实话，而今筹集八十万金，是件容易的事吗？”

“绝非容易的事，”唐龙肯定地说，又反过来问道，“汝厉兄，你也说句实话，你思忖用兵方略，不得悠闲，主要是因为所费不赀吧？”

“诚是，”毛伯温不否认，“不过，所费不赀，却是须费；筹备不易，却是可筹。安南与我近在咫尺，边境相连。莫登庸篡黎氏，绝通贡，征讨莫氏，于我实安危之所系。此所谓须费也。八十万金不易筹，集国家之力，却不是不能筹。我意，宜通行两广、四川、湖广、江西、贵州、云南各巡抚都御史，通查所属某库，有银若干，某仓，有米谷若干。自奉行以后，处置过若干，足军士若干月支用。现有官银，趁今年秋熟，照依时价，招商籴买，收置南宁、临安二府。不足之数，请户部会官集议，再作区处。”

“议处粮草，汝厉兄可谓议得恰到好处；所言五事，均议得恰到好处。汝厉兄大可身似悠闲，心亦悠闲。我看，皇上一旦决意征讨，还须汝厉兄挂帅。”唐龙说着，拉起毛伯温，“走，今日与兄小酌两盅，也算是敬你的出师之酒。”

第二百二十九章

梧州两广总督衙门前的车舆、乘骑一多，有人会说：又要用兵。听到的人至多问一句：向南用兵，还是向西用兵？被问的人摇摇头，问话的人就不再问。向南用兵，是征讨安南，向西用兵，是征讨大藤峡。官军究竟要征讨安南，还是要征讨大藤峡，梧州居民即便关心，也不敢深问。

嘉靖十七年的上元节前后，车舆、乘骑又从四面簇拥到梧州，两广总督蔡经，广西总兵官、安远侯柳珣召集广西三司官，商讨大藤峡用兵事宜。大藤峡在浔州府境内，浔州府处梧州、柳州、南宁及思恩四府之间，需要协调用兵。因此，各分守道参政、参议，各分巡道副使、佥事，齐集梧州，比起以往的会议，更要热闹。

蔡经、柳珣坐于上座，依照惯例，下面，布政使、按察使、都指挥使靠前就座，副总兵、参政、副使、参议、佥事靠后，依次就座。

蔡经看看众官员，问一句："仁夫到没到？"

"下官在。"按察司副使翁万达站起身，应道。

"仁夫，你到前面来。"蔡经招呼他。

翁万达走到前面，蔡经指着按察使的座位，说道，"今天要听你的高见，你坐这里。"

翁万达字仁夫，广东揭阳人，嘉靖五年进士，以梧州知府擢副史。他向本司长官一揖，按察使对他笑笑，移后一个座位。

"叔禾到没到？"蔡经又在找人。

"下官在。"布政司参议田汝成站起身，应道。

"叔禾，你到前面来，"蔡经招呼他，并指着布政使的座位说。"今天要听听你的高见，也要你听听仁夫的高见，你坐在这里。"

田汝成由贵州佥事改广西分守右江参议，也是今天一个主角。

田叔禾走到前面，向本司长官一揖。布政使没有按察使那样的好性子，但对都堂的安排无可奈何，绷着脸移后一个座位。

"张将军、沈将军到没到？"蔡经这次寻找两个人。

"末将在。"广西副总兵官张经、柳州参将沈希仪站起身，应道。

"张将军，沈将军，你二人到前面来，"蔡经招呼道，他二人走到前面，蔡经指着都指挥使的座位说，"今天我要听听他二位的高见，也要二位听听他二位的高见，二位坐这里吧。"

副总兵、参将和都指挥使相互没有辖制的关系，张、沈二人一揖，都指挥使还一揖，移后两个座位。

"爵爷，你还要招呼谁到前面来吗？"蔡经问柳珣。

"再招呼人到前面来，是我移到后面去，还是廷彝先生移到后面去？"柳珣笑道。

蔡经字廷彝，福建侯官人，正德十二年进士。听了柳珣的话，他随之一笑，众人也随之一笑。自柳珣的祖父柳景出镇广西，到他已历三世，在广西有相当的威望。

"我二人都移到后面去，又有何不可？"蔡经道。又对众人说，"前者邬佥事、孙参议，我是不会请到前面来坐的。"

邬佥事名阅，分巡浔州，孙参议名继祖，分守浔州。他二人请于前总督潘旦，发兵千人往击峡北贼首侯公丁。侯公丁退，邬阅、孙继祖又请于潘旦，于该地置堡，以土头目黄贵、韦香率三百人驻守。侯公丁聚众两千人，乘夜攻堡，陷之，杀守军二百人。大藤峡的局势更为险恶。后来潘旦改官，邬阅、孙继祖亦被免职。蔡经提到他二人，众人私议，有为他二人惋惜的，有说他二人罚不抵罪的。

副使翁万达的沉稳干练、参议田汝成的勤勉任事，与邬阅、孙继祖形成鲜明对照。用兵大藤峡，蔡经寄厚望于他二人。

"我请仁夫、叔禾二位到前面来，是为议事方便，并非有意贬抑他人，"蔡经又说，"我两广今日多事，广西境内有大藤峡诸夷之乱；征讨安南，又须发自两广，特别是广西。"说到这里，他侧过头问柳珣，"大藤峡为旧名，早已改过吧。"

柳珣道："成化年间，易名断藤峡，先帝时又更名为永通峡。"

"断藤峡，永通峡，各有各的说法，但还是呼作大藤峡顺口，"蔡经说，"我受命督师两广，朝廷降敕，特别要我处置大藤峡事。但随即又有征安南之议，大藤峡用兵被搁置。我想，潘希周先生早有用兵大藤峡之意，不能付诸实施，也是因为安南事掣肘。前任潘都堂和我都以为，征讨安南，只能一心一意征讨安南，大藤峡事只好暂放一放。各位恐怕也都是这样想的。在座的一人却不这样以为，他就是翁仁夫。仁夫，你把对我说过的那番话，对众人再说一遍。"

"前次对廷彝先生说过的话，其实也不是我自个儿的意思，而是莫登庸的意思。"

翁万达此言一出，四座皆惊。

“翁仁夫和莫登庸同一意思，这倒要好好听听。”柳珣说。

翁万达言道：“莫登庸曾大言：中国不能正土官弑逆罪，安能问我！爵爷请想一想，诸公请想一想，他这话有没有道理？”

“不必问别人了，仁夫来说其中的道理。”蔡经命道。

“谨遵台命。”翁万达揖道，“今广西羁縻各州、府，凭祥州土舍李寰弑其土官李珍，思恩府土目卢回煽其党作乱，龙州土舍赵楷杀其侄赵燧、赵煖、赵宝，断藤峡侯公丁负固作乱。要说弑逆，此等变故皆为弑逆。安南通贡之国，莫登庸弑逆，当征讨，以上州、府在我境内，弑逆作乱之人，怎能不征讨？不征讨境内弑逆，但征讨境外弑逆，难使天下归心。这是一个道理。广西近安南，凭祥尤近安南。李寰、卢回、赵楷、侯公丁等若同恶共济，与安南约为内应，我如何应付？这是又一个道理。所以，我向廷彝先生提议，先擒此数人问罪，则安南易下。”

“原来处置大藤峡事，并不阻碍征讨安南；征讨安南，须得先行处置置大藤峡事。”蔡经把翁万达的意思作一概括，问道，“各位意下如何？”

“都堂敲定，末将愿为前部。”张经说。

蔡经问他，“彻底剿灭侯公丁，张将军看，须用兵几何？”

“大藤峡地形险恶，守之者易，攻之者难。但侯公丁到底未成气候，前者郧阅、孙继祖率众千人，虽未曾将他歼灭，却也使得他逃遁。”张经比照着说，“末将入峡征剿，万人足矣。”

“张将军豪气可嘉，”蔡经勉励他一句，又问沈希仪，“老沈在广西征战多年，屡有功勋，对这件事是怎么看的？”

沈希仪善用兵，每战辄胜，所叛土酋或欲叛土酋，对他甚是敬畏。官军进剿时，他等往往问一句：“来的是不是老沈？”老沈的称谓不胫而走，越叫越响亮。蔡经称他老沈，既有敬重之意，又有亲昵之意。

“安定后方，再思进取，用兵正当如此。”沈希仪说。

“彻底剿灭侯公丁，沈将军看，须用兵几何？”蔡经问。

“欲征此贼，非八万人不可。”沈希仪道。

“张将军不须再多些人马吗？”蔡经回转来问张经。

“不须多一人一马。”张经的回答很坚决。

“沈将军不可再少些人马吗？”蔡经问沈希仪。

“不可少一人一马。”沈希仪的回答也很坚决。

“一只需万人，一则需八万，相去何其远哉！”蔡经说着，招呼翁万达，“仁夫，我断不明，你来断一断。”

翁万达道：“廷彝先生不须断，两位将军议的不是同一事。”

“都是用兵大藤峡，怎么不是同一事？”柳珣问。

“兵法云：有剿有征。爵爷熟读兵书，一定知道这话。”翁万达说。

“虽知这话，不甚解其意，”柳珣道。“请问何为剿？”

“袭而取之曰剿。”翁万达道。

“请问何为征？”柳珣问。

“明以攻之曰征。”翁万达道。

“仁夫是说，二位将军之议是征、剿之不同？”蔡经问。

“正是，”翁万达道。“张将军所言为剿，用兵万人不少；沈将军所言为征，用兵八万不多。”

“征、剿不同，仁夫看，今日大藤峡，当征当剿？”蔡经问。

翁万达说：“自王伯安先生用事两广后，众酋旋顺旋叛。我欲用兵断藤峡久矣，侯公丁备我亦久矣。袭而取之，恐不可得，当明以攻之。请都堂从沈将军之议，集八万大军，筹其粮饷。”

“叔禾，你看如何？”蔡经询问田汝成。

“征、剿二事，仁夫兄论述得透彻。”田汝成道。

“透彻固然透彻，但意犹未尽，”蔡经道。“仁夫，叔禾，我问你二人：若是剿，集齐兵马，筹足粮饷，须几久？”

二人对视，已有答案。

“约需一月。”田汝成答。

“用兵他处约须一月，用兵断藤峡，约需三月。”翁万达说。

“若是征，集齐兵马，筹足粮饷，须几久？”蔡经问。

“约需半年。”田汝成答。

“用兵他处约需半年，用兵断藤峡，约需一年。”翁万达说。

“那么，仁夫还是主张征吗？”蔡经问。

“下官还是主张征。”翁万达道。

“却是为何？”蔡经问，“我备兵一年，侯公丁不是也备我一年吗？”

“那又不同，”翁万达道，“侯公丁备之已久，已负其固，再备一年，其固不复增加；而我筹备一年，兵强粮足，则大不一样。”

“大军征讨大藤峡，仁夫想透，议透；于用兵方略，也缜密筹划过吧？”蔡经突然提出一个在座者无不惊愕的问题。

翁万达也是一惊：“运筹帷幄，在都堂大人，怎么以之责下官？”

“运筹帷幄在责任大小，不在官职大小，”蔡经说，“大藤峡之役，我欲将兵事托付你，仁夫，你敢不敢担起这个责任？”

“为国家效力，只在廷彝先生用不用，不在下官敢不敢。”翁万达说。

“我已将兵事托付与你，你现在可以运筹帷幄吧？”蔡经道。

“用兵方略，不敢说缜密筹划过，但我确曾筹划过，”翁万达说，“今之大患为侯公丁，余则小患。除侯公丁，宜先除他贼。一年之内，都堂一面奏明朝廷，以大军征讨断藤峡；一面集齐大军，筹足粮饷；一面依次剪除李寰、赵楷等。这是其一。征讨断藤峡，宜两路并发，左路可集于南宁，右路可集于宾州。这是其二。除侯公丁，则断藤贼之贼易平。宜先用计除侯公丁，再发大兵。这是其三。”

“仁夫已有计除去侯公丁否？”蔡经问。

“已有计。”翁万达道。

“仁夫可否披露一二，我等先闻为快？”蔡经说。

“兵不厌诈，计不可轻泄，”翁万达道，“廷彝先生信得过下官，请勿细问，但由下官从容用计；廷彝先生信不过下官，下官便将所设计谋和盘托出，请廷彝先生和诸公酌定。”

“我已将兵事托付与仁夫，怎会信不过你！”蔡经退而求其次，“我只问一句，先行除去侯公丁，仁夫有几成把握？”

“不多于七成，不少于五成。”翁万达道。

蔡经默想片刻，说：“不可再求其多；但若此计不成，又当如何？”

“不能先行除去侯公丁，亦当如期用兵，”翁万达道。“虽要多费些周折，但两路大军并发，讨平断藤峡之贼，是有把握的。”

“有仁夫这句话，我不再多问，各位也无须多问。”蔡经说。

第二百三十章

驿馆里，翁万达和田汝成住一个房间。一会儿来个翁万达的客人，田汝成不得不陪着说几句话；一会儿来个田汝成的客人，翁万达不得不陪着说几句话。终于，夜深人静，最后一位客人含着歉意，起身告辞。二人关上门，估计不会再有访客。

“客人太多，只好请他等饮茶，还只能请他等饮粗茶，”田汝成说着，拖出一小坛酒，诱惑道，“仁夫兄，想不想饮酒？”

“好累，早些歇息吧。”翁万达不捧场。

“什么时辰，还好意思说早些歇息！”田汝成继续劝诱，“仁夫兄没有兴致，我只得独饮。”

打开酒坛，一股浓郁的芳香扑鼻而来。果然是难得的佳酿。田汝成嗅嗅，又用手挥挥，说：“本想与老友对酌，谁知人家却戒酒，只好举杯邀明月。”

“谁说我戒酒？”翁万达抢过酒坛，高高举起，饮一大口。

“慢来，慢来，君子之酿岂容粗饮！”田汝成心疼地说，“这酒需得一面慢饮轻啜，一面把盏畅叙。仁夫兄，你去找杯子来。”

翁万达找来两只杯子，看着田汝成斟酒。

“叔禾兄，畅叙不妨，却休忘廷彝先生‘各位也无须多问’的吩咐。”他把话说在前面。

“来，先饮酒。”田汝成自己拿起一只酒杯，把另一只酒杯递给翁万达。二人双手执杯，相互致意，各饮一口。“仁夫兄的计不必对别人讲，不可对别人讲，却可以对我讲，必得对我讲。”

“我对廷彝先生都不讲，为何必得对叔禾兄讲？”翁万达问。

田汝成说：“廷彝先生虽以兵事托付仁夫兄，仁夫兄却是专办安南事的副使。一旦朝廷有旨，出师安南，仁夫兄顾得那边，顾不得这边，你的筹划还不是要交与别人实施！请问仁夫兄打算交与谁实施？是交与廷彝先生、柳爵爷实施，还是交与分守左江的我来实施？是仁夫兄自己交与我实施，还是通过廷彝先生交与我实施？据实而言，我向仁夫兄问计，不是在求你，而是在帮你。”

“不是求我，而是帮我，叔禾兄好眼光，好口才！”翁万达赞道。

“既然我说对，仁夫兄饮一杯酒，便来说计。”田汝成乘机劝酒。

二人对饮。

翁万达咂着嘴，说起正事：“叔禾兄，浔州卫有一百户，姓许名雄，你记好他的名字。他本是一名巨盗，和峡内之贼素相勾结。擒获侯公丁，就着落在他的身上。”

“仁夫兄断定，他能为我所用？”田汝成问。

“许雄狠毒狡诈，可又出奇地恋家，出奇地怕死。以死罪胁之，要他做什么，他都肯做。”翁万达说。“我与叔禾兄约：胁迫许雄行事，责任在我；许雄既允行事，擒不擒得侯公丁，责任在叔禾兄。”

“不尽在我，”田汝成说。“仁夫兄尚未出师，此事当由我二人合计。”

翁万达说：“我已想好，王伯安先生当年破三浰的计策，可以借用。”

三浰处广东、江西间，盗贼出没。王守仁巡抚南、赣时，用的是诱降之计。为让三浰之贼安心就抚，他在大堂上，斥责状告贼人的三浰居民，杖打三十，终于使得贼首自入瓮中。

田汝成击案喝彩：“彼无真心，我亦行诈，此计大妙！”

“叔禾兄悄声。”翁万达警告他。

田汝成压低声音说：“柳州、浔州都有不少诉讼侯公丁的人，我也学阳明子行事，称侯公丁为良瑶，受人诬陷。阳明子办事精细，先对被责打的人说明：贼人是诈降，他是诈信，打却要真打。我却不必交代，挑一两个有其他过失的人打一顿再说。他当时有怨气，待知道我是为除侯公丁，他自己也会说：这顿板子挨得合算。”

“叔禾兄也不必尽拣有过失的人打，”翁万达说，“一则，打这顿板子，以后是要赏还他的。尽打有过失之辈，叔禾兄是赏还是不赏？二则，有过失的人，其罪未必当死，若是打出人命，虽说是为破贼，也难免会被御史论劾，难免要激起民愤。三则，有过失的人，未必都是讼告侯公丁的人，只打此辈，他反而会疑心。既要真打，第一要身体硬朗，禁得住二三十板子，才忍心下手。”

“既有过失，身体又硬朗，恰如鱼与熊掌兼得。”田叔禾道。

“欲行此计，首先要用的还是许雄，”翁万达补充，“别人告诉侯公丁，官府说他是良瑶，十成中他信不到二三成。许雄告诉他，官府说他是良瑶，十成中他可以信到五六成。叔禾兄不要太小气，再从衙门里拿出几百两银子，让许雄去对侯公丁说，官府将助他复业。利令智昏，十成中他就可以信到八九成。”

“另有一二成如何让他相信？”田汝成问。

“那要靠被责打的人，”翁万达道，“板子下得越重，被打的人怨气越大，骂声越高。到怨声载道的地步，侯公丁还能不信吗？”

“十成说尽，不必再说，请接着饮酒。”田汝成晃晃酒坛，已空。

“约我饮酒是假，诳我说话是真，话尽，酒亦尽。”翁万达笑说。

第二百三十一章

严嵩的轿子落下，等候在大门外的严年忙上前掀开轿帘，双手向轿里一伸，打算搀扶老爷爷下轿。严嵩拨开他的手，自己迈下轿来。

“过个十年八年，你再搀扶我不迟！”严嵩说。

“是，”严年应着，“不过，小人哪有老爷这么好的身骨，到那时，怕已是废人。”

说着话，他跟在严嵩身后，向院里走去。同时，不失时机地对另一家人使了个颜色。该家人会意，急忙去找严世蕃。

丫环送上热水时，严世蕃跟进来请安：“大人这几日辛苦。”

四月初七日，皇帝发自京师，又一次祭谒天寿山，行期四天，随行的大臣有武定侯郭勋，阁臣李时、夏言，礼部尚书严嵩等人。

“还好。”严嵩说着，用毛巾擦把脸，在严世蕃服侍下换上便服。

严年在一旁说：“万岁爷拣选的日子好。今日已有些燥热，若迟几天出巡，老爷一路上就不会那么舒服。”

“是天佑皇上，不是皇上拣选的日子好，”严世蕃另有更巧妙的说法，“老天一高兴，或是一不高兴，早几日燥热，圣驾还不是要出动？老天没早几日燥热，皆因皇上要出巡也。”

“皇上若是一高兴，或是一不高兴，迟几日启驾呢？”严年道。

“那自然会迟几日再燥热。”严世蕃说。

“还是公子的想法、说法胜我一筹。”严年拜服。

“你家公子胜你可不止一筹。”严嵩评判道。

他做个手势，严年指挥着家人、丫环退下，父子二人坐下说法。

“大人随皇上巡视山陵，可有什么有趣的事？”严世蕃问。

“皇上祭陵本身，便有些不同。”严嵩说。

“儿子想，长陵皇上是一定要亲祭的；大人说不同，是不是除祭长陵，皇上又亲祭其他诸陵？”严世蕃猜测。

“你料事多中，这次却料差。”严嵩说。

“难道皇上只祭他陵，未祭长陵？”严世蕃自己也知道不可能。

“那自然是不会的。”严嵩说。

“那么，儿子差在哪里？”严世蕃干脆不料。

严嵩不急着解释，却问道：“天寿山以东有一座平台山，平台山有一座圣迹亭，你知道吧？”

严世蕃一点即通：“大人所谓不同者，我已知之：定是皇上不祭太宗文皇帝于长陵，而是祭于圣迹亭。”

严嵩点头：“皇上此举，侍驾者无不感到惊诧。”

严世蕃开始不厌其烦的询问。

“郭爵爷感到惊诧吗？”他问。

“眼目传神，我看他比任何人都惊诧。”严嵩说。

“李阁老感到惊诧吗？”严世蕃问。

“宗易先生有定性，但也惊诧。”严嵩说。

“夏阁老感到惊诧吗？”严世蕃问。

“公谨先生若不惊诧，他的行帐怎会失火！”严嵩道。

“大人也感到惊诧吗？”严世蕃问。

“众人都惊诧，我怎会不惊诧！”严嵩终于耐不住性子。

“大人休怪，我还有话问，”严世蕃道。“众人惊诧，皇上不知吗？”

“皇上圣睿，怎会不知众人的心思！”严嵩道。

“皇上就听任众人惊诧，一句圣谕也没有吗？”严世蕃问。

“没有，”严嵩道，“我听皇上身边的小公公议论，皇上这次巡视山陵，比前几次的话少。为什么祭文皇帝于圣迹亭，更是绝口不提。”

“大人能听到皇上身边小公公的议论，是件可喜可贺的事，”严世蕃评论一句，又问，“众人就自行惊诧，没请皇上垂训吗？”

“皇上的心思，皇上自已不言及，哪一个敢问！”严嵩道，“再者，皇上究竟有无心思，又有谁琢磨得出来！”

“众人就自行惊诧，相互间不议论吗？”严世蕃问。

“皇上的心思，皇上不言及，哪一个敢议论！”严嵩道。被问得多，他心里不由发虚，反问一句。“惊诧二字，虽不常用，也仅是惊诧而已。你无休止地问来问去，是何居心？”

“众人自行惊诧，皇上听任众人惊诧，极妙！极佳！”严世蕃满面喜色，“不问仔细，又怎知是极妙，极佳？”

“妙在哪里，佳在哪里？”严嵩大感困惑。

“皇上的心思，独有我知，岂非极妙，极佳！”严世蕃道。

“你知道皇上的心思？且说出来听听。”严嵩且惊且喜。

“皇上祭文皇帝于圣迹亭，而不祭于长陵，定是以为文皇帝的庙号有所不足。”严世蕃胸有成竹地说。

严嵩半信半疑，而且是小半信大半疑。文皇帝庙号太宗，自古至今，以宗而称者，没有比太宗更崇高的庙号。太宗若仍有不足，便只有称祖。但一来，以祖而称者，太祖的庙号最崇高。大明朝由高皇帝创立，太祖之号只能加于高皇帝，不可能文皇帝称太祖，高皇帝改称别的什么祖；二来，文皇帝的庙号改为别的什么祖，未必比太宗更崇高，岂不是欲文皇帝庙号更崇高，反而有所贬损？

想到这里，严嵩说：“怕不会吧。”

严世蕃说：“会不会，我不与大人争辩；皇上以为文皇帝庙号有所不足，于大人而言，是件大事，大人却不可不知。”

“这话怎讲？”严嵩难以参透。

严世蕃说：“今日得以建立功业者，无过议礼。大礼之议，被张阁老中头彩；天地分祀之议，被夏阁老中头彩。我一直为大人抱憾，总在想：大人建立功业，怕是难矣。谁知，皇上念及文皇帝的庙号，真可谓天赐良机。大人在礼卿任上了却皇帝这一心愿，功业在他二人之上。”

“此事竟如此重大？”严嵩似信不信。

“改文皇帝庙号本身，并没那么重大；但改文皇帝庙号的后面，还有文章，使其变得重大。”严世蕃说。

“后面的文章，是不是献皇帝庙号？”严嵩的思路逐渐开阔。

献皇帝称皇称帝之后，一直未加庙号。如果说大礼之议留下一点缺憾，那就是还没议上献皇帝庙号。这一定是改文皇帝庙号后面的文章。

严嵩已经想明白，嘴上却说：“事体重大，我还要多想一想。”

严世蕃并不要他立即做出决断，他问起严嵩方才说的一句话：“大人说公谨先生的行帐失火，是怎么回事？”

严嵩讲述道：“皇上祭太宗文皇帝之后，回驻沙河。说来蹊跷，那一夜，行宫无恙，他人的行帐无恙，公谨先生的行帐却失火。”

在皇帝行宫附近，大臣行帐失火，不是件寻常的事。严世蕃第一句问的是：“夏阁老的行帐失火？”第二句问的是，“大人的意思是，因夏阁老惊诧而行帐失火？”

他从这两者之间找不出有什么联系，一边问，一边摇起头来。他的头颅比普通人大一圈不止，脖子比普通人短一半不止，摇起头来，总会给人怪异的感觉。

“世蕃有话说话，不要摇头！”严嵩看着也不舒服。

严世蕃不再摇头，接着提问：“大人及其他几位的行帐和夏阁老的行帐想来相去不远，可被烧及？”

“宗易先生的行帐被烧毁一面，郭爵爷的行帐被烧毁一面，幸亏及时扑灭；我的行帐在另一面，未被烧及，”严嵩很是庆幸，“那一晚，公谨先生是与我挤在一座行帐里歇息的。”

“他人行帐均烧及，大人行帐未烧及，极妙！极佳！”严世蕃道。

“妙在哪里，佳在哪里？”严嵩也觉得是好事，但还是要问。

“大人此生不会为夏阁老所累，此乃天意。这还不妙么？还不佳么？”严世蕃道，“可大人为何要说，夏阁老行帐失火，是因为惊诧？”

“那是自然，他自己不说，谁能知道是因为惊诧。”严嵩道。

“他自己说是因为惊诧？”这下轮到严世蕃惊诧。

严嵩讲述道：“那一晚，我睡下，他却一夜未睡，在行帐里走来走去；又嫌行帐里狭小，到行帐外走来走去，不住叹息。你知他在叹息什么？他嘴里不住地说：我只顾想白日的事，怎就忘火上在煮食！白日里是什么事？还不是皇上祭文皇帝于圣迹亭！”

“大人的话有道理，看来夏阁老确实感到惊诧。不过，偶一失火，并非大事，夏阁老为何如此不安？”严世蕃随即猜到其中的缘故，“定是他的行帐失火时，焚毁一些要紧东西。”

“被你料中，”严嵩道，“在沙河行宫，皇上将送去的六本奏疏交付公谨先生，要他拟覆。这六本奏疏被烧成灰烬。”

“六本奏疏烧成灰烬？”严世蕃做个怪样，幸灾乐祸地说，“公谨先生在劫难逃。”

严嵩说：“你又料差。皇上并没怪罪，只不过诫饬他两句。”

第二百三十二章

崔成说话越来越俏皮，皇帝想稍微放松一下时，会命他侍候读疏。见他捧来厚厚一打奏章，皇帝问：“今日可有打官司的奏疏？”

“回爷的话，有一桩不似官司的官司，”崔成说着，挑选出两本奏疏。“要不，爷就先阅这两本吧。”

一本奏疏是两广总督蔡经所上，一本奏疏是钦州知州林希元所上。

“一定是征讨安南的官司。”皇帝不必费心，也想得出是什么官司。

“爷圣明，果然是征讨安南的官司。”崔成道。

皇帝说：“二人意见相合，不会是官司；意见相左，才成其为官司。是官司，不是官司，一看他二人意见相合还是相左便知，何至于成不似官司的官司？”

崔成饶有兴致地解释：“爷圣明，一看便知二人意见相合，或相左。奴才愚笨，读疏之后，只觉得二人意见相左；但彼此又不说对方错，故奴才分辨不清相合相左。奴才才说不似官司的官司，并非哗众取宠。”

“不得了，你连哗众取宠都懂得。”皇帝讲句笑话，取过蔡经的奏疏来读。

蔡经称：安南用兵，须兵三十万，岁饷百余万石，器物犒赏等七十余万金。他说：今者我力不给，宜酌黎宁足戡乱否。如其不足戡乱，当详审劳逸之势。

安南莫登庸篡黎氏，黎氏之后有黎宁，是他上疏告变，恳请朝廷剪除乱贼的。以前各大臣议论安南事，或主张用兵，或反对用兵。蔡经之议有所不同，他的意思是：黎宁足以戡乱，则我发兵助之；黎宁不足以戡乱，则斟酌形势，再行定夺。

林希元称：征讨安南，所用兵不过二十万；二年之食，所费银不过一百六十万两，所费粮不过四百万石。他说：岂以天下之大，不能办此？既得安南，所入又岂止于此数！

林希元一介书生，倒也有些豪气！皇帝暗自赞赏。

因此，林希元的奏疏他读得更仔细。

林希元写了自去年兴兵之议以来，安南发生的几件事：

第一，嘉靖十六年二月二十八日，安南海啸，水没王城，崩城墙一面，民死者二万有余，牛羊死者无数。此天将亡安南之兆。

第二，嘉靖十六年六月间，朝廷欲讨罪。莫登庸立其孙莫福源为大孙，欲以今春嗣位；以其孙莫福海出守于外；赦民间徭役三年。此知人心不附，祖孙分守境土以自固，又借之以守人心。

第三，莫登庸闻朝廷欲讨罪，于其国永安、万宁等州、县，选民年二十至四十者各五十人，赴国都教练。此欲为防御之计也。臣考永乐中，交阯布政司州、县一百二十九，每州、县选五十，不过七千人。

第四，嘉靖十六年八月，莫登庸差人由海上至廉州合浦县地方，被哨海官兵获得一名，供称：莫登庸差来察探事情。此欲观我动静。

第五，嘉靖十六年六月，莫登庸闻朝廷欲讨罪，随于八月领兵三万攻黎宁，战败，死者一万，杀死大臣四人。莫登庸诈称黎氏已绝，昔日以是求封；一闻朝廷查贡讨罪，急欲灭黎氏以饰诈，反自祸。

第六，嘉靖十六年，旗军护送归正人黄伯银到州。黄伯银供称：安南法，每州、县岁取年二十上下者二十人，分拨各处防守。因连年与黎家相攻，嘉靖十五年死者六百人，十六年死者一万人。丁壮不足，故选及年四十者五十人。以此观之，莫登庸虚实俱可见。

述过六事，林希元写道：以臣观之，安南一块之土，终无独立之理，其势必折而入中国。是诚天道好还，夷运将终，交阯复合之时，皇天眷佑我明，将全我以金瓯之业也。

如果说，前面叙述的几件事还不足以打动皇帝，那么，这几句话写得慷慨激昂，皇帝也不由慷慨激昂起来，而暂时忘记蔡经提到的用兵三十万人，岁饷百余万石，器犒七十万金，和林希元提到的不过二十万兵，不过一百六十万两银，不过四百万石粮。

崔成观察皇帝脸上的表情，心里想：这场不似官司的官司，林希元大约要赢。

皇帝把林希元的奏疏放下，定一定神，命道："崔成，你将李时、夏言、郭勋召来文华殿，朕要与他三人议一议用兵之事。"

"奴才遵旨。"崔成应道。

第二百三十三章

李时、夏言向午门外走去。内阁办事衙门在午门内东南隅，只因退下时，皇帝交代一句话，让他们见到郭勋，催他速来见驾，二人在午门内没迎到郭勋，不得不继续向午门外迎去。

漫步时谈话，思路更活跃，二人正好一路交谈。

“公谨先生，你那位贵同年的口气越发大，”李时说，“一百六十万两银子也是‘不过’，四百万石粮饷也是‘不过’。”

“不过者，不过而已。茂贞兄不当家，不知度日之艰。”念及同是正德十二年进士，夏言本该为林希元开脱，但也忍不住批评起他来。“茂贞兄畅议国事，口气向来是很大的，这也不必多说。茂贞兄不但口气大，而且善变化，宗易先生恐怕还不知道吧？”

言者有心，闻者也有心，李时问：“林茂贞对安南事曾持他议吗？”

“洋洋洒洒，也是一篇宏论，”夏言说，“宗易先生知道，我在兵科时喜欢议兵；其实，至今仍喜欢议兵。茂贞兄也喜欢议兵，他在大理寺时，我二人偶做彻夜之谈。说起永乐间得交阯，宣德间失交阯，他老兄一气说出，致衅之端有五者。”

“他的宏论，公谨先生还记得吗？”李时欲闻其详。

“勉强能记得，我试为宗易先生言之，”夏言道，“茂贞兄说：交阯之复为安南，与中国之所以丧师者有五。交阯既定，当时英国公张辅不能如诸葛孔明之收拾西土人物，方其王师未班，豪杰窜伏草莽，已有窥觎之志。此其致衅一也。”

“英国公虽为文皇帝爱将，但以诸葛孔明期之，未免太不切实际，”李时议道，“茂贞先生口气之大，由此又可见一斑。”

“宗易先生论的是，”夏言说着，继续叙述林希元的宏论，“交阯之民，久遗化外，法网极疏，赋敛极薄，一绳以中国之法，其民不堪，有思乱之意。此其致衅二也。太祖高皇帝于贵、云、荆、川、广诸省，间有狼子野心之民，皆设土官，因其俗治之，故终无患；太宗文皇帝既取交阯，狼子野心之民，悉郡、县之，故终作梗。

此其致衅三也。”

“依照他的说话，是太宗文皇帝启衅？”李时插话。

“下一事，也是说文皇帝处事，”夏言道，“太祖高皇帝既取云南，留黔国公沐英在彼镇守，故能平治其民；安南之事，既定计撤回三帅之兵，各处守兵未尽设，其后事之虑，已见于黄忠宣之书。此其致衅四也。”

黄福于永乐年间、宣德年间，两度以尚书兼掌交阯布政司、按察司事，死后谥忠宣。关于交阯得失，他的议论最应重视。

李时道：“黄忠宣《使交文集》，我读过两遍，不乏精粹之论。茂贞先生所言后事之虑见于其书，不知指的是何疏，论的是何事？”

“当时不曾问，我亦不知，”夏言说，“茂贞兄说的最后一衅，我倒是很赞同。他说：交阯多珍宝，中国之人，为吏于彼，多肆贪、残，民不堪命。因中官诛求激变，而乱随作。此其致衅五也。茂贞兄还说：兼此五衅，其民皆思黎氏，故我师一到，彼并起为敌。”

李时说：“虽有一衅说得深切，但总体而论，前议与今议大相径庭。前者曰民皆思黎氏，今者曰黎氏似亦当替；前者曰交阯郡、县之非，今者曰安南势必折而入中国。公谨先生称林茂贞善变化，果知其人。”

“我要和宗易先生说的，也正是这一节，”夏言道，“我当时之见与他不尽相同，为文皇帝辩道：文皇帝兴师，乃时势使然，并没有什么不妥。不过十年之后，我体会到，用兵安南，实是无益之举，他却力主出师。说来惭愧，我指他善变化，我自己又何尝不是善变化。”

李时说：“‘时势使然’这四个字，公谨先生用得好。时势变化，人当然也会变化。处置政事，不求无变化，但求变化有益于国家。‘天道好还’这四个字，茂贞先生也用得好。天道不远，人当循之。处置政事，不求无变化，但求顺乎天道。”

“宗易先生所言，和茂贞兄所言，可是同一天道？”夏言问

李时一笑而已，没有答话。

不知不觉出端门，行至承天门前。夏言这才发觉，已走好长一段路。他有些累，看一眼长他十余岁的李时，更显得疲惫。

“这位爵爷，难道还要我二人去他府上恭迎吗？”夏言发牢骚。

“不必，你看他不是走来！”李时向前一指。

两匹马一前一后转进承天门，前一匹马上是郭勋，后一匹马上是他的贴身家人。见到李时、夏言，郭勋早早勒缰下马，把缰绳交给家人，徒步向二人走来。

“二位阁老怎么走到这里？”他问。

或许是因为郭勋和张孚敬交好，夏言和他一直面和心不和，有时面也不和。今日夏言走这么远的冤枉路，答起话来，一定更不好听。

李时抢着说：“还不是为迎候爵爷。”

“惶恐，惶恐，怎敢劳动二位大驾。”郭勋拱手道。

夏言觉得，说迎候，太给郭勋面子。他说：“不是我二人要来迎候，是我二人奉圣谕，不得不来迎候。”

“皇上怎说？”郭勋忙问。

“皇上命你速去见驾。”夏言说这话，算是传达过圣谕。然后他埋怨，“爵爷，人家说：皇上急，太监不急。怎么爵爷也不急？”

“我怎不急？我奔驰而来，把小崔哥远远甩在后面，公谨先生不见吗？”郭勋拭去额上的汗水，压低声音招呼道，“宗易先生，公谨先生，安南用兵，皇上怎说？”

“爵爷面圣，自然就知，何必多问？”夏言的答话不很友善。

李时却如实地告诉他：“皇上决意征讨。”

“二位是如何回奏的？”郭勋又问。

“我等唯唯而已。”这回夏言也如实说。

唯唯而已，是既不明确赞同、也不明确反对的一种消极态度。夏言在郭勋面前毫不掩饰自己的消极态度，却要郭勋采取一种积极态度。

“爵爷若持异议，不妨奏闻。”他说。

“圣心已定，我会有什么异议！”郭勋伸手向家人要过缰绳，嘴里说道，“二位今天的厚意不敢忘，空下来，请二位饮酒。”

说着，上马扬鞭，向里驰去。午门前，还有一段路好骑马。

夏言让他“不妨奏闻”，是句戏弄的话。他心里想：本爵不会糊里糊涂地奏闻，也不会糊里糊涂地唯唯而已。

第二百三十四章

“郭卿可知，朕为何要召你？”皇帝等郭勋行过礼，问道。

“崔公公说，陛下要与臣计议安南事。”郭勋有分寸地答道。

皇帝点点头，指着御案上的奏疏说：“朕决意征讨。林希元的奏疏在这里，你仔细读一读，再与朕议。”

站在皇帝面前，手捧奏本阅读，是件相当吃力的事。郭勋才读个开头，崔成已回来复旨。皇帝摆摆手，示意他不要说话。君臣二人静观郭勋读疏。崔成心想：郭爵爷今天也糊涂，万岁爷已决意征讨，你不从速应对，怎么还装模作样地读起疏来！

郭勋不是装模作样地读疏，他从头到尾把林希元的奏疏读一遍。读过之后，他躬身把林疏放回御案，再退后两步，直起身来。就在直起身子的瞬间，他声音极低地自语一句。

皇帝似有所闻，却没听清。他问：“郭卿说的什么？”

“皇上恕罪，臣偶失言，不敢奏闻。”郭勋道。

皇帝不再问他，转问在一旁侍立的崔成：“郭卿的话，你可听清？”

崔成回奏：“奴才听郭爵爷好似在说：那一块地，得它何用。”

“郭卿，你可是这样说的？”皇帝复问郭勋。

“臣心里是这么想的，却不知怎么就糊里糊涂地说出来。”郭勋奏道，他表面显得不安，内心却正十分得意。“臣在外面遇见李时、夏言，问他二位有什么高见。夏言说：唯唯而已。臣心里想：决意征讨，出自圣裁，是不会错的。况且，两位阁老都唯唯而已，臣也唯唯而已吧。不想，读罢林希元的奏疏，臣心里想着这么一句话，不由自主说出来。臣鲁莽失言，请陛下治罪。”

得它何用，换句话就是：何必征它。郭勋知道，越是无意中表白自己的忠诚，越能引起皇上的注意，比直接进谏的效果要好得多。说何必征讨，皇上必怒；说得它何用，或许皇上会重新考虑这件事。

皇帝说：“朕召你议事，你如何想的，就该如何说，有什么罪？看来，郭卿虽读林希元的奏疏，仍不主张用兵。好，说说你的理由。”

郭勋的目的达到，皇帝没有怪罪他，还要听他进一步阐明。

郭勋却绝口不往下说。

“臣的想法主要是：决意征讨出自圣裁，是绝不会错的，”他重复道，“至于那一块地，得它何用，是次要的想法。而且，除这句话外，臣再没想到其他。”

“那么，你是要朕再想一想？”皇帝问。

“臣不敢！”郭勋更加灵巧地说，“陛下圣明天子，朝廷大政，若需要再想一想，陛下自会再想一想，何须臣言？”

“朝廷大政，朕自要慎思多想，”皇帝说，“李卿、夏卿唯唯而已，是并不赞成征讨；你鲁莽出言，也是并不赞成征讨。你以为朕听不出来，看不出来吗？三卿为朝廷重臣，朝廷大政，朕每与三卿议之，但广采博纳，不能只与三卿议之。”稍稍一停，招呼道，“崔成！”

“奴才在。”崔成忙应道。

“你将林希元奏疏下兵部，命张瓒等议之。”皇帝命道。

第二百三十五章

吏部尚书许讚还朝半年，一直没有大的举措。他知道，能有所建树当然很好；一时没有建树，也要有所建言。不然，科、道的大爷们是不会放过自己的。他一边想着心思，一边在一张纸上随意涂抹，自己都不知道写的是什么。见张瓒信步走进，他放下笔。

“兵部的会议散得这快？”他奇怪地问。

“怎么可能！”张瓒说，“大家都说议得头痛，我也议得头痛，不如暂歇一歇。我在衙门外走一遭，回去时却走错门。”

“廷献先生是认准门，哪里是走错门！”许讚一句话戳穿。

“廷美先生既知，就请帮忙理一理头绪。”张瓒道。

“如何，我知你是来拉我下水的！”许讚开句玩笑，又正正经经地说，“廷献先生应该知道，兵部有兵部头痛的事，吏部有吏部头痛的事。廷献先生要我理兵部的头绪，自家肯来理吏部的头绪吗？廷献先生请回吧，我正要理吏部的头绪。”

“廷美先生不忙逐客，都是朝廷的事，何分彼此！”张瓒缠住他不放，“廷美先生曾掌户部，可不可征讨安南，归根到底，其实是银粮的事，我一定要听一听廷美先生的高见。”

许讚道：“归根到底是钱粮的事，我为廷相先生指一条明路：你速去户部，听一听梦弼先生的见解。”

他支使张瓒去见现掌户部的李廷相。

“梦弼先生那里，我是要去的。”先来吏部，再去户部，正是张瓒的计划，“不过，对梦弼先生，我就不像对廷美先生这么客气。”

“你会如何？”许讚又是不解，又是好笑。。

“我径直拉他去兵部，”张瓒道，“廷美先生是七卿之长，我不敢请廷美先生移驾，更不敢和廷美先生拉拉扯扯。”

皇帝命张瓒等议之，给他很大方便，他觉得需要谁与议，就可以把谁请到兵部去。

“如此说来，廷献先生只是来吏部搅扰一遭？那真是客气。廷献先生客气，我也只得客气客气，”许讚说着，把手一伸，“拿来吧。”

“廷美先生要什么？”张瓒问。

“你要听我的见解，怎不把林茂贞的奏疏给我？”许讚道。

张瓒从袖中取出林疏：“在此，请阅。”

许讚草草阅过一遍，把奏疏还给张瓒。“毛汝厉是主张出师的，汪希周也是主张出师的，但对所需兵马、粮饷、犒银，二人不是讳莫如深，就是含糊其词。蔡廷彝对所需兵马、粮饷、犒银细细估算过，他却是不主张出师的。如林茂贞既对所需兵马、粮饷、犒银细细估算过，又力主出师，可谓独其人也。”

汪希周即云南巡抚汪文盛。

“廷美先生是赞赏，还是不屑？”张瓒问。

“都不是，我不过嗟叹而已。”许讚说着，切入正题，“廷献先生要听我的见解，我倒要先问一句：廷献先生主张出师，还是反对出师？”

“若主张出师，我还会头痛吗？”张瓒说。

“那好，我就直述己见。”许讚道，“皇上本在征与不征两可间，因林茂贞之疏，而要征讨。廷献先生以不征为言，还要在林茂贞的奏议上作文章。廷献先生等头痛，就是没把林茂贞的奏议琢磨透。”

“廷美先生难道琢磨透？”张瓒问罢一揖，道，“愿闻其详。”

“林茂贞所论者，三事也，廷献先生一者附和之，一者搁置之，一者驳斥之，即有头绪。”许讚的话简而又简，却有许多余味。

“何者附和之？”张瓒问。

“莫登庸为祸乱之首，此议当附和之，”许讚说，“安南黎氏篡陈，是多少年前的事，莫氏篡黎却是近一二十年的事，二者应有异同。正篡逆之罪，只宜论莫氏，不宜论黎氏。反对出师之论，均把二事等而同之，均有为莫登庸开脱之嫌，所以，都不能打动圣心。”

“说的是。莫登庸为祸乱之首，反对出师难以理直气壮。”张缵道。

“廷献先生当附和的，只莫登庸为祸乱之首；是否出师征讨，又另有一说，”许讚道，“莫登庸为祸乱之首，天诛之可，人诛之亦可；王师诛之可，国人诛之亦可。然则，并非一定要出师征讨。”

“廷美先生之论，颇有些新意，”张瓒说，“请再说何者搁置之。”

“林茂贞列举数事，或称天亡安南之兆，或称莫登庸虚实可见，情悉传闻，语多妄诞，”许讚说。“皇上或为之心动于一时，终究会知其舛谬不经。对林茂贞的妄举妄议，廷献先生不必理会。”

如崩城杀人，此天亡安南之兆，说的好听些，是激励，说的不好听，是妄诞。许讚对林希元的此种议论不以为然，可又不好驳他。总不能说：此非天亡安南之兆；更不能说：我天朝境内的变异难道就少？不好驳他，干脆就不理会，这正是他高明之处。

“我等议时，对林疏所举数事，也众说纷纭，置之不理，倒可以少些干扰，”张瓒说着，转到最要紧的话题，“廷美先生，何者驳斥之？”

“那自然是廷献先生所言银粮之事，”许讚为张瓒谋道，“廷献先生不必问，林茂贞所用兵马，为何比蔡廷彝少；也不必问，林茂贞所用粮饷、犒银，为何比蔡廷彝多。林茂贞道：岂以天下之大，不能办此？廷献先生只问他：你钦州能办多少。林茂贞原议出师五路，蔡廷彝议出师三路，他也以为可行。今以出师三路计之，以三十万人计之，过钦州者当五七万人，他能不能办五七万人粮饷？蔡廷彝议，用兵一年，林茂贞议，用兵两年。今以进军、班师两次经钦州计之，约需十日二十日，他能不能办十日二十日粮饷？”

兵部议复，当然不能如许讚所言。但许讚的一番议论给张缵不小的启示。所谓不全取之官与民者，不过是一句泛言。不能大军出动，再由你在官与民之外去筹粮饷。仅大军经过的粮饷，约需五七万石，钦州是不是供应得上？说不定，要林希元供应五七千石，他就会改主意。

皇帝阅过兵部议复，说句分量很重的话：士大夫私相作论，都不协心国事，征安南事且罢。

第二百三十六章

二月下旬，吏部左侍郎兼翰林院学士张邦奇、太常寺卿兼翰林院侍读学士陆深奉旨纂修玉牒，即宗室牒谱。这不是一件吃力的差事，只要审阅各王府所进谱系，据实抄录即可。但由于今年的会试，张邦奇和掌詹事府礼部尚书顾鼎臣为主考，只剩下陆深一人留在史馆做这件枯燥无味的事。殿试过后，又有些善后的事，又有些衙门里的事，张邦奇再回到史馆，已经是四月底五月初。

“终于盼来常甫兄做伴。”陆深伸个懒腰，亦喜亦嗔地说。

“辛苦子渊兄，我心亦不安，”张邦奇道，“今日我既来，要把这两个月的工夫补作上。子渊兄不妨偷一偷懒。”

张邦奇和陆深都是弘治十八年进士和庶吉士，但被同一件差事绑在一起的机会，几乎没有。

“补作不必，偷懒亦不敢，”陆深说，“常甫兄要自罚，不如把本次会试中的故事，讲与我听一听。”

陆深勤于笔耕，所闻当时故事，前辈故事，无不详加记述。在朝在野的文士知道他的癖好，亲历过的事情，听到的事情，看到的事情，都愿意讲与他听。他则有闻必录。他问今年春闱中的故事，一定是听到什么，要向张邦奇求证。

张邦奇知道的故事绝不如陆深多。平常二人在一起，他听故事的时间多，讲故事的时间少。今日陆深既有所问，他没有不讲的道理。

“子渊兄又听到些什么不寻常的故事？”问清楚，他才好讲。

“闻得今年的状元本是吴中陆子传，可有其事？”陆深问。

陆师道字子传，苏州长洲人，是今年应试的诸生。

“子渊兄为何关切此事？”张邦奇不说有其事，也不说无其事，而是说笑道，“莫不是他与子渊兄有些瓜葛？”

陆深说：“我和陆子传绝无瓜葛。他姑苏之陆得状元，我松江之陆不会脸上增光。不过，既有此一说，我总要考证考证。”

“子渊兄要正视听，何不请教九和兄？”张邦奇道。“他可是今科的大主考。”

会试的两名考试官，并没有正式分为正主考，副主考，但在无形中，排在前面的考试官被视为正主考，排在后面的考试官被视为副主考。张邦奇称顾鼎臣为大主考，表示二人是有差别的。求证于顾鼎臣，比求证于他，更为权威。

“九和兄说，他和陆子传同郡，他若说有其事，或被人视作私于乡里，”陆深道，“九和兄对我说，不如求证于常甫兄。”

“原来子渊兄已求证过九和兄，”张邦奇说，“他说有其事，怕被人视作私于乡里；我若说无其事，就不怕被人视作私于乡里吗？”

今科状元茅瓒，字邦献，是浙江钱塘人，所以张邦奇这样说。

“常甫兄若说有其事，谁还能说你私于乡里？”陆深道。

“子渊兄一定要我说有其事，我也只好说有其事，”张邦奇假作无可奈何，“今次殿试，文、义俱佳的策论甚多。据九和兄私下里的说法，宗易先生、公谨先生左手放下这卷，右手拿起那卷，大有难以选取、难以割舍之意。”

“既难取舍，两位阁老何不与唯中兄议一议？”陆深问。

一甲三人，由内阁诸公商议确定，但问一问礼部尚书，也属常理。

张邦奇说：“宗易先生原有此意，但公谨先生坚持，由内阁议决。”

“难怪唯中兄抱怨，在阁老的眼里，他不是一卿，而是一吏。”陆深有些为严嵩不平。

二人同科同馆，以文字相交，来往多些。这样的抱怨，严嵩在其他人面前，大约是不会发的。

“唯中兄有这说法？”果然，张邦奇就没有听到过，“也不能说，他在阁老的眼里只是一吏。宗易先生还是很敬重他的。公谨先生气傲，又不只对唯中兄一人颐指气使。我看，他以后吃亏就在气傲上。”

有些离题了，陆深又拉回来：“由内阁议决，状元便取了陆子传？”

“是，两位阁老取中的是陆子传，”张邦奇说，“但各卷送到御前，皇上亲阅过，却将陆子传的试卷置于二甲第五。”

“皇上慧眼取中茅邦献，对两位阁老独断独行，或者说，对公谨先生独断独行，也算是一个教训。”陆深说。

陆师道没有被钦点状元，他或有些微憾，但陆师道是内阁取中的，皇帝不用，他更多是叫好。

“其实，皇帝开始也没有取茅邦献。”张邦奇说。

这却是陆深没有听说的，他忙问：“皇上先取的谁？”

“皇上原本嘱意今科的会元。”张邦奇说。

今年会试的第一名袁炜，字懋中，是浙江慈溪人。

张邦奇觉出自己这话不确切，接着说：“皇上不只嘱意袁懋中，而且已在文华殿宣读过了。但两位阁老还没有回到东阁，皇上又差内使把他二人及九和兄召去，将袁懋中改为一甲第三，而将茅邦献置于一甲第一，将罗邦珍置于一甲第二。”

今年的榜眼罗珵字邦珍，江西泰和人。

“一改再改，茅邦献的状元得来不易，”陆深说，“不过，茅邦献也好，袁懋中也好，今次的状元没有离开你浙人。”

“子渊兄还在想着陆子传？”张邦奇不想再议论下去，“子渊兄问我有无陆子传点为状元之事，我证实了；不但证实有其事，而且告诉子渊兄袁懋中之事。一甲三人都是皇上钦定，我二人就不必多议了吧。”

陆深一愣，才觉出自己的偏执。状元由陆师道改为茅瓒，自己为什么要介意？要知道，不是两位主考官可以做出这一改变，甚至不是两位阁臣可以做出这一改变，只有皇上才可以做出这一改变。你难道要与皇上计较不成？

“见教的是，一甲三人不必多议，今次春闱不必多议。”他说。

第二百三十七章

“汝贞先生，发放了吗？”

胡宗宪在一间小酒肆，要了酒菜独酌。听到有人招呼，抬头看去。只见前面站立一青年，身着士服，手执折扇，英俊飘逸，不拘细节，不由大起好感。问他是不是授官了，自然知道他是新科进士。可胡宗宪却绝不识得此人。

“兄台如何称呼？何不坐下同饮几盅？”他邀道。

“在下罗龙文，和汝贞先生同是徽人，”那人答道，“既蒙汝贞先生盛情，今日这个东道，须得由在下来作。”

“好说。”胡宗宪招呼店家添加一副碗筷。

等罗龙文坐下，胡宗宪为他斟上酒，口称“兄台——”，却没有下文。

罗龙文知道他在问自己的字，随口说道：“在下无意功名，弃学从商，原来的字号早已不用，汝贞先生就唤我龙文好了。”

“也好，兄台不用字号，我亦不用字号，”胡宗宪与他投缘，爽快地说，“我称你兄台，或唤你龙文。你称我兄台，或唤我宗宪。汝贞先生四个字，快快随这盅酒，咽到肚里去吧。”

罗龙文大喜，一口饮了酒，说：“恭敬不如从命，兄台要我饮酒，我就饮酒；兄台要我怎样称呼，我就怎样称呼。来，我敬兄台一盅。”

他一边为胡宗宪斟酒，一边又问：“兄台发放了吗？”

“才发放了益都知县，择日就要赴任去了。”胡宗宪答。

“古青州，好去处。”罗龙文赞道。

益都属山东青州府。

“我是在官之身，不便与兄台同行，”胡宗宪先堵住他，再相邀，“不过，兄台若有兴致，随时可去益都寻我。”

罗龙文说：“我在京里有些事情要办，也不能陪伴兄台同行。等京里的事情有了眉目，再去叨扰。今日多饮几盅，就算我为兄台饯行。”

二人对饮了几盅。胡宗宪问："兄台在京城有什么事要办？"

"一个要好的朋友托办一件机密的事，兄台与我一见如故，告诉兄台不妨。"罗龙文四下看了看，凑近胡宗宪，说，"这位朋友也是我徽州人。他在海外闯荡，和倭人做些生意。有一位日本贡使对他说：前两年，我海道扣押不少倭船，若能将货物要回，情愿对分。这位朋友问我有没有法子。我答应他试试看，便来了京师。"

"兄台说的日本贡使，可是倭僧石鼎？"胡宗宪问。

"兄台也知道他？"罗龙文问。

"他请于四夷馆，已被驳回，兄台又有什么法子！"胡宗宪道。

"此人可以试一试。"罗龙文说着，指尖蘸酒，在桌上比画个严字。

"你是说唯中先生？"提督四夷馆辖于礼部，胡宗宪立刻想到严嵩。

"老的不行，要找小的，"罗龙文道，"听说，老严对小严言听计从，小的应允了，老的不会不应允。"

"要他出力相助，兄台有无把握？"胡宗宪问。

"没有十成把握，七成把握却是有的，"罗龙文说，"此君一是好货，我准备了一方歙砚，价值不菲；此君二是好名，我送他一个字号，好比给他戴上一顶高帽。"

胡宗宪听人谈论过严世蕃，觉得这两个特点恰如其人。罗龙文说有七成把握，他却觉得，那个名号若诱人，还不止七成把握，"是什么名号，兄台可否告知？"他问。

"东楼，"罗龙文在桌上比画这两个字，"兄台以为如何？"

"此号可有讲究？"胡宗宪问。

"若有讲究，他未必中意。"罗龙文说。

胡宗宪一想，是这么个道理。大智者，宁愿在小事上糊涂些；听说，这个严世蕃是极聪明的人。

"虽无十成把握，兄台若能就此结识小的，不无益处。"胡宗宪说着，问道，"兄台的朋友贵姓？"

"姓汪。"胡宗宪问姓，罗龙文就只说姓，不说名。

"兄台称汪某是要好的朋友，不知要好到哪一步？"胡宗宪又问。

"他托我帮他办这件事，我就帮他办。"罗龙文道。

"如果我对兄台说不要办这件事，兄台会不会听？"胡宗宪问。

"别人劝我，我未必听；兄台若劝我，我听。"罗龙文道。

胡宗宪立即说："那么，我劝兄台不要办这件事。"

“好，兄台让我不要办，我就不办，”罗龙文答应得很痛快，他随后问道，“兄台可否告诉我，为什么不要办这件事？”

胡宗宪说：“倭僧石鼎虽携一张勘合，有司已称，他并非真正贡使。那位汪朋友不遵国家法度，和倭人交易，是第一条罪过；和并非贡使的倭人交易，是第二条罪过；为倭人讨回官府扣押物品，是第三条罪过。这样的一个人，兄台为他办事，危矣。兄台与其为他结交小严相公，不如为自己结交小严相公。”

“兄台的教诲，我记住了。”罗龙文应道。

听了胡宗宪几句话，这件事他真不想办了。

第二百三十八章

九月十一日传谕，改谥太宗文皇帝为启天弘道高明肇运圣武神功纯仁至孝文皇帝，庙号成祖；谥献皇帝为钦天守道洪德渊仁宽穆纯圣恭俭敬文献皇帝，庙号睿宗。献皇帝神主祔孝庙行礼，礼毕，神主归原寝。

献皇帝堂而皇之地称宗祔庙，并没有带给皇帝多少喜悦。圣母皇太后一年比一年消瘦，身体一年比一年虚弱，今年终于让御医们束手无策。他们不敢妄言生死，但皇帝从他们的眼神里可以看出，圣母皇太后的大限将至。献皇帝一定要称宗，一定要祔庙，这是皇帝可以取悦圣母皇太后的最后一桩大事，但是，病重中的圣母皇太后和皇帝一样，也感觉不到多少喜悦。

皇帝把他信赖的两名小太监崔成和麦福安置在圣母皇太后宫中，嘱咐他二人，若有变故，无论是大是小，立即来报。

见麦福三步并作两步地进殿，皇帝心底一沉，眼巴巴地等他开口。

“爷，圣母皇太后——”麦福还在喘气。

“圣母皇太后怎样？”皇帝问。麦福未哭，看来还不碍事。

“圣母皇太后要和爷说话。”麦福道。

“吩咐备舆。”皇帝吩咐。

他身边的几名近侍彼此看了一眼，一起移动。皇帝止住他等，向麦福命道，“你去吩咐备马吧。”

骑马可以比乘舆快些。

皇帝下马，直奔圣母皇太后的卧榻。圣母皇太后远远地看见他，把手伸出来。他快行几步，上前握住圣母皇太后的手。

“皇上穿的有些少。”圣母皇太后说。

她精神还好，皇帝松口气。

“儿子不冷。”皇帝说着，坐下。圣母皇太后卧床不起，卧榻前早就摆设御座，以备皇帝来探视。

“皇上已经大好了吧？”圣母皇太后先问。皇帝这几日也染风寒。

“儿子小疾，无碍。”皇帝答道。

“张先生那里如何？”圣母皇太后又问。“前者皇上召他，他不能赴京，听说他吐了血。现在又一年多，应养得好些了吧？”

“儿子已遣官存问，”皇帝说，“张先生养得好些，朕仍召他赴京。”

圣母皇太后说：“我虽愿他在京里伴着皇上，但他也是年过花甲的人，能赴京则赴京，不能赴京，皇上也不要勉强他。”

“儿子谨遵慈训。”皇帝应道。

圣母皇太后又问到李时的病情：“内阁李先生可大好？”

前些日子，李时感觉不适，疏请补选阁臣，皇帝用了顾鼎臣。李时身体一直不错，这次病得突然，其势凶猛。御医讲述他病情时的眼神，和讲述圣母皇太后病情时差不多，皇帝知道，他也难以挽救。但这话不能对圣母皇太后说。

皇帝也不说谎，只重复御医们的原话：“御医说，熬过今冬，就不碍事。”

一个衰老的病人，要熬过漫长的冬季，谈何容易！

“这两年也实在苦了李先生，”圣母皇太后说，“他若见好，也不可再让他劳累。皇上要多体恤他。”

“儿子谨遵慈训，”皇帝应过，复安抚道，“儿子今后对大臣们自会倍加体恤，母后安心静养，不须记挂。”

“皇上聪圣，朝廷的事，我没有什么担心的，”圣母皇太后宽慰地说，“我还有几句话，皇上要记住：我以菲躬，获配睿宗皇帝，侍藩邸者几三十年。幸遇皇帝义承祖宗大统，尊我为皇太后，隆名至养，又有十七年。是我福过致盈，宜返造化。今皇上疾方少愈，宜上念祖宗大业为重，勿过为哀毁。我或连日病甚，想见皇帝，因知体力未安，心里的话不知说不说得尽。今日稍有起色，故此一见以诀。一应丧仪，宜从省约。”

这是在向皇帝宣示遗言。

皇帝忍住心中的悲哀，劝慰道：“还有许多朝廷政事，要母后为儿子拿主意。母后静养，定不会遽弃儿子。”

十二月初四日，圣母皇太后崩于宫中。

十二月十六日，李时病逝。

圣母皇太后安葬事，紧张而有序地进行。

圣母皇太后肯定要和睿宗献皇帝合葬，这是无须议的。但睿宗献皇帝和圣母皇太后的合葬，有两种选择，与列圣列后的合葬有所不同。

一种选择是：睿宗献皇帝已葬于承天府显陵，睿宗献皇帝梓宫不必动，圣母皇太后祔葬于显陵。

另一种选择是：显陵梓宫北迁天寿山，和列祖列宗欢聚一堂，不必奉圣母皇太后慈宫南下。

初议时，皇帝和阁、部大臣都倾向于后一种选择，第一步，在天寿山为显陵选取陵址，以郭勋知山陵事，以夏言同知山陵事；第二步，选差奉迎使臣，以驸马都尉、京山侯崔元为奉迎行礼使，兵部尚书张瓒为礼仪护行事，指挥赵俊为吉凶仪仗官。

很快，皇帝又动摇。迁陵之议，早已有之。反对迁陵之议，早已有之。记不清谁说过：魂魄不可暴露，气息不可轻泄。这两句话说到了要害，皇考安息在显陵几二十年，作为孝子，怎忍心惊扰他老人家？

“朕须得亲视显陵。”他自语道。

第二百三十九章

潘氏命女婢守在老爷身边，自己陪同城里的名医吴先生去到堂屋。张孚敬回到永嘉后，一直由吴先生为他诊治，效果还不错。

家人奉上茶水，退出，堂上只留下潘氏和吴先生。

“我家老爷的病情转坏？”潘氏问。

“夫人也看出变化？”吴先生还没有想好如何说法，便反问道。

“我家老爷身上看不出变化，先生脸上却看得出变化。”潘氏说。

“夫人这话怎讲？”吴先生好奇地问。

潘氏解释：“先生往常为我家老爷诊脉，总当着他的面说：你的病很重呀，一定要耐心服药呀，一定要静心休养呀，等等。出来后便对我说：老先生的病并不很重，不吓一吓他，就要变重。我这是威慑治疗。先生今日不再威慑，我想，我家老爷的病一定加重。”

“夫人聪慧，我无须相瞒，”吴先生说，“年节之际，老先生的病情已有变化，但还不十分要紧。上元节后不过十日，却有一溃千里之势。我想，这是因圣母皇太后宾天而起吧？”

圣母皇太后宾天的消息是在嘉靖十八年上元节后传来的。

“先生说的是，”潘氏道，“年前，从南京传来两个消息：一是宫中圣母皇太后病重，一是内阁宗易先生病重。我家老爷听后，便心情恍惚。他说，深知他者，是皇上，更是圣母皇太后。他又说，宗易先生虽非创业能臣，却是守成良相。今日午间得知圣母皇太后宾天，他就卧床不起，我不得不把先生请来。”

张孚敬因圣母皇太后病重而心情沉重，自不必说。但说他因李时病重而心情沉重，还不如说，李时不在了，夏言一定进为首辅，让他心情沉重。潘氏了解这一点，但没必要对吴先生说明。

“唉，”吴先生叹了口气，“身在东南，心系朝廷，难怪病情有变。”

“还望先生处以良方。”潘氏说。

吴先生无奈地说："老先生患的是心病，他的心能静下来，他的病便好医治，他的心静不下来，他的病便难治。我在旧日为他开写的药方里再加上一两味药，试一试吧。"

"有劳先生费心。"潘氏把吴先生让到桌案前。

吴先生提笔欲开写处方时，那边的女婢狂奔而至，看她神色，且惊且喜；听她声音，也是且惊且喜："夫人，老爷醒过来，要见夫人。"

"先生——"潘氏欲请吴先生再去卧房看看，但不好开口。

"我随夫人一起去。"吴先生毫不迟疑地说。

张孚敬见潘氏进屋，挣扎着要起来。潘氏急走两步，扶他坐起。吴先生随即上前，抓住他左手，为他诊脉。

"吴先生来了，"张孚敬声音虚弱地招呼道，"我只是得知圣母皇太后宾天，心里哀痛，忽失知觉。不碍事的。"

"老先生不过急火攻心，的确不碍事。"吴先生平和地说。

"夫人，快些准备丧服吧，"张孚敬对潘氏说，"家中无论男女老幼，每人制作一套。你我二人的要加紧制作，天黑之前便要换上。"

"我已经吩咐过了，老爷天黑之前一定能换上。"潘氏说。

"此等事老先生何必费心过问，"吴先生开解道，"像老先生这样的官宦人家，丧服还不是存有许多套。"

他的意思是说，国家有许多丧礼，家里有许多丧礼，服饰不必临时准备。

"那不相同。圣母皇太后丧期，要穿新制作的丧服，"张孚敬对他解释。然后对潘氏说，"准备题本纸，我要拟疏致哀。"

潘氏说："临笔涕泣，于老爷病情不利。吴先生方才还在说，老爷需要静养。致哀的奏本，还是我代老爷写吧。"

"你代得我的手，代不得我的心，"张孚敬说，"今日的奏本，一则致哀，二则请立太子，是一定要我自己提笔来写的。"

"请立太子的奏本，老爷去年就写过，怎么还要写？"潘氏问。

"时势不同矣，"张孚敬说，"去年请册立太子，是依常理，今日请册立太子，是依特情。去年请册立太子，早一日册立，晚一日册立，还不要紧；今日册立太子，则一日也不可缓。"

潘氏看吴先生一眼，是在问他：关于朝廷的事，该和他谈下去，还是该阻止他谈。吴先生示意：他愿意谈什么，夫人就与他谈什么；要阻止，恐怕也阻止不住。

“今日治丧为第一件大事，怎么反倒急于册立太子？”潘氏问。

张孚敬说：“皇上曾多次对我讲过，显陵狭小，不合天子之制。今次圣母皇太后和献皇帝合葬，皇上一定要亲自巡视山陵。承天府之行，至少也要两个月，怎可无太子监国？”

“皇上不会移陵至天寿山吗？”潘氏问。

张孚敬说：“迁陵之议，我入内阁前，已有之，我入内阁后，又有之。皇上圣明，那时不为所动，今时如有倡议迁陵者，亦不会为所动。”

潘氏说：“皇上圣明，若决意南巡，不会想不到册立太子。”

“皇上想到，臣子议到，才称得上君臣一心，”张孚敬说着，又向起挣扎。“请册立太子的奏本，我是一定要上的。”

潘氏用眼神向吴先生求援，希望他能干预。

吴先生微微摇头，表示无能为力。

“老先生以国事为重，他以为册立太子是今日第一件大事，夫人便侍候他写疏吧。”他说。

“吴先生医道高明之至：真的不碍事时，便来惊我魂；有些碍事，便来宽我心。”张孚敬向他会心地一笑，说，“我大约也只能给皇上再写这一本疏。”

听了这话，潘氏伤心欲绝。她强忍悲痛，搀扶张孚敬起身。

第二百四十章

二月初一日，册立皇二子载壑为皇太子，册封皇三子载垕为裕王，皇四子载圳为景王。当日午时，天现五色云，群臣恭贺，万民欢呼。

载壑、载垕、载圳均不满两岁，由保姆奉之，于文华殿恭迎册宝。

在皇帝面前，皇后方氏、载壑生母王氏代载壑行八拜礼，载垕生母杜氏代载垕行八拜礼，载圳生母卢氏代载圳行八拜礼。

在皇后方氏面前，载壑生母王氏代载壑，载垕生母杜氏代载垕，载圳生母卢氏代载圳，行八拜礼。

在王氏面前，载壑保姆代载壑行八拜礼。

在杜氏面前，载垕保姆代载垕行八拜礼。

在卢氏面前，载圳保姆代载圳行八拜礼。

大礼甫毕，方皇后娘娘和杜、卢两位皇妃娘娘宫中司册宝的内臣各奉册宝归宫。载壑虽是王氏所出，皇太子册宝却要收藏在皇后处。

杜氏宫中司册宝的内臣姓张。在将册宝收藏密室之前，张公公无意中翻开册宝看一眼。这一看不要紧，脸色立即大变。原来他奉回的，不是裕王册宝，而是皇太子册宝。是在哪个环节上出的差错？他脑际一片混沌，怎么想也想不出所以；即便想出差错出在哪个环节，又有什么用？差错已出，如何纠正才是最要紧的。

总算张公公镇定，若无其事地进入密室，若无其事地从密室出来。谁也不曾留意，他并没把册宝放置在密室里。

他躲在自己屋里，静下心来思索。首先，出此差错不得声张，这不必多想。但不对外人声张，要不要对杜氏声张，却要认真想一想。想到最后，他拿定主意，对杜氏也不要声张。杜氏若得知此事，是奏明皇帝，还是瞒着皇帝，岂不为难？不对杜氏声张，也是对主子的一片孝心。

其次，纠正差错不得迟缓，但也不可马上去办。这事若推迟几日去办，夜长梦多，说不定来不及办，已被发觉；现在去办，神色慌张，容易被人看出破绽，那就还不如不办。

黄昏时，杜氏宫里的张公公若无其事地出宫，径向方皇后所居正宫而去。谁也不曾留意，皇太子册宝藏掖在他的衣袖里。皇后宫中司册宝的公公姓李，和张公公是同乡，同年净身入宫。

走近方皇后正宫，他心里暗自祷告：千万不要遇上生一张娘儿们嘴、凡事都要追根问底、凡事都要大肆渲染的王公公。此人无风还要兴起三尺浪，此事被他发觉，那还了得！

怕见到谁，就一定见到谁。张公公猛一抬头，见王公公站立在宫门口，不怀好意地奸笑，两眼眯起，正盯住他看。他想若无其事地转向别处，已经来不及。他明明是朝着正宫来的。

“张三哥，又来找李四哥吧？”王公公问。张公公不行三，李公公不行四，只是有张三李四的说法，杜妃娘娘宫里的张公公和皇后娘娘宫里的李公公友好，情同手足，大家就叫张公公张三哥，叫李公公李四哥。

“是啊，”张公公漫不经心地应道，“我找李哥，又被王八哥撞个正着，我乡里的故事，又要被王八哥逼问出来，四处张扬。”

王公公的确行八，大家这样叫他，他恼不得。

“张三哥今日找李四哥，恐怕不是要说乡里的事吧！”王公公道。

张公公一惊，不敢再戏谑地称呼王八哥：“王哥道我不是找李哥说乡里的事，却是要说哪里的事？”

“自然是宫里的事。”王公公道。

“宫里的事，有什么好说！”张公公心里越惊，表面越镇静。

“别的没什么好说，枕边的话也没什么好说吗？姐姐有话，你还敢不及时来传给妹妹？”王公公垂涎地说。

他那张嘴不好，连宫女都讨厌，没人愿与他结对，他只好无聊地刺探别的公公的隐私。张公公与李公公交好，与二人结对的宫女，又是一对亲姐妹。王公公断定，二人来往多，一定是传递姐妹二人在枕边对他们说的话。

他往这方面想，张公公放宽心。对于这一揣测，既用不着承认，也用不着否认。

“枕边的话有，乡里的故事也有。”他含糊地说。

二人在宫门前斗嘴，早有人进去告诉李公公。李公公迎出来，说：“王八哥嘴臭，张哥不要理他。走，去我那里说话。”

张公公摆摆手，说：“去李哥的屋里说话，王哥一定要趴在窗下听。今次乡里的事不能让他知道，李哥还是随我去外面走一走吧。”

张公公拉着李公公向僻静处漫步而去。有人取笑王公公：“王八哥，他二人去说悄悄话，你还不跟随在后面窃听？”

“李四哥总要告诉我的，还用窃听？”王公公自鸣得意地说。

张公公若无其事地说：“我二哥翻修房子，要用银子，托人捎话来。我手气不好，把家底输光。李哥，你先借我些，以解燃眉之急。”

“张哥要用多少，从我那里拿。”李公公应声说道。

在旁人看来，两个人在谈论乡里张家长李家短，或是在谈论各自的相好又给自己什么甜头什么苦头，绝想不到二人要谈论一件大事。

估计没人听得到时，张公公快速说一句：“李哥，大事不妙！”

“怎么？”李公公忙问。

“你仔细听我说，切莫露出惊慌的样子，切莫惊叫，切莫盘问。”张公公嘱咐之后，把今日出的差错讲给李公公听。

“有这等事？”李公公要待不信，张公公若无其事地把衣袖里的皇太子册宝露一眼，又急速收回。这下，李公公不能不信。

他跺着脚，搓着手，问道，“张哥，这可如何是好？”

“你先把两脚收起，再将两手背起，”张公公先安定他的情绪，然后问他，“李哥奉回册宝，自己没看，也没有给别人看吗？”

李公公说：“我自己没看；若看的话，我早知大事不妙，早回奏我家主子，我家主子也早回奏万岁爷。”

他重复道，“我自己没看；别人要看，我也不会给他看。”

“亏得是我看过，亏得是你没看，”张公公说，“李哥，这事出在你我二人身上，还有法子弥合，出在其他人身上，我就没法子弥合。”

“这话多余，出在其他人身上，何须张哥弥合！”李公公抢白道。

张公公一想，可不是这个道理！他说：“这话有理，李哥的见识大有长进。不过，这事出在你我二人身上，能不能弥合，也只有一半的把握；另一半的把握，要李哥办完事，才能知道。”

“张哥要我办什么事？”李公公问。

“你先不要问我，我先来问你，”张公公道，“我知你能人不知鬼不晓地把今日收起的册宝取出，是不是？”

他自己可以不为人知地把册宝取出，因此，断定李公公也可以做到。

“人不知地取出，大约可以；鬼不晓地取出，是不是可以，我不敢说，”李公公说得很实在，“张哥，你要我办的事，别牵涉鬼行吗？”

“好，就依你，不牵涉鬼，”张公公应允，他低声说，“你要如我这般，悠而闲之地回到宫里去，取出你奉回的册宝看一看。若你奉回的，恰好是裕王的册宝，另一半的把握就有；若是你奉回的，是另一位主子的册宝，另一半的把握就没有。不但另一半的把握没有，已有的一半把握也没什么用处。”

“然后呢？我再悠而闲之地将册宝放回原处？”李公公问。

张公公说：“如果是另一位主子的册宝，你就悠而闲之地放回原处，我也悠而闲之地将太子爷的册宝放回原处，只当作没出差错。大家挨得一日算一日，什么时候事发，大家一起引颈就戮。”

“三位爷的册宝都拿错，奏明爷不好吗？”李公公另有一议。

“不好，”张公公说，“三位爷的册宝都拿错，责任不全在我等，但责任也不可全推卸掉。既有责任，你知爷会怎样惩处？三位爷的册宝放错，是司礼监的差错，就算爷给你我一条生路，司礼监的人都恶得很，日后定要设法报复，置你我于死地。不如就这样挨着。”

“说的是，”李公公点头，“如果是裕王的册宝，又当如何？”

“如果是裕王的册宝，你要如我这般，将册宝藏在衣袖里，悠而闲之地和我相见，把册宝调换过来，”说着，张公公问，“李哥，你说句实话，什么时辰取出册宝，最不被人留意？”

李公公说：“众人现在不是忙着侍候主子，就是忙着为自己找食，现在取出册宝，最不被人留意。”

“那好，半个时辰后，你取出册宝，悠而闲之地回到这里。我先去别处转转，半个时辰后，也回到这里。我二人交换册宝，各自回宫，”张公公说到这里，千叮咛万嘱咐，“半个时辰后，我在这里见不到李哥，换回册宝的事我们就再也不提，我也要尽量少和李哥见面。”

李公公依其言，半个时辰内取回裕王册宝，和张公公手里的皇太子册宝交换。一切都顺利，没有被人发觉。他长长地吁口气，好像不相信这一切都是真的。

“张哥，怎会出这样的事？”他问。

“李哥方才不让我牵涉鬼，我只好不牵涉；现在李哥问我，我却不能不牵涉。出这样的事，只好用四个字解释。”张公公神秘地说。

“哪四个字？”李公公急切地问。

张公公一字一顿地说："鬼使神差。"

"张哥的意思，出这样的事，乃是天意？"李公公揣摩着他的话。

"不是天意，司礼监的人一个一个都精细如鬼，怎会出这样的差错！"张公公的神情更加神秘，"有人说，我家主子宫中有天子气，看来不假。"

"众人都道，王娘娘宫中有天子气，怎么成杜娘娘宫中有天子气？"李公公反驳道，"张哥说的是鬼话！"

张公公说："李哥若是王娘娘宫中的人，我和李哥再交好，这话也不敢对李哥说。王娘娘若对杜娘娘有猜忌之心，对裕王殿下有猜忌之心，设计陷害倾轧，我岂不是害我家主子？咱们各为其主，我不能为一个'友'字，舍弃'忠'字。李哥是皇后娘娘宫里的人，就无所谓。皇后娘娘至正至公，对王娘娘、杜娘娘不偏不倚，王娘娘宫中有天子气也好，杜娘娘宫中有天子气也好，在皇后娘娘看来，并无差别。所以，我才敢把这话告诉李哥。李哥请想，皇太子居长，说王娘娘宫中有天子气，是天经地义的，看得出看不出，都会这样说。裕王殿下居次，不是真的看出我家主子宫中有天子气，是不敢说的。"

"可是——"李公公还有疑问。

"我不和李哥分辩，"张公公忙收场，"今日逢凶化吉，我兄弟二人应该庆贺才是。但现在还不敢说庆贺二字，我二人须得平安把各自册宝放回，才真正说得上弥合一场大祸。李哥，这最后一步可是关系到你我兄弟的生死，我那里还好应付，李哥那里有个王八哥，他那王八头伸得特别长，李哥一定要格外当心。"

李公公战战兢兢地说："我晓得利害，不敢大意。"

"今日之事，李哥日后千万不要对人说起。"张公公嘱咐。

"张哥放心，我不敢对人说起。"李公公应道。

"我家主子宫中有天子气，李哥千万不要对人说起。"张公公嘱咐。

"张哥放心，我不会对人说起。"李公公应道。

但册立太子、册封二王大礼中出什么差错的闲话，还是不胫而走，在公公们和宫女们中含含糊糊地传播着。

第二百四十一章

应天巡抚辖凤阳、庐州、扬州、淮安四府，徐州、滁州、和州三州以外的南直隶地区，其主要职责有二：一是维系应天府的安定，更确切地说，是南京的安定；一是督征苏州、松江、常州、镇江等地的粮赋，主要是苏州、松江二府的粮赋。所以，应天巡抚又称苏、松巡抚，它的正式名称其实是总理粮储、提督军务兼巡抚应天等府都御史，常驻于苏州，应天反倒成偶一巡视之地。

苏、松道副使王仪到一苏州，即去拜望应天巡抚欧阳铎。

欧阳铎字崇道，江西泰和人，正德三年进士，嘉靖十五年任现职。

王仪在苏州知府任上免官，以抚州知府起用。因苏州士民多次恳请，皇帝准他改回苏州。升任苏、松副使，是近日的事。南直隶不设布、按二司，各分守道、分巡道寄衔于他省。苏、松道寄衔于浙江按察司。

“克敬去各县走走，有何见闻？”欧阳铎问。

“我对崇道先生讲过一谭姓农家，崇道先生还记得吗？”王仪反问。

“可是湖南谭晓？”欧阳铎记得其人。

湖南是常熟县的一个镇。

王仪说：“不错，他原叫谭晓，乡邻都唤他谭三。”

“却也未必。”欧阳铎质疑。

“何者未必？”王仪不解其意。

“克敬说，他原叫谭晓，乡邻都唤他谭三，他为何不是原叫谭参，乡邻都唤他谭小？”欧阳铎把两个叫法颠倒过来。

“还是崇道先生精细，”王仪微微一笑，“这倒要查一查黄册才知。也说不定，崇道先生的‘未必’是对的。”

“‘精细’二字，原是说谭晓的，怎么又用来说我？”欧阳铎道。

“前者我用‘精细’二字，崇道先生都记下，还能说不精细吗？”王仪与他说笑，“崇道先生既然记得这两个字，可还记得，他如何精细？”

“你说过两件事，”欧阳铎道，“一件是：谭晓居于湖乡，田多低洼荒芜，乡之民多逃农亩，从渔业，田之弃而不耕者以万计。谭晓悉以低值购入。一件是：乡间所产，无论鸟果昆虫，无不取之而售。如有一昆虫，乡人都唤作纺织娘娘，生长于草间，不值一文。他却向佃人每户课收几枚，以麦秆为笼盛之，携至苏州城里卖，一笼可得钱一二百文。”

王仪说：“这一次我再去谭家，却看到，他更为精细。”

欧阳铎被他的话所吸引：“如何更精细法，克敬慢慢说来听。”

“我先为崇道先生说其大者，”听者饶有兴致，王仪讲起来也饶有兴致，“我前一次看到，他以低值购入弃田；这一次看到，弃田已非旧日模样。原来，他广招乡里饥者，给以粟米，为他帮工。他要佣工做的第一件事，是把购入的最低田地凿为池塘。池内养鱼，且可泄入其他田里的积水。他对我说，凿池之后，其他田里的收获可抵往年的三倍。他要佣工做的第二件事，是在池塘周围筑起高塍，以防池水外泄。塍之平坦处，可种果树；淤泽处，可养菇属；面积大处，可植菜蔬，无不有收。他要佣工做的第三件事，是在池上建舍养猪。他对我说，池上凉爽，猪在池上，易肥；鱼在池中，得猪之矢，易肥。此外，鹳在田间觅食，任意践踏，伤及禾根，四乡之民，驱之了事。他却另有一法：备细绳百丈，一端系于鳅、鳝等鹳喜食之物，露于外，一端置于瓦瓶中。鹳吞食鳅、鳝，细绳不断，鹳展翅而飞，扑翅而下，旋飞旋下，哀鸣莫脱。群鹳望之，不知其故，自后再不敢翔集其境为禾害。”他收住话头，问，“崇道先生，我讲许多，当不当得更加精细四个字？”

“当得，当得，”欧阳铎连声应道，“我所知用心于农事者，再无超过谭晓者；用心于农政者，再无超过克敬者。”

“这话不实，”王仪说，“崇道先生用心农政，又岂逊于我？”

“我不与你争，克敬，更加精细可还有其他？”欧阳铎邀道。

“其他的事，又不足一哂，”王仪想到此事，自己先笑起来，“我上次去他家，见到他吃饭。除素菜外，无甚腥荤。一枚鸭蛋煮熟了，破而为二，这一餐饭食一半，另一半，留到下餐饭时食用。我为见他吃下餐饭，在他的田间转了半日。到下餐饭时，果是那半枚鸭蛋，他闻了闻，自语道：不甚新鲜。但还是就饭食下。这次去他家，我又见到他吃饭，仍是素菜之外，无甚腥荤。仍是一枚鸭蛋煮熟，却不破成两半。而是在鸭蛋端顶剥一小孔，仅可容筷。只见他将一只筷子伸进孔里，带出一些蛋黄蛋清，以之伴饭，吃得咂咂有味。饭毕，小心地把剥下的蛋壳放置原处，将孔封堵。下餐饭时，又将鸭蛋取出佐饭，口里念念有词：还好，味道未变。我问他：

一只鸭蛋可食几餐？他答道：豪食，可足三餐；俭约些，四五餐亦可。”

“一枚鸭蛋吃三餐，还曰豪食，可谓闻所未闻。”欧阳铎咋舌。

王仪接着讲述：“我又问他：池里有鱼，池上有猪，为何不吃？他答道：池里的鱼，池上的猪，都是要卖钱的，怎能胡乱吃！逢节一尾鱼，大年一口猪，是多年的规矩。我问他：卖得钱来，又作何用？他答道：窖而藏之，岂有他哉！我问他：藏有几何，可告知乎？他答道：眼下不过以数百计，十年后，或以数千计，再十年后，或以数万计，谁又能逆料？崇道先生，”他问欧阳铎，“谭三吃鸭蛋，是不是更加精细？”

“农家俭约才能致富，有鉴于此，是好的。不过，如他这般纤悭惮费，又太过。”欧阳铎说着，直摇头。

在官清俭者，食不兼味，旬日一荤，他知道不少；但一枚鸭蛋要吃三餐，他还没听说过。他是江西人，总以为江西人吃得苦，懂节俭。不想，在被人们视为鱼米之乡的常熟，还有谭晓或谭参这样的人。

“克敬，为看谭晓三餐饭如何吃掉那只鸭蛋，你是不是在湖南多留一日？”欧阳铎接着问句闲话。

“我原要在湖南多留一日，并非只为谭晓。”王仪答道。

“谭晓可知你在前是苏州知府，现在是苏、松道副使？”欧阳铎又问句闲话。

“我不说，别人也要说；他前次不知，这次也该知道。”王仪说。

“那么，他也知道，前者苏州清亩丈田，以八事定田赋，以三条核税课，你可是始作俑者？”欧阳铎问的，都是王仪在苏州知府任上所为。

“崇道先生是问，像谭晓这样田多的人，不会赞成变更赋法？”王仪总算听懂，欧阳铎问的闲话并非闲话。

“我不是说，谭晓不会赞成变更赋法，我只是在想这件事，”欧阳铎说，“谭晓如此精细，如此节俭，他的田数不会是几亩，几十亩，现在甚至已经不是几百亩。你把他的田清丈出来，以田为母，以人为子，从圩而不从户；他每一亩田都要交粮，会赞成变更？”

王仪说：“种田纳赋，是农家的本分，每一亩田都要交粮，他不会抱怨。他若有所抱怨，就是田粮畸轻畸重。苏州官田之赋十倍于民田，但民田之价也十倍于官田。谭晓对我说：他的田亩若均以官田纳赋，他也只好弃而不种。我对他说：你不是想十年之后积藏以数千计，二十年之后，积藏以数万计吗？不种田，数千数万之积从何而来？现在首要之务，是清丈田亩，不使有遗漏；其次要分辨官田民田，官田纳官田之赋，民田纳民田之赋；第三要定田赋，不使官田赋太重，民田赋太轻。我清田亩，定田赋，核税课，便是为此。若官田之赋不十倍于民田，民田之价也不会十倍于官田。你今日以官田之价购入的田亩，他日其值当倍增。我所议者得行于苏州，第一个受益的人，就是你。”

“你道谭晓精细，我看你这一番话，说得比他更精细，”欧阳铎道，“田粮畸轻畸重，是苏州根本之弊。以谭晓言之，他的田以低价购入，恐怕其中多是官田。若均输官田之赋，着实难以维持。官田民田一则，有人曾议及，但朝廷至今不准。克敬，不使官田赋太重，民田赋太轻，你说得好。苏州田赋你我不能减总数，却可以均分，使最重者稍轻之，最轻者稍重之。重而不能轻者，收折银，递减耗米以轻之；轻而不能重者，征本色，递增耗米以重之。你看，苏州变更田赋，是不是可以把这些内容加上？”

本色，即本色米，计亩而收，相应折收而言，负担较重。

折收，即田粮折收银，自英宗皇帝正统年间行之，粮四石收银一两。现在粮价不止此数，仍以此价折收，负担就相对减轻。

耗米，是附加的田粮。江南田赋主要输入京师，沿途有消耗，所以要加征耗米。耗米不同于正式的田粮，可轻可重。

欧阳铎提出这些措施，都是为“最重者稍轻之，最轻者稍重之”。但苏州田粮畸轻畸重的根本，还是因为有官田民田的区分。国初定田赋：官田亩征五升三合五勺，民田三升三合五勺，重租田八升五合五勺，最重租田一斗二升。而苏州、松江、嘉兴、湖州等府，籍没豪族及富民田皆为官田，按私租簿为税额，亩征赋三斗，五六斗，甚至一石以上，高出常赋不止十倍。各府田赋，又以苏州的田赋最重。

王仪说：“官民田不能划一，可先均分之；如何均分，崇道先生也想得更深刻，更具体。行之苏州，有何不可！”

“虽只是权宜之法，也未必没有阻碍，”均分的几项措施，是欧阳铎提出的，他比王仪想得更多，“克敬，你可曾算计过，以你定田赋八事计之，如常熟谭晓者，纳赋之数如何？”

王仪说：“他的田亩，在清丈之前，有一部分未入赋册。清丈之后这一部份应纳田赋。以此而计，比清丈之前多出许多。但他以前纳赋的田亩，有些本是民田，而按官田纳赋。清丈之后，这一部分的田赋要减少许多。两者相抵，田赋仅略多于清丈之前。”

“如果加上我所言几项，纳赋之数又如何？”欧阳铎问。

王仪心里算了算，说：“应略少于清丈之前。”

“他又是第一个受益者，”欧阳铎颇感欣慰地说，但随后就不那么欣慰，“另一些人的田赋恐怕就要增加许多。克敬，苏州官宦人家的田产你都熟悉。你算一算，按照‘最重者轻之，最轻者重之，重者折收轻耗，轻者本色重耗’这几项，九和先生家里，须多纳几何？”

王仪又在心里算了算，说：“据我看，不会少于十石。”

欧阳铎点点头，忽然问：“九和先生入阁，克敬知道吗？”

顾鼎臣是弘治十八年的状元，现在入阁应是情理中的事，王仪对此并不很意外。他意外的是欧阳铎把顾鼎臣入阁和在苏州变革赋法这两件事联系在一起。

“崇道先生担心九和先生会从中作梗？”他摇摇头，说，“我看不会。九和先生多纳十石田粮，他乡里的贫民便可少纳十石田粮。以九和先生的人品、心态，应该拥戴才是。”

“我也深信，九和先生不会作梗。”欧阳铎道。

“崇道先生是担心其他权势之家作梗？”王仪问。

“对，”欧阳铎称是，“须多纳不止十石粮者，大有人在。损及自身，倾力反对者大有人在。所以，我对克敬说，行此数事，未必没有阻碍。有阻碍又如何？克敬是什么样人，我知道；我是什么样人，克敬也知道。其事有利朝廷，有利吾民，阻碍再大也要办。但一定要想到有阻碍。这是我对克敬说的第一事。至于第二事嘛，”他顿了顿，说，“我方才问你是不是在湖南多留一日，已包含其意。克敬以前是苏州知府，可以只在苏州各州、县走一走，现在是苏、松副使，就不能只在苏州各州、县走一走，在松江各县也要走一走。不只是在苏州、松江各县走一走。苏、松、常、镇各府赋法都要变革，希望克敬鼎力相助。”

“是，下官任崇道先生驱使。”王仪爽快地应道。

第二百四十二章

征讨断藤峡的左路大军，汇聚于广西南宁城外。左军本以驻柳、庆参将沈希仪统领，以副使翁万达监军，但沈希仪忽患重病，翁万达和两广总督蔡经计议，改由广西副总兵张经统领。

翁万达在营帐里，最后一次核对各军人数和进军路线。

蔡经掀帘而入，把翁万达吓一跳。他忙起身行礼，嘴上问道："廷彝先生不是在宾州吗，怎么又赶来南宁？"

征讨断藤峡的右路大军，汇聚柳州府宾州，以都指挥佥事高乾统领，副使梁廷振监军。

梁廷振字伯纲，广东南海人，嘉靖二年进士。

蔡经道："南宁、柳州是左膀右臂，我不能只顾右臂，不顾左膀吧？仁夫，我赶路赶累，有没有酒慰劳？"

"廷彝先生不说以酒劳军，却要我以酒劳帅，岂非咄咄怪事！"话是这样说，翁万达还是命军士奉上酒来，慰劳蔡经。在蔡经抱起酒坛，仰头痛饮的时候，他问："伯纲先生那边部署的如何？"

蔡经放下酒坛，抹抹嘴，说："部署就绪，待日而发。"

"廷彝先生怕我部署尚未就绪，至日不能发吧？"翁万达发句牢骚。

"仁夫说的是哪里的话！"蔡经嗔道，"有仁夫统筹，我还有什么好担心的？实话对你说，今次病的幸亏是沈唐佐，若病的是你翁仁夫，我就要请于朝廷，延期出师。"

"都堂大人这样说，我又要为沈将军抱不平，"翁万达说着，问起他关心的事，"伯纲先生是如何部署的？"

"正要与仁夫计议；仁夫以为不妥，差快马驰去柳州，还来得及更改，"蔡经这样说，可见对翁万达的意见格外重视。"右军兵分四路，一路，指挥马文杰以六千二百人，由武宣过六庙，顺流而下，攻碧滩、绿水诸巢；一路，指挥王俊以五千人，由武宣入山而东，攻罗渌上峒；一路，指挥戚威以四千二百人，攻罗渌中峒；一路，指挥吴同章以八百人，攻罗渌下峒。仁夫看如何？”

“廷彝先生见叔禾兄否？他以为如何？”翁万达反问道。

蔡经原来的安排是，以翁万达监左路军，以田汝成监右路军。但后来考虑到，田汝成是布政司官，以他督饷比以他监军更合适。于是，改以梁廷振监右路军，而以田汝成督饷。

“叔禾只说四个字：部署得当。”蔡经述道。

“那我也没有什么好说，”翁万达道，见蔡经的眼神有些怪，他解释说，“廷彝先生切莫以为，我只信得过叔禾兄，信不过伯纲先生。我对右路地势的了解，除从书上看到一些，便是听叔禾兄的叙述。我不以他的评说为准，却以谁的评说为准！”

“那我也没有什么好说的。”蔡经学舌。

翁万达笑笑，问道：“叔禾兄另有什么高见吗？”

“关于用兵的时机，他说的就不止这四个字，”蔡经道，“首恶已擒，党与安堵，机会可袭，无如此时。他先说这十六个字，然后说：开春雨水绵密，崖蹬窄滑，瘴疠郁蒸，非兵兴之利。”

首恶指侯公丁。田汝成用翁万达计谋，以百户许雄做说客，前往诱惑。许雄对侯公丁说：浔州之人恨你刺骨，你处境危急，我深忧之。分守田公新到，何不自陈，言寇堡事为他部所为？

官府为敌，侯公丁还不甚惊吓，浔州之人皆为敌，确实让他受到不小的惊吓。加上他信赖许雄，便随许雄去见田汝成，陈列冤状。

田汝成说：听你陈述，诚冤也。寇堡之事，与你无关，你去吧。

而在打发侯公丁离去前，他已差人去告知那些侯公丁杀害的人的亲属。侯公丁走出衙门，众多被害人亲属拥上拦截。其属下上前救护，双方扭打成一团。田汝成派官军出来维持局面，把救护侯公丁的一伙和殴打侯公丁的一伙，都逮入狱中。

然后，让许雄去侯公丁巢穴，对其党人说：寇堡一事，侯公丁说是其他徭部为之，官府须鞫实，方好处分。尔等谓公丁冤，官府且释之；不然，官府当与尔等共弃之。宣示过官府的话，许雄自己又说：官府鞫实，君等都要受牵连，不若共弃之以自救，勿以一公丁为祸本。

一来侯公丁在狱中，二来众人都知道侯公丁最信任许雄，他号召共弃侯公丁，众人还有什么话说！众人一致响应，共弃之。

田汝成得报，将侯公丁磔于市。其党与无一喧哗。所以，田汝成很自豪地对蔡经说：首恶已除，党与安堵。

除去侯公丁，为用兵断藤峡奠定基础。翁万达感叹地说：“廷彝先生日后论功行赏，叔禾兄擒斩侯公丁，功勋实为第一。”

“叔禾却说，擒斩侯公丁，其功八成在你。”蔡经说。

“叔禾兄说颠倒，”翁万达道，“我谋其事在先，若有功劳，不会多过两成；叔禾兄成其事在后，八成功劳还是他的。”

“你二人如何分功，我也搞不清楚。好在还不到论功行赏的时候，我不细问，”蔡经说着，问起自己关心的事，“仁夫是如何部署的？”

“右军分兵四路，我左军拟分兵五路，”翁万达一路一路细述，“一路，指挥王良甫以六千五百人，由牛渚弯越武靖，攻紫荆、大冲、根姜、老鼠诸巢；一路，指挥朱升以七千五百人，由三等村渡蓼水，攻二驴、石门、石塘、太安、黄泥岭诸巢；一路，柳浦以八千人，由白沙沟，攻道抱、大井、李义洪、泥梅岭诸巢；一路，周维新以七千八百人，由沙弯，攻藤冲、竹埠、胡塘、绿水冲诸巢；一路，孙文绣以八百人，由藤峡溯流上，与诸军夹攻大坑巢。廷彝先生看，如此部署是否妥当？”

“左五右四，共为九路，堪称合围之势，”蔡经道，“弥西南数年之祸，在于此举，老夫预贺数万大军马到成功。仁夫，统筹战事，还有什么要我这两广总督来做，也请你吩咐。”

翁万达说：“筹之一年，兵集数万，一举荡平断藤峡，不在话下。廷彝先生须用心者，不在战事之统筹，而在善后之统筹。善后之事，我亦有私计，廷彝先生既赶来，我愿为廷彝先生言之。”

“听仁夫为善后计，不枉赶几百里路程。”蔡经欣然，“仁夫请讲。”

“在下以为，善后大计有七，”翁万达一手伸出四指，一手伸出三指，“其一曰：编保甲以处新民。这一条，先有新民，然后方可编保甲。”

“何为新民，请仁夫阐述。”蔡经道。

“新民者，当然是自新之民。但我所谓新民者，又非一般自新之民，而是强其迁居、迫之自新之民，”翁万达先粗略阐述，再详细阐述，“苗、傜之乱，萌于怙险；抚绥之策，首在迁居。若非别理分疆，铲其故宇，终为负固，难以革新。看得江北一带，西自碧滩，东连林峒，皆可南渡蓼水，垦作便田；江南一带，东起蒲竹，西绕河源，亦托处平原，远背山麓。各限以界石，勒以训词，若布之有幅，兽之有圈，勿使逾越。”

“以左江为幅，以右江为圈，仁夫不但说得贴切，而且说得豪迈。”蔡经赞道。

左江、右江，在浔州汇为浔江。翁万达说的江北、江南，指的是浔江之北、浔江之南。

翁万达接着说："但新迁之民，方就绳检，曾有准入狼家或附编民户，意非不美。但入狼则土酋蚕食，编民则厢里渔侵，揆比二端，皆非善政。"

准入狼家，即准由土著私家豢养；附编民户，即编户附于他籍。翁万达说："宜仿古人保甲之法，使十家为甲，甲有总；五甲为保，保有长。各就族类，择其稍有恒业、能通汉音者为之。每月每保各以总甲一人出官应役，讲解夷情，周而复始。"

准入狼家，即准由土著私家豢养；附编民户，即编户附于他籍。翁万达说："但入狼则土酋蚕食，编民则厢里渔侵，揆比二端，皆非善政。宜仿古人保甲之法，使十家为甲，甲有总；五甲为保，保有长。各就族类，择其稍有恒业、能通汉音者为之。每月每保各以总甲一人出官应役，讲解夷情，周而复始。"

"这也是以夷制夷之意。"蔡经插话。

"以夷制夷虽总挂在嘴上，但也要设计周详，才能收效，"翁万达道，"保甲勿属之有司，可暂行分守道管摄。使之习见化理，驯变蛮风。仍先计口科粮，不必履亩科入，大约三十取一。岁令保长征顾，别贮一仓，以便量给种子。五年之后，稍派徭差，各立墟市，招致诸徭贸易货物，一月二举，委官董治，使无贪攘。"

"编保甲以处新民，已设计得很周详，可再往下说。"蔡经道。

"其二曰立营堡以通江道，"翁万达说，"断藤峡东西一百六十四里，上抵柳州、庆远，下委浔州、梧州，为诸郡咽喉。近年不得已而建堡，然主客之形非偶，虚实之势相悬，威弛而士不扬，法疏而守不固，反招寇侮，益重民艰。"

"仁夫既知守之不固，还倡议立营堡？"蔡经显然不是没考虑过立营堡，但对当不当立，仍在犹疑之中。

"守不固，非立堡之过，乃其时未可。若以此为覆辙，而疑立堡之法或不可行，是惩噎而废食也，"翁万达说，"一旦群凶灭亡，贼党归降，宜于弩滩、浪滩两处滩头，各立营堡，戍以官兵，置籍分符，严律明纪。使部曲联属，彼此应援，游艘往来，且防且守。近堡之地量迁，向化良徭环居内外，易田而食，则客贼难藏。"

"这也是亦兵亦民之意。"蔡经道。

"其三曰：设督备以控上游，"翁万达接着说，"断藤峡首尾分隶两江。武宣，右江属邑也，实据上流，非左江部辖。除浔江原有领哨指挥不必更设，宜设督备指挥一员，住札武宣，以备峡江，悉听左江守、巡参将提调，量摘调州目兵五百名，约以游舟四十，分布两堡，以督备领哨官统之。客商船下水，则武宣督备官遣兵防护，直抵浔州；上水，则浔州领哨官遣兵防护，直抵武宣。督备官、领哨官各给牌符，以便稽考。”

“督备官倒是个有趣的名目。”蔡经插话。

“此名目不当，用其他名目亦可，”翁万达说，“总之，新立营堡要和昔日营堡有所区别，其官员名目也要有所区别。”

“督备官很有区别，不必易以其他名目。”蔡经说着，问道，“伯纲部署用兵，提到武宣；仁夫议立营堡，又提到武宣，武宣真是要地吗？”

翁万达答道：“武宣县属柳州府象州，在断藤峡西北，为大峡出入的水路要冲，官军是一定要扼住的。”

蔡经点点头，表示已记住这个地方。

“仁夫再讲其四。”他说。

“其四曰：改州治以建屯所，”翁万达说着，问道，“廷彝先生可还记得，断藤峡设州治，起于何时吗？”

成化初年，兵部右侍郎韩雍统兵，平息大藤峡之乱，议设州、县。

蔡经说：“初设应在成化年间，后旋废旋复。”

翁万达说：“成化年间设州治，予其地而资其兵，以为民卫。此与国初土官纳款受命者不同。今岑氏部落兵不堪命，尽以逃亡，兵不足以资矣。乃徒拥我地，譬之赘疣，已为不可；况占管非所统率之狼兵，而并吞其有，以资淫虐！本以卫民，而反以害民；本以御贼，而反以通贼，焉可宥也！昔韩公以五屯地方，盗贼判决，比照迁江事体，设立屯所，以其酋覃仲瑛为吏目，以僮民为土兵，以其地税为月粮，以供军食。浔、梧诸郡，赖以藩屏。但五屯千户所屯军四百八十余名，本国初编隶桂林卫食粮人数，所以议给月粮。若迁千户所，则止有土兵，原无月粮，今宜以武靖州亦比迁江事例，改为武靖屯田千户所，推选贤能军职掌管，就以平南、桂平、贵县三县狼家属之。”

“该三县均属浔州府吧？”蔡经插问。

“是。”翁万达回答。

蔡经点点头：“好，仁夫，你再说！”

翁万达接着说：“以三县狼家属武靖屯田千户所提调，编为保甲，且耕且守，办纳税粮。佐将、参将每岁秋、冬之际移镇本州，俾令督察。”

蔡经道：“既要治夷，何不请出岑氏后人？”

“廷彝先生说的是，”翁万达补加上这一条，“岑邦彦曾为武靖知州，素得人心。可以邦彦之子为吏目，协同管理武靖屯田千户所。武靖州治现有城池，不烦财力；集狼为伍，不费军需。况军官不职，可以更置，宜于土官控要而制远，弥盗以安民。”

蔡经边思索边说：“多年来，对广西土司都是土官改流官或流官改土官之争，卫、所改为屯田千户所，或不失为一策。仁夫，大藤峡之役结束，我再和你认真探讨此事。你且说余下的几事。”

“其五曰：清狼田以振疆界，”翁万达说，“天顺、成化后，官司招取归德、思里等处狼家，徙浔州护守，以绝户田土给之，纳粮免差。年代渐久，杂居民里，有司因循，纪考无法，原额之外，各狼私置，亦混狼田，或将现户田税诡托狼名，影射差役。所以民田日削，民差日重，非当时立法之意。”

蔡经议道：“此等事边陲有，腹里亦有。腹里诡托、影射等弊端，须有魄力吏员，方能革除；边陲欲除弊端，恐怕也要自整顿吏治始。”

“在下也是此意，”翁万达说，“宜选廉干官员，专理其事，清查册额，履亩丈量，立石四隅。甲内狼丁虽已物故，传之子孙，而原招姓名，永不更改。自置私田及佃绝业、原非册内开载者，遇造黄册，俱附注本甲名为畸零狼户，与民一体粮差，不许推除别甲。其现在狼丁，编为保长、保甲，属之武靖千户所管束调遣，十年一造册籍，以便清查。如此，则田粮不亏，兵伍可足。”

“狼户清过，该处款兵吧？”蔡经道。

“廷彝先生真与我心意相通，其六曰：处款兵以慎边防，”翁万达说。“左江浔州、南宁二府，民款总计二千三百六十八名，十年一编，转雇替役，类多老弱。独征银雇募，选取骁勇之人，乃济实用。所募之人，令各任五人为伍。五伍为队，队有甲。四队为哨，哨有长。四哨为营，营有官。官得以制哨长，哨长得以制队甲，队甲得以制伍众。各伍间若有违犯纪律者，二人以上连坐同伍，五人以上连坐同队。五人给牌一面，谓之伍符。每队各置牌二面，谓之哨符。每岁秋冬团习操练，有警调发截杀及戍守营堡，即发符取之。”

“听仁夫一番宏论，让我不由想起王伯安先生当年在南、赣地区的处置，”蔡经叹道，“真可谓江山代有才人出呀！”

“惭愧，在下怎好和阳明子并论，”翁万达谦道，“最后一事曰：榷商税以资公费。旧规：峡江上水商船纳盐，下水商船纳瓦器，浔州卫收贮，转给各徭，名为埠头常例。今既议革给徭之弊，则所得商税如前征之，以备公用。”

他讲述完毕，蔡经却不应声。抬头一看，原来他已入梦乡，想是一路赶得实在辛苦。

翁万达叹口气说：“我这不是在对牛弹琴吗？”

蔡经在睡梦中说：“八成对本都堂言之，两成对牛弹之。”

七、天子祭陵

第二百四十三章

皇帝南巡，定于二月十六日起驾。

兵部议定扈从事宜，礼部议定南巡仪注。

除确定朝廷各衙门扈驾官员的员额、扈驾军马的数目、扈驾仪仗的规模、对内外奏章的处置、沿途供应及沿途亲藩及官员迎驾等事宜外，进入承天府后的主要安排是：驾至丰乐驿，致斋三日。钦定三月初七日驾入承天府，于旧邸承运殿行拜天礼，前期该寺陈设脯醢酒果香帛。驾至，内赞奏就位，如告祭仪。礼毕，上御殿，从驾百官偕地方镇、巡、司、府、州、卫大小官员具吉服，先行四拜礼。鸿胪寺官具班首官名，致辞毕，复行四拜礼。合境耆老、生员等随班。行礼毕，驾还宫。

十九日，参谒显陵，太常寺陈设牲犊制帛，上具祭服。太常寺官导引，由陵左门入殿，左门内赞奏就位，奏上香，奏四拜，行初献礼；请祝，行亚献礼；奏四拜，焚祝帛，礼毕。从驾百官及抚、安、司、府等具祭服陪拜。

同日祭纯德山之神，太常寺备牲犊制帛如仪。百官俱陪拜。

皇帝降旨：祧庙不告，百官迎送，但立而已，亲王尤不可伏谒道左。

从官不得需索，有司不得媚奉，违者厂、卫、科、道察举以闻。

第二百四十四章

王廷相加兵部尚书衔，提督团营，仍掌都察院事，三五日里总要有一日去东官厅，和提督团营的勋臣郭勋议事。东官厅是操练团营军士的衙门，和操练其他军士的西官厅合称两官厅。朝廷之上，难得有文武大臣在一起议事的地方，两官厅算得一处。

“外面对皇上南巡议论甚多，爵爷可曾听到一二？”王廷相问。

“不知都是些什么议论？”郭勋漫不经心地以问作答。

“爵爷愿听我说？好，我便说几则与爵爷听，”王廷相道，“一则云：皇上所过地方，灾伤特甚，人相啖食，流民载路，盗贼猬起，恐有犯属车之尘，以致惊动乘舆者。一则云：圣驾南巡，近边酋虏如花当部落，闻风为患，深入腹里，如往年抢至昌平地方，致使京师戒严者。一则云：今日之行，扈卫官军旗校，及内外从官、诸色人役，不下数万。其粮料、草束、车辆、马匹，各处供应，所费不赀，郡、县仓库，在在空虚。百姓闻风逃避，有司何以措处？”

“子衡先生还要谏南巡？”郭勋听懂他的意思，劝道，“皇上命我二人拣选随驾的团营军士，我二人须认真将精锐选出，切不可分心。”

言外之意，他是绝不会和王廷相一起进谏的。

“精锐要选，谏言也要进，”王廷相不肯就此罢休，他直截了当地问道，“皇上南巡，爵爷难道一点忧心也没有？”

郭勋不得不应付，但说一点忧心也没有，或说并非一点忧心也没有，都不合适。

“皇上不南巡，子衡先生就一点忧心也没有？”他反问。

“爵爷问得好！”既有辩论的题目，王廷相怎会放过！他侃侃言道，“皇上不南巡，地方灾伤，盗贼猬起，近边酋虏，深入腹里，也不无忧心。换言之，皇上南巡，只要处置得当，地方灾伤，盗贼猬起，近边酋虏，深入腹里，也不足为患；皇上南巡，只要处置得当，哪怕费用不赀，郡、县空虚，犹可保其无虞。”

“子衡先生这样说，使我听后，心里为之一宽，”郭勋道，“既然如此，子衡先生还要进谏？”

“知之而不言之，是不爱君。我不但自己要上言，爵爷一言千钧，我还要说服爵爷上言。”王廷相道。

郭勋笑了笑，说：“知之而不言之，是不爱君，诚如子衡所言。我看，不知而妄言之，也是不爱君。子衡先生知之，我不能劝阻进言；我不知之，子衡先生也不必激励我进言。”

他巧妙地地以金蝉脱壳之计，摆脱王廷相的纠缠。王廷相和许讚等相继上疏谏南巡，皇上不为所动，仍定二月十六日起驾。

第二百四十五章

承天门两边的门楼，在东边的称做东角门，在西边的称作西角门。

二月十五日夜间，守护西角门的几名旗校都觉得困乏，眼睛要用力撑着，才不至于闭上。一人提议讲故事，众人都拥护。

提议讲故事的人先讲，讲的是村里的笑话，第二人讲的是城里的笑话，第三人讲的是衙门的笑话，第四人讲的是宫里的笑话。每个笑话都有可笑之处，众人听完一个，便捂一捂嘴，想笑又不敢大笑。

第五人没笑话可讲。有人难为他，说："你能把大家引笑，我那里有一坛好酒，明天送给你狂饮一气。"

第五个人想许久，憋足力气说："我放个屁吧。"

说着，真放声响屁，众人一起笑出声，又一起收住声。

又轮到提议讲故事的人讲，他讲的是村里闹鬼的故事，第二人讲的是城里闹鬼的故事，第三人讲的是衙门里闹鬼的故事，第四人讲的是宫里闹鬼的故事。每个鬼都让人感到恐怖，众人听完一个，便毛骨悚然一次，便往一起凑一凑，眼看要挤到一起。

第五个人没闹鬼的故事可讲。有人难为他，说："你能让大家惊叫，我那里有半个水煮的嫩羊头，明天送给你饱餐一顿。"

第五个人想许久，憋足力气说："我眼花。"

"你还没见到羊头，就眼花吗？"送酒与他的人不甘心，讥笑道。

另一人说："他定是看到什么才眼花。你问他看到什么。"

"是啊，你看到什么？"第三个人问他。

第五个人说："我看到，有个影子，一闪一闪，从我们面前走过。"

众人一起惊叫出声，又一起收住声。

提议讲故事的人发慌，说："咱们讲故事归讲故事，可不能忘记正事。明天皇上起驾南巡，今天夜里千万别闹出事来。"

众人齐声称是，齐问第五个人：“你见到的影子是什么模样？”

“只有影子，谁说得准！”第五个人说，“我只觉得，它似有似无，忽东忽西，好像和我等一样，又好像和我等不一样。”

“你总看见他往哪里去吧？”一人问他。

第五个人皱起眉头，仔细回想：“第一次看到他，好像是在角门外面；第二次看见他，好像和我等站在一起，好像还在嘻嘻而笑；第三次看见他，好像到角门里面。对，不是好像，千真万确，他就站在角门里面。”他指着第三个人说，“那时你在讲衙门里的鬼，他还做个鬼脸。我就在那时觉得自己眼花。”

“后来你还见到那影子吗？”有人问。

第五个人指着午门的方向，说：“后来还见那影子在那边一闪。”

“别是真有人溜进来，”有人说。并提议，“弟兄们，搜搜吧。”

听起来，是在问众人，其实只问提议讲故事的人。只有他才拿得出主意，众人都信任他。

“要搜寻，但不能乱搜寻，不能大张旗鼓地搜寻，”那人说着，分派道，“你二人顺着西路往前搜寻，凡能藏人的地方都看一看。但离右掖门三五十步时，便不要往前走。最好不要让守午门的那班大爷看到，如果被他们看到了，你二人只说找地方解手。”

“他没说看到人，只说看到影子。”被分派的人道。

“咱们要搜寻的却是人；若只是影子，何必搜寻！”提议讲故事的人说，那二人去搜寻，他继续分派，“你二人搜寻东路，和他二人一样，离左掖门三五十步时，便不往前走；和他二人一样，不要让守午门的那班大爷看到，也不要让守承天门的那班大爷看到。”

被分派的人说：“他二人离右掖门三五十步时停下，我二人离左掖门三五十步时停下，怎能一样？他二人只防着守午门的那班大爷，我二人还要防着守承天门的那班大爷，怎能一样？”

“那我说你二人和他二人不一样，总可以吧？”提议讲故事的人道。

“那也不对，”被分派的仍然争辩，“他二人要仔细搜寻，我二人就不要仔细搜寻吗？他二人被那班大爷看到，说找地方解手，我二人被那班大爷看到，就不说找地方解手吗？”

“好，算你二人想得周全，我说你二人和他二人有些地方一样，有些地方不一样，总可以吧？”提议讲故事的人说。

二人这才嘟囔着，去东面搜寻。

只剩下提议讲故事的人和第六个人。提议讲故事的人说："他四人中无论哪二人先返回，你我就去搜寻中路。"

两次讲故事，轮到第六个人都被打断，他心里正在恼火。于是说："西路近便，他二人又先走一步，自然先返回，还用说无论吗？"

"那也未必，"提议讲故事的人说，"譬如，他二人比那二人搜寻得仔细，或者真要找地方解手，说不定还要晚些返回。不过，搜寻中路，要不让守午门和守承天门的大爷们看到，你我也得和影子一样才成。"

本该明月当空，幸亏阴着天，才有不被看到的可能。

三路搜寻过后，别说人，连影子也没见。众人松口气，互相埋怨起来。以好酒为诱饵的人责备以水煮羊头为诱饵的人："你送他什么不好，偏要送他羊头！你不知他想吃羊头已想好几个月吗？你不想想，半个羊头凭空而来，他能不眼花吗？"

以水煮羊头为诱饵的人反唇相讥："你不送他好酒，我怎会想到送他羊头？你问问众人，是你的好酒让他眼花，还是我的羊头让他眼花？"

一人评判："要我说，你的好酒也不会让他眼花，你的羊头也不会让他眼花，他使出浑身解数放的那个屁，不但他自己要眼花，我等有谁不眼花？我当时就眼冒金星，浑无知觉。"

第六个人说："你的好酒引得他眼花也罢，你的羊头引得他眼花也罢，他自己的屁引得他眼花也罢，要我说，幸亏他是眼花。"

众人一听，这话说得有味道：如果他不是眼花，如果真有个影子一闪一闪进入东角门，他等的罪过得有多大！

"正是这话，"提议讲故事的人说，"他眼花的事，各位切莫对外人提起。"

午门当值的官校躲在角落里小睡一觉，醒来后揉揉眼睛。天仍阴着，四下里一片漆黑。他伸个懒腰，向门前走去。

"有没动静？"他问守在门前的军士。

"大人，没动静。"众军士道。

官校从左到右点着数，又从右到左点着数，口称："怪哉！"

"我等都在，大人为何说怪？"众军士问。

"正因都在，才是怪事，"官校说，"我方才只觉两眼一花，见一身影一闪一闪，向里走去。我还以为你们当中有谁要去方便，心想：往常都要拉上一个伴儿，才敢进去，今夜也有胆大的。谁知你等都在门前！”他问道，“那个身影会是何人？你等可见有人进入午门？”

“大人问的是人，还是影子？”一名军士问。

“那又有什不同！”官校一想，二者还真有些不同，他改口说，“人也罢，影子也罢，有没有闯进午门者？”

“大人见影子进午门，你等还有什么话好说！”第二名军士道。

第三名军士道：“大人说得明白：两眼一花，才见一身影，进入午门。你又没眼花，也见影子进入午门，自然不同。”

官校大致听明白，第二名军士方才见一影子闪进，大概和他看到的是同一个影子，其他人却没有看到，正在争论。

于是，他单问第二名军士：“你见到的影子是什么模样？”

“大人要我说模样，我可说不上来，”第二名军士道，“我只觉得，它似有似无，飘忽而入，好像和我等一样，又好像和我等不一样。”

“既有影子，你等为何道却说没动静？”官校责怪道。

“大人问的是动静，又不是影子，我等自然说没有；若知大人问的是影子，我等早就说有，”第一名军士分辩。“闪进午门的影子，他说有，他说没有，二人争论不休。我虽没见到影子闪进午门，但也不敢冒冒失失断言，没影子闪将进去。”

“你为何不敢断言？”官校问。

第一名军士说：“我虽没见到影子闪进午门，但见到午门外影子闪动。大人请想，午门外的影子，谁知会不会闪进午门？”

“你见到午门外有影子？那影子确实从外面而来？”官校自语道。

“也不太像，”第四名军士说，“大人只看到一个影子闪进午门，他也只看到一个影子闪进午门，我等却看到，午门外有数个影子在闪动。他无意中向西边一看，说西边有影子闪动。他无意中向东边一看，说东边有影子闪动。后来，我径向承天门方向看去，见正前方也有影子闪动。午门外的影子闪进午门，是东边的影子，是西面的影子，还是正前方的影子？”

他连说好几个“他”，每说一个，就指向一人。

“既看到许多影子，为何不去搜寻？”官校责怪道。

“大人不在，我等不敢擅离，”第一名军士说，“再者，众人看到的都是影子，一闪即逝，却如何搜寻？”

第四名军士说：“还有再者，我等都想：皇上要南巡，说不定左近供养的祖宗神灵，要商议为皇上送行的事，若被我等冲散，一定不满。”

这个想法真是大胆荒诞，却又无法驳斥。官校说：“明日皇上起驾，今夜大家都要用心当值，千万别闹出事来。若再看到午门外有影子闪动，一定要前去搜寻；若再看到有影子闪进，一定要上前拉住。就算祖宗神灵商议为皇上送行，商议一次足够，不会三番五次商议。”

两名巡更的宦官走到奉天门前，站住脚，稍歇一歇。

宦官甲望着奉天殿，问同伴：“要不要去殿里巡查？”

“你在说梦话吗？”宦官乙道，“夜间巡更，什么时候进过奉天殿？”

“我也知道不必进奉天殿，可方才眼前一花，好似有个影子在殿上一闪，又不见，故而问你，”宦官甲说着，又问，“陈哥没见到吗？”

宦官乙说：“殿上的影子我没见到，方才只觉得身边有个影子一闪，我还在想：常哥原来在我左边，怎忽地闪到我右边？可转脸一看，你还在左边。我知你胆小，没敢对你说。”

“我的胆子未必就比陈哥小，”宦官甲说，“陈哥说影子在身边一闪，我记起来，方才也有个影子在我身边一闪。”

“如何？我说你胆小，你还不服气，”宦官乙说，“人家身边有影子一闪而过，你心里一惊，身边也有影子一闪而过。”

“这怎是胆小！”宦官甲辩道，“陈哥不过看到影子闪过，不敢对我讲；我却是听到有怪声传来，不敢对陈哥讲。”

“那怪声谁又没有听到！”宦官乙说，“我听到那怪声还在想：大内养象养虎养猫，什么时候也养起狼？那怪声浑如狼嗥。”

“陈哥生长在城郭近处，难怪没听过狼嗥，”宦官甲说，“听人动不动说鬼哭狼嚎，我总觉得好笑。其实，狼嗥不好与鬼哭并论。”

“常哥是说，那怪声更似鬼哭？”宦官乙问。

“鬼哭之声我也没听过，但觉那声音比鬼哭更难听。”宦官甲说。

“鬼哭也罢，狼嗥也罢，今夜千万大意不得。”宦官乙说。

二人说着，再向奉天殿那边看一眼，继续向前走去。

第二百四十六章

明天就要开始期待已久的南巡，皇帝心情荡漾。亥时才入睡的他，还不到丑时，又翻身醒来，怎么也睡不着。在外间当值的近侍听到里面的动静，悄悄走进来，看皇帝有什么吩咐。

“唤麦福速来，朕有话对他说。”皇帝命道。

近侍心想：麦福被派个一等重要的差事，今夜本也不该睡成安稳觉。他正要出去传召，皇帝又吩咐：“把崔成一起唤来吧。”近侍心想：崔成明天是要随驾南巡的，他也睡不成安稳觉，可有些冤枉。

皇帝觉得等待很久，其实还不到半个时辰。但只这半个时辰，变化已经很大。近侍出去时，天地都笼罩在夜色中，行路绝离不开宫灯照路，麦福、崔成赶来时，东方已微微泛白。

“麦福，”皇帝唤道，“明日你要担当大任，朕再考你一次。”

麦福叩首道：“奴才唯恐有负爷的重托，夜不能寐，一心盼望爷再有所教诲。爷唤奴才来问话，奴才心里反而觉得踏实。”

“这是你的心里话，”皇帝说着，转问崔成，“你也说心里话：朕此际将你唤来，你心里是踏实，还是满腹牢骚？”

崔成说：“奴才踏实些也是有的，牢骚也是有的，却都是为麦哥。”

“这话怎讲？”皇帝问。

崔成说：“爷对麦哥有所教诲，麦哥心里踏实，奴才也为他踏实。麦哥少些灵气，爷对他不放心，临起驾前，还要教诲他。奴才想到这里，不由有些气，却也不至于满腹牢骚。”

“你这也是心里话。你二人都说心里话，朕也对你二人说心里话，”皇帝道，“祖宗巡狩，没有差派内臣留守的规矩，若有，朕或就留下崔成，要麦福随朕南巡。今日差派的不是留守内臣，而是提督团营内臣，以司礼太监司其职，不若以御马太监司其职。崔成，不是朕偏心，是你二人衙门不同，朕不得不这样安排。”

崔成、麦福二人近日都升任太监，崔成仍留在司礼监，麦福却用在御马监。内臣的差事与军事有关，多是挂御马监太监之衔，不能挂司礼监太监之衔。

“跟随爷瞻仰龙飞之地，给老皇爷叩头，是奴才的造化。奴才喜欢都喜欢不过来，怎会埋怨！”崔成叩首道。

“你要心口如一才好，”皇帝甩下一句话，不再理会他，转过去又考问麦福，“你虽是提督团营，却有如朕留在朝中的耳目。往日你对朝廷的事不甚了然，不要紧，今日却不能不甚了然。朕问你，你可记得，朕委任的几位留守大臣是谁？”

“回爷的话，爷委任的留守使是宣城伯卫錞、遂安伯陈鏸，同留守使是大学士顾鼎臣，参赞机务是兵部尚书张瓒，”麦福一气报上几位留守大臣，“爷向奴才交代过，凡遇用兵之事，奴才与两位爵爷、两位大臣议之。”

“记得这几人，保准不会误事。不过，朕还要考考你，”皇帝又出个题目，“朕选的东宫官僚，你记得几人？”

麦福道：“第一人是署詹事府事礼部尚书温仁和，进太子少保。以下还有户部尚书李廷相、吏部左侍郎张瀚、张邦奇，并为太子宾客；礼部左、右侍郎张璧、蔡昂，兵部右侍郎张衍，并兼少詹事；南京礼部左侍郎费寀、太常寺卿兼翰林院侍读学士陆深，为詹事，并兼学士。”

他说出这几人后被卡住，说不下去。

皇帝说：“崔成，朕为何唤你来，你该懂吧？东宫官僚还有些什么人，你告诉他。”

“奴才遵旨，”崔成春风得意，掰起手指为麦福数道，“起翰林院原侍读崔铣为少詹事兼侍读学士，麦哥，此人你是不该忘记的。另以南京翰林院侍读学士孙承恩为少詹事；以国子监祭酒王教、詹事府洗马童承叙为左春坊左庶子；以翰林院侍读杨维杰为右春坊右谕德。”

他正说到兴头上，殿外一当值的近侍匆匆走进。

皇帝对他作个打住的手势，问来者：“何事？”

近侍奏道：“一男子闯入奉天殿，被逻者拿获。”

听了这话，崔成、麦福面面相觑，皇帝脸色亦大变。

皇帝先镇定下来，命道：“闯入者何人，你细细道来。”

近侍奏道：“逻者过奉天殿时，听到殿内有人呻吟。入殿后，见一男子横卧御座上。逻者上前将他按捺住，他也不曾反抗。该男子着军士服饰，问他姓名，自称姓孙名堂，在某卫供事。问他如何进来，他说，就这样进来。问他为何闯入，他说：闻得皇上南巡，沿途搭盖席殿，累死军民大半，因此来拦驾。逻者将他拿下，不敢再问。”

一两个时辰后，皇帝将于奉天殿升御座，受文武群臣朝拜，然后起驾。在这时，一男子不但闯入大内，而且闯入奉天殿；不但闯入奉天殿，而且居然将御座变成卧榻。真可谓是千古奇闻！

皇帝方才脸色大变是因为惊愕，现在脸色大变则是因为震怒。

“他拦驾竟敢拦到奉天殿上！”皇帝怒道，“崔成，你去向陆炳交代，立即严刑鞫讯该名男子。寅时前问不出个究竟，就不必随朕南巡。”

陆炳以锦衣卫使掌北镇抚司，皇帝南巡，命他同行。

钦定寅时起驾，现在大约是丑时二刻，如果寅时二刻起驾，皇帝留给陆炳的时间，从将孙堂移至锦衣卫，到问案，到奏明皇帝，只有一个时辰。就算推迟到寅时四刻起驾，也不过一个半时辰。问案一定要匆匆进行。好在此案不难问，陆炳会同镇抚孙纲，三言两语就问出眉目。在皇帝起驾前，陆炳奏道：孙堂实为病狂之人，其擅入御在之所，律绞。诸门役防范不严，宜罪。

皇帝心里已准，但还是命将孙堂及失事门役移交法司，从新拟定罪罚，并准陆炳随驾南巡。

第二百四十七章

北直隶以一省之地，而设顺天、辽东、保定、宣府四巡抚，足见朝廷对北直隶地区的分外关注。保定巡抚辖保定、真定、河间、大名、顺德、广平六府，另辖四兵备道及相应各卫、所。六府中，真定府城位置适中，且辖五州二十七县，是地域最广大的一府。因而虽称保定巡抚，却开府真定府城。这也是保定巡抚衙门和其他巡抚衙门不同之处。

陆钶正在巡抚衙门里盘算各地行殿的修建：后日，或者再后日，圣驾将至保定府，该府的两处行殿，今日一定要竣工。真定府的三处行殿还要四五日才会派上用场，但也仅迟四五日而已，一晃就过去，千万大意不得。先去查视保定府的两处行殿，再返回查视真定府的两处行殿，最为稳妥。只是一来一往，两三天里要赶七八百里路，实在辛苦。辛苦倒也不怕，夜里赶路，日间视事就是。但顺德、大名还有修建行殿之事，哪里都不容疏忽。前者在保定，已经把修建行殿的事交代得清清楚楚，如果可以不去，不但节省体力、精力，而且专心查验真定和后面行殿的修建，不至于在哪一处出现纰漏。

就在他左思右想，还没拿定主意的时候，门上差役来报，工部侍郎江晓来访。江晓是奉旨监督各地修建行殿的钦差。

陆钶心里说声“好怪”，但没有说出口。他一边说着“快请”，一边起身迎出。他心里那声“好怪”不是没有道理。两人在顺德约好，他翻转回来查验保定、真定的工程，江晓往前监督大名的工程。然后，他再往下查验顺德、大名的工程，江渊则渡河而南，监督河南、湖广各地的行殿工程。总之，他一定要在圣驾到达两三日前，最后查验保定巡抚所辖各处的工程，江晓则应在圣驾到达半月之前，检查各地工程的进展。河南、湖广两省工程的最后查验，又有两省的巡抚负责。这样的安排应该说是很缜密的。按照日程，江晓现在即便没进入河南界内，也该在大名监工。他怎么却返回真定?

“景熙先生，是不是大名出事？”陆钶首先会想到这一层。

江晓字景熙，正德三年进士，浙江仁和人。

“容之先生，进衙门再说。”江晓道。

陆钶字容之，正德九年进士，和江晓为浙江同乡，是鄞县人。

二人进衙门，陆钶吩咐差役：“快给景熙先生上茶。”

“茶不忙，先送盆热水，我要洗洗。”江晓说着，解开衣领，挽起袖口，好像身上太脏，不马上洗一洗，就无地自容。

差役很快端来一大盆热水，他一边擦脸，一边说，“容之先生，在你的衙门里放肆，你不见怪吧？我还要更衣。”

不等陆钶答话，他已除去外袍。

“景熙先生请便。”陆钶由得他放肆。

江晓擦过身子后，长长地吐一口气，道：“好痛快！”然后，重新着衣，说，“容之先生，现在可以上茶。”

差役奉上茶水，陆钶让了让，复问：“景熙先生，是不是大名出事？”

江晓脸也洗过，衣也更好，茶也喝上，与心中忐忑的陆钶相比，显得从容得多。

“不是大名出事，是保定、真定二府出事。我一日夜赶三百里路，就是为知会容之先生。”他说。

陆钶吃一惊，忙问：“是哪一处的工程出事？”

据他所知，时间虽紧，几处工程却是安排得忙而不乱，怎会出事？而且要数百里外的江晓赶来告诉他？

“几处工程都没出事，是几处工程之外出事。”江晓又说。

听说几处工程都没出事，陆钶悬着的心落下一半，他啜了口茶水，把茶杯放回案几。“几处工程之外的事，景熙先生差人告知就是，何须夜以继日地赶路？难道就不怕把前面的工程冷落吗？”他问。

“差人告知？容之先生说得好轻巧！”江晓苦笑道，“我亲自赶来，还怕延误，怎敢将此事托付与他人？容之先生，我特来知会与你的，虽不是几处工程的事，却也是行殿工程的事，且比那几处工程更吃紧。”

陆钶刚落下的一半心又悬起来：“那几处工程之外，又有工程？”

“正是。”江晓说，“皇上驻跸程次有变。”

陆钶心里一沉：程次有变，紧忙一阵修建的行殿可能用不上，而没有修建行殿的地方，皇帝却可能要落脚。在各种变化中，这是最要命的变化。这样一件大事，江晓肯定有确实的根据，才会赶来向他交代。

可他还是说："程次有变，怎不见朝廷晓谕？"

"礼部的公文，今日不到，明日大约可到，"江晓说，"舍弟先一日送信给我，我想，能早一日，就让容之先生早一日知道；能早半日，就让容之先生早半日知道。所以，才日夜兼程，不辞劳苦。"

"景熙先生眷顾之意，心感不已。"陆钶揖道。

江晓的二弟江晖，正德十二年进士，名次甚前，排在二甲第十三名，在庶吉士中排在第四名，任职翰林院。但他英年早逝，过世已十几年。江晓的三弟江曜贡举出身，现官礼部主事。非正途出身而能在礼部谋求到一个职位，可谓难之又难。江晓说的送信给他的舍弟，一定是江曜。从礼部来的消息，大概是不会错的。陆钶不能不相信。

他唯有希望变化不大，遂问："景熙先生，是怎样变的？"

江晓述道："保定城，祁州城，圣驾自然仍要驻跸的，此外，在庆都，圣驾要落脚。真定城，冀州城，赵州城，圣驾自然仍要驻跸的，此外，在定州新乐、赵州柏乡，圣驾也要落脚。驻跸程次，共增写五处，其中三处在容之先生这里，故我不得不返回。"

庆都县在保定西南，新乐县在定州西南，真定稍北，柏乡县在赵州以南，都在南巡途中，与其他修建行殿处相距不远。这几处增建行殿，皇上或是歇脚饮茶，或是用膳，除非心血来潮，是不会留宿的。故行殿的修建可以从简。但既是行殿，就有行殿的规制，总不能用几间草舍来应付。而要在短短的两三天里建起行殿，实在是太作难。

"我但愿自家有遁地之术！"陆钶叹道。

"容之先生有遁地之术，也只是刹那间身在某处而已，"江晓说，"容之先生要的不是遁地之术，而是腾挪之法。"

"腾挪之法？"陆钶觉得这个说法很有讲究，但一时难以体会。

江晓说："我先为容之先生算一算日子：今天是二月十六日，皇帝在十九日到保定。在保定住一日，二十日到庆都。容之先生今日差派快骑去庆都，明日午后可以到达，二十日前建得行殿，有两天两夜的时间。容之先生前去庆都督工，明天夜间或后日清晨可以到达，有两天一夜的时间。容之先生有遁地之法，片刻到达，有三天三夜的时间。这是笑谈，不可作数。容之先生，在两天两夜里，有没有建成行殿的可能？"

"有可能，但不知能修建成什么样子？"陆钶说。

“不合规制，容之先生怎样向皇上交代，怎样向朝廷交代，怎样向天下交代？”江晓的话一句比一句严厉。

不必细说，陆钶也知道无法交代。他请教：“遁地之法不足以成事，请景熙先生教我以腾挪之法。”

“我还有一笔账，算过再说，”江晓道，“皇上应在二十一日驾临定州，在定州驻跸一日；二十二日起驾，午后在新乐歇驾。容之先生稍迟差派快骑去庆都，今日夜间或明日清晨可到。二十一日前建成新乐行殿，差不多有五天五夜的时间。皇上二十二日晚间到真定，二十三日在真定歇息一天；二十四日起驾，二十五日到赵州，驻一夜；二十六日启程，午后到柏乡。容之先生稍迟差派快骑，今日夜间或明日清晨可到。二十五日前建成行殿，差不多有九天九夜的时间。容之先生算一算，在五天五夜里，或在九天九夜里，有没有建成行殿的可能？”

“五天五夜建成行殿，虽然紧张，还可以勉力而为；九天九夜建成行殿，就比较从容。”陆钶据实言道。

“我一路上就在为容之先生算这三笔账，”江晓说，“算来算去，新乐行殿、柏乡行殿可借遁地之法。能早一天到达，就早一天到达；能早半天到达，就早半天到达，以便加紧施工。这一天的时间，或半天的时间，我至少为容之先生争取到一半；另一半，容之先生只有靠自己辛苦。至于庆都行殿，则只能借腾挪之法。容之先生不必与保定知府交涉，也不必与定州知州交涉，可径赴庆都，要该知县将知县衙门腾空，暂作行殿，供圣上使用。”

“知县衙门作行殿，日后就不能办事，”陆钶提醒道。县衙改行殿，自然要用正堂，不能用偏室。设过御座的地方，谁还敢挂起“清天明镜”的大匾额！谁还敢在这块匾额下问案！

江晓说：“暂作行殿，便宜行事。皇上离开后，再请旨。皇上降谕：该处仍做县衙。则该处仍做县衙。皇上降谕：另建县衙。则将该处供奉起来，另建一处县衙。皇上降谕：该处仍做县衙，御座供奉于该处。则将御座供奉起来。皇上降谕：该处仍做县衙，朕借用该处座椅，仍供县令使用。则自今而后的县太爷仍坐在大堂的太师椅上，为皇上治理该地。总之，一切从权，先为皇上准备一处行殿再说。容之先生以为如何？”

“只得如此。”陆钶想不出更好的法子。

“容之先生以为可行，就请速行，”江晓说，“本官愿为容之先生分担一些责任。

庆都、新乐两处行殿，容之先生处置；我反正要南下，柏乡的行殿，我先代容之先生处置。”

“景熙先生肯分担责任，再好不过。”陆钶道。

“但我只能为容之先生分担一两日，向赵州及柏乡有司交代清楚，还要继续赶路，”江晓说，“我斗胆为容之先生作一安排：容之先生可立即写简略手札，差人分送庆都、新乐、柏乡三衙门，及保定府衙门、定州衙门、赵州衙门。庆都、新乐虽是一路，但也要分派二人，以免误事。我和容之先生稍进食后，立即动身。容之先生在经过新乐时，略站一站，但马勿卸鞍，人勿久停，向定州及新乐有司略做交代后，即赴庆都。在庆都停留两日，将庆都行殿之事安排就绪，再转回新乐，查验新乐两处行殿。但在新乐也只能停留两日，还要回到真定，歇一口气，再去柏乡。容之先生在柏乡大约有三天的时间督工。但如果另有一人肯为容之先生分担一些责任，肯在柏乡督工，容之先生不必赶去柏乡，在庆都和新乐多停留一日，会从容得多。”

“景熙先生是说，要胡伯时助我一臂之力？”陆钶问。

保定巡按胡守中，字伯时，河南宁陵人，嘉靖十一年进士。陆钶脸上没有表情，但看得出，心里有难言的苦衷。他和胡守中之间的关系特别紧张，请胡守中相助，无异于授柄于敌国。

“只好容之先生多辛苦。”江晓多少能体会他的苦衷，不再提分督真定以北、以南两处工程的事。

陆钶把话岔开：“景熙先生所命，我无不遵从。我原本也要北去，查验保定、祁州、定州等处行殿。现在前去督理庆都、新乐行殿工程，正好把该几处行殿一同查验。只是景熙先生赶路辛苦，不如在真定歇息一夜，明日一早再去赵州。”

“多谢关照，”江晓道，“但非常时期，只好非常处置，留在真定我也睡不安稳。容之先生请快写手札吧。”

“好，”陆钶应一声，边写手札，边和江晓说着闲话，“景熙先生道，共有五处临时增建行殿，另两处是哪里？”

“一处在磁州，一处在汤阴。”江晓告诉他。

二处均属河南彰德府。彰德府治在大名府西南，开封府以北。磁州在府城以北，汤阴在府城以南。看来，初次拟驻跸程次，北直隶和河南一段都写少。

“景熙先生是不是也要先和易都堂打个招呼？”陆钶问。

易都堂指的是巡抚河南都御史易瓒，北直隶肃宁人，正德六年进士。

“容之先生放心，”江晓说。“我来真定前，已差人送信给他。圣驾到磁州，是十几天以后，易都堂肯定比你从容。”

差快骑去各处送手札后，二人匆匆用些酒水饭食，揖手道别，各奔南北。礼部的文移不是晚到一天，而是晚到两天。若不是得内线消息，遁地法也好，腾挪法也好，都无法施展。

第二百四十八章

保定巡按常驻保定，胡守中在保定城候驾。他意外地发现，随驾官员中有一好友，即锦衣卫镇抚孙纲。孙纲是归德府人，宁陵亦属归德府，二人是相距很近的同乡。

胡守中不能尽地主之谊，大张旗鼓地宴请，于是命自己的厨子准备几样精致的菜肴，装入食盒，给孙纲送过去。

孙纲收下，连连作揖，说："难得故人情深。不瞒胡大哥，自离京师，没吃上一餐可口饭菜，今日方得大快朵颐。"

"孙兄何不趁热尝一尝？"胡守中殷勤地说。

孙纲用两根手指夹起一块烧得烂烂的羊肉，送进嘴里，一面大嚼，一面抽空称赞："好味道，好味道！"

胡守中把掖在袖口里的手帕递过去，孙纲擦擦嘴，又拣一块熏鱼品尝，又是"好味道，好味道"地呼个不停。

解过馋，他擦干净嘴，擦干净手，复谢道："难得故人情深。"

"既合口味，我多准备几个食盒，孙兄留在路上享用。"胡守中说。

孙纲连连摆手，说："不必，不必！带食盒上路，实在不方便；再说，这几样菜式一凉，味道就差。以后得便，我再来叨扰胡大哥。"

"好，恭候大驾。"胡守中收拾好食盒，起身告辞。

孙纲送他出来，见左右无人，问道："听说姓陆的都堂不知好歹，相聚议事时，每每折辱胡大哥，可有此事？"

"说不得，"提起此事，胡守中满脸怒色，"他折辱我，我也不会让他。他说我少不更事，我便骂他老迈昏头；他说我有辱斯文，我便骂他伪道学家；他说我沉溺酒色，我便骂他不解人伦。他说我几句，我不在意；被我一骂，看他的脸色，煞是好笑。"

"胡大哥骂得痛快！"孙纲叫好。

"骂过后，我又觉得好笑，"胡守中说，"就算他各方面都比我强，但总有一方面不如我，我又何必与他怄气于一时？"

“胡大哥是说，他年岁不如你吧？”孙纲问。

胡守中点点头，说：“他比我年长二十多岁，还能熬得过我吗？再过二十多年，他还能在各方面都比我强吗？”

“其实，胡大哥也未必二十多年后，才能和他一较短长，”孙纲一付胸有成算的样子，“我帮胡大哥今日报复他一下，胡大哥如何谢我？”

“果然今日就报复他一下，我当倾家荡产相谢。”胡守中随口说道。

“那倒不必，唯愿胡大哥记住我的好处，”孙纲说，二人本在低声交谈，他把声音压得更低，面授机宜，“胡大哥可参他一本，只说行殿供具不备即可，不必再言及其他。”

胡守中不甘心仅此一条罪状，问道：“孙兄，我还知道他不少隐私，要不要一起写上？”

“胡大哥照我说的写，不必言及其他，免得有蛇足之嫌，”孙纲说着，举日前一例，“皇上第一站驻于涿州，随驾科、道官奏言，该处行殿供具不备。皇上当时不曾理会，但第二日便命人查访，顺天巡按王应为官如何。由此观之，皇上对供具不备的事，看似不动声色，实则深恶痛绝。胡大哥只要以此事参他，定可收效。”

“多谢孙兄指点，”胡守中揖道，“供具不备，在保定，比在顺天更甚。据我所知，庆都行殿就是以县衙草草改成，供具多不备。”

“那就更好，”孙纲说，“我看，胡大哥的参本一进，不但陆都堂要受处分，吏部堂官恐怕也脱不了干系。”

“好，一箭双雕。”胡守中说。

吏部尚书许讚也是河南籍，但在保定抚、按的争斗中，他不但不顾乡情，反而偏袒陆釴。胡守中对他也很记恨。

“不是一箭双雕，是一石三鸟。”孙纲纠正。

“还有一件好处是什么？”胡守中自己很快找到答案，“参告陆某人的同时，我也可以自保。孙兄，可是？”

“胡大哥果是聪明人，”孙纲笑道，“胡大哥最好在皇上离开保定前将参本呈进。皇上先阅参本，再历其地，效果更好。”

“好，我这就回衙门拟本。”胡守中应道。

孙纲驻步，双拳抱合，说：“圣驾所在，不敢远离，就此与胡大哥别过。胡大哥应承的事，不要忘在脑后。”

他指的是胡守中说的倾家荡产相谢。他虽说过不必谢，但那只不过是句客套话。

“孙兄放心，胡某不是负义之人。”胡守中说。

第二百四十九章

二月二十八日，圣驾至河南卫辉府。这是河以北最后一处大站。渡河的地点定在开封府荥泽县，从卫辉到荥泽只有一日的行程。明日到达荥泽，驻一夜。三月初一祭河后，就要渡河而南。

汝王祐梈及王府官员于卫辉朝见皇帝。

进入河南以后，亲藩渐多。第一起朝见皇帝的，是赵王厚煜。皇帝未经府城，而径赴彰德府所辖的磁州，厚煜也赶到磁州朝参。厚煜事祖母极孝，十年之前，皇帝曾玺书褒奖。因此，在磁州对他恩礼有加，增禄米三百石，朝毕，命英国公张溶和礼部尚书严嵩把他送归王府。

第二起朝见的，就是汝王祐梈。汝府封于卫辉，祐梈是宪宗皇帝第十一子，以辈分而论，比皇帝长一辈，而且，他和孝宗皇帝、睿宗皇帝是亲兄弟，是皇帝的亲叔，和赵王的关系又不同。汝王行君臣礼，皇帝避席，以示尊长之礼不敢受。礼毕，皇帝命加禄米五百石。

祐梈朝参毕，然后是汝府官员朝参，然后是卫辉府官员朝参。依照前例，接下来应该召见扈驾大臣，至少召见郭勋、夏言、严嵩数人，说几句话。但皇帝感觉疲劳，决定推迟召见扈驾大臣。

“崔成，随朕到外面走一走。”他命道。

张佐留在京师，主持司礼监，皇帝带在身边的是几名年轻一辈的太监，崔成无形中成为首席太监。

行殿虽无两京宫殿的恢宏气势，但里面一层内臣，外面一层锦衣卫官校，再外一层京营官军，警戒森严，绝不亚于大内。

皇帝在前，崔成在后，步出行殿，外面静静的，除近处特意压低的脚步声，远处似隐似现的水流声，再听不到其他声息。卫辉府所辖辉县，西北有百门山，百门山上有百门泉，泉通百道，汇为卫水，从卫辉城北流过。一个辉县，一个卫水，卫辉或因此而得名。

“不错。”皇帝对四周环境很满意。

“奴才们都看这里不错，”崔成应道，“奴才听许多人在说，爷一路上辛劳，在这里该好好养一养神。”

走到一株大树下，忽地刮起一阵小小的旋风。说小小的旋风都有些夸张，其实只是一阵风，刮起一道尘土，环绕皇帝的身子，旋转而上，由脚面上升到腰间，然后扬长而去。

这风刮得怪异。崔成离半步，跟在皇帝侧后，看得一清二楚，不由大惊失色。皇帝只感到一阵风在身边旋绕，只看到风刮尘土而去，不至于大惊失色；但他也觉得，此风不是寻常的风。

“召陶高士来见朕。”皇帝命道。

不多时，被封为神霄保国宣教高士的陶仲文进殿见驾。

行礼毕，皇帝问：“陶卿可知，朕为何要召你来？”

说着，看崔成一眼，意思是说：朕只命你宣召陶仲文，可没命你宣示朕意。

皇帝最讨厌的一件事，是内臣随便向外臣透露他的心思。他以为，这正是内臣与外臣勾结的开始。何况，他的心思也很少对内臣讲，内臣与其说是透露他的心思，不如说是猜测他的心思。这就更不能容忍。崔成入司礼监办事以来，越来越知道皇帝的脾性，是绝对不敢透露或者猜测皇帝心思的。而皇帝从来不猜疑张佐会透露或猜测他的心思，却不时流露出对崔成的猜疑，不管出于什么原因，对崔成来说，这可不是一件好事。

陶仲文奏道：“陛下之胸臆，天之胸臆，道之胸臆，无所不容，微臣不敢妄测。”

他不仅巧妙地恭维皇帝，而且巧妙地解除皇帝对崔成的猜疑，让崔成大大地舒一口气。

皇帝感到满意。他说：“朕放才在殿外漫步，忽然刮起一阵风来，环朕盘旋三周而去。朕觉得蹊跷，欲问陶卿，该风主何征兆？”

陶仲文问：“陛下于何处遇风？”

“崔成，你带陶卿去看看那树。”皇帝命道。

崔成领着陶仲文去殿外走一遭，又回到殿里。

“从方位来看，该风主火。”陶仲文奏道。

“前日遇火，今日又会遇火？”皇帝大感疑惑。

赵州行殿建于临洺镇，二十五日午前，圣驾一行离赵州，午后，行殿两室失火。皇帝说“前日遇火”，指的是这件事。火是皇帝去远才起的，并未惊动圣驾。皇帝命罚赵州知州范昕六个月俸禄，将守殿官吏逮入狱中。仅此而已，没有深究。

陶仲文说：“去冬今春，少雪气燥，陛下宜降旨防火。”

“陶卿说的是，”皇帝点点头，随即向崔成交代，“你去传谕各司内臣，谨守其职；厨役人等，小心走水。”

崔成领旨而去。皇帝又和陶仲文交谈祝祷之事、养生之术。谈得过久，这一日不再召入随驾大臣说话。

第二百五十章

四更时分，睡梦中的陆炳忽然嗅到一股异常的气味，下意识地吸进一大口气去。这一吸不要紧，他猛然打挺坐起。他嗅到的竟然是各种物料烧焦的混合气味。向窗外望去，只见火光冲天。他以为仍在睡梦中，用力揉揉眼睛，这才确定看到的果然是大火。他立刻完全清醒过来，顾不上着衣穿鞋，光着脚，赤裸上身，冲出房间。

外面已经乱成一团，有人喊着“走水了，走水了！”有人喊着：“快取水！”一名太监拎来第一桶水，向火上浇去，只见火苗闪一下，窜得更高。那太监一面喊着“再去取水”，一面拎桶跑下。

陆炳定神看去，起火处正是行宫，其中包括皇帝就寝的宫室。他向起火处疾奔而去，与一锦衣卫官员撞在一处。那官员衣着整齐，想是夜里当值，所以没有脱衣卸甲。

陆炳扳住他的肩膀喝问：“皇上在何处？”

“皇上？”那锦衣卫官员显然是惊呆，竟没想到皇帝正在火海之中。

“皇上若有闪失，看我不活吞你！”陆炳顾不上多说，拨开那锦衣卫官员，奋力向前冲去。那锦衣卫官员跌跌撞撞，跟在他后面。

取水救火的内臣和锦衣卫军校渐渐多起来，有的端着大小水盆，有的拎着大小水桶。但杯水车薪，根本不可能扑灭大火。

一些随驾的官员也赶过来，欲向失火处奔去。

陆炳向值宿的亲军厉声喝道：“拦住他等！”

他们多是蓬头垢面，辨认不出是什么人。让他等冲过去，若有刺客夹杂其中，不但于救驾无助，还会危及皇帝。所以，陆炳果断发布命令，不许他等接近行殿。忠于职守的亲军卫士把众大臣拦在外面，任由他们叫喊、哭泣。

陆炳拦住一名救火的太监，问他：“皇上在哪儿？”

“崔、崔太监已进、进去找。”那太监结结巴巴地说。

陆炳冲进火海。时而一股热浪袭来，让他觉得皮肉灼痛；时而一阵浓烟袭来，让他不得不闭起眼睛。他不顾一切，边呼唤着皇上，边向里搜索。

迎面撞见崔成，只见他指着自己的嘴巴，大约在告诉陆炳，他已发不出声音；他又向里指指，大约在告诉陆炳，皇帝还在里面，速去救驾。两指之后，他身体往后一仰，便要跌倒。

陆炳忙跨前一步，将他扶住，一面掐他的人中，问道：“小崔公公，你碍事吗？”一面喝道，“有人没有？”

“属下在。”有人搭腔。

原来是在外面呆若木鸡的锦衣卫官员，不知怎么忽然有了勇气和灵气，跟在他后面，冲进火海。

“你负崔公公出去，”陆炳命道，“记住，他在你在，他不在，你就投身在大火之中吧。”

他这样说，不仅因为崔成是眼下皇帝最信任的太监；而且，崔成早他一步在现场，大概也是离皇帝最近的一个活口。万一皇帝有个三长两短，只有他在，才说得清楚到底发生什么事情。

“是，”锦衣卫官员应道，“属下救出崔公公，再来接应大人。”

他身材高大，背起崔成，像背一个孩童，大步向外走去。

皇帝就寝的宫室就在面前，但崔成指的还要往里，而不是该宫室。他应该知道皇帝所在的处所，看来，皇帝并未在寝室歇息。

陆炳推开寝室的门，屏住气息，喊一声“皇上”。没有应答，他又向里搜索。这时候，他已感觉咽喉灼痛，声音嘶哑，叫出的声音，自己听来，都好似自远方发出。

再里面的房屋，面目皆非，已分辨不出哪里是门，哪里是窗，哪里是墙。陆炳屏住气息，拼尽全身气力，向前撞去。只听得簌簌作响，一扇被烧焦了的窗框落将下来。陆炳身手敏捷，向旁一闪，然后一个箭步，从窗框跌落的地方，跃入房内。

“皇上！”他边以目光四下搜索，边唤道。

房屋只燃着前面的半间。映着一闪一闪的火光，看得出，房屋深处站立着一人；看得出，在他前面躺倒数人。

只听那人低声问：“是陆炳吧？”

正是皇帝的声音。

“皇上！微臣可找到皇上！”陆炳悲喜交加。

他三五步窜到皇帝面前。想起还没行礼，他双膝一屈，说：“微臣叩见皇上。微臣救驾来迟，罪该万死！”

皇帝拉住他，说："不要多礼。你来，朕才有救。"他看着前面躺倒的几个人，说，"他等无用，救不了朕。"

躺倒的不是小宦者，就是宫女，想来他等想架起皇帝向外跑。但皇帝的腿发软，他等的腿也发软，他等气力又不济，跑不了两三步，又会跌到。皇帝挣扎着退到离火最远处，他们却躺在那里，不知是已死，还是昏迷过去。

陆炳顾不上多想他们的死活，奏道："微臣请负皇上闯出。"

"不，你在前面开路，朕随你走。"皇帝说着，活动一下身子。

他见到陆炳，略觉松弛，但两条腿仍然迈不动。

陆炳知道，时间万分紧迫，再不能耽搁。他掉转身体，把后背对着皇帝，然后弯下身来，双手向后，揽住皇帝的后腰。等皇帝用手扶住他的肩头，他稍稍正了正身子，大步向外走去。曲身行走，既吃力，速度又慢；但皇帝安稳，不会跌下。所以，陆炳不敢直起身来。

冲出去的路程比冲进来的路程好像要远一倍。这不但因为他冲进火海已经消耗太多的体力，不但因为背负皇帝，增加他的负担，而且因为火势更加凶猛。当陆炳背负皇帝，终于冲出火海时，仍在扑打大火的内臣和锦衣卫官校，仍在取水灭火的内臣和锦衣卫官校，以及稍远处，向行殿这里张望的随行官员们，无不匍匐在地，山呼万岁。许多人热泪盈眶，许多人在过度紧张后一下放松，因而昏厥过去。

陆炳几乎是屏住呼吸，冲出大火。接触到外面的新鲜空气，他两眼一黑，扑倒在地。背上的皇帝压在他的身上。

崔成首先冲上去。他苏醒过来后，无论如何不肯离开现场。其他太监和锦衣卫官员知道他的身份，请示他，要不要再差几个人，前去救驾。

他说："不必，你等抓紧救火，陆将军一定能把爷救出。"

声音仍然嘶哑，但语气极为坚定。他想的是：陆炳一人在里面，只顾得上皇帝，救助的人员一多，见到烧伤的宦官救不救？见到濒死的宫女救不救？若是都救，必然乱成一团。现在里面最怕的就是混乱。这一处置，可说是十分果断。他却没想到，若不是跟随在陆炳后面的锦衣卫官员，他自己方才恐怕已经被大火烧死。

崔成跪倒在地，小心将皇帝翻转到自己怀里。见皇帝双眼紧闭，他低声呼道："爷醒来，爷醒来。"

他的声音再低，仍传出很远。这一声一声的呼唤似有千钧重，击打着在场所有人的心。呼声轻时，众人的心就松一松；呼声重时，众人的心就沉一沉。

皇帝呻吟几声，声音虚弱地说："崔成，何不传太医来？"

“爷醒了，爷醒了！”崔成泣不成声地欢呼，先让众人都知道这个喜讯，然后他自责道，“奴才糊涂，竟忘传太医。”吩咐后面的宦官，“速传唤各位太医前来，为万岁爷诊治。”

首先到的是太医院使许绅。他跪在皇帝面前，伸手请脉。皇帝把手一甩，说：“我无事！你先看看陆卿。”

说着，站起身来，向别处走几步，让许绅专心照料陆炳。崔成在皇帝后面膝行。

“崔成，起身回话，”皇帝说着，问道，“乘舆焚毁否？”

崔成回奏：“奴才醒来，立即让他们将驾舆移去安全处，幸未焚毁。”

皇帝点点头，说：“着人为朕取一身新衣来。”

不多时，取来一身崭新的龙袍。皇帝身着新衣，和周围的气氛很不相称。但身着亵衣，怎能召见大臣！这身新衣总要穿的。

“郭卿、夏卿、严卿等可来？”皇帝问。

“众大臣均在外面候旨。”崔成奏道。

“你亲去传唤他三人前来见朕。”皇帝命道。

郭勋、夏言、严嵩在崔成导引下，来到皇帝面前。见皇帝虽更新衣，却未洗浴，脸上黑一块，青一块，不忍目睹；见火势虽小，行殿却几乎烧成灰烬；见行殿里虽然还有不少宦官、宫女在暗暗地庆贺劫后余生，可葬身于火海的不知有几多，他等又是惊惧，又是感伤，恨不得仆倒在皇帝面前，痛哭一场。

“朕再见卿等，恍若隔世。”皇帝不等三人行礼便说。

三人行跪拜礼，声音呜咽着，恭请圣安，自陈救驾不及之罪。

“这是天火，罪不在卿等，”皇帝说着，语气一变，“但其他各臣之罪，不可轻恕。张衍庆职在护驾，却全不思守护，殊为欺慢。即差锦衣卫官校械送都护衙门。郭卿，你要好生问他，是何居心！”

张衍庆是兵部侍郎，提督随行京营护驾。出这样大的事，不管他有没有责任，自然要先拿他问罪。

郭勋应道：“臣领旨。”

“河南巡抚何人？”皇帝问。

“是右副都御史易瓒。”夏言回奏。

“河南巡按何人？”皇帝问。

“是冯震。”夏言回奏。

“河南布政使何人？”皇帝问。

“现只有左布政使姚文清。”夏言回奏。

“河南按察使何人？”皇帝问。

“是庞浩。”夏言回奏。

“卫辉分守道何人？”皇帝问。

“是布政司左参政乐濩。”夏言回奏。

“卫辉分巡道何人？”皇帝问

“是按察司佥事王格。”夏言回奏。

“卫辉知府何人？”皇帝问。

“是王聘。”夏言回奏。

“汲县知县何人？”皇帝问。

“汲县知县一职缺，现由侯郡署。”夏言回奏。

皇帝亲口传谕：“河南各有司官全不敬慎服劳，行殿大火，官吏无至者，亦无匹夫夕承之备。着易瓒、冯震、姚文清、庞浩、乐濩、王格六人削籍为民，命锦衣卫官校逮王聘、侯郡二人，械送都护军门，交郭卿好生讯问。”皇帝余恨未消，又加上一句，“卫辉府衙、汲县县衙，除留一人理事，其他官吏亦送都护衙门鞫讯。”

皇帝险遭不测，无论怎样处分，都不为过。夏言、严嵩二人不出声，郭勋应道：“臣领旨。”

幸亏皇帝这晚没有宣召后、妃侍寝，各位娘娘宿在另一处，均安然无恙。随驾的宦官、宫女烧死不少，究竟死多少，皇帝命崔成去统计。

第二百五十一章

承天府城北面一水流过，名丰乐水。临水一镇，名丰乐镇。进入承天府以前的最后一处行殿，建于丰乐镇。

三月初十日，皇帝驻跸丰乐。

三月十二日，扈从官员及护驾大军驻于承天府外，皇帝率几名亲信大臣进入城里。自皇帝龙飞，兴邸宫室的旧名多已更易。皇帝亲定，宿于庆云宫，谒皇考神位于隆庆殿，受朝于龙飞殿。

三月十三日，朝毕，皇帝回到庆云宫，准备稍事休息后，召郭勋、夏言、严嵩及工部尚书蒋瑶等，计议显陵改营玄宫、拓广周垣等事。

皇帝坐下不久，茶水还来不及喝，侍卫来报，崔太监有事禀奏。皇帝命他进来。只见崔成满脸愁云，一步一晃地走入，好像身体极不舒适，又好像很怕见到皇帝。

“崔成，出了何事？”皇帝敏感地问。

崔成奏道：“回爷的话，浙江布政司有一本奏疏，直接送到行在。”

依照礼部南巡仪注，十三布政司等奏事，情节重大者，直达行在；一般事务，送在京通政司，或是由留守大臣处置，或是再送行在。南巡途中，各处直达行在的奏疏并不多。这次，浙江布政司的奏疏直达行在，肯定情节重大。不过，崔成可以算作有阅历的太监，情节再重大，也不至于让他如丧考妣。可见浙江布政司奏上的，是比一般重大情节还要重大的情节。

皇帝也有些紧张，问他：“浙江出了何事？”

“爷亲阅，还是奴才为爷读疏？”崔成反问。

“不必读，你只说浙江布政司所言何事！”皇帝命道。

“浙江布政司奏道：张先生病逝。”崔成说。

“谁病逝？”皇帝一时没反应过来。

“前少师兼太子太师、吏部尚书、华盖殿大学士张孚敬卒于家中。”崔成重复道。

这大概是浙江布政司奏疏中的原话。

皇帝坐在那里，面无表情。看不出他听到这个消息，是沮丧，还是懊悔，是哀痛中稍有快意，还是快意中稍有哀痛，或是各种情感交织在一起。只有一点可以肯定：自圣母皇太后宾天以来，皇帝的心灵再次受到冲击，是真正的冲击，巨大的冲击。

皇帝最先想到的是：嘉靖十五年五月，阅过张孚敬请安的奏疏后，他曾亲写手敕以答。手敕写的什么，记不完全，主要的一句话却还记得。他写道：卿疾未愈，不烦以见；如稍可，即星夜以行。那时，他到底是希望见到张孚敬，还是不愿见到张孚敬，还是见不见根本是一件无所谓的事，在他的记忆里，已经很模糊。

反正亲写手敕后，母后问及张先生，他很坦然。自古以来，写这样内容的手敕与臣下的天子，能有几人。

据说，张孚敬恭接手敕后，即准备赴京；据说，行至金华，疾大作，张孚敬不得不返回永嘉。不，这不应该是据说，而应该是实情。皇帝记得，张孚敬本人的奏疏是这样写的，浙江及温州有司的奏疏是这样写的。

在那以后，皇帝还曾差人探视过张孚敬的病情，还差人送去自家服用的药饵。但在那以后，皇帝再没亲写手敕给张孚敬，再没对他说过“如稍可，即星夜以行”这样寄托着情意的话。

皇帝当时还想过：张先生是不是借病推脱？他不来见朕，难道还要朕去浙江见他吗？他不欲来，君臣缘分就此了断，又有什么了不得！现在看来，不是张孚敬不想入朝，而是他的病情确实很重。在那以后，只两年多一些的时间，他已不在人世，就足以证明。

要说皇帝有什么懊悔，那就是在自责：嘉靖十五年五月以后，为什么没有再写手敕与张孚敬，为什么不再召他还朝？如果在那以后，又亲写两三道手敕，又两三次召张孚敬还朝，岂不更能保全君臣间的情分？

皇帝接着想到：那时，是不会再亲写两三道手敕，不会再两三次召张孚敬还朝的。那时，张孚敬最后一次致仕前和他的冲突，给他留下的印象太深。他不明白，一向和自己心意相通的张孚敬，为什么在处分张延龄一事中，就是不能理解自己？或者说，就是不肯向自己屈服？张孚敬不是不知道，在他即皇帝位的最初几年里，在圣母皇太后被接入宫中的最初几年里，慈寿皇太后对他母子二人是如何盛气相待，是如何使得圣母皇太后难以安居宫中；不是不知道，他的内心对慈寿皇太后是如何怨恨，圣母皇太后的内心对慈寿皇太后是如何怨恨！既然知道，为什么还要固执己见？难道安抚慈寿皇太后，真的比安抚圣母皇太后和皇帝本人还重要？真的比维系国家的法纪还重要？

或有人说，张延龄出自慈寿皇太后族，所以皇帝不惜杀之以维系国家法度；换成圣母皇太后族人，又当如何？说这话的人，根本不了解圣母皇太后的为人。圣母皇太后不仅懂得女德，而且读过许多经史，深明大义，知道对戚族不加约束，必然会坏朝政，必然有害国家。所以，圣母皇太后对族人从来是严加约束，从来不假以颜色。所以，圣母皇太后的族人无不谨小慎微，中规中矩。换句话说，圣母皇太后的族人若有违国家法度，圣母皇太后第一个就放不过他，绝不会像慈寿皇太后那样，为坏国家法度的族人请求宽恕。

张先生，你应该知道这是两件事。一件事是：朕怨恨慈寿皇太后，圣母皇太后怨恨慈寿皇太后；另一件事是：张氏兄弟罪恶满盈，咎由自取，并不是朕和圣母皇太后强加于他的。可你偏偏分辨不出这两件事的区别，或者你不愿意分辨出这两件事的区别。这是最让朕伤心的，所以，朕才会责备你“强臣令主”。

要说皇帝对张孚敬的死，在哀痛中稍有快意，那就是为这件事。

皇帝接着又想到：那时，真的不会再写两三道手敕吗？真的不会再两三次召张孚敬还朝吗？十五年来，从闻名到相识，从相识到相知，难道会因这一次的摩擦一笔勾销吗？

朕最早知道你张先生是在正德十六年，你的一篇奏疏拨亮朕的眼睛，赢得朕的心。朕得以全父子之情，得以全母子之情，得以尽纯孝于皇考、圣母，你功不可没，功居第一。

朕最早见你张先生是在嘉靖三年，朕毅然将你和桂先生从南京召回朝廷，佐朕议礼。那时，你很难，朕也很难。你总该记得，朕对你说过：祸福与尔共之。那年，朕只有十八岁。这话说得何等郑重，何等深沉！你鼓起朕的勇气，朕也鼓起你的勇气，朕和你一起渡过难关。从此，不管你在不在朕的身边，你在朕心目中的位置没有人可以取代。你总该记得，朕称你“少师罗山”，你可听朕这样称呼其他臣子？

有人说，朕重用你，只是因为议礼。这话也对也不对。没有议礼，你不会走到朕的身边，朕不会深知你。但朕重用你，绝不仅仅因为与你议礼相合。譬如，你提出来，要抑制内臣，朕觉得有道理，所以支持你。皇兄武宗皇帝给内臣太大的权势，太多的方便，把宫里弄得秽乱不堪。殷鉴不远，朕不能蹈其覆辙。譬如，你提出来，要整顿吏治，朕觉得有道理，所以支持你。用人以私不以公，以奸不以忠，以空谈不以才干，政事如何不坏，天下如何得治！

对内臣的抑制，朕敢说：自太祖高皇帝以降，再无如今日得力者。对吏治的整顿，你张先生在朝时，有不如意处，今日仍有不如意处。朕每欲继续整饬，可往往感觉力不从心。能者难觅，贤者难觅，能相难觅，贤相难觅！上苍何时再以如张先生这样的能相、贤相与朕？

张先生，朕说祸福与尔共之，你为何弃朕而去！

皇帝的眼睛开始湿润，灵巧细心的崔成适时呈上一方御用罗帕。皇帝接过，擦拭眼角。这一擦拭，再也抑制不住，泪水泉涌，很快把罗帕打湿；再也抑制不住，哭泣出声。皇帝仍在压抑着，哭声不大，但完全是发自肺腑。崔成见皇帝动真情，也在一旁陪着洒泪。

良久，皇帝止住哀痛，问道："张先生是哪一日仙去的？"

崔成随之止住哀痛，回答："回爷的话，在上月的初六日。"

恰好四十天。皇帝像在自语，又像在吩咐崔成："张先生的赠官和谥号一定要好生议定。"

"奴才去请大臣们会议吗？"崔成知问得多余，但还要问一句。

"这是大事，草率不得，回京后再议。"皇帝说。

其实，不必礼卿议，皇帝自己已经想好：赠官应是太师。文臣自诚意伯刘基赠太师后，后世差不多所有的首辅都赠以太师，张先生怎能不赠以太师！

谥号似宜用文忠。皇帝记得，文忠有两重意思，一是勤学好问，一是危身奉上。这两重意思，张孚敬都当之无愧。

皇帝的心情渐渐平静。他陷入沉思，不再说话。

在张孚敬死讯的影响下，皇帝日后在承天府的活动，显得更加沉重，更加从容；承天府的气氛更加肃穆，更加宁静。

三月十六日，祭享上帝于龙飞殿，以睿宗皇帝配祀。祭祀中，用的是皇帝亲作的乐章。皇帝对皇考的敬爱和向往之情，对圣母的敬爱和向往之情，全都倾注在这一乐章中。

三月十八日，楚王显榕来朝。武昌距承天府远，襄阳距承天府近，楚王来朝，而封于襄阳的襄王却不来朝，使得随皇帝南巡的年轻太监大惑不解。他们在和留守兴邸的老公公闲话时问起才知：孝宗弘治年间，襄府曾与兴府争地，官司一直打到朝廷。兴邸的老公公没有明着说，皇帝因此不使襄王来朝；但随驾的年轻太监想，大概是这个原因。

三月十九日，皇帝写书与监国的皇太子，告以回銮日期。两岁的皇太子还不晓事，写书与他，是告诉居守大臣们。

同一日，荆州知府李士翱改承天知府，皇帝命将他的秩俸升一级，由正四品升为从三品。其他知府在任久，也会加升一级，但和李士翱此次加升不同。李士翱改任进秩，显示承天府的地位和凤阳府是一样的。

三月二十日，群臣朝于龙飞殿。皇帝命颁示南巡诏书于天下。承天父老子弟先听宣谕，赐馔。更让他们感激不尽的是，皇帝以皇考之故，以潜邸之故，以显陵之故，免去承天府三年的田租。

三月二十二日，皇帝最后一次驾临龙飞殿，向献皇帝神主辞行。供奉于神位前的，是皇帝前一晚辗转反侧，无法入睡，起而拟就的《思恩赋》。该文再一次表达对皇考的感激和挚爱之情。

出兴邸，銮驾已备好，载着皇帝，缓缓出城。

三月二十四日，圣驾离开承天府境。

第二百五十二章

三月二十七日，皇帝驻跸均州。襄阳和河南南阳之间是一条直路，但皇帝不愿驻跸襄阳，宁愿向西绕个小弯子，在均州落脚。

被皇帝召入行殿议事的扈驾大臣，除郭勋、夏言、许讚、严嵩等外，又多个陆炳。在卫辉大火之前，皇帝要惩处官员，都是送都护衙军门，交郭勋鞫讯；自从卫辉大火之后，皇帝要惩处官员，改送行在镇抚司，交陆炳鞫讯。

“湖广官员私馈随驾官员一事，陆卿鞫讯得如何？”皇帝问。

陆炳回奏：“臣已问实，湖广左布政使徐乾、按察使吴允禄二人，确曾私馈护行御史胡守中。”

胡守中告倒陆铜，被皇帝取来作护行御史，在离承天府前，还升他右佥都御史兼詹事府丞，以嘉靖十一年出身的进士而言，算得上骤升。

徐乾是广西临桂人，正德六年进士。吴允禄是广东南海人，嘉靖二年进士。二人本与胡守中毫无瓜葛，不知为何要馈以钱物，而被随驾科道官纠劾。皇帝的思绪正牵挂在张孚敬身上，容不得贿赂风气。胡、徐、吴三人正好赶在风头上。

“既然问实，将他二人也下镇抚司鞫讯，”皇帝命道。“徐乾馈赠几多钱物，吴允禄馈赠几多钱物，是徐、吴二人主动馈赠，还是胡守中索取，你都要给朕问明白！”

“臣遵旨，”陆炳应道，又奏，“臣还勘实，胡守中将所得馈赠，取出一部分，转赠行在镇抚司某官员。”

“某官员不是你吧？”皇帝笑问。

众臣轻松一笑。

陆炳说：“臣不敢坏名声，辱没先人。”

“镇抚司某官员不是你，就等回京再作处置，”皇帝说着，转向他人，“十日之内，噩耗两至，朕心凄恻。张先生的追赠，朕与众卿议过，均无异议。朕今日要与卿等议一议，致一真人如何追赠。”

邵元节卒于京师真人府，礼部具疏驰送行在，奏闻其事。皇帝是今日一早得知其讯的，虽不似得知张孚敬死讯那般哀痛，也着实伤感一番。今日召来几位大臣，这是一个重要的话题。

皇帝一封再封，邵元节的地位已相当崇高，至少不亚于七卿。但他到底与文臣不是同类，要众臣以七卿的规格议其丧礼，碍难开口。

“若赠太师，似乎稍过。”郭勋最先开口。

“不唯赠太师稍过。”夏言接过他的话茬。

邵元节是不是赠太师，皇帝并无定见；但对郭勋的开场，夏言的接言，他颇有些不满。

“何谓赠太师稍过？何谓不唯赠太师稍过？”他问。

郭勋随便一说，并无具体的说法，夏言却有他的理由：“有张孚敬的事例，致一真人不宜赠太师；有桂萼的事例，致一真人不宜赠太傅；有费宏的事例，致一真人不宜赠太保。”

邵元节赠官不能和张孚敬等同，众人的看法是一致的，皇帝也不会有异议。夏言又引申为，邵元节的赠官不能和桂萼太傅的赠官、费宏太保的赠官等同。

皇帝想了想，邵元节在世时，加礼部尚书衔，和在世时加少师、少傅、少保衔的内阁大臣确实要有所差别。

“那好，致一真人赠少师吧。”皇帝定夺。怕夏言连少师的赠官也不给，所以他不问夏言，而问其他人。“许卿，你看如何？”

这是一个难题。严嵩暗自庆幸，皇帝点名问的是许讚，不是他。

许讚为难地说：“我朝从未赐予羽士谥号，臣不知当如何议起。”

“严卿之意如何？”议谥，皇帝还是不会放过礼部尚书。

严嵩道：“我朝也从未加羽士礼部尚书。致一真人既加礼部尚书，赐予谥号，似无不可。但如何定其谥，臣也不知从何议起。”

他说得婉转，皇帝听着很舒服；但他又不始作俑，有人在心里赞佩他的手段，也有人在心里鄙薄他的为人。夏言脑际冒出一句唐诗：犹抱琵琶半遮面。当然，他不会吟出声来。而且，也不能深究这句诗的含义。皇帝说不定下面就要问他，他得有应对之词。

郭勋不等皇帝问，先开口说道：“都说不知从何议起，臣看，先将第一个字确定下来，后面的字就好议。”

“郭卿说的是，”皇帝随口赞赏道，“严卿说，致一真人加礼部尚书，因此宜谥。第一个字自然要用文。”

文职大臣最不情愿的，就是邵元节得文字谥。连严嵩都在反省，是不是说了不该说的话。但第一个字用文，由皇帝钦定，谁都不好更改。

“用文康如何？”夏言道。

既用文字谥，文正、文贞、文忠、文襄等大加褒勉的谥号不能用在邵元节身上，他选一个较为中性的谥号。

“严卿，文康是何涵义？”皇帝问严嵩。

“勤学好问，温良好乐，”严嵩奏道。“正统年间阁臣苗衷曾用该谥。”

苗衷在内阁也有好几年，是个没有大褒大贬的人物。而且那时的阁臣到底不如现在的阁臣地位崇高。

“好，就依夏卿所拟。”皇帝同意。

前一句和文忠的涵义相同，又曾用于阁臣，他觉得可用。其实，文字谥基本都有好问的涵义，谥号的等次主要体现在后一字上。“温良好乐”绝对不能和“危身奉上”并论。

许讃说：“只用文康，似有不足。臣意，可另加荣靖二字。”

“严卿，荣靖涵义如何？”皇帝还是问严嵩。

“宠禄光大，宽乐令终。”严嵩奏道。

许讃嘴上说的是谥文康有所不足，心里想的是，加上两个字，可与文臣之谥有所区别。而且，荣靖的涵义和文康的涵义相近，本朝以荣靖为谥者固然不少，但不是郡王，就是后父，没有一个文臣。

夏言领会他的用意，说：“臣以为，致一真人宜用四字谥。”

皇帝不知是不是懂得许讃的用意，但并不反对用四字谥。

“宠禄光大，宽乐令终，恰似致一真人的画像。”他说。

此事议出结果，皇帝再说以后的行程：“前面即将进入河南。今年河南饥馑，朕南下时，闻饥民啼号相续于道路。虽为皇考与母后陵寝事，不得不南巡，但扰我黎元，朕心中不安。”他转向一直未曾开口的李廷相，“李卿，一路上朕还不曾麻烦过你，这一次，朕要向行在户部讨两万银子，赈救沿途饥民。”

“臣领旨。”李廷相应道。

行在户部不会预备很多银两，皇帝今日把他召入议事，向他讨要两万银子，可谓量体裁衣。

“还有一事，议过之后，卿等可以歇息，朕也可以歇息，”皇帝说。“荣王载墐请朝于裕州，卿等之意如何？”

第一代荣王祐枢是宪宗皇帝第十三子，封于湖广常德。载墐是第三代荣王，论起来，他比皇帝晚一辈。皇帝南巡承天府，他一心朝参，出常德，经武昌，赶去承天。常德府距武昌府千里，承天府距武昌府六七百里，载墐日夜兼行，险些累得吐血。到得承天府，皇帝离去已三日。他不肯罢休，一边继续北行，一边差王府校尉快骑追赶圣驾，请朝于裕州。

裕州属南阳府，在南阳府东北一百二十里处。载墐计算，皇帝五日的程次，王府校尉约需两日，那么，应在均州追赶上。从均州到南阳，是两日的程次，从南阳到裕州，是大半日的程次。即皇帝大约在三十日正午时分到得裕州。他从承天府出发，有四日又大半日的时间，只要王府校尉能在均州赶上皇帝，估计他也可以在裕州赶上皇帝。

夏言说："南巡仪注写得明白：许近路王府，出城应候，行殿朝见。荣王奔驰两千里请朝，不合仪注。若陕西、山西、山东等处王府纷起效仿，岂不天下大乱？臣看，以不许朝见为好。"

郭勋不同意："正因荣王奔驰两千里请朝，若断然不许，不合人情。皇上准许荣王在裕州朝见，各地亲藩闻讯，欲纷起效仿，也来不及。"

"各地亲藩也不一定闻讯后才纷起效仿，"夏言驳道，"若有远处亲藩一面赶向圣驾到处，一面请准朝见，皇上是准还是不准？"

郭勋说："皇上南巡以来，所经之处，远近共有多少亲藩？远地亲藩奔驰请朝，不只有荣藩一处吗？夏阁老又何必过虑？"

他二人的话都有道理，皇帝担心的，也在于此：各地亲藩纷起效仿，奔驰请朝；或不是效仿，而是原就有意奔驰请朝，如何应付？如果准荣王，其他亲藩一概俱准，真要天下大乱；如果准荣王，不准其他亲藩，难免落下一个处事不公的名声。但荣王奔驰两千里，已奔驰一千六七百里，一句"所请不允"未免太伤人情。

"你为礼卿，所见如何？"皇帝问严嵩。

严嵩道："臣以为，皇上可写一道敕旨与荣王，对他说：于裕州面圣，不如在纯德山谒陵。如此，既可阻止荣王北去，又不伤荣王之心。"

皇帝大为称赏："严卿之议，甚合朕心。这道敕旨，朕是该写的。"

第二百五十三章

三月二十九日，圣驾驻跸南阳。有陌生人出现在行殿，被先到一步的锦衣卫官校缉拿。皇帝盛怒，逮分守参政张思聪、分巡副使胡廷禄、兵备副使陈遘、南阳知府王维垣，均削籍。

四月初二日，圣驾至荥泽，准备渡河。皇帝命将行在户部预备下的两万银子，散于此处，赈济饥民。

四月初四日，留守京师的署詹事府事礼部尚书温仁和，在河北迎候圣驾，代皇太子及各留守大臣恭请圣安；禀奏皇帝：京师平静，百姓安堵，皇太子、大臣及百姓无不期盼皇上回銮。

皇帝温词嘉勉。

四月十二日，闻晋西南平阳府地震，波及蒲州猗氏，解州安邑、夏县、闻喜、平陆等州、县。皇帝命有司赈灾。

四月十四日，驻跸涿州。涿州距京师约一百四十里，大半日的程次。当晚睡个安稳觉，明日晚些起身，晚些动身，午后也可以进京。

四月十五日，皇帝一行抵达京师，自宣武门入城。留守使卫錞、陈鏸，同留守使顾鼎臣，率文武官员着吉服，在宣武门外迎驾。

驾舆停下，行在鸿胪寺官喝道：留守官迎驾！

卫錞、陈鏸、顾鼎臣三人伏于驾前。

行在鸿胪寺官喝道：留守官致辞！

顾鼎臣致颂扬及慰问之词。他身材长大，跪在那里，比出身武职世家的卫錞、陈鏸还要高出一截。他声音洪亮，善用顿挫，本可以吸引皇帝。但他偶瞥一眼，却见皇帝皱着眉头，满脸不悦，心想：坏了！他知道，皇帝不是因他发怒，而是因他身后的文武官员发怒。出宣武门接驾的文武官员应在两千五百名以上，但实际只到半数。迎驾的队伍零落不齐，看上去很不体面。

留守大臣知道皇帝今天回到京师，知道皇帝今天到达京师的大致时间，并通告各衙门。出现现在的局面，责任不在他们。各衙门官员或是知道皇帝今天回到京师，而忽略皇帝到达京师的大致时间；或是知道皇帝今天到达京师的大致时间，而不在意；或是虽然在意，却因事因病未能按时出迎。没有出迎的文武官员应为自己的失迎负责。

顾鼎臣沉住气，致完辞。

行在鸿胪寺官员喝道：兴！

卫錞、陈鏸、顾鼎臣起身，上前一步，恭聆皇帝训示。他们知道，皇帝不会当即责怪他们，也肯定不会嘉勉他们。皇帝只说“卿等辛苦”四个字，语气和他的脸色一样冷淡，使得他们不寒而栗。

科、道勘查，这一日失迎的文武官员共有一千一百四十二人，皇帝命依照情节轻重，罚俸一个月至半年不等。

第二百五十四章

两个多月当中，有两个月是在路上奔波，回到京师，扈驾各官无不感到疲惫。严嵩今年正好是花甲之年，非壮年时可比，而一路之上，驾前议事，又总少不了他，所以尤觉疲惫。好在衙门里一时不会有多少事要处置，到衙门，可以坐着养神；回到家中，可以半卧半坐着养神。三天后，他觉着已恢复往日的精神，这才着严年找来严世蕃说话。

“今日精神好些，找你问问家里的事。”他说。

严世蕃道：“家里的事简单。大人出行的这段日子，儿子把长安街上的宅院收拾停当，那边的院落比这边的大不了太多，却精巧可爱。母亲大人看过，很是中意。大人何时搬过去居住？”

一次，严嵩和郭勋闲话时，抱怨现在的宅院不好。郭勋说，他在长安街上有一套宅院，正好闲置在那里。严嵩问价钱，郭勋说，馈赠则可，租赁或买卖免谈。不想，严世蕃这么快就接手过来，并整治停当。

“不忙，”严嵩道。“去礼部衙门，还是住在此处方便。”

“大人等到入阁，再搬过去也好。”严世蕃随口说。

礼部衙门在东华门，住在灯市方便；赴内阁办事，走长安街才方便。

“官场进退，你要谨慎其言，免得招惹是非。”严嵩告诫他。

“儿子懂得深浅，在外人面前是从不乱言的。”严世蕃道。

严嵩点点头，又问：“还有何事？”

“再没什么要紧的事，”严世蕃说，“儿子去过一次九和先生府上，他见到儿子很高兴，硬要我留下，饮几盅酒。”

“九和兄对你有什么教诲吗？”严嵩问。

“他称赞儿子聪慧过人，说儿子在国子监的年头不少，如果无意科举，就该在衙门里找些事情做，否则可惜。”严世蕃述道。

“你如何回答？”严嵩问。

“我只笑笑，没有回答。”严世蕃道。

“九和兄热心助人，你不该冷他的心。”严嵩道。

他没什么事要问，于是闭目养神。睁眼看时，严世蕃还没走。

“东楼怎么还在？”他问。

徽州儒商罗龙文建议严世蕃用东楼自号，严世蕃很喜欢，严嵩也很喜欢，以至父子对话时，以号相称。和别人说起严世蕃时，“东楼”二字也常常会脱口而出，令得听者又是惊讶，又是好笑。父不称子号，严嵩身为礼部尚书，难道不懂?

“大人随驾两个月，想听大人讲心中得意的故事。”严世蕃说。

“你怎知我有得意的故事？”严嵩问。

严世蕃笑道：“大人心中的得意，瞒得过别人，却瞒不过儿子。大人回来这几天，每天都喊‘累了，累了’。方才又说，今日精神好些。其实，大人从回家的第一天起，只是身体疲惫，精神却一直很好。故我断定，大人这一次扈驾，一定有得意的故事。”

“瞒不过你，也不想瞒你，我还真有件得意的事，”严嵩说，“这也许是大事，也许只是小事；对我来说，可能是小事，对别人来说，可能就是大事。”

“对公谨先生来说可能是大事吧？”严世蕃推测。

“不错，对公谨先生来说可能是大事。”严嵩说着，讲述起让他得意的故事。

礼部当初拟上南巡仪注，对驾至承天后应用礼仪，来不及详议，但言：驾至承天，一应礼仪，俟至彼另具。因而，在承天的各项礼仪，都在行礼前议定，有些甚至在行礼后补议。如谒陵前，行在礼部拟定仪注，未议及扈从官员在谒陵后是否表贺。照理说，圣驾在外，群臣可即时表贺，也可回銮后，与留守大臣一起表贺。严嵩思忖其事，在承天表贺，既是恭贺皇上，也是向睿宗献皇帝致敬。他在谒陵前奏请，皇上谒陵后，群臣表贺。皇上颇有赞许之意，但未即准。

他问夏言之意如何。

夏言道：俟还京后表贺为宜。

皇上问的是他，别人不好辩驳，皇上自己也不好驳回。皇帝道：卿说回京表贺为宜，那就回京表贺吧。

这事眼看要成定议，皇上又问严嵩之意如何。

严嵩说：臣以为，陛下谒陵后表贺为宜。

皇上大喜，说：礼乐自天子出，可也。

讲完事情经过，严嵩说：“这便是我得意的故事。我想，这是大事也罢，是小事也罢，我在公谨先生面前，总算占得一次先机。”

严世蕃立即做出判断：“这是大事，不是小事；不但对公谨先生来说是大事，对大人来说也是大事。大人定然因此事获益，却不是马上获益；公谨先生定然因此事受损，却不是彻底受损。”

第二百五十五章

南京礼部右侍郎吕柟任职三年，赴京朝觐。安顿下来后，他去拜望内阁首辅夏言。他是当今名士，夏言对他也很敬重。

“仲木先生既来京，不必再回南京。”夏言说。

亦即朝廷要召他大用。夏言这样说，是想给吕柟一个惊喜。

“此公谨先生之意，抑或朝廷之意？”吕柟问。

“当然是朝廷之意，”夏言说。“圣驾南巡之际，东宫僚属不能尽职，皇上着吏部再选宫僚。吏部拟，仲木先生改礼部侍郎兼詹事府少詹事。这一两日，大约就要发布。”

所谓不能尽职，主要指的是失迎圣驾。其他官员失迎，已是大过失；东宫官僚失迎，过失就更大。其他官员失迎，罚俸了事；东宫官僚失迎，处分将更重。即使不罢官，也不能再辅导太子。

“辅导东宫，责任重大，我亦难胜其职，还是留在南京礼部好些。”吕柟说。斯人宠辱不惊，并不以召还朝廷为大喜之事。

“仲木先生要留在南京也不妨，却不可再留在南京礼部，”夏言似是随意似是刻意地说，“岂不闻古人云：近朱者赤，近墨者黑？”

“公谨先生以谁人为墨者？”吕柟问。

“墨者自为墨者，何须明言！”夏言道。大概想说得更明白些，自己又加上一句。“在朝廷时为墨者，在南京依然为墨者。”

“公谨先生在说渭先先生吧？”吕柟不习惯含沙射影，干脆挑明。

“说他为墨者，绝不委屈他。”夏言道。

吕柟沉吟不语。良久，说：“我讲一段公谨先生乡人的故事，如何？”

“我的乡人？”夏言不解其意。“仲木先生请讲。”

吕柟点点头，问道：“上元知县程节，公谨先生可知其人？”

夏言不记得这个人，随口问道：“他是哪一科进士？”

“程节字文纯，南城人，并非甲科出身。”吕柟说。南城属江西建昌府，所以吕枘称他是夏言乡人。“程文纯嘉靖初年以举人授学正，渐升任府学官，渐升任盐城知县，复改上元知县。”

“非甲科出身，得改上元知县，定有得力人物为奥援。”夏言说。

上元、江宁县衙都在南京城内，非其他各县可比，所以他这样说。

“公谨先生说的是，程文纯确有得力奥援。”吕枘道。

“仲木先生，他的奥援是谁？”夏言料中，不无得意。

“程文纯之奥援，乃程文纯也。”吕枘道。

“仲木先生此言何意？”夏言听不懂。

“程文纯所以得改上元，全凭他自己的努力，”吕枘说，“他在盐城知县任上，核奸弊，平冤狱，拯旱、蝗，筑河堤，与民兴利去害之事，行之唯恐不及。名声传至南京，南京诸公无不曰：此人宜大任。故上元知县缺，他得以补之。公谨先生说，究竟谁是他奥援？”

“如公所言，程文纯之奥援，程文纯也，”夏言随便应一句，又问，“程文纯在上元县也很有政绩吗？”

“我要和公谨先生说的，正是程文纯在上元的政绩，”吕枘道，“两京俗杂政繁，以鸩鹜而言，又有勋戚，又有阉宦；以牵制而言，又有六科，又有十三道。故每有京尹难作，京令难任之叹。程文纯一如既往，凡事以利民为念，不但士民守法从善，甚至各衙门也不甚刁难。我姑举一事。上元一民误杀孝陵兽，南京刑部坐以死罪。程文纯亲谒南京刑部，与尚书、侍郎反复周旋，竟得以末減。公谨先生请想，两京刑部堂官几时会屈从一县令？”

“敢为一民生死，与南大司寇周旋，已经不容易；说得动大司寇，更属难得。乡人中有如此良守令，我不可不知。”夏言道。

“公谨先生以良守令相许，可不要反悔，”吕枘笑着警告他，“公谨先生可知，关于程文纯，南京近日有一言传开？”

“怎说？”夏言问。

“道是：礼部霍韬天有日，上元程节月无光，”吕枘述道，“二人光照日月，程文纯是良守令，霍渭先生就是良尚书。”

赞赏程节，以衬托霍韬，是夏言没想到的。

“许与程文纯良守令，我不会反悔，称霍渭先良尚书，我却不知他有何政绩。”他说。

吕枘沉吟良久，问道：“公谨先生可愿听我略述？”

“仲木先生请讲。”夏言无可无不可。

“好，我先请教公谨先生，捣毁清除淫寺，为政者若何？”吕柟问。

“善政。”夏言毫不迟疑地说。

“霍渭先在南京捣毁清除淫寺，为政者若何？”吕柟问。

“善政，”夏言毫不迟疑地说。随即又说，“霍渭先捣毁清除淫寺，不过是拾方叔贤先生余唾，不足道也。”

“好，霍渭先先生捣毁清除淫寺之事，且放在一边，”吕柟不忙着争辩。“我再请教公谨先生，邵士廉先生为人若何？”

邵清字士廉，江宁人，和程节的经历相仿佛，以举人授学官，后升任巡盐御史。

“人若其名，清廉之士也。”夏言毫不迟疑地说。

“我再请教公谨先生，顾英玉先生为人若何？”吕柟又问。

顾璟字英玉，上元人，正德九年进士，是湖广巡抚顾璘的堂弟。

“人若其兄，名节之士也。”夏言毫不迟疑地说。

“公谨先生可知，二公近年皆贫不聊生？”吕柟问。

“不知，”夏言说不知，却不甚信，“士廉先生家境若何，我不得而知；华玉先生为南京富室，他会任英玉先生贫不聊生？”

吕柟说：“英玉先生耿介，华玉先生宴客，请他作陪，他从不前去。华玉先生欲周济，他也不会受的。据闻，英玉先生原来家产颇丰，然不善理财。他在官数年，补贴进去不少；待去官后，坐吃山空，差不多到家无余赀的地步。只临街有一小楼，靠着教授几个童子自给。士廉先生更有甚者，家贫无屋，但依外家敝庐以居，据闻，某官造访，坐谈良久，竟无茗具上茶，该官叹息而去。”

“官至四品，一贫如洗，确实令人叹息。”夏言说。

“霍渭先以捣毁清除淫寺所没之田亩资二公，善政乎，败政乎？”吕柟问。

“资以所没寺田？二公受之乎？”夏言反问。

“未受。”吕柟道。

“这就是，”夏言欣慰地说，“士廉先生若肯受田，就不是士廉先生；英玉先生若肯受田，就不是英玉先生。仲木先生，我倒要请教：所没寺田是什么田？仲木先生不会不知，是官田。霍渭先以官田馈送私人，仲木先生，你说为政者若何？”

“这——”吕柟说不出话。

“以所没寺田资士廉先生，尚可以强辩；英玉先生与霍渭先同年，以所没寺田资之，不是假公济私，又是什么？仲木先生却还要颂其德政，”夏言顿了顿，自顾嗟叹，“所谓近墨者黑，真是丝毫也不差！”

“公谨先生道我已是黑者？”吕柟苦笑。

在南京，霍韬无日不在他面前说夏言的坏话，他的态度是：得辩则辩之，不得辩也不附和，以至霍韬把他看成夏言同党。今日在夏言面前，他的态度也是：得辩则辩之，不得辩也不附和。才辩几句，夏言已把他看成霍韬同党。他不能再为霍韬辩，却不能不为自已辩几句。

“公谨先生，我有一逆耳之言，”吕柟正色言道，“公谨先生和渭先先生都是天下才，二公携手国事，不但是国家之福，也是二公之福，二公睚眦相仇，不但是国家之祸，也是二公之祸。渭先先生纵有不足，公谨先生可以寸朽而弃栋梁乎？”

夏言冷冷地说：“仲木先生的意思我懂得。先生长途远涉，初到京师，是下榻馆驿吗？且请回去歇息，等候皇上召见。”

吕柟本来还有话说，夏言出言逐客，他不得不把话咽回肚里。

与吕柟交谈之后，夏言心里不快，竟耽误一件大事。皇帝还京后，有旨巡视山陵，随行大臣有郭勋、顾鼎臣、严嵩等，而写敕与夏言，着他以辅弼的身份，佐皇太子居守。这道敕旨，称居守敕。依照惯例，皇帝白日回到京师，应该在当天的晚间以前，呈进居守敕，皇帝晚间回到京师，则应该在第二天的午间以前，呈进居守敕，表示皇太子监国已经结束，大臣居守的差事已经结束。可夏言在皇帝回到京师第二天的晚间，还没有把居守敕交回。

事体虽大，夏言却没想到，其他大臣也没想到，皇帝会给他如此重的处分：五月初二日，皇帝命夏言致仕，并革去他不久前所加的上柱国勋阶，收回所赐手敕，共计四百又五道。

第二百五十六章

对皇帝的喜怒无常，夏言不但亲眼见过，而且亲身体验过。亲眼见过，即前首辅张孚敬旋进旋退；亲身体验过，即他自己下过诏狱。所以，对自己的进退出处，不是全没想过。这次受沉重打击，他在惊慌了一两天之后，很快镇定下来。

“夫人，家里还有没有新布？”他一改起身即食的习惯，向夫人苏氏问道。

他的原配夫人已病逝，苏氏是继室。说起这门亲事，和曾任辽东巡按、现任大理寺左寺丞的曾铣有关，几乎就是由曾铣做媒，由曾铣促成的。曾铣娶同邑扬州府江都县人苏纲之女为妻。苏纲有二女，皆秀丽聪慧。幼女先婚，许与曾铣，长女却待字，和父亲一起住在妹夫家里。曾铣知夏言妻亡，怂恿岳丈把长女配与夏言作继室。因为年岁悬殊，苏纲开始还有些犹豫，后来知道夏言的为人和在朝廷的地位，焉有不答应的道理！苏氏长女办事干练，颇有心计，嫁到夏府，即为当家之人。好在夏言尚无子嗣，家中不至于有冲突。

“相公要新布作甚？”苏氏问。

“我想带你回江西看一看，途经扬州，你和岳丈也可去你苏家的祖坟祭扫一番，尽一尽孝心。”夏言答非所问。

“相公要新布作甚？”苏氏想知道的事，非问清不可。

夏言把要新布和回家乡两件事连在一起说：“这些年来，只想着置办官装，便装都旧得不能穿。南下数千里，难道我还着官装不成？趁着皇上赐我闲身，作几身便装，穿起来也略觉轻松。”

“皇上赐以闲身，相公真会自慰！”苏氏道，“新布有，今日就将缝工找来，为相公赶制几套合身的便装。”

“我已不是内阁首辅，还找人家到家里来作甚？不如自己走两步，去他那里量裁。”夏言说。他平素只谈朝政，为表示这次是真正闲下来，竟说起家务上的事。“夫人告诉过我，常找来家里制衣的缝工，是我的贵溪同乡。我记得，他姓赵吧？”

“姓赵，行五。大家都叫他赵五。”苏氏说。。

“夫人告诉过我，他的铺子就在附近，究竟在何处？”夏言又问。

“出大门右转，第二个巷口，门前有一棵柳树的院落就是，”苏氏说着，问道，“相公真要自己上门去找缝工？”

“他也算得上近邻，”夏言道。“既是同乡，又是近邻，多少年来，连招呼也没打过一个，我该去认认他家的门。”

“也好，相公一定要去，我陪着一起去。”苏氏说。

“使不得，”夏言不允，“他不识得我，只当我是一个寻常主顾。我拿去布，给他佣钱，他为我制作衣袍，如此而已。他却识得你是相府夫人，你去他家里，岂不要惊吓他！”

“原来相公意在微服私访，那也随得相公。”苏氏不再强求。

夏言夹起一匹青布，揣上几块碎银，向外走去。一向跟随身边的小童，不知他去哪里，在后跟着，被他摆手止住。守门的家人打开府门，打算在前面引路，也被他摆手止住。他出大门左拐，走过挺长一段路，过到大街对面，又掉转头向回走，找到他府上右面的第二个巷口，找到门前有柳树的院子。院前有一招牌，上写“缝工赵”三个不大不小的字。进到院里，见第一间南屋前也挂着一块招牌，“缝工赵”三个字比院外招牌上的字样小一号。

夏言用手掌拍拍招牌，里面出来一人，个头不高，看上去，年岁在四十左右。他打量夏言一番，脸上惊愕的表情一现即逝。

“客官是唤在下吗？”他操着浓厚的地方口音，平静地问道。

“你是缝工赵五？”夏言问。

“客官少叫个字，在下叫赵金五。”那人说。

“金五？”夏言问，“请教赵师傅，是哪两个字？”

“金银的金，行五的五，”那人说。

“赵金五比起赵五，响亮得多；不过，还不够响亮，”夏言说，“赵师傅，若不嫌鲁莽，我为你改一个字，如何？”

那人无所谓地说：“这个名字，已叫几十年，人家省却中间那个金字，我也没饿死，人家加上中间那个金字，我也没发财。我听人家叫几十年，也听得不耐烦，客官要改就改。”

“赵师傅可在五字下面加一口字，金五便成金吾，”夏言说着，用手指在空中比画出吾字，并问，“赵师傅识得这个字吧？”

“识得。”那人也在空中比画出个吾字。

“赵师傅既识得这个字，可知金吾将军的官秩？”夏言问。

“不知，请客官赐教。”那人说。

“金吾将军正二品散官，赵师傅一步登天。”夏言取笑道。

“我是正二品散官，还不是要为客官效犬马之劳？我是正二品散官，客官就是正二品以上的正职，”那人和夏言说笑，他接过布去，望屋里让道，“请客官进屋，我为客官量一量腰身。”

夏言交代要做衣物的样式，那人为他量一量腰身。他边向怀里取银子，边问：“赵师傅收费几何？”

那人说：“一套衣物五两银子，两套衣物十两银子。客官可先付给半数，另外的半数，可在取衣物时付给。”

“赵师傅收费太昂贵，可否让个半价？”夏言问。

“缝工赵在这一带小有名气，照价制衣，从来分文不让，”那人边说，边把门推开，“客官嫌贵，可去别处找便宜的缝工。”

“赵师傅分文不让，我照价付给就是。可你制作的衣物要精致，否则，我不但收回佣值，还要你赔我布钱。”夏言指着布匹说。

夏言如约，第二天黄昏时分，去赵金吾的铺子取衣物。赵金吾问他：“客官昨日可把什么物件遗忘在我这里？”

夏言想了想，说：“并无遗忘之物。”

“客官也恁大意，这般贵重的物什也好乱放！我若一时把持不住，据为己有，客官轻则懊恼，重则举家不合，我从此也没脸见人，”赵金吾说着，取一块笏状的金条，交与夏言，“此物切不可再裹于布里。”

夏言惊道：“此物果是我的？”

“我家里里外外，和它一般大的银块都没有，不是客官的，又是谁的！”赵金吾道，“昨日客官离开后，我展布裁剪，将此物抖落。客官，你害我不浅。家里有此物，我担惊受怕，唯恐遗失，无法向客官交代，一夜都不敢合眼。客官到来，原物璧还，我也可安心。”

夏言说：“其实，赵师傅根本不必担惊受怕。布里有此物，连我自己都不知道，我家夫人怕也是不知道，遗失就遗失吧。”

“‘遗失就遗失吧’，客官说得好轻巧！”赵金吾道，“无论客官知与不知，它既到我家里，怎能就这样让它遗失？”

夏言掂掂金笏，着实不轻。他说：“赵师傅，我有一事请教。”

“大人尽管问，请教二字，担当不起。”赵金吾说。

“制衣佣值，赵师傅不肯让我半价。佣值半价，不过是五两银子；此物之值，可数十百倍佣值，赵师傅为何要还与我？”夏言问。

赵金吾说：“制衣收佣，是我的本分。我的手艺值得十两银子，才索要此数。那十两银子，我得之心安，用之心安。客官不肯给足，是小觑我，小觑我的手艺。应得之值，我是分文不让的。此物非我所有，我得之心虚，用之心虚。非我之物，我是分文不取的。”

“缝工，贱业也，赵师傅乃有君子之行。”夏言叹道。

赵金吾说：“我不过本分之人，君子二字担当不起。客官请试衣，如有不合用之处，我再为客官返工。客官不要我赔布钱，已很承情。”

说着，欲将制作好的衣物抖开。

“衣物不必试，”夏言拦住他。“赵师傅，我要和你商议一事。”

“客官请讲。”赵金吾道。

“我姓夏。”夏言这才介绍自己。

“我知道。”赵金吾说。

“我就住在赵师傅左近。”夏言再介绍一句。

“我知道。”赵金吾说。

“如此说来，赵师傅知道我是何人？”夏言有些吃惊。

“当朝一品，堂堂宰相，与我相邻而居，我怎会不知！”赵金吾道。

“我已被皇上罢免，赵师傅也知吗？”夏言问。

“天下皆知，我怎会不知！”赵金吾道。

“赵师傅既知，怎不听你招呼一声？”夏言问。

赵金吾说：“大人这般模样而来，定是不欲人知，我为何要说破？再者，大人找我制衣，我为大人制衣，大人是当朝一品也好，被皇上罢免也好，在我眼里，都是一客官而已。”

“难得赵师傅如此恬淡，又如此豁达，”夏言益加敬重，“赵师傅，我若从此去官，别话都不必说；皇上若仍肯起用，不知你可愿意住到我家里去，专为我一家制衣？我一家数十口，须得一缝工。”

“大人给我一口安稳的饭吃，我有什么不愿意！”赵金吾道。

“好，我与赵师傅就这样约定。”夏言高兴地说。

五月初十日，距夏言罢官不过八天，皇帝命他复官值阁，仍是首辅。

第二百五十七章

圣母皇太后梓宫南下，沿途官员，无不小心应差。

武定州属济南府，在济南东北二百多里处。知州唐侃怎么也想不到，章圣皇太后的梓宫会途经武定州。梓宫南祔，取运河水路，自然要在山东境内走一大段。但武定州距运河数百里路，无论如何，别说不该绕到武定州来，连济南也不该过。

“赵同知自称患重病，一李二刘三位判官，也去两位，一位说其妻临产，一位说其父将不治，这究竟是怎么一回事？”唐侃自语。

“老爷真的不知是怎么一回事吗？”一名吏员在一旁搭腔。

“真的不知，”唐侃道。“你知的话，还请告我。”

“圣母皇太后的梓宫南下，老爷总知道吧？”吏员又问。

“梓宫南祔承天府，这我知道。”唐侃说。

“可说不定要途经武定州。”该吏员神秘地说。

“怎会！”唐侃不信。“难道梓宫取海路南下不成？”

“不是圣母皇太后梓宫途经武定州，是护送梓宫的公公、校尉们途经武定州；也不是所有的公公、校尉们都途经武定州，是一部分公公、校尉们途经武定州。”衙门里一名晓事的吏员说。

唐侃不是进士出身，但清廉自奉，在任不携妻子，只带一二童仆，每日所食，菜蔬豆腐而已。衙门里的吏役对他既惧怕，又爱戴。

该吏员又对他说：“圣母皇太后的梓宫走的是正路，在前面开路的公公、校尉们却拿不准。今日高兴，或向东边偏出几百里路；明日不高兴，或向西边偏出几百里路。这是常有的事。德州也不在当途吧？已经被扫荡过。听说这班公公、校尉厉害得很，稍不如意，即奴叱各衙门的老爷。老爷还是防着些吧！”

“原来是这样，难怪赵同知和两位判官的家里一起出事。好，家里的事出的及时，”唐侃并不责怪那三人告假，“没有告假的是李判官，还是刘判官，我也记不清。他家里没什么事吗？我听说他的独子顽皮，没有跌落到井里去吗？那孩子又贪吃，没有跌落到井里，也一定吃出毛病。一会儿你去看看，家里有事，让他尽管歇几日。”

吏员明白他的用意，问道：“老爷要独自支应那班公公、校尉吗？”

“他等都是钦差，自然该我这个正职支应。”唐侃说。

该吏员很仗义，问：“老爷可有用到小人处？”

唐侃上下打量他：“你不怕惹祸上身吗？”

“老爷不怕，小人怕什么！”吏员说。

“那好，你来为我措办，”唐侃说着，问道，“你家可有现成的棺木？”

吏员听老爷提到棺木，不由一愣。他说：“小人父母双亡，老爷是知道的。小人现在就给自个儿准备棺木，又未免太早。”

“那就是没有，”唐侃说。“没有也不妨，借不借得到一副？”

借棺木不祥，却也不难。吏员说：“借得到。”

“这是要你措办的第一事，”唐侃道。又问，“你家可有现成空屋？”

“小人家没有，却也可以借到。”吏员说。

唐侃点点头，说：“这是要你措办的第二事。两件事你今天都要办好；办好后，你在衙门里约上几个人，把棺木抬到空屋里去。”

第三天头上，护送章圣皇太后梓宫的公公、校尉们中的一部分，推推搡搡，拥进武定州衙们。唐侃数数，共计七人。但他怎么也数不清楚，是四个宦者三个校尉，还是四个校尉三个宦者。

衙门里除唐侃，还有两三个吏员，两三个衙役。一个宦者，看来是领头的，踱步到这人面前，歪着头看看，踱步到那人面前，歪着头看看，嘴上还问着：“哪位是武定州的唐大人？”

唐侃迎上说：“小小州衙，有什么大人！下官姓唐。敢问公公贵姓？”

“大人姓唐，我也姓唐，彼此一家，还请关照。”那宦者说。

“好说！敢问公公有何吩咐？”唐侃问。

“应该我问本家大人的，怎么本家大人倒问起我来？”那宦者道，“圣母梓宫驾至，本家大人不会不知吧，怎么也不前去叩驾？”

唐侃说：“章圣皇太后梓宫南祔，下官是知道的，但本官有守土之责，未接圣旨，不敢远离衙门，只得遥拜梓宫。”

“如此说来，不前去叩驾，也怪不得你，”那宦者说，“谁让我与唐大人同姓同宗呢，我会为唐大人美言。”

“是不是美言，也不能由着唐公公一人说了算。”一校尉道。看来，他也是领头的。

那宦官说：“本家大人听到吧，我一人说了不算。就算我向着本家大人，也只一张嘴，说不过他等七张嘴。”

“他等六张嘴。”唐侃纠正道。

“他等七张嘴，”那宦者坚持，“他等众口一词，我还不转风向？”

“唐公公先有美言之心，下官已感激不尽，”唐侃揖道，又指着那校尉问，“唐公公，下官要怎样，他等才肯美言？”

“我等护送圣母皇太后梓宫南下，沿途各衙门都该表示表示。本家大人只要表示，他等无不美言。至于如何表示，”那宦官掰着手指说，“金也罢，银也罢，珍宝也罢，布帛也罢，他等概收不拒。”

“以银而论，须贡献几何？”唐侃问。

“这也因人而异，”那宦者说，“到得一府，或三千两，或二千五；到得一州，或二千两，或一千五；到得一县，或一千两，或八百两。我和唐大人是本家，我作一次主，你武定州贡献一千五即可。”

“怎又是你作主？”那校尉不答应，“你滥做好人，我等又要吃亏。”

其他公公、校尉喧哗：“是啊，你和知州同姓，理应避嫌。”

“好，好，我惹不起诸位，”那宦者连连向四面作揖，“可知州是我本家大人，诸位总不能一点儿面子也不给我。一千八，如何？”

喧哗声这才渐息。

“本家大人，你都看到，”那宦者转向唐侃说，“不是我不肯尽力，只因大家一路辛苦，不得到应得的一份好处，不肯罢休。”

“若再少一些，我或支应得出。”唐侃讨价还价。

“本家大人说多少？”那宦者问。

“一两八，”唐侃伸出手指比画着说。“那是我本月的菜蔬钱。”

“唐大人，你好不知趣！”那宦者被戏弄，脸涨得通红。他高高举起知州座椅，重重地放落。用力太猛，椅子太旧，四条腿竟断二条。

那校尉从怀里掏出一张弹弓，从袖口里取出几粒弹丸，瞄瞄某吏员，虚发一弹，瞄瞄某衙役，虚发一弹，吓得他等连连向后躲闪。最后，他瞄准大堂正中写着“明镜高悬”的匾额，发一实弹。劲道甚大，把明字中间打得凹进去，日月都缺一块。

“好身手！”唐侃先喝彩，复制止，“二位且住手。我只说此处没有一千八百两银子，并没说武定州没有一千八百两银子。不知诸位愿不愿意再辛苦一趟，随本官去别处取银子？”

“几百里路都走来，还怕辛苦吗！”那宦者说。

“如此甚好！”唐侃命替他办事的吏员，“你在前面带路。”

那吏员在最前面带路，然后是前面三人，后面四人，把唐侃夹在中间，好像怕他走脱。

来到一僻静处，那吏员指着一处房子说：“老爷，就在这里。”

进得屋去，后果难料，他的声音不由颤抖。

唐侃知道他害怕，说：“你在外面候着，不必入内。”

“是啊，州守大人的密室，你怎可擅入！”那宦者道。他让唐侃先进去，自己紧随其后，嘴上还说着俏皮话。“都道本家大人是个清官，原来钱物都放在另一处，自然可以掩人耳目。”

可一走进屋里，他的声音突变：“本家大人，这，这是何物？”

房间很大，里面空空荡荡，只在中央摆着一口棺木。

“这是寿棺呀，唐公公怎么也不识！”唐侃对那宦者说罢，又对那校尉说，“唐公公不识，大人总识得吧？”对那校尉说罢，又对众人说，“不瞒各位，这是下官为自己备下的寿木。本官不惜一死，可官家的一钱一物，不敢馈赠私人。诸位若以为下官做错，但求赐以一死。不过，我还有句话要讲在前面：这口棺木，是我赊来的。哪位动的手，还请代下官将赊金付还物主。”

说完，两眼一闭，不再作声。

随来的公公、校尉们面面相觑，说不出话来。他等满怀期待而来，却受一场虚惊。有一二人，恨得咬牙切齿。但知州到底是朝廷命官，他等只为索要财物，谁也不敢贸然出手，将唐侃了结。

唐侃睁开眼时，除他外，屋内空无一人。

第二百五十八章

承天临汉水，荆州临大江。南下荆州，须过承天；南下承天，却不过荆州。荆州知府李元阳字仁甫，云南太和人，是嘉靖五年的进士和庶吉士，那一科的庶吉士都没留在翰林院，名次在他之后，包括他在内，授以知县，是最差的职位。他授江阴知县，几经升迁，才至荆州知府。

为章圣皇太后梓宫开路先行的公公、校尉们会莅临荆州，他是想得到的。湖广巡抚陆杰随后又到，却是他想不到的。

陆杰字元望，浙江平湖人，正德九年进士。

"元望先生，你怎来此？"李元阳问。

"不是要去承天府行礼吗？路过贵地，歇一歇脚。"陆杰说。

从武昌府去承天府，不必绕这个大弯子，李元阳猜出陆杰的来意："从武昌去承天，怎么走到荆州来？元望先生是不放心我吧？"

"让你说中，"陆杰点点头，问道，"该来的可来过？"

"已来过。"李元阳答。

"可离去？"陆杰问。

"已离去。"李元阳答。

"来你荆州打秋风的有多少人？"陆杰问。

"大约十几位公公，十几位官校。"李元阳答。

"他等知道荆州是水陆大码头，来的人着实不少，"陆杰说着，又问，"仁甫用去多少银子打发他等？"

李元阳字仁甫，云南太和人，嘉靖五年进士。

"分文未用。"李元答。

"分文未用？"陆杰不相信。"闻得这般大爷们所至府境，无不将知府掳去。仁甫好大的面子，他等竟没将你掳去。"

"他等只是将我拥至馆驿，也算不得掳去。"李元阳道。

“闻得各知府要送三千两银子，才可赎回，”陆杰说。“仁甫好大的面子，他等竟不向你索要赎银！”

李元阳说：“他等怎会不索要！我告诉他等，私银不足三百两，官银有三十万两。若要私银，我留下一半，你等取去一半；若要官银，我奏请皇上，别说三千两，只要皇上恩准，三万两，三十万两，你等尽管来取。结果，他等不索要官银，也不索要私银。”

“闻得索取不到三千赎金，他等要将掳去的知府推溺水中，”陆杰说，“仁甫好大的面子，他等竟没有将你推溺水中！”

“他等要推溺，”李元阳道，“我对他等说：我生性喜水，不必你等推，我自己跳下去吧。你等将我推溺，三千两的赎金一笔勾销；我自己跳将下去，我欠你等一个人情。于是，他等许我自己跳入水中。”

陆杰忍不住发笑，说：“不是李仁甫，谁能应付他等？”随后又忧虑地说，“此事难道就这样了结不成？”

“他等都了结，元望先生还不欲了结吗？”李元阳不解地问。

“不是我不欲了结，实是担心他等不会善自作罢；日前作罢，日后或将更不利于仁甫，”陆杰说，“仁甫，我知他等一定要到荆州，我知你一定不甘受勒索，所以，才绕道来看一看你。承天府恭迎章圣皇太后梓宫，我二人一起去，他等或会收敛一些。”

纯德山在承天府城以北。纯德山再往北三十里，有一片无名山林。章圣皇太后梓宫到日，湖广巡抚陆杰率布政司、按察司、都指挥使司及武昌、承天、荆州知府等官员在这里恭迎。

陆杰等总要提前一两个时辰赶到，免得不及恭迎，被科、道官论劾。陆杰等到时，护送梓宫的前部公公、校尉们已把守住山林。这是应该的，梓宫到时，官员们要行礼叩拜，当地卫、所的官军把守在外面一层，里面一层自然该扈从官军把守。陆杰看一眼，除他们过来的方向空出一面。其他三面的要害处，都被公公、校尉们三三两两占据。他心想：领军的太监或锦衣卫指挥还真懂得布阵的要点，把个山林围得水泄不通。

谁也看不出有什么不对头，可谁都觉得有些不对头。

两个走在稍前的官员相互看一眼。

“大人，你腿怎么抖起来？”一官员问。

“大人说得不对，我不是腿抖起来。”他身边的官员说。

“那么，是我看花眼？”前一名官员问。

“你也没看花眼，我是全身都抖起来。”他身边的官员说。

“怪哉，大人全身抖起来，我也全身抖起来。”前一名官员说。

走在当中的两名官员向远处的公公、校尉们望去。

“兄台眼神最好，看老树下的那位官校有什么不妥？”一官员问。

“小弟看不出来，”另一官员说。“兄台看有什么不妥？”

“他怎么虎视眈眈，只往我这里看。”前一名官员说。

“我没看出他的不妥，倒觉他身边的公公脸含奸笑。”另一官员说。

陆杰和李元阳走在稍后。昨晚住宿承天府馆驿，陆杰担心发生意外，一夜惊醒数次，结果平安无事。今晨出承天府，他心情渐佳，有说有笑地上马。可在山林外下马，他又觉得不对。

他自语道：“出这片山林，豁然开朗。圣驾南巡时，就定在前方接驾。迎候梓宫，谁选中这块地方？”

“他们说是两位扈从大臣选定的。”李元阳道。

圣母皇太后梓宫南下，皇帝命翊国公郭勋和内阁首辅夏言扈从。

“郭爵爷和公谨先生随驾南巡过，怎会选中这里？我看不像。”陆杰说着，心神不定地招呼李元阳。“仁甫，虽然承天府也是本都堂的辖区，但不知怎的，我竟有一种身陷重围的感觉。”

李元阳看看正面，看看左右两边，最后回过头去，看看后面。他说得更恐怖：“元望先生，或许我等已身陷重围。”

后面本是一条通路，但在官员们陆续进入山林后，据守左右的宦者、校尉们不显眼地移动着，据守住后面的要害处，好像封住袋口。

前方忽然有人打个唿哨，不是十分响亮，但进入山林的官员们听到，无不感觉惊心动魄。随后见据守各处的校尉张弓搭箭，宦者则一手执弹弓，一手亮出闪闪发光的铁丸。

不知谁发令道：“放！”官员们乱作一团，有的转过身来，把屁股对着弓箭和弹弓；有的死死盯住校尉们手中的弓箭，生怕有一箭当胸射过来。不料，校尉的弓箭是虚射，随着口令，拉紧的弓弦又松开。宦者射出的铁丸却是实的，如雨而落。不知有意，还是手头不准，一粒粒铁丸只是在各官员附近的地面扬起一阵尘土，或是将各官身边的树木削去一截嫩皮，偶尔击中某官，打的也是腰部以下，绝不会打在致命处。

第一轮弹弓发射毕，山林里倒下十几名官员。被击倒的，十不一二；被吓倒的，十有八九。陆杰回过神来，清一清喉咙，欲道：“本都堂在此，不得放肆！”“本”字才出口，那边又是一声“放”。他的“本”字倒像是给那个“放”字助威。第二轮的铁丸又如雨而落。官员们或是就地躺倒，或是抱头逃窜。可弹弓守住四面，却向那里逃窜！跌跌撞撞跑几步，也无不跌倒。陆杰拉李元阳一把，想让他和自己一起奔逃。

李元阳不动，既不弯腰躲避，也不以手掩面。第二轮弹弓射毕，站立不倒的，只有他一人。他也成唯一的目标，第三轮的铁丸全向他飞来。这次或是手软，数百粒铁丸，无一粒打到他身上。他屈身拣起两粒铁丸，敲了敲，铿锵作响。他随手一扔，对四面的人看也不看。

四下里一片喧哗，咂咂的赞叹声此起彼伏。赞叹最多的一句话是：好一个奇男子！有人道：“大人们请出山林，到前面迎驾。”

原来，宦者、校尉们在湖广几处索要赎金不如意，不知谁在梓宫祔陵前策划出这样一出恶作剧。

八、雷坛广布

第二百五十九章

京官考察六年一次，谓之京察，又谓之内察。逢巳年、亥年，为内察之年。嘉靖十八年是已亥年，正该内察。

内察的方式，五品以下包括五品官员，由吏部会同该衙门堂上官考察，不职者，给以致仕、降调、闲住、为民等处分；四品以上包括四品官员，自陈优劣，其升降去留，取自上裁。

内察之年，举朝上下，忙的是吏部；由于只议五品以下官员，吏部上下，忙的又是考功郎中，吏部尚书、侍郎，往往圈诺而已。

考功郎中赵汝濂，字敦夫，云南大理太和人，嘉靖十一年进士，选庶吉士，散馆后授考功司主事。五六年间，由主事而升任本司郎中，令得留在翰林院的同馆庶吉士也艳羡不已。

早朝后，赵汝濂赶回衙门。没走出两步，有人招呼："敦夫兄留步。"

回头一看，是都察院右佥都御史胡守中。胡守中和赵汝濂是同科进士，同馆庶吉士，在皇帝由承天府回銮途中，险些因收取湖广布、按二使馈赠被究治。幸亏回到京师，皇帝没再追问此事。

吏部在东华门外，都察院在城西，二人要说话，就得站下来。

"伯时兄在唤我？"赵汝濂停住脚步，转过身去，"伯时兄有何吩咐，请快些说。今日考察都察院官，让廷美先生、子衡先生在衙门里等候，不好意思。伯时兄怕也不安。"

许讃是吏部正卿，王廷相是都察院正卿。赵汝濂不想胡守中多纠缠，把这二人搬出来。

"敦夫兄少安毋躁，我要说的，正是考察，"胡守中说着，拉他向路边走几步，避开人后，他问，“敦夫兄主持京察，可知第一要紧者何事？”

“第一要紧的是出以公心。”赵汝濂说。

“这是场面上说的话，我所问的，是实实在在的话。”胡守中道。

赵汝濂说：“伯时兄所谓场面上说的话，即我实实在在的话；不知伯时兄实实在在的话是什么，倒要请教。”

“他人主持内察，我只对他说：第一要紧的是出以公心；敦夫兄主持内察，我却要对你说：第一要紧的是，两位阁老私人，先要问清楚。”胡守中道。

赵汝濂话中带刺：“问清楚两位阁老私人即可吗？”

胡守中并不觉尴尬：“我知敦夫兄不以为然，但我还是要说。敦夫兄如问清楚两位阁老私人后，还能问清楚其他权要私人，则更佳。”

“譬如——”赵汝濂拖个长音。

“譬如严唯中先生。”胡守中举出一位权要。

见赵汝濂不语，他又说，“唯中先生处可以不问清楚，公谨先生处也可以不问清楚，九和先生处总不能不问清楚吧？”

顾鼎臣是嘉靖十一年庶吉士教习，所以胡守中最后搬出他来。

赵汝濂问：“伯时兄，可是九和先生命你传话？”

“非也，是我自己想到这一层。”胡守中答道。

“我想，这也不会是九和先生的意思。若必得问清楚阁下私人，及其他权臣私人后，再定黜陟，朝廷何用考察？伯时兄不知这一层，不为怪，九和先生难道也不知这一层？”赵汝濂顿了顿，说，“伯时兄，我还有一句实实在在的话，不知当不当讲。”

“是什么话？”胡守中料到，绝不会是中听的话。

“伯时兄幸亏升迁得快。”赵汝濂言简意赅地说。

言下之意，佥都御史，正四品，是自陈，否则，今次内察，恐怕难在他手下过关。

胡守中稍一愣神，说：“愚意拳拳，全是为敦夫兄计。敦夫兄听得进也罢，听不进也罢，我已尽心。”

说罢，拂袖而去。

吏部大堂，一边坐的是吏部尚书许讚、侍郎张潮，一边坐的是都察院掌院都御史王廷相。都察院眼下没有佐理院事的副都御史、佥都御史，因此，会同考察该衙门的堂官只王廷相一人。赵汝濂坐在侧面下位，但因位于吏部堂官和都察院堂官之间，倒好似他成主角。

赵汝濂面前放着都察院官名册，由他唱名，众堂官夹议。每唱一人，他先读都察院考单，然后，或是王廷相说如何处置，或是许讃说如何处置，或是张潮说如何处置，赵汝濂应诺，最后确定下来。

唱到某御史，王廷相说："该御史宜外调。"

赵汝濂等本部两位堂官发问，许讃、张潮都不开口。

他这才问："子衡先生为何说，该御史宜外调？"

"他文字不佳，不宜为御史。"王廷相简单说一句，又加以补充，"他写的奏疏，一是欠通畅，句式艰涩，难以上口；二是词不达意，让人读后，不知所云；三是分不清主次，该说重时，反而说轻，该说轻时，反而说重。御史职在纠劾，文章如此，如何胜任！"

"子衡先生言之过矣，"赵汝濂一条一条辩驳，"该名御史虽非大家手笔，但我读过他的奏章，文字还是通畅的。子衡先生道其欠通畅，恐怕是过苛。此其一也。该名御史的奏章，有时用词尖刻，失其真意，但绝不至于不知所云。子衡先生道其不知所云，是不是对他用词尖刻很反感？此其二也。该名御史的奏章，最可取处，恰是主次分得清楚。子衡先生道其分不清主次，是不是有个人成见？"

"何谓个人成见？"王廷相打断他的话，"敦夫是说，我不喜欢他这个人，甚或与他为仇，故欲将他调外？"

"非也，"赵汝濂说，"他以为是主，子衡先生却以为是次；他说重的地方，子衡先生以为应该说轻。这不是个人成见吗？子衡先生并非不喜欢其人，只是不喜欢其文。"

"廷美先生，唯信先生，二位意下如何？"王廷相向对面问道。

他的提议被赵汝濂驳回，很没面子，但和一郎中当堂争执不下，更失体面。于是，他把许讃、张潮请出来评判。

许讃对该御史文章的看法，和赵汝濂接近，可不便公然支持赵汝濂。

他说："京察处分，有致仕、降调、闲住、为民四等。调外不同于降调。子衡先生若以为该御史应降调，自须议出个结果；子衡先生若以为该御史应调外，则不须在此处议。唯信先生，你看呢？"

"廷美先生说的是，"张潮道，"该名御史的文章，我和子衡先生一样不喜欢。但由此而论其降调，好像也不适宜。"

其实，御史在京察中调外，就是降调。京察的结果，御史不可能改任大府的知府，或按察司佥事、副使。而御史升不到这些职位，就会被看作降调。许讃、张潮说调外不同于降调，明摆着是不支持对该御史的议处。

王廷相只好说："廷美先生、唯信先生都道此处只宜议降调，不宜议调外，那就留待日后再作处置吧。"

又唱过几人，唱到某御史时，赵汝濂说："该名御史宜降调。"

"敦夫是说他宜调外吗？"王廷相问。

"不，我说的是该名御史宜降调。"赵汝濂答道。

"该名御史为官谨慎，敦夫为何说他该降调？"王廷相问。

"子衡先生说他为官谨慎，所指何事？"赵汝濂反问。

"譬如，该名御史上疏纠劾，就很谨慎。"王廷相说。

"子衡先生说他谨慎，我却说他渎职，"赵汝濂道，"该名御史在台省四年，只上过一疏，而且纠劾的只是外吏，并非大臣。"

他又换了个较为缓和的词说："御史职在纠劾，他不是渎职，也是不职。故我以为，无论他人品如何，他不称御史之职，理应降调。"

王廷相看看许讃，看看张潮，见他二人并无辩驳之意，知道他二人又会支持赵汝濂，干脆不再搬请。

都察院仅御史就一百多名，加上经历、都事等官，花去三天时间才考察完评语，议定处分。对某些御史的看法难免有分歧，所幸没有发生大的冲突。

工部会同吏部考察本部官员的堂官，是两位尚书，一是掌理部务的尚书蒋瑶，一是督大工的尚书周叙。另外，还有在江晓免官后，由通政使升任工部右侍郎的郑绅。

周叙字子厚，九溪卫军籍，正德六年进士。郑绅字公珮，顺天府人，正德九年进士。

在议论一名姓魏的郎中之前，吏部堂官、工部堂官，还有赵汝濂，看法大体一致，气氛比较平和；在议论魏郎中时，突起波澜。

赵汝濂唱过魏郎中，周叙立即说："魏某当黜。"

许讃、张潮不语。

赵汝濂问："魏郎中为何当黜？"

"工部事繁，魏某驽劣，不宜居工部。"周叙说。

"粹卿先生也以为魏郎中驽劣吗？"赵汝濂问蒋瑶。

蒋瑶与周叙同衙办事，不欲得罪。他说："该司事务，由子厚先生主管，魏郎中为人如何，为官如何，子厚先生比我清楚。"

"公珮先生之见呢？"赵汝濂又问郑绅。

“魏郎中忠厚有余，干练不足，或更适宜其他衙门。”郑绅说

“至少粹卿先生、公珮先生不能断定魏郎中驽劣。”赵汝濂道。

看来是要驳斥周叙。张潮知赵汝濂出言直率，没有遮拦；他和周叙同年，也知周叙性情偏颇，容不得不同意见。二人如果争辩起来，局面大概难以收拾。

“工部事繁，工部堂官以是否堪任剧务考核部属，在情理之中。敦夫，你要多听他三位的说法。”他说。

赵汝濂说：“考察工部官，当然要听工部堂官的说法，但吏部也要从公考察。否则，可以由各衙门考察，何必再有京察！”

“敦夫，你说我没从公考察？”周叙一触即怒。

“子厚兄休得急躁，他说的是吏部要从公考察，不是说工部没从公考察。”张潮在一旁劝解。

“子厚先生对其他各官的评语，确是从公；对魏郎中的评语，则有欠公允。”赵汝濂不理会他的调解，自顾自地说道。

“我倒要听一听，我如何有欠公允！”周叙声调更高。

“我正要说一说，子厚先生如何有欠公允，”赵汝濂丝毫不惧，“魏郎中精细，可办可不办之事，他力争不办；可多用可少用之钱，他力争少用。子厚先生说工部事繁。正因工部事繁，停办一件事，不知可节省天下多少人力；少用一处钱，不知可节省天下多少财力！如他这样的郎官，工部不是太多，而是太少。就一个魏郎中，子厚先生怎还忍心加以驽劣之名，将他逐出工部！”

“你是说，工部只一个魏某知道节省，我等都不知节省？”周叙问。

“我说的是郎官，各位堂官优劣，由皇帝亲裁，我怎敢妄加评论！”周叙已盛怒，赵汝濂还没说完，“再者，工部事繁，其他衙门都是闲职？说魏郎中干练不足，宜调他部，恐怕也不合适。”

这话是郑绅说的。他觉得魏郎中不是恶人恶官，周叙力主降调，他只说调动，原有庇护之意，不想也被批驳。他无奈地摇头。

周叙用手指点看赵汝濂，怒道：“赵敦夫，你不过吏部一郎官，站在各位堂官面前咆哮，成何体统！”

周叙不敬重赵汝濂，赵汝濂也不敬重周叙，他用手指点着周叙，说：“周子厚，你不过工部一堂官，跑到吏部来咆哮，成何体统！”

“你——”周叙大吼一声，说不出话来。

“你——”赵汝濂冷笑一声，不再多说。

“子厚先生，敦夫，二位不必争下去，”闹得太不像样，许讚不得不出面制止，他和张潮耳语几句后说，“工部堂官评点本部郎中，必有说法。魏郎中处分，宜如子厚先生所言。”

于是，魏郎中议降一级，调其他衙门任用。

考察刑部官员前，许讚把赵汝濂找去，问他：“敦夫，京察过半，依你看，今次京察，称得上公允二字吗？”

“尚称公允，只亏欠一个魏郎中。”赵汝濂道。

“尚称公允已属难得，敦夫何必为一魏郎中耿耿于怀！”许讚说着，问道，“今日考察刑部官员，敦夫已阅过该部送来的考单，谁该致仕，谁该降调，谁该闲住，谁该为民，心里大致有数吧？”

这事有些怪：考察那么多衙门，许讚都显得从容，没在事先询问过赵汝濂；怎么考察到刑部，他却要询问底细？

赵汝濂顾不上多想，说：“并非全盘有数，但有一人，一定要降黜。”

“敦夫说的可是赵元质？”许讚问。

赵文华字元质，浙江慈溪人，嘉靖八年进士，现官刑部主事。他曾回乡守丧三年，加上几任堂官对他的印象不佳，他虽比赵汝濂先中进士，却仍是一名主事。

“廷美先生有同感，就好办。”赵汝濂欣然言道。

许讚缓缓摇头，说：“敦夫领会有误。刑部其他官员都可以降黜，唯独这个赵元质，出自某权贵门下，不好降黜。”

胡守中提到过权贵私人，今天许讚也提到权贵门下。对胡守中来说，一名尚书就可以是权贵；对许讚来说，权贵一定是阁老。

赵汝濂问：“不知赵元质是公谨先生私人，还是九和先生私人？”

“非也。”许讚道。

“如此说来，赵元质与翊国公有染？”赵汝濂又想到郭勋。

“亦非也。”许讚道。

“廷美先生所谓某权贵，究为何人？”赵汝濂无从猜测。

许讚写个严字，说：“赵元质是该府常客，敦夫难道不知？”

赵汝濂不由惊呆。让他吃惊的，不是赵文华为严嵩府上常客，而是许讚竟称严嵩为某权贵。严嵩也的确称得上某权贵；但他是某权贵，许讚自己难道就不是某权贵？堂堂吏部尚书此权贵，难道还惧怕礼部尚书彼权贵不成？

“廷美先生的话，我真不懂！”赵汝濂喃喃言道。

“敦夫今日不懂，日后定会懂得，”许讃说，“敦夫先生今日只须懂得，赵元质是某权贵私人，绝不可黜。”

既然不懂得，如何改变想法？即便懂得，赵汝濂也不会改变想法。

他正色言道：“赵元质不可黜，刑部再无可黜之人；不唯刑部无可黜之人，各衙门均无可黜之人。实话对廷美先生说，赵元质为今日第一当黜之人。吏部不愿得罪某权贵，此事可由考功司作主。”

第二百六十章

赵汝濂亲自把刑部考察的奏本送去通政司。正好司礼监两名太监来取奏本，通政司官员收下他的奏本，随手交与司礼太监。

离开通政司没多久，赵汝濂听后面有人呼道："赵考功，请留步。"

声音尖细而犀利，好似宦官。回头一看，果是那两名司礼太监，倒背双手，迈着四方步，追上来。

"两位公公唤我有事？"赵汝濂问。

他平素不与宦官来往，但也深知，太监们是不可轻易得罪的，司礼太监尤其不可轻易得罪。

司礼太监甲从鼻孔里哼一声，怪腔怪调地说："考功郎何等人物，无事的话，我等无名之辈，怎敢呼唤！"

赵汝濂若知道他的姓氏，就该改称某太监，以示敬重。但不知其姓氏，只得照旧称呼："公公言重。不知公公有何指教？"

"指教是不敢的；只有一事，我等欲提醒考功郎，"司礼太监甲说，"京察是朝廷的大事，万岁爷也等着亲阅吏部的奏疏，你要赶急图快，无可指责。但万岁爷的差事，朝廷的差事，总得认真去办，不能马虎，不能苟且，不能敷衍，不能应付，不能——"

他再想不出适当的词来。

"公公指教的是，"赵汝濂耐住姓子应着，他问，"不知在下何事马虎，何事苟且，何事敷衍，何事应付？"

"三哥，"司礼太监甲唤着司礼太监乙，抱怨地说，"你看，我为他好，他倒质问起我，这是从何说起！"

司礼太监乙说："四哥也不必和他考功大人多费口舌，他不是不知道何事这个，何事那个吗？四哥给他看一看，他就知道。"

司礼太监甲点头称是。他右手伸到胸前，手里拿着一道奏本。把奏本递与赵汝濂，他说：“赵考功，这样的疏本，也可以呈进吗？”

赵汝濂接过奏本一看，不说魂飞魄散，也是失魂落魄。

本朝制度：各衙门所上奏疏，疏前一纸，写明所书事目，及上疏日月，谓之引黄，疏后一纸，摘引主要内容，谓之贴黄。赵汝濂好端端送进去的奏本，不知怎的，引黄上涂一片墨迹，贴黄上染一片茶渍。

“怎成这样？”他站在原处，不知如何是好。

“是啊，吏部所进奏本，怎成这样！”司礼太监甲随言道。

“这样的奏本，谁敢进！”司礼太监乙说，“赵考功，奏本已是这般模样，你与其拿在手上发呆，不如速回衙门，重写一本送来。”

“公公之意，我重写一本送来？”赵汝濂重复。

“我三哥说不如重写一本，赵考功不重写一本，他又怎奈何得了你？不过，”司礼太监甲口气一转，说，“赵考功得想好，呈进这样的奏本，于你本人不利，于你吏部不利。”

赵汝濂原也想过，回吏部重写一道奏本；听两名司礼太监一说，他却猛然清醒过来。这个法子使不得，已经呈进的奏本，一旦取回重写，便是违制，以后就要听任这两个司礼太监摆布。他宁肯皇帝见这被弄得龌龊的奏本震怒、加罪，也不能听任内臣摆布。

回头想一想，有两件事可以断定：第一，奏本引黄上的墨迹，贴黄上的茶渍，是司礼监的“三哥”“四哥”加上的；第二，“三哥”“四哥”在他的奏本上做手脚，是为迫使吏部改写奏本。许讚说：赵文华是某权贵私人，绝不可黜。难道确如其言？

再往深想，“三哥”“四哥”为什么为赵文华做手脚，有两件事无法断定，却都是可能的：第一，赵文华自己和“三哥”“四哥”有深交，故二人出面干涉；第二，赵文华为某权贵私人，某权贵请“三哥”“四哥”出面干涉。赵汝濂觉得，第二种可能性更大。

严嵩的许多行为不检点，不正派；而且越来越不检点，越来越不正派。但也不见他和内臣有多密切的来往，怎么会对内臣有这么深的影响力？严嵩之上还有两位阁老，至少还有一位吏部尚书，怎么在京察中触及他的私人，比触及两位阁老的私人，阻碍还要大？赵汝濂百思不解。

司礼太监甲道：“赵考功在想什么，还不快走！”

司礼太监乙道：“实不相瞒，我二人冒着天大的风险，只能为赵考功担当片刻，拖的时间若久，我二人也担当不起。”

赵汝濂把奏本交还，说：“两位公公但将此本呈上，不必担当风险。”

“赵考功，你要想好！”司礼监两名太监威胁道，“奏本稍不合程式，都会追究；这样的奏本呈送万岁爷面前，你就是死罪。”

赵汝濂说：“此本我已呈送通政司，不能取回；此本两位公公已从通政司取出，不能退回。生死我自当之，两位公公请吧。”

奏本呈进，皇帝命将赵文华谪为山东东平州知州。考功司奏本不洁一事，皇帝却未追究。这出乎许多人意料。

第二百六十一章

吏部拟南京礼部右侍郎吕柟改礼部侍郎兼詹事府少詹事，皇帝不用。在吏部所拟东宫官僚中，还有：南京礼部尚书霍韬，改礼部尚书，署詹事府事；南京吏部郎中邹守益，改司经局洗马，兼翰林院侍读。两京之外的官员有：江西提学副使徐阶，改官与邹守益同。等等。

圣旨尚未到南京，这个消息在南京城里已传遍。

因此，当南京吏部尚书湛若水把邹守益找去，对他说“有圣旨”时，他以为就是这道圣旨。

湛若水紧接着说道：“事关老朽，不关谦之。”

“甘泉先生也要赴京？”邹守益比自己获用还要高兴。

“垂老无用之辈，不若谦之辈风华正茂，朝廷召我赴京作甚！”湛若水对这道圣旨明显有一种抵触情绪。

“南京谁不说甘泉先生老来益壮，怎成垂老无用之辈？”邹守益笑道，“甘泉先生实在要自轻自贱，我是晚辈，阻拦不住；可我毕竟也是年过半百之人，还说什么风华正茂！”

“谦之这样说，愧对前人，”湛若水讲学讲惯，对邹守益也是教训的口吻，“我和阳明子在五十岁时，无不以风华正茂自诩。”

“是，我辈正当以阳明吾师和甘泉先生为楷模，”邹守益匆匆应付一句后，问道，“甘泉先生，今次的圣旨怎说？”

“着我改南京兵部。”湛若水道。

南京兵部的地位绝不在南京吏部之下，他的怨气在于，尽选天下有德行有学问的士人为东宫官僚，竟把他弃置一边，这口气怎咽得下！

邹守益的第一个反应是：“甘泉子怕是受载卿先生牵累。”

他说的载卿先生，是前南京兵部尚书王軏。王軏先后任南京户部尚书、兵部尚书，上疏乞休，曾写一句“臣享年七十有四”，被罢免。据传，皇帝读到这句话，又想作怒，又想大笑。在进呈御前的文字中出现享年若干的字句，真可谓滑天下之大稽。

这是五月中的事，一个月后有旨：湛若水改南京兵部尚书。

“谦之，说起来，载卿先生也是你的师伯，你与他来往可多？”湛若水问。王軏与王守仁是弘治十二年的同科进士，故他有此一说。

“载卿先生是长辈，年节之际，总要去拜望的。”邹守益说。

在他眼里，王守仁近圣，他可不承认王軏是什么师伯。

“你说，载卿先生真糊涂到用词荒唐的地步吗？”湛若水问。

“这话甘泉先生好说，晚辈却不好说，”邹守益道。“据我看来，载卿先生的思绪还清晰得很，敏捷得很。”

“既然清晰，奏疏里怎会出现享年这样不伦不类的句子？”湛若水道。

“或是一时笔误，或是——”邹守益有两种解释，第二种解释须说得巧妙。“归心如梭，有意犯一个不大不小的错误。”

“谦之莫忘，他是被削籍的。说他的错误不小可以，说他的错误不大，有待商榷，”湛若水反驳，“若道归心如梭，到这般年岁，谁不归心如梭？载卿先生七十有四，归心如梭；我今年恰也七十有四，也该归心如梭。谦之赴京矣，我亦求去矣。”

最后两句话，他如唱如吟。

“甘泉先生欲求去，我半是赞同，半是怅惘。”邹守益说。

“这话怎讲？”湛若水问。

邹守益说：“甘泉先生任官三十五年，年在七旬开外，虽曰老来益壮，但也该纵情山水，颐养天年。缘此，我故赞同甘泉先生求去。甘泉先生学问精粹，只要身在南京，皇上今日不召，日后也必召，晚辈等又可聚于甘泉先生座下论学长进。一旦辞官，皇上召入的机会或就不存。缘此，我故怅惘于甘泉先生求去。”

“辞官之后，我就不可入京与诸子论学？谦之焚熏扫榻以待就是，倒不必怅惘于此。”湛若水轻快地说。

和邹守益说一阵话，他的心情大为好转，话也说得风趣。

“说的是，甘泉先生若辞官，我无论在南京，还是在京师，总要焚熏扫榻以待的，”邹守益回应之后，提醒说，“改官伊始，毅然辞官，或会引起不必要的猜疑，甘泉先生仍不宜立即辞官。”

“这话不错。另则，也不宜书写享年云云。”湛若水说。

二人拊掌一笑。邹守益见无他事，告辞。

南京礼、吏二部相对，邹守益出衙门撞见霍韬。

“谦之先生满面忧思，是听过甘泉子的牢骚吧？”霍韬问

“甘泉先生的牢骚并不太盛，不足以忧之。”邹守益道。

“那么，谦之先生是忧他事？”霍韬问。

“说忧亦忧，说不忧亦不忧。实话对渭先先生说吧，我亦不知有忧无忧。”话虽这样说，他却愈发显得心事重重。

“无忧更好，有忧亦无妨。”霍韬说着，邀道，“谦之先生去我衙门里坐坐，我正有件大事要与你商议。”

“无不从命。”邹守益随他走进南京礼部衙门。

霍韬命差役煮一壶浓茶送来。邹守益想，他不仅要商议大事，而且准备长谈。

“朝廷欲召回你我，谦之先生是知道的吧？于辅导东宫事可有所思虑？”霍韬开门见山地问。

邹守益说：“还来不及思虑；再者，此事只是耳闻，并未坐实。”

“谦之先生差矣！”霍韬不客气地用手指点着他说，“此事是实，辅导东宫之事要思虑；此事传闻，辅导东宫之事也要思虑。有此传闻，辅导东宫之事要思虑；无此传闻，辅导东宫之事也要思虑。”

“如此说来，辅导东宫事，渭先先生有所思虑？”邹守益反问他。

“日以思之，夜以虑之。”霍韬道。

既然没有改官的传闻，辅导东宫之事也要思虑，为什么在有此传闻之前，不与邹守益商议呢？如果这样问的话，霍韬一定会很难堪。邹守益是谦谦君子，不会让别人难堪。

“渭先先生如何思虑？”他只问。

霍韬伸出二指：“思虑有二。一者，学者茫茫，官者碌碌，辅导东宫，舍我其谁！谦之先生，当今天下，堪以圣学辅导东宫者，唯君与我。”

“渭先先生这样说，实在令我汗颜。”邹守益揖道。

“我不故作谦卑，谦之先生也不要故作谦卑。”霍韬不觉得自己的话有什么过头之处，“二者，赴京之前，甚或旨下之前，我二人应有所举动，以振聋发聩，不但向世人显示，我二人堪任东宫辅导；且向世人显示，皇上选取我二人为东宫僚属，圣明之至。”

“渭先先生是说，我二人宜就东宫辅导之事上疏？”邹守益问。

“不是宜上疏，是须上疏。”霍韬更正。用“宜”字，比较含糊；用“须”字，

意思才鲜明。

“渭先先生之意，须怎样上疏？”邹守益问。

“我要和谦之先生商议的，正是这件事。”霍韬道。“四十年前郑廷纲先生的故事，谦之先生还记得吗？”

他说的是弘治初年任国子监祭酒、弘治末年任南京户部侍郎的郑纪。在这期间，他选取自周文王至本朝东宫故事百余则，有东宫孩提时的故事，有东宫弱冠时的故事，也有东宫始即大位时的故事，绘成图画，后录出处及自己的论述，名之曰《圣功图》，进于朝。

邹守益听明白他的意思：“谦之先生是说，我二人须再上一本《圣功图》？”

“谦之先生以为如何？”霍韬已跃跃欲试。

邹守益沉吟不答。郑纪并非奸邪小人，但他上《圣功图》却有不足以道之的缘故。据说，郑纪任国子监祭酒，考察不职，调任南京。他不甘寂寞，朝思暮想被朝廷召用。上《圣功图》，是欲谋选东宫官僚。虽说已有改官的传闻，今日上《圣功图》，不是也有谋选东宫官僚的嫌疑？邹守益不愿被人议论，亦不屑与郑纪之流为伍。

霍韬看出他的心思，说：“其人不可取，其法可取。皇太子幼冲，未可以文字陈说。唯日闻正言，见正事，可为养正之助。”又开解道，“谦之先生，欲成大事，不必拘泥细节。”

“哲人之言，发人深省，”邹守益应道，“渭先先生的意思我已懂得，是不是和渭先先生共上《圣功图》，可否容我回去想一想？”

“不可，”霍韬道，并用手比画一圈，“谦之先生要想，就在此处想。”

“就在此处想？”邹守益吓一跳，“辅导东宫之事，渭先先生思虑过，我尚未思虑过；上《圣功图》之事，渭先先生思虑过，我尚未思虑过。刹那之间，怎想得出结果！”

“刹那之间想不出结果，不妨多想一想，我礼部衙门向来夜不闭户，坐到多晚都行。”霍韬开句玩笑，“谦之先生回去后，衙门的事又多，家里的事又多，门派的事又多，哪里还顾得上想这件事！”

“想不到南礼部亦可画地为牢。”邹守益无奈地说。

其实，也用不着多想，他如果觉得此事不可行，早就婉言回绝，用不着以想一想为遁词。

“我决意与渭先先生共上《圣功图》。渭先先生，如何拟《圣功图》，我总可以回去想一想吧？”说着起身，好似霍韬已答应。

“不可，”霍韬把他按下，“谦之先生要想，仍在此处想。”

邹守益两手一摊，说：“渭先先生，这未免太仓促。我从未想过《圣功图》怎么个写法，刹那之间哪里理得出头绪来！”

“谦之先生无头绪，我却有些头绪，”霍韬说，“郑氏《圣功图》取百余则故事，太繁琐太杂乱，未必则则故事都当得圣字。我看，我二人不须选取百余则故事，有十余则故事足矣。这是一个想法。进《圣功图》为辅导东宫，周文王未做天子，更说不上东宫。周文王未做天子，周武王也说不上曾为东宫。因此，是不是选取周文、武的故事，我有些把握不定。这是又一个想法。”

邹守益说：“《圣功图》里没有周文、武的故事，还当得起圣字吗？渭先先生要上的是《圣功图》，就该着落在圣字上；是不是做过天子，是不是曾为东宫，倒不必过于拘泥。”

“不是我要上《圣功图》，是我二人要共上《圣功图》，”霍韬更正道，“既不可无周文、武的故事，我看，周文王问安可列为第一则。”

“还是应以‘神尧茅茨土阶’为第一则故事，”邹守益说，“另外，周文王视膳也是要紧的，‘周文王问安视膳’可列为一则。”

二人你一句我一句，选出自帝尧至本朝的十三则故事。最后一则“西苑耕稼蚕桑”，是当今皇帝的故事。霍韬命衙门里当值的差役准备酒菜，当晚就要和邹守益把《圣功图》制作出来。既然已到这一步，邹守益也不再推脱。二人参酌着绘图撰文，虽都不是丹青妙手，但凭着强烈的责任心，每一幅图倒也都像模像样。

二人满腔热情呈进《圣功图》，不想却引起皇帝的猜忌。皇帝批道：图册语多曲隐，假公行谤，无人臣礼，下礼部参看。

幸亏霍韬有议礼功，皇帝未对二人严厉处分。

第二百六十二章

皇帝读过黄绾的奏疏，脸色陡然变得阴沉。在一旁侍驾的张佐和麦福知道结果会如此，倒也不惊慌。他们只是想：这个黄绾，胆子太大，行事太张狂；只是想：今日侍候爷，要格外小心。

皇帝自承天府回銮，崔成没随驾回京，被皇帝直接差往浙江观海等卫开矿去。崔成很得皇帝信用，这一旨意引起不少的议论。

张佐年岁越来越大，司礼监的差事渐觉难以应付，本想把自己肩上的担子逐渐移给崔成，崔成却不知何故被皇帝放外。于是，他奏请皇帝在年轻一辈的太监中，也就是崔成那一辈太监中，选一两名得力干练的人物，入司礼监办事。皇帝选中御马监太监麦福。

皇帝的想法和二人一样：黄绾只讨恩赏，全不办事，无人臣之礼，再不能容他！

黄绾在处置大同兵变后不久，因母丧而去官。今年初册立皇太子，遣使者诏谕朝鲜，皇帝降旨：安南亦朝贡之国，不可以迩年叛服故，不使与闻。其择大臣有学识者往。

其时，征讨安南与否，朝廷尚无定议。遣使前往，既有先礼后兵之意，又要看一看其国虚实；这个使臣既要有学识，又要有胆略，又要知兵法。吏、礼二部及廷臣推举多人，皇帝皆不用。最后，皇帝特命起用黄绾，加礼部尚书兼翰林院学士衔，为正使，詹事府谕德张治为副使。

黄绾远在浙江太平，而南巡日期已定，算了算，他在家接旨后，正好可以在行在受命。皇帝要他不必赴京，径往承天府候驾。

黄绾竟违抗圣旨，不径往承天府，却向北走到徐州。在徐州他才驰疏行在，自称有疾，赶不及去行在受命。

那时，皇帝就觉得他无人臣礼，将他下狱。

但皇帝还是要用黄绾，回到京师后，将他释出。他还是礼部尚书兼翰林学士的职衔，还是朝廷赴安南的正使。

然而，他的行期却一次又一次拖延，他一次又一次向皇帝提出要求，有些要求实在过分。他奏请，除副使张治外，遣给事中、御史同行。皇帝准允。他奏请，吏、礼、兵三部各择郎官二人同行，备任使。皇帝准允。他奏请，作为赴安南正使，他得以节制两广、云、贵重臣，亦即得以节制两广总督、云南巡抚、贵州巡抚等。皇帝准允。

皇帝准允一件事，就增添一分不快。在准黄绾节制重臣后，他心里想，黄绾再有所陈请，朕一定不容他！他的心思强烈地显示在脸上，以至反应并不敏捷的张佐都看出来，都知道黄绾要倒霉。

黄绾却不知道；或者知道了也不在乎，他继续奏请。这一次，他是为去世的父母乞请赠官，乞请诰命。皇帝再不能容忍。

皇帝下定决心："黄绾无人臣礼！张佐，你速传旨，着褫去他尚书新命，以侍郎闲住。"

张佐不敢多说一句话，应道："是，奴才这就去传旨。"

麦福要跟在他后面退下。被皇帝留下："你慢些走，朕有话对你说。"

麦福转身留下。

等张佐退出殿外，皇帝问："麦福，在司礼监办差如何？"

"回爷的话，在司礼监办差，奴才恐怕不如崔成。"麦福奏道。

他是在用直接而笨拙的办法为崔成求情。皇帝沉吟片刻，问道："麦福，你知道朕为什么不留崔成在身边吗？"

"奴才不知。"麦福道。

"朕今日告诉你，有两件事，他让朕失望，"皇帝说。"一件是，他和翊国公郭勋私下交往密切。祖宗有制度，内臣不能与外臣交结，他坏祖宗的制度，朕只好给他个外差。"

"这件事，奴才也知道一些。"麦福说。

"你怎知道？"皇帝问。

麦福道："崔成曾约奴才去翊国公府上，奴才不敢，他就自个儿去。他后来给奴才看一物，说翊国公送的，象牙所制，很好用。"

"是何物？"皇帝问。

"是——"麦福忽然变得扭捏起来，脸也涨红，"是那玩意。"

皇帝有所悟，不再问。宫里太监和宫女成双结对，如外间夫妇般过日子，由来已久。有权势的太监豢养三妻四妾，也是常有的事。但他们怎行房事呢？只有靠那根实物大小的玩具。皇帝听说，那玩意有用木制的，有用骨制的，今日才知，还有用象牙制的。

“他另一件让朕失望的事是，南巡途中，朕在卫辉蒙难，他救驾不力；他没有救出朕来，自家却跑脱。”皇帝说着，由评论崔成转为评论麦福，“朕想，那时你若在卫辉，救出朕的一定是你，而不是陆炳。若救不出朕，你也不会自家跑脱。麦福，朕的话对不对？”

“回爷的话，奴才若在，只敢向前，不敢退后。”麦福说。

“奴才奴才，留在身边何用！”皇帝又说回崔成，“不过，朕着他去浙江开矿，也不算重罚。他屡屡在朕耳边说，采矿利厚，可资宫用。那好，朕就着他去为朕采矿。他若真在浙江挖出一座金山银山，朕设雷坛有银子用，不必再向户部、工部讨要。”

“崔哥精明，或真能得厚利。”麦福说。

皇帝就势转换话题：“麦福，朕今日留你，就是要与你说一说设坛的事。陶高士扈驾南巡，大功有二。一是那天风来得蹊跷，朕问他主何征兆，他道是主火。朕后来想了想，火虽未能止住，但经他提醒，朕夜里警觉，才能避过那一劫。救驾之功，首归之于陆炳，次则归于陶高士。二是他向朕建议，广设雷坛，祈福祛灾。陶高士对朕说，第一要紧的，是在大内设雷坛；第二要紧的，是在其原籍黄冈县团风镇设雷坛。陶高士有这两件大功德，他在显灵宫的地位也该确定。”

“显灵宫现无主持真人，爷要陶高士掌显灵宫吗？”麦福问。

皇帝点点头，说：“你传谕吏、礼二部，就说，”他仔细琢磨着词句，“我皇祖定制，岁举祈谢天地神祇大醮，为民之心如此切至。邵真人既没，此典不可久旷，其以高士陶典真进真人，领道教事，着各宫观住持知道。并赠其父母，封其妻，各给以诰敕。”宣罢口谕，他又加上一句。“邵元节是致一真人，着陶典真封秉一真人。邵真人之封，用十八字，陶真人之封，用十六字，‘神霄保国宣教’六字仍用。着二部详拟以闻。”

“是，奴才这就去传旨。”麦福学着张佐应旨。

皇帝看他一眼。这个麦福有他的好处，也有不如人意处。换崔成，一定知道皇帝还没有交代完呢。如果只为封陶仲文，还用打发走张佐，把他一人留下来说吗？不过，现在皇帝看重的是他的好处，对不如人意处，不那么计较。

“且不忙去，朕还有话说。”皇帝道，“朕设立雷坛，不欲向户、工二部讨要银两，不是舍不得花它们的钱，而是不欲外间大臣知晓其事。不唯设坛事如此，凡事关斋醮，朕都不欲外间大臣知之。朕想，如果真人、高士们的奏疏不必经过通政司，不必从前朝入，他们说什么，朕做什么，外朝就不得而知。朕想在司礼监为真人、高士们另辟一上言的途径，麦福，你来为朕主持这件事吧。”

“奴才领旨。”麦福知道这是皇帝莫大的信任，自然心怀感激。

第二百六十三章

郭勋得知有一道爷求见，忙问："可是显灵宫的人？"

"小的没问。"来报的家人道。

"怎不问清！"郭勋责备，"你在我府上这些年，还不见有长进。"

"小的虽没问他，却知道他不是显灵宫的人，"家人说，"显灵宫的人不是江西口音，就是湖广口音，他却是另一种口音。"

郭勋问来者是不是显灵宫的人，主要为确定见不见他。显灵宫的人，是一定要见的；不是显灵宫的人，则可见可不见。家人说不是显灵宫的人，他估计也不是显灵宫的人。一来，他的姓名，郭勋没听说过；二来，显灵宫的无名之辈至公、侯之府，一定会自报家门，一定会抬出一个有名之辈来叩门。不报来处，直道其名，不是自设障碍吗！

回转来想，想法又不同。不报来处，直道其名，不正说明有恃无恐吗？

想到这里，郭勋问："他说他姓段？"

"是，他叫段朝用。"家人回话。

"他说他来我府上寻找故人？"郭勋问。

"是，"家人说，"小的问他寻找哪个故人，他支支吾吾，又不肯说。要不是爵爷再三吩咐，不可得罪方外之士，小的早把他撵走。"

"方外之士自然是不可得罪的，"郭勋说着，拿定主意，"你唤他进来，我倒要看看，他是来寻找故人的，还是来骗食的。"

段朝用是个瘸子，家人没报，郭勋也没想到。他心里埋怨家人：不但无长进，反而愈发糊涂。一个有残疾的道士，我何必见他！

"见过国公爷，"段朝用随便一揖，道，"贫道身体不便，难行大礼。"

郭勋稍稍回礼，心里想着：是让座还是不让座。

段朝用好像很解人意，笑着说，"国公爷以为贫道是来骗食的吧？"不等郭勋回答，他又笑着说，"见一个瘸腿老道，国公爷觉着晦气吧？"

郭勋这才正视起他来：本爵想的，他怎么都知道？他纵然不是很有来历，也一定很有本事。方才没马上让座，听他这话，有心让座，却又说不出口。

他干脆起身迎上去，问："道兄是哪里人？"

"贫道原籍合肥。"段朝用答道。

"怪不得我听着耳熟。"郭勋说。

合肥属庐州府，郭勋是凤阳人，庐、凤二府在南直隶江北各府中，是相距最近的。虽然郭家离开凤阳老家已历数代，但祖坟在凤阳，郭勋三五年总要回去祭扫，对当地的口音还是熟悉的。

有这一层关系，他就势说，"道兄请坐。"

"谢国公爷赐座。"段朝用在客位坐下。

"道兄说来寻找故人，不是找我吧？"郭勋问。

"国公爷乃大贵之人，贫道不敢高攀。"段朝用说。

"那么，道兄要找哪一位故人？"郭勋问。

"府上有一位姓张的宾客，他是贫道的故人。"段朝用说。

"姓张的宾客？"府上宾客如云，郭勋一时想不出其人是谁。

家人在旁插话："道爷说的，莫不是从太原来的张指挥？"

"原来道兄的故人是他！"郭勋也想起来。

张寅精通黄白术。不知怎的，就成郭府的上宾，为他，还曾兴起一场大狱；又不知怎的，他又离开郭府。再一想，不对。张寅原籍山西，段朝用原籍南直隶，他二人怎成故人？

"道兄如何识得张寅？"郭勋问。

"张寅乃贫道小徒。"段朝用说。

郭勋难以置信："他从道兄学艺？他似比道兄年长。"

"山人只看道行深浅，不看年岁长幼。再者，国公爷又怎知贫道年岁几何？"段朝用道，"实不相瞒，他在徒辈中只排在第七八位，这次随贫道一起赴京的王子岩，是他的大师兄。"

道士长年修炼，从四十岁以后，甚至从三十岁以后，一副面孔好像再不发生变化，无法从容貌判断长幼，无法从容貌辨认师徒。

"道兄说的是，"郭勋不再怀疑，"我想起来，我曾问过张寅的师承，他只说不是在山西学的艺，究竟尊师何人，竟讳莫如深。"

"那是贫道不许他说。"段朝用道。

“张寅既师从道兄，他点化之术也是从道兄处学的吧？”郭勋问。

“点化之术，他略知一二。”段朝用说，“他入门时，年岁已长，更精深的法术，难以研习。我悯其心诚，将点化之术传授与他。十成中他大约学得三四成，在大人们面前炫耀炫耀，是足够的。”

张寅的点化之术不但在郭勋面前炫耀过，在许多王公国戚面前也炫耀过，观者无不看得目瞪口呆。

听说他的手段只及段朝用本人的三四成，郭勋又惊又喜：“道兄既远胜令徒，可否在舍下演练一二？”

“在徒辈中，张寅专习点化。贫道才说，他在众人面前演练，是足够的，”段朝用说，“贫道若在国公爷面前演练，岂不断送他的前程？国公爷还是让他演练，有不当之处，贫道可在旁指点。谁让他是贫道的徒儿，我不断送他的前程，他也不可坏我声誉。”

“道兄尽管演练，不会断送他的前程。”郭勋说。

“国公爷为何这么说？”段朝用问。

“几个月前，他说要云游四方，已辞我而去。”郭勋道。

“他离国公爷府上而去？可惜！”段朝用叹道，“我在山中，得知他在国公爷府上，窃喜。国公爷是当今天子第一宠臣，他若在府上占据一席之地，不但他的前程有保障，贫道一门从此也可扬名天下。我想，传授与他的工夫，到底嫌少，这次来，本想再与他切磋，使他得以精进，也可以报答国公爷知遇之恩。谁知他仍是福薄。”

“道兄不必长吁短叹，在他是福薄，在我则是福厚。”郭勋说。

“国公爷这样说，是一定要我操演点化之术？”段朝用问。

“本爵凡夫俗子，若能亲睹仙人法术，何其幸哉！”郭勋道，并推心置腹地说，“道兄，你若果能点石为金，化腐朽为神奇，我会向天子举荐你。那时，你不但是本爵的贵宾，也是天子的贵宾。”

段朝用看似动心，可表情上又不完全相信。

“皇上富有天下，何须再有人为他点石成金？”他问。

“人称本爵富可敌国，本爵又何须再有人点石成金？”郭勋反问，并说，“点化出来的金银，和世上原存的金银不同；世上原存的金银有限，点化出的金银无穷。邦国也好，家室也好，谁不想财富无穷？这是其一。皇上修建雷坛，需要费用，道兄以点化出的金银助工，正可应以道助道，皇上必然喜悦。这是其二。前者总领道教的邵真人，而今总领道教的陶真人，只懂祷祝，不懂点化。道兄以此术献之皇上，真可谓异军突起。”

段朝用好似听得很用心。听罢，他说：“国公爷有此美意，我也愿在天子脚下小试牛刀。不过，点化黄白之物，是初级手段，我做得到，小徒张寅辈也做得到。即便我轻松自若即可炼出一炉金银，张寅使出浑身解数才炼得出一炉金银，外人又看得出什么不同？我还有个计较：我先点化出神仙之物，国公爷献于皇上，然后，我再点化金银。”

“何谓神仙之物？”郭勋问。

“难道小徒未对国公爷讲过，饮食器具一经点化，则百毒不侵？”段朝用问。

“我曾听别人说起，张寅却未对我讲过。”郭勋道。

“我未曾传授他，也难怪他不讲。”段朝用说，“点化各项器具，比起点化黄白之物，道行又深一层，与神仙无缘者，不得传授。我先用一个月时间，为国公爷点化两套饮食器具，国公爷献于九重，说明他的好处，奏请用于献皇帝庙。皇帝若准，我再用半年时间，点化若干套饮食器具，用于其他八庙。九庙都用国公爷所进祭器，皇上对国公爷岂不是更要恩宠有加？那时，我再静下心来，为国公爷点化金银。”

“这个主意好，”郭勋点点头，又有一个想法，“道兄点化出的饮食器具既可用作九庙祭器，为何不可用于皇上饮食？”

“用于皇上饮食，自然于皇上有益，但只怕小人作祟。”段朝用说。

郭勋听明白他的意思：若被人调换器具，一旦出事，有口难辩。

“说的是，这倒不可不防。”郭勋连连点头，“道兄，我腾空一座宅院，供你使用。需要什么物料，你尽管向管事之人要。我也不给规定期限，你一个月有所获也好，两个月有所获也好，一旦有所获，我即献于驾前。不过，有一处关节，道兄若能打通，恰似一条捷径。”

“是显灵宫吗？”段朝用极有把握地说，“国公爷放心，我和陶真人也是有交情的，国公爷肯举荐，他也一定肯举荐。”

第二百六十四章

九月，秋高气爽，是一年里最赏心悦目的日子。到月底，天气渐凉，皇帝又一次巡视天寿山。这次巡视的主要目的，是文皇帝庙改为成祖庙，要更换长陵的陵碑。十月初一日，皇帝亲祭长陵，陵口竖立起新的陵碑。

更换陵碑是大仪式，翊国公郭勋、成国公朱希忠、驸马都尉京山侯崔元、首辅夏言、次辅顾鼎臣、礼部尚书严嵩等奉旨扈驾。

回到沙河行宫，皇帝召六位扈驾大臣说一阵话，各有赏赉。众人谢恩后退出，皇帝把严嵩留下来。

“南京礼部侍郎崔铣，与严卿同科吧？”皇帝问。

崔铣嘉靖三年致仕后，乡居十五年之久，去年才以少詹事兼侍读学士起用，后升任南京礼部右侍郎。

“是，崔铣于臣那一科列二甲之首。”严嵩奏道。

皇帝点头：“不错，朕记得崔铣列二甲之首。朕听说，崔铣自诩酒仙，每酣饮于长安街上，通宵达旦不停盏。可有其事？”

“崔铣年少时轻狂，偶尔为之，并非经常，”严嵩道，“嘉靖初年，崔铣任南京国子监祭酒，臣任南京翰林院侍读。臣见他性情已大变，不但单独一人从不酣饮，友人邀他饮酒，十回里他也要婉拒八九回。臣曾问过他缘故，他微微一笑，答以八字，臣至今仍清楚记得。”

“他答的是哪八字？”皇帝问。

“他答：学在治心，功在慎动。”严嵩道。

“学在治心，功在慎动，”皇帝重复着这八个字，说，“这话大可回味。他既懂得治心，懂得慎动，朕想，南京那件事可交与他去办。”

“是。”严嵩不管皇帝要交办什么事，先应下再说。

皇帝又说：“朕要崔铣办的事，本想礼部差员前往查办。但礼部差员，难免天下惊扰，不如南京礼部差官就近去办。”

有就近去办这句话，交与崔铣去办的是什么事，不难琢磨。

不久前，江西巡抚王暐上一道奏疏，在朝廷上引起小小的议论。王暐是应天府句容人，他的奏疏写道：其家句容朱家巷有太祖高皇帝称吴王时的遗迹，龙爪树尚存。句容是距南京最近的一个县，皇帝要崔铣去查访的，多半是此事。

“陛下要崔铣办的，可是查访圣祖肇迹？”严嵩问。

“正是，”皇帝应道，“严卿，你两度在南京任官，你看，王暐所言，有几成属实？”

朝廷多数官员私下议论，都道王暐之说纯系子虚乌有。但严嵩不轻置可否，他谨慎地说：“句容虽距南京仅咫尺之遥，臣却不曾亲历其地，不曾亲历王暐所言朱家巷，不曾亲睹王暐所称龙爪树，故不敢妄言其真伪。臣想，皇上差崔铣查访，他定能据实回奏。届时若仍有疑难，可再差礼部官前去查访，可命阁、部大臣考证真伪。”

皇帝对他的对答很满意，嘉勉道：“朝廷的事理应如此办，国家的事理应如此办。朕每有发问，卿知之为知之，不知为不知，这是一大长处。朕交办的事，卿兢兢业业，不推不让，这又是一大长处。得卿主持礼部，朕甚是欣慰。”

严嵩叩首道：“臣自知非治国之良臣，亦无他长。唯知夙夜尽瘁，唯恃公道与神明。陛下知臣心迹，臣死而无憾。”

他对答的是几句普普通通的话，不知怎的，话一出口，竟然涕泪横流，好似有天大的委屈。

皇帝不由愣住：自即位以来，无论对立的大臣，还是同心的大臣，从无一人在他面前痛哭过。细想一想，或因从年龄上说，他们都是皇帝的长辈，得意也好，失意也好，不好意思在皇帝面前流泪。虽说君臣如父子，但他们在皇帝面前，喜怒不形于色，只是维持着君臣间的情感，缺乏父子间的情感。

年届花甲的老臣，在刚过而立之年的皇帝面前失声而哭，脸上布满泪水，胡须上沾满泪水，给皇帝一种全新的感受。

皇帝也不阻拦，让他尽情宣泄。

严嵩止住哭泣，用袖口擦拭去脸上的泪水，请罪道：“臣得皇帝褒奖，喜极而泣，有失体统，望陛下恕罪。”

“卿恐怕不只因欢喜而泣，也因委屈而泣吧。”皇帝说。

“皇上明鉴，臣也因委屈而泣，”严嵩又泣，“臣不妄断是非，科、道却视臣庸劣；臣兢兢业业，科、道却视臣擅权。臣实无所适从。”

“科、道论劾之言，卿不必放在心上，”皇帝劝解道，“张孚敬新进，被科、道论劾；杨廷和三朝老臣，不是一样被科、道论劾？张孚敬人缘不佳，被科、道论劾，杨一清极有人缘，不是一样被科、道论劾？再看今日朝廷之上，自翊国公郭勋、内阁首辅夏言，哪个大臣不被科、道论劾？科、道以纠劾为职任，一日不论劾大臣，倒显得朝廷寂寞。但哪一大臣优，哪一大臣劣，朕心里有数。”

严嵩适时恢复常态：“科、道以纠劾为职任，陛下教诲的是。”

不仅从道理上劝解，皇帝还要给严嵩一些实际的恩惠：“卿前日奏道，房屋新近修缮过，乞朕为你题写匾额。好，朕今日就为你写。”

“谢陛下隆恩。”严嵩喜出望外，连忙叩谢。

皇帝拿起笔来，一时想不出合适的词。

“卿拟用哪两个字？”他问。

严嵩字斟句酌地说：“陛下待臣，恩重如山，策勉有加，用恩勉两个字，陛下看可使得？”

“恩勉堂，”皇帝口诵后赞赏不已，“卿拟得好。非文学之士拟不出这么个名称来，非严卿拟不出这么个名称来！”

“皇上赐大人的这个堂额好。”严世蕃一边观赏皇帝的题词，一边高兴地说，“儿子去公谨先生府上，见皇上赐他的堂额为‘琼恩’，总觉得有些缺憾。那个琼，是个虚字，衬托得那个恩也有些虚，万万不如这两个字。一个恩，一个勉，均为实义，皇上对大人的恩，对大人的勉，无不实实在在。”

严嵩心里得意，想告诉严世蕃，这两个字实实在在是他拟的。又一想，还是不说的好。就让他以为，这两个字是皇上拟的；就让见到堂额的人，都以为这两个字是皇上拟的。

第二百六十五章

散朝后，夏言把兵部尚书张瓒、兵部右侍郎张润约到朝房说话。

“史克弘的奏疏，二位仔细读过吧？”夏言问。

“我与汝霖先生读过，且议过。”张瓒说。

张润字汝霖，山西临汾人，弘治十五年进士。

他以为夏言会问起该疏的具体内容，于是在脑海顺一遍。

史道上疏奏言，大同五堡已修筑完毕。

大同五堡分布于大同东、北、西三个方向。在东原设镇胡堡，已废。于稍西南车房新创一堡，与北车房等处相互呼应。在东北水尽头，原有旧堡，不便汲水，移向稍东新建。在正北，有红寺旧堡，历经风雨，已成丘土，今易旧成新。在西护堡村立堡，东援红寺，北控诸沟。再西有沙河旧堡，设在沙河北岸，今移其所于河南好女村立堡，北据河险，东与护堡村等处声势联络，贼骑不敢肆然南渡。

史道请旨：将红寺堡改名弘赐，南车房新堡定名为镇边，水尽头堡定名为镇川，护村堡定名为镇虏，沙河堡定名为镇河。

但夏言并不问该疏的内容，只是说：“张谙夫筑堡，堡未成而乱起；史克弘筑堡，堡筑就而安堵。我看，兵部当为他请赏。”

张润想说什么，张瓒抢在他前面说：“我和汝霖先生也有此意。”

夏言又说：“不仅当为史克弘请赏，毛汝厉总制宣、大时，与史克弘合力奏请，也当为他请赏。大同梁总兵为修筑五堡出过大力，他去世后，恤典至今未定，二位何不借此机会，议定他的恤典？”

“不错，这是兵部应做的事。”张瓒又抢在前面说。

回衙门的路上，张润埋怨：“公谨先生颐指气使，廷献先生唯唯诺诺，我可真有些看不惯。”

张瓒笑笑，问他：“阁老关注北边形势，不好吗？”

张润说不出有什么不好。

张瓒接着说：“再者，克弘先生巡抚大同，是公谨先生力荐；汝厉先生总督三镇军务，也是公谨先生力荐。汝霖先生难道不知吗？”

“怎么，廷献先生还要为当朝第一人请功？”张润讥道。

张瓒并却不以为自己是阿谀：“请功不必，扬善却是应该的。”

十月十八日有旨，以修筑五堡功，毛伯温加太子太保；史道加兵部右侍郎，仍巡抚大同；已故总兵官梁震追赠太子太保。

第二百六十六章

俺答一勒马缰，坐骑拐到路边。阿不孩、石天爵也随即勒住坐骑。路边有一条小径，俺答坐骑在前，阿不孩、石天爵二骑在后，沿小径向前行走一段，俺答的亲兵远远在后尾随。

俺答跳下马来，把缰绳向马背上一扔，拍拍马的屁股，让它去舔吮田野上尚未化尽的残雪。虽已过了正月十五，塞外之地仍没有多少春天的气息。阿不孩学他的样子，也扔掉缰绳，让自己的坐骑自由自在地奔跑。石天爵下马，却把它牵在身后。

“阿不孩将军可知，大汗停下，是要歇歇身骨，还是要静静心？”石天爵问的是阿不孩，眼睛却瞥向俺答。

“歇歇身骨如何，静静心又如何？”阿不孩爱理不理地问。

“此处距大同城百余里，想歇歇身骨，是个好去处；想静静心，也是好去处，”话是对阿不孩说的，石天爵的眼睛仍瞥向俺答。

“大汗向来想歇歇身骨，就歇歇身骨，想静静心，就静静心，还要找什么好去处！”阿不孩更不愿搭理他，“这话好没滋味！”

“不是他的话没滋味，是你没品出他话里的滋味，”俺答道。“军师，你可是说，此地距大同百余里，我若畏惧，还来得及回撤？”

“大汗不会畏惧，只不过仍无十成的把握。”石天爵说。

“你们汉人有一句话：谋事在人，成事在天。谁遇事敢说有十成的把握！”俺答道，“我一直在想，论勇武，我和兄汗在伯仲之间；论谋略，我或稍强于兄汗。兄汗每欲陈兵大同城下，我问他有几成的把握，他道有六成的把握。他有六成的把握，我略胜一筹，也只有七成的把握。”

“大汗与吉囊汗相比，可不只略胜一筹。”石天爵说。

“军师还有什么说法？”俺答问。

石天爵指指阿不孩，说：“大汗有阿不孩将军，吉囊汗没有阿不孩将军，岂不是大汗又胜他一筹？”

阿不孩被他吹捧，回敬道：“大汗有石天爵军师，吉囊汗没有石天爵军师，大汗是不是也因此而胜他一筹？”

“阿不孩将军不说，我自己也要这样说的，”石天爵自负地说。“大汗绝非吉囊汗可比，区区在下也绝非梁威、辛洪辈可比。吉囊汗陈兵大同城下，自称有六成把握；麾下有梁威、辛洪，不过仍是六成把握。大汗陈兵大同城下，原本有七成把握；我只要略施计谋，至少可以再增加二成把握。”

俺答说：“我知军师不到最后一刻，是不会讲出计谋的，故要在这里停一停。军师有何妙计，讲吧。”

“我有二计，请大汗斟酌。”石天爵道。

“到这时还有二计，未免用心不专吧？”阿不孩嘲笑他。

“多一计，由大汗决断，有何不可！”石天爵道。

俺答无心听他二人斗嘴，命道：“军师，你先讲第一计。”

“其一，吉囊汗失利，往往在于不知汉军善用伏兵，因而误中埋伏。若识破汉军埋伏，则汉军难以胜我。我若知用伏兵，则我胜汉军可多一分把握。”石天爵说。

“军师且说，当如何用伏。”俺答道。

“大同以北太子湾是设伏的好去处。伏兵不须多，只要五百精锐，可破数千汉军。”石天爵说。

“往日汉军设伏破吉囊汗，今日我设伏破汉军，这倒是件趣事，”俺答笑道，又问，“军师可愿率五百人伏于太庙湾？”

“杀鸡焉用牛刀。”石天爵说着，好似不经意地瞥阿不孩一眼。

“军师的意思，阿不孩兄弟可指挥伏兵？”俺答问。

“非也，我说的牛刀正是阿不孩将军，”石天爵说，“太子湾设伏，大汗可随意点派一名部属；另有一事，非勇如阿不孩将军者，不能胜任。”

“你不是用伏吗？伏兵处不用牛刀，何处才用牛刀？”阿不孩质问。

石天爵说：“计虽曰用伏，但最要紧的，却不是伏兵，而是诱敌之兵。地形再险，伏兵再精，汉军不入圈套，也是枉然。”

“军师之意，要阿不孩兄弟诱敌？”俺答道。

“我虽有此意，却不知阿不孩将军敢不敢前往。”石天爵说。

“敢冲杀，敢截杀，诱敌怎就不敢！”阿不孩吼道。

“诱敌不是冲杀，不是截杀，人多不行，”石天爵继续激他，“阿不孩将军指挥大军，自不怕与汉军对阵；指挥少数军马，却不知敢不敢？”

“军师，你说少数军马到底是多少？”不等阿不孩开口，俺答先问。

“不得过四十骑。”石天爵上面封顶。

“四十骑似乎太少。”俺答踌躇着说。

“阿不孩将军嫌四十骑少，在下愿往。”石天爵说。

“谁道我嫌四十骑少！”阿不孩怒不可遏，“大汗，我一骑也不多要，就领四十骑前往诱敌。诱不来汉军，我甘愿受罚。”

“你不要对我说；设伏是军师用的计，你对军师说。”俺答道。

阿不孩面向石天爵，满怀壮志地说：“军师，我知你们汉人讲究出征前立军令状，你也要我给你立军令状吗？”

“军令状不必立，但有句话我要嘱咐你。”石天爵说。

“你讲！”阿不孩按捺住性子。

“我先请教将军，可知自家有何长处？”石天爵问。

“别无他长，只一个勇字。”阿不孩说。

“对，”石天爵赞同。“往日以将军打前阵，要用的是将军的勇。此番诱敌，不要将军的勇，却要将军在汉军面前，处处表现出骄。”

俺答插问：“军师，这两个字有何区别？”

“区别甚大，”石天爵用最简单的话来讲解，“两军相逢勇者胜，这是那个勇字。汉军见到的是个勇者，必龟缩不出。骄兵必败，这是那个骄字。汉军见到的是个骄者，方敢迎战，方敢追击。”

俺答复殷切叮嘱：“阿不孩兄弟，一字之差，区别甚大。用伏成败，全在于此。兄弟千万要体会！”

“大汗放心，”阿不孩应道，“不过，太子湾伏兵，也要用上一把牛刀，不可随意点派一名兄弟。”他说着，回瞥石天爵一眼。

“阿不孩将军也请放心，”石天爵说，“只要将军把汉军诱到太子湾，大汗在大同境内的第一仗胜定。”

“好，用伏一事就这样定下来。”俺答说着，向石天爵问道，“军师有二计，用伏是第一计，第二计又是什么？”

“其二是用间。”石天爵答道。

“可是差汉人往内地侦伺敌情？”俺答问。

“那是小间，我说的是大间。”石天爵道。

“何谓大间？”俺答问。

石天爵掰着手指说：“一者，使得天朝皇帝猜疑各边督帅，各边督帅猜疑皇帝；二者，使得各边督帅猜疑各镇守将，各镇守将猜疑督帅；三者，使得天朝各镇守军自相猜疑。凡行得其一，都称得上用大间。”

“这果是大间，”俺答问，“军师看，三者之中可行哪一个？”

石天爵说：“当今皇帝生性多疑，我屡有所闻。不必用间，他对各边督帅也放心不下；若去用间，说不定适得其反。这一着棋不急着投下。宣、大、山西一线总督是临时差派，与陕西三边的情势不同。如毛太师被召回，再未派出。这一着棋也不急着投下。”

“军师要走的是第三着棋？”俺答问。

石天爵自得地点点头：“眼下我正图大同，若能使得宣府守军猜疑大同守军，大同守军猜疑宣府守军，则大汗获益匪浅。”

“这一着棋如何投下，请军师具体说说。”俺答道。

石天爵为他谋划：“在大同用伏，大汗可胜第一仗；在宣府用伏，大汗可胜第二仗。然后差人与大同守军联络，无论结果如何，都要四下散布，称大同守军与我折箭相约，互不为敌。如此，各镇军心必乱，大汗于乱中谋之，岂不事半功倍？”

俺答大喜：“此计大妙，就依军师之计行之。”

俺答用伏兵，打赢一两仗；而用离间计，果然在各镇之间造成一时的混乱。

第二百六十七章

六月中，南宁正是暑热难耐的季节。

毛伯温身着亵裤短褂，在衙门里阅读信札，批复公文。他奉明旨赴两广，是一年前的事。现在，反对用兵的意见不大听得到，但作为主帅，真正要做到运筹帷幄，谈何容易！兵士，粮草，饷银，哪一项不要用心筹划！毛伯温到南宁半年，总算理出头绪。

门役来报，仇爵爷到。毛伯温来不及更衣，仇鸾已大步闯进来。有一段时间，皇帝曾想以安远侯柳珣代替仇鸾，为征讨安南总兵官。但一来，断藤峡平定不久，需要重将坐镇，二来，柳珣总归不如仇鸾亲近，所以还是决定用仇鸾。

见毛伯温要更衣，仇鸾忙上前拦住："不必，不必，汝厉先生自己方便，也与我个方便。"

说着，卸去甲衣，也只着亵裤短褂。

"哪里是我与爵爷方便，是爵爷与我方便。"毛伯温随他，"爵爷来的好，我正要与爵爷商议，如何上疏朝廷。"

仇鸾随随便便一坐，说："人马有着落，粮草有着落，饷银有着落，都堂看着该怎样上疏，就怎样上疏，何必问我！"

"各项虽都有着落，心里却无着落。"毛伯温说。

"汝厉先生何出此言？"仇鸾不解，"人马无着落时，我看汝厉先生心里很有着落；粮草无着落时，我看汝厉先生心里很有着落；饷银无着落时，我看汝厉先生心里很有着落。怎么现在都有着落，汝厉先生心里反而没有着落？"

毛伯温说："你我以为每一项都有着落，却没有一项真正落到实处。这是其一。人马、粮草、饷银无着落时，心思多用在征集人马、征用粮草、征调银两上；人马、粮草、饷银都有着落，心思就要用在如何进兵上。这是其二。"

"汝厉先生精通韬略，有今世诸葛之称，早算计好如何进兵。"仇鸾说着，不住摇头，"这话我不大信得过。"

“是信不过我精通韬略，还是信不过我无着落？”毛伯温说句笑话，信手取来一纸，读道，“今日所以处莫贼者，其策有三：以天朝威德之盛，布之文，告之辞，震如迅雷，扫如搀枪。使千里之国，折于咫书；万人之命，全于一檄，二三执事可以垂橐端委，揖让而告成功。此上策也。提兵百万，大震天威，则犹幸兵不血刃，以戢烈焰于昆岗。此中策也。三略训兵，五申誓众，灵旗直指，云骑长驱，执事者将驰露布以告捷，系俘酋而献庙，威则威矣，而圣天子好生恶杀，非其所先。此下策也。”

诵罢，毛伯温问：“爵爷可听明白？”

仇鸾皱起眉头，反问：“这是汝厉先生的疏稿吗？”

“爵爷说呢？”毛伯温再反问。

“我看不像，今日还谈什么上策，未免不合时宜。”仇鸾说。

毛伯温说：“我看没什么不合时宜。皇上决意用兵，朝廷决意用兵，但不战而屈其国，仍是上策。爵爷，容我把他最后两句读完。”他诵道，“今宜总众长，兼群策，临之以惧，终之以谋；集兵粮，倡勇敢，使机权在我，动出万全。纵不得其上，而可得其中。必不得已就其下，亦将举之裕如，不至于从事失时也。若徒烨晔以驰声，眩骛以腾说，夷情狡谲，岂谓无知！”

仇鸾回味这几句话：“动出万全，是汝厉先生一向主张的，这篇文字又像是出自汝厉先生的手笔。不过，更像与同道者论兵，未必是疏稿。”

“爵爷不必猜，”毛伯温笑着说，“我读与爵爷听的，是翁仁夫的信札。蔡廷彝虽不是济世伟才，但他说征安南非仁夫不可，奏请留之，足见善于识人，善于用人。”

朝廷曾有调用翁万达于他处的打算，蔡经力言不可。因出征安南在即，朝廷准允他的陈请。

“就是翁仁夫的这篇文字，让汝厉先生心里没有着落？”仇鸾问。

“不是这一篇文字，是多篇文字，”毛伯温指着桌面说，“他函中多用机权二字，饶有味道，爵爷不妨读读。”

桌面上果然堆放许多信札。

仇鸾摆手：“不读，不读！汝厉先生乃谋略大家，读罢心里都没有着落，我若是通读一遍，岂不更要六神无主！”

毛伯温把若干信札归拢收好，和仇鸾正经谈起上疏之事。他的意思是，虽朝廷决意于征，但临敌之际，不可完全抛弃抚字。

大政方针向来由文帅确定，仇鸾虽然担心征、抚并用有违圣意，也不会公然反对。

第二百六十八章

八月初十日，皇帝驾临西苑无逸殿，麦福赶去奏事。

“朕观你面有喜色，必是湖广那边有消息。”皇帝说。

“爷圣明，”麦福叩头道，“团风镇大坛竣工，先是从显灵宫得到消息，然后从工部得到旁证。于是，奴才顾不上去通政司查看有无湖广方面的奏疏，赶来向爷报喜。”

皇帝见他手里捧着奏疏，便指了指，说道：“你手里明明拿着奏疏，怎说顾不上看通政司有无奏疏？”

“奴才真是糊涂，全不记得是来向爷请旨的，”麦福拍着脑门说，“不过，这奏疏不是从通政司取来的，是陶真人直接交与奴才的。”

“看来，他也是喜不自胜，才有团风镇坛修成的消息，立即上疏陈奏。”皇帝说着，伸手索要，“拿疏来，朕亲阅。”

陶仲文写道：为恳乞天恩，奉安雷坛，以光圣典事。先是差官于臣原籍黄州府黄冈县团风镇，增修雷坛，今已落成。臣欲令臣男、太常寺丞陶世恩，臣婿、博士吴浚，前去奉安，并送臣妻一品夫人袁氏祭扫祖茔，用彰皇上敬神劝孝大典。乞量给应付。

皇帝同样心怀喜悦，在陶典真的奏疏上批道：览卿奏，工成，令男奉母安神祭扫，朕心喜悦。着兵部便行水陆应付，迟误了的，不饶。还差内官一员去，写敕与他。

写罢，交与麦福，命道：“你去交代司礼监写敕。”

“奴才领旨。”麦福虽领旨，却不急着离去。

皇帝奇怪地问：“朕每交代一件事，你总急着问：这就去办吗？今日怎么不急着去办？”

“奴才还有一事启奏，”麦福道，“奴才把段瘸子带来殿外候旨。”

“你把谁带来？”皇帝没听清楚。

“奴才失口，乞爷恕罪。”麦福忙说，“爷交代，哪一日来无逸殿，着奴才把段道士带来见爷。奴才知爷今日来无逸殿，故把他带来。”

“你不提，朕险些忘记！”皇帝想起，确曾向麦福交代过此事。“你既带段道士来，着他进来吧。”

“郭爵爷问奴才，他要不要一起来？奴才想，爷不曾交代，故没让他来。”麦福说。

崔成与郭勋过往密切，被皇帝打发去外地，麦福处处要表现出，他和郭勋之间绝没有私交。

“此事你办得稳妥，”皇帝称赞道，“朕和段道士说话，他来作甚！”

段朝用被一名近侍指引，走进殿里。他左腿稍长，走起路来，一拐一拐，怪不得麦福叫他段瘸子。但行跪拜礼时，他一落一起，却很灵巧。

皇帝赐他平身，说：“朕知道，黄白之术，自昔有之，然非有道者不能。朕今日得段卿，甚是欣慰。段卿以所炼仙银器皿百余件进之，足见忠爱之心。朕今日召段卿入宫，是要对段卿有所回赐。”

“皇上已赏赐山人。”段朝用说。

“朕赏赐你什么？”皇帝问。

“皇上赏赐山人紫府宣忠高士的名号。”段朝用道。

皇帝摆摆手，表示那次的赏赐不值得一提：“那是虚的，朕要赏赐你些实在的。再者，朕赐你名号后，你请岁进数万金以助国用，又见忠爱之心。臣下有忠爱之心，朕总是要赏赐的。”

想了想，确定下实在的赏赐：“这次，朕赐你支正五品文官俸禄。”

段朝用行礼道：“山人叩谢皇上厚赐。”

“郭卿举荐你，功不可没，朕也要赏赐，”皇帝道，想了想，也确定实在的赏赐，“就加他岁禄百石吧。”

“山人叩谢皇上厚赐。”段朝用又行一礼。

皇帝大觉奇怪：“朕赏赐郭卿，怎么你代他谢恩？”

段朝用道：“山人不是代国公爷谢恩，是为自家谢恩。”

皇帝更加奇怪：“段卿这话怎讲？”

段朝用解释：“国公爷举荐山人，于山人有恩。皇上赏赐国公爷，即代山人报答他。故山人要叩谢皇上对国公爷的厚赐。”

“如此说来，你的这一个礼，朕是该受的。”皇帝道。

召段朝用进见，当然不只是要赏赐他，也不只是要受他的叩谢之礼，皇帝是有事要与他切磋，并很快转入正题。

“段卿，朕有一事不明，要问你。黄金白金，虽有不同，黄白之术，本是一道。

段卿为何炼得出白物，却炼不出黄物？”皇帝问。

段朝用想到皇帝会有此一问，他把皇帝的话掉转过来说：“炼丹祷祝，本是一道；真人高士，却有不同。”

皇帝听明白他的意思：“你是说，炼黄物和炼白物，道行不同；以你的道行，只炼得出白物，炼不出黄物？”

“皇上圣明。”段朝用道。

“天下方士，有无道行在段卿之上者？”皇帝问。

“甚众，”段朝用说，“龙虎山张真人，显灵宫陶真人皆是。”

“以秉一真人道行，可否炼出黄物？”皇帝问。

“不可，”段朝用道。“陶真人功力在祭坛，不在烧炼。山人说一句得罪陶真人的话，他若烧炼，只怕连白物也炼不出。”

皇帝很失望：“以段卿功力，炼不出黄物；陶卿功力在段卿之上，却又不精于烧炼。朕岂不是只可见仙银，不可见仙金？”

“皇上要见仙金，也不难。”段朝用说。

“段卿这话怎讲？谁炼得出黄物？”皇帝忙问。

“皇上。”段朝用道。

“朕？”这个回答大大出乎皇帝的意料。

段朝用说：“皇上受命于天，不必修炼，已具最高功力，可炼出黄物，及不死仙丹。只是——”

他拖个长音，不说下去。

“只是怎样？”皇帝问。

段朝用说：“欲炼出黄物、仙药，皇上须深居大内，勿与外人交接。”

这有些匪夷所思。不与外人交接，见不见后、妃？就算可以不见后、妃，又见不见大臣？问不问朝政？不见大臣，不问朝政，还是皇帝吗？

皇帝却以为，这不是不可以做到的。

“深居大内，须时几何，方炼得出黄物、仙药？”他问。

“迟则一两年，速则三五月。”段朝用说。

“朕向大臣们告假一两年，有何不可！”皇帝自语。

段朝用原是应付，听了这话，不由瞪大眼睛。

八月十二日，皇帝传谕礼部：东宫权命监国，重大事体仍奏请朕。少假一二年调养，即可亲政。

第二百六十九章

太仆寺距刑部不远，但杨最满腹心事，步履沉重，走这一段路几乎用去半个时辰。家人不敢多问，牵着马，跟在后面，走几步，停一停。

他和刑部尚书周期雍是同年交好，门役用不着进去通报，只殷勤地招呼一声：“杨大人来了。”

杨最字殿之，四川射洪人。周期雍字汝和，江西宁州人。二人都是正德三年进士。周期雍在嘉靖十年就升任大理寺卿，然后是刑部侍郎，现在跻身七卿；而杨最仍是从三品的太仆寺卿。相比之下，运数很有些不同，但这并不影响二人间的情谊。

杨最一只脚刚迈进大堂，周期雍劈头盖脸地说：“殿之兄的情义我心领，你大可不必来宽慰我。”

“我来宽慰汝和兄？”杨最发愣，另一只脚迈不进去。

周期雍觉出自己莽撞，让道：“殿之兄请进。”

杨最坐定便问：“汝和兄，方才——”

周期雍解释道：“殿之兄说要来坐坐，我以为殿之兄怕我解不开心中的郁闷，特来宽慰我的。”他连声说：“不是就好，不是就好！

“汝和兄有何等郁闷会解不开，需要宽慰？”杨最问。

周期雍发觉杨最气色不对，反问：“殿之兄有何等事要来发泄？”

“主人当殷勤，主人先说。”杨最道。

“客者本匆忙，客者先说。”周期雍道。

相让一回，两个人的心境都比较平和。

杨最说：“汝和兄，我坐卧不宁，寝食无味，特来讨个主意。”

“可是为八月十二日的圣谕？”周期雍问。

“不错，”杨最点头称是，“此事内阁本该进言的，可我料定，夏、顾、翟诸公都不会进言；此事本该礼部劝止的，可我料定，严、蔡、孙诸公都不会劝止。汝和兄，我欲上疏进谏。”

蔡指不久前由礼部右侍郎改左侍郎的蔡昂，孙指不久前任礼部右侍郎的孙承恩。

“此事本该科、道进谏，殿之兄难道料定，科、道也不会进谏？”周期雍显然有劝阻之意。

“寻常之事，科、道进谏即可；重大之事，须得举朝进谏，须得大臣率先进谏，”杨最说着，问道，“汝和兄看，皇上静摄、东宫监国可是重大之事？”

“确是重大之事，且是极重大之事。”周期雍毫不含糊。

“故此事本该科、道进谏，汝和兄说错，”杨最道，“此事须得大臣进谏。科、道不会进谏，大臣要进谏；科、道会进谏，大臣也要进谏。”说到此处，他长叹一声。“只恨我人微言轻，即便上疏，科、道观之，朝野观之，未必以为是大臣进谏。”

周期雍一愣，问道：“殿之兄为此寝食无味、坐卧不宁？”

“正是！我为此要向汝和兄讨个主意。”杨最说。

“这个主意有什么不好拿！”周期爽快地说，“太仆卿分量不够，刑部尚书的分量如何？我愿与殿之兄一起进谏。”

“我意亦在此，但不敢强加于兄。”杨最说。

“说什么强加于我！”周期雍大不以为然，“重大之事，极重大之事，我辈进言进谏，本是义不容辞。”

“汝和兄决意进谏？”杨最立即精神焕发。

“殿之兄且慢，我有一事，须得说在前面。”周期雍道。

“可是汝和兄以为我来宽慰、又不需我宽慰？”杨最机敏地问。

“可不就是此事，”周期雍道，“近日风霾，科、道尚未表示，翊国公先进言，劝皇上罢免大臣。殿之兄知道这件事吧？”

“知道，”杨最点头，“我也知道，他居心叵测。”

“殿之兄可知，他在向谁人发难？”周期雍问。

杨最摇头：“这却不知。”

周期雍拇指一翘，指着自己：“便是向他。”

“向汝和兄发难？”杨最大惑，“他与汝和兄有私怨吗？”

周期雍说：“不知殿之兄是否记得，二十余年前，我为南京御史时，曾清军广东？那时，他镇守两广，不法事甚多，我一一加以纠劾。要说私怨，也是为公务而结。我立足于朝，差不多十年，他一直笑脸相对，今日才借机报复。说句实在话，这也是我没想到的。”

“正邪不并立，向来如此，”杨最道，他相信，周期雍的推测是不会错的，所以问，“宽慰的话，我不说。不知汝和兄作何打算？”

“我不上疏自陈，难道还等他来论劾不成？”周期雍愤愤不已，他很快压抑住心头的愤懑，说，“殿之兄，我要和你计较的，就是此事。我上疏自陈，皇上若不再用我，我还有什么资格议论朝政？皇上若不准我辞官，我再与殿之兄一起进谏。殿之兄看使得使不得？”

“那有什么使不得？我等汝和兄两日就是。”杨最不好再多说。

八月十九日，周期雍罢去。

八月二十五日，杨最上疏，略曰：皇上静摄、东宫监国之命，揆厥所由，不过误信方士耳。皇宫内院，岂有白日升天者哉？黄白金丹之术，皆可断元气。唯端拱清穆，恭默思道，不迩声色，保复元神，仙药不求而至矣。至于东宫监国，尤不敢议。

此疏一上，举朝屏息惕惧，不知会有什么样的结果。

第二百七十章

锦衣卫指挥使陆炳才接旨，又被皇帝召入宫去。皇帝召他，必是为敕旨上提到的事；但他不知道，皇帝有什么话一定要亲口对自己说。

皇帝脸色阴沉，许久不开口，使得他更加不安。

“陆炳，明日廷杖杨最，你知否？”皇帝突然问。

“臣已接旨。”陆炳奏道。

“明日行杖，朕要你亲自监刑。”皇帝命道。

“臣领旨。”陆炳应道。

皇帝又是长时间地沉默。陆炳知道，皇帝召他来，除要他监刑，肯定还有许多话要说；但皇帝自己不说，他绝不敢问。

皇帝终于又开口。他问：“陆炳，你曾监过廷杖吧？”

“臣曾在午门前监杖数次。”陆炳奏道。

“前几次，你都是和谁一起监刑？”皇帝问。

“臣和司礼监太监戴永一起监过刑，和前司礼监太监崔成一起监过刑，也和御马监掌印太监阎洪一起监过刑。”陆炳奏道。

“你见他等监刑法，可有什么异常之处？”皇帝问。

“异常之处？”陆炳困惑地摇着头。

他不明白，皇帝所谓异常之处，指的是什么。

皇帝解释道：“朕听说，你锦衣卫的人行杖时，都要看监刑太监的眼色和手势。监刑太监一个眼色一个手势，他手上的刑具会轻起而重落之，监刑太监另一个眼色另一个手势，他手上的刑具会重起而轻落之。轻起而重落，看上去，皮肉无损，筋骨却已大伤；重起而轻落，看上去，皮开肉绽，内里却无大碍。”

然后，瞥陆炳一眼，问道：“不知是不是有这样的事？”

“臣不知。”陆炳奏道。

皇帝很不高兴：“朕要你掌镇抚司，镇抚司里这些尽人皆知的名堂，你居然不知！”

陆炳道：“行杖者看监刑太监眼色，上下其手，臣亦有所耳闻。臣曾询问过锦衣卫的老人，或言有其事，或言无其事，故臣不敢轻言有无。臣所谓不知，是不知阎公公、戴公公等是否向行杖之人使过眼色。”

“那好！”皇帝冷笑一声，“既然你不知他等是否向行杖之人使过眼色，朕就不要司礼监差人监刑。朕只要你一人监刑。朕倒要看看，你是如何向行杖之人使用眼色，让他等上下其手的。”

“臣不敢。臣若有半分私情，天厌之。”陆炳信誓旦旦。

皇帝说：“好，你无私情，朕也无私情。廷杖之刑是祖宗定下的，朕不过用祖宗制定的刑罚处分有罪之人。朕不要行杖之人故意施重手，可也绝不允许行杖之人故意施轻手。行杖之人或监刑之人若有私情，朕绝不宽宥。陆炳，你可听明白？”

“臣听明白，”陆炳叩首道。“臣有私情，任皇上处分；行杖之人有私情，臣请定圣旨，亲手诛之。”

“你的话，朕信得过，”皇帝作一手势，要他起身，“陆炳，朕要你记住一件事：你和朕是同吸一母之乳长大的，不同于从来掌镇抚司的锦衣卫官。前朝有一个纪纲，一味暴虐。前朝还有一个牟斌，一味宽厚。纪纲是很久以前的人物，朕知你不会学他；牟斌是不久前的人物，他背君卖直，朕也不欲你学他。”

“臣不学纪纲，也不学牟斌，臣心里只有皇上。”陆炳道。

陆炳回到衙门，不见任何人，不与任何人交一语。他的习惯：下诏狱的士大夫要发戍，要杖责，他会叫来，闲聊上几句，或一起喝几盅酒。但杨最明日要受杖刑，而且，是极少有的杖之一百，陆炳没把他叫来闲聊上几句，也没准备一壶酒，让他喝了壮胆。

次日，在午门前行杖。杨最匍匐在地，陆炳挑选的四名壮汉站立两旁。陆炳喝声“行杖”，只见左边的棍棒方落下，右边的棍棒又举起，棒棒落在杨最的股腿上。每一棒落下，都是撕心裂肺的疼痛。

杨最咬紧牙关承受着，没有呻吟，没有哀号。最后挨不住，凄厉地叫一声，断了气。这时，将将杖及半数。

杖之百，即便血气方刚的年轻人，也很少能在棍棒下求生的，何况他是六十岁左右的老人。

这一日，是八月的最后一天。

杨最死于杖下，百官震惧，再无人敢以崇信道教、误信方士为言。

值得庆幸的是，东宫监国之议就此作罢。杨最地下有知，也应该感到欣慰。

第二百七十一章

十月里，朝廷相继报丧：初三日，是四个月前被免职闲住的户部尚书梁材病逝；初六日，是内阁次辅顾鼎臣病逝；初七日，是以礼部尚书衔协理詹事府事的霍韬病逝。

十一月，朝廷相继报喜：先有西北之捷，又有安南之降。

西北报捷的奏疏为巡按御史所上。他写道：嘉靖十九年六月初六日，总制刘天和亲诣花马池，调度防御。八月二十一日，虏酋吉囊率领达贼五六万，从定边营掏墙而入。是日，雷雨大作，连旬不止，泥淖深陷马腹，不能驰逐。天和调集官军，四路分布隘口城堡，暗伏夹攻。九月初一日，虏至硝河城，结营自固，不敢纵掠。初五日，边兵四集。援兵接踵渡河，军声大振。三镇共斩获首级四百四十颗。内一颗系吉囊第二子，号小十王，一颗系吉囊妻弟大酋，分别为军人张奴儿、野五斤所斩。获器械牛马不可胜计。

朝廷论功行赏，吏部拟文臣升赏的方案，兵部拟武臣升赏的方案。许讃把考功郎中郑晓找去。

“窒甫，”许讃招呼一声，说，“这一月的喜事都出在兵部。”

“兵部的喜事，还须吏部来捧场，”郑晓说，“廷美先生且看，兵部所拟升赏是不是妥当。”

兵部议复：参战总兵官俱升都督同知，副总兵官及参将各升二级，张奴儿升指挥佥事，野五斤升副千户。

“张奴儿、野五斤二人可有官职？”许讃问。

“廷美先生听姓名便知，他二人皆是普通军士，并无任何官职，”郑晓说，“据悉，他二人别无所长，只是不怕死，一味冲杀在前。”

“不怕死足矣，还要什么别的长处！”许讃道，又问，“所斩二人果是吉囊之子小十王，及吉囊妻弟大酋否？”

“养和先生及抚、按官唯恐所报不实，命熟知虏情之人反复查验，证实确是小十王及大酋无疑。”郑晓说。

“壮哉张奴儿！壮哉野五斤！”许讃为二人喝彩，“我看，此役堪称大捷，最要紧的，是斩杀此二人。我记得，嘉靖六年，王维纲先生在镇时，也曾打过一次大胜仗，斩获三百余人。今次比那一次多斩获百余级，也不过更大些的胜仗而已。但斩杀此二人，足以震撼虏酋，则大为不同，则可称为大捷。”

“廷美先生所言极是，”郑晓附和道，“兵部所拟，总兵、副总兵等，是普通的升迁，张奴儿、野五斤二人，是特殊的升迁。我问廷美先生兵部所拟升赏是不是妥当，即问此二人升赏是不是妥当。看来，廷美先生是认可的。那么，各督、抚的升赏应介于普通的升赏和特殊的升赏之间。廷美先生看如何？”

“其他各位可是中等的升赏，养和先生该是特殊的升赏，”许讃道，“窒甫，你一直关注北边，养和先生的《御虏图略》是阅过的吧？”

“不仅阅过，且能背诵。”郑晓说。

“当真？”许讃好像不信。

郑晓不分辩，径自背诵起刘天和所述西北各处地形及用兵布伏情形：

花马池东至定边营六十里，至旧安边营一百五十里；西至兴武营一百二十里，至清水营一百九十里，至灵州二百六十里；西南至小盐池一百八十里，至韦州二百四十里，至平虏所三百六十里，至镇戎所四百五十里，至固原六百里。花马池、兴武营，伏宁夏兵六千，或榆林游兵三千；小盐池，伏宁夏兵三千；定边营、旧安边营，伏榆林兵九千，或分三千游兵伏于花马池；韦州伏中卫兵五百，靖虏、固原伏兵二千五百，共三千；萌城等地伏固原游兵三千；固原、镇戎、平虏，伏固原正奇兵四千；静、宁等处伏洮、岷兵一千五百。以上共集兵三万一千五百之数。此来贼势必众，须专用枪炮为前锋，及用挨牌、拒马枪等项安营，庶不被贼冲乱营阵。初伏兵时依此图，若临时贼情变动，随贼向往，联络会合，不拘一定。务在各领官军，齐心协谋，互相传报，并力前进，不许逗留退缩，自取重罪。

“窒甫对北边，真不是一般的关注！”许讃叹道，“西北之捷肇基于养和先生这一本《御虏图略》，窒甫看，他当不当得特殊的升赏？”

“当得是当得，却有些为难。”郑晓说。

刘天和的职衔连年升迁，嘉靖十六年八月，加右都御史衔；闰十二月，改左都御史；嘉靖十七年八月，加兵部尚书衔。再要特殊的升赏，如何个升赏法？

只有在不特殊中体现特殊，二人拟：刘天和加太子太保，荫一子为锦衣卫世袭正千户。特殊在“世袭”两个字上，这是难得的恩赏。

接着，又拟定宁夏、陕西、延绥三镇巡抚的升赏。

郑晓起身，拂拂衣袖，说：“廷美先生抓我一个十万火急的差事，现已办完，我可以走吗？”

“窒甫请便。”许讚道。

郑晓一身轻松，向外走去，但一条腿才迈出去，又退回来。

“得罪，我还要在廷美先生这里坐一坐。”他说。

“窒甫请便。”许讚还是那句话。

“下官有一事请教，”郑晓说着，一撩衣袍，在原处坐下。“廷美先生方才说，这一月的喜事都出在兵部，不知除西北之捷称得上兵部的喜事，还有什么事称得上兵部的喜事？”

“两广之事窒甫竟不知吗？”许讚大觉惊诧。

他说的肯定是安南莫氏来降一事，郑晓说：“这事我自然知道。前时听闻汝厉先生先后集兵三十万，会于境上。两广正兵三路：参政翁万达、副总兵张经自凭祥入，为中哨，将兵四万；副使郑宗古、参将李荣自龙州入，为左路，将兵一万四千；副使许路、都指挥白法自思明入，为右路，将兵一万四千。奇兵两路：参政张岳、都指挥张輗自归顺入；副使张嘉谋、参将高谊自钦州入，各将兵一万四千。海上一路：副使涂健、都指挥武鸾自乌雷山入，亦将兵一万四千。云南黔国公沐朝辅、巡抚汪文盛会兵莲花滩：副使鲍象贤、都指挥王铭等为中哨，副使郑骝、都指挥方策为左哨，副使张纲、都指挥冯立等为右哨，合计二万人。汝厉先生驻扎南宁节制。有这样的气势，我就想，安南的仗打不起来。那莫登庸不是毫无算计之人，大兵压境，他真会以卵击石吗？”

“于莫氏而言，来降确是上策。”许讚道。

“于我师而言，莫氏来降亦是上策。”郑晓说。

许讚问：“然则窒甫不以此为兵部的喜事？”

郑晓说：“虽抚局已定，但莫氏一日不入镇南关，则一日不能以为其事已了结，这是其一。皇上虽许征、抚并行，虽以安南事委于汝厉先生和仇爵爷，虽预颁赦罪诏书与督帅，但圣意一日不定，则一日不能以为其事已了结。这是其二。廷美先生，现在谈论兵部的喜事，为时尚早。”

“那么，现在议论汝厉先生、仇爵爷等的升赏，为时也尚早吧？”许讚同意他的判断，说笑道，“我本想，这回不是我抓你的差事，是你自己寻上门来的。谁知却被你脱身。罢了，你去吧。”

十一月初，镇南关布置得庄重肃穆，立幕府，筑昭德台，奉御座于坛上，覆以黄幄。诸臣以礼服侍于两旁。

莫登庸率其侄莫文明、陪臣阮如桂等四十余人入关，囚首徒跣，匍匐叩头，进呈降表。毛伯温称天子有诏赦之。

莫登庸等复叩拜于军门，上土地、户籍，请奉正朔，永为藩臣。毛伯温向其宣示威德，命其归国俟之。

安南征、抚一事，终于有了结果。

第二百七十二章

找到罗洪先，唐顺之高声道："达夫兄，我和景仁兄向你求证一事。"

罗洪先见他一手仍拉住赵时春的衣袖，便说："应德兄不妨松开手，慢慢求证。景仁先生还能跑掉不成？"

去年选东宫官僚，罗洪先以翰林院修撰兼左春坊左赞善，赵时春以翰林院编修兼司经局校书，唐顺之以翰林院编修兼右春坊右司谏。除赞善是个正经的官职，校书和司谏只是正、从九品的末流官。

赵时春字景仁，陕西平凉人，嘉靖五年会试第一，唐顺之是嘉靖八年会试第一，罗洪先则是嘉靖八年的状元。三人同以翰林官兼东宫官僚，经常在詹事府同出同入，因而有"三翰林"之称。唐顺之也因此称赵时春景仁兄，但罗洪先为人拘谨，仍称他景仁先生。

"我不拉住景仁先生，他还真会跑掉。"唐顺之道。

"却是为何？"罗洪先不解地问。

"他常言道：会元怕见状元。见达夫兄，他焉得不跑！"唐顺之道。

"景仁先生是说笑吧？"罗洪先认真地问。

"不错，是句笑话，"赵时春说，"但也不全是笑话，除达夫兄，见其他的状元公，我总是跑之唯恐不速。"

"如何？"唐顺之得意地说，"达夫兄还要我松开手吗？"

罗洪先无奈："好，有何事求证，你快些说。你说过，我还有正经事与你二位商讨。"

赵时春忙说："商讨正经事要紧，我二人的争执，不求证也罢。"

"那怎么可以！"唐顺之不肯罢休，"你与我争执几次，怎可不了了之！达夫兄，我二人争执不下者，贵体之恙也。人多知你归家时大病一场，我说你病在仪真，他说你病在芜湖，我二人孰是？"

"怎么，为此事二位争执几次？"罗洪先吃惊地问。

“争执数事，这是其中一事。”赵时春解释。

罗洪先说：“那我劝二位不必继续争执。病在仪真，或病在芜湖，本不值得争执；再者，我从仪真病到芜湖，又有何不可？”

唐顺之和赵时春相视一笑，心里都说：这位状元公何时也学会滑头，对谁也不得罪？赵时春到底关系疏远一些，罗洪先说不必继续争执，他不好再说什么。唐顺之争争吵吵的兴致仍不减，也不怕话说得过头。

“这一事可以不争执，他事却仍要求证。不然，日后达夫兄的年表、墓志尽是含糊不清之词，如何使得！”他说。

“应德兄只说争执，休说其他。”赵时春劝道。

“景仁先生不必拦他，”罗洪先不以为意。“应德兄既出此言，是应允为我写墓志，我应先行谢过才是。”

“我得寿，我为达夫兄写墓志；达夫兄得寿，达夫兄为我写墓志。这还不应该的吗？”唐顺之对身后之事更不忌言，“我来说和景仁兄争执的第二事，达夫兄看，该事是不是一定要争个水落石出。人多知你在归家途中养一阵病，我说你病愈动身时，曾受人馈赠；景仁兄不信你病愈动身时，会受人馈赠。我二人孰是？”

“景仁先生为何要争执其事？”罗洪先问赵时春。

赵时春说：“达夫兄素甘淡泊，必不受人馈遗。”

“应德兄，你道我受人馈赠，可知所受几何？”罗洪先又问唐顺之。

唐顺之说：“或言达夫兄受人万金，或言达夫兄受人千金，我料定不会有如此之多，但究竟有多少，我却说不出来。”

“哼！”罗洪先冷笑一声，“应德兄说不出来的事，也敢与人争执！你且说，还与景仁先生争执何事？”

唐顺之大概也觉得荒唐，他说：“达夫兄若为这一争执恼怒，对下一争执更要恼怒。况且，下一争执与上一争执相关，上一争执达夫兄不判定是非，下一争执也不会有是非，不说也罢。”

“若不相关，不说也罢；二事相关，怎能不说！”罗洪先道，“你说，我不恼怒。至于是非，不会没有，但我要迟些再与你判定。”

“达夫兄命我说，我就说，倘若得罪，休要责怪，”唐顺之卖个关子，“我说，达夫兄得人馈赠，为人开解，此事有之；景仁兄不信达夫兄受人馈赠，更不信达夫兄因受人馈赠而为人开解。我二人孰是？”

罗洪先果然不恼怒，他对唐顺之指点两下，似有责备之意。然后对赵时春说：

“景仁先生，你上其当。”

“我怎上应德兄的当？”赵时春一脸的茫然表情。

罗洪先说：“我归途病在仪真，还是病在芜湖，且不说它；景仁先生可知，我患病之后，是谁劝我留住就医的？”

“不知，”赵时春道。又问，“此事很要紧吗？”

“我说出来，景仁先生就知要紧不要紧，”罗洪先道。“我是被迁之兄留下的。景仁先生未必知道，迁之兄其时任仪真关抽分主事，应德兄却不会不知道。所以我说，你上其当。”

项乔字迁之，浙江永嘉人，也是嘉靖八年进士。他在仪真任官，罗洪先寄养在他家，自然是病倒在仪真。

赵时春恍悟：“原来如此，第一事的争执，我全然是错的。”

“景仁兄第一事认错，后二事还不认错吗？”唐顺之轻狂地说。

“应德兄，你第一事虽对，却胜之不武。后二事，你也未必全对，”罗洪先道。“我为二位讲述在仪真的故事，孰是孰非，自见分晓。”

那一次，罗洪先病得很重，不得不在仪真留下就医。同行者有他的母亲和舅母。抽分主事衙门设在仪真城里，项乔因同年之谊，又敬重罗洪先的品行和学问，对他和他的家人十分关照。

罗洪先家境并不宽裕，计划旅费没留多少余地。在仪真留住就医，处处都要用钱，不几日，便觉囊中羞涩。

时仪真狱里关押一扬州大贾，因偷落关税，论重辟。大贾知罗洪先为项乔所礼重，知罗洪先患病滞留仪真，知罗洪先手边匮乏。却不知他使的什么手段，得与罗洪先舅母声息相通。他向罗洪先舅母表示：若罗洪先讲情，使他得以出狱，他愿献一女为罗洪先妾，并以千金为女嫁资。

讲到这里，罗洪先对唐顺之说：“应德兄记好，是千金，不是万金。”

“是，”唐顺之应一声。又顽皮地说，“或有人愿为大贾之女再出九千金。”

罗洪先不理会他，接着讲下去。

罗洪先舅母一妇道人家，听得这些好处，又知罗洪先肯讲情，项乔绝不会不给面子，不由动心。但罗洪先为人冷峻，她几次在病榻前晃来晃去，想说服罗洪先，又不敢开口。

妇道人家也有妇道人家的办法。一日，项乔来探视罗洪先病情，被她拦在外面。她把此事的前因后果和盘托出，请项乔成全。项乔沉吟之际，她说：洪先死，则以该金办棺殓；洪先生，则以该金治家业。

项乔听她说得哀婉，答应下来。

项乔隔一日两日总要来探视一次，因公务在身，在榻前坐的时间都不太久。这一日，他迟迟不去，似有肺腑之言，却一直绕开正题不说。

罗洪先起疑，拉住他手说：是不是医生说我已不治？迁之兄但说不妨。我即死，也请迁之兄成全我做个明白鬼。

项乔一怔，随即想到，一定是他的全部心思都挂在脸上，以至罗洪先起疑。他安慰道：并无此事，达夫兄不要多心。

罗洪先紧逼不舍：你的心思，不肯对我说，肯定是我病入膏肓。

项乔于是讲述扬州大贾之事。唯恐罗洪先发怒，他再三解说，这全是他的意思，目的是为罗洪先安心养病，纵有不测，也不必为身后事发愁。

罗洪先问：扬州大贾当不当死？

项乔答：可死可不死。

罗洪先问：迁之兄爱不爱我？

项乔答：我对达夫兄一直敬之爱之。

罗洪先问：迁之兄取不取朝廷俸银。

项乔答：弟按月取朝廷俸银。

罗洪先语重心长地说：迁之兄既爱我，我若死，无备后事，迁之兄会不以俸银助我吗？奈何命我做愧对圣贤、愧对祖宗之事！

项乔羞愧地说：达夫兄勿多言，弟知错。

于是，在罗洪先养病期间，项乔以俸银资助；在罗洪先离开仪真时，项乔以俸银馈赠。先后馈赠，合计六十金。

罗洪先对唐顺之说："应德兄记好，我受人馈赠六十金，不是千金。"

"是。"唐顺之郑重地应道，不再戏谑。

赵时春新有疑问，顺势问："达夫兄不会是为当年项主事开解吧？"

"我正要讲述此事。"罗洪先道。

罗洪先携家人登舟，为他治病的医者特来舟边相送。罗洪先喜道：先生来得正好，我有一书，烦你捎与迁之兄。

医者奇怪地说：项大人才来送别过，念庵公为何不当面交与他？

念庵是罗洪先的号。他说：此书聊表谢忱，当面呈交，彼此不便。

"原来达夫兄那时即懂得变通，"唐顺之说。"我猜想，达夫兄此书并非聊表谢忧，而是欲为那扬州大贾开解。”

“这话也对也不对，”罗洪先说，“我在仪真期间，迁之兄关怀备至，我理应向他致谢；我请医者捎信与迁之兄，也为向他致谢。不过，坦诚而言，我贻书迁之兄，主要不是为向他致谢，而是为扬州大贾开解。迁之兄曰：扬州大贾可死可不死。但为我故，他必不敢脱之狱。若扬州大贾当死，迁之兄以我之故活之，我之罪过大矣。若扬州大贾可死可不死，迁之兄以我之故必死之，我之罪过亦大矣。我后来听说，迁之兄秉公审理该狱，扬州大贾得生。”

他没说，扬州大贾因他贻书项乔而得生，但听者都知道，他那一书是扬州大贾的救命符。

“景仁先生，我确曾为人开解过，却并非因受人馈赠而为之开解。”罗洪先对赵时春说。

“达夫兄开解的好，足见仁慈之心！”赵时春由衷地说。

“应德兄，”罗洪先转向唐顺之，“此事关系我的一位长辈名声，又关系迁之兄名声，所以我从未对人讲述，以至吾兄不知原委，与景仁先生争执而不能全胜，还望见谅。”

“哪里的话！”唐顺之说，“记得达夫兄曾有一言：人有善，我扬之，亦我之一善矣；人有过，我暴之，亦我之一过矣。达夫兄不讲此事，亦不暴人过之意。不过，我倒是觉得：在舅夫人，欲达夫兄解救扬州大贾，而得之馈赠，未为大过；在迁之兄，欲从舅夫人之请，游说达夫兄，未为大过；达夫兄不肯讲述其事，背负受人馈赠之名，使之谬传，却是大事。达夫兄的处分，可谓因小而失大。”

赵时春不赞成他的说法：“不暴人过，又不只是不暴人大过。何况，大过小过，大事小事，各人所见不同。在应德兄看来是小过，在达夫兄看来，或是大过；在应德兄看来是大事，在达夫兄看来，或不足一哂。如受人馈赠云云，我就从来不曾信过。”

“景仁兄从来不曾信过，我就信过吗？”唐顺之不服气。

赵时春道：“怪哉，你既不信，为何要与我争执？”

唐顺之说：“我不与你争执，如何来向达夫兄求证？我不在他面前人谈受人馈赠，他如何会讲述其事始末？他不讲述其事始末，我二人不信他会受人馈赠，又如何说得其他人不信，说得天下人不信？”

“原来应德兄是迂回求证，着实令人钦佩。”赵时春不无讥刺地说。

“这样的谋略，谅景仁兄也想不出来。”唐顺之反唇相讥。

眼看又是一场争执。“且住！”罗洪先喝一声，“你二人要求证，已求证过。我不想讲述，也讲述过。怎么，还不肯作罢吗？”

“就此作罢，”赵时春应道，又回过头对唐顺之兄说，“应德兄，不再争，可不是输与你。达夫兄有正事要商讨，商讨后，回去再与你争。”

这话语病甚大：回去再争，却回哪里再争？回衙门再争吗？他三人同衙，难道躲得开罗洪先？回家再争吗？是回唐家再争，还是回赵家再争？回唐家，赵时春不能说“回去”；回赵家，唐顺之不能说“回去”。

“回去哪里再争？”唐顺之得意地追问一句，说，“你争不过我，我不与你争。且与达夫兄商讨正事。”

两个人都要听罗洪先说正事，罗洪先却说：“这事我尚未想好。”

“尚未想好，才要商讨。达夫兄说吧！”唐顺之道。

罗洪先点点头，说：“二位到来之前，我正在想杨太仆之事？”

唐顺之一惊，问：“达夫兄欲为殿之先生辩冤？”

罗洪先未置可否，赵时春抢先说：“为殿之先生辩冤又如何？殿之先生受杖身亡，举朝多冤之，举朝多惧之。难道应德兄也惧怕？”

“我并非惧怕，只是以为，为殿之先生辩冤，时机未到，”唐顺之说，“举朝多冤之，举朝多惧之，诚如景仁兄所言。所幸者，皇上也不再提静摄、监国之事。此时若有人为殿之先生辩冤，皇上若旧话重提，如何是好？殿之先生岂不是死得更冤！”

“应德兄之言甚是，”罗洪先说，“我想殿之先生之事，并非要为他辩冤，我是在想他所持之论。”

“论皇上静摄、太子监国，有什么不妥吗？”赵时春问。

“殿之先生所持之论，没什么不妥，只是有所遗憾，”罗洪先道，“他既然提及太子，为何没想到礼者有缺？”

“何谓礼者有缺？”唐顺之没听明白。

罗洪先说：“东宫册封近两年，尚未受群臣朝贺，岂非礼者有缺？”

“不错，东宫既立，即为储君；不受朝贺，即为礼缺，”唐顺之听明白，也想明白，“我等为东宫官属，当为皇太子争这个礼数。”

“皇上八月降谕，称身体不适，欲静摄一两年；本月之初，又因身体不适而失朝，至今日将近一月，”赵时春沉吟着，问道，“这个礼数不可不争，二兄且说，当如何去争？”

唐顺之答：“当疏请于上，于来岁正旦之日，朝贺礼成，皇太子出御文华殿，受文武百官及朝覲官朝贺。”

唐顺之短短数语把奏疏的轮廓勾画了出来，出乎罗洪先的意料。他问：“二位都有上疏之意，我三人是共上一疏好，还是各上一疏好？”

“各上一疏吧，”唐顺之说。“皇上多看一疏，会多一层印象。”

罗洪先、赵时春齐道：“好，各上一疏。”

第二百七十三章

皇帝痊愈后，才有心思处置罗洪先、赵时春、唐顺之三人的奏疏。他命张佐持御札，前去询问内阁大臣和礼部尚书。

张佐回来后，皇帝问："两位阁老之见如何？"

"两位阁老阅过三翰林的奏疏后，只说四个字。"张佐道。

"如此吝言，只四个字？"皇帝问，"是哪四个字？"

"荒诞不经。"张佐一字一字咬得很清楚。

"好！"皇帝高兴起来，声音也提高。"夏卿爱朕！翟卿爱朕！"夸奖过夏言、翟鸾，又问，"严尚书怎说？"

"严尚书也是四个字。"张佐奏道。

"他又是哪四个字？"皇帝问。

"无稽之尤。"张佐一字一字咬得更清楚。

"严卿爱朕！这四个字批驳得更有力量。"皇帝说，"朕原本还想，是不是朕把他等的奏议理会错？众卿都这样说，可见朕没理会错。朕的想法，也是众卿的想法：罗洪先、赵时春、唐顺之等，果然是别有企图。"他问，"张佐，你可知他等的险恶用心？"

"奴才不知，"张佐答道，"奴才不知他等的险恶用心，所以，也不能如夏阁老、翟阁老、严尚书般痛加批驳。"

皇帝说："他等见朕多日不朝，必是以为朕不能康复，要在嗣君前献一献殷勤。杨最不爱君，不许朕静养，朕不能容他；罗洪先等居官翰林，为朕亲近之臣，亦不爱君，甚而诅咒君父，朕又怎能容得他等！若臣下都如他等，朕无病，也要被咒出病来；病轻，也要被咒得病重。"

张佐知道皇帝发作后要宣旨，不敢出声。

"张佐，你传谕内阁和礼部，"皇帝说着，斟酌字句，"朕入继天位将二十年，不敢一日不敬。因南方生长，禀受素弱。自十三年春遘病，圣母忧朕成疾不治；朕因病求生，宫中静养，然犹视诸事。自前冬隆寒，执衰未可尽言。近忽得疾，不能动覆。至今体气未复，岂可不自爱？尔内外百司各宜尽心，勿曰君上放逸，我其下效。东宫年幼，安得行步？且朕方疾后，遂欲储贰临朝，是必意君父不能起者。”一气口述下这段话，皇帝停下来，略加思考后又说，“罗洪先等狂悖，浮躁不道，姑从宽，俱黜为民。”

张佐领旨，心想：罗洪先等只被罢黜，比起杨最，实在是幸运。

九、悲夫列祖

第二百七十四章

嘉靖二十年正旦日，天降微雪。首辅夏言，礼部尚书严嵩，掌詹事府事礼部尚书温仁和、张邦奇，掌翰林院事礼部尚书张潮，掌翰林院事礼部左侍郎孙承恩等，各上灵雪赋记颂其事。

年节之下满都城的欢快气氛，瑞雪之下满朝廷的恭贺之声，丝毫没有感染御史杨爵，反之，他愈发感到愤懑和忧虑。在他看来，如今的朝政不是大好，而是大坏。朝政大坏之下，这一场雪到底是祥瑞，还是警示？为什么大家都不反省，反而连篇累牍地献上谀词？

他要反众大臣之道而行之，却又不能不有所顾虑。

杨爵是嘉靖八年的进士，他那一科的进士可谓宦途坎坷。一个状元，一个会元，罗洪先和唐顺之，因建言皇太子御文华殿受百官朝贺，被免官职；一个榜眼，一个探花，程文德和杨名，因论劾汪鋐而获罪，杨名被罢官，屡荐不起，程文德谪外官，至今回不了朝廷。

还有一个张选，字舜举，是南直隶无锡人，因疏论郭勋代祭太庙，被廷杖八十。据说，行杖之时，皇帝坐于文华殿里，要亲耳听到午门外的报数，于是，从午门至文华殿，每隔十步二十步站一内臣，杖打一下，报上一数，一声声传至文华殿。这有如皇帝亲自监刑，谁敢不用力！杖打八十，杖折者三，杖毕曳出，张选早已昏死过去。

这些人中只要想到一人，便觉心寒，便难措辞，便难提笔。而不提笔拟疏，又坐卧不定，寝食不安。新年伊始，杨爵一日一日苦思愁想，一日一日受着煎熬，以至于一月有余，脸上没露出过笑容。

若论时事，有哪些是一定要议的呢？

杨爵想：任用非人，应是第一议。

翊国公郭勋，大恶大憝，中外皆知；乃使其稔毒，潜干政柄。这是一定要议的，即便获谴获罪，也一定要议。

而更要议的是文班大臣。今天下大势，如人衰病已极，腹心百骸，莫不受患。君不见官场奔兢成俗，贿赂公行！君不见朝廷诤臣日远，端士日去！君不见四方灾变频仍，人不以为怪！去岁一冬无雪，元日微雪即止，有什么祥瑞可称贺！夏言等以为祥瑞而称颂之，欺天欺人，不已甚乎！对，要论劾文班大臣，首先该论劾首辅。

接下来，应该议一议兴作未已。

杨爵记得，他奉差巡视南城时，一月中，冻馁而死者竟有八十人。那么，一冬冻馁而死者有多少人？南城如此，北城又当如何？中城、东城、西城贫者穷者少一些，但也不会没有因冻馁而死者。真是五城合计，不知有几！京师尚且如此，直隶又当如何？天下又当如何？

冻馁而死者，孰非皇上赤子？欲延须臾之生却不能。而朝廷土木之工，十年未止。工部属官陡然增设数十员，遑论其他。

皇帝最不能容、最不愿听，而最应力谏、最应即停的，是各地雷坛之建。皇上啊，你要想一想，以一方士之故，朘民膏血而不知恤，载之史册，是圣明君主所为，还是昏庸君主所为？

今北寇跳梁，内盗窃发，加以频年灾沴，上下空虚，实在不能再劳民靡费，结怨天下！

雷坛之建，在于信用方术。第三事，是不是该议信用方术之非？不可，前面议雷坛，马上再议方术，皇上耐得住性子吗？最好在中间插上一件不那么刺激皇上的事来议一议。好，那就议朝讲不亲吧。

今上即位之初，励精有为，臣子们是没有一人不认可的。但数年以来，朝御希简，经筵旷废。无论大臣下僚，朝参辞谢，未得一睹圣容；敷陈复议，未得一聆天语。这就是所谓朝讲不亲。

皇上励精有为，大臣下僚亦未必人人努力；皇上朝讲不亲，还不人心日益怠倦，中外日益涣散？哪里还有君臣协恭图治的气象！

再往下，须得议一议信用方术。

自古以来，左道惑众，圣王必诛。但看一看今日，异言异服列于朝苑，金紫赤绂赏及方外。夫保、傅之职，本当坐而论道，今举而与之奇邪之徒。文职流品之乱，焉有甚于此者？

皇上啊，诚与公卿日论治道，则心正身修，天地鬼神莫不佑享，安用此妖诞邪妄之术，列诸清禁，为圣躬之累！

古人云：上之所好，下必有甚。近者妖道繁兴，诛之不息；风声所及，人起异议。凡此，必将贻四方之笑，取百世之讥，绝非细故。

杨爵一款一款想着所要疏论的内容时，不由便会想起罗洪先、唐顺之，想起杨名，想起张选。他们都因建言获罪。杨爵想，第五事，即最后一事，一定要议一议阻抑言路。

想皇上临御之初，是怎样延访忠谋，何等虚怀纳谏，因而造成人人敢言、人人争言的气氛。自然，臣子所望者厚，所期者殷，言过激切也是有的；他等因而治罪，也不能说全是无辜。但获罪者既多，臣下慑于天威，怀危虑祸，不敢再犯颜直谏，对国家来说，损失太大。古今有国家者，无不以任谏而兴，无不以拒谏而亡，这是万万不可掉以轻心的！

二月初八日清晨，杨爵上疏后，长长地吁一口气。一旦抛却私念，下定决心，把生死荣辱置之度外，心里会轻松许多。

第二百七十五章

皇帝病后初愈，火气正旺，读杨爵的奏疏，脸色变得十分难看。

杨爵奏疏最后写的是：望陛下念祖宗创业之艰难，思今日守成为不易，览臣所奏，赐之施行，宗社幸甚。

皇帝心里说：你杨爵要朕赐之施行，却不想一想，你所言数事，有哪一事可以赐之施行！

什么任用匪人！皇帝一事一事批驳：郭勋小心侍奉，朕不当用吗？夏言敢于任事，朕不当用吗？严嵩兢兢业业，朕不当用吗？

杨爵并未点严嵩的名，皇帝不知为何想起他来。

“张佐。”皇帝招呼。

“奴才在。”张佐应道。

皇帝吩咐：“你关照郭卿、夏卿、严卿等人，杨爵妄言，他等不必自陈；免得辩上一句，又给科、道留下口舌。”

皇帝的批驳听不到，但料得到。张佐小心地应着：“是，奴才亲去关照他等。”

什么信用方术！皇帝又驳：致一真人祷雨祷雪灵验，为朕祈子灵验，为朕祛病灵验，朕不当信用他吗？杨爵说，元日微雪即止。殊不知微雪也是致一真人为朕祈祷而来，为百姓祈祷而来。他若不服气，何不也为朕祷一场细雨，祷一场微雪！恐怕他连滴雨片雪也祷不来。

再者，朕也不是盲目信用。皇帝接着想：段朝用自诩精黄白之术，朕给他机会。他能点化金银，以助国用，有什么不好？但其术不验，朕就不再信用他；不唯不信用，还要惩治他。

对，还有段朝用那个徒儿，是叫王子岩吧？

王子岩是段朝用最亲信的弟子，师徒一起云游四方，又一起进入翊国公府。不知害怕受牵连，还是师徒间有芥蒂，他竟赴东厂告发，称段朝用点化银制器具乃欺诈，精通黄白之术乃欺诈，这场官司轰动京城。段朝用欺诈若实，犯的是欺君之罪。

只因他仍是翊国公府上的宾客，皇帝又没有降下明旨，东厂投鼠忌器，不敢轻举妄动。

段朝用欺诈，王子岩又是什么好货色？他还不是随着一起欺诈！

想到这里，皇帝问："张佐，王子岩现在何处？"

"回爷的话，他仍在东厂关押。"张佐说。

皇帝吩咐："你去交代陆松，将段朝用、王子岩二人一并下镇抚司狱，好生打起来问。朕要看看，他二人是如何欺诈的。"

"爷，东厂已鞫讯过王子岩。"张佐小心地提醒。

二十年来，皇帝遇有大事，则用锦衣卫，厂、卫之间，再无均势可言。东厂太监无不在张佐面前叫苦。好不容易遇到今天这样一个机会，他无论如何要为东厂争取一下。

"你是说，段朝用也可交东厂鞫讯？"皇帝显然是不准，"段朝用、王子岩要下诏狱，杨爵也要下诏狱。把他们交与东厂鞫讯，朕愧对张先生。不过，有一件事，却可交给东厂办。你去交代徐府，差人侦伺杨爵在狱里的言动，十日一奏。不，"想了想，又改变主意，"要五日一奏。朕要知道，他到底在想些什么。"

"是，奴才这就去交代。"张佐应道。

"记住，东厂是侦伺，不是拷讯。"皇帝叮嘱。

提督东厂太监徐府传唤来校尉周宣，周宣到后，徐府命左右之人退下。

"老周，"他指着一旁的椅子说，"你坐。"

徐府的前面一张小桌，上面摆放着酒菜。他让周宣坐的椅子前面一张小桌，上面也摆放着酒菜。

周宣不解其意，躬身道："公公面前，小人不敢坐。"

"不须客气，"徐府又指指那把椅子，说，"今天我不但要请你坐下说话，还要与你痛饮一番。你看，酒菜都摆放好，你要走却是不能。"

周宣仍然拘谨，半个屁股就座，半个屁股悬着，静听徐府的吩咐。面前的酒香菜香，似乎对他没有丝毫的诱惑。

"老周，喝酒。"徐府端起酒盅示意。

"徐公公请。"周宣自己斟一平盅，小抿一口。

徐府责备道："你是爽快人，这样喝酒就没有味道。来，我二人先饮三盅，才准吃菜。"

他自斟自饮，先喝三盅。

周宣不敢落后，也饮三盅。有地位的太监只喝宫中酿的御酒，御酒清纯而不刚烈，周宣倒不必担心不胜酒力，在徐府面前失态。

徐府说："老周，你也知道，我只三盅酒的量，好比是大将程咬金的三板斧。下面我不奉陪，你只管自己喝。喝痛快，我有事与你计较。"

周宣忙说："公公有事，请先吩咐下来，我才好喝痛快。"

"也罢，就边喝边说。"徐府不反对，"老周，在东厂衙门里，你办事最为得力，交你办的差事，我一百个放心。"

"公公这是抬举小人。"周宣客套之外，有几分得意。

"老周，这次的差事非同一般，是万岁爷交代下来的，你一定要打起精神去办，"徐府说着，指指酒盅，"这盅酒你该喝吧？"

周宣遵命喝一盅，问道："公公，是何差事？"

徐府吃口菜，说道："镇抚司狱新添一个囚者，你知道吧？"

"是杨大人吧？小人知道。"周宣回答。

"他可不是普通的囚者，"徐府自语道，又问周宣，"老周，你知道不同在哪里吗？"

"小人不知，请教公公。"周宣说。

徐府道："你什么时候听说，官人们下诏狱，爷还要差人侦伺他的一言一动？杨某下诏狱，爷却要知道他在狱里的一言一动，而且要五日一奏。你说，他是不是与下诏狱的其他囚者不同？"

"确是不同，"周宣道，"公公是要我去侦伺杨大人的言动？"

徐府说："这是爷的差派。老周，爷轻易不向东厂交代差事。这个差事，你一定要办得出色，不能有丝毫纰漏。"

说着，他站起身来，手拎酒壶，亲自为周宣斟满一盅。

"周兄弟，这是我敬你的酒，你把它喝干。"他说。

"不敢。"周宣起身接过酒盅，欲饮又停，"公公对小人还有不放心之处吧？公公不讲清楚，小人不敢饮这盅酒。"

徐府略一沉吟，说："我只想问你，今次差事如何去办？如何奏闻？"

"公公这般问话，这盅酒小人喝干。"周宣说着，一饮而尽，他又说，"万岁爷把这件事交给东厂办，徐公公又把这件事交给小人办，小人自然尽心尽力去办。小人算计，自今日起，也住进诏狱，在杨大人隔壁的号房落脚。他不睡，小人不睡；他未起，小人先起。杨大人的一言一动，保证都不会放过。至于如何奏闻——"周宣也略一沉吟，毅然地说，“小人自然是据实奏闻。”

徐府不做任何表示，拎着酒壶，又返回自己的座位。

“公公的意思——”周宣试探地问。

“好！”徐府猛击一掌，高声言道，“老周，我正要你据实奏闻。我对你说一个人，你办差事时，要记住此人。”

“公公指的是哪一人，请示下。”周宣揖道。

“牟斌，你知道他吧？”徐府问

“他是正德朝广为传颂的镇抚司官，小人怎会不知！”周宣道。

“老周，”徐府招呼一声，推心置腹地说，“锦衣卫有人被传颂，我东厂却无人被传颂，实不相瞒，这是我最不服气的一件事。”

周宣揣摩他说这话的用意：“公公是要我学牟指挥？”

“你就不愿留下好名声？”徐宣反问，“莫道是我要你学牟指挥，你抱定据实而奏的宗旨，就是要学牟指挥。”

周宣说：“公公，依小人看，牟指挥鞫讯诏狱各犯，不仅据实而奏，而且对各犯还多有袒护。小人这也学得吗？”

“老周，你的心眼也恁多，”徐府笑道，“据实而报，是你要据实而报；袒护，是你要袒护。切莫推到我头上来。”

周宣也笑：“公公放心，小人定下的宗旨，是福是祸，小人一力承担，不敢连累公公。今日吃公公一顿好酒好菜，不知要去诏狱吃多少日子的皇粮。公公，小人就此别过。”

周宣当日住进诏狱。两天后，段朝用、王子岩下诏狱。

第二百七十六章

正月二十三日，钦赐翊国公郭勋、成国公朱希忠、驸马京山侯崔元、首辅夏言、次辅翟銮、吏部尚书许讃、礼部尚书严嵩七人游西苑小山。

小山位于金海西岸，或是因为历代君王都不曾十分留意，或是因为实在太小，它虽屹立二三百年，一直没有大号，提起它，便以小山呼之。名称极俗，却也极为传神。试想，它由元人从南方各地运来奇石巨石，堆垒而成，会大到哪里去？据说，元朝廷命民间运此石来，准折粮若干。所以，百姓又把这些巨石唤作折粮石。

两名小太监在前导引众人，入清虚门，行不多久，到山脚下。但见巉岩森耸，石景怪奇，不可名状。

两名小太监体贴地停留片刻，一方面，为让众人观赏小山的全貌；一方面，知道各位大臣已非精壮之年，钦赐游山不宜过于劳累。觉得众人气息都已匀称，他才导引登山。

山腰乱石耸立，水流自石缝间涌出，汇成一泉。它喷激而出，垂落而下，似是一道门屏。众人不约而同地驻足而观。

小山无名，此景却有名。小太监介绍："诸位大人，此处为水帘洞。"

名称质而不文，很是贴切。但水帘后面如何，却看不真切，崔元问："水帘所蔽，果然是一洞吗？"

"果然是一洞，直达地面，万岁爷曾命人探至洞底。"一小太监说。

另一小太监又多句话："爷曾戏言，养上几只猴子，进尔出尔，就更似水帘洞。"

"皇上想得妙，此处正缺少几只灵物。"郭勋叫好，又向小太监询问，"这也不是件难事，皇上既有旨，为何至今不见布置？"

"爷不准，"小太监道，"爷说过进尔出尔之后，不容我等恭颂圣明，马上又摇头说：不可，玩物者易丧志。"

"真乃圣天子也！"夏言赞叹，"宫中豢养几只猴子，虽算不得什么，但防微杜渐，还是不把心思放在这上面好。"

郭勋听这话，心里不舒服：你在讥刺我吗？我随便附和皇上一句，难道就是玩物丧志？再一想：皇上不亲口说什么“玩物丧志”，你也敢说“防微杜渐”吗？我是附和，你难道就不是附和？他欲回以几句含沙射影、暗含讥刺的话，苦于没有现成的词句。

众人自然也都听出，夏言是在讥刺郭勋。朝廷第一文臣和第一勋臣不和，人人皆知。此刻附和一方多少，得罪另一方就有多少。他二人势均力敌，所以，谁也不愿介入其争执。

“仲鸣先生，你说是吗？”夏言不罢休，还要问翟銮。

“公谨先生所言甚是，”翟銮不得不答，但浅言辄止，他随即把话岔开，指着前方问，“小公公，那里就是翼然殿吗？”

前方不远处，一殿隐于巨石间，仅一檐突出，如鸟翼在空中伸展。

一名小太监答：“翟阁老说的是，那处正是翼然殿。”

“早闻其名，今日得以亲见。”翟銮说着迈步。

“翟阁老且慢，”另一名小太监拦住他，“观览翼然殿，一定要站立此处；到得近处，反而看不到。”

“有这话？”翟銮不信，仍然大步走过去，不多时返回，他说，“真乃奇哉怪也，在此处见到的是一只鸟翼；走到殿前，想来应看到两只鸟翼，谁知却一只鸟翼也找不到。”

在翼然殿近前，看到的只是飞檐，不是鸟翼；离得再远，飞檐被小山遮蔽，一无所见。小太监说，要在水帘洞观览翼然殿，一点儿也不假。一石一水一殿，相映成趣，令人叫绝。

夏言说：“古人云：可远观不可亵玩，此之谓也。”

“此景好，古人之句公谨先生也用得好。”翟銮赞道。

除奇石，小山可观赏者只水帘洞、翼然殿。众人回到山脚下，多在思量，献诗献赋，该如何标新立异，如何遣词造句。

“诸位大人，”一名小太监招呼道，“今日春和景明，万岁爷命我等伺候诸位大人游过小山，再去对岸琼华岛游一游大山。”

内臣与公卿大夫交语，没必要咬文嚼字，春和景明，一定是出于皇帝之口。所谓大山，指的是金海东岸岛上的另一处山。以山而言，它也极小，但与金海西岸的小山比较，要大得多，故小太监称之为大山。

夏言若无其事地从郭勋身边走过。郭勋脸色阴沉，盯住他的后背，好似一腔怨愤都集中在两只眼中，必要发泄出来。

严嵩有意无意地碰他一下，问道：“爵爷在想何事？”

郭勋勉强挤出一丝笑容：“奉旨而游，又会多想什么！”

“既不多想，且去观景。”严嵩促他速行。

一桥将琼华岛与外陆连接，名金水桥。承天门外的金水桥是正式的名称，此处的金水桥则是俗称，也有人叫它金海桥。金水桥上有两座牌坊，一牌坊上书写“金鳌”两个大字，一牌坊上书写“玉蝀”两个大字。

朱希忠仰望牌坊，轻轻读出声。金鳌两个字是认得的，玉字也是认得的，最后一个字却读不出来。

恰好夏言在身边，朱希忠指着“蝀”字问：“公谨先生，哪是个什么字？”

夏言说：“虫边一个东字，此字与东同音。”

“其义也相同吗？”朱希忠又问。

夏言刚要答，心思一转，道：“爵爷何不问翰林？”

换作他人，或不会再去问翟銮或严嵩。这是个极罕见的字，夏言若解释不出，翟銮、严嵩却说出来，他岂不是大丢面子？夏言若解释得出，翟銮、严嵩却解释不出，他二人岂不是大丢面子？朱希忠没那么多心计，夏言让他问翰林，他当真去问。

严嵩听到朱希忠和夏言的对答。等朱希忠来问，他拉着翟銮说：“仲鸣兄，国公来向你请教。”

翟銮一定也听到朱、夏的对答。他摆摆手，说：“唯中兄乃当世诗词大家，国公问到你的根本，自然应该你来回复。”

他这样说，严嵩不好再推辞。螮蝀二字出自《诗经·尔雅》篇，严嵩长于词翰，所以翟銮说朱希忠问到他的根本。

“蝀字不见单用，螮蝀二字连用，即谓天上之虹。”说着，严嵩以手在空中划个弧形。

“以虹喻桥，真是再合适不过，这个牌坊写得好！”朱希忠赞道，又问，“唯中先生说螮蝀二字要连用，螮又是哪一个字？”

用嘴讲不清楚，严嵩只得在手心一笔一笔地比画着。

朱希忠拱手道：“多谢，多谢。”

也不知他究竟看清楚没有。

“果然好学问！”夏言抛下句话，径自向前走去。

严嵩听不出他是称赞还是讥刺，不由呆立在原处。他心里想：《诗经》三百篇，若是少读一篇，今日就要颜面丢尽。

郭勋伏在他耳边问：“唯中先生在想何事？”

严嵩学他方才的话：“奉旨而游，又会多想什么！”

“既不多想，且去观景。”郭勋也以原话奉还。

二人急行几步，赶上众人。

琼华岛东南部有一圆殿，名承光殿。殿前三株古松巍然而立，像是尊贵的主人傲然迎客，令游者肃然起敬。

“唯中兄，”翟銮招呼严嵩，“你看三位松伯经历多少岁月？”

“仲鸣兄取的好名目！”严嵩喝彩，“‘松伯’比起秦始皇帝封赐的‘五大夫’来，更觉有趣。我看，它等没五百岁，也有三百岁。”

夏言冷冷地说：“金代立国距今四百年，唯中先生没忘吧？说他三百岁，似有不足；说他五百岁，则全无道理。”

大概堂官斥责属官、吏员，教授、训导斥责生员，“全无道理”四字才会脱口而出。当众被说一句“好学问”，还不至于太难堪；当众被说一句“全无道理”，心里实在不是滋味。严嵩有心辩驳，而且，不难辩驳：金代立国在四百年前，建宫室在四百年前，这几株松树怎么就不能有五百岁？难道这三株松树一定要金人来栽种？难道一定要金人先立国，先建宫室，才能有此松？难道不能是金人看中此松，在其侧修建宫室？夏言的推论不说“全无道理”，也是“很无道理”。

又一想，辩驳何益，不如不睬。

夏言的推论“很无道理”，郭勋也想到。

“金代立国之前，就一定没有这三株‘松伯’吗？公谨先生的说法，未免过于牵强附会。”他说。

夏言道：“爵爷说‘松伯’生长于金代之前，就不牵强附会？”

郭勋分辩：“我是说，它等究竟生长于金代立国之前，还是金代立国之后，应考证后再断言；并未说，它等生长于金代立国之前。”

“爵爷考证过吗？”夏言漫不经心地问。

“考证是学子们的事，我怎会考证！”郭勋道。

“我是学子，亦未考证过，还有什么好争！”夏言说。

“也是，我和公谨先生有什么好争！”郭勋道。

他在为严嵩而争，严嵩却一直不开口，他的情绪不免也低落。

两方三人间的小小摩擦皆因翟銮一时的兴致而起，他不无悔意，自言自语地说：“各位为‘松伯’而争，‘松伯’有知，不知要如何感慨！”

许讚插话：“我看，仲鸣先生以‘松伯’唤之，它等最要感慨。”

“廷美先生是说，这个称呼不好？”翟銮忙问。

“恕我不恭，愚意正是如此。”许讚说。

“极妙，”翟銮邀道，“廷美先生有兴致，何不为它等更改名称？”

许讚早已想好：“唤作‘松伯’，不如唤作‘松老’。”

众人纷纷称赞，这个称谓好。

“我看，廷美先生虽不曾出入翰苑，杜撰起故事来，更胜过翰林阁老。”崔元先说。

许讚卖弄起来：“爵爷道更胜，可知其中有个缘故？”

“不知，请廷美先生赐教。”崔元央道。

许讚故作神秘：“别人问起，我是不会说的；爵爷问起，我不得不说。仲鸣先生称三株古松为‘松伯’，是有所指的。须知，伯者，乃侯、伯之伯，非叔、伯之伯。三‘松伯’正与三位爵爷匹配。我依照仲鸣先生之意，称之为‘松老’，也是有所指的。老者，非唯年岁久远，亦地位崇高也。听者若有心，不难猜出我何所指吧？”

“我指的是三位爵爷？”翟銮不赞同，也不否认，“就算我将古松比作三位爵爷吧，廷美先生将古松比作公谨先生和在下，怎就更胜一筹？公不见，古松三株，人却只两个！”

“着啊，我浑不解事地说句更胜，廷美先生自己怎么也说起更胜？”崔元呼应道，“仲鸣先生问得好！”

许讚不慌不忙地说：“我自然有道理。三松拟为三人，乃实拟；三松拟为二人，乃虚拟。你说，是虚拟胜过实拟，还是实拟胜过虚拟？”

崔元点点头：“如此说来，我也可以东施效颦。诸位看，将它等唤作‘松卿’，是不是也很恰当？”他说明，“卿者，非卿卿我我我之卿，乃卿大夫之卿也。”

是否恰当且毋论，“东施效颦”用在这里，焉能不引人发笑！两名小太监少不更事，不知几位大人物为何而一怒，为何而一笑，只是见大人物们在笑，他等也随之一笑。然后，他们导引众人登山。

严嵩悄悄一拉翟銮的衣袖，翟銮会意，与他落在后面。

“唯中兄觉得难堪？”翟銮问。

严嵩说：“众人面前，全不把我视为同僚。怎不难堪！”

“他容不得人，唯中兄不必放在心上，”翟銮宽解道，“一月中，唯中兄和他照面不过三五次，一年中，唯中兄和他议事不过十余次，可曾想过，有人却要日日和他照面，日日和他议事？”

严嵩不语。

翟銮又说：“再者，他容不得你，未尝不是件好事。”

“这话怎讲？”严嵩甚是不解。

翟銮说：“皇上不看重你，他又怎会看重你？唯中兄，我看，他一日比一日容不得你，只因皇上一日比一日看重你。”

严嵩寻思，此言不无道理。他心里顿时轻快许多，但嘴上却是另一种说法：“一日比一日被皇上看重，我并无体会；倒是仲鸣先生一日比一日被皇上看重，在情理之中。”

“大山”上景观甚多，众人游一景，议一景，不多时，到最高处。只见一殿矗立峰头，比起小山南部的仁智殿、介福殿、延和殿，比起西部的翼然殿，别有一番雄姿。它的前后左右，又有四亭参差而建。

翟銮指着该殿的匾额说：“广寒殿，这个名称好。不仅游览此殿，宛若置身月宫；游览此岛此山，无不宛若置身月宫。”

众人称是。

夏言左右前后饱览一通，回转来说：“据此景而言，这个名称好；据仲鸣先生所言，这个名称又不十分好。”

翟銮并不觉得难堪，只是说：“请公谨先生赐教。”

夏言说：“游览此殿，宛若置身月宫，游览此岛此山，宛若置身月宫，诚如仲鸣先生所言。然而，广寒殿仅指一殿，游览此岛此山，宛若置身月宫，它如何概括得了？故我言，又不十分好。”

“不十分好，当如何更改？”翟銮问。

夏言说：“去一个殿字，这块匾额即可用于此殿，又可用于此山。”

皇家的建筑难道是臣子可以随便更改的？无人立即指出夏言非礼，也无人随声附和。

许讃把话岔开：“我两眼昏花，竟看不清两旁的亭子各是何名！”

一名小太监讨好地说：“不是老天官眼花，实在是离得太远，亭子上的字又小，连我这样好的眼神也看不真切。”说着，他一处一处报上名来，“那是方壶亭，那是瀛洲亭，那是玉虹亭和金露亭。北面山下临水一殿，名凝和殿；临水二亭，一名拥翠，一名飞香。”

许讚问的，他介绍；没问的，他也介绍。

朱希忠道：“此地你熟悉得很呀！有人说，此山又唤作万岁山，可确实？”

“错矣，谁不知万岁山在北安门正南面。”郭勋说。

被他抢先开口，小太监驳也不是，应也不是，一笑了之。

“国公爷的话不错。”夏言在一旁说。

朱希忠、郭勋都是国公，崔元问：“哪位国公爷的话不错？”

“自然是朱国公爷，”夏言说，“载于史籍，元世祖至元八年，此山赐名为万岁山。但自那一万岁山得名，此一万岁山无人再叫。另者，山名始于元代，岛名却始于金代。金时，岛上已有土丘，建以楼台，金人称作萧太后梳妆楼。延至今日，提及琼华岛，仍有人以此呼之。”

夏言解说得很清晰，朱希忠道：“听人说古，琼华岛上有万岁山，有萧太后梳妆台，还以为是两处，谁知竟是一处。”

众人下山，沿池而行，在显眼处，立着一亭，它虽然融于众多景观之中，但看得出来，是新近修建的。

一名小太监介绍：“诸位大人，这座亭子就是万岁爷赐建的鉴戒亭。万岁爷命我二人传旨，诸位大人游览小山后，一定要在此亭前站一站，想一想。爷还命我二人传旨，诸位大人若献词赋，宜以鉴戒二字为题。”

亭是皇帝赐建的，名称是皇帝亲起的，无人敢像方才那样，说东道西，轻浮议论。遵皇帝之旨，众人在亭前站立，沉思。

皇帝说的“鉴戒”，和夏言说的“防微杜渐”，有相通之处。夏言道：“皇上圣明，我等作臣子的，时时得其教诲，有所启迪。皇上曾对我谈起过修建鉴戒亭的本意，圣谕道：此岛是金人兴盛的见证，金后来却衰败、灭亡；此山是元人兴盛的见证，元后来却衰败、灭亡。今人见此岛此山，不可不鉴前人的兴衰。皇上这几句话，我等当再思三思。”

听他传述圣谕，众人嘴边都要说句“受教”。

一名小太监道：“爷在无逸殿赐宴，想是已准备停当，请吧。”

众人这才发觉，转这一大圈，肚里真不是一般的饿，于是，不须小太监再催促，都加快脚步。

第二百七十七章

一冬、春几无雨雪，干旱异常。四月初五日夜幕初上，忽然间，雨雹雷电大作。夜深，仁庙前的一株大树被雷电击中，火势迅即蔓延。

大内失火时有发生，当值太监、巡更宦官、上值亲军官校无不怀有戒惧的心情。但这场火发生在大风大雨之后，发现得晚，扑救得晚。大火扑灭后一看，群庙均被烧得面目全非。起火的仁庙，及临近的成祖庙，焚毁最严重；连成祖、仁宗神主，也被烧成灰烬。令人稍感宽慰，同时也最令人感到惊骇的却是，同样与仁庙相距不远的献皇帝睿庙躲过这场劫难，基本上完好无损。

中城巡城御史李乘云，和奉差巡视皇城的户科给事中胡汝霖、刑科给事中聂静在大火差不多扑灭时相继赶到现场。

李乘云字子雨，河南钧州人，嘉靖十一年进士。聂静字子安，江西永丰人，和胡汝霖同是嘉靖十四年进士。

聂静看着群庙被烧焦的断壁残垣，又看着基本完好无损的睿庙，长吁口气，说："苍天有眼，给我等一条生路。"

李乘云随言道："说的是，睿庙得以保全，实不幸中的大幸。"

"二位且莫庆幸，"胡汝霖迎头浇去一瓢冷水，"一庙独存，乃是苍天庇佑圣主，不足以消除我等之罪愆。"见那二人心情更为沉重，他又说，"不过，二位也切莫惊扰。"

李乘云问："一是切莫庆幸，二是切莫惊扰，仲望兄有何高见？"

他三人站得较远，只见东方泛白，浓烟渐渐淡去。那一边的人群正在忙于处置后事，他三人不会被注意。

胡汝霖还是不放心："这里没事，我与二兄找个僻静的处所商议。"

他拉着二人向西去，穿行过一个角门，到午门外。六科办事房都在午门外。聂静说："仲望兄那里僻静吗？刑科可是不僻静的。"

一句话提醒胡汝霖。午门外是真正的天子脚下，上朝的官员多数要经过这里，锦衣卫官校有事没事一天总要往各科办事房里探几次头，的确不是议事的好处所。

“子雨老兄，去你那里如何？”他问李乘云。

京师中、东、西、南、北五城各设一兵马司，并相应地设一巡城御史。中城巡城御史的衙门在仁寿坊，虽是中城的地界，但自太庙行去，不是三步两步就可以走到的。

“二位不怕行路，欢迎之至。”李乘云说。

一到衙门，就是他的天下。他命值夜的衙役送来净水，请胡、聂两位老爷洗面洗手；设法弄来茶水和点心，请胡、聂两位老爷食用。然后，他命衙役守在衙门外，不许任何人入内打扰。

“仲望兄，此处尚可议事否？”他问。

胡汝霖环顾四周，说：“我六科办事房里，只有我侍奉他人。子雨兄这里事事有人侍奉，甚好。”

“但仲望兄在午门前安坐，又怎知风雨里巡城的辛苦！”李乘云说着，让道，“茶点临时拼凑出来，不像样子，二兄随意用些。”

紧张忙乱一两个时辰，饥渴难忍，胡汝霖大口大口地吃着点心，大口大口地喝着茶，全无平日的文雅。肚子半饱，他才发现主人只饮茶，不吃点心，另一位客人只细嚼慢咽地吃着点心，不饮茶。

他停下来问：“子雨兄为何不吃点心，难道不饥？子安兄为何不饮茶，难道不渴？”

“亟待聆听吾兄高见，并不觉渴。”聂静道。

“亟待聆听仲望兄高见，并不觉饥。”李乘云道。

胡汝霖将嘴一抹，说：“群庙焚毁，乃苍天示警朝廷，子安兄此言即高见，我哪里还有其他高见？”

就这样一句话，李、聂对视，未免有上当之感。

“为此一言，仲望兄何须引我二人躲闪至此！”聂静不满地说。

“子安兄见责，我不妨多说一句，”胡汝霖说着，问道，“苍天向朝廷示警，再说明白些，是谁人有过失，苍天要示警？”

“仲望兄是说，苍天因大臣过失而示警？”李乘云听懂。

“正是，”胡汝霖点点头，进一步说明他的意思，“此次示警，不是冲着皇上来的；否则，为什么群庙皆焚，独睿庙保存？”

聂静稍稍更改他的说法：“皇上圣明，历次示警都不是冲着皇上来的。不过，此次示警不是冲着皇上来的，尤其明显。”

李乘云附言：“二兄所言极是。”

“此次示警，也不是冲着我等来的，”胡汝霖笑了笑，接着说，“子雨兄，子安兄，说句不恭敬的话，你二人纵然大奸大恶，千夫所指，难道还会危及社稷吗？犯得上焚毁九庙以示警吗？”

“彼此彼此，”聂静回敬一句，“仲望兄纵然大奸大恶，千夫所指，在大内焚毁一亭，足以示警。”

“所以，此次示警，一定是冲着大臣们来的。”胡汝霖说。

“仲望兄欲趁此机会弹劾大臣？”聂静思忖。

胡汝霖直言不讳地说：“不是乘此机会弹劾大臣，是乘弹劾大臣的机会，解我等之危。此次示警既是冲着大臣而来，要惩戒的不应是我等巡城小臣，而应是大奸大恶者。皇上明确其中原委，我等才有救。”

这话说得再清楚不过，却没有即刻引起聂静、李乘云的反响。

“二兄尚有顾忌？”胡汝霖问。

聂静的确有顾忌：利用弹劾大臣逃避皇上的处罚，不是君子的本色。但这个顾忌说出来，会伤害胡汝霖，如何再同舟共济？

所以他问李乘云：“子雨兄有没有顾忌？”

李乘云倒很坦诚。他说：“我非圣贤，怎会没顾忌！杨伯珍先生因弹劾大臣，至今还羁留诏狱。二兄若问，这就是我的顾忌。”

“原为避祸，反而生祸，仲望兄有何说法？”聂静问。

胡汝霖说：“子雨兄既有顾忌，必有处置之方。子安兄不要问我。”

李乘云瞥他一眼：“仲望兄洞察秋毫，好精明呀！”然后说，“我确有个计较。我等欲避祸而不生祸，只可言今日之事，不可妄言其他。”

聂静瞪大眼睛，一个字也没听懂。

胡汝霖至少听懂一半：“不可妄言其他，即不可妄言苍天示警。”

“仲望兄也想通？”李乘云解释为何不可妄言，“疏论苍天此次示警，冲着大臣而来，并非冲着皇上而来，原本是实情，也可慰藉皇上。但其中却有个老大的破绽。苍天因大臣奸恶而示警，大臣是皇上信用的，示警还不是冲着皇上而来！我等如何自圆其说？这看似一步绝妙的棋，但仔细推敲，实是一步走不活的棋。”

聂静两手一摊，说：“仲望兄的计较是弹劾大臣，子雨兄的计较是不可弹劾大臣，却怎么商议出个结果来？”

“不是不可弹劾大臣，是不可妄言苍天示警，”李乘云更正，“我等欲避祸，一定要弹劾大臣。今日灾异无论因谁而起，灾异之后，大臣有不即赴救者，何其怠慢！

所谓只言今日事，是只以此事弹劾。”

聂静想了想，从宗庙失火，到扑灭大火，确有数人一直未到现场。其实，到现场的官员，说不上有救火之功，因为他们被阻隔在皇城之外；直至救火救到一半，有人想起开启长安门，才得入内。但比起一直没在火灾现场露面的大臣，他们可说问心无愧。

他边想边掰着手指数起来：“我留意过，两位阁老，一位礼部正卿，还有那位以勋戚领袖自居的国公，灾变之际，竟无一人赴救，让人好不愤慨，好不心寒！”

“弹劾大臣怠慢，比妄言其他果然高明得多，”胡汝霖说，“夏阁老告病有些日子，未能赴救，情有可原。郭翊国、翟阁老、严尚书都是皇上信用的重臣，皆不以社稷为重，却是为何？还有当今第一驸马爷，也未曾露一面。我之意，但弹劾郭、翟、言、崔，不必弹劾夏。”

“仲望兄所议甚是。”李乘云赞同。

“好，就弹劾他四人，”聂静说，又问，“只言今日事，不言及其他，疏稿怎生来拟？”

胡汝霖想好几句话：“大臣翟銮、严嵩、郭勋、崔元等闻灾，不疾赴救，乞严加饬罚，以为怠慢之戒。二兄看可使得？”

“简练至无可简练，深刻至再难深刻，就是这几句话！”李乘云说。

三人想避祸而不生祸，结果还是生出祸来。

首先，皇帝降罪己诏书，称：“宗庙灾毁，无前大变，罪在朕一人而已。”把责任全揽到自己身上。

其次，各大臣那夜的行踪，皇帝是知道的。三月二十六日，皇帝在大内设坛祷雨，他等奉旨赞助玄事，到九庙火起，在大内供事整整十日夜。闻灾后，他等即赴现场，督同太庙内臣，抢救祖宗神主，然后又返回内坛祈祷。胡汝霖等没有看到他们，其实是自己到晚。

皇帝责胡汝霖等劾论不实，令送镇抚司讯问。吏部拟：胡汝霖谪太平府经历，聂静谪建平县丞，李乘云谪太仓州判官。皇帝照准。

第二百七十八章

杨爵面壁而坐，闭目静思。

当值的狱卒招呼他："今日好些吧？杨大人的危难就要过去。"

自下狱以来，三日一次小的刑讯，五日一次大的刑讯，杨爵被打得血肉淋漓，喘息奄奄。狱中日夜戒严，不敢稍有疏忽。锦衣卫鞫讯的官员、行刑的校尉，守狱的吏卒，以至他本人，无不以为，他死在狱里，不过是一朝一夕的事。每次苏醒过来，他心里暗祷，以速死为幸。

一个月后，停止刑讯。杨爵受伤的皮肉，受伤的筋骨，竟神奇般地一日一日地康复。

一个月后，对杨爵的看管也稍微宽松，巡视的官校，看守的吏卒，有时也敢隔着围栏，和他说几句闲话。

"原来今日又是张头当值，"杨爵闻其声而知其人，应了一句，转过身子，"你是说我的伤势吗？养息一月，不如加刑一次，我的伤势虽有好转，我却不敢存万一获生之望。"

"小的说的并非杨大人的伤势，"姓张的狱卒说，"九庙之灾，杨大人全然不知吧？此事不必细讲。我只需告诉杨大人，九庙之灾，万岁爷求直言。朝廷有一贤者，以救杨大人为任，其疏之上已有数日。小的想，杨大人的牢狱之灾也该到头。"

"张头所称贤者为何人？"杨爵询问，

他所以要问，与其说出狱有新的希望，获生有新的希望，不如说是因为好奇。入狱两个月来，未闻有人为他抗辩；今日哪一位友好，哪一位同年，终于敢出言相救？

"杨大人何必今日知道！"姓张的狱卒肯说有人上疏，却不肯说出其人姓名，"等杨大人出狱，自然就会知道。"

他既不说，杨爵不再问。

姓张的狱卒去其他牢舍转一圈，见无他事，又回到杨爵处。

"张头，"杨爵主动招呼他，"有一事请教。"

“杨大人还要问上疏之人吗？”姓张的狱卒认准不能说的事情，绝不会说，“不如免开尊口，彼此方便。”

“张头有不便言处，我就不问上疏之人，”杨爵说着，头向右面点了点，“关在那间牢舍的囚者，总可以问一问吧？”

姓张的狱卒愈发警觉：“杨大人为何要问他？”

“在诏狱为邻，也是缘分，”杨爵说，“记得我入狱的第二日，他便住进去。两个月来，没听他说过一句话，也很少听他走动，更不见有人传讯他。但昨日午后，他被人接走，再没回来。我竟不知镇抚司狱中会关押这样的囚者，所以要问张头。”

姓张的狱卒环顾左右，略微透露：“杨大人，你前面说‘关在那间牢舍的囚者’，关字听起来很刺耳；随后你又说他‘住进去’，这个住字就使用得再恰当不过。他不是关进去的，是住进去的。我这样对杨大人说，杨大人懂得吧？”

杨爵难为情地一笑：“怪我庸驽，仍不大懂得。”

“我再换个说法，”姓张的狱卒没见怪，“此人不是锦衣卫要他住进来的，是他自愿住进来的。我这样说，杨大人总该懂得吧？”

“竟会有人愿住诏狱？”杨爵不是总该懂得，而是更不懂得。

“你们读书人常挂在嘴边的一句话是怎么说的？”姓张的狱卒既感无奈，又感得意，“朽木不可雕也。我没法子可想。”

有人来探监，杨爵大感意外。看他的衣着，不像是士人；观他的气质，不能断定他不是士人。不识此人，却是可以断定的。

“阁下是来探视我的？”杨爵问。

那人点点头：“杨大人不是说，在诏狱为邻，也是缘分吗？”

杨爵看右面牢室一眼，恍悟：“原来是芳邻！”

再次打量来人，相信姓张的狱卒的话：这个人不会是关进来的。原想问他是何人，再一想，他既然来，不问，他也要说的。于是不问。

来人不多寒暄，直言来意：“在下周宣，听张大哥说，杨大人对在下的来去很是留意，心中感激，特来见杨大人一面。”

“不敢当，”杨爵揖道，“周兄出入诏狱，如过街市一般，定非寻常之人。周兄此来，怕另有见教吧？”

周宣说：“杨大人若是知道在下东厂缉事校尉的身份，所谓出入诏狱，如过街市一般，就不足为怪。”

杨爵一惊。该人不寻常，他想到；是东厂的人，却再也想不到。

见他不语，周宣接着说："在下是东厂爪牙，杨大人想不到；在下为何在诏狱关两个月，杨大人更想不到吧？"

加以"东厂爪牙"的称谓，显然是在自嘲。

杨爵想起和姓张的狱卒的对话，喃喃自语："周爷和我不一样，和诏狱中其他囚者不一样，不是关进来的，是住进来的。"

"那么，在下为何住进来，杨大人想得到吗？"周宣问。

杨爵闭住嘴唇，轻轻摇头。他摇隐隐约约觉得，周宣在隔壁住两个月，和他有关；究竟是什么关系，却难以想清楚。

周宣说："在下因杨大人而入诏狱，因杨大人而出诏狱。如果再次下狱，也一定是因为杨大人。那时，或就不是下诏狱。"

"如此说来，周爷是受我牵累。"杨爵道。

"杨大人千万别误会，在下不是来诉苦的，也不是来报功的。"周宣语气很平静，"在下虽一介匹夫，不敢忘忠义二字。人人都会说'食君之禄，忠君之事'，却不是人人知道，怎样才是'忠君之事'。在下应承上司官，一切据实而报。在下想，只有做到'据实而报'，才是真正做到'忠君之事'。"

杨爵把"据实而报"和"忠君之事"两句话合在一起想：东厂缉事校尉"据实而报"，报与谁？自然是东厂的掌事太监。东厂的掌事太监再"据实而报"，报与谁？自然是皇帝。东厂缉事校尉住进诏狱，为侦缉何人？自然是诏狱中的囚者。东厂缉事校尉住在自己邻舍，为侦缉何人？自然是自己。这么一想，周宣为什么住进诏狱，不必言而自明；周宣对杨爵有什么功德，不必言而自明。想是周宣奉旨侦缉，据实而报，皇帝没发现异常言论，异常举动，失去兴趣，东厂将他撤回。

杨爵又想到了一句话：君子之交淡淡。他即便对自己有恩，也不必在明里答谢。

"如此说来，周爷确有事见教。"他淡淡地说。

周宣说："杨大人不是想知道谁人为自己辩冤吗？在下特来奉告。"

"周爷为此事而来？"杨爵恨不得周宣马上就说，但又不愿他受牵累，提醒道，"我曾向张头询问过，他似乎有不便言者。周爷如果也有不便言者，则不必对我说。"

周宣神态肃穆地说："杨大人询问张大哥时，他是否相告，无关紧要；今日我来，却一定要把这件事告诉杨大人。"

杨爵觉察有异，忙问："周爷这话是什么意思？"

"我还是先告诉杨大人此人是谁吧，"周宣说，"今次上疏为杨大人乞命的，与在下同姓，是户部主事周大人。”

“哪一位周大人？”杨爵想不起在户部任主事的好友或同年。

周宣道出其人姓名：“周天佐周大人。”

“是周子弼吗？”杨爵问。

周宣点头：“正是他。”

周天佐字子弼，福建晋江人，嘉靖十四年进士。他以九庙灾上疏，中心的议题是杨爵之狱。

周宣又加上一句：“交友若周大人，实为杨大人之福分。”

杨爵愣神许久，道：“周爷言之有误，周子弼非我友也。”

“周大人非杨大人之友？”周宣一分是吃惊，一分是不信，一分是不解，“那么，周大人是杨大人之仇吗？”

“周子弼亦非我仇，”杨爵说，“我是北人，他是南人，我为科、道，他为部属，我与他素无来往。”

周宣长叹一声：“素无来往，而能拼死相救，更为难得。”

听到“拼死相救”四字，杨爵脸色骤变：“周爷说周子弼拼死救我？”

周宣说：“我带来周大人奏疏的抄本，杨大人读后，就知道他是不是拼死相救。”

说着，把抄录的周疏递了过去。周天佐的奏疏略曰：

> 乃今阙政不乏，而忠言未尽闻，盖示人以言，不若示人以政。求言之诏，示人以言耳。御史杨爵狱未解，是未示人以政也。杨爵系狱数月，一则曰小人，二则曰罪人。夫以尽言直谏为小人，以秉直纳忠为罪人，果合于天心否？杨爵命且不测，臣愿先请旌杨爵忠贞，以风天下。

这本奏疏一定会刺激皇帝。第一，直言“阙政不乏”，是皇帝不能容忍的。第二，怀疑皇帝之心是否合于天心，是皇帝不能容忍的。第三，杨爵未死，先为杨爵请旌，是皇帝不能容忍的。

前者杨爵的奏疏，以论劾郭勋、夏言等为主，以批评皇帝为副，今者周天佐的奏疏，则全篇都是对皇帝的批评。

杨爵疏进，皇帝放不过他；周天佐疏进，皇帝又怎能放过！

周宣说周天佐对杨爵拼死相救，一点儿也不过分。

那日，姓张的狱卒说，杨爵的牢狱之灾也该到头。显然，他以为皇帝会接纳周天佐的奏疏；显然，这是许多人的看法，不是他一人的看法。而今日呢？听周宣的话，那就是皇帝不会接纳周天佐的奏议，那就是周天佐的安危堪虞。

“周子弼已下诏狱？”杨爵的声音在颤抖。

周宣说：“杨大人料中，周大人已下诏狱。而且，杨大人是立下诏狱，周大人是在午门外行杖后下诏狱的。”

“不知行杖若干？”杨爵问。

周宣道：“奉旨，杖六十。”

“子弼休矣！”杨爵发出哀鸣。

在一次一次刑讯、被打得昏死过去时，他没有流过一滴眼泪，现在，他的两眼湿润。

“斯人形同处子，怎禁得住恶汉们的一顿棍棒！周爷，”他唤一声，问道，“周子弼而今怎样？”

“他僵卧牢舍，已两日不思进食。”周宣说。

他的话并不确切，周天佐入狱后，不是不思饮食，或不能饮食，而是镇抚司官阿顺皇帝心意，断绝他的饮食。试想，一体弱之人，被杖打六十，两日里不得滴水粒米，除僵卧之外，还可能是别的情形吗！

沉默片刻，杨爵问：“周爷若要见他，见不见得到？”

周宣说：“我要见杨大人见得到，要见周大人想来也见得到。”

“这就好，”杨爵说着，深作一揖，“周爷，我有一事重托。”

“杨大人要我去看望周大人？”周宣已解其意。

“不只看望他，还要问候他，”杨爵说明自己的意思后，稍稍犹豫，他问，“我欲写几个字，请周爷送去，不知周爷是不是办得到？”

在诏狱传递物件，特别是传递书信，是严重违禁的事，所以他犹豫。

周宣也稍稍犹豫，然后下决心：“违禁之事，我已做，再多做一件，又有何妨？杨大人速写，我即送去。不过，杨大人要写简单些，以周大人眼下的情形，长篇文章难以胜读。”

杨爵环顾四壁，苦笑道：“我欲写长篇文章，又如何写得出？周爷放心，两个字而已，再多一字我也不写。”

栏槛外面有一碎纸，他俯身拾起，就势蹲下，把碎纸放在膝上抚平。周宣见他手上无笔，牢舍内也无笔，说：“我去讨支笔来。”

“不必，”杨爵说罢，把右手食指含入口内，狠命咬破，挤出几滴血。于是，以指为笔，以血为墨，他在碎纸上写“困卦”两个字。

天黑了下来，杨爵躺在草席上，辗转反侧，无法入睡。忽然间，天边闪了几闪，接着，惊雷震耳，一声连着一声。他猛然站起来，扑向栏槛，双手把木栏握得作响。这是在四五天之后。

杨爵一直单独关在一室，雷声刚响过，锦衣卫校卫又押进一人。

他在杨爵对面坐下，介绍自己：“下官姓麻——”

杨爵不等他说完，一把拉住他衣袖，两眼直直地盯住他，急促地问：“麻大人，你才从外间来，可知周子弼怎样？”

姓麻的官员是外省的一名知州，因事被逮。他不是进士出身，杨爵不认得他，他却认得杨爵。他从诏狱的院落里走过时，见一尸体陈放在道旁。他随口问道：死者为谁。原以为锦衣卫官校不会搭理他。不料，锦衣卫官校也随口答道：户部周主事。

现在杨爵问他，他随口要说，周天佐已死。但见杨爵问话的模样，听杨爵问话的声调，他醒悟到，一定不可以随口。

“伯珍先生问的是户部周主事吗？”他一面应付，一面考虑对答。

“正是问他，”杨爵点点头，再问道，“周子弼怎样？”

麻知州筹算好：“进崇文门之前，遇到一个熟人。我因要入诏狱，向他问起狱中的情形。他曾提到伯珍先生，也曾提到子弼先生。据他说，子弼先生前几日的情形不好，家中已在准备后事；这两日却突然好转，亦可稍稍进食。”

“苍天有眼！”杨爵双掌合十，长长地吐一口气，好似要把多日来胸中的惊惧和郁闷一并吐出。他欣慰地说：“麻大人，我写给子弼的两个字，看来应验。”

“伯珍先生给子弼先生写的哪两个字？”麻知州好奇地问。

“困卦。”杨爵边说，边在地上写出来。

麻知州饱览书籍，不但读儒家的书，也读各类杂书。他说：“伯珍先生是取‘困亨贞大人吉无咎’之义吧？”

“麻大人也好此道？”杨爵不由得对麻知州刮目相看，“君子处变不惊，周子弼临死地而后生，可不是吉无咎吗？”

“是，是，”麻知州连声道，“伯珍先生这两个字写得好。”

麻知州瞒过一时，却瞒不长久。第二日，烈日当空，天气燥热。麻知州一想起摆放在院落里的尸体，心里就不是滋味。这样热的天气，不速作处理，尸体还不要很快腐臭！因此，每当外面有动静，他就向外张望。杨爵不知他的心思，还以为他初入诏狱，容易被惊吓。

也许因为天气太热，诏狱里上上下下都懒得出力，直到日头快落山时，才见两个杂役抬着尸体经过，尸体外面裹着草席。

杨爵隔着栏槛问道：“死者何人？”

杂役只顾走路，头也不抬，道：“户部周主事。”

杨爵听到这五个字，比昨晚听到几声惊雷还受震动。他望着麻知州，目光看似呆滞，但其中既含悲哀，也含怨恨。周天佐已死，你怎么说他好转？他知道不能责怪麻知州。麻知州说周天佐已有好转，或是并不知情，或是不忍心告他实情。

“我知昨日雷霆大发，不会无缘无故，子弼果去！”他颓然地说。

麻知州在一旁劝解：“子弼先生尽忠国事，大义凛然，朝野提及他的奏本，无不为之感动。连上苍亦为之感动，为之举丧。人生至此，虽死犹荣。伯珍先生有知己如此，一生无憾。还望先生节哀。”

杨爵不再说周天佐与他非友非仇。他在狭窄的牢舍里，艰难踱步，走上几个来回，慷慨吟道：

天上烈星坠，人间草木愁。
满腔都是泪，只向暗中流。

杨爵下狱时，京师刮两天暴风，扬起尘沙蔽日。京师人暗中呼之为杨爵风。周天佐死时，京师响一夜惊雷，不知有多少人从睡梦中惊醒。京师人暗中呼之为周子雷。

第二百七十九章

甘为霖来访，让王以旂感到意外，也让他感到舒畅。

甘为霖字公望，四川富顺人，嘉靖二年进士。两年前，他以工部尚书督理大工，大约是其时资历最浅的一位尚书。今年三月，工部尚书张润去官，甘为霖回部管事，仍是资历最浅的一位尚书。

王以旂字士招，应天府江宁人，正德六年进士，原官兵部右侍郎，新得外差，以原官兼右佥都御史总理河漕。

二人一是六部正卿，一是六部佐卿，在官职上差一小截。另一方面，二人一是正德朝进士，一是嘉靖朝进士，在资历上差一大截。感到意外，感到舒畅，都是为此。

二人互揖行礼，王以旂爽朗地说："公望先生是来迫我就道的吧？"

"这个迫字用得不妥，"甘为霖道，"士招先生是奉旨出行，皇帝若不迫士招先生就道，区区晚生又怎敢迫！"

"那么，公望先生是来促我就道的。"王以旂特意把促字说得很重。

"这个促字用得也不妥，"甘为霖道，"公望先生恨不得朝奉旨而夕行，区区晚生就是有心促一促，又怎赶得上！"

二人相视一笑，王以旂把甘为霖让入书房就坐。家人奉茶后退下，他又接着门外的话题说起来："公望先生不是迫我就道，不是促我就道，今晚突如其来，一定有大文章可作。"

"今晚并非突如其来，"甘为霖否认，"工部推士招先生总理河漕，士招先生行前，我来送行，还不应该吗？"

"是，公望先生应该来。不过——"王以旂眨眨眼，略显出调皮的神情，"推出一老朽总理河漕，工部诸公于心安否？"

其实，他今年不过五十六岁，无论作为佐卿，还是作为督、抚，都不能算是年事已高。

“治河还须老成，这也是圣上的意思。不过——”甘为霖也略显出调皮的神情，“我今日来，不仅为送行。有一事，朝廷上议论纷纷，晚生稚嫩，全无主张，特来向前辈请教。”

“可是为贵同年的开通海运之议？”王以旂问。

甘为霖的贵同年，指湖广布政司右参议方远宜。近来因漕河浚而复堵，堵而复浚，遂有开通海运之议。此事有人赞成，有人反对，每有提出，都会引起廷臣一阵议论。方远宜力主开通海运，他的奏疏一上，朝廷自然又有一阵议论。

“是，”甘为霖应一声，问道，“士招先生以为海道果可开通，抑或绝不可开通？”

王以旂不忙着说自己的看法，却问：“钱懋垣的《漕渠议》，公望先生读过没有？”

钱薇字懋垣，浙江海盐人，嘉靖十一年进士，由行人司行人改礼科给事中。

“惭愧，几年来忙于琐事，于治河之议，所读了了，”甘为霖道，因为不曾读过，难免有疑惑，他问，“钱懋垣不是写的《漕渠议》吗，难道也涉及海运？”

王以旂说：“不错，钱懋垣该文不仅涉及海运，而且明确反对恢复。他提出海运有五不可。”

“愿闻其详。”甘为霖揖道。

“好，”王以旂应罢，一一道来，“考之《元史》，岁运之舟，至者仅十七，则翻没者十三矣。驱有生之民，投必死之地；取可用之材，填不测之区，此不可者一。海运必用千料船，驾者百人，运米千石。若计河漕，则海船一，可办河船十，且运卒少而鲜倾没之患，此不可者二。元专海运，倭奴岁肆剽劫，我必设瞭望之卒，备捍御之兵，转辗提防，犹不获免。国初设备倭指挥，亦为海运。及改运会通河，倭乃绝觊觎，此不可者三。欲海运，必浚利津、胶、莱诸河，为停泊之所；屯宝盖、黑龙诸山，为瞭望之计，此不可者四。张士诚、方国珍等潜托海运，贸贩聚徒，为东南患，此不可者五。”

“士招先生熟读其议，想来是有所思。”甘为霖说。

“居庙堂者浑浑噩噩，我附议而已，更有何思！”王以旂道。

话一出口，他即失悔，这话伤人太多，须设法转圜。

“公望先生，我是自责，绝非责人。”他说。

“浑浑噩噩四字用得极好，士招先生不必多一注脚，”甘为霖笑道，“士招先生既然反对海运，一定是专心治理漕渠。士招先生附钱懋垣之议，我也附士招先生之议，把心思都用在治理漕渠上。”

“只附议怕是不成，公望先生不见前鉴不远吗？”王以旂道。

所谓前鉴，指朝廷对督理河道诸臣的处分。前些时，工科都给时中韩威等劾奏：总理河道都御史郭持平，修河半载，尚未成功。同时被劾的，还有河南巡抚魏有本，山东巡抚李中，漕运总督周金、河道郎中郭应奎，主事孙楚、陈穆等。皇帝降旨：郭持平降三级，除周金、魏有本，其余各人降一级，俱戴罪办事。工部会推才干大臣一员驰往，会同各官，协同计处。

这才有王以旂的任用。

其实，王以旂对这次的差事到底有没有把握，才是甘为霖最关心的；但他不好直截了当地问。王以旂自己说起前鉴，他就好问。

“士招先生，我问一句扫兴的话：半年治理漕渠，有把握吗？”韩威等奏疏里提到半年，他也以半年为期。

王以旂早有盘算。他说：“半年治愈漕渠，我无把握。朝廷若能给我一年时间，或可有成。”

“好，工部既推举士招先生，也要为士招先生担些干系，”甘为霖许诺，“科、道再言‘修河半载，尚未成功’，由我一力承担。”

“多谢公望先生维护。”王以旂揖道。

第二百八十章

六月，朝廷更易大同巡抚。史道有旨召入，任兵部右侍郎，以河南右布政使龙大有为右副都御史，巡抚大同。史道对自己的前程很乐观：一来，有首辅夏言的关照；二来，在大同巡抚任上成绩斐然。在他看来，兵部侍郎大概只是个过渡；不料，在等待与龙大有交接之际，却发生一件大事。

一名幕僚匆匆进入衙门，顾不上行礼，没头没脑地说一句："克弘先生，来了。"

"谁来了？"史道必然要问。

那幕僚伏在他耳边，轻声说出一个人的名字。

史道神情立刻变得严峻。他问："来几人？"

"三人。"那幕僚说着，递过一片纸来。

纸上写着三个名字：石天爵，满受秃，满客汉。

史道把纸片撕碎，本能地要向后一扬。但心里一动，大概是仍不放心，他又把碎纸片搓揉成一团，掖进袖口里。

"李实有没有一同来？"他问。

石天爵来，就一定要问到此人。李实是镇边堡的一名守墩百户，史道曾两次把他叫到大同来问话。

第一次，史道听说石天爵多次邀他下墩，席地饮酒，因而把他叫来，问他可有此事。

他稍稍犹豫，回答说有。又说，原先并不知邀他者是降虏的大奸。现在既知，再来邀，绝不敢下墩。

史道说：有酒喝，为什么不下墩？并且要他从巡抚衙门抱两坛好酒回去，叮嘱说：不要只喝人家的酒，也要请人家喝一回酒。

第二次，史道听说石天爵曾带他去俺答大营，又把他叫来，问他可有此事。

这次他不再犹豫，爽快地说有。那天，石天爵在墩下唤他下去，他做好饮酒的准备。谁知下去后。石天爵却说，今日不是自己请他在墩下饮酒，是别人请他在别处饮酒。他问去处远不远。石天爵说不远也不近。他要回墩去牵马。石天爵说不必，那人已为你备好。于是，他骑上马，随石天爵而去。

一看那大帐的气势，就知道请他饮酒者，不是寻常虏众。

他说，要是知道请他去的是俺答，他多半是不敢去的。

史道问，俺答请他喝的酒如何？

他说：强过石天爵请他喝的酒，但不如都堂大人赏的酒。

史道说：你再从巡抚衙门抱两坛好酒回去，让俺答也尝一尝。又问：俺答请你喝酒，以何事助兴？

他说：以鞭笞部属助兴。

史道吃惊，问打的是些什么人？为什么要打？

他说：打的都是小首领。打第一个人时，俺答说，他去抢你们汉人的衣物，我要打他五十鞭。打第二个人时，俺答说，他去抢你们汉人的粮食，我要打他五十鞭。

史道问：可是真打？

他说：小人看是真打。不是真打，背部、臀部、腿部，怎会留下一条一条血痕？打过后，那人是被拖下去的。

石天爵要李实转告史道，改日来参拜。没想到这么快就来。他带李实见过俺答，他来见史道，一定是李实带来的。

“我要不要见这个石天爵？”史道问。

“不见他，李实岂不白赚去克弘先生四坛好酒？”幕僚道。

史道想，可不是这个道理！不为见石天爵，李实擅自下墩饮酒，擅自进入虏营，还能容他活到今天？

“好，我换上官袍，就去见他等。”史道说。

“克弘先生不必更衣，便服见他等最好。”幕僚道。

史道想，提醒得不错。石天爵是自己巴结来的，是李实带来的，不是自己请来的；见石天爵一面没害处，是他的想法，并未奉皇帝的敕旨，兵部的文移，何必要着官服？何必要摆官架子？

想到此，确定不能在大堂里见。史道选择衙门里不被人注意的一间屋子，命把李实和俺答的使者带到那里相见。

不在大堂，未着官服，都堂大人的威风仍在。李实叩拜，口称：“参见都堂大人。”

史道命他起身。李实起身，介绍石天爵等三人。

石天爵叩拜，口称：“参见史都堂。”

史道先不让他起身，说：“石天爵，这两年你的名头在大同很响啊。”

“史都堂的名头在俺答汗部也很响。”石天爵说。

史道一笑：“名头都很响，不必多礼。”

石天爵起身，衣袖在膝上一拂，站立一旁。

满受秃、满客汉叩拜，口称：“参见史太师。”

发音略微僵硬，但还听得真切。从他们的表情看，汉话完全听得懂。

史道点点头，二人起身，站在石天爵身边。

“李实，”史道转过去招呼，“他等可是奉俺答之命，前来请降的？”

“这——”李实不知如何回答。

石天爵提高声音，说：“我等是奉俺答之命，前来请贡的。”

“俺答与天朝战火未息，不先请降，如何请贡？”史道质问。

“天朝准贡，战火自然平息，何乐而不为？”石天爵辩道。

“俺答一直扰我边陲，掠我百姓，为何突然想通贡？”史道问。

“偶启衅端，皆因贡道不通而起；天朝一旦准开贡市，滋扰劫掠之事，绝不会再发生。”石天爵道。

史道冷笑一声：“石天爵，原来你还会狡辩！”

石天爵躬身道：“请教史都堂，我怎是狡辩。”

“朝廷准各国通贡，为何独不准你鞑靼通贡？分明是你滋扰劫掠在先，朝廷不得不停你入贡，你却说成因贡道不通，才偶启衅端，这不是狡辩又是什么？”停了停，史道又指斥道，“再者，你哪个偶字也用得恁是轻巧。鞑靼百余年来，俺答十余年来，难道只是偶启衅端吗？”

“史都堂责怪偶字用得轻巧，在下心悦诚服。”石天爵躬身道，他随即挺起胸来，口风一转说，“不过，鞑靼百余年来，俺答十余年来，常与天朝兵戎相见，一旦和睦共处，岂不是史都堂的一件盖世奇功？”

史道眼睛眯成一条缝，看着石天爵。石天爵以为他有话说，便停下来，等着他批驳、指斥。他没有批驳，没有指斥。眯起眼睛是他动心的表情，建立盖世奇功正是他多年来的追求。

石天爵继续说：“鞑靼部滋扰劫掠在先，这话也对。可史都堂难道看不出来，俺答汗愿与天朝和睦相处，已先走一步。”

“他禁止部族劫掠我天朝居民，果真出于真心？”史道问。

“我可向天起誓，完全出于真心，”石天爵道，“这位李实兄弟在俺答汗大营中亲眼所见种种，我就不再说。今天同我来的这两位，满受秃是俺答汗的心腹，满客汉是阿不孩将军的心腹。俺答汗和阿不孩将军若非真心向天朝示好，何必让他二位随我一同来参拜都堂？说句不该说的话，史都堂对我不放心，俺答汗和阿不孩将军难道对我就放心？不使这两位心腹一同出使，听一听，看不看，说不定会以为我和史都堂在给他们设计一个圈套。”

“他二人是不是俺答和阿不孩的心腹，我不知道；俺答视你为何人，我却是知道的。他让你来大同，才说不定真心要与天朝交好。”史道对他的解说肯定一半，否定一半，然后提出疑问，“不过，你那个俺答汗怎会突然向善，着实让人费解。”

石天爵料到他会这样问，也相信答案会让他满意。

“原因再简单不过，恐怕我一讲出，史都堂不仅会释然，还会哑然失笑。”他说。

“你讲。”史道命道。

石天爵述道：“俺答汗最信神卜。今年以来，各部人畜多灾，俺答汗惊惧，卜之于神，均言入贡方吉。于是，俺答汗决意请贡。”

这真是一个再简单不过的理由，也是最容易让史道信服的理由。你说其他的理由，谁知是真是假，又难以查证。而俺答相信神卜，是史道等知道的；即便不知道，也很容易查证。俺答部今年人畜多灾，是史道等知道的；即便不知道，也很容易查证。

史道沉吟片刻，说：“石天爵，你道来为俺答请贡，我就把你看作请贡的使者。但通贡是朝廷大事，我亦作不得主。你回去对俺答说，他通贡之请，我会上奏朝廷。只要他真心向善，从此以后不再滋扰我边方，不再劫掠我百姓，我想，朝廷自会恩准其请。”

第二百八十一章

两位阁臣约吏部尚书许讃、兵部尚书张瓒在朝房里计议大同巡抚史道为俺答请贡的奏疏。翟銮等都知道，夏言对史道颇为赏识，他不表示个态度，谁也不会先开口。

“史克弘真是糊涂，虏酋奸诈，他的话怎可信！”夏言恼怒地说。

一言定音，他反对俺答入贡，而且态度很坚决。

翟銮觉得，应适当为史道说句好话。

“史克弘也不是完全糊涂，”他说，“准贡则后患当防，不准则近害立至。公谨先生不见他模棱两可的话吗？”

“他说这话，尤见有私，”夏言不留情面地说，“他很快要离开大同，后患与他何干？只要没近害，他就可以心安理得。”

“他不计后患，廷美先生也不会放过吧？”翟銮看着许讃，笑问。

许讃接过难题，说：“二位阁老怕他遁去，不如把他留在大同。”

提议一出，夏言立即同意：“好，吏部出文：龙都堂未到大同，史克弘不得赴京；到大同，也让史克弘暂勿赴京。”

地方大员调任，若是急差，不必与继任者交接；不是急差，与继任者交接后，也当离开原任地。与继任者交接后仍不让离开，就有“以观后效”的含义。众人担心的是，自己的言辞太尖锐、处分太严厉，夏言不能接受；现在夏言的言辞如此尖锐，处分如此严厉，他们不必再说什么。

“公谨先生、廷美先生的处置，仲鸣先生不持异议吧？”张瓒问一句，不过表示此事已有结论，只要翟銮一点头，他就可以说另一事，“自毛汝厉前次回院，宣、大总督几年不曾遣派。既然上下都担心‘近害立至’，是不是应该选派重臣，总督宣、大军务？”

“大有必要！今日之宣、大、山西三镇，亟须一大臣居中协调。”翟銮响应。

“这事还须圣上钦定。不过，我等若以为宣、大总督须设，圣上想来也会准允，”夏言说着，问张瓒，“廷献先生是否已想到合适的人选？”

“此事须和吏部商议。”张瓒也把难题出给许讚。

许讚想到一个人：“樊双嵒如何？”

樊继祖字双嵒，在大同第二次兵变时任巡抚，可以说是受命于危难之际；他在平息兵变时有所作为，现在若以他总督宣、大军务，可以说是驾轻就熟。

“廷美先生所举，称得上合适二字。”翟銮说。

夏言也有同感。他对张瓒说：“添设宣、大总督一事，兵部可上疏请之。皇上若准，樊双嵒乃第一人选。”

第二百八十二章

处暑后的一天，江西道御史叶经、贵州道御史谢瑜相约去游报国寺。他二人同是浙江上虞籍，同是嘉靖十一年进士，过往密切是情理中的事。

报国寺始建于元朝，位于南城宣化坊，在本朝成化年间更名为大慈仁寺，但京城之人仍习惯地以旧名称呼。

毗卢阁乃报国寺名胜，亦京师名胜，是一定要登的。其高三十六级，登上后，远则西山，近则卢沟，若在襟袖；宫阙城市，俱收眼底。望三殿沐浴于日光中，观四坛朦胧在雨色里，心情无不为之一振。

谢瑜不是第一次游寺登阁，但还是忍不住喝彩："好景致！"

叶经应道："好气势！"

谢瑜指着东北方向，加一句："宫室巍峨。"

叶经双臂抱合，又应一句："心潮澎湃。"

谢瑜说："叔明兄好一个转合！"

叔明是叶经的字。

叶经说："多赖如卿兄好一个起承！"

如卿是谢瑜的字。

二人说得兴起，放声大笑。

"叔明兄约我来，不是为观景，而是为抒怀。"谢瑜说。

"差矣！"叶经道。"不借此景致，如何抒得此胸怀？"

"叔明兄是何胸怀？"谢瑜问。

"身在台省，论劾大臣而已，岂有他哉！步如卿兄后尘而已，岂有他哉！"叶经道。

论劾大臣，步谢瑜后尘，那就是要论劾严嵩。谢瑜去年上疏说，严嵩矫饰浮词，欺罔君上，钳制言官，奸状显然。严嵩奏辩，说他攻击自己，是要与廷臣争胜。

"我那篇奏章，皇上有定论，实不足道。"谢瑜说。

皇帝定论，自然是慰留严嵩，切责谢瑜。但仅切责而未降罪，科、道官在下私议，觉得和当年论劾张孚敬有所不同。

叶经对谢瑜的含糊其词不满意，追问道："如卿兄所谓那篇奏章不足道，是该奏章不足道，还是因有皇上的定论不足道？"

"因有皇上的定论不足道，该奏章亦不足道。"谢瑜说。

叶经再追问："如卿兄所谓该奏章不足道，是因为写得过头而不足道，还是因写得不足而不足道？"

"因写得不足而不足道，尤以举证不足而不足道。我写那篇奏疏，一非意气用事，二无过分言词。"谢瑜说。

"好，有如卿兄这话，我大可安心，"叶经欣慰地说，"如卿兄前者举证不足，且看我今日来补足之。"

初听上去，说得颇为豪放，细细品味，又有些放肆。好在谢瑜与他相知已久，不会计较。

"叔明兄举证何事？"谢瑜问。

"一是交城王事，一是永寿王事。"叶经说。

交城王是晋王府里的一枝郡王，第四代交城王死于正德六年，无子，王位空虚三十年。现在他的堂弟们都已成人，纷纷活动，谋取爵位。其中一名辅国将军最为活跃，也最有可能袭封。

永寿王是秦王府里的一枝郡王，第五代永寿王死于嘉靖十七年，长子先于他死，王位本应传与长孙，但他第六子说，其母已进封王妃，他是嫡子，王位应传与他。结果，竟让他得逞。本该袭封的长孙不甘心，与他的六叔打起官司。

交城王府里那名最有可能袭封的辅国将军究竟应不应该袭封，永寿王府里已经袭封的嫡子究竟是不是嫡子，许多人都搞不清楚。

谢瑜皱起眉头，问道："交城王事，永寿王事，叔明兄均知其详？"

有此一问，是很自然的，孰料引出一连串的反问。

"何谓均知其详？必要知道谁该袭封交城王，谁该袭封永寿王，才算得上知其详？不该袭封，却以贿赂大臣得以袭封，算不算知其详？虽该袭封，却以贿赂大臣得以袭封，算不算知其详？"叶经道。

谢瑜的想法：同是贿赂大臣，不该袭封而袭封和应该袭封而袭封，是有区别的。但和叶经争论这一点，似乎意思不大。因为叶经要举证的是严嵩收受交城王府、永寿王府的贿赂，而只要举证严嵩收受交城王府、永寿王府的贿赂，就足以表明此人的贪黩。

“叔明兄举证其人收受贿赂，一定要有实据。”谢瑜提醒道。

“我要举证，自然是有实据，”叶经自负地说。

谢瑜说：“好，但愿叔明兄此疏，能打动皇上，为朝廷除去大奸巨蠹。纵然不能，也不须灰心。叔明兄视我为先驱，我亦视叔明兄为先驱，除奸未尽，就要一疏一疏写下去。”

第二百八十三章

严年见老爷回来后在太师椅上一坐，郁闷不乐，心里发慌，向家人、女婢悄声交代几句，自己跑去请严世蕃。他不知如何解开老爷的郁闷，可他知道谁能解开老爷的郁闷。

进严世蕃居住的院落，严年故意加重脚步；到屋前，还在窗下招呼一声“公子”。其用意，都是提前和严世蕃打个招呼。严世蕃新娶一妾，正在兴头上，不管什么时刻，想行好事就行好事。被他撞上，公子大约也不会见怪，可小夫人脸上一定挂不住。

屋里有动静，严世蕃一定在，他却不答应。

难道真在做那事？严年想着，进退两难：径直闯进去，不可；就这样离去，也不可。总算他机警，一下想起严世蕃的教训。公子不应，未必是无暇搭理，而是他的称呼不对。

“东楼先生。”他改换称呼。

果然见效，屋里严世蕃咳嗽一声，唤道：“严年，你进来。”

严年进屋，哪里有什么小夫人！只见严字、严画两个小童，一个在严世蕃的左边写字，一个在严世蕃的右边作画。

“停下来吧。”严世蕃对两个小童命道。

严字、严画规规矩矩收拾起纸笔。

“严字，告诉管家，我为什么要你写字。”严世蕃命道。

“我一时糊涂，又称呼起公子。”严字又是惭愧又是得意地说。

“严画，告诉管家，我为什么要你作画。”严世蕃命道。

“他一糊涂，我也糊涂起来。”严画又是得意又是惭愧地说。

严年心里明白，二人惭愧是假，因耍弄管家而得意，才是真情。严字歪七扭八只写几个字，严画弯弯曲曲只画一个轮廓，分明是他进屋前才拿起笔来。

严世蕃睃他一眼，说：“你以为身为管家，我就罚不得你？”

“小人犯错，甘愿受罚。”严年苦笑道。

“那我就罚你——”严世蕃很快想出一种罚法，“好生做一回管家。”

说罢，大笑。另三人也随他笑起来。

“你二人去吧。”严世蕃向严字、严画挥挥手。

二小童向严年做个怪样，离去。

“说吧，找我何事？”严世蕃问道。

严年说：“多谢东楼先生，要我好生管一回家。可我这个管家实在管不好，不得不请东楼先生去管一管。”

“可是为老爷？”严世蕃边说边起身。

“可不是嘛，别人的事，怎敢惊动东楼先生！”严年说。

严世蕃边向外走边问：“老爷今日回来，是不是一个笑脸也没有？”

“是，东楼先生料事如见。”严年道。

严世蕃边出门边问：“老爷是不是一句话也不说？”

“是，老爷一个字也不说。”严年说得更严重些。

严世蕃转身又回到屋里，问道：“你想我去开解老爷？”

“是，除东楼先生，无人能开解老爷。”严年道。

严世蕃坐下，说：“严年，你先回老爷那里去。”

“东楼先生不去？”严年吃惊地问。

“你想我去开解，不是老爷要我去开解，我不去。”严世蕃说。“你跟随老爷这么多年，老爷的脾性你还不知道？老爷自己不想开解，谁能开解得了他？等老爷想到我时，你再来找我。”

严年无奈，只得先去。

晚饭前，严嵩终于想到严世蕃。他命严年：“找公子来见我。”

严年如释重负，笑着说：“是东楼先生。”

严嵩先是一怔，随后也笑：“不错，请你们的东楼先生来见我。”

“大人想说话？”严世蕃连安都不请就问。

“谁告诉你我不想说话？”严嵩瞪严年一眼。

严年不敢懈怠，紧想慢想怎样为自己辩解几句。

严世蕃那边已经接话：“大人若想说话，还不早把儿子唤来？儿子难道连这一层都想不透，还要别人说三道四？”

严嵩知道，他是为严年开脱。两句开脱之词能不露丝毫痕迹，不让人抓住把柄，是他独家的功夫。

严嵩放过严年，说："今日有些烦闷。"

"大人为何事烦闷？"严世蕃紧跟着问。

"今日又遭论劾，"严嵩简要回答后，加句注释，"难道真有人闻过则喜？"

严世蕃说："大人又不是第一次遭论劾，不必闻过则喜，可也不必烦闷。"并问，"今次的论劾和前几次的论劾不同吗？"

严嵩想了想，道："若说不同，也确有些不同。前几次的论劾多是数人并论，今次的论劾则只论一人；前几次的论劾多是数事并论，今次的论劾则只论一事。"

"也该有此不同。"严世蕃自语。

"你说什么？"严嵩没有听清；或虽听清，却没听懂。

"也该有此不同，"严世蕃大声重复，"有此不同，正可见大人的地位不同于前，身价不同于前。大人大可不必烦闷。"

地位不同，身价不同，严嵩想过；地位不同，身价不同，而成为众矢之的，他也想过。可他不如严世蕃想得简明。

不容他多想，严世蕃那边又在问："大人说的今次论劾，可是指叶叔明那丑类上的奏疏？"

"看来，叶叔明上疏，你已知道。"严嵩不否认。

"朝廷里发生的事，会有我不知道的！"严世蕃不无得意地说，"在儿子看来，为这件事，大人大可不必烦闷。"

这的确不是一件了不起的大事。一来，严嵩不过收取想做交城王的宗室三百两银子，不过收取已作永寿王的宗室五百两银子，算得什么贿赂！二来，严嵩本人没和来者见面，严世蕃没和来者见面，甚至严年也没和来者见面，即使追究，又能追究出什么？

严嵩的确不是为这件事烦闷，不是为叶经的论劾烦闷。

"东楼知道叶叔明的奏疏，是不是也知道皇上的批复？"他问。

"不知。"严世蕃道。

"迩年各王府奏事入，往往指称关节，作设货贿，为弊已久，屡禁不悛。其令缉事衙门不时侦捕，所言交城、永寿二王事，仍下彼中抚、按官按复，务见应否袭爵。"严嵩复述御批，语气平淡；接下来一问，语气可不平淡。"对皇上的批复，也是大可不必烦闷吗？"

“对皇上的批复，不可掉以轻心，却也不必烦闷。”严世蕃说。

“为何不可掉以轻心，为何不必烦闷，你说与我听！”严嵩命道。

严世蕃说：“我先问大人，该批复是内阁拟的吧？”

“批复科、道奏疏，自然是内阁拟的。”严嵩道。

“大人看，是公谨先生的手笔，还是仲鸣世伯的手笔？”严世蕃问。

这一问颇有深意。严嵩略想了想，说：“应是公谨先生的手笔。”

“由他拟复，大人还想写些别的什么吗！”严世蕃道。

言外之意，夏言对严嵩的猜忌之心日重，他不利用叶经的奏疏来作作文章，那才怪呢！

“所以你说，不可掉以轻心？”严嵩想着心思。

“我还说，不必烦闷。”严世蕃道，“仲鸣世伯拟复，定要先揣摩定皇上心思，才落笔；故仲鸣世伯所拟，如同皇上亲拟。公谨先生拟复，只以自己的心思落笔；故公谨先生所拟，未必合皇上心意。我说不必烦闷，此其一也。公谨先生偏袒叶叔明，含沙射影，意在沛公。他自以为得计，却不知也有漏洞。既写指称关节，作设货贿云云，又要抚、按官按复，务见应否袭爵。大人奏辩，只着落在应否袭爵一事，定可应付过去。交城、永寿应袭爵，货贿之说，不攻自破。而应否袭爵，难道不是礼部说的算数，而是其他衙门说的算数？不是大人说的算数，而是其他大臣说的算数？我说不必烦闷，此其二也。辩疏一上，皇上定要劝大人安心供职。大人尽心办一两件事，还有什么论劾能打动皇上？”

严嵩听得暗自叫好：“让东楼一说，对该批复也大可不必烦闷！”

严嵩疏辩，请廷臣会议交城、永寿二王应否袭爵，以明心迹。皇帝批复：此事已有旨行勘。卿宜安心供职，勿以人言为意。

“安心供职”四字，严世蕃料得分毫不差。

第二百八十四章

几天以后，昭圣皇太后宾天，筹办丧仪成为头等大事。严嵩是否收受贿赂，袭爵是否不当，谁也顾不上再议论。

皇帝降谕礼部：昭圣皇太后虽伯母，朕母事之。自十七年秋事，不得不自爱以爱宗社，朕不敢躬诣问安，遇事必遣内臣诣问。今丧礼有定式，奠祭内官代行。朕生辰免贺。

嘉靖十七年，张太后之弟张鹤龄、张延龄再次被讦告，供词牵连张太后。从那以后，皇帝再不和张太后见面。皇帝用“自爱以爱宗社”对这件事做出解释。而“丧礼有定式，奠祭内臣代行”又明确表示，丧仪应保持低调。

按照皇帝的意志，严嵩和礼部各臣兢兢业业、一丝不苟地议定丧仪。

夏言却因在疏奏太子服制时出差错，被皇帝责备。

夏府后院分成两处，一处住男佣，一处住女佣。根据老爷和太太定下的规矩，男佣不得入女佣居处，女佣不得入男佣居处。只有一人例外，就是在夏言上次复官后进入夏府的缝工赵金吾。在男佣居处和女佣居处之间，有两间小屋，赵金吾在那里居住，在那里做工。他向这边走几步，可进入男佣的居处，向那边走几步，可进入女佣的居处。老爷没有规定，他不能向这边走，或不能向那边走，他就哪里都可以去。但实际上，他哪里也不去，只在他的两间小屋里吃饭睡觉，裁缝衣裤。夏府人多，他还没有闲下来过。

这一日，夏言走进小屋时，赵金吾还是在裁缝衣裤。他只抬抬头，说句“老爷来了”，继续做手上的活计。

“金吾，你来我这里有两年吧？”夏言问。

“差不多，”赵金吾头也不抬地说。然后又加上一句，“或许还要多几天。”

“我要回老家，你是随我回乡，还是留在京师？”夏言问。

“老爷需要我，我就随老爷回乡；老爷不需要我，我就留在京师。”赵金吾说着，问道，“老爷怎会想到回乡？”

“皇上又免我的官，你不知道吗？”夏言很奇怪。

他被皇帝责备，上疏请罪，并说，近年疾病缠身，请皇帝准他回乡养疾。皇帝气愤，命他以少保、尚书、大学士致仕。他接旨后，没想到别人，只想问一问赵金吾的去留。

赵金吾说：“皇上免老爷的官，老爷未必回得了乡。前次皇上免老爷的官，老爷还没走出京门，不是又复官？”

“这次不同，皇上不会再用我。”夏言显得有些颓唐。

夏言被免官，乃当朝第一大臣被免官，是天大的变故，赵金吾没当一回事，很平静地接受下来。但听出夏言的失望和沮丧，他却难以平静，开始担心。

他放下手上的活计，沉思片刻，想出一番话：“老爷问我是随老爷回乡，还是留在京城；老爷自己却是不想回乡，想留在京城，留在朝廷。对不对？其实，皇上此际准老爷致仕回乡，未见得不是一件好事。古人都懂得‘满招损’的道理。老爷做到内阁首辅，又有上柱国、少师的名衔，已经太满。我听说，当年杨阁老也不过加个左柱国，张阁老连右柱国都不曾加。可皇帝后来对他们的处分，比今日对老爷的处分，要重得多。老爷还有什么不满足、不甘心？”

夏言定定地看着赵金吾，说不出话来。原只以为他恬淡寡欲，想不到他还能说出这样深刻的道理。扪心自问，自己的声望远远不能和杨廷和相比；与皇帝的情感，也远远比不上张孚敬。然而，自己得到的荣宠已然超过他们，难道不应该警觉吗？

赵金吾对他的表情却有另一番理解。他说：“我不在其位，我的话，老爷自然听不进去。不如我给老爷讲两段故事吧。”

夏言回过神来：“好啊，我也正想听听家乡的故事。”

“此事未必出在我贵溪，老爷既然要听家乡的故事，就权作出在贵溪，”赵金吾顿一顿，忽然问，“老爷相信运数吗？”

“说不上相信，也说不上不相信。”夏言道。

“听了我讲的故事，老爷或会相信，”赵金吾说，“我要讲的第一个故事，发生在一个大灾之年。”

“金吾就是在那个大灾之年远赴京师的吧？”夏言推测。

“我是不是那时离开家乡，与故事无关。”赵金吾说着，讲起故事。

有一人家，无儿无女，只夫妇二人。家里没什么财产，二人既勤快，又本分，丰年可得一饱，平年半饥半饱，遇大灾之年，自然是饥肠辘辘。等到野草挖尽，树皮吃尽，丈夫叹口气，说：饿肚皮的滋味真不好受。老婆有气无力地应道：真不好受。丈夫说：再饿下去，真是生不如死。老婆应道：是生不如死。丈夫说：倒也有不饿肚皮的法子。屋里环睹萧然，空空如也，只在角落里放着一个木桶。他指着木桶说：那桶卖掉，还能换些米回来。老婆问：能换多少米？丈夫说：我二人足以饱餐一顿。老婆说：得饱餐一顿也好。丈夫说：不知你想过没有，饱餐过一顿，再饿起肚皮，滋味更不好受？老婆说：我知道，饿肚皮的滋味不好受，饱餐一顿后饿肚皮的滋味更不好受。那么，你说怎么办？丈夫说：饱餐一顿，若不再饿肚皮，就不用害怕。老婆说：你这是梦话。丈夫说：也不全是梦话，饱餐一顿后睡着不醒，不就不会再饿肚皮？老婆说：你这又是梦话！饱餐后，你尽可以睡下；肚皮一饿，还不是又要醒来！这些日子，我二人何尝睡过安稳觉？丈夫说：我有一法子，可以睡着不醒，你愿不愿试试？老婆问：你也一起试吗？丈夫说：那是自然。老婆说：那好，你速去换得米来，我二人一起试试。

丈夫抱着木桶，向外就走。过两个时辰，果见他提一小袋米回来。老婆欢欢喜喜地淘米烧火。丈夫告诉她：木桶卖三分银子，用两分银子买米，一分银子买其他东西。老婆说：两分银子买的米，也够我二人饱餐一顿。丈夫说：一分银子买的其他东西也要和米一起煮。老婆说：我知道，没有一分银子的其他东西，你的法子怎能灵验？说着，从他手里拿过一纸包，将纸包里的粉末倒入锅里。丈夫问：你不后悔？老婆摇头。丈夫问：你不怨恨？老婆摇头。丈夫问：你还有什么话要对我说？老婆说：我只怕一个人醒来，无法忍受饿肚皮的滋味。

“听他二人对答，让人好不辛酸！”夏言眼睛湿润。

“他二人原话如此，我并未润色。”赵金吾说。

饭煮熟，没有佐饭之馔。丈夫说：难得一饱，总要吃出滋味来。他在腌菜的破坛子里捞来捞去，捞出一两片菜叶，把装油的坛子倒来倒去，倒出一两滴菜油。菜油和入菜叶，顿时飘溢出香味。

就在二人把饭端出之时，外面来一人，是里长，来催缴丁银的。

丈夫说：家里连虱虫也抓不到一只，明日再来吧。里长说：明日来，就有银子？丈夫说：里长明日来了便知。里长说：你让我明日来，我明日再走一趟也不妨。不过，已走半天，实在饿得发慌，你家里有什么吃的，让我先填一填肚皮。他还开玩笑：不必鱼肉，粗茶淡饭即可。丈夫苦笑：若有粗茶淡饭，何劳里长明日再走一趟！家里实在一粒米也没有。里长说：我以为你是忠厚人，却也哄骗我。丈夫说：我怎么哄骗你了？里长说：灶里的火刚刚熄灭，饭菜还在飘香，你为何说一粒米也没有？丈夫瞒不过去，说：米饭煮一锅，你却不能吃。里长问：为何不能吃？你讲的清道理，今天的米饭我一口不吃；你讲不清道理，今天的米饭我要吃个够。丈夫凄楚地一笑，说：我把家里最后一个木桶卖了三分银子，用二分银子买米，一分银子买砒霜，我把这两样东西混在一起，煮一锅饭。你说，道理我讲清楚没有？这锅饭你还能不能吃？里长吓个半死，张几次嘴，才说出话来：这饭我不吃，你二人也不能吃。我是里长，你二人是我的里民，须听我的处置。他找个残缺的瓦钵，把米饭盛到瓦钵里，用浮土把瓦钵掩埋，然后拍拍手，浑身感到轻快。

“里长虽救该夫妇之死，尚未救该夫妇之生。”夏言说。

“是，那丈夫也是这样说的。”赵金吾道，

丈夫若呆若痴，看着里长做完这一切。他说：你救得我二人之死，却救不得我二人之生。里长说：我既救得你二人之死，便救得你二人之生。我家里还有五斗谷，你随我去，取一半来，以度饥荒。见丈夫欲争辩，他又说：你若不去，可将掩埋的米饭取出，我与你分而食之。

丈夫感其诚，随他去，负谷归来。

“好，夫妇二人这下真的有救。”夏言道。

“故事还没有完。”赵金吾说。

且说丈夫负谷归来，准备舂米，却见谷中滚出几锭纹银，足有五十两。他先骇后思：这是里长收上的丁银，要上缴官府的。他为救我，把家里的谷子分我一半，银子我怎忍私吞？他匆忙返回里长家，退还纹银。里长听他说明由来，诧异地说：我家虽小康，也不会藏银于谷，这银子不是我的。或是你行善积德，感动上苍，故赠银与你。上苍所赠，我不能取。丈夫说：银在谷中，谷属于你，银也属于你。二人让来让去，结果各取其半。丈夫用那一半银两做起小生意，家境渐宽裕。

“金吾，你是在讲运数，还是在为那里长和那丈夫扬善？”夏言问。

赵金吾说：“都不是，我只是讲故事。”

“我却觉得，那丈夫该去学手艺，不该去做生意。”夏言道。

他还是把这故事看作是赵金吾本人的一段经历。

赵金吾也不分辩，问道：“另一个故事，老爷还要听吗？”

“你愿讲，我就愿听。”夏言说。

前一个故事里的人物无名无姓，后一个故事里的人物则无名有姓，个别人物还有名有姓。

我省有三户人家。一户姓李，是木工；一户姓段，是我的同行；一户姓刘，是算命的先生。三户人家原来不是邻居，大饥之年逃荒到湖广某处，却聚在一起。李某仍作他的木工，段某仍作他的缝工，刘某仍作他的算命先生，日子渐有转机。

李某有个侄子，叫李桥，是个读书人。他在家乡也混不下去，到湖广投靠李某。他学不成木工，学不成缝工，也学不成算命，只好在李某帮助下，办个学堂，当上教书先生。他教书教得好，四乡之民纷纷把子弟送到他那里就读，生徒日众。

刘某算命也算得好，他算出李桥不是普通的读书人，日后当大贵。

段某有个女儿，样貌不错。刘某想撮合成这桩婚姻。

刘某去李某家，问道：李大哥，李桥的双亲还在世吗？李某说：桥儿是大孝之人，双亲在，他会远离吗？刘某问：李桥双亲不在，他的婚事该谁作主？李某说：他父亲只我一个兄弟，该我作主。刘某说：李大哥作主，我这个月老可以当。李某问：刘大哥要把谁家的闺女说给他？刘某说：段大哥的女儿，李大哥看行不行？李某说：门户相当，不知段大哥肯不肯？刘某说：须得李大哥应承下来，我才好和段大哥去说。然后问李桥的年岁，李某告与他。

刘某又去段某家，问道：咱家闺女多大？段某告诉他多大。刘某说：现在日子好过，也该找个人家。段某说：正因日子好过，想找个好些的儿郎。刘某说：眼前就有个好儿郎，段大哥为什么不找他。段某问是谁，刘某说出李桥，并说：我看咱家闺女有福相，和他甚般配。段某说：我也喜欢李郎，但闺女的事要她娘做主，我去与她商量。

段某的老婆也答应，李某代李桥行聘。

一年过去，李桥欲回籍应乡试。他的意思，先和段女成亲，夫妻偕归，也好告慰逝去的父母。他和李某商量，李某和刘某商量，刘某和段某商量，都觉得他的想法合情合理。段某和老婆商量，老婆也觉得他的想法合情合理，却反悔，不想把女儿嫁给他。她说：咱们上了刘瞎子的当。他说李桥当大贵，一年过去，李桥还不是之乎者也地教授几个顽童？哪一日不教，他还不是要饿肚子？李桥今年要回籍应试，谁能保证他考中？咱们留在这里，女儿随他回乡，我可舍不得。聘礼退还，女儿不嫁他！段某为难地说：应承刘大哥、李大哥的事，怎好反悔？老婆说：都道咱女儿福分不浅，你不愿对朋友反悔，就忍心毁了女儿的好日？不退聘礼也成，我还有一个法子，咱们另找人代替女儿，这叫李代桃僵。段某怕老婆，没主见，默认这个主意。老婆又教给他一个说法：女儿远行，做父母的难舍，成亲后仍住在娘家，出行时一定要亲送一程，半路上再把女儿交给姑爷。

出行那天，众人都去送。刘某送一程，转回。李某送一程，转回。段某夫妇送到最后，把女儿交给李桥，转回。刘某、段某都识得段女，但成亲后，未见过她一面，不知其中有诈。李桥不识得段女，以为自己娶回去的就是段女。

夏言打断赵金吾的讲述："那缝工姓段，不姓赵？"

"老爷又以为我在讲自己？老爷看我像是追名逐利的人吗？像是没有主见的人吗？"赵金吾道，"故事者，我一讲，老爷一听，他究竟姓赵还是姓段，又何必认真？"

"说的是，金吾再讲下去。"夏言道。

"讲到这里，故事也可煞尾，"赵金吾说，"那李桥争气，在乡试中进得前几名；考官断言，春闱他也不会落榜。段某夫妇有苦难言，后悔莫及，只得找个小商贩，把女儿嫁出去。"

"小商贩比不上举子，以后变成大商贩，和两榜进士也是不能比的。爱女适为害女，这就是运数。"夏言感慨地说。

"况且，小商贩未必能成大商贩。"赵金吾说。

赵金吾的故事，似有所指，似无所指；夏言听后，似有所悟，似无所悟。回到书房，他把烦恼抛去一边，把平日对北边形势的关注用心整理出来，写成御边十四策，上之。

皇帝阅后，说句"夏言既怀忠谋，何坚自爱，负朕眷倚，姑不问"，把他的事暂且放在一边。

第二百八十五章

夜已深，距大同不到百里的一个村落，寂无声息，好似一村人都沉睡过去。两名男子走进村口，直奔村落中央的老槐树。树下影影绰绰几个人，有的坐着，有的站着，谁都不出声。

才进村的一名男子低声问："大哥在这里吧？"

树下一人应道："我在。"

他叫刘文明，一身好武功，有勇有谋，敢做敢当，是本村及邻近各村无不敬仰的汉子。

听到他的声音，进村的两个男子几乎同时说道："大哥，全已探明。"

"别急，一人一人说，"刘文明说着，指指其中一人。"老五先说。"

被唤作老五的男子说："那队鞑子就是向着咱们村子来的，黄昏时分在二十里外扎下营来，想是等明日天亮进村。"

"是祸躲不过，我已等他多日！"刘文明道。又问，"你看有多少人？"

老五说："三人一堆，五人一伙，约有八九十人。"

"老七，你点过吗？"刘文明问另一人。

被唤作老七的男子说："八九十人不止，我数到一百，还没数完；不过，没数到的不多。"

"八九十人也好，百余人也好，总之是一小队，"刘文明说着，冷笑道，"百人左右，也敢来打咱村的主意！"

坐在他身旁的一名男子说："大哥不可大意。鞑子凶悍，百来口人撞进村子，咱集合一村的人，未必阻挡得住。"

"为什么要让他撞进村子！"刘文明道。

"大哥的意思是——"他身旁的男子问。

刘文明说："等他撞进村子，再要阻挡已晚。别的不说，他在一处放起火来，人心岂不大乱！我的意思，不等他来找我，我先去找他；他等天明时来找我，我偏偏在天明前去找他。我等现在就集合队伍，摸到他的营地去，杀他一个猝不及防。”

“先发制人，大哥的主意好，”身旁的人说着跃起，拍拍裤子上的土。“我这就去招呼村里的老少爷们儿！”

刘文明又分派老五、老七：“你二人再辛苦一趟。老五去招集东边两个村子的人，老七去召集北边两个村子的人，就说：一小队鞑子，我村的壮士足可对付。请他们来，一是为我们呐喊助威，二是看看我们如何杀鞑子，抓到活口，就替我们捆绑起来。”

刘文明率百余精壮男子，顺小路疾行而去。到鞑靼人扎营的地方，他把众人埋伏于四面。等一阵，东边村子、北边村子召集的乡亲也赶到。刘文明一声怒吼，率众杀出。鞑靼人多在睡梦之中，就做刀下鬼。战后清点，杀敌六十四人，擒敌三十二人，其中二十二人是降敌的边民。

官兵出战，难得有这么大的斩获。

河曲县属太原府，县北一水流过，因经偏头关，故名关河。关河流向西北，流入黄河。

关河岸边，白天常有一起一起的鞑靼兵马经过，晚间常有一起一起的鞑靼兵马留宿，他们不攻县城，只劫掠周围的乡民。驻河曲的官兵只守县城，对城外发生的一切置若罔闻。

傍晚时分，黄河上游处漂来两只渔船，在黄河与关河交汇处拐入关河。数一数，每只渔船上坐着九条汉子，两只渔船共十八条汉子。

岸上的鞑靼部卒看见，用汉话问他们是什么人。前面渔船上一条汉子，用鞑靼语回答说是打鱼的，并随手扔过几条鱼去。岸上的人深信不疑，不再注意渔船。

“鞑子的话，二哥说得真好。”船上一人赞道。

“还用你说，也不想想二哥在漠北住多少年！”另一人道。

被称作二哥的人，叫任友二，原籍山西，被鞑靼部掳去，在河套生活数年。他们所说的漠北，其实并不是真的大漠地区。任友二不善骑牧，不善种田，干起打鱼的营生。但他约会上十几个弟兄，行这两条船，却不仅仅是为打鱼。

“又好动手。”一个皮肤黝黑、身材矮壮的青年说。

“三娃，不急。”任友二按住他。

被唤作三娃的青年说：“二哥真耐得住性子！不到天黑，不许我等上岸；不碰上落单的鞑子，不许我等动手。这样杀下去，要到哪一天，才能把鞑子杀尽？”

原来，任友二想到一个与鞑靼人交战的法子：白天行船，晚间登岸；白天打鱼，晚间杀敌。和好友们商议，大家都叫好。任友二又与他们约定：乘敌不备时方可弃舟登岸，单独一敌时方可动手杀人。前几晚，已有两次得手，杀了两个鞑靼部卒，把他们的头割下，挂在岸边的树上。三娃兴起，觉得这样杀敌不过瘾。

旁边一个身材同样矮壮、皮肤却较为白皙的青年说："你想割人家的头，人家就不想割你的头吗？二哥定下这些规矩，还不为的不让人家割下你的头来！你想不守二哥定的规矩，我看你的头快要保不住。"

"扯臊！我只是想多杀几个鞑子，又不是不守二哥的规矩，"三娃辩道，"你怕被人家割头，何不自己把头缩回去，却来说我！"

"你才扯臊！"皮肤较为白皙的青年回骂一句，"我只是要守二哥定的规矩，谁又怕被人家割下头去！"

任友二劝阻："三娃，四娃，莫争吵！你二人都是大英雄，只有我怕被人家割下头去，好不好？"

他这样一说，黝黑的那张脸和较为白皙的那张脸都泛起红晕。

"我们算什么大英雄，二哥才是大英雄。"四娃说。

"不错，二哥才算得上大英雄。"三娃说。

这只船上的人都笑起来。那只船上的人不知他们在笑什么，但看他们笑得畅快，也随着笑起来。

笑声渐止，任友二说："你们不是大英雄，我也不是大英雄，咱们合在一起，倒像是庙里的十八罗汉。"

众人一听，又哄喊起来，你说我是降龙罗汉，我说你是伏虎罗汉。

等闹够，任友二接着说："三娃问哪一天才能把鞑子杀尽，我看是杀不尽的，就像我们汉人是杀不尽的一样。那要我们还有什么用呢？"

众人隐隐觉得，这话问到他们心里。今日杀一个鞑子，明日杀一个鞑子，起得了什么作用！

"二哥，你说要我们有什么用？"四娃问。

"我还拿庙里的十八罗汉打个比方，"任友二说，"庙里有十八罗汉，世上还是有妖魔鬼怪，要他们有什么用？但世人还是供奉十八罗汉。他们虽除不尽妖魔鬼怪，却立志消除妖魔鬼怪，有他们在，世人心里觉得踏实。我们虽杀不尽鞑子，但我们是杀鞑子的。有我们在，百姓就会想，原来鞑子是可以杀的；官府就会想，原来鞑子是可以杀的。给鞑子一个警告，给边方军民一个鼓舞，我们的用处就在于此。"

四娃说："二哥说得好！官府无能，官军无用，与鞑子交战负多胜少，没我们十八罗汉，百姓真无出头之日。”

“庙里有十八罗汉，何等威严，若有一尊两尊罗汉，丢盔卸甲，缺臂少腿，甚或被人打翻在地，其他罗汉也就会颜面扫地。”说到这里，任友二笑起来，他对三娃说，“你的头若被人割去，”对四娃说，“你的头若被人割去，”对其他人说，“你们中有一人的头若被人割去，咱们这人世间的十八罗汉就站不住脚。所以我才要你们谨慎行事，好把这营生长久做下去。”

“二哥的教诲，我等记住。”众人说。

天完全黑下来，两只渔船停靠在岸边，每船留下两个人看守，其他人悄声上岸，三五人一伙，机警地向四面摸索。看到十数个鞑靼聚在一起吃饭，他们绕道过去；看到五六个鞑靼部卒传喝一坛酒，他们没有上前厮杀；甚至只有两个鞑靼部卒背靠背地站在那里守夜，他们也不去惊动。最后等到机会，一名鞑靼部卒出来解手，走得离同伙稍远，三娃、四娃，还有另一名青年，摸到他身后，一人捂住他的嘴，一人的尖刀朝他心脏捅去，一人的利刃飞快割下他的头，然后悄然离去。

这是他们第三次得手。

俺答率部一路南下。在大同请贡，被朝廷拒绝。俺答部与官军有几次小的接触，获过小胜，也吃过小亏。一队精锐遭遇乡民的袭击，竟全队覆没。从河曲进入太原府辖境，与官军并未发生大的冲突，却有三名部卒莫名其妙地被杀，身首异处。这不是什么大挫，但对军心影响不小。逼近太原时，游击周宇与俺答部鏖战一天多，双方各有损失，周宇战死。因官军避战，后来没发生大的战事。俺答洗劫附近的几个村庄后，即撤去。现在，其部要从西南方向离开太原府辖境。

俺答与石天爵并辔而行，亲信随从远远跟在后面。

“军师说，须得被打疼，南朝才会准我通贡。我在大同小打即去，在太原小打即去，怎么打得疼它？”俺答道。

石天爵说：“大同周围官军有十几个卫，太原周围官军有十几个卫。在大同打疼南朝，或在太原打疼南朝，不是没有可能，但要冒很大风险。在大同打疼，宣府的官军定要驰援。在太原打疼，大同、宣府的官军定要驰援。三镇官军不足，京营定要调动。大汗虽能打一两次胜仗，却要陷入困境，大汗看值得不值得？所以我对大汗说，在大同只虚晃一枪，不可大打；在太原只虚晃一枪，不可大打。”

向朝廷请贡，俺答是赞同的。在大同、太原不可大打，俺答是赞同的。大军应向西南，不可向东北，俺答是赞同的。这些都不必再说，该说的，是以后的方略。

“出太原境，入汾州境，不再虚晃一枪吧？”俺答问。

汾州是太原西南距太原最近的一个府。

“大汗说的是，入汾州境后，不必再有顾忌，”石天爵道。“城池太大，不易攻掠；城池太小，打过去它也不疼。石州是进入汾州后的第一座大城，大汗可在那里先把南朝打疼。”

石州城墙坚固，俺答部攻城不下，纵兵在城外烧掠，居民被杀者甚众。有几名青壮年，住在城里，本可躲过劫难，但为救助住在城外的父亲或母亲，只身赴险，而被杀害。

随后，俺答部又攻掠多处州、县，无不纵兵烧掠。

俺答想打疼朝廷，打疼官府，逼迫朝廷签盟，而首先蒙害的，是各地的百姓。

十、别矣国公

第二百八十六章

自段朝用下狱，科、道开始断断续续地弹劾郭勋。

郭勋申辩几次后，干脆以病乞休，迹似无赖。

皇帝也觉得，到了该处置郭勋的时候；但却发现，找不到一个人来说一说此事。

碰到这样的大事，按照皇帝的习惯，该和内阁大臣议决。现在内阁只有翟銮一人，皇帝说不出他有什么不好，也说不出他有什么好处。皇帝对他没有特别的厌恶感，也没有特别的亲近感。他事不必说，他是翰林出身，可撰写的青词，别说比不上他那一科的状元顾鼎臣，连非翰林出身的夏言也比不上。这怎么说得过去！

七卿中，皇帝最信任、最赏识、最愿意亲近的是礼部尚书严嵩。但严嵩近来也不断被科、道论劾，和一个被论劾的大臣谈论另一个被论劾的大臣，不大合适。

身边不是没有可以信赖的人，张佐就可以信赖，麦福就可以信赖，但他二人在司礼监的琐事太多。而且，他们都属于那种忠厚有余、机敏不足的人；和他们谈论郭勋，和对牛弹琴差不多。

当初何不把崔成留在身边！皇帝刚产生这个念头，立即又否定。崔成不是不忠心，只是太机敏，太不安分。内臣中有谁敢和郭勋深交？他就敢。把他留在身边，说不定郭勋的事情更难处置。

皇帝感到一种深深的寂寞。

于是，皇帝想到崔元。

崔元是宪宗皇帝第二个女儿永康公主的驸马，算起来，是皇帝的姑父。当年赴安陆迎取皇帝的大臣中有他，皇帝见到的第一个勋戚大臣是他，对他的印象不坏，他因此而被封侯。封侯可以参与政事，这就和一般的驸马不同。张延龄之狱兴，他附和张孚敬，为张氏兄弟说情，因而下狱，但很快被释。从此，经常被皇帝召见的大臣中有他，经常在西苑侍驾的大臣中有他。

崔元在西苑单独面圣回话，还是第一次。

皇帝开门见山地说："夏言是文班大臣之首，郭勋是武班大臣之首，二人一同有疾，一同乞休，这事可怪得很呀！"

夏言已被允致仕。现在提起他，不过是衬托，皇帝要说的只是郭勋。这一点，崔元确定无疑；但皇帝要议论对郭勋的处分是一回事，自己如何应对，还须仔细想想。

崔元连"陛下圣明""陛下说的是"这样最平常、绝对不会惹祸上身的应对之辞都不肯说。

皇帝见他不语，问道："夏言、郭勋都是朕之股肱，不协力佐朕，却相互嫉妒，到底为的什么？"

不但夏言和郭勋相互嫉妒，崔元和郭勋也相互嫉妒。原先崔元未得皇帝特别的宠信，郭勋把他视作一般臣僚，相互间没什么过节。自从崔元在皇帝面前有议政的资格，郭勋便把他视作竞争对手，他也把郭勋视作竞争对手，相互间很难和睦相处。从本意来说，他希望皇帝把夏言、郭勋不合的责任归在郭勋身上。但他不能明显地暴露自己的心意；让皇帝以为他在偏袒夏言，会引起皇帝的猜忌。这不但不能促使皇帝处置郭勋，反而会使自己卷入是非之中。

所以，他还是不语。

皇帝不强令他作答，转问："崔卿探视夏言，看他确实有病吗？"

"他形色憔悴，臣看确实有病。"崔元说。

"如此说来，他要还乡将养不是赌气的话，"皇帝说着，又问，"他拟于何时还乡，可曾对你说过？"

崔元回奏："臣去探望他时，他对臣说，皇上圣诞，大内设醮祈福一个月。无论如何，要等这一个月过，他再无牵挂，才好还乡调养。"

皇上圣诞在八月初八日，夏言去官在八月二十七日，斋醮不结束，他没有一拍屁股就走的道理。

"难得他有这片真心，前日已撤坛，想来这一两日他将陛辞。"皇帝说，又问，"崔卿探视郭勋，看他患有何疾？"

"臣看不出来。"崔元道。

皇帝一愣，问道："你看不出来，他自家难道也不说吗？"

崔元道："他对臣说头晕目眩，胸闷多痰，可臣看他脸色红润，并无咳声，故臣不敢妄奏。”

“他连你都瞒不过，朕无须差御医去揭穿他的把戏。”皇帝哂笑。

“臣虽看不出他患何疾，却知他何时可复原。”崔元说。

“你说，他何时可复原？”皇帝问。

“就在这一两日吧。”崔元说。

“你怎知道？”皇帝问。

崔元的回答意味深长：“皇上不是说，夏言这一两日将陛辞吗？”

皇帝点点头，说：“崔卿看透他的心机。可世上之人，未必只他有心机；世上之事，未必皆如他所愿！”

“陛下圣明。”崔元颂道。

第二天，夏言至西苑宫门外叩拜，一是谢皇帝眷顾之恩，二是向皇帝谢罪，三是陛辞。皇帝对近侍说：夏卿不在职任，朕不便见他，且赐以酒馔。让他不要还乡，就在京师休养，俟朕后旨。

第二百八十七章

在翊国公偌大的正宅里，在精致的别院里，《国朝英烈传》刊本，不知摆放多少套！为的是无论进哪一间屋子，无论坐在哪一处，要看时，要送人时，随手可取到。

这部书，郭勋不知读过多少遍，不知与人议论过多少次，读到后来，书中的哪些内容是信史，哪些内容是那位不知姓名的著者杜撰出来的故事，他已分不清。但他还是一遍一遍地读着。

当年请人撰写这部书的目的早就达到：嘉靖十五年，《国朝英烈传》付梓，第二年，郭勋奏请其祖郭英配享太庙，虽然遭到许多人的反对，皇上仍然恩准。反对郭英配享太庙的人，未必对郭英有什么恶感。开国英烈中，郭英资历稍有不及，勋劳稍有不及，这还在其次；反对郭英配享太庙，恐怕主要还是不想让郭勋更加得意。

皇帝懂得他们的心思，但皇帝不怕郭勋得意，甚至愿意看到郭勋在其他大臣面前得意的样子。

郭勋懂得他们的心思，懂得皇帝的心思，因此愈发得意。

现在想起来，怕是得意的有些过分。被言官论劾，打口舌官司，打笔墨官司，言轻言重，没有关系。如今的大臣，有几个不被科、道论劾的？有几个被论劾后不分辩的？只要圣眷不衰，就不怕。千不该，万不该，不该对皇帝也摆起得意的面孔。

太庙被烧，言路一定要大作文章，这是可以想到的；言路攻讦大臣，绝放不过他郭勋，这也是可以想到的。没想到的是，他郭勋成为被攻讦的中心人物；没想到的是，这次的攻讦竟持续几个月；没想到的是，言路弹劾的一些事项，皇上抓住不放。

先是刑科都给事中戚贤的一道奏本，虽然用词尖刻，说他“吞噬遍天下”，但皇帝还是袒护他的，不准他辞去提督团营的差事。隔不几日，吏科都给事中李凤来等一哄而起，纷纷上疏，皇帝的态度开始改变，命科垣指实陈奏，命都察院核勘来复。那时的掌院都御史王廷相也兼着提督团营的差事，也许因为这一层关系，都察院竟拖四十多天不复旨。于是，给事中张允贤上疏，连王廷相一起参劾，说他“畏豪势而慢朝廷”。

七月，王廷相被免官，更可见皇帝的态度在改变。

如果郭勋收敛一点儿，任凭多大的事情，或许仍可以化解。但得意过分，又怎么收敛得住！张允贤弹章中有一款，请敕锦衣卫逮问郭勋党奸恶少孙澐、孙淮等。郭勋辩疏严厉质问：臣奸何事，臣党何人？科、道论劾他“督理营工，占役卖放”，请给敕提督团营的文臣和勋臣，同为派拨。郭勋狂妄地说：何必更劳赐敕！

这就是所谓过分。皇帝要指实陈奏，要核勘来复，你如果没有奸事，不妨说没有奸事；没有奸党，不妨说没有奸党。嚣言“臣奸何事，臣党何人”，是向科、道宣泄不满，还是向皇帝宣泄不满？给敕提督团营的文臣和勋臣，同为派拨营工的建议，业已经皇帝批准，嚣言“何必更劳赐敕”，是向科、道显示威风，还是向皇帝显示威风？不仅嚣言“何必更劳赐敕”，而且在皇帝颁敕后，拒不领敕，就更加过分。

皇帝登极二十年，皇帝的喜怒无常，郭勋一一看在眼里，大臣的得宠失宠，郭勋一一看在眼里。他经常提醒自己，伴君如伴虎，一定要小心谨慎，戒骄戒躁。在他看来，满朝大臣中，能做到小心谨慎、不骄不躁的，只有一个人，那就是礼部尚书严嵩。所以，他倾力与严嵩相交；所以，他经常提醒自己，要以严嵩为表率。可二十年来习惯于被皇帝优容宠眷，一旦皇帝站在较为中立的立场，说出表面上不偏不颇的话，他就觉得委屈，觉得不堪忍受，让不该说的话脱口而出，让不该写的句子跃然纸上。

真是覆水难收呀！辩疏一上，就知道做错，却不能收回；皇帝读到“臣奸何事，臣党何人”“何必更劳赐敕”时的不满，甚至震怒，可想而知，却无从申辩。

太庙灾在四月。戚贤上疏在四月。今年四月即燥热。郭勋从四月熬到六月，从六月熬到八月。八月下旬，本该是清凉爽快的日子了，他却没有一丝清凉爽快的感觉。

他捧着一本《国朝英烈传》在读，往常都有一种一直读下去的欲望，现在却没有。他喜欢读书，可因喜欢而读书，与因不知道该做什么而读书，与因等待什么而读书，是完全不同的感觉。

两个他平日甚是怜爱的女童站在身后，此起彼扬，摇着羽扇。一股股清气及身而过，他却感到，她们扬起的都是热风。他终于忍耐不住，把书随手一扔，从一个女童的手里抢过羽扇，疾速用力地煽动着。两个女童受惊吓，颤抖着身子跪下去。郭勋将羽扇扔回给女童，两个女童学着他的样子，也疾速用力地煽动起来。

郭勋厌恶地摆摆手，然后指向门口。两个女童好像是被开释的囚人，悄无声息地退出。在门外，与稍显老迈的管家撞个正着。一个女童指指室内，一个女童指指管家，一言不发，匆匆而去。

管家明白她们的意思：爵爷正在发怒，要小心应付。他在门外站下，定一定神，等喘息匀称，才放轻脚步走进去。

郭勋双目紧闭，半仰在睡椅上。

“爵爷。”管家轻声唤道。

郭勋等的就是他，听到他的声音，马上睁开眼，坐起身子。

“人可见到？”郭勋急不可耐地问。

“见到。”管家答。

“见到谁？”郭勋又问。

“严公子和严府管家都见到。”管家说。

“他等怎说？”郭勋问罢，又吩咐，“你先说，严年是怎说的！”

“是，”管家本来也要先转达严年的话，“严管家说，爵爷的盛情，他家老爷心领。但他家老爷这些日子身体不好，精神也不好，不能赴爵爷之约，还请爵爷体恤。”

严嵩也在言路弹劾之列，郭勋本想约他一聚，商议怎样摆脱窘境。看来，严嵩是不想和他共谋进退。

“严东楼又是如何说的？”郭勋不很起劲地问。

“严公子共说两句话，”管家转述，“一句是：爱在圣心，恨在圣心，爵爷不能使圣上转恨为爱，也万不可使圣上于恨上加恨。一句是：成也段氏，败也段氏，请爵爷提防段瘸子。”

第一句话好理解，是劝他不可再出言不逊。第二句话则难理解。段朝用曾被皇帝打入诏狱，后来虽获释，难道还能加害于自己不成？听人说严世蕃每有奇策，也不知奇在哪里。或者就奇在使人不解上？

有一点郭勋是懂的：要闯过眼前的难关，只能靠自己。

第二百八十八章

户科给事中高时一直在琢磨一件事：皇上要科臣指实陈奏，科臣遵旨指实陈奏；皇上要都察院核勘，都察院遵旨核勘。为什么皇上对郭勋还不处置？是指实不够，还是核勘不够?

高时字中行，浙江临安人，是嘉靖十四年的进士和庶吉士。

进士称天子门生。庶吉士称天子门生。对嘉靖十四年庶吉士，皇帝常对人说："此朕亲试也。"这样一说，把选中的三十名庶吉士延揽到自己门下的意思更加明确。高时不忘天恩，时思报效。

科臣以规谏、稽查为任，所谓报效，首先是为朝廷除去大奸大蠹。

边走边想，边想边走。想到迷乱时，停下来。抬头一看，竟然走到御史童汉臣宅前。

童汉臣字仲良，浙江钱塘人，也是嘉靖十四年的进士。钱塘和临安均属杭州府，高、童二人不但是同一省人，而且是同一府人，关系更近一层。

"为何走到此处？"二人的住处，一在东南，一在西南，高时不由自语。随即释然：不到此处，又该到哪处？心里迷乱时，不来与童汉臣推心置腹地相商，却去与谁个相商！

童汉臣尚未返家，高时搬把椅子，在院内坐等。

童家仆人在整治几盆花木，高时问他："你家老爷近来可吃得下饭？"

"回高老爷的话，我家老爷胃口还好。"童仆道。

"你家老爷近来也能入睡吗？"高时问。

"回高老爷的话，我家老爷睡眠还好。"童仆边拨弄枝叶边答。

高时哼一声，道："如此说来，你家老爷是全无心肝之人！"

童仆替主人挨句骂，正不知怎样分辩，院门外有人大笑几声，高声问道："中行兄为何责怪我全无心肝？"

随着话语声，童汉臣跨入院内。

“我不责怪，你如何回得来！”至交之间，不必讲究礼数，高时稳坐不动，“吃得下饭，睡得着觉；无心朝政，有心游冶；游冶之后，满面喜色。稍有心肝之人，该不会这样吧？”

童汉臣又笑几声，命仆人搬出把椅子，陪高时坐在院子里。

“是不是吃得下饭，睡得着觉，且不说，”他口气一转，问道，“中行兄，你怎知我无心朝政，有心游冶？”

高时自有道理：“六科须坐值，其他衙门不须坐值，这是其一；府上距都察院近，距科房远，这是其二。我在此坐等多时，你不是游冶在外，又去做甚？”

“好，你定要说我去游冶，我便是去游冶，”童汉臣说着，问道，“中行兄可知，是谁人邀我去游冶？”

“自然又是一个全无心肝之人。”高时想也不想就说。

“中行兄，你责怪的是一个不该责怪的人，”童汉臣道，“静之先生难道真的全无心肝不成？”

“你去见静之先生？”听他提起吴山，高时愣了愣。吴山素有廉静忠厚之名，数日前才由刑部侍郎升任本部尚书。

童汉臣点点头，问道：“中行兄可知，静之先生邀我去何处游冶？”

“不知。”高时摇头。

“去的是刑部衙门。”童汉臣说，又问，“中行兄可知，静之先生邀我去刑部衙门为的何事？”不等高时“不知”两个字出口，他自己接着说，“谅你也不知。实话对你说吧，你来我这里为的何事，静之先生邀我去他那里也为的何事。”

高时被他连问几句，有些气馁；听他后面的话，反问：“如此说来，仲良兄知道我为何事而来？”

“自以为他人均无心朝政、有心游冶，独有自家以朝政为重之人，来到寒舍，又能为的何事！”童汉臣讥道。

高时笑笑：“适才失言，仲良兄莫计较。静之先生看重这件事，再好不过。但不知他有何见教？看来，仲良兄受益匪浅嘛。”

这话是接着方才说童汉臣“满面喜色”而来的。方才说童汉臣“满面喜色”是因为游冶；现在说他“满面喜色”是因为受益。

与吴山一席谈话，童汉臣的确受益匪浅。他不忙着述说从吴山那里受何教益，而问：“中行兄，你如何想？”

“我想，不是科垣未尽责，便是台省未尽责。”高时说着，调侃一句，“多半还是台省未尽责。”

“不然，”童汉臣反驳。“若说未尽责，自然科垣未尽责多些？”

“静之先生与仲良兄持议略同？”高时又问到吴山身上。

“静之先生持议与我不同，可与中行兄也不同。”童汉臣说，“静之先生以为，六科尽力在前，十三道尽力在后，此有目者共睹也；六科未尽责在前，十三道未尽责在后，此无心者不识也。”

尽力而未尽责，倒是颇有新意。

“静之先生把六科十三道各打五十板，总得有个说法吧？”高时问。

童汉臣点头道：“中行兄说我受益匪浅，正在于此。静之先生说，皇上命科垣指实陈奏，六科都有人上疏，命都察院核勘，十三道都有人上疏，此乃尽力。皇上有心处分该员大臣，但六科上疏，皇上不纳，十三道上疏，皇上不纳，此乃未尽责。”

“静之先生以为，皇上真有心处分该员大臣？”高时对此显然是有所保留。

童汉臣重重地点了点头，道：“正是。”然后问：“依中行兄之见呢？”

“我还没想透彻。有时觉得皇上有心处分该员大臣，有时又觉得皇上尚未下决心处分该员大臣，”高时说，又细细道来，“皇上要科垣指实陈奏，要台省核勘，看似有心处分该员大臣，但对科垣的指实和台省的核勘不予理会，又似并无决心。皇上逮治段瘸子，看似有心处分该员大臣，而命公谨先生休致，又似并无决心；皇上后来把公谨先生挽留在京师，看似有心处分该名大臣，而近日开释段瘸子，又似并无决心。总之，似有似无，我看得很模糊。”

“不是看得模糊，而是想得模糊，”童汉臣道，“有些事我等该想，想得愈多愈细，愈有益处；有些事我等不该想，想多了，反而有害。”

“请仲良兄指点。”高时揖道。

“我姑妄言之，中行兄姑妄听之，”童汉臣道，“如处分公谨先生和段瘸子的事，谁都看得出来，与该员大臣不无瓜葛。不过，皇上何尝说过因该员大臣而处分或挽留公谨先生，何尝说过因该员大臣而逮治或开释段瘸子？故以公谨先生的处分或挽留，以段瘸子的逮治或开释，而断言皇上有心处分该员大臣，或无心处分该员大臣，皆有牵强之嫌。至于命科垣指实陈奏，命都察院核勘，皇上何等坦荡，何等明朗，科、道尽力尽责，据此足矣。”

把夏言的去留、段朝用的逮释和皇帝想不想处分郭勋生拉硬拽在一起，固然有些牵强；而把二者截然分开，也有些牵强。但童汉臣阐述的一个浅显的道理，让高时豁然开朗：即使皇帝没有处分郭勋的明确表示，朝廷出此大奸，作为诤臣清流，也该毅然上言；何况今日皇上已有所表示，又何必多想其他！

这一层想通，思绪就不再缠绕在皇帝究竟想不想处分郭勋上，而集中在科、道之言为什么不能打动皇帝上。

高时沉吟："该员大臣劣迹，经科臣指实台臣核勘者，不为不重，不为不多，难道都没说到要害？"

"不是都没说到要害，是仅差一点点火候。"童汉臣道。

这话有味道，从吴山处所受教益，恐怕就在这一点点火候上。高时问："请教仲良兄，何谓差一点点火候？"

童汉臣低声细语、不慌不忙地说："科、道论劾各事，如占役营工，广置店房、擅科私税，索取地钱等，皇上不是不痛恨，但还没痛恨到极点。皇上痛恨，所以有心处置；未痛恨到极点，所以还不能下决心处置。此际若能举出一二皇上痛恨到极点的事例，中行兄试想，结局又会如何？"

"举出一二皇上痛恨到极点的事例？"高时受到启发。让皇上痛恨到极点的事，不是没有，如议礼；但马上又想到，从议礼事找个缺口是匪夷所思。"当年襄赞皇上议大礼者，或亡或去，该员大臣是仅存于朝者。不提议礼还好，提起议礼，皇上断然不会处置他。"

童汉臣摇摇头，说："议礼事未必就不能提，前者优人犯忌的事，中行兄难道忘记不成？"

他说的是郭勋府上豢养的一伙优伶，应约至某贵戚家出演。故事梗概是这样的：天下大饥，某儒生到阙里孔庙告饥求助。孔子拒之，说：近日我所享笾斗也被削减，哪里有多余的给你？你要求食，须得诉告本朝祖宗。于是，该儒生到太庙告饥求助。他在任何一位皇祖神灵前告求，大概都能有所收获，谁知他偏偏在孝宗敬皇帝神灵前告求。孝宗敬皇帝说：我已改为皇伯，不再是皇考，祭物也曾失所；况你不过一穷措大而已，饥馁固其宜也。你不如告于上苍，或能助你。该儒生又陈词于天帝。天帝说：我老夫妇二人亦将仳离，不得共饮共食，下方寒士，休要再絮聒。

前段故事指皇帝只知尊崇本生父，冷淡孝宗皇帝，后段故事指天地合祀改为天地分祀，总之，都是讥刺嘉靖朝时政。台上演戏者嬉笑怒骂，台下观戏者惊散而去。郭勋闻知，又惊又怒，痛笞优者，有一两个优者被活活打死。

家养伶优如此放肆，主家难辞其咎。不过，郭勋恩宠无比，对议礼一事立场鲜明，不会有人认为，优者是受他的教唆；他自己惩治优者，官府没再追究，朝臣也没疏论。

现在童汉臣提及这件事，并非想以此激怒皇帝，求得突破。他接下来说：“不过，议礼是十余年前的事，以此为言，不仅后果难料，而且会使同僚反感。倒是另有一人，皇上至今耿耿于怀，该员大臣与他交通，皇上定然痛恨到极点。”

高时眼中现出异样的光彩，童汉臣知他已经领悟，恰到好处地止住。

“昌国公已死，建昌侯犹在，该员大臣与张氏兄弟交通，罪在不赦。这一点点火候果然足够。”高时自语道。然后向童汉臣一揖，“多谢仲良兄点拨。”

“中行兄谢错，我也是经静之先生点拨，方如梦初醒，”童汉臣说。“仍是中行兄尽责在前，某尽责在后，如何？”

高时联络一二给事中，上疏揭发郭勋奸利事。对科、道已提及的事项，特别是损坏营务的事项，高时等进一步论劾，如于南京、淮扬、临清、徐、德等财赋之地，置有私店，如水陆舟车皆悬翊国公金字牌，如用强占管太监萧敬、魏彬、常霦、宁瑾、温玺等各庄田宅舍，如计口占役入京卫、所操备官军，不可胜言。

科道官没有提到的事项，高时等写道：“其举动乖方、踪迹可疑者，又非一事。”如：京师旧例不许堆放粮食，郭勋庄第所贮，各以万计。再如：建议革去巡关御史，令家人往朵颜边郡贩卖盐、茶，市易马匹，恬无忌讳。还有：重犯张延龄，包藏祸心，罪在不赦，郭勋敢与交通，代管庄店家事。

最后这句话，看似轻描淡写，却引起巨大反响。皇帝批曰：郭勋受朕眷恩，出群臣上，不意交结逆囚，代管家店。迹此一端，终可知矣。朕承天命，以伦序入承天位。张延龄谋为不轨，人谁不知！郭勋敢复为之，令锦衣卫逮送镇抚司，一并究问来说。

九月十二日，郭勋下狱。

第二百八十九章

刑部陕西司郎中钱德洪把本司主事冯焕找来，计议郭勋之狱。郭勋下镇抚司狱，经过锦衣卫官和镇抚司官简单讯问，皇帝命移送有司拟罪。郭勋兼摄后军都督府，后府的官司该着陕西司代管。吴山要该司先议出个章程来。

钱德洪学者气重，不谙刑名，遇到这样的大案子，自然要向师爷出身、捐官做到刑部主事，又是他同乡的冯焕请教。

冯焕仔细盘算过，胸有成算，一付说教的派头："了断此狱，说易则易，说难却难。"

"怎讲？"钱德洪忙问。

冯焕不急："洪甫先生要我先说其易，还是先说其难？"

"若能从易处着手，自然是先说其易。"钱德洪道。

"一言以蔽之，论死而已，故某言易。"冯焕说。

以郭勋的地位、人品而言，没有过失则已，如有过失，必是大奸大恶；以科、道的论劾及镇抚司的供状而言，不惩治则已，如要惩治，必是重刑。"论死而已"，实在是说到家。

钱德洪点头认可。复问："为何又有曰难？"

"一言以蔽之，论死而已，故某言难。"冯焕重复前半句，后半句则改一个字。

钱德洪一愣："这岂不是以子之矛攻子之盾？"

冯焕自得地一笑："听似荒诞，但大人不妨想一想，可是这个道理？"

给郭勋拟罪，不是件轻松的事情，钱德洪再懵懂，再迂阔，也想得到。但他不愿意深想，于是说："正要请教。"

冯焕说教的派头更足："'论死而已'，关键在一个论字。皇上不要刑部鞫讯，不要三法司鞫讯，而命刑部拟罪。那么，刑部据何拟罪呢？只能据科、道的论劾，只能据镇抚司的供状，只能据皇上的批复。所谓易在'论死而已'，是说，据科、道的论劾，据镇抚司的供状，据皇上的批复，郭勋均当死罪。远者不必举证，且看皇上近日对镇抚司供状的批复：郭勋位居勋旧，宠眷非常，乃不思感恩图报，专一收揽恶棍，苦害军民，科刻商贾，折占庄田，侵夺房店，礼违成命，变乱国法，交结术士，造办龙鼎金山，蔑视敕命，抗违不行，情罪深重。尔等既追问明白，送法司拟罪以闻。据皇上所列罪状，哪一条哪一款不当问死？所以，刑部拟郭某之罪，唯论死而已。”

这是谁都看得出想得通的。冯焕要说的重点不在一个“易”字，而在一个“难”字；钱德洪要听的重点不在一个“易”字，而在一个“难”字。所以，冯焕一口气简略带过，钱德洪也没打断。

等他说完这一节，钱德洪问：“那么，难在何处？”

“所谓难在‘论死而已’，是说，据科、道的论劾，据镇抚司的供状，据皇上的批复，郭某当死；可皇上到底想不想郭某人死呢？”冯焕自答，“在我看来，皇上虽然重复着科、道和镇抚司给郭某罗列的罪状，虽然将郭某下狱，却不想他死。”

“老兄据何而言？”钱德洪问。

“见微知著，我只举一件小事，便可知皇上的心意，”冯焕说，“处置郭府的爪牙官校孙沄、孙淮、李福、陈禄等及郭某的族人郭勅、郭权等，皇上有旨：不必送法司拟罪，令锦衣卫拿赴人烟稠密地方，以三百斤大枷枷号三月，各押发烟瘴地面，永远充军。郭某逮入镇抚司狱，自然也披枷戴镣，这是许多人亲眼看见的。可他从镇抚司狱出来，刑具全部摘去。押送郭某到刑部狱的锦衣卫指挥向我交代：郭勋在诏狱已除去刑具，今入刑部狱，也不必加以刑具。”

“你可曾问该指挥，这是他的意思，还是陆大人的意思，还是其他什么人的意思？”钱德洪问。

“我自然要问。”冯焕说。

“他如何答你？”钱德洪追问。

“他说：不必管是什么人的意思，只要照着去做，自会有好处。”冯焕学说原话。

钱德洪愤愤地说：“岂有此理，区区一名指挥，也敢如此蛮横！我偏不要他的好处，偏要给郭犯戴上枷、铐，看他又能怎样！”

“洪甫先生何必与一粗人计较，”冯焕劝解，“其实，不用问也知道，不是皇上的意思，谁敢给郭某除去刑具？洪甫先生请想，从犯戴着三百斤大枷，主犯戴三十斤大枷也有所不忍，皇上怎会忍心他死？”

“皇上不忍心他死，倒也在始料之中，”钱德洪沉吟着说，“据科、道的论劾，据镇抚司的供状，据皇上的批复，其人当死罪，可皇上又不想他死。故‘论死而已’，确有难处。”

“难在‘论死而已’，又不止于此。”冯焕说。

“怎么，还有难处？”钱德洪惊问。

“正是。”他越吃惊，冯焕越得意，“据科、道的论劾，据镇抚司的供状，据皇上的批复，郭某的罪状可划归三类。一类，郭某的种种劣迹，如收揽恶辊、侵夺房店者是也。一类，蔑视敕命，抗违不行。一类，交结匪人，皇上所言交结术士、科道所言交结逆囚者是也。不知洪甫先生打算以哪一类入郭某于死罪？”

“以何罪论死，也有区别？”钱德洪不懂。

“区别甚大，”冯焕说，“有的罪状论死，必死无疑；有的罪状论死，可死可不死；有的罪状论死，多半不会死。”

“让我想想，”钱德洪道，他低头沉思，忽然领悟，“你是说，以郭某种种劣迹论死，皇上多半不会杀他；以蔑视敕命论死，皇上可杀他可不杀他，全在一念之间；以交结匪类论死，皇上必要杀他。”

“洪甫先生明鉴，”冯焕确是这样考虑的，“不过，交结匪类论死，必是科、道所言交结逆囚，按照交结术士的圣谕，又当别论。”

钱德洪点头称是。逆囚是谋逆，交结逆囚，也是谋逆。谋逆之罪，是绝不能宽赦的，不但主犯当死，从犯也要杀一大批。交结术士，就没那么严重。试想，术士都不重惩，交结术士怎会重惩？

“有此两难，刑部如何拟罪？”钱德洪求教。

“虽有两难，还有两宜，也不难计议。”冯焕含蓄地说。

“何谓两宜？”钱德洪问。

冯焕解释：“据科、道的论劾，镇抚司的供状，皇上的批复，郭某必须论死；而皇上又不想他死，退一步而言，不知皇上想不想他死，故刑部应以他可死可不死之罪状论死。皇上要他死，他则死；皇上不要他死，他则不死。即宜以蔑视敕命，抗违不行拟罪，此其一也。以郭某种种劣迹论死，皇上多半不会杀他，刑部难免有为他开脱之嫌，不足取。以交结匪类论死，皇上和科、道所指不同。依顺皇上，则触怒科、道；依顺科、道，则触怒皇上，亦不足取。同样，宜以蔑视敕命，抗违不行拟罪，此其二也。有此二宜，刑部的难题岂不迎刃而解？”

钱德洪听出不妥：说来说去，都是计较刑部的得失，或者说，是计较他二人的得失，君子处世立朝，似不应如此。

冯焕见他迟疑，顿觉不快：“我一片赤诚为洪甫先生计，为刑部上下计，洪甫先生既然自有主张，我不再赘言。”

“不，不，”钱德洪连忙摆手。“老兄所计甚善，就依老兄所计。”

冯焕机关算尽，自以为聪明，还是没保全他自己和钱德洪以及刑部上下，他想在皇上和科、道之间两不得罪，结果两下里都得罪。刑部所拟，皇上不报。据说，皇上阅奏，龙颜不悦，竟将奏本投置于地。而御史周亮等劾奏“刑部尚书吴山昏耄依违，该司郎中钱德洪不谙刑名，本部主事冯焕任意供招，与镇抚司掌印指挥倪旻挟同推鞫。故将郭勋结党乱政，交结逆囚等项重情，俱隐饰不究”。给事中刘大直等复核郭勋“本起奸恶。变乱朝政凡十二年”。

皇上嫌刑部拟的罪重，科、道嫌刑部拟的罪轻，本是南辕北辙，但皇上借着科、道的弹劾处置刑部官员：吴山罚俸三月，钱德洪、冯焕下镇抚司拷讯，冯焕降边方杂职，钱德洪革职为民。

郭勋仍在狱中，拟罪的事却搁置下来。

第二百九十章

腊月里，镇抚司狱的号房不发给炭盆，阴风寒气从门窗及驳落的墙壁间袭入，让人战栗不已。杨爵仅一厚布袍挡寒，白天穿在身，夜间盖在身。但这已不是最难挨的日子。由于不许探监，不许送物，酷暑季节，他也只这一件布袍。读书人讲究仪表，天气再热，厚厚的布袍也一丝不苟地穿在身上，那滋味才叫难受呢。

自二月被逮，在镇抚司狱已度过整整十个月。一来，皇上渐渐淡忘他；二来，和狱吏、狱卒们厮混熟，对他的管制有所松动。钱德洪曾和他同房关押十余日，钱德洪出狱时留给他两部书，一部是王守仁的《传习录》，一部是魏人王弼的《周易集解》。狱吏未加干涉。有书做伴，日子再苦，也不在话下。

这一天，杨爵手捧《周易集解》在读，听到门外不止一个人的脚步声。他想，不是镇抚司官来讯问，便是又给他送来一个新的牢友；而多半是给他送来一个新的牢友，因为镇抚司官已经很久不来讯问。

牢门打开，进来的是钱德洪，令杨爵大吃一惊。他起身迎上，问："洪甫兄，怎么是你？是来探我吗？"

钱德洪两手一摊，说："伯珍兄看我的模样，像是来探监吗？"

他一身素装，臂上挎着小包袱，确实不像来探监的。

"再者，禁探之旨未除，我就是有心，也不敢前来探视。"他又说。

"那么——"杨爵不忍说下去。

钱德洪却不在乎，把包袱放下，说："我又来和伯珍兄做伴。"

当着狱卒的面不便多问，狱卒一走，杨爵问道："洪甫兄再度下狱，还是为的前事？"

"不错，"钱德洪应道，"想是革职为民，处分太轻。故有司再论及前事，皇上说：始命刑官毋梏郭勋，钱德洪故违之，与郭勋不领敕旨何异？于是，不等我离京，又被锦衣卫官校送来这里。"

在刑部狱给郭勋戴上刑具，钱德洪是和镇抚司官赌气；很快，皇上传旨，命除去郭勋刑具。钱德洪以"藐视敕命，抗违不行"拟郭勋死罪，现在，皇上说他故违敕命，这才是以子之矛攻子之盾呢。

“朝廷重犯，加以刑具，有什么不对！”杨爵为钱德洪不平，随后又关切地问，“听说公谨先生复职。他和郭勋势不两立，对洪甫兄的遭遇，难道就不肯说一句话？”

“人皆谓我迂阔，伯珍兄，”钱德洪说着，一指杨爵，“我看你比我更迂阔。若换别人，夏公谨或会力争；因为是我，他当然不会说一句话。”

杨爵一想，可不是吗！夏言虽然痛恨郭勋，但对王守仁学说有成见，对王门中人同样憎恶。前刑科都事中戚贤，就因为荐举王畿堪大用，引起夏言反感，把他谪为山东布政司都事。

骂夏言也无益，怨命运也无益。他于是把话岔开：“洪甫兄，前次相别时，你对我说静中收摄精神，勿使游放，则心体湛一，高明广大，可驯至矣。古今作圣之功，其在此乎？后来我阅读《周易集解》，夜静时每每想到兄言，收益良多。难得今日又处一室，是上苍以洪甫兄授我，这收摄精神的功夫，无论如何要与洪甫兄切磋印证。”

钱德洪说：“能与伯珍兄同室论道，何其快哉！我自当奉陪。不过，眼下有一件大事要做，学问之事，明日再做吧。”

逮下诏狱，不过静候处分而已，有什么大事要做？杨爵以为他仓促被逮，要修书与家人，或与友人，于是应道：“好，我向牢头讨要纸、笔。”

“唤牢头来，极是；讨要纸、笔，却不必。”钱德洪说。

“洪甫兄不为修书，却要做何事？”杨爵问。

“欲探一囚者。”钱德洪说。

自己为囚者，还有心探另一囚者，这就更可奇怪。杨爵问：“洪甫兄欲探何人？”

钱德洪不理睬他的询问，却背诵起一段文字：“臣唯天下治乱，在言路通塞。言路通，则忠谏进而化理成；言路塞，则奸谀恣而治道隳。御史杨爵以言事下狱，幽囚已久，惩创必深。臣行部富平，皆言爵忠诚孚乡里，孝友式风俗，有古贤士风。且爵本以论郭勋获罪。今勋奸大露，陛下业置之理，则爵前言未为悖妄。望弘覆载之量，乘日月之照，赐之矜释，使列朝端，爵必能尽忠补过，不负所学。”

杨爵脸色大变，惊问：“汝器先生莫非也下诏狱？”

汝器是浦鋐的字。浦鋐，山东文登人，正德十二年进士，可说是资历极深的御史。他在御史任上曾因言事被罢免，家居七年。复官后出按陕西，一年里连上四十余疏，十分勤力。陕西三边总督杨守礼很是感动，请朝廷破格超擢。谁知浦鋐又上一道请赦杨爵的奏本，不但未能超擢，反而被锦衣卫缇骑逮来京师，打入诏狱。

浦鋐上疏救援一事，是钱德洪上次入狱时，告诉杨爵的。但他很快出狱，那时还不知道皇帝如何处置浦鋐。

现在他背诵起浦鋐的奏疏，杨爵立即明白，浦鋐被下狱。户部主事周天佐因上疏救援自己，死于诏狱；如今又有一个上疏援救自己的官员下狱，他不希望前次的悲剧再发生。因此，浦鋐的境况如何，他比钱德洪更加关心，探视浦鋐的心情比钱德洪更加急切。他知道，自己绝无可能走出这间牢舍，而钱德洪只要肯担干系，却有可能前去探视。钱德洪把探视浦鋐当作入狱后第一件要做的大事，显见不怕担干系。

他向着门外大声呼唤自己熟悉的狱卒："张头，张头，你来！"

狱卒迈着碎步，一路小跑过来，嘴上抱怨："杨大人别喊，天大的事，也要让人解个手吧。"到牢门前，他喘口气，问道，"杨大人招呼小人，有什么吩咐？"

杨爵指着钱德洪说："我无事，是钱大人有事相求。"

狱卒转向钱德洪："我敬重杨大人，对钱大人也是敬重的。钱大人有事，但请吩咐。"

钱德洪塞一块碎银子到狱卒的手里，说："我想看望狱中一位好友，请张头给予方便。"

"钱大人，这——"狱卒看看杨爵，看看钱德洪，看看手里的银子。显然，他感觉为难，又舍不得到手的银子。

钱德洪道："我与杨大人同处一室，朝夕相处。他都可以见，还有什么其他囚者不可以见？"

狱卒下定决心："好，钱大人要的方便，我给。不过，"他不忘把丑话说在前头，"我只能让钱大人从这间房里走出去，那边房里让不让钱大人走进去，我做不了主。"

"行此方便，已感激不尽。"钱德洪道。在狱卒打开牢门的瞬间，他一步跨出，好像怕稍稍迟缓，狱卒会改变主意。

那边看守牢门的狱卒不如这边看守牢门的狱卒通融，任凭钱德洪说好说歹，就是不肯放入。钱德洪问起浦鋐的境况，他也一句不肯吐露。钱德洪无奈，只得怏怏而回。

除夕凌晨，杨爵、钱德洪被惊醒，朦朦胧胧地看见两名狱卒架着一人进到屋里，把那人往空着的草席上一丢，打着呵欠离去。开始，他们以为自己在做噩梦。于是，一人狠命掐一下胳膊，一人狠命掐一下大腿，都感觉疼痛，这才知道不是。

那人一丝不动，只是有一声无一声高一声低一声地呻吟，看来是刚刚用过酷刑，被折磨得昏死过去。杨爵忽然心里一动，凑过去看。钱德洪心里一动，也凑过去看。

杨爵和浦鋐见过几面，惊呼："汝器先生！"

钱德洪没见过浦鋐，惊问："是汝器先生吗？"

杨爵顾不上答话，双手抬起草席一端，又示意钱德洪帮忙，两个人把浦鋐抬到他用的草席旁边，安顿下来。他一面用袍袖揩拭浦鋐身上的血迹，一边轻声呼唤着"汝器先生"。钱德洪默默地坐在另一边。

天大亮，浦鋐的呼吸逐渐匀称。不多时，他微微睁开眼睛，向杨爵眨眨，表示认出他。注视钱德洪时，杨爵介绍："这是钱子洪甫。"他的眼睛又眨眨，表示闻名已久。他用手指着自己的嘴，声音虚弱地说："水。"钱德洪递过去一碗清水，杨爵小心地喂到他嘴边。

吃力地咽下几口水后，浦鋐的脸上泛出血色。

杨爵长吁一声，说："老兄，惊煞我也。"

"你也是在棍棒下捡回命来，何惊之有！"浦鋐道。

杨爵说："同受棍棒，却有不同。老兄为我鸣不平，而受这顿棍棒，我凄凄苦苦，唯恐老兄遭遇不测。"

"老弟这样想，就大错，"浦鋐摇头道，"老弟受棍棒，为的朝廷；我受棍棒，也为的朝廷。朝廷命我行部陕西，爱护陕西人才，乃职责之一。赴陕以来，我常有二恨：一者，关中人杰地灵，恨不能如应宁先生当年，提学关陕，擢尽人才；二者，老弟为陕西人才中之翘楚，恨不能感动圣聪，致令老弟久系缧绁。今日为朝廷人才，为关陕俊秀，而受一顿棍棒，我恨可稍消矣。老弟切莫误会，以为欠下我什么人情。秦人重义，我离西安时，远近之民前往奔送，常聚万人，号哭曰：愿还我使君！观此景象，我潸然涕下，心想：是杨伯珍成全我。"

说到动情处，他心情激荡，足不能蹈之，手亦欲舞之。但牵动到创伤，他不由"哎呀"一声叫出来。

"汝器先生不要动。"杨爵按住他双手。

钱德洪说："伯珍兄以为汝器先生因施援手而受杖，汝器先生道是错大；我看，汝器先生以为伯珍兄成全自家，也大错。"

"依着洪甫兄，当如何说？"杨爵问。

"二子皆为朝廷，无须再说；二子缘分不浅，成就本朝一段佳话。"钱德洪道。

"阳明子的高足也讲一个'缘'字？这倒要听一听。"浦鋐道。他努力挣扎着，想要坐起来。

"不必，不必，汝器先生坐起来，我反要拘谨，"钱德洪忙说，"说起二子之缘，不止一端。二子一在秦地，一在鲁地，相距数千里；一是正德十二年的进士，一是嘉靖八年的进士，相隔十余年。但同为御史，这算得上是一段缘分吧？”

杨爵和浦鋐相互看一眼，说：“算得上。”

“在先，二子皆以母老归养；在后，朝廷诏起废官，二子皆被召。据我所知，去任的十三道御史中，那一次被起复的唯二子。这也算是一段缘分吧？”钱德洪道。

浦鋐一次因母乞休，一次被劾免官，甘居林下多年。不然，他也不会还任御史。朝廷诏起废官，是在他被劾免之后，而不是归养老母之后，但钱德洪为强调缘分，有意把两件事合在一起说。

“也算得上。”二人说。

“二子同为朝廷下诏狱，受杖刑，在诏狱同处一室，同在棍棒下捡回命来，这若算不得缘分，世上再无缘分一说。”钱德洪道。

二人被说得笑起来。浦鋐接言道：“还有一说，我二人同时听钱子讲解缘字，更是一段缘分。”

三人同时大笑。

杨爵在狱中十个月，钱德洪为郭勋一案头疼两个月，浦鋐在解押途中被折磨一路，在这一刻，全部忘却。这一日，三人过得轻松惬意。

但谈笑没维持多久，天暮时，浦鋐又被镇抚司官提去鞫讯受刑。

除夕前一夜，浦鋐第一次被杖，以后，每一夜都要用刑，杖不百不止。浦鋐体质弱，每次被杖，都昏死过去，又在杨爵、钱德洪二人的呼唤中苏醒过来。正月初六日凌晨，浦鋐却是双目大睁回到牢室的。这让杨爵、钱德洪更加惧怕。杨爵问他感觉如何，他说：寒热交攻，坐卧不宁。杨爵知道，这是刑毒散发，最为凶险。根据自己的经验，他摔破一磁盏，用碎片刺开浦鋐创口，以便将毒气散出。黑血流尽，浦鋐虽稍觉轻快，但已不能进食，喝一口水，也会呕出。

杨爵悲戚，放声痛哭。

浦鋐在昏厥中问：“谁在哭？”

杨爵道：“老哥，是我。”

浦鋐说：“老弟不必过于哀伤，我死于此，命也。”

当夜三更，浦鋐卒于狱中。

第二百九十一章

嘉靖二十一年正月十五日，年节长假即将结束，同僚、友人间的酬对已经结束，人人留在家里和家人同饮佳酿，同吃元宵。

段朝用在京中未置家业，往年的正旦节、上元节总在翊国公府过。得意时，和郭勋对坐把盏；失意时，也是府上几个有头有脸的家人陪着他喝酒。今年的正旦节、上元节情势大变，郭勋下狱，虽然没有抄家，虽然从总管到应付粗笨差事的家人尚未作鸟兽散，但谁还有心招呼他？

翊国公府去不成，显灵宫也去不成。自从下一回镇抚司狱，显灵宫的同道见到他，远远就把大门紧闭。这当然是奉秉一真人陶仲文之命，谁不知道，陶真人对他早已厌烦！

正旦节百无聊赖地过去，段朝用不甘寂寞，上元节怎么也要玩出些花样来。想来想去，想到他的另一些朋党。

段朝用的职位凡三变：开始是紫府宣忠高士，其后是羽林卫千户，再后是紫府宣忠仙人。高士、仙人叫起来响亮，然而不支薪俸，羽林卫千户叫起来不甚响亮，却有银粮可支。正是借着这个挂名支俸的差事，段朝用和各亲军上值卫同样挂名支俸的千、百户才有深交。

做一件事，人不在多而在精干。段朝用确定锦衣卫的张千户、虎贲卫的刘千户、羽林卫的陈百户，加上他自己，四人足矣。

听他说有大好处奉送，张、刘、陈三人沉默不语。酒在一起喝过许多回，要说从段朝用这里得到好处，谁也不敢想，更不用说大好处。

刘千户碍不过面子，先问："段大哥说大好处，到底有多大？"

段朝用伸出右手掌，手心向着三人晃晃。

"五百？是每人五百，还是四人合计五百？"这个数目没多大的吸引力，刘千户问起来情绪不高。

段朝用翻转手掌，手背向着三人晃晃。

“一千？是每人一千，还是四人合计一千？”刘千户又问。若每人摊到一千，数目可不算小。

段朝用嘴一撇，说：“刘大哥忒小看人！每人一千也罢，合计一千也罢，这个好处，我本人也给得起。”

“难道是一万不成？”这个数目，不必问每人还是合计。

“是啊，难道是一万不成？”另两人也动心。

“还要多。”段朝用不动声色，只是不住地把手掌翻来翻去。

“是十万！”三人同时叫道，又同时捂住嘴巴。

“段某向来大手笔，要取，就取十万，”段朝用甚是自得，然后以嘲弄的语调问，“三位大哥可愿意取？”

那还有不愿意的！不过，张千户是谨慎之人，抢在前面问：“我等要做些什么，才能取得十万？”

“一不必杀人，二不必抢掠，公事公办即可。”段朝用说。

陈百户还要问什么，段朝用起身，走到他身后，伏在他耳边轻声说几句话。他没想好该不该应，但不再问。

刘千户要问什么，段朝用伏在他耳边轻声说几句话。他也不再问。

张千户要问什么，段朝用伏在他耳边说几句话，张千户说：“段大哥，这怎叫公事公办？”

刘千户和陈百户也说：“着哇，这怎叫公事公办？”

“这怎么不叫公事公办！”段朝用和他们理论，“我来问你等，追取赃银，是不是锦衣卫的差事？”

他说的锦衣卫，其实是锦衣卫的镇抚司狱。

“是。”三人说。

“我四人中，有没有锦衣卫的官员？”段朝用问。

“有。”三人说。刘、陈还指指张千户。

“那么，我等为朝廷追取赃银，是不是公事公办？”段朝用问。

“是。”三人说。

“不过，”刘千户还有疑虑，“我等是为朝廷追取赃银，自己却得不到什么好处。”

段朝用说：“刘大哥好糊涂，以为我等真能追取到赃银吗？”

“追取不到赃银，我等还不是没有好处！”刘千户道。

段朝用说：“赃银是追取不到的；追取到，我等也得不到。不过，我等只要肯通融一下，好处就可得到。”

“如何通融？”三人问。

“我等抓来郭府家人，对他等说，我们本来是要追取赃银的，现在愿意通融：只要你家主人拿出十万金，就不再追赃。”段朝用说罢他的主意，得意非常。“爵爷出了错，郭府的家人如丧考妣，这话敢不转达？爵爷失魂落魄，敢不拿出十万金来消灾？”

张、刘、陈三人不知这主意行不行得通，但既然自己想不出更好的主意，那就不妨一试。于是，他们讨论起相关细节。

“郭府家丁以百计，你们看抓谁来好？”张千户问。

“爵爷对郭府的总管大人言听计从，把他抓来吓一顿如何？”陈百户提议。“说不定，他不用向爵爷转达，自己就可作主支付十万金。”

“不可，不可！”段朝用连声道。“那家伙老奸巨猾，软硬兼备，我尚且斗他不过，你们更不是他的对手。”

“段长官的意思，该抓什么人？”陈百户与段朝用同在羽林卫挂名，地位较低，态度十分恭顺。

段朝用为众人筹划：“不但郭府的总管抓不得，几个主事的管家都抓不得。一来，他们深居在大宅院里，未必抓得来；二来，他们见过世面，未必吓得住；三来，他们与宫里的大太监、各衙门的堂上长官有交情，这些人插手进来，我们弟兄岂不要坐蜡！”停了停，接着说，“郭府看门的、买菜的、烧火的下人，也不要去抓。爵爷和他们一年里说不上一句话，即使见面，未必识得。”又停了停，接着说，“派得上用场的，是郭府第二等的家人。一来，他们或为爵爷管一处庄，或为爵爷管一爿店，虽没办过大事，没见过大场面，却是爵爷的小心腹。他们的话，爵爷平日就听得进去，今日更听得进去。二来，他们多数住在小庭院里，闯进去就可以抓人，动静不会太大。”

“段大哥好一番算计！”刘千户佩服得五体投地，他说，“好，段大哥指明宅院，我们分头去抓人。”

能在亲军上值卫挂名支俸者都有些来历，选一处空闲的宅院不在话下，找几个帮闲的走卒不在话下。他们把宅院的上房收拾成审讯的正堂，正面放一张长桌，三把椅子，是段朝用和张、刘两位千户问话坐的，打横一张短桌，一把椅子，是陈百户录供用的。张、刘、陈三人陆陆续续抓来五六个郭府多少管些事的家人，关押在东西厢房里。

两名彪形大汉把第一人押上，迫他跪在下手。

段朝用坐在正中，问道："郭三哥，认得我吧？"

郭三开始有些发蒙，待看清楚段朝用，笑道："段爷，久违。"

"郭三哥知道我的身份吗？"段朝用问。

"你老不是紫府忠宣真人吗？"这个职务称呼起来还真不顺口。

"我还在羽林卫当差，郭三哥知道吗？"段朝用不明确千户的身份，而用当差这样含糊的词语，好让对方品味。

"似有所闻。"郭三说。

"实话对郭三哥说，今天我坐在上面，是在羽林卫当差的身份，"段朝用说着，向坐在左首的张千户一指，"这位是张爷，在锦衣卫当差。"

郭三口称："张爷，小民叩头。"

段朝用又一指坐在右首的刘千户："这位是刘爷，在虎贲卫当差。"

郭三口称："刘爷，小民叩头。"

段朝用问："郭三哥可知，我等坐在上面，你跪在下面，为的何事？"

郭三善诙谐，头脑又灵活，马上想到一个贴切的说法："莫不是三卫会审？"

"三卫会审？郭三哥果然有见识，"段朝用很欣赏这个名目，笑道。然后一拍惊堂木，问他，"你可知我等三卫会审，为的何事？"

"小民不知。"郭三说。

"张大人，你告诉他。"段朝用不愿意自己说，托付给张千户。

张千户早就跃跃欲试，于是端起会审的架势，厉声说："郭三，你口口声声称自己小民，我听着很不顺耳。你不是小民，你是豪民！"

"张爷这么说，是抬举小民。"郭三道。

"你不仅是豪民，而且是刁民！"张千户更加严厉。

"张爷这么说，冤枉小民。"郭三道。

张千户把惊堂木一拍："郭三，你可知我等三卫会审，为的何事？"

"小民不知。"郭三说。

张千户推与刘千户："刘大人，你告诉他。"

"郭三，你见过那玩意吗？"刘千户指着立在堂上的板子，问道。

"小民见过，是衙门里用的板子。"郭三说。

"郭三，你见到那汉子吗？"刘千户指着立在堂上的军汉，问道。

"小民见到了，果是条壮汉。"郭三道。

刘千户觉得郭三已被震慑住，把惊堂木一拍："郭三，你可知我等三卫会审，为的何事？"

"小民不知。"郭三说。

刘千户推与陈百户："老陈，你告诉他。"

陈百户左右看看，再无人可推。他说："郭三，你家主人贪赃枉法，法礼不容。三位大人是奉、奉、奉命追赃。"

"奉旨追赃"几乎脱口而出，幸亏及时改正。

"郭三，你是刁民，还是良民，就看你是否退赃。"张千户说。

"不愿退赃也不打紧，我这里有板子、壮汉伺候。"刘千户说。

"三位爷奉命追赃，小民还能要三位爷费心吗？小民情愿退赃，"郭三说着，连磕几个头。他很会算账，说，"小民为主人管着一爿店子，每年进项有三四百两银子。去年一年的进项还没入府，也不知是不是都算赃银。小人情愿尽数呈与三位大人。"

"呸！"刘千户怒喝一声，说出实话。"谁要你的三四百两银子，我们要追的是十万赃银！"

"是，是，我家主人赃银何止成百上千万，三位大人只追十万赃银，可见是慈悲心怀，"郭三奉承过后，满脸为难之色。"不过，小民确是小民，为我家主人张罗的只有几百两银子。"

"你既不情愿退赃，来人！"刘千户向左右喝道。

段朝用止住："刘大人且慢。郭三哥说十万银子他做不了主，这是实情。我和郭三哥多年交情，求刘大人看我的薄面，再给他一个机会。"

"那也要看他是否肯效力。"张千户说。

"小民情愿效力。"郭三忙说。

"好，那就烦请郭三哥去对你家主人讲，他只要交出十万赃银，我可保他无恙。"段朝用说。

郭三去狱里见郭勋，转达段朝用的意思。郭勋心想：姓段的真是条恶犬，主人落难，回头就咬一口。严世蕃要我提防他，不是没有道理。不过，他竟以为我会给他十万两银子，也太无计较。我给他十万两银子，不但消不了灾，传出去，岂不是坐实自己的罪状！

郭三无功而返，念他恭顺驯服，只打他十下板子。

会审的第二个人，扭扭捏捏，很不情愿地去见郭勋，回来后，被责打二十板。会审的第三个人，说什么也不肯去传话，当堂被打三十板。会审的第四个人，干脆破口大骂，被打五十板。打完一看，人已咽气。

段朝用等的白日梦一下子惊醒，四人散去，不再“追赃”。

第二百九十二章

宣、大总督旋设旋废，或者说旋遣旋召。去年秋、冬两季，俺答屡屡犯边，廷议常设，并推樊继祖以兵部尚书兼右都御史出镇。总督本宜开府大同，以便居中协调宣府、大同、山西各镇，屏障京师西北。但俺答这次犯边，集中在太原府各州、县，樊继祖不得不移驻太原，与坐镇雁门关的山西巡抚陈讲相互呼应。

朝廷追究山西失事的责任，陈讲首当其冲，正旦节过后，即有旨罢免，接替他的是顺天府尹刘皋。刘皋赴任，过太原时，参见督帅，樊继祖设宴接风，对山西的情势略加讲解。陈讲交接后，也会来参见督帅，这几天，樊继祖一直在等他，心想：为他送行的宴会一定要比为刘皋接风的宴会稍隆重。这倒不是对陈讲情深对刘皋情淡，而是山西失事他和陈讲都有责任，追究完陈讲的责任，就该追究他的责任。

陈讲是在樊继祖刚刚用过午饭，赶到总督衙门的。樊继祖事先没得到一点儿消息，有些意外。

“子学还没用饭吧？我让他们去安排。”他说。

陈讲字子学，四川遂宁人，正德十六年进士。一般而言，科第晚十年，就可以视为晚辈，所以樊继祖直呼其字。

陈讲行礼，说：“孝甫先生不必劳神，我在路上吃过。”

“也好，”樊继祖点点头，让道，“子学先坐下来叙话，晚间我专为子学设一告别宴会。”

“不敢当。”陈讲说着，在樊继祖一旁坐下。说一阵闲话，他见书案上放一信札，随意问一句，“孝甫先生有家书？杜工部诗云：烽火连三月，家书抵万金。即此情此景也。想来，孝甫先生也该回写书信。在下请辞。”说着起身。

“不是家书，是程子舜敷所致信函，”樊继祖告诉他，并挽留，“子学不忙走，既然碰到，且读一读程子之议。”

樊继祖将信札递过去，陈讲绝没有不接的道理；既接过来，绝没有不读的道理。程文德写道：闻我军不敢与虏对敌久矣，此非强弱之不伦，实以前驱之无捍卫也。

捍卫之具，所当先讲者莫如用车，此实古今已试之成法。闻余肃敏公旧车尚存大同，但其制颇大，恐不便。刘松石公所制，则只轮轻捷，咸谓此可用于今日也。人情难与虑始，可与乐成。愚意，请公暂借民间小车到营，比度一营用车几何，设牌于前，安器械于上，一试其法，令将士观之。人未见其可以战，而先见其可以自卫，将无不乐从。

樊继祖见他读完，问道："程子之议，子学以为如何？"

陈讲笑而不答，却说："此乃后书，程舜敷还有前书吧？"

"不错，不读前书，如何解得后书？你等等。"樊继祖说着，命亲信家人找来程文德的前一份信札，交与陈讲。

陈讲读道：

> 闻我军不敢与虏对敌久矣，此非强弱之不伦，实以前驱之无捍也。彼以奋死之冲，而吾徒以血肉当之，谁不溃越而糜烂者，又何敌焉！则捍卫之具，所当先讲者，莫如用车。去年上疏垂成，竟为误国者以小嫌妨大计。兹复上请，乃得议行。此实古今已试之成法，亦明公昔日所谓先得我心之同然者。闻余肃敏公旧车尚存大同，但其制颇大，恐不便。刘松石公所制，则只轮轻捷，咸谓此可用于今日也。人情难与虑始，可与乐成。愚意，请公暂借民间小车到营，比度一营用车几何，设牌于前，安器械于上，一试其法，令将士观之。人未见其可以战，而先见其可以自卫，将无不乐从矣。更相宜生智，随事曲防。盖尽其制，其为利也，当尤迈于往昔焉。

"子学作何感想？"樊继祖问。

"程舜敷在兵部数年，自以为也可以和余肃敏公、刘松石公一样论兵。"陈讲道。

余肃敏公即前朝大臣余子俊，刘松石公即当朝人物刘天和，二人均为督边的名臣。程文德受杨名案牵累，下狱谪外，后招任兵部员外郎，现升任兵部郎中。听陈让的口吻，对他的战车之议很不以为然。

"程子之何事议错？"樊继祖问。

"其函谓人情难与虑始，可与乐成，我读过他另一信札，也写道'不可虑始，而可乐成，人情然也'。好像只有他能够虑始，让人读起来很不舒服。"陈讲道。

樊继祖显然很欣赏程文德的议论，对陈讲的批评，报以微微一笑。他说："处处高人一筹，才显出翰林公的痕迹。只要其议有益，其词狂傲倒也不必计较。"

“其议也未必有多少益处。孝甫先生，请听我背诵他另一信札里的句子：我军见虏，如羊见虎，虎逐来时，羊得一藩篱，亦可幸免。今舍车而不用，是又恐藩篱为不足恃，而欲弃之也，”只是随便议论，陈讲读后却真动气。“边军士气本来就不高，公然承认虏为虎而我为羊，士气还鼓得起来吗？战车之设，本为驰骋疆场，现在只为圈羊而避虎，士气还鼓得起来吗？战车不是不可用，但以程舜敷之议，还不如不用。”

他的批评过于尖刻，但有一定的道理。樊继祖附和道：“以虏为虎，以我为羊，确实不甚妥当。”

“不是不甚妥当，而是大不妥当，”陈讲说。“有士气，无战车，亦可守边；无士气，纵然各边战车齐备，也难守边。孝甫先生，我想讲个姑嫂杀虏的故事给你听。”

“子学的故事可是出在文水？”樊继祖问。

“孝甫先生也听过？”陈讲很是意外。

“略有所闻，不甚详尽，子学请讲。”樊继祖道。

事情就出在正月里。俺答一部侵入文水，未受到阻击。两名虏贼闯到一个村庄，村里的人争相逃避。有姑嫂二人跑得慢一步，被虏贼紧追不舍。小姑见路边有一枯井，奋身跃下，其嫂为虏贼所获。二贼问道：适才还有一女，躲到哪里去？嫂对曰：跳入井中。二贼想：她一定藏有宝物，才会跳入井中。于是找来一筐，一人在井上放绳拉绳，一人随筐下至井底。触到小姑躯体，觉她嘴鼻间尚有气息，井下之贼抱起她来，安置筐里，高呼：人找到，拉她上去！井上之贼问：她身上藏有何物？井下之贼道：顾不上搜索，拉她上去，你搜。尚未出阁的小姑，比起已经生儿育女的大嫂，要鲜嫩得多。人拉上来，井上之贼在她身上胡乱摸一气，半是求财，半是猥亵。结果，一件黄白首饰也没搜出。财欲既灭，淫欲更甚，井上之贼恶狠狠地喝道：脱去衣物，等着侍候大爷们！总算他还顾及同伴，没独自享用这两个女人，而是先去拉井绳。把同伴放下去，用两成力气，把小姑拉上来，用三成力气，同伴身高体壮，比一个村姑要重许多，他不得不拼尽全力。他才要叫俘者助力，忽然腿上一软，原来姑嫂二人乘他用力时，各自向他腿上踹一脚，不容他转身，又一并撞向他腰间。井上之贼支撑不住，跌入井底。二贼在井底大骂，姑嫂二人抬起井旁大石，一块块砸向井底，很快，叫骂声平息。她们在井上相顾愕然，想不到两个弱女子就这样制服强敌。

讲完故事，陈讲慷慨激昂地说：“人心可用，士气要激，比起使用战车，这更要紧。孝甫先生，我在山西由方伯而都宪，时间不算短，仅此心得而已。今日我成待罪之人，想起在任上举措不力，真愧对山西父老。孝甫先生总制一方，尚有可为，我的种种罪愆，也只有拜托你来弥补。”说着起身，深作一揖。

樊继祖脸上的表情很复杂，半是激动，半是沮丧，半是振奋，半是无奈。他苦涩地说：“子学以晋局托我，只怕我在山西的时日也不多。”

果如其言，二月，朝廷再次追究山西失事的责任，陈讲削籍，樊继祖革职，总兵官王升、白爵戴罪立功。

第二百九十三章

朝会散去，吏部尚书许讚拦住夏言："有事须禀，公谨先生请少驻。"

他要与首辅讲的，一定是大事，而且是人事方面的大事。夏言想来想去，想不出朝廷上有什么大的人事变动，会让这位老资格的尚书满面怒气。他站在原地，等许讚开口。

"公谨先生，请再去坐一坐。"许讚指着朝堂相邀。

看来，不但是大事，而且是难决之事。夏言依他，再入朝堂。

许讚选择朝堂，不一定要长谈，也不是为坐谈，而是因为朝堂里再无他人。夏言坐定，他仍然站立。

"公谨先生曾任事兵科，还记得推举总督的惯例吧？"许讚问。

如果仅仅曾任事兵科，那几乎是二十年前的事，不一定还记得；但夏言一直关注边情，所以记得很清楚。

"廷美先生是指推举宣、大总督吧？"夏言给他一个肯定的答案，"自然应由兵部会各府、部衙门议上。"

"以往兵部一位尚书，边事急时，尚能主动请缨；今兵部三尚书，边事急时，却一味推诿，是何缘故？"许讚抱怨道。

所谓兵部三尚书，一是张瓒，一是毛伯温，一是刘天和。张瓒掌部务，毛伯温在安南息兵后回朝，以兵部尚书兼右都御史，掌都察院，刘天和在王廷相去官后由南京户部尚书任上召回，督团营事。

所谓一味推诿，指张瓒所上会推宣、大总督的奏疏中，大谈往年御寇，皆遣都御史，好像兵部可以置身事外似的。可见，许讚指责兵部，又主要是指责张瓒。

这确是一件不大不小的事。夏言招呼道："廷美先生是要向我讨个说法吧？何不坐下来慢慢说！"

许讚一直踱来踱去，这才在夏言近旁坐下来。

"明明是畏惧督边，偏偏要说御寇皆遣都御史，用心之不良，难道别人看不出来？”夏言冷笑。“张廷献再说什么御边皆遣都御史，廷美先生不妨当面问一问他，是否还记得当年于少保的故事；不妨当面问一问他，于少保是兵部尚书，还是都御史；不妨当面问一问他：比照于少保，他难道不羞愧？”

景泰年间，于谦任兵部尚书，加少保衔。时岭南用兵，于谦请设两广总督，并自请前往。夏言举这个例子说明，御边并非皆由都御史，兵部尚书督边亦有成例。然而，这个例子并不合适，朝廷倚于少保为柱石，怎能让他远行？实际上，派往两广的，恰恰是都察院右副都御史王翱。

好在不但自请督边而且成行的兵部尚书也有。夏言说：“就算张廷献学不成于少保，难道连王忠毅、马恭襄也不如吗？”

王骥是英宗皇帝时的兵部尚书，正统五年统兵征麓川，因该役之功封靖远伯，死后谥忠毅。马昂也是英宗皇帝时的兵部尚书，天顺五年因陕西告警，前往总督军务，死后谥恭襄。

“前人遑论，嘉靖朝也有兵部尚书督边的事例。”许讚补充。

他指的是嘉靖初年的兵部尚书金献民。

“不错，”夏言说，“金舜举行边，亦堪称壮举。”

“既然兵部尚书督边是正经，公谨先生何不行之于今日？”许讚道。

夏言一笑，反问：“廷美先生是要我劝说张廷献自请行边，还是要我劝说皇上命张廷献行边？”

许讚张口结舌，答不出话来。

夏言自答：“劝说张廷献自请行边，似有私情；劝说皇上命张廷献行边，似有私怨。此二者皆不足取。”

“难道就任其巧言得逞不成？”许讚不甘心。

“这话廷美先生怎么问我！”夏言道，“岂不知，巧言惑众在他，巧言能否得逞，却在廷美先生！”

“在我？”许讚不解。“请公谨先生赐告。”

“张廷献章奏已下吏部，如何处置，难道不在廷美先生？”夏言道。

许讚苦笑：“公谨先生要我上疏与他分辩？”

这不是个好主意。张瓒称曰御边必遣都御史，许讚辩曰兵部尚书亦可行边，一来兵部尚书可行边，却不一定要行边，这场笔墨官司未必能赢；二来，在旁人看来，他如此辩驳，也有私怨之嫌。

“那倒不必，”夏言说，“张廷献称御边必遣都御史，吏部却不是不可推他行边。

皇上要用他，不过再加他一个都御史衔而已。”

许讚一想，可不是这个道理！张瓒的本意，不欲去督宣、大军务，吏部却偏要推用他，他又待如何？吏部推兵部尚书督边，总不能说是有私情或者有私怨吧？再者，自己气的是张瓒躲闪回避，并非一定要张瓒出任宣、大总督。把他的名字列上，心愿足矣；皇上用不用他，谁又在乎！

“公谨先生说的对，此事在我。”许讚转为高兴，随即有让自己更加高兴的想法，“干脆将毛汝厉、刘养和一起列上，三位大司马任皇上挑选，公谨先生以为如何？”

“亦无不可，”夏言应道，“不过，廷美先生若有此意，还要仔细推出第四个人选才好。”

“为何？”这是许讚没想到的。

“廷美先生拟首列张廷献吧？”夏言剖析，“张廷献有内援，虽然廷美先生以为他居重位，当为皇上分忧，皇上多半不会点用他。刘养和久在西北，毛汝厉才自岭南归来，均堪任巨；但皇上体恤他二人，多半不忍再委重任。廷美先生若只列他三人，恐怕要被驳回。”

为让皇上有选择的余地，的确需要再列一人。许讚问：“公谨先生看，总督宣、大，还有无适当人物？”

夏言一直希望在正德十二年的进士中造就出一两个出色的督帅，但史道在大同处置不当，遭科、道论劾，皇上批曰：史道纵放奸细，其罪尤甚，第巡抚久任，亦有微功。这恐怕多少有些顾及自己的面子。夏言想到此，深感失望，对荐举边才，转持慎重态度。

“皇上命吏部推举，还赖廷美先生斟酌。”他推脱道。

“是。”许讚不再勉强他。不过，既然谈及宣大总督的前三个人选，既然列上第四个人选出自夏言的建议，从礼貌上来说，自己提出其人，也该征求一下他的意见。

“公谨先生看，翟志南可任否？”许讚问。

翟鹏字志南，抚宁卫人，正德三年进士，曾任宁夏巡抚，因事免官。山西告警，他被起用，整饬畿辅、山西、河南军务兼督饷，往来驱驰于各地，虽无大功，亦能耐劳。

夏言不置可否：“廷美先生不妨举荐，以请圣裁。”

这是不想再谈的表示。许讚起身，道：“好，我这就回部拟疏草。”

随即想起另一件事。“唯中先生要为他的公子，人称东楼者另谋一出路，公谨先生有何见教？”

“他是受不了周老将军的管束吧？”夏言笑道。

严世蕃无意于科举，在国子监里挂名混几年后，授官后军都督府都事，从七品。周尚文以东官厅听征总兵官兼摄后府事，不满严世蕃的骄奢，当面叱之，并扬言要上疏论奏。严嵩紧张，亲自去向周尚文谢罪，他这才作罢。严嵩怕严世蕃在周尚文手下办事，早晚还要惹出麻烦，请许讚为他改换一个衙门。

许讚知道，夏言向来看不起严嵩，而严嵩表面对夏言恭顺，其实久怀怨恨，所以，安置严世蕃，很难让二人都满意。今日与夏言谈论宣大总督的推选，很有收益，他便以严世蕃改官之事请教，作为回报。

“闻得此子顽劣，却机敏非常，可让他在顺天府磨砺。”夏言说。

排除在朝廷各衙门之外，是压抑；但也只能压抑到这一步。在西苑当值的文臣，除两名阁臣，只有严嵩一人，总不能一个官职也不给他的儿子。夏言把压抑说成磨砺，自以为交代得过去。

第二百九十四章

南城宣南坊半截胡同，偏僻幽静。巷子深处，有一座精巧的宅院，本是郭勋的产业，后来送给严嵩。郭勋为拉拢严嵩，先后送给他两处宅院：一处在西长安街上，因为距宫城近，不敢大张旗鼓地修缮，郭勋出事，更是连住也不敢去住；一处就是半截胡同的这个宅院，不惜工本地加以装修，严嵩还给它起个幽雅的名字：听雨楼。

不过，严嵩在西苑当值，加上礼部衙门的事务，很少有机会去听雨楼修身养性。倒是严世蕃以看守门户的借口，常常去那里享乐。陪同他去的，则是严字、严画两个小童。

相交不很久的罗龙文找过来，是严世蕃没料到的。

门役见他踌躇，说："要不我告诉他，东楼先生不在这里？"

"不，"严世蕃摇头，"他既找来，一定知道我在，何苦得罪一位朋友？"吩咐严字，"我有些乏，你代我出迎吧。"

罗龙文飘逸而入，向严世蕃一揖："恭贺东楼先生。"

"何事劳龙文来贺？"严世蕃问。

"东楼公改官，不值得贺吗？"罗龙文道。

"原来为的此事，"严世蕃刚要说，此事非但不让我欢喜，反让我气恼，心里一动，改口问，"龙文既说来贺，可有贺礼？"

"东楼先生不见我手上的物件吗？"罗龙文将手上的匣子举起。

匣子看上去平平常常，既不显得贵重，也不显得古朴。打看匣子一看，里面放着一方砚台。砚台同样既不显得贵重，也不显得古朴。

严世蕃取出，赏玩一番，说道："此物赏给字儿，倒也合用。"

说着，要递给严字。罗龙文忙说："东楼公且慢，请一叩砚底。"

罗龙文是鉴识砚台的行家，严世蕃见他的样子，听他的声音，知道自己看走眼，依其言在砚的底端轻轻敲两下。

"东楼先生再请翻转来看。"罗龙文说。

方才好似砚池里蒙上一层灰，现在被轻弹去，右角露出两只网眼，网眼内色彩缤纷，恰似彩云绕月一般。

严世蕃颇为兴奋：“原来是块眼石！”

“东楼先生可知，眼石也分几等？”罗龙文问。

砚以带眼者为贵，眼石有等次之分，严世蕃都知道；但等次如何区分，却知之不详。

“龙文兄教我。”他说。

罗龙文讲述道：“石嫩方有眼，眼石缜密温润，故珍贵。大而言之，眼大者胜于眼小者，眼多者胜于眼少者，色彩缤纷者胜于色彩单一者。细而言之，石之眼不同：圆晕相重、精巧晶莹者，为活眼；浸渍不鲜者，为泪眼；白无光彩者，为死眼。欲知砚之轻重，须辨其眼。活眼胜于泪眼，泪眼胜于死眼，死眼胜于无眼。”

经他一解说，严世蕃再看该砚，果有心得。

“龙文，所谓色彩缤纷，多至几重色彩？”他问。

“少则三重，最多可至八九重。”罗龙文说。

严世蕃吹一吹砚池下的网眼，仔细观看。他说：“我数了数，此砚的色彩五六重。再者，其眼极大，只有两眼，算不得极多。总而言之，此砚应是相当贵重之物，却还不是极贵重之物。龙文什么时候有五只眼、九重色的砚石，莫忘借我一观。”

“那恐怕是可偶遇而不可强求的，”罗龙文说，“只这相当贵重之物，得东楼先生收藏，方不辱没它。字儿虽堪造就，此砚要是落到他的手里，还是可惜。”

“岂止可惜，简直是花儿插在牛粪上。”严世蕃说。

严画在一旁，忍不住笑出声来：“字哥，东楼先生心疼你，赐以新名，以后我就唤你牛粪哥。”

“我是牛粪，你还不是狗屎？东楼先生喜欢臭气熏天，咱哥俩就臭在一起。”严字说。

严世蕃、罗龙文听这话，也忍不住笑出声。

严世蕃很快止住笑，一本正经地说：“龙文，你实话对我讲，到底给严年几多好处，他才肯泄露我的行踪？”

“在东楼先生面前，我也不敢讲假话。谁不知严府极有规矩，我怎敢贿赂贵管家！”罗龙文道。

“没好处，他会告诉你这个去处？”严世蕃仍然不信。

“也不是全无好处，”罗龙文道，“我对他说：我巴结上东楼先生，他自有好处给你。于是，他告与我知。”

“难得你一下就找到制服严年的法子。”严世蕃笑道，“龙文，还有件事我要告诉你：你贺我改官，赠我宝砚，却不知，授我顺天府治中，是人家设置的圈套。我这两天心里烦恼，才躲出城来。”

“是许公设置的圈套？”罗龙文问。

“究竟作俑者谁，不必说他，”严世蕃这样说，显然是不以许讚为仇家，他问，“如何跳出这圈套，龙文可有善策？”

“东楼先生遇事则有急智，怎么临到自己头上，反而迟钝？”罗龙文也遇事则有急智，马上想出应对之策，“东楼先生且安心在顺天府衙门挂职，过一段日子，由老先生上一疏，只说顺天府治中临民，大臣子不宜任，请改东楼先生尚宝司闲散之职，皇上不但会立即准允，而且会对老先生大为嘉勉。”

“此计大妙！”严世蕃的烦闷情绪一扫而空，拉着罗龙文说，“来，来，今日定要和吾子图一酣醉。”

第二百九十五章

大同巡抚龙大有把史道推荐给他的幕僚叫入密室，神情显得紧张。

东家紧张，幕僚更紧张。他问：“都堂大人，出了何事？”

“那人又来。”龙大有说。

“谁人？”幕僚才一问，随即醒悟。“可是石天爵？”

“可不是他！除他之外，同行的还是那两个人。”龙大有道。

面临难题，怪不得东家紧张。去年，石天爵、满受秃、满客汉奉俺答之命，来大同拜见史道，请朝廷准开贡市。史道一面紧急呈报朝廷，一面留住三人，虚与委蛇。朝廷久久没有定议，而俺答三番两次兵临大同，扬言官府不放还使者，定要兵戎相见。史道权衡利弊，决定放走石天爵等三人，而将一名不太重要的随从扣为人质。皇上说史道纵放奸细，指的就是这件事。

即便朝廷不准开放贡市，巡抚放走前来谈判的使者，也不算大的过失。但石天爵一来是汉人，二来随后俺答部在山西横行肆虐，山西各官员，朝廷各衙衙门都把责任推到史道身上。史道处置或有不当，而更多的，是代众人受过。

所以，石天爵又来大同，又来请贡，龙大有自然紧张。

“他三人现在何处？”幕僚问。

“在墩墙之外候命，”龙大有说，“墩军不敢纳之，亦不敢拒之，便飞报城里。依先生之见，是该纳之，还是该拒之？”

史道接纳和放还石天爵等，幕僚都曾参与，对此事想得很透彻。他说：“不能纳之，亦不能拒之。”

“这话怎讲？”龙大有怪问。

“都堂大人若纳之，朝廷会责备：俺答猖獗，尔等怎么又来为他请贡？都堂大人若拒之，朝廷会责怪：虏酋寻都寻不到，如今送上门来，怎么让他逃脱！”幕僚说罢理由，重复道，“故不能纳之，不能拒之。”

龙大有听懂：“不能拒之，故须纳之；不能纳之，故须杀之。先生是这个意思吧？”

“诚如都堂大人所言，”幕僚道，“不过，今日所谓纳之，与昔日之纳之，略有不同。”

“不同在哪里？”龙大有问。

幕僚解释：“昔日之纳之，为真纳之，至则以客待之；今日之纳之，为虚纳之，至则以囚待之。今日所谓纳之，与其说纳之，不如说诱之。至于须杀之，但杀之而已。”

他的话有些啰唆，但意思表达得再清楚不过。龙大有考虑这样做的后果：将三使者诱而杀之，以朝廷目前的决策，肯定不会怪罪；但俺答因此倾力而犯大同，却如何应付？

“都堂大人是担心俺答兵犯大同吧？”幕僚看出他在犹豫。

“先生就不担心？”龙大有问。

“担心是担心，但两害相权，宜取其轻。”幕僚说。

“这话怎讲？”龙大用又不明白。

“杀石天爵等而引来俺答军，与接纳或坚拒石天爵等而招致朝廷怪罪，权衡二者轻重，至少有两处不同，”幕僚说，“其一，史都堂在大同时，如何让俺答满意，想得多，如何让朝廷满意，想得少，故有后祸。前车之覆，都堂大人宜鉴之。其二，俺答因史都堂羁留石天爵等，兵临大同，定以交还使臣为名；史都堂因有退路，放还石天爵等。都堂大人今日杀石天爵等，俺答无借口，或许不敢轻易用兵；都堂大人也不必为放还石天爵等或羁留石天爵等而为难。”

他的分析头头是道，龙大有大为信服。“不可纳之，不可拒之，先生说得甚好；权衡轻重，先生说得更好。舍诱而杀之，再无他策。”他说。

石天爵、满受秃、满客汉一住进馆驿，就觉察不对。上次来大同，也住在馆驿。那时馆驿里还住有其他客人，今日馆驿里只住他三人。那时馆驿的大门日夜敞开，今日馆驿的大门白日里也紧闭。那时馆驿里的驿卒习惯于迎来送往，脸上的笑容极其温顺，极其自然；今日馆驿里的驿卒虽然也露出笑脸，但看上去极是勉强。他们举止生硬，更像是卫卒；恐怕还不是卫卒，而是千、百户之类。

“两位将军看出来没有，龙都堂与史都堂不同，将不利于我等？”凡统辖一部的鞑靼人，石天爵都称为将军。

“石太师怕了吗？”满受秃称呼他，按照对汉人大官的称呼。

“我随俺答汗出生入死，什么时候怕过！”石天爵在俺答部站住脚，全凭一股不服输的劲头。“我只是告诫两位将军，此行不可大意。”

“我并非大意；我只是问：龙都堂较史都堂如何？”满受秃道。

“才智及气势均有不如。”石天爵说。

“我看也是如此。以史都堂之才智及气势，尚且奈何不得我等，龙都堂又何足惧！”满受秃满不在乎地说。

石天爵说：“还是仔细些好。今夜两位将军安睡，我坐待天亮。”

“连觉都不敢睡，还说不怕！”满客汉嘲笑。

“大丈夫要睡则睡，有什么不敢！”石天爵负气，首先躺下，很快就发出鼾声。

夜半时分，一小队一小队士卒，从四面八方向馆驿包围过来。扮作驿卒的军士率先冲进屋去。石天爵等三人在睡梦中束手被缚。其实，在官军的重重包围下，他们即使心存戒备，也只能在稍做抵抗后投降，或者在负隅顽抗下被杀。

龙大有一面申报朝廷，以计擒虏酋石天爵等，一面亲自鞫讯石天爵。

“石天爵，你来大同有何图谋？”他喝问。

“请贡而已，焉有图谋。”石天爵既被擒，心情反而平静。

“朝廷不准贡市，为何还要来？”龙大有问。

“奉俺答汗之命，一请不准则再请。”石天爵说。

“再请不准呢？”龙大有问。

“再请不准则三请。”石天爵说。

“三请也不准呢？”龙大有问。

“三请不准则集合三十万大军，一循黄河南下，一自太原东进，屯于大同、三关以待战。”石天爵说。

“你、你竟敢恫吓本官！”龙大有脸色变得很难看，半是因为惊惧，把是因为气愤。他举手指点石天爵时，竟忍不住颤抖起来。

“实情如此，我无须恫吓龙都堂，也无须瞒住龙都堂。”石天爵说。

兵部议复龙大有奏本，请诛石天爵等，以作诸边之气。皇帝从之，命磔石天爵于市，传首九边枭示。

第二百九十六章

皇帝忽然勤于政事，命张佐每日将奏疏送至西苑，以备御览。

“今日可有论劾夏言的奏疏？”他问。

“回爷的话，还是没有。”张佐不安地说。

“没有便没有，说什么还是没有！”皇帝叱道，“难道无人论劾夏言，你也为他高兴？”

“是，奴才又错。”张佐应道。

“错即错，说什么又错！”皇帝又叱道。

今年是闰年，闰的五月，天气格外闷热，皇帝的脾气也格外大。好不容易盼着闰五月过去，闷热的天气却没过去，皇帝的脾气也没发完。张佐不敢再答话，垂下头去，也不敢看皇帝。

皇帝对夏言忽生怨恨，是因为他在一次对答时说错话。其实，这也怨不得他，皇帝问话猝然，他来不及仔细琢磨。

皇帝问的是：皇太子当居于何处？

夏言答道：另建东宫，兴作费烦，可改慈庆宫为东宫府。

慈庆、慈宁两宫，为两宫皇太后的居所，两位皇太后先后弃世，两处宫院闲置在那里。将其中一处改居皇太子，本是最简捷之举，但不合皇帝的心意。慈寿皇太后住过的宫室，皇帝嫌弃，不愿让皇太子入住；圣母皇太后住过的宫室，皇帝要保持不变，以作追念，不肯让皇太子入住。故夏言的建议，绝不可实行。夏言在仓促对答中又造出“东宫府”的叫法，不伦不类，更让皇帝不满。

当然，改慈庆宫为东宫的建议如果真是夏言首创，皇帝气是气，不见得会气到把自己的不满公之于众。改两宫之一为东宫居所，是昔日元勋、今日罪囚郭勋首先提出来的，理由也是“另建东宫，兴作费烦”。夏言当时极力反对郭勋的提议，后来在幕后罗织郭勋的罪状，必欲置之死地。而今天他却忘记昔日的立场，重复郭勋的提议。以朝廷大事为儿戏，借国家法典泄私怨，皇帝岂能再容！

皇帝在第二天即写手敕谕都察院：昨夏言测东宫迁移，无故称改慈庆为东宫府，夫废母后备制以纵奉子，朕必不为。言前称朕意为正，驳郭勋为非，今何一用勋言？若今谓为忠正，前亦忠正；前谓为非，则今亦非也。

后面写的是夏言不用钦赐香叶束发巾、不入内阁、拟旨专擅等罪状。

更让皇帝生气的是，在降敕之前，竟无科、道官弹劾夏言；在降敕之后，已过这些天，仍无科、道官弹劾夏言。可见，皇帝虽然将自己对夏言的不满公之于众，夏言的威权犹在，谁也不敢首先发难。

张佐只等皇帝怒气发泄之后，收拾起奏疏退下。对论劾夏言之外的奏疏，皇帝眼下肯定不会有兴致细读。

不想，皇帝问他："今日都有些什么人的奏章？"

与其笼统地回奏今日有谁的奏疏，不如一本一本奏明，皇帝要亲阅哪一本，可以留下。张佐取出第一本奏章，说："回爷的话，此疏为宣、大总督臣翟鹏所上。"

"又是他！"皇帝问，"又是要朕增兵拨饷吧？"

"是。"张佐不敢隐瞒。

"他两次上疏，要兵要饷，朕念他初赴边镇，未降罪，怎么又敢渎奏！"皇帝不满地说，"宣府、大同、山西皆以重兵镇守，京运年例银几近五十万，他不知善加调派，只知向朕伸手，搅扰朕的清修。这样的总督官，还要他作甚！不如罢去，让三镇巡抚各自严防。"

翟鹏是得知俺答部要大举进犯，唯恐有失，才几次上疏的。他的目的，不是真想朝廷再增调军马，增拨饷银，而是想借此引起朝廷的重视。作为封疆大吏，及时奏报边情，并没有错。

张佐无须和皇帝分辩是非。他只问："奴才去内阁传谕吗？"

"内阁不必去，你径去兵部传示朕的口谕。"皇帝做出决断。

翟鹏被罢免，距赴任不过百日。

几天以后，张佐送各官奏疏到西苑，皇帝问的还是："今日可有论劾夏言的奏疏？"

"回爷的话，没有。"张佐据实以答。

"昨日没有，今日还是没有！"皇帝道。

"还是"两个字，皇帝可以用，张佐却不敢用。他回答一句绝不会出差错的话："诚如圣谕。"

皇帝的脸上难得地露出一丝笑容："还是没有，并非你的错。你说一句今日还是没有，朕会把你驱逐出司礼监不成？”

见皇帝今日的心情比前几日好，张佐说：“回爷的话，今日还是没有论劾夏言的奏疏。”

“今日都有些什么人的奏章？”皇帝问。

张佐取出第一本奏疏，道：“此疏为兵部尚书张瓒所上。”

“所奏何事？”皇帝问。

“回爷的话，他论的是宣、大总督的设置？”张佐回奏。

“他可是以为宣、大总督宜罢？”皇帝问。

“不是。”张佐小心地说。

“那么，他是以为宣、大总督宜设？”皇帝问。

“是。”张佐更加小心。

“张瓒也能标新立异，好得很！”皇帝不知真赞，还是假赞，但看得出，并没动怒。“他怎说？”

“他说：虏在山西，势甚猖獗，各镇、巡官因无总督大臣调度，难免各分彼此。”张佐简述道。

“各分彼此，果然为害不小。”皇帝沉吟道。

宣、大总督罢而不设，为害不小，要不要复设呢？他不说，张佐自然不会问，也不会说。

皇帝把话题岔开，吩咐道：“前些时，毛伯温上一疏，请分人马以严关隘，你去为朕取来。”

张佐遵旨取疏，皇帝把张瓒的奏疏细细读一遍。张佐返回，他对是否复设宣、大总兵已拿定主意，但还是先把毛伯温的奏疏再读一遍。

毛伯温议的是边关紧张，京营如何调度：第一，京营人马，原为居重驭轻，边关今既事在紧急，合当预先分布，以为声援。第二，警报未至，京营各将所领人马如法通行操练，务使兵将相识，行伍正肃，听候调用。第三，将参将罗文豸分布密云、古北口、潮河川一带，参将刘振分布黄花镇一带，参将祁勋分布居庸关、白羊口一带，参将茂镇分布紫荆关、浮图峪一带，参将宁乾分布倒马关、龙泉关一带，会同彼处参将、分守、守备等官，将地理险易、军数多寡，逐一踏看停当，限半月以里回京，画图帖说，回报本部。第四，有警报，各将带领所管人马，即日启行，仍听总督大臣并各该巡抚、总兵官节制，不得各分彼此，失误事机。

这篇奏疏，是都察院对翟鹏奏疏的答复。那时，皇帝还没有处分翟鹏，都察院的答复也没有完全驳回翟鹏请调京营之议，但比起盲目调动京营驰援边镇，毛伯温的处置高明太多。皇帝今天读起来，更觉得毛伯温有计谋，肯用心。

“毛伯温议论边事，多切实有力。张瓒的奏议，恐怕也是经他启发。不然，‘各分彼此’四字，怎么他言之于前，张瓒言之于后？”皇帝顺礼成章地说，“依毛伯温的筹划，该参将等预先分布各地，也离不开总督节制，宣、大总督一职宜复。张佐，你去传示朕意吧。”

“爷圣明，”张佐颂道，“奴才这就径去兵部宣示爷的口谕。”

他才要躬身退下，皇帝在上面问：“今日还是没有论劾夏言的奏疏，张佐，你猜想他一定甚是得意吧？”

张佐不知皇帝这一问的用意，难以应对。

“你不必回话。事不关你，你何必费心猜测。”皇帝说。

张佐听罢，如雷轰耳，屈膝跪倒，叩头如捣蒜，口称：“奴才无用，奴才该死！科、道缄默，奴才也很焦虑，也很气愤。可爷交代过，不准奴才擅与科、道官交一语，奴才只能急在心里。”

宦官专权，必偾朝政，这一想法，皇帝根深蒂固。他厉声说：“张佐，朕再对你重申，有国典在，你若私交外朝官员，朕也救你不得！”

“是，奴才知道轻重。”张佐应道。

“哼，无人弹劾，朕就不能处置他！”皇帝对夏言的不满和对科、道的不满合在一起，怨恨更重。

七月初一日，皇帝降旨，命夏言革职闲住。当天，御史乔佑、给事中沈良才等上疏，论劾夏言。皇帝因科、道沉默一个月，对他们的奏本看也不看，反而命吏部、都察院对科、道严加考核。结果，多人被降级调用，多人改任外官。

第二百九十七章

工部尚书甘为霖忙碌一天，深感疲惫地走出衙门，差役早已唤来小轿在门外侍候。他刚要上轿，一领轿子从后面抬过来，他又站直身子，想把后面的轿子让过去。比起其他各部尚书，他的资历太浅，生怕有与前辈抢道之嫌。那领轿子和轿夫看上去眼生，但能坐轿至各部衙门的，肯定不是等闲之人。

不想，轿子到他面前停下，稍稍一倾斜，毛伯温从轿里出来。

"公望先生，你是此地主人，你先请。"毛伯温让道。

"汝厉先生什么时候又成此地客人？既已在轿中，又何必下轿！"甘为霖说着，为毛伯温掀起轿帘，"汝厉先生请吧。"

毛伯温虽然挂兵部尚书职衔，但掌的是都察院事，都察院衙门在西城，所以二人有这样一番对答。

"公望先生既然不愿占先，不如我二人同行一程。"毛伯温说。

"敢不从命，"甘为霖应道。他极想坐在轿里，静静地养神，可毛伯温出口约请，他不能拂其意。

二人信步走去，两领轿子不远不近地跟在后面。

"公望先生的脸色不好看，是不是有烦心的事？"毛伯温问。

甘为霖不欲诉苦，反问："既道我有烦心的事，可知我为何事烦心？"

"公望先生的心思，别人度不出来，我却度得出来，"毛伯温说，"公望先生力荐士招先生督理河工，以一年为期，现在一年过去，焉能不急，焉能不愁！"

去年，工部推王以旂督理河工，甘为霖又力请皇帝给他一年的时间，不要因为科、道的论劾而加以干扰。期约已过，漕河尚未竣工，要说甘为霖有什么烦的事，这应是第一件。

甘为霖却说："我为士招先生请准一年之期，以后的宽限是皇上给他的。皇上信得过他，我还能信不过他？士招先生绝不会辜负皇上，绝不会辜负朝廷！再者，这样的烦心事，哪个衙门里没有几件？"

“公望先生不是为河工烦心，或是为边事烦心。”毛伯温又说。

“为边事？”别人这样说，还不可笑；毛伯温这样说，就显得实在可笑。甘为霖道，“那不是该汝厉先生和廷献先生烦心的事吗？”

“以前该兵部堂官烦心，以后却轮到公望先生烦心。”毛伯温说。

此话含义颇深，由不得甘为霖不问：“为何？”

“御史焦琏上一疏，公望先生难道不知？”毛伯温作不解状。

焦琏议道：京城四外关厢，宜各建大门，定立壕堑，以便防守。北虏猖獗，不得不重京城之守，确实该兵部烦心；但说起筑城挖壕，又该是工部烦心的事。

“焦琏的奏本已下工部议处，我如何不知？”甘为霖知道这件事，但没有为此而烦心，因为这不过见之于一名御史的奏疏，并未成为定论。“我与工部的几位同僚议过，都以为京师外城应筑，但近几年工程浩繁，修筑外城宜缓。工部正打算就此事题复。”

“外城是否缓筑，恐怕由不得公望先生。”毛伯温说。

“怎么？”甘为霖这才上心，耳朵也竖起来。

毛伯温说：“果如志南兄所言，俺答以三十万大军入犯，别说他没有把握将其阻于三镇之外，就是上天复生邃庵公，也没有把握。一旦虏众迫近京师，没有外城，岂不危殆！稍有差池，公望先生何以向朝廷交代，何以向天下交代！”

甘为霖惊出一身汗来，自语：“如此说来，京师外城之筑必不能缓。”

“管仲曰：内为之城，外为之郭；孟轲曰：三里之城，七里之郭；《吴越春秋》曰：筑城以卫君，造郭以守民；《礼记·月令》曰：以孟秋补城郭，以仲秋筑城郭。公望先生说能缓不能缓？”毛伯温一连举出四句古训，一句比一句有力，最后一句直接提醒甘为霖：时在七月，正是修筑外城的季节。

甘为霖觉得他的话有道理，但又没有完全被他说服。

“京城天府，都会之大，不能没有外城，诚如汝厉先生所言。但自我成祖文皇帝迁都北京以来，已历百余年；自我英宗睿皇帝土木堡蒙尘以来，已历九十余年。修筑外城之事，何必急于一时？”

毛伯温说：“公望先生论史，我也来论史。我太祖高皇帝定鼎南京，既建内城，复设外罗城于外，所以巩护洪基，立亿万世不拔之图也。成祖文皇帝移都京师，内城之建，极其壮固。所以未设外城者，以内城之广，民庶可居。但今重熙累洽，百数十年长养休息，生齿日繁。以四方庶姓，杂居鳞次；百物商贾，所聚辐辏。城外之民，几乎倍于城中。不设外城，则平居之际，四漫群涣，既无所籍以为郭罗；一遇有警，仓促惶骇，又无所恃以为捍蔽。故外城可无于昔日，不可无于今日。昔日不急筑外城，不为计国者之大过；今日稍缓其事，或为千古罪人。实不瞒公望先生，我自西城来此，正是为与廷献先生计议此事。”

“那么，汝厉先生选择此时过工部，选择彼地落轿，是专为开启我？”甘为霖讲一句笑话。

“那却是巧遇，并非存心要将烦心之事相加，”毛伯温说，“若是存心，反而为难。公望先生任重事繁，谁算得准该于何时拦于何处？”

“言重，言重。”甘为霖笑道，“若说修筑京师外城是让我烦心的事，殊不知更是让国宝先生烦心的事。”

李如圭字国宝，湖广澧州人，弘治十二年进士。梁材去任后，他升任户部尚书。修筑外城是件很大的工程，耗费不知几多。甘为霖想：你与其在这里说服我，不如去户部说服李如圭。

“不错，哪日与国宝先生巧遇，我也要与他谈谈。”毛伯温说。

同朝为官，想见个面还不容易？散朝后，毛伯温对李如圭说：“廷献先生要我去议事，我和国宝先生一路同行吧。”

“兵部要议的都是急事，我久不良于行，汝厉先生不必受我拖累。”李如圭委婉词拒道。

“巴结财神犹恐不及，说什么拖累！”毛伯温还是走到他身边。

李如圭无奈，只得随他。

毛伯温直切话题：“我对公望先生说，修筑外城，工部要烦心；公望先生却说，最要烦心的还是户部。国宝先生果然烦心否？”

“何谓烦心？”李如圭反问。

“一夫之劳，一粟之用，皆关乎会计，皆为烦心。”毛伯温道。

李如圭笑笑，问道：“皇上是如何品题大用先生的，汝厉先生知否？”

梁材两次主掌户部，皇帝曾感慨地说：“尚书得如梁材者十二人，天下无忧矣。”对本朝官员，这可能是最高的褒奖。

“有所耳闻，不知确否。”毛伯温说。

“国家会计仰赖大用先生，这是不会错的，”李如圭说。“我不求望其项背，但求如他那样，一粟不妄取，一钱不妄支，足矣。”

“国宝先生以为，修筑京师外城是妄取妄支？”毛伯温的语气，不仅愕然，而且愤然。

“此役取一粟、支一钱，皆在会计之外。”李如圭说。

“会计之内如何，会计之外如何，怕是不好截然区处吧！”毛伯温道，“俺答犯边，我不得不起而抵御，所需钱粮在会计之内，还是在会计之外？难道因为在会计之外，就不抵御？漕河淤塞，我不得不起而疏浚，所需钱粮在会计之内，还是在会计之外？难道因为在会计之外，就不疏浚？”

问得尖锐，李如圭支吾着，答不出话来。

毛伯温语气转为缓和：“再者，修筑外城，尽可以量力而为。筑以砖墙，耗资巨大，不妨筑以土墙。于各关厢外随宜相度，通行修筑外罗土墙一围，所需几何？城外取土，自成壕堑，岂不是一举两得？倒是建立城门，丝毫马虎不得。若四面各立城门，一时难以遽办，亦可于南关居民稠密去处先行修筑，其余三面以次渐成。国宝先生看，如此筹措，修筑外城之事可行否？”

“汝厉先生筹措周详，怎会不可行！”李如圭道，“修筑外城是朝廷大事，又不是兵部一家的事，只要皇上准其事，户部自当勉力维持。”

于是，朝廷议决，择日先于南关动土，修筑外城。

第二百九十八章

议论边事，非严嵩所长，疏稿拟到一半，便搁笔长考。

奏章的框架搭好，要说三件事：一是择大将，一是募壮勇，一是足粮饷。三件事被人议论过不知多少次，想议论出新意，当真不容易。

用兵之要在于严法令，信赏罚；积弊久矣，在于法令松弛，赏罚不明。欲严法令，信赏罚，要在得人。写过这层意思后，严嵩写道："迩来将官以退缩自全为得计，而败军失律者每置不问。往岁岢岚之后，各将官彼此观望，未按其罪，以故连岁效尤。周宇、张世忠之死，皆坐视，无一应者。夫今不治，后将何极！"

这一段文字，简短明快，严嵩自己比较满意。特别是提到张世忠，皇上一定激赏。张世忠武举出身，为驻守偏头关参将。今年六月，俺答率部越过太原，列营于汾河两岸，四出掠夺。张世忠与大同副总兵段堂，参将何堂、刘维琥，游击张文懿等从宁武关合营追击，歃血立誓，相互救援。追至祁县，两军大战，虏军忽增三千骑。段堂等四将怯敌势众，闭营不出。张世忠奋力拒敌，愤道：我军被围，诸人背盟，竟不出援，国宪、天刑放得过尔等否？火药用尽，短兵接战，张世忠头部连中两箭，仍倚墙指挥；复中一箭，身亡。家人、部将皆力战而死。

皇帝闻讯，嗟叹不已，说：丑虏猖獗，世忠孤军奋勇死战，殒身报国，忠义可尚。

他被赠以右都督之衔，在武臣中差不多是最高的嘉奖。严嵩认为这样处置还不够，除嘉奖张世忠，还应该惩处彼此观望的将领。以此例来诠释信赏罚，再恰当不过。

写到这里，卡住。既曰要在得人，要不要荐举人才，以及荐举谁人，他有些拿不定主意。严世蕃进来时，他还在犹豫。

"大人在拟疏草吗？"严世蕃请过安后，问道。

严嵩点点头，说："不错，在拟疏草。"

严世蕃说："我看大人倦怠，可拟可不拟的疏草，不必拟；可急拟可缓拟的疏草，不必急拟。"

"议论边事的疏草，是否可拟可不拟？须急拟不须急拟？"严嵩问。

“议论边事？”严世蕃说，“不可不拟，须得急拟。”

“你也这么想？”得到严世蕃的认同，严嵩很高兴，“桂子实所造就礼部尚书论兵之风气，不可至我而止。”

“须得急拟，为何大人却不急拟？”严世蕃把笔递到严嵩手里。

“正为一事困惑。”严嵩说着，讲述让他拿不定主意的事。

“当然要荐举人才，”严世蕃毫不犹豫地说，“议及择大将，而不具体荐举，岂不成泛泛之议！大人身为礼部正卿，与其泛泛而议兵，不若泛泛而议礼。”

严嵩一想，可不是这个道理！兵部尚书再无心得，也不得不议兵，其职任使然也。礼部尚书若无心得，何苦泛泛议兵！

前一半困惑想通，他再就后一半困惑问道：“东楼，依你之见，我该荐举谁人？”

“当然是荐举为大人助而不为大人害的人物。”严世蕃说。

“你不要我泛泛而议，自家却在泛泛而议，”严嵩责备道。“谁可为我助而不为我害，你道出其人来。”

为助而不为害，只是就一般的原则而言，严世蕃并没有具体落实到某人。不过，他心思动得快，很快想出一个人来：“聂文蔚如何？”

聂豹是李梦阳在江西提学时赏识的人才，赴京会试时，经李梦阳引介，拜在翰林严嵩门下，学习诗词。他正德十二年中第，现仅任平阳知府，升迁可谓迟滞。

“为何想到他？”严嵩问。

“理由总有三五个吧。”严世蕃的话听似轻率，实则并不轻率，“阳明子在世，聂文蔚不曾拜在他门下；阳明子病逝，聂文蔚却设灵位哭祭，以弟子自处。并无师弟名分者，尚且如此，况曾拜在大人门下，又当如何？为大人助而不为大人害者，聂子之谓也，这是第一个理由。俺答部在山西境内饱掠，府、州、县官不弃城弃地，即龟缩在城里做困兽。唯聂文蔚在平阳，令富民出钱，罪疑者出赎金，得万余金。以之修关隘，练乡勇，虏寇不敢犯。大人若问一句：使列郡守皆聂豹，北虏岂能长驱而南哉？皇帝能不动容？大人若再说一句：聂豹何尝请兵乞粮，而人皆可兵，兵皆得食者，经划有方耳。皇上能不动心？为大人助而不为大人害者，聂子之谓也，这是第二个理由。同科进士，任巡抚者有之，任侍郎者有之，聂文蔚仍一知府，非无才具，实不得荐主耳。大人延揽人才，请自聂文蔚始，这是第三个理由。儿子略述三个理由，大人看他可荐乎？”

不但荐举的人有，而且问的一句说的一句，简直就是现成的疏文。严嵩按照这个思路，把第一事续完，又一气呵成写完后面两件事。抬头一看，严世蕃还坐在一旁。

“东楼还没走？”他奇怪地问。

“大人不发话，不敢就走。”严世蕃说。

知子莫若父，他若无事，怎会有耐心陪坐在这里？严嵩笑着说：“恐怕不是因为我不发话，而是因为你要向我发话吧？你若要发话，不趁此时，更待何时！”

“说的是，儿子今日来见大人，欲进一言。”严世蕃说。

他坐得中规中矩，出言也中规中矩，这是不多见的。严嵩好奇地问：“东楼欲进何言？”

“请大人自重。”严世蕃神情肃然，没半点说笑的意思。

严嵩大吃一惊，问：“我怎的不自重？”

严世蕃说：“大人请廷献先生安排儿子出处，吏部以后府都事发布。敢问大人：这出自冢宰之意，还是出自首辅之意？”

“出自冢宰之意如何？出自首辅之意如何？”严嵩问。

“出自冢宰之意，是冢宰欺侮大人也；出自首辅之意，是首辅欺侮大人也。”严世蕃说。

这话刺痛严嵩，他默不作声。

严世蕃又说：“大人请廷献先生酌改儿子官署，吏部以顺天府治中发布。敢再问大人：这出自冢宰之意，还是出自首辅之意。”

严嵩这次连接过话来的情绪都没有。

严世蕃自答：“不错，出自冢宰之意，是冢宰轻蔑大人也；出自首辅之意，是首辅轻蔑大人也。据儿子估计，欺侮大人者，首辅也。轻蔑大人者，首辅也。今首辅已被罢免，大人还要儿子在顺天府办事，是自轻自贱也。所以儿子请大人自重。”

严嵩既懂得严世蕃的用意，不再沉默：“你这话说过头。你与其说谁欺侮于我，轻蔑于我，不如说是府尹欺侮于你、轻蔑于你，还是府丞欺侮于你、轻蔑于你，我来为你调处。”

“有大人在，上官待我都很好，不劳费心。”严世蕃说。

“那么，你是为面子上好看，才要改调衙门？”严嵩问。

严世蕃说：“若说面子上好看，也是为大人面子上好看；再者，不仅关乎大人面子，还关乎大人前程。”

“我的面子，我的前程，不劳东楼费心。”严嵩一口封堵住。

严世蕃的泛泛之谈，如“关乎大人的前程”等，很不合今天严嵩的口味。如果直接说出大臣子不宜为亲民官的理由，效果可能会好一些。

严嵩也没让他太难堪，又加上一句：“改调衙门的事，迟些再议。”

第二百九十九章

坐落在朝天宫、显灵宫、灵济宫之间的真人府，没有各宫宽敞巍峨的殿室，却是真正的中枢。各宫里的活动，都要听命于它；大内，包括西苑里的斋醮祷祀等活动，都要请真人府的主人参与。

陶仲文的年龄大约在六十岁至七十岁之间。他不想让人对自己知道得太真实，这样才有神秘感。因此，他的徒子徒孙，以及他的子侄辈，知道他实际年龄的，不向外泄露；不知道他实际年龄的，想打听也无从打听。久之，他自己也有些模糊。

他的身体还很健硕，但除参加皇家的仪式，他很少走出真人府；除儿子、女婿和一两名大徒弟，也很少有人能走进真人府。

八月中的一天，能走进真人府的人差不多都来到。他们是：他的长子陶世同，官授太常寺丞；他的次子陶世恩，尚未荫官；他的乘龙快婿吴浚，侄孙陶良辅，均官授太常博士；他的得意弟子，郭弘经、王永宁，授以高士衔。隔上几天，这些人总要在真人府里聚一聚，说些外面的事情给老真人听。他们今天来，却是为陪同一位远来的客人吃饭。

陶仲文对这位客人很敬重，称他万师哥。

万师哥叫万朴，是万福敦的儿子。万氏世居罗田，和陶仲文的老家黄冈，同属黄州府。万福敦善用符水，善招仙鹤，久负盛名。陶仲文年轻时研习道术，曾拜在他门下。他的年龄应该在九十岁以上，陶仲文不忘师恩，为他请封，皇帝赠以清微神霄演法真人。万朴远赴京师，是代他父亲拜谢皇帝的封赏。

陶仲文和万朴分宾主坐定，其他人都坐在下面。

“师傅的身体还好吧？”陶仲文问。

“路一日还能行百里，肉一日还能啖十斤。”万朴说。

原来是个老饕，听他们对话的晚辈都笑起来。

万朴不管他们是敬佩的笑，是开心的笑，还是嘲讽的笑，只管拣自己喜欢的菜肴吃。

陶仲文在一旁不停为他布菜，说：“我吃几十年素，只得委屈万师兄。这些素食的味道还好，请多吃些。”

“我自己会吃，真人不必招呼，”万朴抹一抹嘴，说，“老父对我交代过，得在京师陪真人吃几天素，是我的造化。”

“师傅既有交代，万师哥何不陪我多吃几天素？”陶仲文道。

“如何多吃几天？”万朴问。

“请皇上在哪个衙门里给万师哥安插一个官职，不就可多吃几天素？”陶仲文喜欢万朴的憨实无华，想把他留下来，“师傅高龄，我不忍请他走远路，万师哥肯留在京师，我一样可以请教。”

“这却不可，”万朴一本正经地说。“老父还有交代：真人的封赠，能推辞掉，一定要推辞掉；不能推辞掉，我也万万不可在朝中做官。”

“既是师傅之命，不敢有违。”陶仲文怅惘地说。

陶世同等送走万朴，又回到陶仲文待客的房间。食桌撤去，换上茶水，父子师徒数人说起闲话。

“我送这位世伯四个字：恬不知耻，”陶世同愤愤不平地说，“父亲客气，说句向他请教，他竟敢说这却不可。”

“世同休得乱讲，他是说做官不可，并不是说我向他请教不可。”陶仲文纠正儿子的错误。

“还不是一样！”郭弘经道，“师傅说向他请教，他竟一句客气的话也没有。师傅是什么道行，他是什么道行；师傅是什么身份，他是什么身份？师傅请教，他受得起吗！”

陶仲文板起面孔，教训道：“你们懂得什么！无论道行深浅，身份高下，正是万师哥可敬可爱之处。弘经，还有你，永宁，以为被封为高士，就真的是高士？我告诉你们，真正的高士不是你们，而是我万师傅，和这位万师哥。”

他一动气，陶世同等不敢再议论。陶良辅乖巧，换个话题：“老祖宗，孙儿有个好消息要告诉你老人家。”

“你又会有什么好消息？”陶仲文疑道。

“有没有好消息，老祖宗听罢再说不迟，”陶良辅故作神秘，后面一句话压低声音。“刘天和被皇上撵走。”

本月处分两名大臣：一是户部尚书李如圭革职，以曾任户部右侍郎、现总督漕运的右都御史王杲代他；一是刘天和致仕，以张瓒兼督团营。因陶仲文和刘天和有旧怨，陶良辅只提他。

“朝廷的大臣们出出进进上上下下，走一个刘天和，算得什么好消息。”陶仲文不屑地说。

“老祖宗不讨厌这个刘天和？”陶良辅碰壁，不明所以。

“刘天和不以我为姻戚，我就必以刘天和为仇家？我清修几十年，就修成这等性情？良辅，你未免太小觑你老祖宗！”陶仲文道。

这是刘天和自南京奉召还朝后的故事。陶仲文因他是湖广籍大员，有心交结，特地出城迎候，送上名刺，落款为戚属某。以地位和恩宠而言，这说不上礼贤下士，态度也是很真诚的。谁知刘天和把名刺退还，并说，不记得姻戚中有此人。蒙受这样的羞辱，真人府上下无不愤慨。

而陶仲文竟不想和他结仇！陶良辅道：“他对待老祖宗和对待刘瑾一样，老祖宗再有修为，也能宽容？”

这是刘天和的另一段故事。刘天和中进士那一年，刘瑾当权，对刘天和青睐有加，请他去府上，欲认为同宗。刘天和辞谢：刘太监是陕西人，我是湖广人，是否同宗，实难考稽。竟不往。

陶仲文说：“良辅只知刘瑾为大奸巨蠹，却不知，他操持朝政，呵斥百官，远非我可企及。刘天和把我比拟为刘瑾，实在是抬举我。”

陶良辅原想讨好老祖宗，也碰壁。

陶世恩轻咳一声，说：“良辅所言好消息，是耶非耶，见仁见智。我倒有一个确实的好消息，要禀告父亲：太液池西畔的祐国康民雷坛，已然竣工。”

“祐国康民，的确是一件功德无量的事，”陶仲文面露欣慰之色，但很快又消失，“不过，修建雷坛是大事，在禁苑修建雷坛尤其是大事，唯有德者为之，唯有道者议之。尔等之修为，距有德者有道者甚远，不可轻议修建雷坛。切记，切记！”

他的地位早超过当年的邵元节，他的谨慎好像也超过当年的邵元节。众人相视，都有这样的感觉。但他们或称“孩儿”，或称“徒儿”，齐道：“谨受教。”

“还有一事，尔等须切记，”陶仲文又嘱咐，“我一生修为，以斋醮祷祀为主，其他道术，非我所长。尔等但以斋醮祷祀侍奉我皇上，足矣，不必贪窥其他法门。皇上曾问我黄白之术，我答曰不曾习。段朝用自称精通黄白之术，我荐与皇上。今段朝用败，我则安处。后皇上对黄白之术不再有兴趣，转而关注炼服丹丸。我在炼服丹丸上，下过工夫。丹丸可服，不可多服。性温者益身，可服；性烈者骋欲，不可轻服。故我只以性温者偶进，不敢炼及性烈者。有一班术士，自称精通炼取丹丸之术，我荐与皇上。炼取丹丸之事，就让他们去做，尔等不要插手。日后他们若败，尔等仍可安处。”

他不仅比邵元节更加谨慎，而且从诚心推崇万氏父子，到谆谆告诫后辈，无不以无为求有为，这才是道家的精髓。

陶世同等口服心服。

第三百章

皇帝得知郭勋病死狱中，心情复杂。郭勋有病，他是知道的；但不知他的病这样严重，这样快就不治。否则——

否则会怎样？径直降旨开释吗？不，对你是一定要惩治的，你竟敢不领敕旨，竟敢和张家有瓜葛，太没分寸，太不顾及朕的颜面！科、道和刑部抓住你这些把柄不放，朕也无可奈何。想当年，朕视张先生为辅弼，为良师益友，他替张氏兄弟说话，朕都不能原谅，何况你不但替张氏兄弟说话，还甘心替他打理家业！慈寿皇太后在时，朕想杀张延龄而不好杀；张先生在时，朕想杀张延龄而不好杀。张先生离开朝廷多年，且病故多年，慈寿皇太后也在去年病逝，朕再不必投鼠忌器，为什么还杀不得张延龄？原来还有你从中作梗！你不领敕旨，朕都可以网开一面，千不该万不该，你不该和张延龄有染！

皇帝有些气闷，步出无逸殿，信步走去。两员近侍远远跟在后面。皇帝掉过头往回走，他们诚惶诚恐地让到一旁。

看到他们，皇帝想起崔成。这两员近侍，是从千百员小宦者中挑选出来的，但他们的机敏，他们的灵巧，远不能和崔成相比。崔成因交结郭勋，皇帝不能再把他留在身边，说起来，还是郭勋的错。崔成一直跟随自己，不是他的教唆，怎敢与外臣勾搭！怎敢向外臣索要好处！而今郭勋不在，是不是可以把崔成召回？可崔成在外面办事几年，也不知会变成什么样子。以前对他不放心，再召回来，恐怕更不能放心。

想得太远，皇帝又想回郭勋。站在无逸殿前，看得到前方的大臣值庐。在西苑越来越多的亭台楼阁中。那是一间太矮太小的房屋，矮小到让人怀疑，在皇家禁苑中为何会建造起它来。由于地势低洼，通风不好，使得冬季更加阴冷，夏季更加湿热。

钦点的值庐大臣，包括郭勋，在这间小房里不知度过多少个日日夜夜，有时是一整个白天，有时是通宵达旦。在值庐中表现出来的忠诚，皇帝不会经常想到；毕竟食朝廷俸禄，尽忠尽职是臣子的本分。但皇帝偶尔也会想到，并因而加深对值庐大臣的信赖。皇帝眼下想起来，对郭勋死在狱中平添几分哀悼。

朕要惩处你，以消除你的桀骜之气，以警告其他位高权重的大臣。但上苍可以作证，朕并不想你死！朕特别关照镇抚司，在牢里不要加刑具，讯问时不许用刑。刑部官给你戴枷，朕严惩不贷。朕将钱德洪两次下诏狱，还不是为你出一口怨气！和张延龄狱案一样，你的狱案也拖延很长时间。张延龄狱案拖延不决，是因为朕要他死而科道官、法司官不欲他死；你的狱案拖延不决，是因为科道官、法司官要你死而朕不欲你死。镇抚司讯问后拟你死罪，朕命刑部复勘，这件事人人皆知，不必多说。但你知否，刑部官曾经几次拟你死罪？一次是狱案移刑部后，论绞，朕命再详议。刑部更论以不轨罪，当斩；妻子田宅，俱抄没。刑部招议，至今还放在朕这里。朕已处分钱德洪，不便再处分其他刑部官，但朕命将高时降二级使用。你下狱，因他的论劾，当时朕升他一级，今天却降他两级。这就是在讽谕朝臣，朕不欲你死。可恨他们不能领悟，或虽领悟也装聋作哑。

你的罪过太深重，朕不欲你死，可也不能自行其是，赦你无罪。朕原想你在狱里关押两三年，待朕对你的怨气平息，待群臣对你的怨气平息，再作处置。谁知只过一年，你就熬不下去！

平心而论，有功于社稷、有功于皇考妣、有功于朕的大臣不少，朕何尝这样维护过另一人！你之死，若是天意，天意不可违；若是由你自己郁闷而起，你却怨不得朕！

话说回来，朕救不了你，可欲你死、致你于死、快意于你死的人，朕也不会放过。他们想翊国公府毁于一旦，朕绝不让他们得逞。

他向一员近侍招手，要他过来。

“司礼监官谁在西苑？”皇帝问。

“麦叔在。”该近侍答道。

“着他急速来见朕。”皇帝命道。

麦福一路小跑到皇帝面前，喘着气说：“奴才给爷磕头。”

“你去传朕的旨意。”皇帝话说半句，卡在那里。

郭勋死在狱里，传旨本来应该对郭勋之狱做个了断，但想来想去，此狱还真不好了断。总不能说他是冤死吧？无论如何，不是自己亲裁，谁能将他下狱？也不能说他死得其所吧？无论如何，他死在狱里，不是自己的本意；而且，自己心有不忍。

那么，因郭勋之死而处分有关官员？处分是一定要有的，问题是处分谁，如何处分，以什么名目处分？

皇帝想好，科、道官还要罚几个，更要罚的是刑部堂官。当时把复勘郭勋之狱交给刑部办，而不是交给三法司办，大概就预示出这一结果。刑部几次必欲杀郭勋，出面的是钱德洪和继任的郎官，实际操纵的是尚书吴山。这次，对别人可以不处罚，对他一定要处罚。

要他给郭勋偿命，说不上；但仅仅斥责几句，或者罚俸几月，也是罚不当罪。吴山不能再留用，不是让他自请致仕，而是要罢他的官。

罢官的原因呢？复勘郭勋之狱，不能算作罪名，因为这是遵旨办案；拟郭勋死罪，也不能算作罪名，根据科道所上、刑部复勘的郭勋罪状，本是可以拟任何罪罚的，包括死罪。那么，只有一个理由。

“麦福，你传旨，刑部狱案久淹不决，着尚书吴山革职为民；着侍郎叶相、屠侨各降二级；刑科给事中刘三畏、刘养直、廖天民着谪外。”皇帝最后加上一句，才是对本案的处分，“郭勋妻子财产，不予追究。”

“奴才遵旨。”麦福应道。

十一、壬寅宫变

第三百零一章

傍晚时分，各宫院大门紧闭。皇帝在西苑的日子多，在后宫的日子少，在后宫时，虽妃嫔众多，常侍寝的也只一两个人。久之，各宫室，包括皇帝常去的那一两处宫室，制度松弛，防卫懈怠。守卫宫门是个清静的差事，也是个清苦的差事。清苦，是因为没有外官来巴结，进项少。按说，他们守着侍长宫女们，应该“近水楼台先得月”，可因为拿不出像样的饰物讨好佳人，只得眼巴巴看着她们傍上有地位、有权势的太监。于是，他们只能在清静上找乐子，或是关起门来自饮自酌，或是相邻者聚在一起说古玩牌。

端妃宫里的守门宦者把酒坛子抱出来，把酒盅擦干净，咽了咽口水，正要倒酒出来时，听到轻微的叩门声。

这可不同寻常：晚间，后宫各宫院一般是不会有人来的；敢敲门而入者，一般不会是小人物。叩门声轻，未称言有旨，多半是为私事而来。

等出房间，听到叩门声又响两下，声音仍然轻微，但比在房间里听时较为清脆。他把宫门打开一条缝，自己堵住门缝，好把来人看清楚。

“是我。”那人说着，想挤进院里。

“是高叔？”认清来者，宦者不但不让开，反而把门缝又关小。

高忠是内官监的总理太监，在内官监是掌印太监之下的第二号人物，在内监二十四衙门里也是数得着的人物。守门宦者与他的年龄相差无几，但地位实在太悬殊，所以要称他一声“叔”。高忠前些时办差不合皇帝的心意，被囚于狱中。不是刑部狱、都察院狱，也不是镇抚司狱，而是专门囚禁犯事太监的内狱。所以，守门宦者不把路让开。

高忠懂他的意思，笑道：“老哥是怕我逃狱吧？”

宦者尴尬地笑笑，不说是，不说不是。

高忠说：“你也不想想，我这样循规蹈矩的人，敢私自从狱里跑出来吗？再者，即便我敢跑，能跑得出来吗？”

自称循规蹈矩，是涂脂抹粉。但宦者察言观色，相信他是奉旨出狱，不是私自逃狱；以他的地位，一旦出狱，自然官复原职，高高在他的上面，他还得称一声“叔”。于是他说：“谁不知爷指着高叔办事，不会让高叔久居牢狱？说句实话，这些日子高叔在狱里图个清静，可急坏我家杨侍长，连我们都跟着着急。高叔才出来吧？高叔一出狱，便来看望杨侍长，可见情意之深，杨侍长一定高兴。高叔稍候，我去禀告杨侍长。她若有事，事一完，准会去看你老人家。多日不见，也该亲热亲热。”

资格较深、地位较高的宫女，被称作侍长。他说的杨侍长，叫杨金英，在端妃宫里管着些事。一般而言，她和守门宦者的地位相差不多，因与高忠“对食”，形同民间夫妇，无形中地位提高许多。

宦者说着，就要关门。高忠一把拉住他：“我被爷禁锢一两个月，我那里一时半刻没办法拾掇。我今日来，不是约你们杨侍长去我那里，我要和她在这里相会。”

“在这里相会？”宦者眨眨眼，好像没听明白。

大太监在皇城内外有自己的宅院，得闲时可以去享受一下安宁、舒适以及亲情。此外，他们在宫墙内外还会有一所房屋，他们和与他们相好的宫女就在该房屋里聚会。高忠和杨金英也不例外。每当高忠差人或亲自来约时，守宫门的宦者都会殷勤地传递消息，但高忠要在宫院里和杨金英幽会，哪怕只过半夜，他却不敢应承。

“老哥不肯给个方便吗？”高忠脸沉下来。

宦者赔着笑脸说：“高叔，不是我不肯给方便；你老知道，万岁爷回到宫里，十有八九要命端妃娘娘侍寝。万一——”

高忠打断他的话：“我问过，爷今夜不会回宫。”

“高叔万一被娘娘见到，我吃罪不起。”宦者又有一个回绝的理由。

“我是呆痴儿吗，会被娘娘见到！”高忠见宦者还在犹豫，便转守为攻，说起定会让他馋涎欲滴的话题，“老哥，我急欲和杨侍长相见，你全不理会，是从来没碰过女人吧？”

“高叔说的是，哪个女人会让小的去碰。”宦者很委屈。

“老哥想不想有个可以随便去碰的女人？”高忠问。

“高叔肯成全小的？”宦者大喜。

“我办不到，可杨侍长办得到。”高忠说。

“杨侍长肯成全小的？”宦者难以置信。

“你成全我，亦即成全杨侍长；你成全杨侍长，杨侍长为什么不成全你？”高忠的话很肯定，“杨侍长在各宫侍长中人缘最好，她肯对她们说一说你的好处，只怕你想摆脱她们也摆脱不了。老哥，你没有自己的房子，还不是要到她们那里去私会？到那时，你才会体察急着去见一个女人是什么滋味。”

宦者经受不住他的诱惑，咬咬牙说：“我替高叔担待一次。高叔答应我的事情，千万莫忘。”

高忠躲在门后，等杨金英进屋，从后面一把抱住她，怕她吃惊后叫出声来，一只手紧紧捂住她的嘴。

杨金英看出是他，且惊且喜，扑到他怀里，喜极而泣地说：“当家的，你到底没事！”

“怎么才回来？等得我急死。”高忠抱怨着，两手向她胸前抓去。

杨金英推开他：“你好大胆，敢来这里寻我，难道入一次狱还不够？”

“入一次狱，就不怕再入狱。”高忠又扑上来。

杨金英只得随他去；这些日子没有被高忠搂抱、抚摸，她也很想得到他的温存。高忠把她放倒在床上，为她解扣去衫。

“等等。”杨金英挣扎起来，把床头的灯吹灭。

屋里顿时漆黑一片。高忠觉着不对，问道：“你不是喜欢干在明处吗，为何灭灯？”

“我这里不比你那里，我家端妃才睡下，若被她觉察，大家都不得安生。”杨金英说着，取笑道，“你不总是自夸一双手厉害吗？有光亮没光亮，你那双手会有什么区别？”

高忠不再多说，用他那双手，在杨金英身上任意轻薄一番，揭弄得她口喘粗气，亢奋不已。然后，他脱得赤条条的，扑到杨金英身上。在躺倒之前，他随手把一件物品放在枕边。

两人扭在一起。高忠一条腿顶在杨金英阴部，不多时，觉得腿上湿了一片，他伸手去拿枕边的物品。那是一个胶皮制作的阳具，硬挺而有弹性，和实物的大小差不多。

杨金英握住他的手，说：“不要。”

高忠喘息着：“你不是用惯它吗？”

“今晚不要用。”杨金英说着，已坐起来。

高忠更觉着不对，边起身，边问：“金英，有事？”

杨金英搂住他脖子，低声啜泣。

高忠心田不由泛起一股暖流。他问："你还在为我担心？"

"我为你担心，也为莲妹伤心。"杨金英说。

高忠知道，宁嫔王氏宫里的李金莲，和杨金英同时进宫，因两宫邻近，名字中又都有一个金字，二人情同姐妹。杨金英得到高忠的礼物，凡喜欢的，都磨着他再去弄一份来。

"是李侍长出事？"高忠忙问。

"她死了。"杨金英啜泣方止，又哭出声。

她一双泪眼在黑暗中一眨一眨，分外感人，也分外吓人。高忠劝道："别再哭了，哭肿眼睛，明天不好见人。你倒是给我讲讲，李侍长好端端的，怎么会死？"

"还不是惹着他，竟命人活活打死莲妹。"杨金英说。

他，在宫里特指皇帝。当然，只有他二人这种特殊关系，或能以性命相交的人之间，才敢用"他"来代表皇帝。

"李侍长是再驯良不过的人，也会惹着他？"高忠像问杨金英，其实是在问自己。

这也正是杨金英要对他说的："听王娘娘那边的人说，他这些日子在服丹药，性情很是暴躁，不必特别去惹，只要一不顺心，他就会亲自动手，痛加殴打。被打的人越是哀号，他越是用力。自己打累，便命左右一起上前，有时不打到见血气不会消，有时不打到丧命气不会消。莲妹并非死于他暴怒之下的第一人。"

高忠暗叫一声"好险""好运气"。幸亏自己没碰到皇帝暴怒的时候，幸亏皇帝暴怒的时候没想起他来，否则，他还不早被乱棒打死，尸首被扔到郊外去喂狗！

"王娘娘最疼李侍长，没为她求情吗？"他又问。

"她还不是敢怒不敢言，"杨金英道，"王娘娘私下里还对人说，他服丹药，心里积火，便要泄欲。要泄欲时，不管妍媸，无论老幼，被他抓住，就不放过。他服药后，你们男人的那玩意便有毒气。谁被他抓住，就不用想逃命。王娘娘一日三炷香，你道祝的是什么？就是祝的他不要回宫，回宫也不要去自己宫里。"

"那岂不是，那岂不是，"高忠本要说"那岂不是和畜生没有两样"，但咒骂皇帝，他无论如何也不敢，因此，话到嘴边又改口，"那岂不是你等都成蝼蚁？"

"不是我等都成蝼蚁，你等也都成蝼蚁！"杨金英恨恨地说，"王娘娘敢怒而不敢言，有一天我却要做一桩大事。终不能让莲妹就像蝼蚁一样死去，终不能我等日后也像蝼蚁一样死去。"

高忠听呆。不知他的相好会做出什么惊天动地的大事来。他早已不是伟丈夫，在他眼里，杨金英倒像是一个伟丈夫。

第三百零二章

嫔、妃齐集坤宁宫，朝见皇后。众人行礼毕，方皇后招呼："王贵妃！"

"臣婢在。"贵妃王氏跨前一步，应道。

"杜康妃！卢靖妃！"方皇后又招呼。

"臣婢在。"康妃杜氏、靖妃卢氏应道。

"你三人留下说话，"方皇后说罢，吩咐众人，"你等各回宫去吧。"

王贵妃是皇太子的生母。杜康妃是裕王的生母。卢靖妃是景王的生母。嘉靖十八年，三位皇子受封，三位生母的地位自然比其他妃嫔高出一截。方皇后对她们另眼相看，常留下来说一阵话，其他妃嫔都已习惯。当然，方皇后对她三人较为亲近还有另一个原因：她们都在最初册封的九嫔之列，和后来册封的嫔、妃不可同日而语。

"三位请坐下说话。"方皇后指着自己近旁的椅子说。

"娘娘千岁在上，我等不敢坐。"王贵妃等辞道。

方皇后说："她们都在时，我不得不摆一摆皇后的架子；她们不在，我等就如姐妹一般，不坐下来，怎么叙话？"

王贵妃等依言就座，宫女献上茶来。

方皇后先对王贵妃说："太子在我这里，长得比先前健壮，读书也很用心，姐姐但请放心。迟一会儿，我要他来见你。"

皇帝已在考虑兴建东宫，但还没有定议；即使有定议，或建新宫，或改旧宫，也需要时间。皇太子暂住坤宁宫，由方皇后照料。

"多谢千岁娘娘。"王贵妃道。

"裕王好吗？"方皇后又问杜康妃。

"好。这一年来，食量大不少。"杜康妃说。

"能吃就好，"方皇后道，"裕王有福相，讨人喜欢。我有些日子没见到他，哪一天你带他来，让我们娘儿俩见见面。”

“是。”杜康妃应道。

“景王也是有福气的人，姐姐要照料好。”方皇后最后对卢靖妃说。

“臣婢知道，”卢靖妃说，“他也懂点儿事了，知道娘娘疼爱他，吵着要来给娘娘叩头。”

“他最年幼，不仅我疼爱他，皇上其实也疼爱他，”方皇后说，“不过，名分已定，可不许姐姐和他有别的想法。”

有别的想法，就是图谋太子之位。卢靖妃忙说：“他浑不知事，今已封王，我死也瞑目，还会有什么别的想法！”

“姐姐这话说得太重，年纪尚轻，怎就想到死！”方皇后微嗔道，“当年咱们被册封的一共九个人，数来数去，你们三个算是有福气的，为我大明皇朝的社稷立下大功。”

“娘娘谬奖，臣婢等不敢当。”王贵妃等说。

卢靖妃加上一句：“娘娘与皇上珠联璧合，才有大功于社稷呢。我等的儿子，还不就是娘娘的儿子！”

方皇后把“珠联”和“璧合”分开，把“珠联”误解为“株连”，心想：我将受谁株连？后来才想到“珠联璧合”是一句成语，她幽幽地说：“珠联璧合，世上恐怕没这等事。”

杜康妃见她忽然间郁闷不乐，猜到她是因为自己无子而引起，便说：“娘娘道卢靖妃年纪尚轻，娘娘还不是正当年？我朝正宫所出不多，但皇上敬重娘娘，说不定娘娘哪一天就有喜兆。”

方皇后摇摇头，说：“你这话虽是好意，却太无计较。你看，皇上现在还在坤宁宫里留宿吗？”

三位妃子知道，方皇后说的是实情：宫中太监、宫女无不在私下传言，在皇上心里，只有曹端妃，说不定哪一天，坤宁宫就要改姓曹。她们早对端妃专宠不满，但宫里有宫里的规矩，皇帝的性子又不好，谁也不敢议论。今天方皇后提起此事，正好是发泄的机会。

“皇上忽略哪一宫都说得过去，忽略坤宁宫却说不过去。”王贵妃道。她是皇太子生母，有资格说三道四。

“说不过去，又能怎样？”卢靖妃无奈地说。

是啊，说不过去，又能怎样？你王贵妃敢进谏吗？其他宫人敢进谏吗？杜康妃寄希望于外朝：“皇上登极以来，凡遇大事均不乏诤臣，不知有没有人敢以此事进言？”

皇帝专宠一人，只能私下议议而已，谁会当件正事来办？方皇后一笑，说：“皇上不在坤宁宫留宿，是有道理的。太子册封三年，万一我真有喜，岂不惹得天下大乱？”

有嫡立嫡，方皇后现在若生儿子，还真是麻烦：一是改不改立太子；二是改立太子，他就要有三个比自己年长的皇兄，这在本朝是从未有过的情形。皇帝当然不会因为想到这一层而远离坤宁宫，但他不留宿坤宁宫，确实省却不少麻烦。

见三位妃子都不作声，方皇后说：“我入主中宫已八九年，生不生子，想来没有什么大妨碍。倒是三位皇子，名分虽定，三位姐姐却不可大意。若有人想兴风作浪，首先会冲着三位姐姐和三位皇子而来，那可也是一场后宫的大乱，天下的大乱。”

她是警告三位妃子：皇帝专宠曹端妃，她要是有儿子，会不会废太子而立之，就很难说。她们为自己及自己的儿子着想，应该想办法打破皇帝专宠曹端妃的局面。

“臣婢等谨记千岁娘娘懿训。”王贵妃等说。

第三百零三章

十月十九日晚膳后，皇帝銮驾回大内，径直去曹端妃宫。

曹端妃一身便装，听得圣驾到，来不及更换，只披上一件厚袍，匆匆出至宫外迎驾。她身子一伏，恭请圣安时，袍子从她肩上滑下。

皇帝拉起她，说："外面寒气颇重，你穿得单薄，快快进去。"

曹端妃看看皇帝的衣着，说："皇上也穿得单薄。"

二人携手进殿。曹端妃畏寒，殿内几个炭盆烧得通红。

皇帝除去外衣，两眼望着一闪一闪的炭火，忆起往事："朕初到京师时，也十分怕冷。母后是那年十月进京的，见暖阁里生火取暖，说：天将降大任于斯人也，必先苦其心志，劳其筋骨。你连一点点寒气也耐不住，如何担得起大任！"

"皇上是要臣婢熄火吗？"曹端妃明知不是，也要问一句。

"那倒不是，"皇帝摆手，"你方才说，朕着衣少。朕于是想起这件事。朕不畏寒，一半是在母后督课下熬练出来的。"

"另外一半呢？"曹端妃问。

"那却是小小丹丸的功效，"皇帝说，"朕服丹丸，只觉心里有一团烈火，些微寒气，其奈我何！"

"皇上总说服用丹药的妙处，何不赐臣婢几粒？臣婢服下，也不畏寒，不是可以给皇上省下炭钱吗？"

皇帝大笑不止："这炭值得几个钱，爱妃无须省。朕的灵丹妙药是陶师几经周折练出来的，可不能随便赏赐。"

嘉靖十八年南巡后，也许是在那场大火里受过惊吓，皇帝御女的功力日减。他对陶仲文说起，陶仲文遂进一方，请皇帝试用。该方取处女经血，和以赤石、滑石、铅、汞等物，焙炼成丹丸。用女人经血制药，皇帝闻所未闻。他问陶仲文，该丹丸有何名目。陶仲文答曰：这是古方，名曰"先天丹铅"；又说：用处女初次经血炼制，尤佳。大约用一名处女初次经血，可炼成一丸。皇帝决定试服。嘉靖十九年五月，在京城选淑女百人，年龄均在十二三岁。她们没有分派至各宫当差，而是交与陶仲文炼制丹药用。怎样取其经血，怎样炼制成丹，皇帝不知道。十个月后，丹丸密封呈进，共一百粒。陶仲文秘奏：丹药十日服用一丸，不可多服。百粒丹丸足三年之用。

皇帝服用后，果然见效。当然，临御时如何疲惫，如何由疲惫而复勇，皇帝自尊心强，从未对自己心爱的女人讲过。

见曹端妃犹不愿舍弃，皇帝说："丹丸再贵重，赐予爱妃，朕也不会舍不得。不过，陶师炼丹，所据者，采阴补阳之说也。爱妃若服用，双乳日渐消失，唇边长出短须，甚至阳具伟然而出，却叫朕如何安置？"

曹端妃听得满面绯红，连声说："臣婢不敢服，臣婢不敢服！"

"知道厉害了吧？"皇帝笑道，"天下贡入之珍馐极品，你尽管享用，这丹丸嘛，还是免用的好。"

皇帝提到"珍馐极品"，曹端妃问："皇上还要用什么宵夜吗？臣婢着她们去准备。"

"爱妃秀色可餐，其他不必准备。"皇帝说。

曹端妃闻言，不胜娇羞，喃喃道："皇上是立刻就餐，还是多看一看，等到秀色失去颜色时再餐？"

说着缓缓脱下衣衫，等只剩下亵衣裤、欲露还遮时，作出无力解扣的样子。皇帝等不及，上前帮她褪去。曹端妃又转过来侍候皇帝脱衣。二人很快进入状态。

"这一次雨露滋润，你要再为朕诞一皇子。"皇帝说过这话，身子一翻，酣然入睡。

七年前，曹氏生下一女，为皇第一女，她因此而进封为端妃。再生一子，是皇帝的愿望，更是她自己的愿望。到底要有儿子，才能扬眉吐气。但谋事在人，成事在天，能否得子，不能强求。她暗中叹口气，等皇帝睡熟，悄悄起身，去别室歇息。她知道，皇帝熟睡时，不允许身边有人。

第三百零四章

端妃宫东侧尽头的小屋，堆放着杂物，里面没有灯光，没有动静；即使有些小的动静，也不会引人注意。杂物放多放久，会有老鼠，里面的动静，一定是老鼠咬架发出的。

今夜，屋里却不是几只老鼠，而是十几个宫女。她们尽量小心，不动不言，甚至屏住呼吸，但还是难免发出声响。

屋门被轻轻拉开，宫女们心里都咯噔一跳。杨玉香眼神好，最先看出进屋的是杨金英。她轻声道："金英姐回来，他等都睡了吗？"

杨金英说："都睡了，咱点起灯吧。"

杨玉香点起灯，众宫女才发现，进来的不是一个人，而是两个人。杨金英身后还跟着一个小宫女。端妃宫里的宫女都知道，她是新近才分派来的；其他宫里的宫女却不认识她。众宫女都在二十岁左右，她看上去比大家要小一大截。

"这娃儿少不更事，金英姐带她来作甚！"姚淑翠责怪道。她是王宁嫔宫里管事的宫女，除杨金英，她的威信最高。

"她年少是年少，却不是少不更事，"杨金英说着，向众人介绍，"这个妹妹叫陈菊花，才满十四岁。十四岁，本该是花容月貌，可大家看看她的脸上，还有没有少女的姿色？"

凹进的眼睛，突出的颧骨，无神的目光，蜡黄的脸色，还有什么姿色可言！说是骷髅也会有人相信。

"菊花，让姐姐们看看你的胳膊。"杨金英说。

陈菊花伸出胳膊，枯瘦如柴，没有血色。

"菊花，让姐姐们看看你的双腿。"杨金英说。

陈菊花伸出腿来，同样有如枯木，没有血色。

"好端端一个女孩，怎会成这样！"杨金英愤道，"菊花来这里两个月，一直不肯说话，前日忽然开口，说出她的一段经历，简直骇人听闻。菊花，你再说给姐姐们听。”

陈菊花是顺天府挑选出来的百名女孩子之一。她们被分别安排在几间屋子里，用了整整一天的时间，逐一检查。任何人入宫当差，都要作身体检查，但与以往的检查不同，对她们只检查阴部，为的是核实她们尚为处女，从未行经。几个年龄稍大的女孩子被问出曾见过红潮，立即被遣出宫去。以后的几天，留下的女孩子受到很好的照顾，每顿饭有肉菜，有蔬菜；还给换上干净的衣服，住进敞亮的屋里。她们当时以为，来宫里当差，生活就应该这样。

几天以后，给她们服用一种奇怪的汤药。服用以后，腹部胀痛，五脏六腑好像都要坠出。很快，第一个女孩子下体出血，还有一些说不清是什么的液体。接着，第二个、第三个女孩子的下体有物流出。接着，所有女孩子的下体陆陆续续都有物流出。她们或是入宫前已经知道，或是后来被告知，这是月经，女孩子都会有的，不必害怕。让她们害怕的是，如此之多的女孩子，聚在一起，在一两天里都来月经。让她们害怕的是，管理她们的太监发给每人一件器皿，郑重地告诉她们。流出的东西要用器皿接好，一点一滴也不能落在外面。让她们害怕的是，流出的经血多得惊人，绝不像她们听说的，只是一点点。流经的时间或长或短，结束时，大家都有一种虚脱的感觉。更让她们害怕的是，在下一次月经快来之前，又让她们喝那种汤药。和第一次不同，再喝的时候，一旁有太监和老宫女监督，大概是担心，有人知道该药的厉害，倒掉不喝。

陈菊花说，她们都不知道，为什么要这样做。直到有个把她们的经血收集起来的公公开玩笑地说，这是延年益寿的御用物料，可得小心侍候着，她们才隐隐知道，这一切是为皇帝做的。而那个公公再没见到，听说是被打杀。

陈菊花的命运并非最悲惨，她到底活下来。在取过几次经血之后，有的女孩子糊里糊涂地死去，有的女孩子拒绝再喝汤药，不知被送去什么地方。她和一些女孩子被禁闭在一个僻静的处所，许久之后，才分派到各宫里当差。管理太监警告她们：以前的事情，不许对任何人讲。

杨金英待陈菊花很好，陈菊花心怀感激，对她讲了这件事。

“那东西肮脏得很，皇上要它作甚？”听罢讲述，邢翠莲忍不住问。

“你在问我？”苏川药不管是不是问她，把话接过去，她原籍四川，父亲是治病救人的郎中，“我听人说过，那东西是可以配药的，怪不得那公公说，是延年益寿的物料。”

“他要延年益寿，就不管别人的死活！”姚淑翠抚摸着陈菊花枯瘦的胳膊，泪水涌出来。

“遭殃的还不止菊花她们，”刘妙莲说，“他越来越暴虐，听说也是服用药物引起。被他杖杀的姐妹不知有多少个！”

杨玉香说：“外人都以为我们端妃宫里的宫女，时常能够侍奉他，一定很得意；却不知，他每一次离去，我们都有死里逃生的感觉。”

徐秋花说：“可不是！他每次来，我都在想：今天倒霉的不是哪一位莲姐，就是哪一位香姐。”

端妃宫里的宫女，名字里带莲字、香字的特别多，所以她这样说。

“为什么一定是哪一位莲姐，哪一位香姐，而不是你？”关梅香质问。

“我是做粗活的，挨不到他近旁。”徐秋花辩道。

“倒霉的也不见得就是莲姐、香姐，”黄秀莲说，“有一天，他宠上别的宫里的主子，倒霉的就是那宫里的姐妹。”

“我已领教过。他偶尔去过一次，这不，我们李侍长就命丧黄泉。”姚淑翠愤愤地说。

众人你一句我一句，说得正热闹，忽然一下子静下来，好像有人在指挥。当然，并没有人指挥，而是众人有一个共同的心愿：时候已到，该有人出面说一句大家都想说的话！

这个人只能是杨金英！她沉着而有力地说：“咱们下手吧，强如死在他手里！”

姚淑翠率先响应：“好，咱们下手吧！”

曹端妃宫里的宫女杨玉香、邢翠莲、刘妙莲、王槐香、关梅香、黄秀莲、黄玉莲、张金莲、徐秋花、邓金香、陈菊花等响应：“好，咱们下手吧！”

王宁嫔宫里的宫女苏川药、杨翠英、张春景等响应：“好，咱们下手吧！”

杨金英清点一下，总共十六人。她说：“我们虽是弱女子，却有十六人。以十六人除一独夫，绝不会失手！”

苏川药问：“金英姐，咱们如何下手？”

杨金英向杨玉香使个眼色，杨玉香会意，走进里间，不多时出来，手里捧着一段细料仪仗花绳和两块黄绫抹布。她把黄绫抹布递给姚淑翠，把花绳递给苏川药。苏川药又把花绳递给杨金英。

杨金英把花绳中间系个扣，作了个把扣套在脖子上的动作。

众人说：“理会得，就这样下手！”

杨金英说：“院里没有外人，我等一起拥进，淑翠姐先用抹布把他的脸蒙住，免得他睁开眼来，大家发虚。”

姚淑翠应道：“金英姐放心，我不会让他吓着众家姐妹。”

端妃宫里的总牌陈芙蓉当值，不敢安歇。听到外面有动静，忙出来查看。见一群宫女正要拥进皇帝就寝的宫室，她赶过去，向后拉杨金英，问道：“金英，你等作甚？”

“前日议过的事，你不记得？”杨金英反而向里拉她，“芙蓉姐，随我等一同进去吧。”

陈芙蓉平日和众宫女说闲话，也发泄过对皇帝的不满。但今日这些宫人真要动手，她大惊失色，连声说：“使不得，使不得！”

“使得使不得，今日不是你说了算！”杨金英奋力甩脱她的手。

陈芙蓉见阻拦不住，急忙往外奔去。众人只顾拥入，没人注意她，也没人注意，落后一步的张金莲脸色忽变。

皇帝睡得正香，听到一阵杂乱的脚步声。他开始以为时辰已到，近侍为上不上早朝来请旨。又一想，不对：近侍入来，只会一人，不会许多人；而且他们懂得规矩，不会发出这么大的响动。

他刚要发作，一块抹布蒙过来，姚淑翠、徐秋花各执一端，死命按住。皇帝不但眼睛被蒙住，鼻孔和嘴也被蒙住，几乎透不过气来。

杨金英招呼：“玉香按住他左臂，翠英按住他右臂，不要放松！”

杨玉香、杨翠英拥上。

“翠莲按住他胸前，槐香按住他小腹。”杨金英招呼。

邢翠莲、王槐香拥上。

“川药拿住他左手，梅香拿住他右手。”杨金英招呼。

苏川药、关梅香拥上。

“妙莲按住他左腿，菊花按住他右腿。”杨金英招呼。

刘妙莲、陈菊花拥上。

皇帝想叫，叫不出声；想挣扎，挣扎不开。他很快气力全无。

杨金英取出系好套的细绳，招呼：“金莲，帮我一下。”

听不到应答。她一愣，又招呼另一人：“秋花，我二人来！”

杨金英把细绳套上皇帝的脖子，自己握住一端，另一端交与徐秋花。

二人一起用力拉绳，感觉不对，绳套并没勒紧皇帝的脖子。

“秋花，你怎么不用力？”杨金英问。

“我在用力，金英姐，你也用些力。”徐秋花道。

二人更加用力，还是不对，绳扣无法勒紧。

杨金英伏身一看，才明白所以。真是糟糕，她在忙乱中竟将绳子系成死扣，无论怎样用力，也是枉然。

难道皇帝命系于天，不该死在她们手里？

她想到陈芙蓉。不用抬头寻觅，也知道她不在。

她又想到张金莲。方才招呼时，没有回应。当时觉得不对头，但还没太在意。她在人群里左扫右扫，不见她的身影。

一直指挥若定的杨金英，一下方寸大乱，不知解开绳扣重新再结，也想不到用其他手段同样可以置皇帝于死地。

就在这时，方皇后领着几名亲信宫人赶到。

“尔等住手！”方皇后声音发颤，但她竭力保持镇定。

“今日轮不到你来发威。”姚淑翠说着，挥拳向她打去。

方皇后侧身把这一拳躲过。黄秀莲又一拳挥过去，落在她肩头，她的身子晃了晃。

杨金英见陈菊花离灯台最近，叫道：“菊花，吹灭灯！”

陈金花猛力一吹，灯火闪几下，熄灭。

陈芙蓉叫道：“张金莲，你知道火石放在哪里，把灯点着！”

张金莲点着灯，徐秋花、邓金香、黄玉莲、张春景等抢上前去，又把灯火吹灭。有人点灯，有人吹灯，屋里乱作一团。

不远处传来急促杂乱的脚步声，陈芙蓉知道大援赶来。她冲出去，高声叫道：“是司礼监张公公吗？皇后娘娘在此！”

带人来的正是张佐，方皇后赶来端妃宫里时，使人传命他，速来救驾。他已知发生非常之变，在门外迅速布置一番，自己先进去看个究竟。

“奴才来迟，让万岁爷、娘娘受惊，奴才请罪。”屋里太黑，局面难以判断，又辨认不出方皇后在哪里，张佐没法跪拜。

他一开口，室内顿时安静下来，天下第一号太监，在宫里有着不同于其他人的威慑力。陈芙蓉摸索着，亲自点亮灯，聚在灯旁的几个宫女不再把它吹灭，按住、抓住皇帝的宫女不约而同松开手。

张佐看清方皇后，跪倒在她面前，道：“奴才奉懿旨，前来救驾。”

“起来，快去看看皇上。”方皇后说着，自己先趋床前。

张佐顾不上起身，匍匐膝行，扑到床的另一边。

二人一左一右，同时呼道：“皇上！”

皇帝不出声，连呻吟声也没有。

方皇后掀去蒙在皇帝脸上的抹布，只见皇帝两眼紧闭，呼吸似有似无。她把手伸到皇帝嘴边探探，回头命道：“张佐，速请许院使来。”

“奴才已着人去请。”张佐道。

“不是请他到这里来，你看这里还能待吗？”方皇后厌恶地环顾四周，命道，“要请他径去乾清宫。”

“奴才遵旨。”张佐应道。他本想提议，等许院使看过后，再把皇帝移至乾清宫，但他知道，皇后娘娘对端妃深恶痛绝，不会把皇帝留在这里；而现在的局面，须得皇后娘娘来主持。

杨金英等静静地注视着宦官们把被她们整治得离死亡只有一步之遥的皇帝抬出去，静静地、宿命般地等待着即将来临的对她们的处置。

方皇后彻底镇定下来，恶狠狠地说：“把这些逆婢一个一个拿下，打问明白！”曹端妃不知道什么时候出现，跪在一旁，浑身战栗，方皇后一眼看到，同样恶狠狠地加上一句，“还有她们的主子！”

“奴才遵旨。”张佐一挥手，随从的宦者和侍卫冲入室内。

第三百零五章

乾清宫后暖阁，共有九间，每间都是两层，下层设楼梯通到上层，宫人习惯地把暖阁的楼梯称作天梯。每间暖阁的上层安放三张床，九间暖阁共二十七张床。皇帝每晚睡在哪张床，临时而定，无人知道。这样的格局是为皇帝的安全，有人行刺，即便闯入大内，闯入乾清宫，也很难找到皇帝本人。武宗皇帝很少住在宫内，当今皇帝这些年在西苑大兴土木，越来越少回到宫内，防范森严的乾清宫暖阁很久没派上用场。

皇帝情势危殆，在一间暖阁的下层为他安置好卧榻。隔壁的暖阁稍稍布置，方皇后在那里歇息和处置应急情况。

一顶宫里的轿子径直抬进西华门。坐在轿里的许绅喝道："停轿！"

专在西华门迎候的太监问："许先生有何事？"

"我有何事？我要下轿。"许绅道。

太监传旨："奉皇后娘娘懿旨，事体重大，许先生不可拘泥于制度。"又说，"许先生，我们张公公知你不善骑，不然会为你备马。"

官员无论品秩多高，一律不准在宫内乘轿骑马。皇帝和圣母皇太后染恙，一直由许绅诊治，对他深为信赖，因此在嘉靖十三年加以工部尚书衔。这在本朝是没有先例的殊荣。许绅本不敢不守规矩，听方皇后有"事体重大"的懿旨，他才不再推辞。

事体重大，许绅早有预感。他被从家里接来宫里。医院有当值的御医，不是事体重大，用不着连夜召他进宫。接他的公公讲，并未请其他御医先为皇帝看病，尤可见事体重大。现在，"事体重大"四个字出自方皇后之口，他愈发理会事态的严重。

轿子一直抬到暖阁前。微熹中，只见张佐早已候在那里，轿子一停，他亲自掀起轿帘，口称："大章先生，可把你盼来！"

大章是许绅的字。

许绅一步跨下轿来，也不和他客套，径问："出了何事？"

张佐简略叙述了端妃宫里的逆案。这件事只能由他来讲。

许绅的心一下子悬在嗓子眼里。皇帝患病，不管什么急症难症，他都自信可以医治。但现在是弑逆，是勒缢，只要下手稍重，当时就没命。

“大章先生先去见过娘娘吧。”张佐说。

本朝制度，后、妃是不见外臣的。但事属非常，只好从权。

方皇后不让许绅行礼，呜咽着说：“皇上生死，天下安危，现在就系于许先生一身。”

许绅不敢说一定治得好皇帝的病，也不敢说治不好皇帝的病，只说：“臣请先为皇上诊脉。”

方皇后止住悲伤，说：“好，我陪许先生去。”

“娘娘请留在此处。”许绅道。

虽是劝止，态度却很坚决。他怕方皇后情绪波动，影响自己的判断。

方皇后愣了愣，说：“也好，由张佐陪许先生去。”

“不，张太监也不要进去。”许绅拒绝张佐，态度同样坚决。

不但不让方皇后、张太监进去，还把在暖阁里侍候的宦者、宫女都撵出去。许绅跪在卧榻前，细细观察皇帝的脸色，心先放宽一分：皇帝的脸上并无死亡之相；他试试皇帝的呼吸，断定：虽然极其微弱，但皇帝还有气息，心又放宽一分；这才为皇帝把脉，断定：虽然极其微弱，但皇帝的脉搏并未停止，心又放宽一分。

皇帝的脖子上有一道浅浅的勒痕。想来，是因为脖子被勒住，口鼻被塞住，加上惊惧，使得皇帝窒息。皇帝已经熬过两个时辰，如果再熬过两个时辰，当无性命之忧；当然，还要配以对症的药剂。否则，皇帝能不能活转来，也很难说。

许绅起身，在卧榻旁轻轻走动。他已经拟好处方，他要让自己的心情平和下来，以论证拟好的处方是不是恰当。他断定，只能用这一处方。于是写下：桃仁若干，红花若干，大黄若干。

他去另一间暖阁，把处方交给方皇后和张佐。他的处方用得用不得，除他要下决心外，眼下还要这两个人下决心。

张佐略懂药性，问：“这几味药都是下血的吧？”

“是，”许绅答道，“皇上气血瘀于胸，必须舒之。”

“大黄性烈，剂量是不是有些大？”张佐又问。

许绅说：“血瘀已久，用得量小，不济事。再者，皇上平日服的丹丸亦含大黄，此际须得加大剂量。”

方皇后听了他们的对答，下决心：“就照许先生的单子下药吧。”

张佐陪同许绅去御药库提药，煎熬。嘉靖十五年，改御药房为圣济殿，另设御药库。司礼掌印太监和太医院使一同前来，御药库正、副两员提督太监加倍小心，不敢有丝毫疏忽。

按照制度，进与皇帝用的药须煎两份，煎好后分盛在两件器皿里，御医先饮，皇帝再饮。许绅饮过，张佐见无碍，才拿进去，喂皇帝服用。

这已是二十日的辰时。

许绅坐在乾清宫西侧的一个小房间里，形同牢囚。在赴宫的路上，他紧张是紧张，但不知真实情形，就说不上真的紧张；在为皇帝处方的时候，他紧张是紧张，但已把生死置之度外，就说不上真的紧张。现在，皇帝按他开的处方服过药，他才感觉到真的紧张。他再无优雅的风度，再无敢于当面拒绝方皇后、张太监的勇气。如果皇帝不见好转，而是继续恶化；如果皇帝不能苏醒过来，而是就此长眠不醒，他将陷入万劫不复的深重灾难中。他甚至觉得，让他在乾清宫西侧暂歇，是个不祥之兆：谁不知东曹主生西曹主死？

皇帝服药后，张佐问他："这剂药几时可见功效？"

他估摸着说："快则两个时辰，缓则四个时辰。"

张佐说："那好，我至多过四个时辰来见大章先生。"

他的意思表达得再清楚不过，四个时辰以后，皇帝不见好转，就是他的处方不当。

许绅如置身地狱，受着煎熬。他身边没有计漏，他也不敢问守在外面的宦者，到了什么时辰。他自己按着脉搏，一下一下算计着时间，一会儿觉得时间过得太快，一会儿觉得时间过得太慢。其实，他的心跳忽快忽慢，早已不合常规，他早已没有算计时间的量度。

张佐来时，许绅近乎麻木。他虽站起来，却既不迎上去，也不询问，只是呆呆地看着对方。

"万岁爷洪福齐天，大章先生医术精湛，那药已然见效。"张佐说着，躬身一揖，不知在揖天，还是在揖许绅。

"你是说——"许绅不敢问出来。

"未时正，爷的喉咙里开始转动出声。"张佐说。

许绅一下又瘫坐下去。

"大章先生，你没事吧？"张佐抢上前去，关切地问。

"我没事，"许绅推开他，用手掌在胸前抚了抚，说，"皇上有救，我们大家都有救。"

“大章先生说的是。”张佐不觉惭愧起来。这几个时辰，他真把许绅当成待决的死囚，把自己当成监刑的法司，皇帝若有不测，立刻将写有“死”字的令牌掷下。仔细想想，皇帝若有不测，他自己还不和许绅一样，是一个待决的死囚！

许绅真的没事。他坐直身子，问道：“张公公，皇上呕血未？”

张佐说：“有呕的征兆，但尚未呕出。娘娘请大章先生过去，看要不要再为爷开一处方。”

“走，先去看看情形再说。”许绅一跃而起。

皇帝呕血，一口接着一口，呕出的都是紫血，有数升之多。方皇后惊慌失措，眼泪也是一串连着一串。许绅一到，她就问：“许先生，皇上呕血不止，是吉兆还是凶兆？”

“娘娘宽心，是吉兆。”许绅原有七成的把握，看过器皿里的痰血，转有九成的把握，“这血呕出，即无大碍。”

“皇上又该服药吧？是用原来的单子，还是许先生再写一副？”方皇后又问。

“再等一等，”许绅有一定之规。“前一副药管着四个时辰，看那时有什么变化没有，才好定夺。”

许绅和方皇后一起守在皇帝卧榻前，用不着再“坐监”。过了不到一个时辰，皇帝的呼吸变得匀称一些。他的眼睛睁开一道缝，目光无神地看看方皇后，看看许绅，无力地说一句：“有劳许卿。”只这一句话，又昏迷过去。

许绅又开了个处方，这次用的多是些补药，不那么霸气。

“皇上用此药，今夜应能安睡。明日一早，我再开一剂药，服上四五剂后，皇上可大安。”他对方皇后说。

第三百零六章

张佐心悬两端，一端要挂念皇帝的安康，一端要主持对参与逆谋的宫人的拷讯。对杨金英等人的拷讯，是和为皇帝医治同时进行的，张佐对拷讯的太监们和锦衣卫的官员们说：奉懿旨打问，尽管用力打，但一个也不准打死。谁打死人，谁就担着灭口的嫌疑。

皇帝那里日渐平稳，逆婢那里也问出头绪，张佐却还不能踏实。这桩逆案一定要移法司拟罪。他担心的不是法司问案的口径会和在宫里打讯的口径不同；因为这样的逆案，宫里的口径如何，法司的口径一定也是如何。他担心的是，在移交法司前，宫里的口径如何确定。皇帝时而清醒，时而昏迷，根本不能讲话；案情重大，又绝不能等皇帝康复后再处置。打讯的结果，只能由自己和方皇后商定。

方皇后并不是特别难说话的主子，张佐往日也没和她多打交道，但他料到，处理宫里的逆案，一定有让自己为难的地方。

他返回乾清宫时，天完全黑下来。

"打问清楚没有？"方皇后见面就问。

张佐答道："是，都打问清楚。杨金英等十六人，奴才都差专人一一打问，重要人犯，奴才在看过供状后，亲自复审。众口一词，对行弑一事供认不讳。"说着，把一打纸呈上，"这是各犯供状，请娘娘御览。"

方皇后接过供状，一页一页翻着，并不细看。

"可有未决之事？"她忽然问。

"有，"张佐应道，"杨金英等人逆，应处以凌迟，无须再议；但对陈芙蓉、张金莲二人如何处置，奴才把握不定。"

"她二人情形不同。陈芙蓉虽曾与杨金英等妄议宫里的事，但乱发前，她曾阻止，阻止不住，立即告与我知。皇上得救，她功不可没。张金莲则参与作乱，直至杨金英等对皇上猝下毒手，才畏罪离去。陈芙蓉宜免究，张金莲宜同罪。"方皇后说罢，问，"张佐，你说呢？"

“娘娘明鉴，理应如此处置。”张佐说。

“还有没有未决之事？”方皇后又问。

张佐眨眨眼睛，说：“奴才还没想到。”

“你没未决之事，我却有不明之事；你道都打问明白，我看还有未打问明白之处。”方皇后说着，加重语气问道，“杨金英等在宫中行弑，骇人听闻，究竟有无主使之人？”

说来就来！张佐担心的就是娘娘向他问起主使之人。这么大一桩案子，从头到尾是由杨金英等几个宫女策划的，说出去，别说娘娘不信，他自己都难以置信。但话又说回来，如果由皇帝亲自定狱，有没有主使之人，谁是主使之人，都由他一句话定夺，不会遇到其他麻烦。现在由娘娘定狱，娘娘说有主使之人，皇帝日后以为没有；娘娘说某人是主使之人，皇帝日后说不是，那可就是天大的麻烦。而不顺着娘娘呢？眼下恐怕就有天大的麻烦。由娘娘定狱，娘娘说有主使之人，你偏要说没有；娘娘说某人是主使之人，你偏说不是，眼下这一关就过不去。还有甚者，娘娘问你为何要袒护主使之人，是不是与其有牵连，是不是参与其谋，你洗刷得清吗、分辩得明吗？

他只能先顺着娘娘，但也抱定宗旨：有没有主使之人，谁是主使之人，不能由自己说出来。

“娘娘恕罪，奴才没打问明白，有负重托。”他圆滑地说。

“你因这伙逆婢供状招得痛快，故而疏忽，也在情理之中，”方皇后不会太让他下不来台，“这些供状既有疏忽，张公公，你看如何弥补？”

以皇后之尊，对内臣，包括对张佐，一直是直呼其名，现在称一声“公公”，可说是非常的礼遇。

“要不，奴才再打问一通？”张佐明显是在讨好。

“张公公肯于偏劳，再好不过，”方皇后说，“我看，她等有些事会招供，有些事不会招供；有些事敢招供，有些事不敢招供。张公公还真要好生打问，不会招供、不敢招供的事，也要让她等招供。”

她的话只说一半。她在想：要不要对张佐交个底？交了底，所有的责任都担在自己的肩头；不交底，如果张佐不过在太监或女官中打问出几个主使之人，岂不白费一番心思？而且，今后恐怕也不会再有机会。想来想去，对曹端妃的嫉妒和怨恨终于占了上风。

她说：“这干逆婢在两个宫里当差，打问主使之人，只能着落在这两宫的主子头上。张公公请想一想，事情出在她们宫里，行弑的是她们的宫婢，她们会一点儿也不知情？出事的前一刻，姓曹的贱人和皇上同处一室，她不指使，皇上的护卫会走得干干净净？其实，即使她二人不是主使之人，未与这干逆婢同谋，也难脱干系。”

“娘娘说的是。”张佐心里的石头搬掉，很是轻松。

方皇后又吩咐：“今夜将题本拟好，明日一早，在迎和门移交给刑部堂官和锦衣卫堂官。对，别忘把那条黄花绳和两块抹布都要带过去。”

“奴才谨遵懿旨。”张佐应道。

司礼太监张佐等拟就的题本，在原来的内容上加上两句话，一句是：再照宁嫔王氏叨受封号，却乃首先造意，其所犯罪，同金英等；端妃曹氏计议谋害，今虽不与，亦系造意之人。

第三百零七章

刑部尚书闻渊、左侍郎叶相、右侍郎屠侨把司礼监的题本传来传去，每个人都读多遍，好似把每个字读进去，又好似一个字也没读进去。他们都有一种天要塌下来的感觉。

叶相字良臣，南直隶江都人，弘治十五年进士。屠侨字安卿，浙江鄞县人，正德六年进士。

屠侨因和闻渊同乡，说话很随便："这可是从来未有的案子，竟让我等碰上。老乡长，老学长，你得拿个主意！"

"从来未有的案子，我怎么拿主意？"闻渊说着，掉过头问叶相，"良臣先生有何高见？"

"借用静中先生的话说，从来未有的案子，我有什么高见？"叶相先重复他的说法，然后沉吟着说，"今日内阁两位老先生，与静中先生有同年之谊，若有疑惑，何不向他们请教？"

这称得上高见。六部、都察院是最高的行政衙门，和内阁本没有直接的辖属关系，但圣旨由阁臣批拟，各行政衙门逐渐受内阁钳制。遇到刚愎自用的首辅，如张孚敬、夏言等辈，更把各衙门堂官视为属吏。

现在的内阁两名阁臣。翟銮在内阁前前后后有十几年，从张孚敬时代熬到夏言时代，张、夏去官，他代理首辅，颇有些看守内阁的意思。严嵩是八月入阁的，皇帝很中意他那本论边事的奏疏，命他入阁办事，并兼摄礼部事。

他二人都是闻渊的同年，叶相提醒闻渊，以私以公，都该请教机宜。

闻渊一拍脑门："我真是忙糊涂！"

"静中先生请说清楚，是忙糊涂，还是惊糊涂？"屠侨道。

"忙糊涂也好，惊糊涂也好，两位阁老那里都该去的。不过，"闻渊语气一转，说，"我要等陈督帅，不好离开。良臣先生，麻烦你去一趟内阁。安卿先生，麻烦你去一趟礼部。"

他说的陈督帅，指的是以左都督职衔掌锦衣卫的陈寅。

“还要分赴两处？”屠侨不解。

“事变突发，唯中兄不会守在内阁，他多半要去和礼部的同僚计议应变之事。”闻渊说。

“应变的衙门，除兵部，就是都察院，哪里要礼部应变！”屠侨说着怪话，还是按照闻渊的吩咐去礼部衙门。

一个时辰以后，叶相、屠侨先后脚回到刑部衙门。闻渊和陈寅正在商议逆案的处置。四人简单寒暄几句，说起正事。

“静中先生说，二位去见仲鸣先生和唯中先生，去得好！”陈寅道，并问，“阁老对逆案可有什么说法？”

叶相推让：“安卿先生，你请先讲。”

屠侨让回：“良臣先生，你见的是首辅，你请先讲。”

“也好，我先讲。我知道，各位对这位老先生不会有所期待。仲鸣先生听过我的陈述，只说四个字：确有难处。然后如木雕泥塑般，不发一言。”叶相说到这里，有些愤慨，“静中先生，我提议向他请教，实在不高明。”

“不，不，高明还是高明。有人知道刑部的难处，刑部就不孤立，”闻渊说着，又问屠侨，“是在礼部见到唯中先生的吧？他怎说？”

屠侨道：“果如静中先生所料，他在和礼部同僚议事。他比仲鸣先生慷慨得多，竟说六个字：宜如司礼题本。”

“确有难处”，是说按照司礼题本拟狱，确有难处；“宜如司礼题本”，是说即使有难处，也只能按照司礼题本拟狱。两位阁老各给一个简单的提示，难题还要刑部自己解决。

“似拙实巧。”陈寅不知称赞翟銮，还是称赞严嵩。

翟銮和严嵩的态度，好似在闻渊的预料之中，他并不见怪。他说：“我和督帅议了议，不能跳出司礼题本，可也不能全搬司礼题本。”

怪不得他把和陈寅会议看得比向内阁请教还重要，有锦衣卫堂官一起议处，刑部的责任可减轻一半。

陈寅当然不肯担太多的责任。他说：“捉拿各犯亲属，着落在锦衣卫；其他各项，还要刑部各位大人定夺。”

屠侨却在琢磨闻渊的两句话：“参与逆案的宫女，无论主从，一律凌迟处死。此不能跳出司礼题本之谓也。宁嫔王氏首先造意，端妃曹氏计议谋害，皆语焉不详；且处置妃嫔，取自圣上亲裁，不容刑部置喙。此不能全搬司礼题本之谓也。静中先生，对不对？”

“‘语焉不详’，‘取自亲裁’，‘不容置喙’云云，不可写在纸上，对一妃一嫔，刑部最好不议。”叶相补充。

“二位均无异议，甚好。”闻渊说。

叶相又说：“捉拿各犯亲属，是督帅的事；各犯亲属解到，依律问罪，是刑部等衙门的事。这要在题本里写上一笔。”

屠侨也想到一件事：“人既处置，物也要处置。一条绳子，两块抹布，不能总放在衙门里，还是请旨入库吧。”

最终议定三件事：一是逆婢即刻凌迟处死，二是各犯亲属别行提问请行，三是黄花绳、黄绫抹布封收官库。

闻渊笑问：“督帅看，刑部的三个臭皮匠还可以一起谋事吧？”

“什么刑部的三个臭皮匠！”陈寅道，“应该是刑部的三个诸葛亮，找一个滥竽充数的臭皮匠。”

四人齐笑。

当日午后，杨金英、姚淑翠等十六名宫女押赴市曹，处以极刑。曹端妃、王宁嫔在各自的宫里赐死。

随后的几天里，京城大雾。

第三百零八章

皇帝服过许绅开的第二副药后，仍然昏迷的时间长，清醒的时间短；服过许绅开的第三副药后，昏迷的时间和清醒的时间大致相当；服过许绅开的第四付药后，清醒的时间远远超过昏迷的时间，即使昏迷，也很难说是真的昏迷，还是在昏睡。

皇帝不开口说话，不是不能说话，而是不愿说话。

张佐一直没离开乾清宫，好让皇帝清醒时，立即就能看到他。皇帝不说话，只有他偶尔能猜出皇帝的心思。

皇帝举起右手，指点着某一处。

从方向上看，是指着曹端妃的居处。张佐问："爷在问她？"

皇帝看着他，不出声。他们想到同一个人。

"爷不是已赐她自缢？"张佐道。

皇帝愣了好一会儿，好像在回忆这件事。他记得，上一次他清醒时，或再上一次他清醒时，张佐向他禀奏审讯逆案的结果，牵涉到曹端妃和王宁嫔。不，他隐隐记得，还不是牵涉到曹、王二氏，而是该逆案由二氏主谋。他顿时又昏迷过去。难道就那一刻，二人被赐死？

是不是他真的曾赐曹妃、王嫔死，不能追问下去。追问出他糊里糊涂赐两名爱妃于死，有什么意思？眼下要知道的，是这件事还能不能挽回。于是，他固执地手指同一方向。

"回爷的话，已然赐死。"张佐低头奏道。

皇帝默然，良久，手指转向另一方向。

"是，她亦赐死。"张佐知他问的是王宁嫔。

皇帝神情黯然地指指前面的一个方向，又指指后面的一个方向。

"爷的意思，要好生收敛她二人？"张佐揣摩皇帝的意思。

皇帝点头。

"是，奴才亲自去办这件事。"张佐道。

皇帝摇头。

“爷不要奴才去办这件事？”张佐问。

皇帝点头。

“爷有别的差事要奴才去办？”张佐问。

皇帝点头，指点着第三处。

那是西苑的方向。张佐问：“爷要奴才去照看西苑各殿室？”

皇帝摇头，并指指自己。

“爷要去西苑看一看？”张佐问。

皇帝点点头，又摇摇头，手却固执地指向西苑。

“爷要住到西苑去？”张佐问。

皇帝疲惫地阖上眼睛。

“爷，”张佐字斟句酌地劝阻，“太医院、御药库距乾清宫近，距西苑远，每日请许院使诊视下药，还是在乾清宫静养为宜。”

皇帝睁开眼，茫然地盯住他看，好像听不懂他的话。

张佐让步：“今日雾气大，要不，爷明日再移驾？”

皇帝不置可否，两眼却死死盯住他。

张佐改口：“是，奴才这就去安排銮舆。”

当晚，皇帝离开乾清宫。出乾清门时，他命銮驾停下来，回过身去，凝视着巍峨庄重的乾清宫，心情极为复杂。

这是向乾清宫告别，从此，他再也不回大内。

第三百零九章

礼部左侍郎孙承恩、右侍郎马汝骥听说严嵩回部，并请二人议事，匆匆赶过去。尚书和侍郎，一为正卿，一为佐卿，本就有高下之分；而今严嵩以内阁大学士兼掌礼部，和佐卿的地位更悬殊。

马汝骥边走边问："唯中先生入阁后对礼部反而更贴近，贞父先生，你有感觉没有？"

"同感。"孙承恩简单地回答。

"你说，他是不是还要与我等谈论宫中逆案？"马汝骥又问。

孙承恩微笑："仲房先生问我？"

"贞父先生早年不是与唯中先生在翰林院共过事吗？"马汝骥道。

"今日的唯中先生可不是早年的唯中先生。"孙承恩说句话后，顿住。他依稀记得，曾有人说过这句话。

"敢请贞父详解。"马汝骥道。

详解也只两句："早年的唯中先生以不为为宗旨，可为亦不为；今日的唯中先生以有为为宗旨，不可为亦为之。"

马汝骥想：这一解说太精辟。唯中先生早年如何"可为亦不为"，自己只是听闻，没有亲见；今日"不可为亦为之"，自己却有亲身体会。甚至不是"不可为亦为之"，而是不可为强为之。譬如宫中逆案，礼部为什么非要有所议奏？而且，一次议不出所以，还要再议三议？

来不及细问，已到堂前，严嵩在堂上踱来踱去，看来等得有些急。二人忙一前一后进去，与他叙礼。

"在内阁坐不住，过来与二位计议。"严嵩说着，做个手势，请孙承恩、马汝骥就座。他自己先坐下。

"可是有旨？"马汝骥问。

"不错，是有旨。"严嵩说。

“可是与礼部相关？”马汝骥又问。

严嵩脸一沉：“今日有两旨发自西苑，一是命成国公等勋戚告谢天地宗社，一是将王绳武削籍。仲房先生，你道与礼部相关不相关？”

马汝骥心想：两件事既奉明旨，不管与礼部相关不相关，还用得着计议吗？但眼看严嵩露出不悦之色，他不再说什么。

王同祖字绳武，苏州昆山人，正德十六年进士，现官国子监司业。壬寅宫变，皇帝大难不死，王同祖觉得朝廷该有非常举措，竟建议改元，并拟“延寿”二字，请朝廷采纳。改元岂司业之类的小臣得议，新元岂司业之类的小臣得拟！皇帝动怒，将他削籍。

孙承恩以为，削籍的处分太严厉。他是王同祖邻郡人，不便公然为王同祖申辩，只能委婉地表达一下他的同情。

“可惜！绳武先生学问好，监生无不视为良师益友。”他说。

“绳武先生太过鲁莽在前，处分太过严厉在后，没什么可惜。”马汝骥却有不同看法。他当然不是落井下石，幸灾乐祸，而是要借题发挥：王同祖的遭遇说明宫变之事无礼可议，礼部何必不可为而强为之？他问：“唯中先生说在内阁坐不住，不会也为王司业抱屈吧？”

“你不以为屈他，我怎会以为屈他！”严嵩说着，把话题一转，“不过，不当议之事，王绳武议之，固宜处分；而当议之事，我等不议，皇上不处分，我等宁不愧疚？”

“何谓当议之事？”马汝骥问。

“东楼提醒我：宫变之事，当请旨，布告天下。我深然之，”严嵩说罢，问道，“贞父先生、仲房先生以为如何？”

“东楼何人？”孙承恩没听说过这个人。

“是犬子的贱号。”严嵩不无得意。

士大夫间传言，严嵩对他的独生儿子甚是倚重，看来不虚。不然，怎会把他的提议拿到礼部堂官间来计议，怎会在同僚中径呼其号！而他能在无所作为中想到一个题目，尽管这个题目有些勉强，也着实难得。

想到此，孙承恩说：“闻得唯中先生公子聪慧过人，果然。”

“那么，贞夫先生赞同？”严嵩很高兴。

“仲房先生，你看呢？”孙承恩知道马汝骥对“不可为亦为之”的做法反感，故转问他。

马汝骥转过去又问严嵩：“唯中先生，是内阁奏请，还是礼部奏请？”

“我和仲鸣兄议过，由礼部奏请为宜。”严嵩说。

“我却以为，由内阁奏请为宜。”马汝骥道。

据说，正德十二年的进士，都把马汝骥叫作马二姐，以形容他静若处子。不料，他也善于顶撞。他不说将宫变之事布告天下这个主意出得不好，而说由内阁奏请为宜，让严嵩气不得，恼不得。由礼部奏请为宜，翟銮已说在前面，难道还能再去与他计议？

“贞父先生也以为，由内阁奏请为宜吗？”严嵩冷冷地问。

“我原无定见，”孙承恩说，“不过，唯中先生既然问起，我倒有个拙见。仲鸣先生以为，由礼部奏请为宜；仲房先生以为，由内阁奏请为宜。想必各有各的理由，不必一一请教。今唯中先生既为阁臣，又掌礼部，不如由唯中先生独自奏请，是既由内阁，又由礼部，既不由内阁，又不由礼部，岂不两全？”

严嵩不作声，心想：你不必激我，难道我真的不能独自奏请？

离开严嵩后，孙承恩拉着马汝骥快走两步，悄声问道：“仲房先生，那位不学治中提醒的事不妥吗？”

“大为不妥，贞父先生竟未觉察？”马汝骥反问。

“惭愧，我当真未觉察，”孙承恩说，“不过，仲房先生巧妙推脱，我想定有不妥，所以也含混推脱。”

“贞父先生的推脱比我还要巧妙，怎是含混！”马汝骥道，他三言两语说明他所谓的大为不妥，“以掖廷谋逆，幸而无成，本非圣朝佳事；乃以颁示四方，其伤国体者，有甚于此者乎！”

孙承恩骤然出身冷汗。他说：“幸亏我与仲房先生有默契，不然，步入险境，何以自拔！”

严嵩不觉将宫变事布告天下有什么不妥，果然独自奏请。皇帝也不觉将宫变事布告天下有什么不妥，准其奏。

第三百一十章

刑部三名堂上官，其中两名是浙江籍；刑部的属官，居然也以浙人为多。山西司员外郎张瀚，字子文，是浙江仁和人，中嘉靖十四年进士。屠侨唤他去，他以为不过要叙叙乡情；但听屠侨问过第一句话，他就知道不这么简单。

屠侨问的是："我和良臣先生虽未因郭翊国之狱去官，却都为该狱受过处分，子文可知是以什么名目？"

满朝都知道，张瀚在刑部，怎会不知道！他反问道："安卿先生是不是担心刑部又有别的案子淹滞？"

"好一个机敏的张子文！"屠侨赞道，复问，"子文既知我担心别的案子淹滞，可知我担心的是什么案子？"

该山西司管的重大狱案，眼下只有大同、山西两镇兵败那一桩。大同总兵官张达等被解拿至京，现关押在刑部狱中。皇帝出事前，对张世忠之死惋惜极深，对张达等人也恨之极深；出事后，不知对此狱案还记得否？如果记得，一定恨之愈深。

屠侨一定是担心该狱办得不合皇帝的心意。

"安卿先生担心我偏袒张总兵等，还是担心我阿谀皇上？"张瀚问。

"言重，言重，"屠侨忙否认，"你司旧台长因决狱延迟，遭谴去官，新台长无问狱经历，鞫讯该狱全仰仗子文。故约来议一议，并非担心你会偏袒或阿谀，更非担心你不能胜任。"

台长是对各司主管郎中的俗称。

"好，"张瀚颇具豪气，"安卿先生信得过我，我就说一句大话：审结区区狱案，我还有七八分把握。若治张总兵等的罪，定让他心服口服地认领；若为张总兵申辩，定让皇上诚心诚意地开赦。"

屠侨希望的结局不过如此。他用不着多嘱咐，该做的是为张瀚排除障碍。他问："子文谓两三分无把握，指的什么？"

"安卿先生所言，新台长无问狱经历。"张瀚也不与他客套。

屠侨应承：“我要他不过问该狱就是。”

“如此，可有九分把握。”张瀚道。

张瀚命先提张达堂审。张达项上戴枷，脚下锁镣，在狱中关久，衣衫已经破旧。到得堂上，他并不下跪。衙役欲呵斥，张瀚示意不必。一时，堂上审讯的官员对堂下被审的将军冷眼注视，堂下被审的将军对堂上审讯的官员冷眼注视，几成僵局。

“除去枷、镣。”张瀚忽然吩咐。

张达身子一颤，嘴里却哼一声。他不拒绝衙役为他摘下木枷，解开脚镣，也不感谢张瀚的特别关照。

“张将军，你在大同多年，可知北虏的情形？”张瀚问。

张达颇感意外。几次被审，开始问的都是“朝廷械你来京，你可知罪”，今天怎么换个问法？他弄不清这是讯问还是询问，只能不卑不亢地答道：“略知一二。”

“吉囊死后，其部由谁人统辖？”张瀚更像在询问。

“吉囊子嗣多人，各统一部，互不相属，唯长子阿不孩仍居河套，其余各子皆率部他去。”张达道。

“那么，该部已不是河套大患？”张瀚问。

“不错，河套大患早已是俺答。”张达道。

“阿不孩为俺答部第一员大将，可是？”张瀚问。

“十年前是，今日不是。”张达道。

“为何？”张瀚问。

“俺答诸子黄台吉、清台吉、赤台吉均已成年，他们各领一部，不下万骑，皆可与阿不孩平分秋色。”张达道。

“俺答诸子中哪一人最具威胁？”张瀚问。

张达一直有问必答，这时反问：“是对我最具威胁，还是对俺答最具威胁？”

“我想，对我最具威胁，亦即对俺答最具威胁。”张瀚道。

张达说：“虏军飘忽而来，飘忽而去，十次中有八九次，不知首领为谁。哪一人对我最具威胁，难以断言。若说对俺答最具威胁者，当属黄台吉。据擒获之虏众及归人讲，黄台吉臂偏短，有奇相，善用计，严治军，虏卒畏之甚于俺答。日后能取代俺答者，必定是他。”

张瀚点点头，接着问：“自石天爵被擒杀，俺答复用汉人否？”

“用，”张达道，“我擒获之虏众及归人讲得最多的是两个人，一人叫高怀智，一人叫李天章，俺答用此二人为谋主。”

“二人比之石天爵如何？”张瀚问。

“在伯仲之间。”张达道。

张瀚问过敌方，又问己方：“朝廷定赏格擒斩虏酋，张将军知否？”

“知之，”张达道。“擒斩俺答者，与千金，升不次；擒斩他酋者，赏三百金，升三级。”

“将军以下各参将、游击知否？”张瀚问。

“亦知。”张达说。

“各卫、所军士知否？”张瀚问。

“无不知者。”张达道。

张瀚一直问得平和，忽然变为严肃：“朝廷欲治何罪，将军知否？”

“败军之将，有死而已。”张达说的有些悲壮。

“将军不畏死？”张瀚问。

张达愈加激烈：“某亦称勇士，大小征战，经历不知有几；无不冒矢石，躬甲胄，几殒身者数矣，何尝畏死！”

“然则，将军不伏罪？”张瀚问。

“虏众之来，动辄数万十数万，我迎战者，往往千人而已。敌众我寡，故而丧师，其罪不全在我。兵败之日，某痛心疾首，恨不死于行阵。今骈首就戮，实不甘心。”张达道。

“将军但知自己痛心疾首，可知丧师之际，圣上食不下咽，寝不安席？可知兵败之日，百万生灵，惨遭荼毒？”张瀚由肃穆而严厉。“将军痛心疾首于兵败，圣上痛心疾首于社稷之危，百姓之苦。法不可玩，朝廷逮将军下狱，将军还有什么委屈！圣上欲借将军以慰锋镝幽魂，将军还有什么不甘心！”

张达被震慑，沉默片刻，喃喃言道：“大人说的是，某甘愿领罪。”

“不过，”张瀚话锋一转，“我知将军素有大将之才，欲陈请朝廷，令将军自赎，以成将军之志，不负将军之材。将军且等候朝廷处分。”

“果如此，大人于某有再造之恩。”张达道。

张瀚说服本司郎中、本部堂官，冬审录囚，不杀张达及段堂等人，而令之戴罪立功。皇帝恩准。

第三百一十一章

钱薇只任过两种官职，一是行人，一是礼科给事中。在礼垣，他得罪的人多，首辅李时、夏言，勋戚郭勋等，他都论劾过；皇帝南巡，他也进言劝止过。他仅被罢去官职，而没像冯恩、杨爵一样系狱，没像周天佐、浦鋐一样死于杖下，应该说很幸运。

他早年从湛若水习经，罢官后召集乡里后生讲学，海盐县衙门、嘉兴府衙门，以及近在咫尺的杭州各衙门，一概不入。

他不与官人来往，官人却偏上门。一日，一名官人，带一个小厮，各骑一马，风尘仆仆找到他家。

“懋垣先生，还认得我吗？”来者揖道。

钱薇左看右看，终于认出，他在礼垣时，此人任兵部郎中，叫张铎。

张铎字西林，山西壶关人，嘉靖五年进士。

“原来是西林先生，久违，”钱薇还礼，认出来者，他更加疑惑，“听说西林先生外放湖州郡伯，是不是又有升迁之命？”

“赴任湖州，不过一年。我不求有功，但求无过，哪里会升迁！”张铎复作一揖，“一路辛苦，主人可否赐座赐茶。”

“西林先生请。”钱薇把他让进屋里。

年关将近，一切讲学都停止，屋里静得很。

家童奉上一杯茶水，并招呼张铎的小童去另一间房里歇脚。

张铎品一口，喝彩：“真乃香茗！”

“南湖水，龙井茶，焉得不香！”钱薇道。

张铎解过渴，告罪道：“我知懋垣先生厌见官府中人，所以不敢投刺约期。今日来得莽撞，还望见谅。”

明知人家厌见，却偷偷摸摸跑来，岂不更让人厌烦？钱薇微微一笑，不分辩，不解释，且听他还有什么话说。

张铎确要分辩：“不过，懋垣先生厌见的是本县、本府、本布政司官，我非贵县、贵府、贵布政司官，不在懋垣先生厌见之列，故敢造访。”

“说我厌见本县、本府、本布政司官，西林先生是揣度吧？”钱懋道。

他的话可以有两层意思：一是他并不厌见本县、本府、本布政司官，二是他不仅厌见本县、本府、本布政司官，对他县、他府、他布政司官同样厌见。

张铎但取第一层意思：“那么，是讹传？”说着，身子向后一仰，神态自怡。“我说嘛，懋垣先生昔为朝官，今为缙绅，怎会厌见官衙中人物？须知，你入官衙，不一定求利于己，或求利于众；官衙中人物登你门，也不一定求利于己，抑或求利于众。老死不相往来，不足为训。”

钱薇听出他话里有话，乃正襟危坐，改变前者漫不经心的态度。

“西林先生驾临寒舍，欲有利于我郡人乎？”他问。

“嘉郡、湖郡，均为王土；嘉人、湖人，均为王臣。我欲有利于湖人，难道不是有利于众？”张铎正言道。

“责备的是，”钱薇勇于认错，他虽然闭门讲学，但对时政的关心不亚于昔日，因而问，“西林先生将何以利湖人？”

“圣人云：不患贫而患不均。湖人受不均之苦久矣，深矣，我欲以一均字利之，特来向懋垣先生请教。”张铎说。

“请教不敢当，但愿与闻。”钱薇谦道。

张铎也正襟危坐，不再诙谐：“几年前，欧阳公、克敬先生均田赋于苏、常等府，苏、常之民深受其惠。同环太湖，均田赋可行于苏、常，为何不可行于湖州？克敬先生以浙江副使整饬苏、松、常、镇兵备，苏、常之民受其惠，却不能惠及吾湖，我常以为憾。不过，欲均田赋，我又有所困惑，故不能决。”

“西林先生何事困惑？”钱薇问。

“懋垣先生通经史，我以本朝史言之，”张铎道，“应天巡抚之设，起自宣德年间，政绩显赫者，无过周文襄公。周文襄公在任二十余年，田粮皆由其经理，屡有兴革，为何彼时不曾说一个均字？”

宣德五年，周忱以工部右侍郎巡抚应天等府，至景泰二年解任，共计二十一年。他死后，谥文襄。后人说起应天巡抚，但称周文襄。

为什么前贤不提均田赋，今人却时时把均田赋挂在嘴边？这是一个大题目。今人不能下大决心均田赋，这也是一个原因。

钱薇想了想，说：“西林先生欲以均字利湖人，诚大道为公之法。某以为，均田赋一说，固以宜民，而尤在相时。非其时，则欲行而不能行；当其时，则欲罢而不能罢。”

“懋垣先生是说，周文襄公处非其时，故不能言？”张铎问。

“不仅不能言，亦不必言。”钱薇道。

“请言其详。”张铎揖请。

钱薇说：“彼时据开国不过五十年。兵燹之余，江南一带，生齿未甚繁，田野未尽辟。譬如，如今有水田高地之分，动言水田高地之赋不均；彼时则唯水田征税，高地多未开垦，又怎么说得上水田高地之赋不均？再如，文襄公亲巡阡陌，标立垅段，详造鱼鳞图册，熟地荒地，官田民田，一目了然，使奸狡之徒，无隙可窥。三者，文襄公奏请于苏、松、嘉、湖重额官田，征收金花银，每金花银一两，折米四石，是征米重而征金花银轻；于极重官田，征收布匹，每布一匹，折米一石，是征米重而征布轻。有此三者，田粮不待言均，业已均之，又何必赘言？”

“今时不同于彼时，日日言均而不能均。”张铎感慨。

“谁说不是！”钱薇道，“今熟地生地，官田民田，无亩不岁耕，无耕不成熟，无熟不收获。而粮之则有重有轻，是不可不言均矣。文襄公昔日所造鱼鳞册，州、县失籍，熟地生地，官田民田，空存其名，无从查考。昔日之民田，今或为官田矣；昔日之熟地，今或为生地矣。官府如何区别？是不可不言均矣。金花银之设，本为宽重额之征，今则为买卖存粮之弊，启胥吏挪移之奸，是不可不言均矣。”

一番论证，使张铎的困惑消去大半。他说：“昔日不必言均者有三，今日不可不言均者有三，我信矣。均田赋，今日不但要倡言之，更要厉行之。懋垣先生何以教我？”

“我有一句话：均粮莫若一则。请西林先生斟酌。”钱薇说。

“请详言之。”张铎再揖请。

所谓“则”，即则例，指征粮的标准。

钱薇问：“西林先生可知，前者湖州之田有多少则例？”

“我知经松石公奏请，凡官田均为一则，凡民田均为一则；此前究竟有多少则，不甚了然。”张铎道。

刘天和于正德年间曾任湖州知府。

钱薇告诉他：“我查阅过湖州文案，松石公奏改之前，湖州田粮共有四千四百四十七则，几乎是每一块田的征粮标准都不同。”

“竟有如此之多？”张铎愕然。则例繁杂，奸民、胥吏更易上下其手，弊端之大，又非今日可比。他问：“懋垣先生称‘均粮莫若一则’，可是要将官、民田再合为一则？”

“正是。”钱薇道，“粮存二则，民田终轻，官田终重，西林先生欲均之，岂非空谈？富者不利官田之重，而倍价以购民田；贫者利民田之倍价而争售之，甚而谎称官田为民田以售之。在富者，轻者仍轻，重者亦轻；在贫者，轻者已售，重者仍重。西林先生欲均之，岂非空谈？如文襄公折银征收，折布征收，以调停轻重，在昔日尚可，在今日则不可。今日欲均田赋，非将官、民田合为一则不可。”

“均粮莫若一则，很是！”张铎大受启发，欣喜非常，他起身揖道，“湖州田粮若得均，皆懋垣先生之赐。”

钱薇随他站起来，说：“西林先生椅子也坐，茶水也饮，想来是该辞去。西林先生请，我不相留。”

张铎原本并无告辞的意思，听这话，不便再坐。他笑道：“懋垣先生的逐客令下得也忒快。”

钱薇边陪他向外走，边介绍说：“海盐防海塘为我邑胜景，西林先生不妨去看一看，强如在我这里闲坐。我虽不留西林先生，但要对西林先生说一句心里话：槜李何日得一贤郡伯如公，我愿足矣。”

槜李是嘉兴的古称。

张铎相信他说的是真心话，很是感动。

第三百一十二章

仲春时节，张时彻自河南布政使任上还乡省亲。布政使从二品，是很高品秩的职官，他以嘉靖二年进士，升至布政使，应该说在宦途上一帆风顺。而比他还要高出一筹的，是现任南京吏部尚书的张邦奇。张邦奇、张时彻都是鄞县人，且是族人。有趣的是：以辈分论，张邦奇要唤张时彻小叔叔；以年齿论，张时彻却比张邦奇小十二岁，而且受业于张邦奇。张氏叔侄中第、发达，在宁波传为美谈，也传为奇谈。

宁波知府沈恺一定要去拜谒。

“既请准假期，九一先生何不早回来一个月，也好和家人、乡人同庆佳节！”沈恺颇有些责怪的意思。

张时彻字维静，他又给自己起了一个谁也不解其意的别字：九一。沈恺是晚进，当然要按照他的意愿称呼他。

“舜臣老弟，”张时彻亲切地称呼着对方，“你是我郡的父母官，想我回来和一郡之民一起过节。可我还是河南一省的父母官，无论如何，也要和一省之民一起过节后，方好动身。”

沈恺字舜臣，松江华亭人，嘉靖八年进士。

“说的也是，谁让我等戴着一顶‘父母官’的大帽子。”沈恺先迎合一句，然后继续责怪，“不过，九一先生不能早回来一个月，也不能早回来十天吗？早回来十天，还可和甬川公聚一聚。”

甬江又名鄞江，在宁波城东北，生长在甬江边的张邦奇以甬川自号。

“舜臣，你在挖苦我！”张时彻道。

“在下怎敢？”沈恺看出，他是在故作不快，于是问，“九一先生不能早回来十天，直言就是，为何要说我在挖苦？”

“你难道不知，我最怕见的，就是我家甬川公吗？”张时彻诘道。

“九一先生最怕见甬川公？恕我着实不知。”沈恺显得很无辜，接着又开解道，“甬川公课读再严，也是二十年前的事，还有什么可怕？”

“舜臣言之差矣，”张时彻连连摇头，“甬川师我叫过二十年，至今仍叫得出口；可听甬川公称一声小叔叔，我实在无地自容。”

“原来如此。”沈恺不由得笑出声。

说笑一会儿，张时彻露出倦态。

“九一先生今日未备酒吧？”沈恺边起身边说，“九一先生哪一日肯以酒肉款待，再唤我来。”

张时彻做个手势，说：“请舜臣先生再稍坐片刻，我要事请教。”

“请教不敢当，却不知何事？”沈恺客随主便，要他稍坐，他就稍坐。

张时彻问：“这一两年来，与番舶夷商贸贩方物、络绎于海上的濒海之民，是不是越来越多？”

“有这事，”沈恺道，“九一先生在河南也有所闻？”

“岂止在河南，听说两京士大夫也多有所闻，多有所议，”张时彻说，“其实如何，舜臣，请你略述之。”

“是，”沈恺答应一声，述道，“九一先生知道，濒海之民下海与番商贸易，早已有。如正德朝时的日本贡使宋素卿，听说就是贵县人，因其叔与倭人贸易而入倭国，竟致甘心于化外。下海贸易，多聚众人，且持枪携刃，一则是为自保，一则是为拒官。如十余年前，粤人许折桂聚众，由劫掠海上而谋取广州；如十年前，闽人林显竟然聚有五十条船，皆配备器械。近年来，下海贸易之风愈加炽烈，与以前比较，有两处不同：一是谋求暴富的内地之人也被吸引来。去年为我捕获的人中，有好几个是徽州人；二是专与倭人贸易。下海贸易者有武备，倭人亦有武备，往往纠合在一起，抗拒官军。”

“舜臣先生讲述得很清楚，然则何以处之？”张时彻问。

“国家有律令，我自然要严禁，犯者置于重法。”沈恺说。

“何为重法？舜臣先生说，去年捕获好几个徽州人，对他等如何处置？是一律论死吗？”张时彻又问。

“这却要斟酌。如果仅是贸易，我以为，不当论死，”沈恺道。下面两句话，他是经过深思熟虑的，“通番不一定都是从夷之人，番货不一定都是杀人之物。通番下海者，依律虽在不宥；权衡之，亦不该尽诛。”

对他的说法，张时彻不知同意还是不同意。默想许久，他忽然说：“舜臣，我讲个故事给你听。”

沈恺知道，张时彻善讲寓言，大喜：“妙极，在下恭听。”

“梅墟里濒临鄞江，梅墟里人十之九以捕鱼为业，”张时彻一面讲述一面解释，“舜臣，梅墟里实有其地，梅墟里人则是虚构。”

“理会得，九一先生只管讲。”沈恺道。

张时彻讲下去：“捕鱼者每日戴星而出，施罛设罶，鸣榔上下，有所收获，则荡桨讴歌而归。下得船来，晾晒网罟于篱笆间，以鱼换来米、酒，举杯相邀，搏得一醉。虽曰辛苦，嬉嬉如也。有渔于海者，巨舰如云，顺风扬帆，击鼓而进，得鱼以千石计，其金不下数百。江渔相与谋曰：我等日中所得，宵而罄之，无一钱存余；彼一举网，则抵中人之产，不如从之。于是，相与舍己业而从彼业，治什器，带干粮，渡三山，出海门，放乎东海之洋。但见洪涛蔽日，白浪滔天，四方上下，无可辨认。江渔神沮色丧，涕泣而号哭，相与问曰：我等为什么要来海上！已而风潮益厉，舟驶若飞，惊波怒涌，荡胸而触樯。江渔益悸怖，伏匿舟底，气也喘不出来。而海渔方且布网拿钩，取鱼储之。须臾，风止舟停，江渔苏醒，怒詈海渔：我等非人乎，奈何以人命为儿戏！风浪再不平息，我等相与葬于鼋鳖之腹矣。登岸还家，戒其妻子曰：家中再贫，必不可改业。已而，海渔愈致高赀而渔于海不已。一日遇飓风，其父死焉，其子继之，其孙又继之。而江渔之族亦繁衍不已。”

“九一先生的故事讲完？”沈恺问。

“是，故事讲完。”张时彻道。

讲述这个故事，寓意何在？是要我用这个故事劝谕乡民安守本分，打消痴心妄想，还是在讥讽蜗守家园、不敢冒险的乡民，和激烈反对下海贸易的官员？沈恺再思不解。

也许寓言就是这样吧，他想。

第三百一十三章

户部三堂官默坐。他三人有王大、王二、王三之称。王大当然是尚书王杲，王二是左侍郎王暐，右侍郎不姓王，而姓汪，名元锡，王、汪之音相去不远，他被称作王三。

王杲是去年自漕运总督任上接替李如圭掌户部的。王暐、汪元锡一因争“大礼”，一因李福达案，下狱夺职，后均起用。

王杲咳一声，问道：“克明先生可收到安平侯的礼？”

王暐字克明，应天府句容人，正德十二年进士。安平侯方锐是方皇后之父，原封安平伯，后进封侯。

“是。”王暐应道。

王杲又咳一声，问道：“天启先生是否也收到安平侯的礼？”

汪元锡字天启，徽州府婺源人，正德六年进士。他应道：“是。”

“二位作何打算？”王杲问。

汪元锡欲言，被王暐止住：“天启先生且慢说。”他转问王杲：“景初先生呢？”

“或比二位的礼更厚。”王杲笑道。

“景初先生乃正卿，我二人是佐卿，理应如此，”王暐嘲弄地说，复问，“景初先生作何打算？”

“不错，我为正卿，理应我先说，”王杲道，“我意，张家庄的地，无论如何不能划与方家。此事我奏明皇上即可，二位不必联署。”

京郊张家庄有牧马地两千余顷，方锐向皇帝讨要。为防止户部出面阻挠，他给三位堂官各送一份不厚不薄的礼。

王杲不让二侍郎联署，是体恤之意：风闻方皇后在宫变中救过皇帝的命，今国丈不过要一块地，谁知圣意如何？王暐、汪元锡都有前科，犯不着为此事得罪。

“景初先生太小觑我！”王暐不高兴地说，“你知外人怎唤我等？岂有王大获罪，王二无罪的道理！”

说着看汪元锡一眼，要他也表明立场。

汪元锡任过太仆寺卿，深知马政之坏，牧地不容再失。

“王大、王二进言，我这个王三虽是冒牌的，也没有旁观的道理。”他表明立场，复有一议，“不过，安平侯奏乞，一口拒绝，中宫娘娘的面子上不好看，皇上的面子上也不好看。现有大慈恩寺没入官府的香火田二十顷，尚未处置，不如改以该田赐予。”

“以二十顷无赋之田取代两千顷有用之地，既顾全皇亲国戚的颜面，于朝廷又无损失，实在是妙不可言。”王暐叫好。

王杲也觉可行。他说：“好，我就以天启先生所议奏请。”

“怎么是景初先生奏请，不是我等奏请？”王暐当然不同意。

“我还是想，自己先和方府打这件官司；皇上若有偏袒，二位再来相助。”王杲态度恳切，显然仍不想两位佐卿卷入是非中去。

王暐、汪元锡踌躇之际，他已把话题岔开：“方爵爷伸手要地，其事尚小；翟大帅伸手要钱，其事则大。今日请二位来，本要议这件事。”

“怎么，皇上严厉申饬，志南先生还敢伸手要钱？”王暐既觉不平，又觉不解，暂把方锐讨要牧场的事搁置一边。

“要是不公然要，他只一味抱怨边镇钱不足粮不足，好像他等在边镇溃败，责任都在户部。”王杲说。

“他大可只抱怨宣、大三镇钱不足粮不足，不必替其他边镇抱怨。”汪元锡说着，问道，“景初先生怎知他的抱怨？”

“汝厉先生对我说的，我听后，很觉气闷。”王杲道。

“哼，汝厉先生不会也以为，他那位贵同年督边有方，具大帅之才吧？”王暐气恼地加上一句。

汪元锡想：王景初气闷，王克明反过来抱怨翟鹏无能，或抱怨毛伯温袒护翟鹏，都不能解决问题；有笔账，该好生算一算。

“有几个数字，不知确不确。景初先生，你在户部久，请你指正，”他说着，拿起一支笔，随说随记下，“宣府：主兵京运年例银十二万五千两，客兵京运年例银十七万一千两；大同：主兵京运年例银二十六万九千两，客兵京运年例银十八万一千两；山西：主兵京运年例银十三万三千两，客兵京运年例银七万三千两。”

主兵，指某地当地的驻守官军；客兵，指某地军情紧急由他地调往该地的官军。朝廷规定各边镇客兵京运年例银的数目，可见调军驻防、征战已成为常规。

汪元锡说完记完，停下来，等王杲核实。

“不计尾数，应该不错。”王杲说。

汪元锡计算：“宣、大三镇主、客兵京运年例银总计九十五万二千两。”

王暐再算一遍，说：“是这个数。”

“可从去秋至今年三月，不过半年时间，已解去兵粮一百七十四万两有余，差不多相当于三镇年例银的两倍。”

这笔账一算出，王暐更有理由发泄对翟鹏的不满：“是啊，朝廷全力关照宣、大，皇上申饬之外，要钱给钱，要粮给粮，他翟大帅再说钱不足粮不足，于心无愧吗？”

王杲也说：“这半年对宣、大如此关照，若还不能大挫贼锋，一劳永逸，宣大再讨要经费，真不知该怎样筹措！其他各镇效之，讨要经费，更不知该怎样筹措！天启先生，克明先生，这场官司却要我等一起去打。”

“理应如此。”王暐、汪元锡一起说。

皇帝在户部奏章上批道：各边用兵，近多借口粮饷不足，以图脱罪。今岁运数多，边用充足，若再失事，责有所归。

第三百一十四章

严世蕃有两件事没料到：一是严嵩会同意，把坐落在西长安道上郭勋馈赠的那处宅院装饰起来，住进去。其实，细想一想，也不足怪。郭勋虽死在狱里，但皇帝并没定他任何罪名，他的财产不能算作逆产，他的馈赠不能算作逆产，即使有人弹劾严嵩接受他的馈赠，皇帝大概也不会追究。何况，严嵩在四月解部事，不必再去礼部衙门，赴内阁，或赴西苑，住在西长安道上，都比住在东华门外灯市要方便。第二件没有想到的事，是严嵩竟会在晚上来半截胡同找他。

"大人！"虽然不是在干什么不规矩的事，被当场抓住，他还是一边招呼严嵩，一边狠狠瞪守门的家人一眼。

"是老爷不准我先来报信。"家人抱屈。

"来自己的宅院看自己的儿子，竟要先作通报，世上有这样的规矩吗？"严嵩对家人挥挥手，"你去吧，没你的事。"

家人不出声地嘟囔着，忐忑不安地出去。

"大人用过饭没有？"严世蕃体贴地问。

"已用过，不必张罗。你坐下，我有事与你说，"严嵩道，等严世蕃坐下，他问，"你不住灯市老宅，在这里作甚？"

"儿子乏得很，想歇一歇。"严世蕃撒个谎。

"不是问此刻，是问白日。"严嵩道。

"儿子近来颇感不适，想养一养。"严世蕃继续撒谎。

严嵩环顾室内，远观室外，说："这听雨楼倒是颐养的好处所。"

"我是向上官告过假的，上官都不管我，大人何必非管不可！"严世蕃低声说。他以为，严嵩知道他几日不去衙门，特来兴师问罪。

"我不是来管你，我是来与你商议的。"严嵩说。

"商议？大人何事解不开，要行这番夜路？"严世蕃忙问。

严嵩碰到朝廷大事，诸如皇帝的举止言行、大臣间的相处、重大事件的发生等，都要和严世蕃商议，谋定而后动。严世蕃听到“商议”两个字，一脸的惶惑消失，代之以一脸的自负。

“我没什么解不开的事，只是有件事要你去做。”严嵩道。

“那，请大人吩咐吧。”严世蕃碰个软钉子，颇是尴尬。

看他脸色一忽三变，严嵩心里好笑。他把手上捧着的一个匣盒放在桌案上，说：“宰辅大公子胆壮气粗，和我也赌起气来。”

严世蕃的确在赌气，竟没留意严嵩的举动，也没留意匣盒的特别处。他嘴里却说：“儿子不敢赌气，儿子不曾赌气。”

“不敢赌气是假的，不曾赌气就好。”严嵩不再谈笑，说起正事，“照你的说法，你要告假，上官不会不准？”

“托庇，托庇。”严世蕃敷衍着。

“若请长假，上官也会准吗？”严嵩问。

“三五日假，上官问也不会问。”严世蕃说。

“只三五日？”严嵩一手出三指，一手出五指，不以为然地摇着头，“若再长呢？”

“再长？”严世蕃一怔，“多长？”

严嵩仍是一手出三指，一手出五指，说：“譬如三五月。”

严世蕃猛然醒悟，父亲真有大事要他去做，不敢继续赌气。

“大人要我做什么？”他问。

“回分宜。”严嵩说。

“回分宜？”严世蕃琢磨这三个字的含义，这三个字的分量。

自嘉靖四年出任国子监祭酒，差不多过去二十年，严嵩每年都会在家乡扩置田产，或增建屋舍。田产无论置多置少，屋舍无论建大建小，从来没让他去监置督建；田产越置越多，屋舍越建越大，也从来没让他去管理。难道这一次在家乡有大的举措？

“大人要我携带多少银子回去？”他不由问道。

“银子须携带一些，不必太多，这里的圣物却一定要恭捧回去，”严嵩说着，从匣盒里取出几张黄帖，交给严世蕃，“东楼，你看看，这是什么！”

一张黄帖上写着四个字：琼翰流辉；一张黄帖上写着两个字：延恩；一张黄帖上也是两个字：忠弼。

严世蕃没见过皇帝的字，但一看黄帖即知，这是皇帝御笔。他依次轻抚着几张黄帖，贺道：“大人前者得皇上恩赐银章，今日又得皇上恩赐题词，真乃万千之喜！”

皇帝赐白银印章在二月，银章上四个字，曰：忠勤敏正。银章绝非一般赐物，它有实际用途。凡亲近大臣上疏，上面加盖印章，内臣知是密奏，一刻不敢延误；皇帝知是密奏，一定亲自拆阅。

严嵩讲述皇帝今次恩赐题词的情形："昨日黄昏，皇上召我应对于琁宵殿，说：爱卿于乡里建楼，要朕赐写楼名、阁名。朕想，卿以翰林起家，楼名可用'琼翰流辉'四字；卿道阁中供奉玄象，及朕所赐谕札，阁名可用'延恩'二字。我叩谢天恩后，请皇上再赐堂名。皇上说：爱卿事朕忠悃，当以'忠'为堂名，下一个字嘛——皇上手握御笔，凝神构思，久之未定，遂曰：卿且退，朕慢慢再想。今日一早，内使将这张黄帖送至值阁，赐堂名曰忠弼。"讲述之后，他感慨地说，"我入阁不到一年，皇上两日之内，恩赐题词者三。眷渥之隆，前所未有；逢此际遇，足慰平生。"

怪不得他说银子不必多携带！皇帝赐楼名、阁名、堂名，即是赐建，一切用度，该由地方官员去张罗。

严世蕃道："大人命我回分宜监制楼阁吧？这件事我办得好。"

"你怎生去办？"严嵩问。

严世蕃想了想，说："与其洽于下僚，不如洽于上官。张维乔日前改抚江西，我就去找他吧。"

张岳字维乔，福建惠安人，正德十二年进士。毛伯温用兵安南，赏识两个人，一人是广西副使翁万达，一人是广东参政张岳。他曾说："张岳可南，翁万达可北。"还朝后，他举荐翁万达为陕西巡抚，举荐张岳为郧阳巡抚，后改江西巡抚。

"洽于张维乔，是正着；你想到这一层，我就放心。"严嵩深表赞同，"不过，我还要嘱咐你：张维乔为官清廉，我多有所闻。这次筑建，他不会不给银子，可也不会多给银子。他给多少，就是多少，你不许去争。钤山堂里如今颇有些积蓄，不足之数，从自家的积蓄里取用，你不许强征于乡，让我受里人唾骂。"

"大人这次要的是名，不是利，我晓得分寸，怎会因蝇头小利坏大人之名！"严世蕃不耐烦地说，"倒是几时动身，大人为我定个日子。"

"自是愈早愈好，你向上官告准假，就可动身。"严嵩说，"你先去南昌，和张维乔接洽，然后回分宜料理。皇上命工部制匾，不日可完成，我再让严年专程送过去。"

行前，严世蕃带着严字、严画二童，去趟白云观，他要向王道长辞行。王道长当年预测严嵩的前程、唐龙的前程，可以说相当准确。还有就是，第一次见面时，他对自己命运的预测。事过多年，严世蕃对他那次半庄半谐的判语渐渐淡忘，这次要还乡，他又清晰地回想起来。他要去向这位道长问个明白。

白云观的道士说：王道长已在前几天悄然离去，谁也不知道他去哪里。

严世蕃惊问：他就这样说走就走？道士说：他虽寄名本观，却于本观无牵无挂，可不就这样说走就走！

严世蕃失落地向外走去，心里想：他于故人也无牵挂吗？我仍具前相，或已是新相，他不向我做个交代吗？我若仍具前相，他就不等着看我挨那一刀吗？

他信步向第一次见到王道长的那片林子走去。坐在林子里的，不再是那个飘然欲仙的成年道长，而是一名小道士。

严世蕃念头一转，走过去问："其他道长都在观里练功课，小道长为什么在观外练功课？"

"我师教诲：在此地坐上二十年，必有好处。"小道士说。

严世蕃问："尊师可是王道长？"

小道士上下打量着他："尊驾可是东楼公子？"

二人相顾大笑。

"是我。"严世蕃答道。

"幸亏公子开口，不然，失之交臂。"小道士说。

"王道长可曾交代去处？"严世蕃想从小道士这里问出眉目。

"不曾。"小道士答。

"王道长可曾约定归期？"严世蕃又问。

"不曾。"小道士说。

"王道长可曾留话与我？"严世蕃最后一问。心想：若还是"不曾"两个字，一定掉头就走。

小道士好像看透他的心思，说："有一句话。"

严世蕃心中一宽：到底是多年的交情，两不相负。他说："什么话？还请小道长赐告。"

"我师说：东楼先生将有远行，能不回头最好。"小道士转告。

严世蕃听罢，怏怏不快：释家名言是"回头是岸"，他却要我不回头。何谓"不回头"，显见是不再回京城。家大人未显时，我在京城住得；家大人入阁拜相，我怎么反而住不得？

出得观门，跨上马去。那马驯顺，不用扬鞭，便蹄声"得""得"地沿原路回城。严世蕃渐渐淡忘心中的不快。

第三百一十五章

马汝骥看着坐在自己上方的一尚书一侍郎，胡思乱想开了：谁说科第名次不要紧？张璧是正德六年的二甲第六名、庶吉士第三名，今日是尚书；孙承恩是正德六年的二甲第九十五名、庶吉士第六名，今日只能作侍郎。再一想，又不对了：杨用修是那一科的状元，今日却在哪里？邹谦之是那一科的探花，今日却在哪里？

张璧字崇象，湖广石首人，二月自南京礼部尚书任上召还，四月到部，接替了严嵩。见马汝骥脸色不好看，他关切地说："仲房先生又觉不适吗？今日没什么大事要议，不如回去歇一歇。"

"不妨，"马汝骥摇了摇头，不只是谢绝张璧的好意，也是要把心绪收回来，"虽然没有大事要议，宗室的两桩公案也轻忽不得。"

第一桩公案是江西郡王间的纠纷。宸濠作乱被杀后，宁藩一枝还保存有三个郡王府：一是乐安王，一是弋阳王，皆出自第二代宁王，一是建安王，出自第三代宁王。三王是逆藩的幸存者，各自抱残守缺，平日不相往来；更重要的是，宁藩已除，谁也不会觊觎那个亲王位，倒也相安无事。唯在重大节日庆典时，三王要聚在一处朝贺。当时指定在弋阳王府，于是，二十多年来都在弋阳王府，并无异议。近日建安王忽然提出：大家都是郡王，为什么厚此薄彼？三王在弋阳王府行礼，岂不让他作大？不如三王在各自府里行礼。

第二桩公案出在兰州，是肃府金坛王胆大妄为的举动。第一代肃王是太祖皇帝的第十四子，初封汉王，后改封；藩国初在甘州，后内移兰州。金坛王真洵出自第四代肃王，嘉靖四年封。

据抚、按官奏报：真洵姻戚张瑞，或者不如说是他的狐朋狗党，犯了死罪，关在兰州狱中，被真洵率众劫出。

肃府地处偏远，一向安分否，没有人知道，但从来没出过什么轰动事件，却是不假。真洵这次竟敢入狱抢人，惊动了朝廷。

孙承恩先议第一桩公案："建安王所请不宜准。"

“请贞父先生说说理由。”张璧让道。

孙承恩说：“朝贺须得在亲王府里举行，这是祖训。三郡王齐聚弋阳王府行礼，是无亲王府行礼之名，而取亲王府行礼之义。若准在各自府里行礼，是承认郡王府里亦可行礼。其他王府起而效之，朝廷如何应对？总不能说，逆藩削除，没有亲王府，所以准在郡王府里行礼吧？”

涉及祖训，理由足够。张璧颔首，问马汝骥：“仲房先生之意呢？”

马汝骥说：“建安王若以为去弋阳王府行礼委屈，可让他去淮府行礼。不过，一来要跋山涉水，二来三郡王都去他府，岂不表示宁府不但根断，而且枝也灭？他恐怕更要抱怨。”

淮王封在饶州，是仁宗皇帝传下的一枝。

“说的是，这话不必再提，”张璧道，随即说起第二桩公案，“金坛王敢劫州狱，在本朝可谓破天荒，真是胆大之极。”

“不唯胆大之极，而且荒唐之极，”马汝骥说，他是陕西人，对西北驰送的奏报，关注得更多些，“抚、按说，真洵持刀，短杉，率其妾婢、官校四十余人，自州狱劫出张瑞。一名皇胄，领一班女流，去劫将堂堂官府的大狱，二位想得出彼情彼景吗？”

“那又不唯荒唐之极，且是悲哀之极。”孙承恩加一句。

胆大之极也好，荒唐之极也好，悲哀之极也好，聚众劫狱毕竟不同于聚众造反，不处分不行，处分重了也不行。不当禁锢而禁锢，不当论死而论死，有失亲亲之义，罪莫大焉。

“真洵切责夺禄，张瑞严捕验治，如何？”张璧问。

这一处分甚轻，可孙承恩、马汝骥也提不出更合适的处分。

牵涉宗室的两桩公案议完，孙承恩忽然从怀里取出一物，抖了抖，问道：“二公识得它吗？”

是一条长巾，颜色鲜艳。孙承恩摺了几摺，挽好边，戴上头顶，看上去似儒非儒，似道非道，甚是怪异。

“贞父先生大有凌云之状。”张璧开玩笑地说。

“崇象先生说得对，它就称凌云巾。还有许多种诡异摺法，我生性愚钝，没能一一学会。”孙承恩道。

“贞父先生学它作甚？”马汝骥好奇地问。

“无他，欲炫示于二公前。”孙承恩说。

“非也。”张璧一摆手，对马汝骥说，“贞父先生欲提示我二人，这等诡异冠服，该禁一禁。”

“不错，该禁一禁。”马汝骥应道，“二位是三十多年前第一次赴京师吧？三十多年前京师情景如何，我不得而知。我是二十多年前第一次赴京师的。二十多年前，士人放荡不羁，已可见端倪，但如果在街上看到有人戴今日之巾，着今日之服，无不以为可骇。而今人视之，咸恬以为常。不但恬以为常，而且起而效仿；不但京师士人效仿，而且天下士人无不效仿。陵僭多端，有乖礼制，冠服怪异，实为其大者。”

孙承恩其实想借此巾说彼巾。西苑里的醮事越来越多，每逢斋醮，文武百官都要换戴黄冠，看上去也是似儒非儒，似道非道。若说民间冠服诡异，还不是受官场上风气的影响？正所谓“上有所好，下必甚焉”，要想消除民间的诡异冠服，必先消除官场上的诡异冠服。不过，事关斋醮，是皇上最不容臣僚说三道四的。孙承恩不敢妄加议论，只能洁身自好，自己不戴黄冠。

看来，张璧、马汝骥也不会议论宫里的诡异冠服。那么，退而求其次，先把民间的歪风陋习刹一刹，也是好的。

第三百一十六章

许绅卧病不起，张佐奉旨前去探视。

在许绅家门口，碰到吏部考功郎中郑晓从院里出来。张佐顾不得仪礼，一把拉住，急切地问：“大章先生怎样？”

郑晓表情哀戚，摇了摇头，一言不发而去。

张佐情知不好，定了定神，向里走去。

许绅躺在床上，想挣扎着起来，却动也不能动。他眼睛眨了眨，几滴泪水从眼角流下，落在枕上。

“司礼公，恕我不能行礼。”他知道张佐是奉旨而来，还没有糊涂。

张佐忙握住他的手，连声说：“不必，不必。皇上交代，大章先生只需静养，无须行礼。”

又有几滴泪水从眼角淌出，许绅说：“请司礼公代我叩谢天恩吧。”

“皇上极是惦念大章先生，大章先生安心静养，便是对皇上最大的安慰。”张佐说着，问道，“大章先生可服药？”

“病入膏肓，服不服药关系不大。”许绅说。

张佐道：“大章先生常劝别人服药，怎么临到自己头上却改口？要不要请几位太医来，给大章先生诊治？”

“他们能比我更高明吗？”许绅脸上露出一丝苦笑。

张佐知道，多劝也没有用，便在许绅身上这里摸摸，那里摸摸，只觉得有些地方已经没有活力，有些地方正在失去活力。

“几日不见，大章先生怎么病成这样！”他不由得愕然。

“不关这几日的事，病根在去年就埋下。”许绅说。

所谓病根，就是宫变后为皇帝诊治，这一层用不着说，二人心领神会。那两天的危急，张佐是和许绅一起经历的，他想，内心的惊悸，他二人也不相上下。现在看来，并不是。他惊悸，是因为他的生死系于皇帝一身；而许绅的惊悸，除了因为他的生死系于皇帝一身，还因为皇帝的生死，系于他一身。他有双重的原因，惊悸自然更甚。不然，为什么自己随着皇帝日渐康复，日渐宽心，而他随着皇帝日渐康复，却日渐衰竭？

许绅却在想着方才对郑晓说的话。郑晓问病，他说："余必不复起。曩者西苑用药，惊忧所致，至今神魂不宁，百药不效。余即死，主上万寿，死无憾。"真奇怪，最为惊悸的一次，是在宫里用药，怎么却说在西苑用药？还有些话，他没有对郑晓说：首次诊治时，他不让方皇后留在殿内，不让张佐留在殿内，是想诊断出皇上必不治，则先自尽在皇上面前；在为皇帝煎熬第一剂药时，他暗自取了些奇毒的药，准备皇上服药不效，则自尽于皇上死后。

这些话当然更不能对张佐讲，二人就这样沉默着。

皇帝仍然清瘦，但精神完全复原。

见张佐一步一步挨进殿来，他知道有噩讯。

"爷，许院使已去。"张佐奏道。

"究竟什么病，他们可查出来？"皇帝问。"他们"，是许绅临终前，皇帝差去给他诊治的几名御医。

"他们说，许院使并无他病，但忧思过重，以至不治。"张佐转奏。

说忧虑，比说惊悸要好。

"朕知道，他是为朕忧虑，"皇帝沉痛地说，随即问道，"许院使是加太子太保、礼部尚书衔了吗？"

"爷说的是，"张佐道，"奴才记得，是爷命奴才去传的旨。"

不但御医加到这等职衔，任何亲信大臣加到这等职衔，也无可再加。皇帝命道："张佐，你去内阁、礼部传旨，要他等好生为许卿拟谥。"

"奴才遵旨。"张佐应道。

"还有，"皇帝要给救过他性命的太医院使一个特别的恤典，"你去对陶师说，在朝天宫为许卿特设斋醮，朕请他亲自主持。"

"奴才遵旨。"张佐应道。

张佐先去真人府，宣示圣谕后，陶仲文向他道乏。

"没出事时，麦公公得力，还可在司礼监里帮把手；出事后，麦公公却又差去掌御马监，真让司礼公为难。"陶仲文说。

南巡途中遭火灾，皇帝把崔成调出了司礼监；这次宫中遭人变，皇帝又把麦福调出了司礼监。谁也说不出是什么原因；不过，麦福原本就在御马监办事，现在又有了掌印太监的名分，他的调动，对他本人的情绪，对其他内臣的情绪，都没有太大的影响。

“只是熬人，也说不上为难，”张佐说，“熬人”两个字，其实最能表明他现在的处境和心情，“因宫里这场大变，我有半年多没在你这神仙洞府里坐一坐了，今日一坐，真觉心平气和、神闲气定。陶师，皇上这半年多也气闷得很，有没有法子让皇上舒畅起来？”

陶仲文难以作答。当然，他郑重其事地为许绅办好斋醮，会让皇上高兴。但张佐要求的，不止于此。他是希望自己这个掌道者用道家的修炼，道家的仪式，道家的手法，来吸引皇帝，使皇帝忘却烦恼，摆脱郁闷。

吸引皇帝的法子是有的。如房中之术就可以吸引皇帝；但现在不能用。一来，皇帝大难之后，身子正虚，需要的是补而不是泄，二来，他自己对房中之术不过略微涉及，并不精湛。如黄白之术曾经吸引过皇帝，但现在也不能用。一来，段朝用以黄白之术欺蒙过皇帝，又因敲诈郭府、致人死命下狱，死于狱中；二来，黄白之术也不是他的本业。

忽然想到了一个人，陶仲文击掌道：“何不请他来！”

“谁？”张佐被他感染。

“我的同乡蓝道行，”陶仲文讲起他的这个同乡，“他精扶鸾术，精招鹤术，皇上南巡时，曾见过他一面，很喜欢。他若在万寿节时，招来群鹤起舞，岂不让皇上开颜，让臣民欢欣！”

“陶师出的好主意！”张佐兴奋之余，又有些担心，“距万寿节还有两个月，来得及吗？”

十二、圣世元凶

第三百一十七章

郑晓见到吏部同僚、文选司郎中王与龄，便双手合十，念起八字口诀：“宁乡乡宁，同在河东。”

原来王与龄是山西宁乡人，属汾州府，在黄河东岸。而山西平阳府有乡宁县，也在黄河东岸。两地名只是把两个字颠倒过来，很难分辨，因编撰《九边图志》而熟悉山西地理的郑晓，便编了这样两句话。

当然，随口戏谑，还因为王与龄与他同属“甫”字辈，科第又较他晚。王与龄字受甫，是嘉靖八年进士。

“窒甫兄虽知有宁乡、乡宁之别，只怕还记不住我是哪一处人吧？”王与龄笑道。因同属“甫”字辈，便打破了科第的界限，但以兄称。

“那有什么记不住，我说受甫兄是宁乡乡宁人，难道还会错吗？”郑晓讲了句笑话。但他看出，王与龄无心与他说笑，便说，“去岁我的日子难过，料到今岁该受甫兄的日子难过。”

考功郎掌官员的考课、黜陟，文选郎掌官员的迁升、改调，两件事看似相互衔接、实则并无关联。京官六年一察，外官三年一朝，根据考察定黜陟，这是考功郎的职责；而大选、急选、拣选等，每年都有，此外还有远方选、岁贡就教选、举人乞恩选等名目，这是文选郎的职责。

京官六年一察，定在巳、亥年。去年是壬寅年，本无京察，皇帝因科、道不早劾夏言，特命吏部考察言路。那时，郑晓碰到不少难题。

“窒甫兄既知我的日子难过，还请拉我一把。”王与龄说。

“也无须下特别的工夫，只要秉公而办就好，”郑晓说着，讲述他的体会，“去岁考察言路，某阁老传过话来，某人当黜，一经考察，他并无劣迹，于是不黜；某阁老传过话来，某人当调，一经考察，他并无失旷，于是不调；某阁老传过话来，某人不可黜，一经考察，他确有劣迹，于是黜之；某阁老传过话来，某人不可调，一经考察，他确有失旷，于是调之。如是，某阁老屡屡传话，考功屡屡违抗，结果，被黜被调的科、道官竟多是他所厚爱，或他子所厚交，他不是也奈何我不得？”

“说起此事，许多人对窒甫兄很是敬佩，”王与龄接言道，“不过，我还要请教：窒甫兄多次称某阁老，究竟是一阁老，还是两阁老？”

“是一阁老。”郑晓说。

“这次可是两阁老一起出动，”王与龄道，又问，“窒甫兄所称，是翟阁老，还是严阁老？”

“是严阁老。”郑晓说。

“我想就是他。翟阁老虽有二子，却不善与人交，亦无厚交，”王与龄说，又问，“严阁老除了传话，可还有手书？”

“无手书。”郑晓说。

“这次两阁老却一起写手书与我，”王与龄自艾自叹，“故我今岁日子之难过，更甚过窒甫兄去岁。”

“手书？”郑晓精神一振，问，“可否带在身上？”

“接到手书，还不曾离身。”王与龄说。

“可否借我一阅？”郑晓虽在询问，手已伸出。

王与龄把两张便笺递给他看。

一张便笺是翟銮写的，请将礼部主事张唯一改吏部。郑晓说：“不错，这是诸城相公的字体。”

一张便笺是严嵩写的，求授国子监生钱可教为东阳知县。郑晓左看右看，说：“这却不似分宜相公的字体。”

王与龄说：“可它确是严府家人送来的。”

郑晓不与他分辩，静想片刻，忽然说：“受甫兄错！”

“窒甫兄是说，虽严府家人亲自送来，也不一定就是分宜相公的手书？”王与龄揣测。

“非也，受甫兄说，今岁日子之难过，更甚过我去岁，这话错，”郑晓说着，一扬便笺，“有此手书，受甫兄的日子还有什么难过！”

王与龄听懂他的意思，可还是说：“请窒甫兄明示。”

“日子难过，是因为受甫兄不愿合于污流，那么，可于两个做法中择一，”郑晓说，初听他的话，以为两个做法完全不同；听他细说，却又不是，“一则将两阁老的手书密封呈进，请皇上亲裁；一则将两阁老的手书交与老尚书，看他有什么说法。想来，老尚书也会要受甫兄密封呈进的。”

“同是密封呈进，何必多此一举？不如我径自去办。”王与龄道。

郑晓说：“这话也对也不对。同是密封呈进，于你没有差别，于事却有不小的差别。”

“怎讲？”王与龄请教。

“我等人微言轻，与老尚书同说一句话，分量能无差别？”郑晓道。

“窒甫兄是要老尚书出面？”王与龄这才完全听懂。

郑晓说：“若是他人还罢，因是分宜，老尚书当论之。”

“窒甫兄对他有成见，不仅因为去岁他再三传话吧？”王与龄笑道。

“那仅是九牛之一毛，”郑晓却毫无笑意，“受甫兄还记得去岁谢如卿的奏疏吧？他称郭勋、张瓒、严嵩、胡守中为圣世之四凶。我看，四凶中还有一个元凶，就是严分宜。今郭勋死于狱，张瓒死于官，胡守中死于市，唯分宜独在，众人当合击之。”

谢瑜提出“圣世四凶”在去年九、十月间，严嵩入阁才一个月。那时，副都御史胡守中以贪黩已弃世，郭勋已死狱中。谢瑜写道：“昔舜诛四凶，万世称圣。今瓒与郭勋、严嵩、胡守中，圣世之四凶。陛下旬日间已诛其二，天下翕然称圣；何不并此二凶，放之流之，以全帝舜之功也。”也许因为郭勋之死、胡守中之死都是近期的事，也许因为被比作帝舜很快意，皇帝居然没有惩处谢瑜；当然，也没有将严嵩、张瓒放之流之。不几日，发生宫变；又不几日，张瓒死于任上。严嵩是“四凶”中唯一的幸存者。

这个钱可教，不知和严嵩是什么关系。他在国子监，不以博学名，不以贤良名，严嵩不惜留下凭证，为他求官，正是严嵩的又一劣迹。

郑晓觉得，这正是铲除元凶的一个机会。他却忘了，那张便笺上的署名根本不像严嵩平日的字体。

第三百一十八章

皇帝宣召首辅翟銮、次辅严嵩、吏部尚书许讚于西苑便殿见驾。翟銮和许讚一早在左顺门接旨，匆匆赶来。严嵩昨夜在西苑当值，尚未离去，以逸待劳，神色从容得多。

“唯中兄，昨夜安否？”翟銮问。

“仲鸣兄是问我，还是问西苑？”严嵩调侃。

“问你，也问西苑。”翟銮说。

严嵩仍调侃：“我嘛，在圣上卧榻之侧，心神安定是不用说的，不能鼾睡也是不用说的。至于西苑安否，仲鸣兄身在其中，不觉满目祥瑞、满耳祥音吗？”

“唯中兄说的是。”翟銮搭讪着，向前走去。

许讚在一旁听着，心里冷笑：这个翟仲鸣，真是窝囊到家了。在张孚敬下面被压抑，在夏言下面被压抑，眼见换成你的同年，而且你是首辅，他是次辅，又看不出他有什么特别的本事，你却还是这样被压抑着！这个严唯中，也变得越来越不像样子，对翟仲鸣，想戏弄就戏弄，想调侃就调侃。也非得有个夏公谨，才能制服他！

“廷美先生，请吧。”严嵩让道。

这本是普通的客套，但听起来，却有人皆为客我为主的味道。许讚回过神来，说：“唯中先生请，我跟得上。”

三臣行礼如仪，恭请圣安。

皇帝说：“今日不该卿等向朕行礼，该朕向卿等行礼。”

翟銮等手足无措，复依次跪下。

“说了不该行礼，怎么又行起礼来？”皇帝示意，近侍上前，将三人搀扶起来，皇帝说，“适逢大选，朕来做一回文选郎。卿等均为朕的上官，是不是该朕向卿等行礼？”

翟銮等请罪：“臣等不职，劳圣主忧心，罪当万死。”

“也没有那么严重，不过有些事情朕想问清楚。既然朕作不得文选，只好卿等去作一回文选，”皇帝说着，先招呼首辅，“翟卿！”

“臣在。”翟銮应道。

“翟卿识得张唯一吧？”皇帝问。

“臣识得。”翟銮道。

“张唯一现官何职？”皇帝问。

“礼部主事。”翟銮道。

“卿下书，命吏部改其吏部，这事可有？”皇帝问。

“臣致书文选，商请而已，不敢下书吏部，亦不敢命之。”翟銮道。

下书也好，致书也好，他既然承认写过书，就不必再追问。停了停，皇帝接着问道：“礼部主事逾十，六部主事逾百，翟卿为何只请改一人？”

翟銮不慌不忙地说：“张唯一是臣主试顺天时所取解元，后廷试为二甲第一。科第既优，人品又好，臣荐他，也是为朝廷求贤之意。”

要是许讚来问，疑窦就多了：翟銮主顺天试在嘉靖四年，即张唯一中乡试在嘉靖四年，而他廷试中第在嘉靖十七年，中间隔过了嘉靖五年、八年、十一年、十四年四次春闱。乡试第一名十多年后才中会试，许讚想不出还有其他例子，至少这是极罕有、极可怪的。当然，张唯一为嘉靖四年顺天试解元，是不会假的。那么，他为什么嘉靖十七年才中会试呢？可以想得出一种解释：嘉靖十七年的主考官是顾鼎臣，与翟銮同年，这中间会不会有名堂呢？那就不止为张唯一请改官，还有别的托请。

但皇帝没想这么多，问出翟銮是为朝廷求贤，就不再问。

“严卿。”他招呼次辅。

“臣在。”严嵩应道。

“严卿识得钱可教吗？”皇帝问。

“臣识得。可教是国子学生。”严嵩道。

“他是何处人氏？”皇帝问。

“镇江人。”严嵩道。

“严卿如何识得他？”皇帝问。

“可教之父钱玉医业甚精，臣幼时体弱，自任编修后，或钱玉赴京时，或臣在南京时，每求其用药，因此相识。”严嵩道。

“卿下书，为钱可教求东阳知县，这事可有？”皇帝问。

“并无其事，”严嵩道，又补充说，“可教曾央臣写帖，臣没有写。”

不是把“下书”改为“致书”，而是矢口否认，倒要问个究竟。皇帝命近侍交给严嵩一纸，问：“这帖子不是严卿写的吗？”

严嵩看了看帖上的字，说：“臣从未写此帖。臣每次奏本，以及拟旨，都是亲笔书写，两相比照，便知真伪。再者，可教现在京师，只要命锦衣卫逮讯，臣有没有写帖，立时可知。”

皇帝道：“用不着费此周折，爱卿的话，朕还不信吗？倒是可教央卿写帖一事，不妨说与朕听听。”

“臣遵旨，”严嵩躬身道，“可教去冬来京，即去见臣，求臣写一帖与臣许讚，以为引介。臣问他为何要见。他说：其兄钱汝成亦善医道，许讚在浙江任官时，曾延之治病，服药有效，此后往来不绝。今来京师，汝成托带书信，求先生写帖，为的前去送函。臣问他别有企求否。他说：明年大选，望进一言。汝成致函吏部，亦是托他关照。臣对他说：我虽值阁，并不干部事。你兄既有书，可自往求之。臣只是差人送他去见许讚，并未写帖。此后，臣与可教再未相见。”

听的三人，各是一种心情。

皇帝欣喜：严卿不负忠弼二字！

翟銮懊悔：他知推诿，自己怎不知推诿！

许讚慌张：搬起钱可教这块石头，原是为打他，怎么反打到自己头上！皇上若问到和钱家的关系，倒要小心应答。

“这个钱可教好生可恶，竟在内阁和吏部两下里托请，此人永远不可叙用，”皇帝说罢，招呼许讚，“许卿！”

“臣在。”许瓒应道。

“许卿识得王与龄吧？”皇帝没有问他和钱家的关系。

“臣识得。他是臣部郎中。”许讚道。

“是文选郎吧！”皇帝显是明知故问。

“是。”许讚应道。

“朝选委以大任，就当兢兢业业，为国选贤，你听听，他这几句是什么话！”皇帝念道，“平时请属甚多，臣等违抗，积罪如山。非圣明复庇，则二权奸主于中，群鹰犬和于外，臣等不为前选郎王嘉宾之斥，得为近日御史谢瑜之罢，幸矣。”

谢瑜以审狱贪酷被劾被罢，是近几日的事。王与龄想保全他而没有保全得了，所以写了上面几句话。

“王与龄所言，其罪有四，”皇帝一一数道，“官吏之选举、迁升，权在文选，责在文选。铨选被论，便诿过于阁臣，罪之一也。秉公铨选必要违抗请属，反称‘积罪如山’，视文选之职为儿戏，罪之二也。廷臣推举、朕所钦定之阁臣，动辄呼之‘权奸’，罪之三也。前选郎王嘉宾被斥，今御史谢瑜被罢，皆咎由自取，竟敢为之鸣冤叫屈，罪之四也。有此四罪，王与龄不唯不能再主文选，亦不可再留吏部；不唯不能再留吏部，亦不能再任职官。”

许讃欲减轻属郎的罪状，自请罪道：“王与龄等上疏妄言，亦臣监督、管束不严之过。”

“卿不止监督、管束不严，且人云亦云，”皇帝责备道，“翟卿致书文选，本为国求贤之意；严卿写帖，本无有之事。你为何也随着王与龄等，说他二人夤缘，还要朕加以戒饬？”

“是臣失察。”皇帝对阁臣不疑，许讃不敢深辩。

于是，王与龄被罢免，文选主事周鈇贬河间通判。吏科给事中周怡上疏为王与龄辩，疏中有一句话：“中外不畏陛下，唯畏严嵩久矣。”皇帝怒，命杖之阙下，锢之诏狱。

从此，论劾严嵩的官员，必要好好想一想了。

第三百一十九章

唐顺之罢官后，卜居于常州城外阳羡山，竹舍中设备虽简单，却也齐全；特别是山中清静，非城中可比，倒也住得心舒气畅。

偶有亲友来访，同时而来三人的次数则不多。

先到的是江阴士子李诩。他还没坐定，来一官一民。看上去，官比他的年纪略小，民比他的年纪稍长。

唐顺之迎过去，拉住官人手说：“顺甫今日怎么得闲？”转向李诩介绍，“这位茅顺甫先生，是咱们的半个父母官。”

茅坤字顺甫，浙江归安人，嘉靖十七年进士，初授青阳知县，后转丹徒知县。丹徒属镇江府，武进、江阴属常州府，二府毗邻，所以唐顺之戏称茅坤是他和李诩的半个父母官。

“久仰，”李诩揖道。“我记得贵科殿试，皇上点来点去，点到的状元公茅邦献先生也是浙江人，不知——”

“我在那一科，排在三甲一百五十名之后。邦献先生世居钱塘，和我同姓同省，却非同乡同族。我和他一起，正好应狗尾续貂。”茅坤道。

茅瓒字邦献，是嘉靖十七年的殿试第一人。

“顺甫说到狗尾续貂，我不得不辩一辩。世人见识过貂儿的有几人，用得上貂皮的有几人？反而是狗儿人人见过，狗尾人人可用。狗尾未必不如貂皮，”唐顺之批驳之后，指点着李诩说，“厚德只知有茅邦献而不知有茅顺甫，我送你四个字：孤陋寡闻。”

人皆谓唐顺之当取状元，而未取得状元，虽说他对罗洪先服气，但心中耿耿，无意中把状元看轻。茅坤在当今士人中最敬佩唐顺之，敬佩他的学识，敬佩他的文章。听他这话，微微一笑，不作声。

李诩则说：“顺甫先生年纪虽轻，古文冠一时，谁人不知！孤陋寡闻四个字，在下不能接受。”

“厚德兄不接受，我正好自家用之，”唐顺之说着，向茅坤介绍，“这位李厚德先生是我常州第一才学之士。”

李诩说：“称我才学之士，亦为狗尾续貂之意，且是尾端之狗尾。”

茅坤说：“厚德先生才学，我在丹徒多有所闻。厚德先生恬淡功名，不仅为才学之士，亦堪称超凡脱俗之士。”

茅坤、李诩二人初次见面，都有相见恨晚的感觉。

茅坤把与他同来的士人拉过来：“应德先生，容我介绍。”

那人姓周名述学，字继志，浙江山阴人。

“继志先生只好读书，不求功名，于历学尤为精邃，非晚生可窥。”茅坤说，“应德先生不是问我今日为何得闲吗？实不相瞒，晚生这几日原不得闲，是被周兄硬邀来的。”

周述学接过去说：“在下久闻应德先生学问博洽，有心求教而不得门入。恰顺甫先生改官，近在咫尺，斗胆请他引见。顺甫先生道在下硬邀，令人羞愧；不过，从中可见在下急切至诚。”

“欢迎之至，周先生反正要占上一个‘硬’字，与其硬邀顺甫，不如硬闯寒舍，更为便捷。”唐顺之道。

三人皆笑。周述学笑着说：“不敢唐突贤者。”

宾主就座，家仆送上一壶茶和几个茶盅，看上去很是粗陋。

唐顺之为各人斟茶，斟到李诩时，责备道：“周先生远在会稽，前此无缘，不必说它；顺甫有公务，相距虽近，不能常来，也有情可原；厚德兄所居甚近，极言之，不过爬一座小山而已，怎么总不来看我？”

“应德先生好没道理！”李诩分辩，“你自京师还我常州，不到三年吧？就算你回到常州，我没来看过你，也说不上总不来看你。你自城里搬来山上，不到一年吧？就算你搬上山后，我没来看过你，也说不上总不来看你。你回常州前，在朝廷上做官，那天子脚下的地方，也是说去就能去的吗？”

“我说错，行吧？欲责难厚德兄，自取其辱而已。”唐顺之连忙告饶。

茅坤和周述学对他二人的亲昵羡慕不已。

“不过，有一次，我还真要去京师看你。”李诩又说。

“是哪一次？”唐顺之问。

“方皇后册封，你说我该不该去看你！”李诩道。

茅坤大惑：愿不愿受旅途劳顿，去不去看唐顺之，全在两个人的交情，和方皇后册封有什么关系？

“为何访方皇后册封，厚德先生要去看应德先生？”他问。

李诩讲述方氏在南京应选嫔妃、唐顺之称她贵不可测的故事。

“真乃天下第一奇妙之卜。”茅坤叹道。

唐顺之摆摆手说：“我那一日心血来潮，姑妄言之。厚德兄姑妄听之就是，怎么到今日还要散播？宫阙之事，当不得儿戏。”

“我也是姑妄散播，追查起来，我等都不认账。”李诩说。

听者皆笑。唐顺之道：“厚德兄，我许久未下山。你的见识多，山下有什么奇闻，说个三五件我等听听。”

李诩直摇头：“顺甫先生、继志先生听听，他的口气有多大。一件可叫奇闻，三五件也叫奇闻吗？三位听好，我江阴县还真出件奇闻。”

他有板有眼，讲起该件奇闻。

江阴县有个顾山镇。不知哪一年，顾山镇迁去一家外来户，姓姚，名字不详。为讲述方便，且称户主姚老汉，其妻姚老婆。二老带着一子一女，租两间小房住。姚老汉懂得酿酒，酒却不甚香；懂得做豆腐，豆腐却不甚嫩。一身而兼二业，日子紧紧巴巴，还过得去。

今秋，姚老婆染病，姚老汉拿着积蓄，为她请先生买药。她还没好，一子又病，一女又病，钱不够用。姚老汉咬咬牙，取出传家宝物当卖。

顾山镇人本分，有闲钱的人家不多；有闲钱的人家，肯买闲物的也不多。有一户姓王，当爹爹的不欲买，当儿子的喜欢那物，要买。当爹爹的犟不过当儿子的，只得由他。

你等道是何物？原来是五张绢绸，上面各贴一张黄纸，纸上有字。

第一张黄纸上写着：赠姚某某祖某某官某某。

第二张黄纸上写着：赠姚某某父某某官某某。

第三张黄纸上写着：赠姚某某祖母某氏某品夫人。

第四张黄纸上写着：赠姚某某母某氏某品夫人。

第五张黄纸上写着：赠姚某某官某某。

下款的日期都是永乐十年二月，且加玉玺。

王家的儿子问：姚某某何人？

姚老汉说：是我家祖宗。

王家的儿子说：你家祖宗，还有你家祖宗的祖宗，要我替你供着不成？我要买的是古董，不是祖宗，这笔买卖不能做。

姚老汉央告：家人等钱抓药，你好歹买下。

王家的儿子想了想，说：这样吧，纸上写着你家祖宗的名字，还有你家祖宗的祖宗的名字，我不能买，这几块黄绢，我买下吧。这五件东西可值二十两银子。咱们说好，我买的不是全部，出全部的钱，我吃亏。不过，这绢比这纸值钱，我出一半的钱，你亏。我也不亏，你也不亏，给你十五两银子吧。

他竟将五张黄纸揭下，给姚老汉十五两银子，留下绢绸，奉还黄纸。

世上不乏识货的人，双泾镇有一个姓周的公子，愿买这五张黄纸。姚老汉要五两银子，周公子给了他五十两银子。

茅坤急得跺脚："这事怎么不让我碰上，我愿出五百两银子。"

"顺甫先生谦谦公子，也忍心占姚少师后人的便宜？这五张官诰至少要值到五千两银子！"唐顺之道，又说，"厚德兄，你的奇闻奇是奇，却有谬误，我来为你纠正：姚少师虽长洲人，却是长短之长，不是寻常之常。况且，顾山镇、双泾镇等，皆是苏州地名。故你的故事，该在苏州，不该在常州。"

"应德公差矣，"李诩不服，"姚老汉败落至此，丢尽伊祖之脸，在长洲还住得下去吗？他是一定要迁来常州的。这是其一。至于其二嘛，你武进没有顾山镇、双泾镇，怎知我江阴也没有？"

唐顺之遇到他这样不轻易认错的好友，只有无奈。

"所谓奇闻，奇就好，出在苏州，抑或常州，还在其次。不过，左一个某某，右一个某某，听多难免昏昏然，"茅坤说着，向唐顺之一揖。"应德先生，你来还这些某某真面目，如何？"

"这有何难，"唐顺之随口道来，毫不费力气，"姚某某，少师姚广孝也；其祖某某，菊山公也；其父某某，妙心公也；其祖母某某，周氏也；其母某某，费氏也。"

"妙极，经应德先生订正，再讲这段奇闻，要清晰得多。"茅坤说。

李诩又要分辩，周述学对他说："厚德先生道姚老汉败落至此，却不知姚氏败落，正应在姚老汉身上。"

"怎讲？"李诩问。

周述学说："姚少师本配享成祖庙庭，只因他是释家，嘉靖九年，被皇上移祀大兴隆寺，其后人还能不败落吗？"

"高明，高明！"李诩讲的奇闻有所依据，他甚是高兴。

对朝廷举措，尤其是事关祀典，山人可以随便议论，为官者却不可以随便议论。唐顺之、茅坤都不附言。

“顺甫，最近在读谁的文章？”唐顺之把话岔开。

茅坤说：“应德先生训示，韩昌黎、柳河东的文章绝伦，我正在细读二公的文集，果似清风，扑面而来。”

韩愈字退之，郡望昌黎，遂以昌黎自称。柳宗元字子厚，河东人，世称柳河东。二人都是唐代的文章大家。

“六百年来，韩、柳齐名，每写一文，无不流畅清新。顺甫说果似清风，不谬也。不过，”唐顺之口气一转，说，“二人文章，各具一格，你绝不会误以韩文为柳文，误以柳文为韩文。如《醉翁亭记》，何等轻巧婉转，韩退之是写不出来的。如《鳄鱼文》，何等敦厚气派，柳子厚是写不出来的。这正是其可贵之处。”

“应德先生评的是。”茅坤道。

“韩、柳二公的诗，亦很可观。”李诩插言。他喜诗，甚于喜文。

唐顺之点头称是：“不错，韩文、柳文，也须韩诗、柳诗佐之。世称，韩诗似文，柳文似诗。有人以为，这是说二人各有风格；有人以为，这是说二人各有短长。实则诗、文原本一体，皆如其人。”

周述学听得很专注。他说：“应德先生这一篇宏论，连我这个不懂诗、文的人听后，也受益匪浅。”

“继志先生不要和他们凑合在一起，我还有话对你说，”唐顺之埋下伏笔，又转向茅坤，继续论文，“李空同提倡复古，无可厚非。但他文只读秦、汉以前，诗只读盛唐以前，未免偏颇。秦、汉以前的文章是古文，唐人的文章就不是古文？就没有可取之处？盛唐以前的诗是古诗，宋人的诗就不是古诗，就没有可取之处？我看，韩、柳的诗文，就非我朝七子者可比。不但是韩、柳，宋人欧阳修、曾巩、王安石的文章，特别是苏洵、苏轼、苏辙三父子的文章，吾皆爱之。”

“好！盛唐二公的集子还没读完，宋代六杰的集子又要摆上案头，”李诩取笑。“顺甫先生，我看你追随应德先生，一生不得清闲。”

唐顺之说：“顺甫追随前贤，怎么是追随我？厚德兄既称宋代六杰，我也姑且称作宋代六杰。学无止境，宋代六杰的文章不但顺甫要读，厚德兄，你也要读。若趣味不在文章，读读六杰的诗也是好的。”

关于唐、宋文章大家们，茅坤还没听够，还没说够，却被李诩一句玩笑话打断。等唐顺之指点过李诩，他要把话题再拉回到唐、宋文章上去，唐顺之已转向周述学。

“我欲继志先生别和他二人凑合，是有道理的，”他说，“李空同反对读唐、宋文章，唐、宋文章还是有人读的。如敝人，如顺甫。而历学至今日，几成绝学。继志先生既有志，还是把心思用在这上面好。”

“虽有志，根基浅，怕不能有成。”周述志说。

李诩又来搭腔：“继志老兄不必过谦。我平生有两次茅塞顿开：一次在十多年前，应德先生称方皇后当大贵；一次在今日，你称姚少师后人当败落。你连我都能打动，根基可不浅。”

“厚德先生过奖。”周述学揖道。

“继志先生不要理会他，我们来说说你的志向，”唐顺之招呼他，“继志先生于历学，拟从何处入手，向何处探究？”

“有些想法，粗疏得很，正要请应德先生指教，”周述学说着，先举一事，“在下偶窥西域星占之术，心有所动。其术广博，而不精细。我欲以中国之算，测西域之占，应德先生看可使得？”

唐顺之略微思忖，说：“我不懂西域之占，但中国之算的精细，我则略有所窥。既如所言，一为广博，一为精细，若能合璧，奇妙无比。”

周述学又举一事：“七曜之中，日有道可循，月有道可循，五星却无道可循。我欲推究五纬，为星辰五道，先生看可否？”

五星即金、木、水、火、土各星，与日、月共称七曜。

“此举繁矣，继志先生之志不小。”唐顺之道。

“另有一事更繁，”周述学说，“我欲取历代史志之议，正其讹舛，删其繁芜。应德先生看可使得？”

唐顺之说：“取自史志，正于史志，继志先生之志大矣。昔者太史公造历，能以测定日躔盈缩，月离迟疾，去极远近，浑沦得一天体在胸膈中。而欲传之形气之间，以为历本，则是以数寸算子，握住万古宇宙转运。其难下手，可想而知。”说到这里，转向茅坤、李诩。“竹舍里已备下饭菜，二位用过，就请下山，我还要留继志先生多谈几日。”又问周述学，“大驾可否屈留几日，与我畅谈？”

“固所愿也，”周述学道，见竹屋不大，外面客室，四个人一坐，已显得拥挤，内舍更小，他说，“只恐先生不便。”

“有何不便！继志先生，你随我去看。”唐顺之拉着周述学进内舍。

里面竟无床榻，只地上摆放一张门板，门板上仅一床单，不设褥垫。

“继志先生肯留下，卸两扇窗就是。”唐顺之说。

第三百二十章

山东巡按御史叶经策马至布政司衙门前，勒缰下马。他随手一扔，缰绳恰好落在一衙役的手里。衙役牵过马去，在胛骨上按了按，说："叶大人，马该喂料。"

"有劳，"叶经随口一应，问道，"你家老爷走没走？"

"没走，他说不定正在等叶大人。"衙役也是随口一答。

"在等我？"叶经顾不上细想，三步并作两步地向里走。

衙役想：叶大人今日好没道理，他的马该喂料，怎就来劳动我？

"懋学先生，你在等我？"叶经上堂就问。

山东布政使陈儒，字懋学，锦衣卫籍，嘉靖二年进士。

他被问得茫然，说在等也不是，说不在等也不是。

叶经不由好笑：门上衙役的一句胡言，怎么也当起真来！况且，人家并非肯定，他家老爷一定在等你；只是告诉你，他家老爷说不定在等你。自己说不上精明，可也不该糊涂至此。今天是怎么回事！

"叔明，有事吗？"他自责未已，陈儒已在问。

"一件大事，"叶经说着，问道，"懋学先生，今次呈进的第五策问，究竟出自哪一位仁兄的手笔？"

今年是乡试之年。依照惯例，各省要将考试中的精彩策论刻录成册，上呈朝廷。所谓精彩策论，本该取自中第举子的试卷，但举子所作，难以十全十美，所以考试官要删改，有时，干脆是考试官自己撰写。

"第五策问？可是'防边御虏策'？"陈儒边想边问。

"就是它！"叶经道，"前日懋学先生宴请各考试官，周教授、李教授、刘教谕、陶教谕争道该文是自己撰写的，或是自己删改的。争来争去，我也弄不清到底该记在谁的头上。"

"难道不该记在叔明的头上？"陈儒问，"无论周教授、李教授撰写，还是刘教谕、陶教谕删改，不都要叔明最后定稿？”

各省乡试，一般由本省学官为考试官，以巡按御史监试，以布、按二司堂官提调。乡试小录，须得通过监试者。

“说的是！”叶经颓然，“不知哪位仁兄在撰写时，只顾一时的痛快；我在删订时，也只顾一时痛快。”

“该文有不妥吗？”陈儒被他说得发慌，若有不妥，监试的御史难脱干系，他这个提调官同样难脱干系，“防边御虏，为当前要务，所言数事，无不切中时弊，怎么会不妥？”

“正因切中时弊，才大有不妥。”叶经说，“懋学先生想一想，皇上这几年来，处置过多少边事？策论‘防边御虏’，不颂扬圣明，反而指责这也不是，那也不是，岂非大大的不恭！”

陈儒一想，可不是！朝廷没有处置边事，说这也不是，那也不是，不过指责边臣；现在连朝廷一起指责，连皇上一起指责，麻烦着实不小。这个一时的痛快，看来图不得。

“懋学先生，还追得回来吗？”叶经抱着一线希望问。

“叔明为这事急着来见我？”陈儒苦笑，“济南离京师不过九百里，驿差已经走两天，叔明，你看追得回来追不回来！”

是啊，九百里路程，驿差再偷懒，明天也该去通政司；追的人再奋力，也要后天才能赶到京师。一边重新刻录，一边把驿差追回来，这个补救的法子想也不必想。

“也许，皇上并不动怒，并不追究。”陈儒安慰叶经。

叶经摇着头说：“换是别人，皇上也许并不动怒，并不追究。因为是我，皇上不会不动怒，不会不追究。即便皇上不动怒，有人也会激皇上动怒；即便皇上不欲追究，有人也会激皇上追究。”

陈儒知道，所谓有人，指的是严嵩。叶经曾就严嵩收取宗室贿赂一事大加弹劾，就算皇上放过他，严嵩也不会放过他。

对丁逃过此劫，想也不必想。

无可挽回，叶经反而踏实。他激动地说：“当年我和如卿兄共约弹劾奸佞，如卿兄不背约，我亦不背约。如卿兄获罪在前，我今获罪，又有什么好抱怨的！后人论起我和如卿兄，知我上虞有两个不怕得罪权势的诤谏之臣，我愿足矣。只是连累懋学先生和诸位学职，令我恻然。”

“叔明差矣，”陈儒道，“我未曾诤谏，设若与叔明一同获罪，是沾叔明的光，哪里说得上连累！”

皇帝召入阁臣翟銮、严嵩及吏部尚书许讚、礼部尚书张璧等。

“礼科的论奏，礼部可议过？”皇帝问。

顺天府乡试中，外省举子冒籍者多。礼科给事中陈棐，检举浙江慈溪人张汝濂，冒籍良乡，中式。他写道：国家求贤，以科目为重。而近年以来，情伪日滋，敢于为巧以相欺，工于为党以相弊。其中奸宄之徒，或居家之时恃才作奸，败伦伤化，削籍为民。兼之负累亡命，变易姓名，不敢还乡者有之；或因本地生儒众多，解额有限，窥见他方人数颇少，逃奔入京，投结乡里，交通势要，钻求诡遇者有之；或以顺天乡试多四海九州之人，人不相识，暮夜无知，可以买托代替者有之。一遇开科之岁，奔走都城，寻觅同姓，假称宗族，贿属无耻乡官，拴同保结。不得府学，则谋武学；不得京师，则走附近；不得生员，则求儒士。百孔营求，冀遂捷径。及其中科回籍，则既告路费，又告牌坊，四顾罔利，真同登垄。而其未得者，则旁从挟持，互相攻发，烽起浮议，呈帖匿名。圣明辇毂之下，岂宜有此不美之事！请令所司核究顺天府学冒籍生员，俱遣回籍，降等肄业。京卫武学，非武职应袭，不得滥入。

冒籍的种种弊病，他差不多都写到。

礼科给事中李念则专论大臣子侄冒籍，举出工部侍郎陆杰侄陆光祚、太仆寺卿毛渠子毛延魁、鸿胪寺卿陈璋子陈策，俱冒府学、武学中式。除检举冒籍者，他还论劾陆杰等欺罔不忠。

被其他人检举，冒籍顺天府学、京卫武学而中式的举子有十人，顺天府提学御史谢九仪查核：孙镃、孙鑨、王宸、陆宏四人，系锦衣卫、太医院现任官亲子侄，郑梦纲、陶大壮、沈谱、丁子载、陆可成、翟钟玉六人，俱诈冒籍贯。

皇帝问的，就是这些奏章。

“臣等议过。”张璧奏道。

“礼部看，当如何处置？”皇帝问。

“臣等以为，孙镃等四人，为锦衣卫、太医院现任官亲子侄，原占籍顺天府，既中乡试，当存留会试；张和更名冒籍，情节特重，当下法司逮治；郑梦纲等六人当发回原籍，入学肄业，仍得应其乡试；陆光祚等三人虽称随任在京，终系冒籍，亦当一体发回；大臣子侄多应顺天府乡试，沿袭已久，陆杰等可从轻处分。”张璧一一奏道。

科道奏论时，对被检举和被论劾者都提出具体处分，礼部不过把各人所议的处分综合起来，略加修改。

“严卿，你看呢？”严嵩是前任礼部尚书，皇帝征求他的意见。

严嵩奏道：“既然大臣子侄应顺天府乡试，沿袭已久，臣以为，陆光祚等，不必发回，可存留其名籍；但明年不得参加会试。且申明：今后大臣子侄一律回原籍应试。陆杰等亦当暂不处分。”

皇帝赞同地说：“不教而诛，朕所不取。与其从轻处分，而不能震慑，不如暂不处分，以观后效。”

“皇上圣明！”翟銮等颂道。

今年对乡试的论奏集中在顺天府乡试。关于顺天府乡试的论奏虽多，议出这样的结果，众人都觉得，可以结束。而皇帝接下来的询问，很轻松，很随意，使众人对此更加确信无疑。

“许卿，陈棐、李念、谢九仪各是哪科进士？”皇帝问许讚。

也许因为去年考察过科、道，许讚还大致记得。他奏道：“谢九仪是壬辰科进士，陈棐、李念是乙未科进士。臣璧主乙未春闱，臣说得对不对，皇上可向他坐实。”

壬辰年是嘉靖十一年。乙未年是嘉靖十四年。

张璧证实：“陈棐、李年是乙未科进士，谢九仪不是乙未科进士。”

他们以为皇帝要表彰这三名科、道，错！皇帝并不想表彰谁，他是借着这几名科、道论奏顺天府乡试，做一个比较。

“朕记得，谢瑜也是壬辰科进士，周天佐也是乙未科进士。”他说。

“陛下说的是。”许瓒道。

“同是一科，良莠不齐，以至于此。”皇帝表达过对谢瑜、周天佐的强烈憎恶后，忽然问，“许卿，还有一个叶经，也是壬辰科进士吧？”

“是。”许讚应道。

“叶经监山东乡试，呈来的是什么程文！”皇帝命道，“张佐，你读！”

张佐不带任何语气地读道：“御虏之者，不可幸彼之不来，而在严告守备之足恃。今兹丑虏厌饱而去，苟偷一时之安，而不先为可胜之计，万一黠虏复来，因我无备以大肆其猖獗之势，则将来之患可为寒心。其言财竭民困之故，则有总运之输，有常征之赋，有筑堡之役，有壮丁之选，有临济之行，有河上之运。王事期程，急于星火，郡县追呼，鸡犬亦为之惊矣。

“卿等都听清楚吧，不知作何感想？”皇帝问罢，先说自己的感想。“在叶经等看来，朝廷这些年关于边事的举措一无是处，边臣这些年关于边事的举措一无是处，朕读后，心里很不舒服。”

“臣听后，极是愤慨，”严嵩附和道，“该文全篇讪谤：‘丑虏餍饱而去’是讪谤；‘苟偷一时之安’是讪谤，‘鸡犬亦为之惊矣’是讪谤。臣请重惩撰者及有关各臣。”

他被叶经论劾过，不好公然请求重惩叶经。但他任礼部尚书、侍郎十五六年，深知监试御史对各省乡试负有最重大的责任，皇帝只要决心重惩有关官员，首先被重惩的一定是叶经。

“卿谓全篇讪谤，切中要害。卿等议议，讪谤君上者，当治何罪？”皇帝点名，“张卿，你来！”

张璧初听皇帝对陈棐、李念称赏，心里有一丝得意；后听皇帝对周天佐发难，心里有一丝怯意。现在皇帝既然肯定严嵩的说法，亦即给惩治有关官员定下调子，他当然不会为叶经等辩解。

“今岁虏未南侵，皆皇上庙谟详尽，天威所慑。该等官员乃不知归功君上，而以丑虏餍饱为词，诚为可恶。除考试官率意为文，叛经讪上，法当重治，监临官御史叶经漫无纠正，提调官布政史陈儒、参政张皋，监试官副使谈恺、潘恩有赞襄之职，俱属有罪。”他说。

“与试官一体有罪，是不错的。但各省出题刻文，悉听之巡按，考试教官莫敢可否，还该有轻重之分，”皇帝没说轻者如何处分，重者如何处分，只是命道，“叶经与各官俱命锦衣卫官校逮拿，至京治之。”

叶经、陈儒等逮至京，有旨：陈儒等降边方杂职，叶经以狂悖不道，廷杖八十，削籍为民。叶经死于杖下。

第三百二十一章

十月初一日，皇帝命礼部尚书张璧、工部尚书甘为霖会同成国公朱希忠、吏部尚书许讚等议庙制，郭勋死后，朱希忠俨然成为勋戚领袖。

张璧、孙承恩边向朝堂走去，边谈论着。

“仲房先生恐怕要无法任事，朝廷也有让他养病的意思，贞父兄，你看皇上会让谁代他？”张璧问。

孙承恩一愣，反问：“崇象兄说他要无法任事，是什么意思？”

“太医院的人告诉我，他挨不过这一两个月。”张璧悲戚地说。

马汝骥突然发病，一病就不可收拾，现已完全卧床。

孙承恩也很悲戚。他叹道：“刚者不寿，外柔内刚，亦不得寿。”复稍稍振作。“崇象兄问皇上会让谁代他，我看会让思仁兄。”

许成名字思仁，山东聊城人，正德六年进士，现官南京吏部右侍郎。

“为何？思仁兄若召入，礼部岂不成辛未科一统天下！”张璧道。

正德六年是辛未年。一部三堂官是同一科进士的情形，虽然较少，但不是绝无仅有。如嘉靖初年，尚书毛澄、左侍郎汪俊、右侍郎吴一鹏都是弘治六年进士。不过，他们在礼部的次序和进士的名次是一致的。而许成名是正德辛未科二甲第一名，庶吉士第一名，他若召入，是代替马汝骥任右侍郎，想起来，就有些别扭。所以，张璧这样说，与其说不能信，不如说不愿信。

“崇象兄是怕委屈思仁兄吧？”孙承恩道出他的心思，“可崇象兄想过没有，礼之大者，朝廷很久未议，这次皇上却再次三次地命议，还有比思仁兄更适宜调来礼部的吗？”

“不错，思仁兄学问好，礼部正需要这样的人才。”张璧道。此事不能再议，再议，好似要早日把马汝骥驱逐出礼部。他话题一转，说：“众臣再次三次地议，皇上却再次三次地不准；且这次只命我等会五府、九卿、翰林、科道等议，不使两位阁老与会。贞父兄，这到底是何意？”

“崇象兄问我？”孙承恩还真有所思，“其一，此事两位阁老议过，亦不合皇上的心意；其二，礼部会各官议过，不合皇上的心意；其三，群臣再议，仍不会合皇上的心意。不如且不使两位阁老与会，待会议过后，再给他等说话的机会。总之，议来议去，均不合皇上心意。崇象兄所问，我是不是都已回答？”

答与不答一个样。皇帝对众臣所议肯定不满意，不然，何至于一而再再而三地命大臣会议，何至于对大臣所议一而再再而三地不报？

嘉靖二十年太庙被焚后，列祖列宗的神主被供奉在景神殿，近日才议太庙建制，以旧庙庙基低洼，命大臣相度规制。

先是内阁、礼部、工部大臣视察太庙的庙基地形，发现睿庙偏南，与群庙不齐。而东垣外向南至河沟，尚有八十丈的隙地。翟銮等建议，将旧的庙门南移，以与睿庙取齐，以壮观瞻。

皇帝不报。稍后，命张璧、甘为霖等详陈庙建规制。张璧、甘为霖等议：成祖世室，及昭、穆群庙，皆稍增拓规制。睿庙去太庙，宜迁之近。各庙均以河沟为限，庙街及庙门均不必移动。

他们还提出一个大胆的方案：将孝宗、睿宗并于一庙。

皇帝问：皇考、皇伯考一庙，庙额如何题写。

张璧等奏：孝宗旧为昭三庙，仍题昭三庙。其余各庙，仍以昭一庙、昭二庙，穆一庙、穆二庙、穆三庙题额。

皇帝不置可否，但命再议。现在是第三次议之。

“贞父兄料到，再议仍不会合皇上心意，真让人心灰意冷。”张璧边说边想：这多大臣，怎就猜不准皇上的心思？

“崇象兄但博采众议而已，不必灰心。”孙承恩说。

群臣会议，提出两个方案，供皇帝选择。一是奉睿庙统于都宫，拓展旧庙门街，与睿庙取齐。虽入庙之路南北迂折，而位置周正，规模宏敞，似成完制。二是奉睿宗近内庙街，庙门俱不向南拓展，则都宫统一，体势均隆，或可称皇上尊祖考亲至意。

果如孙承恩所说，廷议仍不合圣意。皇帝斥道：诸臣恭议庙制，语涉两端，无任事忠诚之意。仍会多官勘酌，务为一定之见。

第三百二十二章

严世蕃回到京城，来不及料理自己的事，先赶去西长安道上的新宅向严嵩复命。他依然肥胖，依然因颈项奇短而更显肥胖，可见，几个月的江西之行并没吃什么苦头。

“东楼回来的好！”严嵩高兴地说，“看你衣裳鲜亮，风采依旧，吾乡的父母官一定待你不薄。”

“还好，彼此都很客气。”严世蕃说。

“楼建得怎样？张维乔还肯出力吗？”严嵩问。

“楼已建成，张维乔虽肯出力，却不肯出钱。”严世蕃说。

“他一个钱也不出？”严嵩问。

“也不是一个钱不出，他只肯出这个整数。”严世蕃伸出一根手指。

“一万两？”严嵩道，“那可是我始料不及的。”

“大人自称，略知张维乔为人，怎么还指望他拿出一万两银子！大人也不看一看，我伸出的是哪一根手指。”严世蕃说。

他伸出的是小拇指，严嵩道：“他只给一百两吗？”

“一百两又太少。”严世蕃说。

“那么是一千两？”见严世蕃点头，严嵩说，“东楼口气越来越大，一千两银子，只当一根小手指。”

“这是筑楼，一千两怎足用？”严世蕃道，“张维乔招集众人议事，有人说，一千两少，请再增益。张维乔说，我只有一千两，多一文也没有。有人请加赋于府、县之民。张维乔说，不过筑一座楼，加什么赋，难道墙砖屋瓦还要镀金不成？”

“你未争吧？”严嵩担心地问。

“大人吩咐过，我怎会争！张维乔不益金，不加赋，是为大人好，我怎会去争！”严世蕃通达地说，“不但未争，公费不足者，我还全数补上。袁州之民，分宜之民，得知皇上敕建楼阁，无不兴奋；得知大人不欲累本乡之民，无不感激。”

“虽是我吩咐过，这件事还要赖你去办，你办得好！”严嵩赞道。

“大人未吩咐之事，我也为大人办妥，”严世蕃说，“大人要我带些银子，我一并交与分宜令，要他督修一条县城至我乡的大路。”

“这事办得更得体，我不怕得罪百官，不怕得罪天下，唯不愿遭乡人唾骂。”严嵩说着，吩咐道，“东楼，你路上辛苦，先去洗沐更衣，歇一歇，还有事须你参酌。”

“是，”严世蕃迈出一步，又改变主意，“大人有事找我，现在去歇，也不得安生。不如先与大人议事。”

“也好，”严嵩指了指身边的椅子说，“一两句话说不清，你且坐下。”

严世蕃做个下坐的动作，屁股没挨到椅子就问：“朝中的事吗？”

“对，朝中的事。”严嵩道。

“皇上的事吗？”严世蕃问，屁股还没挨到椅子。

“对，皇上的事。”严嵩道。

“朝中的事，皇上的事，更该先议过再歇，”严世蕃这么说时，已坐稳。他问：“大人，皇上怎的？”

“皇上有些怪。”严嵩把一个多月来的庙制之议详述一遍。皇上不满大臣的奏议，却又闪烁其词，不肯明确自己的想法。这实在不多见。

严世蕃边思考，边说着闲话：“闻得马仲房过世，张崇象、孙贞父二人一定无法应付眼下的局面吧？”

“谁说不是！”听严嵩的口气，似是局外人，“皇上已召入许思仁任礼部右侍郎，张、孙二人正巴望他早日到京，好渡过难关。”

“我不知许思仁何许人，但他来，肯定也于事无补，”严世蕃道，他下面的话，肯定让严嵩听不懂，“众人，包括大人，都没理解对！”

“何事理解错？”严嵩问。

“皇上的意思呀，”严世蕃道，“仍会多官勘酌，务为一定之见。大人，皇上的批复是这样的吧？”

“这是批复的最后一句。”严嵩说得更准确。

“于是，众人皆以为，皇上要在奉睿庙统于都宫和奉睿庙近群庙二者中择一而行，”严世蕃说着，手掌一劈，显示有千钧之力。“错！”

“你是说皇上并不要二者中择一？”严嵩困惑地摇着头，“若只有这一句话，皇上或许不是要在二者中择一。但皇上前面还有话。皇上说的是：诸臣恭议庙制，语涉两端。既言及‘语涉两端’，又说‘务为一定之见’，不是二者中择一，却是什么？”

“大人莫怪我引皇上的话没引全，大人自已不是也没引全吗？皇上还说句‘无任事忠诚之意'，对不对？因此，皇上批复的全文是：诸臣恭议庙制，语涉两端，无任事忠诚之意。仍会多官勘酌，务为一定之见。"严世蕃不厌其烦地重复着皇上御批，然后又不厌其烦地述说着自己的推论。"若在'语涉两端'后马上说'务为一定之见'，则皇上的意思，是要大臣们在二者中择一，无误矣。而在'语涉两端'之后说的不是'务为一定之见'，是'无任事忠诚之意'，则皇上的意思，就不见得是二者中择一。不，皇上的意思肯定不是二者中择一。"

他的推断不是全无道理，可也很难服人。严嵩只是因为长期以来对他形成的信赖，才静静地听下去，未加辩驳。

"不是二者中择一，又是什么呢？"严世蕃重复着严嵩的问题，"我若说，皇上是想恢复太庙同堂异室的旧制，大人以为如何？"

"什么？恢复旧制？"这是严嵩绝没有想到的；不仅他没想到，翟銮、张璧，以及朝堂上的大臣无一人想到。

"大人且听我剖析，"严嵩愈是吃惊，严世蕃愈有兴致，"九庙被灾两年，皇上并未就修复事说过一句话，这是为什么？因为无须修复？显然不是。太庙为社稷根本，怎会无须修复！因为无力修复？显然不是。会计再艰，举一国之财力，还修复不了太庙！因为有人反对修复？显然不是。别说无人敢反对，就是有人反对，皇上会屈从吗？皇上不说话，只有一个原因：皇上想说的话，不好说出口。皇上不好说出口的话，只有一句：恢复旧制。当初改同堂异室之制为九庙分祀之制，是皇上首发，皇上钦定的。现在改回旧制，还由皇上首发，皇上钦定，皇上岂不是太没有面子？故皇上迟迟不命修复九庙，是因为想恢复旧制。"

"东楼的剖析就止这些？"严嵩问。

"大人可信服？"严世蕃反问：

"有所信服，难以完全信服。"严嵩说。

"那我就再为大人剖析一二，"严世蕃好像有满肚子的理由，"大臣议建庙事，三次议过两件事：一是庙基低，请增高拓广；一是睿庙远，请移近并庙。皇上第一次不报，第二次命再议，第三次斥之。庙基是不是低？皇帝一句话没说；睿庙是不是远，皇上一句话没说。是无话可说吗？显然不是。皇上命议建庙，大臣在议建庙，怎么会无话可说？是不好抉择吗？显然不是。大臣以为庙基低，皇上也以为低，说一句增高拓广就是；大臣以为庙基低，皇上以为不低，说一句庙基不动就是；大臣以为睿庙远，以为应该并庙，皇上也以为远，以为可以并庙，说一句移近就是，说一句并庙就是；大臣以为睿庙远，以为应该并庙，可皇上以为睿庙不远，以为不可以并庙，说一句不移就是，说一句不并就是。大人看，有什么不好抉择？皇上不说话，只有一个原因：皇上想说的话，不好说出口。皇上不好说出口的话只有一句：恢复旧制。故皇上一直不表明自己的想法，是因为想恢复旧制。”

听起来这一段又剖析完结，严嵩说：“东楼，我不是反驳你，可有一层我想不通：皇上为什么要恢复旧制？”

“或因为九庙被焚，心里不安；或因为睿庙之制隆于群庙，心里不安。有许多理由可以使皇上决心恢复旧制，”说到这里，严世蕃不再循循善诱，而是断然言道，“什么理由并不重要，皇上决心恢复旧制，这才是要紧的。皇上盼大臣言之，如盼甘霖，大人何不试言之？”

“恢复旧制，你要我首发？太冒险吧？”严嵩犹豫难决。

“若谓冒险，前者张茂恭、夏公谨议礼，谁不冒险？他等成功，极而言之，有五成把握，我却有九成九的把握，”严世蕃怂恿着，“大人欲超过前人相业，这是千载难逢的机会！”

“东楼不要催逼，容我再想想。”严嵩愈加谨慎。

“大人慢想，我先去歇息。”严世蕃走到门口，回过头又说，“我为大人办一件大事，解一道难题，大人也该为我计议计议前程吧！”

第三百二十三章

郑晓由考功郎调任文选郎，许讃把他找去议事。

“窒甫，你任文选的第一件事，是要为自己安排一个续任。”他说。

“大人看，谁堪任考功？”郑晓问。

“赵元质如何？”许讃道。

赵文华曾被外谪东平州同知，现官刑部郎中。

郑晓眉头一皱，说：“这不是老尚书的意思，是分宜的意思吧？”

“窒甫怎知是他的意思？”许讃问。

“分宜为祭酒时，赵元质在国学，便以门人自诩；前任考功谪赵元质于外，分宜再三讲情，老尚书是知道的；据传，分宜入阁那日，门人来贺，皆有重礼，赵元质谄言：愿以一身献，为相公子。赵元质是分宜私人，谁人不知？”郑晓一一道来。

“我先不说是我的意思，还是他的意思；窒甫且说，是我的意思如何，是他的意思如何？”许讃道。

“是老尚书的意思，我为老尚书说一说，如何辨奸人；是分宜的意思，我为老尚书说一说，如何处势要。”郑晓说。

“窒甫为我说一说，如何处势要吧。”许讃道。

“但以前例为言，即可不显痕迹。”郑晓举例，“昔者黄德兆兄为文选郎，调李伯华为考功，因皆山东人，皇上不准。今我与赵元质皆浙人，调赵元质为考功，只有我避位。”

黄祯字德兆，山东安丘人，嘉靖二年进士。李开先则是山东章丘人。他二人的情形，和今日郑晓、赵文华的情形类似。

“我是不会放窒甫去的，此事我去内阁讲明。”许讃应允，又道，“分宜义子的事，窒甫说办不得；分宜亲子的事，窒甫看办得办不得？”

“那位东楼公子也要调官？”郑晓问。

“是。”许讃道。

“不是也要调考功司吧？”郑晓开玩笑地问。

许讚一笑：“我倒希望他提出调来吏部，看皇上如何处置。分宜说，大臣子任亲民官，自古为忌，请调世蕃一清要衙门。他有分寸，求的是一清要衙门，而不是吏部郎，更不是翰林官。”

“那么是尚宝司少卿？”郑晓道。

“诚如所料，”许讚点头，“窒甫看，可如例？”

“辅臣子荫尚宝丞，原不过分；治中迁尚宝司少卿，则非例，”郑晓说。“顺天、应天两府治中，依例应迁知府。”

“那么，只视他为辅臣子吧？”许讚是商量的口吻。

“不可，”郑晓却不容商量，“在朝廷各衙门荫官，叙职当迁，可在朝廷各衙门迁转。例如，严世蕃仍为后府都事，该当升迁，便可升尚宝司丞。这是其一。既改顺天府治中，漫说还轮不到他升迁，即便轮到他升迁，也只能依治中例，迁知府。这是其二。他由都事改治中，连升五级，凭的是分宜的面子；如今又要凭分宜的面子改司丞，天下的好处岂不是让他一人得去！”

许讚还要商量：“他由都事改治中，是分宜任礼部尚书的面子；现求司丞，是分宜为阁老的面子。这个面子不可不顾及。且分宜日前奇迹般地上疏，请恢复太庙旧制，皇上奇迹般地立即准允。君臣相得，旁人只有艳羡的份儿。吏部不准其子改官，皇上也会准其子改官。”

“皇上准不准，我不敢妄言，我只知依例办事。”郑晓倔强地说。

他不通融，许讚也奈何不得。

十二月二十日，有旨：顺天府治中严世蕃改尚宝司少卿。随后而来的大节，严氏父子是过得最惬意的人。

不久，郑晓以升迁官员不当，被贬为和州同知。

第三百二十四章

嘉靖二十三年有关边事的第一本奏疏为宣、大总督翟鹏所上，皇帝览后，未加任何批复，下兵部议之。

毛伯温与本部两位侍郎计议前，先约都察院掌院都御史熊浃会商。

“贵部二佐卿，皆知兵，皆曾封疆，廷章兄且与我同年，汝厉先生为何舍近求远，偏要问方略于我？”熊浃问。

兵部左侍郎张汉在嘉靖十八年巡抚顺天，右侍郎侯纶在嘉靖二十一年巡抚顺天。张汉字廷章，和熊浃都是正德九年进士。

“就因为他二人都曾封疆，我怕他二人持议偏颇，所以要先听一听悦之先生的高见。”毛伯温说。

翟鹏站在宣、大总督的角度，论各兵镇的调度，照顾的是全面。张汉、侯纶二人曾巡抚顺天，或只看到其中一隅，而对翟鹏的调度说短论长。毛伯温的顾虑不能说没有道理。

“汝厉先生不仅担心张、侯二人持议偏颇，恐怕还担心自家持议偏颇吧？”熊浃指的是，毛伯温、翟鹏二人为同年进士这一层关系。

毛伯温会心地一笑，说：“悦之先生既知我之为难，更该畅言。”

“要我畅言不难，但请汝厉先生应允我一件事。”熊浃说。

“何事？”毛伯温问。

“汝厉先生也要畅言。”熊浃要求的是一件极普通的事。

“那是自然，”毛伯温毫不迟疑地答应下来，“难道悦之先生身在局外能够畅言，我身在局中反而不能畅言？悦之先生反对也好，赞成也好，我都不会随声附和，悦之先生尽可以放心。”

“那好，我说。”熊浃虽准备说，但还是稍稍迟疑一下，才说，“志南先生之部署，如剜肉补疮，绝不可行！”

他的迟疑，不是碍于毛伯温的情面，而是因为皇帝正要倚重翟鹏。去年一年，宣、大一线较为安定，俺答没有大举犯边，皇帝龙心大悦，归功于翟鹏。年节里，他谁也没赏赐，只对翟鹏降敕嘉奖，赐以锦衣一袭。翟鹏年节一过即上疏论事，也是对皇帝的报答。因而，议处他的奏疏，多少有些投鼠忌器。

“剜肉补疮，可谓概说，悦之先生请再说细节。”毛伯温道。

翟鹏的调度，确定者四，不确定者二。确定者四：一是延绥援兵一支驻黄甫川，一是辽东援兵一支驻居庸关，一是蓟州援兵一支驻紫荆关，一是保定援兵一支驻故关。不确定者二：一是山东长枪手一支听取用，一是调河南葫芦兵一支听取用。

熊浃先对前四枝兵的调度提出不同看法：“黄甫川为山西镇要冲，屏护山西；若须增兵驻守，应增以山西主兵，不宜增以延绥客兵。居庸关是宣府要冲，屏护京师；若须增兵驻守，应增以宣府主兵，不宜增以辽东客兵。客兵只宜增援，不宜长驻。紫荆关、故关为保定要冲，内以屏护畿辅，外以接应山西；若须增兵驻守，应增以保定主兵，不宜增以蓟州、保定援兵。援兵只宜应急，不应长驻。”

“还有山东、河南两支客兵，如何处置？”毛伯温问。

熊浃思忖：“长枪手、葫芦兵自远方驰援，且不具体安置守地，似宜从志南先生所请。”

“我也这么想，”毛伯温说，“客兵只宜增援，不宜长驻，只宜应急，不宜长驻，悦之先生之大局观，我很赞赏。今之情势，尽撤全陕、蓟、辽之兵，独守宣、大、山西，三镇是稳妥；若各镇有警，何以待之？不过，延绥兵更来自远方，已添注山西镇，犹如半个主兵。长枪手、葫芦兵可听志南兄取用，延绥兵似也可听他安插增驻。”

“志南先生安顿六事，三事从之，三事驳之，汝厉先生对他很讲交情。”熊浃说笑。

“所谓从三事，一事出自某之议，二事出自悦之先生之议。志南兄对悦之先生，应感戴不已。”毛伯温也说笑。

皇帝从兵部议，且敕兵部：一应备边事宜，即谕翟鹏会抚、镇诸臣从实举行，其误事者罪无赦。

第三百二十五章

在嘉定人眼里，乡人胡岩神出鬼没，忽而一两个月不知去向，忽而返转来，一住又是一两个月。他每次离去时，虽不是一文不名，可要在嘉定城里尽情享乐，是万万不够的；而每次返转来，他不是携有大宗银钱，就是携有大宗奇货，很快可易成银子。大家都说，他是去一趟东海龙宫，与东海龙王平分家财。城里恶少无不愿与他交往，并暗暗发誓：有一天花天酒地不成，一定随他去闯龙宫。

酒喝到酣处，一恶少问："胡哥，每次问你去哪里，你总是指天指地，支吾其词，今日的酒喝好，你敢不敢说句实在话？"

众恶少也都想知道，在一旁大叫大嚷，为前一恶少助威。

"你敢激我！"胡岩叫声更高。"店家，取大碗来！"

酒店的小厮不敢过去，店主亲自送去盛面的碗。

"不够，还要大。"胡岩叫道。

店主又换盛汤的碗。

胡岩把一壶酒一股脑倒入碗里，众恶少立刻静下来。

"兄弟，你把他喝光。"胡岩对前一恶少说。

众恶少见有热闹，齐哄道："喝光，喝光！"

"你竟问胡哥敢不敢说，今日先看你敢不敢喝！"另一恶少激道。

前一恶少脸涨得通红，端起酒碗，又放下，放下，又端起。

胡岩抢过碗去，一口喝干，酒从两旁洒落，倒比灌进嘴里的多。

众恶少发疯一样叫好："胡哥好酒量！"

胡岩把嘴一抹，说："这算什么，我萧大哥喝酒，从不用酒盅酒盏；他要喝酒，抱起坛子，顷刻而尽。"

"胡哥说的是小号的酒坛吧？"一恶少凑趣。

"胡说！他的酒坛比这酒店里最大的酒坛还要大上一倍。"胡岩说。

"那不成酒缸？"另一恶少道。

“在嘉定城里，叫作酒缸，未尝不可；在我萧大哥那里，它只能叫作酒坛；在他那里，酒缸又不知几大。”胡岩说。

“这位萧大哥，了不起！”一恶少讨好地说。

“收声！”胡岩向他喝道，“我萧大哥也是你叫的吗！”

“是，是，这位萧老爹，了不起！”该恶少改口。

“我萧大哥当然了不起；可我最服的，还不是萧大哥，而是汪大哥。”

胡岩还没炫耀够。“我汪大哥喝酒，只用酒盅，一坛酒也是顷刻而尽。”

“胡哥说的是天下最大号的酒盅吧？”一恶少凑趣。

“胡说！他的酒盅比这酒店里最小的酒盅还要小上一号。”胡岩说。

“这位汪大哥，不，这位汪老爹，汪爷，了不起！”恶少们奉承。

一恶少嫌奉承得不够，又加上一句：“萧爹、汪爷，若来一位，咱们嘉定城的县老爷也得屁滚尿流地候着。”

“县老爷，他算什么！”胡岩鄙夷地说。

“交起手来，太仓州的州老爷也敌不过吧？”另一恶少道。

“州老爷，不是对手！”胡岩说。

太仓州距嘉定不远，和嘉定均属苏州府。

“咱们苏州府的府老爷呢？”又一恶少问。

“府老爷，不在话下！”胡岩说。

众恶少听过几问几答，面面相觑。

胡岩指着方才激他的恶少问：“萧大哥、汪大哥都肯给我撑门面，你说，我还有什么话不敢说吗？”

“胡哥没什么话不敢说，是小弟有酒不敢说。”该恶少服帖地说。

胡岩狂笑，道：“今天酒喝得痛快，我就痛痛快快地对你等说一句实在话：我去的地方不远，是柘林。”

众恶少中十有八九不知道柘林是什么去处，一两个稍有见识的恶少听说过柘林镇，知道它的确不远，在华亭县东南，濒海。可相距不远的柘林聚集一些神秘人物和取之不尽的财富，他们却不知道。

“哪位兄弟愿随我去柘林走一走？”胡岩问。

恶少们半醒半醉，无人敢应承。

胡岩甚是得意，道：“没人愿意随我去柘林走一走，有没有愿意随我去汪家走一走？”

众恶少哄然，叫道：“我等都随胡哥去！”

嘉定城里的汪家，不是胡岩所称的汪大哥的家。汪家家主死去多年，现在支撑门户的是他的儿子汪客。汪客懦弱，实在支撑不起这个家来，家里家外都是他的母亲汪氏说了算。汪氏的姓氏是什么。已经没人记得，反正由她当家，邻人都唤他汪氏。

汪氏奇淫，虽将近四十岁，半老徐娘，但风韵犹存；她床上的工夫又好，惹得城里一干后生，为她神魂颠倒。胡岩走南闯北，身强力壮，是汪氏最中意的奸夫。胡岩每次回到嘉定，总要去汪氏那里销魂几次，有时自己去，有时约众恶少一起去。

恶少们多数愿去，除偶尔也在汪氏那里沾些荤腥，还因为惦着汪客漂亮的媳妇张氏。张氏自嫁入汪家，就如同身陷虎狼窝。对汪氏的淫荡，只能视而不见，同时又得小心提防婆婆那些如狼似虎的奸夫。

见胡岩一伙，汪氏笑逐颜开，迎进家去。

胡岩取出两颗一般大小的珠子，递给汪氏一颗，说：“这是给妈妈的。”玩弄着另一颗，说，“这是给我兄弟媳妇的。”

汪氏转来转去观赏着前一颗，咂咂赞道：“好美的珠子！”

“是我身外的这颗珠子美，还是你身上的两颗珠子美？”胡岩边调笑，边拿手指在汪氏两乳间比画。

“我看胡儿身外的珠子美，胡儿却看我身上的珠子美。”汪氏回应他一句，又要去取第二颗。

胡岩把手往身后一藏，说：“让她自己来取。”

“我儿快来，胡大哥给你带来稀罕物。”汪氏招呼媳妇。

张氏在厨房里推搪：“娘替我收下吧，我在替娘准备酒菜。”

汪氏当着众恶少的面，毫不在乎地把收下的珠子藏在身上隐秘处，然后又伸出手来：“听到吧，人家在替你准备酒菜。”

“也好，你且替她收着，人家正主来时，你可不许不给。”胡岩说。

家里只有一名小使女，张氏做好一盘菜，她送上去一盘，做好一碗菜，她送上去一碗。菜烧够，酒温好，胡岩等推杯换盏，又喝起来。

汪氏坐在众人中间，多方应酬。一恶少趁她不备，把手伸到她的臀下，轻轻摩挲，她笑着把那手推开。两个恶少从左右两面袭向她的胸部，她一面躲闪，一面叫着：“胡儿，快来护住我的两颗珠子！”

“今日将珠子舍与弟兄们，我只检查你的舌尖尖煨蜜没有。”胡岩说着，歪过头去。

“好下作的儿子！”汪氏吐出舌头，任他嘬吮。

众恶少有的哄叫，有的推攘，乱成一团。

胡岩把汪氏玩弄够，忽然叫道："何不唤佳人共席？"

汪氏乘着酒兴，将胸口一袒，说："佳人在此，还唤什么佳人！"

"佳娘在前，还有佳儿在后，佳娘佳儿共席，才更有趣。"胡岩说。

"原来是唤佳儿，不是唤佳人，"汪氏说着，随胡岩叫道，"我儿快来，胡大哥唤你一同喝酒！"

那厢没声响，胡岩起身，跌跌撞撞向后面走去。

张氏有个算计：恶少们来时已喝不少酒，再给他们准备些酒，让他们去喝去闹；闹够，就会散去。做完菜，她躲在后面梳头，没想到，胡岩竟丢舍婆婆，来后面找她。

"妹子，我来给你梳理。"胡岩嬉笑着，抓去木梳。

张氏闪开，夺回木梳，用力一折，木梳中断，被她扔掷在地。

"不碍事，没了木梳，我用手来为你梳理。"胡岩仍嬉笑着。

他并不为张氏梳头，而是从后面把她拦腰抱住，向床边拖去。

张氏拼命挣扎，高声哭叫："杀人了！"身边恰有木杵，她顺手操起，猛击胡岩头部。胡岩吃痛，抱不住，将张氏摔倒在地，又在她身上狠命踹两脚，才悻悻向外面走去。

外面继续喝酒，但闹得过头，闹的劲头不复存在，喝酒的兴致也大减。喝几口闷酒，一恶少忽然说："妈妈，你家媳妇怎无动静？"

众恶少侧起耳朵听，可不是！不但不哭不叫，连一丝响动也没有，好像里面的房间根本没人。

汪氏发慌，起身说："我去看看。"

张氏躺在地上，有气进，无气出，仅一丝游魂尚附于身。汪氏见状，大叫："苦也，人断了气！"

众恶少闻声拥入，皆大惊。方才还啧啧作声、敢嗔敢骂的靓丽女子就这样死在眼皮底下，他们虽作恶多端，也还不曾经历过。

一恶少摸摸她的心口，说："妈妈莫慌，还没死。"

"我慌什么！她醒过来，到衙门里告上一状，我这老脸是保不住，你们的小命也休想保住！"汪氏前者惧其死，现在又惧其生。

"不怕，汪小哥在衙门里当差，他会替妈妈维持。"一恶少说。

"平日我那儿子顺着我，如今死的是他娘子，你等道，他是心疼我，还是心疼他娘子？"汪氏说。

众恶少都不出声，一齐看着胡岩，等他拿主意。

“取绳子来。”他吩咐道。

绳子取来，他吆喝其他恶少帮手，把张氏两腿绑在床腿上。

“不是怕她去衙门告状吗？把她两条腿捆上，看她如何去得衙门。”他说着，命众恶少，“搬过酒来，就在此处饮。”

酒壮人胆，一恶少提起木杵，往张氏肉厚的地方敲打一下，说：“活着终归不如死去，让人放心。”

张氏转动身子，出的气变粗。

“说的是。”另一恶少拿起一柄锤子，敲打张氏肉更厚的地方。

于是，众恶少纷纷动手，木杵、锤子交替而下。张氏被打醒，痛楚不堪。她忽地睁开眼，说：“你等真傻，怎不知用利刃刺我？”

一恶少拔出腰间的尖刀，道：“谁说我等不知用利刃刺你？”

一刀刺向张氏的颈部，鲜血涌出。

众恶少唯恐她不死，仍以各种器具捶打着。一个对张氏垂涎已久、一直不能得手的恶少竟用木杵在她阴部乱捣，不多时，下面也有血涌出。

“住手！抬去后院烧吧。”胡岩道。

一名少妇能有多重？两恶少一抬肩一抬腿，欲向外去，但还没走出一步，就扑倒在地。换了两个恶少，仍然如此。其他恶少无人敢上前。

“妈妈，就在屋里烧吧。”胡岩道。

“就在屋里烧吧，”汪氏无可奈何地说。

一恶少在屋里点起火来。众恶少嘴里喊着：“起火了！”两手却尽拣易燃的物料朝屋里扔。火势渐渐猛烈。

一家失火，殃及百家，邻居们纷纷操起家什，前来救火。一面是真心扑救，一面是假救真纵，最终还是把火扑灭。

屋子被烧得不成样子，救火的人被熏得不成样子。邻人怕屋里还有火星，踹门闯入。屋里一切皆为灰烬，唯有一具女尸完好无损，就像火焰有意避开她。邻人本就觉得这火蹊跷，现在才知道，纵火是为焚尸灭迹。有人告到县衙，县令审讯汪氏，得知实情。捕快按照汪氏指供，将恶少一一捉拿归案。只有胡岩和一二恶少逃逸，有人看到，他们向东南方向逃窜。

嘉靖二十三年四五月间，海盗萧显、汪直率众攻打太仓州及常熟、昆山等县，骚扰凡四十余日。

第三百二十六章

大理寺左少卿董珊得知都察院掌院都御史熊浃请他过去一叙，好不奇怪！若为会审事，上面有寺卿戴金，掌握全局；且与熊浃既是同年，又是同乡。论公论私，都该找他才对。

奇怪归奇怪，去是一定要去的。

熊浃正在等他，相见行礼，董珊道："谒见悦之先生。"

"邦奇无须客气，"熊浃谦让，"来，坐下说话。"

董珊字邦奇，陕西肤施人，嘉靖五年进士。

"邦奇来得好快，是策骑而来吗？"熊浃问。

约请怪，提问也怪：两个衙门相距不远，步行很快可到，何需骑马？董珊如实回答："未骑马，是步行来的。"

"邦奇每日来衙门，是乘轿，还是骑马？"熊浃又问个奇怪问题。

"居处不远，无须骑马，亦无须乘轿，"董珊回答，并多说一句，"再者，我行动迟缓，不善策御。"

"这可不像西北汉子，邦奇要多多练习骑马才好，"熊浃顿了顿，说，"不过，在京师没有练习的机会，邦奇还是去东北练习骑射吧。"

董珊大致明白，要派他外差。大理寺少卿外差的机会不多。派一专差，如去辽东督粮，品秩高，督粮一般只差郎中；出任巡抚，品秩又低，一般大理寺正卿才有资格巡抚某地。不过，辽东的地位不如北边其他各镇，任用大理少卿，也属正常。

让董珊疑惑的不是为何差派他，而是另外一点。

"不是有旨，孙都堂巡抚如故吗？"他问。

去年四月，辽东官员不和引起关注。当时的巡抚孙禬，和督粮郎中张天麟相互讦奏，火气都很大。朝廷担心有损边计，欲召回二人，另行调用，而命湖广左布政使顾遂以右副都御史巡抚辽东。至八月，超过限期多日，顾遂还没离开湖广。皇帝愤怒，将顾遂降为山东左参议，降旨曰：孙禬勤于调度，着巡抚如故。

巡抚如故不足十个月，怎么又调动？

熊浃说：“孙都堂另有任用，皇上命推辽东巡抚。纯甫兄荐邦奇堪任，故约你来谈一谈辽东的事。”

纯甫是戴金的字。他的推荐，熊浃信得过。

“悦之先生大概怎么也没想到，纯甫先生举荐的竟是一个不善骑马的庸才吧？”董珊笑道。

熊浃正色言道：“巡抚要骑得了马；东北、西北多开阔之地，任巡抚者更要骑得了马。我方才说，邦奇去东北要多多练习骑射；现在还是要说，邦奇若奉旨巡抚辽东，去东北要多多练习骑射。不过，一者，巡抚一方者为文帅，非武将，会不会骑射还不是最要紧的；二者，练习骑射并非极难之事。所以，邦奇不善骑马，并不影响我向朝廷推举。”

“请教悦之先生，巡抚一方者最要紧的是什么？”董珊问。

“有二事：一是知变化，二是善驭将。”熊浃说。

“何谓知变化？”董珊问。

熊浃娓娓道来：“我以辽东言之。辽东为我北边九镇之一，但与其他各镇略有不同。陕西三边总督、宣大总督，往往加兵部尚书衔，各镇巡抚往往加兵部侍郎衔，而辽东巡抚只加副都、佥都衔，为何？这是因为，西北夷人未降我受封，西北是征战之区；东北夷人降我受封，东北为羁縻之区。征战之区立足于战，羁縻之区立足于抚；征战之区以我治夷，羁縻之区以夷治夷。这是近百年形成的局面。但今日情势不同于前，建夷李撒赤哈屡屡犯边，建州三卫如同虚设，若仍是一味羁縻，不知变化，则东北局面之坏，只在须臾之间。”

建州卫设于永乐元年，以建州女真首领阿哈出为指挥使。永乐十年，析建州卫设建州左卫，以猛哥帖木儿掌卫事。正统七年，析建州左卫设建州右卫，以凡察掌卫事。建州卫、建州左卫、建州右卫，合称建州三卫，是朝廷控制东北地区的重要建制。成化年间，建州左卫先衰败，等于东北方面出现一个缺口。近年来，李撒赤哈部几次突破鸭鹘关犯边。

“悦之先生的意思我懂，不击败犯边建夷，不生擒或击毙李撒赤哈，则辽东巡抚不算尽职。”董珊说。

“还有，不击败犯边建夷，不生擒或击毙李撒赤哈，则羁縻之区或将成为征战之区。”熊浃补充。

“是。如此结局，更为不堪，”董珊说着，又问，“悦之先生，何谓善驭将？”

“我仍以辽东言之，”熊浃道，“据报，今次李撒赤哈入鸭鹘关，仅八百骑。提调都指挥康云醉酒，出堡与战，中伏败死。赵奇、佟勋、王镇等往救，皆死之。孙都堂曰：康云使酒轻敌，死有余辜。又据报，时守鸭鹘关副总兵官九聚因病解职，孙都堂以副总兵李景良代之，李景良弃堡而逃。贾巡按曰：孙都堂调度失宜，招致兵败。其实，使酒轻敌，调度失宜，都没说到根本，兵败的根本原因乃是巡抚者不善驭将。远者不必说，近世若杨公应宁、王公德华督边，何曾有过使酒出战的总兵、副总兵，何曾因一总兵、副总兵的调度失宜而丧师！辽东兵败，我不责总兵、副总兵，但责巡抚都御史。”

贾巡按名大亨，是嘉靖十七年进士。

董珊想：孙都堂不仅不善于驭将，也不善于笼络。不然，何至于和督粮郎中闹得不欢而散，何至于被巡按御史骂得一钱不值！悦之先生说他另有调用，恐怕是托词；他不是另有调用，而是要罢官。悦之先生大概怕我有顾虑，才有所掩饰。

果然，熊浃那厢问话：“外有强悍之虏，内是初败之师，邦奇可愿赴辽东，一展才华？”

“听悦之先生宏论，受益匪浅。”董珊揖道，“悦之先生所说两件要紧的事，我不敢自诩知变化，但知必要擒获或击毙李撒赤哈，也就足够；我不敢自诩善驭将，但知不可重蹈前都堂覆辙，也就足够。如今还须练习骑射；好在悦之先生说过，这并非极难之事，我可以勤加练习。”

“听邦奇这几句话，果是条西北汉子。”熊浃高兴地说。

五月底，董珊以右佥都御史巡抚辽东。

第三百二十七章

刑部尚书闻渊闻报毛大人来访，随口问道："哪位毛大人？"

"他自称兵部毛大人。"衙役说。

"原来是汝厉先生！你怎么不知说一句大司马来访，却说什么毛大人来访！"闻渊责备两句，起身迎出去。

三法司衙门偏于西隅，各堂官相互间走动较多；兵部衙门远在东华门外，兵部尚书有公事或有私事要对刑部尚书说，不等着朝会，却宁愿走这么远的路。毛伯温来访，可不是件寻常的事。

迎入堂上，闻渊问："汝厉先生为何事而来？"

"可否坐下再说？"毛伯温道。

"是我问得太急。请坐，奉茶。"闻渊拿出主人的样子。

毛伯温抿口茶，说："静中先生这龙井旧茶，胜过我那庐山新茶。"

闻渊是浙省人，毛伯温则是赣省人。他这样说可能是一句客套话，也可能是对茶叶确有偏爱。

"若是我，则宁愿品庐山新茶，"闻渊回敬一句，"但我知，汝厉先生今日并非为品茗而来。"

"不错，我是来向静中先生道贺的。"毛伯温说。

"道贺？"闻渊问，"我有何事值得汝厉先生专程来道贺？"

"晋秩宫保，不值得道贺吗？"毛伯温道。

太子少保俗称宫保。闻渊日前才加太子少保衔。他笑道："汝厉先生不是真心，哪儿有三少反贺宫保的道理！"

太子太师、太子太傅、太子太保合称三少，地位比太子少保又高一级。毛伯温三年前用兵两广时，已晋太子太保。

"既非品茗，又非道贺，静中先生说我为何而来？"毛伯温也笑。

"你非为我而来，乃为我掌中的那人而来。我料的如何？"闻渊问。

“静中先生所料，虽不中，不远矣。”毛伯温拽文。

“难道汝厉先生非为那人而来？”闻渊怪问。

“我确为那人而来，也为向静中先生道贺而来，可不是虽不中，不远矣！”毛伯温说着，大笑。

闻渊头摇两下，说：“也为道贺而来，道贺终是虚的。汝厉先生专为那人而来，那人竟如此要紧吗？”

“不错，那人甚是要紧。”毛伯温收住笑声，郑重地说。

他们一口一个说的“那人”，几天前从城外潜入京师。“潜入京师”是后来巡城御史的话，因为他入城那天，和普通民人一样，大大方方行路，说不上“潜入”。可不知为什么，守城官校就是看他不顺眼，亲自尾随着他，在城里转来转去。最后他走进一条小巷，走进一个小院，走进一间小屋。守城官校向邻人打听，知道小屋的主人叫刘楷，职业不明，进去找他的人听说叫刘天柱，不是京城居民，已来过好几次。守城官校多个心眼，不直接找刘天柱问话，而把刘楷找出来问话。问来问去，破绽越问越多，最后竟问出，刘天柱是俺答派来的奸细！守城官校拿下刘天柱，报与巡城御史，巡城御史奏明朝廷，皇帝命下刑部鞫讯。刘天柱供认不讳，现关押在刑部狱里。

“一名奸细而已，过两天就要押赴市曹问斩，有什么要紧？”闻渊对毛伯温专为此人而来，仍是不解。

毛伯温解释道：“俺答不时遣奸细潜入京师，而为我擒获者甚少，我要问一问刘天柱的口供，以便和志南兄所言印证。”

“和志南先生所言印证？”闻渊愈加困惑，“志南先生不是在部署大同各堡的防卫吗？难道他的部署被俺答奸细获取？”又一想，不对。“即便俺答知我在大同重新部署，又有什么要紧？”

在大同增筑墩堡，修浚墙濠，翟鹏几天前在奏疏中言及，可见于邸报。翟鹏的部署是：于破虏、灭虏、威虏、宁虏、杀胡、拒胡、威胡、恩胡八堡，各设守备官一人，于靖虏、破虏、残虏、败胡、阻胡、灭胡六小堡，各设操守官一人，隶本路参将。

这一部署，皇帝已准，已然公开，俺答不派奸细也会知道。

毛伯温纠正：“静中先生说的，是志南兄前一奏章；志南兄后来还有一本密奏，静中先生大约不知。”

“密奏何事，汝厉先生可否透露一二？”闻渊试探。

“与问刘天柱案有关连，静中先生也该知道，”毛伯温说，“志南兄写道：虏酋俺答常避实就虚，若知大同有备，必犯宣府，或由此以窥京师，不可不预处之。”

“兵犯宣府，或窥京师，用心着实险恶。”闻渊吃惊不小。

毛伯温并不就此打住。他说：“志南兄所言，我看还要改一改。”

“怎改？”闻渊问。

“俺答若犯宣府，必窥京师。”毛伯温一字一字地说。

闻渊总算明白他的来意：“所以，汝厉先生要见一见那人。”

“是，”毛伯温应一声，坦率地说，“皇上已将志南兄密奏发下兵部，议处之前，我想见一见那人。”

“可是——”闻渊面有难色。

毛伯温马上说：“我知这不合旧例，故请静中先生陪我一起去见那人。不知静中先生应允否？”

闻渊略一思索，毅然说道：“事关社稷安危，不敢辞。”

在狱中鞫讯刘天柱，虽然没问出确切的敌情，但以刘天柱所知的俺答部动向和翟鹏所做的推断相印证，毛伯温愈发相信，俺答有窥伺京师的野心。兵部相应制定以下措施：

其一，发山东所缺官银六千两，付巡抚端廷赦，募取长枪手三千人，分属将领，于八月趋涿州，听保定巡抚、总兵征调。

其二，檄辽东巡抚董珊，取副总兵郝承恩所辖奇兵三千人，于七月趋山海关，听蓟州巡抚征调。

其三，东、西官厅听征参将李俊率部趋喜峰口，徐府率部趋大山谷，杨时率部趋白羊口；总兵许国率部趋蓟州，其参将罗文山等军马并属节制；总兵郭宗，参将蔡瑢、萧瑾及各营坐营官，各厉兵守卫。

其四，宣府巡抚王仪、总兵郤永督东路，参将左泽守独石、龙门、四海冶，与许国等相为掎角；蓟州巡抚朱方，总兵邝至、戴廉、周彻督所属严设防备。

其五，翟鹏察贼所向，督总兵姜奭，随宜调遣诸军。

皇帝降诏，俱如议行。

俺答一部果犯宣府龙门所，郤永率军出迎，击溃之。各将论功行赏外，翟鹏特加兵部尚书衔。他的声望还不能与杨一清、王琼等名臣比埒，但和嘉靖初年的陕西三边总督王宪、李钺辈，已不相上下。

第三百二十八章

刑部署郎中赵文华约刑科给事中王交说话。王交字征久，浙江慈溪人，嘉靖二十年进士。六科与六部相对应，在职事上容易产生冲突，但赵文华是王交乡里的前辈，既约他，他不能不去。

“征久，善恶终有报，你信不信？”赵文华没头没脑地问道，不等王交答话，他自言道，“征久不信，我信。”

“谁说我不信！”王交道，“向来元质先生说有，我即信其有；元质先生说无，我即信其无。今元质先生信善恶有报，我怎会不信！”

“征久不明我的感慨因何而发吧？”赵文华还是自问自答，“好叫征久知道，东窗事要发！”

王交仍然不知，他在说谁。如果说略有所知，那只有两件事：一是有人作恶事。善有善报，是不会用“东窗事发”的典故的。二是有大人物作恶事。小人物作恶事，也不会用“东窗事发”的典故。

“元质先生快说谁要遭报应，我也好和元质先生一起高兴。”王交道。科、道官本不以打听隐私为怪，赵文华主动要说，他乐之不得。

“事关今年的春闱。”赵文华只简单说一句。

这也好猜也不好猜。好猜的是：因料定作恶事的是大人物，首先会想到主考官。两主考，一是礼部尚书兼翰林院学士张潮，一是少詹事兼翰林院侍读学士江汝璧。他们不能笼而统之地称为大人物，但在会试中无疑可称为大人物。而且，若会试中出纰漏，牵涉的恐怕又不止主考。不好猜的是：三场会试甫毕，张潮病死在贡院，这在本朝也算得一件奇事。那么，究竟是张潮遭报应在先，恶事现在被揭露出来；还是江汝璧作恶事在先，现在该遭报应？

猜来猜去，赵文华指的应是活人。

“懋谷先生出了什么事？”王交揣测着问。

一料即中。赵文华道：“江懋谷主试鬻科，罪责难逭。”

江汝璧字懋谷，江西贵溪人，正德十六年进士。

王交盯住不放："鬻科实情如何，请元质先生赐告。"

"我可以告诉你，但你敢论劾吗？"赵文华激道。

"天下士人，期盼三年，盼来一次会考，岂容行私作弊！"王交愤然道，"只要有实据，我必定奏罢他！"

"须知，这次可不是奏罢一学士就可了事的，"赵文华继续激他，"本科取士不公，有人比作弘治十八年的会试和正德六年的会试，征久难道没听说过？"

弘治十八年，谢迁在内阁，其子谢丕点探花；正德六年，杨廷和在内阁，杨慎中状元。二事颇遭物议。看来，今次的公案，仍会牵涉内阁相公，而不止一两个学士。

王交说："学士有染，奏罢学士；相公有染，奏罢相公。"

"好，征久快人快语。"赵文华赞一句，很快转入细节。"本科取中两名姓翟的举子，征久不会不知吧？"

"汝俭、汝孝，乃诸城相公的两位公子，谁不知道！"有件事使得王交犹豫，但他还是说出来，"不过，并未听闻江懋谷与汝俭、汝孝二人私下里有什么来往，也未听闻他私下里对诸城相公有什么应许。"

"私下里有没有来往，有没有应承，会告诉你？"赵文华道，"江懋谷一向以清廉自居，一干阿谀之徒也以清廉相许。然则清廉不清廉，正要在大事中才看得出来。"

这话没错，王交应道："元质先生说的是。"

"其实，江懋谷私下里与翟氏二子有没有交往，私下里对诸城相公有没有应许，根本无须考察。有两件事，足以证实江懋谷是不是鬻科，也足以证实所鬻者为何人。征久，你要不要听？"赵文华欲张故弛。

"元质先生请讲。"王交怎会不要听。

"好，我先讲其一，"赵文华道，"征久想一想，我立国百七十余年，共开五十五科，可曾有过为父者当朝，兄弟先在乡试中联捷、复于会试中联捷的故事？"

"不曾有过。一之为甚，岂可再乎！"王交说。

"说得好！"赵文华道，"诸城既相，其子自当回避；就算不回避，也只可一子应试。怎能二子皆应试，二子皆中式？"

"是这个道理，"王交认同，又问，"还有一件何事？"

"我省先贤曾面斥诸城，征久可知？"赵文华道。

他一定是指曾和翟銮一起值阁的张孚敬。如果是别人，他不会称为"我省先贤"；堪称先贤者，也没有机会面斥翟銮。

“不知。”王交说。

“那时汝俭、汝孝尚在府学，诸城曾嘱学官，在岁考中置之高等。茂恭先生为此责备他失大臣体。征久请想一想，学官岁考都要嘱托，乡试、会试还能不嘱托吗？诸城不但在今年的春闱中一定向江懋谷嘱托过，在去年的顺天乡试中也一定向秦、浦二氏嘱托过。”赵文华推断。

左中允秦鸣夏、左赞善浦应麒是去年顺天乡试的考试官。

“元质先生说的是嘱托？”王交叮问一句。

“嘱托我说轻，应是贿嘱，”赵文华道，“可怪者，又不仅汝俭、汝孝联捷。还有一人，叫崔奇勋，是翟氏兄弟的塾师；还有一人，叫焦清，是崔奇勋的挚友。这四个人都在一间考舍，都是房考彭凤所取。凡此等等，欲论江懋谷鬻科，诸城相公贿嘱，征久，你看可足够？”

“足够，”王交虽认可，但他还有另一层顾虑，“不过，我若奏罢诸城相公，元质先生就不怕分宜相公怪罪吗？”

“你好糊涂！”赵文华不由得笑出声，“诸城相公碍着我什么事，我非要奏罢他不可！”

言外之意，奏罢翟銮，正是严嵩本人的嘱托。王交这才放心。

第三百二十九章

皇帝召严嵩一人见驾，同在西苑值庐的翟銮，知道定是为科、道劾奏一事。他央告："唯中兄，我与你一直在西苑当值，外间发生的事，我着实不知。在皇上面前，还望妥为解说。"

"皇上若召我议他事，不必说；若为春闱事征询于我，我自当为仲鸣兄解说。"严嵩煞有介事地说。

翟銮千谢万谢，还陪他多走几步。

皇帝召入严嵩，为的正是王交会同本科给事中王尧日所上奏疏。

"严卿，你先读读这篇弹劾大臣的奏章。"皇帝说。

王交、王尧日写道：少詹事江汝璧、修撰沈坤、编修彭凤、欧阳唤、署员外郎高节朋私通贿，大坏制科。大学士翟銮以内阁首臣，二子汝俭、汝孝既联中乡试，又联中会试，若持券取物然。崔奇勋乃汝俭等师，焦清与汝俭结姻，又同受业。四人者会试俱一号，汝俭、汝孝、奇勋皆彭凤所取。《诗经》考官五人，为何俱在彭凤一房？欧阳唤亦汝俭等师，本为《诗经》考官，后改看《书经》，迹若引嫌，而阴助彭凤寻卷。而沈坤之取中陆煒，高节之取中彭谦、汪一中，皆以纳贿，乞明正其罪。

和严嵩从赵文华那里得知的，有几处不同：一是焦清不但与崔奇勋为朋友，而且与汝俭为姻亲，即与翟銮为姻亲。这使得对翟銮的弹劾更为可信。二是引出汝俭等的另一名业师欧阳唤，他和彭凤结盟，上下其手，使得汝俭等被取更加不合规则。三是另劾沈坤、高节纳贿事，因与汝俭等案无关，使得鬻科一事更为可信。

严嵩对这篇弹劾大臣的奏章很满意。但满意不能挂在脸上，他惶惑地说："会试中出种种事故，臣失察，也要负责。"

"不关你的事！"皇帝道，"你与翟卿相识多年，你看，贿嘱考官这一类的事，他做得出来做不出来？"

"他侍奉陛下多年，时时聆听陛下教诲，按说，不该做出这等事来。偶有不检点，臣想，也是他爱子心切之故。"严嵩说。

他模棱两可的回答更引得皇帝不满："爱子，也不是这等爱法！人皆有子，皆爱其子。人人因爱其子，而行苟且，国家开科取士，就不是以才以学，而成以钱以势。国家何不只在权势间挑选才俊，又何必开办这多学校，设置一层层考试！"

"陛下说的是，臣所言不妥。"严嵩温顺地说。

"卿道他不该做出这等事来，朕也想他不该做出这等事来，故他于殿试阅卷时自请回避，朕不许。不过，严卿，你料错，朕也料错。朕料错，很快醒悟，卿却至今尚被他蒙蔽，"皇帝说着，忽然问，"严卿，你还记得翟汝俭所取名次吗？"

"臣记得是二甲第四。"严嵩说。

"你知他这二甲第四如何得来？"皇帝问。

"皇恩浩荡，陛下钦赐。"严嵩说。

"这话只对一半：翟汝俭的二甲第四乃朕亲定，这不假。但朕定他二甲第四，不是皇恩浩荡，而是存心抑之，"皇帝说着，讲述他内心的一个秘密，"朕很快醒悟，是在请朕圈点首甲时就醒悟。阅卷时，朕忽然想：翟卿不知会不会将其子置于首甲？朕但愿他不会，可又不完全信得过他。于是，朕将阁、部所定首甲第一卷抑为首甲第三名，将首甲第三卷抑为二甲第四名。谁知揭榜时，翟汝俭果在二甲第四名！"

进呈各卷，是内阁大臣和礼部尚书等一起商定的，皇帝说这番话，不只是对翟銮有成见，对严嵩、张璧等也有所指责。严嵩忙说："汝俭曾置首甲，臣委实不知。"

"你于此无心，当然不知；有心之人，却清楚得很。"皇帝把翟銮和其他人彻底区别开来，"王交、王尧日等不上疏，朕可看一看翟汝俭、翟汝孝为人，再作处置。科道既已论及，朕就要秉公办理，下其章奏于吏部、都察院从公参看。卿意如何？"

"大臣被劾，原该由吏部、都察院从公参看，陛下处置至公至正，臣无限感佩。不过，臣唯恐臣翟銮内心不服。"严嵩说。

"他为何不服？"皇帝问。

"臣来面圣时，翟銮还对臣说，他一直在西苑当值，外间发生的事，着实不知。他还要臣为他解说。"严嵩一字不落地复述。

"你告诉朕这话，就算已为他解说，不必再多为他解说，"皇帝的恼怒又增添一分，"他在西苑当值，为朕的亲信之臣，更不该欺朕；他身在西苑，心存私念，又如何办得好朕交与的差事！"

"是，臣承纶音，不敢再为他解说。"严嵩道。

第三百三十章

翟銮自年轻时就养成夜间读书的习惯。那时，喜欢读书，而自己的书少，听说某人有什么奇书，必设法借来一阅。人家或借或不借。借给他，他满心喜悦；不借给他，他也无可如何。借来的书，不能久留在手边，他常常通宵达旦地阅读。后来地位崇高，自己的书日多。许多人得到奇书，会送上门来；不送上门来，他去商借，人家也不好意思拒绝。于是，可读的书越来越多。但读书的时间却越来越少，入值西苑以来，不时通宵达旦地守在那里，等回到家，一点儿精神也没有。许多购来的书，许多送来的书，堆放在书房里，没有读过。

这一夜，情绪激动地拟好疏稿，难以入睡，他随便拿出一部购来几日还来不及阅读的书籍读起来。原来读书的好处不仅可以增长学识，还可以平息激动的情绪。他又有一心得。

听到叩门声，他的心一动，好像回到很久很久以前。他发觉双膝有些发麻，用手轻轻按摩几下，才站起身，迈出屋门，向外走去。

翟汝俭拦在前面，问："父亲去何处？"

翟銮指指大门，说："有人叩门。"

翟汝俭不由愣住：明明叩的是屋门，他怎么以为是院门？

"父亲，是我在扣门。"他说。

"你？"翟銮好像突然从迷惘中清醒过来，好像突然间才看到儿子，他问，"夜已深，俭儿还没睡？"

"我看父亲房里亮着灯，不放心，来看一看。"翟汝俭说。

"好，既然来了，就进去坐一坐。"翟銮先退回去。

翟汝俭随他进屋，扶他坐好，又回身把门关好。

翟銮指指另一把椅子，等儿子坐下后，他说："俭儿方才叩门，我以为是很久以前的一个熟人在叩门，自己仿佛又变得很年轻。"

"父亲说的熟人，孩儿识得否？"翟汝俭问。

“你不识，连你母亲也不识。”翟銮当真回忆起很久以前的事来，“那时，庶吉士散馆，我先任翰林院编修，后改刑部主事。”

太监刘瑾当政，忌翰林官不附己，命改授他职。这段故事，翟汝俭是熟悉的，他说：“父亲改官，是逆瑾排陷吧？”

“是，”翟銮应道，他突然想起的熟人，和当朝的大人物毫无关系，“在翰林院的日子，闲散之极，你可以做很多事情，也可以什么事情都不做；你每天可以在衙门里呆很长时间，也可以随便找一个理由不去衙门。在刑部任官则不同，你不必做很多事情，可总有些事情要你去做；你不必在衙门里呆很长时间，可你每日必得去衙门。原以为一生终老翰苑，我在城东买所小宅院；任官刑部后，小宅院离衙门很远，我图省事，不肯换房子。于是，在那个小院里一住就是十年。我说的熟人，住在邻院，姓张，我唤他张老丈。”

“张老丈？他年纪很大吗？”翟汝俭问。

“比我年长二十岁吧，”翟銮继续回忆着往事，“我在那小院里住十年，张老丈扣我十年的门。”

“怎么回事？张老丈是更夫吗？”这是翟汝俭首先想到的职业。

“不，他是军籍，”翟銮说，“那时我身边只有一个小童，我常在夜里读书。小童熬不住，先去睡觉；我则睡得很晚，有时干脆不睡。一次，五鼓时分，我还没睡，忽听得有人叩门。小童睡得像死过去，醒不过来。我不忍心唤醒他，自己去开门。天色尚暗，十步开外就看不清，我模模糊糊觉着门口站的是一位老汉。”

“我在乡里，常听老人讲狐媚的故事，父亲不怕吗？”翟汝俭问。

“心无邪念，百毒不侵，妖魔鬼神之属，我向来不信，”翟銮道，“那人说：相公起得好早。听声音，果然是个老汉。我说：还没睡。我手里举着灯，他大约看到我另一手还拿着书，说：相公好勤力。我说：老丈也很勤力。复问：老丈莅临，何事？他说：叨扰相公，来借个火。原来他手里也举着灯，但没点亮。我从下房找到火石，为他点亮灯。老汉称谢而去，只见一点星火渐渐走远。”

“老丈过几日又来？”翟汝俭问。

“不是过几日，是第二日五鼓，他又来。仍是我去开门，为他点灯。”翟銮说，“三日后，我问他贵姓，他说姓张。又三日后，我问他贵庚，他说已半百。又三日后，我问他做的什么营生，要这早起身？他说：不是做营生，是出操。他世代军籍，世代居住在这院的隔壁。”

“一晃十日过去，小童竟一无所知？”翟汝俭问。

翟銮笑笑："他只抱怨火石不经用。其实，是我不会用，每日都要打多次，才点得亮灯。"又接着讲道，"我和张老丈渐如老友。他来得迟时，点起灯匆匆而去；来得早时，会与我说上几句闲话。一次我说：老丈五十开外，还要出操，不是太辛苦吗？他反问：相公已入翰林，还要秉烛夜读，辛苦不辛苦？不等我答，他说：虽我是武夫，相公是文士，我是下等人，相公是上等人，但我二人都是官家人。相公要把上等人的事情办好，我也要把下等人的事情办好。我不过做一日和尚撞一日钟，相公前程远大，好自为之吧。"

翟汝俭听得入神。翟銮问他："俭儿知道我讲这段旧事的寓意吗？"

翟汝俭真有无地自容之感。他说："我若真像父亲一样刻苦读书，真如杨用修一样学富五车，世人的闲言碎语，又何屑一顾！"

"你以为我在责怪你没用心读书？"翟銮摇头，"错！我是在想张老丈最后对我说的两句话。张老丈五鼓叩门，我为他开门点灯，十日一晃过去，十年也一晃过去。一日，张老丈来时，没有举灯。他告诉我，上官已找人顶代，他不必再去出操。他说：我老矣，从未见读书之苦如相公者。相公为我点十年灯，当有十年大贵。我是过来人，读书人含辛茹苦，我最有体会。我不愿你与孝儿再受这般苦。你二人能读书读到这步田地，我已知足。在旁人眼里，你二人或只是普通士子；但在我眼里，你二人就是子瞻、子由。"

"听父亲这话，羞煞孩儿。"翟汝俭道。

"这是我对张老丈第一句话的体会。他的第二句话，我向来不去想，今日却被我想到，"翟銮自顾而言。"我嘉靖六年入阁，至嘉靖十二年因你祖母去世，回籍守制，其间六年。十九年再入阁，到今年是四年。合起来，恰好十年。我享富贵十年，也该到头。"

"父亲何必想得这样凄惶？"翟汝俭劝慰，"父亲辅弼圣主，办事勤力，并无大过。王交等的污水是泼到孩儿们身上的，孩儿们可坚请除名，与父亲又有什么牵连！"

"你和孝儿的前程若毁，我一白发老人，留在朝廷还有什么趣味？"翟銮有他自己的想法。"这次的是非曲直，一定要勉力去辩。天下若以我儿侥幸中第，可请皇上特降题目，由部院大臣复试。"

皇帝怒，给翟銮定立四条罪状：其一，有旨参看，乃不候处分，肆行扰辩。二子纵有苏轼、苏辙之才，岂可并用？其二，和夏言一样在禁苑乘轿，见夏言获罪，全不惑惧。其三，屡以当值无逸殿为辞，公然欺君。其四，并君行事，君不早朝，亦不早赴内阁。

降旨：翟銮及翟汝俭、翟汝孝、崔奇勋、焦清、彭凤、欧阳唤并削籍为民。江汝璧等下法司逮问。

法司会鞫，称：江汝璧、秦鸣夏、浦应麒虽各阿取辅臣之子，然实非贿，沈坤之取陆煒，高节之取汪一中，亦非贿赂。独彭谦实以校尉张岳贿高节五百金而得中。监察御史王珩、沈越失于纠察，罪亦难逃。

有旨：江汝璧、秦鸣夏、浦应麒各杖六十，革职闲住，永不叙用；王珩、沈越降一级调外任，高节、张岳充军；彭谦为民，沈坤、汪一中、陆煒存留供职。

第三百三十一章

九月，朝局有大的变动：先是命许讚、张璧入阁。许讚入阁，吏部尚书由都察院掌院都御史熊浃改任；张璧入阁，朝廷中挂礼部尚书衔的大臣有几位，皇帝选用掌詹事府事的礼部尚书费寀掌部。

兵部也有小的变动：右侍郎侯纶去官，陕西巡抚路迎原迁南京兵部侍郎，在赴南京的途中被拦住，改任兵部右侍郎。路迎字宾暘，山东汶上人，正德三年进士。作为侍郎，他的资历够深。

毛伯温和他在衙门里相见，开玩笑地说："宾暘兄走一段冤枉路，可贺，可贺！"

路迎问："走的是冤枉路，怎倒可贺？"

"走的不是冤枉路，宾暘兄岂不就去南京，我二人如何得见？所以可贺。"毛伯温说的是一个十分牵强的理由。

"若早一二日降旨，我不必走冤枉路，也要来作汝厉兄佐贰，岂不更好？"路迎轻巧地驳道。

"早一二日，前右侍尚未去官，宾暘兄欲促他早去吗？"毛伯温问。

"哪有此事！我与他既无交情，亦无过节，为何促他早去？"没有交情，所以不会促侯纶早去，这个结论听起来不知所云，路迎不知怎么也说出来。"好吧，我辩不过汝厉兄，就算我走冤枉路可贺。"

"不好，让宾暘兄走冤枉路总是不好，朝廷有责任，吏部有责任，兵部有责任。"毛伯温又驳倒自己。

这话过头，路迎诚惶诚恐地说："汝厉兄如此自责，折煞我也。这一两个月来，朝廷大员们在各衙门间调来调去，都无怨言，我不过多走几步路，还说不上冤枉路，怎敢抱怨！好在朝廷上的风波已过去，下面的调动也不会有什么不当。"

毛伯温显然以为，路迎先调南京兵部复调兵部的安排欠妥。路迎声称不敢当，可话音里也有先调南京兵部复调兵部欠妥的意思。

毛伯温的思绪已不在这上面："宾暘兄以为大风波已过去？"

“也不能这么说，对吧？悦之先生改吏部，掌院都御史的位置又空出来，”路迎想到一事，“不过，选一掌院都堂，算不得大风波吧？”

“如果选一大司马呢？”毛伯温问。

“选一大司马？”路迎一半是不解，一半是吃惊，“汝厉兄怎说起昏话，当今大司马，舍汝厉兄其谁！”

“也许是昏话，也许并非昏话。”毛伯温显然以为，说的不是昏话。

“汝厉兄有何心思，可否告知？”路迎揖道。

毛伯温摇头，既不惊慌，也不解释。

“是否受翟阁老牵累？”路迎又问。

“宾暘兄怎会想到这一层？”毛伯温觉得有趣。

“汝厉兄总制宣、大军务时，仲鸣先生不是充行边使吗？他行边的第一站就是宣、大。我听说，大同五堡之建，是史克弘首议，你先敲定，仲鸣先生复敲定。此事是有的吧？”路迎道。

“大同五堡是否建错？”毛伯温问。

“建对建错还在其次，要在交深交浅。”路迎说。

“宾暘兄放心，我与仲鸣先生不过淡淡之交。”毛伯温道。

路迎所谓朝廷上的风波，正是指翟銮被罢一事。毛伯温断言与翟銮事无关，他就不那么在意。

“既如此，汝厉兄还担心什么？”他说。

“担心宣府出事。”毛伯温答道。

“宣府会出事？”对路迎来说，这更加费解，“近两年来，汝厉兄调处得当，志南兄干得轰轰烈烈，皇上再三褒奖。我等抚边者无不既羡且妒，宣府会出什么事？”

“调处得当，宾暘兄过誉，”毛伯温谦道，“我只敢说，尚无大的失当之处。但日前议撤防秋客兵，这件事大大失当。宾暘兄如果早十日八日到京，或不会这样匆忙议决。”

秋天草茂马肥，北虏善战，秋粮收获，有物可掠，是一年中边镇最要严防时。朝廷会调动内地客兵助守边镇，或调动军情不太紧张的边镇客兵助守军情紧张的边镇，谓之秋防。秋天过后，渐趋平静，各镇客兵撤回，谓之撤秋。这都已成为常规的调动。

路迎在北边三任巡抚，对这种调动习以为常。他知道，秋防之后，客兵一定要撤回。一来，不能顾此失彼，作为掌握兵政全局的兵部，更不能顾此失彼；二来，客兵的费用，都要经过朝廷预算，超过期限，朝廷不追加客兵钱粮，当地拿不出钱粮，易酿成兵变。他也知道，今年宣、大征调客兵较往年多，撤防更不容缓。

但他还是问道：“汝厉兄，今年撤秋是如何安排的？”

毛伯温述道：“先是职方韩郎中问我：蓟抚朱都堂请撤回辽东客兵，撤不撤？我说：依例当撤。几天后，他对我说：已檄各镇，撤回客兵。我问他宣府的客兵是否也撤回？他说也撤。我问他可与翟都堂计议？他说，翟都堂的意思，朝廷若不增客兵银，也撤吧。我暗自叫苦：俺答窥伺宣府，不会受一小挫辄止。宣府有警，京师震动，客兵怎能说撤就撤！宾暘兄，你知道我的担心何在了吧？”

顺天巡抚又称蓟州巡抚，现在的顺天巡抚朱方是山西平定州人，嘉靖五年进士。职方郎中韩勖则是直隶高阳人，嘉靖十一年进士。

“汝厉兄既担心宣府，何不奏请独留宣府客兵？”路迎道。

“朝令夕改，岂不是把边政视为儿戏？客兵暂留宣、大各镇，抚、镇官必请拨与钱粮。若朝廷拨与钱粮，俺答并不犯边，科、道岂不要劾我靡费？若朝廷不拨与钱粮，俺答尚未犯边，客兵先乱，科、道岂不要劾我激变？”二者毛伯温都担心，但听得出，请留客兵，他的担心更多。

路迎叹道：“捉襟见肘，不撤回客兵，又有什么法子？汝厉兄，客兵既不得不撤，为之烦恼，徒添白发，有何益处？不如祷之：俺答知难而退，或我宣、大之兵足以御敌。”

“但愿如宾暘兄所祷。”毛伯温说。

十月，宣府警报不断。最早是膳房堡发现虏众，官兵加强该处守御，虏众又从万全右卫拆边墙拥入。接着，虏军集结顺圣川，直接威胁居庸关，劫掠浮图峪，直至完县。

其实，各地出现的虏众均为小股，但因突破宣、大、山西等外围防线，对京师构成威胁，京师宣布戒严。

朝廷处罚有关的内外官员。兵部，尚书毛伯温削籍为民，职方郎中韩勖杖八十，发戍极边。宣、大总督翟鹏先被切责，复械至京师治罪。顺天巡抚朱方下狱，他是今年七月巡抚顺天的，在任只来得及处置一事，即撤回辽东助守蓟州的客兵，便结束官宦生涯。

翟鹏戍边，行至河西务时，与民家争执。他大有虎落平原被犬欺的感慨，向河西务钞关主事诉苦。钞关主事大概也觉得民家太过分，打他一顿板子。厂、卫探子获悉此事，奏上朝廷。钞关主事没被追究，翟鹏却被押回京师，死于狱中。很有些人替他惋惜。

第三百三十二章

大同知府刘永丁父忧，向巡抚詹荣辞行。詹荣曾以户部郎中督饷大同，知道大同巡抚不好干，大同知府不好干；而一个好的大同知府，是大同巡抚的得力帮手。他自甘肃巡抚调任大同巡抚只有两三个月，是因为前任巡抚赵锦和总兵官周尚文不和，朝廷命两地巡抚对调的。而刘永任大同知府已经两三年，他实在不愿意刘永这时离开。但官员为父母守丧是国家制度，谁也不能违制。他只能说几句节哀顺变之类劝慰的话，说几句正要仰仗大力之类惋惜的话。刘永是陕西醴泉人，他还特意叮嘱，北虏虽退，山西境内尚有余部，切莫大意。

刘永对都堂大人的关怀感激不尽，表示一定要走大道，绝不敢取近路。他绝不会料到，二骑一车刚出宅门，就被劫。两匹马，一匹他骑，一匹家人骑。车上装着几件行囊，除车夫，还坐着一个家人。

劫他的是手执兵刃的蒙面汉子，有十几人。

一名汉子用剑指向骑马的家人，骑马的家人边骂“何处强贼，敢拦我家老爷车驾”，边乖乖下马。一名汉子用刀指向车上的家人，车上的家人边说“有事好商量”，边乖乖地下车。

车夫作出事不关己的样子，躲到一边去。

刘永后悔没带佩剑。但即使有佩剑，他也未必拔得出来，因为早有两名汉子一左一右把他夹在中间。

马前站着一人，抢过缰绳去，说道：“刘大人，下马吧。”

此时欲不下马，已不可能。

在大同这动乱之地任知府，胆子练出一些。刘永下马，清了清喉咙，说：“本府已离任，各位有冤屈，还是向新知府去诉吧。”

“诉冤屈？”站在马前的人好似首领，他唤道，“大六十，小六十，有人说你们有冤屈要诉呢。”

“那就诉吧。”被唤作大六十的汉子瓮声瓮气地说。

“你如何诉？”好似首领的汉子问他。

“岂不闻：在家吃父母。”大六十道。

“错，是在家靠父母。”被唤作小六十的汉子纠正。

“亲生父母都靠不住，遑论父母官！但父母官吃还是吃得的，”大六十说。“我不贪心，既称六十，吃他也只吃六十。听好，是六十锭，不是六十两。要一百足两的大锭。”

小六十说：“你称大六十，要人家的大锭；我称小六十，只好要小锭，每锭五十两既可，少一二两我也不会计较。不过，我也不能太吃亏。六十小锭之外，再向你讨要六十件小首饰吧。”

他二人就像在富有的父母面前分割家产。

“你二人吃得恰到好处，”好似首领的汉子说着，问另一名汉子，“八肥头，你呢？”

“人家名字起得好，一要就是六十锭；我的名字起得不好，只得要八锭，”被称作八肥头的汉子委屈得不成。临了加上一句，“刘大人记好，我和他们稍有不同：他们要的是白物，我要的是黄物。”

好似首领的汉子完全不把刘永等一主二仆一车夫放在眼里，一人一人问下去。问到最后一人，亲昵无比：“二弟，你如何说？”

“我听三哥的。”那汉子说。

“二雷公当然要紧随三将军。”一汉子哄道。

“那有什么，你稀毛还不是和肥头摽在一起。”二雷公说。

“听清楚，我是三将军，我这兄弟叫二雷公，都是小角色。”好似首领的汉子对刘永打过招呼，对二雷公说，“他们把大鱼大肉拣完，剩下的汤汤水水，咱们不挑不拣，全照单收下吧。”

说着，一挥手，一群汉子拥上，有的推刘永，有的拦家人，有的赶车，有的牵马，有的护车，有的护物，呼啸而去。

好似首领的汉子骑上马，疾驰一周，回到刘永面前，以马鞭指着他说：“朝廷数月不发禄米，我等只好先向你借用。若仍不发给，我等下次就要向都堂大人借用。”

刘永等人呆若木鸡，等人、车、马去远，才从噩梦中醒来。

“是代府的人吧？”刘永问。

“不是他们又是谁！”一家人说。“三将军，二雷公，大六十，小六十，老爷在位时，状告他们的人还少吗？”

刘永懊悔不已。代府一干将军、中尉的不法，他早有所闻；他等有钱时酗酒伤人，无钱时劫掠民间，告到他那里，或告到其他衙门的人不少。事关宗室，谁也不敢轻率处置，负责一些的官员也只是启请代王戒治之。今天，刘永终于自食恶果。

被称作三将军的奉国将军充灼，属河川郡王府，行三。被称作二雷公的奉国将军充炬，属饶阳王府，行二。抢劫刘永后，他二人避开其他将军、中尉们，找个僻静的地方饮酒。

“今日得手，三哥怎么郁闷不乐？”充炬问。

充灼喝口酒，说：“深思而已，并非郁闷不乐。”

充炬陪着喝一口，问：“三哥深思什么？”

充灼说：“我在想你的一句话。”

“我的一句话？”充炬的话，充灼还记得，他自己却记不得，“三哥，我说过什么话？”

“你说：岂有雄侠如三将军而贫者耶！”充灼铿锵有力地重复道

“着啊，三哥振臂一呼，群叔响应，不都丰衣足食！”充炬道。

和他二人在一起的，多是俊字辈的将军、中尉。论年龄，不相上下；论辈分，却是他二人的堂叔。

“与前者缺衣少食比起来，大家的日子确是好过得多，”充灼对此也不否认，“不过，一哄而起，一哄而散，掠多则无人不笑，掠少则无人不怨，称得上雄侠吗？算得上大事业吗？”

充炬恍悟：“三哥原来想干一番大事业，这有何难！”

“二弟能助我？”相知甚深，充灼信不过他。

充炬也不硬充好汉：“我帮不了三哥，但我有两个好友，一是大同人，叫罗廷玺，一是汾州人，叫王廷策，帮得了三哥。”

“怎知他二人帮得了我？”充灼问。

充炬说：“罗廷玺人称罗汉，王廷策人称王师，均有神术。一听绰号，三哥就知他二人是不是成大事的人物。”

“既如此，二弟带我去见他等。”充灼道。

罗廷玺在大同传道，大同所领四州七县，信徒甚众，声势甚大。他结识充炬，是为与大同宗室同气连声，以谋大举。充炬约他去见代府非嫡传子孙的首脑人物，他马上应承下来。

充炬领罗廷玺先见俊桐等奉国将军，俊桐等见罗廷玺神仙般风采，大为折服，与他歃血结盟。然后去见充灼。他对俊桐等宗人，及自己亲信的徒儿说：“今日要见贵人，我有动作，你等效之。”

罗廷玺在充灼面前拜倒，口称：“臣参见将军！”

自称为臣，参见的却不是君王，而是将军，可谓咄咄怪事。

他的徒儿们见怪不怪，一起拜倒，口称：“臣等参见将军！”

俊桐等听出语病，可话是有神仙风采的罗廷玺说的，他等不敢讪笑。

不知谁带个头，躬身道：“臣弟参见将军！”

众宗人一起躬身道：“臣弟等参见将军！”

“天师怎生唤我？”充灼被捧得飘飘然，也奉还罗廷玺一顶高帽子。

罗廷玺说：“我夜伺将军气息，晨望将军光芒，得六字曰：天师将军通侯。将军可速治印鉴。”

“为什么只是将军，不是王爷千岁？我不能替代充燿吗？”充灼问。

现在的代王充燿也是充字辈，充灼和他结怨，希望能把他撵下台。

罗廷玺说：“将军富贵无比，王爷千岁何足道哉！我称将军，不称王爷千岁，为的是留下余地，以利日后飞腾。”

充灼在他的引导下，目光也一下子超出代府。

“天师说日后飞腾，如何飞腾？”他问。

“万事俱备，尚欠一师。”罗廷玺道。

“天师指的可是王师？”充灼问。

“廷策兄是师傅之师，我指的是大军。”罗廷玺道。

“大军如何征集？”充灼问。

“不必将军征集，大军自会来助。”罗廷玺道。

“自何方而来？”充灼问。

“自西北而来。”罗廷玺道。

他无疑是指俺答部众。华夷有别，虽俺答各部对边民的劫掠，和充灼等对大同市民的劫掠，没什么两样，但对招引俺答部众为助，充灼不敢贸然应允。他看看其他宗人，其他宗人也不敢轻言可否。

罗廷玺说：“大军只来助将军成大事，大事一成，自然退去。”

“天师怎知它会退去？”充灼问。

“若不能一言以进之，一言以退之，是大军来助将军，还是将军为大军傀儡？”罗廷玺以攻为守地说。充灼只要相信天将降大任于自己，就不能不相信俺答大军可用来成大事。

“好！”充灼接受他的说法。并问，“大军何时可至？”

罗廷玺说：“我有一徒儿，姓王，为防官府耳目，且唤他王三。他奉我符籙，前去召唤大军，等他回来，便知端的。”

大同城远郊有一座村庄，叫永地庄。庄里住着几户军籍人家，不是正军籍，而是出钱出粮以佐正丁的丁余。

丁余刘伏玘正在摆弄农具，几个过路人走进院子。

“大哥，借口水喝。”为首的一人说。

“水缸里有。”刘伏玘说。

他本不想抬头，但对方浓重的大同城里人的口音，引起他的注意。北虏像拉锯一样忽来忽去，听说，城里人不大出城。这些人是出城也好，回城也好，怎么走出这么远？于是，他斜眼睃去。那人喝过水，把水瓢递给一个同伴，自己习惯地抹了抹嘴。

刘伏玘刚好看清他的相貌，不由一愣：这不是虏众每次进犯大同时，在前面领路的那个汉人吗？北虏有人唤他王哥，有人唤他老王，更多人唤他王三。他怎么离开虏众，来到这里？

刘伏杞沉住气，说：“屋里还有酒，几位客官要不要喝？”

“兵乱之际，大哥还存有酒？我喝你酒，有银子给你。”那人说。

“是啊，想酒想杀我等，快取出来！”他的同伴说。

刘伏玘取出藏在地窖里准备过年的一坛子酒。那人的一个同伴扑上来，抢过酒坛，紧抱在怀里，又抚又亲，比对自己心爱的女人还要亲热。

“别自作多情，让我等一同享受吧。”那人取笑道。

他们你一口我一口喝起来。刘伏玘的酒烈，加上几个人又饿又乏，一坛酒没见底，他们已酩酊大醉。刘伏玘约来同村的余丁冯龙、贾升、张宝等，不费吹灰之力，把他等捆绑起来。送到巡按衙门一问，为首那人果然是王三。其父为大同左卫指挥王铎，与吉囊勾搭多年。子继父业，他又甘当俺答的奸细。巡按御史李天宠上奏朝廷，得旨，将王三等押解京师。刘伏玘赏银千两，官升五级；冯龙等赏银百两，授官试百户。

时至腊月，皇帝把这当作一件大事，遣官告谢南北郊、太庙、社稷。

第三百三十三章

十二月初五日，严嵩晋少傅，严府里喜气洋洋。

道贺与拜年合在一起，来者甚众。一般的门人或普通官员来贺，管家严年收下名刺、贺礼，与之寒暄两句；身份较高的门人或侍郎、九卿等官员来贺，公子严世蕃收下名刺、贺礼，与之寒暄两句；尚书、都御史、司礼监资深的太监、其他内使衙门掌印或秉笔太监、地位在前几名的勋戚大臣来贺，严世蕃接待，引入堂上，严嵩亲自与之寒暄。这不知是事先刻意做出的安排，还是在迎来送往中逐渐形成的规矩。

陆炳来道贺，门人报与严年，严年报与严世蕃，严世蕃亲自迎出。

“陆帅驾临，失迎，失迎！”严世蕃又是连连作揖，又是与陆炳抱肩，对他的亲昵程度，与其他人都不相同，“家父年纪大，不良于行，不能出来恭迎，还望陆帅见谅。”

“东楼老弟说的什么话！老先生健硕超群，走起路来，我都跟不上，怎会不良于行！”陆炳笑道，“你不如说老先生在西庐坐值一夜，困乏十分，还容易搪塞一些。”

严世蕃自有一番道理：“对别人，我当然以陆帅所教应付。他们知道家父困乏，不好意思缠着要见。对陆帅，我却不能这样说。家父是一定要见陆帅的，若陆帅道：老先生既然困乏，不如不见吧。然后扬长而去，我一肥弱书生，拉得住吗？陆帅视我为痴儿，我却不敢丢先人的脸，以痴儿自视。”

“我视你为痴儿？你不视我为痴兄，已很顾全我的体面。如以‘肥弱书生’四个字勾画出自家的嘴脸，除东楼，谁有这等本事？”陆炳说着，揖道，“东楼千万不要在我面前提起痴字。”

“过誉，不敢当。”严世蕃嘴上客气，得意的心情却怎么也掩饰不住，他拉起陆炳的手，道，“家父急着见陆帅，请吧。”

“老先生既然困乏，不如不见吧，”陆炳学着严世蕃的口吻，说句笑话，然后正经地说，“其实，与东楼叙叙话，也是一样的。”

“今日可不是你我叙话的时机，”严世蕃说，“家父再三向我交代，日后与陆帅共事，是难得的机缘；今日若来，不但要好好叙谈叙谈，还要陪着喝几盅酒。你我叙谈，留待来日吧。”

日后共事，是指庙工。十月，太庙工程启动，严嵩奉旨督视。而在严嵩进少傅的同时，皇帝又降一旨：着陆炳阅视庙工，兼提督参与工程的官军。这一差事一般是交与勋臣的，例如以前曾交与郭勋。今日交与陆炳，足见皇帝对他的信赖。

严嵩、陆炳相互间本就有心接纳，本就在利用各种机会接纳。没有共事太庙的机缘，陆炳来贺，严世蕃也会迎出，严嵩也会见他叙话，但会不会留他宴饮，却在两可之间。

“老先生天大之喜，当真该向他讨盅喜酒。”陆炳回应严世蕃的话。

“不过，饮老先生的喜酒，我这礼就太单薄。”

他的礼单上有一株翡翠，那是别人拿不出来的。

“喜酒是喜酒，却并非饮家父的喜酒；若担心礼薄，也该是家父担心贺礼拿不得出手。”严世蕃边陪着陆炳往里走，边说。

“那么，今日是喝谁的喜酒？”陆炳奇怪地问。

“自然是喝陆帅的喜酒。”严世蕃说。

“我未加一官，喜自何来！”陆炳道，“得随老先生阅视庙工，虽荣耀之至，但也当不得老先生赐以喜酒呀。”

“这差事非同寻常，算得一喜；家父说喝陆帅的喜酒，却另有一喜，恐怕陆帅自己还不知道呢。”严世蕃卖弄地说。

“还另有一喜？”事关陆炳自己，他一定要问清楚。

严世蕃点点头，继续卖弄：“昔者陈帅对宫变一案的鞫讯，不称皇上心意，锦衣卫他是不能再掌。家父说，掌锦衣卫者，舍陆帅其谁！为这事，值不值得喝盅喜酒？”

当然太值得。陆炳以锦衣卫都指挥同知掌镇抚司狱，有时皇帝命他协理锦衣卫事。掌镇抚司狱也是重要的职事，但和掌锦衣卫比起来，无论如何差着一截。到现在为止，掌锦衣卫的都是他父亲陆松那一辈的人，今日若落到他的手上，可说是完成两代人的交接。

“此事做实，我与东楼痛饮三日。”陆炳说。

“好，我舍命相陪，”严世蕃应罢，以少有的严正语气说，“君臣相得无如今日者，文臣武臣相协、内臣外臣相协，无如今日者，家父愿与陆帅约：竭尽心志，共佐圣君。”

“老先生以大事命，敢不从之。”陆炳也严正地回应。

廖心一 著

嘉靖皇帝全传

③禁海·肃边

戊戌桂秋 王之鏵题

金城出版社·北京
GOLD WALL PRESS BEIJING

③ 禁海·肃边

一、新宠惧宠

第三百三十四章

年节之际，内阁会有几拨客人来拜年：一是翰林院的翰林们，二是中书房的中书们，三是六科的给事中们。但无论被视为清要之职的翰林官、给事中，还是前途渺茫的中书官，和高居中枢的阁老们，既不可能是友人的关系，也不可能是同僚的关系。他们寒暄几句即退，使留在阁中的阁老莫名地感到寂寞。

嘉靖二十四年的年节期间，送走该来拜年的客人们，阁臣许讃感慨一句：“高处不胜寒呀！”

“廷美先生在自叹吗？”另一阁臣张璧问。

“不唯自叹，也在为崇象先生叹。”许讃说。

“不敢有劳，”张璧摆摆手说，“廷美先生自叹，以及为我所叹者，是高处不胜寒，我却另有一叹。”

“崇象先生所叹何事？”许讃问。

“更有高处者。”张璧说。

许讃一愣。这话是什么意思？皇上无疑在更高处，张璧难道会暗示皇上也寂寞？肯定不会。那么，他指的是大臣。比他们居于更高处的，只有一个人，只有另一个阁臣，首辅严嵩。

说严嵩在更高处，不仅因为他是首辅，而且因为他入值西苑。

壬寅宫变后，皇帝迁居西苑，不再回大内。为便于处置朝政，乃于西苑设置值庐，命大臣入值。最初，入值的大臣经常是阁臣翟銮、严嵩；翟銮罢官后，则命严嵩一人入值。许讃、张璧是去年九月入阁的，皇帝并未命他们入值西苑。

西苑有入值的阁臣，皇帝有什么旨意，当然是传达给他，为皇帝拟旨的当然是他。如果三名阁臣都在内阁，拟旨的一般也是首辅；但他总还要和其他阁臣商量一下，其他阁臣总还知道皇帝的旨意。内阁的主要职责就是拟旨。现在，留在内阁的阁臣既不知道皇帝的旨意，又无法参与意见，内阁形同虚设。

想到这里，许讃、张璧不仅感到寂寞，还感到压抑。

寂寞的感觉是许讃说出来的，压抑的气氛是张璧制造出来的，二人都想把话岔开。

“廷美先生不会是放不下吏部的事务吧？”张璧更急于转移话题。入阁前，许讃官吏部尚书，他是礼部尚书。如果许讃放不下吏部的事务，他是不是也放不下礼部的事务。

“悦之先生大才，他掌吏部，我没什么放不下的。”许讃说。

许讃入阁，以掌院都御史熊浃改吏部尚书。

“吏部不仅是熊悦之，还有徐子升。此君堪大用。”张璧说。

徐阶先由国子监祭酒升任礼部右侍郎，在许讃、张璧入阁后改任吏部。张璧提到他，甚是称赏。

“我听说，徐子升学识是好的。”许讃道。

“不仅学识是好的，人品也是好的，”张璧马上说，“徐子升改任吏部后，写过一张条幅，榜于壁，廷美先生可曾听闻此事？”

“未闻，”许讃应道，复问，“他写的是什么话？”

“我来诵与廷美先生听。”张璧正正衣襟，发出重响，“咄！”

“崇象先生这一声‘咄’是要我仔细听吗？”许讃问。

“非也，这是徐子升在自警，”张璧说着，诵其条幅，“汝阶二十一而及第，四十三而佐天官，国恩厚矣，何以称？若不竭忠殚劳，而或植党以摈贤，或徇贿而鬻法，或背公而行媚，或持禄以自营，神之殛之，而及于子孙。吁，可畏哉！”

“写得好！这段话应成为居吏部堂上者的座右铭。”许讃喝彩一声，感慨地说，“可惜，徐子升在我离开吏部以后，才迁转至吏部。”

“廷美先生差矣。”张璧说。

“怎么？”许讃今天是第三次问。

“该说：可惜，徐子升在我离开礼部后，也离开礼部。”张璧道。

说罢微笑，许讃也随他笑出声。内阁中早先弥漫着的寂寞、压抑气氛，一时间一扫而空。

第三百三十五章

张璧和许讚在阁中的对话，在第二天就传出来，而且传到尚宝寺少卿严世蕃的耳朵里。他们对徐阶的称赏，他不放在心上；他知道徐阶其人。徐阶的学识和人品，他也不放在心上。他放在心上而且使他深感不安的，是“更有高处者”那句话。他想，这件事该好好和父亲议一议。

“大人走时，是怎么交代的？”他问严年。

“老爷说：一入西内，上元节前不会回来。”严年答道。

“是不会回来，还是不能回来？”严世蕃追问。

“东楼先生，这有什么不同吗？”严年不解。

“大有不同，”严世蕃道，“大人若是奉旨守在西苑，不能回来，我也无可奈何；大人若是不会回来，则不一定要日夜守在西苑，我却有事，须请大人回来一趟。”

“是东楼先生找老爷有事？”严年要坐实这一点。

“不错，是我找大人有事。”严世蕃说得十分肯定。

“那好办，我要他们给老爷送食盒时，禀告一声。”严年对他不能不应付，但也不以为会有什么了不起的大事。

辅臣值阁，吃的是官家饭，几员大臣在衙门里起火。大臣在西苑值殿，吃的是皇家饭，皇帝一般会赐以酒馔。但无论值阁还是值殿，想吃得可口，还是要家里送食物去。而在西苑值殿，更得由家里送食物去，免得皇帝一时疏忽，该大臣就要饿肚子。

“今天谁去给大人送食盒？严富还是严贵？”严世蕃不等严年答话，说道，“轮着严富也罢，轮着严贵也罢，都不必去。”

“是，”严年应道，并问，“今儿个东楼先生差人去吗？”

“好不荒唐！你大管家管着的事，岂容我插手！”严世蕃不容置辩地吩咐，“今儿个你亲自去给大人送食盒！”

“这——”严年有些犹豫：一则，两个大节之间，府上的事多，不好走开；二则，今日的老爷不是昔日的老爷，今日的他也不是昔日的他，亲自去西苑给老爷送食盒，会不会惹人耻笑？

“大管家怕失身份吧？”严世蕃看透他的心思。

“东楼先生见笑；在东楼先生面前，我还有什么身份可言！”严年赔着笑说，“这一两天咱府上的事多，我是怕交给别人出差错。”

“交给我如何？宰相门前七品官，大管家自然不止七品。我这个少卿也不止七品，代你管理一两个时辰，资格还够吧？”严世蕃不给严年留下琢磨的时间，紧接着说，“不是你去，大人不会回来；在大人面前，你会失身份吗？我要见大人，须得你去请；在我面前，你会失身份吗？到宫禁前，无论哪一位公公当值，你只说办这个差事，是为和他见上一面，给他拜个年；在内使们面前，你会失身份吗？”

“多谢东楼先生指点，我一定把老爷请回来。”严年应承着。

“东楼，我不在家里，你正好风流快活，为何却着严年唤我回来？”严嵩见到严世蕃，略带挖苦地问道。

严世蕃嘻嘻哈哈地说：“严年不会办事，我着他请大人回来，怎么变成唤大人回来？”然后收起嬉笑说，“怕年节里大人在禁苑吃不好，儿子欲孝敬大人一桌酒席。”

“有皇上赐的酒馔，有家里送的食点，我不会吃不好。”严嵩说。

碰了个软钉子，严世蕃并不泄气。他说：“怕年节里大人在禁苑睡不好，儿子欲孝敬大人一张软床。”

“我睡惯硬床，换软床，反而无法入睡。”严嵩说。

“怕年节里大人身上不舒服，儿子欲孝敬大人一盆汤水。”严世蕃说。他知道这一次不会碰钉子了。如果说，在西苑值殿，吃、住还可以忍耐的话，不能沐浴更衣则是最令人难过的。

严嵩果然被打动，他一面褪去官袍，一面说：“东楼再不知我，我还指望谁？汤水可准备好？”

说着，向后室走去。

“备好多时，大人请吧。”严世蕃在一旁陪同他。

严嵩觉着不对头，问道：“你去作甚？”

“侍奉大人洗沐呀。”严世蕃说着，掀起后室的帘子。

严嵩不由好笑：“东楼，这是几时添加的规矩？”

“大人为国辛劳，儿子理应侍奉。”严世蕃冠冕堂皇地说。

严嵩只得由他摆布，在他的帮助下，脱得赤条条的，躺到浴盆里。严世蕃则搬把矮凳，坐在浴盆边，轻轻地为他搓着后背，按摩肩头。

严嵩闭上双眼，尽情享受着这难得的天伦之乐，内心感到极大满足。

当严世蕃的按摩动作渐渐停止时，他的眼睛慢慢撑开一条缝。“东楼，又在打什么算盘，说与我听听。”他说。

“我的算盘，大人是知道的。”严世蕃不慌不忙地说。

“你是不是又在打哪个衙门的算盘？”严嵩问。

“我说大人知道嘛。”严世蕃并不否认。

“是哪个衙门？”严嵩问。

“内阁。”严世蕃道。

两个字把严嵩吓一大跳。他问严世蕃打哪个衙门的算盘，是指：严世蕃对尚宝司没有兴趣，想调去哪个衙门。若以礼部作答，他都不会太吃惊，少卿不可能升侍郎，但还不能改郎中吗？谁知竟在打内阁的算盘！也不想想，自成祖皇帝开设内阁以来，哪有父子同值阁的例子；也不想想，自英宗皇帝以来，哪有监生入阁的例子！

他不禁说出心里想的话：“匪夷所思！”

“大人是说我吗？”严世蕃问。

“别的算盘你都可以打，内阁的算盘你也可以打！”严嵩嗔道。

严世蕃却很沉静。他说：“我为自己打内阁的算盘，诚为匪夷所思；我为大人打内阁的算盘，算不得匪夷所思吧？”

“为我打内阁的算盘？”一下子，严嵩的眼睛完全睁开，“东楼，你怎的为我打内阁的算盘，说与我听听。”

“打内阁的算盘，先要知道内阁有几人，请大人告我。”严世蕃说。

“天下皆知有三人，何须我来告你！”严嵩道。

“我算过来算过去，却怎么也算不对。”严世蕃说，“我先告诉大人，我是怎样算过来的：大人十天里有九天在西苑。可我知道，内阁值房在东华门里，内阁值房里只有一位许大人，一位张大人。因此，内阁是二人，不是三人。我再告诉大人，我是怎样算过去的：今日内阁大臣不于西苑值庐，就算不得内阁大臣，最多算半个内阁大臣。可我知道，在西苑值庐的内阁大臣，只有一位严大人；一位许大人和一位张大人，不在西苑值庐。因此，内阁是一人，或二人，不是三人。”

严嵩皱起眉头，问道：“东楼为何要与我算这两笔账？”

“大人且说，内阁有三个人好，还是有两个人好，还是有一个人好？”严世蕃反问。

“这很难说。”严嵩不予置评。

“很难说，却不是不能说，我试为大人言之，”严世蕃道，“内阁有三个人，比只有一个人要好。内阁有一个人，皇上自然只信用他，但皇上和内阁小有冲突，首当其冲的也是他。小冲突成为大冲突，则难以转圜。内阁有三个人，皇上信用的其实也只一个人，而皇上与内阁小有冲突，责任可以卸到其他两个人肩上。小冲突成为大冲突，皇上首先要处分的是另外两个人。处分另外两个人，或另外两个人中的一个人，火气也许会消去。皇上信用的那个人仍安然无恙。”

严嵩小有异议：“东楼的话过激。我看，小冲突也不可有，但小冲突终难避免；有小冲突，则一定不能让它成为大冲突。”

“大人说得不错，大冲突是一定要防止的；可对一定不能有的大冲突预做处置，才是万全之道。”严世蕃说，“内阁有三个人，比只有一个人好。皇上虽只信用一个人，但那两个人占着阁臣的名分，他们不必承担什么责任，而皇上不能忽视他们，各衙门不能忽视他们。大人与这两个人同在内阁，却两东一西，同床异梦，这是再危险不过的事。”

严嵩听出一些门道：“你的意思，要我多去内阁走走？”

“这是其一，而且并非最要紧的，”严世蕃说着，剖析道，“一来，只大人去内阁走走，仍然无人来分担责任；二来，大人一人在西内值庐，疲于奔命，哪里有精力多去内阁走走？所以，最要紧者，须使许、张两位阁老也在西内当值。”

这件事，除严嵩，没有其他人办得到。

他也开始认真盘算。他与张璧之间没什么过节，但对许讚却有许多怨愤。吏部前后的文选郎、考功郎不买自己的账，能和他这个掌门人无关？这是其一。奏请阁臣西苑值殿，又不能跳过排在前面的许讚，单为张璧请命。这是其二。因此，办这件事实有不甘。

“西苑值殿，非我可定。”严嵩说。

“大人虽不可定，却可奏请。不但可奏请许、张二阁老值庐，还可奏请朱、崔两位爵爷值庐，”说到此，严世蕃加重语气，“大人需要他等值庐，比他等盼望值庐更甚。”

成国公朱希忠，京山侯崔元是勋戚大臣中最受信用的两个人

严嵩有些动心，但还是问：“你说，当以何事奏请？”

“可引祖宗朝宣召三杨及蹇天官、夏地官的故事。”严世蕃说。

这是宣宗皇帝时的故事。其时，内阁有杨士奇、杨荣、杨溥，吏部尚书则是蹇

义，户部尚书则是夏原吉。宣宗皇帝时常宣召五人议事。后世称称道的仁、宣之治，靠的君圣臣贤，而这几人的辅佐之功尤不可没。

“容我再想想。”严嵩心动，但没立即应承下来。

闰正月初五日，严嵩上疏：臣每次独蒙宣召，人情未免嫉议，窃不自安。臣思往岁夏言恶与郭勋同列，以致生隙。夫臣子比肩事主，当协恭同心，岂宜嫌异！莫若臣希忠、臣元、臣讚、臣璧，凡有宣召，乞与臣同，庶事体相安。如祖宗朝蹇、夏、三杨，每并入侍，乞如故事，一体参预。

皇帝也要想一想，所以只在该疏上写“知道了”三字，没立即准奏。

第三百三十六章

杨爵在诏狱四年，先同他囚于一室的，是刑部郎中钱德洪；钱德洪出狱后，同他囚于一室的，是工部员外郎刘魁；刘魁尚未出狱，吏科给事中周怡又被关押进来。

刘魁字焕吾，江西泰和人，乡荐出身。他由府通判而知州，而府同知，而召入朝廷，以出身而论，很不容易。他被逮下狱，是因为一本谏建太液池雷坛的奏章。他知道，此疏一上，必然激怒皇帝，所以，事先交代家人准备好棺木，以示将生死置之度外。皇帝果怒，杖责之外，复置于诏狱。

他知道，此疏一上，必然激怒皇帝，所以，事先交代家人准备好棺木，以示将生死置之度外。皇帝果怒，杖责之外，复置于诏狱。

周怡字顺之，宁国府太平县人，嘉靖十七年进士。他在少年时立志曰：鼎镬不避，沟壑不忘，可以称士矣。他在任吏科给事中的两年里，对当事大臣敢于从公评击，实践了自己对于“士”的品德的要求。

周怡入狱，是因为他的一本奏章，既弹劾当事大臣，又言及皇帝日事祷祠。弹劾大臣，他写道：大学士翟銮、严嵩与尚书许讚互相诋讦，总兵官张凤、周尚文又与总制侍郎翟鹏、督饷侍郎赵廷瑞交恶，此最不祥事，误国孰甚！言及皇帝祷祠，他写道：今陛下日事祷祠而四方灾异未销，内则财货匮而百役兴，外则寇敌横而九边耗。最后把皇帝祷祠也归咎为大臣不贤，而特别论及严嵩之奸：严嵩威灵气焰，凌轹百司，中外不畏陛下，惟畏严嵩久矣。

这一段写的还比较平和，接下去更加刺耳：“今陛下日事祷祠而四方灾异未销，岁开输银之例而府库未充，累颁蠲租之令而百姓未苏，时下选将练士之命而边境未宁。内则财货匮而百役兴，外则寇敌横而九边耗。乃翟銮、严嵩凭借宠灵，背公营私，弄播威福，市恩酬怨。夫辅臣真知人贤不肖，宜明告吏部进之退之，不宜挟势徇私，属之进退。严嵩威灵气焰，凌轹百司，凡有陈奏，奔走其门，先得意旨而后敢闻于陛下。中外不畏陛下，唯畏严嵩久矣。”

也许就因为这一句话，皇帝对周怡的憎恶超过对刘魁的憎恶。镇抚司官禁周怡家送饮食，而许刘魁家送饮食，绝非由个人的好恶而定。对某人要严，对某人可松，一是皇帝有明旨，二是皇帝虽无明旨但有含蓄的口谕，三是皇帝的憎恶程度，身边的近侍会透露一二。

这一日，刘魁家又送来饮食，是一盒牛肉，一坛白酒。

姓张的狱卒苦熬多年，终于熬成吏目，不必每日在牢室内外转；但隔一两天，他总要来看看杨爵他们。他说，他的好运气是杨爵带来的，尽管不能报答，时常来看一看，说上几句话，知道几位老爷身体尚健，也就安心。每逢刘魁家人送来饮食、衣物等，他都亲自接下，亲自送来。他知道，三位老爷中，只有刘老爷家里可送东西来，但送来东西却是三位老爷分享的。这也让他很感动。

姓张的狱吏对着盛牛肉的食盒嗅一嗅，递进牢室，说道："刘老爷好有口福。"

刘魁让道："张头请尝尝。"

"刘老爷盼许多日子，才盼来些油水，这肉吃一口也是罪孽。刘老爷请自己享用吧。"姓张的狱吏说着，不但自己走开，还招招手，把代替他看守这间牢室的狱卒也叫走。

周怡较为年轻，没有酒肉还熬得过去；酒肉在前，再忍耐不住。他吃块牛肉，说："这肉和上次的味道又不同，和上上次的味道却有些相似。"喝口酒，说："这酒比上次的性烈。"

杨爵和刘魁相视一笑，都不说话。

周怡赧然，说："该死，我又喧宾夺主，焕吾先生请享用吧。"

杨爵动手，边为三人倒酒，边说："什么喧宾夺主，我三人在这里都是过客，谁又是主人！顺之尽管享用。"

周怡依言，又吃又喝，大快朵颐。对付过肚里的馋虫，他的话又多起来："伯珍先生说得不错；不过，由焕吾先生来说，好似更恰当。"

"你是说，我也喧宾夺主？"杨爵笑问。

周怡不答，算是默认。

刘魁道："若无宾主之分，谁说还不一样？若有宾主之分，这次却只能由伯珍先生说。"

话里有话，周怡忙问："怎讲？"

"你先看看，这次的食盒可有不同？"刘魁道。

周怡把食盒里里外外看个遍，也没发现有什么不同。

"偌大的一个字，顺之兄看不见吗？"刘魁提示。

果然，在食盒不显眼的地方，正楷写一个“再”字。字找到，周怡不明白其用意，看看刘魁，看看杨爵。

刘魁说：“盒子外面写上这一字，里面的食物就是伯珍先生家里送来的；包裹外面写上这一字，里面的衣物就是伯珍先生家里送来的。今日的盒子外面写上这一字，伯珍先生才是真正的主人。”

原来如此！周怡拍拍食盒，心服口服地说：“好一个瞒天过海、李代桃僵的计谋，难得两位想得出来。”

“我可没这般聪慧！那是我们的一位小师叔和伯珍先生想出来的，在我，则是亦步亦趋而已，”刘魁道。

“是洪甫先生吗？”周怡马上想到。

他先后师从邹守益、王畿，是王学的正宗传人。若他的老师只有一个王畿，钱德洪应算他的师叔，还是应算他的师伯，很难确定；既然他的老师还有邹守益，说钱德洪是他的师叔，就不会错。而刘魁也曾受业于王守仁在泰和的弟子，虽与王守仁在浙江的传人钱德洪、王畿等没什么来往，钱德洪仍可算是他的小师叔。

刘魁点点头，说：“洪甫先生在狱时，家里送来食物，均与伯珍先生共享；而伯珍先生有所需求，则由其家人先送至钱府，再由洪甫先生家人送入狱来。他二位约定，凡钱府代杨府送物来，则在外面写一个‘再’字。没有‘再’字，是我做东请伯珍先生；若有‘再’字，则是伯珍先生做东请我。”

周怡很是感慨：“张头每次说，刘老爷请自己享用吧，我听后总有一种奇怪的感觉。原来，他说的刘老爷请自己享用，也包括杨老爷、周老爷一起享用。”又问，“洪甫先生和伯珍先生所设的计谋，焕吾先生和伯珍先生所沿用的计谋，瞒得天，恐怕却瞒不过这位张头吧？”

“说实在话，我先和洪甫兄没想瞒过这位张头，后和焕吾先生也没想瞒过这位张头。”杨爵更正道。

“不如说，这位张头和我等一起在瞒天。”刘魁进一步更正。

他们三个人都很轻松地说“瞒天”这个字眼，但都知道这里说的“瞒天”，即瞒过朝廷。它的含义是很沉重的，周怡不由要问：“两位瞒天，为求生存；张头瞒天，却是为何？”

这个问题同样沉重，杨爵和刘魁都想找到一个准确的答案。

刘魁先有想法，说道：“由此或可见人心之所向。”

周怡看出，杨爵对“人心所向”的说法不反驳，可也不赞同。他问：“伯珍先生有什么灼见？”

“我想到几件事，”杨爵说，“第一，洪甫兄与我同室，镇抚司对我看管极严，对他看管较松；而他出狱前，始终留在本室。这是为什么？第二，焕吾兄与我同室，镇抚司对我看管极严，对他看管较松；而他至今留在本室。这是为什么？第三，镇抚司对我看管极严，张头对我看管较松；而几年来，始终让他看管本室。这是为什么？”

“是啊，伯珍先生说，是为什么？”周怡也问。

“若无洪甫兄同室，我也许活不到今日；若无焕吾兄同室，我也许活不到今日；若无张头关照，我也许活不到今日，”说到这里，杨爵的问题出来，“活我者，是洪甫兄吗？是焕吾兄吗？是张头吗？”

刘魁惶惶而言：“在下不敢贪天之功，活伯珍先生者，上苍也。”

周怡加上一句：“活伯珍先生者，皇上也。”

“对！”杨爵郑重应道，“我欲瞒天，而天活我；我欲瞒朝廷，而皇上活我。真乃皇恩浩荡呀！”

他往各人的碗里倒些酒，然后自己端起碗来，说：“请焕吾兄、顺之兄共饮一口，恭祝皇上万寿无疆。”

刘魁、周怡随他举起碗，朝东北方向遥祝。

第三百三十七章

湖广巡按伊敏生自荆州赶回武昌，径奔巡抚衙门，身后跟随一队士卒。若他是从巡按衙门去巡抚衙门，此举定然引起许多的猜测；而从外地回来，这就显得很平常。以至于一队士卒里夹杂着一个不是士卒的人，也没被人们发觉。

到衙门前，他跳下马，厉声问："都堂在吗？"

"在，在。"门役不敢阻拦，也来不及去禀报。

湖广巡抚车纯见他气急败坏的样子，也吃惊不小。

"山泉，你不是在荆州吗？何时回转来的？"他问。

山泉是伊敏生的字。他是应天府上元人，嘉靖十一年进士。

"荆州的事不急说，先说武昌城里的事，"伊敏生道，他更加急迫地问，"秉文先生已放楚府的差官奔赴京师？"

车纯字秉文，浙江上虞人，正德十二年进士。

"山泉也得知楚府的讣文？"车纯问。伊敏生一定是有急事，但不是冲着他来的，他的心里就比较踏实。

伊敏生不屑一答地说："千岁丧日过十多天，我还能不知其讣文！"

你道我问得多余，你那一问难道就不多余？车纯边想边说："是啊，千岁丧日已过十多天，我还能不放楚府的差官赴京？"

王府官赴京营干，一定要得到地方最高官衙的准可，设有督、抚的地方，要得到督、抚的准可。正月十八日，楚王薨，楚府官员奔告朝廷，也一定要得到湖广巡抚的准可。

伊敏生跺着脚说："秉文先生不该放走他！你可知，殿下因何而薨？"

车纯觉察到事态的严重，但还是强作镇静地说："不是因病风吗？"

楚王暴卒于病风，是楚府世子应燿的说法，楚府长史及其他官员也都附会这一说法，巡抚衙门及武昌城里其他各衙门自然认可。

"那是欺世之谈，信不得的！"伊敏生说着，走出门外，喝道，"左右，唤那人来，由都堂大人讯问！”

进来的人装束奇特，外面是士卒的袍服，大概伊敏生为遮人耳目，要他穿上的；里面是士人的衣着，而他的模样，也像个读书人。车纯看他眼熟，可一时又想不起来在什么地方见过。

“他是何人？”车纯问伊敏生。

“楚府清客朱贵。”伊敏生答道。

车纯记起，年节之际赴楚府行礼时见过此人；而且，几乎每次赴楚府都可以见到此人。但他们从未交谈。

“朱先生，你知道楚府的变故？”大约觉着“变故”两个字用得太轻率，车纯复又问道，“楚府究竟出何事？”

朱贵看看伊敏生，没有即刻答话。

“都堂大人问话，你知道什么就说什么。”伊敏生吩咐。

“是。”朱贵应罢，反问车纯，“都堂大人要我从哪里说起？”

“你对伊大人从哪里说起，对我也从哪里说起。”车纯道。

“我对伊大人是从千岁殿下父子不和说起的。”朱贵说着，重复已对伊敏生讲过、令他大为震惊的楚府变故。“殿下对世子仁爱有加，世子有病，不惜差遣自己心爱的宫人前去侍疾，谁知祸根由此栽下。”

少年美人私相接触，两情相悦，还能不出事！宫人侍奉楚王两三年，毫无声息，去世子处不过两三次，却怀上身孕，其中必有蹊跷。殿下暗中察访，悉知原委。他没处罚世子，而是杀世子身边的使女陶元儿以泄愤；同时，对世子也一天比一天疏远。

车纯不愿朱贵讲述这里面的细节。他说：“此事真假难辨，我也有所耳闻，你接着往下讲吧。”

“是，”朱贵应一声，接着讲述，“后来，王妃又生次子，殿下的爱意更从世子身上转到次子身上。一天，他见世子形容憔悴，劝道：‘你如此模样，怎能承继王位？不如将王位让与你弟弟，自己拜仙参道，修炼长生。你弟不失位，你不失身，均有所得。’”

有废立之心，而毫不掩饰，这不是自取死道吗！车纯心里想着，不由说出口：“真正的祸根该是在这里栽下的。”

“都堂大人说的是，”朱贵口气一转，说，“世子的本性并不坏，全是他身边的一干无赖之徒把他带坏。”

“有哪些无赖之徒？”车纯问。

“一个叫徐景荣，一个叫刘金，一个叫杨惠，一个叫田尧，都是世子的亲信；一个叫方三儿，还有被殿下所杀的陶元儿，都是宫人；一个叫宋幺儿，一个叫谢六儿，一个叫张六儿，都是娼妓。”朱贵一一数道，“其中，以刘金最为凶残卑劣。宋幺儿本是他的相好，甚是妖艳。他把宋幺儿引荐给世子，世子大幸爱，纳于别馆。”

“宗人纳妓，国法不容。”车纯插话。

“殿下得知此事，也很气恼，声言要治刘金的罪。刘金惊慌，日夜与世子计议应对之策。”朱贵说。

又错！车纯心说：要治罪，抓起治罪就是，何必声言？不难听出，这段讲述有漏洞，他问：“刘金与世子必在密处计议，你怎会知道？”

朱贵说：“殿下对世子放心不下，命我细心观察。刘金在王府进进出出，以及世子与刘金相约在王府外会面，我都看在眼里，虽不知他们具体说些什么，但一定是为对付殿下。接着，王府里发生血案，更可知他们在计议些什么。”

“血案？”车纯虽然朦胧想到，还是禁不住一怔。

“秉文先生方才说到‘变故’，以为话过头；其实，王府里不但发生变故，而且发生骇人听闻的变故。”伊敏生说。

朱贵的讲述转到正题：“今年上元节后，王府里连摆几天夜酒。十五日，殿下与王妃、世子等家人共饮，世子若无其事地去出席。十六日，殿下宴请各位郡王爷。十七日，殿下宴请都堂大人及三司官。那夜痛饮至三鼓，殿下的兴致很好，把王府所珍藏宝杯都取出来使用，还不住劝酒说：今夜不醉不归。谁知第二日就出事。”

“第二日的事，你知之详否？”车纯问。

朱贵点点头，说：“第二日晚间是世子宴请殿下。他同时还设宴招待武冈王。殿下被安置于东室，武冈王被安置于西室。世子一时周旋于殿下前，一时周旋于武冈王前。原以为他一主二客是图省事，事过后，才知是他处心积虑的安排。”

楚王亲兄弟三人，楚王为长，老二已去世多年了，武冈王行三。他是楚王的亲弟，世子的亲叔，既同时宴请，却不安置在一室，着实有些怪异。但从另一方面去想，亲王和郡王，亲父和亲叔，尊卑亲疏到底不同，安置在两处，也还说得过去。

“怎见得是处心积虑？”车纯问。

“同时异室有两个好处，”朱贵说着，伸出二指，“其一，另有亲属在场，让他人不会起疑心。拿我来说，与世子相处既久，对世子是心怀戒备的。但那日因武冈王也在场，故未多想。殿下大概也是如此。其二，一在东室，一在西室，两头都要照应，世子才有借口，在必须离开东室时及时离开。果然，酒饮到一半，世子离席，宋幺儿、谢六儿一边一个，竭尽妩媚之能事，吸引殿下。刘金、田尧手持铜瓜，从座后窜出，猛击殿下头部，殿下当即死于非命。”

“殿下是被击死的？”车纯颤声问道。他曾想过，世子或是下毒鸩父，没想到，却是一场名副其实的血案。

“是，”朱贵应道，“我在室外黑暗处，亲眼目睹这一场面。我当时魂飞魄散，想叫却叫不出，想走却走不动，这才没被他们发现。”

“东室西室相向，东室里闹出动静，西室里听不到吗？”车纯问。

朱贵道：“武冈王酒喝过量，搂抱着另一名妓儿昏昏欲睡。世子命人把殿下头上、身上的血迹洗干净，才去告诉武冈王：殿下病风，抢救不及，已经过世。武冈王过去，真的以为殿下因病风而薨，抱着殿下尸首，哀哭几声。他一直没想到，把殿下的头翻转来看一看。”

没看出楚王的真正死因，正是他的幸运。不然，他说不定也会因为什么怪病绝症而暴卒。其实，别说他在醉意酩酊中想不到会有惊天动地的变故；噩讯在楚府传开，清醒明白的楚府长史等官还不是都信；噩讯传出楚府，清醒明白的巡抚大人和三司长官还不是都信！

想到这里，车纯惊出一身冷汗：若论失察，朝廷第一个就要追究他的责任！他半是惊吓半是气愤地问：“这等大事，为何不及早报与本官？”

“在下曾在巡抚衙门外游荡好一阵。”朱贵道。

“为何不进？”车纯问。

朱贵说：“巡抚衙门外及三司衙门外还有些游荡者，都是世子差出的。想是世子也在担心，王府的知情人报官。”

“有这等事？”车纯又惊出一身冷汗。楚府世子连巡抚衙门都监视起来，这阵势，和当年的南昌城里差不多。

“幸亏在下识得他们，才没自投罗网。”朱贵很有些为自己的谨慎得意，“在下又听说巡按大人开府荆州，心想，不如去那里报官。”

“在哪里报官都是一样的，”车纯道。再责问下去，倒显得抚、按不和。他转过去问伊敏生：“山泉，楚府世子弑逆一案，谅他不敢诬告，你看该如何处置？”

伊敏生一路上都在考虑这件事，想法已成熟。他说：“有两件事要马上办，一是将朱贵的供状上奏朝廷，一是捕拿刘金、田尧等犯，及宋幺儿、谢六儿等知情人。对世子，只可监视，暂不可动他。”

这两件事的确是要马上办的。车纯说：“好，就请山泉调度。”

伊敏生又说：“楚府差官若能追回，孙长史等或可有一条生路。但看来，是追不回来。殿下暴卒，王府各官不加详察，敷衍塞责，朝廷予以重惩，也是他等咎由自取。”

“山泉说的是。”车纯不无愧疚地说。

朝廷得湖广抚、按的奏报，也很震惊。皇帝命驸马都尉邬景和、刑部侍郎喻茂坚往武昌鞫讯，逮世子及有关各人入京。

被逆子杀害的，是第六代楚王显榕。对他的为人，众说不一。有人称他在父亲死后，居丧守礼，是个孝子。有人称他盘剥百姓，贪酷已极。称他纯孝的人，对他的死寄以哀思；称他贪酷的人，说上苍假手其子，为楚民报仇。不过，他是糊里糊涂死的，和他的为人并无关系。

第三百三十八章

皇帝等严嵩行过礼，问他：“查秉彝这个人，爱卿知道吗？”

查秉彝是浙江海盐人，嘉靖十七年进士，现官礼科给事中。严嵩不必说这么多，他简单回奏：“查秉彝在礼垣供职。”

“朕知道，”皇帝说，又问，“他的一篇奏疏堪读，卿读过吗？”

奏疏是写给皇帝读的。一般官员的奏疏，由通政司呈进，并不通过内阁或者部、院等衙门。所以，皇帝问起某官员某奏疏，阁臣没读过，不足为奇。但皇帝的提问却引起严嵩的警觉：事不关己的奏疏，事先不知道，皇帝想议论的时候，说不到点子上，或者干脆说不出话来，不好；与自己有关的奏疏，弹劾自己的奏疏，事先不知道，皇帝问起，无疑是个突然打击，更不好。看来，通政司里没个心腹暗通消息，真是不成。

想的是一回事，说的是另一番话：“臣一直在西苑，许多奏疏未曾读过，查秉彝的奏疏臣也未曾读过。”

皇帝没有责怪的意思，他说：“该疏还留在朕这里，卿不妨读一读。”

近侍把查秉彝的奏疏交与严嵩，因为是皇帝命读，他读得特别仔细。

查秉彝写道：

> 顷岁以来，风俗寖侈，都城为极。职官则舆马无制，贵戚则第宅服用无章，士庶则冠婚丧祭宴会之礼逾式。又攘窃恣行，磔人承财而不为忌。臣窃以为欲安天下，在息盗贼；欲盗之息，在得良善；欲民之善，在明礼制。礼制明，则知节俭；节俭，则无求；无求，则廉耻立而礼义之心生，奸盗之原塞矣。

“查秉彝所议，卿以为如何？”皇帝问。

这是一篇事不关己的奏疏，严嵩的情绪很放松。他说：“皇上谕道，查秉彝奏疏堪读，臣初读一遍，果然开卷有益。”

“对‘风俗寖侈’卿怎么看？”皇帝直截了当地问。

严嵩道：“臣记得，嘉靖二十二年，礼部即曾奏请，禁士民冠服诡异。查秉彝所奏，又不止冠服诡异一项，且有舆马无制、第宅无章、礼仪逾式等。此风虽于盛世无大损害，亦不可任其滋漫。臣以为，皇上宜降旨，一切严禁奢靡。”

把奢靡之风和盛世分开，听起来很舒服。皇帝说：“卿言甚合朕意，待礼部议复后，即可谕告天下。”

“陛下圣明。”严嵩颂道。

这件事点到即止，没有深加议论。皇帝又问起了另一件事：“前者所录诸文集，已收藏妥当否？”

他说的诸文集，包括太祖、成祖及列圣御制文集，历代圣学、心法、九经、性理大全，还有二十一史。将该等著作各抄录两部，是一个庞大的工程，朝廷动用众多人力、物力，持之以恒地进行，才得以完成。

“臣等遵旨，将所录各书，一部藏于皇史宬，一部藏于内阁大库，均着专人妥善管理。”严嵩奏道。

“好，图书入库，大功才算正式告成。”皇帝说着，征询严嵩的意见，“前赏太薄，朕欲再加赏赉，卿意如何？”

各书誊录、校勘完毕，内阁将书目及奏表呈进，皇帝奖励参与誊录、校勘的官员，是一个月以前的事。的确说不上是厚赏，但也不能说是薄赏。阁臣得银四十两，纻丝三表里，应该说是很高的荣誉。翰林院是最熬人的地方，因这一项差事而升一级，甚至两级，应该说是意外的升迁。太常寺卿张电升通政使，还加俸一级，应该说也很显眼。

凡此等等，说不上是厚赏，但也不能说是薄赏。阁臣得银四十两，纻丝三表里，应该说是很高的荣誉。翰林院是最熬人的地方，因这一项差事而升一级，甚至两级，应该说是意外的升迁。通政使和太常卿都是正三品，但通政使列在九卿之中，其地位是太常卿无法相比的，何况还升一级，张电的升迁应该说是很显眼。

那么，皇帝今日为什么又重提此事呢？严嵩很觉得纳闷。

“臣等前者拜受赏赉，已然惶惑不安。”他说。

皇帝摇摇头，说：“一事二赏之事，朕不屑于做，卿也不屑于受。”

不是加赏严嵩，肯定也不是加赏许讚、张璧，肯定也不是加赏已得赏赉的各官，皇帝的意思，是要赏赐未曾受赏的官员。按照惯例，有一项大的成就，完成一项大的工程，除对内阁大臣和有关官员行赏，六部正堂、都察院掌院都御史也会得到相应的赏赐。前次的赏赉的确有些怪，皇帝赏赐内阁大臣，赏赐誊录、校勘的官员，却把所有的部、院大臣撇到一边。皇帝大概忽然觉出不妥，欲加弥补。

而严嵩想的是：皇帝到底想赏赉谁？为什么要赏赉他？从吏部尚书熊浃想到掌院都御史周用，实在想不出来，谁在最近有什么突出的表现，忽然引起皇帝的注意。

“卿意如何？”皇帝又问一遍。

严嵩回过神来，奏道：“臣以为，增赏他臣，也是一事二赏。”

皇帝听他这句不软不硬的话，心里很不是滋味。但自己是征询，而不是降旨，他既肯坦述，没有理由责怪。

“卿言也是，此事不必再议。”皇帝说。

“张佐，你看严卿为人如何？”殿内只有两人时，皇帝问。

张佐先后与几位首辅相处，一直是一种不卑不亢的态度，倒也相安无事。但张孚敬、夏言的鄙视，他有切肤之感。在经历与张孚敬、夏言共事后，遇到严嵩，真可说是从未有过的轻松舒畅。他知道，皇帝对严嵩是十分亲近，十分信赖的，今日怎么会忽然问起他的为人？如果皇帝对严嵩心生不满，理应替严嵩说几句好话。当然，好话要说得恰到好处，不能太明显，太过分。

“奴才以为，严阁老乃忠厚长者。”他说。

“是啊，严卿忠厚有余。”皇帝说。

这是半句话，下面的意思皇帝不说出来。以前不必把严嵩和张孚敬、夏言加以比较，还不觉得什么；稍一比较，皇帝就觉出他的干练略嫌不足。此外，有人说他越来越骄横，自从翟銮去官、他成为首辅以后，皇帝对此也略有觉察。于是，连忠厚都要打折扣。

这些想法皇帝不说，张佐不敢多加议论。

第三百三十九章

句容县直隶应天府，比起隶属一般府、州的县份来，规格略高。但句容知县被应天巡抚直接唤去问话，仍是非同小可。

句容知县徐九经字子慎，江西贵溪人，贡荐出身。他骑着衙门里的一匹劣马，他的家人骑着一头驴子，一前一后，向东而去。

出城时，与一老儒士对面相遇，二人相互礼让，都停下来。

“县令何往？”老儒士问。

“去南京，丁中丞见召。”徐九经答。

“县令为公事，本该我让县令先行；不过，都堂大人见召，未必是好事，我不想相让。”老儒士说。

“老先生请便。”徐九经让道。

行至郊外，田边一老农招呼道：“县令何往？”

“去南京，丁中丞见召。”徐九经答。

“县令的马匹驽劣，我本当为县令换匹好些的马；不过，都堂大人见召，未必是好事，我不想多事。”老农说。

“不敢有扰。”徐九经向他揖一揖，继续赶路。

家人拍拍驴屁股，驴子颠两颠，和徐九经并排而行。

徐九经瞥他一眼，问道：“你有什么话要说。”

“他二人都道老爷此去未必是好事，不知老爷慌也不慌？”家人道。

“慌又怎样，不慌又怎样？”徐九经问。

“老爷若是不慌，催马便去；若是发慌，不如让小人先去打探一下，看丁中丞唤老爷去，到底是不是好事。”家人说。

“是好事怎样，不是好事又怎样？”徐九经连连摇头，责备道，“好一句糊涂话！难道不是好事，我就可以躲着不见丁都堂？”

家人挠头，无话可说。

“我做官做人只有一个宗旨：无愧于心，无负于民。自身的荣辱得失，又何必计较！”徐九经道。

应天巡抚丁汝夔板着面孔，一看就知不是好事。

徐九经叩道：“下官句容知县徐九经参见都堂大人。”

丁汝夔侧过身去，说：“本官政令在贵县行不通，你的礼我不敢受。”

不受礼，却也不让起身。徐九经不在乎他的轻慢，自己站起来。

“朝廷政令，下官行之不敢后人；上司政令，合于人情法理，下官从不敢怠慢。都堂大人的责怪，下官亦不敢受。”他说。

“如此说来，是本官的政令不合人情法理？”碰到这样一个倔强的知县，丁汝夔也无可奈何，“好，我来问你，句容一县，去年是不是丰稔，今春是不是无荒？”

“非也，”徐九经道，“大人知道，我县去年灾祲严重，几个乡颗粒无收，饥民嗷嗷待哺，下官忧心如焚。”

“哼，我还以为贵县五谷丰登，原来也是个灾年！”丁汝夔讥道，复厉声责问，“你说你忧心如焚，可本官奉旨赈灾，命各州、县开仓发米，平价而粜，以赈灾荒。句容该发米数百石，你为何抗命不从？”

“下官有一百个胆子，对赈灾一事，也不敢视为儿戏。下官只是以为仅平价而粜，不足以赈灾，须略加改变。”徐九经辩道。

“平价而粜怎么不足以赈灾？”丁汝夔问。

“平价而粜看似损官益民，广而施舍；实则拿得出钱粜米者，都是豪富之家，贫困者并未得到实惠。”徐九经说。

在灾荒年景，开仓发米，平价而粜，比起无所作为来，要好得多。但细想一想，这也不是好的办法，至少不是最好的办法，因为这个法子只赈济富室，而未赈济贫民。

丁汝夔的脸色稍稍缓和，他虽不把徐九经放在眼里，但话还听得进去。

“你道须略加改变，究竟如何改变？”他问。

徐九经说：“下官遵钧令，发出仓米数百石，一石也不曾少。但发出的仓米不是完全出粜，也不是平价出粜。下官将数百石仓米分作两半，一半出粜，一半煮粥。出粜之米，不是按平价，而是按时价。按平价，豪富之家要买；按时价，豪富之家也要买。按平价，豪富之家买得起；按时价，豪富之家也买得起。因此，按时价出粜一半米所得银钱，比按平价出粜全数米所得银钱，并不会少分文，甚至还要多些。煮粥之米，用来救人性命，是真正的雪中送炭。贫穷之家逢此大灾，别说平价之米难以久籴，就是半价之米也难以久籴。他们要度过灾年，只能靠官府开厂施粥。总之，都堂大人赈灾之命，下官绝不敢违抗；只是审时度势，略加改变，以活众人。”

江南十余府大饥荒，丁汝夔一面申报朝廷，一面命各地发米赈灾。因未得奉朝廷明旨，他与幕僚们想出平价粜米这样一个两全的办法，若朝廷追查此事，有银钱入库，也好交代。听了徐九经的解说，觉得经他“略加改变”，既有相应的银钱入库，又有实际的赈济效果，既赈济富室，又赈济贫民，是更好的办法。

当然对徐九经的“略加改变”，丁汝夔不会当即认同，他还要和手下幕僚们好好合计一下，再作定论。

“徐县令既来，先在南京住一两日，我还有话说。”他吩咐道。

南直隶巡按御史吕光洵到南京，先去南京都察院打个照面，接着就去拜晤丁汝夔。他二人的正式衙门都在苏州，又都要照应应天府，见面后自然有许多话说。

“苏、松灾情如何？”丁汝夔问。

“应天各州、县如何，苏、松亦如何。”吕光洵简捷地回答。

“唉，”丁汝夔叹口气，又问，“听说苏、松流言甚多？”

“流言？”吕光洵摇头，“其实也说不上流言。据说，在浙江被灾地区传诵几句话，顺口押韵，大家都学着说起来。”又奇怪地问，“怎么，大章先生在南京城里竟无所闻？”

丁汝夔字大章，山东沾化人，正德十六年进士。

“确无所闻。”丁汝夔道。

“那我学与大章先生听听，”吕光洵说着，拿腔拿调地学说，“前面的四句是：年去年来来去忙，不饮千觞饮百觞。今年若还要酒吃，除却酒边西字旁。后面的四句是：年去年来来去忙，不杀鹅时也杀羊。今年若还要鹅吃，除却鹅边鸟字旁。”

丁汝夔品咂着：“今年若还要酒吃，除却酒边西字旁，岂不是只有水喝？今年若还要鹅吃，除却鹅边鸟字旁，岂不是只有吃我？信卿，这几句话不但顺口押韵，而且悲愤辛酸。”

吕光洵字信卿，浙江新昌人，嘉靖十一年进士。

“大章先生说的是，”他点头应道，“吃不成酒杀不成鹅，还不打紧，若是真到了杀我吃我的地步，恐怕回天乏术。”

“故赈灾是刻不容缓的大事。信卿自苏、松来，看各郡、县官于赈灾一事上心不上心？”丁汝夔又问回苏、松一带的情形。

“还好，除一二人稍有懈怠，我已严加诫饬，且有参本外，余者皆知努力。不过，”吕光洵顿了顿，说，“努力归努力，忧心是忧心。”

“所忧何事？”丁汝夔问。

“忧的还不是水患，”吕光洵说，“今天下大计，在西北莫重于军旅，在东南莫重于财赋。而苏、松等府，地方不过数百里，财赋所入，略当天下三分之一。自嘉靖十八年以来，频遭水患，去年尤甚，素称沃壤之田，皆荒落不治。连年发廪赈之，公私储蓄，已告空竭。万一今年再有不测之灾，将何以继之！”

“我也正为此忧心，信卿此番考察苏、松，有何良策？”丁汝夔问。

吕光洵一路上都在思考，早已理出头绪。丁汝夔不问，他也要说；丁汝夔既问，他更侃侃而谈：“在下闻善治病者，必攻其本；善救患者，必探其源。赈灾刻不容缓，诚如大章先生所言；还有另一件刻不容缓之事，即修江南水利。水利之兴废，乃吴民利病之源。蠲赈虽行，而水利不修，犹治病者专疗其标，而不攻其本，终不能生我吴民。”

“我守在南京城里，终日收听灾情，一门心思都用在赈灾上。以专疗其标，不攻其本喻之，再恰当不过。”丁汝夔苦笑道，吕光洵想解释几句，被他拦住，“信卿一定用心考察过江南水利，与其为我辩解，不如把考察心得说与我听，更能慰我。”

“大章先生愿听，再好不过，”吕光洵道，“此番历时数月，巡视各地，查勘地势。经询问父老，我以为有五事可修，请一一为大章先生道来。一事是：广疏浚以备潴泄？”

“何谓广疏浚以备潴泄？”丁汝夔明知自己不问，吕光洵也要往下说，但还是问一句，以示关切。

吕光洵详述：“三吴之地，西南受太湖、阳城湖诸水，形势卑下，东北际海，冈陇之地视西南为高。高者其田常苦旱，卑者之田常苦涝。昔人治之，既于下流之地，疏为塘浦，以导诸湖之水，由北入于江，由东入于海；又引江湖水，流行于冈陇之外，水旱皆不为患。”

“昔人治水如此，今日之症结又在哪里？”丁汝夔问。

“近年以来，塘浦多堵塞，唯黄浦江、刘家河尚通。然太湖诸水，源多势盛，二江不足以泄之。而冈陇支河，又多壅绝，无以资灌溉。于是上下俱病，岁常告灾。”吕光洵道出病源。

“河浦湮塞，在上流者不下百余处，在下流者不下百余处，当从哪处着手，信卿心里有数否？”丁汝夔问。

“自然是从要害处着手，”吕光洵道，丁汝夔要听的，不是这样一句简单的答案，他又细说，“在下流湮塞者不过六七处，宜先治澱山一带茭芦之地，导引太湖之水，散入阳城、昆承、三泖等湖。再开吴淞江并大石、赵屯等浦，以泄澱山之水，以达于海；浚白泖港及鲇鱼口等处，以泄昆承之水，以注于江；开七浦、盐铁等塘，泄阳城之水，以达于江。再导田间之水，悉入于小浦，导小浦之水，悉入于大浦，使流者皆有所归，而潴者皆有所泄，则下流之地治，而涝无所忧矣。”

丁汝夔听得入神，赞道：“信卿所言，不但有着手处，且一体贯之。”又问，“下流水利如此，上流当如何？”

吕光洵说：“在上流湮塞者亦不过十余处而已，可浚臧村等港，以为可浚臧村等港，以溉金坛；浚澡港等河，以溉武进；浚艾祁、通波，以溉青浦；浚顾浦、吴塘，以溉嘉定；浚大瓦等浦，以溉昆山之东；浚许浦等塘，以溉常熟之北。凡冈陇支河湮塞不治者，皆浚之深广，使复其旧，则上流之地亦治，而旱无所忧矣。”

“三吴水利大经，已描画出来；此外，还有何事须修？”丁汝夔问。

“第二事是：修圩岸以固横流。”吕光洵道。

“何谓修圩岸以固横流？”丁汝夔照样要问一句。

吕光洵说：“苏、松、常、镇四府最居东南下流，而苏、松又居常、镇下流。圩岸高，则河浦之水自高于江，江之水自高于海，不待决泄，自然湍流；而冈陇之地，亦因江水稍高，又得引为灌溉。”

“关系重大，圩岸是一定要修缮的。”丁汝夔插话。

“第三事是：复板闸以防淤淀。”吕光洵这次不等丁汝夔问，详述道，“何谓复板闸？去江海十余里，或七八里，夹流为闸，是为板闸。板闸有三利，一者，平时随潮启闭，以御淤沙；二者，旱时闭而不启，以蓄其流；三者，涝时启而不闭，以宣其溢。昔人设闸，后多湮废。今于金坛县议复庄家闸，江阴县议复桃花闸，嘉定县议复横沥、练塘等处闸，父老皆言便。我意，凡河浦入海之地，皆宜置闸，而不独以上数处为之。”

“以水利而言，三事已言尽，竟不知后二事要说什么。”丁汝夔道。

“后二事要说到人事，一是量缓急以处工费，一是专委任以责成功。”吕光洵说，“所谓量缓急以处工费，即令所在有司检勘水害大小急缓。大而急者，今岁修之，次者明年修之，再次者，又明年修之。则兴作有序，民不知劳，而其工费之资，亦可以先时而集。方今岁时荒歉，公私俱绌，不如将各年未完钱粮，系大户侵欺者，督令有司，设法清追，存留在官。以后年份，于冬月募民兴作，至次年二月而罢。其费用皆取于侵欺，不足则继之以赃赎。所需时日大约三四年，所费银两不过三四万，而水利可以大治。”

“三四万实不为多，而要用时，处处捉襟见肘，可哀，可叹！”丁汝夔一顿一挫地说，“信卿，第五事你不必说。所谓专任，非你莫属，我是一定要大力向朝廷举荐的。”

吕光洵笑笑，说：“果如大章先生所言，将误大事。”

“信卿何出此言？”丁汝夔怪问。

“督修江南水利者，不是尚书、侍郎，就是都堂，若由我督任，不要十年二十年以后？”吕光洵指指丁汝夔，说，“大章先生，我倒有一言：我朝治理吴中者，不下数十人；而有功于治水者，不过数人。其中功效最著者，无过周文襄公。在下欲以文襄公第二望大章先生。”

丁汝夔也笑笑，说：“果如信卿所言，却难煞我。”

“大章先生何出此言？”吕光洵问。

“周文襄公的才智非我侪可比，这且不说；信卿想一想，文襄公主理吴中多少年，今日的江南巡抚又能任多少年？信卿以文襄公之业绩责我，不是太让我为难吗？”丁汝夔道。

周忱在应天巡抚任上二十年，那是后任者想也不敢想的。

吕光洵恍悟：“不错，专委任以责成功，最要紧者，乃久任也。”

丁汝夔笑道：“信卿督治江南水利，要十年二十年以后，欲使督治江南水利者久任，还不是要二十年三十年以后！”

他这句话的意思是：吕光洵有朝一日掌吏部，才在巡抚久任一事上有发言权。这当然是句笑话。

正事议完，玩笑开够，吕光洵起身告辞，忽想起另一件事来。

“闻得大章先生扣下徐子慎，可有此事？”他问。

“信卿从哪里听来的？”丁汝夔问，并解释，“县令虽小，也是朝廷命官，我怎能说扣下就扣下！我不过留他在南京住一两日。”

“没扣下最好，徐子慎是扣不得的。”吕光洵说罢要走。

丁汝夔本来很累，听到这话，无论如何不能放走吕光洵：“信卿再坐一阵，不忙走。徐子慎为何扣不得，我倒要请教。”

“我先给大章先生讲一段故事：我过句容时，在县衙后堂见到一幅青菜图，是徐子慎亲手绘的；图的下端有两句话，是徐子慎亲手写的。他写道：民不可有此色，士不可无此味。”吕光洵评道，“览此图，读此句，便知徐子慎为人如何。”

“徐子慎人品高尚，我也略闻一二。”丁汝夔道。

“我再给大章先生讲一段故事：句容地处南京以东通衢，东西凡七十里，向为土路。车马所践，尘土累积至三尺余厚。每遇雨雪，泥泞陷腿，颠扑难行。徐子慎节省公费，以雇民夫，数年间将七十里土路修成石路，行旅便之，”吕光洵述罢，论道，“行此路上，便知徐子慎为官如何。”

“徐子慎为难得良吏，我也略闻一二。”丁汝夔道。

“人品既高，官声又好，以情理而论，徐子慎扣不得；再者，以情势而论，徐子慎更扣不得。”吕光洵说。

“何谓情势？”丁汝夔问。

“我过句容时，见聚有数百上千人，言之汹汹，要来南京讨还他们的贤令。大章先生，天灾再加人变，局面何以收拾！”吕光洵道。

“有这等事？”丁汝夔大惊。他留下徐九经，虽不是善意，却也不是恶意，谁知惹下天大的麻烦。略经思考，他说：“我因赈灾之事，或要与徐子慎商榷，故留他在南京住一两日。现一两日已经过去，徐子慎在句容所行赈灾之法，看来也不错，他正该回去。不过，请神草率，送神不可再草率。信卿，我想请他吃一回酒，你来作陪，如何？”

“大章先生礼贤下僚，在下敢不从命！”吕光洵欣然允诺。

第三百四十章

熊浃半是开玩笑半是抱怨地对徐阶说："郑文选、赵考功去矣，子升先生，只好你来做考功，我来作文选。"

郑晓掌文选司，赵汝濂掌考功司，是当得了家作得了主的郎中。他们遭贬谪，都和严嵩有些关系，徐阶马上想到，一定是严嵩直接给熊浃出的难题，使得他大为不满；他也马上想到，这个难题，大约就是尚宝司卿的人选。如果文选郎、考功郎有一得力者，正五品堂官的补任，根本用不着尚书、侍郎操心。但从另一方面来说，这事既与严嵩有关，尚书、侍郎想不操心也不成。

"是唯中先生发的话吗？"徐阶问。

熊浃苦着脸，没有搭腔。

"他那位东楼公子志在必得？"徐阶又问。

熊浃点点头，还是不作声。

"我知道悦之先生的难处：不答应吧，唯中先生是本省先达，面子上过不去；答应吧，唯中先生乃当今第一势要，恐有阿附之嫌。"徐阶说着，笑问，"悦之先生，对吧？"

"对是对，却不知有没有破解的方子？"熊浃问。

"悦之先生只要不把难题看作难题，就不难解。"徐阶轻松地说。

"不把难题看作难题？言之有味，"熊浃称赏。既不愿阿附权相，又不愿得罪权相，正所谓两难。他向徐阶揖道："请子升先生教我。"

徐阶说："悦之先生一是把阿附看得太重。其实，严东楼现为尚宝司少卿，不必有其父托嘱，升掌本司也在常理之中。悦之先生只要自己不把此举看作阿附，谁又会把悦之先生此举看作阿附？悦之先生二是把面子看得太重。其实，司卿之用，吏部的责任是推举，而不是定夺。依例，至少要推二人，由皇上点用。悦之先生只要把严东楼列在二人之中，在严阁老面前就交代得过去，怎会伤他的面子？若担心皇上点用另一人，而不点用严东楼，引得严阁老心中不悦，只要推举的另一人也合他的心意，不就可以左右逢源？”

“好一个左右逢源！”熊浃问，“可有这样的人物？”

“怎么没有！悦之先生方才哀叹郑文选、赵考功之去，这样的人物岂不是活生生站在眼前！”徐阶提示道。

“子升先生是说赵元质？”熊浃一听就懂。

赵汝濂因为谪赵文华外任而得罪严嵩，郑晓因为反对改赵文华任考功郎而得罪严嵩，徐阶说的，必是赵文华。

“署郎中迁五品司卿，岂不是最合适的人选！”徐阶道。

郎中也是正五品，正式的郎中迁尚宝司卿，稍有贬抑，而署郎中迁尚宝司卿，无论如何也说得过去。

推举赵文华，还有一层好处：谁都知道他是严嵩的私人，以他陪衬严世蕃，严嵩一定会感念吏部的情义；皇帝最后若取赵文华而舍严世蕃，严嵩即便有所失落。也不好抱怨。

当然，这层意思只可自己体会，不可言传。

“好，就以严东楼、赵元质二人推上。”熊浃说。

第三百四十一章

有意思，吏部怎么恰恰以这两个人联名推上？皇帝暗中纳闷。

“你熟悉赵文华这个人吗？”他问在一旁侍奉的张佐。

“奴才认得他，却未交一语。”张佐先把责任推干净，才说，“奴才听刑部堂官议论过，赵文华才具还是有的；也听吏部堂官议论过，似乎对赵文华的人品颇有微词。”

他不具体说出议论者是谁，而又把议论者界定在几个人中间；对赵文华不是简单的褒或贬，而是褒贬都照顾到。这样，既不会得罪赵文华，又不会使皇帝觉得，他与赵文华有私交；既不会得罪某一方的议论者，又不会使皇帝觉得，他与某一方的议论者有私交。在他想来，这样的回答可以算得上天衣无缝。

“你说的是前吏部堂官吧？现吏部堂官若对他的人品有微词，怎么会推举他？”皇帝还是听出漏洞。

“爷说的是，是前吏部堂官。”张佐应道。

这就是承认，对赵文华颇有微词的是许讚。

“吏部司官所用非人，许卿对他有成见不足为怪，”皇帝说，又径直问道，“张佐，你可知严卿对赵文华有什么评语？”

“奴才没听严阁老议论过赵文华。”张佐连忙答。

“朕听说，赵文华与严卿过从甚密，是严府的常客；还有人说，赵文华拜严卿为义父。这些事情你知道吗？”皇帝问。

“赵文华与严阁老府上来往较多，奴才也听说过；他拜严阁老为义父，奴才却不曾听人说。”张佐的回答避重就轻。

皇帝显然相信：“我想，严卿也不会笼络百僚至此。”

他一时以左手敲敲吏部的奏章，一时以右手敲敲吏部的奏章，还没拿定主意；但看得出，他左手敲时想到的是一人，右手敲时想到的是另一人。

“张佐，严世蕃和赵文华，你看用谁好？”皇帝忽然问。

任用尚宝司卿，是小得不能再小的事，但张佐不敢妄言。一来，此事与严嵩有些牵连；而皇帝前次说到严嵩时，吞下半句话，多半是于严嵩不利的话。张佐牢记在心，唯恐有所闪失。二来，严世蕃和赵文华都是严嵩的私人，称赞一人而得罪一人，实在不智。

“外廷用人，请爷圣裁。”他得体地推辞。

皇帝赞赏地点点头，说：“果如前吏部堂官所言，赵文华人品有瑕疵，不可用他掌尚宝司；果如刑部堂官所言，赵文华有才具，用他掌尚宝司，岂不可惜？再者，严世蕃是严卿奏请改官，才由顺天府衙门转来尚宝司衙门。严卿道：大臣子，不宜任亲民官。很是。总不能再让他转去另一亲民的衙门吧？朕意，用赵文华，不如用严世蕃。”

“爷圣明。”张佐叩道。

“严卿值殿，任劳可嘉，仅升世蕃尚宝卿，不足以赏之，”皇帝想了想，想出一个主意，“这样吧，命严世蕃升太常寺少卿，掌尚宝司事。张佐，你去传旨。严卿若请辞太常寺升职，你明白告诉他，这是朕的恩命，并非超擢，不准辞。”

“奴才遵旨。”张佐应道。

尚宝司少卿，从五品，正卿，正五品，少卿升正卿，只升一级。太常寺少卿，正四品，以太常寺少卿掌尚宝司事，则升三级。张佐想，皇上前些日子好像对严嵩有所不满，今天却又对严嵩格外加恩，皇帝的心思真是难以揣摩。

第三百四十二章

赵文华听说严嵩从西苑回府，马上赶去严府。严嵩正在后面沐浴，他由严世蕃陪着，坐在堂上说话。

“大人精神好吧？”赵文华问。严世蕃不管私下里怎样称呼，当着人面，只称严嵩大人；赵文华学他，当着人面，也只称严嵩大人。

“还好，”严世蕃说，“我教小厮一个按摩的法子。大人只要回来，洗沐后，我必要小厮按摩按摩，大人觉得很受用。”

“有家兄在家里照顾，我大可放心。”赵文华说。听他的口气，严世蕃好像和他真是一对兄弟。

“我对你可不大放心，”严世蕃观察着赵文华的脸色，意味深长地说，“元质兄，我看你的精神却不大好。”

“是吗？”赵文华做作地抖擞起精神。“你看，我并无不妥。”

“元质兄切莫大意，我来为你诊一诊脉，”严世蕃说着，抓起他的手腕，装模作样地以三指切脉。然后问，“元质兄近日感觉郁闷吧？”

“东楼兄诊的是，我多少有些郁闷，”赵文华半是凑趣，半是吐露真情，“其实并无值得郁闷之事，不知为何要郁闷。”

“元质兄不知，我却知道，”严世蕃说，“元质兄只为一字不快。”

“为哪一字？”赵文华问。

严世蕃更加装模作样，闭起眼睛，念念有词：“这个字分成上下两部，上部是个四字，下部是个者字。”然后睁开眼睛，问，“是不是？”

“东楼兄既然测中，我也不相瞒，我实在是被这个字缠得好苦！署郎中作一两年，不知哪一天才作得到头！”赵文华道，“本来加一个署字，也没想太多，这次忽被吏部推用，我以为可以摘去署字，于是乎勾起许多心思。心中郁闷，便是因此而起。”

“照理说，皇上该用元质兄才是。”严世蕃说。

赵文华听出他话里有话，忙不迭地转圜：“我只是随便一说，绝没有和东楼兄相争的意思。”

“我也只是随便一说，绝没有和元质兄谦让的意思，”严世蕃回敬一句，“为什么该用元质兄呢？元质兄被一个字缠住许久，我也被一个字缠住许久。缠住元质兄的是个‘署’字，缠住我的是个‘少’字。皇上若用元质兄，这个‘署’字自然顺理成章摘去；皇上若用我，这个‘少’字却还是摘不去。元质兄看，我说该用你，不是谦让吧？”

赵文华心想：得便宜，还要卖乖，真是面前这位公子的拿手好戏！皇上若升我作侍郎，莫说加一个署字，加两个署字，我也不在乎。

脸上却带着笑，说：“用东楼兄而不给东楼兄摘去‘少’字，取自圣裁，乃皇上天大的恩赏，我等做梦也做不来的。”

“你的意思，升用我是皇上的心愿？”严世蕃问。

“有什么不对吗？”赵文华反问。

“与其说升用我是皇上的心愿，不如说不升用元质兄是皇上的心愿，”严世蕃这话难以理解，他不等赵文华发问，又加上一句。“其实，不升用元质兄，也是大人的意思。”

如果严世蕃只说皇上不愿升用赵文华，他还可以露出无可奈何的表情；严世蕃说到严嵩不愿升用他，他就只能露出心甘情愿的表情。

“大人欲我留在刑部？”他问。

“大人不一定要你留在刑部，但也不想你去尚宝司；大人对你另有期待。”严世蕃这话说得再恳切不过。

赵文华看似被感动，态度也很恳切：“东楼兄，大人欲我在哪个衙门效力？我一定不负大人的期待！”

“大人想你去通政司，在那里前程更好。”严世蕃说，“不过，改调通政司，不像摘去一个‘署’字那么简单，要等机会，急不得。”

他只说在通政司，对赵文华的前程更好；但赵文华听得出来，严嵩是要他在通政司做个耳目。不然，“期待”云云从何说起？

“若真能调去通政司，凡呈入大内的奏本，我必同时禀告大人；凡牵涉大人的奏本，我必先一刻禀告大人。”赵文华信誓旦旦地说。

“这话，你迟些说与大人听吧。”严世蕃道。

严世蕃以太常少卿掌尚宝司事的二十天之后，赵文华迁通政司左参议。通政司参议与刑部郎中同是正五品，但参议是正三品衙门的堂官，和正二品衙门的属官，到底有些不同。

第三百四十三章

南京吏部考功郎中薛应旂进衙门后，直奔尚书张润的堂室而去。

“汝霖先生，找我何事？”他问。

“仲常来得好快！”张润招呼道，“请你来说几句闲话，并无甚事。”

薛应旂字仲常，常州武进人，嘉靖十四年进士。

“早知汝霖先生找我说闲话，何至于跑出一身汗来！”薛应旂稍显夸张地以衣袖揩拭额头。不过，到了五月，南京的天气的确很闷热。

张润宽厚地笑笑。等薛应旂坐定，他才问：“仲常还在治宋、元史吗？”

问的果然是闲话，而且是高雅的闲话。

“汝霖先生说的这个‘治’字可不敢当，下官不过古文字功底不深，对宋、元近世之事略为关注而已。”薛应旂道。

“仲常过谦。老夫遍观南京官场之人，古文字功底也好，今文字功底也好，文字也好，学识也好，堪与仲常并立者，寡矣。”张润说。他曾巡抚顺天、宁夏，历官两京，见过的人物多，并非随意称许自己的这个属僚。称许后，他问：“仲常欲修一部宋、元史乎？”

“有此心，而无此力，总要到稍得清闲时才谈得上。”薛应旂说。

“仲常可曾想过，以哪一种体裁来修史？”张润不依不放地问。

“大约会是通鉴体吧。”薛应旂随口答道。

“好，”张润颔首，“夫子作《春秋》，以定百王之法，以立万世之防。通鉴最近《春秋》笔法，仲常的《宋元资治通鉴》定是不朽之作。”

“汝霖先生期待太殷，让我不敢下笔。”薛应旂说。

嘴上漫不经心地应着，心里却百思不解：老尚书并非喜谈学术之人，今日怎么大谈起治史来？莫不是人老改性，真的对修史有了兴趣？或是真的爱惜我在这方面的长处，督促我用功？想来想去，都不可能。年轻时立志修史，一生蹉跎，到老时看得清淡，这种人有；年轻时对治史毫无兴趣，一生官僚，到老时却立志修史，这种人从未见过。忽见薛应旂眉心一攒，似有所悟。

“老尚书，我是不是遇到麻烦？”他问。

“仲常为何这么说？”张润不承认，也不否认。

“汝霖先生不是在劝我，官做不成，退而修史吗？”薛应旂道。

“不见得官做不成；不过，确是有麻烦。”张润说着，问道，“仲常，在常州，你叔伯兄弟辈多不多？”

“不少。汝霖先生知道，薛姓在常郡是大族。”薛应旂答道。

“有句不该说的话：贵族中有没有横行乡里的子弟？”张润问。

“我不敢说没有；但家有家法，族有族规，出不肖子弟，族里长辈从不袒护，我也从不袒护。”薛应旂道。

说到此，大致可知是什么麻烦：今年考察，常州知府符验的考语是中下，被调离鱼米之乡，此事正是由他经手。

“汝霖先生，是谁人为符某人抱不平？”他问。

这是无须瞒，也瞒不住的。张润说：“福建道御史桂荣。我知仲常不是公私混淆的人；放心，考察是部里的事，我总要为你辩一辩的。”

“哼，臭味相投！桂某人为符某人张目，毫不奇怪。不过，”薛应旂口风一转，说，“朝廷若有心处分，恐怕也不是因为符某人。”

“那是因为谁人？”张润问。

“汝霖先生没忘诸某人吧？”薛应旂道。

提起诸某人，张润不觉神情黯然。

诸杰是松江上海人，嘉靖五年进士，官尚宝司丞。严嵩入阁后，两京曾掀起不小的论劾风潮，为首者是南京给事中王烨。严嵩有些吃不消，让严世蕃托诸杰致函薛应旂，要他罢黜王烨。托诸杰致函，因为他也是南直隶人，和薛应旂有些私交。但薛应旂没理会。

若至此而止，麻烦不会太大。谁知今年考察京官，诸杰有劣迹。他曾任南京兵部主事，考察他在南京的表现，也有劣迹，因而被黜。严嵩一定会把薛应旂拒绝诸杰的请托和诸杰被黜这两件事联系在一起看的。桂荣论劾薛应旂，不管是不是受严嵩指示，他都会利用这个机会。

果如此，张润只能徒唤奈何。

第三百四十四章

巡按福建御史何维柏赴南京，在南京都察院衙门述职后，去拜谒王以旂。王以旂治漕河有功，拜南京都察院右都御史，掌院事。

“士招先生，你的乡人受偌大委屈，你就忍心一句话也不说？”何维柏开门见山，颇有些责备的味道。

王以旂是应天府江宁人，所以他这样说。他在途中就听说，薛应旂被谪为建昌判官。这个处分可说相当重。

“乔仲难道不知朝廷对我和汝霖先生只是‘且不查究’，要我说什么？”王以旂苦笑一声，无奈地说。

何维柏字乔仲，广东南海人，也是嘉靖十四年进士。

“连一个夫子都不容，成何朝廷！”他大发牢骚。

“乔仲欲抨击朝政，我不阻拦；但言辞切不可过激。”王以旂警告。

“怎是过激？今日之当道者，如何玩弄权术，打击言路，排陷异己，且不去说；他蛊惑圣心，导邪邀宠，难道也能容他？”何维柏愤愤地说，“他最近又有两件大恶之事，士招先生可知？”

“乔仲指的何事？”王以旂问。

“原浙江参议顾某人、原副都御史盛某人，自称善炼秋石，皆当道者荐于圣驾前。我听说，他们所炼，不过是些补阳的药物；我听说，进此药物，灵济宫的主人都很慎重。而当道者却坦然荐之，岂不令天下惊骇！”何维柏恨恨地说，“此国贼即今日之李林甫也，即今日之万眉州也，无论怎样抨击，都不为过。”

成化年间首辅万安，是四川眉州人。把严嵩比作唐相李林甫，是说他的奸诈，和李林甫的口蜜腹剑，没什么两样；把严嵩比作万安，是说他以邪术邀宠，和万安进房中术，没什么两样。

“乔仲说的顾某人，盛某人，可是顾与成、盛希道？”王以旂问。

顾可学字与成，常州无锡人，弘治十八年进士。盛端明字希道，广东饶平人，弘治十五年进士。二人家居一二十载，近年又活跃起来。

“士招先生也记得这两个人？”何维柏问。

“顾、盛二人名声不好，我这一代人恐怕都不会忘记。”王以旂说着，反问，“乔仲欲疏论此事吗？”

“是，在下虽远离庙堂，仍为御史，对国贼不可不参。”何维柏说。

“顾、盛二人名声不好，我这一代人恐怕难忘，”王以旂重复这句话后，显得有些犹豫，顿了顿才说，“他二人复出是否当道者所荐，可不能只凭风闻。我看，乔仲要论此事，不如只论顾、盛，不必连及当道者。”

“科、道风闻奏事，朝纲不禁；何况顾某人入京之初，就借住在相府。这能瞒过天下人耳目吗？顾某人也是由当道者举荐，进通政司，官通政。这能瞒过天下人耳目吗？”何维柏有十分的把握。

“那么，盛希道呢？”王以旂问。

“盛某人？”何维柏一时懵住。

“他是住进相府，还是由当道者荐任某官？”王以旂追问一句，也透露出一些内情，“我在兵部时就知道，盛希道出入真人府，如出入己宅。若追究推荐者，也该是灵济宫，不该是内阁。”

“他二人同类同进，即便灵济宫有人推荐，内阁也要有人左右。不然，怎能得逞？”何维柏坚持自己的说法，“士招先生，我要么对此事不闻不问；若要过问，则绝不放过当道者。”

“朝廷并无钳制言路的诏旨，我还做不得陈新淦吗？”王以旂说服不了何维柏，只得由他。“乔仲，你好自为之。”

正德初年，刘瑾矫旨，命两京都察院堂官钳制各道御史，不许上疏言事。时江西新淦人陈寿以副都御史掌南京都察院事，他不但不遵旨钳制，在锦衣卫官校捉拿南道御史时，还为他们筹钱，为他们送行，随后又上疏为他们申辩。此事传为美谈，士人都很敬佩陈寿的人品。王以旂这句话，竟像在鼓励何维柏。

第三百四十五章

都察院公会后，湖广道试御史鄢懋卿向贵州道试御史周冕使个眼色，二人一前一后出衙门，拐过几条小巷，走进一家小酒店。

初授御史，或由他官初改御史，都要考察一段时间，称试御史。鄢懋卿和周冕均嘉靖二十年进士。鄢懋卿字景修，江西南昌人，由行人司行人擢为御史。周冕字冠华，四川资县人，由太常寺博士擢为御史。

店家亲自迎接，殷勤地问："两位都老爷在小店宴客，还是小酌？"

"我欲在这里宴客，你筹办得起来吗？"鄢懋卿嘲笑他一句后，吩咐，"我与周老爷小酌，上一壶酒，两碟下酒的菜，你等不必在一旁侍候。"

"是，小人不敢打扰老爷们的清谈，"店主应道，他边离去，边低声唠叨，"你二人只可说自家要小酌，凭什么说咱这店里筹办不起酒宴！"

鄢懋卿为二人斟满酒，邀道："来，冠华兄，饮这口酒。"

"为何名目？"周冕端起酒盅，却不急着喝。

"冠华兄不知吗？那为何要来这里？"鄢懋卿好不奇怪。

"景修兄唤我来，我故来，实不知为何。"周冕道。

"好，我为冠华兄说个名目，再饮不迟，"鄢懋卿说着，干脆放下酒盅，"冠华兄选为台臣，不是发愁没有上言的题目吗？我昨晚想到一个绝好的题目，所以约冠华兄来议一议。"

"这酒倒是该饮，"周冕说着，反邀道，"来，景修兄，饮这口酒。"

"还是说完再饮，免得冠华兄后悔。"鄢懋卿道，"太庙新成，奉安祖宗神主，此乃礼之大者。皇上却要差遣大臣代祭，未免轻亵。冠华兄看，这个题目作得作不得？"

"好题目！"周冕赞道，"饮这酒，绝无反悔。"

二人对饮，各吃一口小菜，无非是腐干、酱豆之类。

"我等新选御史，每为资深者小觑，今日有好题目，作篇好文章，就可扬眉吐气，”周冕说，并又斟上酒。“景修兄，我再敬你一盅。”

“这酒且不忙饮，还有事要商议，”鄢懋卿道，他问，“冠华兄的意思，我二人是共上一疏，还是各上一疏？”

“题目是景修兄想出的。景修兄以为共上一疏好，就共上一疏；景修兄以为各上一疏好，就各上一疏。”周冕无可无不可。

“文责自负，还是各上一疏好。”鄢懋卿说。

“好，那就各上一疏。”周冕回答得很痛快。说完，去拿酒盅。

鄢懋卿按住他，说：“还有一事：冠华兄的意思，我二人是一并上疏，还是先后上疏？”

“各上一疏不是景修兄定的吗？景修兄以为一并上疏好，就一并上疏；景修兄以为先后上疏好，就先后上疏。”周冕仍没有多想。

“互为补充，还是先后上疏好。”鄢懋卿说。

“好，那就先后上疏，”周冕应着，手欲伸出；又自动停住，抬头看看鄢懋卿那里有没有新的问题。

“只最后一事，”鄢懋卿笑道，“冠华兄的意思，是要自己先上疏，还是要我先上疏？”

“先后上疏不是景修兄定的吗？景修兄以为自己先上疏好，自己就先上疏；以为我先上疏好，我就先上疏。”周冕说，他显然有点儿不耐烦，问道，“景修兄想的太多太细，是不是有所顾虑？”

“我有什么顾虑！”鄢懋卿自充好汉，“本来谁先上疏是无所谓的事情，冠华兄这样说，我倒不能不先上疏。”

鄢懋卿上疏，被皇帝痛斥。皇帝批道：鄢懋卿既有此忠告，何不言于创始之初，乃胁主于既成之时？不以昭、穆之制事祖宗，是愚祖宗。行大义不顾，但以小瑕来说，以致贤而智者不免一于中愚，而邪者以祸福惑众。况代祭原有累朝旧制，再敢胁君取誉者，必罪不宥。

前一个“胁主”，后一个“胁君”，加上定性为“邪者”，皇帝居然没处分鄢懋卿。许多人为他庆幸之余，不敢再言太庙事。

独周冕轻祸福，重信诺，三天后上疏，称道：当大功告成之始，正万代所瞻仰，皇上宜于奉安之日，或秋祭之期，亲致孝享。

皇帝怒其敢抗明旨，命锦衣卫执下镇抚司鞫讯。

鄢懋卿找到王交，惊恐不安地说："征久兄，可知冠华兄下狱？"

王交看他一眼，平静地说："已知。"

"这可怎生是好，这可怎生是好！"鄢懋卿急得在屋里打转。

"景修兄急什么？他因抗旨下狱，与你何干？"王交宽慰一句，又责怪一句，"景修兄也真是！冠华兄是书呆子，想到什么，就写什么；你是个明白人，怎么也不知深浅！"

鄢懋卿不敢说是他想出的题目，只是叫苦："我和冠华兄论同一件事，冠华兄下狱，我的前程岂不是也毁？征久兄助我！"

"我无力相助，景修兄要保住前程，可去找此人。"王交说着，在书案上写四个字：东楼公子。

"我与尚宝卿从无私交，请征久兄引荐。"鄢懋卿央道。

"你是南昌人，哪里还要人引荐！"王交说。

言外之意，严世蕃还是很重乡情的。

趁鄢懋卿沉默的当口，王交又说："他虽不是科举出身，但聪敏过人，值得一交。且他对科举出身的士人并无歧见，尤能善待科、道。"

"多谢征久兄指引。"鄢懋卿揖道。他想了想，也只有这条路可走。

第三百四十六章

“悦之先生为何事困惑，竟致终日郁闷？”徐阶问。

“一公一私。”熊浃说。

“私者何事？”徐阶问。

“老母今年九旬大寿，却不能在她身旁取悦。我这个悦之，不知到底在悦谁人！”熊浃话语间透露出无限的惆怅。

他无法取悦老母，徐阶也无法取悦他。他定要守在老母的身旁，才能抒解郁闷；能不能守在老母身旁，他自己身不由己，徐阶也帮不到他。

“皇上仍不准悦之先生所请吗？”徐阶问。

熊浃两次上疏告归，以孝养老母，皇帝都不准。这次是第三次。

熊浃说：“皇上口谕：事君如事父母。爱卿为国家效力，与孝养父母一样。我看，以后不能再以孝事老母请归。”

“皇上依眷悦之先生，由此可知。我看，悦之先生不但不能以孝事老母请归，也不必以任何理由请归。”徐阶拣两句让人听着舒服的话说。然后问，“公者又是何事？”

“烦心的事，不说也罢。”熊浃的确很烦恼。

“烦心的事不说，岂不更烦心？”徐阶不再问，而是准备代替他说，“悦之先生不说，我来说如何？”

“子升知我为何事烦心？”熊浃好奇心顿起。

“不敢说必知，姑妄言之而已；若有差池，还望更正。”徐阶道。

“好说。”熊浃答应。

徐阶先选一个廷臣多在议论的话题：“皇上差锦衣卫官校赴福建缉拿何乔仲，悦之先生是为此事烦心吧？”

“略有牵连，子升还要往近处想。”熊浃不肯定，也不更正。

往近处想，该是吏部吧？何维柏因论劾严嵩而被逮；他所论者，与吏部有关系的，是顾可学、盛端明的任用，是两个声名狼藉的官员的任用。徐阶说：“那么，悦之先生是为吏部的失职而烦心吧？”

“略有牵连，子升又要往远处想。”熊浃仍然不肯定，也不更正。

责任不在吏部，便在举荐者。徐阶说：“那么，悦之先生是为内阁或灵济宫举荐匪人而烦心吧？”

“略有牵连，子升还要往高处想。”熊浃第三次不肯定，也不更正。

阁老或真人还不够高，则只有皇帝。徐阶说：“那么，悦之先生是为皇上亲近匪人而烦心吧？”

“擦肩而过，子升还要往深处想。”熊浃第四次不肯定，也不更正。

与何维柏被逮有牵连，与顾可学、盛端明的任用有牵连，与内阁和灵济宫的举荐有牵连，却不是因为皇帝亲近顾可学、盛端明，那一定是和皇上崇信道家的其他事情有关。而最近从禁苑传出的与皇上崇信道家有关的事情只有一件。徐阶说：“那么，悦之先生是为乩仙台而烦心吧？”

皇帝在迷恋于斋醮祷祀、服用丹药之后，最近又迷恋于扶乩；在西内修建雷坛之后，最近又在西内修建乩仙台，以为请神扶乩之用。据说，皇帝深居西苑，御不御朝，要扶乩；出不出宫，要扶乩；任用不任用某官，要扶乩；处分不处分某官，要扶乩。可谓已到无事而不扶乩的地步。

“子升真是聪慧过人！”熊浃叹道。

“哪里，是悦之先生点拨的好。”徐阶谦道。

二人相视，苦涩地一笑。

沉默片刻，徐阶问：“悦之先生要进言吗？”

“唯中先生若肯进言，皇上是听得进去的。但唯中先生整日在西苑伴驾，不知在想些什么。该进言时，未闻他进一言。”熊浃对严嵩不无抱怨。当然，以公而论，一是首辅，一是六卿之首；以私而论，二人是江西同乡，从无过节。对严嵩的批评，只能到此为止。熊浃又说回自己：“皇上颇念旧情，除唯中先生外，只有我进言，或还听得进去。”

嘉靖初年起而议大礼者，不过寥寥数人，而今只有他在朝。

徐阶觉得，所谓“还听得进去”，是他的一厢情愿。但面对这种“不问苍生问鬼神”的尴尬局面，又不能听之任之，因此他说：“悦之先生欲导君以正，我不能劝止。唯有一言，望悦之先生鉴纳：激圣主于怒，无济于事；遣词立意，还要推敲。”

“理会得，”熊浃应道，他想起徐阶的长处，说，“子升真是聪慧过人，不着边际的事，怎就能一步一步推算出来？子升，以你的聪慧，不怕不能自保；吏部的事，朝廷的事，日后要看你。”

二人在吏部共事以后，才开始交往；时间不长，但很快相知，彼此爱惜。不然，熊浃的这些肺腑之言也不会对徐阶说。

徐阶道：“不敢当，愿与悦之先生共勉。”

第三百四十七章

皇帝读过严嵩辩诬的奏疏，有些不高兴：盛端明谙药石，分明是陶师所荐，朕不过向你询问过。何维柏说由你所荐，委屈了你，朕是知道的。顾可学进秋石丹方，朕命他暂寓你宅，你曾请为他别立一馆。何维柏说由你所豢，委屈了你，朕也是知道的。朕既然知道，你何须多辩？你这一辩，岂不是让何维柏，以及和他一样多事的科、道官，把矛头指向朕吗？

严嵩以前也被科、道论劾，也上疏自辩，但不是这样的辩法！

命内侍宣召来严嵩，皇帝说："何维柏一派胡言，朕已命锦衣卫差官校逮拿，卿不必放在心上，更不必上疏辞官。你为朕受委屈，朕心里有数；何维柏解至，朕一定会严治。顾卿久寓卿所，两下里都不方便，朕已交代，在西内附近另觅一宅，他也好专心为朕炼制丹药。"

几句带刺的话一说，严嵩只觉一股寒气从脚跟直冲脑顶。看来，这本奏疏不该写；要写，也该委婉些，不该直来直去。

他叩道："陛下为臣劳心，臣无地自容。臣向受陛下隆恩，受陛下庇护，没为陛下受过委屈。"

"朕庇护你是有的，你为朕受委屈也是有的。君臣既曰相得，理应如此。"皇帝的语气缓和许多。

"陛下说的是，臣但求一心为陛下办事，但求陛下理解臣的苦衷；无论他人怎么议论，也不觉委屈。"严嵩把皇帝的意思扩展一层。

"卿为科、道攻讦，觉得委屈；朕为大臣误解，也觉得委屈。卿得朕理解，不再委屈；朕也望卿理解朕。"皇帝把他的意思又扩展一层。

严嵩不知在什么事情上误解皇帝，又一股寒气在全身涌动。

"圣心博大，非臣等凡俗可解，请陛下明示。"他惴惴不安地说。

"误解朕的不是卿，是熊浃，"皇帝说着，向近侍招手。近侍把熊浃的奏疏送与严嵩。皇帝说："今日宣卿来，为的是议一议他的奏疏。"

熊浃奏疏的内容，严嵩已经知道，这就是把赵文华安插在通政司的好处。现在，他一边读着原疏，一边可以从容地考虑如何应对。请神扶乩不是自己的长处，甚至也不是陶仲文的长处，任凭皇帝越来越迷恋于扶乩，等于把自己的命运也押在这上面。这是一个想法。皇帝读熊浃奏疏后的气恼，看得出来；但皇帝真的一点也不念及他在议礼中的功绩吗？真的想从此恩断义绝吗？大概不是。皇帝用的是什么词句？对，是误解。关系亲近，才会说误解。对其他大臣，皇帝说过误解吗？这是又一个想法。有这两个想法，主意不难拿定。

“陛下圣明，熊浃确有所误解，但他绝不敢沮讪。”严嵩说。

“他通篇都说朕的不是，怎见得不是沮讪？”皇帝问。

“臣想，他是说：仙乩之降，民间多有，恐其日久或不验，有负陛下崇奉之意。”严嵩解释道。

“心诚则灵，何惧不验！卿为他强辩，非大臣之道。”皇帝说。

“臣粗读该疏，斗胆妄言，有渎圣听，”严嵩恳切地请罪，又恳切地表白，“然臣实不敢强辩。”

“卿复为何言？”皇帝问。

严嵩说：“陛下道熊浃误解；臣想，是因为圣心博大。陛下欲即苑中山地之隙，建以仙庭，非独建一台以请仙乩。不过，仙庭之建，适与仙乩之请值于一时，熊浃未能仰知圣意，而专以仙乩为言。臣亦未能仰知圣意，因熊浃之说而为之解，以致陛下以强辩责臣。臣实不敢沽直背君。”

“以建仙庭”，把筑乩仙台的意义提高。皇帝很欣赏这一说法，不再责备严嵩，也不再责备熊浃。

“臣复有一请。”严嵩乘机说。

皇帝点头，示意他讲。

“何维柏因论劾臣被逮拿，何维柏解至，请陛下宽贷之。”严嵩道。

这有些出乎皇帝的意料。他想了想，说：“逮拿何维柏，固因他妄议大臣，亦因他讪谤朕。朕不会因卿之故而重惩他，也不会因卿之故而宽贷他。待他解至，再作处分吧。”

何维柏在福州被逮拿，士民遮道号哭，送出城外。七月中，他被解至京师。皇帝命下诏狱鞫讯，廷杖之后，罢为民。熊浃则幸运得多，皇帝不但没处分他，还因他做满六年二品官，加太子太保衔。

二、旧宠逢春

第三百四十八章

又到防秋的日子，宣、大总督翁万达终日奔波忙碌。他是去冬赴任的，第一次防秋，不得不格外小心。北虏犯边，由西而东，他的行程，也由西而东，先整饬太原的兵备，再整饬大同的兵备。

大同的虏情，比太原严重得多，复杂得多。翁万达一进大同城，就有人送来代王的亲笔信札，他草草阅后，不由大惊。因为信札中所说的秘事，不但关系王府的安危，而且关系边镇的安危。

“大人，千斤将军在外候参。”亲信官校来报。

“国宁来得好，请他进来。”翁万达高兴地说。

王邦直字国宁，河南磁州人，他的父亲是文官，他自己也曾是县学里的生员。但他从小喜习武，不喜习文；长成后，身材魁梧，双臂有力，据说能举千斤，故有王千斤之称。他于骑射，无不精通；于韬略，无不穷究。北边连年不宁，急需人才使用，兵科都给事中戴梦桂把他荐于兵部。兵部考察后，檄送大同效力。翁万达与他谈话后，对他的武猛，对他的见识，十分称赏，以国士待之。

他不待召唤而来，再好不过。翁万达担心请大同总兵周尚文、大同巡抚詹荣来军门议事，会走漏风声，引起案犯警觉。王邦直是自己来的，他在大同还没正式的名分，无论出入总兵衙门，还是巡抚衙门，人们最多说他在谋前程，不会有更多的想法。

王邦直叩头行礼，称道：“末将参见督帅。”

翁万达下座，亲自搀扶起他来，说：“国宁，你我忘年之交，我告诉你多次，不必行此大礼。来，坐下说话。”

随即挥手，在帐下侍候的官校军士，一并退下。

等王邦直坐定，翁万达才在他近旁坐下，直入主题地说：“国宁，今日有两件事交代与你，我就不留你品茗。”

王邦直一直在等待委用，闻言大喜，揖道：“请仁夫先生吩咐。”

翁万答点点头，问他：“国宁，听过和三这个名讳吗？”

“仁夫先生还落两个字。”王邦直说。

“哪两个字？”翁万达问。

“殿下，”王邦直说，“其人自称和三殿下，有不少人也称他和三殿下，即和川王府奉国将军充灼。”

“我说的就是他，”翁万达道，又进一步问，“国宁看其人如何？”

“无知狂妄，不足以成大事。”王邦直轻蔑地说。

“虽不足以成大事，却足以坏大事。”翁万达说，“我记得与国宁议过，大同与太原不同，与宣府也不同；不同在于本城俺答奸细太多。奸细不但出在民间，还出在王府。这个充灼即不肖宗室，唯恐天下不乱。他串通本府几名将军、中尉，欲勾引北虏来犯，乘乱中谋逆。”

“和三也有谋逆的胆量？”王邦直难以置信。

“这是和川王密告与代王殿下，代王殿下又密告与我的，不会有错。”翁万达讲述来龙去脉，“国宁既知这个和三殿下，那么，大六十、小六十等名讳自然也知道。”

“他串通的就是这两个宗室吗？”王邦直哑然失笑，“仁夫先生宽心，只要给我三五名骁卒，我把他等一一为仁夫先生擒来。”

翁万达不以为然地看他一眼，不作声。

“仁夫先生恐我误事？我愿立军令状。”王邦直道。

“擒此三人，我发一文与大同县，差几个捕快去即可，国宁会误什么事！”翁万达道，“我想的是，充灼在府内府外、城里城外，同伙必多。若擒拿他三人时稍有动静，让他的同伙走散，遗患无穷。我要的是：第一，充灼等三人，不可有一人走脱。第二，充灼等三人，不可有一人被伤，尤不可有一人丧命。第三，擒拿充灼等三人，不可走漏风声。在他等宅第擒拿，消息不可传出充灼等宅第；在和川王府擒拿，消息不可传出和川王府；在代府擒拿，消息不可传出代府。你若敢应承这三事，我就差你去办。至于周将军、詹都堂那里，你去不去禀明，悉听尊便。”

“仁夫先生许我便宜行事，我怎不敢应承！詹都堂那里，请仁夫先生为我解说；周帅那里，我要向他讨几个得力的人用，先去与他打个招呼，末将这就去。”王邦直说着，告辞欲去，但忽觉不对，“仁夫先生，要交代与我的第二事是什么？”

“我还以为，你得了一件差事，便已知足，”翁万达笑道，“国宁，我的本意，想留你在幕府，参酌军事。但我知道，你更愿在战场搏杀。这次我就遂你的意吧。”

王邦直大喜，说：“多谢大帅成全。”

“我安排三路兵马：中路在灭虏堡，由周将军亲自坐镇，且兼辖另外两路；左路在铁里门，由原总兵张达当之；右路在鹁鸽峪，由原参将张凤当之，”翁万达说罢，问道，“一周二张，国宁愿佐哪一位？”

王邦直稍加思忖，说：“鹁鸽峪险要，必有一场恶战，我去鹁鸽峪。”

“我知国宁会选择那里。城里的差事办好，国宁就直接去鹁鸽峪，与张凤会齐，我不另外交代。”翁万达说。

王邦直遵令而去，翁万达心里轻松许多。王邦直去办这件差事，有如杀鸡用牛刀，他相信，绝不会出什么差错。

“招呼一队人马，与我去巡哨。”他唤进亲信官校，命道。

“人马已在军门外候命。”亲信官校说。

“好！等天色一黑，马上出城，别忘带上漆油。”他吩咐。

“大人放心，”亲信官校应道，“小的就是忘携带项上这颗人头，也不敢忘携带大人的法宝。”

翁万达以各边镇各卫、所划地分守，惧边将边卒不用命，经常出其不意地巡查边哨。每次巡查都要随从带上一桶由朱墨、油料混合而成的朱油，若遇边将不在守地，边卒不在墩堡，则倒置于该处。然后，该处分边将，则处分边将；该处分边卒，则处分边卒。失职边将、边卒见到朱油，知都堂大人巡查到此，无不惊惧，往往自缚，至军门请罪，听都堂大人量为处分。有时，他无暇巡查，也挑选若干健卒，携带朱油，去各哨巡查，同样可以起到震慑作用。无怪乎他的亲信官校把朱油称为法宝。

和川王府充灼等三名宗人被缉拿归案，在翁万达等亲自审讯下，供出除充灼等三人之外，另有宗室五人参与谋逆，并供出在大同、太原等处卫奉、卫经、刘天聚等奸细三十五人。翁万达知会代府，将另五名宗室拿获；同时，檄下大同、山西巡抚及布、按二司，布下罗网，以图将供出的奸细一网打尽。

第三百四十九章

八月十二日，杨爵、周怡、刘魁三人蒙头午歇，姓张的狱吏打开牢室，冲了进来，高声叫道：“三位老爷的牢狱之灾已到头，小人特来报喜。”

杨爵先醒过来，侧过身去，推推睡在左边的周怡，又侧过身去，推推睡在右边的刘魁。三个人不住揉着眼睛，都是一脸的迷惘。

“我知三位老爷都有干净些的衣物，请更衣吧。”姓张的狱卒说。

周怡清醒，冷笑着说：“张头只知叫我等更衣，为何不送酒、肉来？”

“送酒、肉来？周老爷是什么意思？”姓张的狱吏不解地问。

“以一碗老酒、一碗肥肉送行，难道不是狱中的规矩？”周怡道。

给赴刑场的囚犯喝最后一碗酒，吃最后一碗肉，确是多少年沿袭下来的规矩。所谓牢狱之灾已到头，周怡以为是死期已到。

“周老爷别误会，”姓张的狱卒快活地说，“皇上有旨，释三位老爷出狱，陆大人请三位老爷过去叙话。”

三人你看看我，我看看你，谁也不敢相信这是真的。

“张头是、是说，皇上释我、我等出狱？”刘魁竟变得结巴起来。

“不错，我是这样说的。”姓张的狱卒说。

“我等这就可以走吗？”周怡问。

“三位老爷这就可以走。不过，我才说，三位老爷先要更衣；然后去陆大人那里，陆大人要向三位老爷宣示圣意；然后才算正式出狱。”姓张的狱吏不厌其烦地说。

“伯珍先生，”周怡唤着杨爵，“听清否？”

杨爵伸出手臂，挽起衣袖，道：“来，顺之兄，你掐我一下。”

周怡在肉多的地方狠命捏一把，疼得杨爵倒吸口凉气。

“伯珍先生，并非做梦吧？”周怡说着，随手又给刘魁一拳。

“你作甚？”刘魁才要反击，忽明白他的用心，“并非做梦。”

“皇上终于释我等出狱。”杨爵喃喃地说。

三人相拥相抱，喜极而泣。

杨爵回陕西，是一路，刘魁回江西，周怡回南直隶，是一路。杨爵本该在京师和他二人道别。但同狱多时，难以割舍，三人商定，同行一段水路，杨爵至临清再改道而西。

家小、行囊已先行送走，三人轻装简行，直奔通州张家湾。马是向锦衣卫借的，船也请锦衣卫代为寻觅，为的是不连累同僚好友；虽然他们也知道，久系诏狱，还有没有好友很难说。

码头上靠泊着许多船只，问清楚送他们南下的那一条船，三人登舟入舱。只见舱中摆一张矮桌，桌上有酒有菜。

刘魁记着狱里最后的一个笑话，对周怡说："顺之先生不是要酒、肉吗？牢里没准备，这里却准备。顺之兄敢不敢用？"

"既准备，有什么不敢用！"周怡唤道，"船家！"

船家进舱，是条精壮的汉子。

"哪位老爷唤我？"他问。

"这些是为我们准备的吗？"周怡指着酒菜问。

"是，老爷们请随意。"船家说着，又要出舱。

"多谢好意，请留下与我们同饮几盅，如何？"杨爵邀道。

"原该陪老爷们饮几盅，不过，有件事先要说清楚，"船家显然是有话不好说，犹豫一阵，问道，"三位老爷知道，这是哪家的船吗？"

"不是船家的船吗？"杨爵反问。

"我只不过带两个兄弟驶船，这船另有主人。"船家说。

"我好糊涂！"杨爵拍着脑门说，锦衣卫代寻的船，不属于锦衣卫，又属于谁！"老兄有话，尽管对我等说。"

"我陪老爷们饮几盅是应该的，老爷们也别让我为难。"船家道。

他是怕杨爵等人口无遮拦，说些对皇帝不敬、对朝廷不敬的话。他不在场无所谓，他听到，以后衙门里长官追问起来，他不敢隐瞒。

"老兄放心，我等光明磊落，私下里的话无不敢当着老兄的面说，当着老兄说的话无不敢对天下说。"杨爵道。

在京师里要安排家事，无法相聚。在这条船上，三人可以畅快淋漓地饮一回酒，说一回话。不过，他们说的，不是友情，就是学术，有关时政的话，一句也没有。

倒是船家饮多酒，说一些或许不该说的话。

“杨老爷，你那篇奏本写得好。许多人赞你写得好，我看也写得好。刘老爷，周老爷，我不说你们的奏本写得不好。你们也写得好，但比起杨老爷的奏本来，用得上读书人常说的一句话：略逊一筹。杨老爷比两位老爷早获罪一两年，让人们说一说略逊一筹，想来两位老爷也不会见怪。”船家絮絮叨叨、无休无止地说着。

三人知是醉话，全不理会。

“不过，杨老爷的奏本里有一句话，就是那句‘左道获众，圣王必诛’，是不该写的。”船家继续说他的醉话，“刘老爷和周老爷的奏本里虽没这句话，但有相同的意思，也是不该写的。”

船家居然记得杨爵奏疏里的原话，而且指责他的不是，这可有些怪。三人停止饮食，停止交谈，一起注视船家。

船家发现三人奇特的目光。他说：“三位老爷不信我的话？不要紧，我说出一件事来，三位老爷就知道我的话不错。”他压低声音，问道，“三位老爷可知，皇上为何释你等出狱？”

这正是杨爵等亟欲知道的。他们出狱后，曾向一些人打听过此事，未得其详。被问的人不是不知情，就是有难言之隐，不便说。

“为何？”杨爵低声问道。

“皇上扶乩，神降，写有‘久狱不详’四个字。皇上感悟，立即传旨，释三位老爷出狱。”船家说。他虽有醉意，但这段故事绝不是他能编造出来的。他问：“圣主该不该诛左道，我不敢妄言；杨老爷只说，自己该不该请皇上诛左道？”

杨爵等面面相觑，哭笑不得。他三人的奏疏都提到，皇帝不该崇信左道，结果却是左道救他三人出狱。这真是天大的笑话！

第三百五十章

八月十五日，一名家丁模样的人在阳和城外下马，和守城军官悄声说几句话；复上马入城，直驱总督衙门，求见翁都堂。

守护军士认得他是周总兵的贴身家丁侯京儿，问："老侯，怎么灰头土面？是从灭虏堡来吧？"

"是，有重大军情禀报。"侯京儿道。

守护军士不敢怠慢，立即报进去。翁万达立即唤入。

侯京儿跪拜，口称："小人叩见翁都堂。"

"起来吧，"翁万达命道，并问，"有何重大军情？"

"我家老爷巡边至剪子关，见关外大队达贼精兵，约五千骑，正在缓缓南行。我家老爷命我飞报翁都堂，"侯京儿道。

"仅五千骑吗？"翁万达问。

"不止，"侯京儿说，"五千骑似是前锋，后面灰尘不断，我家老爷估摸，少说也有五六万人。"

剪子关在阳和外围。达骑内犯有三径：正面而来，直突阳和；向南，取铁里门；向北，取鹁鸽峪。侯京儿说敌军南行，目标应该是铁里门。

翁万达紧急部署：一则，本镇正兵、奇兵、援兵沿边兵马，星驰赴援。一则，延绥游击将军颜臣、宁夏游击将军高秉元各领所部客兵，赴蔚州、广灵等处，专备堵截南犯紫荆关隘鞑虏。蔚州在大同东南，广灵在蔚州以西，都是大同所辖重地。一则，山西布政司分守冀北道参议李磐、山西按察司分巡冀北道佥事江南，传谕各军卫、有司，及各乡村堡塞，收敛人畜，坚壁固守。

另则，他决定亲赴铁里门督战。

这是十五日夜间二更的事。第二日午时，翁万达行至半途，与分水岭墩夜不收张林儿遇个正着。据张林儿报，今日凌晨，见边外正北面约有达贼六七万人，各牵空马，择路而行。这无疑是周尚文在剪子关所见到的敌军。翁万达赶赴铁里门的心情更加迫切，同时，他也虑及下一步的部署。达贼在铁里门受挫，可能会转攻鹁鸽峪。铁里门有守军三千，凭借有利地形，足以御敌；鹁鸽峪只有守军五百，一旦达贼进逼，形势万分危急。

他挑选一名得力官校，速去鹁鸽峪向张、王两位将军传达命令：达贼来势凶猛，只可守墩，不宜接战。

鹁鸽峪墩堡设于山谷间，半日里，张凤、王邦直指挥守军，击退敌军的几次攻打。看得出，敌军的进攻是试探性的。

忽有军士指着山头，叫道："将军，达贼由他径上山。"

张凤、王邦直抬头看去，山头果然出现敌军。由鹁鸽峪谷登山，较为平易，峪外路径，均十分险恶，不知他等如何登上。

"你等数数，有多少达贼，"王邦直命道。

"一个，两个……八个，十个……"军士们数着。

"千斤将军，约有五十人。"一名军士说。

王邦直请战："张将军，达贼若盘踞山头，于我军不利。你与我五十人，我上去了结他等。"

张凤也知道，上有达贼，我军的优势将转换成敌军的优势。他说："五十人太少，我与你一百健儿，上山杀敌。"

王邦直率百人上山，不多时，杀尽偷袭之敌凯旋。

忽有军士叫道："将军，达贼大队后退。"

张凤、王邦直向山下望去，敌军果然一队一队后撤，最后一队百余人，监视着峪口各墩堡。

"达贼后退，这一队在断后。"王邦直自语。

"将军，这队达贼也开始后退。"又有军士叫道。

果然，最后一队敌军也狂奔而去。

"张将军，达贼气竭，我军可出击。"王邦直又请战。

张凤看此情势，有心出击，可又难下决心。

"翁都堂有令，不宜接战。方才达贼占据上风，威胁我军，不得不击之。千斤将军已立奇功，不可再出击。"他说。

"达贼五万，击毙五十，千分之一耳，算什么奇功！"王邦直气势如虹，"达贼远遁，必有缘故。我等追也不追，岂不被他看轻！张将军若畏敌，可分我一支人马，前去追杀。”

张凤被激怒，说：“要追杀，便一起追杀，谁又畏敌！天底下难道只有一个千斤将军敢追杀达贼！”

“是我说错，向张将军请罪。”王邦直不怒反喜。

张凤、王邦直率五百人出墩堡追敌。最后一队达贼在前方忽隐忽现，就是追赶不上。这一追，追出数十里。

出鹁鸽峪谷口，前方有一条沟，当地人称作大陆沟，沟深路岔，荒野广袤，地势复杂。追到此处，官军停下，辨识道路。就在这一停顿之间，情势大变，左翼冲出一队敌军，有万余人，右翼冲出一队敌军，有万余人，两翼合围，不下三万人，将五百官军团团围在中央。

张凤、王邦直见状，都知中敌诱兵之计。

王邦直豪气不减，说：“达贼数万，我军数百，寡众悬殊若此，还要用此雕虫末技，足扬我军威风！张将军看我在万军中取贼酋首级！”

说着，弯弓引箭，射杀过去。敌军中一阵惊叫，一将应声落马。

“我没有千斤将军的臂力，手中这柄大刀也可杀人！”张凤说着，大刀扬起，率一军去冲突敌阵。

敌军围计六七重，突出一重，突不出第二重。不过一顿饭的光景，突阵者死伤过半，余众溃败回来。

王邦直正射杀得兴起，手中硬弓每一晃动，便引起敌军中一片惊慌，必有一人中箭。死在他弓下的敌军大小首领不下一二十人。

溃部回到阵前，不见张凤，他忙问：“张将军呢？”

“张将军战死。”一名退回的军士悲戚地说。

“我等欲立功沙漠以报国恩，不意张将军先我而亡。”王邦直叹道。

除弓箭，他还有一长一短两样兵器，长者为大刀，短者为鞭锏。箭射尽，他把弓弃掷一边，手握大刀，立在阵前。敌军冲来，他挥舞大刀，勇猛异常，刀锋至处，当者非死即伤。杀到后来，面前敌尸堆积。大刀挥舞不便，他又弃掷大刀，拔出鞭锏，向四面击去。

敌军稍却，有军士劝他只身突出，以请援兵。他说：“天下有战败的王邦直，没有奔北的王邦直。张将军既亡，我岂能独生！”

敌军再发起攻势，王邦直弃掷鞭锏，拾起一柄利剑，横剑自刎。

援军赶来，大战已结束多时，但见尸横遍野，一片狼藉。五百官军几乎全部阵亡，而虏军也被杀五六百人。自宣、大有战事以来，这是一场少有的恶仗；敌我死伤相当，也是少有的战果。总督听幸存者讲述激战的过程后，上奏朝廷，把功劳主要归于王邦直。皇帝降旨，赠王邦直指挥佥事，荫一子世袭潞安卫千户，并在阳和为王邦直建祠堂。

第三百五十一章

深秋时节，天气清朗宜人。皇帝心情甚佳，命召首辅严嵩、吏部尚书熊浃至无逸殿后便殿。宣召严嵩是常事；三辅张璧已在八月去世，但次辅许讚还在内阁，隔过他而宣召吏书，却让人琢磨不透。

熊浃想的是：怕是为文选司缺员的事。文选司缺员，皇帝命从礼部推用。熊浃和徐阶商议，觉得礼部有两个人比较合适，一人是仪制司郎中周琉，一人是祠祭司郎中高简。礼部有四个司，仪制和祠祭是排在前面的两个司，而且是职任最重的两个司。周琉、高简二人费寀都不愿意放走，遂告御状，请皇帝裁决。

皇帝若为协调此事而召入首辅和吏书，熊浃还真有些为难。倒不是他非要从礼部挖去一人，而是费寀的御状告得实在莫名其妙。他不但把改调周琉、高简和打击他联系起来，而且把改调周琉、高简和首辅联系起来，等于告严嵩一状。

据费寀说：郎中周琉、高简，最为称职，该部多赖其用。有忌臣者，出臣不意，议调二人。成命一下，臣虽欲疏留，不可得矣。大理寺评事孙学思，假大学士严嵩之名，营求外差，臣执不与；学思为嵩私人，最多机警，第恐中伤。夫以臣孤危，而复夺此二人，再造谤讪，愈难独立。

他虽说孙学思假严嵩之名行事，但从行文来看，孙学思行事就是由严嵩授意；而且，恐怕不只是严嵩授意，还有其他人，例如他熊浃授意。

这就是他的难处，皇帝问起来，他不得不批驳费寀；但他实在不愿和严嵩牵连在一起，更不愿使外人看来，他在为严嵩批驳费寀。

所以，当皇帝问他知不知道为什么召他来西苑时，他突发奇想地说："臣想，会不会召臣来议大同战事？"

皇帝极为难得地笑了。他说："今年北边防秋，有忧有喜，有失职有建功。该赏的，朕已经加赏；该罚的，朕也要加罚。不过，今日召二卿来，不是为议军事。"

"那么，皇上是因为臣向礼部要人，逼迫太甚，要责怪臣。"熊浃不得不说出让他为难的话题，否则，他更加为难。

“费宷意在攻讦，而以保留属官为词，妄生渎扰，”皇帝态度明确地说，“今日召二卿来，也不为议官员调任事。”

“臣无从想起，请皇上明示。”熊浃漫不经心地说。只要不牵涉和费宷的官司，他就可以安心。

“严卿，”皇帝又招呼严嵩，“朕今日召二卿，先想到要召熊卿来，然后才想到要召你来。为的何事，你该知道吧？”

“臣想，皇上召臣等，欲议文学事。”严嵩说。不议大同战事，不议官员调任事，还会议什么？不过，他也想不通：他擅长文学，熊浃不擅长文学，议文学事，更应先想到召他才是，怎么却先想到召熊浃？

“恰如卿言，”皇帝道，“朕偶得一句，不禁想到熊卿。朕想，此句须得熊卿来对上。但当年佐朕议礼众卿，都以文学为雕虫小技，不屑为之。熊卿恐不例外；他若对不上，严卿可对。”

舞文弄墨虽非熊浃所长，但读一辈子书，绝不至于连个句子也对不上。他不服气地说：“请皇上赐题。”

“听好：阁老心高高似阁，”皇帝出的是七字的句子，“卿其对之。”

严嵩听罢这七个字，犹如五雷轰顶，再也站立不住，匍匐在地，不敢仰视。熊浃虽没他受的惊吓大，也不得不随他跪倒。

“看来，熊卿是对不上，严卿也对不上吗？”皇帝自语。

“臣负皇上，该死！”严嵩不知说的是对不上句子有负皇上，还是平日所为有负皇上。

“一对句而已，卿不必想的太重。卿等对不上，朕代为续上吧，”皇帝道，“下句的七个字是：天官胆大大如天。”

这下，熊浃受的惊吓和严嵩一样大。他分不清，皇帝只是和他二人开个玩笑，还是在向他们发出警告；是一般的警告，还是严重的警告？他听不清，皇帝接下来又说些什么。他记不清，皇帝的近侍是怎样把他二人搀扶起来，送出殿外的。

第三百五十二章

皇帝是黎明时宣召严嵩、熊浃的，但因事耽搁，二人未时才见到皇帝的面。三四个时辰的等待，精力耗去大半；另一小半又因皇帝说的对句而惊吓掉。严嵩再也坚持不住，他不回内阁，而直接回家。不须交代，早有人去向严世蕃通报。严世蕃赶到时，他气息粗定。

他把西苑的遭遇如实讲述一遍，并一直仔细观察严世蕃的脸色。

“东楼为何哂笑？”严嵩责备道，“你脸上不笑，骨子里在笑；别人看不出来，我却看得出来。”

“是，知子莫若父。儿子皮笑肉不笑，只有大人看得出来，”严世蕃说，“不过，我并非哂笑，而是窃喜。”

严嵩不悦：“哂笑、窃喜，又有什么不同！”

“字义上有无不同，尚请大人指教；我要说的是：哂笑，是因大人，窃喜，却是为自己。”严世蕃扬长避短，不在字义上纠缠。“儿子有两件事，自知要说动大人，难矣。有了皇上的对句，却不再难。”

“我现被皇上猜忌，你那两件事即便说动我，然于事无补。这也值得窃喜？”严嵩稍顿，道出心思，“除非你告诉我，西苑之事无碍。”

“我不对大人说无碍，却要对大人说可解。”严世蕃说。

“如何去解？”严嵩问。

“这就是我要对大人说的两件事，”严世蕃胸有成竹，说起来不慌不忙，“一件事是，我要禀告大人，花重金买到一条消息。”

“花多少银子？”钱物上的事都是严世蕃经手，严嵩不过问一句。

“两千两。”严世蕃比画着说。

“哪处的消息要花两千两银子？”严嵩道，“某衙门的吗？”

“不是，衙门消息十两银子即可买到。”严世蕃说。

“某私宅的吗？”严嵩问。

“不是，私宅消息百两银子即可买到。”严世蕃说。

严嵩不再猜，问道：“那是何处的？”

“不瞒大人，是西内的。”严世蕃说。

严嵩虽然常在西苑出入，不必刻意打听，宫里的秘事也听了不少；但禁苑隐秘甚多，十桩之中他未必知道一桩。而严世蕃居然能用银子买来西内的消息，使他且惊且喜。

“你讲。”他命道。

“皇上曾在御案上手写两个字。”严世蕃话只说半句。

“哪两个字？”严嵩问。

“我说后，大人切莫气闷。”严世蕃叮嘱。他倒不是戏弄严嵩，而是真怕其父气出个好歹，急出个好歹。

严嵩料到这两个字是极有分量的。他说：“知道，你但说不妨。”

严世蕃这才说：“皇上写的是‘公谨’二字。”

严嵩倒吸口凉气：皇帝接连几次给他脸色看，原来是这两个字作祟！

“东楼，皇上用意何在？”除明知故问，他再无话可说。

“皇上自然念其人，才会书其名。”严世蕃说，“至于皇帝因猜忌大人而眷念夏公瑾，还是因眷念夏公瑾而猜忌大人，尚不可知。不过，皇上眷念夏公瑾，是不会有错的。”

“这是几时的事？”严嵩问。

“昨日的事。”严世蕃答。

严嵩悻悻自语：“昨日的事，今日买来，一字千金，不贵，不贵！”

“大人心疼银子？”严世蕃问。

“银子我不心疼，可花钱买来心病，我心里堵得慌。”严嵩道。

“大人这话不对，心病并非买来的，是原本就有的。大人花两千金，请来良医，诊出病源，方好用药。”严世蕃说着，又回到开始的话题，“只我为大人请来良医还不够；若无皇上的对句，我告诉大人皇上写‘公瑾’二字，大人断然不会相信，说不定还要怪我胡乱使钱。而今被皇上召去对句，大人清醒，药也用得上。大人不会再责怪我窃喜吧？”

“究竟何药，我还不知。”严嵩说。

“这就是我要说的第二事，”严世蕃道，“平心而论，第一事不过是花钱诊病，大人叫屈，不无道理；第二事才是用药。”

“用药需花多少银两？”严嵩问。

“不需花钱，只需伤一阵心。”严世蕃道，“幸亏想出伤心这个偏方，我才敢对大人说‘可解’。”

“伤心也是偏方，我倒不懂。”严嵩说。

严世蕃并不直接说出他的偏方，而是一步一步启发：“大人且说，在朝数十年，最伤心的是什么事？”

“与夏公瑾相处，受尽屈辱。”严嵩说。

“大人再说，今日会有何事，让大人伤心？”严世蕃道。

“夏公瑾还朝，复凌驾于我。”严嵩说。

“对，我的偏方就是要大人请回夏公瑾。”严世蕃道。

严嵩闻言大怒，手指严世蕃斥道：“请回夏公瑾，东楼说的什么——”

“屁话”二字险些脱口而出，终因不雅，被他生生咽下。

“大人说出来，不妨，”严世蕃并不在乎，“大人不说？那请稍安勿躁，听我来说。大人与夏公瑾相处的屈辱，儿子如何不知？但皇上行事，多凭自己的感受，甚少顾及臣子的感受。这是其一。大人不妨想一想，皇上欲召回夏公瑾，大人敢不敢上疏阻之？即便大人敢于上疏阻之，皇上会不会听从？即便皇上会听从，其后又当如何？这是其二。”

皇帝决心召回夏言，严嵩一定不敢上疏阻之；即便他敢于上疏阻之，皇上也一定不会听从；即便皇上碍于情面一时听从，日后也一定后悔，严嵩的日子一定更不会好过。这些都是可以想得到的。

“皇上要召回夏公瑾，尽管降旨，我何必多事。”严嵩仍不甘心。

“大人这是还没想清楚，”严世蕃说，“皇上自己降旨，召回夏公瑾，和大人请旨，召回夏公瑾，大不一样。大人请旨，至少有两个好处。皇帝自己召回夏公瑾，对大人该猜忌，仍然猜忌；大人请召之，皇上不会再猜忌。这是一个好处。皇帝自己召回夏公瑾，夏公瑾知大人不屈于他，必有所忌惮；有所忌惮，行事必谨慎；行事谨慎，可与皇上久处。大人请召之，夏公瑾对大人无所忌惮，行事猖獗，皇上必厌之。皇上再处分，恐怕就不会让他去官还乡。这是又一个好处。”

“东楼的话不错，我试言之。”严嵩说。

第二天，严嵩上疏称：内阁缺员，可召用故辅臣夏言。皇帝准奏，命行人张鍊捧敕旨，促夏言北上。

第三百五十三章

送走司礼监的公公，熊浃回到堂上，徐阶已在等候他。

“悦之先生今岁是不是对财神元帅不恭不敬，竟至于接二连三被他降罪？”徐阶说着笑话。

司礼监的公公是来传旨，着熊浃罚俸的。上个月，即九月，吏部办错一件事：礼部的两位郎中讨要不来，熊浃与徐阶议后，拟由刑部郎中翁大立补文选郎中。其实，这事未必办错，只是被吏科都给事中杨上林论劾。按照杨上林的说法，翁大立阴险，不宜掌铨选。阴险是个很空泛的罪名，说翁大立好话的人也有。而皇帝偏偏听信杨上林的话，罚熊浃三个月的俸粮。于是，此事便成错事。幸亏翁大立是浙江余姚人，嘉靖十七年进士，和熊浃没什么瓜葛，否则，处分会更重。

本月，吏部又办错一件事，是实实在在的错事：户部郎中焦希程巡视大同草场，因屡失火，调为南京户部员外郎，不但降一级，而且是试职。南京吏部题奏，误以焦希程为实授员外郎；吏部题覆，亦以焦希程为实授员外郎。吏科劾奏，皇帝罚熊浃六个月俸粮。

“区区小事，子升不足介意。财神不降罪，我找不到发财的路径；财神降罪，皇上也不忍心我饿肚子。”熊浃不在意地说。

“这可不成！凡事要讲个公道，我与悦之先生议定的事，要罚，为什么只罚悦之先生？”徐阶下定决心似的说，“我当向皇上自请处分。”

“子升升作二品京堂时，再来与我争处分不迟。”熊浃断然把这个议题打住，让徐阶也不好再说什么。

若说熊浃完全不把这件事放在心上，不是实情。皇上不留情面地两次罚俸，他知道，原因还在他那篇谏仙乩的奏疏。皇上并不接受他的劝告，怎么会一直把他留在吏部尚书这个重要的职位上呢？既不见容，有去而已。归养的理由试过，皇上不准，还有其他请归的理由可试。例如，可以养病请归。但这是自己打算的事，不必与徐阶商量细节。现在盘绕在他心头的，全是另一件事。

“子升，你说杨伯珍是不是快到京城？”他忽然问道。

徐阶盘算：“杨伯珍是八月十二日获释，十七日离京的，九月十八日到富平，路上走一个月。皇上是九月十一日密谕锦衣卫，复拘杨伯珍等的。官校们奉差办事，走的快些，也要半月余，估计九月底可到富平。锦衣卫官校押着杨伯珍返京，比杨伯珍去富平快些，比锦衣卫官校去富平慢些，总要二十几天。他等到京，还要等些日子。”

计算得很细微，熊浃不得不服气。他若有所思地说：“按照子升的计算，杨伯珍到家不过十日，又要离家。”

“差不多吧。”徐阶道。

“以此而推，太平县远过富平，周顺之岂不是才到家，又要离家；泰和远过太平，刘焕吾岂不是尚未到家，如狼似虎的官校们已到？”

“差不多吧，”徐阶又应一句，并问，“悦之先生为何想到他等？”

“子升有没有听人说过，皇上忽命复逮三人是我的过错？”熊浃道。

“这话怎讲？”徐阶问。

熊浃告诉他：“有人说，皇上因记恨我那篇奏疏，才命复拘杨伯珍等三人。他们还说得出皇上的原话：我固知释爵，诸妄言归过者纷至矣。”

“皇上在深宫里说的话，他等怎知？皇上是先阅悦之先生奏疏，后释杨伯珍等的。再拘三人，怎会是因为悦之先生奏疏？”徐阶驳道，看来他不是没听人说过，而是不愿自己说破，“再者，果如所言，皇上因仙乩而释三人，于国家未必是好事，于伯珍等未必是好事；皇上因悦之先生谏仙乩而复拘三人，于国家未必是坏事，于伯珍等未必是坏事。”

熊浃承认，这话也有道理。道理在于：皇上迷恋于扶乩，知道的人尚少，议论的人尚少；若因扶乩而释杨爵等，而复拘杨爵等，知道的人必多，议论的人必多。不过，他心情仍很沉重。

“杨伯珍等已在诏狱度过多年，难道竟要在诏狱了此一生！”他说。

和熊浃、徐阶的计算差不多，杨爵回到家中十日，被锦衣卫官校带走。周怡只在家里过一夜，锦衣卫官校就到太平。而另几名锦衣卫官校到泰和时，刘魁还没到家，他们带走刘魁的弟弟，作为人质。刘魁闻讯，连家都不回，翻转去追赶他等，换回弟弟。十月底至十一月中，杨爵、周怡、刘魁先后被解至京师，再下诏狱。

第三百五十四章

十一月上旬，审讯两个月的崔鉴狱案终于结案，因杀人论死的十三岁青年崔鉴被宥，罚服筑城工役。刑部尚书闻渊在衙门里准备几个菜，着人去请本部主事吴桂芳。

吴桂芳望着还冒热气的菜肴，嗅着扑鼻的香气，无限向往地说：“真想静中先生这些佳肴是为我而设。”

“子实不见桌上有两副碗筷？”闻渊道，“虽算不得佳肴，也还精致。我垂垂老矣，吃得下几口饭，可不是为你而设！”

吴桂芳字子实，江西新建人，嘉靖二十三年的新科进士。他和闻渊是赣省同乡，闻渊既说请他吃饭，他不客气地坐下来。

“静中先生，这饭还有什么讲究吗？”吴桂芳从碟里夹起一大块肥瘦相间的肉，停在嘴边，不忘问一句。

“你要讲究，自个儿去讲究；要不讲究，但吃而已。”闻渊说。

吴桂芳一口吞下，还不停让着：“味道着实不错，静中先生，你吃。”

闻渊稍稍一尝，就停下筷子，好像要证明他确实吃不下几口饭。

“静中先生不多用些？好，余者归我。”吴桂芳大包大揽。

闻渊面带笑容，看着这位年轻的属下进食。

“子实，我有一事问你。”他说。

吴桂芳抹抹嘴：“你看，我问有没讲究，静中先生说没有；等人家吃到兴头上，讲究却找来。”

“你吃你的。我问的事，你得空，就答一句；不得空，就不必答。”闻渊说着，问道，“子实，你怎知崔鉴之狱另有隐情，而复谳之？”

吴桂芳指指自己嘴里，表示咽下里面的食物再说。

“静中先生是考问我吧？”他咽食后问。

“我说请教，子实必不信，必道我作伪。好，就算考问。”闻渊道。

“酒肉在前，考问在后，岂有不招供之理！”吴桂芳说笑，“静中先生请想，被杀者魏氏乃娼家，崔鉴不过十三岁，和她会有什么怨恨，必欲置她于死地？故我怀疑，此案必有隐情。”

崔鉴是山西保德州人，被其父及邻里送官，告称杀人。官府讯后，以杀人抵命论。狱案报至刑部，试职转为正职的主事吴桂芳觉得事有可疑，最主要的理由是被杀者的身份。他请重新勘问，问出许多隐情。

“子实疑得好，”闻渊说，“子实不疑，英烈少年将屈死刀下。”

“静中先生奖得好，”吴桂芳挥臂在饭桌上空划了一圈，“静中先生不奖，天下会以为，无人赏识晚生的才干。”

这句话多少有些挖苦，闻渊微微一笑，不和他计较。

“子实初事刑部，即有不俗业绩，何不作文纪之？”他说。

“不错，此事值得作一短文。”吴桂芳应道。

“子实敢不敢就在这里作文？”闻渊激他。

“那有什么不敢？请出纸、笔来。”吴桂芳道。

崔鉴，生员，山西保德州人，年十三，其父崔佑。有魏娼者，善治淫声，崔佑闻而悦之，延与私焉，遂留与居。崔鉴母王氏嫌欲谏止，崔佑不听，每醉酒，辄窘辱王氏，箠楚之。一日佑出，魏娼以语侵王，且击伤王氏面。崔氏含愤入室，抚床泪泣。见崔鉴归来，王氏悲恸不自胜，告以情状，且欲自决。鉴闻之，且泣且怒，安抚母亲后，潜去生舍，挟刃以归。魏娼适立于厅旁，仍在詈骂王氏。鉴从旁拔刃，刺其左肋，深入寸许。魏娼即毙。崔鉴以刃匿牖下，亡走数里余，忽自念曰：吾杀娼而吾父不知，必谓母矣；吾走，母无以自明，必被逮。因复归。崔佑果疑王氏杀魏娼，使里甲缚王氏。将送官。崔鉴至，自认杀人，且取杀人之刃。视之，果然，乃释王氏，独以崔鉴驰报。

省却地方官员的断狱和吴桂芳的重审，短文把该狱的平反归功于刑部右侍郎刘訒一言和皇帝圣明：廷尉春冈刘公奏曰：臣等窃见崔鉴所犯，母子之情，根于天性，虽冒重罪，志在全母。司寇议是。上乃下诏曰：崔鉴既为母冒辟，情可矜恤，其原之。

刘公指刑部右侍郎刘訒，春冈为其号。

“复谳乃子实所启，为何不书一字？”闻渊问。

“在下人微言轻，不足以成事。”吴桂芳说。

“但言人善，不诩己功，后生辈里，甚是难得。”闻渊叹道，又指着文稿说，“此董仲舒《春秋决狱》、柳子厚《复仇议》也。”

二文皆以替父母报仇为大孝大义。

第三百五十五章

十月二十日，户科给事中张秉壶奉敕，巡视宣府边情。一个月后他还朝，被兵部尚书唐龙邀去，谈见闻感受。

今年初，兵部尚书戴金去官，召南京吏部尚书唐龙为大司马。

“国镇一路辛劳，有何心得告我？”张秉壶一到，唐龙径直问道。

张秉壶字国镇，福建莆田人，嘉靖十七年进士。

“以二字可蔽之。”他答得也很干脆。

“是哪二字？”唐龙问。

“前者曰仓，后者曰皇。”张秉壶略带俏皮地说。

仓皇，不安到极点之谓也。唐龙上下打量着他，道：“国镇一脸安详，看不出有半点仓皇。可否详述之？”

“在下以为，患迫南山，此在背之刺；防疏东路，此燃眉之火。”张秉壶仍简略地说。南山即南山隘口，又称红门诸口，在隆庆州永宁县境内。论兵者一般关注的是宣府西路，他去宣府转一周，则更多地关注宣府中路和东路。

“可否再详述之？”唐龙道。

“我学两段话与虞佐先生听，一段话是去宣府的路上听到的，一段话是回京的路上听到的。”张秉壶说。

“国镇去宣府的路上听到些什么？”唐龙问。

“贡夷扬言：抢居庸关进入，顺古北口出去，要抢一个月再回。”张秉壶南人而学北人腔调地说。

唐龙不由皱起眉头。北虏，且是贡夷，出此狂言，身为兵部尚书，怎堪忍受！但他没有发作，继续问道：“国镇回京的路上听到些什么？”

“从北地走回的人称：虏近来攻堡，寸铁不遗。今回勾合大众，要犯边来抢。都道好抢，深入则深得利，大举则大得利。”张秉壶学说。

好一个深入则深得利，大举则大得利，哪里还把天朝放在眼里，哪里还把边军放在眼里！翁万达总督宣、大军务以来，在大同用心多些，大同稍稍安稳，而宣府这面却又吃紧。

唐龙记起翁万达前些日子的奏疏。翁疏称：宣府东路去黄花镇、潮河川、古北口、喜峰口、白羊口甚近，宜令蓟州巡抚加谨提防。及预简精兵一二支，策应宣府，并蓟州兵马，悉听临期调用。

看来，张秉壶和他的思路倒有相同之处。

但蓟州兵力在北边各镇中最为单弱，调去策应宣府，犹如剜肉补疮。所以，兵部只准宣、大总督调用保定班军六千余，河南民兵六千余，山东长枪手六千余，共约两万人，而不准调用蓟镇人马。

彼此须得兼顾，这样的决策不能算错吧？若说因为缺少蓟镇的策应，宣府就多事，恐怕也不公正。加强宣府本身防卫，才是主要的。

唐龙想到此，说："国镇道患迫南山，请详述之。"

张秉壶说："我为虞佐先生打一个比方。譬之人身，天寿山陵寝是京师肩背，南山隘口又是天寿山陵寝肩背。我再为虞佐先生打一个比方。譬之人居，京师为正堂，天寿山陵寝诸山为后堂，南山则为后门。大虏原不知南山这条路径，近得人向导，南山之外，已为戎马之场。天寿山诸陵寝在京师以外不过七十里，南山在天寿山以外不过三十里，在京师以外不过百里。是百里之外，已为疆场。虞佐先生说，是不是刺在肩背？"

"据国镇所言，宣府东路可虞者，不止一个南山隘口吧？"唐龙问。

张秉壶说："滴水崖至隆庆州八十里，至永宁县五十里，若大虏由滴水崖突永宁而入，陵寝、京师可虑也。今年九月，虏自北路独石而下，自滴水崖散出。又北路龙门所一带，山险林深，难以大举入犯，故疏于防备，仅三卫支部余众，且牧且守。今住牧者悉为北虏驱迫星散，藩篱已空，险深之处，皆不足恃。前者北虏攻隆庆各堡，正是由此路进入。据我考察：自独石至黄河岸，计一千五百余里，皆修筑边墙，既高且厚。墙之外为壕，壕之外为窖，虏骑虽强，不能突入。而独石以南至东路，沿边四百里，皆为沙石，难以规划。加之财力不给，只在极要冲处修建几段边墙，日后必为大虏窥犯之途。"

"财力不给，说到要害。宣府北路、东路修边，非今日可论者。幸天以居庸雄关授我，"唐龙颇感欣慰地说，"国镇，你看，先固居庸之守，再计其他，可不可行？"

"不是不可行，但居庸之守亦须详加筹划，"张秉壶说，"以居庸居中而论之，八达岭者，其直北之门也。其东，则为禁山；其西，自张家口至韩家口，有十一隘口相互联络。人皆以为居庸关万不可失，居庸失守，南下入山，即汤谷、苏林口，皆可由之而出畿辅，无复阻险，但尚有新修城壕可以据守。而张家口失守，则由青龙桥东口入西口，而汤谷诸口，皆可由之而出畿辅。红门诸口失守，则直驱陵寝，无可堵截。灰陵、贤庄诸口皆可由之而出，以达畿辅。是张家口、红门口之紧要，丝毫不下于居庸诸关口。”

唐龙插言：“居庸以内城壕，绝不似八达岭、居庸关坚固可恃。国镇可称张家口、红门口要紧，但仍以居庸关最为要紧。”

“虞佐先生纠正的是。”张秉壶已说许多，也该歇一歇。

“张家口距八达岭有四五十里吧？”唐龙又问。

“二十五里，”张秉壶道。

在唐龙印象里，张家口较远；而张秉壶知道，没那么远。这或许就是他比唐龙更看重张家口的原因。

“逾张家口，则八达岭，则青龙等口；逾红门口，则灰岭等口。青龙、灰岭等口之要紧，似不在张家口，红门口以下。”唐龙说。

“是，”张秉壶应道，“我亲至张家口观之，左右仍有可越之坡，即守住张家口，虏众犹能穿越。而青龙二口为南下咽喉，别无歧路。而京师正北，红门等十一口列于前，此第一重屏障；灰岭、贤庄、锥石、雁门、德胜、虎谷六口列于后，此第二重屏障。陵寝所托，唯有此耳。”

“诸关口皆要紧，国镇有何高见？”唐龙在问张秉壶，也在问自己。

“虞佐先生方才问我心得，我有两个字；虞佐先生现在问我见解，我有两句话。”张秉壶道。

“第一句话是什么？”唐龙问。

“我以为，今日之事，必可以战，方可以守。”张秉壶说。

这话很有见地。宣府各路的山口关隘，比大同更多，一味守御，难免顾此失彼，北虏不惧。如能在关隘前战而胜之，虽有些关隘守军单薄，有些要冲已弃守，虏众也不敢轻易犯之。如大同右路大陆沟一战，使得虏众在大同就收敛许多。但各镇像王邦直这样敢于拼杀的将领能有几人？如果不可以战，就不可以守，那么，北边各镇恐怕只有放弃。

不过，大体而论，唐龙以为这话不错。要巩固北边，须使守军能战。

“不可以战，则不可以守，国镇说到兵家的根本，”唐龙说着，又问，“国镇的第二句话是什么？”

“军之耳目，寄于烽炮；军之声响，通于哨谍。下官以为，无论宣府北路、东路能不能增添精兵，都要大张声势。我先声所至，奸细得窥，或可潜阻虏谋。”张秉壶说。

“国镇好大胆，欲在京师门外演一出空城计。”唐龙笑道。

“我是说，若无精兵增添，亦可以声势震慑。虞佐先生握雄兵百万，自然以增添精兵为好。”张秉壶也笑道。

“真有百万雄兵，随需随遣，何劳国镇辛苦这一趟！”唐龙拊髀叹息，“不过，国镇这一番由近而远、由远而近的谈论，当得十万精兵。请从速疏奏，兵部一定据国镇所议，详加筹划。”

第三百五十六章

十二月十八日，夏言赶到京师，人不知鬼不觉住进江西会馆，只命家人去通知在京师为他打理旧宅的岳丈苏纲。他把苏纲留在京师，是因旧宅的确需要有人打理；此外，苏纲在各衙门里熟人多，也可为他打探到许多消息。

“早知公谨要来，我已让人把宅子收拾好，公谨去看看？”苏纲道。

夏言环顾他休憩的房间，说：“今晚住在这里，不回去。”

“为何？”苏纲不明白，他为什么第一晚要住在外面。

“岳丈早知我要来，其他人也早知我要来。”夏言说。

“原来是图一夜清静，”苏纲自以为猜着他的心思。“公谨担心访者踏破门槛，闭门谢客就是。”

“图一夜清静只是其一。”夏言却说。

“其二呢？”苏纲问。

“其二是怕一夜清静。”夏言说。

苏纲听得云山雾罩，满脸困惑。他说：“这话我听不懂。”

“岳丈且说，我大摇大摆回到家中，会不会没人知道？”夏言问。

“公谨若大摇大摆回到家中，不消半个时辰，就在京城里传遍，怎会没人知道！”苏纲极有把握地说。

夏言不驳他，大概与他所见略同。虽经过几年困顿，虎威犹在。他到得京师，人们相见，一定会传告：夏阁老又来。

“岳丈再说，我大摇大摆回到家中，会不会无人访谒？”夏言又问。

“公谨是说一夜无人访谒？不会吧？”苏纲没多大把握，“不过也难说，如何处置公谨先生，皇上并无谕旨，天下势利者多，京城势利者尤多，说不定真无人敢登门访谒。”

“岳丈还听不懂吗？昔日相国入京，却没有一人访谒，你道我心里是什么滋味？”夏言自以为理由说得很充分。

苏纲稍懂："原来公谨是使个障眼法，以自欺欺人。"

"自欺而已，不敢欺人，尤不敢欺岳丈，"夏言道。

翁婿二人拊掌大笑，引得夏言带来的家人、苏纲带来的家人，以及会馆的管事，一个个从门外向屋里探望。与夏言、苏纲打个照面，见并无他事，他们又一个个搭讪着走开。

等笑够，夏言问："岳丈，朝廷近日有什么大事？"

"若论大事，莫过于熊天官离任，"苏纲说着，反问，"他是上月下旬离京的，公谨在途中未与他相遇？"

问的多余，南去江西的路有多条，谁知熊浃会走哪一条！怎会这么巧，夏言就和他在途中相遇！

夏言没回答他的问话，却喃喃自语："这么说，皇上还是恩准悦之先生归养？我若在京，一定要着力挽留。"

"不是准他归养，是将他削籍。"苏纲说。

"当真？"夏言一惊。

苏纲又说："还有一件大事，许阁老虽没被削籍，却被免官。"

许讚被赶出内阁，和熊浃削籍在同时。二人都是因为乞休惹恼皇帝。

一到京师，就听到两个这么重大的具有震撼力的消息，夏言感到些微不祥。但他努力控制自己的情绪，没表现出不安。

"悦之先生离任，谁接替他？"他接着天官的话题问下去，苏纲才要开口，被他拦住，"让我估一估。唐虞佐、闻静中二位，声望、资历都够，一定是其中一位。"

"公谨估的不错，是虞佐先生。"苏纲嘴快，还是说出来。

"虞佐先生掌吏部，比静中先生要强些；可惜他也所交匪人。"夏言给唐龙一句评语。

所谓比闻渊强些，因为闻渊和严嵩是弘治十八年的同科进士；所谓所交匪人，指的无疑是与严嵩交结。谁不知道，唐龙与严嵩的关系一直比较密切，甚至两家公子的关系也相当密切！

"公谨，"苏纲觉得该劝一劝夏言，"严介溪已做一年首辅，这次公谨被召，又是经他奏请，公谨再入阁，与他是不折不扣的同僚，对他不妨客气些。"

"好，看在岳丈的面子上，我日后把他的厚道看得多些，把他的卑劣看得少些。但要我从内心视他为同僚、同志，难矣！"夏言道。

第二天，夏言入朝，皇帝命他以少师兼太子太师、吏部尚书、华盖殿大学士等原职入阁。当然，他也要赴西苑值殿。严嵩此时的职衔是少师兼太子太师、吏部尚书、谨身殿大学士，只在殿、阁大学士的名分上差一级。内阁的排名，以夏言为首辅，严嵩退为次辅。

这一日，西苑无事，夏言、严嵩同在内阁，好像是皇帝知道这两名同是江西人的阁老关系不好，特别给他们机会磨合。

夏言先开的口。他说："这一年真难为唯中先生，皇上只命你一人在西苑当值，岂不要累死？也难为廷美先生、崇象先生，在内阁一年多，直到一个病死，一个生逐，却未见过西苑值庐是个什么样子。"

听他的口气，好像许讚、张璧不能在西内值殿，是因为严嵩的缘故。严嵩委屈地说："我曾奏请许、张二公入值，无奈皇上不准。"

"我知道。"夏言的态度很生硬。

话不投机，夏言不欲多说；严嵩想多说，也没有好的题目。二人各做各的事情，内阁里的气氛很沉闷。

不多时，厨子送上午饭。依照惯例，不管阁臣家里是不是送来饮食，内阁的厨房都要起火做饭。依照惯例，内阁的午饭都很简单：两碟两碗。两碟是一荤菜一素菜，两碗是一饭一汤。

厨子先在夏言面前摆上两碟两碗，又在严嵩面前都摆上两碟两碗。

严嵩才拿起筷子，听到那边夏言吩咐："撤去！"

他知道夏言在等候府上送饭，也放下筷子。

"唯中先生怎么还不用食？"夏言问。

"我等公谨先生的饭来，一起吃。"严嵩说。

"唯中先生只管自己吃，不必管我，"夏言说，又说，"家里今日墩锅熊掌，费时，不知几时才能送来。"

严嵩再说等他一起进食，倒好像要讨人家的熊掌。他低头一口一口吃着阁中提供的饭菜，吃得无滋无味。

这边才用完饭，那边的饭就送来。食盒一揭开，只觉香气扑鼻。家人呵着手，把一碗尚在冒热气的熊掌端到夏言面前，另加几碟精致小菜，最后是一副粗长的象牙筷子。

"只一副筷子？"夏言边拿起筷子，边问。

"老爷一人吃，要几副筷子？这是在衙门，又不是在家里，老爷还要请客吗？"

家人道。又说，“奶奶吩咐，难得这样好的熊掌，难得墩得这样烂，老爷多吃些，别浪费。”

“好，”夏言点点头，对严嵩说，“唯中先生，我不让你。”

“公谨先生请便，”严嵩说着，起身，“我去外面走走。”

“唯中先生别走，我有话说。”夏言话没说完，已在大嚼其熊掌。

闲时无话，吃起熊掌，话却到嘴边。严嵩只得再坐下。

“世侄现为何职？”夏言问。

“以太常少卿掌尚宝司事。”严嵩答。

“不知是兼尚宝司事，还是掌尚宝司事？”夏言问。

若是兼，则在太常寺也有一份职任；若是掌，则权限仅在尚宝司。二者有很大差别。

“是掌尚宝司事。”严嵩说。

“听说他力量大得很，不仅太常寺的事要插一手，连礼部的事都要插一手。可有此事？”夏言熊掌吃完，把碗一推，专心谈起事来。

严嵩被问得面红耳赤。他说：“小子无知，还请公谨先生管束。”

“我若问实，是一定要管的；唯中先生也该管一管。”夏言丝毫不留情面，“历来大臣，因子侄不肖而身败名裂者，不知有几。我和唯中先生同阁办事，我才肯说这番肺腑之言；不然，何苦得罪！”

“公谨先生袍泽之谊，某心感不已。他日命小儿去府上，拜谢教诲。”严嵩口是心非地说。他心里想的是那位被他挤对走的同科阁老。翟銮和夏言二人在内阁的日子，前后加起来有一年，不知是怎么熬过来的。今日这一顿午饭，让他有度日如年的感受。

第三百五十七章

嘉靖二十五年的正旦节，衙门里公拜之后，吏部三位堂官坐在堂上说话。唐龙改吏部尚书不到一个月；徐阶由右侍郎改左侍郎，韩邦奇由刑部侍郎改吏部右侍郎，也都是这几个月里的事。

“汝节兄，你曾在我浙省任过佥宪吧？”唐龙问。

佥宪即按察司佥事。

“任过两年，是不是那时得罪贵乡梓，虞佐兄今日要秋后算账？”韩邦奇和唐龙都是正德三年进士，说话自然随便。

“哪里的话！汝节兄爱民如子，疾恶如仇，浙人至今还念你好呢，”唐龙说着，转向徐阶，“巧得很，子升先生似也任过同职。”

“是，”徐阶应道，“汝节先生的陈年老账太久，无法去算；我这笔账在十年以内，还可以算一算。”

“子升先生关爱学子，提携后进，有口皆碑，又怎算得清！”唐龙道。

“不想虞佐兄尚未正经办吏部事，已学会写考语。”韩邦奇取笑他，“虞佐兄，你对我二人一人一句赞语，是权作年节的大礼吗？”

“汝节兄道我画饼充饥？”唐龙从怀里取出一纸，说，“错，我有一张实实在在的饼要送与二位。”

“什么饼？我先来品尝。”韩邦奇说着，抢过去接纸。

“且慢！”唐龙把手缩回身后，“我先问汝节兄和子升先生，杭城有两个文人，不知尚记否？”

“哪两个文人？”韩邦奇、徐阶同声问。

“一位姓王名澍字时雨，一位姓张名涞字文东。”唐龙说。

韩邦奇想了想，说：“王时雨有诗名，我记得听人说起过，但未曾谋面；这个张文东，我实在想不起来。”

“理当如此。”唐龙说。

“何谓理当如此？”韩邦奇不解。

“王时雨已过古稀，汝节兄该当知道他；张文东年仅三十，汝节兄在浙时，他或尚未出世，或在襁褓中，又如何识得！”唐龙说。

“原来虞佐兄拿我消遣，好生可恶。”韩邦奇笑着，挥掌欲击。

唐龙拦住：“且莫殴，等子升先生说完，要殴，再一起殴。”

徐阶说：“我在浙时，王时雨不仅有诗名，而且创立诗社。我因他是长辈，曾拜晤过他，他也回访过我。张文东是钱塘县学的生员，我曾校阅过他的文章，听说他也赋得好诗。”

“如何，我是消遣汝节兄吗？”唐龙道。

“二人全不相干，虞佐兄为何却放在一起来问？”韩邦奇不解。

“这就是一个巧字，”唐龙道，“汝节兄是长安人，子升先生是松江人，两位却先后任浙江佥宪，如今又同为吏部佐卿，你道巧不巧？王时雨和张文东，一个可做祖父，一个可做孙儿，却同时赋诗三首，又有人一起抄录寄与我，你道巧不巧？”

“原来虞佐先生的大礼是诗作，这倒是要好生品尝，”徐阶说着，问道，“汝节先生，是你吟诵，还是我吟诵？”

“你的声音洪亮，自然是你来吟诵。”韩邦奇说。

徐阶也不推辞，从唐龙手里接过诗稿。

王澍的诗是三首七律。其一曰：

青镜看余丑且羞，瘦形真类活骷髅。有书数卷儿堪读，无力千钧德可修。
生际太平今七秩，好还造化近新秋。瓦棺依纸山人事，寄语儿郎莫效尤。

其二曰：

南北东西走四阛，独惭无补在人间。三春花鸟湖山丽，二雅风情日月闲。
尘海游鱼今又古，庭槐战蚁去仍还。平生心事明如镜，便对阎君也好颜。

其三曰：

三度饥年一病身，二毛疏落不胜贫。谁闻玉食层霄客，独念茅庐薄命人。
推枕未寻深竹木，酌泉聊与净埃尘。静原事故真蕉鹿，强倚蓬窗独自吟。

张涞写的是三首七绝。其一曰：

寄谢亲朋儿女曹，欢娱怨恨一时消。
从今结束归家去，水自深兮山自高。

其二曰：

有身有累负沉疴，何似飞禽入网罗。
幸得脱然高举外，小儿造化奈吾何。

其三曰：

吾是蓬莱一散仙，尘缘不断枉牵然。
追思三十三年事，云在青山月在天。

二人的诗都有一种清新，一种洒脱，也有一种沉闷，一种郁结。徐阶读完，三人各想一会儿自己的心思。

“闻乐而知其雅，读诗而知其节，王时雨之德可修，张文东之怨宜消，此二人皆可荐用。”韩邦奇先说。

“我看不必。”徐阶说。

“为什么？是因为二人都有遁世的念头？”韩邦奇问。

“这还在其次，汝节先生没听出，这是二子的绝笔诗吗？”徐阶道。

“当真？让我看看。”听人诵诗和自己读诗大不相同，韩邦奇自己一字一句读过，才觉出临终诗的味道。

“虞佐兄，王、张二人果已不在人世？”他问。

“寄诗者只说二人均抱重病，是不是还在，不得而知。”唐龙说，又特别强调，“我所谓巧，就巧在这里。”

“可惜。”韩邦奇说。

第三百五十八章

湖广钟祥城里最显赫的人物，当属承天守备太监廖斌。他是显陵的主管，侍奉的是皇考，别说同城的锺祥知县、承天知府奈何不得他，就连武昌城里的湖广三司、湖广巡抚也管不了他。

可廖斌也有一个冤家对头，此人是巡按湖广御史包节。

包节字元达，松江华亭人，嘉靖十一年进士，曾巡按云南，因病辞官。再起后出按湖广，是个资深御史。别的官员见廖斌三作其揖，包节见廖斌一揖而已。别的官员不敢顶撞廖斌，他有不法事，无不三缄其口，包节却屡屡当面指斥他。廖斌请托之事，别的官员都给他面子，包节不能办的峻拒，能办的也不给他办。

包、廖不在同一城，可已发生几次冲突。

见廖斌坐卧不安，不住地长吁短叹，长随夏忠问："公公已把包某告到御前，还有什么不放心的？"

长随实际是宦官中的一种职位，内臣各衙门皆有定额。但大太监下面，无不有几个，十几个，乃至几十个供他差遣、为他办事的小宦官，都被习惯地称作长随。夏忠是廖斌手下的亲信长随。

"正因告过御状，才不放心。"廖斌道，"你说，万岁爷对我的手本，为什么还不批复？"

"公公的手本才送出几天，万岁爷的批复就会下来？"夏忠好笑。

廖斌掐指算算，奏本送走只有十几天，想着近日就有批复，是太性急。但他还是说："我差的是加急信使。"

"那也不会这么快，公公再等十几天，定有好消息。"夏忠说。

"但愿如你所言。"廖斌道。

他心里发急，主要因为不自信。他告包节一状，谁知皇帝会不会听纳？谁知道皇帝会不会被激怒？谁知道皇帝会不会处分包节？皇帝若不听纳，若不被激怒，若不处分包节，他的日子就不好过；如果皇帝反过来说他生事，说他荒唐，他的日子就更不好过。

讦告包节，半是巧合，半是廖斌的精心设计。正旦节时，湖广各官都要赴承天府，祭谒显陵。按照惯例，应在正旦那一天。但包节行部远府，赶不回来，紧赶慢赶，才在正月初二日午时赶去祭陵。一个是初二日，一个是午时，皆为巧合。

若只有巧合，这状是告不得的；即使告，也不会赢。巡按官和巡抚官一样，虽在会城有正式的衙门，但管的是一省或半省，常常要外出理事。谁能保证年节之际就不会出事，就不需要抚、按官去料理！因理事而不能在正旦节当日祭陵，情有可原。

于是，廖斌精心设计一个情节：在包节赶至陵前时，向睿宗神主进献膳馐，包节行祭拜礼，会搅扰睿宗皇帝在天之灵用膳；然后又匆匆命撤去膳羞，让包节在神主前行礼。

上本时，他编造两个假话：一是称包节故意不在正旦日谒陵，延至初二日才赴显陵。于是，巧合被充分利用。二是称包节为行礼，命撤去膳馐。于是，他的设计被充分利用。两个假话，一个目的，诬告包节对睿宗皇帝大不敬。

“照理，爷不该疑我作假。夏忠，你说呢？”廖斌不放心地问道。

“公公放心，万岁爷对公公的忠心怎会起疑！”夏忠像安抚一个孩童或一个老人似的安抚他。

“照理，爷不该对大不敬的事放纵。夏忠，你说呢？”廖斌问。

“公公放心，万岁爷放过哪个对老皇爷不敬的人？”夏忠道。

“照理，爷该重惩包元达，夏忠，你说呢？”廖斌问。

“公公放心，当今世上，万岁爷第一个要重惩的，就是他；万岁爷有一人要重惩，就是他。”夏忠说。

车轮般问一圈，廖斌才踏实下来。

钟祥县民王宪种着本县富豪周章家几亩田，老婆在周章家里照料他一两岁的儿子。王宪的性子有些急，他老婆张氏有姿色，性憨。

张氏回到家中，眼角挂着泪花。

“出了什么事？”王宪问。

不问还好，一问，张氏眼泪卜嗒卜嗒地落下来。

“你说嘛，我给你作主。”王宪道。

“老爷嫌我身上脏。”张氏啜泣着说。

“怎么一回事？”王宪问。

张氏说：“我今日抱着小少爷，哄他困觉。老爷进来，问我：小少爷淘气不淘气？我说：淘气。他问：怎么个淘气法？我说：他总朝我怀里拱。老爷就笑。又问：少爷乖巧不乖巧？我说：乖巧。他问：怎么个乖巧法？我说：他一哭，我给他奶奶吃，他就不哭。老爷又笑。然后板着脸说：你把奶奶给我儿吃，也不知你那奶奶到底干净不干净，我要好好查一查。说着他掀起我的上衣，用手去摸，摸了这边一个，又摸那边一个。两个都摸完，他说：还好，这处干净，不知别处干净不干净，我也要好好查一查。我说：小少爷又不吃别处，别查吧。他说：那可不行，你每日里要不要小解？小解后要不要抱小少爷，要不要喂小少爷吃食？若是不干净，岂不坏大事？说着他脱去我的下衣，用手去摸，先摸外面，接着摸里面。然后把我放倒在床上。”

“他要作甚？”王宪急得攥起拳头。

“还能作甚，你夜里做的事，他白日就做。”张氏说。

王宪满眼冒火，骂道：“好一个淫棍，好一个恶徒！”转过脸又骂张氏，“好一个荡妇，好一个蠢婆！”

“你骂我有甚用？”张氏与他争辩，“老爷把田收回去，把我撵出来，我们到那里去讨生活？”

王宪哑口无言。老婆被撵出来，他还不太怕；他怕的是田被收回，自己被逼到走投无路的地步。否则，他早该让老婆离开周章家。

张氏的哥哥张大为人豁达，哼着小曲进来。见他们一个在哭泣，一个在赌气，他问：“出了什么事？”

张氏的哭泣声更大，王宪的脸色更难看。

“你们说嘛，我给你们作主。”张大的口气也很大。

“你作得了主？”王宪半吞半吐，把老婆的事讲给大舅哥听。

张大半晌开口不得，一开口，把王宪气个半死。

“好一个淫棍，好一个恶徒！”这两句和王宪骂的一样，然后没转向张氏，而是转向王宪，“好一个懦夫，好一个龟儿！”

“你不骂你的妹子，怎么骂起我来！”王宪气愤地说。

“她嫁你，就是你的人；她遭凌辱，你不能替她作主，我当然骂你！”张大说。

“骂的好！”王宪顺手操起一把锄头。张氏以为他是冲着兄长来的，上前阻拦，被他推开。“舅哥，敢不敢去找姓周的拼命？”

“我不去，”张大坦然地说，“他家里有一个武师，数十家丁，你打不过他。我去，也打不过他。”

“打不过他就不打？就不用替你妹子作主？”王宪愤道。

“打不过他不能算，打不过他也要替我妹子作主。”张大说。

“打不过他，也作得了主？”王宪不信。

“对，打不过他，你可以去告他。”张大说。

王宪知道有打官司一说，可从来没想到自己也能打官司；张大一提醒，才想到。他于是说：“好，我去告他。”马上想到下一步，他问，“舅哥，我哪里告他？去县衙，还是府衙？”

“只告周恶人，去县衙也成，去府衙也成。但只告周恶人，官司一定打不赢，因为有一个更有势力的人为他作主。”张大说。

“舅哥说的是廖公公吗？”王宪忽然涌出的锐气一下子消失，委顿地说，“县太爷似他家奴，府太爷见他矮三分，我看这官司没法子打。”

“县里、府里打不赢，你就不能去武昌告他？”张大道。

“好，去武昌告他。”王宪锐气又生，他问，“舅哥，我去武昌哪个衙门告他？去向按宪大人告他，还是向都堂大人告他？”

“两个衙门你都不要去，你只去巡按衙门。”张大说，“我看，武昌城里，只有包大人治得了廖公公。”

“秉文先生，你唤我？”包节进巡抚衙门问道。

“来，元达请坐。”车纯让道，“我拟个举荐布、按二司官的名帖，请元达来议一议。”

帖上列有二十余人的姓名。包节说：“举荐的是不是太多？”

“大家都很辛苦，忽略哪一个都不好。朝廷既命举荐，不如多举荐几个。况且，复审选用，还有吏部。”车纯讲过他的苦衷，又说，“元达觉得哪一人实在不宜举荐，亦可划去。”

“我不是觉得哪一人不宜举荐，而是被一事伤透心，”包节说，“钟祥奸民周章，强抢土地，欺男霸女，夺人财物，殴人致死，种种劣迹，不一而足。我与二司官商议捉拿周章，只因有承天守备太监奥援，竟无一人敢出头！这样的官员不举荐也罢。”

“此事我亦知，亦要与元达商议；元达先言及，甚好。”车纯道。

“秉文先生是什么主张？”包节问。

“牵连廖太监，元达还要慎重。”车纯说。

“所谓慎重，是不是要我收手？”包节问得痛快。

“是。”车纯答得也痛快。

“秉文先生是不是受廖某托嘱，才来劝我？”包节问得更痛快。

“他若托嘱，才合我意。”车纯这次答得不那么痛快。

“怎讲？”包节问。

“他若托嘱，我便堂而皇之地拒之，用不着说这番话。”车纯道，“我劝元达，不是为他，而是为元达。”

“秉文先生担心我告不倒他？”包节问。

“告不倒他，还在其次；元达此时告他，大不适宜。”车纯说，“元达请想一想，他前些时才上疏参你，你此时又上疏参他，在皇上看来，不明显是报复吗？元达不妨等皇上处置了他的奏本，再论此事。”

“等不得！”包节断然言道，“皇上若听信他一面之词，不管我告不告他，都要处分我，我哪里还来得及惩治恶人周章！再者，他告我，我就不敢告他，岂不助长他的气焰？日后我还如何与他理论？秉文先生要举荐二司官，但请举荐，我誓与廖某周旋到底。”

包节一面奏告廖斌党庇奸民，一面着指挥黄恩、邵勋拿下周章，交指挥同知范昕验问。范昕用刑过重，周章毙命。

廖斌的奏疏先到，包节的奏疏后到；祭陵大不敬为重，党庇奸民为轻。皇帝命逮拿包节，下法司拷问。刑部议曰：包节不如期谒陵，及谒，又亵渎。又受豪民讼，凌辱守臣；重刑周章，毙于杖下。复停放阳春街，秽触殿庭，大不敬。宜坐谪戍。皇帝批复：包节恣辟作威，欺慢不敬，酷刑打死人命，姑宽之，永谪边卫，逃则杀之。

“逃则杀之”，是皇帝的泄愤之语。

第三百五十九章

四川白草番民叛乱，朝廷罢免巡抚王大用，命河南左布政使张时彻代之。事件平息后，张时彻疏论善后，没想到一写竟有十事之多。

第一件事是：移镇参将、游击，以资守战。

第二件事是：量增兵权，以壮主兵。

第三件事是：分属参将，以便策应。

第四件事是：选立通事，以熟悉夷情。

第五件事是：抚处漏殄，以固藩篱。

第六件事是：创建关堡，以资保障。

第七件事是：更立班军，以便调度。

第八件事是：归并关堡，以省虚费。

第九件事是：选募乡勇，以责实效。

第十件事是：约束土官，以备缓急。

张时彻飞笔疾写一夜，写罢，打起精神，从头至尾阅读一遍，觉得不错。他用冷水擦把脸，困意顿消，于是叫道："童儿备马，去游都江堰。"

"老爷不躺一躺？"书童陪他熬一夜，早支持不住。

"不躺。"张时彻道。

"老爷不问我想不想躺一躺？"书童道。

"不问。"张时彻说。

"还是做老爷的好，"书童颇有些抱怨，"想躺时躺，不想躺时不躺；想问时问，不想问时不问。"

"怎么，你小小年纪，也想做老爷吗？"张时彻拿他打趣。

"做老爷好，谁不想做！"书童道。

"老爷有什么好，你却想做老爷？"张时彻悲悯地说，"我与你讲个小故事，要不要听？”

书童喜欢听老爷讲故事，但叮嘱：“不许讲旧日的故事。”

“好，”张时彻应诺，讲起来，“有个渔人——”

“老爷讲过渔人的故事。”书童打断他。

“前者讲的是甬江边渔人，今者讲的是内江边渔人，虽同为渔人，故事可不一样。”张时彻道，他接着讲，“渔人业渔，荡叶舟于江心，打得鱼来，如易得十钱，则以五钱买米，以五钱沽酒，吃饱，饮醉，酣然而睡，好不快活。年岁稍长，驾舟打鱼，易得十钱，改以三钱买米，以三钱沽酒，留下四钱。他也吃得饱，饮得醉，但睡觉时却多些心思。你知他的心思是什么吗？”

“不会这么快就想做老爷吧？”书童道，并说，“必是想娶老婆。”

“好一个童儿，料事如神！”张时彻夸他，“渔人想老婆想得渐渐迫切，钱也存得稍稍多，经人说合，娶个丐妇。渔人在江里打鱼，丐妇在家里料理，一双手变成两双手，一张嘴也变成两张嘴。这时渔人再易得十钱，须以六钱买米，四钱沽酒，二人吃饱，一人饮醉，相拥相抱，酣然入睡。一年后，丐妇生育一子，两张嘴变成三张嘴。初时儿子吃丐妇的奶，但丐妇必须吃得好些，才能有奶。渔人换来十钱，要以八钱买米，以二钱沽酒。后来儿子长大，也要吃饭，十钱都买拿去米，三人才不饿肚子。于是，渔人再也不能沽酒。”

在书童听来，老爷是用渔人比喻他。他说：“娶什么人不成，老爷非要他娶个丐妇！我宁愿一生不娶，也不会娶丐妇。”

“是，是，一个渔人，怎能和你比！”张时彻故事还没讲完。“有一樵者，是峨眉山的樵者，不是我鄞山的樵者。樵人业樵，每日晨起入山，负薪而出，易米以食，行歌道上，嘻嘻然而乐。”

“他若是也有心思，也娶丐妇，也生儿子，我劝老爷不必再讲下去。”书童警告。

“你不高兴，他怎敢有心思，怎敢娶丐妇，怎敢生儿子！”张时彻说道，“他的运气比渔人好，不用操劳，却在道上拾得一块金子，于是，他也安置家室。樵人仍入山打柴，家用一日比一日多，而金子再无处可拾。樵人这时才有心思，入山出山，再也听不到他的歌声。”

“老爷的故事这样讲，才好听。”书童说。

“承赞，承赞，”张时彻打着哈哈，“渔人与樵人会于市，彼此诉苦。樵者道：兄能使我复歌，我送你一捆柴。渔人道：兄能使我酣然入睡，我送你一网鱼。但皆在烦恼中，谁也帮不上谁。于是，二人相约，一起向城里的富室问计。富室道：你不是樵者吗，难道不知砍柴的道理？丛茂也，而斧入之。你不是渔人吗，难道不知打鱼的道理？泽广也，而网集之。你等都诉说自己的烦恼，可谁的烦恼能胜于我！人皆樵，我乃茂丛；人皆渔，我乃广泽。我的心，无日不战水火。我能对你们说什么！渔人和樵者听他这番话，有所悟，不再烦恼。”

“原来老爷不是把我比作渔、樵，是把自家比作富室。”书童总结。

“故事讲完，你是躺一躺，还是去游都江堰？”张时彻问。

“老爷的烦恼既比我多，我不如成全老爷一次。”书童道。

第三百六十章

徽商罗龙文在宁波做成一笔生意，依此前许下的愿，去城外阿育王寺进香吃斋，更要紧的是去赴约。这是个不可让第二人知道的约会，所以，他撇下童仆伙计，只身前往。

阿育王寺是浙东大丛林之一，历史久远，名声不在杭州灵隐寺以下。

罗龙文在方丈禅室见到那人，一把拉住，道："五峰，你好大的胆子，还敢在此间出没！"

那人姓汪名直，号五峰，原也是徽州商人，以贩海为主。官府对下海贸易，旋禁旋开，或明禁暗开，汪直一类人的贸易，也就时而公开进行，时而暗中进行。贸易扩大，势力也增大，汪直与同伙盘踞海外岛屿，不再以大陆为基地。官府知道汪直其人，虽未张榜缉拿，但许多沿海的衙门已然把他列为头号大敌。汪直警觉，干脆把汪姓改为王姓。

王直握着罗龙文的手，呵呵笑道："官府难道会来阿育王寺抓人？就算来阿育王寺，难道会来方丈禅室抓人？"

"五峰选的好地方，竟把老方丈也拖下水。"说罢，罗龙文亲热地问候，"五峰近来可好？海峰、碧川、谢老等都好？"

海峰是宁波人王激的别号，碧川是漳州人叶宗满的别号，谢老是谢和的尊称，他也是漳州人。这几个人以前都和罗龙文有过生意上的来往，现在都与王直聚于海岛。

"我等都好，海峰等也要我问候你。"王直说。

老和尚始终不露面，小和尚送上茶水及几碟瓜果，随即离去，留下罗龙文、王直二人，尽情话别叙旧。

"五峰居于海外何处，可否见告？"罗龙文问。

"我与龙文婿舅至亲，有什么不能见告的！不过，岛屿辽远，说出来，龙文未必知道，"王直虽然这么说，但还是告诉他。"我等所居岛屿，土人称作五岛。"

罗龙文夫人是王直的妹妹，有这层关系，才有今日的约会。而王直说的岛屿，罗龙文的确不知道，他不再细问。

“在五岛过得不如意，我帮五峰在官府沟通，买条生路。”他说。

“好，有龙文这话，我复何惧！”王直又问起罗龙文的境况，“龙文近年常在两京走动，是否找到靠山？”

“实不相瞒，两京官宦人家，我结识不少；但日后靠得住的，却只有一家。”罗龙文告以实情。

“哪一家？”王直问。

罗龙文在他手心划个严字。

王直好像很不以为然，说：“严家不如夏家。”

“五峰说这话，是有所不知，”罗龙问道，“以今日权势而言，夏家自然在严家之上。但一则，据我观察，夏家的富贵不会长久，严家的富贵可以长久；二则，夏的心思多在西北，严的心思多在东南；三则，严家公子，我可以亲近，夏家无子，难以打入。我今日以严家为靠山，日后五峰要买生路，也要靠严家。”

“龙文与严家公子是什么交情？”王直问。

“至交，”罗龙文道。“五峰大约还不知，皇上对老严言无不听，老严对小严言无不听，小严对我虽说不上言无不听，亦甚看重。”

“也就是说，小严肯给我生路，则我有生路？”王直推广其意。

“差不多吧，”罗龙文点点头，开句玩笑，“不过，堂堂相府公子，胃口自然大，五峰要多积攒些银两才好。”

“譬如若干？”王直问。

“譬如十万金。”罗龙文随口说个数字。

“十万买条生路，不贵，”王直的态度却很认真，“与其临期进香，不如先期敬佛。龙文，你代我敬小严十万金，如何？”

“你是要我预支吗？”罗龙文看着两手空空的王直，问道。

十万金在他可不是一笔小数目。他的感觉，像是自己编织一张大网，自己钻进去。

“不，自然是我先付与龙文，”王直说，“龙文在宁波城里多住一二日，我着人送十万金去。”

罗龙文这才相信，王直要以十万金赂结严世蕃，不是说笑；这才相信，大家说王直贸易海上，劫夺近岸，大发其财，不是假话。

“五峰如此重托，我一定尽力办好。”他郑重地承诺。

“一言为定！”二人击过掌，王直又嘱咐，“龙文回乡时，我堂上老母，还请照看一二。”

“放心，五峰之母，即是我母。”罗龙文一口应承。

三、议复河套

第三百六十一章

嘉靖二十五年三月，以陕西三边总督张珩总督仓场，兼理西苑农事。吏部议，起用前两广总督张经接任陕西三边总督。

张经即蔡经，因过继与蔡家，冒用其姓氏，后地位提高，恢复原姓。

吏部的推举遭到科、道猛烈抨击。户科给事中刘起宗奏道：张经前在两广，克扣军粮不下数万，民夷胥谗，痛入骨髓；交结之使，往来京邸，络绎不绝。唯知干进，罔恤官箴，乞罢经新命，别选忠良有才望者任之。

吏部仍坚持推用张经。

夏言请唐龙过去议论此事，严嵩夹在中间为难，欲借故离开。

"唯中先生休走，虞佐先生既来，正好在一起议议；难道要我与虞佐先生议过，再与你议吗？"夏言不客气地说。

"公谨先生但与虞佐先生议定便是。公谨先生之所见，即内阁所见，即我所见，何必再议！"严嵩走不掉，讪讪言道。

"虞佐先生听到没？"夏言对唐龙说，"我所见，即唯中先生所见，你还坚持原议吗？"

"我还不知公谨先生所见。"唐龙的态度不卑不亢。

"刘宗之的奏本已下吏部，我之所见，并不要紧。"夏言说。

刘起宗字宗之，四川巴县人，嘉靖十七年进士。

"吏部的辩疏已呈达圣前，我之所见，还要对公谨先生复述吗？"看得出，唐龙不因夏言与议其事，就肯放弃自己的主张。

"张廷彝既经弹劾，吏部何必固执旧议？虞佐先生也曾总督陕西三边军务，难道不知其责任重大，以但知肥己、不知爱民者出任，必定偾事？"夏言还想说服他。

唐龙却有他的见解："言科论事，皆一时风闻。公谨先生难道没吃过苦头？因其一言而翻改前议，内阁的老先生们战战兢兢，何以定军国大计！各衙门战战兢兢，何以处置一应公事！"

"虽言官许风闻言事，虞佐先生敢担保刘宗之所言为虚？"夏言质问。

"我不敢担保刘宗之所言为虚，但知张廷彝之才堪用。"唐龙说。

夏言哂道："天下之大，人才之众，吏部却只知一张廷彝！"

"宜用何人，请公谨先生明示。"唐龙道。

"晋抚曾子重，不堪任吗？"夏言举出一人。

曾铣二十三年由山东巡抚改调山西巡抚，夏言举他，使得唐龙和严嵩都有些惊诧。一来，他是嘉靖八年进士，以西北大局寄之，资历似乎不够；二来，他和夏言是姻亲，夏言就不怕被人议论？

"公谨先生以为曾子重堪任，何不于皇上面前荐之？吏部仍以用张廷彝为宜。"唐龙不管夏言的话是不是已说完，起身辞去。

严嵩既不帮着夏言说服唐龙，也不帮着唐龙对抗夏言。

刘起宗上疏之初，皇帝的态度还不明朗，只说：张经简自廷推，朕亲擢用，新命甫下，何遽有此疏？廷臣其核实以闻。所以，唐龙既不肯屈服于言路的压力，也不肯趋附于夏言的威严。

这日忽传旨：张经既经论劾，不必用，更推堪用者。

吏部与兵部会商，推用曾铣。皇帝命内阁拟旨。

夏言拟好旨，并不让严嵩过目。

"虞佐先生推用曾子重，非我指示，唯中先生可作个人证。"他说。

"是，虞佐先生与公谨先生争执不下，我可作证。"严嵩应道。

"我说嘛，天官虽然懵懂，孰是边才，却不会不识。"夏言有些自鸣得意，"曾子重之前，两任巡抚失事被免。他在山西两年，第一年，大虏屡犯山西；第二年，大虏不犯山西。由此足见善于用兵。"

"公谨先生说的是，"严嵩应道，"皇上曾赞他防御有功。是曾子重边才，不唯虞佐先生识之，皇上亦识之。"

年初，皇帝降旨：曾铣防御有功，劳勋殊异，升兵部右侍郎，巡抚如故。其实，曾铣的才干首先是得到夏言赏识，否则，皇帝未必会褒奖。但严嵩顺着夏言的心意，对此故意不提。

夏言很满意他的说法，自己也多说几句：“陕西三边，辖地辽阔，虏情不测。前面的几名总督虽无大过，亦无大功。我想，曾子重履新前，该来一回京师，与阁臣议定方略。”

恐怕他不止是想，而且已经写在敕旨里。这不太合乎惯例。督、抚改任，如果不是顺道，或者有特别的原因，是不会被召赴京师的，免得延宕行期，失职误事。

严嵩不会顶撞。他说：“公谨先生以为当召曾子重，就召他吧。”

“不错，此事须我主张，不必由唯中先生分担责任。这个责任我还担得起。”夏言与其说体谅严嵩，不如说蔑视严嵩。

第三百六十二章

曾铣到京师，皇帝在西苑无逸殿召见。去西苑前，夏言悄悄对他说："我在家里为你备下酒席，以壮行色。皇帝召见后，子重可径去。"

曾铣字子重，南直隶江都人，嘉靖八年进士。

皇帝召见，不过是个形式，曾铣叩拜，皇帝说几句勉励的话，曾铣再叩首，请辞。出西苑，曾铣惦记夏言之约，策马急去。远远看见，苏纲立于大门外等候。

他跳下马来，揖道："有劳岳丈，实不敢当。"

"我不是特为候你，是有话要对你说。"苏纲道。

"岳丈请讲。"曾铣肃立静听。

"子重可知，陕西三边总督一职，为多人瞩目？"苏纲问。

"曾听人说过。"曾铣道。

"子重可知，今次督师陕西三边，乃公谨所荐？"苏纲问。

"曾听人说过。"曾铣道。

"子重可知，此次赴京面圣，乃公谨所请？"苏纲问。

"曾听人说过。"曾铣道。

"你不要总说曾听人说过，让我越听越不舒服。"苏纲责备。

"是，"曾铣果然改口，"请问岳丈大人有什么话对小婿讲。"

"我还是要先问你，"苏纲说，"子重督师陕西三边，可定方略？"

"不是要我赴京与辅弼大臣议定方略吗？"曾铣道，"我此次赴京，是专为听公谨先生和唯中先生训示的。"

"你的荣辱与公谨联系一起，与严阁老何干！"苏纲不满地说，"子重，我是问，你自己对督师方略想过没有。"

"想过。自受命之日起，不断在想。"曾铣说。

"很好。公谨极力荐你，你要用心办事。"苏纲在提一些无关紧要的问题后，忽然提出个分量很重的问题，"子重可知，公谨是怎定西北的方略的？"

“小婿不知，”曾铣回答，紧接着问，“岳丈可知？”

“我亦不知。”苏纲说。

“是，我想，公谨先生的方略也不会轻易对人说。”曾铣略感失望。

“我虽不知公谨的方略，但有两个字可告诉子重。”苏纲说。

“是哪两个字？”曾铣问。

“子重别的都可以忘却，切莫忘却‘进取’二字。”苏纲说。

“是，我牢记这两个字。”曾铣不但牢记，且用心思索二字的涵义。

夏府的管家匆匆走出，见苏纲、曾铣二人站立门外，虽不作声，但显然是才说过话。他咳嗽一声，走过去。

“老爷差我出来看看，二姑爷怎么还不到，难道皇上赐宴不成？”管家取笑地说，“原来老泰山想二姑爷想的狠，拦在门外说话。老太爷，二姑爷，请吧，别让我家老爷着急。”

“你被你家老爷差遣，才知他着急了；我未被他差遣，先知他着急。所以我迎出来早一步，你迎出来迟一步。你却说我把子重拦在门外，好没道理！”苏纲说着，拉起曾铣往里走，“子重，我们快去，别让他抢先，在公谨面前搬弄是非。”

酒宴已准备好，桌上摆着两壶酒，三套碗筷，几碟下酒的小菜，都极尽精美。大菜肯定要等客人到后，才端上来。

“让公谨先生费心准备，不敢当。”曾铣深作一揖。

“子重说这话，见外得很呀。若说费心，还真让我费心。不过，我费心不是为子重，”夏言说着，指指苏纲，“而是为岳丈。谁让人家是长辈，我又有事求他，想不费心也不能。”

“公谨有事求我？”苏纲原以为自己只是陪着喝几盅酒，没想到在两位爱婿的酒宴上还成个人物。

“岳丈休怪，我要先对子重说个明白。”夏言道，“子重，二十多年前，我在兵科时，即视河套之虏为心头大患，二十年来，虏祸果然愈演愈烈。那时，边方有杨应宁、王德华等良帅，朝中却无人肯担干系。后来我入内阁，边方则无得力之人可以托付。现在好了，我居中枢，子重在边方，边事必大有可为。”

“敢问公谨先生，‘大有可为’何谓也？”曾铣问。

“我想，河套之事该有个彻底了结。究竟如何了结，待子重至固原后，视情形而定。”夏言说着，转入主题，“边事期成，须得内外沟通。沿途虽有驿递，陕、延、甘、宁四镇虽有军报，但还是不让人放心。我拟请岳丈来往于你我之间，通递极重大的消息。我见他，如见子重；子重见他，如见我。这是我今日要告诉子重的事。”然后才问苏纲，“这件差事，岳丈肯不肯应承下来？”

“我不能为国家出大力，不能为公谨、子重分大忧，些许小事，还不能做吗？”苏纲说着，首先入席，“公谨方才说此席为我而费心，我还暗地里叫声惭愧，现在则可傲然而坐。”

夏言、曾铣笑着，随他入席。

“岂止傲然而坐，且可傲然而受我和子重敬酒。”夏言边斟酒边说。

管家指挥厨役等把一盘盘大菜端上来。

酒过三巡，夏言问：“我朝守边者出过不少名臣，子重最敬重谁？”

“余肃敏公。”曾铣道。

余子俊是成、弘年间重臣，先后巡抚延绥、陕西，后任兵部尚书。

“为何？”夏言问。

“修筑边墙，虽由王襄敏公倡言，却由肃敏公首先付诸实施；战车之用，后世多言之，而由肃敏公倡其议。”曾铣举两个事例，“边墙代代修筑，已具规模；论西北战守，战车应为首选之器。”

王襄敏即王越，和余子俊同是景泰二年进士，曾三出塞外，入套驱虏，因军功，也因大太监汪直对他的支持，封威宁伯。

“我曾读过应宁先生请用战车的奏疏，惜乎缺少经费，未能大量制造。子重既称首选战车，可有筹措经费之道？”夏言问。

“只要定下方略，筹措经费并不难，”曾铣说，“边镇虽无银两，却有可以换取银两的东西。”

“子重指的是什么？”夏言大感兴趣。

“马匹。”曾铣说。

“子重的意思是卖马？”夏言惊呼。

“不错，”曾铣道，“也不是全数卖掉，边兵每名配有一骑，十成中卖掉三成，其价足以制作车辆。”

“卖马制车，的确别出心裁。请问子重，理由何在？”夏言问。

“公谨先生不是说经费无从筹措吗？此乃其一。”曾铣接着前面的话说，“其二，骑战非我所长。骑者，图其便捷。我用骑便捷，虏用骑亦便捷，且虏众放牧为生计，熟悉马性，便捷又在我之上。以骑对骑，虏众之来，势若风雨，我必不支。其三，车战实我所长。战车之用，始于中原。为我所有，为虏所无；我能制造，虏不能制造。战车环列如城，车外复设鹿角，足以捍虏骑冲突，而无奔溃之虑。肃敏公所称运有脚之城，策不饲之马，此之谓也。若配以火器，更可战无不胜。”

“子重所论，颇有道理。”夏言道。

“虽有道理，却不敢任意为之。”曾铣说。

“子重放心去做，朝廷之上，我自担待。”夏言说。

趁他们说话间的空隙，苏纲插言道：“菜要冷，你们还饮不饮酒？公谨，你是主人，怎么也不知劝酒？”

“对，对，今日是在家里，不是在朝廷；是饮酒，不是议事。子重，来，我们多饮几盅。”夏言劝道。

第三百六十三章

山西行都指挥使司领十四卫，其中大同左卫和镇朔卫的变迁颇为有趣。大同左卫原在大同城，镇朔卫则在大同西南一百多里外的镇朔城。后来镇朔卫迁徙至蓟州，其城空虚。再后来，迁大同左卫至镇朔城。

五月的一天，俺答部一行人驱牛牵马，来到镇朔城。

大同左卫指挥闻报大惊，问：来者共有几人？卫卒报：只有三人。指挥问：所携何物？卫卒报：白骆驼九头，白牛九头，白马九匹，金锅一个，银锅一个。指挥问：来者何事？卫卒报：请贡。

指挥放心，率卫卒十余人，亲自出外点验。点验完毕，他问：来者何人？三人中为首的一人说：我叫保儿寨，奉大汗之命，前来请贡。指挥问：是奉俺答之命，还是奉阿不孩之命？保儿寨说：我是阿不孩属下，却是奉俺答汗之命出使。指挥脸色一变，喝道：将来人诛之！卫卒一齐动手，保儿寨等三人来不及抵抗，被杀死。指挥说：这三人是俺答奸细，我等奋力除奸，皆可受奖。众卫卒欢呼。

大同属山西，按察其地的，却不是山西巡按，而是直隶巡按。

巡按直隶御史李天宠勘查过大同军卫所报首功，转去宣府途中，在阳和城谒见宣、大总督翁万达。翁万达叮嘱过他，大同勘验之后，一定要来阳城一叙。总督的身份和巡抚不同。巡按御史可以和巡抚抗衡，却不可以和总督抗衡；可以不理会巡抚，却不可以不理会总督。

“子承，大同勘验的如何？”翁万达问道。

李天宠字子承，河南孟津人，嘉靖十七年进士。

“果是虏众首级。”李天宠说。

“我知是虏众首级，非汉人首级。”这显然不是翁万达要的答案，他问，“子承知不知道，不过三首级，我为什么一定要你辛苦一趟？”

“莫非这三个人并非死于战？”李天宠道。

“这三人是不是死于战，还不要紧；要紧的是，这三人该不该杀。”翁万达说。

“莫非都堂以为，这三个人不该杀？”李天宠问。

翁万达反问：“子承可问实，镇朔城守军为何杀这三人？”

“他等道，这三人为俺答奸细，以经商为名，蒙混入关。被识破后，负隅顽抗，故被杀。”李天宠重复着大同左卫官兵的说法。

“无稽之谈！”翁万达嗤道，“缴获各物，子承可勘验过？”

“勘验过，有骆驼、牛、马等。”李天宠说。

“骆驼可是白色？”翁万达问。

“是。”李天宠应道。

“牛可是白色？”翁万达问。

“是。”李天宠道。

“马可是白色？”翁万达问。

“是。”李天宠应道。

“白驼、白马尚易觅得，白牛也易觅得吗？以经商为借口，何须花费气力，一定要携白驼、白牛、白马而来？若为奸细，该当隐蔽，备白驼、白牛、白马，岂不是招摇过市？”翁万达提出一连串疑问。

“仁夫先生是说，三人并非奸细？”李天宠问。

“三人是不是奸细，还不要紧；要紧的是，三人必为俺答贡使。而守镇朔者贪图首功，将他等杀害。”翁万达说。

李天宠觉得，翁万达的分析虽无确实证据，但也不是凭空而想。他问：“以仁夫先生之见，当如何处置？”

“滥杀贡使者，当正法。”翁万达的态度很明确。

李天宠却有顾虑：“石天爵亦为俺答贡使，史克弘先生杀他，朝廷仍降旨褒奖有功，晋秩升职。”

翁万达说：“二者有所不同。石天爵为汉人，叛入虏部，为害甚巨，与一般虏使不同。他既自投罗网，不可不杀。另者，与他同使者一起被杀，则是失策，开滥杀求功之先河。克弘先生杀于彼时，可谓功过相当，镇朔城杀于今日，是罪非功。故须重惩，以为将来者之戒；并使虏人悉知，杀使非朝廷之意。王者待夷狄，来则勿拒。俺答恳求通款，即使不许，亦当善其词说，不可诱而杀之。”

李天宠心里有话，若讲，怕得罪翁万达；不讲，怕引起误会。支吾一阵，他说：“仁夫先生，我有一言，不知当不当讲？”

“子承见解不同，但讲不妨。”翁万达说。

“不是我有不同见解，乃是仁夫先生的见解，不合朝廷舆情，我实无法定取舍。”李天宠说。

自夏言再入阁以来，朝廷对北虏的态度一天比一天强硬，这是有目共睹的。翁万达知道李天宠的难处，并不难为他。

“子承若赞同我言，可以滥杀上奏；不赞同我言，但以所勘实情上奏。如何定大同左卫是非，我自上疏言之。”他说。

皇帝将翁万达奏疏下兵部议复。兵部同意翁万达的判断，但以为大同左卫军士杀俺答贡使，情有可原，宣、大各镇宜严兵待之。

第三百六十四章

罗龙文去尚宝司衙门，门役告诉他，严大人不在；再去位于西长安街上的严府，严世蕃也不在。于是，他找到半截胡同。

一见严字、严画二人在门外斗蟋蟀，他就知道，这次找对。他上前拍拍二童的肩膀，又向看守门户的家人扬扬手。两个童儿和家人以为他是公子爷约了来的，谁也没在意。

严世蕃占据一层院落，正屋的门敞开着，里面没响动。罗龙文迈腿进屋，头才探进去，又忙缩回，在外咳嗽一声。

原来严世蕃只着一条短裤，闭起眼睛，躺在一张竹榻上。两个小妾，也都是一身短打扮，一左一右，在他身上拿捏着。他也不时捏捏这个，亲亲那个。天气炎热，他的兴致不高，所以没弄出响动。

闻其声而知其人，严世蕃向外推着两个小妾，说："快去，快去，来的是天下称雄的骗子。你二人若被他骗走，岂不痛杀我也！"

罗龙文这才进屋，笑着说："两位如夫人得日月之精华，愈发标致。除东楼先生，谅别人也消受不起。"

两个小妾并非丽人，但肥腴得恰到好处。严世蕃自己较胖，所以喜欢较为肥腴的女子。听罗龙文的赞誉，她二人握住两手，微微一福，嘻嘻哈哈地向外走去。

严世蕃并不更衣，仍躺在竹榻上，大大咧咧地说："龙文，坐。你去风流世界转一周，就看不起荆钗布裙，对我竭尽嘲讽之能事。"

"不敢，"罗龙文说着，在竹榻旁找张凳子坐下，"朝廷百官无不在衙门里受煎熬，独东搂先生逍遥自在，得以亲近冰躯玉体。我艳羡还来不及，怎敢嘲讽！"

"冰躯玉体？好，龙文又造出一绝世妙语，晚些我请你吃酒。"严世蕃赞罢，问道，"龙文东南之行，有何大喜之事？"

"何谓大喜？"罗龙文反问一句。

"譬如发财之类。"严世蕃解道。

“如此说来，东楼先生大喜。”罗龙文说。

“你发财，怎么是我大喜？”严世蕃奇怪地问。

罗龙文道：“我发的财没有东楼先生发的财大，这且不去说它。我发每一分财，都要在外面奔走劳累；东楼先生不必出京师一步，甚至不必出听雨楼一步，就有财发。岂不是东楼先生大喜？”

严世蕃听着不舒服，板起面孔：“龙文，你的话我越发听不懂。”

罗龙文知道他误会，以为自己在揭穿他动不动向各官索要钱银的行径。在这件事上，二人向来心照不宣。罗龙文在官场上的熟人多，严府的不少进账，就是由他引荐的。但严世蕃更愿意维持心照不宣的局面。

既误会，就要赶快挑明。罗龙文说：“实不相瞒，有人托我带一笔钱财孝敬东楼先生，我今日专为此事而来。”

说着，他以两手食指交叉，比画一下。

做这个动作，肯定不会是十金，而多半是十万。严世蕃暗暗吃惊：自严嵩任国子监祭酒，他就帮着收取贿银，还从来不曾一次拿这么一大笔。

“偌大手笔，何许人也？”他问。

“东楼先生，可不可以先不说？”罗龙文反问。

思虑再三，他觉得先不说出王直其人，是最明智的做法。

“龙文不便说其人，可以不说；其人托付何事，总要说的吧？”严世蕃道。他料到事情蹊跷，说，“数目虽然诱人，我也要看收得收不得。”

“以该银进献，只为取悦东楼先生，作日后相见之阶，那人并未托付任何事项，”罗龙文一面替对方开脱，一面向严世蕃试探，“东楼先生若以为收不得，我这就退还那人。”

“有送礼的，哪有退礼的！”严世蕃自然不肯放过这大笔钱财，“别说那人没托付任何事项，就是有所托付，极而言之，也不过犯下死罪，要我解救。以十万金买一命，彼此都值得。”

“这样的话，也只有东楼先生敢说！”罗龙文奉承一句，忙把话题岔开，“我今日来，还有一事，要向东楼先生请罪。”

严世蕃也以两手食指交叉，问：“与此事有关吗？”

“与此事有关，却与那人无关，”罗龙文说，“那人托我进献十万白银，我却只带回八万。”

严世蕃心里不悦，嘴上却说：“龙文取两成脚费，很够朋友。”

“取东楼先生脚费？东楼先生把我看成什么人！”罗龙文委屈地说，“我见到一物，甚是喜欢，遂自作主张，代东楼先生买下来。”

严世蕃也觉出，如此猜疑不够交情。他喃喃问道：“何物？”

罗龙文是怀抱一个薄木箱子进来的，因两个小妾在屋里，他退出时，把木箱放置门外。现在说起代严世蕃购买之物，他出门抱进木箱，说：“就是它，请东楼先生自家观赏。”

木箱不大，看上去相当普通。严世蕃想不出，里面装着什么东西，会值两万两银子。他掀起木箱盖，只见里面的东西被一块彩布包着；打开彩布，只见里面包着一张厚纸。虽还看不清纸里包着何物，但已可以感觉到，它是一尊塑像。严世蕃怀着好奇而急切的心情，三两下将纸撕开，里面的物品暴露出来，他顿觉眼前光彩熠熠。

展现在他眼前的，是一尊半跪半卧的裸女塑像。裸女的面部显露出淑女的表情，眼神中充满无邪和某种渴望；双手撑地，成为塑像的两个支点；另个支点则是联成一体的双脚的脚根和臀部，它构成一个中空的实体。最奇妙处，是裸女的阴部张开，立刻使人联想到她在渴望什么。

严世蕃轻轻在她两乳间抚摸一下，没摸出是用什么材料制作的；又轻轻叩响她的额头，那声音极为厚重悦耳。

“龙文，它是用玉石雕出的吗？”他惊喜地问。

“不错，是和阗之玉。”罗龙文说。

“怪不得龙文造得出冰躯玉体这样的妙语，原来果有玉体在手。”严世蕃说。“你看此像，惟妙惟肖，堪称极品。龙文，我将它摆放在堂上，不会显得太唐突吧？”

罗龙文哑然失笑，说：“东楼先生再仔细看看它是何物！该当摆放在内室的器具，怎能摆放在堂上！”

严世蕃举起玉塑前后看看，自己也禁不住笑出声，口称：“哎呀，真是亵渎美人。造此器物者，我罚他三生不得亲近女子。”

原来它是精心设计的溺器，以张开的阴部承溲。

“用此器物者，我罚他日日不离美人。”罗龙文说着，笑着讲述购买此物的经过，“我在宁波见到一位下海贸易的旧识，现在年纪已大，耐不住风浪颠簸，家业也败落。他对我说：尚有一奇货，只有君识得，也只有君买得。我随他到家中，见到此物。我见而爱之，问他价钱几何。他开口要三万金，我还他一万，他让到两万五千，我升到一万五千，最后以两万成交。我本想自个儿买下，献与东楼先生。又一想，若我自己买下，恐怕就舍不得割让。恰好有东楼先生的十万金在手上，我狠一狠心，从中拿出两万，买下它。”

“龙文买得好，海外有此奇货，怪不得许多人不顾死活下海贸易。”严世蕃说着，叮嘱道，“龙文，这件事千万不要对别人讲，若是人人起而仿制，本公子就无法享受独家风雅。”

罗龙文做个杂剧里的动作，双膝半跪，称：“小子得令！”

第三百六十五章

吏科都给事中杨上林把本科给事中徐良傅拉进屋里，不等关好门户，他急不可耐地说：“子弼，大祸将临！”

徐良傅字子弼，江西东乡人，嘉靖十七年进士。

杨上林紧张，他也跟着紧张，问道：“子渐先生，是何大祸？”

“广东道有人弹劾文选郎，子弼不知吗？”杨上林反问。

文选郎即高简。说来也怪，熊浃掌吏部时，欲改礼部郎中高简任文选郎，尚书费寀死活不肯给；等熊浃去官，唐龙接任，仍要高简，他却痛痛快快地答应。倒好像这两个江西籍的尚书有旧怨似的。

高简改官吏部才几个月，就被广东道御史陈九德论劾，又好像费寀知道高简不能胜任，有意不使熊浃受牵连似的。

陈九德上疏的事，杨上林闻讯，徐良傅却尚未得知；他也没想到，文选郎被劾会与自己有关系。

“不知。都写些什么？”他问得很轻松。

“无非是说某副都御史被勘，未久而抚治地方；某副使尚未到任，即升任参政。概括成八个字，却很厉害，叫作‘白昼闭户，昏夜纳赂’。”杨上林故意轻描淡写地说。

“文选纳赂选官，可说不会有再大的罪过；科长‘无非’二字，听起来不大顺耳。”徐良傅责备道。

“子弼也知道罪过大？还有更荒唐的事呢，”杨上林说着，问道，“行人李升职的事，子弼可知？”

“他不是升工部营缮司主事吗，怎的荒唐？”徐良傅反问。

行人李叫李时济，因行人司司正、司副、行人共约四十人，只有他一人姓李，众人给他一个戏谑的绰号。

“我不是说他升主事荒唐，是说文选司这件事办得荒唐。”杨上林解释，“初拟时，行人李是工部虞衡司主事，得旨后才知，该司并无缺员，文选司拟错。咱们这位文选郎真是好大的胆子，好高明的手段，竟取回原疏，刮去虞衡司三字，添写营缮司三字。”

“高文选荒唐得可以，被人弹劾也合乎情理。”徐良傅虽然这么说，却还不大懂，他问，“子渐先生说的大祸将临，是指高文选大祸将临吗？”

杨上林用怪异的眼神看他，好像在看一块不可雕的朽木。

“一场劫难他的确躲不过去；可我指的是你我大祸将临。”他说。

“他行事荒唐，昏夜纳赂，与你我有何干系！”徐良傅道。

“好，与子弼无干系，只与我有干系，好吧？”杨上林叹口气，“子弼就不想想，朝廷设吏垣作甚？文选郎昏夜纳赂，行事荒唐，弹劾他的不是吏垣，而是其他衙门，你我身在吏垣，就算皇上不重谴，他官不哂笑，难道自已也不知惭愧？”

徐良傅被他几句话说得羞愧难当，汗流浃背，连声道：“是，是。承教，承教。我等已失职在先，而今亡羊补牢，晚不晚？”

“不管晚不晚，这个牢都是要补的。”杨上林说。

“如何补法？”徐良傅问。

“弹劾而已，岂有他哉！”杨上林道，“其他衙门上疏，我等也可上疏；他人立两个题目，我等可立三个题目；他人劾他三五事，我等可劾他十事八事。总之，朝廷设六垣以备拾遗，我等是拾遗，非拾人牙慧。”

于是，二人计议，以徇私植货、变乱选法；恣行胸臆、不恤人言；引用私人、布植党与作为题目，在三个题目下各罗列数事。如：吏员傅卓、吴鉴，为其乡人，补王府官员；知县邹守业犯事在逃，为其乡人，得升主事；同知熊过坐事当罢，为其同年及同乡，拟以量调；知县茅坤历俸未二年，为其门生，迁礼部主事；傅昶初授河间盐课大使，因纳赂，改授两淮；卫兰既除郑府典膳，因纳赂，改授伊府。

遭他排挤打击的官员也不少，如：吏部员外郎刘汀刚正，外补副使；礼科给事中李念耿直，出为同知。

罗列得差不多了，徐良傅不无担忧地问：“科长，这件事会不会牵连到虞佐先生？”

吏部属官多行不义，堂官怎能不受牵连？杨上林说：“广东道的奏疏称，虞佐先生衰暮，不辨欺诈，难胜大任，宜罢。”

“虞佐先生虽衰病不职，被属官欺蒙，却是诚贤大臣，与其使罢黜，不如使致仕。”徐良傅说。

杨上林也认同：“好，就这样写。”

疏入，皇帝将该疏及陈九德疏俱下镇抚司鞫问，并诏吏部纠正弊端。

镇抚司结狱奏闻，皇帝降旨：高简逮至午门前，重杖六十，边防充军。杨上林、徐良傅不先纠正，革职为民，永不叙用。其他被论各官，均有处分。唐龙等则令从实奏对。

唐龙在陈九德论奏时，即上疏自陈，以老病求去。待处置了高简后，皇帝批下唐龙奏疏，责其称老忘国，乃罢黜为民。左、右侍郎徐阶、韩邦奇各降二级留用。

唐龙恓恓惶惶，举家南下。他家乡远在浙江，自然要去张家湾乘船。离开京城的第一天，行二十里，他感觉身体不适，寻一下榻处，歇息一夜。第二天勉强上路，走不到十里，死在车里。地方官因他是得罪皇帝罢官，竟不敢上奏朝廷。

第三百六十六章

都说夏言待人傲慢无礼，兵科给事中徐自得没想到，夏言着人唤他时会用一个“请”字，没想到夏言见他，会下座相迎；并且从差役手里接过茶盅，亲自递给他。可见人言不可尽信。

“深之好少年！”夏言赞道。

徐自得字深之，河南杞县人，嘉靖二十年进士。

“下官中第晚，三十五岁中第，今年已届不惑。”他说。

“难怪我一见深之，有许多感慨，”夏言道，“我三十六岁中第，比深之还晚一年；至四十三四岁时，我仍在兵垣。深之记住我一句话，现在正是大展宏图的年岁。”

“下官一定努力，不负公谨先生激励。”徐自得应道。

他虽名自得，可区区一员给谏，在首辅面前坐着，总有些不自得。说几句闲话，他问：“公谨先生唤下官来，有何吩咐？”

“言重。给谏一职，至为清要，岂是阁臣可以随意吩咐的！”夏言道，并说，“深之不可看轻自身。”

“是。”徐自得应道，又问，“公谨先生唤下官来，欲征询何事？”

“并无大事。我请深之来，不过想问问，兵垣对翁督帅之议是怎么看的。”夏言说明延请之意。

“兵部不是已驳回仁夫先生之议？兵垣各同僚都以为，兵部驳回的是。”徐自得的回答虽简单，但很明确。

“仁夫先生又上俺答求贡番文，兵垣对此怎看？”夏言又问。

翁万达请诛滥杀贡使者，以抚夷情，被兵部驳回。他又将自大同所获俺答求贡文表送达朝廷，以为支持自己立场的佐证。

“所谓虏情不可轻信，没有求贡番文，不可轻信；有求贡番文，亦不可轻信。”徐自得毫不迟疑地说。

“说的好！这两句话，称得上淋漓尽致。深之既有此灼见，何不上疏言之？”夏言道。

“知无不言，言无不尽，乃言官本色，下官不敢辞。不过，”徐自得稍稍犹豫，说，“前次兵部径将仁夫先生之议驳回，这回不再驳吗？”

“兵部不是不驳，而是掌印者不同，做法亦不同。”夏言说，“我与伯常先生议论过此事，他的意思，须得科、道先上疏，兵部才好论之。”

他说的伯常先生，即今任兵部尚书的陈经。

去年十二月，唐龙改掌吏部，兵部尚书由路迎接任。今年六月，路迎免官，曾总督仓场的户部尚书陈经接其任。翁万达上次论俺答求贡事在五月，路迎与左侍郎万镗、右侍郎刘储秀稍议，即予驳回。这次换成陈经，却想先由兵科驳之，再由兵部定论。

有趣的是，陈经也曾任兵科给事中。

“公谨先生和伯常先生如此抬举兵垣，敢不从命！”徐自得道。

话是这样说，心里其实还有一个让他困惑不解的问题。但尊卑有别，那不是他该管的，不是他该问的。

夏言觉察到他的困惑，主动说道：“深之是不是想质问我，身为辅弼大臣，为什么独对大同的一段纠葛如此上心？”

“实不相瞒，公谨先生所言，正是下官想要知道的；但质问云云，却折煞下官。”既被看破，徐自得不再隐瞒。

“深之不问，我也要告诉你。”夏言道，“北虏巢穴在河套，东而宣大三镇，西而陕西三边，无不受其牵制。曾子重甫上任，即忙于防秋；防秋事毕，他会有大的举措。如果准翁督帅之议，使得安抚一说甚嚣尘上，子重动辄掣肘，岂不误朝廷大事！”

“如此说来，大同之事关系全局，那我更要进言。”徐自得说。

第三百六十七章

顾可学、盛端明同时加工部尚书衔，又同时改礼部尚书衔，让许多人艳羡不已。所以加工部尚书衔，因为二人的主要责任是为皇帝炼制丹药；所以改礼部尚书衔，因为二人都著书立说，有道家者言。他二人虽是科举出身，但无论士人，还是百姓，甚至道者，都将其纳入羽士行列。究竟是儒士，还是羽士，有时连他们自己也糊涂。

二人都为皇帝炼制丹药，但配方不同，各炼各的；二人都著书立说，但源流不同，各写各的。皇帝赐二人的府第距西苑不远，在一条街上，二人经常相互串门闲聊，也是各说各的。

顾可学见盛端明满脸愁云，问："希道兄，何事烦恼？"

盛端明淡淡地说："方外之人无烦恼。"

顾可学碰壁，沉默不语。

过一会儿，盛端明问："与成兄，何事欢悦？"

顾可学也淡淡地说："方外之人无欢悦。"

盛端明碰壁，也沉默不语。

过一会儿，顾可学又问："希道兄，何事烦恼？"

盛端明叹口气，不再说无烦恼。

"希道兄又在张家李家受些闲言冷语，对不对？"顾可学进一步问。

张家李家泛指某衙门或某官宦人家。

"不对。"盛端明道。

"山人不打诳语。"顾可学旁敲侧击。

"你我近邻，相安无事，我为何要诳你？"盛端明道，"未受闲言冷语，我受的是冷语闲言。不成吗？"

说完，他自己也忍不住笑。笑两声，又叹气。

顾可学开解道："希道兄，不是我说你，闲言冷语也好，冷语闲言也好，你受过不少，就是不长记性，非要跑去张家李家。你也不想想，你不是张家请来的，不是李家请来的；你是皇家请来的，皇家给你好脸色，又何必去看张家李家的脸色！”

这话并不能说服盛端明，他说：“与成兄和我到底是从学宫学出来，从贡院考出来，与成兄就不想有时能与人议议时政，论论诗文？”

顾可学无话可说，他当然也有这个愿望。

盛端明又说：“我不似与成兄，有个好同年，想与人议议时政，就与人议议时政，想与人论论诗文，就与人论论诗文。我甚是检点，只不过偶尔想与人论论诗文，却也不见容于同类间，思之能不哀戚！”

因严嵩的关系，廷臣至少在表面上对顾可学还比较客气，他还能融入一些文士的圈子。这个好处让盛端明又是羡慕，又是气恼。

“何须哀戚，介公对希道兄不是也很关照吗？”顾可学道。

“未历世事者都能体会，关照与关照不同，与成兄却体会不出？”盛端明驳他。

谁道顾可学体会不出！他不过想找个理由，安慰盛端明。这一说法安慰不成，他还有另一说法可试。

“希道兄不是常与秉一真人晤面吗？在真人府走动的士人不少，希道兄不能和他们议议时政，论论诗文？”顾可学道。

“最可哀戚者正在此，在真人府走动的士人，对秉一真人该摇头时摇头，该摆尾时摆尾，对我却不屑一顾，”盛端明说起他的体会，真是最可哀戚，“大约他等以为自己是驴，真人是马。驴、马虽非同类，尚可亲近；而对非驴非马的我，万万不可亲近。”

顾可学虽说有严嵩作为靠山，也不过稍有面子而已，非驴非马的感受，他并不比盛端明少多少。

“希道兄伤心已极，日后作何打算？”他问。

“我虽亲炼亲尝各种药石，却以著作等身为第一宏愿。入京前，我撰写一部《摄生集要》，送与秉一真人。秉一真人很赏识，进与圣主。皇上也很赏识，加我侍郎衔。入京后，我又撰写一部《万年金鉴》，直接进呈。皇上仍很赏识，加我尚书衔。士人追求一生的荣宠，我都获得。我还拟为圣主撰写一部《永寿真铨》。该书完成，我再无遗憾，可以退还山林，”盛端明说到这里，心情渐趋平静，他已想好日后的安身之处，“我粤东缺少名山大川，但太和山也好，龙虎山也好，哪一处不可以清修？”

“希道兄走不得！”顾可学失声叫道。

“为何走不得？”盛端明问。

“这两年来，人皆以盛、顾并称，有盛才有顾，有顾必有盛。希道兄一走，我怎么办？”顾可学道。

“与成兄何不学我，激流勇退？”盛端明反过来劝顾可学，“江南山川名胜极多，与成兄随遇而安，又胜过我漂泊异乡。”

顾可学心一动，马上又转回。

“不成，皇上厚待我，唯中兄厚待我，我不忍离去。”他说。

盛端明冷笑一声：“人各有志，勉强不得。以盛、顾并称，实为大错。”

第三百六十八章

校场上高高架起三个靶子，一个在三十步开外，一个在五十步开外，一个在百步开外。三十步开外的靶子前，用细绳系个瓶子，在空中微微晃动；五十步开外的靶子前，用粗绳系个瓶子，在空中微微晃动；百步开外的靶子前，用更粗的柳枝系个瓶子，在空中微微晃动。

立于正面观射的人群，以陕西三边总督曾铣为首。他身后簇拥着众多文职武职官员，校场的三面，站立着一队一队军士。

射者是一员虬髯铁面的壮汉。他身后背一张弓，却从兵器架上随手操起一弓，拉动弓弦，说："这张弓软，正好射近处。"

说着，从身后抽出一箭，搭在弓上。只见他拉开弓，稍稍校正，喝一声"着"，一箭飞出，三十步开外的细绳被射断，瓶子应声落地，跌得粉碎。箭头深嵌入靶子中心，箭尾振动，嗡嗡作响。

校场上顿时响起一片欢呼声。

"且看他第二箭。"曾铣道。

声音不高，自有威严，各官员、各军士立刻静下来。

壮汉又选一张弓，试了试，说："这张弓硬些，可射中程。"

一箭飞出，五十步开外的粗绳被射断，校场上又是一阵欢呼。

"王哥，你再射第三箭。"曾铣提高嗓音。

校场上又静下来。这次不是因为督帅的威严，而是因为那声称呼。各镇巡抚、总兵，在深得朝廷器重的总督面前，敛手屏息，不敢高声语；他却称这个不知从何处来的射手"王哥"！

壮汉这才拿出自己的弓来。他把弓弦贴住面颊，把弓拉成满月，瞄了几瞄，手一扬，长箭飞出，直向百步开外的标靶而去。柳枝被射断，一层草一层革的靶子，被箭射穿。

在场的官兵没发出欢呼，也没注视三箭中第的壮汉；他们注视着曾铣，观察他的反应。

曾铣畅快无比，大笑喝彩：“好箭法！”

众官员众军士这才欢呼喝彩。

在众人欢呼声中，曾铣向壮汉招招手。壮汉来到他面前，跪拜行礼。他拉起壮汉，一同离开校场，并辔齐驱，回总督衙门。

走进大堂，壮汉重新行礼，口称：“小人王环叩见大帅。”

“你叫王环？”曾铣奇怪地问。

“是，小人叫王环。”壮汉答道。

曾铣又畅快地笑几声。他说：“把你推荐与我的人一口一个王哥，我还以为你就叫王哥呢，谁知你另有名字。王——”他摆摆手。“算了，既然已叫王哥，索性叫到底。王哥，除射箭，你还擅长什么？”

“还善驭马。性子再劣的马，在小人手里，也不敢调皮。”王环说。

“好，我就委你作一名骑射教习，”曾铣说，“今年防秋，全凭火器取胜。我观边军，骑射甚是生疏，可知练不得法。王哥为我好生训练。”

曾铣巧妙地使用火器，在与虏部交战中占尽先机。他试制出慢炮法，于圆斗状炮身中塞入火药，内藏机巧，火线可延至一两个时辰才发。炮身以五彩饰之，弃置郊外。虏众拾得，以为异物，聚观而传玩。异物忽地炸开，顿时死伤一片。未死未伤者，皆大呼“曾爷爷饶命”。他还在城外搭起木架，以奇禽异兽置其上，且鸣且舞。一旁有茅舍，门窗俱开，屋里是清一色的铁锅。铁锅是鞑靼人最需要的器具，看到一屋铁锅，逼至城下的虏众欲入内去取，又不敢去取，人越聚越多。城中忽吹响号角，木架下藏有火炮，四散炸开，围在近处的人尸体横飞。城墙上安置的火炮再一起发射，杀伤无数。今年的防秋，就是在火炮的爆炸中结束的。

“大帅要我赴各军教习吗？”王环问。

“不，你就留在我身边。我要各卫皆选矫健者一人，来习驭马之术、射箭之法。你将他等教习精良，再让他等回去教习本卫军士。”曾铣说出他的打算，“如此一来，你教习精良一人，将有数千人精于骑射；你教习精良十人，将有数万人精于骑射。这不比你赴各军教习有效吗？”

“小人乃一白丁，只怕习骑箭的军爷不把小人放在眼里。”王环说。

“我委你为教习官，怎是白丁！”曾铣道，“我传令下去，凡习骑箭者，许你训斥打骂，果有不听军令，该当斩首者，你告与我，我来杀他。但有一句话我要说在前面，经你教习者，骑箭不能精，我唯你是问。”

“大帅给予小人大权，小人可以应承。”王环说。

曾铣又吩咐：“王哥，一日三餐，你早餐自己吃，午餐和你教习的军士一起吃，晚餐你来陪我吃。衙门后面，靠近我的卧室，有一间空房，你收拾收拾，就住在那里。”

“大帅如此器重，小人敢不效死力！”王环叩道。

王环去后，护卫总督衙门的中军指挥劝道：“非我族类，其心必异。督帅对这个人不可太信任。”

“怎么，王哥是异族？”曾铣问。

“末将查问过，他是回回。”中军指挥说。

曾铣想到他的形状，自语：“果有些像。”随即豪迈地说：“他孤身一人，敢来投我；我总镇一方，倒不敢用他？我诚心待之，何惧之有！”

第三百六十九章

山东巡按御史张铎和曾任兵部郎中、后出为湖州知府的张铎并非一人，他是嘉靖二十年进士，字鸣治，应天府上元人。

十月，张铎赴院叙职，进炮弹、铳弹及其造法，掌院都御史宋景没有太在意，夏言却很在意，将他约去说话。

“鸣治，你五年不鸣，一鸣则惊人矣。”夏言笑着说。几粒炮弹、铳弹放在案上，不知是尚未呈与皇帝看，还是皇帝看后又发回。

“不过小鸣而已，不足以惊动公谨先生。”张铎的答话有几分是自谦，有几分是自得。

“可我却着实被惊动，”夏言说着，问道，“鸣治试用过吗？”

“在辽东试用过，颇具杀力。”张铎答。

“同是炮弹，为什么有大小之分？我想，炮弹愈大，杀力愈大，都造成大弹不好吗？”夏言问。

“炮弹愈大，杀力愈大，诚如公谨先生所言。但弹大，则射程近；弹小，则射程远。弹分大小，为兼顾远近。”张铎解释。

“原来如此。”夏言指着大弹问，“它的射程有几远？”

“约七百步，”张铎答。

“小弹呢？”夏言问。

“约八百步。”张铎答。

“远一百步，可早一刻杀敌，作用不小，”夏言议道，又问，“炮弹再小些，是不是可射至九百步，甚或一千步？”

张铎说：“弹程远近，全凭药力。弹再小些，药力不足，反而射不远。如这铳弹，所及者，不过四百余步。”

“我听说，臂力极强者，箭射出百余步不穿枯槁，这铳弹能射出四百余步，威力也不算小。”夏言边说，边思忖，他问，“鸣治，炮弹、铳弹，在辽东可用，在西北是不是也可用？”

“同是用药，同是守城，在辽东可用，在西北亦可用。”张铎说。

夏言想听的就是这句话。他点点头，说：“好，我交代工部，照鸣治所书的法子试制，鸣治也抽空去工部，再为他等细说。”

“是。”张铎见夏言交代完后面的事，以为可以告辞。

“不忙，我还有句话要问鸣治，”夏言道，“鸣治方才说，进此弹者，小鸣而已，不知在鸣治何谓大鸣？”

“公谨先生方才问到，辽东可用，西北是否可用；我所谓大鸣者，即以为辽东之局当如西北之局。”张铎的话简单干脆。

夏言却听明白：“鸣治的意思，在辽东也要修堡筑墙？”

“修堡筑墙乃其一，储粮备荒为其二。”张铎说。

“二者皆大，鸣治先为我说修堡筑墙。”夏言命道。

“是，”张铎应一声，说，“有堡无炮，尚能坚守，有炮无堡，炮置于何处？故我称，炮声隆隆，小鸣也；开险峻，修墩堡，补旧墙，筑新墙，乃大鸣。进炮弹、铳弹，为小计；修堡筑墙，乃大计。”

“鸣治可曾考察辽东山川形势？”夏言问。

“考察过。”张铎答。

“依据辽东山川形势，当如何修堡？”夏言问。

张铎说：“辽东重镇有二，一是辽阳，一是开原。晚生以为，辽阳难守者在东，开原难守者在东北。辽阳以东，可修沿江台、险山、孤山、一堵墙、散羊峪五堡。开原东有分水东岭，可修彭家堡；北有分水西岭，可修李屯堡。辽阳、开原安然无恙，辽东可保五十年无大虞。再以次修广宁、宁远、沈阳、铁岭等处墩、堡，辽东可保百年无大虞。”

五十年和百年的保证，有很大的吸引力。夏言盘算着：辽阳、开原两镇修七堡，需要多少费用？其他几处修堡，大概不下二十个吧，需要多少费用？国力有限，辽东修堡，会不会影响西北的用兵大计？如果在西北的方针大计定下，还有余力的话，不妨先修辽阳、开原七堡。辽东至今只有一些小规模冲突，尚无大虞，如果再能保证五十年无大虞，北边的形势会更趋平稳。

想到此，他说：“修堡之事，鸣治可上疏朝廷。我在皇上面前，自会助言之；并督促户部、兵部、工部等会商以定。”

“是。”张铎应道。

“鸣治再为我说储粮备荒。”夏言命道。

张铎说：“有粮无炮，尚能支撑，有炮无粮，其势一触即溃。辽东从未大修水利，一旦大旱或大水，将颗粒无收，何以为战，何以为守？故我称，炮声隆隆，小鸣也；建仓库，贮粮草，备战事，备饥荒，乃大鸣。进炮弹、铳弹，为小计；储粮备荒，乃大计。”

“鸣治可曾考察过辽东预备仓？”夏言问。

“考察过。”张铎答。

“据鸣治考察，何处宜于储粮？”夏言问。

“辽阳预备仓原具规模，虽有坍塌，但易于修复。”张铎答。

“辽阳预备仓可储粮多少？”夏言问。

“六万斛。”张铎答。

“遇有大事，六万斛粮食真可以救命，”夏言已有主张，吩咐道，“修复辽阳预备仓一事，鸣治也上疏，请于朝廷。修筑墩堡，我不敢担保朝廷一定准允；但修复预备仓，我可向鸣治担保，促其必成。鸣治若职位不变，修复预备仓时，还请亲去监工。”

“是，”张铎应罢，不由说出一句称颂的话来。“百余年来，念念不忘边情，以安靖北边为己任的首揆，公谨先生实为第一人！”

他这是发自内心的称颂。

第三百七十章

苏纲从京师来，带给曾铣一份厚礼：大小炮弹及铳弹各一箱。夏言要他在西北试放，如果合用，就要工部加紧制作。试放不成问题，塞入炮管即可；但杀敌效果如何，却不得而知。因为眼下天寒地冻，不是虏众大犯的季节。天气太冷，曾铣也不敢留岳丈在固原过冬，款待几天后，赶忙把他送走。

清静下来，曾铣又开始筹划他的定边大计。

解除虏酋对北边的威胁，无非二策：一是加强各边的防卫力量，建更多的边镇，修更多的墩、堡；二是一举将虏众驱逐出河套。前者是一个漫长的过程，后者是北边的全部力量的一次大举措，乃至全国的财力、兵力的一次大举措。常言道：长痛不如短痛。可二策孰优孰劣，一时难以判定。否则，为什么至少在最近五十年里，收复河套的呼声甚微？

“都堂大人，外面有人求见。”亲信校尉似乎怕打断他的思绪，禀告的声音很低。

曾铣看他一眼，不知是对他的禀告听而不闻，还是根本没听到。

“大人，有人求见。”亲信校尉又说一遍。

“谁要见我？”曾铣像被惊吓，身子猛然一动。

真正被惊吓的是亲信校尉，他结结巴巴地说：“小、小人不知。”

“你没见过来者？”曾铣问。

“小人没见过。”亲信校尉说。

“你没问他姓名？”曾铣问。

“小人问了，他不肯报上。”亲信校尉说。

“你没问他为何事见我？”曾铣假设，“或是你虽问，他也不肯说？”

“小人问了，他也说了。”亲信校尉道。

“他怎说的？”曾铣问。

“他说，大人亟须见他，所以他来见大人。”亲信校尉道。

“我亟须见他？”曾铣又是困惑，又是好笑，“我自己都不知亟须见谁，他就知我亟须见谁？”

亲信校尉补充：“他还说，都堂大人若不知亟须见谁，让小人斗胆言之，大人亟须见的就是他。”

越说越让人困惑，越说也越让人惊诧。曾铣想：再要回绝的话，他一定还有应对之词。不管他是何方神圣，还是请进来，见识见识为妙。

“唤他进来，”曾铣吩咐过后，马上改口，“不，请他进来。”

请进来的是一个中年男人。看他那张脸，饱经风霜，眉宇间充满英气，像是一条北方汉子；而且，是经过一番闯荡的北方汉子，不是循规蹈矩的农家子。但是，他一脸的粗犷抹不去昔日的清秀，简陋的衣饰遮不住昔日的美态，又不像是土生土长的北方汉子。

这一矛盾的印象使得曾铣满腹狐疑，上上下下打量起来者。

“小生参见子重先生。”来者行礼。

果然不是地道的北方口音。曾铣惊问：“你是南方人？”

“是，小生原籍仁和。”来者说。

曾铣又把他打量一番，道：“西湖边长大的书生，怎成这副模样！”

“子重先生料得小生是书生？”来者也甚是吃惊。

“那有什么难料的？”曾铣随随便便举出几条根据，“你一口一个小生，除非读书人，谁会这样称呼自己？此其一也。你不唤我大帅，不唤我都堂，而唤我的字，除非读书人，谁会这样称呼对方？此其二也。你不说自己是杭州人，而说自己原籍仁和，除非读书人，谁会这样报出籍贯？此其三也。”

仁和是杭州的属县，和杭州同城。

“子重先生明察秋毫，小生佩服。”来者道。

“贵姓？可见告乎？”曾铣这一问，是嘲讽他先前不肯通报姓名。

“姓吕，双口吕，名光，光亮的光。”来者说。

“吕生字号如何称呼？”曾铣又问。

“贱字二十年没有被人叫过，我自己也忘记。曾以水山自号，我还记得。”来者说。

“那是吕生不忘故国山水之故，”曾铣说着，解说这两个字，“我想，吕生的这个山，不是凤凰山，而是皋亭山；吕生的这个水，不是西湖，而是临平湖。我料的对不对？”

和杭州同城的有两个县，一是仁和，一是钱塘。南面的凤凰山和西面的西湖归钱塘县管辖，东北的皋亭山和临平湖归仁和县管辖。

“子重先生亦熟知吾杭山水？”吕光更加吃惊。

“不熟，我只往福建赴任时，路过杭州。恰好这几处山几处湖都游历过，故略知一二。”曾铣解释之后，又问，“吕生流落塞北二十年，是因为在家乡犯有杀人重罪吧？”

“不错，我那时年轻气盛，只想杀暴安良，却没想到触犯刑律。”吕光眼神黯淡，大概是陷入对往事的回忆中。

“吕生为何不问我是如何料到的？”曾铣把他从回忆中拉回来。

“那有什么难料的？”吕光套用曾铣的一句话，“我来自东南，不会是被人掳至西北。二十年前我已成年，不会是被人骗至西北。除非避祸，还会有别的原因吗？我避祸塞外，一避就是二十年，其罪重矣，除杀人外，就是谋逆。我若谋逆，今日会来参见子重先生吗？”

曾铣指点着吕光，连声说：“孺子可教，孺子可交。”

说着起身，走过去握住吕光手。二人相互敬爱，大感相见恨晚。

“子重先生不问一问，小生为何事参见？”吕光问。曾铣先前嘲讽他一次，他也要嘲讽曾铣一次。

“你不是说，我亟须见你吗？”曾铣道。

“实不相瞒，现在是用人之际，小生来投靠子重先生，盼着建立功业，以赎死罪。”吕光道。不等曾铣那句“原来如此”出口，他又说：“可子重先生亟须见小生，也是句实实在在的话。”

“怎讲？”曾铣问。

“子重先生大堂上缺少一物，我不来，谁能指出！”吕光道。

曾铣四下里环顾，想自己看出，缺少何物。看来看去，不得头绪，总督大堂上应有之物，无不备有，会缺什么呢？

他只得请教：“吕生道，这里缺少何物？”

吕光在堂上走一圈，曾铣随他走一圈。吕光在曾铣的座椅前站定，指着座椅说：“子重先生看，这上面少一物。”

曾铣疑惑不解地看看他，要他再说得明白些。

“子重先生的帅椅上缺张虎皮。”吕光说。

曾铣很快明白：“吕生要我借它立威？”

“先生可教也，先生可交也。”吕光以他的原话回敬，“子重先生声威远震，靠的自然不是一张虎皮。今秋边军连捷，达人丧胆，皆以曾爷爷呼子重先生。然曾爷爷还是人，并非神。达人向来敬虎，视若神明。何不借一张虎皮坐坐，让达人把子重先生看作神？”

“一物之效若此，难怪吕生说我亟须相见。”曾铣叹道。

吕光一揖，郑重地说：“唐突之言，万望勿罪；虎皮之设，亦不紧要。我来参见子重先生，实有一件关系到国家、关系到朝廷、且关系到子重先生自身的天大的事。”

“何事？”曾铣悚然变色。

“复套。”吕光答以二字。

“吕生要与我议复套？”曾铣问。

“不只是议，”吕光说，“子重先生思复套，却未下决心复套，我是来帮子重先生下这个决心的。”

“你怎知我思复套？”曾铣问。

“朝廷若不思进取，怎会以边阃之重托付子重先生；夏阁老若不思进取，怎会以边阃之重托付子重先生？子重先生若不思进取，怎么当得朝廷托付？怎么当得夏阁老托付？”吕光言简而意赅。

“你怎知我未下决心复套？”曾铣又问。

“子重先生到任几半年，仍未向朝廷陈述守边大计，不是决心难下，又是什么？”吕光道。

“你如何帮我下决心？”曾铣问。

“我在河套二十年，无处不曾去过，虏情悉知。子重先生得我，如得一张活地图。我来，子重先生的决心该下。”吕光说。

“说得好！”曾铣击案叫好，“我以未得吕生，决心难下；天既以吕生赐我，我该当为朝廷建立不朽功业！”

第三百七十一章

十二月中，曾铣收复河套的奏议送达朝廷，像是年关里给朝廷送来一份大礼，给皇帝送来一份大礼，给夏言送来一份大礼。皇帝将他的奏疏反复读几遍，越读，情绪越高涨；夏言将他的奏疏反复读几遍，越读，情绪越高涨。

他们都很欣赏奏疏前面的几段话，提纲挈领，切中要害。

“以复套为抽薪，写得好！”皇帝对内臣们说。

曾铣写道：夫丑虏虽众，不过汉一大县，而猖獗乃尔。制驭上策，莫如复套。不是之图，而徒周章于防御之末，譬犹扬汤止沸，而不知抽薪，外患不能已也。

“以复套为据险，写得好！”夏言对属僚们说。

曾铣写道虏在套中，生长日盛，病根尚在，为患无期。若夫复套，临河作障，天险为池，皇灵既昭，贼胆应裂，狼顾胁息，虽数百年不敢轻肆侵轶。

曾铣议的第一件事曰定庙谟。

“以中国为首、蛮夷为足，写得好！”皇帝对内臣们说。

曾铣写道：孔子作《春秋》，攘夷狄以尊王室。汉武帝之朝已治安矣，贾谊且以为首足倒置，深用痛惜。盖以中国者，首也；蛮夷者，足也。不可紊也。

“以虏据河套为民之祸本，写得好！”夏言对属僚们说。

曾铣写道：河套者，虏之巢穴，生民之祸本也。祸本不除，则延袤二千余里，卒无宁居。

曾铣议的第二件事曰立纲纪。

“力驳复套有三难，写得好！”皇帝对内臣们说。

曾铣写道：复套之举，国之重务。人之谋曰：复套须得兵三十万余，其难一也；须备粮三百万石，兼折银三百万两，其难二也；一战胜贼，贼未胆落，辄兴版筑，师徒易挠，其难三也。臣则以为，爰整雄师，张皇义旅，春蒐于套，秋守于边，如是三年，虏势必折。俟其远遁，然后拒河为城，分番哨守，则人力不困，财用不竭，而河套可复。

“立有司而守河套，写得好！”夏言对属僚们说。

曾铣写道：既而移抚、镇以制之，立行都司并卫所、州郡以属之，又设守巡、兵备道以理之。每军民一户，给田二顷，使之岁耕一顷，闲一顷，是为间田，以养地力。其缘边军民亦出示招募，有愿守边者，皆给以田。数年之后，套地可尽垦。

曾铣议的第三件事曰审机宜。

“取胜之道，写得好！”皇帝对内臣们说。

曾铣写：天下之事有机，时与势为之也。得其机而乘之，胜算在我，何往不济！营伍整肃，火器精利，此我之时势，虏不得而与之也。

“以攻作守，写得好！”夏言对属僚们说。

曾铣写道：臣愿练兵六万，再调山东枪手二千，多备矢石，每于春、夏之间，水陆并进，直抵虏巢。倘套贼败亡，必将逾河逃遁，厉兵牧马，又可以收斩获之功。此所谓犄角之势，以全取胜之道也。

曾铣议的第四件事曰选将才。

“将士不能以生死报国，写得好！”皇帝对内臣们说。

曾铣写道：今三边之将，谋猷劲悍，未可谓无其人。而因循懦怯，袭于不振，有生之乐，无死之心。

“人才不可以资格而定，写得好！”夏言对属僚们说。

曾铣写道：十室之邑，必有忠信。夫爵赏等级，所以待庸品；而非常之材要，不可以常调拘之。欲为恢复之图，必须大破常格。各镇将领，以至总旗、小旗、夜不收等人员，及屡年各处废弃谪戍将领，中间果有智勇超群、谋猷出众者，俱发陕西军门听用立功。

曾铣议的第五件事曰足刍饷。

“丰衣食以壮其力，写得好！”皇帝对内臣们说。

曾铣写道：师行千里，风雨罢劳，敌忾御侮，存亡攸系，不有厚赏以结之于先，安望得其死力于锋镝之下？故必丰其衣食，以壮其力。

“厚其赏以增其气，写得好！”夏言对属僚们说。

曾铣写道：积以金帛，示有厚赏，牛酒以悦之，律罚以威之，兵有斗志，将以增气，虽数万众，合为一心，有守必坚，有战必强，平寇之期，斯可卜也。

曾铣议的第六件事曰明赏罚。

“骄不知将，怯唯畏敌，写得好！”皇帝对内臣们说。

曾铣写道：边方失事，岂独将帅之罪哉？盖以承平日久，戎务渐隳，三军之士，习于骄怯。夫骄则不知有将，怯则惟知畏敌，临阵退缩，逗留失事，无怪乎其然也。

“务使畏我，不使畏敌，写得好！”夏言对属僚们说。

曾铣写道：至于争夺首级，尤方今之极弊。合无申明禁令，凡有冲锋破贼者，虽无首级，定为首功；而争抢首级者，与凡退缩观望、买卖争夺之徒，绳以重法，戮之以徇众，务使畏我而不畏敌。

曾铣议的最后一件事曰备长技。

“有之不用，用之不尽，写得好！”皇帝对内臣们说。

曾铣写道：抑求其次，莫先于火器，盖天之所以保国家而卫生民者也。但有之而不能用，用之而不能尽其利，与无技等耳。

“用之可守，不可以攻，写得好！”夏言对属僚们说。

曾铣写道：今京造火器，种种具备，但或可以守，而不可以攻。大者质重，而难于致远；生者日久，而多所毁裂。留以别用，各有所长。语云：工欲善其事，必先利其器，此之谓也。

皇帝将曾铣复套疏下于兵部会议。兵部堂官对收复河套抱消极态度，给皇帝泼一头冷水，给夏言泼一头冷水。兵部的意见是：筑边复套，将俱不易；二者相较，复套尤难。故不如修墙浚堑为计。而延绥一带，地势延漫，土杂沙碱，居民隔远，最为荒凉。欲以千五百余里之地，而责成于三年之工，恐未易筑。纵使能成，亦难为守。

皇帝一面表明自己对虏据河套，为中国患，宵旰念之；一面责备本兵久之始复，迄无定见；一面令曾铣更与诸边臣悉心图议，务求长算。并发银二十万两予曾铣，听其修边、饷兵、造器，便宜调度支用。

于是，在复套的声浪中，迎来新的一年。

第三百七十二章

翁万达一行赶到大同，巡抚詹荣接报，早已在衙门外恭候。

“詹都堂，何劳迎候。”翁万达向他揖道。

“翁都堂不辞辛苦，远道而来，我还不该迎候吗？”詹荣道。

詹荣字仁甫，翁万达字仁夫，在詹荣嘴里，这两个字还可区别开来，让翁万达一说，宛若一人。所以，二人在一起，只好互以都堂称呼对方，倒也不是存心改变官场的习俗。

“大同是你和周老将军二人，阳和是我一人，自然该我动一动。”翁万达道。见周尚文不在詹荣身边，他问：“怎么，周老将军还没到。”

“他说迟些再到，大概是怕你来，与我私下有话吧。”詹荣说。

“老将军也恁是多心，同议一事，谁要瞒着谁不成！”翁万达道，“詹都堂快着人请他来，不然，他还以为你我真的私下有话呢。”

“我也虑及此，已着人去请他。”詹荣笑着说，“翁都堂请进去歇一口气，他大约也就该来。”

“与其先进，不如我二人一起在此候他。”翁万达道。

话音未落，周尚文策一骑赶到，把众随从落在后面。他边下马，边说：“一位都堂迎候，我已不敢当，怎敢劳两位都堂迎候。”

翁万达上前拉住他手，摇了几摇，说：“我不是迎候彦章将军，我是与彦章将军私下有话。”

翁万达以字称呼他，既显得亲热，又显得敬重。

周尚文看詹荣在旁微笑，嗔道：“仁甫先生，我与你私下说的话，你怎么告诉仁夫先生？”

三人开怀大笑，一是笑他的话拗口，二是笑“私下”两个字。

“彦章将军错怪詹都堂，我真与彦章将军私下有话。”翁万达说。

“真不能让仁甫先生听到？”周尚文追问一句。

“本不欲詹都堂听到；后来一想，我不说与他听，彦章将军与他同城，以后也要说与他听。不如让他也听，免得获罪于他。”翁万达说到这里，深作一揖，“几个月未得其便，今日既来大同，第一件要做的事，就是向彦章将军道贺。”

周尚文初听时一怔，但马上懂得他的意思。

“大家都进秩，为何单向我道贺？”他问。

去年十一月，朝廷因大同连续抓获俺答奸细，嘉奖有功者，周尚文进太保，翁万达进左都御史，詹荣加兵部侍郎。

“虽都进秩，我等怎能与彦章将军所获殊荣相比！”翁万达说。

这话不错。总督进至左都御史，虽然也少之又少，总还是有；而总兵官生前加三公，本朝从未有过。故翁万达称之为殊荣。

“仁夫先生这样说，真让老夫汗颜。”周尚文说句心里话。

“二‘夫’已然难以分辨，彦章将军何苦又添加上一‘夫’？”詹荣讲句笑话，“翁都堂私下里说的话，该听的人听到，不该听的人也听到。二位就请进去吧。”

三人登堂就座，翁万达在中，周尚文在左，詹荣在右。周尚文地位不管如何崇高，总还要受翁万达节制，他无论如何不肯坐在当中。

“今日来大同，与彦章将军和詹都堂议两件事：一议大同今年防卫之事，二议复套之事。二位看，先议哪一事？”翁万达开宗明义。

“我等守东边，西边的事，为何要去议它？”周尚文首先表明，他不想卷入复套的争议中去。

“彦章将军以为复套只是陕西四镇的事，未免偏颇。”詹荣说。

“何谓偏颇？”周尚文问。

詹荣讲述他对复套的理解：“譬如一盘棋局，陕西四镇是左翼的几个棋子，宣、大三镇是右翼的几个棋子，复套却是中央。朝廷不定复套，陕西四镇可以在左翼作眼求活，宣、大三镇可以在右翼作眼求活；朝廷若定复套，陕西四镇仍可在左翼作眼，宣、大三镇仍可在右翼作眼，但作眼的目的，却都是要在中央求活。”

“詹都堂讲得透彻。”翁万达赞道，“皇上命我等就复套一事献议，正是为此；皇上不命我等献议，我等也该议一议，正是为此。”

皇上命议，就没什么好说的。周尚文不能分派皇上的不是，只得分派詹荣的不是：“为什么陕西四镇为左翼，宣、大三镇为右翼？我偏要说宣、大三镇为左翼，陕西四镇为右翼，不成吗？”

“老将军一定要说宣、大三镇为左翼，陕西四镇为右翼，也是一样的。”詹荣笑道，然后问翁万达，“翁都堂如何看复套一事？”

“詹都堂问我，我却要先问彦章将军，”既然已议及复套事，翁万达索性议下去，“彦章将军，你任过延绥总兵，也任过宁夏总兵，子重先生说陕西四镇可用之兵只有六万，是不是言过其实？”

“若论陕西四镇卒伍，应不止六万之数；若论可用之兵，能不能集六万之兵，尚在未知。”周尚文说。“仁夫先生看宣、大三镇军士之失额，即知陕西四镇的情形。”

“我已看到，”翁万达道。周尚文的说法，和他的想法差不多，他转向詹荣说：“征六万之众，定三年之期，詹都堂以为如何？”

“这倒有些像言过其实。”詹荣道。

“子重先生议七事，似可信，实不可信，”翁万达说，“以审机宜言之，子重先生称：春、夏马瘦，为虏弱而我利于征；秋、冬马肥，为虏强而我利于守。然而，天时物性，相去不甚远。秋、冬虏马肥矣，我马不亦肥乎？为何只利于守？春、秋虏马瘦矣，我马不亦瘦乎？就一定可以征吗？春、夏马瘦虏弱，其力不能入寇；然坐以待我，难道我不惧其扰击？秋、冬马肥虏强，既能为寇，则多方设谋，我更惧其报复。六万之众，非所以袭人；千里之途，非所以自逸。兵家胜败，本难预期，站盼之间，情态异致，三年三举，谁能保证必成？倘若一举失利，士伤马耗，议论蜂起，何以已之？即便三年三举，咸可得志，虏败而守，我去复来，终不能渡河。版筑墙垣，也是纸上谈兵。”

“六万之众，非所以袭人；千里之途，非所以自逸。翁都堂说得好！时势之说，果不能自圆，”詹荣先是附和，随即言道，“子重先生近时举兵捣巢，咸有斩获，朝野期之殷殷，无不以为河套可复。”

翁万达说：“复套和捣巢不同。捣巢因其近塞，乘其不备，胜则飘忽而归，败亦支持而退。举足南向，即是家门；壕堑城堡，皆可恃之。复套却要深入虏境，后援不继，胜固艰难，败虞陷没。此乃时势异也。套地自虏入寇以来，据以为家，四时之间，不离住牧，一旦欲取而有之，彼则拼死以争。此事体异也。”

“我幼时听说：杀虎易，夺虎子难；夺虎子易，夺虎穴难。河套之事，恰可印证。”周尚文说。

“彦章将军这话再形象不过。”翁万达以为他也完全支持自已。

其实，周尚文的想法很矛盾。他说：“然而，虏据河套，我陕西四镇，宣、大三镇受其牵制，疲于奔命。复套终不可为吗？”

“谁说复套终不可为！”翁万达道，“事变之来无常，至要者，不可存侥幸之心。

我天朝君圣臣贤，天心助顺，将来虏之盛衰强弱，皆难预料。其或自相攻击，如匈奴分为南北；或渐遭疾疫，如先零灭于无形。我乘其弊，兴师复套，岂不事半功倍！谨我塞障，饬我戎备，和我行伍，固我元气，以俟其隙，计之得也。”

詹荣想：期虏分裂，期虏遭瘟，还不是心存侥幸？不过，他在反对复套这一点上和翁万达完全一致，那又何必纠缠于细枝末节？

“复套一事，无甚可议，不如议一议大同的防卫吧。”他说。

翁万达看着周尚文。

周尚文知道，朝廷兵政大计，武职向来是没有多少发言权的。翁万达把他请来共议，已经很给他面子；对他的疑问给予回答，已经很给他面子。见翁万达看着自己，他说：“我原说过，复套不该我等来议。”

于是，翁万达开始议大同之事：“我有一个想法，宣、大内边、外边兵力，应视缓急调度，二位之意如何？”

“仁夫先生请详细说说。”周尚文道。

“好，”翁万达向詹荣要张纸，随说随画，“山西起保德州黄河岸，历偏头关，至老营，凡二百五十四里；大同西路起丫角山，历中路、北路，东抵东阳河镇口台，凡六百四十七里；宣府起西阳河，历中路、北路，东抵永宁四海冶。凡一千又二十三里。三镇共计一千九百二十四里，皆逼巨寇。此险在外，为外边，或称极边。山西老营堡东南，历宁武、雁门，至平刑关，凡八百里；又东南，历龙泉、倒马，及紫荆之吴王口、插箭岭、浮图峪，至沿河口，凡一千又七十里；又东北，历高崖、白羊，至居庸关，凡一百八十里，共计二千五百余里，皆峻山层冈。此险在内，为内边，或称次边。外边，大同最难守，次为宣府，次为山西之偏头关、老营堡。内边，最冲要处为紫荆、宁武、雁门，次则居庸、倒马、龙泉、平刑等关。我观近年以来，寇犯山西，必自大同；犯紫荆，必自宣府。故弃极边，守次边，弃外边，守内边，为据守冲要之意。不如撤宁武、雁门摆边之兵，并守大同。”

“并守之议，我竭力拥戴，只怕道甫先生要竭力反对。”詹荣说。

道甫是孙继鲁的字。他比翁万达和詹荣早一科，是嘉靖二年进士，上个月才由陕西左布政使升任山西巡抚。

“道甫先生那里，我去与他议；他若一味反对，我便争之于朝。”翁万达说着，也以棋局比喻，“譬如一盘棋局，眼作在大同，方是活眼；作在宁武、雁门等处，则是死眼。无论道甫先生怎样反对，我也要为朝廷做活这只眼。”

第三百七十三章

嘉靖二十六年会试的主考官，点的是两名吏部左侍郎，一是掌詹事府事的吏部左侍郎孙承恩。一是掌翰林院事的吏部左侍郎张治。

今科选庶吉士二十六人，和以前不同，其名次不是按照会试的名次排列的。如二甲第一名亢思谦，在庶吉士中排在第五，而庶吉士中排名第一的孙世芳，在会试中是三甲第二十四名；二甲第九名张居正，在庶吉士中排在第八，他前面的七人中，只有两个人会试排名在他前面，其余五人的会试排名都在他后面，有人相差甚远。

苏州太仓举子王世贞排在二甲第八十名，选庶吉士时无名。他自视甚高，对未入一甲还能忍受，对未选庶吉士却很不服气。

会试排名第一百零六、却被选为庶吉士第九的殷士儋，比他年长九岁，见他愤愤不平的样子，觉得很好笑。

“元美兄，天下风光都给你一人，你还不知足？”他说。

元美是王世贞的字。他问：“我有何风光？”

“美名美字，算不算风光？”殷士儋自己也知道，举出这个例子太随便，难以服人。

“不算，名字是长辈们取的，自己有何风光？再者，今时还有什么人会取恶名恶字！”王世贞道，“正甫兄再说。”

殷士儋字正甫，山东历城人。

“那么，弱冠之年黄榜提名，算不算风光？”殷士儋说正经的。

王世贞年二十二，在本科中是极年少的。他不能再说不算：“且算风光一次。正甫兄说还有何者？”

“民应先生于六年前中第，元美兄于六年后中第，算不算风光？”殷士儋又举出一事。

王世贞的父亲王忬，字民应，嘉靖二十年进士，现官顺天巡按。殷士儋举这件事可谓得体。若道父子同科，或者老子在儿子之后中第，也是奇事，那是做儿子的风光，而作老子的未免灰暗。王世贞紧随其父中第，的确被许多人传为美谈。

“此亦风光，彼亦风光，终究不如正甫兄风光。”王世贞叹道。

“元美兄还在为不曾入馆懊恼？我知元美兄喜做诗文，若因此而懊恼，则谬之千里。”殷士儋说，“自李空洞，何大复以来，馆、阁之诗还有几个人吟，馆、阁之文还有几个人读？元美兄欲成为诗文一大家，学问一大家，还是不要入馆的好。”

王世贞虽没应声，但思路忽然活泛。馆、阁中人，他真没有几个看得上的；馆、阁中诗文，他真没有几篇是喜欢的！既如此，为何一定要与他等为伍，为何要对入馆一事耿耿于怀？

殷士儋看他心情好转，说：“走，我带你去看一个人。”

“去看谁？”王世贞问。

“先不告诉你，见到他，你就知道。”殷士儋说。

见到该人，王世贞并不知道。同样，对方也不知他。

“元美兄，这位就是鼎鼎大名、在京师倡举诗社的李于鳞，”殷士儋向他介绍，又向对方介绍，“于鳞兄，这位就是少年才郎，以杨升庵自许，以不遇李西涯自艾的王元美。”

“原来是王生！”对方与王世贞行礼，惊喜地说。

“原来是李子！”王世贞还礼，同样惊喜地说。

被殷士儋唤作于鳞兄、被王世贞称作李子的人，名攀龙，字于鳞，山东历城人，上一科的三甲第二百二十三名进士，在该科三百多名进士中是倒数第四人。也许因为自幼喜欢写诗，也许因为名次在后，反而激励起精神，他和嘉靖八年进士李开先、嘉靖十七年进士吴维岳、布衣谢榛等共同倡议，组织诗社，轰动一时。

“于鳞兄，我身不由己，故荐王生与兄，以不负当年之约。”殷士儋说。他和李攀龙同邑，为诸生时，一起学做诗歌。所谓“身不由己”，大概是指入翰林院，被管教起来；所谓“当年之约”，大概是指曾和李攀龙约定，一起切磋诗文。

“荐得好！”李攀龙说。

“元美兄，”殷士儋又对王世贞说，“你有志于诗文，李子也有志于诗文，以私言之，我该把你荐与李子；你分发到刑部，李子也在刑部，以公言之，我该把你荐与李子。”

李攀龙授官时，是刑部试主事，当然早已是正职。王世贞授官，也是刑部试主事。在新科进士中，这是很让人羡慕的职位。

“荐得好！”王世贞说。“于鳞兄是前辈，还请多关照。”

李、王二人初次见面，惺惺相惜，甚是欢洽。

教习庶吉士，皇帝选的也是两名吏部侍郎，一名是张治，另一名是现职吏部左侍郎徐阶。徐阶的教习差事是他自己找来的。他在吏部两年，本部换熊浃、唐龙、周用、闻渊四任尚书，算得上四朝元老。熊、唐、周二人对他都很器重，凡遇大事，必与他计议。今年正旦节过后不久，周用病逝，刑部尚书闻渊接任，对他就不那么器重。闻渊本不是刚愎自用的人，但不知为什么，掌吏部后，凡事都由自己决断，听不进佐贰的话。徐阶有失落感，自请离开吏部，皇帝命他以吏部侍郎兼翰林院学士。命甫下，正好要选庶吉士教习，他翰林出身，又回到翰苑，再合适不过。严格地说，他已不是正职的吏部侍郎。

徐阶第一次和张治同衙办事，和他开个玩笑："文邦先生，有人称未遇李西涯，不是在责怪你吧？"

张治字文邦，是正德十六年会试第一名。他和李东阳籍贯相同，都是湖广茶陵人，这是徐阶把他二人联系起来的一个原因。

"子升先生想到哪里去了！"张治叫屈，"称未遇李西涯者，无非有二：一是他该抡元，至少该入一甲，却没有抡元，或入一甲；二是他该入选庶吉士，却没有入选庶吉士。子升先生请想一想，这两件事，哪一件是我能做主的？"

"言之有理，未遇李西涯定是另有所指。"徐阶说。他不曾介入今次春闱，说起其中的故事很是轻松。

"子升先生大约不知，该生在后面又加二字吧？"张治道。

"哪两个字？"徐阶问。

"幸甚。"张治说。

"未遇李西涯，幸甚，"徐阶重复一遍，道，"那么，他是称谢？文邦先生，他所称谢的也不是你吧？"

"未可知也。"张治知他在说笑，也就轻松地答道。

徐阶换个话题，指着庶吉士名帖问："这个张居正是东桥公在湖广交的忘年小友吧？我们先见见他如何？"

"有何不可。"张治无可无不可地说。

张居正是个身材适中、脸颊稍长、面目清秀的青年，他的举手投足、应答陈述，都显得过于成熟，和他的年龄不相称。

所以，徐阶要问他的年龄："叔大今年二十三岁吗？"

“是。”张居正应道。叔大是张居正的字。

“我记得，你是嘉靖十九年中的乡试，为什么错过辛丑、甲辰两科，延至今年才与会试？”徐阶问道。

“前时稚嫩，恐不成器。”张居正说。

“叔大欲成何器？”徐阶问。

“东桥公以国器期于学生。东桥公虽已仙游，激励之言，一刻也不敢忘。”张居正说。

这厢徐阶才点头称许，那厢张治又发问：“叔大自觉已成国器否？”

“尚未成。”张居正说。

“那为何今年要入闱？”张治问。

张居正正正衣襟，说：“学生想，虽未成国器，若侥幸中第，可在历事中磨砺；若侥幸入馆，可由大人们雕琢。学生还想，二十三岁，不算年少，该当为国家出力。”

张治不再问，徐阶又发议论：“看来，还是年长些好。”

张治问他：“子升先生是什么意思？”

“我春闱那年，只有二十一岁，绝无叔大的沉稳。”徐阶说。

“那也因人而异，”张治不是驳张居正的沉稳，而是驳徐阶的说法，“我三十多岁中第，既无子升先生的典雅，又无叔大的沉稳。”

“本在赞叔大，正甫先生怎么谬赞起我来！”徐阶嗔道。

“好，今日只论叔大的沉稳，且看他怎说！”张治道。

“学生也可谬赞一回吗？”张居正问。

张治、徐阶看不出，他还有谐趣的一面。

“你说！”张治命道。

“文邦师慷慨提携，子升师典雅宽厚，均为学生楷模。”张居正说罢，更正道，“其实，这并非谬赞，天下士人皆言之，学生才敢言之。”

“我等赞他两个字，他却赞我等四个字，文邦先生道，我等该不该受？”徐阶抚髯笑问。

“学生送的，不受又如何？”张治道。

张居正的话没完：“两位老师对学生过誉，学生怕的是沉稳过度。”

“这话怎讲？”徐阶问。

“沉稳过度，难免因循守旧，不思进取。做人不思进取，则是庸辈；做官不思进取，则是驽材。”张居正说。

张治、徐阶这才看出，他更有豪放的一面。

徐阶接过他的话说：“进取过度，又难免操之过急，不思后果。但愿你既能沉稳，又思进取，成就一番国器的事业。”

“多谢子升师教诲。”张居正揖道。

第三百七十四章

四月，大同呈入俺答求和请贡的印信番文，皇帝命礼部、兵部、都察院会商议复。礼部与会的有尚书费寀、左侍郎许成名、右侍郎崔桐，兵部与会的有尚书陈经、左侍郎赵廷瑞、右侍郎范鏓，都察院与会的是掌院都御史王以旂。

费寀排列最前，又是前首辅费宏之弟，陈经对他说：“子和先生，今日会议请你来主持。”

“不，不，今日会议该由伯常先生主持，”费寀退让。陈经还要争，他说：“要不，请士招兄裁之：今日若是论兵，则由伯常先生主持；若是论礼，则由我来主持。”

“若先礼后兵，则先由子和兄主持、后由伯常先生主持不成？”王以旂不等众人哄笑，又接着说，“我若能裁定论礼论兵，今日又何须会议？”

众人一阵哄笑。可不是，若先定下大政方针，还有什么好议的！

许成名也是正德六年进士，出面说合，暗地里帮本部正卿一把：“皇上命兵部会官议复，还是请伯常先生主持吧。”

“思仁先生君子之人，怎么也偏心？”陈经不能再推脱，他对费寀说，“子和兄若知内阁老先生们的想法，请透露一二。”

“老先生们”其实单指夏言，倒不是因为夏言在内阁当家，而是因为费寀和夏言的关系亲近，和严嵩的关系疏远，而且不是一般的疏远。但又不好单问夏阁老的想法如何，于是以“老先生们”掩饰。

当然，费寀自己就不必掩饰。

“公谨先生对我讲过两句话，各位不妨琢磨一番。”他说。

若说如何应付俺答请贡，王以旂不能裁定，夏言却是可以裁定的。众人都竖起耳朵，注意听费寀转述。

“一则，公谨先生曰：羊年宜致和，兔年就不宜致和吗？纯是无稽之谈！”费寀简述第一句。

“羊年宜致和”，是俺答求和请贡番文里的说法。俺答曾几次因卜于神而请贡，这次又称：曾祈于大神，大神降言，羊年宜致和。

嘉靖二十六年是丁未年，以十二生肖纪之，是羊年。羊性温和，故羊年宜致和，这比一般卜于神而请贡，更近荒诞。所以夏言说：兔性更温和，兔年岂不更宜致和？可嘉靖二十二年是癸卯年，是兔年，那一年的战事难道少吗？对俺答的这个说法，一般人都不会相信。

但是，另一方面，俺答的求和请贡番文又写得很诱人，很令人向往。他写道：若准贡，边内种田，边外牧马，夷汉不相害。东起辽东，西至甘、凉，俱不入犯。今与中国约：若我部众入边墙作贼，中国执以付我，尽夺其人所蓄马以与中国，不服则杀之。若汉人出草地作贼，我执以付中国治罪，不服亦杀之。

"'羊年宜致和'，不可信之；'夷汉不相害'，亦不妨试之。我看，准不准贡，在两可之间。"崔桐说。

他原来还有话说，但范鏓咳嗽一声，向他使个眼色，他马上止住。他二人都是正德十二年进士，他相信，范鏓不会无缘无故地提醒他。

"来凤先生言及此，我正好披露公谨先生的第二句话。公谨先生说：唯君子可言信义，与夷狄言信义，愚蠢之极。"费寀适时将夏言的第二句话压过来，免得附和崔桐的人多，不好开口。

谁都知道，夏言这话是针对翁万达说的。翁万达在呈进俺答求和请贡番文时，疏言：即我受彼之诈，而中变焉，则虏负不义之名，其为患亦终弱。此曲直之所攸分也。

即便虏酋有诈，也要先与他讲信义，夏言把这称作愚蠢。

崔桐颇有些为翁万达抱不平。他对赵廷瑞说："信臣先生曾巡抚陕西，对俺答网开一面，准其入贡，就真是愚蠢之极吗？"

赵廷瑞字信臣，曾任三年陕西巡抚。

"平甫先生亦曾巡抚宁夏，来凤先生何不问他？"他把这个问题转给范鏓。

范鏓字平甫，江西乐平人，正德十二年进士。

崔桐当真要问范鏓，但一抬头，见他正看自己，竟没问出来。

此时最感轻松的要属费寀。他说："伯常先生要我透露一二阁老们的想法，我已透露。请伯常先生主持吧。"

陈经把与会众人看一遍，说："我请子和先生透露阁老们的想法，并无他意。大家一定要我来主持，我实在想不出什么合适的话讲，就以子和先生方才的话权作致词吧。好，各位请议。"

这话一说，第一驳斥俺答，第二驳斥翁万达，就不仅是夏言的想法，而且是陈经的想法、是兵部的想法。怪不得范鏓两次阻拦崔桐的发言，赵廷瑞对崔桐的发问避而不答。

“来凤先生不是有话说吗？为什么平甫先生一示意，就缩回去？”王以旂与其说在问崔桐，不如说在问范鏓。

“我并未缩回去，该说的话我已说。”崔桐辩道。

“来凤先生该说的已说，平甫先生该说的也已说了吗？”王以旂问。

“我无话可说。”范鏓道。

“是无话可说，还是不敢说？”王以旂变一般的询问为质问。

“奉旨议事，有什么不敢说？”范鏓被激怒，“大计未议时已然定调，我说无话可说，就是无话可说。”

“士招先生，你有话，何不径说，却刁难他人？”陈经也不高兴。

“原来是有难处！我不知，歉甚。”看不出王以旂在向范鏓道歉，还是在向陈经道歉，“伯常先生要我说，我就说几句。准不准贡，不在俺答请贡的理由是不是可信，而在准贡对我皇朝是不是有利。如周尚文曾遣通事宋银辈往复俺答，有人称他与俺答私通，实则他欲借俺答之势钤束其部众。准不准贡，决于庙堂之上，边臣只能好言复之。边臣好言复之，而收钤束之效；朝廷准贡，果无一利吗？再者，边臣愚蠢不愚蠢，不在与不与虏酋讲信义，而在备不备边。边臣职在守边。朝廷不准贡，要备之；朝廷准贡，亦要备之。若边臣因为虏酋请贡，与虏酋讲信义，而不备边，再说他愚蠢不迟。然我观边臣，并未疏于备边。如近日督、抚之争，是由备边而起；朝廷逮抚臣，是支持督臣备边。”

果如詹荣所言，山西巡抚孙继鲁竭力反对撤宁武、雁门摆边之兵，并守大同。翁万达与他争执不下，各上章陈奏。皇帝命逮孙继鲁下狱。

听此议论，有人觉得痛快，有人觉得迷惘，也有人觉得不大舒服。

费寀说：“若与复套无关，士招兄所言无不在理。若与复套相关，则准贡果无一利；与虏酋讲信义，确是愚蠢。”

“这有点儿怪，”王以旂驳道，“我等今日奉旨，到底是要议俺答请贡，还是要议官军复套？”

陈经则说：“二位所言均是。不过我想，边臣虽不曾懈怠，仍须告诫；至于复套事，非今日所议主题，以不涉及为好。”

三正卿各执一说，其他人难以介入。

兵部议复：自石天爵倡为进贡之说，节年踵行前诈，岂可轻信，以堕虏计！请行总、镇诸臣，严兵饬备，无失事机。如虏使再至，省令传谕俺答，约会诸酋，禁转部落，毋侵犯各边。果九边宴然，着有恭顺实迹，另行具奏。其遮杀、结款等弊，悉严禁。

如果说，兵部的议覆对翁万达等还比较客气，皇帝的批答就严厉得多：黠虏节年寇边，罪逆深重。边臣未能除凶报国，乃敢听信请贡诡言，辄骋浮词，代为闻奏，殊为渎罔。其令总督官申饬镇、巡诸臣，协心殚力。通事人役违法启衅者，处以重典。

第三百七十五章

甘州是西北重镇，除陕西行都指挥使司及所辖甘州左、右、中、前、后五卫驻于此，甘肃巡抚和甘肃总兵也驻于此。

今年的防秋着手早，到五月，已基本就绪。杨博忙里偷闲，命随从找出几部文集来读。他由山东参政升甘肃巡抚，以他的才干，守一边镇不在话下。但他为人慎重，前两年对防秋或一般的防卫一点儿也不敢马虎，现在终于可以轻松一些。

才觉得有些乏意，总兵仇鸾的声音就传进屋来："唯约先生，你看谁来拜见你！"随着话音，他携庄浪卫指挥使鲁经闯进来。

"鲁指挥，你怎来甘州？"杨博大为惊诧。

庄浪卫在甘州城以南近千里，陕西行都指挥使司最初设在庄浪，洪武二十六年才迁至甘州。随后，庄浪卫降为守御千户所，不久复为卫，属行都指挥使司。不奉行都司军令，或巡抚衙门、总兵衙门军令，卫指挥使不会出卫城百里之外。难怪鲁经出现在巡抚衙门，比俺答本人出现在甘州城外，还要让杨博吃惊。

鲁经看看仇鸾，欲言未言。

"爵爷，是你调他来的？"杨博的目光也转到仇鸾身上。仇鸾袭其祖父爵位，为威宁侯。

"不与唯约先生计议，我怎会调他来，怎敢调他来！他是——"仇鸾顿了顿，说，"还是让他自个儿告诉你吧。"

杨博示意，要鲁经快说。

"末将是奉曾都堂钧帖行事。"鲁经说。

"怪事，曾都堂为何调你来甘州？"杨博百思不得其解。甘州、庄浪都属甘肃巡抚调度，曾铣没有自作主张调遣将领的道理。

"曾都堂不是调末将来甘州，他是命末将赴兰州备援。"鲁经说。

"他命你率多少人马赴兰州？"杨博问。

"三千。"鲁经答。

“好不荒唐！”杨博不由叱道。

所谓荒唐，可能指曾铣，也可能指鲁经。兰州在庄浪和甘州中途，并非赴兰州须经甘州。以此而言，荒唐是指鲁经。庄浪属甘肃巡抚，兰州属陕西布政使司，怎能调动庄浪兵马备援？以此而言，荒唐是指曾铣。

鲁经作足被训斥的准备，一声不吭。

“唯约先生说他不该来甘州？”仇鸾代他问道。

“他怎不该来？他赶来，说明他知道此事的利害。”杨博说着，公然指责曾铣，“我是说，子重兄竟然越俎代庖，好不荒唐！他难道不知道，防秋即将开始，庄浪空虚，等于在我甘肃防地撕开一个口子？他难道不知道，庄浪除防西北，还要防西南？他曾亲口对我说过，维静先生平番，以邻为壑，顾首不顾尾；白草番余孽北窜，将胁逼陕之西部。难道这些话他自己忘记不成！”

曾铣曾经和杨博议论过：四川白草番叛乱，威胁到陕西；张时彻平息叛乱，并不彻底，庄浪等卫不能放松对西南的警觉。杨博今日正好借曾铣自己的话来责备他擅作主张。

“庄浪卫三千人开赴兰州，该卫城剩余兵力不足一半。唯约先生休要埋怨，且说如何处置。”仇鸾道。

他觉得这件事很棘手，杨博也觉得这件事很棘手。曾铣以陕西三边总督的身份抽调庄浪卫兵马，其实算不上越俎代庖。当然，他能事先和甘肃巡抚、总兵打个招呼，也许更好，但临机调动，也在他职权范围里。针对他的这一调动，另作安排，即使朝廷日后不追究，肯定也要把曾铣得罪，以后如何相处？但庄浪是朝廷分派给他的防地，而调动庄浪兵马是曾铣强加于他的。曾铣的做法太不把他放在眼里！这且不说；万一由于这一调动，庄浪出纰漏，他没法向朝廷交代。

想到此，他下定决心，对鲁经说：“鲁指挥，你速去兰州，率所部三千人返回庄浪，不得有所延误。”

“唯约先生，是否再议一议？”仇鸾在一旁劝道。

“不必再议！”杨博毅然言道。“爵爷若是怕获罪，我自向朝廷陈述，向子重兄解释。”

“唯约先生莫要小觑人，我怕什么！”仇鸾负气地说。

“我知爵爷并非不肯担责任的人。”杨博颇感欣慰，又对鲁经下达更明确的指令，“我要你十日内率部返回庄浪！你遵我之命行事，一切后果自有我来承担；你不遵我之命行事，我唯你是问！”

“末将愿遵杨都堂之命，即刻率部返庄浪。”鲁经躬身应道。

两天以后，杨博约仇鸾过来议事。见仇鸾满腹心思的样子，他问：“仇将军，还在为鲁指挥发愁吗？”

“唯约先生给他十日期限，太紧迫。”仇鸾说。

杨博说：“他若抓紧些，十日是够的。只要他遵从我命往回赶路，即使晚一二日，我也不会治他的罪，爵爷又何必为他发愁？来，爵爷，且把庄浪的事放开，我请你看样东西。”

说着，他把仇鸾让到书案前。书案上摆放着几张纸，每张纸上，画着不同的图案，图案旁记有一些数字。

仇鸾一边翻看，一边问：“唯约先生在设计什么？”

“爵爷看不出来？是我画得太糟糕。”杨博笑道。

“是我眼拙，不敢胡乱猜测。”仇鸾说。

“不是眼拙，是心未定吧？”杨博取笑道，“我给爵爷一个提示：我甘州城池坚固，虏众并不来攻；而城外散居村落，却任其杀掳。爵爷想，村落里缺少的是什么？”

“唯约先生在画墩城？唯约先生欲在村落里修筑墩城？”仇鸾第一句问得不很经意，第二句却显得惊讶。

“爵爷以为，村落里修不得墩城？”杨博问。

“的确是匪夷所思。”仇鸾说。

“好，我就要让爵爷看看，办不办得成这件匪夷所思的事。”杨博说着，手指图案，解说起来，“此乃小城，其规制，周围止二十八丈，底阔一丈二尺，由底至垛口，高二丈，垛口收顶七尺。实台上盖房一层，架楼一层，最上盖天棚一层。城外则有拦马墙壕二道。”

“果是玲珑小城。”仇鸾道。

“此乃墩堡，”杨博指着另一图案说，“其规制，周围八丈，高连垛口二丈五尺。墩外有道路，将至墩门时悬置板桥，防贼循道而上。”

“唯约先生欲于何处修城，何处修墩？”仇鸾问。

“数村十数村之间，可修小城，以官军守之。五七家之村，即可于村外修一墩；较大村落，可左右夹峙，各筑二墩；再大村落，可筑四墩、六墩不等，以民自守之。”杨博说。

“唯约先生莫忘，动土则需费用。”仇鸾说。

“正因记得费用，我才想到筑墩，”杨博说着，反问起仇鸾，“爵爷看，修筑一城，需要多少费用？”

“不下万金。”仇鸾道。

“修筑一堡呢？”杨博问。

“不下千金，”仇鸾道。

“修筑一墩呢？”杨博问。

“百金足矣。”仇鸾算计，“修筑一城之费，可修筑十堡百墩，所以唯约先生以为，各村落皆可修墩？”

杨博点点头，说：“所谓小城者，其费用略约与修堡同。守御之方，无非是城是堡是墩。城固不可缺之，堡固不可缺之。但修筑一城，不能保百村；修筑一堡，不能保十村；修筑百墩，则村村可以自保。此乃一说也。”

“唯约先生还有另一说？”仇鸾问。

“是，”杨博应一声，问道，“爵爷，一城多少人可以据守？”

“须得数千人。”仇鸾道。

“一堡多少人可以据守？”杨博问。

“须得千人。”仇鸾道。

“那么，一墩呢？”杨博问。

“十数人即可。”仇鸾道。

杨博说：“数千人守一城，不能保百村；千人守一堡，不能保十村；而十数人守墩，村村皆可保之。此又一说也。攻破一墩，先要死伤数十百人，所得不足以偿其所失，虏必不肯为之。且我之城墩，比比皆设，虏势虽大，岂能一一攻破之？这就是所谓人自为守，家自为守。”

“按照唯约先生的说法，各村修墩足矣，又何必修小城？”仇鸾问。

“小城以官军守之，一则可以策应四周各村落，一则遇小股虏军，可以邀击之。”杨博说。

“可攻可守，费用少而收效快，唯约先生想得周全。”仇鸾赞道。

“如此说来，这件匪夷所思的事亦做得？”杨博调侃道。

“做得，”仇鸾说，“我与唯约先生约，修墩并小城之事，唯约先生当之；小城分派官军之事，我当之。”

“好，一言为定！”杨博高兴地与仇鸾击掌。

第三百七十六章

刑部郎中张祉有外差，尚书屠侨把他唤去，殷殷叮嘱。屠侨是在闻渊改吏部后接掌刑部的。

“即将远行，子受家里可安顿好？”他问。

张祉字子受，河南固始人，嘉靖十七年进士。他这次奉旨，与兵科给事中王国祯、锦衣卫千户万文明，共赴桂林，勘讯该地官府与王府的纠纷，堪称名副其实的远差。

“安顿好。有劳安卿先生牵挂。”张祉说。

“本来该请以宁来，一起说说，但他虽与我同乡，素日里并无来往，不便冒昧。好在子受与他同年，只与你说，也是一样的。”屠侨说一通开场白，好似在解释什么，又听不出要解释什么。

王国祯字以宁，浙江山阴人，也是嘉靖十七年进士。

“是，安卿先生不便与以宁兄说的话，下官代为转达。”张祉说。

“好，”屠侨点点头，问道，“这场官司的始末，子受清楚吧？”

“清楚。一应卷宗，下官都已阅过。”张祉答道。

官司是由靖江王邦宁挑起的。

靖江王府是特殊的王府。本朝制度，外姓不封王。第一代靖江王是太祖皇帝的侄孙，当然不算外姓，可不是皇帝的亲子孙而受封王位者，本朝只有这一家。靖江王藩国在桂林，初封时，太祖皇帝把它看得和各亲王一样重，甚至比一般亲王还要重；但随着时间的迁移，靖江王究竟该算作亲王，还是该算作郡王，已分辨不清。

王府禄粮，支米，曰本色，支银钞，曰折色。各王府初支本色，随着禄粮负担加重，渐本、折兼支，区别仅在于，有的王府本色、折色各半，有的王府本色多于折色，有的王府折色多于本色。各王府向朝廷争取的，向官府争取的，是本色尽量多一些。

邦宁是第八代靖江王。他上疏朝廷，争的也是禄米。他写道：臣祖奉御书，全支本色禄米。嘉靖六年，户部尚书梁材奉诏，依弘治十六年例，本、折兼支。臣屡奏，未奉谕旨，不敢支禄米二十余年。且缘此草场被侵，军校窜匿，前后御史钱山业、徐南金，按察使叶照、佥事潘恩，执臣侍卫，箠死狱中，实由减禄所致。体统陵夷至此，伏乞给赐全禄，仍正诸侵臣者罪。臣谨却冠带，避居城外，若不得请，当削发披缁，不敢复入府矣。

因初时全支本色，而要求现在也全支禄米，这个理由显然是站不住脚的。但王府侍卫被箠死狱中，却一定要查个水落石出。皇帝命礼部会户部、兵部、都察院参阅议处。不久，广西巡按御史徐南金奏疏亦至，奏告邦宁听信奸党拨置，违法害人。皇帝又命刑部会礼部参议。

第一次参议以礼部为主，第二次参议改为刑部为主，皇帝对此事的态度由此可知。其实，对邦宁的奏疏，皇帝已有明确批复：邦宁所奏，本为禄米一事，中间牵摭纷纭，词多愤激，迹涉要胁。观“迹涉要胁”四字，是非曲直已有定论。所以，徐南金奏疏一到，改由刑部主议，乃顺理成章。而刑、礼二部请遣给事中、刑部郎中、锦衣卫千户各一员，前往勘核，也是名正言顺的。

“既已清楚，我倒要问一问：子受可知，朝廷这次为何要遣刑部郎中前往？”屠侨道。

“为量罪定罚。”张祉说。

“量谁人之罪，定谁人之罚？”屠侨又问。

“巡按、按察果陵夷宗室，则量巡按、按察之罪，定巡按、按察之罚；果有奸党违法害人，则定奸党之罪。”张祉说。

“若靖江王果有罪呢？”屠侨问。

“这有些为难，请安卿先生示下。”张祉道。

王府与官府发生冲突，一般而言，曲在王府者为多。但朝廷官员奉旨勘核，说轻些，与王府冲突的官员当然有不是；说重些，则有离间之嫌。被戴上一顶有违祖训的帽子，不仅与王府冲突的官员要获罪，前往勘核的官员也要获罪。这就是张祉所说的为难之处。

“子受手里有两柄尚方宝剑，这次不必担心。”屠侨说。

“请问安卿先生，是哪两柄尚方宝剑？”张祉问。

“一柄是皇上说的‘迹涉要胁’。以削发披缁要胁，在我朝尚无前例。皇上圣明，却一眼看出，邦宁迹涉要胁。子受想，他要胁的是谁？若要胁该地巡按、按察，皇上还可两解之；他要胁的是朝廷，皇上如何两解之？子受再想，皇上指他要胁的是谁？若皇上以为他要胁巡按、按察，或不忍失亲亲之谊；皇上以为他要胁的是朝廷，还顾得上亲亲之谊吗？”屠侨一层一层地剖析。

“这柄尚方宝剑果然锋利，另一柄尚方宝剑也锋利吗？”张祉问。

屠侨说：“用得好，一样锋利。子受且想一想皇上对郑王奏议的批复。”

“下官懂了。有两柄尚方宝剑，这次的差事好办。”张祉道。

郑王厚烷疏称：宗室犯罪，祖宗定制，纵有大过，亦不加刑。请先敕各府一体遵守法度，毋得妄为。及宗室有犯，不必参究辅导，禁戒下人，就将该亲王或郡王量罚禄米，以示惩创。皇帝批复：宗室有犯，虑有情不得已，每从宽处，乃往往玩法不悛。自今后，巡按御史勒限勘奏，干碍亲、郡王，朝廷一体究治。

四、诛杀大臣

第三百七十七章

夏言坐在海棠树下纳凉。中书舍人顾从义来看他，他不愿进屋里，命家人再搬来一张竹榻，宾主二人对面而坐。月光从树杈的缝隙间洒下，微风从堂道中吹来，甚是舒畅。

顾从义不是进士出身，善书，夏言荐于朝廷。在后来的相处中，夏言发现他不但字写得好，人品也好：自己当红的时候，他不特别来巴结；自己背运的时候，他也不远远避开。因此夏言对他很赏识。七卿来到夏府，未必有一口水喝；顾从义每次来，主人都热情招呼。

“汝和，”夏言呼着顾从义的字，问道，“今晚饮酒，还是饮茶？”

顾从义也不客气，说：“我吃饱来的，饮酒不如饮茶。”

“恭敬不如从命，汝和说饮茶，就饮茶。”夏言本在饮茶，命家人换过好的茶叶，再冲一壶茶送来。

茶送来，二人自斟自酌，说着闲话。

“汝和没有江南士人的纨绔习气，难得。”夏言说。

顾从义是上海人，所以他这样说。

“公谨先生指的什么？”顾从义问。

“譬如饮酒，汝和能饮酒，却不贪酒。”夏言说。

顾从义不同意。他说：“不贪酒就好，贪酒就不好，我看未必。”

“汝和且举一例。”夏言命道。

“如公谨先生和唯中先生，谁更贪酒？”顾从义问。

他的意思，夏言比严嵩更喜杯中之物。若问二阁老谁为人好，他以为夏言为人好；若问他喜欢谁，他喜欢夏言。

夏言责备他："汝和做此比喻，是否欺我？"

"公谨先生拿我比江南纨绔，是否欺我？"顾从义针锋相对地说。

夏言微微一笑，指点着他说："好个利口的顾汝和！来，来，饮茶。"

说着，他动手为顾从义斟茶。

"江南士人中纨绔子弟多，人才亦多，我拿汝和比纨绔子弟，真是比错。"他发自内心地说。

"拿我比江南人才，我也不敢当。"顾从义说着，开句玩笑，"再者，在公谨先生眼里，江南人才不过一个曾子重，未必很多。"

"这可是冤枉我，我才用一个江南人才，汝和不知吗？"夏言道。

"是谁？"顾从义问。

"浙江巡按近日疏请设浙、闽巡视重臣，汝和知道吧？"夏言问。

自嘉靖十年后，罢设浙江巡抚有十六年之久。浙江巡按陈九德上疏称：浙江宁波、绍兴、台州、温州皆滨海，界连福建福州、兴化、漳州、泉州诸郡，有倭患，虽设卫所城池及巡海副使、备倭都指挥，但海寇出没无常，两地官弁不能通摄，制御为难。请如往例，特遣巡视重臣，尽统海滨诸郡，庶事权归一，威令易行。

"这几日众人多在议论该疏，我亦有所闻。"顾从义说。

"众人是如何议论的？"夏言问。

"有人称是，有人道多此一举，莫衷一是。"顾从义道。

"依汝和之见呢？"夏言问。

顾从义难为情地挠着头，说："公谨先生又不是不知道，我对朝廷大政一向没有定见。"

"这却是我问的唐突。"夏言道，他换了个题目问，"朝廷已决意恢复浙江巡抚，汝和也有所闻吗？"

"这却未闻。"顾从义说。

"那么，朱子纯改浙江巡抚，汝和也未闻？"夏言道，"今日多事者，一为陕西三边，一为浙、闽，两地皆用江南人才，汝和还能说我不把江南人才放在眼里吗？"

朱子纯名纨，苏州长洲人，正德十六年进士，原任南、赣巡抚。朝廷甫降旨，命他改抚浙江，兼督福州、兴化、建宁、福宁、漳州、泉州海道。福建亦未设巡抚，福建八府一直隶州，被兼去五府一直隶州，他差不多可以算作浙、闽两省的巡抚。朱纨是地地道道的江南籍官员，夏言借他的改任证明，自己是很看重江南人才的。其实，推用督、抚，职在吏、兵二部，但以夏言的权势，经营东南沿海的人选，虽不一定是他授意，但一定要他认可。

顾从义本要饮茶，茶盅举起来，却停在空中。他脸色凝重，好像对朱纨的任用，勾起他许多想法。

夏言甚是不解：“怎么，汝和以为他不能胜任？”

“子纯先生能否胜任，非我所知。”顾从义道。

“那么，汝和在想何事？”夏言问。

“我在想，公谨先生的想法不对。”顾从义说。

“我错在哪里？”夏言问。

“公谨先生道，将子纯先生用在浙、闽，是看重他，实则害他。”顾从义说，“若论看重，巡抚南、赣也是看重。巡抚南、赣，安抚的是地方，对付的是山寇；巡抚浙江，安抚的是地方，对付的却不知是谁人！”

说不知谁人，还是知道的。东南沿海各郡有海寇出没不是一天两天，主张大力剿灭海寇和反对用兵的争论不是一天两天。朱纨在浙、闽动作稍大，该地乡绅中，乃至朝廷上，必定哗然。

“你是说，他须对付舆情？”夏言大不以为然，“要对付舆情的，又何止浙、闽！曾子重在陕西，不是一样要对付舆情。”

“这也是我为子重先生担心的。”顾从义直言不讳地说。

“有我在朝主持，何虑之有！”夏言不悦。

顾从义不再多说，但脸色依然凝重。

第三百七十八章

同安属泉州府，交通便利。东北方向有官道，直达泉州、福州。东南方向有东溪，注于海；烈屿、石浔，是入海的重要港口。西南方向通金门守御千户所、永宁中左千户所。后者设置在嘉禾屿，当地人俗称为厦门。西南方向又通白礁巡检司。

同安城里，有人不知道县衙在哪里。却无人不知许宅在哪里。许宅的主人许福，是嘉靖十七年进士，在外面作几年官，告假归养，再未复出。有人说，守着这样一处不仅在同安县，而且在泉州府首屈一指的豪华宅院，守着不计其数，而且仍在滚滚而来的财富，只有天字号的傻瓜，才会去官场上苦熬。

许家并非从来就巨富，也不是许福作几年官，挣来偌大的家产。许家骤富，是在许福出一次海之后。有人说：马无夜草不肥，人无横财不富，许福出一趟海，一定做过许多昧良心的事。

可许福仍然衣冠楚楚，许母仍然吃斋敬佛，唯一的变化是，他的亲妹子再也不露面。有人暗中打探，许家上上下下都说，小姐已出嫁。问嫁去哪里，许家人说，嫁去远处。问嫁与何人，许家人说，嫁与一既是书香门第又是富商的人家。

有人觉得奇怪：许家小姐被海贼掳去，是报过官的，怎么又出嫁？莫非掳去许小姐的那人，便是娶她的那人？那人究竟是海贼，还是既知书达理又有万贯家财的公子？

有人千方百计地打探，终于打探出，夫婿姓李；有人又千方百计地打探，终于打探出，夫婿是闽省大名鼎鼎的海贼李光头。

有人哂笑：一个连正经名字也没有的瘌痢头，算什么好人家！

有人暗中注意许家的客人。他们从东北方向来，也从东南方向来。有人暗中注意许家的家人。他们有时骑马大摇大摆地行在官道上，有时人不知鬼不觉地驾船出海。

有人向官府首告：出入许家的多是海贼，请截拿讯问；许家家人交通海贼，请截拿讯问。官府斥道：某次出入许家的是某参政的家人，某次出入许家的是南京要员的亲戚，哪一个是海贼！某日许家家人去某副使家送帖，某日许家家人去某侍郎家请安，哪一处是贼穴！

于是，许家是不是真的和李光头联姻，始终没人能够证实；而许家已有的财富，和仍然滚滚而来的财富，让同安人羡慕不已。

许福不认识来者，免不了要盘问："李三怎的没来？"

"奶奶差李三办事，故首领差小人来给舅爷叩头。"来者说。

许福沉下脸："难道没人告诉过你，在我这里不准称首领？"

"是，是，"来者马上改口，"我家员外再三嘱咐过，小人一路上都在念叨；可舅老爷一发问，无比神威，吓得小人忘记。舅老爷恕罪。"

许福不与他计较，问道："我妹可好？她生的是男儿女儿？"

"奶奶好。她生下一白白胖胖小公子，我家员外高兴得不成，差小人来给舅老爷报喜。"来者说。

"我那秃头妹丈可好？"许福问。

这一问，妹丈显见是李光头。

"员外好。他还命小人恭请舅爷和老太太，定个日子去岛上小住几日，看看小公子。"来者说。

"再说吧。"许福道，又问，"我那本家员外好？"

更可见妹丈是李光头。许多人都知道，李光头有个同党，叫许栋，比他的名气还大，是徽州府歙县人。

"许员外好，他老人家最近也娶亲。"来者说。

该问候的几个人问过，许福问起正事："我前次对妹丈要的物什，都是朋友们喜欢，托人索取的，你可带来？"

"小人带来。计有十柄暹罗折扇，十柄倭国短刀，十刀高丽纸。还有些珠宝饰物，是送给老太太、舅奶奶们的。"来者说罢，请示，"小人这就让他们搬进来，请舅老爷过目？"

"不忙，我还有话对你说，"带了来，许福就放心，他问，"你这次来同安，走的是海路，还是陆路？"

"小人走的海路。"来者说。

"那么，你就听不到什么风声，"许福道，他嘱咐，"回去告诉你家员外：最近要起风波，须得小心行船。"

来者听不明白，道："舅老爷再多说几句。"

“休得打岔，我正要对你说。”许福道，“回去告诉你家老爷，朝廷差朱都堂巡抚浙江，并督福建海滨诸郡，怕是冲着他等去的。”

“是，这两句话小的记住。”来者应道，又道，“我家老爷一定会问，舅老爷与这位朱都堂可有交情，小人怎答？”

“告诉你家员外，我与朱都堂并无交情。”许福说。

“是，”来者应道，又问，“我家老爷若问，舅老爷是不是可以与这位朱都堂定交，小人怎答？”

“尚未可知。听说朱都堂清廉峭直，勇于任事。只怕别人不敢做的事，他敢做；别人乐于受的礼，他不受。”许福说着，也摆出勇于任事的姿态，“回去告诉你家员外，朱都堂那里，我会用心去结交；即便结交不成，我在朝中有那么多挚友，定会设法掣肘的。”

“是，舅老爷多费心。”来者应道。

第三百七十九章

各科值房的人陆续走尽，只户科值房里还很热闹。都给事中厉汝进，左给事中查秉彝，给事中徐养正、刘起宗都在听刘禄议论。

刘禄字唯学，山东章丘人，嘉靖二十三年进士，在众人中资历最浅。

“我原以为子约兄既为‘皇甫四杰’之一，大概只会写诗作赋；不料他教训起长官来，丝毫不假以颜色，好不让人敬佩！”刘禄说。

皇甫濂字子约，苏州长洲人。他家四兄弟均善诗文，二兄皇甫涍、三兄皇甫汸分别中嘉靖十一年、嘉靖八年进士。

“唯学说的可是药厂的官司？”厉汝进问。

“正是，子修先生也听说？”刘禄道。

厉汝进字子修，永平府滦州人，嘉靖十一年进士。

“他教训的是大司空，还是少司空？”刘起宗问。

大司空是工部尚书的俗称，单称工部尚书时，亦只作司空。少司空则是工部侍郎的俗称。

“好叫宗之先生知道，是大司空。”刘禄道。

“不就是虚报额数吗，怎会把大司空惊动？我甚是不解。”徐养正说。看来，此事不仅厉汝进听说过，许多人都听说过。

“吉甫，怎么个虚报额数？”查秉彝问。他大概是没听说过此事的。

徐养正字吉甫，广西马平人，嘉靖二十年进士。

“药厂从药商处进药，譬如十两草药，药商报为一斤，这是明目张胆的虚报；譬如十两草药，和以其他，凑成一斤，这是欺上瞒下的虚报。”刘禄代为解说，“性甫先生看，如此奸商，可恶不可恶！”

查秉彝字性甫，是由礼科给事中升为户科左给事中的。

“我还以为管厂内臣虚报，原来却是药商虚报。”他说，“唯学说教训大司空，吉甫说惊动大司空，到底是怎么回事？”

刘禄说：“子约兄典药厂，发现虚报额数的弊端，亲自权量每一种药材，按治药商欺瞒之罪。”

“如此而已？”查秉彝摇头，“唯学，你还是没说清楚，皇甫子约按治药商，和大司空有什么关系？”

“大司空把子约兄唤去，斥责他几句。”刘禄说。

“这就是所谓惊动大司空？”查秉彝若有所思，“大司空为何偏袒药商，确实有些怪。难道他收受药商的好处不成？可用晦先生并不爱财呀。他主政浙省时，砥砺清廉，纤毫不受，我是知道的；听说他后来掌南院，从未到市面上购过一物。”

工部尚书文明，字用晦，锦衣卫籍，正德十二年进士，曾任浙江布政使、南京都察院掌院都御史等职。

“用晦先生斥责子约兄，并非爱财，而是别有隐情。”刘禄说。

朝廷大臣的隐私，是一般士人最愿意听的。徐养正问：“是何隐情？”

刘禄讲道：“用晦先生纳一小妾，青春韶丽。子约兄既按治药商，小妾当晚缠住用晦先生，一会用这里蹭蹭，一会用那里蹭蹭，哭泣不已。诸位想想，老夫少妻，用晦先生哪里受得住这般折磨！第二天到衙门，他把子约兄唤了去，严加斥责。”

众人听这话，无不掩口而笑。

“唯学用‘折磨’二字，极是传神。不过，用晦先生少夫人为何要替药商说情，却又让人不解。难道她得药商的好处？”徐养正问。

“她自然得药商极大好处，才会对用晦先生下这番工夫。”刘禄说。极大好处是什么，众人各有各的猜想，都想从他那里得到答案，而刘禄的答案让他等无不瞠目结舌：“各位不必胡乱猜想，用晦先生的少夫人乃是药商之女。”

众人恍悟，都奇怪，如此简单的事体，怎么会想不到。

“此事皇甫子约知道吗？”刘起宗问。

“他是用晦先生器重的属官，怎会不知道！他不知道，又如何教训大司空！”刘禄道。

“对了，他是怎样教训用晦先生的？”查秉彝想到前面的问题。

“他对用晦先生说：公掌国政，乃嬖于宠而听贾人冒侵国财，不为发奸，尚欲夺属下守法吏乎？其如君上何！”刘禄转述。

“好尖利的言辞，用晦先生大约无言以对。”刘起宗说。

“是，用晦先生敛容而谢。”刘禄道。

“虽敛容而谢，一则丈翁的财路从此断绝，二则被属官教训得诚惶诚恐，我看大司空心里未必痛快。”徐养正说。

“子约兄说得痛快，天下人听得痛快，他不痛快又怎样？”刘禄很为皇甫涍的严正而自豪。

查秉彝注意到，厉汝进在众人问答议论时一直不开口，他问道：“子修先生在想什么？”

“我原在想，该不该参大司空一本。”厉汝进道。

“依子修先生之见呢？”查秉彝又问。

“我看不必，若该参奏，皇甫郎大概早就参奏。”厉汝进道。第一个问题是他问的，现在他又来煞尾。“我等不如议一议该参奏的。”

现成有该参奏的题目，这也是户科众给谏聚在值房没有散去的原因。

前些日子，礼科给事中马锡参劾户部尚书王杲、巡仓御史艾朴，私收两淮盐运司解官黄正大脏贿，命管库员外郎余善继称纳低成色银。盐运司掌盐政，予盐商盐引而纳其税，各运司每年都有定额上缴内库。运司收纳低成色银，等于没有如数纳银；内库收纳低成色银，等于伙同欺瞒。何况，其间确实有行贿纳贿之事。皇帝愤怒，命将王杲、艾朴下镇抚司狱拷讯。结果拷讯出：先收银十三万，其中八万余两成色不足；续收银八万六千，其中一万一千两成色不足。

但王杲辩称：先后所收低成色银，当时即退还，并未呈部。由于余善继漏收解银千两，解官黄正大害怕受牵连，乃与该科臣谋，参奏善继，并连及臣等。该科臣所奏通贿事不确实，诚系泛言，以丧臣名节。乞容臣与该科臣面质，以明心迹。

大臣竟请与科臣面质，已全无大臣风度。皇帝当然不会准允，而命镇抚司官加刑再问。

此案的前因后果，户科上下无不明。六科之设的职掌之一是稽查大臣，没人会同情王杲；但对马锡的奏论，却有人不满。

“礼垣擅奏户部事，难免有纰漏，”刘禄说。“巡仓御史有收受脏贿之事，总督仓厂尚书便无事吗？他为何不连该尚书一起参奏？”

“怎么，克明先生也收受脏贿？”这是刘起宗没想到的。

王暐自户部侍郎升本部尚书，总督仓厂。他的经历里有两件事颇为人瞩目：一是任吉安推官时，是王守仁平定宁藩的助手之一；一是任大理寺副时，曾争大礼。他一向很注重操守，所以刘起宗听说他也有秽行，会感到吃惊。

“怎没收受！”刘禄与其说有确实的证据，不如说对自己的判断很自信，“黄正大自知解银有亏，至京后广通关节。县官不如现管，他知道彼王尚书是个关节，就不知道此王尚书更是个关节？他既然向景初先生通贿，一定也向克明先生通贿。”

“唯约所言，我不敢说有十成把握，但八成把握是有的。”查秉彝说着，问道，“子修先生，你看克明先生该不该参奏？”

“当然该参奏！”厉汝进断然言道，“有八成把握的案子若不参奏，科垣还有什么事好做！”

“若说克明先生收受脏贿有八成把握，则顺天府丞胡奎收受赃赂有九成把握。”徐养正接着提供一个可以参奏的官员。

在科臣眼里，只嫌府丞的官位太低，参奏起来没什么味道，谁还管有无实证？对徐养正的话，竟无一人质疑。

“若说胡府丞收受赃赂有九成把握，则太常卿严某收受贿赂有十成把握？”刘起宗又提供一个可以参奏的官员。

既曰严某，则为严世蕃无疑，太常卿实际上是太常寺少卿。虽然与两名户部尚书比起来，他也不是大人物，但有人要询问。

“严东楼收受脏贿，宗之兄有何实据？”查秉彝问。

“他的童儿亲口对人说，黄正大送与他家公子爷的银两成色不足，这算不算实据？”刘起宗道。

“怎么不算！有他家童儿这话，十个严东楼也可参奏。”刘禄说。

“景初先生已在狱中，不必再行参奏；须参奏者，第一个是克明先生，第二个是严东楼，第三个是胡府丞。”厉汝进把严世蕃和胡奎的先后顺序颠倒过来，问，“各位还有要补入者吗？”

没人提供新人，他五人当即拟好一疏，参奏上述三臣。

严嵩上疏为严世蕃辩。他写道：厉汝进等欲以赃罪污秽臣，乃借臣子世蕃，以肆其所诋。

皇帝一恨厉汝进等在案发后才参奏，二恨厉汝进等参奏不该参奏的人，在处罚被牵涉官员的同时，也给予厉汝进等严厉的处罚。

给被牵涉官员的处罚是：王杲、艾朴发边卫，黄正大发极边卫，王暐罢为民，余善继降一级，调外任。

给厉汝进等的处罚是：执至阙下，厉汝进杖八十，查秉彝以下各杖六十，俱降边方杂职。

随即命镇抚司官会同户部官至内库，辨验煎销低成色银。经辨验，计亏银一千三百一十七两。以低一成计算，内库收入的低成色银只有一万多两。另有一种可能，亏空的一千多两银子，可能就是王杲所称、余善继漏收的那一部分。

第三百八十章

掌锦衣卫事的都指挥陆炳相约，严世蕃是一定要去的。陆炳只请他一人，肯定不是为热闹，而是为议事。

“东楼兄好自在，竟有闲心来喝酒。”陆炳酒未饮一滴，先说一句在大醉中都不一定会说的话。

“督帅这话好不奇哉怪也！督帅若无闲心请客，我这就请辞。”严世蕃说着，真要起身。

陆炳不容他起身，把他按住：“一句笑话，东楼休得介意。来，我向东楼谢罪，先自罚三杯。”

他毫不苟且，一连饮三满杯。

严世蕃斜眼看过去，说：“我观督帅并非谢罪。”

“并非谢罪，却在作甚？”陆炳问。

“在喝闷酒。”严世蕃说。

陆炳也斜眼看他：“东楼既知我在喝闷酒，可知我为何事郁闷？”

“这不难知，等我也饮三杯闷酒再说。”严世蕃道。

他不如陆炳豪饮，每杯只遮住杯底，三杯加在一起，不足半杯。

陆炳并不计较，但问：“东楼为何也饮闷酒？”

“督帅因何事郁闷，我亦因何事郁闷；督帅因何事喝闷酒，我亦因何事喝闷酒。”严世蕃说着，开解自己，亦即开解陆炳。“后来我一想，不就是被参奏吗！自古以来，哪有不被参奏的臣僚？既被参奏，那是有人捧场，把你看作一号人物。这样一来，我不再郁闷，也就不喝闷酒，改喝兴酒。来，督帅，我与你再喝三杯兴酒。”

他依法炮制，自己又饮三杯仅遮住杯底的酒。

陆炳却无论如何兴不起来，酒杯端在手里，不往嘴边送。

“我今次被参奏，和东楼一个月前被参奏，略有不同。”他说。

“我知督帅的意思，所谓略有不同，一则是少些，一则是多些。”严世蕃边说，边自顾自地挑拣下酒的菜。说起来，陆府的菜肴并不怎么可口，他却吃得津津有味。

陆炳索性放下酒杯，问："何者少些？"

"一个月前，科、道参奏七八个人，今次科、道只参奏督帅一人。这岂不是少些？"严世蕃打着哈哈，"我知督帅在想什么。督帅一定在想：七八个人中，有两位尚书，正所谓天塌下来，官大的顶着。督帅却不知，庇护我的，并不是那两位尚书。"

"东楼有大树遮凉，我怎不知！"陆炳道。又问，"何者多些？"

"前次科、道参奏七八人，只为一事，今次科、道参奏督帅，却为三事。这岂不是多些？"严世蕃道。

陆炳不得不承认，严世蕃思路敏捷，思绪精细，非常人可比。他的话一句接着一句，句句说的是他的心思。

厉汝进等参奏王暐、严世蕃、胡奎等，在八月。御史陈其学参奏陆炳，则在九月。陈其学字行实，山东蓬莱人，嘉靖二十三年进士，初为试御史，后实授。他参奏陆炳三事：其一，矫旨，下逐客之令，凡外地寓居京邑者，一概摈出。其二，自立钱法，禁民行使钱钞，至罢市肆，道路侧目而视。其三，长芦解到年例盐，受奸民徐二等请托，任其加抽白盐，阻挠上纳。陈其学乞请皇上明正陆炳之罪，并敕户部会议钱法。

"东楼被参奏，顷刻化解于无形，让我羡慕，"陆炳说着，问道，"被参奏的人少些，亦可解吗？"

"可解，天下无不可解之人。"严世蕃说。

"被参奏的事多些，亦可解吗？"陆炳又问。

"可解，天下无不可解之事。"严世蕃说。

"请教东楼，如何解法？"陆炳问。

"我要先给督帅讲一个道理，懂得这个道理，督帅自己就有解救之道。"严世蕃煞有介事地说。

"是何道理，这等管用？"陆炳问。

"督帅方才说，我有大树遮凉，是指家大人吧？督帅若以为这次是家大人解救我，就大错而特错。"严世蕃说。

"皇上不追究东楼，不是因为严阁老的辩疏？"陆炳不信。

"皇上不追究我，或是因为家大人的辩疏；我这次摆脱干系，却全是夏阁老的恩德。"严世蕃说。

"他会解救你？"陆炳更加不信，"再者，皇上不追究，不就摆脱干系，还要别人施恩作甚？”

“皇上不追究，是一时的；夏阁老不追究，我才终得保全。其间的道理，督帅还不懂？”为更容易理解，严世蕃打个比方，“譬如，拟旨要督帅自陈，到底是皇上的意思，还是夏阁老的意思？”

还用说吗？皇上信得过自己，根本不要听什么自陈；一定是夏言猜忌，借自陈以施打击。让陆炳郁闷、恐慌的，其实并不是陈其学的参奏，而是批复中的“自陈”二字。

“督帅看！”严世蕃见陆炳已被点通，接着说，“夏阁老用不着出手解救，他答应不追究，即是恩德。”

这正是要害。陆炳问：“东楼，他是怎样答应不追究的？”

“督帅真要听？”严世蕃反问。

“我不也要向他讨这个恩德吗！”陆炳道。

严世蕃说：“好。对别人，我是断然不肯施教的；督帅是一家人，讲讲不妨。说来惭愧，”他善于做戏，说到这里，脸上立刻浮现无地自容的表情。“是家大人领我登门拜谒，命我在夏阁老榻前长跪不起，夏阁老碍不过情面，才教训几句，放过我的。”

陆炳的震惊表情，却不是做出来的。从不见严世蕃对人低声下首，在夏言面前，他怎么跪得下去？严嵩柔弱在外，刚硬在内，在夏言面前，他怎么看得下去？这还在其次。严世蕃的意思，是要他也去夏家，长跪请罪，他怎么能跪得下去？

“再无长策吗？”他不由问出口。

“有，”严世蕃应道，“督帅觉得面子比前程要紧，觉得在皇上那里，面子比夏阁老还大，可不用请罪，不用自陈。”

“前程要紧，面子也没夏阁老大。”陆炳道。

“那么，跪一跪何妨？”严世蕃开解道，“人皆有倒运时，倒运时受得胯下之辱，才称得上豪杰之士。再者，督帅今日在他面前屈膝，焉知不有一天，他会在督帅面前屈膝！”

“好，我效法东楼。”陆炳半是无奈半是解脱地说。

“既有此言，督帅欠下的三杯兴酒，外加谢我的三杯酒，可以合在一起饮吧？”严世蕃能说服他，甚是高兴。

酒、菜都凉，陆炳命换上新酒新菜，与严世蕃开怀痛饮。

第三百八十一章

十一月初五日夜间，后宫西北方向的大高玄殿失火。总管太监一面指挥人救火，一面差人飞报西苑。

报信的宦官未到，皇帝已被惊醒。近侍一面侍候他穿衣，一面请旨："爷，要备銮驾吗？"

皇上看他一眼，不作答。近侍知道自己问得唐突：万岁爷几年不入后宫，难道还会去后宫看救火不成?

万寿宫前有一座高坡，内臣们戏称为兔儿山。皇帝在几名近侍的簇拥下，登上兔儿山，朝东北方向眺望。这里也看不出个究竟，但浓烟迷漫，火光闪闪，却比在高坡下看得清楚。

不多时，一名近侍领着报信的宦官赶来。

"已烧到哪里？"皇帝问。

"回爷的话，已烧到西廊下。"报信的宦官答道。

西廊下即后宫西北隅。近侍们听后，无不惊吓：这不是要逼近坤宁宫吗！坤宁宫是正宫，是皇后娘娘的居所，非同小可。

皇帝并不太在意，仍不紧不慢地问："谁在那边张罗？"

"御马监麦叔和宫中总管张叔都在。"报信的宦官答。

"有他二人在，朕没什么不放心的，"皇帝说着，命报信的宦官，"你去传朕的话，要他等用心扑救，不可让火势蔓延到后宫。"

"奴才遵旨。"报信的宦官应着，却不起身。

"为何不速去？"皇帝怪道。

"还有一事请旨。"报信的宦官说。

"何事？"皇帝问。

"若火势一时难熄，可否先请娘娘懿驾出宫？"报信的宦官道。

从皇帝脸上看不出任何表情，既没有丝毫的关切，也没有丝毫的不悦。但近侍们看得出来，这个问题让皇帝心里很恼怒。

“此事是你要问的？”皇帝问。

“是麦叔、张叔要奴才问的。”报信的宦官忙说。

皇帝不再说话。一名近侍不住地向报信的宦官使着眼色，他见机不对，不敢多问，重重地叩过头，离去。

“唤张佐来见朕。”皇帝命道。

张佐才到救火的现场就被皇帝差去宣他的近侍找到，他虽惦记宫里的情形，但圣旨不可违，于是，匆匆赶往西苑。

皇帝见他，说：“那厢有麦福在，你且陪朕在这里观望。”

“是。”张佐应道。

皇帝看着远处的烟雾，说：“麦福好糊涂，竟问朕，要不要奉皇后出宫。他也不想一想，皇后出正宫，却去哪里！”

张佐想：爷这些年不去坤宁宫，就算守在坤宁宫，皇后娘娘还算得上皇后吗？再者，如果火烧到坤宁宫，宁可让方皇后困死在危宫，也不准她离开一步，爷于心何忍！但这些想法只能在脑海里一闪而过。皇帝既骂麦福“糊涂”，他又怎敢多嘴！

“爷圣明。”他应道。

接下来，皇帝和张佐都静静地观望

“张佐。”沉静中，皇帝忽然唤道。

“奴才在。”张佐忙应。

“你可听到那边的声息？”皇帝指着东北方向问。

张佐仔细听着，除风声和远处隐隐约约的叫喊声，什么声音也没有。他才要如实回奏，又一想：皇帝说不定念及皇后娘娘当年救驾的情义，动了恻隐之心，才拿这话来问。自己应一句，说不定可以请旨。

于是，应道：“奴才隐约听到呼唤。”

“你听到呼唤何事？”皇帝问。

张佐侧过头去听听，含糊应答：“奴才听不真切，”

“你听不真切，朕却听得真切，”皇帝说，“朕听到，火光中似乎有人在呼唤杨爵的名字。”

原来皇帝并非心悬皇后娘娘的安危！张佐在失望的同时，也有些纳闷：杨爵在诏狱关押几年，万岁爷怎么还记得他？

他装模作样地听听，道：“爷说的是。”

“还有人在呼唤刘魁的名字。”皇帝说。

张佐又装模作样地听听，道：“爷说的是。”

“还有人在呼唤周怡的名字。”皇帝说。

“爷说的是，”张佐这次连样子都不装。

皇帝若有所思：“朕常去大高玄殿祷祝。大高玄殿起火，火光中有人接连呼唤杨爵、刘魁、周怡三人的名字，是天授意于朕。朕听说，杨爵等在狱中，仍切磋学问，没一句诽谤朕的话，没一句诽谤朝政的话。是他等罪虽该死，上天怜惜，不欲他等死。”他做出决定。“张佐，你明日早朝后传旨，让他三人去吧。”

“奴才遵旨。”张佐应道。

那边火光渐渐黯淡，烟雾渐渐稀疏。皇帝打个哈欠，说：“朕困乏，要去歇歇。张佐，你也去看看，到底烧到坤宁宫没有。”

张佐应着，跟随皇帝下兔儿山。他站立一旁，恭送皇帝回万寿宫。

皇帝走几步，又回转身来，对他说：“朕一直想不明白，宫婢贱人，敢行弑朕；端妃知书，朕对她又有知遇之恩，她怎么也会与谋！”

张佐一惊。皇帝今夜明知方皇后处境危殆，而不着人奉迎她出宫暂避，甚至麦福等提及此事，还受到他责备，原来是因为想到曹端妃，想到对宫变的处置。皇帝无疑以为端妃是冤死的。张佐暗自叫道：好险！他曾协助方皇后处置宫中逆案，要是今天跟在麦福后面，请爷准许娘娘出宫暂避，恐怕就不是被骂一句“糊涂”。

他欲对处置“宫变”的情形解释一两句，至少为自己解释一两句，但皇帝已去远。

方皇后没被烧死在宫里，但那场逼近坤宁宫的大火，使她受到极大的惊吓；皇帝在万分危急中竟不准她避出，使她受到极大的震撼。她病倒，九天以后卒于宫中。

皇帝始终不与她见面，却在她死后给她隆重的礼遇：谥孝烈皇后，举丧百日，修斋醮于皇帝为自己选好的仙宫，命百官素服供事。

第三百八十二章

镇抚司狱共用一厕，一般囚犯欲大解时，报之狱卒，可自己如厕；案情更轻或疏通得好的囚犯，小解亦可去，他们借此机会活动一下；案情重大的囚犯，欲大解时，须报之狱吏或管事校尉，方可如厕。

杨爵的牢室正好对着茅厕，相距甚近，以至蹲在茅厕里的人，隔着茅厕的门和牢室的栅栏，可低声与他交谈。杨爵虽然饱闻恶臭，在夏日尤甚，但也可借此减少一些寂寞。

再次入狱，杨爵和刘魁、周怡分别关押在三间牢室，仍然是杨爵看管最严，周怡次之，刘魁又次之。三人只能利用如厕的机会，交谈几句。

这一日清晨，刘魁如厕，道声“得罪”，蹲上去。

“焕吾兄每日登厕，独今日道得罪，莫不是今日气味更佳？”杨爵与他开着玩笑。

“得罪者，非为此味径入伯珍先生之鼻，实为彼味不复入伯珍先生之口耳。”刘魁不嫌拗口地说道。

“此味彼味，何谓也？”杨爵听不懂。

“彼味者，每日所通饮食也。”刘魁解释。

狱中食物恶劣，杨爵、周怡又不被获准由家人送来饮食，有一两日，杨爵、周怡干脆不进食。姓张的狱吏与上官通融，许他二人分用送给刘魁的饮食。这就是刘魁说的“每日所通饮食”。

“为何不许再通？”杨爵问。

“张头昨晚偷偷对我说：今冬久旱，皇上祈雪未应，心急如焚，说不定要加怒于三位大人。上官恐被牵连，遂下禁令。”刘魁述道。

“应该的，应该的，”杨爵自语，“上苍若因我三人而不应皇上祈祷，我三人饿死也是应该的。”

“我却不这样想，”刘魁说，“上天难道真因我三人罪愆而不雪？难道必我三人死后方雨雪？我不信也。”

杨爵不再争辩。这个话题又有什么好争辩的呢！

刘魁去后不久，周怡如厕。他不及解开裤带，就蹲上去。

“顺之肥不外施，却何必至此？”杨爵笑道。

周怡先是愣住，待明白自己的荒唐，也笑。他站起身来，边解裤带，边说：“心存一事，以致忘乎所以。”

“顺之心存何事？”杨爵问。

周怡以问为答：“伯珍先生与道甫先生相识吗？”

“不识。我只听说，他主政吾陕时，官声很好，”杨爵说，“他系诏狱有五个月吧，如厕时，从不与我交一语。”

孙继鲁四月入狱，九月病亡。在巡抚山西前，他曾任陕西左布政使。

“原来伯珍先生也不识他。”周怡说。

见他解开裤带，一直不蹲下，杨爵提醒：“顺之莫非又忘乎所以？”

周怡难为情地笑笑，蹲下去。

“为何说到道甫先生？”杨爵问。

“昨夜我被惊醒，一听，是邻室有人吟诗。听罢，我喝彩：老兄作的好诗。他说，诗不是他作的，是在墙壁上看到的。我问他：可有题名？他说：有，下题晋抚孙继鲁。”周怡述道。

“顺之记得道甫先生的诗句吗？”杨爵问。

“记得，我吟与伯珍先生听，”周怡说着，吟道，“为国为民意已深，谏章一上泪沾襟。男儿至死心无愧，留取芳名播古今。”

浅显粗犷，不像是文士的诗，倒想是豪士的诗。孙继鲁和翁万达关于守山西的争议，杨爵知之不详；二人孰是孰非，更无从判断。但对孙继鲁的诗句，他却很喜爱。

“伯珍先生，此诗堪入你的《破碗集》吧？”周怡道。

杨爵在狱中，偶尔也吟一吟诗，一是有什么见闻，感而后发，二是听到什么好诗，唱以和之。牢室里得不到纸笔，他击破一碗，用碎片刻写在墙壁上。五六年下来，居然也有百余首。周怡和他同室时，谑道：“诗集他日付梓，可称《破碗集》。”

“诗存人亡，和之何益？”杨爵叹道。

“斯人虽亡，后人亦可受益。”周怡说。

杨爵心一动：这话有道理。他一笔一画将孙继鲁的七绝诗刻在壁上，同时也在斟酌唱和之句，竟不知周怡何时离去。

前两句尚未想好，后两句却有，道是：劝君努力加餐饭，浩荡乾坤在两肩。他又回过头来拼凑前面的两句。

“杨老爷大喜！”忽有人在栅栏外说。

抬头一看，是姓张的狱吏。杨爵心想：早晚要饿死，会有什么喜事？

“我在赋诗，张头休得取笑。”他说。

“并非取笑，皇上天恩，准释杨老爷出狱。”姓张的狱吏说。

杨爵一下愣住：姓张的狱吏绝不敢拿这种事开玩笑，诏狱里各官员、夫役绝不敢拿这种事开玩笑，看来是真的。

他回过神来，首先问道：“焕吾、顺之呢？”

“刘老爷、周老爷一并准释出狱。”姓张的狱吏说。

几滴泪水从杨爵眼角淌出。方才还在和刘魁议论，会不会被饿死在狱里，谁知否极泰来，忽传释狱之旨。见不到天日的牢狱生涯终于熬出头，有生之年，还可以见到老父妻子，何其幸哉！

他手里还握着碎碗片，缺欠的两句诗却怎么也吟不出来。

第三百八十三章

固原城西南六盘山，峰高路险。十一月，天寒地冻，曾铣率吕光、王环及亲军护卫，在山下围猎。暮时清点猎物，架起火堆，煮肉烫酒，聚于行帐，大嚼痛饮。

“王哥，知我为何欢畅吗？”曾铣乘着酒兴问。

“突入套中，有所斩获，都堂故欢畅。”王环说。

“不错，此其一也。我饮一杯，吕生再说。”曾铣命道。

“朝廷有旨，逮拿仇某，子重先生故欢畅。”吕光说。

“不错，此亦其一也。”曾铣又饮一杯。

“前者锦衣卫官校过固原，是为逮拿仇某吗？”王环问。

“是啊，”吕光说，“我奉子重先生命，请钦使饮酒，钦使道：子重先生参本朝入，而夕奉旨，下仇某于狱。”

“杨都堂有没有被牵累？”王环又问。

“没有，他等只奉旨逮拿仇某。”吕光说。

“如此甚好。”王环松一口气。

曾铣好奇地问：“王哥为何关切杨子？”

“杨都堂志向大，肯任事，在甘肃规划有方。他若留任，都堂大人复套，可得襄赞之力。”王环说。

“王哥且分得出优劣，子重先生和唯约先生同榜进士，唯约先生之志、之才，他焉能不知！”吕光道，“前者甘肃军违令，子重先生稍参一本，以示警戒。唯约先生罚俸四月，子重先生意足矣；但仇某贪渎，卫卒痛恨，仅罚俸六月，难平其愤。所以，子重先生又重重地参他一本。”

“参得好！”王环拍掌称快。

“甘肃的事只管说它作甚，我今日为何欢畅还有遗漏呢，”曾铣说着，问道，“王哥，你可还料得到？”

“朝廷议定，斩一首级，赏五十金，都堂莫非为此欢畅？”王环问。

“我曾论，不可偏重首功，怎会自食其言！”曾铣道，又转身问吕光，“吕生，你料得到吗？”

“是不是公谨先生又有手札到？”吕光胡乱猜测。

“知我者，公谨先生也。每得公谨先生一札一字，我必喜之。然喜则喜矣，却还不到欢畅的地步。”曾铣说。

“我等皆料不到。”吕光、王环齐道。

“王哥料不到，情有可原；吕生，你为何也料不到？你我十余天的辛苦，你难道都忘怀？”

“原来是论复套的宏文已经收笔，果然令人欢畅。”吕光说。

“论复套的奏本已上奏朝廷吗？果然令人欢畅。”王环亦言。

曾铣呵呵大笑：“都道欢畅，我等就欢畅到底。”

他换巨觥，注满酒，一饮而尽。吕光、王环及随来的将领、幕僚们，都效仿他，喝一大碗酒。

“王哥，请为众人助兴。”曾铣命道。

“如何助兴？”王环问。

“王哥的箭法，我等都再三领教；今可舞剑助酒。”曾铣说。

王环身无佩剑，躬身道：“请借都堂宝剑一用。”

曾铣命贴身校尉把自己的佩剑与他。

王环用惯刀，初舞起剑来，显得生涩，不似舞剑，而似舞刀。但兵刃都有相通之处，渐渐的，他体会出剑的妙用。先是刺出去似剑，接着劈下来似剑，再接下来，一招一式无不似剑。

“好！”众人无不喝彩。

“当不当喝一大口？”曾铣问。

“当得！”众人齐声喊叫。

曾铣先饮一大口，众人随之饮一大口。

王环收剑，交还曾铣的贴身校尉。

“吕生，请为众人助兴，”曾铣命道。

“如何助兴？”吕光问。

曾铣想了想，想出主意：“一张一弛，文武之道，王哥以武技为众人助过兴，你再以口才为众人助兴。”

吕光躬身道：“请子重先生出题目。”

“你我皆为复套欢畅，我就以复套之论考校你，”曾铣说着，问道，“以形势论之，为何必复套？”

吕光端着酒杯，从这一桌走到那一桌，每走一桌，就劝一口酒，不多时，各桌走遍，他杯里的酒也饮尽。

然后，他立于行帐中央，侃侃而论：“夫河套，乃中国之故地也。自受降城久弃不守，移镇榆林，河套尽为虏有。盘踞年久，巢穴已成，诚腹心之疾也。虏贼出套，大举深入，或犯三关，或犯宣、大，而直隶内地，亦可以长驱而入；虏贼入套，大举深入，或犯平凉、固原，或犯延安、庆阳，而陕西省城，亦皆为之震恐。其不复套之害，有如此者。河套复之，外而宣、大三关可保无虞，内而平、固、延、庆，可高枕而卧矣。其复套之利，有如此者。夫套之复与不复，诸镇之利害，昭然可见。此其形势之不得不复也。”

“好！”众人喝彩声比方才更高。

“且不忙饮酒，我还有题目考校他，”曾铣止住众人，“以时机论之，为何必复套？”

吕光又有鸿篇大论：“方今之时，天下富强。况我皇上有复套之心，而壮总督复套之奏；执政之臣，仰体皇上之心，而赞襄复套之事。以其时则可以有为，不为则过时而难图；以其机则顺而可行，不行则祸发于莫测。此时机之可复而不可失者。”

众人又是一片欢呼声。

“当不当喝一大口？”曾铣问。

“当得！”众人不待曾铣传令，大口喝起酒来。

曾铣微笑，看着群情激昂的将令和幕僚们。吕光的陈对实际上是曾铣和他讨论复套疏时，字斟句酌出来的，难得他烂熟于胸，一字一句都记得。曾铣想用这个方法给众人鼓一鼓劲，看来目的达到。

众人情绪稍稍安定，曾铣说：“我接着吕生之论，再来为诸位助一助兴。本院尝揣摩形势，较量彼此，以为复套之役有六可。因河为固，比之守墙，其易十倍。凿冰为壕，垒冰为垣，守河套比之守墙，易犹三倍。此一可也。天时地利，彼短我长。冬、春之际，袭其营帐，掠其牲畜，虏必远徙。数百里内不复敢牧，则河套之半，已非虏有。此二可也。宁夏一镇，势据上游，利于舟师。我大造战舸，闲习水战，虏益惊扰。此三可也。宁夏地饶，利擅渠堰，谷粟可储。此四可也。全陕屯地，多极膏腴，套复则移营田之人，耕垦沃壤，以实边堡。此五可也。胡虏之情，利在剽掠，势非株守。俟其既出，我以十万之师，水陆并进，虏望必绝。此六可。我有六可，复套必矣。”

浑脱，即鞑靼部用以渡河的牛皮筏子。

曾铣六可才一说完，众人齐问：“当不当喝一大口？”

曾铣应道：“当得！”

众人杯觥交错，争先而饮，行帐里欢歌笑语，达旦方止。

第三百八十四章

福建是分巡道最多的省份，共设九个。海道为其一，驻漳州。漳州、泉州有五水寨，为协调指挥，设备倭都指挥一员，亦驻漳州。

朱纨以浙江巡抚的名义开府，没把衙门设在杭州，或海盗更猖獗的浙江滨海城市宁波，而是一头扎到福建南端、邻近广东的漳州，使漳州城里两个头面人物，福建按察司分巡海道佥事柯乔和福建备倭都指挥黎秀，大为紧张。朱纨开府漳州后，没召见任何当地官员，而是一头扎到沿海各港口卫、所，明察暗访，使得柯乔和黎秀更为紧张。

朱纨终于请他二人去议事。“请”是他使用的客气说法，在受命去请二人的衙役看来，乃至在柯、黎二人看来，是被传唤而至。

“迁之先生，请这边坐。”朱纨招呼柯乔坐到自己左首。

柯乔字迁之，池州府青阳人，嘉靖八年进士。

“黎总督，请这边坐。”朱纨又招呼黎秀坐到自己右首。

黎总督并非戏谑的称呼。他这个备倭都指挥的又一职衔，是总督五寨水师都指挥。当然，此总督和陕西三边总督、宣大总督，以及两广总督，根本不能相提并论。

等二人坐定，朱纨咳嗽一声，说：“我到漳州一个多月，一直未与二位见面，在旁人看来，大有喧宾夺主之势。今日特向二位谢罪。”

“不敢，”柯乔揖道，“未能陪同子纯先生巡视海防，乃下官失职，应当下官向子纯先生请罪。”

“卑职失职，理应请罪。”黎秀附和道。

“是我想自己走一走，看一看，不关二位的事。”朱纨说，“可一走一看，才知道本院太自以为是。各地的一些事情，竟看不明白，不知该先向迁之先生请教，还是该先向黎总督请教？”

“子纯先生不明之事，该问下官的，请问下官；该问黎总督的，请问黎总督。子纯先生有所发现，该处分下官的，则处分下官，该处分黎总督的，则处分黎总督。”

柯乔说。

“黎总督怎么说？”朱纨问。

“是，都堂大人该问的问，该处分的处分。”黎秀说。

“好，我就先向你请教，”朱纨道，“请问，水寨以何职官领事？”

这是不用想也答得出来的。黎秀说：“回都堂话，应以把总领事。”

“不知漳州的规矩，是一把总领一水寨，还是一把总领数水寨，还是一把总统领各水寨？”朱纨问。

这也是黎秀不用想的：“回都堂话，一把总应领一水寨。”

“漳州有五水寨，不知我数错没有？”朱纨道。

“是，漳州有龙溪、漳浦、长泰、诏安、海澄等县濒海，入海处皆设水寨。”黎秀应着。

“请问黎总督，该等水寨，共有几位把总？”朱纨的语气开始不对。

“共有五位把总吧。”黎秀无十分的把握。

“请问黎总督，该等水寨，实有几位把总？”朱纨的语气更严厉。

“应有五位把总吧。”黎秀十分的没把握。

“五位把总？”朱纨冷笑一声。“我却只看到三位，不知是否看错？”

黎秀身上直出冷汗。两个月前，他巡视各水寨，把总们都在；怎么朱都堂巡视，却少两个？是真的缺员，还是别有隐情？

朱纨不容他喘息，继续请教：“漳州共十三巡检司，我没数错吧？”

“是。九处在沿海，四处在腹地。”黎秀说。

“黎总督可知，十三司应有弓兵若干？”朱纨问。

“约有千人。”黎秀记得大概的数字。

“约有千人？”朱纨又是一声冷笑，“十三司该有弓兵九百五十人，实额只有三百七十六人，其他人呢？”

黎秀不仅出冷汗，而且打冷战。

“黎总督于人数或疏忽，我再问一问船数吧，”朱纨说，“铜山、玄锺、浯屿三寨，各该有船若干，黎总督还记得吧？”

“或二十只，或四十只。”黎秀答。

“那么，铜山寨现存船只若干？”朱纨问。

黎秀答不上来，只顾揩拭额上汗珠。

“玄锺寨、浯屿寨现存船只又是若干？”朱纨追问。

黎秀只得如实说："卑职尚未查明。"

"我已替你查过：铜山寨现存一船，玄锺寨现存四船，浯屿寨现存十三船。三寨共该有船八十只，现在颠倒过来，仅有十八只！"朱纨说着说着，火气冲上来。"属员不知多少，弓兵不知多少，船只不知多少，黎总督一门心思都用到什么地方！"

黎秀不敢出声，柯乔在一旁看不过去。他说："下官知道，乞代言之。"

朱纨看看他，说："迁之先生既知，请讲。"

"黎总督一门心思都用在筹饷上。"柯乔说。

朱纨稍稍一愣。他所到之处，人员、船只等都仔细勘查过，对粮饷一事，却没留意。一门心思用在筹饷上，可见缺饷是件大事。

他问黎秀："可如迁之先生所言？"

"是，粮饷不给，难怪人员缺少，船只缺少。"黎秀说。

"缺饷情形如何，你说与我听！"朱纨命道。

这是黎秀熟知的。他说："漳州卫与漳州府同城，可谓守护漳州的磐石，该卫月粮已少派三个月；铜山千户所，缺支达二十个月；泉州高浦等所，缺支也有十个月。"

朱纨沉吟：各卫所、水寨缺额兵员要补充，各水寨、战哨缺额船只要补充；但看来，首先要解决的，还是粮饷。粮饷不继，兵员补齐，还会散去；船只补齐，还会失去。

"黎总督，我托你办一件事。"他忽然说。

黎秀深揖道："请都堂差遣。"

朱纨说："请你查实所辖各处缺员、缺船、缺饷情形，开报给我。"

"是，"黎秀应，并问，"都堂已查实之处，还要查吗？"

"我查阅的地方有限，事由有限，你再统查一遍，我方好上奏朝廷，统筹策划。"朱纨说。

"是，"黎秀又问，"都堂给我几多时日？"

"半月如何？"朱纨道。

"卑职勉力而为，半月后报与都堂。"黎秀说。

"好，"朱纨略加称许，又叮嘱道，"军中无戏言，你记好，一要如期，二要如实。"

"是，"黎秀见自己的事情说完，道，"卑职请辞。"

"你去吧，"朱纨抬手让了让，算是送客。

柯乔与黎秀同城同事，则要起身，以目相送。等黎秀出大堂，他复又坐下，心想：子纯先生对自己不会也是一连串的质问吧？

朱纨却笑容可掬地与他说句闲话：“迁之先生那科有二乔，字又都是迁之，可谓一段佳话。”

“是。下官是南直隶人，那位迁之兄却是浙人。”柯乔回应道。

另一乔姓项，是浙江永嘉人，与前首辅张孚敬同邑。

“迁之先生替黎总督开脱，却把责任揽上自身。”朱纨转回话题。

“这话怎讲？”柯乔问。

“黎总督为筹饷而疏忽其他，虽亦失职，无可深责；这粮饷的事，我可要拿你是问。”朱纨道。

“缺饷之事，我也没有法子可想，”柯乔说，“闽省逋负相继，侵欺莫稽。今年秋成，始征去年额派。朝廷的田赋，欠一年多；卫、所粮饷欠上十月二十月，何足道哉！”

“有这等事！”朱纨气愤地说，“军国之需，至重之务也；征收之限，至重之法也，福建布、按二司，怎敢视同儿戏！”

柯乔苦笑：“子纯先生责备的是。但有些话，我不好多说。多说，子纯先生又要以为我在为什么人开脱，甚或为自家开脱。”

“迁之先生但说不妨，不设法开脱，难道认罪不成？”朱纨道。

柯乔直言不讳：“好，那我就实话实说。子纯先生来福建的时间尚短，还不知此地乡评的厉害。”

所谓乡评，主要指本地乡绅对各衙门官员的品评。

“乡评何处没有，岂独闽省然哉！”朱纨道。

柯乔说：“子纯先生等视闽省乡评和他省乡评，会很难办事。他省乡评，还可评出个是非；闽省乡评，评的只是乡亲、乡情。”

“请试举一例。”朱纨鼓励他往深里说。

“好，”方才是朱纨不停地向黎秀提问，现在论到柯乔不停地向朱纨提问。“泉州李光头，子纯先生知道这个人吧？”

“知道，听说他在外岛盘踞。”朱纨说。

“李光头何许人也？”柯乔问。

“乱民贼子，又何必问！”朱纨道。

“子纯先生知他在外岛盘踞，可知他也在泉州穿街过市？”柯乔问。

“这却不知，泉州官衙难道听任他穿街过市？”朱纨反问。

“泉州官衙几次想对他下手，无奈他有靠山。”柯乔说。

“靠山是谁？”朱纨问。

“子纯先生莫急，我就要说到，”柯乔说着，又问，“同安许福，子纯先生知道这个人吧？”

“知道，听说他乡居十年，不复出仕。”朱纨说。

“他与李光头结姻，是李光头的靠山。”柯乔说。

“乡居进士竟与海寇结姻，当地官员为何不参奏他？”朱纨问。

“当地官员几次想参奏他，无奈他也有靠山。”柯乔说。

“靠山是谁？”朱纨问。

“他同邑大老林茂贞，”柯乔说。

林希元是正德十二年进士，官至广东副使，又享有清誉，在休致的同安籍、泉州籍乃至福建籍官员中，堪称大老一级。

“茂贞先生会是许福的靠山？他负才放荡，见事风生，是有的；但明知许福是海贼姻党，还会凡事为他作主吗？”朱纨始则不能信。

“他只管许福是不是自己乡邻，还管许福是不是海贼姻党！所以我才说，福建乡评只能评出乡亲、乡情。”柯乔道，“再者，子纯先生只知他负才放荡，见事风生，可知他擅受民词，私行拷讯？可知他擅出告示，侵夺有司？可知他擅造大船，专运贼赃？”

“有这等事？”朱纨继则不敢信，“乡官为一乡之望，肆志狼藉如此，那还了得！有司为何不参奏他？”

“这便是乡评的威力，”柯乔说着，又问下去，“子纯先生赴任伊始，无论在福州，还是在泉州，林茂贞可曾求见？”

“我过泉州时，他曾前往投刺；但时至今日，我才与迁之先生和黎总督见面，哪里顾得上见他！”朱纨道。

“虽未见面，他一定也有文册赠留吧？”柯乔问。

“留下一册，说是请教；但我各地文牍还看不过来，还复不过来，哪里顾得上读他的闲册！”朱纨说着，欲着随从将林希元留的册子找出。

“子纯先生不必找，我知上面写些什么。”柯乔说。

“他写些什么？”朱纨问。

柯乔一件一件地说：“无非是某官某被他参劾，狼狈去官；某官某被他痛斥，声名狼藉；某官某不遵乡俗，被他集合乡党殴致重残。”

“他欲恫吓我？”朱纨恍悟。

“上自方伯，下至州、县，他无不以此法恫吓。”柯乔说。

朱纨怒目圆睁，拍案而起：“所以各官不敢参奏他，不敢参奏他所庇护的乡党，不敢动一动其乡所党庇护的海贼！他以为人人皆怕恫吓，却不知天底下还有个不怕恫吓的朱子纯。”

柯乔对林希元的指责，他终则信而不疑。

“子纯先生欲待如何？”柯乔问。

“我要做两件事。”朱纨说。

“哪两件事？”柯乔问。

朱纨说：“其一，我要参奏林茂贞，参奏许福，并请禁一切违式大船下海，以杜绝乡官与海贼的联络；其二，我要传檄逮拿李光头等，并将庇护他的乡党、庇护乡党的大老一一绳之以法。”

他未必是与柯乔交谈后，才决心做这两件事；但与柯乔交谈后，他做这两件事的决心更加坚定。

“子纯先生大义凛然，令人景仰。”柯乔揖道，“下官尚有一言，请子纯先生俯听。”

“请赐教。”朱纨说。

柯乔一字一字地说：“流言犹能动人。”

朱纨揖还一礼，说：“多谢迁之先生爱护之情。我自知将行之事，皆乖方违众。市虎传信，薏苡损真，某将来之罪，不知所终。但官斯土者，皆可因循迁就，某受朝廷重恩，唯有以身殉之。”

“市虎传信”引《淮南子》中的典故，说的是：市上本无虎，三个人都说市上有虎，听的人就信以为真。

“薏苡损真”引《后汉书》里的故事，说的是：马援在交阯，常食薏苡之实，借以轻身省欲，抵挡瘴气。他还朝时，欲将薏苡移植北方，命军士运载一车。他死后，有人传言，他运回来的都是珠宝。于是，后世有薏苡明珠的说法。

朱纨借这两个典故，说明自己对祸之不测有充分的估计，并表明自己义无反顾的决心。

第三百八十五章

张佐侍奉皇帝几十年，皇帝的反复，他见得太多，早习以为常。但皇帝对复套一事，由肯定到否定，由兴致勃勃到意气萧索，变得突然，变得彻底，仍然让他无所适从。

皇帝态度的转变发生在嘉靖二十七年正旦节过后。正旦节前，皇帝还在一段一段地读曾铣关于复套的长篇大论，还在一张一张地看曾铣配合其长篇大论绘制的图籍。他的长篇大论有恢复河套、修筑边垣、选择将才、选练军士、补实马匹、进兵机宜、转运粮饷、申明赏罚、兼备舟车、多备火器、招降用间、审时度势、防守河套、营田储备、各修职守、平息讹言、宽弛文法、处置孳畜等十八个题目，洋洋数万言。那日他和吕光在众人面前背诵的，不过是“恢复河套”题目下的一部分文字。他绘制的图籍有立营总图、遇虏驻战图、选锋车战图、驻兵逐战图、步兵转战图、分营进攻图、变营长驱图、获功收兵图等八个名目，他的用兵构思无不形之于图。

皇帝读他的长篇大论，不时称赞某一段写得好；看他的图籍，不时会心地一笑。在这一赞一笑中，似乎大举用兵已成定局。

正月初二日，皇帝忽然传旨，命廷臣修举实政。

谁也说不准，皇帝为什么会有这一旨意。与夏言关系较为密切的官员，去询问夏言。夏言说：修举实政，即修举实政，还要问为什么吗？难道实政不该修举？与严嵩关系较为密切的官员，去询问严嵩。严嵩叹道：东楼若在，或可揣度圣上的心意。他仍然担心夏言不肯放过严世蕃，为他请准假，让他回乡省墓。

当然，谁也不会把皇帝的这一旨意和复套联系起来。

张佐隐隐觉得，皇帝这一旨意，和西北的事有关联，因为皇帝传旨前，曾经要他把陕西巡抚谢兰、巡按徐祚去年七月的奏疏找来。该疏奏言西安府澄城县的地震，称：澄城界头岭吼数日，中部断开，移者相去四五里，有分崩离析之象。

但仅是隐隐觉得而已。陕西境内地震、山崩究竟给皇帝什么启示，他既不敢向皇帝问起，也不敢对朝臣说起。

初六日，皇帝又和张佐谈论陕西的地震。

“张佐，你还记得陶师对陕西地震是怎说的吗？”皇帝问。

“奴才记得，陶师对奴才说：汉世逢有灾异，则赐三公死，以应天变。”这句话，张佐早已奏闻，这时又复述一遍

“真乃神仙之语。”皇帝叹道。

其实，陶仲文也直接对皇帝密奏过此言，不过略有不同。对皇帝说的是：山崩应在圣躬，可如周太史答楚昭王故事，移于将相。这一说法容易让人想起“嫁祸于人”四字，远不如为国家、为社稷，而赐三公死，来得冠冕堂皇。

今日问起陶师的话，因为又有不同的体会。

“不过，神仙之语也有缺漏。”皇帝说。

张佐含混应道：“爷说的是。”

“何者说的是？”皇帝问。

张佐道：“自是神仙之语也有缺漏。”

“缺漏在哪里？”皇帝问，张佐答不出来，皇帝训诫他，“这话朕说得，你说不得。缺漏在哪里？陶师只道逢有灾异，赐三公死，并没说灾异多应在三公身上。这就是缺漏。如陕西地震，实是将相在该地偾事。”

“爷圣明！”张佐想：爷记挂陕西地震，果然与复套事有些关联。

皇帝在殿内踱来踱去，走了几个来回。他停下来，问张佐：“曾铣曾建议卖马制车，可有此事？”

这是曾、夏在私宴上随便议论的，不知怎么传到皇帝耳朵里。

“这事奴才也听说过。”张佐道。

“卖马制车，是否妥当，不妨计议；可曾铣疏论复套时，又请买马备边。这就荒唐得很！”皇帝说着，不由动气。“忽而议卖马，忽而议买马，岂不是将军国事视为儿戏！”

“爷圣明。”张佐唯恐皇帝的火气转移到自己身上，战战兢兢地说。

皇帝回到御座，伏身御案，飞快地写上几句话。写完后，问张佐：“两位阁老现在何处？”

“正旦节才过几天，奴才想，应在西苑值庐。”张佐说。

“你把朕的手谕交与夏卿，对他说，朕等他的回话。”皇帝命道。

“要他亲来向爷回话吗？”张佐请旨。

“说与你听即可，朕此刻不欲见他。”皇帝道。

皇帝写道：今逐套虏，师果有名否？兵食果有余、成功可必否？一铣何足言，如生民荼毒何？

张佐读罢，暗自咋舌：皇帝出言如此，应是曾铣末日。

“他如何说？”张佐一回来，皇帝就问。

“夏阁老惶惶不安，但请皇上亲裁，”张佐道。

“他不辩一句，此事便与他无干？”皇帝在写敕时，已想好如何处置，“张佐，你去传旨，由兵部集官会议此事。朕的手敕，着司礼监刊印百余道，遍给与会诸臣。朕还有几句口谕，你再去内阁宣示。”说话间，他在心里打个腹稿。“今欲行此大事，一铣何足言，只恐百姓受无罪之杀。我欲不言，此非他欺罔比，与害几家几人之命不同。我内居上处，外事下情何知可否？卿等职任辅弼，果真知真见，当行，拟行之。”

“是，奴才这就去办。”张佐应道。

皇帝又说一遍“一铣何足言”，他更加相信，曾铣绝无生理。

第三百八十六章

赵金吾仍在那间小房里，为夏府上上下下缝制衣物。夏言悄无声息地走进他的小房，静静坐在一旁，看他劳作。

赵金吾在可停时停下，说："老爷又有麻烦吧？"

"麻烦不小。"夏言觉得，对别人不能说的话，都可对他说。

"是朝廷上的事，还是家里的事？"赵金吾问。

"朝廷上的事也有，家里的事也有。"夏言说。

"我是一介草民，朝廷上的事，我不知道，无法替老爷分忧；家里的事，我却知道，也可替老爷担待。"赵金吾说。

夏言形容惨淡，道："若不能容于国，何以有家？我今日找你，就是想说一说朝廷上的事。"

"老爷说吧。我虽无法替老爷分忧，却可听老爷倾诉。"赵金吾说。

夏言回首往事，徐徐言道："去年曾子重来，我陪他饮酒。饮过酒，我来你这里坐过一阵，对你说：曾子重有志，必以复套为己任；他若建议复套，我必赞之；我若赞之，皇上必准。"

"老爷的话我还记得，"赵金吾插话，"不瞒老爷说，我当时曾想，这话是不是说过头？"

"怎叫说过头？"夏言问。

赵金吾说："曾老爷建议复套，老爷必赞之，这话不过头；老爷赞之，皇上必准之，这话就有些过头。人家一听，岂不以为老爷当家？"

"你既想到，当时为何不说？"夏言道。

"那时老爷兴头正高，我不忍扫老爷的兴。"赵金吾说。

"说的是，老爷的兴是不可扫的。当时大家都在兴头上，你即便说，我也未必听得进去。"夏言感慨之余，继续叙述朝廷上的事，"后来，曾子重果然立志复套，我果然赞之，而皇上果然从之。"

“这不很好吗？这番事业，定可成就皇上为千古一帝，成就老爷为千古一相，成就曾老爷为千古一将，”赵金吾道。三个成就，绝不是他自己的话，或是夏言无意中在他面前流露出自己的抱负；或是有人对夏言巴结奉承，被他偶然听到。

“原是很好的，可皇上忽然间变卦。”夏言说。

他以为赵金吾也会震惊，不料赵金吾却说：“皇上变卦也很好呀！战事一开，谁能保证必胜？再说，皇上变卦又不是第一次，老爷遇到麻烦又不是第一次，用得着长吁短叹吗？”

“皇上变卦不碍事？”夏言问。

“我看不碍事，”赵金吾说，“譬如有主顾早起拿来块布，想我做一件长衫，晚间变卦，要我做一件短衫，我改做就是。曾老爷好比那块布，老爷好比我，皇上好比主顾。皇上原想用曾老爷复套，老爷于是使他复套；皇上后来不想用曾老爷复套，老爷大可使他守套。”

“家事怎可与国事比！”夏言看他没意识到事态的严重，告诉他，“皇上要追究议复河套的责任呢。”

“皇上要追究，让他追究吧。”赵金吾道，他不知深浅，仍以家事比喻，“譬如老爷得一块上好的材料，命我裁制衣物，我裁制的不得体，老爷也要追究我的责任的。老爷追究我的责任，无非责备我几句，我听着就是；皇上追究老爷的责任，无非也责备几句，老爷听着就是。”

夏言看他无忧无虑的样子，听他无忧无虑的话语，又是羡慕，又是惆怅，感慨道：“我之快活，不如缝工。”

“老爷这话不是真心。读书读成进士，谁还耐烦作缝工！做官做到相国，谁还耐烦作缝工！”赵金吾反驳道。“我有句话，老爷别不爱听：老爷现在想学作缝工，晚矣。”

“谁说不是！”夏言道。

一个是当朝第一臣，一个是以技糊口的下人，说起朝廷上的事来，是绝无共同语言的。但从赵金吾的角度来理解朝廷上的事，无疑给夏言许多安慰；他暂且把朝廷上的事搁置一边，说起家里的事。

“金吾，你道家里的事可以替我担待，你如何担待？”他问。

“家里的事，老爷最关切的，莫过于子嗣，”家里的事，赵金吾说得很准确，“老爷至今无子嗣，但三夫人已有身孕，老爷真有麻烦，三夫人母子的平安，由我来担待。”

原来，皇上追究的严重，他也不是一无所知。

“甚好，此事正要你来担待。”夏言说。

三夫人姓崔。夏言原配没有生育，继夫人苏氏没有生育，而新纳小妾崔氏近日有喜。崔氏不容于苏夫人，居于外馆。夏言在，她和尚未出世的子女自有保障；夏言若遇到麻烦，她的麻烦就不知会有多大。除复套之议，这是眼下最让他放不下的心事。

回到书房，夏言的心情平静下来。他把几天来发生的事情串联起来，考虑自己该如何应对。

兵部开始是支持复套的。如延绥巡抚张问行反对复套最力，兵部奏请罢去张问行，以山西巡抚杨守谦代之。杨守谦是力主复套的地方大员，把他调去陕西三边，不是支持曾铣又是什么？在正旦节过后，兵部议复套事，还提出一些具体措施。如募集山东、河南良家子行边，以神机营火器供应陕西三边，等等。

但皇上态度一变，“师果有名否？兵食果有余、成功可必否”的圣谕一出，兵部马上也改变态度，这是在预料之中的。兵部是执行者，不是决策者，兵部尚书王以旂是慑于夏言之威才支持复套的，并非本来就有复套大志，此际还能指望他出面分担一部分责任？

对兵部的反复，夏言并不失望和气愤。

严嵩的反复也说不上让夏言失望。他从来不把严嵩看成一个人物，无论是在主政时，还是在被皇帝贬斥时；他也从来不以为，自己被皇帝贬斥，是严嵩起的作用。

但严嵩的反复却让夏言十分气愤。皇帝手敕一出，严嵩立即上疏称：套虏为患日久，祖宗时力岂不能取之？而卒不果复者，盖有深意。今兵力不逮祖宗时远甚，且中外所藏殚竭，一旦议出无名之师，横挑强虏，诚有如圣心所虑者。臣闻曾铣所奏，征套必用三年，每年必用兵十二万，必用银百五十万两。铣又云：此其大略，临时请给者不在此数。则师未兴而经费已不可支矣，民将何以堪之？铣以好大喜功之心，而尚穷民黩武之举，在廷群臣皆知其不可。第有所畏，不敢明言，以至该部附和上奏，幸赖圣心远览，特降明谕，活全陕百万生灵之命，诚祖宗社稷之福。臣备员辅职，如此举措关系国家安危大计，不能先事匡正，坐廑圣虑。同官夏言于他政效劳为多，臣独分毫无补，有负委任，请从显黜。

这哪里是说他不能事先匡正，明明是说我独断专横；哪里是要皇上显黜他，明明是要皇上严办我！夏言想。就算在拟定复套之旨时没与你计议，但复套之事你难道一无所闻？怎么从没听你说过一句“民将何以堪之”？皇上说“只恐百姓受无罪之杀”，你也做出无辜的样子，说什么“民将何以堪之”，我何以堪之！

别人肯不肯分担责任，姑且不论，我一定要让你分担一部分责任！

别人要推卸责任，我可以不辩；你想把责任推个干净，我一定要辩！

他草拟皇帝对复套的态度改变以后的第一篇奏章，略曰：北虏久据河套，扰我疆场。臣愚，窃以当国家全盛之时，皇上中兴之会，薄示威武，旋可成功。故向于曾铣所奏，不揆国情，妄有议拟。兹承圣谕，仰惟驭远弘谋，好生大德，非臣愚昧，能窥万一。然此事臣数与嵩谋，绝无异言，今乃先臣具奏，名虽自劾，意实专欲诿臣自解。所幸军旅未兴，圣谕先布，否则臣将不知死所矣。

除把严嵩拉在一起，以遮挡皇帝的盛怒，对最后“军旅未兴，圣谕先布”的提法，夏言也很得意。如果军旅已动，他罪无可逭；现在军旅未动，皇帝总不好加以重罪吧？

当然，他也知道，这只是他的期待而已。

第三百八十七章

如果说，局势后来的发展，在夏言的期待之外，意料之中，那么应该说，它是在严嵩的意料之外，期待之中。严嵩为达到这一结局付出努力，可没有想到，美满的结局会来得这样快。

更让他高兴的，是严世蕃适时而归。

“东楼，你回来的好！再不回来，我要着人促你速返。”他说。

“儿子在途中听人讲述大人的奏章，又听人讲述夏公谨的奏章，不由心急如焚。最后二三百里，我一直日夜兼程地赶路。”严世蕃说着，问道，“朝中局势如何？”

“局势如何，你很快可一目了然，”严嵩说，“东楼，你且评论，我和夏公谨的奏疏，哪一篇写得好。”

“若让我评论，写的都好。”严世蕃道。

“后来我和夏公谨又各上一疏，东楼评论，谁写得更好？”严嵩问。

“大人和夏公谨又各上一疏？不知是大人先上的疏，还是夏公谨先上的疏？”严世蕃问。

“自是我比夏公谨先一步上的疏。”严嵩道。

“那么，哪一疏写得好，还在其次，大人已然占得先机，”严世蕃说着，问道，“大人之疏是如何写的？”

“我写道：曾铣奏章初至，臣诚心知其非而不敢正，罪无可说。臣与夏言同典机务，事无巨细，理须商榷；而言骄横自恣，凡事专决，不惟常务不获与闻，即兴兵复套，事体极大，自始至今，亦并无一言议及。其诸疏揭所奏，不过列署臣名。昨蒙降兵部会疏于阁，言独看三日后，出一密奏于袖中，令臣一阅，随即誊进，并不以片言商可否。且自去岁以来，臣与言同在直所，言任己自便，一切机务忌臣干预，每于夜分票本，间以一二送臣看而已。”严嵩述罢，问，“东楼，你看这几句是不是推脱干净？

“岂止是推脱干净！大人前一疏主要推脱与曾子重，此一疏全部推脱与夏公谨。

一字以蔽之：好！”严世蕃竖起拇指，赞道。

“当真无疏漏？”严嵩没他那么自信。

严世蕃抚一抚稀疏的胡须，说：“似有疏漏，但我还没有想透彻。大人且告诉我，夏公谨之疏是如何写的。”

“他还不是一味要把我牵连进去！”严嵩道，并简要叙述夏言疏文，“他写道：臣自以与嵩同受眷知，誓同图报，而不知其心之独异于臣也。臣每次入阁入直，必遣人邀嵩再三，多不肯至。既至，亦漫无可否。是嵩故意推避以诿罪于臣，而谓臣不使干预，将谁欺也！夫拟议虽自臣下，一经御览，即系圣断，非臣下所敢轻与者。嵩以危祸中臣，必欲置之死地，臣不足惜，其如国体何！臣不能复与并列，乞赐骸骨归田里。”

严世蕃听得很仔细，听完后说：“我看，夏公谨已乱方寸。他本来还可把议复河套的罪责推到曾子重身上，此疏一上，万万不能。”

“为何不能？”严嵩问。

“他不但要把大人牵连进去，而且用‘一经御览，即系圣断’八个字，要把皇上也牵连进去。他把大人牵连进去，大人自然要申辩；他把皇上牵连进去，皇上难道也会和他申辩？”严世蕃道。

严嵩颔首称是。皇上一再强调，复套非他的意愿；夏言还要说复套出自圣断。皇上除把罪责加到他身上，别无选择。

“夏公谨遭谴，也就在这一两日。”严世蕃又说。

“夏公谨将遭谴，东楼似乎并不欢悦？”严嵩敏锐地感觉出来，“莫非东楼所谓似有疏漏，便在于此？”

“大人所言极是。”严世蕃应道，“夏公谨说：臣死不足惜，其如国体何？大人看，皇上会不会要他死？夏公谨说：大人以危祸中他，必欲置之死地。大人有没有置他于死地的把握？”

“皇上会不会，我不敢断言；我却没有把握。”严嵩说。

“对，这就是疏漏。夏公谨遭谴，不是第一次，每次遭谴后又获殊荣。故其遭谴，不足以欢悦；大人仅置他于遭谴，不能说成功。”严世蕃说着，眼中渐露凶光，“欲天下太平，夏公谨必死方可！”

“东楼有法子使之必死否？”严嵩问。

“尚无成算，慢慢设法吧。”严世蕃说。

第三百八十八章

皇帝指责夏言专权徇私，强君胁众，命吏部、礼部、都察院议其罪，而命兵部议复套事。夏言之罪好议，皇上说他专权徇私，强君胁众，只要略举他如何专权徇私、如何强君胁众即可。而议复套事，却难煞兵部三位堂官，尤其是正卿王以旂。他们千真万确支持过复套之议，总不能学严阁老，一赖了之吧？严阁老可一赖了之，他们几个就不见得能一赖了之。

王以旂叹口气，说："皆因我懦于一时，明知复套绝不可为而绝不敢言之，让二位也跟着受连累。"

"士招先生这是什么话！"范鏓反驳，"复套之事是我等一起议的，士招先生明知复套不可为而不敢言，我不知复套不可为而言之，又有什么区别？怎说得上谁连累谁？"

"不错，"赵廷瑞接着说，"明知不可为而言之，明知不可为而不言之，不知不可为而言之，不知不可为而不言之，结局都是一样的。平甫先生说复套可为，阁中未必为之欢欣鼓舞；士招先生说复套不可为，阁中也一定听不进去。议兵者，本该是兵部的事，现在却由内阁主持。要责兵部，由人去责，士招先生绝无必要自责。"

所谓结局，一是说前者议定复套，一是说今者全反前议。无论兵部和其他衙门说与不说，也无论说些什么，就此二事而言，都不会改变的。

二人的话，使王以旂略觉宽慰。

"士招先生说明知复套不可为，难道真没为曾子重蛊惑？"范鏓不相信似的问，"他那数万言奏议可是能把人说的坐卧不定呀。"

"平甫先生难道真为曾子重蛊惑？"王以旂笑着反问。

范鏓挠挠头，说："那倒也不全是。"

"我知平甫先生，是为丘文庄公所蛊惑。"赵廷瑞在一旁说。

丘文庄，指弘治年间的阁臣丘濬，文庄是他死后的谥号。他研究经史，注重实际，提出不少治国方略，包括防边方略。

“信臣先生是不是说，文庄公所论有什么不对？”范鏓准备争辩。

“不敢，但愿闻文庄公所论而已。”赵廷瑞说。

“好，我为信臣先生背诵一段。信臣先生看，可不可信，可不可取！”范鏓打起精神，朗朗诵道，“今日西北诸边，祖宗以来所以备御之具，固已详尽，唯此一处，偶未之及。非遗之也，芽蘖耳萌也。今则已暴著矣，所以先事而预为之防者，兹其时乎？自昔中国守边者，皆将卒守其内，而拒戎虏于外。兹地则虏反入吾之内，而吾之所守者，反在其外焉。彼所以侵入者，必有其路；所以屯聚者，必有其所；所以食用者，必有其物。皆一一推求其故，于其所经行之路，则预扼其要冲；于其所屯居之处，则先据其形胜。勿但幸其眼前之无事，而必为后日之远图。”诵过一段，问道，“文庄公这一篇《防边议》，信臣先生也读过吧？”

“读过。”赵廷瑞说。

“虏入吾之内，我守虏之外，河套当复乎？”范鏓问。

“以此而论，当复。”赵廷瑞说。

“扼其要冲，据其形胜，河套可复乎？”范鏓问。

“以此而论，可复。”赵廷瑞说。

“那么，信臣先生仍轻文庄公乎？”范鏓问的不客气。

“文庄公乃前贤，孰敢轻之！”赵廷瑞道。

“你道我被文庄公蛊惑，不是看轻，又是什么？”范鏓质问。

“蛊惑二字，我是随平甫先生用的，的确不妥。不过，文庄公在天之灵，知我并非轻他，不会见怪。”赵廷瑞的话近乎戏谑。

“非轻文庄公，那么，是轻我？”范鏓则近乎赌气。

“不敢，我与平甫先生同列，轻平甫先生，即自轻也。”赵廷瑞说。

“这也不是，那也不是，信臣先生究竟何意？”范鏓问。

“我谓平甫先生没把文庄公的书读通。”赵廷瑞说。

范鏓自然不服：“我倒要听听，信臣先生是怎样读通的！”

“以该《防边议》而言，平甫先生读出河套当复可复，却不知另有二说焉。文庄公该议的最后一句话，平甫先生还记得吗？”赵廷瑞问罢，自诵该文结尾，“事必出于万全，然后行之；不然，较其利害足以相当，故仍其旧可也。”诵后，道，“文庄公并非一味主张复套，而是较其利害，以定进退。此一说也。”

范鏓的火气泄去一半。他问：“另一说是什么？”

“另一说在平甫先生所诵文字中：所以先事而预为之防者，兹其时乎？”赵廷瑞复诵其句，然后详加剖析，“此一说又有二焉。其一，文庄公所谓‘防’，指的是防虏再入河套，与今日之驱虏不是一个意思；其二，即便文庄公之‘防’亦有驱虏之意，五十年前，可以说‘兹其时乎’，今时还可以说‘兹其时乎’？”

“信臣先生的意思，今日非其时乎？”范鏓的火气又泄去一半，但仍要辩一辩。

“不是我的意思，是圣上的意思。”赵廷瑞指的是皇帝手敕上的三句话：师出有名否，兵食有余否，成功可必否。三句话，答案都是“否”，可见皇帝以为复套非其时。

范鏓无话可说。他和赵廷瑞坐在王以旂两侧，争辩时竟似中间没有这个人；等无话可说，他才想到：两名佐卿在正堂面前争辩不休，实在失礼；于是转过脸头去看看王以旂。这一看，更加不安，只见王以旂表情麻木，对他二人的争辩好似一句也没听进去。

“士招先生明知复套不可为，今日议复还有什么为难吗？”他问。

王以旂猛醒，反问：“信臣先生问的什么？”

“信臣先生没问，是我在问，”范鏓道。并重复自己的问题。“今日议复套事，士招先生还有什么为难吗？”

“我并未想复套事。”王以旂说。

“士招先生在想何事？”范鏓问。

“是啊，士招先生在想何事？”赵廷瑞也问。

王以旂沉吟片刻，说：“我在想，首相离开朝廷，恐怕是定局，却不知次相会不会离开朝廷？”

赵、范二人开始不明白，计议复套事时，他怎么开小差，去想一件全无关系的事；再一想，也就不难明白：这几年来，严嵩的名声太坏。夏言在朝，还可以压一压他；夏言一去，无人能制约他。这对边事，对复套事，未必就没有影响。

“吏部的事，士招先生何必操心。”赵廷瑞说。

话是这么说，他和范鏓也不得不想朝局将要发生的变化。

兵部议奏复套不可，几乎在所有人的意料之中。但皇帝很需要兵部的议复，以便顺当地停止复套之议。他一日内连下数诏：一是命褫去夏言一切加衔，仅以尚书致仕。一是命锦衣卫官校驰赴西北，逮捕曾铣。一是命王以旂加佥都御史衔，接任陕西三边总督。命他接任该职，是对他的信任；兵部尚书而仅加佥都御史衔，是对他前者附议复套的惩罚。一是将科、道官廷杖、罚俸，因为他们没在事先进言反对复套。

第三百八十九章

陆炳迎上严世蕃，说：“东楼老弟回来得好快呀。”

不称“东楼兄”，而称“东楼老弟”，是不是有责怪严世蕃回来“摘桃”的意思？若有这个想法，不足为怪：在夏言的权势如日中天时，他逃之夭夭，陆炳却欲出京师而无门。或者，是不是因为严世蕃给他出个主意，让他躲过一劫，今日见面，还有些难为情？须知，那真是个让人汗颜的主意，让人汗颜的举动，若因此而存芥蒂，也不足为怪。或者，是不是因为再没有夏言这座大山压在头顶，从此以后可以相安无事，从此以后可以和严嵩平起平坐？皇帝登极以来，东厂太监的权柄越来越小，锦衣卫使的权柄却越来越大，他因此而倨傲，也不足为怪。总之，称谓上的小小变化，可以引起人许多的联想。

严世蕃什么也没想，仍是一如既往地亲热，一如既往地有礼。

“带些家乡的土产，给督帅尝个新鲜。”他说。

“东楼有心，多谢。”陆炳道过谢，说句不知是正还是反的话，“东楼心事满腹而去，踌躇满志而归，真乃可喜可贺。”

严世蕃只作正话听，一本正经地说：“督帅道我心事满腹而去，诚然；道我踌躇满志而归，却错。”

“怎错？难道东楼并非踌躇满志？”陆炳问。

“然也。”严世蕃道。

“唯中先生亦非踌躇满志？”陆炳问。

“然也。”严世道说。

陆炳想说“那是我踌躇满志”，但没说，他问：“那该谁踌躇满志？”

“尚无人可踌躇满志。”严世蕃说。

陆炳大谓不然：“这不奇怪吗，天下太平，竟无一人该踌躇满志？”

“然也。”严世蕃道。话里的意思是：你也不可踌躇满志。

“道理何在，东楼为我解之。”陆炳请教。

“好，我来说一个人，”严世蕃说着，问道，“督帅可知庆父其人？”

“听人说过，似是远古之人。”陆炳道。

“对，他是春秋时鲁国人，”严世蕃告诉他之后，又问，“有一句话，叫作‘庆父不死，鲁难未已’，督帅可知？”

“听人说过，好似这个庆父是祸根，人皆欲其死。”陆炳说。

“对，”严世蕃点点头，又问，“为何人皆欲其死，督帅可知？”

“不知，请东楼讲给我听。”陆炳道。

严世蕃讲道：“庆父是鲁国国君鲁庄公同父异母的哥哥，因为不是嫡出，所以王位传与鲁庄公。督帅请想，他能不气恼吗？可鲁庄公在位时，并没发生惊动国人的大事。鲁庄公一死，可不得了！先是子般继位，还没坐稳，庆父使人杀他；后是闵公继位，在位两年，庆父又使人杀他。督帅看，庆父在，鲁国是不是不得太平？”

“‘庆父不死，鲁难未已’，果有道理。但东楼给我讲这个人，讲这句话，是何用意？”陆炳问。

“有庆父在，不可谓天下太平。”严世蕃说。

“你是说，夏公谨虽被逐出庙堂，其人未死？”陆炳想想，说，“东楼打这么一个比方，有其道理。可皇上的处置，只把他逐出庙堂了事，你我都难以再重其罪。”

“事在人为，督帅先听我把故事讲完。”严世蕃道，“庆父杀闵公后，也知自己为国人所不容，所以跑到莒国去避难。鲁人不甘心，以重金贿赂莒君。莒君将庆父送回鲁国就死，庆父于途中自缢。”

“夏公谨还赖在京城，不曾远走他乡。要他就死，不必数千里之外取回。但鲁人要庆父死，可贿赂莒君；今要夏公谨死，却贿赂谁人？难道去贿赂皇上？”陆炳笑着说。

要夏言死，当然不是严世蕃和陆炳在锦衣卫衙门里可以说了算数的。但从陆炳调侃的语气来看，他显然不把要夏言的死看作一件正经事。想把这件事议论下去，先得让他重视起来。

于是，严世蕃问：“夏公谨不即离京，督帅可知他的用意？”

“他得意二十年，偌大一个家业，怎能说走就走！”陆炳道。

“若他并没让家人收拾家当呢？”严世蕃问。

这是陆炳没想过的。大臣被罢免，在京停留几日，料理停当后再走，是常情。如果连料理都不料理，那可是怪事。

“东楼是说，夏公谨根本不想离京？”他反问。

“不使家人收拾家当，还有什么别的意思？”严世蕃道。

他并不知道，夏府正在料理，还是根本不曾着手料理；并不知道，夏言准备停留几日再走，还是根本就不想走。但夏府迄今没有动静，做此判断，不能说他错。

“难道他还想等曾子重来，相见一面再走？”陆炳作一假设。

严世蕃作另一假设：“我看，他更想等皇上回心转意。张孚敬当年被黜离京，几天走不到张家湾。这段故事督帅还记得吧？”

皇帝回心转意，重新召用夏言，不是没有可能。如果说严世蕃对此担心，那么，陆炳对此更为担心。毕竟严世蕃和夏言之间，还有严嵩；而他却必须直接面对夏言。

夏言因复套事被黜，谁在事先也不会料到，谁在事先也没有下过多大的工夫。如果说有人在事先下过工夫，那也只是陆炳曾托请与他相好的近侍，在皇帝面前说些什么；严嵩托请受过他重礼的近侍，在皇帝面前说些什么。巧的是，二人托请的话竟一模一样，即是，皇帝若问及复套，则说：万岁不问，奴才不敢言。曾见曾铣疏来，举朝大臣，相顾骇愕，以为招衅生事，危可立待。这话有一部分属实，曾铣复套之议确实让许多大臣相顾骇愕；这话也有一部分是夸张，曾铣复套之议并没有让举朝大臣相顾骇愕。但严嵩和陆炳托请的近侍会不会在皇帝面前这样说，谁也不知道；即便他们会说，对皇帝有没有影响，谁也不知道。无论如何，这次罢黜夏言，是皇帝的决断。

但是，皇帝既然做出这个决断，就不该再让皇帝回心转意，就不该再让夏言回朝，危及自己。陆炳是这样想的；他相信，严嵩也是这样想的。严世蕃是受其父嘱托，来和他商议这件事的。

“东楼，实话对你说，夏公谨不死，我心难安。”陆炳说。

“我知督帅的心思。”严世蕃道。陆炳开始动心思，他却平静下来。

“可我无法要他必死。”陆炳说。

“我也知道。”严世蕃更加平静。

“东楼有法子吗？”陆炳问。

“我亦无法。”严世蕃说。

陆炳大感失望；不仅失望，还有些愤慨。他本来没想夏言的潜在威胁，或者不愿去想夏言的潜在威胁，是严世蕃诱使他想。看严世蕃成竹在胸的样子，本以为他可以一了百了地除去夏言，他却说他也没法子。既然没法子，何不顺其自然，却在这里分心劳神！

严世蕃看透他的心思，说：“不过，督帅也不必烦恼，我虽不能使夏公谨必死，却想到一些可加重其罪的门道。”

“东楼说说看。”陆炳与其说有兴趣，不如说在应付。

“曾子重有多重的罪，夏公谨就有多重的罪，这是一个想法，”严世蕃说，“督帅看，有没有道理？”

“有道理。”陆炳道。

“加重曾子重之罪，即可加重夏公谨之罪，这是又一个想法，”严世蕃说，“督帅看，有没有道理？”

“有道理，”陆炳应着，并问，“如何加重曾子重罪，东楼可有想法？”

“有想法，”严世蕃道，“欲加重曾子重罪，着落在督帅身上，这是第三个想法。督帅看，有没有道理？”

陆炳一怔，问：“道理何在？”

“督帅只管往诏狱想。”严世蕃说。

“你是说，待曾子重下诏狱，可打问出重罪来？”陆炳问。

“曾子重甚倔强，督帅未必能打问出重罪。”严世蕃说。

“那么，待其属将下狱，可打问出重罪来？”陆炳问。

“督帅或可有所获，但至多打问出其属将之重罪。”严世蕃说。

陆炳想不下去，复请教：“东楼说，我诏狱还有什么手段？”

“督帅不记得，诏狱中原就有仇恨曾子重的人吗？”严世蕃道。

“东楼是说威宁侯？”陆炳连拍额头、“是，是，我怎么忘掉他！要他出面参奏曾子重，何须打问！”

“虽有现成人物，督帅也不可任他胡乱参奏。”严世蕃提醒。

“东楼看，他怎样参奏好？”陆炳再请教。

“疏稿我已准备好，督帅可交与他。”严世蕃说着，从袖里抽出一纸，交给陆炳。

正月底，被曾铣送入囹圄的威宁侯仇鸾上疏，称：曾铣在三边战败，遣其子曾淳并岳丈苏纲入京，重赂夏言，二人狼狈为奸，而以复套掩饰。

第三百九十章

锦衣卫官校的到来，在一瞬间使曾铣惊恐无措。但他很快镇静下来，接旨后将领头的指挥请至一旁，问道："在下家眷亦在边陲伴随，如何处置他等，皇上可有旨？"

"无旨。"锦衣卫指挥说。

"我欲安置他等，乞尊驾予以方便。"曾铣恳请道。

锦衣卫指挥略一思忖，说："好吧，你去安置，但不可拖延过久。"

"多谢成全，我去去就来。"曾铣话未说完，匆匆向后院走去。

总督衙门后院已乱成一团，曾夫人见他，扑将上来，欲问个明白，被他用力甩开；两个儿子欲随他入室，被他撵出。

"去请王哥、吕生来。"他命家人。

王环、吕光早已在外侍候，闻声即入。曾铣关闭好门户，把王环按坐在自己平日坐的椅子上，纳头便拜。

王环慌忙去搀扶他。搀扶不起，只好跪倒在他对面，口称："都堂大人，折煞小人！"

吕光想搀起他二人，稍一用力，也在一旁跪下。三人跪在一起说话。

"外面的事，你们都知道吧？"曾铣问。

王环甚是悲愤，道："都堂，何以至此呀！"

"朝廷之事，谁又说得清楚！"曾铣强忍住悲愤说。

"现在不是伤感的时候，没用的话不必说。"吕光劝住二人，"子重先生，我问一句：此去凶吉如何？"

"皇上怒甚，我有死而已。"曾铣说。

"即如此，请速速安排此间的事。"吕光说。

"好，"曾铣点点头，对王环说，"我死于国事，无怨无悔；然吾妻吾子，何罪之有？我不忍他等流落边陲，填充沟壑。王哥，望你看在这一年的情分上，把他等送回维扬老家。"江都隶属扬州，维扬是扬州的别称。

“是，夫人和两位公子，有我担待，绝不使出差错。”王环说。

“这我就放心了，”曾铣道，他先起身，又搀扶起王环、吕光二人，“王哥，我再嘱咐你一件事：此去维扬数千里，你要避开大道，专行小径，白日歇息，夜间赶路。”

“子重先生担心仇家加害于夫人和公子？”吕光问。

曾铣又点点头，说：“我为人过烈，行事过直，得罪不少人。今日我不容于朝廷，或会累及妻孥。”

“仇家加害，还易提防；皇上若要加罪，如何是好？”吕光想得更多，“不如我和王哥奉夫人、公子，远走他乡，隐姓埋名，择地而居。”

这也许是更好的办法。但别说朝廷尚未降罪于其妻、其子，就是已然降罪于其妻、其子，曾铣也不能接受。吕光混迹河套多年，万一情急之下，把自己的妻、子带入套中求生，那还不如让他们受朝廷处分呢。自己生时以驱逐套虏为任，死后眷属却与套虏为伍，岂不是天大的笑话！某些人岂不更可以逞口舌之快！

他虽然不知朝局的变化，但料到是遭人暗算；不仅他遭人暗算，只怕朝廷柱石夏言也遭人暗算。

“觅地安家，谈何容易！我手边一个闲钱没有，二位与我意气相投，想来亦无积蓄。他等还是回维扬好。我家中亦无余赀，但内人家稍宽裕，或会资助他等，”曾铣简单解释几句，转问吕光，“吕兄作何打算？”

“既不要我护送夫人、公子，我陪子重先生进京吧。”吕光说。

“有吕兄做伴，途中不致寂寞，当然好。不过，”曾铣口气一转，说，“我有一事要重托吕兄。我锒铛入狱，生死无须计，只怕要牵连一干人，我心里不安。有谁家中有难处，还望吕兄关照一二。”

“善后的事，在下义不容辞。”吕光慷慨允诺，又放心不下地说，“但此去京师数千里之遥，子重先生也要有人照顾。”

“就死之人，还有那么多讲究吗？”曾铣笑道，“就此与二位别过。王哥，我上路后，你也要快些上路。”

说罢推门而出，一军士拦在门外，叩道：“小人愿在路上侍候都堂。”

曾铣看看他，很眼熟，但记不住姓名。

“你是——”他问。

“小人叫高二林。”那军士说。

怪不得眼熟！曾铣记起一些往事：“你有个哥哥，叫高大林？”

“是，他犯军法，被大人处死。”那军士说。

"你不恨我？"曾铣问。

"不杀兄长，打不了胜仗，小人不恨都堂。"那军士说。

高大林是曾铣身边的一名护卫，说起他的死，也很冤枉。前年除夕夜，曾铣忽命众将率部出巡。当时各墩、堡均未报警，将领们有的聚在一起斗酒，有的与家人团聚，都想迟一些再出动。但曾铣严厉，谁也不敢当面去说，有人想出个缺德的主意，让高大林向都堂的小妾求情。高大林不知厉害，兴冲冲地去办这件事；小妾不知厉害，软绵绵地向曾铣述说。曾铣问明情由，大怒，杀高大林以徇。众将领无不惊悚，酒也顾不上喝，家也顾不上看，纷纷率部而出。结果，还真与扰边的虏众遭遇，乘其不备，战而胜之。事后，有人问曾铣，怎就算出会有敌情。曾铣笑道：见乌鹊非时而噪，故知之。

杀高大林后，曾铣听说他有个弟弟，便调来顶替其兄，在自己身边作护卫。有人提醒他，小心报复。他不为所动。

此刻听那军士的话，曾铣感慨万端，说："好，有你这句话，我定可垂名青史！"

第三百九十一章

会讯结束，三法司的堂官们没即刻散去。可能是会讯拖的时间太长，人人都感到疲惫；也可能想再议一议曾铣的案情。

但谁都想听，谁都不想说。

刑部尚书喻茂坚主持会讯，他对都察院掌院都御史屠侨说："安卿兄，你是我的老长官，此案如何办，还望指点。"

喻茂坚字汝励，四川荣昌人，正德六年进士。屠侨长刑部时，他任刑部左侍郎，去年九月，屠侨改左都御史，他升任刑部尚书。

"大家说，大家说。"屠侨摆手谦让。他的手先是笼而统之地摆向每一个人，最后停在大理寺卿朱廷立那边。"朱夫子，大理寺审谳、平反刑狱，与其定狱量刑后你再来平反，不如你现在就来定狱量刑。"

出言诙谐，众人一笑。

朱廷立字子礼，湖广通山人，嘉靖二年进士。他曾求学于王阳明，每为官一处，则提倡正学，因此得"朱夫子"的绰号。

屠侨点到他，他说："还是依顺序好。审谳、平反，是三法司的职事，平反以大理居先，审谳则以刑部居先。"

他把难题又推回给刑部。喻茂坚看看刘讱，又看看詹瀚，希望他们有一人能出来打破闷局。

"汝约兄，你不先说吗？"刘讱道。

詹瀚字汝约，江西玉山人，和刘讱同是正德十二年进士，初授官为刑部主事，去年升至右侍郎。

"我为何要先说？"詹瀚问。

"汝约兄之乡人，一则欲曾子重生，一则欲曾子重死，倒要看汝约兄如何断法。"刘讱说。

欲生者是夏言，欲死者是严嵩。詹瀚掂量，曾铣不当死。但玉山与贵溪同属广信府，所谓乡人，用于他和夏言更适当。他若说出自己的想法，一定会有人说他偏袒乡人。

“照思存兄的说法，我是在为乡人断狱？我本有话，也只好不说。”他乘机躲避过去。

“汝约兄不便说，我先说吧。”刘讱环顾四周，议道，“曾子重可依边帅失陷城寨律治罪，诸公看如何？”

有人首议，众人都开始琢磨。

“思存先生为何要拟此罪？”屠侨问。

“陕西三边，敌我互有进退，说失陷城寨，并非无据。这是其一。边帅失陷城寨，其罪可轻可重，治之可急可缓。这是其二。”刘讱说罢理由，顿了顿，又加上一句，“我看诸公未必皆欲治曾子重以重罪。”

“皇上若准以失陷城寨入罪当然好，只怕皇上不会准。”屠侨说。

“安卿先生，皇上为何不会准？”朱廷立问。

屠侨说：“思存先生拟罪的理由有二，我续言之。敌我互有进退，失陷城寨要治罪，收复失地要不要褒奖？算来算去，功罪相当，甚至功大于罪，怎生是好？此其一也。失陷城寨，边帅有罪，其下巡抚都御史有没有罪？总兵官有没有罪？再其下分守道、分巡道官员有没有罪？参将、游击有没有罪？算来算去，不是边帅要承担各官的过失，而是各官要分担边帅的过失，边帅的过失还有多大？此其二也。”

朱廷立见他停下来，说：“安卿先生已说完？有此二者，皇上为何就不会准，我还是不明白。请再言之。”

屠侨不答，心里想：夫子迂阔，真是无可救药。人家越是说不出口的话，他越要逼人家说出口。

喻茂坚出来解围。他问朱廷立：“譬如，刑部以边帅失陷城寨入曾子重罪，朱夫子会不会平反其狱？”

“如何量刑？”朱廷立反问。

“论死。”喻茂坚道。

朱廷立低头想了想，说：“度量功罪，各承其责，或会平反。”

喻茂坚点到为止，不再多说。

朱廷立仍未听懂，东张西望，想找个人再问问。

坐在他身边的詹瀚靠近他，低声问：“子礼先生欲曾子重死吗？”

“不欲。”朱廷立说。

“所以子礼先生会平反其狱，”詹瀚低声说，复问，“若子礼先生欲曾子重死，还会平反其狱吗？还想有人平反其狱吗？”

“你是说——”朱廷立也不说下去。皇上不会准，是因为皇上欲曾子重死。这话的确不好说出口，也不是臣子当议的。

他噤口不言，众人也都噤口不言。喻茂坚问：“既以边帅失陷城寨律入罪皇上不会准，安卿兄的意思，又当如何拟法？”

屠侨很想拟一款更恰当的罪状。但不是太过牵强，很难扯到曾铣身上；就是赫然重罪，一经确定，再无转圜的余地。

“思存先生所拟，皇上或不会准，却不妨试一试。”他无奈地说。

“诸位之见呢？”喻茂坚问其他人。

“安卿先生说的是，不妨试一试。”詹瀚首先附议。

“不错，可以试一试。”众人皆附议。

三法司以边帅失陷城寨律拟上，皇帝不准，钦定曾铣犯的是交结近侍罪，依律当斩。

曾铣当天被解赴西市行刑，妻、子处以两千里流刑。曾铣在西市引吭高吟：袁公本为百年计，晁错翻罹七国危。闻者涕下。

第三百九十二章

守在镇抚司狱前的锦衣卫校尉，见一高一矮二人，身着便服，向自己走来。待二人走近，才要张口叱骂，已看请来者是谁，拿手捂住嘴。原来高个子的那人，正是掌锦衣卫兼掌镇抚司狱的都指挥陆炳，矮个子的那人，是陆炳的贴身嬖童。

校尉行礼请安，说："督帅来巡视，小的这就去禀告上官。"

陆炳不理睬，把他拨到一边，昂然而入。童儿跟随在后，昂然而入。前腿进狱门，后腿还在狱外，他回过头来说："你省些事吧。我家督帅不想有人知道他今日来巡视。镇抚司堂官最好也别知道。"

说罢，紧走两步，追上陆炳。留下校尉在门外，苦苦思索：倘若镇抚司堂官真来，有什么办法不让他进去?

陆炳先去最里面的一层院子，那里关押着仇鸾。仇鸾不单是爵爷，又是爵爷里的总兵；不单是总兵，又是总兵里的爵爷。他的身份非同一般，因而，待遇也非同一般。他的单人牢室坐北朝南，可以采光，室内收拾得干干净净，墙角搭一张床，中央放一张桌，两把椅。此刻，他坐在桌前，自己摆弄着一副围棋，打发时光。一狱卒在室外就地而坐，有一搭无一搭地与他闲聊。

狱卒先见到陆炳，连忙打半个滚，方才是以臀接地，现在是以膝接地。陆炳摆摆手，童儿瞪一眼，把他想说的话给堵回去。童儿又指指外面，狱卒领会，爬起身，退到院子外面。

仇鸾自己嘟囔几句，奇怪狱卒为何不搭腔；想训斥挖苦几句，还没想好词。抬起头，却看见陆炳主仆二人。

陆炳又摆摆手，童儿没瞪一眼，而是做个笑脸，把他想说的话给堵回去。陆炳伸出手掌，在自己脖子上比画一下。

"可是我那参奏派上用场？"仇鸾低声问。

陆炳点头。

仇鸾兴奋地搓着两手，嘴里不住念叨着：是已杀，还是要杀？陆炳只当他是自语，也不搭理。

兴奋过后，仇鸾又问：“我的案子也该有结果吧？”

陆炳把两根食指搭在一起，意思是，不会超过十天。

“督帅和严阁老于某恩同再造，某自有后报。”仇鸾揖道。

陆炳走出最里面的一层院子，在中部的一层院子站下。这里关押的囚犯中，有三人是新近从边镇押解回来的武臣：榆林卫都指挥佥事李栈、延安卫署都指挥佥事田世威、宁夏卫指挥同知郭震。三人都是曾铣爱将，他们被逮，都和曾铣狱案有关。

“老爷要讯问谁？”童儿问。

“先看看李珍吧。”陆炳说。

童儿去找牢头取钥匙，牢头听说陆炳亲来巡视，殷勤地要来侍候，要禀告上官。童儿还是那句话：你省些事吧。

于是，陆炳和童儿二人进李珍牢室。童儿搬个凳子，放在牢室中央，自己退到牢室外侍候。

陆炳向下俯视躺在草垫上的李珍：他左腿被打折，站立不起来。

李珍向上仰视站在身前的陆炳：就是他鞫讯过自己几次，命属下加力用刑，使自己成今天这样不死不活的样子。

二人有一阵都不开口，好似谁先开口，谁是输家。

“李将军，你而今行走不便，只得我来看你。”陆炳说。是他要来看李珍的，而不是李珍求他来的，他不能不先开口。

“多谢督帅厚爱。”李珍望着自己的断腿说。

“李将军休要怪我。我奉旨办事，总要办得合皇上心意，才不辱使命。李将军说是不是？”陆炳道。

“很是，督帅的确是不辱使命。”李珍说。

陆炳衣袖在凳面拂了拂，坐下。

“李将军，我来是要告诉你一件事：你们大帅今天被押赴西曹。”陆炳边说，边观望李珍的神色。

李珍的神色没任何变化。他平静地说：“承蒙督帅相告；其实，我一入狱，就知曾都堂会有今天。”

“为什么？”陆炳好奇地问。

“督帅拷讯我的哪一件事，不是为置曾都堂于死地？”李珍先是愤慨，继而欣慰。

“所幸至都堂归西，我未诬承一事。他日与都堂在九泉之下相见，我可问心无愧。”

陆炳向前探探身子，说：“李将军一心维护昔日主帅，也是宾主一场，其志可钦，其情可悯。而今你们大帅已不在，李将军还要维护谁？何不将举告之事一一认下，免得再受皮肉之苦。”

“督帅是不是仍要我认下，都堂曾从我卫取去军饷万余金，命其子曾淳致赂执政？”李珍问。

“是。”陆炳应道。

“我且问督帅，田兄有没有招供？”李珍问。

陆炳说：“实不相瞒，他尚未招供；但只要你认下了，他自会认下。”

“那么，郭兄有没有招供？”李珍问。

陆炳说：“他亦未招供；但只要你二人招供，他也不会不招供。”

李珍、田世威、郭震下狱，是有人举告：曾铣通过三人，从三卫各取去军饷一万余两，共计三万余两，馈赠夏言。但对三人连续用重刑鞫讯，至今无一人承认此事。

“我懂！只要我招供，田兄亦会招供；只要我和田兄招供，郭兄亦会招供。这样一来，督帅更可不辱使命。”李珍说着，问道，“既如此，督帅何不径对他二人讲，我已招供？”

“我敬李将军是条硬汉，不忍以枉词相加。”陆炳说。

“这话说得好！督帅不忍以枉词加于我，我岂忍以枉词加于人？”李珍侃侃言道，“我再对督帅说一遍，曾都堂取各卫军饷，致赂朝堂，绝无此事。都堂爱兵如子，唯恐其衣之不暖身，食之不果腹，怎忍心取去一粒粮一文钱！都堂从府库取去三万积存是有的，那是为制战车，绝无一两银子落入私囊。此外，我未闻他另有所取。再者，都堂在世，要我诬承此事，想是为杀他。都堂已死，要我诬承此事，又是为杀谁？是为杀苏老爷子，杀曾公子，还是为杀那所谓接受赂金的执政？我与苏老爷子有一面之缘，与曾公子有一面之缘。他等为人，皆堂堂正正。曾都堂已冤屈而死，我怎忍心他等再冤屈而死？我与执政从未谋面，只听说他为国为民，力主复套，与都堂相互支撑。曾都堂已冤屈而死，我怎忍心他再冤屈而死？督帅言及不辱使命，我无使命在身，也就无所谓不辱使命；我能做到的，只是不辱人格！”

陆炳默默听他说完，问道：“李将军宁死也不肯招供？”

“不错，宁死也不肯招供。”李珍说。

“那么，还有一件事要告诉李将军：下次我仍要亲自鞫讯；下次鞫讯时，我仍要用重刑。”陆炳冷冷地说。

“悉听尊便。”李珍冷冷地回敬一句。

法司议定边将罪，李珍以曾铣爪牙论死，田世威、郭震以曾铣爪牙谪戍。因为李珍等不肯供认，曾淳在流刑之外，没再加重刑罚。

第三百九十三章

丹阳属镇江府，在镇江东南，运河从城南流过。

夏言沿运河南下，家里人多，行囊多，装满两只船。傍晚时到丹阳，船停泊在码头，夏言在馆驿要两三间房屋，安顿家人歇息一夜。虽是罢相，在驿吏眼里，也是庞然大物，须得好生接待。

夏言和夫人苏氏住在其中一个房间里。左邻右舍的房间都已安静下来，夏言却怎么也睡不着。正月以来的变故好像一场梦，两个多月里，他一直生活在梦里，还用得着睡觉吗?

他本来想在京师等曾铣解至。掀起如此轩然大波的一将一相，或者说一故将一故相，无论如何应该见上一面，说几句离别的话。友人顾从义对他说，留在京师太惹人注意，不如速速离开是非之地；但在路上可以走慢些，若有曾铣的消息，他会设法通报。

但一路上都没得到消息。夏言盘算着：曾铣解入京师，怕有二十天，或至少有半个月吧？自己从京师到扬州，走一个月，传递消息的人如果轻车简行，半个月就够。怎么到现在，一星半点儿的消息也没有呢？如果曾铣到京师二十天，和现在传递消息的人追赶上自己，中间有四五天的时差。四五天里，曾铣之狱无论如何也该审出眉目，为什么一星半点儿的消息也没有呢？是皇上无心处置，将曾铣之狱变成滞狱；还是顾从义找不到合适的机会？毕竟他只是小小的中书舍人，能力有限。

两京之间的快报，用不了十天，南京或许已有消息。从扬州乘船，转一个湾，就可到南京；渡江到镇江，乘车去南京，会更快些。南京各衙门的大臣，不会绝情到连句实话也不说吧？但夏言心高气傲，现在这种状况，他不会低声下气地到任何一个衙门去。

他对曾铣的官司极为关切，中间有个苏纲，有夏夫人和曾夫人这一对同胞姐妹，当然是重要的原因；但更重要的是，从曾铣的官司，可以看出皇帝对自己的态度。夏言相信，皇帝气在一时，气发之后，怎么也会顾及他的面子，对曾铣从轻发落。

但万一皇帝重重地惩治曾铣，例如将他永戍极边，那就表明，皇帝和自己也永无相见之日；再万一不仅是将曾铣永戍极边，而是还要重，难道自己褫去加衔，以尚书致仕，就能让皇上满足？夏言不敢想下去。

苏氏一觉醒来，见夏言仍靠坐在床端。她惊问："老爷还没睡？"

"忧心如焚，怎能入睡！"夏言叹息。

苏氏也坐起来，抓件上衣，披在身上。三、四月之间，白天下一场雨，夜里还有些凉意。

"老爷在想什么？"她问。

"子重一点儿消息没有，怕是凶多吉少。"夏言说。

苏氏听得此言，愣了愣神，道："老爷在江都，不是还郑而重之地说，子重不会有事吗？"

她不解：江都到丹阳不过一两天的路程，怎么老爷的口气大变？

"那是为宽岳丈的心，我心里是有数的，"夏言说，"子重至京，不该晚过我渡大河时；了结子重的案子，不该晚过我渡大江时。渡大河时，得不到子重的消息，我不惊惧；渡大江时，仍得不到子重的消息，我不得不惊惧。子重凶多吉少，我亦凶多吉少。"

苏氏自幼嫁入夏府，看着夏言从侍郎升为尚书，最后入阁拜相。她一直跟随夏言在京，官场上得意失意之事见识得多，听夏言这话，竟不怎么惊惧。

"老爷若获罪入狱，我就上疏朝廷，请代之。"她说。

"我若入狱，你受不受牵连，要看你的福分。"夏言说，"夫人若躲得过劫难，我不求你上疏朝廷，只求你答应我一件事。"

"什么事？老爷吩咐吧。"苏氏道。

夏言犹犹豫豫地说："崔氏不容于你，所以在京师一直是别居一室。她现在已有几个月身孕，望夫人善待她。"

"崔妹妹现在哪里？"苏氏问。

"我已着金吾先送她回广信。"夏言说。

苏氏有些妒忌，也有些心酸。妒忌的是，夏言有如交代后事，还记挂着崔氏；心酸的是，夏言竟如此不信任自己，不到交代后事的时候，不肯把这么重大的事情告诉自己。

"老爷瞒得奴家好紧！我还以为老爷顾不上她，谁知老爷却第一个把她安置好。"她怨艾地说。

“夏家嗣脉，系于她一身，我不得不分外在意。”夏言说着，焦虑地问，“此事你答应不答应我？”

“那得看我的福分如何，”苏氏含糊其词地说，“再者，老爷不是也平安无事吗，哪里就用得着把此事交代与我！”

夏言想想也是，各人有各人的福，自已前程难卜，何必想那么多!

他有些困乏，对苏氏说：“明日还要行路，睡一会儿吧。”

躺下时看看窗外，有天将晓的感觉。

但他想睡时，已经睡不成。一阵急促的脚步声，把他惊醒，把苏氏惊醒，把馆驿里所有的人惊醒。

一名锦衣卫指挥率一队校尉闯进馆驿，问清夏言留宿的房间后，拥至门前。锦衣卫指挥还算客气，先敲敲门窗。

“是谁？”夏言在屋里问。

“奉旨，逮夏阁老赴京。”锦衣卫指挥在屋外说。

屋里静片刻，夏言问：“还逮拿其他人吗？”

“夫人苏氏是苏纲女，一并逮赴京师。”锦衣卫指挥在屋外说。

夏言和苏氏相互看一眼，这一夜的话没白说。不用问，一定也有旨逮拿苏纲。

锦衣卫官校当天押解钦犯离开丹阳，官衙提供一挂马车，给夏言夫妇乘坐。出丹阳城时，夏言看着路旁的树木，感慨地说：“白杨，白杨，尔知我此去，尚能返乎？”

一行人在镇江将要搭船过江时，一老者骑一头毛驴赶过来。看他的穿戴，像是一个老农夫，又像是境况拮据人家的老仆。他到得江边，跨下毛驴，身手还很矫健。他打量一番锦衣卫指挥，打量一番夏言，眼神里透露出一丝满足，好似说：不错，我要找的就是你们。

“是内阁夏老爷吗？”他问夏言。

“那是昨日的话，今日是诏狱夏老爷。”夏言说。

老者不理会他的牢骚话，继续问：“是贵溪夏老爷吗？”

“是，我即贵溪夏言。”夏言道。

“既是贵溪夏老爷，那就不错。”老者说着，指指泊在岸边的船，问道，“就是这只船吗？来，来，大家一起上吧。”

说罢，也不等锦衣卫指挥发话，自己牵着毛驴上船，好像船在等他，钦使、钦犯一干人都在等他。大家看得莫名其妙，锦衣卫官校连他是何人、要做什么都忘问。

还是夏言上前问道："老翁作甚？"

"咿，夏老爷不是要乘船渡江吗？"听老者的口气，夏言根本不该问，"夏老爷乘船渡江，我自然也乘船渡江。"

"渡江之后呢？"夏言问。

"咿，夏老爷不是要北赴京师吗？"老者以同样的口气说，"夏老爷北赴京师，我自然也北赴京师。"

大家听得莫名其妙，夏言也不知该怎样再问。

"夏老爷问得好好的，怎么不接着问？"锦衣卫指挥道。"夏老爷"三字学的是老者的口吻。

于是，夏言问道："老翁为何要纠缠一个背运的夏某人？"

老者说："我家老爷说，有旨逮内阁夏老爷赴京，路上一定无人照顾他，你不如去照顾照顾他。我是奉老爷之命来的。"

"你家老爷是谁？"夏言问。

"句容县令徐九思，夏老爷总该知道吧？"老者道。

总算把原委说明白。夏言看着锦衣卫指挥，此事须得他来处置。

锦衣卫指挥大概是觉得这个老者很风趣，他说："夏老爷不怕累赘，带上他又何妨？"并学着老者招呼，"来，来，大家一起上吧。"

船离岸而去。锦衣卫官校们围住老者打趣。

"你家老爷为何要差你来照顾夏老爷？"锦衣卫指挥问。

"我不是说，一路上无人照顾他吗？"老者道。

"一路上无人照顾的老爷，你家老爷都差你去照顾吗？"一校尉问。

"那岂不是累死我！"老者道，"我家老爷说过，夏老爷三次被逐，三次召用，好生了得。他或因此要我前来照顾夏老爷。"

"夏老爷这次是第四次被逐，你家老爷是不是料到，他还会第四次被召用？他或因此要你前来照顾夏老爷？"另一校尉问。

"这你却说错，"老者驳他，"我家老爷说的是，夏老爷第四次被逐，且被逮赴京师，定不会再召用。你去照顾照顾他吧。"

明知不会被召用而献殷勤，是问话的人不会想到的。

"徐老爷说我好生了得，这个徐老爷才好生了得呢，"夏言插话，"徐老爷又名九经。九思之后，而得九经，你等道他了不了得！"

锦衣卫官校们听得笑起来。

夏言接着说：“这个徐老爷还有一事，甚是了得。他与我同里，我在内阁时，他从未致函问候，送礼上门。今日我落难，他却使老仆前来照顾。此老翁或是他家中唯一可以使用之人。我看当今世上，一百个人里，九十九个不会如徐县令这般行事。”

锦衣卫官校们原以为这个徐九思和昔日阁老有多深的交情，听夏言一说，才知误会。他关照的是同里夏言，而不是内阁夏言。行事与众不同，有人暗中为他竖起大拇指，有人暗中笑他痴呆。

江对岸，备好槛车。夏言和苏氏坐进槛车，从此失去自由。多亏徐九思的老仆和锦衣卫官校们相处得不错，有他前后照顾，夏言夫妇没受太大的苦。一行人一路北去，无事可叙。

第三百九十四章

朱纨担心浙江卫、所兵不习水战，檄调福建都司都指挥佥事卢镗率一支福建水师，会同浙江按察佥事魏一恭，盛兵集于宁波港口，乘夜色突发，强行火攻，一举捣毁双屿岛上的海贼巢穴。

卢镗、魏一恭将水师安顿在沿岸一带，自己来朱纨行院复命。

“战况如何？”朱纨问。

“卢大人指挥得好，一击而贼溃。”魏一恭兴奋地说。

“魏大人路带得好，一炮而中的。”卢镗回敬道。

“一好不如二好，两位都好，一战而了。”朱纨的顺口溜把卢镗、魏一恭逗笑，他又问，“擒获如何？”

“获首领二人，倭卒数十人。”卢镗报告战果。

“首领二人中可有一光头者？”朱纨忙问。

“没有。”卢镗说。

“可惜！”朱纨道，“听说有个李光头是闽省人，却在双屿岛为寇，若擒得他，看闽省的乡绅们还有什么话对我说！”

“子纯先生勿忧，这次未擒获，下次定可擒获。”魏一恭说。

“但愿如此。”朱纨问，“二位看，双屿可屯兵否？”

本该卢镗回答，他却不语，似乎难以言之。

魏一恭说：“贼既可屯据，我亦可屯据。”

“那么，二位可于岛上留军屯据？”朱纨问。

这一问魏一恭不答，卢镗答道：“并未留军。”

“为何不留？”朱纨质问，“我们不是先就议定，一旦贼溃，就于双屿分兵屯据，共图一劳永逸之计吗？”

气氛不如开始时愉快。卢镗喃喃地分辩：“岛贼溃散，大部夺舟出海。末将想，须得率部追击，严防闽省海域，故不敢分散兵力。”

一要追敌，二要回防，不分兵的理由很充分。但朱纨知道，卢镗不肯在双屿分兵设防的根本原因，是福建兵不愿在浙江屯据。因此，不该重责卢镗，特别是在建立军功之后。

“卢将军愿率部追击海贼残部，有进取之心，甚好，”朱纨说，“我给你两天时间整饬所部。你部远途跋涉，本都堂依例，将犒以羊酒。”

“谢都堂！”卢镗不但没被责备，反而被嘉勉，被犒赏，大喜。

朱纨吩咐：“你这就去吧。犒军之物，随即送到。”

“是。”卢镗拜别。

“道宗先生，我们再来说一会儿话。”朱纨招呼魏一恭，“卢都指不依约行事，你是不是觉得我应该处分他？”

魏一恭字道宗，福建莆田人，嘉靖八年进士。

“在下闽人，卢将军欲回师防闽地，我为何与他作对！”魏一恭道。

“此言差矣，”朱纨连连摇头。“闽人未必全欲他回防闽地，有些闽籍官员，恨不得闽地根本不设防。”

“此等闽人或有，我却不是。”魏一恭说。

“原来如此！你也欲他回师，他也不欲留防，主客二人遂一拍即合。”朱纨说笑。

“照都堂的说法，留他在双屿，就是不欲闽地设防；不留他在双屿，就是一拍即合？我这个主人好生难作！”魏一恭发起牢骚，“其实，在不在双屿屯据，全在卢将军，我无强行留客的道理。”

“我知，我知！道宗先生不必口出怨言。”朱纨道，“他不愿意分兵屯据，明日我和道宗先生再去双屿考察，立营戍守。”

“都堂真的很看重双屿岛？”这是魏一恭不曾料到的，“都堂抱恙，立营戍守之事，可以交给下官们去办，不必亲力亲为。”

“此事交给道宗先生等去办，我尽可以放心；不过，我还是要亲力亲为。道宗先生，你来看，”朱纨说着，把魏一恭让到桌案前，桌案上铺放一张浙江沿海舆图，“双屿悬居海洋之中，去定海县不过六十余里。虽系国家弃地，久无人烟住集，然其形势，东西两山对峙，南北俱有水口相通，且有小山为障蔽，中间空阔二十余里，藏风聚气，巢穴颇宽。贼据之，则贼处其逸；我据之，则贼当其劳。以形势而论，它不仅关乎宁波，且关乎整个浙东。朝廷以我巡视浙江，我不敢懈怠，须亲力亲为。”

“都堂须亲力亲为，是否还有另一个原因？”魏一恭问。

朱纨瞥他一眼，反问："道宗先生如何得知？"

"以形势而论，都堂在用兵前就对下官和卢都指透彻剖析过。所以下官想，都堂现在说须得亲力亲为，一定另有原因。"魏一恭道。

"道宗先生好机敏！"朱纨赞道，"另一个原因，就是卢都指不肯留兵在双屿屯据。我想，福兵不欲留守浙地，此人情之常。进一步而言，福兵不欲留守浙省外岛，浙兵愿意不愿意戍守浙省外岛呢？福兵愿意不愿意戍守闽省外岛呢？我不亲力亲为，如何得知？浙省外岛须收复，须戍守；闽省外岛亦须收复，须戍守。在双屿立营戍守，为第一步；在闽省外岛立营戍守，为第二步。第一步自己不走，第二步如何迈得出去？第一步如果走不通，第二步却不必去走。"

"都堂说的是，下官这就去安排明日出海事宜。"魏一恭说。

朱纨才打算歇一歇，浙江巡按御史裴绅来拜望他。裴绅字子书，山西蒲州人，嘉靖十七年进士。

"子书从哪里来？"朱纨问。

"杭州。"裴绅答道。

"来甬城何事？"朱纨问。

"特来向子纯先生贺喜。"裴绅说。

"我有何喜？"朱纨不解。

"子纯先生有二喜：一者，朝廷赐以符印、旗帜，可便宜行事；二者，福、浙之师捣毁双屿贼巢。"裴绅道。

"子书是来贺我，还是来笑我？是来贺我，还是来诳我？"朱纨似不以为然，"子书若以他事来贺我，我或受之；以此二事来贺我，我一事也不能受。"

"请子纯先生指教。"裴绅揖道。

"好，我来与子书说一说其中道理，"朱纨说道理之前，先问一句，"子书真的以为，朝廷赐我符、帜，是件喜事？"

"难道不是？"裴绅反问。

"子书还记得正月里的事吧？"朱纨说道理之前，又问一句，"正月里，朝廷降旨，将浙江巡抚改为浙江巡视，子书知是何意？"

"浙江以前所设，亦有巡视名目。"裴绅辩道。

"不错，浙江以前所设，有巡抚之名目，亦有巡视之名目。但既已命我巡抚之，复改为巡视之，却不同。"朱纨的道理就在这一字之差别。"巡抚者，可巡而抚之，亦可巡而剿之；巡视者，则巡而视之。朝廷是要我看一看，并不要我抚之或剿之。”

“可朝廷赐以符、帜，却是用兵信物。”裴绅又辩。

“所以我说，子书是来笑我，”朱纨道，“改易名目，是不要我抚之剿之；赐以符、帜，又授我用兵之权。此事让我何以适从？”

“可子纯先生毕竟一举而取贼巢，难道不应贺之？”裴绅三辩。

“这就是子书在诳我。”朱纨说，“子书从会城来甬城，路上至少要走两天。我昨夜才捣双屿贼巢，难道子书在两天前就算到？”

裴绅赧然一笑，向朱纨谢罪：“子纯先生诳字用得对。官军直捣双屿，我是在进城前听说的；我来甬城，不是为此事。实不敢瞒，我来甬城，也不是为朝廷赐符、帜事；虽则子纯先生所谓无所适从云云，断难苟同。我来甬城，是有一件机密事奉告。”

与最后一句话配合，他的表情有所变化，不再是随随便便。

朱纨稍觉紧张，问道：“子书，何事？”

裴绅看在堂上侍候的人一眼，朱纨会意，挥手命他等下去。

“子纯先生要提防张德熹其人。”裴绅低声说。

“张推官？为何要防他？”朱纨问。

张德熹是福建福清人，嘉靖二十三年进士。他只是宁波府推官，巧得不能再巧的是，宁波府的知府、同知、通判等他的上官，不是缺员，就是告假，竟由他这个正七品的推官署事。名曰署事，实难主事，所以朱纨遇事只和魏一恭计议，从未直接和张德熹打交道。裴绅要他提防张德熹，他不明所以。

“我最近问出两件事，都和张某有牵连，”裴绅说，“子纯先生告我，日本贡使周良曾当面质问，为什么图谋杀他。此事有蹊跷，第一件事与之有关。周良有一属下，跑到杭州城里滋事，被巡城军士抓住，径送与我。你知我在他身上搜出什么？一纸匿名揭帖，上写：天子命都御史起兵诛使臣，使臣可先发，夜杀都御史。”

去秋，朱纨甫到任，日本贡使周良率四船、六百人的庞大队伍来贡，因贡期未到，朱纨要他将船队泊于海外，自己向朝廷申请。为表示并无恶意，他请周良住进宁波驿馆。周良当面质问，就是上个月的事。

“怪不得周良言之汹汹，原来真有人挑唆。”朱纨道。

“子纯先生可知，挑唆者为谁？”裴绅接着往下讲，“周良属下供认：他持该揭帖，是为寻访写揭帖之人。这个人居然被他找到，就是张德熹。我衙门里正好有张德熹亲写的文牍，取出来对照，笔迹分毫不差。”

“他也算读过圣人书的，竟借倭人杀我，真是无法无天，无耻之尤！”朱纨愤慨地说，还有一点，他没想通，自然要问，“可他为何要杀我？”

“我讲过第二件事，子纯先生就知道。”裴绅道，“子纯先生还记得，曾杀过一名叫张诛的海贼吧？我近日审过几名海贼，才知他是张德熹的堂叔。侄儿要为叔父报仇，有什么奇怪？”

这话让人听着好不寒心！杀一名小小海贼，就有小小推官设法为他报仇，如果杀许二、李光头之类的首领，在籍乡官，包括林希元之类的大老一起寻衅，该如何应付！

许二是他最近在宁波常听人提到的名字，据说，他的大号叫许栋。

“多谢子书告知此事，看来，我确须对他提防。”朱纨说着，沉思片刻，“不能仅是提防，我还要参奏他一本。”

“此事牵涉日本贡使，子纯先生如何处置？”裴绅问。

“周良并未发难，我也不会留难他，几时入贡，如何入贡，仍候朝廷的意旨吧。”朱纨这一节已盘算好。见裴绅似还有话，他说：“子书，你有什么好的见解，不妨说出来商榷。”

“我的意思，对周良一行，也要提防。他的属下不见得与张德熹辈熟识，也不见得与张诛辈不熟识，恐怕早晚要惹出乱子来。”裴绅说完这一层意思，问道，“仁和郎瑛郎仁宝，子纯先生知道此人吗？”

“不知，他是何人？”朱纨问。

裴绅说：“他是杭州城里六十多岁的一名老童生。他文笔也好，见识也广，就是通不过乡试这一关，可谓咄咄怪事。近年以来，杭州人喜养一种赤色金鱼，竟到人无有不好，家无有不蓄的地步。少养者一缸数尾，多养者十余缸数百尾。此鱼名火鱼。郎仁宝去见我时说：鱼，阴类，下人之象也；鳞，甲兵之象也；赤者，火之象也。况直呼火鱼，其兵火之象乎？他预感浙东会有刀血之灾，我也有此担心。”

“子书担心的是，我已在提防。”朱纨说。

第三百九十五章

徐阶从衙门回来，见徐璠坐在书房里，正百无聊赖地等他，又惊有喜地问：“璠儿怎来？”

徐璠是徐阶的长子，现在松江府学里读书。身在两地，没机会尽孝心；现在见面，他亲奉一杯热茶，以表达对父亲的热爱。

“好，你自己也斟一杯。”徐阶慈爱地说。

徐璠边为自己斟茶，边说：“我是受命而来，向父亲进一言。”

驰驱数千里，为进一言，其分量之重可想而知。

“受何人之命，欲进何言？”徐阶问。

“受杨幼殷兄之命，欲对父亲说——”徐璠话说一半，被徐阶打断。

“既是幼殷主谋，他欲进何言，我已知之，你不必说。”徐阶说。

杨幼殷名豫孙，与徐阶同是华亭人，嘉靖二十六年进士，官授南京吏部主事。他和徐阶既有同乡之谊，又有师弟之情。

“父亲道他欲进言何事？”徐璠半信半疑地问。

徐阶在桌上比画一个“夏”字，道：“可是为他？”

徐璠大为敬服，问道：“父亲如何知道的？”

“但知幼殷为人，不难料到。”徐阶说，“我思虑很缜密，幼殷之思虑，比我还要缜密；我行事很谨慎，幼殷之行事，比我还要谨慎。他道此公于我有知遇之恩，此公蒙难，我或会思虑不缜密，行事不谨慎，所以要你来提醒我一句。”

“父亲所料不差，”徐璠说，“幼殷兄的确是怕父亲念及旧情，或入监探之，或上疏辩之，则后果不堪设想。”

“幼殷知无不言，言能达意，做起大事业，确是个好帮手，”徐阶赞道，“不过，你要他放心：什么事能做，什么事不能做，我心里有数。”

“是，父亲这么说，他可以放心，儿子也可以放心。”徐璠应着，又指着桌上的

“夏”字，问道，“父亲，他的案子怎样？”

徐阶不住地摇头，似在叹息。

“他自家恐怕也知道吧？”徐璠道，“我松江传言，他行至通州时，听说曾子重被处死，罪名是交结近侍，惊得从车上跌下。”

徐阶说：“这是讹传。他由锦衣卫官校逮赴京师，坐的是槛车，四面围栏，他再惊，又怎跌得下来！”

这像是要维护夏言的形象，徐璠不再说。停了停，他说：“此公向不肯服输，值此生死之际，他就不为自己辩一辩吗？”

“圣心不可回，辩有何益！”徐阶不欲言之。

“他如何辩的？”徐璠仍问。

“璠儿要听，我试背诵之。”徐阶说着，背诵道，“往者曾铣倡议复套，仇鸾未尝执奏以为非。既由上意欲罢兵，敕谕未行，而鸾疏已至。此明系在京大臣伪撰，借鸾口以陷臣。鸾方就逮，上降谕不两日，何以知上谕？又何知嵩疏而附丽之？盖嵩与崔元辈诈为之以倾臣。嵩静言庸违似共公，谦恭下士似王莽，奸巧弄权、父子专政似司马懿。在内诸臣受其牢笼，知有嵩不知有陛下；在外诸臣受其钳制，亦知有嵩不知有陛下。今天威在上，仇口在旁，臣不为言，无复为臣言者。惟归命圣慈，曲赐保全。”

“笔端犀利，仍是旧日风格，”徐璠道，“‘父子专政似司马懿’，这话入骨三分。不过，在内诸臣、在外诸臣云云，似抄录科、道之语，有失大臣风范。”

徐阶眉头一皱，郑重地说：“我不欲你过多知道朝廷的事，就是怕你随便议论。京师乃第一是非之地，你千万不要妄言；回乡后，也千万不要妄言。你只管好生用功，准备明年的秋闱。”

“是，”徐璠应罢，问道，“父亲还有什么嘱咐？”

“既已来京，该露面的地方，还是要露一露面，”徐阶道，他思忖着说，“这样吧，你送些土仪去严府，介翁肯见也罢，不肯见也罢，他是我前辈，你去请个安是应该的。他若问你入京为的何事，你就说，在家读书读得太苦，出来散一散心。”

“我说专为探视父亲不好吗？”徐璠问。

徐阶不赞成这个理由：“不好。你说来探视我，他必以为我病。此时有病，不被人误以为心病吗？”

他的思虑果然缜密。

第三百九十六章

通政司衙门在西城。时值三伏天，通政使樊深虽是乘轿，但一路上不停地催轿夫快走，到礼部，他几乎连气也喘不过来。

“希渊，何事慌张？”费寀问他。

樊深字希渊，山西大同人，嘉靖十一年进士。嘉靖八年的进士赵文华还在通政司任参议，他已是正三品的正堂，称得上升迁神速。

“有人闯入通政司上疏，特来告与子和先生。”他说。

看来，是不该闯衙上疏的人闯衙上疏，或是上疏的内容牵涉到礼部，甚至牵涉到费寀本人。费寀想：将疏本的内容泄露与当事人是违例的，樊深和他并无特别的交情，和礼部的佐卿亦无特别的交情，不会为他们而做违例的事吧，更不会在大热天里由西至东地跑一趟吧？但不该闯衙上疏的人闯衙上疏，也不该礼部管呀。

“什么人闯入贵衙门。”费寀兴致不高、欲拒欲迎地问。

“宗人勤熨。”樊深答。

宗人径自赴京上疏，是礼部该管的；即使上疏时可以不管，议复也一定要交与礼部。费寀兴致仍不高，却不能完全拒之。

“属哪一府？”他问。

“他曾上疏言禄粮事，子和先生不记得？”樊深道。

费寀记起，确有此事。勤熨是周府的镇国中尉，曾因禄粮事上疏。宗人为此上疏的不少，皇帝一般不让礼部会户部等议，一般也不会处分。但勤熨的奏疏写得太直太切，皇帝命夺其禄米一年。

对勤熨来说，这大概是“屋漏偏逢连阴雨”。

“我是问，他属哪一支系！”费寀强词夺理地说。

“这我却没问；要不，我再问问他？”樊深很实在。

“不必，”费寀找回面子，问起要紧的事，“希渊，勤熨的疏稿，你带没带来？”

“正要请子和先生过目。”樊深说。

他从怀里取出疏稿，就好像取出一块烫人的木炭。要不是勤熨写的是这样一篇奏疏，他也不至于慌张至此。

勤熨写的是：臣前以建言得罪，遂失常禄，资身无策，旦夕将填沟壑。然与其死于沟壑，不若死于阙庭，惟陛下哀怜裁鉴。陛下躬上圣人之资，当以古帝王为法。乃厌弃万几，溺意长生之说，以斋醮为訏谟，以兴作为急务，独不思秦皇、汉武、梁武、宋徽之所就竟如何耶！伏望念祖宗创业之艰，敬谨天成。下诏求言，以资治道；慎选巡按御史，以清贪浊。则天意可回，不惟名与舜符高，将寿与尧、舜并久矣。臣非不知言出祸随，然得与刘向、李勉、赵汝愚同游地下，死且不恨。

刘向是汉代的大文学家、大经学家，曾官谏大夫；他的另一重身份，是汉楚元王刘元佐第四世孙。李勉是唐朝人，曾知国子监事，与大宦官鱼朝恩有隙；他的另一重身份，是唐郑王李元懿曾孙。赵汝愚是宋人，官至丞相，与国戚韩侂胄有隙；他的另一重身份，是宋汉王赵元佐第七世孙。勤熨能从三朝各挑出一个敢言的宗室人物，可见不是一个不学无术的人。

这还在其次。你要说“念祖宗创业之艰”，也在其次，反正你和皇上是同一个祖宗；但“溺意长生之说”，也可以妄评吗？“以斋醮为訏谟”，也可以乱议吗？大臣都不崇尚诤言，科、道都不做逆耳之论，你一个白吃皇粮的宗室，显示哪一门子的忠贞！难道真想死于“阙庭”？

樊深把事情的原委一讲，把疏稿一交，一身轻松，好似可以把这件棘手的事，全推给礼部。费宷又是好笑，又是好气。

“希渊想礼部接手此事？”他问。

“请子和先生酌处。”樊深应道。

费宷把疏稿退还给他，说：“希渊，此事礼部无法处置。”

“为何？”樊深问，“宗人的事，一向不是由礼部议处吗？”

“宗人疏议的事，多由礼部议处；宗人上疏的事，则不是礼部可以处置的。希渊想想，哪一次宗人可以直接把奏章交给礼部？”费宷道。

不错，宗人的奏疏是经过通政司呈进的，但那是由巡抚都御史或布、按二司转来的奏章，与眼下的事不同。

“可宗人越境上疏，也不该通政司管呀。”樊深道。

“他去通政司投疏，你通政司接疏，不管又怎的！”费宷道。

不错，勤熨的奏疏是樊深命接下的。但他寻到通政司，不接下行吗？难道能像对普通人那样，将人驱出，将奏疏扔还？

樊深被费寀责备，发作不得，只能请教："子和先生，你看此事当如何处置？"

"希渊真觉为难，我倒有个提议。"费寀说。

樊深连连作揖，道："子和先生请讲。"

"勤熨之疏，既已在通政司，绝无再退还与他的道理，希渊上之无妨。勤熨其人，却不可羁留在通政司，希渊可将他送去宗人府，一辨真伪，一候处分。"费寀说着，问道，"希渊看，可使得？"

樊深的主要难处，是对勤熨不好处置。有费寀说的两个理由，宗人府不能不接收他，通政司的责任可以推卸一大半。

"是，我这就去与宗人府洽商。"他说。

说罢，辞别费寀，三步并作两步，朝位于上首的宗人府走去。

第三百九十七章

勤熨奏疏引得皇帝震怒，费宷料得到。皇帝在勤熨奏疏上亲笔批答：勤熨本求补米，乃敢违例越关，明示要挟，浮词摭拾，讪谤朕躬。朕前次思上牵周王，不忍加罪，姑从宽处。今又蔑视君上，狂悖弥甚，恣拜不悛，情无可原。其降为庶人，押发高墙安置。

费宷没料到的是，他以为勤熨的奏疏和礼部没什么牵连，皇帝却着着实实借勤熨的奏疏，给礼部出个难题。

起因是请立皇后。

方皇后去世半年多，以"孝烈"二字谥之；其神主姑藏睿皇后之侧，也定下好几个月。皇帝没一丝册封新皇后的表示，大有上效太祖、成祖，不复立后之势。但太祖、成祖是在建国之初，礼法草创；现在是太平盛世，岂能一日无国母！费宷和阁老议了议，和左侍郎欧阳德、新上任的右侍郎王崇庆议了议，都觉得该进一言。

于是，礼部上疏，请立新后。

皇帝的批复给礼部当头一棒，给附会其议的所有官员当头一棒。

皇帝写道：卿等以后共恭天地、宗庙，育理万民，不可一日虚，故为是请。朕念已立太子，仰承天佑，亦既有幸。会宗室有以梁武、宋徽比朕者，朕思欲退闲。后不复立，即当传位太子。卿等忠爱，其为朕考前代故事，及成祖训典与闻。

皇帝不但不要皇后，连皇位也不要，而且命礼部为他的退位寻找可循事例！这都是因为勤熨那篇奏疏惹出的，都是因为他那句"独不思秦皇、汉武、梁武、宋徽之所就竟如何耶"惹出的！费宷对勤熨的厌恨，到这一刻，才深入骨髓。

礼部复疏：皇后居体承乾，赞成内治，椒堂兰殿，岂宜久虚！虽蒙再示不允，臣等狗马之心，实切惓惓。至于传位之旨，尤所未喻，岂所以承天心而答众望耶！所有圣谕，臣等不敢仰承。

一句"狗马之心，实切惓惓"，表明恭请立后的忠诚；一句"承天心而答众望"，表明反对传位的忠诚。有这两句话，费宷相信，欧阳德、王崇庆等相信，皇帝会感动的，会俯纳礼部之议的。

果然，皇帝说：览卿等对，足见忠诚，朕已俱悉。在立后之事上，皇帝不松口，可也不再提传位太子的事。

孰料，不过一个月之后，另一篇宗人的奏疏，又引起一场风波。

上疏的是郑王厚烷。厚烷嘉靖六年袭王位，作二十年太平王爷。他不甘寂寞，此前曾两次上疏：一次奏言，境内产白鹊二；一次奏言，境内产瑞麟。报的都是祥瑞，献的都是灵物。

这一次却不同，不但和自己前两次上的奏疏不同，而且和勤熨上的奏疏也不同。勤熨上疏，好歹有个请补禄米的缘由；厚烷上疏，则从头至尾都是训诫。

厚烷的奏疏分为两部分，一部分是四箴言，仿效李德裕的箴言写法；一部分是连珠十章，仿效陆机的连珠体裁。

所谓四箴言，一曰居敬，二曰穷理，三曰克己，四曰存诚。这四个方面都是皇帝需要努力的。

所谓演连珠十章，是以浅显易懂的方式写十件事，包括简礼、怠政、饰非、恶谏、神仙、土木等。这十件事都是皇帝做得不好的。

一是需要努力，一是做得不好。皇帝的圣明呢？全无；皇帝的圣政呢？全无。真个是“美政亡闻”。

这一次是郑王差使者，将奏疏送至宗人府，由宗人府呈进的；不是越境上疏，完全符合成例。通政使樊深没受到惊吓，而费寀闻有此疏，却受到比樊深上次受的惊吓还要厉害的惊吓。皇帝若把厚烷的奏疏发下礼部，礼部如何议复？

皇帝不为难礼部，不为难任何衙门，不为难任何大臣。皇帝在厚烷的奏疏上批道：汝觇知宗室有谤讪者，故兹效尤。彼勤熨一无赖子耳，尔真今之西伯也。欲为，为之。

“欲为，为之”这四个字太厉害，意即：我是殷纣，你是周文，天下在此，你要取，就来取吧。有勤熨的奏疏，皇帝动传位与太子的念头；有厚烷的奏疏，干脆要把天下让与旁枝。

有皇帝写的这四个字，谁还敢多言！皇帝若现在将厚烷奏疏下礼部议复，厚烷大概只能论死。所幸皇帝只是把厚烷使者下狱，没要礼部，也没要刑部，也没要宗人府，议复厚烷奏疏。

第三百九十八章

转忽之间，又到秋审、秋决的季节，夏言是第一个要审决的钦犯。如果说，处死曾铣是由于皇帝一时的愤怒；那么，对夏言的处置，则是在霜降后，由三法司会同司礼监、锦衣卫官，在大理寺审录的。

众官先到，聊着闲话。大理寺堂上的气氛看似轻松，实则很压抑，众官都盼着张佐早些来，快些把今日的公事了结。

张佐很快来到。一来，就给众官一个惊喜。

“夏言已会审过，皇上的意思，不必再当面审录。”他说。

“皇上圣明！”喻茂坚向东揖道。

此刻颂扬，完全发自内心，也完全可以代表众官的心声。会讯夏言是折磨人的差事：一来，问着问着就不知问什么好；二来，夏言只顾自己辩驳痛快，才不管听者是不是难堪。奉圣旨，不必当面审录，堂上的气氛才变得真正轻松。

喻茂坚、屠侨、朱廷立与张佐、陆炳相互让了让，一起就座。随后，三衙门的佐卿和属官们也陆续坐下。

“张公公，皇上还有什么谕旨？”喻茂坚问。

“一句是不必再当面审录，我方才已说；还有一句，皇上让我当面问一问各位大人：夏言以交结边臣拟死，不会有变吧？”张佐道。

“皇上亲拟之罪，臣等欢呼拥戴，仰承而已，岂有变哉！”屠侨说。

他的话有很大的毛病：既“欢呼拥戴”，就不该“仰承而已”，既“仰承而已”，就不会“欢呼拥戴”。这毛病谁都听得出来，但谁都觉得，不如此说，无以应对后一句圣谕。

皇上亲拟之罪，可说有错，也可说没错。三法司会审之初，拟复：言罪当死；但直侍多年，效有劳勋。据律，宜在议能议贵之条。

议能议贵有几种涵义：既可以“贵”以“能”折罪，那么，也可以“劳勋”折罪，原其不死。这是一层涵义。非杀他不可，以其“劳勋”，可论绞，赐他全尸；非要他身首异处不可，以其“劳勋”，可不抄没其家。总之，给在内阁多年、任首辅多年的夏言一些体面。这是又一层涵义。

皇上不悦，责备喻茂坚等恣朋护之私，命喻茂坚等各罚俸不等。

再拟罪，三法司依曾铣交结近侍律，定夏言为交结边臣律。这一律例是三法司拟的，说“皇上亲拟之罪”，有错；但曾铣交结近侍律，是皇帝亲拟的，拟夏言罪时依样办理，说“皇上亲拟之罪”，不错。

无论如何，夏言一定要处死，且一点儿面子也不给他。

屠侨说错的一面，张佐不追究；没说错的一面，张佐也不附和。他自有另一些话要对众官说。

“近日怪事太多，皇上怕各位大人拟定的罪状又变，所以命我问一问。不会变就好，不会变就好！”最后一句话，他连着说两遍。

谁也不知他说的怪事指什么，喻茂坚、屠侨自重身份，不愿问他说的怪事指什么，朱廷立是主人，顾及礼貌，不好问他说的怪事指什么。刘讱和詹瀚不是正堂，不必自重身份；不是主人，不必顾及礼貌。二人相互看一眼，意思是：由谁发问？詹瀚眉毛扬了扬，意即谦让，刘讱眼睛眨了眨，意即：你让，我就不让。

“张公公，都有哪些怪事？”刘讱问。

“思存先生想听，我就拣一二事说说。”张佐道，“譬如，夏言妻苏氏打流放地上疏，请代夏言服刑。起始我也不觉此事有什么怪。后来一想，此事确有些怪；再后来经皇上一点拨，此事怪在哪里，看得一清二楚。苏氏何许人？流囚也。流犯而自请代死囚服刑，自古以来不曾有过。这算一怪吧？苏氏流囚也，流放三千里之外，她要上疏，居然就有人代他转奏。这算二怪吧？皇上对我说，此事交与某衙门议，说不定还要议出第三怪来，索性不要议。我对皇上说：爷圣明，此事当真不好再议。思存先生，你道是不是？”

刘讱暗想：虽与张佐接触不算多，但并不是从没在一起说过话，他以前不是如此啰唆的一个人呀。他今天啰唆得也很吓人，特别是拖着长音说出那个“某”字，大概稍有关系的官员都会悬起心来。

心里想着，嘴上还要应着：“公公说的是。”

“公公，我也讲一件怪事，可否？”陆炳道。

“督帅也有故事讲，极好，”张佐抱了抱拳，让道，“请！”

陆炳讲述：“夏言在诏狱，我奉旨去问他话。他翻来覆去地说：不是皇上要杀我，是国贼要杀我。我问他国贼是谁。他说：已写在奏疏里。我问：如是皇上要杀你，又如何？诸位大人可知，他是怎么答的？他说：皇上要杀我，也只为我不肯奉戴香巾；我不肯奉戴香巾，是为朝廷计，非为身家计。我听后大骇。皇上因他与边臣交结，依律当斩，而要杀他，且是法司所拟；他却说，皇上因他不肯奉戴香巾要杀他。这算一怪吧？他说，他不肯奉戴香巾，是为朝廷计；那么，皇上要他奉戴香巾，要群臣奉戴香巾，就不是为朝廷计吗？这算二怪吧？我将此事禀奏皇上，皇上要我也说与诸位大人听听。”

香巾是一种类似道冠的装饰物，每逢宫中斋醮，皇帝命百僚上朝时都要奉戴。夏言并非一次也不戴，但经常不戴。还有几位大臣也不肯戴，如兼翰林院学士的吏部左侍郎孙承恩，比夏言更甚，一次也没戴过。

一位司礼监公公，一位锦衣卫使，滔滔不绝地讲着，三法司的堂官默默地听着，不仅喧宾夺主，而且本末倒置。

喻茂坚等了等，问：“张公公，还讲吗？”

“不讲了，”张佐道，“原就是拣一二事说与思存先生听，我讲一事，督帅讲一事，足矣。”

刘讱懊悔不已：他是为众官问的，现在好似他一人在听。

十月初二日，夏言押赴西市就刑。

第三百九十九章

程念七领着赵金吾，找到本乡徐念八家。山乡之民，保持前朝习俗，仍以数字为名，通常把廿写作念，让它更像一个正式的名字。

“念七，听说你收领一崽？好福气呀，”徐念八羡慕得垂涎。

“这不，本家找来！”程念七朝赵金吾努了努嘴。

徐念八瞥他一眼，说：“本家找来怕什么，既已给你，还能索回吗？”

“他也不是想把崽索回，只是有些难处，须得合计，”程念七说着，介绍道，“他是我堂客的戚家赵金吾赵大哥。”

“可是夏相公府上一金吾的那个赵金吾？”徐念八惊问。

“正是他。”程念七应道。

“久仰，久仰，”徐念八抱拳道，“赵大哥难处，我可帮得上忙？”

“念七告诉我，徐兄是谨厚人，此事正要与徐兄合计。”赵金吾说着，还礼，“念七说，我是那崽的本家，我并不是。实话对徐兄说，夏相公才是那崽的生父，夏相公的三夫人则是那崽的生母。”

“原来是大贵人家的孩儿！赵大哥为什么要把他送养在念七家里？现在又有什么难处？”徐念八问。

“说起来话长，”赵金吾从头说起，“夏相公革职前，已料到难回家园，把三夫人母子托付给我。三夫人产子前，私自找到我，拿给我黄金九两，白银五十两，说：‘相公一嗣之系在我腹中，若生男，定有妒忌者，金吾忠淳，必不负公。’我遂购置几亩田地，一头牛，为日后计。三夫人产子而亡，乃是天命，我保全不了她。但夏相公的血脉，我誓要为他保存。徐兄知道，夏相公在贵溪家里还有两个夫人，一个是张夫人，一个是马夫人。那崽产下方三日，二夫人硬从我那里把他抱去，张夫人一面笑抚他脸，口称‘好个男儿’，一面把一块米糕塞进他嘴里。三日婴儿哪里能吃东西？张夫人分明是想他窒息而死！谁知那崽命大，不死。马夫人又扯块棉絮，塞进他嘴里，仍不死。二夫人恼羞成怒，竟把那崽扔掷池水中，甩下句‘谁也不许管他’，扬长而去。徐兄，蛇蝎妇人心，这话一点也没说错。”

“赵大哥就听任她等作践夏相公血肉？”徐念八问。

“人家是主妇，我是家仆，有什么法子？”赵金吾叹道，他接着讲述，“二夫人一离开，我忙把那崽抱起，所幸池水甚浅，孩儿无恙。我把他藏在偏僻之处，白日以桔橙压挤出汁喂他，晚间以棉花裹着核桃膏含在他口里，防他啼哭。但终究不能长此下去，我便与念七合计，让他把孩儿抱走。我知我那外甥女董氏还有奶水，正好哺养孩儿。我则回去报与二夫人，只说他已死，已埋。二夫人信以为真，相与庆贺。”

“也真难为赵大哥。”徐念八道。

“还有更难为我的事呢，”赵金吾说，“事过半年，二夫人忽知那崽并没死，还在我的亲戚家里养着。她们暴跳怒吼，限定我三日之内杀那崽，交她等亲验；否则，她二人就要自己动手。我和念七，还有几个亲戚，在一起合计，设想两条出路：一是二夫人既知那崽还活着，不如我带上他，远走他乡；二是二夫人既不知那崽养在哪一个亲戚家，不如挨得一时是一时，不加理睬。但细想一想，两条路都走不通。二夫人娘家都有势力，我携带一崽，怕逃不出她们手掌，她们一旦要查，也绝不会查不出那崽的下落。此路不通，又无他路，我和众人急得落泪。后来还是念七说：有这样一个人，人品极好，自家无子，新生一女，也没留住，夏相公的后人由他收养，既安全，又不会吃苦。徐兄，于是我就和念七来找你，不知你肯不肯帮这个忙？”

徐念八盼子，盼得恨不能夜夜与婆娘辛苦。现在不必辛苦，便得一子，浑如天上掉下来一个金元宝，他如何不肯！不过，他还有几分怕。

“张、马二夫人不会透过蛛丝马迹，找到我这里吧？”他问。

赵金吾很有把握地说：“我和念七死不供认，二夫人怎会知道？我还要设法让二夫人相信，那崽已死，最好她等查也不查。”

“赵大哥如何设法？”徐念八问。

“我去对二夫人说：那崽前者未死，我买了地，买了牛，用田里赚的钱，将他寄养在亲戚程念七家里。今奉二夫人之命，杀死那崽，因惧官府查问，将他掩埋。二夫人若不信，我已将那地那牛要回，没有好处，谁肯花自家的钱，养别人的崽？”赵金吾自觉他的说辞天衣无缝，“我这么说，二夫人不会不信。不过，那地那牛本该作哺养那崽之资，现在却不得不作为证据送与二夫人，徐兄，只得委屈你。”

“好说！我多付些辛苦，自忖养得活他。我怕的是，那崽长大，有一天仍要认祖归宗。”这才是徐念八最大的担心。

赵金吾说：“夏相公若在世，他父子总有一天要团聚的。夏相公既死，二夫人及夏家其他人是绝容不下那崽的；纵有一天夏相公昭雪，那崽自然该为夏相公扫墓祭祀，但我怕是赶不上那一天。徐兄，说句凶言，你也未必赶得上那一天。我看，那崽终要续你徐家的香火。”

几句话合情合理，说得徐念八再无顾虑。

在赵金吾周旋下，夏言幼子竟神奇般活下来。

五、二龙相克

第四百章

嘉靖二十八年正旦期间，宣南坊半截胡同听雨楼里，高朋满座。他们有的是严世蕃邀来的，有的是自己找上门来的，使得原本一所为求静而筑的庭院，热闹起来。

严世蕃正和几个亦儒亦商的客人天南地北地闲聊，侍童严诗向里张望。他招招手，道："有话进来说，探头探脑作甚！"

原来的两名童儿严字、严画已成年，严世蕃让他们随总管严年在外办事，自己又找两名小童，取的名字，一曰严诗，一曰严赋。

"东楼先生谈性正浓，我不进去。"严诗摆手道，"门外有两名访客，面生得很。东楼先生愿见，我就让他们进来；东楼先生不愿见，我把他们打发走。"

严世蕃尚未答话，一客已喝彩："妙哉！经东楼先生调教，诗儿竟连'谈性正浓'也说得出来。"

"他妙语连珠，车载斗量，'谈性正浓'算得什么！"严世蕃不无得意，他问严诗，"来者是谁？"

"这里有名刺。"严诗一手举起名刺。

"隔得这么远，我如何看得清？"严世蕃命道，"你拿过来！"

"我既说不进去，就不能进去。"严诗不肯从命。

"怪事，你还要我出去不成？"严世蕃道。

"东楼先生也无须出来，"严诗说，他依次看过客人，招呼罗龙文，"罗公子，你来接一接，东楼先生或不见怪。"

罗龙文问："这话怎讲？"

"来的是两个读书人，若由他们接过名刺，"在座其他人肯定都在"他们"之列，严诗指着他们说，"东楼先生定要责怪我不会办事，让好端端的名刺沾惹上铜臭气。"

“妙哉斯言！”罗龙文大笑着，过去接名刺。

“龙文，谁来看我？”严世蕃急问。

罗龙文看看名刺，道：“果不该沾惹铜臭气，东楼先生自己看吧。”

两张名刺都是工整的楷书，笔迹相同，显然是一人写的。一张名刺上写着：侍生布衣山东临清谢榛字茂秦；一张名刺上写着：侍生刑曹主事太仓王世贞字元美。

“两位名士来访，我岂能不见！”严世蕃道。

“东楼先生肯见，我唤他二人进来。”严诗说着，要出去唤人。

“寻常人你可呼来喝去，名士也由得你唤吗！说个请字，难道就委屈你吗！”此言一出，严世蕃又改主意，“还是不妥。由你去请，也不是敬客之道。龙文，方才诗儿麻烦你接过名刺，我再麻烦你引进两位名士。这是不是可以叫作二主但烦一客？”

“妙哉！除东楼先生，谅别人也想不出‘二主但烦一客’。”方才为严诗大喝其彩的客人，又为严世蕃喝彩。

罗龙文迎进谢榛、王世贞。严世蕃见谢榛有五十开外，一眼已盲，更显得苍老，于是称一声“茂秦老兄”；见王世贞年在韶华，于是称一声“元美小弟”。他喜不自胜地说：“二位光临贺春，世蕃何其幸哉！”

“我二人来，不止为贺春，还有相求之事。”王世贞马上说，“茂秦先生约我并为东楼先生贺春，来得匆忙，无暇备礼；我和茂秦先生的两张名刺，是我专心写的，就算送与东楼先生的手信吧。”

专为贺年而来，关系一定相当亲近，他可不愿听到自己和严世蕃关系亲近的传言；但全不提贺年，来的又不是时候，相求之事亦难开口。

“多谢，好说，二位请坐下说话。”严世蕃让道。

坐在严世蕃近旁的两个客人早将座位让出来，谢榛、王世贞不客气地一左一右在严世蕃身边坐下。

“元美，有什么事要我做，请吩咐吧，”严世蕃说，“只要不命我写诗，不选我做诗社社长，无事不可商量。我虽有一小童叫严诗，可我从不写诗；他虽名曰严诗，只怕也写不出诗来。”

几个客人陪他一笑。他以“诗”名小童，对大诗人们也够挖苦。

王世贞对谢榛说：“茂秦先生，你来讲吧。”

谢榛取出一本装订起来的小书，说：“这是手写的两篇赋，请收下。”

“是茂秦老兄、元美小弟联手写的吗？”严世蕃边接小书边问。

谢榛说：“此赋沉郁，我可写不出来。它是卢柟卢子木作的。”

“可是又字少梗的河南浚县狂士？”严世蕃居然知道此人。

卢柟字子木，又字少梗，河南浚县人，国子监生。

“正是他。”谢榛说。

严世蕃翻看赋名，一篇标题是《幽鞫》，一篇标题是《放招》。他试着读一读，只读两句，便读不下去。

“元美，你也为送此赋而来？”他问王世贞。

王世贞说：“是。茂秦先生道，一人送赋不够郑重，非拉我来。”

“我尚质少文，有什么郑重不郑重！二位亦知我非读赋之人，今日送赋的背后，是不是别有一篇文章呀？”严世蕃问。

谢榛说：“东楼先生所料极是，我和元美送来的只是表面文章，实实在在的文章却要请东楼先生作。”

“不是作实在的文章，是作文章背后的文章。”王世贞更正。

“二位不必绕着圈子说。再说下去，自己也不知究竟要我做什么，”严世蕃笑道，“我也文雅一回，二位一言以蔽之吧。”

“好，我来一言以蔽之：卢少梗性命垂危，请东楼先生救他。”谢榛说着，起身一揖。

严世蕃大感意外，问道：“卢少梗出了何事？”

原来卢柟有文才，家富有，这两条占一条，都足以使人放荡不羁，何况他两条都占。他性嗜酒，每饮醉时，则出口伤人。一次，他请知县饮酒，知县答应赴约。但不知故意怠慢，还是有事耽搁，天色将晚，还没有到。卢柟大怒，命撤去酒席，吹灭灯烛，自己摸黑，一盅一盅地狂饮。知县来时，他已醉得不省人事，卧倒在榻。知县拂袖而去，他之怒气，又超过卢柟。一日，卢柟乘醉，鞭挞家仆。碰巧，那晚卢舍一面墙倒塌，压死该名家仆。县令乃将卢柟下狱，以过失杀人罪论死。

谢榛简略讲述过始末，严世蕃问：“茂秦老兄是要我解救卢少梗？”

“然也。”谢榛应道。

“元美，你来也是要我解救卢少梗？”严世蕃又问王世贞。

“然也。”王世贞应道。

“我先问句题外的话：茂秦老兄，你与李于鳞等一起创办诗社，这次为什么不约于鳞来找我，却约元美来找我？”严世蕃问的确是题外的话。

“东楼先生是不是听到些什么？”谢榛反问。

“并未听到什么，我只是好奇而已。”严世蕃说。

谢榛频频摇头，没有答话。

“茂秦不信我没听到什么？”严世蕃问。

“非也；我是说，元美所言不确，”谢榛道，“我与元美同来，纯属巧合。元美一再说，是我约他来的；其实，我不约，他一样要来。”

“元美，茂秦老兄的话当真吗？”严世蕃问王世贞。

“当真，”王世贞说。“卢少楩赋文，我深爱之；他今论死，又确实冤枉。无人相托，我也要为他说项。可我今日来，确是受人之托。”

“谁人托你？”严世蕃问。

“同年陆与绳兄。”王世贞说。

“可是平湖陆君？”严世蕃问。

“东楼先生识得他？”王世贞好似有意外的收获。

“我不识他，但其叔陆元望先生曾任赣省按察使，是我的父母官。”严世蕃略加解释，又问，“卢少楩的事，怎么又和陆君有牵连？”

与绳是陆光祖的字，元望则是他叔父陆杰的字。

“与绳兄恰好外放浚县令。”王世贞说。

“卢少楩既冤枉，陆君恰好主政浚县，何不秉公办之？”严世蕃问。

“原令上下打通关节，必欲卢少楩死。与绳兄斗不过他等，乃托我活动于当道。茂秦先生说他不约，我也要来，很是，”王世贞道，“东楼先生，我的面子不足道。茂秦先生名士也，他的面子，不能不给；与绳兄道德学问俱属上乘，与东楼先生又有渊源，他的面子，不能不给。”

“茂秦老兄和陆君的面子，固然要给；元美说自己的面子不足道，尤其要给，”严世蕃极为友善地对王世贞说，“元美，今日看你的面子，我要管一管此事。你回复与绳，让他放心吧。”

王世贞揖道：“东楼先生怜惜卢少楩，实卢少楩之幸，诗坛之幸。后人作本朝诗纪，少不得要写上一笔。”

严世蕃听了这句奉承，很受用。他才要回敬两句谦辞，忽觉腹中不适，不觉抬起屁股，放出一个屁来。于是，听奉承的受用，和放出浊气的受用合而为一，他说句：“好舒服！”

“东楼先生可是下面放气？”一客问，“为何不闻其臭？”

严世蕃以手托腮，面露愁色。

“东楼先生为何不悦？”另一客问。

严世蕃说：“医者有言，屁而不臭，死期不远。我命休矣！”

前一客人举臂，由远而近地扇动几下，说：“现在闻到些气味。”

王世贞只顾哂笑。

“元美有何话说？”严世蕃问。

“东楼先生下面之气虽臭，尚可忍耐；有人上面之气一出，简直臭不可闻。”王世贞道。

严世蕃大笑：“元美先生此语，可入屁纪。”

第四百零一章

皇帝正伏在御案上习字，近侍来报，陶师觐见。皇帝点头示意，近侍将陶仲文引进。陶仲文有实际的官职，秉一真人是也；有加衔，少师、少傅、少保等是也。但在皇帝面前，他只行道家礼，不行君臣礼。想想也是，大臣在世，同时兼三孤衔者，从未有过，这君臣之礼，不行也罢。

“赐座。”皇帝命道。

陶仲文谢恩就座。

皇帝命近侍将才写的字拿给他看，问道：“陶师，朕今日的字如何？”

陶仲文接过，只见满纸写的是“太和”二字。

“太和者，道也。陛下心有太和，笔端即见太和。”陶仲文道。

皇帝很高兴，说：“大约十年前，有科臣请将北岳改定为大同浑源州之恒山，以正祀典。去年卿自湖广回，又议设玄岳，甚合朕意。太和者，道也。以太和山为玄岳，乃是天意。”

帝王祭祀五岳，古已有之。略不同的是，唐代、宋代，尊五岳为王，太祖高皇帝立国后，尊五岳为神。汉代初定五岳，以河南嵩山为中岳，山东泰山为东岳，南直天柱山为南岳，陕西华山为西岳，北直恒山为北岳。后改湖广衡山为南岳。于是，一时五岳中有天柱山，一时五岳中有衡山。至隋代，才确定为衡山。

大约十年前，礼科给事中陈棐上疏说：真定府曲阳县有北岳恒山庙，为朝廷秩祀之所。及查其实，恒山在以北浑源州，南北相去甚远。俗传曾有飞石一方，自恒山坎中飞来，坠于曲阳，故立庙祀，今其庙肩有飞石殿。臣窃疑之。臣考《舜典》，十有一月巡狩至于北岳。《周礼》载，恒山为并州之镇。《水经》谓，北岳为玄岳。《天文志》大梁析木以负北海，其神主恒山。三代而下，历汉、唐、隋，俱于此致祭。石晋失燕、云十六州之地，宋未能混一。北为契丹所据，无缘至幽蓟之域，而睹所谓北岳者，所以只得祭之于曲阳，诡沿飞石之谬，以粉饰其削弱之迹耳。然宋都汴，而真定在汴京之北，以为北门，不得已权宜祭之，犹之可也。我太祖高皇帝驱胡复夏，奄有万方，首定岳、镇、海、渎之号。但时都金陵，真定迥在京师之北，所以因循，未曾厘正。我成祖文皇帝都北平，而真定已在京师之南，使当时有礼官建言，顾有南面而登、踵宋人削弱之迹哉？臣因此而论及五岳焉。臣观祀典载，嵩山中岳在河南登丰县，泰山东岳在山东泰安州，衡山南岳在湖广衡山县，华山西岳在陕西华阴县，祀皆近在本山之麓，而恒山北岳，则即大同府东南浑源州者是也。

陶仲文是从陈棐的奏疏得到启发，还是确曾翻阅过《水经》或《水经注》，不得而知。但他一定想到，“北岳即玄岳”有文章可作。玄武是北方，但北岳与玄岳不该是同一个概念。玄者，万物本体也，玄岳者，领袖群岳也，北岳恒山如何承受得起？他上密疏称，五岳之外，又有玄岳，玄岳者，太和山也，即位于湖广境内的另一座道家名山武当。于是有去年的湖广之行。

“湖广乃龙飞之地，玄岳理所当然在湖广。”陶仲文说。

皇帝更加高兴。他说：“玄岳建成，朕要亲书其额。”

说一阵话，陶仲文问：“臣回京时，向陛下推荐朱隆禧长生秘术，陛下曾从其法修炼否？”

“时有修炼。”皇帝说。

“可有裨益？”陶仲文问。

“修炼之后，精神清爽。”皇帝说。

“朱隆禧忠诚可取，才智可用。”陶仲文似无意实有意地说一句。

这才是他今日要谈的主题。朱隆禧字子谦，苏州昆山人，嘉靖八年进士，官至顺天府丞，京察时被劾，免官。陶仲文湖广之行，走的是水路，不知怎么被他听到消息，竟在镇江转船之际截住陶仲文，邀他至昆山一游。陶仲文一则感激他盛情款待，一则觉他的长生术确有可取之处，因此极力引荐，希望皇帝召他入京，升以官职。

皇帝为此降三道旨意：一是赐白金、飞鱼服，差使送去朱隆禧家中；二是在朱隆禧赴京谢恩时，授以太常寺卿；三是在朱隆禧第一天去衙门报到时，命他以太常寺卿致仕。

这简直像和朱隆禧开个天大的玩笑，使得他在大喜过望之后，哀怨不已，也使得陶仲文颇为沮丧。他今日来西苑，是想事可转机。

不料，皇帝摆出公事公办的面孔。他说：“陶师，大计所罢闲官，例不起用。我给朱卿一日三品正堂作，已经很破例。一之为甚，其可再乎？就让朱卿在家里好生修炼长生术吧。若有心得，仍可由陶师进之。”

“是。”陶仲文应道。他见再无转机，不再多说。

皇帝又说：“宫里禀奏，太子近来身体大坏。陶师，他幼时患痘，是你祷祀而愈的，你再为他设醮祛灾吧。”

皇二子载壡在嘉靖十八年立为皇太子，年不满四岁，现在已经是十四岁的少年。他身体一直不好，成为君臣们的一块心病。

“臣遵旨。”陶仲文露出忧郁的表情，欲说还休，“不过——”

“陶师有话，但说不妨。”皇帝道。

“还是先不说吧。”陶仲文把话岔开，“臣请先视太子，再行法事。”

“好，你去吧。”皇帝说。

第四百零二章

翁万达把大同巡抚郭宗皋约到阳和议事，而不亲赴大同与郭宗皋、周尚文一同议事，自有其用意。

郭宗皋字君弼，山东福山人，嘉靖八年进士，曾任顺天巡抚。因皇帝怀疑他修边堡时有侵冒，被罢免。后知冤枉他。去年十月，詹荣回兵部任侍郎，皇帝起用他巡抚大同。

“仁夫先生着我来，小觑我乎？”郭宗皋一见面，毫无顾忌地问。

“君弼先生此言何意？”翁万达大惑。

“仁甫先生在任时，仁夫先生愿去大同议事；我乃后进，仁夫先生就不屑一顾。这岂非小觑我？”郭宗皋道。

“非也，请君弼先生来，只是有些话在这里说较好。”翁万达解释。

“那么，仁夫先生欲阴为之谋乎？”郭宗皋又问。

“阳为之谋，阳为之谋。”翁万达笑道，“来，请坐下说话。”

郭宗皋边坐边问：“仁夫先生欲谋何事？”

翁万达等他坐定，说：“约君弼先生来，为的是议一议宣府情势。”

“宣府情势，为何不与元朴先生议，却与我议？”郭宗皋感到奇怪。

元朴是宣府巡抚孙锦的字。

“虽是宣府情势，然须与君弼先生议。”翁万达说，“君弼先生来大同两个月，一定觉得大同情势不如所想紧张；实则我总督宣、大军务四年，这几个月的大同，有如太平世界。而宣府却屡遭侵扰，今春也不会安定。我看，赵卿怯懦，恐不足以御宣府。”

赵卿是宣府总兵官。

“恕我直言，我看元朴先生迂阔，也不足以御宣府。”郭宗皋插一句。

孙锦与翁万达同年，郭宗皋说得比较客气，只论以迂阔。

“君弼先生说的是，”翁万达不想为孙锦辩解，“去秋永宁、隆庆、怀来失事，赵卿被论免职，戴罪立功。前者，我得探报，虏众欲自滴水崖入犯，我命他去滴水崖御虏，是想给他一个戴罪立功的机会。君弼先生也知，此次再失事，他只能去诏狱为自己分辩。可他率部去滴水崖，宣府再无兵将可用，滴水崖或其他关隘告急，如何应付？”

郭宗皋渐渐听出眉目，翁万达是想以大同方面为滴水崖应援。

“仁夫先生称大同这两个月为太平世界，据我所察，未必真是太平世界。”他暗示翁万达的想法不对。

“不错，若由大同方面接应滴水崖，难以兼顾，所以我才不得不请君弼先生来，从长计议。”翁万达说。

这有什么好计议的，宣、大总督和大同巡抚是辖制的关系，军令一出，岂容违抗！山西巡抚孙继鲁想对抗翁万达，不就锢死在诏狱吗？

“仁夫先生总揽宣、大全局，但有所命，我无有不从。”郭宗皋说。

“我还没说完，君弼先生不必急着承允。”不管他的话出于真心，还是在发泄一种情绪，翁万达都不理会。“我说难以兼顾，还有一层意思。君弼先生，我且问你：彦章将军为人如何？”

郭宗想了想，道：“以老马喻之，可否？”

“喻得好！我另有一喻：彦章将军，狐也，既狡且矜。他守大同，我就让他一心守大同，不会着他应援滴水崖。”翁万达说。

“为何？”郭宗皋问。

翁万达解释他的想法：“虏在宣府，大同之幸。君弼先生喻为老马，我喻为狡狐。他守大同，如马驰原野，会不辞辛苦；如狐守家园，会守得滴水不漏。但他绝不愿引火上身。既为老马，既为狡狐，奉檄应援滴水崖，他不会不行动；但只要他迟行一步，本能援邻，便援不成，本能歼虏，便歼不成。应援如此，还不如根本不奉檄。你不奉檄，责任还分得清；你奉檄而动，却毫无作为，该追究谁的责任？”

“仁夫先生剖析得透彻，我在仁夫先生的位置，也不会着狡而矜如彦章将军者，应援友邻。”郭宗皋说着，问道，“不用彦章将军应援滴水崖，仁夫先生有别的打算吗？”

“有。”翁万达早有成算。

“有何打算？”郭宗皋问。

“我说，彦章将军守大同，不可让他应援滴水崖；我也说，彦章将军守大同，可以守得滴水不漏，”翁万达顿了顿，从容说出他的打算，“君弼先生，我欲奏改彦章将军守宣府。”

这是郭宗皋绝不会想到的。原以为翁万达因为把周尚文看透，不打算以大同兵应援滴水崖，谁知他的打算更彻底，干脆调周尚文为宣府总兵！

他一调动，他的部属也要随之而去，新到总兵又要重新在各部之间协调，对大同来说，有如釜底抽薪。

可郭宗皋理解翁万达的处境，理解他出此下策的原因。宣府近在肘腋，一旦失事，比大同失事给朝廷带来的震动更大。去秋几次出事后，宣府太需要有所作为。不然，就不是赵卿有没有机会戴罪立功，而是孙锦，乃至翁万达，都无法向朝廷交代。

“仁夫先生背着元朴先生调去新总兵，背着彦章将军将他调动，还好意思说阳其谋！”他甚是无奈地说。

翁万达苦笑一声，道：“我总算没背着君弼先生。”

赵卿得知朝廷以周尚文为宣府总兵，将所部三千兵马付与滴水崖守将董旸、江瀚，自解其职。周尚文到任之前，两支虏军来攻滴水崖，董旸、江瀚皆力战死。虏部驱怀来，和周尚文部遭遇，双方展开激战。翁万达亲率一军前往策应，虏部拔营遁去。宣府局势稍稍缓和。

第四百零三章

在夏言被逐以来的一年里，又是严嵩独在内阁的局面。他多次奏请皇帝增选阁员，在夏言被杀后恳请愈切。皇帝命吏部会廷臣推五六员以闻。吏部综合各方面的提议，列上六人，他们是：吏部尚书闻渊、南京吏部尚书张治、南京兵部尚书韩邦奇、吏部左侍郎兼翰林院学士徐阶、礼部左侍郎欧阳德、国子监祭酒李本。

皇帝交严嵩酌用，严嵩奏道：古者论相之命自天子出，今则每以付之廷推，而简用悉由宸断。群臣材品莫逃圣鉴，疏内所推六人年资、履历俱在，伏望圣明裁决，于中点用二三人议拟。

皇帝不得不自己选用阁臣，皇帝也应该自己选用阁臣。在位近三十年，他从未将廷推阁臣的名单交与某大臣“酌用”，包括张孚敬、夏言最受信用时，在选用阁臣上也不曾征求他们的意见，每次都是“悉由宸断”。这次怎么了，竟让严嵩代替自己选择？是严嵩真的和其他大臣有所不同，还是自己变得越来越怠于政事？

选用阁臣要有一个标准，这个标准只能由皇帝掌握。

皇帝想起给事中王德、沈束、杨允绳等的一段议论：窃唯辅弼之臣，关系甚大，必行履忠贞、器量弘博者，始足以当其任。

皇帝把六个人的名字，一遍复一遍地看着，把六个人留给自己的印象，一遍又一遍地想着。六个人留给他的印象，有的较深，有的较浅，也有的人根本没给他留下什么印象。

印象最深而且最有希望被点用的，应该是吏部尚书闻渊。自嘉靖以来，有三个吏部尚书入阁：桂萼、方献夫、许讚。如果有第四个吏部尚书可以入阁，或者说，想让第四个吏部尚书入阁，该轮到闻渊。

但皇帝很快决定不用闻渊。为什么不用，皇帝自己也说不清楚。也许是因为两年多更换五个吏部尚书，皇帝暂时不想再换；也许是皇帝想起，在议处夏言时，闻渊的态度并不让他满意；但更有可能的是，闻渊和严嵩是同一科的进士，皇帝不想让同一科的进士把持内阁。

徐阶也给皇帝留下很深印象、也许是皇帝最想点用的一个人。在张孚敬权势如日中天时，没几个官员敢违拂其意，徐阶是敢公然与他争辩的官员之一。当时虽然处分徐阶，但正是这一点，让皇帝记住他。不过，皇帝很快就决定不用徐阶。他想起另一件事。费寀是去年十二月病卒于礼部尚书任上的，由掌詹事府的礼部尚书孙承恩接掌部务。而孙承恩在正旦节后不久即免官，礼部尚书一职又面临空缺。在皇帝心目中，徐阶是最合适的礼部尚书人选。

阁臣或许就要在另外四人中点用，因为另外四人没给皇帝留下很深印象、并非皇帝最想选用，所以更难选择。因为没留下很深印象，皇帝除重复这四个人的姓名，不必再多想什么。

张治、韩邦奇、欧阳德、李本……

皇帝忽然眼睛一亮，吩咐："唤张佐来。"

张佐急急赶来。他听近侍讲述，知道皇帝在做什么，一路上都在想：皇帝不会把"酌用"的差事交给自己办吧？果有此事，是祸非福，得想好推脱之词。"悉由宸断"严嵩说过，肯定不能说；即使严嵩没说过，自己也不能这么说。但不说"悉由宸断"，又说什么呢？

不料，皇帝问的完全是另一个问题。

"张佐，'重治本事'这四个字，你还记得吗？"皇帝问。

"好像是一篇奏疏的起首句吧？"张佐有印象，但记不确切。

"对！你还记得是谁的奏疏吗？"皇帝问。

"奴才不记得，"张佐道，并请旨，"要不，奴才去查查？"

"该奏疏不必查，你去宣旨吧，"皇帝看看名帖上各人的年资、履历，命道，"着张治以礼部尚书兼文渊阁大学士入阁办事；着李本以少詹事兼翰林院学士入阁办事。"

张治遵旨而去，一路上又在想：点用张治、李本入阁，大概是许多人想不到的。特别是李本，论资历，是嘉靖十一年进士，论官秩，仅从四品，所以在六人中排在最后一名。而皇帝偏偏点用他！这些年来，哪位阁老不是当过多年尚书才入阁的！

这还在其次。张佐尤其想不通的是：点用张治、李本，就点用张治、李本吧，为什么先要问他记不记得"重治本事"四个字？谁写的这四个字，谁上的那本奏疏，和点用阁臣有什么关系？

且慢，谁说"重治本事"和点用阁臣没关系！治者，张治也；本者，李本也。皇帝在六人中点用他二人，正是因为受这句话的启示。难得皇帝在臣子们无数进言中记住这句话，也难得廷臣所荐六人中正好有张治、李本，皇帝一定把这种巧合看作天意。

张治、李本真该为上疏之人烧一炷高香。

第四百零四章

严世蕃从宫中太监那里听到这段故事，讲给喜欢搜集各种掌故的王世贞听。王世贞听罢，说：“上合天意者，尚不止此。”

“还有何事？”严世蕃问。他对掌故也有兴趣。

王世贞说：“弘治乙卯年推相，吏部也以六人上，首列者吏部尚书耿裕，次列者礼部尚书倪岳，又次者礼部右侍郎兼翰林院学士李东阳，又次者吏部左侍郎周经，又次者礼部右侍郎傅瀚，殿后者少詹事兼翰林院侍读学士谢迁。孝宗敬皇帝点用的是谁，东楼先生不会不知吧？”

“不是李西涯和谢木斋吗？”严世蕃立刻体会到其中的妙处，饶有兴致地说，“元美，我们来数数二事相合者有几多。皆以六人推相，相合者一也；首推皆吏部尚书，皆未获用，相合者二也；殿后者皆获用，相合者三也。若前次西涯公奋进些，列在第二，或今次文邦先生委屈些，列在第三，则无不相合者矣。”

“此事不合，亦有缘故。”王世贞说。

“有何缘故？”严世蕃忙问。

“前次推相有礼书，故礼书排在第二，今次推相礼书缺，文邦先生以南礼书，只得排在第二。”王世贞说。

“妙！”严世蕃击掌道，“经元美一解说，不合者也相合。”

“还有一处相合最要紧，东楼先生却忽略，”王世贞说着，问道，“东楼先生可知，文邦先生是何方人士？”

“不知。”严世蕃道。

“文邦先生乃湖广茶陵人也。”王世贞告诉他。

“元美等等，”严世蕃似乎想起什么，“我记得家大人讲过，西涯公虽寄寓京师，却是长沙人。”

“一说为长沙人；另有一说，则为茶陵人。”王世贞说。

严世蕃不由大为叹息：“真是巧得不能再巧！茶陵也好，长沙也好，均湖广也。”

又问，“木斋公和汝立先生难道也是同籍？”

李本字汝立，嘉靖十一年进士。

“说得对，谢木斋乃浙江余姚人，李汝立亦浙江余姚人。”王世贞说。

严世蕃忽发奇想：“这么好听的故事，不能没有好听的名目。元美，我们一人说一句话如何？”

“东楼先生请先说。”王世贞让道。

严世蕃随便说句话，倒像句五言诗：“推相寻常事。”

王世贞立刻接道：“何来天方谈？”

“好一个天方谈！”严世蕃喝彩。

“好一件寻常事！”王世贞也喝彩。

二人拊掌大笑。

严世蕃心满意足地说：“早知有此乐趣，我也该加入你们诗社。”

“东楼先生人加入不加入不要紧，有一长物加入足矣。”王世贞说。

“元美到底把我视为俗人，只道我之长物非黄即白。”严世蕃有些感慨，但随即又高兴起来，“文邦先生和西涯公既是同乡，我且试一试，他是否有其乡先贤的文采。”

“东楼先生如何试法？”王世贞问。

“现在休问，元美过两日来听消息。”严世蕃神秘地说。

两天后，王世贞去看严世蕃，谈起前日之约。严世蕃大笑不止，道：“堂堂次相，被我用作一次刀笔吏，岂不快哉！”

“你让文邦先生作什么文章？”王世贞问。

严世蕃讲起他的恶作剧：“我去看文邦先生，故作愁眉苦脸。文邦先生问我何事不快？我说，被家大人好生斥责一番。他问我为的何事？我说，家大人责我不办正经事。文邦先生说，东楼何不就办一件正经事给介翁看一看？我说，我欲刻尚宝司题名碑，录洪武以来各卿姓名，这算是一件正经事吧？文邦先生说，此事大为正经。又问，此事办得成吗？我说，姓名已集齐，惜乎缺少文学大家之序。文邦先生说，此等序文，也不一定要文学大家来作，我为东楼先生作一篇序，如何？我自然千恩万谢，心里却暗笑不已。文邦先生的《尚宝司题名记》我已取回，元美看看他的文笔究竟如何。”

其文起首写道：尚宝司掌玺、牌、符之事。国初建符玺郎，后改曰尚宝司，秩正三品。洪武元年，乃置卿一人，正五品，少卿一人，从五品，司丞二人，正六品。

其后大臣子弟以荫补丞者无常员。列署在右掖之内，其地至禁密也。

“简约清晰，写得好！”王世贞赞道。

再往下看。下面接写玺有何玺，何时何事用之；牌有何牌，何时何事用之；符有何符，何时何事用之。

王世贞道：“东楼先生虽掌尚宝司有日，所知恐怕没这么详尽吧？”

“元美小看我吗？文邦先生请教过我，倒是真的。”严世蕃说。

结束一段，王世贞读两遍。张治写道：嘉靖丁未，分宜东楼严君以太常少卿领司事，乃蒐诸故牍，自洪武而下讫于今，得若干人，刻其姓名爵里，立石于长安之直庐，以稽往而昭来也，丐张子记之。治曰：宝者，人君所以信其令于天下者也；名者，君子所以信其行于后世者也。人君之于宝，则设官以守之者，慎其令也。然则君子之于名，其贤不肖，关于劝惩者至远也，顾可以弗思慎乎哉？夫德者所以慎名之具也。是故人君有慎令，而后天下无邪政，是谓治法；君子有慎名，而后终身无邪行，是谓治人。以治人而守治法，则身安而国家可长保也。呜呼，岂独尚宝然哉！此东楼所为题名意也。

“以治人而守治法，果是东楼先生之意吗？”王世贞笑问。

“这是文邦先生抬举我，元美休得取笑。”严世蕃说。

“能议于无可发议之处，足见文邦先生不是俗辈，”王世贞严正地说，“东楼先生，切不可再视他为刀笔吏！”

“元美说的是。”严世蕃应道。

第四百零五章

三月十七日，皇太子载壡薨于宫中。宫中一片哀恸之声。

皇帝闻讯，许久作声不得。前来奏告噩耗的内宫太监和皇帝的贴身近侍都极度紧张，设想皇帝会有什么不测，以及如何施救。

但皇帝只是悲伤，并没到悲伤欲绝的程度。等悲伤稍微缓解一点儿，他问："我儿是如何过世的？"

内宫太监奏道："两天前，爷命太子爷行冠礼，出阁就学，太子爷欢喜得不得了。但行礼后，太子爷即觉不适。奴才等当即奏闻西内。爷命御医为太子爷诊脉处方，太子爷服药后，睡得很安稳，奴才们也就安下心来。不料，太子爷今晨醒后，硬撑着起身，向北跪拜，说句'儿去矣'，再没醒过来。"

内宫太监的叙述，不仅详略得当，语气也得当。特别是重复太子那句"儿去矣"时，声音呜咽，皇帝为之落泪。

沉寂片刻，皇帝问："你都去哪里报信？"

"奴才想，爷或要司礼监行文，先去过张公公那里。"内宫太监说。

"张佐怎样？"皇帝问。

"张公公听奴才一说，立时昏厥过去。"内宫太监说。

"皇太子未出阁，他的身份如同师傅，自然最为哀伤。让他歇一歇吧。"皇帝道，又吩咐，"你再去司礼监，让他们讣告天下吧。"

皇太子暴薨的讣告一公布，京师一片哀恸之声。辅弼以严嵩为首，百僚以闻渊为首，各上疏致哀奉慰。

掌道真人陶仲文亦上疏奉慰。他有密奏的待遇，上疏不必经过通政司。通常由他的徒儿或子侄代他送疏，今事特殊，他亲自送疏去西苑。

西苑管事太监接过奏疏，二人相互说几句适宜在这种场合说的话，正要执手告辞时，里面有人出来。陶仲文认出，他是皇帝身边近侍。

"陶师慢去，爷请你进去说话。"近侍说。

陶仲文望了望已交与管事太监的奏本，管事太监会意，把奏本还给他，说：“爷既召见，陶师正好面呈。”

陶仲文随近侍走进无逸殿，皇帝挥手，近侍们皆退下。陶仲文以为皇帝有话说，不好先开口。皇帝没马上说话，与他默然相对。

过一会儿，皇帝叹口气，说：“请陶师为太子祷祀，宛如昨日。”

“臣无能，没能留住太子，”陶仲文说着，躬身呈上奏疏，“这是臣的哀悼劝慰之疏，还望皇上节哀自重。”

皇帝不接，只说：“放在这里吧。”

陶仲文上前，把奏本放在御案上，然后退回原处。

“陶师，朕问你一句话，你要如实道来。”皇帝说。

“是。”陶仲文应道。

“两个月前，朕请你为太子祷祀时，便觉你有难言的话；后来差近侍去询问，你只说句：两龙不宜相见，”皇帝讲过这件事后，问道，“陶师之意，是不是太子不宜居于宫中？”

“臣不知也。”陶仲文简答。

皇帝本想问，既如此，为何不明言？他既说不知，就不好这样问。

“陶师自己说的话，怎言不知？”皇帝换句话问。

“臣师祖有‘二龙不宜相见’之说，皇上使臣去问，臣不知怎的就说出口。”陶仲文的解释虽有些勉强，也还说得过去，他又说，“太子骤薨，或许真是不宜居于宫内。”

皇帝完全接受他的解释，说：“怪朕愚钝。若早解其意，或不致有此。”

陶仲文不语，只微微地摇头。

“陶师想说什么？”皇帝问。

“臣想，未必如陛下所言。”陶仲文说。

“然则陶师怎说？”皇帝问。

陶仲文说：“臣师祖有‘二龙不宜相见’之说，臣不解其意；臣偶言及‘二龙不宜相见’，陛下不解其意。此皆冥冥天意。”

“陶师为何说是天意？”皇帝问。

“太子非常人，于人世纷华，一无所好，而动有仙气。无论他从哪座洞府降凡，上苍眷爱于他，都不会让他久在人间。”陶仲文说。

皇帝记起一事：太子两手总是垂下，从不上举。皇帝问他缘故，他说：天在上，儿不敢时时举手。

那时，太子还很年幼。由这件事，亦可看出太子绝非常人。但越非常人，越使皇帝思念，越使皇帝哀恸。

“上苍欲他速归仙班，难道不知他居储位，朕离不开吗？”皇帝哀道。

“上苍并非不知陛下离不开太子，而是早已警示于陛下，”陶仲文说，“陛下告诉过臣，当年册封太子时，册文送到裕王所居宫中，而册封裕王的册文却送到太子所居宫中。此事虽瞒得紧，但后来还是被陛下知道。臣想，这中间必有深意。”

所谓深意，当然是上苍迟早要将自己的宠儿召回。把几件事联系起来，皇太子不会久留人世显得合情合理，皇帝不必太哀伤。

第四百零六章

严嵩已经两天没有离开西苑，晚间，皇上召他入见。他是另一个皇帝可以对之一吐心声的人。

皇帝在无逸殿外迎他，说：“严卿，陪朕在外面走一走吧。”

“臣遵旨。”严嵩应着。

皇帝到水边，沿海子向北走去。严嵩与他仅隔一肩，跟在后面。众多侍卫散布四周，有的可以见其身影，有的见不到其身影，有的立定于一处，有的随着皇帝在移动。但他们都离开皇帝和严嵩一定的距离，为的是不听到君臣二人的谈话。

十五的月儿挂在天上，倒映在水面上。一片片云，不时把天上的圆月遮住一角；一丝丝风，不时把水里的圆月搅得凹凸不齐。这样的夜晚，这样的景致，很适合漫步、观赏、谈心。

“严卿的儿子名世蕃吧？”皇帝忽问。

“是。”严嵩应道。

“世蕃何事最惹严卿不快？”皇帝问。

“此儿顽劣，不读书。”严嵩说。

“不读书好。你看，朕才要太子出阁就学，他就弃我而去。”皇帝说。

严嵩心想：糟糕，怎么把这件事忘了！见驾前，一再告诫自己，不该说的话千万不要说，可还是说出口。不过，这也是很无奈的事。不说他不读书惹自己生气，又说什么？说他酗酒？说他好色？那可能不会让皇帝联想起皇太子，可说不定会带来更大的麻烦。

“臣出言不慎，触动皇上痛处，罪该万死。”严嵩请罪。

“是朕问的，不关卿事。”皇帝道。“陶师来陪朕说过两次话，朕已不那么难过。唯不曾早解陶师语，想起来还有些懊悔。”

严嵩不知陶仲文曾对皇帝说过什么，更不知他的话和太子之薨有什么联系，但有一句话，用来开解皇帝，是不会错的。

“谶语多不可解，皇上无须懊悔。”他说。

“不错，陶师也是这么说。朕既想通，就不再懊悔。”皇帝说着，把话题岔开，“朕虽说不再懊悔，遗恨仍然有些。太子不同常人，不该以求常人者求于太子。陶师说，太子动有仙气。若不使他出阁就学，而使他从容修身，怎会有此结局！但朕不能不让他出阁就学，爱卿，你知道为什么吗？因为有人责朕既不早朝，又不教习太子。朕身已受谤，不忍再累太子，只得如祖宗故事。该行冠礼，为他行冠礼；该安排师傅，为他安排师傅。这叫宁为不慈，终不失正。太子不幸，实受其人之害。”

皇帝越说越气，越说声音越高，越说越无伦次。不仅置身近旁的严嵩为之战栗，远在四处的侍卫也无不为之战栗。

虽无伦次，意思却很清楚。皇帝说的“身已受谤”，是有所指的。责备皇帝既不早朝，又不教习太子的，是郑王厚烷。他迫使皇帝不得不让太子出阁就学，也就迫使太子走上不归之路。皇帝不知不觉把哀恸变成仇恨，不知不觉把仇恨集中到郑王身上。

“陛下爱惜龙体要紧，他事皆可在以后从容处置。”严嵩说。

“说的是，”皇帝道，“好，朕不说太子的事。严卿，我忽有个想法，今晚着你来，是想和你议一议。”

皇帝不再为太子之死而哀伤，让严嵩感到高兴；可皇帝不知会有些什么奇思怪想，又让他担心。

“请陛下宣示圣意。”他恭请道。

“北虏累年入犯，边境不宁。频换将帅，频调客兵，频与粮饷，收效皆微，朕甚忧之。朕想，须得有个彻底解决的法子。”皇帝说。

这不是让严嵩最感头疼的问题，他说：“此事诚当前急务，却也急不得。乞陛下宽以时日，容臣与各衙门徐图之。”

皇帝说：“严卿尽可与众卿徐图之；朕有一法，不妨试一试。”

“请陛下宣示。”严嵩再恭请道。

“朕欲效先朝事例，巡边驱虏。”皇帝说。

如果说，皇帝由谈论太子之死，改而谈论北边之事，话题的转变是严嵩没料到的，但这是一次让他略觉轻松的转变；那么，由泛泛谈论北边形势，改而谈论天子巡边，话题的转变也是严嵩没料到的，而这是一次让他难以应付的转变。皇帝为什么忽然会有巡边的念头，是因为去秋今春北虏侵扰的重点从大同转向宣府，使皇帝失去安全感，还是太子之死仍然刺激着皇帝，使他产生过去不曾有过的念头？

“严卿看，这个法子可试否？”皇帝催问。

严嵩缓缓地说：“陛下恕臣直言。皇上圣谟弘远，欲上法祖宗，伟哉其心，壮哉其志！但今时非祖宗时比，巡驱之典，似不必尽同于昔。”

“何谓今时非祖宗时比？”皇帝问。

严嵩说：“如成祖文皇帝数度亲征，彼时既无督、抚之设，亦无重镇之防，文皇帝不得不亲自督师。今北边九镇皆设总督、巡抚、总兵官，皇上只严督文臣武将守御，自可无事。”

“说的是。”皇帝点点头，又换了个话题，“好，我们不说北边的事，朕且与卿议养生之道。朕知卿少时羸弱多病，而老来弥康，何故？”

“无他，清心寡欲而已。”严嵩说。

“治国亦可清心乎？”皇帝问。

“可，垂衣裳而天下治是也。”严嵩道

“为多子亦可寡欲乎？”皇帝问。

“可，顺势节劳、御之有方是也。”严嵩道。

皇帝由这句话想到近时朱隆禧所进太极仙衣。所谓太极衣，亵衣也，其上依四方八卦之说绘制不同姿势的交合图，教人行事。此可谓御之有方。但虽御之有方，临事娱悦，但事后总觉疲惫。又想起所服丹药，灵济宫所进也好，顾可学、盛端明所进也好，服之行事，势在必然，但虽顺势，事后亦觉疲惫。所以顺势节劳，御之有方，只能说说而已。

严嵩这么说，大概是不服药的缘故。

“卿亦服药乎？”皇帝忽然问。

“偶一服之。”严嵩说。

“朕则常年服之，”皇帝道，“陶师等皆曰，所进丹药，服之可延年。朕欲求长生，焉能不服？服后则勃然而立，其势雄猛，一夕可御二三人，或一人可御三五次，人皆不堪。行事后，已亦不堪。这让朕甚难抉择：不服药，则觉体虚；若服药，却如何节劳？”

“不惑年后，服药须慎。过于猛烈的丹药，不服为好。”严嵩说。

“一起丹药与另一起丹药不同，朕怎么知道是否猛烈？”皇帝的难处其实在这里，“朕也曾想过，是不是先使内臣服用，观其效力再用之？但他等都是去势之人，如何可服？若使外臣试服，终是朕的私事，终是宫闱内的秘事，不可与外人共之。”

严嵩静想片刻，道：“臣愿先为陛下试服。”

"卿愿试服？"皇帝似感动，似不信。

严嵩说："君服药，臣先尝之，父服药，子先尝之，古有训辞。臣虽已届古稀，但身体尚健，愿先为陛下尝药。臣服药后，有什么感觉，以密疏奏进。其药可服者，陛下服之；不可服者，陛下易药而服。"

他去年过的七十大寿。再服用此类丹药，不仅不适宜，或许还不安全；不仅不能延年，或许还要折寿。但皇帝既和他议论至此，他除义无反顾地应承下来，别无选择。

"严卿忠心可嘉，满朝大臣中，能与朕共享其乐、共尝其苦的，也仅严卿一人而已。"皇帝叹道。

他没说准其尝药，也没说不准其尝药，但显然是接受他的提议。

君臣二人换一个谈论的题目，又换了一个谈论的题目，直至夜半，皇帝才放严嵩回值庐歇息。

第四百零七章

镇门港是漳州入海处。渔夫多从这里下海，商贾多从这里登岸，一般日子，天一亮就开始热闹。

四月的一天，雾气蒙蒙，朱纨率一支官军，从天一亮就站立海滩，等候出海剿贼的水师返航。他身后，搭起一座高台，一员指挥登台瞭望。

先是海面上冒出几支桅杆，该员指挥叫道："都堂，柯大人、卢将军回来了！"于是，引起一片欢呼。

"你看到什么？"朱纨问。

他的声音小，台上的指挥听不真，俯下身问："都堂在说什么？"

"都堂问你，看到什么？"朱纨近旁几名军士齐声重复。

"看到桅杆。"台上的指挥说。

"那你只看到柯大人、卢将军的屁股，等你看到他二人的脸面时再高声喊叫吧。"朱纨俏皮地说。

四面响起一阵笑声，台上的指挥也难为情地随众而笑。

船渐驶近，隐约可见船首。

"都堂，我已看到柯大人、卢将军的脸面！"台上的指挥叫道。

"好。"朱纨向台下的指挥做个手势。

台下的指挥将手一扬，海滩上几百名士卒高呼："柯乔大人，扬旗必胜！卢镗将军，再建功勋！"

海风将一阵一阵的呼声向远方送去。初时，船上没有反应；随着船只不断靠近，船上的呼声也隐约飘进朱纨耳中。他以这种别出心裁的方式来庆贺官军剿贼的胜利。

几只大船相继靠泊，柯乔、卢镗登岸。朱纨迎上前，与二人叙话。

"都堂怎知我军必胜？"柯乔边行礼边问。

"进剿者同一军，被剿者同一贼，在甬城外岛能胜，在漳城外岛怎就不能胜？"朱纨道，"我不问胜败如何，只问擒获如何。"

“都堂请看！”柯乔让到一旁，手指大船方向。

只见第一只船上，官军押解俘者下船，战俘个个双臂倒缚，被绳索连成一长串。然后第二、第三只船上也有俘者下船。海滩上的官军指指点点、一五一十地数着。

“都堂，共俘贼九十五人。”一指挥报数。

“不对，应是九十六人。”卢镗纠正。

岸上官军再数一遍，仍是九十五人。

“那一人是不是被卢将军扔下海里喂鱼？”岸上一指挥开玩笑地说。

“那一人是都堂要仔细看的，须让他粉墨登场。”卢镗说。

果然，两名健壮的军士用粗杠从舱里抬出一人。他的双手双脚捆绑在杠上，身体扭曲成一团，只头在杠外，是一个光头。

“李光头！”朱纨兴奋地叫出声。

“李光头！李光头！”岸上的官兵欢呼雀跃。

官军押解九十六名海贼在漳州城里穿行，引起极大轰动。漳州城万人空巷，居民倾城而出，争先目睹这一盛况。

队伍当中，朱纨骑马行进，柯乔、卢镗分列左右。经过一段人群最稠密处时，柯乔拉拉朱纨坐骑的缰绳，示意他听听围观者的议论。朱纨会意，放慢马速，注意倾听。

一人说：兄弟，他们说擒拿的都是海贼，何谓海贼？

另一人说：大概指出没海防、与外夷勾结的华人吧。

前一人说：那么，何谓外贼？

后一人说：大概指觊觎海防、与海贼勾结的外夷吧。

前一人说：你看那第四个人，究竟是我华人，还是倭人？

后一人说：服饰相同，我分辨不出。

前一人说：第七人服饰不同，兄弟分辨得出吧？

后一人说：服饰不同，样貌又同，仍是分辨不出。

前一人说：兄弟几代居于此，孰为华人，孰为倭人，都分辨不出；朱都堂是苏州人，柯佥宪是池州人，又怎么分辨得出！

后一人说：首先，我要纠正你一个说法，以后只可称海贼、外贼，不可称华人、夷人。其次，我只见其人，未闻其声，分辨不出海贼、外贼；朱都堂、柯佥宪既见其人，又闻其声，自可分辨出海贼、外贼。

前一人说：若他等不肯开口呢？

后一人说：打上一顿板子，还怕他不开口？

朱纨听得好笑，可一细想，又不那么好笑。还没琢磨出为什么不那么好笑，又有两个人的对话传过来。

一人说：我只道光头是个绰号，谁知天下真有光头。

另一人说：不仅真有光头，他还有名有姓。

前一人说：许兄说错，他只有姓，并无名。

后一人说：陈兄你才说错，他亦有名，只是你等不知。

前一人说：我等不知，许兄想必知道？

后一人说：什么话！你道我姓许，便该知道？

前一人说：许兄休怒。我知你是漳州许家，和泉州许家不是一回事。你家没亲妹子；有亲妹子，也不肯嫁与光头之人。

后一人说：陈兄不要小瞧泉州许家。朱都堂幸亏将这个光头解进漳州，我漳州许家和他无亲无故，只在街上看看热闹；若将这个光头解进泉州，他泉州许家岂肯善罢甘休！

前一人说：不肯善罢甘休又待如何？

后一人说：你问我，我如何得知？须将他解进泉州，大家才知。

前一人说：许兄如此说，若将他解去泉州，我一定要去看个究竟。

听到此处，朱纨不由回头看一眼：李光头早从粗杠上放下来，拴到群贼的行列中。只见他毫无惧色，一颗光头晃来晃去，好像在寻找相识的人，也好像在向押解的官军示威。

进到分巡道衙门，柯乔笑着问："子纯先生，要不要板子侍候？"

"我又饥又渴，还是酒饭先侍候吧。"朱纨说。

衙役摆上一壶酒，几样菜，朱纨等三人，边喝酒边说话。

"都堂，路上的两番对话，你听进几成？"柯乔问。

"听进十成，一句也没有漏掉。"朱纨道。

"然则听懂几成？"柯乔问。

"四五成吧，大概的意思能听懂。"朱纨道。

"卢将军听进几成？"柯乔又问卢镗。

"二位在听，我也在听。我和都堂一样，听进十成。"卢镗道。

“听懂几成？”柯乔问。

“约有六七成吧。”卢镗说。

柯乔说：“卢将军在福建三四载，十成话中能听懂六七成，实属难得。都堂赴任不到两载，在闽省的日子加在一起，不过半年，十成话中能听懂四五成，更加不易。由此足见用心。”

朱纨连连摆手：“迁之谬奖，我说听懂四五成，实则亦听亦猜。如他等说，打他一顿板子，还怕他不开口，我就是猜出来的；迁之再问，要不要板子侍候，我才知猜得不错。”

“我并无称赏之意，都堂休得误会。”柯乔道，“都堂听懂四五成，卢将军听懂六七成，我还要问一句：可听懂议者的心情？对于擒拿海贼，或外贼，他等是欣喜，还是懊恼，还是麻木？”

“听不出欣喜，亦听不出懊恼，或是麻木居多。”朱纨说。

“都堂听得不错！”柯乔道，“海贼或外贼在海域滋扰，甚或深入内陆滋扰，而不恨之；官军拼死剿贼，为国去蠹，为民除害，而不爱之。可忧可怖之事，有甚于此者乎？”

“或有之，”卢镗说，“李光头辈解入漳州，他等麻木。若解入泉州，说不定真的会惹出乱子来。”

朱纨顿时不觉饥不觉渴，顿时不想喝不想吃。他在堂上踱了几步，说：“我本想依前二人之言，把那九十六人都打一顿板子，问清孰是海贼，孰是外贼；依后二人之言，把李光头解去泉州，与泉州许家对质。现在我改变主意。那九十六人，一个不打，一个不问，那李光头不必解去泉州。皇上既许我便宜行事，我将他等都在漳州斩决！”

柯乔衷心拥戴：“都堂明断！”

卢镗稍有些犹豫，但也说句：“都堂明断！”

第四百零八章

“怎么，周彦章病故？”翁万达才入京师，就听到这个消息，不由嗟叹不已。

兵部自王以旂奉旨督师陕西三边后，尚书一职一直没定下来。先以范鏓接任，未赴任而致仕；续以刘储秀接任，未赴任而免官。最后选赵廷瑞，但他在任不足三月，又被免去。五月初五日，皇帝命翁万达回部理事，而周尚文是在五月初六日死的。周尚文以大同总兵官兼署宣府总兵官，奔走两地，不像总兵，倒像名武总督。他是回大同理事时，死在总兵衙门的。翁万达离开阳和时，未知周尚文病重；回到京师时，讣闻却先一步送达朝廷。早知如此，无论如何也该去大同看他一眼！

还有一件没想到的事，几天之后，与他素无来往的礼科给事中沈束前来拜望。沈束字宗安，浙江会稽人，嘉靖十七年进士，自徽州推官召入礼垣。不看名刺，翁万达根本不知道这个人。

“宗安找我何事？”翁万达问。

“特来向仁夫先生求证。”沈束说。

“求证？”他说的唐突，翁万达回答的话也不客气，“给谏欲言，但言之而已，又何必求证？”

“这事关乎周老将军清白，务必求证，”沈束说着，问道，“仁夫先生可知，周老将军是如何故去的？”

他求证的，似乎是一件完全无须求证的事。翁万达说：“报给朝廷的是病故，朝廷勘验的是病故，难道还有别的说法不成？”

“是，有人说周老将军是仰药而死。”沈束道。

“谁人如此无聊，连死者也不放过！”话一出口，翁万达感觉自己的话不妥，他改问，“彦章将军为何要仰药？”

他不问谁人，沈束仍笼统地指有人：“有人说，周老将军私通俺答，俺答犯山西，犯宣府，皆受其指使。后有人疑之，周老将军遂上入贡之策，欲借入贡之名，掩私通之实。因主入贡之说，虏势日盛，疑者愈疑。周老将军愈惧，遂仰药而死。”

翁万达哑然失笑，问道："这一派胡言，宗安是从哪里听来的？"

"仁夫先生想知其人吗，我却还不想告知。"沈束说。

"宗安不告也罢，我来告你二事，"翁万达说，"一者，俺答部犯山西，犯宣府，亦犯大同。虽去年以来，犯宣府的次数较多，但统而计之，仍是犯大同的次数最多。如果说，犯山西，犯宣府，是彦章将军私通俺答所致，那么，犯大同又是为何？难道是彦章将军让俺答遣部在大同周围走一走，做个样子，以掩人耳目？宗安看，因俺答犯山西，犯宣府，而道彦章将军与俺答私通，是不是无聊之极？"

"甚或是无耻之极。"沈束说。

"宗安改用一字，亦无不可！"翁万达意犹未尽，继续说，"去年以来，俺答部犯宣府的次数增多。据有人推断，是因为彦章将军与俺答私通所致；为什么不可以推断，是因为俺答部畏惧彦章将军而致？"

"后一推断似更合理。"沈束插言道。

"好，宗安无异议，我再说二者，"翁万达道，"据有人推断，彦章将军倡为入贡之策，致使虏势日盛，因而畏罪仰药。殊不知，入贡之策，非彦章将军所倡，乃我所倡；彦章将军所为，均受命于我。若因而畏罪仰药，那该是我，不该是彦章将军。再者，入贡之策是不是没有道理，虏势日盛是不是得益于入贡之策，尚无定论呢。"

"仁夫先生肯担干系，令人敬佩；不过，"沈束顿了顿，话里有话地说，"仁夫先生可不要后悔。"

"言既言矣，我为什么要后悔！"翁万达道。

"因为我就要告知仁夫先生，无聊之极、或曰无耻之极的是谁人，"沈束故作神秘地说，"此人非他，乃尚宝严氏也。"

"是严东楼？"这倒有些让翁万达感到意外，"他一日边镇也未曾去过，怎编造得出这等奇谈，又为何要编造这等奇谈？"

"仁夫先生不知吗？"沈束已把严世蕃的用意看得很清楚，"因为兵部和督府要为周老将军请恤典，而严某不欲给他恤典。"

翁万达也清楚：周尚文署理后军都督府时，曾让在后府任都事的严世蕃难堪，也让时任礼部尚书的严嵩难堪，他父子二人一直不能忘怀。周尚文在世时，因为皇帝对他的信任，严氏父子无机可乘。整治不了活人，他们就整治死人，卡住毫无疑问应该给予周尚文的恤典。

翁万达也很气恼，但不像沈束那样把气恼挂在脸上。

"宗安欲待如何？"他问。

“给谏欲言，言之而已，我又能够如何！”沈束以他的话回答。

对他的放肆，翁万达毫无怪罪之意，甚至还略觉痛快。

沈束一挥而就，写出疏稿，称：尚文为将，忠义自许。虽幸蒙圣恩，褒之玺书，升之官职，然尚文有不泯之功，朝廷有未尽之赏。请命该部阅实先后功伐，从公佥议，赠以封爵。夫九重深远，当事之臣又不能上体圣心，任己意而与夺。今边方未端，诚宜厚死以激生，恤一以劝百。

沈束想为周尚文讨回公道，公道没讨回，却激怒皇帝。皇帝说：“周尚文屡次上疏，自伐功劳。沈束身为给谏，不但不纠劾，反而为他说项，着实可恶！”他将沈束奏疏下吏部和都察院议处。

屠侨和闻渊议事，无论就职位而言，或是就资历而言，都该屠侨去吏部衙门，绝没有闻渊去都察院衙门的道理。当然，也可以约个日子，两个衙门的堂官们聚集在朝房会议。但屠侨觉得，还是他和闻渊先议一议为好。

“偏劳安卿先生，由西跑到东，”闻渊与他招呼，请他入座。“此事或该都察院和刑部议处，或该吏部和兵部议处，也免得安卿先生辛苦。现在却要都察院和吏部议处，这可是件怪之又怪的事。”

他的意思：如果沈束的奏疏值得一议，该议的是如何给予周尚文恤典，这是吏部和兵部的职掌；如果沈束的奏疏有得罪之处，该议的是如何给予沈束处分，这是刑部和都察院的事。

“静中先生说的是，所以我想先和静中先生议出个章程。”屠侨说。

“安卿先生有何高见？”闻渊问。

“静中先生既问，我先说说看，”屠侨道，“我觉得，皇上着吏部与都察院议处，耐人寻味。”

一人说“怪之又怪”，一人说“耐人寻味”，意思其实是一样的。但闻渊还是问：“何谓耐人寻味？”

屠侨解释：“若为沈宗安定罪，实应由刑部和都察院议处；若由吏部和都察院议处，则不是为沈宗安定罪。是不是在皇上看来，沈宗安虽有过错，但并无罪恶？”

照他的想法，不是“怪之又怪”，还是“耐人寻味”用得合适些。

“安卿先生所言，亦是一说。”闻渊思忖。

“静中先生之说又如何？”屠侨问。

“若不为沈宗安定罪，又不为周彦章恤典，则无须一议。”闻渊说。

照他的想法，非此非彼，所以还是“怪之又怪”。

“廷美先生之说，也不无道理，”屠侨思忖着说。“静中先生，此事当如何议如何处，我实在是把握不定。”

闻渊说：“且不论皇上的想法吧，安卿先生看，沈宗安当不当论罪？”

“他不过为周彦章请恤典，并无他意，怎好论罪！”屠侨说。

“既然不当论罪，我等不妨如实而奏。”闻渊说。

于是，闻渊、屠侨等上疏，称沈束并无他肠，要治，就治他个狂疏妄言之罪。皇帝怒，罚二人俸，将沈束下诏狱。屠侨对皇帝心思的推测，显然是错的。

第四百零九章

皇帝问身后一名近侍："你叫什么名字？"

"奴才王瑜，"叫王瑜的近侍大概觉得瑜的同音字太多，有必要说明，"奴才的瑜，是王字旁的瑜。"

"那不是王字旁，是斜玉旁，"皇帝更正，"瑜者，美玉也，"

"爷赐奴才这么好的名字，奴才可受不起。"王瑜说。

"你的名字不是朕赐的，是你爹娘赐的，再往前，是造字的老祖宗赐的，"皇帝道。觉得这个近侍有些意思，皇帝续问道："你多大年岁？"

"奴才今年十九岁。"王瑜答。

"可识得字？"皇帝问。

"奴才在内书堂读过半年书。"王瑜说。

"斜玉旁认作王字旁，教书的翰林该罚。"皇帝说。

"是奴才书没读好。"王瑜说。

"书没读好，你倒懂得为尊者讳。"皇帝说着，在纸上写出几个人的名字，让他认。"王瑜，你来认认这些字。"

没有难认的字，王瑜念道："张治、李本、徐阶。"

"你知道这三个人吗？"皇帝问。

"知道，张治、李本在内阁，徐阶是礼部尚书。"王瑜道。

皇帝把写有名字的纸撕碎，吩咐道："你去外面跑一千步，自己要数清楚；若少一步，再去跑一千步。"

若多一步呢？王瑜心里在问，当然不敢问出口。他不知道，这算哪门子惩罚；更不知道，自己为什么要受此惩罚。六月伏天，站着不动还要出汗，跑一千步，还得自己数清楚，容易吗？

一千步跑回来，大汗淋漓。

"数的是否足数？"皇帝问。看来，惩罚的要点在数，不在跑。

"奴才数足数，一步也不敢少。"王瑜喘着气说。

"朕来问你：朕方才写了哪几个人的名字，还记得吗？"原来皇帝在考校他的记性如何。

王瑜喘匀气，念念有词："张治，李本，徐阶。"

"好。"皇帝赏给他一个"好"字，随即又严厉地训诫，"王瑜，你有灵气，有些像崔成。不过，你不要学他。朕曾想留他在身边，为朕办些大事。可他不成气候，说些不该说的话，做些不该做的事，朕只得让他到外面去办事。你知道，他做些什么不该做的事吗？"

"奴才听说，他与某爵爷私交。"王瑜道。

"对，这是最做不得的事。"皇帝说。

"是，奴才谨记爷教诲。"王瑜应道。

皇帝点点头，命道："你去司礼监，让张佐传旨，着张治、李本、徐阶即日起，入值西苑无逸殿。"

"奴才遵旨！"王瑜欢欢喜喜而去。

大臣西苑值庐，在万寿宫外，距无逸殿不远。其地势之低下，院落之狭小，屋舍之湿闷，在西苑大概再没有第二处。张治、李本、徐阶第一次到西苑值庐，简直无法相信，前者权势熏天的夏言，今者单独值庐的严嵩，就是在这样的环境里直接替皇帝办事。

"今日至此，更知为政之艰，介翁不易。"李本心直口快地说。

"汝立'为政之艰'说得好，"严嵩赞道，"以国家之大、之富，西苑值庐，内阁值房，包括六部、都察院等大衙门，哪个不该修建得富丽堂皇些？哪个不能修建得富丽堂皇些？内阁值房任其简陋，西苑值庐任其简陋，正是让当政者不忘'为政之艰'。"

"值庐之始，即受启蒙，承教，承教！"张治揖道。

"心感，心感！"李本也揖道。

徐阶在值庐里走几个来回，说："因其简陋，才好用刘梦得名篇。"

刘梦得即唐代文豪刘禹锡。在这里说他的名篇，自然是指《陋室铭》。

"斯是陋室，唯吾德馨。"张治、李本一起吟道。

"唯吾德馨，只一个吾字须解说，"严嵩道，"此吾，非我也。文邦，我知你有文采，可此处吾字，也不是指你。"

“在下平庸，何德之有！”张治道。

“汝立，也不是指你。”严嵩说。

“是。在下碌碌，何德之有！”李本道。

严嵩目光射向徐阶：“唯吾德馨，吾者，子升也。”

徐阶大惊：“皇上命我值庐，不过附骥而已，介翁怎把这么一顶大帽子戴到我的头上！”

李本接言：“附骥二字，用在我身上再合适不过；让子升先生抢先使用，我只好用另外两个不雅的字。”

就内阁排序而言，他排在最后，就资历而言，他中第最晚。另外两个不雅的字，当然是指续貂，让人一下子想到狗尾。

三人皆笑。徐阶被严嵩当作出头的椽子，惊吓一回。他心想：李汝立这个玩笑开得正是时候，使自己避免一场尴尬。

可严嵩并没把方才的话题忘却。笑过后，他说：“子升才华横溢，在我朝可谓第一探花。无怪乎熊悦之看重你，唐虞佐看重你，周行之看重你，到了静中兄时，不甚看重你，又有夏公谨看重你。不过，子升不要以为，昔日内阁只夏公谨看重你，我对你也极是看重。”

周行之即唐龙和闻渊之间的吏部尚书周用，他是苏州吴江人，弘治十五年进士。徐阶曾在四名吏部尚书下面任过佐卿。

“七卿中无一人为夏公谨看重，他又焉能看重一名贰卿？”徐阶揖道，“某愿自今后为阁老们看重。”

这话甚是得体，严嵩听着很舒服，张治、李本听着也很佩服。

“自今后子升与我等同值西庐，彼此都要借重，”严嵩说。“值庐虽小，事体重大。若有早朝，三位自当先赴；若无早朝，三位先来值庐看一看，无事时再回各自的衙门。”

“谨受教。”张治、李本、徐阶应道。

第四百一十章

严赋在大门以内二门以外摆张竹榻，眯起两眼，半卧其上。在炎热的夏日，他悠闲快活得像个公子。罗龙文见状，悄悄走近，严赋尚未觉察，一柄折扇朝他肩上重重地拍下去。

严赋一惊，忙不迭跳起，见到是他，撅起嘴说：“罗公子好不知疼人！我才要入梦，却被你打醒。”

“赋儿为何白日做梦？”罗龙文问。

“罗公子为何白日来访？”严赋反问。

“好厉害的一张嘴！”罗龙文用折扇指点着他说。“我白日来访，自然是有要事。东楼先生可在？”

“你看我在不在？”严赋指着自己的鼻子说，“我在，东楼先生就在。”

“就他一个人在里面吗？”罗龙文又问。

“你看我是不是一个人？”严赋仍指着自己的鼻子说，“我是一个人，东楼先生就是一个人。”

罗龙文见识过严字、严画辈从少年长至成年；他们也无知，却还不至于狂妄；怎么到严诗、严赋辈，一个个的性子都变？自己被严世蕃引为兄弟，在他面前尚且如此；在别人面前是一副什么样的嘴脸，可想而知。不过，罗龙文知道，他个严赋是严世蕃心腹，教训不得。

“东楼先生一人在里面，极妙，”他说，“赋儿，一个时辰之内，你能不能让东楼先生不被人打扰？”

“我为什么要让东楼先生不被人打扰？”严赋问。

“因为我会与你好处。”罗龙文说。

“当真？”严赋亦有童真的一面，他立刻说，“我现在还没想到要你什么好处，日后想到，你不许反悔。来，我二人击掌为誓。”

“好，我绝不反悔。”罗龙文与他击掌。

严世蕃在后院里摆张竹榻，眯起双眼，半卧其上，在炎热的夏日，和所有的公子一样，觉得痛苦难熬。

“东楼先生。”罗龙文轻声唤道。

严世蕃睁开一只眼，见到是他，又闭上。

“龙文好不疼人，长夏若此，也不让人做个白日梦。”他说。

“有件大事，不得不来打扰。”罗龙文说着，搬把凳子放在竹榻边。

坐下后，打开折扇，慢慢地摇着。

严世蕃享受一刻他这不经意的殷勤，道：“好，你说。”

“东楼先生，朱子纯在东南大开杀戒，得管一管。”罗龙文说。

“是在福建大开杀戒。”严世蕃纠正他的说法。

“对，是在福建大开杀戒。”罗龙文随他改正。

“龙文干吗要管福建的事？”严世蕃问，“我只知龙文在浙江有生意做，难道如今在福建也有生意做？”

“我在福建没生意做，可一个朋友在福建有生意做。”罗龙文说。

“是想用十万两银子在我这里买一条生路的朋友吗？”严世蕃问。

罗龙文闻言，大惊失色。原来严世蕃并非不知道送他银子的是什么人，他只到该捅破窗户的时候才去捅破。

严世蕃看也不看他，道：“龙文，你还不告诉我此人是谁吗！”

“此人姓王名直号五峰。”罗龙文不能不说，而要说就说个彻底。

“他在福建有什么生意？”严世蕃问。

罗龙文说：“王五峰在福建本来也没生意。可朱子纯在福建捉拿一批下海贸易的商人，并一律处死，于是，一批人一批货散落在海外。王五峰见有利可图，乘战火未熄，把他等置于自己旗下。”

“这个王五峰，是个做大生意的人！”严世蕃赞道。

“可危树之下，焉得完卵？朱子纯对下海贸易的商人缉捕不已，王五峰说，任其下去，不仅在福建的生意做不成，在浙江的生意也将做不成。”罗龙文顿了顿，切入主题。“所以，他要我来与东楼先生计议，想个办法，管束一下朱子纯。”

严世蕃不慌不忙地说：“龙文，你是做生意的，那个王五峰是做生意的，我得想想，这笔生意做得做不得。我看，用十万两买条生路的钱，去管束一下朱子纯，有些不值得。”

“王五峰说，管束住朱子纯，他在闽、浙两地站稳脚，当以十倍之值报答东楼先生。”罗龙文诱之以利。

“十倍之值？此人好生了得！”严世蕃不能不动心，当然，顾虑还是有的，“龙文，你看我管束得了朱子纯吗？”

“东楼先生管束不了朱子纯，王五峰再无指望。”罗龙文鼓之以气。

严世蕃欲起身，伸几次腿，没起来。罗龙文忙搀扶他一把。他伸伸懒腰，绕着竹榻走两圈，停在罗龙文面前。

“龙文，我想好，有些事我可以做，有些事却要你做。”他说。

“东楼先生请吩咐。”罗龙文应道。

“我们分两步来走，”严世蕃说，“第一步，须得有人弹劾，龙文，这事你来做。你与福建籍的官员联络，最好是泉州、漳州籍的官员，又最好是科、道官员，由他等上疏，只论朱子纯滥杀良民，或滥杀外人。若有三五人上疏，即可坐实。”

“非福建籍官员若肯弹劾他呢？”罗龙文问。

“同仇敌忾，岂不更好！”严世蕃道。

“这事我做得来。”罗龙文说。

“但有一点，你不许打我的旗号，更不许打家大人的旗号。你打严家的旗号，我不会认账，说不定还要让巡城御史把你抓起来，问你个诬陷罪。”严世蕃态度极为认真，不似说笑，“龙文，届时莫道我言之不预。”

“东楼先生放心，我不联络，也会有人上疏；我加以联络，不过为使他等齐心。正所谓‘人心齐，泰山移’。”罗龙文很有把握地说。

“我再说第二步，”严世蕃道，“朱子纯只挂副都御史衔，未挂兵部侍郎衔，有人论他，一定下都察院议处。那时，或是免他巡视之职，或是治他滥杀之罪，全在于我。”

“有东楼先生运筹，此事必告成功。”罗龙文说。

很快，福建籍科道官周亮、林懋和等，非福建籍科道官叶镗、陈九德等，先后上疏，弹劾朱纨擅杀。

第四百一十一章

余姚论大族，当属王、谢两姓。王姓有封爵的王守仁，因此，无论与王守仁是否同宗，凡姓王者，都要说一句：我们家爵爷如何如何；谢姓有两度入阁的谢迁，因此，无论与谢迁是否同宗，凡姓谢者，都要说一句：我们家相公如何如何。

唯独城外有一户姓谢的人家，不觉得死去快二十年的谢迁能给他们带来什么荣耀，敢骂他狗屁相公。听者简直不可理解，但后来知道这一家干的是什么营生，也就听怪不怪。

这户人家的老爷颐养天年，不再管事。有人寻上门来，都是他的三个儿子，或一人或二人或三人出头应付。三个儿子都有响当当的名字，但人们只唤他们大郎、三郎、四郎。若问为什么没有二郎，他们会说，排在仙班里的二郎神是他们的兄弟。

三兄弟都在，自然是大郎主事。一名家人从外面近来，绕到大郎身后，想在他耳边悄悄说什么。

"有屁，当着众人放。"大郎不耐烦地说。

家人小声放道："四位爷那边有人来。"

"大声些放。"大郎命道。

家人遂大声说："四位爷那边有人来！"

"来几人？"三郎问。

"只一人。"家人说。

"乏味，只来一人，连架也打不起来，"四郎说。

"着他进来说话。"大郎吩咐。

来者身着士人服装，相貌也儒雅，像是读书人。

"原来是阴秀才，"大郎与来者招呼，不知他是真秀才，还是假秀才，是姓阴，还是人比较阴。大郎吩咐："看坐。"

家人添把椅子，来者抱拳，统行一礼，然后坐下。

"阴秀才，你们王大爷可好？"大郎问。

王大爷是对王直的尊称。来者答："好。"

大郎不再问，好像身为大郎，问候其他人，会跌身份。

"你们王二爷好？"三郎问。

王二爷是对王滶的尊称。来者答："好。"

"你们叶三爷、谢四爷好吗？"四郎问。

叶三爷是对叶宗满的尊称，谢四爷是对谢和的尊称。余下二人，四郎合起来问。来者答："好。"复言，"各爷问候大郎、三郎、四郎。"

"你们四爷有什么屁要放？"大郎这次从后问起。

"有个响屁。"来者对大郎的口头禅已经习惯。

"放出来！"大郎命道。

"我们四爷说：谢家三个小子不懂江湖上的规矩，我们每每送去好的货色，他等每每将价压低。若再如此，必断谢家的货路。"来者说。

"哼，响而无味，"大郎道，又问，"你们三爷有什么屁放？"

"有个更响的屁。"来者说。

"放出来！"大郎命道。

"我们三爷说：岂能一断货路了事！谢家有两次货银一文未付，两次货银只付一半，欠银三万两，加上息银五千两，总共该付三万五千两。银两付讫，再议断不断货路。"来者说。

"原说好是两万五千两，怎成三万两？"四郎叫道。

"就算三万两，不到一年，要收五千息银，也太重吧！"三郎说。

大郎挥手止住二人喧吵，继续问："阴秀才，你们二爷有什么屁放？"

"有个闷屁。"来者说。

"放出来！"大郎命道。

"我们二爷说：咱们只这一次靠嘴巴讨债，下次就要靠拳头讨债。谢家三个小子不妨一试，看咱们讨得回来讨不回来。"来者说。

"好，有些味道。"大郎道，最后问，"你们大爷有什么屁放？"

"有个更闷的屁。"来者说。

"放出来，"大郎命道。

"我们大爷说：谢家的三个小子得知道，用嘴巴讨的债，是钱债；用拳头讨的债，是命债！"来者说。

更闷的屁，是句更狠的话。

大郎不惧威胁，冷笑道："你们四位爷的屁放完，该轮到我放。"

"大郎有屁，放出来。"来者学他的话。

大郎说："有句话，你回去替我转告：以前的事，一笔勾销，我们的生意，重新做起。我不欲与外岛的人纠缠，但外岛的人要纠缠，我也不怕。阴秀才，你还不知道我们余姚县衙的门朝哪方开吧？你再来纠缠，我把你送官；你们四位爷来纠缠，我把你们四位爷送官。看你们外岛人的屁放得闷，还是我们余姚谢家人的屁放得闷！"

"说得好！"三郎、四郎喝彩。

"放得好！"来者喝彩。

谢家三兄弟没有想到，他们以为远在宁波外岛的王直等人，此刻正聚在余姚县城西南的太平山上。当晚，上百人冲进谢家，将谢家抢劫一空，将大郎、三郎、四郎及谢老太爷等杀死，将三兄弟的妻妾掳去，然后放了一把大火。谢家没有让外岛的人知道，余姚县衙的门朝哪个方向开，外岛的人先让他们知道，阎府的门是朝哪个方向开的。

朱纨赶到余姚，径去现场勘查，裴绅已先到。但见谢家被烧成一片废墟，大火还殃及左邻右舍，毁坏的房屋尚未修葺。据说，贼人还顺带抢劫了其他一些人家。

"子书，见过本县父母吗？"朱纨问。

"见过。"裴绅应道。

"他怎么说？"朱纨问。

"他说：贼人此呼彼应，皆为倭语，应是倭贼入寇。"裴绅道。

"倭贼？"朱纨问，"子书，你之见呢？"

裴绅说："周良以五百人请贡，礼部议，只准五十人入。经子纯先生固请，增至百人，后又许量加，但留在宁波外海的倭人仍是多数。他等久泊海上，心躁滋事，也是有的。"

"不错，"朱纨赞同他的看法，"宁波海防甚严，无隙可乘，于是倭贼转至余姚海域，登岸劫扰。子书，我要在浙江沿海，大力整肃。"

"如何整肃？"裴绅问。

"第一，紧急搜捕贼人，倭贼、海贼，一律捕之；第二，沿海居民有素与番人私通者，皆令自首。"朱纨说完，问，"子书看可使得？"

"捕贼一事，是当然之义；但令通贼者自首，恐怕人人自危，反而要引起骚乱。"

裴绅不无担心地说。

朱纨则决心已定:“我在奏本里曾写两句话，子书知否？我写的是:‘去外国盗易，去中国盗难；去中国濒海之盗犹易，去中国衣冠之盗尤难。’我在闽、浙两年，对这两句痛砭时弊的话，感触日深。不去中国盗，难去外国盗；不去中国衣冠之盗，难去中国濒海之盗。待我回衙门后，即传檄两省布、按二司及各道、府、州、县，照此办理。”

但朱纨回到衙门，已经有一道敕旨在等他。敕旨称：着朱纨罢去浙江巡视，回籍听勘。在他想与中国衣冠之盗决一雌雄之前，中国衣冠之盗已把他打下马来。

前来勘问朱纨在福建擅杀一事的，是兵科给事中杜汝祯。

第四百一十二章

八月乡试。和会试一样，乡试的考试官评审试卷，决定取舍，考场纪律由监试官维持。各省乡试由按察司差官监试，顺天、应天两府的考试，则由两京都察院差派御史监试。

今年应天试的两名监试御史，一是杨顺，山东文登人，嘉靖二十年进士，一是张鉴，四川南充人，嘉靖二十三年进士。

“大人，有一张匿名帖。”试场的衙役进来禀报。

张鉴离他近，接过去。匿名帖上面写丙舍六号四个字，空出几格，下面写李代桃僵四个字。

张鉴边把匿名帖递给杨顺，边问：“这是何意？”

杨顺看过，问衙役：“在哪里找到的？”

“小的出门，见它钉在门前树上，赶忙取下送来。”门役答。

“附近有没见到什么人？”张鉴问。

“连个影子也没见。”衙役说。

“要找到投帖之人，难矣。”张鉴叹道。

“找不找到投帖之人，还不要紧；该帖上所言之事，非同小可。”杨顺边说，边翻来覆去地查看匿名帖，“李代桃僵，指的是有人代请刀手应试；丙舍六号里，应是那代试之人。”

“不错，应是此意，”张鉴说，“杨大人，我们去丙舍看看其人吧。”

杨顺另有一番打算：“不忙，三场试考过两场，何不让他把最后一场考完？我们先把他前场的试卷调出看看吧。”

试卷之首写有应试人姓名，籍贯，年岁，及祖、父姓名。这一部分被遮盖住，依例，在选取之前是不能揭开的。但有人首告，事涉科场作弊，监试御史自可便宜处置。

“徐璠，松江华亭人，”杨顺只念两项，不再念下去，他手指一处，招呼张鉴道，

"张大人，你来看。"

在其父一栏里，赫然写着：徐阶。

张鉴愕然："真是子升先生吗？"

"松江华亭人，还会有错！"杨顺道。

"当如何处置？"张鉴问。

杨顺较有主见："先将这个丙舍六号秘密传讯，辨出真伪再说。"

一问就问出，果是个假徐璠。假徐璠下狱，杨顺、张鉴合计上疏，论劾徐阶纵子犯法，当罢。南京给事中万文寀闻讯，加入其中。

南京的松江会馆，比京师的松江会馆还要气派。杨豫孙尚未把家安顿下来，自己带一仆人借寓在松江会馆。

他千叮咛万嘱咐，要徐璠去会馆找他，而且一定要在天黑后再去。

徐璠以兄长视他，他的吩咐无有不从。但见面后难免抱怨。

"幼殷兄，你在南京吏部任官，又不在南京锦衣卫任官，怎也学会神出鬼没？"徐璠说着，顺手带上门。

杨豫孙却推开门向外张望，然后回房，板起面孔问他："世兄来会馆路上可被人看到？"

"放心，我走过几条街巷，才插向会馆，不会有人看到。"徐璠说。

"世兄入会馆时可被人看到？"杨豫孙问。

"幼殷兄更可放心，我是从后门进来的。"徐璠说。

"坐吧。"杨豫孙这才让道，等徐璠一坐下，他马上又问，"三场试考下来，世兄辛苦不辛苦呀？"

"还好。"徐璠应付着。

"科场上世兄得意不得意呀？"杨豫孙问。

"尚可。"徐璠仍是应付。

"好个还好，好个尚可！"杨豫孙脸色很难看，"世兄在这里和我说'还好'，说'尚可'，却不知，在号房里那个应试的华亭举子，正在大牢里对监试官说'还好'，说'尚可'呢！"

徐璠一下瘫下来，本来很伶俐的嘴不听使唤："他、他在狱中？"

"果是你做的好事！"杨豫孙大为恼怒。

"是。"徐璠低下头。

“为什么要出此下策？”杨豫孙质问。

“我怕考不下来。”徐璠不得不说实话。

杨豫孙教训道：“怕考不下来，就不要来考；等有把握，再应试不迟。再者，以子升先生的地位，以皇上的恩宠，还怕没你的官作！”

“是，都是我糊涂。”徐璠先认错再说，“幼殷兄，请你救我一救，设法弥缝此事。”

“世兄说如何弥缝？”杨豫孙问。

“那人脱离牢狱即可，”徐璠想得很简单，“牢里放着个大活人，随时提堂，随时举证，我有一百张嘴，也脱不了干系；没有这个人，就好办，谁也不能指证我不是应试之人。”

“你是不是还想，三场试卷仍可有效，你仍可中举？”杨豫孙讥道。

“不瞒幼殷兄，我却有此想法。”徐璠嬉笑着说。

“趁早收起你的痴心梦想！”杨豫孙不客气地说，“那人已被监试官及应天府衙门问过，南京科、道数人正要论劾子升先生。别说那人脱离不了牢狱，就算他能脱离牢狱，你也脱不了干系；别说那人脱离牢狱，就算那人不明不白地死于牢狱，你也脱不了干系！”

徐璠这才知道，事情比他想的要严重得多，嬉笑的一张脸顿时变成哭丧的一张脸。他跺着脚道：“却如何是好，却如何是好！”

“你听我的吩咐，”杨豫孙道，他早算计好，早有措施，只为徐璠多受些教训，所以不很快说给他听，“解救那人的事，你现在想也休想。你马上回华亭去，闭门思过，哪里也不要去。科场的事，你不要对任何人讲，华亭衙门没有资格就此事讯问你；应天府衙门有资格就此事讯问你，但不会很快讯问。等他们要讯问时，我会通知你。那时再作打算。”

“是，我听幼殷兄的。”徐璠说。

杨豫孙接着说：“第二件要做的事，是尽快让子升先生知道。让子升先生知道，不是让他干预此事，而是让他在南京科、道的参本送至前，有所防范。世兄能不能摆脱干系，还在其次；子升先生得以摆脱干系，这才是最要紧的。”

“是，如何能让父亲在参本送至前得知此事？”徐璠愁苦地问。

“这事大约还不难办到，”杨豫孙说，“南京的奏本送到京师，快则十天，慢则半月。镖行的一个熟人告诉我，他们快时七天可由南京驰至京师。我已写密信，托他们送去京师。我想，只要子升先生先有防范，要摆脱干系就不难；只要子升先生摆脱干系，世兄摆脱干系就不难。说不定，皇上会降明旨，不许再追究此事。”

“那就好。”徐璠稍觉宽心。

“还有第三件事，”杨豫孙说，“那人虽不能现在就去救，但也不能总让他留在牢里。现在有司把科场作弊案当作一件大事，对那人看管得极严；但很快就会觉得，这不算什么大案，对那人的看管也会放松。那时世兄可设法，使他脱离牢狱。”

“好，这事我去办。”徐璠道。

由于杨豫孙报信及时，徐阶在南京科、道的奏疏送抵前，先上一疏。他没有就科场作弊为子辩护，为己辩护，因为他还不该知道此事。他是从另外一个角度写的：陛下以臣犬马之劳，泽及七胤，令子徐璠备数南雍。今南都人来，臣私询访，知其意气不伦，交游非类。臣日夜愧惧，唯恐不能教子，有负上恩。为此披诚，请革璠荫，使臣不以不肖子冒恩泽，亦使臣子能知迁悔。是所以造就微臣，不独名位宠荣也。

文官升至尚书，其子不必选拔，即可入国子监或南京国子监，徐阶宁愿徐璠留在南京国子监。他的这篇奏疏有两个好处：一是坦承徐璠不肖，并表明，自己和徐璠分在两地，虽很关心他的上进，但无法严督严教，他在南都的种种作为，包括让人代为应试，自己实不知情；二是请免去徐璠南京国子监生的资格，其他的事，包括让人代为应试一事，皇恩浩荡，就请从宽。是虽不言及科场作弊，却在预为科场作弊求情。

皇帝很欣赏他的这种态度，而且先入为主，在看过万文寀、杨顺、张鉴等人的参本后，决定不处分徐璠。不仅如此，万文寀还因不是监试官，却参与论劾，被谪为外官。

第四百一十三章

陕西肃州道分巡副使王仪升布政司参政，赴西安就职，途经甘州时，甘肃巡抚杨博设宴为他送行。王仪曾以副都御史巡抚宣府，因失事被参劾，降二级，因考察被论，又贬一级，任陕西副使。从正四品的副使到从三品的参政，不过相差一级。王仪用四年光阴，才升上这一级。

“若不是为克敬先生的前程，我真不想肃州道易人。”杨博在席上说。肃州和甘州唇齿相依，他真的希望王仪守在肃州。

“我这把年纪，还有什么前程可言！唯约先生想留我，我再留任数年，就好告归。”王仪老气横秋地说。

“那可不成，克敬先生早晚还是要作回都堂的，岂可久羁一分巡道！”以副使升巡抚，先例甚少；总得升为参政，甚至升为按察使、布政使，才有开府之望，所以杨博这样说。“若准按察使分巡一道，我倒是希望克敬先生以按察使分巡肃州道。”

这是更没意义的话，王仪笑而不应。

“我有句不恭的话：若有一日，我去官，必由克敬先生接任，我才能放心。”杨博又说。他比王仪晚两科，年纪更小许多，却希望王仪为他后任，确有些不恭。

“我也有句恭维的话：若有一日，我做都堂，我宁愿接手唯约先生而抚甘肃。”王仪说。

“此话当真？”杨博问。

“言不由衷的话，我从来不说。”王仪道。

“敢问何故？”杨博一揖。

王仪说：“唯约先生在镇三年，甘肃虽不能称固若金汤，但在陕西四镇中最有条理；我无才具，但随规而行，自忖还不致出偏差。”

“果是句恭维的话！”杨博大笑，“我不敢居功，但所行种种事例，得到克敬先生首肯，快哉，快哉！来，克敬先生，为你这句发自衷心的恭维话，我与你共饮三杯。”

宾主对酌，二人都是北士，性格豪爽，每杯都是一饮而尽。

杨博一边为王仪布菜，一边说：“克敬先生道甘肃在陕西四镇中最有条理；其实，使甘肃最有条理者，克敬先生居功之首。克敬先生道随规而行；其实，所行之规，乃克敬先生与我并立。我在甘肃三载，仅做过两件事：一是修筑墩城，以固防卫；一是安置属夷，以除祸源。这两件事，哪一件不是克敬先生与我计议、并由克敬先生鼎力行之？”说到这里，问道，“克敬先生，属夷都已安置妥当吧？”

他说的属夷，是嘉靖初年为土鲁番所破而内附的部族。他们最初被安置在肃州城北，后因不断受到西部鞑靼人的侵扰，移至肃州城郭、甚至城内居住。有人提出，华夷杂居，易生乱。朝廷命甘肃巡抚经略，杨博与王仪及总兵官王继祖计议，修复边外威虏堡、金塔寺等古城安置之。

王仪说：“我因安置属夷之功而得升，不将他等彻底安置妥当，我好意思去此官而就彼官吗？”

“好，克敬先生把数千人安置好，我可与他们相约：自今后，他们可在每月朔望日入城贸易，凡一应番汉人等不许非时交通出入，违者重治之。”杨博正投入地设想今后的治理方略，忽然想到一事，他问，“克敬先生，你怎知是因安置属夷功而得升职的？”

“我任宪副数年，若无尺寸功，若无唯约先生上言，谁会想起我？”王仪道。“方才唯约先生说，真不想肃州副使易人；我应该说，不想易人，唯约先生就不该为我请功请赏。”

“皇上圣明，克敬先生之功，我不说，也不会埋没的。”杨博道。

“但终须有力者言之。唯约先生当初奏请之疏，可否赐我一读？”王仪问。今次升迁对他来说，也许是最后一个机会。所以他对杨博真的心怀感激，也很想知道，那篇关乎他命运的奏疏是怎样写的。

“疏草尚在。克敬先生既欲阅之，有什么写错的地方，也正好请你纠正。”杨博说着，命书童将疏草取来。

他写道：自古圣王制御之方，外而不内，疏而不戚，未有番汉错居，可以久安长治者也。本镇甘、凉诸卫，远在全陕之西，极为孤悬；肃州一卫，又独在甘、凉之西，孤悬特甚。是故全陕之休戚视甘、凉，甘、凉之安危视肃州。先年帖木哥土巴等部落，安插高台、白城山一带；总牙日羔剌等部落，安插肃州威虏堡、金塔寺一带。向因威虏等城堡残破，各番尽移肃州寄住，以致郊关之外，蜂屯蚁聚，不可胜数。指大如股，宾多于主，睚眦之愤，动见戕杀，男女之风，因而淆乱。臣惟肃州番夷之事，害已剥肤，自今处之，犹或可计。用是檄于副使王仪、参将刘勋，王仪、刘勋身任其事。会集番达头目、总牙等，再三晓谕，以为尔等散处于兹，终非经久之计。今当遵照题准事宜，为尔修筑城堡，以安尔居；开浚渠坝，以便尔耕；给种粮锅铧，以恤尔穷。各番欣然承诺，更无异词。以故悉乘草枯马弱之时，结营境外，次第兴工。腥膻之气，为之一清；文明之化，居然四达。

王仪读罢，将疏草还给杨博。

“有什么不妥吗？”杨博问。

“古人咏道：江山代有才人出。他日堪居本兵之位，得以安邦定国者，必唯约先生。”王仪说。

第四百一十四章

皇上圣诞日即将来临，大臣们都忙着具文咏颂。万寿无疆的颂歌年年要写，要想写出新意，让皇帝看后高兴，可不是一件轻而易举的事。但无论文采如何，一定要用心去写，不能重弹自己的老调，更不能重弹他人的老调。一言而荣，一言而败，并非危言耸听。

张治草就《天保万年颂》，默读两遍，自觉不会比别人写得差；其中有几句，自觉别人未必写得出来。这几句是："洪唯我皇上缵天之统，合道之贞，昭受元符，诞膺明命，自轩、后而下，一人而已。初丁卯之诞祥江汉也，上距太祖所生之岁，盖百八十年，得二九之会焉；龙飞天极，壬午纪元，则上同于成祖改命之岁，盖百二十年，得九三之交焉。"

太祖皇帝诞于前元致和元年，为戊辰年，今皇帝诞于正德二年，为丁卯年，两头都算上，正好是一百八十年；成祖皇帝改元在癸未年，今皇帝改元在壬午年，两头都算上，正好是一百二十年。这两件事真是巧得不能再巧；发现这两个巧合，真是精细得不能再精细；用这两个巧合颂扬皇帝"自轩、后而下，一人而已"，真是妙得不能再妙。

张治玩味这几句话，不由得有几分陶醉。直到家人把翰林院编修张居正引入书房，他还没从陶醉中醒过来。

见到张居正，他愣了愣，才问："叔大，你几时回京？"

"数日而已，"张居正应道，"有个噩讯，要报与文邦先生。"

散馆后，张居正授翰林院编修，不久，请假还乡。张治以为他会说带些家乡土仪来，敬奉前辈，谁知出言不吉。

"什么事？"张治问。

"梦老去世。"张居正说。

"稺钦先生去世？"张治问这一句，与其说疑，不如说惊。

稺钦是王廷陈的字，梦泽是王廷陈的别号。王廷陈是湖广黄冈人，正德十二年进士，于张居正是本省前辈，对张治来说，也是本省先贤。

张居正点头，张治说：“可惜！”

两个字不但哀悼王廷陈的去世，也叹息他坎坷的一生。王廷陈不拘小节，放浪形骸，不容于世。他在朝廷，因谏武宗皇帝南巡，被贬为外官；在地方，因任情辱骂上官，被削籍；以后未再出仕。于是，他愈发纵情酒色，愈发颓废。唯一一次复官的机遇在嘉靖十八年，诏修《承天大志》，巡抚顾璘推荐几名湖广名士，其中包括他。谁知《大志》修好，皇帝不满意，参与修志者仅赐银币，不予起用。

也许因为顾璘看重王廷陈之才，受顾璘知遇之恩的张居正才把他的死看作一件大事，回京后立刻通报给本省乡长。

“人多以梦老荒诞诡异，文邦先生怎看他？”张居正问。

“荒诞诡异或有之，正论亦有之，”张治回答，“譬如他的今日大盗之说，叔大有所闻否？”

“未闻，请赐告。”张居正揖道。

“他称：今日大盗有五，一曰胥吏之盗，二曰乡曲之盗，三曰邦国之盗，四曰言语之盗，五曰仁义之盗，”张治复述王廷陈之论。

张居正听得如在云雾之中。他说：“前三者之盗，人多言之，人多信之；言语、仁义也成盗，令人费解。”

“所以我说他荒诞诡异有之，正论亦有之，”张治道，“叔大且听他是如何陈述的。他称胥吏之盗有八：一曰左激，二曰诡投，三曰窃发，四曰巧中，五曰旁构，六曰阴庇，七曰舞法，八曰深文。”

“深于文，诡于行，胥吏之盗，无外乎此等。”张居正说。

张治往下说：“他称乡曲之盗有十：一曰夸族，二曰怙强，三曰负赀，四曰并弱，五曰闭施，六曰谀贵，七曰武断，八曰力攘，九曰弃典，十曰狎公。叔大，此十者如何？”

“绘形绘色。”张居正道。

“他称邦国之道盗有九：一曰阴伺，二曰崛乘，三曰修权，四曰贪要，五曰扬险，六曰黜贞，七曰蒙宠，八曰希乱，九曰祟怨，”张治述罢，又问，“叔大，此九者如何？”

“皆若有声。”张居正道。

“叔大再听他似为荒诞诡异之说，”张治说着，述道，“他称言语之道有四：一曰违衷，二曰捐实，三曰遗直，四曰务甘。仁义之盗最多，其目十有一，但我只记得其六：一曰履僻，二曰蹈凶，三曰匿情，四曰衔世，五曰拟圣，六曰附贤。”

“述其六足矣，”张居正说，复评议，“言语、仁义果可为盗。凡言语之盗，不过言不由衷；凡仁义之盗，不过假仁假义。此论说不上荒诞诡异。”

“言不由衷，说得切直；假仁假义，说得痛快。”张治评议其评议。

“胥吏之盗八，乡曲之盗十，邦国之盗九，言语之盗四，仁义之盗十有一，统而计之，四十有二。要言之，不过一个贪字，一个奢字。”张居正继续评议。

“叔大请言其详。”张治说。

“贪者，皇甫三郎一席话可为诠释。”张居正道。

“子循怎么说？”张治问。

子循是在“皇甫四杰”中排行第三的皇甫汸的字。

张居正述道：“贪墨之吏，未有甚于此时者也。舆金辇璧，京邸为场；鬻爵卖官，朝堂为市。持衡者若操筹焉，谒选者若登垅焉。盖朝通百镒，则夕蒙百镒之酬；夜纳千金，则旦受千金之验。取之者若操之囊，而予之者若出诸袖。由是契券交于豪门，赀贷遍于巨室。取诸人以益已，情也。割所有以与人，岂其情乎？是谓亡于秦而取偿于齐，虽黥墨日报，而贪污不止者，势也。”

“取之者若操之囊，予之者若出诸袖，亦绘形绘色。”张治说。

“至于奢者，愿引执翁一言。”张居正说。

“哪一位执翁？”张治问。

“刘司寇玉。”张居正说。

“原来是执斋先生，”张治恍悟。“他如何说？”

张居正述道：“一饭百金，一衣千金，一居万金。上之风之，下之从之，俗焉有不靡乎！犬马谷食，奴隶肉食，娼优玉食，食焉有不匮乎！庖者海陆，织者文縠，匠者篆刻，用焉有不费乎！缁黄不炊而食，游惰不储而食，工以艺，兵以力，士以教，公卿大夫以治，大率一农而供十人，天下焉有不穷乎！嫁者累车，葬者殚家，贫富相企而日有加，愚不肖相倾而日蹈于邪，习焉有不陋乎！”

“其言警世，叔大是在哪里读到的？”张治问。

“见于《执斋集》。”张居正答道。

刘玉号执斋，嘉靖初年曾官刑部侍郎，因张寅之狱削籍，不久去世。其后人及弟子将他的诗文奏章编辑付梓，名《执斋集》。

“叔大风华正茂，书无不读，真让我羡慕。”张治叹息不已。

“且休赞我，我还要引一段文邦先生的文章呢。”张居正笑道。

“我的文章叔大也读过？”张治问。

“文邦先生听我诵来，”张居正说着，诵道，“古人有言：利出于一孔者，其国无敌；出二孔者，其兵不诎；出三孔者，不可以举兵；出四孔者，其国必亡。由今言之，利孔之出，盖不知几矣。”

“我为克斋先生北上而作之文，叔大居然也不放过。”张治道。

克斋是王暐的号。张治任南京礼部侍郎时，王暐任南京户部侍郎。他奉旨入朝，众同僚宴请送行，诗词唱和，编纂成集，推张治作序。张居正背诵的那一段话摘自该文。

张居正议论道：“贪者以其贪而逐利，奢者为其奢而逐利，凡为盗者，皆逐利矣。梦老言盗何其多，皆因‘利孔之出，盖不知几矣’。弥盗无他，但堵塞利孔而已。”

“利孔如何堵之？”张治问。

“在用人耳，”张居正说，“在下还引文邦先生文中的一句话：虽然，亦存乎人耳。语曰：一岁树谷，十岁树木，终身之计，莫如树人，一树百获。是故有治人无治法，弥盗除弊，当自吏治始。”

“叔大既记得这几句话，望共勉之。”张治道。

他虽这样说，心里却一片迷茫：方才不是还在草拟《天保万年颂》吗，不是还在为几句创新得体的话而自得吗，怎么一下说到时下的种种弊端上？这又是什么征数？

第四百一十五章

西苑总管太监找到近侍王瑜，问他："王瑜兄弟，几时当值？"

王瑜受宠若惊，忙道："过两个时辰。叔有什么吩咐？"

总管太监说："王瑜兄弟，大家能不能过好这个年，全都靠你。"

王瑜由受宠若惊到闻言变色。他说："叔有话快讲，莫急死我！"

总管太监却只管说着不着边际的话："这件事，别人皆不敢直禀于爷；王瑜兄弟，爷对你分外宠爱，只好由你禀奏。"

"是，是，"王瑜边应，边擦着额头，"叔，我头上在冒汗。"

总管太监说："王瑜兄弟，虽然爷对你宠爱，也不可贸然言之。你看爷心境不好，先不要讲；什么时候爷的心境转好，你再讲。"

"是，是，"王瑜扭动着身躯，"叔，我身上在出汗。"

"不足为怪，我贴身衣褂湿了又干，干了又湿，瞬息之间，已经三遭。兄弟，你就等着衣褂再湿一次吧，"总管太监说着，自己也耐不住，"我来告诉你，咱家的霜眉呜呼哀哉。"

说着，脸上露出哀戚及无助的表情。

霜眉是西苑养的一只大猫。为防鼠作祟，禁苑畜养许多猫，有鼠时逮鼠，无鼠时饲以肉类食粮，个头都长得很大。于是，宫中作祟的不是鼠，而是猫。它等在夜间出动，星光下但见硕大的影子；啼叫时，其声或哀或厉。有些初生的皇子皇女，因大猫的啼叫扑闪，惊悸而死。

霜眉毛色微青，双眉间却莹洁如玉，故得名。它不但长得惹人爱，而且善解人意，皇帝在西苑漫步，轻声一呼，它会在前面引路，所到之处，每每是皇帝想去的地方。当然，有时皇帝行无定向，只是跟在它后面随便走走。因皇帝宠爱，养尊处优，霜眉长得尤其硕大。

"我昨日还喂它食，怎就呜呼哀哉？"王瑜无法接受这一事实。

"是衰老而死。"答案无关紧要，但总管太监还是告诉他。

“叔的意思，要我去对爷说？”王瑜问。这才是最紧要的。

“兄弟不去对爷说，哪个去对爷说！”总管太监道。

王瑜思之再三，还是不想把事情揽过来。他想：虽然爷对自己好些，但也好得有限，并没好到无论禀奏什么都可以化险为夷的程度。

“叔，不是我怕担干系，这事我实在办不了，”他婉言回绝。“叔也知道，爷每次见我，不是问我霜眉吃得如何，歇得如何，就是要我把霜眉抱来玩耍；要不，就命我陪他去看一看霜眉。我若去说霜眉不在，爷见人思物，岂不更要伤心？我看，哪个去说，都比我去说好；我看，霜眉死在哪个手里，哪个去对爷说。”

没有最后一句话，总管太监说不定会认同王瑜的想法；但最后一句话，他听着很不舒服，一定要和王瑜理论理论。

“霜眉究竟死在哪个的手里，可就不好说，”他的语调变得阴阳怪气，“我听说，它吃过你喂的食物后，再也不进食。还有人要我来问你，到底给它吃些什么呢。”

“和每日给它的食物一般无二，没有特别喂它什么。”王瑜忙分辩。

“我知道，所以我并不想问你，”总管太监恢复方才和蔼可亲的语调，“我看，它究竟死在哪个手里，不必追究。”

“叔说的是。”王瑜在总管太监面前终归要矮一头。

“那么，霜眉呜呼哀哉的事——”总管太监欲言而止。

“我去对爷说，”王瑜不想把这事揽下也得揽下。

王瑜当值时，一点精神也没有，和平日判若两人。

皇帝这一日恰好没有特别需要关注的事，很快发现这个变化。他问：“王瑜，为何垂头丧气？”

“有一件事，从来没人告诉奴才，可不可以做；奴才自己也拿不准，可不可以做。越想越为难，故打不起精神，乞爷恕罪。”王瑜说。

“什么事，朕可不可以告诉你？”皇帝好奇地问。

“爷肯示下，奴才给爷叩头，”王瑜说着，规规矩矩磕三个头。“奴才就是想在爷面前大哭一场，也不知可以不可以。”

皇帝也没碰到过这类事，随便应道：“你要大哭，大哭就是。”

王瑜声未出，泪先流，流着流着，发出哭声。声音由小而大，成号啕大哭，哭声中还嘟囔着一些谁也听不懂的话语。然后声音渐小，由号啕大哭变为啜泣，直至收声。

皇帝等他不哭，才问：“王瑜，为何要哭？”

“奴才伤心。”王瑜还在擦着眼圈。

“朕知你伤心，可为何伤心？”皇帝问。

“奴才梦见太子爷。”王瑜说着，余光瞥皇帝一眼，生怕他听后，也会伤心。

皇帝一怔，问道：“太子对你说什么？”

王瑜说：“太子爷没对奴才说什么，他只对奴才招手。奴才走过去，见太子爷并不看奴才，而是看奴才身后。奴才回头一看，见霜眉跟在奴才后面。奴才这才知道，太子爷在招呼霜眉。”

“后来呢？”皇帝问。

“后来太子爷抱起霜眉，驾云而去。”王瑜说。

“吾儿为什么要抱去霜眉，是不是寂寞？”皇帝揣测。

“爷圣明。”王瑜应道。

这时，一名西苑太监来报：“爷，霜眉仙去。”

皇帝惊问：“什么时候的事？”

“在黎明时分，”报信太监说，“奴才们以为它偶尔不适，找医者来给它看看，才知已然仙去。”

“它去得好！王瑜，你梦得好！它这一去，吾儿不致寂寞。”皇帝快慰地说。“吾儿一定怕惊吓朕，故托梦与你。”

“爷圣明。”王瑜和报信太监一起应道。

霜眉去和太子做伴，皇帝快慰之情和悼念之情参半。他命以金棺盛殓，将它葬于万岁山下；命在西苑设醮祷，为它超度；命翰林官撰写青词，以四字为限。大部分青词写的都很平俗，无非是“驾鹤仙去”之类。独有一语，皇帝看罢大为赏识。写者是嘉靖十七年春闱的会元、探花，现任翰林院修撰的袁炜，他写的是“化虎为龙”。皇帝想：此人堪大用。

霜眉葬处，堆起土坡，立一小碑，正面是皇帝亲题的“虬冢”，背面是袁炜题写的“化虎为龙”。

六、京师戒严

第四百一十六章

嘉靖二十九年的正旦期间，六部正卿都是第一次在尚书的位置上过大节。礼部尚书徐阶是去年二月孙承恩免官后到任的，吏部尚书夏邦谟是去年九月闻渊致仕后由户部尚书改掌吏部的，户部尚书潘潢、兵部尚书丁汝夔、刑部尚书刘讱是去年十月升任的，工部尚书李士翱则是去年十二月在前尚书文明病卒后升任的。新官上任，都想有些新气象。而其中最为忙碌的，一个是吏部尚书夏邦谟，一个是户部尚书潘潢。

夏邦谟一上任，就要主持对内外官员的考察，即所谓“大计”。朝廷各衙门及各省对属下官员的考察访单一份一份送至吏部，吏部上上下下的官员一份一份审核。正月十三日请旨处分，降斥的官员多达四千六百余人，为历次“大计”之最。

潘潢一上任，则一心扑到国家会计上。

“子翀，我们再把宣府的数字核对一遍。”潘潢招呼本部郎中张刁。

张刁字子翀，扬州府宝应人，嘉靖二十年进士。他去年赴宣府勘查边储，年底回京。

“是。”张刁在潘潢对面坐下，二人核对起数字。

“宣镇原额官军十二万六千三百九十五人，后存籍仅九万五百四人，嘉靖二十四年实在册七万七千八百四十八人，加上嘉靖二十一年招募新军八千五百九十九人，共该八万六千四百四十七人。子翀查核，实为八万二千九百七十四人。”潘潢念完几个数字后，问道，“可是？”

“是。”张刁应道。

“该等官军粮饷原该九十万六千六百一十四两，可是？”潘潢问。

“是，”张刁应道，又说一句，“尚有些余数。”

“宣镇原额马、驴、骡四万四千四十匹头，死亡二万二千六百二十五匹头，现存二万一千四百一十五匹头。子翀查核，实为二万八千六百九十三匹头。”潘潢念罢第三组数字，问道：“可是？”

“是。”张习应道。

“该等牲畜料草银原该十三万六千五百六十六两，可是？”潘潢问。

“是。”张习应道。又说一句，“尚有些余数。”

“粮饷及料草银的余数，我也都记下，”潘潢回应道，又问，“子翀所呈边储簿，官军额数比存额略少，马、驴、骡额数比存额略多，两相抵消，差不多还是原来的银数吧？”

“是，原额一百又四万三千一百八十两，亦足今日之用。”张习说。

“好，宣镇的支出就说到这里，下面再查核宣镇所得各项银两。”潘潢说着，念起长长的一串数字，“宣镇岁额钱粮：河南布政司一十四万六千七百二十六两，山东布政司二十四万四千二百一十一两，山西布政司八万七千一百五十五两，真定府二万四千四百七十两，保定府二万五千五百五十两，大名府六万七千四百六十二两，河间府一万五千九百七十五两，顺德府一万八千九百四十两，广平府二万九千九百五十两，顺天府三千五百两，户部年例银八万两，河东运司盐价银八万两，盐引银一十一万五千六百四十五两，共该银九十三万八千五百八十两。”念完问道，“子翀，可是？”

再核对粮数：“宣镇屯粮六万二千三百又二石，新增地亩起科粮七万二千七百九十八石，团种粮九万五千六百九十三石，新增团种粮二万又一百九十二石，公务田粮一万二千七百四十九石，新增稻田粮一千一百七十八石，驿传田粮一千五百八十四石，牧马草场子粒粮四千七百八十三石，岁共该粮二十七万一千二百八十一石。每石以七钱折算，该银一十八万九千八百九十七两。”潘潢念完，问，“字翀，可是？”

“是。”张习应道。各粮项将余额省略，但总数是不错的。

“以上各项，共该草三十二万九千一百四十五束，每束以三分折算，该银九千八百七十四两，”潘潢报数，并问，“子翀，可是？”

“是，”张习应道，又补充说，“去年度，山东银二十四万四千两，无分文解到；山东、河南等布政司及大名、保定、顺德、顺天等府，拖欠宣镇岁额银共计五十六万六千二百两，亦在催解。”

该项银两或因灾蠲免，或挪作他用，无论怎样催解，也到不了宣府，潘潢心想。但他约张习来，只为核对数目，其他无须多议。

潘潢和本部左侍郎及宦、右侍郎胡松在一起议论起今年面临的几项开支来，无不有捉襟见肘之感。

“宗人府所上玉牒，二位已过目吧？”潘潢问起去年年底的一件事。

“我等看过，”及宦答道，“真是不看不知道，一看吓一跳。荐叔先生，你说，在籍的宗室怎么一下就有三万人？”

潘潢字荐叔，徽州府婺源人，正德十六年进士。

“士显先生，我却在奇怪，宗室人数怎么尚不足三万，”潘潢说，“据宗人府所上玉牒，亲王至庶人，现有一万九千八百九十三人，郡主以下至乡郡，现有九千七百八十二人，共是——”他心算出，“二万九千六百七十五人，距三万还少三百二十五人。”

及宦字士显，河间府交河人，正德九年的老进士。

“但玉牒未将阳曲、永河二郡府及南京齐庶人、建庶人等开具在内，若加上他等，恐怕就不止三万之数。”胡松说。

“茂卿先生说的是，这几府所遗不下千人。”潘潢道。

胡松字茂卿，徽州绩溪人，与潘潢同府而不同县；正德九年进士，却与及宦是同年。

“荐叔先生是怕照籍拨与禄米，难以支应吧？”及宦问，“其实，照籍拨与禄米，是笔明细账，岂不比糊涂账要好？”

“话虽这样说，但明细账也要看能不能支应下来，”潘潢说，“供应一藩府，所需几何，士显先生是知道的。亲王禄米万石，亲王府官僚、军校、府第、婚丧之费，又要数万石。庶人所需几何，士显先生也是知道的。他们要吃饭，每人每岁不下一百石；他们要居住，每人安置居第不下二百金。这些都是明细账，却叫户部如何应付？”

“倒也是。诚所谓地力有限，生育无穷。”及宦也跟着发起愁来。

“士显兄既知地力有限，生育无穷，就不必焦虑。”胡松说，“我朝立国不到二百年，宗室人数膨胀，已有尾大不掉之势。再过十年二十年，至多一百二百年，还怕不想出个彻底解决的法子来？”

“倒也是，”及宦附和道，又问潘潢，“荐叔先生，你看呢？”

潘潢说：“二十年前，南海霍公曾言及宗室人数之膨胀。二十年后，户部转到我当家，不是换过七人，就是换过八人；礼部转到子升先生当家，不是换过六人，就是换过七人。合计起来，有十四五个人，别说彻底解决的法子，连权益解决的法子也没有。十年二十年后，就拿得出彻底解决的法子？我看，还是寄望于一百二百年后吧。”

最后一句是笑话，也是很无奈的实话。

“一百二百年后的事，焦虑也无用。荐叔先生，不如先议眼下的事，”及宦说，“兵部题奏保定、河间、真定等府赏格，荐叔先生看可行吗？”

驻扎保定等府官军经常抽调援边。作为客兵，他们有一份粮饷；但长途跋涉，赴边卖命，难免会抱怨。兵部为稳定军心，拟定腹里兵士援边的犒赏则例：路程超过五千里，时间超过一年，为一个档次，赏银五两；路程不足五千里、超过三千里，时间超过八个月，为一个档次，赏银次之；路程不足三千里、超过一千里，时间超过六个月，为一个档次，赏银又次之；路程不足一千里、超过五百里，时间超过三个月，为一个档次，赏银又次之。赏银最高五两，以下各档次没有具体拟定，大概想让户部定出个合适的数目。

“兵部拟的又是一笔糊涂账，既言次之、又次之，不如定为三两、二两、一两，以明视听。”胡松说。

潘潢念叨起当家难来：“一年若调动五万人次，每人次以二金计，要十万金。我实在不知道，这十万金该出自哪一笔款项。若大征一次，得三五十万金，又该出自哪一笔款项？”

“荐叔先生欲驳回兵部之议吗？”及宦问。

“驳是不能驳的，”潘潢说，“远途征战，辛劳不必说，命丧边方也是常有的事，没有赏银无论如何说不过去。”

“荐叔先生想如何应付呢？”胡松问。

“只好暗中祷祝，今年不需要客兵援边；实在要摆边，则望人数少些，路程近些，期限短些；不得不大规模摆边，再去筹算吧。”潘潢说。

及宦、胡松称是。这些都是虚议。要不要调动客兵，以及调动客兵的规模如何，要到夏季，根据形势而定。

潘潢说到正题上：“国家两大开销，一则为宗室禄米，一则为各边粮饷。宗室禄米，二位都以为暂勿焦虑，且不说它；兵部所拟保定、河间、真定等府赏格，不过是各边军饷中的小者，各边常饷乃其大者。宣府的度支，我与张子翀仔细核对过，其一年银饷，除支出外，还应略有盈余。糟糕的是，各地解宣府的饷银，常因故缺欠。我看，其他各边的情形，也不外乎如此。子翀上奏朝廷，请明令各方催解边饷。

我看这是应该的。但缺欠的饷银，能解至边镇的，为数不多。故还须明令各边节用，能削减的开支一定要削减。”

“荐叔先生议的是。”及宦、胡松应道。

“国家度支，亦是如此，”潘潢说，“太仓该征入银二百一十二万五千三百五十五两，去年因解到前些年欠解的银两，实际征入银二百九十五万七千一百一十六两，比该征入数多八十余万两。但去年一年的支出，通计四百一十二万二千七百二十七两，几是岁征数的一倍。再如岁运漕粮三百又七十万石，先年京通仓常有八年之蓄。而去年一年，岁支官军工匠月粮，共计二百又八十余万石，京通仓仅可支五年。一个太仓，一个京通仓，是朝廷立足的根本。这两处若空，一旦有大灾荒，大征伐，将何以应之！”

“今年会计以撙节立论，很有必要。”胡松说。

“以情势而论，不得不撙节。这一点，不但要让皇上知道，也要让朝廷各衙门及各地的衙门都知道。”及宦说。

潘潢在上嘉靖二十八年会计录时，撰写一段话，既是他自己的心得，也概括两位佐卿的意思：臣等闻昔周官岁献民数献谷数，有余则蠲逋负、除租税；不足则裁浮费、去冗食。今在官在民，只有此数，而远近纷然求讨不已。此由不知一时出纳之计，登耗之原，故不能相与量入以为出也。臣等谨录会计进呈，备行在京各衙门，并各督、抚、巡按等官，将今嘉靖二十九年一应财用，通融均节，去烦就约，准昔善今，庶几渐复国初十分余三之旧。若内承运等各该库监所领，自来不入会计，今合内外库藏仓场会计，缮写装潢成册，随疏上进。

第四百一十七章

严世蕃和本衙门一属僚在下棋。他本不会下棋，因在衙门闲时多忙时少，看别人下棋有趣，自己也学着下。今日这个属僚在尚宝司是数一数二的围棋高手，他称赞严世蕃在棋技上有悟性，严世蕃与他成为棋友。开始只在衙门里对弈，后来也把他请到家里来对弈。

棋下到关键时刻，严诗进来禀报，有一士人求见。

“谁人？”严世蕃的注意力还集中在棋局上，问得漫不经心。

“不知。”问的是两个字，严诗也只答两个字。

“你没问一问？”严世蕃漫不经心地责备。

“东楼先生想见，我就让他进来；东楼先生不见，我就打发他走。我问他作甚？”严诗漫不经心地回答。

严世蕃瞪他一眼，说：“好，着他进来。他若是我想见的人，我不罚你；他若不是我想见的人，罚你做诗两首，以为不尽职责之戒。”

属僚告辞：“东楼先生有客，在下且去。”

“不忙，等看看来者是谁。”严世蕃留客。

访者入室，向严世蕃深作一揖，道：“东楼先生，久违。”

“原来是——”严世蕃欲呼其字，见来者眼望属僚，手向自己示意，显然是不愿意在外人面前被提及名字，他改个说法，“——你。”

属僚知道该走，朝访者笑笑，对严世蕃说：“这局棋一时难分胜负，东楼先生，我们改日另开一局吧。”

“好，好！这局棋你用三成精神，却有七成胜算；我用七成精神，却只有三成胜算。改日再下，我一定拿出十分精神。”严世蕃说。

他把属僚送至房门口，揖手作别。然后，他回转身抱住访客，亲热地说：“思济，多少年不见，想煞我也！”

来访者正是唐龙之子、二十年前与他同在国子监就学的唐汝楫。

“东楼兄，我也想你想得好苦。皆因为家父守庐，不能远行，挨至今日，才有机会，特来一晤吾兄。”唐汝楫说。

严世蕃拉他坐下，道：“你只可说顺便来看我，不可说特来晤我。”

“我不是特来晤东楼兄，却是特来作甚？”唐汝楫问。

“你是特来与试的，又何必问！”严世蕃说。

“东楼兄怎知我是特来与试的？”唐汝楫问。

“不是与试，思济为何不欲在人面前暴露姓名？”严世蕃笑道。

“东楼兄机敏过人，不减少年时。”唐汝楫大为叹服。

这样的赞语，严世蕃听的太多，不以为意，他关心的是唐汝楫的功名。

“思济，今次题名，有几成胜算？”他问。

“五成总有吧。”唐汝楫掂量着回答。

“那么，入一甲呢？”严世蕃问。

“一甲？那就难说，怕是一成胜算也没有。”唐汝楫道。他不是没有做过状元、榜眼、探花的梦，但以天下人才之盛，谁敢视为囊中物？

“我送你个鼎魁如何？”严世蕃道。

唐汝楫没有当真，说：“东楼兄休得取笑。”

“思济，我是真话，绝非取笑，”严世蕃认真地说，“思济苦读二十年书，中个进士出身、同进士出身，有什么意思？思济若在前科与试，我帮不到你。如唐老伯的事，家大人和我都难受好些日子；但那时由夏公谨主政，家大人也徒唤奈何。今科与试不同，我帮你进士及第，说起来总有七成胜算。”

会试取试有三个级别，一甲为进士及第，二甲为进士出身，三甲为同进士出身。进士出身和同进士出身，差别不是太显著；一甲三人，一来有状元、榜眼、探花的名衔，二来直接授官翰林，为天下瞩目。正因如此，一甲三人须由皇帝钦定，严世蕃说七成把握，实在是大得不能再大的大话。为把握更大些，他把状元扩大为一甲三人。

对唐汝楫来说，这是意外的惊喜。

“果如此，东楼兄恩同再造。”他感激不尽地说。

严嵩端坐东阁，似有所候。

未时三刻，掌卷官陆树声接过弥封官送进的试卷若干，转送至东阁。

举子试毕纳卷，参差不齐，受卷官每次或将一份两份或将三份五份试卷转送弥封官。弥封官弥封时，另一起试卷又送到。所以弥封官转送掌卷官的试卷或是十来份或是七份八份。掌卷官稍加整理，集齐二十份三十份试卷，往东阁送一次。

严嵩将各试卷草草翻一遍，问道："与吉，都在这里？"

陆树声字与吉，松江华亭人，嘉靖二十年的会试第一名，廷试，以二甲第四名选为庶吉士，散馆后留在翰林院。

"这一起都在这里。"陆树声答道。

严嵩点点头，把试卷分与张治、李本、徐阶等读卷官看，自己则悄声对应差的吏员吩咐几句。该吏员匆匆而去，匆匆而回，俯在严嵩耳边低声说几句。严嵩点头，把他支出。

不多时，徐阶送过一份试卷，说："介翁，此篇策论尚可读。"

"子升的眼力是不会错的，"严嵩道，读过起首的几句，他说，"该卷置于一甲之末或二甲之首，应无异议。子升，放在这里，我再品味。"

"是。"徐阶放下试卷欲去。

"子升，且坐一坐，我有话问你。"严嵩留住他。

徐阶止步，应差的吏员搬把椅子过来。

严嵩让了让，问："子升，陆与吉可是你同里？"

"同邑而不同里。"徐阶说。

"他可是你府上的常客？"严嵩又问。

"他若是我府上常客，介翁怎会赞他'闭户寡交'？"徐阶道。

"闭户寡交"，是严嵩称赏陆树声的话，全句是"安得闭户寡交如陆与吉者"。陆树声曾与翰林院众同僚一起去为严嵩祝寿，众人皆更换绯衣，以示喜庆，独陆树声身着青袍。绿缀红中，如鹤立鸡群。严嵩多看他几眼，没说什么；而后能赞他"闭户寡交"，殊为难得。

严嵩语塞，说："子升，以子之矛，攻子之盾，你用得好。"

"应是以公之语，答公之问。"徐阶更正。

二人相互看一眼，笑起来。

"子升，你看与吉办事如何？"严嵩问。

"堪称稳健。"徐阶说。

"健字或用得不错，他正在春风得意时嘛，"严嵩道，顿了顿，又说，"至于稳字，则相去甚远。"

"与吉办过什么不稳的事吗？"徐阶忙问。

“他正送卷来，子升，你且听我问话。”严嵩说。

陆树声又送来一起试卷，严嵩如前，将各试卷草草翻一遍，如前问道：“与吉，都在这里？”

“这一起都在这里。”陆树声答道。

“与吉那里没有遗下一份两份？”严嵩问。

莫说陆树声吃惊不小，徐阶听这话，也吃惊不小。

“介翁之言何意？”陆树声问。

“天下之试，殿试最为崇高至大。与事之官，无不膺选贤与能之重寄；受卷掌卷，绝不可视为儿戏。”严嵩板起面孔教训。

“是，晚生知道。”陆树声不卑不亢地回应。

“那你说，前面送来的试卷为何少一份？”严嵩厉声问道。

陆树声无以为答。幸亏他反应极快，反问：“介翁怎知少一份？”

“我差人去问过弥封官，他说上一起应有二十五份，可你只送来二十四份。”严嵩道。原来他要应差的吏员出去，是为询问此事。

“弥封官送去几份，晚生即呈进几份，不敢有遗。介翁道有二十五份，会不会是弥封那里数错？”陆树声辩道。

徐阶心想，严嵩怎会料到前次送进的试卷少一份，怎会想到让人去查问，而且不向掌卷官查询，却向弥封官查询？这事真有些蹊跷。

凡此疑窦都不好直接问，徐阶只能稍稍为陆树声帮腔。

“弥封官点错数，也是有的。”他说。

“子升有所不知。”严嵩只说半句话。

下面的话无法说出口。严世蕃与唐汝楫约好，准定在未时二刻缴卷，估计在未时三刻可送至东阁，所以严嵩对那一刻前后送来的试卷特别留意。唐汝楫的笔迹，他是很熟悉的，但翻看一遍，没有找到唐汝楫的试卷，所以差人去查询。弥封官是严世蕃嘱托过的，对这一刻的试卷也特别留意，绝不会数错。而接下来的一起试卷中又没有唐汝楫的，严嵩判断，一定是陆树声在里面做的手脚。

徐阶见严嵩真的动气，知道不能再帮腔。他说：“掌卷官不经意，遗下一份两份，也是有的。与吉，你回去查一查，有无遗下的试卷。”

“是。”陆树声应道。

唐汝楫的试卷夹杂在下一起试卷中送到东阁。

“与吉兄，你这个玩笑开得恁大。”高仪责备道。

高仪字子象，浙江钱塘人，与陆树声是同科的进士和庶吉士。二人虽在翰林多年，在京师多年，但都没把家眷接来，于是合租一所院落。高仪带着童、仆住在西房，陆树声带着童、仆和新近纳的小妾住在东房，北边的书房则二人合用。

“传闻不实，则为玩笑；传闻若实，则维护国家名器。”陆树声说。

“我看，此传闻定是舛闻。”高仪下结论。

“可是错谬之舛？敢问其故？”陆树声道。

“乡试、会试以中第私相授受，屡见不鲜，位在公卿者也不难办到；但以状元私相授受，谈何容易！而且，闹得沸沸扬扬，私相授受竟成公然授受，与吉兄居然也信！”高仪道。

陆树声说：“我本来是半疑半信：疑者，如子象兄所言；信者，东楼主其事，谁能说必无之？后来我的想法改变。子象兄，你是未见介翁端坐堂上的神态，未见介翁差人查询时的诡秘，未闻介翁训斥的严厉；若子象兄见到，听到，你就会相信，东楼应承的唐思济，介翁应承的东楼，其事必有之。”

“与吉兄说的是，我未见其貌，未闻其声，难知其心。”高仪道，“不过，分宜相公若有心取中唐思济，与吉兄不依时而进其试卷，于事何补？所谓维护国家名器，未免言过其实。”

是科殿试，唐汝楫果列一甲第一名。有人说他的运气好，有严嵩做靠山；也有人说，严嵩好生厉害，想让他作状元，他果真作状元。但谁也拿不出真凭实据，指控今次科场有弊。

第四百一十八章

刘讱升任刑部尚书不久，接手原河南阳武知县王联讦告原河南巡抚胡缵宗一案。他还清楚记得，那一天是冬至，皇帝驾至奉天殿接受百官朝贺。礼仪正在进行中，朝班的后部忽有人大声呼冤，君臣无不惊愕。皇帝命锦衣卫当家人陆炳即刻在廊庑下讯问，得知那人叫王朝策，乃王联之子，是来为其父申冤的。再一问得知，王联因在家乡任丘两次杀人，下在死狱，只因狱案尚有疑点，今冬未决。

皇帝命刑部审理该狱。

王朝策身着朝服，在大朝日混入大内，竟没被发现，这是该狱的奇处之一。王联杀人案是被顺天巡按阎邻、胡植等先后审定的，而他首先讦告的却是原河南巡抚胡缵宗、原河南巡按陶钦夔、原河南布政使朱鸿渐、原河南按察使刘隅。凡他任阳武知县时河南的高官被他告遍。这是该狱的奇处之二。有些被讦告的官员被加与的罪状，明显是无中生有、无事生非，无须将被告解来讯问；但皇帝命一应被告全部解来京师。这是该狱的奇处之三。

被告所在远近不一，有人在一个月内解至，有人在三四个月后才被解至。于是，解到一人，讯问一人，越讯问，越觉该狱荒唐。

胡缵宗是陕西巩昌府秦安县人，正德三年进士，早已致仕。巩昌府距西安一千六百里，西安距京师二千六百里，京师与秦安间跑一个来往，万里之遥，胡缵宗解至京师，已是夏初。

他是该狱的第一被告，无论该狱有多荒唐，对他都不能不讯问。对他也好讯问。他任河南巡抚、王联任阳武知县时，皇帝南巡经过河南，经过阳武，胡缵宗赋诗以纪其盛。王联的讦告，是说其中的两句诗：穆王八骏空飞电，湘竹英皇泪不磨，是蓄意讪谤诅咒。刑部讯问，只要问清他这两句诗究竟何意就可以。

胡缵宗当然说，这两句是颂诗。

翻来覆去问过之后，刘讱问右侍郎彭黯：“道显先生判定，胡世甫之句，颂诗乎，谤诗乎？”

彭黯字道显，江西安福人，嘉靖二年进士。世甫则是胡缵宗的字。

“他用穆王八骏和湘竹英皇二典，自是颂诗无疑；只是前句用一个‘空’字，后句又用‘不磨’二字，读起来感觉不舒服，也容易被人乘虚而攻之。”彭黯说。

“不错，胡世甫的诗难说是好诗。”刘讱道。

“与其作颂诗被人指为谤诗，不如不做诗，也免得自己被解押数千里，我等也不得安宁。”彭黯发着牢骚。

“这是事后的话。圣驾过他境上，他若不赋上几首诗，只怕当时就要被参劾。”刘讱为胡缵宗辩。

“好一句犀利的辩词！”彭黯赞道，“思存先生，是不是胡世甫巡豫时有善政，你有意保全他？”

“我是为私情而辩吗？道显先生若辩，是不是为顾及与陶某人的乡情？”第二被告陶钦夔是江西彭泽人，是彭黯的同乡。刘讱说的是一句玩笑话，说完即罢，又议回该狱：“诗不是好诗，可也不能因为诗不好，就诬为谤诗。道显先生，你说呢？”

“可不是！一则胡世甫并无讪谤诅咒之意，二则此狱连及数十人，不能以王某一言而治罪。”彭黯认同。

“问讯过各人，狱情已大白，”刘讱说着，叙述该狱始末，“圣驾过阳武时，胡世甫命王联在行殿应差，差事办得不好，胡世甫既恨且忧，鞭笞之。后来巡按御史陶钦夔又以贪赃论罢王联。王联以为陶钦夔是受胡世甫托嘱，其实，鞭笞是一件事，论罢是一件事，未必有联系。但王联把这两件事视作一事，所以一直记恨他二人。”

彭黯接着说：“陶钦夔论罢王联，朱子羽、刘叔正视王联为墨吏也好，不愿与抚、按官结怨也好，反正没替他讲情。王联对他二人怀恨在心，也在情理之中。”

子羽是朱鸿渐的字，叔正是刘隅的字。

“这是在河南发生的事，”刘讱概括一句后，说，“王联回到任丘闲住，其性情凶忍淫暴，愈发暴露无遗。他先是殴打辱骂其父王良，王良忍无可忍，告之于官。因为是乡绅，任丘官衙不好处置。巡按御史阎邻过问，将王联下狱论死。这个案子不知为什么拖这么久，竟未行刑。终是父子天性，王良后来动了恻隐之心，去官府撤回诉讼。王联被释还保候，恶习不改，在保候期间又因杀人被逮，仍论死罪。此时的巡按御史已不是阎邻，换成胡植，胡植之后，换成冯璋，冯璋之后，换成张洽。每换一人，王联都要申诉一次，但几任御史都认为王联罪无可逭，每次在他申诉后又定他死罪。”

彭黯接着说：“在河南被笞被罢是一回事，在任丘下狱论死是一件事，王联又要把这两件事拉扯在一起，变成一件事。而要把这两件事变成一件事，在任丘说不得，在河南去不得，他竟打起御前讦告的主意。”

“告御状，两件事必须要说：一是在任丘下狱论死必须说，二是在河南被笞被罢必须说；又有两件事必不能说：一是在任丘下狱论死的原因不能说，二是在河南被笞被罢的原因不能说。又必须说，又必不能说，岂不难煞他？”刘讱站在王联的角度叙述，“王联唯一的选择，是用和他在河南被笞被罢、在任丘下狱论死完全没有关系，但又能生拉硬拽在一起的一件事来解释他在任丘下狱论死、在河南被笞被罢，那就是胡世甫的迎驾诗。王联先把胡世甫的诗诬为讪谤诅咒，然后把他在河南被笞被罢的原因归之为，胡世甫嘱他刊布该诗，他因其讪谤，因其诅咒，绝不奉令，故遭报复，后来陶钦夔的参奏，朱子羽、刘叔正的落井下石，都是胡世甫报复的一部分；然后把他在任丘下狱论死的原因归之为，他被罢官闲住后，胡世甫仍不放过他，他在任丘几次下狱，也是胡世甫报复的一部分。于是，他在职时的贪污渎职，闲住时的殴辱亲父、伤人致死都被掩饰，有的只是一个能辨谤诗、不阿上官的铮铮士人。”

“诚如思存先生所言，真是难煞他，”彭黯接着说，“陶钦夔、朱子羽、刘叔正等在胡世甫去官时，和他都有诗文唱和，把他等和胡世甫刊印谤诗拉扯在一起，还有些道理；说他们为胡世甫而整治王联，也有些道理。可阎邻、胡植等与胡世甫均无瓜葛，为什么要助他报复？难道他姓胡，胡植也姓胡，就听命于他？”

“难就难在这里：不把阎邻、胡植等和胡世甫拉扯在一起，无法为他在任丘下狱论死开脱；但把阎邻、胡植等和胡世甫拉扯在一起，明眼人一下子就看出其中的破绽，”刘讱说着，指指彭黯，“这不，道显先生就在问，胡植为什么要听命于胡世甫。”

“哪里，还是思存先生慧眼能识妖。”彭黯回敬一句。

二人一起笑起来，好像在笑自己的慧眼，也好像在笑王联的愚蠢。

彭黯忽然止住笑。他说：“思存先生与我所言，均以胡世甫迎驾诗非谤诗为前提。我再多问一句：若胡世甫迎驾诗为谤诗，又当如何？”

“道显先生的意思，是指胡世甫迎驾诗果为谤诗，还是指皇上或其他什么人以为它是谤诗？”刘讱反问。

“这又有何区别！”彭黯道。

刘讱抚髯沉思，不难想通。他说：“不错，二者无甚区别。道显先生，我实言相告，若胡世甫迎驾诗果为谤诗，后果不堪设想。”

所谓不堪设想，既是对胡缵宗等而言，也是对他等自己而言。意在不言中，这是用不着挑明的。

“那么，思存先生还是主张不反其狱？”彭韶问。

“是。因为在我看来，胡世甫迎驾诗并非谤诗，”话是这么说，刘讱还是留有余地，“不过，还要听听安卿先生、君孚先生之见。明日三法司会讯，如何结案，要等会讯后再定。”

君孚是现任大理寺卿骆颙的字。

三法司会讯，结论相同：一是胡缵宗所上迎驾诗全章皆颂威德，非诅谤；二是王联之狱，定罪量刑均无不妥，王联当处以极刑。

三法司将王联之罪和胡缵宗之诗分为二事议上，皇帝也作为二事而批复。批复的主要是胡缵宗之诗，对王联之罪，只批复一句：王联孔门之徒，何不忠不孝至是！

对胡缵宗诗的批复有两层意思。一层意思说：缵宗令人刊诗，财力非民出而何？即此细微，百姓之深亏重累可知。另一层意思说：缵宗诗既曰称颂，何又有“泪不磨”之语？疏亦不经心，是人臣礼耶？

对三法司的审决，皇帝说：刘讱等急于市恩，全不以职在执法为事。称颂之体，是如此耶？讱黜为民，三法司堂上官夺俸半年。

第四百一十九章

通政使孙襘升工部右侍郎，左参议赵文华升右通政，掌司事。以品秩而言，升一级；以职务而言，则升两级。赵文华饮水思源，备重礼去严府拜谢。严嵩疲乏，应付两句，让他找严世蕃说话。

严世蕃正在训斥严年。见他来，打个招呼，继续训斥："你好糊涂，修炼的人饮食清淡，准备这些肥腻作甚！你去告诉厨房，这份菜单不能用，把他们拿手的菜蔬弄出几样就成。"

"东楼先生说的是，"严年应道，又问，"酒呢？"

"自然要宫中御酒，无论他喝不喝，定要摆上一瓶。"严世蕃说。

严年匆匆而去，顾不上和赵文华打招呼。严世蕃向赵文华点点头，嘴上仍在埋怨："这个严年，越来越不会办事。"

"东楼兄用他不顺手，我来为东楼兄管家吧。"赵文华说笑。

严世蕃摆摆手，说："那可不成，别看元质兄做起三品官的大事业，管理这个小小的家，或许还不如严年呢。再者，元质兄坐在通政司大堂，为皇上管着收发之事；现在让你坐在斗室，管着严家的收发之事，不是太委屈吗？"

先说不能胜任，后说使用不起，赵文华脸上有些挂不住。他讪讪言道："求之不得，何言委屈！"复问，"东楼兄要宴客？"

"是，"严世蕃应道，"今日本来是该与你欢宴的，可家大人交与我一项差事。我对家大人说，元质兄万千之喜，一定会来，我要为他庆贺。可家大人说，元质是自家人，晚一两日庆贺，他不会计较。此人是外人，既已约定日子，不好再改。无奈，元质兄，只得失礼。客人一会儿就到，我不留你。"

赵文华怏怏而去。严嵩把他看作自家人，固然让他欣慰，但严世蕃先是嘲讽他当不了管家，后又毫不在意地下逐客令，让他感到屈辱。须知，通政使位列九卿，他现在已是朝廷上的大人物；须知，他把家里拿得出的奇珍异宝都拿过来，为的是一表谢忱。严嵩偶尔怠慢，他是长辈，不能计较；严世蕃却不该如此。你要宴客，留下我又何妨？心里不愿留，嘴上说一句又何妨？谁不知你结交的三教九流甚多，既曰修炼，既曰清淡，今日不知又是哪座山上下来的骗子，还好意思搬出家大人来搪塞！

严世蕃并非搪塞，他真是奉严嵩之命，在家中宴客，宴客的名目也是庆贺，客人是陶仲文的次子陶世恩，他不久前荫为尚宝司丞。

“东楼先生只请我一人？”陶世恩见屋里再无他人，不能不问。

“是。前者衙门里公宴，未能尽兴；今日把道兄请来，小酌两盅，以补前憾。”严世蕃解释。

“那我真是受宠若惊，”陶世恩说着就座，先问候一句，“介翁可好？”

“好，”严世蕃答后回问，“陶师可好？”

“托介翁和东楼先生的福，也好，”陶世恩说，“真人命我带来几粒丹丸，是赠与介翁的。真人说，此丹是他精心炼制而成，有益身心，介翁只管放心服用。”

“多谢，多谢。”严世蕃接过。在一旁侍候的严诗伸出手来，欲代他收起，被他将手拨开。“此等仙丹，经尔俗辈之手，岂不龌龊！待我亲手交给大人。”他把丹丸放进怀里，对陶世恩说，“道兄方才的话说错。不是陶师托我等的福，是皇上托陶师的福，国家托陶师的福，我等无不托陶师的福。”

酒席间，陶世恩请教尚宝司的事务。严世蕃问：“怎么，道兄还真想做一个行家里手的尚宝司丞？”

“我不过为应付真人询问，东楼先生休要取笑，”陶世恩说，“当年家兄世同授太常寺丞，真人问起太常寺的事务，世同答不上来。真人训诫道：你虽是虚职，但既食太常丞俸禄，太常寺的事务总要略知一二。我怕哪一天，真人也要向我询问。”

“以方外之人任俗务，略知一二实为要诀，”严世蕃很赞成陶仲文的训诫，“内阁文邦先生有一篇《尚宝司题名记》，是我央他写的，内里将尚宝司的来龙去脉交代得一清二楚。虽为时文，但道兄读一读，足以应付陶师的询问。”

“多谢指教。东楼先生，我敬你一盅。”陶世恩为他斟酒。

严世蕃二话不说，喝干这盅。他问：“道兄，今春京师灾异屡见，雨土雨蝎，霾雾四塞，陶师有没有说，主何征兆？”

“怎么，东楼先生欲习祷祀事？”陶世恩问。

“太常寺掌祭祀礼乐，我有太常少卿的虚衔，对太常寺的事务也该略知一二吧？”严世蕃以陶仲文的话作答。

陶世恩微笑：“东楼先生对真人的训诫融会贯通得好快。真人有言：天道无常，灾异未必皆有理由。”

“然则今春的灾异该有理由。”严世蕃说。

“什么理由？”陶世恩知道，虽似闲谈，严世蕃说的不是闲话。

“会不会有冤狱？”严世蕃道。

“东楼先生指的是胡狱？”陶世恩开始琢磨，琢磨出眉目，他又问一句，“东楼先生是说，该狱有冤情？”

“有没有冤情且不说它，道兄可知，为此狱刑部关押多少人？”严世蕃用两手翻来覆去地比画着，说，“竟有百一十人之多。为罢免县令一言，而兴如此之狱，实非盛世所宜！”

“介翁也以为不宜吗？”陶世恩问。

“家大人心里也很不安。”严世蕃说。

“既不安，为何不言于上？”陶世恩道。

“皇上曾以胡诗相询，家大人说：该诗用字不妥诚有之，然非存心谤诅。说句实话：若无家大人婉为解说，胡某的命恐怕早已保不住。还要说句实话，”严世蕃顿了顿，似有难言之处，“道兄，局中之人进言，也只能说到这一步。”

言外之意，要解开该狱，须得方外之人进言。

“介翁既有此心，就好办。”陶世恩谨慎地应承下来。

“来，我敬道兄一盅。”严世蕃为他斟酒。

皇帝和陶仲文说起今春京师灾异，问他，为什么雨土雨蝎，而不雨雨。陶仲文答曰：有冤狱，狱解即雨。

皇帝命释放胡缵宗等人，第二日果大雨。皇帝以平狱袪灾功，封陶仲文为恭诚伯，岁禄一千二百石。

第四百二十章

大同卫在籍军士赵小挨大摇大摆走到总兵衙门前，几名校尉上前和他打招呼，一口一个赵哥，叫得好不亲热。

“赵哥，去虏中一个春季，发了大财吧？”一校尉问。

赵小挨拍他一掌，道：“你眼红？”

“赵哥发财我不眼红，我只眼红赵哥在虏中的艳遇。”另一校尉说。

“好！下次我有差事，带你一起去，看你吃得消不！”赵小挨道。“快去禀告张帅，我有要紧事见他。”

“赵哥等等，我去看他得不得闲。”一校尉说。

赵小挨边等边唠叨：“只知问大人物得不得闲，怎不知问我得不得闲？延误朝廷大事，他一边帅怕也承担不起。”

进去禀告的校尉出来，说：“赵哥别絮叨，大人着你进去呢。”

“我有天大的事，居然请字也不说。”赵小挨拍拍屁股，大步走进去。

几名校尉同时在他身后说：“大人不请我等请。赵哥，和大人说过事，我等请你去喝酒听曲。”

去年十一月，朝廷追究大同失事，巡抚李仁降为杂职，以河南按察使陈燿代之；总兵陈凤罢免，以延绥总兵张达代之。张达就任大同不久，只听说大同有一个了得的细作叫赵小挨，在历任督抚、总兵手下都受信用，还没来得及见面，今日正好见识见识。

“叩见张大人。”赵小挨向张达行礼。

“免礼。”张达道。

副总兵林椿也在，赵小挨向他行礼：“叩见林大人。”

“免礼。”林椿道。

赵小挨起身，拍拍膝上的土，满脸的不在乎。

“小挨，你从哪里回来？”张达问。

赵小挨答：“小的从威宁海子回来。”

“你去威宁海子作甚？”张达问。

赵小挨答：“小的奉李都堂之命，前去打探虏情。”

张达看林椿一眼，林椿微微点头，示意他的话不错。

“李都堂准你去几多时日？”张达问。

赵小挨答：“两个月。”

“你去几多时日？”张达问。

赵小挨答：“三个月。”

“为何误期？”张达责问。

赵小挨道：“小的探到重大军情。”

“讲！”张达命道。

赵小挨答：“俺答于威宁海子纠集各部，欲大举入犯。”

“不是欲犯朔州吗？我边军已有备，”张达说。俺答自大同以北的威宁海子，一定是觊觎朔州，边镇在二月份已得谍报。

赵小挨道：“大举入犯，不只是犯朔州。”

“同时犯大同？我亦有备。”张达说。

赵小挨道：“大举入犯，也不只是犯大同。”

“那是要犯何处？”张达不高兴地问。

赵小挨道：“总之大举入犯，要犯何处，小的说不清楚。”

所谓重大军情，不过如此，张达无心再问。他挥挥手，说：“你下去领赏吧，等有进一步消息，再来禀告。”

“是。”赵小挨应一声，却不挪动。

“为何不去？”张达问。

赵小挨答：“小的还有重大军情禀告。”

“还有重大军情？”张达已不抱什么希望，在听或不听之间斟酌一会儿，命道，“你讲！”

“是。”赵小挨应着，却不出声。

“为何不讲？”张达问。

赵小挨答：“只在大人面前，小的不讲。”

张达不由多看他两眼，道：“不是还有林大人在吗？”

赵小挨说："在两位镇帅面前，小的不讲。"

"那你要在谁人面前讲？"张达问。

赵小挨说："小的要当着两位镇帅和陈都堂的面讲。"

张达拿不定主意，转身看着林椿。

林椿也不知赵小挨葫芦里卖的什么药。他说："不妨将陈都堂请过来一起听。"

陈燿听说有重大军情，匆匆赶过来。张达把赵小挨已报过的重大军情简略述之，并说明还有未报过的重大军情，然后说："都堂，你来问吧。"

陈燿不客气，命道："小挨，有何重大军情，你讲！"

"是，"赵小挨应着，又说起题外的话，"小的为什么要当都堂的面讲呢？因为该事和镇帅有些牵连；小的怕镇帅碍着个人的情面，不准小的所议。小的为什么不直接去向都堂大人禀告呢？因为该事与镇帅有些牵连，都堂大人也不好擅自拿主意。"

这一说，他葫芦里卖的药更显得神秘。

"小挨，所议之事和张大人有牵连，还是和我有牵连？"林椿问。

"我要问过才知。"赵小挨道。

无名小卒当着巡抚的面来问总兵、副总兵，堪称奇事。张达忍住火气，道："你先问林大人，还是先问我？"

"先问大人吧，"赵小挨说着，问道，"张大人，你有千金吗？"

"有，我有二子一女。"张达答。

"林大人呢？"赵小挨又问林椿。

"也有，我有一子二女。"林椿答。

"那就一个样，"赵小挨道，"按情理说，林大人有二女，更好些；按地位说，张大人是正帅，更好些。"

"你究竟何意？"张达、林椿同时问道。

赵小挨说："小的有一个主意，既然张大人、林大人都有千金，不如商量一下，将一女许与俺答，与之议和。张大人或林大人既作俺答的翁丈，若有所命，他不好违抗。"

陈燿又好笑又好气，喝问："小挨，这就是你的重大军情？"

张达、林椿气不打一处来。喝道："小挨，你敢戏弄本镇！"

"大人息怒，小的还有话。"赵小挨不慌不忙地说，"张大人、林大人的千金乃贵人，难道真嫁到荒漠去不成？小的意思，也不必真将张大人、林大人千金许与俺答，只要在大同城里寻觅一个稍有姿色的妓女，冒充张大人或林大人的千金即可。张大人、林大人既有千金，许之以女，小的想，俺答绝无不相信的道理。”

张达等他不说时，沉下脸问：“你还有话吗？”

“小的别无话，请大人看赏。”赵小挨嬉皮笑脸地说。

张达狠狠瞪他一眼，问陈耀：“都堂，如何看赏？”

“与镇帅有牵连，镇帅看着办吧。”陈耀说。

“好！”张达命左右，“与我重责三十军棍，然后撵将出去。”

左右把赵小挨按倒，林椿说：“大帅，赏我个面子。”

“请讲。”张达道。

“三十军棍之外，再替我打他十军棍。”林椿说。

赵小挨成大挨，打过四十军棍，屁股被打烂，腿被打肿。两名军士把他架出总兵衙门，扔掷在当街。他挣扎着爬起来，一拐一拐而去。

“赵大哥，往哪里去？”一名校尉在后面问。

“去虏中。”赵小挨头也不回地说。

“赵大哥，带我去发财吧。”一名校尉笑道。

“赵大哥，带我去风流吧。”另一名校尉笑道。

“我这次去虏中，再也不回来。你们谁想和我见面，就到北京正阳门外去等着吧。”赵小挨发着狠说。

身后响起一片讪笑。黄昏时节，赵小挨骑马出大同，朝西北而去。

第四百二十一章

兵部尚书丁汝夔把本部左侍郎苏祐、右侍郎谢兰请去，对他们说："今边事日棘。西边则有海夷窥伺甘州、凉州，套虏一部窥伺延安、固原，一部盘踞威宁海子；东边则有朵颜三卫与北虏勾结，犯我广宁、辽阳，睥睨白马关，逼迫黄花镇，真到不得不统作部署的时刻。"

朵颜、福余、泰宁三卫，国初以当地羁縻之部设立，原在黑龙江以南，成祖皇帝时南迁至宣北至辽东一带。设立三卫，原是想借其力量以守北边；但三卫之人，与朝廷若即若离，现在和近邻鞑靼部族的关系，比和朝廷的关系还要亲近。

"大章先生说的是。"苏祐、谢兰齐道。

"我拟就十事。"丁汝夔说着，把一张纸交与二人看。纸上写着十个题目：一曰饬营关以严内治，二曰饬边镇以固藩篱，三曰务实政以严边备，四曰广储积以实边塞，五曰时馈饷以安募卒，六曰重犒赏以激壮士，七曰开使过以策奇功，八曰开受降以夺虏势，九曰急抚绥以固人心，十曰正军法以振纪纲。

"请允吉先生、与德先生议之。"他说。

允吉是苏祐的字，他是山东濮州人；与德是谢兰的字，他是山西振武卫人。二人都是嘉靖五年进士。三月底，兵部右侍郎苏祐改左侍郎，而以工部右侍郎谢兰改兵部右侍郎。

"大章先生，饬营关的营指的是团营，关指的是畿内之关吧？"苏祐指着第一个题目问。

"正是。"丁汝夔点头。

"大章先生兼督团营，对第一事一定想得很透彻。"苏祐说。

"仅是想过而已，不敢说透彻，"丁汝夔道，"所谓饬营关，要在选精锐。我京营额定官军为三十八万，今在籍仅十三四万；京畿保定、蓟州两镇额定官军为十二三万，今在籍不足十万。即京畿官军实数不足额定半数，一旦有变，何以应之！"

"而今一提京营及京畿官军，首先让人想到的就是如何恢复额定之数；但大章先生似乎以为，这并不重要。"谢兰说。

“恢复额定之数，并非不重要；但我觉得，与其花费大力气恢复额定之数，不如花费大力气从现有官军中挑选精锐，加以操练，更可应付变局。”丁汝夔对“选精锐”作一个概括的说明。

“如何挑选，如何操练？”苏祐问。

丁汝夔再作详细的说明：“第一，于团营中预选精壮，补充敢勇等四营，每营各满万人，以曾历边方战事之将官统领。居常操练，有警出征。京营仍有十三四万，从中挑选出四万精锐，应不在话下。”

京军原分为十二营，有：奋、耀、练、显四武营，敢、果、效、鼓四勇营，立、伸、扬、振四威营。

“居常操练，有警出征，似乎不必另设四听征营。”谢兰说。

“不错，”丁汝夔应道，“第二，东西两官厅预拟六军出征，为各关声援；六军操练，备更番调遣。每军各三千人，共计三万六千人，在四万精锐之外，再行挑选。至于三大营及显武等八营，亦以时训练。第三，有警时，先发两官厅出征军分戍各关，次将敢勇等四营精锐分布于东、西、南、北四边，为正兵，两官厅被调者四军列于东南、东北、西南、西北四隅，为奇兵，另用两军往来巡哨，为游兵。第四，防秋之月，仍量发保定、蓟州之兵策应各关，选河间、保定精兵二支，每支三千人，驻于易州，以备东西各关应援。饬营关者，我想到这四件事，允吉先生、与德先生看，还可再增添些什么。”

“我看，京营及京畿官军的部署，不外乎这几项。”苏祐说。

“是。我亦无补充，大章先生请再说饬边镇吧。”谢兰道。

“饬边镇，我也想到几件事，”丁汝夔说，“第一，辽东宜后发制人，虏动我动。虏寇于西，则广宁、义州、锦州、宁远诸军，星驰而西，并力而战。第二，朵颜诸夷暗与小王子和亲，其情叵测。宜令山海、密云、巩华等营官军分布防御，并令京营听征兵及易州驻扎客兵援之。第三，频年虏患，皆因哨探不早，掎角失势，非痛加整刷，明示劝惩，恐祸端不已。”

饬边镇，只说蓟、辽，不但未言及陕西三边，连已得警报的宣、大、山西，也没提一句。

“大章先生，不要说一说套虏动向吗？”谢兰问。

“宣、大边事年年说，月月说，已是箭在弦上之势，不说也罢，”丁汝夔有他的考虑。“我总觉得，蓟辽一线薄弱，尤须整饬。”

“所虑甚是。”谢兰表示赞同。

于是，三人一事一事地议下去。

第四百二十二章

四十五岁的俺答和三十岁的黄太吉站在一起，不像父子，而像长兄和幺弟，俺答毫无衰老的迹象，黄太吉则完全成熟。

肖芹带着赵小挨过来，禀道："大汗，小挨带来。"

肖芹是罗廷玺的门人，原在太原、大同间传播白莲教。充灼案发，罗廷玺等被逮，他率领一班弟兄窜至塞外，投奔俺答。

"参见大汗。"赵小挨给俺答叩头。

俺答点点头，说："这是我长子黄台吉，你也来见过吧。"

"参见黄台吉汗。"赵小挨给黄台吉叩头。

"好，起来说话。"黄台吉道。

"小的遵命。"赵小挨起身。

"听说你被打？"俺答观察他的动作，说，"我看打的也不重嘛。"

"用刑的都是我的弟兄，不会下死力打的。"赵小挨支吾着说。

"我听人说古，知道汉人善使苦肉计，"俺答说着，走到赵小挨面前，一把住他，"小挨，张太师打你，不会也使的苦肉计吧？"

赵小挨扑倒在地，叫起屈来："小的被张太师屈打，与他不共戴天，大汗不可再冤屈小的！张太师要使苦肉计，就该将他手下的参将、游击等打一顿，撵将出来；我一名小卒，派得上什么大用场！"

"我要不是早知你的身份，是不会相信你的。你既两边都报信，今日来投我，必是真心。"俺答说着，扶起他来，"好吧，你既来，我不日要攻打大同，你做个向导吧。"

"大汗攻打大同，小的不做向导。"赵小挨说。

"为什么？"俺答问。

"小的还派得上大用场。"赵小挨说。

"你一名小卒，派得上什么大用场？"黄台吉用他自己的话嘲讽他。

"大汗和黄台吉汗若攻打京师，小的愿做个向导，"赵小挨说，"小的去冬奉李都堂差遣，赴京师办事，彼中虚实尽知。大汗攻打京师，用得上我；要是随部攻打大同，死在城下，岂不可惜！”

“你怎知我要攻打京师？”俺答厉声问道。

“大汗瞒得过别人，可瞒不过我。不为攻打京师，大汗用得着传檄各部齐集于此吗？”赵小挨道。

“这事你对张太师说过没有？”俺答问。

“大汗檄集各部，我说过；我那时是官军的探卒，探到消息不能不报与太师。大汗想攻打京师，我没有说；因为那不是我探到的，是我想到的。虽没对张太师说，但我也曾对他暗示过，只不知他领悟没有。我想，他当时气昏头，根本没有领悟；即使领悟，打过我一顿军棍，他也该忘得干干净净。”

不等他说完，黄台吉抢过去，一手揪住他胸口，一手握拳击去，口中骂道：“好个奸贼，父汗的大计，就毁在你手里！”

他还要痛殴，被俺答拦住。

“留下他，还要派大用场呢。”俺答说着，问肖芹，“肖军师，你看此讯透露给官军，要紧不要紧？”

肖芹说：“张太师还有其他探子，他不透露，其他探子也会透露。要紧的是让汉人看到，大汗欲在大同与官军较量。前者我与大汗议，进军京师之前，先在大同虚晃一枪；现在看来，不能只虚晃一枪，要正正经经在大同打上一仗，使朝廷顾不上想其他的。”

“好，就让黄台吉率三五万人，在大同正正经经打一仗。”俺答说。

看看赵小挨，他又说：“小挨不想做向导，军师，你看谁做向导好？”

“乔哥、吕哥熟悉大同地势，均可做向导。”肖芹说。

乔哥叫乔源，吕哥叫吕明颂，都是和肖芹一同入套的。

肖芹、赵小挨走后，黄台吉问俺答：“父汗要把这个赵小挨留下？”

“他有用处，为什么不留！”俺答道。

黄台吉对汉人抱有成见，说：“非我族类，其心必异。汉人都靠不住！父汗收罗的汉人可自成一军，有几个是真心为父汗办事的！”

“你的话不错；可你知道，非我族类，其心必异，这话是谁说的吗？”不等黄台吉回答，俺答告诉他，“这是汉人太师常挂在嘴边的一句话。前来投靠的汉人，我不看他肯不肯真心为我办事，只看他有没有用处。他有用处，我让他为我办事；我也知道，怎样才能让他为我办事。至于他是不是真心，又何必在意！说到真心办事，我鞑靼各部首领，就没有异心？如果连几个投靠的汉人都不能驾驭，又怎能驾驭强悍的鞑靼各部？黄台吉，你武艺超群，作战勇猛，完全可以继承我的事业；可是你若不懂得驾驭汉人，利用汉人，就不能继承我的事业。”

“父汗，你的话我记住。”黄台吉说。

“好，你去准备征战吧。大同的太师们不会料到，未到防秋之日，我会有大的举动。我就是要出奇兵，打他个措手不及。”俺答说过他对大同作战的设想，换个轻松的话题，“黄台吉，去看过你妹妹吗？”

“哪个妹妹？”黄台吉问。

“就是当年你和他牵手戏耍，被我责打的那个妹妹。”俺答说。

“孩儿那时年幼无知，多亏父汗责打，才懂事。”提起幼事的事，黄台吉羞赧不已。“一来就和父汗议事，还没去看她。”

“她又给我生个外孙女，”俺答笑着说，“黄台吉，你也要努力，多给我生几个孙儿。不然，我的孙儿少，外孙女多，可有些不妙。”

第四百二十三章

夜深了，张达宅院当中高高挂起的灯笼还没熄灭。灯笼下，张达和宣、大巡按胡宗宪正在开怀畅饮。用酒盅劝酒不过瘾，换上酒杯；酒杯不过瘾，又换上大碗。

“汝贞先生，这一碗酒肯不肯喝？”张达邀道。

胡宗宪字汝贞，徽州绩溪人，嘉靖十七年进士。

“你若有个说法，我当然肯喝。”胡宗宪绝不示弱。

“说法有，”张达道，“我是个粗人，识不得几个字，但我却交上两个文人挚友，为这事，你说该不该喝一大碗？”

也不管该不该喝，他先把一碗酒喝下肚去。

胡宗宪却不急着喝。他说：“我知，我是你第二个文人挚友。”

“汝贞先生可知，我第一个文人挚友是谁？”张达问。

“可是张子文？”胡宗宪反问。

“正是他，”张达说，“当年在刑部狱，他几句质问，说得我无地自容；几句勉励，又说得我心潮起伏。后来我与他再无过往，但我能在边陲建功立业，多亏和他的一面之缘。”

“张子文现守大名，说不定哪天他亲解边饷来大同，张帅就有机会与他见面。”胡宗宪说着，端起碗来，“张帅既视我为第二个文人挚友，这碗酒我是该喝的。但我不能白喝张帅的酒，喝了以后，我也有几句肺腑之言，说与张帅听。”

两只碗都空，张达一边倒酒，一边问：“汝贞先生要说什么？”

“张帅当年因边镇失事下狱，几不获免。后来皇上准张帅戴罪立功，历事延绥、大同，实是难得的际遇。周彦章在大同，一靠他的威名，二靠他的稳重，大同未有大失。张帅论威名，不能和周帅比；论稳重，不能和周帅比。要想超过他，只能靠勇猛善战，多立军功。须得如此，也才能报答朝廷的恩泽。”胡宗宪的肺腑之言很是郑重，说过后，却戏谑地问，“张帅，我这几句话是不是也让你心潮起伏？”

“是。我回到大同，但欲效死疆场，让子文先生和当年陷我于狱者都看一看，我是勇士，还是懦夫！”张达的脸涨得通红，一半因为酒喝得过多过猛，一半是因为心情激荡。

“好，张帅，现在正好有个建立功勋的机会，”胡宗宪说，“我黄昏时得报，有小股虏贼入边盗掠，张帅何不率军前往，围而歼之？”

“我也得知，有小股套虏，在大同以外约一百里处盗掠，十分猖獗。我原想，等到天亮，即率军围歼。”张达说。

胡宗宪摇头：“天亮再动，已晚。小股套虏盗边，不过两三日，明日天亮出击，他早饱掠而去。”

张达怔住，问道：“汝贞先生是要我今夜出动？”

“为张帅计，当即刻出动。”胡宗宪说得更急迫。

张达有些犹豫：“可夜间出动，易遭埋伏。”

“现在是六月下旬。今年闰的是六月，距防秋还有一段日子，套虏会大举入犯吗？不大举入犯，他怎设伏？”说到这里，胡宗宪的语气变得严厉。“张帅，张子文会质问，我也会质问。我已将军情报与张帅，若贻误战机，我不仅要质问，还要参奏。职责所系，张帅到那时休得怪你第二个文人挚友不讲情面！”

张瀚当年在刑部狱询问张达，先是质问，后是勉励。胡宗宪反其道而用之，先是勉励，继以威胁。

张达无奈，只得说：“汝贞先生是为我好，就依汝贞先生之言。”

胡宗宪再次端起碗，说：“我喝这碗，张帅不必陪饮。等张帅师出告捷，我设酒为张帅洗尘。”

后半夜时，张达、林椿率部出城，天微明时，与零星虏众相遇。虏众逃窜在前，官军追击在后。不多时，虏众分两路溃退，官军分两路追击。张达率一军往西追，林椿率一军往东追。林椿一路越追，发现虏众越少，等追至弥陀山时，连虏众的影子也见不到。他派出探哨，命大队稍事歇息，待机而动。

探哨没回来，张达一军报信的军士先来，是张达的亲信之一。不须他开口，林椿已预感到情况不妙。

果然，该军士声嘶力竭地叫道：“林帅，张帅被虏军围困。”

林椿定一定神，问道：“在何处？”

“在小莺圪垯墩口。”该军士说。

小莺圪垯是两山间的一个隘口，没有正式的名称，因鸟儿常飞聚那里，遂得这样一个怪里怪气的名字。圪垯是土话，意思是那个地方。

“有多少虏军？”林椿询问。

“总有两三万人，将张帅围了一重又一重。”该军士说。

林椿大惊：原说是盗边的小股套虏，怎么一下子出来两三万人？难道是从天上掉下来的不成？若果有两三万人，林椿一军前往，不但救不出张达，自己也要成为俎上之肉。

但主将被困，绝无不去援救的道理。林椿顾不上多想，一面命人向大同的巡抚衙门和阳和的总督衙门报信，一面率部驰援张达。

到得小莺圪垯，张达已战死，战事已结束。虏军见又来一支官军，打算再加以围歼。林椿指挥所部，且战且退，一箭飞来，将他射杀。

张达曾因大同参将张世忠战死，他未能及时救援，被皇帝下狱治罪。现在他自己又战死在大同城外，皇帝愈加激愤。他决定给予张达、林椿殊荣，同时要惩处没有及时救援的文武官员。张达赠官左都督，谥忠刚，林椿赠都督同知，谥忠勇，各荫一子为指挥佥事，世袭；宣、大总督郭宗皋、大同巡抚陈燿停俸，戴罪视事；守备邢堂、曹璋，参将马继光，以失守信地逮问；游击孙宝以按兵不救降三级，游击徐仁以畏敌避难夺俸半年，署参将张翔以轻战寡谋夺俸二月。

对张翔的处分真有些让人无所适从。不战则是“按兵不救”，战则是“轻战寡谋”，他还不如战死，或可得到朝廷褒勉。

因曾铣参奏下狱又因参奏曾铣释还的威宁侯仇鸾，被起用为大同总兵。郭宗皋、陈燿戴罪视事仅维持一个月，双双被械至京师，杖于阙下。陈燿被打死，郭宗皋戍边。廷推兵部左侍郎苏祐总督宣、大军务，并暂时兼摄大同巡抚一职。

第四百二十四章

山西巡抚常驻代州以北雁门关。应槚听说苏祐来到，匆匆迎出去。

应槚字子材，浙江遂昌人，和苏祐同是嘉靖五年进士，去年年底自山东改抚山西。

“允吉兄，怎舍得大同？”他边揖边问。

“子材兄不欢迎吗？”苏祐还礼，“我的衙门若在大同倒好。既在阳和，就不得不兼顾山西，雁门总是要来看一看的。”

阳和是宣、大总督的驻地。他既任宣、大总督，就不能只照看一个大同；巡视雁门关等处，乃是分内的事。

“允吉兄要兼顾，也不是这等兼顾法。我看，允吉兄不是信不过我，就是旧情难以忘怀。”应槚道。

苏祐在他之前曾巡抚山西，所以他有旧情之说。

“地大物博的山东，子材兄都巡抚过，偏于一隅的雁门还在话下！”苏祐两手一摊，道，“子材兄既然只给两个选择，我只好说旧情难忘。”

二人笑着，携手而入。应槚亲自为苏祐冲茶，但觉香气四溢。

“允吉兄，别看你是大都堂，我是小都堂，我这西湖正宗的龙井茶，你在别处却是品尝不到的。”他说。

“妙极！”苏祐两眼一闭，轻吸茶香，似在享受无穷的乐趣，“我去时，还望子材兄赠我十斤八斤龙井。”

“你说的什么昏话！”应槚嗔道，“好茶只可以两、钱而计，岂可一张嘴就索要十斤八斤！允吉兄也太贪心。”

“举手所得，子材兄何必锱铢必较。”苏祐不在意地说。

“什么话，有人暴殄天物，我焉能不与他计较！”应槚嘴一撇，道。

“好一个义正词严的应子材！”苏祐击掌赞道。

听这一声赞，应槚心里反而不踏实。他问：“允吉兄，什么意思？你若真要十斤八斤龙井，也不是不可设法。”

苏祐大笑："如此天物，一年品得一次足矣，子材兄何以前倨而后恭？实不相瞒，我驰驱四五百里，不是为向子材兄讨要茗茶的；我是来看一看，山西镇该修筑的墙堑，是不是都竣工。"

"我亦知允吉兄来雁门，是怕我懈怠偾事。"应槚稍稍流露不满。

"子材兄错！"苏祐也义正词严起来，"我不是怕子材兄懈怠偾事，因为我知道，子材兄自步入宦途以来，从无一日懈怠过。我怕的是当初留下的难以收拾的摊子给子材兄带来麻烦；当然，我也想看一看，子材兄是不是把这个摊子收拾得像些样子。子材兄也知道，此次修筑宣、大、山西边墙，是仁夫兄一手规划的。去年春末夏初，仁夫兄回部前，曾来雁门与我一晤。他说：平刑至龙泉，不下三百里，在山西最为紧要。其间山势联络，鲜有居民，抢掠无以为籍食之资，险阻必困虏所恃之长。以此争锋，非计之得；兵有胜算，乃我之利。仁夫兄看重山西边墙，我亦不敢懈怠，故而夜以继日督工。但仁夫兄回部一个月后，我亦召任刑部佐卿。今日赴宣、大之任，我首先关注的自是山西一线的边墙。"详细表述过关注之情，他问，"子材兄，山西边墙究竟修得怎样？"

"差不多可竣工吧。"应槚含糊地说。

"还差多少？"苏祐则一定要问实。

"我先问问，允吉兄离开雁门时，完工几成？"应槚道。

苏祐估算一下："大约三成。"

"现已完工九成，也算差强人意。"应槚说。

"当真完工九成，可不是差强人意，应该说是成绩显著，"苏祐说着，又问，"余下一成，几时可完工？"

应槚也估算一下，伸出二指："允吉兄总得再给我两个月吧。"

"太迟。"苏祐摇头。

"那就一个月。"应槚退一步说。

"二十天如何？"苏祐也伸出二指，意思却完全不同。

应槚发牢骚："允吉兄何必锱铢必较！"

"子材兄也怕人计较吗？"苏祐笑道，"子材兄说不可暴殄天物。世上第一天物，时也。时不我待，今年闰的六月，不必七月已入秋。据谍报，套虏已在蠢动，此不得不计较者。子材兄，我不瞒你，今时东段情形，更紧迫过西段。只要山西边墙修筑完毕，没有西顾之忧，我就可全力在宣、大一线上防范。"

"好，允吉兄命我二十天完工，就二十天完工！"应槚应诺。

宣府巡抚李良得知苏祐到来，心里想的也是：你怎么离得开大同？苏祐身着便服，身边只带一名小童，简直就像微服私访。

李良字遂伯，山东长清人，嘉靖八年进士。他和苏祐的关系，不如应檟亲密，所以不能口无遮拦。

“宣、大间并不太平，允吉先生如此轻车简行，未免太大意。”他说。

“多谢遂伯先生关爱。如此轻车简行也有好处，各卫、所都不必惊动；想看什么，也都看得到。”苏祐一笑了之。

让进巡抚衙门，李良问：“朝廷是不是已差派大同新巡抚？”

“是。”苏祐应道。

“所以允吉先生有暇巡视宣府。”李良这样说，好似无话找话。

“言之差矣，大同有无新巡抚，宣府我都要来的。”苏祐说。

“为什么？据我所知，宣、大总督历来都重大同而轻宣府。例如，仁夫先生就不曾巡视宣府。”李良说着，问道，“允吉先生为何反重宣府？”

苏祐有两个理由：“一者，我在兵部时，与大章先生等议论北边形势，皆以为宣府今日之重之险绝不亚于大同。如果说前者重大同而轻宣府，有其不得不然者，今日绝不可再轻宣府。二者，仁夫兄未曾巡视宣府，皆因未得其便，不见得是不看重宣府。据我所知，仁夫兄虽身在大同，亦多次议过宣府布防事宜。仁夫兄是大帅之才，虽在大同，亦可总揽全局，各镇无不照顾到。我无仁夫兄之才略，所以不得不更多辛苦，往各镇跑一跑，看一看。”

“允吉先生过谦。”李良道。

“也有不谦的地方：宣府之重之险，我自信比仁夫兄要看得更清楚些；今日我来宣府，也就是要对遂伯先生谈论宣府之重之险。”苏祐说。

“是，请允吉先生赐教。”李良道。

苏祐点点头，一层一层地说下去：“我先告诉遂伯先生一件事。嘉靖二十一年，由延绥、宁夏、固原、辽东等镇援守宣、大的客兵为十支，以后或是六支，或是四支。今年为省国用，将客兵限制为四支，从延绥、保定、辽东抽调，我请于朝廷，朝廷议决，都援守宣府。为什么？盖重宣府也。为什么重宣府？盖重京师也。各兵应援，当视虏情缓急为先后。若京师有警，则宣、大为轻；京师无警，则宣、大为重。同理，宣府有警，则大同为轻；宣府无警，则大同为重。应援客兵驻于宣、大，听京师调用，实有两便。而大同有大边，宣府无大边，尤以驻于宣府为便。”

“今日之势，蓟州似又急于宣府。”李良说。

“遂伯先生说的是。”苏祐点点头，再就蓟州发表议论，“虏众犯在山西，则急在山西；犯在大同，则急在大同；犯在宣府，则急在宣府。今年有犯在蓟州之形迹，则急在蓟州。防御似当先蓟州，后宣府。但审机度势，防御尤当先宣府，后蓟州。俺答诸部在宣、大之间，倘若东犯，必先大同，次宣府，次蓟州；探得虏情，亦先大同，次宣府，次蓟州。宣府探得虏情在先，虏犯宣、大，自是应付裕如；虏犯蓟州，督调应援，亦不会有误。蓟州探得虏情在后，虏犯宣、大，督调应援，已不及矣。此所谓备宣府，可应蓟州；备蓟州，不可应宣府者也。”

“听允吉先生一席话，任谁也不敢再把宣府看轻。”李良道。

第四百二十五章

苏州城西北的虎丘山，是散心的好去处。山上有丛林，山间有茶室，在寺院里闲逛半日，在茶室里坐上半日，一天的时光很容易打发过去。

朱纨没有心情闲逛，也没有心情品茗，但还是来到虎丘。不出来走一走，关在家里，心情更坏。赋闲已十个月吧？不，已差不多一年。而且，不是真正意义上的赋闲，他每日都在等待钦使勘察的结果，每日都在等待朝廷的处分。想一想，为官几三十年，在景州、开州做过知州，也任过南京刑部员外郎之类的闲职；在四川做过带兵征剿的副使，也任过广东一省的方伯。最后由南、赣巡抚而浙、闽巡视，如果不是大张旗鼓地诛杀海贼，打击衣冠之盗，在朝廷坐上一把七卿的交椅是有望的。无论任职何方，他都感觉光阴似箭，现在可尝到了度日如年的滋味。

虎丘的泉水天下有名，方家是把它列为江南第几泉的？怎么今天喝起来，毫无清澈甘甜的味道？

“这是山上的泉水吗？”他问东家。

“如假包换，今天一早才挑来的，”东家赔着笑脸说，“大老爷要是嫌它放得久，我叫人再去拎一桶新泉水来。”

“不必。”朱纨无滋无味地继续品茶。

一名家人模样的男子闯进来，见到朱纨，忙走过去。

“老爷果然在这里，让我好找！”家人擦着头上的汗说。

朱纨看他一眼，问道：“你从哪里来？”

家人说：“小人自然是从南京来。小人回到家中，他们说老爷在逛虎丘，小人便找过来。”

“不是要你有消息再回来吗？”朱纨道。

“是，小人有了消息，”家人说。

朱纨顿时紧张，问道：“什么消息？”

“小人央人抄录来的，老爷请过目。”家人说着，递过两张纸去。

抄来的是兵科都给事中杜汝祯勘查闽、浙后所上的奏疏，朱纨日不能食，夜不能寐，等的正是它！他略扫一眼，在文中读到一句话，目光盯在那里不动。杜汝祯写的是：使无辜并为鱼肉。

有这一句话，全篇的立意可知。

“老爷，那一页在前。”家人提醒他。

朱纨默不作声，把两张纸掉过来，从头读起：

> 前贼乃满剌加国番人，每岁私招沿海无赖之徒，往来海中贩鬻番货，未尝有僭号流劫之事。十七年复至漳州月港、浯屿等处，各地方官当其入港，既不能羁留人货，疏闻庙堂，反受其私赂，纵客停泊，使内地奸徒交通无忌。及事机彰露，乃始狼狈追逐，以致各番拒捕杀人，有伤国体。其后诸贼已擒，又不分番民首从，擅自行诛，使无辜并为鱼肉。纨既身负大罪，反腾疏告捷，而卢镗、柯乔复相与佐成之，法当首论。

后面还有一串坐视朱纨滥杀的官员名单，朱纨无心再读。他骤然想起自己那句不知说过多少遍、不知引起多少人称赞引起多少人憎恶的名言：去外国盗易，去中国盗难；去中国沿海之盗犹易，去中国衣冠之盗尤难。这个杜公宁也是中国衣冠之盗！他做此断语。

公宁是杜汝祯的别字。

你看，他为被他称作满剌加人的外贼辩护得多么得体：他们只是私招沿海无赖之徒贸易，并未僭号流劫。你看，他对地方官员的论劾多么得体：先是受其私赂，然后狼狈追逐；而该被论劾的第一个官员正是朱纨，因为他允许日本贡船停留在外海，上疏请增入贡人数。你看，他把事情的因果关系叙述得多么得体：因为地方官员，即他朱纨的狼狈追逐，才迫使番人拒捕杀人；因为地方官员，即他朱纨为掩饰已彰露的事机，才不分彼此，擅自行诛。写得得体，写得好！

但杜汝祯是四川南充人，并非把乡谊看得极重的福建籍官员；他是嘉靖十七年进士，和林希元也好，许福也好，并无同年之谊。为什么他下笔如此狠毒？难道自己真的做错，或者真的触犯众怒？

朱纨不得其解。

与苏州同城的有两县，一是吴县，一是长洲。原河南布政使朱鸿渐是吴县人，和朱纨同邑同科而不同宗。前几个月，锦衣卫官校曾光顾吴县，逮走朱鸿渐。朱鸿渐戴上镣铐塞入槛车的情形，深深印在朱纨的脑际，挥之难去。他想，朱子羽做的是行政官，为人又谦和，不会得罪太多的人；他押入京师，大概会有人替他讲几句话。自己得罪的人则多矣，恨不得活吞己肉、生饮己血的朝臣不知有几；一旦入狱，还有重见天日的机会吗？

苏州城里已骚动一次，别让它再一次骚动。

朱纨还放心不下的是柯乔、卢镗等人。他们行事，都是受命于自己，现在也成“法当首论”的元凶。自己押赴阙下，没有办法替他们申辩；为他们申辩一句，反而要使他们罪加一等。不如自己一死报国，真正的“元凶”不在，说不定也不再追究他们。

结局想清楚，心情渐趋平静。朱纨写一幅大字，仍是他经常说的那句“去中国衣冠之盗尤难”。然后，以一口烈酒，服下一包剧毒的药，当晚死于家中。

这个消息先是轰动南京，然后轰动京师，伤心者有之，称快者有之，惋惜者有之，未能消恨者有之。

第四百二十六章

八月初，俺答部越过大同、进犯宣府的消息传到京师，引起一阵恐慌。然后，八月初五日，皇帝圣诞日，照例要有恩赏。

勋戚领袖、成国公朱希忠加特进光禄大夫、柱国。他的实衔实爵无以复加，只能加以荣衔。

文臣领袖、首辅严嵩加上柱国。他也是实衔实职无以复加，只能加以荣衔。不过，他的这个荣衔和朱希忠所得荣衔不同，一般的勋爵，只要多少有些任用，一般的阁部大臣，只要有些勋劳，都会赏加柱国；而上柱国，自立国以来，得此殊荣者，不过四人而已：国初三位元勋李善长、徐达、常遇春，嘉靖朝首相夏言。严嵩是第五人。

掌道尚书、恭诚伯陶仲文岁加禄米一百石。他不但实衔实爵无以复加，连荣衔也不好加，只好赐以实惠。

阁臣、尚书张治，尚书徐阶、顾可学加太子少保，这是实衔；阁臣、少詹事李本升吏部右侍郎兼东阁大学士，这是实职；致仕太常卿、工部侍郎朱隆禧加礼部侍郎；中书官谈相加工部右侍郎。

于是，似已闻到战火硝烟的京城，又响起一片万岁万万岁的欢呼声。

赵文华进入严府，感受不到任何欢乐的气氛，不由奇怪。由奇怪而不安，脚步放慢，脚步声放轻。

严嵩在专注地写字，赵文华轻轻咳嗽一声。

“元质，来坐。”严嵩招呼过他，把没有写完的字写完。

家人奉上茶水，赵文华端起来，尝一口；太烫，又放下。

严嵩大概有一句话或一段话没想好，也把笔放下。

赵文华乘机说道：“义父在值庐日理万机，回来还要著文，实在辛苦。义父年事已高，要爱惜身子。”

“你在说我？”严嵩似乎才注意屋里还有一人。“自张文邦、李汝立、徐子升等入值西苑后，我已然轻松许多。”

“但皇上所信赖的，仍只义父一人。”赵文华说。

严嵩无赞同的表示，亦无否认的表示，他问：“元质有事吗？”

“儿子此来，一是请安，二是敬贺。”赵文华说。

“我有什么喜事，值得庆贺？”严嵩问。

“义父荣进上柱国，儿子特来敬贺。”赵文华道。

“原来是为这事，”严嵩说着，把正在草拟的疏稿递给他，“元质，你看我在写什么。”

是一份请辞加恩的奏疏，写道:《传》曰：尊无二上。上之一字，非人臣所宜居。国初虽设此官，亦不轻授，纵使特恩，臣子所当力让。

行文至此而止，后面还应有话。

赵文华读国朝史，记得徐达是加上柱国衔的，至于是生前加的，还是死后赠的，若生前加的，他是否请辞，若曾请辞，是否辞去，却记不大清楚。不过，严嵩既然请辞，就只能这样写。

“义父欲辞新衔？”他问。

“不是欲辞，而是一定要辞。”严嵩说。

“这是为何？”赵文华问。

“上字非人臣所宜居，这个理由还不够吗？”严嵩道。

理由是够，可赵文华不服气。

“夏某能受上柱国，义父为何就不能受？”他说。

“小儿之见！”严嵩待他，真的如同子侄辈，“夏公谨受上柱国，得到什么好处？我知国初李韩国曾受上柱国，他又得到什么好处？受之不祥，不如不受。元质，你虽正途出身，可你的见识还不如东楼。”

李善长封韩国公，是国初最早封的六公之一。

赵文华听严嵩一说，才知请辞所加新衔是严世蕃的主意。他不得不承认，严世蕃对进退取舍的判断的确胜他一筹。

“义父说的是，儿子这回不该敬贺。”他说。

“元质也不必为此而怏怏不乐，”严嵩安慰他说，“此次赐进上柱国，乃皇上恩宠，贺的也不算错。元质，我想引一个前朝的事例，可一时又想不出合适的，你帮我想一个。”

事例有现成的，但赵文华还是做冥思苦想状。严嵩一时想不出来，他却一下就想出来，岂不是他更高明！

“儿子想到一个！”他的兴奋稍显做作，“义父看，唐人郭子仪请辞尚书令的故事，可不可以用？”

严嵩略加思考，说：“不错，这个事例好。元质，虽然你的见识不如东楼，可你在国学时，就喜欢读书，我看重你的，正是这一点。引经据典，东楼则大大不如你。”

严嵩任国子监祭酒时，赵文华为监生，二人相识相知是从那时开始的。听到严嵩的表彰，赵文华不再怏怏不乐。

严嵩将奏疏续完：昔唐太宗藩邸时曾为尚书令，唐世臣子无敢为尚书令者。至代宗朝，以郭子仪有大功，特许斯职。子仪固让不受。臣虽职昧古今，颇知敬畏，乞皇上特免此官，仍著为国典，以昭臣节。

皇帝准严嵩之请，有感于他的敬爱出自心腑，乃移恩于严世蕃，升其为正三品的太常寺卿。

众人加官晋爵，都有个说法，唯独谈相，实在不知蒙此殊恩是什么缘故。他不是进士出身，因善书，选为中书舍人。要说他这些年一点劳绩没有，不切实际。例如，宫中或西苑的题额，有的出自他的手笔；斋醮的青词，有的是他书写的。但此等差事，中书科善书的中书舍人都是分而劳之，怎么单单提升他，而且是超擢中的超擢？打个比方，这是实实在在的鲤鱼跃入龙门。

愈是费解，愈要求其解。

谈相先找到吏部尚书夏邦谟，万分小心地问：“舜俞先生，忙吗？”

夏邦谟字舜俞，四川涪州人，正德三年进士。

“还好，”夏邦谟道，并问，“老谈有事吗？”

中书舍人即使任职再久，即使升工部侍郎，和吏部尚书的地位相差太远，他唤一声“老谈”已是很客气。

“没事，没事，”谈相忙说，“舜俞先生休怪，我有一件事想不明白，要请教：此次圣诞加恩，怎么把舜俞先生漏掉？”

夏邦谟说：“不是漏掉，尚书者如徐子升，有业绩，所以加衔；我无业绩，所以皇上不会把我划入加恩的圈子。”

他是过时人物，仍被任用，已属难得，不会有情绪，也不会见怪。

“怎么却把我划进去？”谈相又问。

“把你划入，自然因为你有业绩。”夏邦谟说。

谈相说：“可我实在想不出，有什么业绩。”

“没有业绩，也总有缘故，”交谈至此，夏邦谟恍悟，“老谈是要问我此次加恩的内情？你也糊涂，圣诞加恩，皆出自圣裁，不须吏部议之，我怎会知道？老谈，既蒙圣恩，你只管叩谢，还问什么缘故！”

谈相苦着脸说：“可不知缘故，我晚上连觉也睡不着。”

“既如此，你去问问阁老们吧，他们或许知道。”夏邦谟指点他。

中书舍人找内阁大臣，比找吏部尚书要容易。谈相找到李本，问道：“汝立先生，忙吗？”

“还好，”李本也是应一句，然后问，“谈先生有事吗？”

“没事，没事，特来与汝立先生叙叙乡情。”谈相说。

“谈先生是浙省人？我还以为你是无锡人呢。”李本道。

谈姓者多在无锡，所以他这样说。

“我原籍在无锡，祖父那一代迁去槜李。”谈相说。

“原来如此。”李本点头，不知接下来还能叙些什么乡情。

“汝立先生，我有一事要请教。”谈相要叙的也不是乡情。

有话可说，李本如释重负：“谈先生请讲。”

“汝立先生，中书舍人擢侍郎，我朝有过先例吗？”谈相问。

“原来谈先生也想做一回我朝第一人？”李本自以为懂得他的意思。

不料，谈相愁眉苦脸地说：“汝立先生莫要取笑，实不相瞒，我已经有三个晚上不能入睡。”

“就为我朝有无先例？”李本觉得难以理解。

谈相默认。又说：“也因为想不通，皇上为什么加恩于我。汝立先生，你若晓得内情，还望赐告。”

“圣诞加恩，皇上直接下于吏部，并不咨询于内阁，我怎么会晓得？”李本道，“拿我来说，以少詹事兼翰林学士入阁，而无殿、阁大学士之衔。我值阁一年半之后，才忽升礼部右侍郎。谈先生想想，我朝建内阁以来，至少近四五十年以来，可有先例？若要问为什么，是不是首先我该找人问个为什么？”

“汝立先生为何不问？”谈相问。

“有此必要吗？”李本不屑一答。

“是，是，汝立先生无此必要，我可不同。不问个为什么，我愁也要愁死。”谈相可怜巴巴地说。

李本有些同情，说："皇上的心思，若有人略知一二，那就是介翁。谈先生一定要知其所以，何不去找找介翁？"

找严嵩，就不像找李本、夏邦谟等，需要碰机会。谈相好不容易碰到个机会，去西苑写字，顺便去值庐拜见严嵩。

"介翁，忙吗？"他略显卑微地问。

"还好，有事吗？"怪得很，严嵩总是记不住他的姓名；此次同受皇恩，好不容易对这个名不见经传的中书有点儿印象，转眼又忘他姓什么。

"没事，没事，"谈相知道机会稍纵即逝，立刻说明他的来意，"有一事，晚生把握不定，特来求教于介翁。"

正赶上严嵩空闲，道："好，你说。"

谈相开宗明义地说："介翁请辞上柱国，天下人闻之，无不感佩介翁深明大义。晚生亦欲辞官，介翁看可使得？"

"你欲作甚？"严嵩以为自己听错。

"亦欲辞官。"谈相发现这四个字有语病，补充，"晚生欲辞恩官。"

"原来你也深明大义。"严嵩的话比李本刻薄得多。

"不敢，"谈相惶恐不安地说，"介翁辞的是上柱国，乃天；晚生欲辞的不过一侍郎，乃地。二者岂可并论！"

"不过一侍郎，你的口气倒也不小。"严嵩冷笑道。

"不敢。晚生所谓不过，乃不过而已，"越想解释，越解释不清，谈相干脆挑明了说，"介翁，我不是看不上这个工部侍郎，也不是为重国家名器，我实是不懂皇上为何要加恩于我，居其位而不安。"

"那么，你是想问我皇上为何加恩于你？"严嵩猜到他的来意。

"是，是，请介翁赐告。"谈相连连作揖。

"你以为我该知道？"严嵩又是一声冷笑，"皇上为何命张文邦、李汝立值阁，我也该知道；为何命夏舜俞改掌吏部，我也该知道；今次为何加我上柱国，加徐子升太子少保，我也该知道；此等事我皆不知，为什么皇上加恩于你，我就该知道？张文邦、李汝立值阁，夏舜俞改吏部，徐子升加太子少保，何等大事，他等都不来问我；你不过升侍郎而已，有什么好问的！"

"是，是，晚生多此一举。"谈相惊出一身汗来，忙不迭地请罪。

第四百二十七章

兵部职方郎中王尚学急得不顾规矩，在丁汝夔面前走来走去。

“敏叔，有话坐下慢慢议。”丁汝夔劝道。

王尚学字敏叔，广西马平人，嘉靖十七年进士。他人很精干，脾气也急。本该大司马着急的事，丁汝夔未急，他先急起来。

“还有什么好议的！仇爵爷给俺答让出一条通路，才有宣府危情；他又以宣府危情，移师居庸。朝廷该当追究他的责任！”他气愤地说。

“这话不能说没有道理，但仇爵爷的责任也不是一句话就可以追究的。”丁汝夔委婉地说，“敏叔记得，圣诞那日，圣上除降旨加恩于张爵爷、严介翁外，还降有一旨吧？”

“大章先生指的是圣上命仇爵爷总领宣、大各路客兵，而以宣府赵镇帅佐之？”王尚学问。

赵镇帅指的是宣府总兵官赵国忠。

“不错。”丁汝夔道。

“可那时俺答部已越过大同，驻于大兴州，而仇爵爷也已兵至怀来。”王尚学认为这正好和他的推论相符。

丁汝夔却觉得，这和他要阐述的道理相符：“我正要说到这一点。仇爵爷给俺答让出一条通路，只是敏叔的揣测；敏叔如此揣测，也不过听到仇爵爷以重金贿赂俺答，令他舍大同而东的传言，并拿不出确实的证据。敏叔不妨想一想：仇爵爷赂俺答令去，无非是惧之，不敢与战。俺答已去，他为何又尾随而来？尾随而来，无非是邀战。这于情于理都说不过去，因而我宁信其无。然后还要问：仇爵爷挥师东来，有什么错吗？请避守居庸，有什么错吗？以大同总兵而论，他未奉旨而离开大同，当然有错；以总领宣、大之兵而言，他随虏求战，却没什么错。大兴州距古北口一百七十里，直迫京北，扼守居庸，更没什么错。况仇爵爷奏言：虏骑日东，将窥蓟镇，谨以便宜应援，或随贼搏战，或往趋通州，防守京师，唯上所命。这更是无可指责。大敌当前，切忌阋墙之争。敏叔，你是职方，我们还是议一议京师的战防吧。”

“是。”王尚学不情愿地应道。他并没被说服，但虏骑近在咫尺，而仇鸾握有一支大军，他也知道，现在绝不是追究仇鸾有否通敌的时候。他身任职方郎中，议征战正是他的本分。

“俺答越过大同，又越过宣府，定要扰我京师，”这一点，丁汝夔看得很清楚，他问，“敏叔，你看当如何应对。”

王尚学其实第一想的是如何应对，第二才想的是追究仇鸾责任。不然，他就是合格的科、道官，而不是合格的兵部属官。

“无非三策。”他说。

“说开听听。”丁汝夔命道。

王尚学说：“京营邀截于前，宣、大援军追击于后，阻敌于古北口外；不成，则阻敌于居庸关外。此为上策。与虏骑决战于京师城下，此为中策。避守京师，不与之战，此为下策。”

“敏叔是主出兵迎敌。”丁汝夔道。

“是，”王尚学应道，“虏骑进一步，京师危一步，局面难收拾一步。京营愈早出击，愈为有利。大章先生请早下决心，早请敕旨，免得误国误己。我说句不中听的话：前者仇爵爷偾事，尚可不追究；京师若有不测，首当其冲要追究大司马的责任。”

丁汝夔在堂上踱来踱去。方才王尚学的脚步声又急又重，现在他的脚步声又缓又轻；但他内心的焦虑和急切，丝毫不亚于王尚学。

事体重大，他终于还是无法下决心。

“敏叔，容我再斟酌。”他说。

丁汝夔不是自己斟酌，他要与执政者斟酌，或者说，要让执政者来决断。这两年来，严嵩对吏部的事过问的不少，对礼部的事过问的不少，对刑部的事过问的不少，该让他来过问过问兵部的事。

丁汝夔到西苑值庐时，只有严嵩一人。他就是要找这样一个机会与严嵩密议，以便议得更深入，更透彻。

听他讲述过王尚学的上、中、下三策，严嵩说：“大章先生，我倒是觉得，王敏叔的下策更为可行。”

“介翁是说，宜避守？”丁汝夔问。

“然也。”严嵩似乎已有成算。

“虏骑耀武城下也不妨吗？”丁汝夔怕的是兵临城下，对满城军民刺激太大，对满朝文武刺激太大，尤其对皇帝刺激太大。

“若能阻止虏骑耀武城下，自然很好。但以京营出外迎击，大章先生有必胜的把握吗？”严嵩问。

“无。”丁汝夔实话实说。

“以京营与虏决战于城下，大章先生有必胜的把握吗？”严嵩又问。

“亦无。”丁汝夔还是不敢说大话。

“所以我说，避守更为可行，”严嵩道，“我试为大章先生言之。以京营之力，守城尚可，迎敌则难。敏叔道迎敌于密云古北口外，若敌自怀柔慕田峪窜入又如何？敏叔道迎敌于居庸关外，若敌自永宁四海冶窜入又如何？北边辽阔，京营有限，迎击于外，敌疲我更疲。大章先生无必胜把握，正在于此。虏众原分而掠各边，我以各边之力迎其一部，尚足以自保；今虏众若合而犯京师，我以京营迎其全部，势难支撑。故决战于城下，大章先生亦无必胜把握。这是就我而言，宜于避守。虏心在于掠物掳人，饱掠则去。在陕西如是，在山西如是，在大同如是，今在京畿，亦不外此。虏尽得宝物、妇人，或无心恋战，或相互争夺。我出而掩杀，亦可建功；重振边防，亦可从容。这是就虏而言，宜于避守。”

丁汝夔仍在犹豫。两个无必胜把握，与他的看法相合；但无必胜把握，也不是说必败。而纵虏在京畿地区饱掠，特别是在京城之下饱掠，非同儿戏。一旦京畿百姓知道，京城百姓知道，放不过自己；科、道知道，放不过自己；皇上知道，放不过自己。除非严嵩肯担干系，而这个除非，却是不能明言的。

严嵩又说：“还有一事，最为要紧：皇上喜静不喜动。皇上搬去西苑八九年，为的什么？还不是求静。曾子重被杀，朱子纯自裁，为的什么？还不是滋事？大章先生，皇上若因京畿被掠，怪罪下来，还有解方；皇上若因好战滋事，怪罪下来，我亦无能为力。”

言外之意，丁汝夔从其言，则有救；不从其言，他将撒手不管。

“尚赖介翁主持。”丁汝夔道。

他拿定主意：不轻言战，不轻使战。他祷祝：最好虏骑在古北口外饱掠而去；不然，在居庸关外饱掠而去；即便饱掠至京城下，也要抱定避守城池的宗旨。

第四百二十八章

京畿以居庸关为界设二巡抚。宣府巡抚辖地与山西唇齿相依，顺天巡抚辖地与辽东声气相通。顺天巡抚以顺天府的蓟州为中心，驻于遵化。

京北告急，顺天巡抚王汝孝从遵化移驻蓟州，和镇守蓟州总兵官罗希韩、镇守昌平州副总兵官卢越计议防守事宜。蓟镇蒙兵，这不是头一遭，但以前多受东虏侵扰，或小股套虏侵扰；大部套虏，并有东虏配合，铺天盖地而来，还没有遭遇过。

“古北口是京师以北第一要冲，虏军若越过古北口，以下关隘则没有越不过的，”王汝孝说着，叮嘱道，“卢将军，古北口切不可有失。”

古北口在密云县，密云县属昌平州，所以他越过有全面防守之责的罗希韩，而叮嘱有直接防守之责的卢越。

“古北口易守难攻，立关以来，还不曾被攻破。绍甫先生若不放心，我亲去督阵。”卢越说。

王汝孝字绍甫，山东东平人，嘉靖五年进士。

“你须得亲去督阵；不但你要去，我也要亲去。”他说。

王汝孝离开遵化时就想好，古北口非得自己亲自去督守不可，所以在蓟州停留，为的是对罗希韩有所交代。

“罗将军，”他转向罗希韩说，“虏军在东，蓟州诚为第一要镇；虏军在北，蓟州已不是最要紧的。我和卢将军去古北口，请你一面指挥全镇，一面代卢将军坐镇昌平。如何？”

“就依都堂调遣。”罗希韩说。

“有罗将军承诺，我才能放心前往古北口，”王汝孝说着，招呼卢越，“卢将军，我们上路吧。”

“绍甫先生到蓟州，总要吃顿便饭再去。”罗希韩挽留道。

王汝孝说：“军情紧迫，不能依常情行事，我和卢将军去路上吃吧。卢将军，我们取小路去密云，你不必回昌平安顿。”

古北口墩堡大有一夫当关、万夫莫开之势，设一卫而守，足以抵挡千军万马。王汝孝、卢越夜里赶到古北口，随即登上墩堡，观察边墙以外的形势。墙外稍远处隐约可见一支一支的虏军，一堆一堆的火焰；稍近处却静得出奇，并无喊杀声连天的场面。

“敌军攻城否？”王汝孝问守城指挥。

“午后小攻两次，未得手，又退回去。”守城指挥说。

“何谓小攻？”王汝孝问。

“一次百余人，一次二三百人。”守城指挥说。

墙外虏军一重一重，数不清到底有多少，说三五万人也可，说十数万人也可。以二三百人攻打城堡，诚为小试。

“若虏以十倍之人攻打，你抵挡得住吗？”王汝孝问。

“不碍，他攻一处，我有守一处的法子；他攻多处，我有守多处的法子。两三千人是攻不下来的。”守城指挥说。

“若增至两三万人呢？”王汝孝问。

守城指挥不由发笑。他问：“两三万人至城下，如何攻法？”

可不是，数万人蜂拥而上，连落脚的地方也没有，不等攻城，自己先乱成一团。王汝孝见墩堡的险峻，听守城者的话语，心情稍定。

“下半夜，虏众困乏，要不要出去扰之？”守城指挥提议。

“不可，”王汝孝否决，“你等但于城上拒敌，待他无隙可乘，自会退去；千万不可心存侥幸，贸然出战，反而让他钻空子。今夜以少数官军监视，大部官军歇息，迎候攻城之敌。”

“是。”守城指挥应道。

王汝孝又叮嘱：“我和卢将军在城下，有事及早禀报，请令而行。”

“知道。”守城指挥送都堂、镇帅下城楼。

第四百二十九章

王汝孝、卢越一夜没阖眼，俺答等一夜也没阖眼。营帐里，俺答、阿不孩等大酋及肖芹、王臣等谋主，还有做向导引领大军直至古北口的赵小挨，聚在一起议事。

“大家说说，明日要不要大攻？”俺答没什么开场白，径直问道。

“古北口的正面，城池高大；侧面，沟堑深峻。以几百人攻打，我看一两个月也无法攻破，不大攻又怎的！”阿不孩指挥几百人攻城，毫无进展，心里甚是窝火。

“肖军师，王军师，你们看呢？”俺答问。

王臣原是大同卫的一名指挥，与上官结仇，避入套中，多少懂得一些军事。他知道，以古北口之险峻，强攻不是办法。

“大攻未必奏效。”他说。

“那你说，有什么奏效的法子？”阿不孩问。

“最好穿越其他关隘。”王臣说。

俺答也看出，强攻古北口没有胜算，弊多利少。如果西边宣、大应援的官军，东边蓟州、辽东应援的官军汇聚，仍不能攻下古北口，就太被动。可不攻打古北口，又从哪里穿越呢？

肖芹看出他的为难，问赵小挨：“你不是把通往北京的路径都探寻清楚吗？你倒是说说，不攻古北口，还有没有其他路径？”

“条条大路通京师，怎会没有！”赵小挨的回答不着边际。

“你这话等于没有说！”阿不孩斥道，“大军已到古北口，难道还退回去穿越雁门关、紫荆关不成？”

“穿越雁门关、紫荆关是你说的，我可没说。”赵小挨说着，瞥他一眼，“黄台吉汗杀张镇帅、林镇帅，为我报四十军棍之仇。别的路径有，黄台吉汗愿建立奇功，我说；他不愿建立奇功，我才不说。”

赵小挨又粗鲁，又憨直，他这样说，俺答等一时奈何他不得。

“得立奇功，有什么不愿意的！”黄台吉说。

“好，既如此，我说，”赵小挨说着，手往东面一指，“古北口过不去，可从黄松峪穿越过去。”

这个地方众人都没去过，可都听说过。

“黄松峪不是在平谷吗？”王臣问。

“谁说不是！”赵小挨道，“你以为两地分在两县，两县分属两州，相距一定很远？你错！黄松峪其实正在密云、平谷交界处。由此行去，也不过百里路程。”

“王军师，你看呢？”俺答问王臣。

“既相距不远，倒不妨试一试。”王臣说。

“小挨，黄松峪险不险？”俺答问赵小挨。

“险得很。”赵小挨答道。

“黄松峪有无官军把守？”俺答又问。

“有一个守御千户所，”赵小挨回答，众人才想，一个守御千户所比一个卫的兵力小得多，他又说，“其西北有营州中屯卫。”

那不和古北口防守的官军是一样的！

“小挨，黄松峪地势又险，又有官军把守，你为什么说，古北口过不去，可从黄松峪穿越过去？”俺答问。

赵小挨说：“黄松峪和营州中屯卫之间，有一条小径，黄松峪守御千户所以为，该营州中屯卫派兵巡查把守；营州中屯卫以为，该黄松峪守御千户所派兵巡查把守。结果谁也不派兵巡查把守。我来京办事的时候，曾绕道密云、平谷，走过那条小径，走半日，除去一两个猎户、樵夫，没有碰到一个人，更不要说巡查把守的官军。”

“王军师，你看呢？”俺答又问王臣。

“相距不远，不妨试一试。”王臣还是那句话。

“那便移师黄松峪？”俺答准备做决定。

“全师移去不成，只可出一支奇兵，”王臣说，“此去不是斩将夺隘，而是偷袭，大军移动，反而要误事。”

“不错，”俺答点点头，又问肖芹，“肖军师，你看呢？”

“王兄所言甚是，小径即便得以穿越，大军也无法穿越，”肖芹说，“我看，可以一支奇兵移袭黄松峪，大军仍留在古北口，每日攻打不止，让官军料不到我有他图。黄松峪那边得手，可从背后突袭古北口，守军必溃，那时，我大军可抢入。”

“不是移袭黄松峪，是取黄松峪小径。”赵小挨更正。

“小挨说的是。”肖芹无心与他争辩。

“好，就依两位军师之言。”俺答道，并部署，“阿不孩兄弟，攻打古北口，还由你来担当。一次或一二百人，或三五百人，虚张声势即可，不必认真攻打。黄台吉，移袭黄松峪，小挨是看你的面子献计的，你可率部前去。我着肖芹和小挨随你同行。”

“孩儿愿辛苦这一趟。”黄台吉道。

“大汗，是取黄松峪小径，不是移袭黄松峪，”赵小挨仍不忘更正，又说，“换别人，我是不会做向导的；黄台吉汗愿去，我理当效力。”

两三天来，虏骑与其说在攻隘，不如说在戏耍，每呼唤一阵，等城隘上官军箭一搭弦，随即退去。一两个时辰后再重复一次。

原以为骁勇难敌的俺答部众也不过如此。守隘官军一次比一次懈怠，一日比一日懈怠。王汝孝也在思量，是不是该和卢越一起回昌平，好让罗希韩回去料理蓟州那边的军务。

万万没想到，第三日午后，背后忽有一支虏军杀出，正面的虏军这才摆好阵势，有板有眼地发起攻击。在腹背受敌的形势下，守古北口官军很快溃败，王汝孝、卢越率亲随数人，夺路逃向昌平。

第四百三十章

徐阶从西苑值庐出来，与从无逸殿出来的陆炳不期而遇。二人相互问候致意，一起向外走去。

“督帅才见过皇上？”徐阶问。

“是，皇上向我询问城里城外居民的情形。”陆炳道。

“皇上心情如何？”徐阶问。

陆炳叹口气：“既忧且怒，那还用得着说吗！”

徐阶也叹口气：“君忧臣辱，时局动荡如此，我们当臣子的还有什么颜面立于朝廷之上？”又问，“皇上既向督帅问起城里城外居民的情形，督帅可想到一个安置他等的办法？”

“安置他等？”陆炳摇头苦笑，“子升先生又不是不知道，我只懂得刑讯，难道我可以把城厢流窜入城的居民都安置在锦衣卫狱里吗？”

“不可，不可！”徐阶连连摆手，“督帅要是只有这一个地方可以安置他等，还是不必费心去想吧。”

“这原本该博学如子升先生者费心去想的，”陆炳说着，揖道，“子升先生如果想到什么处置的办法，还请赐告。”

“不瞒督帅，这件事我还真的费心想过，而且似有所得，而且告诉督帅亦不妨。不过，”徐阶把话一转，说，“也请督帅赐告一事。”

“何事？”陆炳问。

“自然是督帅心里有数、且告诉我不妨的事。”徐阶道。

陆炳相信徐阶不会让他太为难，道：“好吧，我应允子升先生。”

“其实，无论督帅应允不应允，我都要说的，因为这件事处置起来，须得仰赖督帅大力。”徐阶说着，叙述他的想法产生的经过，“我从家里去礼部衙门，从礼部衙门来西内，到处可见避难至城里的郊民。初时我甚是惊讶，继而又想：四乡之民不下数十万，他们听到虏贼将至的消息，不避到城里来，又避到哪里去？现在许多偏僻的乡里还没听到消息，过一两日，他们也将听到消息，城里的人会更多。”

“不避到城里来，又避到哪里去？子升先生，你这话说得太轻松。”陆炳似乎在指责他：不当家，不知柴米贵。

“这是实话，”徐阶道，“虏贼为刀，城外为俎，他等为肉。虏贼挥刀而来，他等不避入城里，难道甘心被人宰割？”

“好，好，他等皆为赤子，不可任人宰割，”陆炳说，“可数十万人避入城里，子升先生，城里吃得消吗？”

“吃不消的还在后面呢，”徐阶道，“数十万人拥入城里，若不加以安置，他等或哄抢，或仇杀，京师牢狱虽多虽大，怕也要人满为患。”

“说的是，说的是，”二人担忧到一起，陆炳揖道，“子升先生说这许多，也该说说安置的办法了吧？”

徐阶这才说：“我的意思，可由锦衣卫会同兵部及五城御史，于全城张榜：凡避入城里之乡民，有亲识者，各就亲识家居住；无亲识者，酌量分派城里各户居住。饮食等费用，有无互通，待事宁之日算还。这是其一。严为禁戢，不许争抢。避入城里的乡民，皆为求生，与之生路，禁以非法，则无敢犯者。这是其二。城里城外之民，有壮健知武艺者，即行收募为兵，以充行伍。使勇者为国家效力，避免其私斗。这是其三。”

“我原在想，安置难民，为何要锦衣卫与兵部张榜？听子升先生所言第三事，我总算明白。”陆炳插话。

“督帅看，这三事可否付诸实施？”徐阶问。

陆炳不住点头：“这三事皆付诸实施，则落难之百姓得生路，临危之京城可整肃，可谓好极。不过，凡此三事，皆须请旨奉行，还望子升先生尽早上疏奏请。”

“督帅道可行，我才敢上疏。”徐阶说。

“其实，我道不可行，子升先生也要上疏。是不是？”陆炳问。

徐阶笑笑，说：“终不如督帅道可行，皆大欢喜。”

“好！子升先生解除我心头一块大病，该我投桃报李，”陆炳说着，问道，“子升先生也有什么心头大病要我解除吗？”

“非我心头大病，但愿能解除大章先生心头大病，”徐阶道，并问，“戴纶、李珍、麻隆、曹镇、欧阳安五人，还在诏狱吗？”

他问的，都是先年因边镇失事而被下狱的武臣。

“曾押在诏狱，现在都转押刑部狱。”陆炳说。

“多谢相告。”徐阶揖道。

他的问题过于简单，使陆炳大感意外：“子升先生就问这事？”

“是啊，”徐阶道，“我想请皇上起用罪将，把刑部狱里的罪将说成诏狱里的罪将，皇上岂不要怪罪我？”

“子升先生怎么议起用将的事？莫非要改任兵部？”陆炳愈感意外。

“督帅想到哪里去！礼、兵本来相辅相成，礼部堂官就不能议一议军事？”徐阶的想法其实很简单，他说，“今日之事，兵将为急。京师之兵，素不习战；而诸勋贵虽号为将领，实不知兵。以不知兵之将，统领不习战之兵，何益缓急！戴纶等屡任事边陲，颇著谋勇，皆可用之材，可查照张达事例，释而用之。各与他等兵万人，或数千人，令以己意操练，居则自守一方，出则自当一面。他等承蒙圣恩，必肯出力。督帅，你看这个想法可取吗？”

“甚是可取，我若想得出，也会奏请。”陆炳说。

徐阶当日上疏，就御虏事宜，拟数事：一是安插避入城里的乡民，一是起用获罪将领，一是召仇鸾入卫，给他一个兼督城外诸营的名义，一是对大同援军厚加奖赏。

第四百三十一章

八月十六日，兵部尚书丁汝夔、掌院都御史胡松奉召见驾，和在西苑当值的严嵩、李本、徐阶一起向无逸殿走去。张治因病重告假。

路上，丁汝夔找个机会，悄声问严嵩："介翁，前议仍不变吗？"

"前议？"严嵩想了想，才明白对方问的是战守之议。他点点头，说："我仍以为，以避守为上。大章先生想法变否？"

"是，是。"丁汝夔应着，也不知璧守为上是，或想法有所改变是。

皇帝不等众臣行礼毕，开门见山地问："俺答到哪里？"

因未点名，须得严嵩答话。他说："据兵部报，到通县。"

"大司马不是在吗？让他说！"皇帝道，这时的"大司马"三字，听起来特别刺耳，"俺答是已到通县，还是已过通县？"

"是已到通县，"丁汝夔奏道，"虏军在通县以东，因白河水急，不得渡，驻于营河东岸孤山一带，扰我密云、怀柔、三河、昌平等州、县。"

"是扰朕密云、怀柔、三河、昌平等州、县，非扰你密云、怀柔、三河、昌平等州、县，你哪里还把这些州、县放在心上！"皇帝说。

这话太重，丁汝夔跪拜请罪："臣处置调度无方，请陛下赐罪。"

"起来说话吧，"皇帝命道。"幸得有条白河，为朕挡一挡虏贼。"又问，"通县附近可有官军？"

"大同总兵仇鸾现驻居庸关，蓟州有山东、河南客兵，皆可急调御敌，"丁汝夔说。

"召仇卿开赴通州吧，"皇帝说，又转对徐阶说，"徐卿之议甚是及时。前者命仇鸾总领宣、大兵，今日再命他兼督城外诸营。你所议其他各事，朕也一律照准。"

"陛下明断。"徐阶道。

"卿等看，俺答渡过白河，仇卿挡得住他吗？"皇帝问众臣。

没人敢说泄气的话，也没人敢说壮胆的话。

"朕看，他是挡不住的；故已命兵部议京城防守。"皇帝道。

“陛下圣明。”众臣齐声称颂。

“兵部是如何议的，丁卿说吧。”皇帝命道。

“是，”丁汝夔应一声，述道，“臣等议得，内外提调营务：成国公朱希忠、遂安伯陈鏸、署都督佥事郭琮、闲住署都督佥事元聚、兵部右侍郎谢兰。分守各门：正阳门英国公张溶、吏部右侍郎李默；崇文门襄城伯李应臣、户部左侍郎骆颙；朝阳门抚宁侯朱岳、右通政张濂；东直门东宁伯焦栋、太仆寺卿詹舜臣；安定门丰润伯曹松、大理寺右寺丞王达；德胜门定国公徐延德、都察院左副都御史梁尚德；西直门安乡伯张冲、大理寺右少卿倪嵩；阜成门宣城伯卫錞、大理寺左寺丞陶谟；宣武门靖远伯王谨、礼部右侍郎程文德。皇城四门：礼部左侍郎王用宾、锦衣卫都督陆炳、给事中张勉学、御史魏谦吉充监视官。”

守城兼用文武，这是惯例，没什么好议的；选用之人是五军都督府和朝廷三品以上衙门推举出来的，也没什么好议的。丁汝夔当着皇帝和值庐大臣的面报出姓名，皇帝不驳回，就等于请准旨。

皇帝没驳回，但问：“兵部还议些什么？”

“臣等条陈八事，乞请圣裁。”丁汝夔道。

“好，就当着众卿说吧。”皇帝命道。

丁汝夔当众把写好的条陈复述一遍：“一、九门各增指挥四员，军兵五百名；皇城四门各增指挥一员，校尉五百名。命张溶等分督之。二、城外列正兵营四：东北于果树坝，西北于北海店，东南于十里河，西南于彰义门；列奇兵于正阳等九门。近郊正兵营每营坐营官一员，协理官二员，统马步官军一万名；奇兵每营各参将一员，统马步官军六千名。正兵取于团营内四勇字营，奇兵取于两官厅未出征四支官军，及显武等营，使都督佥事高秉元等三十人领之。朱希忠、陈鏸等往来阅视。三、城外关厢居民稠密，猝有警报，遽难敛避，宜令巡捕、参将等官于临郊街口筑墙治壕，结立栅门，门内伏勇敢善射者各数十，严阵以待。密云、良乡、昌平等处乡村无墙堡可恃者，移顺天府，速行清野之令。分遣在京堂上官二员，兼以宪职，经略通州、涿州。通州储蓄所在，尤当固守，请急调霸州、密云二道兵援之。四、檄保定副、参等官趋通州，辽东参将趋顺义，山西游击趋良乡，宣府副总兵趋昌平，大同总兵趋巩华城，各听调截杀。各闲住将官及舍余丁壮有愿立功者，令诸臣多方召集，给以器械行粮，有功之日，一体重赏。”

“不必说下去！”皇帝打断他，“虏贼当前，日机万变。你等才议大同总兵趋巩华，朕已命他赴通州；你等才议闲住将官及丁壮舍余，朕已批下徐卿之疏。余事兵部可依拟而行。”

“臣遵旨。”丁汝夔虽应一句，但还有一事，是要问个明白的，“臣等议得：传闻奸人欲潜入京城，纵焚各场积刍。宜宣布京师戒严，以阻奸人之谋，请陛下降以明敕。”

皇帝说：“虏贼已迫通州，欲京师不戒严，亦不可得。但先自关闭九门，乃自困耳。可令九门依时启闭，守门官军对出入者，严加盘问。四乡之民避入城里者，仍不许禁止。”

“臣遵旨。”丁汝夔退回原位。

无论附带些什么话，皇帝准许宣布京师戒严，使他如释重负。

“卿等尚有何议？”皇帝问。

依照常例，该严嵩先出班奏事。但他实在没什么可议之事，于是站于原处不动。他无奏议，李本也不开口说话。

徐阶等等，见前面没有动静，出列言道：“臣有事奏。”

“说吧。”皇帝命道。

徐阶奏道：“非常之时，皇上居于西苑，多有不便，请暂还大内。军机贵密，一切事宜宜召诸臣面议，臣下有不便章疏而请面对者，皇上宜御文华殿，亲赐裁决。臣亦请暂出值庐，与锦衣卫都督陆炳，领户、兵、工部，巡视九门。”

“知道了。”皇帝对他的奏请不驳回，也不立即采纳。

第四百三十二章

户部尚书李士翱召集本部属官，商议犒军事宜。徐阶奏御虏事宜，兵部条陈御虏事宜，都有犒劳援军一款；而落实此事，却着落在户部。潘潢、及宦运气好，在事变前，一个调去南京，一个致仕，于是，刑部尚书李士翱改户部，户部右侍郎骆颙改左侍郎，现在骆颙奉旨守崇文门，户部事务只有李士翱一人主持。

“希稷，你去一趟良乡，向允亨先生道乏吧。”他分派道。

卢岐嶷字希稷，福建长泰人，嘉靖二十三年进士，官户部主事。

李士翱提到的允亨先生，即保定巡抚杨守谦。他是徐州人，嘉靖八年进士。顺天巡抚之外，保定是距京师最近的一处巡抚，所以，杨守谦的勤王兵最早赶到京师附近。

“好，我去良乡。”卢岐嶷应道。

下面去的地方要冒风险，李士翱不再点派。

“密云援军，哪位愿代朝廷去犒劳？”他问。

无人出声。而今京师至密云的道路阻绝，不知走到哪里，就会与虏军相遇。带着羊、酒、银币的赏物，就像是钓鱼的虫饵，自己也成一条虫饵。就算侥幸到得密云，也不知援军驻扎在何处，该把赏物送去哪里。每个人都要想想：这趟差事办不办得成，如何去办？

户部是朝廷最大的衙门，郎中以下至主事，约有百员。这么多人保持沉默，真令人不寒而栗。

“密云援军，哪位愿代朝廷去犒劳？”李士翱又问一遍。

还是无人出声；而且，当李士翱的目光扫向哪处时，立于哪处的官员就低下头去，脸色顿变。

李士翱愤懑地说：“我官位高，俸禄厚，危局险境，我不赴，谁肯赴之！好，密云这趟差事，留给我吧。”

“如翰先生，休得出言伤人！”属官中一人大叫。

众人看过去，原来是主事刘应节。

李士翱字如翰，山东长山人，嘉靖二年进士。

“子和，你愿接这趟差事？”他惊喜地问。

刘应节字子和，山东潍县人，嘉靖二十六年进士。李士翱因为有他这样敢于任事的小同乡，不由眉为之飞，色为之舞。

“虎贲儿郎在城外拼命，若是知道朝中竟无敢出外犒而劳之的主事，岂不让他们寒心！”刘应节道。

“多谢子和老弟！”李士和起身揖道，堂堂户部尚书而揖属下，绝非常礼，“密云之行，就偏劳你。”

“且慢！”群僚中又有一人叫道，却是老资格的主事刘光济。

“宪谦，你有什么话说？”李士翱问。

刘光济字宪谦，常州江阴人，嘉靖二十三年进士。

“如翰先生方才有官位高，俸禄厚之言，我虽官位不高，俸禄不厚，但比子和多食三年俸禄。密云犒军，当我任之。”他说。

“宪谦先生，这差事是我先应的。”刘应节说。

“你先应的，我就不能抢过来吗？”刘光济道。

形势突变，方才无一人应，现在却有二人抢。

李士翱说：“宪谦，子和先应密云的差事；还有怀柔犒军的差事，同样是危局险境，你愿去否？”

“密云有古北口，怀柔也有吗？密云下官去定！”刘光济说着，将他一军，“如翰先生，朝廷大事，你不可只顾乡情。”

“子和，要不你去怀柔？”李士翱又要说服刘应节。

“如翰先生，你让我去密云，真为乡情吗？”刘应节也将他一军。

李士翱为难地说：“二位既然争先恐后，只好来抓阄。”

抽签结果，仍是刘应节去密云，刘光济则去怀柔，二人均无话说。

犒劳这两处援军的人选定下，其他地方就好定，很快分派就绪。

夜半时分，刘应节一身戎服，一匹良马，虽文士，亦显出飒爽风姿。他押解数车犒军的银两和物品出东直门，守城的军校放出他等，正要关闭城门时，他又返转回来。

“刘大人有事，请吩咐。”守城军校说。

“宪谦先生可曾出城？”刘应节问。

“刘大人问的可是户部另一位刘大人？”守城军校反问。

“正是他。”刘应节道。

“前一刻，他已押解犒军物品出城。”守城军校说。

刘应节叹道：“我为安顿老母回乡事宜，竟让宪谦先生抢在前面！”又问，“宪谦先生是怎样的装束？”

“那一位刘大人头戴黄色巾帕，上身着黄色马甲，腿上绑有黄色护膝，不像犒军的钦使，倒像押镖的武师。”守城军校的描述具体且生动。

“可有随行？”刘应节问。

“有十余疲老军卒。”守城军校说。

刘应节笑道：“宪谦先生，我虽晚你一步，但我一人押解车辆而行，勇气却不曾输于你！”

说着，一策马，追上前去。

一大清早，卢岐嶷犒军至良乡，杨守谦集合大军，卢岐嶷当众宣示朝廷慰问嘉勉之意，官兵齐呼万岁。随后，杨守谦和保定副总兵朱楫、参将祝福、冯登等，陪同卢岐嶷进入营帐。

“允亨先生，士气高涨得很呀。”卢岐嶷兴奋地说。

“护卫京师，谁不引为荣耀！况且希稷又是代表朝廷来慰军的，总要让你看着像个样子。”杨守谦道，又说，“希稷为什么早不来，晚不来，偏偏这个时辰来？”

“怎么，我来的时辰不对？”犒军奉旨而行，还管什么时辰？卢岐嶷听了杨守谦的话，不由愣住。

杨守谦告诉他：“我才接兵部文移，命我率部驻东直门外。希稷若早些来，我可留你多坐一坐；希稷若迟些来，就用不着走这一段路。”

“那好，我随允亨先生大军一同回城。”卢岐嶷说。

走在路上，杨守谦问起城里的情形。

“据闻，皇上盛怒。”卢岐嶷说。

“为所何事？”杨守谦不安地问。

卢岐嶷说：“俺答前锋已至安定门、德胜门外，大掠关厢。而总兵高秉元，都指挥柏昂、徐镛等皆按兵不动。”说到这里，他激励道，“允亨先生所部士气正盛，在东直门外驻扎后，可寻敌一战。”

“希稷，你只看到保定军士气之盛，却不知保定军尚未与大敌相遇，这士气是算不得数的。我若轻出，为虏军所袭，后果不堪设想。”杨守谦显然是不接受他的提议。

卢岐嶷有些失望，但还是说：“即便大营不可轻动，以偏师击其游骑，只要有所斩获，亦可挫其锐气。”

“再说吧。”杨守谦道。

他没说出口的是：兵部调他驻守东直门时曾向他交代，须以守城为主。不主动出战，他没责任；城守不住，则唯他是问。

卢岐嶷见他并无斗志，更加失望，出城犒军的兴奋心情，见到保定官军情绪高涨时的兴奋心情，刹那间消失殆尽。

第四百三十三章

先是德胜门、安定门外出现虏军游骑，北面的两座城门关闭。接着东直门、朝阳门外出现虏军游骑，东面的两座城门也关闭。凌晨时分，朝阳门城门上瞭望的指挥见一小队虏骑由远而近，为首一骑好像拥着一个大包袱。接近城门时，他把大包袱掷下，一挥手，众骑扬长而去。被掷下的大包袱开始蠕动，然后站立起来，原来是个双臂被捆绑的人。该指挥忙向抚宁侯朱岳、右通政张濂通报。二人登上城楼时，那人已挪至城门下，正与守城军士对话。

“是御马监通州湖渠马房的杨公公。”一军士禀报。

“有人识他？”朱岳问。

“他经常来往于京城与马房之间，每次都是经朝阳门出入，许多人识他。”该军士说。

朱岳点点头，向城外问话：“是杨公公吗？”

“我是杨增，快接我进去。”城下的人喊道。

朱岳、张濂四下张望，附近并无虏骑，估计城门开一道缝，不会惹出大乱子。他们相互示意，差人去把杨公公接进城。

“杨公公，怎么回事？”朱岳问。

杨增不答，两眼下垂，看着捆绑自己的绳索。

朱岳会意，命左右：“快给杨公公松绑。”

杨增被捆绑得久，身体已经麻木，松绑后，才觉出双臂疼痛。他用力活动几下，给朱岳、张濂各作一揖。

“多谢，请借我一匹马，我要立即去西苑，有要事启奏。”他说。

朱岳、张濂看他的样子，不像虚张声势，不便再多问。但他是被虏骑掷下的，也不能让他这样就走。朱岳说：“好，我差人送公公去。”

湖渠太监带回来的，是俺答请贡求款的文书，是用汉文写的。虽曰请贡求款，措辞却很傲慢，称：朝廷若不准，以后每年一次，陈兵京师以请。皇帝又是惊惧又是恼怒，命内臣将文书送给在西苑值房的严嵩、李本、徐阶传阅，并命三人立即赴无逸殿议事。

三人到时，皇帝在殿内踱来踱去，情绪仍未平静下来。他的脚步一向是比较轻盈的，此刻却分外的沉重。往日，都是皇帝安坐在御座上，等待被宣召的大臣们参见；这一次，严嵩等已在他们的位置上站定，皇帝才从他们身边越过，一步一步向御座走过去。沉重的脚步声，震得几位大臣心头乱颤。

皇帝坐下后，两眼扫去，从严嵩看到徐阶，又从徐阶看到严嵩。他抑郁的目光，更是搅得三臣心里发慌。

“俺答兵薄京师，奈何？”皇帝语气沉痛地问。

严嵩上前一步，对曰：“不过是抢食贼耳，不足患。”

“严卿称他等是抢食贼？”皇帝问。于京城下抢食，亦非寻常之贼；但比起抢皇位贼、抢国家贼来，还是可以容忍的。

严嵩正欲解释“抢食贼”的含义，徐阶上前一步，说：“臣嵩之言，臣不以为然。今套虏在城下杀人放火，岂可称为抢食？朝廷正在计议抵御之策，若不过抢食贼，又何必计议？”

二人的争辩使皇帝冷静下来。他默默地想了想，说：“徐卿之言是，不可以抢食贼视俺答。”又伸出手问，“俺答求贡书安在？”

“在臣这里。”严嵩从袖中取出俺答文书。

皇帝接过去，把它摇了摇，道：“写这篇文书的人，不会是抢食之人。卿等看，此事当如何应之？”

皇帝既然在对俺答的看法上支持徐阶，严嵩干脆把处置俺答请贡求款的事也推给他：“此礼部事也。”

徐阶说：“此诚礼部事，诚臣之职事；但关系国体，尚乞皇上主张。”

皇帝不悦，道：“召卿等来，正是要与卿等商量，为何全推与朕？既是礼部事，徐卿，你先拿出个主张来。”

“是。”徐阶应道，“俺答驻兵近郊，而我战守之备不具。依臣之见，宜权许以款；但臣又怕今日许之，俺答日后要求无厌。”

“苟利社稷，皮币珠玉朕无所吝惜。”皇帝说。

这是表示，愿以财富买来平安。徐阶知道皇帝误会自己的意思，道：“俺答求皮币珠玉，予之自然无碍；若所求有不能应者，又当如何？”

皇帝闻之悚然，问道：“徐卿谋之远，议之切。然不以皮币珠玉厌其心，又当如何应之？”

“臣想，可以计款之，”徐阶说，“朝廷答复，先要透露准贡之意，然后称眼下不能准贡。原因有二：一曰请贡文只有汉文，朝廷疑其伪；二曰临城胁贡，不合常理。若真心求款，可退出大边外，另遣使具番文，请大同守臣为之奏请。俺答答应，可化解危局；若不答应，朝廷再差人复之，变换言词，不变者仍此二事。往返之间，四方援兵皆至，我战守有备矣。”

皇帝专注地听着。签订城下之盟，是前宋积弱的原因，无论如何不能做。徐阶所谓计款，实际上即是计缓。其实，只要俺答肯引兵西去，以后准贡开市是可以考虑的。

“卿言甚是。计款之事，卿出与百官议之。”皇帝说。

“臣遵旨。”徐阶应道。

严嵩见皇帝心情平和，乘机奏道：“今中外臣民皆望皇上一出视朝，请皇上顺从民意，以拨乱反正。”

皇帝眉头稍皱。他听得出，严嵩的话，绝不含暗讽之意。拨乱，是拨虏贼之乱，反正，是反皇朝之正，但听起来，总有些不舒服。

“严卿，你也来逼朕！”他说。

“臣不敢，实是臣民渴望。”严嵩惶恐地说。

“朕不难一出，但不想太快。”皇帝说。

徐阶附和严嵩：“中外望此举已久，皇上一出视朝，天下如久旱得雨。”

皇帝再无托词，说：“好吧，今日已迟，朕许卿等，明日视朝。”

“皇上圣明。”严嵩、李本、徐阶颂道。

颂罢欲退，皇帝忽然说：“今俺答已薄京城，仇鸾既兼督城外各营，朕想让他入城督之，卿等之意如何？”

“不可。”徐阶说。

“为什么？在内不正好制外吗？”皇帝道。

“在外便于调度，乃古人云捍外所以卫内也。”徐阶说。

皇帝听他言之有理，不再坚持。

徐阶奉旨，召集百官于朝堂，会议款贡事。他先和坐在近旁的两位大臣打招呼：“舜俞先生，如翰兄，开始吧？”然后要礼部左侍郎王用宾把俺答送来的文书读一遍，请众人议论。

坐在前面的各大衙门堂官尚未出言，坐在后面的僚属官中站起一人，将袍袖一甩，奋然言道："朝廷养士二百年，苟以朝命命之，激以忠义，谁敢不尽力效命！况虏人用兵，气之盛衰，视月之盈亏。过一二日，则月渐亏，虏必退。城下之盟，《春秋》耻之，不可许！"

徐阶识得他是原翰林院编修、现迁詹事府中允的赵贞吉，对他说："求虏之退，也不能只寄望于月亏。孟静道不可许，必有良策应之。"

"虏骑虽众，退之不难。"赵贞吉说。

丁汝夔冷笑一声，道："数十万军穷于应付，数百大臣苦无良策，孟静却轻描淡写地说一句并不难，是不是欺人太甚？"

"不是我欺人，退敌委实容易得很，"赵贞吉说着，伸出三指，并加上一句，"只要肯做三件事。"

"敢问孟静，是哪三件事？"礼部右侍郎程文德问。

赵贞吉朗声道："其一，请至尊速御奉天殿，下诏引咎；其二，录周尚文功以励边帅；其三，出沈束于狱以开言路。"

此言一出，有人惊骇，有人哂笑，有人失望。你说退敌容易得很，这三件事却有哪一件是容易的！不错，皇帝应允明日御朝，可只是御朝而已，并无下罪已诏书的意思。皇帝会为你的一句话下罪已诏吗？录周尚文功更不可能。如果说，周尚文死时朝廷还有可能予以恤典，因为那时说他与俺答私通，信疑者参半，即使他与俺答私通，也没造成太大的危害；现在俺答兵临城下，即使他未与俺答私通，也有人想归咎于他，哪里还说得上录其功！至于沈束之狱，和录周尚文功是联系在一起的，不录周尚文功，自然难出沈束于狱。

而且，谁不知道，不录周尚文功，下沈束狱，虽出于圣旨，却是严嵩的心意，是严氏父子做的手脚！

觉得这三件事该做的大有人在，但一来言之无益，二来赵贞吉平时过于傲慢，人缘不好，没人愿给他帮腔。

只有一人挺身而出，说："孟静先生言之有理，只要肯做这三件事，虏军闻风丧胆，必将速退。"

徐阶不识他，低声问夏邦谟："他是何人？"

夏邦谟也不识他，大声问道："你是何人，居何官？"

那人傲然答道："在下锦衣卫经历沈鍊。"

"可是与沈安宗同为会稽人的沈纯甫？"徐阶问。

“正是在下。”沈鍊道。

沈鍊字纯甫，浙江会稽人，嘉靖十七年进士，三任知县，陆炳仰慕其才，把他要去锦衣卫任职。徐阶知道其人，是听人讲过，严世蕃宴客时，常以灌醉客人取乐，无人敢与他计较。沈鍊赴宴，则先逼严世蕃饮酒，严世蕃却不敢与他计较。真应世人之言：一物降一物。

“纯甫，也请说说你的良策。”徐阶道。

沈鍊朗声言道：“以万骑护陵寝，以万骑防通州仓，会十余万勤王之师一鼓而击之，必大胜。”

“纯甫先生，大哉斯言！”赵贞吉喝彩。

“惭愧，我不过是续孟静先生胆气。”沈鍊说。

二人简直旁若无人，使得坐在前面的大臣，包括徐阶，很不舒服。不知谁嘟囔一句：“无名小吏，怎敢喧哗朝堂！”

声音虽小，却被沈鍊听到。他反击道：“大吏不敢言，小吏言之，又何足怪哉！”

大规模的廷议，向来是不会有结果的。

第四百三十四章

八月二十二日，距虏军攻破古北口六天，距虏军陈兵通州五天，是皇帝应许御朝的日子。皇帝睡得不踏实，一大早就起来。

王瑜在侍奉皇帝更衣时，抓住机会说："阎叔想见爷。"

皇帝听清叔字，没听清阎字。他问："你在说谁？"

"阎洪，阎叔。"王瑜重复道。

"他不是告长假，在西山养病吗，怎么进京？"皇帝奇怪地问。

"奴才就听他说一句，在西山住不下去。"王瑜说。他听到肯定不止这一句，只是拣要紧的说一句。

"叫他来，说与朕听。"皇帝道。

阎洪进来，扑倒在皇帝脚下，号啕大哭。

没多少人敢在皇帝面前哭，更不要说哭得这样动情，这样伤心。皇帝一时不知该怎样劝他。

还是王瑜在一旁劝道："阎叔，别哭。有什么委屈，爷为你做主。"

"是啊，"皇帝接着他的话茬说，"有什么委屈，你说出来，朕为你做主。你没完没了地哭下去，是怕朕做不了主吗？"

"爷做得了主，只有爷做得了主！"阎洪收住哭声。

"究竟何事，说吧！"皇帝命道，"为什么放着挺好的宅子，挺好的景致，不静心养病，跑到这乱哄哄的京城里来？"

"哪里还有什么挺好的宅子，挺好的景致！西山现在比京城还要乱哄哄。"说到这里，阎洪又要哭，勉强忍住，"爷，奴才在西山的宅子，被烧被抢；奴才要不是跑得及时，早作虏贼的刀下之鬼。"

"怪不得宫里许多人惶惶不安，传言虏骑由东横扫至西，原来真的劫掠到西山。"皇帝只顾自语，忘记要为阎洪做主的承诺。说起来，这件事不是那么好做主的。

"爷，可恨的还不是外贼，而是内贼。"阎洪咬牙切齿地说。

“谁是内贼？”皇帝问。

“大司马，”阎洪不好直指其名，却可以直言其职，“爷把天下军政交付与他，调天下勤王兵护卫京师；他却传檄，不许各军与虏贼交战。”

“有这等事？”皇帝又惊又怒。

“奴才问过许多人，不会冤枉他的。”阎洪说。

打仗打不过人家，注意力自然是集中在人家身上；连打都不打，任凭人家耀武扬威，注意力却要集中在自家身上。皇帝听阎洪告的状，首先想到：原来自家的情形并不那么糟糕，糟糕的是用一个无耻之徒、无能之辈来主持军政。这是丁汝夔决策战守时不会想到的。

皇帝沉思片刻，忽然问王瑜：“陆炳在不在西苑？”

“回爷的话，他昨日在西苑。”王瑜不说他现在不在，而说他昨日在，也是一种滑头的答法。

“谁问你他昨日在不在了？去唤他来见朕！”皇帝命道。

他本想今日上早朝的，但阎洪说的事情缠绕在心，他打乱了安排。反正应许的是今日御朝，又没说是早朝。

陆炳在检查皇帝御朝的仪仗，去他家里没有找到，去衙门里没有找到，回到宫里去找，来来往往，耽搁了一个多时辰。皇帝也不移身，坐在那里等了他一个多时辰。

“臣来见驾。”陆炳喘着气说。

“陆炳，为何欺瞒于朕？”皇帝斥问。

陆炳一怔，忙说：“臣对皇上不敢有任何欺瞒。”

“那么，丁汝夔是怎么回事？”皇帝问。

“丁汝夔？”陆炳看王瑜一眼，看阎洪一眼，二人脸上皆无表情。他只好自己去试探，“皇上是指——”

“丁汝夔不准众将出战，你难道一无所知？”皇帝问。

陆炳不但知道丁汝夔不准各将出战，而且知道，他是受严嵩的点拨，或者干脆说，是受命于严嵩。所以，这件事不能对皇帝讲，为的是替丁汝夔遮掩，其实是替严嵩遮掩。为遮掩而瞒着皇帝，说欺瞒亦可。

“臣有所耳闻，亦曾差人暗访。”他应付着。

“哼，朕一听这事就知不假，还用得着暗访吗！”皇帝恨恨地说。

“是，皇上圣明，臣愚鲁。”陆炳道。

“好，这事且不处置，”皇帝道，又问，“陆炳，你还知丁汝夔何事？”

陆炳不敢再瞒着什么。他说：“臣闻得，大同兵劫夺关厢，丁汝夔不准捕之，若捕至，丁汝夔只笞责捕者，不笞责被捕者。”

“大同兵为何劫夺？”皇帝问。

“无食耳。”陆炳答道。

“朕已命户部供足各路援军粮饷，怎无食？”皇帝问。

“户部移檄顺天等衙门，通州等仓，檄书往返须两三日。粮米送来，则炊釜不及；熟食送来，每卒不过得一两张薄饼。于是，他等或扮作虏贼，或扮作辽阳兵，出外行劫。”陆炳叙述其事。

“仇鸾为何不禁止？”皇帝问罢，自己替仇鸾辩解，“是李士翱等失职偾事，怪不得仇鸾。”又说，“仇鸾驰疏阙下，道驻守通州都御史王仪笞责其士卒，想来也是真的？”

杨博因母忧归去，廷推王仪任甘肃巡抚，王仪赴京叙职，正赶上京师告危，兵部议以都御御史二人经略通州、涿州，通州点用王仪。对大同兵，丁汝夔不敢处置，他却不留情面。

“皇上说的是。”陆炳道。

“御虏指望大同兵，王仪不能再用。”皇帝说。

不知不觉，皇帝问话问了一个多时辰，已到午时。

“爷，用过午膳再上朝吧？”王瑜请旨，“爷起身后，滴水未进呢。”

没什么不可以，午朝者，即午膳后临朝。

因昨夜没歇好，用过午膳，皇帝感觉疲乏。阎洪还等在那里，准备继续在御前告丁汝夔等人的状。

王瑜挡他驾：“阎叔，你看爷累成什么样子，也不心疼？有什么话明日再说不成吗！”又对皇帝说：“爷，睡个晌觉，再上朝吧。”

也没什么不可以，反正应许的是御朝，又没说午朝。

皇帝一觉醒来，已到未、申之交，这才命驾临奉天殿。

群臣等候一整天，无不疲惫。皇帝驾临，他们一个个强打起精神，山呼万岁，行礼如仪。群臣各有所期待，但皇帝既不面授机宜，也不面咨机宜，更不下罪己诏。他招严嵩上前，对他说：“贞吉言是，但不该言及周尚文、沈束事。”昨日在朝堂会议，皇帝派内臣监听，早已知各人所言。他又招徐阶上前，说：“朕有手敕，你于左顺门向百官宣示吧。”然后，命散朝。

散朝后，皇帝将赵贞吉召入左顺门，命他手书应急之计。赵贞吉顾不得细想，写两件事：一是急遣近侍一员，同锦衣卫官至诸营赏军，激励士气；一是令将士、义勇、军民人等各自为战，得一首级，赏银百两，逗留及观望不战者杀无赦。皇帝壮之，立升他为左谕德兼河南道监察御史。给赏银五万两，令其随宜区处，宣谕将士。

以詹事府官兼宪职，几乎没有先例。

徐阶在百官前宣示的手敕，则是责备大臣玩忽职守，隐隐有所指。机敏的科、道官们随即响应，弹击大臣。

第二天，内阁根据圣意，拟几道旨。

一是召前总督陕西三边军务兵部尚书杨守礼、前总督宣大军务兵部侍郎刘源清、前兵部左侍郎许论入朝候用；

一是处分户部尚书李士翱、侍郎骆颙，兵部尚书丁汝夔、侍郎谢兰，工部尚书胡松、侍郎孙禬。丁汝夔下狱，李士翱夺官，胡松等罚俸；

一是逮率领保定勤王师的兵部左侍郎杨守谦、驻守通州右佥都御史王仪、顺天巡抚王汝孝及总兵罗希韩、副总兵卢越、参将刘锦等；

一是顺天巡按御史王忬升右佥都御史，驻守通州。

第四百三十五章

赵贞吉顾不上用饭，摸着黑去到位于西长安街上的严府，拜谒严嵩。

门役收下他的名刺，看一眼，随即退还。

“赵大人，我家老爷不在。”门役说。

“严阁老是没回来，还是不回来？”赵贞吉问。

“老爷的事，我一个守门的怎么知道！”门役不耐烦，声音一下子提高许多。

他的声音高，赵贞吉的声音更高：“谁不知你是个守门的，你家老爷的事合该不让你知道。但你家老爷进进出出，总该知道吧？连这也不知道，我看你守门也不合格，狗也不如！”

“你敢骂我！”门役气得欲上前殴他。

“你敢碰我！”赵贞吉不退反迎，“你碰我一下，我找你家老爷说理！”

门役不好立即缩回手去，于是一拳打向自己胸口。

“算你厉害，怪不得老爷不肯见你。”门役说实话。

门外的争吵惊动严年，他出来看个究竟。听赵贞吉报上姓名，并讲述与门役争执的经过，他笑道：“他一个守门的，懂得什么，赵大人只当他的话是放个屁。”

“他说严阁老不在，也是放个屁？”赵贞吉道。

“也是放个屁，”严年说，“老爷不是不在；但老爷明日一早要去西苑值庐，已经歇下，不能见赵大人。”

“我有要紧的事，严阁老也不肯见？”赵贞吉问。

严年皮笑肉不笑地说：“赵大人说别的，我不好驳；若说要紧的事，我得问一句：还有比在值庐侍奉皇上更要紧的事吗？”

“他要侍奉皇上，就不能见我一面，说上几句话？”赵贞吉不客气地说，“我看你这话，也是放屁。”

严年恼羞成怒：“你是什么人，竟敢骂我！”

“什么人？奉旨出城劳军的左谕德兼监察御史也，我为什么就不敢骂你！”赵贞吉拍着胸口说。

赵文华从宅院里出来，劝道："孟静，夜深人静，在相府前大呼小叫，成何体统？走，走，我和你一路回家。"

赵贞吉瞥他一眼，对严年说："我道你放屁，你就是放屁。犬儿尚未离去，严阁老怎会睡？要回家，我自己不会回家吗？"

说罢，拂袖而去。赵文华和严年留在原地，气得发昏。

严府前静下来，站在不远处阴影里的一个半老不老的男子走过来，也是求见严阁老的。严年没好气地问他是谁，他说是丁汝夔的家仆。

严嵩还没歇息。他料到赵贞吉出城前，一定要来辞行，特意吩咐守门的家人，不准他入内。原来只因为他的议论涉及周尚文、沈束，对他不满；现在听到他在门外的叫骂，更加有气。心想：明天写敕书，一则只让你劳军，不让你督战，以轻其权，二则不准你带一卒护行，看你还傲气不傲气，看你还胡言不胡言！

丁汝夔的家人却是要见的。

"你叫什么名字？"严嵩看一眼来者，问道。

"小人姓孙叫孙明。"来者报出姓名。

"你说你是大章先生家仆，为何不姓丁？"严嵩心有疑惑。

"姓氏得自祖宗，小人不愿意改，主人也不强要小人改。"孙明说。

道理说得过去，严嵩又问："孙明，你找我何事？"

孙明说："小人白天去狱里探望主人，主人嘱咐小人，晚间一定要来严阁老府上，禀上一句话。"

"大章先生有什么话，要你来说？"严嵩问。

"主人请阁老救他。"孙明说。

"大章先生怕什么？"严嵩问。

"主人怕皇上会杀他。"孙明说。

"大章先生过虑，有我在，必不令大章先生死。"严嵩道，顿了顿，又嘱咐，"不过，大章先生亦不可多言，谨防祸从口出。"

孙明走后，严世蕃从后室转出。他问："大人欲救大章先生乎？"

严嵩却在想自己的心思："你说，皇上真会杀他吗？"

"我看八成会杀他，"严世蕃说，"大人请想，朝廷狼狈至此，官军狼狈至此，不死一两名官员，如何昭示天下？而最该杀者，杀之最能震慑百官、震慑天下者，正是大章先生。”

“照你的说法，我不能为大章先生讲情？”严嵩问。

“可讲则讲，不可讲则不讲。”严世蕃闪烁其词。

严嵩得认真考虑行止。

第四百三十六章

刑部尚书很少去刑部狱，顾应祥却去了。

顾应祥字唯贤，浙江长兴人，弘治十八年进士，那一科的进士，在朝中可谓寥寥无几。他是七月由南京兵部右侍郎召入京师，接掌刑部的。到任后的第一件官司，是处置丁汝夔、杨守谦狱。

他命狱卒打开丁汝夔的牢室，二人对坐草席上，闲聊起来。

“唯贤先生，难得你来看我。”丁汝夔谢道。

“应该的，应该的。”顾应祥道。

“朝中有什么消息吗？”丁汝夔问。

“赵孟静被贬为荔波典史。”顾应祥说。

说者不在意地说，听者不在意地听。丁汝夔只应一句：“皇上不是命他便宜劳军吗，怎遭贬谪？”

顾应祥说：“他单骑出城，驰入各营，散金犒劳，宣谕皇上德意，第二天即回朝复命。皇上不悦，责他漫无区划，以使命为儿戏，徒为周尚文、沈束游说，因而贬他。”

“大言书生，无须如此重罚。”丁汝夔说。他对赵贞吉的印象并不好，但说不上有什么过错，一下子贬去贵州，这个处分太随意。

“说的是，”顾应祥漫不经心地应道，又唤道，“大章先生！”

唤过后，没有下文。丁汝夔敏感地问：“箬翁，何事？”

箬溪是顾应祥的号。丁汝夔一问，他实在不想说，可又不得不说。

“狱里给大章先生准备一席酒菜，我嘱咐他们，酒要好酒，菜要精致。”顾应祥吞吞吐吐地说。

丁汝夔怔住。做官三十年，死囚才会在临刑前得到狱里一碗酒，一碗菜，他怎会不知道！那么，皇上还是要杀自己。

他定定神，问道：“还有谁与我同归？”

“允亨先生。”顾应祥告诉他。

"介翁害我，我又害杨允亨！"丁汝夔叹道，又问，"兵部王敏叔幸免乎？"

"赖大章先生所言，王敏叔性命总算保住。"顾应祥说。

王尚学与丁汝夔同时下狱。丁汝夔在法司问供时，说："罪在尚书，与郎中无关。"这样，王尚学才没被论处极刑。

当天午后，丁汝夔、杨守谦被押赴西市。

出狱门，丁汝夔抬头看天，只觉日光惨淡；又向跟在后面的杨守谦投去歉疚的一瞥。杨守谦倒是神色坦然，无怨无悔。

再无第三人押出，丁汝夔略觉欣慰地问狱卒："王郎中果免乎？"

狱卒不应，只示意他向旁边看。

路旁一青年，正向他跪拜。

"君为何人？"他问。

"王尚学子王化，"那青年答道，"家父因大章先生一言，斧锧不加于颈项，在下特代父亲来叩谢大恩。"

丁汝夔叹道："你父曾劝我速战，我误听政府之言，未加采纳。今日你父得免，我虽死无恨。"

王化泣不成声，唯频频叩头。观者亦多落泪。

第四百三十七章

俺答命亲随部众布好营阵，只率阿不孩、黄台吉、肖芹、王臣数骑，疾驰而前。直到距离东直门仅一里处，他等才勒缰驻马。天上的月亮虽只剩大半个，仍很明亮。半个月里，经历月亮由缺至圆，由圆至缺，经历一百年来鞑靼人从未有过的辉煌，该回到河套去，该回到大漠去。

前方的城墙和城门楼在月光下，显得出奇的庞大，出奇的沉寂，看上去更像一尊出奇的庞大而沉寂的怪物，似乎一口可以把俺答的千军万马吞噬下去。俺答庆幸没有攻城，没有进入这个怪物的腹中。

“走吧！”感慨过后，他扬起鞭子说。

“我们这就走？”黄台吉问。

“不走，还等什么？等官军从四面围拢来吗？”俺答道，“我很早就立下一个志愿，要陈兵汉人的京城下；但我从没想过，要攻下汉人的京城，在这座京城里建立汗位。现在我的志愿已经实现，我已经满足。黄台吉，你随我陈兵汉人的京城下，你这一生也该满足。”

“父汗说的是。”黄台吉应道。

仇鸾率大同军尾随鞑靼军之后，接近白羊口。派出去的探子回转来禀报敌情，仇鸾问他：“虏贼距我还有多远？”

“约二三十里。”探子说。

“传令，再行慢些。”仇鸾对身边的校尉说。

相距二三十里，即使再行快些，也未必追赶得上。仇鸾命队伍再行慢些，是怕与鞑靼军越来越接近，乃至遭遇交手。好像他的目的是护送鞑靼军出境，而不是与鞑靼军厮杀。

谁知竟被他担心着。鞑靼军在白羊口遇到官军阻截，一时无法通过。俺答率部杀回，与慢步行进的仇鸾遇个正着。官军根本没准备作战，被鞑靼军一冲，立即溃散，死伤不下千人。

仇鸾带头逃窜，他的卫队在后面紧随，很快和大队分离。卫队只顾逃命，忘记扔掉写有仇字的帅旗；仇鸾只顾逃命，没注意写有仇字的帅旗，成为鞑靼军紧追不舍的目标。仇鸾是总督各营的大帅，抓住他，等于抓住半个皇帝。

幸亏逃不多远，斜路上冲出一支官军为仇鸾解围。官军的将领是徐阶保释、被分派到大同军中作仇鸾部将的戴纶。俺答见戴纶骁勇，接连逼退己部两员大将，无心恋战。他舍弃仇鸾，率部向昌平方向杀去。

仇鸾惊魂未定，把戴纶留在身边，不让他去追赶。

鞑靼军所向，不是昌平州城，而是州城以北各先皇帝陵寝所在的天寿山。他知道，若把天寿山搅个天翻地覆，绝不比攻打京城的震动小。

奉旨守卫天寿山的宣府总兵赵国忠布兵于红门要塞，严阵以待。两军对峙约一个时辰，俺答见无机可乘，又舍弃天寿山，率部向西北而去。赵国忠怕堕入奸计，没有追赶。

乘着夜色，俺答部穿越横岭口，直趋怀来，在怀来川与宣大总督苏祐、大同巡抚赵锦、宣府巡抚李良所部遭遇，稍战即去，双方均略有伤亡。官军呈报的数字是：斩首级四十，擒获二人。

八月底九月初，鞑靼军退回河套地区休整。

七、弹击权相

第四百三十八章

皇帝有旨，起用翁万达出掌兵部。但翁万达远在岭南，不知何时才能到京师，所以，兵部事务仍由左侍郎王邦瑞署理。

而今的军政，说有团练十二营，而十二营名存实亡；说有东、西两官厅操练，而东、西两官厅名存实亡，已到非彻底整饬不可的地步。这是王邦瑞的想法，也是满朝大臣的共识。严嵩、李本、徐阶在西苑值庐，常常议起此事，张治偶尔抱病去一次值庐，也和他们一起议论此事。

张治说："何不请唯贤先生一起来议议？"

严嵩才要说顾应祥掌刑部，非掌兵部，为什么要和他议，忽然醒悟，他指的是王邦瑞，而不是顾应祥。

王邦瑞亦字唯贤，河南宜阳人，正德十二年进士。

把他请过来，严嵩问："唯贤先生想过改变营制吗？"

"虽署部日短，但想过。"王邦瑞说。

一则，营制需要从根本上改变。二则，改变营制若能再拖一拖，可等仁夫先生赴任后进行；若不能再拖，自己愿主持其事。王邦瑞这两条说得合情合理，可见的确想过。

"唯贤先生肯负重任，甚好，我看不必再等，"严嵩说着，邀道，"京营的演变情形，我等时有所闻；请唯贤先生再为我等说一说京营的演变及更改营制的设想。"

"介翁欲我详言之，欲我简言之？"王邦瑞问。

"各位欲唯贤先生详言之，欲唯贤先生简言之？"严嵩问其他人。

"愿闻其详。"张治说。

"愿闻其详，"李本、徐阶附和。

“唯贤先生听到吧？”严嵩做个手势，要王邦瑞开讲。

“是，在下试言之。”王邦瑞道，“我朝立国之初，京营强劲，兵员不下七八十万，而元戎宿将亦不缺乏。京营以训练在京官军为主，其始但以大小教场训练五军将士。永乐初立五军营，专备征战戍守之用；立三千营，司宝纛令旗；立神机营，司神枪火器。此谓之三大营。至正统末年，尚书于谦见边方多故，五军营军士精壮老弱参处，故就中挑选十二万官军团练，为十二营；立奋、武等名，以别其号；总以提督，以重其权。三千、神机之军，亦间选入团营。于是，十二营内皆有三大营之名，而老弱者，则留于原三大营内。至于正德之后，又定两官厅之制。其法，就十二团营中挑选精锐，另设总兵、参将统领；各边有警，待报启行。是十二团营又为新的老家，两官厅又为新的团营。”

“三大营，十二团营，两官厅，这三段的来龙去脉，唯贤先生讲得再清楚不过。”李本赞道。

“汝立先生，不敢当。”王邦瑞谦道，又讲下去，“三大营既弊，乃有十二团营；十二团营既弊，乃有两官厅；今两官厅之弊，又甚于前者。是营日分而愈弱，军日选而愈弊。迄今承平既久，武备废弛。在籍者约有四十万，而在营操练者不过五六万人而已。这是前尚书勾稽之数，已屡奏于朝廷。户部支粮则有兵，兵部调遣则无员。且在营者多老弱疲惫、市井游贩之徒，衣甲器械取给于一旦，所谓临渴掘井，计亦晚矣。”

“唯贤先生，在营者少，兵力弱，究竟为何？”徐阶问。

王邦瑞说：“我以为，军伍之不足，其弊不在逃亡，而在占役；训练之不精，其罪不在军士，而在将领。今之提督武臣，即十二团营之总帅、坐营等官，亦即三大营之主帅。三大营主帅三人，十二团营之总帅不过十二人，今之提督武臣则不知有几。是营日分而官愈多，官多则占役者众；营日分而查愈难，查难则隐蔽者众。今之提督武臣多属世胄纨绔，不谙军旅，平时则役占营军，以空名支饷，临事则四集市人，呼舞搏笑而已。军安得足、士安得精？我想：军者，营为名，兵为实。若兵数充足，虽一营足矣；兵数不足，虽十二营何益？”

“营为名，兵为实，要在兵数充足，这话说得透彻。”徐阶赞道，又对严嵩说，“介翁，因名损实，去其名亦可。”

“是啊，看来是人同此心。”严嵩应道。

“介翁，子升先生，据我看来，所患者还不止于此。”王邦瑞说。

“还有何事？”严嵩、徐阶齐问。

王邦瑞说："若问当今所患之事，人皆言：今国家所患者唯虏；或言：今所最患者唯军旅不振。实则此二患并非深患，我以为深患者，唯在中贵人典兵权耳。"

"唯贤先生，这我有些不明白，"李本道，"前朝中贵人典兵权，时有之；今上抑勒内使，亦有中贵人典兵权吗？"

"亦有之，"王邦瑞说，"京营至重，其令中贵人监之者，谓其防壅蔽。而中贵人监军，凡输钱者则脱役，外语汹汹，使十二营空无一人。是本用其监军，反用蠹军矣。久服之裘必敝，常用之器必缺，故罢中贵人勿使更滥戎机，乃今日更改营制之要务。"

涉及内臣权益，值庐的几位大臣不好马上有所表示。

张治问："唯贤先生，把此事算在内，你看营制兴革之事有几？"

"有六。"王邦瑞说。

"何不一一言之！"张治道。

"是，"王邦瑞把他这几日所想的一一道出，"其一，并团营以复祖制，将十二团营、两官厅并入五军营，仍分中军，左、右哨，左、右掖，每军添设坐营官一人，参将二人，游击二人。三千营、神机营俱如故。其二，足军额以充营伍。正统年间各营操练官军有四十三万五千余人，今之所存仅十之二三，宜命各营提督、赞理官清查现有实数，设法补足。其三，设巡营以便查理。可参照弘治年间例，一年一易，每年以十二月题差，次年十一月复命，举劾大小将领，以备黜陟。其四，革内臣以清宿弊。今三大营内尚有内臣提督、监枪等项，不下二三十人。此辈既不知兵，又专以役占为务，皆应裁革。"

张治插话："两官厅既裁革，两官厅提督内臣自然裁革；三大营既复，三大营提督内臣则不应复其权柄。"

"文邦先生说的是，此事不可忽略，"徐阶道，"三大营的差事原本无谓得很，不过看守'老家'而已，有实力的内臣谁也不肯去；现在要恢复三大营之制，他等或趋之若鹜。先要打消他等的念头才好。"

"其五，选边将以壮士气，"王邦瑞接着说，"今之提督坐营公、侯、伯等官，各令自陈去留，取自上裁。都指挥以下，兵部同赞理文臣汰其不职，别选知兵之将充之。使各营将领各练本营士卒，遇警则率所部出征，不得推诿他人。"

严嵩插话："公、侯、伯自陈去留，取自上裁，既可存优去劣，又能保存体面，这个法子好。"

"介翁说的是，爵爷们的去留，兵部是不好议的。"李本说。

“还有最后一事：处班军以便防秋。河南、山东、大宁、中都等处原额官军十六万，每年春秋更番上班，操满往往为各营借工私占之资。今后宜于五月中赴京，各都司统率入营，一体操练；至十一月中撤回休息，不必两班赴京。这样京营于防秋之时可得军十五六万人，比之临时招募，省费尤多。”王邦瑞说到这里，向几位值庐大臣统作一揖，“我想到有这六件事，还请各位老先生赐教。”

“套用唯贤先生一句话：但切实际，六事足矣；不切实际，六十事何益？”严嵩道。“这六事若得推而行之，京营面貌或可大变。”

众人纷纷称是。

九月初五日有旨，更改营制，裁十二团营、两官厅等名目，并为三大营。设总督京营戎政武臣一员，以咸宁侯仇鸾充任；设协理京营戎政文臣一员，以王邦瑞充任。

第四百三十九章

“堉儿，为何满面愁苦？”郑王朱厚烷问。

郑藩封在河南怀庆府，第一代郑王是仁宗皇帝第二子，朱厚烷是第六位郑王，朱载堉是其长子，今年只有十五岁。

“孩儿的愁苦在脸上，父王的愁苦在心里。”载堉说。

这话不像出自十五岁少年之口，厚烷听了很不是滋味：“少年不识愁滋味，古人都写在词赋里，堉儿还是欢乐些好。”

“父王若欢乐，孩儿自然欢乐。”载堉说。

“唉，”厚烷叹口气。“我又何尝不想欢乐！无奈国人不许。”

“父王所谓国人，是不是在孟津府？是不是孩儿的叔祖？”载堉问。

厚烷不作声，算是默认。

盟津王是郑府一支里的郡王，郑王与盟津王的仇怨从七八十年以前、厚烷的曾祖时就结下。那时的郑府，当家的是第二代郑王祁锳。祁锳有十子，长子见滋，立为世子；三子见濍，封盟津王。见濍的母亲有宠于祁锳，图谋夺嫡，祁锳不敢坏祖宗的规矩，不答应。见濍母恃其宠，盗去太子金册。若是别事，还没什么，此事关乎名分，祁锳追逼见濍母缴还。见濍母一怒之下，带着儿子关起门过日子，和祁锳连面都不见。祁锳无奈，奏上朝廷，将见濍废为庶人。数年后释还，仍是庶人。见濍死，其子祐橏也是庶人。

如果以后是正常袭替，无法可想，但第四代郑王无子，按照亲疏，本该由盟津王袭封，而祐橏是庶人，不能袭封，遂由东垣工祐檡袭爵。第一代东垣王是祁锳第四子，祐檡是第二代东垣王，是厚烷的父亲。

这是正德初年的事，距今已四十多年。

再说祐橏，他不是不想争夺郑王之位，但知道祐檡——厚烷这一系郑王的位置已坐稳，不可动摇。他退而求其次，想厚烷帮他恢复盟津王的爵位。这也被厚烷拒绝，他的恼怒可想而知。

祐橏是厚烷堂叔，载堉堂叔祖。

他最近与厚烷结怨，是前几年：陶真人在天坛建醮，他欲差人进香，以助天子之兴，厚烷又不准。有这样一个处处压制自己的宗主，势必永无出头之日，祐橏决心与厚烷一决高下。

其实，厚烷对祐橏的压制，不但祐橏无法忍受，载堉也难以理解。

“父王不为叔祖请复爵位，孩儿懂得；叔祖欲进香助醮，父王也不准，孩儿就有些不懂。”他说。

“你说这话，可见我为何不为你叔祖请复爵位，你也没懂，”厚烷说着，问道，“你且说我为何不为他请复爵位。”

“因为废盟津王爵位，是老祖宗请于朝廷的，父王当然不愿作祖宗的不肖子孙。”载堉说。

“如何，我说你没有懂吧！”厚烷道，“你以为复你叔祖盟津王爵位，他就满足吗？那不过是他的第一步，他还有第二步。”

“父王是说，他的第二步是要抢郑王的位置？”载堉的确不曾想过这一层，现在想想，也不以为然，“这一步不是他想走就可以走的。”

“但也不是绝对不能走的，”厚烷说，“他只要结欢于当今皇上，皇上一高兴，不必我为他请，就会准他复爵；他一旦复爵，会向皇上说，郑王的位置本该盟津王坐的。皇上一糊涂，就会让他主郑府事。堉儿说，我不愿做祖宗的不肖子孙，这话不错，可又不止于此。祖宗废盟津王爵位，我为他请复爵位，是祖宗的不肖子孙；皇上准他恢复盟津王的爵位，我岂不也是祖宗的不肖子孙？祖宗不把郑府的位置交给他，我任凭他夺去郑府的位置，是祖宗的不肖子孙；皇上任他夺去郑府的位置，我岂不也是祖宗的不肖子孙？故我不让他恢复盟津王的爵位，不让他夺去郑王的位置，也是为维护皇上。而不让他恢复盟津王的爵位，不让他夺去郑府的位置，首先是不能让他结欢于皇上。故他结欢于皇上的种种作为，我一件也不会帮他去做。”

一层一层推理，载堉有些听得懂，有些听不懂；有些觉得对，有些觉得不那么对。但他对父王一向崇敬，既不追问，也不反驳。

“父王就为这事心里愁苦吗？”他问。

厚烷说：“我不是为你叔祖愁苦，我是为自己愁苦。我做过几件让皇上不高兴的事，皇上定容不得我。我不让他结欢于皇上，可我自己却结怨于皇上；他不能结欢于皇上，可他能向皇上进谗言。今年六月，他已上疏诬告我，只因京师戒严，皇上要全力对付外敌，来不及处分我。现在虏众已退，京师平复如旧，皇上该要对付我了。”说到此，他稍稍振作精神。“不过，我还是该高兴才是。我不让他结欢于皇上，堉儿，皇上会让你作郑王，而不会让他作郑王。”

“我不要做郑王，我只要作父王的孩儿。”载堉说。

“圣命难违，那也由不得你。”厚烷说。

“不，我不要作郑王，我只要作父王的孩儿！”载堉更坚定地说，“皇上一定要我作郑王，我就连郑府也不入。”

厚烷料的不错，九月下旬，皇帝降旨，废他为庶人，禁锢凤阳高墙；但他料的也有错，他说作几件让皇上不高兴的事，而皇帝找出他的罪过，却有四十款之多。祐橏所讦，不过是其中一小部分，大部分不知从哪里翻腾出来的。还有一件事，他料的又对又不对：皇帝没让载堉作郑王，而是让他暂署郑府事。载堉言而有信，不但不肯署郑府事，而且在郑府外盖间土屋住，从此不入郑府。

第四百四十章

江西南康府因其西北的庐山而闻名，庐山因山脚下的白鹿洞而闻名。一行官员在南康推官任让的陪同下，游览庐山，游览白鹿洞。初冬时节，并非游览庐山之佳期，只因大家难得凑在一起，遂有游兴。

任让喜作山水之游。每有上官来南康，要他陪着游一游庐山，他都如鱼得水，欢天喜地而来。

今天的客人有江西按察司兵备副使史褒善，直隶开州人，嘉靖十一年进士；兵备副使马森，福建怀安人，嘉靖十四年进士；布政司参议郑汝舟，福建莆田人，嘉靖十一年进士；参议牟朝宗，四川宜宾人，嘉靖十四年进士；按察司佥事许东望，安庆府宿松人，嘉靖十七年进士；佥事颜嘉会，湖广攸县人，嘉靖十七年进士。他们无论官职高低，都是从布、按二司来的，理应好生接待。其中，马森是南瑞道兵备副使，算是半个主人。

而最重要、最需要好生接待的一位客人，则是巡按江西御史曹忭。他恰好此时行部南康，才有这次庐山的冬游。

任让指着一处遗址说："各位大人，那是朱文公当年讲学的处所。"

朱熹死后单谥一个"文"字，是从未有过的规格。

"是吗？那倒要好生瞻仰，"曹忭说着，几步走过去，左看右顾，感慨不已，"怎么，竟无片瓦留存下来？"

任让说："据虞佐先生三十年前撰文：朱子知南康军，尝即洞遗墟，粪除营葺，论道其中。究竟老夫子即在洞里论道，还是就洞旁修葺房舍，今日很难说得清楚。"

唐龙在正德末年巡按江西时，亦曾游历过白鹿书院。

"那么，洞总是该有的吧？"史褒善问。

"绕过明伦堂，其洞可见；但肯定不是朱文公讲过学的洞，"任让说。他又指着另一处说，"那里是象山先生当年讲学的处所。"

象山是比朱熹略晚一些的另一大儒陆九渊的别号。曹忭、史褒善等根据任让所指，过去凭吊一番。

然后任让又指点出王守仁讲学的处所。

众人都想，阳明子在白鹿洞讲学不过是三十多年前的事，房舍应该保存得比较完好，不料也成废墟。不知是任让乱指一通，还是真的有失保养修缮。

“老任，白鹿洞安在哉？”许东望亟欲看到闻名已久的那洞穴。

“应鲁先生莫急，各位请随我来。”任让说。

应鲁是许东望的字。

任让领众人绕过明伦堂，堂后墙对着的山崖下，果有一洞。

“这就是白鹿洞？”曹忭向洞里探探头，回转身问，“老任，你为何说，此洞肯定不是朱子当年讲学的处所？”

“文诚先生仔细看看洞口就知。”任让说。

他细细观察洞口，很快看出来：“洞是凿出的，非天然生成的。”

任让拍手笑道：“文诚先生好眼力！此洞不仅为人力所凿，且是近人所凿，距今不过二十年。别说朱文公、象山先生不可能讲学其中，就是阳明子，也不可能讲学其中。”

众人亦随他拍手而笑。

“再无他洞？”曹忭问。

“再无他洞。”任让十分肯定地说。

许东望失望之余，怪道：“世上竟有这等无聊之人，原本无洞，偏要称洞；又有更无聊之人，还要凿出个洞来附会。”

任让说：“白鹿洞千年前就有隐者居住，也不知是谁取的名字，应鲁先生要责怪无聊之人，尽管去责怪。但更无聊之人却不可胡乱责怪，免得得罪一个主人，一位宾客。”

“哪个主人？”许东望问。

“这洞是二十年前的南康郡守王公济先生凿的，应鲁先生责怪无聊之人，岂不要得罪他！”任让道。

“得罪的那位宾客一定是我。”史褒善马上说。

王溱字公济，正德六年进士，和史褒善是开州同乡。

任让向他揖道：“文直先生，多谢捧场。”

史褒善回揖道：“老任，多谢维护。”

众人开怀大笑。曹忭说：“老任，我有一事不明：应鲁先生责怪更无聊之人，也不过得罪公济先生，与你何干？”

“说出来诸公勿笑，”任让故作神秘地说。“公济先生若不凿这个洞，今日郡判也要凿这个洞的。”

众人无不捧腹大笑。由这样一位主人指引游山真是不错，不但看得有条有理，而且他的诙谐也能给大家带来许多欢乐。

出白鹿书院，任让指着对面的山峰说：“那便是五老峰。”

“老任，是哪五老，请说与我等听听。”许东望说。

“应鲁先生只会给我出难题，是哪五老，我怎会知道！还不是各位大人看着像哪五老，就是哪五老。”任让说。

曹忭笑着说：“好，我等登上去，辨认一二。”

走不多久，现出一亭。任让说：“这是大意亭，虞佐先生所建。”

“这个名字有意思，不知是粗率不经心的那个‘大意’，还是概括而言之的那个‘大意’？”马森道。

“亭前有碑，碑上有文，各位大人一读即知。”任让说。

碑的正面是“大意亭”三个大字，碑的背面是唐龙撰写的《大意亭记》。众人读到最后几句，方知“大意”究竟何意。

许东望诵道：夫太虚无用，以道为用；道无体，以物为体。故太虚，道之根乎？不亦隐哉！物，道之器乎？不亦显哉！即隐显之间，洋洋然物而非物，可见而不可执者，夫所谓大意也。”

“太虚，道之根；物，道之器。原来此即大意。”曹忭说。

“仅此尚不足以明大意也，还要读下面一段，”牟朝宗说着，诵道，“君子由学而之敬，由敬而之诚、之明。敬以主之，明以照之，诚以要之，夫然后道之大意，触之于物，得之于目，契之于心，又奚惑焉！苟不敬、不明、不诚，则泰山在前犹瞶瞶耳，而道乎哉！此实洞之遗教也。然则斯亭匪直为山川之迹，云物之景，耳目之玩，可知也已。”

碑文读完，议起文义。

史褒善道：“听起来，怎么像是阳明子的教诲？”

“同感，同感。”曹忭说。

斜过去不远，又有一亭。马森问：“老任，那亭名何？”

“钓台亭也，是崆峒子督建的。”任让答。

“献吉先生遗泽，不可不瞻仰。”史褒善说。

于是，众人拥过去，围观钓台亭。

“咿，这钓台亭三字，像是崆峒子的手迹嘛！”许东望远远看到亭碑正面的大字，惊呼道。

任让说：“是，碑后的题记也是崆峒子撰写的。”

众人快步绕到碑后，都想先睹李梦阳的文章。

颜会嘉大声读起来：“李子游于白鹿之洞，顾山历涧，谷岭合沓，石滩茂林。适杪秋之交，风行瑟瑟飒飒；回视五老峰，垂在几榻。于是洒然而乐也，曰：‘佳哉，山矣！’”读一段，赞道，“果是献吉先生壮年时的文风。”

“自己看，自己看。”马森不让他出声，可看到最后，自己忍不住读出声来，“李子俯仰良久，喟然而叹曰：‘夫予今日乃知钓可以喻学也。’以仁义为竿，以彝伦为丝，以六艺为饵，以广居正位为磐石，以道德为渊，以尧、舜、禹、汤、周、孔相传之心法为鱼。日涵而月泳之，至而后取，不躐其等，不计其必，积久而通，小大毕获，夫然后道可至也。是以君子身处一室而神游天地矣。夫然后以磐石为昆仑，丈丝为霓，寸钓为月，溪壑为四海，鲰鲇为鼇鲸，此所谓一贯之道也。故曰钓可以喻学。”读完赞道，“好一篇劝学的文字！”

“难得狂傲如崆峒子，训导诸生，有这等耐心。”马森说。

“我听聂少司马说，献吉先生提学时，不仅耐心，且一丝不苟，绝看不出大文豪的派头。”史褒善说。

聂豹任陕西副使时被劾落职。虏军退出京畿，朝廷连下二旨，前旨起用他任顺天巡抚，后旨召他为兵部右侍郎。

“聂之起，听说乃子升先生力荐。文诚先生，是否？”牟朝宗问。

“未闻；不过，想来应不错。”曹忭说。

“却是为何？”牟朝宗问。

“应鲁先生不知，文蔚先生曾令华亭乎？”曹忭道。

徐阶是聂豹任华亭知县时所取士，这是许多人都知道的。

“那么，是投桃报李。”牟朝宗恍悟。

由李梦阳说到聂豹，又说到徐阶，话题越扯越远。

任让看看天色，说：“各位大人，下官有一议：前面还有几处亭台，我们绕开走吧。否则，下官在五老峰下设的便席只得弃之。”

“客随主便，绕开走，绕开走。”众人哄然应道。

众人前后相随，蹑级上登。忽见山岩间露出一块四方平地，每边长约丈许。往前看，则五老峰俨然可见。

“各位，我们在这里也筑一亭吧。”曹忭说。

“好地方，可建一亭。”众人纷言。

“老任，由你来经理其事，如何？”马森问。

“各位大人有兴致，孔养先生有命，敢不从之！”任让应道，“不过，新亭的名称，却要各位大人命之。”

“文诚先生，你的提议，该你命之。”马森说。

曹忭略一思索，道：“仰止高山，景行先哲，名以思贤，可乎？”

众人都说这个亭名好，于是确定下来。

第四百四十一章

刑部郎中徐学诗，被族兄徐应丰邀请去家里饮酒。

徐学诗字以言，浙江上虞人，嘉靖二十三年进士。徐应丰则非正途出身，因善书，任中书舍人，常供奉于西苑。像他这样的出身，这样的经历，不大可能出任外官，所以他早早在京城把家安顿下来。而徐学诗升至郎中，还没把家眷接来。所以，二人饮酒，多是在徐应丰家。

不好意思空手，徐学诗给徐应丰带去一刀宣纸，给嫂嫂带去一件首饰。

“以言，自家兄弟在一起喝盅酒，你还客气什么！”徐应丰高兴地接过宣纸，又认真地责备。

“也是别人从南边来送与我的，三哥正用得着。”徐学诗说。

徐应丰在族中行三，大家都唤他三哥。

嫂嫂接过首饰，只有高兴：“叔叔有心。你三哥口是心非，叔叔别听他的。有这一刀宣纸，他不知有多高兴呢，保准酒也要多饮几盅。”

“那我不也可以多饮几盅？有劳嫂嫂。”徐学诗说。

嫂嫂还要絮叨家常，徐应丰向外推她：“好了，好了，以言都说有劳，你还不快去准备下酒的菜！”

酒、菜摆上，兄弟二人边喝酒边说话，很快说到朝政。

“以言，你可上制敌之策？”徐应丰问。

“未上。”徐学诗说。

“为何不上？”徐应丰问。

“写不出来。”徐学诗说。

徐应丰说：“写不出来也要写。皇上命廷臣上制敌策，就好像出个题目考大家。皇上亲作考官，你等均是考生。你经过乡试、会试、殿试，哪一次考试，你因为写不出来，就可以不写吗？我听公公们说，皇上对这次考试特别留意，凡有陈奏，一律亲阅。”

“三哥说的是，这考卷原是该写的，我原是要写的，但见识过几份考卷后，我心不由发凉。”徐学诗似辩非辩地说。

“以言这话怎讲？”徐应丰问。

“譬如前有一鹿，偏指为马；譬如路本在南，偏指向北；譬如病在膏肓，偏指在臂、股。”徐学诗一连打三个比方。

“你是说，他等所言皆不得要领？”徐应丰问。

“避实就虚，避重就轻，避高就低。”徐学诗又一连说三句成语。

“依你看，这考卷该怎样写？”徐应丰问。

“三哥真想知道？”徐学诗反问。

“我又不入闱，不过问问而已，以言不想说就不说。”徐应丰道。

徐学诗两指轻轻捏起酒盅，一口饮下。然后重重放下，说：“谁道我不想说！边镇不能御敌，京营不能出战，罪不在卒不在将不在帅，唯在首相一人。我要么不答卷，要答卷，必论首相！”

徐应丰忙给他斟酒，说：“再喝，再喝。以言，你这话就当没在我这里说过，我就当从没听过。”

徐学诗把酒盅一推：“三哥，你怕吗？”

“我怕什么！谢如卿、叶叔明、陈用光等皆因言得罪，殷鉴不远，我是为你担心。”徐应丰说。

谢瑜、叶经、陈绍都是上虞人，都因论劾大臣，主要是论劾严嵩而获罪。叶经更被杖于阙下，伤重而死。

“乡有前贤，三哥提醒得好，我来做上虞第四个谏臣！”徐学诗说罢，只管大口大口饮酒，不复言之。

皇帝阅过当天的几篇奏疏后，特别把徐学诗的奏疏留下，再读一遍。

有两段话，使得皇帝心有所动。

一段话涉及严嵩。徐学诗写道：今大学士严嵩，奸贪异常；各处巡抚、总兵等官，掊克军民，争致金宝，以充嵩之私囊，是以酿成虏患。幸上不诛，乃复谬引佳兵不祥之说，以谩清问。

所谓“佳兵不祥”，当虏军势不可挡时，说说聊以自嘲还可以；虏军已退，再来琢磨这句话，就有点儿不是味道。

一段话涉及君臣之间的关系。徐学诗写道：皇上揽权于穆清之上，而六卿分治其职，天下遂大治矣。

可以说，君上揽权，大臣分治，是历代贤明君主所孜孜以追求的；那么，这样的局面难道就不是自己的愿望？

正在想着心思，陶仲文来见驾。

“陶师，有一参本，你看一看。”皇帝说。

“是参臣的吗？”陶仲文边接近侍递过的奏疏边问。

“不是，是参阁老的。”皇帝说。

陶仲文忙欲呈还该疏：“皇上知道，臣从不议外廷事。”

皇帝止住他：“这道参本，朕想你看一看。”

于是，陶仲文把徐学诗的奏疏读一遍。

“陶师怎么看？”皇帝问。

“皇上知道，臣从不议外廷事。”陶仲文又说。

皇帝不许他辞：“这件事，朕想听听你的见解。”

陶仲文重读一遍该疏，想好说法。他问：“皇上曾疑首辅之忠乎？”

“未尝疑过。”皇帝说。

“忠则孤立。首辅多次被论，皇上不疑其忠，今日为何疑之？”陶仲文指着徐学诗的奏疏说，“该疏称首辅乘机构隙，我看，是有人想乘机在皇上和首辅之间构隙。”

皇帝颔首称是。“乘机构隙”四个字在他眼前化为一张丑陋的面孔，那不是严嵩的面孔，不是严世蕃的面孔，或许就是徐学诗的面孔。方才曾让他为之心动的那些文字，顿时黯然失色。

严嵩被召入无逸殿议事，议过后，陈请道：“臣被论，无颜立于朝堂，乞皇上准臣休致回籍。”

“卿说的是徐学诗的参本吧？”皇帝问，并说，“小人修隙，欲引激朕怒。朕未堕彼奸计，卿怎可堕彼奸计，不安思竭忠辅朕焉？朕已将徐学诗下诏狱，卿但安心供奉职事，勿固辞。”

严嵩叩道：“皇上以竭忠辅弼相责，臣不敢再辞。但臣子世蕃为群僚所不容，乞皇上准其辞官回籍，以避巨祸。”

皇帝看看他，忽问：“卿有别子乎？”

“无，臣仅世蕃一子。”严嵩说。

“有孙乎？”皇帝问。

“有孙，尚在襁褓。”严嵩说。

“如此，卿在京唯世蕃可恃，朕怎忍心让他回籍！”皇帝道。“朕与世蕃官，非让他为朝廷办事，只让他侍亲。朝廷上的事，与他无干，卿亦不必理会他人说三道四地絮聒。”

严嵩代严世蕃叩谢圣恩。

徐学诗在诏狱免不了吃些苦，幸未久滞，被削籍还乡。

第四百四十二章

屠侨在朝房外见到王邦瑞。拉住他说："现在你戎政府比吏部的口气还要大，比兵部的口气还要大。如命都察院差人赴各边佥选边兵，都察院手忙脚乱，不亦乐乎。"

王邦瑞苦笑，问道："安卿先生在责怪我？"

"不敢，只想和唯贤先生评出个道理。"屠侨说。

"戎政府向皇上奏事，都察院奉旨行事，这个道理怎么个评法？"王邦瑞道，"再者，安卿先生开口戎政府，闭口戎政府，殊不知戎政府里，不过一个总督京营戎政、一个协理京营戎政而已。安卿先生说说看，这二人有争执，是总督京营戎政争得过协理京营戎政，还是协理京营戎政争得过总督京营戎政？皇上是听得进总督京营戎政的话，还是听得进协理京营戎政的话？"

"唯贤先生与你们那位爵爷争过此事？"屠侨问。

"争过何止一次。"王邦瑞道。

"唯贤先生是如何争的？"屠侨问。

"我说，轻外事内，非得计也。"王邦瑞答后问道，"安卿先生看，我的话有没有错？"

屠侨说："没错呀，你们那位爵爷不肯听？"

"他若肯听，怎会有今旨！怎会让安卿先生等手忙脚乱，不亦乐乎！"王邦瑞道，"其实，我与总督京营戎政争执的又何止一事！没有一次不是他赢我输。我已输得没心思再与他争执。"

屠侨原来对戎政府的事没兴致，一听这几句话，反倒有兴致。他说："唯贤先生何不试举一事，也让旁观者评议。"

"譬如，安卿先生可知京营现有副将几人？"王邦瑞问。

"不知。"屠侨道。

"有四人，"王邦瑞按住拇指，把另外四指伸出示意，又问，"安卿可知京营现有参将几人？"

“愈发不知。”屠侨道。

“已有二十五人。”王邦瑞说。

屠侨不解：“唯贤先生与你们那位爵爷争的是副、参将人数吗？”

“非也，”王邦瑞摇头，“京营副将四人，参将二十五人，都是总督京营戎政大人一个一个选出的，我和他为此而争执。”

“唯贤先生是如何争的？”屠侨问。

“我说：朝廷任将，必采之公卿，断自宸衷，所以慎防杜渐，示臣下不敢专也。京营大将皆由爵爷请任，恐九边将帅悉奔走托附，非国家之福，亦非爵爷之福。”王邦瑞述过，问道，“安卿先生，这话有错吗？”

“没错呀，你们那位爵爷也不肯听？”屠侨问。

王邦瑞叹道：“不仅不听，他还真要插手各边镇将帅的任用。”

“怎讲？”屠侨问。

“他说，蓟镇总兵官李凤鸣不得力，大同总兵官徐珏不听话，都该换一换。”王邦瑞学说他的话。

“不得力者请朝廷更换，尚在情理中；不听话者也要更换，总督京营戎政岂不是统辖各边镇！”屠侨大不以为然地说，他忽然想到一事，问道，“唯贤先生还记不记得徐以言的参奏？”

“该疏未涉及戎政府，安卿先生为何问它？”王邦瑞反问。

“虽不涉及戎政府，但有件事很蹊跷，我是听唯贤先生提到李凤鸣才想起的，”屠侨说，“徐以言称，李凤鸣赂严东楼二千金，才有蓟镇之任。此事实与不实暂且不论，你们那位爵爷就不怕若是属实，是掴严东楼一掌，亦即掴介翁一掌吗？或是他未曾留意徐以言的参本？”

确有些蹊跷，但王邦瑞觉得，不足为怪。

“或是总督京营戎政大人并没把严东楼放在眼里呢？或是他以为，所受之宠已不在首相之下呢？”他说。

“若是如此，唯贤先生不必和他怄气，”屠侨说。

“怎讲？”这回是王邦瑞不解其意。

“与介翁争风，他会有什么好结果！”屠侨道。

话虽不错，然世事难料。王邦瑞说：“那是后话。眼下是我与他争风，会有什么好结果吗？”

“唯贤先生不会以退为进，先让他一步？”屠侨只能如此劝说。

本来是责怪王邦瑞与仇鸾吭瀣一气，现在却劝他采取合作态度；本来是屠侨心里烦乱，现在却是王邦瑞心里烦乱。

“该做什么，该怎样做，我有分寸；结果如何，也不必多想。”王邦瑞说着，问道，“安卿先生，去各边的御史选定否？”

于是，回到开始的话题：仇鸾因京营孱弱，不能战，奏请征调边兵，皇帝从之。王邦瑞争不过仇鸾，但对派往各边办差的御史，须得关心。

“已选定，”屠侨道，“魏谦吉赴甘肃，刘廷仪赴宁夏，萧端蒙赴延绥，姜廷颐赴宣、大。唯贤先生看，有什么不妥吗？”

“没什么不妥，安卿先生但嘱咐他等用心办差就是。”王邦瑞道。

第四百四十三章

仇鸾、严嵩、李本、徐阶、王邦瑞、陆炳等人奉召至无逸殿外，等候皇帝召见。腊月里，天气寒冷，众人不住地走动，渐渐的，相互间有话要说的人走到一起。

“唯贤先生，仁夫先生已赴易州？”李本问。

王邦瑞点点头，说：“是，他昨日午后奉旨，今日一早离京。”

李本搓着手，说：“真是怪事！皇上日也盼，夜也盼，就盼着仁夫先生早一日到京；怎么才把他盼到，又派外差？”说到此，又忙解释。“唯贤先生，我可不是说你掌兵部就不如他。”

皇帝的确一直在念叨，大司马为什么还不到任？但翁万达一定要派外差，在他进京前就确定。他是十一月三十日抵京的，而在十一月十日，王邦瑞被扶正。这不明摆着，不让他掌兵部吗？翁万达抵京之日有旨，夺其尚书衔，改任。就是说，也不会让他去别部任尚书。当然，降他为兵部右侍郎，驻易州，守紫荆等关，还是让许多人感到意外。因为这是个临时的差事，地位尚在保定巡抚之下，完全不必用前兵部尚书。

有人说，皇帝怪翁万达在路上延误，所以有此处分。其实，广东距京师八千里，奉旨后四十来天赶到，应该说很快。有人说，因为在周尚文的事情上，翁万达的态度暧昧，所以严嵩欲贬抑他。也有人说，仇鸾与翁万达有旧怨，所以向皇帝进谗言。不管是什么原因，李本说对他的差派“真是怪事”，会让人产生对王邦瑞的任用“真是怪事”的联想，所以他要解释一句。

王邦瑞大度地说：“动荡之际，仁夫先生掌兵部本来就比我合适。汝立先生的话里若没有这层意思，我替你加上。”

严嵩走得身上有些暖意，在徐阶面前站定。

“东楼估计，皇上今宣我等是为套虏事，不知对也不对。”他说。

“想来东楼世兄料得对。”徐阶说。

“子升据何而言？”严嵩问。

徐阶指指王邦瑞：“介翁不见，仇大帅、唯贤先生都来？”

严嵩笑道：“人家都说东楼见机快，我看子升比他见机还快。”

仇鸾与陆炳说着话，向他们走过来。

“介翁，督帅告我，俺答又有文书到，”仇鸾先对严嵩说，又对徐阶说，“子升先生，我和你先前都有宜准其贡的言论，今日可在皇上面前并肩言之。”

“我对皇上说的是计款。”徐阶道。

“正好，我的意思也是诈许。”仇鸾说。

“妙极，我和爵爷，一个是兵不厌诈，一个是礼不厌诈。”徐阶说。

成语用得很巧妙，四人都笑起来。

李本才要过去问何事可笑，皇帝命人召他们入殿。

“王瑜，把胡宗宪的奏疏念给众卿听一听。”皇帝命道。

“奴才遵旨。”王瑜双手举起奏本，朗声念道：据镜门台夜不收郭志保等了见，境外地名鞍桥梁，达贼一十余骑前来，到于本台东空墙下站立。内有一贼，汉语叫说：我是俺答差来通事，下此文书，与你大那颜，要求进贡，或准不准，我到十二月初十日来见话。说罢射箭一枝，上缚达书一纸。

“就念到这里吧。下面是胡宗宪的议论，不必念。”皇帝说。

“是。”王瑜应着，把奏疏摆放在皇帝面前。

皇帝说：“番文书已交四夷馆译之，朕想，无非是请贡。不必见其文字，朕与卿等亦可一议。前者虏军在城下请贡，朝廷复以无临城胁贡之理；杨增带回汉文书，朝廷复以无番文书，恐诈。今兵也退，番文书也来，卿等看，如何应付？”

“臣老调重弹，以为可开马市。”仇鸾抢先说。

在皇帝面前用这种腔调说话，过于轻佻，众臣无不担心皇帝发怒。

但皇帝只说：“仇卿弹吧。”

仇鸾把三四个月前奏疏里的议论再重复一遍：“虏聚而重强，我散而寡弱，虏知我之动静，我昧彼之事机。是以每岁深入，无不得利而返。往岁周尚文惧虏盛，乘其效顺之机，投以货赂之利，彼既如愿，边亦少宁。通贡之事固不可行，但与其使边臣违禁交通，利归于下，不若朝廷大开赏格，恩爱出于上。今辽东、甘肃、蓟州、喜峰口俱有互市之例，何不许套虏市马易货，如诸边例？”

“严卿，你看如何？”皇帝问。

严嵩道："臣鸾所言，不无道理。"

"兵部之意呢？"皇帝问王邦瑞。

王邦瑞回奏："臣以为，马市不可轻许。俺答所部此次犯京畿，饱掠而去，获利甚厚。得计之后，复请通贡，必蓄异谋。"

"你与胡宗宪的议论倒是针锋相对，"皇帝说着，在面前的奏疏里找相关的内容，"胡宗宪说：外夷通贡，固以小事大之常，然非有所惩，则必有所慕。王卿，你是说俺答此番请贡，既无所惩，亦无所慕？"

"臣是这样想的。"王邦瑞说。

戎政府的总督和协理持议每不相同，皇帝见过几次，不以为怪。他转对徐阶说："临城胁贡和无番文书，是徐卿与虏斗智的两样说词，不知今日仍有说词否？"

"仍有。"徐阶说。

"好，请徐卿为朕与众卿言之。"皇帝道。

徐阶说："临城胁贡非礼，射箭送书亦非礼。可使大同边臣告俺答，若诚心请贡，则差亲近人员持文书来。"

"其果差亲近人员来，如何应付？"皇帝问。

"马市亦可相机而开。"徐阶说。

"卿的意思是再计缓之？"皇帝道。

徐阶说："臣以为，贡非不可许，但不可在套虏胁迫下许之。马市非不可开，但马市之开，当为我所用，不可为虏所用；当以我制虏，不可使虏制我。故备边为主，开市为辅；备京师为主，许通贡为辅。而备京师者，固城池为主，调边军为辅。京师外城之建，已议论多年，臣以为，可先筑正阳、崇文、宣武三处外城。"

"此事卿等可与户、工二部堂官议之。"皇帝说。

通贡、开市仍为虚议，筑京师外城倒是件实事。

嘉靖二十九年的最后一天，皇帝降旨，以兵部侍郎张时彻、梁尚德，都察院副都御史商大节，锦衣卫都督佥事陆炳督修三处外城。

第四百四十四章

年节之际，沈鍊到锦衣卫衙门转一圈，正碰上陆炳要外出。

“纯甫来得好，和我一起去东楼处饮酒。”陆炳说。

“在下有约，恕不奉陪。”沈鍊揖道。

“当真？”陆炳不信。

“即便无约，也不与东楼饮酒。”沈鍊说。

“为何？”陆炳问。

“此兄既无雅量，又专以权势欺人，我看不惯。”沈鍊不客气地说。

“他对纯甫可是相当敬重，相当容忍。我欲纯甫同去，也是想在他太过张狂时，挫一挫他的锐气。”陆炳说。见沈鍊仍摇头，他问，“纯甫不肯去，是不是还有别的缘故？”

沈鍊不想再多纠缠，信口开河地说：“我欲弹劾严相，若饮他家的酒，岂不无从下笔？”

“当真？”陆炳说，“纯甫可不要把锦衣卫当成科、道。”

“督帅怕我给锦衣卫惹事，何不把我调去谏垣！”沈鍊道。

陆炳不把他的话当真，可对他也不再强求。

沈鍊对陆炳说有约，也不全是无中生有。他和尚宝司丞张逊业约好，要去张宅畅饮一回，只是并未约定是这天去，还是哪一天去。既对陆炳说有约，不如就这天去。

张逊业字有功，是前首辅张孚敬之子，荫授中书舍人，升至今职。沈鍊赴约，他很高兴，命家人准备酒席，自己则先陪沈鍊品茗闲话。

沈鍊告诉他：“长官要我陪他赴严东楼之宴，被我回绝。与其去东楼那里喝酒受气，不如在这里喝酒撒气。”

“怎么，纯甫兄要把气撒在我身上？”张逊业问。

“非也，我和有功兄使酒骂人，什么气撒不出来！”沈鍊道。

二人拊掌大笑，未闻酒香，已觉欢畅。

“中书科有个姓史的中书，是余姚人，有功兄知道他吧？”沈鍊问。

“知道，他比我去中书科稍晚，也算得资深中书，且与东楼的交情亦不错，”张逊业说罢，问道，“纯甫兄为何提起此人？”

“我要说的正是他与东楼的交情，”沈鍊道，“这个史中书很讲情义。他听到分宜议及我，私下里告与我知。”

“严相曾议及纯甫兄？那是把纯甫兄当成一号人物。”张逊业说。

“话却不那么好听。分宜对东楼说：沈鍊非佳士，宜少与往来，”沈鍊说到这里，不由冷笑。“堂堂相国，竟连一个经历也容不得！”

“纯甫兄可有得罪他之处？”张逊业问。

“我只与东楼在一起喝过酒，若说得罪，也只得罪东楼。”话虽这样说，如何得罪，沈鍊心里还是有数的，“我想，分宜不喜我，无非因为朝议时，我曾响应孟静先生。他容不得孟静先生，自然也容不得我。”

“纯甫兄，得罪皇上都不怕，得罪严相却非细事，须得小心对付才是。”张逊业为他担起心来。

“小心对付？”沈鍊道，“我初听史兄讲时，也在想，要小心对付。后来一想，与其小心对付，不如开口大骂。有功兄，这是我要骂的第一件事。我来问你：尊翁也居首辅之位多年，有功兄也荫官多年，尊翁可曾对你议论过，某某佳士也，某某非佳士？”

张逊业说：“慎交友人，先父经常提醒；但他在朝中虽然树敌甚众，但从不当着我们弟兄的面，指某某非佳士。”

“这正是他老人家的修养，今相怎能望其项背！”沈鍊道，“我再骂第二件事：有功兄今时所住的宅院，即尊翁当年所住的宅院吧？”

“是，”张逊业应道，“先父在京时，许多人劝他把庭院拓宽，均被他坚拒。这宅院传到我手里，我想拓宽，却是既无魄力，又无财力。”

沈鍊说：“好，他是首辅，尊翁也是首相；他屡蒙皇上召入密议，尊翁也屡蒙皇上召入密议；他得皇上所赐额匾，尊翁也得皇上所赐额匾。这些都无大差别。但尊翁的相业，赞成者也好，反对者也好，都不能不刮目相看。他的相业又如何呢？论者想论，恐怕也无从论起，因为根本无业绩可言。他的心思全用在庭院内。有功兄，我给你打个比方吧，尊翁的业绩有多豪华，他的庭院就有多豪华。”

张逊业大受感动，一揖到地：“纯甫兄，十五六年过去，难得有人还会想到先父，还会赞一句先父。”

“我再骂第三件事，”沈鍊说着，问道，“有句童谣，有功兄听过吗？”

“纯甫兄不说什么童谣，我怎知听过没听过！”张逊业道。

“介溪介溪，好不知几；祸福到头终有报，只争来早与来迟。”沈鍊以浙江乡音念起京师的童谣，别有一番风味。

张逊业不出声地重复一遍，说：“类似的童谣听过，这几句却是头一遭从纯甫兄口里听到。”

“我有一句话，有功兄可别不爱听，”沈鍊说，“尊翁也曾被编入童谣，‘一可笑，侍郎扶得尚书叫’是也。但它讽喻的乃是朝政，并非人品。如今日童谣所言，首相之人品实无可取者。”

张逊业还真有些不爱听：“纯甫兄骂三件事，把先父抬出来三次。恳请嘴下留情，让他老人家安静些吧。”

沈鍊大笑：“我知道他老人家是说不得的！好，三件事骂毕，有功兄，为什么还不奉上酒来？”

“菜尚未烧好，纯甫兄少安毋躁。”张逊业说。

沈鍊一拍桌子，喝道：“饮酒便饮酒，要什么菜！尔等只管上酒，我自有佐酒佳肴。”

张逊业招呼家人先送酒来。酒斟好，他问：“纯甫兄以何物佐之？”

“还是一个骂字。”沈鍊说。

“纯甫兄！”张逊业实在吃不消。

“放心，这次我只骂该骂的，绝不累及无辜。”沈鍊夺过酒盅，也不相让，仰头饮下。称两声“好酒，好酒”后，他说：“有功兄，我又要开骂。东楼是你长官，你碍于脸面，不便应声，可不应声，陪我饮酒即可。”说着，起身言道，“纳将官之贿以开边陲之衅，该不该骂？”

张逊业饮酒，复为二人斟满。

“受诸王馈遗，令宗藩失职，该不该骂？”沈鍊道。

张逊业又饮酒。

沈鍊一气斥道：“揽吏部之权，奸赃狼藉，至于驿丞小吏，亦无所遗。纲常不立，风纪大坏，该不该骂？索抚、按之常例，奔走书使，络绎其门，以致有司科敛，而百姓之财日削，教化不行，该不该骂？阴制科、道官，使不敢言，该不该骂？妒贤嫉能，中伤善类，一忤其意，必置之死地而后已，使人为国之心顿然消沮，该不该骂？”后一事浑如在说自己，他又问一遍，“有功兄，该不该骂？”

“该骂！”问到头上，张逊业不能不应。

沈錬又一气说下去：“纵其子受财，以敛怨天下，该不该骂？日月搬移财货，骚动道路，民穷财尽，国之元气大亏，该不该骂？为内阁久而奸贪日甚，无一善状，该不该骂？不能协谋天计，以舒君父之忧，该不该骂？”骂到此，忽问，“有功兄，我共骂几件事？”

张逊业先前一边饮酒，一边还在计数；后来一边饮酒，一边还要应叫“该骂”或“骂得好”，早不计其数。他只能含糊答道：“纯甫兄所骂，没有十件事，也有八九件事。”

“骂足矣，酒足矣！”沈錬起身告辞，几乎站立不稳。

回到住所，沈錬脑子里半是清醒，半是麻木。喝杯冷茶，才觉得好些。

于是把在张逊业家所言，一一记下，正好是十事。十事随想随说，显得空泛，须加些具体事例。沈錬想，与其每事下著文，不如总作一骂，更为痛快。借着酒力，他奋笔写道：

切见辅臣严嵩，受国重任，视如鸿毛；贪婪之性，疾如膏肓；愚鄙之心，顽于铁石。人有欲为忠谋奇计者，恐其胜我也，多方以阻之；人有欲贡谀言谄色者，乐其亲我也，则曲意以交之。揣摩之术，利于锥刀，而不用之以经国；狐媚之态，病于夏畦，而不用之以亲贤。纳贿以鬻官吏也，已成常例，则心知其果而不能回；开筵以结士夫也，用市虚文，则外惧其显而不能止。此其为身谋善矣，其如国家之事何哉！边将非多用黄金，不可以得官，彼何奋身却敌，以钱而买死！守臣非累通书币，不可以致誉，彼何肯忘己爱民，以私而为公！乃今考察之时，又其父子获利之日矣。朝廷赏一人，则曰：由我而赏之也；罚一人，则曰：由我而罚之也。于是人人皆思所以计嵩父子之爱憎，而不复知有朝廷之恩威矣。

涉及考察的几句，沈錬写好后划去。他担心予人口实，还道自己害怕即将开始的考察。但严嵩父子对考察的干预，实在是一件大事，不言不快，这几句话不该删去，不能删去。于是在划去的地方再画记号，表示誊写时还要加上。

再把整段文字连起来读，自己不住喝彩：“痛快！有力！”

他接在后面写一句“臣非不能指其细，姑举其罪之大者有十”，列上所言十事。

如何煞尾呢？沈鍊仍忘不掉今年的考察。考察本是吏部事，现在却成内阁事，成首辅事，成严嵩父子事！而夏邦谟甘心拱手让权，甘心作严府之吏，也该骂上一骂。既写到考察事，干脆再写痛快些。

沈鍊写道：

故今虏寇之来者，三尺童子皆知，严嵩父子之所致也，又况重之以十罪乎？吏部尚书夏邦谟，名为公室之臣，实为私门之吏。大事面白严嵩而后敢行，小事书通世蕃而后敢发。三公但参谋议，岂可以父子而干预六卿之政耶？为邦谟者，少有骨鲠之风，昌言执法，彼不能不回面而改行；籍能阴措其手，不过解官而去耳。唯其计利之心一动，则患失之谋百出。始也因贿而得官，既也因官而得贿，执利坚于胶漆，道义薄于秋云，妾妇之道至工，丈夫之心已吝，如之何其查天下之官吏也！官吏之言曰：内阁、吏部要钱，吾党守清无益。于是内外远近，相视成风，廉耻不行，盗贼蜂起。今之考察，将以进廉退贪，不除此三人者，虽日去赃墨之吏，无庸也。身为污辱之吏，而曰：我将进贤退不肖也，吾谁欺，欺天乎！使内阁、吏部尽忠，则六卿尽职矣，又何异于丁汝夔之失事乎！乃今日之事未艾也。犹闻有阻北伐，以为不可者。然虏贼之称贡也，许亦来，不许亦来；而朝廷之出兵也，来亦伐，不来亦伐。善用兵者，可以守，亦可以战；不善用兵者，不能战，亦不能守矣。今能阻朝廷之北伐，能保虏寇之不南侵乎？但整兵列阵，俟隙而后动，以保万全之胜，则存乎将帅之能耳。今之欲阻北伐者，其心曰：事成则归功于将帅，事失则归罪于辅臣。此所以倡为不可战之说于其间，其于欺君误国之罪，又大矣。伏乞皇上敕下廷臣，将此三人详议其罪，应诛而诛，应斥而斥，则赏罚明而贤否别，忠臣义士无不仗剑而起，感激奋发，争先效死，而虏酋不足灭矣。迩者飚风大作，皇上所宜速发乾刚，以回天变，以慰人心。臣不胜惓惓激切之至。

原来想写几句，作为劾疏的结尾，谁知又是一大篇文字，甚至比开篇之言的分量还要重。全篇读起来，首尾奇重，中部奇轻。有没有这样的好文章且不说，就奏疏而言，不能算是成功的。但沈鍊精殚力竭，所能做的，只是强打起精神，把全文誊写出来。

皇帝阅疏大怒，命将沈鍊杖数十，谪戍保安州。保安州在隆庆州西北，是京畿的西北要塞。

第四百四十五章

孝烈皇后的遗体将与皇帝百年后合葬，早已确定下来；为此，也预先确定皇帝陵号曰永陵。而神主安置在哪里，三年以来，礼部换三位尚书，内阁亦人事纷更，却一直没有定论。

皇帝也许想让大臣们看看，他对孝烈皇后一往情深，也许内心着实愧对孝烈皇后，坚持其神主袝于太庙。皇后享祭太庙，原本是不错的。但皇后主位袝皇帝而入太庙，皇帝今尚健在，怎么办？皇帝可预定陵号，难道也能预设牌位于太庙吗？皇帝为自己心情的平静，一定要孝烈皇后入袝太庙，给礼臣们出一个极大的难题。

费寀掌礼部时提出，将孝烈皇后神主安奉于奉先殿以东之夹室。皇帝不准，说：奉天殿夹室，非正也，可即袝于太庙。

严嵩等议，前殿神主设位于太庙东、皇妣睿皇后之次，后寝神主设幄于宪庙皇祖妣之右，以从袝于祖姑之义。

皇帝之母是睿宗皇帝正配，皇帝之祖母则是宪宗皇帝的侧妃，把孝烈皇后的前殿神主和后寝神主分设两处，不仅不合情理，而且不合法理。皇帝仍不准，且有一番更严厉的反驳：袝礼至重，岂可权就！后非帝，乃配帝者，自有一定之序，安有享从此而主藏彼之礼！

此时面临的问题是太庙九室祭奉太祖、成祖、仁宗、宣宗、英宗、宪宗、孝宗、睿宗、武宗的神主，已经占满。太祖、成祖是百世不祧的。皇帝说：其祧仁宗，袝以新序，即朕位次，不得乱礼。

也就是说，太庙里也预留下他的位置，先以孝烈皇后神主即其位。

严嵩奏道：袝新序，非臣下所敢言，且阴不可当阳位。

皇帝总算给严嵩个面子，命孝烈皇后神主姑藏睿皇后之侧。严嵩也知道这是个棘手的题目，不敢再议。

去年十月，京师摆脱兵乱不久，皇帝又命议孝烈皇后入袝太庙事。首辅不说话，次辅不说话，只有礼部尚书徐阶主其议。徐阶言不可，礼科给事中杨思忠言不可，请奉孝烈皇后于奉先殿。

皇帝震怒。徐阶、杨思忠惶惧，尽改其议，请祧仁宗，祔孝烈太庙第九室。并上祧祔仪注。

天子发威，臣下屈从，事至此，本来可以了结，不料又起波澜。

孝烈皇后祭日，礼部请祭。皇帝说：孝烈是继后，朕又是入继之君，忌日不祭亦可。又对严嵩说：礼官从朕言，勉强耳。既不忍祧仁宗，且置后主别庙，将来由臣下议处。忌日令奠一卮酒，不致伤情。

牢骚如此之盛，臣子何以克当！礼臣不敢复言，但请如敕而行。徐阶等人以什么样的心情迎春，可想而知。

二月初一日，料理完皇贵妃王氏的丧事，徐阶乘机回一趟礼部衙门。

王贵妃是庄敬太子的生母，她母子二人，和皇贵妃阎氏、哀冲太子母子二人，都葬于天寿山附近。

徐阶进衙门就问："志高先生，去看望过孝夫吗？"

礼部右侍郎孙升，字志高，浙江余姚人，嘉靖十四年进士。孝夫则是杨思忠的字。杨思忠，山西平定人，嘉靖二十年进士。

孙升说："看过，他只是偶感风寒，并不碍事。"

"那就好。我这几天总在想：他若是受惊吓，还须我去开解。偶感风寒，确实不碍，"徐阶说。"志高先生，过几日，他还不见好，烦你再代我去看望。我不能亲去，还望他体谅。"

惊吓何所指，不言自明。孙升说："子升先生的处境，孝夫岂能不知！我代子升先生去看望他就是。"

言外之意，杨思忠年前一直附议于徐阶，现在有病，是偶感风寒也好，是在皇帝震怒下吓出毛病也好，他不便前去探视。

徐阶正色言道："我不是不便去，不敢去，实在是日日在西苑当值，这些日子礼部的事又多，抽不出身来。"

"是。我所谓处境，即抽不出身来，并无他意，"孙升说，"其实，在庙议时，唯子升先生敢于立议，唯孝夫敢于附之，子升先生去不去看望孝夫，他人又怎有资格妄议！入仕以来，我从未以升迁为意，但这一次，我真有些悔恨升职太晚。"

"为何？"徐阶问。

孙升说："舜敷先生先调去守宣武门，回部后又命署詹事府事。礼部名有佐卿，实无佐卿。我早到礼部，也好助子升先生一臂之力。”

孙升原任国子监祭酒，前几天才升礼部右侍郎。

“志高先生若非笃行君子，我会以为你在刻意取悦正堂，”徐阶笑道，“不过，志高先生即便早来礼部，我也不会让你为难的。”

“让我为难？”孙升没有听懂。

徐阶眨眨眼，说：“志高先生的处境，我也知道。”

孙升的父亲孙燧在宁藩之乱时任江西巡抚，死难。孙升立誓：终生不写一个宁字，终生不为人作寿文。一到礼部就要议论孝烈皇后神主的处置，难免会触景生情，徐阶不会让他介入。

这样说来，多少有些牵强。徐阶话里其实还有另一层意思：皇帝现在对自己器重，议事不合圣意，尚可原宥；对其他大臣，却未必能容忍。所以，他宁愿少些人卷入其中。他对杨思忠放心不下，担心他受惊吓，也是由于这一想法。

孙升无论怎样理解徐阶的话，都要说一句：“多谢子升先生体谅。”

“好，幸而风波已息，大家可以从容处置部务，”徐阶说着，问道，“志高先生看，礼部当前有什么事情是最该议的？”

“我才到礼部，实不知也。”孙升说。

“所谓旁观者清，正因才到礼部，志高先生一定有灼见。”徐阶道。

孙升不得不静下心来想，不得不壮起胆来说。

“储位之虚近两年。”他憋出一句话来。

“不错，这正是礼部眼下最该议处的事。”徐阶与他一拍即合。

“不过，”孙升有所顾虑，“皇上不喜欢臣下议论储君事。我记得，介翁初掌礼部，议处的第一件事就是请立太子，皇帝亦未采纳。”

“借用一句圣谕：臣子之义，太子当立，力请可也。至于采纳不采纳，听由皇上圣裁。”徐阶说。

孙升点了点头，道：“说的是。子升先生安心值庐，此事由我疏请。”

“不，不，”徐阶不同意。“我为礼部正堂，还是我来奏请。”

徐阶知道，这也是一件有风险的事。自己奏请，皇帝是或准或不准，他人奏请，皇帝则是或怒或不怒。

徐阶上疏，请立太子。皇帝不允，但没发怒。

第四百四十六章

皇帝依陶仲文所授静心修炼法坐够小半个时辰，周身舒泰。王瑜见他精神焕发，奏道："爷，徐应丰向爷辞行，在迎和门外候旨。"

"徐应丰？他为何事告假？"皇帝问。

"他不是告假，是京察被斥。"王瑜说。

"京察被斥？"皇帝笑也不是，骂也不是。"王瑜，京察察何事？"

"奴才不知，"王瑜道。

"去问问张佐，你便知，"皇帝说，"朝廷上的事，你一概不知，朕若要你去司礼监办事，你如何应付！"

王瑜听说有去司礼监的机会，大为振奋："是，奴才这就去问。"

"不必去，朕告诉你一句。下次见到张佐时，你可问他朕说的对不对，"皇帝道。"记住：京察察的是政事。"

"爷说的自然不会错，京察自然是察政事。"王瑜应道。

皇帝又问："王瑜，徐应丰居何官，你知道吗？"

"好像是大理寺副吧。"王瑜答得似是而非。

"那不过是虚衔，你连这也不懂！"近侍懂的越少，皇帝越有兴致与他说话，"朕告诉你，他仍是诰敕房的中书舍人。中书抄抄写写，和政事有什么牵连，京察怎会察到他头上！夏邦谟行事真是荒唐。"

"奴才见到的中书，皆不与政事。吏部如此处置，肯定是错的。"王瑜不知得到什么好处，竟顺着皇帝多说两句。

"你这话也不对，"皇帝纠正他的说法，"吏部也不是不能处置中书，但在京察时处置，却是错的。"

"奴才懂了。"王瑜易应道。

皇帝吩咐："徐应丰不必辞行，朕也不见他。王瑜，你去对他说，朕特旨留他在诰敕房办事，不可懈怠。"

“奴才遵旨。”王瑜应道。

皇帝的特旨，搅得夏邦谟心神不安。才问完左侍郎李默：“时言先生，吏部对徐中书处置有错吗？”又问右侍郎应大猷：“邦升先生，吏部对徐中书处置有错吗？”

李默字时言，福建瓯宁人，正德十六年进士。应大猷字邦升，浙江仙居人，正德九年进士。

嘉靖三年议大礼时，应大猷任吏部主事，曾卷入那场大风波中去。今日能任吏部堂官，连他自己也没想到。他没失去早年的锐气，但遇事想的多，说的少。李默和他性格迥异，敢言敢争，从不让人。他任吏部郎中时，曾为武试同考官，皇帝赐宴，他竟要求坐在兵部尚书之前，因而被贬为外官。陆炳是那一科的考生，李默从外官召入，又升为吏部佐卿，多少得力于他当年取中的这位举子。

“舜俞先生，吏部对徐中书的处置是不是有错，暂且不论；有件事，我一直不解：一中书而已，即便升为寺副，对他的考察，何劳大冢宰亲自过问，且再三过问？”李默直率地说。

“对他议论甚多，我问一问，也是应该的。”夏邦谟支支吾吾，显见是想找一个台阶下。

李默却不给他这个台阶下：“舜俞先生道议论者甚多，我就不曾听到对他有什么议论。邦升先生，你听到吗？”

“听到什么？”应大猷好像二人的议论与他无关，根本没听进去。

“舜俞先生说对徐中书议论甚多，你听到吗？”李默重复自己的问题。

“哪个徐中书？”应大猷更像在装聋作哑。

“吏部论罢的徐应丰，还有哪个徐中书！”李默有些赌气。

“舜俞先生说对他议论甚多，想必是甚多；我却没听到多少，至多是偶有所闻。”应大猷圆滑地说。

“一个是听到的议论甚多，一个是根本没听到议论，一个是偶有所闻。吏部的三个堂官所言各不相同，说出去，别人相信哪个，皇上相信哪个？”李默不由冷笑，他一针见血地说，“舜俞先生，我怕你不是过问徐中书的考察，不是听到的议论甚多，而是受命于人。”

“时言先生言重。吏书俗称天官，除受命于天子，还能受命于谁人！京察乃第一大事，我怎敢徇私情！”夏邦谟一口否认。

“但愿舜俞先生心口如一。那么，如果对徐中书处置有错，我二人随同舜俞先生一同请罪，”李默拉上应大猷，“邦升先生，你说呢？”

“是，理应一同请罪。”应大猷说。

“一同请罪倒也不必。一人做事一人当，今次京察有差错，我身为正堂，难辞其咎。”夏邦谟神情颓丧地说。

“东楼，你看中书徐某为人如何？”严嵩问。皇帝特旨留徐应丰，他比夏邦谟更加心神不安。

“大人问得好笑，他整日在大人眼前晃来晃去，大人怎么反而问起我来？”严世蕃道，“是不是大人仍以为，徐以言参奏，是他唆使？”

“先前是猜测，而今几乎可以断定。”严嵩说。

“何以见得？”严世蕃问。

严嵩捋顺自己的思绪：“徐以言所谓‘大车数十乘，楼船十余艘，水陆载道，骇人耳目’，他在刑部，如何得知？必是有与我较为亲近之人，依据蛛丝马迹，胡告与人。中书是与我较为亲近的人之一，东楼又说，徐以言上疏前，曾去他舍饮酒。”

“这是督帅告我的。”严世蕃道。

“所以，我怀疑徐以言参奏，是他唆使，”严嵩说，“但我平日见他忠厚，亦仅怀疑而已。这次他被吏部论罢，径去向皇上辞行以乞怜。故我知忠厚乃其表也，他是个很有心计的人。唯有心计者，可唆使徐以言上参本，这可证实我的怀疑。”

“大人道他辞行乞怜，是怎么回事？”严世蕃问。

严嵩把徐应丰如何去西苑向皇帝辞行，皇帝如何责怪吏部，如何留徐应丰于诰敕房的经过，大致讲述一番。

“大人担心受牵累？”严世蕃问。

严嵩点点头，反问一句：“你看会不会？”

“绝对不会，大人只管放心。”严世蕃很有把握地说。

“何以见得？”严嵩也问。

“大人欲斥罢徐某，是因为怀疑他与徐以言有连；皇上留下徐某，是因为吏部的处置出差错。此乃风马牛不相及的两件事。皇上若以为徐某唆使徐以言上疏参奏这件事不错，大人才会受牵累。可皇上会吗？”严世蕃自问自答，“故大人不必自扰。”

严嵩一想，可不是。在同一件事上，他和皇帝看的是两个方面，想的是两个方面，于是在不同的方向上发生冲突：一个是皇上和夏邦谟的冲突，一个是自己和徐应丰的冲突，或者说，是自己和徐学诗冲突的延续，而不是自己和皇上的冲突。这有什么可不安呢？

换一个角度想一想，如果皇上和自己看的是同一个方面，想的是同一个方向，会不会一致呢？他觉得，不妨作一尝试。

“我对皇上说明，中书徐某乃徐以言谋主，你道如何？”他问。

“大人不值得冒此风险。”严世蕃说。

“你以为是冒风险？”严嵩似看法不同。

“坦率地说，风险不小，”严世蕃的结论更进一步，“皇上责怪吏部，留下徐某，完全是冲着舜俞先生去的，并不知道大人与这件事有牵连。大人一说，皇上不仅知道徐某与徐以言上疏的关系，而且知道大人和吏部斥罢徐某的关系。就皇上而言，无非二者取一：一是迁就大人，维持吏部拟议；一是责怪吏部之外，还要责怪大人。皇上取后者的后果，用不着我多说。皇上取前者，逐去徐某，大人看起来得一时之利，但皇上并非心甘情愿，迟早也要迁怒于大人。大人请想，为得一时之利，而埋下此祸根，到底值得不值得？”

“说的是，我犯不上去冒此风险。”严嵩想通。

“再者，留下徐某在诰敕房，是他一时得计，日后使皇上迁怒于他，有何难哉！”严世蕃把这一面的道理说透，又翻转过去说另一面，“不过，有两件事，大人也要留意。”

“哪两件事？”严嵩问。

严世蕃说：“一则，大人的话不错，徐某此人颇有心计。大人以后不可再与他亲近，也不可让他再亲近大人。二则，舜俞先生的吏部尚书恐怕保不住，大人要有个准备。”

“皇上会为这件事罢去舜俞先生？”严嵩显然以为不会。

严世蕃的答案是：“我不敢说皇上一定会罢去舜俞先生，但大人善于以小见大，皇上更善于以小见大。皇上既然改正吏部对徐某的处置，我想，不会对舜俞先生不作处置。处置可轻可重，我想，处置无论怎样轻，皇上也不会再让他掌吏部。”

“果如是，太可惜。”严嵩道。

所谓可惜，是像夏邦谟这样资历又深、对他父子又恭顺的吏部尚书，不见得还能找到。对此，严世蕃也有同感。

“东楼，舜俞先生若罢去，谁会接替他？”严嵩保不住夏邦谟，一定要想是不是笼络得住、以及如何笼络继任的吏部尚书。

“多半会是时言先生。”严世蕃推测。

严嵩思忖着说：“李时言性子太刚，非佳选。”

严世蕃好似故意要与家大人作对，说：“督帅肯进一言，皇上必用他。我看，督帅一定会力荐，皇上一定会采纳。大人愿不愿与我再赌一次？”

“好，就与你赌！”严嵩自信地说。“嘉靖改元以来，吏部尚书从未以吏部侍郎升任。皇上难道会为李时言改此规矩？我看你输定。”

“不是为时言先生改此规矩，是为陆督帅改此规矩。陆督帅有这个面子没有？且皇上从不按规矩行事，大人动辄言规矩，是还没摸透皇上的脾性。我看大人输定。”严世蕃更加自信。

今此京察，第一个被罢的大吏不是别人，正是主持京察的吏部尚书夏邦谟，接替他的果是本部左侍郎李默。

在他之前，兵部尚书王邦瑞罢免。在他之后，守易州的兵部侍郎翁万达罢免。不过，不是由于京察。王邦瑞与仇鸾屡有争议，二月初把他和仇鸾的分歧罗列起来，上了一疏。皇帝信用仇鸾，几乎到了言听计从的地步，怎听得进他的话！于是罢了他的官，以兵部右侍郎赵锦代之。翁万达郁郁不得志，自陈请罢，皇帝也罢了他的官。

第四百四十七章

大同总兵官徐仁把宣、大总督苏祐迎进总兵衙门，问道：“允吉先生是先歇一歇，还是立即讯问来使？”

苏祐看大同巡抚何思不在，反问：“何都堂不来吗？”

“何都堂抱病，此事只好由我便宜处置。我告诉他，都堂大人要来；他说，等都堂处置过正事，再行谒见。”徐仁禀道。

“不必劳动他，处置过正事，我去看他。”苏祐说着，问道，“徐将军，虏使愿留大同为人质的，共有几人？”

“四人。”徐仁答。

“可有俺答亲近之人？”苏祐问。

“正使脱脱，是俺答之子。”徐仁答。

“俺答之子？”这是苏祐始料不及的，他问，“是自称的吗？”

“他也自称，我也再三求证。”徐仁道。

“镇帅如何求证？”事体重大，苏祐一定要问个明白。

徐仁说：“副使三人，我一一询问过，都称他脱脱汗，这是第一步求证。护送使者的一队虏骑，我着属下请他们饮酒，问起来，他们都称护送的是脱脱汗，这是第二步求证。他们押送来两名叛卒，我亲自讯问过。他们叛入套中数年，与俺答的几个儿子都见过面，称正使确是脱脱汗，这是第三步求证。大同通事中，有几个与俺答办过交涉，我着他们与虏使会面，他们都能辨认出脱脱汗，这是第四步求证。都堂若还有疑虑，可再一步一步自己求证。”

“镇帅办事如此精细，我还有什么疑虑！”苏祐道，复问，“俺答送来的两个叛卒，叫什么名字？”

“一个叫朱锦，一个叫李实。”徐仁道。

“大同各卫中，确实有这两个人吗？”苏祐问。

“有，他二人原属大同左卫，也让人辨认过。”徐仁说。

苏祐没什么再要问的。他说："一则送亲子为质，一则缚送叛卒，俺答为的是表示求款请贡的诚意。此事关系重大，朝廷或因此而确定方略，改变方略，我不得不慎重。镇帅，这几个人我都要见一见。"

"请大人莅临本镇，讯问各人，亦为慎重起见。"徐仁说。

苏祐见过脱脱等四名虏使，见过朱锦、李实两名叛卒，与徐仁问的结论完全一样。他急报朝廷请旨。

戎政府临近灯市大街，设在原帅府的旧址。帅府原是为统领十二团营的都督举行会议而设的，现改为戎政府，恰如其分。

仇鸾见到赵锦，笑呵呵地说："我真想这个协理戎政仍由王唯贤任。"

他任甘肃总兵时，位于巡抚之下，对杨博毕恭毕敬，现在总督京营戎政，连兵部尚书也不放在眼里。

赵锦一愣，问道："我有得罪爵爷之处吗？"

"文卿先生休要误会我的意思，"仇鸾道，"王唯贤在戎政府时，总与我唱反调，称虏酋狡诈，不可信。他若仍在戎政府，我就要指着他鼻子质问：俺答以亲子作人质，仍不足信吗？"

赵锦字文卿，顺天府良乡人，正德十二年进士。

赵锦知道并没得罪仇鸾，放宽了心："唯贤先生不识时务，难怪皇上不再用他。宜准通贡，宜准开市，皆在爵爷运筹之中。"

"怎么，宜准通贡，宜准开市，文卿先生拿得准？"仇鸾问。

"爵爷主持大局，有什么拿不准的？不过，"赵锦也有其精细处，"为万全计，可先在口头许之，遣文、武大臣各一人，会镇、巡官晓谕俺答，验其果不入犯，则开马市。"

"不错，这比贸然许之好得多，"仇鸾说着，问道，"文卿先生，你看一年几市，较为适宜？"

"四次如何？"赵锦掰着手指数道，"春初可一次，春、夏之交可一次，秋初可一次，秋、冬之交可一次。"

"甚好，"仇鸾同意，又问，"文卿先生，你看马市宜开于何处？"

赵锦想了想，说："大同马市可开于新建五堡之外，宣府及延绥、宁夏等镇，马市可酌近开设。"

他曾巡抚大同，深知虏入五堡，则局面难以收拾。仇鸾也深知这一点，但对其他各镇近边开设马市，有些担心。

“宣府等镇近边开设，不怕有变吗？”他问。

“不怕，”赵锦道，“大同既开市，则以大同马市为主，虏众皆拥向该处。其他边镇规模既小，边军足以控制局面。”

“有道理，”仇鸾颔首，“我想，每市可发银十万，也应主要用在大同的马市，以购买器具，以之易马。”

“可全部用于大同马市，其他边镇再酌情筹银。”赵锦说。

“好，我等就以这几事奏上吧。”仇鸾说。

兵部右侍郎聂豹很不情愿单独与徐阶会面，因为原先有一层师弟的情谊，现在成举荐与被举荐的关系，一部正卿与另一部佐卿的关系，坐在一起总有些不自在。但遇到心情不快时，他首先想到的还是徐阶。

在徐阶府上坐等主人回来，更加不自在。难怪徐阶见到他时，他脸色很难看。徐阶对他，则一如既往地亲热、恭敬。

“哎呀，让文蔚师久等，罪过，罪过！”徐阶连连作揖。

聂豹眼看他处，一句话也不说。

“文蔚师光顾舍下，为的何事？”徐阶关切地问。

聂豹瞥他一眼，道：“我说过，这个‘师’字请收回，我担当不起。”

“是，是，”徐阶马上改称呼，“文蔚先生光顾舍下，为的何事？”

“兵部再无我立身之地。”聂豹抱怨道。

“怎么？”徐阶很有些吃惊，“我知文卿先生和你是同年交好，有丁卯科文字辈之称，九一兄为人谦和，对文蔚先生也是很敬重的，怎就会有再无立身之地的感慨？”

赵锦升尚书后，聂豹由右侍郎改左侍郎，张时彻则由刑部右侍郎改兵部右侍郎。他和徐阶同年，知道聂豹、徐阶之间的关系，怎么也不会挤对得聂豹在兵部呆不下去。。

“子升先生以为，在兵部就只和本部的堂官打交道？”聂豹道。

若在兵部以外受气，不是严嵩给的，就是仇鸾给的。徐阶想：严嵩虽然对自己有所戒备，也知道聂豹是他举荐的，但不会因此而加以排斥，因为聂豹赴京会试时，经李梦阳引荐，曾从严嵩习诗，算是未入其门的弟子，这点面子还要给 。那么，应是仇鸾与他结仇。

“爵爷对文蔚先生那篇奏疏还耿耿于怀吗？”徐阶问。

聂豹的那篇奏疏，是关于调动挑选边兵的。他和王邦瑞持议相同，认为与其调宣、大兵入卫京师，不如固守宣、大，宣、大安则京师安。聂豹和王邦瑞直抒己见，在仇鸾看来，却是二人合谋与他作对。王邦瑞被排挤而去，聂豹也就觉得什么都不对头。

“岂止是耿耿于怀，他必欲将我撵出兵部而后快！”聂豹气愤已极，“我说，他差人侦伺我的一言一行，子升先生或许不信；可说不定，他明天见到子升先生的时候就会问，我今晚是不是来你府上？”

“有这么严重？”徐阶有意使气氛轻松些，他说，“就算他戎政府里有几个差役，难道就没别的事情要办？”

“戎政府差役不够，他还可借用锦衣卫的人嘛，”聂豹说，“子升先生没听人说过，戎政府的总督和锦衣卫的都督情同手足？”

徐阶暗想：这可真有意思。陆炳和严府的关系极为密切，仇鸾却有和严嵩抗衡之势。他自己和仇鸾、和陆炳相处都算融洽。结好陆炳，为的是缓解严嵩对自己的猜忌；结好仇鸾，为的是减少严嵩对自己的压力。仇鸾和陆炳成亲兄弟，是陆炳看出仇鸾比严嵩更得圣心，还是仇鸾看出必须和陆炳结盟才能与严嵩对抗，或者干脆是严嵩请陆炳在他和仇鸾之间调解？无论如何，自己对这三方都要维持和睦。

“爵爷如此看重文蔚先生，也好。明天不等他问，我先告诉他，文蔚先生来看我，是想知道爵爷为何不能相容。如何？”徐阶谑道，又开解说，“文蔚先生，你不在戎政府兼差，他不在兵部兼差，他相容怎样，不相容又怎样？你日常用不着看他的脸色，若发现侦伺的人，你倒可以给他些脸色看看。再者，文卿先生、九一兄也是好相处的，不会给你脸色看。你与他二人协力办好兵部的差事，强过与爵爷怄气。”

话不那么好听，可聂豹服气，脸色也缓和下来。

“子升先生道与文卿兄、九一先生协力办好兵部的差事，九一先生有道家之风，你想和他争也争不起来；至于文卿兄嘛——”聂豹有话难以出口，重重地叹了口气，“唉！”

“文蔚先生和文卿先生也有过节？”徐阶问。

聂豹摇摇头，说：“过节倒没有，可他这协理尚书对那位总督爵爷百依百顺。在侍郎位上，他阿附调边兵之议；在尚书位上，他又阿附开马市之议。真让人难和他共话！”

“文蔚先生反对开马市？不会再疏论四虑吧？”徐阶开玩笑地问，聂豹前一篇奏疏，是以调边兵入卫京师有四虑开始的，“说句实话，开马市是大势所趋，不可责备文卿先生阿附。”

“子升先生也以为马市可开？”聂豹问。

“不妨权宜开之，”徐阶说，“若因马市之开，边镇从此偃旗息鼓，消弭兵祸，有什么不好？前者俺答在城下请贡，有胁贡之势，皇上不能准，百官万姓不欲准，准则长俺答气势。今俺答退出边外，文书已改为谦卑之词，其子甘为质，叛卒逃人也送回一两个，已完全不是胁贡之势。皇上不欲兵戎相见，百官万姓不欲兵戎相见，准则长朝廷气势。”

“若俺答有诈呢？”聂豹问。

徐阶说：“去秋俺答集兵京畿，不是因为他有诈，而是因为我无备。有备，则不惧其有诈。再者，我是泱泱大国，他是边陲丑虏，文蔚先生道，朝廷该后发制人，还是该先发制人？”

“子升先生说的是，看来，我也不该反对开马市。”聂豹被说服。

兵部会廷臣集议，奏闻于皇帝的，主要是仇鸾、赵锦的议论。皇帝阅后，单独召入严嵩议之。

“朕看，暂许之这个‘暂’字议得好。”皇帝说。

“皇上圣明，”严嵩称颂，“不过，既曰暂许，一年四市未免太频。臣的意思，一年二次，春季一次，秋季一次，足矣。”

“卿言是，其始马市不可太频。”皇帝赞成。复问，“集议称，差遣文、武臣会镇、巡官谕虏，卿看，文臣可差谁去？”

这不是好办的差事，又是容易受知于皇帝的差事，选人一定要慎重。严嵩把与大同有关系的人筛过，想起一个皇帝一定会满意、又不会给自己造成麻烦的人来：原大同巡抚史道。他以兵部侍郎致仕，赋闲在家。

“大同马市设在五堡之外，何不就使当初筑五堡的人去？”严嵩说。

“卿是指史道？”皇帝果然满意，“此人有经略边方之才，可任。”

而且收到意想不到的效果：史道过去与夏言的关系密切，严嵩举荐他，合外举不避仇的古训。

武臣则用京营参将徐洪。

第四百四十八章

保定易州人张时，字宗易，嘉靖二十九年进士，在朝廷某衙门试职近一年，仍未实授，心里着实有些烦躁。兵部员外郎杨继盛和他是保定府学的同学，理解他的心情，抽空前去看望他。

杨继盛字仲芳，保定容城人，嘉靖二十六年进士。

“兄字宗易，心却不宗易，凡事不能看得恬淡。”杨继盛说。

“兄字仲芳，心却不宗芳，凡事锋芒毕露。”张时说。

“我所言者，今日之宗易兄是也。”杨继盛说。

“我所言者，唐应德先生之言是也。”张时说。

二人执手大笑。

唐顺之曾致书杨继盛，曰：执事豪杰士也，忘身许国，不屈不挠。然颇觉慷慨激发之气太盛，而含蓄沉几之力或不及焉。施为欲似千钧弩，磨砺当为百炼金。愿益留意，则不朽之业，终当在执事矣。

“宗易兄为何只引应德先生之言，不引来凤先生之言？”杨继盛道。

杨继盛初授南京吏部主事，礼部侍郎崔桐撰《送杨仲芳任南铨曹主政序》：今年丁未，仲芳举进士高第，宴集于南宫，见其貌温如也，退如也，听其言若不能出也，确乎其根理而本性也。他日以语少湖公，公曰：吾贤其人久矣，子亦贤之，则吾免子羽之失矣。

少湖是徐阶的号。杨继盛入国子监时，他官祭酒。

一则谓杨继盛“慷慨激发之气太盛”，一则谓杨继盛“温如也，退如也”，看法截然不同，可谓怪事。

“原来仲芳兄也想作吐芳之花，不欲作荆树之刺。”张时道。

“那是自幼之梦想，亦寄望于他日。今时却不可；今时还要作荆树之刺，”杨继盛说着，故作神秘语，“宗易兄可知我今时要刺谁？”

“仲芳兄不是方刺过我吗？”张时道。

杨继盛说：“彼乃讽也，非刺也。今所刺者，必深入骨髓，使被刺者辗转反侧，痛楚不堪，使主开马市者皆惊悚不安。”

“宗易兄要谏开马市？如何刺法？”张时问。

杨继盛拍拍自己的肚子，说：“腹稿已有，我知宗易兄心情不佳，今日当面把疏稿写出来，也好让宗易兄精神为之一振。”

“好，我也正好看看，仲芳兄到底是气盛的豪士，还是有温退的本性。”张时说着，把纸、墨、笔、砚准备好。

杨继盛不多时龙飞凤舞地写好第一段。张时诵道：

> 臣至都下，见俺答求开马市之书，窃意上触圣怒，征讨之志已决，问罪之师断不可已。及廷臣会议，准暂开行，臣不觉仰天大呼，喟然长叹曰：国事乃至此哉，国事乃至此哉！夫以汉之武帝、唐之太宗，不过二霸主耳，犹能威震夷狄，气压突厥。以皇上之英武，国家之全盛，英雄豪杰、勇夫壮士之伏于草莽下位者，又不可胜数；其蠢兹胡虏，反不能生擒酋长，剿绝苗裔，而乃为此不得已下策之事哉！

“敢欺汉武、唐宗不过乃尔，而寄望草莽下位之英雄豪杰、勇夫壮士，仲芳兄，好生了得！”张时由衷敬佩。

“不如此，不足以刺痛主政者。”杨继盛嘴上应着，手上一点儿也没放慢，不多时，第二张纸也写满。

张时诵道：

> 臣请以开马市十不可者，为皇上陈之。夫开马市者，和议之别名也。虏素宾服，尚不可言及此，去年入寇，杀掳如此之惨，今不惟不能声罪复仇，而反与之为此和议之事，何以上解列祖之怒，下纾百姓之恨乎！此忘天下之大仇，一不可也。信者，人君之大宝，匹夫匹妇，尚不可失信义，况于皇上。北伐之命屡下，臣民所共知，四裔所共喻，天下日夜引领仰望王师之兴。

乘杨继盛换纸的工夫，张时说：“信者，人君之大宝，这话说得不错。但以此而刺皇上，过分不过分？”

“为谏开马市，该过分处，须得过分。”杨继盛说着，责怪道，“宗易兄，你默诵也罢，朗诵也罢，不要总打断我的思路好不好？”

“好，我只拜读，不再议论。”张时道。他继续诵道：

乃翻然而有开马市之议，此失天下之信义，二不可也。今以堂堂天朝之尊，而下与犬羊为此交易之事，是天壤混淆，冠

服同器，将不取笑于天下后世乎！此损国家之重威，三不可也。天下豪杰闻胡虏杀戮人民之惨，奸掳妇女之辱，其愤恨不平之气，皆欲与逆贼决一死战。今马市一开，异日欲复号召，谁肯兴起！此隳豪杰效用之志，四不可也。自去岁大变之后，天下颇讲武事。今马市一开，有边镇之责者，日弛其封守之防；无兵戎之寄者，益惰其偷安之气矣。此懈天下修武之心，五不可也。宣、大人民怀携二之心久矣，今马市一开，则彼之交通者，乃王法所不禁，将来勾引之祸，可胜言乎！此开边方通虏之门，六不可也。天下人民，惮于水旱征役之苦，人人有思乱之心。今马市一开，群起为盗，又焉能制！将来腹心之变，可胜言乎？此起百姓不靖之渐，七不可也。今皇上声罪致讨，调兵半年，及至于今，止为马市之开，此长胡轻中国之心，八不可也。犬羊之性，变诈无常，谋深计巧，反出我之上，我不能以羁縻乎彼，彼得以愚弄乎我矣。此堕胡虏狡诈之计，九不可也。

读到这里，张时说：“九不可有若层峦叠嶂，阅之回味无穷。”见杨继盛瞪他，忙说，“是我又多嘴。好在未读者仅一不可，读过后，我总可以议论一二吧？

“十不可之后，又有五谬，宗易兄慢慢读吧。”杨继盛边写边说。

“好，好，我不忙于议论。”张时又读下去。

胡虏之产马有穷，中国之生财有限。

一旦胡虏之马已尽，中国之财告乏，将安处乎？永久之计，将安在乎？此中国之财、胡虏之马，两难相继，十不可也。

张时跃跃欲言，嘴巴张开，又强行闭上。

杨继盛活动活动手腕，道：“宗易兄欲评点十不可吗？请。”

“只一句话：仲芳兄十不可，并未直指谁人。”张时一吐为快。

“对，十不可乃对事，须得旁敲侧击。”杨继盛说。

“好，好，仲芳兄请写五谬吧。”张时反在催促。

杨继盛凝神端坐，挥毫写道：“彼倡为开马市之议，以欺诳皇上者，其谬说不过有五。”

“以‘彼’者开篇，耐人寻味，”张时话一出口，忙把嘴捂住，“你写，我来诵之。”

有曰：外开马市，暂以为羁縻之术之计耳。殊不知，马市之开，乃所以自羁縻，非所以羁縻乎彼也。虏性无餍，请开马市之后，或别有所请，一不如意，彼即违约，则彼之入寇为有名，我之不应其所求为失信矣。如曰欲修武备以图战守，虽不用此羁縻之术，亦可矣。此其说之谬一也。

有曰：方今急缺马用，正欲买马，一开马市，则我马渐多，彼马渐少，岂不两便？然市马不过为征虏计，如交易果可以无事，则市马又将安用乎？ 况虏市于我者，不过瘦弱不堪之物，不服水草，将不日俱毙而已。此其说之谬二也。

有曰：初许市约，暂系乎犬羊之心，将来许贡，则可为永久之计。夫谓之进贡者，不过我予彼以重利，彼贪我之重利。况市马，我犹得以少偿其费；许贡，则彼白手来取重利矣。此其说之谬三也。

有曰：虏虽犬羊，最不失信。殊不知，虏之种类日繁；加之以掳掠人口日增，其日用之服食器用，俱仰给于中国。市马之利，焉足以尽供其所费？纵使少有羁縻，不过暂保一二年无事耳。此其说之谬四也。

又有曰：佳兵不祥，不可轻用。与其劳而动众，孰若暂开马市，休兵息民，而急修内治之为上。

为此说者，是损国家之兵威，养虏寇于日盛，坏天下之大事，必自此言始矣。恩赏兵威之并用，王者御世之权也。譬如人身四肢，俱若痈疽，毒其内攻，乃犹专食膏粱，而惮用药石，将不至于伤其元气乎！此其说之谬五也。

杨继盛见张时手持疏稿发愣，捅捅他，问道：“宗易兄，该你说话时，怎么反而不说？”

“略觉失望。”张时道。

“可是因为除一‘彼’字，仍无姓名？”杨继盛问。

“是啊，仲芳兄以十不可对事，故不点出姓名；转到五谬，不对事，总该点出姓名吧？”张时道。

“五谬乃对言，须得含沙射影，”杨继盛说，“所谓五谬者，发论者不止一人，附和者不计其数。一一点出姓名，岂不是浪费纸张！本疏全篇均不点出姓名，但字字句句皆有所指，自会有人痛楚不堪。”

“这也是一种写法，”张时回应后，问道，“仲芳兄，如何煞尾？”

“我有一喻，虏与我，犹主户与佃户，”杨继盛打个比方，详解道，“虏贼以中国之百姓为佃户，秋后则入而收其租，虽已得计，犹有往来奔走之苦，日夜杀人之劳。今请开马市，则可以坐收中国之重利。况马掳自中国者，春时草枯，则市之；秋后马肥，则入而再掳之。及至来春，又再市之。是以轮回之马，获青趺之利。说起来，昔日彼犹为出门讨租之人，今日我则为上门纳租之户。”

“出门讨租，上门纳租，简直妙不可言。欲谏开马市，有此一喻足矣。”张时至此方赞不绝口，“马市不可开，道理浅显易懂，有人却一味主开马市，其中原委，仲芳兄要为皇上剖析一二吧？”

“不错，其中原委，亦浅显易懂，”杨继盛道，“马市之开，利于虏贼，而不利于中国。敢议而行之者无非以为，征讨之事，已难收拾，虏再入寇，皇上刚明，必追究谋国者之不忠，专征者之不勇。而前日交通已有成效，莫若委屈，犹可二三年苟延，暂免目前之祸，暂固目前之宠。无敢非而止之者，无非以为，马市罢开，而虏再深入，则必归咎于止开马市之人，加之以误国之罪；孰若隐默不言，大家因循之为上也。”

“开马市为固宠，这句话说在要害处，”张时评道，“仲芳兄，我有一个不情之请。”

“既曰不情，就不必说，”杨继盛不让他说下去，他料得到，张时想和他一起上此疏，这是他不会答应的，“我有一请，完全在情理之中，还望宗易兄俯允。”

“仲芳兄请说吧。”张时无法拒绝。

杨继盛从怀里掏出两锭银子，约有三十两，放在桌上。

“这是我几年来的积蓄，宗易兄还乡时，请帮我捎回去。”他说。

这如同交代后事，张时更无法拒绝。他拿起一锭银子，掂了掂，问道：“仲芳兄是要我交给嫂夫人吗？”

“不，请交与家兄。”杨继盛说。

张时知道他家的情形，道：“仲芳兄不是已与令兄析产分家了吗？”

杨继盛的兄长不是贪佞之辈，也不是厚道之人，杨继盛在太学时，他担心费不可测，强使杨继盛妻子分家。

杨继盛说：“前者我亦惧不胜负笈为兄长累，故默许之。但长兄若父，我幸有余赀，当佐兄长朝夕之用。”

张时甚是感动，说：“仲芳兄放心，若有不测，这件事我一定代办。”

第四百四十九章

皇帝将杨继盛疏发下，命成国公朱希忠、总督戎政仇鸾、首辅严嵩、次辅李本、礼部尚书徐阶，兵部尚书赵锦、兵部左侍郎聂豹、兵部右侍郎张时彻等会议。为迁就在值三臣，会议场所定在西苑值庐，与会者虽不足十人，已把值庐挤满。众人坐得不舒服，空气又不好，无不盼着早议出个结果。

“皇上若再差张公公、陆督帅与会，则一定要换个议事的地方。”主持会议的严嵩看着众人说。

“可不是，这处值庐也该翻修翻修。”仇鸾说着，伸个腰身。

严嵩乘他开口之机，问他：“马市之开，由爵爷之议而起，对杨仲芳的十不可、五谬之说，爵爷如何驳之？”

“正因开市之议由我而起，进止我不敢言，”仇鸾说，“不过，我听人说过，杨仲芳目中无人，我看他不仅目中无人，且目中无寇，所以他这一大篇文字，用四个字来说，即目中无寇。”

“目中无寇，生动之至，”赵锦喝彩。

“爵爷的长处是目中有寇，文卿先生的长处亦是目中有寇，”严嵩的称赞中含有讥讽，“文卿先生仍主张开马市吗？”

“是，”赵锦应道，“胡虏屡次请贡，当事之臣未能委屈善处，致使侵寇数年。今胡虏复以贡马为言，兵部与廷臣集议，一直以为当暂许之，以塞其欲，以便我从容计议战守。”

“文蔚，你之见呢？”严嵩问聂豹。

聂豹看徐阶一眼，说：“此举本借以为羁縻之术，以修我备，非恃以为久安。若罢开马市，俺答侵犯，仓促间如何应之？”

严嵩把他那个细微的动作看在眼里，问道：“文蔚，这是你自己的看法，还是受教于人？”

“即便受教于人，也是自己的看法。”聂豹说。

“另一位少司马呢？”严嵩转问张时彻。

张时彻说：“胡虏逆天犯顺，孰不欲正罪致讨？但兵食未充，故因其悔罪，暂为羁縻之术。今若中止，恐变生不测。”

“子升先生钟情于杨仲芳，屡称其大才可用，今杨仲芳一展其才，子升先生仍称赏否？”严嵩问徐阶。

“称其才，未必附其议，”徐阶说，“开市为开市，武备为武备，仲芳视此二事互为表里，大错而特错。若以开市而妨碍武备，如其言十不可，诚有可忧者。今开市未忘武备，何虑之有！且克弘先生奉旨赴大同，也该到彼，还容再作别议吗？”

“不错，业已差官，不容别议。”朱希忠很赞成这一说法。

“介翁，内阁之议如何？”除仇鸾，别人也不会这样问。

严嵩说：“朝廷举措，关系非轻。今虏使质留在堡，大臣已去在途，委难中止。可候史道到彼，同总督苏祐等酌处，待接其报，另行议之。至于备虏事宜，只依皇上初意，且坚吾守，直待彼犯，定要一剿一扫。此诚帝王万全之道。”

“介翁说得好！”朱希忠随声赞道，“此不仅为内阁之议，亦为我等之议。介翁可以此数语奏闻。”

皇帝对开马市之举尚有犹豫，对处置杨继盛也尚有犹豫。仇鸾说，开市之议由他而起，不敢言行止。但皇上相信，不肯在会议上说的话，他一定会私下里对自己说。

果然，仇鸾有密奏呈进，称：马市不可不开，杨继盛尤其不可不治。所谓十不可，不只说满朝大臣错，而首先是说皇上错；所谓五谬，不只说满朝大臣之议荒谬，而首先是说皇上之谕荒谬。因为皇上已有旨，准开马市，且佥选史道为钦差，主持其事。杨继盛如果真以为开马事是错的，为什么不在大臣会议前奏之？为什么不在皇上降旨前奏之？大臣议过，圣旨颁发，再一概否定，是目中无满朝大臣，目中无皇上，是把朝廷大事视同儿戏。

皇上最恨臣下言事在既决之后，许多科、道言事治罪，皇上都会责问：既如此，为何不早言之？皇上因对开马市疑虑未消，杨继盛的奏疏又不具体参劾某大臣，本来，没有治罪的意思。仇鸾的密奏，引起他对杨继盛的不满。一个不满是：议论十不可，五谬，好大口气，的确是目无满朝大臣，目中无皇帝本人。另一个不满是：早奏上十不可，五谬，皇上颁下的可能就是另一道旨意。现在成骑虎之势，皇帝不会责怪同意开马市的满朝大臣，尤其不会责怪倡言其事的仇鸾；唯一可以责怪的，就是此际大谈十不可、五谬的杨继盛。

杨继盛注定难逃一劫：皇上对开马市没有疑虑，会以逆耳之言治他的罪；皇帝对开马市有疑虑，会以迟到之言治他的罪。

皇帝命将杨继盛逮下诏狱，随后，将他贬为华夷之交的狄道县典史。

另一方面，杨继盛上言的十不可、五谬，更加重皇帝的疑虑。他先是想到：他和严嵩议决一年两市，是嫌仇鸾、赵锦等议的一年四市太频；现在看来，一年两市也多。他随笔写下：岁市二次可止。接下来要写“一年只开一市”时，忽然有新的想法。

圣旨已颁下，大臣已视事，如众臣所言，今春的马市非开不可。但下一马市何时再开，是今秋，还是明春，与其写得明白，不如写得含糊，与其定为一年一市，不如观胡虏表现再定；观察之期可定为一年，可定为两年，甚至可定为十年。对，就定为十年。

于是，皇帝亲写的圣谕是：岁市二贡可止，只与目前一次，仍亟行史道等，示以中国上体好生、俯轸民患，特准一次。自是以后十年不敢犯，输情上表，方再准一次。贡必不许，勿得示弱，令贼欺夏。修我内治，一时不懈为当。

写好此谕，皇帝意犹未尽，又写一道给严嵩的密谕：小人阻议，国是纷纷，何由而定？大将军体重，故斥继盛，以重专阃之权。

第四百五十章

大同巡抚何思论罢，新巡抚於敖尚未到任，苏祐仍以宣、大总督而兼大同巡抚。一早，他和总兵徐仁、先期到达的京营参将徐洪等官员，会聚在巡抚衙门里，等候史道的到来。

一名官校报称，史都堂已进城，苏祐率众人迎出去。

史道下马，对苏祐揖道："允吉先生坐镇阳和，我本该先去阳和拜晤，再一起来大同。但日期紧迫，唯恐有所延误，不得不请允吉先生径来大同议事。得罪处，还望原宥。"

苏祐忙还礼："言重，言重！办朝廷差事，理当如此。"

与其他人就用不着客套。史道对众人微微点头，算是打过招呼，然后拉着苏祐，并肩而入。

"允吉先生，拜函阅过吧？"史道坐下。

"是，已按照克弘先生吩咐，选出出边的人员。"苏祐说。

"好，唤来见一见。"史道说。

苏祐做个手势，一名官校从堂下引进十来个人。

为首一名军官，躬身道："卑职周池参见钦差大人。"

史道点点头，问道："你现居何职？"

"大同卫千户。"周池答。

"你去过俺答营帐？"史道问。

"是，周镇帅、仇镇帅都差卑职去过。"周池答。

"这么说，你是三位镇帅，不，是四位镇帅帐下的元老，"史道说着，看徐仁一眼，问道，"你们徐镇帅差你去过没有？"

"没有。"周池答。

徐仁插话："若无开马市之举，我或许也会差他跑一趟。"

史道不接他的话茬，继续问周池："你可知道，你奉周镇帅、仇镇帅将令，还有没来得及差派你的徐镇帅将令，去俺答营帐，和这次去俺答营帐，有什么不同吗？”

“卑职前几次去俺答营帐，奉的是军令；这次去俺答营帐，奉的是圣旨。卑职前几次去俺答营帐，不知合不合朝廷之意，心中忐忑不安；这次去俺答营帐，心里坦荡得很。”周池答。

“此所谓君子坦荡荡。你既知这中间的不同，定能不辱使命，”史道说罢，又问，“该说的话，你都记得住吗？”

“卑职记得住。”周池答。

“说给各位大人听一听。”史道命道。

周池朗声复述，无非是朝廷浩荡天恩，准令开市情节。

史道很满意，指着其他人问：“允吉先生，这几个都是通事吗？”

“是。”苏祐应道。

“谁与周千户同行？”史道问。

两人上前，应道：“卑职王相、张彦文与周将军同行。”

“王相，你把周千户的话译成胡语。”史道命道。

王相流畅地说几句胡语。

史道又命另一名通事：“张彦文，你也译一遍。”

张彦文稍有些结巴，但声音很洪亮。

史道在大同几年，听得懂几句简单的胡语，但向虏酋宣示的话太复杂，他分辨不出对错。他叫出另一个通事，问道：“你叫什么？”

“卑职许伯达参见钦差大人。”那人躬身道。

“你去哪座营帐？”史道问。

“卑职去脱脱的营帐。”许伯达答。

“你见过脱脱吗？”史道问。

“脱脱留质大同时，卑职奉徐镇帅令，为他译话。他离开大同时，卑职奉苏都堂令，送他至边外。”许伯答答。

“差你去脱脱营帐，很好，”史道说，又问，“王相、张彦文二人方才所译，有误否？”

“无误。”许伯达答。

“你也译一遍。”史道命道。

许伯达说的胡语，不如前两个人清晰、流畅，可见王相、张彦文是在众多通事中，精心挑选出来的。

“差去俺答营帐一名千户，两名通事，对他的礼遇，无可复加。你等分赴其他营帐，也须把朝廷之意宣示明白。”他说。

“卑职等谨遵钦差大人钧命。”周池、王相等应道。

“还有一件事，你们也要对俺答等说明白，”史道说着，问苏祐，“允吉先生，马市于本月二十四日开启，你看来得及吗？”

苏祐与徐仁合计片刻，说：“来得及。”

“好，”史道应一声，对周池和各通事说，“本官将于镇羌堡边外旧堡筑台一座，设黄帏香案，你等晓谕俺答及各部首领，均须于二十四日前到达，届时于台上叩头行礼。马市自二十四日至二十八日，开启五日，俺答及各部首领，须严禁部落，临市不得饮酒生事，争愤搅越，致乖事体。”

“史都堂的话你等记住没有？”苏祐问。

“卑职等记住。”周池、王相等应道。

“你们去吧。”苏祐命道。

周池、王相等退出后，史道说：“允吉先生，我们这里也该着手准备。我想，有两件事刻不容缓：一是将我携带来的银两发下分守参议、分巡副使等官，多方收置缎绸、布绢、铁锅等，以备开市；一是命参将、守备等官于镇羌堡外筑台挖壕设市。允吉先生，前一事请你和我一起督办。徐镇帅，后一事请你和徐洪将军一起督办。”

苏祐和徐仁应喏。

史道把开设马市的地点选在镇羌堡边外，是因为知道那里有一大片空旷的场地。三月二十三日夜里，史道、苏祐、徐仁、徐洪等登上镇羌堡最高一层墩台。史道和苏祐才从大同城里赶来，徐仁、徐洪为筑台挖壕等事，几天来一直守在镇羌堡。

为迎接明天开市，镇羌堡外的一段壕沟被填平，场地四周燃起一堆堆篝火，挂起特大的灯笼，在篝火和烛光辉映下，空旷的场地显得更加空旷。高台筑于场地的东北端，台上已设好黄帷、香案，俺答等在高台前叩头行礼，等于遥拜阙下。场地中设置许多摊位，虽然摊位还是空的，但哪一处摆放绢布，哪一处摆放铁锅，似乎现在就可以感受到。

看来，开市的筹备没什么遗漏。

“俺答来否？”史道问。

这才是最要紧的，如果俺答竟不来，真不知道该怎样向皇帝奏明。

徐仁说：“俺答二十一日来，住在脱脱营帐。”

脱脱部驻地距镇羌堡最近，俺答莅临马市，自然要住在那里。

“他来就好，”史道心里一块石头落地，“允吉先生，俺答如果不来，你身为一方大帅，也就没必要亲临坐镇。”

“坐镇的是克弘先生，我不过陪同而已。”苏祐说。

天亮后，边内官军进进出出，陆续把各类物品摆放出来；边外陆续有人向开市的场地靠拢，有的牵着马来，有的骑着马来。牵马的也好，骑马的也好，在接近场地时，都站住不动。

忽然，边墙外响起了此起彼伏的欢呼声。

“大人，俺答已来。”一名眼神好的校尉报道。墩台上的大人太多，他只好笼统地称呼一声。

“果是俺答吗？”史道有些紧张地问。

“就是他，不会错的。”该校尉报罢，观察了一会儿，他说，“王相指着香台，在与俺答说话，大约是要他行礼吧。”

“他叩头没有？”史道急切地问。

“他做个躬身的样子，好像在问王相，这样是不是可以？王相摆手，大约告诉他不可以。王相自己跪在香案前叩头，”该校尉边观察边说，最后终于报道，“俺答跪在香案前。俺答叩头。”

墩台上的大人们齐声欢呼。附近的官军听到他们的欢呼，也欢呼起来。稍远的、更远的官军相继欢呼。

“传令，以酒食犒赏俺答和各部首领。”史道命道。

很快，边内和边外的欢呼声连成一片。

逐渐有人牵着马匹进入场地，进入场地的人越来越多。逐渐传来讨价还价的嘈杂声，嘈杂声越来越响。这时感觉得到市场的气氛。

“数数，共来多少人。”史道命道。

几名官校分头去数，数过后凑在一起，竟超过万人。

第二天，俺答差脱脱送来良马九匹，是他献于朝廷的。史道收下献马，代朝廷赐给他袍服一领。俺答高兴地换上新衣，又到黄帷、香案前叩头谢恩。其他首领献马，史道也都收下，并回赠礼品。

五天来统计，共买马二千七百八十余匹。马市结束后，俺答和其他首领各率本部出边北去。

第四百五十一章

都察院右副都御史商大节在京城内外转一大圈，筋疲力尽地回到衙门，见到屠侨，似乎连行礼问候的气力皆无。

“孟坚老弟，还须节劳。”屠侨看他的模样，好意劝道。

商大节字孟坚，湖广锺祥人，嘉靖二年进士。

“我是真想睡一回懒觉呀！”商大节叹道，又问，“安卿先生，修京师外城事，本已议决，怎么忽的又没声息？”

“孟坚先生以为督修城池就可以睡一回懒觉？须知，那更是件辛苦的差事。”屠侨道。

商大节说：“总比现在的差事好。若以四千人与安卿先生，着守京师四郊，且是招募来的民兵，且今日抽调一二百，明日抽调一二百，我倒想看看，安卿先生怎么睡个安稳觉！”

“那先要找个地方理论，才有安稳觉好睡。”屠侨道。

话一出口，他即懊悔不已。找个地方理论，说得轻巧！你没听出来吗，商孟坚每句话都透出对朝廷安排的不满，对总督戎政的仇鸾的不满，你到哪个地方去理论！

去秋京师戒严前，商大节自保定巡抚任上召回，以右佥都御史佐理院事。虏犯京畿，京师告危，皇帝诏告城中居民及四方入京应武试者，助守城池，命商大节率五城巡城御史督之。这是开始的民兵。后来，朝廷发银五千两，命商大节招募壮士。这就成正式的民兵。虏退后，民兵没有解散，仍令他督领，经略京城内外。所谓经略，只是哪处有险情，则去哪处应援，并无固定的防地。商大节因督领民兵之劳，由右佥都御史升为右副都御史。

后来，改变章程，仇鸾称之为划地分守。商大节和他督领的民兵划到京城四郊，不但有固定的防地，而且防地极为辽阔，商大节也成最劳累的朝廷大员。防地在四郊，四郊都要顾及，和在衙门里等候应援的命令，和在京城里转一转，根本不能相比。

仇鸾还经常抽调民兵应他役。面对辽阔的防地，面对越来越少的民兵，商大节日益不满，是可以想到的。

但万万不能鼓动他去和朝廷理论，万万不能鼓动他去和仇鸾理论，那不但会害他，还会害自己。再说，他如果晚些时召回朝廷，杨守谦的命运说不定就是他的命运。他保住命，还升官，应该知足。

屠侨无心说的一句话，却真的让商大节产生和朝廷理论的心思，产生和仇鸾理论的心思。他上疏言道：仇鸾以京城四郊分布委臣，云：平时则修筑、训练，有警则相机截杀。是京城利害，臣一身当之矣。鸾分布人马，止留柔弱守九门，自简精锐五万备战。倘虏有知，一军冲鸾，一军趋京师，进退失据，去年事可鉴。宜敕兵部议，巡捕军或属臣，或属鸾，或属兵部。其修筑、训练费所出，并请早裁。

皇帝不容分说，将商大节下诏狱，罪状是：怀奸避难。

狱转法司，法司论商大节之罪当斩。

严嵩任国子监祭酒时，万镗任顺天府尹。在同年进士中，除与严嵩先是同在翰林院、后又同在内阁的顾鼎臣、翟銮外，他与严嵩的关系算是很密切的。他登上六卿之位，任刑部尚书，严嵩举荐，助莫大焉。

因此，当严嵩对法司论罪表现出不满时，他很紧张。

“商孟坚和丁大章、杨允亨畏虏不战、纵之劫掠京畿的情形不同，也要杀吗？”严嵩不悦之情，溢于言表。

“我和安卿先生、顺卿先生议之再三，都以为：要么，怀奸避难，皇帝责之过重；要么，商孟坚难逃一死。”万镗说。

他说的顺卿先生，是大理寺卿马坤。

皇帝责之过重，这话谁敢说！怀奸避难不当死罪，也不好说。严嵩无言以对，只得直挺挺地坐着，自生闷气。

早知严嵩要袒护商大节，法司议处，说不定就是另一个结果。可万镗再怎么想也想不出，严嵩和商大节有什么特别的关系，或严世蕃和商大节有什么特别的关系。说起来，锺祥是承天府首县，是潜邸所在，商大节与皇上有乡人之情，皇上应该袒护他才对。皇上没有袒护他，首相却来袒护他，难道首相是为皇上袒护他？要么，是商大节入狱后，重托过严嵩或严世蕃？

想不出名堂，万镗问：“唯中兄以为商孟坚不该杀？”

严嵩不回答，低头默想一阵，忽然抬起头来，态度恳切地说：“仕鸣兄，你告诉我一句实话，法司议处商孟坚罪，戎政府有没找过你？”

所谓戎政府，仅指仇鸾。万镗顿时醒悟：严嵩不想杀商大节，不是因为法司要杀他，不是因为皇帝要杀他，而是因为仇鸾要杀他。皇帝要杀他，没什么过分不过分；仇鸾要杀他，则太过分。

想明白这一层，他如释重负。因为法司议处商狱，仇鸾的确没有插手；因为让严嵩相信这一点，并不是难事：商大节论死，有皇帝的意旨就足够，仇鸾何必插手！

“法司不过依旨办事，依律议处，无须仰承戎政府鼻息。唯中兄若不相信，可再询问安卿先生、顺卿先生。”他信誓旦旦地说。

“有仕鸣兄这话，还用得着问别人吗！”严嵩态度马上转为温和，很贴心地说，“我以为戎政府会插手其事，也不是没道理。仕鸣兄可知，戎政府为什么要杀商孟坚？”

“不知，请唯中兄赐告。”万镗道。

严嵩说：“戎政府雄心勃勃，不仅要总督京营戎政，且要总督天下戎政。但现在京师就有一支人马，虽不多，也有数千人，不受他节制，督师者还敢和他理论。此所谓卧榻之侧，有人酣睡，他岂能容忍！所以，皇上想不想杀商孟坚，还在其次；他想杀商孟坚，才千真万确。”

“原来如此！唯中兄不说，我焉知其中关节！”万镗道。他也很贴心地说，“事已至此，如何是好？唯中兄，只你才有回天之力。”

“是，此事我要劝一劝皇上。”严嵩说。

大臣或科、道得罪，他劝皇帝从轻处分的时候少，激怒皇帝，加重其罪的时候多。这一次，他为得罪的大臣求情，说：大节诚有罪，但法司引律非是，幸赦其死，戍极边。

他也未能回天，皇帝维持原拟。皇帝既然把振兴大业托付与仇鸾，就不允许有人与他理论；商大节敢与他理论，罪当不赦。至于杀不杀，反正还不到押赴刑场的时候，可在以后酌定。

第四百五十二章

脱脱率千余骑在荒漠一路驰行。他的前面有一小队护卫，身后有一小队护卫，再后面是肖芹、乔源等叛入河套、充当俺答向导和谋士的汉人，最后则是大队人马。

越行离俺答的营地越远。越行离脱脱的营地越近，亦即离天朝的大边越近。越行肖芹的心里越不安。他想从护卫马匹间寻一道缝隙穿越过去，但两匹马稍一移动，原来可以从容穿越过去的缝隙被堵住。他的马要划一弧线绕过前面的护卫，但立刻有马挡住前路。

“你要作甚？”一护卫喝问。

“我有话对脱脱汗说。”肖芹道。

“退后，不得越前！”那护卫马鞭一扬，朝他的坐骑抽过来。

他赶紧勒住缰绳，慢跑几步。

乔源赶上来，与他并辔而行，道：“大哥，不是说脱脱汗要请我们去喝酒吗？我看有些不对头。”

肖芹何尝看不出不对头！但他和乔源等十来个人，被夹在上千人的虏骑中，再不对头，也无法可想。

在一座废堡前，脱脱落马，大队在他后面停下，护卫在他四面散开。

“带他等过来！”脱脱喝道。

肖芹、乔源等被带到他面前。

“肖军师，这是何处，识得不识得？”他问。

“前日马市，怎不识得？”肖芹道。

“知我带你来此作甚？”脱脱问。

“大汗说，脱脱汗要请我喝酒。”肖芹说。

“不错，酒是要喝的。”脱脱吩咐，“摆酒！”

脱脱和他的护卫盘坐一圈，肖芹、乔源等盘坐一圈。酒用不着摆，不过是往每圈中央扔几个盛酒的皮囊。

脱脱和他的护卫喝几口酒，站起来说：“肖军师，你慢些喝酒，我先问你一件事：都道你识得作法，喝酒以后，还能不能作法？”

“喝不喝酒，一样作法。”肖芹道。

“既如此，请肖军师和你的弟兄们痛饮。”脱脱说。

皮囊在众人手里传来传去。脱脱那一圈人，喝尽一个皮囊不再接着喝。他一挥手，护卫们把肖芹那一圈人围起来，大队人马在外面又围一圈。肖芹等只顾喝酒，喝尽一个皮囊，再换一个皮囊，用来下酒的，只有晒制的肉干。

“停！”脱脱终于发话。肖芹等一齐抬头，把脸转向他。“肖军师，听说你作起法来，能咒人于死。今天我要你咒死我。我情愿被咒，我若被咒死，他们不会报复，父汗还有重赏。”

肖芹那一圈人，围住他们的脱脱那一圈人，还有围在更外面的一圈人，无一人作声。偶有一匹马嘶鸣，会让人把心提到嗓子眼。

肖芹慢慢站起来，慢慢向前走着。立刻有几名护卫挡在他和脱脱之间。脱脱气恼地把他们推开。

“肖军师有何话说？”他问。

肖芹慢慢地说：“脱脱汗是大汗爱子。大汗对我恩重如山。我宁愿自己死，也不会咒死脱脱汗。”

“好，你的情，我领，”脱脱手指身边一护卫，“你可咒得死他？”

“他是脱脱汗爱将，我也不会咒死他。”肖芹说。

“那么，在场千余人，可有你咒得死的？”脱脱问。

“在场劝余人，不是脱脱汗的部众，就是我的兄弟，我不会咒死一个人，”肖芹说着，又加上一句，“祖师爷传我法术时教诲，该死之人，才能咒其死，切不可妄杀一人。”

脱脱冷笑：“原来该死之人，肖军师才能作法咒死！我却知，该死之人，不必作法，也要死的。这等法术，不作也罢。”

一个问咒不咒得死，一个答不愿咒死，所答非所问。二人又都说到该不该死，虽然意思完全不同，但一句接一句，衔接起来显得很默契。

“肖军师，他等道，你作起法来，可使城墙堕毁。”脱脱手指前面的旧堡，“前面就有城堡，我要你作法堕毁它。”

肖芹看着残破的边墙，道：“残垣颓城，大汗跺一脚，脱脱汗吼两声，也会堕毁，何须我来作法！”

“好啊，前面有新筑的城墙，肖军师可作法堕毁它，”脱脱说。

肖芹摇摇头，慢慢地说：“我的汗水洒在那上面，他等的汗水洒在那上面，我卫、所里边许多弟兄的汗水洒在那上面，我不忍心使它堕毁。”

脱脱警告道：“肖军师，我对你说实话：你今日作法有验，我带上你往回走，去见父汗；你不肯作法，或者作法无验，我带上你往前走，把你交与史太师、苏太师。你速择之。”

“随你处置。”肖芹退回他的弟兄们中间。

脱脱一声号令，他的护卫们组成的圈子在缩小，更外面的圈子也在缩小。乔源、吕明镇等有的拔出刀，有的拔出剑，准备反抗。肖芹拔出剑，投掷在地，表示没用。他等束手被缚。

护卫把肖芹押到近前，脱脱斥道：“肖芹，你说我父汗对你恩重如山，你为何却加害于他？”

“我想方设法报答大汗之恩，怎成加害他？”肖芹叫屈。

“我父汗请贡十余年，天朝好不容易准予开市。马市方毕，你又诱使父汗掠边。”脱脱说着，质问，“父汗十余年心血化为乌有，这不是加害他，难道还是报答他？”

五月初，俺答回到河套不久，一支虏骑进犯大同左卫，深入二十余里。史道派人与俺答交涉，索要为首之人。

脱脱接着说：“幸而史太师知道父汗是受你诱使，传言：只要把你缚去，就不怪罪父汗。父汗不是不讲情义的人，他要我处置这件事。你曾扬言：可以咒人致死，可以作法堕城。你果可以咒人致死，果可以作法堕城，我就算你不欺世，就算你不欺父汗。现在，你吹嘘的事无一兑现，留你在我身边何用！留你在河套何用！不如把你交与史太师、苏太师等，看他等信不信你的吹嘘，留不留你在世间。”

史道正因俺答复侵焦虑不安，得到肖芹等十余人，大喜。他对皇帝，对朝廷，总算有一个交代。

这是六月上旬的事。

第四百五十三章

京西群山中的金山，地位仅次于天寿山。做过七年多皇帝、始以亲王礼葬、后复皇帝尊号的景皇帝和景皇后的陵墓在这里，许多皇妃、皇贵妃埋葬在这里。

宫女死后，追封为嫔妃，肯定是侍过皇帝寝席，承受过雨露之恩，而且不止一两次。去年有两个宫人死后追封皇妃，一个姓包，赐封宜妃，一个姓陈，赐封静妃，皇帝命葬于金山。前不久又有一个姓何的宫人死，赐封睦妃，皇帝仍命葬于金山。

奉旨治睦妃墓地的是礼部左侍郎程文德。他从西山回城，天已擦黑，但他仍先去衙门。他很想与徐阶见上一面，依据他的感觉，徐阶现在不在家里，不在西苑值庐，应该在衙门里。

衙门里静静的，徐阶在一间小室里读书。

程文德推门而入，高兴地说："子升先生果然守在衙门！"

徐阶把书一合，说："舜敷先生果然回到衙门！"

"你知我要回衙门？"程文德奇怪地问。

"我知你要找我，"徐阶指指另一把椅子，要程文德坐下，"但你既不愿去西内，又不愿去寒舍，我只好在衙门里恭候。"

"承情之至，"程文德揖了揖，说，"可我还不明白，子升先生何以知道我要找你？"

"舜敷先生天不亮就出城，办事顺利，早该回来。舜敷先生该回来时没回来，可见事情办得不顺利。但舜敷先生的差事，乃为睦妃治墓地，不该不顺利。于是我想，舜敷先生一定做过原本可以不做的事。既然做过原本可以不做的事，舜敷先生回来后一定要找人议一议。舜敷先生会找谁议呢？说句浪语：舍我其谁哉！于是我出西苑，直向东华门而来。"徐阶自有他的推断方式。

"高明，佩服。"程文德连作两揖，才坐下。

"舜敷先生今日做过什么原本可以不做的事？"徐阶问。

程文德伸出二指，在徐阶面前一晃。

"两件？不少，怪不得回来得晚，"徐阶道，又问，"哪两件事？"

“一是踱过金山之长。”程文德说。

“这事前人皆不曾做，亏舜敷先生想得出来，”徐阶完全没有讽刺的意思，是真心实意的称赞，他又问，“金山有多长？”

“约三里。”程文德说。

“踱三里之路程，不应费多少工夫。”徐阶说。

“我踱过两次，相差无几，才确定其长三里。”程文德说。

徐阶点点头，问道：“舜敷先生做的第二件事，可是数金山的陵墓？”

程文德甚是惊骇：“子升先生如何得知？”

“不数金山陵墓，则踱金山之长毫无道理。舜敷先生会做毫无道理的事吗？”徐阶继续推断，并问，“金山有陵墓若干？”

“新旧不下二十余处，”程文德报出数来，“虽仅二十余处，但金山支陇高下，封茔殆遍，似无余隙。”

“舜敷先生有何提议？”徐阶问。

程文德的话这才多起来：“列祖妃坟，有分者，有合者。如英庙妃坟一所，共葬十七位，宪庙妃坟一所，共葬十三位。而武庙各妃皆分葬。我见金山深处，宜妃、静妃之坟分在两处动工，今又要择地治睦妃之坟，于是想：她三位是不是可以并祔？”

“并祔何处？”徐阶问。

“宜妃、静妃坟所，皆狭小；今择睦妃坟所，较为宽阔。前二坟可并祔于今所。”程文德道。

“好，舜敷先生可做第三事矣。”徐阶说。

“何事？”程文德问。

“自然是写疏奏请呀。”徐阶说。

“子升先生以为，此事可议之？”程文德问。

徐阶说：“既然金山似无余隙，若不诸妃合葬，以省其地，只好另卜新山。舜敷先生想想，二者孰宜？”

程文德得到支持，高兴地去写疏。

第四百五十四章

两天后，皇帝召徐阶赴无逸殿。徐阶确信，是为程文德那篇奏疏；同在值庐的严嵩、李本也确信，是为程文德那篇奏疏。

“程文德的奏议，礼部议过吗？”皇帝果问起此事。

徐阶说：“未议过。但文德拟疏前，曾对臣说过。”

“卿意如何？”皇帝问。

“臣以为其议可行，”徐阶道，“阎贵妃、王贵妃已与太子并葬，不可改，余妃可并葬，同一享殿。”

“此亦合古者九妃同墓之义，就依卿言。”皇帝说。

“皇上英明果断。”徐阶颂道。

他忽然预感到，皇帝召他来，不只为议这件事；皇帝欲言而又不知从何而言的神态，更使他预感到，皇帝要与他议的是一件大事。

他不能询问，不能启迪，只能等皇帝自己想好。

皇帝在想，是对徐阶直截了当地说，还是有所回避地说。想好后，他说：“徐卿，严阁老和大将军为出征事争执不下，你来为朕裁之。”

徐阶奏道：“臣嵩、臣鸾皆股肱之臣，有所议，须得皇上亲裁。”

“朕的话吓到你？”此问不必答，皇帝说，“那好，朕改一字，卿为朕谋之。”

“臣遵旨。”徐阶道。

皇帝等了等，问道：“卿为何不言？”

“皇上但言他二位为出征事争执不下，臣尚不知其议。”徐阶说。

“是该朕先说的，还轮不到卿说。”皇帝笑道。“大将军昨日密奏，请以京军、民兵合营，与虏大战，而以边兵出外，击虏零骑。朕以其疏示严阁老，严阁老力陈不可，说：调遣边兵，以其惯经战阵，全赖入卫京师。今遣边兵出外，以待零贼，而用京营、民兵以迎大敌，臣等莫喻其意。让他一说，朕亦莫喻其意。但又觉得大将军敢于请战，豪气可嘉，故难以定夺。还有一事，大将军奏道：大军出动，许军马食民田禾。严阁老驳道：行军纪律，擅取一物者即斩；宁使虏过，田亩食尽，必不可下此一令。徐卿，你来为朕辨析。”

“臣请先为皇上说后一事，”徐阶道，“虏骑所过，田禾不保。臣鸾请许军马食民田禾，即为此也。然虏骑食民田禾，百姓痛恨入骨髓，故沿边之民，亲官军而仇虏贼，助官军而击虏贼。今若许军马食民田禾，民所亲近者，官军耶，虏军耶？民所仇恨者，官军耶，虏贼耶？民视官军若虏贼，则我难与虏贼一战。”

“所言甚是，”皇帝赞许，“边民亦为赤子，许军马食民田禾的敕旨，朕是不会下的。”又命，“卿再为朕辨析出征事。”

“大将军所言出征，臣尚有一事不明，”徐阶说，“与虏大战也好，击虏零骑也好，是在京畿，还是赴边？若赴边，是征讨东虏，还是西虏？若西虏，是战于宣、大，还是战于河套？”

“卿不是一事不明，是数事不明，”皇帝道，“大将军之意，大概是在哪里与虏相遇，就在哪里与虏大战；哪里有虏零骑，就在哪里击之。”

“那不是盲目而动吗？大军出征，岂可盲目！”徐阶道，“臣请为皇上详议之。与虏战于河套，乃复套之翻本，数年前不可取，今亦不可取。取宣、大之兵守京师，而又以京营与虏战于宣、大，是劳我军，而虏以逸待之，此甚非用兵之道。今年京畿无套虏，唯朵颜三卫小有动荡，故战于京畿，与征讨东虏，实为一事。辽东巡按御史刘焘遍说朝中大臣，力言东虏不可征讨者有三。”

“刘焘之议，朕记忆模糊，卿为朕复述之。”皇帝命道。

“是，”徐阶应一声，复述道，“刘焘说：自古帝王之制御夷狄，来则御之，去则不追。今于宣、大骄横之虏，犹会集廷臣，议开马市，不过保境息民，以示羁縻之意；而于百年羁縻已定之夷，复从而离之，此未解一也。先年边臣有议复河套者，虑其招尤启衅。河套之害，不过全陕受其殃；而朵颜三卫之害，京师首当其祸。权其轻重，三卫之伐甚于复套。在彼图之于早，在此则不虑其终，此未解二也。纵使三卫夷人畏威远窜，大宁故地尽为我有，而设城置军，立官迁民，以谁守之？使守之无人，北虏入据其地，则无异大羊遁去，而虎狼入室，此未解三也。”

“大羊遁去，虎狼入室，这八个字再贴切不过。”皇帝说，“大宁故地，不如仍由三卫夷人代我守之；虽有些小麻烦，不致酿成大祸。”

“皇上圣明。”徐阶道。

第四百五十五章

严嵩难得有机会在家半日，想好好歇上一歇。见严年缩头缩脑向屋里探望，他说："我不是交代过，任何客人都不见吗？"

"是，小人也向门丁交代过。"严年说。

"那你来作甚？"严嵩问。

"后院的窖室造好，想请老爷去看看。"严年说。

别的事可以不理会，这是件大事，一定要亲自去看一眼。严嵩边向外走，边问："东楼呢？"

"东楼公子已经去后院。"严年说。

后院本是花圃，为造这间窖室，把花圃废掉，唯独几棵大树留下来。窖室设计得很巧妙：入口在一棵大树后，即使进入后院，若不留意，也不会看到。通向窖室的石阶，两旁布置爬墙的花草，几乎把石阶完全遮掩住。石阶和入口都不显眼，看上去，和一般财主或官宦人家修造的地窖没什么不同。这很合严嵩的心思。

后院没其他人，只严世蕃在石阶前迎候。严嵩由他搀扶，严年则举一支火烛，在前面引路。

进入窖口，向里走几步，才发现走进的是一座窖室，而不是一般的地窖。它的大小高矮，不亚于一间中等的屋室，四壁和顶面都抹上白灰，地面铺以青铜色的方砖。

"造得好！"严嵩称赞一句。

严年指着窖室的外端，戏言："这里悬一块匾，可写'金屋藏娇'。"

"俗不可耐，不如反过来写。"严世蕃说。

"娇藏屋金，怎读得通？"严年道。

"不是娇藏屋金，是窖藏屋金。"严世蕃说。

"我再改一个字，是窖藏无金。"严嵩也来凑趣。

"妙，东楼先生改得好，老爷改得更好。"严年讨好地说。

"好虽好，只是有此地无银三百两之嫌。"严世蕃说。

三个人都笑起来。

严嵩问："东楼，这里可贮藏多少？"

严世蕃看严年一眼。严年会意，留下火烛，自己摸黑出去。老爷没什么事瞒他，但怕隔墙有耳，他得上去望风。

严世蕃等听不到他的脚步声，才说："这里贮藏三五百万，不在话下。家里的财物，去年运回南方一些，京师所藏，合起来三五十万，放到这里，不过占一个角落。儿子想，多则十年，少则五年，等这里放满，就陪大人还乡，颐养天年。"

"但愿我能活到那一天。"严嵩说。

"大人弱而不孱，定可活过百岁。"严世蕃说。

严嵩摇摇头，没有回应。在烛光下，他显得有些抑郁。

严世蕃看出来，问道："大人有心思？"

严嵩道："有什么心思！我本想歇一歇，却被拉来看这间窖室。"

"大人不是才赞它造得好吗？"严世蕃道。

"造得再好，也不如静下心来，歇一歇好，"严嵩说。"世事就是如此，不如意者，十常八九。"

严世蕃意味深长地笑笑，说："我看，大人不如意者不过一事，并没有八九。"顿了顿，又说，"不，大人不如意者，连一事也没有，不过一字而已。"

"哪一字？"严嵩本没兴致多说，听他的话，却不由得不问。

严世蕃以手指在空中划一横一撇一捺，说："便是此字。"

严嵩皱起眉，责怪道："这字原本就了不得，你还要写得更了不得！"

"这字没什么了不得，"严世蕃指着空中说，"大人请看，它是虚的。"

"我朝自中山王之后，再不用大将军称谓。今皇上加他以大将军称谓，他的爵位是实的，大将军是实的，怎是虚的！"严嵩道，"他初入朝时，对我还算恭顺，几个月后，便事事专横，把我也不放在眼里。以此足见其实。我将他引入朝廷，无疑是引狼入室，我好悔呀！"

"大人对这个大字不必怕，也不必悔。"严世蕃说。

"可有说法？"严嵩问。

"有，"严世蕃应道，"大将军既为大同总兵，虏军越过大同而逼京师，他必得赴援；大将军既赴援，日后设戎政府，必以他总督。大人不引入他，皇上自个儿也要引入他。朝廷任他为大同总兵，得大人默许，日后他总督京营，就无法阻止。此其一也。即便大将军之大字为实，与大人相比，哪个更实？我看大人更实。他请以京营出战，大人以为不可，皇上是从他之议，还是从大人之议？此其二也。即便大将军的那个大字，比大人还要实，也无须惧他。实则满，满则溢，他坐得越实，离他的末日越近。此其三也。有此三者，大人不必怕，也不必悔。”

严嵩在烛光下，步履蹒跚地走几步，琢磨着严世蕃的一番话。

“东楼，你的话不无道理。不过，你道我不如意者只一事一字，不对，”他说，“实话告诉你，只一大字，只他加大将军名衔一事，我并不太在意。我在意的是，另两个人和他结为同心。他一人入朝，管他是不是大将军，我还敌得过；另两个人若和他结为同心，我则敌不过。”

“大人说的是子升先生和督帅吧？”严世蕃流露出悲天悯人的表情，“大人竟有这想法，岂不是匪夷所思！”

“怎是匪夷所思？东楼难道没听人说过，戎政府的总督和锦衣卫的都督情同手足吗？”严嵩道。

“大人难道没听人说过，锦衣卫的都督和东楼公子情同手足？”严世蕃反过来问，并加一段解释，“大人请想，大将军今有凌驾大人之势，会与督帅情同手足吗？在他眼里，督帅不过是皇上的奴才；皇上的奴才，亦即他的奴才。督帅因皇上眼下宠眷大将军，不能与之抗，不得不委屈自保。一旦皇上对大将军起疑，置他于死地的，必是督帅。至于子升先生，是绝顶聪明的人，他或会与大将军结交，但绝不会与大将军结为同心。譬如大人，大人会与大将军结为同心吗？”

“照你说来，虽有那个字，虽有那三人相互走动，也并非不如意？”严嵩顿觉心情好转，又在窖室里走来走去。他用手摸摸墙壁，弯腰看看地砖，复赞道:“造得好！”

“大人，我安排他们把几个箱子搬进来吧？”严世蕃不容分说，架着严嵩走出窖室。

八、祸乱东南

第四百五十六章

松江府濒海，其东南海防要塞是金山卫和金山、南桥等巡检司；华亭县濒海，其东北海防要塞是南汇觜千户所和吴淞、黄浦等巡检司。

嘉靖三十一年正月十七、十八日，连着刮两天海风，没有船出海。午后，吴淞巡检司的两名当哨军士，一个姓顾，一个姓张。天寒、风大、衣薄，在瞭望台上站都难站住。两名军士借口小解，这一个才上台，那一个就下台。

姓张的军士揉着眼睛，厉声叫道："顾大哥，快上台来！"

姓顾的军士说："不用上台我也看到，是四条船。"

说着话，他还是三步两步登上台去。两人向南面海上指指点点，只见有四条大船快驶而来。

姓张的军士说："顾大哥，你看是不是本埠的船只？"

"我看不像；不过，"姓顾的军士有些困惑，"也很难说。莫不是被大浪打得变形？"

"笑话！只听说船被大浪打散架，几时听说船被大浪打变形！"姓张的军士道，他断定，"这不是本埠的船。"他自己猜测，"莫不是风浪转小，有商船来靠泊？"

"更是笑话！你看风浪何曾转小？再者，这么大的风浪，也不会几条商船一起驶到，"姓顾的军士驳道，他猜测，"若风浪比方才小些，说不定是前日出海的渔船拣条命，逃将回来。"

"愈发可笑！"姓张的军士手指越来越靠近岸边的船只，问道，"顾大哥可曾见过如此巨大的渔船？"

"是啊，不会是渔船。那么——"姓顾的军士拖个长音。

"那么——"姓张的军士也拖个长音。

二人一起叫道："是倭寇的船，是海贼的船！"

姓顾的军士说："张大哥，我守在这里，你快去营房，禀报巡检大人，让他差人去南汇嘴和上海县通报。"

没等姓张的军士答应，海滩上已经喊声连天。从各船拥上岸来的人们，挥舞兵刃，高声喊叫："萧大王来了，萧大王来了！"

姓顾的军士又说："我守在这里作甚，不如和你一起去吧。"

巡检司只有几十个人，"萧大王"带来的这一支海贼足足有二百人。寡不敌众，官军很快就被打散，巡检、副巡检以及军士、弓兵们，留下几具尸首，各自逃命。

姓顾的军士和姓张的军士家都在上海，二人一路向上海县城狂奔，逢人就喊："萧大王来了！"一阵风跑过，有人根本听不清在喊什么，有人听清也不解其意。开始只有听清亦知大祸将至者，跟在他们后面跑；后来，没有听清者，或听清而不解其意者，从他们的狂奔和叫喊中感觉到什么，也跟在后面跑。

人在百丈之外，声音已到城中。守在上海县东门的卫卒听到喊叫声，忙报与正在巡城的县丞刘东阳。刘东阳出城，迎过去。

姓顾的、姓张的军士见到前方来人，习惯地喊道："萧大王来了！"待看到是个当官的，又加上一句，"大人，萧大王来了！"

"哪个萧大王？"刘东阳问。

是啊，哪个萧大王？姓顾的军士问姓张的军士："张大哥，你喊许多声萧大王，是哪个萧大王？"

"不是你喊萧大王来了，我才跟着喊起来的吗？"姓张的军士道。

"不对，是你先喊的。"姓顾的军士说。

二人推推攘攘，争吵不休。跟在他们后面跑来的人，有的指姓顾的军士先喊，有的指姓张的军士先喊，场面更加混乱。

姓顾的军士忽然清醒，说："是船上下来的人先喊的。"

"对，是船上下来的人先喊的。"姓张的军士随即应道。

他们虽然没说清楚，刘东阳已理清脉络。他问："你二人从哪里来？船从哪里来？"

"我二人从吴淞口来。"姓张的军士说。

"船从南面来。"姓顾的军士说。

刘东阳又问："船上下来的是倭贼，还是海贼？"

“是海贼。”姓张的军士说。

“也有倭贼。”姓顾的军士说。

“你二人是吴淞巡检司的，既有贼，为何不剿？”刘东阳问。

姓顾的军士摸摸脑袋，说：“张大哥，这位大人要我等剿贼。”

姓张的军士也摸摸脑袋，说：“贼要剿我等，哪容我等剿贼！”

“贼人有多少？”刘东阳问。

“总有二三百人吧。”姓顾的军士说。

“不止！三五百人也有。”姓张的军士说。

刘东阳顾不上再向二人证实；他也知道，从这两个人嘴里，什么也不能证实。他先招呼城外跑过来的人：“快进城去，快进城去！”又招呼守城的卫卒，“快闭城门，快闭城门！”

“大人，墙矮池浅，三五百人攻城，恐怕守不住。”一卫卒说。

刘东阳说：“守不住也要守，难道能把这一座城拱手送与贼人不成！”

上海东门很快关闭，其他各门也陆续关闭，刘东阳督守城的卒伍和城里的青壮年男子，严守各门。

以“萧大王”为首领的海寇忽而集中在上海城下攻城，忽而分散抢掠各乡。消息传到南京，各衙门大臣无不惊恐。让他们惊恐的并非海寇出现在上海城外，而是二百人的海寇竟敢攻城，上海的守军，松江的守军却不能很快将其剿灭。

南京兵部尚书参赞机务，韩士英对此事最为关切。应天巡抚彭黯年前来南京，还没回苏州，被他请去议事。

彭黯是去年正月由刑部侍郎任上差出，到任正好一年。

“道显先生，我未奉旨，不敢擅离南京，你却不可再偷安于南京。”韩士英的第一句话就相当不客气。

“廷延先生这话我担不起，应天巡抚在年节之际赴南京叙职是惯例，我可没偷安之意，”彭黯驳道，“廷延先生不唤我来，我已在归途中；为与廷延先生晤面，又要耽搁半日。”

韩士英字廷延，四川南充人，正德九年进士。虽是前辈，也无公然教训巡抚都御史的道理，所以彭黯还以颜色。

韩士英也觉言之有误。他揖道：“道显先生，是我说错话，还望见谅。今日请道显先生来，为的是议一议上海的变故，以便道显先生去到苏、松，可从容处置；朝廷若问起，我也可从容上奏。”

“是，我愿听廷延先生教诲。”彭黯道。

韩士英忙摆手：“说不上教诲！我不过有几件事不明，要请教。”

“廷延先生有问，我知无不言，”彭黯让道，“廷延先生请。”

“上海人都在那里惊呼萧大王，道显先生可知，这个萧大王是何方怪物？”韩士英提第一个问题。

“我亦无所闻，”彭黯道，想了想，他补充说，“曾听衙门里的人说过，前几年有一个叫萧显的，在大江上为非作歹，后来不知去向。我想，或是他潜出外海，成为海寇们的一个首领。”

“不无道理，却没有根据。道显先生，你回苏、松后，首先该查一查此人的来历。”韩士英像是在交代差事。

“这是自然，查出眉目，我即报与廷延先生。”彭黯这次没赌气。

“还有件事：海船来自南面海上，道显先生，你看是从闽、浙过来的，还是我苏、松外海已汇聚海寇？”韩士英提第二个问题。

“尚难断定，”彭黯说，“据苏、松道分巡佥事董邦政称，有的海贼持当地口音，还会说当地土话，有的海贼持浙东口音，还有的海贼持闽、粤口音。我想，须得查明那个萧大王的来历，才好判定。如果萧大王即萧显，则该支海贼或是汇聚于苏、松外海。”

“那么，会汇聚在何处？”韩士英问。

彭黯说：“苏州、松江外海，都有些官军防守不到的岛屿，海贼出没其间，不足为奇。不过，船由南而北，海贼应在华亭外海的岛屿盘踞。”

“道显先生，这事也要查明。”韩士英叮嘱。

“一定查明。”彭黯应道。

似再无话可说。韩士英又想催促彭黯速行，想到方才的失言，作罢。彭黯的心也早不在南京；偷安于南京的说法虽是失言，对他的刺激却是实实在在的。科、道若以此弹劾，他何以辩之？

第四百五十七章

陆炳听说有一个姓周的先生，似道似儒，前来拜谒，心想：莫非是他？一面吩咐有请，一面自己也不由起身迎出。

“在下谒见督帅。”那人揖道。

“是继志先生吗？”陆炳试探着问。

“正是在下。”来者果然是浙江山阴高士周述学。

陆炳忙还礼：“哎呀，我等候先生多时，怎么才到！”

周述学说：“山野闲人，行无定踪。去年外出一年，回到山阴，方得拜读赐函，悉知督帅礼贤之意，不胜惶恐。于是，与家人不及叙话，行装不必更换，又匆匆上路。不瞒督帅说，正旦、上元两个节日，我都在路上，是和俚夫村妇一起过的。”

“必是如此，否则，怎会在正月里到得京师！”陆炳说着，向里让道，“既来京城，就委屈继志先生住在我这里。”

周述学辞道：“督帅乃亲近大臣，叨扰不便。见过督帅之后，我还是住到纯甫那里去吧。我此次京师之行，一嘛，是督帅的盛情难以违拂；二嘛，也是为看望故人，”说着，问道，“纯甫在督帅这里还好吧？”

陆炳很是难堪，咳嗽几声，才说：“纯甫已不在锦衣卫。”

“怎么，调了衙门？”周述学惊问，“他去的哪个衙门？”

“他也不在京师，”陆炳说，反正周述学是要问到底的，他大致讲述沈錬上疏得罪的经过，然后问，“这些事，继志先生都不知吗？”

“督帅不说，在下一无所知。”周述学道。

陆炳又多讲两句：“纯甫在保安还好。虽曰罪戍，但里长、商贾等都很敬重他，命子弟拜他为师，故他并不寂寞。”

“纯甫为国士，弃之于野，可惜！”周述学叹息，“督帅，方便时，你还要为他说几句话。”

“继志先生放心，我雅重纯甫，能助他时，不会不助。”陆炳道。

他礼聘周述学赴京，是沈鍊的举荐。沈鍊出事，他作为主人，周述学作为客人，情绪上都受到影响。而且，一开始就围绕着沈鍊而议，两个人所受的影响更大。

宴饮时，陆炳说："眼下朝廷最大之事乃是议兵。继志先生于学无所不通，改日与大司马论论用兵之道，如何？"

"是良乡文卿先生吗？"周述学思忖着说，"与他见一面，有什么不好？以所学售与公卿，亦平生一愿也。"

赵锦从戎政府回到兵部，与张时彻打个照面。

"文卿先生怎么这时回来？"张时彻问。

"约个客人，"赵锦说，忽然想到什么，又说，"对，是九一先生的乡人，九一先生若得空，一起坐坐吧。"

"我的乡人，是谁？"张时彻问。

"布衣周继志。"赵锦道。

"山阴周述学？他不是陆督帅的座上宾吗，怎么会来兵部衙门走一走？"张时彻说着，忽一拍额头，"他定是看文卿先生的金面，才来兵部的。文卿先生说他是我的乡人，可他不仅不去看我，连名刺也不投，我好歹也是三品京堂，还巴结着会他不成？不见，不见！"

说罢一揖，飘然而去。赵锦摇头苦笑，心想：我哪有什么金面，在你面前，最多是有破铜烂铁的面子。

再往里走，又与聂豹打个照面。聂豹一脸冷漠，问的也是那句话："文卿先生怎么这时回来？"

"周继志要来兵部拜晤，文蔚先生也与他叙一叙吧。"赵锦说。

"他不是绍兴人吗？该留九一先生与他叙话才是。"聂豹道。

"他或有事，或不欲与周继志会面，拂袖而去。"赵锦说。

"乡人不欲会面，我却为何与他会面！"聂豹也是一揖，飘然而去。

赵锦仍是摇头苦笑，两位佐卿对他毫无敬意，衙门里早有议论。

才坐定，周述学来到。赵锦命快请，自己站在堂前迎接。

"文卿先生，草民有礼。"周述学揖道。

"继志先生是远客，不必客气，"赵锦还礼，"督帅称先生极富才学，某以一晤为快。先生今日肯屈顾敝衙，幸甚。"

“不敢当，大司马容我走进兵部衙门，幸者是我。”周述学道。

“好说，好说，继志先生请。”赵锦礼让。

二人登堂就座，衙役奉上香茗。

“请用茶，”赵锦再让，“继志先生既来兵部，就不要忙着走。听说继志先生与唐应德在阳羡山其宅中曾坐谈三日夜历学，我也愿与先生在京城里坐谈三日夜。”

周述学象征性地饮口茶，说：“恐怕不成。”

“怎么，继志先生嫌我不如应德之雅？”赵锦道。

“非也，是大司马不如应德先生之闲。”周述学说，“大司马要与我坐谈三日夜，皇上召大司马议事，怎么办？总督大帅请大司马议事，怎么办？大司马能说，衙门里有闲客，容我打发走他，再去见驾？”

赵锦听这两句解释，尽扫心中不快。他说：“是我不智，知其不可而求之。再者，继志先生与应德先生三日夜坐谈历学，我却从未在这门绝学上下过工夫，即便有暇，继之先生也不过对牛弹琴罢了。”

“此言差矣；文卿先生所闻差矣，”周述学道，“我和应德先生坐谈三日夜，哪能只谈一门历学！”

“也谈其他学问？”赵锦问。

“不错，也谈其他学问，”周述学说，“如品酒，则论酒；品茗，则论茶论水。由舆地，而论及山川之大观；由管箫，而论及乐律之变化。鸟兽无不闻其声，花草无不入其画。应德先生乃学问大家，有所论，在下绝不使他对牛弹琴。”

“继志一席话，真令人神往，”赵锦道，并问，“二位也论兵吗？”

“也论兵，在下于兵符、阵法，略有涉及。”周述学说。

“好，请继志先生为我说边事。”赵锦道。

“大司马欲知何事？”周述学问。

赵锦想了想，问：“今岁有战乎？”

“有战，”周述学道。“边方连年有战，今岁如何得免？”

“战事应在何方？”赵锦问。

周述学潜心占卜，说：“应在乾艮，艮为辽东，乾则宣、大二镇。”

“京师会不会再受惊扰？”赵锦问。

周述学说：“京师无虞。”

“京师无虞，则为国家大幸，”赵锦双手合十，虔诚地说，“果如所言，我当力荐先生于朝廷。”

周述学说：“我也想在京师多盘桓几日，以验其效，只恐仇家不允。”

“继志先生在京师有仇家？”这是赵锦没想到的。

周述学笑而不答。

大同有警，仇鸾再次奏请出塞迎敌，皇帝再次不准。不准可以因为倚重，也可以因为看轻。皇帝说：“虏少入耳，毋烦卿。”让人猜不透，他到底是倚重仇鸾，还是看轻仇鸾。

“皇上不准我出战，就只有诱敌深入一着棋。”仇鸾对赵锦说。

“何谓诱敌深入？”赵锦问。

仇鸾指指东北：“如虏再寇古北口，可令守军勿御，放他进来，然后中外夹击，可获全胜。”

“这恐怕不妥。”赵锦不赞成。

他还很少持相反议论，仇鸾盛气问道：“有什么不妥？”

赵锦说：“爵爷说放他进来，放他进到哪里？若只放到密云、怀柔境内，即夹击，且胜之，自然没什么不妥；可虏军一越古北口，便不易阻止其再进。若再进至京城，哪怕进至通州，惊动圣驾，爵爷，你总督京营戎政，我协理京营戎政，皆难辞其咎。”

仇鸾无话可说。诱敌深入和出塞迎敌一样。他都不过是随便一议。他想出塞迎敌，是因为皇帝封闭马市，亦即拒绝俺答通贡之请，俺答所部又公然侵犯。作为拥有兵权而力主开市的大臣，留在皇帝身边，他感到很大压力。他手上有数万精兵，再给以便宜处置边兵的权力，虽然没有把握全胜，但守在某处，如守在大同，实力还是很可观的。他想诱敌深入，是因为既不准他出塞迎敌，则须在京畿迎敌，戎政府才有存在的必要，他这个把兵部尚书当作副手的总督京营戎政才有存在的必要。其实，他也知道，他现在手上的数万精兵，比当初驰援京师的大同军，强不到哪里去。虏军若越过古北口，靠他手上的数万精兵，能不能形成夹击之势，能不能获取全胜，毫无把握。

出塞迎敌被皇帝否决，诱敌深入被赵锦否决，如何应付眼前的局面，仇鸾再想不出什么好法子。

赵锦见他发愁，说道：“不过，爵爷可以放心，今年辽东有战事，宣、大有战事，京师却确保无虞。”

“文卿先生怎能确保俺答不犯京师？”仇鸾问。

“我请教过方家。”赵锦把周述学的话重复一遍。

“原来是有高明指点，”仇鸾道，“我听陆督帅说，这个周继志的学问好生了得，文卿先生可否为我招致？”

“好，我代爵爷向他致意。”赵锦应道。

赵锦差人去周述学住处邀请，回报说他已经离开；问他可曾留下口讯，回报说先前对文卿先生所言，即是口讯。赵锦心想：原来他说的仇家，不是什么真的仇家，而是指仇鸾。他不愿与仇鸾结识，又知道仇鸾会纠缠上他，所以一走了之。

第四百五十八章

皇帝阅过徐阶所上题请二王冠婚的奏疏，不由微笑：你虽算得上机敏，但你的心计，岂能瞒得过朕！

二王为皇三子裕王载垕、皇四子景王载圳。二王皆已成年，应该先行冠礼，然后完婚。徐阶的奏疏写道：旧例，亲王该冠于奉天门前之东庑。今若二王同日行礼，诚恐执事人众，不便周旋。又旧例，亲王该出府成婚，今府第修盖须经岁月，方得完备。臣等愚昧，欲照二王长幼之序，先于二月初旬，择吉行裕王冠礼，随于旬日之中，择吉行景王冠礼。他日成婚，吉期亦然。至于出府一节，欲乞圣明于皇城内钦定宫宇二所，与二王成婚，待后府第修完之日，该部另行题请。

他哪里是怕执事人众，不便周旋，他分明是处心积虑，要把二王的冠礼、婚礼分开举行！而二王分行冠礼、婚礼，又有其深意。

皇太子和一般皇子的身份是截然不同的。如冠礼：皇子第一次进的是网巾，祝词曰：兹唯吉日，冠以成人。克敦孝友，福禄来骈；皇太子第一次进的是翼善冠，祝词曰：吉月令辰，乃加元服。懋敬是承，永介景福。皇子第二次才进翼善冠，祝词曰：冠礼斯举，实由成德。敬慎威仪，维民之则；皇太子第二次进的是皮弁，祝词曰：冠礼申举，以成令德。敬慎威仪，唯民之式。皇子第三次进的是衮冕，祝词曰：冠至三加，命服用章。敬神事上，永固藩邦；皇太子第三次进的是冕旒，祝词曰：章服咸加，饬敬有虔。永固皇图，於万千年。

皇太子今日臣子来日帝君的身份，和一般皇子永远是臣子的身份，在这些看来极为呆板、毫无生气的祝词中也可略窥一二。

国不可一日无君，储位也不可一日空虚。皇长子、皇次子先后立为皇太子，都没保住。现在皇三子为长，再立太子，就该是他。二王同时举行冠礼、婚礼，用的是亲王礼仪，二王分开举行冠礼、婚礼，用的也是亲王礼仪，这之间没什么区别；区别在于：同时举行冠礼、婚礼，真的是一点儿区别也没有，而先为年长的裕王举行冠礼、婚礼，等于确认裕王准太子的地位，他的冠礼、婚礼，无形中也有准太子礼仪的意味。

皇帝以为徐阶的心计在此，以为自己已识破徐阶的心计。所谓“处心积虑”，并非说他有什么恶意；他是因前次奏请立太子，未获准，这次欲借二王冠、婚之机，立太子于无形。

却不知皇帝也有他的心计。对二龙不相见之说，他已深信不疑。皇子是龙子，但不是真龙，皇太子不仅是龙子，而且是真龙。让徐阶的伎俩得逞，裕王即便无太子之名，亦有太子之实。他留在宫中，岂不是二龙又相见？被克的是小龙，还是老龙？立即让他出宫居住，难道父子就再不见面？为保全自己，为保全裕王，二王都该同冠同婚。

“司礼监谁在西苑当值？”皇帝问王瑜。

“回爷的话，麦叔在。”王瑜道。

“唤他来。”皇帝命道。

张佐患病告假，司礼监不能没有心腹，皇帝于是又让麦福去司礼监办差。他匆匆赶到无逸殿，给皇帝请安。

皇帝说：“朕命礼部议二王冠礼仪注，是你去礼部传的旨，合该这次还是你去。你告诉徐卿，礼部所上仪注不妥，他的奏议不妥。裕王二月初旬行冠礼，不妥；景王于裕王行冠礼后十日内行冠礼，不妥。朕意，二王于三月初同时行冠礼。再者，命礼部会工部等，于东华门外原王府处，为二王择址建府，使二王可入王府完婚。”

“奴才遵旨。”麦福应道。他变得较聪明，不会马上问“奴才这就去办吗”？

“你去吧。”皇帝打发走麦福，又想：徐阶的奏议虽不妥，他遇事敢议，敢担责任，还是可取的。内阁现在就缺少这样一个人。

张治在二十九年十月病卒，内阁只有严嵩和李本二人。原觉得严嵩虽不是干练之才，但值得信赖，这一两年听仇鸾说多，对严嵩是否可以信赖，也逐渐在怀疑；至于李本，虽在内阁，虽值殿西苑，但根本算不得亲信之臣。皇帝希望内阁有一个既值得信赖又能办事的大臣。

三月，徐阶以少保兼太子太保、礼部尚书兼东阁大学士入阁办事，仍兼掌礼部事，地位在李本之上。

第四百五十九章

西华门前，照例是徐阶、李本的轿子先到。二人下轿后，等一等严嵩，三人会齐，再共入西内。

王瑜与一名禁军官校向他们走过来。王瑜让道；“二位大人请吧。”

“再稍等等，介翁马上就到。”李本说。

“不必等，二位大人请随我一同进去吧。”王瑜说着，问该名禁军官校，“方才嘱咐你的话，记住没有？”

“公公放心，我一个字不会多说，一个字不会少说。”该名官校道。

徐阶、李本不便再问，随王瑜一起进西苑。他们不知道王瑜对守西苑官校交代的是什么，但料定，今天一定有非常变故。

严嵩到时，见徐阶、李本不在，很不高兴。他们本该早到的，怎么反而迟到，还要我等他们不成？徐阶未入阁前，一直没发生过这等事，看来，他这个人表面上虽然恭顺，但骨子里并不逊服。

等得不耐烦，他两袖一甩，想自己先进去。

等在西华门的禁军官校拦住他：“大人请止步。”

“我去值庐。”严嵩不经意地说。他也在想，该官校怎么会阻拦他，怎么敢阻拦他；但想不出结果，也就不去深想。

“未奉旨，不敢放大人入内。”该名禁军官校说。

“你怎说？”严嵩喝问。

“未奉旨，不敢放大人入内。”该名官校很平静地说。

如果不是跟在身后的家人搀扶一把，严嵩几乎要瘫坐下去。守西苑的禁军官校当然不是心血来潮，把他拦住的；当然不是心血来潮，敢把他拦住的。他是奉旨行事。因此，本来不需要奉旨可以随意出入西苑的自己，竟成未奉旨。昨日还在西苑值庐坐一天，一夜过去，却不能再入西苑。想一想，实在可怕。

皇帝为什么不许自己入西苑，是因为陆炳，是因为仇鸾，还是因为徐阶？严嵩脑子里乱哄哄的，无法深想，无法判断。

严世蕃正在衙门里和几个要好的同僚说笑。听家人说父亲忽病，开始他还不相信；听家人说，父亲已回到家中，才不得不信。父亲无论身体怎样不舒服，这时总该在西苑值庐硬撑着，若已回家，说明病得不轻，撑不下去。他与众人作别，匆匆赶回家。

严年在门廊里走来走去，脸拉得老长，家人们都躲得远远的，谁也不敢让他见到。迎到严世蕃，他活动活动脸上的肌肉，想换一副和善的面孔，可怎么也找不出往日在严世蕃面前的感觉。

严世蕃顾不上追究，急问："大人在睡房吗？"

严年陪着他往里走，一口气说出两句互不相干的话："大人不在卧房，在书房。东楼先生回来就好。"

"不是有病吗？为何不劝他躺一躺？"严世蕃责怪道。

"大人无病，可比有病还糟糕。"严年没头没脑地说。

严世蕃一进书房，就知严年的话不错：严嵩的确比有病还糟糕，而且比严年所说的、他自己所想的还要糟糕。在官场多少年，在中枢多少年，严嵩早已练就宠辱不惊的本事。可现在，他呆坐在椅子上，两眼默默地淌着泪水，像一个无助的孩童。

"大人，出了何事？"严世蕃忙问。

严嵩一把拉住他，诉说在西华门前的遭遇，话未说完，已泣不成声。

"皇上不要我值庐，不想再见我！"他说。

严世蕃丝毫也不怀疑，守西华门的官校是奉旨行事；他更知道，家大人失宠，意味着什么。饶他有急智，一时也无法深想，无法判断。

他扶严嵩坐好，自己在对面坐下，父子二人相对而泣。

终是脑筋灵活，他先醒悟过来，说："徒泣何益，得想个法子！"

"事已至此，还有什么法子好想！"严嵩道，"我明日便请辞。"

"万万不可！大人现在请辞，不是更激怒皇上吗？"严世蕃的思路又开始清晰，"皇上如此待大人，一定是听信谗言。谗言一定不来自锦衣卫，也不来自礼部，而来自戎政府。大人不能面诉衷情，但督帅还能见到皇上，子升先生还能见到皇上。此事转圜，全在他二人身上。督帅那里，我去托请。子升先生那里，还须大人亲去哀恳。生死之际，大人只得把面子暂置一旁，切不可再以前辈、首辅自居。"

严嵩也想不出别的法子，点头应允。

徐阶应召至无逸殿，皇帝问他：“爱卿还记得在这里为朕裁决严、仇二人的官司吧？对，不是为朕裁决，是为朕谋之。”

“臣记得，那场官司是陛下亲裁。”徐阶说。

“可那不是一场官司，只是半场官司。另外半场官司，亦赖爱卿为朕谋之。”皇帝把本想在那天说却没有说的事，拿在今天说，“仇卿私下里多次与朕议道，严卿贪黩。爱卿前者与严卿同值西内，今者又与他同值内阁，看他为人究竟如何？”

“臣嵩、臣鸾，皆为股肱之臣，臣不敢妄议。”徐阶说。

“朕与卿私议，直说不妨。”皇帝命道。

“是。”徐阶应道。皇帝不许严嵩入值西苑，是因为仇鸾讦告，他不难想到；听严嵩在内阁的哭诉，他更加确信无疑。但现在皇帝亲口告诉他这一点，他深知自己一番话的分量，一番话的后果，不得不仔细斟酌。

“爱卿仍不好说？”皇帝追问。

“皇上问臣，臣没有什么不好说的，”徐阶缓缓言道，“臣是在想：在前，刑部郎中徐学诗疏劾臣嵩，有‘奸贪异甚’之语；在后，锦衣卫经历沈鍊论劾臣嵩，十事中有六事涉及贪黩。”

“你是问朕，为什么对徐学诗、沈鍊的参奏不在意，对仇卿的私议却如此在意？”皇帝自问自答，“如爱卿所言，严卿、仇卿，皆朕股肱。他人如何议论二卿，朕不会信；二卿相互议之，朕不能不有所警觉。贵贱亲疏有别，朕亦不能免。”

“股肱之臣，其言自重，若臣嵩与皇上私议臣鸾贪渎，又当如何？”徐阶也是自问自答，“臣以为，外臣所言也好，内臣所言也好，小臣所言也好，亲贵所言也好，皆须圣心裁定，此即为明君。”

皇帝心一动：这话不错。仇鸾说严嵩贪黩，我因而疏远他；严嵩说仇鸾贪黩，我也疏远他。这样一来，岂不是一个股肱之臣也没有？

“爱卿说的是，朕再想一想。”皇帝道。

“陆炳，朕要你查的事，你查过吗？”皇帝问。

“是，臣差人连查三天。”陆炳说。

“那么，严、仇二府，究竟哪一府的宾客多？”皇帝问。

“第一天，二府的宾客差不多。第二天，仇府的宾客略多。第三天，仇府的宾客未见少，严府门前则可罗雀。”陆炳说。

他的奏言绝非虚妄，也很好理解。皇帝突然不许严嵩入值西苑，谁不要问个为什么？他家里的宾客肯定一日少过一日。

“过访宾客都带有礼品吗？”皇帝问。

“多带有礼品，”陆炳改一个字，“皇上谕曰，不可惊动二府。所以，臣差去的人只在远处张望，不敢上前盘查。”

“也能看出礼品轻重吗？”皇帝问。

“大致上能够看出。”陆炳说。

“去哪一府的宾客带的礼品重？”皇帝问。

“据臣差去的人估计，去仇府的人携带的礼品，比去严府的人携带的礼品，贵重数倍至数十倍。”陆炳说。

皇帝不再问。他静下心来想了想，对陆炳说：“你去吧。”

仇鸾的私议，已经不那么让皇帝气恼。他相信，给严嵩一个机会，他也会私议仇鸾贪黩的。但是不是马上让严嵩值西庐，皇帝还没想好。

第四百六十章

仇鸾听说司礼太监麦福来戎政府，并不想出迎，只说："有请。"

"有旨。"报者悄声说。

仇鸾一愣：司礼监太监或其他衙门太监传旨，从来都是大张旗鼓的，怎么这次悄无声息。他拉赵锦一起出去接旨。

"请爵爷一人接旨。"报者又悄声说。

仇鸾觉得有些不妙：来戎政府传旨，又不是去咸宁侯府传旨，怎么只是给他一人的。他看赵锦一眼，想从他的表情上看出些名堂。

但赵锦面无表情，什么也看不出来。

麦福来传皇帝密谕，着仇鸾率军赴大同逐虏。仇鸾接旨后，他交代一句："爷说，大帅不必面辞。"

"臣领旨，"仇鸾应道，又向麦福道乏，"老麦辛苦，请进去坐坐。"

"不进去了，"麦福边往外走，边说，"爷催得急，爵爷快打点吧。"

忽有此命，又不准面辞，仇鸾觉得一股寒气从脚跟升到脑顶。

"老麦，我多次奏请出兵，皇上都不准；今日忽有旨，这是怎么回事？"他边往外送麦福，边问。

"皇上行事，向来让人意想不到，爵爷遵旨出兵就是，何必多问！"麦福虽这么说，还是透露一件事，"爷昨日读文卿先生一疏，今日即有此旨，想来是文卿先生进言的结果吧。"

仇鸾送走麦福，回来就问赵锦："文卿先生，昨日曾上一疏？"

"昨日未上疏，前日上一疏。"赵锦说。

昨日上也好，前日上也好，皇帝看的定是此疏；皇帝着他出兵，定是为的此疏。

"文卿先生所奏何事？"仇鸾问。

"我说：大将仇鸾领入卫边兵六万八千，天下精兵无以逾此。若复观望依违，坐误事机，臣等万死何赎！当鼓勇奏功，以副皇上眷遇之隆，则在大将军当自尽耳。"

赵锦略述其疏内容。

仇鸾一跺脚，说：“文卿先生，我以你为心腹，你上此疏，却为何不与我商量商量！”

“心腹”二字，听起来十分刺耳。皇上至尊，以谁为心腹，宠莫大焉，荣莫大焉。同在戎政府办差，谁又是谁的心腹？况且，朝廷大司马，又怎能作一武臣的心腹！赵锦一向的想法，是与仇鸾相安无事，但仇鸾气势越来越重，越来越视他为属吏，他心里也越来越不平。

赵锦不冷不热地说：“爵爷不是一直想着率大军出征吗？前此顾及京师安危，不敢助言。周继志既言今岁京师无虞，我亦观今岁京师无虞，再不助爵爷言之，何时助爵爷言之？再者，请爵爷赴大同逐虏，兵部两位堂官也是此意，并非我一人有此意。如何奏言，要和他们商量着办。爵爷，我也没料到，兵部的奏议一上，皇上竟准。”

“好，好，你没错，错的是我！”仇鸾说罢，拂袖而去。

赵锦在他后面又抛出一句话：“爵爷一心逐虏，也没错。”

陆炳回到衙门，见一人独自坐在堂上，先是一愣；待看清是严世蕃，又觉得好笑。但看他右腿架着左腿，悠闲自在地晃动，听他的话，也很合节拍：“戎政府大帅出征，督帅也必获得一份光彩，可贺，可贺！”

“东楼，你在骂我！”陆炳责备。

“不敢，”严世蕃道，“天下谁不知戎政府总督和锦衣卫都督情同手足？戎政府总督立下不世奇功，能没有锦衣卫都督一份？”

“不世奇功？”陆炳哑然失笑，“东楼，你看戎政府这位大帅，有建立不世奇功之相吗？”

“难说得很。”严世蕃道。

陆炳警觉起来，问道：“此言何意？”

“都督若助他，他无所作为，亦可建立不世奇功；都督若不助他，他把俺答逐出河套，亦无尺寸之功。不过，”严世蕃一顿，接着说，“都帅与他情同手足，绝无不相助的道理。”

陆炳脸色一变，责问：“东楼，情同手足之语，你是听谁说的？”

“大家都在说呀。”严世蕃毫不在乎他的不快。

“别人可说，东楼，你不可说；别人不知我的心思，东楼，你不会不知我的心思。”陆炳带着三分的委屈。

“督帅，说句实话，我这次还真不知道你的心思。”严世蕃道。

陆炳袒露心迹：“我方才说，他没有建立奇功之相，那是其一。其二嘛，他有建立奇功的本事，我也不想他建立奇功。任何人在边方建立奇功，我都可以容得，独他建立奇功，我容不得。东楼说，他和我情同手足。手足之情是有的，他是手，我是足，他把我压在下面。没有尺寸之功，尚且如此，若再建立奇功，朝廷上哪里还有我的立足之地！东楼，这番肺腑之言，我只对你讲，你千万不要外传。”

“督帅放心，督帅受不得他欺压，却有宁愿督帅为手自家为足也要和督帅情同手足之辈，区区是也。”严世蕃聊表诚心，随即又道，“再说句实话，我今日不是来为督帅道贺的，我是来为督帅道忧的。”

陆炳更加警觉，问道：“我有何可忧之事？”

“与戎政府大帅情同手足的说法，不值得一烦吗？”严世蕃道，“督帅的心思，除我知道，还有多少人知道？连家大人都在重复督帅与戎政府大帅情同手足的话呢。你道是不是可忧之事？督帅实是虚与委蛇，众人知道，自然会体谅，不再提什么情同手足。可戎政府大帅知道，不要恨死督帅？所以督帅叮嘱我，肺腑之言不可外传；我也答应督帅，不对任何人讲一句。可不对任何人讲，众人还要以为督帅和大帅情同手足。这是不是可忧之事？戎政府大帅奉旨出征，显见得不是件好事，他自己也是万分不情愿的。他若建立奇功，照督帅的说法，是绝无可能；可率大军出征，若无尺寸之功，还能有他的好吗？到皇上要治他的罪时，有人私下里议论，或公然议论，某某人和他情同手足，可就不是一句玩笑话。你道是不是可忧之事？督帅，此事不想，可以不忧；稍微一想，哪一件不可忧？”

他口若悬河地说着，陆炳心本无忧，也要被他说得忧心忡忡。

“好，你这个忧道得算是到家。”陆炳懊丧地说。

“督帅莫急，”严世蕃依然悠闲自在，“道忧只不过是开场，收场却是要为督帅解忧。”

“解忧？东楼如何为我解忧？”陆炳问。

“督帅且听我说！”严世蕃手一招，陆炳把耳朵贴过去，“督帅忧，是因为不知所从；欲不烦，须知所从。”

“你是说，对戎政府大帅，我不能再虚与委蛇？”陆炳道。

“虚与委蛇不妨，但那个虚，一定得是实实在在的虚。”严世蕃说着，又一招手，陆炳的耳朵贴得更近，“有一件事，唯督帅可以做；督帅只要肯做，皇上不会以为督帅和戎政府大帅情同手足，家大人不会以为督帅和戎政府大帅情同手足，天下人皆不会以为督帅和戎政府大帅情同手足。而戎政府大帅因督帅做这件事，或将一败涂地，想报复督帅，也无法报复。此所谓一箭双雕也。”

“东楼莫空诱我，且说是何等事。”陆炳道。

严世蕃这回把嘴附到陆炳耳边说：“戎政府大帅身边，可安置耳目。”

不错，这事只有陆炳可以做。虚与委蛇的结果，是仇鸾信得过他，他介绍一两个人去，只说请仇鸾给他们个立功的机会，仇鸾不会不接受。即便仇鸾识破他的用心，也不要紧，无非在皇帝面前告他一状。身为锦衣卫都督，在统兵大将身边安插一两个人，谁敢说做错！

“好，此事我做得。”陆炳痛快地答应下来。

离京后第一夜，仇鸾歇在昌平。大军没进城，仇鸾自己也没进城。他的车驾停在城外，他歇在车上。从大同到京师，他是骑着马来的，从京师到大同，他不想再骑着马去。他为自己准备的车驾，不亚于皇帝的銮舆，白日可以约三五个人痛饮，夜间可以搂着爱妾睡觉。

有人叩响车门，声音清脆而有节奏。仇鸾知是贴身家人，命道：“小子，进来吧。”家人登车后，他问，“什么事？”

“有句话，不知该不该讲。”家人道。

“讲！”仇鸾命道。

“再往前走，没这么宽的官道，爵爷明日换辆车吧。”家人道。

“是官道不够宽，还是你的心不够宽？”仇鸾冷笑，“我统帅近十万大军，一到大同，将辖制二三十万大军，乘一辆宽敞些的车子，有什么不可以的！我不换车，官道不够宽，让人给我拓宽！”

“爵爷说不换，就不换吧，”家人嘟囔道，又说，“还有句话，不知该不该讲。”

“讲。”仇鸾命道。

“陆大人所荐之人爵爷须得留意。”家人说。

“怎么？他不是很厚道吗？”仇鸾道。

“就是太厚道，我看不顺眼，”家人说，“陆督帅道，此人忠厚，要送到边方去立些军功，博个前程。可锦衣卫是什么样的地方，陆督帅是什么样的人？锦衣卫藏龙卧虎，陆督帅亲信无数，怎么单单这个忠厚属下博得他的欢心，他又单单关心这个忠厚属下的前程？”

“休得胡乱猜疑，陆某不会算计我，不敢算计我！”仇鸾自信地说。

“我是为爵爷好，爵爷不听，当我没说。”家人说罢，欲下车。

“等等，晚餐准备得怎样？”仇鸾问。

“烧着两只鹅。”家人知道他问的是什么，答道。

仇鸾任过两广总兵，染上吃鹅肉的习惯，烧鹅每餐必备。

“不够，我请了几位副将、参将饮酒，至少再烧三只。”仇鸾说。

“爵爷将就些吧，”家人道，“这是在路途上，两只鹅还是花大价钱买到的。爵爷请客，不如多烧几个别的菜。”

仇鸾断然拒绝：“那怎么成！大家都知道仇家的烧鹅好味，你却要我拿别的菜来搪塞！”他问，“你说花大价钱，究竟几大价钱？”

“一只鹅要到三两银子。”家人说。

“你花一只鹅五两银子的价钱，再去买三只来，”仇鸾吩咐，“离京第一天，就吃不到烧鹅，以后的日子怎过！”

家人无奈，应道：“就依爵爷。”

第四百六十一章

王直、王激站在烈港岛濒海据点的高处，俯瞰大海。只见和风卷起一个个小的浪花，如同儿童嬉戏般。初夏时节，人生惰情，物生惰情，身后的整个岛屿好像都在安睡。

烈港原有一些居民，以打鱼为生。王直经商时，从岛外走过几个来回，看中这里的风浪之大，地势之险。他原盘踞在更远的岛屿，在漳州外岛收罗李光头的余众后，实力陡增，做生意的兴趣越来越小，登陆行劫的胆子越来越大。占据烈港后，原来的渔民或入伙，或被杀，或逃窜，现在的岛上是清一色的王氏天下。

“海峰想不想出去走走？”王直忽问。

“几个月没离开烈港，闷也闷死，怎会不想！”王激道。

“海峰有兴致，我陪你一起出去走走。”王直说。

“好啊！”王激的兴致说来就来，他问，“五哥说，怎么个走法？”

王直拾起几块石子，在地上摆弄。

“这是定海，”他说着，摆上一粒石子，“这是象山，”他说着，又摆上另一粒石子。“我和海峰各率一部，分别在定海、象山上岸。”

“定海我熟，我去定海。”王激说。

“随你挑选，”王直说着，又在定海上方摆一粒石子，在象山下方摆一粒石子，“这是定海卫。这是昌国卫。二卫闻警，必驰赴县城。定海、象山不能久留，但也不可速去。速去，则二卫不赴县城，跟在我们屁股后面，咬上一口，那滋味定不好受。要恰好在定海卫人马赶到定海县时离去，海峰，这你办得到吗？”

“那有什么难办，我多派人侦伺官军动向就是。”王激保证是保证，但不懂王直的意图，他问，“离开定海，又去哪里？”

王直接着摆弄石子。

“这是临海。这是太平。你我二人离开定海、象山后，一去临海，一去太平。”王直说。

临海是台州府首县，与台州府同城。太平则是台州府东南端的属县。

王激看看几个石子的位置，说："定海距台州远，象山距台州近。我去临海，五哥去太平，则你我二人的路程差不多。"

"我亦此意，"王直说着，在临海右边摆一粒石子，在太平右边摆一粒石子，"这是海门卫，距临海近。这是松门卫，距太平近。二卫闻警，定是一卫驰赴府城，一卫驰赴县城。故临海、太平境内也不可久留。"

"亦不可速去。"王激学一句他的话。

"对。"王直笑道。

"要等二卫将至府城、县城时再去。"王激又学一句。

"对。"王直仍笑。

"接下来如何？"王激问。

"二处有同有不同。海峰说的是同，我再说不同，"王直道，"海门、松门二卫在定海、象山有警时已得一次警报；你我分赴临海、太平，二卫是第二次闻警，动作一定比定海、昌国二卫快，故你的动作也要快。如果等侦知官军动向后再动，怕要吃亏。"

"五哥放心，我不会吃官军亏的，"王激蔑视官军是蔑视官军，但仍不懂王直的意图，他问，"可离开临海后，我又该去哪里？"

王直在临海、太平的左面摆上最后一个石子，说："这是黄岩，你我二人就在黄岩会合。黄岩当地无大股官军，附近官军，一支去定海，一支去象山，一支去临海，一支去太平，都无暇顾及它。在那里，我们可以随心所欲地行事。"

"好，五哥神机妙算，这次定可满获而归。"王激道。

黄岩县城东郊的赵村，是个比较大的村落，因为近城，也比较富庶。得知倭贼将至，村里乱成一团。族长把几位有脸面的人找到祠堂商议，均是唉声叹气，一筹莫展。

族长见状，说："挡是挡不住的，快回家收拾收拾，逃命去吧。男子可就近躲藏，女子却须远遁，免得被执受辱。我听说，倭贼这次流劫各州、县，劫物还在其次，主要是劫人，劫女子，拿回去做老婆。你等都是诗书之家，若有女子被劫持，把祖宗的脸面都丢尽。"

"逃是要逃的，可逃到哪儿去呢？"一人问。

"委羽山上山洞多，从这里上山要过一道河，等各家妇道人等过河，将桥拆毁，或可躲避一时。”一人出主意。

委羽山是黄岩南部的一座山。一条江水把委羽山和赵村隔开。

“只怕来得快，逃得慢，不等上山，她等就被赶上。”第三人说。

“须得有人在村里阻挡一阵。”第四人说。

“各位议的都是，谁愿带领民勇，在村里村外阻挡一阵？”族长问。

众人面面相觑，谁也不开口。

“各位都是有产业有妻儿老小的一家之长，阻倭贼一刻，既可救邻里，也可救亲人，就没有人肯出面吗？”族长道。

众人仍是一声不吭。

“既如此，各顾自家逃命去吧。”族长道。

村口，一群青年男子围在一个壮汉四周。

“四哥，你逃不逃？”一青年问。

壮汉是本族人，行四，比他年少的人都唤他四哥。

“男子汉大丈夫说出个逃字，羞也不羞！你若害怕，也该说一句老子去也，不可说逃。”赵四在教训人时话也谐趣，说的众青年都笑。

“四哥，你去也不去？”笑声未落，另一青年问。

“我不去，”赵四说，“常听人讲，倭人善用刀。我倒要看看，是他手上的倭刀厉害，还是我手上的铁棍厉害！又听人讲，所称倭寇者，其实多为华族。我倒要看看，他等是倭人，还是华人！”

“四哥不去，我也不去。四哥教我几路棍法，我也正想与高手过一过招呢。”一青年说。

“你和四哥可不一样，”另一青年取笑道，“四哥孤身一人，无牵无挂，你还有一个漂亮的小娘子在等着你去娶呢。”

“她若落在倭贼手里，我去娶谁！”前面那个青年道，“我和四哥一起打倭贼，既不负我学到的一身武艺，也不负我要娶的小娘子。”

“说得好！”几名青年男子同声赞道。

“我不去。我打倭贼，才不负父母的养育之恩。”一青年说。

“我不去。我打倭贼，才不负两位姐姐对我的疼爱。”另一青年说。

一人一人说下去，竟有三十六个人愿意留在村里。

赵四看看这个，看看那个，很是高兴。他忽然一掌向站在他左边的青年劈去，那青年身子一斜，让过他的掌风。他点点头，说："你可留下。"又一拳向站在他右边的青年击去，那青年矫健地跳过一旁。他点点头，说："你也可留下。"

一青年说："我们三拳两脚的本事都差不多，四哥用不着一一试过。再试下去，倭贼就将进村。"

"可不！"另一青年附和道，"反正我等都是自愿留下打倭贼的，死生有命，谁也不会埋怨四哥一句。"

"埋怨我也不怕，我给你抵命就是。但有一条，我等虽不怕死，也不可冤枉而死。你等留下，都须听命于我。"赵四说。

"请四哥吩咐，"众青年道。

"咱这村子很大，藏身之处很多，你等都要找个安全的地方躲藏一时。"赵四指指身后的村舍，说，"有人告我，倭贼三头六臂，无人可敌。我先要看看，他等是不是三头六臂，是不是无人可敌。果然三头六臂，我等皆寻常之人，就用不着和他等打。若他等也是寻常之人，大家再出来，与之交手不迟。"

一青年说："我等武艺或不精良，藏身还不会吗？我等躲藏起来，保管四哥也找不到。但等四哥一声招呼，我等再现身。"

众青年拍手称是。

王直、王激两部在黄岩县城以西会合，县城闻讯关闭。二人并不急着攻城，由西向东，扫荡城外各村庄。第一个村庄是在全无防备的情形下被袭的，劫获的财物多，掠得的村民，主要是女子也多。后来的村庄多在事先闻讯，可藏的财物，藏起来；可躲的村民，主要是女子，躲出去。他们劫获的财物越来越少，掠得的女子越来越少。

赵村是个大村庄，王直、王激希望有所收获。

村里一片沉寂，王激站在村口说："又是个空空如也的村子。"

"海峰，我守在村口，你带人去村里搜索。"王直说。

"好！"王激一挥手，部众随他进村。

数百人一起拥进村子。路过第一所民居，留下几个人，路过第二所民居，留下几个人，路过第一个岔口，分出一队人，路过第二个岔口，分出一队人，数百人很快被淹没在村子里。到后来，甚至一所民居只有一个人进去搜索。胆子小的，一进院子就吆三喝四，生怕遭主人暗算；胆子大的，闷不作声地搜索过屋里，再搜索院里，希望单独发一笔大财。更有甚者，希望屋里留下一个年轻而不太美貌的女子，抢回去作娘子。对，不能太美貌，太美貌，只有大首领才能消受。

一海贼单独闯进一所民居，忽觉内急。他顾不上搜索，先跑去茅厕。出来后，见一壮汉手拄铁棍，站立在茅厕外。

“舒服了吗？”那人问。

“舒服了。”那海贼答完，发觉不对。这个王首领属下和那个王首领属下，都没有使用铁棍的弟兄。他问：“你是谁？”

“我乃赵四。”那人说。

“赵四？”自己弟兄中没有叫这个名字的，那海贼说，“不认得。”

“这就让你认得。”赵四说着，横起铁棍，拦腰扫去。

那海贼来不及哼一声，人被击倒。赵四弯下腰去，见他两眼还睁着，用手抹几下，让他眼闭上。又用手在他鼻孔试探，但觉他有气进，没气出，抽搐几下，进的气亦无。

“这就死去？”他自语道，“原来也是肉长的，经不住我一棍。”

他打个唿哨，树上有人说：“四哥，我在这里。”

“下来吧。”赵四对他招手。

放杂物的小屋里、墙角的柴垛里有人说：“四哥，我等在此。”

“出来吧。”赵四招呼他们。

接二连三有人跃出，这一院落里竟藏七八个人。

“不经打，不经打，一棍了结一个，”赵四指着死尸说，“真该早些动手，免得被他屙一大泡屎，臭气熏天，这院子无法住人。”

一青年说：“早动手，这泡屎也要屙出，屙在院子当中，岂不更臭！”

另一青年说：“不对，早打死，他的屎是屙在裤裆里。”

前一青年说：“他死在院子当中，屎还不是留在院子当中！”

后一青年说：“四哥打死他，我等怎会留他在院子当中？自然是要把他丢去茅厕，他那泡屎仍是留在茅厕里。”

“不错，该把他丢去茅厕，”赵四受到启示，对两个斗嘴的青年说，“你二人嘴巴上停停，手上动动，把他丢进茅厕。”

两个青年从命，抬起死尸，丢进茅厕。

另一青年打断他的话：“四哥，可不可与倭贼交手？”

“什么倭贼！你们都看到，那人乃我华族中的败类。”赵四说着，挥一挥手，“你等随我来。”

熟门熟路，赵四等每进一所民居，见得到海贼，而海贼见不到他等。一来出其不意，二来寡众悬殊，交手不过一两个回合，一所民居里的一两个海贼被解决。经过一场小战，藏身该处的青年现身，赵四身边的队伍不断扩大。杀过进入十余所民居的数十贼人，三十六名青年居然到齐。

人数一多，藏头露尾就不容易，而海贼也发现被杀的同伴，逐渐开始集合一处。终于，赵四率领的三十六名青年和大队海贼在村中遭遇，双方展开一场恶战。海贼越聚越多，赵四等边战边退。海贼被杀死若干，青年中也有人阵亡。

赵四等从南面的村口退出村庄，王直、王激率海贼紧追不舍。待其迫近，赵四让青年们先走，自己回身抵挡一阵，搠倒二三人，再追将上去。就这样打一阵跑一阵，到江边桥头。江面不宽，水流很急，小木桥已被逃上山去的村民拆毁。

“四哥，过不了江。”一青年道。

“江上有埭，可行。”另一青年道。

埭者，横江而筑的土堤，江水充足时，任凭从中间水道流下，江水不足时，将中间水道堵塞以蓄水。筑埭处，中间的水道不宽，可以从这一边的堤上跃到那一边的堤上。

“好，你等先去，我在这里再冲杀一阵。”赵四说。

“四哥，你不识水性，还是你先过去。”一青年说。

“不须争，”赵四把他们往坡下推，“你等因我而留下杀贼，有数名好男儿死在倭刀下，我说过要给他们偿命的。”

说罢，舞动铁棍，冲进敌阵。他来势凶猛，海贼稍退，他也退回。冲杀几回，看青年们都已渡过江去，他才奋力跃到埭上。不料，土堤被多人践踏，已然松溃，他只奔跑几步，埭溃，他跌入江中。海贼拥至江边，王直、王激命放箭，数十张弓一齐发射。他身中数箭，无力挣扎，被江水席卷而去。

“真是人算不如天算，我把宁波、台州的几个卫都算计到，却没算计到黄岩城外有这样一个勇士，坏我许多弟兄！”王直叹道。

“五哥，村里的人看来都在对岸，我们设法过江吧。”王激提议。

王直摇摇头，说：“有此勇士，足以庇佑一方。与其在对岸山中掘食，不如杀回城去，易于得手。”

王直、王激率部攻击黄岩县城。赵村的妇女老幼幸而无恙，黄岩县城的百姓却难逃一劫，署知县武暐被杀。

七日后，这一支海贼才退出黄岩县境。

第四百六十二章

五月初，有旨召仇鸾还朝。

仇鸾统辖的京营，军纪极坏，更甚于套虏。大同人闻此讯无不欢腾，不敢出门的，准备出门；不敢开店铺的，准备重新开张。

唯有大同城里的妓女，对京营官兵依恋不舍；倒不是留恋他们的多情，而是因为他们一走，再没人出得起好价钱买一夜良宵。乘着京营官兵还有一两天的停留，她们纷纷出动，希望再捞上一笔钱财。

仇鸾对姚江说："这次离开大同，不知何日得回。咱们也学一学那些酸秀才，来一个微服私访吧。"

姚江是他的义子，挂锦衣卫指挥的名衔，在他麾下办事。

"妙极！"姚江叫好。"我去安排一下，就随义父去。"

"你去安排什么？"仇鸾问。

"城里大乱，义父须多带些人手。"姚江说。

"不用！"仇鸾止住他，"带上一干子人，还是微服私访吗？我只带你一人，你若怕，我就带时义，时义若怕，我就带侯荣。你们几个兄弟中，总有一人是不怕的吧？"

时义、侯荣和姚江一样，也是仇鸾所收义子。

"好，好，义父交代只带一人，自是带我。"姚江说着，已设计好"微服私访"的内容，"馆驿前住着一家姓陈的乐户，其女颇有姿色。老陈想在这几日为她开苞，看谁能出个好价钱。义父可要去看看？"

"陈女多大年岁？"仇鸾问。

"听说是十四岁，"姚江道。

"二七芳龄，正是朦胧取乐的年岁，好！"仇鸾已有意。又问，"你可知道，价钱出到多少？"

"听说昨晚有人出到五十两银子，老陈没答应。"姚江说。

"没答应就好，我们去给他出个整数，"仇鸾说着，迫不及待地向外走，又吩一句，“姚江，带足银子，办这等事，概不赊欠。”

他二人行到馆驿，老陈家门前已聚集很多人，多是看热闹的。老陈立在门口，不卑不亢地与各色人等悄声说着银数。

有人哄叫：“一百了！一百，没人再加，就把人接走！”

姚江与仇鸾交换过眼色，挤出人群，高声止道：“慢！”

老陈见又来个阔主，迎过来说：“大爷，失迎。”

“不须客气，我再给你加这个数。”姚江比画个十字。

“是，是，”老陈点头哈腰，“那边的爷说，只出到一百，多一两银子也不出，小女今晚归大爷。”

那边本来不想再加，听说有人加十两，又说：“谁道我不肯多出！有人加十两，我再加二十两。”

老陈回到姚江这边，说：“不是我贪心，那边爷的话大爷也听到。”

“那有什么，他肯多出钱，不是件好事吗？”姚江道，“我也加二十，再给你凑个整数。”

“老陈，你别过来，”那边出价的人听到他的话，叫道，“这位老哥出到一百五十两，我出一百八十两。你问他还加不加？”

姚江不敢再加。他外出时带着一百五十两银子，心想：用一百两给义父买个快活，再用五十两给自己买个快活。大同城里能用这个数目买快活的人，大概数不出几个来。没想到老陈的女儿如此招惹人，门庭若市，一下出到这个价钱，再多加一分，他也拿不出来。真该多带几锭银子出门，那就不会输在对方手里；真该多几个人出门，抢也要把人抢回去。但这会儿无论怎样后悔也无济于事，现在要紧的不是和老陈谈，而是和开口出价的对方谈。

姚江撇开老陈，向对方走去。走到近前，看清那人的装束，竟是大同卫的军士。这使得姚江大吃一惊。

“兄弟，出手好阔绰。”他说。

“彼此彼此。”那人说。

“兄弟。你我之间好商量，何必要便宜老陈那个王八！”姚江道。

“大爷说的是，大爷不来，我一百两银子，就可以买一夜的快活；大爷一来，让我多花差不多一倍的银子。”那人说。

“你若肯让的话，不就一两银子也不用多花？”姚江开始游说，“你到别处，用一百两银子，不，用五十两银子，还怕买不到一夜快活？”

“那怎么成？”那人不答应，“我从来没有尝过雏儿的滋味，这次就是赔上全部家当，也要尝一尝。请大爷别再碍我的事，我就要去快活。”

“好，咱们不说钱，”姚江道，他压低声音说，“这个雏儿，不是我要，是另有人要享用，兄弟肯让一步，自有天大的好处。”

“那你告诉我，是谁要她？”那人道。

姚江见有转机，把声音压得更低：“原大同镇帅，今京营大帅。”

“你骗谁！”那人则提高嗓门，“你那爵爷，定是假的！”

“兄弟，轻声！”姚江问，“你怎断定是假的？”

“为一个雏儿，连我都争不过，会是真的吗？”那人道。

“若是真的呢？”姚江问。

“若是真的，我更不会让，”那人蛮横地说，“连我都争不过，他那个爵爷有个鸟用！”

听到他话的人都笑起来，有人大声叫好。看那人块头，姚江估计，动起手来自己讨不到便宜，只得灰头鼠面地回到仇鸾身边。

一块方巾遮住仇鸾大半张脸，但仍看得出，他双目阴沉，射出凶光。

姚江不安地说：“孩儿无能，义父的事情没办好。”

“好，大同城里竟有不买我账的浑人！你拾掇不了他，有人能拾掇他！”仇鸾咬咬牙，说，“走吧。”

大同城里衙门最多，仇鸾一时拿不定主意，找哪个衙门替他出这口恶气。巡抚衙门肯定去不得。几天前，原巡抚於敖才被罢免，新巡抚尚未到任。那么，是找大同知县、大同知府、冀北道分守参议、大同道分巡副使，还是找大同总兵官、山西行都指挥使、大同守备、大同卫指挥使？

正在琢磨，迎面碰上一行人。当中一将，骑着马，身前身后的军士步行，人人手里举着灯笼，灯笼四面都写个沙字。

“义父，是大同守备沙潮。”姚江眼明反应快。

“好，就找他！”仇鸾自己出面，许多话反而不便说，因此对姚江口授机宜，命道，“你去对他说。”

“是，”姚江见路旁有棵树，说，“请义父在树后站一站。”

仇鸾躲到树后，他则大摇大摆，朝着前方一行人走去。

“何处狂徒，敢冲撞我家将军！”前面的两名军士喝道。

话音未落，二人已被姚江撞开。他自己则身子一歪，跌倒在地，口里不住叫喊：“巡街的军爷欺侮人了，巡街的军爷欺侮人了！”

后面的军士欲冲上前来，寻他的晦气，沙潮喝道：“且慢！”借着灯烛的亮光，他已看清这个恶作剧的人是谁。

他上前搀扶起姚江，赔着笑说：“姚大人演的是哪一出戏呀！给我个面子，别和他等一般计较。”

“好说，好说，”姚江应着，“今日大同可不得了，欺侮我家爵爷的人都有，欺侮我一个小小锦衣卫指挥，更不在话下。”

“欺侮大帅？”沙潮一怔，随即又赔笑，“姚大人讲笑。在京师都没人敢欺侮大帅，小小一个大同，谁敢欺侮大帅！”

“你这话只说对一半，”姚江道，“在京师，确实没人敢欺侮我家爵爷；可在大同，确实有人敢欺侮我家爵爷。”

沙潮觉出事态严重。他问：“姚大人，怎么一回事？”

姚江不急着说缘由，先问：“沙大人要不要看我家爵爷一眼？”

不由分说，他向路旁的大树下招招手。仇鸾在大树前的光亮处稍露一下，又躲回到大树阴影里。

“沙大人看清没有？”姚江问。

“看清了，”沙潮没看清，也不敢说，“姚大人，发生何事，不妨迟些再说，我先给大帅叩头去。”

“你别自讨没趣！我家爵爷在大同城里受人欺侮，还有脸见你吗？你真敬重我家爵爷，还是替他老人家把事办妥吧。”姚江做好铺垫，才把馆驿前的一场冲突大致讲述一遍。

“大同城里会有有这等军士？”沙潮如听天方国奇谈，简直难以置信，“姚大人可曾问他姓名？”

“片刻之前，众目睽睽下的事情，我还用问他姓名吗？”姚江道。

“姚大人说的是，”沙潮碰个不软不硬的钉子，什么也不敢再问，“请姚大人先陪大帅回去，待我绑缚那家伙，去向大帅请罪。”

“有劳沙大人，”姚江说着，向他抱抱拳，“我家爵爷还有句话：闻得沙大人有个女儿，年龄相当，若不能把那厮和陈家的女儿送到他老人家面前，把令爱送去也是一样的。”

听罢这话，沙潮目瞪口呆，愤懑不已。别说他官至守备，就是一名普通士卒，也受不得这般羞辱。好在这名军士是跑不掉的，陈家的女儿是跑不掉的，仇鸾的话只是威胁，只是羞辱，不会成真。

“愣在这里作甚，还不快去捉人！”他向属下喝道。

沙潮没想到的是：事情确如姚江所言，可那个愣头愣脑、胆大妄为的军士带着陈家的女儿去哪里快活，却没一个人说得出来。他的手下在大同城里查个遍，一点儿踪影也没查到，那一双男女真如泥牛入海。

忙活半夜，回到家里，沙潮越想越气，越想越怕。气的是仇鸾欺人太甚，怕的是找不到人，仇鸾真来找他要人。他对女儿甚是疼爱，一心想给她找个好人家，难道就这样被仇鸾霸占不成?

他想到了一条出路：死。自己一死，一家人都能保住；自己一死，仇鸾欲不罢休，也只得罢休。不，仇鸾肯罢休，自己也不罢休！这件事一定要让世人知晓。想到这里，他伏在案上，把事情的经过写出来。他作不出大文章，但此事的始末还是可以写清楚的。他相信，皇上知道他的死因，会怜惜他的；大同的官兵知道他的死因，会同情他的。他死了，仇鸾也不会有好结果。

窗下蹲着一人，把窗纸捅个小洞，注视着他的一举一动，看着他手指颤抖地书写，看着他悲愤地阅读写好的文字，看着他把写好的纸铺放在桌上，看着他拔出佩剑，架在脖子上。只要闯进屋去，就可以救他不死，但这个人一动不动。沙潮办事时这个人尾随在后，沙潮回家时这个人尾随在后，目的显然不是要救他。

沙潮自刎倒地。窗外的人立起身来，把门推开一道缝，一闪而入。他拿起桌上的那张纸，读一遍，露出满意的神色。他把纸小心地折好，藏进怀里。然后，吹灭桌上的灯烛，一闪而出。

他就是陆炳安插在仇鸾身边的锦衣卫指挥。

第二天、仇鸾与一无名小卒争夺雏妓不胜、逼大同守备致死的故事在城里传开，他没吃到羊肉，反惹一身腥膻，不用皇帝催促，也无法在大同停留。

第四百六十三章

仇鸾回到京师，以病乞休，皇帝不准。他仍是总督京营戎政的名义，但不去戎政府办事，只在府上休养。皇帝不时差大臣去探视。

徐阶来，仇鸾问他："子升先生，朝廷是不是容不得我？"

"爵爷何出此言？"徐阶问。

"我仍主戎政府事，奏请调京营三千人守宣府，三千人守大同，三千人守蓟州，朝廷为何不准？"仇鸾举例说。

徐阶说："此事由兵部议定，我也不很清楚。不过，兵部本着京营以守京师之宗旨，也是皇上的旨意。"

"那么，是皇上容不得我？"仇鸾道。

徐阶说："此言谬之甚也。皇上容不得爵爷，爵爷乞休，皇上为何不准？爵爷称，仍主戎政府事。爵爷调京营守边之议，是在戎政府奏请的，还是在自家府上奏请的？皇上不准其议，或是想爵爷快养好病，能主持戎政府事务，再议这等事。"

经他一说，仇鸾顿觉轻松："那好，我明日就去戎政府办事。"

"也不可操之过急，总是以养好身子为重，"徐阶说，并问，"爵爷的病情到底怎样？皇上对此很是关切。"

"身后患疽，子升先生也看看。"仇鸾说着，撩起袍服。

疽正好生在腰眼上，极具凶险之象。

"子升先生看，碍不碍事？"仇鸾问。

"碍不着大事；不过，药总是要服的。"徐阶说。

"高明！"仇鸾竖起拇指，赞道，"太医院的几位先生看过，也都这么说。可服几剂他们开来的药，未见效果。"

"须得静养，不能急。"徐阶道。

才说几句闲话，都察院掌院都御史屠侨、兵部右侍郎张时彻联袂来探望。他们先和徐阶互揖致意，又问仇鸾安好。

“二位正好来陪陪爵爷，我告辞。”徐阶说。

张时彻拦住他，问：“子升先生要去哪里？”

“去内阁。”徐阶答。

“那就不必急着去，”张时彻说着，拉他坐下，“我坐一坐，和子升先生同行，两不寂寞。如何？”

徐阶无法拒绝，只得陪他二人又坐了坐。好在二人和仇鸾均无深交，不过是奉旨探视；问问病情后，也即告辞。

三人同行一段，屠侨要走另一条路，登轿而去。张时彻问：“子升先生，是乘轿，还是再行一段？”

“九一先生既言两不寂寞，自然再行一段。”徐阶说。

二人边走边说，两顶轿子不远不近地跟在后面。

“子升先生，你看爵爷的病情要紧不要紧？”张时彻问。

“爵爷自己已问过我，你怎么又代他问？”徐阶笑笑，说，“他身上的疽生的地方不好；不过，别让急火攻心，还不要紧。”

“那恐怕要坏。”张时彻道。

“怎么？”徐阶问。

“爵爷是个有涵养的人吗？”张时彻道，“再者，如今边方多事，他想不让急火攻心，亦不可得。”

“说的是。边方多事，我看有一半是他惹出来的，他自己不急，还让皇上替他急吗？还让其他大臣替他急吗？不过，”徐阶口气一转，说，“九一先生，我看如今边方虽多事，却不致坐大；倒是东南情势堪忧，兵部一定要用些心思。”

“子升先生的意思，东南危情甚于西北？”张时彻问。

“至少眼下如此，”徐阶说，“九一先生看，以前东南沿海祸乱，多在粤、闽两省，今年则浙、直两地海患相续。南京乃社稷根本，苏、松距南京不过数百里，而南京无京营可恃。万一南直海寇再前进一步，危及南京，天下震动，当不亚于庚戌虏变。”

庚戌年即嘉靖二十九年。

“很是，”张时彻认同，“实不相瞒，我对东南海患一直看得不重，总以为不过是贪财图利之辈，下海与倭人贸易，与番夷贸易。他等赚钱，万般皆好；若赔钱，就要发泄。前几年，朱子纯大开杀戒，我也以为他过分。现在看来，他到底亲临浙、闽二省，对海患，比我这游子看得清楚。有人说，东南海患由小而大，是因朱子纯的弹压杀戮。我想，没有朱子纯的弹压杀戮，海患也会由小而大，只不过拖延的时间长些。”

徐阶神情专注地听他议论，不时点头。等他说到一个段落，徐阶问：“九一先生看，海患是否已经由小而大？”

“子升先生的意思，还未大？”张时彻听明白他的意思。

“或曰，还未至极大，”徐阶说着，问道，“宁波人是不是有句谚语道：李树生王瓜，百里无人家？”

“浙东各府都有此说法。”张时彻道。

徐阶说：“我一直想不通，李树上怎么结出王瓜来？可我听说，象山县去年李树果真结出王瓜，而且结出不止一个王瓜，也不止一棵李树结出王瓜。今年春、夏之交，诸暨县的李树也开始结王瓜。去年象山李树结王瓜；今春以来，象山及宁波屡遭海寇袭扰。今年诸暨李树又结王瓜，看来受海寇袭扰的不止宁波一处。”

诸暨属绍兴，是个不濒海的县份。

“今年不止宁波一府，台州亦报警。”张时彻说。

“不错，”徐阶应道，“台州近温州，海寇由宁波而台州，进而可至温州，可入闽。绍兴近杭州、嘉兴，如果海寇由宁波而绍兴，进而可至杭州、嘉兴，可入直，则东南濒海数省皆不得安宁。再者，闽省海外有寇，浙寇入闽，与闽寇合；苏、松海外有寇，浙寇入直，与苏、松寇合；闽寇及苏、松寇入浙，均与浙寇合。九一先生，到那时，海患才可说是由小而大，才可说是极大。”

张时彻悚然而惊，问道：“子升先生，有何良策？”

“其一，朝廷要有警觉，不可眼里只有北虏，没有南寇。其二，南直有巡抚，当严词申饬；闽、浙事权分散，难有作为，首当统一事权，”徐阶说着，加上一句，“我说的朝廷警觉，首先是兵部诸公警觉。”

“子升先生的意思，浙、闽当复巡视？”张时彻问。

“复设巡视，抑或径设巡抚，尚待酌定；但一定要统一事权，”徐阶说。并提议，“九一先生，这事兵部该议一议。”

“好，我把子升先生的意思转告本部正卿。”张时彻道。

不知不觉，走到长安右门，到前面承天门，二人就该分手。

张时彻说：“今日一路谈来，颇有收获，不仅仅是两不寂寞。内阁堪与议事者，唯子升先生一人而已。”

“九一先生这么说，不是捧我，而是害我。”徐阶道。

第四百六十四章

阁老三人，通常是一人值于内阁，二人值于西苑。严嵩不去西苑值庐，专守在内阁，徐阶、李本就用不着回内阁。但徐阶兼掌礼部，处理部务时，顺便也去内阁走走，和严嵩见上一面。

这一日，徐阶处置完部务，又去内阁。

严嵩问他："我掌礼部时，礼科常找麻烦，很讨嫌。子升，礼科现在还是常挑礼部的毛病吗？"

听似闲话，又非闲话，徐阶模棱两可地说："时有之。"

"当真？"严嵩问，并说，"我还以为，礼科会给子升一个面子。"

徐阶说："怎会！介翁掌礼部，礼科不给面子；我的声望远不及介翁，礼科怎么反而会给我面子？"

"礼科不是有个袁抑之吗？"严嵩道。

袁洪愈字抑之，苏州吴县人，嘉靖二十六年进士，由中书舍人擢升礼科给事中。

徐阶立刻听出严嵩的话外之音。袁洪愈近日上疏，从翰林院检讨梁绍儒劾起，说他"奔走权要，交通贿赂，时人有不读书、管闲事之诮"；然后论及吏部文选郎中白璧，说他"招权鬻爵，其门如市，姑妇争吵，恶言谇语，声闻于外"；最后论及吏部尚书万镗，说他"衰老贪侵"，论及吏部右侍郎葛守礼，说他"督饷宣、大，刻削军储"。

梁绍儒和白璧是嘉靖二十年的同科进士，袁疏因梁绍儒而论及白璧；万镗和葛守礼是吏部正卿、佐卿，袁疏因万镗而论及葛守礼。袁洪愈要论劾的，实际是万镗和梁绍儒。万镗与严嵩的交情还在其次，梁绍儒与严府的交情，仅次于赵文华，据说也以义父称严嵩。论劾梁绍儒，肯定要触怒严嵩。也可以从另一个角度来理解：袁洪愈论劾万镗、梁绍儒，其实是冲着严嵩来的。

严嵩旁敲侧击地说起这件事，大概怀疑袁洪愈上参本，是受徐阶指使。他这样想，不是没有道理。因袁洪愈一本参奏，万镗、葛守礼被皇帝切责，白璧下锦衣卫狱，梁绍儒罢免。若不是有人在皇帝面前推波助澜，鼎力相助，何至于此？

徐阶想：严嵩既起疑心，须得仔细。断然否定袁洪愈上疏和自己有关连，先让人觉得心虚；公然称赞袁洪愈参本写得好，无异于火上加油。二者均不可取。总之，明知严嵩指的是袁洪愈参本，但绝不可以自己先把话题扯到那上面去。

“介翁不知吗？今找礼部麻烦最多的，即袁抑之也。”他说。

“当真？我还以为，这个袁抑之单找其他衙门的麻烦呢。想不到仕鸣兄方抱怨过，子升也来抱怨。看来他在礼垣，使人忍无可忍。”严嵩道。

徐阶摇头否认：“我是无奈，并非抱怨。我想，仕鸣先生亦是无奈，并非抱怨。谁让祖宗有设立六垣以稽查六部的制度呢？仕鸣先生与我若抱怨，是抱怨袁抑之一人呢，还是抱怨六垣制度？”

袁洪愈找礼部的麻烦，是议事不合；找吏部的麻烦，是人品之劣。这是绝不可同日而语的。徐阶偏偏把这两件事当作一件事来说，倒使得严嵩难以为言。他才要说“子升事不关己，说得轻巧”；一想不对，徐阶明明是事关礼部，才说得轻巧。于是改言道：“事关子升，子升尚能容忍，我又有什么忍无可忍！”

徐阶揖道：“介翁离开礼部多年，仍关心礼部境况，心感，心感。”

梁绍儒字玉庵，山东东平人，嘉靖二十年进士。他一进严府，严世蕃劈头问道：“玉庵，是来辞行的吗？”

梁绍庵一怔。他为诉诉委屈而来，原无立即离京之意。但被严世蕃一问，若道不是来辞行的，倒像是来求严嵩、严世蕃父子为他做主。

“是，无颜居留京师，特来向吾兄辞行。”他硬着头皮说。

“虽免官，若不嫌长安米贵，在京师住住何妨？不过，玉庵若想优游山林之下，山东也是个好地方。玉庵定下哪日走，告诉我，我为你饯行。”严世蕃说。

话说得不亲不疏，不疼不痒，使得梁绍儒暗倒吸一口凉气。严世蕃待他一向很亲切，甚至比待赵文华还要亲切，怎么突然间生分起来？

“饯行不敢当，今日见过东楼先生，权作是辞过行。日前在书肆觅得一套奇书，特地送来，以表心意。”他说。

家人帮忙把一套书放在书案上，然后退出。

严世蕃从来不当着梁绍儒的面点数的，但今日当着他的面点，一共是十函；严世蕃从来不当着梁绍儒的面打开书函的，但今日当着他的面打开。函套里哪有什么书！原来书页全被裁去，里面整齐码放着金银珠宝之类。一函之物，总合千两银子，十函计万两。

梁绍儒尴尬地站在那里，哭笑不得。

严世蕃把拿起的书函扔回书案，说：“玉庵，你要替人求官，找我不成吗，找大人不成吗，为什么一定要找到吏部？就算你与文选郎是同年，与大冢宰混熟，求他们难道比求自家人还容易？”

“为人求官？并无此事呀。”梁绍儒受此责备，摸不着头脑。

“大丈夫敢作敢当，毋庸抵赖！”严世蕃说出一个人的名字，问道，“此人与你比邻而居吧？”

“隔一门，也算比邻吧。”梁绍儒说。

“他发放武定知州，你知道吧？”严世蕃又问。

“是。他赴任前，还请我饮过酒。”梁绍儒说。

“他当然要请你饮酒，没有你，他能求官得官吗！”严世蕃半含气愤半含讥讽地说，“你还要否认为他求官？”

梁绍儒总算明白，平日如“吾兄亲切”的严世蕃今日为什么变副嘴脸，但还是不明白他说的是怎么一回事。

“兄长说我替他求的武定知州？”梁绍儒问。

严世蕃证据确凿地说：“仕鸣先生处送一函书，内藏六百金，仕鸣先生应下来。可文选郎没得到好处，大冢宰肯，他坚执不肯。于是，文选郎处又送一函书，内藏三百金。文选郎这才不难为他。玉庵，如此送金，是你的创意，不是你替他求的官，又是谁替他求的官！”

梁绍儒总算明白，严世蕃说的是怎么一回事；可还不明白，怎么会有这等事。正因为剀书藏金是他的创意，他是绝不会轻易传人的，何况隔门而居的那个邻人与他并无深交。他正想继续否认，猛然间想起一事：该邻人曾向他借书，自己当时没留意，随他拣选几函；他还书时也没说什么，自己仍没留意。会不会他借去的是一函空书？

“坏了，坏了！”想到此，他叫苦不迭。

“现在才知坏了，晚矣！”严世蕃哂道，“你若托我来办这件事，何至于被科、道论劾，声名狼藉！”

“不是的，不是的！”梁绍儒词不达意。

“玉庵还有什么不是的好说！”严世蕃叱道。

梁绍儒辩道：“我为他求官，为什么不直接去求文选郎，却要先求大冢宰？文选郎知道我先求大冢宰，还会给我面子吗？”

言之有理，严世蕃也觉出，其中别有情由。但他已有成见，想再恢复对梁绍儒的兄弟情谊，难之又难。

第四百六十五章

以山东巡抚王忬巡视浙江，兼管福州、兴化、泉州、漳州等府确定下来，皇帝觉得轻松许多。他对王忬的印象不错。嘉靖二十九年秋，京师危急，以王忬助守通州河东。皇帝差内使暗访通州防务，内使回宫后，讲述王忬如何激励将士，皇帝为之动容。随后王仪被仇鸾讦告免官，皇帝命升王忬右佥都御史，守通州。京师解围后，召王忬还院，佐理院事。今年初，着他巡抚山东。七月，兵部、都察院议复浙江巡视，推上的人选中有王忬，皇帝决定用他。皇帝相信，他能胜任。

南直有巡抚，浙江再设巡视，东南半壁江山大概可以稳如磐石。

皇帝的心思从东南濒海转回到京师，仇鸾这个不能尽职不能胜任的总督京营戎政该着手解决。皇帝开始对他寄予多大的希望，现在对他就有多大的失望。自设立戎政府以来，自他总督京营戎政以来，他就没办过一件实实在在的、可为皇帝分忧的事。

开马市是他力主的。皇帝同意开马市，主要碍于他的情面。可开马市并未使北边安定，官军和虏军很快又在大同兵戎相见。虽然俺答送还几名叛人，使朝廷挽回一些面子，但皇帝很难再相信俺答的诚意。

仇鸾主动请缨，是因为关闭马市，使他感到压力；他以出塞迎敌表明，当初议开马市，是权宜之计。但大军开赴大同后，两个月内基本未与俺答交锋。皇帝召他还朝，是对他的又一次警告。

还朝后，他愈发消极，很少去戎政府视事；偶一视事，也只会提出各种要求。皇帝一方面要防止他权势过重，如他奏请他统辖下的京营分赴宣、大、蓟州守边，皇帝就以为不妥；一方面又要尽量满足他的要求，如他请调辽东、固原、甘肃、宁夏兵各三千人划归他麾下，皇帝准奏，他奏请兵部侍郎张时彻、工部侍郎吴鹏佐理戎政府事，张时彻主各军调遣，吴鹏主拨用器械，皇帝也准奏。

皇帝在准奏的同时，想的是：时机一到，朕要一桩一桩清算！

时机终于等到。时宣府、蓟州二镇警报日至，欲调动京营驰援，却无法调动。

兵部尚书赵锦奏言，这是因为印绶在大将军处，并自请率军出御。大司马亲征，不合制度，皇帝不会准。但有一件事，皇帝可以让他去做，那就是去咸宁侯府，把大将军印收回。

这是皇帝要与他清算的第一步。大将军是在一时冲动下敕封的，皇帝早有悔意。收回大将军印，不会再轻易敕封。

仇鸾惊醒，问道：“夏贵溪呢？”

时义也在打盹，又被他惊醒，反问道：“义父在说谁？”

“方才夏贵溪在此，怎转眼不见？”仇鸾道。

时义说：“只我三人在此侍候，并无第四个人入来。”

姚江大声咳嗽，似要把时义的话掩盖住。咳嗽完，他说：“时哥方才瞌睡，有无人来，当然见不到。我懵懵懂懂，确见一人行出。”

说着，胳膊肘捅捅侯荣。

“在问我吗？”侯荣会意，说，“不错，是有一人出去。”

仇鸾不知时义说的是不是实话，但知道姚江说的一定不是实话。他说：“不是一人，是二人。”

“义父还见到谁？”姚江问。

“还有曾子重，”仇鸾说，“他二人手执斧钺，轮流向我背上猛击。我吃痛不住，回身告免，他二人却不见。”

“原来是场梦，”时义吁口气，“义父是不是后背疼痛，所以梦见被夏贵溪、曾子重殴击？”又戏谑地对姚江、侯荣说，“义父做梦，你二人也做梦吗？义父背痛，你二人也背痛吗？”

姚江心说：你好不懂事！义父会平白无故地梦见夏言、曾铣吗？朝廷处死他二人，义父是出大力的，他二人是来索命的！

想是这样想，说却不能这样说。他把话岔开：“王御医果然高明，义父服他几剂药，脸色和前些日子大不相同。”

说罢，又捅捅侯荣。

侯荣呼应：“不错，义父背痛时还能小憩，可见大有好转。”

正说着话，家人来报：“爵爷，文卿先生请见。”

“我起不来身，就请他来卧室相见吧。”仇鸾说。

赵锦入室，时义等三人起身行礼，赵锦微微点头。

不等他问候病情，仇鸾抢先埋怨：“共事多时，文卿先生挨至今日才来看我，好无情义！”

赵锦说：“不是不想来看爵爷，实因戎政府、兵部两下里奔走，才力不济，分身乏术。得罪，得罪！”

仇鸾哼一声，道：“今日怎又得闲？”

“今日亦非得闲而来，是奉旨而来。”赵锦说。

“若非皇上惦念我，等到我死，你大概也不会来探视。”仇鸾说。

“爵爷言重。我今日奉旨而来，一来是探视，二来嘛，”赵锦说到此，戛然而止，眼睛瞥向时义等。

仇鸾一挥手，时义等三人退出。

赵锦说：“爵爷，实不相瞒，我今日来，是奉旨取回大将军印绶的。”

“取回什么？”仇鸾怀疑自己听错。

“大将军印绶。”赵锦重复。

“取回大将军印绶！”仇鸾惊道，“好，好，皇上是看臣无用，还是看天下太平，连大将军印绶也要取回！臣的侯位袭自先人，是先皇帝赐封的，是不是也要取回？臣前者拼却一死，回师驰援京师，算是枉费心思。臣前者冒天下之大不韪，力主开市，以求北边安宁，算是枉费心思。臣主政戎政府，驰守大同，都是枉费心思。好，好，臣无用，天下太平，臣的大将军印绶该取回！”

说罢，狂笑不止。接下来，狂咳不止。他的脸色由白而赤而紫，瞬息间几变。赵锦来不及说句宽慰的话，他已经窒息。

大将军印绶被皇帝取回，仇鸾就此再未清醒；挨几天后，于八月十二日死于家中。

仇鸾死后，时义、侯荣、姚江三个螟蛉子惶惶如丧家之犬，不知出路在哪里。三人都觉得，既然挂锦衣卫指挥名衔，不如去投陆督帅。因此，把陆炳安插在仇鸾身边、和他等厮混些日子的那名指挥找来商量。

他们都不知道那名指挥的名字，只知道他姓陆。

“说来惭愧，我等与陆大哥在一起几个月，竟连令名也不知，今日还望赐告。”姚江说。与外人交涉，都是由他开场。

“好说，好说，三位大哥都是贵公子，哪里会把我这个发配边镇的无名之辈放在眼里？”姓陆的指挥接下他的话茬，“三位知道我的姓氏，我已深觉荣幸，贱名不足挂齿。”

“这是陆大哥不想说，可不是我等不想知道。”姚江有个台阶下。

“爵爷不在，还有什么公子不公子的！”时义说，“陆大哥，实话告诉你，爵爷一死，仇府上上下下容不得我三人，我三人数年的积蓄被扣在侯府，也不许带出来。我三人只好请陆大哥提携。”

“我如何提携三位贵人？”姓陆的指挥道。

“请陆大哥与督帅说说，给我等安排个差事。”时义直率地说。

“你二位也想在督帅那里谋个差事？”姓陆的问侯荣、姚江。

“不错。”侯荣、姚江应道。

姓陆的指挥哈哈大笑，笑得前仰后合。

“陆大哥笑什么？”姚江问。

“三位把我当成了什么人！”姓陆的指挥道，“我若在督帅面前说得上话，督帅会让我去大同吃苦？三位道，不见容于侯府上上下下；却不知，我也是锦衣卫的弃儿。”

“当真？”时义等三人齐问。

“人皆欲往脸上贴金，会有人愿往脸上抹屎吗？”姓陆的指挥道。

看来不会是假的，三人相顾失色。

姚江咬咬牙，说：“陆大哥这条道走不通，就只有一条道可走。”

“哪一条道？”时义、侯荣问。

姚江看姓陆的指挥一眼：“陆大哥请吧，这是我三人自家的事。”

姓陆的指挥不但不走，反而一屁股坐下来。

“三位想在督帅那里谋出路，就想到我；现在另有出路，却要赶走我，不许我一起走。这也太不讲义气吧！”他说。

“我等要出塞，陆大哥愿一起走吗？”姚江问。

“反正在锦衣卫里没出路，为什么不愿走！”姓陆的指挥道。

“陆大哥肯一起去，再好不过，”姚江说，“我等与爵爷在大同时，多次奉差入套，与俺答等首领都有交情。我等入套，俺答一定会善待。但有一件事，还要陆大哥去办。”

“请姚大哥吩咐。”姓陆的指挥爽快应道，称呼也变得亲热。

“陆大哥办一张锦衣卫的公文，就不怕一路上的盘查。”姚江说。

“好，我设法办来。”姓陆的指挥说。

四人约好离京的日期，设计好行走的路线，姓陆的指挥也办来锦衣卫的公文。原以为一切都顺利，谁知刚到南口镇，就被预先埋伏在那里的锦衣卫军士擒获。直到姓陆的指挥帮着锦衣卫军士来捆绑自己，时义等才知道上他的大当。

三人被陆炳鞫讯时，再无隐瞒，把仇鸾在大同如何与俺答私约，互不相犯等事一一供出。陆炳整理好三人供状，并大同守备沙潮遗书等一起奏上。皇帝震怒，命追戮仇鸾于市，削其爵位，妻、子论斩，女、妾给功臣家为奴，党羽戍边。对仇狱的处分比前者对郭勋的处分更加彻底。

第四百六十六章

巡视虽与巡抚略有区别，但巡视而许便宜行事，与巡抚则相差无几。王忬中第十一年，就升至封疆大吏，现在皇帝又把浙、闽两省的海防托付与他，真可谓春风得意。

朝廷委任两名武臣做他的副手，一是中都留守司指挥佥事汤克宽，改任驻守福州、兴化、泉州、漳州参将，一是广东琼崖参将俞大猷，改任驻守温州、台州、宁波、绍兴参将。

王忬过南京时，汤克宽也由凤阳行至南京，二人在馆驿得见一面。

“参见都堂。”汤克宽揖道。

他是世袭的军籍，父亲汤庆曾任巡江总兵官，王忬对他以礼相待。

“都是过客，汤将军不必多礼。”他说。

汤克宽告罪就座。才坐定，忽见屋里先已坐了一人，他忙又站起来，道：“不知都堂有客，在下唐突。”

“不碍事，不碍事，”王忬说，“我来给你引介，这位是我姑苏的大学问家、也是我的年兄熙甫先生。”

“原来是震川先生，久仰大名。”汤克宽揖道。

那人姓归名有光，字熙甫，号震川，苏州昆山人，后移居嘉定。他嘉靖十九年和王忬同中应天府乡试，所以王忬称他年兄。但王忬在第二年中进士，归有光却屡赴春闱，屡落孙山。

归有光说：“我嘉靖二十年、二十三年、二十六年，二十九年，四次受挫，只好课读童子，以混时日，有什么大名！你们都堂登第十一年即拜显职，才真让天下仰慕呢！”

“兄台抬举我，朝廷不过看我尚在壮年，委以重用。我受命危难，心里着实惕息不安，还请熙甫兄教我。”王忬说。

“我是半个布衣，国事休要问我。”归有光道，“民应先生道心中惕息，我看，你有俞、汤两位将军为左膀右臂，比彭都堂要强得多。”

“道显先生有什么不如意吗？”王忬问。

归有光说：“他要将无将，要兵没兵，也不知谁给他出个无聊的主意，从少林寺请一队僧兵来灭寇。少林僧武功是不错的，但全不懂临敌应变。与海寇遭遇，一僧兵大发神威，一铁棍打去，一贼倒地，众贼稍却。僧兵不乘胜追击，却围拢来看那死贼。那贼是佯死，顺势一刀，反把僧兵刺死，贼众蜂拥而上，僧兵反溃不成军。”

“汤将军，”王忬招呼汤克宽，“贼人狡诈，此为一戒。”

“是，二位先生教诲，在下牢记，”汤克宽揖道，“招募僧兵不是办法；我听说，徐、邳一带，群盗出没，皆强悍，或可招募。”

“汤将军不妨上疏奏请，也算给道显先生出个点子。”王忬说。

“不用，不用！”归有光止住二人。“我来看民应先生，可不是来替道显先生要点子的；我是来向民应先生讨一笔债的。”

“讨债？”王忬说，“熙甫兄请讲。”

“好，我先给二位讲个故事，”归有光道，“我有个本家，名钺，家住常熟。少丧母，父娶后娘。后娘有子，归钺失爱，屡濒于死。其父死后，后娘独与子居，不与归钺相见。归钺乃贩盐市中，不时与弟私会，问后娘饮食，致以甘鲜。某年大饥，后娘母子不能自活，归钺往见，涕泣奉迎。后母自惭，终感归钺忱悬，从之。归钺得食，先与后母及弟，己常忍饥。弟不久死去，后母则终身怡然。归钺少饥饿，面黄体瘦，族人皆呼为莱大人。其人至孝，我与他交谈，他竟不知此即孝行，尤可叹也。归钺今年无疾而终，我为他立传，请民应先生一阅。”

“一定拜读。不过，熙甫兄为何说向我讨债？”王忬不解地问。

“我忘说一事：归钺的后母乃太仓人，人呼太仓娘。”归有光道。

“原来如此，太仓娘欠下的情分自然该我这个太仓人来还，”王忬笑道，复问，“熙甫兄要我怎么还债？”

“民应先生请于朝廷，旌表孝子，足矣。”归有光说。

“这是该做的，难道让熙甫兄独擅光大孝道之美吗？”王忬道。

汤克宽听他们越扯离海防事越远，起身说：“都堂请与震川先生尽兴。在下明日动身，还要准备准备，这就告辞。”

“汤将军请便，”王忬起身送客，并与他相约下次见面的时间、地点，“我还要在南京停留一两日。然后，在宁波与俞将军计议浙省海防，总要十日上下。一个月后，我到闽省，汤将军可在漳州城里等我。”

“是，在下于漳州恭候都堂。”汤克宽应道。

第四百六十七章

定海县在宁波东北，象山县在宁波东南，二县相邻。定海卫在定海县东北，昌国卫在象山县西南，二卫在二县的远端，其间距离，比两个县城之间的距离要远得多。可二月底三月初，二卫相继被海贼攻破。

守备宁波、台州参将俞大猷率部赶至定海卫，闻得海贼已向西南去。赶到昌国卫，听说海贼已向东北去。再赶回定海卫，又听说海贼确实回到定海，但并未停留，已下海。被海贼牵着鼻子走十来天，用四个好听的字说，是风尘仆仆；用四个不好听的字说，是捕风捉影。俞大猷恨得咬牙切齿，但无可奈何。

幸亏有两名海贼走得慢，没来得及登船，被官军擒获。其中一人，听说是大盗李光头的心腹，围剿李光头时漏网，他投靠新的海贼首领。俞大猷把他从狱中提出，审讯一番。

该名海贼被知县审过，被知府审过，被分守道、分巡道审过，再被一名武将审讯，毫无怯意，只是有点儿好奇。

“你叫什么名字？”俞大猷问。

“大人问我过去的名字，还是问我现在的名字？”那海贼反问。

“先报你过去的名字，再报你现在的名字。”俞大猷道。

“我过去叫李二赖，现在叫王二赖。”那海贼说。

“为什么改姓？”俞大猷问。

那海贼眯起两眼看他，好像他提的问题极为荒唐。

俞大猷说：“我知道。你过去的主子姓李，所以你也姓李；你现在的主子姓王，所以你也姓王。看来，再过去，你并不姓李，是跟李光头才姓李的。原来是个三姓家奴！”

“大人既猜到，可知我现在的主子叫什么名字？”那海贼问。

“不知，正要问你。”俞大猷道。

“大人想知道，我就告诉大人，他姓王名直，是个了不起的汉子。大人想知道他的名字，不是要和他交手吧？”那海贼的态度甚是轻蔑。

“为什么不？”俞大猷道。

“因为大人肯定不是他的对手。”那海贼说。

“未必，”俞大猷倍加轻蔑，“只要你敢说出你主子匿身之处，我就敢与他交手较量。”

“我有什么不敢说的！”那海贼好似代王直接下战书，“我先问问大人，知道定海以外的哪些岛屿？”

“无所不知。”俞大猷说着，铺开一张舆图，找到定海，再在定海以外的海面寻找，“有舟山。舟山有两个千户所，我料王直小儿不敢据以为家。有菩陀落伽山，”说着，看那海贼一眼。“也不在那里，是怕菩萨怪罪吧？有蛟门山，”又看那海贼一眼。“还不在那里。有金塘山，”再看那海贼一眼。“不错，就在金塘山。”

“金塘山乃一大岛，王首领住在金塘山附近一小岛上。”那海贼说。

“小岛叫什么？”俞大猷问。

“烈港。”那海贼回答两个字。

俞大猷在舆图上寻找，小岛没有具名。他用拳头在舆图上比量一下，说：“金塘山距定海七十里，怪不得他想来就来。咫尺之遥，岂容鬼蜮作祟！王二赖，你随我去，看我与你主子怎样交手！”

烈港最大的建筑是一座庙宇，王直略加修缮，和王激各住半边。有话要说，招呼一声，或是你过来，或是我过去。

这天，王直听完手下的禀报，叫道：“海峰过来，有话问你。”

王激睡得晚，起得晚，睡眼惺忪，打着哈欠从屋里出来。

“五哥要问什么？”他问道。

“问你个人，”王直道。“你是宁波人，可知俞大猷其人？”

王激的睡意一下子全无。他说：“我是宁波人，俞大猷却不是宁波人，他是福建晋江人。我听谢老讲，这个人在山西为总督翟鹏器重，在广东为总督欧阳必进器重，有勇有谋，可不得了。前些日子，我听说他到宁波，心里不由发怵。”问，“五哥为何问他？”

“我有好消息告诉你，他已离开宁波。”王直说。

“谢天谢地。”王激喜道。

“我还有话呢，”王直说，“他离开宁波，去的是定海。”

“五哥开什么玩笑！”王激由喜变惊。

“不是开玩笑，俞大猷不仅去定海，而且要从定海下海，多半是冲着烈港来的。”王直一气说完。

王激听后，急得在王直面前打转，可见发怵云云不是假的。

“这可如何是好，这可如何是好！”他嘴里念叨着，心里想出个主意，“五哥，要不我们换个岛住住吧。”

“弃烈港而去？”王直问。

“是。”王激应道。

“那么，要不要弃金塘山而去？要不要弃定海而去？要不要弃宁波而去？”王直一连三问。

王激知道他在发怒，喃喃地说：“他不是冲烈港来的吗？干吗要牵扯到金塘山，牵扯到定海、宁波！”

“是我说错，”王直道，“他不是冲着烈港来的，他是冲着你我兄弟来的。你我在烈港，他打上门来。你我离开烈港，他追出烈港。你我逃离金塘山，逃离定海，逃离宁波，他追出金塘山，追出定海，追出宁波。海峰甘心像落水狗一样，被他追赶着打吗？”

“依五哥之见，当如何？”王激问。

“与他周旋而已。”王直说。

“何谓周旋？”王激又问。

王直说：“岛外风大浪高，官军未必靠得了岸，这是其一。官军登上岛来，我据险要，他未必就打得赢我，这是其二。打不过官军，我在各处备有船只，随时可去，这是其三。此三者，即为周旋。”

“五哥说的是。”王激道。

被王直说中，官军的船在岛外遇到大风浪，未能靠岸。

俞大猷所在的那条船最大，在风浪中还支撑得住。再看前后左右的船只，一条条在风浪中颠簸，有如玩具一般，他不由心惊胆战。

“将军，你看！”一名士卒叫道。

顺着他手指的方向看去，一条船也许因为注入过多海水，开始下沉；已有水手和士卒跃入海里，在大浪中拼命挣扎。

“命它左右的船靠过去援救。”俞大猷命道。

“将军，再进的话，所有的船只都会沉下去。”一名水师指挥说。

未曾靠岸，未曾与海贼交手，自家先有折损，这是不祥之兆。俞大猷面对风浪，默立片刻，传令：“回师！”

他带在身边的海贼，得意不已，面露嘲讽地说：“我道大人不是王首领的对手，大人还不服气。结果如何？”

“我等是被大海击败，又不是被你的王首领击败，你得意什么！”一指挥气恼地说，并向俞大猷提议，“将军，把他抛下海祭海神吧，说不定风浪会平息。”

“你说的对，我败在大海的手里，并非败在王直的手里。总有一天，我要让他败在我手里。”他命该指挥及应声而上的几名官兵放开那海贼。“留他一条命，我说过，要他亲眼看看我和他主子交锋。”

王二赖保住性命，再也不敢胡言乱语。

官军自行退去，烈港上喧闹起来，有人杀鹅宰羊，有人温酒炖肉。但王直看着摆好的酒肉发呆，一点儿食欲也没有。

“五哥，官军就这样退去，不高兴吗？”王激问。

王直微微摇头，不语。

“那是高兴过头？”王激问。

王直微微摇头，仍不语。

王激嘴一撇，说：“五哥的心思，真难猜！”

“海峰，你就没心思吗？”王直反过来问他，“你想想，今日若无大风浪，俞大猷登岸，将如何？”

“我早说过俞大猷的厉害，多半打他不过。”王激说。

“今次俞大猷来，大风大浪把他挡住；下次他来，没有大风大浪阻挡，怎生是好？”王直道。

“五哥的心思在这事上？着哇，五哥说怎生是好？”王激也发愁。

“海峰，我再问你，”王直振作起精神，问道，“官军来烈港袭我，我去入陆扰他，二者如何取舍？”

“似各有优劣。”王激说。

“不错，”王直点头，“官军若不袭我，有一烈港，便于休养生息。官军若以大力袭我，乃至倾全力袭我，烈港是守不住的，前者朱都堂时漳州之事可鉴。今朝廷复设抚臣，增派将领，眼见是要攻我。”

“因此，烈港是守不住的，”王激接下他的话说，复问，“我曾议弃烈港而去，五哥不允，怎么现在也要放弃烈港？”

王直早有答案：“一则，俞大猷攻时，弃岛而去，定是鸟兽散。二则，我的意思，并非放弃烈港，而是先去扰他，使得官军无暇顾及烈港。”

“说的是。如何去扰他，我听五哥差遣。”王激道。

“如今闽、浙复设抚臣，增派将领，严布海防，仅以烈港之军，撼他不动，”王直虽然这么说，但已做好打算，“海峰，今秋、冬，我要作两件事。一是我浪迹海内外时，结识徐海、陈东等人，我要请他们来相助。二是此去倭国途中所经各岛，多为华人、倭人合据，我要请他们来相助。”

“徐海、陈东，皆豪杰之士，请得他们相助，当然很好。但五哥与倭人贸易时，多负其值，他们肯来相助吗？”王激问。

“我只说，我的财产都被官府扣压，他们想要的话，可径向官府索取。海峰想，他们能不动心吗？”王直道。

“好法子，好说辞！”王激赞道。“五哥放心去办这两件事，我替五哥守好烈港。”

九、书生激愤

第四百六十八章

嘉靖三十一年十月初，欧阳德应召任礼部尚书，最高兴的，莫过于徐阶。他值庐而兼值阁，值阁而兼署部，太过辛苦，有人卸去他肩上的一半担子，幸事也。欧阳德人品、学问，皆属上乘，资历也够，且与徐阶同年。原先唯一担心的，是他为母服丧，尚未至期，可能不会应召；现在他顾全大局，毅然来京，真是太好了。

欧阳德到京的第二天，徐阶在衙门里设宴为他接风，作陪的有左侍郎孙升，右侍郎闵如霖。四人皆在礼部，宴席随时可开。徐阶说还有一位陪客，要等一等。四人一边等，一边说着闲话。

“子升先生，还有一位客人是谁？”闵如霖性急地问。

徐阶说：“莫急，他一来，师望先生即知，而且定要多饮几盅。”

闵如霖字师望，浙江乌程人，嘉靖十四年进士。

“子升兄道此酒一为我接风，一为师望先生送行，一酒两用，足见会当家，”欧阳德道，众人一笑，他接着说，“不过，为何是为师望先生送行，他不还在礼部任职吗？”

闵如霖代答：“皇上差我赴承天代祭显陵，过两日就要动身。”

“如此说来，这酒该我请才是。”欧阳德的意思，该由他这个新到任的正卿为奉旨外差的佐卿送行。

“崇一兄，”徐阶唤着他的字，道，“我借礼部宝地，再作一回主人，也不应允吗？崇一兄说我会当家，我看你才真是个好当家的呢。”

“请便，请便！以后礼部宴客，都由子升兄做东。”欧阳德说。

四人皆笑。笑声未落，窗外有人问：“子升先生在这里吗？”

听到问声，孙升、闵如霖齐道：“原来是他！”

“是谁？”欧阳德却听不出来。

“吴祭酒呀。”孙升、闵如霖齐答。

“是曰静先生？”欧阳德且惊且喜，“一堂五祭酒，也是我朝从未有过的盛会。子升兄，除你之外，任谁也没有这等巧思。”

吴山字曰静，江西高安人，也是嘉靖十四年进士，现官国子监祭酒。十年前，也有一个吴山，曾任刑部尚书，是苏州吴江人。

徐阶、欧阳德、孙升、闵如霖先后都曾掌太学，几任祭酒聚于一堂，难怪欧阳德觉得惊喜。

孙升、闵如霖也有匪夷所思的感慨，应道：“崇一先生说的是。”

吴山在外问：“志高兄，师望兄，都在吗？”

“还有一位，曰静兄可猜得出是谁？”闵如霖出一难题。

“子升先生宴请，自然是崇一先生。”吴山说着，人已进屋。

欧阳德与他见礼，二人都是江西口音，甚是亲热。

“崇一兄说曰静先生请得好，究竟好在哪里？”徐阶出个题目。

“一堂五祭酒，崇一先生不是才说！”孙升道。

“这是其一，还有呢？”徐阶再问。

“为崇一先生请来一位老表。”闵如霖说。

“好，这是其二。”徐阶说。

欧阳德惊问：“怎么，还有其三？”

徐阶说：“岂止其三，还有其四呢。”

“一举而有四个好处，与之相比，一酒二用实乃小巫见大巫，”欧阳德道，并试着说，“第三个好处是他三位同年相聚吧？”

“对，”徐阶应着，问道，“还有其四，谁试言之？”

第四个好处肯定要往吴山身上去想，这是不用说的。但四人努力去想，也想不出，徐阶今天为什么一定要请吴山来作陪。

“暂且存疑吧，如何？”徐阶笑道，无人反对，他接着说，“今日只为饮酒，但有两件事，一在礼部职事之内，一在礼部职事之外，我先要交代一下。职事之内的事，我在礼部，完成一半，请崇一兄接着办完；职事之外的事，我一直想办，尚未着手，希望崇一兄办起来。”

欧阳德打断他的话：“职事之内的事，子升先生不必说，一定是二王已行冠礼，已出阁讲学，要我再完成二王大婚。”

遵照皇帝旨意，三月，裕王、景王同时举行冠礼；七月，裕王、景王同时出阁讲学，实际是听讲官讲学。为裕王讲学的，是翰林院编修高拱、翰林院检讨陈以勤；为景王讲学的，是翰林院检讨孙世芳、林爊。高拱、陈以勤是嘉靖二十年的进士和庶吉士，孙世芳、林爊是嘉靖二十六年的进士和庶吉士；裕王的讲官一是翰林院编修，一是翰林院检讨；景王的两名讲官都是翰林院检讨，这两个细微的差别足以使徐阶，以及和徐阶有同样想法的官员们满意。

按照惯例，亲王行过冠礼后，婚仪也该很快举行。裕王、景王的婚仪无疑也要同时举行，但不知能不能找出一些细微的差别，或制造出一些细微的差别。

而今的礼部，不像毛澄、汪骏、席书、桂萼掌礼部时，有那么多礼仪事可议；甚至不像夏言掌礼部时，有那么多礼仪事可议。议二王的冠礼、婚礼，算得上头等大事。

“崇一兄所料不差，此事拜托。”徐阶道。

“不必子升兄交代，此事关系极大，无论谁来掌礼部，都会把它办好的。子升兄请交代职事外的事吧。”欧阳德说。

“那是我思量许久的一件事，”徐阶道，“崇一兄和曰静先生出自赣省，皆知赣省讲学风气很盛；志高先生和师望先生出自浙省，皆知浙省讲学风气很盛。我想，京师乃首善之区，是不是也该兴起讲学之风？”

“怎么个讲学法？办一个京师书院吗？”孙升问。

徐阶说：“书院不一定办。有人发起，有人响应；有人愿讲，有人愿听，讲学即有根基。可一人主讲，众人聆听，也可大家相互辩驳。与者可官宦，可生员，可京师文人，可四方文人。既不必确定师弟名分，亦不必讲求门派差别。如此一来，讲学之风不就蔚然而起！”

“照子升先生的设想，书院不是不能办，而是必不能办，”孙升说，“天下书院之多，哪一所书院是不确定师弟名分、不讲求门派差别的？”

“京师讲学，不可与各省讲学雷同。照子升先生的设想，京师讲学兴起，规模宏大，亦非各书院可企及。”吴山说。

“说起规模宏大，国子监若有一半监生来听来讲，就不得了！”闵如霖被自己的话提醒，说，“我知道今日请曰静兄来作陪的第四个好处：京师讲学，国子监是第一大家。”

“不错，师望先生料到，迟些饮酒，要多敬你两盅。”徐阶说。

“曰静兄来，好处如此之多，也要多敬他几盅。”孙升说。

吴山摆手：“子升先生、崇一先生两位前辈出面发起，理当响应。不过，国子监有其规矩，有其功课，我不能大张旗鼓地响应。”

“不必大张旗鼓地响应，你只要不大张旗鼓地反对，就大有助于京师讲学。”徐阶说。

“此事大有益处，反对是万万不会的。”吴山道。

他等议论热烈，欧阳德却一直不开口。

“崇一兄意下如何？”徐阶问他。

欧阳德似乎正等他发问，他一问，立即说：“我有一事不明：子升兄道，此事希望我办起来，难道你就撒手不管？”

问的是要点，大家静候徐阶解答。

“不是我不管，而是须得崇一兄来管，”徐阶说，“京师讲学，虽不在礼书职事之内，但弘扬圣学，造就人才，却是礼部的首要之务。”

欧阳德不同意他的立论：“这么说的话，我也可将此事对下一任交代。子升兄既想到这件事，就不能置身于事外。”

他师从王守仁，对王守仁讲学办书院的经历知之甚悉。但徐阶所说的京师讲学，与王守仁的书院讲学不尽相同，一定要得力的人物，才能办出声势来。以他的地位、声望是不够的。

“对，此事须得崇一先生管，也须得子升先生管。”孙升等响应。

“那好，我与崇一兄一同发起，如何？”徐阶不再推辞。

“这是我要说的第一事，”欧阳德道，“第二事，除在座各位外，还要联络志同道合之人，参与其事。如吏侍舜敷先生，兵侍文蔚先生等。”

他举出程文德、聂豹二人。

“他二位亦是前辈，须得子升先生、崇一先生联络。”闵如霖说。

“我可与舜敷先生说；文蔚先生那里，还请崇一兄相邀。”徐阶道。

“怎么，文蔚先生仍视今日阁老为昔日小童生吗？”欧阳德讲句笑话，接着说，“第三事也很要紧。讲学须有场所，子升兄请曰静先生来，总不会是要他把国子监让出来吧？”

“他肯让出来，我等又有谁敢去！”徐阶道，“我想好一处地方，诸位看去得去不得。”

“子生兄且说是哪里。”欧阳德催促。

“灵济宫如何？”徐阶道。

“位置适中，繁华而不喧闹，是个好去处。”吴山说。

“只不知秉一真人肯不肯。”闵如霖说。

“此事自有子升兄与他周旋，不需我等操心。”欧阳德道，他要说的三件事说完，该讨酒喝，“议了这久，怎么还没有动静？子升兄不会是画饼让我等充饥吧？”

“今日画饼充饥，他日京师讲学，岂不也是画饼充饥？”徐阶起身出去，说，“诸位稍候，我去厨房催一催。”

第四百六十九章

朝廷查处仇鸾余党，兵部尚书赵锦等被削籍，戍极边。消息传到南京，有叫好的，也有为赵锦鸣冤叫屈的。南院云贵道御史赵锦独一言不发。他是浙江余姚人，嘉靖二十三年进士，和良乡人赵锦虽同名同姓，却绝非同宗同族。

“元朴先生，”广东道御史王宗茂呼着他的字，开玩笑地说，“朝廷处分大司马，你好像不大开心呀。”

“有什么不开心！这等人有一个，该处分一个；有十个，该处分十个，”赵锦的态度其实十分明朗，“不过，时育先生只听到这则让人开心的消息，没听到另一则让人寒心的消息吗？”

王宗茂字时育，湖广京山人，嘉靖二十六年进士。

“元朴先生说的可是，严分宜又回西苑值庐？”王宗茂问。

“他不仅回去，而且是被皇上用龙舟接回去的，你道此事让不让人气结！”赵锦道，“赵文卿被罢被戍，罪有应得，且不去说它。若以赵文卿与严分宜相比，孰为蠹之大者，还用得着问吗？你说我不开心，不错，我确实不开心。可我是因此事而不开心，非为彼事而不开心。”

“严分宜回西苑值庐，我也听说；可他真是由皇上用龙舟接去的吗？”王宗茂似乎难以尽信。

“几个衙门的堂官都在议论，总不会假吧？”赵锦道。

“不假就好！”王宗茂切齿应道。

“好在哪里？”赵锦问。

王宗茂说：“赵文卿，走狗也；仇咸宁，狐狸也；严分宜，豺狼也。狐狸已死，走狗已逐，唯独豺狼，似死似活，似眷似逐，使人欲击而无从开口，欲逐而无从下手。今分宜又被迎回西苑，天下皆知豺狼尚未死也，尚未逐也，犹噬人也，犹坏政也，敢不警觉，敢不努力乎！”

“时育先生如何努力？”赵锦问。

“身为科、道，参奏而已，又岂有他！”王宗茂说。

“说的是，”赵锦应道，“我清军云南，择日启程，来不及相商。时育可先参奏，如逐豺狼不成，甚或落入豺狼之口，我继而参奏之。”

王宗茂就走狗、狐狸、豺狼的比喻写出一段文字：

独所谓壬人者，一犯清议，辄加咎谴。虽舜之明目达聪，禹之去邪勿疑，何以加焉！但豺狼当道，此特狐狸之间耳。大学士严嵩，本以邪媚谄谀之徒，济以寡廉鲜耻之行，久恃国柄，叨揽朝纲。凡有奏请，多夤其判决；一应陟降，间出其用舍。乃敢根蒂盘固，气焰熏灼，作威作福，无忌无惮，大小臣工，半其门庑之人。使中外唾骂，神人怨恫，虽唐之杨国忠、宋之秦桧，嵩将大有甚焉。

壬人，即奸人。狐狸是奸人，豺狼更是奸人。仇鸾、赵锦是奸人，严嵩更是奸人。这一段既颂扬了皇帝除去仇鸾、赵锦等壬人，可比于舜、禹，又指出，壬人尚未除尽。王宗茂自觉满意。

把听到的对严嵩的议论集中起来，大概也可以写成十大罪状。沈纯甫写严嵩十罪，但他写得太草率，太空洞，不可取。太空洞，皇帝会觉得是“欲加之罪”，严嵩也可以轻而易举地辩解。要让皇帝觉得其人可恶，要让他自己觉得无颜申辩，就得举出实例来。

如参奏他操纵铨选，就不能笼统地写他左右吏部，而要具体地写他如何左右吏部的，他举荐一个人，能得到什么利益。

想到这里，王宗茂写道：

吏部者，铨选之曹，黜陟之司也。嵩挠吏部之权，则每选额要二十员名：州判三百两，通判五百两，天下名区，听其拣择。该部非不知其柄之显移也，一不从，则祸立至。兵部者，将帅之府，边陲之管也。嵩揽兵部之权，则每选亦额要十余员名：管事指挥三百两，都指挥七百两。三边要地，不计匪人。该部非不知职之不专也，一不从，则祸立至。此嵩误负之罪一也。

严嵩父子是不是每次文职选官，都向吏部要二十个名额，是不是每次武职选官，都向兵部要十余个名额，难以稽查；是不是选一判官，推而广之，选一七品文职，额定索银三百两；选一通判，推而广之，选一六品文职，额定索银五百两；选一指挥，推而广之，选一三品武职；额定索银三百两；选一都指挥，推而广之，选一二品武职，额定索银七百两，更难以稽查。但求为判官，馈赠严府三百两；求为通判，馈赠严府五百两；求为管事指挥，馈赠严府三百两；求为都指挥，馈赠严府七百两，却不止听一人讲过，肯定可以查得到。

王宗茂想，自己完全可以坦然地这样写。

按照这一思路，他下笔如飞地写道：

应天府监生滕应表，借刁琛银五百两，充为馈送，即除为广东德安州判官。临江府富豪游三桂，逃军来京，潜住吏部考功司员外郎万寀私宅，一月用银二千两。即今外官之升沉，但视礼物之丰菲，简书之疏密。此嵩误负之罪二也。

记得听人议论，严世蕃卧房中的溺器皆制成裸身女子，风情万种，乃至引得他妻妾嫉妒，恨不得将该等溺器砸毁。

记忆中严嵩的劣迹太多，他不得不把各项内容大致排出次序。

误负之罪四：闻相府之后，别置空室五间，下凿一丈五尺，旁砌大石，上布坚板，云内皆珍宝、金银器物。其成锭金、银，并赏赐银两，犹不在是。

误负之罪五：所畜家人五百余名，并袁州所属伊亲，络绎水路。其供应船只马匹，月无虚日，日无虚时。小民无由申控，官司不敢阻挡。

误负之罪六：嵩除陛下赏赐膳盒之外，凡穷海之错，极陆之毛，绝域之所产，人间之所无，罔不毕至，以供宴饮。

据说，严嵩在饮食方面并无奢求，比起前首辅夏言，要简朴得多。这一段写的，王宗茂自己也觉得过于空泛，不像前面几段那样生动，那样具体。但既写，他不愿删去。

对，写过太平时的严嵩，该写国难时的严嵩：

往年虏犯京畿，正主忧臣惧之日，卧薪尝胆之时。嵩不唯无防御之策，尚有乘时之索。谣云：臊子在门前，宰相还要钱。虽北狄亦闻之，可谓国之有人，而阴消其犯顺之谋乎？都人儿童，稔闻其黩货病国之久，亦为谣曰：介溪介溪，好不知几，祸福到头终有报，只争来早与来迟。盖嵩积恶之极，孽贯之盈，负恩之殃不小，卖国之罪匪轻，不能假手于陛下，而但祈假手于上天也。为人臣子，致人怨恶之至，无可奈何，而求乞降祸于天，其恶可想也。此嵩误负之罪七也。

误负之罪八写的是：嵩自为编修以迄于今，聚类养恶，凡为干儿子三十有余。此皆衣冠之盗，兽心之人，虽不严氏之姓，有同一本之亲。其狐因城贵，鼠凭社黠，肆毒稔害，不可胜纪。夫当贵者，人主之权操柄。而嵩之能贵人、能富人如此，则其柄不由于陛下矣。

王宗茂把这两段再读一遍，不由得有些沮丧。想好要具体、充实，有人名则写出人名，有地名则写出地名，有数字则写出数字，怎么又空发起议论！难道再没有壬人可写，再没有地方可写，再没有数字可写？原以为很容易就能罗列出严嵩的十大罪状，可罗列出误负八罪之后，竟不知另外二罪如何罗列。

也罢，既发上议论，索性痛痛快快议论下去。王宗茂奋笔写道：

嵩之欺天罔人，虽污南山之竹，不足以纪其恶；纵有苏、张之口，不能言其详。而其尤大彰明较著、痛恨太息于天下者，兹其梗概耳。臣唯陛下临御以来，吏称其职，民安其业，海内殷富，四海向风；何至迩年，百物虚耗，军民穷困，南征北伐，殆无宁岁乎！盖天下之所恃以久安长治者，财也，兵也。不才之文官，以赂而出其门，则剥民脂膏，去百而求偿其千，去千而求偿其万，黎民几何而不困！其困民如此，又安有抚恤之政哉！不才之武官，以赂出其门，则侵渔刍粮，或支之不及其时，或散之常非其数，军士安得而不弱！兵如此，又安得有折冲之功哉！即今天下之民，竭其地之出，不足以胜其求；殚其庐之入，不足以免其祸。征诛之酷，算及鸡豚；嗟怨之声，彻于苍旻。是以公家之赋税，既有常数，而私门苞苴，又无定额也。不然，则臣前所谓数十桌之器皿，五间库之深藏，岂神输鬼运哉！官敛之于民，而又纳之于嵩。嵩之授受，若固有之，视之若不甚惜；而不知箠楚之苦，膏血之尽，一路之哭，向隅之悲！倘陛下闻之，亦不能不怆然而悯矣。

臣唯迩者各处地震，由臣专权之徵也。而所谓专权者，宁有出于嵩之右者乎！陛下用嵩，将以论道经邦，燮理阴阳，而至于伤天地之和，招怪异之至，何取于嵩而信任之哉！

臣闻陛下之帑藏，不足以支诸边五年之费，而嵩之积蓄，可以赡诸边数年之需。是不唯孔子所谓富于周公，而且富于陛下。以四海富，岂真不如嵩哉？盖陛下之积而有施，而嵩之独积于无用，祇见其多，而为害之甚耳。陛下与其为卖官鬻爵之令，以助边用，盍去此蠹财惑众之臣，以培国之元气乎！

又议道：数年以来，忠谏之士不为廷下之鬼，则为遐徼之卒，苟有身家之念，孰肯犯大难之端，为此无用之言，以贾必死之惨；而国家言官之置，不如刻木为人而列之于朝，且无食禄之费矣。臣非不知嵩日薄西山，豢虚无几。然一日业于其官，则一日流毒于民。陛下为三皇五帝之隆，而容此共公、驩兜之属；以月恒日升之圣，而昵此朝不谋夕之奸，臣不知天下后世，将以陛下为何如主也。

写完这几句，王宗茂觉得刻木人列于朝的比喻，和日薄西山、月恒日升、朝不谋夕等成语的运用，格外精彩，不由放声朗读一遍。他随后为自己喝彩；“写此佳文，当浮一大白！”

意犹未尽，王宗茂想，自己的心迹也要大书一笔。他写道：

臣亦人也，宁无计后之心？而死陛下之怒，欲去必不可去之奸，以取必不可生之辱，虽后不遑计者，良以世受恩荣作养之德，每欲捐躯以报陛下知遇，复欲畏死当言而不言也哉！臣犬马之诚，誓不随班缀之后，以累平明之治。伏乞俯鉴臣言，将嵩速赐罢黜，以谢陛下；并究臣不当讦大臣之罪，以谢严嵩。则臣幸甚，天下幸甚。

这一大段文字，发自肺腑，王宗茂此时心境，如古人所云：摇摇如悬旌。写着写着，他忍不住眼角湿润，落下泪来。

他也知道，不能企望皇帝阅后感动，反之，皇帝一定会震怒。所以上疏后，他抱定必死之心，反格外平静。

第四百七十章

一个中年汉子在通政司前走来走去，门役开始没注意，等他走的来回多起来，才注意上，琢磨上。只见他一身乡间汉子的装扮，褂子、裤子不新也不旧；半挎半抱着个包袱，不大也不小。挎在肩上，肯定是因为比较重，抱在怀里，肯定是因为比较贵重。

他见门役注意上他，报以一笑。

门役主动与他招呼："伙计，有好货色要出手？"

那人马上在门役前停下来，说："老哥，好眼力。"

"怎么卖到我们这儿来？"门役问。

那人一手把包袱抱得更紧，另一只手在包袱上抚摸两下，没有回答。

"听你口音，不是京城人，我指点你一条路子吧，"门役好心地说。并问，"灯市大街，你知道吗？"

"知道，在东安门外。"那人道。

"城隍庙，知道吗？"门役问。

"知道，在西安门外。"那人道。

"后市，知道吗？"门役问。

"知道，在玄武门外、北安门内，"那人道。

"穷汉市，知道吗？"门役问。

"知道，在正阳门外。"那人道。

"呵，想不到，你对京城还挺熟悉，"门役颇感意外，"告诉你，你包袱里真是好东西，你就去灯市大街，那里开着几家店铺，专收贵重古董。还告诉你，那店铺是正德爷时传下的，有来头。你包袱里的东西有点意思，但不很贵重，你就去后市，说不定能骗骗不识货的公公，卖个好价钱。你包袱里如果是普通器具，你就去城隍庙转转，看有没人要。如果只是破铜烂铁，你就去穷汉市，那里什么东西都能出手。伙计，你的买卖成交，我不要你念我的好处，只要你请我喝一杯即可。"

那人一个劲儿地摇头。

“看你模样是个实在人，没想到也这般悭吝，”门役也摇头，“你去吧，我不惦记你那杯酒。”

“我不是舍不得请你喝酒，我是不去你说的各市。”那人道。

“不去各市，你的货色想去哪里卖？”门役问。

“就在这里卖，已有买主。”那人说。

“卖与谁？”门役问。

那人朝衙门里努努嘴：“赵大人。”

“哪个赵大人？”门役问。

“怎么，通政司里还有好几位赵大人？”那人反问。

门役掰着手指数了数，说：“从我们班头算起，有四五位赵大人。”

“我不找你们班头，我找你们衙门里官职最高的赵大人，”那人说着，抱了抱拳。“烦老哥通报一声。”

“找通政使赵大人？”门役变得小心，“老哥，你与赵大人相识？”

那人摇摇头：“不识。”

“你与赵大人有旧？”门役问。

那人又摇摇头：“无旧。”

“那你是他老人家乡人？”门役自己也觉得不对，“我们赵大人来自浙江，乡音未全改；你的话硬邦邦的，怎会是他乡人！”

“不错，我也不是赵大人乡人。”那人说。

“这就不好办，”门役为难地说，“无亲无故，我通报进去，不让赵大人痛骂一顿才怪。”

“不妨，”那人道，“老哥只对赵大人说，门外一人手上有奇货，指名道姓要售与赵大人。无论赵大人肯不肯见，一杯酒我不会赊欠。”

说着，与门役袖口对着袖口，一块碎银子递过去。

门役掂一掂，绝非一杯酒的银数。他说：“好吧，我与你通报一声，赵大人见不见，却看你自己的造化。”

赵文华居然把那人唤进去。那人极其小心地把包袱在一旁放好，才到赵文华正面，叩头行礼。

“怎么称呼？”赵文华问。

赵文华没让起身，那人跪着回话："在下王金，叩见老前辈。"

既称前辈，一定是读书人，而且和赵文华有些渊源。这却看不出来。

"你是——"赵文华心中充满疑惑。

"在下曾为国子生，不过比元质先生差不多晚二十年。"王金说。

"原来也是斯文之辈，"赵文华说着，手一抬。"请起。"

"谢过元质先生。"王金起身。

赵文华自己坐下，却不请客人坐。

"王老弟，听你口音，是陕西人？"赵文华问。

"在下是陕西鄠县人。"王金说。

"是由国子监回乡的？"赵文华问。

"是。"王金应道。

"本为读书种，却未求取功名，一定有段故事吧？"赵文华道。

"元质先生洞察秋毫，"王金说，"在下在国子学日，一次回乡省亲，一时失手，伤人致死，不仅被除名，几乎命也不保。"

"怎么把命捡回来的？"赵文华问。

"本县县令喜黄白之术，听说我有秘方，为我设法解之。"王金说。

赵文华大感兴趣："你真懂得黄白之术？"

"说句实话，不懂，"王金说，"县令脱我于死，我如果真懂得黄白术，他还会脱我于狱；他却没有。我是在县令升调后，自脱于狱的。"

"你好运气，"赵文华漠不关心地说一句，然后问，"老弟，知道我为何要见你吗？"

"不知，请元质先生赐告。"王金道。

赵文华说："就是你那句话。你步步为营，不说有奇货要馈与我，不说有奇货要献与我，而说有奇货要售与我。这个售字用得实在好。你若说有奇货馈与我、献与我，定是有求于我，你说有奇货售与我，我想，这个人把生意做到我衙门来，一定要见一见。"说着，指指地上的包袱。"说吧，老弟，是什么货色？售价若干？"

"偶尔用对一个字，何其幸哉！"王金道。

他弯腰解开包袱，里面是一坛子。

"酒吗？"赵文华问。

"是。"王金说。

赵文华一下兴趣索然："老弟，你送错地方。我这里御酿、村酿齐备，醇酒、烈酒都有。你这酒又有什么特别之处，敢来叫卖？”

“元质先生先品一品。”王金说。

他拔出坛口木塞，立刻溢出一股淡淡的芳香。

“不似米酒，也不似果酒。”赵文华用行家的语气说。

王金从怀里取出一玉制酒盅，细心地斟满一盅，双手捧上。

“元质先生已识其气息，再品其滋味。”他说。

赵文华抿一小口，在舌尖上细细品咂，然后饮尽全盅。他只觉一股甘洌清醇之气，上通脑门，下彻肺脾，确是好酒。

“果然不是米酒，也不是果酒，”赵文华说着，问道，“老弟，此酒以何物酿制？”

“它叫百花酒。”王金说。

“难怪与众不同！”赵文华道。他指指酒盅，王金又给他斟上。他饮过后说：“这酒我买，你开个价。”

“请问元质先生，欲买酒，欲买方？”王金问。

“买酒如何，买方又如何？”赵文华反问。

王金答道：“我没炼黄白之物的秘方，却有酿造此酒的秘方。元质先生买酒，我把这坛酒留下，元质先生赏一金也好，赏十金也好，我绝无二言。元质先生买方，则须以千金购之。”

“老弟，你胃口太大。”赵文华微哂。

“不，是元质先生的好处太大。”王金说。

赵文华没听懂他的意思，一怔之后，问道：“此言何意？”

王金说：“元质先生席上从此不缺佳酿，这还在其次。元质先生若将此酒售与他人，则可获利十倍百倍。”

赵文华心一动：可不是！若将此酒献与义父，他喝得顺口，从此离不开，那好处不是以千金万金可计的。不，为什么要献与义父？不若径献与皇上！得义父庇护固然好，直接得皇上庇护，岂不是更好？义父不讲究口舌之欲，献与他，多半不会领情。皇上嗜饮，品得出酒的高下，献与他，才有无穷无尽的好处呢。对，皇上讲求长生，这酒还要有个好名谓，听起来顺耳，品尝起来才更顺口。百花，这个名称不错，但还缺少画龙点睛的一个字。

想到这里，他说：“老弟，你这酒再加上个字，我就以千金买下。”

“哪个字？”王金问。

“仙，神仙之仙。”赵文华说。

“这个字，在下用不得，元质先生还用不得吗？好，世间从此多一味百花仙酒。”王金说。

赵文华点点头，欣然接受他的奉承。又问：“这酒你手上还有吗？”

“我共携五坛进京，另四坛寄放在客舍。”王金说。

“我着人与你一起去取，你也作为宾客，搬去我家里住，”赵文华说着，语气渐严厉，“我费千金，买的是你的秘方，此酒不许流于外！”

第四百七十一章

通政司掌章疏之入，呈进一两坛佳酿，是近水楼台，可以做到人不知鬼不晓。赵文华自进百花仙酒后，心无他骛，只等它带来的好处。一天没有等到，两天没有等到，想问问熟识的内臣，又恐招惹是非。等过几天之后，心渐冷。就在这时，通政司忽地收入王宗茂参本，好似一闷棍，打上严嵩之前，先打得他眼冒金星，昏头昏脑。

自徐学诗、沈鍊先后被处分，科、道沉寂将近一年。没想到，朝廷弹压住，南京科、道又掀起弹劾浪潮。这可不是一件小事，得赶快报与严嵩父子。他摘录下王疏的要点，匆匆离开衙门。

他命轿子跟在后面，向北行去，三步两步到太常司。正好太常寺卿王格送客出来，与他迎面而遇。

“汝化先生，东楼可在？”他问。

王格字汝化，湖广京山人，嘉靖五年进士。

“不在，他今日应在尚宝司。”王格答道。

“多谢。”赵文华一揖，回身招呼轿子。弯腰登轿时，忽然想到王格是王宗茂的叔父，他回头抛下句话：“汝化先生，干的好事！”

王格不知何所指，愣在那里。

赵文华把轿子停在端门外，命轿夫入内请出严世蕃。尚宝司在端门内午门外，与六科毗邻，他不愿被各科给谏看到。

严世蕃头才探出门外，赵文华急不可耐地向他招手。严世蕃走过来，问道：“元质兄，怎么找到这里来？”

赵文华从袖里取出摘录，说：“东楼，你先看看。”

严世蕃读罢，表情看不出有变化，额头却沁出汗珠。他用手指抹去，问道：“该疏是谁写的？”

“南京御史王宗茂。”赵文华说。

“疏可呈进？”严世蕃急问。

赵文华说：“我对他们交代，此疏贴黄我要亲作，给扣压下。”

“好，好，”严世蕃连声称赞，“元质兄，该疏可扣压几日？”

赵文华说：“至迟到明日，一定要送进去。”

严世蕃想了想，说：“为从容应付，最好再迟一日。元质兄今日且莫把贴黄作出，明日告一天急病，就可拖延到后日。如何？”

“这样，应无大碍。”赵文华说。

严嵩在西苑值庐一夜，第二日无事，应严世蕃之约，去宣外听雨楼外宅歇息。严世蕃原本是闲职，一日不去无妨。赵文华向衙门里告假，也去半截胡同。长安街、灯市街上两处宅院均惹人注目，宣外闹中取静，没有多少人留意。

严嵩一夜睡睡醒醒，乏得要命，但读完王宗茂奏疏的提要后，睡意全无。他说：“这个王宗茂，好生歹毒！什么向吏部额要二十员名，向兵部额要十余员名，什么三百两、五百两、七百两，好似他一手经办的。”

“我看他是自作聪明，以为写的实，即可作的实。殊不知写得越实，遗漏越多，”严世蕃并不觉得这一点可怕，“其一，如大人所言，写的实，好似他亲手经办。只要问一句：难道是你经办的？他定哑口无言。其二，每选，大人向吏部额要二十员名，向兵部额要十余员名，起自何时？是起自今年，还是起自去年，还是起自五年前，还是起自十年前？起自今年，有三十余人，他为何一人举不出来？起自十年前，共计三百余人，他为何一人举不出来？其三，州判三百两，滕应表求为州判，为何馈赠五百两？这个额定数目究竟是大人定的，还是王宗茂那厮定的？其四，游三桂事，无论他花多少银子，与铨选无关，更与大人无关。什么叫由赂脱人，则由赂官人可知？脱人与官人难道是一回事吗？其五，他可以写实，元质兄作贴黄，也可以不写实，只写‘吏、兵二部每选，请属二十人，人所贿数百金，任自择善地’即可。皇上不读原疏，则寥寥数语与其他人的参奏无甚区别；皇上读原疏，也不能责备元质兄的贴黄作错。”

“晓得，贴黄本是如此作法。”赵文华道。

严嵩认为最难申辩的几事，被严世蕃一下全驳倒，他大大地松一口气。

而且，也品出严世蕃辩驳的方式。

“他越写的实，我越要辩的虚，东楼这个法子好。”他说。

于是，三人就王宗茂奏疏的内容，一项一项议论，该如何避实就虚。

最后，严世蕃说：“大人辩驳，最要紧的是一句话：臣不知天下后世，将以陛下为何如主也。无论他阿谀皇上多少句，无论他怎样表白忠的是皇上，论的是大人，有这句话，他论的就是皇上。他论皇上，大人可声讨之，百官可声讨之。”

第四百七十二章

两天后，皇帝单独将严嵩召至无逸殿。严嵩虽然有所准备，但再一次被科、道说得如此龌龊不堪，仍有些不安。

自他进殿后，皇帝一直在仔细观察他的举止。他行礼后，皇帝又仔细观察他的脸色。这使得他愈发不安。

“爱卿容光焕发，哪似七旬之叟。”皇帝说。

“臣贱躯无恙，皆托皇上赐福。”严嵩说。

“严卿，”皇帝换个称呼，也换个说话的语气，“王宗茂有本参你，你知道了吧？”

“是，”严嵩应道，“臣始不见容于科、道，复不见容于南京科、道，有负圣恩，惶恐莫名，已具疏请辞。”

皇帝说：“你如果没写疏，朕就告诉你，不必写。你既写疏，朕也不看。朕已传谕吏部，将王宗茂谪为州判之类。他这一疏，大约只当得三百金，值不到五百金，朕先替你处分。”

可见皇帝是阅过原疏的。但他这样说，是把求一州判馈三百两银子、求一通判馈五百两银子当作无稽之谈，还是暗含讽意，严嵩揣摩不透，只能叩谢道：“皇上隆恩，天高地厚，臣感激莫名。”

“此事已了，卿无须放在心上。朕召卿来，是另有一事要议：今乃多事之秋，大司马之职，不可再旷缺。”皇帝说。

赵锦被放逐后，兵部尚书一职空缺。赵锦和仇鸾被有些人紧紧地联系在一起，召他还任是不可能的。任用兵部尚书有四个途径：一是朝廷其他各部尚书、掌院都御史改任；二是南京各部尚书，包括南京兵部尚书改任；三是兵部侍郎升任；四是总督边镇军务的都御史升任。从近些年的情形看，兵部侍郎升任的机会更大。

赵锦放逐后，兵部左侍郎聂豹协理戎政，张时彻改左侍郎，原甘肃巡抚杨博起用，任右侍郎。杨博资历尚浅，如果以兵部侍郎升任，则应在聂豹、张时彻二人中挑选；而以资历论，聂豹的希望更大。但严嵩不能举荐聂豹，因为他和徐阶的私人关系密切，让他掌兵部，严嵩实在不甘心，不放心。

“皇上说的是，兵书一职不可再旷缺，”严嵩重复一遍皇帝的话后，请旨，“此事尚容臣与吏部议之。”

“卿可与吏部议一议这个人，”皇帝在纸片上写个字，亲自把纸片举起来，让严嵩看。

字写得很大，严嵩虽离得较远，也看清是个“翁”字。

“皇上的意思，召翁万达还朝？”严嵩问。

“不错，”皇帝道，“严卿还记得前次召他的事吗？”

“他延误行期，故皇上没用他。”严嵩说。

“不，朕问的是还要靠前的事，”皇帝说着，忽问，“严卿可知，前次丁汝夔既诛，朕为何要召翁万达还朝？”

过去两年多，提到丁汝夔之死，严嵩还是禁不住心惊肉跳。他应付地说；“想是皇上看万达堪当重任。”

“不错，是朕看他堪当重任，”皇帝说，“可他延期不至，朕一怒之下，欲将他与丁汝夔、杨守谦一同处死，却被人保下。朕今日才想到，保下他来，是为朕今日之用。严卿，你可知是谁保的他？”

“臣不知。”严嵩应道。心里却在想：这么大的一件事，自己却一直不知道，真是咄咄怪事。谁的话，皇帝会如此看重？说他不该死，就让他拣回一条命？是陆炳，是徐阶，还是其他什么人？

“朕谅卿也不知，”皇帝有几分得意地说，“保翁卿者，一仙官也。朕那晚做梦，见一仙官自天冉冉而降，至朕榻前，下拜者三，然后翻过手心让朕看。他的手心居然写个‘翁’字，如同朕方才写在纸上的一样。朕于是知道，翁卿是不该杀的，这才将他贬为佥都御史，去守紫荆关。朕昨夜又想到此梦，翁卿再拜大司马，此其时矣。”

没想到翁万达生死之际，还有这么一段故事。严嵩不喜欢翁万达，是因为翁万达对他不卑不亢，总像有二心，还是因为周尚文那桩事，他自己也说不清楚。他暗自庆幸：虽不喜欢翁万达，却没明言翁万达不可信用，否则，就要讨个大大的没趣。

“皇上看万达堪当重任，又有仙人保他，自当召拜兵部尚书。”他说。

“卿无异议，朕就传旨，”皇帝说罢，换个话题，“仇鸾在戎政府时，爱卿受些委屈，今日朕要补偿。”

严嵩一惊，辞道：“皇上待臣，重如股肱，亲同父子。偶有小责，亦是对臣的爱护。臣从未觉委屈，一切补偿不敢拜受。”

皇帝说；“也算不得什么补偿。朕的佳酿，愿与卿同享。”

一挥手，内侍捧出一壶酒，一玉钟，斟满酒钟，递与严嵩。

严嵩谢恩，不敢失态，只抿一小口。

“卿再饮一口。”皇帝说。

严嵩又抿一小口。

“卿可饮尽。”皇帝说。

严嵩把玉锺里剩余的酒饮尽。近侍不知该不该再给严嵩斟酒，严嵩不知该不该把玉锺还给近侍，都手足无措地站在原处。然后，一齐以目光扫向皇帝请旨。皇帝好像没注意他们的眼神，自己却用一种有所不信、有所不解的眼神打量着严嵩。

“此酒如何？”皇帝问。

“诚如皇上所言，佳酿也。”严嵩道。

“爱卿不觉其味似曾相识？”皇帝问。

“臣从未饮过此等滋味的酒。”严嵩说。

“从未饮过？”皇帝追问一句。

皇帝的眼神里一片茫然，严嵩的眼神里更是一片茫然。他为什么应该对此酒似曾相识？他说不识，皇帝为什么是这样一种表情？他百思不得其解，而又无法主动向皇帝询问，窘迫之极，甚至忘记回答皇帝的追问。

皇帝缓缓言道：“赵文华告诉朕，其师嵩服此酒而得长寿，朕还以为卿当真服过此酒，险些冤枉爱卿。”

皇帝的话把严嵩从窘迫中解脱出来，可又使他产生另一种紧张。皇帝险些冤枉他，那就是说，皇帝当初有责怪他的意思：既知此佳酿，为什么不进献？幸亏他的表情一直很坦然，他的回话一直很得体，否则，他今天免不了要被冤枉。

赵文华也真大胆，竟敢撒如此弥天大谎！他就不知道，这样的谎话很容易被揭穿，一旦揭穿，他必须付出沉重的代价吗！

但现在顾不上埋怨赵文华，顾不上考虑，是立刻揭穿赵文华，还是稍留余地，他只能用最恰当的一两句话把此事解释清楚。

“文华称臣服此酒而得寿，是把此酒当作长寿之药。但皇上知道，臣生平不近药饵，犬马之寿，臣诚不知其所以然。”严嵩说。

“不必多言，朕知卿从未服过此酒。”皇帝不能不信他。

严嵩很少把赵文华唤到西苑值庐，赵文华有时为一件急事，径寻来西苑值庐，他会很不高兴。但今天，他阴沉着脸，当着另外两位值庐大臣徐阶、李本的面，着人把赵文华唤来。

徐阶若无其事地坐着，一会儿问严嵩一句什么，一会儿回答李本一句问话。估计时辰，赵文华该到，他忽然说："西苑总管公公要和我议件事，介翁，我去一去。"

李本悟到什么，说："约好家人送书来，怎么还不到？我出去看看。"

严嵩冷笑道："二位慢走。"问徐阶，"子升的事可否迟些议？"

"迟些议，倒也不碍事。"徐阶支吾着。

"汝立，家人的书送到，还怕没人替你收下？"严嵩问。

"是，是，一定有人代为收下。"李本讪讪言道。

严嵩说："外面都道赵元质是我螟蛉子，我是如何教训此螟蛉子的，就请二位作个见证。"

他的话这样坦率，徐阶、李本再想避开是非，也不得不留下。

赵文华如奉圣旨，匆匆往值庐赶。严嵩一定因为事先有备，很好地应付过去王宗茂的弹劾；一定因此而念着他的好处，迫不及待地要对他说几句奖励的话。得到严嵩的奖励，如同得到皇帝的奖励，不，有时胜过得到皇帝的奖励，赵文华不觉头顶轻飘飘的，脚底轻飘飘的。

看见徐阶，他招呼一声"子升先生"；看见李本，他招呼一声"汝立先生"。招呼之后，他感觉有些不对。严嵩绝不会当着徐、李两位阁老的面，说王宗茂参本的事，而要把两位阁老支开，再容易不过。再者，徐、李两位阁老的神情也不对，在他招呼时，居然吭都不吭。

他快步走到严嵩身边，问道："大人找我？"

"你问问子升先生、汝立先生，我是不是找你？"严嵩看也不看他。

赵文华当然不会去问，他赔着笑说："我知道是大人找我。"

"知道就好！"严嵩喝道，"元质，我问你，百花仙酒是怎么回事？"

赵文华浑身一颤，心想：义父怎么也知道百花仙酒？是皇上问过他，还是皇上身边的近侍告诉他？若是皇上问过他，他一定连自己编造的一篇谎话也都知道。这可是无论怎么说也说不清楚的。

"大人，我——"赵文华说不下去，求助地看看徐阶，看看李本。

徐阶、李本谁也不抬头看他。

严嵩数落道："你不要看子升先生，不要看汝立先生，是我在问你话。你有好酒，进献圣上，我不怪你。作臣子的，时时刻刻想着皇上，如儿子时时刻刻想着父亲，谁能说不对？你不知此事做得做不得，问我一声，我会告诉你；你不愿问我，问子升先生一声，问汝立先生一声，他等也会告诉你。我会阻拦你吗，他等会阻拦你吗？你为臣子，我等亦为臣子，我阻拦你，子升先生、汝立先生阻拦你，你可以不听嘛，你可以在皇上面前告我们的状嘛！像你这样做，是公然欺君。你还把皇上放在眼里吗，还把我放在眼里吗！我知道你的心思。你是要表无限之忠，而陷我于不忠；你是要争进献之功，而陷我于有罪！”

赵文华静呆若木鸡，噤若寒蝉，不敢出一声。

徐阶有些看不下去。不管怎么说，此人也是朝廷的三品大员，不该让他这般难堪。当着自己的面，像训斥无知小子一样训斥，如果不劝一劝，岂不是自己也不把朝廷体统放在眼里？

“介翁消气，有话慢慢说。”他劝解。

李本乘机问道：“元质先生，你做错什么事，惹得介翁大发雷霆？”

赵文华垂头丧气地说：“唉，都怪我一时糊涂。我——”

“去，去，我不听你说。”严嵩一脸的厌恶，挥之使去。

徐阶暗中向赵文华做着手势，要他先走。

“也好，等大人气消，我再给大人请罪。”赵文华道。

第四百七十三章

武夷山在福建建宁府崇安县南部，名胜数不胜数，有九曲清溪、十六洞天，四十九峰、八十七岩等。

十一月上旬，翁万达游武夷山。

闽、粤两省相邻，他年轻时游过武夷山。步入宦途，不是在西南，就是在西北，要不就在京师，二度游历此景，已是三十年后。一行四人，除五十五岁的翁万达，两个二十岁左右的年轻家人，还有一个四十岁左右的当地茶农，是特地请来做向导的。

一行人走累，想以说闲话解乏。一家人问："老爷说，凡名谓都有个讲头，这武夷山三个字也有讲头吗？"

另一个家人更正："不是三个字，是两个字，山字还要讲吗？就好比你姓翁，叫翁甲，有讲头的只是个甲字，翁字有什么好讲的？"说罢，问翁万达，"老爷，我的话可对？"

"对是对，可也不是全无讲头，"翁万达笑道，"有的山叫山，有的山叫峰，有的山叫岩，总有些差别。"

"这些差别不必讲，老爷只讲武夷两个字吧。"第二个家人说。

翁万达指指茶农农："先生在那里，何不问他？"

两个家人转而缠住茶农，询问武夷山名的来历。

"好多好多年前——"茶农才讲个开头，就被打断。

"好多好多年，究竟是多少年？"一家人问。

"我听我爷爷讲的，我爷爷又听他爷爷讲的，谁知究竟多少年。"茶农不耐烦地说，又讲下去，"有一神仙降于此山，建为洞府，自称是武夷君。据说，武夷君爱吃干鱼，本地人世世代代以干鱼祭祀他。武夷君的洞府，自然叫武夷山。"

两个家人听不到下文了，问他："这就讲完？"

"你们不是问武夷山吗？可不这就讲完。"茶农道。

"多少年前都说不清，也配当先生。"一家人不屑地说。

“我本来就不是先生；多少年前，先生也未必说得清。”茶农辩道。

家人问翁万达：“老爷说得清吗？”

“他都说不清，我又怎么说得清！”翁万达道，“你别以为他当不了先生，我告诉你，他不但当得了你的先生，也当得了我的先生。”

家人嘴一撇，对茶农扮个鬼脸：“老爷这么说，我更不服气。”

“那好，我来问你：宋大儒朱熹当不当得先生？”翁万达问。

“他是老爷最景仰的人，自然当得先生。”家人道。

翁万达说：“可朱子都不知武夷君其人。他在《武夷国·序》里写道：武夷之名著自汉世，祀以干鱼，不知果何神也。你看，博学如朱文公，都不知是何神仙，这位老乡却知道是武夷君，还当不得先生吗？”

一家人推测：“朱子说，武夷之名著自汉世，武夷君大概就是那时降于此山的吧？老爷，汉代距今多少年？”

“约一千五百年。你做此推测，不能说全无道理。”翁万达道。

茶农插话：“我知神仙何名而不知其何时降临，你们那位朱子知其何时降临而不知其名，我们各算半个先生吧。”

另一家人又向他撇撇嘴：“你与圣贤齐名，好生了得！”

“你嫉妒吗？我与圣贤齐名，是你们老爷封的。你不服气，也可向他讨要呀。”茶农反唇相讥。

家人还要理论，翁万达拦住他：“不须争。我也听过武夷山神仙的故事，不过，那神仙姓篯名铿，而不称武夷君。篯字，上一竹字，下一钱字，这个姓氏是很少见的。”

“老爷一说，我想起来，山下就有人姓篯，我却不知这个字怎么个写法。”茶农说。

“别打岔！”一家人喝住他，并问老爷，“神仙姓篯，山为何名武夷？”

翁万达道：“却说这位篯神仙有二子，一名武，一名夷，所以他把这山取名叫作武夷山。神仙既叫，世人自然也随着叫。”

“我们老爷既知神仙何名，又知武夷山的来由，才真是先生呢。”一家人说着，问茶农，“你服不服气？”

“服气，服气，”茶农当然不会认真争先生之名，他连应两声后，道，“我不是说，我只是半个先生！”

一主二仆因他的憨厚而开怀大笑。

等笑够，翁万达问茶农：“老乡，今日一日可尽游清溪九曲吗？”

“那要看老爷的体力如何。”茶农说。

“体力应无妨碍。我不但有遍游武夷之志，还想翻过武夷山，去江西看望几个老友呢。”翁万达说。

“老爷在江西还有老友，我怎不知？”一家人道。

“怎么没有？”另一家人说，“如欧阳崇一先生、罗达夫先生、王汝中先生，不都是江西人吗！”

翁万达好谈性命之学，初任职户部时，虽无缘拜识王守仁，但和王学传人欧阳德、罗洪先、王畿等，都曾切磋过学问。

“不对吧？”前一家反驳。“我记得老爷说过，达夫先生是吉水人，崇一先生和汝中先生则是泰和人。”

“蠢人，连泰和、吉水为江西县分都不知吗！”后一家人叱道。

“还不是我说欧阳先生字崇一，罗先生字达夫，王先生字汝中，你才知道？你就不是蠢人？现在才知道泰和、吉水在江西，也想作先生吗？”前一家人讥道。

翁万达这才发现，身边有好学不厌的家仆，虽然有时可以解解烦闷，但像现在这样争执起来，也真让人束手无策。他排解道：“你二人，一个知其字而不知其贯，一人知其贯而不知其字，也都作半个先生吧。”

翁万达高估自己的体力，走到第五曲，他就觉得身体困乏，不得不对家人和茶农说：“且小憩一阵，再往前去。”

四人各坐在一棵大树下歇息。茶农看惯山间的景致，坐不多久，想躺倒；躺倒不久，酣然睡去。两个家人精力充沛，眼睛才闭上，又睁开；嘴巴才闭上，又想说话，始则在两棵树下你问我答，不久移至一棵树下，不久走去溪边戏水。

茶农的鼾声，让翁万达开心。家人的活力，让翁万达开心。但不久，见不到茶农，见不到家人，只留下他一个人。不久，见不到大树、山石，听不到溪水的声音，只觉天地间豁然开朗。这是身在何处？

“翁生，别来无恙乎？”身后有人招呼。

回头一看，一长者，长臂长身，长发长须，长袍宽袖，飘然若仙。翁万达恍惚觉得，曾与他交往，可又不知在哪里见过。

“长者何来？”他问。

“我与翁生曾有一面之缘，忘却不成？”长者道。

开口一个翁生，闭口一个翁生，可见是年轻时的旧识。翁万达更觉他面熟，可努力追忆，仍记不起和他在哪里见过。

长者引他到一山岩下，问："翁生记起否？"

翁万达猛然记起，前次游武夷，也到此处，险些从山岩上跌下。幸亏被人从身后揽住，他幸免于难。救他的人，不是眼前这位长者，又是谁！

"原来是救命恩人，不想今日又得相见。"翁万达揖道。

"我救翁生，可不是那一次。我不相救，翁生两年前已作狱中之鬼，刀下之鬼。"那人笑道。

两年前如何蒙他相救，翁万无从想起。再一想，对他与曾救自己的长者是否同一人，也有所怀疑："前三十年长者就是这般模样。三十年后，我由一毛头小子成一老翁，长者为何还是这般模样？"

长者说："三十年前，我在岩下授受秘语，劝你不必去求取功名。你若听我的话，现在仍是一毛头小子。"

"虽历尽沧桑，我并不觉悔。"翁万达道。

"然则有所恋乎？"长者问。

翁万达想了想，说："亦无所恋。"

"那就好，"长者道，"实言相告，又有人要你去受煎熬。乱世司马，不作也罢，翁生，这次随我去吧。"

翁万达欲问个仔细，长者忽又不见。两个家人仍在戏水，茶农仍在打鼾，看到的仍是大树、山石，听到的仍是溪水的流声。他想起身，可四肢一点儿也动弹不得；他想招呼人来搀扶，可发不出一点儿声音。他两眼一黑，昏死过去。

十一月十三日，翁万达病死于上杭舟船中。两天以后，身体运回家乡揭阳。十九日，召他就任兵部尚书的诏书送抵家门。

第四百七十四章

冠松楼是苏州观前街最大的酒楼，也是酒、菜俱佳的食府。它有上下两层，下层坐的是散客，上层雅间有大有小，客人一般都要预定。

王直和他的谋士叶先生一前一后进到冠松楼，王直一身在江南随处可见的儒商的装束，叶先生一身衙门里师爷的装束，儒商和师爷走在一起，也是苏州城里常可见到的情形：不是儒商托请师爷在衙门里活动，就是师爷办成事，该来索值。

门口的店小二殷勤地招呼："二位爷，这边请。"

楼下还空着许多张桌子，店小二想引二人到其中一张桌子去。

王直拨开他的手，说："上楼！"

"二位爷可定席位？"店小二问。

"未定。"王直道。

"那有些难办，"店小二为难地说，"今日徐公子把楼上的席位包一半，另一半席位也都有人预定。其实，今日楼下比楼上还要清静，二位爷只为吃酒，何不将就在楼下坐坐？"

"我习惯在楼上吃酒，别的事好将就，这件事将就不得，"王直说着，回身就走，"楼上既没位子，叶先生，我们换一家酒楼去吃酒。"

走出十来步，冠松楼一名年纪稍长的伙计追上来，喘着气说："二位先生慢走，有事商量。"

二人回转身来。叶先生问："商量何事？"

那伙计说："二位先生不是一定要在楼上吃酒吗？一位先生说，他也两个人，用不着大桌子，可把他那间屋里的大桌子换成两张小桌子，他二人一张，你二位一张。"

"太客气，互不相识，怎好打搅！"王直说。

伙计道："那位先生又说，来往都是客，务必请两位先生赏个脸。"

"五峰，人家诚心照顾，若是不去，倒显得生分。"叶先生说。

"你说去得？"王直问。

“不但去得，而且该去。”叶先生说。

“好，该去则去。不过，”王直提个要求，“请店家与那位仁兄说一声，也给我一个面子。两桌会钞，由我来付。”

王直和叶先生进得雅间，两张桌子已经摆放好。房间是长形，桌子一内一外。靠内里的桌子那位客人先占用，他自己背朝外面朝内而坐，王直看不到他的脸。坐在他的对面的，一进去可看清面孔，是个年轻人。从装束来看，他二人是一主一仆。

“兄台美意，在下领受，感激不尽。”王直说。

对面青年忙起身迎出，把王直拦在靠外的桌边，好像怕他二人再往里走一步，就要与他家主人相见。

“敝公子道，恭敬不如从命，先生今日做东，他也愧受。反正只有两个人，不会让先生破费多少。”他说。

王直见那当主人的，既不开口，也不相见，心中不悦。但今日领人家的情在先，不便发作。

“五峰坐哪边？”叶先生问。

王直指指里面的座位，走过去，和那位主人背对背而坐。

那位主人早先叫好菜，酒、菜送来，和那青年自食自饮，没一句多余的话。王直则不然，店里的伙计一来，他就有许多话问。

“徐公子到没到？”他问。

“客人陆续到来，想来他也快到，”伙计说着，问道，“请教这位先生，与徐公子相识吗？”

王直微微一笑，好似这个问题不值得回答。叶先生代他说：“天下豪客，少有这位先生不识的。”

伙计说：“如此甚好，徐公子的喜酒，二位也可以讨一杯喝。”

“不知徐公子有何喜事？”王直问。

“他府上今日讨妾。”伙计答。

“讨妾而已，为何如此大张声势？”王直道。

“说起他讨的这个妾，话可不短。”伙计说。

王直抛给他一块碎银子：“既然话长，你润润喉咙，再来给我讲。”

伙计欢天喜地地去忙。不多时，端一壶温好的酒进来。

“已润好喉咙？”王直问。

“是，”伙计应一声，从头讲起，“先生想，徐公子下一年的工夫，今日才把这位小夫人娶到，他能不大张声势地庆贺吗？”

“下什么工夫要一年光景？”王直问。

“讨小夫人欢心呗，”伙计说，“这位小夫人姓张，闺名少华，跑过不少南北大码头。”

“为何要跑码头？难道是——”王直不愿说出口。

“这位先生说得对，是干那行当的，”伙计也不说出口，“她原是南京人，自幼被卖到山东娼家。难得的是，鸨母也产自江南，二人极有缘分。鸨母家败，独携她回到江南。少华天生丽质，及破瓜之年，被一个姓汪的大商人看中，把她包起来。”

“五峰，姓王的商人不会是阁下吧？”叶先生笑道。

江南人王、汪分辨不清，王直遂问：“是姓王还是姓汪？”

“是有三滴水的汪。”伙计说。

“巧得很！我原也姓汪，是水居一族，后来想上岸住，所以把那三滴水去掉。”王直一本正经地说。

伙计讪讪道：“这位先生真会取笑。”

王直不多解释，抛给他一小块碎银，道，“接着讲！”

“多谢这位先生赏赐。”伙计谢过，更起劲地讲下去。“今年初，汪商携少华游虎丘，不想遇到一个冤家。”

“可是徐公子？”叶先生问。

“非也，离正题还远呢，”伙计说，“她遇到的是一个少年，姓周名仕。周仕不但善歌，且有潘安之貌。少华闻其人之声，见其人之貌，骇慕丧魄，再看身边的汪商人，真乃俗不可耐之物。”

王直不知嗓子眼里发痒，还是有话要说，咳嗽一声。

伙计忙说：“我知这位先生姓王，我讲的是汪商人。少华和汪商人一刻也不能相处，假言腹胀，辞别而去。回到鸨母家，使人叫来周仕，从此专心学歌，闭户绝客。好端端的一棵摇钱树连根被拔，鸨母怎肯罢休！她每日在少华耳边絮聒。少华受不了她的要挟劝诱，说还不如死了干净，欲自缢。鸨母无奈，只得随她。于是一教一学，由晨而至午，由午而至昏，由昏而至夜，音乐不断。”

“没有由夜而至晨吗？”叶先生谑道。

“也时而有之。二人独处一室，有无肌肤之亲，不用我说，这位先生也是想得到的，”伙计道。“久而久之，少华歌声悠扬委婉，已在周仕之上。于是，周仕吹箫，少华和之，听者无不厚赠。所得者，少华皆与周仕，周仕则母事鸨母甚谨。”

“异姓三人，倒很像一和美之家。”王直问。

“可惜好景不长。”伙计道。

“怎么？”王直问。

“该徐公子出场呀，”伙计说，“徐公子听过一次少华、周仕珠联璧合的演唱，难以忘怀，以千金为聘金，在城外筑一别墅，安置张、周二人，每日以二金供开销。”

“这就是下工夫？”叶先生摇头，“每日二金，太小家子器。”

“二金在这里可以吃一桌席，你还嫌少！”伙计咋舌，“况且，他不是供给一天两天，而是接连供给半年。”

“不是下一年的工夫吗？”叶先生问。

“还有半年是在别人身上下的工夫。”伙计说。

“老叶莫打岔，且听他讲。”王直道。

叶先生遂不语。伙计又讲下去：“一夕，周仕酒醉，徐公子向少华求欢，少华不允。徐公子将剑架在少华颈上，说：你不允，则杀你。少华倔强地说：杀我，也不允。徐公子又把剑架在周仕颈上，说：你不允，则杀他。少华仍倔强地说：杀他，也不允；你杀他，我有死而已。周仕惊醒，大骂徐公子为富不仁，人面兽心。徐公子又是愤怒又是羞愧，乃设一计报复。他的计谋，集普天之下的谋士，也想不出来。”

叶先生忍不住打断他的讲述：“兄弟，莫夸大其词。”

“你听后就知我是不是夸大其词，”伙计说，“且说徐公子遭少华拒绝，被周仕辱骂，不动声色，每日仍然供应二金饮食之费。暗中，他却寻访到一个姓沈的少年。沈郎容貌更比周仕秀丽，但不甚解音韵。徐公子为他请来最高明的乐师，教他吹箫。徐公子不惜花费，师傅高明，沈郎又聪慧，几个月后，沈郎技艺大进，虽未必赶得上周仕，但已相去不远。一日，徐公子听少华唱曲，命沈郎为之伴乐。沈郎一身华丽新衣，薄唇红润，十指纤细；吹起箫来，其躯若舞；衣裳翩翩，宛如画中仙童。少华和着箫声而唱，不时注目于沈郎。一对金童玉女，让在场所有的人都看得发呆。唯独周仕气愤不过，振袖而去，少华也没追将出去。徐公子乃派手下之人在途中截住周仕，拔去他的头发，在他脸上刺字，让他自惭形秽，无颜再见少华。”

王直评论：“徐公子所谓计谋，全在寻访沈郎一着。但使少华与沈郎晤面，他就不担心吗？如果少华姑娘眷恋周仕，一因其貌，二因其技；则沈郎貌胜周仕，技艺相去不远，少华岂不更要眷恋他？”

“不错，前门驱狼，后室入虎，此乃败着。”叶先生附其议。

“等等，”王直思索一番，似有所悟，“少华虽眷恋周仕，虽愿为他舍弃性命，尚未至甘愿为他舍弃一切；徐公子荐以沈郎，欲使少华甘愿为他舍弃一切。不愿为周仕舍弃一切，则不愿为他而委身于徐公子；愿为沈郎舍弃一切，则沈郎于生死之际，她不得不委身于徐公子矣。徐公子计谋之妙，我体会到一二。”

“这位先生说的是，”伙计道，“周仕不回来，徐公子复向少华求婚，少华不允。向鸨母求婚，鸨母不敢为之作主。徐公子用上最狠毒的一计，使沈郎与少华同居别墅。张、沈二人相互仰慕，同在一室，既没从一而终的节妇，也没有坐怀不乱的君子。夜深，就在二人相拥登床时，埋伏下的壮士持刃跃出，当场捉住一对奸人。徐公子对少华说：我定要杀你，以惩淫者，除非你愿嫁我为妾。少华的回答和以前一样：杀我，也不嫁你。徐公子又说：你不肯嫁，我就杀他，以惩淫者。少华叹口气，说：你赢了。你放走沈郎，我嫁与你。”

“少华既有骨气，又有情意，难得！”王直赞道。复问，“伙计，你讲的公子，到底是徐公子，还是许公子？”

徐、许二姓，伙计也说不清楚。

“是徐公子。”他说着，在桌上一笔一画地写下来。

王直对叶先生说：“你看这位徐公子像不像——”

话未说完，邻室箫声已起。伙计道：“先生可一聆少华的歌喉。”

“今日她作新人，还会献艺？”王直问。

“不是她想献艺，是徐公子想炫耀自己的成功。”伙计说。

邻室歌声和着箫声，袅袅传了过来。歌者吐字清晰，虽带有浓郁的吴音，王直等外乡人也听得一清二楚。她唱的歌词是：

> 怅怅莫怪少时年，百丈游丝易惹牵。何岁逢春不惆怅，何处逢情不可怜？
> 杜曲梨花杯上雪，灞陵芳草梦中烟。前程两袖光金泪，公案三生白骨禅。
> 老去思量应不悔，衲衣持钵院门前。

写的是情，谱以南曲，更显得婉转动人。

“词是姑娘自家写的，还是请人代写的？”叶先生问。

“连我姑苏第一才子唐六如先生留下的绝唱之句，你也不知吗？”他没给赏赐，伙计不客气地责备他孤陋寡闻。

王直更加孤陋寡闻，竟问：“唐六如先生是谁？”

叶先生怕伙计再出言不逊，乃代答：“六如先生即唐伯虎也。”

“果是绝唱！”王直评论，“不过，该箫配歌，略觉逊色。”

“这位先生真是大行家，”伙计奉承道，“徐公子给沈郎五十两银子，把他打发走。今日配箫者，不过乐工而已。”

“可惜！”王直说着，解下戴在贴身处的一块玉珮，对伙计说，“你方才用过‘珠联璧合’四个字，这上面也有相同四字，你代我送给张姑娘吧。不过，你不要说是我送的，免得她过来相谢，惹出麻烦。你只说，”他想了想，有了说词，“客人已去。”

伙计得了两次赏银，让他把张少华请过来，他也会勉为其难地去做，何况是一件只有好处没有坏处的差事！他手持玉珮而去。

等他离开，叶先生问：“五峰，你方才说徐公子像谁？”

“我在问，像不像我们那位徐公子？”王直道。

“你是说明山？”叶先生问，“你不问，我没想到，你一问，此间的徐公子还真像明山。”

坐在王直身后的那人，忽然间发出一阵狂笑。

“在你等眼里，徐明山如此不堪吗！”他说。

王直先是一惊，随即大喜，跳起来，两步跨到那人面前，搂住他双肩，道：“明山，是你！我找你找的好苦！”

明山是徐海的字。那人扭过头来，不是他要寻找的徐海，又是谁！

徐海也搂住他双肩，说：“五哥，我也想你想的好苦！”

王直摇头：“你早忘我！不然，我说这多话，你怎会听不出来？”

“听不出来？你问他。”徐海指指年轻的随从。

那随从说：“其实，王首领在楼下与店小二说话时，我家公子就听出来。所以他才邀你同室而饮，所以他才始终不肯开口。”

“明山，是何用意？”王直问。

“我想你想的好苦，谁知你想不想我？我要看看，你什么时候才能料到，肯与你方便的，是我徐明山。”徐海说。

“实不相瞒，你不开口，我是料不到的。”王直道。

“我却早些时料到，”叶先生说，“饮酒时，一声招呼也不打，不让人起疑吗？听曲时，一句话也不问，不让人起疑吗？我早料到明山是熟人。后来，五峰问，那边的徐公子像不像我们那位徐公子；我看到明山的肩膀动了动，心想，不错，那一定是我们的徐公子！”

“老叶，你仍老谋深算。”徐海道。

“明山，你仍爱作弄人。”叶先生道。

三人不由都笑起来。

两桌并作一桌，四人坐于一处。酒喝得差不多，饭吃得差不多，并在一起，主要为说话，谁也不再劝酒。

“五哥，你不是为那女子来的吧？”徐海问。

“张姑娘？我若为她而来，还会向伙计东问西问吗？”王直忽然领悟到什么，“明山一句话也不问，倒像是为她而来。”

徐海不承认，也不否认：“虽不完全是为她而来，但听说苏州城里有此尤物，也想见识见识。不过，我再不会打她的主意。”

“为何？”王直问。

“五哥不是已给她送定情之物吗？”徐海戏谑地说。

“不过兴致所至，聊表敬意，算什么定情之物！”王直说着，转入正题，“明山，我不是为她而来，我是为寻你而来。”

这次徐海摇起头：“五哥轰轰烈烈干起一番事业，怎会想到寻我！”

王直说：“你问老叶，我从宁波寻到漳州，又从松江寻到苏州，是不是为的寻你？轰轰烈烈的事业现在还说不上，但只要你肯助我一臂之力，干起轰轰烈烈的事业，也不是什么难事。”

徐海为他豪迈的话语打动，道：“五哥要我助一臂之力，可是纠集倭国各岛浪人前来助阵？”

“正有此意。”王直道。

“好，”徐海先应承下来，又说，“这是件大事，须得好生筹划。”

第四百七十五章

年关将至，皇帝放严嵩几天假，让他料理家事。赵文华和往年一样，早早地备好厚礼，亲自送去严府。他被冷落两个月，终日心神不安，能不能利用年关契机，改变严嵩的态度，对他来说非同小可。

门人严三是最熟识的，见赵文华，他故意把脸扭过去。

“阿三，吃过饭吗？”赵文华主动与他招呼。

“我道是谁，原来是赵爷。小的还没吃饭，但胃口已倒，用不着吃。”严三冷冷地说，又冷冷地问，“赵爷有何见教？”

一口一个赵爷，生分已极。称呼的改变，“胃口已倒”的讥刺，都不是好兆头。赵文华被咽得几乎说不出话来，却不得不硬着头皮说话：“备份薄礼，叩见大人。”

“我看免了吧，”严三的语气，好像赵文华要叩见他，“大人这两天在家不错；可大人交代，要静养，不见客。”

那边又来一名官员，见赵文华被挡在外面，遂把名刺和礼单交给严三，另有一份银子，是给严三本人的。

“介翁难得有暇，不敢搅扰，我在外面给他老人家叩头吧。”他说。

“那不成，你不见我家老爷，我家老爷还要见你呢。”严三说着，唤道，“阿四，领这位大人在客堂候着。”

院里有人应着，领那官员入内。

“三哥，”赵文华也改称呼，“他既可以进去，也行个方便与我吧。”

“他是老爷约来的，老爷也约了你吗？”严三道，“我还求赵爷行个方便与我呢。你缠着我，让老爷看到，不砸我的饭碗？”

各大衙门的堂官来严府参谒，或是单独一人，或是两三人相约。中、小衙门的堂官则是多人会齐一起来。人多，贽敬也有限，门人照单收下，众人相拥而入，在客堂参谒首相。

严嵩正要说几句勉励的话，眼睛忽然盯在一名官员脸上。那官员本来就低着头，这下埋得更低，恨不得有个洞钻进去。他正是单独来参谒，被拒于门外的赵文华。单独来不见，有人给他出个主意：人多，容易混入，何不与众人一同参谒？把自己混同于一名普通官员，是他万万不愿意的；可这是一个与严嵩相见的机会，他也万万不能放弃。再者，当着许多官员的面，严嵩大概也不好发作。

严嵩没朝他发作，命人把严三唤来。这比朝他发作更糟，因为严嵩连对他发作的兴趣都没有。

在等严三的时候，严嵩对众人说："各位稍候，我有件家事处分。"

严三来后，他沉着脸说："我是怎么向你交代的？"

官员们的服饰差不多，严三在门外没看清各人相貌，在严嵩面前却一眼看到赵文华。他一面口称"小的该死"，一面走近赵文华。

周围的官员让出一条道来。他们或是暗中庆幸：今天倒霉的不是我；或是幸灾乐祸：这回有热闹可看。

严三朝着赵文华连连抱拳打拱："赵爷，我求过你，别砸我的饭碗，怎么还是混进来！你请吧，别再惹老爷生气。"

赵文华含泪下跪，欲行叩拜之礼。严嵩转身不受，但他还是郑重其事地磕三个头，才起身，随严三出去。

赵文华一再碰壁，万念俱灰，对工部尚书欧阳必进说："任夫二舅，你要救一救我呀！"

欧阳必进字任夫，江西安福人，正德十二年进士。他和严嵩的夫人欧阳氏是本家，严世蕃称他二舅，赵文华也随着称他二舅。

"元质遇到什么事，说得这般可哀？"欧阳必进问。

赵文华讲述当众被撵出的情形，说："我当时真连死的心思都有。"

"介翁怎样对众人说的，你再学一遍。"欧阳必进道。

"大人说：各位稍候，我有件家事处分。"赵文华依命学道。

欧阳必进稍一思忖，说："元质，你不该失意。"

"二舅是说，尚可缓图之？"赵文华又惊又喜地问。

"不，不，不可缓图之，须得急图之。"欧阳必进说。

听他这样说，赵文华愈发失意，愈发无奈："大人不许我见面，非止一日，如何急图？任夫先生用不着宽慰我。"

“我是据实而言，并非虚词宽慰，”欧阳必进说，“你想想，介翁称处分家事，他处分的是谁？当着众人面训斥阍仆，介翁不致如此无聊吧？他处分的是你，可见仍把你视为家人。”

赵文华一想，可不是这个道理！他兴奋起来，几乎要手舞足蹈；但很快回到现实的处境，又恨不得太息悲鸣。

“若谓家人，我也是被放逐的家人。”他说。

“这就得有人出面为你转圜，”欧阳必进说，“以介翁的身份，既将你逐出门庭，没有人为你说几句好话，他是无法改变姿态的。”

赵文华拉住欧阳必进的衣袖，像拉住一根救命的稻草。他连声说：“任夫先生，在下重重拜托！任夫先生，在下重重拜托！”

“不是我不肯相助，实在是这个忙我无法帮。我虽与介翁有外亲之谊，但元质想想，他究竟是与你亲近，还是与我亲近？出面转圜之人，一定要更亲近才成。”欧阳必进想了想，问，“东楼如何？”

“恐怕不成，他对我总是不冷不热的。”赵文华想也不想就说。

“此亦合常理，”欧阳必进道。并给他出点子。“元质去求夫人吧。”

“可以吗？”赵文华迟疑地问。

“我看可以，”欧阳必进道，“东楼怕多一人分他之宠，故有戒备之心；夫人多一人在身边尽孝，只会高兴。这是其一。夫人向佛心慈，多行善事。你的话哀戚，她定会出面为你说情；你的话愈哀戚，她愈会为你说情。元质，如何把话说得哀戚，你会吧？”

“会，会，多谢二舅点拨！”赵文华说着，深作一揖。

三天中总有一天，严世蕃要陪着父亲严嵩、母亲欧阳氏吃饭。正旦将临，他陪着父母吃饭的次数有所增加。

欧阳氏虔诚信礼佛，绝不饮酒，严嵩偶尔饮一口，陪着他们，严世蕃也没兴致饮酒。严嵩饮盅酒，说：“吃饭吧。”三人埋头吃饭。

欧阳氏叹了口气，说：“少一人，怎就冷清这多！”

严世蕃知道她指的是谁，说：“从未多一人，母亲不好说少一人；等你孙儿长大，可以在桌上相陪，才说得上多一人少一人。”

严嵩也知道她指的是谁，沉默良久，说：“是他自绝于我。”

夫人开解：“自家孩子，何必那么认真？我看文华知恩图报，对你我都很孝敬，你还要他怎样？”

严嵩不认同，也不反驳，又沉默良久。

欧阳氏咳嗽两声，赵文华从隔壁房间过来，往严嵩面前一跪，口称：“不孝子给大人叩头。”

严嵩愕然，不知他怎会突然出现在面前。严世蕃知道，他是和母亲串通，表演一出“父子重逢”的把戏。从严嵩的话里可以听出，对赵文华没有完全绝情，而欧阳氏又是全力相助，在这种情形下，除扮作好人，严世蕃没有其他选择。

“元质兄，还不给大人斟酒。”他说。

“是。”赵文华应着，斟一盅酒，双手捧上。

严嵩稍稍犹豫，接过酒盅。酒盅里酒斟到三分之二，这正是严嵩的习惯，第一盅酒可斟满，以后再饮，只斟这么多。他叹口气，饮酒。

“加把椅子来，”欧阳氏命侍候就餐的婢女，椅子摆好，她说，“文华，来，这里坐吧。”

赵文华偷窥严嵩，不敢就起身。

严嵩似动不动地微微点头。

赵文华如同西市就刑的死囚，突然奉旨获释，原本呆滞的神经一下开窍，原本僵硬的四肢一下灵活。他两手稍一撑地，站起身来，就座之前，又要给严嵩斟酒。

严嵩说：“我不饮了，你与东楼饮几盅吧。”

“请大人再饮一盅，我就不劝。”赵文华说。

严嵩碍不过情面，又饮一盅。义父义子二人，关系如初。

第四百七十六章

二王婚礼，定于嘉靖三十二年二月举行，因朝中大臣，包括严嵩，有各种议论，正月十五日，皇帝召严嵩面议。

“严卿，各王婚礼于王府举行，是不是常例？”皇帝盛气而问。

“是。”严嵩应道。

“朕与卿是不是议过，二王婚礼于王府举行？”皇帝问。

“是。”严嵩应道。

“朕是不是降诏，二王婚礼于王府举行？”皇帝问。

“是。”严嵩应道。

一连三问，皇帝自觉已占尽上风。他身子向后一靠，道：“既如此，严卿为何尽改前议？是迫于外廷之议呢，还是想献谀外廷？”

严嵩辩道：“臣虽怯懦，不致摇惑，屈从外议；臣虽昏庸，不敢背君，息事宁人。臣请二王婚礼于宫里举行，实因王府浅狭，不宜行礼。”

“朕不是命礼、工二部重修王府吗？”皇帝道。

“王府工程不小，一时难以完成。”严嵩说。

“那么，二王婚仪可延后举行。”皇帝不改初衷。

严嵩言道：“二王婚礼，天下臣民所久望。皇上降诏，于今年二月举行，若要延期，恐百官万民失望。就二王言之：纯以亲王，外居无妨；今储贰名分未正，若使外居，天下危疑，二王亦自危疑。且二府只隔一垣，从者各为其主，难免有口舌之争，若致二王互生嫌隙，后果不堪。”

“你道就二王言之，不该使之出宫；难道就朕言之，也不该使之出宫吗？”皇帝质问，“朕知道，前朝亲王都是出宫完婚的。”

“臣以为，就皇上言之，二王亦当留居宫中，”严嵩说，“今时宫中情形与前朝略有不同。前朝上有太后，又有中宫、东宫，体势甚重，主上尊安。今列后不在，皇上至亲，唯在二王。若俱使出外居之，在圣躬不可不虑也。故臣言，以政言之，二王宜居于内；以礼言之，二王当居于内；以情言之，二王当居于内。”

皇帝有些不耐烦。他说：“卿所言诸事，是为朕好，是为二王好。可卿想过没有，二王留居大内，不赴王府，将害及二王，将害及朕？”

“臣不解圣谕，请明示。”严嵩道。

皇帝本想与他说一说“二龙不相见”的道理，但这毕竟是自己心底的秘密，虽信赖如严嵩，也不愿说与他知道。

“人不能胜天，卿所言诸事，皆不足恤，”皇帝含蓄地说。“二王只依本分，朕自有旨处分。卿等勿再渎。”

“臣遵旨。”严嵩拜辞。

欧阳德乘徐阶值阁的机会，去内阁值房看他。

“崇一兄怎么会来？”徐阶问。

“来不得吗？”欧阳德有点儿不高兴。

徐阶忙解释：“不，不，只是意外而已。”又忙把话岔开。“崇一兄是为二王婚仪之事而来吧？来得好！你不来找我，我也要去找你。”

“我不找你，你会去找我？”欧阳德口里说着，不等他相让，自己找把椅子坐下，“子升兄自那次宴后，再也不入礼部的门，害得我心里有话，只好闯入阁下来说。”

“崇一兄有话，在礼部说，在阁下说，都是一样的。”徐阶道。

欧阳德叹口气：“子升兄以二王婚仪事相托付，言犹在耳，可我今日实在想把这副担子卸下来。”

徐阶也叹口气：“是啊，我知道把这副担子放在崇一兄肩上，是强人所难。可这副担子崇一兄不担起，又有谁能担起！”

二人愁上心头，竟无心深谈下去。

礼部议二王婚仪，碰过两次钉子。

前一次，礼部议二王婚仪在禁中举行，称：太祖皇帝为各王举行婚仪，乃以父婚子，诸王皆处禁中；至宣宗皇帝、孝宗皇帝为各王举行婚仪，乃以兄婚弟，始出外府。今二王婚，与太祖事同，宜从初制。

皇帝不准，批回重议。

后一次，礼部再议二王婚仪当有别，称：《会典》戒词有二。其曰“往迎尔相，承我宗事”，为承宗者也；其曰“往迎尔相，用承厥家”，为承家者也。今留京所以承宗，封国所以承家，戒命之词，伏俟裁定。

欧阳德所议，比前者严嵩掌礼部时所议、徐阶掌礼部时所议，更进一步。他指出：二王一是承宗，一是承家；一是储贰的身份，一是普通亲王的身份。这是根本的区别。

皇帝批以一段很不客气的话：既云王，则遵祖制，何不同之有！尔等但欲朕速降敕，册立太子，二王分别成婚。朕一再裁定，又有何用？不如任尔等为之，勿以烦朕。

皇帝真说出“任尔等为之”这样的话，谁敢为之！礼部前次会议二王婚仪时，大家还敢说几句；这次皇帝批复后，所有与议者，包括礼部的堂官们，包括欧阳德，都不好再说什么。

事已至此，还是徐阶先开口：“崇一兄，皇上把话说绝，二王婚仪，只得按皇上初谕办理。”

“子升兄都看透，我还有什么好说！”欧阳德道，“不过，在禁内就婚，不能争；二王异日行礼，我一定还要争一争。裕王先行婚仪，隔三日后，景王再行婚仪，子升兄看可使得？”

徐阶心想：我看使得使不得有什么用，要皇上看使得使不得。但知道欧阳德宁折不弯的性情，认准的道理，绝不会半途改变的，他说：“二王婚仪同日举行，或隔三日举行，亦得由皇上裁定。但皇上最忌讳的，就是二王居于大内，只要二王于外府完婚，其他尚可更改。礼部分拟二王仪注，定于异日，我看使得。”

于是，礼部议：二月初八日，裕王于文华殿迎妃，出就邸；二月十一日，景王于文华殿迎妃，出就邸。

这一次，皇帝没驳回，也没大加责备。

第四百七十七章

杨继盛在睡梦中大叫一声，惊醒，猛然坐起。

睡在一旁的夫人张氏也被惊醒，坐起来。她自己披件衣服，又给杨继盛披件衣服。

杨继盛揉揉眼睛，问："我在哪里？"

"你不是在家里吗？"张氏道，"你不信，走出门去，看外面有没有两棵老松；走出胡同，看是不是直对宣武门。"

杨继盛叹口气，说："不用看，身边有你，我是在家里。"

"怎么，又做噩梦？"张氏关切地问。

"是啊，我好像回到狄道，可又不像狄道；好像回到诸城，可又不像诸城。究竟在哪里，我也不知，"杨继盛说。

仇鸾案发，证明杨继盛是无辜的。他很快由狄道典史升为诸城知县；任知县月余，调南京户部主事；任主事三日，召回朝廷，任刑部员外郎，再改兵部武选司员外郎，恢复被贬前的官职。

据吏部传出的说法，他由刑部改兵部，是得力人物的推荐。许多人猜测，推荐他的是次辅徐阶。其实不是。推荐他的是首辅严嵩。仇鸾贵日，无人敢弹劾，而杨继盛首攻之。严嵩对他不仅赏识，而且有一份感激的心情，故欲贵之，为己所用。

"古人云：居庙堂之高，则忧其民。夫君之谓也。"张氏说。

"夫人这句话用得不对，"杨继盛纠正道，"并非做京官，都可称居庙堂之高；所谓居庙堂之高，应指那些操持朝政者。古人这句话说的也不全对。居庙堂之高，不能只忧其民，也要忧其君，也要把心思用于清明朝政。我获罪贬谪，不二年又复旧官，皇恩厚矣。我虽然说不上居庙堂之高，也要忧君之忧，忧朝政之清明。不然，何以为报！"

张氏笑笑，说："夫君想那么多，还是辞官还乡的好。"

"我在想如何报答圣恩，夫人怎劝我还乡！"杨继盛怪道。

张氏解释："前者朝廷之上只有一个仇鸾，今朝廷之上有严嵩、严世蕃二人。严氏父子，一百个仇鸾也。前者夫君欲除一个仇鸾，以报答圣恩，结果命几不保；今欲除一百个仇鸾，以夫君之力做得到吗？夫君性命还可保全吗？所以妾言，夫君不如辞官还乡。”

杨继盛闻言，若有所思。他忽道：“夫人提醒得好！”

“夫君也想通？”张氏本该兴奋，但从说话的语气中听不出来。

“想通，”杨继盛道，“我不知何以报答圣恩，夫人却告诉我。有人说，我帮助严分宜去攻仇咸宁，严分宜要重用我；却不知，我憎严分宜，更甚于憎仇咸宁。我将弹击贼嵩，以报答君恩矣。”

“我早知你是不会想通的，”张氏没有劝止的意思，只是说，“夫君道我提醒得好，我就再提醒一句：夫君受尽折磨，九死一生，前鉴不甚远；以言先生、纯甫先生都以弹击权相获罪，前鉴亦不甚远。”

“近者还有时育兄，落后于他，真愧煞我也。”杨继盛道。

杨继盛的经历的确有与他人不同处，所以，他陈述为什么要写这篇奏疏，也更恳切，更感人。他写道：

> 臣前任兵部车驾司员外郎，谏阻马市，言不及时，本内脱字，罪应下狱，逆鸾必欲置之于死。荷蒙皇上圣恩，薄罚降调，不二年间，复升今职。夫以孤直罪臣，不死逆鸾之手，已为万幸，而又迁转如此等之速，则自今已往之年，皆皇上再生之身；自今已往之官，皆皇上钦赐之职也。

称仇鸾作逆鸾，这个“逆”字用得很恰当，对严嵩也得有个恰当的称谓。杨继盛思之再三，决定就用他和夫人谈话时使用过的“贼”字。官居兵部，以讨贼为职。而贼又不专是胡虏，凡有害社稷人民者，均可谓之贼。严嵩即天下第一大贼。他写道：

> 方今在外之贼，惟胡虏为急；在内之贼，惟严嵩为最。胡虏者，大羊之盗，疮疥之疾也；贼嵩者，门庭之寇，心腹之害也。未有内贼不去，而可以除外贼者，臣请诛贼嵩，当在剿绝胡虏之先。

徐学诗、沈鍊、王宗茂的奏疏，包括以前科、道官弹劾严嵩的奏疏，皆论严嵩之贪鄙。杨继盛觉得，以前的严嵩，或可以贪鄙二字概括之；但今日之严嵩，仅论贪鄙，远远不能罄尽其罪恶，远远不能打动皇上。论今日之严嵩，主要应论其专政，而不是论其贪鄙。而以专政论之，有十大罪可写，有五奸可写。

杨继盛拟好十大罪的名目：坏祖宗之成法，罪之一；窃皇上之大权，罪之二；掩皇上之治功，罪之三；纵奸子之僭窃，罪之四；冒朝廷之军功，罪之五；引背逆之奸臣，罪之六；误国家之军机，罪之七；专黜陟之大柄，罪之八；失天下之人心，罪之九；坏天下之风俗，罪之十。

五奸的名目也拟好：一是结纳近侍，二是控制通政司，三是联络厂、卫，四是布置科、道，五是网罗部属。

坏祖宗之成法，杨继盛写道：

> 太祖高皇帝罢中书丞相，而立五府九卿，分理庶政，此其为圣子神孙计，至深远也。及嵩为辅臣，挟皇上之权，侵百司之事，事无大小，惟嵩主张，一或少违，显祸立见。是虽无丞相之名，而有丞相之权；有丞相之权，无丞相之干系。

窃皇上之大权，有沈鍊所写事例可用，杨继盛又略加发挥：

> 皇上令嵩票本，岂意嵩一有票本之任，遂窃威福之权。皇上用一人，嵩即差人先报曰：我票本荐之也；及皇上黜一人，嵩又扬言于众曰：此人不亲附于我，故票本罢之。皇上宥一人，嵩即差人先报曰：我票本救之也；及皇上罚一人，嵩又扬言于众曰：此人得罪于我，故票本报之。所以群臣感嵩之惠，甚于感皇上之恩；畏嵩之威，甚于畏皇上之罚也。

掩皇上之治功，杨继盛写道：

> 嵩于皇上行政之善，每事必令子世蕃传于人曰：皇上初无此意，此事是我议而成之。盖惟恐天下之人，不知事权之出于己也。及今则将圣谕，及嵩所进揭帖，刻板刊行，为书十册，名曰《嘉靖疏议》，使天下后世，皆知皇上以前所行之善，尽出其之拨置主张，皇上若一无所能者。

纵奸子之僭窃，杨继盛写道：

皇上令嵩票本，嵩乃令子世蕃代票，世蕃却又约诸干儿子赵文华等，群会票拟，结成奸党，乱政滋弊。前经历沈鍊劾嵩，皇上将本下大学士李本票拟，本差人问世蕃如何票拟，世蕃乃同赵文华拟票停当，赵文华袖入，递与李本。李本抄票封进。是嵩既以臣而窃君之权，又以子而并己之权，故今京师有大丞相、小丞相之谣，又曰“此时父子二阁老，他日一家尽狱囚”。盖深恨嵩父子并专权柄故耳。

冒朝廷之军功，杨继盛写道：

嵩欲令孙冒功于两广，故先布置内亲欧阳必进为两广总督，亲家平江伯陈圭为两广总兵，乡亲御史黄如桂为广东巡按。朋奸比党，朦胧凑合。长孙严效忠冒两广奏捷功，升所镇抚；次孙严鹄袭替，又告并前琼州一人自斩七首级功，加升锦衣卫千户。今任职管事，有武选司景字十九号堂稿可查。效忠、鹄未闻一日离家至军门，且乳臭孩童，岂能一人自斩七首级？而假报军功，冒滥锦衣卫官爵。

引背逆之奸臣，杨继盛写道：

世蕃受逆贼仇鸾银三千两，威逼兵部，荐为大将。及鸾权日盛，出嵩之上，反欺侮于嵩，尝自叹以为养虎遗患。后又知皇上有疑鸾之心，始不相合，互相诽谤，以泯初党之迹，以眩皇上之明。是勾虏背逆者，鸾也；而受赂引用鸾者，则嵩与世蕃也。

误国家之军机，杨继盛写道：

嘉靖二十九年，胡虏犯京，兵部尚书丁汝夔问计于嵩，嵩乃曰京师与边上不同，莫若按兵不动，任贼抢足，便自退回。及汝夔临刑，始知为嵩所误，乃大呼曰：严嵩误我矣。此人所共知也。是汝夔不出战之故，天下皆知为嵩主，特皇上不知之耳。

专黜陟之大柄，杨继盛略述徐应丰事后，写道：

应丰乃皇上供事内庭之臣，嵩犹敢肆其报复之私，则在内之臣，遭其毒手者，又何可胜数耶！户科都给事中厉汝进，以论劾嵩与世蕃，降为典史。嵩于嘉靖二十九年考察外官之时，逼吓吏部，将其罢黜。汝进为典史，无过可指，嵩乃以私怨罢黜之。则在外之臣，被其中伤陷害者，又何可胜数耶！

失天下之人心，杨继盛写道：

文武官之迁升，不论人之贤否，惟论银之多寡。各官之任，亦通不以报效皇上为心，惟日以纳贿贼嵩为事。将官纳贿于嵩，不得不剥削乎军士，有司既纳贿于嵩，不得不滥取于百姓，一人专权，天下受害，怨恨满道，含冤无伸，人人思乱，皆欲食嵩之肉。若非皇上德泽之深，祖宗立法之善，天下之激变久也矣。

坏天下之风俗，杨继盛写道：

风俗之隆替，系天下之治乱。一人贪戾，天下成风。守法度者，以为固滞；巧弥缝者，以为有才；励廉介者，以为矫激；善奔走者，以为练事。从古风俗之坏，未有甚于此时者。究其本源，嵩先好利，此天下所以皆尚乎贪；嵩先好谀，此天下所以皆尚乎谄。源之不洁，流何以清！

奸之一，杨继盛写道：

皇上左右侍从之臣于宫中一言一动一起一居，虽嬉笑郗戏之声，游观燕乐之为，无不报嵩知之，每报必酬以重赏。凡圣意所爱憎举措，嵩皆预知，故得以逢迎之巧，以悦皇上之心。是皇上之左右，皆贼嵩之间谍也。

奸之二，杨继盛写道：

嵩欲阻塞天下之言路，故令干儿子赵文华为通政司使，凡章奏到，文华必将副本送嵩与世蕃先看，三四日后方才进呈。本内情节，嵩皆预知；事少有干于嵩者，即先有术以为之弥缝。是皇上之纳言，乃贼嵩之拦路犬。

奸之三，杨继盛写道：

嵩令世蕃将厂卫官笼络强迫，结为儿女亲家。夫既与之亲，虽有忠直之士，孰无亲戚之情？于贼嵩之奸恶，又岂忍缉访发露？皇上试问嵩之诸孙，所娶者谁氏之女，便可见矣。是皇上之爪牙，乃贼嵩之瓜葛。

奸之四，杨继盛写道：

嵩于科、道之初选，非出自门下者，进士不得与；中书、行人、知县、推官，非通贿门下者不得与。既选之后，或入拜，则留其饮酒；或出差，则为之饯赆；或心有所爱憎，则唆之举劾，为嵩使令。是皇上之耳目，皆贼嵩之奴仆。

奸之五，杨继盛写道：

嵩又令子世蕃，将部官之有才望者，俱网罗门下。或援之乡里，或托之亲识，或结为兄弟，或招为门客。凡部中有事欲行者，先报世蕃知，故嵩得预为之摆布。各官少有怨望者，亦先报世蕃知，故嵩得早为之斥逐。各部堂司，大半皆嵩心腹之人。是皇上之臣工，多贼嵩之心腹。

杨继盛把列举严嵩之罪之奸通阅一遍，觉得十罪五奸的关系已写得很清楚：严嵩之十罪，赖五奸以弥缝之；识破严嵩之五奸，则其十罪立见。最后，无论如何要写一写皇上对严嵩的态度：

国之有嵩，犹苗之有莠，城之有虎，一日在位，则为一日之害。皇上何不忍割爱一贼臣，顾忍百万苍生之涂炭乎！臣每恨坏天下之事者，惟逆鸾与嵩。鸾已殛死，独嵩尚在，嵩之奸恶，又倍于鸾，将来为祸更甚。皇上或问二王，令其面陈嵩恶；或询诸阁臣，谕以勿畏嵩威。如果的实，重则置以专权重罪，以正国法；轻则论以致仕归家，以全国体。则内贼既去，朝廷可清矣。胡虏前既闻逆鸾之死，今又闻严嵩之诛，必畏皇上之圣断，知中国之有人，将不战而夺其气，闻风而丧其胆。

第四百七十八章

兵部员外郎王遴，字继津，顺天府霸州人，嘉靖二十六年进士。他和杨继盛同科进士，同为北直隶人，同在兵部任职。而正月里两次约杨继盛饮酒，都遭拒绝，他大为不悦；第三次再约，态度就不客气。

“仲芳兄有强力奥援，则忘形乎！”他说。

杨继盛更加不悦：“继津兄把我看成何等人！”

“既非忘形，为何不肯赴酒约？仲芳兄又不是忌酒之人。”王遴道。

“原来继津兄说的这件事！”杨继盛解释，“弟焚香沐浴，斋戒三日，故前二日相约，不得不婉拒。”

“你严词拒绝，还道是婉拒！”王遴愤愤地说，又好奇地问，“从未闻仲芳兄斋戒，今者为的何事？”

“欲上一劾疏，斋戒以示诚耳。”杨继盛道。

“什么劾疏，竟如此郑重？”王遴愈发好奇。

“继津兄不是指我得强力奥援吗？我劾的就是他！”杨继盛道。

“仲芳兄如何写的？”王遴问。

杨继盛避而不谈，说：“继津兄还是不知道的好。”

“说的也是，”王遴点点头，换个问题，“仲芳兄斋戒三日，除为示郑重，是不是也顾及家事。”

“知我者，继津兄也，”杨继盛道，“儿女情长，我亦不免。此疏一上，我必死无疑。我第二子尚未卜婚，令我思之戚然。”

“知必死而不改其志，真不愧我燕赵之士。”王遴肃然起敬，“我有小女，仲芳兄若不嫌弃，我们结个亲家如何？”

“此话当真？”杨继盛几不能相信。

“仲芳兄可先与我换儿女之帖，然后上疏。”王遴说得很干脆。

“好，好，继津兄应允此事，我再无虑矣！”杨继盛欣慰地说。

第二日，杨继盛上疏。

第四百七十九章

皇帝读杨继盛的奏疏，一直未动情，也一直未动怒。何谓专政？他自己不是说得很好吗：君逸臣劳。朕求长生，就得静下心来修养，就得有人代朕治事。臣嵩秉承朕的旨意治事，有什么不好？你难道不想朕静心修养，不想朕万寿无疆？

至于纲常颠倒，太阿转柄，大权旁落，纯属无稽之谈。你能说臣嵩率意而为，不是秉承朕的旨意行事吗？

读到最后“或问二王，令其面陈嵩恶”处，皇帝才真的动怒。这个杨继盛，难道不知道，为朕计，为二王计，朕不能与二王相见吗！令其疏奏，还说得过去，却要令其面陈！这不是要陷朕于不仁不慈，陷二王于不孝不义吗？杨继盛好不恶毒，好不阴险！皇帝越想越气，越想越断定，杨继盛是受人指使。这个指使他的人更恶毒，更阴险。

皇帝命将杨继盛下诏狱鞫讯，命陆炳亲自鞫讯，命他只问一件事：杨继盛究竟受何人指使？

陆炳遵旨，有始有终只问一件事。

“杨继盛，令裕王殿下、景王殿下面陈嵩恶，是什么人授意你这样写的？”他问。

“全篇是我心声，无人授意，”杨继盛道。

陆炳说：“我不问你全篇，只问你‘令其面陈’一句。”

“那一句也无人授意。”杨继盛道，“我全篇写的是贼嵩之恶，要二王面陈的是贼嵩之恶。杨某只知忠于朝廷，忠于皇上，有人授意，也不会领受。”

“真是怪事！好端端的，怎么会想到让皇上去问二王？”陆炳问。

“这有什么怪的！贼嵩巧言令色，终日伴君，故能欺皇上；二王在深宫，不与之交结，不受其欺蔽。朝廷之上，皆贼嵩党羽，皇上若问他等，谁肯从实奏言，谁敢从实奏言！故我请皇上问二王。贼嵩是否奸恶，只要一问二王即知。”杨继盛说。

“不对吧，”陆炳说，“二王与严阁老既无交结，怎知他是否奸恶？”

“虽不交结，身边的人总会议论，宫里的人总会议论。”杨继盛道。

“你听二王身边的人议论过，还是听宫里的人议论过？即便听过他等议论，又怎知他等会当着二王的面议论？即便他等当着二王的面议论过，你又怎会知道？是不是有人告诉你，二王听过身边的人，或宫里的人，议论严阁老？是不是有人鼓动二王对皇上面陈？”陆柄一连几问。

杨继盛不由冷笑：“我说过，绝非他人授意，督帅不必再问。”

鞫讯一天，要问的情由，一句也没问出来。

皇帝命先杖一百，再由刑部议罪。

杨继盛被人推醒，天已大亮。推醒他的锦衣卫军士诧异地说：“杨大人到这种地方，还睡得安稳！”

“心里没鬼，到哪里也睡得安稳。”杨继盛说。

另一名锦衣卫军士道：“杨大人昨晚如果知道今天要去受杖刑，恐怕就睡不安稳。”

“昨晚知道今天要赴西市，一样睡得安稳，”杨继盛说，“是在午门前受刑吗？走，走，我随二位去。”

“皇上有旨，不必去午门，着杨大人就在锦衣卫大堂受刑。”推醒他的锦衣卫军士说。

杨继盛点头：“也好。免得戴镣长安行，有碍观瞻。”

才出狱门，迎面走来一锦衣卫官校，手里提一酒壶。

“等等！”他对军士说，又对杨继盛说，“杨先生，饮此酒再去。”

“是何酒？”杨继盛问。

“蚺蛇酒，”那锦衣卫官校道，“此酒既能疗伤，亦能防伤。杨先生此去受百杖之刑，饮过此酒，可保无虞。”

杨继盛闻言大笑，笑罢，问：“兄台贵姓？”

“姓苗。”那锦衣卫官校道。

“苗兄美意，我心领。但椒山自有胆，岂必蚺蛇哉！”杨继盛朝着那锦衣卫官校一揖，随押解他的军士而去。

杨继盛昏迷两天，神奇般地苏醒过来。他想转动一下身子，只觉周身钻心的疼痛；想睁一睁眼睛，但觉眼皮重千钧，才睁开又闭上。觉出在油灯下站立一人，他呻吟着问：“我已到阴间吗？”

“感谢上苍，杨先生终于醒过来。”那人说。

“是苗兄？”他听出那人的声音，“难得苗兄义气，这时还来看我。我听说，受刑后须将腐肉剔去，请你帮个忙吧。”

姓苗的锦衣卫官校为难地说：“杨先生双股皆腐烂，不忍下手。”

“苗兄不忍下手，我自己来。烦你把灯举近些。”杨继盛央道。

姓苗的锦衣卫官校从墙上取下油灯，凑近杨继盛。杨继盛身边只有一只饮水的大碗，他艰难地举起摔破，拾起一片。借着微弱的灯光可见，两条大腿果然烂得血肉模糊。他轻轻地用碗片拨弄，一块腐肉脱落；再一拨弄，又一块腐肉脱落。拨弄到后来，腐肉脱落殆尽，只剩下筋与皮相连，森森白骨隐约可见，惨不忍睹。姓苗的锦衣卫官校举灯的手一直在颤抖，颤抖到后来，几乎举不起灯。灯火如豆，几经摇曳，终于熄灭。

“此事并不难做，无灯亦可。”杨继盛神情自若地说。

第四百八十章

聂豹升任兵部尚书的第一天，就遇到天大的麻烦。杨继盛疏中有严效忠、严鹄在广东冒功事，牵涉欧阳必进，欧阳必进奏辩。此事该兵部管，杨继盛的劾疏和欧阳必进的辩疏均下兵部。

以军功授官，是武选司的职掌，聂豹要武选郎中周冕酌处。

周冕抱着有关文牍去见聂豹。

“冠华，来龙去脉查清楚没有？”聂豹问。

“查是查过，可事有蹊跷。”周冕说。

“怎么？”聂豹问。

周冕把该事原委简略叙述一遍：“据查嘉靖二十七年通政司状：效忠年十六，因武会试未第，兵部发于两广军门听用。后欧阳都堂、陈爵爷奏平广东黎贼，遣效忠报捷。效忠因报捷而授锦衣卫试所镇抚，并非因军功而授官。不到一个月，严鹄奏言，其兄效忠曾斩首七级，应授副千户，而效忠今抱痼疾，请代其职。”

“冠华道蹊跷，蹊跷在哪里？”聂豹问。

周冕以一种奇特的目光观察他，像在观察一个陌生人。

“文蔚先生是不是但愿此事没什么蹊跷，竟连这么明显的纰漏也看不出来？”他微刺一句，略举数事，“严鹄为世蕃之子，人皆知也。他今年不足十岁，嘉靖二十七年，不过四五岁，杨仲芳所谓乳臭孩童，指的就是他。世蕃诸子，严鹄为长，人皆知也。世蕃什么时候又多出一个长他十余岁的长子？我详查过历年文案，初并未有严效忠者赴两广军门听用，其人显为诡设。此蹊跷之一也。本朝自太祖高皇帝始，从未有宰相之子孙送军门报效者，怎的今日忽将首相长孙送去军门报效？此蹊跷之二也。欧阳都堂、陈爵爷当年奏捷，诸将均未报斩获功，怎的就宰相家出来一位勇冠三军之长孙？此蹊跷之三也。通政司状称：效忠斩首七级，自己胫、臂亦受创，临阵差委奏捷。效忠至京日期，与欧阳都堂、陈爵爷写疏日期，相距不足一月。两广至京师万里之遥，以有病之躯，怎得如此神速？此蹊跷之四也。文蔚先生看蹊跷够不够多？不够的话，还能列举。”

“够多，够多！照冠华的说法，这篇复草是绝不能用。”聂豹说着，递与周冕一篇文稿。

文稿以兵部议复的口气写成，无非是支持欧阳必进的申辩，证实严效忠获斩级功确有其事，严鹄奏请代职有事例可依。

“文蔚先生，这是谁写的？”周冕气愤地问，见聂豹不语，他猜出其中奥妙，“我知道，欧阳都堂既辩过，东楼公子也该出面辩一辩。不过，欧阳都堂是自辩，东楼公子却想让兵部代他辩。文蔚先生说的是，这篇复草绝不能用。严东楼欲辩，让他自家去辩！”

聂豹知他性情直拗，无法勉强，于是说：“冠华要按查实者拟复，我也无可如何。但只可以武选司名义拟复，不可以兵部名义拟复。”

周冕的想法更彻底：“我连武选司的名义也不用，只以本人的名义拟疏，绝不使文蔚先生等受牵连。”

他因议事受过不止一次处分，这次议复欧阳必进辩疏，明显偏袒杨继盛，皇帝责他报复，下诏狱。聂豹以严世蕃为兵部拟的复草呈进。

刑部员外郎史朝宾怒气冲冲地找到本部尚书何鳌，质问：“巨卿先生，是我署司事，还是由哪位堂官屈尊署司事？”

何鳌字巨卿，浙江山阴人，正德十二年进士。

史朝宾说的堂官不是指何鳌，所以他不见怪。他还知道，所谓堂官者，指的是本部右侍郎王学益；所谓署司事，指的是给杨继盛定罪。王学益是江西安福人，不但与严嵩是江西同乡，而且与严嵩是姻亲，向严嵩献媚，唯恐不及。刑部议处杨继盛狱，他一定会有所表现的。

何鳌与严嵩的关系若即若离，不愿太亲近，也不敢太得罪。对杨继盛一案，他当然是避之则吉。

“应之署司事，是朝廷之命，怎会改由他人署之！”他说。

史朝宾字应之，福建晋江人，嘉靖二十六年进士，由刑部主事升员外郎。因本司郎中缺，由他署司事。

“那么，杨继盛之狱该由我议，还是该由哪位堂官议？”史朝宾问。

“既署司事，当然该由你议。”何鳌说。

“那么，哪位堂官出面说三道四，非巨卿先生之意？”史朝宾问。

何鳌笑了笑："我没有对你说三道四，自然也不会着其他堂官对你说三道四。不过，应之可否把你的拟议和哪位堂官的说三道四说与我听听？我虽不会说三道四，但刑部议处各案，总该知道的。"

"是，我正要向巨卿先生禀明，"史朝宾道，"我遍审杨继盛狱，以为他律皆不适用，唯可用奏事不实罪。"

"何谓奏事不实？"何鳌问。

史朝宾举一例："如奏严效忠为世蕃子，实则世蕃无此子。"

奏事不实，对科、道来说，根本算不得什么罪过，因为他们被允许风闻奏事。对部属官来说，奏事不实，就是一条罪状，但也是微乎其微的罪过。如果一定要给杨继盛定罪，奏事不实倒是最能使他解脱的罪名。

"哪位堂官大约以为不妥吧？"何鳌问。

"是。"史朝宾应道。

"他以为如何拟罪妥当？"何鳌又问。

"他只说以奏事不实拟之过轻，并未说当拟何罪；他还说：你欲徇名我不管，姑饶我老命，"史朝宾道，"巨卿先生看，他说的什么话！"

这话的确有失大臣风度，不过，也是发自内心，无须苛责。

"不错，我看也轻。"何鳌说。

史朝宾一怔，问道："那么，依巨卿先生，当拟何罪？"

何鳌欲言又止，几经反复，他说："更有一律可用，冠华，你试寻之。"

第二天，史朝宾去见何鳌，说："依巨卿先生之命，我又遍阅律、例。"

"可有所得？"何鳌问。

"无，"史朝宾道，"再三思忖，唯奏事不实律可用。"

何鳌只好自己说："诈传王旨律不可用吗？"

"诈传王旨律？"史朝宾简直哭笑不得，"杨继盛的疏本，我阅过不止一遍，不知老大人从哪一句话里看出诈传王旨？"

"冠华，你不要固执，"何鳌劝道，"圣怒不测，以奏事不实上其罪，皇上是不会答应的。刑部堂官，还有冠华你，俱毙亦无补。不如且顺皇上之意，定以重罪，然后设法解之。"

史朝宾坚不肯从。他说："老大人如是行事，岂不是草菅人命！"

刑部堂官与司官争执数日，不能定罪。皇帝催逼得急，何鳌、王学益终以诈传王旨律拟上，当绞。史朝宾另进一疏，称：杨某言虽诖误，心实无他，伏唯陛下悯其狂愚，谪发远戍，以全好生之德。

皇帝降旨，史朝宾降三级，调外任。他致书杨继盛曰：遇仲芳兄之事，当以死争；宾不死者，犹冀兄之不死也。

第四百八十一章

元江军民府在昆明西南，与昆明相距约八百里。正月，云南巡抚鲍象贤出兵征剿元江反夷。二月回师昆明，前为清军、复留任巡按的赵锦去向他道贺。巡抚、巡按相互牵制，容易发生冲突，但鲍象贤和赵锦的父亲赵埙是同科进士，因这一层关系，二人相处得还算融洽。

“复之先生师出而捷，可贺，可贺。”赵锦贺道。

鲍象贤字复之，徽州歙县人，嘉靖八年进士。

“多谢，多谢。”他连声应道。

“复之先生怎不贺我？”赵锦复道。

鲍象贤摸不着头脑，不得不问：“元朴何事当贺？”

“复之先生平定外贼，我弹击内贼，均为国家长治久安计。复之先生当贺，我亦当贺。”赵锦说。

鲍象贤担心的就是这件事。沉默片刻，他说：“元朴，好，你到底不肯负王时育之约定。”

“不仅与时育兄有约，仲芳兄也在激励我。”赵锦说。

鲍象贤在路上听到一个消息，正好向赵锦求证：“元朴，闻得杨仲芳以诈传王旨律论绞，此事确否？”

“确。”赵锦以一字回答。

“然则元朴仍要上疏？”鲍象贤问。

“是。”赵锦仍以一字回答。

“元朴的疏稿我可否一阅？”鲍象贤问。

“正要请教复之先生。”赵锦从袖里抽出疏稿，递与他。

开篇写道：

今者正月之朔，日有食之。夫日食之变，圣人书之以示灾。食在正旦，灾为尤重。臣愚，虽身在万里，而志切效忠，谨以天意验之人事。

朝廷因天变求言，臣下因天变陈言，乃是惯例。这段开篇之词应不会有差错，要在以天变验哪些人事。如以夷狄之变言之，也不会出什么差错。但赵锦一见面就说弹击内贼，全篇弹击的是“政权在臣下”“臣子背君父”。

他先论及内阁的演变：

我太祖高皇帝罢丞相，散其权于府部诸司，而总之于朝廷，此圣祖之虑，所以独超乎前代也。成祖文皇帝时，始命解缙、杨士奇等七人入值内阁，取其足以代王言，备顾问，而职轻员众，则无专恣僭窃之虞。洪熙中，杨士奇等始以东宫官旧恩，兼领保、傅。景泰中，王文复以保、傅之重，兼领冢宰。于是，内阁之权日以重，而祖宗之微意寖以失矣。列圣相承，循为故典，议者以为今之内阁无丞相之名，而有丞相之实，非高皇帝不设丞相本意。

“元朴，这一段敷演，你倒是写得条分缕析。”鲍象贤说。

赵锦指着另一段说：“读这一段，复之先生或不会称赏。”

那一段写的也是内阁权重，并直接点到严嵩：

陛下以为予夺悉由于宸断，题复则在于诸司，阁臣虽参与谋议，不过票拟取裁而已。臣本外臣，不知内事，至于嵩欺罔陛下之术，则固四方之所共知者。陛下见其外若无与，以为非招权者，而不知嵩意所欲，则挟制诸司题请，而莫敢不从。幸而洞察于圣明，则诸司代嵩受其罚；不幸而遂传于后世，则陛下代嵩任其咎。则有丞相之实而无其名，有丞相之利而无其害。

“一则无丞相之名而有丞相之实，一则有丞相之实而无丞相之名，遥相呼应，为什么不该称赏？”鲍象贤道。

“复之先生当真称赏？”赵锦追问。

“称赏是称赏，但请元朴勿上此疏。”鲍象贤说。

“这是为何？”赵锦虽在问，但显然已料到他会劝说。

鲍象贤说：“多少祸端，皆出自笔端。元朴要我贺你，我倒觉得，远离京师，是件可贺之事。元朴又何必引祸上身？”

赵锦摇摇头，说：“复之先生劝晚，贺晚，该疏已在途中。”

“走了几日？”鲍象贤忙问。

“三日。”赵锦道。

鲍象贤稍觉宽心，说：“还不碍事。我差快马，追的回来。”

“复之先生千万不可差人去追。若追回来，我再上疏，就要把复之先生也参一笔。”赵锦面色冷峻，绝非说笑。

鲍象贤叹口气，说：“元朴欲求祸，谁也拦不住，你好自为之吧。”

皇帝处分了王宗茂，处分了杨继盛，处分了周冕，处分了史朝宾，气未消尽，蓄怒以待言者。阅赵锦疏，皇帝批以“欺天谤君”四个大字，遣使至昆明，逮拿赴京。嘉靖二十六年的三名进士，从三个不同的地方上疏弹劾严嵩，掀起一股不小的倒严风潮。三人被治罪，朝野从此沉寂很长时间。

十、海寇狂嚣

第四百八十二章

屠楷是嘉靖二年进士，入宦三十年，几乎都是在南京度过的。自嘉靖二十年任工部侍郎以来，在南京六部间迁转，他一直坦然处之。但去年由南京吏部尚书改南京兵部尚书后，他开始觉得日子不好过。因为和南京其他衙门不同，南京兵部尚书参赞机务，负有实际的责任；而近年来东南海域不靖，海寇内扰，日趋严重。他须得参赞机务，可说句实话，又不知该从何处参赞起。各都司、卫、所军队，不由他调度；可以调度卫、所军的应天巡抚及复设的浙江巡抚，也不由他调度。

因此，听南京掌院都御史端廷赦的一席话，他深有同感。

端廷赦说："良植先生，以今日情势而论，江南宜设总督，宜以南大司马兼摄其职。"

屠楷字良植，是广西临桂人。

"由不由南本兵兼摄还在其次，江南总督一职是该设的，"屠楷回应道，想了想，他又补充，"不知朝廷何时能顾及此事。"

"朝中大老顾头不顾臀，想到此事还早呢，"端廷赦不无讽意地说，"良植先生不见，京师外城终于要动工吗？"

京师筑外城之议，始于"庚戌之变"后，朝廷几次下决心，又几次搁置。这次是兵科给事中朱伯辰上疏奏请，皇帝准允，命接替仇鸾总督戎政的平江伯陈圭、锦衣卫左都督陆炳、协理戎政的兵部侍郎许论等大臣提督工程。

屠楷以两指抚髯，微微摇头。不知他是对筑京师外城不以为然，还是对端廷赦的批评不以为然。

"南辕北辙，良植先生也觉此事好笑吧？"端廷赦问。

"非也，思恩先生不可小觑此举，"屠楷道，"京师乃国运所系，修筑外城，也是应该的。”

端廷赦字思恩，南直隶当涂人，正德十六年进士。

屠楷任职南京许久，说不上有什么政绩；但南京上上下下，对他略无微词，说起来，大概主要就是因为谨慎二字。行事谨慎，立言谨慎，对朝廷的举措，自然不会轻易批评。

端廷赦也不和他争辩，但应道：“良植先生说的是。”

不议朝廷的举措，江南之事仍要议。屠楷问：“思恩先生，松江府变故，可闻得一二？”

“良植先生是指张同知被杀一事吗？”端廷赦反问一句后说，“此事在南京城里纷纷扰扰，议论十余日，差不多家喻户晓，我怎会听不到！”

松江府同知张仲，江西南昌人，嘉靖二十三年进士。他家里有一妻一妾，和一般士大夫没什么两样；他宠爱小妾而厌恶原配夫人，和一般士大夫没什么两样；妻、妾不和，时常发生纠葛，和一般士大夫家也没什么两样。但他偏袒小妾，虐待妻子，却是一般士大夫做不出来的；他家大妇性情暴烈，也不是一般妇人可比。在经过几次冲突之后，终于发生家变，大妇采取极端手段报复，杀死张仲，并碎其尸。此案使得松江一府大为震惊，使得苏、常、扬、镇各府大为震惊，最后使得南京大为震惊。

端廷赦提及此案，屠楷说：“最毒妇人心，此一例也。”

“听说，这位张同知待其妻过于凶残，可谓酷虐。”端廷赦稍辩。

“再凶残酷虐，也不曾改变她大妇的身份吧？为何一刀取夫君的性命尚不罢休，还要千刀万剐！”屠楷心里，同情张仲的成分更多。

端廷赦点头称是，不再争辩。

二人又说几句闲话，屠楷忽然说：“思恩先生，松江府变故，我指的可不是张同知的家事。”

他说的突然，端廷赦问的也突然：“那是何事？”问罢，已有答案，“良植先生指的是松江大地之变吧？”

去年腊月，松江府地震。虽然并非大的地震，塌陷的地方也不多，但地震之后，华亭、上海两城，遍地生毛，一片一片，由城里向四郊扩展。其毛细如发，色彩斑斓。任谁放眼望去，都会心里发毛，比听人讲张家大妇戕杀、肢解张仲尤甚。

“不错，”屠楷应道，又问，“思恩先生还记得那两句话如何说的？”

端廷赦当然记得：“烧香望和尚，一事勾两当。”

“这两句话很有些意思。”屠楷道。

"有何意思？"端廷赦问罢，又有答案，"一事勾两当，一为地震，一为杂毛丛生。应于人间，一为张同知家变，一为海贼滋扰。良植先生，可是？"

"可不是吗！"屠楷顿了顿，说，"不过，我还要补说两句。一是，思恩先生，这次不该笼统地称海贼。前些年在沿海沿江作乱的，皆为我大明朝的叛民，称之海贼可也；称之倭贼，则混淆视听。今者在松江作乱的，主要是倭人，据报，海贼二百余名窜至金山卫，其中一百七八十名为倭人，该当名正言顺地称作倭贼。二是，这次的天人感应再准确不过。遍地杂毛，由城内生到城外，而三月初在松江府境内出没的倭贼，三月尾又出现在浙江沿海府、县。"

"所以——"端廷赦欲言又止。

屠楷替他说完："所以思恩先生说，江南宜设总督。设若倭贼由直隶海域流劫至浙江海域，由浙江海域流劫至福建海域，又由福建海域流劫至直隶海域，而我官兵事权不能统一，如何应对之？"

又说到南京兵部尚书、南京掌院都御史决定不了的事项，端廷赦苦笑道："良植先生，此事非你我可议决的。"

"是，是。"屠楷也知这是议而无益的话题，干脆再说一句议而无益的话。"宜以南本兵兼摄总督一职，不无道理。不过，须得一位才智之士，才能稳住局面。老朽非其人也。"

第四百八十三章

给事中钱薇革职后，开始还动动复出的心思；但屡荐不用，他心灰意冷，一门心思在海盐家中聚后进辈讲学。

这一日，众门人会齐。他说："昔者温、台海贼出没，与我邑隔着省城，故我邑上下都不把这件事放在心上；如今倭贼劫扰松江，松江与我邑近在咫尺，邑人可不能再不知警。尔等皆是我邑俊秀，更当以驱倭平盗、保境安民为己任。"

"谨记懋垣师教诲。"众门人应道。

钱薇习惯站着讲话。几句开场白后，他站起来说："今日与尔等专议倭事，尔等欲知何事，但问不妨。"

"老师，请讲一讲倭奴始末。"一门人道。

"好，这是该先知道的，"钱薇赞赏地说，"倭即日本，古称倭奴。其始有天材尊者，都紫筑。其子奇潋，自紫筑入都大和州。海中诸夷，以倭最大。至汉桓帝、灵帝间，倭始寇乱。故史籍载：倭奴自汉始。又有一说：徐姓者以童男女入海，托言求药，于是有徐倭之称。其曰日本，则始自唐咸亨初年。其使入我中华，贺平高丽，以倭奴名丑，更以日本。盖其国依东隅，近日出处。其国自汉以来，皆习佛，佛称世尊，其主亦称尊者，后更僭称神天王。"

师生均非专修倭史，点到即可。

另一门人出题："老师，请讲一讲历代倭奴通中国情形。"

钱薇讲道："汉武帝灭朝鲜，倭奴驿使始通中国。汉光武中元二年，奉贡朝贺，自称大夫，赐以印绶。魏景初二年，平公孙渊，倭奴遣使诣阙朝献，乃赐金印紫绶，封为亲魏倭王，此中国封王之始。正始八年，倭主与狗奴国相仇杀，来告急，乃遣椽史张政往谕，此中国通使之始。唐天宝中，倭王孝明，遣使入贡。因新罗为高丽所暴，贡使不敢由新罗入山东界，改行明越州，即今之宁波，此入宁波之始。宋雍熙元年，倭王遣僧大周然献铜器，及日本图、年代纪，明年附台州商舶而归，此浙人通舶之始。"

“请老师讲一讲倭奴于国朝入贡的情形。”又一门人道。

钱薇讲道：“洪武四年，倭国王良怀，遣僧朝贡。七年，复贡。以无表文，却之。十五年，遣僧来贡，因其与权相胡唯庸为奸，却其贡，将僧安置于陕西、四川各番寺，诏与倭国绝之，不与通。至三十五年复贡，朝廷敕令十年一贡，人无过二百，给与勘合百道为验。永乐初招徕四夷，名倭国之山曰寿安镇国山，制文勒石。此后或二三年，或五六年，贡无定期。倭使至，守臣奏请俯顺夷情，则报可。正德四年，倭之南海道细川高国，遣宋素卿入贡。宋素卿本宁波人，冒贡为奸，朝廷欲置重典，乃夤缘逆瑾，幸逃天刑。嘉靖二年，倭国王源义植幼，不能治国。于是，西海道遣宗设谦导等，南海道遣瑞佐、宋素卿等，各称贡使，舟泊宁波，互相诋毁，遂至弄兵，为地方大祸。这是三十年前的事，尔等纵未亲历，也该听父叔辈讲过。”

听长辈讲述过的门生，对嘉靖二年发生在宁波城外的变乱一无所知的门生，纷纷议论起来。

静下来后，有门生出一个新的题目：“请老师讲一讲倭奴入寇。”

钱薇讲道：“洪武二年，倭奴寇山东沿海郡县，波及淮安。五年，船二百艘，寇我浙省乐清。十六年，船十八艘，寇山东金乡及我浙省平阳，杀官军二十余人。二十七年，三十四年，及永乐二年，永乐十五年，皆有入寇。永乐十七年，寇马雄岛，都督刘荣大败之。嘉靖二年宁波变乱，都司刘景、千户胡源、百户刘恩等，或被杀，或被掠。此虽始于贡，而终于杀掠，乃入寇之尤甚者。”

“老师，洪武年间如何御倭？”有门生问。

“好，是该切入主题，”钱薇道，“洪武初年，圣祖令浙、闽造海舟防倭，又设总兵官出海巡视。十七年，召信国公汤和，谕曰：日本小夷，屡扰东海。卿虽老，强为朕行，视地要害，筑城增戍，以固守备。汤和沿海巡行，筑登州、莱州观海等城五十七座。民四丁取其一，为戍卒以守之。二十七年，遣都督刘德等巡视两浙海防。又敕魏国公徐辉祖、安陆侯吴杰，练兵浙海。一言以蔽之：防患于未然，洪武中方略也。”

“老师，永乐年间如何御倭？”有门生问。

钱薇讲道：“永乐初，因倭屡肆剽劫，遣礼部员外郎吕渊，谕日本还所掠海上之人。前者说到都督刘荣败倭寇，现再详述其役。刘荣守辽东，相度地形，于金缘岛西北之望海埚筑立城堡烟墩。一日，瞭望者言，见东南海岛举火，第二日，倭船三十余艘，直抵马雄岛，倭众蚁登，径奔埚上。刘都督率精兵，疾驰赴之，设伏山下，预遣马队，截其归路。步队迎战，举炮发伏。寇败，奔入樱桃园空堡。刘都督合军围之，俟其饥疲，放开一路。寇走，追斩之，无一得脱。一言以蔽之：重创来犯之寇，永乐中方略也。”

“老师，正统年间如何御倭？”有门生问。

钱薇讲道：“正统中倭奴入犯，劫仓库，焚室庐，积骸如陵，流血成谷，最为残忍。其掠得婴儿，则缚之竿柱，以沸汤浇之，听其啼号为笑乐；捕得孕妇，则相互忖度男女，刳视之，以决胜负，负者饮酒。朝廷于是议下备倭之令，命重帅守要地，增城堡，谨斥堠，大修战舰，合浙东诸卫之军，屯驻海上，分番防范。一言以蔽之：以兵威振于海表，正统中之方略也。”

“老师，至嘉靖年间如何御倭？”有门生问。

钱薇讲道：“查照先年事例，添设巡视浙江都御史，假以督军重权，兼制邻境。浙之先不设巡抚，盖以备御周密，海防宁静，倭夷商贡，稍遵约束。今考历年奏牍，不胜抢攘，虽欲循旧而不可。一言以蔽之：立重镇于海堧，扬军声于绝徼，嘉靖中之方略也。”

似乎没什么可再问的，沉寂片刻，一门生忽然问：“老师，彼倭势已遏，我方略已定，为何又酿倭患？”

“问得好！”钱薇赞道，“又酿倭患，皆因倭寇事体，今昔不同。国初倭患，虽遍于沿海一带，然止倭也。今华人习知海外金宝之饶，倭夷亦知我海畔之人，二者奸比出入，易与为市。况倭之来也，则诡称求贡，苟或海防弛备，即肆劫掠。闽、广不逞之徒，吴、越得利之家，外交内诇，为彼耳目。奸雄又多就中观望为去就，是故处倭奴之策易，处奸党之策难耳。”

“倭寇事体不同，制倭方略亦当不同吧？”一门生道。

“正是，”钱薇应道，“倭夷未变之初，潜杜其萌芽，不外乎三：一曰振海道之权以提其纲，二曰复市泊之司以通其情，三曰循水军之制以消其党。三者备，则制驭有机，夷心可弥。今倭患方烈，民之荼毒不小，倭之蹂躏已深。其既得志，未肯但已；群凶慕之，愿与为俦。若非痛加惩创，纵彼悔恨欲去，地方奸雄素从贼者，其心不安，必且鼓煽阻挠，而掣之肘。故当今方略，必在扬我之武而夺之气，必也请便宜之制，励军兴之法，严训练之方，官军取胜，易如反掌。”

“老师，制胜之术，以何者为贵？”一门生进一步问道。

“贵在选将，”钱薇说，“我浙省并非乏兵，并非缺将，但言之选将，无非世代为将，皆虚得其名。能言如赵括者，弗可听也；轻举如马谡者，弗可用也。必也精拣而专任者何人？其处已贵深贵沉而心机不露，其抚士有威有惠而训饬咸宜，其见敌知己知彼而进退合变，又且有慎重之心无幸功之念，有一体之议无专利之私。得斯人而将之，所谓可胜不可败者，既驱市人犹可用也。”

他说得如此慷慨，如此自信，众门生好似真的看到，倭奴已宾服，百姓已安堵，海域已平静。

一门生甚至问道：“老师，如何图善后之事？”

钱薇说：“倭奴之国有五畿七道三岛。其山东等道，田犹可耕，或无须借助于商贾。其南海等道，网鱼畋海，且以兴贩为业，不得不鹜于市舶。其窥伺我，得间则奋戎器，肆剽劫；不得间，则陈方物，称朝贡。边臣不察其计，乃听其贡，地方供应，实为劳扰，朝廷未纳其贡，吾已先受其害。但夷物亦中国所需，不如在选将励兵一鼓荡平之后，复立市舶，以通沿海之商，使海道宪臣监督之。至于物货之来，可照广东先朝旧规，抽取一二，余者责令诚实通事通融贸易。若其投倚豪家，负利起祸，则宪臣纠举之，罪作不宥。仍禁华人下海通番之弊。行此数者，可收征税之利，抑奸商之诱。”

门生十余人问，钱薇一人答；门生问一句，钱薇答十数句，数十句。不知不觉，半日过去，他脸呈倦容。众门生或是再没有问题可提，或是不忍心再问，或是问得累，或是听得累，皆静坐不言。

钱薇问：“尔等尚有疑惑否？”

“无之。”一门生答道。他是钱薇的大弟子。

“无之。”众门生随声附和。

“好，尔等不问我，我可要问尔等，”钱薇说着坐下，问道，“尔等共问多少题目，我共讲多少题目，可有人计之？”

一门生专心记录老师的讲授，由始至终没有开口。这时他数了数自己的记录，说：“老师共讲十二个题目。”

“有这么多？”钱薇开始不大相信，但自己略一沉思，便知此数目不谬，“讲得肚了都饿，可不该有这多！”

众门人欢笑。一门人道：“别说老师讲得肚子饿，我等听得肚子都饿。”

另一门人更正：“听时并不觉得肚子饿，听罢才觉得肚子饿。”

“彼此彼此，”钱薇道，“讲者肚子饿，听者肚子也饿，看来不能再讲。一件事讲十二个题目，也讲得够多。”见众门人已在活动手脚，他向一直在记录的门生招招手，道，“讲这许多，我自己已不知所云，可否借你所录文字一阅？”

那门生递过一摞纸，恭恭敬敬地说：“请老师审订。”

钱薇大致看一遍，说："很好，我略加改动，你们哪位辛苦一趟，代我送呈王民应都堂。尔等知道，我不喜欢纸上谈兵的人，我自己也不是纸上谈兵的人。既然对倭变有所思索，对御倭方略有所思索，就想有济于时局。我是圣天子的弃臣，不便写条陈，不便与朝廷命官交往。但浙省百姓望民应先生有所作为，我也愿助他绵薄之力。"

第四百八十四章

嘉靖三十二年闰三月，备倭福建都指挥卢镗率一队人马，赶赴嘉兴助守。王忬以浙江巡视而统领浙、闽备倭，有权调动两省官军。但卢镗闻风而动，还因为他受朱纨一案牵连，险些丧命；后来再被起用、并得晋升，多亏王忬的举荐。

军过宁波时，他只身过军门，拜谒王忬。恰巧宁、台参将俞大猷也在，卢镗与王忬行过礼，又与俞大猷行礼。

“卢将军来得好快！”听得出，王忬对他甚是嘉许。

“军情紧急，都堂召唤，不敢不快，”卢镗说罢，问道，“嘉兴那边倭情如何？我再不来，是不是要请俞将军出马？”

“原本有这个打算，想让他先去解槜李之急；你来后，替他挡一挡宁波的倭贼。”王忬解释他原先的计划。

“原本打算？是不是我来得太快，所以俞将军未成行？”卢镗问。

王忬解释：“那倒不是。俞将军未成行，是因为倭贼来得太快。前日突来一支倭贼，攻陷昌国卫，官军两日未能收复，昌国竟成倭贼四外侵扰的窝穴。于是，只好请俞将军前去收拾。”

“看来，宁波倭情之紧急，不下于嘉兴，”卢镗说着，问道，“要不要我暂缓向北，先协助俞将军剿灭昌国之倭？”

“我与他正议及此事。”王忬不说自己的主意，却向俞大猷瞥一眼。

“不必，”俞大猷说，“宁波倭贼，我自忖还可以对付。再者，嘉兴上接南直，下承杭城，关系实是重大。都堂自福建调一军往彼处，用心良苦，卢兄还是速速北上吧。”

卢镗不语，看着王忬，听他的决断。

“俞将军顾全大局，我还能说什么！”王忬道，“卢将军，你在甬城歇一歇脚，明日就北上吧。”

“既如此，末将不在宁波耽搁。今日天色尚早，还可赶一程路。”卢镗说着，起身揖道，“民应先生，在下拜别。”

“也好，你心不在此，我不留你。常听人道：太监急，皇上不急；今日还能将军急、督臣不急吗？”王忬道，俞大猷、卢镗二人大笑，他接着说，“俞将军也马上要去象山。你二人一去西北，一去东南，但愿不日都有捷报传来。那时，我再为二位将军摆庆功酒。”

“多谢都堂。”二人揖道。

王忬嘱咐：“嘉兴各县，海盐最近海，倭贼在嘉兴登陆犯我，海盐首当其冲。卢将军可径赴海盐，不必绕道府城。”

“是。”卢镗应道。

“还有，”王忬又嘱咐，“海盐乡贤钱懋垣先生有书函与我，畅言御倭方略，你到海盐后，请代我向他致意。懋垣先生宦途受阻，而报国之心不泯，好生令人敬佩。你有疑难，也可与他计议。”

“是。”卢镗应道。

十天后，王直、王激率部从海盐城外撤去。卢镗眼里一片迷惘，好似在他视野中逐渐消失的，不是人群，而是鬼蜮。他的部众不敢说训练有素，但在官军中敢说是能战的，但与贼人交手，怎么一下子就败下阵来？这是他的第一个困惑。贼人打败救援的官军，火烧海盐南门，明明得手，为什么忽地撤去？这是他的第二个困惑。

有人轻轻在他肩头拍一下。他一惊，回头看去，是钱薇。钱薇后面，跟着一班弟子。

“是懋垣先生呀。”他轻声招呼。

钱薇看着眼前的景象，感叹道：“好一场恶战！”

“懋垣先生在城上观战吗？”卢镗问。

钱薇手指前方，说：“不必观战，亦知战况。”

方才恶斗的场所，留下数百具尸体，主要是战死的官军，间或可认出死者为倭贼，或穿戴如倭寇的中原叛人。

卢镗说：“此役惨败于倭贼，足为官军之羞，国人之羞。懋垣先生亲馈干粮酒肉，恍若眼前事，我也愧对懋垣先生。”

“卢将军言重，”钱薇道，“卢将军说惨败，我看也不尽然。卢将军虽先一步到达海盐，但倭贼已在城外劫掠一两天。两军相遇，彼以逸待劳，占有先机。这是其一。官军死伤虽多，并非望风而逃，并非全无斩获。是在恶战中被杀被伤，并非在溃散中被杀被伤，且亦杀贼伤贼，足见尚可一战。这是其二。若非卢将军驰援，海盐恐难守住，一城之人将受荼毒。我官军虽受创，而城池保全，倭贼退缩。这是其三。有此三者，卢将军可谓功过相当。”

“多谢懋垣先生勉励，”听钱薇一番话，卢镗心里畅快一些。但钱薇的理解，远而言之，不是朝廷的理解；近而言之，不是巡视都堂的理解，不是巡按御史的理解。所以他说：“功过相当不敢望，朝廷若能对我辈效死疆场者体谅一二，我就知足。”

“朝廷能否体谅一二，我不敢说，但民应先生一定会体谅的。不过，”钱薇口气一转，说，“卢将军当年在福建剿灭海贼，名声大震，堪称宿将。以今日之贼与昔日之贼比较，有何不同，我也想略知一二。”

卢镗忆及往事，徐徐言道：“昔者我率官军突袭烈港，盘踞该岛者，皆为中土之人，倭人十不有一。兼有使用倭刀者，亦不见其勇猛。今与之战者，据我观察，倭人十占四五；倭人使用倭刀，神乎其技，一人可敌我三人、五人，乃至十人。”

“在卢将军看来，官军不敌，是因为倭人多？”钱薇问。

“那倒未必，只是倭贼以命相拼，比一般的海贼更难应付。”卢镗不完全承认，也不完全否认。

“倭贼亡命，并不可怕；官军失利，也不尽在于此。”钱薇说，“倭人使用倭刀，就算皆可敌我十人，数百人不过可敌我数千人，数千人不过可敌我数万人。卢将军想想：我堂堂中华帝国有多少人，有多少军？日本小国寡民，有多少人？窜至我沿海为寇者，又有多少人？难道倭人使用倭刀就真的那么可怕？”

“依懋垣先生看，可怕的是什么？”卢镗问。

“可怕的仍是国人与倭贼内外勾结，狼狈为奸。”钱薇说到这里，豪情顿起，“若朝廷能决心御倭，官军皆有安民保境之心，百姓皆知奋起，一二倭贼何足道哉！”

去外国盗易，去中国盗难；去中国濒海之盗犹易，去中国衣冠之盗尤难。朱都堂当年的两句名言又在耳边响起，卢镗道：“懋垣先生指教的是。”

钱薇不再多说，对身后的弟子们挥挥手。

“懋垣先生去作甚？”卢镗问。

“这些官军为保全海盐而死，我再尽一次地主之谊，把他等安葬。”钱薇涕泪横流、语音哽咽地说。

王激率领部众，向来走在最前面，但这时却一步慢过一步，落在后面。王直回转身寻找他，他更干脆停在原处不走。

王直往回走两步，问道：“海蜂，舍不得走吗？”

“我就是舍不得走！”王激发泄道，“我真弄不懂，偌大一座富庶城池，眼看就要攻下，五哥怎就舍得放弃？”

王直不动声色，平和地问：“海蜂，你真有把握攻下海盐？”

眼看攻下云云，不过是随口说说而已；有没有把握攻下海盐，王激并没认真想过。王直一问，他只能含混地说：“十成把握没有，七八成把握还没有吗？”

“七八成把握不行，九成把握也不行，一定要十成的把握。”王直果断地说。

王激略带讥刺地说：“我与五哥多年为伴，从未听五哥说过，做什么事要有十成的把握。”

“这次却要有。”王直不理会他的讥刺。

“五哥说出些理由来。”王激道。

“好，”王直应道，“卢镗卢大人因事得罪朝廷，下死狱，侥幸脱生。他深知战败唯有一死，必以性命相拼。所谓哀兵必胜，海峰道七八成把握是有的，我看，五成把握也未必有。”说罢，问，“这个理由如何？”

“五哥要我心服，还是口服？”王激问。

“自然要你心服。”王直道。

“若论心服，五哥的理由略嫌不足。”王激直言不讳地说。

“我知道你尚未心服，我还有个理由，”王直道，“就算海峰的话不错，攻下海盐有七八成把握，那又如何？卢镗有死而已，多半会选择战死。海峰会说：他在东南一带，也是能打仗的将领，他之死，足以震慑其他将领。海峰却不知，卢镗死于战事，朝廷必大加旌表，足以鼓舞其他将领。另则，朝廷寡恩，对败军之将，一定会惩处，轻则捉拿下狱，重则引颈西市，更足以令其他将领心灰意冷。海峰想，是让卢镗死在我等手里划算，还是让他死在朝廷手里划算？我及时抽身而去，一是不给他反败为胜的机会，二是不给他死于战场的机会。”

王激不等他问，连声称道：“妙哉，妙哉，五哥算计，我等不及！”

王直笑了笑，说：“海峰心服就好。不然，日后算起海盐的账来，我可包赔不起。”

“自家兄弟，有什么账好算！”王激说着，问道，“五哥，我们往哪里去？卢镗掌福建都司，他来浙东，福建不备，我们是不是南下？”

王直想了想，说：“你的想法很好；不过，不忙南下，我们先向北去，看能否和明山会一会。”

第四百八十五章

徐海未攻下太仓州，率部西行。将近昆山时，听到吴淞江边传来数名倭人的嬉笑声和一名女子的呵斥声。

“公子，你听。”贴身的亲信招呼道。

海寇登陆，不仅劫物，更要劫人，而于淫暴妇人一事，倭人尤甚。数人轮奸一人，行奸者兴奋，被奸者叫骂，司空见惯。如果说有什么让徐海感到意外，那就是在这荒郊野外，居然还能遇到行路的女子。

他侧耳听听，一笑了之。

“公子听不出那女子的声音？”亲信急问。

一经提醒，徐海再仔细去听，听出眉目。

“是她？”徐海又是惊喜又是疑惑。

“是她！”亲信十分肯定地说。

徐海一挥手，果断地说：“走，看看去！”

不等亲信回应，他调转马头，快速向江边方向驰去。亲信不敢怠慢，紧随在他后面；在接近江边时，又勒了勒马缰，跑到他前面。

江边有几名倭人，正在与一年轻女子纠缠。这几名倭人如若性急，早就把那年轻女子放倒在地，剥去衣衫，恣意蹂躏。但看得出，他们并不急于行事。他们像几只填饱肚子的猫儿在戏耍垂死挣扎的老鼠一样，戏耍那个女子。那女子两手抱住一个不大的包袱，护在胸前。一倭人要去握她的手，她奋力甩开，惹得其他倭人大笑；一倭人欲直犯她的前胸，她后退半步，用包袱上下遮拦，又惹得其他倭人大笑；一倭人绕到她身后，在她臀部轻轻拍一下，她向前半步，以一手左右支捂，更惹得其他倭人大笑。戏耍过足瘾，几名倭人挽起衣袖，眼看就要扑上去。

徐海等二骑恰好赶到，他在马上喝道：“且慢！”几名倭人稍一犹豫，他已跃下马来，三两步插到几名倭人和那女子之间。他的亲信也急速下马，三两步插到几名倭人和他之间。

倭人见只是二人，不放在心上。一个倭人傲慢地瞥他们一眼，用生硬的汉话问：“你们的，什么人，敢来坏我等的好事？”

徐海的亲信抢先开口：“他是我们徐公子。”

“徐公子，我等不知，我等只知徐首领；你的徐公子的话，我等不听，我等只听徐首领的吩咐，”那倭人说。

“徐公子就是徐首领。”徐海的亲信说。

“有何凭证？”那倭人不信，回头又问另外几名倭人，“你等看，他可是我等信奉的徐首领？”

“我等只识凭证，不认其人。”另外几名倭人说。

“你等要凭证吗？”徐海说着，从怀里抽出一把精巧的小型倭刀，道，“这刀，你等可识？”

一个倭人伸手去接倭刀，徐海的亲信喝道：“呔，这刀你也敢触摸！”

那倭人被唬住，手停在空中不动，嘴里却说：“不触摸也罢，我等总要辨认辨认吧。”

徐海不理会那倭人，突然倭刀出鞘，刀尖向前一伸，直取他的腰间。那倭人一惊，向后急退，谁知还是迟一步，挂在腰间的倭刀，连刀带鞘，从中断为两截，下面的一截咣啷一声，跌落在地。

徐海不动声色，道：“如何，可辨认出来？”

“果是徐首领？”那倭人迟疑地说。

“果是徐首领！”其他几名倭人应声说道。

几名倭人不管是否辨认清楚，显然是折服。他们一起躬身行礼，道：“参见徐首领。”

“平身吧。”徐海也变得谦和。

几名倭人头攒在一处，悄声议论几句。一直与徐海交涉的倭人问：“不知徐首领的，有何吩咐？”

徐海指了指女年轻女子，说：“放这小娘子，你等去吧。”

“可是，徐首领许诺过：掠得的财物，我等可分之；掠得的娘子，我等可享之。”那倭人看年轻女子一眼，不想就此放弃。

徐海抚摸着手中的倭刀，轻声慢语地说：“不错，我确曾许诺，掠得的娘子，你等可享之。”然后，用力将刀推入鞘中，坚定地说，“可是，这位小娘子却不可！”

“为何？”那倭人还要问个明白。

徐海的亲信冷笑一声："你等真是好笑！凭证也辨认过，首领也参拜过，还要多嘴。难道我家公子爷吩咐的事，必得说出个缘由不成？要不，"他顿了顿，戏谑地说，"你等谁再问一问他的凭证？"

几名倭人看了看徐海所持的倭刀，又互相看一眼，都不再多嘴。看来，那柄倭刀对他们确有威慑之力。

"我等愿听徐首领吩咐。"他们终于说。

待看他们去远，徐海才回过头来招呼那年轻女子："倭人无状，让张家妹妹受惊。"

那女子在万分危急之中得徐海援手，心里不知念了多少遍阿弥陀佛。她不是求菩萨保佑自己，而是求菩萨保佑自己的恩人。求菩萨保佑自己，不知菩萨有没有心思管；但她知道，眼前这位恩人无恙，自己才能无恙。倭人怏怏而去，她没即刻向徐海致谢，因为没想好该唤公子，还是该唤首领。现在听徐海唤自己"张家妹妹"，不由大惊失色；在大惊之下，也知道该如何称呼对方。

"恩人认得小女子？"她问。

徐海摆摆手，说："不要唤我恩人。"

"那我唤你什么？徐首领吗？"那女子有些调皮地问。

徐海摇摇头。他的亲信也有些调皮地说："他能做那些倭人的首领，怎么能做你的首领！娘子自然该唤他徐公子。"

"是吗？"那女子问的是徐海。

徐海又摇摇头，说："你有过一个徐公子，还想再有个徐公子吗？"

那女子更加吃惊，不敢再笑侃。

"你，你也认得徐公子？"她紧张地问。

徐海答非所问地说："我知道你姓张，却不知道你的芳名。"

"小女子名少华。"那女子忙道。

"好响亮的名讳，简直不让须眉！"徐海赞罢，又自语，"我知道姑苏有一徐公子，可也不知其详。"

那个自称张少华的女子脸色一下变得阴沉。她说："他曾是小女子的夫君。还欲更知其详乎？"

"不欲，"徐海想知道的只有一事，他问，"为何道曾是？他难道故去不成？"

"我想他速死，可惜未能如愿。"张少华恨恨地说。

徐海听她幽怨恶毒的口气，不由一怔，随即说："这倒是欲知其详。"

“既知小女子姓氏，又知姑苏徐公子，想必也知道我是如何嫁入徐家的吧？”不等徐海回答，张少华讲起了嫁入徐家以后的经历，“小女子自嫁入徐家后，如鸟入牢笼，终日郁闷不乐，以至夜寝前早起后必要诅咒他速死。”

为什么郁闷不乐，为什么咒其速死，她没有说。徐海想起数月前在苏州酒楼里听到的故事，估计她是因为再也见不到沈郎，而且知道沈郎是被徐公子打发走的缘故。但他没有问，也没有把自己的想法说出来，只是听她述说。

大户人家，姬妾成群。徐公子新娶张少华，宠爱有加，引起其他姬妾的嫉妒。有人知道了她的诅咒，密告徐公子。徐公子一次不信，两次不信，后来渐渐相信；加之日久生厌，更渐渐对她疏远。张少华原本只是郁闷不乐，被疏远后，更增添怨愤，于是变本加厉地诅咒。徐公子终于忍无可忍，将她逐出。

张少华没有其他谋生手段，只得再入娼门。一来靠的是年轻美貌，二来靠的是琴技歌艺，虽算不得大红大紫，门庭若市，至少也算得风光依旧，不愁生计。

不料，过不多久，有一冤家找上门来。你道谁人？原来是曾与她结过情缘的周生周仕。周仕是听闻张少华复出后寻上门来的，张少华简直无法相信，他就是昔日的周生！只见他脸上刺的字虽已消去，但化脓后结的疮疤布满半张脸，看上去不是让人同情，而是让人厌恶。挽起衣袖，则是一处一处的伤疤，甚是恐怖。他身上其他部位没有看到，想来也不会少。他来寻张少华，一分是旧情，九分却是因为已到穷途末路。

张少华自从定情沈郎，对他的情分就已了断，见他这般模样，更不会接纳；不但作为旧日情郎不会接纳，作为亟待救济者也不会接纳。她知道，一旦让他上门，以后的营生将做不下去。

周仕求助无门，一怒之下，竟在张少华租用的宅院外自缢而死。张少华闻讯，怕受牵连，收拾细软，独自一人逃出苏州城。昆山距苏州不远，又有熟人，她想先去投奔，等周仕的案子平息，再回苏州。谁知半途碰到几个该死的倭贼。

倭贼二字一出口，张少华后悔不已。倭人称徐海首领，他无疑也是倭贼。自己倭贼倭贼地叫，他会不恼怒吗？

对她的述说，徐海未置评语，也没有恼怒。他在想自己的心思。

他的亲信却喜形于色，对张少华说：“离开徐公子就好，离开徐公子就好了！我家公子——”

接下来无非是我家公子仰慕已久之类的话，他不敢贸然说出来，而是先看徐海一眼。徐海的眼神分明在告诉他：不要多嘴。

“张家妹妹不是问怎样唤我吗？”徐海已想好说法，“我既唤你妹子，你何不唤我海哥，或者明哥？”

“我家公子字明山。”亲信代他解释。

不让唤首领，表示不打算收她做压寨夫人；不让唤公子，表示不打算收她为姬妾。张少华明白她的心意，顺从地说：“是，海哥。”

“我们走吧。”徐海吩咐他的亲信，也是在邀张少华。

“海哥要我随你去？”张少华问。

徐海点点头：“妹子随我去见一人。”

“去见谁？”张少华问。

徐海以问作答：“有人馈赠妹子一块玉珮，上有‘珠联璧合’四字，妹子还带在身上吗？”

张少华料定他无所不知，不再惊诧。她随口回答：“我喜爱那块玉珮，一直带在身上。”

“这就是所谓缘分。”徐海欣然言道。

张少华这才知道，徐海不收她做压寨夫人，不收她为姬妾，原来是要把她送与他人。她不知道这是一个什么样的人，但是，他毫不经意地把一块价值连城的宝物送与自己，而且连见一面的要求都不提出，可见此人甚是豪爽；徐海对自己未必不动心，却甘愿为他作嫁衣裳，可见此人在他心目中分量很重。

她还想多知道一些，问道：“海哥识得他吗？”

“岂止识得，他是我兄长。”徐海说。

“可我并不识他。”张少华说。

“不碍，”徐海说着，吩咐亲信，“告诉我妹子，五哥是何等人物。”

说罢，他跨上马，慢慢驰去。

亲信很会介绍，先问一句：“娘子看我家公子是何等人物？”

“大英雄。”张少华说。

“那你想，我家公子的五哥会是何等人物！”亲信边说，边催促，“娘子请快上马吧，我家公子在前面等着呢。”

他把自己的马让与张少华，自己在前面牵着缰绳，心里暗自抱怨：公子又不想娶她回岛，却要我来伺候她，这是怎么说的！他只想快些赶上大部，为自己再寻一匹坐骑。

第四百八十六章

常熟知县王鈇着差役请主簿李宗昭到后堂议事。县主簿是正九品职官，其实只差半步就跌为吏，和知县的区别，就像诸生，至多是举人，和进士的区别差不多。老公祖传唤，李宗昭不敢怠慢，匆匆赶来。

后堂摆一桌酒席，王鈇正在踱来踱去，显然是在等他。这让他不安且有些吃惊。

王鈇对他倒是很客气，见他入室，招呼道："李先生来得好快！"

李宗昭垂手而立，问："德威公唤下官来，有何吩咐？"

王鈇字德威，浙江东阳人，嘉靖二十九年进士。他指着桌上的酒菜说："也没什么特别的事，只想与李先生小酌两盅，说一说话。李先生还记得吧，我是去年的今日到常熟任上的。"

李宗昭略一思忖，拍着脑门说："可不是，德威公来我邑整整一年！只身赴任，无亲眷在此照应，也真难为德威公。本该下官约同僚，公请老公祖一回。"

"那倒不必。人多，反而不便深谈，"王鈇说着，让道，"李先生请坐，待我为你斟酒。"

"不敢，不敢。"李宗昭连揖几揖，这才就座。

王鈇为他斟上酒，又为自己斟上酒，举起酒盅邀道："李先生，请饮此盅再用菜。"

"是，"李宗昭举起酒盅，不过没马上就饮，"德威公，你曾有言，轻易不饮酒，饮酒必有说法。今日这酒，也有说法吧？"

王鈇摇动着酒盅，说道："江南局势险恶，本官在任一年，虽无大功，亦无大过。这个说法如何？"

李宗昭摇头不语。

"怎么，是为亦无大过，不值得饮一盅？"王鈇稍觉不悦，或者故做不悦状。

"非也，"李宗昭不慌不忙地说，"下官之意，德威公在吾邑一年，不是亦无大过，而是确有大功。"

“确有大功？你不是在奉承我吧？”王鈇笑道。

“德威公到常熟一年了，下官为德威公办事也一年，德威公观下官可是阿谀奉承之人？”李宗昭亦笑道。

二人开怀大笑。王鈇说：“李先生所谓大功，我知道指的是什么事，我自忖也是一件功德之事。称之为大功，或许有些过分。我想，至多算作半功吧。”

“德威公所谓半功，我也知道何所指，那几个人如果真肯效死力，才可称作全功。”李宗昭说着，把酒盅移至嘴边，“德威公，我看这一盅酒可饮。”

“你是说，他等一定会践约效死力？”王鈇问。

“是，”李宗昭应道，“他等每与下官谈及德威公再生之德，无不感激涕零，无不摩拳擦掌，故下官知道，他等一定会践约效死力。”

“好，李先生的话虽不尽然，这盅酒却是不妨饮的。”王鈇示意，二人这才喝第一口酒。

常熟位于大江和太湖之间，多水，北有福山浦，东有白茆浦，东北有许浦，西北有奚浦、黄泗浦，合称五大浦，皆太湖水流淌形成。王鈇、李宗昭说的那几个人，是盘踞在湖滨低洼处的奸豪之家。太湖水域多有盗寇出没，奉这些奸豪之家为宗主。

王鈇把处置那几个人当作第一等大事，不仅因为他们庇护、操纵盗寇，已对常熟治安构成威胁；更因为看到，他们若和倭贼勾结，后果不堪设想。对他们的处置，既是治理已经形成的乱局，更是防范将会面临的更严重的乱局。

常熟境内有四处巡检司。以其兵力，扫荡濒湖盗贼固然不足；出其不意，将濒湖的奸豪锁拿到官却是办得到的。王鈇没有这样做，他以礼相待，把他们请进城来，请到衙门里，晓以利害，而尽赎其前罪。今年以来，倭情日以紧迫。王鈇又把他们请到衙门里，对他们说：“尔等罪有百死，我不加刑，以有缓急也。一日倭寇袭来，尔等何以报我？”他们愿效死力，就是在这时表示的。

李宗昭饮过酒，径自发呆，酒盅也忘记放下。

“李先生，请用些菜。”王鈇招呼道。

“是，是，”李宗昭心不在焉地吃一口菜后，问道，“德威公方才说我的话不尽然，是担心他等仍不足信吗？”

“非也，”王鈇并非为这个担心，“我所谓不尽然，指的是只听其言，尚未见其行。我欲让他等各率子弟，协守城池，以观其真心。李先生，你看可使得？”

“这个——”李宗昭踌躇。

难怪他不敢轻易作答。这些奸豪之家都是大家族，族中子弟，少则十数、数十人，多至百人，数家子弟集中起来有数百人。他们如果作起乱来，靠县衙里的公差是无法收拾的。

“李先生不必多虑，岂不闻用人不疑？”王鈇反来说服他。

“是，”李宗昭应一声，问道，“德威公要下官做什么？”

王鈇确有事交他去办：“我是想烦劳李先生去他等各家，转达我起用他等之意。”

“好，我今天就出城，”李宗昭答应得很爽快，他看着王鈇第二次斟酒，似在自语，又似在询问，“他等若慨然应允，德威公以前的举措，可称作全功吧？”

“虽不尽然，这盅酒却不妨饮。”王鈇说。

李宗昭饮酒，并问：“德威公仍道不尽然，可是担心他等不堪用？”

“非也，”这也不是王鈇所担心的，“他等肯效死力，将守城之责托付与他等，比托付与官军，我还要放心。若是不守，恐怕是天意。不过，倭贼来时，仅靠血肉之躯与之周旋，并非长策。岂不闻古人云：欲成其事，必利其器？”

“德威公是说，要多备兵刃？”李宗昭道。

“此其一也。”王鈇说。

“要多备火器？”李宗昭道。

“此又其一也。”王鈇说。

“德威公是指，要修筑城垣？”李宗昭道。

“不错，此乃当前急务，”王鈇说，“前几日，倭贼侵犯上海，据说把县城烧去大半。有司痛定思痛，方始加紧修建城垣。我们何不抢在倭贼之前，先固我城垣，以备其来？”

“甚是，”李宗昭应道，又问，“那么，德威公要下官做什么？”

“请李先生速去速还，与那几个人联络好，回来与我一起筹划修城之事。”王鈇吩咐。

“是。”李宗昭应道。

李宗昭带着家人李安出城，行不多时，猝遇一队倭贼，有一二十人。按照李安的意思，掉头就跑。他二人骑马，那一二十人步行，一定追赶不上。但李宗昭豪情大发，道：“彼客我主，焉有主人避客的道理！”一伸手，“快取弓来！”

李宗昭善射，每次外出带着李安，主要就是给他背弓箭。李安十分不情愿，可还是把弓递过去，随后又递过一支羽箭。李宗昭接箭时，他提醒：“老爷小心，箭头煨过毒！”

“我嘱咐你煨的毒，还会忘记吗！”李宗昭道。

说着，搭箭上弦，瞄了瞄准头，一箭发去。对面一人额头中箭，只见他怪叫一声，想拔去羽箭；可手臂还没抬起来，人向后倒下。趁着倭贼慌乱之际，李宗昭又接连射出两箭。敌阵中，一人被射中咽喉，一人被射中胸部，亦即刻死亡。等到李安递过第四支箭，倭队中有人大叫一声，倭众四散逃命。

“几日不见老爷试射，谁知老爷的射术愈发老道。”李安赞道。

李宗昭挥去脸上的汗水，说：“此乃天助我也！你想，第一箭如果射不中，你我还保得住性命吗？”

李安一想，可不是吗：第一箭射不中，倭众肯定会一拥而上。那时想战，寡不敌众；想逃，退路也会被堵截。他心中暗叫侥幸。

他却不知道，李宗昭也不知道，这一箭射出，也为常熟一城人博得头彩。那一队倭众是奉徐海之命，来常熟侦伺的，他们回去后，无不说常熟人厉害，不可轻犯。徐海虽则半信半疑，还是暂时放过常熟，率部劫掠其他郡、县。王鈇这才得以筹饷聚众，加固城池。

第四百八十七章

方一入秋，就接到北边警报。七月初一日，朝廷做好防秋的安排：一是京师九门列营以待，二是命户部左侍郎马坤治饷，三是遣将分屯昌平、顺义、怀柔等处，四是征山西老营堡游击刘承惠赴良乡。大司马聂豹对少司马杨博说:“今秋又不得安生。”

果不其然，七月十六日，俺答部大入山西，与山西总兵官李涞对峙于永安堡。这时，如果援军及时赶到，未必不可一战，但驻于黄土沟的大同总兵吴汉，驻于黑石岭的宣府总兵刘大章，皆观望不进，致使山西官军大败，套虏得以大掠山西境内。

李涞在和套虏交战中当然不会一无斩获，宣大总督苏祐极力掩盖官军败绩和套虏恣肆劫掠，又极力夸大官军斩获，竟以大捷呈报。朝廷还来不及为之庆贺，巡按御史毛鹏的劾章又至，将官军失败及督、抚掩饰失败的内情公之于众。

皇帝命兵部议复。

聂豹和杨博坐在兵部衙门的后室，就是在议论这件事。

“允吉先生不是没有分寸的人，怎么做出这等荒唐事！”听杨博的口气，七分是抱怨，三分是同情。

“虽然荒唐，只怕苏允吉也有他的苦衷呀！”聂豹与他相反，三分是抱怨，七分是同情。

“怎么，文蔚先生打算替他担待？”杨博问。

“唯约是不是要说，我是个没有分寸的荒唐子？”聂豹笑道。

“岂敢！”杨博一揖，“文蔚先生自然知道，这件事是担待不起的。”

“担待不起，可也不能落井下石，是不是？”聂豹道。

杨博与苏祐非友非雠，绝无落井下石之意；但听了聂豹的话，脸色还是微微一红。“文蔚先生可有善处之策？”他问。

“已有一策，不知保不保得住苏允吉，但绝不至于让自已去担待不能担待之事。”聂豹说。

“可否告之一二？”杨博是好奇，也是关切。

聂豹本要说的，话临到嘴边，又改主意：“此事有些奥秘，唯约，还是交与我一人处置吧。”

“是有些麻烦吧？”杨博换种说法，“文蔚先生要晚生置身事外，是体恤晚生，晚生还有什么好说的！”

“此事我来处置，你不相争，甚好；不过，唯约，另有一件事要请你处置，你也不要推辞才好。”聂豹又说。

杨博立即猜到：“文蔚先生可是要我处置河南的变故？”

“当今精明干练之士，无过唯约者！”聂豹不无赞叹地说，“大司马这把交椅，迟早是你的；而且，在应宁先生、德华先生两位老前辈之后，我看再无其他任司马者在你话下。”

杨博连连作揖：“文蔚先生这样说，折煞晚生！文蔚先生这样说，折煞晚生！而且，”他口气一转，说道，“厚人薄己，也不合文蔚先生的性情呀。”

二人呵呵一笑。

所谓河南的变故，是指在河南起事的师尚诏。师尚诏原本是个私盐贩子。贩私盐利润极高，风险也极大。欲行此勾当，一要有胆略，二要广结交。师尚诏有胆略，在贩私盐中又结识一干强人，渐至公然与官府抗衡。等到官府正视他的势力，准备加以围捕时，他已于归德府柘城打起造反的旗号。不过，开始时，他只想到自保，只限于在柘城周围行劫，并告诫部众，不得冒犯读书人家的子弟。一次在他外出行劫时，城里一少年不知是为报复，还是另有缘由，竟闯入他家中，奸淫他的妻子，据城与他相争。师尚诏攻入柘城，杀死那个比他还要狂妄的少年，从此不可收拾，接连攻陷附近的鹿邑、太康等县。使整个河南乃至使朝廷震惊的事件，是师尚诏在不久前率部攻陷归德府城。

“唯约，中原乱起，马虎不得。”聂豹提醒道。

“理会得，”杨博应道，“南司马潘公，致函朝中大老，有‘守江不如守淮’之语，他所担心者，乱贼将扰凤阳也。”

他说的南司马潘公，即接替屠楷掌南京兵部的潘潢。师尚诏向凤阳及沿淮河地区移师的消息，现在已经传到京师，同样使朝廷重臣，如聂豹、杨博等，忧心忡忡。

但聂豹要杨博处置河南的事，并不是要他亲赴河南弹压敢于反抗官府的狂徒，而是要他议复对河南巡抚谢存儒的参劾。在师尚诏欲起事而未起事之际，谢存儒一味安抚，使他得以坐大。师尚诏反军声势既大，科、道官对谢存儒是一定要加以弹劾的。

所以，对河南的局面，聂豹浅谈即止，他想叮嘱的是对谢存儒的处置：“唯约，河南之事与山西之事，有相同之处，也有不同之处——”

“理会得，”杨博打断他的话，掰着手指说，“这第一嘛，担待不起的事情不要担待；这第二嘛，不能担待之事，也不要落井下石。”

聂豹不再多说。

聂豹的善处之策，说起来很简单，他没有直接替苏祐分辩，也没有直接反驳毛鹏，而是把山西的斩获之功一股脑归于上苍，归于皇帝。他在议处山西防秋的奏疏中写道：寇虽有所掠，而我师斩获过当，实上玄垂佑，陛下威灵所至。宜择吉祭告，论功行赏。

皇帝阅疏大喜，赏赐本人、荫及子弟者不下数十人，苏祐升兵部尚书兼右副都御史，聂豹本人也加太子少保衔。

聂豹的善处之策能够成功，除投皇帝所好，还因为他是严嵩的同乡，与徐阶又有一层特殊的关系，因此可得内阁助言。杨博就没那么幸运，或者说，谢存儒就没那么幸运。朝廷降旨，将谢存儒及归德知府免职。这时，谢存儒已被廷推为南京兵部侍郎。

第四百八十八章

吏部尚书万镗在衙门后面治一桌酒席，专请严世蕃。约好的时辰快到，他亲自在衙门外恭候。严世蕃不知是被什么事情绊住，还是根本没把这次的约会当作一回事，迟小半个时辰才到，害得这位主人回衙门里也不是，留在衙门外也不是，很是为难。

严世蕃的轿子一停，万镗迎出去。

严世蕃下轿行礼，口称："给世伯请安。"

万镗忙说："不敢，不敢！东楼驾临，幸甚，幸甚！"

严世蕃又说："家大人命小侄问候世伯。"

"多谢，多谢！介翁可好？"万镗说着，与严世蕃携手走进衙门，他问，"东楼，先在堂上坐一坐，饮一杯茶，还是径去后室饮酒？"

"茶已在衙门里饮够，去饮酒吧。"严世蕃说。

二人入室坐定，在一旁侍候的家人欲为宾主斟酒，万镗挥袖，命他等退下。他擎起酒壶，自己起身斟酒。

"且慢！"严世蕃随他站起。"饮酒前，世伯可有什么话说？"

万镗稍一犹豫，道："饮酒就是饮酒，并无话说。"

"是饮酒前并无话说，还是饮酒中亦无话说？"严世蕃又问。

万镗不必犹豫："是饮酒前并无话说。"

"那么，饮酒中有话要说？"严世蕃解释他为何有此一问，"不瞒世伯说，小侄近来饮酒，立些规矩：一是自始至终没话说，只管饮酒，饮得恰到好处，起身就走；一是饮酒前有话要说，等他说过，再定这酒能不能饮；一是饮酒中有话要说，小侄必言之在先，饮酒中说过的话许过的诺是不算数的。好教世伯知道，这是和别人饮酒时定下的规矩，和世伯饮酒，不在此列。来，世伯，小侄领受赐酒。"

说罢，他把酒盅举起。

万镗边斟酒边说："东楼不以老夫为别人，老夫感激不尽。"

二人饮过。严世蕃说："这盅酒借花献佛，算我敬世伯的。"

"不对，不对，是我敬东楼的。"万镗分辩。

"岂有尊长先向晚辈敬酒的道理！"严世蕃道，"世伯不容小侄略表敬意，这酒小侄不敢饮。"

也没有喧宾夺主的道理呀！如果说，以前的严世蕃粗俗是粗俗，不学无术是不学无术，可那一份聪明，那一份机警，还让人觉得可爱；那么，现在的严世蕃，他的聪明中机警中也带着一份粗俗，带着一份不学无术，带着一份蛮横霸道，实在让人生厌。

万镗这样想，却不能这样说。他说的是："我敬东楼，东楼不肯受，东搂敬我，我不敢受。乞东楼有以教我。"

"这却不难，"在别人没主意时拿个主意，严世蕃习以为常，"世伯敬小侄，小侄不能受，何不改为遥敬家大人？"

"原该如此，是我疏忽，该罚一盅。"万镗自己饮一盅，甘愿受罚是假，掩饰心里的不快是真。

"小侄的主意，好歹小侄也要陪饮一盅。"严世蕃道。没有人劝，是他自己抢着喝一盅，倒好像万镗真的该受罚似的。

万镗计较不得，抹了抹嘴，问："东楼，介翁近日对吏部可有训示？"

"家大人对吏部没说过什么，对世伯却有些批评。"严世蕃说。

"为的何事？可是为会推郧抚之事？"万镗忙问。

督、抚召回和推举新的督、抚，是吏部经常要办的事务。对于新任督、抚以前的政绩优劣，是否胜任，通常会有些议论。但上月，郧阳巡抚沈良才召回朝廷任大理寺卿，会推新的郧抚，却惹出很大的麻烦。这也正是万镗欲请严世蕃调和的事情。严世蕃的话与此似有联系，万镗自然不会放过。

严世蕃却岔开："全无干系。家大人不过是两句闲话，不说也罢。万世伯，小侄还有个主意：什么你敬我酒，我敬你酒，皆为虚套，不如我与世伯开怀而饮，互不侑觞，如何？"

"甚好，请便。"万镗心不在焉地应着。

他一心要找个机会，问清楚严嵩对他有什么不满。可严世蕃就是不给他机会，赞过酒香美，又赞菜可口；赞过某菜可口，又指出某菜尚有不足，某菜尚可改进。急得万镗恨不能先将他的嘴封堵住，再亲自把他的嘴撬开。

酒饮够，菜吃够，话也说够。严世蕃这才注意到身边主人的神态："万世伯，是不是有话说？”

“东楼——”万镗欲言又止，大约是怕再碰个不软不硬的钉子。

“世伯但说不妨，世伯只与我约定，饮酒前并无话说；饮酒中想起什么，是可以说的。”严世蕃有意显示他的大度。

万镗不再遮掩：“东楼道可以说，我就直言。除会推郧抚一事，不知我近日还有什么过失，让介翁不悦？”

“世伯真的不知？”严世蕃反问。

“真的不知。”万镗说。

“世伯真的想知？”严世蕃又问。

“真的想知，还乞赐告。”万镗说。

严世蕃又给自己斟一盅酒，不慌不忙地说：“家大人确实有几句话，可也没有世伯想得那么严重。家大人不过议道：大冢宰体貌甚隆，世伯不该对那些翰林小子们过谦。”

过谦是客气的说法。实际上，万镗想象得到，严嵩可能说的是“妩媚”“卑恭”或类似的词句。

其实，“妩媚”也好，“过谦”也好，事出有因，并非万镗一人如此。非翰林不入内阁，是多年来逐渐形成的格局。虽然在特殊形势下会有所变化，如当年的议礼新贵张孚敬、桂萼，后来的夏言，都不是翰林出身，但即便那时，仍是翰林出身的阁臣居多。而在那以后，选举阁臣又恢复常规。因此，中进士的士人，还要再考庶吉士；入馆的进士，还要争取留在翰林院。因此，翰林官自视高人一头，其他官员也视其高人一头。

不过，话说回来，吏部尚书领袖群臣，到底不是一般的其他官员。历来的吏部尚书，没有像万镗这样礼下翰林官的；历来的翰林官，在吏部尚书面前，没有不以晚辈自居的。万镗与翰林官竟以均礼相见，使朝廷的格局又为之一变。

万镗非翰林出身。他任吏部尚书，论资历够，论声望却差得远。他任吏部尚书，得力于严嵩的推举。因此，在这位同年兼同乡的首辅面前，他一直是“过谦”的，并由对首辅的“过谦”发展到对翰林出身的各部堂官的“过谦”，发展到对一般翰林官的“过谦”。他原以为持这样的态度会取悦严嵩，没想到反而引起严嵩的不满。

“这件事，介翁也曾对我婉转提及，我还以为——”万镗欲加辩解。

“世伯以为，家大人欲维护世伯的威严，是不是？”严世蕃不客气地说，“殊不知，家大人要维护的是大冢宰的威严！”

“东楼说的是，”万镗不再辩解，“请禀告介翁，我已知错。”

“好，”严世蕃站起来，摸摸肚子，拍拍手，说，“世伯请我饮酒，我透露家大人密语，两不欠情。小侄告辞。”

“言之差矣，透露介翁密语，是我欠情；东楼肯应约来饮酒，也是我欠情。我共欠东楼两份人情。”万镗说着，让了让，“东楼不忙走，请再坐片刻。”

“世伯可是要再欠我第三份人情？”严世蕃一屁股坐回去。

“不错。”万镗道。

“可是为推举郧抚之事？”严世蕃问。

万镗叹了一声，说：“为选一抚臣，致使我两面被攻，真乃始料所不及。东楼，你和元质是兄弟，还望劝一劝元质。”

这一次会推郧阳巡抚，推出通政使赵文华，已说不出谁是始作俑者。消息一传出，兵科给事中朱伯辰立即上疏，称赵文华不堪此任。他给赵文华的四字评语是：邪媚奔竞。直接弹劾的虽然是赵文华，而推人不当，责任则在吏部。这是万镗说的两面被攻的第一面。

对科、道的此类纠劾，皇帝有时理会，有时不理会，全凭一时心潮所至，朝臣们见怪不怪。这次皇帝不但理会，而且明令吏部另推。这出乎许多人的意料，也使不少人感到快意。

赵文华不是第一次被劾，如果皇帝不理会，他也不会理会；皇帝既然理会，他就不能不理会。试想，这次会推巡抚，因科、道之言作罢，下次会推部、院堂官，科、道再弹劾，又作罢，岂不是断绝他进身之阶？他知道，把矛头对着朱伯辰，一面自辩，一面反参他一本，是不明智的。因为皇帝既命另推，显见是采信他的话。要想摆脱尴尬的局面，只有把矛头对着万镗。于是，他也说会推不当，万镗有私。这是万镗说的两面被攻的第二面。

赵文华在辩疏里写道：通政使例不推外，万镗推臣巡抚郧阳，意在出臣；推臣后万镗又唆使言官论劾，是必去臣而后快。万镗以侍郎进尚书，未得一品，心怀怨愤，而迁怒于臣。

三公为正一品，三孤及太子太师等为从一品。大臣在世时进封太师、太傅、太保，早已不得其人；所谓未得一品，是指没加少师、少傅、少保及太子太师、太子太傅、太子太保等衔。时部院大臣无一人加一品衔，万镗为何而口出怨言；为什么别人都不知道他的心思，独有赵文华知道他的心思；为什么他要迁怒赵文华？这样写疑窦很多。但只有这样写，才能引起皇帝的重视。赵文华这时已顾不得许多。

此疏上得突然，万镗从交好的太监那里得知时，它已送到西苑。情急之下，他只好向严世蕃求助。

不料，严世蕃冷笑一声，说："我并无兄弟！"

万镗一怔，知道话又说错。外间传言赵文华虽是严嵩义子，却与严世蕃不和，看来绝非空穴来风。

在他苦着脸想心思的时候，严世蕃又说："世伯，你好糊涂！"

"怎么？"万镗问。

严世蕃说："莫道赵元质和我不是亲兄弟，即便他是我的亲兄弟，事已至此，我又有什么法子？难道我去说合，他还能把疏本讨要回来吗？莫道他不能去讨要，我也不能劝他去讨要。"

"东楼是说，此事已无法化解？"万镗问。

"难。"严世蕃回答得很干脆。

万镗的最后一点希望化为泡影。严世蕃都说难，而且是在痛饮之后说难，还有谁能帮他脱离困境？赔一桌酒席，陪许多笑脸，换来一通奚落和个"难"字，想一想，真是不值。不过，万镗也不得不承认严世蕃的结论是对的。赵文华的疏本既到皇帝手上，别说请来严世蕃，就是请来严嵩本人，又奈其事何！

那么，自己还能做些什么呢？疏辩吗？试问，怎么个辩法？说并没有通政使不能推外的规定？还真举不出通政使径推督、抚的例子。通政司乃朝廷要津，通政使不是在这个位置上致仕，就是升任各部侍郎，外出为督、抚，也是在升任侍郎以后。说绝无抱怨之事，绝无迁怒之事，绝无唆使之事？这种事，皇帝信其有，就有；皇帝信其无有，就无有。你自己分辩没有丝毫用处。

不能分辩，只好按照惯例，大臣被劾，上疏请辞。这往往不是承认自己有过失，恰恰相反，它是表示自己没有过失，表示自己有一肚子委屈，要通过这种方式发泄出来。但这也是不妥的。发泄需要胆量，自己有足够的胆量吗？发泄需要理直气壮，自己能做到理直气壮吗？

想来想去，最好是不做任何表示。不做任何表示，一副哀而动人的姿态，说不定能躲过一劫。

万镗没躲过今次一劫。大臣与科、道官勾结，是皇帝最忌讳的，一定要处分的。皇帝命将万镗和朱伯辰一起罢黜。

程文德在吏部衙门一露面，立刻被本部右侍郎葛守礼看见。他二人同是嘉靖八年进士，说起话来自然随便。

“舜敷兄，”葛守礼招呼道，“你虽署詹事府事，支的却是吏部左侍郎之俸，为何全不料理吏部的事务？”

程文德由礼部左侍郎改任吏部，不久以该官署理詹事府事。

“吏部被与立兄打理得井然有序，岂能容我置喙！”程文德回敬道。

二人一笑，行礼落坐。

“舜敷兄乃正人君子，怎么也来取笑？”葛守礼责备道。

“取笑？并无其事呀！”程文德摸不着头绪，见葛守礼不似说笑，他揖道，“还请与立兄把话说明白。”

“吏部正堂方被罢黜，你却说打理得井然有序，这还不是取笑吗？”葛守礼道，并逼问，“舜敷兄认不认错？”

“不认。”程文德说。

“明摆着的错事舜敷兄不认，可有说法？”葛守礼问。

“有。”程文德胜券在握地说。

“也请舜敷兄把话说明白。”葛守礼揖道。

“此乃二事，”程文德说，“与立兄敢断言，哪个衙门打理得井然有序，该衙门的堂官就一定不被罢黜吗？”

“这个——”葛守礼被问住，不得不说，“原来是我错。我也在想，大学问家程舜敷先生，不该犯这等错误。”

“与立兄，你知我口拙，就不要挖苦我。”程文德告饶。

“舜敷兄向来勇于认错，不肯服输，今日怎么颠倒过来？”葛守礼不等程文德责难，连连作揖，“讲笑，讲笑，切莫见怪。这两天我忽发奇想，请舜敷兄为我参酌以定。”

“参酌以定不敢当，愿闻与立兄奇想。”程文德道。

葛守礼静坐片刻，好似在考虑如何表述。然后上身向程文德倾去，说：“我料定此次处分，第一个叫苦的是仕鸣先生，吾兄以为如何？”

好端端的吏部尚书做不成，一定叫苦，用得着说吗？这算得什么奇想？程文德上身也向葛守礼倾去，盯住他看好一阵，问道：“此即与立兄奇想？”

“然也，舜敷兄以为如何？”葛守礼坚执要问。

“无话可说。”程文德大有被戏弄的感觉。

“好，”葛守礼还有话说，“我料定此次处分，第二个叫苦的是仕鸣先生那位小同乡，吾兄以为如何？”

朱伯辰是江西南昌人，所以程文德一下就猜出来：“是朱给谏吗？”

“然也。”葛守礼点头。

“无话可说。”程文德仍道。

“好，”葛守礼做一个下面才是他奇想的动作，道，“我料定此次处分，第三个叫苦的是仕鸣先生那位老同乡，吾兄以为如何？”

万镗的老同乡，第一该是江西籍，第二该是资历深地位高，第三该是因万镗罢黜受到损害。圈子划出来，可程文德想来想去，不得要领，只得又服输：“与立兄说的是谁个？”

“舜敷兄想不出来吗？”葛守礼边说，边在空中划个“介”字。

“是首辅吗？”程文德自语。

不管算不算奇想，这一层是他没想到的；为什么第三个叫苦的是严嵩，他自然也不会想到。

“与立兄，对仲鸣先生的去留，介翁似乎并不在意。”他说。

“不错，仲鸣先生去留，介翁或不在意；但时言先生起用，介翁也不在意吗？”葛守礼道。

万镗罢黜，许多人都没料到，连严嵩也没料到，皇帝会起用前者被罢免的吏部尚书李默；而且在宣示起用李默的特旨后，复降旨，命李默速速赴京就任。李默遇事有自己的想法，果断敢为，与万镗完全不同。为此，在前一次掌吏部时，他没少得罪严嵩。起用这样一个人接替万镗，严嵩绝不会高兴，说他会叫苦，亦无不可。

“舜敷兄，还能无话可说吗？”葛守礼不无得意。

程文德点点头，问道：“与立兄可知第四个叫苦的是谁？”

问得突然，葛守礼来不及思索，反问道：“是谁？”

“我料定是时言先生，与立兄以为如何？”程文德学着他的口气说。

阁部不和，吏部尚书的日子不会好过。

“或许吧。”葛守礼不置可否。

第四百八十九章

“爷，两位少师一起来，是一起见，还是分开见？”在西苑当值的司礼少监王瑜请旨。

皇帝正在闭目养神，稍睁开眼睛，反问：“你说呢？”

“真人少师和阁老少师职任不同，议事也不同，依奴才看，该分开见。”王瑜略有些卖弄地说。

“见识有长进，”皇帝赞一句，复问，“你看先见谁呢？”

“严少师近在值庐，陶少师远在真人府；严少师是爷唤来的，陶少师是自己找上门来的。依奴才看，该先见陶少师。”王瑜说。

“见识大有长进，”皇帝加一字称赞，“不过，你这远在真人府，听起来好似远在天边，不妥。我教你一个说法：严少师在西苑内值庐，陶少师在西苑外真人府。远近在其次，内外是要紧的。”

“谢爷赐教，奴才的学问又可长进。”王瑜叩道。

皇帝在万寿宫东侧的偏殿召见大臣。王瑜引陶仲文入内时，皇帝已坐在御座上，侧面摆放一张圆凳。陶仲文欲行叩拜礼，皇帝说：“陶师不必拘礼，坐下来说话。”

“谢陛下。”惯例如此，陶仲文坦然就座。

“陶师年事已高，无甚大事，朕不忍心劳动大驾，”说到这里，皇帝忽问，“朕记得，你比严爱卿还要年长吧？”

“是，臣比严阁老长两三岁。”陶仲文说。

皇帝觉得奇怪，问道：“怎么还不能确定，难道陶师不知道严卿的年庚吗？”

陶仲文解释：“严阁老今岁七十有四，臣是知道的；但臣的出生之年，臣的父母是一个说法，臣的师傅是一个说法，反而难以确定。”

“常人的出生之年，都以父母的说法为准，陶师之师不以陶师之父母的说法为准，可见陶师不是常人，”皇帝议论几句，道，“仙人的年岁是不该议论的，说正事吧。陶师今日为何而来？”

“陛下须清养而事务繁，寻常之事，臣也不敢搅扰，”陶仲文先回应皇帝方才说的“不敢劳动大驾”，然后说明来意，“臣今日来，一是向陛下报个喜讯，一是求请陛下的御制文章。”

陶仲文有喜讯要报，皇帝很容易想到是什么：“可是太和山玄殿的工程告成？”

“是。”陶仲文应道。

“这等大事，朕为何不知？”皇帝不知在责怪谁。

陶仲文忙说：“尚无正式消息。臣有一徒儿昨日到京，是从湖广来的，他告诉臣，太和山玄殿应该在今日竣工。臣知道陛下惦记此事，故赶来报喜。陛下前者题书太和山匾额时曾说，玄殿完工，定要亲撰一文纪之。臣想，这篇文章宜早写，故赶来拜索。”

“原来如此，”皇帝心态变得平和，自语道，“山是玄岳，殿是玄殿，占尽天下之先，这篇文章是要作的。”他转向陶仲文，伸出三指。“陶师，给我三天的时间，如何？”

陶仲文走，严嵩被召入。

“严卿，坐下来说话，”皇帝招呼过他，谈论的仍是太和山工程，“太和山玄殿即将竣工，严卿知道吗？”

“臣和陶真人在外面等候皇上宣召时，说几句闲话，陶真人说起此事，”严嵩回奏，“他说，他是来给皇上报喜的。臣听他说后，心中暗想，今日算得上双喜临朝。”

“还有何喜讯？”皇帝问。

“河南贼师尚诏在莘县被擒。”严嵩说。

“是吗？”皇帝为之一喜。师尚诏聚众数万，延时数月，劫扰数府，一旦平息，对朝廷来说，是一大喜事。“怎么这样巧，玄岳之玄殿今日该竣工，河南平贼的捷报也到！”

“是，臣听陶真人喜讯后也在想，怎么这样巧；可再一细想，臣就明白：玄岳之玄殿竣工，天下自然该太平。臣想，玄岳之玄殿竣工，河南平贼是随之而来的第一喜，后面的喜讯还多呢。”严嵩说。

按照他的说法，就不简单是一个巧字。皇帝原本就高兴，听他这话，更加高兴。“朕敬上苍，上苍佑朕，佑社稷。朕答应陶师撰文，看来要快些动笔。严卿，文章写好，还请你为朕修饰。”皇帝说。

“陛下御制文章，一定传之不朽。”严嵩道。

他知道，皇帝召他来，并不是为说太和山玄殿竣工这件事；皇帝要和他说的，很可能不是件让人高兴的事情。据传旨的小公公讲，皇帝昨夜睡得不好，今早一起来，就显得阴郁。虽然太和山玄殿竣工使得皇帝的心情转变过来，但皇帝未必忘得了那件让人不高兴的事情。他一门心思准备应对让皇帝不高兴的事情，对于这件让皇帝兴高采烈的事情不敢多说什么。

“好，我们说正事吧，”皇帝道，“这两日不断有各地百姓乏食的奏报，朕心甚忧之。玄殿告成，河南贼平，虽足以慰朕；可百姓乏食之事，朝廷也须用心处分。严卿，你是首辅，须有所举措。”

“皇上忧民如忧子，真是圣主之心，臣焉敢不用心！臣这些日子，和各臣议论，也议出一些法子，正要写条陈，请皇上裁定。”严嵩说着，头稍稍抬起，看皇帝是不是真的想听。

“你说吧，不必写条陈。”皇帝道。

“是。”严嵩应道。对于各地的灾情和救灾的办法，他不是没有考虑过，但现在一门心思揣摩皇帝的心思，犹觉力不从心，其他的事情即使想，也只能浮皮潦草地想一想；因此，向皇帝说起来，也只能泛泛地说一说。“臣想，荒年无收欠收，谷价腾升，救荒第一要术，在于放粮平籴。臣请发太仓粟数万石，以平谷价。山东、河南灾重，可发临清、德州粟赈之，以解燃眉之急。京师首善之区，尤不可使民间乏食，当发粟两万石以赈之。”

“可。”皇帝想都不想就准，复道，“有人说，蒙灾之地，死者无人收敛，骨骸暴之于外，朕闻之甚是不忍。”

严嵩说：“掩埋尸骸，责在有司。臣以为，京师可命巡城御史督有司掩埋，各地可命抚、按官督有司掩埋。”

皇帝点头：“所议甚是。卿可为朕拟旨，着亟行之。”

“是，臣这就去办。”严嵩应道。

户部尚书方钝、左侍郎马坤、右侍郎卢绅听到一句传言，心里都很不是滋味。方钝字仲敏，湖广巴陵人，正德十六年进士。马坤字顺卿，南直隶通州人。卢绅字汝佩，陕西咸阳人。两位佐卿都是嘉靖二年进士。正德十六年那一科和嘉靖二年那一科虽说差一科，其实中间只隔一年，三人入仕的时间相差无几。

“仲敏先生，皇上真的说过这话吗？”明明是卢绅转告他听到的传言，马坤却偏偏要问方钝，好像他官高一品，只有经过他确认，那传言才可靠似的。

“汝佩先生亲耳所闻，想必不会错吧。”方钝当然无法确认。

卢绅知他是要自己确认，于是说：“不错，我是听当时在场的一位公公学说的。我实在想不出，他有什么理由要蒙骗我；或者，他有什么理由要和我开这样一个大玩笑。”

“那么，他是如何学说的？”马坤希望卢坤第二次的说法和第一次的说法有所不同，哪怕只差一个字，也可证明传言不实。

“皇上说：梁材在，当不至此。”让他失望的是，卢绅这一次的说法和前一次的说法一个字也不差。

“那么，皇上真的说过这话！”马坤一跺脚，哭丧着脸说，“皇上有此一说，羞煞我这个户部佐卿！”

“我这个户部正堂又当如何？”方钝的心情也很沉重；但他不是一味的沉重，还想到肩上的担子。“大用先生两次出掌户部，在任约六七年，天下富足，国用无须忧，民食无须忧，所以圣天子怀念他。我等处于今世，唯有倍加勤奋，方能使国用无须忧，民食无须忧；方能不负圣天子的重托。二位以为然否？”

这话堂堂正正，马坤和卢绅齐声道：“仲敏先生教导的是。”

“仲敏先生，汝佩兄，我有一事不明，欲请教。”马坤又说。

“也是传言吗？”卢绅谑道。

“堂堂户部衙门里，岂可以传言度日？汝佩兄，”马坤转向卢绅申明，“我可不是指责你，仲敏先生和我均已认定，你所言者，是实事，非属无稽之谈。我所要请教者，亦非传言，亦是实事。”

“传言终是传言，顺卿兄用不着替我遮掩。”卢绅说。

听得出这话含有不满情绪。方钝担心他有更强烈的反应，忙接过话头说：“宫闱内事，外间能知道多少？有些传言，说一说也不妨。如汝佩先生所言之事，不正可以激励我等？顺卿先生，你有困惑，或许也是我等的困惑，尽管说出来，大家切磋。”

“也不是什么大的困惑，只是稍觉不解而已，”马坤说，“各地饥荒，皇上降旨发太仓粟赈济，这是出自首辅之议，用不着多说；今次朝廷文武百官的俸粮尚无着落，军饷又屡屡告缺，皇上竟命出内府钱折支，这个，这个——”

他的话没说完，但方钝、卢绅都明白他的意思。作一个不恰当的比喻，内府钱好像是皇帝的私房钱，虽说天子以天下为家，皇帝的私房钱也应该用于天下；但当今皇帝要办的事情着实不少，每每感到内府匮乏，入不敷出，恨不能把公家的钱也变成私房钱。这次怎么会答应拿出私房钱应付公家的支出呢？

马坤说是稍觉不解，但言谈之外包含着对皇帝小小的不敬。这不是一件小事。方钝、卢绅都没有马上接过他的话去。

马坤看看这个，又看看那个，道："怎么，二位也稍觉不解吗？"

"顺卿兄真的稍觉不解？"卢绅不得不问。

"稍觉不解就是稍觉不解，我为何要蒙骗汝佩兄？"马坤道。

"在我看来，顺卿兄所言之事，道理再简单不过：太和山玄殿竣工，自当普天同庆；皇上圣明，岂肯让一人向隅？所以——"卢绅的话也没有说完。道理虽然再简单不过，却也有难言之处：朝思暮想的玄殿竣工，皇帝不肯让一人向隅；没有此事，皇帝难道能眼看着文武百官无俸粮可支吗？这话不能说下去，他又接上马坤方才的话。"不过，顺卿兄所言之事，似有不当言者。"

"我却以为，汝佩兄的话似有不当言者。"马坤针锋相对地说。

"好，好！"方钝连连摆手，"二位的话都没有不当之处，倒是我的话，有些不当之处。"

"怪哉，仲敏先生对顺卿兄的困惑尚未发一言，怎么会有不当之处？"卢绅不解地问。

马坤附和道："是啊，我原本是稍有不解，仲敏先生一说，我真成大惑不解。"

"我是指方才的话，"方钝一副不慌不忙有根有据的模样，"我方才不是说有些传言说一说也不妨吗？现在想来，好似在为自己开脱。"

"可仲敏先生并未说什么传言呀。"马坤仍然不解。

卢绅先醒悟过来："仲敏先生也要说些传言给我二人听？"

"是何传言？"二人不由一起问道。

方钝笑道："这传言和二位仁兄有牵连，非同小可。那日我从街上过，听一位瞽者正在解字。他说，别看今年有灾，明年就会有好年景。听的人中有一人问，何以见得？那瞽者道：你不见今日户部两位卿贰吗：一位占个土字，有土不愁无粮；一位占个丝字，有丝不愁无衣。明年该着丰衣足食。听者纷纷言道：但愿如先生所言。顺卿先生，汝佩先生，天下会计，要仰仗二位。"

他这几句话，为的是化解马坤、卢绅的口舌之争，也为的岔开对皇帝有小小不敬的那些话，马、卢二人如何不知！所以，那个瞽者，或者方钝本人，拿他二人的名字开个小小的玩笑，二人并不见怪。

"汝佩兄，这瞽者不可谓没见识，但却忘掉一人。"马坤说。

“忘掉哪一人？”卢绅问。

“忘掉户部的正堂呀！今日户部正堂占个金字，自然用不着担心天下的财富匮乏。”马坤本来板起面孔说，但说到最后，他自己先忍不住笑出声来。

方钝、卢绅亦随之大笑。

第四百九十章

南翔是嘉定和上海之间最富有的集镇，南北商货，海外交易，汇聚于此。南翔设有巡检司，其主要职责，是防止海寇出没。十一月上旬，在南翔巡检司毫无觉察、毫无防备的情况下，一伙倭人和沿海贼人忽然出现在镇上。他们的首领是早已在苏、松沿海地带闯出名头的大酋肖显。

贼人声势甚大，巡检司的官军没有交战已自行溃散。只有一些不怕死的市民爬上一所大院落的房顶，据以抵抗。没有别的武器，他们揭开房顶的瓦石，一块一块地向下投掷，使得想在这所大院落里大捞一把的倭寇海盗一时竟也无可奈何。

肖显拉着一人的手，也来到这所大院落前。那人叫杨元祥，是华亭人，虽不是心甘情愿却很积极地作了向导。

“元祥兄弟，你说的就是这里？”肖显问。

“是这里，”杨元祥答道，“四方商贾之财多聚于此。”

“好，这一次你立有大功，此间的钱财分为三份，倭人取一份，我的弟兄们取一份，元祥兄弟，你取一份。”肖显说。劫掠者还在院落以外，但听他的口气，好似这里的钱财已是囊中之物。

“大队所向披靡，靠的是大王神威，在下无尺寸之功。”杨元祥忙说。他念过几年私塾，说起话来文绉绉的。

“怎么无功？我不识路，不是你引导我绕过官军的驻地？”肖显不容他再分辩，“这一份钱财我给定你，即便你不肯取，我也要让人送到你家里去。”

“不敢劳动，不敢劳动，”杨元祥连声说，“大王所赐，在下自取。”

“对，这才是好兄弟，”肖显说着，回头问他的一名亲信头目，“院落里有大宗财富，为何众人只在外面观看？”

那头目说：“屋顶上面的那些人都不要命，奋力飞掷瓦石，弟兄们已被打伤几人，不由心生怯意。”

“你是不是也心生怯意？”肖显责问。

那头目说：“我随大哥拼杀这多年，几时怕过？不过，我有个计较，与其硬闯，多伤弟兄，不如等他们把屋顶上的瓦石投掷干净，看他们还有什么手段。”

“荒唐！”肖显顺手一推，那头目没防备，险些跌倒，“偌大一处房屋，等他们把屋顶的瓦石投掷干净，要等到什么时候！你怕弟兄们伤亡，难道就不怕官军赶来？”他也在想主意，想好后果断地吩咐那头目，“这样，你去宣称，谁把屋顶上的人赶走，这里的钱财他们可以多得一份。重赏之下，必有勇夫，一定会有人响应。”

果然有人响应，不过不是肖显的部下，而是几个有蛮力不惜命的倭人。他们善于攀登跳跃，冒着上面投掷的瓦石，很快登上屋脊。房顶之上，又斜又滑，但他们不为所阻，行走如平地。据房顶抵抗的市民，凭借的是有利地势，武艺都很平常，与倭人面对面地厮杀，哪里是对手！不多时，非死即伤，跌落下去。

下面的倭寇、海贼不住地欢呼跳跃，呐喊助威，等不及房顶上的争斗结束，等不及结束争斗的倭人落地，呐喊着拥入各个房间。

但见正房的密室里、两侧的偏室里，金银珠宝堆积如山。拥入者开始还甄别挑选，把中意的东西、贵重的东西揣进怀里，后来干脆撑起麻袋、布袋，把就近的东西一股脑装进去，背上就走。很快，院落里的各处房间被洗劫一空。

杨元祥心里想：不知多少富商积攒多少年的财物，存放于此，不到一个时辰，就被洗劫一空。江南之区，特别是苏、松一带，是个容易生财的地方，也真是个容易散财的地方。

“得到这一处的财物，回去已可以交代。”肖显说。

杨元祥不由一愣：堂堂大王，劫掠的多则多得，劫掠的少则少得，还要向什么人交代？他怕自已听错，问一句：“肖大王说什么？”

“我说，回去可以交代。”肖显说。

“肖大王是大王，难道还受人辖制？”杨元祥问。

“我这个大王，是你们叫出来的，当然须受人辖制。譬如，我方才说，将此处的财物分成三份，也须向辖制我的人禀明，才能实施，”肖显说着，突发一想，“元祥兄弟，你和我一起去见一见辖制我的人，也好取走你那一份财富，少说那也有十万呀。”

“不，不，我宁愿舍却十万财富，也不愿去见辖制大王的人。”杨元祥忙推辞。他心里想：大王已如此威风，辖制大王的人，还不知道有怎样一张狰狞的面孔呢。钱财好是好，可性命更要紧。

肖显脸色一变：“那我岂不是言而无信？在官府眼里，我十恶不赦；可在弟兄们眼里，我最讲信义。元祥兄弟，今日去见辖制我的人，你去也要去，不去也要去！”

杨元祥不敢再争，随肖显而去。其实在他的内心里，也很想见识一下能辖制这位大王的人。再说，尽管有风险，但冒一些风险换回十万财富，也是划得来的。

至海滨登船，扬帆而去。杨元祥生长在华亭，却从未乘过海船，船在海浪中摇摆不定，他禁不住呕吐起来。

“元祥兄弟，蒙住眼睛，会好受些。”肖显在他身边说。

杨元祥才要说声“不必”，忽然醒悟：蒙住他的眼睛，并不是要他好受，而是使他辨认不出方向。辨认不出方向，对倭寇、海盗们没有威胁，对他也有好处。于是，他顺从地说：“但听大王处置。”

船在海面上漂移多时，杨元祥感觉到它停泊下来，但不是停泊在岸边，而是停泊在大海深处。肖显命人解开蒙住他眼睛的黑布，他眨眨眼，可以看清眼前的人和物：他乘坐的船果然停泊在海面上，停泊在一艘大船下。船上的人向大船上不知喊几句什么，大船上放下一条软梯。肖显一手握住软梯底端，使之稳定住，并吩咐杨元祥：“随我上去。”二人一前一后，攀上大船。

从衣着和语言，杨元祥可以分辨出倭人和在海滨行劫的华夏之人。例如他判断得出，肖显属下，华人和倭人各占半数；登上大船后，他又发现，这里的华人和倭人，也差不多各占半数。

杨元祥跟在肖显后面，直向正舱走去。肖显不住与船上的人打招呼，杨元祥有些话听得懂，有些话听不懂，听不懂时干脆不听，而是用心估算这只船究竟有多大。估算来估算去，估算不清楚。和肖显一起进入正舱，才对正舱的大小有比较明晰的概念。他熟悉华亭的富豪之家。在他看来，这间舱室比华亭富豪之家的正堂还要大得多，还要华丽得多。

舱室中央坐着一个中年汉子，此外再不设座位。杨元祥想，他大概就是辖制肖大王的那个人。

果然，肖显抢上前两步，恭恭敬敬向他行叩拜礼，口称“叩见老船主”。中年汉子做个手势，肖显又恭恭敬敬地起身。中年汉子的衣着很怪，从衣着判断不出他是倭人，还是华人。

杨元祥正在琢磨，此人年岁也不甚大，肖大王为什么唤他老船主，肖显已在招呼他：“元祥兄弟，这是老船主，你也来行个礼吧。”

杨元祥不知道老船主有多崇高的地位，只是从肖显恭敬的态度来看，这是一个非同小可的人物；他和肖显之间，不但是辖制和被辖制的关系，而且是主子和奴才的关系。于是，他学着肖显的样子，也步上前去，行叩拜礼，口称“叩见老船主”。

“你是客人，不必多礼。”那中年汉子说。

杨元祥这才知道，他也是华人。

“肖显叫惯我老船主，你是客人，叫我王首领吧。”中年汉子说。

“是。”杨元祥应着，忽地一惊，“王首领可是，可是——”

“你叫我王五峰也行。”中年汉子说。

原来是濒海之人闻之丧胆的王直王五峰，怪不得肖显受他辖制！

肖显俯在中年汉子的耳边说几句话。中年汉子说：“那是应该的。”

杨元祥想，他们大概在谈论自己的事情。

果然，肖显唤他：“老船主答应分财之事，元祥兄弟，快叩谢吧。”

十万财富轻易到手，叩谢是应该的。杨元祥再次行礼。

中年汉子招招手，把杨元祥唤到身边。

“元祥兄弟，我这里缺少一个熟悉松江府的人，你就留在我身边如何？”他问。

“不可，不可！”杨元祥忘记害怕，连连摆手，“在下上有老母，下有妻儿，不忍舍弃，请王首领放过在下。”

中年汉子脸上流露出失望的神情。他低头想一会儿，又对杨元祥说：“既然你舍弃不了家，就不勉强。不过，你是他们送来的，现在一人回去不便，我差三十名倭人护送你回去。”

“不必，不必，”杨元祥忙说，“在下一人行走习惯，着人护送，反而提心吊胆。”

中年汉子不再说什么，对在身后侍奉的人低声说句话。那人躬身退下。不多时，那人捧来一个托盘，盘里放着一支纯金打造的箭头。

肖显高兴地说：“元祥兄弟好福气！拿着这支令箭，你一人携带再多的财物行走，也不必担心。”

杨元祥知道，他得到护身符。当然，只有在遇到倭人时，它才是护身符；若被官府搜得，盘问出由来，则不仅不能护身，闹不好还会被杀头。两者权衡，还是先把它拿在手里再说。这次不等肖显吩咐，他自己主动向老船主叩谢。

第四百九十一章

唐顺之筑在阳羡山的茅舍里，一时了无声息，那一定是唐顺之独自在读书著文；一时又欢声鹊起，那一定是友人来访。能访到阳羡山上来的，都不是普通的交情，唐顺之都会很高兴地迎接。这一日来访的，更是可以谈天说地、畅述胸怀的好友李诩，他心里更加高兴。

“厚德兄，难得你还记得荒山上有一老友！”他拉住李诩的手说。

“哪里的话，是应德兄把世俗间的老友都忘干净。”李诩回道。

二人坐定，童儿奉上茶来。

“撤去，撤去，”唐顺从之挥手，“我要与厚德兄饮酒。”

李诩抢在童儿撤去之前，把茶杯端起。

“应德兄，走半日山路，茶水总要给一口喝吧。”他说。

“不错，不错，爬半日山路，茶水是要喝的，”唐顺之说着，吩咐童儿，“茶水不要撤，你再送一壶来，让厚德先生喝个够。”

“一会儿要撤去，一会儿要添加，老爷乐昏了头吧。”童儿不知深浅地甩下句话，走出茅舍。

唐顺之不以为忤，指着他的后背说：“哈，他道我乐昏了头，也算是知我心。”说着，为李诩斟茶。“来，厚德兄，再喝口茶。”

两杯茶喝下去，口不再渴，心也平静下来。

“厚德兄。山下情形如何？”唐顺之问。

“应德兄欲问何事？”李诩反问。

“随口一问。与厚德兄两年不见，两年间的奇事、大事，厚德兄想到什么就讲什么。”唐顺之道。

“若道奇事，我江阴城里近日还真出桩奇事。”李诩略一停顿，见唐顺之催促的眼神，继续讲下去，“江阴城里有一胡姓人家，儿子叫胡秀，娶徐氏为妻。徐氏既秀丽，又贤惠，体贴丈夫，孝敬公婆，年长的邻人无不夸赞徐氏，年少的邻人无不羡慕胡秀。可惜胡秀福薄，没过上几天好日子，一命呜呼。徐氏强忍悲痛，守节孀居，依旧侍奉公婆，未尝稍懈，一晃就是八年。”

“徐氏既秀丽，又贤惠，不会没人想再娶她吧。”唐顺之插言。

“应德兄说的是，那胡秀一死，找上门来续媒者，不知有几，”李诩说。“但徐氏立志不改嫁，这样一个好媳妇，公婆也不想她改嫁，故来者则拒之。谁知今岁以来，却忽变，不是徐氏忽变，是公公和婆婆相继去世，徐氏又回到娘家，父母想把她再嫁出去。年初时，一个姓陈的乡人欲求纳聘，其父道：我是愿意收下你这份聘礼的，无奈小女不肯，容我慢慢图之吧。这话被徐氏听到，七日不食，以明其志。”

“是那徐氏只熬到七日吗？”唐顺之问。

“非也，是七日之后，陈家求聘之事不了了之。”李诩道。

“我说呢，事情若这样了结，还称不上一个‘奇’字，”唐顺之说。

李诩接着叙述：“且说陈家的事不了了之，徐氏复进食。父母知其志不可夺，不提再嫁的事。半年后，沈家又来求聘。沈家是殷实人家，不，该说是大户人家。沈家为子求偶，轰动全城，说媒者踏破他家门槛，以至在街衢相遇，开口相詈，动手互殴。沈家却单单看上徐氏的人品。徐氏之父迎进媒者，不说许婚，也不说不许，但云‘终是不了’。媒者不解，究竟他嫁女之心‘终是不了’，还是女儿不嫁之心‘终是不了’？徐氏却知道，父亲心里是赞同沈家这门婚事的。她叹道：女子耻辱，莫过于事二夫，媒者接二连三登门，叫我何以为人！再说，前者已拒陈家，今者若许沈家，是利其财。见利忘义，何以自明！”

唐顺之打断他：“厚德兄稍住。徐氏之叹，兄如何得知？”

“街头巷尾，大家都如是传言，想必她对人说过吧，”李诩解释。见唐顺之摇头，他问，“应德兄以为不可信吗？”

“是否可信，不必细辨；她出此言，是存必死之心。”唐顺之说。

“应德兄说的是。不过，奇还不奇在她存必死之心，而在她死前的举止。”李诩道。他仔细讲述徐氏死前的举止，“前三日，徐氏找出旧时衣物，一一洗涤干净。后来，其母揣摩女儿心意：女儿虽爱整洁，但那都是些不用的衣物，为什么还要洗涤干净？一定是要父母在她死后把这些衣物焚化。死的那一天，她一直忙碌家务。黄昏时，她全身沐浴，更换新衣。天黑后，她为患痰喘病的母亲煎一碗汤药。接着，捧出佳酿，准备酒菜，让父亲喝个大醉。她做的最后一件事，是走进侄女的睡房，替她盖好棉被，哄她入睡。这些事情都做完，她才从容走进自己的房间，闭门自经。从容就义如此，世之贤士大夫，恐怕也不是人人可以做到吧？应德兄看，可当得一个奇字？”

“当得，当得，”唐顺之应道，想了想，又说，“不过，徐氏事迹虽当得一个奇字，却当不得一个大字。”

“应德兄欲听山下的大事？也有，”李诩说着，问一句，“汤将军在上海吃败仗，应德兄知道吗？”

他说的汤将军，即坐镇金山卫、提督海防诸军的副总兵官汤克宽。江南武官中，汤氏算得上一员骁将，听得他吃败仗，唐顺之很是关切。

“厚德兄，请道其详。”他说。

汤克宽败在肖显手下。今年秋、冬之交，肖显率三百人泊于崇明南沙。崇明属苏州府太仓州，境内有东沙、南沙、西沙等。东沙为县治，西有西沙巡检司，北有三沙巡检司，唯独南面，最为薄弱。汤克宽担心肖显久驻南沙，成心腹大患，统兵攻之。结果，中敌埋伏，官军大败。肖显所部横行于嘉定、上海间。

李诩讲罢战事始末，唐顺之连连指责：“是汤某太大意，是汤某太大意！怎么糊里糊涂就钻进贼人的埋伏里去？再者，我军积弱，宜守不宜攻，这个道理他难道也不懂得？即便他不懂，任应乾是明事理的人，为何也不劝阻？”

任环字应乾，山西长治人，嘉靖二十三年进士。任苏州同知时，御倭有功，现官分巡苏、松道按察佥事。官军有所动作，汤克宽来不及向应天巡抚请示，也该和任环商量。

“任大人非但不加劝阻，反而和汤将军一起进攻南沙。官军败绩，他也有一份责任。”李诩说。

唐顺之又连连说：“任应乾不应该中伏，任应乾不应该中伏！”

“应德兄，这件事称得上一个大字吗？”李诩问。

“苏州再深入，就到我们常州，至少对你我而言，不可小看此事。不过，”唐顺之语气一转，说，“大事是大事，却未免令人沮丧。”

李诩更沮丧，两手一摊：“应德兄欲听奇事，我讲奇事；应德兄也认定为奇事，却嫌其小。应德兄欲听大事，我讲大事；应德兄也认定为大事，又嫌其沮丧。我可真是无法应付！不如应德兄讲山上的奇事、大事，让我来听一听，品一品。”

“山上既无奇事，亦无大事，仅存一孤独落寞的山人，有什么好听的，有什么好品的！”唐顺之不想讲。

“怎生不好听，不好品？应德兄这几句牢骚，就值得好好品一品。”李诩满脸得意，好像真从他话里抓住把柄。

“厚德兄品出什么？”唐顺之问。

“你在这阳羡山上住不下去。应德兄，不打诳语，可是？”不等唐顺之回答，他先把这件事认定，“应德兄早该出山。当初应德兄迁来山上住，我心里想：应德兄不过赌一赌气，三五日后，自会下山。三五日过去，应德兄没有下山。我又想：应德兄不过享一享清闲，三五月后自会下山。三五月过去，应德兄仍没有下山。我又想：应德兄不过修一修性情，三五年后自会下山。三五年过去，应德兄还是没有下山。我不敢再往下想。如今天下纷扰，我江南尤甚，以应德兄大才，再不可隐居于阳羡山上，独善其身。”

唐顺之默默地听他讲完，没有反驳，也没有承认。是不是真的在山上住不下去，他自己也说不清楚。真的在山上住不下去，肯定不是因为山上的冷清，而是因为山下的纷扰。但放弃隐居的生活，就真的能有一番作为吗？其奈朝廷不用何？难道北上朝廷去谋求起复，或者进入某一大帅府里做一名幕僚？

“厚德兄，我们饮酒吧。”他忽然说。

“好，我与应德兄痛饮三杯。”李诩响应。

唐顺之说：“不，三杯太少。时至腊月，癸丑年将尽，我与厚德兄痛饮三日，再放厚德兄回江阴过年。”

第四百九十二章

召南京太常寺卿郑晓入京任刑部右侍郎的旨意是十月初颁发的，十二月初，郑晓赶至京师。他还没来得及去刑部衙门拜会正堂及同僚，新旨忽下，命他改兵部右侍郎，兼右佥都御史，总督漕运，巡抚凤阳。他干脆不去刑部衙门，而径去兵部衙门，一来算是报个到，二来算是向兵部尚书聂豹、左侍郎杨博辞行。

聂豹一见他就说：“窒甫老弟，你让我空喜欢一场呀。”

“文蔚先生这话怎讲？”郑晓不解，或故作不解。

杨博在一旁说：“窒甫先生还不知吗，文蔚先生早就盼你来兵部！好不容易盼到你改兵部衔，脸上那份快意，只有日日与他对坐如在下者，才体会得出来。不想兵部衔是虚的，你想，他能不失望吗？”

“文蔚先生厚爱，在下心感，”郑晓说着，向聂豹一揖，复对杨博说，“唯约先生怎么也拿我开心？且不说兵部衙门三位堂官，一个不少，就算有一空缺，放心区区不才居此要津吗？”

话里有话，聂豹问：“谁不放心窒甫？”

郑晓苦笑一声，没有答话。谁不放心他，用得着说明吗！他三番两次得罪严嵩及严世蕃，不知谁人竟冒着得罪严氏父子的风险，推他为刑部贰卿。不会是前任吏部尚书万镗，他没这等魄力；也不会是新任吏部尚书李默，他是上月底才到京的。那么是徐阶？他是同年，一向很看重自己的才干。不管是谁吧，等于和严氏父子开个玩笑，也和自己开个玩笑。不为各部衙门所容，一定要放外任，这是他在途中就想到的；只是没想到会这般快，这么急。他所以苦笑，正是为此。

杨博知道他的心思，也知道这话传出去的后果，所以把话岔开：“谁不放心窒甫先生，难道不是文蔚先生吗？”

“我？”聂豹一下子愣住，“我为何不放心窒甫？”

“你担心窒甫先生到兵部会抢占大司马的位置呀。”杨博说。

这话太肆无忌惮，聂豹气愤地说：“唯约，你把我看作什么人！我敬重窒甫的才干，若大司马的位置可以私相授受，我宁愿让给他，又怎会担心他来抢占！”说罢还重重地哼一声。

郑晓微微一笑：“唯约先生，多谢。你这以进为退之计，用得好。”

“他指你狼子野心，你谢他什么！”聂豹没好气地说。

“是啊，他说‘抢占’二字，骂的是我，并没得罪文蔚先生，文蔚先生又何必着恼？”郑晓道。

杨博知他懂得自己的用意，还以一笑：“窒甫先生谢我，不敢当。文蔚先生有私相授受之意，窒甫先生该谢他才是。”

“这私相授受四字，可不是儿戏，传出去，我等都有干系。”聂豹说着，用力摆手，“不说了，不说了！”

三人皆笑，这才各就其座。

“窒甫先生，”聂豹郑重地招呼道，“今岁漕督连连更易，你是第三位。漕路之通畅，京师之安宁，要仰仗大力。”

“漕粮干系重大，晓不敢轻忽。”郑晓郑重地回应。

“好，”聂豹点头，“你开始的话里有牢骚，实不相瞒，我听后着实有些担心；我看，唯约也有些担心。听你现在的话，我等都可放心。”

郑晓和杨博互相看一眼，都在想：此公看似平庸，却也不是一个十足的庸才。郑晓的牢骚，杨博的打岔，他心里都是有数的。

“今漕船几阻，在江南者为倭患，在江北者为乱民。窒甫先生，你可有什么应对之策？”那边聂豹又在问。

郑晓说：“我是海盐人，对倭患略识一二。倭贼风帆出没，倏忽千里之外；加之倭恃华人为耳目，华人借倭为爪牙，使我阻绝之无方，剿灭之既难，故为患之愈烈。铲除倭患，非详为区划不可。我想，就漕务而言，有两件事是可以做的。一是海防副使，江南、浙、闽各地皆有，而江北无，可于泰州增设海防副使，于诸海口设哨卡，既以之防海，又以之防江，以防海为防江之始。二是招募武健骁勇之徒为兵。前者如师尚诏，困无所逞，遂甘心作贼。不如国家广行网罗，使有出身之阶。”

“预则立，不预则废，这两件事，窒甫先生可以说想到前面，”聂豹说着，转问杨博，“唯约，你看此二事可行乎？”

“惭愧。”杨博嘴里没头没脑地蹦出两个字。

“这两个字似该窒甫说的，怎么你替他说？”聂豹奇怪地问。

“我不是说的窒甫先生，说的是自家，”杨博道，“惭愧者，我入仕二十多年，足迹未过大河，更不要说大江。嗤之以孤陋寡闻，可也。不过，窒甫先生此番督漕巡淮，我也想赠两句话。”

“请讲。”郑晓揖道。

杨博说：“前者南大司马荐叔先生奏章中有‘守江不如守淮’之言，实为的论，窒甫先生，这是我赠与你的第一句话。”见郑晓在注意听，他又说，“守江第一要守扬州，守扬州第一要守瓜洲。瓜洲城残破，宜修补之。窒甫先生，这是我赠与你的第二句话。”

潘潢强调“守江不如守淮”，是泛泛而论，把淮河看作南京的门户，只有看紧门户，阖室方得安宁。杨博前者与聂豹议论师尚诏之乱时重复“守江不如守淮”，是指凤阳的重要地位。而他今日强调“守江不如守淮”，则是专门针对漕运而言，以为漕河在淮水一段比在大江一段更为紧要。至于他说的瓜洲，不是泛指扬州，而是特指瓜洲镇。瓜洲镇在扬州城南，是扬州滨江的第一要冲。扼守住瓜洲镇，海盗江盗想登岸滋扰则难。

“承情之至，得唯约先生两句话，我不虚今日兵部之行，”郑晓道，复言，“我也有一句话回赠，还望笑纳。”

“请讲。”杨博揖道。

“多留意蓟镇。”郑晓的赠言很简单。

杨博有所领悟，又似没有完全领悟；低头沉思片刻，才似完全领悟。他揖道：“多谢指点。”

聂豹完全没领悟郑晓赠言的奥妙：对兵部堂官来说，九边处处紧要，处处不能省心，为什么单单要留意蓟镇？

见他发愣，郑晓说：“文蔚先生，我没留在兵部，你道空喜欢一场，这还不要紧；你可要看好唯约先生，莫让他也跑掉。”

聂豹更加莫名其妙。

送走郑晓后，聂豹问：“唯约，窒甫的话是什么意思？”

“他大约以为，我要离开兵部，另有任用。”杨博解释。

“为什么？”聂豹不解，“窒甫说有人不放心他居此要津，我明白他的意思。难道他以为，也有人不放心你居此要津？”

“他不是这个意思，”杨博道，“他大约以为，我要放外任。”

“是蓟督吗？”聂豹问。

“是。”杨博道。

“为什么？伯值先生任蓟、辽总督三年，并无大的过失，就不能续任下去吗？”聂豹问。

何栋字伯值，陕西长安人，正德十六年进士。自设置蓟、辽总督以来，他是第二位出任此职的大臣。

“窒甫先生大约以为，伯值先生任不下去。”杨博道。

“皇上无召用他的意思，科、道也未弹劾他，他怎会任不下去？”聂豹还是无法理解。

“不是有旨会议各督、抚优劣吗？”杨博道。

聂豹才要问为什么会议督抚优劣，何栋就不能留任，忽然自己开窍：何栋任大同巡抚时，两度被降职，后来被重用，多亏夏言的扶持。凭着这一层关系，让他安安稳稳地当三年看守京师门户的总督，已是格外的际遇；凭着这一层关系，就算严嵩可以容忍，皇上也不会再用他；凭着这一层关系，随便一个理由，就可以罢去他的官职。

于是，聂豹换个问题：“就算伯值先生不能再任，唯约，为什么一定是你去掌蓟督的帅印？”

“窒甫先生大约以为，我曾随仲鸣先生巡视九边，又曾巡抚甘肃，是最适当的人选。”杨博道。

聂豹不耐烦地重提问题：“唯约，你一直在说，窒甫以为如何，窒甫以为如何，我问你，你究竟以为如何？”

“我以为，窒甫先生所料不差。”杨博道。

果然，几天以后，何栋被罢免，杨博兼右副都御史，总督蓟、辽、保定等处军务。

第四百九十三章

自从徐阶、欧阳德等倡议的京师讲学付诸实施以后，每到讲学日，灵济宫前，乘轿者、骑马者、步行者络绎不绝，好生热闹。

腊月初十日的讲学大会估计是癸丑年的最后一次大会，到会的官员和士子特别多。灵济宫里的一名道士多事，来一人，数一人，数到大会开始时，竟然超过一千人。而大会开始后，还陆续有人到来。

翰林院侍读尹台，是灵济宫讲学的热心参加者和组织者。在郑晓外放蓟辽总督的同一天，他也有新的去处：接替状元出身的茅瓒，出任南京国子监祭酒。腊月十日的讲学大会对他而言，说不定是他有机会参与的最后一次，因此有特别的意义，他也到得特别早。

欧阳德到得还要早，见到他，招呼道："崇基，尚未动身？"

尹台字崇基，江西永新人，嘉靖十四年进士。

"无论如何也要挨过今日才动身！"与欧阳德行过礼，答过问话，他四处张望，问，"子升先生呢？"

"尚未到来。"欧阳德说。

尹台先生好像还不放心，问道："崇一先生可以断定？"

"可以断定。"欧阳德道。徐阶若到，会先和自己打招呼，他有把握。

尹台又问："子升先生今日不会不来吧？"

"他已料到今日盛会空前，不会不来。"欧阳德说。

尹台找个地方坐下，两眼死盯住宫门外。

不多时，程文德夹在三两士子中走进院子。尹台迎过去。

"崇基先生，尚未动身？"程文德问。

"是，"尹台应道，并反问，"舜敷先生见到徐阁老没有？"

"虽未见到，却有口讯。"程文德道。

"什么口讯？"尹台忙问。

程文德答道："他和我原是约好了一路来的，临时被一些事务羁绊，脱不开身，嘱我先行。"

"如此说，他到底是不会来。"尹台显得很失望。

"不，子升先生的口讯里还有一句：今日大会，他一定要到的，"转述过徐阶口讯，程文德问，"崇基先生找徐阁老有事？"

"也无甚事，只是想和他道别。"尹台支吾着。

程文德看出他有事，但他既不说，就不再追问。

今日的大会本该徐阶主持的，现在只好改由欧阳德主持；今日的大会本该徐阶主讲，主讲的题目"惜才"是他自己定的，现在只好改由程文德主讲。好在程文德仍挂着吏部左侍郎的虚衔，他来讲爱惜人才，也是合情合理的。还有一点：程文德和徐阶都有过被处分的经历，无论他们谁来讲，都会有切身的体会。

欧阳德如何宣布今次讲学开始，程文德如何诠释惜才的重要，尹台全没在意，他只盯住出入院门的人看，只想着徐阶应允要来，是不是一定会来。直到徐阶飘然而入，他才松一口气。

讲学大会散后，和往常一样，徐阶、欧阳德、聂豹、程文德，还有新近升任礼部侍郎的前国子监祭酒吴山、新任国子监祭酒敖铣等聚在一起，说几句闲话。

程文德抱怨道："圣人云：非礼勿言。惜才的题目，是区区佐卿当讲的吗？子升先生，我今日之窘迫，可以五字言之。"

"是哪五个字？"徐阶问。

"侍郎非礼也。"程文德并无笑意，可见窘迫是真的。

徐阶口才便捷是公认的，但这次还没有回应，后面有人说道："舜敷先生只知自己窘迫，却不知子升先生更为窘迫。子升先生之窘迫，也可以五字言之。"

徐阶回头一看，是尹台，随口问道："崇基，尚未动身？"

尹台笑而不答。欧阳德和程文德知道内情，也随他而笑。

"崇基，为何哂笑？"徐阶又问。

"岂敢！"尹台道，"我不过笑几位前辈的问话如出一辙。崇一先生问过，舜敷先生问；舜敷先生问过，又轮到子升先生问。我真该挂一面牌子，上写：尹翰林奉旨掌南监事，尚未动身。"

众人听他说得有趣，皆笑。

徐阶说："我不知崇一兄和舜敷先生问过这话，若是知道，我真该改问一句：崇基几时动身？"

“子升兄改问得好！”欧阳德说，“崇基烦的恐怕不是我等问他同一个问题，他烦的是我等的问题甚是无稽。身在京师，身在灵济宫，自然尚未动身，还用得着问吗？崇基一定在心里责怪我等糊涂呢。”

他难得开玩笑，今日开句玩笑，众人都欢快地笑起来。尹台也随着笑两声，不是哂笑，而是难为情的笑。在场的多是前辈，他纵然被问得不胜其烦，也断然不敢在心里责怪他们糊涂。

“崇基兄，你道子升先生之窘迫，也可以五字言之，不知又是哪五个字？”敖铣出来解围。他和尹台同是嘉靖十四年进士，又同是赣省人，生怕玩笑话再说深，尹台下不了台；更怕他这位性情略有些倔强的同年还以颜色，让众人下不了台。

“对，这才是正题，”徐阶对他及时转换话题很是称赏，“崇基说我窘迫，我尚未品过味来。今日之事我是不是窘迫，不必细论；崇基说我之窘迫，也可以五字言之，这倒要好好听一听。崇基，你说吧。”

“是，”尹台稍稍停顿，说，“我的五个字是：阁老惜才乎？”

话里带刺，任谁都听得出来。这五个字是专门针对徐阶的，众人不好有所表示，因为在这种场合下，无论附和“阁老惜才乎”的说法，还是对“阁老惜才乎”的说法加以指责，都会使徐阶更难堪。

徐阶却很大度。他笑了笑，说：“崇基，你话里有话呀。”

“是，”尹台又稍稍停顿，然后说，“‘惜才’的话可由他人代言，‘惜才’的事却不可由他人代做。”

他完全没有说笑之意，徐阶也就郑重地说：“请崇基指教。”

尹台不即刻回应。他看看众人，问：“子升先生何往？”

“去西苑。”徐阶说。

“我陪子升先生步行一段路，如何？”尹台道。

这表示，他的话想私下里对徐阶讲。徐阶应允道：“也好。”

对其他人而言，这同样是好事。欧阳德提议：“今日大会也该收场，下次大会的日子和题目，我们改日再议吧。”

众人在宫门外揖别，或登轿，或上马，各自离去。徐府的家人最早掀起轿帘，但徐阶全无登轿之意。等众人去远，他才对尹台说：“崇基，我们走吧。”尹台恭顺地请徐阶先走，然后自己随行。徐府的家人指挥轿夫们紧紧跟上，后来看徐阶始终没有乘轿的意思，他做个手势，让轿夫们走慢些，和老爷拉开距离。

“崇基，是不是就要远离庙堂，有放心不下的事，有放心不下的人？”徐阶问。

“是。”尹台应道。

“你说的人才，就是让你放心不下的人吧？”徐阶问。

“是。”尹台应道。

“崇基要我惜才，是想我出面救助他吧？”徐阶问。

“是，”尹台应道。并说，“在下心思，子升先生无所不知。”

徐阶摆摆手，说：“不，还有一事是我不知的。”

“何事？”该着尹台询问。

徐阶转过脸看他一眼，道：“我不知，崇基想我出面救助，是真想挽救一个人才，还是想更重其罪。”

“子升先生为何这样说？我和杨仲芳前无深交，今无深怨，我想救他，只因他是个人才，绝无私心；请子升先生救助他，也绝无害他之意！”二人一直像在打哑谜，尹台一急，始指名道姓。

“那么，是崇基有所不知。”徐阶道。

尹台一揖，道：“请子升先生赐教。”

“崇基，你知道我是不赞成立门户的，可有时立不立门户，却由不得你。”徐阶先泛泛发句议论，再道其详。“仲芳是从国子监苦读出头的，那时我掌监事，和崇基一样，也视他为一个人才。他那一科，我教习庶吉士，还以他未曾入选为憾事。谁知传来传去，竟传成他是我的私人。因有这一层关系，崇基，你看我可不可以出面救助？”尹台欲言，徐阶示意他不要急，自已接着剖析，“我一出面，更坐实他是我的私人。我徇私情，还不打紧，想来皇上不至于降大罪；可他私结大臣，却非同小可。崇基，我说你想更重其罪，不为过吧？”

“是，是。”虽在寒冬，尹台的头上还是冒出汗来，他抹一把脸，说，“子升先生所见，比在下要深刻多。不过，子升先生若不能出面救助，恐怕无人能救得仲芳。”

“那却未必。”徐阶站定，上下打量着尹台，好像忽然想到一个主意。

“唔？”尹台也随他站定，“子升先生说，谁救得他？”

“若说此人，即将远行，仍在眼前。”徐阶说着，向他一指。

“我？”尹台万万没想到，他寄希望于徐阶，徐阶却把这一重担放在他肩上，“子升先生不是说笑吧？在下不过一学官耳，如何能使得圣心回转？恐怕在下上疏直陈，圣上读都不屑一读。”

“即以学官而论，崇基不是天下第一，也是天下第二，又何必自轻身份！”徐阶道，“再者，我说你救得他，也不是要你上疏直陈。”见尹台一脸茫然，他说，“崇基不妨忆一忆方才自己说过的五个字。阁老惜才乎，我可不是当今第一阁老，更不是当今唯一阁老。”

尹台恍悟：“子升先生的意思，要我请介翁出面救助？”

徐阶不说是，也不说不是，只说：“非介翁，无人救得仲芳。”

“我却说，介翁必不肯救助仲芳，”尹台自己对严嵩不抱希望，也要打消徐阶的希望，“仲芳此次下狱，是为论劾介翁，可谓字字如针芒，介翁可不似子升先生大度呀。”

“欲请介翁出面救助，不一定非得他大度。”徐阶意味深长地说。

尹台又是一揖，道：“愿闻子升先生高明之见。”

“好，我们边走边说。”徐阶道，二人复行，走几步，他说，“我先问一件事：刑部论仲芳当绞，他却安然度过秋审一关，这是为何？”

“因皇上圣明，这还用得着说吗！”尹台道。

“固然是因皇上圣明，可介翁心意稍动，也是至关重要的。”徐阶说，“诈传亲王令旨，究竟何人想出的罪状，且勿论；反正刑部是以此定狱的。可诈传亲王令旨，借之足以处死仲芳，借之也足以保全仲芳。我私下对介翁说：所谓诈传令旨，将牵连二王，皇上是处分还是不处分？皇上只有二子，难道真的会因为有人诈传令旨而处分他们吗？我看，至多是处分二王左右几个人。可这样一来，就与宫邸结下怨。以诈传令旨处死杨某，智者不为也。崇基，你猜如何？介翁还真的动心，从此，诈传令旨云云，竟也无人提及。故以我之见，想请出介翁救助，也不一定非他大度。你说是不是这个道理？”

尹台默默地点头。

“可我也只能保全仲芳于一时，不能解脱他牢狱之灾。”徐阶叹道，随即招呼尹台，“崇基，我对你讲这件事，是想告诉你，一则是理，一则是节，有这两条，介翁未必不肯听劝。我难以办到的事，崇基出面，或能收到意外之功效。”

尹台仍是默默地点头。

徐阶看出他愿意去办这件事，但仍有顾虑，便一语道破：“崇基，是不是怕东楼那一关过不去呀？”

“子升先生也知道我和东楼的过节？”尹台问。

“略有所闻，不知真伪。”徐阶说。

“确有其事。”尹台作实。

“据长者言，李西涯嫁女，曾有‘大族非偶’之说；崇基婉拒这门婚事，亦明智之举。”徐阶的话既有分寸，态度也明朗。

严世蕃有女，已到待字之年。严嵩在乡人中很看重尹台，欲两家结秦晋之好，但严世蕃亲自提出后，却被尹台拒绝。徐阶和尹台一来一往说的，就是这件事。

“不是婉拒，是坚拒，所以——”尹台说着，两手一摊，意指：这样一来，再要进严府，难矣。

徐阶不以为然地大摇其头，连声道：“崇基想错，崇基想错！”

“错在哪里？”尹台问。

“你错在把介翁和东楼视为一类人，”徐阶说，“有这一过节，东楼一定会恼羞成怒，介翁却不会；东楼一定会拒你于门第之外，介翁却不会。有这一过节，介翁或会对你更加友善。加之你要赴南京之任，这正是进入严府的好时机。至于崇基不愿受辱于东楼，我也有个计较。”

“怎样个计较？”尹台问。

“我让小儿约东楼饮酒，他们定在哪一时辰，崇基就在哪一时辰去严府，如何？”不等尹台答话，徐阶又补充说，“照理，东楼是不会不给小儿面子的。如果因事耽搁，崇基也不好一直等下去。我们以三日为限。三日中，崇基何时去严府，听我的消息；如果三日内还没有安排妥当，崇基就不必去严府。”

“子升先生设计的好周密呀！”尹台叹道。他寻思着，“三日之约，就依先生；三日之后，遣不开东楼，我也还是要去向介翁辞行的。”

尹台依徐阶知会的时间来到严府，严嵩的书房里已坐着一位客人，是翰林院编修王材。尹台先向王材点头示意，然后向严嵩深作一揖。作为首辅和老前辈，严嵩不必起身回礼；王材却急速起身，准备与尹台互揖。由于他的在场，原本心情有些紧张的尹台一下子变得坦然。他二人都是翰林出身，平日也很说得来。

“崇基，”严嵩招呼他，“你的南都新任发布三日，也不来见一见，我不由得想：是不是还要我相请呀？”

“不敢，”尹台道，“晚生合家南下，又没一个得力的家人，事事须得亲力亲为，忙得不亦乐乎。再加上衙门里有些酬答，故未能及早前来听介翁教示。”

“恐怕还要加上在灵济宫里的酬答吧？”严嵩道。

尹台一怔，随即应道：“是。晚生参与讲学之事，自觉受益匪浅。临行前，逢此盛会，是一定要去的。”

“那是一定要去的。”严嵩附和，又指着王材说，“崇基，知你要来，我特意把子难请来，知道为什么吗？”

王材字子难，江西南丰人，是嘉靖二十年的进士和庶吉士。

“晚生不知。”尹台道。

“因子难很快也要去南京。”严嵩告诉他。

“当真？不知南京哪个衙门好福气，网罗去子难先生？”尹台问。

“吏部欲拟子难为南监司业，向我征询。我想，崇基初去南监，需要有人相帮，自然不会反对。”严嵩说明其中原委。

“甚好，甚好！介翁关爱，晚生感铭。”尹台向严嵩道过谢，转向王材说，“子难先生，我先行一步，在南京恭候大驾。”

王材却说：“若是发布得快，谁先到南京，尚是未知之数。崇基先生若见我在南辟雍外恭迎，幸勿惊甚。”

二人相视而笑，严嵩看他二人喜悦发自内心，脸上也有笑意。

“来，崇基，子难，坐下说话。”他招呼道。

“是，”二人一左一右在严嵩两边坐下。

“介翁，一个南祭酒，一个南司业，你同时召来府上，一定有所示下吧？”尹台想好今日的策略，先听严嵩说，然后自己才说。严嵩说的时候，自己毕恭毕敬；自己说的时候，不怕他不仔细听。

“此言差矣，”严嵩好似看透他的心思，反驳道，“你是自己要来的，不是我召来的。照你的说法，我召你来，是有所示下；那么，你自己要来，也一定是有话要说吧？崇基，你有话就说，子难也有话就说，就算作临行的赠言吧。”

“是，”二人同应道，但王材一副高深莫测的样子，尹台知道，非自己先说不可，“介翁，杨继盛不可杀呀！”

严嵩的表情没什么变化，可见对他说过这话的不止一二人。尹台继续说：“杨继盛出言狂妄，自取死道。但他上谏章获罪，天下人不视他为狂徒，不视他为书生，不视他为部郎，而视他为谏臣。圣上杀杨继盛，有杀谏臣名。他因弹劾介翁而获罪，介翁坐视他被杀，天下皆以为介翁贻圣上有杀谏臣名。愿介翁三思。”

严嵩的表情不断地变化，由赭而青，由青而白，终于按捺不住，站起身来，向尹台一揖，道：“多谢崇基直言。”

“介翁，王生世贞亦有此言。”王材在一旁说。

“我已知之，二位容我再想一想。”严嵩道。

“尹崇基一派胡言，大人切不可受其蛊惑！”严世蕃大声反对。

“何谓一派胡言？”严嵩问。

严世蕃略一思忖，滔滔不绝地说：“胡言者有三，我一一为大人言之。其一，尹崇基道，杨某上谏章，即为谏臣，难道七卿者上谏章，也是谏臣？辅弼者上谏章，也是谏臣？照他的说话，天下岂不是只有谏臣和非谏臣的区别？我偏视杨某为部郎，又有什么不对？皇上杀杨某，不过杀一部郎，怎有杀谏臣名？其二，皇上登极以来，明里暗里杀的谏臣少吗？有弹劾张相公者，死于杖下；有弹劾夏相公者，死于戍地。未闻有人说张相公、夏相公贻圣上有杀谏臣名。怎么今日杨某弹劾大人，皇上要杀他，就是大人贻圣上有杀谏臣名？再者，皇上要杀杨某，因其诈传亲王令旨，与大人何干？其三，杨某在牢里一年，谏垣平静一年，若杨某授首西市，谏垣至少可平静十年。依我看，宁愿背上杀谏臣名，也不可给他生路，招致谏垣纷扰。”

严嵩心想：如果说东楼在十年前二十年前还是一个善于出出主意的小角色，那么现在就是个能言善辩、目空一切、可以叱咤风云的大人物。无论把谁请来，面对他这一番辩词，也会束手无策的。不过，他的锋芒过于外露，这可不是一件好事。而且，因为反驳的是尹台，明显带有个人好恶的情绪，这就更不可取。

想到这里，他向坐在一旁，静听他们父子对话的鄢懋卿问道：“景修，依你之见呢？”

鄢懋卿曾因言事险些被责，自那以后，成为严府的常客。他处处小心谨慎，唯严嵩和严世蕃马首是瞻。严嵩问他，他毫不含糊地说：“东楼所言三者，甚是。‘招致谏垣纷扰’之论，尤为剀切。士人一入科、道，多不安分；晚生亦在科、道，对此深有体会。放一杨继盛容易，若是谏垣纷扰，收拾起来却难。”

严嵩头疼的，正在这难易之间。杀杨继盛不难，杀杨继盛而不负杀谏臣名就难；放杨继盛不难，放杨继盛而不使谏垣纷扰就难。两害相权，应取其轻。可何为轻，何为重，他一时有一时的想法，一时有一时的判断。所以，尹台指出，莫贻圣上杀谏臣名，实则莫使自己背上杀谏臣名，可以打动他；严世蕃、鄢懋卿指出，放杨继盛将招致谏垣纷扰，也可以打动他。看来，暂不杀暂不放是唯一的选择。

“东楼，景修，你们去吧，容我再想一想。”吩咐过后，他疲惫地向后一靠，闭上眼睛。

第四百九十四章

汤克宽因崇明战败，被夺去一切官职，以白丁从军，仍守金山卫。和他同过患难的苏、松副使任环，不忘旧情，在他到松江时，仍以对等的礼数，把汤克宽请到衙门里叙话。

二人行过礼后，汤克宽目不转睛地盯住任环身后一名壮汉。

“汤将军，看他眼熟吧？”任环问。

“是，好似见过。”汤克宽道。

“我提醒一句，他姓孙。”任环说。

“姓孙？”汤克宽紧锁眉头，用力去想，但就是想不起来。

“我再提醒一句，你与他在南沙打过照面。”任环又说。

“怎么，是孙壮士？”汤克宽把壮汉从任环身后拉到自己面前，左看看，右看看，最后才确认，“果然是孙壮士！”他用力地拍拍对方的肩膀，说，“孙壮士，你可知道，你在崇明城外救任大人于不死，最感激你的不是任大人，而是我。那次任大人若生意外，我百死莫赎。”

“汤将军言重，”那壮汉谦卑地说，“任大人洪福齐天，没有我，也不会有意外的。”

那次在崇明南沙遇伏，汤克宽是武将，凭着自身的本事，且战且退。任环虽有胆略，拳脚上也有些工夫，但到底没有经过实战，被几个贼人围住，立刻露出破绽，险象环生。危急之际，恰逢姓孙的壮士路过。只见他大喝一声，冲将过去，杀退围困任环的贼人，解救出任环。

当时，汤克宽生死未卜，眼见得任环被一壮汉救走，精神一振，奋力冲杀出去。狼狈奔逃中，只对壮汉有一个模模糊糊的印象，所以，任环开始说时，他没辨认出来。

“应乾先生，孙壮士怎成你属下？”他问。

“孙壮士于我乃朋辈，可不是什么属下。”任环说着，介绍孙壮士的情形。他名镗，是山东莒州人，曾在家乡做过刀笔吏，后学得一身武艺，有游侠之志。至江南行商时，苏、松海患棘生，规规矩矩的商人做不成，他萌生弃商从戎的打算。解救任环，使他有机会实现抱负。

“孙壮士既愿从戎，应乾先生又不以你为属下，不如随我守金山，一刀一枪，终有出头的一天。”汤克宽半是认真半是讲笑地说。

“不，我不求出头，甘愿为任大人属下。”孙镗说。

“这却是为何？”汤克宽好奇地问。

孙镗说：“我未至江南，就听过任大人事迹，说他在行旅间能与士卒同寝食，乡绅有所馈赠，无不分给之，连自己的家赀也用来慰劳将士。他还命士卒把姓名写在肢体上，以便战死后得以收葬。汤将军，跟随在这样一个爱兵如子的大人左右，区区小民尚有他求乎？”

“再无他求，再无他求！”汤克宽连声道，“其实，我劝孙壮士留在金山，也是胡乱言之。眼下我一白丁耳，自己还不知何时能够出头，怎保得你出头！”

“官至极品，还有戴罪办事的处分，何况你我？汤将军，我看头上这顶乌纱帽，大可不必太计较。”任环劝解一句，转入正题，“汤将军，王都堂今日移札于我，说到两件事。这第一件事，就是将军统兵多年，功大于过，他已举荐将军为浙西参将。王都堂一言九鼎，他既然举荐，朝廷不会不准的。”

“多谢王都堂厚爱。”汤克宽道。

任环再讲第二件事：“这第二件事嘛，王都堂说，为驱除苏、松倭贼，他已命卢将军率一军浮海北上，要我等与卢将军合力讨贼。”

“这是我等职守，何劳王都堂叮嘱！”汤克宽道。

“不，王都堂既致函叮嘱，一定有他的道理。”任环却说。

一方面，汤克宽的官职已到副总兵，卢镗还是参将；另一方面，汤克宽被免职，卢镗是现职。因此，不但王忬担心二人相处不好，任环自己也在担心。

“请应乾先生放心，并转请王都堂放心：只要准我杀贼，其他一切，我都不会在意。不过，”汤克宽顿了顿，有些懊丧地说，“只怕败军之将，别人不愿与之共事。”

这也是任环担心的。

十一、筑巢柘林

第四百九十五章

嘉靖三十三年的正旦节过没几天，卢镗所率浙东官军，和肖显所率倭寇、海盗，在嘉定濒海处对峙，从黄昏到黎明，又从黎明到薄暮，整整一个昼夜，局势骤然紧张。

任环与卢镗同在军中，都紧张地等着这一对峙的结果。

“卢将军，今夜还会一夜秉烛吗？”任环觉得快熬不下去。

“应乾先生放心，我看，不等天黑就会有结果。”卢镗说。

果然，军士来报，贼人后阵已乱。

“好，我军在气势上压倒贼人，”任环欣慰地说，并问，“卢将军，这就下令追击吗？”

“稍等一等，”卢镗摇头，并分析，“贼人尚在退与不退之间犹豫，待其决心退却时，再追击不迟。”

不多时，第二名军士来报，贼人后部又稳住阵脚。卢镗看任环一眼，心里有几分得意。任环报以一笑。又不多时，第三名军士来报，贼人后部改为前部，急去。卢镗看任环一眼，心里又多了几分得意。

“一切在卢将军预料之中，”任环赞道，“贼人犹豫时，我若冲将过去，是启其拼杀之心。等到贼人决心退却，我追得急，彼退得急，我追得缓，彼退得缓，却绝无拼杀之心。卢将军可谓知敌。”

“应乾先生可谓知我。”卢镗回敬一句。

任环乘机提议：“贼人南窜，卢将军在后追击，若更得一师在前面截杀，将全歼贼人。卢将军以为如何？”

“应乾先生说的是以金山守军在前面截杀吗？”卢镗问。

“汤将军率金山之师，尚可战。”任环说。

卢镗早料到，任环会提出这件事，也早想好如何应答。他不慌不忙地问：“我昨日悄悄差派出几只小船，应乾先生留意否？”

“我知此事，且一直想问卢将军，却未得其便。”任环说。

“原来应乾先生一直想问，我还误以为，应乾先生并未留意，”卢镗讲了句笑话，接着问，“那船上载满物什，应乾先生留意否？”

“那几只并非空船，一看就知。”任环说。

“应乾先生可知，我交代那几只小船什么差事？”卢镗问。

“不知。”任环道。

“应乾先生可知，那几只小船上载满何物？”卢镗边答边问，“船上载满芦草，应乾先生应该知道我交代那几只小船的差事吧？”

“卢将军欲用火攻？”任环猜到他的用意。

“然也，”卢镗解释，“我确实想借用火之力，应乾先生所料不差。不过，我借火之力，并非直接攻敌；而是命小船上的军士，见贼人退却，即自行将小船点燃。贼人以为其船被烧，必惶惶然奔救之，而我军在这时全力以袭——”

“妙哉，妙哉！”任环不等他说完，叫起好来，“直接以火攻贼船，贼人起疑心，难以靠近；借一场大火引贼自乱，借贼之乱而攻之，可谓万无一失。”

“知我者，应乾先生也。”卢镗又说一遍，并问，“应乾先生，对此役之胜负还有什么不放心的吗？”

绕个大圈子，仍是不欲汤克宽参战。是不欲与败军之将共谋其事，还是因为其他原因，任环尽可以揣测，但不好再勉强他。

任环摈去众人，单独留下孙镗说话。

“孙壮士，有一贼人闯入上海城里投诚，你知道这事吗？”他问。

“听说过，”孙镗答道，“我还听说，那贼人叫作陈义，是他们肖大王的心腹之一。”

“孙壮士，你如何看待此事？”任环问。

“事有可疑。”孙镗说。

“哼！”任环冷笑，“我看，不是事有可疑，而是其事必诈。”

“请大人点拨。”孙镗道。

任环说：“你看出事有可疑，也用不着点拨什么。我只说一事，贼人是在嘉定受重创，窜至松江海域的。如果没有在嘉定受重创，贼人至松江海域，一定会大肆劫掠；既在嘉定受重创，窜至松江海域而不继续南窜，一定有所图。那么，贼人图的是什么呢？这个陈义不向官府投诚，贼人滞留松江海域，或是观察形势；陈义既投诚官府，贼人虚实官府无不掌握，贼人理应速速逃窜。除非陈义投诚，贼人并不害怕。那么，贼人为什么不害怕呢？”

“大人说得透彻，”孙镗服膺，“陈义既为诈降，留在上海城里，必为后患，大人何不除之？”

“我知其为诈降，苦无证据。滥诛降人被治罪，是有前车之鉴的。除非——”任环四处张望，偏偏不看孙镗。

“大人要我去查实这件事吗？”孙镗明白他的意思。

“孙壮士，”任环郑重地招呼道，“查实这件事不容易，既要胆大，还要心细。”

“大人知我胆大，却怕我不够心细？”孙镗问，并说，“大人知道，我曾经商，赔本的买卖是不会做的。不够心细，把命丢给陈义，是赔本的买卖，我不会去做；误大人的事，更是赔本的买卖，我不会去做。”

“好，孙壮士能胆大心细，再好不过。说实话，也只有孙壮士去办这件差事，我才放心。”任环毫不掩饰他方才用的是激将之法，他具体问道，“孙壮士，办妥这件差事，五日够不够？”

孙镗想了想，说：“不须五日，三日足够。”

“夜长梦多，自是早日处置这个陈义为好。孙壮士，你可先去汤将军那里，找几个得力的人物留在身边。到上海后，尽快与陈义见面，相机行事。”任环说着，伸出三指，“三日后我即赴上海，亲讯陈义。”

“你是陈义？”任环冷冷地盯着跪在面前的汉子。

“小人是陈义。”那汉子回答。

“以前来过上海吗？”任环问。

“在城外胡乱走走，没进过城。”陈义回答。

“在城外不只是胡乱走走吧？”任环道。

“是，小人在城外做过些为非作歹的事。”陈义回答。

“这几日在城里过得可好？”任环又问。

“城里的人都很友善，小人过得很好。”陈义回答。

任环冷冷地看他一眼，忽问：“你在城里有没有做为非作歹的事？”

陈义一惊，眼睛眨了几眨，说：“小人诚心投奔，蒙官家给一条自新之路，再不敢做为非作歹的事。”

“好一个诚心投奔！”任环冷笑着，话题一转，“陈义，我再问你：肖显是你什么人？”

“是小人仇家。”陈义回答。

“也是你义兄吧？”任环道。

“以前是小人义兄，现在是小人仇家。”陈义回答。

“你姓名中有一个义字，为人可不怎么仗义，”任环讥道，又问，“你和肖显是不是有一笔钱财纠纷尚未了断。”

陈义又一惊，答话不像方才那么自如：“是，小人的私财都扣压在他的手上。”

“为何不托人与他交涉？”任环问。

“不可靠的人，小人不能托；小人初至上海，身边又没有一个信得过的朋友。”陈义回答。

“不是有一个姓孙的朋友，你很信得过吗？”任环道。

“这个——”陈义越发吞吐，“肖显与他素不相识，他去，也办不成事。弄不好，还会害得他丢掉性命。”

“有你的信札也不成吗？”任环道。

陈义被彻底击垮，喃喃自语：“小人并没写什么信札。”

任环从案上拿起一张纸来，在他面前一晃，说：“这难道不是你亲笔所书吗？不过，这上边写的并不是向你肖大哥讨要钱财，而是约他某日来上海城里，共取一笔钱财。他进不了城怎办，自然是你接应。”

陈义哑口无言，再无力回答。

“陈义，想不想再见你孙大哥一面？”不等陈义表示，任环招呼道，“孙义士，你出来吧。”

一听“义士”二字，陈义立即醒悟，自己落入面前这位官大人设计的圈套里。孙镗从后室大步跨出，躬身向任环行礼。只见他一身素淡的衣物替代华丽的衣物，一脸的正气替代一脸的贪婪，那个愿意代他联络倭人的奸佞商人不见，站在面前的是个勇于任事的丈夫。陈义不由哀叹：肖大哥一再叮嘱谨慎，自己还是大意。

“孙壮士，你骗得他好！”任环说。

“任大人审得他好！”孙镗说。

二人大笑，笑声里满含胜利喜悦。

“传令，将陈义斩首，悬于城门外。”任环命道。

当天，泊于外海的肖显船队起帆南去。

第四百九十六章

徐海十个月后，才在王直盘踞的孤岛上见到他。王直听爱姬们唱一会儿曲，咿咿呀呀，不能入耳，心里正在烦闷。一直惦念的徐海到来，他的心情才好一些。

他挥挥手，把爱姬们撵走。

“明山，我们你找我我找你的，见一面真不容易。”他对徐海说。

徐海道：“亏得五哥有这一处窝穴，否则我就不知该去何处寻你。”

“来，你坐这里！”王直把他按坐在自己的虎皮靠椅上。他从来不把这个座位让与他人坐，除徐海外，也无人敢坐。

“老肖在嘉定败得一塌糊涂，五哥知道吗？”徐海问。

“才听说，”王直道，“卢某知命，通谋略，老肖不是他的对手。自卢某移师苏、松，我就料到老肖的下场。此间有个俞大猷，也很了得，我和他周旋一年，好不容易打个平手。明山，以后遭遇这两个人，你千万不可大意。”

“是，五哥的教诲，小弟牢记。”徐海应道。

“明山此来，有什么打算吗？”王直问。

“我是来问五哥有什么打算的，”徐海狡谲地说，复道，“卢某回师浙东，加上很了得的俞某，五哥在此间的日子不好过吧？”

“我不犯他，他也不会犯我，日子还过得去。不过，我不犯他，弟兄们难耐寂寞，就要犯我。”王直寥寥数语，道出自己的处境，他转向徐海讨教，“明山寻上门，就来替我打算打算吧。”

徐海道：“五哥说得好，我不犯他，他也不会犯我；五哥不犯他，这一处窝穴可无恙；这一处窝穴无恙，在外面吃些苦头还是吃些甜头，有所失还是有所得，都不在话下。这一层，不必小弟替五哥打算。但五哥说得好，我不犯他，弟兄们就要犯我，这一层，须得好生计议。其实，弟兄们耐得住耐不住寂寞，还在其次，五哥自己就耐得住寂寞吗？为保这一处窝穴无恙，五哥不可在此间犯他；为耐不住寂寞，五哥不妨去别处犯他。五哥下不了决心的，是南下犯他，还是北上犯他。”

“依明山看，是南下的好，还是北上的好？”王直问。

“自然是北上的好。我找上门来，为的是迎五哥北上，不是随五哥南下。”徐海说。

“可老肖才在北边受挫，官军士气正旺。”王直有反对的理由。

徐海也有坚持的理由：“得胜的是浙东的官军，并非直海的官军。浙东的官军士气再旺，也已回撤；直海的官军眼睁睁地看着人家得胜，自己却无所作为，士气能旺到哪里去？再者，华亭濒海有柘林镇，进可以攻，退可以守，五哥南去，恐怕找不到这样一个落脚地。老肖曾以柘林为窝穴，不知好生经营，随随便便让与官府。五哥再夺将过来，以为我用，进可以袭苏州，退可以入大海，岂不胜过在此间彼此不犯？”

“说得好！明山，你的见识大长，”王直赞道，“好，我把海峰、老叶几个找来，一起议一议。”

“不忙！”徐海止住他，“五哥，我寻上门来，还有一事。”

“何事？”王直问。

“给五哥送一件大礼。”徐海说着起身，走到门口，向外拍两下巴掌。随着击掌声，他的亲信引进一名女子。该女子的脸上遮着一围轻纱，徐海伸手为她揭去。女子二十几岁的年纪，有风尘之气；而风尘气中，又透露出一股清纯，男人不一定会见而爱之，但一定会见而怜之。

“五哥，认得我这妹子吗？”徐海问。

“明山有妹，我怎没听说过？”王直道。

“那就是不认得。可她有一物，五哥一定是认得的，”徐海说着，转对那女子说，“妹子，取出信物，给五哥看一看。”

那女子正是昆山城外落在徐海手里的张少华。十个月来，她一直跟随徐海流窜；十个月来，徐海一直对她照顾得无微不至，且从不冒犯。有时她耐不住，着意装扮，频送秋波，徐海也不为所动。这就使得她更急于见到他的这位兄长，看看他到底是个什么样的人物。

瞥过王直一眼后，她心里有了底：不错，这是个豪俊之士；但她可以把握住他，甚至可以把他玩弄于股掌之上。

“海哥说它是信物，人家未必把它看作信物。”张少华卖弄风情地说着，从脖子上摘下玉珮，交给徐海。摘取玉珮时，她有意把衣领扯大些，露出一截雪白的脖子。

徐海接过玉珮，捧到王直眼前：“五哥认不得我这妹子，也认不得这玉珮吗？也不记得‘珠联璧合’四个字吗？”

王直看了玉珮一眼，又惊又喜：“是张姑娘吗？”边迎上前去，边说，“真是怠慢贵客。”

张少华向王直道个万福，却问徐海：“海哥送我来做客的吗？”

“不是，我送妹子来，与五哥续上前缘。”徐海说。

张少华睃王直一眼，道：“也不知道，海哥的情义人家领也不领。”

“姑娘这话，折煞我也！”王直一时竟不知如何是好，他又转向徐海说，“明山这礼折煞我也！”

“五哥，我不瞒你，如果不是五哥赠送玉珮在前，这位姑娘，我就自己留下。五哥既已赠送玉珮，是天作之合，我若取之，是不义，不吉，天将不佑。老天把张姑娘送到我手里，是要我来成全五哥的一段姻缘，何其幸哉！”徐海恳切陈词之后，向在一旁侍候的王直的亲信命道，“新贵人在海上漂泊数日，还不请她入内歇息！”

亲信们不动，在等王直示下。王直不为人注意地点一下头，一名料理王直内事的亲信走近张少华，道：“张姑娘，请吧。”

“等等，”王直唤住他，问，“你如何称呼她？”

“张姑娘呀。”那亲信没觉出有什么不妥。

“糊涂！”王直斥道，“她在这外室，你们可称她一声张姑娘，现在要送她入内室，怎么还称她张姑娘！”

“小人称呼错，我改称她夫人，总成吧！”那亲信说。

“不成，要称呼张夫人。”王直说。

王直后院里有三十余名爱姬，属下们笼而统之地都称为夫人，至于某位夫人的姓氏，是没人关心的。现在，这位新贵人的称呼前面要带上姓氏，就与众人不同。那亲信想着，再次邀道：“张夫人，请吧。”

“少华别过海哥。”张少华向徐海辞别，又朝王直抛去一个渴望与他欢聚的眼神，随着那亲信袅袅而去。

“明山，如此大礼，叫我何以为报！”张少华离开后，王直才任由感激之情流露出来。

“兄弟之间，何出此言！不过，”徐海暧昧地一笑，说，“我先与五哥议论北上，后献大礼，是有用意的，五哥不可不知。”

“什么用意？明山是怕我留恋声色，无心进取吗？”张少华那个渴望的眼神一直在王直的脑海里闪动，他恨不得暂别徐海，先去内室应付一阵美人。但徐海把话说在前头，他若不收敛心迹，真要让好兄弟寒心。“明山，我这就请海峰、老叶过来议事。”

“也不急于一时，我身体甚乏，也要歇一歇。”徐海却说。

第四百九十七章

内监二十四衙门里，姓黄的太监有几个，大家辈分相同，为便于相互间称呼，他们按照年岁排名次，司礼太监黄佐排在第二，掌东厂的司礼太监黄锦排在第五。

皇帝宣召黄锦，传旨的恰好是黄佐。

“二哥，爷召我何事？”黄锦不安地问。

他不安是有理由的。东厂衙门没有撤销，但在皇帝的心目中，东厂远不如锦衣卫重要；东厂仍有许多缉事人员，但每有重大侦缉之事，皇帝宁愿交与锦衣卫去办；东厂仍有牢狱，但每有重大案犯，总是关押在镇抚司狱。举个例子，陆炳在西苑当值，他却在东厂坐冷板凳。再举个例子，皇帝召入陆炳十次，不一定会召入他一次。今日匆匆着黄佐把他叫去，为的是什么事呢？

“我怎知道？”黄佐事不关己，漠不关心，“也许你东厂那帮儿孙们坏事做的太多，爷要你严加约束。”

“不会的，”黄锦不相信是为此事，“我对他等一直在严加约束。”

“那就是你坏事做的太多，爷要对你严加约束。”黄佐仍是事不关己的态度。

“这可是冤枉，”黄锦叫屈，“爷亲口说过，因我能持正，才让我去掌东厂的。我牢记爷的这句话，凡事只知持正，绝不敢坏规矩。”

“你这话我可不信！爷夸你能持正，是句鼓励的话；我倒要问问你，何者为正，你说得出来吗？”黄佐拿他打趣。

黄锦发急，尖着桑子叫道：“我说不出来，你又说得出来吗？”

“我干吗要说，爷又没夸我能持正，”黄佐道，打趣打够，他说，“西苑即刻就到，还怕爷不亲口告诉你吗？老五放心，爷今日心情不错，不会打罚你的。”

黄锦还要絮叨，黄佐掉过头，不搭理他。

直到给皇帝叩头请安，皇帝命他起身回话，黄锦才真的放下心来。皇帝至少没阴沉着脸，这就是吉兆。

“黄锦，你东厂里那些人还算规矩吗？”皇帝问。

“还算规矩，有犯事的，奴才一律严惩。”黄锦奏道。

“这话大约不差。有犯事的，科、道一定会论劾。可这两年来，还没有人论劾你，”皇帝安抚过他，又问，“他们还肯办事吗？”

“还肯办事，有不用心办事的，奴才也一律严惩。”黄锦奏道。

“好，你来告诉朕，关乎钱法，你听到些什么议论？”皇帝问道。

“钱法？”黄锦听说朝廷上近日对钱法有些议论，却不知皇帝为什么要把他找来询问，一时无从说起，“奴才没听到什么议论。”

“是没听到议论，还是听到的议论不多？”皇帝追问。

“奴才听到的议论不多。”黄锦更正。

“你东厂那些人呢？”皇帝又问，“朕知道，你自己不会爬墙头，蹲酒肆，去听家长里短的。可你养东厂那些人，不就为的让他们爬墙头，蹲酒肆，去听家长里短吗？他们都听到些什么议论？”

“他们也没听到什么议论。”黄锦说。

“是没听到议论，还是听到的议论不多？”皇帝追问。

“是，是奴才糊涂。他们听到的议论也不多。”黄锦更正道。

“好，你就给朕讲一讲他们听到的不多的议论吧。”皇帝命道。

“奴才遵旨。”黄锦整理一下思绪，说，“奴才们只是听人议论，以前的纹钱，往往以三四十文当银一分，多至六七十文当银一分，今者改为上品七文当银一分，下分等次，最下者二十一文当银一分，私造滥恶钱悉禁不行。这本来是件好事，无奈小钱行久，骤革之，颇为不便。奴才们还听人议论，朝廷出内库钱充文武官俸，不论新旧美恶，悉以七文当银一分，以俸钱交易，悉以七文勒于民，民人叫苦连天。奴才们还听人议论，今岁灾荒，四方饥民就食京师，死者甚众，是因为钱法不通所致。奴才们还听人议论——”

皇帝打断他的话头：“黄锦，你言及几事？”

黄锦说得兴起，哪里记得清言及几事？

“你言及三事，而且还有第四事、第五事，听到的议论不算少，怎么能说不多？”皇帝道。“不过，第四事、第五事你不必再说，朕听你说的三事已听出端倪。三事者，可归为一事，革小钱不便也。黄锦，”他忽然唤道，“监察御史何廷钰上疏，请许民间使用小钱，以六十文当银一分，你知道这件事吗？”

“奴才不知。”黄锦不管知道不知道，只能答不知。

“因钱法不通，饥民死者甚众，则许用小钱，乃一善政，”皇帝自语罢，又问黄锦，“你说是不是？”

“爷圣明。”黄锦应道。

“可户部议复，居然反对。黄锦，这是为何？”皇帝问。

“奴才不知。”黄锦应道。

皇帝这才发现，向掌东厂的太监提出这一类问题，恰似问道于盲。他自觉好笑，戏问道：“你不知道什么？”

“奴才不知户部反对何御史之议，也不知户部为什么要反对何御史之议。”黄锦说。

皇帝再无兴趣向他问话，听他回话，打个手势让他退下。

户部尚书方钝在吏部衙门前站立片刻，走过去。走出三五十步，回头走来，又在吏部衙门前站立片刻，然后朝相反的方向走出三五十步。当他第三次从吏部门前走过时，李默迎出来。

“仲敏兄，三过敝衙而不入，是何道理？”李默拦住他问。

“进去说话，进去说话。”方钝边向里走边说。

进到屋里，李默又问：“仲敏兄，三过敝衙而不入，是何道理？”

“关起门说话，关起门说话。”方钝亲手把门关上。

李默深知，方钝不是喜欢诙谐的人，这番举止绝不是为了开个玩笑，说：“时言兄，请为户部办一件好事。”

“不敢当，不敢当，”李默忙还礼，“仲敏兄有什么难处，说出来，我等方好计议。”

“我并无难处，只请时言兄为户部办一件好事。”方钝说。

“仲敏兄有何吩咐，就请说吧。”李默道。

“我并无吩咐，只请时言兄为户部办一件好事。”方钝说。

翻来覆去就这一句话，让李默哭笑不得。

“仲敏兄，我该怎样为户部办一件好事？”他问。

方钝好似得到他许诺，终于换了句话：“成卿是个人才呀。”

成卿是户部郎中刘尔牧的字，与何廷钰争论钱法的，主要是他。

“我知道。”李默应着。

“成卿是户部的栋梁呀。”方钝说。

“我知道。”李默应道。

“成卿是我的左膀右臂呀。”方钝说。

“我知道。”李默应道。

“成卿被杖一百，幸而未毙命杖下。时言兄，”方钝哀戚地呼唤着，“他既已被杖责，可不可仍留户部办事？”

“仲敏兄，这就是你要我为户部办的好事？”李默反问。

“不错，望时言兄玉成。”方钝态度至诚。

“仲敏兄，不知是我糊涂，还是你糊涂？刘成卿被杖、免官，都传的中旨，是我管得了的吗？”李默道，他进一步说，“这件事，莫说我管不了，就是几位阁老想管，也管不了。”

“是你糊涂。”李默激动起来，方钝却平静下来。他言外之意，李默想管，还是管得了的。“时言兄难道不知，成卿是冤枉的吗？”

“仲敏兄，成卿是不是冤枉，我还真不知道，”李默说，“并非何某与我同乡，我便偏袒他。可他主张使用小钱，为的是便民，而成卿却反对其议，又为的什么？”

何廷钰是福建邵武人，李默与他同为闽籍，所以先要避开这层嫌疑。

“成卿反对使用小钱，自有道理，”方钝辩道，“钱法之坏，首先不在于许不许用小钱，而在于恶钱泛滥。许小钱通行，看似便民，实则对恶滥钱推波助澜。禁小钱通行，看似不便于民，实则为改善钱法之要领。并非成卿一人持此议，我等户部堂官皆持此议。”

“仲敏兄，二者是非，我实不能判定。”李默抱歉地说。

“我也不是要与你判定二者是非，”方钝要他判定的是另一回事，“成卿被杖责，被免官，并非因为反对小钱通行，而是因为何某人讦告他谤毁玄修，时言兄还能说他不冤枉吗？”

“仲敏兄是说，成卿并未谤毁玄修？”李默道。

“涉及会计时，发几句议论是有的；谤毁玄修，绝无此事！”方钝为刘尔牧申辩的态度非常坚决。

李默思忖着说：“成卿被免官，非我所能干预。不过，仲敏兄，我应允你一件事：若何某人果真争论不过成卿，而行此卑劣手段，我也不让他舒舒服服待在朝中。”

几天后，何廷钰奉旨督开胶、莱新河。李默问过工部尚书欧阳必进，得知这是一个议论已久、前景未卜的工程。于是，关于钱法的争论，一人被免官，一人派外差，争论没有结果，钱法未见改善。

第四百九十八章

三月中的一天，宁波西北的慈溪县灌浦乡，出桩怪事。乡里有一殷实人家，姓郑。郑家老爹有个习惯，天微明，要如厕蹲上一阵。那一日，郑老爹从茅厕回屋，屋内昏暗，他刚一迈进堂屋，就觉得不对。一大早，怎么会有水从睡屋里淌出。莫不是老婆起床解溲，没留神，把马桶碰倒？打亮火石一看，不对，地上流淌的不是黄色的液体，而是殷红的液体，散发出的不是尿臊味，而是血腥味。难道是盗贼闯入，老婆被杀？但睡屋里一丁点动静也没有。

他快步走进睡屋，被眼前的景象惊呆。原来睡屋里裂一道长缝，血水不住地从地下涌出。他推醒还在酣睡的老婆，老婆睁眼看到这情景，吓得要叫也叫不出来。郑老爹又去厢房唤醒儿子，儿子的屋里也裂开一道缝，血水从地下涌出。儿子惊呆。他又去偏屋里唤醒丫环，丫环的屋里也裂开一道缝，血水从地下涌出。几个丫环无不惊呆。从清晨到正午，从正午到天黑，家里院里田里无不如是。

“阿爹，怎么办？”儿子惊慌失措地问。

“还能怎么办，报官呗。”郑老爹说。

王忬巡视慈溪后，没回宁波，而是从宁波以北取直径，由西向东，直接去定海。俞大猷奉檄，已在那里等候他。

“民应先生，慈溪那边怎样？”俞大猷见面就问。

王忬掏出方帕，擦了擦头上的汗，说道：“民心不稳。不过还好，尚未酿成大乱。”

“多亏民应先生及时赶去安抚。”俞大猷说。

“安抚是要安抚的，不然，军情紧迫，我也不会去慈溪一趟。但那个郑老爹说的好，血光之兆应于倭乱；倭乱不息，民心难以平定。”王忬略叙他的感受后，问道，“俞将军，倭贼的脉络查清楚没有？”

“查清楚了，”俞大猷指着浙、直沿海区域图说，“现已查实，这一股倭贼在绍兴北部登岸后分为两支：一支自萧山境内赭山渡钱清江，历曹娥江，于浙江、钱清、曹娥三江会聚处，直入宁波境内；再走定海王家团，而盘踞普陀山。一支行劫海盐之龙王塘、乍浦、长沙湾等地，且有北扰嘉兴、嘉善之势。”

“来势凶猛，又胜往年，”王忬思忖着，问道，“俞将军，你看这是什么缘故？”

“尚难断言，或是直海倭贼新败，窜至浙东，致使浙海倭贼之势更为嚣张？”俞大猷揣度着说。

“或许吧，”王忬也没把握，“我让卢将军暂留嘉兴，这一着棋看来下对。窜去嘉兴倭贼，就让他去应付吧。窜扰宁波倭贼，请问俞将军，如何谋之？”

俞大猷在等候王忬之际，一直在思索进退攻守之策，此时听他询问，答道：“倭贼盘踞普陀，直对定海，威胁宁波，且来去自如，防不胜防。卑职愿率海师，袭取普陀，捣其巢穴。若全歼该部倭贼，自可毕其功于一役；即便驱之而不能全歼之，亦使其进退无据。”

“好，就依你所言，攻剿普陀倭贼，”王忬批准他的计划，“但愿将军尽快收复普陀，我也去那里烧一炷香。”

俞大猷登上船板时，忽然想起一个人。他回过头问亲信家丁：“那个叫作王二赖的泼皮还在吧？”

他的亲信家丁答：“还在。”

“你们没给他苦头吃吧？”俞大猷问。

“弟兄们烦闷时，或会拿他开开心，此外没给他大的苦头吃。”亲信家丁答。

“这就够他消受，”俞大猷说着，吩咐，“带他到我的船上来。”

王二赖进船舱，一头跪倒。他的模样没有大变化，只是看上去，脸上增多些肉，身上似乎也增多些肉。

“起来说话吧。”俞大猷命道。

“小人不敢起来。”王二赖说。

“为什么？”俞大猷问。

“那几位军爷发话，小人敢站着回大人的话，就把小人扔进海里去喂鱼。”王二赖哆哆嗦嗦地说。

定是亲信家丁方才又拿他开一回心。俞大猷想，自己何不也拿他开开心？于是说：“好，你不肯站着回话，回头我让他们把你扔进海里。”

“那小人岂不是没有活路！”王二赖麻利地站起来，拍拍裤子上的土，讨好地说，“小人宁愿被他们扔进海里喂鱼，也要听大人的。”

话虽这么说，还是心有余悸地向舱外瞥一眼。

对他的阿谀，对他的性情的改变，俞大猷一笑了之。

“王二赖，我们有一年没见吧？”他问。

“一年半，小人数着呢。”王二赖说。

“这一年半里，你没再改个姓氏？”俞大猷戏谑地问。

“小人想改姓俞，怕大人不准。”王二赖恢复无赖的本性。

“我当然不准。我留下你性命，是要你看我如何收降你的主子，可不是要把你收为属下。”俞大猷说着，逼近王二赖，“我又要与你的主子交手，你还敢说，我不是他的对手吗？”

“小人再不敢说大人不是小人主子的对手，”王二赖不等俞大猷得意，又加上一句，“可小人也不敢说大人一定胜得过小人的主子。”

俞大猷想不到，这么一个不起眼的泼皮，在他这里关押一年半，被他的属下调理一年半，还敢嘴硬。他开始很气恼，随即又想，也不能怪他嘴硬；要怪，只能怪自己没打更多的胜仗，更大的胜仗。

“好，等我收降你家主子，把你们一起扔进海里喂鱼。”他说。

靠近普陀山时，俞大猷不禁想起“空山不见人”那句唐诗。不，现在的情形和诗里的意境还是不同，不但渺无人迹，而且渺无声息，让你无法相信，岛上有座名扬遐迩的丛林。

是所报军情不实，还是倭贼只在岛上滋扰一番又撤去？现在再也不会有任何探报，是命所有的船只停泊在附近以观虚实，还是命一支人马登上岛去以探虚实，或者干脆以未见倭贼而返回？不采取任何行动而返回，是最安全的，可也是最不可取的。且不说那证实以前所报军情有误，且不说倭贼有隐藏于岛上的可能，如果船队到普陀而不登岛，被人劾以惧倭纵倭，玩忽职守，就是有一百张嘴也分辩不清。把船停泊附近呢？万一倭贼突施火攻，数十只船挤在一起，肯定是万分危险。比较起来，还是差一支人马上岸侦伺稳妥。只要加倍小心，即使倭贼占据险要，埋伏偷袭，损失也不至于太大。

想到这里，他决定亲率前部五百人上岛搜索，其余船只在后策应。

前部登岸一大半，俞大猷带领的中军也准备登岸。就在这时，一阵锣鼓声响起，埋伏在岸上的上千倭贼、海寇杀出。登岸的官军一部被围在岸上，一部被赶到水里，正准备登岸的官军被拦截在狭窄的跳板上，登岸绝无可能，只有退回船上。欲调后续队伍援救，但被前面这些船只挡住，局面更为混乱。俞大猷只能眼睁睁地看着岸上的官军和落水的官军像案板上的肉，任倭贼、海寇宰割，眼睁睁地看着海水被血水染红。

这不应了慈溪灌浦乡的血光之兆吗！他既愤且惊。

又是一阵锣鼓响，获胜的倭贼海寇忽地又无影无踪。

俞大猷在亲信军士们的簇拥下登岸。他命人把受伤的官军抬上船去，查点一下，阵亡多少人。不一会儿，一名亲信来报，登岸的官军三百人，除救上船的十余人外，都被杀害。

“大人，还在岛上搜索追击吗？”一名亲信问。

俞大猷摇摇头，心情沉重地说：“这么多人当众被杀，谁还有心恋战！传令，返回定海。”

“大人，杀那个王二赖，祭奠弟兄们吧！”一名亲信愤愤地说。他方才在船舱外听到俞大猷和王二赖的对话。

“对，杀王二赖，祭奠死者！”周围的军士纷纷响应。

“不能杀他，我要他看着我是如何打败倭贼，收降王直的！”俞大猷铿锵有力地说。他又恢复以往的镇定和自信。

船离普陀，一条航路去定海，一条航路去宁波。俞大猷的亲信请示：“大人，去定海，还是去宁波？”

“去慈溪。”俞大猷说。

“去哪儿？”亲信疑惑地问。从普陀还有一条航路去慈溪，但只有一些小渔船会取这条航路，俞大猷决定径去慈溪，使他的亲信甚是不解。

“去慈溪！”俞大猷果决地说，“我要去灌浦看看。”

他并没看到灌浦的奇兆，因为在慈溪登岸后，正好与一队倭贼海寇遭遇。在数量上官军占有绝对优势，而在普陀的惨败又使官军人人憋着一口气，所以，轻易打败贼人。战后查点，除生擒若干，贼人逃逸若干，共杀敌二百多人。

“又打个平手。”俞大猷自语道。

从生擒者嘴里得知，这一股贼人的首领姓肖。

肖显？果然是从直海窜来之贼。那么，王直是在哪一支贼人中，他是指挥了普陀山之役，还是窜至嘉兴一带行劫？许多人对俞大猷说起过王直其人，而给他留下最深刻印象的，当属王二赖一年多以前的那些话。正由于王二赖对王直的推崇和对他的轻蔑，他才下定战胜王直的决心。

“大人，去灌浦吗？”亲信请示。

“不，”俞大猷已改变主意，“回宁波，叩见王都堂。”

第四百九十九章

四月底，王直、王激、徐海等终于在柘林镇会聚。先一步到柘林的谋主叶先生，为他们安顿好住处。

镇上有三所住宅，房屋既高，院落也大，在参差不齐的房屋中，有如鹤立鸡群，很是气派。三所住宅在镇子深处，北边的一所住宅最大，在它东南方的一所住宅和西南方的一所住宅，大小相同。三所住宅互为掎角，连成一个三角形状。

“好宅子！”王直等三人齐声喝彩。

“三位首领既然说好，各住一宅，如何？”叶先生不等他们可否，就自作主张分派，“五峰，你住北边的善人居。明山，你住东南的大翰林居。海峰，你住西南的小翰林居。我算计过，每处宅子可住三五十弟兄，纵然遇有不测，官军冲进柘林镇，凭这三处宅子，也可以抵挡一阵。”

“老叶，你等等，”王直打断他，问道，“这三处宅子的名号，是原来就有的，还是你编排出来的？”

“自然是原来就有的，”叶先生不知进镇以前，就知道这三所宅子的故事，还是进镇以后才了解这三所宅子的由来，反正说起来头头是道，“华亭县有一位姓何的财主，在柘林镇上买块地皮，修筑起宅院。因为他好善乐施，镇上的人都称呼他何善人。何善人有两个儿子，长子叫何良俊，次子叫何良傅，都愿意守在父亲身边，于是，各在善人居前盖一处宅子。大翰林居住的是何良俊，小翰林居住的是何良傅。”

“这何氏昆仲，都入过翰林吗？”徐海问。

叶先生由宅子讲到宅子的主人：“何良俊入过翰林；不过，说起来可怜，他没有中过乡试，更没有中过会试，是由国子监生特授为南京翰林院孔目的。那算不得翰林官。何良傅倒中过进士，做到礼部郎中，却没入过翰林。但他兄弟二人的学问均属上乘，连翰林官也不敢小觑。乡人把他们视为翰林，他们的宅子因此有了大、小翰林居的名目。”

“原来如此。叶先生让五哥住进善人居，让我和海峰住进大、小翰林居，却让主人们住去哪里？”徐海问。

“他们举家迁往苏州，明山想与他们切磋学问，也无法谋面；想把宅子留给他们，他们也不承情。”叶先生说。

王直和王激被他逗乐。徐海听他嘲讽自己，板起面孔，想说几句厉害的话反击。但板着板着，板不住，“噗哧”一声也笑起来。

“明山住大翰林居，不管别人怎样想，我服气，可我住小翰林居，大概要让天下之人笑掉大牙。”王激笑着说。

“那我住善人居又如何？”王直道，“反正我等是按照老叶的分派入住，天下人要笑，由得他笑。”

“不错，不错，”王激拍拍叶先生肩膀，“宅子分派既定，不知老叶准备在哪一处宅子里为我等接风洗尘呀？”

“接风洗尘另有处所，三位首领随我来。”叶先生道。

他在镇外高地上的一棵大树下摆上酒席，为王直等接风。此处一面可以瞭望全镇，一面可以瞭望大海，既有豪情，又十分雅致。王直等都在江南走动过，对一桌色香味俱佳的江南菜肴和醇而不烈的江南佳酿还不太动心，对叶先生的别出心裁却称赞不已。

“老叶，亏你想得出坐此喝酒，我想不做善人也不成。”王直说。

“五峰本是善人，说什么想不想做！”叶先生道。

“五哥想不做善人也不成，我想不做翰林也不成，”徐海附和道，“叶先生，镇上哪些人家里藏书多，麻烦你帮我打探打探。”

“好说，理当尽力。”叶先生道。

“老叶，五哥和明山都被你算计；我却宁为海贼，不做翰林，偏不入你彀中，”王激一屁股坐到西面的座位上，说，“正位是五哥的位子，我不去抢，陪席是老叶的，我也不抢，我就坐这里。”

“东面的位子你为什么也不抢？单单一个‘彀中’，不做翰林，你说得出口吗？”徐海取笑道，“海峰，你说不入叶先生彀中，却已在叶先生彀中。”

“当真？”王激双手一撑桌面，想站起来，但又重重落回去，“罢了，罢了！既要喝老叶的酒，也顾不得入不入他彀中。”

众人欢笑。叶先生指了指设在北面的座位，让道：“五峰，请。”

“不，”王直不肯就座，“这个位子，今日要请老叶来坐。”

“使不得，使不得。”叶先生连连摆手。

“为何使不得？”王直问。

“我坐在那里，海峰和明山不说是五峰谦让，却说是我老叶心怀鬼胎，以后还不得日日算计我！”叶先生道。

“不是你心怀鬼胎，也不是我谦让，我要你坐在这里，自有一番道理。老叶，你坐下听我说！”王直说着，硬拉叶先生坐过去，“第一个理由嘛，何氏这三处宅院甚好，你看得出来，我等也看得出来；但让我三人分居三处宅院，以成犄角之势，你想得出来，我等却未必想得出来。因此，今日这主位，理应由你来坐。明山，海峰，你二人服气不服气？”

“五哥说的是，我等为何不服气！”王激、徐海道。

“第二个理由嘛，”王直又说，“我和明山、海峰自普陀分手后，各自率部打过几仗，这几仗打得如何，要听你老叶点评几句。因此，今日这主位，理应由你来坐。明山、海峰，你二人可有异词？”

“五哥说的是，我等怎会有异词！”王激、徐海道。

叶先生不便再推辞，他说：“一边饮酒，一边听三位自述大败官军之战，何其快哉！好，我先为三位斟酒吧。”

酒斟好，王激迫不及待地去抓酒杯。

“海峰，也不问五哥有没有规矩，就喝这酒？”徐海提醒他。

王激不假思索地问：“五哥，喝这酒有没有规矩？”

“你不问，本无规矩；你既然问，咱们就定个规矩吧，”王直说，“我等各述战况，老叶说可饮，则饮；老叶说不可饮，则不得饮。”

“若老叶故意与我作对，我岂不是只有流口水的份儿？”王激向徐海挥动拳头。“明山，我又入你彀中。”

王直笑道：“若非明山设此圈套，我等岂不是只有看你牛饮的份儿？海峰，我知你急不可耐，我和明山就让你一次，由你先讲。”

“我也没什么好讲的，”王激不仅这么说，讲得也很匆忙，“这次按照五哥的锦囊妙计，我把弟兄们埋伏在海滩两侧，待官军登岸甫半，锣鼓齐鸣，呐喊杀出。那狗日的官军束手被擒被诛，那狗日的俞大猷躲在船上不敢露面。所杀官军，没有五百，也有三百，我家弟兄死伤三五十人。”讲罢，急问，“老叶，我打这一仗，饮得酒吗？”

“杀敌三五百，自损三五十，怎么饮不得！况且重创俞大猷，他逃不脱朝廷的惩处，不仅伤他的锐气，而且也使其他将领气沮，”叶先生说着，作敬酒状，“海峰，请饮这杯酒。”

王激闯过一关，乐呵呵地说："五哥，明山，我渴得难受，等不得你们。"他端起酒杯，先抿少许，漱漱口，然后大口牛饮。

"明山，讲讲你是如何大闹大江南北的吧。"王直道。虽然由叶先生点评，真正的主人还是他，他一定要谦让一番。

"好，"徐海应道，"我没有海峰那般了得，杀敌动以百计。我不过在通州城外打一仗，杀死两三名千户；复攻陷崇明县城，手刃一名知县。功不显赫，叶先生若赐酒，我感激不尽；叶先生道饮不得酒，我也绝无半句怨言。"

"明山不但饮得酒，而且当饮两杯。"叶先生说。

"老叶的点评不公道吧，"王激不服，"我遵照五哥嘱咐，小胜即退，没有清点战场；如果清点下来，未必就没有杀死一两名千户。"

"你杀死一两名千户，也只饮得一杯酒。"叶先生说。

"这是为何？"王激问。

"明山杀死一两名千户，手刃一名知县，饮得一杯酒；他引得江南北大乱，我才得以从容经营柘林，又饮得一杯酒，"叶先生说着，问道，"海峰，你还能说我的点评不公吗？"

王激没法反驳。徐海饮第一杯酒，在叶先生给他斟满第二杯酒后，站起身来，为王激斟上一杯。

"海峰，陪我饮一杯。"他邀道。

王激若不肯饮，显得太小气。他谁也不瞧，赌气把酒灌进嘴里。

叶先生不理会他，转问王直："五峰，你有什么好故事讲？"

王直说："也没什么好故事讲，我在嘉兴境内打过两仗：在石墩洋打一仗，折兵二百余人，在孟家堰打一仗，歼灭官军一千四百余人。其中有指挥若干，千户若干，亦未查出。"他瞥王激一眼，说："以杀敌论，我想，一杯酒还是饮得的。"

"不，五峰饮得三杯。"叶先生说。

"老叶有什么说法吗？"王直问。

"有，"叶先生道，"五峰杀敌一千五百，自损二百，这饮得一杯。"

"好，我先饮这杯。"王直话未说完，已饮酒一杯。

"筑巢柘林，乃五峰决断，这也饮得一杯。"叶先生说。

"筑巢柘林，虽说由我决断，却是明山倡议的。"王直邀道，"明山，陪我饮一杯吧。"

"小弟遵命，"徐海举起酒杯，见王激脸色很不自然，他提议，"五哥，筑巢柘林，海峰也极力赞成，不如我三人共饮一杯。”

“不，海峰的性情我知道，他无功绝不受禄，”王直道，他自己先饮第二杯酒，再邀徐海，“明山，请！”

徐海饮尽杯中的酒，还把酒杯翻转过来示意。

王激把脸转向一边，脸色更难看。

“老叶，还有一杯，为何饮得？”王直问。

“五峰今日将主位让与我坐，饮不得一杯吗？”叶先生道。

“哈，你许下许多杯酒，这一杯可是卖的私情。”王直说。

“就算卖的私情，有什么不妥？”叶先生问。

“想一想，也没什么不妥，”王直说着，向王激邀道，“海峰，老叶卖我个私情，我也卖个私情，陪我饮一杯如何？”

王激绷着脸说：“要明山陪你饮酒，是因为他有功，要我陪你饮酒，是卖我个私情！我就知道，在老叶眼里，我不如五哥和明山，在五哥眼里，我不如明山和老叶。在明山眼里，我大概不如五哥和老叶。”

徐海想解释几句，王直朝他使个颜色，道：“如此说来，海峰不肯陪我饮？”

“为什么不肯陪五哥饮？我跟随五哥，丢命都不怕，还怕喝一杯酒吗？”王激赌气又饮一杯。

王直和叶先生相视而笑，不发一言。徐海忍不住，对王激说：“海峰，你又入叶先生彀中。”

“怎么？”王激困惑。

“叶先生使的激将法，海峰竟一点儿没觉察？”徐海问。

王激思前想后，发现他的话不错，五哥和老叶的确串通好，在激自己发怒。他一把揪住叶先生说：“老叶，你害得我陪完这个饮酒，又陪那个饮酒，现在，是不是该你陪我饮酒！”

“该当陪饮，该当陪饮，”叶先生说着，给每个人的酒杯里斟满酒，“五峰，明山，这个面子是要给海峰的。”

四人欢饮。

第五百章

皇帝命三阁臣见驾，严嵩、徐阶、吕本依次进入无逸殿。吕本站在最后，心里最轻松。三阁臣同时见驾，多半是皇帝问话，严嵩回话，他和徐阶是陪衬；少半是皇帝问话，严嵩和徐阶回话，他是陪衬。不但依资历当如此，依宠幸亦当如此。他冒改李姓数十载，自从皇帝恩准他恢复原姓后，他觉得皇帝对他亲近许多，但以宠幸而言，他不但不敢和严阁老比肩，就是望徐阁老项背也难。

没想到，皇帝这一次先招呼他："吕卿。"

"臣在。"吕本忙侧身回话。

"吕卿近前，朕有话对你说。"皇帝道。

"是。"吕本应着，小心地向前跨半步。

皇帝看了他一会儿，回忆往事："朕记得，当年点你和张卿治入阁，是因为在一篇奏疏里读到'重治本事'四个字。朕想：重治本事，天下没有治不好的；你二人入阁办事，天下事没有办不好的。不想，"又看吕本一会儿，缓缓言道，"张治命薄，弃朕而去，天下竟也多事。"

皇帝看着吕本不说话时，不但吕本深感不安，严嵩、徐阶心里也是七上八下的。皇帝话一停，严嵩马上趋前奏言："臣办事不力，致天下多事。皇上心虑，臣惶恐万状，乞皇上治罪。"

徐阶、吕本也奏言："臣等办事不力，愿领其罪。"

"朕不过说一句闲话。天下多事，罪不在尔等，"皇帝安抚过后，转入正题，"海贼王直猖狂，久未能定。朝廷乃有招抚之议，而兵部道可行，兵科道不可行，卿等之意如何？"

在朝廷会议江南倭事时，有人提出招抚之议。因为众人七嘴八舌，具体由哪个人提出，事后已查不出来，只知赞成其议者不少，反对其议者也不少。反对最力的，是兵科都给事中王国祯，他大叫招抚非策，主抚误国。兵部以尚书聂豹为首，却以为王直本徽州人，虽入海多年，后悔也多年，并曾捕拿贼寇以求赎罪。以前有司不上心，现在再不能贻误事机。因为难作结论，会议不了了之。

吕本明知轮不到他回话，可还没来得及退回原处，很有些尴尬。幸亏皇帝又问：“严卿，你为朕决之。”

严嵩跨前半步，吕本趁势退回。严嵩奏道：“臣以为，主招抚者，有主招抚者的道理；驳招抚者，有驳招抚者的道理，须得皇上圣裁。”

这等于把难题又推给皇帝，皇帝不肯就此放过他：“卿且说一说，主招抚者有什么道理。”

“臣聂豹言，宋岳飞收降杨么党徒黄佐，使之建立功勋。不战而屈人之兵为之上。昔日既可行之，今日亦可行之。”严嵩说。

“卿再说一说，驳招抚者有什么道理。”皇帝道。

“招抚一个王直，还会生出十个王直；东南海寇为患多年，终以一举剿灭为上。”严嵩说。

两说各有道理，但以后一说更理直气壮。皇帝琢磨出严嵩的立场，又问徐阶：“徐卿，你也认为主招抚者、驳招抚者各有道理吗？”

徐阶奏道：“臣以为，两说各有道理，臣嵩所言甚是。臣又以为，不费一兵一卒而收降王直，固然是社稷福祉，但须得王直肯降，才能招抚。且臣以为，王直不是黄佐，而是杨么。”

徐阶的立场比严嵩更为明确：即便招抚为上策，现在也不是招抚的最好时机。如果二人意见相左，皇帝还要想一想；二人意见相近，皇帝可以马上拿定主意。和往常一样，用不着再向吕本咨询。

“看来，兵科所议是，”皇帝说，“卿等可拟旨给巡抚应天都御史屠大山、巡抚浙江都御史王忬：全力剿贼，胁从者宥之，贼酋不赦。”

“臣等遵旨。”严嵩等应道。

严嵩又奏：“臣等与吏、兵部大臣议得，直海、浙海倭贼、海寇本是一支，而我应天巡抚只防南直海域，浙江巡抚只防浙、闽海域，官军分为两支，事权难以一致，剿贼殊为不利。宜设大臣，总督浙、直、山东、两广、福建军务，许便宜行事。”

“卿等议的是，”皇帝准允，“朕闻得，数年之前，大臣中即有此议。卿等看，谁堪其任，王忬还是屠大山？”

“臣以为，须用一重臣。”严嵩道。

“好，命兵部会推吧，”皇帝命道，不等严嵩等回应，他看吕本一眼，心思一动，问道，“现南京兵部尚书是张经吧？”

“是他。”严嵩回奏。

“朕记得，他曾冒姓蔡，后复张姓，”皇帝说，“就命张经不解部务，兼右副都御史，总督浙、直等地军务。”

“是，”严嵩应道，“张经曾总督两广军务，剿定断藤峡，抚定安南，屡经征战。今命他总督浙、直军务，定不负皇上重托。”

“朕用他，还有一层意思，”皇帝说，“吕卿不忘祖宗，乃纯孝之士，朕用于内阁；张经不忘祖宗，乃纯孝之士，朕用于总督。朕借以倡导孝道，天必佑我。”

“皇上圣明。”严嵩等颂道。

第五百零一章

去年开春以后动工修建京师外城，入冬以后逐渐竣工。初议修建外城，乃环绕内城，前都御史毛伯温有三句话，可尽言修建外城的功效：一曰包络既广，一曰控制既雄，一曰郊坛尽收其中。但因会计日绌，只得先修建南城之外城。据工部度量，外城全长二十八里，计有七座城门，正阳门外之门为永定门，崇文门外之门为左安门，宣武门外之门为右安门，东面原有大通桥门，改为广渠门，西面原有彰义门，改为广宁门；另外，稍北建东便门、西便门。内外两城，共计垛口二万零七百七十二处，垛下枪炮眼口共计一万二千六百零二处。

偌大一项工程，偌多参与其事的大小官员，竣工以后，朝廷应该立即予以升赏。但先是由于年荒，接着东南倭乱，直拖到今年四月底，才颁旨升赏有关官员：平江伯陈圭进太子太傅，锦衣卫左都督陆炳进太保，各荫一子百户，这是一个档次；兵部尚书聂豹进太子少傅，工部尚书欧阳必进太子少保，各荫一子入国子监，这是一个档次；兵部右侍郎许论改左侍郎，都指挥使朱希孝进都督同知，这是一个档次；另外，通政使赵文华加工部侍郎，仍署通政司事，太常卿严世蕃加工部侍郎，仍署尚宝司事，也算作一个档次。

侍郎不过是个虚衔，加之已经是半个月前的事，罗龙文来道贺时，若非多年的交情，严世蕃多半会反目。

“罗兄尚虚名，我也设法给你戴一顶侍郎的帽子吧。”他冷冷地说。

“小弟无此福分，不敢妄想，”罗龙文察言观色，赶紧换个话题，“东楼公子欲务实，现在有个绝好的机会。”

“什么机会？”严世蕃问。

罗龙文环顾左右，严世蕃理会得，对在旁侍候的严诗、严赋吩咐：“去，用上好的毛尖给龙文煮一壶好茶来。”

“兄弟，你去。”严诗对严赋说。

“昨天王元美先生来，是我侍候的，今天该你侍候罗大爷。”严赋不买他的账。

“不要啰唆，你二人都去。”严世蕃命道。

“不就一个罗大爷吗，一人侍候还不够？”严诗、严赋一起啰唆，一起噘着嘴出去。

“公卿大夫，没人敢在公子面前放肆，这两个小儿在公子面前放肆，公子却能容忍。”罗龙文说着，向严世蕃贴近过去，低声问道，“公子还记得当年我从江南捎回的十万银子吗？”

“你要我记得银子，还要我记得人？”严世蕃反问。

“有人，还怕没银子？”罗龙文道。

“不错，”严世蕃点头，“这个人我该记得，这个人我也记得。再者，这个人早已名扬四海，我想不记得他也不成。罗兄所言务实，莫不是就应在这个人身上？”

“然也。”罗龙文道。

“愿闻其详。”严世蕃难得地一揖。

“小弟叩见，正是要与公子细论此事。不过，我有一事，先要请教公子，”罗龙文道，见严世蕃首肯，他问，“朝廷是否已降旨，不赦此人？”

“确有其事。”严世蕃说。

“尚可弥缝否？”罗龙文问。

严世蕃看他一眼，说：“龙文，这是你请教的第二事。”

罗龙文也回望他一眼，说：“问前一事，是为问后一事。前一事无关宏旨，后一事则至关重要。前一事不问公子，亦可得知；后一事则须公子亲口告我，方能坐实。”

“这么说吧，”严世蕃字斟句酌地回答，“不赦这个人，非科、道之意，非七卿之意，非内阁之意，非家大人之意，而是裁自圣心。故弥缝也难。不过，究竟能不能弥缝，还要看罗兄所言务实务到什么程度。”

“百万如何？”罗龙文道。

“若有此数，自当尽力，”严世蕃道，并得意地加上一句，“我若尽力，不敢说翻转乾坤，至少可劝得家大人尽力。”

“好，公子和老先生肯尽力，自然可以务实。”罗龙文说。

“且不忙务实，”也许数额过于巨大，严世蕃不得不谨慎对待，“龙文，我也要请教你一件事：这个人拿得出如此巨赀吗？”

“前者拿得出十万，纵横十年，为何拿不出百万！”罗龙文道。

“不错，他该拿得出百万，”严世蕃点点头，复问，“这个人肯拿出百万巨赀疏通吗？”

罗龙文看他一眼，说：“公子，这是你请教的第二件事。”

严世蕃回望他一眼，说：“拿不拿得出百万巨赀无关宏旨，他拿不出来，我们也不必议；肯不肯拿出百万巨赀疏通才至关重要。”

“公子说的是，”罗龙文表示赞同，“前者，朝廷没严旨剿灭，官府没严令缉拿，他尚肯拿出巨赀疏通；今朝廷严旨剿灭，官军全力以赴，他倒不肯拿出巨赀疏通？”

“不错，他应该肯拿出巨赀，”严世蕃说，“罗兄，你先问是否可以弥缝，这确是务实的第一步。若无法弥缝，这个人纵有百万千万巨赀，却不会拿出一文钱来疏通的。须得告诉他尚可弥缝，朝廷还有可能赦他不死，他才会拿出巨赀疏通。”

“东楼公子明鉴。”罗龙文道。

“好，我二人有了共识，”严世蕃说着，忽问，“龙文可知，欲弥缝成功，须在哪里着力？”

“一在庙堂，二在督帅。”罗龙文答。

“好，我和龙文又有共识，”严世蕃道，接着又问，“龙文可知，欲弥缝成功，几分在庙堂，几分在督帅？”

“七分在庙堂，三分在督帅。”罗龙文答。

“虽不中，亦不甚远，”严世蕃说着，解释他为何有此二问，“龙文是生意人，从来也不肯赔的。我与龙文约定：庙堂之上，由我来设法弥缝；督帅那里，由龙文去设法弥缝。弥缝成功，我取巨赀七分，龙文取巨赀三分，如何？”

“但凭东楼公子裁定。”罗龙文所期待的也不过如此。

严世蕃闭上眼睛，好像要养神。罗龙文正琢磨要不要告辞，他忽然睁眼问道，“弥缝于庙堂，我有把握；弥缝于督帅，龙文也有把握吗？”

他的眼神中流露出来的傲慢，让罗龙文感觉不舒服。但他还是如实回答：“不瞒公子，在张都堂那里，我并无把握。”

“如若我使张都堂答应弥缝，或者张都堂不答应弥缝，我将其逐去，你将应得的三分巨赀分一半与我，是不是赔本的生意？”严世蕃问。

“我以为，并非赔本。”罗龙文说。

“庙堂之上如何弥缝，我已有成算。龙文，你如实对我说，在督帅那里如何弥缝，你是否也有成算？”严世蕃又问。

“不瞒公子，尚无成算。”罗龙文如实回答。

“如若我告诉你如何行事，你将三分巨赀的一半再分一半与我，是不是赔本的生意？”严世蕃问。

“我以为，并非赔本。”罗龙文说。

“一言而失十五万，一言而失七八万，竟连眼睛也不眨一眨，果是巨贾！龙文，交往多年，今日我才知道你的为人！”严世蕃赞道。

“一言而得十五万，一言而得七八万，言词毫不张狂，果是豪士！东楼公子，小弟好不钦佩。”罗龙文赞道。

二人你拍拍我，我拍拍你，握手欢笑。

“龙文，不再说笑话。欲成此事，你须去东南一趟，”严世蕃说。“弥缝于张大司马，你没把握；弥缝于浙抚王都堂，直抚屠都堂，我料定你也没把握。可有一人，你却该有把握。”

二人心有灵犀，一点即通。罗龙文在手心划个胡字，道：“公子说的是他吗？”

“然也，龙文与他相识十五年，可以无话不谈吧？”严世蕃道。“胡汝贞恰好今年巡按浙江，可谓天助我也。”

胡宗宪嘉靖十七年中进士，称得上是资深御史。他本可推为都察院右佥都御史，佐理院事的，却还是派浙江巡按的外差，由此也可以看出，朝廷对东南倭患的重视。

“多谢东楼公子指点，使我知道该如何行事。”罗龙文揖谢。

“自家兄弟，不须客气，”严世蕃道，又问，“龙文，几时动身？”

“我想，越快越好吧。”罗龙文说。

“快是要快，可也不是越快越好，岂不闻欲速则不达？”严世蕃沉吟着说，“一则，朝廷才降严旨，你总要让皇上和各大臣觉察，不可一味严剿。二则，严旨既降，官军必有动作，你总要让这个人知道自家的危情。三则，胡汝贞才到浙江，你总要让他自己先去体会江南的局面。”

“公子这三则说得好，在公子看来，要多少日子，皇上和各大臣方可觉察，这个人方可知道，胡汝贞方可体会？”罗龙文问。

“半年光阴差不多吧，”严世蕃说，他叮嘱，“今时胡汝贞，非昔日胡汝贞。龙文见到他后，第一步要叙够家常，第二步再谈正事，第三步才打出严东楼的旗号。胡汝贞若可交，你告诉他，张都堂难以久任，王都堂、屠都堂难以久任，东南半壁的军务，我严东楼和我家老先生，寄望于他。”

罗龙文心想：解救王五峰的话题虽是自己挑起的，但看得出，严东楼早就在打他的主意，不然，怎能方方面面都考虑到？严东楼多谋多智，真是少有人及。

这样想着，嘴上却说：“东楼公子的话，我一定带到。”

严诗、严赋挨许久才送上茶来，罗龙文已然离开只见到严世蕃一人在遐想。

第五百零二章

宣、大总督贾应春改督陕西三边，廷推新的宣大总督，皇帝点用许论。自从他上《九边图论》，皇帝就认定他是边帅之才。

许论先巡视宣府，再巡视大同，最后巡视山西镇。路经太原，住一晚。他去年才从山西巡抚任上召入京师，熟人很多，山西三司的官员、太原府的官员、以及与太原府同城的阳曲县的官员，纷纷来馆驿拜见。蒙许论一一接待，他们有话则长坐，无话则短坐。人散尽，巡按山西御史宋仪望才姗姗而来。

“廷议先生，不会再有客吧？”宋仪望问。

许论，嘉靖五年中进士，是前朝兵部尚书许进的幼子，本朝吏部尚书许讚的胞弟。家世虽然显赫，但和同年进士翁万达等比较起来，他的升迁是很缓慢的。

“不会再有，”许论说。“望之若想久坐，我可无酒款待。”

宋仪望字望之，江西永丰人，嘉靖二十六年进士。

“主人家勿烦恼，酒我自备，已送厨房温之。”他说。

“望之真是可人，来，坐吧。”许论笑道。

宋仪望摆摆手说：“问过再坐。廷议先生怎知我要久坐？”

“你若不想久坐，就该早来；挨到最后一个来，不是想久坐，还会有别的缘故吗？”许论道。

“廷议先生英明，”宋仪望边说边往下坐，见许论没有落座的意思，他又忙站直身子，“廷议先生不坐吗？”

“问过再坐，”许论学着他的腔调，“望之久坐，是想和我谈论山西，还是想和我谈论宣府、大同？”

“谈论山西如何，谈论宣府、大同又如何？”宋仪望反问。

许论说：“山西的事，以前曾谈论过，再要谈论，立听即可。宣府、大同的事，尚未谈论过，望之若谈论，则须坐下用心听一听。”

“我巡按山西，廷议先生偏要听宣、大的事，这不是难为我吗！”宋仪望皱起眉头，忽而又一笑，“不过，廷议先生方从大同来，我这次真的想与廷议先生谈论大同的事。”

“望之有何见教？”许论边问边坐下。

“不敢当，”宋仪望边说，边随他坐下，“廷议先生实地考察过大同，必有心得。晚生此来，就是想听一听廷议先生的心得。”

“恐怕不只为听我的心得吧？”许论道，宋仪望欲辩，被他拦住，“好，好，望之既把听我的心得放在前面，我就先说一说心得。望之，你没到过大同，也不知大同的边墙是如何修造的吧？”

“确是不知。”宋仪望应道。

“大同边墙，垣间有台，台列垣内。在我看来，其他还不打紧，这却是第一不可取之处。”许论说。

“为何不可取？”宋仪望问。

“望之真没想到吗？”许论问，“我且问你，敌攻我守，是台易于守，还是垣易于守？”

“自然台易于守。”宋仪望说。

“你看！台在垣内，岂不等于守垣而不守台？”许论道，“这是其一。敌攻垣时，台在垣内，守台之军欲援，已迟一步。即便赶赴救援，也是一面对敌。这是其二。敌登垣后，各台孤立，成溃败之势，这是其三。有此三者，故不可取。”

“廷议先生之意，台当修造于垣外？”宋仪望还在琢磨。

“不错。”许论道。

“台在垣外，有何妙用？”宋仪望问。

“台在垣外，敌将至则烽火报讯，敌攻垣则出而夹击。对峙少顷，堡兵可至；再对峙少顷，援兵可集。四面合围，优势在我。敌若攻台，亦如之。如此台、垣相捍，可以缓贼势，壮我胆，明烽火，便稽核。”许论说的兴起，这几句话颇具豪情，他问，“望之以为然否？”

“台在垣外果有许多便利，只是台已建在垣内，拆之重建，所费不菲，兵部赞同，户部未必赞同。”宋仪望不无顾虑地说。

“费用也不如望之所想的那么多，”许论说，“大同一线，审度形势，于垣外建台六百处即可。每台所费，不过百五十金，合计九万两银子，户部会拿不出来吗？户部不赞同，我就要与大司徒、少司徒们算一笔账：耗资九万，可省百万调集官军之资，孰者轻，孰者重！”

“廷议先生一心得，为朝廷省却百万，伟哉！”宋仪望叹道，“此议大有益于朝廷，大有益于边关，廷议先生何不奏请行之？”

“奏请是要奏请的；不过，朝廷举我为宣、大总督，不是大同巡抚，总要在其他地方也有些心得，才好一并奏请，”许论说到这里，舒舒腰身，“我的心得讲完，望之有什么心得，也讲一讲吧。”

宋仪望不再推让：“晚生于大同之事，确有少许心得；廷议先生的心得是从实地考察来的，我的心得却是从书里读来的。廷议先生在大同实地考察过，正好印证、品评。”

“望之闲话少叙，请讲心得。”许论道。

宋仪望把茶杯放在桌案中央，又顺手从笔筒里取出一支笔来，放在茶杯下面，嘴里念念有词：“这是大同，这是城以南，桑干河从城南流过。廷议先生在此处考察过吧。”

“考察过。”许论应道。

“桑干河的源头在金龙池，这是不会错的，”宋仪望说着，手指向一边比画，然后向另一边比画，“桑干河经大同后，流至瓮城驿、古定桥，汇同众水东流，入直隶，直至宛平卢沟桥，廷议先生，舆地志所记这一水系也不错吧？”

“不错，望之问它作甚？”许论问。

“有河若此，不可以通漕吗？”宋仪望道。

“你是说，在京师和大同两地间通漕？”许论问。

“着啊！南北漕运，不知省却多少人力物力，若京师和大同间漕运，不同样可以省却人力物力！”宋仪望道。

“可南北漕河开通数百年，也不知耗费多少人力物力；今欲开通京师与大同间漕运，谈何容易！”许论说着，举例，“我在宣府、大同考察时，见大同卜村是桑干河所经之地，有乱石阻遏；宣府黑龙湾是桑干河所经之地，有山崖颇险。仅此两处，人力物力之需，就不知有几。”

“人力物力或不如廷议先生所想的那么多，”宋仪望道，“大同今抚臣侯都堂曾乘小舟过卜村，逾黑龙湾，至怀来，皆坦行无阻；又从怀来载米三十石，逆水而上，达古定桥。前抚臣赵都堂更使人在桑干河上畅行千里，直抵大同城下。由此观之，大同通漕非不可为，诚在人为耳。”

前抚臣赵都堂指的是赵锦，今抚臣侯都堂指的是侯钺。

许论听他说的有理有据，微微点头。

“我还可以为廷议先生算两笔账，”宋仪望又说，“第一笔账：就算卜村有乱石摊阻遏，黑龙湾有山崖作险，两处合而计之，不过四五十里，而桑干河连接卢沟桥至大同，其间千余里。为四五十里之阻之险，而弃千余里漕运之利，孰者大孰者小？第二笔账：疏凿桑干河，所费不赀，如廷议先生所言；但每年边粮之输，所费就少吗？且一时耗费，可供百年通漕，孰者大孰者小？”

“这两笔账，望之留待与大司徒、少司徒们去算吧，”许论显见是被说服，“其实，疏凿桑干河，还有一个好处，望之想过没有。”

宋仪望抢着说：“疏凿桑干河，浅者加深，窄者加宽，犹如一道屏障，可阻绝虏骑。”

“对，”许论颔首，“便利于我，不便于敌，诚为两利。此议大有益于朝廷，大有益于边关，望之何不奏请行之？”

许论、宋仪望先后上疏言事。大同于垣外建台，朝廷准允；疏凿桑干河，工部复议，以是役重大，寝之。

第五百零三章

嘉兴府是濒海地区，出海口在海盐。

王直等盘踞柘林后，防倭就成嘉兴府的头等大事。柘林隶属华亭县，华亭县隶属松江府，松江府隶属南直隶。听起来，与隶属于浙江的嘉兴府，隶属于嘉兴府的嘉兴、秀水等县，相距很遥远；其实，两地来往太便利。如嘉兴城以东有双溪，沿水东行不远，即华亭塘，松江是征收漕粮的主要府份之一，漕舟就是从华亭塘转入运河的。

因此，对于有可能从海盐方向袭来的倭贼、海寇，对于有可能从华亭方向袭来的倭贼、海寇，嘉兴城是有防备的。可谁也没想到，一支倭贼、海寇会从邻省邻府邻县的吴江袭来，这在嘉兴城里引起一片混乱。吴江隶属苏州府，与嘉兴府的嘉善县隔着一个小湖泊，名曰分湖。从吴江袭来的倭贼、海寇，肯定也是来自柘林；但它不直接奔袭嘉兴，而是先奔袭苏州，再转袭嘉兴，让人琢磨不透，防不胜防。从吴江进入嘉兴府，要经过秀水县境内的王江泾巡检司，再向嘉兴城，这一带没有防守的官军。

以一巡检司的力量，难以阻挡倭贼、海寇。得到吴江方向有倭袭来的传报后，驻守嘉兴的都指挥佥事夏光，立即率一部官军前往接应。但夏光部和王江泾官军合在一起，在数量上仍处于劣势；加上夏光不懂实战，指挥不利，王江泾一仗，官军大败，夏光本人战死。

留在嘉兴的官军，必须全力守城。

“老爷，城门已关闭。”胡宗宪的心腹报称。

“是吗？”胡宗宪头也不抬，仍旧读他的书。读到新一段开始，他活动活动脖子，揉一揉眼睛。发现家人还站立一旁，他问：“怎么，你还没去办事？”

“老爷要小的去办什么事？”心腹家人问。

“我没吩咐过吗？”胡宗宪拍拍脑门，说，“是我疏忽。你去东门、北门转上一圈，告诉守城门的军士，迟些有货物出城。他等开门放行就是，不许多问。”

“老爷，贼人是从东北方向来的。”家人提醒他。

“不从东北方向来，我干吗要开东门和北门！”胡宗宪道，“别忘让守城门的军士数一数，共出城若干货物，回来报与我知。”

家人听得云山雾罩，懵懂应道：“小的这就去办。”

他走到门口，胡宗宪在后面吩咐：“着他五人进来吧。”

进来的五个人，一人是他在益都任知县时，从众多差役中挑选出来的，被他唤作大郎；一人是他任余姚知县时，从众多差役中挑选出来的，被他唤作二郎；一人是他巡按宣、大时，从众多差役中挑选出来的，被他唤作三郎；还有二人，是他出按浙江后，从众多差役中挑选出来的，被他唤作四郎、五郎。他任官十五六年，照理说，这五个人的年岁应相差很多，令人费解的是，从大郎到五郎，年岁居然相差无几，好像他算准，他们会同时在浙江巡按衙门当差。

“五郎，我要差你去秀水县办件差事。”胡宗宪说。

“请大人分派。”五郎道。

“你要知县大人速备下嘉兴出产的好酒，我有急用。”胡宗宪吩咐。

“是，”五郎应道，又问，“大人要多少酒？”

“多多益善，”胡宗宪道，“酒不要小坛的，要大瓮的，瓮口且不要封。酒备好后，由你押解，从北门出城，在城外与三郎会齐。”

“是。”五郎应一声，去办差。

“四郎，我要差你去嘉兴县办件差事。”胡宗宪招呼另一人。

“请大人分派。”四郎道。

“你要知县大人速备下嘉兴出产的好米，我有急用。”胡宗宪吩咐。

“大人要多少米？”四郎问。

“总要三五十袋吧，”胡宗宪道，“米备好后，由你押解，从东门出城，在城外与二郎会齐。”

“是。”四郎应一声，去办差。

“三郎，你是要出北门与五郎会齐的。”胡宗宪招呼第三人。

“是。”三郎应道。

胡宗宪伸手从身后的匣子里拿出两个布袋，放在桌上。他对三郎说：“你取一袋吧。记住，袋中之物，切莫入口！”

“小人知道厉害。”三郎应罢，小心翼翼地用两指提起一个布袋，夹在腋下，好似对袋中之物充满惧意。

“你径去北门外，等五郎押解的酒到，即将袋中之物向每瓮里撒上少许，然后封好瓮口。你二人不要向北行，要向东行，大郎的船只靠泊在双溪岸边。”胡宗宪仔细交代。

“是。”三郎去办差。

“二郎，你是要出东门与四郎会齐的。”胡宗宪招呼第四个人。

“是。”二郎应罢，学三郎的样子，小心翼翼地用两指提起余下的布袋。不过，他没有夹在腋下，而是背在肩上。“这一袋是小人的吧？是不是等四郎到后，小人将袋中之物撒入米袋；然后，和四郎一起押解到双溪岸边，装上大郎的船？”

“不错，我要你做的，正是这件事，”胡宗宪回应后，口气忽然严厉起来，“不过，有一句话，你忘记说。”

“小人忘了那句话？”二郎问。

“袋中之物，切莫入口！”胡宗宪道，“二郎，这件差事非同小可，不唯关系尔等生死，且关系嘉兴存亡，切不可儿戏视之。我知你比他等伶俐，但办这件事，要的不是伶俐，而是谨慎。”

“是，小人不敢儿戏。”二郎也去办差。

还有大郎没分派，他问：“大人欲以毒攻贼？”

“嘉兴城里要兵没兵，要将没将，不以毒攻又待如何！”胡宗宪道。

“只怕大人小心，贼人也小心，”大郎说着，设想着种种可能，“贼人恰巧抓到几个百姓，让他等先尝一尝酒，酒里有毒就暴露。贼人恰巧抓到几只鸡鸭，给它们撒一把米，米里有毒就暴露。”

“所以，要紧的是不能让贼人怀疑酒里、米里有毒。”胡宗宪说。

“大人有什么妙计？”大郎问。

“这就是要你去办的事。”胡宗宪说。

“在双溪备下两船，一船装酒，一船装米，小人知道。”大郎说。

“那是后面的事，你先要去一趟嘉兴府，”胡宗宪边说边写，“你持我的手札去见知府大人，请他照单备物。”

他要嘉兴知府准备的东西很简单，一纸犒军的文牒，一套品官冠、服。

“大郎，有这两样东西，你看够不够？”他问。

大郎想了想，说：“够。贼人看到文牒，定然相信米、酒是嘉兴府的犒军之物；看到品官冠、服，更会以为，犒军的品官闻风而逃。”

“大郎既以为够，就速去办吧，”胡宗宪说是让他速去，却又一步一步为他仔细安排，“在嘉兴府拿到文牒和冠服，这是第一步。在双溪准备两只小船，这是第二步。酒、米到来，酒装一船，米装一船，运酒运米之人一律遣回，只你五人分掌二船，这是第三步。船向北驶，我估计，在武塘小码头，可与贼人遭遇。贼人来得慢，你等从容离去；贼人来得快，你等仓促离去。无论如何，要让贼人看清你们在狼狈逃窜，不得已留下一船酒一船米。这是第四步。你五人弃船而去，立即返回嘉兴。这是第五步。大郎，你听好，你要将他四人给我带回来，这是最要紧的。”

“是。”大郎应着，去办差。

一个时辰以后，心腹家人来报，五郎押解出城的好酒有一百余瓮，四郎押解出城的好米有五十余包。

“够用。”胡宗宪说着，继续读他的书。

千余人的一支倭贼、海寇在武塘截获官家两只小船，驾船之人落水而逃，刹那间不见踪影。一只小船的舱里摆满酒瓮，打开一瓮封口，酒香四溢。一只小船的舱里装满米袋，解开一袋扎绳，丰满圆润的米粒撒一地。这是一支又饥又乏的疲惫之师，但几个首领不知酒可以不可以饮，米可以不可以食，反而犯愁。

先搬上岸去，再作计较。一人提议。

没人反对，首领们指挥部下将一瓮瓮酒一包包米搬上岸去。

有人在船舱里找到一身官服和官帽，众人围起议论。有人说是七品冠、服，有人说是五品冠、服，争论不休。有一点可以断定，方才落水而逃的人中有一名官员，这官员可能是一名知县，也可能是一名府同知。

又有人在船舱里找到一卷文书。一名首领识得汉字，读过后说：这酒可以饮，这米可以食。

众人问他原因。他说：米、酒是犒军的，却便宜我们。

于是众人先分酒饮，大约十人可分得一瓮，这人一口那人一口，千余人很快把百余瓮酒喝个干干净净。

接下来洗米的洗米，找柴的找柴，点火煮饭。在众人吆三喝四中，在众人舞刀弄枪中，飘出饭香。有人等不及米饭焖熟，便揭锅抢食；也有人不等饭熟，已酒醉酣睡。

用过酒、饭，天色已晚，众人就地歇息。半夜时，有人惊醒，发现自己鼻孔出血。忙推醒身边的人，却看到他嘴角流血。不远处，更有人七窍出血。彼此想帮衬一把时，却发现谁也动弹不得。

天亮后，风雨骤至，侥幸活下来的首领命人清点，被毒死的有七八百人。他告诫存活者，民居里的粮食不可食用，井里的水不可饮用。不食不饮却如何维持？他只得率部退回柘林去。

第五百零四章

七月二十日，司礼太监黄佐传旨：驸马都尉邬景和，平安伯方承裕，吏部尚书李默，礼部尚书王用宾，左都督陆炳，并值西苑。

邬景和尚孝宗皇帝第二女永福公主，算起来，是皇帝的姐夫辈。选他入值西苑，有两个原因：一则，他是苏州昆山人，江南人多善写细腻文字。皇戚国戚入值西苑，可以对朝政发一发议论，但这不是主要的，主要的是要为宫中的斋醮撰写玄文。皇帝相信，在这一方面，邬景和胜过其他驸马。

方承裕是孝烈方皇后的兄弟。老安平伯方锐死后，由他承袭爵位。皇帝在感觉孤独时，常常会想起孝烈皇后的好处，所以在戚畹中挑选方承裕入值西苑。

前礼部尚书欧阳德在今年三月病逝，由礼部左侍郎王用宾接任。王用宾字允兴，陕西咸宁人，和吏部尚书李默、户部尚书方钝都是正德十六年进士。在现任的六部尚书中，正德十二年的进士三人，正德十六年的进士三人，平分秋色。而正德十六年的三名进士掌前三部，又胜一筹。

入值西苑的五人中，有人欢喜，有人发愁。

“督帅，大喜！”严世蕃不知什么时候溜进陆炳在锦衣卫衙门外那间办事的房子，不阴不阳地向他道贺。

“东楼，你真以为入值西苑是大喜之事？”陆炳看他一眼，问道。

“对他人而言，未必是大喜之事；对督帅而言，必定是大喜之事，”严世蕃抛出一句意味深长的话，不等陆炳有所反应，又故作失望地说，“督帅没兴趣听？告辞。”

“东楼别走！”陆炳忙拦住他，“我正要听东楼的高见。”

“对他人而言，未必是大喜之事，对督帅而言，必定是大喜之事，督帅可听明白？”严世蕃还是那句话。

陆炳不能说没听明白，也不能说听明白；因为听明白没有想明白，就显得过于愚笨。所以他干脆不答话。

严世蕃摇晃着脑袋，替他说出："督帅是听明白没有想明白，对吧？这也难怪，当局者迷嘛。"

"既然旁观者清，东楼替我解一解。"陆炳顺势说道。

"督帅愿听，我又何吝于一番解词？"严世蕃心中的得意立刻显露出来，"入值西苑，近睹天颜，又为皇上所亲近，对所有的人来说，都该是幸事。但有些人因其职位，因其性情，入值西苑后难免会处于两难之地，就很难说是大喜之事。以李时言为例，他是吏部尚书，吏部的事务他要不要管？督帅当然说要管。吏部的事务多是例行公事，皇上多半是不会干预的。他在不在西苑，对吏部的例行公事是无所谓的。反之，他处理吏部的例行公事，究竟在西苑值庐方便，还是在吏部衙门方便？督帅当然说，在吏部衙门处理方便。还有一层，在吏部衙门处理吏部的例行公事，他可一言决之；在西苑处理吏部的例行公事，他也可一言决之吗？以他的性情，不能一言决之，就要辨析。在皇上眼皮下面辨析，有他的好吗？所以，对李时言而言，入值西苑，未必是大喜之事。督帅则不同。我有句不中听的话，督帅莫怪。李时言、王允兴等的身份，还可含含糊糊地称作社稷之臣；督帅的身份，直如皇上的家臣。李时言、王允兴等，还有些衙门里的例行公事，督帅除皇上交办的事，还有其他什么事情要办吗？我看没有。反正是皇上交办的事，在西苑处置方便，还是在锦衣卫衙门处置方便？我看，在西苑处置方便。还有一层：在锦衣卫衙门，皇上十次让督帅办事，九次是让公公们传旨，只有一次想见一见督帅，才召入督帅亲自交代；若在西苑，皇上十次让督帅办事，九次会亲自交代，只有一次实在倦怠，才着公公传旨。督帅不妨想一想，为皇上办事，是皇上亲自交代好，还是由他人代言好？所以，对督帅而言，入值西苑，必定是大喜之事。"

这一段解释太长太啰唆，以至陆炳听过以后，很难把握它的要点，印象深的只有那句不中听的话。家臣是一种说法，家奴是另一种说法。二者有什么不同吗？宦官自认是皇帝的家奴，你称他家臣，他不以为忤，反以为荣。陆炳却不同。武臣最高的职位左都督，他得到；武臣里差不多是最高的职衔少保兼太子太傅，他得到。你再称他家臣，暗含着把他视为家奴，他心里不会高兴的。

为这句不中听的话，陆炳要予以还击。

"我也有句不中听的话，东楼莫怪。"他说。

"不妨。今日你我二人畅所欲言，督帅请讲。"严世蕃显得很镇定，好像估计到他要反击，说不定还是故意引得他反击。

"我没有介翁那般好福气，有子似东楼。"陆炳说。

“这话怎讲？”严世蕃问。

陆炳说：“皇上所思，介翁揣摩无不奇中，人皆谓，此东楼之功也。皇上有所咨询，有所交代，介翁必谘之东楼，所答所为方合皇上心意。是无东楼，介翁焉得安处西苑！犬子皆不似东楼，揣摩不出皇上所思。我在西苑的日子，恐怕比在锦衣卫衙门更要难挨。”

“督帅，你在骂我！”严世蕃指点着他说。

“以你我二人的交情，我怎会骂你！”陆炳道。

“其实，你没骂我，”严世蕃一笑，戏谑地说，“督帅，你若收我为义子，皇上所思，由我替你揣摩，如何？”

陆炳怎么也不会想到，严世蕃会在自己面前耍起泼皮手段，支吾良久才说：“这怎么可以，我一向把介翁看作前辈。”

严世蕃更加放肆：“那么，督帅认家大人为义父，皇上所思，由我来替你揣摩，如何？”

陆炳的脸色变得难看。他厉声道：“休得胡言，东楼视我为赵元质、鄢景修辈吗！”

“督帅也看不起这两个人，好得很！”严世蕃由戏谑转为亲切，“这两个人甘为家大人义子，我却从没把他们看作义兄义弟。督帅这般气度，我倒想认下你这个义兄，但不知督帅接纳否？”

“我一直把你当作兄弟，你又不是不知！”陆炳道。

“那好，我听说，俺答之子，皆称俺答父汗，俺答之弟，皆称俺答兄汗，我就称你兄帅吧。方才多有冒犯，兄帅莫怪，”严世蕃敷衍般谢过罪，拍着胸脯说，“从今以后，皇上所思，由小弟为兄帅揣摩，如何？”

“求之不得。”陆炳不再计较他的放肆，但也没把他的这番结义看得很认真。

王用宾从礼部衙门出来，和李默撞个正着。

“允兴兄，可不可同行一段？”李默邀道。

“好啊。”王用宾响应。

轿夫已在侍候他登轿，被他挥去。两位老爷一左一右在前面并肩而行，两顶轿子一前一后在后面跟随。

把吏、户、礼、兵、工五部衙门和宗人府抛在身后，正对着东华门。李默站定，抬头看看东华门额匾上那苍劲有力的大字，又回过身去，看看那几座堪称政府象征的建筑。

王用宾以为他会发表议论，可他一句话也没说。

“时言兄，在想什么？”王用宾问他。

李默转向他，反问道：“允兴兄，就要入值西苑，有何感想？”

“诚惶诚恐。”王用宾答以四字。

“这么说，我也该诚惶诚恐。”李默同样也用这四个字，但看得出，他比王用宾的感触要深得多。

“我和时言兄有所不同，”王用宾认真地解释，“时言兄两掌铨部，深得皇上信赖，入值西苑在情理之中。我一直为卿贰，如果不是崇一先生突然病故，礼部轮不到我掌。而掌部务才四个月，就有入值西苑之旨，诚惶诚恐四个字实实在在是我的心声。”

“允兴兄以为，诚惶诚恐就不是我的心声？”李默不等王用宾答话，招呼道，“允兴兄，我们走吧。”

二人又一起向前走去。默默地走几步，李默忽问：“允兴兄，你说，我们会不会成为太祖高皇帝的罪人？”

王用宾吓一跳，先环顾四周，才低声道：“时言兄莫不是患暑病？”

“我若患病，也患的心病。”李默说，“太祖高皇帝遗训：有议复丞相者，斩。允兴兄还记得吧？近年以来，内阁无丞相之名而有丞相之实的议论，允兴兄听过吧？我等在部衙坐值，还可各行其是；入值西苑，在阁老们的威权之下，战战兢兢办事，岂不和内阁属僚一般无二，岂不是在为丞相之复推波助澜？允兴兄，我诚惶诚恐，是为此事。”

“时言兄比我想得更深刻；不过，”王用宾对他的想法并不完全赞同，“七卿与阁老同值西苑，并非始自今日。”

他指的是徐阶任礼部尚书时，曾和阁老们一起入值西苑。那不过是五六年前的事。

“可那时的七卿尚可与阁老抗衡，今时行吗？那时的阁老也不被人们某相某相地称呼，”李默意犹未尽，又加上一句，“再者，子升先生那时入值西苑，谁知他是不是诚惶诚恐？”

某相指嵩相，是近年来兴起的一种称谓，先是和严嵩关系密切的官员使用，后来和严嵩关系并不密切的官员也逐渐使用；先是地位较低的官员使用，后来居于高位的官员也逐渐使用。

王用宾心想：你李时言前者就是因为和严阁老抗衡，任吏书只半年就被罢官；

时至今日，怎么还想着和他抗衡？但这话不能说，说出来，不但会激怒这位同年，还会引起他的鄙视。

“是不是诚惶诚恐，只有求证于子升先生本人。”王用宾说。

方承裕见邬景和走在前面，赶上两步，道：“驸马爷，恭喜。”

方承裕是南京人，虽在京师生活一二十年，仍操地道的江南官话，邬景和则是略带吴音的江南官话。语音的接近，使二人都有一种亲切感。

“喜从何来？”邬景和问。

“驸马爷入值西苑，长公主一高兴，病也该大好。”方承裕说。长公主是对和皇帝同一辈的公主的正式称呼。

邬景和摇摇头，没有作声。

“怎么？”方承裕预感到不幸。

果然，邬景和低声对他说：“王太医私下对我说，她恐怕熬不过今年。张太医说得更确切，她熬不过三个月。”

他满心的哀戚尽在脸上显露出来。

“真的吗？”方承裕陪着他伤心一阵，然后说，“即便长公主不测，也该称作喜丧，因为驸马爷终于入值西内。”

邬景和不想争辩，但忍了忍，到底没忍住。他问：“爵爷，你真以为入值西内是件喜事吗？”

“怎么不是？”方承裕的想法很简单，也很实际，“驸马爷，我告诉你，似我等这样的身份，不入值西内，一个钱也不值；一旦入值西内，可以为皇上办事，才得以身价百倍。”

“爵爷说为皇上办事，说得好！”方承裕来不及高兴，邬景和忽问，“可有件事，爵爷办的来吗？”

“什么事？”方承裕急切地问。他有自知之明，知道自己办不来的绝不止一件事；邬景和只问一件事，这件事肯定非同小可。

“入值西苑，要撰写玄文，爵爷写的来吗？”邬景和道。

听他说的是这件事，方承裕不再着急：“不会吧？皇上不是已经安排一干撰写玄文的大臣吗？”

在增加大臣入值西苑的同时，皇帝还命署詹事府事吏部左侍郎程文德、署翰林院事礼部左侍郎闵如霖、吏部右侍郎郭朴、礼部右侍郎吴山并撰玄文。在方承裕看来，并值西内和并撰玄文不属于一个层次，皇上既然专门安排大臣撰写玄文，他们这些奉旨并值西内的大臣，不会承担撰写玄文的差事。

邬景和却不这样看。

“爵爷的领会或有误，”他说，“奉旨撰写玄文的大臣须得撰写玄文，奉旨入值西内的大臣亦须撰写玄文。”

“真的吗？这可要难住我，”方承裕挠着头说，又说，“不过，驸马爷是不怕的。以驸马爷的才情，每日撰写一篇玄文也不在话下。驸马爷才情尽显于皇上面前，岂不是大喜之事？”

因为证实邬景和入值西内的好处，他甚至高兴起来。

邬景和不领他的情：“说什么才情，我虽读过几本书，赋过几篇诗词，可从来没撰写过玄文。皇上命我写，我一个字也写不出来。”

方承裕又被难住。想了想，他说：“皇上若命我撰写玄文，我只有一法：找几个枪手代劳。要不，驸马爷也找几个枪手，以备使用？”

“哼！”邬景和冷笑一声，不再说话。

方承裕知道他不肯，想尽友人之情，再劝劝他。可看他主意已定的模样，知道劝也没用。

第五百零五章

柘林贼人逼近嘉定，住在大路旁的乡民，有往城里跑的，也有往偏僻乡村跑的。最狼狈的是那些举棋不定的乡民，看人往城里跑，也想往城里跑；看人往偏僻乡村跑，也想往偏僻乡村跑。一来二去，反而耽误。

县学生员归可正住在大路旁的村子里，他不是因为举棋不定耽误，而是因为身边有八十多岁的祖母耽误。他在城里读书，开始就拿定去城里暂避一时的主意。但老人家事情多，一会儿要喝水，一会儿要解溲，归可正背着她，走一走，停一停，和他同时出逃的人早就不见踪影。

后面追上来两个人，也是要逃进城里的。归可正一看，都认识：一人姓张名仲起，一人姓龚名瑞周，和他同是县学的生员。

“归兄进城吗？我等一起走，”张仲起道。

归可正喘着气说：“我行走缓慢，二位兄长莫因我耽搁。”

“什么话！归兄祖母，即我等祖母。莫道同学一场，就是路人相遇，见归兄这般孝心，也不会弃之而去的。”龚瑞周说。

二人坚持和归可正同行，这一来把他们也耽误。照他们的想法，越走离县城越近，也就越安全。不料，一队贼人在路旁村子里饱掠过后，和他们撞到一起。三名生员一名老妇无力抵抗，做了俘虏。

贼人掳到的丁壮不够多，掠得的一些物品，不得不自己背负肩挑，现在又掳到数人，贼人大为高兴，那些背负肩挑的贼人尤其高兴。

“秀才，你来挑这副担子。”一个贼人对张仲起说。

张仲起知道抗拒无用，顺从地挑起担子。

“秀才，你来扛这个包袱。”另一个贼人对龚瑞周说。

龚瑞周也顺从地扛起包袱。

“秀才，你挑我的担子。”一个贼人把担子放在归可正面前。

“秀才，你扛我的包袱。”另一个贼人看再没有人可以使唤，也把包袱放在归可正面前。

“我先抓住他左手，他归我。”前一个贼人说

“可我抓住的是他的右手，他归我。”后一个贼人说。

二人争执起来，越吵越凶。一个小头领问明原委，说：“你二人好不蠢也，不会让他既挑担子，也扛包袱吗？”

两个争吵不休的贼人一想，可不是吗！

于是，前一个贼人说：“秀才，你用左肩挑这副担子。”

后一个贼人说：“秀才，你用右肩扛这个包袱。”

归可正对面前的担子和包袱视而不见，冷静地说：“我不能挑担子，也不能扛包袱。”

“为什么？”小头领和两个贼人同时问。

“因为我要背她。”归可正指着坐在树下的祖母说。

贼人们只顾争抢丁壮，谁也没留意，他们掳到的还有一名老妇。

“她是什么人？”小头领问。

“是我祖母。”归可正答。

“你要背她，所以既不能挑担子，也不能扛包袱？”小头领边说边抽出腰刀，“这好办，我杀死她，你就既可以挑担子，也可以扛包袱。”

“不可！”归可正说。

“不可！”张仲起、龚瑞周也说。

“为什么不可？”小头领问。

“大王杀她，是因为这个包袱没有人扛。我可以右肩挑这副担子，左肩扛这个包袱。”张仲起说。

“不错，我可以右肩扛这个包袱，左肩挑这付担子。”龚瑞周说。

“你二人想帮他？”小头领问，见张、龚二人点头，他说，“可是你们没办法帮到他。不管这付担子有没有人挑，这个包袱有没有人扛，我都要杀她，因为我们首领最厌恶妇人。年少的妇人还可以供弟兄们开开心，年老的妇人，留下她还有什么用！”

话没说完，刀已劈出。归可正大叫一声，挺身挡在祖母前面。他死，祖母也死。

张仲起、龚瑞周不是干苦力的人，但一人挑着担子，一人扛着包袱，糊里糊涂跟随贼人走一天，居然也自如，可以边走边说话。

“张兄，善有善报这话，对还是不对？”龚瑞周问。

“对呀，老祖宗传下来的话，怎么会不对！”张仲起道。

“既然是善有善报，像归兄这样的孝子孝孙，为什么却会惨死在刀下？”龚瑞周质疑。

“那是他命中有此一劫，或因他前世做过孽，或是他要把福田留种与后世。龚兄若还不信，我可以给你讲一个故事。”张仲起说。

“佛经里的故事，我可不听。”龚瑞周道。

“是我嘉定的故事，与佛无关，”张仲起说着，问道，“我县乡绅葛家，龚兄知道吧？”

“是出个大理寺评事的葛家吗？他家的口碑可不好。”龚瑞周说。

“岂止不好，可说是恶劣之极！评事家老三，尤为顽劣，”张仲起说着，又问起另一家，“我县有一名姓侯的老儒士，龚兄记得吧？”

“是那位讳元的老先生吗？我怎么不知！他开塾授徒，家父就是在他那里启蒙的。听说不但他早不在人世，连他的儿子也已过世多年。”龚瑞周道。

“不错，我讲的故事，就是侯、葛两家的恩怨，”张仲起说，“侯老夫子开塾授徒，收的都是他人的孩子，自己儿孙却在乡里种田。他家有薄田一块，在葛三家宅左侧。葛三对这块田垂涎已久，软磨硬泡，要买过来。侯老夫子之孙视其田为命根，自然不肯。葛三怀恨在心，设法加害侯老夫子之孙。你道他设计个什么圈套？他收买被官府捕获的倭贼，让他诬告侯老夫子之孙为同伙，于是侯老夫子之孙下狱。此人甚有骨气，宁死不肯招供，竟被活活打死。”

“诬人至死，罪在不赦；借倭贼之口诬人至死，更是天理不容。”龚瑞周愤愤地说。

“龚兄说的不错，报应很快就来，”张仲起顿了顿，接着讲下去，“侯老夫子之孙死后不久，葛三子妇忽疯癫，无时不索食，食物送到，则上下飞掷。家人问她何祟作怪，她说：我非邪祟，乃故老儒侯元。我孙为葛三所害，使吾家老母下堂，孙妻去室，痛恨之怀，何可言喻！今日始得报此贼矣！她直唤公公名讳，家人大惊。听她一番言词，家人更惊。事系家丑，葛三不敢延医为她治疗，又不忍听她终日号叫不已，于是请来一位道士祛邪。道士与侯元是旧识，在葛三子妇前一揖，说：我与夫子交好，久未相见，不料夫子已弃世。说来也怪，子妇听这两句话，竟然安静下来。相对良久，道士握剑，忽向子妇击去。子妇怒曰：狂儿焉敢欺我！拾起一根又粗又重的柴火，痛殴道士。道士哀号乞命，乃已。一日，子妇对道士说：老贼害我孙，我昨亦击其长孙首，令不得活。当夜，葛三长孙果头痛而死。数日后，子妇又对道士说：贼幼孙苦病疹，昨其母抱以采桑，被我以泥涂其半面，今亦将死。当日，葛三幼孙果死，但见他下半面紫肿。又数日，子妇大叫：老贼不久矣，昨天我击老贼后背若干下。葛三果病背创，号呼殆绝。葛家听说，有一降妖高手，绰号李千户，闲游至嘉定，便请他来家里祛祟。李千户果然厉害，在葛家院子当中摆一巨瓮，敕将吏押鬼入瓮，叱问为谁。瓮中有声答曰：我侯元也。李千户叱问为何作祟。瓮中有声答曰：葛三害死我孙，法官助他，有欠聪明。岂不闻鬼之祸人，因衰而至。葛三枉杀我孙，延之今日，是葛三命尽之期也。他既当死，法官安能续其大数？法官固可困我于瓮，然阎罗老子也可抗拒吗？李千户叹曰：侯元，汝言有理。遂击碎巨瓮而去。葛三子妇逢人就说：李法官适才听我言之有理，放我出来，葛三今日当死。葛三果然死在这一天。龚兄，你知最奇者何事吗？”

“何事？”龚瑞周问。

“最奇者，葛三一死，子妇康复如昔，这些日子发生的种种变故，她全然不知。”张仲起说。

“果真是奇事。”龚瑞周道。

“我讲一路，龚兄还疑善有善报吗？”张仲起问。

“疑是不疑，但善有善报，却使我生惧意。”龚瑞周说。

张仲起把担子换一肩挑，问道：“这话怎讲？”

龚瑞周说：“张兄方才说到，葛三勾结倭贼，以诬侯老夫子之孙。我二人现在却与倭贼为伍，以后被人告到官府，如何分辩？”又压低声音说，“张兄，我二人要设法逃脱呀。”

“龚兄说的是。”张仲起看看天色，说，“今日已晚，明日再设法。”

这队倭贼、海寇夜宿在一个村子里。村里的人早跑光，鸡、鸭、牛、猪等活物一件也没留下。早晨起来，炊夫煮两大锅米饭，没有荤腥，众贼吃着白米饭，越吃越没味道。

首领手指村边的鱼塘说：“何不弄几条鱼来下饭！”

众贼叫好。善于钓鱼的去找钓钩，善于网鱼的去找渔网，可哪里找得到！有几个贼人跳下鱼塘，想浑水摸鱼，也一无所获。

“我有法子，”张仲起说着，吩咐龚瑞周，“取领席子来。”

龚瑞周不知他要席子有何用，但还是进屋卷一领席子出来。村居里没有值钱的东西，正值夏日，席子却有许多。

张仲起接过席子，像撒网一样，掷向水塘。席子张开落在水面上，张仲起随后跳下去，双掌向水里奋击。贼人不知他要做什么，发出一声声询问，方才下水没摸到鱼的贼人更发出一阵阵嘲笑声。直到水塘里的鱼被惊动，跃出水面，落在席子上，嘲笑声才被欢呼声压倒。一条，两条，有人高声数着。数到十几条时，众贼人齐声唤道：已够，已够！

张仲起把席子上鱼一条一条抛上岸去，接到鱼的贼人不必首领吩咐，用随身带的短刀刮去鱼鳞，拾掇起来。

首领是倭人，拍着张仲起的肩膀，称赞他："秀才的，好！"

"秀才的，不好；鱼的，好！"张仲起说。

首领、小头领、贼众，无不大笑。

"鱼的，好；酒的，更好！"张仲起又说。

听到酒字，贼人活跃，纷纷向张仲起靠拢，好像他身上带着酒。

"秀才的，有酒？"首领问。

"秀才的，没酒；那间屋里的，有酒。"张仲起指着相距不远的一处院子说。他性嗜佳酿，昨晚睡在院子里，阵阵酒香不住飘进他鼻孔。

院子的偏房里果然有一酒窖，酒窖里果然藏着几坛好酒。

首领倒满一碗酒，递与张仲起，说："鱼的，秀才捉的；酒的，秀才找的。秀才的，先喝一碗。"

"大王的，怕毒的；秀才的，不怕的。"张仲起道。他接碗喝一大口。

鱼炖熟，酒分派，众贼人一口鱼一口酒，好不畅快，早把张仲起、龚瑞周忘到脑后，把两锅煮好的米饭也忘到脑后。张、龚二人不喝酒，只就着鱼汁，每人吃两大碗米饭。

众贼人喝醉酒，横七竖八躺倒一地。张仲起见状，拉拉自己的同伴："龚兄，此时不去，更待何时！"

龚瑞周朝他竖起拇指："张兄，你好了得！"

二人从容离开村子，奔嘉定城而去。

第五百零六章

在柘林经营几个月，颇具规模。众首领呆得厌倦，各率所部，到外面闯荡。王直率部返回宁波外海的老巢。他和张少华分别几个月，对她很是惦念。他留在岛上专门服侍张少华、也是专门监视张少华的亲信，知道他要返回，早早到海边等候。

“张夫人可好？”王直上岸就问。

“张夫人也吃得，也睡得，就是惦念首领。”亲信说。

“你怎知她惦念我？”王直高兴是高兴，却不轻信。

“她多次问我，五哥为什么还不回来。”亲信说。

“她唤我什么？”王直明明听清楚，仍问。

“张夫人唤首领五哥。”亲信一本正经地回答。

“唤得好，唤得好！”王直难以压抑兴奋之情，他对亲信说，“好，没你的事了，我自己去见夫人。”

张少华百无聊赖地倚在窗前，哼着江南小曲。有人轻轻推开半掩的门，她虽听到，但不回头看；有人轻捷快速地向她走过来，她虽听到，仍不回头看。直到来人忽然从身后拦腰抱住她，她才惊叫一声，转过身去，倒在了王直怀里。

“大王，怎么是你！”她娇嗔道。

“你叫错。”王直在她脸上摸一把。

“奴家怎的叫错？”张少华问。

“你该唤我五哥。”王直说。

“五哥是明山公子、海峰大王他们唤的，奴家不敢唤。”张少华狡黠而又满足地说。她施个女人的小小伎俩：当着王直的亲信和奴仆们的面，五哥、五哥叫得好不亲热；在王直面前，她又称呼起大王来。如果王直不把她放在心上，听她唤大王不会在意；如果王直把她放在心上，一定要亲耳听她唤五哥。

“明山、海峰他们和我出生入死，该唤我五哥；你是我的红颜知己，也该唤我五哥，”王直道，他指指前后左右的房子，故意用轻蔑的口气说，“不然，你就和她们一样。少华，你愿意和她们一样吗？”

她们指的是他身边其他的女人，她们是他掳来的，而不是像她这样半推半就被人送来的。

“奴家不愿意。”张少华说。

“那就乖乖唤我一声五哥。”王直说。

张少华嘴张开又闭上，闭上又张开，试几回，才勉强叫出声来。

王直大乐，狠命亲她一口，把她放下。她理理衣襟，恢复常态，然后说：“五哥什么时辰回来，也不差人送个信来，害得奴家身子也没洗，衣衫也没换，酒菜也没备，可真是对不住五哥。”

“不要紧，有一样东西，你是用不着准备的。”王直戏谑地说。

“五哥说的是什么东西？”张少华问。

“你的歌喉呀。”王直道。

“五哥现在就要听我唱曲吗？”张少华问。

“不错，”王直点头道，“少华，告诉你吧，我在外面常常想起你来，但第一想的，不是摸你光滑的身子，不是看你鲜亮的衣衫，不是尝你可口的酒菜，而是听你唱曲。”

“五哥要听我唱哪一段曲？”这确是张少华用不着准备的。

王直想了想，说：“我离岛时，你唱‘怅怅曲’送我。今日我回岛，你不如还唱‘怅怅曲’迎我。”

张少华不想唱那一段：“不好，‘怅怅曲’唱的是百丈游丝，我可不想五哥总是离我而去，仙游四方。”

“原来‘怅怅曲’是唱离别的，我却不知，”王直说着，忆起往事，“你嫁入徐府时，为什么要唱‘怅怅曲’？难道那时就知要与夫婿分离？”

“奴家那是在应付他嘛，奴家不想应付五哥。”张少华辩道。

“好，好！”王直大为兴奋，“少华想唱哪一段，就唱哪一段吧。”

“我知五哥要听哀戚婉转的曲子，奴家就唱一段哀戚婉转但不溺于哀戚的曲子吧。”张少华说着，拨动琴弦，轻声唱起来：

春去春来，朱颜容易改；
花落花开，白头空自哀。

世事等浮埃，光阴如过客。

休慕云台，功名安在哉？

休访蓬莱，神仙安在哉？

清闲两字钱难买，何苦深拘碍。

只恁过百年，便是超三界，此外别无闲计策。

“唱得好！”王直喝彩，又问，“少华唱的这段曲子，也是那位唐伯虎先生写的吗？”

张少华说：“奴家不知，奴家问过教我唱曲之人，他也说不——”

话没说完，戛然而止。王直见她两眼直勾勾地盯着窗外，也向外望去。原来窗外站立一人，两眼直勾勾地正盯着屋里。他也许被张少华的歌唱打动，也许有什么别的原因，泪水淫淫而下，却浑然不觉。

再看张少华，也是泪眼涔涔，失魂落魄。

窗外那人发现王直在注视自己，惊惶而去。

“少华稍歇，我去洗沐更衣。”王直道。

张少华一把拉住他，问道：“五哥，他是何人？”

“他嘛，是弟兄们抓来的，我见他长得端正，人也乖巧，就留在身边办些杂事。”王直说罢，反问，“少华识得他？”

“像是一个熟人。”张少华已略微平静。

“既似熟人，不如叫进来见一面。”王直试探地说。

“不，不！”张少华忙推辞，“我自跟随五哥那一天起，便已立下誓言，以前的熟人一个也不见。”

“少华既立过誓，不见也好，”王直顺水推舟地说，“不过，既然是少华的熟人，以后我自会关照他。”

张少华猜不透他究竟会怎样关照，只有在心里暗自祷祝。

王直命人把站立窗外之人唤来问话。他还是那身十分破旧的衣服，还是那头显得肮脏的长发，王直以前透过破旧的衣服和肮脏的长发，只是觉得他容貌还算端正，现在细细一看，可不止端正。人们常用韶华清秀来形容美少年，他不是一般的韶华清秀，他是那种使人过目难忘的韶华清秀。难怪自己一下就注意到他，一下就被他吸引！

“不是夫人提醒，我还忘记问你姓氏。”王直道。

“在下姓顾。”那人说。

“哼，”王直冷笑一声，命道，“抬起头来！”

那人抬起头。

“看着我！”王直命道。

那人看着王直，但很快就移开视线。

“你还称自己姓顾吗？”王直说，“谁不知道苏、松两府，顾为大姓，可是，你不姓顾，你姓沈。”

“大王怎知？”那人惊问。

这等于供认不讳。王直继续问：“沈郎与夫人旧识否？”

“姑苏城里，谁不识夫人！”那人含混地说。

“当真？”王直戏弄地问，戏弄地说，“可我记得，你不是在姑苏城里被他们抓到的，是在嘉兴城外被他们抓到的。”

“说来惭愧，在下不容于姑苏大姓，不得不流落他乡。”那人哀叹。

“是不容于徐公子吗？”这一疑惑有着落，王直又问下一个问题，“沈郎，夫人方才唱的曲子，你也知道吧？”

“略知一二。”那人说。

“可知那词为何人所作？”王直问。

“有人说是我姑苏才子唐伯虎写的，也有人说是南京九峰徐先生写的，究竟何人所作，在下，”那人做了个无奈的手势，“难以分辨。”

“这个徐九峰是何等人物，居然比我还多四峰？”王直问。

“徐九峰单名一个霖字，乃上雨下林之霖，字子仁，自称九峰道人，人称髯仙。此人最会填词写曲。”那人为讨好大王，尽其所知，一一道来。

“这词只有神仙写得出来，他既称髯仙，一定是他写的，”王直说着，又问，“沈郎既说得出这词，可唱得出此曲？”

“可唱一二。”那人说。

“唱与我听！”王直命道。

那人无琴伴奏，只得清唱。才唱出一句，后面的拖腔还没打住，王直喝令他停下。

“只有这样的师傅，才教得出这样的弟子。”王直自语道。

那人不解他的感叹为何而发，不敢接话。

“沈郎，你敢不敢和夫人同唱此曲？”王直问。

“在下不敢，唯恐唐突贵人。”那人答得很妙。

“如果我要你唱呢？”王直问。

“大王要在下唱，在下只好勉力而为。”那人说。

王直点点头，重新打量起那人，目光在那人身上上下移动，好像要透过衣服看清他身体的每一部位。那人被他看得心里发毛。

“脱光衣服！”他忽命道。

那人一哆嗦。江南富人多嬖男色，他是知道的；但他只是献艺，未沦为男妓，大王若真向他求欢，他不知怎样应付。

“你不愿让她们看见你赤裸的身子吗？”王直挥挥手，侍候一旁的婢女捂住嘴，嘻嘻哈哈地退出，“屋里只有你我两个男人，不碍事。”

那人不敢违拗，一件一件脱去衣裤，赤条条站在王直面前。他的身材匀称，健美而不粗壮，不见哪处多一块肉，也不见哪处少一块肉，就连挂在两腿间的那物件，也很中看。

“不但面上标致，身上也标致，怪不得有人会爱得发狂。”王直说着，站起身来。

接下来他要做什么，那人闭上眼睛，不敢去想。

王直没向那人走去，没与其亲近的意思。他走向自己的衣橱，取出一身内衣内裤，又取出一件上等丝绸缝制的长衫。

“这是我去苏州闲逛时穿的衣物，现在用不上。你穿上试试。”王直说着，一件一件甩给那人。

那人一边接过衣物，一边口齿不清地说：“谢、谢大王。”

真是人靠衣裳马靠鞍，一身鲜亮的衣物着身，那一种风流洒脱，恐怕只有戏文里才见得到。

王直这是第三次打量他，边打量，边说：“这身衣服不是白白送与你的，我明日有客，你就穿上这身衣服，和夫人同唱徐九峰先生写的小曲。夫人许久没有在众人面前唱曲，若有错谬，你担待些。”

“不敢，在下得侍候夫人唱上一曲，何其幸哉！”那人说。

“不过，顾郎，有一件事，我要对你说清楚。”王直道。

那人以为王直说漏嘴，忙要纠正：“小人姓——”

王直没让他把那个字说出来：“你先前既然说姓顾，我就当你姓顾；我也会告诉夫人，你姓顾。这就是我要对你说清楚的事。”

“是，在下姓顾。”那人喏喏。

“还有，”王直又说，“明日你唱得好，我会让你经常和夫人唱曲。不过，夫人立过誓言，以前的熟人一个也不再见，所以，我们还得想个法子。对，不妨在屋里挂一帷幕，夫人在里面，你在外面，虽日日同歌，也用不着见面。”

“但凭大王和夫人吩咐。”这已超出那人所敢祈求。

客人中有倭人，也有华人，他们听说张夫人献艺，无不竖起耳朵在听，连酒也顾不上喝。张少华为王直唱过的曲子，名《警世词》，用的是《对玉环带清江引》曲牌，一共四段，她那天吟唱的是第三段。今日有一个技艺与她相当、当年为她真心所爱慕的人伴唱，相互呼应，唱起来更是得心应手。余音绕梁，听者无不动容。

除第三段，其他三段唱词是：

极品随朝，谁似倪宫保？
万贯缠腰，谁似姚三老？
富贵不坚牢，达人须自晓。
兰蕙蓬蒿，到头终是草；
鸾凤鸱鸮，到头终是鸟。
北邙道儿人怎逃，及早寻欢乐。
纵饮十万觞，大唱三千套，无常到来还是少。

暮鼓晨钟，聒得咱耳聋；
春燕秋鸿，看得咱眼蒙。
犹记做顽童，俄然成老翁。
休逞姿容，难逃青镜中；
休逞英雄，都归黄土中。
算来不如闲打哄，枉把机关弄。
跳出面糊盆，打破酸齑瓮，谁是惺惺谁蒙懂？

礼拜弥陀，也难凭信他；
惧怕阎罗，也难回避他。
世事枉奔波，回头方是可。
口若悬河，不如牢闭着；
手惯挥戈，不如牢袖着。
越不聪明越快活，省了些闲灾祸。
家私哪用多，官职何须大，我笑别人人笑我。

唱到一半时，叶先生伏在王直耳边说：“五峰，借一步说话。”

王直随他走到没人的地方。他低头背手，来回踱步。

他终于在王直面前站定，说：“五峰，我看这个姓顾的不对头。”

“我知你看得出来，”王直似不在意其实很用心思地说，“他不姓顾，他姓沈。”

叶先生立即回想起在苏州酒楼里听到的故事，沉吟着说：“果然是他！五峰，人心难测，你还要防他一些。”

“防他什么？你放一把刀在他手里，把脖子放在刀口下，看他能不能割下你的头来？”王直嘲笑沈郎，又嘲笑叶先生，“老叶，你不近女色，所以不懂女人的心思。女人爱慕的是英雄，喜欢的是钱财、权势。这几样，姓沈的哪一样可以和我比？就是容貌，我也未必输给他多少。”

“五峰还是要防他。”叶先生固执地说。

第五百零七章

再有几天，就是霜降。霜降过后，择日朝审重囚，是祖宗立下的规矩。朝审以三法司为主，大臣如府、部正堂、佐卿等，勋臣如公、侯、伯等，都要参加。案情重大时，皇帝还会派司礼太监到场。而三法司主其事，又以刑部正堂的责任最为重大。刑部狱里现关押着前应天巡抚屠大山，副总兵官解明道，参将许国、李逢时，他们都是因为剿倭不利而下狱的。今年的朝审，这大约是最重要的一个案子。

正午时分，刑部尚书何鳌只身一人，去都察院拜会掌院都御史屠侨。他和屠侨都是浙江人，他的乡贯是山阴，山阴和绍兴同城，屠侨的乡贯是鄞县，鄞县和宁波同城，绍兴和宁波是毗邻的两个府。何鳌字巨卿，屠侨字安卿。真好像皇帝刻意安排这两个人掌法司，又好像父辈刻意安排这两个人共事。何鳌有困惑，不找屠侨又找谁！

屠侨正在房间里小憩，被何鳌吵醒。他眯起两眼问："巨卿兄，是为应天府的案子来的吧？"

"安卿兄得意什么，我又没想瞒你！"何鳌说。

二人相视一笑。屠侨这才真正清醒，他站起来，伸个懒腰，说道："巨卿兄这时来找我作甚？你又不是不知道，我不便多言。"

他指的是屠大山。屠大山和他同族，使他的处境颇为微妙。众谓屠大山当杀，他不能说不当杀，这不必说；甚至众谓屠大山不当杀，他也要说该杀，众人才会认为他是出以公心。

何鳌嗅了嗅，拉着他说："这屋里有股怪味，肃杀之气太重，我和安卿兄到院子里走走。"

"我这里肃杀气太重，刑部衙门里肃杀之气就不重？"虽然这样说，屠侨并不反对，"主随客便，巨卿兄说在院里走走，就在院里走走。"

二人信步走到院里，绕几圈后，找一个可以晒到太阳的地方站下来。

"安卿兄太自以为是。"何鳌忽然说一句。

“我怎么自以为是？”屠侨被他说得莫名其妙。

“你说我是为应天府的案子来的，也不想想，应天府的案子情节如此简单，有什么好与你商议的！应天府的案子你不便多言，我难道不知！”何鳌道。

“怎么，巨卿兄手上还有更重大的案子？”屠侨问。

何鳌不从正面回答：“眼下没有，不见得日后也没有；今年朝审没有，不见得明年朝审也没有。”

屠侨总算明白他找上门来议论何事，反唇相讥道：“巨卿兄说我自以为是，我看，巨卿兄比我更加自以为是。”

“安卿兄说说看，我怎的自以为是？”何鳌道。

“有旨械谈中书入京，是前两天的事。械谈中书至京，不是今年年底，就是明年年初，姑且不论他的案子是不是比应天府的案子更为重大，巨卿兄怎知明年朝审时我二人还在不在西曹？”屠侨自觉理由充分。

“明年朝审时我二人还在不在西曹姑且不论，离今年的朝审还有些日子，安卿兄怎知那时我二人还在不在西曹？”这一问把屠侨难在那里。何鳌又说，“再者，谈中书的案子，不必等到明年朝审，今年年底或明年年初，他一械入京师，不是我刑部，就是你都察院，必得问案。我现在来请教安卿兄，并非太早吧？”

屠侨自觉理亏，揖道：“请教不敢当，愿与巨卿兄共议之。”

“好！我就是不明白，谈中书不过延误假期，不是了不得的大事，为什么会天颜震怒，降旨械拿？”何鳌道出他的困惑。

谈相自幼练习姜体楷书，很有功力。所谓姜者，英宗皇帝朝的神童姜立纲也。他七岁时能写楷书，皇帝赐曰翰林秀才，后用作中书舍人，曾任太仆寺卿，他所创立的楷书体被称为姜太仆体。谈相凭着一手漂亮的姜体楷书，为皇上所赏识，以中书官当值文渊阁，宫中斋醮用的拜章、匾联等，多出自他的手笔。他也不时升迁，加至工部左侍郎衔。此人奇处有二：一者，非进士出身，升至工部左侍郎；二者，升至工部左侍郎后，仍当中书的差事。由此可见皇帝对他的眷爱。何鳌也由此预感到，这将是个棘手的案子。

“延误假期固然不是件大事，可巨卿兄知不知道，谈中书请假时，已引起皇上的不快？”屠侨道。

“不会吧？”何鳌很难相信这一说法，“谈中书因治母丧而告假，皇上最重孝道，怎会不快！”

“若为治母丧而告假，皇上自然不会不快，可巨卿兄知不知道，谈中书最初并非告假，而是欲辞官？”屠侨道，“谈中书前者丧父，是告假，没有辞官。今次辞官，皇上以为他职衔一高，不屑再为宫里写拜章和匾联，故而不快。所以，他辞官，皇上不准；后来改为告假，皇上才勉强准允。可他又不准时回来销假，皇上故而震怒。”

“浙东倭乱，他不能准时回朝，也情有可原。”何鳌说。谈相没准时回朝销假，也用的是这个理由。

“若仅仅没准时销假，皇上震怒是震怒，却不至于降旨械拿。巨卿兄知不知道，谈中书回乡后，一天丧服也不穿，反而身穿御赍蟒衣，终日与群妓嬉游，且凌轹郡、县，侮辱缙绅？”屠侨道，“他的种种劣迹被御史劾奏，皇上忍无可忍，方有械拿之旨。”

“居丧嫖娼，皇上最为痛恨，是一定要治罪的，”何鳌附和一句，又问，“不过，安卿兄看，谈中书有没有性命之虞呢？”

“若仅仅皇上震怒，或可转圜。可巨卿兄知不知道，对谈中书震怒的，不仅是皇上，还有相公？”屠侨道。

“当真？”如果说前面问的那些话，何鳌未必不知；这件事，他就真的不知。“我看，介翁对谈中书还是很礼重的，我亲耳听他赞誉谈中书的楷书就有两三次。难道因为皇上痛恨，相公也随之痛恨？”

“若仅仅因为皇上痛恨而痛恨，或可转圜。可巨卿兄知不知道，谈中书口无遮拦，在江南士大夫间传播此公许多隐私？”屠侨道。

“都是些什么隐私？”何鳌问。

“无非东楼纳贿，相公袒护之类。”屠侨说。

“刺其隐私，人所不欲，谈中书好不晓事！”何鳌浅议一句，然后回到关键的问题。“安卿兄看，此狱下刑部，当如何论罪？”

“谈某生死，不在刑部，不在都院，甚至不在皇上。巨卿和东楼的交情不浅，何不问一问他？”屠侨道。

“再说，再说。”何鳌应付道。

他心里盘算；问是一定要问的，但不能现在去问，也不能自己出面去问。不妨等谈相械至京师，下刑部审讯时，再差一名郎官去问。弄清谈相之狱的原委，这趟都察院之行的目的就算达到。

第五百零八章

严世蕃着人去请罗龙文。罗龙文到时，他正在会客；过许久，才送走客人，回到自己的内室。罗龙文等得有点儿不耐烦。

“公子，什么人？”他问。

“刑部一个郎中，拿着何巨卿先生的手札来，不见不好。谁知一见，竟如此不知趣！”严世蕃说。

“何司寇这时差人见你，是为谈木泉的事吧？”罗龙文问。

木泉是谈相别号。

“可不是！”严世蕃一脸不快，“你来见我，我不恼你，可你到我这里，一句一个大司寇如何如何，说给谁听！”

“这等人物，打发走就是。”罗龙文劝道。

“所以，我从头到尾只对他说一句话：上怒甚，必拟死而后惬；若不信，我为你约会相公。”严世蕃三言两语，把方才的会晤讲清楚，然后挥了挥手，说，“不说他！这等人物说他乏味，龙文，还是说你我的正事。”

“是，”罗龙文应道，“自上次东楼公子和我谈论浙江的事后，一直没有下文，小弟亦不敢轻动。今奉口谕，马上就来。”

“龙文可以即动，”严世蕃说，“这几个月来，你那位乡人甚是猖狂，足以让朝廷领教；朝廷调兵用将，决心剿之，也足以让你那位同乡领教。龙文，你此时去浙江，定可事半功倍。”

“是。”罗龙文应着，显得心不在焉。

“龙文，又在打什么歪主意？”严世蕃问。

“在东楼公子面前，我敢打什么歪主意！”罗龙文笑道，又说，“日前偶遇元质老兄，邀我小酌，小弟不知当去不当去。”

赵文华在严府里不伦不类的地位，和严世蕃不冷不热的关系，他一清二楚，所以轻描淡写地提起这件事。

“他不会无无缘无故请你饮酒吧？”严世蕃果然是很不以为然的态度，“龙文，他还对你说些什么？”

“他说，东南涂炭，他很想为家乡尽尽力。”罗龙文转述。

严世蕃更加不以为然地摇摇头，可以理解为：他的心思怎会用在报效国家、报效家乡上？也可以理解为：他也敢插手东南事务！

“龙文，你告诉他要去浙江吗？”他问。

“小弟也不知该不该告诉他。”罗龙文乖巧地说。

“酒可以去饮；浙江之行，是你我计议的，先不要告诉他。”严世蕃说到这里，忽然有一个新的想法，“龙文，如果元质真的插手倭事，你看如何？”

“我想，或是好事吧。”罗龙文话虽含糊，意思还是明确的。

“何以见得？”严世蕃问。

“至少他对老相公是忠诚的。”罗龙文说。

“忠诚说不上，欺谄是有的。”严世蕃道。

“是，”罗龙文应是应，却又说，“他对东楼公子也恭顺得很。”

“恭顺说不上，无奈是有的。”严世蕃道。

“是，”罗龙文应道，又说，“无论如何，公子摆弄起他来，要比摆弄别人容易些。”

“这话不错，”严世蕃新的想法正是基于这一点，“龙文，你一定要去赴他的约，而且要大吃大喝。他提及为家乡尽力，你要大加赞赏；他不提为家乡尽力，你也要诱他提及。你对他说，要插手倭事，须得先在朝廷议一议倭事，只要他呈送奏章，其他的事情我替他办。”

“公子的话，我一定捎与他。”罗龙文说。

“不过，有一句话你要记牢：元质可用而不可恃，”严世蕃叮嘱道，“我想要一百万，可是，也不想把东南的局面弄得不可收拾。胡汝贞之才，足以论兵；把东南的战局交付元质，一定不可收拾。所以，我宁愿信托胡汝贞，不愿信托赵元质。龙文，这可是我的肺腑之言。”

“是，东楼公子的话，小弟记牢。”罗龙文说。他也知道，严世蕃叮嘱的不是一件小事。

十二、议招巨枭

第五百零九章

胡宗宪带着他的五郎差役，和罗龙文一起出杭州城。他事先没打过招呼，见面后也没说明。出了城，他策马疾驰，罗龙文赶一大段路，好不容易才追赶上。

“汝贞兄，我们这是去哪里呀？”他气喘吁吁地问。

“去拜望一位前辈。”胡宗宪说。

“去何处拜望前辈？”罗龙文问。

“归安。”胡宗宪道。

归安县属湖州府，与湖州府同城，距杭州没有二百里，也有一百八十里。罗龙文不由说道：“要去这远！”

“罗兄惧怕远行，前面不远到得余杭，我可以着人为你准备轿子。”胡宗宪不动声色地说，不知是挖苦还是体贴。

“汝贞兄不惧怕远行，我怎会惧怕远行！难道此去归安，还能远过京师来浙东吗？只是，”罗龙文口风一转，说道，“我昨日到的杭城，汝贞兄今日就带我出城，连西湖也不陪着一游，这不是在逐客吗！”

“陪游西湖是午后见到罗兄时的想法，夜里主意忽变。”胡宗宪说。

“这话怎讲？”罗龙文问。

“罗兄晚间与我谈论的事情太重大，此事我做不了主，罗兄也做不了主，游罢西湖还是作不了主。”胡宗宪说。

“所以要去归安，请那位前辈作主？”罗龙文引深一步。

“并非要他作主，但不妨听他说些什么。”胡宗宪道。

嘉靖五年的进士，在内，早可以做到七卿，在外，早可以做到督、抚。唐枢因论李福达狱获罪后，一直在家闲居。其实，说他闲居，有点儿冤枉他，他虽不吃皇粮，但对关系社稷安危、百姓福祉的事，无不上心。嘉靖二十年代以后，边患、海患越来越严重，他对边情、海防也越来越用心；不但读书，还亲历九边及越、蜀、滇、黔考证。

不论走到那里，时至岁末，唐枢总要回归安和家人团聚。

没罗龙文及其谈论的大事，胡宗宪自己大概也会来给唐枢贺岁；有罗龙文及其谈论的大事，胡宗宪则一定要来一趟归安。

唐枢把两位来客请进，说："胡大人趋至探望，不敢当。"

胡宗宪行礼，说："唯中先生称呼晚辈贱字即可，万不可如此称呼。"

"好，那我就不客气，"唐枢说着，问道，"汝贞来湖州，有何公干？"

"并无公干，专为拜望先生。"胡宗宪答道。

"那就更不敢当，"唐枢道，然后问罗龙文，"这位罗先生就是在京城来往于公卿之间、与小严相公亲如手足者乎？"

罗龙文行礼，说："老先生称呼罗某贱名即可，万不可如此称呼。在下对东楼公子仰慕不已，竭力巴结，却是高攀不上的。"

"好，那我就不客气，"唐枢说着，问道，"龙文来湖州，有何公干？"

"和汝贞兄一样，专程拜望先生。"罗龙文说。

"愈发不敢当，"唐枢应付罢他，又回过去问胡宗宪，"汝贞，怎么和龙文走到一起？"

"龙文与我是同乡，也是故交。我按山西时，他去太原看过我；我按浙江，他又去杭州看我。龙文兄在浙、直经商，差不多的郡、县都去过，唯独未到归安。晚生归安之行，也是为了他的一个心愿，"胡宗宪说。他不想隐瞒和罗龙文的亲密关系，但了却罗龙文的心愿云云，显然是托词。在浙、直经商，丝绸乃一大宗，湖州乃丝绸主要产地之一，怎么可能差不多的郡、县都去过，唯独没到过归安？

唐枢不在意他话中的漏洞，只说："有友如此，亦属难得。"然后问，"村蔬家酿，二位亦可下咽乎？"

"年节将至，实不该造访搅扰，然与唯中先生长谈，诚晚生之大愿。先生一蔬一饭之赐，晚生皆与罗兄拜领。"胡宗宪竟不推辞。

这几句话在唐枢听来很诚挚可爱，他笑着说："可不是嘛，离新年只有三天，没想到会有嘉宾登门；不该造访搅扰，汝贞说的不错。不过，二位这时来，也有好处，一壶酒一盘肉是现成的，用不着特别张罗。"

他出去吩咐家人准备酒、菜。回来后，见胡宗宪与罗龙文交头接耳，他问："二位在议论何事？"

胡宗宪告诉他："方才我和龙文都说，专程来拜望先生。但专程拜望云云，只说对一半；另一半嘛，是要向先生讨教。龙文说：又向先生讨酒，又向先生讨计，不好意思吧？"

"你说的一半一半，我方才就料到。所以不点破，正是怕你二人不好意思，"唐枢说，"龙文所谓不好意思，是以为占我的便宜。其实，你等如果只向我讨酒，不向我讨计，那才是欠我一个天大的人情，才该不好意思呢。汝贞，龙文经商，于此无知，你不该不知道呀！"

"晚生知道，所以并不觉得不好意思。"胡宗宪说。

"哈哈！"唐枢爽快地笑起来，"好，二位来归安的一半用意，方才说明；我的疑惑，方才问明。现在说说二位来此的另一半用意吧。"

"是，"胡宗宪应一声，不慌不忙地转到正题上，"而今倭事日棘，朝廷决心剿之，然主招抚者亦不在少数，唯中先生的见解如何？"

"汝贞，你的见解又如何？"唐枢反问。

"晚生到浙江的时间短，对剿、抚二事，尚未仔细斟酌。"胡宗宪说。

"那么，龙文经商，常在浙、直走动，见解如何？"唐枢不让罗龙文有托词，点出他不是初到浙江；但还是留些面子，不点出他经商常和倭人有来往，免得胡宗宪也难堪。

"剿抚乃朝廷大政，小人经商，怎敢妄议！"罗龙文还是稍稍推脱，但也不好完全推脱。他不暴露立场地随意说几句，"在下一年里，大约半年光景在京城，半年光景在外面走动，听人说过当剿，也听人说过当抚；可为何要剿，为何要抚，似乎都未说清楚。"

好一个罗龙文，竟有这等手段讨主人欢心！胡宗宪暗笑。

唐枢怎会听不出这话的用意？他嘴角挂着一丝笑意。

"龙文想我来说清楚，这可要让你失望。朝廷大政，在内公卿们说不清楚，在外乡贤们说不清楚，我一介平民，又怎么说得清楚！不过，"他口风一转，露出以天下为己任的本色，"我生于斯土，长于斯土，对觊觎斯土残害斯民的事，却不能不想，不敢不想。我以为，剿之有四利有四虑，抚之有五利有五虑，汝贞，龙文，要不要听？"

"请唯中先生赐教。"胡宗宪、罗龙文揖道。

唐枢等一个地位重要的听众等很久，现在直接参与处置倭事的胡宗宪、与满朝公卿皆有来往与严府关系尤为密切的罗龙文找上门来，态度特别虔诚，他自然要打起精神，把多日来思索所得，一股脑倾吐。

“好，我先说剿之四利，”朝廷有一意剿贼之旨，他自然要先说剿，先说剿之利，“不轨者杀无赦，是为国体之正，且以国家全盛之力，不愁不能擒之。此剿之一利也。海溟浩荡，自古以来不能常靖。今则内外通连，公私扰甚，全力剿之，以示将来，乃根本之法。此剿之二利也。自贼起事迄今，先后所得首级累计数千。诸司奋厉，渐次相机追剿，不日或可扫涤妖氛。此剿之三利也。贼人有不得已而归顺者，恐混淆视听，致多议论，反不若一意绝之。此剿之四利也。”

“虽曰四利，听先生之言，似只是中策而已。”罗龙文插话。

“那是龙文的理解。我还是来说剿之四虑吧，”唐枢道，“海上商情，安肯自已。我浙东禁市，彼不得不迂道广东、福建，既远且难，殊为不便。由不便而绝望，彼必大肆鼓动诸岛之贼，增益松江等巢穴。此剿之一虑也。贼酋王直，才力足称，许其自全，其必肯自效。若王直恶贯而毙，承应者无此才力，虽欲为此，而不可得。此剿之二虑也。天顺以后，不禁海上贸易。虽市泊权重，市者私行，公法荡然，而海上安睹百年。此乃通商明验。今之议者，若谓市法永不当开，则恐非细思而详虑也。此剿之三虑也。去年贼势猖獗，进兵不收全效，而上下有招抚之议。不准归顺，则官府全无信誉。此剿之四虑也。”

“一意剿贼，是朝廷所颁旨意；若准招抚，主招抚的官员有信誉，朝廷岂不是没有信誉？”胡宗宪道。

“那是汝贞的理解。我所谓抚之五虑，却不在此，”唐枢这次倒转过来，先说其虑，再说其利，“欲招抚王直者，是料定他的才力足以制握诸岛。然王直所与交易、行止可执者，不过数岛之人。若别岛闻风而至，不肯听依指挥，则宋素卿之变，不能必其无。此抚之一虑也。日本贡，人毋过三百，刀剑毋过三千把。即以每贡三千把刀剑交易而言，散落民间，亦骇见闻。此抚之二虑也。海中货市，相涌而至。致有门庭之扰。此抚之三虑也。海船造于梅林等港，泊于溪口等处，行之既久，射利日增，致添地方警备。此抚之四虑也。王直嘉靖三十年擒杀陈思泮有功。然其时不肯亲自出见，深藏三窟，实非笼中之鸟。此抚之五虑也。”说完五虑，又加上一句，“至于信誉，无论剿抚，成功则有，不成则无。”

“好一个成功则有，不成则无！”胡宗宪从这八个字中悟出的道理，比从前面八十句话里悟出的道理还要多。

“据在下料想，老先生抚之五利更要精彩。”罗龙文说。

“精彩不精彩，听过再判定，”唐枢道，“方今海寇炽虐，久经四五年来，算无全策，贼未尽灭。若招抚贼酋，以夷攻夷，坐令地方安堵，东南赋税之区，复旧生理，似为便宜良计。此抚之一利也，亦利之大者。华夷同体，有无相通，例观广、闽通商行税，在王者有同仁之政，在吾人无独弃之情。沿海私相商贩，更是自来不绝。嘉靖六七年后，严禁商道，于是转而为寇。嘉靖二十年后，海禁愈严，贼伙愈盛。夫商之事顺而易举，寇之事逆而难为。此抚之利二也。开市必有常税，若于两浙立官收科，倍于广、闽多甚，若得海上之税，以济海上年例之用，则一举两得，战守有赖，公私不困。此抚之三利也，凡海上逐臭之夫，无处无之。”

罗龙文脸一红，想要申辩。唐枢抢在前面说：“龙文，我说的不是你。”又接着说，“使有利者既已从商，而无异心，则各安本业，以为适从。此抚之四利也。东南乡兵孱弱，未易练成；所调各处晓悍之卒，前事有鉴，恐为地方不测之变。此抚之五利也。”

四利四虑加上五利五虑，讲一个时辰都不止。唐枢焦渴难忍，喝起并非佳品的茶来，如饮甘泉。他看看胡宗宪，看看罗龙文，想知道自己这一番辛苦，是对牛弹琴，还是被他二人听进去。

罗龙文咳嗽一声，说：“汝贞兄，先生讲剿有四利有四虑，抚有五利有五虑，似利虑相当。但我听来，终归招抚之利要多些。你说呢？”

“不错，我也有同感。”胡宗宪附和。

“那是你二人的理解。”唐枢不再多说。

回馆驿的路上，胡宗宪、罗龙文并辔而行。

“龙文兄，听讲一日，有何收益？”胡宗宪问。

“天意。”罗龙文悭吝地只说两个字。

“怎讲？”胡宗宪自然要问。

“这位唐先生和老相公的字相同，谁知见解也相同，在剿、抚二策中都偏向招抚多一些，这不是天意吗？”罗龙文说罢，反过来又问，“汝贞兄听讲一日，有何收益？”

“还是那八个字。”胡宗宪道。

“成功则有，不成则无。”罗龙文玩味着这八个字。

“有体会吗？”胡宗宪问。

“既未成功，亦未失败，说到体会，似有似无，”罗龙文开句玩笑后，反问，“汝贞兄有何体会？”

“在剿与抚中，唯中先生一再强调的是利、虑，龙文兄留意的是利、虑，而我想的却是成、败，”胡宗宪进一步阐述，“剿之，有几分成算，抚之，有几分成算；剿之成算多，则剿之，抚之成算多，则抚之。剿之利、虑如何，抚之利、虑如何，唯中先生说得很清楚。但剿之有几分成算，抚之有几分成算，他却没说清楚。龙文兄听唯中先生演讲时，一定在想：胡汝贞难以决断，所以来向唐先生讨教；唐先生立场如此，他一定要偏向抚。实言相告，我听唯中先生演讲，于剿、抚二字仍无偏向，原因就是我没有想清楚的地方，他也没有说清楚。要我于剿、抚二字中有所偏向，除非龙文使得招抚王直多几分成算。”

“我能使得招抚王直多几分成算吗？”罗龙文似不自信。

“不错，招抚王直多几分成算，只需做一件事；做这件事，在龙文兄不过举手之劳。”胡宗宪说。

“何事？”罗龙文问。

“把王直的母亲和结发妻子请到我这里来。”胡宗宪说。

“什么？”罗龙文惊问。

“把王直的母亲和结发妻子请到我这里来。”胡宗宪重复道。

罗龙文有一种作茧自缚的感觉。通过招抚王直以获巨利，是他向严世蕃倡议的，并得到严世蕃的认可，说不定也得到严嵩的认可。他又向胡宗宪倡议招抚王直，看来也得到胡宗宪的认可。可胡宗宪反过来就给他出这么一道难题。不管是骗是逼，把王直的母亲和结发妻子交与胡宗宪，交与浙江有司，对他来说的确是举手之劳。可他能这样做吗？且不说两个人之间几十年的友情，王直当年在宁波城外庙宇里托他照看家人的情景，还历历在目呢。

在他思前想后的当口，胡宗宪又开口：“我知龙文兄是性情中人物，应允朋友的事，是一定要做的。譬如，你曾应允过王直什么，听我的话，会感到为难。所以，我不要你即刻应允我什么。可我要告诉龙文兄，请王直的母亲和结发妻子来，是最阴狠的一着，也是最有效的一着。不然，空自议论招抚，未必能成功。我还要告诉龙文兄，今日是龙文兄要我行招抚之策，东楼公子要我行招抚之策，请不请王直亲属来，在你；如果有一天，朝廷决意招抚，请不请王直的亲属来，就不在你。龙文兄那时还是避开我的好。”话不多，但已严厉到不能再严厉。接下来，是句亲切而轻松的话。“好吧，这件事说到此为止。明日我们就回杭州，我陪龙文兄在西湖游个够。”

“不，我还要说上一句。”罗龙文道。

“请讲。”胡宗宪已料到他要说什么。

“汝贞兄会善待她们吗？”罗龙文问。

胡宗宪微微一笑，说：“我知龙文兄与王直是至交，我与龙文兄亦是至交。在王母面前，我必执晚辈礼。”

罗龙文痛下决心：“既如此，我为汝贞兄把她们请来。”

第五百一十章

嘉靖三十四年正月，工部侍郎赵文华奉旨南行，祭告海神，勘察贼情。二月，赵文华上祭海文。为取吉利，他在祭海文前加得胜江三个字。这一小技巧果然让皇帝很高兴，当司礼少监王瑜为他朗读，刚一读出标题，他就叫好："松江为得胜江，苏州则为得胜州，这两个地方得胜，还有什么地方不得胜！"

"爷圣明。"王瑜称颂一句，读下面的正文。

赵文华写道：

> 贼起东方，逋逃猖狂。戕我华人，伤我稼穑。自丑逾寅，今已卯岁。
> 天子震怒，遣祀有敕。有文龙章，有礼秩秩。有鬼有神，神不可测。
> 期佑王师，元功是即。殄彼腥膻，神功有赖。海宇肃清，神德维大。

"题目起得好，文章也不错。"皇帝夸赞一句。

"爷圣明。"王瑜还是那句颂词。他心里想：万岁爷今日勤奋，前面已处置几本奏章，听完赵文华这篇祭文，轻松一下，也该歇着。

不想，皇帝就着赵文华的祭海文，和他说起话来："年前赵文华献平倭七策，第一策就是祭海神，请遣官祭于江阴、常熟。王瑜，他那篇平倭七策，当日也是你读与我听的，你还记得另外六策吗？"

"奴才为爷试言之，"王瑜努力回想，记得多的地方，多背诵两句，记不得的地方，少背诵两句，"第二策：令有司掩骸轻徭。第三策：增募水军。第四策：苏州、松江、常州、镇江民田，一夫过百亩者，重科其赋，且预征官田税三年。第五策：募富人输财力自效，事宁论功。第六策：遣重臣督师。第七策：招通番旧党并沿海盐徒，易以忠义之名，令侦伺贼情，并用以离间各贼。"

"有一句没一句的，在应付朕吗？"皇帝责备。

王瑜大为惊惶，殿内盆火并非烧得太热，他头上却冒出汗来。

“奴才愚笨，过个年，把年前的奏章忘记许多，”他一面自责，一面试探地说，“要不，奴才把那篇奏章寻来，再为爷读一遍？”

“又没多少精彩之处，还用得着读两遍？”皇帝驳回他，又说，“朕只是在想，赵文华言及七策，第一策办得不错，其他六策也会办得顺利，倭事该有个了结。”

“爷圣明。”王瑜道。

“王瑜，你不错，赵文华所献七策，你好歹记住轮廓，”皇帝说着，又问，“可兵部是怎样议复的，你还记得吗？”

“这事奴才记得，”王瑜忙不迭地说，“兵部议复，五事可行，二事不可行；不可行的二事，一为苏、松等府一夫田过百亩者增田赋，一是遣重臣督师。”

“赵文华所献七策，虽然没什么奇处，可行于江南，也未见得有什么不妥。兵部为什么要反对增田赋和遣重臣二事？”皇帝自语。

“爷在问奴才吗？”王瑜与其说自以为是地觉得皇帝在问他，不如说他很想对皇帝说说他的看法。

“朕没问你；不过，要是你知道的话，不妨对朕说说。”皇帝道。

“奴才遵旨，”本是王瑜自己想说，现在变成遵旨而说，“奴才以为，兵部反对遣重臣督师，是因为张经原是不解部务，总督江南、江北、浙江、山东、福建、湖广诸军，去年十一月已改为右都御史兼兵部右侍郎，专办讨贼，因而无须另外差派。”

“有些道理，这事你还果然知道。”皇帝道。

被皇帝肯定，虽然不是完完全全的肯定，也很难得。王瑜信心十足地又说：“至于苏、松等府增田赋，奴才想，是因为增赋乃户部职掌，兵部不宜处置。”

“这却有些牵强附会；不宜处置就说不宜处置，为什么要反对呢？”对他的这一解释，皇帝很不以为然。

“是啊，不宜处置为什么要反对呢？”王瑜也问。

“朕来告诉你吧，”皇帝说，“兵部反对增田赋，不是因为不宜处置；反对遣重臣，也不是因为已有张经专办讨贼。兵部反对这两件事，是因为掌兵部的那个人年老力衰，不堪剧任。”

皇帝对聂豹不满，不断地有所表示。如前些日子，挂礼部左侍郎衔为皇帝炼造丹药的朱隆禧，请增巡视福建都御史，并开互市。皇帝已同意，但在程序上，还要经兵部议复。聂豹大约从皇帝身边的宦者那里知道皇帝的态度，议复同意，却遭到皇帝的痛斥。皇帝说：前已饬张经一意剿贼，为什么又有开市之议？一个礼部侍郎持此议还说得过去，为什么兵部尚书又持此议？聂豹因此被降俸两级。真不知道皇帝更多的是对他这个人不满，还是对他的主张不满。

可明确地表示聂豹不能胜任，在皇帝还是第一次。

涉及大臣，王瑜不敢多言，只说："爷圣明。"

"朕也不太圣明，否则，早该处分他，"皇帝说着，吩咐道，"你去对严阁老说，兵部尚书该换一换。不过，聂豹是徐阁老所荐。徐阁老那里，总要给些面子。你去对严阁老、徐阁老说：聂豹老迈，不宜任兵部尚书。可让他自己辞官，朕准他闲住。"

"是，奴才这就去办。"王瑜应道。

"慢，朕还有话问你：王瑜，你在司礼监几年？"皇帝问。

"回爷的话，奴才自幼在司礼监当差，有十几年。"王瑜答。

"你任少监又有几年？"皇帝问。

"也有三年。"王瑜答。

"知道朕为什么用你为少监吗？"皇帝问。

王瑜不敢乱答，想了想，说："奴才只知竭诚办事，不知其他。"

"你竭诚办事也是有的，但朕用你，不是因为你竭诚办事，"皇帝说着，告诉他原因。"你可知道，你那一声'爷圣明'学得很像张佐吗？"

跟随皇帝进京即位、在他身边办事几十年的太监张佐在去年病死，皇帝在其他太监面前，时常会想起他来。

"奴才是张老太监调教出来的。"王瑜说。

"很好！"皇帝道。这一声很好并不表明对王瑜很满意，他接下来又问，"三年不算短，王瑜，你知道朕为什么不升你为太监吗？"

"总是因为奴才愚笨吧。"王瑜答。

"你也不见得比黄锦、黄佐他们愚笨。朕可以告诉你：如果朕问张佐兵部为什么反对增田赋、遣重臣，张佐绝不会像你那样自以为是作答的；如果在二十年前，像你这样自以为是的奴才，朕也绝不会留在司礼监里办事的。"皇帝对他真比对别的宦者多几分耐心。

"奴才以后绝不敢自以为是。"王瑜诚惶诚恐地说。

第五百一十一章

聂豹免职在二月底，三月初，廷推新任大司马数人，皇帝点用蓟、辽总督杨博，同时以王忬升任蓟、辽总督。蓟、辽总督驻密云。如果王忬仍在浙江，这一交接就肯定要等很长时间，所幸他在去年六月改任大同巡抚，因此，杨博在朝廷颁旨后四五日可到兵部衙门述职，而王忬也可在三月中旬赶赴密云。

经过京师，本应有一番酬答。但因为月底月初时，马兰峪、宽佃谷一带忽然出现大股虏骑，参将、指挥多人败没，王忬不敢耽搁。他决定只在已升任刑部员外郎的儿子王世贞处住一晚，第二天一早就走，谁也不拜见。不料，王世贞却告诉他，徐阶想和他见一面。这是不能推辞的，不但因为徐阶身居次辅之位，而且因为他是王世贞的恩师。

“民应，你改任大同、蓟辽，虽是北地之福；但你离开浙江太急，却是江南百姓之憾。”徐阶对他说。

因为军情紧迫，徐阶没设酒席款待，只是宾主一人一杯清茶，坐在一起说一会儿话。

“子升先生过誉，浙东倭事，晚生未办好，羞愧难当。”王忬谦道。

“话不能这样说，”徐阶道，“倭事日棘，一来是因为积重，自朱子纯获罪以来，有七八年，愈演愈烈；二来是因为朝廷处置欠当，如果早差大臣统一东南事权，局面也会好些。”

“如今有廷彝先生统一东南事权，又有子承先生专治浙、闽，假以时日，必获全功。”王忬说。

李天宠是以徐州兵备副使接任浙江巡抚的。由副使而封疆，亦属超擢。

徐阶没有王忬那么乐观，但他看站立在王忬后面的王世贞一眼，没马上把自己的心思说出来。显然，是不想让他听到。

王世贞会意，问：“老师，公子在家吗？”

“他在后面院子里。”徐阶说。

“学生去和他说几句话，再来侍奉老师。”王世贞边说边往外走。

“好，他也正有话与你说。”徐阶道，等王世贞出门，他对王忬说，“李西涯公当年称杨升庵为天下士。我有幸在翰苑与升庵暂短共事，对他的才情好生钦敬。可是，在我看来，元美的才情绝不在他之下。未入翰苑，元美常自嗟叹。其实，作大学问，何必一定要入翰林？有的人一入翰苑，反而被拘住。”

“子升先生说的是。元美乃一顽玉，要成材，还须雕琢。”王忬道。

“家事说到这里，迟些再谈，我们还是先谈国事吧。”徐阶说着，论起张经、李天宠二人，“民应说张廷彝、李子承可收拾东南局势，我看不然。廷彝先生资历有，才力也有。他奉旨专办讨贼后，选将练士，征调两广土兵、狼兵，造成不小的声势。但协调各方，要在变通，而廷彝先生恰恰不善于变通。他自己若能善终官宦生涯，已属万幸。子承任徐州副使时，曾败小股北窜之倭贼，但与大股倭贼对峙，才力则不够。不要说把握东南大局，就是独当浙东一面，也让人放心不下。民应，初设东南总督大臣时，我在想，先经廷彝先生之手，然后由你接替，可望事成。”

“若论变通，亦非晚生之长。巡抚大同一镇，还可勉强应付，总督蓟、辽，如何协调顺天、辽东、保定三镇，晚生心里并没数。”王忬说。

“那是另一回事，”徐阶摇头，为什么是另一回事，他没细说，却又问起任职东南的人物，“民应，你曾和胡汝贞在浙省共事。我知道，抚、按失和者多，不过，平心而论，你看汝贞为人如何？”

王忬稍稍一想，说：“变通之才，胜晚生多矣。”

“还有呢？”徐阶问。

“若论人品——”王忬欲言又止。

徐阶体会他的难处，把话接过去：“人品不必说。”

“是，”王忬应一声，反过来问，“子升先生为何想起问他？”

徐阶告诉他原因：“介老对胡汝贞甚是推许，屡称他堪寄大任。我看，东南的局面以后要靠他来支撑。”

“若为此事，子升先生倒可以放心。”王忬说。

“怎么？”徐阶问。

理由很简单：“子升先生不是说要在变通吗？胡汝贞的变通之才可与任何在职的督、抚相比。这是其一。子升先生不是说要善于协调各方吗？督、抚所须协调者，第一是朝廷，有介老推许，他协调与朝廷的关系还有什么难处？这是其二。有此二者，子升先生还有什么不放心的？”

王忬不过重复徐阶的说法，很有些嘲笑他杞人忧天的味道；徐阶自己一想，也觉得好笑。

“朝廷如何用人，东南局势如何变易，都是未知之数，我有什么放心不放心的！”他笑道，随即吩咐家人去请王世贞，“民应明日要早起，你父子总还有些话说，我不留你久坐。”

“是，”王忬也知道不便久留，与徐阶往外走时，他随便问一句，“于蓟、辽事务，子升先生有什么吩咐？”

“对，”徐阶好似想起什么，反问他，“民应巡视到甬城时，见过张九一先生吗？”

“见过，”王忬答道，“北上前，我还专程拜望过他。”

“关于蓟辽事务，他对你说过什么吗？”徐阶问。

“并未说过。”王忬答道。

“那是因为你是改调大同；如果知道你今日总督蓟、辽，他一定会对你说的，”徐阶道，“九一先生任兵侍时，曾对我言及，密云边墙之外有雾灵山，其势高峻。口子不多，路径甚狭。他说：喜峰口至古北口，所守只三百里，若据雾灵山而守，可守七百里。据九一先生说，据雾灵山而守，须筑边墙不过三五十里，另外在川内再筑城堡若干以居戍兵即可。”

“既有此利，缘何不守？”王忬问。

“以往雾灵山南麓为鞑虏哈哈赤部驻牧之地，彼秋来春去，习以为常。民应此去，哈哈赤部或已退去，或将为民应逐去，无论如何，请民应访察而急图之。”徐阶托付。

“是，”王忬应道，为表示并非敷衍，又问，“若雾灵山可守，却无力移兵而守之，奈何？”

徐阶显然对此事思忖已久。他说：“那也有个计较：附近夷部，有归顺天朝既久、又愿入居雾灵山南麓者，可使居之，量助筑城之费，使其据守以为我藩篱。”并再次声明，“此事但闻九一先生言之，成与不成，全仗民应留意。”

“是，晚生既守斯土，自当留意。”王忬应诺。

第五百一十二章

根据赵文华所拟、并经皇帝准允，在常熟、江阴两地祭告海神。在常熟的祭事完成后，赵文华巡视苏州地区的贼情；在江阴的祭事完成后，赵文华巡视常州地区的贼情。苏州是贼情最重、滋扰最甚的地区，赵文华无暇顾及其他。常州深入内地、贼情尚不严重，赵文华心情也比较轻松，甚至有闲心拜会多年不见的同年唐顺之。

在嘉靖八年的进士中，唐顺之名声最大，而又最郁郁不得志；赵文华本来没什么名气，现在却是威风八面的钦差。但同年总是同年，既到人家门口，不能不见上一面。

二人相会不是在阳羡山上，而是在山下唐顺之的家里。

“应德兄居于仙山草庐，好不快活，为何下山？”赵文华戏道。

“家父染疾，不得不然，”唐顺之答道，又回敬一句戏言，“元质兄道快活，我把草庐送与你，如何？”

“弟无仙缘，不敢受。”赵文华说。

“不是无仙缘，是尘缘未断。”唐顺之说。

几句对话显示同年间的友情，二人甚是欢洽。

“应德兄，老世伯病情如何？”赵文华关切地问。

“时好时坏，弟忧心似焚。”唐顺之蹙额言道。

“世伯广结善缘，又有应德兄在旁尽孝，想是不碍的。”赵文华说。

“托元质兄吉言，但愿他老人家康复有日。”唐顺之说。

几句家常叙过，该转到正事上。

“元质兄，”唐顺之先说，“朝廷先是任用廷彝先生总督军务，专办讨贼，继又任用吾兄察访贼情，弟闻讯而喜。困扰我江南数载的倭乱，总算有个了结的日子。”

“弟此次南行，既是朝廷的任用，又是相公的信赖，又是为家乡驱贼，不敢不尽心。”赵文华虔诚地表过心迹，复道，“应德兄，你呢？平息倭乱，你不能不尽些力吧？”

“元质兄要我做什么？”唐顺之问。

赵文华自己该做些什么，还不甚明了，怎知要他做些什么！于是，随口说道：“应德兄与达夫兄之学识，皆我辈翘楚。但你二位又有所不同。达夫兄只读该读的书，恨不能穷究理学；应德兄于书无不研读，故多奇术。人所不知者，兄知之；人所不能者，兄能之。我今日来，就是要向应德兄讨教奇术。”

唐顺之最不愿意被人拿来和罗洪先比较，听他这番话，心中不快。但又不好发作，乃作戏语：“好，元质兄若讨教其他，我无以应之；我自幼好弈，元质兄讨教棋术，我倒可以说出一二。”

“应德兄，我所谓奇术者，诡经也，非弈经也。”赵文华道。

“着啊！元质兄难道不知，诡经都是从弈经中来的、奇术都是从棋术中来的吗？”唐顺之放荡不羁的才子名士气派一下子显现出来。

赵文华知道他这位同年的思辨之才，口辩之才。无论正辩，还是诡辩，自己都不是唐顺之的对手，他说：“也罢，就请应德兄讲一讲弈经。”

“元质兄会说‘也罢’，我就不会说‘也罢’？弈者，末技也。元质兄不欲听，我不说也罢。”唐顺之仍在戏言。

赵文华哭笑不得，反而要逼迫他讲：“谁说我不欲听？若论弈子，我虽不似应德兄，堪称国手，可也总是好手。”

“元质兄真的要听？”唐顺之问。

“真的要听。”赵文华毫不含糊地说。

“那好，我就随意说上几句，”唐顺之道，“我自幼好弈，但从未得国工之谱，只得自己捉摸。白日捉摸不出，则夜间琢磨；坐下捉摸不出，则躺下捉摸，可谓寤寐而悬思焉。久之，于战守之间，若有得算。和一般的弈者较量，可战而胜之；和中等的奕者较量，可战而胜之；甚至和高手过招，也可战而胜之。败下阵时，则归咎于思之不至而已。自觉已入佳境时，忽得国谱。这才知道，我赢的棋，大都为古人已试之术；我输的棋，古人也早为之营救布置。于是自嘲思之不至，不能尽合于古人，且叹息没有早得国谱，以助我思。进一步研读国谱，又有心得：古人之精神，寓之于谱。弈者，无非是索诸己之精神，与索诸古人之精神。苟有所得，都是得自精神。大可不必因古人说这步棋是，我却说这步棋非，或我说这步棋是，古人却说这步棋非，而伤心劳神。”

赵文华原本以为谈弈不过是些无聊的话，有一句没一句地听着。听到后来，却不由入了神。

“应德兄，你所言弈法，有如兵法。请应德兄以弈法为喻，再为我说一说兵法。”

他说。

“元质兄有此言，已知兵法，”唐顺之道，“伏羲画像，已寓居中握奇之义。而握奇经，世传以为黄帝书。盖战法自黄帝始。然其文简奥，后世鲜有知者。史称卫青、霍去病不学古兵法，而每战辄胜。然观其环车为营，纵轻锐以当匈奴，实得奇经中所载二垒游兵之义。至诸葛氏仿摹握奇，为八卦阵，钩角联络，一一皆古法也。卫、霍之用兵，乃暗合古法；诸葛氏之用兵，乃纯用古法。彼等为后世称道，其合于古法一也。元质兄，我妄言一句：你大胜倭贼之时，我从你的用兵中，一定也可找出合于古法之处。”

赵文华大笑：“托应德兄吉言，大胜倭贼时，我分一半功劳与你。”又道，“应德兄，你在阳羡山修炼的日子不少，可愿出山为朝廷效力？”

“这我却没有想过。”唐顺之说。

“不管你有没有想过，凭你一篇弈法，一篇兵法，我也要向朝廷举荐。”赵文华道。

第五百一十三章

聂豹还乡，路经苏州时，因前面倭情不明，被寄居苏州的何良俊接到家里去住几天，以便观察形势，再决定是不是继续南下，何时南下，以及取哪一条路南下。

他是免官，不是致仕；是闲住，没有治罪。因此，苏州的大小官员们可以来探望他，也可以不来探望他；可以多坐一阵，也可以少坐一阵。尽管如此，来探望他的人还是不少。正在苏州附近处置军务的总督来探望他，说了几句话，走了。苏、松兵备副使来探望他，说了几句话，走了。至于府、州、县的一些官员，因为地位相差太悬殊，又没有什么特别的交情，不敢打扰，登门投下名刺，走了。其实，他们也是多虑，以聂豹现在的处境，谁来探望他，都会让他感动的。

应天巡抚周珫不但来探望，而且还坐了好一阵；不但坐了好一阵，而且还向他请教。好像他仍是大司马，好像他仍有权威，这让他尤其感动。

“文蔚先生驾临姑苏城，对我等来说，是千载难逢的机会，请赐予剿贼方略。”周珫道。

“你是问我剿灭倭贼的方略？”聂豹不敢相信自己听到的。

“是啊，”周珫道，“文蔚先生少司马两年，大司马两年，对如何剿贼一定有个计较，还望赐告。”

“这个，这个，”不管聂豹掌兵部时有没有计较，现在反正说不上来，他以问作答，“润夫，读不读《孟子》呀？”

周珫字润夫，湖广应城人，嘉靖十一年进士。

“幼时读过，几十年没有再读。”他说。

“《孟子》还是该常读读的，”聂豹像是任知县时面对浑然无知的县学学童，又像在灵济宫里面对众多求知若渴的士人，“孟氏有曰，制梃以挞秦、楚。对倭人，也当如此。”

“文蔚先生是说，制梃以挞秦、楚？”周珫也不敢相信自己听到的。

“是啊，”聂豹道，“江南百姓的手里就是少了一根棒子，若人手一棒，倭人还能逞其计乎！”

“是，是，孟氏说：杀人以梃与刃，有以异乎？梃一样可以杀人的。”周琉边说边看何良俊，眼神里充满了困惑与嘲笑。

何良俊被他看得脸红了。他看出的嘲笑更多些，好像周琉嘲笑的不是聂豹，而是他自己。

聂豹是不送客的，何良俊代他送周琉出去。二人一路无话，出了大门，周琉才说了一句：“元朗，这就是阳明学说的传人吗？”

何良俊把头深深埋下，揖道：“润夫先生走好。”

他心里想：不会再有访客了，这位老先生不知会怎样教诲我呢。

何良俊学富五车，虽与公卿大夫多有来往，但真正看得上的不是很多。他以师礼待聂豹有两个原因：一者因为聂豹曾为华亭令，是徐阶的启蒙师，也是他的启蒙师，尽管那时他还年幼，而徐阶却成为华亭出来的最显赫的大僚；二者因为嘉靖三十一年他游京师时，京师掀起讲学风潮，他参与了，而聂豹是发起人之一。

回到客房时，聂豹正在独自品茗。

“江南士人或喜西湖龙井，或喜六安瓜品，怎么就不知道庐山也出好茶呢？”他唠叨一句，问一句，“元朗，送走周都堂？”

“是，学生看着他上了轿才回来。”何良俊说。

“你的这种雨前茶也很不错，越喝越觉味浓，”聂豹又唠叨一句，问一句，“元朗，他在嘲笑我吧？”

何良俊一惊：“文蔚师说的是谁？”

“润夫呀，还会有谁！”聂豹道。

“他怎会嘲笑文蔚师，他只是——”何良俊字斟句酌地说，“只是对老师的说法有所不解。”

“不解？笑话！”聂豹冷笑一声。“他问我，我不好不答吧？我不引经据义，又怎么说？才一引经据义，他又说不懂。岂不知道极于天地，而实不出于愚夫愚妇之所知所能；及其至也，则圣人有所不知不能。用兵打仗还不是这样。用兵打仗，第一条杀敌自保，这个道理，愚夫愚妇也知道；而深奥的兵法，则孙、吴也不能穷尽。”

“老师说的是，”何良俊觉得这话还有些哲理，但也不能掩盖用制梃以挞秦、楚之说作为剿倭方略的可笑。他于是顾左右而言他，“老师说这茶不错，请再多饮一口。”

聂豹又喝一口茶，忘却了周琉。

“元朗，别后两年做得什么工夫？”他问。

又来了！何良俊想。三十一年他京师参拜聂豹时，聂豹第一句问的就是：元朗，别后二十年做得什么工夫？他当年答的是：唯闭门读书，虽二十一代全史亦皆涉猎两遍。聂豹很不以为然，说：你吴下士，凡有资质者，皆把精神费在这个上。

何良俊料到，他今日答以闭门读书，聂豹仍不会满意。但这两年来，他除了闭门读书，的确没有做什么其他工夫，又不能欺骗老师。于是他说："唯闭门读书，二十一代全史已在读第三遍。"

"你吴下士，凡有资质者，皆把精神费在这个上。"聂豹说。

何良俊没有料到，和两年前对他的批评，竟一字不差。

"一无所能是书生，学生不闭门读书，又能做什么工夫？"他不服气地说。

"两年前，我托你修《兵部条例》，忘了不成？"聂豹道。

何良俊记起了这件事。当时聂豹对他说：国初曾设起居注官，不久废，以翰林代之，所谓左史记言右史记行多所阙遗，应修各部条例。他问：如何修法？聂豹说：我朝不设丞相，朝廷之事皆分布六部，取六部陈年案牍中有关于政体者一一录出，修为一书即是。他认为这个想法很好，各部条例一修，欲考祖宗旧制，极易检寻，且大有益于后人修史。他也很愿意帮助聂豹率先修出《兵部条例》。但他很快补官南京翰林院，离聂豹远了，查寻案牍不便了，把这件事也就仍到脑后。

聂豹又提及此事，何良俊问："文蔚师，修撰条例之事，可有进展？"

"有心者才力不够，有才力者却无此心，怎会有进展！"聂豹叹道。

何良俊略觉愧疚，但愧疚之感很快又消失。才力不够，却无此心，他都占了一点。但聂豹今日还要谈论此事，未免太不合时宜。不处分好倭事，东南不宁，天下不宁，朝廷独得安宁？朝廷不宁，还有什么修条例的心思。他暗想：眼前这位老人并非一无是处，但掌大司马印显然是不合适的；而今朝廷罢免公卿大夫如同儿戏，动辄加以重罪，但罢去这位老人的兵部尚书之职，却是明智之举。

为不使聂豹伤心，他说："文蔚师在姑苏多住几日，有什么想法，尽可从长计议。"

第五百一十四章

赵文华巡视贼情，到了浙江。除应天巡抚周珫外，掌握东南局势的大臣都会聚在嘉兴。

议事的场所可有许多选择，如隶于浙江按察司的嘉兴整饬兵备道衙门，或嘉兴府衙门。赵文华不容分说地决定："弄只大船，游于南湖，一边议事，一边赏景。"

总督张经无可无不可，其他人也不好反对。

"汝贞，这个东该你作。"赵文华这样说，倒不是因为胡宗宪在参与议事的官员中品秩最低，而是因为倭乱起后，浙江巡按常驻嘉兴。

"在下理当招呼各位大人。"胡宗宪应道。

"弄几条鱼来做汤，酒就不要喝了。"张经嘱咐。

"为什么不喝？"赵文华反驳他，"廷彝先生知道自己的毛病吗？你优柔寡断，就是因为酒喝得少。"

张经不作声。他并不惧怕赵文华，但不屑与他争吵。

胡宗宪准备了鱼汤，也准备了酒。围坐者不过四人，他取出一套玉杯，为大家助兴。他先取一杯，放在张经面前，说："浙省所酿之酒清醇，使用玉器，相得益彰。"

又取一杯放在赵文华面前。赵文华拿起杯子看了看，随手向后扔去。那杯飞出船舱，落入湖里。

李天宠看不过去，说："元质先生，玉乃贵物。"

"无瑕之玉才是贵物，那杯有残缺。"赵文华说。

"即便残缺，也该还与汝贞兄。"李天宠说。

"汝贞乃高雅之士，要残玉作甚？我替他掷去那杯，他是要谢我的。"赵文华说着，问胡宗宪，"汝贞，我说的可是？"

胡宗宪明知，赵文华的不满在于张经先拿到杯子，然后他才拿到。在场面上是不能不这样做的。无论就资历而言，还是就地位而言，张经都在赵文华之上，如果先招呼赵文华，会被人耻笑。他一面对赵文华的狭隘气度提高警觉，一面又递过去一只玉杯。

“这杯如有瑕疵，元质先生也替我扔掉。”他不动声色地说。

赵文华看也没看，又向后抛去。胡宗宪眼也不眨，等他腾出手，把第三只玉杯放在他面前。这次他没有动作，算是认可。

“汝贞兄宠辱不惊，佩服！”李天宠对胡宗宪不满。

“子承兄看不顺眼，一样可以抛却。”胡宗宪说着，递过一只玉杯。

李天宠把它放在手掌里玩弄一会儿，睃了赵文华一眼，道：“我看元质先生留下的这只杯子，未见得比抛却的那两只好，为何不也扔掉？”

“子承连这也不懂吗？”赵文华说，“一套酒杯，不是十二只，就是六只。汝贞这套酒杯乃尤物也，不会有十二只，应是六只。我再扔掉一只，汝贞自己不得不拿俗物与我等碰杯。古人云：一人向隅，举座不欢。这点浅显的道理我还是懂的。”

几句笑话，总算使得气氛稍微和谐。

“多谢元质先生体恤。”胡宗宪说着，为众人斟酒。

赵文华举杯，向张经邀道：“廷彝先生，我敬你一杯。”

“不敢，大家一起饮吧。”张经说。

“不，这杯廷彝先生一定要独饮。”赵文华说。

“为什么？”张经问。

“方才言语唐突，就算是我谢罪吧。”赵文华说。

即使资历相当，作为同僚，他毫不掩饰地指责张经“优柔寡断”，也太过分。张经不想与他争吵，可也不想与他饮酒，现在他认错了，这酒张经就不能不喝。

他举起酒杯，向赵文华致意：“不敢，元质先生，请。”

二人喝了第一杯酒。

赵文华一边斟酒，一边说：“这第二杯酒，我还要敬廷彝先生。”

“也有个说法吗？”张经问。

“有。”赵文华拣一块鱼，送进嘴里。

张经饮了第二杯酒，让道：“元质先生，请讲。”

“廷彝先生酒喝得痛快，可我还要说你优柔寡断。”赵文华道。

不但张经一愣，李天宠一愣，连胡宗宪都是一愣。才认过错，怎么又用同样的话来指责，这不是迹似无赖吗！

李天宠瞪大眼睛，眼看就要说出难听的话。还是张经沉得住气，在他手臂上按了一下，道：“元质先生两次说我优柔寡断，我斗胆问一句，有什么根据吗？”

“有啊，”赵文华的语气有些轻佻，“廷彝先生总督东南各路兵马，当战不战，这还不是优柔寡断？”

李天宠想说什么，又被拦住。

“请教元质先生，何谓当战？”张经问。

“手上有官军，前面有贼人，即当战也。”赵文华说。

“若战而不能胜，也当战吗？”张经道，“浙、直兵不习战，与贼人遭遇，败者占了七分，胜者不过三分。对此，元质先生不会不知吧？元质先生不计胜败，我可不愿落个常败将军的骂名。”

“山东兵不是已征到。”赵文华说。

“山东兵不习江南水土，我略试其锋，两次失利，不能再让他们败在贼人手里。”张经辩道。

“田州瓦氏土兵不是也征到。”赵文华说。

“不仅田州土兵征到，还有几支土兵这两日也到，可我仍不会轻易为战，”张经道。

“廷彝先生征集客兵为战，不战的话，怎样安置？”赵文华问。

“可以奉告。元质先生，借你杯子用一用，”张经说着，不等赵文华答应，拿过他的酒杯，放在桌上，“我以瓦氏兵隶于总兵官俞大猷，屯于金山。”取李天宠的酒杯，放在另一处。“以东兰、那地、南丹兵隶于游击将军邹继芳，屯于闵港。”取胡宗宪的酒杯，放在第三处。“以归顺、思恩、东莞兵隶于参将汤克宽，屯于乍浦。这样，我各路兵马就抵住了贼人三面。它若邀战，我不怕；它若逃遁，只有一条海路。元质先生说我优柔寡断，错！这不是优柔寡断，是求其万无一失。”

赵文华看了看桌上的三个酒杯，又看着张经把他自己的酒杯拿起来，问道：“廷彝先生自己的酒杯，为什么不用？”

“我于何处坐镇，也要慎而择之。”张经说。他的话里一面包含着自得，一面包含着对赵文华的轻视。

赵文华忍住怒气，说：“好吧，廷彝先生自称求其万无一失，今浙、直、闽各路官军已集，两广各支土兵、狼兵已至，三面已抵住贼人，统兵将领已选定，可不可以说是万无一失，可不可以一战？”

“永顺、保靖两支土兵没有赶到，还不能说万无一失。”张经说。

永顺、保靖是湖广的两个土司。

“永、保兵何时赶到？”赵文华问。

“不日将至。”张经道。

“永、保兵至，廷彝先生将与贼开战乎？”赵文华问。

“大致如此。”张经道。

“战于何时何地，廷彝先生筹划好了吗？”赵文华问。

“已有算计。”张经道。

这几个问题答得都很含糊，和前面那句“可以奉告”形成鲜明对照，好像在对赵文华说：你乃旁观者，不可以奉告。

赵文华再次强压下心头的怒火，问：“可告知否？”

“不可。”张经答得很干脆。

“为什么？”赵文华问。

“岂不闻，兵者，诡道也。军机不可泄露！”张经说。

“廷彝先生信不过我？”赵文华提高嗓音。

“元质先生奉旨勘查贼情，谁敢信不过？”张经着重指出奉旨勘查贼情，与其说在抬高赵文华的身份，不如说在提醒他注意自己的身份。

“至于元质先生身边的人，就不一定尽可信。”

赵文华早被一系列的答话气昏头，听了最后一句话，想要发作，也不知道怎么发作。

张经却若无其事地问李天宠：“子承，我们是不是约好明日一早在杭州城里与三司官员会面？”

“是。”李天宠应道。

“那么，现在无论如何要动身，”张经说着，与他商量，“要不，子承再陪一陪元质先生，我先走一步？”

“不好吧？我和汝贞兄一抚一按，都围着元质先生转，不是太怠慢你张督帅了吗？”李天宠道，又对胡宗宪说，“汝贞兄，要不你多陪一陪元质先生，我辛苦些，和廷彝先生赶去杭州？”

这个时候，谁的话也不能接，胡宗宪走到一边去观赏南湖的景色。

“看来汝贞兄同意，”李天宠说着，恶作剧地向赵文华一揖，“元质先生，告辞！”

赵文华懵懵懂懂，听到他在船舱外说一句：“廷彝先生，痛快！”

好，我要让你二人知道，何谓痛快。他暗自下着决心。

第五百一十五章

失去两只价值不菲的玉杯，胡宗宪一点儿也不心疼，因为他通过那天议事有更多的收获。那两只落入湖底的玉杯，就让某个交了好运、又急需一笔钱财的渔夫打捞去吧，也算是做了件善事，他想。

胡宗宪的第一个收获，是了解了赵文华和严世蕃的关系。赵文华需要严嵩鼎力相助，才能得到此番巡视浙直的差事，这是没有疑问的，而严严世蕃是不是也视赵文华为心腹，却难说。一个最简单的事实是：罗龙文打着严世蕃的旗号，大力游说招抚；赵文华却一再催促甚至是逼迫张经剿贼。他们是根本对立的。这至少说明，严世蕃想在浙、直做些什么，并没有和赵文华商量过。严世蕃更相信的是罗龙文而不是赵文华。

胡宗宪的第二个收获，是了解了赵文华和张经、李天宠等人的关系。张经完全不把赵文华放在眼里，李天宠完全不把赵文华放在眼里，这是没有疑问的。他们顾忌严嵩，开始时想息事宁人，而一旦反击，就一点情面也不留。这也使得赵文华对他们，尤其是对张经，恨之入骨。可以断定，只要浙、直有一点风吹草动，加上赵文华的一两句话，就会使得张经、李天宠的下场和前任应天巡抚屠大山一样悲惨。不，他们的下场应该更加悲惨。他们的下场如何并不重要，重要的是，要有人来把握东南的局面，他胡宗宪的机会就来了。

了解了这两方面的情况，胡宗宪可以决定他的应对之策。在赵文华与张经、李天宠等人的冲突中，他要站在赵文华一边，也就是说，他要支持赵文华速战的方略。这可能会引起严世蕃的误会；不过，不要紧。一来，罗龙文说，在严世蕃的心目中，可以收拾东南局面的，只有他胡宗宪。言外之意，是要把他推到督、抚的位置上。现在他支持赵文华，赵文华也会举荐他。在这一点上，严世蕃和赵文华的目标相同。二来，他不会一味剿贼。在适当的时候，在朝廷准许招抚、他手上又有了足够的砝码的时候，他会招抚王直，让严世蕃对他满意。

经过深思熟虑，他觉得，在这些错综复杂的关系中，可以游刃有余。

眼下，他要做两件事。一是去杭州，与张经筹划剿倭之役。他坚信，在官场的斗争中，张经不是赵文华的对手。但要和贼人交战，他只能和张经运筹，不能和赵文华运筹。二是去宁波，拜会一个武臣，通过这个武臣，或可罗致一个他非常需要的人物。

养病的总兵官万表在自己的深宅里接待胡宗宪。他由世袭宁波卫指挥佥事起家，几代人居住在宁波。虽然他后来积军功升至总兵官，总督漕运，还署理过一段时间南京中军都督府，但患病以后，他还是宁愿回到宁波治疗休养。

他现在的病情很重，只能半卧在睡榻上和客人谈话。

“汝贞，你到底来了。”他招呼着，身子动了动。

“闻民望将军见召，我就紧赶慢赶，前来拜见。”胡宗宪说。

民望是万表的字。只有那些极具威信的武臣，才被以字相称。

“从杭州赶来的？”万表问。

“不，从嘉兴赶来的，但在杭州耽搁一日。”胡宗宪说。

“你来得好，若再晚几日来，就不知能不能相见，”一句话没说完，他已喘不上气来，停了停，他又说下去，“幸而不负所托，找到了一个人，汝贞或有用。他是个生员，捐来的，没读过什么书，也不喜欢读书。他喜欢的是冶游，仰慕的是侠士，交往的是三教九流。其人有荆轲之胆识，张、苏之辩才，正合汝贞之用。”

“是，是，民望将军可否将此生请出一见？”胡宗宪表现得急切，他知道，这对万表是个不小的安慰。

“他不在我这里，我着他明日去谒见汝贞吧。”万表道。

出去时，胡宗宪问万家的人，老将军的病情到底怎样。万家的人说：“医者束手无策，都道他能活过今年就是万幸。”

胡宗宪嗟叹不已。

来人被五郎领进衙门，随随便便地一抱拳：“参见汝贞先生。”

放浪形骸的神情，漫不经心的举止，胡宗宪看了，满心欢喜。不错，这就是万老将军推举的人，就是他需要的人。此生姓蒋名洲，字信之，浙江鄞县人，

“来，坐下说话。”胡宗宪邀道。

蒋洲毫不客气、毫不拘束地坐下。

“信之，愿意为我办一件事吗？”胡宗宪问。

"听凭汝贞先生差遣。"蒋洲道。

不问要他办什么事情，不问有没有风险，可见其豪爽。

"可信之知道我要你办什么事吗？"胡宗宪问。

"不知。"蒋洲道。

"全然不知？"胡宗宪追问。

"全然不知，"蒋洲说着，补充一句，"万帅都不知，小生怎知？"

"你说万老将军不知，那就大错，"胡宗宪道，"我虽没有对他详细讲述，但他赞你有荆轲之胆识，张、苏之辩才，他若全然不知我要你做什么，怎会这般推举？"

"万帅若这般对汝贞先生推举，我也知道了几分，"蒋洲仍是毫不在乎的样子，"汝贞先生要我取王五峰的头，还是王五峰的心？"

"我想你说降他。"胡宗宪说。

"知道了。"蒋洲这才低头想事。

胡宗宪让他想了一会儿，问："信之，你看这事办得成吗？"

"王五峰在柘林，要说降他，有五成机会，"蒋洲说着，伸出一只巴掌，"在宁波外海某岛，要说降他，有七成机会。"他比画一个七字。"在他的老巢萨摩洲，有九成机会。"他又比画一个九字。

萨摩洲位于倭国诸岛和我东南沿海地区之间，据说有三十六个岛屿。胡宗宪曾听人说起过。他没有想到的是，蒋洲一介书生，居然也知道得这么详细，不由对此生增添几分信心。

"信之，为何离我愈远，招抚愈易得手？"胡宗宪问。

蒋洲解释道："倭在柘林，不可一日不掠，一日不掠，则无食；我在柘林，不可一日不剿，一日不剿，则惊动朝廷。所以，王五峰在柘林，说降他最难。倭在宁波外海，饶有积蓄，不必日日出掠；我在宁波外海，严防即可，不必日日出剿。所以，王五峰在宁波外海，说降他容易一步。倭在远洋，掠或不掠，与我无干。兵戎不见，说降最易。"

"说得好！信之去办这件事，必定成功！"胡宗宪对他大为称赏，"信之，我还有话对你说。万老将军称你有荆轲之胆识，张、苏之辩才，其实，并不要你有那么高的胆识。我手上握有二人，使得王直绝不会加害于你的。这在你之九成机会之上，又可以加上半成机会。"

"是王五峰的家人吗？"蒋洲问。

"是王直的老母，还有他的结发妻子。"胡宗宪说。

“他的结发妻子还不打紧，如若他的老母在汝贞先生手上，就不止加上半成机会。汝贞先生想到这一步，已占尽先机。”蒋洲说。

“可还要靠信之去游说。”胡宗宪紧接着说。

“对了，”蒋洲想到什么，道，“汝贞先生说，不要那么高的胆识，那是不是要更加犀利的辩才？我有一同学，姓陈名可愿，字敬修，胆识略逊于我，辩才则相当。我可邀他同行。”

“甚好，信之请他来，我们见个面，”吩咐罢，胡宗宪问，“依信之看，何时可以着手办这件事？”

“一来，我要做些准备；二来，要看准王五峰在远洋的机会，”蒋洲道，算了算，他说，“或半月，或两旬，便可出海。”

“不须太急，再迟几日才好。”胡宗宪说。

“为什么？”蒋洲不解。

“以一巡按御史，移檄招抚，号召力总是差些吧。”胡宗宪道。

蒋洲明白了，胡宗宪要取得更高的地位，例如浙江巡抚，甚至浙、直总督，才会让自己去办这件事。

“依汝贞先生看，何时为宜？”他问。

“慢则三五个月后，快则一两个月后。”胡宗宪说。

“是。”蒋洲虽则在应，可是想不出，胡宗宪为什么对不日升任总督或巡抚这么有把握。

第五百一十六章

大队倭贼、海寇，超过四千人，从官军重兵布防的金山、乍浦、闵港等地的缝隙间穿过，于苏州、松江交界的李塔汇、张庄、小昆山流劫。张经用作机动的保靖土兵在后追击。保靖宣慰使彭荩臣颇知用兵之道，追得不紧不慢。他知道，追得太紧，贼人会调过头来死战，他部仅三千人，未必能胜；追得太慢，则会失去战机。

倭贼、海寇本是向西北方向边掠边行，到苏州六泾坝，忽然调头，和尾随其后的彭荩臣部相遇于石塘湾。倭贼、海寇以一小部迎战，大部则越过分湖，窜入浙江境内，第一个攻击的目标显然是嘉兴。

张经急调参将卢镗援助保靖兵。卢镗部赶到石塘湾时，保靖兵已在打扫战场：迎战的倭贼、海寇四五百人，被斩获二百多，余者溃散。彭荩臣和卢镗商量，尾随大部倭贼、海寇之后，寻找战机。

张经又命分驻金山、乍浦、闵港等处的官军和赴援的土兵狼兵，转入嘉兴境内，准备与贼人会战。会战的地点选在王江泾。

这一次会战的时机，是张经自己掌握的；会战的地点，则是胡宗宪向他建议的。胡宗宪对东南的战事早有个算计：贼据柘林，想的是两利，既可向浙江流窜劫掠，也可向南直隶流窜劫掠，因而，与贼会战，也要选择在两省交汇的地方。他所以常驻嘉兴府，便是为此。详尽考察嘉兴的水陆道路后，他以为王江泾是会战的理想之地。在这里打起来，浙江的官军，南直的官军，可从各处赶去参战。

双方于王江泾大战，倭贼、海寇一方三千余人，官军前后参战者逾万。彭荩臣率保靖兵奋力冲杀，对瓦解贼军斗志最后战而胜之，起了重要作用。清点战果，取首级近两千，而贼人在逃窜时溺死水中的，还有不少。自倭乱起，还从来没有打过这么大的胜仗。

“廷彝先生，我现在才懂得，你为什么要等永、保两支土兵赶到，才与贼人开战。”周琉说。

“润夫说说看，为的什么？”张经道。

周琉说：“保靖土兵能战，当年姚都堂英之先生擒田州岑猛，即多借其力。故与贼战，廷彝先生一定要等彭氏加入。”

姚镆总督两广军务，用兵田州，是嘉靖六年的事。而十年之后，张经任两广总督。他说：“哈，润夫还记得此事，我这个英之先生的后任都记不得了。若说保靖土兵能战，我也是经过王江泾之役才看出来的。”

“如此说来，廷彝先生并非刻意等待保靖土兵？”周琉问。

“自然不是。”张经很肯定地回答。

“可廷彝先生却是这样对某人说的呀。”周琉道。

“不错，我是对某人说过，那是为了不让他知道我何时何地与贼开战。你看，他不知道，这一仗就打胜。”张经说罢，放声大笑。

“某人确是讨嫌，他奉旨勘察贼情，却连我情也要勘察。廷彝先生瞒他瞒得好！”周琉也觉得这件事很解气，但解过气后，他又不无忧虑地说，“廷彝先生，防人之心不可无，王江泾捷报要早日申奏。”

“我也恨不得今日就上奏章，以告慰皇上。可该役之细故，总得一件一件核实。润夫，”张经说着，向周琉一揖，“南直军的斩获，就拜托你从速勘实。”

其实，即便张经当时就写奏章，也晚了。因为赵文华已经接连上了二疏，第一疏是弹劾他的，说他糜饷殃民，畏贼失机，打的是倭贼饱掠而去、再剿余寇、谎报军功的主意；第二疏申奏王江泾大捷，把功劳全记在胡宗宪的头上。第一疏比张经的奏疏早上一个月，第二疏比张经的奏疏早上两三天。有时早两三天，作用难以估量。

第五百一十七章

王江泾之役在五月初一。五月十五日，捷报到京。五月十六日辰时，皇帝召入严嵩，密议多时。午时有旨，逮拿张经，以应天巡抚周琉总督浙、直、福建军务。消息传开，闻者无不惊骇。

“唯约先生，这可是亘古未有之奇事呀。”去年才由大理寺卿升任兵部右侍郎的沈良才说。

“奇在哪里？”杨博问。

“从来是败兵之将治罪，朝廷早不拿廷彝先生治罪，晚不拿廷彝先生治罪，偏偏在告捷后拿他治罪，还不奇吗？”沈良才道。

杨博低头在室内踱步，没有搭腔。

沈良才不免没趣。他问：“唯约先生，有何高见？”

“德夫先生真要听我说？”杨博反问。

沈良才字德夫，扬州府泰州人，嘉靖十四年进士。

“当然，”沈良才应道，“若人向兵部发问，我等也好有个说法。”

“好，那我就说。德夫先生莫见怪，你的话只说对一半：此事奇则奇矣，却不是毫无道理。”杨博说。

“当真？”沈良才不知是不相信此事还有道理，还是不相信杨博说得出道理，“唯约先生也莫怪，我对你一直敬佩有加；可这事你也能说出道理，我才真的服你。”

“那我就说说看，如果不成道理，也好让德夫先生从此不再对我敬佩有加，”杨博开句玩笑，“今晨皇上独召严相来议事，我敢说，议的就是廷彝先生。由此而论，要治他罪的，不只是皇上，也不只是阁老，君相都要治他的罪，这不是道理吗？”

“唯约先生仍在说笑？”沈良才问。这个道理实在不能成为说得出口的道理。

“绝非说笑，”杨博矢口否认，“德夫先生掌法司一年有余，如果这个道理还没有参透，可是真说不过去。”

“既如此，我再好生参酌吧。”沈良才不想再听杨博说，也不想再与杨博辩。无论如何，他还是以为杨博在说笑。

“不忙，我还有道理。”不料，杨博真的不是在说笑。

沈良才只得耐心听他说。

杨博说：“按照德夫先生的说法，败军之将才治罪。廷彝先生总督军务后，王江泾之役前，官军吃过几次败仗，廷彝先生是不是该治罪？罪大还是功大，功罪是否相抵，不得由皇上判定，法司判定？不得治了以后才知道吗？”

“还得由阁老判定；法司判定不作数，阁老判定才作数。”沈良才这样说，显然是有切肤之感。他不敢把皇帝牵涉进去，因此只说阁老。

“那么，德夫先生赞成这是个道理？”杨博问。

“这算道理，世上再无没道理之事。”沈良才说。

“德夫先生不服，我再说个道理，”杨博道，“德夫先生所奇者，在于告捷后，才拿廷彝先生治罪。在我看来，如果没有王江泾之捷，皇上说不定不会这么快拿廷彝先生治罪。”

“为何？”沈良才对他的这一说法有兴趣。

“没有王江泾之捷，或者，官军在王江泾又败，则人人以为，倭贼难以猝胜；廷彝先生吃过几次败仗，故而畏缩不前，在情理之中。有人便会对皇上说，廷彝先生老成，不妨让他在东南再维持一段。皇上最体恤老臣，或微谴，或令其戴罪办事，而不会匆匆逮治。王江泾告捷，大家都看出，倭贼不是不可胜的，有人会埋怨廷彝先生为何不早与之决战，害得人人担惊受怕。这样一来，畏贼失机的罪名岂不是坐实？”杨博的话里又是人人，又是有人，无不暗含嘲讽之意。

“那么，彭宣慰着力剿贼，反而是错？”沈良才质问。

“那么，德夫先生赞成这是个道理？”杨博反问。

“这个道理多少还有些道理，然亦似是而非，”沈良才大而化之地说，又加上一句，“唯约先生的道理无不似是而非。”

“那好，我再说一个道理，你看是不是似是而非，”杨博道，“最初说廷彝先生畏贼失机者，赵工侍也；最后判定廷彝先生是否畏贼失机者，严阁老也。朝廷要拿廷彝先生治罪，你看有没有道理？”

严嵩和赵文华内外串通，上下其手，张经插翅难逃。沈良才终于证实，杨博是在作笑骂文章。于是说：“有道理，有道理。唯约先生早说出这个道理，我早就服气。”复关切地问，“唯约先生，你看逮拿廷彝先生，是一般的治罪，还是重治其罪？”

“难料。”杨博思忖着说。

沈良才也思忖着说：“这个铃，还须唯约先生去解。”

“此言差矣，”杨博立即反驳，“皆曰解铃还须系铃人，我又不是系铃之人，这个铃怎么去解？”

“唯约先生虽不是系铃之人，却可说动系铃之人去解铃，”沈良才说。杨博和他作了半天文字游戏，也该轮到他来作文字游戏。

“这话又差，”杨博反驳，“欲我说动某人，须该人听得进我的话。谁不知道，杨某的话，系铃之人半句也听不进去。”

“系铃之人虽听不进唯约先生的话，可有人听得进唯约先生的话，且能说动系铃之人。”沈良才说。

“你是指东楼？”杨博不再和他打哑谜。

“如何，这也是个道理吧？”沈良才道，“东楼有言：天下才，唯陆炳、杨博和他自己。唯约先生的话，他不会听不进去吧？他听进唯约先生的话，还愁系铃人不出来解铃吗？”

这话流传很广，以致严嵩的亲信人等，严世蕃的亲信人等，都对杨博另眼相看，说不定皇帝任用他为兵部尚书，严嵩接受他为兵部尚书，都和严世蕃这句实际是炫耀自己的话有关系。但杨博并不以此为荣，他深知自己和陆炳不是一路人，和严世蕃不是一路人。严嵩系下的铃，他解不开，也不想去解。张经祸福如何，只有看他本人的造化。

“无稽之谈，德夫先生也当真。”他不带任何表情地说。

“公子，我可是把宝都压在胡汝贞的身上了。”罗龙文说。

“我知道，”严世蕃点了点头，称赞他，“龙文，你这件事办得好。”

这件事指的是把王直的老母和结发妻子交给胡宗宪，二人不点自明。

“承赞，我本来也觉得，这件事办得不错；可这几天又不由得在想：我这个宝是不是压错。”罗龙文道。

“为什么？这几天也没有发生什么大事呀，”说到这里，严世蕃一指罗龙文，“我知道了。张都堂被逮拿，接替他的不是胡汝贞，而是周都堂，故而你灰心，是不是？龙文，你性子太急。御史径升总督，我朝还没有这个先例呢。要升，也得先升巡抚。”

“可接替周都堂的也不是胡汝贞，而是曹某。”罗龙文说。

以浙江按察使曹邦辅接任应天巡抚，是有旨逮拿张经十天后发布的。

“那又怎样？人家曹按宪是嘉靖十一年的进士，比胡汝贞早两科，就不该封疆？再者，你说胡汝贞巡抚应天好，还是巡抚浙江好？我看他还是巡抚浙江好。”严世蕃道。

“浙江还有李都堂，公子担保他不能久任？”罗龙文问。

“我可以给龙文立个字据。”严世蕃信心十足地说。

“公子担保朝廷一定以胡汝贞接替李都堂？”罗龙文又问。

“我也可以给龙文立个字据。”严世蕃说。

“东楼公子为什么这么有把握？”罗龙文半信半疑地问。

“因为我想让他巡抚浙江呀，”严世蕃道，当然，他会有一番说辞，“我想让他巡抚浙江，家大人不会反对；家大人不反对，皇上也不会反对；皇上不反对，李老儿也奈何不得，还有谁能阻拦呢？龙文但放宽心。”

“胡汝贞一旦巡抚浙江，我还是放不宽心。”罗龙文却说。

“为什么？”严世蕃又一指罗龙文，“我知道了，你是担心他居于高位，不能为我所用吧？”

“是，我与胡汝贞交往多年，知他骨子里桀骜不驯。”罗龙文道。

“他骨子里如何，我作不了主，可我能让他面子上驯服，”严世蕃说，然后自问自答，“龙文，你说骨子里要紧，还是面子上要紧？对你而言，是骨子里要紧，因为我要你和我一心；对胡汝贞而言，却是面子上要紧，因为我只要他为我办事。”

“我自然是和公子一心的，”罗龙文说一句骨子里、面子上一致的话，又问，“公子担保胡汝贞会为我用？”

“我可以给龙文立个字据。”严世蕃说。

“公子担保胡汝贞不管骨子里如何，面子上也会为我所用？”罗龙文进一步问。

“我也可以给龙文立个字据。”严世蕃说。

“东楼公子为什么这么有把握？”罗龙文又问。

“因为有皇上管着他呀，”严世蕃道，他又有一番说辞，“皇上管得了他，家大人就管得了他；家大人管得了他，我就管得了他；我管得了他，还怕他不为我所用吗？”

罗龙文纵然还是放不宽心，也无话可说。

第五百一十八章

王江泾之战后，不等官军调整部署，倭贼、海寇又大批拥至柘林。松江沿海官军较为集中，新倭改为主要劫掠苏州，一度逼近苏州的娄门，苏州卫镇抚孙宪臣战死。南京官军来援，败绩。倭贼、海寇像撒网一样，或自齐门历浒墅，或自胥门历横塘，分掠各州、县，并出没于太湖。

常熟县两年前修筑的城墙起了大的作用。五月下旬的一天，一支倭贼出现在常熟。因县城坚固，他们只在四乡劫掠，至多到达城郊。

知县王鈇站立城头，观望着远处的烟火，倾听着近处的呼叫，那烟火好像在煎炙他的皮肉，那呼叫好像在敲打他的心肝。

“欺人太甚！”他恨恨地说。

身后有人接过话茬：“这就叫人善被人欺。”

一听声音，便知是乡绅钱泮。钱泮字鸣教，嘉靖十四年进士，官至江西参政，现守制在家。常熟是个出进士、出名流、出大官僚的地方。

王鈇回转身，恭恭敬敬地招呼道：“鸣教先生。”

“德威为什么和这城墙过意不去？”钱泮问。

原来王鈇激愤之下，以足跺地，以掌击墙，因为用力过猛，脚下和身边的墙砖现出了裂纹。

“我好恨呀！”他疾呼道。

“德威恨什么？”钱泮问。

“我恨这城墙修得太小，不能庇护全县百姓；我却要站在这城墙上，眼看着他们被贼人蹂躏。”王鈇说。

钱泮默默伸手，从跟随在身后的家人手里接过一张弓。

“德威，你看这是什么？”他问。

“不是鸣教先生祖上传下来的宝弓吗？”王鈇道。

“不能庇护百姓，守卫家业，还算什么宝弓！”钱泮说着，指了指王鈇腰间，道，“德威悬挂的，也是祖上传下来的宝剑吧？”

王鈇拔出剑，用手指摩挲着剑锋，答道：“然也。”

“我尚能用弓，德威，你呢？”钱泮一拉弓弦，发出嗡嗡文的响声，意在激励。

“鸣角先生的意思，我们出去冲杀一场？”王鈇问。

“着哇！”钱泮说，“临渊羡鱼，不如退而结网。德威不是在羡鱼，而是在叹火，就更不能站在这里叹息。”

“鸣教先生说的是！”王鈇精神一振，说，“前者，我犹豫不前，是顾虑有守土之责。现在我想明白，守土须守民，守民即守土，身为一县父母，怎能眼睁睁看着儿女遭殃！鸣教先生，我随你杀出去！”

“不对，不对，你承王命守土，是我随你杀出去。”钱泮道。

常熟非卫、所驻地，守城靠的是巡捕、役夫、王鈇这一两年里征集的濒湖豪家之徒，及城里的丁壮。集合起来，得二三百人。王鈇留少部守城，自己和钱泮率大部杀出城去。

倭贼正在城郊一处名叫三里桥的地方肆掠，没想到城里人敢出城迎战，一触即退。

常熟水乡多小艇，居民用以代步代车马，贼人也用以行军和输运掠夺到的物品。只见前面有数只小艇在逃，后面有王鈇、钱泮的数十只小艇紧追不舍，说话间来到夹于两山间的一处小码头。

“鸣教先生，不对呀。”王鈇猛然醒悟。

“是啊，”钱泮也觉出不对。“窜入我县的贼人不下三五百，前面这些艇上充其量只有数十人，其他贼人去了何处？”

“而且，贼人奔逃，应循便捷之路，这几只小艇怎么只走难行之路？鸣教先生，你看会不会有诈？”王鈇道。

钱泮没有答话，问身后一名耆长：“这是什么地方？”

那耆长对常熟的地形，尤其是对滨湖区域的地形很熟悉，但到了这里也觉陌生。他仔细看过两边的小山，才说：“好似上沧港。”

王鈇对钱泮说：“且放过小股倭贼，去寻大股倭贼。”

“好，后艇作前艇，退回去。”钱泮赞成。

但已退不回去，后面的河道被巨石、树杈等堵塞，越过该处的小艇和滞留在后面的小艇被分割开来。要进，也进不得，前面同样被巨石、树杈等堵塞。忽然间，几股贼人从四面拥来。如果窜至常熟的倭贼真是三五百人的话，那就都集中在这里。

在慌乱中，王鈇叫问：“鸣教先生，宝弓完好乎？”

钱泮把弓高高举起，说：“箭已上弦！”并问，“德威，你的宝剑如何？”

“剑已出鞘！”王鈇手持利剑，道，“鸣教先生，你守在艇上，发箭弹压，看我上岸厮杀。在下祝愿先生多多射杀贼人。”

“我也祝愿德威多多手刃贼人。”钱泮回应道。

王鈇手刃三贼，钱泮射杀五贼，终因寡众不敌，倭贼又居高临下，王鈇、钱泮双双战死。所幸者，倭贼不知虚实，未敢轻易攻城。

六月十日前，在苏州境内劫掠的倭贼、海寇在陆泾灞、莺脰湖两次被任环火烧，不由心惊，渐次转掠常州。水路的倭贼、海寇多是从太湖深入，陆路的倭贼、海寇则是从各条路径深入。十一日，一支倭贼、海寇攻无锡县城，不克，又转攻江阴。江阴防卫的力量比常熟略强，除募到的义勇外，还有一支奉命助守的广东狼兵，共一千余人。知县钱錞率领这两部分人组合起来的队伍，在城外的要害处石撞御贼。

贼攻我守，需要的是箭弩；箭弩用尽，用石用砖瓦。激战中，钱錞负伤，吊着一只臂膀，仍在指挥。贼人技穷，撤去。

钱錞估计贼人还会再来，在另外一个要害处华墅部署一部，自己率一部守在江阴城里。

果然，第二天倭贼、海寇又至，钱錞派出的第一名探哨飞报进城。

“有多少人？”钱錞问。

“三千。”探哨报称。

“三千？”钱錞惊叫。“贼人撤去时不过一千余人，到哪里转一圈，又生出一千余人？”

“是从常熟生出来的，”探哨说。原来，在常熟劫掠十余日的贼人也窜入江阴，与连攻无锡、江阴不克的贼人合为一股。

钱錞正在筹算如何应付三千贼人，第二名探哨又到。

“贼人动向如何？”钱錞问。

“半数寇靖江，半数已近蔡泾。”探哨报称。

一千五百人，还应付得来，钱錞稍觉心安。蔡泾距县城只有九里，瞬息可至，他急速安排守城事宜。

天黑前，贼众进至城下，点起火堆，支起帆蓬，围而不攻。在月光下，火光一闪一闪，平添了几分诡谲的气氛。守城的一方，通宵未眠。第二天天一亮，围城的一方开始攻城。

江阴城坚固，又非石撞可比。贼众久攻不下，忽又撤去。

钱錞站在城上，亲眼看着贼众远去，悬着的一颗心才落将下来。他觉得疲惫已极，只想好好睡一觉。回到衙门里，擦了把脸，喝了口茶，上床入睡。睡不多时，被外面越来越响的议论声吵醒。

钱錞唤进一名心腹，气恼地问："尔等吵闹什么？"

"从城上下来的人说，贼人在放火呢。"那心腹道。

"在何处放火？"钱錞问。

"在蔡泾。"那心腹道。

钱錞无心再睡，再次登上城去察看。蔡泾方向果然火光冲天，贼人不是在一处放火，而是多处放火，不是在一个村子里放火，而是在多个村子里放火。火光里，仿佛看得到乡民四处逃窜的身影，仿佛看得到丁壮在愤怒地挣扎，妇孺在悲哀地呻吟。

钱錞叹道："江阴民为皇朝赤子，蔡泾民亦皇朝赤子，我不忍见其死。"他一口咬破手指，高高举起，任鲜血滴下。他朝着火光怒吼，"恶贼，我誓不与尔等俱生！"

誓罢，整饬兵马，向蔡泾杀去。

一千义勇、狼兵和一千五百倭贼、海寇，本可以一战。但激战正酣时，转掠靖江的一千五百倭贼海寇忽又转回，变成一千人与三千人之战。狼兵的纪律很差，才到江阴时，扰民害民之事屡屡发生，钱錞一概严惩不贷。因此，狼兵虽然能战，却不是真心作战。现在面临大敌，更无心恋战，不知谁呼啸一声，四散溃去。

钱錞奋力拼杀，在杀死数贼后，被一贼刺中要害，跌落马下。

在延续多年的东南倭乱中，死于战事的文臣不多，常熟的王鈇，钱泮，江阴的钱錞，均属壮烈殉国者。

在一支支新倭拥至的同时，浙、直的高层也发生了变化。浙直总督杨琉、浙江巡抚李天宠削籍，以南京户部右侍郎杨宜改兵部右侍郎兼右佥都御史，总督浙、直、福建军务，以胡宗宪为右佥都御史，巡抚浙江。

第五百一十九章

自第一次认出沈郎，张少华和他当众演唱过一次以后，二人差不多每天都要在一起唱曲，有时是为取悦王直，有时是因为张少华自己要消磨时光。按照王直定下的规矩，二人练曲，中间要隔着一块帷幕。此外，不管王直在不在岛上，不知有多少双眼睛在盯着他们，因此，练曲就是练曲，张少华想唱哪一段曲，沈郎就以箫，或以配唱，陪着她唱哪一段曲，再无其他。直到有一天练曲时，沈郎的箫偶然落地，恰好落在帷幕正下方，他弯腰拾箫时，对面也伸过一只手来，而且紧紧握住了他的手。他先是魂飞魄散，随即欢喜若狂。那是一只他熟悉的手，熟悉到每根手指的长短都有数。在和那只手接触的一刹那，他觉出，自己在对面那个女子的心里还有位置，而且是重要的位置。

以后，经常有一些帷幕下的小动作，一只手伸过来，把他的手拉过去，让他摸一摸赤裸的手腕，或者隔着罗裙摸一摸膝部。有一次，他甚至在帷幕下摸到了一张脸，脸上带着泪珠。他的心碎了。当然，即使是一些小动作，也不能有丝毫的大意。

渐渐的，他们学会隔着帷幕说话。张少华唱曲时，弹的是琵琶；沈郎唱曲时，吹的是箫。张少华有时故意把琵琶弹得很亢奋，在亢奋的琵琶声中，沈郎就可以倾吐出几个字。沈郎有时故意把箫吹得很激昂，在激昂的箫声中，张少华就可以倾吐出几个字。是几个字，不是几句话。因为琵琶的亢奋、箫声的激昂不宜持续很久。几个字往往断断续续，没有实际的含义，但二人都懂得对方在说什么。

沈郎说的是：我对你朝思暮想。

张少华说的是：我与他同床异梦。

沈郎说的是：我愿为你赴汤蹈火。

张少华说的是：我要和你同生共死。

沈郎说的是：我们双飞双栖。

张少华说的是：羽翼尚未丰满。

沈郎说的是：我们远走他乡。

张少华说的是：时机还不成熟。

他们向往着这一天，期待着这一天。

听到脚步声，箫声戛然而止。王直安排在张少华身边照料她也是监视他的心腹匆匆走来，连声说："首领回来，快去，快去！"

沈郎将箫插入腰间，匆匆离开。

按照王直定的规矩，他回来时，迎接他的应该只有张少华一人。如果想听曲，再把仍被他称作顾郎的沈郎唤来。

王直走近时，张少华迎上去，道："五哥回来了。"

"嗯，"王直只应一声。他喜怒不形于色，向来沉得住气，有心事，唯一的迹象就是话少。

"五哥乏了，我为你冲一杯浓浓的茶来。"张少华说。

王直摇了摇头，没有出声。

"不想喝茶，我就为五哥筛酒吧。"张少华殷勤地说。

王直摇了摇头，还是没有出声。

"那就烧锅热水，我侍候五哥洗个澡吧。"张少华说。她再没有讨好的法子，说了，就要去做。

王直摇了摇头，但这次开口了，而且一开口话就很多。

他拉住张少华，说："茶也要喝，酒也要饮，澡也要洗。不过，少华，你先陪我说一说话。这些话我想了好些日子，不吐不快。"

在见到沈郎之前，甚至在和沈郎握手之前，张少华在王直面前很坦然；在那之后，她仍想在王直面前坦然，而且付出很大努力，可是很难做到完全坦然。她觉得王直在变，变得寡言，变得深沉。她唯恐王直有一天会质问她，沈郎是何许人？和他是什么关系？今天王直真的寡言，真的深沉，她觉得，她和沈郎就要陷入灭顶之灾。

"走，少华，我们去屋里说话。"王直拉她进屋。

原来隔开张少华和沈郎的帷幕，现在把王直、张少华与所有的人隔开。王直看了看帷幕，说声"很好"。

张少华难解"很好"二字的含义，便说："五哥若嫌屋里闷气，我着人把它摘掉。"

"不，就这样很好，"王直说着，在张少华方才坐过的椅子上坐下，又拉过一把椅子，让张少华坐在自己身边。"少华，我要告诉你，我一向是天王老子也不怕的，可是近来我开始怕了。”

“五哥怕什么？”张少华的声音有些颤抖。她想听又怕听，如果王直说怕她情有他属，那该是她的死期。

“怕朝廷，怕督、抚，怕官军，也怕弟兄们。”王直说。

张少华心里踏实了。她问：“为什么，难道朝廷、督抚、官军，还有你的弟兄们，比天王老子还要厉害？”

“近来变故太多，有时候我觉得他们就是天王老子，有时候我觉得他们比天王老子还要厉害。”王直说。

“有些什么变故，五哥能对我说一说吗？”张少华道。

王直点点头，表示正要说与她听。

“自打出道以来，我与官军在闽、浙、南直隶多次交锋；与官军交锋，我胜多负少，胜与负大约是七与三之比。但老叶前些时告诉我，今年以来，我与官军交锋，胜负相当，甚至我负的还要多一些，”王直说着，伸出一指，“少华，这是我怕的第一件事。”

“五哥太要强，所以偶尔失手，便以为是不得了的事。我出道以来听得最多的一句话就是：胜负乃兵家常事。”张少华劝慰道。

她那句“我出道以来”听起来甚是滑稽，王直禁不住微微一笑，但马上又收敛起笑容。他说：“那也要看是什么样的胜负。以前负于官军时，不过损失数十个一二百个弟兄，可今年在王江泾，一下就战死两千弟兄。而我迄今未一次打死过五百官军。由此观之，朝廷准备和我打大仗。打起大仗来，朝廷可以集九州之力，我不过占海中一角，相差太悬殊。”说着，他伸出二指。“少华，这是我怕的第二件事。”

“五哥说朝廷可集九州之力，我看不见得。九边之虏，西南之夷，以及中原之灾，哪一处是省心的！”张少华道。

“少华的话不错，”王直道，张少华有这番见识，让他在爱慕之外，又多几分敬意，“我原来也在嘲笑，皇帝老儿要操心的事太多，还不如我快活。现在呢，要我操心的事也多起来。败于王江泾后，我和老叶、明山、海峰他们计议，调集各路弟兄援助柘林。老叶还说，朝廷纵调集一二十万官军，要胜我一二万弟兄也难。谁知一场疫病传播开来，三个弟兄中死去一个，躺倒一个。是不是天不助我、天不灭明呀？”说着，他伸出三指。“少华，这是我怕的第三件事。”

“常听读过书的先生说：天命不可违。真若天命如此，五哥顺着他也就是，切莫愁坏身子。”张少华这次不是为他鼓气，而是从反面来劝慰开解。

“天命若此，愁不坏我；可有一件事，真要愁坏我。”王直说着，问道，“少华，知道我乡贯何处吗？”

“记得五哥说过，是徽州人。”张少华道。

王直点了点头，说：“我堂上老母尚在，你就不知吧？”

“真的吗？这我却不知，”张少华道，并问，“老太太还住在徽州吗？”

“原来住在徽州某处，现在却到浙江。”王直说。

“到浙江？是五哥着人接来的？”张少华问。

“我着人接来？是官府隆重地把她老人家接来的！”王直苦涩地一笑，又伸出四指，“少华，这是我怕的第四件事。”

“想到把老人家请来，并且能把老人家请来的这个人，确非等闲之辈。不过，”张少华还是以劝慰为主，“这也不是什么大不了的事，五哥不在意老太太，就由官府替五哥赡养好了；五哥在意老太太，大不了用自己的一条命去换老太太一条命。”

“说得痛快！少华不仅善解人意，且有大丈夫气概，”王直赞道，口气一转，又说，“可少华知不知道，说来说去，我最怕的还是你。”

“怕我什么？”张少华的心又提上来。”

“怕你弃我不顾呀！”王直前面的一句话可怕，后面的解释却不那么可怕，“我想，这里不能安生，须回老巢去住上一段日子。我怕你不肯和我同去。”

“天涯海角，我自然都是跟随五哥去的。”张少华信誓旦旦地说。

环顾四周，又说：“可偌大一份产业，五哥都带得走吗？”

“此间一切都不带走，官府为我赡养老娘，总得留下些信物吧，”王直居然有心思开玩笑，他看张少华一眼，意味深长地说，“除了你，什么人也不带。当然，那个顾郎我是要带去的。”

在担惊受怕之后，张少华最想听到的，就是他这句话。

第五百二十章

七月，又是荒漠草肥马壮、内地五谷收获的季节。河套深处，俺答收拾兵马，准备再度犯边。今年是他的五十整寿，他希望今年犯边能有更大的收获，算是送给自己的寿礼。

兵马未动，却有人送来寿礼。那人是谋主丘富带来的。丘富说：那人叫张邦奇，身份是舍余，但读过许多书。汗王才悬榜招贤，他就来投奔。是汗王至诚感动了他，也是汗王至诚感动了我。他是我送给汗王的一件寿礼，也是上天送给汗王的一件寿礼。

俺答听了很高兴。他身边出谋划策的汉人换了一个又一个，一茬又一茬，现在最信赖的有两个人，一个是丘富，另外一个叫周原。

张邦奇背负一物，用一块蓝布一层一层裹着，那是他自己送给俺答的寿礼。他将蓝布一层一层打开，是一把刀，但和以前见过的刀的形状不一样。俺答以眼神询问丘富。丘富见多识广，说，那是倭刀。

“倭刀有什么好处？”俺答问。

张邦奇举起刀，向前走两步。俺答贴身的护卫，腰间都挂着刀剑。他从一名护卫腰间拔出剑来，说：“兄弟，借你的器物一用。”

那护卫欲待拒绝，已经来不及。他又和另一名护卫抢上前去，欲制服张邦奇：一手持刀，一手持剑，靠近俺答，这还了得！俺答摆了摆手，告诉他们用不着惊慌。

“汗王看好！”张邦奇叫道，只见刀剑齐举，磕碰在一起，一声响后，护卫的剑被断为两截。

“好把倭刀！”俺答喝彩。

“对不起了，兄弟，”张邦奇把手里剩下的半截剑还给那护卫，并略带奚落地说，“我知道你那把不是好剑，若是好剑，我也舍不得动手。”

“丘先生，张生献刀有功，你看着赏吧。”俺答对丘富说。

“是，”丘富招了招手，示意张邦奇跟他走。

“别忙！”张邦奇道，他向前一步，说，“倭刀虽好，还算不得宝物。我另有两件宝物，要献与汗王。”

不但俺答，连丘富和俺答的贴身护卫，都上上下下打量起张邦奇。打量的结果很是失望，除了倭刀，他身上似一无所有。

“张生要献何物？”俺答问。

“一柄宝剑，一本秘书。”张邦奇炫耀他的两件宝物，“汗王看这倭刀锋利吧？但和我的宝剑一比，就逊色得多。倭刀能断普通的兵刃，我那柄宝剑又能断倭刀。我那本秘书，乃前人谶纬之作，读后能知过去未来事。汗王与大明天子争锋，不可不得这两件宝物。”

“既道献礼，既有这般好处，为何不带来？”俺答问。

“取之不便。”张邦奇说。

“怎讲？”俺答不解。

“两件宝物藏在威远堡，贸然取出，恐为官军缴获。”张邦奇说。

“这好办，我可为你取威远堡。”俺答说。

俺答攻威远堡不下，他没有得到宝剑、秘书，也不知道张邦奇真有宝剑、秘书，还是在画饼献礼。

兵部再议下赏格：有擒斩俺答者，赐万金，封伯；擒斩阿不孩者，赐五千金，封都督；擒斩丘富、周原者，赐三千金，封副将。沈良才问杨博：“赏格之事，大司马意下如何？”

“有妥，有不妥。”杨博说。

“何者妥？”沈良才问。

杨博说：“擒斩俺答、阿不孩者重赏，是不错的。俺答归顺，可保北边十年安宁，那是一伯爵可办到的吗，是一万金可换来的吗？阿不孩归顺，俺答失去一臂，可保北边五年安宁，那是一都督可办到的吗，是五千金可换来的吗？故封伯爵、封都督，赐万金、赐五千金，实不为多。”

“那么，擒斩丘富、周原者重赏，不妥？”沈良才道。

“是的，”杨博点了点头，问他，“德夫先生也懂其中的道理吧？”

“尚未参明，请唯约先生赐告。”沈良才道。

杨博说：“我是想，三千金虽较万金、五千金为少，但普通文官十年恪尽职守而不可致；副将虽较伯爵、都督为低，但普通武臣一生效命疆场而不可得，亦不为不多，不为不高。朝廷用三千金之费、舍一副将之职不怕，怕的是俺答益重丘富、周原之辈，益用其谋。不如擒斩俺答、阿不孩者重赏，擒斩丘富、周原者轻赏。前者重赏，要重到连丘富、周原也动心；后者轻赏，轻到连俺答、阿不孩也看轻他们。”

“有道理，”沈良才思忖着，问，“唯约先生打算如何轻赏呢？”

“赐金三百，授六品武阶。”杨博说。

七月中，朝廷颁下赏格。擒斩俺答、阿不孩者，赏赐如议。擒斩丘福、周原者，赐三百金，授三品武衔。

也许六品武衔太低，堂堂天朝难以出口，故改为三品。反正是虚拟，用不着实授，乐得大方一些。

同时，皇帝还颁一诏，命给山西朔州兵备副使杨顺一万金，用作计擒丘富、周原的花费。这笔花费的出入，户部和山西有司都不得过问。

第五百二十一章

南京兵部尚书张时彻巡至钟山南麓，和丰润伯曹松遇个正着。他招呼道：“爵爷辛苦。”曹松是年初奉旨专督孝陵防护的。他知道这件事不得有闪失，每日，至多隔日，都要亲自巡视一遍山陵。张时彻道辛苦，并非随口一说。他身为世袭伯爵，享惯清福，能做到这样，很不容易。

曹松见到他，很高兴，道：“遇九一先生，太好了，讲段故事吧。”

张时彻善写寓言，善讲寓言，早年就已经蜚声遐迩。但他这时候哪有心思讲什么无关痛痒的寓言！

“下次吧，”他搪塞一句，问，“爵爷知道倭情否？”

问得好不怪也。朝廷设立江南总督，以伯爵专督孝陵防护，不就为的倭情吗；穿梭于南京与京师之间、穿梭与杭州与京师之间、穿梭于苏、松与京师之间，以及穿梭于杭州、苏松与南京之间的驿使，报的不就是倭情吗？不过，张时彻这样问，自有一番涵义：南京兵部尚书虽然参预机务，但说到军务，也只能管一管南京城，至多再管一管南京附近几个县，不然，张经以南京兵部尚书总督浙、直等地军务，为什么还要改为右都御史兼兵部右侍郎，才觉名正言顺呢？他这样问，一定与南京有直接的关系。所以，曹松还是问道：“九一先生指何倭情？”

“南京附近出现倭贼。”张时彻说。

“当真？”尽管料到和南京有直接关系，曹松还是大吃一惊。

“真伪尚难分辨，但南陵出现倭贼，太平出现倭贼，芜湖出现倭贼，南京务必严加防范，所以我要亲自来告诉爵爷一声。”张时彻说。

南陵、太平属宁国府，在南京西南；芜湖属太平府，在南京以西。这几个县均已深入内地。张时彻的想法是：倭贼、海寇窜至这些地方时，没有惊动南京，打这些地方回窜时，大概会突施袭击。

“承情之至，承情之至。”曹松连连作揖。

治所在南京城里的各卫，自指挥使以下，都被差派到城郊巡察。指挥使蒋钦、朱湘率所部约千人，在南郊巡察。

按季节来说，到了白露，可南京的秋老虎比京城还要厉害。一队官军顶着烈日，走了半日，焦渴难忍。再加上连半个倭贼的影子也没有见到，他等精神懈怠，只想找棵大树歇上一刻，找口水井喝上一口。

好不容易见到前方路旁有几间草棚，草棚附近还有多株大树，蒋钦用刀尖一指，问："哪是什么地方？"

"大人，是樱桃园。"有军士说。

"樱桃园？你何时见过那么大的樱桃树！"蒋钦道。

"此处地名是樱桃园，并非那些树是樱桃树。"那军士说。

"没有樱桃树，叫什么樱桃园！"蒋钦得理不饶人，抓住多嘴的军士不放，"我敢和你打赌，此处绝无一棵樱桃树。"

"我不敢和大人赌，"那军士背过脸，又嘟囔一句，"赌来赌去，反正是大人赢。"

"你说什么？"蒋钦责问，那军士不出声，他自觉无趣，又找话和朱湘说，"老朱，樱桃园里无樱桃，也怪不得他。如今沽名钓誉的人物太多，名不副实的事情太多。"

"这又何须蒋兄说，"朱湘也无心听他议论，指挥军士道，"快去看看，前边的草庐里能不能找到茶水。"

找到的岂止是茶水！那几间草棚有一家是卖茶水的，更多家却是卖酒水的。草棚下摆着桌椅，恰逢正午，里面空空荡荡，无一坐客。

"店家，给我和朱大人送一壶茶来！"蒋钦在一张桌旁坐下，喝道。

"来了，来了。"店家忙来擦拭桌面。

"我可要好茶，"蒋钦说着，抛去一小块银子，"你看够不够？"

"够了，有富余。"店家收起银子。

"你这个人做生意还诚实，既有富余，再贴一些与我。"蒋钦说。

"是，是，我多送军爷几样点心。"店家满口答应。军爷来喝茶，还付现银，可是想也不敢想的好事。

"点心该送几碟，你就送几碟，我不多吃你的，我那些弟兄们，你一人贴他们一碗茶喝吧，"蒋钦说。

他那些弟兄，没有一千，也有八百，得贴去多少茶水呀！店家暗暗叫苦：早知如此，后面那句话何必多说。

“店家，你得把账算清楚：我只要你给他们一碗茶喝，不足以解渴；他们还要来买茶喝，你不就可以大发其财了吗！”蒋钦又说。

“军爷精明。”店家无可奈何地应着，欲去后面取茶壶茶碗。

“且慢！”朱湘喝住他。

“这位军爷还有什么吩咐？”店家问。

“蒋大人请我喝茶，我要请他喝酒。”朱湘也抛给他一块银子，道，“买一坛酒来，你看够不够？”

店家有方才的教训，不敢把话说死：“或许够吧。”

“既如此，酒家或许还肯贴一些与我吧？”朱湘道。

“是贴给众军爷每人一口吗？”店家人。

“不错，”也是蒋钦那番话，“你告诉他们，得把账算清楚，我只要贴给众人一口酒喝，不足以解馋；他们还要去买酒喝，这里有几个酒家算几个，不都可以大发其财了！”

蒋钦、朱湘占据卖茶水的棚子里的桌子，一壶茶，一坛酒，互斟互敬，闹了些虚文。挂些职衔的下层军官，三三两两地占据各家卖酒、水的棚子里的桌子，或是一壶茶，一坛酒，或只有一壶茶，或只有一坛酒，自顾自地饮将起来。他们有的付银钱，有的声称暂欠，不管付不付银钱，反正不拿到茶，不拿到酒，不会罢休。普通卒伍，草棚下没有席位，各在树荫下抢占一个位置。没有整壶的茶，整坛的酒，他们几个人几十个人分得一碗，轮换着要茶喝要酒喝。店家动作稍慢些，他们就自己动手，嘴里还调笑着，谩骂着。几间草棚内外，闹翻了天。

蒋钦、朱湘喝得兴起，摘下腰刀，放在桌上。上行下效，在另外几间草棚里的军官和在大树下的卒伍，纷纷把刀枪丢掷一旁。

再喝得兴起，蒋钦、朱湘解开衣甲，袒胸露腹。属下军官和卒伍也学他们的样子，袒胸露腹，有的干脆褪去衣物，赤裸上身。

前方不远，有一高埠，遮挡住视线，因此，当蒋钦等看见走来七八个人时，他们已到草棚前。这些人衣衫褴褛，看上去像是乞丐，但他们挑担的挑担，背篓的背篓，又像是逃避倭乱的百姓。

“什么人？”蒋钦喝问。

“过路人，”来人中的一人说，他既不承认是乞丐，也不承认是难民，“走得渴了，请军爷赏一口水喝。”

“晚了，现在要喝，只有咱家的尿。”蒋钦肆无忌惮地说着笑话，引起周围一片哄笑。

那人赔着笑说："军爷的尿，要肥自家的田，咱们不敢喝。"

又是一片哄笑。笑声中，蒋钦问："倭贼至乎？"

"还远呢，未至。"来人说。

话音未落，一阵大乱，原来从高埠后面冲出七八十人，手执倭刀、长枪，杀将过来。离得近的卒伍眼都没来得及眨一眨，已作刀下之鬼。

"你不是说，倭贼还远吗？"蒋钦气急败坏地责问。

"别的倭贼还远，这支倭贼却一直跟在我们后面。"那人分辩。

"他们既然尾随在后，为何不犯你等？"蒋钦问。

"军爷说呢？"那人变得肆无忌惮。

"蒋兄别说了，他们说不定就是倭贼。"朱湘说着，急抢桌上的刀。

"军爷看着不像吗？"那人手快，先从背篓里抽出一把倭刀，向朱湘手臂砍去，又一人向他心窝补上一刀。

朱湘的手臂正好落在蒋钦面前，他看着断臂发愣的当儿，两柄倭刀同时举在他头顶，他哼也没哼一声，头颅已落地。

外面乱成一团，官军意识到遭遇倭贼以前，被砍杀一批。意识到遭遇倭贼以后，有人惊呆，想不起拿起兵刃厮杀；想起拿兵刃厮杀的，一部分手脚发软，身不由己，一两个回合便被砍翻。他们大部分无心恋战，招架过一两个回合就跑。谁也没有想到，草棚和大树的后面，有几个隐蔽的大坑，各深丈余，周长数丈。这本是附近村子里的乡民为防备倭贼偷袭而挖的，现在却成了官军的坟墓。逃在前面的官军被逃在后面的官军拥挤到坑里，逃在后面的官军又被逃在更后面的官军拥挤到坑里。跌入坑里的官军，有的还能狼狈站立起来，有的躺在那里呼爹喊娘；站立起来的官军还未站稳，又被后跌入的官军撞得躺下。渐渐的，跌入坑里的官军压了一层又一层，最后跌下的官军稍一用力，便可跳出坑外。

几十个倭贼看着这一景象，无不大笑。见有人要跳出，抢过去便是一刀，最后跌入的官军反而最先被杀。没有人再往外跳，倭众你一刀我一刀，这里一刀那里一刀，也不知杀死了多少。杀到后来，倭众懒得用刀再砍杀，有人从附近揽来柴草，把大坑盖满，有人还从官军遗下的物料中找到了火药，也一起扔到坑里。

几个坑里都点起火来，火光冲天，火药噼噼啪啪响个不停。跌入坑里的官军不是被烧死，就是窒息而死，无一生还。

事后统计，官军死者八九百人。据目睹了这一战事，不，应该说目睹了这一杀戮事件的乡民说，倭贼只有七十二个人。

第五百二十二章

九月的一天，一艘大船离开宁波桃花渡码头。守军接巡抚衙门密令，对该船不得截留，不得盘问，违令者斩。因此，在海滨守卫的官军，在海口巡逻的官军，眼看着这艘大船驶往外洋。

船上除水手与杂役外，有六个身份特殊的乘客。蒋洲，他的正式身份是市泊司官员，为出洋的正使，巡抚衙门的关防文书由他掌管。陈可愿，他的正式身份也是市泊司官员，为出洋的副使。这是胡宗宪想出的主意，出使要有个名分，稍正式一点的官员他无权任用，市泊司的闲职可以便宜行事，说出去，也不知其品秩高低。蒋洲、陈可愿答应替他办这件事，而且，打心眼里愿意去办这件事，并不在乎什么官品官职。第三人叫夏正，和倭人打了二三十年交道，精通倭语，被蒋、陈二人聘为通译。另外三个人是熟悉外洋的向导，其中一个还是在宁波地区生活多年、娶了当地女子的倭人。

驶离舟山群岛不远，在小衢山岛与一海贼船相遇。虽然他们的船比海贼的船大，还有火铳等精良兵器，打得海寇船夺路而逃，但他们所带的火药弩箭等，也耗去许多。接着，遇到一阵飓风，把船刮得险些翻转过来。虽然化险为夷，但他们所带的淡水食物等，多被卷入海里。无奈，只得先返回舟山群岛补充给养。

离开桃花渡前，一应物具都是官府供给的。蒋洲想，未立寸功，耗费官家许多，再向官家索要，于情于理都难以张口。于是，他修书给家人，要他们变卖田产，购备物料。

“信之兄，你这可真是毁家纾难呀。”陈可愿感动地说。

“我不是略有田产吗？换敬修兄，也会这样做的。”蒋洲说。

在舟山群岛等候几日，所购物料送来。大船开航，蒋、陈二人出使外洋的行旅这才正式开始。

前几天里，还可以擦着一些有人烟的岛屿而过，或在不太远的海面上，见到一两艘渔船或商船，还可以感觉到一些中原文化的气息。第六天，向导说，已经进入大洋。他们并不能完全体会海和洋的区别，但进入大洋以后，有几个时辰，他们几乎没有见到一个岛屿，离开桃花渡、离开舟山群岛还觉得挺大的一只船，成了一叶扁舟，行驶在一望无际的大洋里，按照陈可愿的说法，好像在一只鸡卵里漂泊。清晨跃出的太阳，黄昏沉下的月亮，形状怪异，也变得和往日不一样。

第七天，一水手指着叫道："前面有岛。"

众人挤在船头，手遮眼楣，向前望去，果见前方一箭之遥，有一块高出海面的陆地。

"那岛不大，不知上面有没有可饮用的水。"蒋洲自语。

"信之兄快看，那岛怎么在移动！"陈可愿忽道。

众人看去，那小岛果然在移动。茫茫大洋中，并不真能看清它有没有移动，但它不时喷射起水柱，使他们强烈感觉出它的移动。

"那不是岛屿，是一只大鱼。"一向导说。

有人相信，有人不信。那物喷着水柱向前移动，比船行的速度快许多，很快移动到他们的视线以外，不相信的人也不得不信。他们见到的是一只大鱼的脊背。

这以后，他们经常能见到一些孤零零的小岛，有的是大鱼，有的是真正的小岛。在白天，从这些小岛或大鱼边驶过，他们感觉到船在前进；到了晚间，就只能借着星星来辨认航道。

第十天上，终于有一座真正的岛屿出现在他们的前方。蒋洲问向导，那是什么岛。向导说，那就是五岛。

"五岛？可是王直盘踞的那个五岛？"蒋洲问。

向导说："人皆言王直盘踞五岛自保，其实不确。五岛原有居民，既非我华夏人，亦非倭人。王直盘踞者，乃五岛周围的若干岛屿。"

"夏通译，他不是倭族，怎么办？"蒋洲问夏正。

"此地近倭，虽非倭人，亦懂倭语。"一名向导说。

"那好，就请你和夏通译去和他们打个招呼吧。"蒋洲吩咐。

不多时，夏正引二人上船，一人是岛主，叫宁久，一人是辅佐他的僧人，法号什柏。他们不仅会说倭语，华语也略懂一些。

宁久先说几句倭语，不等夏正译出，又用汉话说："上国尊使驾临敝岛，未曾远迎，失敬，失敬。"

简短两句客套话，让蒋洲安心不少，他曾担心两件事：一是王直等一直和岛民为邻，相安无事，而王直是和天朝为敌的，他等作为天朝使者，会不会引起岛民的仇视？二是王直等一直和岛民为邻，难免和岛民发生冲突，他等和王直同族，会不会引起岛民的仇视？从宁久的态度看，这两种情况都没有发生。

于是，他直述来意："岛主客气。在下和这位陈兄出使贵地，要办两件事。一是宣谕倭王，令其约束倭民，不得再犯我海疆，一是宣谕我华人首领王直，令其归顺。王直引导倭人，在我东南之地肆虐，罪恶滔天，但只要他归顺，我皇上有好生之德，必准他自新。还望岛主相助。"

"倭王那里，尊使不必去。"什柏道。

"大和尚这话是什么意思？"陈可愿问。

什柏说："我在倭京住过一些日子，深知倭国虚实。倭王虽为国人尊奉，但权力之行使已不出倭京，王权尽在丰后、山口二侯。"

"国师所言不差，"宁久接着说，"尊使与其往谕倭王，徒费精神，不如径谕丰后、山口二侯，令其约束各部。"

"岛主可引导我赴丰后、山口二侯驻地吗？"蒋洲问。

"自当效力。"宁久允诺。

蒋洲又说："宣谕倭侯是日后的事，眼下先要宣谕王直。岛主也可引导我等与他相会吗？"

"这却不便，"宁久道，"王首领和我比邻而居，互不相犯。我若贸然引导尊使等去他那里，恐他生敌意，日后不好相处。"见蒋洲露出失望的神情，他说，"不如我先把尊使的来意转告王首领，他愿意归顺的话，自然会来见尊使。"

"如此甚好，不过，不管他愿不愿见我，我总要见他的。"蒋洲说。

蒋洲制定两个方案：如果宁久请不来王直，则多方打听，探得王直的巢穴后，硬闯过去。可王直来了，也许是因为强龙不压地头蛇吧，岛主的面子总是要给的。

王直并不是人们想像、传说的那种食人恶魔，初次相见，甚至还会觉得他有些儒雅；因为和一脸凶悍的王激在一起，儒雅又多几分。

互通姓名后，王直把手一伸："二位有什么信物与我看？"

蒋洲把随身携带的关防递给他。王直粗略地看了看，还给蒋洲，轻蔑地问："还有什么信物？"

"你还要看什么信物？"蒋洲反问。

“诸如圣旨之类。”王直道。他的语气表明：即便手捧圣旨而来，那也没什么了不起的；还表明：你二人连圣旨也没有，充什么使臣？

蒋洲冷笑：“招谕区区一弃民，有胡都堂的亲笔文札还不够？以我等的意思，向宁波府讨一文书亦可。胡都堂说：无论如何，王五峰是一个人物，休得辱没了他，还是我来写吧。阁下若不把胡都堂的文札放在眼里，可真要让他老人家心寒。”

“既以我等为弃民，胡都堂招谕我等作甚！”王激怒道。

“这位是谁？”蒋洲问。

“坐不更名，立不改姓，王激是也。”王激道。

“可是人称海峰的二首领？”蒋洲问。

“什么二首领，区区一弃民而已。”王激气仍未消。

倒是王直，有些好奇地问：“蒋先生连海峰的名号也知道？”

蒋洲说：“不但知道他的名号，还知道他是令郎。”

“什么，海峰是我子？”王直忍不住大笑起来。

蒋洲也看出二人年龄不相当，改口说：“或是假子。”

“假子？”王直又笑，问，“海峰，你唤我什么？”

“五哥呀。”王激道。

“怎么，王大首领今日成你兄长？”蒋洲问。

“我一向唤他五哥，又不是今日当着你们的面才改的，我王海峰只有五哥一个兄长。”王激道。

“既然二位首领是手足情，那就更好。”蒋洲说。

“为何更好？”王直问。

“这个嘛，我迟些再对大首领说，我现在有话要问二首领，”蒋洲说着，问道，“海峰道，既以尔等为弃民，胡都堂招谕作甚？我也要问，既以巡抚关防不足为凭，两位首领来见我等作甚？”

“五哥要见你们，我便随他来，谁知作甚！”王激道。

“大首领，他说不出，你说得出来吗？”蒋洲问。

王直说：“宁久岛主是此地地主，地主的面子不能不顾，这是第一。胡都堂与我有乡人之谊，乡人的面子不能不顾，这是第二。”

“恐怕大首领的乡人不止一个胡都堂吧。”蒋洲插话。

王直警觉：“蒋先生这话是什么意思？”

“还有一位罗公子的面子，也不能不顾吧。”蒋洲道。

“蒋先生也识得他？”王直问。

“我不识他，但胡都堂意欲招抚大首领，也是受他之托，”蒋洲道，“大首领信不过胡都堂，不该信不过罗公子吧？”

王直原本就想过，胡都堂使人招抚，可能与罗龙文的斡旋有关，听了蒋洲的话，他更加深信不疑。他不忙着对此做什么表示，而是先把方才的话说完：“蒋先生和陈先生不辞艰辛，出使万里，不管身份如何，总是豪杰之士，豪杰之士的面子，不能不顾，这是第三。”

“大首领以我等为豪杰之士，真是给足够我等面子，”陈可愿说着一揖，又道，“不过，既以我等为豪杰之士，就不该相欺。”

“我怎的相欺？”王直问。

“大首领说，来见我等，是因为不能不顾岛主的面子，不能不顾胡都堂的面子，不能不顾我等的面子。其实，这些面子都不要紧，要紧的只有一个人的面子，”陈可愿恰到好处地顿住。他知道王直一定要问。

果然，王直问道：“陈先生且说，是哪一个人的面子？”

“老太太的面子。”陈可愿说。

王直被他言中心思，顿时乱了方寸，良久不语。

“陈先生知道老太太的下落吗？”王激代他问道。

“知道，在金华狱里。”陈可愿说。

“什么，你们把她下狱！”王激冲过去，揪住陈可愿的衣领，激愤地说，好像被下狱的，是他的亲母。

“海峰，不得造次！”王直喝住他，又问，“她在狱里的情形如何？”

“很好，虽在狱里，却被奉为上宾，”陈可愿答道，“二首领说我们把她下狱，错！不是我们把她下狱，是胡都堂特意把她安顿在那里，以策保全的。”

“把她下狱，还道保全？”王直问。

“大首领是个聪明人，这还用问吗？”陈可愿道，“大首领这些年做的那些事情，哪一件不够杀头的？哪一件不够灭门的？胡都堂无论多么想保全大首领和老太太，也不能不对朝廷有个交代。他设法找到老太太，一面是向朝廷表明办事得力，一面也是免得老太太落入其他衙门。他把老太太安顿在金华狱里，而不安顿在其他狱里，大首领知道是为什么？浙江各郡，无不被大首领所部祸害，而金华尚未受荼毒，把老太太安顿在那里，可保她无恙。”

"如此说来，胡都堂是用心良苦？"王直自语。

"谁说不是！"蒋洲接过他的话来，"可老太太究竟能不能保全，光凭胡都堂的煞费苦心是不够的。大首领，不是我危言耸听，老太太的安危实系你一念之间。"

"蒋先生的意思，须得我归顺，老太太方能保全？"王直问。

"大首领归顺，便有大功于国家。"蒋洲说。

"实不相瞒，这件事我要和弟兄们合计，现在不能答复。"王直道。其实，和心腹们合计还在其次，主要是他自己也没拿定主意。

"大首领尽管和各位首领从容合计，"蒋洲说，"我看，大首领在决意归顺之前，不妨先立一小功。"

"什么小功？"王直问。

"陪我二人去丰后、山口，宣谕大明天子之意。"蒋洲说。

"可二位是奉都堂之令行事，并非奉天子之旨行事。"王直推辞。

"所以，才要请大首领同行。"蒋洲道。言外之意，只他二人去，或不能取信丰后、山口二侯；王直同去，就不怕他们不信。

王直想了想，说："好，这件事我现在就可以答应你。"

"五哥使倭人不疑二使，就不怕自家见疑于倭人吗？"王激反对。

"老太太在官府，不能不从其请。"因王激开口，王直又想起方才的话，"对了，蒋先生说海峰是我兄弟更好，却是何意？"

蒋洲说："二首领若是大首领之子或假子，和老太太隔着一辈，未必把老太太的生死安危放在心上；他既和大首领有金兰之谊，老太太即其母也，他不能不放在心上。"

"海峰，你还怎说？"王直问王激。

"五哥之母即为我母，五哥又不是不知道。"王激不好再反对。

于是，蒋洲、陈可愿与王直商量赴倭国本土的具体事宜。

第五百二十三章

严嵩不善龟卜，也不常龟卜。这一天，拿出龟板，欲问神意，不料龟板却断裂了。这正在发愣，登门候问的鄢懋卿闯进来。

“老相公欲卜何事？”鄢懋卿问。

“卜狱。”严嵩道。

“那就不必卜于神，老相公问我即可。”鄢懋卿笑着说。他由监察御史升大理少卿，正该管着狱事。

“过两天又要冬审，我想卜上一卦，看当不当对杨仲芳施援手，不料未卜成。”严嵩说着，把断裂的龟板给他看。

“若为此事，老相公已卜成。”鄢懋卿说。

“怎讲？”严嵩问。

“龟裂，自然不当援手。”鄢懋卿解释。

“我也知道这是天意，可尹崇基南行前以此事相托，改北后又以此事相托，王元美又时时与东楼言及，不由我不动心。”严嵩说。

尹台任一年南京国子监祭酒，今年召回掌北监。

“老相公，我有一句唐突的话，不知该不该讲。”鄢懋卿半吞半吐。

“但讲不妨。”严嵩道。

“老相公不可效妇人之仁。”鄢懋卿这话果然唐突。

严嵩听了很不舒服，但还想他说下去，所以没有作声。

“我给老相公讲一件事，”鄢懋卿说，“当年朝审杨仲芳，中贵人夹道观望，有劳以酒肉者，有馈以白金者。或问道：此人不亦痛斥尔辈？老相公想那中贵人如何应对？他应道：杨公天下义士，今得见之幸也。老相公难道也想效仿此辈，被杨仲芳讦奏后，还要称他为天下义士吗？养虎为患这句古训，老相公切不可忘却。”

“景修的话不无道理，可杨仲芳总不能长系刑部狱吧？”严嵩道。

“不能长系，则当死之。”鄢懋卿说。

“杨仲芳在狱数年，皇上尚无杀他之意，奈何？”严嵩道。

“单论杨仲芳死罪，皇上多半是不会准的。法司第一次论绞，皇上没有杀他，隔了几年，怎么会杀他呢？不过，如今大狱非止一端——”鄢懋卿说到这里，故意停下来。

“你是说——”严嵩也没有说下去。

“皇上痛恨张廷彝、李子承贻误国事，致令江南百姓无端遭受祸殃，今冬论刑，他二人绝无生还之望。”鄢懋卿含蓄地说。

“景修的意思是——”严嵩先在想：这个主意不错，心里生起一丝喜悦；随后又想：两案并为一案，并非易事。于是说：“张、李之狱是明显的死案，随随便便将另一案并入，恐怕太醒目。”

“为什么要随随便便将另一案并入，就不能堂而皇之地将另两案并入吗？”鄢懋卿道。“譬如一人，遮住他一眼，还有一眼见物，如若遮住他两眼，就什么也见不到。”

“景修此喻甚好，另一只眼用哪一桩案子可遮？”严嵩问。

“谈某关在刑部狱也近一年，该狱也介乎生死之间，何不一起了结？”鄢懋卿提起去年底押解到京的中书谈相。

“好，此事就由景修去安排吧。”严嵩拿定主意。

刑部衙门里，多名员外郎和主事在闲谈。

一人问：“三位堂官，十数司长会商，何等案子，须这等郑重？”

第二人说：“笃定不是张、李狱案。对这两位大人，皇上怕是亲手屠之的心思都有。”

第三人说：“我倒是听到一些风声，但不知确否。”

第四人说：“你一人当然难以料定，何不说出来大家参酌。”

第五人说：“不用他说，我也略知，长官们会商的是杨仲芳案。”

第六人问：“陈年旧案，还用费那么大的心思吗？”

第七人说：“若是杨仲芳案，倒真要费些心思。各位仁兄请想，科道请释，皇上不准；司寇论绞，皇上不杀。现在议罪，当用何律？”

一人一句，说个不停，没有开口的，只剩下员外郎王世贞和主事徐中行。徐中行字子舆，浙江长兴人，嘉靖二十九年进士，以诗文与李攀龙、王世贞等定交。时京师以诗文名天下者，有李攀龙、谢榛、王世贞、宗臣、梁有誉、徐中行、吴国伦数人。谢榛是个白丁，来去无常；李攀龙又外放广东顺德知府，王世贞俨然是京师文坛领袖。

“元美兄，你看当用何律？”徐中行接过这话问王世贞。

“要用他律也难，只有一律，勉强使用。”王世贞说。

“何律？”不止徐中行一人要问。

“冒犯圣人律。”王世贞绷着脸说。

“怎讲？”又不止徐中行一人要问。

王世贞说：“岂不闻夫子道：直而无礼，当绞？杨仲芳之谓也。”

众人听出他的嘲讽之意，嘲讽时政，也嘲讽当道者，无不捧腹。

刑部主事巡视刑部大狱，乃是职分。徐中行在门外一站，后面还跟着一青年，狱吏立即打开狱门，放他二人进去。

“我去看杨大人，”徐中行不经意地说，又一指青年，“他也去。”

“徐老爷请便。”狱吏不多问。

杨继盛见到徐中行，埋怨道：“子舆兄，我对你说过多次，不要再来看我。为一必死之人，损一有用之才，我心不安。”

“仲芳先生无须多想，你看我把谁个给你带来。”徐中行说着，把身后的青年拉到前面来。

“是应尾？”杨继盛简直不能相信自己的眼睛。

和徐中行同来的，正是他的长子杨应尾。杨应尾见父亲衣裳破损，满身泥垢，悲从中来。他啜泣着说：“父亲，是孩儿。”

“这里不是悲苦的地方，”杨继盛制止他，并问，“你母亲好吗？”

“母亲写了奏章，赴阙下为父亲申冤。”杨应尾说。

杨继盛颇感意外，似又不甚意外，问道：“她是怎么写的？”

“孩儿把手稿带了来，请父亲一阅。”杨应尾道。

夫人张氏写道：臣夫阻谏马市，仅从薄谪，一岁四迁。拜命之后，衔恩感泣，私图报效，或中夜起立，或对食忘餐。不意误闻市井之谈，尚狃书生之习，遂发狂论，委的一时昏昧。复荷皇上天高地厚之恩，不即加诛，俾从吏议。臣夫自杖后入狱，死而复苏者数次，剜去臀肉两片，断腿筋二条，脓血流五六十碗，浑身衣服尽皆沾污，日夜笼箍，备极苦楚。又年荒家贫，常不能给，止臣纺绩织履供给饷食，已经三年。该部两次奏请，俱蒙特允监侯。是臣夫再蹈于死，而皇上累置之生。但闻今岁多官会议，适与张经一同奏请，题奉钦依律处决。倘蒙鉴臣蝼蚁之私，少从末减，不胜大幸。若以罪至不赦，愿即将臣斩首都市以代臣夫之死。夫虽远御魑魅，亲执戈矛，必能为疆场效命之鬼，以报皇上。臣于九泉稍有知识，亦复衔结无顾矣。臣无任激切祈恳之至。

“她一女流，能写出这么清晰的文字，是我没料到的，”杨继盛感叹，又对杨应尾说，“你母亲写得好，我是再蹈之死，而皇上累置之生，以后不可再妄言为我申冤。”

“是。”杨应尾应道。

杨继盛从狱室的角落里取出一卷纸，交给他，嘱咐：“你收好。”

“这是什么？”杨应尾问。

杨继盛说：“是我自撰的年谱。我系狱数载，多亏元美兄、子舆兄与之方便，才得以著就。应尾，你记好，此谱十年后方可示人。”

杨应尾知道他这是在交代后事，声音哽咽地应着。

徐中行不忍听下去。他问：“仲芳兄还有什么话要说吗？”

“原本已无话，子舆兄一问，倒引出两句。”杨继盛说着，咬破手指，在张氏疏草的后面写下四句诗：

浩气还太虚，丹心照千古。
生平未报恩，留作忠魂补。

十月二十九日，杨继盛和张经、李天宠、谈相等被杀于西市。

第五百二十四章

西安耀州举人左熙和富平县举人李羔，一是内兄，一是妹丈，也算得至亲，二人商定，年内赶到京师，准备参加明年的会试。这有几个好处：一是容易找到一个安静的住处，二是可以静下心来，再下两个月的工夫。虽说临试读书，让人笑话，但总比临到试期才往京城里赶要好得多。家境稍稍宽裕的士子，都会这样做的。

十二月十二日，左熙、李羔行至阌乡县。阌乡属河南府，与西安府华阴县毗邻，两省在此接壤，是个热闹的地方。

二人安顿下来，时辰尚早，李羔问左熙如何打发，左熙提议找一家陕西人开的酒馆小酌。二人去街上寻找，很快找到一家。酒馆里坐着许多客官，都持陕西口音，一听就觉得亲切。

要了酒、菜，边聊边饮。邻桌一人正在独饮，看他两人的装束，招呼道："独饮闷煞人，可否移来与两位先生同桌？"

"都是过客，那有什么不可。"左熙道。

那人向店小二招了招手，让他帮着将酒、菜移过来。

"他乡幸会，今日由在下做东。"那人道。

"萍水相逢，怎好意思。"左熙没有应承，也没有拒绝。

"这顿酒我也不是白请，"那人说，"我一看两位先生知是有学问的，我请两位先生喝酒，两位先生为我解一梦，如何？"

"什么梦？"说起解梦，李羔很有兴致。

"对了，我这位舅兄最善解梦，无论喝不喝酒，他都会把兄台的梦解得一清二楚，兄台只管对他说。"左熙顺势把他推出。

那人一边殷勤地为他二人斟酒，一边说："不瞒二位先生说，我只在幼年读过几天书，连个秀才的名分也未取得，便做起小本的生意。可在昨夜的梦里，我却躬逢一次盛大的考试。"

"乡试，还是会试？"左熙问。

“都不是，”那人摆了摆手，反问，“二位可知，天庭亦有考试？”

“这却没有听说。”左熙道。

那人讲起梦中所见：“昨夜不知行至何处，忽听有人喊道：天庭放榜了，天庭放榜了！于是有许多人向前跑，我也向前跑。跑到一处，众人争着看榜。有人喊：我等在后面看不到，念与我等听！于是有人念道：第一名，山阴王聪澍。”

“是山阴人王聪澍，还是代府的山阴王聪澍？”左熙问。

“听以后各人，应是代府的郡王爷，”那人说着，继续唱名，“第二名，大司马韩邦奇。第三名尚书杨守礼。第四名，南京祭酒王维桢。第五名南京光禄卿马理。后面还念了许多人的名字，我却记不住。”

“兄台这个梦可真是不得了啊！”左熙对当代人才知之甚详，一一解说，“韩司马是朝邑人，王祭酒是华州人，马光禄是三原人，均为我等同乡。而杨尚书则是山西蒲州人。”

“当真有这许多人？他们都还在世吗？”那人惊诧，胜过听者。

“并未听说其中哪一位去世，”左熙道，他则比那人更急于知道这些显赫的人物同时出现在梦里意味着什么，抢着问，“舅兄，此梦何解？”

“既曰天榜，不可泄露。”李羔不知是无从解起，还是不敢细说。

免费喝一顿酒，带回一脑门子解不开的疑团，也不知合算还是不合算。左熙、李羔定下的那间客房只有一张大床，二人没有解衣，联榻而卧。左熙边插话边喝酒，听人说完梦，酩酊大醉。李羔则专心听人讲梦，酒喝得少。睡至夜半，李羔忽觉地动，忙跳下床，大声疾呼，想唤醒左熙。左熙没有唤醒，墙壁倾倒，房梁坠落，当即将李羔砸死。左熙却因床板倾斜，挡住了梁、柱，因而保住性命。

他跌跌撞撞冲出去，只见街上一片瓦砾，居民死者伤者不计其数。

左熙后来听说，这场大地震波及陕、晋、豫三省，陕西以西安府为界，以西渐轻，以东渐重。有人亲见，渭南县城门陷入地下，正街陷下一二丈，东门外赤水山陷为平地。也有人亲见，山西蒲州等处，地裂泉涌，有鱼跃出。最计他惊吓的是，韩邦奇、杨守礼、马理、王维桢等及山阴王聪澍，竟都死于地震。地震中死亡的官民人等，达八十三万之多。

有人说，近十年来，国家的祸乱太多，百姓的灾难太多，天地为之悲怆，故有此大变故。有人希望，在此大变故之后，不再有祸乱，不再有灾难。可上苍能听到人们的这些祈愿吗？

廖心一 著

嘉靖皇帝全传

④ 严相·徐相

戊戌桂秋 王之鋒题

金城出版社 GOLD WALL PRESS · 北京 BEIJING

④ 严相·徐相

一、计吏阁臣

第五百二十五章

嘉靖三十五年正月初五，抚、按官关于陕、晋、豫大地震的奏章呈进时，皇帝才服过丹药。

皇帝服过丹药以后，总要闭目端坐一刻，以蓄养精神。自打他开始服用丹药，一直都是这样。睁开眼睛以后，他需要身边有个女子，和他调情，和他厮耍，和他交合。自打他开始服用丹药，一直也都是这样。不同的是，开始他总在皇后的身边服用丹药，因为本朝极少有皇后产下龙子的例子，他希望弥补这个缺憾；后来他多在嫔、妃的身边服用丹药，因为皇后常常不得不维护自己的尊严，常常扫了他的兴致；移居西内以后，他就不考虑在什么人身边服用丹药了。皇后和嫔、妃们的寝宫都在大内，他不想给她们在西内再建一座寝宫，除非特别想到皇后或某一位嫔、妃，侍寝者多是一般的宫人，她们有的是因为样貌、身材或谈吐颇得他欢心，有的干脆只是因为他当时特别需要一个女子。

当然，皇帝越来越多地御幸一般宫人而不是皇后、嫔妃，还有一个更重要的原因：在和皇帝交合后，许多女子不明不白地患病，不明不白地死去。宣布一个一般宫人的死亡，比宣布皇后或嫔、妃的死亡，引起的震动要小得多。

陕、晋、豫大地震的奏闻没有影响丹药的功效，没有影响皇帝服用丹药后身边需要一名宫人。行事前，他连那名宫人的样子都没有看清楚，完事后，才顾得上好好打量她一番。

“你不是节前侍朕的宫人。”皇帝说。

“奴婢不是。”那宫人说。

“她人呢？”皇帝问。

“她，她身子不适。”那宫人言辞闪烁。

“是身子不适，还是——”皇帝要问她是否已经不在，但未问出口。

“万岁爷恕罪，奴婢不知。”那宫人忙说。

皇帝不再难为她，吩咐：“你去吧，看看司礼监谁在，着他进来。”

在西苑当值的司礼监官员，是仍任少监的王瑜。

“怎么又是你？”皇帝觉得他前次在西苑当值，不过一两天前的事。

“奴才已有十天没有来侍候爷了。”王瑜说。

“真的吗？”皇帝想了想，他的话应该不错吧，至少从正旦节到此刻之前，没有看他在眼前走动了。而前一次见他，正好是方才问到的宫人侍寝的那一天。那名宫人迎合得恰到好处，给了皇帝很大的欢愉，因此才留下较深的印象。

“王瑜，你前次当值时，侍朕的宫人姓什么？”皇帝问。

“回爷的话，她姓李。”王瑜答道。

“她人呢？”皇帝问他的话和方才问那宫人的话一样。

“她身子不适。”王瑜答的话也和那宫人答的话一样。

“是身子不适，还是已经不在了？”皇帝追问。

“回爷的话，是已经不在了。”王瑜答道。

皇帝沉默一会儿，问：“几时的事？”

“回爷的话，前天的事。”王瑜答道。

“你省了那句‘回爷的话’吧，朕还不知你是回朕的话吗！”皇帝忽然暴躁起来。等王瑜惊吓得连“回爷的话”也忘记说，他又恢复常态。“李妃很好，朕要追封她。”

“是，”王瑜应一声，问，“要司礼监拟封号吗？”

“不用，朕要亲拟。你去传旨，追封她为顺妃。”皇帝吩咐。

“是，奴才这就去传旨。”王瑜应道。

他退下时，听到皇帝说：“西岳华山居然变矮，你相信吗？”

他自然不知道，这是陕西抚、按官在奏章里写的话：过华州华阴，觉华岳亦低于往昔；他自然更不知道，皇帝不相信地震会使华山变矮，因而也不相信会有八十三万人丧生。他不住琢磨着皇帝的话，传旨去了。

第五百二十六章

严嵩归第日，回避一切来访的客人，单请徐阶饮酒。徐阶当然只有放弃一切应酬，赴他的酒宴。

严嵩摈去家人，亲自为徐阶斟酒。徐阶恭恭敬敬将酒盅举过头顶，小心翼翼地一点一滴泼酒在地。在严嵩琢磨此举的含义时，他说：“借介翁一盏酒，祭奠数十万亡灵。”

“应该的，应该的！”严嵩也学他的样子，把第一盅酒洒掉。

第二次斟上酒，徐阶说：“介翁是只饮一盅酒的，勉强你再饮不好，空酒盅对着我也不好。这盅酒我先饮，介翁慢慢饮。我和介翁一样，饮去若干，添加若干，饮够为止，如何？”

听他的话，倒好像他成主人。

“就依子升。”严嵩果真只抿一小口。

随后就由徐阶来斟酒，给严嵩象征性地斟上少许，给自已则斟大半盅。他有雅量，和门生、清客在一起时，也会开怀畅饮；但面对着视酒如药的严嵩，他一定要节制。

酒饮得少，话就多。节后几件大事，正好从严嵩这里探个口风。

“介翁，黔国公又请许其节制土、汉军，我甚是不解。”徐阶随意夹一口菜，又随意选一个话题。

“有何不解？”严嵩问。

徐阶说：“十多年前，黔国公不是已经奏请过吗？皇上不是已经准其悉如旧制吗？”

“子升莫忘，那时上疏奏请的是沐朝辅，皇上准其悉如旧制的是沐朝辅，今日的黔国公却是沐朝弼。”严嵩说完后，觉得这一层理由还不够充分，又加上另一层理由，“朝弼若是顺理成章地得嗣，他用不着再度奏请，子升也知道，他得嗣爵位，颇费些周折。”

开国功臣沐英之后，封黔国公，世代镇守云南。徐阶提到的十多年前的黔国公，是沐朝辅。以他公爵的身份，自然是很高贵的，但因为兼着云南总兵官，就难免要受巡抚都御史的钳制，以至巡抚索贿，也不得不掏腰包。沐朝辅气愤不过，上疏道："臣家世守兹土，上下相承。今有司纷更典制，关臣职守，率不与闻。臣疏远孤危，动作掣肘，无以弹压蛮方。乞申饬诸臣，悉如旧制。"科道官弹劾他奏请不当，同时也弹劾索贿的巡抚。皇帝命罢免那名巡抚，而准沐朝辅之请。这就是徐阶所说的悉如旧制的由来。

沐朝辅死时，长子沐融、次子沐巩均年幼。朝廷命沐融嗣其爵位，而授其弟沐朝弼都督佥事，代为掌印镇守。仅过三年，尚幼的沐融暴死，更幼的沐巩当嗣。沐朝弼的嫡母李氏提出，护送沐巩暂居京师，等他年长，再镇云南。皇帝答应了她的请求，但是李氏护送沐巩至京师时，沐巩死于途中。于是，沐朝弼得以嗣爵。这就是严嵩说的他得嗣爵位，颇费些周折。但他既已嗣爵，其他的事情就没有人追究。

"介翁说的是，"徐阶似有所思地说，"朝廷既准朝辅悉如旧制，那么，也该准朝弼节制土、汉军。"

"我意正如此。"严嵩道。

徐阶又随意夹一口菜，随意选一个话题："杨司马的尊大人偏偏这时候过世，朝廷不得不准他守制，着实可叹惜。"

"杨唯约迹似狂生，我看没有什么可叹息的。"严嵩冷冷地说。

坏了，这个话题没有选好，徐阶心想。杨博不肯屈从严氏父子，他是知道的呀，怎么不议别人，偏偏议起他！好在他沉稳镇定，不动声色，装作没有看出严嵩的不悦，继续谈论下去。

"而今最棘手的，仍是军事，介翁看，谁堪任大司马之职？"他问。

"这倒不须你我费心，皇上心目中已有人选了。"严嵩道。

"当真？是谁？"徐阶问。

"子升，你说说看。"严嵩把该题目推还给他。

"两位兵侍，皇上泰半不会用，他部正堂改任，似无合适之人，南京部、院，眼下又不宜北调，"徐阶一一排除，最后才道出一人来，"莫非是许廷议许都堂？"

严嵩愣了愣，叹道："子升，皇上的心思被你摸透。"

"我也只是胡乱一说，果真是他？"徐阶不但料到，还想到下一步，"廷议先生掌大司马印，自然可以胜任。但所谓军事最棘手，宣、大总督是最棘手的职事之一，廷议先生召回，也须一得力人物接替他。"

严嵩抿一口酒，徐阶会意，忙把自己酒盅里的酒喝干，重新斟酒。

“子升，你我二人难得有一个同室饮酒、说一说闲话的机会，勋戚则公爵以下，大臣在尚书以下，今天我们都不议，如何？”严嵩的话里，半含嘲讽，半含不满。

“是我的错，是我的错。介翁难得有片刻轻松，不该议论朝中的事。”徐阶说着，又饮一盅酒，严嵩习惯性地也去抓酒盅，他拦住说，“不，不，这是罚酒，介翁不可以随饮。”

“那好吧，今日我做东，再邀子升饮一盅。”严嵩说。

二人举盅示意，按照徐阶定的规矩饮酒。

“子升可知道，今日与你饮酒，让我想起一个人来，”严嵩抚髯细语，一副想起一段往事的样子。

“介翁想起谁？”徐阶问。

“夏公谨。”严嵩说出一个人的名字。

他的声音不高，更非咬牙切齿，但徐阶还是吓一跳。至少从夏言入内阁、严嵩掌礼部以后，这两个江西的同乡就成生死冤家。不错，夏公谨升迁之速，在张孚敬、桂萼之后绝无仅有，因此对任何人均颐指气使，但对严嵩，似乎尤其放肆，甚至让他当众下不了台。但夏言死已七年，严嵩今天为什么会想起他来，为什么在宴请自己的时候会想起他来，够徐阶想一阵的。

“介翁是说，今日与我饮酒，让介翁想起夏公谨？”徐阶有意重复这么长的一句话，为的是自己能想个明白。

“是的，因为我也曾请夏公谨饮过酒，我一生不堪者，只有两件事，此乃其中之一，”严嵩说，其实，根本不用徐阶想，他也要自己说明白，“不过，我说与你饮酒，让我想起夏公谨，并不是说你就是夏公谨；你总还不至于欺我太甚吧。”

徐阶担待不起，欲分辩：“介翁言重，我——”

“子升先不要说，”严嵩止住他，“这件事我从未对你讲过，也从未对其他人讲过，不为别的，只为怕羞。今天饮些酒，我就不怕羞一次，把这件事讲与你听。我和夏公谨同朝共事十几年，一直想请他饮酒。论科第，我是前辈；论官职，他后来居上。所以，我请他饮酒，子升说我巴结上官也可以，说我奖掖后进也可以。”

“我既不说介翁巴结上官，也不说介翁奖掖后进。”徐阶道。

“子升怎说？”严嵩问。

“我只说介翁以亲善待人。”徐阶说。

“还是子升善于辞令，”严嵩说着，接讲那一段不堪回首的往事，“我欲邀夏公谨宴饮，且按照子升的说法，是为亲善待他吧。他却并不亲善待我。我十次相邀，他八九次回绝，有一两次，承蒙他首肯，我命家人准备，凡能搜罗到的奇珍异味，如红羊、野狸、熊掌、鹿脯等，无不备齐。但到约定的前一晚，他忽然差人来说，第二天家里有事，不能赴约。于是，我的一番苦心，家人的一番苦力，皆付之乌有。此后，有很长时日，我不曾约他。一日逢他出值，乃敢启齿。那次，他答应得倒是痛快，正好仲鸣兄也在场，他对仲鸣兄说：明日我赴唯中先生家宴，同去如何？二人约好，在西朝房会齐。次日，仲鸣兄留在西朝房等他，左等也不来，右等也不来，一问，才知道他已回家。仲鸣兄只得自己来我家里，和我一同等他。我二人从正午一直等到薄暮，他才优哉游哉地到来。三人就座，夏公谨连饮三盅酒，菜是一口不吃；奉上汤来，他端起碗来，略沾唇而已。然后，他忽地站起，作一长揖，命家人备轿。”

“仲鸣先生呢？”徐阶问起另一阁臣翟銮，又自己答道，“一定不敢落后，紧随夏公谨而去。”

“与夏公谨同在内阁办事，也怪不得他。子升相信吗，我三人由始至终，不交一言？”说到这里，严嵩的眼眶竟有些湿润。

“的确太过分，夏公谨喜折侮人，宜得报应。”徐阶道，为免严嵩伤心，他转移话题，“介翁说有两件不堪的事，另一件是什么？”

“与此事相比，不足为道，不说也罢。”严嵩没有兴致再讲。

第五百二十七章

刑部尚书何鳌、都察院掌院都御史周延、刑部左侍郎蔡云程、刑部右侍郎郑大同、大理寺卿胡叔廉等三法司的堂官均已会齐，只等礼部堂官到来，即可议事。

王用宾一到，先环作一揖致歉："紧赶慢赶，还是来晚，害得各位久等，得罪，得罪！"

跟在他后面的礼部左侍郎吴山、右侍郎茅瓒也连连向众人致意。

"不晚，不晚，"何鳌代表众人招呼，"允兴先生，请这里坐。"

"不，不，此处是刑部衙门，不是礼部衙门，正坐是巨卿先生的。"王用宾说着，拣了他对面的位置坐下。

何鳌不再勉强，向礼部两位佐卿做个请随意的手势，吴山、茅瓒一左一右坐于王用宾两旁。

"允兴先生，请你主持。"何鳌让道。

"不，不，今日议刑，不议礼，当由巨卿先生主持，皇上也是将吏书之事下法司会礼部议处，非下礼部会法司议处。"王用宾推辞。

"允兴先生其实用不着谦让，"周延对这件事有他的看法，"虽说皇上将时言先生的事下法司会礼部议处，实则当由礼部议处。"

李默于二月即将结束时获罪下狱，是由于吏部对选人的考察。李默出的策试题目是：汉武征伐四夷而海内虚耗，唐宪功成淮蔡而晚业不终。因为是策试引出的案子，所以周延说，应由礼部议处。

"南乔先生这么看？"王用宾问。

周延字南乔，江西吉水人，嘉靖二年进士。

"此事还能当儿戏吗？"周延道。

"好，好！"王用宾叫好，却没有说为什么好。

"时言先生这桩案子该不该礼部议处且不论，但允兴先生确实同曰静先生和我议论过。我等甚是不解，此事并非发生在今日今年，皇上一直不以为大逆，为何今日却要降罪？”茅瓒说。

“状元兄等真的议过吗？”胡叔廉问。

“议一议又不是大功一件，我用得着骗明发兄吗？”茅瓒道。

胡叔廉字明发，江西新淦人，和茅瓒同是嘉靖十七年进士。

“邦献兄勿罪，”胡叔廉赔礼。“我的意思是，邦献兄等若是议论过，便该晓得皇上为何今日要降罪。”

“明发兄是指赵巡视的弹章吗？”茅瓒问，“我等不解者正在于此。他所奏报的江南功绩，周允文明明驳倒，皇上明明起疑，怎么他不知自省，反而追究起时言先生谤讪呢？难道他以为，时言先生的谤讪之罪坐实，他欺君之罪就可以遮掩过去？”

允文是苏松巡按御史周如斗的字。

赵文华在年初回到京师，免不了把江南剿倭的功绩渲染一番，算是新年里献与皇帝的贺礼。皇帝当然希望功绩越大越好，但对赵文华所言江南倭贼所剩无几，难以置信。正好周如斗勘上南直战况，官军打的败仗要比胜仗还多，官军的损失要比倭贼、海寇的损失还大。因此，皇帝更加怀疑赵文华没说实话。赵文华为求解脱，乃上一疏，披露李默策试的题目，并定性为以古喻今，谤讪圣上。

“邦献兄是诚信君子，却不能强求人人皆闻过则喜呀，”胡叔廉讥讽一句，然后说，“以他人之罪掩已之罪，历来的狱案中不乏这类小人。”

他没有点出赵文华的姓名，但在暗示赵文华绝非君子，而是小人。

吴山招呼：“亨之先生，皆吾先生，二位是如何看待赵元质弹章的？”

蔡云程字亨之，浙江临海人。郑大同字皆吾，福建莆田人。二人都是嘉靖八年进士，让他们来评议赵文华，真有些难为他们。

“他说，残寇不难灭，在督、抚非人，这话是不错的；他回朝即举荐应德兄和胡汝贞等，亦是难得的人才。”蔡云程嚅嗫地辩两句。

吴山冷笑一声，说：“是啊，他如果只弹劾时言先生谤讪，不弹劾吏部用人不当，怎么能解脱自已呢？但由‘残倭无几’一下子变成‘疆事日非’，这一辩词也太拙劣吧！”

“疆事日非”是赵文华同一奏疏里的话。他说：李默恨他劾其同乡张经，思为报复，每事掣肘。如他论取代周珫的应天巡抚曹邦辅不职，李默即唆使科、道官弹劾他。“延今半载，疆事日非”，除这句话，赵文华又说：“昨推总督，不用胡宗宪而用王诰。东南涂炭何时解，陛下宵旰忧何时释？”于是，李默不仅谤讪圣君，而且所用匪人，造成江南局势的反复。他这个巡视倭情的大员反而没有任何责任。

“莫离题，莫离题，”王用宾制止他们的争辩。“今日议刑，我等该先听一听大司寇的高见。”

“我不过君云亦云，有什么高见。”何鳌说。他说“君云亦云”，不说“人云亦云”，是提醒众人，特别是提醒王用宾，谤讪罪不仅是赵文华加与李默的，也是皇帝认可的。

王用宾不管他是“君云亦云”，还是“赵云亦云”，只问他：“巨卿先生之意，当依何律论罪？”

“若可从容议律，皇上大约就不会命礼卿预其事，”何鳌含糊其词地说，“南乔先生与我等私议时，也曾言道，此事当由礼部议处，并非今日当着允兴先生的面有意推诿，还是请允兴先生拿出个章程吧。”

“是，”三法司里，两家都表示尊重礼卿的意见，胡叔廉也不能不有所表表示，“巨卿先生曾议道：就算时言先生是以臣骂君吧，我大明律里也没有列上这一条款呀。”

“等等，”王用宾打断他，“以臣骂君，非同儿戏，是即是，非即非，可不能说什么‘就算’。”

“其实，法司议论时也有歧见，南乔先生也说过，不可轻加以臣骂君之罪，故他主张由礼部议处。”郑大同道。

你一句我一句，把王用宾等到前，三法司堂官们的议论大致列出。

“法司有歧见，大宗伯来裁决吧。”何鳌这是在代表三法司说话。

王用宾摆了摆手，说：“我也不来裁决。按照惯例，有歧见，便将各家之言一并呈进，由皇上裁决。巨卿先生以为其罪为以臣骂君，可以算一家之言。我则以为，李时言偏执自用，失大臣礼；策题引汉、唐事，非所宜言。这也可以算一家之言吧？南乔先生及明发先生亦可各持己见，又算一家之言。”

“偏执自用，策题非宜，所论甚当。”周延投王用宾一票。

“冢宰重臣，理当缓议。”胡叔廉也说。

四衙门议事，三家之见与刑部不同，何鳌不得不考虑，是否该修正一下自己的意见。但想了许久，也难下决心。因为他知道，以偏执自用，策题非宜论罪，皇上那里通得过通不过，还在其次，严嵩那里首先就通不过。胡明发一再说，赵文华欲置李默于死地，他难道不知道，严嵩更欲置李默于死地？不是小觑赵元质，若非两巨头结怨在前，他未必敢拿李默作文章。王允兴、周南乔等要为李默开脱，让他们去开脱好了；自己犯不上得罪皇上，得罪严相。但另一方面，是严相要杀李默，赵某要杀李默，让他来担这个责任，坐实李默的死罪，他也不甘心。

“允兴先生所言偏执自用，策题非宜，是定论了吗？”他还想试探一下，有没有转圜的机会。

“别说还有南乔先生、明发先生等人附议，就算人人都当我所议荒诞不经，我也不会改变的。”王用宾说。

“那好，就以各家之言一并呈进吧。”何鳌说。

“偏执自用，策题非宜？”皇帝把三法司会礼部议上的奏章投掷在地。在一旁侍驾的司礼太监黄佐想悄无声息地把它拾起，皇帝喝道，“这等奏章，拣它作甚！”

“是。”黄佐又悄无声息地退回一旁。

“偏执自用，李默又不是自今日始。说句实话，朕对他的偏执自用，申饬是申饬，有时还当真有些喜欢。”皇帝自语。

黄佐在一旁如泥雕木塑般站立。

“黄佐，听到朕的话了吗？”皇帝问。

“是，爷说，有时还当真有些喜欢李默的偏执自用。”黄佐学舌。

“你说说，由何事看出朕喜欢他的偏执自用？”本来是他自己说的喜欢，现在这么一问，好似黄佐说他喜欢。

黄佐当然不能分辩，只好搜肠刮肚地想。好不容易想起一件事，他兴冲冲地说：“奴才记起好几年前的一件事，时推举辽东巡抚，李默偏执自用，推了两个不中用的布政使，爷对他严加申饬，却并未降罪。”

他说的是李默第一次掌吏部时的事情，当时辽东巡抚缺，吏部推上陕西布政使张皋、山东布政使谢存儒，皇帝都没有用。

“他那不是偏执自用，是不用心推举，”皇帝道，“朕当时说他全无视国若家之心。你说朕对他严加申饬，那是不错的。但朕并非没有降罪，那时朕罢免他的官，一大半便是为这件事。”

“爷这样说，奴才就不知道了。”黄佐没有说中，很是失望。

“朕来告诉你一件事，”皇帝饶有兴致地说，“前者选制敕官，严阁老以私人嘱李默，结果，入选的是礼部主事张天复等七人，没有一个是严阁老的私人。朕听说，严阁老对此事很恼怒，欲拟旨驳回。还是徐阁老劝他：事小，不宜闻之于上。这才作罢。你想，严阁老交代的事，谁敢不照办？黄佐，你敢吗？”

“严阁老并未交代奴才办事。”黄佐忙说。

“朕知道严阁老也不敢交代你办事，朕只是打个比方。”皇帝说。

“严阁老交代的事，别人不敢不照办，李默却敢不照办。朕有些喜欢的，便是他的这点儿偏执自用；朕后来又起用他，便是因为他的这点儿偏执自用。”复问，“黄佐，现在知道由何事看出朕喜欢他的偏执自用吧？”

“奴才知道了。”黄佐道。

“知道就好，可不许去外面说，免得被严阁老听到，”皇帝嘱咐，“他这般年岁，朕不想他无缘无故地烦恼。”

“是，奴才在外面一个字也不会说。”黄佐道。

“所以，若李默只是偏执自用，朕这次也不会降罪于他。可朕对他百般偏袒，他却不知领情！”皇帝的口气，像是从说一块瑕玉到说一块顽石，“他在吏部出的策题，不能说是偏执自用。王用宾等说它非所宜言，分明是党护之词。不过，话又说回来，王用宾党护，不足为怪，谁让他们是同科的进士呢？谁让他们同一日奉旨值庐呢？可你看看，何鳌所谓以臣骂君，无律可比，这叫什么话！”

说到这里，皇帝提笔在奏章后面写上几句话：自古无臣骂君律，意谓必无之事。今有之，着处斩候决。

写罢，命道：“黄佐，你去传旨：礼部及三法司堂上官，各罚俸三个月。并着法司重议。”

他已批了处斩候决，法司还有什么好议的。何鳌等拟：臣骂君，当依子骂父律，论死。这总算给皇帝找到依据。

“大人，李时言已论死，胡宗宪已升总督，此案就这样了结吧。”严世蕃俯在严嵩耳边说。

严嵩半坐半卧在藤椅上，一边一个婢女轻轻地为他拿捏肩背，他正感到受用。听了严世蕃的话，他上身猛然坐直，两个婢女猝不及防，被甩到一边。

“东楼，你是什么意思？”他责问道。

“大人难道真要连及督帅，才肯放手吗？”严世蕃反问。

原来他是在为陆炳说情。李默掌铨，和陆炳的举荐不无关系。严嵩开始对这一任用没有太在意，后来由于事事作对，才对李默有戒心，并进而对陆炳有戒心。他一直在想，陆炳荐用李默，是否就是为抵制自己？现在，李默的案子已经铁定，荐主连坐，进一步追究的话，就要引出陆炳。严嵩的确在想，是不是该再进一言，促使皇帝除去陆炳。

“连及他，不好吗？”他问。

“不好。”严世蕃说。

“有什么不好！”严嵩道，“就算他举荐李时言，没有害我之心；但我所惧者，徐子升也，他与徐子升日相亲近，也没有害我之心吗？”

“他有没有害大人之心，其实并不要紧。”严世蕃说。

“这叫什么话！他有没有害我之心不要紧，什么才要紧？”严嵩问。

“要紧的是，儿子与他交往二十余年，对他的每一个念头都了如指掌，他害不了大人，”严世蕃说，“这样一个人物，皇上身边不可或缺，今日除去陆督帅，明日就会有一个海督帅。大人不妨想一想，是把儿子了如指掌的陆督帅留在皇上身边好，还是除去儿子了如指掌的陆督帅、另来一个儿子一无所知的海督帅好。”

严嵩陷入沉思。严世蕃的话不能说没有道理。这二十余年不仅严世蕃在和陆炳交往，自己也在和他交往。严、陆结盟，击败夏言，击败仇鸾，他不仅没有害自己，而且给自己很大助力。与之相比，陆炳对李默的举荐，与徐阶的亲近，应该说是次要的吧？

但是，要严嵩完全放弃成见，严世蕃的这一番话似乎又不足够。

“还有别的理由吗？”严嵩问。

“有，”严世蕃道，“李时言之狱可能连及陆督帅，但也仅此而已。大人敢说皇上一定容不得他？或者大人敢说，再进一言，皇上就容不得他？皇上容不得的是李时言，大人容不得的也是李时言，因此，除去李时言易如反掌；大人容不得陆督帅，而皇上如果并不是容不得陆督帅，除去陆都帅，也会易如反掌吗？如果皇上非但不会因为容不得李时言而容不得陆督帅，反而因为不欲除去陆督帅而不肯除去李时言，岂不是本欲得陇望蜀，反而因小失大？再者，大人道，所惧者徐子升也。如果大人对陆督帅落井下石，徐子升却对他施以援手，他躲过这一劫，岂不是和徐子升更亲近一层！那时，大人既要防着徐子升，又要防着陆督帅，可真应了防不胜防这句话。”

对这个理由，严嵩认同的成分更大些。因为要不要对陆炳落井下石，他完全可以自己选择；而能不能置陆炳于死地，就不是由他决定的。对陆炳落井下石而不能置他于死地，后果不堪设想。

见他不语，严世蕃又说：“大人，要不要听第三个理由？”

“怎么，你还有第三个理由？”这是严嵩没有想到的。

“是，”严世蕃应一声，说，“陆督帅对我说：除大人外，再没有第二个人一言可令其活，一言可令其死。这话不差吧？”

“那又怎的？”严嵩道。

“可我对自己说：一言令其死，世人不以为是大人之威，而以为是他人之威；一言令其活，世人不以为是大人之败，而以为是大人之德。大人想想，是该令其生，还是该令其死？”严世蕃相信严嵩能听懂他的意思，仍加上一句，“大人知道防着徐子升，知道防着陆督帅，怎么就不知道还有人该防着呢？”

“你放得过徐子升，放得过陆督帅，怎么就放不过元质呢？”话虽这样说，但看得出，严嵩已被说服。“好了，我这次放过他就是。”

第五百二十八章

“张夫人找我？”叶先生听王直安顿在张少华身边的亲信告诉他这个消息，一是吃惊，二是琢磨张少华为什么事找他，三是考虑如何对答。站在张少华面前时，该琢磨的，他琢磨好；该考虑的，他考虑成熟。

“叶先生，我找你说说话，五哥不会见怪吧？”张少华问。

“五峰临行前把你托付与我，怎会见怪！”叶先生道。

“那好，”张少华请他坐下，亲手为他斟一杯茶，说，“五哥出海前讲过，多则半载，少则三四个月，就会回来。现在过去五个月，还没有音讯，我心里很不安。”

“夫人不必担心，五峰轻车熟路，不会出事的。”叶先生说。

“可他这次是领着官家的人去的，和以往不同，”张少华仍不放心，“也不知五哥会不会因为那个姓蒋的、姓陈的惹祸上身。”

“夫人应该说，那个姓蒋的、姓陈的请到五峰同去，如带上护身符，”叶先生纠正道。“倭国酋长没有不买五峰帐的。”

“那就好，”张少华忽道，“叶先生，还有件事，不知当问不当问。”

“夫人有事不清楚，尽管问，有事要做，尽管交代。”叶先生说。

张少华点了点头，说：“我看叶先生也是有名号的人，可五哥、海哥等只唤你老叶，其他人只唤你叶先生，这是为什么？”

“说来惭愧，不说了吧。”叶先生支吾着。

“叶先生不是要我尽管问吗，怎么又反悔？”张少华微嗔。

“那是我的一段丑事，夫人一定要知道，我就说与夫人听。”叶先生手抚长须，说起往事，“当年行走江湖，五峰、海峰、明山和我差不多同时出道。那时年轻气盛，大家都想争这个首领的名位。我当众夸下海口，若做不成首领，就任何字号也不要。”

“那么，叶先生没有争过五哥？”张少华问。

“那是自然，我只讲一件事，夫人就知道我为什么争不过五哥，”叶先生道，“我与五峰相争时，暗想：一旦得势，首先就要除去他这个心头大患；可五峰得势以后，把我留在身边，饮食则同桌，睡卧则同榻，从没有起过疑心。时间一长，我也就甘作他的谋主。”

“这么说，五哥是刘先主，叶先生是诸葛孔明？”张少华戏言。

“我等事业不敢攀比古人，但五峰对我言听计从，比起刘先主用诸葛孔明，却不让分毫。”叶先生说。

“既如此，有一事拜托，”张少华先封上叶先生的嘴，让他推脱不得，“叶先生，你可答应过我，有事要做，尽管吩咐。”

“夫人要我做什么？”叶先生也没想推脱。

“帮五哥下个决心。”张少华说。

“帮五峰下个决心？”叶先生重复一遍她的话，好像没听懂。

“是啊，”张少华解释道，“姓蒋的、姓陈的要五哥陪同宣谕倭人，五哥一口答应，为什么？因为他已有归顺朝廷之心。他陪同姓蒋的、姓陈的宣谕，而把海峰和你都留在五岛，为什么？因为他知道部众不赞成归顺者多，除你二人外，无人可以节制。五哥是个重义气的人，叶先生，你就是为此而折服的。部众不赞成归顺，他下不了归顺的决心。叶先生，请你帮他下这个决心吧。”

叶先生没想到，一个妇道人家竟会坦然自若地对他说起这件事。他愣了愣，问：“夫人为何要我帮五峰下这个决心？”

“为五哥好，也为你等众人好。”张少华说。

“为五峰好，怎讲？”叶先生问她的前半句话。

“五哥的老母亲被押在官府，叶先生不会不知道吧？五哥在外讲一个义字，在内讲一个孝字，五哥的老母亲若死于牢狱，五哥必不独活，叶先生不会不知道吧？五哥只有归顺，才能保全老母亲，叶先生不会不知道吧？”张少华一连三问，并归结为一问，“叶先生看，帮五哥痛下归顺的决心，是不是为他好？”

“五峰归顺，真能保全老夫人，并能保全他自己吗？”叶先生问。

“自然能保全。”张少华道。

“夫人何以知之？”叶先生问。

“五哥曾经预留下一条退路，叶先生不会不知吧？”张少华反问一句后，说，“五哥有一个姓罗的好友，多年前，曾以十万金买得一通天人物一诺。胡都堂巡抚浙江，就是那通天人物为践诺而特意安排的。上有通天人物之诺，下有胡都堂操纵，五哥这次又陪同姓蒋的、姓陈的使者宣谕倭人，有功于朝廷，他一旦归顺，便是他的出头之日。”

叶先生当然知道罗龙文其人，王直把这事都对张少华讲，可见对她极为信任。他想：保不准张少华今日找自己说话，也是五峰授意的。五峰既然如此信任她，恨不能把生死交付与她，那还有什么好说的！

于是，他问起另半句话：“为我等众人好，怎讲？”

“乌鸟私情，谁不留恋故土？你等众人抛弃家人，背离故土数十载，一点依恋之情都没有吗？你等众人以前无暇顾及，如今眼看五哥就要出头，你等众人也都可随他出头，仍不顾及吗？你等众人这些年来无不积攒下巨额的财富，就不想和亲人们一起享用吗？”张少华又是一连几问，并归结为一问，“叶先生看，帮五哥痛下决心，是不是为你等众人好？”

叶先生被她说得心动，站起身来，低头背手，在张少华面前走来走去。在帮助王直下决心前，他自己先得下定决心。

他忽地站定，问：“夫人，你也怀念故土吧？”

“是。”张少华并不否认。

“你想离开五峰吧？”叶先生问。

张少华一惊，但和快镇定下来，反问一句：“你怎说？”

“夫人想离开五峰吧？”叶先生重复。

“我乃一风尘女子，蒙五哥看得起，订立鸳盟，我怎会离开他？”张少华煞有介事地说。

“这么说，夫人真是为五峰好，而不是为——”叶先生斟酌着字句。

“而不是为什么？”张少华追问。

“而不是为那个姓顾的郎君好？”叶先生特意在顾字上拖很长的音，也许他已经知道顾郎实际上是沈郎。

“顾郎不过会吹箫吟曲，怎及五哥英豪！”张少华道。

“夫人，非我多虑，你肯在我面前立个誓吗？”叶先生提个要求。

“那是应该的，”张少华说着，从桌案上取过短剑，“这柄宝剑是五哥送与我防身的，我若背弃五哥，死于刃下。”

“好，夫人立此毒誓，我答应帮五峰痛下决心。”叶先生道，决心既下，他立刻筹划这件事，“夫人可知，要五峰下决心，关键在谁？”

“在叶先生呀。”张少华毫不犹豫地说。

“不，在海峰，”叶先生说，“五峰视我等皆如兄弟，而尤视海峰为亲兄弟；我等皆视五峰为英豪，而海峰尤视他为神明。五峰决心归顺，只要海峰不肯，他就不会归顺；五峰未下决心归顺，只要海峰在旁说上一句，他就会痛下决心。”

“叶先生能否让海峰在旁说上一句？”张少华问。

“不能。”叶先生肯定地说。

“为什么？”张少华问。

“海峰痛恨官府，不愿归顺。”叶先生说。

“那却如何是好？”张少华请教。

“不能让海峰在旁说上一句，只好让他暂离五峰。”叶先生说。

“能让他暂离五哥吗？”张少华问。

“机会应该是有的，”叶先生说，“五峰临行前与我商定，自倭邦回来后，姓蒋的、姓陈的必要回中土复命，那时让他二人去一人留一人，留下的一人算是彼方人质；我们也要委一人去中土打探虚实，委去的一人算是我方人质。让别人去打探虚实，五峰还会多想一想；让海峰去打探虚实，五峰再放心不过。让海峰去做别的事，他还要想一想；让他去探望老夫人，他再高兴不过。”

“这样，海峰就可暂离五哥，好一个调虎离山的计策！叶先生，你真是诸葛再世呀。”张少华双手握在胸前行礼，道，“叶先生，拜托了！”

叶先生还一揖，道：“夫人莫忘毒誓！”

第五百二十九章

三辅吕本没有想到，在新的一年里，他这个满朝最闲的大员忽然成为满朝最忙的大员。他的一件差事，是奉旨主试今年的礼闱。用阁臣为会试考试官，是正德朝以来的规矩，在这之前，只有阁臣徐溥在弘治三年、阁臣李东阳在弘治十二年为会试考试官等少数事例。而正德朝共五次礼闱，其中四次的考试官用阁臣。皇帝登极后，已有十一次会试，最初的三次用阁臣为考试官，中间的六次没有用阁臣主试，最近的两次又用阁臣：嘉靖二十九年，阁臣张治为考试官之一，嘉靖三十二年，阁臣徐阶为考试官之一。今年是第十二次会试，以吕本为考试官。看来，皇帝是要恢复阁臣主礼闱的规矩。很难说，这是因为看重会试才命阁臣为考试官，还是因为看重阁臣才命阁臣主会试，或者二这兼而有之。

本科的另一考试官是詹事府少詹事尹台。

吕本的第二件差事，是李默下狱后，皇帝命他署吏部事。前朝极少阁臣署部务的事例，李东阳专门阐述过阁臣不宜署部务，而嘉靖朝有过几次阁臣兼署部事：第一次，方献夫入阁，仍署吏部事；第二次，严嵩入阁，仍署礼部事；第三次，徐阶入阁，仍署礼部事。这次是第四例。与前几次略有不同的是，方献夫、严嵩、徐阶都是入阁时不解部务，吕本却是以阁臣的身份掌吏部。入阁不解部务也好，以阁臣的身份署部务也好，反正六部越来越无法和内阁匹敌。

以吕本主礼闱、署吏部都是二月的事，进入三月，他必须按照轻重缓急安排办事的顺序。三月礼闱，他当然要集中精力应付，吏部的差事，不妨往后排一排。没想到的是，严世蕃这时会来看他。

“东楼，你可是贵客呀。”他忙着招呼。

“奉家大人之命，特来向汝立先生道贺。”严世蕃揖道。

“不过是奉旨办差，有什么好贺的！”吕本一边命家人奉茶，一边说，“介翁太客气，东楼太客气。”

“说我客气，汝立先生没有错；说家大人客气，汝立先生却大错而特错，”严世蕃道，他腿一翘，身子一歪，故作神秘地说，“家大人对汝立先生不是客气，是嫉妒。”

“东楼这话怎讲？”吕本惶惑地问。

“家大人一生都没有办过的两件事，汝立先生一时间都办，他怎么不嫉妒！”严世蕃道，“说起来，家大人也是翰林出身吧，也是礼部侍郎、礼部尚书一级一级升上来的吧，可五十年来，他没有主过一次礼闱，说起来，未免气短。”

吕本品不出他是真话还是笑话，只得半真半谑地说：“阁中三人，皇上唯独不使介翁主持礼闱，正可见对其倚重。子升先生后我入阁，而先我主礼闱，介翁要嫉妒，也该先嫉妒他才是。”

“可内阁三人中，子升先生不过步家大人后尘，兼署一回礼部事；署吏部事的，唯独汝立先生一人。”严世蕃说。

“署理部务，当不得真的。”吕本连连摆手。

“虽当不得真，也不能让皇上失望呀。”严世蕃说。

吕本品出，这才是他来的目的，于是问：“东楼的意思是——”

“吏书的事，总要做一些的。”严世蕃说。

“东楼看，我该做些什么事？”吕本问。

“吏书还能做什么事，自然是考察两京大臣。”严世蕃说。

“是，是，”吕本应道，“我拟于礼闱后，再请准考察。”

“晚矣，”严世蕃以不容辩驳的口气说，“汝立先生所言署理部务，当不得真，甚是透彻。皇上今日着你署理，明日想起一个合适的人来，就不要你署理。汝立先生既然署理一回吏部，让家大人都嫉妒，何不抓紧办一两件事，让皇上赞你署理得好呢？”

“是，多谢东楼点拨，”吕本应承是应承，但有些担心，“礼闱在本月中，在此之前请旨考察，来得及吗？”

“只要汝立先生心里有数，有什么来不及？汝立先生只管请旨，我让家大人催着批复就是。”严世蕃说。

吴山由礼部左侍郎改吏部右侍郎，一到吏部，就碰到考察两京大臣及两京科道官这件大事。他问左侍郎郑晓：“窒甫先生，今年正月才考察过，怎么又要考察？”

郑晓是去年四月从漕运总督任上召回任吏部佐卿的，李默狱案没有连及他，他一面为李默抱不平，一面也为自己庆幸。故他对这次考察的反应很是平淡：“前大冢宰治罪，前次考察自然不能算数。”

“这次考察就能算数吗？”吴山掰着手指数落，“大臣分三等，第三等曰衰庸，共列出十五人，难道真的都衰庸吗？窒甫先生，南京礼书与立先生你是知道的。他是否干练且不说，记得我才入翰苑时，他任礼部主事，宁府交城、怀仁、襄垣三郡王后人求继，大肆行贿，所费贿金十数万，受其贿者近百人，独无与立先生之名。仅此一事，我也敢说，他绝非衰庸之辈。他以衰庸者罢，我实为朝廷惜之。”

他举的南京礼部尚书葛守礼，在十五人中很醒目。

“曰静先生不说干练，我却知葛与立的干练。他以户部侍郎督饷宣、大，不曾有过闪失，非干练者，是做不到的，”郑晓补充道，“曰静先生，欲证实他非衰庸之辈，一定要言及他的干练。”

“好，窒甫先生已经言及他的干练，为何说罢免就罢免呢？”吴山大有把罢免葛守礼这笔账算在郑晓头上之势。

“这个嘛，曰静先生与其质于我，不如质于汝立先生。”郑晓说。

“我才不去与他理论呢。”吴山不屑一顾地说。

“也好，等实任的大冢宰到，曰静先生再去理论。”郑晓也没有一点想要理论的意思。

吴山却还要和他理论：“窒甫先生再看看，两京大臣中被列为优等的只有二人，这二人恰恰都在工部，岂非咄咄怪事！”

列为一等的两名大臣是：工部尚书吴鹏，工部右侍郎严世蕃。

“不能说都在工部吧，那个少司空是虚的。”郑晓说。严世蕃虽升至工侍，但不过是虚衔，他仍掌尚宝司事。

“我说错，那么，列此二人一等对否？”吴山明显是在赌气。

“我没说你错，自然也不以为列此二人一等对了。”郑晓说。

吴山觉得，今天和郑晓说话非常别扭，怎么也说不到一起去。真搞不清是自己不对头，还是郑晓不对头。他再无心理论，抽身要走。

郑晓却不让他走。

“曰静先生知道两京大臣列为三等者十五人，却知不知道两京科、道被罢免者多少人？”他问。

“三十八人。”吴山脱口而出。

“好，我为曰静先生数出这三十八人，”郑晓掰着手指数道，“都给谏三人，南京都给谏一人；左给谏二人，右给谏四人，给谏七人，南京给谏一人；御史十八人，南京御史二人。不错，正好是三十八人。”

吴山盯住他看一阵，说：“窒甫先生，你好用心。”

“若是一次考核下去多少科、道官都数不清楚，还可充任吏部佐卿吗？”郑晓说罢，又问，“曰静先生知道两京大臣以衰庸被罢，却知不知道这三十八人以何事被罢？”

“一曰浮躁，一曰不及。”吴山道。

“不错，三十二人为浮躁，六人为不及，”郑晓说着，又问，“曰静先生知不知何为浮躁？如何才能不浮躁？”

“请窒甫先生指点。”吴山道。

“浮躁者，妄言也；想不浮躁，也很容易，三缄其口是也。可朝廷给他们俸银，不就是让他们说话的吗？不让他们说话，御史不如改成鱼矢，给事不如改成鸡矢，”郑晓尖刻地说，又仰天叹息，“排除一人异己，致令天下人缄口，岂有此理，岂有此理！”

吴山在心里一一念叨被罢免的科、道官的名字，可不是吗！他们不是公开议论过严嵩、严世蕃父子，就是暗中抵制严嵩、严世蕃父子。罢免了他们，科、道恐怕再没有严氏异己。

可用排除异己的法子，真能封住天下之口吗？

第五百三十章

湛若水以九十高龄，游兴不减，应身兼湛、王两家弟子的蒋信之请，游过南岳衡山以后，又在蒋信的陪同下，游至吉安。他早就听邹守益讲过，吉安有座青原山，风景极佳。

湛若水在吉安没有什么故人，如果一定要说有的话，就是王守仁在吉安以及在江西的众多弟子。其中：正式投入王门者，以邹守益为首，他的乡贯安福，在府城西北；未正式投入王门、而通过其弟子传其学者，以罗洪先为首，他的乡贯吉水，在府城东北。二人约定，各率郡邑同志，一起到府城恭迎湛老先生，居然汇聚起二三百人。

吉安北有螺山，南有神冈山，赣江从两山间穿越，流经城东。湛若水行的是水路，邹守益、罗洪先率众人在赣江边守候。

二三百人集中在江边，足以形成好大的阵势。虽然吉水有吉文水，安福有卢水，都是赣江的支流，但远不能和这条纵贯江西南北的大江相比，面对赣江，有人产生诗咏之雅兴，有人产生思古之幽情，更多的人则三五相聚，大发议论，嘈杂之声泛起。

“甘泉老九十而作数千里游，真可应一句古话。”一人说。

甘泉，湛若水自号也。

“哪句古话？”另一人问。

“老而弥坚。”前一个人一顿一挫地说出四个字。

众人纷纷附和。第三人道：“兄台这老而弥坚还有另一层含义吧？”

众人又纷纷问他是什么含义。

“甘泉老九十而嬖妾数十，非老而弥坚，怎吃得消？”第三人说。

众人从他的话里听出猥亵的味道，禁不住大笑。

邹守益狠狠地咳嗽一声，众人的笑声顿止。他又狠狠地瞪了出言猥亵的那个人一眼，那人深深地埋低下头。

他缓缓言道：“吾师在世，最头疼的是甘泉公，最敬重的也是甘泉公。你等怎么可以这样议论他！老而弥坚，甘泉老无愧于这四个字，你等赞他老而弥坚，就赞他老而弥坚，又提嬖妾作甚！你等所谓嬖妾者，我要唤她师母，你等想想，自己该唤她什么。”

“老师，我错了。”哪个出言不逊的学子说。

邹守益不理会他，又对众人说：“你等皆言甘泉老九十如何如何，我也借用一下你等这句话。甘泉老九十，犹殷殷访友，自古以来几人做得到？即此一事，可证其学识其人品。自然，甘泉老之学，与吾师之学有同有不同，且年愈老而持其不同愈坚。但我要奉劝诸位一句：古人云，宪老不乞言。甘泉老要说什么，任凭他去说，我等应之就是，切不可出一语辩论，免得惹老人家心烦。”

众人皆应诺，连罗洪先也说：“谦之先生教诲的是。”

“来，达夫，我有话问你，”邹守益说着，把他拉到僻静处，“贵同年赵元质还朝后，即举荐唐应德，可有此事？”

“有。”罗洪先应道。

“达夫可知，举荐应德何职？”邹守益问。

“听说是南京兵部主事。”罗洪先道。

“堪任大司马者，却委以兵部主事，而且在留都；能否胜任兵部主事尚不确定者，却要争大司马之位，真是滑天下之大稽。”邹守益叹道。

“谁要争大司马之位？”罗洪先已听出大概，但还要问一问。

“除你那位同年，还有谁！”邹守亦道。

“谦之先生是说，他要争大司马之位？”罗洪先不愿在称呼上对赵文华表示亲近，又不愿在称呼上对他表示轻蔑，含糊地用个“他”字。

“可不是，他还朝的第一件事就是争此，达夫不知吗？”邹守益问。

“实是不知。”罗洪先说。

“如此争脸面的事，又足供世人一哂，达夫却不知，可惜！要不要我讲与你听？”邹守益问。

“我不听，谦之先生就不讲吗？”罗洪先反过来取笑一句。

“你不听也不打紧，此间二三百人，不信无一人要听。”邹守益说。

“既如此，谦之先生不如讲与我听。”罗洪先认输。

邹守益抑制不住得意，又扯句题外的话：“对了，杨唯约也是贵同年吧？达夫那一科的故事真是多呀。”然后，讲到正题，“赵元质还朝，恰逢杨唯约告假，廷推大司马。我敢说，朝廷之上当时推出数人，十数人，乃至数十人，绝不会有人推出赵元质。孰料此公竟毛遂自荐，并且直接荐于李时言之前！也许他心里在想：杨唯约，同年也。他做得大司马，我为什么做不得？也许他心里在想：李时言，同僚也。他总得留些情面，不至于当面驳回吧？李时言果然留些情面，果然没有当面驳回。他只微微发笑，一句话也没有说。如果不是严东楼在中挑唆，这件事也许就这样了结。严东楼被赵元质拉着，一起去见李时言。他说：即不与兵书，何可笑也。赵元质这才体会到，李时言的笑，乃是哂笑。”

赵文华讦告李默，及李默案发的消息还没有传过来，否则他有更多的故事可讲。

“平心而论，他是不能胜任大司马之职的。”罗洪先议道。

“达夫这么说，好似别人都不平心而论。不过，达夫这句平心而论，也算略尽同年之谊。”邹守益道，不等罗洪先分辩，他又说，“好了，我要向达夫问应德的，不是要向达夫问他的。应德肯应诏吗？”

“应德兄曾致函我，商问出处。”罗洪先道。

“达夫如何回他？”邹守益问。

“我在回函里写有这样两句话：向已隶名仕籍，此身非我所有，今天下多事，吾辈安得以处士自居！”罗洪先当时挑灯夜书这两句话时，心潮澎湃，现在在邹守益面前口述这两句话时，同样铿锵有力。

“安得以处士自居，达夫，写得好！”邹守益由衷称赞。

江边一阵喧闹声，眼看着湛若水乘坐的船只就要靠泊。他边拉着罗洪先赶过去，边说道：“走，我们去迎甘泉老。”

邹守益、罗洪先等几个地位较重、声望较高的士大夫迎上船去，向湛若水行礼谒见。湛若水以一代宗师的身份，心安理得地接受他们的礼拜。他只对邹守益说一句：“谦之小友，你也来迎。”

听这话，有些人忍不住想笑，因为邹守益也是六十六七岁的年纪。

“早欲再睹甘泉师风采，焉能不来！”邹守益躬身道。

“枯尸腐肉，还谈得上山什么风采！”湛若水说。

蒋信过来与众人见面，招呼道：“谦之兄，达夫兄，有劳远迎。”

他早年曾师事王守仁，王守仁谪贵州时，身边只有两个学生，其中一个就是他。嘉靖初年，他贡入京师，又师事湛若水，说起来，有背叛师门之嫌。不过，一来，严格地说，王守仁在贵州时还没有开创学派，所以不好以背叛师门这样重的罪名责备他；二来，王学和湛学虽说势同水火，王守仁和湛若水的友情却始终保持，两家的弟子也没有形成水火之势。何况，蒋信是陪同湛若水来的，更须以礼相待。

“引甘泉师由湘入赣，江西士子无不感激卿实兄。”邹守益说。

蒋信字卿实，湖广常德人，嘉靖十一年进士。

“不敢当。”蒋信揖道。

“卿实，你不须和谦之他们客气，若无你相随，我来不来赣省，在两可之间，他们要是真心欢迎我来，是该道一声谢的。”湛若水说着，拒绝别人的搀扶，自己站立起来，以显示仍然康健。“谦之，引我登岸。”

“是。”邹守益应道。

上了岸，湛若水问清夹江两山的名称，指着北面的山说：“螺山颇秀。”又指着南面的山说：“神冈颇峻。”

邹守益说：“二山之秀峻，诚如甘泉师所言。然则论秀，东面的青原胜过螺山；论峻，西面的井冈胜过神冈。”

湛若水前后张望，问：“我怎体验不到？”

他主张随处体验天理，“体验”二字常常会不经意地说出口来。

“那二山离城较远。”邹守益说。

“原来如此，”湛若水遂借题发挥，“阳明子常责备我求之于外，你看，我见不到二山，怎么体验井冈之峻、青原之秀？”

他直接点出王守仁，别说邹守仁、罗洪先及江西的士人无法应之，连蒋信也无法应之，气氛很有些尴尬。

幸亏湛若水随即把话题岔开。他指着邹守益对蒋信说：“卿实，你可不要学谦之，你看他分明像个夸富的商贾，哪有半点儒者风范！”

对这类无关痛痒的话，邹守益则可以应之：“甘泉师责备的是，说起家乡山水，我就情不自禁。”

“原先只想游一游青原，谦之既然盛赞井冈之峻，索性也游上一游。卿实之意如何？”湛若水向蒋信征询是假，说与邹守益等听是真。

邹守益怎会不懂，他忙接过话茬：“如此甚好，甘泉师在吉州多盘桓几日，一来尽兴，二来也给晚辈们讲一讲功课。”

湛若水说：“兴是要尽的，但也不能住得太久，我还想去南京会会故旧呢。至于功课嘛，我是早就不讲。但今次入赣，游历还在其次，凭吊亡友的功业是首要的。阳明子一生功业，半在赣省，他如何平定逆藩，我倒可以给他的徒子徒孙们讲一讲。”

“谢甘泉师。”邹守益揖道。

“谢甘泉师。”吉安的士子们齐道。

第五百三十一章

胡宗宪步入宦途不过十八个年头，任浙江巡抚不过六个月，就被委以浙、直总督的大任。这虽在意料之中，可也着实让他感觉到压力。他以兵部右侍郎兼右佥都御史总督浙、直等处军务，可这个总督的重要，绝不亚于一个兵部尚书，绝不亚于一个掌院都御史。因为他差不多决定着半壁江山的安危。

朝廷颁诏在二月底，胡宗宪接旨就任在三月中。他料理过浙江的事务，匆匆赶去南直巡视，已是四月。所谓巡视南直，主要是苏州、松江二府，因为一直以来，南直的倭患就集中在这里，并由这里向内地深入。

胡宗宪到苏州以后，首先约见的，不是被称作苏、松巡抚的应天巡抚，不是分守道、分巡道官员，不是驻于苏、松两府的高层武官，而是巡按苏、松御史周如斗。

周如斗是浙江余姚人，嘉靖二十六年进士。第一个被胡宗宪约见，他心情稍稍不安；可胡宗宪约他在太湖舟上会面，他又顿觉轻松。驾舟游湖之际，总不会给他颜色看吧。

胡宗宪一身常服，让他感到，自己的衣着太庄重。

“允文，”胡宗宪唤着他的字，说，“我不过想游一游太湖，品尝品尝苏式菜肴，何须如此郑重！该不是想以官欺民，省却舟酒钱吧？”

“一则，我在苏州非止一日，还从来没有驾舟品肴；二则，既然租赁民舟，备下酒、菜，再多的银子，也是该付的。”周如斗辩道。

“如此说来，舟银酒银由允文付给？”胡宗宪笑道，“承请，多谢，我就不和允文客气。”

“汝贞先生初莅姑苏，这个东我是该作的，”周如斗说，胡宗宪和他嘻嘻哈哈，他也和胡宗宪嘻嘻哈哈，“不过，游舟之上，用具粗陋，恐怕没有金玉之器可供使用。”

“不要紧，我有玉杯。”胡宗宪一招手，大郎捧上一个样式独特的匣子，打开一看，里面整整齐齐摆放着四只玉杯。

“汝贞先生前者宴请几位大人物，使用的就是它吗？”周如斗问。

“不错，就是它。”胡宗宪道。

周如斗看匣子里被四只玉杯充满，奇怪地问：“不是说，被巡视大人扔进江里两只吗，怎么仍然完整无缺？难道传言有讹？”

“传言无讹，是我设法弥合，”胡宗宪道，“原有六只杯子，装在一个大匣子里。后来少了两只，装在大匣子里，空空荡荡，不成模样。我就换一个小匣子，看上去仍是完整一套。古人有削足适履者，我不会那么傻，我乃量体裁衣。”

“高明之至，”周如斗赞罢，又问，“此盏得来不易，就不心疼吗？”

“心疼什么，是我占便宜呀。”胡宗宪说。

“汝贞先生此话怎讲？”周如斗愈发好奇。

“这套酒器，我原来是打算馈赠元质先生的，他扔进湖里两只，是扔自家之物？我为何要心疼？他扔两只，酒器不成一套，我只得自己留下。我这不是占便宜吗？”

“不错，是汝贞先生占便宜，”周如斗附和道。他开始觉得胡宗宪谄媚，有些看不起他，现在领教到他的灵活和豁达，不由大为敬服。

二人对着一小几，分宾主坐下。小几上摆着几碟下酒的菜，一只插着鲜花的瓶子，一只装满酒的壶，两只酒盅。胡宗宪吩咐收去瓷盅，取出两只玉杯，在自己和周如斗面前各放一只。接着，他伸手拿酒壶。不想，这时湖面上起浪，游艇左摇右晃，花瓶倒下，酒壶歪向一旁，眼看也要翻转。胡宗宪手快，将它扶住。酒壶仍歪着，酒从壶嘴滴落。

“汝贞先生，别动。”周如斗叫道。

“怎么？”胡宗宪问。

“此景乃一上联。”周如斗说。

“是吗？允文说说看。”胡宗宪道。

“瓶倒，”周如斗先说两个字，顿了顿，又说三个字，“壶撒尿。”

胡宗宪把它联成一句：“瓶倒壶撒尿。谐而不谑，好。”

“汝贞先生可有谐而不谑的下联？”周如斗以为会难住他。

恰好舟工摆弄尾舵，好稳住游艇。那舵太旧，吱吱呀呀作响。

“有了！”胡宗宪也学周如斗，先说两个字，“舵响，”再说三个字，“舟放屁。”

周如斗把它联成一句：“舵响舟放屁。虽非谐而不谑，亦工而不恭。”

“好一个放屁的周大御，今日却要喝尿。”胡宗宪道。

“好一个撒尿的胡都堂，今日却要闻屁。”周如斗道。

二人击掌大笑。胡宗宪带来的五个健郎和周如斗带来的两个家人，站在舱外，听他们撒尿、放屁地说个不停，无不捂嘴而笑。

等笑够，游艇也平稳，二人开始观赏船舱外的湖景，品尝渔家自酿的烧酒和家常菜。因为近年来太湖不甚太平，游览只限在湖边一带。

酒过三巡，周如斗郑重其事地问："汝贞先生道我放屁，有他意吗？"

"他意？何谓他意？"胡宗宪没听明白。

"我那本勘实战况的奏章，绝不是放屁。"周如斗更加郑重其事。

"我并未道允文那本奏章是放屁呀。"胡宗宪说。

"汝贞先生不怪罪我？"周如斗问。

"允文勘实的是苏、松战况，与我有什么干系？"胡宗宪道。

"可我得罪赵工部呀。"周如斗说。

"允文一到，我看神色就不对，原来是为这件事。来，你饮干这盅酒，听我分说。"胡宗宪给他斟酒。

"大人，是尿。"舱外有人冒出一句话。

"尿也要饮。"周如斗笑着饮酒。

"允文大约以为，我一跃而巡抚，再跃而总督，皆得力于元质先生；故得罪元质先生，我要兴师问罪吧？"胡宗宪说出周如斗的心里话，"允文这样想，大谬矣。不瞒允文说，我自视甚高，以才干而论，胜过张都堂、周都堂、李都堂、杨都堂等十倍。恕我直言，也胜过允文一筹。在总督任上，我能建立伟业；在巡抚任上，我也能建立伟业；在巡按任上，我同样能建立伟业。有元质先生举荐，我职位大升；没有元质先生举荐，我同样会职位大升。所以，元质先生虽于我有知遇之恩，但他是他，我是我，我不会因为有人得罪他而大动肝火，而兴师问罪的。"

周如斗静静地听着，心想：看来，自己对这位胡都堂知之不深。

胡宗宪又说："退一万步说，我即使和元质先生同仇敌忾，也不会为允文那篇奏章来兴师问罪。允文知道为什么吗？"

"不知，请赐告。"周如斗道。

"因为你帮元质先生一个大忙呀。"胡宗宪说。

"我帮他大忙？"周如斗听这话，好不糊涂。

"我这么说，也不是放屁，允文只要想一想近来朝廷上的人士纷更就明白。"胡宗宪道。

人事纷更？内阁没有变化，各部堂官有所变动，听说赵文华升工部正卿。但这与自己的奏章有什么关系呢？

“允文还没有明白？”胡宗宪原原本本讲起来，“允文上疏，元质先生惊恐，乃反劾吏部正堂时言先生。时言先生下狱，皇上命吕阁老署吏部。吕阁老欲有所作为，考察两京大臣。工部正堂万里先生列得一等，改掌吏部，元质先生遂得扶正。允文请看，这许多事件一环扣着一环，而第一个环节，乃那本勘实苏、松战况的奏章。我说你帮元质先生一个大忙，不假吧。”万里是吴鹏的字。

“实在想不到，朝廷上人事纷更，我却是始作俑者，”周如斗大叹，“汝贞先生既不兴师问罪，日后再勘，说不定就真要得罪阁下。”

“这我不怕，”胡宗宪道，“好，允文若不疑他，我们来谈正事吧，”

“汝贞先生要问苏、松的倭情吧？”周如斗揣测。

胡宗宪点了点头，问：“倭贼二月复据柘林，已查清其底细了？”

“是，”周如斗应道，“两股倭贼，各万余人，二月会于柘林。从南面来的一股，首领叫徐海；从北面来的一股，首领叫陈东。”

“徐海字明山，我闻名已久。”胡宗宪说。

“明山？似是释家法号。”周如斗说。

“他可不是和尚，”胡宗宪说着，讲述其人情形，“他和王直本在一处，我着蒋生、陈生招抚时，他率部离走，去向不明。年初我在绍兴击败一支倭贼，据称即徐海所部，他自宁波外洋而至绍兴，看来就是想重据柘林。至于陈东的名号，从来没有听说过。”

“有人说，他是王直出洋时留在江北的余孽，也有人说，他和徐海本是一股。”周如斗提供一些传闻。

胡宗宪并不太看重这些传闻，他说：“陈东是王直一部，还是徐海一部，现在不重要。他原是王直一部，未必肯和王直一起归顺；他原是徐海一部，未必就不能招降。现在要紧的是，”他顿了顿，问道，“徐、陈会合后趋向何处？”

“尚难断定，”周如斗说，“既盘踞柘林，华亭、上海等县城被袭是难免的。上月，倭贼在南汇登陆，欲犯上海，一败于任大参，再败于董副镇，终败于俞总镇。此后，苏、松一线尚属平静。”

他说的任大参，即原苏、松道兵备副使任环，因功，升苏、松分守道参政；董副镇，即镇守苏、松副总兵董邦政，曾因击倭不力免官，上月复职；俞总镇，即原苏、松副总兵俞大猷，他在上月升为镇守浙江总兵官，兼辖苏州、松江数郡。

“这我知道，此役后，倭贼即窜入浙东，慈溪遭攻劫。”胡宗宪说。

“汝贞先生记得这是哪一天的事吗？”周如斗问。

“记得，是本月十一日，”胡宗宪记得这么清楚，自有原因，“那一天我正赶往松江途中，为安顿浙兵，还耽搁一天。”

“所以我说尚难断定：十一日倭贼攻劫慈溪，而十三日即有大股倭贼约三千人攻劫镇、扬，焚毁漕粮三万余石，十六日，该股倭贼又分攻通州、无为二州。”周如斗说。

“允文的意思，倭贼有转入江北之势？”胡宗宪听懂了他的话，“江北，乃至山东沿海，以前也有过倭贼出没，不过都是小股，动以数千人攻袭，还不曾有过。允文做此判断，提醒的好！不过，对苏、松一线仍不可掉以轻心，倭据柘林，终是心头大患。我要和明崖兄、任应乾及各官好好议上一议。”

明崖是新任应天巡抚张景贤的字，他也是嘉靖十七年的进士。

“是，汝贞先生所虑周全。”周如斗说。

第五百三十二章

浙江按察司提学副使阮鹗，在一个月里，经历由悲而喜、由喜而悲，又由悲而喜、由喜而悲的过程。先是升任广西布政司参政。一般而言，这是件可喜之事，因为副使升参政，差不多是几率最高的升迁；但对阮鹗而言，这却是件可悲之事。副使升参政，正四品升从三品，只升半级，而自浙江调广西，自人间天堂至化外之地，就不知相差几个等级。

他暗自抱怨上苍不公，抱怨朝廷不公。他并非没有善政呀，并非没有德政呀。想当年，倭贼、海寇逼近杭州，四郊乡人纷纷向城里逃难，杭州有司担心混入奸细，紧闭城门，不肯接纳，任凭成百成千的难民在城下哭天号地。是他，本该提督学子的副使，将剑架在守城官员的脖子上，逼迫他们将城门打开，放难民进城。看他一手持剑，一手抵住城门，自有一股英雄气概。那一刻，不知救活多少人！就凭这一善政，这一德政，他不该有更好的升迁吗？

他觉得上苍不公，朝廷不公，还有一个原因：他是安庆府桐城人，和胡宗宪小同乡；他是嘉靖二十三年进士，比胡宗宪只晚两科。二人一任副使，一任巡按，一向交好；赵文华巡视江南，对胡宗宪很是倚重，他对赵文华，以及对胡宗宪很是巴结。胡宗宪一升巡抚，二升总督，他为什么只能去广西任参政。

很快，上苍显示公正，朝廷显示公正，就在他要远赴广西时，朝廷降下新旨，命他接任胡宗宪，以右佥都御史巡抚浙江。

封疆大吏的位置坐上，广西不必去，心情由悲而喜。

但他没有高兴太久。甫接任，倭贼大举犯浙，集中在嘉兴。阮鹗为浙江巡抚，有守土之责，不得不亲赴嘉兴坐镇。胡宗宪为总督，驻扎在嘉兴之外，与他成掎角之势。他开始感到，不去广西，升至封疆，似乎也不是什么可喜之事。

所幸驻嘉兴的游击将军宗礼，英勇骁健，手下三千训练之卒，能征善战，在崇德城外三里桥三战三捷，使阮鹗稍觉宽慰。宗礼是常熟人，世袭千户出身，积功署都督佥事。

就在他准备写报捷疏、设庆功宴时，忽从三里桥方面传来噩讯：宗礼阵亡，三千人马溃散。阮鹗的心一下沉到底。

三里桥是崇德县的要冲，也是邻县桐乡的要冲。宗礼鏖战时，阮鹗准备亲赴崇德督阵。宗礼败没，他不敢去崇德了，改驻桐乡。倭贼、海寇闻得桐乡城里有偌大的官，弃崇德而趋桐乡，将该城围住。

运河流经桐乡城北，徐海、陈东坐在运河边，观望部属攻城。

“今日若攻陷桐乡，抓获那个叫阮鹗的都堂，海哥声名远播，就要胜过老船主。”陈东说。

“东兄在想自己的名声胜过五哥吧？”徐海说。

“我？”陈东说，“我可不敢奢望胜过老船主。海哥胜过老船主，我能胜过今日的海哥，足矣。”

“东兄原来胸无大志，这可要让我小觑你，”徐海取笑他。但又说，“不过，要胜过五哥，我一生不作此想。”

“海哥为何英雄气短？”陈东问。

“你不见五哥受胡制帅礼遇，这一步又走到我们前面？”徐海道。

“怎么，海哥欲效仿老船主？”陈东问。

“那也须待时机，现在却说不好，”徐海含糊其词，他不想再谈论这个话题，指着城门那边问，“东兄，你看弟兄们是怎的？”

桐乡的城墙不太高，用不着那种攻城用的正式云梯，只要把两三截民用的小梯捆绑起来，架在墙上，就可以攀登。徐海、陈东的部属准备好几架这样的梯子，眼看就要攀上墙头。可不知城里什么人出的主意，煮沸几大锅铁水，从城头倾倒下来。铁水浇到弟兄们身上，只听他们惨叫一声，瞬息间烧成黑炭。铁水浇到木梯上，瞬息间燃起。

“好个歹毒的阮某人，我抓住你，生啖之！”陈东气恼地说。他再不想徐海能不能胜过王直，自己能不能胜过徐海，而想着怎样生擒阮鹗，怎样折磨他，以解心头之愤。

“海哥，再架梯子吧。”他说。

“好。”徐海应道。

到城郊村里去找现成的梯子，不如自己制作梯子。陈东指挥弟兄们就近伐树的伐树，锯木的锯木，以备制梯。而城里也在搜集铜、铁、锡、铅等物，找到什么就冶炼什么，以备煮汁。于是，攻城与守城的较量，变成制作土梯和冶炼金属的比赛。金克土，看来攻城的一方胜算不大。

徐海见自己的亲信在不远处招手，走过去。

“何事？”他问。

“请公子随我去见一人。”那心腹说。

“何人？”徐海问。

“走吧，公子见到她就知道，”那心腹说。

备料和攻城，有一人督促就够了。徐海对陈东说声“去那边走走”，然后和心腹一起纵马，跨越运河，向更北面的另一条河驰去。那河有一个不雅的名称，叫烂溪。河不宽，名称不雅，却是通衢，北达吴江县莺脰湖，西达湖州浔溪。烂溪的北岸有一小镇，叫皂林。皂林巡检司是桐乡县唯一的哨卡，可巡检司的官军早不知去向，哨卡现被徐海部控制。

镇里一间小屋，屋里坐着一女子，徐海的心腹要他见的，就是她。

徐海上下打量该女子，见她姿色不过中等，但气质不凡，尤其在他进屋时，她不卑不亢地瞥他一眼，又毫不在意地把目光移开。这给他很深的印象；但他仍不明白，心腹把自己带到这里来，玩的是什么把戏。

“公子看她像谁？”心腹问。

徐海重新打量她，没有看出来。

“对了，我忘记人不可貌相这句话，”心腹说着，吩咐那女子，“此即我家公子，还不快快请安！”

那女子顺从地站起来，双手握在左胸前，道：“公子万福。”

徐海猛然想起她像谁，二人的容貌相去甚远，但声音宛如一人。

“请教姑娘芳名。”他上前叙话。

“小女子姓王名翘儿。”那女子道。

“可是翘楚的翘？”徐海问。

“是，但以小女子技艺，实当不得这个字。”那女子说。

“王姑娘习何技艺？”徐海问。

“琵琶。”那女子道。

“可否雅拨一曲？”徐海道。

那女子知道这不是商量，而是指令。她取过随身携带的琵琶，弹拨起来，并伴着悠扬婉转的琵琶声，吟唱小曲。

徐海再无可怀疑了，那吟唱声，和他曾经听过的绝无二致。他问：“王姑娘曾于苏州习艺？”

“公子如何得知？”那女子第一次露出惊愕之色。

徐海却只管问：“有一位张姑娘，识得吗？”

“公子问的是少华姐姐吧？我们曾同师习艺。”那女子道。

“难怪每吐一字，皆相仿佛。”徐海自语。

“仅是仿佛而已，少华姐姐原籍南京，幼时曾流落齐鲁，后又回到江南，我则是临淄人，自幼流落江南。”那女子说。

“姑娘怎么到的此间？”徐海又问。

“少华姐姐离开苏州后，我为恶少欺凌，在苏州城里住不下去，故流落至此，不想得遇公子。”那女子说。

“此即缘分，”徐海说着，吩咐心腹，“好生服侍王夫人，若有闪失，我拿你是问。”

“是，”心腹应一声，不无得意地说，“公子将张姑娘献与王首领后，怏怏不乐，我一直想再找出个张姑娘。好不容易找到，怎会闪失。”

胡宗宪督兵驻扎在杭州城北的栖唐镇。协守浙江副总兵官卢镗向他请命：“应荐先生五次告急，在下愿率一军驰援。”

“好，好。”胡宗宪一边应着，一边仍办手上的事情。

“在下明日一早动身，如何？”卢镗问。

“好，好。”胡宗宪仍是让人不知其意地应着。

“那么，在下告辞。”卢镗把这当作总督大人已经应允。

“好，好，”胡宗宪应两声后，忽然说，“何不今晚动身？”

卢镗想不到他更急，愣了愣，说：“也好，我这就去招集军士。”

“好，好，”胡宗宪又似无话。等卢镗就要退出营帐时，他忽然问，“卢将军是不是怕阮都堂守不住城？”

卢镗不好回答，他愣了愣，说：“那倒不是，阮都堂坐镇桐乡，应该不会让贼人得手吧。”

“既如此，卢将军急什么？”胡宗宪问。

“在下是想，阮都堂三番五次告急，怕是有难处。”卢镗说。

“如果桐乡这等小邑守不住，这个都堂阮先生没有脸面做下去，”胡宗宪说着，终于放下手上的事情，“卢将军，驰援桐乡不是什么急事，来，请坐，我正有事要与你计议。”

卢镗遵命坐下。阮鹗在任副使时和升任巡抚以后，都对胡宗宪的招抚提出过异议，也算是督、抚不和吧。卢镗估计，胡宗宪想借桐乡被围的机会，给阮鹗点苦头吃，迫他改变看法。这未免把国事当作儿戏了吧！

胡宗宪好似看透他的想法，说："阮都堂该吃些苦头。"

"是。"卢镗嘴上应的是"是"，脸上写的却是"不然"。

胡宗宪又似看透他的想法，说："这岂不是把国事当作儿戏？卢将军，把国事当作儿戏，就是把自己的性命当作儿戏，我可不想拿自己的性命开玩笑。让阮都堂吃点儿苦头，正是以国事为重。"

"是。"这回，卢镗脸上写的是"是吗"。

"徐、陈二倭，分多合少，合在柘林，分则南北。今合于槜李，是个难得的机会。我欲他二人在桐乡城下多合些时日，让阮都堂多吃点儿苦头，才好施计。"胡宗宪问，"卢将军，你听我说的有没有道理？"

"是。"卢镗脸上写的是"不无道理"。

"卢将军，你看该如何施计？"胡宗宪问他。

"二倭合兵，方好施计，都堂要施离间计吧？"卢镗道。

"好厉害的卢将军！"胡宗宪赞道，复问，"卢将军，如何离间？"

"厚一人薄一人，即可离间。"卢镗说。

"好法子！"胡宗宪赞道，复问，"当厚徐薄陈，抑或厚陈薄徐？"

"当厚徐薄陈。"卢镗说。

"为什么？"胡宗宪问。

"徐海名重而陈东名轻，厚徐，陈或随风而行；厚陈，徐必怒而不从。此其一也。徐势重而陈势轻，厚徐，可借其力除陈；厚陈，其力不足以除徐。此其二也，"卢镗说罢，揖道，"在下妄议，不值一哂。"

"这两个理由已经足够，不过我还要加上一个理由，"胡宗宪说，"对徐海，我知如何厚之；对陈东，我尚不知如何厚之。前者，听说徐海得一江南名妓，转眼间送与王直，我还道他不好女色；近日忽闻，他在桐乡得一女，亲昵无比，如获至宝。这就有机可乘。"

"都堂欲以美人计助离间计？"卢镗道。

"使得吗？"胡宗宪问。

"浙江多美女，如何使不得！"卢镗道。

"好，"胡宗宪果断地处置道，"陈可愿、夏正就要出洋与蒋洲会合，我请他二人先去会一会徐海。"

夜深人静，陈东席地而坐，一壶一盅，独自斟饮。攻城一天，他的部众，除了值夜巡逻的少数人，或者带着无处用力的疲惫，或者带着劫后余生的恐惧，都酣然入睡，他却无法入睡。

“何人？”亲近护卫警觉的喝问，打断他的思绪。

“是我。”他听到的是熟悉的话音。

“麻老二吗？”他起身迎过去。

来人叫麻叶，徐海属下书记，也是陈东最亲近、最信任的首领。

“东哥，已查过，弟兄们所言不虚。”麻叶喘着气说。

“来，坐下说。”陈东拉他回到原地，给他斟一盅酒。

麻叶一口喝干，抹了抹嘴，说：“官府的人还留在那边，徐明山殷勤款待。胡都堂差来两人，一人叫陈可愿，有人认得他，说去五岛说降老船主的有他；另一人叫夏正，是个指挥。”

“狗屁指挥！”陈东粗鲁地骂一句，“他原是老船主手下的一名通译，后降官家，颇受胡都堂赏识。不过，他这个指挥一定是假的，已经当过贼了，官家还真能重用吗？”

“东哥说的是，”麻叶接着讲下去，“陈可愿、夏正馈赠徐明山许多珠宝，还有两个美女。他们传胡都堂的话：徐首领新纳美妇，特赠丑女以衬其美。可徐明山周围的人都在私下里议论，这两名女子，比那个琵琶女美得多。”

“明山自诩文雅，他爱的正是琵琶，而非其人，”陈东说着，又问，“明山接受珠宝和美人？”

“照单收纳，一样不拒。”麻叶说。

“他们可曾，可曾——”陈东不知该怎样问。

“东哥是问，他们可曾有密议？”麻叶替他问，“这倒没有听说。陈、夏只说，胡都堂敬重徐首领，欲与之结好。不过，人心难测。徐明山既然收受馈赠，谁知道会不会有私下交易？还要防他不利于东哥。”

陈东点头认可。他心里想：明山呀明山，你我枉自结拜一场。你要归顺官府，我不生气，也不阻拦，也不是不可商议。但我前两天问你时，你还一口否认，怎么却私自与官家结盟！

“唤醒弟兄们，我们即刻撤出桐乡。”他命道。

第二天天明时，城里人惊喜地发现，城外的倭贼、海寇少一半。接着有一个更大的惊喜，徐海归还了掳去的二百多民人，也率部撤去。桐乡之围遂解。

第五百三十三章

许论想安慰沈良才："朝廷此诏，虽然让德夫先生有些为难，但总可以看出皇上对江南局势的极端关注，也可以看出皇上之倚重。还望德夫先生赴任后有所作为。"

"廷议先生不必多说，我心里有数。"沈良才说。

沈良才需要安慰有好几个理由。一是他庶吉士出身，却从来没有进过翰林院，甚至没有任过退而求其次的礼部官员。二是他嘉靖三十三年任兵部右侍郎，左侍郎翁溥升南京刑部尚书后，朝廷宁愿虚其位，宁愿起用受过相当严厉处分的谢九仪，而不将他改左。第三就是今天的事，朝廷忽有旨，命沈良才提督浙、直军务。兵部侍郎差出督战，原本是符合常理的，问题是，现在的江南，既有辖制浙、直各路兵马的总督，又有各负其责的应天巡抚和浙江巡抚，他这个新增的提督浙、直军务的钦差算怎么回事？是对督、抚一并辖制呢，还是介于总督和巡抚之间？

沈良才却知道其中的奥秘，至少对后两事看得很清楚：他任兵科都给事中时，曾和众多科、道官一起，弹劾过严嵩。如果说，严嵩当时还没有力量对所有的弹劾者施以打击，但以后不便对所有曾经弹劾过他的官员施以打击，那也不会让他痛痛快快迁转。不信请看，谢九仪改户部侍郎，不是仍没有让他改左吗？

放一外任，远离严氏父子，对他来说，未尝不是件好事。

严嵩着人唤赵文华来议事，严世蕃问："大人找他作甚？"

"皇上降谕，命他以江南倭事对，我要当面交代一下，让他好好想一想如何应对。"严嵩说。

严世蕃冷冷一笑："大人以为，他还有应对之词吗？"

"东楼一味取笑元质，是何用意？"严嵩有些不快。

严世蕃分辩："我并非取笑他。他奉差巡视倭情前所上七策，有五策受教于我；他还朝后所言倭事，泰半由我筹划。他知道的，已经说尽；再要他说，不会有什么新意。"

“那好啊，你就再为他筹划筹划吧。”严嵩说。

“我可以再为他筹划筹划，不过我看，今日之事，不但要为他筹划，还要为大人筹划。”严世蕃意味深长地说。

“在说元质的麻烦，怎么又扯到我身上？”严嵩道。

“这么说，大人不需要我筹划？”严世蕃问。

他等于在肯定，这件事一定和严嵩有关系。严嵩虽没有意识到，和自己有什么关系，却不敢肯定和自己没有关系。

“你先说个明白，为什么要为我筹划。”他说。

“不，我先说个明白，为什么要为元质筹划，”严世蕃却说，“元质还朝时，曾以倭事对，今还朝已半载有余，又谕他以倭事对。今之倭事与前之倭事大不相同，他如何应对？以今之倭事对，他如何详知？以前之倭事对，皇上还要听吗？皇上今谕他以倭事对，分明是疑他前所对者。我不为元质筹划，元质危矣。”

“东楼说皇上疑他前所对者，有依据吗？”严嵩问。

“有，”严世蕃说，“周御史勘上苏、松倭事，与元质所对大相径庭，皇上不疑元质，就该降罪周御史；即或当时不降罪，元质躐位公卿后也该降罪。而皇上至今对周御史未加处分。”

皇帝不处分周如斗，不一定就是怀疑赵文华，但不管怎么说，这两件事之间可能是有联系的，严嵩要认真想一想。

“我已说明白，大人可听明白？”严世蕃问。

严嵩微微点头，没有吱声。

“好，我再说个明白，为什么要为大人筹划，”严世蕃说，“元质巡视倭情，是大人极力举荐的；元质还朝所对，是大人极力推许的。皇上疑元质，大人不会连坐。但皇上降罪元质，大人保不保他？大人保他，皇上会疑大人有私；大人不保他，是承认前之举荐、推选皆错。我不为大人筹划，大人危矣。”

严嵩被两个“危矣”说得心惊肉跳，他问：“东楼先为我筹划，还是先为元质筹划？”

“一并筹划。”严世蕃说。

“怎讲？”严嵩问。

“元质被疑，大人受牵连，本是一而二二而一的事。筹划一策，分两步走，可矣，”严世蕃说，“皇上命沈德大提督浙、直军务，沈德夫这两日还在交接部务，幸未动身。可着元质速请视师江南，这是第一步。自倭乱以来，还没有人敢请缨。不管皇上疑不疑元质，对他此请一定是赞赏的。大人再言，沈德夫不堪重寄，江南军民引颈而望元质。不管皇上如何看待大人前之举荐、推许，对大人这一举荐、推许一定是赞赏的。于是，大人不危矣，元质不危矣。”

他吹嘘得玄而又玄的筹划，说穿了，亦不过是趋利避害的普通伎俩。但他能看出何者为利何者为害，能找出趋利避害的正当理由，却不是每个人都能做到的。严嵩愈发感到离不开他。

翰林院侍读学士康太和，字原中，福建莆田人，和沈良才同是嘉靖十四年的进士和庶吉士。二人平素交往不多，所以，沈良才外放提督后，康太和虽然有许多话要和他说，但迟迟没有过访；直到再不去那些话可能就来不及说，他才找上门去。

“德夫兄，还没有离京吗？”问的是一句很迂阔的话。

“原本定的昨日离京，但兵部事繁，又无佐卿，廷议先生要我助他料理一两日，只好推迟，”沈良才解释两句，让道，“原中兄，请来这里坐。”他把自己的座位让给康太和，等他坐定，又说，“闻得这两日尊体欠安，未敢打扰，反而有劳原中兄。”

“德夫兄若是别的差事，也就罢了，”康太和咳嗽几声，证明他确实有病，然后说，“德夫先生这趟差事，我非来不可。”

“原中兄有什么嘱托吗？”沈良才忙问。

“说不上嘱托，略尽心意而已。”康太和展开携带来的一卷图纸，道，“德夫兄请阅此图。”

这是一张海图，以一条曲线为界，左面为陆地，由下至上，标明温州、台州、宁波、松江、通州等州郡；右面为海洋，近陆地处，标明三座山的名称，远处一座是马迹山，近处在下的一座，是天衢山，近处在上的一座，是扬山。三山成三角状，鼎足对峙。

康太和说：“我请教过许多浙、直士人，都道此三山至为要害。倭贼远来，必经马迹山；欲至宁波、温州、台州，必经天衢山；欲至乍浦、吴淞江口、刘家河，必经扬山。三山地势，岸可列寨，水可泊船。官军若于三山屯驻，彼此策应，倭来迎击之，倭去邀绝之，则倭患指日可平。”

“原中兄是说，欲平倭贼，需将其截之于海外？”沈良才问。

“正是此意，”康太和说，“倭夷乘海舟而来，舟小人多，破之不难。待其登岸之后，倚巢为固，遂不可制。我师向来不曾截之于海上，但攻之于巢穴，故屡战而不胜。赵元质曾论及海攻，但未截之于要害处，故收效甚微。今献此粗陋之图，以壮德夫兄之行。”

沈良才郑重地接过图纸，揖道：“多谢原中兄赐图，我一到江南，当和汝贞先生、应荐先生辈议处三山屯守事。”

沈良才得提督浙、直军务的差事，不能说全无情绪。康太和的造访和一番言谈，使他从个人的情绪中解脱出来，开始认真考虑倭事。

但皇帝却用不着他考虑。五月八日，即前旨下达后的第四日，又降新旨，命赵文华视师。沈良才仍任兵部右侍郎。赵文华举荐多人从军，其中包括工部的得力郎中陈茂礼。

第五百三十四章

俺答部今年提前犯边，六月中，俺答亲率三万余人，深入宣府。他策马而行时，谋主丘富、周原跟随在后。

“此地我去年曾到过。”他用马鞭指着前方几成废墟的城堡说。

“大汗说的是，那是张家堡。”丘富应道。

“对了，去年在城南山谷曾与官军恶战。那一仗，官军大败，我伤亡亦重，”俺答回忆起去年的战事，并问，“丘先生，周先生，官军姓张的那个将领叫什么？”

“张纮。”丘富道。

“宏大的宏，还是洪水的洪？”俺答问。

“都不是，是这个纮。”丘富边说边在手心比画。

“这个字，两位先生可没教过我。”俺答说。

论学问，周原比丘富要强。他说：“这个字不常见，指冠冕上的纽带，有时也和宏大的宏通用。”

“若说他是皇帝老儿冠冕上的一条纽带，这顶冠冕还看得过去，”俺答既称赞了张纮，又贬损了皇帝，随后又说，“不过，他这条纽带碰到我这颗冠冕上的明珠，就要黯然失色。”

说罢大笑。丘富、周原随他笑一阵，丘富赞颂道：“大汗随机应变，不仅让他黯然失色，而且让他命归黄泉。”

“不，我不过处变不惊，随机应变的是你二人。”俺答说。

去年九月，俺答率部在张家口堡以南和官军相遇，官军约三千人，将领是延绥游击将军张纮。他在山口设下埋伏，将俺答前部千余人围住，准备一举歼灭。不想，俺答随调大部万余人，反将官军围住。此役颇为惨烈，官军全军覆没，俺答部死伤亦众。

“随机应变不难，难的是处变不惊，”周原说，“若说随机应变，张纮被大汗围困后，断然下令，将士不许取首级，也算随机应变了。”

大明朝论军功，要验首级，官军为抢头功，有时会因争夺首级而互相争斗。不取首级，等于放弃军功。可在当时的情势下，不取首级，一心杀敌，是保存自己的唯一办法。周原对张纮下这一军令很敬佩。

丘富与他辩道："不取首级，难道就不可以算作处变不惊吗？"

俺答喜欢听他二人在自己面前争论。一方面，争论表明他们对自己的讨好、谄媚、忠诚、敬畏，这是他驾驭汉人所需要的；另一方面，从他们的争论中，他也可以悟出一些道理。当他们争论到争论不下去的时候，就如现在，给张纮一个什么样的评价才算准确，恐怕只能争论不休，他才会加入到争论里去。

"好了，二位先生不要再争，依我看，这条冠冕上的纽带，既可谓随机应变，又可谓处变不惊，如何？"他说。

"大汗说的是。"丘富、周原道。

俺答顺势转个话题："我听说朝廷年初更换新的宣、大总督，可有此事？可是为张家堡败绩？"

丘富说："更换新的宣、大总督是有的，却不是为张家堡的失利。杨司马死了父亲，是要守丧的，许都堂被召回任司马。"

"官军在张家堡大败，许都堂未受处分反而升官，这可不好，"俺答说着，问周原，"周先生，你说呢？"

"是，"周原应道，"许都堂被处分或升官，新督都要小心应付职任。但许都堂被处分，新督战战兢兢，必不敢使各将应战；许都堂升官，新督气势高涨，必严督各将应战。况且新督江都堂巡抚过辽东，又总督过陕西三边，更对我不利。"

他担心的是，新任宣、大总督江东，在北边日久，比许论还难对付。

俺答原来只是一种感觉，经周原分析，他才有了具体的理解。他不甘心地说："许都堂位高权重，汉家天子可以不处分他，对宣抚刘都堂，总要处分吧？"

"大汗说的是，去年底，刘都堂罢，换成张都堂。"丘富说。

"可是为张家堡之役？"俺答问。

他们说的是先后任宣府巡抚的刘廷臣和张涣。

"好像也不是。听说，刘都堂乃因病去官。"丘富说。

"总督也不处分，巡抚也不处分，好生奇怪！"俺答道，他问周原，"周先生，你道为何？"

"我想，是因为官军虽然大败，朝廷却不以为败。"周原说。

"三千人覆没，还不以为败？普天之下，焉有是理！"俺答不解。

“三千人覆没，固是大败，可是——”周原不好说下去。

“是因为我们也死伤许多人？”俺答明白他的意思，趾高气扬地说，“那好，我再杀他数千人，自己少死少伤，看他处分不处分！丘先生，周先生，你二人为我好生筹划。”

第五百三十五章

礼部和都察院，一在东，一在西，一论礼，一论刑。冯璋和礼部右侍郎袁炜难得碰到一起，既碰到了一起，定要拉住他说说话。

冯璋字养虚，嘉靖十七年进士，浙江慈溪人，现官都察院福建道掌道御史。嘉靖十七年的进士，内则侍郎，外则督、抚，像他这样仍任御史的，大概应算在缓升之列。不过，都察院是个兼容并蓄的衙门，既有新科进士，也有二十年以上的老侍御，因此，他在升至佐卿的同年兼同乡面前，完全用不着含羞自卑，无地自容。

“懋中兄，讨教一事。”冯璋说。

“不敢当，养虚兄有何见教？”袁炜道。

“福建开通番舶一事，兄以为如何？”冯璋问。

“福建、浙江二市舶司虽革于嘉靖初年，而广东市舶司未革，今闽人众口一词，请开市舶，想来朝廷应顺从民意吧。”袁炜的词句不很坚决，但态度是很明朗的。

“懋中兄真以为可复设？”冯璋的口气很不以为然。

“怎么，养虚兄以为不可复设？”袁炜反诘道。

“自然不可复设！”冯璋的口气一下变成不容商量。

“是何道理？”袁炜问。

冯璋早把理由想得很充分了，他侃侃而谈：“懋中兄但知嘉靖初年，我皇上革二市舶司，存一市舶司；却不知太祖高皇帝时，市舶司设而全革，盖良有深意。《大明律》内一款：凡缘边开塞，及腹里地面，但有奸细走透消息，探听事情者，得实皆斩；经过去处守把之人，故纵隐匿者，与犯人同罪。又一款：凡将牛马、军需、铁货、铜钱、缎匹、绢丝，私出外境，货卖及下海者，杖一百，物货船车并入官；若将人口、军器出境及下海者，绞，因而走漏事情者，斩。又《问刑条例》一款：官员军民人等，私将应禁军器，卖与夷人图利者，斩为首者，仍枭首示众。又一款：官民人等，擅造二桅以上违式大船，将带违禁货物下海，正犯处以极刑，全家发边远充军。其明刑敕法，无非患防未然。懋中兄请想，历来直、浙、闽、粤之通番者，哪一个不犯各律？懋中兄再请想，今直、浙、闽、粤之祸乱，哪一件不印证祖宗之英明？福建市舶怎可复设！”

“养虚兄又引《大明律》，又引《问刑条例》，叫我这个法司之外的人，不好再议。不过，福建有司谓，开通海舶，以资物货；礼科谓，许开通番舶，照常抽税，以资国用，也不是全无道理吧？”袁炜道。

“有道理吗？”冯璋嘴一撇，不屑地说，“福建有司或礼科诸给谏主张复设市舶，是何心机，我不妄评；若说‘以资物货’、‘以资国用’有什么道理，我深谓不然。”

“是吗？”袁炜也撇了撇嘴，“那就来听一听养虚兄的道理。”

“道理有二：利未得而害先至也，利虽至而害益大也。”冯璋说。

“何谓利未得而害先至？”袁炜问。

“这么简单的道理，懋中兄也要考一考我？”冯璋哂道，“一旦开税，华夷无界，略无禁阻。况且福建福州、兴化、泉州、漳州四府，沿海地方两千余里，尽可泊船，与荆州、芜湖等江上之关不同，既称通番之人，必是积年在海强徒恶少，藐视官法，躲名匿税。官府不免拘拿，因而拒捕伤人，又须调兵征剿。这不是利未至而害先至吗？”

“何谓利虽至而害益大也？”袁炜问。

他不问，冯璋也要接着说：“其他勿论，我且为懋中兄说火器。番中本无盐硝火药、铳炮器具。后因中国之人违禁带出，以济番人之用。今若明开通税之门，略通互市之法，火铳火药，公然交易，是持其柄而授之人也。这不是利虽至而害益大吗？”

袁炜听得不耐烦，说：“又是利未至而害先至，又是利虽至而害益大，养虚兄既道福建市舶司不可复设，不复设就是。”

“那么，这番道理足以使懋中兄膺服？”冯璋高兴地问。

“什么膺服！实不相瞒，养虚兄的宏论，我七成没有听进去；三成听进去，也不知所云。”袁炜说。

“市舶之复否，乃国家大事，懋中兄为何心不在焉？”冯璋责备道。

“在养虚兄，或是大事；在我，不值一虑。”袁炜满不在乎地说。

“那么，何者为懋中兄的大事？”冯璋问。

“一言难尽，”袁炜正苦于找不到最简单的话来解释，看着冯璋，忽然灵机一动，他说，“那要借用养虚兄的字讳言之。我还要作一篇惊世之作，以助皇上养虚，恕不奉陪。”

说着，也不管冯璋的话是不是说完，一揖而去。

冯璋看着他离去的背影，猜不透他要写什么样的宏文。不错，袁炜写的玄文，还有翰林院新老学士郭朴、严讷、李春芳等人写的玄文，是大内斋醮时不可缺少的。但玄文写得再华丽，也只是玄文而已，能称为宏文吗？靠着他们写的一篇一篇玄文，就能解决普天下的大事吗？

肉食者鄙，他想起了这样一句古话。

第五百三十六章

挂有钦差字样的大船靠泊在山东临清码头时，自山东巡抚以下的文武官员，叙话的叙话，请安的请安，送席的送席，馈赠的馈赠，无不赶来迎候。赵文华态度倨傲，有一句没一句地搭上几句话，好似这些人都有求于他、而他无心应酬似的。

他唯一下船送客的一次，送的是山东巡抚刘采，因为刘采也是封疆大吏，而对他又很恭顺，他总要给人家留一点儿面子。在下船的时候，他看到距他的船不远的岸边树下，站着一位老者，正向他这边张望，想过来，又不敢过来。等该见的官员都见过，他命人把老者唤上船来。

“老丈，你要见我吗？”赵文华问。

“是。”老者说。

“为何不来求见？”赵文华问。

“来往的都是官人，小老儿没有身份，不敢求见。”老者说。

“为何不径去？”赵文华又问。

“主人差小老儿叩见大老爷，未曾叩见，不敢径去。”老者说。

“你家主人姓甚？”赵文华问。

“姓徐。”老者答。

赵文华摸不清底细。在山东的地界上，居然有一个姓徐的官员，自已不来迎候他，却差个老仆来迎候他，这是他万万没有想到的。此人是谁？难道是徐阁老的亲属在这里做事？他居何官，难道朝廷或首相在这里还安插其他重臣？

老者见他不语，复言道：“主人差小老儿投上名刺。”

“快快呈上！”赵文华迫不及待地说。

一看名刺，他又是好气又是好笑。原以为是个什么了不得的人物，却是在山东治河的工部郎中徐九思！好气，因为小小郎官竟敢不把堂堂的钦差放在眼里；好笑，因为徐九思向以憨直知名，不值得为他生气。

“你家主人还记得，他在工部支俸吧？”赵文华道。

“记得。主人常说，他是工部的郎官，不把治河的差事办好，没有颜面再吃这口皇粮。”老者回答。

“他还记得我是工部的正堂吗？”赵文华问。

“记得。主人说，大老爷若非工部堂官，日后在衙门里还要相见，这张名刺不送也罢。”老者回答。

赵文华无话可问，气恼地说：“好一匹犟驴子！”

“大老爷在说小老儿吗？”老者马上接过话去，“主人常责备小老儿脾气太犟，得改一改，不然要吃亏。小老儿就说：性情与生俱来，谁改得了！于是他就不再责备小老儿。”

“老丈，我没有说你。犟驴子是要叫给人听的，你叫起来，有谁会听？”赵文华口气一转，说，“不过，你在本官面前，对答如流，全无惧色，也不简单。”

“那有什么，比大老爷再大的官，小老儿也见过，也是对答如流，全无惧色。”老者说。

“老丈说的是谁？”赵文华问。

老者说：“夏阁老，他比大老爷的官要大吧？不过，小老儿见夏阁老时，他刚触霉头，不像大老爷今日春风得意。主人因他是同乡前辈，本想送些银两与他路上使用，可实在是一文钱也挤不出来，只得命小老儿去路上伺候他。想起来，这已是七八年前的事。”

赵文华忽然感觉到一阵烦躁不安。也许他想到，老者当年见到的夏言，不但触霉头，而且行将就戮。他由此联想到，宦途无常。

几天以后，老者回到兖州府东阿县西南的张秋镇。弘治二年，大河在开封决堤，冲入张秋段运河，致使运道堵塞。朝廷命有司集二十五万役夫，于七县修筑长堤，以卫张秋。竣工后，张秋镇改名安平镇，但运河或淤或溢，并未一劳永逸，人们仍习惯地称它为张秋镇。

老者是在河边见到徐九思的。徐九思正看着河道出神，见了他，招呼他过去，问：“你可知这是条什么河？”

“不知。”老者说。

他正要禀告叩见赵文华的经过，徐九思却兴致勃勃地说起来：“此河名马颊河，又名小盐河。我也闹不清，这两个名称，哪个更像正式名称，哪个更像俗名。它向东流入大清河。你看，运河就在它左近，奇怪的是，这两条近在咫尺的水路从来没有连通，也从来没有人想过把它们连通。将二水连通，漕渠溢时，可排入小盐河，经大清河而入海，这不是个最简单的常识吗？我看，连通二水后，安平镇方可真正安平。”

见老者并无兴趣，他才想起问一句：“找我有事？”

“老爷差我行数百里路，叩见赵大老爷，忘了不成！”老者愤道。

“哎呀，你不说，我还真忘，”徐九思拍着脑门说，又问，“见到赵司空没有？他怎么说？”

“他骂老爷是匹犟驴子。我想自己认下他的责骂，他不答应，我也没有法子。”老者说。

“被大老爷骂一句，也没什么，”徐九思说，“他还骂别的吗？”

“没有，他只说，老爷有今天不容易，他不与老爷计较。”老者说。

“大老爷不计较，何其幸哉！”徐九思说。

“老爷何其幸哉，我替老爷受辱，何其不幸哉！”老者说。

“是，以后再有这等事，我自去受辱，不着你去了。”徐九思说。

他近乎讨好，让老者警觉起来。

“老爷，又有什么事要央求吧？”他问。

徐九思尴尬地笑几声，道：“我们把这月的肉钱省下来，如何？”

“作甚？”老者问。

徐九思讲其用途：“十年前，湖广巡按御史包节包元达因论劾中官廖斌，被放逐庄浪卫。不久前，他死于戍所。我想买一只鸡一壶酒遥祭。”

“我不记得老爷见过这位包御史的面。”老者说。

“不错，我与他素未谋面。”徐九思说。

“老爷和他有文字之交？”老者又问。

“也没有。”徐九思说。

“老爷那么多人不祭，为什么偏偏要祭他？”也难怪老者不甘心，须知，徐九思立下的规矩，一月只开一次荤。

“元达先生有风采，有至情，我仰慕已久。”徐九思略带伤感地说，“我连祭他用的冥联都想好了，八个字是：不愧明时，无负此心。”

“吃不吃肉是老爷的事，老爷作主吧。”老者说。

第五百三十七章

胡宗宪送与徐海两个美人，说是侍候王翘儿的，徐海当然不会真拿她们当作丫环。其中一美人，徐海唤她绿珠，不但貌美，而且善于逢迎，尤得宠爱，地位仅次于王翘儿。

这一日，绿珠领了一名青年男子，去见王翘儿。

“夫人，他要见你，不知怎么找到我那里。”绿珠说。

王翘儿看来人面熟，并朦胧记得他的姓氏，便说：“你是华——”

来人点点头，说：“姐姐还记得华家小哥？叫我五郎吧。”

“真是光阴似箭，昔日小哥已长成五郎，”王翘儿叹道。复问，“五郎现今在做什么营生？”

“不瞒姐姐，我现今在胡都堂身边当差。”来人说。

“什么？”王翘儿惊叫起来，并紧张地看绿珠一眼。

“你在胡都堂身边当差，怎么不对我说？早知如此，我就不领你来见夫人了。”绿珠欲辩清白。

王翘儿根本不相信她的清白。一来，她扭捏作态，难以取信；二来，她是胡宗宪送给徐海的，会不认识胡宗宪身边当差的人？但王翘儿不想戳穿她。让她扭捏作态下去，说不定还有好处。

“五郎既在胡都堂身边当差，又来见我作甚？”她问。

“一来，胡都堂道姐姐是个重情重义之人，二来，我与姐姐是旧识，故甘冒风险，潜来姐姐处，望姐姐与我一同劝说徐公子归顺。”来人道。

“如何劝说？”王翘儿问。

“可劝说徐公子缚麻叶以献。”来人道。

王翘儿认为这是行不通的：“徐公子待弟兄向来宽厚，麻老二是他属下书记，他怎肯缚麻老二以献？”

“徐公子宽待麻叶，却不知麻叶是不是忠于徐公子。”来人说。

“五郎这话什么意思？徐公子赞麻老二忠诚可信。”王翘儿说。

“好一个忠诚可信！麻叶曾将徐公子收纳姐姐和这位绿珠姑娘的事密告陈东，徐公子知道吗？姐姐知道吗？”来人道。

“有这事？”王翘儿不信。

“没有这事，陈东怎么会对徐公子起疑心？”来人道，“缚麻叶以献，正是为徐公子除去隐患。”

王翘儿认为还是不行：“徐公子向来不轻疑部属，靠你我的一两句话，他不会相信麻老二叛他而就陈首领。”

“所以，还要靠姐姐的一番说辞。”来人道。

“我的一番说辞？什么说辞？”王翘儿问。

“麻叶叛徐公子而就陈首领，全是为姐姐。他想得到姐姐，而姐姐却为徐公子所有，故他存有报复之心。”来人授以说词。

“有这事？”王翘儿惊道。

“姐姐说有这事，则有这事，”来人道，“姐姐凭空说麻叶将徐公子身边的事情密告陈首领，徐公子难以相信，麻叶对姐姐不轨，是姐姐亲身经历的，徐公子还会不信吗？”

王翘儿听出这是他编造出来的故事，冷笑着说：“胡都堂赞我重情重义，却要我陷徐公子于无情无义！”

“话不是这样说，”来人道，“一则麻叶无情无义于前；二则徐公子犯的可不是一般的事，如果不立几件像样子的功劳，就算胡都堂放过他，朝廷能放过他吗？就算朝廷放过他，浙、直百姓能放过他吗？胡都堂真为徐公子好，才给他指出一条立功的路子。别说麻叶的确有负于他，就算麻叶并无过错，姐姐也该劝说徐公子缚他以献。”

王翘儿不出声，显见被说服。来人也不催他，绿珠沉不住气，几次想开口，再加上一把火，都被来人用眼神止住。

“绿珠妹妹，你说呢？”倒是王翘儿想听她的说法。

“全凭夫人作主，”绿珠说，“贱妾自知没有出头之日，只得随遇而安。姐姐在大都市里风光惯，流落于此，岂不可惜？再者，姐姐要作重情重义的人，帮助徐公子脱离苦海，不正是大情大义吗？”

王翘儿叹口气，道：“风光之类的话不要说，那也不过是过眼烟云。但要我下半辈子就混迹夷类，我还真不甘心。”

胡宗宪如今见客，处处显出尊贵威严，不是昔日的情景；但对远道赶来的罗文龙，他仍然是亲热有加。

“江南抚局，我已办成一半，可谓信人吧？”他说。

“是，是，”罗龙文应道，“所以我才以江南总督一职来酬谢嘛。”

二人握手欢笑。罗龙文说：“这是笑话。江南总督一职不是我酬谢汝贞兄的，此命半出自朝议，半出自汝贞兄知己，与我无关。”

“相公与公子提携之恩，如同再造，胡某必有以报之，就是罗兄不辞劳苦，穿引其间，我也须臾不敢忘。”胡宗宪说。

“汝贞兄有一日交出一个活着的王五峰，就算报答东楼公子，也算应酬小弟。”罗龙文说着，一屁股坐下。

“王五峰的事迟些再说，罗兄要不要徐明山这个活口？”胡宗宪问。

“怎么，汝贞兄已经擒获这个和尚？”罗龙文吃惊地问。

“尚未擒获，但这个和尚已是我囊中之物，”说到这里，胡宗宪忽然觉得话里有不对头的地方，“等等，你说徐海是个和尚？”

“曾经是和尚，”罗龙文纠正，“他幼年出家杭州虎跑寺，住持老和尚赞他有慧根，教他识字读书，大有以衣钵相传之意，但他耐不住寺院的清苦，成年后还俗。”

“原来如此，怪不得有人说明山二字有释家气象。”胡宗宪想起和周如斗在太湖的那次宴饮。

“汝贞兄说他已为囊中之物，何意？”罗龙文问。

“徐明山的事迟些再说，我这里有一个麻老二，罗兄识得吗？”胡宗宪又转问另一个人物。

“没见过面，只知他是徐明山的心腹。”罗龙文说。

“那么你看，擒获徐海，有了几成机会？”胡宗宪问。

“麻叶虽是徐海的亲信，但要通过他擒获徐海，至多也只有三成机会吧。”罗龙文并不乐观。

“可麻叶是徐海缚来献我的，你看有几成机会？”胡宗宪问。

“他竟会做出这等蠢事？这可不是他一贯的做派，”罗龙文说着，伸出一指，“瞧在他做蠢事的份上，再给你增加一成机会。”

“我再让麻叶写一函，罗兄，你看还能增加机会吗？”胡宗宪问。

“写函给徐明山？”罗龙文反问。

“不，写给陈东，劝他出兵击杀徐海。”胡宗宪道。

“使二酋为敌，汝贞兄此计大妙！”罗龙文算计道，“陈东有举动，徐海少一臂膀而官军得一奇兵，我看，又多了三成机会。”

“不会多五成吗？”胡宗宪问。

“不会有那么多。”罗龙文道。

“如果我不把信送与陈东，而是让徐海自己得到它呢？”胡宗宪问。

“汝贞兄的意思，不是让陈东谋徐海，而是让徐海谋陈东？”罗龙文琢磨出了胡宗宪的用意，“让徐海自剪羽翼，这就更妙了。汝贞兄想再多要五成机会，我就许与你吧。”

“翘儿，你说胡都堂是何等人物？”徐海问。

“公子为什么这样问？”王翘儿反问道。

“他总督军务之前，我们兄弟亲密无间；他总督军务之后，弟兄们一个一个都靠不住。”徐海说。

“公子疑胡都堂用诈吗？”王翘儿问。

“以前曾疑过，如今却疑不得，”徐海摇着手里的信函说，“麻老二的字迹我认得，此函一定是他写的！”

“他写了些什么？”王翘儿问。

“他要东哥践前约，出兵袭我。”徐海述道。

“践前约？看来，麻老二与东哥果然要加害公子。”王翘儿说。

“他不念旧情，我也就顾不得许多！”徐海把手里的信函捏成一团，狠狠地说，“我决心先下手，让他二人去官家的牢里合谋害我吧！”

徐海将陈东缚献官府后，率部退据平湖东南的乍浦。出乎他意料的是，胡宗宪没有给他喘息的机会，立即命俞大猷率官军捣毁他在乍浦的巢穴，使得他的部属损失过半。除了归降，他别无选择。

提督军务的尚书赵文华、浙直总督胡宗宪、浙江巡抚阮鹗、浙江巡按赵孔昭等聚在平湖城里，准备受降。

赵文华一见赵孔昭，脸立刻拉了下来。

“子潜，一年后相见，你还在按浙，可叹可悲。”他挖苦道。

赵孔昭字子潜，顺德府邢台人，嘉靖二十三年进士。

“一年后相见，汝贞先生已是大司空，可喜可贺。”赵孔昭回敬道。

“我若一年前即大司空，子潜就不会不念及我的舐犊之情吧？”赵文华道。

“那我就会更堂而皇之地对各位同僚说：大司空谓我，毋得与寒士争进。”赵孔昭道。

去年秋闱，赵文华之子与试。试前，他恰视师浙江，对赵孔昭说：“老夫舐犊，奈何？”各省乡试，巡按御史是监考官，他是想赵孔昭对他儿子给予关照。赵孔昭应道：“别说老先生舐犊，下官亦舐犊。”赵文华以为这是含含糊糊答应下来，孰知进考场时，赵孔昭却对各官说：“司空谓我，毋得与寒士争进。”因他这一句话，赵文华之子竟未录取。赵文华对他的怨恨自不用说。

胡宗宪时为巡抚，阮鹗时为提学副使，都知道这件事。不同的是：阮鹗以为赵孔昭的话是真的，而胡宗宪深知绝无此事，但赵文华既然没有当面托付与他，他也犯不上插手。现在，两人都在想着，怎样化解这一场风暴。就在这时，大郎进来，伏在胡宗宪耳边低声说几句。

“什么，竟有这等事！”胡宗宪喝道。

众人的注意力一下被吸引过来。赵文华问：“汝贞，出了何事？”

“徐海已到城下。”胡宗宪告诉众人。

“不是约好明日到吗，怎么今日就到？”阮鹗首先显露出惊慌。

“不但提前一日到，而且，以数百之士列阵城外，自请率百余酋长，衣甲入城。”胡宗宪说。

众人听后，一阵沉默。

“徐海此举，恐生不测，还是不要让他入城吧。”赵文华首先说。

阮鹗立即拥护：“不错，他毁约于前，当拒之。”

连赵孔昭也说：“二位大人所言甚是。”

如果在两天以前，胡宗宪也许不会争执。但现在受降的时间、地点都已确定，临时改动，不但造成自己的混乱，也让徐海起疑。若因此而起变故，那就太不合算。

“徐海提前一日到来，还算不得毁约。率百人衣甲入城，虽然略显过分，但设身处地为他想一想，也在情理之中。如果连这也容不得，岂不显得我们太小气，也太没有诚意？我意，提前入城和百人衣甲入城，均可应承他。”三言两语说明自己的想法，他才安抚赵文华，“当然，贼人无信，也不可不防，元质先生地位尊贵，尤其不可有闪失。我衙门里有五位壮士，各怀绝技，让他们护卫在元质先生身边吧。”

赵文华听他这么说，不再坚持己见。

赵文华、胡宗宪、阮鹗、赵孔昭依次端坐在大堂上。徐海被五郎引入，在四位大人面前跪倒叩头，口称："天皇爷恕顽民死罪。"这话不知是他自己想出来的，还是什么人教与他的。给四人行过礼后，他窥见赵文华身边站立四位壮汉，欲单独行礼。五郎微微摇头，向坐在赵文华旁边的胡宗宪努了努嘴，于是，徐海转向胡宗宪单独行礼，口称："天皇爷恕顽民死罪。"

胡宗宪起身走向徐海，摸着他的头说："你苦江南久矣，今既决心归顺，朝廷将予宽赦，你切不可再为孽。"

"顽民不敢。"徐海叩头道。

"好，"胡宗宪点了点头，说，"今日我要你做的第一件事，是代我安抚你的属下，进了城的百余人，没有进城的数百人，一概有赏。"

"谢都堂大人。"徐海道。

"我要你做的第二件事，是择地安顿属下，"胡宗宪又说，"乍浦你不能再住，你看住在什么地方好？"

"顽民欲率部住在沈庄，以听候大人召唤。"徐海说。

"可以。"胡宗宪道。

阮鹗说："汝贞先生，沈庄距城太近，是不是——"

话说到一半，被胡宗宪打断："他既归顺，便是朝廷赤子，怕什么！"又对徐海说，"沈庄有东西之分，以河为界。你率部住在东沈家庄，不可越过河去，在西沈家庄滋事。"

"是，顽民绝不越河一步。"徐海说。

"元质先生，有何吩咐？"胡宗宪问。

赵文华摇头，他一挥手，五郎引徐海退下。

"汝贞先生不许他过河，是何用意？"赵孔昭问。

"西沈家庄我还要安顿他人。"胡宗宪说。

"可是安顿俞将军，为避免冲突，故以河为界？"赵孔昭问。

"差矣，我要以西沈家庄安顿陈东余党，而不是安顿俞将军；我以河为界，不是为避免冲突，而是为两庄火并。"胡宗宪说。

八月二十五日，两件事凑在一起，一件是徐海让人送到督府二百金，请代为购买米酒；一件是永顺、保靖两支土兵赶到平湖。胡宗宪开始实施他的计划，一面命人在米、酒里掺泄药，一面让陈东写封信，乘着夜色，送到西沈家庄。

西沈家庄大乱，陈东党人无不痛骂徐海歹毒，竟在暗中约会官军，剿灭他等。有人潜入东沈家庄打探消息，回称，徐海命人护送两位夫人去城里，显然是以她二人为人质，约官军出动。

从东沈家庄进城要经过西沈家庄。陈东党人拦截住王翘儿、绿珠一行，并押解她二人，往东沈家庄兴师问罪。

西沈家庄的数百人把徐海住的宅子团团围住，高声鼓噪："徐海奸贼，要我等死；我等既死，尔俱死耳。"徐海的属下吃了米、酒，早已泄得毫无气力，有少数情状较轻者，反唇相讥，彼此由口斗变成徒手相斗，又由徒手相斗变成械斗。就在他们闹得不可开交时，永、保土兵杀到，将东、西两沈家庄的海贼一举歼灭。徐海知不可免，投水自尽。

钱塘江里，一队官船载着永顺土兵调防。船队之中，有一只大船，是专供永顺土首领使用的。船上除土首领、数名亲兵、数名婢女之外，还有胡宗宪赏给土首领的王翘儿。

陪着土首领喝过酒、给土首领唱过曲、又让土首领在寻欢中酣睡过去之后，王翘儿倚窗而坐，陷入沉思。

当徐海决定把她和绿珠送去督府时，她以为从此可以结束流落生涯，凭着说服徐海归顺的巨大功绩，可以有一个崭新的生活，因此心里充满希望。被陈东党人截获以后，她的第一个希望落空。

当永、保土兵喊声震天，杀至东沈家庄的时候，她希望土兵以及土首领们知道她的身份和作用，把她奉为上宾。但永、顺土兵只是把她当作一个女俘，她的第二个希望落空。

沈家庄之役的第二天，胡宗宪在辕门举行盛大的庆功酒宴，要她自弹自唱，为大家助兴。她看得出来，她的曲音打动许多人。连胡宗宪也被打动，在曲声中，他拔出宝剑舞起来，舞到她身边时，甚至耳鬓厮磨，惹得全场欢笑不已。她以为，许多人都以为，胡宗宪会把她留在身边。胡宗宪是高官，是英雄，留在他身边，哪怕作个婢女也好。她是这么想的。可是，酒宴结束以后，胡宗宪就把她赏给永顺土兵的首领，把绿珠赏给保靖土兵的首领，她的第三个希望落空。

希望一个一个落空，等待她的会是什么样的生活呢？她将成为永顺土首领诸多姬妾中的一个。不错，她是总督大人赏给的，土首领可能会对她另眼相看；不错，她讨男人喜欢的技巧高人一筹，可能会有宠于土首领。但她仍然是土首领众多姬妾中的一个。拿永顺土首领与徐海相比较，一个略带文雅之气，一个粗鲁不堪，庸俗不堪；一个视她为红颜知己，一个不过视她为女人，视她为玩物。舍此而从彼，她为什么会做出这样的选择呢？

明山遇我厚，我以国事诱杀之。杀一酋而属一酋，我还有什么脸面生于世间！她痛心疾首地呼叫着，投入江中。

二、道君天子

第五百三十八章

在灵济宫里挂衔支俸、来自南阳、年过八旬的通妙散人梁高辅奉召入侍。与皇帝见过礼后，他说："贫道观陛下今日面有戚色。"

"你观得不错。"皇帝说着，命近侍将一份奏章送给梁高辅看。

奏章是前驸马都尉邬景和写的。称他前驸马都尉，是因为他已经被黜为民。驸马都尉是公主的夫婿，以此而言，是不能革的，即使犯不赦之罪，被砍了头，也不能说他就不是公主的夫婿；驸马都尉又是一种官品，以此而言，是可以随时革去的。永福公主卒于前，皇帝将邬景和黜为民，就更没有什么顾虑。皇伯考孝宗皇帝有三女，除长女死得早，永福公主和永淳公主都是由皇帝精心选取驸马的，可见他对这两位堂姐看得很重。永福公主若在，对邬景和的处分也许不会这么严厉。

也难怪皇帝处分得严厉。他存心提高邬景和的地位，命其入值西苑，邬景和却不领情，不仅不用心撰写玄文，而且在大内斋醮时，不等礼成，就中途退出。皇帝还是没有计较，让他和诸臣一起受赏赉。他又上疏，说什么"无功受赏，惧增罪戾。乞容辞免，使洗心涤虑，以效他日马革裹尸、衔环结草之报。"斋醮过后，连"马革裹尸、衔环结草"这样不祥的句子都写出来，皇帝再容不得他，把他赶回昆山老家。

今年的八月十日，是皇帝的五十寿辰。皇帝念屋及乌，由永福公主想到邬景和，恩准他入京恭贺。圣诞之后，他呈进皇帝才阅过的奏章。

近侍是新近才在皇帝身边侍奉的小宦者，从未见过梁高辅，梁高辅伸手接邬景和的奏章时，他禁不住叫出声来。

"为何惊慌？"皇帝不悦地问。

近侍指着梁高辅的手指，说不出话来。只见他的指甲有数寸长。

"大约是我的长甲吓住他，"梁高辅代近侍回奏，又对该近侍说，"我的性命全在十指上，我修性命，须得养好这十指。”

“卿的指甲又长吗？”皇帝问。

“比上次见陛下时，又长一分。”梁高辅说。

皇帝还想问他什么，想了想，却说：“卿且读此疏。”

邬景和写道：臣私省公主坟墓，丘封翳然，荆棘不剪。臣自念托命贵主，独与逝者魂魄相吊于数千里外，不得春秋祭扫，拊心伤悔，五内崩裂。惟陛下幸哀故主，使得寄籍原卫，长与相依，死无所恨。

梁高辅读罢，低头不语。

“梁卿之见如何？”皇帝问。

“邬景和不敬天地，有负陛下，贫道亦深恶而痛绝之。不过，看这本奏章，他已然知错。”梁高辅点到为止。

“卿言甚是。朕既许他入贺，为何不准他此请呢！”皇帝道。

梁高辅知道，这件事就这样定下来，用不着再说。他问：“陛下方才听贫道讲修性命时，有话问贫道吗？”

皇帝点了点头，说：“朕近日读一书，上面写道：儒家之教，教人顺性命以还造化，其道公；禅宗之教，教人幻性命以超大觉，其义高；老氏之教，教人修性命而得长生，其旨切。朕这几日都在思量这几句话，故听你说到修性命，便想问你，这话对不对？”

“这是尹真人的话，怎会不对！”梁高辅道。

“尹真人也主张三教并重，岂不贬损自家？”皇帝大惑不解。

提倡儒、释、道三教并重，是眼下的时尚。儒家、佛家因皇帝独尊道教，因而提出这个主张，以确立本教地位，这还好理解；道家的大师一级的人物也会附和这一主张，却难以理解。

“贫道想，尹真人所处之世，与今时不同，所以，他主张三教并重，未必是贬损自家，说不定还提高了自家。”梁高辅说不准尹真人是哪个朝代的人，只好含糊带过，下面的话，他则想得很清楚了，“不过，尹真人虽则主张三家并重，却也分出了三家的高下。”

“此话怎讲？”皇帝问，并说，“一个是其道公，一个是其义高，一个是其旨切，朕看不出有什么高下。”

“其道公，其义高，其旨切，都是虚的，顺性命，幻性命，修性命，才是实在的话。”梁高辅道，他具体解说，“顺性命，那是说儒教顺而不争。让他寿数长则长，短则短，让他体魄强则强，弱则弱。幻性命，那是说释教幻而不实。其欲寿数长、体魄强，皆存于虚幻之中。唯独我道教，对性命顺而争之，幻而实之。我道教的顺、的幻、的争、的实，都坐实在一个修字上。寿数短者可修之长，体魄弱者可修之强。陛下看，修与顺、与幻相比，不是有高下之分吗？”

“梁卿这一段解说得甚好，朕茅塞顿开。忠孝真人荐卿于朕，实为朕之大幸。”皇帝龙颜大悦，顺便问道，“真人一向可好？”

忠孝真人的全称是清微翊教辅化忠孝真人，乃皇帝赐予徽王载埨的封号。第一代徽王是英宗皇帝第九子，藩国在河南钧州。载埨是第四代徽王，善于逢迎。梁高辅最初投于徽府，因皇帝宠信羽士，载埨把他献于朝。皇帝对梁高辅愈宠，对载埨愈亲；对载埨愈亲，对梁高辅愈宠。二人联系密切，皇帝想知道徽府的情形，总是问梁高辅。

不想，梁高辅这次答非所问：“有张世德者，自南京归府，染微恙。”

皇帝皱了皱眉头，问：“张世德是谁？”

“陛下一无所知吗？”梁高辅显得很惊慌。

“朕内廷外廷均无张世德，如何得知？”皇帝道。

“贫道说走嘴，陛下恕罪。”梁高辅明知非说不可，还是想遮掩。

“怎么，解说一个张世德，比解说三教并重还难吗？”皇帝责道。

“事关贫道旧东家，贫道不忍言之。”梁高辅说。

“难道你就忍心对朕欺瞒？”皇帝道。

“真正难煞贫道！”梁高辅叫起屈来，稍停片刻，他狠了狠心，说，“贫道宁肯背主，不敢欺君。陛下，张世德即忠孝真人。”

皇帝早已料到答案，可听梁高辅说出来，他还是禁不住要问：“梁卿是说，徽王擅离藩地，去了南京？”

“贫道也只是道听途说，不知真伪，”梁高辅道。

皇帝的情绪一下低落。藩王离藩出走，大坏规矩，何况是到南京这样重要的都市，这是他情绪低落的一个原因；这等重大事故，陆炳竟没有禀奏，难道也是一无所知吗？这是他情绪低落的另一个原因。

他失去谈兴，梁高辅自然不会主动谈论什么。

陶仲文到访，大出陆炳意料。他迎上前去，道：“连皇上都谕曰：陶师已足不出户。怎么今日竟肯驾临敝衙？”

“自然是要给督帅找一些小小的麻烦，”陶仲文开句玩笑，又郑重地说，“麻烦是真的，督帅肯不肯帮这个忙？”

陆炳要在平常，早就痛痛快快地答应下来，可今天多个心眼，他说：“有什么麻烦，陶师且说说看。”

“不是有个叫耿安的河南人投到锦衣卫告变吗？我就是为他的事而来，请督帅平息徽府的官司。”陶仲文说。

“莫提它，莫提它！若为徽府的麻烦，陶师就不必说！”陆炳说着，原处立定，大有把陶仲文拒于衙门外之势。

陶仲文一愣，不是涵养好的话，一定要出言相诘。他只是淡淡地说：“督帅不肯帮这个忙，我只好自己向皇上面陈。”

“不是我不肯帮忙，实是这个忙帮不得，”陆炳说着，顿了顿，又加上一句，“陶师听我一句劝，自己也不要过问这件事。”

“这是为何？”陶仲文问。

“陶师只知耿安告变，可知他告的是什么变？”陆炳自问自答，不过问的声音响亮，答的声音低沉。“他只说两件事，可他说的每一件事都足以致命。”

“是哪两件事？”陶仲文问。

“一言王爷出窥南京形势，一言王爷刺探万岁起居。”陆炳说。

“小民不知厉害，胡言乱语也是有的。”陶仲文道。

陆炳把头摇得像拨浪鼓：“耿安可不是胡言乱语。王爷是在南京买了四名女子，四名女子的姓名他说得出来；王爷在南京城外王庄驿被拘留，王庄驿吏卒的姓名他说得出来；王爷差人长住京师，五日一报皇上起居，长住京师人员的姓名他说得出来，以上均可查证，均已差人去查证，谁敢以胡言乱语四个字蒙混过去？”

“这个耿安有如此深的心机，下如此大的工夫，身后一定有指使之人。”陶仲文肯定地说。

“陶师所言极是，他对指使之人供认不讳。”陆炳道。

“是谁？”陶仲文忙问。

“是他家里的女娃。”陆炳说。

“他女儿？”陶仲文大惑。

“不错，”陆炳点了点头，“他只有一女，被王爷强拉进王府，活活捶死。如此深仇大恨，陶师想，还用得着别人来指使吗？”

“这位王爷不知检点，路人皆知。他强拉民女，这不是第一个；他刑人致死，这也不是第一个。”陶仲文说。

“陶师说的是，耿安与王爷有杀女之仇，若仅他告变，皇上未必相信；但他之告变，不过证实另一告变，皇上就不会不信。”陆炳说。

“另一告变？还有谁告变？”陶仲文问。

“此人就在陶师身边，陶师不知吗？”陆炳道。

“是他？”陶仲文在手心写个梁字，见陆炳点头，他说，“难怪督帅称帮不上忙，看来王爷难逃此劫。此人等这个机会不知等待几久！”

“他在等这个机会？王爷对他不是有举荐之恩吗？”这回是陆炳大惑不解，“我听皇上身边的人说，他无意中吐露此事，懊悔不已。”

“无意中吐露？”陶仲文冷笑一声，道，“督帅切莫信感恩图报之言！王爷的举荐之恩，是前日的事。”

“那昨日的事又是什么？”陆炳问。

陶仲文说：“有人称此人廉谨，可我看他是善于作伪。皇上服用他的丹丸有效，每有赏赐，他皆力辞不受。王爷举荐他，想他酬谢，也在情理之中。可他推辞皇上一次次赏赐，拿不出像样的东西酬谢王爷，甚至拿不出像样的东西应付王爷的使臣。一来二去，王爷对他有看法。适逢皇上向他索取丹丸，一时炼造不出，他知道徽府藏有此物，派人去要。因有前面的龃龉，王爷自然也不会给他，而是给我。他好不容易才应付过去皇上的索取，督帅想，他那句话会是无意中说的吗？”

“这等伪善之人，以后真须防他！”陆炳不禁听出一身冷汗，也明白了陶仲文为什么要过问此事，“不过，防他是防他，为王爷申辩是为王爷申辩，陶师还要仔细斟酌。不瞒陶师，为王爷私闯南京之事，万岁对我严加训饬，所以我才劝陶师不要过问此事。”

“知道了。”陶仲文用不着仔细斟酌，也知不能过问此事。

不一日，河南抚、按官的奏疏至，除私往南京、窥测皇帝起居两件大事外，还有夺士民居宅，掘城外坟冢，营造无度，杀害无辜等项。九月初十日，法司论罪，皇帝命司礼太监黄锦赴钧州宣旨，将载埨废为庶人，禁锢高墙。

礼部尚书吴山和左侍郎茅瓒正在衙门里闲谈，祀祭司郎中杨豫孙匆匆而入，随随便便招呼一声“曰静先生”“邦献先生”，便说：“徽府的事今日终于有结果。”

“不是早有结果吗，幼殷怎说今日才有结果？”吴山问。

“早有的结果是朝廷的处置，我今日听到的是徽王不等送解高墙，就自行了断。”

杨豫孙说。

“怎么回事？”吴山、茅瓒对此都很关切。

“我才听黄公公讲，他和潘都堂等至徽府宣旨时，大门紧闭，好不容易叫开门，只见王府内一片狼藉，徽王和正妃沈氏、次妃林氏均自缢而死。”杨豫孙述道。

潘都堂指河南巡抚潘恩。据说，黄锦昨晚回到京城，“才”听到已经是非常之快。这个消息迟早会散布开来，但黄锦不会在这个消息散布开来之前，随便将其散布。至于他首先把这个消息告诉杨豫孙，那就一点儿也不奇怪，因为杨豫孙与徐阶的关系极为密切，不仅仅是同乡，不仅仅是门生，不仅仅是心腹，还可喻为家人。

茅瓒叹道：“该王虽犯有罪恶，但以善待士人而言，宗室中无过其右者。落得这样一个下场，真有些可惜。”

“落得这样一个下场，恐怕不只因为他本人的罪恶，他还在为其先人赎过。”吴山说。

他说的是十多年前的一桩公案。那时的徽王还是载埨的父亲厚爝。厚爝和载埨一样，颇具文人气质，特别爱琴，一方面四处搜集古琴，一方面延请名师制作新琴。制琴的师傅有他这座靠山，难免做出些鱼肉乡里、蔑视官府的事，因而和知州陈吉交恶。陈吉和厚爝互讦，厚爝有陶仲文为内应，官司有赢无输。陈吉下诏狱，连累河南巡抚骓昂、巡按王三聘一起被逮治，骓昂死于杖下，王三聘、陈吉戍边。

封疆大吏死于藩王讦告，震动朝野。那时，吴山是一名翰林官，戍边的王三聘还是他的同年，他对此事一直耿耿于怀。

案发时，杨豫孙还在江南读书，他是后来从案牍中读到这桩案子的。吴山说载埨在为先人赎过，不无道理，可他更关心的是对后事的处置。

“该王不但在为先人赎过，恐怕还断先人的香火。”他说。

果如其言，载埨之子安阳王、万善王等均被革爵，他们和其他尚未封爵的弟妹们一起，迁居开封，受周王约束。徽藩被革除。

第五百三十九章

翰林院侍读唐汝楫、光禄寺丞白启常听说严世蕃患病，相约去探视。白启常字伯伦，常州府武进人，和唐汝楫同是嘉靖二十九年进士。见唐汝楫带着一棵尺把长的人参，他问："思济兄带它作甚？"

"东楼有病，送与他补一补。"唐汝楫说。

"好好的一个思济兄，可惜在翰林院里坐糊涂。"白启常说。

"我怎么糊涂？"唐汝楫问。

"东楼体壮如牛，体肥如那个，怎会有病？""体肥如猪"说出来不好听，白启常改为"那个"。"即便有病，思济兄也不想一想，他是患须补的病机会多些，还是患须泄的病机会多些？即便他须补，思济兄也不想一想，他府上还缺少你这样的人参吗？"

"我是友人，非医者，无论他须泄须补，无论他是有是无，送上一物，聊表心意而已。再者，虽然东楼体壮如牛，体肥如那个，伯伦兄怎见得，他就不会偶患小恙？"唐汝楫辩道。

说话间进严府，他二人是常客，门上无人阻拦，也无须引路。

严世蕃单独住一院落，隔着院墙，就听到里面女子叽叽喳喳的说笑声，有软绵绵的吴、越语，也有硬邦邦的秦、晋音。白启常侧耳一听，怪道："东楼不开口，难道真如思济兄所言，偶患小恙？"

唐汝楫匆匆欲入，白启常一把拉住他："思济兄，咳嗽一声。"

"作甚？"唐汝楫没明白他的用意。

"不知屋里是什么景象，贸然闯入，岂不两下里尴尬？"白启常道。

唐汝楫和严世蕃亲如兄弟，什么样的场面没有经历过？但想到白启常终究是隔一层，于是按照他的嘱咐，咳嗽一声。

"是思济吗？还有伯伦吧？"严世蕃在屋里问。

"是，小弟也来了。"白启常应道。

“进来，进来，一起看看奇妙景致。”严世蕃招呼道。

景致果然奇妙：七八个姬妾，或者盛妆，或者亵衣，或者把脸面都遮住，或者露出肚脐，或者描为美女，或者画作牛头马面。她们一人一句地说着，不知所云。唐汝楫、白启常二人进去，声音骤然止住，着衣太少的姬妾，慌忙抓起扔落在地的衣物作遮羞布。

“东楼，在做什么？”唐汝楫问。

严世蕃说：“这几日闷得慌，与她等约定，谁引我一笑，立赐千金。可从昨夜到今午，快有十个时辰，她等轮番上阵，不仅没引我笑，竟致我连一声也懒得出。”

“如此说来，东楼患的是心病，诚如伯伦兄所言，此物用不上了。”唐汝楫看着手上的人参说。

“谁说没用！爱我者，思济也。”严世蕃说着，吩咐道，“快接下唐公子的重礼，让外面去弄一只肥母鸡来一起炖上。”

“是。”一个姬妾答应着，去办这事。

“伯伦听说我病，不会无动于衷吧？”严世蕃问。

“只有四字奉上。”白启常道。

“什么话？”严世蕃常常把他的想法浓缩成一句话或几个字，送与别人，听此言，大感兴趣。

“缘木求鱼。”白启常道。

“何谓缘木求鱼？”严世蕃问。

“平日都是公子引各位小夫人一笑，今日却要各位小夫人引公子一笑，岂不是缘木求鱼？”白启常道。

没有被姬妾们引笑的严世蕃，被白启常一句话引笑。他指点着白启常说：“伯伦，亏你还是甲科出身，竟用上这等不伦不类的典故。思济送我实实在在的参，你却送我画出的鱼。”又对姬妾们说，“白公子视尔等为鱼，欲烹而食之，尔等要不要罚他？”

“要罚，要罚。”姬妾们纷纷说。

“怎样罚他？”严世蕃问。

姬妾们设计着各种各样的罚法，一面为自己开心，一面为取悦严世蕃。一姬妾先想好了，说：“公子可三日请他来饮一次酒。”

“这明明是赏他，哪里是罚他！”别的姬妾说。

“饮酒是饮酒，可有一条，不许他吃鱼。”那姬妾说。

众姬妾哄然叫好。一姬妾又有疑问："公子的酒席上，不仅有海味，还有山珍野物，不许白公子吃鱼，他还可以吃其他菜肴。"

"难道公子就不能请他来赴鱼宴吗？"那姬妾说。

严世蕃又笑，说："伯伦是江南人，无鱼不欢，请他赴鱼宴，偏又不许他吃鱼，这个罚法刁钻古怪。"

白启常向他一揖，道："公子笑了，请赐小弟千金，也请赐这位小夫人千金。"

严世蕃一怔，想起与姬妾们的约定。他说："伯伦，你知道我只与她等偶赌，与男子是从来不赌的。"

"这有何难！"白启常说着，拾起一件女袍披在身上，道，"哪位小夫人的衣物，暂借我一用。"又取过案上的化妆盒，描起眉来，道，"哪位小夫人的闺物，暂借我一用。"

"伯伦一缕长须，也想混入女流中吗？"严世蕃取笑道。

"看我变没了它！"白启常拾起一件短衫，在脖颈上一绕，遮住鼻梁以下。只见他扭捏作态，给严世蕃行过礼，尖细着嗓音说："公子，贱妾这厢有礼。"

"伯伦粉墨登场，这千金是该赏的。"严世蕃笑道。

"千金之赏免，但请公子赏小弟一句话。"白启常说。

"赏一句话？"严世蕃一时弄不明白他何所指。

"是啊，"白启常点了点头，说，"公子方才说与思济兄的一句话，小弟听着，好不羡慕，愿公子也赐予小弟。"

"好，好，知我者，伯伦也。"严世蕃改一个字。

"多谢公子。"白启常揖道。

"别忙，"严世蕃恶作剧地说，"我的话从不白白送与人，以一字千金计，六个字，该六千金。看在兄弟的情分上，上半句的者，下半句的也，我不收你润口，六千金除去两千金，该四千金。再看在兄弟的情分上，我收你半价，该两千金。你说千金之赏乞免，我不领情，两下里抵消，你还欠我千金，我是要限时偿还的。"

"理当限时偿还，过时加息。"白启常不但应承，还加上一款。

严世蕃对方才那姬妾说："好，赐你的千金有着落了。"

"公子说立赐千金，不能言而无信。"那姬妾说。

"是啊，你没听白公子说过时加息吗？"严世蕃说。

姬妾们陆续退出，屋里只留下一主二客。

严世蕃见唐汝楫在一旁笑而不语，问："思济笑什么？"

唐汝楫说：“缘木求鱼四个字，我看用在伯伦兄身上倒是很恰当。还有，东楼想出润口两个字，也是绝妙，比起润笔，似乎更能传神。凭这两个字，我也甘愿奉上千金。”

“思济，你这千金我不敢收。伯伦把我的姬妾视为鱼，你把我视为朽木，你们读书人，真会挖苦人。”严世蕃说。

“东楼这么说，可是冤枉我。”唐汝楫说。

“是啊，公子冤枉思济兄。若说他挖苦，也是在挖苦我，绝非挖苦公子，”白启常说着，拿唐汝楫打趣，“公子赏一字千金，思济兄骂一字，不当千金，也当得五百金。缘木求鱼是实打实的四个字，该两千金。看在兄弟情分上，我收你半价。这一千金是要限时收取、过时付息的。”

“东楼应承的千金，怎么又着落到我身上？”唐汝楫叫屈，“我有一事不明，要请教东楼，东楼说上来，我甘愿出这一千金。”

“思济，你尽管问。”严世蕃说。

“方才我在门外咳嗽一声，东楼听得出我的声音，也还罢了，怎么就知道伯伦兄和我一起来？”唐汝楫问。

“此乃小学之学也，”严世蕃说，“思济自己来，不需要在门外咳嗽一声；其他人一起来，思济一定要他等回避。只有伯伦善动小心思，会要你咳嗽一声，以便通风报信。”

“东楼把人看透了，把理也讲透了。”唐汝楫叹道。

“伯伦，钱我替你讨回，该不该分我一半？”严世蕃问。

“分一半不成，”听白启常的口气，好像要讨价还价，不料，他说的却是，“理应全额奉上。”

严世蕃和唐汝楫均抚掌大笑。

三人正在说笑，严诗来报：“公子，有人来访。”

严世蕃皱起眉头：“我不是说过，这两日身子不适，不见客吗？”

“这个访客，公子恐怕要见。”严诗说。

“是谁？”严世蕃问。

“是罗公子，公子见不见？”严诗得意地说。

“龙文回京了？”如果说，方才严世蕃虽被白启常的插科打诨屡屡引笑，但眉头还没有完全舒展开，听说罗龙文回来，他的眉头则完全舒展开。“他何不径入，还要你来通报？”

“如果罗公子一个人来，我就是想通报，也没有他的腿快。他这次带来两个人，不便径入，才要我先进来通报一声。”严诗啰唆起来。

才从浙、直回来，会带两个什么人来呢？难道是和王直有关系的人？罗龙文和唐汝楫、白启常熟识，今日见个面本来没有什么，但想到此，严世蕃觉得，不便留下他二人。于是下逐客令：“龙文既来，二位请便。”

唐汝楫没说什么，白启常却不服气：“思济兄与公子的交情不在龙文以下，为何厚彼薄此？”

“别说对思济，就是对伯伦，我也不会厚彼薄此。但今日慢待二位，却有个理由，”严世蕃道。“譬如伯伦，送我一万两银子的生意，应该送得起吧？”

“可勉力为之。”白启常说。

严世蕃又说唐汝楫：“譬如思济，我知道唐世伯留下的家产颇丰，送我十万两银子的生意，也应该送得起吧？”

“要我拿出十万金，怕要破家了。”唐汝楫说。

“思济兄应承便是，公子又不会真要你的银子。”白启常道。

“知道我为什么不要思济的十万两银子吗？因为龙文要送与我一百万两银子的生意，”严世蕃说，“二位仁兄若遇到一百万两银子的生意，恐怕也会把我逐出门去吧？”

“第一，我此生连一百两银子的生意也没有遇到过，更不要说一百万两银子的生意；第二，即便当真遇到一百万两银子的生意，我也是把东楼放在前面，把生意放在后面。”唐汝楫说。

“老天有眼，让我遇到一百万两银子的生意，我就请公子主持其事，一百万两银子的生意或会变成一千万两银子的生意。”白启常说。

二人都知道，绝不能妨碍严世蕃去谈这一百万两银子的生意。

罗龙文带来的两个人，一人生得颇为标致，一人却生得獐头鼠目。不等罗龙文引荐，两个人一起行礼，口称：“拜见东楼公子。”

看形状，二人半似文人墨客，半似师爷讼棍，不像和海外之人有什么瓜葛；听口音，是苏、松一带的人，不是浙江人。

“龙文，这二位是何人？”严世蕃问。

罗龙文先介绍獐头鼠目的那人：“这位是汤先生。”又介绍颇为标致的那人，“这位是张先生。”

严世蕃向二人揖了揖，作为回礼，并说：“我若称久仰久仰，汤先生、张先生一定以为严东楼不是个实在人，龙文再说仔细些。”

“与其让罗公子说仔细些，不如我等自说，”姓汤的那人道，“在下姓汤，松江府人，没有什么正式的名讳，在族人中排行第九，松江府提起汤九，或汤裱褙，敢说是小有名气的。”

“九先生精于裱褙字画吗？”严世蕃问。

汤九小眼一眯，傲不作答。罗龙文代他说：“裱褙乃雕虫小技，九先生于鉴定古字画最精。”

“失敬，失敬，”严世蕃道。又问另一人，“张先生呢？”

“在下也是松江府人，也没有正式名讳，在族人中排行第四，松江府提起张四，或张窑儿，名气虽没有，却无人不知。”姓张的那人说。

“我想，四先生不精于烧窑，而精于鉴定古陶瓷吧？”严世蕃插话。

张四大惊，问：“东楼公子如何想得到？”

“九先生的裱褙既然是个幌子，四先生的窑儿自然也是个幌子；不然，龙文也不会把二位一起请来。”严世蕃说。

“公子真神人也。”汤九、张四赞道。

这等赞语，严世蕃受用惯，不会放在心上，他对罗龙文说：“龙文好雅兴，不会是碰巧请来两位雅人吧？”

“东楼公子嘴上说我雅兴，心里一定在想：这个罗龙文，放着正经生意不做，带回不相干的人作甚！”罗龙文笑道。

严世蕃也笑着了，说：“实不相瞒，初闻龙文带两人回来，我是这样想的；可听九先生、四先生自报家门，我的想法改变。龙文的正经生意一定做出眉目，才想到请来两位雅人。上百万的银子，不兑换些文物字画，难道真堆放在窖里不成？”

“知我者，东楼公子也。”罗龙文说，“我对汤、张二位闻名已久，这次去江南，特意为公子请来，以备顾问。”

“好，好，九先生，我先给你讲一段家大人的故事，”严世蕃转向汤九说，“家大人掌南礼部时，曾得一幅吴小仙的明月千里故人来图。那时家大人比寒士强不了多少，能求得小仙真迹，欣喜若狂，遂请顾东桥宴饮，饮过酒，去堂上看画。顾东桥一见其画，立即大呼：此摹本也！家大人郁郁不乐，后来对我说：吴士英之死，不过是二三十年前的事，他的画，我已辨不出真伪。二三百年前，五六百年前，乃至更为久远的字画，我又如何辨得出真伪？打那以后，家境渐裕，但家大人对购买字画一事，甚少问津。九先生，这件事你该听说过吧？”

吴伟是近世名画家，士英是他的字，小仙是他的号。他死于正德四年，距严嵩对严世蕃言及此事时二三十年，距今也不过五十年。

“是，在下听说过。”汤九应道。

“依你看来，家大人所得小仙之画，是否真迹？”严世蕃问。

“东桥公说的对，老相公所得，乃是摹本。”汤九说。

“何以见得？”严世蕃不甘心地再问。

“因为那幅画的真迹就在东桥公家里。”汤九说。

“当真？九先生可否为我求来真迹，以娱家大人？”严世蕃道。

汤九看他一眼，不高兴地说：“东楼公子恁地小觑在下！”

“九先生何出此言？”严世蕃不解地问。

“罗公子称在下精于鉴定古字画，三五十年前的画，也称得上古字画吗？也要我出面鉴定吗？”汤九道。

“九先生责备的是，还请赐教。”严世蕃揖道。

“我若为公子求画，则求价值连城者。”汤九说。

“譬如——”严世蕃问。

“譬如《清明上河图》长卷。”汤九道。

严世蕃又惊又喜：“九先生真能求来此画？”

“诚心去求，怎会求不来！”汤九道。

“那就烦劳九先生，我这里有礼了。”严世蕃深作一揖。

“不敢当，”汤九还礼，并说，“公子唤我阿九即可，若九先生九先生地称呼，在下可要心虚了。”

第五百四十章

刑部郎中王世贞升任青州兵备副使，无论识与不识，都道这是明升暗斥的伎俩。严氏父子一直很器重王世贞，无奈王世贞不知好歹，在杨继盛狱案中，公然作对，不但送药送食，还代杨妻草拟讼状。李默掌吏部时，不买严氏父子的账，王世贞还得以继续任职刑部；吴鹏取代李默，以严氏父子之好恶为进退，谁都想得到，王世贞在朝廷肯定待不下去。给以明升，还得说严世蕃颇念旧情。

吏部员外郎宗臣、刑部员外郎徐中行是李攀龙、王世贞创立的诗社里的骨干，相约来为王世贞送行。宗臣字子相，扬州府兴化人，和徐中行同是嘉靖二十九年的进士。

王世贞正在其弟王世懋的帮助下把书卷装箱，听说他二人来访，拍了拍手，说："好，我们也该歇一歇。敬美，走，见客去。"

敬美是王世懋的字。

宗臣快人快语，一见王世贞就说："于鳞先生现回到山东，元美兄此去，与他聚会的日子将多，可我们京里的诗社恐怕要散。"猛见他身后跟随一人，不好意思地说，"元美兄有客，我不该冒失。"

李攀龙两年前已升至陕西提学副使，去年底赶上陕、晋、豫三省大地震，受到惊吓，告病还乡。按照故事，外官以病辞官，不再起用。吏部几位堂官惜其才，给他一个省亲的名义。

"子相兄称他为客，才真正冒失了。"徐中行说。

宗臣定睛一看，王世贞身后的青年，脸型、五官都与王世贞有几分相像，眉宇间透出一股英气，不由得又惊又喜："莫非他就是于鳞先生、伯玉先生称作少美的敬美！"

伯玉是王世贞的同年进士汪道昆的字。王世贞在众友人面前极力推许胞弟，李攀龙等读过王世懋的诗文后，亦称赏不已，以为他的才气不在其兄以下，并笑称他少美。

“正是舍弟。”王世贞说。

“哎呀，敬美，你可想煞我也！”宗臣拉着王世懋的手说。

王世懋年少，初见成名之士，不免有些腼腆。他红着脸说：“对子相先生，小弟慕名已久，今日幸会。”

徐中行也上前拉着他的手问：“敬美几时到的？”

他和王氏都是苏州人，以前曾见过王世懋。

“才到两日。”王世懋答道。

“敬美都到两日了，元美兄为何不发个帖子，找大家来聚一聚？”宗臣颇有责备之意。

王世贞解释：“家父的意思，想敬美在京师住上一年，见一见世面，谁知他才到京我就要离京。这两日他一直在帮我打点行装，没有顾上拜会各位。我还在想，我这一走，该把敬美托付与谁呢？”

“这还用想吗，自然是托付与我和子舆兄了。”宗臣说。

王世贞摇了摇头，没有答话。

“怎么，元美兄怕我调教坏了敬美？”宗臣想到什么就说什么。

王世贞说：“敬美心里有主意，你想调教坏他，怕也不那么容易。我不放心把敬美托付与子相兄，不是为此，我只是想问：子相兄以为自己在朝廷能呆得长久吗？比较起来，子舆兄与世无争，贵贱贤不肖皆能相处，我把敬美托付与他，或安稳些。”

“我怎么把这一层忘个干净！”宗臣道。他郑重其事地对徐中行说，“元美兄把敬美托付与子舆兄，我也要正式托付：子舆兄一定要关照好敬美！”

“元美兄的托付我是不会放在心上的；子相兄的托付，我可不敢不放在心上。”徐中行调侃道。

他们在言谈话语间流露出的真情，使王世懋深为感动，他向二人揖道：“多谢关爱。”又问王世贞，“兄长不容于当道，我略知一二，子相先生难道也不容于当道吗？”

“你问子相吧。”王世贞道。

“子相先生，你做过什么犯忌的事？”王世懋问。

“不过在文字上失敬而已，清明盛世，也算不得犯忌。”宗臣说。

“子相兄的文章，不只是失敬而已吧？”徐中行说着，转向王世懋，“敬美，你听听他这一段文字：且今世之所谓孚者何哉？日夕策马候权者之门。门者故——”

“罢了，罢了，好端端的文章，被子舆兄四平八稳的腔调一诵，滋味全无。还是我来诵与敬美听吧。”宗臣打断他，自己背诵起来：

且今世之所谓孚者何哉？日夕策马候权者之门。门者故不入，则甘言媚词作妇人状，纳金以私之。即门者持刺入，而出者不即出见。立厩中仆马之间，恶气袭衣袖，即饥寒毒热不可忍，不去也。抵暮，即前所受赠金者出，报客曰：相公倦，谢客矣，客请明日来。即明日又不敢不来，夜披衣坐，闻鸡鸣，即起盥栉，走马抵门。门者怒曰：为谁？则曰：昨日之客也。则又怒曰：何客之勤也！岂有相公此时出见客乎？客心耻之，强忍而与言曰：亡奈何矣，姑容我入。门者又得所赠金，则起而入之。又立向所立厩中。幸主者出，南面召见，则悸走匍匐阶下。主者曰进，则再拜，故迟不起。起则上所上寿金。主者故不受，则固请；主者故固不受，则又固请；然后命吏纳之。则又再拜，又故迟不起。起则五六揖始出。出揖门者曰：官人幸顾我，他日来幸亡阻我也。门者答揖，大喜奔出。马上遇所交识，即扬鞭语曰：适由相公家来，相公厚我厚我。且虚言状。即所交识亦心畏相公厚之矣。相公又稍稍语人曰：某也贤，某也贤。闻者亦心计交赞之。此世所谓上下相孚也。

他的语调该高则高，该低则低，速度该快则快，该缓则缓，访客之卑微，门丁之贪婪，主人之倨傲，闻者之阿谀，无不模仿得惟妙惟肖。徐中行在一旁搭腔，诵到访客时，便说：苦主儿来了；诵到门丁时，便说：恶主儿来也；诵到主人时，便说：正主儿来也；诵到闻者时，便说：应主儿来也。二人一唱一和，引得世贞、世懋兄弟捧腹大笑。

“如见其人，如见其人！”王世懋连声说。

“子相兄的数百字之文，敌得过杨仲芳的万言疏，子相兄，我说朝廷上没有你立身之处，可不是存心诅咒。”王世贞道。

“只要心里痛快，没有立身之处怕什么？”说是这样说，宗臣却叮嘱徐中行，“子舆兄千万莫学我，敬美还赖你关照呢。”

“我要学也学不来，这样的文章，谁还写得出第二篇！”徐中行道。

“子舆兄别说没有第二篇，这几句话，你听听如何？”王世贞说着，吟几句小曲：

喇叭、唢呐，曲儿小腔儿大。

官船来往乱如麻，全仗你抬声价。
军听了军愁，民听了民怕。
哪儿去辨什么真共假？
眼见的吹翻了这家吹伤了那家，
只吹的水尽鹅飞罢。

“好，好，这些吹喇叭、唢呐的，和子相兄笔下的客人比起来，别有一番情趣。”徐中行赞罢，问道，“元美兄，这是你的新作吗？”

“风格迥异，一定不是元美兄写的。”宗臣判断。

“子相兄知道不是我写的，可知是谁写的？”王世贞问。

“这却不知。”宗臣说。

“子相兄乡人写的，如何不知？”王世贞道。

“我乡人写的？”宗臣翻来覆去地想，不得要领。

“王磐王鸿渐先生，不是子相兄的乡人吗？”王世贞道。

词人王磐是高邮州人。高邮州隶扬州府，辖二县，其中一县即兴化。因此，王磐不但是宗臣的乡人，而且是地地道道的乡人。不过，王磐谢世已二十五六年，宗臣只在活人中打转，自然想不出来。

“子舆兄看，我乡人的词作，我不知道，元美兄却知道。”他故作懊恼地对徐中行说。

徐中行说：“若为此事气恼，非活活气死不可。子相兄不记得子升先生是怎么说的吗？深入探究，王元美或逊杨升庵一筹；广览博采，王元美绝胜杨升庵。我看，徐相后半句话没有错，至于前半句，尚须斟酌。”

“对，改为未必逊杨升庵一筹，才恰当。”宗臣说。

“怎么，二兄也学会吹喇叭、唢呐了？”王世贞止住二人的吹捧，“二位既然来，就在我这里小酌。不过，我要说清楚，这不是我的辞别酒，而是敬美的拜师酒。我走后，把敬美托付给二位。”又对王世懋说，“敬美先去看一看父亲，回到京师后，再跟着子相兄、子舆兄用心读几天书，以应付下届秋闱和春闱。”

“是。”王世懋应道。

第五百四十一章

蓟辽总督驻密云。王世懋送走兄长后，带一书童，去密云拜望王忬，谁知扑个空。因有紧急虏情，王忬已赶去前方。

永平府在京师东北，距京师五百多里，距密云三百里。王忬趋驰一日两夜，赶到永平。知府闻讯，把府衙和馆驿完全腾空，以安顿总督大人和他的随从人员。王忬并未久留，在馆驿里用过便饭，和知府说几句话，又出城东行。大约正午时分，到得抚宁。知县闻讯，除腾空县衙和馆驿，还打扫出两座庙宇，以安顿总督大人和他的随从人员。王忬仍未久留，在县衙里喝口茶，和知县说几句话，又出城东行。天黑后，到达俗称九门水口的一片石关隘。

一片石在山海关稍北，是长城沿线上的一个重要关口，驻有一支官军。王忬在古北口、喜峰口等要害处都周密部署，唯独对一片石不放心，所以一定要赶过来看一看。

“欧阳将军到了吗？”他问驻军将领。

他问的是蓟镇总兵官欧阳安。

“回都堂话，总兵大人尚未到。”驻军将领说。

“三天前，我飞檄他来一片石与我相会。他今夜不到，尚可原宥，如果他明日午前还不到，哼！”王忬没有具体说会怎样处置，但哼出的这声发自胸腔，让人听后不寒而栗。

伴随他同来的一名幕僚说：“民应先生待下不可太苛，我看，欧阳总兵赶来的时限，可放宽到明夜此时。”

“我放宽他时限，鞑虏却不会放宽他时限，”王忬说，“明日午前的时限，是先生定的，并非我定的，先生怎么忘了！”

“是我定的？”那幕僚惊道。

“是啊，广宁失事，我问先生，虏骑自广宁至此，要多少时日；先生说：约二十日。”王忬说着，算计起来，“广宁失事在十一月初三日，今日是二十二日，明日就是二十三日。他午前不到，我可替他驻守半日，午后仍不到，我就要追究他旷职之罪。”

广宁是辽东重镇，辽东巡抚和辽东总兵均驻于该城。十一月初三日，东部鞑靼首领土蛮率十万余骑进犯广宁，辽东总兵官殷尚质迎战失利，战死。王忬所言失事，指的是殷尚质战死，并非广宁失守。王忬于十八日接报，一面飞奏朝廷，一面飞檄欧阳安；一面部署蓟镇各关隘的防务，一面亲自赶赴一片石。

“民应先生说的是，战机瞬息万变，不能有丝毫耽搁。民应先生给欧阳总兵的时间是够的，他若不耽搁，明日午前应该赶来此地。”那幕僚碰壁，找个台阶下。

“好，我们就在这里等欧阳将军吧。”王忬说。

“都堂！”驻军将领欲言又止，求助地看幕僚一眼。

幕僚会意，说：“民应先生不宜留此，或回抚宁，或去山海关吧。”

抚宁有抚宁卫，山海关有山海卫，驻军较强，而一片石的驻军势薄力单，又是鞑虏最可能选择突入的地方，无论驻军将领，还是幕僚，都不想让总督大人冒这个风险。

“为何不宜？”王忬明知故问，“赶整整两日夜路，我乏甚。要回抚宁，你们回；要去山海关，你们去。我要睡个安稳觉。”

驻军将领还要劝说，幕僚使个眼色，示意无用，不必枉费心机。

欧阳安在第二天午前赶到一片石，和王忬一起部署防务。两天后，土蛮一支精良骑师杀至，欲突入关隘，被官军击退。土蛮欲袭喜峰口，又被官军击退，无功而返。

第五百四十二章

俺答在十月初集合各部犯大同，被阻后，分散掠夺山西各处，十二月初，退回河套。俺答自引一队亲信，往丰州去。

丰州位于阴山以南、大黑河畔，为辽国设置，曾繁荣过一时。自国初罢其建制，丰州日渐败落，成一座废城。丘福、周原等汉人谋主，虽深入荒漠多年，总还是向往汉人屋居的生活。他们于罢战之日经营丰州，修复或新建许多房屋，有的房屋甚为高大宽敞，他们自称为宫室。在城外，他们又命掳来的汉人或投奔来的汉人开垦水田，种植庄稼。鞑靼世代游牧，俺答对修建和稼穑之事没有兴趣，但也不阻止他们的经营。这些年来，丰州居然经营得颇具规模，鞑靼人称之为板升。在鞑靼语里，板升即汉语里的屋舍之意。

俺答常来丰州，是因为丰州城里居住着他的另一个重要的汉人谋主。该人叫赵全，和丘富、周原差不多同时投奔荒漠，因有腿疾，行走不便，很少随军征战，以至朝廷定赏格，购俺答、丘富、周原等人首级，却没有列上他。实际上，俺答对他的信任和倚重，超过丘、周二人，每次进兵前或退兵后，都要携带羊、酒，与他痛饮，商讨用兵得失。

赵全在一座最高大宽敞的宫室里接待俺答。

“丘、周二兄没有随大汗一同回来吗？”他问。

“我等在大同分手后，丘先生去朔州，周先生去宣府，肯定要比我迟到几日。”俺答说。

“那么，只好又是我一人陪大汗饮酒了。”赵全道。

俺答大笑，说：“我赶在他二人之前来板升，就是为与赵先生独饮。”

虽在高屋巨室中，仍按照鞑靼人的习俗，二人席地而坐，中央摆上一盆煮熟的全羊，面前各一海碗烈酒，你邀我喝一口酒，我为你割一块肉。开始话少，酒至半酣，话多起来。

“大汗，今秋用兵，胜多负多？”赵全问。

“先生所教阵法，均可用于实战，今年又是胜多，”俺答说，“来年先生再操演攻城之法，看看能不能攻下大同。”

“大同城池坚固，恐不易攻。”赵全说。

“不易攻，抑或不能攻？”俺答问。

“不易攻。”赵全听出俺答不太高兴，又说，“大同不易攻，一是城池坚固，二是官军使用火器。张生邦奇颇识火器，大汗若将他留在我身边，教习火铳，以火器对抗官军火器，大同亦可攻。”

提到张邦奇，俺答愣了愣，说：“此人无法留在赵先生身边。”

“是大汗舍不得他吗？”赵全问。他知道在新近投靠的汉人中，俺答对张邦奇另眼相看，是因为他自言有两件宝物，于是说：“其实，张生识用火器，才算得一宝。”

“他于赵先生有用，我有什么舍不得！”俺答道。

“那么，是丘兄舍不得他？”赵全问。

“丘先生虽然以他为友，处处庇护他，却并非以他为有用之人，有什么舍不得！”俺答道。

“那么，是他不愿与疾者共事？”赵全又问。

“他不是愿意师事赵先生吗？怎会不愿共事！”俺答道，停了停，他讲出原委，“实话对赵先生说吧，他今次随征，又欲为我去威远堡取二宝，在大同分手后，音信全无。我一直在想，他会不会是官军的谍探，探得我虚实，跑回去邀功请赏了？”

“这却不会。”赵全断然言道。

“汉人奸诈者多，赵先生怎能断言他不是？”俺答问。

“若张生奸诈，孙某王某就不奸诈？”赵全说。

和张邦奇同时投靠俺答的，还有两个大同人，一个叫孙廷美，一个叫王浩。孙廷美受丘富欺凌，气愤不过，和王浩商量，欲刺杀他。王浩说：刺杀老丘，在河套住不下去，又回不去内地，如何是好？孙廷美说：难道就在他手下忍气吞声不成？王浩说：老丘还肯听我说话，我先劝说他投诚官府，他不肯听，再图之。二人依计行事。丘富听王浩的说辞后，与亲信们计议。张邦奇力言不可，说：你于中国无重世之德，而有累世之怨，今朝廷购君首级甚急，若入边，不过为他人建功而已，你本人则大祸将临。又斥王浩：你想以丘公为饵钓中国乎？丘富大悟，杀孙廷美和王浩。

张邦奇和孙廷美、王浩不同，他们中有官府奸细，也一定是孙廷美、王浩，而不会是张邦奇。

赵全埋怨丘富："丘兄也是，张生诚心辅佐他，他怎忍心——"

话说一半，猛然止住。张邦奇恐怕不是自愿去威远堡，而是被俺答逼迫去的，那么，丘富想阻止也无法阻止。前者萧大哥自称能使术堕城，试之不验，竟被俺答缚送官府；张邦奇自称有宝，不得到宝，俺答是不会甘心的。这次取不来宝，等哪一天要议和，说不定俺答也会把他缚送官府。俺答说汉人多奸诈之人，在他眼里，说有而没有，说到而做不到，这些在汉人中司空见惯的事情，都属于奸诈。自己贸然说句"大同亦可攻"，明年攻不下大同，会不会也被视为奸诈呢？

他不敢责备俺答逼走张邦奇，但还是说了句："张生这么久没有音信，凶多吉少，大汗差人去打探打探吧。"

不久得到探报，张邦奇果然被官府俘获，并于上月底处死。

第五百四十三章

临近岁尾，皇帝一连几天不见大臣，不召幸嫔、妃。他对近侍说：要做件大事，了此一年。只见他走走、停停、坐坐、写写，写满一张纸，会瞪着眼睛看上半晌，然后涂改几个字，又看上半晌。涂改得不能再涂改，就弃置一旁，换一张再写。最后总算写满四张纸，不再涂改。

近侍们不知他在写什么，也不敢问他在写什么。

最辛苦的近侍要属王瑜，皇帝第一天书写时，恰好他在旁侍奉，于是，皇帝一直要他在旁侍奉。皇帝不吃，他也不能吃；皇帝不睡，他也不能睡；皇帝未起，他却要先起。几天下来，他自己都觉得瘦一圈。

“王瑜，读与朕听。”皇帝命道。

王瑜打起精神，恭恭敬敬捧起一张纸，读道：三天金阙无上玉堂都仙法主玄元道德哲慧圣尊开真仁化大帝。这些字没有什么具体的内容，之间没有什么必然的联系，王瑜怕出差错，读起来一字一顿。

“好！”皇帝不知满意自己写的，还是满意他读的。“再读一张。”

第二张纸上写的是：三天金阙无上玉堂总仙法主玄元道德哲慧圣母慈化天后；第三张纸上写的是：灵霄上清统雷元阳妙一飞玄真君；第四张纸上写的是：九天金阙玉堂辅圣天后掌仙妙化元君。

王瑜说不清每个字的含义，但无疑它们都是尊崇无比的。

“朕在第一张纸上写的是皇考睿皇帝的道号，在第二张纸上写的是皇妣圣母皇太后的道号，在第三张纸上写的是朕的道号，在第四张纸上写的是孝烈方皇后的道号，”皇帝说着，命道，“王瑜，记得清楚吗？你去传谕值臣和灵济宫吧。”

王瑜传旨回来，皇帝又涂写上，仍然是走走、停停、坐坐，写写，写满一张纸后，瞪着眼睛看上半晌，涂改几个字，又看上半晌。最后，更加密密麻麻地写满一张纸。

“王瑜，来读一读。”皇帝命道。

王瑜读道：九天弘教普济生灵掌阴阳功过大道思仁紫极仙翁一阳真人元虚玄应开化伏魔忠孝帝君。不知这又是封给谁的道号，王瑜读罢，他呆呆地站在那里。

“王瑜，记得陶师的封号有几个字吗？”皇帝问。

王瑜默诵一遍陶仲文的封号，回奏：“连真人二字算在内，共十八字。”

“可朕的封号，连真君二字算在内，只有十四字，岂不太委屈？”皇帝说着，命道，“你再传谕，加封朕为帝君。”

“爷的意思，是真君不做，要做帝君？”王瑜想问清楚。

“朕真君也作，帝君也做，真君是初封，帝君是加封。”皇帝说。

“奴才懂了，真君加帝君，就无人可及。”王瑜自作聪明地说。

王瑜传旨回来，见皇帝又写好一张纸，心想：真君、帝君之外，不知还有什么君可作。

“朕对加封的道号思来想去，仍未餍足，故再加一封号。”皇帝说。

纸上写的是：太上大罗天仙紫极长生圣智昭灵统三元证应玉虚总掌五雷大真人玄都境万寿帝君。

王瑜半日内往值庐和灵济宫跑三趟，皇帝才平静下来；这件大事办完，他也才得以喘息。

袁炜要写惊世之作那句话，冯璋牢牢记在心里，每次见面都要问他：惊世之作完成没有？何时可拜读？袁炜总答：正在酝酿。这一日，在朝中的嘉靖十七年进士宴饮迎新，冯璋又问起来，袁炜矜持地一笑，说：正要请诸兄指教。众人便抢着要看。

“慢来，慢来，莫抢坏‘惊世之作’！”冯璋把袁炜的文章护在怀里，不无讥讽地说。袁炜只交给他一张纸，一瞥便知，纸上不过数十字，会是什么惊世之作？“我来诵与诸兄听吧。”

众人叫好。冯璋诵道：

洛水玄龟初献瑞，阴数九，阳数九，九九八十一数，数通乎道，道合元始天尊，一诚有感；岐山丹凤两呈祥，雄鸣六，雌鸣六，六六三十六声，声闻于天，天生嘉靖皇帝，万寿无疆。

“原来懋中兄的‘惊世之作’乃一楹联。”冯璋等许久，现在说不上是失望，还是好笑。

“楹联就不能是惊世之作？我敢说，此联一出，千年以来的长联、短联无不逊色。这就是惊世之作！”袁炜说。

“懋中兄说的是，不过，只可拿它与长联比，若拿它与天对地之类的短联比，岂不太委屈它了。”冯璋说。

“养虚兄这般说，是还没有读出它的味道，养虚兄枉字养虚。”袁炜说着，为众人解道，“皇上自号中有‘掌阴阳、功过、大道’及‘万寿’等字样，无不包容在我这长联中。”

“难得，难得，懋中兄大才足以惊世。”几名同年诚心赞道。无论如何，把这些内容融合到两句话里，他们是做不到的。

“此联还有一妙处，诸兄不妨耐心数一数它的字数。”袁炜说。

一同年数了数上联，说：“上句三十三个字，下句也应该三十三个字，合而计之，就是六十六个字了。”

“六六之数，恰合本联立意，”袁炜说着，慨然问道，“不但要包容这多内容，还要限定字数，诸兄想，不呕心沥血，办得到吗？”

“难得，难得，懋中兄此联足以让皇上欢悦，让天地感泣。”赞过他的同年再次赞道。

第五百四十四章

常听人说，兵熊熊一个，将熊熊一窝，唐顺之想，这话真是不假。大家都说，他们嘉靖八年那一科，人才最盛，可一甲第一人罗洪先自嘉靖十九年和自己一起被斥后，迄今赋闲在乡。不知大家是不是受他拖累，仕途均不平坦。不错，熬到七卿之列的，也有数人，可杨博任兵部尚书不到一年，忧去；葛守礼任南京礼部尚书不到一年，被李阁老考察大臣论罢；程文德被推举南京吏部尚书，眼看进阶二品大员，却引起皇帝猜忌。说起此事，实在可笑。程文德是和郭朴、吴山、闵如霖等一同被选上撰写玄文的。程文德，夫子也，不善此道，所撰写玄文往往不合皇帝心意。这且不说，他偏偏在玄文中寄寓规讽之意，皇帝不满意的就不是他撰写的玄文，而是他这个人。后来，吏部会推南京吏部尚书，程文德列名其中。以他的资历和声望，这也是很正常的，可皇帝偏偏怀疑他心怀不满，想远离自己。那好，你要远离就远离吧，可不能让你心情舒畅地远离。皇帝命程文德改任南京工部右侍郎。吏部左侍郎改南京工部右侍郎，这个处分可不轻。程文德想不通，觉得委屈，上疏请辞。那好，你要辞官，就辞官吧。可他偏偏在疏中又写些规讽之句，请皇帝享安静和平之福。这就不是想不通，不是觉得委屈，而是谤讪。皇帝一怒之下，将他除名。

说实话，杨博、葛守礼、程文德辈虽被称为能臣或贤臣，唐顺之并不把他们放在眼里。和他比起来，他们不说是小贤臣见大贤臣，也是小能臣见大能臣。可眼下自己的处境，简直不堪言。他是以南京兵部主事被荐用的，尽管很快提升，也不过改兵部、升员外郎而已；而且，还欠赵文华一个人情。想当初，在同科进士中，有谁看重他，推许他？而今天，奉承巴结他的人不少，又有谁真正看重他，推许他？偏偏他还盘踞在七卿的位置，自己偏偏又是他荐起的。这真是莫大的悲哀。

赵文华赴浙、直视师半年，十一月回部。正旦大节快到，唐顺之无论怎样轻视赵文华，于公于私也不能不去拜个年。约好日子，备份礼物，他去赵文华宅第。

赵府还有一客，唐顺之想不到，会是严世蕃。

“东楼公子也在？”他忙施一礼。

严世蕃笑着还礼，说：“我和应德先生不一样。应德先生和元质先生有同年之谊，贺春出于一个情字；我是元质先生下属，贺春出于一个利字。新年还望元质先生多多关照。”

“荒唐，荒唐！”赵文华连声说道。

“元质兄说我荒唐？我怎的荒唐？”严世蕃质问。

“反了，反了！”赵文华又连声说。

“元质兄说我反了？我却反谁？”严世蕃质问。

“东楼兄说是我下属，这话荒唐，这话反了。”赵文华说。

“侍郎不是下属，难道尚书是下属？”严世蕃质问。

“我这个尚书可不是东楼侍郎的下属！”赵文华道，“应德兄不知，我今日沾你的光，才听东楼兄唤声元质先生。”

“这好办，我以后只唤元质先生。”严世蕃说。

“东楼兄嘴下留情，千万莫唤。”赵文华说。

“唤也不是，不唤也不是，岂不让我为难？”严世蕃道。

其实，真正为难的是赵文华，无论他说什么，都被严世蕃堵回去，使得他再也无话好说。

“应德兄。”赵文华招呼唐顺之，意在央求他帮忙。

唐顺之一直在静听，对他的招呼置若罔闻。

“应德兄。”赵文华再次招呼。

“元质兄在叫我？”唐顺之道。

“元质先生心怀叵测，想让你蹚浑水，”严世蕃说，“今日应德先生在，我才唤声元质先生，这话不假。可他只说一半，另一半我替他说吧：今日我第一次到元质先生府上，皆因应德先生要来。”他拍了拍赵文华，友善地说，“我和元质兄斗嘴不休，不过为对应德先生说明此情。元质兄，多多得罪。”

“这，这怎么敢当。”唐顺之道。

赵文华脸上的红晕渐渐退去，他说：“东楼兄驾临寒舍，是我欠东楼兄一个人情；应德兄，东楼兄为你挤对我，却是你欠我一个人情。”

“我欠元质兄的，可不止一个人情。”唐顺之说。

“好，嘴也斗过，此情也说明，元质兄，借用府上一块宝地，我向应德兄请教一二，如何？”严世蕃对主人下逐客令。

“请便，我正要去吩咐厨房准备饭、菜。”赵文华边说边往外走。

等听不到他的脚步声了，唐顺之说：“元质兄在所有人面前皆不可一世，唯独在东楼公子面前服服帖帖，这就是一物降一物吧？”

严世蕃嘴一撇，说：“在别人面前，我还要给他留些面子，在应德先生面前，我就没有必要给他留面子。”

“却是为何？”唐顺之问。

“因为他和你正应了鸠占鹊巢的故事呀。”严世蕃说。

言外之意，赵文华和唐顺之的位置应该颠倒过来才对。

“东楼公子这么说，我在元质兄面前岂不要无地自容！”唐顺之道。

“所以，我才要他回避呀。”严世蕃紧接着他的话说。

唐顺之不得不承认，不管人家怎样评说严世蕃，他礼贤下士，善解人意，是其他贵公子比不了的。但他不想多说感激的话，给严世蕃留下一个自己在巴结他的印象。

“请教云云，在下实不敢当，但不知东楼公子欲垂询何事？”他问。

“东南倭情，皇上关切，家大人关切，我亦关切。”严世蕃说。

“元质兄一个月前才自江南回朝，应比我知之更详。”唐顺之说。

“他所述倭情，我只信五成；他所论倭情，我信不过两成。他视师的唯一好处，是披一张虎皮，将士不敢不卖命。”严世蕃说。

唐顺之以为此论甚当：“我也听说，浙、直自督、抚以下，对元质兄无不畏之如虎，效命唯恐落后。朝廷命他视师，可谓得其人矣。”

“可他在剿、抚之间并无定见，所以他视师不可长久。”严世蕃又说。

“并无定见的，亦非元质兄一人，”唐顺之为赵文华辩解，“如浙、直持政柄者，两文一武，以前胡都堂主抚，阮都堂、俞镇帅皆主剿；现在两位都堂皆主抚，只俞总镇主剿。”

“俞镇帅为何反对招抚？”严世蕃问。

“他说：古今来寇，皆通之之罪，非绝之之过。”唐顺之道。

“依应德先生之见，可不可招抚？”严世蕃问。

唐顺之想了想，说：“可招抚。”

“为什么？”严世蕃问。

“剿、抚之争，无不着落在一个抚字上，若着落在一个招字上，则别有洞天。”唐顺之说。

“此话怎讲？”严世蕃追问。

“招之不来，剿不剿在我；招之即来，抚不抚亦在我。”唐顺之说。

“招之即来，抚不抚亦在我，”严世蕃重复着他的话，猛一击掌，道，“果然是高见！应德兄，你可视师浙、直。”

唐顺之以为他在说笑，敷衍道：“员外郎视师？恐我朝尚无前例。”

“员外郎为何不能视师？”严世蕃道，“得势，则主事可视师；不得势，则大司马亦不可视师。大才如应德先生者，两年之内，应奉钦命，视师前方。”说罢，问道，“应德先生，愿不愿和我赌个东道？”

唐顺之听出他并非说笑，但这个东道，他却不能赌，因为严氏父子安排他一个视师的差事，简直易如反掌。他投注的话，有输无赢。

对于严世蕃显而易见的亲善表示，又不能无动于衷，他说：“愿借东楼公子吉言，使唐某得为朝廷出力办事。”

第五百四十五章

青州有些像南直的苏州，府城不临海，所属十四州、县多数也不临海，但有三个县临海：在北部是乐安和寿光，在南部是莒州的日照。青州兵备道其实就是海防道，专为防海而设。嘉靖三十六年正月，青州官、军、民等都在喜贺新春，王世贞不敢懈怠，从南到北从北到南地巡视沿海卫、所和巡检司等。这样，谁想找到他，很难。

王世懋就是在这时找到青州来的。

按照王世贞的想法，他不在密云侍奉父亲，就在京城与友人们欢聚，绝没想到他会来山东，站在自己面前。

他第一句问的是："敬美，是从京城来，还是从密云来？"

"从密云来。"王世懋答。

如果从京城来，可能是哪位好友出了大事；从密云来，多半是父亲有什么不测。所以，王世贞急问："父亲有急事吗？"

"父亲没有急事，但遇到一些烦心的事。"王世懋书卷气还很浓，认定急事和烦心的事不能等同。

王世贞不与他争辩，但问："何事？"

"兄长，可否让小弟饮一口水？我在青州境内找兄长连找两天，每到一处，往往连水都顾不上喝一口。"王世懋说。

看他的样子，不像是什么了不得的事，王世贞心里稍定。他开始担心父亲，现在又心疼弟弟。掐指一数，今天是初七，王世懋一定是在路途上过的除夕和正旦。人家都是阖家欢庆，他却在一名家童的陪伴下赶路，该是什么样的心情！

"我去安排酒菜，你我先饮过贺岁酒，再说其他。"王世贞道。

"不，我先饮一口水，再说其他，再饮贺岁酒。"王世懋却说。

王世贞只得由他。王世懋喝口凉水，从头讲起："我到密云时，父亲去永平。他回来见到我，好不高兴。我陪父亲住了些日子，父亲说密云太清苦，要我回京城过年。可我想，父亲怕我清苦，他自己就不清苦吗？我坚持要在密云陪伴父亲过完上元节，再回京城。父亲见劝不动我，只得答应。谁知，距正旦节还有几日，有一人找到密云，害得我不但没能和父亲一起过上元节，就连正旦节也没能一起过。”

王世贞心想：这些话都不用说的，你若是和父亲一起过上元节，哪怕和父亲一起过正旦节，今天会在这里吗？但他没有打断弟弟的讲述。

王世懋的讲述改成自问自答：“兄长知道找到密云的是谁吗？他姓汤，先称是吴人，后来又说是松江人。这倒没有妨碍，苏、松毗邻，举家搬迁者不在少数。兄长知道他找到密云作甚？他先是说要为父亲品鉴字画，后又说在为严东楼访求字画。”

王世贞一惊，问：“他可曾提到《清明上河图》？”

“开始东拉西扯，没有提到，后来，主要谈论字画，偶尔提到《清明上河图》，再后来，就专门谈论《清明上河图》。”王世懋说。

“他怎么说？”王世贞问。

“他说，严阁老、严东楼一直在访求该图，必欲得之而后快；他还说，知道该图现已落到父亲手里。”王世懋述道。

“此事一直隐秘，连族人至亲都瞒着，怎么让他知道？”王世贞发觉事有可疑，苦苦琢磨。

“是啊，父亲也很惊诧，问他如何知道的？”王世懋说。

“他怎么说？”王世贞问。

“他诡谲地一笑，先说四个字：鬼使神差；又说十个字：要想人不知，除非己莫为。”王世懋述道。

“后面的十个字听起来还有些道理，可此人即鬼，又要什么鬼使神差！”王世贞道。

“兄长识得姓汤的这个人？”王世懋问。

“不识。但他既姓汤，又为字画而来，必是汤九无疑。”王世贞说。

“其人如何？”王世懋又问。

“我有八个字送他：本事极大，人品极坏。”王世贞说着，问道，“他找到密云，是要父亲把《清明上河图》献与严府吧？”

“有此意，又不尽然，似可商榷。”王世懋说。

“似可商榷？”王世贞难以置信，“如何商榷？”

“他说：父亲若舍不得此画，只须给他五千两银子，他保证三缄其口，不使严阁老和严东楼知道此事；父亲若甘愿献出此画，只须给他三千两银子，他保证以假作真，瞒混过去；只须给他一千两银子，他保证不以真作假，找父亲的麻烦。”王世懋述道。

“献上赝品，他要银子，献上真迹，他也要银子，这哪里是商榷，分明是敲诈钱财！”王世贞气愤地说。又问，“父亲可曾给他银子？”

“给他五十两银子。”王世懋说。

“这好比击他一记耳光，比不给他银子还要糟糕！”王世贞道。

“父亲还对他说句话：家里并无此物，不过，愿为严阁老和东楼公子访求。”王世懋说。

“话虽得体，只怕瞒不了多久。”王世贞道。

“所以父亲命我火速来找兄长。”王世懋说。

“父亲怎么说？”王世贞问。

“对了，兄长总问姓汤的怎么说，也该问问父亲怎么说，”王世懋道。“父亲说，《清明上河图》乃稀世珍品，宁愿毁之，也不愿它落到莽夫浊子的手里。”

“这才是父亲的品格。父亲有此志愿，我们应该成全他，”王世贞说着，思忖道，“瞒是瞒不久的，给又不愿给，那只有一条路可走。”

“是，父亲也说只有临摹一法；父亲还说，兄长交际广泛，要兄长找妥当的人，办成这件事。”王世懋述道。

“好，”王世贞点头应承，又一一交代，“敬美，这里观海，和我们吴地观海大相径庭，你住上几天，好好看一看海。休息好，你回去向父亲复命，就说这事由我来办，多则十月八月，少则三五个月，必有一图交与他。至于在京读书一事，我看也要重新安排。他们知道你在京里，免不了找上门去啰唆，本来想安心读书，反而安不下心来。不如回乡去，或者来我青州，图个安静。”

“是，一切都由兄长作主。”王世懋应道。

第五百四十六章

皇帝隆重加封自己道号，袁炜呕心沥血撰写“惊世”长联，似乎都不能换取上苍的眷顾。二月以来，火星入轸逆行，预示天变。两个多月后，四月十三日，暴雨狂风，雷电交加。戌时，火球迸入大内，引起大火，奉天、华盖、谨身三大殿，午门内文武二楼，午门、奉天、左顺、右顺等门，及午门外值庐，皆被焚毁。庄严华贵的紫禁城即便不能说成为一片废墟，也是惨不忍睹。

依照惯例，皇帝要做的第一件事是下罪己求言诏书，由于火灾特大，心灵受到的震动特大，皇帝这次的自责尤为剀切；皇帝要做的第二件事是命修复三大殿和其他被焚毁的建筑，这是工部的差事，皇帝觉得，以赵文华的才智和能力，应该能把事情办好。

工程浩大，修复不可能一蹴而就，而火灾发生的第二天，六科就发觉不便。六科稽查六部百司之事，内外奏章，皆由其分类抄出，因此必须坐值。六科值房在午门内，被烧成断壁残垣，肯定不能坐而办事。找一个能办事的地方，是六科当务之急。

吏科是六科之首，各科给事中问他们的都给事中怎么办时，都给事中都说，看吏科如何行事。吏科都给事中有魄力，肯担待；吏科给事中问他怎么办时，他毫不犹豫地说：吏科和吏部对应，吏科办不成事，吏部也办不成事，我等就借吏部的朝房办事吧。吏科众给事中齐声叫好，蜂拥而入吏部朝房。吏部官员不敢阻拦，报与吏部尚书吴鹏。吴鹏也不敢阻拦，让吏部官员少安毋躁，他想看看严阁老对此事如何处置。但严嵩值此之际有多少大事要处置，哪里顾得上吏科占用吏部朝房这样的小事！他没有表示，吴鹏只好听之任之。除礼科外，其他各科照此办理，抢入相应的各部朝房办事。

礼科不是不想去礼部朝房办事，但礼科都给事中谢江忌惮礼部尚书吴山严正，不敢贸然行事，他要本科各给事中稍等一等，自己先去探一探吴山的口风，再决定行止。

“我在礼部供事多年，任佐卿三年，掌部一年，仲川都谏从没有来过礼部衙门，今日怎么大驾光临？”吴山的口气很冷漠。

谢江字仲川，河南卫人，嘉靖二十六年进士。

谢江嬉笑着说：“我知曰静先生一直在翰林院和礼部迁升，可我先在工科，转至礼科不过两年，掌礼科不过半年。曰静先生掌礼部一年、我掌礼科半年，就来拜晤，曰静先生实在不该责备我失礼。”

“你若真心拜晤，我自然不会责备，可你是真心拜晤吗？”吴山道。

“确是真心拜晤，”谢江偷窥吴山一眼，说，“当然，拜晤之外，也有件小事与静曰先生商讨。”

“你肯讲实话，不错。商讨何事，说吧。”吴山道。

“各科皆据朝房办事，唯独礼部朝房空旷，曰静先生不觉寂寞吗？”谢江仍然嬉笑着。

“仲川说各科皆据朝房办事，是什么意思？”吴山问。

“并无特别的意思，晚生不过是说，吏科据吏部朝房办事，户科据户部朝房办事，兵科据兵部朝房办事，工科据工部朝房办事，今天不是第一天。”谢江说。

“仲川的意思，礼科也该据礼部朝房办事？”吴山道。

“该字不敢当，总要曰静先生准允才成。”谢江说。

“仲川的意思，要胁迫我准允？”吴山道。

“胁迫二字言重，更不敢当。”谢江说。

“仲川的意思，要劝说我准允？”吴山道。

“曰静先生自有主见，晚生也不敢劝说，晚生不过想听听曰静先生的想法。”谢江说。

“仲川不过想听听我的想法，那好，我的想法不过两个字，”吴山停了停，响亮干脆地说，“不成！”

“是，是。”谢江毫无意义地应着。

“我只说两个字，谅仲川也不服，我就再多说几个字。”吴山说着，问道，“仲川，我问你，六科自有朝房，为何要据各部朝房办事？”

“六科衙门狭小，坐以待漏尚可，坐以办事则不可。”谢江说。

各衙门的官员都要在天明前赶进宫去，等待沙漏一粒一粒流出，直到上朝的时辰，即谓待漏。朝房就是供各官待漏的地方。

“原来仲川是因六科朝房狭小、六部朝房宽敞愤愤不平，那么，仲川可知，为什么六科朝房狭小、六部朝房宽敞？”吴山问。

“自然因为六科是小衙门，六部是大衙门。”谢江说。

“仲川还该说明白些，六部是二品衙门，六科是七品衙门。七品给谏据二品衙门，他日待漏，你让二品的尚书坐到哪里去？是和七品的给谏杂处，还是坐到六科的朝房去？总之，朝廷的体统必荡然无存。他科、他部可以不顾朝廷的体统，礼科、礼部不能不维护朝廷体统。”吴山多说的不是几个字，而是一番大道理。说罢，戏言道，“要不，我和仲川一起奏请，将六科也改为二品衙门，还不够的话，再奏请将六部改为七品衙门？”

谢江一直在嬉笑。吴山说起笑话，他却不敢再嬉笑，说：“曰静先生指教的是，礼部、礼科须维护朝廷的体统。”

礼部朝房不敢占用，礼科朝房狭小，无法办事，也是事实，谢江只得想别的办法。总算他还有些面子，好歹说通大理寺卿胡叔廉，把大理寺朝房借给礼科暂用。

皇帝召入徐杲问话。

徐杲是巧匠，大内营造，皇帝若有什么想法，总要当面向他交代。皇帝不称他姓名，而是亲昵地叫他徐木匠，以至外朝内朝，上上下下，无不称他徐木匠。但近年来，他已升至工部侍郎，虽然只是挂个虚衔，除了皇帝，别人不好再叫他徐木匠。

“徐木匠，大内动工否？”皇帝问道。

“尚未动工。”徐杲回答。

“朕一再催促，为何迟迟不肯动工？”皇帝不高兴地说。

“木料不足，正在筹措。”徐杲说。

“三殿工程浩大，一时难成，能不能先将奉天等门修复？午门、奉天等门是朝廷的门面，内里如何且不必论，尔等总不能让朕连面子也不要吧？就算尔等不顾朕的面子，你工部朝房现被工科占用，尔等上朝就不觉得不便吗？”皇帝发一通牢骚，又以商量的口气说，“徐木匠，你看能不能如期将午门、奉天等门修复？”

“臣与臣文华等也在计议，如何将午门、奉天等门修复，无奈没有合适的木材，只好等一等。”徐杲说。

“你说合适的木材，是什么木材？”皇帝问。

“楠木。”徐杲奏道。

“其他木材不成吗？”皇帝问。

“臣文华曾议，以杉材代楠，臣恐杉材不坚，不敢苟同。今奉陛下圣谕，午门、奉天等门乃朝廷门面。臣想，门面不可苟且，不如等楠材运到，再作修复计。”徐杲说。

“三殿及午门、奉天等门，以前均以楠材为梁柱，一场火，还不是都化为灰烬？”皇帝脑际忽然翻腾出一句非常有哲理的话来，“久远与否，非物可定。若天神垂佑，即便以一苇支撑，亦可久远。”

“陛下圣明，容臣等再议。”徐杲道。

皇帝点了点头，好似赞同以杉材修复。但在徐杲拜退时，他又说了一句：“午门、奉天等门，仍用楠材为宜。”

第五百四十七章

左顺门被烧得面目全非，而左顺门内廊庑损坏不大，稍稍修葺，仍可以使用。与会的众大臣路经左顺门、看到一片残败景象的时候，心里很不是滋味。

左顺门廊庑沉寂多时，终于又热闹起来。与会者除严嵩、徐阶、吕本三位阁臣外，还有吏部尚书吴鹏、户部尚书方钝、礼部尚书吴山、兵部尚书许论、刑部尚书欧阳必进、工部尚书赵文华、掌院左都御史周延，及户部左侍郎吴嘉会、右侍郎蔡克廉。今日的议题是理财节用，这本是一个泛泛的题目，但因为是在灾变之后，皇帝很看重，所以大臣们谁都不敢掉以轻心，户部的三位堂官也都到会。

吴嘉会字唯礼，湖广湘阴人，嘉靖十四年进士。入座前，他把吴山拉到一边，手指方钝，问："曰静兄看仲敏先生像什么人？"

吴山看不出名堂，反问："唯礼兄说仲敏先生像什么人？"

"像不像待审的罪囚？"吴嘉会道。

经他一说，看上去还真有些像：方钝低下头，闭上眼，端坐不动。他两手放在膝上，一张一合，好像要抓住什么，又没有东西可抓。

"仲敏先生做何错事，成这等模样？"吴山好奇地问。

"仲敏先生清廉谨慎，会做什么错事！"吴嘉会对本部的正堂很是维护，"不过因为要议理财节用，他以为一切责任都在自己。"

"理财节用又非户部一家的事，他想得太多。"吴山说。

"好，曰静先生既道非户部一家之事，过一会儿议事时，还望嘴下留情。"吴嘉会揖道。

吴山闻言不悦："唯礼兄这是什么话！难道我会落井下石，议起理财节用，就把一切过错推到仲敏先生身上，大骂他一通不成！"

说罢，拂袖而去。他性情如此，吴嘉会并不怪罪，只是苦笑一声，走到自己的座位上去。

严嵩轻轻敲了敲桌案，众人知道会议开始，不再出声。

“我奏请皇上，差一至两名司礼监的公公与会。皇上说，今次议理财节用，只议宫外的理财节用，不议宫内的理财节用，司礼监不必去人了。”严嵩说完他的开场白，转向徐阶，“子升，你来说几句。”

徐阶则推出方钝：“仲敏先生这些年一直在出理财节用的题目，也一直在作理财节用的文章，请他先说吧。”

“我能说什么！”方钝睁开眼，一脸的愧疚，“子升先生说我一直在出理财节用的题目，一直在作理财节用的文章，真羞煞我也。其实，题目一直是皇上出的，文章我一直没有作好。太仓匮乏，皇上忧心，皆我之过，大家议吧，议出章程，我办理就是。”

果若吴嘉会所言，方钝把责任都揽到自己身上。他开了这样一个头，别人不好说话。如果大谈国用匮乏，就一定要自责一番，不然，好像在专门责备他；如果不谈国用匮乏，又怎议理财节用？

严嵩心里想：这次会议真是无谓，早知如此，不如找个理由不来。他看看这人看看那人，目光落在吴鹏脸上。

“万里，有何高见？”他慢腾腾地问。

事不关己，吴鹏原本打定一言不发的主意。但现在严嵩问到他头上，不能不敷衍一两句。他说：“理财非我所长，至于节用，我想，可从巨处着眼，从细处着手。”

“怎么个从细处着手？”严嵩追问。

吴鹏原是随口一说，哪里想到什么细处。正觉窘迫，猛然见到挂在廊庑间的历日，心里一喜。

“譬如，解京历日，数额巨大，可减。”他说。

“可减多少？”严嵩问。

“我想，至少可减十分之七。”吴鹏又是随口一说。

“那也该省下一笔不小的费用，”严嵩正在琢磨具体的金额，见对面的吴山冷笑，他问，“曰静以为如何？”

“从巨处着眼，从细处着手，堪称一部好经，可惜被万里先生给念歪。”吴山说。

“这话怎讲？”严嵩问。

吴山说：“历日者，朝廷正朔也。颁示天下，欲使上至公卿，下至小民，家喻户晓。历来解京历日，未必够用，今再减十分之七，如何分派？且解历费用并不多，于国家会计而言，不过如毫毛之在马身，即便全部裁省，恐亦无益。”

“这我就不懂，”吴鹏反驳，“既然从巨处着眼，从细处着手是部好经，裁减解京历日的数额难道不是从小处着手，怎么会无益？譬如《金刚经》是部好经，念南无阿弥陀佛，还会把它念歪不成？”

“裁省历日若抵得上念南无阿弥陀佛，我也不说无益。”吴山道。

二吴争辩，他人不好公然表明立场。因为吴鹏是遵严嵩之命议事，议的确实是节用；而颁示历日是礼部掌管，吴山反驳也在情理之中。但让他们继续争辩下去，怕是越来越激烈，不好收场。

“今日不是议理财节用吗，万里先生、曰静先生怎么论起《金刚经》？”周延插话，“若说好经，也是老氏的《道德经》，不是《金刚经》。”

“南乔兄说不宜论经，怎么自己也在论经？”徐阶接言。

众人一笑，气氛又轻松下来。

“仲敏，你看如何？”严嵩问方钝。

“每年所颁历日，不是多，而是不足，这我知道；但今日之势，能省下一文钱也是好的。”方钝模棱两可地说。

吴山最不愿听模棱两可的话，又欲与方钝争辩。吴嘉会在那边又是咳嗽，又是使眼色，他好不容易才忍住不说。

“唯礼有什么话说吗？”严嵩问。

吴嘉会指了指自己和蔡克廉，说：“今日与会者，皆为正卿，只有我们两个佐贰，仲敏先生指示，我等但记下各位大人所议即可。”

“那好，你就把裁省历日一款记下，”严嵩说着，转向赵文华，“元质，你有什么好的主意吗？”

吴鹏有所议论，赵文华早就按捺不住，只等严嵩发问。

“有一项开销，虽非年年皆有，但裁省下来，亦很可观。”他说。

“元质说的是哪一笔开销？”严嵩问。

“乡试坊牌银。”赵文华说。

乡试中试，朝廷拨给每名举人坊牌银。说是坊牌银，只是一种嘉奖，一种例行的费用，不一定是给举人建立坊牌，也不一定让举人给自己的祖宗建立坊牌。

“元质看，可裁省多少？”严嵩问。

“可减半。”赵文华答。

乡试三年一次，每次取中举人约千名，每名举人例拨坊牌银八十两，减半的话，一次可节省费用四万两。

严嵩才计算清楚，看到吴山又在笑，他问：“曰静有什么话说？”

“我要请教元质先生，可以吗？”吴山道。

“曰静先生不会以为，裁省这笔费用也无益吧？”赵文华自以为占理，颇有嘲弄对方的意思。

“有益无益迟些再说，我想问一问元质先生：听说令公子前次秋闱不幸落榜，元质先生提议裁减坊牌银，不会是为报复天下举子吧？”吴山本来没想说得这么刻薄，但赵文华略呈得意的腔调激怒他。

“吴曰静，这是什么话！”赵文华被戳到痛处，不由气急败坏。

“曰静，左顺门里，这话也是可以乱说的吗？”严嵩也严厉起来。

“好，这话不该说，就算我没说。”吴山并非诚心认错，“我重新问过：元质先生秋闱得意，在三十年前吧？榜上题名时的心情，还能略记一二吗？”

“那份荣宠，那份感激，从未有过，怎会记不得！”赵文华道。

“那么，元质先生不想让以后的举子也有那份荣宠之心，那份感激之情吗？或者，只想让他们保留一般荣宠之心，一般感激之情？”吴山仍不忘恶作剧地牵扯上赵文华的家事，“就算元质先生的大公子已得荫官，难道其他公子，也不准备让他们步入仕途吗？”

赵文华面红耳赤，无言以对。

“曰静这也说无益，那也说无益，然则何者有益？”严嵩质问。

“把万里先生那本经念好，念全，就有益。”吴山说，“万里先生那本经，明明是十个字，为什么只念五个字呢？从巨处着眼，从细处着手，也该议一议从巨处着眼吧。”

怎么议？皇帝已有明谕，今次只议宫外的理财节用。而今宫内最大的一笔开销是修复大内，谁还敢议？即便没有皇帝明谕，谁敢说三殿及各门不该修复如初？而今宫外最大的一笔开销是各边年例银，今年的防秋又该着手准备，谁敢提出裁减某边一两年年例银？连方钝都在想，只要各边陲不提出增加今年的年例银，就要念阿弥陀佛。

两天后，徐阶在西苑值庐遇到吴山，邀道：“曰静先生来坐一坐。”

“好。”吴山应道。

二人各自冲一杯茶水，相对而坐。

徐阶吹拂开没有沉下的茶叶，品口茶水，咂咂赞叹。然后问：“曰静先生知道前日会议的结果吗？”

第五百四十八章

太常司典簿昝义金善医，严嵩夫人欧阳氏患疾，换了几名太医院的高手，都治不好，把他请去诊治，服几次药，居然大好。严世蕃整治酒席，宴请昝义金，以示感谢。

酒宴过半，严世蕃一拍手，家人捧上一盘，上面放两锭大银。

“老昝，这是家母的谢仪，不成敬意。”他说。

“老夫人慈悲，上天护佑，非下官医治之功，下官无功不敢受禄，”昝义金推辞，并说，“就是东楼公子赐宴，下官也惶恐得很。”

严世蕃说：“我请老昝饮酒，老昝过意不去，下次可请还我。这百两白银，老昝不收，我怎么向母亲交代？你不是难为我吗！”

“东楼公子既然这么说，下官愧领。”昝义金道，

他才要去接礼盘，严世蕃说：“酒还没有喝完，银子不忙取。”一挥手，家人把礼盘像一盘酒、菜一样放在桌上，但不是放在昝义金那一边，而是放在严世蕃这一边。他又说，“老昝，家母还嘱咐我，要重重酬谢你，你想让我怎么酬谢？”

“这就更不敢当。”昝义金道。

“你说不敢当容易，上下嘴唇一合就是，却让我怎么向母亲交代？这不是难为我吗！”严世蕃还是这句话。

“东楼公子赐宴，已经是重重的酬谢。”昝义金说。

“母亲发话，人家医好我的病，你可不能请他饮一次酒就糊弄过去。你要是不好好办这件事，我让元质来办，”严世蕃复述过母亲的叮嘱后，道，“老昝，你不能让我输在元质的手里吧？”

“是，是。”昝义金漫应着。

“老昝不好说吧？不好说我替你说：升两级官如何？”严世蕃道。

“若得升秩，非止酬谢，乃是东楼公子再造之恩，”昝义金说，“不过，要升两级，下官恐怕没有那福分。”

他的担心不是没有道理。太常寺典簿正七品，是首领官，升两级，正六品，为寺丞，就是一半的堂官。按照惯例，太常寺堂官只用甲科出身的官员，而昝义金是道统出身。

“老昝的话不错，升两级有些难处。”严世蕃说。

“既有难处，再说吧，东楼公子的恩情，下官心领了。”昝义金道。

“什么话，母亲的嘱咐，我的许诺，岂能再说！”严世蕃说着，看了看摆放在自己面前的银子。

昝义金领会了他的心思，说：“这一百两银子，下官转赠东楼公子。”

“一百两银子谋个堂官？”严世蕃连连摇头，道，“是如今的职官不值钱，还是吴万里、万一和他们不值钱？”

吏部文选郎中万寀，字一和。一般文职的升迁，尚书不会过问太多，都是由文选郎经手的。万寀是严嵩、严世蕃父子卖官鬻爵不可缺少的人物，和兵部的职方郎中方祥被视为严府的文、武管家。

昝义金忙说：“老夫人福大，这一百两银子，不敢用来谋官，只是求个吉利而已。谋官所需金数，下官理当奉上。”

“那好，”严世蕃一丝不苟地说，“按市价，太常寺官升职，一级一千两，两级两千两。这一百两银子是母亲所赠，抵得上一千两；母亲要我重重酬谢老昝，这句话抵得上五百两；余下的五百两，老昝，须你自付。哪一天见到银子，我保证三日之后你作上堂官。”

对严世蕃来说，升一名六品官易如反掌，晚上向万寀交代，第二天一早他就拟文呈进。没想到，这次却出岔子。不是万寀没有巴结着办，而是皇帝多事，要礼部考核之后，再咨吏部诠注。礼部主管太常寺的是祀祭司，主持考核的应是祀祭司郎中。如果杨豫孙仍为祀祭司郎中，也好办些，太常寺丞这一小小官职的面子，他还会给的；他想公事公办，只要求一求徐阶，也就迎刃而解。但杨豫孙新近改太仆寺少卿，由员外郎徐学谟暂署祀祭司事，严世蕃就不敢大意。

徐学谟原名学诗，字子言，苏州嘉定人，嘉靖二十九年进士。因为科、道有同名姓官员，他遂改名为学谟，改字为叔明。有人说，言官徐学诗论事获罪，部属官徐学诗怕受他牵累，影响仕途，才改名、字的。实则，他并不是一个怕事的人。

严世蕃为安排昝义金升迁，除指使太常寺卿径自呈文吏部推升外，还搬出严嵩，直接嘱托吴山。吴山不知就里，催促徐学谟速速复本。

徐学谟抱着一厚摞文牍去见吴山。吴山惊道："我只要叔明复本，提升一个寺丞，难道要阅这多文牍！"

"提升寺丞，一本文牍也用不着阅，但这些文牍，曰静先生还是读一读为好。"徐学谟说。

"为什么？"吴山问。

"因为这都是考选故事，首领官升寺丞，非进士任太常寺堂官，都不在推升之例。吏部知道这些故事，却要礼部推升昝义金，不是明摆着要礼部上下犯过失吗！"徐学诗道。

"有这等事？"吴山取一本文牍阅过，果如徐学谟所言，又取一本文牍阅过，亦如徐学谟所言，他不由大怒，"吴万里欺我太甚！"

"曰静先生，不只是大冢宰欺你吧？"徐学谟道，并戏言，"曰静先生看，仍按吏部所题复本吗？"

"不复，驳回！"吴山态度坚决地说，但看了看徐学谟，表情忽然改变，他问，"叔明，你今年三十几？"

"我是皇上改元那一年出生的。"徐学谟说。

"和嘉靖朝同龄，那么是三十六。"吴山自语。

徐学谟不解其意，问："曰静先生还有什么交代？"

吴山说："而今诸曹阿顺内阁，内阁生一意，诸曹无不逢迎；内阁无意，则诸曹生意逢迎。今为一寺丞，首相父子相继开口，介老至谓，夫人之意如此。若不能得，吾二人危矣。"

"这可不像是曰静先生说的话呀！"徐学谟道。

"叔明以为我是怜惜自身吗？"吴山自问自答，"我年已半百，不足惜矣，叔明始进，只怕今日一驳，来日阁老放不过你，冢宰和吏曹诸郎也放不过你，日子会很难过。还是慎处此事吧。"

几句关怀体恤的话，让徐学谟很感动。他说："谁道曰静先生无情，我看出曰静先生亦性情中人。"随即慷慨激昂道，"形端则表正。尚书无私，部郎敢自私乎！"

吴山摇了摇头，说："叔明不为此说所动，我再换一说法。分宜公乃吾乡前辈，势已至此，不宜重阻之。"说到此，主意已定，"这样吧，昝义金进寺丞一事，叔明就不要过问，我请邦献先生或者懋中先生来主持这一次的考选吧。"

严世蕃见万寀进来，起身相迎。和严世蕃亲近的人都知道，他是个任性的人。

他坐着不动，甚至躺着不动，没有人以为他怠慢过分；他起身迎接，甚至出门迎接，也没有人以为他殷勤过分。

“一和兄，寺丞之事是否了结？”严世蕃问。

“已了结，特来禀告公子。”万寀说。

“礼部没有为难老昝吧？”严世蕃问。

“没有，”万寀道，“遵照公子妙策，吏部送五人去礼部，那四人通过，老昝夹在里面也通过。这一类考选，以往都由司官主持，这回礼部着袁懋中主持，也不过是做做表面文章。那四人都说老昝的面子特大，却不知是公子的面子。”

“还不是一和给我这个面子，”严世蕃说，“我知此事有难处，若非一和勉力而为，我这回丢的面子可就太大，”

“维护相公和公子的面子，乃我辈分内的事，”万寀表过忠心，道，“人人都说礼部吴老儿憨直，他这回却知趣得很。倒是祀郎徐某，由始至终，没有一句通融的话，他掌祀曹，公子以后要安顿寺丞，仍有麻烦。”

“哪里有许多寺丞要安顿，难道我开的是寺丞铺，只售寺丞不成？”严世蕃道。“老昝既安顿好，大家先乐一乐，徐某的事以后再说。”

万寀不敢拂他意，应道：“是，但凭公子吩咐。”

第五百四十九章

八月十五，皓月当空，皇帝觉得今晚的小食特别有滋味，命分赐内阁大臣严嵩、徐阶、吕中，七卿吴鹏、吴山、赵文华等。因多饮几盅酒，皇帝没有丝毫倦意，领着两名小宦者，步上高坡赏月。差出的内臣先后复命，都说各大臣叩拜受赐，感激之情发自内心。皇帝高兴，又对各内臣赏赐不等。

最后回来的是前去赏赐赵文华的司礼少监王瑜。皇帝问他："朕差出的数人，你最年少，怎么反落在他们后面？是因为文华的宅第远吗？"

"他的宅子远倒不远，可奴才绕个大圈子。"王瑜喘着气说。

"八月十五，他没在家里和家人团聚吗？"皇帝好奇地问。

"在家倒是在家，但是在新宅，没在旧宅。"王瑜说。

"朝廷大司空有两处宅子，不足为怪，你找错地方，自认晦气吧。"皇帝奚落道。

"奴才晦气倒不怕，只怕大司空要晦气。"王瑜说。

"怎么？"皇帝问。

"奴才在他新宅找到他时，他喝醉酒，谢恩时不清不楚，跪拜时东扭西歪，不能尽礼数，让科、道官们知道，肯定要大加弹劾。爷看，他可不是要大大晦气吗！"王瑜三言两语讲得很清楚。

皇帝也有饮醉酒的时候，也知道饮醉酒的滋味。但无论怎样醉，圣旨到，皇帝的赏赐到，心里还是应该清楚的。跪拜不如仪，谢恩不如仪，任何借口都不足恃。皇帝这样想着，但没有说出来。

合该赵文华晦气。皇帝原来只顾赏月，眼睛盯着遥远的星空，和王瑜对话，目光收回，开始注意近处的景观。他看到，在宫墙以南，西长安街上，不知什么时候建起一座巨宅，门前灯笼高挂，宅内灯火通明。

"那是谁人宅院？"他问。

王瑜早看清楚那座宅院，但他还是往南走几步，向前张望，然后转回来说："爷不知道吗，那就是大司空的新宅！"

“何时兴建，何时竣工，朕怎么从未见过？”皇帝问。

“建得快，爷自然不及见到，”王瑜道，“奴才听说，大司空的这座新宅，是今春动工的，只用半年就竣工。大司空一家搬迁入内，还不到一个月吧。”

“他建得好快！”皇帝冷冷地说，又问，“王瑜，你还听到些什么？”

“奴才还听说，工部的大木，一半被大司空用建新宅。”王瑜道。

“怪不得朕连修建奉天等门的木材都没有！”皇帝不但语气变化，脸色也变化，方才的高兴劲儿顿时不见。

王瑜想，皇帝要处分此人了。他喝醉酒，不是自己编造出来的。如果想在皇帝面前为他遮掩，不是难事，但王瑜不想这样做。赵文华任工部尚书以后，特别是第二次从浙、直视师回来以后，变得傲慢无礼。这不是王瑜一个人的感觉，和内臣们私下议论时，大家都有这种看法。他对自己无礼，自己为什么要为他遮掩。而且听说，东楼公子原先只是看不起他，现在也很讨厌他。

但皇帝不急着处分。

“王瑜，科、道论劾赵文华的奏章多吗？”他问。

“很是不少，”王瑜说。

“这一年来，凡论劾赵文华的奏章，你都给朕收罗来。”皇帝命道。

“是。”王瑜应道。

“严卿，这几道奏本，你均阅过，今日可重新阅过。”皇帝说。

严嵩在来无逸殿的路上，已从内臣口里问出皇帝召他何事。他当时的第一个想法是怎样解救赵文华，第二个想法才是千万不要把自己牵连进去。可在皇帝面前一站，看到皇帝的脸色，听到皇帝说话的语气，他的想法改变：首先，自己不能牵连进去；其次，才是相机解救赵文华。

弹劾赵文华的奏章，他以前的确读过，但和这次在皇帝面前读，心情大不一样。以前读时，主要是气恼；现在再读，主要是恐惧。

“臣赵文华该死，臣赵文华该死！”他不住地说。

“虽不到该死的地步，也不能再用。”皇帝接过他的话。

“皇上圣明。”严嵩道。

皇帝本想问他，怎么收下这么一个义子，但看到他老态龙钟的样子和惊惧的表情，不觉心软。

“文华是文华，严卿是严卿，严卿切莫以弟子不法为意。”皇帝道。

把义子改为弟子，关系松散得多。严嵩感激涕零地说：“陛下眷爱，臣肝脑涂地，不能报也。”

八月二十一日，皇帝降旨，罢免赵文华，刑部尚书欧阳必进改长工部。满朝上下，欢呼万岁者有之，兔死狐悲者亦有之；欢呼万岁者多，兔死狐悲者少。让许多人意外的是，严世蕃也欢呼万岁，而且比一般人的欢呼还要响亮。后来有知道内幕的人透露：赵文华视师浙、直还朝，送给严世蕃一领金丝帏幕，送给每名姬妾一颗头珠，严世蕃以为礼薄，一直耿耿于怀。甚至有人说，有些官员论劾赵文华，就是严世蕃授意的。

三、浙、直初平

第五百五十章

京师有两个直隶州，都在西北方向，较近的一个是隆庆州，较远的一个是保安州。说较远，也不过三百里而已。

沈鍊被谪放保安已经七年。他初来时，没有居处，一个姓张的商人听说他是痛斥严嵩的京官，好生敬重，把自己的宅子腾空，请他入住，并让自己的几个儿子拜他为师；左邻右舍听说他是痛斥严嵩的京官，好生敬重，有人赠钱，有人赠米，纷纷把孩子送到他这里念书。

沈鍊身边聚集了许多保安子弟，他不但教他们读书，还教他们骂人，还教他们击剑、骑射。

嘉靖三十六年重阳节的前两天，众弟子兴致勃勃地围在沈鍊身边。

“老师，今年的重阳还去居庸关吗？”一弟子问。

“你们想去？”沈鍊反问。

“是啊，”众弟子答道，一弟子说，“去年重阳过得好不痛快！”

去年重阳节那天，沈鍊率众弟子驰赴居庸关，天不明动身，天将黑到得关下。正是防秋的紧要关口，关门紧闭，越关而入是不可能的。沈鍊一行也不想越关而入，他们站立关下，高声痛骂严嵩，直骂得口干嗓哑，尽了兴，才返回保安。

“痛快是痛快，却闯大祸，如果不是陆督帅压下，我等一干人大约都要被锦衣卫官校拿去问罪。”沈鍊说。

众弟子听他说惊动了锦衣卫，也有些害怕。一弟子道：“居庸关不去，叫骂不能也免吧？”

“那是每日功课，不能免的，”另一弟子说，“来，大家随老师一起叫骂。今日把力气用在嘴上，大家要骂得更响亮才是。”

于是，在沈錬带领下，众弟子齐声叫骂：“介溪介溪，好不知几；祸福到头终有报，只争来早与来迟。”

这原是在京城流传甚广的一首民谣，沈錬教给保安子弟。

叫骂一声高过一声，叫骂十数遍后，忽然停止。一弟子问：“上天至今未报老贼，怎么办？”

“上天未报，我等先报！”众弟子道。

一弟子挥臂：“走，我等去诛杀老贼，以泄人神之愤！”

众弟子簇拥沈錬出城。城郊有一处平整开阔的土地，是沈錬率众弟子整理出来的靶场。一端摆放三个草人，脖子上系有一块木牌，书写各人姓名。众弟子练习弓箭，就拿他们作靶子。

沈錬手指右手的草人问：“那是谁人？”

“唐朝奸相李林甫！”众弟子答道。

“既是奸相，何不给它来个万箭攒心！”沈錬道。

“好！”众弟子一边应着，一边搭箭上弦，有的瞄了瞄，有的瞄也不瞄，手一扬，一支支箭飞出。准头好的，正中草人心窝，准头差一些的，也都射在颈项以下，腹部以上。

沈錬手指左手的草人问：“那是谁人？”

“宋朝奸相秦桧！”众弟子答道。

“既是奸相，何不射爆它的头！”沈錬道。

“好！”众箭齐发，有的射中额头，有的射中鼻梁，有的射中脸颊，也有一两箭越过草人头顶，跌落在地。

沈錬手指中央的草人问：“那是谁人？”

“本朝奸相严嵩！”众弟子的声音更响亮。

“既是本朝奸相，又当如何？”沈錬问。

有的弟子说：“射瞎他两眼！”

有的弟子说：“射烂他心肺！”

随着叫喊，一支支箭飞出。一箭射出后，无论中与不中，仍觉愤恨难消，又射出第二箭第三箭。直到草人身上挂满箭矢，因支撑不住而瘫倒，众弟子这才罢手。

没有一处的巡按御史，像宣、大巡按路楷一样，频频出入督、抚衙门。

而今天下共设六总督。三总督用资深官员：陕西三边总督贾应春，嘉靖二年进士；漕运总督王诰，嘉靖二年进士；两广总督谈恺，嘉靖五年进士；三总督为锐进新贵：蓟、辽总督王忬，嘉靖二十年进士；浙、直总督胡宗宪，嘉靖十七年进士；还有就是杨顺，嘉靖二十年进士。锐进者，和严府多少有些关系，而杨顺和严府的关系尤其密切。

路楷是嘉靖二十九年进士，和严世蕃的关系也很密切。他在不久前外放，离京前和前任巡按李凤毛一起去见严世蕃，密商多时。挟东楼公子的托嘱，有如奉圣旨，杨顺贵如总督，也不得不对他另眼看待，他出入总督衙门也不会感到拘束。

“都堂，有旨，”路楷进门便说。

“什么旨？”杨顺一时懵懂，随即醒悟，做了个杀头的手势，“你是说沈纯甫？”

“在宣、大，与都堂相关，与我相关，还能有什么旨！”路楷道。

“这么快？”杨顺难以置信。

“都堂升任宣督，东楼公子就交代此事，实在算不得快。”路楷道。

杨顺是在三月由大同巡抚升任宣、大总督的，算起来已有半年。

“是，这个沈纯甫在保安日日作祟，让严相和东楼公子寝食不安，早该作一了断。”杨顺接过他的话说。

“寝食不安的，恐怕不止严相和东楼公子。”路楷的话暗寓讥刺。

“我知道，许大司马对他也头疼得很。”杨顺说。

许论在嘉靖三十三年至三十五年总督宣、大军务的三年里，曾杀良民冒功，沈鍊曾修书责备，使得许论很是难堪。

“头疼的，恐怕不止许大司马吧。”路楷话里的讥刺更强烈。

杀良冒功，许论在宣、大总督任上做过，杨顺在大同巡抚任上也做过，而升任宣、大总督后，更加明目张胆地做。沈鍊尽得其状，赋诗一首、乐府一首，以讽之。路楷虽应允严世蕃除去沈鍊，但对杀良冒功的做法也不赞成。

杨顺被刺到痛处，脸一红，说：“你我同志，此事何须相瞒？初时是严相和东楼公子欲其速死，后来是我欲其速死；初时是东楼公子催我在外速做手脚，后来是我催东楼公子在内速做手脚。”

“我知道，若不是都堂称沈纯甫训练死士，欲取公子和相公性命，东楼公子也不会把我唤去计议，”路楷说着，语气转为轻松，“好在阎浩等人不是良民，为社稷计，该杀。”

“阎浩该杀，沈纯甫也该杀。”杨顺马上说。

阎浩是山西蔚州白莲教首领，穿行州县，出入漠北，惑群氓以教义，泄边情于俺答，为患已多年。今秋，阎浩及其同伙多人被擒获，解至大同关押。杨顺、路楷正在想方设法置沈錬于死地，得阎浩如获至宝，急速将阎浩案奏明朝廷，而把沈錬列名其中。这样一来，沈錬就莫名其妙地成了白莲教党，莫名其妙地做了死囚。

路楷总结道："第一，都堂欲其速死；第二，大司马欲其速死；第三，相公和公子欲其速死；第四，皇上欲其速死。有此四者，沈纯甫死得还不快吗？东楼公子着人送口信与我，说朝廷的批复是不待秋审，就地处决，这一二日文案就会送达，要我等切不可迟疑。"

"这无须叮嘱，文案一到，我立即将沈纯甫解来大同，与阎浩等一同处斩。"杨顺说。

"依我看，也不必解来大同，批复既曰就地处决，把他解至宣府即可，免得路上再出什么差错。"路楷说。

"言之有理，"杨顺应道，又问，"东楼公子还有什么话吗？"

"东楼公子说：幸为我除此患，事成，大者侯，小者卿，"路楷述道，"大者侯，自然指的是都堂。"

自王守仁授新建伯，文臣再无封爵者。一听这话，杨顺不禁飘飘然。

"御史一跃而九卿，本朝也罕有其例呀。"他说。

九月十三日，沈錬在宣府处死，长子沈襄流放远边。杨顺、路楷则日日盼望严嵩、严世蕃承兑诺言。

第五百五十一章

浙、直总督胡宗宪在湖州处置浙江事务，听报钱塘才子田艺衡来访，很高兴。田艺衡是嘉靖五年进士、以福建提学副使致仕的乡绅田汝成之子，字子艺。以其父深厚的古文功力的影响，及本人的才智学识，他稍微在科制方面用些工夫，中第是没有问题的。但他放诞不羁，嗜酒任侠，以岁贡生谋得一出路，就不再思进取。而他的这种性情，胡宗宪却很喜欢。不但喜欢他，浙江的许多才子，如绍兴山阴人徐渭，胡宗宪都很喜欢，常有馈赠，求其诗文。

“子艺来湖郡是为看我吗？”胡宗宪边问边说，“实话对子艺说，你不来湖郡看我，我到杭城也要请你。若是请不到，我就去你府上看你；你若躲出去，我就在府上坐等。”

“汝贞先生是为得一个思贤若渴的名声吗？”田艺衡也边问边说，“这可要让汝贞先生失望，在下自家也想求一个贤字，但求来求去，求得的却是两个字：不肖。在下赶来湖郡，也是不让汝贞先生失望。”

“子艺的谦辞，在我听来，怎么像是拒我于杭城之外？”胡宗宪道。

田艺衡被他引笑：“不敢，我是怕被逐出杭城。”

胡宗宪也笑：“好，好，子艺来湖郡，就不必担心被逐出杭城，我也不必担心被拒于杭城之外。”随即一转话题，“我知子艺非为我来湖郡，一如我欲赴杭城，也非为子艺。”

“那么，我为何而来湖郡，汝贞先生又为何要赴杭城？”田艺衡问。

“说起来，无非为一马而已。”胡宗宪道。

“此马来无踪影，去无声息，制帅切莫小觑它。”田艺衡说。

“那么，子艺是为报它的踪影而来湖郡？”胡宗宪问。

“汝贞先生也是为问它的声息才要去杭城？”田艺衡反问。

二人拊掌大笑。笑罢，胡宗宪道：“只要子艺说清它的踪影，就用不着我问它的声息。”

“不，我要说它的踪影，也要说它的声息；我知它踪影，是在这一二年，而它的声息，据说源自三十年前。”田艺衡说。

“三十年前？那不是尊翁入仕之初吗？”胡宗宪道。

“是，”田艺衡应道，“家父入仕之初，任职南京刑部。那时有一桩惊动天下的大案，他后来曾对我细述过。”

“可是张寅狱案？”胡宗宪问。

田艺衡点头：“正是。”

“子艺说该案惊动天下，这话不错；可它与今日我等谈论之事有何牵连？”胡宗宪问。

田艺衡述道：“家父告诉我，张寅狱案，要害在于张寅是不是李福达，可审来审去，张寅是不是李福达，反而没人理会。张寅是不是李福达，我不敢妄议，可此马不是李福达徒儿，即为李福达徒孙，却是许多人在说、似为可信的。”

“李福达徒儿徒孙都被奉为祖师？真是世事沧桑啊！”所谓此马，即被士民称作马祖师的道士，胡宗宪感叹一句，问，“子艺道此马是李福达徒儿徒孙，有何依据？”

“我还是先谈此马今日踪影吧，”田艺衡道，“我最早是在南京听到马祖师的名号。半年前，我从徽州辞官还乡，路经南京时，去访都察院里的朋友，听他说南京城里来一位马道士，行奸使诈，妖言蛊惑，欺蒙坑害了不少人。到苏州，已见巡按出榜谕众，擒其奸徒正法，枷其讹言惑众者。马道士在南直无法立足，遁去。我在苏、松停滞几日，游景访景，谁知回到杭城，城里城外又在哄传马祖师。”

他在徽州任府学训导，在士人看来，那种官是可作可不作的。

“子艺在南京，南京传马祖师；在苏州，苏州传马祖师；在杭城，杭城传马祖师，马祖师不会就是阁下吧？”胡宗宪开玩笑地说。

“我若有马祖师的本事，广收信徒，享其供奉，倒也是一件快事，”田艺衡道，“在家住没多久，忽传马祖师去也。又没多久，听说马祖师到湖郡。几个月后，又听说制帅也到湖郡。我还在想，汝贞先生不会是来向马祖师行礼膜拜的吧。”

他也开句玩笑，算是回敬胡宗宪。

“我倒是想行礼膜拜，他不肯见，奈何？”胡宗宪并不以为忤，又说，“子艺所述踪影，与各衙门所报呈的大致相同，可见不是讹传。子艺，我还是要问，何以见得这个马祖师传的是李福达衣钵？”

“我先问汝贞先生，这个马道士为什么去的都是南京、苏州、杭城、湖郡这些大都市呢？”田艺衡反问。

“不外乎大都市里官宦人家多吧。”胡宗宪道。

田艺衡点了点头，复问：“那么，汝贞先生知不知道，官宦人家最关切的是什么？”

“不外乎贪恋官爵吧。”胡宗宪道。

田艺衡又点了点头，说：“马道士便是以此行骗。无论愚氓，抑或官宦人家，找上门来，他便设一水盆，令其照影，而因其影，署大小高下不等官爵，上门者无不信然。我听家父说，当年李福达在北地行骗，亦是同一伎俩。以此观之，说马道士传李福达衣钵，似为可信。”

“无论马道士是不是李福达徒儿徒孙，有一事，一定是衣钵相传的：李福达以行骗始，以作乱终，马道士也以行骗始，欲以作乱终。”说到此，胡宗宪的表情一下变得神秘起来，“子艺是随此马踪影而来，我就不瞒你。这个马道士和他的徒儿徒孙们定于九月十四日起事倡乱，以白巾为号。幸赖有一个叫郿彩的贼人，泄于乌程主簿田本渭，田本渭白于知县蒋弘德，蒋弘德白于知府李敏德，李敏德飞禀军门。我想，一个老道掀不起什么大浪，但浙江不日将有一件大事发生，不可坏在一干小贼手里。所以，我一面命府、县缉捕贼首，一面亲赴湖郡处分。到湖郡后才知：蒋县令、田主簿合计缉捕，消息泄露，贼首蒋鹏、蒋潮等逸去，于乌程双林镇集合贼众，烧劫民舍，抗拒官府。子艺，湖郡我来得对。”

“制帅已作处分？”田艺衡问。

“我传檄李郡守督二千户剿贼，足以应付。”胡宗宪说。

“是，制帅处分及时，若再迟一二月，让贼人从容发展，则祸变绵延，大有可忧者，”田艺衡说罢，问道，“汝贞先生所谓将要发生的大事，可是指人称王五峰的巨枭？”

胡宗宪点头而已，没有再多说。

胡宗宪暂驻湖州城外的一座寺院里，李敏德在双林镇剿灭蒋鹏、蒋潮后，顾不上进城回衙，先带着缴获的物品去寺院。

二人初次见面，李敏德颇觉拘束，胡宗宪则谈笑风生。

“李郡守这次真的有德。”他说。

李敏德以为他说的是剿贼的功绩，谦道：“全凭汝贞先生运筹帷幄，下官不敢贪功。”但随即觉得不对，便问，“汝贞先生话里有话吧？”

胡宗宪笑了笑，说：“我记得，嘉靖二十六年那一科，有一位庶吉士，姓李名敏。

得知李郡守也是那一科出身，我就想，是不是那位李翰林担心自己无德，在名字后面加一德字？”

“李翰林不仅与我同科，而且与我同是晋人，不过，其乡贯榆次，我乡贯长治，”李敏德说。“下官一直叫敏德，并非后来增添的。”

“原来李郡守一直有德，并非这次才有德的，”胡宗宪又开句玩笑，然后问，“蒋鹏、蒋潮一死一擒，他们的祖师还不见踪影吗？”

“是。下官讯问蒋潮数次，他都不肯说出马道士去向。下官想，他不是不肯说，而是委实不知。马道士之狡诈，由此亦见一斑。”李敏德述道，又惶惶然请罪，“汝贞先生部署得当，下官执行不力，以至跑脱元凶，甘愿领罪。”

“功即是功，何罪之有。再者，徒儿徒孙丧失殆尽，这个祖师爷孤身一人，当的也没什么意思。李郡守不必在意。”胡宗宪道。

“多谢汝贞先生勉励，”李敏德说着，呈上几本簿册，“这是从贼首身上搜到的几本花名册，请汝贞先生一阅。”

“花名册？”胡宗宪接过去，翻开一本从头看起。看着看着，脸色一变。花名册上列出的人物，都是湖州及其所辖各县的缙绅，其中不少人与他过从甚密。他们姓名的后面，用小一号的字体记载着他们曾任的官职或现任的官职、他们照影里的品位、他们的住址、他们的家庭成员，以及其捐赠的银两。胡宗宪翻阅几页，不再翻阅。他问李敏德：“这几本册子，李郡守也看过吧？何不处分？”

“是，”李敏德回答前一个问题后，说，“兹因事体重大，下官不敢自作主张，特请汝贞先生明示。”

胡宗宪挥了挥手，在禅房里侍候的亲信退出去。他亲自去关好房门，转身对李敏德说：“此事我朝前贤已有成例，何必由我明示！”

“汝贞先生是说——”李敏德没听懂他的意思。

“阳明子当年平逆藩，搜出当朝显贵与逆藩的信札，是如何处分的？”胡宗宪问他。

“听说一把火烧之。”李敏德道。

“你看阳明子的处分是否得当？”胡宗宪问。

“下官不敢妄议。”李敏德道。

“我看极当，”胡宗宪说，“当朝显贵与逆藩结交，半是畏惧，半是糊涂；真心与之结党者，十个人里没有一个。若依信札往来一一严惩，朝中将大乱，天下将大乱。今湖郡缙绅与马老道结交，畏惧说不上，却离不开糊涂二字。若依此册一一严惩，湖郡将大乱。”

“汝贞先生说的是。”李敏德道。

“那么，这几本册子——”胡宗宪留下后半句话让他说。

李敏德知趣地说：“效仿阳明子，也烧之。”

“好，”胡宗宪咳嗽一声，三郎应声而入，他命道，“你去灶房，把这几本册子烧了。若有片纸只字流传出去，我拿你是问。”

“是。”三郎郑重地接过花名册。

第五百五十二章

王直率所部嫡系及倭人，共计三千，停泊在定海西北的岑港。他扬言，此来为送还使者蒋洲；而他的真实目的不详，因而在浙省引起极大惊慌。胡宗宪亲提一师驻扎绍兴，一方面扼守北去的通道，一方面与王直周旋。

蒋洲到绍兴，证明王直送还使者的说法不全是假话，却不能证明它全是真话。除送还使者，王直一定还有别的目的。

胡宗宪立即接见蒋洲，在座的还有监军御史王本固。王本固字子民，顺德府邢台人，嘉靖二十三年进士。

“信之在外漂泊一年，辛苦了。”胡宗宪满怀真情地说。

“学生把都堂大人要的人引到国门口，却不能引他来见都堂大人，惭愧之至。”蒋洲说这话也是一片真心。

“信之，我们都不说客套话，”胡宗宪道，“我问你，王某与你同来，究竟打的是什么主意？”

“都堂不是想他归顺吗？”蒋洲道。

“他肯归顺？”胡宗宪不知怀疑自己听错，还是怀疑蒋洲说错。

“说他肯也可，说他不肯也可。”蒋洲道。

“这话怎讲？”胡宗宪问。

“说他肯，因为他从未说过绝不归顺；说他不肯，因为——”蒋洲停了停，接着说，“因为他支吾其词，从未痛痛快快地表示归顺。”

“他如何说的？”胡宗宪问。

“他说：必待奏奉明旨，蒙获宽宥，与以都督职，并使海上开市，方图归顺，绝不效徐海堕于牢笼，作俘囚也。”蒋洲转述罢，说，“宽宥其罪，授以官职，准许开市，恐怕都不是都堂做得主的。”

“不错，这几件事都须奏明朝廷，”胡宗宪说，“而我只可以担保执政者会答应他的这些要求，至于皇上会不会恩准，我没有把握。”

“那么，只有诉诸武力？”蒋洲问。。

“诉诸武力？”胡宗宪挽起蒋洲，走到书案前，“信之，你来看看。”

书案上铺开一张详尽的岑港图。从图上可以看出，岑港的形势十分险恶，四周山崖峭立，大海环绕其外，只有一条通道，入口处狭细，仅容一舟通过。蒋洲在船上，只听王直讲述过岑港的险恶；在通道以外，只感觉到岑港的险恶。看过这张海图，他才真正有所体会。

胡宗宪说：“岑港乃绝地，王直忽然盘踞，抢得先机。他以三千人盘踞岑港，我以三万人攻之，没有必克的把握。”

“那么，只有严阵以待？”蒋洲又问。

“严阵以待？”胡宗宪说，“海域广阔，北可以绍兴、嘉兴，以及南直，南可以宁波、温州，以及福建，防不胜防。”

“攻不能攻，防不能防，都堂怎生应付？”蒋洲问。

“只有继续劝说他归顺，”胡宗宪道，“信之，还要请你辛苦一趟，去见王直，对他说明：徐海是死于同类火并，他其实一日俘囚也没有作。”

“都堂的事，国家的事，理当效力。不过，”蒋洲口气一转，说，“我一人去，恐怕劝说不成，王五峰说，请都堂差一贵人作质。”

“这也是应该的，”胡宗宪道，想了想，他说，“还着夏正去如何？他与王直有一层旧关系，现官指挥使，王直等均可以他作为参照。”

蒋洲觉得可以：“好，请都堂吩咐下去。”

“我再与你一件信物，”胡宗宪说，“王直之子王澄，陪伴在祖母身边，我让他修一书去，敦促其父早日归顺。”

“有其家书更好，”蒋洲道，又说，“临别时，王五峰曾言，他与王海峰兄弟情笃，分别久，很是想念。都堂看，能不能让他同去？”

“王激是我的嘉宾，又不是俘囚，为何不能同去？”胡宗宪说着，问一直没有开口的王本固，“子民，你说呢？”

“汝贞先生的嘉宾，当然由汝贞先生作主。”王本固笑道。

既问御史，显然王激并非自由之身；王本故作此答，显然是同意。

王直看蒋洲、夏正及王激离船登岸，快步迎上去。对蒋洲说句：“蒋先生果是信人。”对夏正说句，“恭喜夏大人又升官。”然后与王激抱在一起，连连拍着他的肩头，说，“海峰，想煞我也。”

“我也无时不在想念五哥。”王激回应道。

二人分开后，夏正上前搭话：“老船主，别来无恙。”

王直板起面孔：“前次相见，我就对你说过，你而今是官府的人，切不可再把我看作老船主；况且，一年前，你不过是个通译，今天已是指挥。在你眼里，我这个老船主该是老船工，怎么仍用旧称！”

“老船主言重了。”夏正讪讪地说。

“蒋先生，请。”王直只让蒋洲一人。

岑港是一孤岛，其山向外陡峭，向内平缓。平缓的坡地上这里一处那里一处，搭起许多草舍。这是王直在官府不知神鬼不觉中差人经营的，现在用来安顿三千人马，竟然绰绰有余。但王直自己和他的亲信并不住在这些草舍里。他把蒋洲等领向岑港腹地一座巨大的山洞，从外面看，山洞是天然的，进去以后，才会发现人工开凿的痕迹，可见王直经营岑港这个据点，着实下过工夫。

叶先生张罗着在空旷的山洞里摆设好宴席。入座后，王直说：“略备薄酒，原想为贵人洗尘，没想到来的是我原来的属下。老夏，既然胡都堂差你来，我也只好拿你当贵人。”

夏正脸涨得通红，接言也不是，不接言也不是。蒋洲替他圆场：“王首领不要小看夏指挥，胡都堂说，他虽然只是一名指挥，但在此事中的地位不在三司官之下。”

“胡都堂如此倚重，老夏，我更要恭喜你，”王直说着，举杯邀同党。“叶先生，海峰，我们该一起来敬夏贵人一杯酒。”

“他这个贵人有谁稀罕，我只管自己喝酒！”王激不理他人，一仰头，将满满一杯酒灌下。

众人饮过第一巡。王直问：“蒋先生，有什么好音讯吗？”

“有。”蒋洲先吃一口菜，才吐出一个字来。

“说与我等听听。”王直道。

蒋洲又吃了一口菜，说：“朝廷在年初改浙江巡抚都御史于福建，阮都堂去漳州开府，浙江不再设巡抚，由胡都堂兼理。”

浙江巡抚改福建，是赵文华条陈所议。按照他的说法：浙江一省，顷以倭寇，增设总督，又加巡抚，未免偏重。皇帝准其奏。

“朝廷的事，于我等有什么好处！”王直道。

“怎么没有好处？”蒋洲道，“王首领不是不知，胡都堂一心想促成归顺之事。可阮都堂与胡都堂之间有龃龉，胡都堂有所主张，阮都堂一定要反其道而行之，故事多掣肘。阮都堂去福建，浙江的事办起来就顺利得多。王首领看，有没有好处？”

“胡都堂一心想促成我归顺，对我所求各事怎么说？”王直问。

“将竭力请之于朝。”蒋洲答道。

“竭力请之于朝？就是说，此事不易成功，”王直道。

“虽则不易，但不似王首领想的那么不易，”蒋洲说，“一者，朝廷将浙事完全托付胡都堂，胡都堂有所奏请，不会轻易驳回；二者，执政者和胡都堂心意相通，必一力维护。我言及执政者绝非空穴来风，罗中书来往于浙江与京师之间，曾多次对胡都堂提起。”

“罗中书？就是龙文吧？”王直问。

以罗龙文的力量，加上严世蕃相助，捐一个中书官，再容易不过。

“是，罗中书还说：只要王首领归顺朝廷了，想做文官，他为你活动一个寺卿；想做武官，他为你活动一个都督。”蒋洲转述。

“为什么还要活动，这难道不是我分内应得的吗？”王直道。

蒋洲一怔，知道自己的话里有破绽。他忙设法弥补：“王首领归顺，寺卿、都督自然是分内应得的。不过，那是虚职，罗中书的意思，为王首领谋一个实实在在的官职，也好在京师做伴。”

“龙文捐个中书，怎么变得糊涂了！他以为，只要我归顺，就可以和朝廷相安无事？”王直的志愿并不在此，“我倒宁愿在外自领一军，有事效力，无事落得逍遥自在。”

“那也由得王首领。不过，”蒋洲从怀里摸出一函，递将过去，“老夫人和令公子都盼望安定，王首领也要为他们想一想。”

王澄在代祖母所写的书信里，大讲胡宗宪的大恩厚德，促王直从速归顺，以全母子之情。王直看罢冷笑，把书信传给叶先生看。

“说是受祖母嘱托，话却全是他自己的。澄儿吃了几个月皇粮，也变得糊涂。我在外，官家待尔等厚，一旦我归顺，谁知道你还能不能保住项上人头！”王直说着，问王滶，“海峰，我的话可是？”

“五哥的话是不会错的。我也吃了几个月皇粮，虽见胡都堂对老太太礼敬有加，但总觉得不那么实在。”王滶说。

“老叶，你说呢？”王直问叶先生。

叶先生说：“我一直和五峰在一起，澄儿称胡都堂大恩厚德，海峰称不实在，孰是孰非，无从判定。我只想，不管胡都堂的大恩厚德实在不实在，老太太既在他处，五峰就不能峻拒之。”

“这话不错，”王直点了点头，对王激说，“海峰看出不实在，还敢再去胡都堂那里吃几天皇粮吗？”

“那有什么不敢！”王激豪爽地说，“五哥不是还在外吗，想来，胡都堂还会好酒好肉地接待。”

“好，海峰送蒋先生回去，禀上胡都堂，就说，”王直斟酌词句，“就说我这里有三千属下，百余酋首，归顺的事，总要和他等议一议。”又对夏正说，“老夏既来，委屈你多住几日。我想，你那个指挥也是虚的，没有什么要紧事等你去处分。”

“胡都堂差我来，我原本就没打算这快回去，老船主不留我，我也要恳请。”夏正回应道。

第五百五十三章

贵州在元朝分属湖广、四川、云南三行中书省。太祖皇帝立国后，于洪武十五年设贵州都指挥使司，管辖这一区域的军事，而民政仍分属三布政司。永乐十一年，设置贵州承宣布政使司，它才成为一个独立的省份。布政司下辖府、军民府、宣慰使司等。军民府为土府，宣慰使司为土司，军民府知府是文职土官，宣慰使是武职土官，均世袭。

巡抚高翀对着不知是哪一府、或哪一军民府、或哪一宣慰使司准备上贡的丹砂看了好一会儿，才吩咐请陈大人来议事。

陈尧字敬甫，扬州府南通州人，嘉靖十四年进士，任贵州巡按。

他一进屋，高翀顾不得叙礼，指了指摊在桌案上的丹砂，说："来，敬甫，见识一下夜郎国的丹砂。"

陈尧看了看，问道："允升先生要我看什么？"

高翀抓起一把，说："看其颗粒。"

"颗粒匀称，"陈尧说。又问，"还看什么？"

"看其色泽。"高翀说。

"色泽殷红。"陈尧说。

"颗粒匀称，色泽殷红，算得上佳品吗？"高翀问。

"算不算佳品，我不知也；可我知道，其色泽为何殷红。"陈尧说。

"敬甫，说说看，其色泽为何殷红？"高翀道。

"此百姓血也，安得不赤！"陈尧语气沉重地说。

高翀及其幕僚闻言，无不愕然，有一幕僚还"啊"出声来。

"敬甫，这话过分吧。"高翀道。

"何谓过分？"陈尧理直而气壮，"我不但说此乃百姓血，我还说得出，百姓血缘何而流出。"

"说说看，百姓血缘何而流出？"高翀道。

"缘自采木也，"陈尧说。"贵州虽产大木，但距京师路途遥远，甚少加派，今欲贡献大木，故百姓流血。”

“敬甫不是不知道，采木之役，乃土府自请贡献，并非朝廷硬性加派的。”高翀分辩。

“朝廷用木心切，不阻止土府贡献，也就罢了；允升先生，你怎么也不加阻止呢？是不是想饮民血以自肥？”陈尧不留情面地质问。

高翀字允升，湖广安陆人，嘉靖五年进士。

巡抚衙门的幕僚们按捺不住，纷纷起而反击。

“敬甫先生这样说太过分，高公岂是饮民血之人！”一幕僚道。

“都堂不是不想阻止，无奈土府通天，朝廷已知道此事，他想阻止，又怎么阻止得了！”另一幕僚说。

“允升先生阻止不了，敬甫先生又阻止得了吗？”第三名幕僚说。

陈尧冷笑，对他们的话一概不理睬。

还有幕僚要开口，被高翀止住。

“我绝非嗜饮民血之人，但未能阻止采木之役，心里确有愧疚，”他说着，问道，“敬甫看，丹砂之贡如何处置？”

“愧疚一次，不可再愧疚一次。”陈尧说。

“亦即：前一次没有阻止，这一次不能再不阻止？”高翀换一种说法。说完，沉默很长时间。

“丹砂不似大木，解押至京，用不着许多夫役。但朝廷若年年征用，贵州百姓亦是不堪负荷。”陈尧说。

一幕僚俯在高翀耳边说：“允升先生莫忘，皇上已降旨。”

声音虽低，还是被陈尧听到。他说：“皇上降旨，是各名山采集芝草，并没有提及丹砂。”

高翀又静想一会儿，终于做出决断：“好，我把丹砂扣留下来。朝廷降罪，由我一力承担。”

皇帝召入三阁臣，议一阵其他的事后，问道：“南国大木陆续运至，可以着手修复午门、奉天等门吧？”

“是，”照例是严嵩代表三阁臣回话，“臣等与工书欧阳必进、工侍雷礼、徐杲等议过，都以为近日可动工。”

“木也有，议也议，工部还等什么？”皇帝有点儿不高兴，他说，“朕看，修复工程须得专委一人，笼统委与工部，几名堂官互相推诿，不知哪一日方可动工，哪一日方可竣工。”

“皇上圣明。”三名阁臣颂道。

“卿等以为，此事可委与谁人？”皇帝问。

督修大内工程，向来是很肥的差事。严嵩很想将此事委与严世蕃。他挂工部侍郎衔，让他监工合乎情理；又一想，严世蕃一直参赞帷幄，没有办具体事情的经历，如果不能如期完工，或者如期完工，却不合皇帝的心意，岂不是弄巧成拙？

就在他踌躇之际，吕本说：“修复大内诸门后，还要修复三殿，似以工书监工为宜。”

今年他颇为得意，七月晋柱国，八月加太子太傅，自觉在皇帝面前有了说话的资格。另外，他也很乖巧，见严嵩犹犹豫豫，不即作答，知道他有难处，而推出欧阳必进，他是不会不满意的。

皇帝没说什么，但从脸上的表情看得出，是不赞成的。

以欧阳必进主其事，而以严世蕃佐其事，也许更好一些。想到此，严嵩说：“吕本说的是，工程浩大，工书不可辞其职。”

皇帝摇头，说：“欧阳必进和赵文华一样，非干练长才。大内工程已误于赵文华，不可再误于欧阳必进。”

回绝得这样干脆，严嵩、吕本都不好再说。

“朕观察已久，工部诸卿，干练均不如雷礼，就着他监工吧。”皇帝自己做出选择。

“皇上说的是，雷礼必不负重寄。”徐阶说。

“还要找一个人帮他打理，”和严嵩的想法一样，皇帝也想到，需要有人佐其事；但和严嵩的想法又不一样，皇帝确定的是另一个人。他问徐阶：“徐卿之子现任何官？”

“臣子徐璠现官尚宝司丞。”徐阶回奏。

“就由卿子为朕佐理此事吧。”皇帝说。

“是。”徐阶应道。

严嵩明知皇帝定下的事很难再作更改，但仍抱着一丝希望。他说：“臣子世蕃现官工部佐卿，亦可襄赞此事。”

果然，皇帝拒绝用严世蕃和拒绝用欧阳必进一样干脆，只是话说得婉转些：“世蕃之干练，朕是知道的。但工部事务尚多，他又兼着太常寺和尚宝司的差事，不必过问大内工程。”

这也许不是什么大事，但在严嵩心里埋下深深的阴影。

第五百五十四章

“海峰识得此处吧？”胡宗宪等王激行过礼，问道。

“绍兴府衙，焉得不识！”王激来过多次绍兴城里，自然识得；但他也有困惑。“听说都堂住在寺里，办事也在寺里，为何在此接见小民？”

“寺院是清静场所，只可和老和尚谈禅，不可喧闹。今日要请海峰饮酒，只好借郡守的衙门用一用，”胡宗宪说着，开句玩笑，“我若在寺里请海峰喝素酒，回去岂不要在你五哥面前抱怨？”

“都堂请我饮酒？这可不敢当！”王激有些受宠若惊。

“信之代我赴岑港，你五哥设宴款待，你代你五哥来绍兴，我不该款待你吗？”胡宗宪道，“今日作陪客的，除了信之，都是我的书记、僚属，一个正式的官员也没有请。海峰，这可不是我轻慢，或者那些正式的官员轻慢，我是怕你不自在。”

“都堂关爱，小民感激不尽。”王激谢道。

“既然领情，定要尽兴。”胡宗宪说着，诡诈地眨了眨眼，问道，“海峰，敢不敢与我赌个输赢？”

王激自恃海量，饮酒时从来不肯认输。但听说胡宗宪也有海量，而且又在他的地盘，谁知他挑选陪饮的都是些什么货色！因此，王激不忙作答。他看胡宗宪一眼，又轮番看看陪客，反问：“是和都堂一人比输赢，还是和这多人共赌输赢？”

胡宗宪忍不住笑起来，指点着王激说：“胡某七尺男儿，和海峰赌个输赢，用得着以众欺寡吗？海峰怕不怕我做手脚，壶里一半是水，一半是酒？也罢，我们换个赌法，不赌酒量。”

“都堂要赌什么？”王激问。

“我二人赌哪个先醉，如何？”胡宗宪道，“赌酒量，海峰怕我做手脚，怕我以众欺寡，赌哪个先醉，就用不着怕。我若做手脚，若用众人轮番战你，我就输定。”

“这个赌法，倒是公平得很，”王激说着，眉头一皱，“不过，小民不懂，都堂设此一赌，其意何在？”

“看谁真正尽兴呀。”胡宗宪的用意随口而出。

“为让都堂尽兴，小民一定要赌。都堂，取大碗来吧。”王激说。

陪客们仍用酒盅，唯胡宗宪和王激面前各摆一只大碗，酒盅注满酒，大碗里也注满酒。

“海峰，这一碗酒，我一口饮不尽，要分三次饮，你怎么饮法，我不管，”胡宗宪说着，端起碗来，喝一大口，他放下碗时，众人看到，他这一口不多不少正喝去三分之一。

“都堂是主，小民是客；都堂是官，小民是民。可第一口酒，小民不敢输与都堂。这一碗酒，都堂分三次饮，小民分两次饮。”王激绝不服输，一口喝去半碗。

“来，来，”胡宗宪兴致勃勃地招呼众陪客，“大家饮酒，吃菜，顺便也为我二人判个输赢。没有你等评判，只怕我二人喝得天崩地裂，明日说不清谁是赢家，谁是输家。”

“是，是，都堂请用菜，海峰请用菜。”众人一边饮酒，一边让道。

胡宗宪、王激你一口我一口地比拼起来，几乎没有间歇。胡宗宪喝完第三碗的时候，说话有些结巴：“海、海峰，你已饮几碗？”

“四碗。”王激说。

“不、不对吧？我三口饮一碗，你两口饮一碗，我饮三碗，你怎么只饮四碗？”胡宗宪话结巴，头脑还没有糊涂。

“我不是还欠你一口吗？”王激又喝半碗。

“海、海峰，我要用菜，你要不要用？”胡宗宪问。

“尚能支撑，暂且不用。”王激说。

“海峰好酒量，罢了，罢了，我斗不过你，不如认输。”胡宗宪说。

“都堂莫忘，你二人赌的是谁人先醉。”一幕僚提醒道。

“谁、谁人先醉也是可以赌的吗？那和立个打败仗的军令状有何不同？这是谁人的主意，敢出来和我理论吗？”胡宗宪说的是真话，还是胡话，谁也分不清，“海、海峰，今日糊里糊涂赌一场，不算数，你我二人明日重新赌过。”

“今日已然赌出输赢，明日不必再赌。”王激说。

“你是说，我赌输了？”胡宗宪问。

“不，都堂赌赢了。”王激说。

“都堂是赌赢了。”众幕僚也说。

“海峰虽然赌输，但坐在这里，菜没吃一口，眼都没眨一眨，是条好汉！”一幕僚说。

“不错，不错，海峰是条好汉。”众人呼应。

胡宗宪大笑：“海、海峰，他等不但谄媚取悦于我，还谄媚取悦于你，你知道为什么吗？因为我在维护你。不过，你切莫相信他等。他等嘴上称你好汉，心里却无不盼你速死。”

“都堂说这话不公平。盼海峰速死的人有，却不是我等；我等和都堂是同心的。”一幕僚说。

“是啊，我等和都堂是同心的。”众幕僚说。

“和我同心？”胡宗宪不以为然地大摇其头，眼看要说出更不好听的话。

一幕僚抢先说道：“都堂该歇息，我等也该散，若把已握胜券的赌局丢失，岂不可惜？”

“歇息？不错，我真是乏了。”胡宗宪说着，拉起王激，“海峰，你和我一起歇息，免得遭他人算计。”

大郎把胡宗宪放倒在榻上，低声说：“大人且躺一躺，我把客人安置好，再去给大人煮一碗醒酒汤。”

“谁要醒酒汤！”胡宗宪挣扎着起来，但浑身无力，只得躺在榻上问话，“你、你要把海峰安置在哪里？”

“后面有一空舍，让他将就睡一晚吧。”大郎说。

“你也靠不住，让他和我同榻而睡。”胡宗宪吩咐。

“可是——”大郎看王激一眼，很是犹豫。

“军令如山，你敢不从！”胡宗宪喝道，“我这里今晚不要你等护卫，有海峰在，我怕什么！我给你等讲过曹阿瞒的故事，你等还记得吗？我半夜起身，若见到室内外有人，见一个会杀一个。”

“是。”大郎不得不让侍卫的军士们离去；看着王激躺在胡宗宪身侧，闭上双眼，自己也离去。

王激一动也不敢动。他本来想快些入睡，已表明自己并不害怕躺在胡宗宪身边。可躺在这样一个大人物身边，实在难以入睡。不多时，耳边传来鼾声，而且越来越响，他就更无法入睡。

慢慢转动一下身子，枕边鼾声依旧；慢慢坐起身来，身边鼾声依旧；慢慢移身落地，榻上鼾声依旧。四下里悄然无声，显然是胡宗宪军纪严明，没有一个军士敢留在室内室外。

案头的火烛没有熄灭，王激轻步向桌案走去。桌案上乱堆着纸页，有浙省文武官员呈送胡宗宪的文卷，也有胡宗宪亲笔写的文卷。属下呈送的文卷，十有七八是请战的，总兵官俞大猷写的尤其恺切。照他的说法，王直罪不可逭，无论降与不降，都要论死。胡宗宪写的，则是一篇疏稿，翻过来掉过去阐述应该赦免王直等人的道理。看过前面的文卷，王激一颗心冷了半截；看过胡宗宪的疏稿，王激被感动。

桌案上有现成的笔墨纸张，他定了定神，坐在案前，飞速抄录着各文卷。一个时辰后，抄录完毕。看看榻上，胡宗宪仍在酣睡，连姿势都没有变；看看窗外，四下里仍是悄然无声，连鬼影也见不到。他把抄录的文卷贴身藏好，又轻步走回榻边，慢慢躺回原处。这一回，他很快入睡。

张少华的目光一刻也没有离开王直：王直坐下，她的目光随之向下；王直站起，她的目光随之向上；王直踱步，她的目光随之忽东忽西。

“五哥，还下不了决心吗？”她终于问出声。

王直沉重地摇着头。

“五哥别人信不过，连海峰也信不过吗？别人会传假讯息骗五哥，海峰也会传假讯息骗五哥吗？”张少华道。

“我不是信不过海峰，但此事关系我自家的性命，关系我一家人的性命，关系海峰、老叶等一干人的性命，关系千百儿郎的性命，我不得不慎呀。”王直叹道。

“关系重大，我也不敢替五哥作主。不过，常听老人们说一句话，我以为是不错的。”张少华说。

“什么话？”王直问。

“机不可失，时不再来。”张少华道。

“你是说——”王直琢磨老话的意思。

张少华解说道：“胡都堂一力维护五哥，这是胡都堂自己说的，也是海峰已印证的。如果说，他敢在海峰面前行骗，以获得海峰的信任及五哥的信任，难道他也敢在奏本里向皇上行骗吗？世事难料，胡都堂总督督浙直军务、巡抚浙江的大印，不知哪一天就被朝廷收回，而继任者是不是像他一样维护五哥，只有天晓得。到那时，恐怕真如俞总兵所言，五哥无论降与不降，都要论死。”

“朝廷不与生路，不降就是。”王直不像回答张少华，倒像自语。

“可朝廷集天下之兵力、财力，五哥不降，又能支撑几时？”张少华说着，从腰间抽出王直赠与她防身的短剑，说，“反正是个死，不如今日死在五哥面前。”

“还在计较，少华不忙自裁！”王直抢上前一步，扼住她手腕，眼看短剑插回鞘中，他说，“少华，你的心思我懂得，我现在心乱如麻，只想再听你唱一曲。”

“五哥要听那一曲？”张少华问。

“随意选一段长曲，慢慢唱来，也许你唱完，我的决心也下了。”王直说。见张少华操起琵琶，他又说，“你须得与顾郎合奏共唱，听起来才有味道。去，把他唤来。”

一直被王直称作顾郎的沈郎奉命而来，一如昔日，目不斜视。

“顾郎，五哥要听长曲，我们就演唱你才教会我的《漫兴》十阙吧。”张少华说。

“是。”沈郎应着，把箫贴在唇边，吹起前奏，然后二人或分或合地唱起来。词共十段，煞是漫长。

十载铅华梦一场，都将心事付沧浪。内园歌舞黄金尽，南国飘零白发长。
满榻乱书尘漠漠，数声羌笛月苍苍。不才赢得腰堪把，病对绯桃检药方。

此生甘分老吴阊，万卷图书一草堂。秋榜才名标第一，春风弦管醉千场。
跏趺说法蒲团輭，鞋袜寻芳杏酪香。只此便为吾事了，孔明何必起南阳。

一身憔悴挂衣襟，半壁藤萝覆釜鬵。去日苦多休检历，知音谅少莫修琴。
平康驴背驮残醉，谷雨花坛费朗吟。老向酒杯棋局畔，此生何望不甘心。

怅怅暗数少时年，陈迹关心自可怜。杜曲梨花杯上雪，灞陵芳草梦中烟。
前程两袖黄金泪，公案三生白骨禅。老后思量应不悔，衲衣乞食院门前。

驱驰南北鬓头尘，褴褛衣衫折角巾。万点落花俱是恨，满杯明月即忘贫。
香镫不起维摩病，樱笋难消谷雨春。镜里自看成一笑，半生傀儡局中人。

平康巷陌倦游人，狼藉桃花病酒身。短梦风烟千里笛，多情弦索一床尘。
黄金谁买长门赋，黛笔难描满额颦。唯有所欢知此意，对烧高烛送残春。

自怨迂疏更自怜，焚香扫榻枕书眠。苏秦扪颊犹存舌，赵壹探囊已没钱。

满腹有文难骂鬼，措身无地反忧天。多愁多恨多伤寿，且酌深杯看月圆。

踏遍回廊细自筹，腾腾无语重低头。四更中酒半床病，三月伤春满镜愁。
白面书生空鹏赋，黄金游客賸貂裘。年来踪迹真堪尽，飞叶僧房细雨舟。

尽怪趋跄总不能，自知才命两无凭。难寻萱草酬知己，且摘莲花供圣僧。
两字功名成蝶梦，百年疏水曲吾肱。尽尝世味犹存舌，荼荠随缘敢爱憎？

造物元来最忌名，太平又合老无能。交游零落绨袍冷，风雪飘飘瓦罐冰。
二顷未谋田负郭，一餐随分欲依僧。醉时试倩家人道，消尽粗疏气未曾。

词里有凄凉愁苦的句子，也有肆慢不恭的句子，以凄凉愁苦的句子居多；而曲调的凄苦又多几分，听得王直涕泪潸然，词尽曲终之后，半晌没有说话。张少华、沈郎见勾引起他无限愁绪，更不敢率先开口。

“杜曲梨花杯上雪，灞陵芳草梦中烟，”王直低声吟出，说，“少华，这两句我似曾听过。”

张少华说：“顾郎来后，与我第一次演唱，便有这两句词。”

“记得顾郎说，那是唐伯虎写的词。”王直说。

“上禀王首领，这十段词都是唐伯虎写的。”沈郎说。

“难怪！”王直应罢，继续评点，“镜里自看成一笑，我看十段词里这句写得最好。普天下的人，谁看到自己的嘴脸，大概都不免要哂笑一番。”

张少华、沈郎没有说话，也没有什么话好说。

“顾郎，你去吧。这个唐伯虎写的词，从此你再不要唱，我也再不要听！”王直等顾郎退出后，从怀里取出一副精致的小匣，交给张少华，“少华，此物干系重大，你收好它。”

“它是何物？”张少华边问，边打开小匣，里面端放着一颗印鉴。拿出来看，上面刻着“王五峰印”四个大字。她不复多问，把印放进匣里，把匣揣进怀里。

岑港的一处密洞里，王直、王激、叶先生三人正在议事。

“不战不降，拖而不决，终不是事。海峰，我已想好，这次亲自去会一会胡都堂。”王直说。

“好，我和五哥一同去。”王激爽快地说。

“不，你不能去。”王直说。

“为什么？我会过胡都堂两次，上上下下斯混熟，我不陪五哥去，谁陪五哥去！”王激争着要去。

“你我都去，岑港的几千人怎么办？”王直安排道，“还是老叶随我去绍兴，你留下理事。”

“好，我听五哥的，”王激被他说服，问道，“五哥哪一天走？”

“就在明日吧。”王直道。

“五哥还有什么叮嘱？”王激又问。

王直述说他的通盘想法：“我和海峰、老叶此次兴师而来，其实是为归顺。但朝廷准不准归顺，我等心里都没有数。海峰从绍兴回来，我等心里有些数，但把握仍不大。不错，海峰去绍兴，胡都堂比在宁波更客气，这是因为我在岑港，胡都堂为稳住我，一定会对海峰客气。须得我会过胡都堂，才知道他是不是真的一力维护我等，朝廷是不是真的准我归顺。我和老叶去绍兴，海峰在岑港，数千人在岑港，谅他胡都堂也无奈我何。海峰去不去绍兴，几千人散不散去，我定有信息与你。”

“是口信，还是书信？”王激问。

“书信，”王直说，“我与胡都堂相会，胡都堂一定要我写书信招抚你和岑港几千人。无论我想不想写，都一定要写。我与海峰约，以此印为记，”他递与王激一张纸，纸上印着“王五峰印”四字，“用此印，你按照书信里的嘱咐行事，未用此印，你不必理会。”

“五哥把印带在身上，一定要藏好，不然，被胡都堂搜去，会混淆视听。”王激说。

“不，”王直摇着头说，“我将印留在岑港，如果书信出自我的本意，我会让送信的人找到持印者，加盖印鉴。此事只有我知，你知，老叶知，绝不可让第四个人知道。”

然而，已经有第四个人知道。他们置身其中的密洞，与另一密洞相通，他们以为绝不会有人的隔壁密洞里，潜藏着一人，把他们说的每一句话，都真真切切地听去。她就是张少华。

十一月初的一天，王直一行数人，抵达绍兴。他既没有像徐海那样陈兵示威，也没有要胡宗宪答应什么条件，就径投军门

胡宗宪喜之不胜。在王直跪倒叩拜时，他走过去抚摸他的头顶，说：“五峰为何

姗姗来迟，我算计你三日前就该到的。”

“兄弟之情难以割舍，故拖延了行程，望都堂恕罪。”王直道。

“是不是还有爱姬也难以割舍呀？”胡宗宪笑道。

“此亦人之常情。”王直道。

“不错，所以我并无怪罪之意，”胡宗宪说，复言，“海峰来时，我请了一屋子的人陪他饮酒，今日五峰来，只你我对饮如何？”

单独饮酒，是亲昵的表示。王直道：“但凭都堂主张。”

酒至半酣，胡宗宪说：“五峰来迟，有人怪罪，你须亲自向他解释。”

“都堂说的是谁？”王直问。

“你的本家，监军王大人。”胡宗宪说。

“可是浙省巡按王本固王大人？”王直问。

“是。”胡宗宪应道。

王直慢慢饮一口酒，发觉味道全变。

“都堂可知，王大人一心要取我的首级？”他问。

“他一心要取你的首级，和我一心要你荣华富贵，都算不得数。他要取你首级，我要你荣华富贵，都须奏明朝廷，待旨而定。不奏明朝廷，他一个手指也不敢碰你；不奏明朝廷，除今日与你对饮，我也不敢再应允你什么，”胡宗宪说罢，问道，“五峰想，是不是这个道理？”

王直不得不点头称是。

“王大人这一关，五峰迟早是要过的。他已经怪罪你来迟，你再不速去见他，他愈发要怪罪。”胡宗宪说。

“王大人现在何处？”王直问。

“在杭州。”胡宗宪说。

“都堂要我去杭州？”王直一惊。杭州是他最不能去的地方：一来，杭州不临海，进入杭州城，他和王激、和几千弟兄的联系就全被割断；二来，杭州城坚固，非浙江的其他城池可比，他在杭州若有不测，谁也解救不了他。

“我想王大人来绍兴，但他不肯，只好五峰去杭州。”胡宗宪说。

“都堂要我哪一日去杭州？”王直问。

“明日。”胡宗宪说。

王直沉默片刻，又问：“都堂也一起去吗？”

“不，此间事未了，我要迟几日去。”胡宗宪说。

“可是为岑港？”王直问。

“正是。”胡宗宪应道。

“我到府衙，都堂仍不放心岑港？”王直问。

“我允你荣华富贵，你不是仍不放心王大人？这是一样的道理，”胡宗宪道，又态度十分恳切地解释道，“你问得率直，我也实言相告：我欲你即赴会城，却不同行，看似把你当成包袱甩掉，实则全是为你好。我允你荣华富贵，本是为国家安定，但若将你留在身边，不许同僚与你接触，特别是不许持议不同的王大人与你接触，则有徇私之嫌，我原本可以坦坦荡荡地为你请命，反而开不得口了。五峰，你看是留在我身边好，还是暂且离开我好？”王直要分辩，他一摆手。“别忙，我还有话说。我自然相信你对海峰及所有的部属均有约束力，但万一他们在岑港耐不住寂寞，寻衅滋事，你留在绍兴，近岑港，便难以摆脱干系。而你在会城，则无论岑港出什么事情，绍兴出什么事情，都与你无关。”见王直摇头，他问，“怎么，五峰不以为然吗？”

“我以为然否，有什么要紧？”王直道，“反正都堂要我一个人去杭州。我肯的话，都堂着人送我去；我不肯的话，都堂着人押我去。”说着，话里有了讥讽的味道。“为免去都堂的麻烦，我还是心甘情愿去杭城吧。但不知分手前，都堂还要我做些什么？”

“请五峰写一信柬。”胡宗宪说。

“写与海峰？”王直问。

“不错。”胡宗宪道。

“要他在岑港约束众弟兄？”王直又问。

“不，”胡宗宪摇了摇头，说，“五峰既有心归顺朝廷，一定也不愿意岑港再出乱子，我请你写信柬与海峰，要他约束部众，你一定欣然命笔。我请你做的事情，可没有这般如意。”

“都堂要我在信柬里写些什么？”王直问。

“自然是于朝廷有利于百姓有利于本官有利也于五峰本人有利之事，”胡宗宪道。“请五峰写信柬与海峰，要他散去部众。”

王直没有料到，才一见面，胡宗宪就这样直率这样刻薄地提出要求。他不由一愣，重复道：“要他散去部众？”

“不错，”胡宗宪道，“五峰，这也是为你好。我知道海峰与你情同手足，你要他约束部众，他会尽力约束。但无论如何，你身在官府，闹出事来，痛快的是别人，受过的却是你。不如将其散去，再无后顾之忧。五峰想，是不是这个道理？”

“不管是不是这个道理，信柬我总是要写的，都堂吩咐准备笔墨纸张吧。”王直又恢复嬉笑自若的神情。

“不急，饮好酒再写。”胡宗宪劝道。

“不，写过后再饮酒。”王直说。

他有把握，王激不会散去部众，因而信柬写得很坚决，不留丝毫余地。

写罢，与胡宗宪看，胡宗宪很满意。

“五峰，再来饮酒，”他拉着王直复入席，可走没两步，又停下，向王直伸出手去，“五峰，借一物使用。”

“都堂要何物？”王直问。

“印鉴。”胡宗宪说。

“都堂说笑，亡命之人，怎会有印鉴？”王直道。

“五峰若无，我借与你一枚如何？”胡宗宪说着，一招手，五郎捧上印匣，大郎随其后，取出印鉴，加盖在王直写的信文之后。胡宗宪招呼：“五峰，看看这枚印可使得。”

王直上前一看，不由得倒吸一口凉气：印鉴正是四个字，四个字正是“王五峰印”。再看大郎手中握的，正是自己交给张少华的印鉴，他更觉浑身冰凉。他记得，把印鉴交给张少华的时候，里里外外没有一个人，他后来甚至没有告诉王激、叶先生。以后怎样使用这个印鉴，他当时并没有想得很清楚，他只是相信，张少华会保管好这枚印鉴，所以留在她那里，可它现在怎么到胡宗宪手里？。

是有人从张少华手里骗去印鉴吗？不会。就是海峰知道印鉴在她手里，也无法得到，更不要说其他人。除非——

对，除非张少华背叛自己。

“五峰知道此物的来历？知道就好，”胡宗宪笑着让道，“解烦忧者唯杜康，五峰，我们再去饮几盅。”

王直觉得自己像一头猛兽，真恨不得冲上去殴击这个戏弄他的人。但他知道不可能得手，大郎、五郎隔在他和胡宗宪之间，还有二个虎豹儿郎在他身后，他稍有异动，立刻会被制服。况且，既然走到这一步，今后的命运完全掌握在对方手上，有什么理由不让人家得意呢？

于是，他做出全不在意的样子，说：“好，明日就要离开都堂，今晚本该讨得一醉。”

第五百五十五章

宁波城外一富豪家的宅子里，张少华呆呆地看着躺在床榻上，七窍流血的沈郎。从他高叫腹痛，到他直挺挺地躺倒，不过片刻，张少华把手贴在他鼻孔下时，已经没有气息。沈郎不会自寻短见，她和他有偕老之约，也绝不会加害于他，那么，一定是这家的主人做的手脚，害死了他。这家主人为什么要下此毒手呢？

张少华为姑苏名妓时，这家主人是她的恩主之一，在她的印象里，这是一个无用而懦弱的世家子弟，所以，当王激遵从王直指令，遣散岑港部众，并首先遣散她之后，她带着沈郎在四明山登陆，把这家作为第一个落脚处。她身心俱疲惫已极，需要有一个安静的地方歇息一段时日，才能和沈郎从容安排日后的生计，她有足够的财宝让这家的主人安安静静地接待他二人；或者她自以为如此。谁知第三天一早，在她看来无用而懦弱的世家子弟却害死她的沈郎。

她隐隐感觉到，沈郎被杀是因为她，可她还要听凶手自己供出实情。因此，但她听到有人走进房间，听出走进房间的是这家的主人时，她镇静地跪在死者前面，一动也不动。

“张姑娘，伤心够了吗？”主人问。

“你知道我在伤心，也就是说，知道他已死。”张少华轻轻抚摸着沈郎的脸。

“是。”主人应道。

“是你害的他。”张少华说。

“是。”主人直认不讳。

张少华转过脸去，盯住这家的主人。她的眼中要喷出火来，问话的声音却很平静：“为什么？”

“为娶你。”主人说。

“娶我？”在张少华看来，没有比这更荒唐的话，“老爷有妻有妾，她们容得老爷娶回我这样下贱的女子？”

“夫人过世，妾已扶正，我要娶你为妾。”主人说。

“原来如此！”张少华好似认可了他的解释，忽然又问，“老爷和我多年前就有染，可那时为何没有娶我的意思？是不是老爷的家规，只可有一妻一妾？”

“那倒不是，”主人自有一番解释，“那时围在张姑娘身边的人，有人财富多过我，有人权势大过我，我自忖不敌，不敢妄想。今日张姑娘自己送上门来，我焉得不取之。”

“原来如此！”张少华应过，又问，“老爷知道我做的营生，要想娶我，说一声就是，为什么一定要杀沈郎？”

主人说：“这两日借居我家，我看出来，张姑娘对这个什么沈郎情意绵绵，我若不杀他，张姑娘定不肯相从。”

“原来如此！”张少华冷笑一声，说，“老爷可知道自己盘算错了？在姑苏时，围在我身边有财有势的人虽多，却没有一个是我真心爱戴的，老爷要娶我为妾，我感激老爷的抬举，说不定会跟着去；而沈郎与我真心相爱，老爷杀了他，便是我的第一仇家，我怎么还会嫁与你？”

“嫁不嫁我，恐怕由不得张姑娘。”主人说。

“这话怎讲？”张少华问。

主人嘻嘻一笑，说：“两夜来我没有睡一个囫囵觉，张姑娘知道是为什么？因为张姑娘也没睡一个囫囵觉。张姑娘和这个什么沈郎有说不完的枕边话，我不得不听个明白。单听前一夜的话，听不明白，单听后一夜的话，也听不明白，可把两夜的话合在一起听，就可听明白：原来张姑娘竟是海盗巨枭王五峰的心上人！这个什么沈郎竟是王五峰的心腹乐师！张姑娘竟唆使王五峰自投罗网，竟骗取王五峰的大印，使得岑港群雄作鸟兽散！我为张姑娘计，无非有两条路可走，一是或被官府打入大牢，或被岑港余孽生吞活剥，二是与我同享富贵。张姑娘难道宁愿被打入大牢或被生吞活剥，而不愿享受富贵吗？”

他以为张少华会因他的揭露而惊慌，可张少华没有一丝惊慌。他以为张少华会为自己的出路而犹豫，可张少华没有片刻的犹豫。

“老爷又盘算错了，小女子还有第三条路、第四条路可走！”张少华说着，在枕边摸索一阵，手上已多一柄短剑。

“你，你要作甚！”惊慌的是主人自己。

“这柄剑是五哥送与我的，”张少话抚摸着剑锋说，“用它取你性命，易如反掌，然后亡命天涯，这是我的第三条路。不过你放心，我不会走这条路。一则，你肯娶我，无论如何，我也是高兴的；二则，沈郎已死，即便可亡命天涯，我与谁人为伴？我要走的不是第三条路，而是第四条路。我曾发过毒誓：若背叛五哥，死于刃下。今日正该践诺。”

她边说边将短剑的锋刃移向心口。

“张姑娘，再从长计议！”主人想冲上去夺下她的短剑，但她手腕一转，剑锋对着他上前的方向，令他望而却步。

“还有什么好计议的！”张少华脸色惨淡，一眼看去，便知她的决心无法改变，“我乃一小女子，无意中一酋因我而降，无意中一郎因我而死。一酋因我而降，功不可没；一郎因我而死，罪不可赎。命薄至此，我还可以活在世上，再受其他的羞辱吗？”

话音一落，她将剑锋刺进自己的胸口。

第五百五十六章

杨顺中进士后的第十四年任大同巡抚，第十六年任宣、大总督，自以为升迁之速无人能及，谁知在他之后接替大同巡抚一职的朱笈，是嘉靖二十六年的进士，也就是说，在中进士后的第十年就成了封疆大吏。而且，他巡抚大同前是山西布政司参议，朱笈巡抚大同前是山西按察司副使，比他高出半级。不管怎么说，朱笈升迁之速都超过他。

升迁如此迅速，其中奥秘心照不宣。走的是同一捷径，原本应该同心协力，严氏父子以朱笈补其缺，大概也有督、抚二人可同心协力的用意，但杨顺总看着朱笈不顺眼，虽不故意挑他的毛病，也难得给他好脸色看。朱笈自然用不着下气力巴结他，你这个上司既然绷着脸，我敬而远之就是。但二人职守相关，不可能总是避而不见，非见不可时，朱笈也会绷起脸来。

十一月末的一天，朱笈率数骑，驰至阳和卫城以南的桑干河边，进入杨顺临时设置的营帐。营帐里，几盆炭火烧得通红，和冰天雪地的营帐外，如同两个天地。朱笈进到营帐，却把一张脸绷得更紧。

“都堂，有事须议。”他干巴巴地说。

“朱大人请讲。”杨顺冷冰冰地回应，连坐也不让。

朱笈自己拣个凳子坐下，问：“桃松寨、收令哥二人何在？”

“朱大人不是说此人宜拒不宜纳吗，今日又问他作甚？”杨顺道。

桃松寨、收令哥是前一阵归顺官军的一对鞑靼男女。桃松寨是俺答子辛爱的姬妾，收令哥是辛爱属下的一名头目。辛爱势力强盛，不在俺答长子黄台吉之下，自然姬妾成群，桃松寨不甘寂寞，遂私通收令哥。此事虽瞒着辛爱，但二人在他的身边偷情，深知一旦被他得知，性命不保，于是先后来到大同，向官军请降。

督、抚计议，意见相左。

杨顺以为，请降的不仅有套虏的小头目，还有套虏大头目的姬妾，实乃奇功一件，一定要接纳。自从杀了沈鍊之后，封侯的欲望死死地缠住了他，再也摆脱不掉。

几个月过去，路楷没有升卿，他也没有封爵。他日夜反省，相公对他还有什么不满意的呢？难道是怪他除恶不尽吗？于是，他又杀了沈鍊之子沈衮、沈褒，并移檄取回流放去极边的沈鍊长子沈襄。他想，等沈襄解到，也将他斩首，沈氏一门就杀尽，看看那时还有什么理由不封他爵位！现在一桩奇功摆在面前，他自然不会放过。

朱笈不知道他的心思，只是觉得：不去招惹虏酋，边方已然多事；若接纳桃松寨等，辛爱必以为是奇耻大辱，更有理由兴风作浪。在他看来，桃、收二人请降，不是一件奇功，而是一件奇祸；或者不予接纳，或者缚送辛爱，方可避祸。

巡抚争不过总督，杨顺不仅接纳桃松寨、收令哥，而且上奏朝廷。

其后，果如朱笈所料，辛爱纵兵攻掠大同左卫、大同右卫等城堡，扬言，不得桃松寨、收令哥二人，绝不罢休。

杨顺以为，朱笈找上门，是来与他算这笔旧账的。

朱笈却说："都堂，既已接纳桃松寨、收令哥，绝不可随意放还。"

杨顺一愣，诘问："谁说我随意放还他二人？"

"都堂放还他二人，总是实情吧？"朱笈反问。

"放还是放还，却不是随意放还，"杨顺辩道，"俺答、辛爱父子为挽回脸面，要以赵全、丘富两个奸人换回桃松寨、收令哥。我等百般拿不到此二贼，今日以没有用的两个降人换取，不合算吗？"

"辛爱要用赵全、丘富来换两个降人？都堂从哪里得知此讯，我怎么一点风声也没听到？"朱笈困惑不已。

"从哪里得知此讯，自然是从谍者嘴里得知，难道还是我编造出来的吗？"杨顺道。

其实，这一信息正是杨顺和几个幕僚编造出来的。桃松寨、收令哥来降，招致辛爱的疯狂报复，大同无宁日，是他没有预料到的。但既然上奏朝廷，就这样将桃松寨、收令哥送还辛爱，或者说得好听一些，将二人驱出边外，恐怕无法向朝廷交代。为平息大同祸乱，同时蒙蔽朝野视听，他们编造出以人换人的谣言。

按理说，此时杨顺应心虚才是。但他越心虚时越气壮，反而训饬起朱笈来："朱大人没有听到风声，足见不善用谍，边臣不善用谍要吃大亏。实情相告，我不但得知此讯，而且奏明朝廷。兵部计议，以为可以换人。朱大人还要说不可放还桃松寨、收令哥吗？我放还他二人，可是依敕令行事呀。"

"果如都堂所言，自可放还二人，只怕辛爱言而无信，得到他想要的人，却不交出都堂想要的人。"朱笈说。

杨顺闻言，大笑不止。

“都堂笑什么？”朱笈不高兴地问。

“朱大人说只怕辛爱言而无信，我笑的正是这一句。我倒要问一问：辛爱言而无信，有什么好怕的？”杨顺道。

朱笈仿效他的说法：“都堂说放还他二人，是依敕令行事。我怕的正是这一事。朝廷的意思，不在乎放还不放还桃松寨、收令哥，只在乎得到得不到赵全、丘富。我倒要问一问：放走此二人，得不到彼二人，都堂真不怕朝廷追究吗？”

“朝廷追究我，还是追究辛爱？追究我，还是追究兵部？”杨顺问，并说，“朝廷追究辛爱，我和朝廷一起追究；朝廷追究我，岂不是连兵部堂官们一起追究？许廷议、吴唯礼、江伯阳诸公要不要自保？他等要自保，能不把我一起保下来吗？我料，皇上要追究此事，必先追究伯阳先生，次则唯礼先生，再次则廷议先生，最后才轮到我呢。朱大人看，我有什么好怕的吗？”

以桃松寨、收令哥换取赵全、丘富，是兵部赞同的；出纰漏，尚书许论、左侍郎吴嘉会、右侍郎江东都脱不了干系。而许论是皇帝所看重的，一定是处分完吴嘉会、江东，才会处分他；自己有严氏父子的庇护，一定是处分完许论，才会处分自己。在杨顺看来，吴嘉会、江东都不会受处分，何况许论，又何况自己呢！所以，他完全不必怕。

“都堂不怕就好！”朱笈怏怏不乐，揖道，“告辞。”

“朱大人慢走，我还有话说！”杨顺一扫方才的冷漠，殷勤地挽留朱笈，把他拉到自己的虎皮帅椅前，按他坐下。

朱笈不知他葫芦里卖的什么药，坐在那里，静候他开口。

“老兄问我怕不怕，是不是老兄有些怕呀？”杨顺问。

朱笈不急着回答，前思后想个够，才决定说实话：“实不相瞒，我和都堂利害攸关，都堂就这样放还桃松寨、收令哥二人，我是有些怕。”

“利害攸关四字说得好！我欲尽快平息大同的祸乱，还不是为老兄着想，”杨顺道，他俯在朱笈的耳边，压低声音，接着说，“老兄不是称虏酋言而无信吗？虏酋言而无信，尽人皆知，亦是朝廷之上的公论。今日之事，也只有在言而无信上作文章。老兄既知你我利害攸关，还望和我一起作好这篇文章。”

朱笈苦笑一声，说：“都堂无须再叮嘱。若不是决心与都堂祸福共之，我也不会找上门来询问。还有，辛爱是不是放出以赵全、丘富换取桃松寨、收令哥的风声，我也不追问。只请都堂告诉我，桃松寨、收令哥是不是已然离去。”

杨顺没有理由再隐瞒，他点点头，应道：“是。”

“是过河而去吧？”朱笈问过，自语道，“我见数行脚印踏雪过河，已料到是他二人。”

“老兄说的，不完全对。”杨顺道。

“怎么，还有其他隐情？”朱笈问。

“过河而去的不是两个人，而是三个人。”杨顺说。

“另一个是何人？”朱笈问。

“他二人熟悉的是阳和以北的地势，不熟悉阳和以南的地势，我差一人引他二人出塞。”杨顺说。

“他二人既然熟悉阳和以北地势，为何不让他二人过雁门水而去？”朱笈真的不理解杨顺的做法。

“因为过桑干河，有人在等他二人。”杨顺说。

朱笈揣摩到：“是辛爱吗？”

“不是他，还会是谁！”杨顺道。

“是等他二人，还是伏击他二人？”朱笈问。

杨顺微笑：“说伏击，或许更为确切。”

朱笈说：“都堂道桃松寨、收令哥熟悉北面地势，不熟悉南面地势，我看辛爱也是熟悉北面地势，不熟悉南面地势。桃松寨、收令哥有都堂差去的向导，辛爱未必伏击得成。”

“巧得很，辛爱身边有一个向导，熟悉南面的地势，绝不亚于桃松寨、收令哥的向导。”杨顺说。

“也是都堂差去的吗？”朱笈问。

杨顺笑而不答，颇有几分得意。

“都堂想辛爱在半途追杀桃松寨、收令哥，就不算正式放还降人？此计果妙！虏酋言而无信，尽人皆知；抢在交割前杀人，更见其言而无信。一来二去，一桩公案便被遮掩得天衣无缝。只可惜——”朱笈话说到一半，戛然止住。

“还有何不妥？”杨顺问。

“一则，辛爱是不是杀此二人，解去心头大恨，就会远离大同；二则，皇上是不是因为虏酋言而无信，就不追究兵部堂官和边方督、抚的失误，都是未知之数，”朱笈道。

杨顺不再得意。这也正是他的心病。

第五百五十七章

州、县隶于府，府隶于布政司，是一般的行政区划。有一些州直接隶属于布政司，称直隶州。与一般的州、县相比，直隶州总有一些特别之处。如四川布政司辖六个直隶州，其中五个在会城成都四百里内，形成一道屏障。唯一远离会城的直隶州泸州，在成都东南一千五百余里处。它下辖三县：纳溪，江安，合江。纳溪县境内的倒马关、石虎关，是去往云南，以至去往安南的通道。

泸州城里，一个僻静角落里的一栋普通宅子，被一个普通客官买下来。他自称姓杨，是重庆府人。可是，当地的人们很容易辨别出这个姓杨的客官的成都口音，细心一点的人还可以辨别出，是成都北面的新都口音。

如果有人当面揭穿，他会说，他虽是重庆府人，可在成都居住多年，在新都居住多年。如果有人当面称他老爷，他会说，他不是老爷，只是一个书童，他是替老爷，替公子看守这所宅子的。

看他年龄，有五十多岁。五十多岁的人，还自称书童，岂不怪哉！可是，见到被他称作公子的人，就不会奇怪。被他称作公子的人，据他说年在古稀，可看起来，比七十岁要更老气。

杨公子，正是四十多年前的状元、三十多年前被放逐云南的杨慎。

这所宅子，是杨廷和临终前买下的，为的是杨慎来往家乡和云南戍地之间，有一个落脚的地方。杨廷和病死后，杨慎思乡时，会来泸州住上一段日子，而不回新都。一来，路程短一大截，多少可以缓解奔波之苦；二来，也可以省却许多应酬。杨慎被戍三十余年，不可能被宽赦。但他是一代名臣之后，自己又是一代大学问家，因此，无论在滇省，还是在川省，向他示好的官员不少，在他的家乡尤多。

年关时节，杨慎和他过去的书童隔着一个火盆而坐，一边烤火，一边说着闲话。

“公子，今晚的酒好不好？”老书童问。

“不如泸州的酒清洌，不过，我品出来，那是我新都的家酿，酒入咽喉，自有一番乡情。”杨慎说。

“不止有一番乡情，还有黄都堂的一番情谊。”老书童说。

“是明举送来的？”杨慎问。

“可不是吗？那几坛新都的酒，还有几坛酱菜，都是黄都堂差人送来的。”老书童说。

黄光升字明举，福建晋江人，嘉靖八年进士，曾任四川左布政使，现以右副都御史巡抚四川，可说是四川一省的老父母官。

杨慎颇为感动，说：“难得明举还把我当作一个人物，送的年货也合我心意，我要写一谢柬与他。”

“那是该写的。黄都堂差来的人还在馆驿，公子写好谢柬，我去送与他，”老书童说着，忽问，“公子，你看另一位黄都堂会不会也差人送来年货？”

杨慎愣了愣，反问：“你说的是今云南巡抚？”

“是啊。”老书童应道。

“他不是黄都堂，是王都堂。”杨慎说。

“就算是王都堂吧，会不会也送些云南的米酒和云南的火腿来？”老书童更具体地问，“公子这次在泸州住得久，自己带来的云南火腿已吃完。王都堂若及时送来，那才叫锦上添花呢。”

“不对，应该叫雪里送炭。”杨慎纠正。

“就算是雪里送炭吧，他会送吗？”老书童又问。

杨慎叹了一口气，说：“王承晦既不会雪里送炭，也不会锦上添花，他容我在泸州过完这个年，已是天大的情面了。”

王昺字承晦，山东章丘人，嘉靖二年进士，原任湖广左布政使，今年四月擢右副都御史，巡抚云南。

老书童听这话，很不放心地问：“怎么，公子与他结怨？”

“结怨？他从武昌去昆明，我从永昌卫到昆明，二人虽共处一城一月有余，却连面都没见，如何结怨？”杨慎道。

“那他为何容不得公子？”老书童问。

“因为就在那一个月里，天天有滇籍士人去巡抚衙门。我说的每一句话，他们都听不惯；我做的每一件事，他们都看不惯。王承晦不问我还罢，若是问起，他们的口舌有如刀剑，直可杀我，”杨慎说。

“那也未必，”老书童不信，“听不惯看不惯的是他们，又不是王都堂，王都堂会任他们的口舌杀人？”

“你这话说到根本上，”杨慎赞道，“熟知王承晦的士子们对我说，我说的每一句话，他更听不惯；我做的每一件事，他更看不惯。我想，王承晦自己的口舌就是悬在我头顶的刀剑，随时都会落下。”

老书童发慌，道：“遇上这样一个堂官，如何是好！”

他不当回事时，杨慎故意把事态说得很严重，他真的慌张，杨慎又轻描淡写地化解：“也用不着怕。二十年前，遇上这样一个堂官，我会胡粉涂面，双髻插花，到巡抚衙门前走一走；二十年后，遇上这样一个堂官，我不理会他就是。”

老书童“噗哧”一声笑起来。

“你笑什么？”杨慎问。

“二十年前在泸州，公子胡粉涂面，双髻插花，是坐在轿子里，让众弟子抬着游行于街市的，可不是自己迈腿走的。”老书童说。

杨慎想起十几二十年前做过的荒唐事，也不觉好笑。不，即使在十年前，兴之所至，他也会和众友人、众弟子扮男装女，嬉笑自如的。但在五年前，他过了六十五岁生日以后，特别是今年过了七十岁生日以后，他再没有精力胡闹。

“在昆明街市上，我却坐不得轿。”他说。

“却是为何？”老书童好奇地问，“是昆明街市上行不得轿子，还是公子在昆明没有轿子？”

“都不是，”杨慎摇着头，问道，“你知我升庵的别号从何而来吗？”

“不知。”老书童说。

“连我别号的出处都不知，你可不能再告诉别人是我的书童。”杨慎取笑道，“昆明的街市比泸州的街市宽，可以随意乘轿行走，我在昆明也有一顶轿子。大家都说，我那顶轿子形状如升，于是我便自号升庵。并自题一联，曰：士到东都须节义，地当西晋且风流；并请愈光兄为我书写。愈光兄那笔遒劲有力的草书，真成了我在昆明街头的招牌。”

愈光是张含的字。张含的父亲张志淳是成化二十年进士，云南籍。张含少年时与杨慎同学，只中过乡试，后以诗和字闻名。

老书童没有见到张含的字，辨不出好坏；即使见到，恐怕也辨不出好坏。他不理睬杨慎的得意，但问：“公子讲这么多，我还是不明白，为什么在昆明街市上，公子坐不得轿。”

“我忘对你说，我那顶升字形的轿子太小，平常装束，勉强坐得上去，乔装打扮起来，就无所措手足。”杨慎说。

“原来如此，公子再回去，买一顶大些的轿子。”老书童说。

“你好糊涂，我取该轿为别号，上面又有愈光兄的字迹，那是可以随便换去的吗？”杨慎打个哈欠，说，“乘着还有些精神，我要把给黄明举的谢柬写好，你去伺候笔墨吧。”

两天后，杨慎在老书童陪同下，游赏街市。大的商铺，有钱的人家，门前都挂起灯笼；再小的商铺，再贫困的人家，也要在门外贴上一副对联。不管年景如何，节日的气氛还是很浓郁的。

杨慎有两三年没在泸州过年，不过，对街市的情景仍然熟悉，一般的商铺，他看也不看，在某处停下，必能回忆出一段往事。

他在一家酒店门口站住，向里探了探头。

“公子，要不要小酌一壶？”老书童问，见杨慎不语，他又说，“那就再往前走走，前面的酒店酒、菜更香。”

“前面的酒店也有这样的巧对吗？”杨慎指了指街对面的一处豪华宅院，问道。

那是一处妓院，匾上三个大字，曰：小红馆。这边酒店的招牌上也是三个字，曰：太白楼。杨慎每到此，便说：这两个名字都是俗得不能再俗，但隔街而挂，却是天然绝对。

“前夜说到游行街市‘胡粉涂面，双髻插花’，只说一半，另外两句你还记得吗？”杨慎问老书童。

“门生舁轿，歌妓捧觞，怎会不记得？”老书童不由又笑出声。

“你是笑当年的门生已经抬不动轿，还是笑当年的小红已经成老红？”杨慎问罢，自己也忍不住想笑。

“还有，老爷再胡粉涂面，双髻插花，一定标致得很。”老书童道。

“七旬老翁乔扮，五旬老翁舁轿，四旬老鸨捧殇，哈，这等奇观，除了杨用修，怕再也无人敢演示了。”杨慎兴致顿时高涨，吩咐道，“正旦过后，你找一日把这些人约齐了，再让泸州城里热闹一回。”

“我空口去请，恐怕请不来他们了。”老书童说。

“不错，要有个字据。我想好了两句话，须得马上写下来。”杨慎说着，迈步进酒店。时辰尚早，没有客人光顾，五扇窗户也只打开一扇，他对着打开的窗户坐下，背朝柜台，呼道：“店家，借笔墨一用。”

店主人本要过来招呼，听说是借笔墨的，便站在柜台里不动。

“歉甚，小店只有酒，没有笔墨。”他懒洋洋地说。

老书童用力一拍桌子，就要发作，被杨慎拦住。他指了指两扇窗户间的墙壁，问道：“没有笔墨，那诗是怎么写的？”

店主人说：“那诗是张老爷写的，张老爷要写字，便有笔墨，你老人家也姓张吗？”

“错，那诗不是张老爷写的，那字才是张老爷写的；写诗的是杨老爷，而且，张老爷也是杨老爷引来的，店家，你忘记不成！”杨慎道。

那是一首七言律诗，题目是“携酒探梅”。诗曰：

滇海南云老岁华，卅年不见故园花。
吟边索笑惊春晚，梦里寻香觉路赊。
冻夜明蟾清影瘦，搏风幺凤绿毛斜。
兴来是处堪携酒，径造何须问主家。

卅年不见故园花，而且身在滇海，只有杨慎才发得出这般感慨。杨诗张字，相映生辉，确实给这家门面不大的酒店招揽来不少客人。听了杨慎的话，店主人忙走过来，借着窗外的光亮，看清来者是谁。

“原来是杨老——公子驾到，还有这位杨老——老哥，实在是怠慢。”他口不择言地说。对主仆二人，他都要称老爷，随即想起老书童的习惯，遂改称杨慎公子，改称老书童老哥。“张老爷来，小店有笔墨，杨公子来，小店连纸张都有。”

纸笔取来，杨慎不假思索，写下三行字。第一行是题目，六个字为“赠老门生八人”，下两行是四句六言诗：

昔年群贤沂水，今日九老香山。
百岁重来会面，一樽相对开颜。

沂水、香山，均为泛指，并非山东的沂水、广东的香山，此处意指泸州城东的泸江、城西的宝山。

“多谢杨公子厚赠。”店主人在一旁连连作揖。

“我送你什么？”杨慎极是诧异。

“杨公子的墨宝，小人愧领，愧领。”店主人仍在作揖。

杨慎不觉又是可气，又是可笑。一来便声明借笔墨一用，他怎么还以为这字是给他写的呢？

“店家，这字本来不是给你写的；不过，你若道出，这几句话与你的酒店有些瓜葛，送与你也不妨。”杨慎出个难题。

“是，是，”店主人略通文义，把六言诗反复读两遍，说，“这个‘樽’字，说到小店的本业上。公子要和老门生们重来会面，一定也选在小店里。”

他解说得头头是道，杨慎前言既出，不好反悔，便指着老书童说：“这帖子是给他拿去约客的，等他约好众人再还与你，如何？”

“不须杨老哥跑腿，杨公子定下日子，及约会之人，小人去办。”店主人热心地说。

杨慎知道拿不回诗稿，只得由他。

杨慎在泸州的弟子们，以及“小红馆”里二十年前当红的妓女，依照约定，先后来到“太白楼”。等候一个时辰，不见杨慎的影子，众人簇拥着寻到那处僻静的角落，进到那栋普通的宅子。听罢老书童的哭诉，众人才知道，二十九日那天，四个云南的公差找上门来，用锁链锁走了他家公子。王昺果然不容杨慎在四川过这个年。

众弟子想到，老先生要在押解途中度过年节，无不心中凄然。

第五百五十八章

京师西城，距通政司衙门不远的一个胡同里，在嘉靖三十七年正旦节过后，不时会走进一个宦官。他先在胡同口左顾右盼，确定没有熟人，方才转入；然后三步并作两步，走到一座门前，侧过耳朵，听听院里的动静，确定里面没有客人，方才敲门；主人开门，他还要朝院里努一努嘴，见主人摇头，方才闪身而入。他们都是单独一人进出，有时来者去者在胡同口不期而遇，也会故意装作没有见到对方，低下头来，擦肩走过。但有时一人从左边走来，一人从右边走来，就不得不停下来打招呼，说几句话。

一人问：老六，揣出来几本?

另一人用手比画出个数目。

前者说：比我的多，你先进去，讨个好价钱吧。

后者忙说：不，不，四哥先请。

推让一番，进去一人。另一人必待他出来，才会进去。在胡同口最好不要碰上，碰上也没什么要紧；但在院子里，在屋子里，一定不能碰在一起。否则，彼此都会尴尬，都会不安。

在这所小院里等候宦官们的，是陕西人王金。

赵文华罢去，先前投靠他的人，或者随他南归，或者作鸟兽散，自行离开京师。唯独王金，既没随赵文华离开京师，也没自行离开京师。他从赵文华那里捞到不少银子，又打着赵文华的旗号，从有求于赵文华的人那里捞到不少银子，完全可以自立门户。他有足够的银子结交内臣，打探宫闱秘事和皇帝的心思。

去年十月，皇帝降旨，命各地进献灵芝。几天以后，得王金好处的内臣就告诉他这件事，并告诉他，皇帝是在宫里扶乩，言服灵芝可延年，才有此旨的。王金灵机一动，觉得此机可乘。他原想自己去产芝地收购一些上等灵芝进献。但到了年底，相好的内臣告诉他，各地进献的灵芝陆续送到宫里，堆积如山。他又灵机一动：何不就收购宫里的灵芝。别说皇帝的心思多变，可能已经在琢磨其他的延年途径，就算皇帝一门心思服用灵芝，堆积如山的灵芝，他又能吃去多少！

他先和几个最要好的内臣商议，他们都觉得可行，并且率先行之，趁着入内库办事的机会，或取一二本，或取两三本，拿到他这里换银子，给相好的宫女买首饰。后来知道的人多，缺少银子使用的内臣都去盗出几本灵芝，来找王金。

上元节那天，王金大致一数，送来的灵芝竟超过一万本。

够了，他想。毫无疑问，进献的灵芝都是上品。毫无疑问，用灵芝来换银子的内臣，多少和他有些交情，从宫里盗出的灵芝都是上品里的上品。王金可以将原物再次进献，以求赏赐。但他觉得这还不够，从开始收购宫里的灵芝起，他就在想，怎样进献才能吸引皇帝，才能收到最好的效果。现在，看着满屋的上等灵芝，他拿定主意。他要把它们聚成一座山：其形，要和万岁山一样，或者说，要和他想像中的万岁山一样；其名，也要用上万岁二字。对，就叫作万岁芝山。

他用两天两夜的工夫，煞费心机地完成他的杰作。

王金所以在通政司附近找一个住处，是因为他投靠赵文华前后，赵文华任通政使，他常在那一带走动，比较熟悉。等万岁芝山完成，他又游逛到通政司衙门前。他知道，进献宝物有两个途径，一是通过通政司，一是通过真人府。但兼领三孤的秉一真人陶仲文，因为老病，执意请归，已于去年获准，回山休养。如今真人府里群龙无首，估计谁也不会把他的事情放在心上。通政司是不是会将万岁芝山呈进，如今的通政使会不会像赵文华一样，把万岁芝山当作自己的贡献，也不得而知。不过，两者相比，王金觉得，通过通政司进献更可靠些。

衙门前站着的，居然还是第一次见到的那个衙役，让他惊喜不已。

“老哥，有礼了。”他连连作揖。

老衙门见他，也感意外，问：“王大爷，还在京师？”

“什么大爷！老哥这般称呼，折煞我也。”王金道。

“不称大爷，却如何称呼？”老衙役问。

“唤一声兄弟，岂不亲切！”王金说。

“罢了！”老衙役讥讽道，“当年随赵大人进进出出时，称你一声王大爷，你都皱起眉头，恨不得人人称你一声王老爷，现在却连王大爷都当不起吗？”讥讽归讥讽，还是改换称呼，“兄弟来此何干？”

“小弟有一宝物，欲献与万岁爷。”王金说。

“又想请我们大人行个方便？”老衙役问。

“正有此意。”王金说。

“又想要我担着干系为你通报？”老衙役问。

“还望老哥垂爱。”王金说。

老衙役琢磨：“上次为你通报，你得大好处，说句实话，我也得些小好处。但愿今次为你通报，你还能得到大好处，我还能得到小好处，也不枉担干系。”

“小弟绝不让老哥枉担干系，”王金接着对方的话说，“即便我这次得的好处小，老哥得的好处也一定比前次大。”

“得好处还在其次，要紧的是你别惹上大祸，我别惹上小祸。”老衙役说，“我要先告诉你，而今我们大人可不姓赵。”

“是，小弟知道。”王金说。

“我们大人不姓赵了，有一个好处，他胆子没有赵大人大；可也有一样坏处，做事不像赵大人那般荒唐。你懂吗？”

“不懂。”王金摇头

“我伺候过几位大人，都说我是块朽木，我看你也是块朽木，”老衙役数落道，“胆子小，则天下臣民所上，他不敢不呈进；不荒唐，则兄弟进献之物，若和前次百花仙酒什么的一样，他就不会呈进。我再说明白些，兄弟此次进献之物，须得真是宝物。”

“那是一定的。”王金说。

“既然你说一定，我试着为你通报。”老衙役说着，两手向后一背，进去衙门。

王金只从皇帝那里得到五百两赏银，未免失望，这远远抵不上他收购灵芝的本钱，更不要说他还花费那么多的心血。不过，他还是看到希望。通政司没有拒收他的进献，内府衙门没有人暴露万本灵芝的出处，皇帝也没有嫌弃的意思，总有一天，他会找到更能取悦皇帝的宝物。

第五百五十九章

皇帝看上去气色不错，心境也不错，徐阶心想，今日大概要多议几件事。皇帝同时召入三阁臣，看似隆重，其实并没有什么确定的题目要议；即使有确定的题目要议，也不是皇帝特别留意的。单独召入他，或者，单独召入严嵩，总会有确定的需要深入议论的题目。皇帝心境不好时，往往是被一个难题困扰，因此议过一事，再没有心思议论其他的事；皇帝心境好时，议论的范围就会很广泛。

这是入值西苑以来、入阁办事以来，逐渐摸索出来的规律，捉摸不透的是，以皇帝今天这样的气色、这样好的心境，不知要议几件什么事。

“爱卿，今日为何面带喜色？有多少喜事要告与朕知？”还在他思前想后时，皇帝发问。

“皇上龙体康健，乃天下第一桩喜事。”徐阶仓促应对。

“卿的话只说对一半，若天下皆为烦心的事，朕的身子怎能康健；新年以来，喜事不断，朕的身子若不康健，岂不有负上苍？”皇帝道。

“皇上心系天下，实乃千古圣君。”徐阶说。

皇帝笑了笑，说：“爱卿道，朕之康健乃天下第一桩喜事；那好，朕再告诉你天下第二桩喜事：胡宗宪已向你认错。”

“皇上是说——”徐阶虽然知道皇帝指的是什么，但自己不便明说。

“朕指的是海枭王直，”皇帝道，“王直自降官府，总督胡宗宪奏请宽贷，使之戍于海上，巡按御史王本固谓不可宽贷，二人争执不下，朝廷之上亦众说纷纭。卿虽未明言，但朕知道卿的心思，是不赞成宽贷的。今胡宗宪复上奏本，尽改前说，可见天下事自有公论。”

徐阶知道，胡宗宪忽改前议，绝非向他认错。胡宗宪开始奏请宽贷，一则因为他招降王直时，一定有宽贷的许诺，朝廷准予宽贷，功劳也有，面子也有，以后处置倭事就更容易；二则因为朝廷上招抚一派的势力很大，据他所知，严世蕃对许多人表示过，宜加招抚。严世蕃在众多事情上都是代表严嵩的，在倭事上会不代表严嵩？徐阶所以不明确表示态度，原因也在于此。

胡宗宪忽改前议，是因为有人告发他接受王直的赂金，才全力加以维护。不管是不是接受赂金，对他来说，保全王直已不是最重要的了；甚至有没有功劳、有没有面子也不是最重要的。最重要的，是保全自己。他忽改前议，不是认错，而是迫不得已的表白。

在严世蕃支持下，胡宗宪仍不得不放弃前议，又不仅因为有人告发他接受王直赂金，更因为皇帝也不愿宽贷这个滋事多年的海盗头子。所以，胡宗宪放弃前议，才让他这样高兴

徐阶深知这一层。他说："胡宗先肯认错，亦非向臣认错，乃向皇上认错。"

"故朕不说这是卿的喜事，而说这是天下的喜事呀。"皇帝笑着说。

"皇上圣明。"徐阶颂道。

"王直不可宽赦，朕与卿同心，"皇帝说着，沉吟片刻，他问，"那么，即刻杀他，卿以为如何？"

徐阶说："依臣之见，不可宽赦王直，但也不必急着杀他。"

"这是为何？"皇帝问。

"王直虽就缚，其党羽尚多。"徐阶只提醒一句。

"爱卿的意思，是留下王直，以约束其党羽？"皇帝问。

"臣正是此意，"徐阶进一步说明他的用意，"王直囚于狱中，能约束其党羽固然好；不能约束其党羽，亦可使之掣肘。一两年以后，倭乱消弭，再将其正法不迟。"

"那时倭乱若仍未消弭呢？"皇帝问。

一两年之后海患仍不平息，只有皇帝可以这样想。作臣子的，绝不能这样想；即使这样想，也绝不能这样说。

徐阶稍稍迟疑，道："果如皇上所言，其酋也不是王直党羽了。不杀王直，他等未必掣肘；杀王直，或可示儆。"

皇帝点头："卿言甚是，朕就让此贼再活个一两年。"想了想，又说，"朕想，宽赦不宽赦王直，朕不降旨；杀不杀王直，朕也不降旨。让主张杀王直的臣子，主张宽赦王直的臣子，各尽其职吧。"

"皇上圣明。"徐阶应道。他知道，倭事议到这里恰到好处，皇帝不想深究这件事的是非，他也没有必要追究。再者，皇帝说喜事不断，一定还有其他的喜事要和他议呢。

果然，皇帝说："朕还要告诉爱卿天下第三桩喜事：爱卿的大忧之事，李遂替你

除去。”

进士出身的官员中有两个李遂：一个是江西丰城人，嘉靖五年进士；一个是湖广江陵人，嘉靖八年进士。

“皇上指的是巡抚凤阳都御史李遂吗？”徐阶虽然知道是此李遂，还是要问确实。

“是他。”皇帝点头。

“皇上指的是他在颍州擒拿妖女一事吗？”徐阶问。

“不错。”皇帝道。

“白社妖女祸乱天下，不是臣一己的大忧之事，乃是国家的大忧之事，朝廷的大忧之事。”徐阶说。

白社即白莲教，自大明朝中业以来，活跃于北方省份，嘉靖初年，曾被三法司确定为李福达、后又被张孚敬、桂萼平反的张寅一案，就是一桩白莲教的案子。近年来，其党徒渐次向南发展，南直隶的江北各州府都发现了白社的活动。徐阶说的妖女，是白社党人高普仙之妻，夫妇二人在颍州传教，自称帝、后，徒儿徒孙甚众。官府抓捕到“后”，却让“帝”逸去。

“所以，朕不说这是卿的喜事，而说这是天下的喜事，”皇帝笑着说，“朕原本想，颍州知州等官员有功，凤阳知府等官员有功，江北抚、按等官员有功，皆应赏赐。但后来一想，赏罚要分明。爱卿运筹帷幄，功劳第一，朕还没有赏赐，怎可先赏赐他等？”

“皇上赞誉，臣愧不敢当，”徐阶诚惶诚恐地说，“运筹帷幄于朝廷之上的，是皇上。凤阳抚、按遵旨行事，督率地方建功，皇上所许与的功劳第一，与臣何干！”

“与卿何干？”皇帝回头招呼在后侍奉的司礼少监王瑜，“徐先生写白社本子，朕指给你读的一段，你还记得吗？”

王瑜跨前一步，道：“回爷的话，奴才记得。”

“背诵给朕听。”皇帝命道。

王瑜遵旨背诵：“北人媚佛，于白社之教，无不信从。又闻其与丘富之党相通，恐擒之不密不速，则将走入虏中为患。今京师已无此等大伙，其在外则北直隶、河南、山东、山西、陕西、宣大，处处皆有党与，动至千万人。今得早除诚善，但一时明白下手不得，惟内则密令厂、卫，外则密令抚、按访拿，以渐去之，庶无他变也。”

徐阶的这篇奏疏，是在京城发现有白社党徒活动后，在皇帝垂问下，写成密揭呈进的。难得王瑜好记性，几乎是一字不差地背诵下来。由此也可看出，皇帝对徐阶的这篇密奏有多看重。

“内则密令厂、卫，外则密令抚、按访拿，以渐去之，妖女便是因此而被擒，怎与卿无干！”皇帝再一次把功劳许与徐阶时，不像方才那么随意，随后，则是郑重的君臣之间的议事，“白社祸乱天下，卿之大忧，亦朕之大忧。近年以来，虽不时擒获妖人，但法网之外者尚多，除密令访拿，爱卿还有什么应对之策？”

“皇上命人背诵了臣的一段奏议，该奏议下面还有一段话，请皇上准允臣自己背诵。”徐阶说。

“好，朕听你背诵。”皇帝准允。

“今得早除诚善，但一时明白下手不得，唯内则密令厂、卫，外则密令抚、按访拿，以渐去之，庶无他变也。”徐阶重复背诵这一句，接着往下背诵，“然臣又访之，此件之起，皆因近年有司贪肆，百姓穷苦，故妖人得乘机以富贵快活之说鼓动之。若能常绝贿赂之门，清选举、黜陟之路，公卿、抚按以身率有司，有司不扰害百姓，则逆首之说，自不能行也。此盖其根本也。”

“爱卿的意思，要铲除妖人，必先整顿吏治？”皇帝问。

“皇上圣明。”徐阶颂道。

“爱卿再说明白些。”皇帝命道。

“是，”徐阶应道，“汤时曾有七年之旱，而其民不闻失所者，此乃圣人御政，吏不敢违法。民只有气数之厄，而无剥削残虐之苦，故能当此七年之灾。后世小人不知守法，以剥削残虐为常。往年曾有造言者曰：皇上只要人干事，不怪人要钱。不知皇上听到这话没有？”

“朕要人干事不假，岂能不怪人要钱！”皇帝道。

“是，皇上多次垂谕：剥虐之者尽去之否？其爱护赤子、痛恨贪渎之心，臣不胜景仰。”这两句话徐阶是必须说的，他随即又说，“但有贪渎者心存侥幸，不知自爱，公然剥虐百姓。其官日升，其家日富，而民财日穷，民心日怨。即如妖逆倡乱之词，动辄以艰难困苦等语发端，鼓煽愚昧。臣言白社祸乱天下，实则官吏要钱一件，尤为害国殃民之祸本。”

“卿言甚是，朕要再谕吏部，罢黜贪肆。”皇帝说。

“皇上圣明，”徐阶道，“皇上多降谕一次，天下便多一些人晓然而知圣意之所在，并国法之不容，纵有大奸大恶，亦不能肆行无忌。而中才之士，则稍改心易虑，耻昔之所；而亿万生灵，得免于横亡频死。行之一二年，自当官清民安，内顺外服，天数人事，两成其美。”

这几句话说得皇帝心花怒放，又多议好几件事。

第五百六十章

自王直投官府以后，自张少华等王直的眷属被遣散以后，岑港一天比一天少些生气，王激的眼里一天比一天多些杀气。得知胡宗宪统率六路官军奔袭岑港，他和另一个留守岛上的首领谢和正在山洞喝着闷酒。二人相互看一眼，几乎同时命道：将夏正押来！

高高低低摆放着几十盏巨烛，部属们举着几十只火把，一起点燃，使得幽深的山洞里更显得阴森恐怖。几个月里，夏正一直在祈祷着招抚王直之事有个好结果，一直担心王直若遭厄运，也将带给他厄运。见到山洞里的气氛，他知道自己的末日已经到来，反而坦然不惧。

“夏大人，知道我等请你来做什么吗？”王激阴沉着脸问。

“知道，王、谢二兄要杀我。”夏正说。

“知道我等为什么要杀你吗？”王激问。

“这却不知。”夏正说。

“你不知道，我来告诉你：你是胡都堂送来作人质的，如今胡都堂违约，攻我岑港，我只好杀你。”王激说。

“胡都堂攻岑港，并非我的错。”夏正辩道。

“那是谁的错，是胡都堂的错吗？”王激恶狠狠地问。

“也不是胡都堂的错。”夏正说。

“不是你的错，不是胡都堂的错，难道是我等的错不成？”王激道。

“在我看来，正是王兄等的错。”夏正说。

“什么！”王激怒极而笑，“好，倒要听夏大人说说我等的错处。”

“有些话说了也是没有用处的，但王兄要听，我不能不说，”夏正的神情愈加平和，“杀人越货，抗拒官府，蔑视朝廷，是王兄等自己做出来的吧，不是胡都堂唆使的吧？做出这等事，给不给出路，须得朝廷作主；胡都堂只可以为你等乞命，却不能自作主张，赦你等无罪。朝廷若以为王兄等罪在不赦，则胡都堂不能不用兵。归根结底，还是王兄等犯有不赦之罪，天地不容，才有今天的结局。”

“打住，”王激打断他的话，“在朝廷看来有罪，在我等看来却不是错，夏大人，你这番胡话说不服我。”

“那么，我还有一番话，”夏正说，“王兄与五哥有约，五哥去后，仍遵照五哥之命行事。前者五哥命你遣散部众，你却明遣暗聚，有负五哥的托付，这不能不说是你的错吧？胡宗堂发兵岑港，还不是因为你不遵守约束，他无法向朝廷交代！”

“哼！”王激冷笑，“胡都堂有没有法子向朝廷交代，不干我事；可是，夏大人以为，五哥真要我遣散部众吗？”

“五哥送来信函，不是王兄亲口告诉我的吗？”夏正道。

“实话对你说，我原也以为，遣散部众是五哥的本意，不过，我很快就知道上当。五哥被胡都堂所欺骗，被他身边的女人所出卖，英雄一世，却作阶下囚，生死难料。胡都堂坐镇一方，我奈何他不得。张少华是我五哥宠爱的女人，我不能亲手杀他。夏大人，”王激手指夏正，恨恨地说，“我今日只有杀你，为我五哥讨个公道！”

“好，”夏正朗声应道，“五哥必为一代英豪，王兄用我这条命来偿他一条命，是看得起我。胡都堂必为一代名臣，张姑娘必为一代奇女子，代他二人而死，死得其所。王兄，谢兄，”他招呼道，“动手吧，给我一个痛快了结！”

“你要痛快了结，我偏不让你痛快，”王激拔刀一挥，砍下夏正一只胳臂，然后一挥手，命道，“把他拉出去，碎尸万段！”

“等等！”谢和叫一声，也拔出刀来，砍断夏正另一只胳臂，才让部属把已经昏死过去的夏正架走。他用袖口揩去刀上的血渍，转过身对王激说，“海峰，你我各率一部，出去迎敌吧。”

第五百六十一章

胡宗宪正在草拟一篇文稿，听到帅帐外肆无忌惮的谈笑声，忙命护卫："快去拦住他等。容我多写一个字，赏银一两。"三郎应声，领着几个护卫向外冲去。胡宗宪在后面嘱咐，"记住，不许动粗，谁动他等一个指头，我剁下他十个指头。"

三郎等出去，叽叽哑哑一阵后，忽然静下来。胡宗宪得意地笑了笑，继续作他的文章。文章作罢，他呼道："文长，嘉则，请进来吧。"

两个书生在三郎等护卫的簇拥下一前一后进了大帐。前面的书生姓徐名渭，字文长，绍兴府山阴人。后面的书生姓沈名明臣，字嘉则，宁波府鄞县人。二人都在三四十岁之间，都是诸生的身份。三四十岁的人，连个举人都考不中，不是愚笨，就是不曾下工夫应付考举。

"向大人请赏。"三郎躬身道。

"向大人请赏。"众护卫附和道。

"好，你等出去这一会儿，我写五十个字，一字一两银子，共该五十两银子。不过，我要先问一问。只要你等不曾违规，我一分银子也不会少给，"胡宗宪说着，问道，"文长，他等可曾殴打你，辱骂你？"

"殴打我，辱骂我？他等敢吗？老三，你敢吗？"徐渭问。

"小的不敢。"三郎嬉皮笑脸地说。

"嘉则，他等可曾殴打你，辱骂你？"胡宗宪又问。

"大帅为何不问我可曾殴打他等，辱骂他等？"沈明臣反问，并代他问道，"老三，我可曾殴打你，辱骂你？"

"沈爷很给小的面子，小的叩谢。"三郎道。

"这就怪了！"胡宗宪好像不相信这样的结果，他问三郎，"你如实招来，用的什么法子拦住他二人？"

"是，小的如实招来。"三郎应一句。

胡宗宪等他下文，却没有，于是斥问："怎么不说？"

“小的已说，小的如实招来，便拦住两位爷。”三郎道。

胡宗宪听明白：“你是说，把我的话都告诉他二人？”

“是，小的如实招出。”三郎说。

胡宗宪作出悲天悯人的样子，说：“你这回可要吃大亏，他二人会平白无故地答应你？他二人答应你，是要分你得的赏银，对不对？”

“大人的话，也不全对。”三郎道。

“错在哪里？”胡宗宪问。

“大人说两位爷要分小的得的赏银，说得不妥。”三郎道。

“怎么不妥？”胡宗宪问。

三郎说：“沈爷很给面子，因小的平日伺候得他不错，大人的赏银，他只要四成；小的谢过他。徐爷也很给面子，因平日待小的不薄，大人的赏银，他只要六成；小的也谢过他。谢过后，小的一算计，不是小的分赏银给两位爷，是两位爷把小的赏银全分去。”

“他二人要分，你就答应？”胡宗宪问。

“是。”三郎应道。

“为什么？”胡宗宪问。

“徐爷说，他二人不径自闯入，大人一定夸奖小的办事得力。被大人夸奖办事得力，不比得大人几两银子光彩？小的一想，让两位爷得些实惠，小的得些光彩，还是小的合算，故而答应。”三郎如实道来。

胡宗宪大笑，一手抚髯，一手指点着徐渭说：“好一个徐文长，竟敢欺负起我的家人！”

“我是教他个乖，怎的是欺负他？”徐渭搬把椅子，摆在胡宗宪面前，不等相让，一屁股坐下去。随后问道：“大帅不坐吗？”

总督一向势重，其时又以浙、直总督势重。巡抚以下过来议事，有一半胡宗宪是不会让座的；另一半在胡宗宪让座后也不敢坐。不用他让而自取座位的，恐怕只有徐渭一人。

胡宗宪见怪不怪，让了让沈明臣：“嘉则，请坐。”然后自己才坐下。

“大帅责怪晚生，是心疼家人，还是心疼银子？”徐渭问。

“文长是什么意思？”胡宗宪问。

徐渭说：“大帅若心疼家人，我那六成赏银还与三郎。嘉则兄得赏银，自今日起，一个月之内，我只去他那里混酒吃。”

“慢！”沈明臣插言道，“你要做好人，我难道不会做好人？三郎，你的四成赏银该多少，我加倍与你。”

“谢沈爷。”三郎忙作揖。

“失而复得，焉知非福，”胡宗宪说着，问徐渭，“文长，我若心疼银子，便怎的？”

“好教大帅知道，还有一笔银子要破费呢。”徐渭说。

“还有一笔银子要破费？是何名目？”胡宗宪问。

“大帅与三郎的，是赏银；还有一笔罚银，该与晚生的。”徐渭说。

“文长为何要罚我？”胡宗宪问。

“大帅曾允诺晚生，非时辄得出入，难道忘个干净？今日大帅却命人将晚生挡在门外，不该罚吗？”徐渭说着，故作沉吟，“这样吧：大帅的赏金是一个字一两银子，罚金就定为一个字十两银子吧。不是晚生贪婪，实是大帅的面子要紧。”

胡宗宪早就听说过山阴狂生徐文长大名，并请他代写过奏表。但徐渭真正作为书记进入幕府，是在今年正旦节之后。他提出待以宾礼，得随时出入，胡宗宪应允。得随时出入，原是说不想做这个书记，可以随时走人，强调的是个“出”，徐渭在此曲解其意，强调的是个“入”。

“罢了，罢了，”胡宗宪连连摆手，“我既不心疼家人，也不心疼银子，你等的纠纷，自己去了断吧。”

众人皆笑，连随着三郎出外挡客的几名护卫，也忍不住笑起来。

“你等的赏银被人家骗去，有什么好笑！”胡宗宪板起面孔斥道，“现在我要你等再出去挡客，挡不住，定要重罚。”

护卫们纷纷退出，只留下三郎，忙着奉上茶、果。

沈明臣啜一口茶，说：“大帅着人阻止我二人入内，我就想，大概是在密授机宜；听三郎如实招来，才知大帅是在作文章。岑港战事正紧，大帅却还有作文章的闲情逸致。”

“岑港这边，我以戴将军作先锋，以卢将军率后部，又命俞将军环攻舟山之贼，还有什么不放心的吗？”胡宗宪问。

俞大猷、卢镗久经征战，沈明臣没什么不放心的，他只是对都指挥使戴冲霄有些不放心。

“戴将军勇而少谋，晚生怕他误事。”沈明臣道。

胡宗宪微微一笑，说：“我叮嘱过他一句话，想必他不会误事。”

“大帅叮嘱他哪一句话？”沈明臣问。

胡宗宪回答稍迟，徐渭抢先言道："嘉则兄，是你给大帅作书记，还是大帅给你作书记？"

"文长兄这话是什么意思？"沈明臣问。

"料不到大帅叮嘱部将什么，还要大帅向你禀白，这不成大帅给你作书记吗？"徐渭只顾自己说得痛快，不管别人听了痛快不痛快。

"文长兄就料得到吗？"沈明臣略感不快之外，还有些不服。

"是不是料到，我也没有把握。"如果不是沈明臣，徐渭连这句客气话也不会说，"攻打岑港，说得好听些，是瓮中捉鳖；说得不好听，是火中取栗。这个先锋，只须有勇，不须有谋。大帅选戴某人为先锋，意在于此。大帅只要叮嘱他全力杀敌，不计首功，免得自己的首级被贼人取去，他必能捣贼巢穴。"

胡宗宪击掌喝彩："知我者，文长也，我叮嘱他的正是这句话！"

沈明臣脸上挂不住，正想说句什么，徐渭却先招呼他："嘉则兄，切莫上大帅的当。"

"上大帅什么当？"沈明臣不解其意。

"他今日夸我一句，让你嫉恨我，明日夸你一句，让我嫉恨你。于是，他稳稳地当他的大帅，我等只好乖乖地给他作书记。"徐渭说句玩笑话，然后又一本正经地说，"其实，人各有短长。论谋略，嘉则兄不如我；论文墨，我不如嘉则兄。"

沈明臣知道此兄是从来不服输的，现在为化解自己的不快，不惜自抑，让他很有点儿感动。他坦诚地说："文长兄的前半句话，我想不服却不能不服；后半句话，我想认可也无法认可。"

文人相轻的道理，胡宗宪不会不知道，方才那句称赞徐渭的话一出口，他自己也觉得不妥。听了二人的对话，他说："就谋略而言，文长自视过高，嘉则不必服他。就文墨而言，文长、嘉则都是大家，在我看来，应在伯仲之间。这篇急就章，正要请二位过目。"

他指了指书案上拟就的文稿，徐渭、沈明臣知道这才是他们书记的正经活计，凑过去一起阅读。只读一半，沈明臣自语："又错了。"

"是写错什么了吗？"胡宗宪问。

"不是大帅写错了，是我料错了。我以为大帅在草拟岑港告捷的表奏，原来却不是。"沈明臣说。

"告捷奏表，有现成的格式，再者，岑港之役尚未结束，不急于写。倒是一登岑港，即得白鹿，乃天赐吉物，当进献朝廷。这份进白鹿表，要写出文采来，写出臣子的赤诚来。”胡宗宪说。

岑港不大的一块地方，竟有鹿出现；而将士们捉获的一只鹿，全身浑白，蔚为奇观。胡宗宪宽赦王直之议被朝廷否定后，心颇不安，正好用它来讨皇帝欢心。

“原来如此。”沈明臣点头。

胡宗宪见徐渭两眼盯住文稿，一言不发，便问：“文长，你看这篇表奏是不是尚有不足？”

徐渭仍然不应。

“文长，你来润色如何？”胡宗宪又说。

“润色不如另作。”虽然这篇表奏是胡宗宪亲自草拟的，徐渭却丝毫也不掩饰对它的不满。

胡宗宪知道他的性情如此，而且自己也不以缺少文采为憾，所以说：“好，好，就请文长另作一篇。”又问，“文长另作，要几久？”

“燃罢一炷香即可。”徐渭说。

“好，我为文长燃一支最粗的香。”胡宗宪为表明他绝非有意刁难，又对沈明臣说，“嘉则，你陪我下一盘棋，落子要快，看文长的文章先作完，还是你我的棋先下完。”

于是，一边是一人执笔狂书，一边是二人疾速落子。胡宗宪着人点燃的一炷香烧到一半时，他与沈明臣的棋局差不多可以分出胜负时，徐渭却抢先一步把笔投掷大书案上，高声言道：“大帅，晚生交卷了！”

胡宗宪和沈明臣一起苦笑着说：“又让文长占得先机，奈何！”

二人去读徐渭另作的《进白鹿表》：

麋鹿别有神仙之品，历一千岁始化而苍，又五百年乃更为白，自兹以往，其寿无疆。恭惟皇上，凝神沕穆，抱性清真，不言而时以行，无为而民自化，德迈羲皇之上，龄齐天地之长。乃致仙麋，遥呈海峤。是盖神灵之所召，夫岂虞罗之可羁。且地当宁波、定海之间，况时值阳长阴消之候，允著宴清之效，兼昭晋盛之占。顾臣叨握兵符，式遵成算，偶幸捷音之会，嗣登和气之祥。为宜付之史官，以光简册，内诸文囿，俾乐沼台。

读罢，胡宗宪对沈明臣说：“文长一气呵成写就，我等一气呵成读过，嘉则，你要不要也写一篇？”

沈明臣说：“不瞒大帅，初闻大帅出的题目，我也有心卖弄。但大帅一稿在前，文长兄一稿在后，我只有退避三舍。”

胡宗宪一稿在前，不过虚晃一枪；徐渭一稿在后，才是真心称赞。胡宗宪如何不知？他说：“嘉则既说好，就用文长这篇吧。”

“都堂大人，唤我何事？”大郎问。他跟随胡宗宪的年头最久，单独把他叫来，一定有特别的差事要交代。

“你京师的道路熟，人也熟，这次赴京，须得你去。”胡宗宪说。

“是送加急捷报，还是护送贡品？”大郎问。

胡宗宪把进献白鹿一事看得很重，他是知道的。另则，戴冲霄和卢镗先后禀告，岑港贼众大部被歼，少数乘舟逃窜；王激落水溺亡，已验明正身。因为有两件大事，所以他要问明白。

“这两件事都不要你管。”胡宗宪说。

“那要小的做什么？”大郎问。

“我这里有两篇《进白鹿表》，你要在白鹿送入之前，先赶到京师，求见董学士，请他鉴定，哪一篇可用。他说哪一篇可用，你就用哪一篇。”

胡宗宪吩咐的已经很具体，末了又加上一句，“董学士若问你谁人所作，你就说是两位在幕府办事的先生写的。”

“是，小的懂得。”大郎应道。

胡宗宪说的董学士名份，字用均，浙江乌程人，嘉靖二十年进士，现官翰林院学士。在朝廷为官者，需要结交家乡的父母官；封疆大吏者，在朝廷中需要有内援。胡宗宪和董份成为好朋友，除了这个一般的需要外，还因为董份是比较纯粹的文人性格，有很好的文学修养和文字功底，而胡宗宪初任宣、大巡按，后督兵江南，心思多用在军事上，性格较为粗犷，两个人正好取长补短。

胡宗宪虽然对徐渭、沈明臣说，就用徐渭草拟的进白鹿表，但判定两篇进白鹿表的优劣，他并没有把握，所以要请董学士帮忙。

第五百六十二章

御史宋仪望省亲还朝，首先去拜望掌院都御史周延。这不仅因为周延是他衙门里的正堂，而且二人都出自江西吉安府。

嘘寒问暖几句，宋仪望忽然问道：“南乔先生，众御史近来有什么大的参劾吗？”

“未闻。”周延道。

“没人想把阮都堂请到京师来吗？”宋仪望又问。

姓阮的官员本来就不多，做到都堂的只有福建巡抚阮鹗一人。所以周延反问：“是望之想请他来吧？不知为甚？”

“问问他在福建巡抚任上都做过些什么呀。”宋仪望道。

谈起正事，周延的脸色一下子变得冷峭严峻起来。

“望之，看来你知道他在福建巡抚任上做过些什么？”他问。

“略知一二。”宋仪望说。

“好，说来听听。”周延命道。

“倭贼除荼炭浙、直，亦为祸闽省，南乔先生知道吗？”宋仪望问。

“知道。”周延说。

“倭贼曾犯福州，南乔先生知道吗？”宋仪望又问。

“知道，这等大事，抚、按官怎敢不上奏！”周延道。

“福州危急时，阮应荐曾下令紧闭城门，不许难民进入，南乔先生知道吗？”宋仪望问到关键的地方。

“有这等事？”周延一直很从容，听到这一问，才感到事态严重。可往深里一想，又觉得不对。“他若将难民阻在城外，任倭贼蹂躏屠杀，怎不见有奏章弹劾？”

“幸亏难民未遭蹂躏屠杀。”宋仪望说。

“他等是如何幸免的？”周延问。

“一则，分守西门的参议宗子相，据理力争，打开城门，收纳难民；二则，倭贼在逼近会城之际。却忽然撤去，这才使得数以万计的逃难百姓摆脱绝境。”宋仪望说。

宗臣因得罪严嵩，和王世贞等差不多同时外放。

“宗子相是怎么据理力争的？”周延问。

宋仪望述道：“阮某人说，倭贼已近，若开城门，恐其趁机而入。宗子相说，机会稍纵即逝，我近据城池，倭贼远道而来，为什么倭贼可以乘之而入，我却一定要将赤子委与倭贼？阮某人又计议，城中无百日粮，难民骤入，都要饭吃，更难持久，可使挟刍粟者入之，非挟刍粟者不得入。宗子相说，城中无百日粮，倭贼能作百日攻吗？挟刍粟者非挟刍粟者皆吾赤子，为什么要将非挟刍粟者委与倭贼？于是，他不顾阮某人严令，放城外难民入城。”

“阮都堂当年在浙省为副使时，亦不顾有司反对，持剑守门，放逃难百姓避入；怎么自己可以主持政令时，倒不顾百姓死活了！”周延自语。显然，在他心目中，阮鹗的罪过是不可宽恕的；可他又想为阮鹗辩解一句。“不过，他能使大队倭贼退去，也算造福于民。”

“倭贼确因他而退，但是不是造福于民，则两说。”宋仪望道。

“此话怎讲？”周延问。

“南乔先生知道倭贼为什么退去吗？”宋仪望虚问一句，自己回答，“是因阮某人以绫罗绸缎及数万金银馈赠倭酋，才买来福州一时太平。”

“数万金银？”周延惊问。“他哪里来的那么多钱财？”

宋仪望说：“还不是布政司累积下来的金花银和多年来积攒的库银。除赂以金银之外，他又动用六艘极大的船，运载倭贼以去。”

“那不是公然与倭贼为伍吗！”周延愈发吃惊。

“南乔先生还想把他和倭贼区别开来？”宋仪望冷笑道，“他还搜刮民财，动以千计，用来向朝廷大员行贿，以保住自家的官职。南乔先生说他与倭贼为伍，我看不是，他本人就是一大蠹贼。”

周延不语，在房间里踱几个来回，然后在宋仪望面前站下来。他问：“望之，我知你为什么要请阮都堂入京。”

宋仪望平静地望着他，平静地问，“南乔先生就不想请他入京？”

周延也很平静地说：“我从来不收人一分一厘的馈赠，并且对收贿行贿者深恶痛绝，这是望之知道的。不过，望之离开朝廷这些日子，都察院里很是平静。这一枚石子掷下去，恐怕要掀起浪花。望之也不是不知道，阮都堂是有靠山的。”

“有靠山怕什么！”宋仪望以纠劾百官为己任，早就憋着一肚子的话要说，早就看准几个大臣要弹劾，“阮应荐阮都堂有靠山，胡汝贞胡都堂也有靠山吧？二人依仗的是同一靠山，搜刮民财、克扣军饷是同一行径，金银珠宝是送去同一府第，我正好将他二人一起列名论奏。”周延欲语，被他止住。“南乔先生，听我再说一句。老先生不收馈赠，且痛恨馈赠，不但我知道，十三道上百名御史没有不知道的，满朝上千名官员没有不知道的；不仅我敬佩，十三道上百名御史没有不敬佩的，满朝上千名官员没有不敬佩的。但南乔先生身为掌院都宪，却满足得意于都察院的平静，在下却不敢恭维。似阮都堂、胡都堂这等封疆大吏，似为其靠山的朝廷股肱，御史不纠，却叫谁纠！都宪不察，却叫谁察！老先生，老学长，老乡长，你看是不是这个道理？”

周延被问住，一句话也说不出来。

“东楼，宋望之并劾汝贞、应荐二人，如何处置？”严嵩问。

在严世蕃看来，这是个再简单不过的问题；但他还是故作沉思，片刻之后才说：“依儿子之见，可保全一人，抛弃一人。”

“保全一人，抛弃一人？”严嵩则是经过认真思索后，仍不得要领。他只得再问，“这是为何？”

“宋望之以奸贪并劾二人，言之凿凿，皇上纵然不会全信，也不会全疑。二人并保，则难免有庇护奸贪之嫌；保一人而弃一人，则所保之人无奸贪之嫌，大人亦无庇护奸贪之嫌。”严世蕃说得头头是道。

“好。”严嵩点点头，又问，“东楼看，保全哪一个，抛弃哪一个？”

“自然要保全胡汝贞，抛弃阮应荐。”严世蕃说。

“为什么？”严嵩问。

严世蕃说：“以忠诚而论，他二人相差无几；平心而论，阮应荐巴结大人要更紧些。以干练而论，他二人则不可同日语。前者不论，近一年来，胡汝贞奏疏十余本，每本或三策，或五策，而阮应荐在福建不能筹一措。东南倭局中无阮应荐，胡汝贞照样支撑；无胡汝贞，大人请想，阮应荐能支撑得住吗？譬如熊掌与鱼不可俱得，大人是要熊掌呢，还是要鱼呢？”

“你的比喻不错，但少鱼，终归是少一味菜。”严嵩说。

“大人说的是。天下巡抚中，阮应荐对大人的孝敬，纵然不排在第一，也在前三位。如果让他自生自灭，恐怕不少人会寒心。”严世蕃说到这里，稍想一想，想出个主意，“据儿子想，大人如果不保阮应荐，皇上会将他逮来京师问罪；大人如果保他，皇上会暂时放过他，日后再找个理由治他的罪。这时大人不要保他。将他逮来京师后，大人如果不保他，皇上一定要重治其罪；大人如果保他，皇上大概将他免去官职了事。大人那时保一保他，既有面子，又不会引起皇上猜忌。”

这是个万无一失的应对办法，严嵩闻之大喜。

四、蓟、辽多事

第五百六十三章

刑部二主事，董传策和张翀，加上刑科给事中吴时来，一起来到徐阶府第，不说着实吓他一跳，也是他万万没想到的。

“你三人不是奉旨拿人的吧？”他说句笑话。

三人抚掌大笑。

“不瞒老师说，我三人真想奉旨拿人。”吴时来道。

“不过，可不是拿徐相。”董传策紧接着说。

“若有此旨，学生也不敢恭奉。”张翀则说。

吴时来字唯修，浙江仙居人。张翀字子仪，广西柳州人。他二人都是嘉靖三十二年进士，那一科的主考官正是徐阶，所以，他二人都称徐阶老师。董传策字原汉，嘉靖二十九年进士，他是华亭人，和徐阶同邑。所以，他三人同到徐府，其实不足为怪。

“想拿人的话，该请示大司寇，来我这里作甚？”徐阶说着，自己先坐下来，然后示意三后生就座。

“老师是说东阳先生吗？那人拿得拿不得——”董传策瞥吴时来一眼，说，“他心里没数，也急得很，故着我等来探探风声。”

他这一瞥，颇有深意。吴时来前两日才上一疏，以论劾宣、大总督杨顺为主，顺带着论劾宣、大巡按路楷和兵部尚书许论。他说的“那人”听似含糊，但一定是指杨顺。

“这个东阳兄好不糊涂，拿人之事，刑部堂上没有风声，我家宅里怎会有风声！”徐阶笑着说。

东阳是刑部尚书贾应春的字，他是北直隶真定府人，嘉靖二年进士。

“皇上真的没有和老师议起这件事？”吴时来当然对此更为关切。

“唯修，你说呢？”徐阶反问一句，意思很明确，皇上即使和他议过这件事，乃是宫闱之秘，他不可能在这里透露。

三人解得其意，谁也不再问。

该着徐阶问回，他先问董传策：“原汉，奏章是唯修所上，与东阳兄并无牵连，他急什么？”

“他大约担心此事和子仪兄及我有牵连吧。”董传策答道。

“此事真与你有牵连？”徐阶问。

“晚生虽恨不得拿下杨顺，但此事与我并无牵连。”董传策答道。

“子仪，此事与你有牵连？”徐阶又问张翀。

“学生虽恨不得与唯修兄联署，但唯修兄拟回及上疏时，并没和我商议。”张翀说。

“此事与东阳兄没有牵连，与你二人没有牵连，他却急得很，足见关爱后进之心。你等切不可忘他的好处。”徐阶叮嘱。

“是，”董传策口称“晚辈”，吴时来、张翀口称“学生”，齐声道“谨遵教诲”。

徐阶最后问吴时来：“唯修，事情是你做出来的，你也急得很吗？”

“是，学生也急。”吴时来说。

“当初若不上疏，岂不是免去今日这一急？”徐阶道。

“杨某大奸大恶，学生虽不是言官，也要为朝廷除奸。”吴时来说。

“这就是了，”徐阶点了点头，说，“你急的是为朝廷除奸，并非自己的得失，皇上圣明，会不知道大奸大恶须除吗？”

他这一番话好像什么也没有说，又好像在暗示些什么。董传策、吴时来、张翀都觉得，不仅探出风声，而且受到鼓舞。

严嵩步履蹒跚地走进殿来，不待行礼，看上去背也是驼的。皇帝不由得有些感动，也有些心疼。但他还是硬起心肠，等严嵩行过礼，才问：“爱卿今年多少岁？”

“臣今年七十有九，”严嵩不知皇帝问话的意思，又言不由衷地加上一句，“以臣犬马之齿，早该致仕，尚乞皇上开恩。”

“不，朕不要你致仕，”皇帝说的是真心话，“朕看你虽然已有老迈之态，但身体还好，精神还好，思绪依然敏捷。朕想，等你明年八旬整寿时，朕要赏赐你些什么。”

“陛下待臣，恩重如山，臣不敢再受赏赐。”严嵩说。

“这是后话，且不说它。”皇帝或是没有想好赏赐什么，或是想好现在也不想说。“朕今日找卿来，是要议一议大同的事。”

“是。”严嵩嘴上应着，心里却是一沉。

眼下议大同的事，无非是议大同右卫被围。泛泛而议大同的事，也免不了涉及杨顺；议大同右卫被围，杨顺更是首当其冲。宋仪望论劾胡宗宪、阮鹗，严嵩按照严世蕃的建议，保胡弃阮，可皇帝根本没有和他计议，就传旨逮拿阮鹗赴京，却不追究胡宗宪。严嵩一面庆贺严世蕃的先见之明，一面遗憾没有机会向皇帝提议。这次吴时来论劾杨顺等，他还没有当作一回事，皇帝却在询问他。

“朕差人去问兵部，回话说大同右卫仍被围困。”皇帝说。

“是，”严嵩应道，“据臣所知，套虏仍未退去。”

“丑类今次为何如此猖狂，难道真以为可将大同收入囊中？”皇帝气愤地说。

“这个——”严嵩欲言又止。

“爱卿有话尽管说来。”皇帝道。

“是，”严嵩尽量说得婉转些，“臣曾向皇上提及，部、院大臣计议，有人议道：大同右卫原与东、西各堡联络，互为掎角，现各堡均为虏贼所据，唯右卫一孤城悬在绝塞外。以右卫之军守右卫之城，大有不足，须得增置重兵，另拨饷银。”

一地出现危急，即议增兵增饷，已成惯例。皇帝上次听严嵩提及时，没太留意；这次再听他提及，忽然有新的想法。他说：“卿前次提得猝然，朕不及询问。今天朕倒要问一问，这是谁人所议？”

“兵书许论所议。”严嵩说。

“若无兵可增，无饷可拨，是不是就弃之不顾？”皇帝问。

严嵩听出，皇帝并非继续询问，而是改成质问。他小心地说：“许论不曾明言，臣亦不敢妄自猜断。”

“不用卿猜断，朕听得出来！”皇帝的口气变得更加严厉，“身为大司马，掌国家兵政，不思守地，只想着弃地，是何道理？他就不想一想，大同右卫为大同一道屏障，失了这道屏障，大同岂不更加难守？那时是不是连大同也要弃之？大同又为京师一道屏障，失去这道屏障，京师还有安稳之日吗？那时是不是连京师也要弃之？”

大同右卫难以再守，是严嵩和许论一起计议的，而且开始是他向许论暗示的。皇帝自己把守大同右卫的难处和放弃大同右卫联系起来，正是他们所希望的；但皇帝如此激烈地反对放弃大同右卫，却是严嵩没有料到的。他想，幸亏会议时，他没有出面，只是由许论出面；幸亏他只对皇帝说过有这样一种议论，而没有表明自己是这种议论的始作俑者。

“陛下虑的是，臣不能察知此议之害，惶恐万分。”他说。

“许论的过错，爱卿不必替他承担。”皇帝说。

“是。”严嵩应道。他知道许论的兵部尚书一职恐怕保不住。这不像赵文华没有保住工部尚书一职那样，让他震惊和不安；他感到可惜的，只是许论一走，新任兵部尚书未必像他一样恭顺听话。

“大同右卫之围，数月不解，许论以为该城不可守；朕却以为，是边臣不职，没有为朕守好该城。”皇帝又说。

“是，陛下命朱笈回籍听勘，正可为不职者戒。”严嵩道。

皇帝摇了摇头，说：“不职的边臣，不止朱笈一人。”复问，“卿看，宣、大总督杨顺、宣、大巡按路楷是不是称职？”

“臣听吏、兵二部及都察院堂官言，二人皆属干练之臣，杨顺尤为强干。”严嵩说。

“那是吏、兵二部及都察院堂官上杨顺、路楷的当，爱卿又上吏、兵二部及都察院堂官的当，”皇帝说着，拿起一本奏章，“吴时来弹奏杨顺杀害良民，冒请功赏，收一妖妇，致损威招辱；又弹奏路楷竭力为之掩饰。这等行径，还说得上什么干练，更不要说强干！”

“吴时来所言，未必尽实。”严嵩还想为二人辩一辩。

“杨顺、路楷并非干练之臣，行事又不端，自有公论，绝非吴时来一人这般论劾，”皇帝说道，并问，“卿看，当如何处置？”

不能小事化了，严嵩仍想大事化小：“杨顺接纳胡妇一事，稍稍失当，宜住俸办事；路楷可免官。”

皇帝又摇起头来：“督、抚同罪，朱笈不用，杨顺怎可再用？朕看，大同右卫祸起，杨顺首罪，其次才是朱笈。杨顺、路楷应逮入京师，下狱治罪。大同巡抚，已推山西按察副使杨选，宣、大总督，暂以兵部侍郎江东兼右佥都御史代理。兵部尚书许论旷职，当削籍；朕意，可起杨博掌兵部。着其赴京前，先巡视宣、大军务。又，大同右卫被困，多赖参将尚表坚守，朕谕输以粮饷，户部尚书方钝屡屡推诿，着改南京户部尚书，以刑部尚书贾应春改户部尚书。协理戎政，右都御史郑晓改刑部尚书，在杨博还朝前，兼署兵部。”

皇帝口述一连串旨意，早有侍驾的司礼太监一一记下。许论被罢，杨顺被逮，都是严嵩不情愿的，但鉴于皇帝对他们的严厉斥责，他不敢出一言相救。同样，对杨博的起用、郑晓的改任，严嵩也是不情愿的，但鉴于他们的起用和改任是和许论的被罢、杨顺的被逮密切相关的，他也不敢出一言反对。

他唯一能说的是："皇上处置甚当。"

皇帝很高兴他没有丝毫反对的表示，说几句既是题内又是题外的话："爱卿以国事为重，为朕分忧，朕不胜欣慰。有人告诉朕，阮鹗是爱卿私人；若处分阮鹗，爱卿必为他说情。然朕处分阮鹗，爱卿鼎力襄赞。又有人告诉朕，杨顺是爱卿私人，若处分杨顺，爱卿必为他说情；然朕处分杨顺，爱卿又鼎力襄赞。可见说爱卿有私者，乃自家有私。再有称爱卿有私者，朕为爱卿严惩之。"

董传策、张翀约好了，又约吴时来，在正阳门外的一家常去的酒馆相聚。相聚的名目，当然是庆贺吴时来的弹章终于为皇帝接纳。六科要坐值，所以，董传策、张翀先在酒馆里坐好一会儿，吴时来才到。

"有劳二兄等候，多多得罪。"吴时来揖道。

"等候倒不怕，怕的是闻着酒香却不能饮酒。"张翀笑着说。

"子仪兄为何不与原汉兄先饮？"吴时来问。

"唯修兄是主角，唯修兄不到，我二人岂能先饮！"张翀道。

"什么主角次角，弟居科、道，自然要纠劾奸人；皇帝惩治奸人，是大家的喜事，也不是我一个人的喜事。"吴时来说。

"二位所言都有道理，"等吴时来坐下，董传策说，"唯修兄纠劾奸人，今天理应为主角，子仪兄的话是不错的；皇帝惩治奸人，是大家的喜事，唯修兄的话也是不错的。既然皇帝惩治奸人，是大家的喜事，那么，纠劾奸人，也是大家的责任。"

"怎么，原汉兄要争当主角？"吴时来戏问。

"不只我要争当主角，子仪兄也要争当主角呢，"董传策说着，问张翀，"子仪兄，这不是栽赃于你吧？"

"这是原汉兄提携于我，怎么是栽赃于我！"张翀道。

"好，好，"吴时来叫好不迭，又道，"二兄大手笔，既要纠劾，恐怕就不是杨顺、路楷之类的小奸人吧？"

"唯修兄一鸣成功，就不打算更上一层楼吗？"张翀道。

"子仪兄言之差矣，"董传策一指张翀，再转过来一指吴时来，"不才料定，纠劾大奸，唯修兄早有腹稿。"

“不错，上篇弹章拟罢，我就打好下篇弹章的腹稿。”吴时来说。

“既如此，唯修兄还等什么？在等这盅酒吗？”张翀说着，斟满一盅酒，双手送过去。

吴时来接过，一口饮尽，轻轻地把酒盅放回桌上，轻声地说：“我在想，要不要把这件事禀明老师。”

“我看不必。惟修兄不记得老师那天的话吗？”张翀说着，重复徐阶的话，“皇上圣明，会不知道大奸大恶须除吗？”

三人痛饮一番，各自回家写疏，第二天一同呈进。

吴时来弹章略曰：

顷陛下逮治偾事边臣，人心莫不欣快。执政受其馈，朋奸罔上，独得无罪哉？严嵩辅政二十年，文武迁除，悉出其手。潜令子世蕃出入禁所，批答章奏，用所亲万寀为文选郎，方祥为职方郎，每行一事，推一官，必先禀命世蕃而后奏请。陛下但知议出部臣，岂知皆严嵩父子私意哉！臣窃谓除恶务本，今边事不振由军困，军困由官邪，官邪由执政之好货。若不去严嵩父子，陛下虽宵旰忧劳，边事终不可为。

张翀弹章略曰：

窃见大学士严嵩贵则极人臣，富则甲天下。犬马尚知报主，乃严嵩则不然。臣试以边防、财赋、人才三事言之。自严嵩辅政，文武将吏率由贿进，而祖宗二百年防边之计尽废坏。自严嵩辅政，边粮朝出度支之门，暮入奸臣之府，而祖宗二百年豢养之军尽耗弱。自严嵩辅政，藐蔑名器，私营囊橐，而祖宗二百年之人才尽败坏。严嵩险足以倾人，诈足以惑世，辩足以乱政，才足以济奸，此忠义之士，所以扼腕愤激，怀深长之忧者也。

董传策弹章略曰：

严嵩稔恶误国，居位一日，天下受一日之害。今诸边军饷岁费百万，强半赂嵩。此其坏边防之罪。吏、兵二部持选簿就严嵩填注，文选郎万寀、职方郎方祥甘听指使，都门谚语至以“文、武管家”目之。此其鬻官爵之罪。有司破冒攘敓，入献于嵩者不可数计。嵩家私藏，富于公帑。此其蠹国用之罪。赵文华以罪放逐，严嵩令人护送南还。此其党罪人之罪。民财日殚，嵩赀日积，水陆舟、车载还其乡，月无虚日。此其骚驿传之罪。严嵩干进无耻之徒，致士风日偷，官箴日丧。此其坏人才之罪。世蕃以无赖之子，窃威助恶。父子肆凶，中外饮愤。有臣如此，非国法可容。

陆炳进西苑，正好和最近升为司礼太监的王瑜打个照面。王瑜说声“给督帅请安”，便要让开。陆炳一把拉住他，另一只手和他握了握，一块元宝顺势塞到他手里。

“小玩意，回去再好生看。”陆炳嘱咐。

“是，多谢督帅厚赏。”王瑜道。他知道不是常物，高兴地掖进袖口。随后做个恭让的手势。“爷等急，着我出来迎一迎，督帅快请吧。”

“好，”陆炳应着，快步向前。等王瑜赶上来，和他齐肩，他四下里看了看，低声问道：“小王哥，皇上对吴时来等的案子怎么如此上心，已差人召我，还要你亲自来催？”

“督帅不知吗？”王瑜有些得意，“这是因为咱们爷讲信用呀。”

“讲信用？”陆炳愈发不解。

“是啊，”王瑜说着，指了指严嵩在西苑的值庐，“爷应允过老相公，再有人议论他，一定严惩。吴时来等不知深浅，连篇累牍议论老相公，爷自然气恼，要重治他等。”

“那就重治他等好了，为何定要追问主使之人？”陆炳又问。

“督帅不知道吗？”王瑜边问，边俯在他耳边说，“上疏的三个人中，一是徐阁老的乡人，二是徐阁老的门生，老相公疑心徐阁老在整治他。”

“老相公对皇上说起他的疑心？”陆炳问。

“不过疑心而已，老相公自己怎么会对爷说？老相公起疑心，爷身边自然有人替他说。”王瑜道。

“这个人不会是你吧？”陆炳笑问。

“督帅告诫过我，不可与徐阁老为敌，我怎会在爷面前说他坏话？不过，”王瑜半是讨好陆炳半是自表忧心地说，“徐阁老若是真和这件事有什么牵连，爷既应允老相公，怕也只好忍痛惩治他。”

听他这话，陆炳愣了愣，说：“你放心，徐阁老和此事绝无牵连。”

皇帝果然等急，不等陆炳行礼，便问："鞫讯过吴时来等人吗？"

陆炳边行礼边回奏："鞫讯过。"

"可是你亲自鞫讯的？"皇帝紧接着问。

"臣遵圣谕，亲自鞫讯的他等。"陆炳说。

"好，"皇帝称赞一声，又问，"他等可供出主使之人？"

"回皇上话，他等均有所供认。"陆炳奏道。

"快说与朕听听，"皇帝命道。

"吴时来说，他前次弹劾杨顺等人，无人指使，今次弹劾严嵩父子，亦无人主使。"陆炳道。他先回奏吴时来的供词，自有一番用意。既然吴时来弹劾杨顺、路楷等，皇帝准其奏，并没有问他有没有主使之人；那么，他弹劾严嵩父子，皇帝也不好问他有没有主使之人。

皇帝果然不再问他有没有主使之人，但却有别的话可以问："他以为，严卿和杨顺等人分量一样吗？"

"吴时来说，杨顺是小奸，严嵩父子是大奸。臣想，在他心目中，严嵩父子和杨顺等人的分量不一样。"陆炳道。

他说的"分量"，和皇帝所说的"分量"，含义完全不同。不知他故意混淆二者的不同，还是皇帝既然问话，他不能不想法子回奏。

皇帝懒得计较，道："好吧，说说那二人是如何供认的。"

"是，"陆炳应道，"董传策、张翀一开始均不承认有主使之人，但在臣再三鞫问下，最后不得不承认。"

"主使之人是谁？"皇帝问。

"回皇上，他二人互为主使之人。"陆炳说。

皇帝扫他一眼，见他一本正经，丝毫也没有觉出自己的话荒唐，遂问："何谓互为主使之人？"

"董传策说，他上疏，并未受人指使，倒是他指使的张翀上疏；张翀说，他上疏，并未受人指使，倒是他指使的董传策上疏。臣将他二人的供词串在一起，就成他二人互为主使之人。"陆炳道。

"将他二人供词串在一起，也只是阴谋诬陷大臣，哪里是什么互为主使之人！"皇帝斥道。

"皇上明察，是臣理会错了。"陆炳忙认错。

“照你的说法，他等谋倾严卿，并无主使之人？”皇帝厉声问道。

“臣只问出他等阴谋诬陷大臣，尚未问出主使之人，乞皇上容臣再审。”陆炳不敢把话说死。

“算了。”皇帝踱了几步，自语道，“严卿对朕说，三人同时劾他，必有主使之人。又有人对朕说，主使之人是徐卿。既然没有主使之人，朕可以向严卿交代。但他三人阴谋诬陷大臣，朕还听说，原本要差吴时来出使琉球，他害怕远行，才上疏以求自脱。这等奸诈小人，一定要重重治罪。”说着，命道，“传旨，将他三人都谪戍烟瘴边远地区。”

时朝廷要差使臣赴琉球，封其国世子为琉球中山王。办这等差事一般是科臣一，行人一。礼部曾议吴时来出使不假。至于派他出使是不是严嵩报复，他上疏是不是因为不愿远行，都是推测之词。

三法司奉旨议定，吴时来谪戍广西横州，张翀谪戍贵州都匀府，董传策戍广西南宁府。去的都是蛮荒之地，又都是蛮荒之地的大去处，对他三人来说，是不幸中之大幸。此事没再牵连更多的人，对朝廷来说，也是不幸中之大幸。

第五百六十四章

严嵩命在西苑值庐设一桌酒席，侍奉的人都想知道但又不敢问他要请什么人；等见来人是唐顺之，都不由惊诧。满朝三品以上堂官，严嵩轻易不在值庐宴请，而这个唐顺之，乃是赵文华戏弄般地推举为兵部主事的，现在升几级，也不过是个挂名的职方郎中，因为真正掌职方司的，仍是严氏父子视为心腹的方祥。老相公为什么给他这么大的面子？

唐顺之本人也感到受宠若惊，但不流露出来。他一脸的潇洒，好似根本没把严嵩的特殊礼遇放在心上。

"老先生，下官奉命前来。"他的话也显出潇洒。

"好，"严嵩态度极是和善，他问，"应德可知，我请你来做什么？"

"听说老先生要请下官饮酒，不知确否。"唐顺之道。

"饮酒是不错的，可应德知道我为什么要请你饮酒吗？"严嵩又问。

"下官不知道，下官也不想知道，只要老先生的酒好，下官匆匆赶来，跑出一身汗，也不冤枉。"唐顺之说。

严嵩笑了笑，说："酒好不好，应德一品便知。为什么要请应德来饮酒，饮过第一盅酒，我再告诉你。现在，我先要问你，杨唯约自山西上的那道治安疏，你读过？"

"下官读过。"唐顺之道。

"应德以为他所论如何？"严嵩问。

"'臣唯十指之更弹，不如合掌之一击。故备东则西寡，备西则东寡，无所不备，则无所不寡。今岁防秋，必须择其总括之地，各自屯兵，使有常山蛇势，首动尾应之，方为得策'，"唐顺之背诵一段杨博奏疏里的文字，竖起拇指，称道，"唯约兄写的好哇！"

"应德真以为他写得好？"严嵩问。

"老先生以为他写得不好？"唐顺之反问。

严嵩摇着手说：“好与不好，我不妄议，我只提一件事：许廷议曾议论大同右卫难守，皇上愤而罢其官。细想起来，杨唯约所谓‘备东则西寡，备西则东寡’，不是和他异曲同工吗？”

“老先生错了。”唐顺之摇着头说。

“错在哪里？”严嵩问。

“错在异曲同工这四个字上，”唐顺之道，“唯约兄所谓‘备东则西寡，备西则东寡’，听起来，和廷议先生所谓大同右卫难守，不如弃之，相差无几；细论起来，却断然不同。”

“不同在哪里？”严嵩问。

“唯约兄说‘备东则西寡’，非谓弃东；说‘备西则东寡’，非谓弃西。唯约兄的意思，是择要地，屯重兵，相互接应。而我知道，唯约兄更该知道，大同右卫即要地，是不能弃守的。此即唯约兄和廷议先生之不同。”唐顺之道。他知道严嵩对杨博抱有成见，以许论比照杨博，并非借杨博之论为许论抱不平，而是借许论的罢黜来贬抑杨博。故而，自己绝不随声附和。一来，起用杨博既然不会是严嵩的意思，那一定是皇帝的意思。贬抑杨博，也是对皇帝的不恭。二来，起用自己既然是赵文华的意思，那一定也是严嵩的意思。这已有损声誉，如果再成为严嵩打击异己的帮凶，就更没有清誉可言。所以他不但理直气壮地为杨博分辩，还恳切地加上一句：“不瞒老先生说，二十九年前，我那一科张榜时，除罗达夫罗状元，我没有把其他人放在眼里。但时过境迁，回过头来看，唯约兄论学识，论干练，都不在我之下。”

严嵩有些失望，但没有太在意。就算唐顺之很知趣，把杨博批得体无完肤，又能怎样？难道能指责皇帝用错人？要知道，他今天请唐顺之饮酒，不是为的议论杨博，而是别有所图。

“好一个唐应德，连谦和之词也与众不同。”他笑着说。

“老先生是指我最后一句话吧？”唐顺之愈发自负，“学识和干练均在我之上，至少在我同辈中，尚无其人。”

“说的是。你说杨唯约学识和干练不在你之下，我就不能赞同，”唐顺之没有附和严嵩，严嵩却在附和他，“走，应德，我们饮酒去。”

一盅酒饮下，唐顺之敛手而坐，既不吃菜，也不评论酒的好坏。

“怎么，酒不好吗？”严嵩问。

“酒是好酒，但不知饮得饮不得。”唐顺之说。

“是情致不高？”严嵩又问。

“老先生做东，下官兴致勃勃。”唐顺之说。

“那为什么饮不得？”严嵩怪道。

“老先生应允晚辈的事，不该忘怀。”唐顺之说。

严嵩恍悟，道：“应德从不饮糊涂酒，是我疏忽。我为什么要请应德饮酒，还得从方才的话题说起。应德称杨唯约的学识和干练不在自家之下，好得很。宣、大军务有他主持，朝廷可以高枕无忧。现在皇上不放心的是蓟、辽一线，要我推举一得力官员，前去核实各镇兵籍，应德，你知道我推举哪一位？”

“老先生莫不是推举下官？”唐顺之道。

“不错，我正是推举你。”严嵩应着，推心置腹地说，“应德，我知道这是一桩苦差事。不过我想，以你的才具，办这桩差事游刃有余；而办好这桩差事，于你大有益处。谁都在说，应德任部郎太委屈；可应德仍是部郎。为什么？因为应德的才具，皇上还没看到。一旦皇上看到应德的才具，定要委以大任。应德，我说这番话，不是要你感恩戴德，而是要你知道我的苦心，莫负我的苦心。”

唐顺之起身，一揖到地，口称：“老先生抬爱，下官感激莫名。核查兵籍，虽不是大差事，但下官不敢有丝毫懈怠。”

“好，我知道你会全力以赴办差的，”严嵩满脸欢喜，让道，“应德，坐下说话。”等唐顺之重新就座，他斟上酒，问道，“应德，这酒还饮得吗？”

“不但饮得，还要尽兴，才对得起老先生。”唐顺之说。

饮过第二巡酒，严嵩问他：“应德，此酒如何？”

“此酒应为米酒，但味道与一般米酒不同。”唐顺之说。

“它是薏苡米酿制，味道自然独特，”严嵩证实了他的猜测，然后问道，“应德知道这酒是谁送与我的吗？”

“下官学识之外的事，委实不知。”唐顺一边自己斟酒，一边说。

“说得好！”严嵩开怀大笑。“我让应德再增添一些学识，这味道独特的酒，是坐镇蓟、辽的王中丞所送。”

唐顺之斟满酒，准备喝第三盅，一听严嵩所言，立刻放下酒盅。

“原来老先生请我饮酒，另有一番心意。”他说。

“什么心意？”严嵩问。

“老先生难道没有听人说过‘吃人家嘴短’吗？老先生让我饮王中丞佳酿，是不是要我嘴下留情？”唐顺之道。

“绝无此意！”严嵩一口否认，并堂堂正正地说，“应德听人说‘吃人家嘴短’，我却听人说‘酒则一年佳过一年，官则一年不如一年’。王民应是不是一年不如一年，我不妄言。但为老夫已然蒙垢的名声，为你自己的前程，应德，你一定不可嘴下留情！”

果如其言，他没有妄议，没有妄言。可他对杨博的不满，对王忬的不满，却毫不遮掩地表露出来。唐顺之想的则是，第一次办差，朝中权贵没有公然嘱托，实乃幸事。

“老先生的教诲，下官记住。”他说。

第五百六十五章

“公公走好！”礼部尚书吴山，恭恭敬敬地把传谕的司礼太监送出衙门外。他对内臣向来不卑不亢，这一番恭敬，着实让人感到意外。

目送公公去远，他的脸上露出半是沮丧半是冷漠的神情。

“请徐大人去我那里。”他吩咐身后的衙役。

“是。”那衙役应一声，却没有挪动。

吴山转身往衙门里走，见他还站在原处，便问：“为何不去？”

“小的不知请哪一位徐大人。”衙役说。

吴山也觉好笑。他喝道：“咱们衙门里有许多徐大人吗？我请的是祀祭司的徐大人，这下该知道吧！”

吴山回到屋里，还没有坐稳，徐学谟一条腿已迈进来。

“曰静先生唤我来？”他问。

“叔明，来，坐下说话。”吴山指了指一旁的椅子，让道。

“曰静先生先说是什么事，下官可坐则坐，不可坐则不坐。若不可坐而坐，下官反而拘束。”徐学谟俏皮地说。

“如此说来，你是不可坐，”吴山不勉强他，自己则尽量平静地说，“叔明，出事了。”

“是衙门的事，还是曰静先生的事？”徐学谟问。

“是衙门的事，也是我的事；不过，首先是你的事。”吴山说。

“在下出什么事，请曰静先生明示。”徐学谟道。

“我也在懵懂之中，还说什么明示！”吴山的话里多少有些牢骚，他接着问，“叔明，裕邸李妃丧仪，是你亲拟的吗？”

“是啊，此等公务，我从不敢假手他人；何况，裕邸丧仪又非他府丧仪可比。”徐学谟道。

裕王是皇帝第三子，由于皇长子、皇次子俱薨，他实际上处在皇储的地位。只是皇帝鉴于庄敬太子早逝，迟迟不肯册立。王妃李氏是裕王的原配，生育长子。所以，在一般官员心目中，她的丧事比其他王府的丧事要重。徐学谟提到这一点，足见他行事谨慎。可他马上醒悟，吴山唤他来，是要说他的事故，并非要说他的谨慎。他问，“曰静先生，该仪注有纰漏吗？”

“是否有纰漏，我没有看出来，皇上却看出来了。”吴山说。

徐学谟顿觉惊慌：“皇上看出纰漏来了？”

“是，适才司礼监官传皇上口谕：吾见亲王俱称病故，此云薨逝，何也？”吴山转述过皇帝的口谕，道，“叔明，这道圣谕，本该直接让你来接，却是我替你接的。可仪注里本该曰病故，为何成薨逝，我却没法子替你解说。”

病故，薨逝，这两种说法的差别太大。该说薨逝时，偶尔不慎，说成病故，问题还不太大；该说病故时，用薨逝两个字，那就有僭越之嫌，即便贵如裕王，也不例外。

是啊，我怎么能把病故写成薨逝呢？徐学谟开始苦思冥想起来。也许是被皇帝的口谕吓住，也许皇帝认定是纰漏，就一定是纰漏，尽管他的眉皱得很深，眼睁得很大，就是想不出所以然来。

“叔明，当日这仪注是如何拟的？”吴山也在帮他想。

“如何拟的？”徐学谟想了想，说，“和草拟其他仪注并无不同呀。裕邸奏请恤典，祀祭司拟惯例拟之。”

“裕邸所上奏本上，也用的薨逝二字吗？”吴山问。

“裕邸奏本也用的薨逝二字吗？”这句提醒得好，徐学谟想着想着，心绪豁然开朗，拍着脑门，连声说，“真是糊涂，真是糊涂！”

“怎么，纰漏出在裕邸的奏本上？”吴山忙问。

果真如此，礼部也脱不了干系，但主要的过错却要王府官员承担。

“非也，”徐学谟眉飞色舞地说，“裕邸的奏本上写的是病故，没有纰漏；祀祭司所拟仪注上写的是薨逝，也没有纰漏。”

“真的？说说看！”吴山听他这话，自然也高兴。

徐学谟说：“在外亲王邸中奏请恤典，则曰某王病故，某王妃病故，某王子病故。待皇上赐恤辍朝，则曰某王薨逝，某王妃薨逝，某王子薨逝。所以，称病故者，臣子陈乞之词也；称薨逝者，朝廷褒恤之语也。皇上所谕，乃前者。至于仪注中，该当用朝廷褒恤之语。”

吴山显然也是被皇帝的口谕吓住，竟连这样简单的区别也没有注意到。听了徐学谟的话，他恍然大悟。同时，又多想到一层。

“叔明，就以你的解说回奏吧。不过，仪注中该当用臣子陈乞之词，还是朝廷褒恤之语，你不要断言，”他顿了顿，说，“你就写：臣等所陈亦不敢悖礼，唯皇上裁择。”

“是。”徐学谟打心里佩服上司的老谋深算。

“我还有句话要对你说，”吴山的脸色又变得深沉，“我是某些人的眼中钉，你也是某些人的眼中钉。你我办事，一定出不得纰漏。”

某些人是谁，不言而喻，徐学谟品咂着这话，心里蒙上一层阴影。

皇上再差内臣到礼部传谕：如该官所言，薨逝二字不必改。

第五百六十六章

定海城里最显赫的官衙当属镇守浙、直总兵官衙门。分守宁波、绍兴、台州三郡的参将戚继光，在衙门外走上几个来回，仍不知该进去，还是不该进去。直到一名中军官从衙门里出来，他才像拿定主意，头也不回地向前走去。但身后传来“戚将军”的呼唤声，还有快速跑动的脚步声，又使他不得不改变主意。

“戚将军哪里去，俞帅有请。”那中军官说。

戚继光进到俞大猷书房，行礼道：“末将参见大帅。”

“元敬既来，为何又要走？”俞大猷问。

戚继光字元敬，祖上世袭登州卫指挥佥事，他袭职后先以署都指挥佥事备山东，后改浙江都指挥司佥都指挥使，以参将守三郡。官军水师虽围岑港之贼，但未能全歼，使残余倭贼海寇流窜至福建。一些福建籍官员弹劾俞大猷纵寇，戚继光也受牵连。二人同被免官，戴罪办贼。

“同是戴罪之人，不来参见也罢。”戚继光说。

“那为何要来？”俞大猷又问。

“大帅蒙罪，真有些冤。”戚继光说。

“元敬是不是觉得，自已也有些冤呀？”俞大猷问。

“自已是不是有些冤？”戚继光不由笑出声，“一个小小参将，皇上大发雷霆之怒，要治他罪，却连其人都不知道。说起来，末将岂不比大帅还要冤？”

俞大猷勉强一笑，完全是苦笑。

“元敬，你说你比我还冤，这话不对。”他说。

“怎么不对？”戚继光问。

“你不过是戴罪办事而已。”俞大猷只说半句话。

“大帅不也是戴罪办事吗？”戚继光问。

“不错，今日的俞大猷也是戴罪办事，但不治俞某重罪，有些人是不会甘心的。”俞大猷的口气既愤懑，又沉重。

“大帅此话怎解？”戚继光请教。

俞大猷说：“你以为是皇上要治你我的罪？错了。若真是皇上要治臣子的罪，还不是罪有应得，有什么可委屈的？你说我有些冤，我不驳你，是因为我知道，要治我罪的另有其人。”

“大帅是说他？”戚继光一只手心向着他，在上面比画个胡字。俞大猷说他对政事一窍不通，委屈他，他其实一点也不糊涂。

“除他还会有谁！”俞大猷愤道，“他要招降海贼，我极力反对。招降来王直，朝廷既不予赦免，又严令剿贼，他只得改变初衷。而剿贼不力，他不嫁祸于我，怎么向朝廷交代？”发泄几句，又嘱咐戚继光，“元敬，此人善弄权术，你可要小心。”

“是，末将知道了。”戚继光应道。

又说几句话，戚继光起身告辞。俞大猷送他走到院子里，他忽然停步问道：“大帅怎知我来了？”

“你在门外走十几个来回，我还能不知？”俞大猷道，随即有意无意地加上一句，“不但我知你来，恐怕还有人注意到你来。”

戚继光绝想不到，竟被俞大猷言中。他出总兵衙门，就觉出有人在看自己。猛一抬头，见大街对面站立一个书生模样的中年男子，两眼正盯着自己这个方向，目光中包含着讥讽，也包含着和善。

他顿时产生一种亲切之感，毫不犹豫地走过去。

“先生为何哂笑？”他问。

“有一句俗语，将军一定听过。”那书生答非所问。

“先生说的是哪句俗语？”戚继光问。

“天下本无事，庸人自扰之。”那书生说。

戚继光不在乎“庸人”二字，平和地说：“先生既知我是庸人，就用不着为我的自扰哂笑。”

“不，这句话里我要改两个字：英雄。我意为：天下本无事，英雄自扰之，”那书生说。

戚继光也不为“英雄”二字而喜，平和地问：“英雄也会自扰吗？”

“圣贤都难免自扰，何况英雄。”那书生说。

戚继光觉得这话不同凡响，更想与书生结识。他问道：“庸人自扰也好，英雄自扰也好，请教先生，为何说我自扰？”

“我见将军在总兵府前逡巡不已，欲进而有所疑虑，欲去而不能舍之，是不是在为俞帅忧呀？”原来那书生不仅站在这里看他多时，而且站在这里等他多时，他言简意赅地说，“俞帅虽有人憎恶，也有人喜爱，有人要加害，也有人会庇护。喜爱他的人，庇护他的人，绝非今日之将军可比，将军岂不是自扰吗？”

“先生说的是朝廷哪一位重臣吧？”戚继光边问，边揖道，“一语中的，令某茅塞顿开。在下姓戚，为戴罪参将，先生尊姓大名可赐告否？”

“某姓林名兆恩，福建莆田人，一无用书生耳。”那人说。

“莫不是懋勋先生？”戚继光惊问。

懋勋为林兆恩的字。他点头称是。

戚继光好像还要证实：“莫不是人称子谷子的林先生？”

“是有人以这等不雅之号称我。”林兆恩笑着说。

“子谷子乃轰动闽省的大号，先生为何说不雅？”戚继光问。

“子谷子，听似鬼谷子，有人以为不过是鬼谷子的一个徒子徒孙，那可真是掩埋了不才的才学。”林兆恩说。

“先生蔑视鬼谷子乎？”戚继光颇不以为然。

“蔑视说重，只是不那么敬重而已，”林兆恩道，并阐述其意，“我若是一千九百年前的人，我会敬重鬼谷子；可我是今时之人，可不可以不那么敬重他？我若专治兵家之学，我会敬重鬼谷子；可我杂治各家学问，可不可以不那么敬重他？”

“先生说可以，自然是可以。”戚继光的答话，全无赌气的意思，他复问，“先生道杂治各家学问，一定不是粗粗涉猎，但不知于哪一家的学问最为精辟？”

“儒家。”林兆恩说。

“是，先生自称书生，自然是宗儒家。”戚继光说。

“莫借见闻谈孔子，须从心性识仲尼。我所谓儒家，乃孔子之学问，非今时书生之学问。”林兆恩好似被他轻蔑，一本正经地分辩。

“听先生一语，便知先生与寻常书生不同，”戚继光说着，又问，“先生于儒家学问精辟，于他家学问如何？”

“亦精辟。”林兆恩道。

“譬如——”戚继光简而问之。

“道家学问。”林兆恩简而答之。

“再譬如——”戚继光又问。

“释家学问。”林兆恩又简而答之。

戚继光甚觉好笑，说：“今人称儒家学问为儒教，称道家学问为道教，称释家学问为释教，先生偏偏选中这三家学问，何不称三教先生？”

“三教先生？”林兆恩玩味着这四个字，“好得很，学子们是想不出这样虽不典雅、却甚贴切的字号的。”

“既蒙先生称赏，可否请先生小酌两杯？”戚继光邀道。

林兆恩摇了摇头：“我研习释教，身体力行，三日中总有一日不食酒肉，今日正好该着吃斋。”

“那么，改在明天如何？”戚继光又邀道。

林兆恩又摇头：“我与南京的友人约定相会的日子，一眼看见将军，不由站立此处，已经一个多时辰。耽搁一个多时辰，还能追赶回来，耽搁一日，恐怕就难以追赶回来。”说到这里，他定睛看了看戚继光，问道，“戚将军年至三旬了吗？”

“三十有一。”戚继光报上年龄。

“好，”林兆恩颔首，“戚将军赠我‘三教先生’四个字，我回赠将军‘少年英雄’四个字。”

“先生的回赠可不贴切，三十一岁，还能算少年吗？”戚继光驳道。

“将军小我十一岁，在我看来，即为少年。”林兆恩正名之后，接着说，“我与戚将军的缘分不会就此而终。十年左右，将军必有建树，那时，天下都知道有戚大将军这样一号人物，也都知道有三教先生这样一号人物，我再去拜晤将军。”

说罢，一揖而去。戚继光看着他走远，心里若有所失。

第五百六十七章

王世懋在密云的蓟、辽总督衙门住些日子，一是想给父亲做个伴，二是要参加明年的会试，想请父亲略加指点。不论经义出什么题目，他都是有把握的；没有把握的，是策论。他相信，在这方面，听听父亲的教导，肯定大有益处。可王忬不知太忙，还是别有原因，一直没有好好和儿子谈论春闱之事。直到八月底的一天，他忽然对儿子说："我要去蓟镇，世懋，你也同去吧。"

"是。"王世懋应道。

王忬、王世懋各骑一马，走在中间，前面是几名家仆，后面是一队贴身的护卫。父子二人这才有机会长谈。

"世懋有什么心思吗？"王忬问。

"被父亲看出来？"王世懋吃了一惊。

"知子莫若父，你脸上流露出来，我还能看不出来？"王忬笑道，又问，"你的心思在科场，不在边关吧？"

"是，儿子是想请父亲讲一讲科场上如何作策论。"既然父亲点明，王世懋用不着隐瞒。

"策论者，我不是没的对你讲，也不是不想对你讲。我只怕你以父言为金科玉律，不假思索，全盘接受。古人易子而教，不是没有道理，"王忬先讲一通道理，才说，"现在好了，有人可以给你讲一讲策论。"

"父亲说的是谁？"王世懋问。

"世懋知道我要去蓟镇迎谁？"王忬反问一句，自己解答，"武进唐太史出核蓟镇兵籍，不日即到。他的大名，你总听过吧？"

"是，"王世懋应道，"据传闻，应德先生说过，达夫先生夺得状元，他这个会元不觉得委屈。孩儿想，介庵罗公和荆川唐公，无论谁夺得状元，另一人都不该觉得委屈。"

介庵是罗洪先的别号。荆川是唐顺之的别号。显然，王世懋对这两位前辈都很敬仰。

“不错，他二人都是学问大家。论经典，达夫先生稍强；论策对，应德先生略胜一筹。这次来的是应德先生，我看，你要问的也是策对，真可谓一拍即合。世懋，这个机会千万不可错过。”王忬嘱咐。

“是，”王世懋应是应，却颇为难，“父亲，应德先生乃奉旨的钦差，贸然请教，不知合适不合适？”

“你能想到这一层，是大有长进，”王忬欣慰地说，“他为钦差，你觉得不便；殊不知，他为钦差，我也觉得不便。而且，你觉得不便，乃是小者，我觉得不便，方是大者。”

王世懋这才明白，父亲虽然为他的长进高兴，可父亲想的，肯定比他想的要更深一层。

“请父亲教诲。”他说。

“好。”王忬说起自己的思虑，“应德先生为钦差，这是其一。应德先生为部郎，这是其二。他为钦差，而且，他又是我南直隶的前辈学长，我理应礼敬他；他为部郎，我又不能过分礼敬他。礼数不到，对不起他；礼数若过，对不住自家，亦对不住朝廷。我觉得不便者，正因他既为钦差，又为部郎。”

“父亲是说，不知如何与他相见？”王世懋试着开解，“或许，应德先生能够体谅父亲的难处？”

“关键不在他体谅不体谅，而在我何以处之。他体谅，我不能太失礼；他不体谅，我不能太卑懦。”王忬说着，一指王世懋，“现在好了，你觉得不便者，正可以用来为我转圜。”

“孩儿愚驽，不甚明了。”王世懋道。

“这有什么不好明白的？”王忬解释，“我对应德先生不能礼数不到，不能礼数太过，皆以公论。若能化公为私，在我见他之前，你先以师礼拜会他，那么，他的体面也有了，我的体面也有了，朝廷的体面也有了，岂不是皆大方便？”

“这个——”王世懋沉吟。

“世懋，你还有什么顾虑吗？”王忬问。

王世懋想不出有什么顾虑，道：“父亲以为方便，孩儿遵命行事。”

蓟州是京东的一个大去处，馆驿的院落十分宽敞，客房很多。院中有院，里院的房间是专供往来大员使用的。唐顺之一到，便被领到里院安顿下来，随行众人则在里院附近住几间房屋。

官则一年不如一年，王中丞似乎还不至于；他至少懂得，接待朝廷差出的部郎，要和接待朝廷差出的大员一样。当差人禀报，王公子来访时，唐顺之正在这样想着。

“是谁来访？”他以为听错。

“王都堂的公子，”差人重复一遍，看着手里的名刺说，“名嘛，叫世懋，字嘛——”

“我知道，字嘛，叫敬美。”唐顺之学着他的腔调。

差人见老爷没有发话，便说：“这位王公子有话，老爷若在歇息，千万不要打扰。我是不是告诉他，老爷已歇息？”

唐顺之没有及时发话，是有他的想法。方才还觉得王忬这个主人当得不错，听说王世懋来访，想法一下子改变。你来访时，带上你的公子，在情理之中；你没有来，只差你的公子来，是什么意思？莫非嫌我是个部郎，不值得一见？我不值得你一见，你的公子就值得我一见吗？

这是气头上的想法，冷静下来，又觉得王世懋不能不见。倒不是要给这个中丞留些面子，而是不能不给王世贞留些面子。对王世贞的赞誉之声听到不少，别让人以为，他在嫉妒这个后进的学子。

“不，让他进来。”本来无论如何应该说个“请”字，因为有了想法，他便用“让”字代替“请”字。

王世懋一进房间，便行大礼，口称：“学生拜见应德先生。”

“不敢当，”唐顺之一面搀他起来，一面说，“听人讲，元美多次称赞敬美的才学。敬美的才学如何，我还不得而知；但敬美一表人才，我看元美是万万不及的。”

“学生惶恐，学生惭愧。”王世懋连声道。

“敬美惶恐什么？”唐顺之问。

“应德先生说家兄不及学生，故学生惶恐。”王世懋道。

“敬美惭愧什么？”唐顺之又问。

“学生自忖，才学不逾中人，远在家兄之下。”王世懋道。

唐顺之不由一笑。他问：“这是谦辞吧？敬美怎的就不如元美？”

“绝非谦辞，”王世懋道，“如家兄应试前一个月，酒照饮，曲照听，闲书照翻；学生应试前十个月，就已茶饭不思。”

“这是性情不同，并非才学有高下之分。”唐顺之略评一句，忽然问，“敬美，尊翁是不是要聘我做西席呀？”

王世懋先是当作笑话听，随后觉出其言不善，忙说："不敢，学生对应德先生景仰不已，家父亦对应德先生景仰不已。"

"两回事，两回事！总要先景仰，方能师之，"唐顺之辨析道，"敬美左一个学生，右一个学生，都堂大人又煞费苦心，我如果不讲授一回功课，心里不安。"

"应德先生肯施教，学生大幸。"王世懋只能这样回应。

"我讲授功课，和其他塾师不同。其他塾师，要拣学生爱听的讲授；我这个塾师，可只讲授自己想讲授的，敬美莫怪。"唐顺之只顾自己说得痛快，不顾别人听了是不是难堪。

王世懋脸憋得通红，不知该说什么，又不得不找些话说："应德先生如此道来，学生何以克当。应德先生乃当代大学问家，无论讲授什么功课，于学生皆大有益处。"

"好，那我就给你讲一讲本色二字。"唐顺之说。

王世懋嘴巴动了动，但没有出声。

"敬美要问，何为本色吧？"唐顺之替他问道，然后解答，"今有两人。其一人心地超然，所谓具千只眼人也。信手写出，如写家书，虽然疏鲁，绝无烟火酸馅习气，便是宇宙间一样绝好文章。其一人犹然尘中人也。翻来覆去不过是这几句婆子舌头语言，其所谓真精神与千古不可磨灭之见，绝无有也。"

"应德先生是说，前者为本色之人，后者全无本色？"王世懋问。

"孺子可教，"唐顺之夸奖他一句，接着说下去，"秦、汉以前，儒家者有儒家本色，至如老、庄家有老、庄本色，纵横家有纵横本色，名家、墨家、阴阳家皆有本色。虽其为述也驳，而莫不有一段千古不可磨灭之见。是以老家必不肯剽儒家之说，纵横家必不肯借墨家之谈，各自其本色而鸿之为言。其所言者，其本色也。唐、宋而下之人，莫不语性命，谈治道，满纸炫然，一切皆托于儒家。然非其涵养蓄聚之素，非真有一段千古不可磨灭之见。而影响剽说，盖头窃尾，如贫人借富人之衣，点缀大贾之饰，极力装做，丑态尽露。"

"应德先生所谓唐、宋而下之人，今人也在其中吗？"王世懋问。

"今人尤甚。"唐顺之道。

"应德先生所谓今人，自己也在其中吗？"王世懋问。

"我是俗人，自然在其中。不过，我又是一个力求脱俗的人，称得上稍具本色。"唐顺之说。

"除应德先生，当今还有稍具本色的人吗？"王世懋问。

"有，如吾达夫兄。"唐顺之道。

“是，这是我应该想到的，”王世懋说着，又问，“可还有他人？”

“敬美是问令兄算不算得稍具本色吧？”唐顺之缓缓而言，好似在斟酌，“他倒是不故作儒家言，不过，他恐怕也分辨不清何者为儒家言，何者为老、庄言，何者为纵横家言，何者为名家、墨家、阴阳家言。说他稍具本色，或过誉。但我喜欢他，不妨说他稍稍具本色。”

王世懋最敬佩自己的兄长，唐顺之却加以贬低，还说是由于喜欢，听起来很不是滋味。他想再问，又怕唐顺之说出一些更难听的话来。

“敬美不必再问，”唐顺之自顾自地说下去，“尊翁是否稍具本色，敬美可以回去询问，我在这里不予置评。敬美自己嘛，我要说句不客气的话，与稍具本色相去甚远。”

不评论王忬，真可以说留下天大的面子，王世懋不但不能争辩，而且不能流露任何不满。他笑着说：“在应德先生看来，家兄不过稍稍具本色，学生又岂止相去甚远。”

“敬美觉得委屈吗？实言相告，我绝非有意贬损。”唐顺之的语气近乎残忍，而下面的话更加不近情理，“敬美，我还要告诉你，你我的师生情分至此而终，即使以后我愿意讲授功课，你也不会听。再请转告民应先生，这次的差事我会尽心尽力去办，蓟镇的兵籍，我会向各卫、所查核。他若想和我论私交，等我把差事办完吧。”

王世懋一句话也说不出来。他知道事态变得严重；可他既不知道严重到什么程度，更不知道该如何挽回。

第五百六十八章

严世蕃在城里有一处别居，大门总是关闭着。门丁听到有人在小心翼翼又不肯罢休的叩门，开门迎出去。见了门外站立之人，他没有恶声恶气地斥骂，只说句："又是你！"

"是，"那人向他一揖，口称，"请禀上东楼公子，致仕都御史王爌之子、原广东南雄府知府王宏求见。"

说着，一锭银子送过去。

"两个时辰不见，王大人没有升官？"门丁虽得好处，仍要挖苦。

王宏叹口气："先翁见弃，在下守制，还说什么升官！"

"这就怪了，你守制不在家里，却来这里作甚？"门丁道。

"遇到麻烦，恳请东楼公子相助。"王宏说。

王爌病卒，王宏有两件事要做：一是奏请辞官守制，这是绝对用不着严世蕃帮忙的，对一个小小的四品知府，皇帝不会"夺情"，命他留任。二是为王爌奏请恤典，朝中有没有人帮忙，就大不一样。对一员大臣来说，朝廷与祭葬，是起码的恤典；此外，主要的恤典有两个：一是赠官，一是赐谥。朝中有人帮忙，则二者兼得，且赠高官，赐美谥。王宏不规规矩矩在家中守制，跑到京城来，为的是父亲的恤典；他说遇到麻烦，则是在奏请恤典中遇到麻烦。

王宏敢于找到严世蕃的别居来，自然也有原因。王爌和严嵩都曾在南京任职，王爌任应天府尹，严嵩掌南京翰林院；二人又差不多同时升迁，严嵩被召为礼部侍郎，王爌则升南京刑部侍郎。在南京的年月里，二人不但有交往，而且有交情。

王宏是凭着这一段故人之情而来的。他没有直接去找严嵩，而是先找严世蕃，是因为他听说，老严虽然可以当朝廷的家，他自己却要由小严当家。从常理推论，他也以为见小严要比见老严容易。谁知来两次，都吃闭门羹，这第三次造访，看来也没有指望。

果然，门丁开口："我告诉过王大人，我家公子今天不在这边，王大人就是不信。

王大人请想一想，凭着你堂堂的原广东南雄知府，我家公子能不见吗？王大人请改日再来吧。”

因为每次都有一锭银子的入账，这话算是很客气。

“可我去几处，都道东楼公子今日一定在这里。”王宏说。

“王大人前两次来，也说我家公子一定在这里，结果如何？见到我家公子没有？这次来，不管我家公子是不是一定在这里，王大人也是一定见不到我家公子的，不如早些回去吧。”门丁好言相劝。

“不，这次不见到东楼公子，我就不走。”王宏执着地说。

门丁不知该如何再劝，恰好院内走出一人，他像见到救星一般，拉着那人的胳膊说：“马爷，快帮我劝劝这位大人吧！”

“怎么回事？”被称作马爷的人问。

“这位大人要见公子爷，我说公子爷不在，他说，公子爷一定在此处，他一定要在此处坐等公子爷。马爷，你来评个理。”门丁絮叨着。

“这位大人是谁？”马爷问。

王宏也好似见到救星一般，抢上前道：“在下致仕都御史王爌之子、原广东南雄知府王宏，求见东楼公子。”

马爷这才仔细看他一眼，抱拳行礼：“原来是王太守，久仰，久仰。”

王宏忙还礼：“不敢。请教马爷大名。”

“马爷是他等叫的，可不是王太守叫的，”马爷自谦一句后，介绍自己，“在下马銮，虽有身份，却无官职，只是常在公子府上走动。”

马銮这话不确，所谓有身份，是曾有身份。他是浙江嘉兴人，中嘉靖二十二年顺天乡试。举人，便是身份，虽然这个身份不值得炫耀。不久，他被举报“冒籍”应试，除名，连这个不值得炫耀的身份也没有了。说他“冒籍”，多少有些冤枉。他虽是浙江人，但父辈已定居京城，严嵩未显时，就常常出入其家。所以，见科举无望，他就做了严府的一名清客，与严世蕃的交情很不错。这一层，他却没有扯谎。

王宏见他在这里可以随意出入，心生敬意，套着近乎说：“原来是马銮马爷，久仰，久仰。”

“我比你年长，叫一声马哥吧，”马銮好似不经意地回一句，自己先改称呼，问，“王兄求见公子，所为何事？”

“为先父的恤典。”王宏说。

“王兄与公子可有旧交？”马銮又问。

“在下与东楼公子素未谋面，但先父与老相公曾有交往，”王宏说着，反问一句，“马哥看，东楼公子肯不肯帮这个忙？”

马銮皱起眉头，思忖片刻，忽然睁大两眼，道：“王兄问得好！”却不急于回答，转过身去，对门丁说，“你不是要我来评个理吗？我现在就来评一评：小子，今日的事，是你的不是。”

“马爷，这话怎讲？”门丁问。

“公子明明在此，你为什么说不在？”马銮道。

门丁大窘，口不择词：“马爷，你老人家怎么胳膊肘向外拐呀！你到底在帮我，还是在帮外人？”

“你要我评理，又没要我帮你。再者，王太守于我又不是外人，”马銮对他说罢，又对王宏说，“公子虽在里面，却交代过，今日不会客。我若不是一日不见公子，便心里发慌，也不来打搅他。王兄，实情如此，这位兄弟并非存心相欺，你切莫见怪。”

“不敢。”王宏向马銮一揖，又向门丁一揖。

马銮向他眨眨眼，像是问：这个理评得如何？向门丁眨眨眼，像是问：这个人情卖得如何？二人都觉得被他耍弄，可不得不领他的情。

“王兄，”他把王宏拉到一边，低声问，“你是一定要见公子，还是只要把事情办成，不见公子也罢？”

“事情办得成办不成，要看在下的孝心；见得到见不到东楼公子，那要看缘分。”王宏说。

“说得好！”马銮竖起拇指，赞一句，又推心置腹地说，“王都堂的恤典，不必求公子，只须我出面，一样办得成。这事由我来办，还有个好处。王兄想啊，请公子办事，没有三五千金，说得出口吗？由我来办，一千两银子就够。我这么说，可不是公子重财，我不重财。公子来办也好，我来办也好，皆须托嘱礼部官员。公子有公子的体面，出手阔绰；我有我的法子，钱少一样办事。王兄看，是不是这个道理？”

“是，”王宏应过，不放心地问，“马哥说要一千两银子？”

马銮看他一眼，察言观色地说：“照规矩呢，得要一千两银子。不过，王兄与公子有通家之好，我就说一句实实在在的话，拿出七百两银子，这事也办得成。若是再少，我就为难。”

“马哥帮我的忙，怎么能让马哥为难呢！”王宏下定决心，道，“银子放在住处，是我送去马哥府上，还是有劳马哥去取一趟，请示下。”

马銮说：“我也不去取，王兄也不必送。前面不远处有个酒店，肘子烧得又烂又香，酒呢，据说来自大内。我现在去办点事，一个时辰后我们在那里见面，我请你品尝御酒。”

王宏在京城等了半个多月，王爌的恤典终于有旨，令他失望的是，朝廷仅与祭葬而已，没有赠官，更没有美谥。与以祭葬，例自有之，还用花费几百两银子，去打通什么关节吗！他不知毛病出在哪里。去严世蕃的别居，仍然见不到主人。倒是有一天，在别居外与马銮相遇。马銮头一昂，两眼朝天，竟装作不识，把他气个半死。

无论如何也要讨个说法，见不着严世蕃，就去见严嵩。严嵩比严世蕃好找，不在西苑值庐，就在府中，这他想到；他没有想到的是，严嵩竟也比严世蕃好见。他的名刺一递进西苑，里面就发话有请。

王宏顾不得观赏西苑的皇家气派和道家风格，随着差人进入宽敞的值庐，见到严嵩，纳头便拜。

“请起，看座，上茶。”严嵩用六个字交代三件事。

王宏起身后，仍不敢坐，严嵩说：“我在南京几年，与存纳先生情感最好，贤侄来我这里，不要有什么顾虑。”

存纳是王爌的字。听严嵩这么说，王宏才坐下；茶送上来，也敢啜一口。

“贤侄是为存纳先生的恤典来京师的吧？”严嵩问。

“是。”王宏应道。

“来京师几日？”严嵩又问。

“前后有一个月。”王宏答道。

“来了一个月，为何一直不来见我！”严嵩责怪。

“原是要来的，唯恐老先生国务繁忙，未敢造次。”王宏说。

“你该早些来见我的，”严嵩说，“以资历和人品而言，存纳先生俱当得全典。这次仅与祭葬，皆因尔等未曾面请。我一直在想，存纳先生难道没有后人？他的后人不来面请，囫囵得个全典，说得重些，岂不看轻朝廷的恩典；说得轻些，岂不看轻老夫的情面？”

王宏口噤色凛，不知如何答对。嘴巴张开合上，合上张开，动了几次，才说出四个字来：“也曾，也曾。”

“贤侄说也曾什么？”严嵩问。

“小侄说也曾请人关照。”王宏道。

“是谁？自己人还是外人？”严嵩问。

自己人或外人，含义不很明确，但王宏不会不懂。他说：“自己人。”

“是东楼吗？”严嵩首先想到严世蕃，在情理之中。

“小侄曾去拜望东楼公子，不巧，公子正闭门谢客。”王宏说着，讲述与马銮的一段过节。

严嵩听完后，静思片刻，问：“你说的那人叫马什么？”

“马銮。”王宏重复这个名字。

“你写下来，”严嵩向书案一指。

王宏遵命，在一张纸上写两个字，双手捧纸，交给严嵩。

严嵩对这个名字不会不熟悉，对这个人不会不熟悉，但也可能不那么熟悉。他说：“贤侄且回，这件事我要查一查。若是马銮借我或东楼之名，索要贿赂，我一定严惩不贷。存纳先生的恤典既已降旨，再求全典恐怕不易，我活动活动，看能不能有所弥补吧。”

严嵩说要查一查，主要是看严世蕃和此事有没有牵连。他把严世蕃唤来，问起王爌的恤典，看他茫然无知的样子，肯定和此事没有牵连。于是，严嵩命他将马銮押送锦衣卫鞫讯。严世蕃本想包庇马銮，但看父亲的脸色，知道无可挽回。他和陆炳打个招呼，将马銮抓捕。除欺诈王宏，马銮又供出其他许多劣行。

王爌赠工部尚书，这是严嵩为他争取来的。

第五百六十九章

汤九进屋，见严世蕃脸向内侧，半卧半坐在竹藤椅上，他一步一转眼珠地走过去。他那双眼睛，不转动时，人家也以为他在打什么主意，一转动起来，无论友人还是仇人，都会害怕。

“老汤，打什么主意呢？”严世蕃忽然问道。

汤九谄媚地笑一声，反问一句：“公子没有入梦？”

“知道你要来，我敢睡吗？睁大两只眼睛，我还怕被你算计呢！”严世蕃不知是认真，还是说笑，但听得出来，他心里不痛快。

“取笑，取笑，”汤九讪讪言道，并小心地问，“公子还在想着马哥吗？”

“我想他作甚？”这回是严世蕃反问。

“马哥戍边，真有些冤枉。”汤九说。

“冤枉？”严世蕃冷笑，“老汤，你知谁要他戍边的？”

“不是锦衣卫的堂官吗？”汤九道。

“错！”严世蕃斩钉截铁地说，“要他戍边的，是家大人！”

说罢，猛一转身，一张肥大的脸对着汤九那张瘦小的脸。

汤九正在想：坏了，怎么不弄清楚来龙去脉，就胡乱议论。见严世蕃两眼盯着自己，更慌，眼珠再也不敢转动。

“老相公要他戍边，一定没有冤枉他。”他词不达意地说。

“那是自然，家大人向来是非分明，恩怨分明。”严世蕃话没说完，噗哧一声笑出声，随即用手捂住嘴。

“公子笑什么？”汤九问。

“老汤，你以为我在伤心吗？”严世蕃反问。

“公子难道在开心？”汤九真没看出来。

“你说对，我开心至极。”严世蕃于是欢畅地笑起来。

汤九等他笑够，才说：“方才见公子的架势，听公子的话语，我还以为，公子遇到什么烦心的事。”

“方才嘛，叫作故作姿态；现在嘛，恢复常态也。”严世蕃说。

“公子开心至极，可是寻到宝物？”汤九揣测。

“奇珍异宝！”严世蕃想用手比画一下，可不知该怎样比画，干脆两手朝天，做出一副虔诚的样子。手举得累，放下来，接着说：“那个王宏找上门来，我正在赏玩宝物，心无旁骛，不然，老马也不至于引祸上身。老汤，今天把你请来，也是要你和我一起赏玩宝物。这叫作与人同乐。”说着起身，“你等等，我去拿与你看。”

“公子请安坐，我自己去取。”汤九献殷勤。

“罢了，这件宝物，你看看还可以，却是碰不得的。”严世蕃说。

汤九想：严世蕃迫不及待地把自己找来，多半是要他鉴赏字画。而得到寻常的古字画，严世蕃不至于高兴得故作姿态，今天这幅字画一定非同小可。莫非是——他这样想着，心里有底。等严世蕃拿出一卷画轴，他瞥一眼画轴的厚度，更有把握。

“恭贺公子得重宝。”他抢先开口。

“你已知它是何物？”严世蕃问。

“公子容我猜一猜，”汤九道。“从纸张和装裱来看，这是一帧宋人的长卷，公子，我说的对不对？”

“不错。”严世蕃点了点头。

“此长卷是太仓王都堂献与公子的，对不对？”汤九问。

“不错。”严世蕃又点了点头。

“请公子展开少许，但不必露出画面，”汤九说。严世蕃依言，将外轴拉直一两寸，他说声“够了”，伸开两指，比量着画面的长度，然后一字一顿地说出五个字来：“清——明——上——河——图！”

“老汤，果然是行家！”严世蕃赞道，他两眼笑得合成一条缝，把画轴放在桌上，缓缓展开，“来，为我作一鉴赏。”

汤九从长卷的左端起，几乎是一寸一寸地向下看，看到某个画面时，两眼在上面停留许久，再往下看。看到右端，稍停片刻，他回过头来向前看，目光又在那个画面上停留许久。

“可惜。”他摇着头，自言自语。

严世蕃一直在留意他的表情变化，马上问：“老汤，何者可惜？”

“这等高手，不该有此疏忽的。”汤九说。

“老汤，什么疏忽？”以严世蕃的才智，早该听懂他的话，可还是要问一句。

汤九没有直接回答，他的目光暂时离开画面，移向严世蕃，反问道："公子，见过妇人骑驴吗？"

严世蕃在自己的记忆里搜寻着，最后不得不遗憾地说："在袁州时应该见过的，可实在记不清晰。"

汤九娓娓道来："这事很有意思，今时妇人和宋时妇人骑驴的习惯有同有不同：同者，皆是侧身而坐。不同者，宋时妇人骑驴，双腿搭在右面；今时妇人骑驴，双腿搭在左面。"说到这里，他指着那处画面说，"公子，你仔细看看此处。"

他所指处，正是一位骑驴的妇人。严世蕃开始还没有领悟，两只手比画一阵，道："老汤，这是怎么一回事？"

"此乃赝品，"汤九沉静地说，"我初观此画，以为必是真迹，因为河流是汴梁的河流，桥梁是汴梁的桥梁，市井是宋时的市井，人物是宋时的人物。但一眼望到这个画面，我顿生疑窦。宋时的女子，怎会按照今时的习惯骑驴？再看时，又都不对。河流虽形似汴梁的河流，却神似江南的河流；桥梁虽形似汴梁的桥梁，却神似江南的桥梁；市井虽形似宋时的市井，却神似今时的市井；人物虽形似宋时的人物，却神似今时的人物。于是，我断定，此乃赝品。"

"赝品？此乃赝品？"严世蕃由茫然而疑惑，由疑惑而失落，由失落而恼怒。几经变化，他突然问道："老汤，王民应得到的只不过是今人临摹的清明上河图吗？"

"这却不然，"汤九很肯定地摇了摇头，"我虽未见王都堂所藏，凡见过的鉴赏家都以为，那是千真万确的真迹。"

"那么，他是存心拿来赝品，欺骗我和家大人？"严世蕃问。

"这我就不知道，"汤九道，又狠狠地加上一句，"我只能分辨真品赝品，却分辨不出人心善恶。"

"你分辨不出，我可分辨得出来，"严世蕃说，"善有善报，恶有恶报，老汤，你记住今天我说的这句话。"

他在心里念叨一个人，这个人就是唐顺之。他算计着，唐顺之该从蓟州回来。当初差唐顺之去蓟州，是家大人的一步棋，为的是王世贞在杨继盛生死之际的表现太恶劣，要给王忬一个警告。现在看来，这步棋下得太缓和，太仁慈。王忬该得到的，不仅是一个形式上的警告，更应该是实际上的惩处。

第五百七十章

九月十八日，唐顺之自蓟州回到京师。当天晚上，严世蕃以父亲的名义，在家里设一桌酒席，为他接风。没有其他陪客，愈发显得殷切。

严世蕃致辞："家大人说，半年前请应德先生吃过一次酒，虽然说不上送行，总与蓟镇的差事有关；应德先生还朝，他也该亲自陪着再吃一次酒。但他这几日离不开西苑，把应德先生请去，不仅拘束，菜也不好，于是命我陪应德先生吃这次酒。不成敬意，应德先生休怪。"

"介翁太客气，东楼公子太客气，在下担当不起。"唐顺之道。

"应德先生请。"严世蕃道。

"东楼公子请。"唐顺之道。

二人谦让着，一同入席。

趁着家人上菜的机会，严世蕃把住酒壶，问道："这酒怎么吃法？"

"请公子命下，在下无不遵从。"唐顺之说。

严世蕃知道他有过人之量，不敢比拼，便说："奉家大人命陪酒，但求应德先生吃得高兴，引一句古诗，叫作'莫使金樽空对月'。"

"引得好！"唐顺之把酒盅向前一推，"我愿先饮一盅，以致谢忱。"

"好，我陪应德先生同饮。"严世蕃道。

"不，这盅酒你不能饮。"唐顺之阻拦。

"为什么？"严世蕃不解地问。

"这一盅致谢，要单独饮，才显得出诚心。"唐顺之说。

"原来是这么个说法，悉听尊便，"严世蕃听凭他独饮一盅，再斟第二盅酒，"第一盅酒糊里糊涂被应德先生独饮，第二盅酒就为应德先生这一个月的辛劳而饮吧。"

"不敢，为朝廷效力，说不上辛劳。"唐顺之虽然这样说，还是把酒盅举起来。

严世蕃举起酒壶，却不急着斟酒。

"第三盅酒，不知该不该饮。"他说。

“东楼公子这话是什么意思？”唐顺之问。

“我在想，应德先生和王都堂都是人才，第三盅酒何不为二位难得的会面而饮？”严世蕃道。

唐顺之本想主动讨酒的，听他这话，把酒盅握在手里，说：“这盅酒，不饮也罢。”

“怎么，应德先生与王都堂相会，未曾尽欢？”严世蕃显得很吃惊。

“不是相会未曾尽欢，而是根本未曾相会。”唐顺之说。

“怎么会呢？难道王都堂没去蓟镇迎候应德先生？”严世蕃问。

“蓟镇他是去了，但我到蓟镇的第一天，他没有见我，第二天要见我，我又去各卫、所。”唐顺之说。

“应德先生的话里有话呀，”严世蕃意味深长地说了一句，让唐顺之应也不是，不应也不是，涨红脸闷坐在那里，然后他才问，“应德先生，王都堂是不是对你不恭呀？”

“倒也说不上不恭。”唐顺之喃喃自语。

“那就是不恭！”严世蕃似乎也在自语，“王都堂见识甚高，官职高者他不阿谀，官职低者他不欺凌。譬如严某，忝居部堂，却从来没见过他的好脸色；应德先生的才干、学识，他是知道的，应该不会因官居部郎而小觑。这里面恐怕另有过节。”

“我和他会有什么过节，我看，他就是小觑我这个部郎。”唐顺之终于忍耐不住，愤愤地说。

“当真？”严世蕃也愤愤地说，“当真如此，我都为应德先生不平！”

唐顺之反而不气了，说：“东楼也用不着不平，他小觑我这个部郎也好，或另有过节也好，他不见我，有不见我的好处。他若一开始就抬举巴结我，我焉能把蓟镇的兵籍查个清清楚楚。”

“应德先生说的是，他若一开始就阿谀应德先生，许多实情恐怕被他掩饰过去了，”严世蕃附和一句后，问道，“应德先生，我听说蓟镇兵员大减，有这等事吗？”

“兵员大减，只是其一。”唐顺之说。

“就请应德先生讲讲这个其一。”严世蕃道。

唐顺之说：“蓟镇兵员原为九万一千余人，我去各卫、所一一核实，现只有兵卒五万七千人，逃失者三万三千余人。东楼公子，你看这算不算兵员大减？”

“不到三个人中，就逃失一人，自然是大减，”严世蕃仍然先是附和，然后发问，“应德先生所谓其二是什么？”

“蓟镇不仅兵员大减，而且存卒多老弱，不习战事，”唐顺之说着，情绪激昂起来，“东楼知古代蓟州之兵乎？昔蓟州曾为渔阳，东汉以渔阳铁骑而定天下；蓟州曾为卢龙，唐以卢龙雄兵虎视河北。说来可叹，今日所见蓟州兵将，靡靡然也，有暮气而无朝气。以之护卫京师，何以备缓急！”

严世蕃打断他的感慨，问：“应德先生，还有其三吗？”

“一者减员，二者萎靡，诸臣不任之咎，已不可恕。”唐顺之说。

“应德先生所谓诸臣，首当推督、抚吧？”严世蕃道。

“可以这样说。”这次是唐顺之在附和。

“蓟抚马都堂是去年九月到任的，蓟、辽总督王都堂则是三十四年三月到任的，比较起来，其咎首推王都堂吧？”严世蕃道。

“也可以这样说。”唐顺之又在附和。

“应德先生欲论王都堂何罪？”严世蕃问。

唐顺之一怔，自语道：“欲论王都堂何罪？”

“是啊，既不能恢复镇卒旧额，又不能振奋士气，依我看，死罪都论得。”严世蕃说。

唐顺之猛然醒悟，严世蕃今日宴请他，暗伏险恶用心，想借他的口和笔杀王忬。诚然，蓟州的过节，在他看来，乃奇耻大辱。他暗暗发誓，不与王忬交好；但要他为此而置王忬于死地，他是不会下手的。

“在下奉差稽查蓟镇兵籍，并非论核大臣生死。若命在下上救时之策，在下义不容辞；若论督、抚刑罚，当由刑部堂官及举朝大臣议定，”唐顺之表明自己的立场后，问一句，“东楼公子以为然否？”

“应德先生说的是，”严世蕃讨个没趣，百无聊赖，把话题岔开，“皇上决意差兵部大臣赴浙、直，家大人的意思，仍要借重应德先生。”

“赴浙、直？不会仍是查核兵籍吧？”唐顺之道。

“不是，这次的名义是视师。”严世蕃说。

“部郎视师？这可是多年不曾有过的。”唐顺之苦笑着说。

就查核蓟镇兵籍事，唐顺之上两道奏本，一本曰《条陈蓟镇补兵足食事宜疏》，一本曰《条陈蓟镇练兵事宜疏》。在前一本奏疏里，他指出：蓟镇兵卒多逃亡，主要是由于边墙之工，年年不休。在后一道奏疏里，他提出：以镇兵为守，调客兵为战。练成一支主兵，则减调一支客兵。待蓟镇举军精锐，客兵就可以免调。

有旨：王忬及蓟镇总兵官欧阳安各降二级，限三年内练出精锐之师。

第五百七十一章

福建参议宗臣分守建南道，常驻延平府。延平距福州四百里，策骑疾驰，要两三天；放缰缓行，或乘舟船而下，五天六天也是它，十天八天也是它。所以，他每次去省城，总要住上几天，见见想见的人。

十二月中，宗臣又到福州。听说总督南京粮储的右副都御史曾于拱来福州，那是一定要拜会的。曾于拱字思极，江西泰和人，嘉靖二十年进士。宗臣一定要见他，是因为听说，他不是从南京来的，而是领一支北方的客兵从天津来的。天津与京师近在咫尺，既从天津来，总会带来一些朝廷的信息。

与福建巡抚交割完客兵的事宜之后，曾于拱就没有什么事要做。宗臣见到他时，他正一身轻松地学着斟饮当地的工夫茶。

“思极先生，好自在呀！”宗臣和他打招呼。

“是子相呀，妙极，妙极。”曾于拱高兴地起身相迎。

“思极方能妙极，如我这等外放下官，有什么妙极的。”宗臣的话里，半是诙谐，半是牢骚。

“我说的便是思极这回妙极，”曾于拱就着他话里诙谐的一面说，“这趟差事，我在山东见到王元美，在福建见到宗子相，是不是妙极？”

“思极先生见到元美兄？”宗臣高兴地问。

“不但见到，他还有书信与你。我正在想，你若不来，这书信如何交到你手里，才能不辱信使之命？无论如何，那就不是妙极。”曾于拱说着，拿出王世贞的书信。

宗臣伸手取信，曾于拱手往回一缩。

“家书抵万金。友人之书不抵万金，也抵千金，子相就这样拿走不成？我不远万里传书，子相就没有锱铢回报？”他问。

“受王元美托付，不值万金，也值千金，思极先生已有回报。”宗臣针锋相对地说一句，又伸出手。

曾于拱无奈地摇了摇头，把书信交出。

宗臣不急着拆看，他把书信掖进怀里，接着方才的话说："我来福州前，既不知思极先生见过元美兄，更不知思极先生捎来书信，我是专程来拜望思极先生的。宗子相这片情意，不值千金，也值百金。"

"那么，我该对子相有所回报？"反正是说笑，曾于拱道，"也罢，只要子相不怪我喧宾夺主，今晚我做东请子相吃闽菜如何？"

"我不怪思极先生喧宾夺主，思极先生还不骂我穷酸地主？吃闽菜，自然是我来做东。思极先生若想回报，也容易得很，"宗臣指着桌上的工夫茶具说，"为我冲一壶工夫茶即可。"

真可谓投其所好，曾于拱才学会一些冲饮工夫茶的伎俩，要向人卖弄。他吩咐下人倒去旧的茶水，续上新的铁观音，送上新的滚水，装腔作势地摆弄起来。茶斟好，他伸手一让，两个人各以两指拈起自己的茶盅，一手托住茶盅底部，把茶水倒入嘴里。饮一盅，再换另一盅。托盘里有六个茶盅，每人饮罢三盅，不再干渴。再饮三盅，暑气全消。

"多谢思极先生赐茶，"宗臣把茶盅放回托盘里，抹了抹嘴，问道，"思极先生从北边来，曾听朝廷诸公谈论南边事吗？"

"朝廷诸公谈论南事者，肯定不少，我听到的却不多。"曾于拱说。

"思极先生听到些什么？"宗臣问。

"唯听说厌恶客兵云云。"曾于拱道。

"这么说，客兵为害之烈，终于上达朝廷诸公？"宗臣感慨罢，对曾于拱说，"贵本家曾述客兵之害，简直不忍卒闻。"

"等等。"曾于拱拦住他，"我的本家何许人也？"

"惠安曾承芳呀，"宗臣说。

惠安属泉州府，和泰和不但不属同一府，而且不属同一布政司。曾于拱哭笑不得，只能说："曾承芳是闽籍，曾于拱是赣籍，我们可从来没有认过同宗。"

"我只是随口一说，并不要你们去认同宗。"话虽然这么说，宗臣并不改口，"贵本家回泉州省亲，途经延平，与我有一夕谈。他说，过玉山时，遇到一支粤兵，在该地驻扎六日，粤兵去后，玉山境况可用'家掠户残'四字言之。有一家嫁女，稍微张扬一点儿，其实，据贵本家说，也不过在门上贴个喜字，粤兵得知，竟持刀劈门而入，抬起轿子就走。不张扬又如何？粤兵探知哪一家有少女，一定用轿子抬走。并嘱咐说，路上有人问起，就说是粤兵携来的粤妇；不从，则杀之。轿中少女糊里糊涂被抬走，能不委屈？却又不敢喊冤叫屈，只得嘤嘤而泣。路人听见，无不悲愤，但无人敢过问，无人敢解救。江西而今没有大的动荡，这些粤兵经赣而赴闽。贵本家叹道：吾惧闽人受祸深矣。”

曾于拱见他不再说，遂道：“虽非本家，所虑则同。”

“思极先生也惧客兵之祸吗？”宗臣问。

“是。”曾于拱点头。

“思极先生带来的是北兵，也会遗祸闽省吗？”宗臣又问。

曾于拱摇着头说：“子相这话从根本上就错。”

“请思极先生指教。”宗臣揖道。

曾于拱说：“眼下没有北兵，没有南兵，只有客兵。同为客兵，心思焉能不同？惠安曾承芳讲一个抢掠少女的故事，哀叹闽人受祸深矣；我也讲一个类似的故事，你看该不该哀叹一声。一北兵南来前，卖其妇。或问曰：去而鬻之，归安娶之？北兵狂笑不已。或问：既鬻妇，为何不哭反笑？他说：去时鬻一妇，归来当获二妇，此妇为何不鬻，鬻妇为何不笑！”述罢，问道，“子相，你听此言，作何感想？”

“全无感想，只觉得心里一阵阵发冷。”宗臣答道。

“心里一阵阵发冷的，不止你一人。”曾于拱说。

“还有谁？”宗臣问。

“唐应德先生，”曾于拱道，“过杭州时，应德先生请我游舟西湖，我给他讲述这件事，他也说心里一阵阵发冷。”

“他还说些什么？”宗臣问。

“与你我一样，以为客兵不宜调。”曾于拱道。

“唐太史是视师浙江的钦差大员，他的见解大概比你我的见解容易为朝廷接纳吧？”宗臣像是询问对方，又像是自语。

“但愿如此，”曾于拱像是回答对方，又像是自语。

二人都不想多说什么，也不再提谁来做东。

第五百七十二章

大同巡抚李文进抵达阳和，顾不得疲劳，径奔总督衙门。他从大同到阳和，意图很明确：两地相距不远，但巡抚和总督见面的机会实在不多；年关将近，乘便去拜望一下杨博，于情于理都是应该的。况且，他是八月才自山东按察副使升任大同巡抚，他的前任杨选在五六月丁忧，今年大同的秋防差不多完全是由杨博部署的，而由秋季至年末，大同的局势格外平稳宁静，他也该去道个谢。

只一日，天气由阴转雪，更显出心诚，李文进很满意。

在衙门外，陪同他来的副将上前通报。门前当值的军士听说来的也是都堂，肃然起敬。他指了指自己，然后指了指衙门里；又指了指李文进，然后指了指衙门里，好似在问：是他入内禀告，还是李文进自己进去。李文进想：你敢让我自己进去，我难道不敢进吗？他摇摇头，表示不用他禀告。

一进衙门，便听到大堂上的嘈杂声音。定睛望过去，只见外面虽飘起鹅毛大的雪花，大堂的门却敞开着，堂上站立七八个人，正你一句我一句地争论着什么。不，他们并不是互相争论；你可以感觉到，他们都在向一个人表白自己的看法。而那个人只是静静地听，没有出声。

这七八个人是总督府的幕僚，静静听的那个人应该是杨博。

李文进相信自己的判断是正确的，但这无助于他摆脱眼下的窘境。原本设想，总督衙门里静悄悄的，杨博一个人在专注地读书，他推门而入，二人一见如故，交谈欢洽。现况和他的设想相差太远，门是用不着推了，可迈步而入，恐怕也没有人理会。早知如此，真该着人通报。

亏得一名幕僚注意到有客闯入，没有让他窘迫很久。这名幕僚去过大同，与他有一面之交，见是他，先是一惊，很快就迎出来。

“果然是光之先生，失迎，失迎。”那幕僚揖道。

李文进字光之，四川巴县人，嘉靖十四年进士。

“李先生，来者何人？”如此询问者，必是杨博无疑。

“唯约先生，是李都堂。”那幕僚转回身说。

“哎呀，真是失迎。”杨博说着，传出桌椅碰撞的声音。显然，他方才坐在那里，慌慌张张起身时，碰倒桌椅。

李文进拍了拍迎出来的幕僚，跨步而入，把杨博堵在里面。

“光之先生，失迎。”杨博说。

“唯约先生，在下来得唐突。”李文进说。

二人握手欢笑，那七八名幕僚簇拥着二人就座。

“光之先生是为年关而来吧？”杨博问。

“唯约先生怎知？”李文进反问。

“方才有人议道，不如大家一起去大同过节，谁知光之先生却来，”说到这里，笑着问，“光之先生是不是怕我等去滋扰呀？”

“非也，非也，该当我来为唯约先生贺岁。”李文进急辩。

“既曰贺岁，可有贺岁之物？”杨博问。

“反正不会空手而来，”李文进说，“家乡来人，捎带三坛川中的好酒，我咬了咬牙，送唯约先生其二。”

“那好，迟些就用光之先生的好酒，我等共搏一醉。”杨博道。

众幕僚皆嗜酒，齐声叫好。等静下来，李文进问姓李的幕僚：“本家先生，方才各位在议论何事，好不热闹？”

“他等或三言，或两语，都是指责我的话。”杨博代答。

“指责唯约先生？”李文进看看杨博，又看看姓李的幕僚，难以置信。“指责二字，是不是用得太重？”

“重与不重，你问他等。”杨博道。

“我等在大帅帐下讨口饭吃，本不敢指责衣食父母的；但大帅既曰指责，我等壮壮胆子，就算作指责吧。反正我等三言两语指责大帅，大帅马上就要长篇宏论指责我等。”姓李的幕僚说。

众人听他说的滑稽，哄然而笑。

“原有此意，被你道破，我偏偏不再指责。”杨博说。

这话更滑稽，又引起一片笑声。

杨博紧接着说：“我不指责，却不是不辨是非。光之先生来得好，就请他评个理如何？”

“要我评理，自然是唯约先生是而诸位先生非，这叫作——”李文进说得仓促，一时想不出合适的词句。

“官官相护。”姓李的幕僚却替他想好。

“不错，正是此意。”李文进不等众人发笑，又说，“不过，我不知唯约先生与诸位先生为何事互相指责，这个理有些难评。”

“唯约先生是者，是奏请朝廷，大修宣、大边墙；我等非者，是以为唯约先生此议不妥。”姓李的幕僚简短介绍。

“诸位为何以为大修边墙不妥？”李文进问。

“都堂不见吗，”姓李的幕僚问，“唐应德先生查核蓟镇兵籍，回朝后就说，蓟镇因修边墙，兵员大减，朝廷因此而处分王大帅？”

“唯约先生常称赞应德先生的学识，应德先生既指出修边墙的弊病，又为何针锋相对地请修边墙？”另一幕僚话里还真有点儿指责的味道。

“诸位还有别的理由吗？”李文进问。

“再无。”其他幕僚说。

“唯约先生既称赞应德先生的学识，又见朝廷处分民应先生，为什么还要奏请大修边墙？”李文进又问杨博。

“众人所议，有两处不实，我要先作更正，”杨博说，“一者，众人的意思，民应先生修边墙修出毛病，错了。民应先生总督蓟、辽军务三年余，并未大修边墙，蓟镇一些新的边墙，还是我在任时修的。要我说，他的毛病在于没有大修边墙。二者，众人的意思，应德先生反对修边墙，错了。修边墙，边卒未必逃亡；不修边墙，边卒未必不逃亡。应德兄只反对修边墙修得兵员大减，并不反对修边墙。”

“我看，还有第三处不实，须作更正。”李文进插话。

“光之先生请讲。”杨博道。

“众人的意思，唯约先生唯应德先生马首是瞻，错了。唯约先生只敬佩应德先生的其他学问，就军务而言，并不那么敬佩。”李文进说。

杨博笑了笑，不置可否。他想起当年他们几个新科进士去拜谒主考官张孚敬的情景。不，那时他没有改名，还叫作张璁。而他们几人，意气风发，各有擅长，大概都觉得可以独领风骚，谁也没把其他人放在眼里。差不多三十年过去，有人成为当代大儒，有人成为大学者，也有人成为高官。他的官宦生涯比唐顺之顺利得多，究竟因为他的才干在唐顺之之上，还是因为唐顺之的时运不济，他也说不清楚。

见他不语，李文进说句“可见我更正得对”，然后问道：“唯约先生，为何主张大修宣、大边墙呢？”

这是正式的问题了。杨博答道：“守边者，三成靠的是士气，三成靠的是兵器，还有三成靠的是地力。嘉靖以来，守边有成者，在三边，邃庵杨公也，晋溪王公也；在宣、大，东涯翁公也。此数人者，无不以修边墙为要，无不因修边墙而固。我自不能望前贤，但狗尾续貂总可以吧？半年多来，我考察大同地势，甚有心得。我以为：银钗、驿马诸岭可修墙、堑，以绝套虏窥探紫荆；居庸南山可修墙、堑，以绝套虏窥伺皇陵、京畿；阳神等地可修墙、堑，以绝套虏入山西之路；大同牛心山等处可筑堡九座，修墩台九十余座，连接大同左卫至大同一线；大同外围，可挖浚大壕二处，每处十八里，小壕六十余处，每处数里。如此，所费有限，而大同防守倍固于今。”

“唯约先生，你不是心一动而奏请大修边墙，你是规划周详后才奏请大修边墙的。”李文进说。

“国家大事，岂敢视若儿戏！”杨博道。

“光之先生将我等也盘问过，将大帅也盘问过，该评个理出来了吧？”姓李的幕僚道。

“是，”李文进一本正经地说，“诸位先生我也问过，唯约先生我也问过。诸位先生说诸位先生有理，唯约先生说唯约先生有理，在我看来——”他拖着长腔，不肯把话说完。

“谁更有理？”大家一起问。

“在我看来，诸位先生有诸位先生的道理，唯约先生有唯约先生的道理。至于谁更有理，唯约先生只要我评个理，并没有要我评哪一方理多些哪一方理少些，恕我无可奉告。”李文进不慌不忙地说。

众人又是一阵哄笑。杨博在笑声中说：“这等理，不评也罢。”

第五百七十三章

嘉靖三十八年正月初一日，皇帝传旨免朝，自己把自己在无逸殿关了一天。初二日，皇帝单独召入严嵩。

“爱卿，今年正旦日过得快活否？”皇帝问。

“臣由衷感激皇上的恩典。”严嵩叩道。他已经记不清楚，到底有多少个正旦日没有和家人在一起过。至少是进入内阁、入值西苑以来，特别是成为首辅以来，他很少能和家人共度佳节。皇上也许没有想到这一层，也许因为只有他在西苑当值，心里才安稳，从来没有降过什么特别的旨意。但在今年正旦的前一日，忽然降旨放他假，命他和家人一起过节。

“你还没回答朕的话呢，”皇帝道，又问，“今年正旦日过得快活否？”

“臣又是快活，又是惭愧，又是不安。”严嵩回奏。

皇帝原本是随意一问，严嵩开始没有正面回答，他的兴趣不由增加一分；严嵩接着连说三种感受，他的兴趣又增加一分。

“爱卿说说，为何快活。”皇帝道。

“蒙皇上赐假，正旦日臣一天安闲，子孙罗膝，捧觞宴乐，臣心里无比快活。”严嵩答道。

“子孙罗膝，捧觞宴乐，”皇帝重复着这两句话，好像同样享受到快活，默想片刻，他忽然又开口，“爱卿话里暗含寓意吧？”

严嵩顿时呆住，心想坏了：天伦之乐，是皇上忌讳的呀，自己怎么别的不说，偏偏要说“子孙罗膝，捧觞宴乐”呢？若谓这八个字并非形容天伦之乐，鬼都不会相信。但话已出口，改是不能改，他只能再多说一句：“臣如实奏言，并无寓意。”

“朕知道，爱卿有话直言，不会含沙射影。况且，”皇帝接着这个话题说下去，“朕也多次向爱卿直抒心怀。父子至情，人间皆同，朕岂有异！但壬寅年宫变生于不测，朕赖上苍恩眷，早已视自家为世外之人，所以别居西内，一心玄修。至于各皇子，每逢节庆，朕都让他们母子欢聚，朕一人孤独，并不让他等孤独。”

“皇上仁慈，臣日思夜念，无不动容。”严嵩道。

“朕知道，你一向是体谅朕的，”皇帝道。他不再纠缠在这个话题上了，命道，“爱卿再说说，为何惭愧。”

“是，”严嵩应着，“皇上爱惜臣，让臣和家人欢聚，如对各皇子般，臣却不能留在西内，为皇帝分忧，自感惭愧。”

皇帝摇了摇头，说：“是朕念你多年辛劳，赐你节假的，你用不着惭愧。你若想多，反而有负朕的美意。”

“臣遵旨，臣不再多想。”严嵩应道。

“朕最想知道，爱卿为何不安。”皇帝转换到最后一个话题。

“年前兵部得到探报，虏众大入辽东，臣是以不安。”严嵩奏道。

“此事朕亦不安，”皇帝回应一句，问道，“虏众入犯辽东，时而有之，然不过是小股。这次却是大入，爱卿看是什么缘故？”

“臣想，或因督、抚调度失当。”严嵩奏道。

“爱卿再说明白些，”皇帝道。

“臣想，或因调辽东军守卫蓟州所致。”严嵩说。

皇帝点了点头，又问：“边兵入卫京畿，是否旧制？”

严嵩奏道：“祖宗时从未调边兵入内地，正德年间，反贼刘六猖獗，始调许泰、江彬等领边兵讨之。庚戌之变，仇鸾选边兵十万援护京师及皇陵。但这两次，均未以边兵守蓟州。何栋总督蓟、辽军务，曾调两支辽东军助守蓟州。至王忬总督，将京畿要害悉委边兵防守；去岁则征调全辽士马入关，辽东为之一空。”

江彬崛起于正德朝，乱政于正德朝。皇帝即位之初，他握有重兵，险些酿成大祸。仇鸾曾是皇帝的爱将，但后来发现，他不仅无能，而且卑劣，让皇帝大为失望，大为伤心。严嵩提到这两个人，为的是激怒皇帝。他相信，皇帝一定会被激怒。

果然，皇帝哼一声，道：“一个是佞幸，一个是武夫，而今的督、抚效法这两个人，边事能不坏吗！”

“陛下所虑甚是，臣恐年复一年，征调不已，不唯靡费粮饷，更有江氏、仇氏之忧。”严嵩复进谗言。

“对，”严嵩提及糜饷，皇帝又想起一件事，“科、道论及蓟、辽军饷，不但用在不该用的地方，还往往被官员侵吞。爱卿可传谕言路，指名论劾。朕就从惩治侵吞粮饷的官员开始，整饬蓟、辽边务。”

“是。”严嵩应道。

根据科道的论劾，皇帝命将现任蓟镇管粮郎中高光、保定管粮主事刘崇文逮入京鞫讯。侵吞粮饷一案牵涉多人，前顺天巡抚马九德、前保定巡抚艾希淳闲住，其他官员或降职，或外调。

有罚则有赏。正月二十二日，在严嵩年满八旬之日，皇帝给予他若干殊荣：赐予酒宴及金币，支伯爵俸禄，并准他从今以后在西苑乘坐肩舆。酒宴，严嵩请辞。伯爵俸禄他接受，但请辞以前所兼支的少师和尚书俸禄。只有西苑乘轿，他诚心诚意地叩谢天恩。以八十高龄，从他的值庐到皇帝居所这一段路程，他实在走不动了。

第五百七十四章

王忬好像要把蓟、辽总督衙门搬到遵化，和顺天巡抚衙门合于一处，从去岁十二月起，他奔波于两地之间，十天里有五天在遵化，三天在路上，留在密云的日子不足两天。

顺天巡抚王轮对王忬的来来往往已习惯，对王忬直接部署顺天巡抚管辖内的防务也已习惯。王轮字子庸，山西蒲州人，嘉靖十七年进士，去岁九月始任顺天巡抚。他和现在挂着兵部尚书职衔的杨博同县，杨博与他议论天下督、抚时，把王忬列为干练胜任一类，因此，对王忬的到来，他不仅不反感，反而感到踏实。

见王忬面有喜色，他也由衷高兴。他问：“民应先生，有好消息？”

王忬频频点头，但没有说是什么好消息，反而问道：“朝廷处分马都堂、艾都堂，我曾说是做给你我看的，子庸先生还记得吧？”

“不过一个多月前的事，怎会不记得！”王轮道。

“好，这次我也要做给看我笑话的人看看。”王忬说。

“民应先生能不能先说给我听听，再做给那些人看看。”王轮半开玩笑地说。

“本要子庸先生和我一起做给他们看的，当然先要说给子庸先生听。”王忬回敬一句，然后略述其事，“朝中有人说我尽数征调辽东边兵入关助守京畿，以至虏众在辽东猖獗，可我接到杨总镇飞报，虏众犯大清河，为他阻击，斩首八百余级。后虏酋土蛮率十万骑犯界岭口，为马副镇击退之。子庸先生看，就这两件事，够不够做给他们看的？”

杨总镇指的是镇守辽东总兵官杨照。马副镇指的是蓟镇分守副总兵官马芳。开原以西有大清河，以东有小清河，二河合流后注入辽河。永平府昌黎县以北有界岭口关。告捷的是辽东的总兵官，蓟镇的副总兵官。辽东总兵官的大胜仗是在辽东境内打的，蓟镇副总兵官的小胜仗是在顺天府境内打的，所以王忬问起来理直气壮。

“够了，够了，”王轮连声应道，“民应先生要是真的尽数征调辽东边兵入关，难道会留下杨将军唱一出空城计，难道杨将军手无一兵一卒，也能打赢这一仗？”

“空城计不是不能唱，但不到万不得已，我是不会唱空城计的，”王忬颇为自负地说。他不但敢以诸葛孔明比喻自己，言外之意，他还有比诸葛孔明高明的地方。“子庸先生，我在辽东唱的虽不是空城计，今日在蓟镇，我倒真想唱一出空城计。”

“请民应先生吩咐，”王轮虽然回应，心里却充满疑惑，所以又问一句，“民应先生的意思，要抽调蓟镇兵马吗？”

“虏众入犯畿内是必然之势，不待言而自明，”王忬没有正面回答，反问他一句，“子庸先生看，来路是哪一条？”

“辽东虏众滋扰畿内有两路，东路自山海关入，西路自卢龙、昌黎入，”王轮说着，判断，“依民应先生所言，前一仗在开原打的，后一仗在昌黎打的，那么，虏众走西路的可能性较大。”

“错。”王忬摇头。

“民应先生说，我判断错？”王轮问。

“不是子庸先生错，是我错。我只给你讲两次告捷，却没有给你讲虏众的动向。”王忬说。

“怎么，虏众没有在昌黎停留？”王轮问。

“没有停留，”王忬点头，“企图自界岭口入犯的虏众，却赴会州，和另一支虏众会合。”

向会州移师，亦即向东移师。王轮按照王忬的思路推断：“所以，民应先生以为，虏众欲取东路？”但马上又提出疑问，“民应先生，这会不会是虏众布的疑阵？”

王忬自然也想到这一层。他说：“若谓疑阵，土蛮入犯界岭口，倒更像是声东击西。子庸先生请想，虏众在败于开原和败于昌黎之前，布一布疑阵，以牵动我师，还有可能；在连续战败之后，它还顾得上布疑阵吗？虏众若如此从容不迫，你我胜之无望。”

“民应先生说的也是。”王轮想不出反驳的理由。

王忬顺势切入主题：“我此次来，就是要和子庸先生计议：由辽东征调入关的边兵，及蓟镇大部，我统一率之向东，堵截虏众的来路，余部由子庸先生统辖，守住要害。如何？”

王轮显得犹豫，慢声细气地说：“民应先生断定虏众必将入犯，入犯必由东路，是不会错的。不过，万一虏众放弃东路而转取西路，守军单薄，难以阻止，如何是好？”

“那也不怕，”王忬胸有成竹地说，“只要守住要害，三五天内，我大军便能回师救援。故子庸先生不必顾虑虏众向西路而来，只须顾虑虏众来时，能不能守住三五天。”

“是。”忘轮漫不经心地应着。

王忬才不管他应这一声，是表示赞同自己的见解，还是表示屈从自己的压力。即使他一声不应，王忬也要按照自己的决断行事；在他应一声之后，就更不会犹豫。

不幸的是，王轮的担心变成事实：土蛮在战败两次之后，居然还顾得上布疑阵，将天朝大军调往东路，另一虏酋、俺答之子辛爱则忽然向西，从潘家口入，自滦河而西，横行畿内。官军只能坚守若干要害，却不能将其驱逐，这使得顺天巡抚衙门所在的遵化，及蓟州和迁安、玉田等州、县大受劫掠。待王忬率师西还，虏众竟在内地从容停留五天。

这是庚戌之变后，京师周边地区受到的最严重的侵扰。三月中旬，御史王渐、方辂上疏，论劾督、抚，特别是王忬用兵失误。所幸者，皇帝虽然震惊，虽然罢免了王轮的官职，却不想大加整肃，对王忬的处分只是停俸，对总兵官欧阳安，参将高延龄、徐枝等的处分只是一般按问。

第五百七十五章

太平县东南的松门卫，是扼守台州府出海的通道之一。三月中旬的一天，浙江按察司海道副使谭纶和参将戚继光各率所部，在这里会合。

谭纶先到，等不多久，探马飞报，戚将军即到。他登上高坡观望。初时尚远，除了觉得这一支军伍浑然一体，与其他军伍不同外，还没有太多的观感。渐渐行走近了，放眼望去，横则五人成伍，竖则十人成队，横竖则五十人成阵，整齐划一，前后呼应。再近一些，军卒的面目可以看得清清楚楚，虽不是个个浓眉大眼，但他们肩上扛的枪是枪，腰间挎的刀是刀，人人精神焕发，朝气蓬勃。

“好一个戚元敬，简直练出当代的岳家军！”谭纶暗自赞叹。

戚继光也看见谭纶，紧一紧马镫，疾驰两步，在高坡前下马。谭纶快速迎过去。

“见过子理先生！”戚继光双拳抱拢行礼，一只手上还握着马鞭。

谭纶字子理，江西宜黄人，嘉靖二十三年进士。

“元敬将军无须多礼，”谭纶拉着戚继光的手，向虽已停下却毫不松懈的军伍前走几步，问，“这就是你的义乌子弟兵吗？”

“不都是义乌子弟，还有从金华其他各县招募的，不过，他们中十有七八来自义乌。”戚继光说。

谭纶走过去，拍拍一名士卒的肩膀，捶捶一名士卒的胸膛，二人站在原处，纹丝不动。他退回来，问戚继光，“元敬将军曾言，须以三年操练乡兵，现已到期吧？”

“是，操练他等已历三年。”戚继光道。

“元敬将军操练几多乡兵？”谭纶又问。

“三千，全数在此。”戚继光道。

“如今可战否？”谭纶问。

“人自能战，什伍自能战，列阵自能战。”戚继光道。

“好，我就来试用一下这支人自能战、什伍自能战、列阵自能战的队伍，元敬将军不会舍不得吧？”谭纶笑问。

“只怕子理先生看不上眼，”戚继光道，又说，“子理先生自家不也练就一军？”

“我不及你。原来只以为操练的人数不及你，你操练三千乡兵，我只操练一千乡兵；今日一见，才知我练兵的法子也不及你。”谭纶说。

戚继光想说几句客套话，他不给插话的机会。“我不是一个甘心落后的人，但两军站在这里，优劣自见。说一句绝非奉承的话：日后天下只知有戚家军，不知有谭家军。不过，我可以自傲的是，日后扬名天下的戚家军却是由我领着去打第一仗。元敬将军，我不是要夺你所爱，但我再三算计，目前流窜于宁波、台州的倭贼、海寇，我的一千乡兵难以逐之。唯有投入元敬将军的三千子弟兵，方能不借助客兵之力。我的目的，浙江战事，只靠浙江的官军及乡兵，不用客兵，还望元敬将军成全。”

“子理先生言重，浙江战事不用客兵，亦末将之愿，”戚继光说着，一指他带来的子弟兵，“这三千乡兵，均听子理先生调遣，末将亦听子理先生调遣。还有一人，望子理先生给他一个立功的机会。”

“是谁？”谭纶问。

“俞帅，”戚继光道，“俞帅要我向子理先生请战，愿率部陷阵。”

本朝重文轻武。总兵官与巡抚同级，总兵官要听命于巡抚；参将与副使同级，参将要听命于副使。故戚继光在谭纶面前恭顺应答，不足为怪。至于俞大猷也低声下气，是因为他现在有罪在身，是戴罪办事。

但谭纶想的是另一层。

“此倭不过残部而已，不堪俞帅一击。并非我要争功，只因我在台州做过几年郡守，熟悉地势，还是我冲杀在前为宜。”他说。

谭纶因在台州知府任上与倭贼交战，屡屡建功，才升为按察副使的。他说着，向戚继光一揖，“请元敬将军和俞帅，为我押后。”

“军令如山，不敢有违。”提及争功，戚继光不好再多说。

胡宗宪睡个午觉，醒来后问当值的四郎：“你三哥回来没有？”

“已回来多时。”四郎答道。

“怎么不叫我？”胡宗宪斥道。

“大人小憩，难得如此香甜，我要他在外面先候着。”四郎说。

胡宗宪挥挥手：“好，快叫他来回话吧。”

三郎赶两天的路，甚是疲惫。四郎让他在外面候着，他却蜷缩在外间的角落里睡着。若不是发出轻微的鼾声，还真不容易被找到。四郎过去推了推他，他眼睛没睁开，全身先一哆嗦。

“老四，什么事？”他揉着眼睛问。

“什么事？要不要浇你一头冷水？”四郎作泼水状。

“不用，不用，”三郎作告饶状，他从地上跃起，看了看四周，才想清楚自己在什么地方，忙问，“大人可醒？”

“已醒，要问你话呢。”四郎说。

三郎随四郎进了里间，见胡宗宪擦过脸，正在翻阅文札，他站立在一旁，不敢出声。

“你去到哪里？”胡宗宪头也不抬地问一句。

三郎看看四郎，四郎看看三郎，二人面面相觑，不知该由谁答。

胡宗宪指了指三郎：“我在问你呢。”

三郎忙上前，躬身道：“回大人话，小的去到象山。”

象山属宁波府，胡宗宪皱起眉头：“怎么，连宁波都没出？”

“是，贼寇盘踞象山何家礁、金井等处，有长驻之势，谭大人领兵剿之，故小的没出宁波，”三郎说。他的手势比话语更能表明，并未偷懒。

胡宗宪点头认可。继续问道：“战事如何？”

“谭大人大获全胜。”三郎只答一句话。

“你能不能讲详尽些？”胡宗宪道。

“是，”三郎应一声，述道，“小的尾随贼寇到象山，观察几日。后谭大人率数千人马赶到。时有另一支贼寇约五百人驰援。几员将领说：日夜兼程，先站稳脚跟歇一歇吧，一日不可，歇半日，半日不可，歇一个时辰，都是好的。谭大人说：用兵之道，贵在出其不意。待贼寇得知外有援兵，破之难矣。于是，迅速回兵击援贼，援贼败走。第二天，谭大人率主力捣贼巢，另遣一支奇兵出其后。何家礁贼寇甚凶悍，与我官军力战，不相上下。多亏谭大人部署的奇兵及时参战，首尾夹击，贼寇方弃巢而去。这一仗，斩杀贼寇七十二人。”

胡宗宪见他不再说了，问：“这就讲完？”

“是，小的讲完。”三郎说。

“不对吧，”胡宗宪道。

“千真万确，小的所讲，皆亲眼所见，亲耳所闻。”三郎说。

“我是说，你没有讲完吧？”胡宗宪道，又问，“谭大人打胜这一仗，去往哪里？”

“小的听他传令，回松门卫。”三郎答。

“何家礵的贼寇打败这一仗，又去哪里？”胡宗宪问。

“小的听他等七言八语，似乎也去松门卫。”三郎答。

“我料定他等只有松门卫这一条路好去，我料定谭大人赶在他等前面去松门卫部署，”胡宗宪说着，问道，“后面的战事如何？”

三郎愣住：“小的糊涂，小的以为战事在象山已经结束。”

“幸亏我知道你有时会糊涂，而不是有时会偷懒。”胡宗宪挖苦道。

“小的不敢偷懒，小的这就去打探。”三郎说走就要走。

“不必，”胡宗宪说，“谭大人在象山做客能够打败贼寇，在台州熟门熟路，焉有打不败贼寇的道理。”

“大人英明。”三郎口服心服。

“你先别奉承，我还有话要问你，”胡宗宪道，“我说你没有讲完，还有一层：你只讲谭大人如何如何，怎么不讲讲俞总兵如何？”

“回大人话，这个俞总兵好似没什么可讲的，”三郎说。

“你这话是什么意思？”胡宗宪问。

“俞总兵押后，没等他赶到，战事已结束。”三郎说。

“是象山的战事结束了。”胡宗宪更正。

“大人说的是，可谭大人传檄俞总兵，留在宁波备战，不必去台州。所以，即便如大人所言，松门有战事，也与俞总兵无干。”三郎说。

“原来如此！”胡宗宪挥了挥手，让三郎、四郎都退出去。这表示，他有心事要琢磨。他站起身，在屋里踱几圈，自言自语道，“我倒是想今次的胜仗有你一份，你却偏偏错过，这就怪不得我。”

他当即草拟一疏，将浙江剿寇不力的责任推到俞大猷和参将黎鹏举身上。他相信，给朝廷指出一个罪魁祸首，比向朝廷进献一只白鹿，更能把自己洗刷干净。

第五百七十六章

漕运总督傅颐新近被召为刑部右侍郎。他在漕督任上听说王忬被停俸，没有当作一回事。如今的督、抚，因为得罪朝廷大老，因为被科、道参奏，因为失职，甚至因为事情办得太漂亮，都有可能得到停俸的处分，不足为怪。况且，一个是漕运总督，一个是蓟、辽总督，可谓风马牛，全无干系。在赴京的路上，他却听说，王忬已被逮入京师，正由法司定罪。同时被逮的还有总兵官欧阳安、参将高延等。不但事态有极大发展，而且与他也有了关系。

同时还听说浙、直总兵官俞大猷被逮。消息也很惊人，不过似乎还没有到由法司定罪的程度。

所以，一进京城，一进刑部衙门，先要打探王忬的案子。

门役见他眼生，上前拦住，问道："大人找谁？"

"窒甫先生。"傅颐随口说出郑晓的字，也不想想是否需要回答。

门役肃然起敬，但仍然拦住他："大司寇外出。"

"那么，世胤先生呢？"傅颐又随口说出赵大祐的字来。赵大祐是浙江太平人，嘉靖十四年进士，才由刑部右侍郎改左侍郎。

"赵大人在，要不，我为大人通报一声？"门役完全是商量的口气。

"也好，你对世胤先生说，傅师正到，"傅颐竟同意。

"请教傅大人，是哪两个字？"门役问。

"师，师傅的师。对了，你没有问，我也顺便告诉你，我姓的那个傅，是师傅的傅。至于正嘛，乃名正言顺的正。"傅颐很是耐心。

门役进去不多时，一阵爽朗的笑声传出衙门外。随后，赵大祐边笑边走，边走边问："师正先生何在？"

"世胤先生，有劳相迎。"傅颐迎过去说。

"不但有劳，且无先例，"赵大祐笑嘻嘻地说，"刑部衙门没有过，其他衙门也没有过，一名贰卿到任，还要另一名贰卿出门迎接。幸亏窒甫先生外出，否则，恐怕还要他出门迎接。”

“原是想更隆重些。”傅颐说。

“如此，委屈师正先生，请，”赵大祐向衙门里让着。又回过头对门衙说，“日后师正先生每次来，你都别想安静。”

门役只感到滑稽，并不担心日后的事。

傅颐随赵大祐往里走几步，问：“窒甫先生外出何事？”

“去与子升先生议事。”赵大祐说。

“去见徐相？是为王都堂的事吧？”傅颐猜测。

“师正先生果然有见识。”赵大祐边看他边说。

“说不上什么见识，”傅颐谦道，“现在就命刑部议处王都堂之罪，未免太急。我想，以窒甫先生的性情，一定会有所议论的。”

听了他的话，赵大祐停下来，只顾看他，不再开口。

傅颐随他站下，问：“怎么？”

“师正先生是说，命刑部议处王都堂，太急？”赵大祐问。

“是啊，这话不对吗？”傅颐反问。

“错是没错，只是师正先生太不急。”赵大祐说。

“怎讲？”傅颐一脸茫然。

“皇上命刑部议处王都堂，是两个月前的事；师正先生大概还不知道，刑部已然议处过吧？”赵大祐道。

“已然议处过？如何议处的？”傅颐忙问。

“戍边，”赵大祐回答两个字。

这一处分显然大大出乎傅颐的意料。他自语：“现在就命刑部议处王都堂，太急；议以戍边，太重。”又问，“窒甫先生就是为这一处分，去与阁老理论吧？”

“戍边是窒甫先生的主张，他还去理论什么！”不等傅颐开口，赵大祐又说，“窒甫先生曾言，皇上若准这一处分，实是王都堂的造化。”

“窒甫先生说过这话？”傅颐懵住。

赵大祐、傅颐站在院子里说了好一阵话，将要散去时，郑晓匆匆忙忙赶回来。与傅颐见过礼，他说：“知道师正先生今日要来衙门，本该留在衙门里恭候的，无奈子升先生道事急，一定要我过去一趟。”

“窒甫先生只留在衙门里恭候恐怕不够。”赵大祐插话。

“怎么？”郑晓问。

赵大祐把门役闹的笑话讲了讲，郑晓也笑。他说：“师正先生到任，是该隆重些。明日我早来一步，在衙门外迎候。”

“这是万万不敢的，”傅颐说着，把话岔开，“窒甫先生见过徐相了？”

“见过。”郑晓道。

“窒甫先生与徐相议的是王都堂的处分？”傅颐又问。

“就算是吧。”郑晓道。

话里有话，傅颐不知是没听出来，还是另有意图，他按照自己的思路问下去：“王都堂戍边不是出自窒甫先生的裁定吗，为什么还要和徐相计议？难道担心徐相不赞成？”

“我和子升先生议的不是对王都堂的处分，而是王都堂治罪后，蓟、辽总督人选。照理说，这是吏部的事，不容我置喙。不幸的是，此事却与我大有牵连。”郑晓说。

赵大祐在一旁解释：“窒甫先生兼署兵部，如今虽不过问该部事，但朝廷并没有明旨。这一直是他的心病。”

傅颐点点头，表示听明白。他问郑晓：“窒甫先生以为宜用谁？”

“用谁都可以，就是不能用唯约先生。”郑晓说。

“这是为何？”傅颐大感奇怪。

“我先问一句：为何要用唯约先生？”郑晓道。

“大司马在宣、大，宣、大安；在蓟、辽，则蓟、辽安。”傅颐说。

“说得好！”郑晓道，“不仅师正先生这般说，徐阁老也这般说；他并告我，严阁老意亦如此。可我回了他一句话，他就无言以对了。”他问，“师正先生，世胤先生，知道我怎样回他的吗？”

“请窒甫先生赐告。”赵大祐、傅颐齐声道。

“我说：唯约先生在兵部，则九边安。”郑晓道。

傅颐也无言以对。像杨博这样的大才，用在宣、大，用在蓟、辽，均可胜任；但为国家计，求天下安定，还是掌兵部为宜。

于是，他又回到方才的问题：“窒甫先生真以为王都堂当戍边？”

“师正先生既知道，却以为如何？”郑晓问。

“处分太重。”傅颐绝不讳言。

“我也以为太重，”郑晓这话让傅颐，还有赵大祐都大吃一惊，而下面的话让二人更惊，“师正先生知道刑部拟王都堂戍边，却知不知道，总兵官欧阳安、参将高延龄、游击将军张伦等皆论死系狱？师正先生知道王都堂戍边是我的主张，却知不知道，皇上御批：诸将皆斩，指挥出令者却不治，是何法律？”

“皇上当真有此御批？”赵大祐、傅颐齐问。

“子升先生说与我听的，还会有假！”郑晓道。

“有此御批，王都堂这条命恐怕保不住。”傅颐叹道。

“窒甫先生道，皇上若准戍边，乃王都堂的造化，这话真是一点儿也没有说错。”赵大祐叹道。

他们都知道，王忬之事再没有什么好议论的。

五、文曲魄散

第五百七十七章

王世贞到京城，径直奔向王世懋的住处。这是王忬作顺天巡按时置下的产业，也是他在刑部任官时的住所，可以说再熟悉不过。

见到王世懋，他急切地问："敬美，怎样？"

王世懋呆呆地望着兄长。照常理，这声"怎样"，应该是问他被派在哪里衙门试职。王世懋春闱与试，虽说名次不怎么理想，列在三甲靠后，但榜上有名，无论如何值得庆贺。不过，他知道，王世贞显然不是问他得意与否，而是在问他父亲的情况。因为是笼统而问，他一时竟答不出话来。

"见过子升先生？"王世贞具体问道。

"见过。"王世懋答道。

"他怎说？"王世贞忙问。

"他说，"王世懋迟疑片刻，决定如实道来，"他说，皇上今次是真的动怒；他的话，皇上未必听得进去。"

"只这一句话吗？"王世贞既失望又悲愤。

"还有一句，"王世懋道，"子升先生说，要救父亲，须叩求一人。"

"是介溪老吗？"王世贞不会想不到这个人。

"是。"王世懋应道。

"既然子升先生有话，为何不去？"王世贞道。

"子升先生说，我去无用，须得兄长亲临其门叩求。"王世懋说。

王世贞静下心来想一想，承认是这个道理。他说："好，我去！敬美，你随我一起去叩求。"

"是，"王世懋应过一声，犹犹豫豫地说，"兄长赶路辛苦，要不要先歇一歇？"

“还顾得上吗？”王世贞道。

王世懋不再多话，兄弟二人同出家门。

王世贞觅块地方，也不管干净不干净，也不管自己连尚新的官服都没有换下，就直挺挺地跪下去。似乎跪下去，就不打算起来。王世懋见状，不敢怠慢，在他右手也跪了下去。

严府的门丁为严氏父子守门多年，什么新奇事都见过，可门前有两名官员长跪不起，着实让他大吃一惊。他三两步跑过去，刚要问“这是干什么”，才发现其中一人是熟识。

“王大人！元美公子！”他招呼着。

王世贞头不动，眼不转，生硬地说：“这是舍弟王敬美。”

“王大人，敬美公子，”门丁招呼过，又转向王世贞，“元美公子向来在人前都不行跪拜礼的，今日怎么竟向着这么一所宅子行起礼来？要不，我先搀扶二位起来。”

说着，弯下腰来，动手搀扶。

“且住！”王世贞肩一耸，把他撞个趔趄，“我兄弟二人今日为天大的事而来，你搀扶我起来，担得起干系吗？”

门丁站稳身子，心中恼怒，面上却不带出来。他说：“元美公子真会开玩笑，别说天大的事，宅子大的事，宅前这棵树大的事，我也担不起干系。公子不让搀扶，可有什么事要我做？”

“我只问你，老相公今日在不在府上？”王世贞道。

“巧得很，老爷今日正好在家；不过，也不巧得很，老爷交代，今日不见客。”门丁此言大有戏弄之意。

“不见客不要紧，我跪等到老相公见客之时。”王世贞说。

“元美公子请便，渴了招呼一声，我送水来。”门丁回到院子里，把门虚掩，以示不再理会他们兄弟。

半个时辰后，外面静静的。门丁心想：人恐怕早就离去了。跪的若久，身体能否支撑还在其次，心里的屈辱就难以忍受。可从门缝望外看去，这两个人仍然一动不动地跪在那里。

又过半个时辰，外面忽然响起嘈杂的声音。门丁望外看去，只见远远的站着许多路人，三人一堆五人一伙地议论着。他想：两名官员跪在门前，还能不引人注意？方才让他跪着，是为煞一煞他的傲气。现在可得进去禀报，不然，说不定会惹出大麻烦。

严世蕃听完门丁的讲过，笑得脸上的肉一颤一颤的，粗壮的脖子显得更短。“此等场面，不可不看！”说罢，他也不管严嵩在想什么，身子一扭，快步向外走去。

外面的围观者没有一百，也有七八十。见他出来，嘈杂声更响。他做个恫吓的手势，围观的人们向后退几步。

他在王氏兄弟面前站立一会儿，拿腔拿调地说：“元美，你曾是此间常客，怎么也闹起虚文？”

“无他，但求叩见老相公。”王世贞低声说。

“元美说什么？”严世蕃装作没听清。

王世贞稍稍提高声调：“请东楼公转告，元美、敬美叩见老相公。”

一般人称严世蕃东楼公子，他过去也总称东楼公子，今日少一个字，变得更加恭敬。

“这位就是敬美？”严世蕃看了看王世懋，以悲天悯人的语气说，“听说太仓王公家里又多一名进士，早就想请过来吃酒，谁知敬美却这样赶来。”又对王世贞说，“元美，你要引敬美走正路，别误他前程。”

言外之意，王世贞带着王世懋跪拜在此，不是正路。

王世贞不好说什么，王世懋细语喃喃地说：“在下早该来给老相公和东楼公子叩头请安。”

“有此心就成，用不着在这里跪拜，”严世蕃说，“今日真是不巧，家大人身体不适，不能见客。二位请回，择日再来。”

“无妨，我二人跪等便是。”王世贞说。

严世蕃满脸无奈地说：“贤昆仲既然不听我劝，只好再委屈一阵。我现在有件天大的事要办，等我回来，看能不能帮得上忙。”

他所谓大事，不过是离开二人，偷偷去乐一乐。等乐够，转回来一看，二人还跪在原处，而围观的人更多。再等下去，恐怕半个京城的人都要聚来。他这才一边动手搀扶二人，一边命人通报进去。

“元美，你来了。”严嵩懒懒地招呼。

“晚生来给老先生叩头。”王世贞拉王世懋一把，两人跪倒。

“敬美，你起来，我有话对令兄讲，”严嵩道，但王世懋哪里肯独自起来，他于是让二人一起听他的教训，“元美，江南倭乱未息，江北倭贼欲动，山东是防剿江北倭贼的要地，皇上宵旰不宁，你怎敢擅离职守！”

“老先生教诲极是，然人命关天，晚生顾不得许多。”王世贞说。

“你是来为令尊请命的？”严嵩问。

“是，”王世贞应道。“家父纵有过失，不该死罪，还望老先生慈悲为怀，给他一条生路。”

说着，又拉王世懋一把，叩头如捣蒜。

“敬美，这个头叩的没有道理，你让元美自己叩吧。”严嵩说。

“晚生也要为父请命。”王世懋回应一句，继续叩头。

“请教老先生，晚生的头叩的为何没有道理？”王世贞则问。

“是皇上要他死，元美怎么向我要他的生路？”严嵩道。

“是，晚生慌不择言，”王世贞顺着他说，“皇上要他死，只有老先生的话，皇上听得进去，恳请翁相救家父一命。”

“恳请老先生救家父一命。”王世懋再加一句。

“只有老夫的话，皇上听得进去，现在你懂得其中的好处？”严嵩又像心情舒畅，又像仍念旧怨，他抬了抬手，说，“敬美，起来吧。元美，起来吧。令尊的事，我会向皇上进言的，我也希望能挽回圣心。不过，元美说皇上听得进我的话，并不确切。老夫自忖，所进十言，皇上不过听得进一二言而已。就算所进十言，皇上听得进八九言，恰恰为令尊请命这一两句，却听不进去，我也没有法子。谋事在人，成事在天，二位想，是不是这个道理？”

严世蕃送王世贞、王世懋兄弟回来，严嵩兴致勃勃地一挥手，要他在自己身边坐下，问道：“东楼，你看王民应救得救不得？”

“大人要问的不是这件事吧？”严世蕃道。

“那我要问哪件事？”严嵩问他。

“大人要问，二美兄弟用得用不得。”严世蕃说。

“好，你就说说看。”严嵩道。

“我说四个字，大人便知用得用不得。”严世蕃说。

“可是‘不卑不亢’这四个字？”严嵩问。

“大人明察，”严世蕃道，“王元美今日来，只是为挽救其父，并无诚心投靠之意。大人若救得其父，他或许在表面上投在大人门下；究其实，又可以用四个字来形容。”

“可是‘阳奉阴违’？”严嵩问。

“正是，”严世蕃点头，“本来，解救一个前程断送之人，减少一个对头，也还合算。但在皇上御批下救人，有如虎口拔牙，就不值得。”

“东楼说的是，日后如何处之？”严嵩问。

“其一，大人见他一次，给足王元美面子，日后不必再见；其二，王元美未必相信大人诚心解救其父，可他会到处叩拜公卿，到处宣扬大人的话，大人须得暗示他等，王民应不可解救，免得这些糊涂公卿真将他的鸡毛当成令箭。”严世蕃不慌不忙说了两件注意事项。

第五百七十八章

五鼓时，上朝的官员们还没有出门，手提肩挑的小贩还没有做生意，虽然在夏季，京城里还是一片朦胧，一片静谧。长安街上只偶尔见得到一辆送水的马车，或一辆淘厕的驴车。

这个时候，有一个人或一伙人在长安街上行走，巡更的逻卒一定会大加盘查。但当他们看到那伙人簇拥着一顶轿子，轿前的灯笼上有一个斗大的“陆”字，就都知趣地躲开。

轿里坐的，正是掌锦衣卫的大都督陆炳。

轿子在严府前停下，一名亲信家人走上前去，叩门的声音在空旷的街上回荡，显得格外响亮。但在陆府的家人已经耐不住性子，准备叩得更重些时，大门里有人走动，并怪里怪气地问：“谁呀？”

“自己出来看！”陆府的家人比他还要怪里怪气。

“好厉害的角色，以为我不敢出来看吗？告诉你，别让我抓住你的不是，否则的话，哼！”话音未落，大门开一道缝，从缝里露出一张脸。他看了看陆府的家人，觉得眼熟，可又不敢确认，于是把门缝开得大一些，把整个头探出来。

“不认识我了？不认识我不要紧，后边有你认识的人。”陆府的家人以为陆炳仍在原处，便向后指。

严府的门人随他手指的方向看去，除了两个轿夫一动不动地站在那里，轿帘掀起，里面早没有人。他才要说两句讽刺陆府家人的话，却见陆府家人身后站着一人，他不仅认识，而且熟悉之极。

“陆、陆大人，陆、陆督帅，怎么是您呀？”他结结巴巴地说。

“是啊，若是别人，岂不被你抓住不是。”陆炳笑道。

严府的门人抱拳，连连打拱：“是小的不是，陆大人，陆督帅，您大人大量，千万不要和小的计较。”

陆炳仍然笑着：“我本不想计较的，可听了你的话，不能不计较。”

他的亲信家人在一旁帮腔："是啊，我家老爷不能不和你计较。"

"放肆！"陆炳脸一沉，问他，"你知我要计较什么？"

家人吐了吐舌头，不敢再多嘴。

陆炳又问严府的门人："你可知我要计较什么？"

严府门人说："小的不知，小的但愿陆督帅、陆大人什么也不计较。"

"不计较不成，我不计较，你一口一个'小的'怎么改？"陆炳点拨他，"谁不知道，宰相门前七品官？何况你不是老相公的普通家人，你乃老相公的门人，又非七品官可比。你不怕当'小的'，朝廷名器却不能不重。你懂不懂？"

"懂，懂。"严府门人不敢再称"小的"，听起来更不舒服。

"你也懂吗？"陆炳问自己的亲信家人。

"也懂，也懂。"亲信家人应道。

"你自称'小的'，却不打紧。"陆炳又说。

"是，小的也懂。"亲信家人道。

他主仆一唱一和，严府门人明知是说给他听的，还不得不点头讪笑。等讪笑到不能再讪笑，他躬身问道："督帅大人有何吩咐？"

"求见老相公。"陆炳说。

求字用得不好，门人的口气马上转变，他拖着长音说："督帅，我家老爷长年在万岁爷身边当值，难得回来睡个囫囵觉，但只要回来睡个囫囵觉，就不许我等奴才打扰，这些您老人家是知道的呀。"

"我来，也不便打扰？"陆炳问。

"小的不便打扰，不是督帅不便打扰。"门人这下不怕自称"小的"。

"老相公不便打扰，打扰一下东楼如何？"陆炳道。

"督帅难道不知道，公子更不便打扰？"门人苦着脸说。

"既然都不便打扰，起轿回府。"陆炳吩咐。

"陆大人，陆督帅，你要回去？"门人居然做出送客的样子。

"我这个时辰到府上，自然和老相公、东楼有要事相商；既然都不方便，就改个时辰、改个地方再说吧。"陆炳不动声色，却比声色俱厉更让人害怕。

门人不敢再拿架子，一窜身，拦在前面，面带谄谀地说："督帅大人请稍候，既有要事，我进去通报一声。"

"你不怕老相公、大公子责怪？"陆炳问。

"替督帅大人办事，被责怪几句，也是情愿的。"门人说。

“你不怕责怪，我还怕稍候吗？”陆炳就势留下。

门人把陆炳引进书房，过了许久，严世蕃打着哈欠进来，和陆炳草草见过，道：“督帅自己说，来得太早，还是来得太晚？”

“东楼尚未歇息，就是来得太晚，东楼尚未歇足，就是来得太早。”陆炳打着哈哈。

“若是我方入睡呢？”严世蕃问。

“极妙，那却是既不太早，也不太晚，”陆炳说，等严世蕃笑出声，他又说，“东楼方入睡，我可有几日几夜不眠。”

“几日几夜不眠？”严世蕃难以置信，他问，“督帅有麻烦？”

“也不是什么大麻烦，只是欲请见东楼和老相公，不知何时来好。于是夜夜焚香卜筮，至昨夜方得神示，道是今早见老相公，必允所请。这不，我就来打扰。”陆炳说。

“督帅自己的事情，用不着我父子相助，督帅是为他人的事情而来吧？”严世蕃心里怎么想，嘴上怎么说。

“这话也对也不对，不过，我今早赶来，确是为的他人。”陆炳说。

“督帅为的是谁？”严世蕃问。

“俞帅。”陆炳说。

严世蕃忽地站起来，显然陆炳提到这个人，让他恼怒。他在陆炳面前踱来踱去，每走两步，就停下来，瞪陆炳一眼。

换成别人，早被他瞪得魂魄出窍，叩请恕罪。陆炳却不怕，不但不怕，还在他每次瞪过来时，给还一个笑脸。

严世蕃被他的笑脸弄得哭也不是，笑也不是，怒也不是，静也不是。他忽然发觉，自己这样走来走去，这样满面怒容，已处在下风。于是，他在陆炳不注意时又坐下来，把一张怒脸换成笑脸。

“督帅为何与俞某结党？”他问。

“东楼这话怎讲？”陆炳道。朝廷大员与地方大员结党是大忌，他是绝不会承认的。

“若不为亲党，督帅怎么会几日几夜不眠？怎会天不明就为他的事情四处奔走！”严世蕃说。

“我只来此一处，并未四处奔走；我只想为朝廷保全一将帅之才，并非为亲党，”

陆炳说着，举双手向严世蕃一揖，“东楼，皇上盛怒之下，救得俞帅的，只有你和老相公，故来恳请。”

“我父子救不救得他，且不论；我只能告诉督帅，今次卜筮不准，我父子是不会出面救他的。”严世蕃说。

“这是为何？”陆炳问。

“督帅难道不知，此人一贯轻蔑政府？”严世蕃道。

“不会吧？”陆炳知道，所谓政府，实际上是严府，他说，“他事我不甚悉，有一事我是清楚的：俞帅景仰老相公和少司空，绝不敢轻蔑。”

“他景仰的是徐氏吧？”严世蕃对俞大猷的恼怒，正在于此，他质问陆炳，就像质问俞大猷本人一样，“不然，他怎么会把江南的情势，一一向徐氏禀明，而无一字送与我父子？”

“东楼以为俞帅与徐相结党吧？那可是冤枉他，”陆炳争辩，“俞帅向徐府禀报的是松江情势，并非整个江南的情势。这不过因为徐相是松江人，不能不略尽人情。严府和徐府的轻重，他还能不懂吗？此次获谴，他就知道，救星在严府，不在徐府。”

“凭督帅一言，不能表明他的真心吧？”严世蕃插言。

“东楼说的是，此事我正要禀明。”陆炳道。

“不敢不敢，”严世蕃连连摆手，“只有我向督帅禀明的道理，哪有督帅向我禀明的道理。”

“那就算是告知吧，”陆炳说着，向严世蕃那边挪了挪身子，“俞帅被逮赴京师时，南直隶和浙江的父老、乡绅无不祈祷他早日脱罪还职，无不赠以金银，合起来，大约有三千金。另外，”他顿了顿，说，“他自己收拾家财上路，大约也有千金。他托我将这两笔金钱全数送来严府。东楼，他的真心可见了吧？”

在说到俞大猷收拾自己的家财前，他犹豫一下，是因为撒了个谎。锦衣卫官校一宣旨，俞大猷便成钦犯，哪里还容他收拾家财？那一千金其实是陆炳取自己家财代献的。

“父老、乡绅馈赠至三千金，他颇得民望嘛。”严世蕃说。在他眼里，三千金不是一个很大的数目，但也不是一个太小的数目；再者，加上陆炳的面子，这笔钱财等于增加一倍。他的口气开始松动。

“东楼，你看此事办得办不得？”陆炳乘机问道。

严世蕃仰面朝天，好像事不关己地说：“办得办不得，不该问我。”

“东楼要我问谁？”陆炳问。

“问家大人呀，”严世蕃说着，换一种姿态，和陆炳脸对脸地说，“不过，看在俞某的真心上，我答应督帅三件事：第一，我让督帅立刻见到家大人；第二，督帅劝说家大人时，我在一旁敲敲边鼓；第三，一旦家大人应允督帅，我为他筹划。”

别人绝不可能在这个时辰把严嵩请到书房来，严世蕃却兑现了他的许诺，不但把严嵩请来，而且让他和陆炳认真地谈论起俞大猷。

“听东楼说，督帅是来为俞某请命的？”严嵩直截了当地问。

“是。”陆炳应道。

“俞某一贯轻蔑政府，督帅为何与这样一个人结党？”严世蕃问的两个问题，严嵩合在一起问。

“老先生言重，”陆炳也合在一起解答，“身为天子近臣，在下可不敢结党。为俞帅请命，不过想为朝廷保全一将帅之才。至于俞帅轻蔑政府，老先生或是误信人言。据我所知，他对老先生是很崇敬的，对东楼世兄也是由衷敬佩。”

“凭督帅一言，不能表明他的真心吧？”严嵩道。

“是，其真心表露之事，已告知东楼，容我再向老先生禀明，”陆炳说着，欲重复方才的话，“俞帅被逮赴京师时——”

“此事督帅不必对我说，”严嵩打断他的话，转问严世蕃，“东楼，俞某果真不轻蔑政府？”

“督帅的保人，大人还不放心吗？”严世蕃敲着边鼓。

“你是说，可以求皇上减其刑？”严嵩道。

“全凭大人主张。”严世蕃说着，递过一个若允若拒的眼神。

严嵩会意，对陆炳说：“督帅要为朝廷保全一将帅之才，老夫岂敢落后。现与督帅约：恳请皇上宽贷，老夫自当尽力；然皇上肯不肯宽贷，老夫不敢有任何承诺。”

“是，”陆炳知道，这已经是最好的结果。他一边作揖一边说，“老先生只要尽力，就是俞帅的再生父母。”

第五百七十九章

杨慎的习惯，写出得意的文字，即命童儿贴在墙壁上。他在云南永昌卫城的住宅里，墙壁贴满大小不等的纸头，且不时更换。但有一篇文字，自贴上以后，就没有摘下来。童儿念的下这篇文字，然不解其意。不用新的文字替换它，自然不是他的意思，而是杨慎自己的意思。

一篇是杂文，无题。文曰：

骛于高远，则有躐等凭虚之忧；专于考索，则有遗本溺心之患。故曰君子以尊德性而道问学。其究也以六经为注脚，以空索为一贯，谓形器法度皆刍狗之余，视听言动非性命之理。所谓其高过于大学而无实，世之禅学以之。考索之蔽，其究也涉猎记诵，以杂博相高；割裂装缀，以华靡相胜。如华藻之绘明星，妓儿之舞迓鼓。所谓其功倍于小学而无用，世之俗学以之。

这是一首五言诗，题目是《悲酸行》。诗曰：

少日多欢悰，老惊足悲酸。悲酸一何易，欢悰一何难。
游子久不归，憔悴羁南冠。亲庭隅千里，梦中路漫漫。
年来转漂泊，居处无恒安。征马常苦瘦，旅席常苦寒。
有客过我门，劝我强加餐。春阳正发育，覆载本自宽。
穷途谢好音，白意于青翰。

诗后附言：老境病磨，难亲笔砚，神前发愿，不做诗文。自今以后，朝粥一碗，夕灯一盏，作在家僧行径。

因老病而发愿不做诗文，颇类他年轻时的老师、也是他最敬佩的前辈李东阳的“戒诗”。但做官的权力被剥夺，作文赋诗的权力，即使你自己也是剥夺不了的，有时是友人求文求诗，让你无法拒绝（以他现在的处境，权势者是不会来求文求诗的）；有时是自己心有感触，必须要诉之笔端；有时既有友人求文求诗，自己也想写。

这一日，张含和李元阳、唐锜联袂来探病，辞别时三人求诗，杨慎想也没想，就爽快地答应下来。有两句话在他心中翻腾多时，已到不写不快的地步。第一句话是：知我罪我春秋笔；第二句话是：今吾故吾逍遥篇。他先大字写下题目“病中永诀李、张、唐三公”，随即走笔如飞写下一首七律：

> 魑魅御客八千里，羲皇上人四十年。怨诽不学离骚侣，
> 正葩仍为风雅仙。知我罪我春秋笔，今吾故吾逍遥篇。
> 中溪半谷池南叟，此意非公谁与传。

最后的两句指的是四个人：除李元阳号中溪外，张含号半谷，正德年间举人，云南永昌卫人；唐锜号南叟，嘉靖五年进士，云南晋宁州人；“公”则指云南大理人吴懋，他是嘉靖十九年进士，磨砺近二十年，现在熬到六品的通判。

吴懋说：李中溪，张半谷，唐池南，还有杨士云，号弘山，云南太和人，正德十二年进士，王廷表，号纯庵，云南阿迷州人，正德九年进士，胡廷禄，号在轩，云南左卫人，正德十二年进士，为杨门六学士。他又说：这六个人，再加上杨慎本人，并为滇云七子。

“杨门六学士”也罢，“滇云七子”也罢，一下子来三人，杨慎当然会感慨一番。他的感慨，一来是抒发他本人的不幸，二来是要为“杨门六学士”，为“滇云七子”争个地位。正德、嘉靖以来，前有李梦阳、何景明等七子，后有李攀龙、王世贞等七子，可在云南形成的这个文学圈子，却没有受到人们的关注。他觉得不公平。就文才而论，他们追求的是“离骚侣”、“风雅仙”，绝不在已经过气的“前七子”和正在兴盛的“后七子”之下。至于他自己，“知我罪我”、“今吾故吾”，也到了盖棺论定的时候。

他把这首新诗读了两遍，忽然有一股豪气从心底升起。不幸之身，衰老之年，还能写出这等诗来，为什么就不能再做诗文！在神前起的誓，再也不想遵守了，他从墙壁上扯下那首旧诗《悲酸行》，命童儿把新作的永诀诗贴了上去。立刻，房间里好像有了一种新气象。

杨慎昏沉沉地躺在床榻上。他记不清楚，最初是怎么躺倒在床上的；记不清楚，

卧床不起有几天。他只记得，躺倒前大约一个月左右，老友张半谷等来看望过他，临走时向他索取诗句，他遵命赋诗一首，抄录三份，命童儿给各家送过去。时为六月，那么，现在应该是七月。滇池畔的气候，不像四川的气候，特别是不像泸州的气候，有明显的四季变化。要是在泸州，立秋以后，该享受到早晚的清爽。在昆明，立秋这个节气对人们则没有那么大的诱惑力。不，也许只是对他没有那么大的诱惑力。他毕竟是老人，是病人。

童儿不知去哪里，他有一个时辰，还是两个时辰，还是三个时辰，不在自己身边了吧？不过，也挺难为他的，还不满二十岁的孩子，正是贪玩的年岁，终日陪伴着一个老人，侍奉着一个病人，太难为他了。他喜欢玩什么游戏？对了，赌钱，掷骰子。说起掷骰子，那童儿真是把好手，他想掷几点，就一定可以掷出几点。等到身体好转，不妨向他请教，这里面有些什么奥妙。

想到这里，杨慎的脸上露出笑容，或者，他自以为脸上露出笑容。忽的，他自以为脸上露出的笑容凝固。他想起一件往事。是四十年前的往事，还是五十年前的往事，对他来说，不重要；重要的是，这件和骰子有关的事，常常让他联想起一个人，一个女人，而且，常常联想起自己，联想起许多的官僚文人。

他的眼前好像又出现那张已经陌生、已经模糊的脸，这张脸好像自己在走动，离他越来越近。等走到伸手可触时，那张脸却变，由一张成熟的女人的脸，变成充满稚气的男孩的脸。

“是你呀，掷骰子去吧？又掷赢了吗？”他气喘吁吁地说。

“掷骰子？我哪有闲心，我给老爷煎药去了。”童儿说。

“又要吃药？拿来吧。”杨慎欲接药碗。

“老爷别动，我来喂你。”童儿说着，一小勺一小勺地把药喂进杨慎嘴里。药喝完，又给他擦了擦嘴。

“想掷骰子吗？想掷骰子的伙伴吗？”杨慎问。

“在手里握惯，怎么不想？”童儿道，“但老爷常说，想做的事不一定能做，我就不多想。”

“难得你有这样的悟性。这样吧，我今天教你四句诗，以后你想起掷骰子的时候，或者真去掷骰子的时候，不妨背诵一遍。”杨慎说。

“好，老爷教的诗，我最愿意背诵。”童儿说。

“一片寒微骨，翻成面面心。自从遭玷污，抛掷到如今。”杨慎念罢，道，“你记住了吗？来，背诵与我听听。”

字数又少，意思又浅显，童儿不费气力就记下来。

杨慎听他背诵过，问："意思可懂？"

"好像懂得，又好像没懂。"童儿说。

"你知道好像没懂，大有长进，"杨慎道，他剖析所谓懂与不懂，"此诗写的是骰子，这你懂得；以骰喻人，你就未必懂得。骰子被人抛掷来抛掷去，这你容易懂。可骰子就是骰子，为什么说它有寒微骨；骰子上的圈圈点点就是圈圈点点，没有圈圈点点，就不成其为骰子，为什么说它遭点污，你就不容易懂得。"

"老爷说的是，"童儿应道，又问，"老爷，何为寒微骨？"

"寒微骨者，傲骨也。"杨慎解答道。

童儿恍然大悟："我懂了，这诗是写老爷的。"

"何以见得？"杨慎问。

"老爷才有傲骨呀。"童儿道。

"你家老爷那点傲骨，实在不值一哂。"杨慎说。

"可老爷总是有傲骨的，"童儿很是固执，"再说，老爷也曾遭点污。遭点污而有傲骨，非老爷而谁！"

"你这么一说，也不无道理。"杨慎说。

"我猜想，为老爷写这诗的人，一定是老爷的知已吧。"童儿得理，话愈发的多。

"说她是我的知己，也不无道理；至少我愿引她为知己。但这诗她不是为我写的，是为自己家写的。"杨慎说。

童儿继续猜想："看老爷的模样，该有十年没见知己吧？"

杨慎摇了摇头。

"二十年？"见杨慎还要摇头，童儿道，"三十年吗？"

杨慎叹了口气，说："我从来没见过她。"

"没见过？"童儿好奇心起，更要问个清楚，"老爷的知己姓什么？是姓张，还是姓李？"

"不知道。"杨慎又摇头。

童儿瞪圆眼睛，道："老爷怎么颠过来掉过去地说话，又称他知己，又说从没见过他，还说不知他的姓氏？"

"颠过来掉过去的话都是你说的，怎么怪到我头上？"杨慎想笑，可实在没有气力笑出声来，"你怎么想也想不出的，还是我来告诉你吧：写过这四句诗、我愿引为知己却从来没有见过的人，是个妓女。"

杨慎这几年已绝迹花街柳巷，童儿只知道有妓女这一行当，是最低贱的行当，却不知妓女都是些什么样的人。老爷居然把妓女当作知己，妓女居然写得出让老爷大加称赏的诗来，他真的怎么想也想不明白。

他还想请教诗的喻意，但见老爷痛苦难忍的样子，只好自己去琢磨。老爷说，寒微骨他不容易懂，遭点污他不容易懂。原来以为，诗是为老爷写的，比喻的是老爷；现在才知道，诗是一个妓女写的，比喻的是她自己。那么，老爷的傲骨和妓女的傲骨是一样的吗，老爷所遭受的玷污和妓女所遭受的玷污是一样的吗？如果都一样，妓女干的是低贱的行当，老爷读书做官不也是低贱的行当吗？他想不下去了。

七月初四日，杨慎病死在流戍地的寓所里。

第五百八十章

徐阶从无逸殿退出，在回值庐的路上，遇到郭朴。他邀道："质夫先生，一起坐坐如何？"

郭朴字质夫，河南安阳人，嘉靖十四年进士。

"遵命。"郭朴应道。

他入值西苑已多年，职衔是吏部左侍郎兼太子宾客，二者皆正三品。比起实授的吏部侍郎，他的职权要差许多，但是，他以此职衔入值西苑，又非实授的吏部侍郎可比。当然，在入值的臣僚中，他只是个配角，不但在阁老严嵩、徐阶之下，也在阁老吕本和尚书吴鹏、吴山之下。但也有个好处：他在入值西内的大臣中，差不多是唯一的北方人，最少结党之嫌。所谓结党，无非是与严嵩的关系亲近些，或与徐阶的关系亲近些。郭朴与严嵩的关系不即不离，若即若离，和徐阶的关系不即不离，若即若离，反而使得严嵩、徐阶都愿意和他议事。

进到值庐，郭朴问："子升先生有何见教？"

"不过想说说闲话，质夫先生说有何见教？"徐阶道，他边命差役奉上茶水，边作进一步的说明，"在远处见到质夫先生时，我忽然想到一个题目，甚觉有趣，故约质夫先生来议一议。"

"是何题目？"徐阶甚觉有趣的题目，郭朴自然有兴趣。

"你们河南近世的名人。"徐阶说。

"子升先生想到哪一位？"郭朴问。

"正要请教，质夫先生怎么反倒问起我来？"徐阶问得具体，"开封府近世名人当属谁人？"

"大司马虔甫李公可算得一个？"郭朴随口举出一人。兵部尚书李钺，字虔甫，是开封府首县祥符人。

"也算差强人意吧。"徐阶显然对此例不甚满意。

郭朴见他很认真的样子，又认真地想了想，道："那么，大冢宰负图马公呢？"

吏部尚书马文升，字负图，开封府钧州人。

“一代名人，一代名臣！”徐阶赞道，又问，“质夫先生看，河南府近世名人又当属谁人？”

“阁老希贤刘公，子升先生以为然否？”郭朴毫不迟疑地说。前代内阁首辅刘健，是河南府首县洛阳人。

“不但河南府近世名人当属此公，整个河南的近世名人亦当属此公，”徐阶对刘健也很推崇，“质夫先生，请再点一点南阳府的近世名人。”

“阁老原德李公，可称近世名人吗？”郭朴道。天顺、成化两朝首辅李贤，籍贯邓州属南阳府。他去世已是九十多年前的事，所以郭朴有此一问。

“原德公的生卒之年虽距今远些，但他名人名臣的地位是不会变的。”徐阶道说着，搓了搓手，不再发问。

“子升先生考核完毕？”郭朴问。

“意欲再问，怕你为难。”徐阶说。

“不过是品藻乡贤，有什么为难！”郭朴道。

“那好，请教质夫先生，彰德府近世名人有谁？”徐阶问。

郭朴原先以为，徐阶说有难处，是和他开玩笑；没想到，题目一出，还真有难处。近世的彰德府，别说像刘健、马文升这样的名人，退而求其次，连李钺这样的大臣也没有出过。即使把近世的范围扩大一些，扩大到李贤那个年月，彰德也没有数得出的名人。

更为难堪的是，安阳乃彰德府首县，数出家乡的名臣学者，应该如数家珍。但近百年来的安阳，近百年来的彰德，竟没有像样的人物，想到这一层，他心里很不是滋味。

“子升先生不是要抬举我吧？”他以戏谑掩饰自己的难堪。

“质夫先生要做名人不难，只是还要加一把力，”徐阶也以戏谑掩饰话题的严肃，“质夫先生一时想不起来，我代你说出一个吧。”

“愿闻教示。”郭朴揖道。

“李遇新。”徐阶说出一个人来。

和徐阁老交谈，常有出其不意的感觉。所以，这个姓名似熟悉似生疏，郭朴一点也不意外；并且，他绝不费神多想。

“此人是我彰德近世的名人？”他问。

“是啊，”徐阶见他仍旧困惑不解的样子，提示道，“我为何但说近世名人，不说近世名臣，质夫先生不妨多往这方面想想。”

这一提示十分重要，郭朴马上改换思路，由京城转向地方，由士宦转向民间，而且马上想起一个人来。

“子升先生说的是林县那个白社首领？”他问。

林县属彰德府，在府城以西。

徐阶点了点头，道：“一个普通民人，名声传播到京师，质夫先生知道他，我知道他，说不定皇上也知道他，你看是不是名人？”

“李遇新名气果然是有，不过，子升先生对此等邪教一向警觉，该不会对他有所图谋吧？”听郭朴的话语，似对这件事有自己的看法。

徐阶也正色言道：“我对他有所图谋，质夫先生该不会心生恻隐吧？”

“苟危国家，危地方，别说同郡之人，就是同宗同族，乃至家人，我也不敢庇护。”郭朴信誓旦旦地说。

“为国之心，你我相同，质夫先生可否致函贵同年，请他留意这位林县名人的举动？”徐阶道。他提到的郭朴的同年，指的是今年五月才由山西左布政使升任河南巡抚的张永明。

“遵命，五日内，保证信函送到锺诚兄手上。”郭朴又誓。

张永明字锺诚，是浙江乌程人。

在东南方向，距林县县城四十五里，有一处不大的水池。庄户人家用眼一瞥，便可估算出，面积大约有四亩。周围的男人常到池子里洗澡，但他们总告诫未成年的孩子切莫下水，因为池水很深，最深处有一丈六尺。一年四季，池水总是浑浊的，人们已习以为常。

八月下旬的一天，徐阶和郭朴在西苑谈话半个月之后，一伙人从南面来，一伙人从北面来，在池边相会。一人居中引荐，向南面来的一伙人介绍北面来的一伙人中的一位：此乃彰德卫有名的百户孙禄；向北面来的一伙人介绍南面来的一伙人中的一位：此乃巡抚衙门有名的师爷马先生。孙禄和马师爷抱拳行礼，互道久仰。

引荐者拉着二人离开人群，找一个僻静的地方说话。

“二位都有名，在下却无名，有名者议事，无名者不宜听，在下回避。”引荐者说。

“老陈，慢走一步，”马先生挡住他，满脸的不高兴，“我渡河北来，并非为见一百户，哪怕他是有名的百户！这你是知道的。”

“是，是，在下知道，”姓陈的引荐者忙不迭地点头，“孙大人有两重身份，在下能说的只是他百户的身份，另一重身份却要他本人说。”

“那么，孙大人肯不肯说？”马先生睨视孙禄。

“不肯说的话，我还会来吗？”孙禄看来并无防人之心，“我这个百户，狗屁不如，没有几个人知道；可我的另重身份，白社副主，却是林县社众人人皆知的。马先生恐怕也是冲着我这一重身份来的吧？”

“不错，可我还想见一见白社正主，孙副主肯帮忙吗？”马先生问。

“好说，”孙禄露出几分矜持，反问道，“马先生想哪一天见我正主？”

“请孙副主安排。”马先生说。

“本月二十九日如何？”孙禄问。

马先生露出几分疑惑，反问道，“为何要在这一天？”

“这一天正主有大事要办，正好借重马先生，”孙禄道，“老陈说，马先生可领一千人来助阵，不是虚妄之言吧？”

“少则千余。”马先生道。

“若是多呢？”孙禄问。

“或三千，或五千。”马先生道。

“好，你真有三五千人的话，我禀于社主，将这个副主的位置让与你坐吧。”孙禄说。

“孙大人客气，马某别无所求，但听真人差遣。”马先生说。

“好说，届时社主与你在林县城头相见。”孙禄说着，便欲辞去。

“孙大人且慢，”马先生挡住他，“我的人都在开封，为什么要来夺取林县，为什么定在七月二十九日动手，我总得给他们个交代。”

“交代是有的，”孙禄说着，问道，“马先生方才从池边走过，见到池水是清是浊？”

马先生方才没有注意，现在无从忆起。

“我来告诉马先生吧，池里是一汪清水。”孙禄说。

“那又怎样？”马先生问。

“林县人相传，池水清，邑有兵，马先生没听说过吗？”孙禄道。

“原来如此。”马先生又问，“那么，为何在七月二十九日起事？”

“这是社内机密，不可与外人道。马先生今日已是自家人，说说却不妨，”孙禄说着，把声音压低到对方听也听不清楚的程度，不知真的把这事看得很神秘，还是故弄玄虚，“七月二十九日，是社主的诞辰。”

七月二十九日凌晨，天色朦胧。孙禄率领本卫的二三十名信徒及卫所之外的百余信徒摸到林县城下。他事先安排好三名信徒在城上值夜，击掌三声为号，打开城门，放众人入城。

他依约击掌，上面果然有人走动，但不是一个人，两个人，三个人，而是数十人，乃至上百人，出现在城楼。

他抬头看去，隐隐约约辨认出，人群中央站立的竟是现任知县方民怀，不由大惊。本想先入城，再去县衙除掉此人，怎么他先就站在城楼上，莫不是今日的行动已被官府探知？

“上面是方大人吗？”他壮着胆子问一句。

“正是下官，”城上的人应着，并问，“下面是孙将军吗？”

“是，是。”孙禄应了两声，问道，“方大人在巡城吗？”

“睡不着觉，出来走走，说不上巡城，”城上的人说，又问，“孙将军是来会人的吗？”

“是，是，”孙禄应着。

“不是来会下官的吧？”城上的人道。

“拂晓之约，不敢惊动方大人。”孙禄说。

“既是拂晓之约，想是相约之人就要到，孙将军稍安勿躁，再等片刻。”城上的人说。

孙禄审视形势：城里的内应起作用，一二十人就可以占据城门，进而控制全城；城里的内应不起作用，靠自己的一百多人，无法攻占城池。现在看来，方民怀在守城，绝非闲逛。他既然知道了自己准备攻城，也一定知道了自己的内应。内应指望不上，城自然不能强攻。

方民怀不戳穿他，他也不戳穿方民怀。

“天还没亮，方大人走好。”他挖苦道。

方民怀没有走，一指前方：“孙将军，你约的人到了。”

过一会儿，孙禄才见一支队伍正疾速赶来，看上去，不下千人，一定是马先生来助他攻城。

“马先生何在？”他高兴地叫道。

“在这里！”马先生说话间到了面前，千余人的队伍说话间到了面前。让孙禄不安的是，他们没有围城，而是向城下的百余人围拢过来。他才要喝止，马先生却在那边问话：“社主何在？”

“攻取林县这等小事，社主怎会亲自出马！等你拿下县城，社主自然会召见你。”孙禄说。

“你敢骗我！”马先生大怒，挥手道，“与我拿下！”

“慢！”孙禄拔出剑来，向马先生一指，“就因社主未到，你要和我作对吗？其实，欲见真人，乃人之常情，可又何必争于一时。”

“笑话，你以为我真把你们的李社主当作真人吗？”马先生冷笑道，“实话对你说，并非我自己要来与你共谋大事的，而是张都堂命我设法来捉拿你和你们社主的。今日只有你来，可谓牛刀杀鸡。”

“此话当真？”孙禄不甘心地问。

“若不当真，县太爷怎会在城上恭候？”马先生道。

“好，好，你设的好计！可你也不要太得意。你的诡计，我看不出来，本社社主却不会看不出来。你道社主为何不来此与你相会？他早就怀疑你的用意。我来此，不过是要暴露你的诡计。本社大计败坏在你手里，我死在你手里，社主绝不会放过你的！”孙禄咬牙切齿地说完，将剑一横，自刎于城下。

白莲社众在官军围攻下，多数投降，少部顽抗被杀，只有数人逃出。方民怀和马先生根据降者的交代，差出官军和巡捕尽数搜索漏网的社众，但搜索来搜索去，李遇新仍下落不明。

第五百八十一章

皇帝身边的一名宦者向严嵩的值庐走去。他心里高兴，走几步，就想笑，就想用手去捂嘴。这时才发现，两只手捧着皇帝的翰宝，根本腾不出手来；于是，他任凭自己笑出声来。

遇到年长的宦者，问他：“兄弟，去哪儿呀？”

他欲手指方向，又发现手不能作他用。他朝严嵩的值庐努一努嘴。

“是美差吧？”年长的宦者问。

“还行，还行。”他说。

“得了好处，别忘哥哥我。”年长的宦者说。

“一定，一定。”他应承道。

严嵩接过皇帝赏赐的字幅，谢道：“公公辛苦。”

宦者手里一轻松，恨不得舞之蹈之。他连声说：“老先生大喜，老先生大喜。在下躬逢盛事，何其幸哉！”

严嵩取一锭银子给他，说：“我这里没有什么好东西，这锭银子，公公拿去换坛酒喝。改日我要东楼专送几件好玩的物件来。”

“多谢老先生，多谢东楼公子，”宦者预先谢过，又说，“爷向我交代过，哪一幅字用在哪处。我一路上都在念叨，生怕记不清楚，害老先生用错地方，咱也不好向爷交代。老先生说，是不是这个道理？”

哪一幅字用在哪一处，用不着宦者指点，严嵩也用不错地方。但他笑着应道：“公公说的是。有劳公公费心。”

宦者指着最上面的一幅字说：“爷交代，严爱卿搬入新邸多年，朕还没有为他题写匾额，这两个字让他挂在堂上吧。”

皇帝写的是“忠正”两个大字。严嵩双手捧起御制条幅，说：“皇上嘉勉，臣拜受有愧。请公公代我叩谢天恩。”

说着，又塞过一锭银子去。

“谢过老先生。”宦者指着第二张条幅说，“爷交代，这两个字老先生可用在南昌的楼前。”指着第三张条幅说，“爷交代，这两个字老先生可用在南昌的堂上。”

前面的两个字是“宝翰”，后面的两个字是“耆德”。他每指一张条幅，严嵩就捧起来端详一阵，说两句谢恩的话，然后塞过去一锭银子。

“老先生，万岁爷还有几句话，”宦者道，“爷说，朕许多年没有为臣子们写字，这次赐予严爱卿的，也只有六个字，不多。但朕想来想去，用这六个字来褒奖严爱卿，再适当不过；只有严爱卿，才配得上朕的这六个字。”

严嵩感激涕零，千言万语不知从何说起。

严世蕃私下约见皇帝身边那名宦者，给他足以称作横财、足以让他炫耀的一笔礼金，然后去值庐见严嵩。

“正事办好？”严嵩问。

“办好一件小事，正事还没有办呢。”严世蕃说。

“你所谓正事，何所指？”严嵩问。

“皇上恩宠有加，大人还没有上本谢恩吧？”严世蕃道。

“哎呀！”严嵩一拍脑门，“我真是老糊涂，这一件一等要紧的正事，怎么非要你来点拨，才想起来做！”

“所以，大人才要我在身边嘛，”严世蕃说，“还有一件正事，大人最好给何益之去一函，请他关照加匾之事。”

益之是现任江西巡抚何迁的字。

“御赐匾额，国家有制度。想得体一些，托一托邑令、郡守也就是，用得着刻意生事吗？”严嵩不懂严世蕃的用意。

“通常用不着去托都堂，可今天一定要托到他头上。”严世蕃说。

“为什么？”严嵩问。

“大人难道没听人说过，皇上对大人的宠眷已衰吗？”严世蕃道，“现在就是要让普天之下的人都知道，皇上仍宠眷大人；而且，全部宠眷集于大人一身。只有普天之下的人都知道，才能堵住某些人的口。所以，这不是生事，正是要息事。”

严嵩暗自点头，觉得这件事是该造出些声势来。

第五百八十二章

太仆寺少卿杨豫孙倒背双手，走进徐阶家大门。后面跟着的一名家人，把提着的一篓螃蟹交给门人，冲着前面叫道："老爷！"

杨豫孙回过身问："何事？"

"我在这里等老爷吗？"那家人问。

"真是没有脑子！有新鲜的太湖膏蟹，此处东翁还会放我走吗？"杨豫孙说着，转过身，径直向院里走去。

"幼殷说谁没有脑子？"不料，徐阶在院子里听个正着。

"晚生说的是下人。"杨豫孙答道。

"我看是你没有脑子，"徐阶以儒雅见称，但和杨豫孙太亲近，说起话来从不客气，"你总唤我东翁，难道真甘心作我徐家的西席？"

杨豫孙考中进士前，曾和徐阶之子徐璠同学。其实，与其说二人为同学，不如说二人为师弟，因为杨豫孙的学识远在徐璠之上。因此，徐璠戏称杨豫孙是自己的塾师，杨豫孙也称徐阶东翁。

听了徐阶的指责，杨豫孙笑了笑，把话岔开："家里送来应时之物，特备一份，给子升先生送来。"

"何物？"徐阶问。

"横行者。"杨豫孙用手指比画着。

"螃蟹？好，"徐阶刚要说"我想念多时"，忽然噤口，停了一会儿，问，"幼殷，想留在我这里饮酒吧？"

"除非子升先生今日不留客。"杨豫孙调皮地说。

"你说对了，今日恰好不能留客。"徐阶道。

"为什么？"杨豫孙问。

"有人送来帖子，辞不掉。"徐阶说。

"是去长安街吧？"杨豫孙问。

“好一个机敏的杨幼殷，怎料到的？”徐阶反问。

“介翁有喜，正在大张旗鼓地庆贺，这是其一；子升先生有什么帖子是辞不掉的呢？这是其二。”杨豫孙找出两个理由。

徐阶听出他话里有话，问道：“介翁庆贺，幼殷不以为然？”并说，“天大的喜事，谁遇到，都要庆贺的。”

“都是庆贺，却有不同。”杨豫孙说。

“有何不同？”徐阶问。

“有人实心庆贺，有人虚张声势。”杨豫孙说。

“你是说，介翁在虚张声势？”徐阶不由沉吟起来。

“或者，东楼在虚张声势。”杨豫孙说。

“幼殷这般说，有何凭据？”徐阶道。

“其一，皇上题写堂额楼额，在他人或是天大的事，在介翁也是天大的事吗？难道皇上题写堂额楼额，比支伯爵俸还要重大？其二，有人议道：严阁老圣眷已衰。虽是私议，却不会不传到介翁、东楼父子的耳朵里去。合而思之，严府大张旗鼓地庆贺此事，乃虚张声势也。”

徐阶摇头不语。

“晚生说错？”杨豫孙问。

“是不是虚张声势，姑且不论；圣眷已衰显见是无稽之谈，我都不放在心上，介翁、东楼父子会放在心上吗？”徐阶道。

“子升先生不放在心上，是没往深里想。若往深里想一想，便知：此言并非无稽之谈。”杨豫孙说。

“看来，幼殷是往深里想过？请道其详。”徐阶做出恭听的样子。

“往深里一想，极简单，不过四个字而已。”杨豫孙说。

“哪四个字？”徐阶问。

“严——相——老——矣。”杨豫孙一字一字说得很清楚。

徐阶又摇起头：“今人以一个甲子为老。若道严相老矣，他在二十年前就已经老了，在十年前已是垂耄，为何今日圣眷始衰？”

“子声先生若不明白，我再加四个字：皇上老矣。”杨豫孙道。

皇帝今年不过五十有四，说他老矣，未免太早。但从皇帝的神态来看，真给人衰老的感觉。

徐阶一手缓慢地抚弄着长髯，若有所思。

“子升先生听懂我的意思？”杨豫孙问。

“好似有些眉目。”徐阶说。

“那好，我再加四个字：徐相老矣。”杨豫孙说。

徐阶比皇帝年长几岁，既然可说皇上老矣，那么，说他老矣，他既不必好笑，也不必动气。但他仍然既觉好笑又觉好气。

“幼殷，我本来以为懂了你的意思，现在又全然不懂。”他说。

“请子升先生先说懂了什么？”杨豫孙道。

“皇上老矣，需要一个能实心办事的事，为他分忧；介翁老矣，不管有没有实心办事的心思，气力却没有。”徐阶说。

“子升先生不懂什么？”杨豫孙又问。

“我亦老矣，皇上宠眷不宠眷介翁，与我何干！”徐阶道。

“妙就妙在天既生严，又生徐，”杨豫孙说，“子升先生自以为懂者，未必全懂；自以为未懂者，未必全不懂。我先来问你，你自以为和介翁是否同一类人？”

徐阶用不着想，就可以可答：“非同类。”

“皇上知不知道二阁老非同类？”杨豫孙问。

这就要好生想一想。徐阶想过，答：“以皇上之圣明，自然知道。”

“两位阁老绝非同类，皇上却同用之内阁，同值于西苑，二位却能安然相处，这是为何？”杨豫孙自问自答，“此乃皇上的养才之道。”

“这一点我能懂得。”徐阶说。

“我再问子升先生：子升先生初入阁时，皇上在两位阁老中更倚重哪一位？”杨豫孙问。

“一个天上，一个地下，怎能相比！”徐阶道。

“子升先生入阁三年以后呢？”杨豫孙问。

那应该是嘉靖三十四年以后。徐阶想了想，说：“仍较多倚重介翁。”

“已经可以相比吗？”杨豫孙说着，又问，“那么，六年以后呢？”

这两年的事情，徐阶应该记得很清楚；他想的时间反而久些，答案是：“若以召入的次数而论，有时召入他较多，有时召入我较多；有些事情召入他较多，有些事情召入我较多。”

“三年一小变，六年一大变，这是为何？”杨豫孙又自问自答，“此乃皇上的用才之道。”

“这一点我也能懂得。”徐阶说。

“好，我再来说子升先生不懂的，”杨豫孙道，“子升先生和介翁并非同类，以小者而论，介翁乃文学侍从之臣，入阁以后，才开始揣摩政务，而且事事要靠小严为他参酌。子升先生则从入仕之初，便留心政事，且管理过地方政务。”

“推官、同知，也称得上管理地方政务吗？”徐阶插话。

“子升先生别忘一句俗语：麻雀虽小，五脏俱全，”杨豫孙反驳道，又接着说，“以大者而论，介翁步入高层以来，弹劾不断，说他是小人、大蠹，说他是贪臣、昏臣、奸臣，绝不为过。而子升先生则是君子之臣。这是一层。皇上知道子升先生和介翁并非同类，不但知道介翁为文学侍从之臣，子升先生深谙政务；而且知道，子升先生和介翁的人品不同，有君子小人之分。这又是一层。皇上逐渐倚重子升先生，逐渐疏远介翁，不但因为需要一个实心办事的人来分忧，而且逐渐厌恶其贪、其昏、其奸。这是第三层。子升先生，这三层意思我说清楚了吧？”

“说得很清楚。”徐阶道。

“子升先生信我一句话：介翁若熬不过今后的三年，算是他的幸运。”杨豫孙神情变得很严肃。

“三年之说，甚合我意。不过，”徐阶口气一转，道，“三年里难料之事太多，幼殷且告诉我，今日之事如何处置。”

“今日之事？”杨豫孙愣了一会儿，才明白，“不难处置，子升先生坦坦荡荡去赴宴就是；若是觉得空手去没有面子，不妨把那篓肥蟹送去。既有君子小人之分，还怕相处吗！”

“我看也是。幼殷下次来的时候，若想以肥蟹下酒，别忘再带一篓来。”徐阶笑着说。

第五百八十三章

南昌城里，江西巡抚衙门前，一青衫男子走上前去，呈上名刺，言道："学生求见何都堂，请乞通报。"

门役知道都堂礼敬读书人，见他一身书生装束，不敢怠慢；可见他青衫上星星点点有不少污渍，而且不是本地口音，又不想太便宜他。因此，门役多看了他两眼，道："你自称学生，真是我家都堂的学生吗？"

那男子也多看他两眼，道："老兄为何要这样问，是何都堂要你问的，还是你老兄自己要问的？"

"都堂要我问的怎样，我自己要问的怎样？"门役问。

"若是你老兄自己要问的，我只能说你不是读书人，不懂规矩；若是何都堂要你问的，我不见他，扭身就走。"那男子说。

门役不敢说是他家都堂要他问的，扭捏一会儿，转问其他："你老兄口音甚杂，从远地来吧？"

"从德安来，与益之先生是同乡，特来拜望。"那男子说。

何迁是湖广德安人，嘉靖二十年进士。

"这就对了。"门役不住地点头。

"你老兄说什么对了？"那男子不解地问。

"自我家都堂到任以来，他的学生，他的同乡，来寻一份差事，捞一点好处的，为数已不少。"门役说。

"你说我是来寻差事、捞好处的！"那男子怒道。

"我没有说，"门役一边矢口否认，一边不依不饶地说，"我只说我家都堂的学生、同乡，来寻差事、捞好处的不少。你老兄虽然一口一个学生，又一口一个同乡，可我没说你老兄是来寻差事、捞好处的。"

那男子即便是来寻差事、捞好处的，听了这话，也要退避三舍；何况，他真的没有想在这里寻个差事，从何迁处捞些好处。

“好，你老兄说也该说够，就请引我进去吧。”他说。

“我家都堂有话，今日有大事要议，不许放人进去。”门役说。

“那么，老兄为我通报一声，总可以吧？”那男子道。

“我家都堂有话，不是朝廷有旨，不是有重大军情，不许我通报，”门役说，又调侃道，“你老兄显然不会挟旨而来，或许有重大军情？不对呀，你有重大军情，也是湖广的重大军情，该报与湖广的都堂才对。”

那男子被气得浑身发抖，嘴张几下，发不出声音。但忽然间不知想到什么，他哑然失笑，话也说得出来。

“我不硬闯进去，你也不要进去通报，我只在第一重院子里走一走，就算见过何都堂，如何？”他说。

“只在第一重院子里走一走？”门役好似不信。

“是啊，”那男子指了指院里，说，“第二重门上有一联，乃绝世楷书，我眼神不好，须得近观。再者，墙壁上有不少题刻，我也想进去看一看。读书人就这么一点嗜好，望你老兄成全。”

“若想看字，这里有你老兄看的，”门役的口气松动，“不过，咱得把话说在前面，你若越、越——”他想不起那句成语是怎么说的。

“越雷池一步。”那男子提醒道。

“对，你若越雷池一步，我绝不轻饶，”门役觉得这话不合适，又改口，“南昌城里大大小小的衙门绝不轻饶。”

“好，一言为定！”那男子伸出手来，二人击掌。

门役原以为他会在里面流连忘返，仔细欣赏每一处的题字、题诗、楹联，没想到，他只在第二重门外停了停，然后在第一重院子里很快转一圈，就出来。

“老兄，怎么都是严分宜的字？”他问。

“问的好没有道理！”门役说，“你在什么地方？在江西，在江西巡抚衙门。分宜老是哪里人？是江西人。难道说，朝廷敬分宜老，天下敬分宜老，我江西反而不敬分宜老？”

“你老兄说得好有道理，”那男子点头道，又问，“这门上、墙上题写的字，都是何都堂请工镌刻的吗？”

“有我家都堂请人镌刻的，也有前任都堂请人镌刻的。我家都堂请人镌刻的不多，不过三四处而已。”门役说。

“一处足以蒙羞，何须三四处，”那男子说着，伸出手来，“我存在你老兄那里的贵重物品，该归还我吧？”

“贵重物件？”门役一手还拿着那男子的名刺，一手上上下下在身上拍打着，“你有什么贵重物品放在我这里？说句不好听的话，你搜搜自己身上，可有一件贵重物品！”

那男子从他手里抽出名刺，笑嘻嘻地说：“这不是贵重物品吗？”

“这不是留给我家都堂的吗？”门役问。

“现在不想给，”那男子说。“麻烦你老兄，借笔借纸一用。”

门役说何迁不见客，不许通报，是实情。他把布、按二司及南昌府，南昌、新建二县的官员找来，商议配合皇帝题写匾额为严嵩扩建楼堂之事。本来，这事并不需要他花费多少精力，但严嵩特函，重重托付，他不得不事事过问。门役趁着给大人们上茶的机会，把方才那男子留下的便笺交给何迁。

“谁写的？”何迁问。

“回都堂话，是一书生。”门役道。

何迁点点头，一边示意南昌知府接着讲下去，一边阅读便笺。读过后，把便笺推过一旁，专心听南昌知府说话。却不知怎的，越想专心，越专不下心来。他取过便笺，再次阅读。

门役知道没他的事了，正悄悄往外走，忽听何迁喝道：“慢走！”他停下来，转过身去，只见众官员都看着何迁，而何迁却看着他。

“那书生呢？”何迁问道。

“回都堂话，已走。”门役道。

“他可曾留下姓名？”何迁又问。

“回都堂话，他曾留下名刺。”门役道。

“名刺何在？”何迁问。

“这书生寒酸得很，见不到都堂，把名刺又要回去。”门役道。

“他不是寒酸，是孤傲，”何迁说着，向门役挥挥手，“你速去，将那书生请回来。”

南昌知府早就闭上嘴，和其他官员一起注视着何迁。何迁看也不看他们，说：“我累，今日暂议到此。”

众官员辞去，大堂上静静的，何迁第三次阅读便笺。

椒山已死横塘谪，天下谁人是介翁。

今日华堂诵诗草，始知公度却能容。

简单的四句诗，深深地触动何迁。

诗里写的是当世的两个谏臣：椒山是容城的地名，杨继盛用作别号，他因为弹劾严嵩而被囚被杀；横塘是余姚的地名，赵锦用作别号，他因弹劾严嵩而被囚被谪。杨继盛被杀，赵锦被谪，不过是几年前的事，幸而存者，尚为官者，只要稍有良知，就不敢忘记。

这两句诗深深触动何迁，还因为徐阶曾从王守仁的门人游学，杨继盛又学于徐阶；赵锦则一直笃信王门之学。他们从师门的学说里汲取营养，成就自己的学识，也成就自己的人品。

致良知是王守仁提出来的。何迁年轻时师从湛若水，实际上，却和湛若水的另一个弟子唐枢一样，兼承王、湛两家的学说。因为严嵩和湛若水是同年，他的托付，何迁不能不用心去办；因为接受致良知说，何迁同情杨继盛、赵锦，而不满严氏父子。

诗的最后一句，又提到一个人物，是宪宗朝的兵部尚书王竑。王竑字公度，湖广江夏人，正统四年进士。宪宗即位之初，用两个老臣，以王竑为兵部尚书，以李秉为掌院都御史，据说朝野相庆。但王竑掌兵部仅一年，因不满首辅李贤，坚请致仕。李贤作为古人，毁誉参半，应该说对他的赞誉还要多一些。王竑对他尚不肯迁就，同为湖广籍大臣，何迁对严嵩的态度太让人失望。

四句诗引用三个人的故事，用的都是恰到好处。

何迁明知门役追不上这位不知名的同乡，明知即使追上也不可能把他请回来，仍然期待着与他见上一面。

第五百八十四章

郑晓论杨博在本兵而九边安、天下安的说法起了作用，皇帝没有让他改任蓟、辽总督，而是将他召回，实实在在地掌起兵部。杨博返京前，请几天假，回蒲州老家探视亲人。

一日，他闲逛到东门，见对面走过来一位年轻男子，他有意向一边让了让。那年轻男子也正准备向另一边让，看清楚他的脸后，却在他面前停下来，兴奋地说："是唯约先生！"

"足下是谁？"杨博问。

"同邑后进张四维。"那年轻男子报上姓名。

"张子维？"杨博仔细看了看他，等确认后，笑道，"几年不见，子维先生怎么一点儿也没有变老？"

张四维字子维，蒲州人，嘉靖三十二年进士。会试后，拜老师，拜同年，也要拜乡长。杨博那时任兵部侍郎，两个人算正式相识。张四维在进士中排在二甲第八十六名，并不靠前，不被人看重。但在考选庶吉士时，他却一跃成为第一名。这种情况，不但在嘉靖朝绝无仅有，就是在大明朝近二百年里也是极少极少的。

"不过一编修，又能老到哪里去。"张四维也笑着说。由编修升为修撰，需要时间和耐心，这是谁都知道的。

"子维，看你急匆匆的，要去何处？"杨博问。

"正要去府上拜望，却不期而遇。"张四维说。

"不期而遇，即是缘分。走，我领你去看一个人。"杨博说。

"看谁？不会是学甫先生吧？"张四维道。

这却大出杨博的意料："学甫也回来？"

"是啊，"张四维一抬头，指着前面说，"唯约先生，你看，说到学甫先生，学甫先生就到。"

学甫是另一个蒲州籍官员王崇古的字。他是嘉靖二十年进士，任过主事、郎中，做过两任知府，现官兵备副使。

“学甫先生。”张四维朝他招手。

王崇古看到他，三两步走过来。

“子维先生，不是讲好一起去拜望大司马吗，怎么在这里？”他问。

“拜望大司马？你看这是谁！”张四维指了指杨博。

王崇古虽比张四维入仕早，但他任部属时，杨博任外官，杨博入朝后，他又放外任；所以，他和杨博见面的机会，比张四维还要少。今天杨博没有穿官服，王崇古只见张四维在和一位身材高大匀称的长者说话，根本没有想这人是谁。听张四维一说，他才注意地看过去。

“唯约先生？”他认出来，揖道，“老学长，老乡长，久违。”

杨博还礼后，转向张四维说：“又是一个不期而遇。”

二人大笑。王崇古奇怪地问：“怎么，不期而遇很好笑吗？”

“不好笑，不好笑。”杨博连连摆手。

“虽不好笑，却也难得，”张四维加上一句，他对王崇古说，“唯约先生要带我去见一人，学甫先生，我以为他要带我去见你。可他说不期而遇，我知不是你。”又转问杨博，问道，“又多一人，如何是好？”

“一起去，一起去。”杨博说。

蒲州城东门内是一个热闹的去处，一条直街，两旁皆是店铺，还有写信的，修鞋的，算命的，杂业人等，在店铺外借一方土地，摆一张桌子，干着各自的勾当。

一张桌子上，摆放着一面招牌，上写三个字：日者吕。桌边坐着的人，有六十多岁，脸上有几颗麻子，腮边有几根不长的须髯，看上去怪怪的。杨博等三人距他还有几步远时，他正在闭目养神。

王崇古注意到他，说：“不知我蒲州城里何日添多这么一位日者，别的日者无不自称神仙，至少也是半仙，他却但称日者而已。”

“学甫，你很久未回乡吧？”杨博问。

“怎么？”王崇古不懂他的意思。

“他在蒲州城里摆摊，大概有十年。”杨博说。

“当真？”王崇古好像听到一件奇闻。

“不信？”杨博一指张四维，道，“不信你问子维。”

“唯约先生说的是，我在州学念书时，每次出入东门，都见这位吕先生坐在那里。”张四维有所见，且有所感，“有趣的是，他坐在那里，不像是算命的先生，却像是，却像是——”

像是什么，他一时说不出来。

“是不是像姜子牙、严子陵垂钓？”杨博提示。

“不错，我正是此意。”张四维说。

“看来，子维先生对他很是推崇。”王崇古在一旁道。

张四维看杨博一眼，说：“推崇他的，恐怕不止我一人。”

“推崇二字太重，不如改用信服，”杨博话一出口，自己又纠正，“此人姓吕，写在招牌上，名朗，却是我问出来的。我请二位来见的，就是他。当然，我说他像姜子牙、严子陵垂钓，也不妥当。姜子牙、严子陵皆生于乱世，垂钓者，天下也；他生于盛世，却垂钓什么？”

“他垂钓的最大一条鱼，也不过是公卿。”王崇古说。

“对，”杨博点了点头，道，“他垂钓的正是公卿！”

“他也有公卿之想？这我倒看不出来。”王崇古说。

“不，不，他是要把公卿从芸芸众生中钓出来，”杨博说着，一手拉着一人，走到日者吕的卦桌前，招呼道，“吕先生还记得我吗？”

吕朗点了点头，示意杨博在桌子另一边的椅子坐下，自己并不起身。

“日者只记骨相，不记容貌，”他说，“大官人是第三次找我吧？”

杨博还没答话，王崇古急问：“唯约先生已经两次请他看过前程？”

“是，”杨博应道，“第一次是为家母守制时，行经此处，与他闲谈几句。他送我两个字：卿贰。果然，朝廷以兵部侍郎征召。第二次是为家父守制时，行经此处，与他闲谈几句。他送我两个字：开府。我想不对吧，朝廷召我入掌兵部，怎么成开府。心里疑惑，嘴上便说出来。他摇了摇头，仍是两个字：开府。果然，我因未终丧，疏辞，奏本刚刚送走，命我总督宣、大军务的谕旨又到。”

“所以，唯约先生信服？”张四维问。

“子维先生，你遇到这种事情，能不信服吗？”杨博反问。

“说的也是。”张四维道。

“好极，我二人这次可以做一证人，”王崇古说着，招呼日者，“吕先生，请你再料一次这位大官人的前程。不知是否悭吝，这次仍然只给他两个字？”

话里带着奚落之意，吕朗却不在乎。他笑着笑着，闭上两眼，嘴里默默念着什么。待三个人等得焦急，他才睁开眼睛，说：“大官人嫌两个字少，我就再加两个字吧。不过，四个字并非送与他一位大官人，而是送与你等三位大官人的。”

“哪四个字？”三人问道。

吕朗拿起笔，在纸上写道：一品贵人。然后说：“其实，有前面两个字已够，为让这位大人高兴，我加了后面两个字。”

三人面面相觑。本朝官员的最高品秩是尚书，正二品，正一品的三公和从一品的三孤，则是可遇而不可求的。他们三人中，杨博和王崇古的科第相差四届，王崇古和张四维的科第又相差四届，前后相差二十四年，这个姓吕的却在同一天许给他们一品贵人，岂不是匪夷所思！

张四维喃喃地说：“唯约先生的‘一品贵人’，你看三次才看出来，我二人的‘一品贵人’你一次就看出来？这里面总有缘故吧？”

“也没有特别的缘故，我只是图个省事而已，”吕朗说，“二位如果单独来找我，我也要一次一次细看；二位随这位大官人一起来，皆印堂宽广，可容三指，五官六府，皆应大贵，我就不必再推敲。虽说不必推敲，也还要多讲几句。这位大官人，”指了指杨博，“返京后，坐堂是坐稳，一品亦随即得到。这位大官人，”指了指王崇古，“尊贵得自戎马，十五年后可得一品。这位大官人，”指了指张四维，“尊贵得自文翰。二十年后可得一品。”

他说得这么有把握，年头掐算得这么准，让杨博等三人既感到非常非常真实，又感到非常非常虚幻。

“吕先生这一卦，值银若干？”王崇古问。

“一文不取，但有一事相求。”吕朗说。

“请讲，”王崇古道。

“我还有十年阳寿，”这话是对三人讲的，吕朗又对杨博一人说，“大官人官拜一品后，差人告我一声。”

“好。”杨博应道。

吕朗对王崇古、张四维说：“你二位却来不及，可在大喜之日，烧一张纸钱，让我也为你们高兴高兴。”

三人离开后，张四维问王崇古：“学甫先生，信服吗？”

“唯约先生都信服，我怎能不信服？”王崇古道。

第五百八十五章

苏州知府王道行匆匆走进应被叫作苏、松巡抚衙门的应天巡抚衙门。不知内情的人一定以为，他有什么重大事情要禀告都堂；但巡抚衙门的人都知道，是都堂有重大的事情要向他交代。所以，谁也不敢多问一句，把他放了进去。

虽是十一月的天气，王道行却走出汗来。进到大堂，他顾不上擦拭，迎着苏、松巡抚翁大立说："儒参先生，我来了。"

翁大立字儒参，浙江余姚人，嘉靖十七年进士。

"明辅，坐吧。"翁大立心不在焉地说。

王道行字明辅，山西阳曲人，嘉靖二十九年进士。在十年之内，晋升为知府，而且是苏州知府，可谓十分难得。

"是。"他虽然应着，但见都堂不坐，自己当然也不敢坐。

"怎么不坐？"翁大立觉察到他的窘迫，自己先坐下，再招呼他，"来，明辅，坐下。"

王道行边坐下边问："儒参先生，有心思吗？"

翁大立叹口气，说："不是一般的心思，是担心。"

"儒参先生担心何事？"王道行问。

翁大立又叹口气，说："还不是为遣散壮勇之事。"

倭乱以来，除调动官军外，东南沿海的府、州、县多招募民兵，以图自保。徐海、王直等几股势力最大的倭贼、海寇相继被剿灭，浙、直渐次恢复平静，南直隶沿海各地开始着手遣散招募的兵勇。但想不到，请神容易送神难，一些兵勇原先是无业游民，吃几年官粮，好像端起一个饭碗，再也不肯放下。

在苏州遣散兵勇也遇到麻烦，他们不但不肯散去，反而聚集得更紧密，在城里城外大肆劫掠，为抗拒倭贼、海寇而成立的民兵，干起倭贼、海寇的勾当。苏州的事，翁大立不能不过问，他差人打探到作乱兵勇的几个头目，都是原来苏州城里的恶少，遂发兵抓捕。

这件事王道行亦参与，他说：“那几个人不是已有下落吗？就算扑个空，也是常有的事，儒参先生还有什么好担心的？”

“我不担心一次两次扑空，我担心今天的日子不对。”翁大立说。

“今天的日子不对？”王道行听糊涂了，“儒参先生，怎么不对？”

“你想想，今天是十一月几日？”翁大立问。

“十一月十日呀。”王道行日子过得很清楚。

“前两日，收到一函，我给你看过的。”翁大立好像在说题外的话。

“汝贞先生写的那函吗？”王道行问。

“是，”翁大立点头，“明辅，还记得函里写些什么吗？”

“记得，汝贞先生说——”王道行忽然有些明白，“儒参先生，你是在为汝贞先生所言之事担心吗？”

翁大立第三叹气，说：“是啊。”

“汝贞先生办事缜密，似乎不必为他担心。”王道行说。

胡宗宪信里写道：奉旨处死王直，将于十一月十九日行刑。王道行以为，王直在浙江的党羽太多，翁大立担心公开处死他，会惹来麻烦。

“汝贞兄的事情，怎会要我担心！”翁大立道，“我在担心，苏州忽出乱子，会不会和汝贞兄说的事情互相呼应。”

“儒参先生是说，在苏州作乱的人，是王直的党羽？”王道行觉得这个想法过于荒谬。当然，他不会说出荒谬这两个字来，“儒参先生不是已经查出，为首者是苏州城里的泼皮、恶少吗？”

“王直何许人也？还不是徽州城里的泼皮、恶少？后来却有了王五峰的名号，搅得数省不得安宁，”翁大立道，后面一句话，他换成教训的口吻，“明辅，不可小觑街头的泼皮、恶少。”

这话也有道理，王道行应道：“说的是。都堂若有差遣，但请吩咐。”

“一则，对领头作乱的恶少，须加紧搜捕；二则，城里要紧去处，须多派逻卒巡查。”翁大立泛泛而言。

“是，下官这就去办。”王道行道。

翁大立虽然有所预感，王道行虽然着紧安排，但都没有料到，几个街头恶少，竟敢在太岁爷头上动土。就在二人合计的当天夜里，数十人手持刀斧，闯入苏州府及吴县、长洲的牢狱，放出各色囚犯。这些囚犯多是其党徒，于是，数十人陡增至数百人，呼啸着直捣巡抚衙门。

王道行率官军在门前迎敌，翁大立想的是，身为朝廷大员，无论如何不能落在草贼的手里，于是，携妻、子越墙逃出。王道行击退贼人，入内请安，却发现都堂一家不见。不由吓出一身冷汗，所幸虚惊一场。

作乱的兵勇少数被逮，多数窜入太湖为盗。

第五百八十六章

苏州城里动荡半个月，大户人家都关门闭室，不敢出访，也不敢纳客。致仕家居的陆师道，早感不耐烦，这天听家人说，城里已恢复平静，他匆匆出门而去。他官做得不大，是以尚宝寺少卿致仕的，但有两件事，很被人看重。第一件事，现任苏、松巡抚翁大立是他的同年，而且看来，两个人的关系还不错。不然，出大乱子时，翁大立怎么会在他家躲上半夜？第二件事，他在两次为官之间的十几年以及致仕以后，师从文徵明，在诗文、小楷、古篆、绘画各方面，均足称道。这四者，被称为文徵明的“四绝”。行家都说，文氏“四绝”，可与前元时的赵孟頫媲美；而能传文氏“四绝”的，当属陆师道。

陆师道出门，正是要去见文徵明。

时辰尚早，文徵明在吃早饭。见陆师道进来，他招呼道：“子传，早饭用过吗？”

“已然用过，文师慢用。”陆师道说。

听了回话，文徵明一笑。他说：“我告诉你多次，怎么又忘！元朗来看我，不管什么时辰，只要碰到我吃饭，问他时总回答，尚未。为的是陪我吃饭，我高兴，他也高兴。”

“是，是，弟子的悟性与元朗相差甚远。”陆师道说。

“不关悟性的事。你只是机敏不如元朗，悟性丝毫不差与他。不然，大家怎么都说你要承我衣钵，难道我的悟性很差吗？”文徵明道。

“和文师的悟性就更不能比，一个天上，一个地下。”陆师道说。

文徵明摇了摇头，说：“人和人是不能比，但子传为人厚道，做事扎实，我还是更喜欢子传一些。”

“文师嘉勉，弟子牢记不忘。”陆师道谢道。

文徵明喝一口稀饭，吃一口小菜，说：“我用我的早饭，子传，你愿意看字，就去看字，愿意看画，就去看画。用过早饭，我还要写一篇墓志铭，是答应了人家的。等交了差，我再和你说话。”

他说一句，陆师道答应一句。但一个说完，一个答应完，陆师道仍坐在原处，没有去文徵明的书房。

“子传，怎么不去取字、画看？”文徵明问。

“我等着和文师说话。”陆师道说。

文徵明不再理会他，吃好早饭，要杯茶水，漱了漱口，然后命家仆铺纸研墨，执笔作文。

写好一段，见陆师道还呆坐在那里。他问：“子传有何心思？”

“文师先写文章，写好，再和我说话。”陆师道说。

文徵明原是随便问一句，现在干脆把笔放下。

“人老了，撰写墓志铭，深觉力不从心。不如和子传说几句话，放松放松，”他说着，复问，“子传有何心思？”

“我在想文师的话。”陆师道说。

“想我哪一句话？”文徵明问。

“我想，下次再来时，若碰到文师在吃饭，若文师问我吃未，我一定说尚未，让文师高兴，也让自己高兴。”陆师道说。

“哎呀，我不过随便说的，子传用不着多想。人的性情不同，元朗处处凑趣，子传处处实言，我都是高兴的。再者，也都是随缘的事。元朗来十次，无非一两次碰到我吃饭，他也只有那一两次说尚未。子传来十次，无非一两次碰到我吃饭，你也只有这一两次说吃了，”文徵明说到这里，情绪一下变得很低沉。“子传说下次，谁知还有没有下次。”

“一定有的。”陆师道信心十足地说。

“且看吧，”文徵明说着，拿起笔来，继续撰文，第二段写罢，抬起头来看着陆师道，问，“子传，又有什么心思？”

“文师又要放松？”陆师道反问。

“就算是吧。”文徵明说。

“文师，顾家买去的那幅画是假的。”陆师道说。

顾是江南大姓，应天、常州、苏州、松江各府都有不少顾姓大户。陆师道说的顾家，是苏州的一个大户，前些日子，买去一幅名家的画。画给许多人看过，有人说是真品，有人说是赝品。文徵明看过后，说句似是真品。他是江南有名的书画家，又是有名的鉴赏家，此言一出，说赝品的人都闭口不言。可是，陆师道回去后，怎么想，怎么觉得那是赝品。这些天来，他天天想着见文徵明，今天一大清早就跑了来，就是为的向文徵明请教，辩出个究竟。

文徵明这次本来不想放下笔的，可听了陆师道的话，又把笔放下。

“子传，你看出来？”他问。

“是，那画虽然摹的很有工夫，运笔却与作者不同。”陆师道说。

“好，看出这一层，子传果然可以承我衣钵，”文徵明称赞道，又问，“子传既看出这一层，有何想法？”

“弟子想，弟子既看出是赝品，文师会看不出来吗？”陆师道说。

“那么，是我看走眼？”文徵明问。

“不，文师没有看走眼，文师不会看走眼。”陆师道说。

“没有看走眼，怎么把赝品认作真品？”文徵明道。

“这正是我不明白，要请教文师的。”陆师道说。

“没有看走眼，却把赝品认作真品，只有一种解释。”文徵明说。

“哪一种解释？”陆师道问。

“不诚信。”文徵明说。

“不，文师不是不诚信，文师不会不诚信。”陆师道对此坚信不疑。

“那么，你还有其他解释吗？”文徵明问一句，自己对诚信做着解释，“人无诚信不立。可是有时候，人无诚信是可谅的。”

“文师是说，人无诚信可谅？”陆师道好像听到什么大逆不道的话。

“我是说有时可谅，”文徵明道，“譬如，拿顾家买画这件事来说，子传，你告诉我，买者是什么人家？”

“那还用问么，自然是富豪之家。”陆师道说。

“我看也是，”文徵明道，又问，“卖者呢？”

“恐怕是贫穷之家，不然也不会出此下策。”陆师道说。

“所谓下策，是造赝品售卖吧？子传以为下策，在贫穷人家看来，未必是下策。若谓不信，你不妨替他算一笔账，”文徵明说着，问道，“子传，此画若赝品，可售几钱？”

“不会超过十两银子吧。”陆师道说。

“子传很懂得行情呀，”文徵明调侃道，又问，“若是真品呢？”

“可值千金。”陆师道说。

“日前，顾家以多少银子买下此画？”文徵明问。

“百两银子。”陆师道说。

“富豪之家，花百两银子买一画，不算贵吧？”文徵明问。

陆师道略一沉吟，说：“应不算贵。”

“贫穷之家，制作赝品换取百两银子，也不过分吧？”文徵明问。

这正是陆师道需要弄明白的地方，但不知怎的，他竟毫不迟疑地回答：“应不为过。”

“子传看！”文徵明顺理成章地说下去，“须千金买到的一幅画，富豪之家用一百两银子买得，他高兴不高兴？高兴。只能卖十两银子的一幅画，贫穷之家换回一百两银子，他高兴不高兴？高兴。富豪之家天天有高兴的事情，且不去说他；贫穷之家能有几天高兴，能有几件高兴的事情？今日天佑，偶得一件，难道子传还忍心坏其事吗？欲取一时之名，而使人举家受困，虽诚信，不足道也；损富而济贫，虽不诚信，亦可谅之。”

“弟子懂了，”陆师道道，“就如元朗来文师这里，吃过了饭，也答尚未。悦人悦己，虽不诚信，亦可谅之。”

“孺子可教也。”文徵明笑道。

陆师道解开疑团，心里高兴，也不在乎自己已是五十岁的人，却被称作孺子。他问：“文师要不要饮口酒助兴，弟子捧觞。”

“现在不饮，等作完文章，和子传一起饮。”文徵明说。

陆师道起身，随意翻看文徵明的字、画和藏书，好让文徵明继续撰文。等翻看得有些累，觉得文徵明也该累，该说一说话时，他走回书案。只见文徵明一手扶案，一手拿笔，手扶案的那只胳膊不动，手拿笔的那只胳膊也不动。他很是奇怪，唤声：“文师！”文徵明不答。他快步走到文徵明面前，又唤声：“文师！”这才发现，文徵明的眼睛已经闭上。他轻轻碰了碰文徵明一只胳膊，笔落在桌上。再轻轻碰了碰另一只胳膊，文徵明的身子支撑不住，向前倒过去。他试了试文徵明的鼻孔，已经没有气息，摸了摸文徵明的脉搏，已经不跳动。他确定，文徵明已然仙逝。

墓志铭没有写完。如果不是和他理论“诚信”的话题，大概是可以写完的。他悲哀不已，心里默念：文师，我来替你写完这篇铭文吧。

运河贯连苏州、常州二府，两地人来往，常取水路。何良俊的船一早从无锡出发，将近正午时，见对面驶来一条船，很是眼熟，他喝令自家的船停下来，命家人去船头询问，来的可是从龙先生的船。对面的船答应着，也停下来，何良俊走出船舱，华云也走出对面的船舱，何良俊唤声“从龙兄”，华云唤声“元朗兄”，二人就这样面对着面，默默地站立好一会儿。

华云字从龙，无锡人，嘉靖二十年进士，以刑部郎中致仕。

“从龙兄，请过来一叙。”何良俊邀道。

“好。”华云命人在两船间架起木板。

他要登木板时，何良俊又改主意：“从龙兄别动，我过你的船去。”

华云不动。等何良俊登上自己的船，他问：“元朗兄从无锡来？”

何良俊点了点头，有一句话，想问，又怕问。

华云懂得他的心思，主动说出来：“不是误传，是真的。不然，我绝不会负元朗兄之约的。”

何良俊这一段日子住在南京。负约云云，指的是他二人一年前曾约定：今年此时，何良俊从南京出发，华云在无锡等候，会齐后一起去苏州，为文徵明祝九十大寿。但华云得到文徵明去世的消息，顾不得等何良俊，一个人先去苏州奔丧。

“从龙兄虽哭过，还要伴我去哭一场。”何良俊邀道。

“那是应该的。”华云说着，命船调头，再往苏州。

二人坐在舱里，你一句我一句地说着文徵明的人品、才华、成就，好像这是一个说不完的话题。

华云注意到，何良俊手里握一卷轴，一直不肯放下。在话告一段落时，他问：“元朗兄所握，是给衡山老的寿礼吗？”

“不是。”何良俊摇头道，“此乃徵仲先生送我的排幅。”

“可否借我一观？”有观赏文徵明真迹的机会，华云自不会放过。

何良俊展开卷轴，上面题写一首七言诗：

> 高天厚地千年句，红月苍江百里舟。君似南宫抱深癖，我于东野欲低头。
> 苍苔白石紫门迥，寂书清明别院幽。自笑子云甘落寞，故人粗粝肯淹留。

后题一行小字：元朗自云间来，兼载所藏图书见示，淹留竟日。奉赠短句，“高天厚地”乃东野诗中语也。

从文徵明的赠诗和题字里，可以感受到他和何良俊的亲密关系。华云没有谈论这方面的感受，却问：“元朗兄，原定为衡山老贺寿，怎么不备寿礼，却带来衡山老的赠物？”

何良俊家在华亭。从华亭到南京，带着卷轴；从南京到无锡、到苏州，带着卷轴。说起来，也确实令人不解。

“徵仲先生年事已高，我不好意思再向他讨诗讨文，只想请他在原赠排幅上加盖印鉴，已证今次的盛举。”让何良俊一说，并无奥秘，他叹口气，流着泪说，“谁知区区心愿，也成隔世之想。”

第五百八十七章

苏州裁革兵勇，引起一场动乱。南京振武营，也是因倭乱而招募组建，还没有着手裁革，却引起一场更大的风波。

嘉靖三十九年二月二十一日，南京总督粮储公署前，围聚着数百上千人。公署前的一棵大树上，吊着一人，随着风吹，微微摆动，无疑已经死去。围观者先是被吊着的死人吸引来的，等听说死者是总督粮储的侍郎黄懋官，便不由“呀”地惊叫出声。南京城里，虽然高官云集，但一名正三品的侍郎死去，且被吊在署衙前，断然不是件小事。于是，新围拢上来的人一定要问：黄大人已死？

被问的人便会从鼻腔里哼一声，说：废话，你以为他在荡秋千吗！

问的人赔着笑：是，是。我想问，他是怎么死的。

南京城和京师有类似的地方，衙门多，富人多，养的闲人就多。闲人多，废话就多，别人一句话讲得清楚，他非要讲十句：怎么死的？他吊在树上，你一定以为他是吊死的。其实不然，他是被杀死，然后吊上去的。不信你看，他的腰上有血，是被人砍一刀，脖子上有血，又被人砍一刀。其他地方有没有血，看不出来。但有这两处伤口，足见是被人用刀砍死的。

问的人：原来是被砍死的。谁如此大胆，敢砍死朝廷大臣？

被问的人看他一眼，又瞥了瞥四周，压低声音说：皆言为周山所杀。

问的人：周山是谁？

被问的人道：你是南京人吗，周山也不知？明日你在振武营驻地前站一站，横着走出来的那人，就是他。

问的人点头：原来是振武营的人。他为何要杀黄大人？

被问的人斥道：你问的忒多吧！

但还是忍不住要讲，不过由被问者变成问者：振武营的人惹事，不为粮饷，还会为什么？你知道不知道，南京各营官军月米例发多少？

问的人变成被问的人：听说有妻者一石，无妻者六斗。

被问的人：二月和八月，折色支银，你知道是多少吗？

问的人：每石五钱吧。

被问的人：马司徒掌南京户部，减为四钱，你就不知道吧？

马坤是嘉靖二年进士，嘉靖三十六年任南京户部尚书。

被问的人又说：这事怪不得黄大人。但折色少，南京各营的兵卒人人都不满。只不过各营军纪还好，而振武营里，多为市井流氓，就难以控制。为什么以前没有闹事呢？

问的人：是啊，以前为什么没有闹事呢？

被问的人：因为一年里只有两个月受些损失，还可以忍受。到黄大人接管此事，过于苛刻，每次发月饷，都要对照册簿，详问逃亡若干，尚存若干，而且，奏请停发各营军卒妻室之粮，不管有妻无妻，一律照六斗发给。可黄大人接管此事，亦非一月两月，为何本月才闹事呢？

问的人：是啊，为何本月才闹事呢？

被问的人：本月是二月，明白了吧？二月又该发以折色，照马司徒定的规矩，支银四钱。可去年江南大灾，你在南京城里拿四钱银子买一石米试试！告诉你，四钱银子能买半石就不错。

问的人：这我知道。

被问的人：那么，你知道为何挨到今日才闹事吗？

问的人：是啊，为何挨到今日才闹事？

被问的人：今日是二月二十一日，明白了吧？振武营每月上旬支饷。可从二月初一日等到十日，没有拿到银子。从二月十一日又等到二十日，还没有拿到银子。你想，他们还能再等下去吗？昨日，振武营操练，那个周山横着走出来，振臂高呼：找黄某人要饷去！上千人响应，拥至署衙前鼓噪。相持到半夜，黄大人越墙而逃，不幸跌下，摔断腿。振武营的人赶到，你一刀，我一刀，要了他的命。

问的人：不是周山杀的他吗？

被问的人：我说你一刀，我一刀，难道真的是你，是我？我说的你、我，不是周山又是谁！

问的人：承教，承教。

他问也问够，听也听够，转身退出来。见署衙门前围着一群人，在听一位老者说古，他又凑过去。

那老者说：天下之事，都有定数，你们信不信？你们不信，我信。七年前，杨都堂总督南京粮储，就在这衙门里，大堂前，屋檐下，出现一个蜂房。初时，蜂房很小，不为人注意，后日日增大，数日后，其大如斗。蜂房里，聚集上千蜂儿。同时，大堂的角落里蚂蚁堆积如山，看上去有数升。不久，蜂儿飞去，蚁儿散尽。杨都堂甚怪之，但他竟无恙。我当时就说，这蜂儿、蚁儿之奇观，必呼应人间的祸事。你们看，彼时之景，今时不都验证了！

人群里的许多人还记得这事，他们心里都在想：老人家的确有见识。

南京兵部尚书张鳌、侍郎李遂在诚意伯府，与其他衙门的堂官商议振武营兵变之事。张鳌字济甫，南昌人。李遂字邦良，丰城人。二人不但同省同府，而且是嘉靖五年的同科进士。

“济甫先生，振武营是你招募来的，如今作乱不轨，也该你去收拾吧？”诚意伯刘世延说。他是开国名臣刘基的十一世孙。

张鳌愁苦着脸说：“爵爷说的是。我闯下的乱子，自然该我去收拾。”

刘世延见他当起真来，过意不去。

“什么话！招募振武营，是奏明朝廷，南京大员们都表赞成的。出了乱子，该大家一起设法补救，怎么就该你去收拾！”他说。

“爵爷说的是，”这次是李遂在回应他的话，“出了乱子，是该大家设法补救；此事议定，该是我出面收拾。”

“邦良兄，这话怎讲？”张鳌说。

“济甫兄是正堂，又是参预机务的南大司马，关系国家体统特重，不可直对乱卒。况且，”李遂很有把握地说，“南京虽遭兵变，还不到大动干戈的时候，少司马可矣，不必大司马亲临处置。”

“邦良兄，你是说，不必大动干戈？”这正是张鳌最想听到的话。

当然，这也是刘世延希望听到的话。他问：“邦良先生有何高见？”

“谈不上高见，不过有两个浅显的想法，请爵爷、大司马、大司徒，及各位大人参酌。”李遂说。

南京户部尚书蔡克廉，福建晋江人，嘉靖八年进士。他受不了李遂的格外抬举，忙问：“邦良先生打我什么主意？要钱吗？”

多亏南京吏部尚书王用宾为人宽厚，李遂不提他，他也不计较，反而说：“莫打岔，且听听邦良先生的想法。”

李遂在众人注视下不慌不忙地说：“无论如何，振武营也是官军一部，若以其他各营夹击振武营，岂不是自相残杀？故今日之势，南京各营须严阵以待，却不可猝然出战。振武营乱卒见各营不战，也不会主动寻衅。振武营虽然将黄君辨吊上了树，其实他们现在最害怕的，是被追究杀害朝廷大员的责任。诸公都知道，他们也知道，只要朝廷认定黄君辨被杀，他们就只有死路一条。所以，”他顿了顿，说，“我的第一个想法，由我向外宣示，黄君辨是自己摔死的。”

君辨是黄懋官的字。他死于乱卒之手，作为同僚，众人都有兔死狐悲之感，如果再说他死在自己手里，岂不是向死人身上泼污！

“这不妥吧？黄君辨如果是自己摔死的，朝廷可不会抚恤，”刘世延先说出他的顾虑。他常能为别人的利益着想，所以，南京的大员们和他都相处得不错。

李遂心想，惹出这么大的祸，还想得到朝廷恤典吗？看在人已死的份上，不追究他的责任就不错。话当然不能这样说，他委婉地辩道：“黄君辨自己摔死，是安抚乱卒的话。对朝廷，则须如实奏言。至于抚恤与否，要看朝廷的处置。不过，我倒是想，南京的动乱平息得越快，黄君辨的结局会越好一些。”

这话是不错的，众人都不再反对。王用宾很像是代表众人在问：“邦良先生，你的第二个想法是什么？”

“振武营作乱，是争粮饷，我的第二个想法嘛——”李遂故意把“嘛”字的音拖得很长，而且故意不看蔡克廉。

“诸位且议，我去去就来。”蔡克廉拔腿要走。

“大司徒，去作甚？”刘世延问。

“如厕，”蔡克廉皱着眉说，“爵爷，请着人引路。”

“邦良兄还没有开出数额，大司徒怎么就吓出尿来？”张鏊道。

众人皆笑，蔡克廉讪讪言道：“邦良先生嘴大，谁不怕他漫天开价？”

李遂拦住他说：“我也不向你多要，一人一两如何？”

蔡克廉闻言，不再内急：“一人一两，不再增补？”

“一人一两，绝不增补。”李遂肯定地说。

蔡克廉算计：“一人一两，三千人三千两。这个数目，还拿得出来。”

“不用这多，”李遂说，“倡乱者数十人，响应者千人。响应者每人一两，一千两就够。”

“这不妥吧，”刘世延又提出异议，“饷银是每人都该发给的，现在成响应作乱者发给，安分守己者无份，岂非鼓励作乱？”

“爵爷且听我说，”李遂道，“这一千两银子，是用来平乱的，并非用来支饷。若论支饷，振武营应支，其他各营就不应支？那须统筹安排，不是几千两银子可以了结的。这是其一。我虽宣称黄君辨是自己摔死的，但难道真让他做屈死鬼不成？等局面稍稍平缓，倡乱的数十人都要密逮严治。那时再看，他们是受到鼓励，还是受到惩治。这是其二。”

刘世延点头称是，众人皆点头称是。依照李遂所言行事，南京振武营的兵变很快平息，为首的二十余人也一举捕获，关进大牢。

第五百八十八章

郭希颜的奏本放在面前，皇帝先是不经意地浏览。看过开篇，不由提起精神，从头再读一遍。看到一半，揉揉眼睛，又从头读一遍。第三次读罢全文，已是怒不可遏。

郭希颜是江西丰城人，嘉靖十一年进士，选庶吉士，排在最后一名，官至中允，被劾免职。他上的“立储疏”，一曰：

> 往岁圣谕，欲建帝立储。自言者倡为二王面陈严嵩之说，恐二王与严嵩皆疑而不自安。皇上何不降德音，谕元辅不必疑于王，二王不必疑于严嵩，则君相相信而储可得安。二曰：圣明早断，及时敕景王就国，则兄弟相保而储可得安也。三曰：分封既定，留京已明。愿皇上端拱以顺天人，从容而议建立，则父子相体而储可得安也。

皇帝奋力一推，郭希颜的奏本跌落在地，其他的奏本散落各处。

立储之议，早就偃息，大臣们不是没有想法，可都知道不是议论的时候，好像和朕达成一种默契，谁也不谈论。怎么区区一个翰林官，而且是废弃不用的翰林官，竟敢堂而皇之地议论！说什么君相相信，难道朕和辅臣之间相互不信任？说什么兄弟相保，难道皇儿之间会相煎相伐？说什么父子相体，难道朕和皇儿之间的骨肉之情不存在？难道一定要明确储位，才能君相相安、兄弟相保、父子相体？

皇帝忽然想起，前些日子，京城城门口和闹市中张贴许多匿名帖，称严嵩欲谋害裕王。郭希颜的奏本里则讲，君相相信而储可得安。这匿名揭帖和郭希颜的奏本会不会是一回事？

有了这个想法，再也无法摆脱。皇帝命速召陆炳。

陆炳背有些驼，步履蹒跚，不复有往日的干练。皇帝见他这般模样，心里凉了半截。让宦者向他交代差事时，脑子里的他，永远是健康威猛、朝气蓬勃的。差事交给他，就可以放心，就可以在最短时间里知道结果。见他的面才想到，他是个病人，病了很久，病得很重，实在不该再派他什么差事；他即使查不出来，也不要再责备他。

不过，还是要问一句："陆卿，匿名帖之事，可查出眉目？"

"回皇上，已有眉目。"陆炳说。

这给了皇帝意外的惊喜，他命道："快讲！"

"逻卒在一家客店搜查到尚未张贴的匿名帖，据店家说，是前些日子住店的几个江西人留遗下的。臣想，主使者一定是江西人，"陆炳这么说，自有他的理由，"江西人在京城办什么事，或会雇用京城的人，京城人在京城办什么事，绝不会雇用江西人。"

"话是不错，可你能断定主使者为何人吗？"皇帝问。

"大致可以断定，是郭希颜主使，"陆炳回奏，"那几个江西人除了遗下尚未张贴的匿名帖，还遗下几个橘子和一本历书。橘子臣请人看过，是丰城所产。历书上写一个郭字。臣询问过詹事府的官员，据他等说，郭希颜免官后曾对人言，欲除去他的是严阁老。把这几件事串起来，臣以为，匿名帖案的主谋必是郭希颜。"陆炳实际的办事能力，比他现在的模样要强得多。他又说，"皇上若准臣鞫讯郭希颜，一讯便可坐实。"

"这等无君无父之人，鞫讯他作甚！"皇帝恨恨地说，又安抚陆炳，"这件差事，爱卿办得很好，回去好生歇着吧。"

严世蕃见严嵩苦思苦想的样子，不由生出几分同情。年过八旬的老人，时时要应付一个不说是有史以来最让人琢磨不透、也是五百年以来最让人琢磨不透的皇帝，太难为他。

"父亲！"他轻轻招呼一声，不知是因为同情，还是因为不留意，竟改变几十年的习惯称呼。

严嵩好像习惯他以往的称呼，吃惊地睁大眼睛。

"大人。"严世蕃随即改口。

严嵩随即平静，道："东楼，你来迟。"

"怎么？"严世蕃问。

"窒甫来坐一阵，才走。"严嵩说。

“他来做什么？”问得直截了当，足见严世蕃对郑晓的不满。

“不知，他只是颠来倒去地说，刑部大狱人满为患。”严嵩转述。

“又来为王民应辈讨情？”严世蕃道。

“不像，他好似担心又要兴起大狱。”严嵩说。

“那么，是为郭仲愚的案子而来？”严世蕃第二次才能猜中郑晓的意思，自觉变得迟钝，“他若再来，大人不妨告诉他：第一，郭仲愚的案子就是郭仲愚的案子，不会兴起大狱；第二，郭仲愚活是活不成，可绝不会押进他刑部大狱。”

仲愚是郭希颜的字。郭希颜的“立储疏”在朝廷引起很大震动，在京城引起很大震动，公开的场合，私下的场合，议论不绝。严世蕃由郑晓的话联想到郭希颜的案子，不足为怪。可他能把此案的处置描绘得如此活灵活现，却让人不敢相信。

“东楼为何说不会兴起大狱？”严嵩一条一条地问。

“大人想一想皇上的心思呀，”严世蕃道，“皇上愿意就立储一事与大臣计议吗？不愿意。皇上愿意大臣间计议立储之事吗？不愿意。而兴起大狱，诏告天下，必然牵涉立储。大臣和言路无论主张怎样处置郭仲愚，必然言及立储。皇上圣明，干吗要惹这个麻烦？”

“东楼为何又说不会把他押进刑部大狱？”严嵩问。

“押进刑部大狱，是为三法司会审。说句实话，这也是很有面子的事。日后我若有个三长两短，也宁愿去三法司的大堂走一遭。区区郭仲愚，我料定，皇上不会给他这个面子的。”严世蕃道。

“休得胡言！”严嵩不让他再说。他是听严世蕃说“三长两短”，心里堵得慌，而不是认为严世蕃的话有什么不对。他又想到另一层：“皇上杀他，总得有杀他的理由吧？”

“郭仲愚的奏言，句句都是理由。如‘建帝立储’，这是什么狗屁话！帝位不是天授，难道是什么人建的吗？”严世蕃道。

果然，皇帝与严嵩议论郭希颜上疏事，先把这个“建”字狠狠批一通。随后命廷议。刑部议以“妖言惑众律”，当斩。皇帝降谕：郭希颜不必解来京师，就地斩决，由江西巡按监刑。

第五百八十九章

唐顺之以兵部侍郎视师江南不过一年，即升佥都御史，提督军务兼巡抚凤阳。也许有人以为，他的地位应该更高，但这已是他没有料到的，也是当年举荐他的赵文华没有料到的。

凤阳巡抚原来是由漕运总督兼任的，嘉靖三十六年，因倭乱单独设立。其管辖区域是淮安、扬州、庐州、凤阳四府，及徐州、和州、滁州三州，即南直隶的江北地区。

唐顺之一直有一个想法：倭贼、海寇善于水战，官军在陆战中不管获得多少胜利，获得多大胜利，都不能说稳操胜券；一定要在水战中获得胜利，获得大胜，才能说是胜利者。到任以后，经过两个月的筹备，他率一支水师亲自巡江。他的规划是由江北而南京，由南京而江南，从扬州的南通州和苏州的太仓之间，取道入海。这样一路巡弋下去，树立起大明朝的威风。

他是常州人，在江南有众多友人、乡人、同年、同僚。每到一个大的去处，都有人投刺拜访。能不见的，他则婉拒不见。但三月底的一天，行至松江府境内时，来访的陆树声被他请到船上。

陆树声曾两次辞官。前一次是在翰林修撰任上，这一次是在南京国子监司业任上。两次皆居清要，可见他不是个贪恋官位的人。

陆树声一见唐顺之，顾不上行礼问候，就吃惊地说："应德先生，怎么瘦成这副模样！"

唐顺之拍拍他肩膀，笑着问："与吉老弟，你看我瘦？"

"瘦的已脱形，应德先生难道不知？"陆树声道。

"如果不知，我为何沿途的熟识知己一概不见？"唐顺之说明避客的原因后，忽问，"可我要见你，与吉，你知道为什么吗？"

"是应德先生抬爱。"陆树声只能这样回答。

唐顺之用力摇着头，说："我是羡慕你。"

“羡慕我？”陆树声当真没有听懂。

“是啊，羡慕你，”唐顺之道，“与吉，你看，你想告退，就退下来；我病得只剩一口气，还不得不苦苦挣扎。”

“应德先生羡慕我？”陆树声也用力摇着头，“可应德先生与我不是一类人呀！”

唐顺之觉得这话很刺耳。他问：“此话怎讲？”

陆树声说：“我先拿自己打个比方。我好比西席，主人患病，留我在家里无用，不如让我走人。我再拿应德先生打个比方。应德先生好比良医，主人的病势正凶险，怎肯放应德先生走！”

唐顺之松口气，道：“实不相瞒，我方才真被你的话吓一跳。”

“这话很普通，怎会惊着应德先生？”陆树声倒真被吓一跳。

“我以为，与吉也把我看作贪恋官位的人。”唐顺之坦率地说。

“怎么会？应德先生的为人，我是知道的，”陆树声道，“达夫先生有言，向已隶名仕籍，此身非我所有；今天下多事，吾辈安得以处士自居？应德先生是因这话所激励，才出山的吧？”

唐顺之叹了口气，说：“知我者，与吉也。”

“不过，我也要劝应德先生一句：先生以有用之身，尚须自爱。巡江下海之事，指挥众将去做就是。”陆树声说。

“与吉，你又不是不知道，江北将领，畏倭贼如狼如虎，我不下海，谁肯下海？”唐顺之振作起精神，又说，“反之，又不然。使一病都堂下海，则诸将无敢不下海者；诸将下海，自夺倭贼之气。”

“应德先生苦心，天地可鉴，只是苦了应德先生。”陆树声道。

“若言苦，也不甚苦，”唐顺之说着，忽问一句听似不相干的话，“与吉，与我应登兄有过交往吗？”

“畏斋先生吗？过江阴，是一定要拜望他的。”陆树声说。

薛甲字应登，号畏斋，常州江阴人，嘉靖八年进士。

“应登先生尝与我言：平生受益者三友，一曰‘贫’，二曰‘病’，三曰‘患难’。贫则知节用，病则知保身，患难则知处世。说起来，病也是我一友也。”唐顺之说。

“但愿应德先生善待此友。”陆树声又委婉地劝说一句。

病能磨炼人，也能置人于死。四月初一，行至南通州时，唐顺之病卒。

在胡宗宪的总督府里，茅坤和徐渭等人的地位自然不同。他是正途出身，落职前官至副使，而且和胡宗宪是同年。茅坤素好谈兵，先任广西兵备佥事，后任大名兵备副使，都遇到战事，总督应槚、杨博都很看重他的军事才干。胡宗宪把他请来，也是为筹划对倭贼的战事。

茅坤自恃身份，和徐渭等幕僚很少私下来往。因此，议事之后他很孤独寂寞。好在他手头正在做着一件事情，静了下来，专心去做，反而比他在家赋闲时进展更快。

但这几天，他心情烦躁，眼皮不住地跳，夜里尽做些噩梦。然后，忽然得到唐顺之病逝的消息，他一下子觉得心如止水。

当世文人中，他最敬佩唐顺之。唐顺之反前七子之说，研究唐、宋以来文章，评点出韩愈、柳宗元、欧阳修、三苏、曾巩、王安石八大家。茅坤立志编选他等的文章，名目都想好，就叫《八大家文钞》。他手头上要做的，就是这件事情。他原想快一点儿，在唐顺之五十五岁生日时，慢一点儿，在唐顺之六十岁生日时，把这本书编好付梓。他相信，这会是轰动一时、领风骚上百年的一本书，足以匹配唐荆川。谁知天不寿贤，唐顺之在五十四时就驾鹤仙去，岂不哀哉痛哉！

他想，唯有编好此书，悼念自己最敬爱的人。

第五百九十章

郭朴因入值西苑，在西苑的日子多，在吏部衙门的日子少。吏部右侍郎冯天驭和他同是十四年的进士，每当他到吏部衙门，就会拉上他躲在小屋里，好像有说不完的话。

“质夫兄，今日赴介翁值庐了否？”这是他常问的一句话。

“尚未。”郭朴像往常一样回答。

冯天驭会捶胸跺足：“为何还不去，为何还不去！”

“此事我都不急，应房兄急什么？”郭朴淡淡地说。

冯天驭字应房，湖广蕲州人。

“岂不知天赐良机，稍纵即逝！”冯天驭道。

“应房兄为何称天赐良机？”郭朴淡淡地问。

“谁人不知，皇上询问介翁，旧时有无四阁臣，意在使曰静兄入阁、使质夫兄升任大宗伯！”冯天驭道。

“应房兄为何道稍纵即逝？”郭朴又问。

“谁人不知，皇上虽有此意，却须介翁首肯？质夫兄不去作一揖，岂不让介翁失望？”冯天驭道。

皇帝询问严嵩这件事，不仅内臣传言，连严世蕃都曾对人说过，可见不会有假。皇帝在询问旧时有无四阁臣前，还问：郭朴久淹，是不是因为撰值之故？想用郭朴掌礼部，也不会有假。至于严嵩等着郭朴去作一揖，是严世蕃亲口对人讲的，更不会有假。

“应房兄为何急着打发我，莫非不愿与我同衙为官？”郭朴换一问。

“哪里的话！”冯天驭矢口否认，“曰静兄、质夫兄都是乙未那一科的栋梁之材。曰静兄入内阁，质夫兄掌礼部，以公而言，是朝廷幸事；以私而言，我脸上也添光彩。”

“还有呢？”郭朴追问。

“质夫兄今日不高升，明日不高升，我哪一天转左？”在郭朴面前，冯天驭没有什么话是不好意思说的。

郭朴笑了，说：“这倒是一句实在话。”他又很快收起笑容，道，“犬子亦曾窜至西苑，劝我去介翁值庐作揖道谢。我答他一句话，应房兄可知我如何答的？”

“请质夫兄示知。”冯天驭道。

“儿不解事，阁老也是可以揖求的吗！”郭朴重复那句话。

冯天驭脸涨得通红，支支吾吾说不出话来。

郭朴缓和语气，反问一句：“我去向介翁作一揖，介翁或会抬举我掌礼部，然则，他也会抬举曰静兄入内阁吗？”

吴山和严氏父子有过多次冲突，严嵩绝不愿意他入阁，这个道理用不着多讲，冯天驭也会懂得。

“质夫兄所言甚是。”他说。

“所以，这个揖不去作也罢。”郭朴道。

正在两个人无话可说时，从对面的房间里传出一阵阵的怒吼声。他们听出发火的是本部尚书吴鹏，可不知道他为什么发火。叫来一名吏员一问才知：御史耿定向上一道奏本，弹劾他六事，并涉及他的爱婿、翰林院学士董份。他正在一边拟疏请退，一边大发其火。

“质夫兄，过去劝劝吧。”冯天驭说。

“这种事情，劝得了吗？”郭朴问。

冯天驭无言以对。

耿定向虽是应命而来，但在西苑严嵩的值庐外听到里面有对话声，不敢贸然进入。他问外面的差役，何人来访？外面的差役摇了摇头。不多时，里面出来一个差役，他又问，何人来访？里面出来的差役说声“礼部徐大人”，扬长而去。礼部的堂官都不姓徐，所以，来访的一定是属官；可属官有好几位姓徐，所以，他还是不知道来访者何人。不过，总算知道有客，他只能等在外面。

原本不想听里面在说什么，但值庐的窗子都大开着，想不听都不行。只听严嵩在问：“叔明，知道为何外放吗？”

这一问可知，来访的是礼部的司官徐学谟，这不仅由他的字号显示出来，而且他外放楚地郡守，也是今日才发布的。

又听徐学谟说：“不知，请介翁指示。”

严嵩说："你得罪人。"

徐学谟问："不知下官得罪谁人？"

严嵩说："吏部冯侍郎举止有失，被你数落，所以他要摆弄你。不过，以此睚眦之报，很是无聊。"

想像得出，他一边在说，一边在摇头晃脑。

静默片刻，徐学谟说："下官奉职无状，不宜留在礼部；再者，以郎官领郡守，也是本分，下官不敢怨天尤人。"

严嵩说："难得叔明出此老成之言，胜于吴宗伯多矣。吴宗伯怒冯侍郎，詈其坑你。我为之解曰：官至刺史亦荣矣。今日徐郎中外迁，世人虽目为黜，而刺史岂坑人官乎？朝廷的惯例，部属出为郡官，吏部径自迁除。不是你来辞行，我都不知道，所以不能为你出力。日后有什么为难的事，你尽管来找我。"

耿定向听人说过，徐学谟虽然敢言敢为，严嵩其实还是有些喜欢他。听了二人今日的对话，可以坐实。倒是严世蕃因为在徐学谟那里碰过壁，心里记恨。徐学谟今日外放，也不知是不是他捣的鬼。

思忖未定，徐学谟已告辞出来。耿定向朝徐学谟竖起拇指，表示对他的答话很赞赏。

严嵩请耿定向就座，问道："在伦，来了多时？"

耿定向字在伦，湖广黄安人，嘉靖三十五年进士。

"介翁有客，在外面恭候是应该的。"他说。

"我和徐叔明的话，你都听到？"严嵩问。

"有几句飘进下官耳朵里。"耿定向说。

"我对冯应房略有微词，不是特意说给你听的，你切莫放在心上。"严嵩这样说，因为耿定向和冯天驭不仅同是湖广人，而且同是黄州府人。

"介翁对应房先生有微词，自然有介翁的道理。"耿定向道。其实他根本没有把冯天驭放在眼里，所以也不会把严嵩的话放在心上。

严嵩于是借题发挥："你看，吏部三堂官，一人没有见识；一人稍有见识，却不在吏部办事；只有一个吴万里，算得上有见识，吏部全靠他支撑，还被你分派六个不是。在伦，过分不过分？"

"下官论劾吴天官，自然也有下官的道理。"耿定向不慌不忙、不软不硬地回一句。

"论劾天官，何不专心论劾天官，董用均在翰院，与外廷无争，为什么非要把他也捎上？就因为二人是翁婿吗？”严嵩责问。

“二人为翁婿，还在其次；吴天官所行之事，牵连到董学士，不得不一起论劾。”耿定向说。

“那么，有人说吴万里唯我之命是从，他所行之事，也该牵连到我，在伦为何不连我一起论劾？”严嵩又责问。

“虽有人说，我却未能证实。”耿定向说。

话虽强硬，但严嵩听起来，还是觉得舒服。他不再责备耿定向对吴鹏的论劾，转而谈论起他的长处。

“在伦，都道你善于相人，你看本朝人才如何？”严嵩问。

“极盛。”耿定向无论多么耿直，也会这样说。

“请略举一二。”严嵩道。

“东楼公子曾言，当世人才，杨唯约，陆督帅，及他而三。”耿定向这样说，不知真的认可，还是取笑。

“东楼的话，你也当真？”严嵩也不知真的不信，还是故作姿态。

“此三位皆当世人才，不会错的，”耿定向认真地说。随即口气一转，又说，“不过，尚有一人，是此三位都不及的。”

“在伦说的是哪一位？”严嵩问。

“我省张翰林。”耿定向说。

“张叔大吗？”严嵩知道他说的肯定是张居正。“在伦如此看重他？”

“张翰林不仅东楼等三杰不及，下官敢说，百年之前，及百年之后，亦无可与之比肩者。”耿定向更加郑重地说。

严嵩不能尽信，也不能全然不信，遂道：“在伦的眼力，想来是不会错的。”又问，“除叔大，还有什么人才须留意？”

“有一个人，虽然不是了不得的人才，介翁却须留意。”耿定向说。

“在伦说的是谁？”严嵩问。

“南城罗唯德。”耿定向说。

罗汝芳字唯德，江西南城人，嘉靖三十二年进士。他师从王学传人颜钧，算起来，是王守仁的第四代弟子。而他也开始招收弟子，立志将王学再传下去。

“我为何要留意他？”严嵩问。

“门生及乡人中，能陪伴介翁度过晚年者，必是此人。”耿定向说。

那么严世蕃呢？诸孙儿呢？这话听似不祥，严嵩心里猛然飘过一片阴云；这话又似含有禅机，他想，且拭目以待吧。

第五百九十一章

湛若水病卧床榻，时而清醒，时而昏迷，已经有些日子。虽然清醒的时候少，昏迷的时候多，但人们都说，以九十五岁的高龄，还能清醒过来，真可以称作奇迹。

趁着他清醒的一刻，老管家俯下身唤他："老爷！"

湛若水瞪着他看了许久，才辨认出来，问道："又有哪一笔钱须用？"

湛府人口最盛时，姬妾数十，开销甚大，湛若水不得不亲自掌管、盘算支出。养成习惯以后，即使在弥留之际，也无法忘怀。

"不是钱须用，是人须打发。"老管家说。

"何人须打发？"湛若水问。

"还不是老爷的女人们，"老管家自恃老资格，根本不把湛若水的姬妾们放在眼里，"老爷上次醒过来，交代要打发，她们就一直在等。"

"是须打发了，"湛若水想点头，已经点不动，只能眨一眨眼睛，他问，"家里还有几位太太？"

"这几年相继有人过世，余下的不是八位，就是九位。"老管家说。

"养育过子女的，留在家里；未养育子女的，愿留在湛家，愿回娘家，愿剃发入庵，悉听其便。"湛若水说。

"是。"老管家想到的，无非也就是这些。

湛若水瞪大两眼，向上看去，看到的也许是蚊帐，也许是天花板，也许是冥冥天际。他想到陈师白沙。陈献章是他的业师，他把陈学发扬光大到极限，对得起白沙先生。他想到既是同志又是争辩对头的阳明子，王守仁过世有三十年吧？可老成持重的邹谦之还在，绝不苟且的钱洪甫还在，其说足以不朽。他想到自己的弟子们，他们有的官至高位，有的声名远播，可谁能承继自己的衣钵呢？似乎一个也没有。

嘉靖三十九年四月二十二日，一代大儒湛若水病逝。

六、道长魂飞

第五百九十二章

时值正午，两名官人，一是刑科给事中罗嘉宾，一是御史庞尚鹏，还有他们的几名随员、家人，在通州张家湾码头下船。罗嘉宾和庞尚鹏都是嘉靖三十二年进士，都是由知县擢拔起来的科、道官，这次又同下江南办同一桩差，可谓相得益彰。

罗嘉宾手搭眉梢，看了看天，说："吃过午饭，稍歇一歇脚，天黑前可以赶进京城。"

"不，"庞尚鹏摆了摆手，断然地说，"我们在驿馆找间房子，大歇一歇，后半夜再动身。"

"少南兄，这是为何？"罗嘉宾不解地问。

庞尚鹏字少南，广东南海人。

庞尚鹏说："天黑前固然可以赶进京城，但进城以后，该拜的须得去拜，来访的一个也不能不见。你一言，他一语，听也不是，不听也不是。不如在张家湾图半日清静，明早赶进京城，径直去通政司呈上奏章。众人知道说而无益，也就不说。"

"还是少南兄想得周全，好，就在后半夜动身。"罗嘉宾道。

张家湾码头不大，却是运河的尽头，南来北往的达官贵人甚众，两个人好不容易在馆驿里找到一个房间，余众只好自己在外面找地方歇脚。午饭后，忙里偷闲地小憩一会儿，两个人又核对起在江南查按军饷时得到的数字。

差员查按江南军饷，皇帝首先动的这个心思，所以他们这趟差事是真正的钦差。差按的结果，也的确触目惊心。自赵文华以来，江南督抚侵吞军饷者众多，而且动辄以万计。如：巡视军务尚书赵文华，十万又四千两；浙、直总督周琉二万七千两；浙、直总督胡宗宪，三万三千两；浙江巡抚后改福建巡抚阮鹗，五万八千两；操江都御史史褒善，一万一千两；应天巡抚赵忻，四千七百两。这些还是摆在明处的，至于做过手脚，遮掩成功的，更不知有多少。

“少南兄，赵某人的十万又四千金里，有没有高某人的两千金？”罗嘉宾问。他说的高某人是另一个操江都御史高捷。

“没有，那笔账是算在高某人头上的。”庞尚鹏记得很清楚。

“何不算在赵某人头上，高都宪那一笔就可以不写了？”罗嘉宾道。

“不，要写，”庞尚鹏说，“虽然两千两银子落在赵某人手里，可直接侵盗这两千两江防银的不是赵某人，而是高某人。受贿者要劾之，行贿者也要劾之；以私财贿赂者都要写上一笔，何况以公帑，更何况以江防银！兴宾兄切莫忘记除恶务尽的古训。”

罗嘉宾字兴宾，四川宜宾人。他的名里有个宾字，字里有个宾者，乡贯里还有个宾字，着实难得。

“少南兄说的是，高某人一定也要写上一笔。”他附和道。

兵部职方主事陈柏从来没有刻意巴结严世蕃，堂堂东楼公子原本没有可能认识他。但尚宝司和兵科比邻，陈柏不时去兵科交涉公务，碰巧与严世蕃相遇过两次，被严世蕃记住。

这一天，陈柏从兵科出来，被严世蕃叫进自己衙门。

“宪卿是在职方司供职吧？”严世蕃问。

陈柏字宪卿，湖广沔阳州人，嘉靖二十九年进士。他又字子坚，是同僚们通常称呼的。严世蕃偏要称呼他宪卿，显然是有原因的。

“是。”陈柏应道。

“在衙门里还过得去吗？”严世蕃问。

“还好，和司官乃至几位司马一团和气。”陈柏答道。

“可你志不在部属呀。”严世蕃说。

“何以见得？”陈柏觉得有趣。

“先字子坚，复字宪卿，便是一证，”严世蕃说，见陈柏欲辩，他抢在前面说，“宪卿要说，取这个宪字，是要正己吧？”

都说严世蕃机敏，陈柏这次领教。他说：“诚如东楼公子所言。”

“其实，任宪职者往往不能正己，又如何正人！”严世蕃忽道。

陈柏不知他的感慨为何而发，只好沉默。

“宪卿，见两竖子疏耶？”严世蕃又忽问。

“东楼公子指的是谁？”陈柏开始真没听明白。

“他们比你差一截，称不上宪卿，只可称宪臣。”严世蕃说。

“宪臣作为表字，恐怕比宪卿还要能正己正人。”陈柏与其说还没有听明白，不如说在装糊涂。

“不解事乃尔，说什么正己正人！”严世蕃怒道，“江南历来的都宪没有好人，看他二人有什么手段收拾局面！”

“原来东楼公子说的是庞、罗二位，他们的奏章，我倒是拜读过了。”陈柏不知是不是为惹严世蕃生气，故意把“拜读”二字说得很重。

“既然拜读，以为如何？”严世蕃也把“拜读”二字说得很重。

“很好呀。”陈柏道。

“好在哪里？”严世蕃问。

“披露无遗，一针见血。”陈柏道。

“论劾胡总宪，也是一针见血？”严世蕃逼问。

“是啊，”陈柏毫无退让之意，“胡总宪诚是大才，难道江南的局面非他收拾不可？即便江南的局面非胡总宪收拾不可，即便庞、罗二位说他豢寇有些过分，可他劳师费财、掩败为功总不假吧？”

庞尚鹏、罗嘉宾的奏章罗列胡宗宪的罪状有二，一曰豢寇，二曰邀功，所以，陈柏这样分辩。

严世蕃脸色变得阴沉起来。他问：“若我说二竖子妄议督臣之罪，宪卿，你还以为该疏写得好吗？”

“是。”陈柏一点儿也不含糊。

“若家大人追究二竖子妄议督臣之罪呢？”严世蕃问。

“在下仍以为写得好。”陈柏说。

“若皇上说二竖子妄议督臣之罪呢？”严世蕃问。

“皇上既选派宪臣查按，便许其议之。”陈柏说。

严世蕃再问不出什么，不耐烦地挥了挥手：“宪卿，你去吧。”等陈柏走远，他自语道，“又是一竖子！”

第五百九十三章

今年三四月间，户部三易尚书。先是嘉靖二年进士、南通州人马坤被罢免，用嘉靖八年进士、山东朝城人江东任之；然后江东调任南京兵部尚书，用嘉靖十四年进士、保定人高燿任之。同时免官的还有刑部尚书郑晓。郑晓免官，多少是因为坚持王忬、郭希颜等人的案子轻判，严嵩不悦，在暗中用力。而马坤免官，江东南调，似乎和任何权势者都没有关系，似乎正常又似乎不正常。于是，朝廷之上都认为今天的户部尚书难任。高燿以督理仓场的侍郎回部，接掌部印。

朝会后，高燿正要回衙门，隐约听到有人招呼“老当家”，回头一看，是户科给事中郑茂。他问：“士元，你唤我？”

郑茂字士元，福建莆田人，嘉靖三十二年进士。

“是。”郑茂应道。

“上面有皇上，中间有阁老，下面又有你等，我当得了什么家？”高燿苦笑着说。

“不能当家，也是财神。”郑茂说。

“叫我财神，我就不必谦让。可你知道不知道，大家都伸手，现在天下最穷的就是财神？”高燿仍是一脸苦相。

“大家都伸手，你不会抠得紧一点儿吗？”郑茂道。

“士元这话是什么意思？”高燿警觉起来。

“子潛先生，”郑茂称呼起高燿的字，表示下面的话是认真的了，“蓟镇这次伸手，就不该给他。”

王忬下狱后，严嵩想打发杨博接任。皇帝再三斟酌，还是让杨博回朝掌兵部，而起用许论总督蓟、辽军务。郑茂所谓蓟镇伸手，指的是许论最近上疏，向朝廷要钱。

“士元是说，一文不给？”高燿问。

“对，一文不给，”郑茂态度坚定，“给一文，就要给一两，给一两，就要给千两万两十万两，子滔先生怎么收场！”

“可秋防在即，若因缺饷守不住边，谁负其责？”高燿道。

“话不能这般说，”郑茂驳道，“各边粮饷有旧额，如今已年年加番，而增加最多的，恰恰又是蓟、辽各镇，如密云，嘉靖三十六年边饷为八九万，今年已增至三十四万；如昌平，嘉靖三十六年边饷为三五万，今年已增至十四万，子滔先生看，还能说缺饷吗？守不住边，子滔先生，应由谁负其责？再者，嘉靖三十六年的边饷用来应付全年，今年的边饷却只应付春防，秋防岂不要加倍？子滔先生看，手伸得这样长，嘴张得这样大，举全国财力，够不够应付的？”

“士元的话，不无道理，可是，唉！”高燿痛苦地叹口气，说，“只好大家一起来想办法。”

与郑茂分手后，高燿一直在琢磨：是因为缺饷而守不住边，更让他忧心；还是举全国财力应付不了北边之需，更让他忧心。反正，这两种情况中的任何一种，都足以压垮一个当不了家的户部尚书，或者压垮当得了家的一个阁老，甚至压垮一个真正当得了家的至尊天子，压垮一个国家。他不敢再想下去，试图以左顾右盼分散自己的注意力。出东华门，看到杨博走在前面不远处，他叫声：“唯约先生！”

杨博没有停下，仍然往前走，于是，高燿知道，心事重重的不止他，不止郑茂，这位被人称道的大司马也是心事重重。

“唯约先生。”他又叫一声。

杨博这次听到，转过身来，看他一眼，问：“子滔先生唤我？”

“是，”高燿应道，又甚感奇怪地说，“方才唯约先生在我后面，怎么不知不觉地走到我前面？”

“是啊，子滔先生应该在我前面呀。”杨博也说。

两个人几乎同时找到原因，几乎同声说出。

杨博说的是：对，子滔先生在和士元议事。

高燿说的是：对，我在和士元说话。

“唯约先生见我和士元说话，转眼就忘，是有心事吧？”高燿道。

“子滔先生和士元先生议事，自己转眼就忘，难道就没有心事吗？”杨博反诘道。

二人大笑，暂时忘记自己的心事。但笑过以后，你看看我，我看看你，又是满腹心事的样子。

“子湣先生，方才在与士元议论何事？”杨博打起精神问道。

“蓟镇请增支边饷之事。”高燿说。

“这的确是一件麻烦事，”杨博附和道，又问，“士元有何高见？”

“他说，给一文，就要给一两，给一两，就要给千两万两十万两，所以，一文也不给。”高燿复述道。

“给一文，就要给十万两，这话不错；不过，他没有出任督、抚，不知北边情形，一文也不给，这话太过分。”杨博说。

“依唯约先生之见呢？”高燿问。

“要害不在于朝廷是否支给边饷，而在于边饷如何使用。”杨博说。

“依唯约先生之见，当如何使用？”高燿问。

“与其支饷客兵，不如训练守军及修筑边墙。”杨博说。

“却是为何？”高燿请教。

“譬如密云，今年边饷三十四万，用以支饷客兵，不过抵御虏众一年，若修筑边墙，至少可抵御虏众十载。”杨博举一例。

“高明之至，”高燿赞道，见杨博再无话，他说，“不过，士元议的是蓟、辽，唯约先生的心思恐怕不在蓟、辽。”

“何以见得？”杨博问。

“唯约先生的话脱口而出，可见早已谋划妥当，说不定总督蓟、辽之日就谋划妥当。可我方才招呼，唯约先生却没有听见，可见有重大心思。以此推之，唯约先生的心思不在蓟、辽。”

“高明之至。”杨博回敬一句。

“唯约先生的心思在哪一处呢？”高燿问。

“今任大司马者，心思不在蓟、辽，则在宣、大。”杨博说。

“那么，唯约先生的心思在宣、大？”高燿问。

杨博郑重地点了点头。

“可数万虏众确实从古北口拥入呀！”高燿说。

“子湣先生说的是前几日的讯息，今日得报，三十万虏众已从白羊口出，过怀来、保安，欲犯宣府。”杨博说。

“三十万虏众！”高燿惊问，“可信吗？”

“今日之事，宁信其有，”杨博说，“虏酋传檄各部，会集十数万数十万众，以前不是也有过吗？”

“如此说来，唯约先生的心思在京师的防卫？”高燿问。

杨博微微摇头。

“唯约先生不担心京师的防卫？”这同样让高燿吃惊。数十万虏众拥至宣府，直接威胁京师，肯定举朝不安，大司马怎能不担心！

“宣府镇帅赵国忠率师内撤，以拱卫京师，此举虽然使宣府成为一座空城，但足以阻止虏众犯我京师，可谓得失参半。”杨博说。

“那么，唯约先生是担心宣府的防卫？”高燿问。

“虏众志不在得城，不会下死力攻之，故亦不必担心宣府。”杨博说。

“唯约先生不担心京师，也不担心宣府，究竟担心哪里？”高燿问得不耐烦，干脆让他自己说。

“子漕先生这话不全对，所谓不担心，不过不甚担心而已，并非全不担心。再者，虽不甚担心，我的心思仍在宣府。现有两个极佳的歼敌时机，估计一个也不能实现，不由扼腕叹息。”杨博真的叹起气来。

“有两个歼敌时机？”高燿没想到，杨博的心思不在防卫而在攻取。

“不错，两个。”杨博肯定地说。

“愿闻其详。”高燿揖道。

“好，”杨博正想和人说说自己的想法，“虏众自白羊口入，必驻扎在宣府西门外。彼等长途跋涉，必疲惫；又在宣府四郊肆意劫掠，而未遇官军，必懈怠。此时若城里有一支官军在黑夜里摸出，袭劫其寨，真乃天兵也，必获全胜，”杨博娓娓道来。

“这是唯约先生说的第一个时机？”见杨博点头，高燿道，“请唯约先生再说第二个时机。”

“虏众饱掠后，必由野狐岭退去。该处道路在两山间，山势峭立，路亦曲折狭细，数十万虏众须得两日方可到达平野。此时若官军以数营尾之，堵其南，以数营邀之，堵其北，必使只骑不得返也。”杨博说。

“看来，第二个时机比第一个时机更为有利。”高燿道。

“子漕先生所言不差，只可惜两个时机都把握不住。”杨博说。

“却是为何？”高燿不等杨博回答，又说，“我虽不知兵，却知第一个时机用天时，第二个时机用地利，难道督、抚、镇帅反而不知？”

“不是不知，却因四个字，便失天时，失地利。”杨博说。

“请教唯约先生，是哪四个字？”高燿问。

“因循苟且，”杨博说，“历来将帅，皆以守城守地为功，谁能想到劫营于城外、截堵于山野？谁敢想到劫营于城外、截堵于山野？”

“惟约先生既想到，兵部不能传檄边镇吗？”高燿道。

“兵部传檄？”杨博想，不管高燿是不是好的户部尚书，他肯定成不了好的兵部尚书，“子溍先生请想，兵部得知虏众自白羊口窜入时，宣府四周或已饱遭蹂躏；兵部得知虏众驻扎宣府城外时，虏众或已接近野狐岭；兵部得知虏众取道野狐岭时，虏众或早已扬长而去。兵部如何传檄？再者，将在外君命有所不受，更何况兵部传檄！”

“照唯约先生这么说，只能徒唤奈何了？”高燿也扼腕叹息。

“那也未必，”杨博说，“如果运筹帷幄，占住先机，将帅又肯于用命，未必不能制敌。子溍先生稍待数日，说不定会有捷报传至。”

听他的口气，看他的表情，不像无的放矢。但高燿知道，事关军机，还是不要详问的好。

第五百九十四章

山西行都指挥使司所辖各卫的治地和国初对照，多有变更。如在大同西北约二百里处的一座卫城，国初是定边卫的治所。永乐元年定边卫徙治顺天府通州，城池遂空。永乐七年，大同右卫迁至该城；约四十年后，在正统十四年，玉林卫又徙至，和大同右卫同城。

今人很少知道，祖宗时，为什么以二卫同守此城，今人看得到的是，顺着源于卫城东北的兔儿川而下，是早已废弃、如今被降于俺答的汉人们整治得繁华无比的丰州城。今人也很少知道丰州这个旧名，只知道它现在的称号是板升。于是，有人会想：以两个卫守该城，进可以攻，退可以守，是正确的，是英明的。

七月初，一支官军出卫城，顺兔儿川而下。官军的主帅是大同总兵官刘汉，辖有游击将军胡镇等人。

行至河川岔路口，刘汉问向导："这是什么地方？"

"回帅爷话，此处名河坊口。"向导说。

刘汉指着一条岔路问："此路通向何处？"

"通向板升。"向导说。

"通向丰州。"刘汉纠正道。

"帅爷说的对，是通向丰州。"向导应道。

"那一条路呢？"刘汉指着另一条路问。

"回帅爷话，它通向宣府。"向导说。

刘汉点了点头，转身对一名心腹将领说："这里须埋伏一军。"

"大人看留谁？"那名心腹将领问。

刘汉想了想，说："请胡将军来见我。"

率部押后的胡镇不多时赶上前来，参见刘汉。

"老胡，你部有多少人？"刘汉问。

"一千五百人。"胡镇回答。

“我再拨与你一千五百人。”刘汉说。

“大人有何差遣？”胡镇问。

“守在此处。”刘汉简短地吩咐。

“末将愿随大帅攻打板升。”胡镇请命。

“是攻打丰州。”刘汉不愿任何人使用“板升”这个不规范的地名。

“大帅说的对，末将愿随大帅攻打丰州。”胡镇说。

“你决意攻打丰州，是欲取头功吗？”刘汉问。

“大丈夫立世，不该争取头功吗？”胡镇反问。

“争取头功是不错的，可先要知道何谓头功。”刘汉道，“本镇奉督、抚之命，及大司马杨公密札，直捣丰州贼穴。攻打丰州，无疑是第一要务。可是杨公在密札里交代，虏众倾巢而出，丰州是座半空的城，攻下丰州不是件难事，难的是全师而归。河坊口乃宣、大通往丰州的必经之路，也是宣、大通往河套的必经之路。我袭丰州，虏众无论从河套来援，还是从宣、大来援，都要经过这里。若丰州之虏守在前，驰援之虏击在后，则我危矣。故于河坊口阻截援虏，虽然不一定是头功，却也是重中之重。老胡，你办事稳妥，你守河坊口，我才放心。”

“好，我就为大帅守住河坊口。”胡镇不再争。

“除拨与你一千五百人马，我再送你一句话：虏以小部援则歼之，以大部援则拒之。”刘汉说。

“何谓小部，何谓大部，请大帅明示。”胡镇道。

“一两千人为小部，一两万人为大部。”刘汉笼而统之地说。

“若三五千人呢？”胡镇问。

“当歼当拒，你自决之。”刘汉说。大部小部相差悬殊，他其实是有意留给胡镇自决的机会。

“是。”胡镇应道。

丰州四合不下三百里，崇山环绕，水美草深，数千顷垦田收获已毕。这两年来，俺答率部，活动在河套以西，谋主丘富自然随大军而去，留下守板升的，是身有残疾、行动不便的赵全，和千余部众。部众中大约三分之一是流窜河套的汉人，三分之二是鞑靼人。鞑靼人不耐暑热，夏季将帐篷搭在城外大青山脚下居住。此时虽已立秋，但暑气未尽消，守城的鞑靼人仍没有搬迁回城。刘汉说丰州是一座半空的城，只说对一半。实则，丰州现在是一座大半空了的城。因此，刘汉率部，几乎不费什么气力，就攻进城里。守城的汉人，多为谋生而入河套，并不想与朝廷为敌，一见官军，虚晃几枪后，马上投降。

据他等说，丰州城唯一的大首领赵全躲去城外的墩堡里。

“大帅，我去擒拿他。”参将麻禄请命。

“据说，贼人里这个赵全最有心计，你要当心。”刘汉叮嘱。

“还说他是个废人呢，我一个四肢康健的人怕他不成！”麻禄道。

出了城，麻禄就发现，擒拿赵全不是那么容易。在山腰间，不知墩堡有多少座，不知哪座墩堡里有人；而且地势险恶，易守难攻，即便知道赵全在那座墩堡，也得使尽全力，才攻得进去。

麻禄率所部一座一座墩堡搜过去，登进两座没有设防的墩堡，攻进一座有虏众防守的墩堡，在进攻第二座有虏众防守的墩堡时，他在石缝间跌倒受伤，被两名军士架下山来。

刘汉见他模样，已知搜索不果，便命道：“放火！”

“大帅，放火作甚？”麻禄忙问。

“焚城。”刘汉说。

“焚城？”麻禄看着构建整齐、有如宫室的街区，道，“屋舍连栋，粮仓充楹，烧了岂不可惜？”

“丰州即便攻得下来，守得住吗？粮草即便搬得出来，运得走吗？贼穴贼资，不烧怎的！”刘汉对左右命道，“点火！”

刹那间，被朝廷废弃、又被流窜汉人建起的丰州城里火光冲天。刘汉命各部在城外守住四面，其用意是阻止虏众入城灭火。等城里烧成一片废墟，他才整理官军，沿原路退回。

胡镇仍守在河坊口。相隔不过两日，安详的气氛没有了，代之以荒凉；静谧的景象消失了，代之以血腥。不远处横躺竖卧的人尸、马尸，有官军的，也有虏部的；射入一棵孤独大树的箭枝，插在河滩上的刀枪，还在晃动呜呜。一眼望去，便知这里发生过一场战事。

胡镇迎上来，大声吼着：“大帅料的对，大司马料得对，果有虏贼从那里来，妄图救援板升。”他指的是通往宣府的方向，说完又改口，“妄图救援丰州。”

“丰州只有其名，不再有城，板升连名字也存不下来。”刘汉道。谁都不曾料到，此役统帅的口气里，竟带有几分伤感。

众人下马，刘汉问起河坊口的战事。

“虏贼是从宣府退下来的。”胡镇先作说明。

“从那条路上来，自然是从宣府退下来的。”刘汉说。

“我问过俘虏，说他们的首领叫什么卤把都儿。”胡镇道。

“不错，虏军中有这样一号人物，听说是一员骁将。”刘汉说。

“也不过如此，”胡镇道。他忽而一笑，“其部不多也不少，大约四五千人，于是我便自决。”

“胡兄，何谓自决？”麻禄问。

刘汉笑着说了自己的叮嘱后，问道：“老胡，你如何自决的？”

“半歼半拒呀，”胡镇笑着说，“歼之有限，拒之却是实实在在的。”

“半歼半拒之后呢？”麻禄问。

“这个卤把都儿真有些难缠，若不是见丰州方向火起，恐怕还有一场大厮杀。”胡镇才说过此人不过如此，现在也不得不承认他的骁勇。

“见丰州火起，他慌了？”麻禄问。

“岂止慌了，跑他娘的了！”胡镇道。

众人大笑。一直被鞑靼部众的侵扰弄得筋疲力尽、穷于应付的官军将领，难得有机会如此开怀。

等笑够，刘汉说：“我等至此仍不能算全师而退，到得右卫前，定会遇虏贼袭击。我还是那句话：遇大部虏贼拒之，遇小部虏贼歼之。”

“谨遵钧令。”众将应道。

第五百九十五章

兵部好像今年交上好运，先是左侍郎江东升任南京兵部尚书，接着右侍郎闵熙转左不久，升任刑部尚书。各部侍郎升南京该部尚书，未必是好事，只有兵部侍郎升南京兵尚书，是着着实实的升迁，因为南京兵部尚书参赞机务，不是闲职。左、右侍郎都走，一时又没有添补，于是，协理戎政的兵部左侍郎李遂回部理事。

李遂因平息南京振武营变乱有功，召任协理戎政的兵部右侍郎，很快转左。当临怀侯李庭竹、南京户部尚书蔡克廉、南京兵部尚书张鏊、前南京户部尚书马坤，还有应天巡抚翁大立，一一被劾免之际，李遂脱颖而出，调到兵部，这也是兵部交上好运的征兆。

“邦良先生，小饮两盅如何？”杨博相邀道。

“为捣毁板升？”李遂问。

“是啊，此役歼贼虽不多，小饮两盅还是值得的。”杨博说。

宣、大报捷后，刘汉升都督佥事。杨博去年底晋少保，不会再有额外的赏赐；李遂作为佐卿，也不会有什么恩赏。这件事算是了结，兵部堂官若想有所表示，只有自己饮酒。

“好，”李遂应允，又说，“唯约先生选个地方吧。”

“去我那里，累你；去你那里，累我。不如就在衙门里。”杨博说。

衙门里好酒是有的，想找好菜，却难。好在只是小饮两盅，要的是一种心情，李遂无可无不可。

杨博取出一坛御酿，差人去街上买几样下酒的荤菜，两个人谁也不让谁，要饮时自己斟，要吃时上手就抓。

几盅酒下肚，话多起来，从捣毁板升说到宣、大，从山西说到河南，从边镇说到腹里。

“章懋实先生新近上一道奏本，邦良先生读过没有？”杨博问。

“是经略中原的奏本吗？”李遂看来是读过。

“正是，”杨博道，“他疏里用经略二字，可谓大气。”

“是啊，他已两易职任，可还惦念着河南的局面，着实可敬，”李遂说着，口气一转，“可也有人说，他不务正业。若有心经略中原，巡抚河南时岂不是大好时机？那时不思进取。等到南京，却来显示雄才大略。我听说，南京科、道有人要弹劾他迂慢呢。”

章焕字懋实，南直隶长洲人，嘉靖十七年进士。他曾任河南巡抚，去年四月改漕运总督，今年四月又以副都御史提督南京粮储。

“又是不思进取，又是雄才大略，邦良先生，你这两句话太刻薄。要不是约定小酌，一定要重重罚你。”杨博说。

“不必唯约先生罚，我自罚吧。”李遂连饮三盅，然后问道，“唯约先生看，他的经略大计如何？”

“若不用经略二字，他就不会遭雄才大略之讥。至于所言八策，增屯田、收寇枭、修城池、察险隘、时巡历、选良吏、处宗藩、议黄河云云，皆为弊端；而所云中原之患，妖民盗贼，今合为一途，则切中要害，”杨博对章焕的奏疏作一概括的论述后，加上一句，“徐相对我说，妖民、盗贼合为一途，最是可怕。”

“还有乱卒。”李遂又加上一句。

“不错，对于乱卒，邦良先生有切肤之痛，”杨博说着，问道，“我听说，南京振武营的二十五名为首倡乱者，邦良先生是一个一个摸底、追踪、捕捉的，可有此事？”

“一个一个摸底、追踪、捕捉，这话不假；我主持其事，也是实情。但我没有亲自摸底、追踪、捕捉，”李遂说着，一笑。“我还没有糊涂到自降身份，干起捕头们的勾当。”

杨博随他一笑，意思是：这还用说吗？又道：“我还听说，刑部议复，只论三人死罪。邦良先生当时还在南京，愤怒之极，把刑部的大小官员们骂个遍，可有此事？”

李遂点了点头，说：“对刑部的大小官员，岂止愤怒之极，我当时恨不得将他等一个一个参劾，让朝廷将他等一个一个治罪。他等笔下留情时怎么就不想一想，有这个榜样，骄兵悍卒自此益发不可收拾。将帅不敢管教，朝廷不能约束，刑部再想杀人，也无济于事。”

“邦良所言甚是，可为什么不见你上疏争之，也不见你参劾一人？是因为窒甫先生德高望重，还是另有什么隐情？”那时的刑部尚书还是郑晓，所以杨博这样问。

“法司议定，阁老没有异议，皇上恩准，我一个南京的佐贰，拼命去争，又能争出什么结果？再者，参劾大臣是言官的事。南京大臣因振武营之变，颜面尽失，我也不知道自己会被怎样处分，哪里还有心思参劾别人？”这都是李遂感到委屈的，但说过之后，他忽然诡秘地一笑，说，“不过，既不争辩，也不参劾，是因为我有更好的法子。”

“什么法子？”杨博问。

“军中一人暴卒，或一人因械斗而死，不会引起多少猜测。二十二人一个一个死去，军中也就安定。”李遂说。

“是你使人杀之？”杨博惊诧地问。

李遂不作任何表示，无疑是承认。

“那二十二人都死？”杨博又问。

李遂仍然没有表示。

“我原想为邦良先生更好的法子敬一盅酒，现在却不欲敬。”杨博说。

“敬酒不敢当，可我想知道唯约先生为何不欲敬？”李遂道。

“法外施法，恐非善事。”杨博说。

李遂原本多少有些得意，听这话，才发觉自己想得太简单。

杨博又说：“非常之变，须得使用非常之法。邦良先生行非常之法，为的是求安定，果然也得到安定，这是可喜可贺的。其他的事，就不必多想，也不必多言。”

李遂知道他是好意，应道：“谨遵台教。”

第五百九十六章

在西苑当值的司礼监少监桂琦想走近又不敢迈腿，想说话又不敢开口，一看他的样子，皇帝就知道出事，而且一定是让自己烦心的事。近来喜事有，如前几日，浙、直总督胡宗宪进献两只白龟，五百枝灵芝，创下一个纪录。但说起来，还是烦心的事多。如一夏无雨。一入秋，皇帝在西苑设坛，一连几天亲自祷祀，好不容易盼来云盼来风盼来雨，可地皮还没有沾湿，又是晴空万里。再往前说，宫女不断死去，而且都是他以前幸御过的女子，真不知何方神圣作怪。

所谓债多不愁，再知道一两件烦心的事，心情也坏不到哪里去。

“过来吧。”皇帝命道。

桂琦两腿哆嗦着向前走几步。

“说吧。”皇帝命道。

“爷，死了。”桂琦哆嗦着说了三个字。

幸亏前一个字和两个字之间有足够的间隙，不然，他死定。即便如此，皇帝也皱起眉头：这个桂琦，不会办事，更不会说话，是怎么进的司礼监，又是怎么进的西苑!

“谁死了？”皇帝问。

“回爷的话，是浙江进的白鹿。”桂琦道。

皇帝也不由得一哆嗦，心想，自己真的有了灵气，不然，怎么方才只想到白龟，没想到白鹿，恰巧白鹿就死呢?

“是第一只还是第二只？”他问。

“第二只。”桂琦回奏。

“看看去。”皇帝说着，向圈养麋鹿的地方走去。慌得近侍们分成两拨，一拨紧随在皇帝之后，一拨张罗着准备辇舆。辇舆备好，皇帝已站在死去的白鹿边上。

死去的白鹿平静地躺在那里，一身的皮毛显得比平日还要洁白。活着的白鹿在另一端，不时昂起头来鸣叫，好像在哀悼同伴。

“胡卿进白鹿时所上奏表呢？找出来，朕要读一读。”皇帝吩咐。

“奴才这就去找。”桂琦应道。

不多时，他携带奏表回来。皇帝接过，读过第一句“臣谨按图牒，再纪道诠”，便说：“不是这一本。”

桂琦忙说：“爷，另一本奴才也带来。”

这本不会错，皇帝站在死去的白鹿前，从头到尾阅读一遍。

窃唯白鹿之出，端为圣寿之征，已于前次进奏之词，概述上代祯祥之验。然黄帝起而御世，王母乘以献环，不过一至于廷，遂光千古之册。岂有间岁未周，后先迭至，应时而出，牝牡俱纯，或从海岛之崇林，或自神栖之福地，若斯之异，不约而同如今日者哉！兹盖恭遇皇上，德函三极，道摄万灵。斋戒以似神明，于穆而孚穹昊，眷言洞府，远在齐云。聿新玄帝之瑶宫，甫增壮观；遂现素麑于宝地，默示长生。雌知守而雄自来，海既输而山亦应，使因缘少有出于人力，则偶合安能如此天然。且两获嘉符，并臣分境。皤然攸伏，银联白马之辉；及此有挺，玉映珊瑚之茁。天所申眷，斯意甚明，臣亦再逢，其荣匪细。岂敢顾恤他论，隐匿不闻。是用荐登禁林，并昭上瑞。双行挟辇，峙仙人冰雪之姿；交息凝神，护圣主灵长之体。

奇哉斯文！妙哉斯文！和上一篇奏表一样，初阅这一篇奏表时，也给皇帝带来了无限喜悦。上一篇的“乃知麋鹿之群，别有神仙之品”“自兹以后，其寿无疆”，这一篇的“窃唯白鹿之出，端为圣寿之征”，是皇帝最愿意听到、也最为相信的赞词。上一篇的“必有明圣之君，躬修玄默之道”，这一篇的“德函三极，道摄万灵”，是皇帝最愿意听到也最为相信的颂歌。皇帝知道，督、抚们都有一帮出谋划策、舞文弄墨的幕僚，如果这两篇奏表是胡宗宪自己写的，那真应该把他安置在翰苑，而不是让他在外征战。

皇帝的目光又落在“银联白马之辉”“玉映珊瑚之茁”这两句上。对，应该在西苑找一块地方，安葬此白鹿。土冢上立一块石碑，碑文就用奏表上的这句话：白马之辉。这可以和用在死去的御猫身上的“化狮为龙”相媲美。

为什么会想到白鹿的碑文呢？因为白鹿死了。白鹿怎么会死呢？它不是“圣寿之征”吗？皇帝的心忽然一动：作为“圣寿之征”的白鹿死了，这个“圣寿之征”还作数吗？

想到这里，皇帝已经不再是为白鹿悲哀。

也许，“圣寿之征”的使命完成，白鹿就该回归仙所。天降灵物，本来就应该不耐尘俗。

也许，白鹿不仅是“圣寿之征”，向世人宣示圣寿，而且还为了从皇帝身边带走一位仙人回顾归仙班。

对，皇帝更相信，白鹿要带走一个人，但不是带走他。

他命桂琦去外廷询问，近日内在朝的在外的在野的大臣，有没有人发生意外，有没有人病逝。

不多时，桂琦回奏，才得应天巡抚和应天府尹啨报：前太子太保、礼部尚书顾可学于八月三十日病死在无锡家中。

如何，可不是一仙人弃朕而去？皇帝想。

又一想，不对。顾可学正途出身，官至一品，虽然也炼丹药，但对世俗之事过于热衷，别说比不上陶仲文，恐怕连盛端明、朱隆禧辈也比不上，在仙班里不会有他的位置，更不会有白鹿来负他而去。

一想到陶仲文，皇帝立刻知道症结所在。白鹿之死并没有让他过分哀痛，并没有让他过分惊吓，却让他十分不安，就因为对陶仲文的惦念。陶师乞请还山时，不仅衰老，而且多病。离京前，他献上皇帝历年所赐蟒玉、金宝、法冠、白金等，以示尘缘了断。现在，三年过去，他还安好吗？还能为朕祷祀吗？

如果白鹿降于尘世，是为负一仙人归于仙班，这个仙人应该是陶仲文，只能是陶仲文。

皇帝传谕锦衣卫，立即差官赴湖广陶仲文处存问。

第五百九十七章

严世蕃入西苑给父亲请安，见面就说：“大人怎么面有喜色？”

“岂止我面有喜色，东楼不见朝中人人面有喜色？”严嵩道。

“人人皆可面有喜色，独大人不可面有喜色。”严世蕃说。

“为何？”严嵩问。

“人人面有喜色，无非因为他等盼望多年，今日终于盼到景王就藩了。”严世蕃说。

裕王载垕、景王载圳和庄敬太子载壡同日而封。那时太子名分已定，三王并封还不觉得有什么不妥。庄敬太子薨，不再册立太子，两王并存的局面维持十余年，越来越成为臣子们的一块心病。特别这些年来，皇帝不再和二王相见，更使得臣子们不安。但鉴于言建储者皆获罪，谁也不敢公开议论。大家只有一个心思：位于德安的景王府邸早已建成，但愿皇帝有一天会想起此事。嘉靖三十九年十月初十日，皇帝果然想起来，传谕旨：景王邸成已数年，当令之国。

此谕一下，如严嵩所言，人人面有喜色。

“人人都盼景王之国，难道我不盼？”严嵩道。

“大人也盼，但大人不该盼。”严世蕃说。

“为何？”严嵩问。

“自然因为皇上其实并没有令景王之国的意思。”严世蕃说。

严嵩一怔，怎么想也觉得不会是这样。他说：“东楼，恐怕你错。”

“有好几次，大人都道，恐怕我错，结果如何？”严世蕃问。

凡是父子二人想法不一样时，后来都证明严世蕃是对的。

“这次不同，”严嵩说，“谕旨晨降，午时吏部请选官僚，兵部请选护卫，申时皇上照准。君臣同心，无过此事。”

“但最后一关还没有过。”严世蕃道。

“东楼说的是哪一关？”严嵩问。

“礼部尚未上仪注。”严世蕃说。

“你是说，仪注一上，皇上就要反悔？”严嵩很不以为然地问。

“皇上会不会反悔，我不知道；但皇上传谕景王之国，以及照准吏部、兵部之请，一定是在试探舆情。”严世蕃则对自己的想法很有信心。

“何以见得？”严嵩问。

“前些日子，皇上不知什么缘由，急如星火地差锦衣卫官员去万玉山，大人还记得这件事吧？”严世蕃道。

陶仲文是黄冈人，万玉山在罗田，二县均属湖广黄州府。陶仲文最初修炼，是在万玉山拜的师傅。

“我知道，那是为了恤问秉一真人。怎么，此事难道和景王之国有牵连？”严嵩很难把这两件事联系在一起。

“大人莫急，且听我说，”严世蕃让父亲听他说，但说前先问，“陶师归去三年，皇上为何还要存问？”

“不忘旧人，乃圣德之一。”严嵩说。

“对远人如此，对身边的人呢？”严世蕃问。

严嵩似乎有些醒悟，道：“东楼是说——”

“大人不妨想一想，最初册封的九嫔，而今留在皇上身边的，还有几人？”严世蕃说。

最初册封九嫔大约在二十年前。二十年来，严嵩一直在礼部、南京礼部，内阁、西苑办事，按说，对九嫔的去存应该是很清楚的。不过，一来，他年龄太大，该记着的事情也会忘得干干净净；二来，后来册为皇后的方氏的去世，以及贵妃阎氏、王氏、杜氏等的去世，还能记得，其他没有作过后、妃的各嫔，还在不在，或者他等何时去世，他真说不上来。说得上来的是，册为妃子的卢氏还在，并且时常侍奉皇上寝息。而卢氏正是景王的生母。

“东楼是说，皇上因卢妃之故，不欲景王之国？”严嵩问。

严世蕃说：“首先，卢妃肯定不欲景王之国。虽然皇上圣明，从不为后宫左右，但卢妃得侍皇上，有时说上一句话，可抵臣子十句百句话。不然，景王留在京师，也是住在外邸，和就藩有什么区别？”

和往常一样，父子的想法有分歧，总是儿子说服父亲。严嵩开始觉得，这次又是严世蕃说对，皇上并不愿景王之国。

“东楼的意思，我该进言，请留景王？”他问。

谁知严世蕃却说："万万不可。"

一会儿云里，一会儿雾里，严嵩被弄糊涂。他问："东楼又说皇上不想景王之国，又说我不可请留景王，怎么回事？"

"皇上不想景王之国，我料定不会错；可满朝官员无不盼望景王之国，值此皇上传谕之际，无不面有喜色，大人若请留景王，岂不成众矢之的？"严世蕃道。

"那么——"严嵩眼盯严世蕃，等他的答案。

"我说过，景王之国，尚有一关未过。"严世蕃道。

"东楼的意思，是让吴曰静请留景王？"严嵩又有所悟。

严世蕃点了点头，说："大人授意，礼书出面。知道大人授意的是皇上，皇上若感戴，将感戴大人的帮衬；看到礼书出面的是众人，众人若怨恨，将怨恨礼书的大不韪。"

"十全十美，堪称佳策，但不知他会不会出面请留。"严嵩思忖道。

"既曰佳策，大人何不试一试？"严世蕃道。

吴山应约而来。他以为严嵩一定在坐等，所以走得匆匆忙忙，动静很大；等看到严嵩在闭目养神，想收敛脚步，已经迟了。在严嵩揉眼之际，他略显不安地问："介翁召唤，有何吩咐？"

"曰静来了，坐。"严嵩边招呼，边打哈欠，"曰静一定奇怪，我才差人去请你，怎么打起盹来？实不相瞒，曰静再迟些来，我大概都会忘记差人约请一事。这可是实实在在的老朽。"

"介翁言重了，在介翁这样高龄，还能像介翁这样办事，已然是旷古少有的奇迹。"吴山安慰他。

"曰静会说话，也一定会办事。"严嵩说。

吴山屁股已经快挨到椅子上，听了这话，马上又站起来。他问："介翁在说我不会办事吧？"

"曰静说到哪里去！"严嵩又让，"来，坐。"等吴山坐定，他问，"景王之国一事，礼部盘算过吗？"

"我和袁懋中、严敏卿两位议过。"吴山说。他说的两位，指礼部左侍郎袁炜和右侍郎严讷。

"是如何议的？"严嵩追问一句。

"无非是参照前例，速拟仪注。"吴山说。

“怎么，仪注还要速拟？”严嵩道。

“吏部、兵部动作在先，礼部不可不速。”吴山说。

严嵩大摇其头，显得有些夸张。

“介翁的意思，礼部落在后面，是因为我不会办事？”吴山问。

“非也，礼部这次落在后面，是件大好的事。”严嵩说。

吴山一揖，道：“恕我驽劣，不解高深。”

“这并不难解呀，”严嵩说，“皇上并不想景王之国，你这厢速拟仪注，不是迫皇上做违心的事吗？”

“皇上不想景王之国？怎么可能呢！”吴山道。

“我开始也没有想到这一层，经东楼开导，方如梦初醒。曰静是聪明人，就用不着我来开导吧？”严嵩道。

“东楼判定皇上不欲景王之国？”吴山问。

“是啊，”严嵩道，“曰静信不过老朽，还信不过东楼吗？”

“我信得过东楼，更信得过介翁，”吴山说，又问，“东楼的意思，礼部不必拟上仪注，而应奏留景王？”

“是东楼的意思，也是我的意思。我看不必兴师动众，由礼部奏留景王，曰静一人上疏即可，”严嵩说着，加上一句很有分量的话，“曰静，这可是为皇上分忧解难的机会呀。”

吴山端坐不语。

“曰静还犹豫什么？”严嵩问。

吴山根本不是犹豫，而是不赞成。他问：“即便皇上不欲景王之国，按照祖宗立下的制度，景王当不当之国？为社稷计，景王当不当之国？”

“那还用说。”严嵩含糊其词。

“群臣盼望景王之国，盼望多久，介翁不会不知道吧？介翁敢说自己从来没有盼望过景王之国吗？”吴山道。

“这个，这个，”严嵩支吾两声，说，“我当然是从众议的。”

“以介翁的声望、地位，尚且要从众议；区区在下，怎敢冒天下之大不韪！此事碍难从命，”吴山说着，起身往外走，边走边说，“介翁没有其他的事，我就回去速拟仪注。”

严嵩不好阻拦，随他走两步，无望地说了句：“曰静，还请三思。”

天色微明，吴山从值庐出来，伸了伸腰腿，练起自创的一套拳法。刚一收式，听到边上有人叫好。抬头一看，是司礼太监黄锦。皇帝有事找礼部，一般都是差遣黄锦，所以，他二人不仅熟识，而且私交很好。

“不好，原本想传与儿孙的拳法，不意被偷儿盗去。”吴山笑道。

黄锦也笑起来：“我观你这套拳法，十成中有七成，是我健身时使用的，不知何时却被你盗来。”

“别说是七成，便是九成，我整出套路来，也是我的，”吴山说着，问道，“黄公公是路过，还是来找我？”

“原来是路过，后来是找你。”黄锦说。

“找我何事？”吴山忙问。

黄锦以问作答：“曰静先生昨夜当值，是不是请两位少司成来作陪？”

“怎么，黄公公见到他二人？”吴山问。

“岂止见到，而且发许多感慨。”黄锦说。

“他二位使得你有感慨？还有许多？我不懂。”吴山道。

“不是他二位使得我有感慨，是你曰静先生使得我有感慨，”黄锦说，“我想，做礼部堂上官最难，在你曰静先生手下任佐卿尤其难。他部堂官可以准时离开衙门，回家安享太平；礼部堂官不知为何事，就被羁绊住。他人为礼书，事关礼仪，总是在衙门里和佐卿商议；你曰静先生为礼书，佐卿要巴巴跑到西苑，陪你坐上一夜，在你悠而闲之地打起窃来的拳路时，又巴巴往回赶。难哪！”

“原来为此事，我只有八字奉告：情势紧迫，不得不然。”吴山道。

“何谓不得不然？”黄锦问。

吴山略述昨日午后去见严嵩的经过，然后说：“受教介翁之前，想的是速拟仪注；受教介翁之后，想的则是速速拟仪注。”

“仪注已就？”黄锦问。

“不但拟就，而且我亲自誊录好，已由懋中先生、敏卿先生两位亲自送去通政司。”吴山说。

“已送去？”黄锦一跺脚，“早知懋中先生、敏卿先生匆匆忙忙去办这件事，我就该把他二位拦下来。”

“为何？”吴山问。

“此事还须从长计议，”黄锦凑在他耳边说，“介翁道万岁爷不欲景王之国，这话没有错。你这仪注一上，就没有转圜的余地。”

“黄司礼要拦，恐怕是拦不住的，”吴山说，“昨日我怎样答复介翁，今日我就怎样答复司礼公。好不容易盼到今日，若还留下转圜的余地，那不是为皇上好，那是害了皇上。”

“你呀！”黄锦又跺一跺脚，说，“曰静先生，你的脾性再不改一改，他日得编氓归里，已是幸事。”

第五百九十八章

中书舍人刘芬出了衙门，不想这么早回住处。他在正阳门外的大街小巷闲逛，见街边有一个算命的老者，正在为一商贩模样的人说卦，后面还有几个人等在那里。他心里好奇，信步走过去。

众人见他一身装束，拍手道："老丈总埋怨我等运道平平，显不出你的本领，这下好了，有贵人光顾，你可以扬名。"

刘芬本来只想看热闹，但一个小小的中书被称作贵人，总是高兴的。再者，算命的是个盲人，让盲人算命，总是有趣的。他走上前，道："替他扬名是可以的，但不知道他的卦准不准。"

"准的，准的，这老丈惯会看相。"众人纷纷说。

算命的虽瞪着两眼，但眼珠子一动也不动。刘芬随口说道："瞎子也会看相吗？"

他说话不中听，在中书科是出了名的，在嘉靖三十八年那一科也是出了名的。否则，何至于落到一人在街上闲逛的地步！在中书科，在同年进士里，任谁都可以和他计较；只是知道他性憨，不和他计较。算命的老者想和他计较，但知道他是官人，又不敢计较。他眼睛没有全瞎，还能模模糊糊看出人和物的形状，所以最怕人说他是瞎子，哪怕你称他一声"瞽者"，他心里也舒服些。

"眼虽瞎，却心明如镜。"他回一句。

"当真？那就替我看一看吧。"刘芬说。

"老爷前面这人虽经营小贩，却有大富之相，我替他看过，再替老爷看，如何？"瞽者仍以好言相商。

"替我看相则可，为你扬名则可，等却不能等，"刘芬却说，"上朝要等，下朝要等，在翰林院请诏、敕要等，在内府请用御宝要等，总不能今日相个面，也要我等呵！"

这话听起来很不讲道理，瞽者说："那就不好办，都是小老儿的衣食父母，小老儿总不能巴结一个，怠慢一个。"

于是，一个要走，一个也不留，眼看就要作罢。但京城居民都爱看热闹，岂能放过这个机会！围观者你一句我一句地起哄。

一人说：“老丈好不晓事，你放走十个衣食父母，也不能放过一个衣食老爷呀。”

另一人说：“是啊，今日放走一个老爷，日后还会有老爷照看吗？”

连听说自己有大富之相而飘飘然的小贩也说：“我小本生意，会有什么大富之相，老丈别耽搁看人家正经的大贵之相。”

刘芬嘿嘿一笑，说：“瞎子再推脱，别是怕吧。”

又是一声瞎子，瞽者好不气恼，但绝不流露出来。

“我为老爷看三事，请老爷先说第一事。”他说。

“本人父母。”刘芬出第一题。

“无恙。”瞽者嘴里蹦出两个字。

“本人生死。”刘芬出第二题。

“尚寿。”瞽者嘴里又蹦出两个字。

“本人前程。”刘芬出第三题。

“不好说。”这次，瞽者嘴里蹦出三个字。

刘芬一怔：“怎么，看相还能看出不好说？”

“是，”瞽者应道，“不好说者，变数也。恕小老儿直言，老爷最近官职有变，老爷怕迁何职，就会迁何职。”

“有这事？我怕任王府官，难道会去长史司？”刘芬道。

“老爷若怕去，恐怕必得去。”瞽者说。

“我怕丢官，就会丢官？”刘芬又说。

“迁者，升黜皆在其中，概无例外。”瞽者说。

“好哇，我倒要看看，我这个官是怎么丢的，”刘芬冷笑着说，又问，“瞎子看，我当于何时迁官？”

“老爷方才连一个人都不肯等，迁官就在十日之内吧。”瞽者无疑在说，十日之内，他就要倒霉。

“好，十日之内若无动静，我把你送去兵马司治罪。”刘芬说。

照理说，刘芬为人狂傲，是不会被瞽者的信口雌黄吓住的，可不知怎的，他从早到晚心里都在嘀咕迁官的事，从早到晚都想找人问迁官的事。苦苦憋了两天，第三天，趁着去翰林院的机会，和丁士美谈论起来。

“唉！”谈论前，他重重地叹口气。

“尔芳兄有什么不顺心吗？”丁士美问。

刘芬字尔芳，是保定府人。

“一个天上，一个地下。”他没头没脑地说一句。

“谁在天上，谁在地下？”丁士美问。

“譬如，人人皆谓我憨；其实，邦彦兄之憨，绝不在我之下。可我和邦彦兄，一个在天上，一个在地下。”刘芬说。

丁士美字邦彦，淮安人，嘉靖三十八年那一科的状元，授翰林修撰。

他不知刘芬的叹息由何而发，只能就事论事地说：“翰林院未必是天上，中书房未必是地下。再者，憨有什么不好。我倒愿和尔芳兄同为憨人。”

“长史司也不是地下吗？”刘芬又没头没脑地说一句。

“怎么，尔芳兄要调长史司吗？是哪一府？”丁士美问。

“谁说我要调长史司！”刘芬气势汹汹地质问。

“那尔芳兄的意思——”丁士美问。

“我不过问，长史司是不是地下？”刘芬道。

“人人皆视长史司为畏途，那也不必讳言。”丁士美说。

“我若有仇家，会不会使我调任长史司？”刘芬问。

“若有仇家，说不定会想方设法，将尔芳兄调去长史司，可他未必得逞，”丁士美说着，不无担心地问道，“尔芳兄有仇家吗？”

“邦彦兄看，我有仇家吗？”刘芬反问。

丁士美答不出来，刘芬怀着一肚子心思，怏怏而去。

一见王世懋，刘芬又觉得自己在天上，王世懋在地下了。王世懋受其父王忬牵累，不仅没有一个正式的衙门，连一个试职的衙门都没有。如果说，现在对某一个人来说，长史司即天上，这个人就该是他。

“敬美兄，长史司亦可去。”刘芬悲天悯人地说。

王世懋一怔：“尔芳兄是说，要放我长史司？”遂正色道：“家父生死悬于一发间，莫说放长史司，就是赐以清要，我也不能去。”

刘芬心想，这可不是一个好的谈话对手，嘴上却还得应付：“不，不，可能是我要调去长史司。”

“尔芳兄要调长史司？怎么没听人说起？”这不奇怪，一年半来，王世贞、王世懋兄弟如同在地狱受熬煎，怎会有心思管他人的事！

“还没有发布，难怪敬美兄不知。”刘芬仍在应付。

“弟遭不幸，尔芳兄是知道的。吏部若发布调任消息，恐怕不能去送行，还望尔芳兄见谅。”王世懋虽然心急如焚，仍顾及同年之情。

“世伯的事大，敬美兄千万不要分心，”话是这样说，刘芬心存侥幸，还是想对人说一说，“敬美兄看，我会调任长史司吗？”

王世懋心想：我怎么知道；嘴上却说：“世事难料，人有旦夕祸福。”

“敬美兄以为，调人长史司是祸事？”刘芬问。

“也不能这么说——”王世懋应付着。

刘芬不肯放过，追问：“敬美兄看我是不是满脸晦气？”

“我看尔芳兄精神很好，”王世懋被拉着说这么多话，实在无心再周旋。“有没有调任的事，尔芳兄去吏部或吏科问一问不就知道了。”

一句话提醒刘芬。嘉靖三十八年的进士里，没有人授职吏部，却有人授职吏科。中书科值房和六科值房都在午门外，遥相呼应，与其和丁邦彦、王敬美等不相干的人谈论此事，还不如走去对面的吏科值房，和石拱宸谈论个痛快。

拱宸是山东东明人、吏科给事中石星的字。

给事中要值房，中书舍人也要值房，刘芬去吏科值房，或把石星请到中书科值房，都有不便。也正因为值房，两个人进进出出时相遇的机会就很多。和王世懋相见的第二天，两个人就在承天门下相遇。

“拱宸兄从左首来，我从右首来，这好有一比。”刘芬说。

“是吗？可比作什么？”石星问。

“拱宸兄打从天上来，我打从地下来。”刘芬说。

石星原来想，他的比方即便不是大雅，也该有趣，谁知却如此简简单单、毫无情趣，而且让人听得莫名其妙。

“出门如此，若进门呢？岂不是反过来，变成尔芳兄从天上来，我从地下来？”他取笑道。

“非也，拱宸兄去的是天上，我去的是地下。”刘芬说。

“尔芳兄的意思，六科是天上，中书科是地下？”石星有些听明白。

“拱宸兄敢说不是吗？”刘芬这句话不会得罪人，但下句话一定要得罪人，“拱宸兄和我都是三甲出身，为什么一个在天上，一个在地下？”

石星和刘芬一样，都是三甲进士。士人争名次，除一甲三人，最多再加上二甲第一人，享有殊荣，也被人另眼看待外；其他或在二甲，或在三甲，则不必太看重。石星原来也没有为此懊丧，但刘芬在这里就名次发的议论，实在让他听着不舒服。

“我不是比尔芳兄靠前四十八位吗？”他一本正经、实则戏弄地说。

“靠前四十八位就如此紧要？”刘芬问。

“别人或不要紧，但在尔芳兄和我之间却至关紧要。尔芳兄若比我靠前四十八位，就该尔芳兄在天上，我在地下了。”石星说。

“或如拱宸兄所言，”刘芬泄气，但仍不服气，“拱宸兄比我靠前四十八位，所以在天上；我比拱宸兄靠后四十八位，只得屈居地下。这且不说，却为何一定要把我打入地狱！”

这是石星没有想到的。他问：“谁要把尔芳兄打入地狱？”

“吏部拟调我去长史司，不是要把我打入地狱吗？”刘芬道。

“有这等事？”石星问。

“拱宸兄没有听说？”刘芬反问。

“似有所闻。”石星说。科道官对皇帝可以风闻议事，对同年说一说风闻的事更不在话下。

“我知此事不会假，谁让我多事，去算那一卦！”刘芬自怨自艾，他求助般看着石星，心头忽然升起希望，“拱宸兄能不能驳正吏部之议？”

“有些难。”石星犹犹豫豫地说，愈发显得真实。

“怎么？”刘芬忙问。

“吏科有都给谏一人，左、右给谏各一人，给谏四人。这七个人里，我的位置最后；果如尔芳兄所言，我在天上，也不过在边缘而已。尔芳兄想，我的话能有多少分量？”石星道。

“这却如何是好，还请拱宸兄教我。”刘芬连连作揖。

“尔芳兄为什么一定要亡羊补牢，就不能先事弥合吗？”石星道。

“拱宸兄是说——”刘芬问。

“百官升调皆决于吏部，尔芳兄不好找天官，还不能找大公子吗？”石星道。吏部尚书吴鹏的儿子吴绍，也是嘉靖三十八年进士，同科进士都戏称他大公子。

“对，对，我去找他。”刘芬连声说道。

“通报大公子，同年友好刘芬来访。”刘芬对吴府守门的家人说。

“大人再说一遍。”吴府的家人与其说没听清楚，不如说给刘芬一个机会，让他客气一点儿，譬如作一揖，说个请字。

刘芬没有理会，仍说：“大公子同年友好刘芬来访。”

“等着。”吴府的家人只得也不客气。

他去不多时，翻转回来，说：“公子不在。”

刘芬不相信：“衙门里没有人，同年中又没有聚会，他会去哪里？”

“这我怎知！”吴府的家人眼皮向上一翻，道，“大人要见公子，我只管通报；见得着见不着，是大人的缘分，与我何干！”

刘芬急了：“听你的口气，大公子未必不在家里，他是不想见我？”

“他在不在家里，我不知道；他想不想见你，我更不知道。就算他在家里，却不想见你，不成吗？”吴府的家人不阴不阳、怪声怪气地说。

“不成！”刘芬斩钉截铁地说。

“有何不成？”吴府的家人还要理论。

“他既和我同日进的考场，名字写在同一张榜上，试后拜的同一位老师，我来访他，他就不能不见！”刘芬理愈直而气愈壮。

“那就算作大人来访，公子不在家，也不成吗？”吴府的家人说。

“不成！”刘芬道。

“有何不成？”吴府的家人说。

“什么叫就算他不在家？”刘芬推论，“你说就算他不在家，其实他一定在家；他既然在家，就算他不见我，我也要见他！”

“这也不成，那也不成，我没法子。”吴府的家人见过的官场人物甚多，还没见过像刘芬这样一号人物。

“你没法子了，我却有法子。”刘芬扯开嗓门叫道，“大公子，你别以为沾上一个大字，就高人一头。这个大字的帽子，是众人戴到你头上的，我若振臂号召，众人也会从你头上摘下来；不但摘下来，还要换上一顶帽子。唤你小公子，小进士，小男儿，好不好听！这个小字，也不委屈你，你的学识究竟怎样，他人不知，我等还不知吗？不知是考官看走眼，还是别有缘由，居然把你取在二甲，还名列前茅！”

虽然在指责吴绍，刘芬却不是对着门里，而是对着大街。他越说越气愤，越说越难听，越说声音越大，越说前面聚集的人越多。有人在问答，有人在议论，甚至有人在击掌叫好。

吴府的家人不由害怕，在后面拉扯他，央告道：“好了吧，大人！好了吧，大爷！公子回来，让他去回访，还不成吗？”

“好没有规矩，你放手！”刘芬叱道，才说到兴头上，哪里停得下来，他由吴绍又说到吴鹏，“不识人才，只识钱财；不用人才，只用庸才。位居天官，就不脸红吗？你有舐犊之情，要把儿子安置在好位置，哪怕真把他安置在天上，我也不怪你。像我这样，一千年前，好歹也是竹林七贤里的人物，五百年前，说不定跻身八大家之列，你为什么把我禁锢在地下，还要打入地狱？我入地狱，你好得了吗！”

吴绍那天的确在家，只因不愿见刘芬，惹来一顿羞辱，连累父亲也被羞辱。所以，吴鹏奏闻其事，用“裂冠毁裳，邸外诟詈”这等稍过其实的语句，他不加劝阻；刘芬以辱骂大臣下锦衣卫狱，送法司拟罪，他才出这口恶气。当然，仅辱骂大臣一款，不好定太重的罪，刘芬被削籍，放回乡里。这正应正阳门外瞽者给他算的一卦。

第五百九十九章

十月，彰德城里难得见到瓜。即便某个摊子上有瓜，因价钱惊人，也很少有人问津。这一日，碰巧某个摊子上摆着三个瓜，碰巧两伙人都冲着三个瓜而来。摊主开始还挺高兴，两伙人争着买瓜，瓜价可以越抬越高。后来却发觉，并非如此。

一伙人开口就要买这三个瓜。另一伙人按住三个瓜不放。

一伙人说：咱家主人要吃瓜，轮不到你们吃。

另一伙人说：咱家老爷要吃瓜，轮不到你家主人吃。

前一伙人问：你家老爷是谁？

后一伙人问：你家主人是谁？

说出来，不但两伙人自己吓一跳，卖瓜的也吓一跳。原来前一伙人是赵王府的家奴，后一伙人是本府通判田时雨属下隶卒。

卖瓜的试图调和，两伙人也想平平和和地了结。无奈瓜不是两个，也不是四个，而是三个。两伙人买三个瓜，必有一伙人买去两个，一伙人买去一个。三个瓜被人家买走两个，自己只买得一个，传出去，必被人耻笑，必被主人或老爷责骂，谁也丢不起这个人。调和不成，遂大打出手。瓜果摊子被掀翻，卖瓜的被打伤，两伙人都有几个人被打伤，也都打伤对方数人。

通判管的就是无法无天之徒。田时雨不由分说，把赵王府闹事的家奴抓起来，为首者论充军。

第六代赵王厚煜，好文学，有贤名，故王府常有文学之士造访。其中，留住最久、也最为王爷赏识的，是山东临清人谢臻。谢臻曾与李攀龙、王世贞等结诗社，名噪一时；后来他和李攀龙闹翻，受到王世贞等人排挤，乃远离京师，游于大河南北，名气更大。

在和李攀龙、王世贞结社前，谢臻已是赵府嘉宾；被削名于七子之列后，他久居彰德，日日与王爷盘桓。

这一日，见赵王脸色不好，谢臻问：“王爷何事烦恼？”

“府里俗务，不足亵渎高明。”赵王说。

“我改一句亚圣的话：独烦恼，与人烦恼，孰恼？”谢臻道。

赵王出于礼貌，不得不笑，当然笑得有点儿勉强。

“茂秦先生，和傅郡侯交往多吗？”他问。

郡侯指彰德府太守傅汝砺。他是陕西长安人，嘉靖二十九年进士。

“我受知于王爷，他敬而远之，怎会和我来往？”谢臻道。既曰同烦恼，他总要问一问。“王爷是不是想通融充军之事？”

赵王摇一摇头，说：“茂秦先生知道，我最憎恨恶奴。我早对府里上上下下交代过，得罪官府，我是不会去求情的。他等被发配边方，乃咎由自取，我为什么要去通融？不过，宗人获罪，情形就不同。”停了停，问道，“茂秦先生可知，今日本府有数十名宗人被府衙捕去？”

“王爷说多少宗人被捕去？”谢臻以为自己听错。

“数十人。”赵王重复数字。

“那岂不是，岂不是——”以文学见长的谢臻，竟找不出恰当的词句来表达自己的意思。

“不错，有一两个郡王府的确空无一人。”赵王说。

“捕人的是傅某，还是田某？”谢臻提个自以为重要的问题。

“出面的是田某，却是受傅某的指派。”赵王说。

谢臻知道，这事难办。别说他和傅汝砺无甚交往，即使他们交情不错，傅汝砺既然下令捕去宗人，断然不会轻易放人。

可受赵王这些年的关照，又不能漠不关心。他问：“王爷，官府滥捕，究竟为的什么？”

“还不是宗人前去索禄，”赵王简而言之后，又加上一句，显然不只是索禄这么简单。“田某称宗人殴打府衙官员，可逃脱的宗人称，绝对没有动手。”

“动手了也不要紧，宗人因索禄与官府冲突，近年来有多起，朝廷都是从宽处置的，”谢臻安慰赵王，又自告奋勇，“我虽和傅某没有交往，京师里还有些旧友。要不，我为王爷跑一趟？”

赵王本来也想请他去京城活动，可想了想，改变主意：“算了，官府捕去宗人，如火中取栗，我倒要看一看，傅某、田某如何处置我府的人。茂秦先生，实言相告，我也不是为他等烦恼。”

“那么，王爷究竟为何事烦恼？”谢臻问。

“王府的事，茂秦先生一点儿也没听到？”赵王反问。

听是听到，谢臻却说：“王爷所指何事？要紧的事，我一句也没听到。”

赵王想说，可想了想，又一次改变主意：“茂秦先生既然没有听到，就算了。这不是一件可以与人共烦恼的事。”

谢臻不勉强他，道：“是，有些事只可独烦恼，不可与人烦恼。”

赵王府的后花园里，有一座小楼，是厚煜构造的，取名“思训”。该楼原来只为藏书，他白天在思训楼读书或会友，晚间则去寝宫安歇。不知从哪一年起，他白天在思训楼读书或会友，晚间在思训楼安歇，再也不去寝宫。思训楼只有两名小童侍奉，任何女子不准入内。

那天谢臻陪伴赵王到很晚。送走他后，赵王仍和两名小童住在思训楼。两名小童暗自高兴，因为王爷和谢臻闲谈半天一晚，心情比前些日子好很多，今夜一定睡得安稳。

天亮前，一名小童内急，披件外衣如厕，回来时，蹑手蹑脚走进王爷寝室，想看他睡着还是醒着，若是醒了有什么吩咐。奇怪的是，床上没有人；更奇怪的是，被褥码放整齐。昨夜明明侍候王爷就寝，王爷自己从来也不会做这种事，难道又放女人进来不成？

巡视屋里，见角落里倒下一把高凳。小童习惯性地走过去扶凳子，蹲下去后，觉得有一样东西在眼前晃动，用手去推，触摸到的是一只人脚，顺势向上看去，魂魄尽丧。原来房梁上吊着一个，借着昏暗的烛光看去，不是王爷却是谁！

小童跌跌撞撞跑回自己屋里，唤醒同伴，二人冲出思训楼，大叫来人，大叫救命。叫喊声划破静谧，引起王府一阵慌乱。先来了几个承奉，然后来了若干婢女，最后从寝宫里出来一男一女，男的是赵王的第四子、成皋王载垸，女的是赵王续纳的王妃张氏。这是两个可以主事的人，所以没人想到，他二人为什么会在一起，而且一起从寝宫出来；又或许王府里的人对此已经司空见惯。

载垸对这边命道：快解下王爷；对那边命道：速去报官。官府查验，赵王自缢无疑，不敢有丝毫迟误，飞报河南巡抚衙门和布、按二司。河南巡抚衙门和二司也不敢有丝毫迟误，飞报朝廷。在这个多事的冬季，赵王之死又添写上重重的一笔。

至于自缢的原因，张妃、载垸及众多王府里的人都可以证实：彰德府衙捕去数十赵府宗人，赵王悲愤之极，痛不欲生。

王府以外的人，大概只有谢臻知道，王爷不是因为宗人被滥逮而自缢的。不错，王爷早就痛不欲生，那是得知自己的亲生儿子和续妃有染以后。他一直不声张，是顾忌自己的体面，顾忌赵府这一支天潢贵胄的体面，顾忌皇家的体面。宗人闹事和府衙逮捕宗人，给他一个机会，他可以放宽心怀离开这个世界了。

谢臻知道，赵王因愤恨府衙而自缢成为定论，傅汝砺、田时雨等将受到严厉惩治。但他没有说破个中奥秘。他何必说破呢？赵王于他有大恩，傅、田等于他如路人，他绝不会为傅、田等人的前程，甚至性命，而暴露赵王埋藏在内心深处的隐秘。

第六百章

川、黔、滇交接的地方，居住着众多少数族人，或设宣慰司、宣抚司羁縻之，或设军民府半羁縻之。没有特别的原因，朝廷不会用兵。

这一两年来，东川军民府发生小的动乱。东川军民府在国初隶云南布政司，因距离遥远，统辖不便，很快就改隶四川布政司。东川距离成都同样遥远，同样统辖不便。好在作为半羁縻之地，统辖只写在书面上，用不着付诸实施。所谓小的动乱，是东川土知府禄庆死后，部属阿堂从贵州借来土兵，夺取府印，囚禁禄庆之妻安氏。

对于这种事，朝廷不能不管，但怎么管，大有学问。东川隶四川，四川有司该管；贵州土兵助恶，贵州有司该管。可四川巡抚黄光升、贵州巡抚高翀都迟迟没有出声。于是，云南巡抚游居敬奏闻此事，并请专意进剿，由滇、川、黔各方夹攻移捕。

有人以为他的提议不错，皇帝大概也觉得他的提议不错，所以，有旨召他为南京户部侍郎，作为奖励。一定也有人以为他的提议不好，皇帝后来大概也觉得他的提议不好，在羁縻地区给朝廷找了不少麻烦，遂命锦衣卫官逮游居敬入京讯治。两道诏旨相隔不过一两日，后旨比前旨还先送达昆明。这样也好，免得先喜后悲，两番激荡。

镇守云南的总兵官、袭封西平侯的沐朝弼与游居敬交恶，一定会乘机参奏。对游居敬来说，这无疑是雪上加霜。

普安州是直隶州，初隶四川布政司，后改隶贵州布政司，是进入贵州后的第一个大去处。解官和钦犯在馆驿里一觉醒来，已快到正午。早饭和午饭并作一顿吃，解官也不催促游居敬上路，倒是游居敬先做好准备，在馆驿外等着解押他的锦衣卫官校。

身后有人说话，好像是打听馆驿的去处。游居敬一怔：那声音太熟悉。回头一看，可不是他的儿子游广！游广也看到他，叫一声父亲，扑倒在他脚下。游居敬把儿子扶起来，见他面色憔悴，衣衫褴褛，眼里噙着的泪水忍不住流出来。

“广儿，你母亲呢？”游居敬问。

“已安排好家人护送，儿子还亲自送一程。”游广说。

“不是嘱你送母亲回福建家乡，并在家里陪伴母亲吗？”游居敬道。

他是福建南平人，嘉靖十一年进士。

“母亲豁达，对官场上的险恶早有所料；且取两广返闽，那一条路比较好走。儿子放心不下的是父亲行走在贵州的崇山峻岭中，无人照料，故请示过母亲，来与父亲同行。”游广说。

游居敬不再责备，问起他赶路的情形。游广说，进入贵州后，追赶十天，方到普安。游居敬暗惊，这段路他们走了二十天，尚且疲惫不堪，十日内怎能赶到？

贵州地势峻恶，人烟稀少，除几座人口较集中的城市，难得有像样的驿站。锦衣卫官校解押游居敬进入贵州以后，在多数日子里，因为歇息不好，身体慵惰，得迟一刻起身，则迟一刻起身；好不容易进到好些的馆驿，美美地睡上一大觉，起身更迟。路本来难走，人又懒得走，难怪会被游广追赶上。

锦衣卫官校们陆续出馆驿，一人说“恭喜游大人父子相逢。”

游居敬凄惨地一笑：“此处此境相逢，何喜之有？”

那锦衣卫官校一脸正经地说：“有子如此，难道不是人生一大幸事吗？你父子的话我们都听到，让公子换身衣服，一同走吧。”

解官这么通融，游居敬不好再说什么。一路上有儿子的照料，他果然少吃许多苦。

第六百零一章

刑部大狱的各个牢室，关押犯人的数目不同，地位不同，所犯罪行的轻重不同，有时一个狱卒看管几个牢室，有时一个牢室要几个狱卒看管。几个狱卒看管一个牢室也好，一个狱卒看管几个牢室也好，总有闲得发慌时。闲得发慌，就要和人说话。和犯人说多，怕惹出麻烦，时常是两个狱卒各搬把小凳子，坐在院中，一边晒日头，一边说闲话。

一狱卒说：我那牢室，人越关越多，好不烦人。

另一狱卒说：我那牢室，人越关越少，才烦人呢。

前一狱卒问：怎么越关越少？

后一狱卒说：你看，半年前，我那牢室里关四人，一是王忬王都堂，一是俞大猷俞将军，一是汤可宽汤将军，一是杨允绳杨给谏。这几个人，老哥都知道吧？

他生怕别人不知道他的牢室里关着多么重要的人物，说出他等职位前，不厌其烦地先说出他等姓名。

前一狱卒说：他等都是名人呀，谁会不知！

后一狱卒说：四个人在一室，不是赋诗词，就是论文章，何等热闹。你说，咱们的差事，除热闹，还能图个什么？

前一狱卒说：老哥这话不错。

后一狱卒说：可一年前，卢将军被赦还乡，牢室里少一人，猛然间好像空许多，余下三人话也少了，不知在想些什么。

前一狱卒说：他们想些什么，我知道。

后一狱卒问：你知道？

前一狱卒说：四个人在牢室，不知道能不能迈出牢门，谁能迈出牢门，何时迈出牢门。所以，大家都不想；所以，大家只赋诗词，只论文章。等其中一人被赦，其他人一定想，自己会不会被赦，何时被赦。于是，再没有心思赋诗词、论文章。

后一狱卒：你也许对。

前一狱卒说：我一定对。

后一狱卒说：好，你一定对。

又问：可你知道为什么对吗？

前一狱卒反问：你知道？

后一狱卒说：是。因为半年前，俞将军被赦，被打发去大同效力，王都堂和杨给谏的话更少。

前一狱卒得意起来：如何？

又显示自己的见多识广：我听说，俞将军复出，托庇于陆督帅。

后一狱卒说：这话也对也不对。

前一狱卒问：怎么？

后一狱卒说：没有陆督帅庇护，俞将军自然出不了狱。可俞将军在咱们刑部狱，又不在他锦衣卫狱，不是陆督帅想放就放得了的。俞将军得以出狱，还要托庇另一更有力人物。

前一狱卒问：是首辅吗？

后一狱卒说：自然是他，否则，我也不说更有力。

前一狱卒感到困惑：严阁老会庇护俞将军？难以置信。

后一狱卒说：这有什么难以置信的。严阁老和俞将军远日无冤，近日无仇，就不能庇护他一次？

前一狱卒说：俞将军不是因为得罪胡都堂才下狱的吗？严阁老不是视胡都堂为家人吗？他既视胡都堂为家人，就不会庇护俞将军；他若庇护俞将军，就不会视胡都堂为家人。

后一狱卒说：这你就不懂。俞将军因得罪胡都堂下狱不假，严阁老视胡都堂为家人也不假。既然都不假，严阁老为什么会庇护俞将军呢？这就得说俞将军韬略在胸。俞将军在狱里过了一年多，过堂无数次，无论法司怎样讯问，他没有说胡都堂一句坏话。这样一来，胡都堂再不好意思和他过意不去，这才致函严阁老，请他设法了结俞将军狱案，并为他安排一个差事。照胡都堂的意思，只要不去浙、直，俞将军去哪里都行。不是严阁老设法，大同的李都堂怎么敢用他？

前一狱卒说：老哥讲的这些，我可一点儿都不知道。

后一狱卒说：还有你不知道的呢。俞将军到了大同，虽然不是总兵官，不是副总兵官，可李都堂对他大为倚重，凡事都和他计议。两个月前，官军直捣板升，大获全胜，你道是谁的主意？

前一狱卒道：难道是俞将军的主意不成？

后一狱卒说：可不是吗！兵部的大司马、少司马们都这么说。

前一狱卒说：兵部堂官都说，看来，俞将军又要获大用。

后一狱卒得意起来：这就是我强过你的地方。等卢将军也获大赦，在弟兄们面前，我就可以好好地吹一吹牛了。

前一狱卒道：为何不等王都堂、杨给谏也获大用？

后一狱卒喝道：悄声！

起身朝四处张望，然后坐回来说：老哥不知道吗？王都堂、杨给谏不日就要送往西市，再不会有获大用的机会。

前一狱卒说：当真？王都堂的两位公子好不可怜，日日跪求严阁老，跪求徐阁老，跪求一切权贵大人，却落得这样一个下场。

后一狱卒说：求告严阁老，无异与虎谋皮。这话好似不对。是开门揖盗？也好似不对。反正是这么个意思吧。严阁老和俞将军没有结仇，胡都堂请赦之，严阁老就赦之；严阁老和王都堂结怨已深，无论谁请赦之，严阁老都不会答应的。所以，王都堂死定。

前一狱卒无话可说。后一狱卒也无话可说。夕阳西斜，照不到院子里，两个人夹着凳子，回去做晚饭。

一年多下来，王世贞、王世懋真好像有脱胎换骨的变化。王忬解赴刑场的前一天，兄弟二人还在左央右告；一旦王忬被处死，欲哭无泪，欲哭无声，他二人反而平静下来。他们以王世贞为主，王世懋辅助，办起丧事。第一步，收敛王忬的尸首；第二步，设临时灵堂祭奠。第三步，护送王忬灵柩南归。一切都办得简单、俭朴。他们没有特意通知任何人，除非挚友，也不会来灵堂行礼，或送行。想不到的是，在离开京师前一日，严世蕃竟然来看望他二人。

这一年多来，王世贞见的最多的是严世蕃。他恨不得每天都能见到严世蕃，每天都能从严世蕃那里得到承诺，哪怕是毫无意义的承诺。有时，严世蕃被纠缠得不耐烦，借故躲开，王世贞求见而不得。今天反过来，王世贞绝不想见到严世蕃。

严世蕃看出他有心拒客，抢先说道：“我若抚慰贤昆仲，元美可以不见我，但我不是来抚慰的。”

“古人贺贫，东楼公子难道是来贺丧？”王世贞应以冷言冷语。

“贺丧说重，我不过要来给元美讲一个道理。”严世蕃说。

王世贞眼睛一转，道：“恐怕不是时候吧。”

严世蕃笑了，说：“是啊，此情此景，还有什么道理好讲？可这个道理，一定要在这个时候讲给元美听。”

王世懋欲退出，被王世贞一把拉住。他问严世蕃：“敬美可以听吗？”

“当然，”严世蕃道，“不过，敬美可听可不听，元美却一定要听。”

“好，我兄弟二人敬聆教诲。”王世贞说。

严世蕃煞有介事地说：“外间传言，民应先生死在家大人和我的手里，此纯属无稽之谈，元美自个儿也不会信吧？我要说的是，民应先生不幸而遭极刑，也不是因为家大人和我不肯救助或救助不力。”

“那是因为什么？”王世贞忍不住问。

“疆事，”严世蕃只说两个字。

“疆事？”也许过于简短，王世贞不解。

“是啊，”严世蕃道，“元美不妨想一想，自打嘉靖二十六年你入仕以来，有多少大臣因疆事受处分，有多少大臣因疆事获死。若说他等皆罪有应得，独民应先生死得冤枉，恐怕难以服人吧？若说民应先生死在家大人和我手里，难道其他大臣也都死在家大人和我手里？如浙、直朱都堂获死时，兵部丁司马获死时，家大人还没有那么大的力量吧？”

王世贞沉思良久，然后说：“这一层意思，我的确该好好想一想，还有一层意思，我也要好好想一想。”

“元美指什么？”

“东楼公子的道理，敬美可听可不听，我却一定要听，是不是因为我于钩稽本朝史实，颇有兴致，也颇下工夫，敬美则不然？”王世贞道。

言外之意，严世蕃担心他日后会记上一笔：王忬死于严氏父子。

“元美果然机敏非常。”严世蕃并不否认。

“可公子想过没有，即便我握如椽大笔，能遮天吗？”王世贞道。

机敏如严世蕃，也答不上来。

第六百零二章

万玉山的小道士进到陶仲文修炼和寝歇的后殿，见到陶仲文睁大两眼，不由心里害怕，战战兢兢地说：“启禀太师傅，师叔回来。”

“你哪一个师叔？”陶仲文问。

“是演法师叔。”小道士说。

朝廷设道录司掌管天下道观，左、右司正是正官，左、右演法是佐贰。陶仲文的儿子中，长子陶世同封太常寺丞，二子陶世恩封右演法，供事真人府，三子荫国子生，四子荫锦衣卫百户。陶世同死后，又封陶世恩太常寺丞。太常寺丞正六品，右演法从六品，但在道者看来，还是演法这一职位重要。

陶仲文闻得陶世恩回来，道：“让他进来，我正要与他说话。”

赶五千里路，陶世恩并未显出疲惫，不是他的道行有多大，而是他在山下焚香沐浴，休息一晚。

“世恩，是你自己要来看我，还是皇上要你来看我？”陶仲文问。

“皇上要儿子来看老真人，儿子自己也要来看老真人。”陶世恩说。

“还是皇上先要你来看我。”陶仲文叹道。

“据儿子想，并无先后，”陶世恩说着，问道，“这有不妥吗？”

“我归山之日就与你等说过，我与尘世再无瓜葛。可皇上不肯，总是惦记。世恩你想，这是好事吗？”陶仲文道。

“皇上惦记有什么不好？天下之人，皇上还惦记谁！”陶世恩道。

“恐怕还有一人。”陶仲文说。

“介溪老吗？”陶世恩问。

陶仲文摇了摇头，但不说是谁。

陶世恩不再追问，转而问道：“老真人为什么说皇上惦记不是好事？”

“不是皇上惦记不好，要看皇上在什么时节，为什么惦记，”陶仲文说，“皇上在肃杀的时节，忽然惦记起我，无非是因为我在尘世的日子不多。这样一来，不但我要速去，只怕皇上——”

他不敢再说下去，陶世恩接着说：“只怕皇上圣寿——”

多说两个字，陶仲文喝道：“好了！世恩，此等天机，我都不敢妄议，你就敢多嘴！”

慌得陶世恩跪倒在老真人面前，道：“是，是，儿子莽撞。”

“起来吧，”陶仲文命道，等陶世恩又垂手站立一旁，他说，“世恩，你现在回来得正好，我不为皇上担心，我只为你担心。”

“老真人为儿子担心？”陶世恩颇惊，“是不是儿子前面有坎坷？”

“你不要问我，我先问你几句话，”陶仲文说着，问道，“介溪老是今世第一宠相，世恩，你看皇上是对介溪老的恩宠多些，还是对致一真人和我的恩宠多些？”

“据儿子看，皇上对两位老真人的恩宠多些。”陶世恩说。

“为什么？”陶仲文问。

“介溪老掌礼部，礼部所议，皇上曾有不满；介溪老主政内阁，内阁所议，皇上曾有不满。可皇上对两位老真人，未曾不满。”陶世恩说。

“世恩看到，却说错。”陶仲文道。

“儿子怎么说错？”陶世恩问。

“有所不满，恩宠自然会减少；未曾不满，恩宠自然会增多。这固然不错。但还有一层：有所不满，乃因办的事多；未曾不满，乃因办的事少。办的事多，恩宠自然会多，办的事少，恩宠自然会少。办的事多，有所不满，恩宠有增有减；办的事少，未曾不满，恩宠只增不减。”陶仲文的一番话听来很通俗，却暗含许多玄机。

“儿子似有所悟。”陶世恩道。

“我再问你，”陶仲文又问，“皇上对致一真人的恩宠多些，还是对我的恩宠多些？”

“据儿子看来，皇上对老真人的恩宠多些。”陶世恩答道。

“为什么？”陶仲文问。

“致一真人获殊宠不满十载，老真人获殊宠逾二十年。”陶世恩说。

“你说的是天数，若论人道呢？”陶仲文问。

“何谓天数，何谓人道？”陶世恩反问一句。

“致一真人只获殊宠十载，即归仙班，我却寿数较长，此乃天数。如果致一真人寿数也长，又会怎样？”陶仲文问。

“儿子看不出来。”陶世恩说。

“好，那我来告诉你，”陶仲文道，“致一真人如果再有十年的阳寿，和皇上必不能善始善终。”

“这是为何？”陶世恩问。

“致一真人来自龙虎山，龙虎山历来染指官场事，皇上对致一真人的恩宠再久，他一定也要染指官场事。真人府本该少涉世事，一旦涉入世事，恩宠就有增有减。阁老、七卿涉世事，有不得已者；皇上不满，恩宠不过减一成。真人涉世事，皆自为之；皇上不满，恩宠则减两成，三成，以至更多。皇上有一两次不满，恩宠减半，再有一两次不满，恩宠荡然无存。我来自万玉山，万玉山从未被人看重，历代高士从未涉足世事。我承袭山上的规矩，二十年来从未过问官场的事；再有二十年，我也不会过问官场上的事。这是我和致一真人的不同。而致一真人获殊宠十载，我获殊宠二十年，亦乃天意。”说这一番话，陶仲文耗费太多真气，不得不停下来，闭目养神，稍有恢复，他睁开眼问，“世恩，你懂我的意思吗？”

“懂。老真人嘱咐我切莫涉入世事。”陶世恩说。

“我担心你，就是因为你不甘寂寞，总想涉入世事。”陶仲文说。

“我不过想光大老真人的业绩。”陶世恩说。

“你存此心，一定难以全身而退，”陶仲文说，“你要切记我的话，我没有什么业绩，也不用你去光大。我唯一的心愿，是你不要蹈入险境。”

“是，老真人的话，我记住。”陶世恩应道。

陶仲文挥挥手，要他去休息。他走到门口，又转回身问：“老真人说皇上还惦记一人，此人是谁？”

陶仲文叹口气，说：“我要你切莫涉入世事，你就是记不住。我现在不对你说，我死不久，你会知道的。”

十一月二十四日，陶仲文死。皇帝闻讯，痛悼不已，特地去写有“白马之辉”的坟冢祭奠一番。陶仲文的葬祭，和邵元节相同，谥号和邵元节一样，也用四个字。邵元节谥文康荣靖，陶仲文谥荣康惠肃。皇帝追悼陶仲文，加恩于他的后人，陶世恩官升太常寺少卿，又升太常寺卿。这些都是后话。

第六百零三章

严世蕃听说陆炳病情又加重，跑到他府上去探望。

陆炳卧床，一张脸没显得多枯瘦，可那一双眼睛，全没往昔的神采。见到严世蕃，他眨了眨眼，算是打过招呼。

严世蕃自己动手搬了张凳子，坐在床头。除了他，陆炳不会允许任何人坐在那里，也没有人敢坐在那里。换句话说，除了看望陆炳，严世蕃看望任何人，也不会做出这样亲昵的表示。

“督帅，气色不错呀。”严世蕃说。

“东楼别骗我，”陆炳吃力地说。“御医们才从这里走，一看他等脸色，我就知道自己的病情如何了。”

“督帅怎么聪明一世，糊涂一时呀，御医的脸色也看也信！”严世蕃说着，问道，“方才来几位太医？”

“三位。”陆炳说。

严世蕃点了点头：“这就是了。”

“东楼什么意思？”陆炳常被他戏弄，不知他又在玩弄什么鬼点子。

“督帅听过三个和尚无水吃的故事，却一定没有听过三个医者不看病的故事。”严世蕃道。

“三个和尚无水吃是图懒，三个医者不看病却是图甚？”陆炳问。

“图名呀，”严世蕃说，“督帅请想，一个人若有三分病，是说成五分然后一针治愈，让他敬畏，还是说成一分然后一针治愈，让他敬畏？反之，一个人若有七分病，是说成五分然后治而不愈，让人齿冷，还是说成九分然后治而不愈，让人齿冷？哪个医者不愿让人敬畏而愿让人齿冷？故医者无不危言耸听。”

“东楼说的是医者，却不是三个医者。”陆炳插言道。

“这就要说到，”严世蕃不慌不忙，“三个医者一同看病，病原是三分，第一个医者说成五分，第二个医者就敢说成七分，第三个医者就敢说成九分。第一个医者的脸上满是且试一试的神情，第二个医者的脸上就满是无奈之情，第三个医者的脸上就满是哀戚之情。督帅说，在三名御医的脸上看到的是不是这些？”

陆炳被说笑：“果如东楼所言。”又道，“说我聪明也是东楼，说我糊涂也是东楼。同一陆炳，聪明耶，糊涂耶？”

“聪明乃一世也，糊涂乃一时也，”严世蕃说着，手指自己的鼻子，“这下好了，虽一时糊涂，碰到另一个聪明人，又不糊涂。”

陆炳感觉身子轻松了好多。他说：“听东楼几句话，不觉好两分。”

“督帅只有三分病，我索性好人做到底，把你那一分也治愈吧，”严世蕃道，他向前探着身子，问，“督帅可知，俞帅已离开大同？”

“去往哪里？”陆炳问。

“湖广，任参将。”严世蕃告诉他。

“虽非其位，总算向前走一步，”陆炳自语，又恳切地对严世蕃说，“东楼，俞帅乃大将之才，还望你再拉他一把。”

“督帅托嘱，不敢不尽心。可我的气力有限，拉得动他的，是督帅，不是我。督帅快些好起来吧。”严世蕃也很恳切地说。

陆炳被严世蕃一番话说好几分。几天以后，他居然能够挣扎着去严世蕃称许的另一个聪明人杨博府上饮酒。可返回后，病情加重，猝然而死。这一天是十二月十一日。皇帝命赠以忠诚伯，作为他几十年竭诚尽忠的回报，也作为对自己乳母的报答。

对于陆炳的死，有人高兴，有人悲伤，有人表面悲伤而暗自高兴，有人表面高兴而暗自悲伤。只有陶世恩想起老真人的预言，知道皇上惦记的另一个人是陆炳，不能不深深敬佩老真人的高明。

诸大绶在翰林院门外见到陶大临，招呼道：“虞臣兄来了。”

诸大绶字端甫，浙江山阴人，嘉靖三十五年的状元，依例，授翰林院修撰。陶大临字虞臣，浙江会稽人，嘉靖三十五年的榜眼，依例，授翰林院编修。山阴和会稽均属绍兴府，而且两县的县治都在府城。同一科里，第一名和第二名同省同城，堪称一件盛事。

“好，好，这个忙该着端甫兄相帮。”陶大临说。

“什么忙要我帮你？”诸大绶忙问。

“我一路上都想，在衙门外无论见到第一人是谁，便向他告帮，不想这个人却是端甫兄。”陶大临答非所问地说。

“可虞臣兄还没说明，要我帮什么忙。”诸大绶道。

“也无大事，只是告借纹银百两。”陶大临说。

“甚巧，我身上正好有这个数目，是看上一幅字画，打算买过来的。既然虞臣兄要用，就先拿去吧，”诸大绶说着，把银子递过去，又不经意地问一句，“不多不少，虞臣兄要它何用？”

“祭奠陆公。”陶大临说。

诸大绶觉得奇怪，道：“前两日不是去过吗？”

“那是公祭，今日去，为的私情。”陶大临说。

“我却不知，虞臣兄与陆公还有——”诸大绶的话只说半句，意思却明白无误：清浊不同处，陆炳绝非清流，更说不上贤良。陶大临向来以清正自居，怎么会和他有私情？

这是陶大临一定要分辩清楚的。他说：“弟一向家贫，端甫兄是知道的。弟授官之初，接家母来京师治病，捉襟见肘，入不敷出。后来，家母的病终于不治，家无余银，几不能治丧。陆公闻讯，着人买一副棺木送来，我才得以扶柩南归。回来后一打听，买那样一副棺木，约须百金。陆公在时，我不好归还其值，今陆公不在，钱是一定要还去的，人情也是一定要还去的。我多去祭一次，便是二者一并归还。”

“该还的，该还的。”诸大绶听得连连点头。

“我还有一句话要说，”陶大绶道，“弟性愚驽，大是大非还是分得清的。不然，有人要将我招致门下，我也不会敬谢不敏。陆公虽任豪卒恶吏为爪牙，敛富家之财为己有。但二十年来数起大狱，若非陆公保全，枉死者不知有几。我当初未坚拒陆公之助，正是为此。”

有人指严嵩，因是当朝第一权要，不好指名道姓。

“无须多言，我陪虞臣兄同去祭奠如何？”诸大绶道。

第六百零四章

嘉靖四十年二月初一日，日食，天阴晴不定。稍稍放晴，可以看出的确有日食；一阴下去，反会疑惑：真的是日食吗？

一清早，皇帝站在小山坡上，一声不出地观看天象。陪在他身边的，是常常让他气恼、可不知为什么一直没有打发去其他衙门的少监桂琦。

他希望天色转晴。初春季节的阴冷，实在让他难以忍受。他又怕天色转晴。天色转晴，就会看到实实在在的日食。他觉得这不该是日食。

皇帝心情郁悒，延续有一个月。陶仲文死在前，陆炳死在后，而皇帝是先得知陆炳死讯，后得知陶仲文死讯的。不，应该说还是先得知陶仲文死讯的。因为白鹿一死，皇帝首先想到的是陶仲文。那么，心情郁悒就不止一个月了。因为白鹿一死，皇帝的心情就没有开朗过。

白鹿一死，皇帝的心情郁悒，那是在等陶仲文的死讯。同时等来陆炳的死讯。那么，该等的死讯等到，为什么还要郁悒呢？难道还会有什么不幸？难道是为等今天的日食？

也许，皇帝心情郁悒，不止一个月，不止几个月。也许，皇帝心情郁悒，延续有一年，有十年。也许，从圣母皇太后辞世的那一天起，他的心情就是郁悒的。也许，从登极那一天起，他的心情就是郁悒的。也许，从出生的那一天起，他的心情就是郁悒的。

这么多年来，皇帝常常心情郁悒。可每当心情郁悒后，总有些让人高兴的事情将郁悒化解。这一次的郁悒，何时才能化解呢？

“桂琦。”皇帝终于出声招呼。

“奴才在。”桂琦走近。

“去看看大臣们有什么议论。”皇帝交代。

前次，黄锦说吴山连累袁炜、严讷跑来西苑议事，是夸大其词。袁、严二人都入值西苑，平常也是在西苑日多，在礼部衙门日少。

昨天从钦天监得知，今天日食，二人不约而同地一早就到西苑。他们和吴山站在值庐外，边观天象，边议论。

“方才在路上遇到钦天监官，他对这次日食有个说法。”袁炜道。

“怎么说？”吴山问。

“日食不见，即同不食。”袁炜复述八字。

“日食不见，即同不食？”吴山体会话里的含义。

“真乃不谋而合。”严讷在一旁说。

“敏卿先生也以为，日食不食，即同不食？”吴山问。

“不，”严讷道，“方才见到介翁，他要曰静先生速上贺表。”

“上贺表？为何事？”听口气，吴山很像是明知故问。

“我想介翁也是此意。天道当食，而代为遮掩，故当贺，”严讷说。

正在这时，天空放晴，日头明显地亏一角。吴山手遮额前，放眼天空。这个动作十分夸张，其用意不言自明。他放下手臂，问：“敏卿先生，你的意思是什么？”

“须得计议。”严讷也许感到压力，所以说得含糊。

“你呢，懋中先生？”吴山又问袁炜。

“敏卿先生所言甚是。”袁炜说。

“哪句话甚是？”吴山追问。

“一则不谋而合，一则须得计议。”袁炜明显支持“即同不食”。

“日方亏，却说即同不食，欺人耶，欺心耶？欺人欺心，即同欺天；欺天，即同欺皇上，”吴山道，并不容分辩地说，“此事不必再议，我将上疏，恳请护日。二位署与不署，悉听尊便。”

所谓护日，不过是在这种情势下，经常使用的一个形象说法。天变，表示政令有阙。护日，即谓革新政令，以维护天纲。

吴山不但劝说袁炜、严讷两位佐卿一同上疏，而且劝说公卿大夫、科道、僚属一同上疏。结果，有众多官员署名，上疏护日。

礼科都给事中李东华和吏科都给事中梁梦龙都是嘉靖三十二年进士，所以，二人议事用不着客套。李东华开门见山地说：“护日的奏疏是曰静先生所上，结果只处分礼垣。乾吉兄说，我等委屈不委屈！”

梁梦龙字乾吉，北直隶真定府人。

吴山等上疏，皇帝的震怒是不言而喻的。但皇帝没有指责吴山，反而称他守礼无罪。众臣惊恐，不知这一腔怒火会发泄在谁身上。

皇帝放过礼部，却命礼科对状。所谓对状，无非是关于礼卿的奏议。皇帝因为礼卿的奏议而震怒，却说吴山守礼无罪，这让礼科如何奏答？于是，李东华知道自己在劫难逃。

“是有些委屈，但景晓兄恐怕只有委屈一回。”梁梦龙道。

李东华字景晓，江西丰城人。

“乾吉兄是要我顶罪？”李东华问。

“不是我要你顶罪，是皇上要你顶罪。”梁梦龙说。

李东华寻思片刻，道：“好，我来顶罪。”又说，“可要我一人顶罪，我于心不甘。”

“景晓兄还要拉上谁？”梁梦龙问。

“肇事之人。”李东华道。

“曰静先生？”梁梦龙的口气表明，他很不以为然。

李东华听出来，问：“不可以吗？”

“不是不可以，是不妥。”梁梦龙说。

“怎么不妥？”李东华即便自己意识到，还是要问。

梁梦龙说：“今日有两个人被奉为清流领袖，一是徐相，一是曰静先生。徐相在内阁，不得不时时小心，事事小心。故不畏权势、敢于进言者，只有曰静先生一人。正因如此，上一弹章，扳倒曰静先生不难，但景晓兄就不怕得罪清流吗？”

李东华又寻思片刻，道：“乾吉兄劝我放过曰静先生？”

“我不劝，”梁梦龙摇了摇头，说，“不仅不劝，景晓兄的弹章一上，当道者必讽科、道共劾之，我说不定也要上一弹章。”

当道者，当然是指严嵩。严嵩对吴山的不满，积累多年。以前因为皇帝赏识，不好下手；今天有机会，他绝不会放过。而要罢免吴山，单凭礼科的弹章，显然是不够的，严嵩一定会施加压力，让各科共劾之，首先就是要吏科劾之。到那时，梁梦龙绝不敢单独抗拒。

“也是弹劾曰静先生？”李东华问。

“不错。”梁梦龙应道。

“乾吉兄就不怕得罪清流？”李东华语含讥讽。

“我不会得罪清流。”梁梦龙满不在乎地说。

“这就怪了，”李东华愤愤不平，“同是弹劾曰静先生，为什么我会得罪清流，乾吉兄却不会得罪？”

“无须多问，景晓兄到时就知道。”梁梦龙不肯轻易泄露。

梁梦龙的想法其实很简单，在弹劾吴山的同时，弹劾吏部尚书吴鹏。吴鹏对严嵩父子阿依顺从，名声大坏。二人并劾，处分应该相同。如果皇帝不愿罢免吴鹏，大概也不会罢免吴山，那么，他的弹章不会引起以清流自居的群臣太大的反感；如果皇帝一定要罢免吴山，大概也会罢免吴鹏，那么，他的弹章还会得到以清流自居的群臣的赞赏。而严嵩的目的是罢免吴山，对吴鹏的去留根本不会在意。

既应付严嵩，又不得罪清流，可谓两全。

后来事态的发展，果如梁梦龙所料：李东华上疏论劾吴山，皇帝斥责吴山，停李东华俸禄。严嵩称，罪在部臣。皇帝命群臣论吴山罪。严嵩指使梁梦龙上疏，梁梦龙二吴并劾。得旨：吴鹏致仕，吴山冠带闲住。

第六百零五章

皇帝一面命廷推吏、礼二部尚书，一面自己也在琢磨合适的人选。礼部尚书不必多想，现成的两名侍郎放在那里，任谁都可以继任。比较起来，袁炜不仅青词撰写得更胜一筹，而且在日食这件事上态度更加明朗，所以应该优先选用。但这一优先选用，可能让他失去更好的前程，因为皇帝说不定会破格任他为吏部尚书。

吏部尚书的人选，就不好确定。在两京大七卿中，以才干而论，当属兵部尚书杨博，以资格而论，当属掌院左都御史欧阳必进和南京吏部尚书王用宾，二人是正德年间的进士。可这三个人都不合适。杨博改吏部，兵部尚书一职怎么办？当初虚其位以待，不就因为认准他是个称职的大司马吗？王用宾太老，现在要想的是在一个适当的时候让他致仕，而不是召掌吏部。至于欧阳必进，那就不光是衰老。皇帝对他有说不出的讨厌，不看严嵩的面子，早就处分他。

可皇帝询问严嵩时，严嵩只举荐欧阳必进一人，而不是像往常那样，同时举荐两三个人，由皇帝决断。

皇帝不愿一口回绝，差桂琦去严嵩处，问他还有没有其他的举荐。等桂琦回来，皇帝问："严卿是如何回复的？"

"严阁老说没有。"桂琦道。

"就这么一句话？"皇帝既感失望，又感诧异。

"严阁老说的，可不止一句。"桂琦道。

"他还说什么？"皇帝问。

"他还说，别的大臣若有其他举荐，他均不赞成。"桂琦道。

"为什么？难道吏书只此一人可任？"皇帝愈发诧异。

"那倒不是，"桂琦道，"严阁老说，臣老矣，得此人执政而后快。"

皇帝不语。严嵩若申辩欧阳必进优劣，皇帝有一肚子话说；他吐露的是一己私情，皇帝就不好驳回。

"爷，要不要奴才再去问话？"桂琦问。

“问什么？”皇帝反问。

“问严阁老，为何他人掌吏部就不快。”桂琦道。

这真是皇帝想问的一句话。倒不是皇帝对严嵩为什么要用欧阳必进一无所知，而是他想知道严嵩会如何回复。

但想了想，他说：“算了吧。传旨：着欧阳必进改吏部尚书。”

都察院掌院都御史周延二月病逝，工部尚书欧阳必进改左都御史。七卿排名，工部尚书虽在左都御史之上，但都御史正宪纲，纠百官，比起工部尚书来，职责更重。工部尚书改掌院都御史不会被看作贬抑。而一个月之后，欧阳必进又改吏部尚书，是他绝想不到的喜事。

高兴之余，他请严世蕃饮酒。本来该请一请严嵩的，但一来不知严嵩哪一日离得开西苑，二来，欧阳夫人的病拖了一段日子，现在又加重，严嵩即使脱得开身，也没有心情。

严世蕃也没有心情，不是因为母亲的病，而是因为新近得一歌姬，夺去他的魂。所以，当欧阳必进对他说一醉方休时，他说：“浅尝辄止，不敢多饮。”又问，“舅大人今日这酒有什么名目吗？”

“介翁交代，凡履新职，当先请教东楼。”欧阳必进说。年轻时，他称严嵩姐夫，现在都老了，姐夫叫不出口，他随众人改称介翁。但听起来，仍像是叫姐夫。

“那好，我说三句话，饮舅大人三杯酒，如何？”严世蕃道。

“也好，”欧阳必进无可无不可地应着，“东楼有自己的一班酒友，和老朽坐久了，自会烦闷。”

严世蕃饮一杯酒，说第一句话：“用舅大人，皇上无奈家大人何。”

“东楼此言何意？”欧阳必进问。

“舅大人不懂？”听严世蕃的口气，大有朽木不可雕的意味。

“话是听懂，可东楼究竟要说介翁为用我而费心，还是要说皇上不想用我？”欧阳必进问。

“舅大人再听我第二句话就知。”严世蕃又饮一杯酒，说，“舅大人掌吏部，不必有什么大举措，最好什么也不做。”

“东楼是要我无为而治？”欧阳必进问。

“舅大人说这话，自视太高吧？”严世蕃道，“这个治字，恐怕家大人也担当不起。”

"那么，东楼的意思——"欧阳必进问。

"无为而安。"严世蕃道。

"是，是，我得一安字足矣。"欧阳必进说。

"这第三句话是最要紧的，也是最难做到的，"严世蕃说着，停下来，他饮了第三杯酒，再接着说了四个字，"当退则退。"

才坐到吏部尚书的位置，就言及退，欧阳必进心里很不是滋味。他愣了愣，问道："依东楼看，何时当退？"

"这要见机而行，"严世蕃说，"这个机字连我也把握不住，舅大人过一日是一日，更不必刻意追求。"

"好，东楼三杯酒饮过，三句话说过，可以去矣。"欧阳必进手握酒杯，颓丧地说。过去，无论遇到什么烦心的事，一听严世蕃的解说，便烦恼皆无。可今天严世蕃的话没有一句可让人安心。面对一桌丰盛的酒席，欧阳必进竟然一口酒也没有喝，一口菜也没有吃。

七、名将初起

第六百零六章

徐海、王直相继被除后，胡宗宪仍不时巡视各府、州、卫、所。不同的是：以前的巡视，十分中只有一分闲情；而今的巡视，十分中至少有七分闲情。因此，以前巡视时，幕僚中的文人墨客不可不带，也不可多带；而今巡视时，幕僚中的文人墨客尽数随行。因此，以前巡视时，随倭情而动，偶遇名胜古迹而游，多心不在焉；而今巡视时，随心情而动，欲游山则寻山，欲游水则寻水。

到嘉兴，免不了又要游一游南湖。他不要嘉兴的父母官做东，而是自己做东，包下南湖上最大的游舫，款待他的幕僚们。他的心腹家人预先布置一番，无非是在游舫的前部摆上一张太师椅，四周放一些大小不等的椅子、凳子。

太师椅为大帅而设，别人谁也不会打它的主意。有话要对大帅说的幕僚，或估计大帅有话要对自己说的幕僚，瞄准距太师椅较近的椅子或凳子，只等胡宗宪示意，就坐过去。游舫离岸，胡宗宪向众人略一示意，自己才要坐下，忽又站直身子，向四处看了看。

“文长呢？”他没见到要找的人。

“我见他在船尾踯躅，不肯向前。”一幕僚抢先答道。

“这可不像文长，他向来是不甘人后的，”胡宗宪说着，回头问沈明臣，“嘉则，知道是什么缘故吗？”

“文长兄送给我两句话，从中或可见端倪。”沈明臣说。

“难得！文长送别人至多不过两个字，却肯送嘉则两句话，”胡宗宪调侃道，又道，“嘉则，可不可以说出来大家听听？”

“是，”沈明臣一面应着，一面解说，“大帅或以为我言过其实，所谓两句话，不过两个字，一字即一句，或三五个字即一句。非也，文长兄赠予我的，乃实实在在的两句话。”

“嘉则这般说，是自己多心，还是怕我多心？”胡宗宪问。

一幕僚嘴一撇，道：“也不是怕大帅多心，也不是嘉则先生自家多心，文长先生向以不实在见称，故须说明一二。”

他显然对徐渭不满，乘机挖苦一句。

另一幕僚却敬重徐渭，反驳道：“不知老兄的‘文长先生向以不实在见称’这句话，是否实在？”

前一幕僚脸一红，还要辩驳。胡宗宪说：“嘉则所谓实在者，不过指此话很长，与此人实在不实在何干？嘉则，然否？”

“然也。”沈明臣点头。

“那好，嘉则说说，文长送的第一句话是什么？”胡宗宪命道。

沈明臣咳嗽一声，拿腔拿调地复述：“徐子曰：世间无一事不可求，无一事不可舍，闲打混亦是快乐。”

胡宗宪在心里默默地把这句话重复一遍，说：“上一句有二十一字之多，下一句也有这多字吗？”

“是，一字也不少，”沈明臣应道，“徐子又曰：人情有万样当如此，有万样当如彼，要称心便难脱洒。”

“这两句话真乃绝妙一联，”胡宗宪大为赞叹，“文长今日为何不肯向前，的确从中可见端倪，嘉则所言不谬也。”问众幕僚，“诸位从文长的两句话里品出什么吗？”

敬重徐渭的幕僚吐出两个字：“洒脱。”

不满徐渭的幕僚也吐出两个字：“无奈。”

其他幕僚则说：“请大帅品题。”

“好，”胡宗宪指了指各以两个字议论徐渭的幕僚，“他二位都说的不错：当世极洒脱者，徐文长也；当世极无奈者，徐文长也。故我从文长送给嘉则的两句话里，既品出洒脱，又品出无奈。合而言之，也是两个字：心病。文长有心病。文长的心病须得我来医治。”

他把太师椅一推，向后走去。

一幕僚说：“我等在幕府多年，只知大帅善于用兵，却不知大帅还能医人，今日又要开一番眼界。”

众幕僚纷纷响应，欲去船尾。

胡宗宪摆摆手，说：“这可不妥。医治其他病症，不怕闲杂人等在场；医治心病，不唯看不得，也听不得。诸位且在此观赏景致，看我能不能把生心病的徐文长带将过来。”

众幕僚自然不再争着去看他治病，有几人还特地朝船首走几步，以示绝不偷听。

游舫的舵设在尾部，舵工正聚精会神地掉转游舫的方向，徐渭站在他身边，聚精会神地看他操作，两个人都不开口说话，只听得见船舵吱吱呀呀地发出声响。见此情景，胡宗宪想起当年和巡盐御史周如斗在游船上作对取乐的雅事，不由得笑起来。“壶（胡）撒尿”“舟（周）放屁”，这等句子都出来，也算得上是“闲打混”吧。

徐渭不必抬头，就知道谁来。他问：“大帅也来求清静吗？”

“世间无一事不可求。”胡宗宪答道。

徐渭一愣，淡淡地说：“既知无一事不可求，则一事不求。”

“那么，既知无一事不可舍，则一事不舍？”胡宗宪问。

舵工听不懂他们的意思，呆呆地看着他们，险些忘记使舵。徐渭和胡宗宪相互一笑，不约而同地离开尾舵。

“听大帅的意思，我话里有毛病？”徐渭问。

“话里有毛病还在其次，心里有毛病不可不医。”胡宗宪说。

“大帅之意，我有心病？”徐渭不服气地问，“何以见得？”

“世间万事皆可求吗？皆可舍吗？文长便有一事舍不下，不然，也不会出心病，”胡宗宪道。徐渭要说什么，被他用一个很有力的手势挡回。他接着说，“现为三月之中，文长之心，不病在一两个月后，不病在三四个月后，敢说也不病在五六个月后吗？”

五个月后乃八月，今年是辛酉年，例当各省乡试。六个月后乃九月，

或中举或落第，该有结果。胡宗宪判定，徐渭的心病，在秋闱日益临近，由于科场多次失利，他今次也没有必中的把握。徐渭不像往日那样犀利反驳，可见胡宗宪的判定不错。

但要徐渭承认他的弱点，那是难之又难。胡宗宪深知他的狂傲，也深为欣赏和体谅他的狂傲，所以，不待徐渭承认，就处置起他的心病。

“文长，知道我这次在杭州会见几人吗？”胡宗宪问。

“不知，”徐渭摇头，“大帅这次在杭州的举止，说好听些，是神出鬼没，说难听些，是鬼鬼祟祟，会客时不要我等在旁侍候。”

“说是鬼鬼祟祟好些，这次在杭州小住三日，文长想不到，我竟鬼鬼祟祟地会见

十人吧？”胡宗宪笑道，又问，“文长纵然不知我会见过几人，总该知道我会见的都是些什么人吧？文长就不觉得奇怪？”

“是，这次应大帅之命来拜谒的，除巡按御史，就是府、县官员及外翰，在下和同事言及此，都觉奇怪。”徐渭说。

他说的外翰，泛指府学、县学的学官。

“文长知道其中的缘故吗？”胡宗宪问。

“请大帅明示。”徐渭揖道。

胡宗宪不紧不慢地说：“乡试虽以布、按二司官为提调官，为监试官，但各房房考，则用府尹、县令或教授、学正。提调官、监试官飘浮在面上，房考官深入到内里。想关照一个应试者，是托付布、按二司好，还是托付府以下官员好，不待我说，文长也懂得吧？”

“大帅是为我——”徐渭说了几个字，说不下去。

但这几个字，表明他已领情。胡宗宪说：“十个人里，有九个我已郑重托付。但最后见仁和知县，不知怎的，就把这事忘却了。事后想起，深为懊悔。不过，十人中，文长的试卷难道偏偏就落在我没有托付的那人手里？说句笑话，果真如此，那可是天弃文长。”

其实，作为封疆大吏，这个失误是不难弥补的，不知胡宗宪为何没有去弥补。或许，他想看一看，徐渭是不是真为上苍所弃。

“大帅关爱，晚生感激不尽。”徐渭一语道过，很快将话题一转，“不过，晚生若有心病，也只有一半在五六个月后。”

看来，胡宗宪也很需要转变话题。他问：“那么，文长的另一半心病在何时？”

“眼下。”徐渭说。

“眼下？文长何不道来！”胡宗宪道。

“是，”徐渭应道，“在杭州时曾接探报，台州残倭蠢动。大帅不去台州，却来嘉兴，岂不是南辕而北辙？”

如果说，他因心思被窥测而羞愧，那么，这一话题也足以遮羞。

胡宗宪呵呵一笑：“这本该是我的心病，怎么让文长得去？不过，想到这一层的，恐怕不止一人。文长，走，我正要说与众人听听。”

从胡宗宪一脸的得意，和徐渭一脸的轻松，众幕僚不难看出，他们的大帅果然懂得医治心病。沈明臣因为现在的局面是他不经意的一句话造成的，自然更急于知道结果。

“大帅的处方于文长兄真有奇效吗？”他问。

“难说。”徐渭道。

“怎讲？”沈明臣不解地问。

“大帅尚未开出处方。”徐渭的解释再简单不过。

沈明臣难以相信：“可看文长兄的神情，明明是用过药呀。”

“嘉则兄是说，我换一张面孔吗？”徐渭掰着手指说，“一则，大帅一语道出我的心病；二则，大帅要对众人公开处方，可见治愈贱恙有十分的把握。我还不该换一张面孔吗？”

“如此甚好，我等正要拜识大帅的妙方。”沈明臣说。

众幕僚附和两句，便都静下来。

徐渭说的一则、二则，完全是两回事。他混在一起说，既没有承认什么，也没有遮掩什么，也有“闲打混”的意思。至于要不要承认什么，要不要遮掩什么，全由胡宗宪作主。

胡宗宪早想好怎么说。

“文长担心的是，南面有倭警。我却向北巡视，”他说着，问道，“有此虞者，我想，还会有几位吧？”

“岂止几位，我等人人皆感不安。”一幕僚说。

“是啊，请大帅把我等的心病一并治一治吧。”另一幕僚说。

“我的处方只有四个字，你等听着，”胡宗宪故弄玄虚地顿了顿，然后一字一字地说，“南塘在彼。”

南塘是镇守台州、金华、严州的参将戚继光的别号。胡宗宪不唤他名，不唤他字，而唤他别号，足见对他格外看重。

“大帅麾下良将不少，以往用兵时，未见大帅对其他将军放手使用，为何对元敬将军敢于放手？”一幕僚问。

许多幕僚都会有这个疑问。不过，这些年来的东南良将，首推俞大猷，虽然他现在去别处效力，但说到以往用兵，就不能不提他。而谁都知道，胡宗宪和俞大猷失和，可以说，俞大猷是被胡宗宪挤迫走的。

把俞大猷称作良将，岂不要惹大帅不高兴？有人把问题提出来，大家才恍悟，原来良将用不着指名道姓的。

“戚元敬和其他良将不同。”胡宗宪说。

“有何不同？”一幕僚问。

胡宗宪说："用兵之道，八分在治军，二分在谋略。诸位请想，自岳武穆之后，有哪一位将军操练出来'家军'？"

"戚家军的说法晚生亦听到过，大帅以为名实相符？"一幕僚问。

"是，"胡宗宪点头，"台州有警，而我来嘉兴，正是为麻痹残倭，诱其深入，让戚元敬有个大展拳脚的机会。"

"大帅高明。"众幕僚赞不绝口。

南湖岸边，错落有致地开设几处酒家。游舫泊岸，胡宗宪的心腹早挑选一处干净的酒家，预定两桌酒席。

胡宗宪有意找三两个年长的幕僚与自己同桌，而让徐渭坐另一桌。

"文长，我可不是怠慢你。你愁几日，也该开怀一饮，和我坐在一起，怕你拘谨。"他说。

"多谢美意，"徐渭一揖，拉住沈明臣，"来，你我先痛饮数十觞。"

但酒过三巡，便有嘈杂的声音自门外传入。听得出，有人要闯进来，被守在门外的心腹阻止，正在那里哭诉。

"怎么回事？你不是把这家小店包下吗？"胡宗宪问站在身后的大郎。

"是，"大郎应道，"大人听，来者并非为的饮酒。"

胡宗宪知道不干他事，命道："你去看看。"

大郎出去不多时，领一个酒家模样的人进来。

"大人，"他唤一声，不等他禀明理由，那酒家模样的人又哭号起来，"小人苦啊！大老爷若不作主，小人就没有活路了！"

胡宗宪皱起眉头，问："你有冤情？"

"是。"那酒家模样的人应道。

"为何不去官府喊冤，却喊到这里来？"胡宗宪问。

"事关军爷，官府也惹不起，"那酒家模样的人说着，把头磕得"砰砰"作响，"求大老爷作主！"

胡宗宪大概知道发生了什么事："有军士去你店里喝酒却不付酒钱？"

"不但喝酒，还把小店里最肥的一条鱼吃了。小店本小利薄，几壶酒一条鱼被人白吃，明日只好关门了事。"酒家哭诉。

"有这等事！"也许才说过戚继光的治军，胡宗宪想管一管这事，他吩咐大郎，"你随他去街上，见到那喝白酒的人，捆来见我。"

大家都没有心思再饮酒，等着看大帅审案。

大郎带进一名健壮的军卒，他的酒还没有醒，不住地回过头去，胡搅蛮缠地和大郎说几句什么。大郎不理会，只在后面推他一把。喊冤的酒家远远地跟在后面，好像隔着铁塔般的大郎仍感到不安全。

三人在胡宗宪座位前站定。健卒一眼看到胡宗宪，酒醒一半，两腿一软，跪下去。酒家在另一边跪下。

“是他吗？”胡宗宪问。

酒家偷睃那健卒，正好和健卒胁迫的眼神相撞。他吓得把头埋得更低，但仍不肯屈从地回答：“回大老爷的话，是他。”

“你不会认错吗？”胡宗宪问。

酒家说：“小店里今日只他一个主顾，小人伺候他喝几壶酒，吃一条鱼。他离开时，小人向他讨要酒钱，他不但不给，反而在小人胸前打一拳，在小人屁股上踢一脚。大老爷说，小人怎会认错？”

胡宗宪转过去问健卒：“他所言各事，有还是没有？”

健卒镇定下来，说：“回都堂话，他所言各事，有的有，有的没有。”

“哪件事有，哪件事没有？”胡宗宪问。

“喝酒是有的，吃鱼却没有，”健卒说着，稍稍一顿，“小的今日逛街逛得口渴，走进他的小店，欲买壶酒喝。向怀里一摸，却没有带银子。小的本想就走，他却说：军爷辛苦，这壶酒算是慰劳的吧。小的就把酒喝了。谁知一壶酒喝进口里，没有解渴。小的不该又向他讨两壶酒。不过，小的说得明明白白：第一壶酒算慰劳，后两壶酒却是赊的。”

“没吃鱼？”胡宗宪追问。

“菩萨有眼，绝没有吃！”健卒发过誓，又分辩，“酒是他送的，或小的赊的；所以，他向小的讨钱，及小的打他、踢他，都是没有的。”

胡宗宪再问酒家：“他道没有吃鱼，你怎么说？”

酒家顾不上害怕，气愤地对健卒说：“那么肥的一条鱼，你说没吃，难道进了狗肚子？”

“你说进狗肚子，就是进狗肚子吧。”健卒皮笑肉不笑地说。

一方说其事有，一方说其事无，而且显然找不到人证，胡宗宪有些为难。他左看右看，看看哪一位幕僚想出断案的法子。但他看到哪个幕僚，哪个幕僚就低下头。只有徐渭，抬头望着屋顶，一口接一口地喝酒。于是，他唤道：“文长，你过来。”

坐在他身边的年长幕僚知趣地把座位让给徐渭。

“文长，此事如何处置？”胡宗宪问。

“不难处置。”徐渭说。

“说来听听。”胡宗宪道。

“酒家说健卒吃鱼，健卒说自己没吃鱼，要证实有没有吃鱼，并不难，剖开健卒的肚子看一看，不就知道？”徐渭道。

他说得若无其事，可众幕僚都禁不住惊呼起来，那健卒更是把嘴巴张得老大，再也合不拢。

“妙哉！”唯有胡宗宪喝一声彩，喝彩后，他厉声问健卒，“你还说没吃他的鱼吗？”

“小的，小的，”健卒不知是怕受处分，还是不相信会为证实他有没有吃一条鱼，而要他的命，咬了咬牙，说，“小的没吃鱼！”

“本官要剖开他肚子，看他有没有吃你的鱼。他若吃了，本官替他付你的鱼钱酒钱；他若没吃，或本官日后查明，他吃的不是你的鱼，你须为他偿命。”胡宗宪同样严厉地问酒家，“这场官司你还打不打？”

酒家也咬了牙：“小的但求公道。”

此事很快有结果：健卒的肚子里有一团一团尚未消化的鱼肉，他吃的就是这家小店的鱼。胡宗宪依诺，赏给酒家，同时抚恤健卒家。

沈明臣私下对徐渭说：“文长，出此毒计，你要遭报应的。”

徐渭笑了笑，并不分辩。

第六百零七章

河南巡抚张永明升任南京刑部右侍郎，朝廷出旨在二月中，他料理过职任上的事，赶到南京，已经是三月下旬。

南京职官中，对张永明的到来最为高兴、并且第一个去拜晤他的，不是南京刑部的堂官和属官，而是南京都察院御史林润。林润字若南。他是福建莆田人，和浙江乌程籍的张永明非同乡。他是嘉靖三十五年进士，和嘉靖十四年的进士张永明更攀不上同年。他对张永明的到来别有一番情感，张永明对他也别有一番情感，完全是因为志同道合。

所谓志同道合，即二人曾不约而同地上疏，论列封国在河南府的伊王典楧的诸多不法事。二人见面，相互略加问候，便切入正题。

“锺诚先生，”林润呼着张永明的字，激愤地说，“伊府的事，恐怕不是拆毁僭城，释还夺女，制裁群小，就可以了断的吧！”

典楧嘉靖二十三年袭封，在王位十八年，心邪胆大，作恶多端，在世的亲王中，无出其右者。除张永明、林润，还有不少官员疏纠过他。有的河南官员私下里说，典楧的劣迹，已超过当年的宁王宸濠。

如他扩建宫室，高台连城，有拟帝阙。这就是所谓僭城。如他关闭河南府城，大选民女七百余人，留佳丽九十人，余者令家人以金赎回。这就是所谓夺女。如他豢养一批帮闲的小人，为爪牙，为鹰犬，遍布河南各府，远及陕西、山西、北直隶，直至京师。这就是所谓群小。张永明、林润等罗列的无非是这些事。

朝廷命官查核。掌院都御史欧阳必进改掌吏部后，刑部尚书潘恩改左都御史，刑部由左侍郎赵大祐署理。因此，查核伊府的差事就交给他和锦衣卫指挥佥事万文明。赵大祐、万文明查核以后，奏明皇帝的，无非也是这些事。不过，张永明、林润等官员的奏疏，措辞严厉，例子举得详尽；赵大祐、万文明的按查，措辞较为温和，没有举极端的例子，这种可能也是有的。

所以，林润又问一句：“锺诚先生，是朝廷上有人庇护吧？”

“若雨老弟是指世胤先生吧？”张永明听出他的意思，赵大祐和他既是同年，又是浙江同乡，他自然要稍加维护，“我看，世胤先生不是这样的人。再者，即便他有心庇护，未必庇护得了吧？”

林润颔首。赵大祐会不会庇护恶人，他并不太在意；他所以赞成张永明，是因为张永明说赵大祐庇护不了伊王。不错，赵大祐不过一侍郎而已，别说没有迹象会扶正，即使升正卿，像伊府这样的大事，也不是他做得了主的。反言之，如果有人庇护典楧，一定是权位更重的大臣。

“若真是世胤先生庇护伊府，事情倒也好办。有三两科、道弹击，不怕扳不倒他。可叹者，”林润重重叹息一声，说，“明明是恶贯满盈的宗室罪人，明明是有人冒天下之大不韪庇护恶王，却奈何不得。这等台臣，作不作两可。”

“老弟这话，未免有欺人之嫌。”张永明笑道。

“怎讲？”林润问。

“若雨的三次大手笔，一赢，一负，一平，这等御史，若作不作两可，你让其他御史何以自容！”张永明道。

林润由知县征授南京御史，赴任以来，有三次大的论劾：首劾致仕国子监祭酒沈坤为恶于乡，沈坤被置于法；二劾巡盐都御史鄢懋卿为恶于职，鄢懋卿有严嵩的庇护，不被追究；三劾典楧为恶于国，典楧又得到严嵩的庇护，处置甚轻。张永明称这三次论劾为大手笔，以依律处置为赢，以根本不处置为负，以处置过轻为平。

“若谓大手笔，在下不敢说这三次里一次也没有；但若谓三次大手笔，还当数锺诚先生。”林润谦道。

张永明曾官南京刑科给事中，也有三次大的论劾：首劾总督樊继祖、巡抚史道、陈讲等在宣、大、山西不能御敌；二劾大学士严嵩及子严世蕃贪污，兵部尚书张瓒误国；三劾典楧不法。林润不说自己的论劾全算不上大手笔，是因为张永明的大手笔里，也有一次关乎伊府；说张永明的三次论劾更称得上大手笔，是因为他论劾的都是朝廷重臣和封疆大吏。其实，那时的严嵩，上面压着个夏言，远没有今日的权势；而那时的言官，也多以弹劾重臣为时尚。那时论劾严嵩父子，和今日论劾鄢懋卿，并没有太大的差别。

故张永明摆摆手，道：“彼此彼此。”

“好说好说。”林润回应一句。

二人面带微笑，都觉心情无比畅快。

“若雨，我还有一句话。”张永明说。

“锺诚先生请讲。”林润道。

“若雨称我有三次大手笔，我狂妄一次，通通认领下来。但是，我现在被安放在佐卿的位置上，恐怕难有作为。若明，你仍在南台，会不会有第四次大手笔？”张永明问。

林润想了想，郑重地说：“若有的话，那才是一次真正的大手笔。”

“好，我便以此期待若雨。”张永明也郑重地说。

第六百零八章

将近十天的工夫，戚继光的三千义乌子弟兵，驻防三变。先是盘踞松门的残倭出动，有偷袭宁海的意向。戚继光率部驻于桃渚，使其不得进。倭寇取宁海不得，又吃几次败仗，遂改变路线，有偷袭台州的意向。戚继光率部改驻桐岩，使其不得进。倭口取台州不得，又连吃几次败仗，遂改变路线，有偷袭仙居的意向。戚继光率部改驻大田，使其不得进。宁海、仙居均为台州府属县，宁海在台州东北，仙居在台州西南，三地连成一线。倭寇改变路线，须得绕许多弯路。官军改变驻防，则取直线。所以，戚家军每次都能取得先机。当然，必须有准确的谍报和准确的判断，才能取得先机。

在驻防三地和每次移驻之间，和倭寇有过多次交手，戚家军都获得胜利。此时在大田驻地，戚继光和手下的把总章延廪正在盘点战绩。

“将军，末将有一事不明。”章严廪说。

“噢？”戚继光命道，“你说！”

“依将军看，人是偏爱荣耀，还是偏爱耻辱？”章延廪问。

“老总为何会想到这一层？”因为章延廪的年岁大过自己，戚继光戏称他老总。

“三年前，我随将军战于岑港，小受挫折，累将军受朝廷处分，我至今不能忘；但这些天来，我随将军连战连捷，究竟胜几仗，我都记不清楚。”章延廪说。

戚继光当然也不会忘记那次耻辱。对他来说，那不仅是耻辱，而且是莫大的委屈。岑港之役未能全歼倭寇、海盗，责任在胡都堂还是在俞总兵姑且不论，反正不该由他负责。不过，戚继光也没有把那次的耻辱看得太重，毕竟处分只是戴罪办贼。而这几年来，由于有这一处分，他更加兢兢业业，更加奋发努力，才造就戚家军。

“看来，你是偏爱耻辱？”他自语般地对章延廪说，“这没有错。哲人曰知耻近乎勇，便是告诫人们不要忘记耻辱。不过，牢记并非偏爱。依我看，对胜仗和败仗、荣耀和耻辱，都应牢记。牢记耻辱，可以激发斗志；牢记荣耀，也可以激发斗志。你说记不清楚日前的胜仗。好，我来帮你忆起。”说着，他问，“我军曾驻桃渚，和倭贼打过仗吧？”

“是，将军设伏，倭贼入彀，我军杀敌若干，擒敌若干。”章延廪说。

“然后呢？”戚继光问。

“在龙山与倭贼突遇，我军杀敌若干，擒敌若干。”章延廪说。

“然后呢？”戚继光问。

“追倭贼至雁门岭，我军杀敌若干，擒敌若干。”章延廪说。

“然后呢？”戚继光问。

“然后——”章延廪真有些记不清。“到瓜陵江吧？”

“你走得太快，我们前日才喝过瓜陵江的庆功酒。”戚继光说。

“是有些快，”章延廪忽然忆起一事，“我想起来，在新河，我曾对将军说，一连四仗，人不卸甲，马不卸鞍，好不痛快！第四仗是在新河打的，我军杀敌若干，擒敌若干。”

“然后呢？”戚继光问。

“小憩半日，又于温岭遇贼，我军杀敌若干，擒敌若干。”章延廪说。

“然后呢？”戚继光问。

“然后移驻桐岩，阻击倭贼，我军杀敌若干，擒敌若干。”章延廪说。

“然后呢？”戚继光问。

“在花街与倭贼狭路相逢，我军杀敌若干，擒敌若干。”章延廪说。

“然后呢？”戚继光问。

“这次追击倭贼至瓜陵江。”章延廪说。

“我军杀敌若干，擒敌若干。”戚继光替他说道。

“非也，这股倭贼皆沉江而死，”章延廪说罢，开心地大笑。

“你看，这不是都记起来吗？老总，你算一算，自兵发桃渚以来，我们一共打几仗。”戚继光道。

章延廪心里默算一遍，说：“始于桃渚，终于瓜陵江，共是八役。”

“太多。”戚继光感慨地说。

章延廪不解其意，问：“是末将算计多吗？”

“不，你算计的没有错，”戚继光道，“奔袭台州的倭贼有两股，一股发自桃渚，一股发自圻头。发自桃渚的一股倭贼，我打八仗方才全歼，太多。对发自圻头的一股倭贼，不可再零敲碎打。”

“将军准备打几仗？”章延廪问。

“毕其功于一役。”戚继光说。

“只打一仗？”章延廪觉得难以置信，问，“将军拟于何处交锋？”

戚继光反问：“倭贼现驻大田以东，欲趋仙居，你看在哪里交锋好？”

章延廪不正面回答，却说：“无论在哪里交锋，末将愿为前驱。”

“好，”戚继光爽快地应允，“我给你八百军，在白水洋设伏，待倭贼窜至，上前掩杀，务必不使一人逃逸。”

章延廪站起，躬身道：“得令，末将这就去点算人马，驰赴白水洋。”

“不忙，待贼发，我再发。”戚继光说。

“是。”章延廪虽然应着，但满心的疑虑都写到脸上。

“老总担心什么？”戚继光问。

“将军给末将讲解兵法，曰：先处战地而待敌者，逸。末将怕动作慢，贻误战机。”章延廪说。

“不会的，”戚继光对此胸有成竹，“贼趋仙居，必取大路，由其驻地至白水洋，相距七十里。我取小径，由我驻地至白水洋，相距五十里。同时而发，同速而进，你可早到一个时辰。晚发半个时辰，你仍可早到半个时辰。你赴白水洋，心无旁骛，全速行进。贼沿途心思不定，又想打杀，又想劫掠。同时而发，行速不一，你又可多出一个时辰，或两个时辰，甚至更多。总而言之，你手里握有两个时辰，白水洋的地势又不难于设伏，总该够用吧？反之，我若先动，虽然我料定倭贼必赴仙居，万一军情有变，我反被动。”

“是，末将懂了。”章延廪庆幸又学会一招。

“探得倭贼动向后，我要聚合全军誓师，然后，你速赴白水洋。”戚继光结束和他的谈话。

空旷的场地，整齐地排列着三千“戚家军”健儿，那阵势已然使人感觉到一种不可战胜的力量。等到三千人整齐地呼喊出誓词，那声音真可以惊天地而慑鬼神。

誓词只有简单的三句话。

中军官嗓音洪亮地念着誓词：勿掠辎重！

三千军士响应：勿掠辎重！

中军官念誓词：勿尚首功！

三千军士响应：勿尚首功！

中军官念誓词：勿杀降敌！

三千军士响应：勿杀降敌！

中军官行至戚继光面前，道："请将军号令。"

戚继光命章延廪先行，大军随后出发。包括章延廪的前部在内，全军分为十队，另外九队也各委任将官。分派已定，他问中军官："本官要的白帜可准备好？"

"依将军之命，准备好十面白帜。"中军官禀道。

戚继光命道："每队给付一面。"又出一张纸交给中军官，"这十个字，由领队的将官至士卒都须记牢，与倭贼交战时，齐声喊出。"

纸上写着十个字：胁从者不死，空手伏帜下。

"是。"中军官领命而去。

仙居西北多山，主脉为括苍山，余脉分布甚广。山坡上杂木丛生，最多的，是一片一片的松林。松树高矮不齐，有如祖父子三代。

黄昏时，大队正急速行进，戚继光忽然勒住缰绳。在他的上方，有一片松林，在他的下方，有一片松林。他马鞭指着上方的松林，对跟随他左右的几名心腹说："你等看，那矮小的松木像不像人蹲于树下？"

心腹们向上观望，都说甚像。

戚继光心思一动，命大队停下。

"去看看，下面的大路有多远，"他命一心腹。

那名心腹走向下方的松林，身影很快被松林遮掩。不多时，他从松林里钻出来，喘着粗气跑到戚继光面前，禀道："大人，穿过下面的松林，一路坡地下到大路，近处三十余丈，远端不过五十丈。"

"好，"戚继光问向导，"此处距白水洋差不多还有十里吧？"

"正好十里。"向导答道。

"倭贼现在何处？"戚继光问中军官。

"才得探报，倭贼行至上风岭，伏匿山间不行。"中军官答道。

"上风岭离这里也有十里吗？"戚继光问向导。

"稍有不足。"向导答道。

"好，我让倭贼得其名，我要得其实。"戚继光说。

一名心腹没听明白，问："大人是说——"

另一心腹说："你好不蠢也，大人是指上风呀。"

戚继光微微一笑，道："传下令去，就地露宿，人靠一树而歇。不许燃火，不许喧哗。明日三更起身，人砍一矮树，取其上部，然后早饭。有违军令者，格斩无论。"

“大人砍树作甚？”一心腹问。

“明晨自有分晓，千万别忘，你也要砍一树。”戚继光说

又差人通报章延廪，今夜无事，明日要早做准备。

一夜无话。次日凌晨，树也砍，早饭也吃，中军官赴各队检视，果然是人各执一矮松。戚继光传令：天明前，务必分队而坐，松木置于头顶。以击鼓为号，弃树杀出。

天明后，数百人的一伙倭寇海盗，大摇大摆地从大路走来。其头目见到山坡上的松林，不由得停下，对向导说：“你的看，林子里有人。”

“那不是人，是树。”向导说。

“树会这般矮小？”头目不相信。

“是，本地产一种松木，其高不及他松十之一。”向导见头目还犹豫，就说，“要不，大王差人去看看，究竟是人是松。”

“算了，人的，也不怕，”头目一挥手，继续向前。

等五分之三的倭寇海盗越过戚家军埋伏地，松林深处战鼓勒响，戚家军儿郎丢掷头顶的松木，呐喊着杀下山坡。一片松木骤然间现出人形，已经让群寇惊愕不已，紧接着，在冲杀而来的官军后面，树立起几面巨大的白旗，更让他们不明所以。直到官军喊出“胁从者不死，空手伏帜下”，倭寇海盗的几个头目，才知道白旗是用来作什么用的。他们担心军心涣散，匆忙指挥属下向白水洋方向溃退。

但是，已经有数十人扔掉手里的刀枪棍棒，伏身在白帜下。

而强悍的戚家军士卒，在后面紧追不舍；巨大的白帜，在后面紧追不舍；“胁从者不死，空手伏帜下”的呼喊，在后面紧追不舍。

白水洋是大路旁一区不大的水甸。在倭寇海盗退到白水洋时，被杀出的又一支官军拦截。这支官军同样树立起一面巨大的白帜，同样呼喊着“胁从者不死，空手伏帜下”。

这一支倭寇海盗从首领到属下再也没有斗志。一部分在白帜下归降，一部分顽抗时被杀，一部分跌落在水甸里淹死，无一人逃脱。

果然是“毕其功于一役”。

发自桃渚、圻头的两支倭寇海贼被歼，不仅使台州的残倭被肃清，而且，使全浙的官军受到极大鼓舞，宁波、温州的残倭相继被歼，为患多年的浙东倭乱终于平息。

第六百零九章

闰五月上旬，严嵩妻欧阳氏病逝。这不但是严府的大事，似乎也成为朝廷的大事。阁臣、六部五府堂官、内府二十四衙门有身份的大太监、在京师的大小官员，无不前往严府吊唁。

严嵩只和徐阶打个照面，接受他的几句面慰。其他官员，够资格的，由严世蕃出面酬谢，不够资格的，由严世蕃之子，或者干脆由家人应付。不过，他却命家人把兵部尚书杨博、掌院都御史潘恩留下。他二人不是同时来的，却在前面会齐后，才由家人引进后堂。

杨博、潘恩见严嵩，当然要说几句节哀顺变的安慰话。严嵩谢过。

潘恩字子仁，松江上海人，嘉靖二年进士。他的资历较杨博深，和严府的关系似乎也较杨博融洽些，所以，客套话说完，要由他打破僵局。

“介翁，府上还有什么事要我等帮忙吗？”他问。

“家丧不敢劳动唯约、子仁二位，我只想问问江西的局面，”严嵩说着，问道，“听说安远、龙南二县相继为上万乱民围攻，不会是谬报吧？”

“恐怕不是谬报。”杨博说。

“浙江告捷，会不会是浙江倭贼被逼赶到江西？”严嵩又问。

“据晚生想来，应该不会。”杨博说。

“怎见得？”严嵩有些不高兴地问。

杨博不管他高兴不高兴，据实言道：“所谓乱民，多数产于当地。如安远带头作乱的叶槐，是附籍赣州的新民；龙南带头作乱的李文彪，实际上是岑港的旧盗。即使有流贼，也由粤、闽窜入，非由浙省窜入。如在吉安作乱的流贼，是由福建窜入赣省的。”

严嵩仍有不悦之情。潘恩心思灵巧，知道他对乡梓看得很重，最不愿听人说起江西的坏人坏事；也知道他现在担心的是什么。于是说：“江西眼下虽有些乱，但只不过是赣南地区的腹芥之患，大局还是维持得住的。老夫人灵柩南下一事，绝不致受影响。”

严嵩心里确实担心此事，但嘴上却要否认自己的担心是出于私心。他说：“夫人的遗体是一定要安葬在乡里的。但我赣省亦为王土，我赣人亦为赤子，总不能任由乱民流贼作践吧？”

“介翁说的是。”潘恩、杨博应道。

严嵩闭上眼睛，不再说话。杨博、潘恩默坐一会儿，一人做个告辞的手势，另一人点头。但就在二人欲起身时，严嵩又开口：“子仁，赣省张、杨两位都堂是否胜任，要不要换个干练的官员？”

两位都堂，一是巡抚江西的右副都御史张元冲，一是提督南、赣军务的右佥都御史杨伊志。他二人只挂都察院的职衔，不挂兵部的职衔，所以，严嵩只问潘恩。

潘恩说：“张都堂到任不过一年，杨都堂到任还只有八个月，均无大过。不如下道严旨，令二人尽心办事，如有差池，再处分不迟。”

“子仁先生说的是，仓促易员，不是上策。”杨博赞同地说。

“也好，就这样吧，”严嵩这回真的不再说什么。

欧阳必进天黑后到的严府，一来，免得在众目睽睽之下，在欧阳氏的灵堂里呆上许久；二来，免得在众目睽睽之下，进到内堂看视严嵩。

严嵩见他，唤道：“任夫，好，陪我坐一会儿吧。”

“是。”欧阳必进答应着，在严嵩身边坐下。

在欧阳必进面前，和在杨博、潘恩面前截然不同，和在其他大臣面前截然不同，严嵩有什么心里话，可以没有顾忌地说出来，他内心的彷徨、软弱，可以没有顾忌地显露出来。

“年轻时，我身子没有你姐姐好，我总对她说，要先她而去；谁知到老年，她的身子反不如我，竟先我而去！”他说着说着，两行热泪从眼角流淌出来。

“介翁节哀，家姐虔心向善，感动上苍，虽抱病多年，临终却无一丝苦痛，未必不是一件好事。”欧阳必进劝慰道。

“话虽这么说，六十年的夫妻，一旦两界，不能不伤痛。”严嵩说。

“六十年？”欧阳必进为转移他的情绪，顺势问道，“家姐嫁到分宜，不止六十年吧？”

“是啊，不止六十年，究竟六十二年，还是六十三年，连我也记不清楚。”严嵩说着，长吁一口气。他中第以来，不知经过多少坎坷，经过了多少官场上的明争暗斗，终于从小富小贵成为当朝第一人。算起来，这也不过五十六年，欧阳氏和他相陪伴的日子，竟比这还要长久。

“介翁和家姐相伴六十余年，情真意切，介翁六十年来甚至不肯纳妾，说起来，也对得起家姐。”欧阳必进说。

严嵩心里说：还有一件事，我也对得起你姐姐，那就是重违圣意，令得你掌吏部。但这话不必说出来，严嵩喜欢欧阳必进，不但因为亲情，还因为他的敦厚像欧阳氏，他又有文学名，颇似自己。正因为如此，他甘愿冲撞一次皇帝，也要让欧阳必进获得更显赫的地位。

他现在想说的，是别的事：“任夫，我也有对不住你姐姐之处。”

“介翁指的是什么？”欧阳必进问。

“我让她不安。”严嵩说。

“这话怎讲？”欧阳必进问。

“你可知你姐姐病在床榻时对我说句什么话？”这话别人是不会知道的，须严嵩自己道出，“她说，相公莫忘钤山堂十年的清寂。”

他顿了顿，叹道，“是啊，钤上堂十年清寂，似乎太遥远了。”

那是正德年间的事，距今四五十年，的确很遥远。如果说，如今官场上人心浮躁，也从那时就开始。严嵩能耐得住寂寞，在钤山堂读书，一读就是十年，可谓难得，他也因此颇著清誉。

“家姐恐怕是知道介翁身子自幼较弱，提醒介翁不可过于操劳。”欧阳必进对欧阳氏的话如是诠释。

“不，”严嵩微微摇头，“我懂她的意思。”

提醒严嵩注意身子，应该说清休、清养，而不会说清寂。其中的差别，欧阳必进怎会不懂！实在是清寂两个字的含义，说不出口，而且，说出口来，严氏父子又能听得进去吗？所以，他略微歪曲欧阳氏话里的含义，免得刺激严嵩。见未生效，他又忙把话岔开。

“介翁，东楼何日南下？”他问。

“谁说东楼要南下？”严嵩反问。

“这个——”欧阳必进无言以对。欧阳氏南下安葬，是一定的；严世蕃作为欧阳氏唯一的儿子，要扶柩南下，要闭门守丧，也是一定的。这还用什么人说吗？“介翁的意思，东楼留在京师？”

“他当然要留在京师，”严嵩不容分辩地说，“你姐姐安葬、守制诸事，离不开东楼；我处置朝廷政事，也离不开东楼。两方面都离不开，怎么办？我看，只好先迁就活人这一面吧。”

“介翁，这，这不好吧？”欧阳必进吞吞吐吐地说。

“有何不好？”严嵩问。

“皇上最看重一个孝字，当年对圣母皇太后的孝顺，堪称万世楷模，”欧阳必进说着，转到严世蕃身上，“东楼若不扶柩南下，闭门守制，如何表达哀思？皇上会怎么想他？”

“留在京师一样可以守制，”严嵩当然也想过这一层，说，“我向皇上曲诉衷肠，想来皇上不会不体谅的。”

“介翁说的是。”欧阳必进不好再说什么。

第六百一十章

七月初一日，日食。礼部左侍郎严讷、右侍郎李春芳又犯起愁来。礼部的三位堂官都是两份差事，一是入值西苑，一是掌部事或佐理部事。凡有日食，正该礼部疏请救护。

所谓救护，不是皇帝下罪己诏，就是大臣上疏自劾。当情况特别时，要不要救护，即皇帝要不要下罪己诏，大臣要不要上疏自劾，必然会引起争议，最后由皇帝裁决。当然，后果说不定是意想不到的。如今年二月初一日食，礼部议论，尚书吴山坚持救护，侍郎袁炜以为，是日阴天，日食不见如不食。皇帝采纳袁炜之说，吴山被罢也基于此。

看来，皇帝既畏天变，又讨厌救护。这也难怪，皇帝是圣君，不可以轻易颁布罪己诏书；大臣又是皇帝满意的，至少阁老们是皇帝满意的，也不应该轻易有什么过失。今天礼部如果疏请救护，一定也讨不了好。可日食不救护，总得有个说法。

“敏卿先生，此事如何处置？”李春芳问。

“须得计议。”严讷说。前次吴山问他，他这般回答；今天李春芳问他，他仍然这般回答。

“敏卿先生的意思呢？”前次吴山放过他，这次李春芳却不放过他。

“春季日食没有救护，秋季日食也不必救护吧。”严讷说。

“理由呢？”李春芳问，“前次说日食不见，如同不食；这次是不是说，日微食，如同不食？”

据钦天监官奏，今日日食只有一分五杪，是实实在在的微食。

“微食不必救护，未必不是个好理由，”严讷说，又问，“子实先生是不是觉得该奏请救护呀？”

“绝无此意，绝无此意。”李春芳忙否认。

李春芳字子实，扬州府兴化人，嘉靖二十六年那一科的状元。他在十四年里升为侍郎，升迁异乎寻常的快捷。严讷十九年升至侍郎，也不算慢。而且，二人都奉旨入值西苑，这主要是因为他们撰写的青词能够讨得皇帝的欢心。另一方面，二人性情恭慎，也是被器重的原因。

“子实先生，礼部有当家之人，你我不必操心，”严讷说。

听起来，这话颇有说教的味道。但他有学长及资深同僚的双重身份，说教几句并不为过。

李春芳一笑，道：“敏卿先生说的是，既靠大树，为何不求阴凉？”

严讷说的当家之人，李春芳说的大树，均指尚书袁炜。

工部右侍郎刘学易一改往日行路匆忙的习惯，一步三摇，左腿迈出，抬头望一望天，右腿迈出，抬头望一望天，到衙门前，险些和从另一边走来的本部尚书雷礼撞在一起。

雷礼自己先站定，然后扶对方一把，问：“道甫先生，在观天象吗？”

刘学易字道甫，山东寿光人，嘉靖十七年进士。

“是必进先生呀，”刘学易手搭眉梢，望着天空，像在说一件稀罕的事，“来，你也来看看，有天狗食日。”

雷礼字必进，江西丰城人，嘉靖十一年进士。

“用不着看也知道，钦天监早有奏表。”雷礼说。

“不，你一定要看一看。”刘学易却固执地说。

雷礼虽觉奇怪，还是照他的样子，望向天空。

“看出天狗是谁人吗？”刘学易问。

雷礼困惑地摇着头，心说：天象预兆世间事物，故每有人言，风雨雷电因谁而起，日食月食因谁而起，但那只是史家的揣测，或言官的附会，不信从天上可以看出，今者日食是谁造成的。

“必进先生还看不出来吗？”刘学易焦急地问。

“恐怕只有道甫先生一人看得出来，还是道甫先生明言吧。”雷礼道。

“进去说，进去说，”刘学易边说，边拉雷礼进衙门，进大堂，然后按他坐下，深作一揖，道，“必进先生，今天要得罪。”

雷礼忙站立起来，还一揖，道：“有事说事，何须如此！”

“必进先生不是问我天狗是谁人吗？”其实发问的是刘学易，现在他却颠倒过来，“恕我直言，天狗乃必进先生乡人也。”这话很容易被误会，他又补充一句，“是与必进先生名、字交错的复姓子也。”

雷礼一直在纳闷，听了他的话，不觉又好气又好笑。指欧阳必进大奸大恶，你可以照直说，完全用不着装神弄鬼地好似从天上看出什么。他大奸大恶，和我有什么相干？难道因为我和他同省，难道他名必进我字必进，他的罪恶我就要分担一半？

如果说有什么要分辩的，那就是：欧阳必进果真大奸大恶吗？

"我以为道甫先生真有通天眼，原来也是两眼昏花。"他说。

"必进先生是说我看错？"刘学易摆出争辩的架势。

"怎么不错？道甫先生凭什么说约庵公是天狗？"雷礼问。

约庵是欧阳必进的别号。

"不必看天，只看他竟掌吏部，便知他的奸恶。"刘学易说句实话。

"怎么，以资格而论，以学识而论，他做不得大冢宰？"雷礼问。

"今日不论资格、学识，只论人品。"刘学易说。

雷礼点头赞成："好，就论人品，请道甫先生说说他的奸恶。"

"仰人鼻息，只这四个字，足见他的人品。"刘学易说。

"好，就说仰人鼻息四个字，"雷礼道，"有两件事，我倒要请教道甫先生。其一，袁抑之以福建佥事升任湖广参政，约庵公是仰谁人鼻息？其二，耿在伦出按甘肃，约庵公是仰谁人鼻息？"

袁抑之，即前御史袁洪愈，因论劾前吏部尚书万镗，为严嵩所恶，放外官。耿在伦则是御史耿定向，因劾罢前吏部尚书吴鹏而名声大振，出按甘肃虽不是美差，却易于建立功业。

刘学易并没有说欧阳必进仰严嵩父子鼻息，雷礼也不说他不仰严嵩父子鼻息，但这两个例子说明一切。要说仰人鼻息，万太宰、吴太宰才真是严嵩父子私党；要说仰人鼻息，袁洪愈升迁，耿定向出按，绝非仰人鼻息，因为这明显是不合严嵩父子心意的。

刘学易眨眨眼，一时不知道说什么好。

"若要我品评约庵公，则有四句话：量才分任，相机撰策；委曲求济，风裁巍峻。"雷礼的赞扬适可而止，他又说，"我还有句话，或真要得罪道甫先生。"

"不怕，不怕，请讲，请讲。"刘学易连声道。

"日食当不当救护，让袁懋中他们去说；因天异而论劾大臣，让科、道官去做。你我还是尽心尽力，把工部的事情办好。"雷礼说。

"极是，极是，承教，承教。"刘学易又连声道。他悟出，雷礼不是没有见识，不是对严嵩父子没有看法。他只是不说，这是他的高明之处。

以父事天，以兄事日，八个字喜煞皇帝。他的想法，正是李春芳的想法。不同的是，李春芳对微食非食，不必救护还存有疑虑；皇帝则以为理当如此，他只是需要一个能令人信服的理由。这个袁炜，真乃笔下生花，写出让所有人信服的理由，写出让皇帝兴奋的理由。

如此人才，应该入阁办事。而且还有一个正当的理由：五月，吕本的父亲去世，他须奔丧、守制。严嵩年过八旬，办事已经不那么得力，尤其这两三年，他根本无法揣摩皇帝的心思，简直和以前判若两人。得力者，只有徐阶一人，该给他添个帮手。

不过，皇帝没有降旨。吕本是去尽孝，这么快增加阁臣，好像堵死他回来效力的路。再说，袁炜入阁之事，不向别人征询，总该向严嵩、徐阶征询一二。来日方长，还是不急吧。

袁炜的奏疏略曰：古之太平，日有不食。或月变行而避之；或五星潜在其下，御侮而救之；或涉交数浅；或在阳历阳盛阴微；或德之未休明而有小眚焉。则天为之隐，虽交而不食。此数者，皆德教之所由生也。皇上以父事天，以兄事日，众阴退伏，万象辉华，与不食同。

第六百一十一章

淳安知县海瑞，精打细算，从月俸里挤出几钱银子，买回只鸡，买回坛酒。淳安属严州府，在浙江不算富县，可就天下的县份而言，也不算穷县，他出身举人，能由教谕迁知县，而且是浙江省的知县，十分不容易。他把母亲接到任上，是想好好孝敬孝敬老人家。可淳安的街市上满是鸡鸭鱼肉，每天却只能给母亲吃白菜豆腐，他心里很不是滋味。母亲过生日，无论如何也要让她见一见荤腥。

鸡是他亲自去街市买的，挑了一只最肥的。酒也是他自己去沽的，是最廉价的一种。老仆人不解其意，海瑞说：这有什么不懂的，鸡是为母亲买的，酒是为自己买的。

他亲自杀鸡下锅。鸡汤炖一个上午，浓浓的香气弥漫在灶间。海瑞不由得咽了咽口水。他定下的规矩，一日三餐，除中午的一盆素菜可以见到油星，早、晚都是咸菜；肉则十日一尝，但有时候，一个月也吃不到一次荤菜。虽说鸡是为母亲买的，但以母亲的高龄，鸡肉是咬不动的。等母亲喝过汤，他就可以痛痛快快吃一回肉食。

谁知汤没有端上桌，却出事。一人匆匆忙忙进到县衙后院，匆匆忙忙说："老爷，那人在喊饿呢。"

海瑞认出来者是狱里的牢头，问："谁在喊饿？"

"就是老爷昨晚关进去的那人呀，"牢头说。

海瑞心里一沉：真是的，光顾着为母亲过生日，怎么把他给忘了！

昨日黄昏时，一伙人住进馆驿，嫌晚饭准备得不中意，把驿丞捆绑起来，倒悬在梁上。海瑞大怒，将为首一人抓起来，关进县牢。讯问时吓一跳，那人自称是总督浙、直军务的尚书都御史胡宗宪之子。其他人证实，他真是胡都堂的公子，并非假冒。

但海瑞还是把那人关在狱里。他叱责那人，竟敢假冒胡都堂公子。那人不服，问他何以见得自己假冒。海瑞说：胡都堂巡视各府、州、县，令所过之处不得大张旗鼓迎送，不得盛宴接待，你看看你们一伙人，盛装华服，油头粉面，哪有一点像是胡都堂的公子！后来，从那伙人的行囊里搜出数千两银子，也被他没入公库。

该惩治的惩治，该没收的没收，他想第二天一早寻个借口把那人放走，再修书胡都堂，就说抓获一名冒充胡府公子的浪人，已遵都堂的告示，狠狠教训一顿。谁知一下挨到午间，那人闹起来。

“狱里不是供给一餐吗？”海瑞问。

“那人说狱里的饭是狗食，一口也咽不下去。”牢头说。

“他以为自己是谁！再关他两天，看他咽不咽得下狗食！”话虽这么说，事情还得解决，海瑞道，“他不是还有一干狐朋狗友吗？”

“那伙人身无分文，正饿着肚子等他呢。”牢头说。

“他等倒还讲个义字，”海瑞嘟囔一句，又问，“赵主簿怎么说？”

“不是没收了那人银两吗？赵主簿想从里面支取几两，烧几样菜给那人送去，可又不敢作主，命小的来请示老爷。”牢头说。

“不行不行！”海瑞连连摇头，“那数千两银子若还在那人私囊，他想怎么用就怎么用，既入官库，我要派大用场，一分也不能乱花。”他盯住锅里的鸡，问，“那人有没有说，他想吃什么？”

牢头也正盯住锅里的鸡：“他说，有两只鸡腿足矣。”

“两只鸡腿！他以为鸡能长七八条腿吗，开口就要两只鸡腿！”海瑞嚷叫道。可马上又泄气。人是他抓起来的，银子是他没收充公的。几千两银子，可以修路，可以建桥，可以供应灾民一碗粥喝，他要吃鸡腿，并不过分。他取来一个粗瓷大碗，先盛上半碗鸡汤，然后用筷子夹出一只鸡腿。“告诉他，淳安的鸡只长一只腿。”想了想，把另一只腿也盛到碗里，说，“算了算了，淳安的鸡长一只腿，这话传出去不好听。”

才打发走都堂之子，都堂又来。不是胡都堂，是鄢都堂。因为事情急迫，严州知府差一名师爷来告知。

“哪个鄢都堂？”海瑞一时没转过来。

“海大人今天怎么了，天下难道还有第二位鄢都堂吗？”师爷问。

“是，是，一位鄢都堂，已让天下招架不住。”海瑞说。鄢姓甚为罕见，开国二百年来，是不是只有一位鄢姓的进士，他不敢说，但称为都堂者，绝对只有一人，那就是总理两浙、两淮、长芦、河东盐政的右副都御史鄢懋卿。天下都转运盐使司有六，除这四处以外，还有山东和福建。天下盐政都存在诸多问题，而户部奏，这四处的问题尤为严重，请差大臣总理。严嵩乃力荐鄢懋卿。

盐政是肥缺，六处都转运盐使司而总理其四，权势可想而知，油水可想而知。说他是天下第一钦差，也不为过。

“招架不住，也得招架呀。”师爷说。

海瑞听他话里有话，忙问：“鄢都堂是不是要来严州？”

“不是要来严州，他已经在严州城里。”师爷说。

“苦也！”海瑞觉得两条腿发软，几乎站立不住，“我知道，太守一人招架不住，要我等和他一起招架。说吧，他向淳安摊派若干？”

“海大人想差，”师爷道，“太守有话，海大人是琉璃公鸡，一根毛也休想从他身上拔下来，趁早别打他的主意。太守差在下来，只是送个口信：鄢都堂在严州城里用过早饭后，就要来淳安。午饭一定是赶不上，请海大人准备一桌晚饭吧。”

“苦也！”海瑞又叫声苦，问，“鄢都堂在淳安是路过，还是小住？”

“听鄢大人的口气，要在淳安住上三五日吧。”师爷说。

“苦也！”海瑞这是第三次叫苦。他腿不再发软，头却疼起来。

师爷抱了抱拳，说：“口信送到，在下告辞。”

海瑞心不在焉地挽留：“吃饭再走，我这里还有一坛老酒。”

“免了，免了，海大人的酒，在下不敢领教。”师爷说罢，逃之夭夭。他喝过海瑞的酒，今生不想再喝第二次。

海瑞没有送客，也没有心情去给母亲祝寿。他让老仆煮碗鸡汤面，给母亲送进去，自己则坐在灶间的小凳上，一口一口地喝着闷酒。

不知喝到第几口，心里一动，有了主意。他回到衙门，读过两件公文，问了两桩案子，开始张罗起来：首先让老仆把鸡汤重新热过，然后命衙役去饭馆里借用送菜的食盒和挑子，然后命衙役去杂货铺里买些淳安的土特产品。盛着没有鸡腿的半只鸡和鸡汤的瓦盆装进食盒，放在挑子的一头，土特产品放在挑子的另一头，海瑞命一名健壮的衙役挑起挑子，自己带着老仆，一行三人，出淳安东门，沿着大路一直向东走去。

淳安多山，一段路向上，一段路向下，走出十几里，挑着挑子的衙役还没有喊累，老仆却吃不消。

“老爷，还要走多远？”他问。

“走得出多远，就走多远。”海瑞说。

“不就是迎个上官吗，老爷也没个准数？”老仆喘着气问。

“照你说来，来的是都堂，该迎出多远？”海瑞反问。

“官场上的事，小老儿不知。”老仆说。

“那我告诉你，迎接这位都堂，越远越好。”海瑞自己也累，他捶了捶腰，指着前方说，“前面就是锦溪关，我们去关下歇脚。”

锦溪关是倭乱以来设立的一个新的关隘。

“从没见过老爷对上官如此虔诚。”老仆见落后几步，忙追上去。

海瑞在锦溪关以远迎到鄢懋卿。只见前面是一队荷甲的步卒，后面是一队威武的骑卒，在步卒和骑卒之间，是一顶舆轿。海瑞很少见到都堂出巡，在他看来，鄢都堂出巡，称得上浩浩荡荡。

再看那顶舆轿，真不得了。比他所乘过和所见过的轿子都要大，自不必说；舆轿的两侧以五彩锦缎装饰，在夕阳的映衬下，看得人眼花缭乱。再近些，才看出，抬轿的不是二人，不是四人，而是十二人！十二人不是健卒壮丁，而是天足的年轻女子！十二名女子一式的窄衫窄裙，抬着偌大的舆轿，走起来窸窸窣窣，摇来摆去，煞是好听，煞是好看。

堂堂钦差大臣，乘坐五彩舆轿，不成体统。不过，和女眷同乘一轿，又另当别论。听说鄢都堂出巡，往往偕夫人同行，看来不假。

轿旁一骑者，显然是鄢都堂的心腹，见海瑞等人，低声向轿里说句什么，然后喝令队伍停下。海瑞不及多想，向轿前走两步，高声道：“淳安知县海瑞，在此恭迎景修先生大驾。”

轿帘掀开，鄢懋卿由轿外心腹搀扶下轿，伸伸腰，踢踢腿。

“汝贤，我这就到淳安县境内了吗？”他懒懒地问。

海瑞字汝贤，广东琼山人。

“景修先生已深入淳安腹地。”他说。

“是吗？那离县城还有多远？”鄢懋卿问。

“不足二十里。”海瑞说。

“汝贤远迎，我担当不起呀。”鄢懋卿说句客套话。

“应该的，应该的，”海瑞说，“景修先生大驾光临，乃鄙邑之幸。下官送来亲炖鸡汤一钵，为景修先生解乏。”

“当真？”鄢懋卿大受感动。都说海县令不近人情，看来是误解他了，“常听人说，汝贤难得用荤，这鸡汤不会是特意为我炖的吧？”

“这汤是下官为母亲寿辰炖的，正好奉至景修先生面前。”海瑞说。

鄢懋卿还听说，海瑞敢于直言，不善说谎，看来也是真的。

“好，好，令堂高寿，我夫妻也沾一点她老人家的福气，”鄢懋卿说着，转向使女，“请夫人先尝，莫辜负海令心意。”

见海瑞从食盒里取出的是瓦盆，他皱起眉，但还是让使女送进轿里。

一会儿，使女端出瓦盆，转告夫人的话：“夫人说，味道很不错，谢谢海大人。还说，老爷也要尝一尝。”

海瑞向着轿内作揖，口称：“多谢夫人赏面。”

鄢懋卿闭起眼睛，啜一口鸡汤，看似品味，实则不愿再看到粗糙的器具。然后，睁开眼，说：“味道果然不错。”

海瑞向他一揖：“多谢景修先生赏面。”

鄢懋卿看了看天色，问：“汝贤，天黑前赶得到县城吗？”

“赶得到的，景修先生放宽心。”海瑞说。

“那就动身吧。”鄢懋卿道。

“是，是，”海瑞应着，却没有动身的意思。

鄢懋卿似有所悟，命道：“牵过一匹马来，供海令骑。”

“不必，不必，下官步行即可，景修先生请上轿，”海瑞忙说，可就在鄢懋卿要上轿时，他又忽然叫道，“景修先生且慢。”

鄢懋卿站在轿帘前，问：“海令还有何事？”

海瑞不答，径自绕过他，走到轿前，比比画划，忽而用手，忽而用胳膊，测量起舆轿的宽度。测量完轿面，又测量左右轿杆，还比比画划地计算一番。然后，他说：“淳安城去不得。”

“你是说，我去不得淳安城？”鄢懋卿不悦。

“不，景修先生去得淳安城，夫人去得淳安城，可景修先生和夫人的舆轿去不得淳安城。”海瑞说。

“是轿子宽了？”鄢懋卿问。

“可不是吗！”海瑞发起牢骚，“淳安城不知哪一位前任所修，城门只比景修先生和夫人的舆轿窄一臂；景修先生和夫人舆轿又不知哪一个闭门的工匠所造，只比淳安城门宽一臂。”

鄢懋卿以审视的目光，重新打量起海瑞。都说此人不近人情，果然；都说此人不善说谎，未必。

“汝贤，你要挡我的驾？”他冷冷地问。

“不敢，下官不过说的实情，”海瑞道，“景修先生一定要下榻淳安城，也不是没有法子。或将轿杆截去一段，不过，这舆轿日后恐怕就不好用；或将城门拓宽，不过，这不是三五日可完工的；或既不截轿杆，也不拓城门，景修先生和夫人在城外换乘小轿入城。不过，县衙里只有一领小轿。景修先生若不愿夫人委屈，只好夫人先入城，景修先生在城外稍候；若顾及自己的体面，只好景修先生先入城，夫人在城外稍候。总而言之，总而言之——”

这几句话，很是挖苦；后面的话，则故意不说。

“总而言之，以不入城为宜。”鄢懋卿替他说道。

“景修先生明鉴，淳安僻小，实无以容轩车。”海瑞道。

这是直言，而不是谎话。鄢懋卿这才领教他的耿直，只断断续续地说出几个“好”字来。海瑞不卑不亢地侍立一旁，并不分辩。

舆轿里传出夫人一声咳嗽，鄢懋卿才渐渐镇静下来。他也咳嗽一声，说：“好，淳安城我不去。汝贤，我在贵县土地上稍歇，总可以吧？”

“景修先生尽管歇，下官陪着。”海瑞说。

心腹从舆轿里搬出一把小凳，放在鄢懋卿身后，但他屁股还没有挨到凳子，就叫道：“不歇了，我们快走！”

“是，下官恭送景修先生。”不等鄢懋卿的心腹答应，海瑞先答应。

“汝贤，你是怕我赖着不走吧？”鄢懋卿问。

“应该的，应该的。”海瑞没头没脑地答道。

他真把鄢懋卿送到淳安和临县交界的地方。鄢懋卿从舆轿里探出头来，说：“汝贤，我喝你一口鸡汤，必有后报。”

海瑞则大松一口气，道：“景修先生不必客气。”

第六百一十二章

顺天、应天的乡试，例差翰林官为主考。嘉靖四十年应天府的乡试，差派的是右春坊右谕德兼翰林院侍读吴情和翰林院侍读胡杰。吴情字以中，常州府无锡人，嘉靖二十三年的探花。胡杰字子文，江西丰城人，嘉靖二十六年的进士和庶吉士。两个人都出生在南方，吴情还是南直隶人，但十几年的翰林官做下来，早以京师为家。主试应天是难得一逢的美差：到南京，南京的官员和应天府的官员皆有馈赠，这是得利；今年的举人，就是明年的进士，或四年以后的进士，他们无不奉你为座师，这是得名。不过，这趟差事办下来，前前后后两个月，他们有点累，有点想京师的那个家。现在，试卷阅毕，南监外张榜，再有一两天，应酬应酬，歇息歇息，就可以北还京师。

第二天、吴情举着一张纸，找到胡杰。

“子文先生，对这名学子有什么印象吗？”他问。

胡杰接过去看，原来是一首七言律诗，落款江阴梅国光。凡如此署名者，都有一股孤傲之气，不用说，他的诗无论为何而作，也一定放荡不羁。谁知读过诗后，只觉得字句间颇为俗气，但此人确有些可怜。

梅国光的诗写道：

早岁虚名冠士流，五千声望一时收。自期已是龙门客，岂料还看江国秋。

泣玉何年方定价，遗珠在海向谁投。无缘识得荆州面，空羡荣封万户侯。

胡杰摇了摇头，反问，“以中先生留意江南人才，或识得他？”

吴情说：“偶听人提起，江阴有个梅中立，颇有才气，应该就是他。不过，虽为同郡，中间隔个府城，我却从未与他见过面。”

无锡和江阴均属常州府，无锡在府东，江阴在府西北，所以，他会这么说。而梅国光果然字中立。

胡杰把诗反复读两遍，问：“以中先生，所谓‘自期已是龙门客’，不过是他的自信，抑或有别的故事？”

吴情感兴趣的，也是这一句话。他央道：“我亦不知，子文先生，你可不可以去探问一下？”

胡杰无有不允：“好，以中先生静候回音。”

一问，果然有别的故事。梅国光的文章是作得不错的，已在被取之列。写榜时，监试的南院御史，见一差役专心地看人填写，忽然以衣袖掩面。他走过去，拉下差役的胳膊，见到一张露出牙齿的面孔。再看榜文，正填写到梅国光。他把差役叫到一旁盘问。原来差役是江宁人，而乡试的许多物料由江宁县供给，梅国光的父亲以江宁主簿充供给官。差役正在想，抢先去报喜，不知能得到多少好处呢。监试御史由此生疑，乃强行作主，把梅国光除名。

这段故事，梅国光一定也知道，所以才有这首诗呈与吴情，才有“无缘识得荆州面”的感慨。

“梅氏父子到底有没有作弊之事？”吴情问。

“这只有天晓得。”胡杰根本没去想这一层。

吴情也感慨起来：“科场真是无奇不有，一笑，居然笑丢举人。”

“以中先生想替他把这个举人再捡回来吗？”胡杰问。

“捡回来？榜文已经张挂，题名录已经封识，要复查此案，应天府闹得翻天覆地不说，还得惊动朝廷，值得吗？”吴情道，“再者，梅中立自谓‘早年虚名冠士流’，说不定真是虚名呢？子文先生说只有天晓得，难道你我还真去卜天？事已至此，梅中立自认晦气吧。他若有才学，等下科再考又有何妨。”

话虽这么说，满心的不快和失落，还是流露在脸上。

为宽慰他，胡杰说：“科场无奇不有，这话一点儿不错。以中先生有没有听说，浙江今科秋闱还有更奇的事？”

“浙江科场上的故事也传过来？”吴情问。

“浙江比应天早张榜几日，故事于是传过来了。”胡杰说着，问道，“徐文长这个人，以中先生听说过吧？”

“名动两京，我怎会没听说过！”吴情道。

“浙江科场的奇事，就出在徐文长身上。”胡杰说。

“今年他也应试？也是因为一颦一笑丢举人吗？”吴情问。

“是否一颦一笑所致，不知，榜上无名，则千真万确。”胡杰说。

“徐文长的诗文，赏识的人不少，不喜欢的人也不少。他今科榜上无名，算不得奇事。”吴情说。

“是，徐文长不是第一次入闱应试，前几次既不中，今次亦不中，自然算不得奇事。不过，”胡杰口气一转，说，“得知落第后，徐文长就变得神情恍惚，嘴上反反复复只有四个字，这事就有些离奇。”

“那四个字？”吴情问。

“百密一疏。”胡杰道。

“果然离奇，”吴情被故事吸引，问，“四字何意？”

“也有段故事，”胡杰道，“据说，胡都堂对徐文长今科应试很上心，凡有拜谒的官员，无不重重嘱托。”

“有胡都堂的嘱托，莫道举人，就是解元也可得呀。”吴情道。这话言过其实，莫说总督嘱托，即便阁老嘱托，乡试里也未必拔得头筹。但胡宗宪在浙江一言九鼎，大小职官都要巴结他，却是不错的。

“这就是百密一疏，”胡杰说，“胡都堂人人都嘱托到，唯有一员知县忘却嘱托，而徐文长恰恰进的该知县那一房。他不知因为胡都堂没有嘱托，自觉被冷落，还是的确看不上徐文长的文章，于是——”

“于是，徐文长就落榜，”吴情接过他的话，“徐文长栽倒在阅卷官手里，梅中立栽倒在监试官手里，此二事看似没有牵连，实则异曲同工，不谋而合。一言以蔽之，天意也。”

“以中先生说的是。”胡杰道。

胡宗宪一则以喜，一则以忧。

喜的是一连串的升赏。七月，朝廷降旨，命他总督直、浙、闽及节制操江都御史外，再兼节制江西。他让戚继光驰援江西，戚家军一到，江西的局势渐次平稳。在此之前，他上浙江捷报，有功文武官员皆有赏赐。获赏赐最重的，则有三人：一是他本人，赐少保衔；一是戚继光，连升三级，为都督佥事；一是义乌知县赵大河，连升四级，为按察佥事。江西再报捷，还不知会有什么赏赐。

忧的是徐渭的病情。徐渭发病是因为科场失意，他科场失意是因为自己的一个小小的疏忽。作为东翁，他觉得没有什么对不起徐渭的；可作为朋友，他心里有愧。说起来，事情就是这样奇怪。以徐渭的才气，不必有人关照，就该秋闱、春闱连捷的。现在有人关照，只不过遗漏一处，却使他再一次落榜。难道真是人太聪明，天亦厌之？

他又想起徐渭赠人的对联。那日想了许多“无一事不可舍”，现在不妨再想一想“无一事不可求”。真的无一事不可求吗？看来不是，今生的兴衰宠辱不是求来的，是修来的。不然，怎么解释徐渭的落魄？

但愿徐文长早日康复。

第六百一十三章

太原知府於唯一调任，离开太原时，士民乱一阵。山西巡抚孟淮调任，离开太原时，士民乱一阵。晋王府长史等官被锦衣卫官校逮捕，离开太原时，士民乱一阵。一阵一阵的加起来，就有好些日子。

关于孟淮的调任，只含混地说调往南京他用。其实，太原士民根本不关心他的调任，他离开时所以会乱一阵，是因为於唯一的调任和他有关。所以，他调任引起的动荡，是於唯一调任引起的动荡的延续。

逮捕长史，是针对晋王的。亲王有过错，当然是那些小的过错，不是宣德年间的汉王、正德年间的宁王那样的过错，是不能逮捕的，只好由长史代受惩罚。晋王的过失真不大，不过是请朝廷恩准於唯一留任。所以，晋府长史被逮捕所引起的动荡，是於唯一调离引起的动荡的延续。

可以说，这些日子太原士民的动荡，都与爱民如子的父母官於唯一的调任有关。士民的情绪到现在也没有稳定下来。如果你去大街小巷，去酒店饭馆，到处还可以听到"还我父母"的呼声。

新任巡抚杨宗气，对於唯一调任到晋府长史被逮的整个过程都知之甚详；而且，不是作为旁观者，而是置身其中。因为他是由山西右布政史升为右副都御史，巡抚山西的。他感觉到，太原士民现在的情绪是潜在的危机，若不尽快平息，会有更激烈的爆发。新任巡抚若来自山西以外，可能会回避这件事；杨宗气却想采取另一种方式，和太原士民尽情地议一议这件事。他想，都道外来的和尚好念经，究竟回避好，还是议一议好，要做过以后，才见分晓。

汇聚在巡抚衙门里的，主要是府城里的士民，另外，还有几位从属县请来的有身份的士民。杨宗气在山西任职有年，这些人一半熟识，一半虽未见过，却也闻名，寒暄几句后，彼此都不再拘束。

"水公，听说你要大张宴席，款待我等，可有其事？"一耆儒问。

杨宗气字子正，号活水，浙江归安人，嘉靖二十年进士。按照习惯，该尊称他活公。但那样的称呼，听起来不舒服，不知是谁变通一下，以水公相称，众人纷纷效仿。

“有这等说法吗？”杨宗气问，并说，“诸位都是府、州、县领袖人物，又是本官请来的客人，该当有酒宴的。不过，衙门里没有此项支出，诸位要饮酒，只有掏本人的腰包。不瞒老先生，不瞒诸位，方才我还审视一番腰包，请诸位饮一杯水酒不在话下，让诸位尽欢则难。”

众人听这话，都开心地笑起来。

“小民饮酒，都堂大人掏腰包，哪有这样的道理？客人是都堂请来的，东家我来作吧，”一个年龄较轻、家境肯定比较殷实的外来士人说。话一出口，他有些后悔，问道，“我这不算喧宾夺主吧？”

用意很明显，希望太原城里的士民抢着做东。

太原城里的士民无一人强出头。倒是另一个外县来的士民帮他解围：“我看老兄不但喧宾夺主，而且目中无人。”

“是，是，在下知错。”那人擦了擦额头上的汗，连声说道。

最早发问的耆儒咳嗽一声，堂上立刻无声，看来，他是个身份很特殊的老人。他不屑评论太原士民的小家子气和太原以外士民的愚蠢，径对杨宗气说：“水公不请我等饮酒，一定有所训饬，就请开始吧。”

“言重，”杨宗气道，“请诸位来小坐，不过是有些事情想不清楚，诚心请教，哪里有什么训饬！”

“水公也有想不清楚的事情？”一耆儒问。

“人非生而知之者，孰能无惑？”杨宗气引句哲人的话。

“水公想不清楚的事情，怎知我等想得清楚？”另一耆儒问。

“三人行，必有我师焉。”杨宗气引句圣人的话。

最早发问的耆儒又咳嗽一声，众人静下来，听他说什么。

“还是请水公言其事吧。”他说。

众人纷纷道：对，对，请水公言其事，请都堂大人言其事。

“好，”杨宗气问道，“於太守离任多日，太原士民，包括在座的诸位乡贤，仍然念念不忘，这是何故？”

也许问题太简单，也许没有想到他会问这样一个问题，反而需要好好想一想。想出答案，也没有人急着答话。众人目光先是漫无目标，然后集中在最先发问的耆儒身上。

杨宗气朝他揖揖手，说：“请老先生为我解惑。”朝其他人揖揖手，说，“请诸位为我解惑。”

“水公真不解何故？”那位耆儒反问一句。

“是，”杨宗气应道，“我出身翰林，首任谏垣，从未任过府、州、县官，见於太守如此深得民心，真是好生羡慕。”

所谓翰林出生，是他曾被选庶吉士，散馆后，授工科给事中。

那耆儒手抚长髯，不急不缓地说：“我原本想，水公修的是大学、中庸，我等修的不过是小学，今日晋儒可要在方家面前丢尽颜面。不想水公问的正是小学的题目，这就好，这就好！若问我等何以对於公念念不忘，简而言之：於公爱我。”

堂上立刻活跃，一太原城里的士民说：“於太守在任上，但与民惠利，却锱铢不取；但为民解忧，却丝毫不扰。我在太原住五六十年，山西的府、州、县去过不少，甚少见到这般好官。”

“是啊，”一外县士民接着说，“於太守两次巡视到我乡，皆自备干粮，到民宅只讨一碗井水，还道谢不迭。”

“於公清廉恭谨，那也不必说；要我说，於公爱我，最要紧的一项，是救我于水火，解我于倒悬，”太原城里一年长的士民说，“前年太原大饥，於公全力赈济，获救者有数千人之多。太原县有一王姓人家，若非赈济及时，就都饿死。为谢於公救命之恩，那王某把三个孩儿的名字改为王於一，王於二，王於三。”

“要说救我于水火，解我于倒悬，当数去秋的变故，”另一士民说，“去秋套虏自雁门关入，官军抵御不利，由总兵某率领，悉数避入城内。官军如匪，军纪松懈，于街于市，大肆剽掠。要不是於公大义凛然，执获为首作恶的军士，绳之以法，我太原士民，如何躲得过这场灾难！”

“你就直言总兵官王怀邦好了！他克扣军饷，畏虏如虎，祸国殃民，死有余辜，还用得着为他遮掩吗？”一年岁较轻的士民说。

“我并不想为他遮掩，但有人想为他遮掩。”前一士民说。

“你不如直言巡抚山西都御史孟淮孟都堂！朝廷虽未降罪于他，但他与王淮邦相互勾结，饮民血兵血而肥，我等难道就不知道吗！”还是那年岁较轻的士民在说。

“在水公面前，不可肆言。”年长的士民说。

他的劝止不无道理。在杨宗气面前，骂几句王怀邦没有关系，他是武职，而且已被下狱论死，只是尚未拉去刑场而已；骂孟淮，就要小心，他并没有被治罪，而且和杨宗气又是前后任。

杨宗气不想他们有顾虑，他说："卫公是我的前任，也是我的学长。我请诸位来，议的是於太守，并非孟都堂。不过，议孟都堂者若与於太守相关，议一议又有何妨！"

孟淮字豫川，号卫原，河南祥符人，嘉靖十七年进士。

那年岁较轻的士民抢着说："我把话题转向孟都堂，当然和於太守相关。要不是孟都堂颠倒是非，欺骗朝廷，於大守何至于调任！"

提起孟、於交恶，话多起来。

一外县的士民说："方才这位先生道，孟都堂为王怀邦遮掩，似乎说轻。据在下所知，为王怀邦遮掩，即为自家遮掩。"

那年岁较轻的士民不服气地分辩："孟、王相互勾结，我不是说了吗？既相互勾结，为王怀邦遮掩，当然就是为自家遮掩。难道他为王怀邦遮掩，是想自家去顶罪不成？"

那外县士民还要说什么，另一士民说："孟、王相互勾结，孟某搜刮民财，有王某的份儿；王某饱饮兵血，有孟某的份儿。这可说是无人不知，但有一件事，你二人却未必知道。"

"何事？"两个人齐声问道。

"王怀邦因渡职失事被劾，理当由巡按御史查问，那时我山西巡按正要还朝述职，遂委於太守查问。"那个自以为颇知内幕的士民说。

"这事也是无人不知，还用你来说。"年岁较轻的士民打断他的话。

"且听下文，"那士民道，"於太守审得案情属实，王某论罪当死。孟某乃命再审，并示意於太守网开一面，从轻论罪。於太守哪里理会，再审之后，由论绞改为论斩。孟某大为震怒，才上疏栽陷於太守。"

那外县的士民说："孟某欲轻治王某之罪，我虽不在太原城，也有耳闻；但公然向於太守示意，不知是否属实？"

"我既这样说，自然属实，即便去京师，三堂会审，要我做个人证，也绝不改口。"自以为颇知内幕的士民说。

"仁兄好大口气，连我这个衙门都看不上。"杨宗气插言一句。

众人一笑。一个看上去就很精明的士民对自以为颇知内幕的士民说："这件事你只说出一半，另一半连你也未必知道。"

那个外县的士民、年岁较轻的太原士民、自以为颇知内幕的士民，还有另一些人，急忙问道："另一半何事？"

看上去很精明的士民说：“孟某示意於太守轻治王某，此事属实。其实，说他谕令於太守轻治王某，亦无不可。可孟某为什么要明目张胆地维护王某呢？相互勾结，做尽坏事，一方落难，另一方不闻不问者有之，袖手旁观者有之，甚至落井下石者亦有之。孟某没有不不闻不问，没有袖手旁观，没有落井下石，是因为他不能不闻不问，不能袖手旁观，不能落井下石。王某自知罪恶深重，除非孟某鼎力救助，唯有一死。所以他做好准备，孟某不能救他的命，他就要上疏揭发孟某的罪恶，与其偕亡。孟某当然害怕，当然要竭其所能救助王某。”

“奸人为利而勾结，为利而互讦，还会讲个义字吗？”

“不错，王某揭发孟某，无义可言，孟某庇护王某，同样无义可言。”

“孟某为王某遮掩，即为自家遮掩，这话一点不错。”

众人议论纷纷，看来都信以为实。

最早发问的耆儒咳嗽一声。这一阵子，只有他和杨宗气没有参与议论。现在，他又要开口。于是，众人肃静，好像在等待一个总论。

他对看上去很精明的士民说：“你说，王总兵自知唯有一死，欲上疏揭发孟都堂，所以，孟都堂要救助王总兵？”

“是。”看上去很精明的士民恭恭敬敬地应道。

最早发问的耆儒转向自以为颇知内幕的士民：“你说，孟都堂示意於太守，轻治王总兵，於太守不从，二人遂交恶？”

“是。”自以为颇知内幕的士民恭恭敬敬地应道。

最早发问的耆儒转向年岁较轻的士民：“你说，孟都堂颠倒是非，欺骗朝廷，才致使於太守调任？”

“是。”年岁较轻的士民恭恭敬敬地应道。

说来也怪，按照最早发问的耆儒所说的顺序，整个事件似乎更加清晰。众人都想，如此高龄，头脑却一点儿也不糊涂，怪不得他声望如此之高，连在座的杨都堂都要敬重他几分。

“可此等事，有哪一件是水公不知道的呢？”最早发问的耆儒问。

众人答不上来，有人呆呆地看他，有人呆呆地看着杨宗气。

“水公，孟、王如何勾结，孟、於如何交恶，王总兵是否欲上疏揭发，孟都堂为何全力遮掩，你都知道吧？”最早发问的耆儒问道。

“有些确知实情，有些但得耳闻。”杨宗气说。

“既然如此，为何把大家招来，数说这些或是确知或是耳闻的事情呢？这些事情和水公不解的事情有何关联吗？”最早发问的耆儒问。

“或有些关联。”杨宗气说。

“好，众人讲了许多，也该听水公讲。”最早发问的耆儒说。

“是这样，”杨宗气扫一眼，见众人都在专注地倾听，知道他这个主角该上场，“诸位说的事情，有些我确知实情，有些我但得耳闻。把诸位请来议论此事，是想听听还有没有我既不知实情、又不得耳闻之事。看来没有。那么，我当初的困惑还是没有解开。於太守救民于水火，解民于倒悬，这话虽有些张大其词，但於太守是个好官清官，毋庸置疑。太原士民盼望他留任，对他念念不忘，亦在情理之中。本官要说的是，於太守留任，诸位尽管吁请；准否，却在朝廷。今日王府的事，诸位都是知道的。有人会说，王爷为民请命，难道不应该吗？为民请命没有什么不应该，但亲藩不得干预政事，不得干预地方官员的任用，是祖宗定下的规矩。天潢贵胄尚且如此，何况他人？再者，於太守是个好官、清官，诸位难道就忍心让他一辈子羁留在太原太守任上，断了他的前程？就不想他施惠更多的人？”

一段话说完，杨宗气饮一口茶水，观察众人的反应。

“可於太守并未升迁呀，”看上去就很精明的士民说，“辖制二十几个州、县的太守，改任辖制十个州、县的太守，故我等不忍心。”

“不是升迁，也不能说是贬谪吧？”杨宗气道，“朝廷用人就是如此。有人只任一处知府，即升任布、按二司官；有人要任两处、三处知府，才升任布、按二司官。多些历练，并非坏事。”

“不是说善有善报，恶有恶报吗？可作恶多端的孟某就这样扬长而去，升任京官，故我等不甘心。”年岁较轻的士民说。

“他去的是南京。”杨宗气解释。

“那也是京官。”年岁较轻的士民说。

杨宗气微微一笑，道：“於太守之去，孟都堂之去，已有些日子。诸位可知，本官为何今日才请你等来议此事？”

谁也说不出是什么缘故。

“朝廷降旨，孟都堂改任应天府尹。”杨宗气说。

布、按二使及顺天、应天府尹改巡抚，是正常的升迁，而由山西巡抚改应天府尹，比起辖制二十几个州、县的知府改任辖制十几个州、县的知府，更是实实在在的“左迁”。

众人三三两两地议论起来，显然，包括自以为颇知内幕的士民和看上去就很精明的士民在内，大家还都不曾得到这个讯息。

“真是天网网恢恢，疏而不漏呀。”年岁较轻的士民说。

“不，”最早发问的耆儒一开口，大家又静下来，“还不能说天网恢恢，疏而不漏，只能说上苍有眼，皇上圣明。”众人要响应他的说法，被他拦住。“水公的意思我懂。於太守是个好官、清官，我太原百姓有良知，不会忘记他；皇朝圣明，不会埋没他。於太守走了，太原人的日子还要过下去。该读书的还要好好读书，该种田的还要好好种田，该做工的还要好好做工，该经商的还要好好经商。此外，大家心里还会存着一个愿望：朝廷再差一个爱我赤子的太守来。水公，你说请我等解惑，实则你在为我等解惑。”

“哪里！老先生所言，比我想的深刻得多。”杨宗气谦道。不过，他心里很得意，这篇经文，看来念得不错。

第六百一十四章

“严爱卿免礼，看座。”皇帝命道。

“谢皇上。”严嵩动作迟缓地坐下。

他真的是老态龙钟，皇帝想。记得在他八十岁生日的时候，曾送给他一件大礼，准他在西苑内乘舆。从那以后，由值庐到万寿宫，到无逸殿，到圣驾所在的地方，感觉他轻松多了。可只过去两年多，看他由殿外走入殿里，看他稍尽君臣之礼，甚至看他坐下，又都变得吃力。

看他力不从心的样子，皇帝有时想，也许真该让他彻底去休息。也许他们两个人都需要一个台阶，一个题目，他可以彻底地体面地致仕，皇帝可以彻底地体面地离开他。

但真是一个台阶、一个题目这样简单吗？皇帝没有把握。再也见不到严嵩，再也不能面对面地和严嵩对话，真的可以泰然处之、若无其事吗？皇帝没有把握。否则，一个大臣的致仕，台阶有什么不好找的？祖宗制定的七十而退的规矩不就是一个绝好的题目吗？不说那么远，上个月的那件事，不就是一个很好的台阶，很好的题目吗？眼下的这件事不就是一个很好的台阶，很好的题目吗？当然，对严嵩来说，对自己来说，似乎不那么体面，但彻底是不成问题的。

问题还是：严嵩在内阁二十年，朝夕相处，胜似亲人，难以割舍。问题还是：严嵩一旦离去，有没有一个和他一样使自己感觉贴心、感觉欢心、感觉安心的人来填补他的位置。想到这里，皇帝拿定主意：眼下的这件事就算是一个很好的台阶，也绝不往下走一步；就算是一个很好的题目，也绝不发挥到严嵩身上。

“严卿，廷推南京吏部尚书，怎么推举郭朴？”皇帝问。

严嵩一怔，小心地问：“陛下以为郭朴不堪掌南吏部？”

皇帝摇了摇头，说：“不是他不堪掌南吏部，严卿想一想，文选值臣，朕让哪一人离开朕？”

坏了，严嵩想。真正值西内的大臣，倒有离开皇帝的，但都不是改任他职，而是打入地狱，如夏言，如郭勋。而被皇帝选中，入值西内，专责撰写青词的大臣，如袁炜，如严讷，如李春芳，也包括郭朴，没有一个改任的。严嵩苦恼地想，这么简单的事情，怎么就没有想到呢？他更加苦恼地想，要是严世蕃当时在身边就好了。这么简单的事情，他会事先提醒任夫的；即便任夫闯下这个祸，他也会事先提醒自己，设法补救的。可他虽然留在京师，有许多地方却是不能露面的，至少西苑是不能露面的。因此需要他筹划的时候，经常找不到他。自己离不开西苑、他又不能入西苑时，遇到棘手的事情，差人去找他，就贻误时机；差去的人往往找不到他，找到他也转达不清，更贻误时机。有时，干脆自己捉摸皇上的意思，自己应付；可看得出，很不合皇上的心思。

严嵩苦恼的，还不止于此。在关键的时候，严世蕃越来越难找，风传他在他的秘密住所，经常招妓招友，通宵达旦地狂欢狂饮。严嵩对自己这个独生的儿子是了解的。他好财，也好色。可是在几十年里，他对财货的喜爱，一直超出了对女色的喜爱。严嵩有时担心他惹出太大的麻烦，也是在聚财方面。按说，他现在已步入老年，怎么对女色的喜爱，反而超过了对财货的喜爱？在以前，这不会惹太大的麻烦，甚至算不得太大的毛病。现在则不同。现在他在居丧期间，寻欢作乐就是大不孝。风声传到严嵩的耳朵里，也会传到皇上的耳朵里。皇上怎想？

严嵩必须先回答皇帝的质问，无暇多想。

“推举郭朴出掌南吏部，臣疏忽，众臣疏忽。”他轻描淡写地说，试图由众臣分担责任。

皇帝立即指出：“此事与爱卿不相干，与众卿不相干，只是铨臣欧阳必进一人的糊涂。朕准他掌吏部，是看他性情谨慎。岂知他掌吏部后，凡事专肆，有失大臣体。上月他办过一件糊涂事，朕虽处分他，至今心里还不痛快。你看，他又办一件糊涂事。看来，前次的处分太轻。”

欧阳必进上月办的糊涂事，是关于湛若水湛老夫子的恤典。湛若水死于去年初夏，距今十九个月，他的后人一直在奏请恤典。前任吏部尚书吴鹏百般推脱，不肯复议。欧阳必进接任后，招架不住湛家的纠缠，或许他对湛若水其人有几分景仰，竟以吏部的名义，批复湛家的陈请。

皇帝不高兴地说：“湛若水伪学乱正，此奏浮词夸誉。着吏部对状。”

皇帝厌恶湛若水的学术，和当初厌恶王守仁的学术一样。不过，王守仁死了几十年，湛若水致仕也几十年，皇帝现在又提出湛若水的“伪学”，不知是厌恶湛若水的成分多一些，还是厌恶为湛若水奏请恤典的欧阳必进的成分多一些。

欧阳必进当时有少保兼太子太保的加衔。皇帝降旨，夺去他一切加衔，只留下一个实衔的尚书。皇帝现在说这一处分太轻，那还能有什么处分？难道降为侍郎来署部事？

他称欧阳必进是自己选用的，完全把严嵩解脱。严嵩只能应道：“是，必进办事糊涂，理应处分。”

谁知，皇帝却说：“不，朕这次不处分他了。”

严嵩不解皇帝的用意，呆呆地坐在那里。

皇帝接着说：“朕要复他少保兼太子太保之衔，并且还要给他加柱国衔。然后，”皇帝顿了顿，“他任六个月吏部尚书，可以致仕了。”

“是。”严嵩木讷地应一声。

“朕看，郭朴不错，可以接掌吏部。”皇帝说。

“是。”对严嵩来说，欧阳必进致仕，谁接掌吏部，已经无所谓。

严年找到严世蕃时，严世蕃和唐汝楫、白启常、罗龙文喝得昏天黑地。一共四个男人，却找来六个妓女，一个男人拥抱一个妓女，另外两个妓女坐在两个男人中间，替他们斟酒，喂他们吃菜。白启常解开他拥抱着的妓女的衣衫，把酒倒在她两乳之间，然后伏过去啜饮。严世蕃则让喂他吃菜的妓女把菜喂进他拥抱着的妓女嘴里，嚼烂以后再嘴对嘴地喂给自己。白启常给自己喝酒的方法起了个名目，叫饮乳谷酒。严世蕃也给自己吃菜的方法起了个名目，叫吃口香菜。

似乎还不满足，严世蕃手刚摸到唐汝楫拥抱着的妓女浑圆的臀部，说想吃个臀尖菜，白启常就把手伸进罗龙文拥抱着的妓女大腿间，说阴户酒的味道一定很特别。唐汝楫、罗龙文拥抱着的妓女尖叫起来；严世蕃、白启常拥抱着的妓女称自己被冷落，也尖声叫喊；斟酒、喂菜的妓女说自己更受冷落，也尖声叫喊。四个男人大笑，又轮换着拥抱。

严年见此龌龊不堪的情景，暗自叹息。他想的是，少主人若早些寄情于此，我又何须怕他。

严年和主人一样老态龙钟。他有自己的宅子，自己的儿孙，自己的家庭生活。他还要到严府露面，主要是向严嵩请安；再者，看看有什么大事得自己张罗。对严世蕃，能不见就不见，这位差不多也成老翁的少主人太精明，令人生畏。但今次他不能不来见严世蕃，因为严嵩吩咐他，或者说恳求他，一定要找到东楼。他虽然惧怕严世蕃，却掌握着严世蕃的行踪，当严嵩一定要找到严世蕃时，只有他办得到。

严世蕃看见严年，问：“家大人要找我，还是年兄要找乐？”

“出大事了，老爷请公子速去。”严年说。

“这几位都是公子，不知家大人要见哪位公子？”严世蕃嗔道。

“是我急糊涂，”严年忙说，“老爷请东楼公子速去。”

严世蕃继续吃他的口香菜，并指了指白启常，让他继续饮他的乳谷酒。菜下咽后，他对严年说：“家大人那里，会出什么大事？你今日来，是不是专为扫我和这几位公子的兴的？”

“小的不敢，真的出了大事。”严年说。

“介翁召唤，定有要事，东楼兄还是速去吧。”唐汝楫劝道。他在翰林院呆得久，对阁老的敬重，比别人又虔诚几分。

“不，”严世蕃手指严年，“先听他说，出了什么大事。”

严年知道，这几个人是严世蕃的至交，是心腹里的心腹，不必回避。他说：“皇上今天罢去舅老爷的官。”

“是我家舅老爷吗？”严世蕃问。

“是。”严年应道。

严世蕃眨眨眼，道：“此事不大，年兄，你去回复家大人，就说此事我早已料定，家大人只要不硬保舅老爷，就无妨碍。”

严年还想劝他同去，被他一句“要不，年兄尝一尝我首创的口香菜，或品一品白公子独家的乳谷酒再去”吓住，只得自己告退。

他一走，唐汝楫问：“东楼兄，真无妨碍吗？”

“是我家舅老爷，我不急，你等急什么！”严世蕃道。

“可约公不比别人呀，”白启常说，复问，“东楼公子既料定有今日之事，何不早做预防？”

“罢了，严年老儿来扫我等的兴，你等自家也来扫兴。好，我就与你等说一说此事的来龙去脉。”严世蕃说着，伸出三指，“我家舅老爷改掌吏部时，我对他说过三句话。第一句话，我对他说：用舅大人，皇上无奈家大人何；第二句话，我对他说：无为而安；第三句话，我对他说：当退则退。三位看，我是不是早料到今日之事？”

三人品味着他的话。罗龙文先说：“用约公，皇上无奈介翁何，东楼兄是在警示，皇上并不想用他。”

“第一句话，龙文兄听懂。”严世蕃道。

白启常说：“无为而安，东楼公子是告诫约公，切莫生事。”

“第二句话，仰庵兄听懂。”严世蕃道。仰庵是白启常的别号。

唐汝楫最后说：“既然用约公非皇上所情愿，既然约公身在其位而不能与谋其事，当然该及早而退。”

“第三句话，小渔兄听懂。”严世蕃道，小渔是唐汝楫的别号，严世蕃又说，“三句话，三位听懂，可叹我家舅老爷却听不懂。”

“这话怎讲？”唐汝楫问。

严世蕃说：“听懂我的第一句话，他当时就该请辞；听懂我的第二句话，他就不会为我那位湛老世伯奏请恤典；听懂我的第三句话，他就不会挨到今日，一点儿告退的意思都没有。”

“东楼公子的三句话类佛谶，高明之至。”白启常奉承道。

“也不全部高明，有一句就得改一改。”严世蕃说。

“哪一句须改？”白启常问。

“第三句呀，”严世蕃道，“官已被皇上罢去，还说什么当退则退！这一句该改成：弃我家舅老爷，家大人无奈皇上何。”

第一句无奈何，听起来还像句笑话，第二句无奈何，怎么听怎么像把严嵩和皇帝并列。两句无奈何放在一起，无论如何摆脱不掉欺君两个字。唐汝楫越想越不安，他对白启常、罗龙文说：“东楼兄酒醉之言，我等在哪里听到，就在哪里忘掉，出此门，切不可重复一字。”

白启常也在想这件事。他对六个妓女说：“我等官人不可重复一字，你等女流连半个字也不可重复。谁敢重复半个字，我把她送去顺天府，不，送去镇抚司，打烂她半边屁股。若重复一个字，两片屁股都打烂。东楼公子要吃臀尖菜，把我的屁股给他好了。”

这两句话说得既凶恶又粗俗，众妓听后，颤抖不已，又止不住想笑。一名胆子略大的妓女说：“我等侍奉老爷们不是一回，知道深浅。东楼公子这里听到的话，是半句也不敢在外面重复的。”

白启常哼一声，说：“知道就好。”

那厢，严世蕃已然打着呼噜睡着。

第六百一十五章

天黑了，皇帝拉着尚美人的手说：“走，随朕看烟火去。”

皇帝总记不起，尚美人芳龄十三还是十四，反正和她在一起，总有一种祖孙同堂的感觉。按年龄说起来，五十五岁和十三四岁，也确实该算作祖孙。而尚美人高挑的身材，细腻的皮肤，柔弱的腰肢，特别是在床笫间稚气羞怯而又渴望的眼神，往往令得皇帝兴奋不已，喜爱不已。所以，她成了西苑最得皇帝宠爱的女子。

“好啊。”尚美人高兴地拍着她那双小手。

正旦节宫里总要放烟火的。当皇帝在大内安歇时，后宫里会搭起棚子，储放烟花炮仗，皇帝现在安歇在西苑，万寿宫的空地上也搭起棚子，储放烟花炮仗。离正旦还有一个多月，皇帝吩咐下去，今晚试放烟火。

试放烟火也好，正式放烟火也好，都带给寂寞的后宫，或寂寞的西苑无比的兴奋。第一次这么近观看烟火的尚美人，觉得两只眼睛不够用，一会儿看远，一会儿看近，一会儿看天上，一会儿看地下，得到极大的满足。每年都不止一次观看烟火的皇帝，对观看烟火本身并没有多大兴趣，但看着她那张神采飞扬的脸，也得到极大的满足。试放完毕，皇帝携着尚美人的小手，一起走进寝殿。

试放完毕，大小太监们草草收拾干净场地，也回去歇着。

其实，大小太监们觉得收拾干净，场地上往往会留下一些隐患，譬如，在棚顶上或干枯的树丛里，隐藏着一点火星，只要西北风刮起，就会引起一场大火，如正德年间宫里的那场大火一样。

这晚试放烟火以后，隐藏在棚顶和干枯的树丛里的，不止一点火星；这大夜里刮起西北风，而且越刮越大。于是，万寿宫燃起大火。

火还没有烧到皇帝的寝殿，当值的司礼太监黄锦、王瑜，内官监少监桂琦等，不敢大意，簇拥着皇帝走离险境。

皇帝少年时起就睡眠不好，这些年来愈发严重。夜里好不容易入睡，旋既惊醒，心里生起一股无名之火。但回头看着真实世界里越烧越旺的大火，心里那股火再也发不出来。

“怎么回事？”他只淡淡地问一句。

黄锦早想好如何回奏：“回爷的话，奴才等尚未详查。不过，从火情来看，似是天火。”

宫中讳言火字，发生火灾，以走水称之。为说是天火，黄锦顾不得忌讳。明明知道火灾多半是由试放烟花引起，而诈称天火，并不是存心欺骗皇帝。若如实回奏，皇帝一定很沮丧，一定要追查责任，一定要惩治一大批内臣，他们这些心腹内臣，也脱不了干系。称为天火，是缓和事态的办法，只要皇帝认可，就不会追查。

皇帝没有质疑，只看了看王瑜和桂琦。

王瑜、桂琦齐说：“据奴才看，也似天火。”

皇帝果然不再追问。他命桂琦：“去看看，烧毁些什么。”

“是，”桂琦朝着已经有许多人在扑救的火场紧跑慢跑而去。宫室烧毁，在远处也看得到，皇帝要他看看，御用物品是不是烧毁。

皇帝的气息刚刚调匀，桂琦又紧跑慢跑回来。

“爷的御衣都烧。”他奏道。

“还有呢？”皇帝问。

“爷的龙辇也被烧了。”桂琦说罢，又表功般地加上一句，“奴才已命加紧将大内的龙辇送过来。”

皇帝无心夸奖他，又问：“朕放在这里的先世宝物，无一幸存吧？”

“爷说的是，也、也烧毁。”桂琦稍有些结巴。他知道，御衣、龙辇等烧毁，都不打紧，皇帝把那些宝物看得很重，烧了一定心疼。

不料，皇帝也只淡淡地说句：“烧了也好。”

黄锦见皇帝不问话，忙请旨：“此间太乱，爷先去玉熙宫歇息吧。”

万寿宫在金水桥以南，玉熙宫在金水桥以北，隔着两座桥和一区巨大的海子，那里肯定不会受到万寿宫大火的威胁。

“好，就去玉熙宫。”皇帝点头准允。

这一天是嘉靖四十年十一月二十五日。六天以后，即十二月初二日，三位阁臣奉旨至玉熙宫面圣。三位阁臣，除严嵩、徐阶外，还有上个月才入阁办事的袁炜。礼部尚书一时来不及推举，仍由他兼署。

三臣行礼时，发现皇帝脸色平和，可见心绪平和，不由得都松口气。

皇帝先对袁炜说：“万寿宫灾，礼部请颁诏修省，朕没有准。因为万寿宫非正朝，和三大殿灾不同，用不着惊动百司。”

“陛下圣明，”袁炜叩道，“臣新近入阁办事，于礼部事务有所疏忽。臣已对本部佐卿说明，颁诏修省之请不妥。”

皇帝点了点头，表示赞许。他说：“朕也知道你忙于应付两边的事。等正旦节后，廷推礼书吧。”

“陛下体恤，臣感激不尽。”袁炜道。

皇帝转向严嵩、徐阶，道：“数日不见二卿，朕心中甚是惦念。”

“臣等无时不心系皇上。”严嵩、徐阶齐道。

“君臣相思不相见，卿等知是何故？”皇帝问，

这样的问题，即便严嵩，也不敢回答。

皇帝说：“皆因此宫也。道路坑洼，积水成冰，不便于行走；宫室低矮狭小，气闷晦暗，不便于议事。朕久住此间，恐与卿等难得一见。”

“陛下何不移驾他处。”严嵩道。

“移去哪里？”皇帝紧忙问道。

严嵩鼓足勇气说：“臣以为，崇质宫尚为规正，可以暂居。”

他本想借此机会，劝说皇帝回归大内。但那是皇帝的大忌，骤然直言，太过凶险，不如且提崇质宫，皇帝肯搬过去，总算离大内近一步。

“崇质宫？不就是南城离宫吗？”皇帝道。

一百多年前，瓦剌首领也先，归还英宗皇帝，景泰帝奉他为太上皇，安置于崇质宫。景泰帝是因英宗皇帝北狩而即位的，对英宗皇帝的回归惧入骨髓，百端猜忌，断绝崇质宫和百官的一切联络，对英宗皇帝的一举一动严加监视。崇质宫，实则为软禁太上皇的离宫。

严嵩记住皇帝的一个大忌，却忘皇帝的另一个大忌。景泰帝承继的是亲兄，自己承继的是堂兄，景泰帝软禁亲兄的地方，现在自己去居住，哪怕暂时居住，难道会是吉兆吗？

“朕不去崇质宫。”皇帝断然拒绝。

“可滞留玉熙宫，皇上太委屈。”严嵩还想劝说。

“朕不怕委屈！”皇帝口气十分生硬。但他随即想到，今日要和阁臣议事，不可让场面太僵，不可让严嵩太没有面子。他又说：“朕可以移居，只是不去崇质宫。如无他处可去，朕宁愿滞留玉熙宫的狭小宫室里，等着卿等为朕将万寿宫修复。”

“是，西苑工役，臣等自当尽心勠力。”严嵩说。

只要不再提崇质宫，或者提出让皇帝更不高兴的什么地方，皇帝也不让他难堪。万寿宫是一定要修缮的，修缮期限，皇帝首先还是问严嵩：“严卿，若你规划督工，需要多少日子？”

当然，问问而已，贵至首辅，年逾八旬，皇帝不可能真让他督工。

严嵩却很认真地回答：“恐怕一时难以动工。”

“爱卿何出此言？”皇帝问。

严嵩说：“为修复三殿，征集木料石料，数年方齐备。现三殿工程浩繁，既无料材亦无工役支应其他。”

皇帝大为不悦，道：“如此说来，朕不是滞留玉熙宫，而是要久居玉熙宫。”他转问徐阶，“徐爱卿也以为，万寿宫之役动不得吗？”

“眼下兴役有难处，确如臣嵩所言；不过，也不是不可设法，”徐阶既不想惹皇帝不高兴，也不想得罪严嵩，所以说得很委婉。“臣请与工部各臣从长计议后，再来复旨。”

“好，就请徐爱卿用心为朕办好这件事。”皇帝说。

为修复三殿做准备的采木之役，历经四年，随着总督湖广、川、贵采木的右副都御史李宪卿和工部郎中李佑、张国珍还朝而告结束。在湖广、川、贵等布政司采集的巨料，已一批一批运送至京，堆积在料厂。

徐阶一行，包括工部尚书雷礼、工部右侍郎朱衡、工匠出身的工部右侍郎徐杲，及才回院的都察院右副都御史李宪卿，来到料厂查视。工部左侍郎刘伯耀称病告假，没有同行。徐阶知道他是严嵩的姻亲，绝非因病不能来，也不与他计较。

远远地下轿，前面有一大段路要步行。徐阶走在中央，边走边和李宪卿交谈。其实，交谈的内容他多半都知道，挑起话题来说，无非为大家不会走得太沉闷。

“采木是苦差事，廉甫都去过哪些地方？”徐阶问。

李宪卿字廉甫，苏州昆山人，嘉靖十七年进士。三十六年，由湖广巡抚改督三省采木之役。

“子升先生恕罪，我要先更正一个说法。”李宪卿揖道。

这句话使交谈变得既轻松又有趣，徐阶高兴地说：“是吗？请讲。”

“对我等而言，采木只是一般的苦差事而已，探木才是劳人筋骨、挫人意志的真正的苦差事，”李宪卿说，“因巨材必生于穷沟绝壑、崇岗深林、人迹不到之处，经数百年而后方成合抱。这等地方，每走一处，就好似经历一次脱胎换骨，而往往走上十处，仍找不到一株合用的树木。身体之疲乏，精神之颓丧，不言而喻。等找到一株合用的树木，该采伐者采伐，该修路者修路，不过多费些气力。”

“廉甫所言，不失为一说，”徐阶既不完全肯定，也不完全否定，“那好，就请廉甫说一说，去过那些地方。”

“晚生多数日子坐镇涪州，偶赴前沿，相机处置。”李宪卿说。

“廉甫选得好，”徐阶赞道。“涪州属四川重庆府，但对三省采木之区来说，乃是居中之地，正好运筹帷幄。”

“子升先生谬赞，”李宪卿道，“晚生虽充总督一职，还靠三省巡抚都御史尽职尽责。黄都堂亲临叙州、马湖、重庆；御史郭民敬亦至邛州、雅州。高都堂亲临思州、镇远、石阡、黎平；御史朱贤亦至永宁、赤水。赵都堂及御史吴百朋则分赴荆州、岳州、辰州、常德。探木、采木时有麻烦，多由他等协调。”

黄都堂指四川巡抚黄光升。高都堂指贵州巡抚高翀。赵都堂指湖广巡抚赵炳然。一般而言，巡抚坐镇府城，巡按御史等坐镇州、县。而深入采木之地的，则是工部差官和布、按二司官。

李宪卿接着说：“郎中张国珍、李佑，参政游震得，副使张正和、卢孝达、周镐，佥事于锦，在湖广永顺；参政徐霈，佥事崔都在湖广容美；副使黄宗气在湖广施州；参政靳学颜在四川永宁以东；副使刘斯洁在四川黎州、天全、建昌；副使董策在四川乌蒙；参议缪文龙在四川播州、贞州、酉阳；佥事吴仲礼在永宁以西；佥事程嗣功在四川龙州；参政张定在贵州铜仁；参议王重光在贵州赤水；佥事顾炳在贵州思南；佥事汪集在贵州顺崖；均有所获。”

“如此琐碎的事，都记得一清二楚，分毫不爽，真是难为廉甫先生。不过，这篇述功录，应该在吏部、都察院反复念叨的，怎么念叨到料厂来？”朱衡开句玩笑。

“在吏部、都察院要念叨，在料厂也要念叨；在质夫先生、子仁先生面前要念叨，在子升先生和各位先生面前也要念叨。”李宪卿说。

“子升先生嘛，运筹帷幄于殿堂，在他面前念叨，尚可理会；在我等面前念叨，却有什么用处？”雷礼道。

“怎么没有用？”李宪卿理直气壮地说，“这一万多株料木，探明伐倒运来，是给必进先生、士南先生，还有活鲁班使用的。还望诸公念其得来不易，切莫轻弃。”

朱衡字士南，江西万安人，嘉靖十一年进士。活鲁班则是徐杲的绰号，无论在公卿大夫间，还是在市井间，都广为传称。

“廉甫说的是，暴殄天物是要遭谴的。”徐阶道。

雷礼几人默默点头。

交谈间走到堆放材木的场所。材木按照品种、尺寸分放，有的百余株一堆，有的数十株一堆，有的十数株一堆，也有三五人合抱、十余丈长的楠木，一株一株，单独放在那里。

“廉甫，你说共得材木一万余株？”徐阶问。

“是，共计一万一千二百八十株。”李宪卿说。

徐阶转问徐杲：“活鲁班，三殿之役，用不了吧？”

“要看一看，”徐杲说，走到一株巨大的楠木前，他说，“此木可用作柱。”走到一堆材木前，他说，“此木可为檩。”走到另一堆材木前，他说，“此木可为椽。”又走到一堆材木前，他说，“此木作柱不够粗大，作檩作椽过于粗大。可用在万寿宫。”

一路走，一路看，一路说，一路在心里计算。走过一圈后，徐杲信心十足地说：“子升先生，草草算下来，此间的木材不但足供三殿之役使用，亦足供万寿宫之役使用。”

“此话当真？”徐阶大喜。但事关重大，他不敢轻率，遂嘱咐徐杲，“活鲁班，你再仔细盘算盘算。”

雷礼见严嵩坐在那里瞌睡，轻轻咳嗽一声，把他惊醒。

“必进怎么来此？”严嵩揉了揉眼睛，带着睡意问。

雷礼一怔，道：“不是介翁唤我来的吗？”

严嵩想了一会儿，才想出来，果然是他差人唤来的雷礼；而且想出来，为什么唤雷礼。于是，他态度冷淡地说：“肯来就好，坐吧。”

不仅冷淡，而且话里带刺，雷礼知道自己要有麻烦。

“必进，”他屁股才挨到椅子，严嵩就招呼，“我听说，你也上道奏本，请营缮万寿宫？”

“是，晚生请及时营缮该宫。”雷礼不但承认，还加上两个字。

“请营缮但请营缮，还说什么‘此宫系皇祖受命吉地，王气所钟，今天启佑皇上，鼎新丕基，宜及时营缮，以承天眷’！”严嵩把这两句话记得一字不差，可见真的动气。他说：“万寿宫之灾，真在启示及时营缮吗？我却觉得，在启示皇上迁回大内呢。必进，我看，你也不是真有所见，不过是拾人牙慧而已。”

圣驾迁还大内，不是严嵩一个人的想法，许多人都有这个愿望。玉熙宫里的争执，也传得沸沸扬扬。严嵩婉转的规劝，不但没有使皇帝动心，反而激起皇帝的恶感。这里的是非曲直且不说，为支持严嵩而得罪皇帝，是绝大多数大臣，包括雷礼，不会做的。

“介翁说我拾何人牙慧？”他不服气地问。

严嵩不正面回答，却说：“子升近日间得皇上一二密札，遽作骄肠，好没有见识。他难道不知，此乃老夫二十年前之光景？”

“不然，”雷礼针锋相对地说，“子升先生诚心为国，介翁无可厚非。介翁若谓晚生拾子升先生牙慧，晚生不觉得可耻。晚生奏请及时营缮，也是诚心为国，诚心为皇上。”

严嵩没想到雷礼会如此顶撞，话会如此尖锐，不由大怒。他气急败坏地说：“必进，你不是我江西所产士子吗，为何甘作他人走卒！”

雷礼没有被他吓住，道：“晚生不敢望介翁项背，却也是尚书之职，不想介翁乃以走卒视我。”

“尚书何足一哂，走，走，我不要见你这副嘴脸！”严嵩逐客。

雷礼更不答话，愤然而去。

第六百一十六章

位于城东南角的仲宣楼，不仅在荆州府是数一数二的名胜，在湖广全省也是数一数二的名胜。景府张承奉奉景王意旨，从德安到荆州，对知府徐学谟说，要请他在仲宣楼饮酒赏景。远来是客，徐学谟当然不能让客人做东，他命手下人去楼上安排。

酒宴设在仲宣楼的西侧，张宴前，张承奉在楼的东侧走了几个来回，一边走，一边啧啧赞叹有声。

赞叹似乎还不能宣泄，继之以吟诵："桂棹兮兰桨，击空明兮泝流光。渺渺兮予怀，望美人兮天一方。"

这是苏东坡《前赤壁赋》里的句子。徐学谟笑道："公公好兴致呀！可惜，这里既不是嘉鱼，也不是黄冈。"

嘉鱼县隶武昌府，临江处有赤壁山。黄冈隶黄州府，临江处有赤鼻矶。一千多年前的赤壁水师大战，时人或以为发生在嘉鱼赤壁山那一段的江面，或以为发生在黄冈赤鼻矶那一段的江面。

"嘉鱼和黄冈的赤壁我观赏过，说起来，都不如叔明先生所治的这一块宝地，"张承奉说着，向前方一指，"叔明先生，那就是零口吧？"

所谓零口，乃一条细流注入大江之处。该流称灵溪，亦称零水。

徐学谟点点头，道："不错。"

张承奉的手稍稍一偏，又问："那就是沙头市吧？"

徐学谟点点头，道："不错。零水以南的市镇正是沙头市。"

"赖天子圣明，沙头市为我安陆汤沐邑矣。"张承奉搓搓手，一脸春风得意的样子怎么也掩饰不住。

"公公说什么？"徐学谟惊问。

汤沐邑，典出《礼记·王制》，意指，诸侯朝见天子时，天子赐以王畿以内封邑，以作住宿及斋戒沐浴之用。张承奉的话，徐学谟不是没有听清楚，也不是不解其意。

他吃惊的是，这个张承奉，不仅有文学修养，连《礼记》这样的典籍也读过。其实，徐学谟在礼部做到郎中，和内臣接触的机会不少，知道有文采有学识的内臣不在少数。他没想到的是，景王府里居然也有此等人才。

景王藩国封在德安府。安陆为德安府首县，与府同城。沙头市为安陆汤沐邑，即为景府汤沐邑。

景王奏讨沙头市，朝廷恩准，消息早传遍荆州。沙头市有些居民已逃走他乡，更多的居民在等待，一旦属实，也将逃走他乡。

看到徐学谟吃惊的样子，张承奉更加开心，更加咬文嚼字地说："贵府沙头市，为我汤沐邑矣。"

"恐怕尚未确定吧。"徐学谟不以为然地说。

"叔明先生是说，万岁爷降旨，还作不得数？"张承奉尖刻地问。

"我是说，皇上并未将沙头市径赐大国，而是命湖广布政司及本府勘给。"徐学谟的回答同样尖锐。景府是新立的王府，他称之为大国，是刻意嘲讽，想刹一刹张承奉的气焰。

"那有什么，万岁爷不过是不想那些言官摇唇鼓舌，"张承奉不屑一理地说，又讨好道，"我家千岁说，叔明先生是贤郡侯，不会不体察万岁爷的良苦用心。此事可径与叔明先生商量，不必理会方伯。"

方伯是布政使的俗称。

"承情，承情，惶恐，惶恐。"徐学谟连声说。

"那么，叔明先生应允？"张承奉问。

"朝廷有旨，我怎敢不应允？"徐学谟道。

"那好，"这一答复好像在张承奉意料之中，他问，"我家千岁几时差人接管？"

"接管什么？"徐学谟反问。

"沙头市的一切税赋呀。"听张承奉口气，简直多此一问。

徐学谟摇摇头，说："这恐怕不妥。"

"奉旨行事，有何不妥！"张承奉道。

"我并未接获朝廷旨意呀。"徐学谟说。

"我家千岁已接获，想来叔明先生不日即可接获。"张承风说。

"朝廷命我勘给？"徐学谟问。

"是啊，故我家千岁请叔明先生通融。"张承奉说。

"公公方才说摇唇鼓舌，这四个字用得真好，"徐学谟说着，手指自己，"我虽不是言官，可不瞒公公，现在也想摇唇鼓舌一番。此等违制违理之事，人人得而言之。”

张承奉脸沉下来：“叔明先生的话太过分吧？”

“并不过分，”徐学谟道，“小而言之，沙头市为重镇，荆州依托其称郡，无沙头市，即无荆州。千岁讨去沙头市，我即奏请皇上：湖广十五府里，不如撤去这一府。”

“叔明先生还有大者？”张承奉语带讥讽。

“是，”徐学谟道，“大而言之，我朝定制，亲藩自岁禄外，不侵民业。即有所请有所赐，不过少许弃地，从未有籍编氓析税地以自肥者。千岁所请，坏祖宗制度，这还不大吗？”

“那么，叔明先生不欲给我家千岁这个面子？”张承奉冷冷地问。

“非不欲，不敢也，”徐学谟道。他知道此事不会就此了结，换种口气说，“不过，有些事还可以计议。”

“何事？”张承奉问。

“朝廷既命勘给，我以为可酌量贡入王府若干。”徐学谟说。

“譬如，是多少呢？”张承奉问。

“三五百金吧。”徐学谟说。

张承奉好似受辱，气哼哼地说：“此事我作不得主。告辞！”他竟一口酒也不喝，扬长而去。

其后，徐学谟经过和景府艰难的讨价还价，和湖广巡抚衙门及布政司艰难的讨价还价，把沙头市岁入景府的金额定为两千，才平息此事。

八、大蠹终摧

第六百一十七章

嘉靖四十一年正月初二，京师刮起大风。太常卿徐璠天不亮就出门，一阵贼风钻进脖领，只觉得冷彻心肺。他打个寒战，一步登上轿子，催促轿夫快走。到料厂下轿，几个督工的工部官员和内臣已等在那里。

徐璠活动活动双腿，向着手心呵呵暖气，自觉说话没有妨碍，才说："又搅了各位的清梦，得罪，得罪。"

一工部官员说："哪里的话！我等分作两班，早出的早归，晚归的晚出，象鲁卿先生戴星而出，逐月而归，才是辛苦呢。"

鲁卿是徐璠的字。他的别号是仰斋。一来，他的官职虽不低，年纪却不算很大；二来，另一个太常卿白启常号仰庵，容易混淆。而徐、白不合是众所皆知的事，所以没有人称他仰公。

"皇上信任，不得不然，"徐璠对那工部官员说，"我和必进先生在皇上面前立有军令状的，各位还得助我一臂之力。"

修复万寿宫，雷礼以工部尚书兼督其役，不必他请，也不容他辞。而徐璠督修万寿宫，却是皇上选的。当年决定修复三殿，严嵩想让严世蕃参与督工，皇帝不准；今天决定修复万寿宫，徐阶荐徐璠督工，皇帝痛痛快快地答应。这件事让朝廷上下议论了好一阵子。须知，严世蕃官工部侍郎，督工是分内职责；而徐璠官太常，督修大工并非职分以内。

"理当尽心竭力。"工部官员好像得到一个表态的机会，纷纷言道。

被他们抢在前面，几位内臣不高兴了。一人说："怎么着，有你们几位大人尽心竭力就够吗？太常公看得上他们，就看不上我们？"

"怎会！为皇上办差，更得靠各位公公尽心竭力，"徐璠说着，拍拍他肩膀，以示亲昵，又说，“那边进程加快，灰料、石料有些供应不上，公公们还得想想法子。”

“运料的工役只有两千人，要是再加一千人就不怕。”一内臣说。

“两千人在料厂已拥挤不堪，窝工误事；再加一千人，我等除维持秩序，大概什么事也不用做。”另一内臣说。

“要不，也学太常公，把开工的时辰再提前些？”前一内臣又说。

“学我不如学他等，”徐璠说着，指了指工部的官员，“他等分为两班，既不误事，又不太累，何不将工役也分成两班？”

“一班人戴星而出，一班人逐月而归，好主意！”后一内臣说。

“有人思家，口出怨言，恐怕也得想法子应付。”另一内臣说。

“正旦节只放一天的假，难怪有人思家！”徐璠边踱着慢步，边手拍脑门，拍着拍着，有了主意，“公公看，这两千人一人一大碗酒，一小碗肉，大约需要花多少银子？”

担心役夫口出怨言的内臣说：“总得二三百两银子吧。”

“那好，从今日起，到正月十五日，逢双日每人一大碗酒，一小碗肉，”徐璠说罢，觉出有遗漏，又补充一句，“正月十五日发给双份。”

有内臣为他计算：“今日至正月十五日，有七个双日，加上正月十五日的双份，就有九份酒食。按每份二百两计，该银一千八百两；按每份三百两计，该银两千七百两。”

有内臣问：“鲁卿先生，这笔银子从哪里开销？”

“两三千两银子是多些，”徐璠没想到是这么一大笔钱，不由思忖起来，但他很快下定决心，说，“不碍事，我小有积蓄，尚可支应。仍有不足的话，”诡谲又不失纯厚地笑了笑，“我有办法骗出阁老的钱。”

“鲁卿先生，朝廷的事，怎好由你付账？”一内臣道。

一工部官员则说：“不如我等各捐若干，给役夫们过好年。”

“不，银子的事，你们都不要插手，”徐璠对工部官员们说，又对内臣们说，“也不要公公们管。你们只要吩咐手下，每一两银子都须用在役夫身上，我就承情得很。”

“太常公私人的积蓄放在那里，谁敢私吞一分，我剜出他的黑心来！”一内臣发着狠说。

看看天色，应该过巳时，徐璠的肚子也告诉他，应该过巳时。从数着星星出门，到日头懒懒地露出，到日头升到当空，他一直在忙碌，忙碌到一口点心没有吃，一口水没有喝。

他向远看去。每天的这个时辰，家人就该给他送饭来；他也果然看到，家人正匆匆赶来。不过，不是每天给他送饭的家人，而是另一个家人。来的家人空着两手，什么也没提。

家人一到，徐璠急问："出何事？"

家人在寒冷的天气里居然走出汗来，可见心情很急。

"老爷要公子速回。"家人说。那么，更急的是老爷。

"老爷出何事？"徐璠问。

"小的不知，老爷只对小的说一句话：请公子速回。"家人道。

"知道了。"再问无益，但还有一事，徐璠要问清楚，"老爷现时在府上，还是在西苑？"

"老爷已回府。"家人说。

按说，徐阶现时应在西苑值庐的，既回到府上，一定有重大的事。

"好。"徐璠吩咐跟随自己的小童备轿。

回到家里，徐阶已换一身衣服，坐在前厅里等他。

"父亲，出何事？"徐璠问道。

"也没什么大事，"徐阶做一个父子二人才懂的手势，"那边下帖，我不能不去。可不知为何，心绪不宁。你陪我一同去吧。"

"是。"徐璠虽答应，心里却在想：父亲是很沉稳的，不会无缘无故地心绪不宁。严家对父亲又忌又恨又无奈，不会无缘无故地下帖。今日之事，的确蹊跷。不过，严、徐二相现在取得均势，他还能加害于父亲吗？还摆得出什么鸿门宴吗？这样一想，徐璠也有些心绪不宁。

严年引徐氏父子入内，态度极为谦和，又是件让人想不通的事。倒不是严年会对徐阶摆架子，而是照常理说，他根本不会在大门外等候。

徐璠初至京时，不时奉父命，给严嵩请安，和严世蕃也不时来往；这几年，来严府的机会很少，也就很少有机会从近处看到严嵩。今日从近处一看，严嵩显得极是疲惫，极是憔悴，极是衰老，好像连动一动身子的气力也没有。

可严嵩还是起身，和徐阶相互行礼；在徐璠行礼时，勉强露出一丝微笑，说："鲁卿也来，好，好。"就座后，他对徐阶说，"子升，我们有好几年没在一起喝年酒。"

“是，所以介翁召唤，我一定要来。”徐阶说。

“怎么。子升还有难处？”严嵩问。

“介翁竟忘，今日我在西庐当值？”徐阶道。

“该死，真是忘记！”严嵩有些担心，“子升，不会误事吧？”

“我向皇上告假，不会误事。”徐阶说。

“这么说，连皇上都惊动？”严嵩忙问，“皇上有何口谕？”

“皇上很高兴，着身边的公公去值庐说：你问严卿家里还有没有朕前次所赐宫中御酿，没有的话，朕再赐予他。”徐阶道。

还不能说很高兴，否则，就不是传话，而是送酒。不过，也听得出，皇帝对首辅次辅共饮于年节，还是高兴的。

严嵩向着西苑方向一揖，道：“皇上恩泽，天高地厚。”又对徐阶说，“家宴还要稍等，子升，我有几句话对你说。”

既然强调是对徐阶说的，徐璠就不该听。他起身告退：“介翁，我去和东楼公子说一会儿话。”

“不，不，你坐你的，东楼迟些就会过来，”严嵩把他安顿住，拉着徐阶说，“子升，我们到后面去。”

进了侧面的院子，严嵩咳嗽一声，显然在告知什么人，他们来了。然后，他引徐阶走到正房前，推开房门，让道：“子升，请。”

徐阶进屋，大吃一惊。屋里站满人，不下二三十口，人人身穿孝服。他们，包括站在前面的严世蕃，都低垂着头，不出声音。

“子升，舍下都在这里。”严嵩说。

“是，是，”徐阶不明所以，只能应着。

严嵩指指严世蕃：“犬子东楼，子升见过。东楼，其他人你来引见。”

严世蕃一一向徐阶引见，多是他的妻妾儿女，还有昔日欧阳夫人收养在名下的她的亲属，以及一两个严嵩虽没有收纳为妾、但关系比较暧昧的婢女。连这等从不示人的家中秘事也不隐瞒，徐阶除惶惶不安外，也有一丝滑稽的感觉。

“介翁，这是——”他问。

“请子升受他等一拜。”严嵩道。

话音甫落，以严世蕃为首，全部眷属齐齐跪倒在徐阶面前叩头。滑稽顿失，只余下惶惶不安。徐阶一面上前一步，伸手去拉严世蕃，一面说：“这如何使得，这如何使得！”

不可一世的严世蕃硬是不肯起身。

“这如何使不得？”严嵩道，他出语惊人，“若不是皇上免我驾前行礼，不好再拜别人，我都要给子升叩一个头。”

“这就更折煞我也！介翁，先请东楼起身吧。”徐阶道。

“我的几句话不说完，他是不会起身的。”严嵩却说。

“那，那就请介翁快快示下。”徐阶手足无措地说。

“好，”严嵩道。“老夫来日无多。”徐阶欲插话，他摇摇头，“子升不必宽我的心。我在朝三四十年，在阁二十年，为首相十余年，可谓占尽荣华。羡慕我的人不少，嫉恨我的人也不少；巴结我的人不少，弹击我的人也不少。至于东楼，我不能说他是一块无瑕的玉石，但他实心为朝廷，实心为皇上，实心为我，我是从来没有怀疑过的。他出身非正途，却能升至工部佐卿，因此，羡慕他的人不少，嫉恨他的人也不少；巴结他的人不少，弹击他的人也不少。我在，还能保全自身，还能保全东楼；一旦我不在世，舍下无噍类矣。”

“介翁过虑。”徐阶好不容易插上句话。

严嵩又摇摇头，接着说：“能保全他等的，只有子升。子升若念及同事一场，在我死后，由他全身而退，我就感激不尽。”

“是，是。”徐阶无话可说，只能含混地应着。

严嵩父子和徐阶父子同桌饮酒。酒是好酒，菜是好菜，不过，各人有各人的心思，都觉得索然无味。

告辞出来，徐璠扶徐阶上轿时问：“父亲深入虎穴，可得虎子？”

徐阶话到嘴边，又吞回去，道：“不说也罢！”

第六百一十八章

二三月里，朝廷喜事不断。先是阁臣严嵩孙、工部侍郎严世蕃子、锦衣卫都指挥佥事严鹄进献白兔。接着，原在江西铁柱观修炼、现在京师显灵宫落籍的道士兰道行进献瑞兔。接着，总督军务的少保胡宗宪所进献玉兔生子。接着，最大的一件喜事，新修万寿宫落成。

皇帝怀着极其喜悦的心情，一次一次差遣大臣，把喜事祭告太庙。

蓝道行惯于低头走路。这在宽敞的街道上不会出事，在狭窄的街道上就难免与人相撞。当他看到前面立着两条腿时，将将来得及立定。看得出，前面的人岔腿站在那里。蓝道行的扶鸾之术颇得方家真传，为皇帝所宠幸，也得显灵宫同道的敬重，还没有人这样肆无忌惮地挡在他的面前。他心里有气，才要发作。忽想到京师贵人太多，随便碰到一个，就可能是自己惹不起的。所以，不但没有发作，竟连头也不抬一抬。见那两条腿没有挪动的意思，他向左面挪一步，好绕过面前这个人。

不料，前面的人也向左面挪一步。他这就不能不抬头看看。

面前的人，虽不能用蓬头垢面来形容，但那张脸是够脏的，那身衣服是够旧的，浑身散发出来的气味是够刺鼻的。尽管如此，那双闪烁的眼睛，那种站立的姿势，还是让他感到似曾相识。

“道兄不认得我了？”面前的人问道。

浓厚的陕西腔调，使蓝道行的似曾相识的感觉也变得浓厚起来。但为不识错人，他还是问：“道兄是——”

“不记得酒友王金了吗？”面前的人说。

他不会不记得！兰道行初到京师时，没有什么熟人照应。而王金作为赵文华府上的宾客，朋友比他多，银子比他多，常常请他饮酒，常常周济他；而且不以恩人自居，只以酒友自居。王金后来离京远去，有人说是因为锦衣卫在暗查宫中灵芝失窃案，有人说是因为王金向内使收买宫里的灵芝，再进献给皇帝，结果得不偿失，长安居不易，不得不去他处谋生。要不是碰巧遇上，蓝道行差不多要把这个人忘记。

“哎呀，王道兄怎成这副模样！”他惊道。

王金可不是碰巧走到此处的，他已寻找蓝道行数日。

“蓝道兄深居简出，难找得很呀。”他说。

“王道兄在找我？我一点也不知道呀。”蓝道行说。

“道兄获皇上褒奖，得意得很，怎会想到落魄之人！”王金道。

“道兄是指进献瑞兔的事？小事一桩，不值得一提，”蓝道行果然得意得很，不过，他也没有对王金冷眼相待，而是关切地问，“道兄这些年在那里修行？找我何事？”

“这些年漂泊不定，其间甘苦，一言难尽，”王金说着，指指自己的肚子，“说来惭愧，修行挡不住肚饿。”

蓝道行从怀里掏出一小块银子，递将过去，说：“西苑招我有事，不敢耽搁，道兄先去吃饭。”

王金把银子掂了掂，说：“道兄慷慨，一顿饭哪里用得这多银子。照我现在省吃俭用的日子，可以应付三五日。可三五日之后怎么办，还请道兄教我。总不能三五日后，我还是这样一张脸，这样一套衣服，这样一身臭气，再向道兄伸手吧？”

“我才向王道兄学到一些皮毛，王道兄怎么反而问我！”蓝道行说。

“什么意思？”王金头脑一时迟钝，但很快想通，“道兄是说：进献异物？”自己又否定了，“不成，不成，我多年前进献没有得好，今日进献又会得到什么好处？”

“此一时彼一时也。”蓝道行说。

“怎见得此时不同于彼时？”王金问。

“我献瑞兔，不是得皇上褒奖吗？”蓝道行道。

“道兄得褒奖，怕不只是因为献瑞兔吧？”王金没有被说服。

“佥帅严某献白兔，不是也得皇上褒奖吗？”蓝道行道。

这更不能说服王金：“他不是老相公的嫡孙吗？别说进献白兔，就是进献一只普通家兔，皇上也会褒奖他的。”

“不然，皇上褒奖他，正可见此时皇上喜见瑞物。”蓝道行说。

“道兄这话是什么意思？”王金还是不懂。

“王道兄以为皇上褒奖严某是再寻常不过的事；其实，皇上肯褒奖严某，才是最不寻常的事，”蓝道行这话是对王金说的，下面一句话却是自语，“只要我说一两句有分量的话，足以置某些人于死地。”

王金再迟钝，也听得出来。他问："道兄是说那位佥帅吗？"

"区区严鹄，何足挂齿！"蓝道行说。

他这时点出名字，好似在说，别说严鹄，严世蕃有什么了不起，严嵩又有什么了不起！王金隐隐约约感觉到，朝廷上出了什么大事，或将要出什么大事。不过，他不敢设想；事关严府，更不敢言语间对老相公有丝毫不敬。所以，迅速转变话题。

"蓝道兄，我该进献何物呢？"他问。

"这要王道兄自己去想。"蓝道行说。

王金走进一家虽不甚豪华、但他已经多日不曾光顾过的饭铺。店家本想撵走他了事，他机警地抢在前面把那块银子放在饭桌上，店家马上朝小二努了努嘴，要他去照应。

"爷用些什么？"小二问。

"一斤牛肉，一碟卤鸡子，一壶老白酒，最后煮一碗鸡汤面。"王金熟练地点菜。在他得势的时候，日常就是这样的标准。

小二很快送上酒、菜，为他斟上第一盅酒，然后离开。

王金埋头喝酒吃肉，三盅酒下肚，开始剥鸡子吃时，才抬头东张西望。这也是他以前吃饭的习惯。他看到，半堵墙和一扇门将前店铺和灶间隔开，在灰色的墙壁和昏暗的火烛衬托下，那扇门外贴的一幅对子很是醒目。即使这样，如果不是上下联各有一个非常熟悉的地名，他可能也不会走上前去细读。

那对子写的是：洛水金龟初献瑞，岐山丹凤双呈祥。

"店家，你这对子写得好啊！"王金向着店主大叫。

店家被称赞，心里高兴，连他衣物的肮脏和身上的气味也不计较。走到他身边，店家说："我哪里写得出这样的好联！我请王公公白喝了一年的酒，他才留下这幅墨宝。他还悄声告诉我，这是皇上最喜爱的文字呢。"

"不错，皇上一定喜爱的。"王金说过这一句，再无话可说。

小二在那边招呼："大爷，你的面来了。"

"好，好。"王金应着，回到座位。他夹起一筷子面，送进嘴里，烫得直吐舌头。再夹起一筷子面，吹了吹，送进嘴里，还是觉得烫。他干脆放下筷子，想他的心思。

皇上不会是喜爱吸引自己的两处地名。两地大大的有名不假，可洛水不会献瑞，岐山不会呈祥，呈祥的是丹凤，献瑞的是金龟。丹凤只是传闻，你指一只野鸡为丹凤没关系，总得皇帝认可才行。而金龟呢，不过是背壳泛黄的乌龟，这却不难寻找。

两三天前，他住在一个村子里，在主人家还看到一只背壳色彩斑斓的乌龟呢。金龟有什么了不起，他见过的乌龟起码有五重颜色，可称作五彩龟。对，他一定要回去找到五彩龟。严鹄进白兔，蓝道行随进瑞兔，压他一头；无论谁进献过金龟，五彩龟总要更胜一筹。把五彩龟送到通政司，通政司官员不敢不进献；进献五彩龟，不怕皇上不予褒奖。那时，会不会比蓝道行还要得势呢？

小二打断他的思绪：“爷的面凉透，我去热一热。”

“不用，不用，这就很好，”王金说。他把一大碗面囫囵吞进肚里。

王金献五色龟及几株灵芝，皇帝大喜，授以太医院御医。

第六百一十九章

今年会试，以大学士袁炜、礼部左侍郎兼翰林院学士董份为主考，取中进士二百九十九人。礼部从中选出五十人，送至东阁，考选庶吉士。三阁臣、董份和接替袁炜的礼部尚书严讷、礼部左侍郎高拱、礼部右侍郎陈升，是当然的读卷官，此外还有吏部尚书郭朴、户部尚书高耀、兵部尚书杨博、刑部尚书张用明、掌院都御史潘恩，及吏部左侍郎李春芳，一同读卷。杨博、潘恩之子参加今次会试，二人依例奏请回避，皇帝不许。倒是工部尚书雷礼，以督工事繁，请辞读卷，皇帝准奏。读卷历来用各部正卿，今次因少一位，皇帝特命补上李春芳。

考试前一天，众人在东阁偏室会齐，议一议相关事宜。

“懋中、用均，”严嵩招呼着两位主考官，说：“今次皇上对你二位真乃施以旷世之典。子升相公也主过会试，不信你们问问他，可曾于棘院得赐白金、文绮、御膳？”

这三样东西在平日偶得一二，还不太稀罕，三样东西一起得，而且是在会试中得，的确是从来没有过的恩典。徐阶说：“我未获此殊典，自嘉靖二年内阁蒋公起，一应主会试者皆未获此殊典，据我所知，历朝主会试者也都没有获此殊典。旷世二字，介翁会随意说的吗？”

在座的除严嵩是三世老臣，徐阶、潘恩是嘉靖二年进士，其他人都是后生辈，对他们来说，嘉靖初年的阁臣蒋冕称得上历史人物。

董份说：“在下原来还不很在意，听两位老先生一说，不由惶惶然。在下何德何能，得获此殊典？想来是沾懋中先生的福气。”

“惶惶然不必，用心选出几个殊才来，就对得起殊典。”严嵩说。

“介翁说的是。”袁炜、董份应道。

“我等俱应殚心竭力。”郭朴等随应道。

几句闲话——其实不完全是闲话，或可视为开场白——都这样正经，似乎不是选择文学之臣应有的气氛。潘恩想到一个可以使大家轻松的话题，随口说道：“提到殊典，我看今次还有一个殊典。”

“子仁先生说的是什么殊典？”张永明问。

“必进先生请辞读卷，皇上竟准。”潘恩说。

“七卿不读卷，以前有过，算不得殊典。”张永明说。

“七卿不读卷算不得殊典，我和唯约先生今次不得不读卷，算不算作殊典呢？”潘恩又想到另一件事。

“大臣不回避，以前亦曾有过，也算不得殊典。”张永明说。

潘恩想起第三件事：“子实先生读卷，该算得殊典吧？”

“少冢宰读卷，在情理之中，更算不得殊典。何况子实先生，”张永明向李春芳一揖，“才由礼部转吏部，皇上命他读卷，多缘于此。”

“那么——”潘恩左顾右盼，实在想不起别的什么事。

“子仁兄不必拉扯在座的其他人，”徐阶在一旁优哉游哉地说，“我看，皇上若命万大理来读卷，就算得上殊典。”

私下里被称作严嵩文管家的文选郎中万寀，去年升任大理寺卿。

“大理卿读卷？”张永明自语，“确是闻所未闻。”

“子仁兄，如何？”徐阶不无得意地朝潘恩一眨眼。

“子升兄话里有话，只好捉弄锺诚先生这样的实在人。”潘恩笑道。

“话里有话？”张永明问，“子升先生，是什么话？”

徐阶不答：“子仁兄说的，你去问他。”

“子仁先生，徐相话里是什么话？”张永明又问潘恩。

潘恩说：“他在说，万大理如果也奉旨读卷，就可以三法司会审。三法司会审棘院，还不是殊典吗？他在责怪你我话太多。”

众人笑了起来，同时隐约感觉不安：东阁无论如何不该和三法司联系在一起。徐阶也觉察到了这一点。后悔出言不慎没有用处，责备潘恩把话说得太露骨也没有道理。他平静地说：“子仁兄所言三事，均非常例，但称作殊典，过矣。我看，殊典改作异典，才恰当。今次只有懋中先生、用均先生蒙赐一事，堪称殊典。说到见识广博，议事贴切，我等都远不如介翁。”

“子升先生说的是，”众人纷纷应道，有人还说，“我等不但不如介翁，也不如子升先生。”

奇怪的是，应该成为主导者的严嵩一直没有说话。当不恰当地引出三法司的话题时没有说话，当众人称颂他时也没有说话。众人的目光自觉或不自觉、坦然自若或心有疑虑地转向他时，却发现他闭着眼睛，不是闭目养神，而是闭目打盹。要不是恰好司礼太监黄锦赶来传旨，谁也不知道该怎么办。

圣谕只有五个字：罢考庶吉士。

徐阶后来听说，谏垣上疏，称是科应选庶吉士者多以赂进，奏请严核，皇上干脆降旨罢考。所以，吏科都给事中沈淳来看望他时，他问一句："仲庞，不是你上的疏吧？"

徐淳字仲庞，浙江海宁人，嘉靖三十二年进士。

"不是，晚生不会上这等见首不见尾的奏疏。"徐淳说。

"见首不见尾？仲庞此言何意？"如果说，徐阶前面只是随意一问，现在却问得认真。

徐淳说："多以赂进，这个多究竟是若干？多以赂进，贿赂的是谁？是阁老，还是阁老们；是某卿，还是某卿们？一句要害的话里，竟没有一点点实在的内容，还不是见首不见尾吗？上这等章奏，于事无补。"

"也不能说于事无补吧，皇上不是罢选庶吉士吗？"徐阶道。

"那又怎样？"徐淳问。

"至少下科不会有那么多人以赂进吧？"徐阶说。

"未必。"徐淳道。

"为什么？"徐阶问。

"送出银子的未能如愿，或有些沮丧；接受银子的不加惩治，下科还可以再伸出手去。"徐淳道，他不无遗憾地加上一句，"皇上甚至没有命上疏者俱实以奏。"

"仲庞的话不无道理，可届时谏垣不能再上疏吗？"徐阶道。

"然后皇上再罢选庶吉士？"徐淳问。

"至少会命上疏者据实以奏吧。况且，"徐阶顿了顿，说，"仲庞又怎么知道，皇上不命上疏者据实以奏，心里就没有数？就不惩治受赂者？"

徐淳好似从他的话里悟出些什么，问道："子升先生是说——"

"我是说，皇上圣明。"徐阶道。他有一种强烈的预感：首相的末日快要到了。说不清楚这一预感起于哪一天。也许是起于在圣驾前议论修复万寿宫的那一天吧，又也许起于在严嵩后院里瞠目结舌的那一天吧。不管起于哪一天，他相信是不会错的。但他不能在任何人面前把自己的预感和盘托出，他甚至想到，皇上会因为某件事而罢去严嵩，无论是什么事，都不能和自己有任何牵连。现在，他要避免让徐淳套问太多，联想太多，因而以攻为守。"仲庞见首又见尾，欲参何事呢？"

“子升先生怎知我要进参？”徐淳好奇地问。

“对多以赂进的章奏，仲庞一句话就否定，自然是有不同于彼的章奏要上。”徐阶用一句话来解释。

徐淳的确要参人参事，徐阶不问，他不好夸谈，徐阶既问，他就痛痛快快说出来：“晚生欲参王纳讲论劾姜廷颐案。”

“参的是论劾一方，还是被论劾一方？”徐阶问。

“论劾一方，”徐淳道，又略述案情，“王纳讲向姜廷颐索贿不得，一怒之下论劾之。张口要钱，已足蒙羞，还好意思弹劾，视公论为何物！虽科、道同声连气，我也要讨一个公道。”

王纳讲现官监察御史，姜廷颐现官淮扬兵备副使。京官向外官索贿，司空见惯。言官地位特殊，如不自律，势必更加贪婪。像王纳讲这样张口要钱的，不在少数，倒是像姜廷颐这样敢于回绝的，为数不多。徐淳或是憎恶王纳讲厚颜无耻，或是敬佩姜廷颐的三分骨气，这事管定。

“好，仲庞参的好！”徐阶赞道，又说，“不过，仲庞参此事，往深里说，还有两层意思，恐怕自家也没想到。”

“当真？”徐淳揖道，“请子升先生示下。”

“江北役法最乱。官府不管为公为私，要用人，就摊与各州、县，百姓叫苦不迭。姜以正行条鞭法，以去其弊，深得百姓拥戴。仲庞参此事，江北百姓会为你建生祠的。”徐阶伸出一指，道，“此乃其一。”

姜廷颐字以正，湖广巴陵人，嘉靖二十三年进士。

“这可当不起。”徐淳连连摆手，并问，“其二又是何事？”

“仲庞方才提及公论，本身就是一篇文章呀？”徐阶说。

“子升先生的意思，章奏不可参王某而止？”徐淳用心揣摩，大有收获。他揖道，“多谢子升先生启迪。近来公论混淆，真伪难辨。如姜廷颐，江北百姓视为救星，王纳讲却肆意诋毁。还有：云南左参议谷锺秀，都御史喻时则荐之，御史庞尚鹏则参之；工部侍郎黄廷用，科臣李瑜则参之，巡抚刘焘则荐之。 人之身，乍贤乍愚，不辩何以明之！”

“用舍付与公论，仲庞如果写出这一层意思来，必是近年少见的大文章。”徐阶画龙点睛地说。

徐淳上疏，吏部和都察院复议：谷锺秀、黄廷用，公论不与，失在荐者，不用。王纳讲宜重罚，降二级，调外官。

第六百二十章

刑部主事唐枢一直没有起用。他回到浙江归安后，除游历越、蜀、滇、黔的名山大川外，就是在家乡读书，思索，教授弟子，研讨先师甘泉先生的学术。这样度过三十多年，渐临老境，再没有复出的心思了。不过，对天下的一切大事，对朝廷上的一切变故，他仍然很留意。

这一天，唐枢正在书写条幅，弟子李乐进门贺道："老师大喜。"

唐枢头也不抬，道："彦和，我是怎么对你说的？"

彦和是李乐的字。他调转头去，吐了吐舌头，再调转回来，说："遇事镇定，喜怒不形于色，乃一大境界。"

"记得住，为何做不到？"唐枢教训一句，才放下手里的笔，"说吧，什么大喜的事？当心，如果不是大喜的事，罚你抄一遍甘泉师的《心性书》；如果连喜事也不是，罚你抄一遍甘泉师的《二礼经传》。"

"老师哪里是罚我，分明是督促我用功。"李乐略显调皮地说。

唐枢脸一沉："再多嘴，我就不罚你的手，我要罚你的嘴了。"

"弟子不敢，"李乐说着，又调转头去，吐了吐舌头，"弟子特来禀告老师，我孟中兄高中甲榜，是二甲第三十二名。"

孟中是同郡德清人许孚远的字。他也拜在唐枢门下，参加今年的会试，一蹴而中。

唐枢不动声色。李乐问："老师，这是喜事吗？是大喜的事吗？"

"你说呢？"唐枢反问。

李乐又控制不住他那张嘴："弟子斗胆妄言，孟中兄若在一甲，则是大喜之事；若在二甲，则是一般喜事，若在三甲，则不是喜事。今孟中兄在二甲，弟子愿领小罚，明日交上一篇《心性书》。"

"好。"唐枢点头。

事情就此了结，李乐似乎不甘心，又问："弟子这就去抄书吗？"

“不去抄书，还等什么？”唐枢道。

“弟子总觉得什么地方错了。”李乐说。

“我错，抑或你错？”唐枢问。

“自然弟子错了。”李乐道。

“那我就告诉你，你错在哪里了，”唐枢说，“你以为，今日之事，非大喜，亦非不喜，乃一般之喜，这是不错的。可你以为，孟中在一甲为大喜，在二甲为一般之喜，在三甲为不喜，却错。孟中只要用心思，别说在三甲，即便落第，我亦欣慰。”

“老师是说，不以成败论英雄？”李乐试问。

“有此意，但也不全是此意，”唐枢说着，更引申一层，“以成败论英雄，把成败看得太重；不以成败论英雄，把英雄看得太重。我意，成败不在话下，英雄不在话下，要在用心而已。只要用心，不成功不要紧，不成英雄不要紧。”好像说得太绝对，他又补充一句，“以常人之聪慧，只要用心，应该能够成功。”

“多谢老师教诲，”李乐恭恭敬敬地说。老师一番抽象的道理说清楚，他听清楚；但具体到今天事情上的道理，老师却没有说清楚，他也没听清楚。所以他又问：“敢问老师，为何事而喜？”

“今科的会试录，彦和见到了吗？”唐枢指了指案上放的一本书，没有正面回答。

“尚未。老师已得到？”难怪李乐有些吃惊，京师张榜大约在三月二十日，至今只有四五十天，而要选文，要刻版，要印刷，要从京师送到南京，从南京送到杭州，从杭州送到湖州，都不是一日两日办得成的。即便有特殊的渠道，从京师直接送到归安，也太快。

他欲取会试录时，唐枢说：“孟中的应试文章没选在里面。”

好像又在向李乐证明，成败不在话下。

“是，弟子不敢作此想。”才听了老师的训诫，李乐必须如是辩白。可他嘴快的特性似乎难以改变，紧接着又说出自己的一个推测：“弟子想的是，老师在为两位主考所撰的序文而喜。”

“为何有此推测？”唐枢问。

“历科会试，两位主考出于同省的情形，难得一见。”李乐说。

唐枢不语，但脸上的表情，分明为弟子的懵懂而悲哀。

“弟子又错了？”李乐问。

“我因懋中先生、均用先生所撰的序文而喜，你的推测不错；我因他二人都产于浙省而喜，你却错。”唐枢说。

“是，弟子未读两位老先生的序文，不敢妄评，”李乐终于慎言，他问，“老师，本篇序文好在哪里？”

“已向徐存斋，不属严介溪。”唐枢说十个字。

存斋是徐阶的别号，他的另一个别号是少湖。

“序文里有这样的句子？”李乐惊问。

“当然不会写得如此直白，须十分用心，方能体会出来，”唐枢道，他又有一个训诫弟子的题目，“彦和，你若从懋中先生、均用先生的序文中体会出这十个字，研习就算有小成。”

“是，弟子回去，以十二分的用心研读。”李乐说着，把会试录拿在手里。看样子，是准备告退。

“彦和，你别忙着走。”唐枢说。

“老师还有事吗？”李乐唯恐老师要他留下会试录，把它藏在身后。

唐枢笑了笑，说：“案上的条幅是为你写的，你也拿去吧。”

“当真？”李乐大喜。才进来时，他以为老师在胡乱习字，所以一直不曾留意；没想到老师在写条幅，更没想到条幅是为自己写的。这可得好好看一看。条幅上写的是：志于道德者，功名不足以累其心；志于功名者，富贵不足以累其心。

“老师这两句话寓意深刻，弟子读过，似懂非懂。”李乐说。

“读懂什么？”唐枢问。

“老师要弟子立志。”李乐道。

“没读懂什么？”唐枢问。

“当今世上，仍有立志于道德者吗？”李乐道。

“你有此问，足见是读懂，”唐枢颇感欣慰，乃大发其议论，“这两句话，你也可以反过来体会。何谓立志于道德？不受功名之累，才称得上立志于道德。当今世上，自称有志于道德家者不少，真正不受功名之累的，有几人？何谓立志于功名？不受富贵之累，才称得上立志于功名。当今世上，自称有志于功名者不少，真正不受富贵之累的，有几人？立志于道德，立志于功名，这是古人才有的品第。不仅如此，就连立志于富贵这一品第，当今世上看来也少。”

“立志于富贵也算作一品第？”李乐不解。

“怎么不算！”唐枢自有其理由，“苟立志于富贵，就要下实工夫，方能得其富得其贵，方能守其富守其贵；仅仅羡慕别人的富贵，那算不得立志。你看，当今慕人富的人，有几个肯下工夫求富；慕人贵的人，有几个肯下工夫求贵？当今大富人家的子弟，有几个肯下工夫守其富；当今大贵人家的子弟，有几个肯下工夫守其贵？”议到此处，可以告一段落。他又有所感悟地说，“少则少矣，却非无有。如朝中大老某，便是立志于富贵的第一人。”

不用道其姓名，李乐也知道说的是谁。他回应道：“实工夫他的确下过，可守不守得住富贵，仍属未知之数。”

“彦和，你这句话极有分量。”唐枢道。他的神情里，多了种“刮目相看”的意味。

李乐就势言志：“弟子投在老师门下，是冲着功名来的。故弟子不敢立志于道德。今既立志于功名，绝不使这一颗心受富贵之累。”

唐枢大感欣慰。这个他其实一直非常喜爱的弟子，聪明是有的，只要肯立志向，肯下工夫，一定可获取功名。

第六百二十一章

邹应龙看望友人，坐得太久，告别出来，发现天阴得可怕，眼见大雨将落。退回友人家里避雨，他万分的不情愿，只得硬着头皮往前走。走到北安门外，下起瓢泼大雨。恰好路旁有一座大院落，邹应龙顾不上多想，一个箭步窜上台阶，栖身在门洞里。

大雨下一阵，开始转小，但绝没有停下来的意思。邹应龙在门洞里踱着碎步，琢磨起来。北安门外多是宫中太监置下的产业，这一院落不知是也不是。如果是的话，倒可以进去讨一杯茶喝，内宦虽然非我族类，但比起没有交往的官员，有时反而容易亲近。

正在想着，大门打开一道缝，门缝里露出一张小宦者的脸。想是听到外面的脚步声，出来看个究竟。

见立于门洞者官人模样，小宦者把门大开，问："先生在避雨吗？"

"是，"邹应龙应道，"不想惊动小公公，还乞勿罪。"

"好说。"小宦者说着，就要关门。

邹应龙抢上前一步，问："请教小公公，这是哪位公公的府第？"

"我家公公姓王。"小宦者说。

"王公公在哪个衙门办事？"邹应龙又问。

小宦官上下打量邹应龙，好像要确定他是否真是官员。确定后，才说："我家公公在司礼监办事。"

看这座院落的规模，一定属于某位大太监。司礼监的大太监不少，可姓王的眼下只有一个王瑜。难道此院的主人是皇上宠幸的司礼太监王瑜。邹应龙以前没有机会结识王瑜，眼下老天制造一个机会。

想到此，他说："小公公，监察御史邹应龙避雨尊府，欲向主人讨口水喝，可予方便否？"

"先生不是得陇望蜀吗？"看得出，小宦者读过些书，他没有完全回绝邹应龙的请求，但问，“先生身上带有名刺吗？”

“有。”邹应龙掏出一张名刺，递将过去。

不多时，小宦者去而复返，道：“我家公公有请。”

王瑜没有迎出大门，而是在室外迎接，对一名监察御史来说，礼数已经足够。他把邹应龙让进屋里，道：“云卿先生把主人看得恁小气，贵客来到，只有一口水奉上吗？”

邹应龙字云卿，陕西长安人，嘉靖三十五年进士。

“在下求的是一杯茶水。”他说。

“饮酒如何？”王瑜问。

“更佳，”邹应龙爽快地回应道，“方才在友人家中饮酒，未能尽兴。再陪王公公饮几盅，尚有余力。”

王瑜大喜，命下人收拾几样下酒的菜，和邹应龙分宾主对坐。

他本不善饮，几盅酒下肚，话多起来：“今日在西苑侍奉万岁爷，见到一桩奇事。路上还在想，今晚得喝几口酒，只是无人做伴，怕要喝闷酒。谁知云卿先生就来，你说是不是巧事，是不是缘分？”

“王公公是福人，求仙得仙，求俗得俗。”邹应龙说

王瑜闻言，也不劝客，自己饮一盅。然后说：“云卿先生有顺风耳吧，宫里才出的奇事，两个时辰后已然知道。”

“什么奇事？我一点也不知呀。”邹应龙道。

王瑜看他的样子，不似作假，但还是不放心地问：“当真不知？”

“当真不知。”邹应龙坦然地说。

“那么，求仙得仙何意？”王瑜问。

“那是句托词，我要说的是求俗得俗，”邹应龙道，“为不让王公公喝闷酒，我不就来凑数？”

王瑜想，酒喝多了。邹应龙把自己喻为俗人，这有什么不好懂的呢？酒是不能再喝，话是不能再说。可是，忍不住还是又饮一盅，忍不住又说起来：“宫里的事，还是不知道的好。”不容邹应龙回应，接着说，“不过，我告诉你，也不妨。今日宫里的事，奇就奇在求仙得仙。万岁爷最信蓝老仙扶箕求得的上仙之言，这事别人不知，我最知道。因为爷每次求言，都是差我去的，而且，求来上仙之言，爷密封好，命我焚之。然后，一定要问我些话。以前我回奏总不称旨，后来我央告蓝老仙，上仙说的什么，你先告诉我吧，免得我答不上话，让爷生气。从那以后，再回奏没有

一次不称旨。你说万岁爷信不信他？今日后半晌，万岁爷不像往常那样差我去显灵宫，而是把蓝老仙召入西苑。这就有点儿奇特。更奇特是，你知道爷问些什么？爷问：天下何以不治？上仙箕词：贤不竟用，不肖不退耳。爷问：谁为贤？上仙写两个名字：徐阶、杨博。爷问：谁为不肖？上仙这回只写一个名字：严嵩。爷沉默良久，问：嵩既不贤，上仙何不震而殛之？上仙箕词：留待明君自殛之。云卿先生，你说这算不算一件奇事？”

“真乃天下第一奇事，若非出自王公公之口，我一个字也不敢信，”邹应龙不仅称奇，而且身上真的听出冷汗，他问，“王公公说的蓝老仙，可是名讳道行的蓝道士？”

“可不是他！”王瑜道。

邹应龙想，这事要核实一下。也不必核实得太具体，只要知道，蓝道行昨日是不是去西苑，就足够。

五月十八日，邹应龙上疏，论劾严氏父子。论劾严世蕃，他用的是“大肆身谋”四个字；论劾严嵩，他用的是“植党蔽贤”四个字。

所谓大肆身谋，要点在其贪。邹应龙特别举两个例子：其一，吏部稽勋司缺主事，凡资格相应者，悉就而谋之，如群儿争啖一饼然。最终，告病礼部祀祭司员外郎项治元，以一万三千金得之。项某富有，人喻为国初富豪沈万三，以沈官儿呼之。其二，今岁三月拣选官员，举人潘鸿业欲得山东临清州知州，托中书严鸿以二千二百金送世蕃，竟除此官。

不仅严氏父子贪，其家人亦以贪致富。邹应龙也举两个例子：其一，家人严年，往年以数万金为严嵩祝寿，其家财何止百十万金。其二，家人严冬，今在南京、扬州、仪真等处，用强夺买人田产数十处，每处价可数千金。邹应龙问道：家人之富如此，主人当何如耶？

黩货欺君是不忠，严世蕃当论者，还有不孝。值母丧，他不仅不回籍守制，反而明示谢客，暗通贿遗，姬妾满前，酣饮竟夕。邹应龙生动形容今日的严世蕃：今一目已盲，而惫心不悛。

所谓“植党蔽贤”，没有举出具体事例，只有一段议论。邹应龙写道：大学士严嵩，致位首相，受国厚恩。植党蔽贤，何有廊庙之度；招权纳贿，实同市井之为。庭训无方，官常失职。戒之在得，甘背先圣格言；专擅选官，辄犯天朝明律。此其罪当首论者也。

最后，他恳请皇帝惩处严氏父子，或惩处他这个参奏者：如果臣言不谬，乞将严嵩等或姑令退休，或加之显罚。或斩世蕃之头，悬之藁竿，以示天下万世，为臣子不忠不孝者之戒。如或臣言不实，则愿斩臣之首，亦悬之藁竿，以谢世蕃父子，以为天下万世言官欺诳之戒。则臣虽在九泉，亦无恨也。

写到最后，邹应龙的心里一阵阵发紧，手上的汗水几乎要把疏稿浸湿。虽然已经证实，蓝道行的确去西苑见过驾，的确和皇上有一番密谈，但他知道，疏稿最后写的两种结果都是可能的。而且，皇帝降罪严嵩、严世蕃、严鹄，不一定会砍下哪一个的头；不降罪严嵩、严世蕃、严鹄，砍自己的头却是极有可能的。

不过，他不能裹足不前，也不想裹足不前。身为言官，报答圣恩，这是一个原因。还有一个原因，那天竟那么巧，他闯入王瑜府第，听王瑜讲述宫里的奇事。他认为，那是天意。

所以，这篇奏疏一定要连夜抄录整齐，明日一早呈进。

第六百二十二章

皇帝闷闷不乐，默默不语，有两天了。像往常一样，西苑的太监们除格外小心以外，还一起出面央求司礼太监黄锦留在西苑。倒不是他有什么过人的本事，能使皇帝化忧愁为欢乐，而是他的机敏超过其他太监，在无法应对时可勉强应对。

要不，当皇帝忽然说“让严爱卿来见朕”时，该怎么办？

皇帝亲阅邹应龙奏疏后，立即传旨罢去严嵩、严世蕃的一切官职，别说邹应龙没有料到，满朝文武官员也没有一人料到；别说臣子没有料到，连皇上自己恐怕也没有料到。严嵩罢官，有两重身份，一是平民，一是待罪之人。作为平民，皇帝要他来见驾，还说得过去；作为待罪之人，把他召来见驾，是根本不可能的。

可黄锦只惊愕一刹那，即刻应道：“是，奴才这就去。”

他向外走到一半，皇帝叫住他问：“朕要你去作甚？”

“爷要奴才去请徐先生。”黄锦说。

皇帝的郁闷没有加重，也没有减轻，而且，仍然不愿意多说话。他挥挥手，道：“你去吧。”

严氏父子被罢免后，私下里举杯相庆的官员是有的，但并不如有些人所想象的那么热烈。在公开的场合，特别是在皇帝的面前，没有人敢流露出过分的欢乐。而大臣，特别是那些有可能面见皇帝、有可能单独面见皇帝的大臣，比一般的官员更要谨慎小心。

在那道震惊朝廷、震惊京师、震惊天下的圣旨颁发后，徐阶这是第一次来见皇帝。为这一次的召见，他想过许多。总的宗旨，无非也是谨慎小心。具体来说，既不能表现出一丝一毫要为严世蕃说情的意思，也不能表现出一丝一毫落井下石的意思。对邹应龙的奏疏，他既不能表示完全赞同，也不能表示有所不满。当皇帝向他询问的时候，一个字说得清楚，他绝不说两个字；一句话说得清楚，他绝不说两句话。

“爱卿，朕恨呀！”皇帝的话不多，却像火山爆发般喷发出仇恨。

“皇上有理由恨。”徐阶则好像要杯水车薪地为这座火山熄一熄火。

"爱卿，朕悔呀！"火山又喷发一次。

"要悔的不该是皇上。"徐阶说。

皇帝的两句感慨，可以说针对某个特定的人、某件特定的事，也可以说针对一切人、一切事。徐阶的话里，可以说没有任何含义，也可以说有种种含义。只两次应对，徐阶已经有黔驴之感。他懂得皇帝的感慨，相信皇帝也懂得他的应对。可皇帝再发一次感慨，他听得懂听不懂，就没有把握；他再应对一次，皇帝听得懂听不懂，他也没有把握。他但愿皇帝说些具体的人、具体的事，哪怕说说严嵩、说说严嵩被罢免也好。他知道皇帝两天来没有召任何人入万寿宫，知道皇帝对身边任何一位近侍没有提到严嵩，没有提到严嵩被罢免。这才使每一个人都不安。可皇帝总要说起严嵩的，总要说起严嵩被罢免的。那就让他现在就说吧。

幸亏皇帝没有再感慨，幸亏皇帝提到严嵩。虽然皇帝提到严嵩的方式，是徐阶没有料到的。

皇帝说："朕今日还在万寿宫，不由想起严嵩。朕一向敬重他、信任他、袒护他，他却要朕迁去崇质宫。他难道不知，南城是何去处吗？"

话音里也有不满，可徐阶分辨得清，皇上说的好恨，不是恨严嵩会有这一提议；皇上说的好悔，不是悔当时没有处置严嵩。所以，不能让皇上为这件事去恨严嵩，不能让皇上为这件事处置严嵩。

"此议是有不妥。"徐阶很有分寸地说。

"可朕懂得他的心思，"似乎皇帝觉得，这样轻微的指责也太重，也需要为之辩白，"他想朕迁入崇质宫是假，想朕迁回大内才是真。朕登大位以来，在大内二十年，在西苑二十年，他以为，朕应该迁回大内。朕敢说，以为万寿宫遭焚乃天意，乃指示朕迁回大内的，绝非严嵩一人。徐爱卿，"皇帝直问徐阶，"你就不作此想吗？"

"臣不是一点儿都没有想过，"徐阶委婉地承认，他不怕承认，因为后面还有一番很得体的话，"不过，臣以为，一则，上苍究竟何意，皇上比我等都要清楚；二则，臣若以为当迁回大内，就奏请皇上迁回大内，绝不敢奏请皇上暂迁崇质宫。"

"卿的心思，朕也懂得，"皇帝安抚地说，他后面也有一番发自内心深处的话，"其实，暂迁崇质宫，并无大错，或是上苍借严嵩之口说出的谶语。朕作皇帝四十一年，超过太祖高皇帝十年，超过成祖文皇帝十九年，年岁之久，超过任何一位先帝。徐卿，朕早有心退位，安居西内，专祈长生，让后来者在大内做皇帝吧。"

说的是让后来者做皇帝，而不是立某王为储君，择日登极，显然不是真下决心去做太上皇。但徐阶仍然大惊，跪倒在地，叩头不已。

“爱卿有话就讲，快快平身。”皇帝说着，示意左右过去搀扶。

徐阶虽然站起来，但仍躬身而立。他恳切地说：“臣嵩欲皇上迁回大内，是臣嵩糊涂；他臣欲皇上迁回大内，是他臣糊涂。迁不迁回大内，全凭皇上裁决。今天下多事，万民彷徨，仰望圣明天子如仰望日月，皇上切不可萌生禅让之意。”

“爱卿之意，朕如何不知！”皇帝叹口气，“只要卿等仰奉上苍之命，助朕阐玄修仙，朕即应允爱卿，暂不提退位之事。”

“臣等敢不仰奉圣意，敢不仰奉上苍之命。”徐阶道。

第六百二十三章

在不为人注意的小巷里有一处宅子，主人很少去住，也很少在里面接待客人。今晚它却派上用场。不过，主人是把一干准备大献殷勤的男女用人，包括守门的家人全部关进后院，自己蹲在漆黑的门洞里等候来访的客人。这在他家人的心里造成一种神秘感。

来访的客人在巷外下轿，吩咐轿夫把轿子抬走，过一个时辰再来接人；吩咐随从在附近暗处等候，不得被任何人见到。他自己则徒步走进小巷深处。这在他随从的心里造成一种神秘感。

中院的正房里，没有点灯。但只要接近，就会知道里面有人。他想要压抑又压抑不住的喘息声，表明他身子的虚弱，也表明他现在的紧张。这给知道他存在的人，或感觉到他存在的人，造成一种神秘感。

来访的客人在宅院外轻轻咳嗽一声，宅院的主人马上从黑暗里现身，迎上去作一揖，一声不响地把他领进院内。

来访的客人是司礼太监黄锦，宅院的主人是罗龙文，在黑暗的房间里等候的，则是严世蕃。不点灯，不留人，是三个人一致同意的，因此，罗龙文蹲在黑暗的门洞里，严世蕃坐在黑暗的房间里，黄锦磕磕绊绊地走过黑暗的院落，都没有什么好抱怨的。

黄锦进了屋，罗龙文守候在门外。

“东楼公子不是被北司请去吗，怎到得此处？”黄锦问。

严氏父子被罢免，是笼而统之的说法，实际的处分是：严嵩被勒致仕，严世蕃、严鹄等，则下锦衣卫狱问罪。

“黄公公敢来这里，就有人敢放我来这里。”严世蕃不以为意地说。

“我来这里赴约，可是冒着掉脑袋的风险。”黄锦说。

“承情之至，承情之至，”严世蕃连声谢道，“只为黄公公肯来这里，我已备份薄礼，差人送去府上。”

“东楼差谁去的？”黄锦问。

“公公放心，不是严年、严鸿这些走在街上无人不识的人物，我差去府上的，是一个从未在外面走动的小厮，他带领几个雇来的挑夫，挑的是瓜果李桃之属。就算被五城兵马司的人撞到，有什么要紧？只怕贵府执事不当回事，把挑去的东西扔在一边不管了。里面可藏有万金哪！”

“礼重了，受之有愧。”黄锦这么说，等于把礼收下了。收人钱财，须为人消灾，他问：“公子欲见我，何事？”

“请公公为我家的事周旋。”严世蕃说。

“老相公和公子待我极厚，公子不说，我也该出力的。不过，”黄锦口气一转，为难地说，“万岁爷这次是当真动怒，爷的龙性，公子是知道的，绝不容我等对朝廷大政说三道四。”

“公公周旋的，并非朝廷大政。”严世蕃说。

“罢黜首相，还不是朝廷大政？”黄锦道。

“皇上因我动怒，非因家大人；皇上欲罢黜我，不是家大人。皇上每因家大人而加恩与我，则龙颜大悦；这次因我而祸及家大人，一定于心不忍。”严世蕃飘飘忽忽地说。

“公子怎知万岁爷不欲罢黜老相公？”黄锦问。

“察言观色。”严世蕃说笑般道出四个字来。

“察言观色？”黄锦自然不解。

“其一，先说徐子升相公，”严世蕃道，“家大人罢黜，徐子升相公想当然成首相，按说，他应该面带喜色。可有人告诉我，他脸上只有忧虑，没有一丝喜色。”

“同朝多年，这也难免。”黄锦说。

“同朝而异心者，也会为家大人伤感吗？”严世蕃驳道，“徐相公不会因家大人罢黜忧虑，他的忧虑必有其他缘故。”

黄锦知道自己的解释很勉强，揖道：“公子言之有理，请说其二吧。”

“其二，再说邹云卿御史，”严世蕃道，“这些年来，弹劾我父子的人不少，无一人得逞。邹御史一击而中，扬名天下，按说，他应面带喜色。可有人告诉我，他脸上只有忧虑，没有一丝喜色。”

“区区御史，公子也看他脸色？”黄锦问。

“一叶落而知秋嘛，由区区御史脸上的忧虑，可知大局。”严世蕃说着，一指黄锦，“其三，就要说到黄公公。”

“东楼不会以为，我也该面带喜色吧？”黄锦道。

“公公的话反了，”严世蕃说，“公公脸上本该有忧虑的，可我从公公脸上竟看不出一丝忧虑。”

黄锦觉得好笑，道：“夜黑如漆，公子看得清我这张脸？”

“闻其声而会其意，不必看，亦知公公的脸色，”严世蕃说着，又指了指黄锦，“一句笑话，公公莫介意。公公本该坐镇司礼监的，可这两天不离西苑，这是为何？还不是皇上不痛快，得靠公公应付。”

“好一个东楼公子，察言观色到万岁爷的脸上，又不敢明言，便拿我这个奴才来充事！”黄锦取笑一句。

“事关皇上，不拿你充事，还能拿谁人充事！”严世蕃道。

“说的也是，”这是奉承，黄锦不会不高兴，“不过，察言观色是两件事，公子只说观色一件。我不能白受公子万金厚礼，恰有一言，请公子察之。万岁爷不欲罢黜老相公，亦多一证。”

“公公快讲，某洗耳恭听。”严世蕃说。

“爷白日说句‘让严爱卿来见朕’。”黄锦道。

“哈！”严世蕃兴奋得一击掌，“黄公公，这才是朝廷大政呢。黄公公为我家周旋，即分皇上之忧，何乐而不为呢？”

“虽然爷仍惦念老相公，但绝不容我等提及。为老相公和公子周旋不知从何处下手，是故踌躇。”黄锦说。

“风波由谁而起，便从谁人下手，又有何难！”严世蕃道。

“公子是说，抓住邹御史的把柄？”黄锦问。

“不，不，”虽然看不清楚，严世蕃只管摇他的头，“邹御史掀不起这么大的风波，作祟的是蓝老道。公公须在他身上打打主意。”

“此人通仙，在他身上打主意不那么容易吧？”黄锦道。

“其实并不很难。”严世蕃却说。

黄锦问：“公子的意思是——”

“公公只要向皇上说三件事，就足够，”严世蕃说，“第一件事，蓝老道向不下十名内臣表功讨赏，声称为朝廷、皇上立不世之功；第二件事，他接受不下二十名官员的贿赂，少则数十金，多则数百金，答应为他等谋一个好差事；第三件事，他接受不下三十人的馈赠，为他等扶箕请仙，结果证明都是些荒唐不经之言。”

“这十名、二十名、三十名，都有实证吗？”黄锦问。

“人证、物证均在。”严世蕃说。

“公子还记得那些荒唐不经之言吗？”黄锦问。

严世蕃说：“例如，西城一王姓人家请他去扶箕，他歪歪扭扭写六个字：玉皇送你一子，结果，那一家的孕妇却生两个女儿；再如，北城一刘姓人家请他去扶箕，他歪歪扭扭写四个字：万世基业，结果，那家当夜被一把火烧得寸瓦皆无。如此等等，不一而足。”

“把这些当故事讲与爷听，爷就要多想一想。”黄锦说。

“对，只能当作故事讲；切莫让皇上以为，你是特意要讲与他听的。”严世蕃说着，问道，“黄公公，十人的事，你讲上一二件，二十人的事，你讲上三四件，三十人的事，你讲上五六件，皇上会不会动心？”

“或会动心。”黄锦说。

“公公尚有顾虑？”严世蕃问。

“三人成虎，一人说与爷听，不如两人说与爷听。”黄锦说。

“此事关系身家性命，还有谁人可以托付？”严世蕃问。

不但话说得沉重，语气也十分沉重，完全找不到方才的轻佻和戏谑。黄锦尽管早想好一个人，也不敢轻易说出。二人面对面在黑暗中沉默许久，黄锦才抓起严世蕃一只手，在他手心写个“王”字，道：“东楼公子看，此人如何？”

“是和公公同衙的那一位吗？”严世蕃问。

“就是他。”黄锦应道。

“皇上每次问事于蓝老道，都差他去，会不会共事日久，彼此生情呀？”严世蕃不无担心地问。

“彼此依托是有的，彼此生情就未必，”黄锦说，需要时，他也可以说得头头是道，“一则，蓝老道若行欺诈，王哥或会蒙在鼓里，却绝不会和他一起欺诈；二则，正因为王哥和蓝老道共事日久，他的话，爷必深信不疑；三则，王哥新近又置一处宅子，买两名小女子，手头拮据，公子对他，若像和对我一样慷慨，他一定会报答的。”

“这没有问题，”严世蕃立即表示，“我愿出二十万金，一半给公公，一半给他，恳请二位妥为周旋。”复以沉重的语气说，“扳倒蓝老道，我未必得救；可不扳倒蓝老道，我必死无疑。此事关系身家性命，我只有重重拜托两位公公。”

第六百二十四章

蓝道行由诏狱移至刑部，尚书张永明、左侍郎叶镗、右侍郎鄢懋卿共同审理此案。按照鄢懋卿的意思，应奏明皇上，使大理寺卿万寀参与审理，张永明冷冷地说："奉圣旨，刑部讯之，并非三堂会讯，没有这个必要吧？"鄢懋卿纵然张狂惯，在本部正卿面前也不好再说什么。叶镗想说句既不得罪张永明也不得罪鄢懋卿的话，以协调堂上的气氛，埋头苦想，居然也没想起来。

蓝道行被带上堂。自陶仲文死后，朝天、显灵、灵济三宫已然没有昔日的尊荣和威风，何况蓝道行不过是个寄籍显灵宫的落单道士，原没有尊荣的地位和使得出的威风，张永明示意班役，将他按倒在地。

"下跪何人？"张永明依照惯例问道。

"道士蓝道行。"蓝道行也把这当作例行的讯问。

"居于何处？"张永明问。

"京师显陵宫。"蓝道行答。

"以何事为业？"张永明问。

"扶箕请仙。"蓝道行答。

"为何人扶箕请仙？"张永明问。

"上至当今天子，下至黎民百姓。"蓝道行答。

"所谓扶箕请仙，你是真通其术，真请的来各路神仙，还是借其术以行骗，借其术以害人？"张永明问。

"巧时，请的来神仙；不巧时，冒充一下神仙。"蓝道行答。

"何者为不巧？"张永明问。

"譬如去请时，神仙不得闲；譬如所求之事，神仙不欲过问；譬如所求之事，神仙过问不得。"蓝道行一连举三种情形。

"又譬如，你想害人时。"鄢懋卿插话。

"小道从未起过害人的念头。"蓝道行说。

“那天皇上问辅臣忠奸，你也没有起意害人吗？”鄢懋卿问。

蓝道行不服，反问：“我害的谁？”

“首相严阁老。”鄢懋卿说。

“他已不是首相。”蓝道行讥道。

“那还不是拜你之害。”鄢懋卿说。

“怎是拜我之害！”蓝道行分辩，“万岁问辅臣忠奸，他是不是大奸？行事卑劣，纵子暴敛，是不是实情？”

鄢懋卿气极而起，欲上前殴之。张永明拦住他，道：“我今日不问你，他是不是大奸；只问你，这话是你说的，还是你请来的神仙说的？”

“那天没有请到神仙。”蓝道行说。

“为什么？是不得闲吗？”张永明问。

“是所求之事，神仙不得过问。”蓝道行说。

“行骗就是行骗，还找什么借口！”叶镗道，“竟敢向圣天子行骗，你的胆子也恁大！”

“我并未行骗，我说的是，此事须得万岁自行处置。”蓝道行辩道。

“他既承认皇上所问之事，是自己说的，景修先生，汝声先生，我看，此案可以了结。”张永明对两位佐卿说。

叶镗字汝声，江西上饶人，和鄢懋卿同是嘉靖二十年进士。

“且慢，锺诚先生，我再问几句，”鄢懋卿说着，转向蓝道行，“事已如此，你该说出谁是主使之人吧？”

“是啊，你的罪过已重，何必再替别人担罪呢。”叶镗在一旁帮腔。

“大人们都知道，我不是一个愿为别人担罪的人。在北司我就说过，并无主使之人；今日我还是要说，并无主使之人。”蓝道行道。

鄢懋卿自然不信：“此等大事，没人主使，你自己做得出来？”

“助万岁铲除大奸，我不过顺应天下人心而已。”蓝道行说。

“那么，称某相大贤，也是顺应天下人心？”叶镗问。

“是啊，总不能说，圣天子之下，只有大奸之相公，没有大贤之相公吧？”蓝道行的回答十分锐利。

鄢懋卿怒不可遏，拍案叱道：“你敢狡辩！”

“总不能说天下人皆称其奸，小道亦称其奸，天下人皆称其贤，小道亦称其贤，是错吧？”蓝道行更锐利地狡辩。

张永明把叶镗让进自己的房间，率直地说：“汝声先生，他要把子升相公拖到这桩是非里，我不奇怪；你随声附和，却是我没有想到的。”

叶镗的脸一下子红了，他支吾道：“锺诚先生误会，我并无此意。”

“那就好！”张永明推心置腹地说，“我向来不信异术，无论是靠它行骗，或是靠它除奸，我都不赞成。可这个蓝道士有句话很耐寻味：天下人皆称其奸，小道亦称其奸；天下人皆称其贤，小道亦称其贤。羽客都懂顺应天下人心，我等读一辈子圣贤书，反而不懂吗？”

“锺诚先生语重心长，在下心感。”叶镗说。

第六百二十五章

蓝道行下狱后，皇帝的心情明显好转。他对徐阶说："有人为严世蕃求情，被朕一口回绝。贪渎如此，不孝如此，若不治罪的话，祖宗制定大明律，还有何用！"

皇帝不说这个人是谁，但徐阶知道，他一定是严嵩。除了他，没人会为严世蕃求情，也没人敢为严世蕃求情。徐阶也知道，皇上的批复是：念尔忠勤，已加优处，又何以凶儿渎救。他称颂道："皇上明断。"

皇帝平和地说："严世蕃怙恶不悛，劣迹斑斑，朕早有所闻。念其父力赞玄修，寿君爱国，特加优眷，谁知他就走到今天这一步！朕日前对卿说，朕好悔，就悔在没有早处分他。"

皇帝把日前的话补充完整，徐阶也把日前的话补充完整："该悔的不应是皇上，应是世蕃。"

"是啊，世蕃应悔，世蕃应悔，"皇帝自语两遍，然后说，"邹应龙所劾之事，朕多有所闻，想来不会是诬奏。"

"世蕃既下狱，皇上可命法司查证坐实。"徐阶说。

"是啊，朕可命法司查证坐实，可命法司依律议罪。不过，"皇帝说着，口气忽然一变，"爱卿想过没有，邹应龙亦应悔之？"

不纳邹应龙之言，而治邹应龙之罪，徐阶是想过的；既纳邹应龙之言，复治邹应龙之罪，他的确不曾想过。好在邹应龙之罪不在论劾严嵩、严世蕃父子，那么，也应该不太严重。

"臣愚，不解圣意，请皇上明示。"徐阶边想边说。

邹应龙的奏疏在御案上摆放好几天，皇帝翻开一页，说："朕先念一段，爱卿听听：夫世蕃黩货欺君，不忠甚矣，然犹有可议者。"读罢问道，"爱卿，此言何意？"

"犹有可议者"，可以有两种理解，一是上面一句话犹有可议者，一是下面的内容犹有可议者。皇帝显然是前一种理解，这就成了黩货欺君、不忠甚矣，犹有可议者。徐阶侍驾这么多年，不会不懂得皇帝的意思，也不会不懂得皇帝这样理解意味着什么。但他不能明明白白地告诉皇帝，还可以有另一种理解，而另一种理解更为贴切。说实话，他也不敢担保，邹应龙一定是按照另一种理解来写这句话的。也许，既非此亦非彼，它不过是联络前后内容的普通句子。所以，徐阶只能说："臣想，应龙写这一句，为的是突出世蕃之不孝，所以，后面有'此其为心何如也'的指责。"

"黩货欺君，不忠甚矣。真的犹有可议吗？"皇帝固执地问。

"皇上说的是，此句含糊不清。"徐阶不得不说。

皇帝满意地说："好，且记上一笔。朕再为爱卿读两段。一段是：如果臣言不谬，将严嵩等或姑令退休，或加之显罚，或斩世蕃之头，悬之藁竿，以示天下万世，为臣子不忠不孝之戒。一段是：如或臣言不实，则愿斩臣之头，以悬之藁竿，亦谢世蕃父子。"读罢，问道，"朕倒不懂，生死之间，国家就没有法度，但由一个御史说了算的吗？"

徐阶好不为难。早者不论，嘉靖朝以来，科、道弹击大臣，动辄斩头；不是斩被弹击大臣的头，就是斩弹击者的头。邹应龙不过故调重弹而已。皇帝以前不管是容忍，还是治罪，从没在这句话上作过文章。而今罢免严嵩，却抓住这句话不放，除了后悔，还能作何解释。

他不能称赞这两段话写得好，也不愿夸大这两段话之谬，只得用四个字论之："科、道上疏，往往意气用事。"

"生死之间，国家就没有法度吗？"皇帝仍问。

"皇上说的是，言官不该妄议生死。"徐阶不得不说。

"好，又记上一笔，"皇帝不仅满意，而且得意，"应龙身为言官，言事时错误百出，本该惩戒，念其论劾世蕃父子有功，姑且不论。已升通政司参议，仍以其官办事。然再有论劾严嵩者，与应龙一并斩之。徐爱卿，这话你不好在外面说，朕着司礼监传谕。"

邹应龙奏疏里的错误也好，对严世蕃的惩治也好，都不应该和论劾严嵩联系在一起。皇帝得出这样一个结论，且绝不容臣子有异议。

通政使李登云见吏部尚书郭朴走在前面，边急走两步，边呼道："质夫兄，请等一等。"他是河南钧州人，和郭朴同为嘉靖十四年进士。

郭朴停步，回身，等他走近了，问："有事？"

"向质夫兄讨个公道，"李登云说，"通政司是事务繁杂琐碎的衙门，质夫兄给我们增添一个参议，却不让他去衙门办事，是何缘故？”

“吾兄是说邹云卿吗？这可怪不得我，也怪不得吏部任何一人，”郭朴道，“皇上一句‘再有论劾严嵩者，与应龙一并斩之’，吓去他七魂；张叔养不知圣谕，说句‘陛下已显擢应龙，而王宗茂、赵锦辈首发大奸未召，是曲突者不赏也’，虽未斩之，却被杖六十，斥为民。若非子升先生全力维护，邹云卿恐怕也躲不过重责，这又吓去他三魄，他怎么还敢去新衙门办事！”

张槚字叔养，江西新城人，嘉靖三十八年进士，现官河东巡盐御史。

所以，李登云感叹道：“乡人亦有此议，何况他人。”

“这话还是不说的好，吾兄难道真要置邹云卿于死地吗？”郭朴道。

“是，是，该分在邹云卿名下的事务，我替他做好吧。”李登云说。

第六百二十六章

赴闽前，戚继光去向胡宗宪辞行。福建福宁州之宁德县，北有一屿，其形似龟，故称龟屿，是南直隶松江府的柘林和浙江宁波府的岑港两大贼穴被捣后，兴起的又一贼穴，聚集众多的倭贼、海盗。龟屿地势险恶，四面环水，可战可守，福建官军畏之如虎穴狼窝。胡宗宪命戚继光率七千余人援闽，是希望他一举捣毁这一贼穴。

对戚继光来说，这是一次非同寻常的使命。健儿七千，是总兵官，至少是副总兵官才能统领的额数；捣贼巢穴，也不是一参将所能单独获得的差事。凡此，足可见总督大人的信任和器重，足可见朝廷的信任和器重。所以，他在胡宗宪面前，不但怀抱感激之情，而且情绪高昂。

“末将此行，请制帅赐以方略。”他边行礼，边说。

“元敬，坐吧，”胡宗宪让道。他的心事重重，和戚继光的情绪高昂，恰成鲜明对照。他强打起精神，说：“元敬能胜大任，到彼处，可见机行事，用不着我多叮嘱。”

“是，”戚继光应道。他感觉到胡宗宪的沮丧，想问又不好问，正在为难，忽然看见角落里有一堆撕碎的纸屑，显然是胡宗宪方才在整理文案。他借这个题目问道：“汝贞先生要调任吗？”

“调任？”这句普通的问话，却让胡宗宪大吃一惊。试想，以他现在的地位，若有调动，应该不是改任他处督、抚，而应该召回朝廷掌部。戚继光不说召回，而说调任，或是个不祥之兆吧？但这怪不得他，他是武臣，武臣即便升至总兵官，离回府掌印，也是遥不可及的事。所以，胡宗宪只是反问一句：“元敬何以知我要调任？”

戚继光指了指碎纸屑，道：“元贞先生不是已经在准备吗？”

“准备是准备，可不一定是准备调任呀。”胡宗宪的怅惘愈发明显。

“那是准备什么？”戚继光问。

“譬如，准备罢官；譬如，准备入狱。”胡宗宪说。

“汝贞先生怎会想到此？”戚继光惊问。

胡宗宪叹口气，像是自语，又像是从侧面回答他的问题：“有时，我真羡慕领兵的将领，只须打仗，不须理会打仗以外的事。”

不对吧，武臣不但必须理会打仗以外的事情，有时比文臣还要理会得更多。戚继光心里这样想，嘴上却说：“制帅是担心朝廷上的变故吗？”

胡宗宪和严嵩、严世蕃的关系，大家都不说，但大家都知道，那是密切到不能再密切。究竟严嵩出了什么事，现在还不清楚，但一定是出了事。而且，胡宗宪又强调打仗以外的事，他的忧心就不难理解。

胡宗宪不语，算是默认。

戚继光想宽他心，说：“前者听说老相公致仕，后者又听说皇上要再起用老相公，不知是真是假。”

“不会的。”胡宗宪断然地说。

“制帅是说，老相公不会再起用？”戚继光问。

胡宗宪先是点头，然后摇头，说：“要么，不会致仕；要么，不会再用。”如果说这句话有点儿含糊，后面的话则表明，他倾向于后一个判断。“致仕云云，绝不是空穴来风；八十老翁，也不适宜伴君。”

其实，戚继光也是这么想的，所以再无话可说。

沉默片刻，胡宗宪忽问：“元敬，福建之役，知道我为何力荐你去？”

“原因是否也在打仗以外？”戚继光问。

胡宗宪点了点头，说：“浙江快成是非之地，你还是离得远些好。”

这是关怀的表示。戚继光和严府没有特殊的关系，对胡宗宪和严府的关系则抱一种事不关已的态度。但对胡宗宪的关怀，他还是很感激的。

“制帅提携，在下不敢忘，唯有速捣贼穴，以报知遇之恩。”他说。

入夜后，胡宗宪就着烛光，心不在焉地读一本兵书。在外面守护的五郎走进来，轻声禀道：“大人，有客来访。”

“什么人？”胡宗宪问。

“一名四十多岁的书生。”五郎说。胡宗宪盯着他看，意思是要他再说具体些。他苦笑着说：“小的问他姓名，他拒不肯说；小的向他索要名刺，他也没有。”

“拒不肯说”这四个字引起胡宗宪的兴趣。那意味着一种傲气，在下人面前不屑道出姓名；那意味着有些徐文长的脾性。而同样有些傲气的五郎没有把这个人拒之门外，那意味着他有些喜欢来者；也可以说，他知道自己会喜欢来者。

“都说江浙人柔弱，我看有性子的浙江男儿不少。”胡宗宪叹道。

“大人，他不是浙人；小的听来，是个苏州人。”五郎说。

他是浙江人，所以不会听错口音。胡宗宪做个邀请的手势，说：“那就见一见这个苏州人吧。”

来客入内，一揖到地，口称：“姑苏士子梁辰鱼拜谒汝贞先生。”

“可是以《浣纱记》称世的梁伯龙？”胡宗宪问。

伯龙是梁辰鱼的字。他呈上一部手稿，道：“如假包换，学生特亲录《浣纱记》一本，以为拜谒之阶。”

“好，好，正要拜读。”胡宗宪接过手稿，但没有急着翻看，却诵出一首七言绝句来，“吴阊白面游冶儿，争唱梁郎雪艳词；七尺昂藏心未保，异时翻欲傍要离。”

这是王世贞赠梁辰鱼的诗，题目叫作《嘲梁伯龙》。一面把梁辰鱼的作品称作游冶儿喜爱的雪艳词，一面又称赞梁辰鱼的七尺昂藏心，和追踪古代豪杰之士要离的勇气，的确当得上这个“嘲”字。当然，是善意的嘲讽，虽然王世贞比梁辰鱼小七岁，虽然梁辰鱼的家世和地位远比不上王世贞，二人却是好友。

“怎么，汝贞先生也读过王元美的诗？”梁辰鱼问。

“是啊，”胡宗先生拍了拍手稿，道，“我倒要看一看，伯龙是怎么使得昆山腔在南曲里一枝独秀的。”

昆山腔是南曲中的一种，国初已有雏形，因流行于昆山一带，故名。近年来，由于太仓乐师魏良辅的不懈努力，使得昆山腔日臻完美，缺少的只是文人创作的好的本子。梁辰鱼取材古代吴越之争的《浣纱记》，既有文采，又能和昆山腔的曲调融合，故问世后，使昆山腔大放异彩。

“不敢，还请汝贞先生指正。”梁辰鱼谦道。

“伯龙，请坐下说话，”胡宗宪指着身边的椅子说，等梁辰鱼坐下后，他说，“伯龙，我本不该埋怨你——”

话没说完，梁辰鱼接过话去：“汝贞先生该埋怨。”

“伯龙知道我要埋怨什么？”胡宗宪好不奇怪。

“学生来得太迟。”梁辰鱼说。

“是啊，”胡宗宪就势埋怨一句，“我虽总督直、浙军务，但你那里有个苏、松巡抚，我不得不顾忌。你却不同，怎么迟迟不来看我？”

“我这不是来向制帅请罪。”梁辰鱼说。

他一直在称汝贞先生，忽改口称制帅，胡宗宪懂得其中的含义。他问：“伯龙来，不仅仅是送书请罪吧？”

“是，送书请罪，只是其一。”梁辰鱼说。

“其二呢？”胡宗宪问。

“徐文长、沈嘉则都在制帅麾下，欲求一见。”梁辰鱼说。

“伯龙的府上和徐、沈二子的府上，相距不过数百里，伯龙都不肯访寻，难怪不来看我，”胡宗宪又埋怨一句。并说，“他二人在总督衙门办事不假，不过，徐文长眼下在养病，沈嘉则日前才向我告假。伯龙欲见他二人，要等一等。”然后问，“尚有其三否？”

“原本没有，听汝贞所言，忽生出其三来，”梁辰鱼说，“徐文长、沈嘉则眼下既不在制府，学生毛遂自荐，愿补其缺。”

胡宗宪先是一怔，随即缓缓言道：“伯龙肯屈就幕僚，当然求之不得。不过我要问一句：这个其三真是忽生出的吗？”

“实不相瞒，这次南来浙省，名曰赏游，实则欲入幕府，做一些实际的事情，”梁辰鱼说到此，偷瞥一眼，见胡宗宪面带微笑，他问，“汝贞先生是怎么知道的？”

“这不难知道，”胡宗宪说，“伯龙从进来到现在，只叫过我一声制帅。要是这声制帅是在我告诉你徐、沈二人不在以后叫的，我会相信你的话；可你是在这之前叫的，我当然要问为什么。你无非一开始就想在总督衙门里谋个差事。”

“汝贞先生真是明察秋毫，”梁辰鱼赞过后，问道，“学生所请，汝贞先生允否？”

胡宗宪虽然不忍，但最终还是摇头。

“汝贞先生不允？”梁辰鱼没想到，自己满腔热情地来投奔，会遭拒绝，他愤而质问，“是因为我送书请罪得晚，还是因为我制帅叫得早？是因为我的诗文不如徐文长，还是因为我的诗文不如沈嘉则？”

“伯龙，你想太多。我不留下你，全是为你好。”胡宗宪见梁辰鱼怨气仍未消，又说，“要不这样：现在是六月下旬，六个月后，伯龙再来，我若仍在此位，定奉伯龙为谋主。”

梁辰鱼和徐渭不同，从未将精力用于治军用于谋略，他投到胡宗宪名下，无非想做一名刀笔吏，听胡宗宪说奉自己为谋主，不由惊呆。至于六个月对胡宗宪意味着什么，他根本无暇去想。

第六百二十七章

《永乐大典》是皇帝最喜欢翻阅的书籍，贮藏于文楼。三殿灾时，皇帝命左右速将其搬出，幸无损失。现在，重修三殿的工程正在加紧进行，皇帝决心把《永乐大典》再誊录一份，藏于他处，以防不测。

抄写简单，任何略通文义、书写工整的人都可以胜任。校录则不同，必须用翰林出身的官员。皇帝选任两名总校官，一是礼部左侍郎高拱，一是左春坊左谕德兼侍读学士瞿景淳；选任十人为分校官，包括以右春坊右谕德署国子监司业事的张居正、修撰林爊、编修张四维等。

分派已定，皇帝用不着再花费心思。在重修三殿的工程加紧进行的时候，他想得更多的，是三殿更改名称的事。奉天殿，华盖殿，谨身殿，是祖宗定下的名称，不能说有什么不好。但这样一场大灾，上天肯定有所警示，而最有可能的警示，就是在名称上出的毛病。所以，皇帝一直在琢磨更改三殿的名称。京城对天下而言，是至高无上的；皇城对京城而言，是至高无上的；宫城对皇城而言，是至高无上的；三殿对宫城而言，是至高无上的。奉天，华盖，谨身，都具有崇高的含义，但还没有到至高无上的境界。想来想去，只有一个字最恰当，那就是“极”字。它不仅在我华夏语言、华夏文字中具有至高无上的含义，在道家的学说里也具有至高无上的含义。

这个字确定下来，皇帝命徐阶、袁炜及各文学之臣，泛举可以和它搭配的字，然后，苦思苦想，从中选出三个。于是，奉天殿更名为皇极殿，华盖殿更名为中极殿，谨身殿更名为建极殿。三殿名称的更改，比新建的三殿落成，还要让皇帝开心。

三殿之名既改，其他一些地方也更改名称。文楼更名为文昭，武楼更名为武成，东角门更名为弘政门，西角门更名为宣治门，这和三殿更名似乎还没有太大的联系；左顺门更名为会极门，右顺门更名为归极门，则是与新的三殿名称相应的更改。

深秋季节，天爽气清，最适宜郊外一游，或三五好友一饮。但誊录《永乐大典》

的浩瀚工程，使得总校官、分校官和司职抄写的官员，完全失去闲情逸致。他们通常是在忙着自己的那一份差事，偶尔闲下来，也不过三三两两地聚在一起，说几句闲话。

张居正最喜欢和林爊闲谈。林爊字贞恒，福建闽县人，和张居正一样，是嘉靖二十六年的进士和庶吉士。

“贞恒兄，你什么都好，就是不懂得忙里偷闲。”张居正说。

“谁说的，”林爊闭着眼睛说，“不是叔大兄滋扰，我已经——”

“酣然入眠？”张居正以悲天悯人的口吻说，“贞恒兄，那是偷懒，不是偷闲。偷闲者智，偷懒者愚。”

“就算我愚吧，”林爊道，他被张居正戏弄惯，一脸无可奈何的表情，“请教智者，是如何偷闲的？”

“我去拜望过子升师。”张居正说。

“忙里偷闲地拜望恩师，不太得体吧。”林爊讥道。

“没有啊，子升师知道我忙里偷闲去的，煞是高兴；还问我，贞恒是忙里偷不到闲，还是忙里不懂得偷闲，为何不来看我？”张居正反讥道，“贞恒兄，你不懂得忙里偷闲，可不是我说的。”

“当真是子升师作此评语？”林爊忙问。

“你说呢？”张居正斜眼看过去。

“好啊，叔大兄，又在假传师训！”林爊知道上当。

“我可不是假传师训，”张居正却说，“我禀明子升师，是忙里偷闲去的，子升师说，只叔大有这个说法，贞恒是不会有这个说法的。或许，贞恒兄也懂得忙里偷闲，只是嘴上不说，也不屑忙里偷闲地拜望恩师，宁愿酣然入梦？说起来，不懂得忙里偷闲倒没有什么不好，不肯忙里偷闲地拜望恩师，就有不敬重师长之嫌。”

“好了，好了，我讥叔大兄一句，叔大兄总要讥我十句。睚眦必报，也不至于如此吧！”林爊发觉自己又讥一句，忙岔开，“子升师和叔大兄说些什么？”

“贞恒兄不该问。”张居正说。

“怎么，不可示人？”林爊问。

“并非不可示人，只怕贞恒兄听罢，要生妒忌之心。”张居正说。

林爊知道他在报复自己的那句话，只得苦笑。

“子升师当真对我说许多话。”张居正这次是认真的。

反正能听到徐阶对张居正说的话，林爊不再追问。

“子升师说，三殿即将竣工，三殿更改名称也成定局。”张居正道。

林燫不免失望。这两件事，朝廷上下没有不知道的，甚至京师内外没有不知道的。要不是怕张居正反讥，他真想说：为打探这样的消息，用不着忙里偷闲地去拜望恩师吧？

“贞恒兄是不是觉得冤枉？”张居正指的是，林燫因为没有和他一起去拜望徐阶，被他大加挖苦。

“不敢，”林燫道，“我在想，子升师对叔大兄提起尽人皆知的三殿更改名称，恐怕还有与此相关的事会说吧？”

“好个机敏的林贞恒！”张居正赞道。

“果然有？”林燫问，“叔大兄，是什么事？”

“子升师告诉我，像三大殿更改名称这样的大事，朝廷一定要恩赦天下的。可内阁奏请赦免，却被皇上严拒。”张居正说。

“为什么？”林燫惊问。皇上拒绝做这件按照常规应该做的事情，够让他吃惊；张居正又用“严拒”二字，就更让他吃惊。

“皇上说，赦为小人之幸；并问：大赦天下，那些搬石运木者，有谁会得到好处？”张居正把从徐阶那里听到的内情对林燫讲述一遍后，忍不住称颂，“皇上圣明，仁政是不可滥施的。”

“叔大兄的意思，阁老们奏请大赦，是妇人之仁？”林燫问。

张居正即便心里真有这层意思，也不能承认。因为现在提到阁老们，和以前不同，排在最前面的，正是他们的恩师徐阶。

“不，我只是由衷景仰皇上之圣明。”张居正说。

林燫问的无心，对张居正的回答也不在意，只随意地点了点头。他的心思完全集中在另一方面：“皇上不欲加恩于小人，这我想得通；可‘赦为小人之幸’的圣谕，不是让阁老们尴尬吗？加上阁老们请增补阁员，皇上的御批亦不容情，可真让我想不通。”

那是在严嵩致仕后不久，徐阶奏请增补阁员，皇上批复：卿等知有同心辅政者，何不具名以闻？

同心辅政，是皇上经常勉励大臣、特别是勉励内阁大臣的话。可在严嵩刚刚罢免之际，这四个好像有了别的含义；好像在说：严嵩和你是不同心的，他既去官，你看有谁和你同心，就把他拉入内阁吧。这不成暗结私党？徐阶除请罪，哪里敢荐举！

那一次对阁老、特别是对徐阶，没有留什么情面；这一次，又对阁老、特别是对徐阶，没有留什么情面。难怪林燫想不通。

张居正似乎不以为怪，他问："皇上为何不该使阁老们尴尬？"

"疏彼即亲此，人之常情呀。"林燫说。

"圣天子之情，未必如此。"张居正道。

林燫一愣，问："是因为皇上仍眷恋老相公吗？"

张居正摇头不语。皇上仍眷恋严嵩，谁都看得出来，感觉得出来，何况他等近侍之臣。严嵩致仕，不是一天两天，不是一月两月，而是整整四个月。四个月里，皇帝绝不肯增补阁臣，除徐阶那次奏请外，绝无人敢奏请，便是明证。以至严嵩致仕，徐阶本应顺理成章地成为首辅，但在许多人眼里，包括在徐阶自己的眼里，首辅的位置实际上仍是空缺。

另一方面，情形又在不知不觉中发生变化。严嵩为严世蕃请赦，被皇帝拒绝。法司对严世蕃的审理，正在进行之中。对严嵩的党羽，也在一批一批地清除。六月底，是刑部右侍郎鄢懋卿、大理寺卿万宷、太常寺少卿万虞龙等。日前则有工部右侍郎刘伯跃、南京刑部右侍郎何迁、南京通政司右通政胡汝霖、南京光禄寺少卿白启常、前湖广巡抚张雨、广西按察副使袁应枢、右春坊右谕德唐汝楫、署理国子监王材等。其中，有些人是因为和严氏父子密切的关系被劾，如万宷，如鄢懋卿，如白启常，如唐汝楫；有些人是因为和严家结亲被劾，如刘伯跃，其女嫁与严世蕃子，如何迁，娶了严嵩之女。虽然皇帝不准再议严嵩，但不能说没有把严嵩、严世蕃父子一案立案；虽然没有对被论劾的各臣明确地加以党人的名目，但严嵩党人的概念已经明白无误。

也就是说，皇上让徐阶难堪，并非因为眷恋严嵩，至少不完全是因为眷恋严嵩。

"叔大兄之言何意？"林燫又在问。

"乾纲独断，乃圣天子本色。"张居正不加褒贬地说一句后，就不再谈论这件事。

第六百二十八章

林润从衙门出来，欲回寓所，被人拦住，一看，是南京户科给事中陆凤仪。陆凤仪字舜卿，浙江兰溪人，和他同是嘉靖三十五年进士。

“若雨兄，找个地方喝茶去。”陆凤仪邀道。

“今日不得闲，改日吧。”林润婉拒。

陆凤仪不肯就此罢休，问：“若雨兄何事匆忙？”

“欲拟一疏。”林润心不在焉地说。

“极好，我也欲拟一疏。”陆凤仪道。高兴之余，他想：为什么极好，还应加以说明。“若雨兄，你我同在南京为官数载，一直是各自为言，今日合署一疏，如何？”

听说是上疏的事，林润不急着离去。他问：“舜卿兄欲论何人？”

“胡汝贞威镇东南半壁，若雨兄敢不敢论他？”陆凤仪反问。

“不说敢不敢论，先说论他何事？”林润道。

“在外经营多年，可论之事还少吗？”陆凤仪掰着手指计道，“勾结权臣是一罪，冒功欺君是一罪，横霸一方是一罪，贪得无厌是一罪，以其大者言之，即可列以十罪。”

“如此说来，舜卿兄已有腹稿？”林润问。

“实不相瞒，这些日子，我确在斟酌此事。”陆凤仪说。

“好，”林润应一声，揖道，“舜卿兄请便。”

陆凤仪大为不满：“若雨兄，这是何意？”

林润说：“前者云卿兄论劾朝中权相，是大事业，我不与他争功。今者舜卿兄论劾封疆重臣，亦是大事业，我也不与你争功。舜卿兄自去做大事业，我自去作小文章。”

其实，林润绝不把自己要上的奏疏看作小文章。也许，在他心目中，只有论劾严嵩、严世蕃父子，比他现在要议论的事情大一些。但既然邹应龙已经上疏打开局面，他就不想跟在别人后面论一论某个或某些严嵩的党羽。他要把自从论劾伊王典模之后一直萦绕脑际的宗室事宜，尽快理出头绪来。

嘉靖初年，或更早些年，不少的有识之士，就意识到宗室问题的严重性。林润印象最深的，是礼侍霍韬所言及的各布政司藩府的繁衍情形。如河南，国初唯一周府，至嘉靖初年，郡王三十九，将军五百余，中尉、仪宾不可胜计。“举一府而天下可知也”，当真如此。嘉靖初年到现在又过去四十年。对一般民家而言，这是两代人的光景，对宗室而言，恐怕还不止两代，又该增加多少人口！

就禄米而言，天下供京师的赋粮四百万石，而各王府的禄米计八百五十二万石。其中，山西、河南二布政司的情形最为严重。山西，存留米一百五十二万石，宗室禄米则三百一十二万石；河南，存留米八十四万三千石，宗室禄米一百九十二万石。即以全部存留米供与王府，连一半也不够；何况存留米并不是全部供与王府的，两布政司官吏的俸禄、驻军的粮饷，都要从这里面出。

一面是无休无止增长的宗室人口，一面是难以再增长的国家粮赋，即使没有伊府这等恶王，也是天大的麻烦。

也有不少有识之士提出解决这个麻烦的办法。林润把相应的议论一条一条列出来，大约有以下几种：

一是大幅减少亲王的禄米。国初，辽王、韩王、伊王、岷王、肃王等的岁禄只有两千石，今宜将所有亲王的禄米减至两千石。

一是宗室禄米折支。国初，天下官员皆全额支米，现在还不是改变许多？郡王以下，宜如朝官例，半数支银，半数支米；仪宾以下，宜如外官例，七分支银，三分支米。

也有人说，亲王减禄，宗室折支，会被人说成朝廷寡恩，不宜遽行，不如等到实在无法支应的时候再说。于是，又有人从其他方面想方设法。

一是定子女之数。通过严格查劾，把花生子女，即非婚配所生子女，从宗室成员中剔除，以减少宗室的人数。

一是给宗室人员另开生路。例如，允许宗室人员应科举。例如，允许宗室人员从商贾。这样，宗室禄米不增，贫宗也不至于闹事。

林润没有想好，哪一种议论最有道理，最可施行。但他觉得，现在真到举朝议之、制定出一个条例的时候。

第六百二十九章

严世蕃最得意的，不是每天有人给他送酒送肉到狱里，而是家里买通狱卒，给他送来一樽便器。当然不是白金铸成、以女子阴户承溺的那樽，而是较比普通的一樽。每当他坐到便器上时，就有回家的感觉。

“公子的饭送来。”牢头说。每天，严府早送一餐，晚送一餐，他都是亲自给严世蕃提到狱室里。

坐在便器上的严世蕃站起来，走到食盒前，掀起盖子，往里面看了看。然后，他抬头问道：“酒呢？”

“今日无酒。”牢头说。

“肉也没有？”严世蕃又问。

“今日亦无肉。”牢头说。

“无酒无肉，这饭怎么吃？”严世蕃一甩手，又坐回到便器上。

“公子不吃，赐给小的们吧。”牢头说。虽然无酒无肉，饭、菜里飘散出的香气，还是很诱人的。

“拿去，拿去，”严世蕃挥挥手，见牢头收拾家什欲去，他忽然问，“我府上的大管家也下狱吧？”

“是被称作鹤山先生的那一位吗？”牢头问。

“我府上只有一个大管家，就是他。”严世蕃说。

“不错，他也下狱，”牢头边说边往外走，走两步，又停下来，好奇地问，“公子足不出户，又未见他人，是如何知道的？”

“他若在外面，绝不会送这样一盒饭来。”严世蕃说。

自严世蕃关进来，牢头从严府得到不少好处，觉得此刻应该提醒一下严世蕃，才问心无愧。他说：“公子就别计较，日后连这样的饭、菜也未必吃得到。”

“为什么？”严世蕃问。

“公子难道不知，法司在议公子的罪状？”牢头道。

“又不是今日才议，让他等去议好了。”严世蕃不在意地说。

“现在可是认真在议，”牢头道，大概觉得没有重大的罪名，不足以吓到严世蕃，他又说，“外面在传，连冤杀兵部杨员外、锦衣卫沈经历之事，也要加在公子头上呢。”

“是杨仲芳、沈纯甫吗？那也算不得什么，”严世蕃道。但旋即风也似的窜起，动作过于剧烈，踉跄几步，一头撞上牢头，才没有跌倒。他揪住牢头衣领，问：“你说的可是冤杀？”

牢头慌作一团，忙辩解：“不是我说的，是我听来的。”

“他等说的是冤杀？”严世蕃追问。

“这不会错的，小的第一次听人说冤杀二字，记得极牢。”牢头说。

“哈哈！”严世蕃仰天大笑，险些喘不上气来。

“公子怎么了？”牢头一边拍他后背，一边问。

“谁知我狱，竟如此得解！”严世蕃说着，转向牢头，“你要一所较宽敞的宅子，还是要娶第二房，说吧，我无不满足你。”

这两件事，是牢头陪严世蕃闲聊时，透露的两个梦想，严世蕃不过是重复而已。但在牢头听来，他不是因惊吓而发癫，就是被沈錬、杨继盛把魂索去。

以兵部侍郎兼右副都御史总督楚、蜀、黔军务的黄光升还朝，恰逢掌院都御史潘恩致仕，刑部尚书张永明改掌都察院，他被推举为刑部尚书。为严世蕃议罪之事，他第一次去西苑见徐阶，既不知该不该去，更不知该不该对徐阶禀明此事、徐阶会不会指点一二，心里很是不安。

直到进入值庐，他的目光仍然游离，以至徐阶要问：“明举先生，是不是嫌值庐太简陋？”

“山不在高，有仙则名。”他敷衍道。

“明举先生得道成仙，当然不在乎山高不高，”徐阶开句玩笑，让过坐后，又开句玩笑，“说吧，明举先生来这里抽的是哪一支签？”

“请子升相公看一看，此议是否妥当。”黄光升说着，从衣袖里取出几张纸，递过去。

徐阶接过，一页一页地翻阅，读到最后，又一页一页地向前翻阅。

“相公能将文章倒过来读，这可不曾听说。”黄光升回敬一句调侃。

“你等能将事情倒过来做，我怎就不能将文章倒过来读？”徐阶道。

话头不对，黄光升愈发不安：“我等做错何事？”

“说不上错，不妥而已，”徐阶道，“明举先生，你想一想，严世蕃一案，先在刑部，锺诚先生审理五个月，他不来找我；后来大理寺介入，德徵先生审理三个月，他也不来找我。你只审理五天，却来找我。我说，你等的事情是倒过来做的，不假吧？”

德徵是迟凤翔的字。他是山东临朐人，嘉靖二十三年进士，在万寀罢免后接任大理寺卿。

“听说，子升相公前些时回避此事，故锺诚先生、德徵先生不敢来西苑。”黄光升为张永明昔日之不来找理由，即为自己今日之来找理由。

“明举先生怎料到我今日不回避？”徐阶问。

“不必去料，子升相公不是肯读了吗？”黄光升指了指他手里的纸张。

徐阶笑了笑，说：“不错，明举先生若一个月前来，我也许不会读它；明举先生今日来，我正想过问一下此案。不过，我要问一句，你和锺诚先生、德徵先生三位的立场是什么？”

“一定要重治其罪。”黄光升说。

“未必吧。”徐阶用力摇着头。

“子升相公疑谁？”黄光升困惑地问。

“今日来的是明举先生，我就疑明举先生吧。”徐阶说。

“子升先生疑何事？”黄光升问。

“我在疑，明举先生和世蕃是否有旧交。”徐阶这次不似说笑。

“没有哇。”黄光升既吃惊，又委屈。

“那么，是明举先生到京后，得其好处？”徐阶道。

“严府的好处吗？”黄光升不再吃惊，委屈却又增加几分，“我就是有此心，亦无此胆呀。不知子升先生的这些奇思怪想从何而来！”

徐阶摇了摇手握的纸张：“从这里来的呀。明举先生不是说要重治其罪吗？可我看，你等所议之罪，明明是要为他开脱。”

“怎么会？他的劣迹，我和锺诚先生、德徵先生一一核实，绝没有一条落下；况且，即便落下一鳞半爪，我等也不是有意而为，怎说得上为他开脱？”黄光升极力分辩。

“我不是指该写的没有写上，我是指不该写的却写上。”徐阶说的和他想的完全不是一事。

“不该写的却写上？”黄光升听出要点在后半句，调整思路去想，但仍想不出眉目。他向徐阶一揖，道，“请子升相公明示。”

徐阶说：“沈青霞之死，涉及白社；杨椒山之死，涉及张廷彝。皇上因危及京师，对白社恨之入骨；因倭战不利，对张廷彝恨之入骨。且青霞、椒山都是皇上罪而赦、赦而罪，久之始杀，这案翻得过来吗？你等还言冤杀，不正是掩饰世蕃其他罪恶，不正是要皇上轻其罪吗？”

“多谢子升相公点拨，”黄光升虽然醒悟，却仍不甘心，“可沈青霞、杨椒山确是被冤杀的呀。”

“沈青霞、杨椒山被杀得冤枉，天下皆知。可告慰二子者，唯有重治奸徒。其中深浅，明举先生应该知道呀，锺诚先生、德徵先生都应该知道的呀。”徐阶说。

“是，我等依照子升相公的指点，再易此稿。”黄光升说。

法司议，严世蕃远戍广东雷州，罗龙文远戍广西浔州。皇帝照准。

第六百三十章

胡宗宪什么都想到，就是没想到，会在狱里认一个老乡。看管他的狱卒是真正的徽州人，生长在徽州城里，以至胡宗宪感慨："我只知徽州人多从事两种职业，没想到也有人做牢头做到京城。"

"不是也有人做官作到都堂吗？"狱卒道。

"而今是阶下囚。"胡宗宪说。

"所以得我来阶下侍奉呀！"狱卒以不通的语言博胡宗宪一笑，然后问，"老乡党说的是哪两种职业？"

"一则从商，所谓徽商遍布天下；一则从讼，所谓讼师充斥徽州。"胡宗宪说。

"巧了，"狱卒击掌道，"本狱有两个牢头来自徽州，我那阿哥，家里正是从商，因折本，不得不改从杂职。"

"那么，小兄弟做过讼师？"胡宗宪问。

狱卒说："我没有做过讼师，如同我那阿哥没有做过商贾。他家从商的是老爹，我家从讼的也是老爹。阿哥是他家的甩手大少，我是我家的甩手大少。他因他家老爹做生意折本，不得不出来找个饭碗；我因我家老爹讼师作不下去，不得不出来找个饭碗。于是，我二人走到一起。"

"他家老爹怎会做生意折本？"胡宗宪问。

"或是被朋友骗，或是被女人骗，有谁知道！"狱卒胡扯一句，又说，"不过，我家老爹为何讼师作不下去，我却是知道的。"

"一定是令尊打不赢官司，讼者避之而吉。"胡宗宪说。

"非也，"狱卒摆一只手还不够，两只手不停地摆起来，"我老爹能把必输的官司打赢，在讼师里称得上一等好手。"

"那怎么作不下去？"胡宗宪问。

"没有官司，怎作讼师！"狱卒道。

"没有官司？不会吧，"胡宗宪不信，"徽民负气好争，为一两句口舌之争，能告到官府。他等在乡不比别的，只比善讼，打得赢官司就是豪杰。我知道，有的官司打几十年，狱词装满两大箩筐，犹不欲止。而且，徽民富者虽多，却极是悭吝，平居不肯轻出一文；打起官司来，为贿赂官府，却不惜破家。这等乡民，怎么会没有官司？”

“这是以前，自陶大人去后，情形大不相同。”狱卒说。

“是那位名讳为承学的陶大人吗？”胡宗宪问。

“是，”狱卒应道，并问，“大人认得？”

“只闻其名，从未交往，”胡宗宪说，“听得他在徽州有个绰号，叫半升太守，不知是怎么得来的？”

狱卒说：“这位青天大老爷可不得了，断狱甚是敏捷。从来乡下人去徽州城里打官司，最快也要十天半月，可陶大人断狱，讼者只要背负半升口粮，绝不会挨饿。所以，乡人送他一个‘半升太守’的雅号。”

“不是知情人解说，谁解其意？”胡宗宪叹道，“不过，断狱再敏捷，也不至于就没有官司呀。”

狱卒说：“这个嘛，青天大老爷自有妙法。有人来打官司，陶大人先有一篇训诫之词：你等为何诉讼？不是为争胜负，就是为争偿值。为争胜负，须知何为胜负。本官告诉你，理直而不求自白，才是胜者。为争偿值，就算讼胜，能得几许赔偿？为此蒲伏于庭，值也不值？来者一定要打官司，陶大人则依事之巨细而定。事细者，对讼者说：区区小事，用不着麻烦公府，回去让乡老评议吧，乡老评议不公，你再来。事巨者，如某讼某杀人，请开棺验尸。必与讼者约：死者非尔父，即尔兄，不然，也是你的亲人。如果不是真有沉冤，而戮其骸骨，与杀人同罪。讼与不讼，须三思。讼者仍讼，则开棺验之。得实，罪凶手；不得实，罪讼者。于是，回去让乡老评议的讼者去几分，不敢把小事张大的讼者去几分。陶大人初到任时，每日官司数百,一年后，每日官司数十，两年后，每日官司数起，有时竟无一人讼到公堂。我家老爹再精于讼业，也不得不改作他行，我也不得不出来找个饭碗。”

“小兄弟父子虽受些委屈，徽民却少许多纠葛，也是值得的。”胡宗宪也说不清，是在开导，还是在应付。

“说的是，”狱卒应一句，反过来开导他，“不过，我父子受的委屈小，老乡党受的委屈却大；徽民的纠葛小，老乡党的纠葛却大。我做两年京城里的牢头，想得开；老乡党才进这里，不知想不想得开。”

胡宗宪觉有一斗黄连倒进嘴里，一句话也说不出来。

皇帝命近侍把黄锦唤来，问他：“胡宗宪解京几日？”

“回爷的话，有十天了。”黄锦奏道。

“还在锦衣卫狱吗？”皇帝问。

“不在，已移去刑部狱。”黄锦道。

“已解京十日，还有十日就是正旦，他等法司还要留胡宗宪在京过年吗？”皇帝的话里带着明显的不满。

“奴才不知，不敢妄言。”黄锦小心地说。

“那就问你句知道的吧，”皇帝道。“他等法司欲治胡宗宪何罪？”

“这个——”黄锦没法回答。法司的议论，他不能说不知道；可事有忌讳，他又不想从自已嘴里说出来。

“朕替你说吧，”皇帝道，“他等要以嵩党治胡宗宪罪，是不是？”

“如爷所言。”黄锦暗自松口气。

皇帝哼一声，说：“万寀、鄢懋卿等罢免，因他等是严嵩党人；刘伯跃、何迁等罢免，又因他等是严嵩党人。人人心里都是这么想的，只是嘴上不说罢了，朕难道不知道吗？其实，哪里有什么严嵩党人！一干坏事，都是严世蕃做的；一干做坏事者，应称作世蕃党人！不过，他等称世蕃党人不甘心，一定要称严嵩党人，朕也不扫他等的兴致。黄锦，你是不是也想叫几声严嵩党人呀？”

“奴才不敢。”黄锦道。

“可胡宗宪绝非世蕃党人，或严嵩党人，”皇帝道，“山西乱时，胡宗宪由知县擢御史，出按其地，是都察院挑选、朕准的。浙江乱时，他改按其地，是吏部挑选、朕准的。至于后来巡抚浙江、总制浙、直，则是朕亲自挑选的。凡此，皆与严嵩、严世蕃父子无干，怎能说他是世蕃党人，严嵩党人？嘉靖三十四年朕亲擢胡宗宪巡抚浙江，至今有八九个年头，也没有人说过他不胜任。他除扫外衅，还累献祥瑞，朕曾言道，平东南患者，以五等爵位封之。今胡宗宪虽未至封爵，若依法司之言治罪，以后谁还为朕任事！”

“爷圣明。”黄锦道。

“黄锦，你去向阁、部宣示朕意吧。”皇帝命道。

“奴才这就去办。”黄锦应着。他没有立即退下，为的是看皇帝还有没有其他旨意。

皇帝果然还有话：“不过，南京科道论劾他多宗过失，朝廷的议论也不少，且释他还家闲住吧。”

胡宗宪出狱后，来自徽州的狱卒说：“老乡党的纠葛到头，委屈到头。”

“小兄弟的委屈没有到头，我的委屈就到头？”胡宗宪以一句笑话感谢他的同乡之情，又自语道，“不一定吧。”

九、国有良相

第六百三十一章

皇帝无悲无喜地度过嘉靖四十二年的正旦日。皇帝身边的近侍也无赏无罚地度过这个节日。对他们来说，无灾就是福。

初十日，黄锦一早去见皇帝，准备叩过头，回司礼监衙门。

皇帝仍然是无悲无喜的神情，不过，昨天的无悲无喜好像是无所虑，今天的无悲无喜却好像是有所思。他看了黄锦一眼，好像情不自禁地说："黄锦，让严爱卿——"

黄锦大惊。严嵩早回到袁州老家，皇帝欲见他，可不是一天两天、一月两月办得到的。他灵机一动，问："爷要召严阁老入京吗？"

"不，"皇帝回过神来，"你差人去一趟江西，让严爱卿珍重吧。"

"是，"黄锦应道，又问，"爷要不要写手谕？"

"不要。"皇帝说。黄锦去后，他命近侍宣召徐阶入宫见驾。

新年伊始，徐阶惊奇地发现，因严嵩致仕而笼罩在君臣之间的阴影，在不知不觉中消失。他无法说清，这种感觉是从哪一日哪一个时辰开始的。也许是从初三那一天他再次奏请增补阁员开始的？至少从那以后，这种感觉越来越明显。因为皇上没有做出拒人于千里之外的表示。他相信，就情感而言，皇上并没有完全舍弃严嵩；但就职事而言，皇上已经完全舍弃严嵩，所以才会有这样的变化。他感激上苍用时间医治好皇上的心病，也医治好他自己的心病。他感觉自己在以首辅的身份办事。这些天来，他一直在思索，作为首辅，现在应该做些什么。

"朕听说，爱卿的值庐很是狭小低矮？"皇帝关切地问。这种家人般的询问以前曾有过，但有好长一段日子不再有。

“虽略狭窄，尚可办事。”徐阶道。

“首辅办事之所，关系朝廷的体面，理应恢宏一些。”皇帝好像在思考一件事，其实是一件已经决断的事，他说，“这样吧，严卿的那座值庐较为高大，爱卿即日迁去该处办事吧。”

“谢陛下恩赏。”徐阶叩恩。对阴影消失的那种感觉来说，这又是一个证明。但他还有些顾虑，复道：“不过，臣受之有愧。”

“是有愧，还是嫌弃？”皇帝问。

“不能胜任皇上重托，确是受之有愧。”徐阶说。

“卿能胜任，朕从未疑虑，也要群臣皆无疑虑，天下皆无疑虑，”皇帝说着，加重语气，“爱卿不得再辞。”

“是，臣遵旨。”徐阶道。

“袁卿的值庐是不是比爱卿的值庐又小？”皇帝问。

“相差无几。”徐阶道。

“既如此，袁卿就不必搬动，”皇帝道，稍稍迟疑，他说，“卿之旧庐，留待日后增补的大学士使用吧。”

“是，”皇帝终于有增补阁臣的表示，徐阶内心高兴，但知道不可过于流露，于是只应一声。

“爱卿两次奏请增补阁员，朕也想过，内阁只爱卿和袁卿两个人，又要顾那边，又要顾这边，甚是吃力。但其位关系重大，朕不能轻率确定其人。”皇帝讲述过自己的心境，问道，“爱卿看何人堪用？”

皇帝都不能轻率确定其人，徐阶又怎敢轻率举荐？他说：“其位关系重大，诚如皇上所谕。知臣莫若君，廷臣才学如何，品行如何，都在皇上圣鉴之中。”

“就算给朕谋划一回，依爱卿看，当用怎样的人入阁？”皇帝追问。

“臣以为，阁员与其他廷臣不同，与方面官员更不同，以才学二字而言，重在学，以品学二字而言，当重在品。”徐阶说。

“那好，爱卿就与朕一同寻觅一两个学重于才、品又重于学的人物吧。”皇帝笑道。

徐阶迁入严嵩值庐，是件不大不小的事。朝廷大臣、门生故吏，纷纷向他道贺。

张居正和林燫相约前往西苑值庐。徐阶正和几位部卿说话，他们插不上话，在离主人较远的地方找个位子坐下。

这一座值庐，在严嵩名下时，他们曾来过；徐阶的旧庐，他们也去过。让林燫吃惊的是，徐阶对严嵩的值庐未做任何改动。

“叔大兄看此处，有没有依稀如旧的感觉？”他悄声问张居正。

“亦是亦非。”张居正答。

“兄言何意？”林燫问。

“椅子、凳子未增，书案、书橱未换，此是也；但贞恒兄看一看，书案上的笔还是昔日的笔吗？书橱里的书还是昔日的书吗？此非也。故曰亦是亦非。”张居正解释。

不用看也知道笔和书都换过。林燫道：“还是叔大兄看得仔细。”

“其实，关键之处还不在于笔换过书换过。”张居正又说。

“那在于何事？”林燫问。

“贞恒兄居然没有看到老师头顶上的条幅吗？”张居正道。

徐阶爱写条幅。自从任礼部侍郎、他在衙门里有自己的单独房间以后，常在里面张挂亲笔书写的条幅。但以前多用旧作，人从一处移到另一处，条幅也从一处移到另一处。今天张挂在新迁来的值庐里的条幅却是新的，不但在礼部衙门没见过，在他旧日的值庐也没见过。

条幅上三句话，写的是：以威福还主上，以政务还有司，以用舍刑赏还公论。

“老师又臻新境界，”林燫边从远处观赏，边赞道。没听到张居正的回应，他转过头问：“叔大兄，你说呢？”

张居正似乎没有听到他的话，反问：“贞恒兄说什么？”

“我说，老师又臻新境界。”林燫重复道。

“贞恒兄是指字吗？”张居正不像在真的问，却像在装糊涂。

“字依稀如旧，句中的涵义深奥。”林燫意犹未尽，又拿方才二人的议论比喻，“就好像椅、凳、案、橱依稀如旧，案上的笔和橱中的书却不同一样。”

“这可不同，室中之物是前主人的，字却是老师的。”张居正说。

林燫无言可辩，脸色微红，道：“就算我的比喻有不当之处，我说老师又臻新境界，叔大兄以为如何？”

“不当就是不当，何言就算。”张居正说。

林燫还要逼问，徐阶已送走几位部卿，走来这边。张居正、林燫起身相迎，徐阶做个手势，示意二人坐下，自己也在一旁坐下。

“你二人在争论何事？”徐阶问。

“并未争论。”林爀欲掩饰。

“贞恒的脸都红，还说没有争论！”徐阶揭穿他。

“学生是看到老师的新条幅，心情激荡。”林爀说。

“不过普普通通几句话，为何心情激荡？”徐阶问。

“不然，”林爀从不与师长争辩，这回却要争辩，“学生以为，这条幅涵义深奥，绝非普通，足可印证老师又臻新境界。”

“叔大怎么看这几句话？”徐阶并不专问张居正，谁答均可。

“学生也在问他。”林爀抢着回答。

“他怎么说？”徐阶问。

“避重而就轻也。”林爀说。

“那就是不能苟同，”徐阶道，他专问张居正，“叔大，是不是啊？”

“不敢。”张居正揖道。

“叔大，心里在想什么，但说无妨。”徐阶道。

“是，”张居正整理一下自己的思路，说，“老师主张以威福还主上，以政务还有司，以用舍刑赏还公论，用意自然是好的。可学生有一事不明，威福全还主上，政务全还有司，用舍刑赏全还公论，设内阁何用？任首辅何用？”

“无为而治，不好吗？”林爀插言道。

“不，老师本意绝非如此。”张居正断言。

林爀还要争辩，徐阶摆了摆手，问：“叔大，以你之见呢？”

张居正的表情和语气像个规规矩矩回答问题的学生，所说的内容则是独立见解：“学生以为，威福应还主上，但内阁，特别是首辅，亦不可全无威福；政务应还有司，但内阁，特别是首辅，亦不可全不干预政务；用舍刑赏应还公论，但内阁，特别是首辅，亦不可全不操持公论。”

“叔大兄，首辅干预政务，操持公论，和——”林爀本想说“和严嵩有何不同”，稍一犹豫，觉得还是不指名为好，“和历代权奸有何不同？”

“叔大的本意和历代权奸绝不相同。”徐阶断言。他眼看张居正，心里却想着心思，良久，道：“叔大，你若在我的位置上，必大有作为。”

“老师所期者厚，学生当不起。”张居正躬身道。

“不过，不为已甚的古训也不可忘。”徐阶转而叮嘱。

“是，学生牢记老师训诫。”张居正道。

第六百三十二章

户部右侍郎霍冀几乎是硬把尚书高燿拉去太仓银库的。

太仓银库是朝廷主要的储银之所，直隶户部。最多时，里面储银八百万两，该库内外也热闹非常，时下日渐凋零。

户部官员经常来太仓银库，一般是主事、员外郎，司官已是很少，今日来一尚书，一侍郎，管库大使惊恐万状，无所措手足。

“你先禀白大司徒，中库存银几何。”霍冀命道。

“是，下官先禀报中库银数，”管库大使正要报数，忽然想到一个难题，愁眉苦脸问霍冀，“大人，这两次用的银子算不算在内？”

“算在内如何，不算在内又如何？”霍冀问。

“若算在内，正库该有银约八万两。第一次本部征用三万两，实用两万七千两，所余三千两，该官尚未与库里结账；第二次本部征用五万两，尚不知实用之数。除却这两笔款项，正库而今存银一百二十两。”管库大使把账目报得一清二楚。

“正库尚存多少？”高燿惊问。

“一百二十两。”管库大使倒很平静。

“不是一百二十万两吗？”高燿又问。

“大人说笑吧？”管库大使道，“五六十年前，太仓库官就不识以百万计数；二三十年前，太仓库官就不识以十万计数；待得下官管库，就只识以千百计数。”

“子滘先生，听清楚了吧？”霍冀问。

“他、他未免危言耸听。”高燿变得有些结巴。

“怎的危言耸听？”霍冀问。

“他说只识以千百计数，可前支三万，后支五万，这等数字，他不是也算得清清楚楚吗！”高燿道。

“子滘先生真以为他这话危言耸听吗？”霍冀问。

“一句笑话，”高燿说着，问管库大使，“两庑银库尚存银多少？”

太仓银库设于英宗皇帝正统年间。初设时，只用正库储银，两庑的库房存放些杂物。后来太仓库的存银越来越多，不得不将两庑的库房收拾出来，一并存放银两。故高燿有此问。

管库大使才要回话，霍冀说："眼见为实，你不如领大司徒去看看。"

"是，"管库大使谨遵台命，又有些为难地问，"老大人想先看哪边的库房？"

"你以为该先看哪边的库房，就先看哪边的库房。"霍冀说。

于是，管库大使先把二人带到左庑的库房。因霍冀说句眼见为实，他就不张嘴，掏出锁匙开门。谁知左捅右捅，锁匙竟进不到锁眼里去，好不容易进去，左转右转，也打不开锁。

"你管库管得好呀。"高燿讥道。

"是，下官知罪，"管库大使虽认罪，却十分委屈，"不过，下官自打接管太仓库以来，还没有开过此库。"

"为何？里面的银两难道不需要清点？"高燿问道。

"里面没有银子，让下官清点何物！"管库大使道。

"没有银子？"高燿不相信地看看他，又求助般地看看霍冀，"尧封先生，他说里面没有银子！"

霍冀字尧封，山西孝义人，嘉靖二十三年进士。

"我查出底簿，里面确无存银。"他说。

高燿又问管库大使："那边庑库也是这样吗？"

"略有不同。"管库大使说。

"怎么？"高燿问。

"这库的铁锁锈住，那库则根本没有铁锁，"管库大使说，并解释，"那把铁锁不知失于何时，有人要用把新锁，被我自作主张拦住。里面空空如也，要锁何用？"

"你的主张很是。空空如也的库房不必用锁，这一层节俭，连我也自愧不如。"高燿显然是在挖苦。

"下官不过想，能省一两，且省一两；能省一分，且省一分，"管库大使没有听出来，反而有些得意，他又殷勤地相邀，"午时快到了，两位大人就留在这里用饭吧。"

"是不是尚存一百二十两，不用完，你不甘心！"高燿叱道。

管库大使不懂本部正堂为什么会发火，心想：三万两银子，五万两银子，都是遵照你的指示支出的，难道有错？别的不说，你若命第一次支银的部员早来结算，库银就是三千一百二十两，而不会只余一百二十两。

这些话只敢想不敢说，他敢说的是："那一百二十两银子，就是砍下官一双手去，下官也不敢动一分一厘。"

高燿不愿再和他纠缠，道："你去吧，我和尧封先生借你的宝地再说几句话。"等管库大使一走，他脸上露出焦虑之色，问霍冀，"尧封先生早知是这个样子吗？我等自己的家都当不好，怎司国家会计？"

"我也是听人说太仓空空如也，才来核对一下账目。太仓银入少出多，非由子濳先生始；实际上，亦非由皇上始。实则自孝宗敬皇帝始，便是如此。不过，"事已至此，霍冀用不着避讳，他说，"太仓这两次支银，原是可以避免的。前者，若非子潜先生图功，买龙涎香以进，皇上也不会把购买珠宝的差事又交与户部。"

这话够难听，但他其实还可以说得更刻薄一些，若非高燿曲意奉承，皇上不会命户部买珠的。买香也好，买珠也好，本来都是内府衙门的事。因万寿宫灾，存用的龙涎香损失殆尽，以至西苑作醮事，都无法应付，皇帝为此几动雷霆之怒。又因严世蕃被劾、严嵩致仕，而高燿一直和严氏父子关系较为密切，担心被牵连，就想做一两件邀宠固位的事情。宫里缺龙涎香，而龙涎香是海外贡品，一时难以取得，高燿多方打探，得知某太监曾偷取若干龙涎香回家，乃暗中联络，以高价买回八两进献。皇帝果然大喜。

这是去年发生的事情，今年初，宫里缺用珠宝，大概因为别人买不到龙涎香而高燿买到，因此，皇帝又把购买珠宝的差事交给户部办。户部先支太仓银三万，差官采购，买回真珠八万一千八百颗，三色宝石五千块。听起来买得便宜，但货真价实者少，特别是猫眼睛、祖母绿等，根本没有。于是，皇帝命再支太仓银五万两，差官购买。

"可买龙涎香，户部仅支用三百余两银子，皇上高兴，后来加倍赏给，户部并未吃亏。"高燿辩道。

"买龙涎香虽仅支用三百余两，而前次买珠宝，一下支用三万两，子濳先生一开始就该奏请由内府支应。"霍冀说。

"购进珠宝该用内府的银子不假；可皇上交与户部办，户部又有个太仓银库，一开始就向皇上要银子，户部太小家子气。"高燿说。

"那么，珍珠、宝石购进宫内，也该要回银子。"霍冀说

"那不像是向皇上逼债吗？"高燿道，"这话我说不出口。"

"子濳先生说不出口，就不能请人代言？"霍冀说。

“请谁代言？”高燿问。

“譬如，子升相公。”霍冀说。

高燿摇了摇头，说：“正月里，你我是一同去西苑向子升相公贺岁的，尧封先生记不记得，子升相公是怎样教诲的？”

霍冀愣住，不知该怎样解释徐阶的话，亦即不知该怎样驳斥高燿的话。

第六百三十三章

武定军民府虽是土府，却是除澂江府以外，距云南会城最近的一个府，也是西北方面距会城最近的一个府。因其地近会城，正德年间，即大约五十年前，一度将府印交与府同知掌管。土府的正职即知府是土官，副职即同知是流官。同知掌印，为的是权归流官，大政归流官，朝廷可以加强对该府的控制；土知府的职权限制在巡捕、征粮等方面。

二十五年前，土知府凤诏死，其母瞿氏袭官。她虽是女流，却比丈夫和儿子有手腕得多，号召力强得多。各部落首领纷纷向有司请命，将府印归还瞿氏。有司经不起他等的纠缠，向朝廷代为请命。吏部议复：土知府掌印是旧制，宜如其请。于是，府印交还瞿氏。

嘉靖四十二年三月上旬的一天，武定府的大印没有在瞿氏的手里，而是在另一个女人的手里；没有在府城里，而是在府城至会城的路上。

这个女人叫索林，是瞿氏的儿媳，凤诏的妻子。府印不是她抢来的，是瞿氏自愿交与她的。瞿氏年事已高，想把府里的事务交给一个亲近靠得住的人办，选来选去，选中索林。让她失望而又愤怒的是，她失去府印后，也失去索林的尊重。她想的是作“太上知府”，可索林甚至不再把她视为自己的婆婆，自己的长辈。

瞿氏既能从流官手里夺回府印，就绝不会在继任者面前认输，何况这个继任者还是她自己挑选的。她采取的第一个步骤，是让异姓子继祖改姓凤，入凤氏宗庙。有人说，凤继祖是她的私生子；也有人说，凤继祖是她认领的义子。不论有没有血缘关系，凤继祖既入凤氏宗庙，就可以作为武定土知府的继任者。她采取的第二个步骤，是写一道奏疏，没有交给流官同知，没有交给云南布政司，甚至没有交给云南巡抚，而是让凤继祖赴京告御状。凤继祖失踪一段日子后，回到武定，声称受命

于朝，袭土知府职。没人注意他什么时候失踪的，亦即没人注意他失踪多久，亦即没人可以计算出，他是不是真的往京城走个来回。他当众宣称，连流官同知也分辨不出真伪。

因此，武定城里乱成一团。支持瞿氏从流官同知手里夺回府印的人们，仍旧支持她，索林虽然也有支持者，并且握有府印，但感觉在府城里不安全。当年土舍凤朝文作乱时，瞿氏母子曾逃去会城避难，索林也学她的样，怀抱府印逃出府城。不同的是，跟随在她身边的，不是她的儿子，而是她的心腹郑泓。郑泓也是她的情人。

现在，索林对郑泓颇感失望，无论他是作为心腹，还是作为情人。

索林一行到得武定府所辖的元谋县城外，已经赶了一半的路程。索林命道："下马，歇一歇再赶路。"

"夫人，城里都是老妖婆的人，还是行远些再歇吧。"郑泓劝道。

"你怕老妖婆，就离我远点儿。"索林鄙夷地说。

郑泓见劝不住，抢先一步下马，打算过去搀扶索林，却被索林一鞭子重重抽打在胳膊上。就在他一声痛苦的呻吟中，索林自己已跳下马来，晃动着身子走到一边去。

郑泓忍住疼痛，走近索林，苦笑道："夫人，何苦呢！"

"你不是男人！"索林直率地说。

"夫人与我同床共枕数年，竟说我不是男人！"郑泓叫道。

"只在床上做得男人，永远成不了真正的男人！在其他方面，你连女人都不如，我的大事就坏在你手上。"索林说。

"我对夫人一片忠心，夫人怎说我坏大事！"郑泓叫屈。

"你还不服气？"索林质问，"老妖婆使那个某某继祖入宗凤氏时，我有没有叫你去杀他？你为何不下手？"

"老妖婆一力呵护，我无法下手。"郑泓辩道。

"我有没有告诉你，某某继祖一旦离开武定，即可埋伏在去路上劫杀他？你为何不下手？"索林质问。

"我迟到一步，无从下手。"郑泓辩道。

"我有没有告诉你，某某继祖返回武定时，即可埋伏在来路上劫杀他？你为何不下手"索林质问。

"我伏错了地方，无从下手。"郑泓辩道。

"你只要决心杀他，就不会看到老妖婆的呵护，就不会迟到一步，就不会伏错地方。即使看到老妖婆的呵护，也不会在乎；即使迟到一步，也会赶得上；即使伏错地方，也会及时纠正。你在乎，你没有赶上，没有纠正，正说明，你不想杀他；或者，你不愿为杀他而冒任何风险；或者，你不愿为我而冒任何风险！”索林说着说着，由严厉转为深沉，“郑泓，你说到数年同床共枕，好，就顾及数年的同床共枕，我告诉你一句话：你不杀某某继祖，总有一天，他会杀你。”

“夫人放心，我会杀他。”郑泓立誓。

索林逃避到会城，给云南巡抚曹忭出个难题。武定城里已是失控之势，凤继祖以搜拿索林为由，行劫和曲和禄劝二州。武定府仅辖二州，而和曲州仅辖元谋一县，也就是说，整个武定府都成为凤继祖行劫的场所。而武定府距云南府是这样近，只要感到时机成熟，凤继祖也可以搜拿索林为由，行劫云南府，行劫昆明，那时，整个云南将失控。

现在，只有迁就强者，压制弱者，亦即迁就作乱者，压制避难者。曹忭和巡按御史孙用计议，第一，从索林处收去府印；第二，将郑泓下狱；第三，以瞿氏暂理武定府事；第四，宽贷凤继祖，但他对行劫一事要有个交代。在这样的羁縻策略下，武定府之乱，暂时得以平息。

第六百三十四章

南昌铁柱观道士蓝田玉，善写符招鹤，出神入化。可惜不为时人所重，连掌观道长都作不上，他心里难免会有怨气。

一天，有人找上门来。蓝田玉看他衣衫华丽鲜亮，以为非官宦子，即富商子，一开口，才知道不过是个童仆。

“我家公子请道长过去一叙。”来者说。

虽然用个请字，但听他那傲慢的口气，无异于传达一个指令。蓝田玉不高兴地问：“去哪里？”

“当然是公子在城里的府第。”来者说。

“为何事？”蓝田玉又问。

“当然是道长擅长之事。”来者说。

“招鹤，那可是要花大钱的。”终于轮到蓝田玉也傲慢一回。

来者脸上露出嘲讽的笑容，道：“我家公子命我带来五百金，算是劳道长移步的仪贽，事成后，再敬奉两千。够了吗？”

蓝田玉张大嘴巴，想说够了，可怎么也发不出声来。五百仪贽，别说在城里走一走，就是走出城去，走到邻县，甚至走到邻府，也足够；两千酬金，别说招鹤，就是招凤，也足够。

“不知贵公子何许人也？”他最后才提出这个最感兴趣的问题。

“道长一去，不就知道？”来者道。

蓝田玉随来者走出道观，见大树下停着一马一轿。马大概是来者自己骑的，那么轿子就是为他准备的。

果然，来者让道：“请道长登轿。”

“贫道不习惯乘轿，还是步行吧。”蓝田玉说。

“我家公子不欲道长步行，”来者自觉这话不对，改口说，“我家公子不欲外人知道道长的去处，这对我家公子好，对道长也好。”

也许，不欲我知道去的何处吧？蓝田玉这样想着，还是上轿。

轿夫抬起轿子，穿街走巷。轿子两侧没有开窗，把轿帘掀道缝，当然看得到外面，但蓝田玉觉得这样做不妥，干脆身向后仰，闭目养神。因此，当轿子停落，迈步出轿，面对一所宅院时，他真的不知到的何处。

从外观看去，宅院不很大，也很普通。走入院内，才发现它比在外面看到的要大得多，精致得多。为作醮事，他去过不少大户人家，见过不少的亭台楼阁，但比起这所宅院来，好似都少些什么？是少了这里的神秘感，还是少了这里的灵气？

宅院的主人不是寻常之人，这是蓝田玉唯一可以断定的。而当宅院的主人出现在他面前的时候，他的眼睛眨都不敢眨。

“这不是、不是——”他不敢把对方的名字说出来。

宅院的主人点点头，说：“道长认出我，好，我就不自报家门了。”

“公子不该在此处呀。”蓝田玉好似自语。

“是，我不该在此处，所以不便去观上拜望，还请道长勿怪，”宅院的主人道，他大而化之地作一揖，笑着问，“不该在此处的人，却站在此处，是不是让道长受惊？”

蓝田玉点点头，表示的确受惊，但又说：“我受惊，不全为此。”

“还为何事？”宅院的主人问。

“说出来，公子就知道了：我的师傅曾云游至京师，在白云观里修行，他对我说过，与公子颇有交往。”蓝田玉说。

“原来如此。尊师现在何处？”宅院的主人问。

“已登仙班。”蓝田玉说。

“可惜，”宅院的主人叹息一声，道，“有此渊源，我在京师时，道长为何不去找一找我？”

“师傅说，我不必去找公子，公子会来找我。”蓝田玉说。

“尊师还留下什么话吗？”宅院的主人问。

“有关公子的，只一句：请公子莫忘前言。”蓝田玉说。

宅院的主人倒吸一口凉气，陷入沉思默想之中。

“我师傅对公子说些什么？”蓝田玉问。

宅院的主人瞥他一眼，反问：“道长真想知道？”

“如果方便说的话。”蓝田玉道。

“没有什么不方便的，他要我莫忘的，也只一句话。他说，”宅院的主人稍稍停顿，“我日后难免要挨上一刀。”

蓝田玉也倒吸一口凉气，想不出什么宽慰的话来。

“我还没有挨那一刀，欲害我挨那一刀的人，却先挨上一刀，”宅院的主人说着，指了指蓝田玉，“道长，他是你同门师兄弟吧？”

“不，他虽和我同姓，却非同一师门。”蓝田玉说。

“那好，我要躲过那一刀，道长得帮一帮我。”宅院的主人说。

“我如何帮得公子？”蓝田玉问。

“我欲请道长去一趟袁州。”宅院的主人说。

“去参拜老相公吗？”蓝田玉问。

“是。”宅院的主人说。

藏在京城严府后花园地窖里的金银宝器，一箱一箱装上车，一车一车南运，大部分运回分宜老宅，一小部分留在南昌新宅。这些事都由心腹家人来安排，严嵩说不清从京城一共运出多少车，运至分宜的有多少车，运至南昌的有多少车。

或者，严鸿曾向他禀告过，他没有放在心上。以至运到的金银宝器在后院库房里堆放完毕，严鸿请他去过目时，他不知道去看什么。

严鸿是严世蕃的另一个儿子，荫授中书之职。中书不像锦衣卫官张狂，严鸿的性情也比较温和，因此，皇帝治严世蕃罪时，特施恩典，留严鸿在严嵩身边侍奉。

“北边运来的杂物，父亲交代，一定请老爷看一看。”严鸿说。

“东楼说要看，那就去看看吧。”严嵩颤颤巍巍地应着，颤颤巍巍地起身，颤颤巍巍地随严鸿走去后院。

望着数也数不清的箱子，他颤颤巍巍地说：“有这多呀！”

严鸿告诉他：“若将放在南昌的那些箱子取来，这里就放不下。父亲料及此，故命分放两处。”

“尔父办事，总是想到许多步，”严嵩说，“我记得，在京师长安街的宅中，他曾多次问严年，分宜此宅的院子有几重，每重院里房屋有多少间，是如何分布的，每间房屋长若干，深若干，高若干，除摆放以前运回的物件，还有多少余地。大概那时他就在算计。”

“老爷说的是。”严鸿应道。

“可他不能亲眼看看他安排的这一切，却不知他算计到没有。”严嵩自语。他眼望南方，目光好像穿越梅岭，看到岭南，看到雷州。严世蕃应该在那里戍边，陪同他的是他的儿子严鹄。他虽然没有功名，但心比天高，不知受不受得了那里的荒僻和寂寞？想到忧伤处，严嵩不由得老泪流淌，模糊了视线。

“老爷止哀，身子要紧。”严鸿劝慰道。

“没有尔父，便没有这些杂物；尔父不在，要它何用！”严嵩不忍再看，转身离开库房。

严鸿抢上一步，搀扶着他向前院走。走几步，严嵩忽又站下来，回过头，指着库房说：“而今国用匮乏，不如将此财物捐与朝廷，用作边饷，也可赎东楼之罪一二。”

严鸿一愣，道：“此事还须与父亲计议。”

“是啊，东楼不在，哪里定得下什么事！”严嵩摇摇头，转身而去，再不回顾。那句捐与朝廷的话，不知是真有所动心，还是随意一说，但在说的时候，在他身上还可感觉到些许生气。等他在严鸿的搀扶下一步一步走去时，又成浑浑噩噩的老翁。

严嵩才回到书房，家人来报，有访客。他问是什么人，家人说是个道士。他问从哪里来，家人说从南昌铁柱观来。严嵩不再询问，意即愿见这个客人。家人去将客人领进来。

“贫道蓝田玉稽首，见过老相公。”访客道。

“不敢当，”严嵩学他的样子，也行稽手礼，等蓝田玉就座，他问，“道长离开仙观，欲往何处？”

“一来为老相公祈福，二来向老相公求福。”蓝田玉说。

“为我祈福，多谢道长美意；向我求福，却是缘木求鱼。”严嵩说。

“不然，老相公得福，即贫道得福。”蓝田玉说。

“这话怎讲？”严嵩问。

“说出来，老相公就知道：贫道斗胆，请老相公出面，作一场醮事。”蓝田玉道。

“这就是道长说的，为我祈福吗？”严嵩问。

“老相公是多福之人，不须祈拜，福自家就来，”蓝田玉压低嗓音，故作神秘地说，“这场醮事，是为皇上祈寿。”

“为皇上祈寿？”严嵩眼睛一亮：皇上在西苑设醮也好，在湖广太和山、江西龙虎山设醮也好，目的都在于祈寿。以前致仕的大臣，还没听说有人为皇上设醮祈寿。或许，有人这样做过，但不敢大张旗鼓地宣扬；或许，有人宣扬过，但不为皇上留意，不为世人留意。而今天自己这样做，就不怕大张旗鼓地宣扬，就不会不为皇上留意，不会不为世人留意。应该说，这是个绝妙的主意。

“道场设在哪里？”严嵩又问。

“设在铁柱观为好。”蓝田玉说。

“要我去南昌吗？”严嵩问，并说，“南昌故旧太多，我不想酬应。”

“老相公不必酬应，老相公根本不必去南昌。”蓝田玉说。

“那要我作甚？”严嵩问。

“斋醮之后，请老相公写一道奏表给朝廷。”蓝田玉说。

“就写我为皇上设醮祈寿？”严嵩问。

“是，老相公这样做了，自然要让朝廷知道。”蓝田玉说。

严嵩沉吟：“我这样做了，或许能得福。”

“老相公一定能得福。”蓝田玉肯定地说。

“好，就算我一定能得福，”严嵩并不反对，“可我不懂，我这样做，道长怎么也能得福呢？”

“贫道有一招鹤符箓。”蓝田玉说。

“道长想我一并奏献朝廷？”严嵩问。

“但求师传秘法因此而光大，不知老相公意下如何？”蓝田玉问。

“两全其美，何乐而不为！”严嵩道，“不过，我要问一句：设醮献符，不是道长的设计吧？”

蓝田玉一笑，道：“实不相瞒，此乃东楼公子的交代。”

“是他途经南昌时交代的吗？”严嵩追问。

“我是在南昌城里见到东楼公子的。”蓝田玉含糊其词地说。

“东楼有没有交代，此举用意何在？”严嵩问。

“东楼公子说，皇上记得老相公，他等才有救。”蓝田玉道。

侍奉皇上四十年，皇上会不记得我吗？这样的提法，让严嵩心里甚觉委屈。不过，反过来想，多一件让皇上记得自己的事情，有什么不好？他打起精神，和蓝田玉议定各项具体事宜。

第六百三十五章

二月，因兴化府城被闽倭攻陷，福建巡抚游震德论罢，接替他的，是福建布政司右参政谭纶。他一直在浙、闽迁转，深知倭患之惨烈，深知闽倭在沿海区域盘根错节之形势，深感自己肩上担子的沉重。让他欣慰的是，不过两个月，福建的局面大为改观，官军的力量有所增强，在剿倭中声名显赫的将领好像一下集中到福建。

首先是俞大猷被任为福建总兵官。旧制，福建只设镇守副总兵官一员，因倭情棘手，改设总兵官。俞大猷曾以戴罪之身在北边效力，曾以参将在四川剿灭草寇，曾以副总兵协守江西的南安、赣州，福建的汀州、漳州，广东的惠州、潮州等府，现在终于又回到最高的位置上。

其次，广东总兵官刘显率部援闽，曾和戚继光联手剿倭，成绩斐然。福建的倭患先次平息，戚继光奉调返回浙江，他没有走。今次倭患又起，他正好可以派上用场。

最让谭纶高兴的，当然还是戚继光统率他的子弟兵又杀将回来。他现在的身份不是参将，而是副总兵官。

这三人中有一人，平息福建倭患就有望；谭论麾下同时有这三员大将，他的兴奋，他的满足，他的踌躇满志，可想而知。

福宁州是福建的直隶州，国初曾降格为县，隶福州府，后复升为州，隶福建布政司。由此可见它的重要地位。俞大猷、刘显先后移师于此，戚继光军最后到达福建，目的地也是福宁州。但在讲驻福宁之前，他先去福州拜晤谭纶。

“元敬总算到了，”谭纶高兴地说，“今三军中两军已备，刘帅将左军，俞帅将右军，我和他二人都交代过。唯中军未得其人。元敬到，正可将中军。”

昔日谭纶为副使、戚继光为参将时，二人曾共过事，相处不错，在感觉上，地位是平等的。今日谭纶为巡抚，升两至三级，戚继光为副总兵官，也升两至三级，感觉上却不一样。因为副使没有节制军务的职权，巡抚却名正言顺地节制军务。好在国朝二百年来，武职官员受文职官员节制的格局，已牢不可破。谁想突破这一格局，别说建立功业，恐怕连立足的机会也没有。

“中军须都堂自将之。”戚继光说。

“我当然和元敬在一起，”谭纶说，“最初的戚家军，我曾领略过其风骚，不过，那是好多年前的事情，不知今日的戚家军是不是还有那一种摧枯拉朽的力量？”

这是再明显不过的激将法，但戚继光还是忍不住问：“子理先生是不是悔将数千浙省健儿置于中军？”

“随便一问，绝无悔意。”谭纶说不后悔，给人的感觉却是不无担心。

大概是回应他的担心，戚继光以他少有的高亢声调说：“好叫子理先生知道，末将所练之兵更胜昔日。”

“那就好，”谭纶则大概要冷却他的激情，淡淡地说，“其实，不是我悔将数千浙省健儿置于中军，而是有人不高兴。”

“都堂指的是谁？”戚继光问。

“譬如赵都堂。”谭纶说。

“哪位赵都堂？”才问出口，戚继光马上醒悟，“是子晦先生吗？”

“就是他。”谭纶说。

子晦是浙江巡抚赵炳然的字，他是四川剑州人，嘉靖十四年进士。胡宗宪被逮治，不复设总督浙、直、闽三省军务都御史，但东南倭患未完全平息，南直隶设巡抚，福建设巡抚，浙江不可能不设巡抚，朝廷乃以都察院副都御史赵炳然兼兵部侍郎，巡抚其地。

“赵都堂怎会不高兴？”戚继光想不明白。

“元敬不信？”谭纶从书案上取来一纸书函，递与戚继光，“有子晦先生的亲笔书函为证，元敬读过，就不能不信。”

戚继光将赵函草草阅读一遍，道：“看不出赵都堂不高兴呀。”

“话里有话，须仔细体会。”谭纶说。

他指指书函前边的一句话，说：“元敬读读这句。”指指书函中部的一句话，说，“这句亦可一读。”又指指书函结尾处，说，“元敬再读读这句。”

第一句写的是：忧民为兵，忧兵为患，闽兵行后，亦曾具题其事。盖数万之师，出于一县，县当如何？第二句写的是：故于已从兵者，恤之使往；未为兵者，谕之使家。盖募兵安民，二者皆地方大事，顾一而忌二，未可也。第三句写的是：盖同舟共济，非敢如越人之视秦也，大抵浙之应闽，空国而往矣。

“援闽浙人太多，赵都堂为此而担忧，亦是常情。”戚继光说。

“那么，昔日浙江倭情紧急，闽军援浙，当如何？今日福建倭情紧急，粤军援闽，又当如何？”谭纶道。“有一件事，元敬可能还不知道，子晦先生一面对我称空国而往，一面步元敬后尘，奏请续练义乌民兵。如果真的空国而往，难道操练妇孺不成？”戚继光想插话，谭纶一摆手，把话题岔开。“说到练兵，元敬，你在浙江练兵大为成功；到福建，能不能也练出一支骁勇能战之师？”

“同是神州赤子，那有什么难处！只要用心，无论山野之民，还是濒海之民，均可练成精兵。”戚继光说。

“好，等此役结束，我和元敬再练一支福建的戚家军，”谭纶说着，又迅速把话题转回来，“其实，我也不怕子晦先生不高兴。”

“都堂怕谁不高兴？”戚继光问。

“譬如，元敬你呀。”谭纶说。

“我不高兴？”戚继光大惑，“都堂，这话怎讲？”

谭纶说：“俞帅曾是你上司，于你有知遇之恩。今日并肩而战，把首功让给他，你不甘心。与他争首功，又顾及他不甘心。思来想去，元敬，你还高兴得起来吗？”

“此言差矣，”戚继光驳道，“朝廷以俞帅为闽师主帅，以我副之，他仍是我的上司，我即便思来想去，也不会为昔日的恩眷。这是其一。其二，俞帅总兵一职，失而复得，他要报朝廷大恩；我副总兵一职，乃意外之升，我更要报朝廷大恩。均报朝廷之恩，俞帅得首功，我没有理由不甘心；我得首功，也不会顾及俞帅不甘心。反而言之，都堂，我并没有思来想去，是你在思来想去。”

“说得好！”谭纶拊掌大笑，“有我为元敬思来想去，元敬自家就不必思来想去。元敬，你将中军，首功一定是你的！”

这次闽倭造成极大声势，首先是攻陷并占据兴化这一座府城，接着攻陷并占据隶属建宁府的政和、寿宁这两座县城，在两个月后又攻陷并占据了平海卫城，这样就扼住数条入海通路，形成进可以取退可以遁的态势。而这次官军大集，既集中福建官军，又征调浙江、广东援军，意欲一举收复兴化府城和政和、寿宁县城，但首先要收复的，是平海卫城。平海卫关系重大，一则因其濒海，二则因其临近福州。收复平海卫，则倭寇、海盗不战自退；平海卫在倭寇海盗手里，官军即使收复兴化等城，也随时会遭到攻击。

官军从三个方面攻打平海卫城，果然是戚继光部首先登城，开通胜利之路。此役，获首级二千二百，夺还被俘者三千余。随后，清剿盘踞在一府二县的倭寇、海盗，大获全胜。

第六百三十六章

蓟镇副总兵胡镇率部在古北口外巡弋好几天，有时白日在口外，夜晚回口内，有时夜晚也不回来，在口外随便找个地方宿营。

随军的通事忍不住问他：“将军在搜寻什么？”

“与其说搜寻，不如说等待。”胡镇道。

通事又问：“将军在等待什么？”

“朵颜丑类。”胡镇说。

朵颜是国初在黑龙江以南设立的少数民族的三卫之一，另外的两个卫是福余和泰宁。待国都北迁时，三卫已南徙至辽东及北直隶边墙一带，朵颜在古北口、喜峰口以外。就三卫的实力而言，不该对天朝形成太大的威胁了，但近二十年，由于朵颜首领通罕与俺答结为亲家，势力有所膨胀，在北边造成较大的麻烦。

“其他将军对朵颜避之则吉，将军为何在口外专候？”通事问。

“日前我失去四个出巡的兄弟，探明为朵颜所执，生死不明，我要抓回四个敌哨，为他等报仇。”胡镇恨恨地说。

“将军的声势，不像等待四人。”通事说。

“倍之岂不更好。”胡镇道。

“将军的声势，也不像等待哨卒。”通事说。

“贵之岂不更好。”胡镇道。

结果等来的不是四个人或八个人，而是十几个人；不是敌哨或朵颜的小头目，而是通罕本人。十几个人在数百官军面前，不能反抗，不能厮杀，只能束手就擒。当然，因为擒获的是朵颜大首领，胡镇也不敢杀他祭奠生死不明的哨卒。

蓟、辽总督杨选，闻讯大喜，匆匆忙忙赶去古北口。他先讯问被擒获的其他人，又讯问曾见过通罕的百姓，证明既不是有人冒功，也不是有人冒认。他这才提通罕本人讯问。

“你是通罕？”杨选问。

“你们汉人有一句话：大丈夫立不更名，坐不改姓。我若不敢承认自己是通罕，就不是大丈夫。”通罕说。

“原来你也敬重大丈夫，可我看你更似井底之蛙。”杨选说。

“太师为何说我似井底之蛙？”通罕问。

“因为你不知天高地厚呀，”杨选说，“谅你朵颜部族能有几多人马，也敢与我天朝作对！”

“我没有和天朝作对，”通罕说着，将头一仰，“我并非和天朝作对，在太师面前不敢承认，那不是大丈夫行径。”又将头一低，说，“我是天朝外臣，对天朝真心宾服。”

“那好，我来看看你是怎样真心宾服的，”杨选说着，忽问，“通罕，你有多少儿女？”

“儿子多得我自己也数不清，女儿只有一个。”通罕说。

“只有一个女儿，应视为掌上明珠才是，可你却把女儿嫁给俺答之子。俺答诸子中，辛爱与我天朝最为敌对，你选中的快婿偏偏是他，这还不是与天朝为敌！”杨选道。

“我只想给女儿找个夫婿，并不想找个与天朝为敌的盟友。你们汉人不是有句话，叫作男大当婚，女大当嫁吗？”通罕除记得汉人的俗语，还有一大通理由，“再者，我不把女儿嫁与俺答之子，却嫁与谁？太师府上若有公子，肯把我女儿娶去吗？”

“我们汉人还有句话，叫作虎女焉嫁犬子；反其意而用之。就该是虎子焉娶犬女。”杨选说。

“总之，是不能婚配的，对不对？”通罕更显得理直气壮，“所以，我与俺答结亲并没有错。”

“可一再于天朝边地寻衅，就错！”杨选说。

“我从没在天朝边地寻衅。”通罕辩道。

“日前掳走我哨卒四人，也不是寻衅吗？”杨选道。

“原来太师对此事生出误会，”通罕说，“那四人不是我掳去的，是他等迷失道路，自己走去的。”

“迷失道路？”杨选冷笑，“他等在古北口土生土长，没有一条小径不熟，竟会迷失道路？你那日走到我边墙下，不会也是迷失道路吧？”

“的确不是。”通罕说。

“那么，是明目张胆近我边墙？”杨选质问。

“太师与其说我明目张胆，不如说我一片诚心。”通罕道。

“一片诚心？”杨选又冷笑，“我守边墙内，你居边墙外，本应互不相扰，你近我边墙，却是为何？怎还说一片诚心？”

“为与官府商议通贡之事，太师能说不是一片诚心吗？”通罕道。

“商议通贡之事？”这的确是杨选没有想到的。

“可不是吗？”通罕咬定这个理由不松口，“无论辛爱是不是与天朝为敌，俺答是不是与天朝为敌，我只想与天朝通贡。还望太师体察我一片诚心，奏明朝廷。”

如果说，前面的讯问一直很轻松的话，杨选现在不能不谨慎而认真地应付。他不能一口回绝，也不能一口答应。他虽是封疆大吏，但准不准朵颜通贡，裁决权在皇帝，在朝廷，不在他。而且，边墙下明明发生过纠纷，通罕明明是在逼近边墙，官军明明是在正常出巡，答应他通贡，无疑是长其志气，灭自己的威风。既然不能一口回绝，也不能一口答应，只有把话分成两口来说。

“你要求通贡，我可以代为转奏，你果一片诚心，朝廷自然会体察。”这是第一句话。“但朝廷未准通贡之前，你近边墙，即是寻衅，我不能让你就这样回去。”这是第二句话。

“太师要留我在边墙内，好啊，”通罕满不在乎地说，又问，“但不知朝廷须几日才能颁旨？”

“快则十余日，慢则一两个月。”杨选说。

“太师留我十日，我族人恐怕就真的要来寻衅。”通罕说。

杨选当然也想到这一层。他说：“所以，有个变通的法子。”

“怎的变通？”通罕问。

“你不是儿子多得自己也数不清吗？只要有一个被证实是你儿子的人前来顶替，我就放你回去。”杨选说。

“虽然儿子多得数不清，要是我偶然想念顶替我的这个儿子，如何是好？”通罕出个难题。

“不妨，”杨选没有被难倒，“每过十天半月，你可用另一个儿子来顶替，这样，无论你偶然想念哪一个儿子，都可以见到。”

通罕无话可说，这个变通的法子，他不想接受也得接受。

以兵部右侍郎兼都察院右副都御史巡抚江西的胡松被召回，以左侍郎协理部务。他对杨选以通罕之子为质的做法大加赞赏，对本部尚书杨博说：“不质通罕，而质通罕子，既牵制通罕，又稳定朵颜。难得杨以公想出这样两全其美的手法。”

杨选字以公，山东章丘人，嘉靖二十三年进士。

杨博却紧皱双眉，说句与胡松的赞赏全无干系的话：“杨以公和谭子理都是甲辰科的进士吧？”

甲辰年、即嘉靖二十三年。胡松不懂杨博的意思，默默计算一番，

说：“不错，他二人都是那一科的。”

“我看杨以公做事，不如谭子理稳当。”杨博这句话把他的意思表达清楚了。他不赞成杨选的手法。

胡松眨眨眼，极力掩饰自己的窘迫，问道：“唯约兄是说，杨以公不该以通罕子为质？”

“不留质，上策也；以通罕本人为质，中策也；以通罕子为质，下策也。三策中，杨以公偏偏选择下策。”杨博说。

“三策如何区分，请唯约兄明示。”胡松道。

“三卫归顺朝廷在前，依附鞑靼在后；归顺朝廷是明的，依附鞑靼是暗的。把暗者变为明者，有什么好处？所以，最好不要由朝廷捅破这一层窗户纸，最好礼送通罕出口外。”杨博说。

“唯约兄为何又说，以通罕为质胜过以通罕子为质呢？”胡松问。

“通罕在，朵颜合而为一体，通罕不在，朵颜分而为数部。既然留质，既然由朝廷捅破这一层窗户纸，既然朵颜由暗里依附鞑靼变为明里依附鞑靼，不如把通罕扣押在我手里，让朵颜各部自相为敌，”杨博讲过理由后，说，“其中利害，汝茂兄也该懂得呀。”

胡松字汝茂，南直隶滁州人，嘉靖八年进士。

“唯约兄说的是，既捅破兄窗户纸，又让通罕去把朵颜拢成一团，自然是下策，”胡松顺着杨博的思路说，然后问，“好在通罕子质之未久，可不可致函杨以公，改行中策或上策？”

“怎改？通罕会顺从你的安排，自入彀中吗？会把那层窗户纸再糊上吗？”杨博微微摇头，“没有个说法就放回通罕子，那成下下策。”

“照这么说，就没有补救的法子？”胡松问。

“但愿今秋今冬不至酿出大祸，否则，杨以公难辞其咎，你我也脱不了干系。”杨博忧心忡忡地说。

第六百三十七章

皇帝的表情和平常一样，看不出喜怒哀乐，可是，从手势和语调中可以感受到皇帝难以抑制的高兴，以及几分得意。

“把宝物给徐爱卿观赏。”他命左右近侍。

近侍捧着御盘走近徐阶，御盘正中是一颗绿色的宝石，熠熠放光，比通常见到的宝石大许多，亮许多，应该是真正的祖母绿。

“此次户部进宝石四百五十块，多为上品，朕从中挑选这一块，准备镶嵌在新制皇冠上，卿看如何？”皇帝问。

“皇上亲择，更令宝物生辉。”徐阶说。

皇帝满意地点了点头，又问：“卿看这颗祖母绿，不会是假的吧？”

“户部奉旨采购，又知是上用，应不敢以假物敷衍。”徐阶说。

“说得好！”皇帝赞道。随即问身后的一名近侍，“朕昨日问你，你是怎么答的？”

“奴才也以为，它是真的。”近侍说。

“原话。”皇帝道。

“奴才说，奴才一眼看去，就知是珍品。”该名近侍复述。

“你的眼光就那么犀利？”皇帝讥道，又问另一名近侍，“后来朕问你，你又是如何答的？”

“奴才说，从未见过，分辨不清。”该近侍自信不会被斥。

“不会用眼睛分辨，也不会用脑子去想吗？”不料，还是被斥，皇帝又说，“你二人所答，均不如徐爱卿稳妥贴切。”

“奴才们怎敢比徐先生。”两名近侍道。

“臣不过据常理而言，未必真确。”徐阶说。

“能据常理而言，则少犯错。”皇帝这话是对两名近侍说的。

“奴才等谨记圣训。”两名近侍道。

皇帝眼看近侍将祖母绿收拾妥当后，对徐阶说：“户部这次为朕收购宝石四百五十块，共用去太仓银四万七千八百余两。高燿等不敢向朕索要，却到司礼监臣、御用监臣、尚衣监臣那里去诉苦。爱卿，他等是不是向你诉过苦呀？”

“他等只对臣说了说，太仓库存银不多，也算不得诉苦。”徐阶道。

“恐怕不止说说而已，还想爱卿来向朕讨回该项银款吧？”皇帝问。

“或有此意，亦未可知。”徐阶丝毫不带倾向地说。

“爱卿何意？”皇帝问。

“臣想，皇上不将该项银款拨与太仓，定是另有用途。”徐阶说。

“知朕者，爱卿也，”皇帝与其说称赞徐阶，或自觉欣慰，不如说在炫耀，“今夏京师多疫情，朕已命太医院配制解疫汤药，朕还亲自加进去一两味。这副汤药的名目，朕也拟好，就叫如意汤。朕想，每剂药装进一个锦袋，差人在九门施舍。朕还想，有些贫困人家，或无力煎药，故每剂药益以嘉靖铜钱十文，作为煎药之费。卿以为如何？”

“皇上之心，真乃圣人之心，道尊之心。”徐阶颂道。

皇帝兴致益发高涨，对方才那两名近侍说：“你二人不会说话，朕也不指望有什么长进，但能不能替朕把这件事办好？”

“万岁差遣，奴才们勉力而为。”两名近侍应道。

皇帝板起面孔说：“好，朕把恶话说在前面：这是件积功积德的事，若有一文钱落入你等私囊，一经弹劾查实，朕也救不得你等。”

“奴才们不敢坏爷的大事。”两名近侍叩道。

皇帝又对徐阶说：“爱卿去告诉高燿等，太仓这项银款，朕替他等做善事，日后再休提起。”顿了顿，又说，“太仓银所余不多，朕已知道。以后不让户部再办这等差事就是，他等不必到处去诉苦。”

“是。”徐阶一边接旨，一边想：进殿后就感觉到皇上难以抑制的高兴和几分的得意，一点也不错。皇上高兴的是得到稀世珍宝，得意的是拿应该拨还太仓库的银子做一件大善事。

徐阶回到值庐，竟有两个翰林出身的官员在等他，一个是曾为翰林院侍读学士、现为礼部右侍郎的秦鸣雷，一个是修撰林爌。二人见徐阶进来，同时起身，同时开口欲言，又同时闭嘴。

徐阶笑道：“二位若只是问候，倒好办，不用说，我也知道。若要说事，只得一个一个说，就不知让谁先说。”

“贞恒先生来得早，贞恒先生先说。”秦鸣雷推让过来。

“子豫先生来得急，子豫先生先说。”林爊推让过去。

秦鸣雷字子豫，浙江临海人，嘉靖二十三年那科的状元。

徐阶又笑：“二位若争，倒好办：哪个争得厉害，我偏让哪个后说。眼下两位都谦让，却不好办，总不能越谦让越吃亏吧。”

“区区小事，难不倒老师。”林爊奉承是虚的，想看看徐阶如何处置才是实在的。

“不如这样，哪个的事难，哪个先说。”徐阶道。

“老师这么说，自然是子豫先生占先。”林爊道。

“何以见得？”徐阶问。

“子豫先生自恃位尊，非天大难事，不来请教老师。”林爊说。

“子豫怎说？”徐阶问秦鸣雷。

“我看，贞恒先生占先。”秦鸣雷说。

“有何依据？”徐阶问。

“贞恒先生自恃亲近，非天大难事，不来难为相公。”秦鸣雷说。

对两人的回答，徐阶都不置可否。

“老师怎说？”林爊问他。

“子豫错。”徐阶说。

“如何？我就知道他占得先机。”林爊很是自得。

“贞恒，你也错，”徐阶却说，见林爊两眼瞪得老大，他接着说，“子豫遇到的难处确实比你大，可不是你的说法。”见秦鸣雷也在注意听，又加上一句，“当然，更不是子豫的说法。”

“那是什么说法？”秦鸣雷、林爊请教。

“你二人眼下摊上的差事不同，故难易有别。”徐阶说。

“差事不同？”林爊琢磨着，问，“子豫先生，眼下摊到什么差事？”

“修桥，”秦鸣雷说着，反问，“贞恒先生，你呢？”

“修书，”林爊喃喃自语，“难怪老师说难易不同。”

“子升先生的意思，你懂得？”秦鸣雷问他。

“是，”林爊应道，“修书是翰林的本分，遇到难处，是本分内的难处；修桥非状元本分，子豫先生遇到难处，是本分外的难处。本分外的难处当然不同于本分内的难处。”说罢，他问徐阶，“老师，是这么个说法吗？”

“大略如此。”徐阶说。

“子豫先生，怎么修起桥来？”林爊又问秦鸣雷。

秦鸣雷说：“贞恒先生修书修得专心，修得得意，自然不理会别人在做什么。其实，我也不是真的修桥。前者，长陵守陵公公启奏，长陵神道前的桥坍塌，皇上命礼、工二部相度举工，子实先生要我应付这件差事，我就如此这般地修起桥来。”

春夏之交，礼部尚书严讷改掌吏部，左侍郎李春芳升任本部尚书。

“神道前的桥坍塌，总是要修的。”林爊说。言外之意，修座小桥而已，不该有什么难处；即便有难处，桥也不能不修。

他的话太多，秦鸣雷还没有嗔怪，徐阶已发话：“贞恒，有一句话，叫作饱汉不知饿汉饥，你听过吧？”

林爊不仅听过这话，而且听出徐阶话里有话，忙说：“学生多嘴，还请老师为子豫先生解难。”

“你自以为是饱汉？又错，”徐阶道，“我是在想，这话颠倒过来说，饿汉不知饱汉难，是不是也会有警世的功效？”

“譬如，使学生警醒？”林爊接过他的话去。

“贞恒，你许多方面不如叔大；但有一事比他略强，你有自知之明。”徐阶不好拿他和秦鸣雷比较，便拿他和张居正比较。

“老师说的是。”究竟是承认自己在许多方面不如张居正，还是承认秦鸣雷为饱汉，而自己为饿汉，恐怕林爊自己也说不清楚。不过，他很快问道：“学生还是不懂，老师是怎么把子豫先生变成富者的？”

“把他变成富者的，另有其人，并不是我。”徐阶说着，问道，“贞恒，你知不知道，翻修长陵神道前那座桥，需钱几何？”

林爊神态茫然地大摇其头。

“对，你是修书的，不会懂得修桥的事，”徐阶善意地讽刺他一句，然后问秦鸣雷，“子豫，你该请教过方家吧？”

“是，我请教过许多方家，都道三四万足矣。”秦鸣雷说。

“可有人给朝廷的清单是多少钱，贞恒，你知道吗？”徐阶问。

“总不会少于三四万吧。”林爊道。

徐阶摇了摇头，把一对手掌伸在胸前，说：“是十万。”

这就是说，要三倍的钱；这就是说，每用一两银子修桥，就有二两银子或更多的银子不知落入谁的私囊。

“谁人这般大胆，搜刮到朝廷！”林爊愤愤言道。

“谁人这般大胆，也不必说他。”秦鸣雷道。避开这一层，或者是那人地位太尊贵，故有所忌讳；或者是那人地位太一般，不值得一提。但在徐阶面前议论此事，后者的可能性更大一些。

“是司礼监的公公？”林燫仍不罢休。

秦鸣雷没有任何表示。

“是御用监的公公？”林燫又问。

秦鸣雷还是没有任何表示。

“是守陵的公公？”林燫第三次问。

秦鸣雷摆了摆手，但没有开口。

“贞恒，子豫都道不必说他，为什么还要问？”徐阶责备道。

“是，”林燫应道。“子豫先生，你的难处，还是你来说。”

“以十万金修一座三四万金即可修成的桥，我有所不忍；可以十万金修桥，已有圣谕。奏明此事，难免兴起轩然大波，我有所忌惮，故来向子升先生求教。”秦鸣雷说。

徐阶关于饱汉、饿汉的比喻，是指修桥的难处不在缺少钱资，而在钱资太多，这一点总算弄清楚。林燫感叹：“这确是两难呀。”

“贞恒，你来为子豫解难，如何？”徐阶道。

林燫吐了吐舌头，说：“但听老师处分，学生不敢妄言。”

徐阶不再理会他，转身对秦鸣雷说：“奉圣旨，礼、工二部相度举工，子豫何不与大司空计议？”

“我找过必进先生。”秦鸣雷说。

“他怎说？”徐阶问。

“他说，准备物料、工匠，属他，他事属我，”秦鸣雷说着，发起牢骚，“还有什么他事，不就是如何处置那十万两银子吗？”

“不见得，还有一事，子豫忽略。”徐阶说。

“何事？”秦鸣雷忙问。

“工程不论大小，总得选择吉日举工吧？”徐阶道。

“子升先生说的是这件事呀！”秦鸣雷觉得徐阶提出的问题无助于解决自己的难题，颇觉失望，“这事我已交代钦天监占卜。”

“虽曰公务，须有私交，事情才办得稳妥。”徐阶说。

“子升先生的意思是——”秦鸣雷隐隐约约感觉到徐阶在指点迷津。

“子豫在钦天监里有熟识吗？”徐阶问。

“有，监正与我私交不错。”秦鸣雷说。

“甚好，”徐阶点点头，“方才贞恒说过，神道前的桥坍塌，总是要修的。这话一点不错。不过，三殿灾毁，能不修吗？可一拖就是四五年。修复该桥，是立即举工，还是两三年后方可举工，全凭钦天监一句话。不过一个时辰前，皇上还亲口对我说，今夏京师多疫情呢。”

“子升先生是说，由钦天监奏报，年月不利兴造，须两三年后方可？”秦鸣雷听懂他的意思。

“我可没这么说，”徐阶否认，“你看我的条幅，明明白白写着‘以政务还有司’。钦天监虽是小衙门，和你礼部中间还隔一个太常寺，但亦为有司，我怎会号令其行事？贞恒，是不是这个说法？”

“是，”林爊应道，“老师至多透露一句圣谕，子豫先生不可把钦天监的事推到我老师头上。”

“不推，不推，我知如何去做，”秦鸣雷欢天喜地地说，复向徐阶一揖，“多谢子升相公只言片语，令我受益匪浅。”又向林爊一揖，“多谢贞恒先生从中插言，亦令我受益匪浅。我办事去，不再奉陪。”

林爊指着他的背影：“老师，他就这么一走了之！”

“对你都道过谢，为何不走？”徐阶等看不到秦鸣雷的背影，转向林爊，“贞恒，说说你的难处吧。”

“老师，修书的事没法子做。”林爊没头没脑地甩出一句话。

“修《承天大志》，礼垣所请，皇上御准，乃今日一件大事，怎的没法子做？”徐阶不急不忙地问。

修志，是礼科都给事中丘岳奏请的，他拟名为《兴都志》。皇帝准奏，更名为《承天大志》。完成《永乐大典》誊录的翰林官们，多又投入这项工程。

“这我知道，”林爊说着，把嘴噘得老高，“我还知道，修志的总裁官有两位；我还知道，我朝历来修书，都有两位总裁官，我还知道，两位总裁官名义上无主次之分，实际上是有主次之分的。”

徐阶打断他：“贞恒，你还有什么不知道的吗？”

“我不知道，这几句话改得有什么道理。”林爊说。他从衣袖里抽出几页文稿，拍在茶几上。想想不对，又拿起来，双手递将过去。

这是总叙里的一段文字，徐阶曾阅过，并作几处修改。现在，不但文稿本身多出许多修改的地方，连徐阶修改的文字，有的也被圈去。林爊既说到两位总裁官，修改者一定是另一位总裁官袁炜。

徐阶笑了笑，不是开心的笑，而是无奈的笑。他把文稿还给林爊，说：“天下文章，人人得而改之。贞恒，你发什么邪火！”

“我为老师不平，”林爊说，“他也自称是老师门生，升礼卿，入内阁，就可以不敬师长吗？”

袁炜自恃才高，凌傲徐阶，凌傲一切大臣，由来已久。严嵩在时，徐阶的感受还不明显，成首辅以后，他纵然有宰相气度，有时还是因为袁炜的一句话一个动作深感难堪。好在还没有在正经的事情上发生冲突，至于那些不正经的小事用不着计较。毕竟，现在只有两名阁臣；毕竟，皇上在另一个方面很看重袁炜。今天林爊提出的，是正经的事情，还是不正经的小事；该继续忍让，还是予以反击？

徐阶伸手要回文稿，又从头到尾阅读一遍，然后问：“贞恒，你看他改过的句子还通顺吗？”

“堂堂大学士，还能连句子也改不通顺！”林爊道。

话里带刺，徐阶也顾不上理会。他又问：“意思的改动大吗？”

“不大，有些句子全无改动。”林爊说。

徐阶闭一会儿眼睛，为的是让林爊安静下来，也让自己安静下来。

“贞恒，我给你讲个故事吧：有一位前朝大臣，致仕乡居，家宅和邻家之间的土地，一家一半，各种花种菜。邻家甚贪，隔些日子，就把分界的木桩向他这边移动些许，眼看就要插到他的院墙下。家人气愤不过，要和邻家打官司。他们说，太守是老爷的门生，县令是老爷门生的门生，状纸递上去，赢定。这位前朝大臣不许，指指天，指指地，说，由他去吧，他占得地，占不得天。”徐阶讲罢，对林爊说，“他有句话，可沿用于今日：由他去吧。这段文字，贞恒可照他修改的誊录，不过，旧稿一定要存放好，日后或有用处。”

“是。”林爊虽然应着，却还在回味徐阶讲述的故事。

第六百三十八章

八月初，就像白日还会燥热、夜里一定凉爽一样，裕王府里，在洋溢着喜气的同时，也一阵一阵流露出不安的气氛。

肥胖的稳婆从王妃李氏住的那重院子一出来，立刻被几个宦者围住，一人吊上她粗壮的手臂，一人在她硕臀上掐一把，还有一人凑上她厚厚的嘴唇亲一口，其他几人则嘻嘻哈哈地拦住她去路。

她用力甩开吊在手臂上的宦者，用力抹了抹嘴唇，用力揉了揉屁股，喝道："龟儿子们要作甚！"

闹够了，一宦者代表众宦者问："里面怎样？"

"快了，快了！"说到此事，稳婆欣喜若狂，恨不得把一个宦者抱进自己的怀里，亲上几口。

那宦者看出她的企图，一扭身子，避开，嘴里嘟囔着："一日两日是快，十日八日也是快，就知说快了，全无准数。"

"十月怀胎，已过二百九十多天，我不说快了，却说什么？你以为一朝分娩，像你们放个臭屁那么容易吗？"稳婆还以颜色。

"这个小哥不会说话，姐姐息怒，"另一宦者安抚她，并问，"姐姐看，太子爷得龙还是得凤？"

"又出言无忌，不怕打板子吗！"一身份较高的宦者喝道。

"怕什么！太子爷这次一定喜得龙子，万岁爷这次一定喜得龙孙。"稳婆大概觉得替王妃接生，功高盖世，别人说不得的话她也说得，所以故意把"太子爷"三字说得很重。

"你那一双眼睛，也看得准？"一名宦者讥道。

"肚子里的，我没有看不准的，倒是你们这些肚子外的，我看不大准，"稳婆反讥道，"不然的话，也不敢应王府里的差事。"

"贼婆娘，敢讥笑我等！"一宦者号召，"来，大家伙齐上，看看她到底看得准看不准。”

于是，有人抱胳膊，有人抱腿，有人笑，有人叫，又闹起来。

“慢来，慢来！”稳婆疲于招架，忙乱中想起一招，他对着李妃的院里叫道，“太子爷，不再坐一会儿？”

这一招还真灵，动手的收手，起哄的闭嘴。等发现上当时，稳婆已离开他们几步，一手叉腰，一手指点：“告诉你等，太子爷真在里面，别玩得太过分，惊了爷的驾。”见众人被镇住，她说出心里的疑团，“可我保证是个龙子了，太子爷怎么还发愁呢？”

“你懂什么，因是龙子，太子爷更作难。”一个有见识的宦者说。

裕王载垕不一定真的很作难，但在得子的喜悦里，的确夹杂着苦涩的成分。自从得知李妃有孕，苦涩就没有离开过他；当听医者和稳婆都说，李妃将诞一子，他的苦涩加重一两分；当得知李妃果然生下一子，看到襁褓里的婴儿额头宽阔丰满，面目清秀可爱，他的苦涩又增加一两分；当一二家臣向他拜贺，称其子有圣君相貌，他的苦涩到达极点。

是啊，小王子的额头的确宽阔丰满，面目的确清秀可爱，可自己的皇太子地位还没有确定，儿子的圣君又从何谈起！

都怪那个多嘴的杂毛真人，提出什么二龙不相见之说；当然，也要怪父皇，居然相信其说。其实，世间只有一条真龙，皇太子充其量是条潜龙。皇朝二百年来，只有过两次龙争虎斗。第一次，建文君怕的是皇叔；第二次，景泰帝怕的是皇兄。作为潜龙，从来也没有对真龙形成威胁，父皇，你担心的是什么呢？

也许，二龙相克，对潜龙不利。不错，皇长兄哀冲太子曾与父皇同居后宫，结果皇长兄早薨。皇次兄庄敬太子曾与父皇同居后宫，结果在十几岁时病逝。也许，父皇不是担心潜龙不利真龙，而是担心真龙不利潜龙，是慈父心肠。可现在与哀冲太子、庄敬太子时的情形都不同呀。自己将近三十岁，在阙下建立王府，娶进王妃，现在又诞生王子，这条潜龙不会再受到什么威胁吧？再说，那个编造二龙不相见之说的杂毛真人，已经骗鬼去了，二龙不相见之说已经快被人们忘却，只要父皇抛弃，保证没有一个人会再提起。

可父皇仍然坚持二龙不相见，不来裕邸看望皇儿，也不许皇儿去西苑看望父皇，父子不相见，将近二十年。而且，在景王就藩、本王留京、储位实际已确定的局面之下，仍不肯册封皇太子，宁愿让储君处于尴尬的位置，过着混沌的日子。

最为好笑，最为费解，也最为令人郁闷的则是，父皇竟然听不得裕邸的喜事，好像裕邸有一桩喜事，父皇身边就会少十桩喜事，天下就会少一百桩喜事。这个当作储君留在京师的亲王，岂不成灾星！

多少年来，没有请过安，没有叩过头，没有报过喜，没有报过忧。裕王感觉郁闷，但还没有十分作难。没有请安叩头，是因为父皇不准；没有报喜报忧，是因为父皇厌倦。说实在的，裕邸又有什么大喜大忧的事，必得禀奏父皇呢！

现在不同了，小王子出生，皇孙诞生。这是一件特大特大的喜事。裕王却为这桩特大特大的喜事作难。在父皇眼里，裕邸出这桩特大特大的喜事，父皇身边是不是就会减少十桩特大特大的喜事，天下是不是就会减少一百桩特大特大的喜事呢？

看来，这桩特大特大的喜事不该禀奏父皇。不，不是不该禀奏，而是绝不能禀奏。裕王知道，就算他想禀奏，王府官员、王府承奉，包括私下里称贺小王子有圣君相貌的人们，也会劝阻。他们劝阻不住，还会请来司礼监的公公劝阻。他们都不愿或不敢让父皇不高兴，其实，儿臣又怎愿怎敢让父皇不高兴呢！

那么，只有把这桩特大特大的喜事隐瞒下来。想到这里，苦涩的滋味，辛酸的滋味，一起涌进裕王的心头。普通百姓家里添丁生子，生活再艰辛，也会奔走相告。官宦人家添丁生子，会置几桌几十桌酒席不等，晚间，一定要张灯结彩。至于皇家添丁生子，大者诏告天下，小者受群臣朝贺。可今天呢，别说诏告天下，别说受群臣朝贺，就连在裕邸前换上大些的灯笼也不敢，就连奔走相告也不能。

进一步说，普通百姓家添丁生子即便不奔走相告，官宦人家添丁生子即便不置办酒席，不张灯结彩，名字总会有一个的。可今天呢，不禀奏父皇，也就不会有名字。廷臣会议宗藩事时，曾有一议：花生子女不得入玉牒，不得起名字，即不得按照宗室的排序起名字。什么叫花生子女？是指亲王以下的宗室成员非正式婚配所生的子女，花生子女不该和亲王所生子女联系起来，更不该和皇太子所生子女联系起来。而这位被天下臣民视为储君的裕王，他的第一个儿子，就要和花生子女一样，得不到名字。

在心情不那么苦涩、不那么辛酸时，裕王也曾想过：按照排序，他这一代姓名用土，下一代就该用金。以金为名字部首的前代祖先，出过两个皇帝，一个是英宗睿皇帝，一个是景泰帝。现在不会再重演历史，两个皇帝并为一个皇帝，这个额头宽阔丰满、面目清秀可爱的皇孙，或许真的会是一代圣君。

但很快又想回来：自己的皇太子地位还没有确定，儿子的圣君又从何谈起！

安置在京城里的裕邸，诞生王子的当天及以后，裕王本人没有禀奏，长史司没有禀奏，司礼监没有禀奏，礼部和内阁没有禀奏。皇帝无从得知已经有了皇长孙。实际上，他应该是皇太孙。

第六百三十九章

八月下旬，辽东总兵官杨照接获谍报，东部鞑靼一部出没于镇夷堡外。他辖游击将军線补衮、郎得功分路搜寻。走到半夜，杨照这一路走入荒野，迷失方向。摸黑走下去不是办法，他命队伍停下，问随军的向导：“此处离镇夷堡有多远？”

“大约六十里吧。”向导答道。

“線将军、郎将军应离此处不远，”杨照自语，稍一思忖，他果断地下令，“点起火来，与他二人联络。”

“火一点起，我们就在明处。”一部将提醒他。

“那好啊，”杨照道，“他在暗处，我也在暗处；他见不到，我也见不到他。我到明处，他见到我，或是遁去，或是偷袭我，这样，他也到明处，我也可以见到他。我出镇夷堡，不就为见到他吗？”

兵士把收集到的荒草树杈堆积成几个大堆，点起火来。塞外的秋天，塞外的夜晚，风势很大。借着风势，火苗冲天而起，映红天空。

敌军就在近处，近到只有一箭之遥，借着火光，把官军看得清清楚楚。于是，箭弩齐发，呼啸而来。杨照刚刚来得及喝一声“躲箭”，刚刚来得及拨开射向身边部将的一支箭，自己就被射中心窝，栽下马来。

敌军喊叫着冲杀过来。在一箭之外，他们已看出杨照是大官。所以方才一阵箭雨，多是冲着他的；所以杀到近前，多是径奔他的尸体。官军拼死护尸，杀死一些敌人，自己也有死伤。一来，敌军到得突然，二来，敌军在数量上占优势，官军渐渐抵挡不住。

所幸，線补衮、郎得功两军也相距不远，看到联络的火光，急速赶到。两军赶到，也是拼死护尸。敌军益发知道，杨照是个重要人物，益发拼死夺尸。这一场遭遇战，成为夺尸护尸之战。

敌军在损失二百多人后退去，官军死伤人数也相当。天色将明，巡抚辽东都御史王之诰率一军赶来，線补衮、郎得功正指挥部下打扫战场。

“末将参见都堂。”綠补衮、郎得功躬身行礼。

“二位将军辛苦，”王之诰回过礼，问，“战果如何？”

“镇帅杨大人殉国。”二人语音呜咽地禀告。

“杨将军殉国？”王之诰虽然在问，但并不很吃惊。将军百战死，何况是一名总是冲锋在前的将军。他还知道，杨照爱护士卒，如同己出，见一层一层军士围聚在一死者前，就知那是杨照的遗体。军士们让开一条通路，王之诰慢慢地走过去。

死者是平静的，不会惊吓生者，但见到杨照的尸体，王之诰还是惊诧不已，因为它不是仰躺在那里，而是脸朝黄土背朝天地卧躺在那里。

“这是为何？”他问。

“镇帅生前交代，如若战死，一定要这样摆放。”綠补衮回话。

一个疑惑解开，另一个疑惑又起：杨照为什么要这样交代？是眷恋这块他守护的土地，还是另有缘故？杨照的经历，王之诰是知道的。两年前，他和辽东巡抚侯之谅失和互诘。朝廷因辽东警报不断，而文武不协力御敌，很是不满，将他二人一起罢免。后因用人之际，起用杨照为副总兵，今年五月复升总兵官。难道那场官司还让他耿耿于怀？

“都堂，将军后背上有字。”杨照的一名亲兵禀道。

“是吗？”王之诰向綠补衮、郎得功示意，二人协助他解开杨照身上的甲胄，他撩起内衫。杨照后背上刺的四个字赫然入目。那四个字是：精忠报国。比画歪歪扭扭，刺字的人不像读过书。

“谁在将军身上刺的？”王之诰问杨照的亲兵。

“是老夫人。”亲兵回答。

“她现住何处？”王之诰问。

“就住在广宁城里。”亲兵回答。

“好，”王之诰点点头，对綠补衮、郎得功说，“回去后，二位陪我去看望老人家。”

广宁卫城，像样的民居不很多。好不容易在巷口见到一所较为豪华的宅院，王之诰以为到了，杨照的亲兵却一个转弯，进了小巷，把他们领到一座小院前。亲兵推门而入，看来，院门是从不加锁的。院里三间北房，低矮破旧，砖瓦门窗，均有缺损。亲兵站在门前敲几下。

“是哪个小猴子，进来就是，敲什么门！”屋里传出老妇人的话音。

“说我呢，我等亲兵都是她的小猴子。”亲兵说着，推开屋门，请王之诰等入内，又抢前一步，把王之诰等让到东屋。

炕上摊开一个包裹，老妇人正从包裹里摸索出一件棉衣，见一下来这么多人，不由呆住。

“老太太，都堂大人看你来。”亲兵大声说。

“不敢当，老身这厢有礼。”老妇人说着便要起身。

“这更不敢当，老夫人请安坐。”王之诰道。

亲兵从外屋搬来一把椅子，王之诰对着炕坐下，其他人站在他身后。

王之诰咳嗽一声，问：“杨将军的事，老夫人知道了吗？”

“照儿的什么事？”老妇人边说，边用目光在他身后寻找亲兵，亲兵把头深深垂下，不敢与她对视。看来，这些小猴子都没敢把杨照殉国的事告诉老人家。

“杨将军——立功了。”王之诰也不知道，话到嘴边，怎么转个弯。

“他的战功，都是用命换来的。”老妇人说。

“是，杨将军这次的战功，正是用命换来的。”王之诰加重语气说。说罢，他也垂下头去。

老妇人双手垂下，摸索出的棉衣又跌落到一堆破烂衣衫中。沉默一会儿，她叹口气，道：“也好，照儿解脱，我也解脱。”

“老夫人珍重，”王之诰之想出这一句劝慰的话，然后问道，“杨将军背上的字，是老夫人刺的吗？”

“是，”老妇人应道，“一晚他回到家，在纸上写了四个字，要我刺到他背上。我是忍着心疼，对着月光，一针一针刺上去的。”

“老夫人还记得在哪一天吗？”王之诰问。

“具体日子记不清，总应该是前一年的事吧。”老妇人说。

或是在他再被起用的那一天，王之诰想。他问：“杨将军写的四个字，老夫人有没留下？”

“没有特意留下，不过，或许还找得到。”老妇人在炕褥下面找到杨照写字的那张纸，递与王之诰。她说不是特意留下，但也不会是无心放在那里的。

纸上写的字和杨照背上刺的字一样歪歪扭扭。王之诰轻轻将纸抚平，说：“老夫人，我和杨将军是同僚，他等是杨将军的部属，我有两件事恳请，还望老夫人俯允。”

“你说吧。”老妇人道。

“请老夫人答应我等在军中为杨将军举丧。”王之诰说第一事。

“好，举丧时我也去。”老妇人答应了。

“请老夫人将杨将军的字迹赐予我，我为杨将军请功时，将他的字迹一并奏上。”王之诰说。

“这是好事，都堂拿去就是。”老妇人道。

临别时，王之诰问：“我等来时，老夫人在做什么？”

“天凉，把棉衣翻将出来，”老妇人说。

王之诰捏了捏棉衣，说：“太薄，老夫人该做件厚些的。”

“都堂说的是。”老妇人应道。

王之诰从她的眼神看出，家境拮据，做件新棉衣对她来说，不是件小事。他庆幸怀里揣锭银子，出门前，悄悄将其放在灶上。線补衮、郎得功也各取锭银子放下。

回衙门的路上，王之诰对線补衮、郎得功说起古来：“据我所知，刺字于背者，有这样几次。始则岳武穆请他母亲在后背刺‘精忠报国’四个字，次则元顺帝末年，杭州巡检胡仲彬举兵，其党背后都刺了八个字：赤心报国，誓杀红巾，再次则我正德朝，锦衣卫匠人刁宣，对别人说，他的后背刺有‘精忠报国’四字，再次则我嘉靖初年，南京礼侍黄绾为人所论，上疏自辩，称后背有‘敬忠报国’四字，可验忠诚。其实，刁宣、黄绾后背有无刺字，谁也没有查验过，二人四处宣扬，难免有欺世盗名之嫌。所以，刁宣被治罪，没有多少人同情，黄绾则因此而被世人讥笑。唯杨将军一生，无愧岳武穆，无愧这四个字。战死疆场无愧这四个字，家里一贫如洗也无愧这四个字。”

“都堂说的是，镇帅家里全凭都堂做主。”線补衮、郎得功道。

“二位放心，此事本官当仁不让。”王之诰说。

王之诰上疏，一是奏明杨照事迹，二是奏明杨照家境贫寒。朝廷降旨：杨照赠少保、左都督，立祠于辽东，后人荫指挥同知，杨母月给米三石。对武臣来说，这是少有的恤典。

第六百四十章

两名内使匆匆走出西苑，见附近无人，在一棵大树后停下来说话。

“张哥，真下气力去找姓龚的吗？”一名内使问。

“爷已动怒，王哥敢不下气力吗！”另一内使道。

他二人说的姓龚的，是朝天宫道士龚中佩。这一天，皇帝偶起醮坛的念头，偶记其人，命他和其他几名道士赴坛。其他几名道士都到，龚中佩却不见踪影。皇帝大怒，一定要龚中佩到场。这个姓张的宦官和姓王的宦官，被差遣出来，寻找龚中佩。

“张哥并不是一个糊涂人呀。”姓王的内使说。

“我又做什么糊涂事？”姓张的内使问。

“我知道张哥一直讨厌这个姓龚的，何不假借爷的怒气，作弄作弄他？”姓王的内使道。

“如何假借？如何作弄？”姓张的内使如在云里雾里。

“爷要找这个姓龚的，找得到找不到，找到时他在做什么，还不是咱哥儿俩一句话？爷找他为醮事，爷要老道作醮时最恨什么，咱就说他在做什么，保证张哥的满腔怨愤化为乌有。”姓王的内使说。

“爷最恨斋醮时饮酒，咱就说他饮酒？”姓张的内使道。

“张哥还没有糊涂到家。”姓王的内使说。

姓张的内使愈发精明：“咱说姓龚的在饮酒，爷一定要问，在哪里饮酒。王哥，刑部姓邵的员外郎不是得罪过你吗？咱把姓邵的也作弄作弄，就说，姓龚的在姓邵的家里饮酒。”

“好主意，起个管农事的名字，偏要作刑部的官，活该他要被作弄。”姓王的内使说。

姓邵的员外郎名畯，不知因为什么事情得罪这个姓王的宦者。畯者，古时管农事的官也，姓王的宦者能解其意，可见是在内书堂读过书的，邵畯和他相处时不慎，真是活该要倒霉。

“他在邵畯家里饮酒？”邵畯是谁，龚中佩为何与他相交，这些普通人会想到的问题，亦即姓王的内使和姓张的内使不知躲在那个角落里，一直在设法应付的问题，皇帝一概不问，但问，“他为何不来？”

幸亏姓王的内使机敏，应道：“他饮醉酒，走不动路。”

“他走不动路，你等也走不动路吗？”皇帝喝道。

“奴才们见状，就拼命地跑来回奏。”姓王的内使说。

皇帝甚是不耐烦：“朕是说，他走不动路，你二人就不能架他来？”

又亏姓王的内使机敏，应道：“龚道人体重，奴才们架起他，就真的也走不动路。”

“你二人架不动他，难道就没有架得动他的人吗？”皇帝道。

“是，奴才们去找架得动他的人。”姓王的声音轻得像蚊子。他心里想：坏了，等看到姓龚的不是被人架来的，是自己走来的，看到姓龚的清醒异常，倒是自己和张哥像是喝醉酒，如何在爷面前分辩？人真是不能太聪明，聪明人一定要被聪明误的。

幸亏皇帝后面还有话：“别在西苑找人，去锦衣卫找人；别将他架到朕面前来，径直将他架到镇抚司去。还有，那个邵畯也一起架到镇抚司去。不必问话，每人各杖六十。杖后也不必问话，将龚中佩发回嘉定老家去。那个邵畯若有官阶，罢去不用，若是平民，抄没其家。”

皇帝记得龚中佩是嘉定人，难怪斋醮时要他在场。因宠生恨，因宠招祸，往往如此。

而姓王的内使和姓张的内使诡计得逞，得意洋洋地传旨。一天里碰到这么多幸亏，有这么好的彩头，连他们自己也没有想到。

二人才走，黄锦就来。

“有事吗？”皇帝气消大半，人变得怠惰。

“是，”黄锦应道，“爷吩咐过，严嵩有疏，须立即禀奏。”

“严卿又有疏？他写些什么？”皇帝问。

“他恳乞万岁爷赦严世蕃、严鹄父子罪，准其还乡侍养。”黄锦说。

因龚中佩事，皇帝对蓝道行的憎恶又增加一分。按说，对严世蕃的憎恶应该减少一分，才符合此消彼长。但蓝道行、龚中佩之流的罪状，说到底，都是无君无父。

而严世蕃在皇帝的眼里，也是无君无父之徒，所以，他对严世蕃的憎恶不但没有减少，反而增加。

“不准，”皇帝断然拒绝，“严卿就败在世蕃手里，为何还屡屡为他乞情？告诉严卿，朕惩治世蕃父子，是为朝廷好，也是为他好。以后不可再以世蕃之事烦朕。”

黄锦领旨而去。

那一天，龚中佩莫名其妙地被杖死，邵畯莫名其妙地被罢官。

且不表有人为龚中佩叫屈，黄光升和本部左侍郎孙植说起邵畯，都为他可惜。邵畯是嘉靖三十八年进士，四年间升为员外郎，不是有坚硬的靠山，便是有特别的才干。黄光升和孙植都知道，他并没有什么靠山。

“因一场小小的恶作剧，就毁一个人的前途，明举先生，你能相信这是真的吗？”孙植问。

“你呢？”黄光升反问。

“我不能不信，也不敢全信。”孙植说。

“斯立先生先说说不能不信吧。”黄光升道。

孙植字斯立，浙江平湖人，嘉靖十四年进士。因为邵畯也是浙江人，所以，他对此事尤为关注。

“有人问过当事的公公，你道他如何回答的？”孙植伸出四指，“四个字：心照不宣。明举先生对这四个字还有别的诠释吗？”

“没有。”黄光升道。

“故不能不信。”这一问题，孙植回答完毕。

“斯立先生为何不说不能全信，要说不敢全信呢？”黄光升又问

“不错，不能全信也是因其荒唐，不过那是一般的荒唐；不敢全信，则因其荒唐至极。”孙植解释道。

“斯立先生是说，此事荒唐至极？”黄光升问。

“明举先生以为然否？”孙植反问。

黄光升摇了摇头，道：“凡事荒唐至极，就不荒唐。”见孙植有话要问，他手向下一压，“斯立先生，议至此，不能再议。”

孙植愣了愣，一想，可不是吗！何谓荒唐至极？两名宦者的恶作剧，说其荒唐，可矣；说其荒唐至极，则相去甚远。须得加进另一些内容，才能由一般的荒唐进而荒唐至极，才能在刹那间打杀一人，罢免一人。这个加进的内容，难道是臣子可以

议论的吗？

不知是谈兴尚浓，还是为遮饰，黄光升又说：“不过，比一般的荒唐更荒唐、但还没有荒唐至极的事情，也是有的。”

“明举先生所指何事？”孙植问。

“诏狱里关的那人，斯立先生记得吗？”黄光升提醒他。

“原来是那件事，果然比一般的荒唐更荒唐。”孙植道。

诏狱里的那人是闲住官员赵祖鹏。赵祖鹏，嘉靖三十二年的进士和庶吉士，以翰林院编修外放湖广按察佥事。因考察下等被免，复以横行乡里为族弟赵训举报。如果只是横行乡里，朝廷即使要治罪，也不会把赵祖鹏下诏狱。赵训的举报，实有更重大的内容。原来赵祖鹏自称获宋代遗牒，从而查知，自己是宋朝魏悼王的后裔。他不仅到处宣扬，还私下里续修魏王族谱，还私下里祭祀宋陵，还私下里把宋陵附近的村庄称作护陵庄。他的小妾死后，还私下里埋葬在宋妃陵宫之侧。试想，如今是大明朝的天下，他却事事复宋，国法岂能容他！不下法司，而下诏狱，足见皇帝已经把此事定为谋逆。

赵祖鹏也是浙江人，所以孙植感慨：“浙人作奸犯科者，何其多也！”

第六百四十一章

兵部右侍郎蔡汝楠巡视过东直门的防务，已是后半夜。他想，回家也睡不成囫囵觉，不如直接去衙门。到衙门才发现，这不是他一个人的想法，左侍郎胡松已经先到一步，在屋里烧起火盆取暖。他用力搓了搓手，然后凑到火盆边坐下。

“子木先生，”胡松呼着他的字，问道，“感受如何？”

“冷。”蔡汝楠答道。

“就一个字吗？”胡松颇为失望。

“极冷。”蔡汝楠加一个字。

“我问的不是这个。”胡松说。

“不问这事，汝茂先生在问何事？”蔡汝楠问。

“登城观火，感受如何？”胡松道。

“倒海翻江，心潮汹涌，”蔡汝楠诗人的气质立刻表现出来，同时，他也有糊涂的一面，所以才奇怪，“怎么，汝茂先生也见大火？”

“那何须问，”胡松道，“子木先生在东直门城楼上见得到火，我在崇文门城楼上怎见不到火？只不过子木先生要往东南看，我则要往东北看。而且，唯约先生在朝阳门城楼上也见得到火，皇上在西苑石山上也见得到火。甚而不必登高，也见得到火。”

“汝茂先生感受如何？”蔡汝楠不问别人，只问胡松。

“数月前，唯约兄担心，蓟督以通罕子为质，会酿成大祸，不幸而被他料中。”胡松是实际感受，不像蔡汝楠那么情绪化。

蔡汝楠却觉得他的实际里面有些不实际：“据探报，蹿入京畿的是东虏，不是三卫。声势如此，也显见是东虏，不是三卫。听汝茂先生的意思，今次祸乱由质通罕子而起，我不懂。”

“二事必有关联，”胡松道，并解释，“一则，质通罕子不能使他有所忌惮，反而激怒三卫人，使之助纣为虐，与我为敌。二则，以通罕子为质，蓟镇上下均生懈怠之心。不然，怎会让东虏雄踞平谷，长驱而入？”

十月中旬，东部鞑靼由蓟北墙子岭塞大入。胡松说的第一点儿不错，或者说，杨博当初担心的不错，是由于杨选扣留人质，三卫怨愤，由暗中勾结东虏，变成明目张胆地勾结东虏。但他说的第二点就不十分准确。杨选所以失手，主要是因为中计。东虏曾声东击西使官军吃了大亏，这次又故伎重施，向东虚晃一枪。顺天巡抚徐绅议守墙子岭，杨选却说，虏东行，逐之可矣。徐绅往东追击，东虏却攻陷墙子岭要塞。

杨选一怒之下，杀留质的通罕之子。这当然无济于事。东虏深入畿内，直抵通州，蓟镇兵只能尾随其后。京师戒严，朝廷命宣、大总督江东率宣府总兵马芳、大同总兵姜应雄等驰援。又以大臣分守各门，兵部的三位堂官分别巡视朝阳、崇文、东直三门。现在援兵还没有到，大臣们只能站立城头，隔着白河，观望通州方向的大火。

“这么说，杨以公真成始作俑者？”蔡汝楠道。

杨博回到衙门时，已经是黎明。他顾不上说话，径趋炭盆取暖。

“唯约先生，感受如何？”胡松提出同一问题。

“冷。”杨博回答。

胡松觉得好笑，复问：“就一个字吗？”

杨博不愿加字，但说：“一个字足矣。”

“可汝茂先生问的不是这个。”蔡汝楠插进去说。

“那他在问什么？”杨博问。

“登城观火，感受如何？”蔡汝楠代言。

“咦，我正要问他，还要问子木先生，他倒先问起我！”杨博道。

“怎么，必得佐卿禀白后，大司马才肯垂示？”胡松绝无恶意地讥讽一句，然后说，“也罢，我就先禀白一二。我问子木先生的感受，子木先生答八个字；子木先生问我的感受，我答一句话；接着，子木先生多一句话的感受。子木先生的八个字是：倒海翻江，心潮汹涌。我的一句话是：今次大祸，不幸被唯约兄数月前料中。子木先生多一句的感受是：杨以公真成始作俑者。”

他没有一次说完，而是分两个层次来说，不但不显得啰唆，反而让人觉得简捷，以至杨博连连点头，连连称好。

“唯约兄，该你垂示。”胡松提醒。

"我还是一个字。"杨博说。

"哪一个字？"胡松忙问。

"冷。"杨博道。

胡松和蔡汝楠均不由得一颤，而且觉得，说到感受，这个"冷"字也许是最贴切的。前一个冷，是身子的冷；这一个冷，则是心头的冷。蔡汝楠的感受里，有激情，有愤慨，胡松的感受里，有庆幸，有敬佩，但二人的感受里都少一样东西，那就是责任。杨博的一个"冷"字，恰恰让他们想起责任二字。出现这么大的祸乱，出现这么大的危机，作为兵部的正卿和佐卿，他们有不可推卸的责任。

"我感受到冷，不在登朝阳门时，而在离朝阳门时。"杨博补充说。

"大司马在回来的路上遭遇何事？"蔡汝楠问。

"一桩小事，"杨博道，"我欲下门楼时，忽听一老卒对同伴说，庚戌年间的大火，便是如此。听这话，我不知如何一步一步走下门楼的，不知如何一步一步走回衙门的。我想，我在朝阳门的滞留，不会比二位在崇文门、东直门久，回来的迟，只因为我是一步一步走回来的。"

这句话对杨博内心的冲击，胡松、蔡汝楠能够理解。在庚戌之变中受处分最严厉的，正是兵部的堂官。不过，杨博因这一句话而惊慌若此，放着轿子不坐，放着马不骑，而一步一步横穿过半个京城，却是他二人没有料到的。是不是因为正卿比佐卿的责任更重大呢？

"此时情形与彼时不同，唯约兄也不必思虑过度。"胡松劝道。

不同有两处：一是此时的兵部不像彼时的兵部，本身犯有大错；二是此时的内阁不像彼时的内阁，由但求自保、不惜害人的权臣掌握。

杨博也想到这一层，所以说："是啊，这或许是我等的福气。"

臣。”徐阶说。

“兵部诸臣不会秘而不宣吧？”皇帝又戏谑地问道。

“臣以为，兵部诸臣不敢。”徐阶道。

“那么，杨选等也该知道朕的谕旨。”皇帝不再戏谑。

“是。”徐阶应道。

“朕传谕之前，杨选等有没有追杀，朕可以不计较。爱卿看，朕传谕之后，到现在，他等有没有认真追杀？”皇帝问。

徐阶本想说“眼下未见，以观后效”之类的话，但话到嘴边，还是改说：“虏前者自平谷趋通州，今者自香河还通州，杨选等的确一路尾随，但与其说追杀，不如说追送。”

“追送？这不就是庚戌的覆辙吗！”皇帝恨恨地说。

徐阶心想：坏了，要说今次变故是第二个庚戌之变，兵部诸臣，首先是杨博，就摆脱不了干系。今次的变故，一定要有人承担责任。徐阶不愿杨博承担这个责任，不仅因为当严嵩把握权柄、群臣俯首帖耳时，他敢于抵制，因此徐阶和他在感情上比较融洽；更因为杨博的才干，皇帝都是认可的，在群臣中，恐怕没有一个更适当的大司马人选。

宗旨一立，说辞就有：“臣以为，今次变故，与庚戌之变有所不同。”

“有何不同？”皇帝问。

徐阶说：“一则，庚戌时，本兵丁汝夔受人蛊惑，传檄各将不得追杀，听任虏贼饱掠去；今日并无丁汝夔其人，枢臣与皇上一心，传檄各将追杀，不得有误战机。二则，庚戌时，镇帅仇鸾心怀叵测，借虏贼以要挟朝廷；今日并无仇鸾其人，诸将追杀不利，或因懦弱，并无异谋，臣料，宣、大援兵至，虏贼即瓦解崩析，不致久延不决。”

“宣、大兵现至何处？”皇帝问。

“据兵部报称，宣府兵将入居庸关，大同兵已至密云。”徐阶说。

“爱卿看，当如何部署？”皇帝问。

“臣以为，宣府兵宜与蓟镇兵之大部合力于京畿追杀，大同兵宜与蓟镇兵之别部合力于密云、平谷等地截杀。宣府兵初至阙下，除足其粮饷外，皇上宜另有犒赏。”徐阶说。

“可。”皇帝准奏。

“京畿被兵，流民剧增，贼退之日，宜于九门赈粥。”徐阶未雨绸缪，已在为大战之后筹划。

“可，”皇帝准奏，复言，“卿谓今日不同于庚戌，朕亦有同感。枢臣与镇将，着用心逐虏杀贼；蓟辽总督杨选、顺天巡抚徐绅，御敌剿敌两不得力，着即解来京师，下镇抚司问罪。”

同时下狱问罪的还有：密云兵备副使卢镒、分守墙子岭参将冯诏、延绥游击将军严瞻、通州参将胡灿、指挥杨温等。发生如此变故，总要有人承担责任的。徐阶想，以这几个人来承担责任，并不过分。

十天后，东部鞑靼退出畿内，京师解严。皇帝又召徐阶入宫，这次议的是功赏。

“爱卿运筹帷幄，论功居首。”皇帝说。

“运筹帷幄的是皇上，臣何功之有。”徐阶谦道。

“爱卿有功也好，无功也好，朕无以自赏，也无以赏爱卿，”皇帝笑道，“爱卿和朕一起来议对诸臣的恩赏吧。”

“是。”徐阶应道。

生者以宣、大总督江东为首，加太子太保，死难者以游击将军赵溱为首，赠都督同知，其余文官武臣，升赏有差。

议罢，皇帝说：“朕不赏爱卿，是无以赏之；朕亦知爱卿不会有怨言。有一人，朕不赏他，不是无以赏之，是朕不欲赏之；他或有怨言。”

“皇上说的是谁？”徐阶其实早猜中是谁，但还是要问一问。

“当然是大司马，京师解围，升赏多人，独不及大司马，是不是有些不合情理呀？”皇帝问。

“皇上赏罚分明，升赏不及大司马，自有不及的道理。臣想，大司马只要体会皇上的用心，绝不敢有怨言。”徐阶说。

“朕的用心是什么？”皇帝问。

“请皇上明示臣及大司马。”徐阶道。

“虏虽去，朕还要看一看，有没有后衅；爱卿虽言今日并无丁汝夔其人，若有后衅，大司马就是今日之丁汝夔。”皇帝道。他还没有忘怀庚戌之变，不肯放弃把今次祸乱和庚戌之变做个比较的念头。

徐阶又得设法为杨博开脱。他不能简单地应个“是”，否则，有可能造成无法补救的后患；他也不能简单地应个“不是”，那样的话，有可能当时就激怒皇上，当场就要确定一个丁汝夔。最好的法子，当然是迂回。徐阶说：“臣先请皇上降臣出言不苛刻，以秉公为乖僻。是国是未定也。

所谓尊主权，好像是对“以威福还祖上”的诠释；所谓定国是，又好像是对“以政务还有司”的诠释。

不能不承认，这些现象都是有的，但因此而言主权未尊，国是未定，是不是说得太过分？所谓积重难返，坏的习气不是说一句“以威福还祖上”“以政务还有司”就可以消除的，总得一点一点去改。况且，杨选议罪，一月而诛，还能说是“动至经年之久”吗？条议边饷，苦思冥想，还能说是“寂无一字之报”吗？

这样的想法，不仅马森有，黄养蒙也有，他再说不出什么公道话。

“孔养先生，老太爷怎样？”黄养蒙忽问。

“已过世数年。”马森道。

“可惜，像老太爷这样的仁者，应该长寿的。”黄养蒙说。

“怎么，舍下的事，存一先生也知道？”马森问。

“老太爷事迹传遍全闽，我怎会不知！”黄养蒙道，并由衷赞叹，“那才是为父者的楷模，才是一家之主的楷模！”

马森的父亲名俊，本人没有功名，年岁很大了也没有儿子，在家乡是个普通的人。后来生个儿子，即马森的哥哥，马家终于有继承香火的人，全家都高兴。谁知家人不慎，把婴儿跌落在地，一下子摔死。全家都为之悲伤，失事的家人恨不得以死相报。马俊当然也悲伤，但他没有责备失事的家人，反而对妻子说，是他自己的错，不要责怪其他人。他的妻子这一年又怀孕，第二年生下马森。马俊有儿子，儿子有功名，知道这件事的人都说，这是马俊积德所致。

黄养蒙在此时提及此事，似乎还有一层意思：皇上可不可以像这位老人一样，对臣下仁慈一点，自己承担一点责任，做一个为君者的楷模，做一个一国之主的楷模。有没有这个想法，他不敢说，马森也不敢琢磨。

高燿到得衙门，见马森、黄养蒙在说话，问：“二位在说什么？”

“说些闲话。”马森道。

“西苑那边又在催，二位还有心思说闲话！”高燿责备道。

“我等不是在等大司徒嘛，大司徒既到，一起去议正事吧。”马森说着，站起来。黄养蒙也站起来。

关于边饷的事，各边督、抚及相关的官员已经上过条陈，户部会集廷臣已经议过两次。现在，户部三堂官要把这些条陈和会议的记录归纳到一起上奏。

高燿先说：“有人议及，增加河南、山东助边民兵的数目，似与边储无关；但我想，这样做有个好处。定下增加的数目，不一定全调，免调者每人征银三两。如少调民兵三千，即有万金之多。孔养兄，存一先生，二位意下如何？”

“这也是一条生财之路吧。”马森说。

听他的口气，不完全赞同，但也不反对，这一条定下来。

“有人议及，恢复征收两广的预备银，将其中十万两济边，”黄养蒙说着，问道，“两广原先征收的预备银有这么多吗？”

“不止此数。”马森说。

“河南、山东民兵，免调者每人征银三两已经不少，要集十万金，不但两布政司不能调民兵助边，还要调边兵助他，”黄养蒙算个细账，说，“不如恢复征收两广预备银来得痛快。”

“这是一大宗，当然要行之。孔养兄说呢？”高燿不忘问一句马森。

“该不该恢复征收两广预备银且不说，以之济边，不等于子年支用丑年银吗？”马森说。

“那么，孔养兄是不赞成？”高燿问。

“不赞成？那我从何处去筹十万金？”马森道。

高燿、黄养蒙都笑了。黄养蒙问：“孔养先生的意思是聊胜于无吧？”

“也只得这么说。”马森道。

第三项：杭州北新关商税直接解送户部；第四项：江淮、济川二卫空役银解送户部，三人都没有什么可议的，只黄养蒙问一句：“两卫空役银能有多少？”

空役银是以钱代役的银两，腹里的卫、所，按说不应该太多。高燿却说：“足足有两万五千两。”

“两卫如此，天下可知。”黄养蒙叹道。

“有人议及，查催各省屯田银，二位以为如何？”马森不等高燿、黄养蒙答话，自己说起来，“一提起查催，我就头疼。”

“是不该查催吗？”黄养蒙问。

“不是不该查催，是该查的，往往查不出来，该催的，又往往催不到手，降旨查催，天下徒乱；而且，查出来的，催到手的，仅三之一解部，值得吗？”马森道。

“那么，这一项且缓行？”黄养蒙提出商榷。

“不成吧，”高燿说，“虽然该查的往往查不出，该催的又往往催不到手，然一旦查出催到，则数目惊人，即便三之一，说不定比前四项的总合还要多。这一项，一定不能放手！”

“子潽兄的话也有道理。”马森道。

再一项：河南所兑漕粮余米，解部一万两；再一项：江西机兵工食，解部二万两；再一项：核实长江芦州税银；再一项：查核各衙门吏员班银，有的有具体数目，有的没有具体数目，有的是大家都清楚的名目，有的细到他们这些户部堂官也说不清是什么名目。反正有人议，估计有银子可得，他们就照单列出。

“官俸原属户部会计，这里说缺官俸银解部，这不等于从左边的袖口掏出银子，塞进右边的袖口吗？”黄养梦找到一条可议的内容。

“总是进户部的袖口，比进别人的袖口好吧？”高燿一边解嘲，一边自己也发起牢骚，“例贡银难道就不属户部会计吗？看来开不出多少新的财源。”

“子潜兄说的是朝廷，还是户部？”马森问。

“这又有什么不同！”高燿不以为然地说。

“小有不同，”马森道，“如契税、商税、引税，有的属户部，有的属工部，现在一股脑由户部催征，对户部而言，不是开源吗？”

“孔养先生提到催字就头疼的，怎又如数家珍了？”黄养蒙取笑他。

“大家彼此彼此。”马森道。

说笑间，整理出十二事，可以交差。

十、家无遗贤

第六百四十四章

监察御史颜鲸出按河南的任用发布，他想，行前无论如何也要见一见徐阶，可一天里约几次，徐阶都没有空闲。好不容易等到徐阶着人来请，到西苑值庐，却又被挡在门外。

“相公有客，颜先生请稍候。”门役客客气气地说。

颜鲸还没有遇到过这种事情，徐阶即便有别的客人，也会让自己请来的客人在里面等的。所以，他加重语气说：“是相公命我来的。”

“小人知道，”门役做一个无可奈何的手势，“今日的客人用不着相公去请，也用不着事先与相公约，只得委屈颜先生。”

“他也可以让其他客人在外面等吗？”颜鲸不高兴地问。

“正是如此。”门役说。

颜鲸原来是随意发泄，听到肯定的答复，有些发愣。但随即自己也好笑：随便来一个内使，只要是来转达皇上的一句话，或奉旨来请教徐阶一个问题，其他人肯定要回避，自己在这里认什么真！

“你何不明白告诉我，有公公来。”他装着无意地对门役说。

“颜先生知道就好。”门役也不想瞒他。

“是王公公，还是桂公公？”这两年常在皇帝身边的，不是王瑜，就是桂琦，所以，颜鲸又随意问道。

“是黄公公。”门役说。

颜鲸不再问。除非重大的题目，是不必司礼掌印太监亲自来值庐的。再说，即使不是奉旨，以与首辅匹敌的地位，他也可随时来访。

黄锦是奉旨而来。他先和徐阶说几句年节该说的话，然后说：“蓟东两次告捷，万岁很高兴，命我来对子升先生说，两次申饬兵部，虽严厉些，但很见效。”

两次申饬，一次在初三日，皇帝说：昨二次风异，卿部慎之，徒往来公文，何益于事！一次在次日，兵部请先严宣府、蓟镇边防，再及其他各边，皇帝批曰：屡命之矣，毋虚文取罪。

两次告捷，一次在十三日，已升蓟镇总兵官的胡镇，率参将白文智、游击将军董一元等，在一片石拒敌，斩首一百七十余级；一次在十八日，在苇子谷破敌，斩首三百七十余级。

告捷与申饬，可能没有直接的联系；但兵部提出加强宣府、蓟镇的防务，皇帝照准，应该说，是很及时的。

徐阶知道，黄锦这几句话不是要点，但也不能不应付：“请公公转奏，蓟东告捷，臣也很高兴，臣恭贺皇上圣断，开取胜之阶。”

“好，”黄锦应一声，转到要点上，“万岁高兴，欲发内帑万金赏军。已要传谕，忽而念及：这事行得行不得，该问一问子升先生。于是，差我来值庐。子升先生，请赐教。”

他以一揖表示，后一句是他自己的话。

“不敢，”徐阶还一揖，略加思索，道，“以皇上的圣明，不必臣说，也知道此事行不得。”

“怎讲？”黄锦问。

“春防若赏，秋防赏不赏？今岁若赏，来岁赏不赏？蓟镇若赏，他镇赏不赏？蓟镇赏万金，九边赏多少？”徐阶一连提出几问，续道，“虽说天子滴水之恩，亦如江海，但臣说一句不该说的话：万金不足恩。而一旦春防赏，秋防不赏；今岁赏，来岁不赏；蓟镇赏，他镇不赏；今以万金赏蓟镇，后以万金赏九边，在在生怨。”这些话是回复皇帝的，还有一句话是对黄锦说的。“我说得快，司礼公若记不下来，我把它写出来，请司礼公代呈。”

“那倒不必，我记得下来，”黄锦道，“不过，不赏的话，不是扫万岁的兴吗？不赏的话，天下怎知万岁心系边关，心系将士！”

“所以，还请代奏一句话：与其赏金，不如足饷，”徐阶道，见黄锦犹豫，他解释说，“皇上曾与我议过边饷，户部亦拟边饷条例。故足边饷，皇上一样会高兴的；天下更知皇上心系边关，心系将士。”

颜鲸目送徐阶送走黄锦，然后随徐阶进值庐。

“应雷，哪一天离京？”徐阶问。

颜鲸字应雷，浙江慈溪人，嘉靖三十五年进士。

“今日见过相公，明日动身。”颜鲸禀道。

“好，”徐阶点头称许，“中原安，天下安；中原乱，天下乱。现在河南闹得有些不像样子，须得应雷速去整顿。”又不放心地加上一句，“应雷知道我指的是什么事吧？”

“可是伊府的事？”颜鲸反问。

“是。”徐阶应道。

“伊府的事如何办，请子升先生示教。”颜鲸说。

“河南事君办之，内廷事我办之，”徐阶说了十二个字，并解释，“伊府的事，早该处置。以前他在朝廷有一座大靠山，有数座小靠山，所以搬他不动。今日他的大靠山倒塌，内廷的小靠山也不敢明目张胆地为他作势；我再约他等恳谈，晓以利害，朝廷这里，应雷尽可放心。至于河南的事，就要靠应雷一点一滴去做。”

“子升先生也尽可放心，河南的事，晚生一定尽心尽力办好，”颜鲸说，又问，“除伊府事，子升先生还有什么叮嘱？”

“除伊府事，还是伊府事。”徐阶说。

颜鲸苦笑：“子升先生语含玄机，晚生听不懂。”

“其实不难懂，”徐阶说，“朝廷没有及早处置伊府，不少藩府会效仿伊府。我听说，湖广那边，已有人把手伸到河南，圈地为庄田。”

“是景府吗？”颜鲸插问。

“应雷知道即可。这等事要早查早断，切莫再纵容出一个伊府来。”徐阶语意深长地说。

第六百四十五章

西安城里，陕西巡抚衙门前，人声鼎沸。衙门里，巡抚都御史陈其学几次想站起来，但又强迫自己坐在那里不动。站起来作甚？在堂上走一走，看一看？走是可以的，但什么也看不到。去院内走一走，看一看？走是可以的，看则只看得到衙役、军卒一张张惊慌失措的脸。去外面走一走，看一看？看是什么都看到，却未必还迈得动步子。

要紧的是镇定，安坐不动就是镇定。该派出去的人都派出去，他只需要坐在这里等他们带回的消息。

去衙门外观望动静的班头首先回来。他是陈其学最得力的属下之一。

“外面有多少人，你看清没有？”陈其学问。

“小的不但看清，还点算一遍。”班头说着，竖了竖大拇指。

“什么意思？”陈其学没看懂。

班头扳起小指说：“这是一人。”扳起无名指说，“这是十人。”扳起中指说，“这是百人。”扳起食指说，“这是千人。”扳起大拇指说，“这是万人。”然后问，“大人懂没懂吧？”

“竟有万人之多！”陈其学难以置信。

“也不都是闹事的，”班头说，“人群分三圈，中心是韩府的大爷们，小的一一数过，共一百四十人。他等鼓噪的鼓噪，击鼓的击鼓，宣讲的宣讲，好像不把巡抚衙门掀翻不肯罢休。外面一圈约有千人。韩府的人鼓噪，他等也鼓噪；韩府的人击鼓，他等叫好；韩府的人宣讲，他等喝彩。这一圈应该都是些唯恐天下不乱的无赖之徒。在外面一圈不下万人，只是观望，并不参与。”

他讲完，陈其学也松一口气：“我说嘛，韩府阖府出动，也到不了万人。”问，“衙门的护卫有多少人？”

“四五十人，在衙门外严阵以待。”班头说。

“笑话！把他等都撤回来。”陈其学命道。

“老爷，万万不可，韩府的大爷们狂躁已极，不可不防。”班头说。

“韩府想把衙门掀翻的大爷有一百四十人，唯恐天下不乱的无赖有千人，靠你那四五十人，防得了吗？”陈其学道。

“是，小的这就去。”班头犹疑着去传令。

姓高的幕僚回到衙门，已经是午时。他在陈其学面前自言自语：“行公，真有些怪。”

陈其学号竹庵，又号行庵，山东蓬莱人，嘉靖二十三年进士。

“是方伯那里怪，还是皋台那里怪？”陈其学问。他担心，在这危急的时刻，布、按二司不肯听从他的号令。

方伯是布政使的俗称，臬台是按察使的俗称。陈其学担心，在这危急的时刻，布、按二司不肯听从他的号令。

“方伯那里也不怪，臬台那里也不怪，是咱这里怪，”幕僚说，“我离开衙门时，宗人与护卫之间，剑拔弩张，一触即发；回来一看，护卫不见，宗人也不越雷池一步，不知何故。”

“原来为这事而怪，”陈其学道，“说穿了，就不怪。兵法云：虚则实之，实则虚之。就那么几十个人，都在明处，人家还会放在眼里吗？不如撤回来，大门洞开，看他怎的！”

“还是行公高明。”幕僚奉承一句。

陈其学一笑，道：“高兄方才说，方伯那里也不怪，臬台那里也不怪，那么，他两处都肯解囊？不知高兄这次化到多少缘？”

姓高的幕僚讲述：“学生先去布政司。方伯说，分内的事，不敢推脱，当即答应拿出两万。学生又去按察司。臬台说，按察司不比布政司，他拿两万，我拿一万五吧。学生最后去的西安府。果如行公所料，郡侯扭扭捏捏不肯松口，理由无非是，此乃布政司的事，不该向府里要钱；即便向府里要，也该先向平凉府要，不该径向西安府要。我对他说，韩府封在平凉不假，但现在是在西安府闹事，还能说与阁下无关吗？我又答应他，西安拿出的银子，由都堂作保，事后由平凉府还给一半，他才勉强答应拿出一万二。”

“一个两万，一个一万五，一个一万二。”陈其学思忖着。

姓高的幕僚看出他的心思，道：“共计四万七千，行公是不是嫌少？”

“高兄说呢？”陈其学反问。

韩府每年禄米该四十余万石，折银十一万余两，现共拖欠禄米六十万石，等于一年半没有支米。大宗、富宗尚可支应，小宗、贫宗只有忍饥挨饿，焉有不闹事的道理！这次从平凉越关到西安鼓噪的，就多是将军、中尉；领头的，就是一个奉国中尉。

拖欠禄米六十万石，陈其学从各衙门借来的本金只有四万七千两，合米不足二十万石，难怪他嫌少。

“这就很不错，”姓高的幕僚却说。“多少年的积逋，一次怎补得上？多少任的拖欠，也不该行公一任了断。”

陈其学点点头，说：“高兄出去宣告，本官请他等在西安吃一顿饱饭，然后回去，安心等待，拖欠的禄米，本官不日发放。如若仍滞留西安鼓噪，本官定当奏明朝廷，严惩不贷。”

当然，即使韩府宗人立即散去，他还是要奏明朝廷的。

第六百四十六章

颜鲸牢记徐阶的叮嘱，伊府的事一点一滴去办。伊府夺人妻女四百余员，夺人庐舍三千余间，夺人钱财数以万计，这些都很快得到落实。而秘捕伊府承奉王鉴，使许多传闻中的事件具体化。

王鉴开始还嘴硬，不但不肯跪，还在大堂上质问颜鲸：“捕我入狱，万岁知道吗？”

“巡按御史捕一承奉，恐怕用不着惊动圣驾。”颜鲸冷冷地说。

“那么，千岁知道吗？”王鉴又问。

“你想他知道吗？”颜鲸反问。

“当然。千岁知道，一定救我出去。”王鉴说。

“那就不能让他知道。”颜鲸说。

王鉴从鼻腔里哼出一声，道：“这恐怕由不得你。”

“怎讲？”颜鲸问。

王鉴在堂上划一圈，把颜鲸以外所有的人都包括进去：“你不通报千岁，他等难道也不通报吗？”

“你说他等？”颜鲸也划了一圈，“你等有谁愿为他通报吗？”

“小的们只服从大人，不知有王府。”堂上的衙役齐声说。

“无一洛阳衙门里的人？”王鉴感觉不妙。

“对，”颜鲸则显出得意，问道，“听得出他等从哪里来吗？”

“好似开封。”王鉴说。

“又对，”颜鲸道，“我知道你们千岁在开封有不少眼线，你在开封有不少熟人，你不妨看看，这里有没有一个是你认识的。”

“我要走近些看。”王鉴提出的要求甚是无理。

“可以。”颜鲸却说。

王鉴围着衙役们走一圈，几乎是鼻尖对着鼻尖地看看每一个人，然后回到颜鲸面前，说：“无一熟识。”

“其实，这对你来说是好事，要是你们千岁知道你在狱里，究竟救你出去，还是杀你灭口，谁说得准！”颜鲸道。

王鉴被他这些听似说笑，实则句句击中要害的话彻底打垮。他说：“好吧，大人问什么，我答什么。”

“就这么答吗？”颜鲸问。

王鉴用不着别人提醒，自己跪倒。

“你还知有国家法度，我不难为你，今天只问你三件事。”颜鲸说。

“不，我只说两件事。”王鉴虽跪倒，仍然有些倔强。

“好，两件就两件，”颜鲸笑道，“你先说说，前年在张太守家门前的那场戏是怎么演起来的。”

“当然是千岁指使，我找来的伶人。”王鉴回答得很干脆。

“为什么想到演戏？”颜鲸问。

王鉴述道：“千岁说：姓张的自视清高，自视公廉，我的书函，他都视为私书，不肯拆阅。那好，我要让他知道，还有比私书更不堪入目的文字，那就是戏文。你等找几个伶人，准备一出最淫秽的杂戏，就在他家门前演出。一次不行，演两次；一天不行，演两天，待全城之人都去过张家，都看过淫戏，都在议论，方才罢休。”

“这一招的确恶毒，张太守如何应付？”颜鲸问。

“要说这个老儿，也真是难缠，外面演淫戏，他竟不理不睬，照常出入。但有一条，家门紧闭，宁可马桶倒不出去，菜买不进来，除他之外，不许一人外出。戏演两天，千岁自觉无趣，骂几句可恶，草草收兵。”王鉴讲得还真是仔细。

“却没有就此罢休，对吧？张太守改官，送他出城的，也是千岁差遣的人吧？”颜鲸提示。

“可不止送他出城，我等把他一直送出洛阳县地界。”王鉴说。

“然后做的何事？”颜鲸问。

“你拔他一把头发，我拔他一根胡须，一齐塞进他嘴里。”王鉴说。事过两年，他还是无法掩饰心里的快意。

“他一个读书人，又做到朝廷的四品官，就算看不惯他的清高，看不惯他的公廉，就算以为他的清高，他的公廉是装扮出来的，也不必如此作践他呀。”颜鲸感叹。

该知府单名一个柱字，山东寿光人，嘉靖二十六年进士。他秉性如此，绝不是故意在伊王面前装扮清高，装扮公廉。受这么大的委屈却无处申诉，他伤透心，再也不愿出来做官。

又是问话，又是感叹，王鉴不耐烦了。他说："张老儿从洛阳拣回一条命去，算他走运，大人总说他作甚！"

"你不提醒，我险些忘记另一件事，"颜鲸道，"致仕郎中陈大壮是怎么死在家里的，你也该说一说吧。"

陈大状是洛阳人，嘉靖八年进士，虽然他的宦途到郎中就结束，但论资格，他完全可以作士绅领袖。

王鉴却问："郎中当升何官？"

"一般而言，当升太守。"颜鲸告诉他。

"他该去求知府，回乡作甚！即便回乡，也不该在城里修那么大的一所宅子。"王鉴想说什么就说什么，丝毫不讲道理。

"据说，那块宅基是他祖上留下的，在祖上留下的基业上修建宅子，不能说有什么不对吧？"颜鲸道。

"那就是他祖上的不对。"王鉴蛮横地说。

"这我就不懂，怎把他祖上也牵扯进来？"颜鲸说。

"他祖上不知千岁拓展王府宫殿，需要那块地基，糊里糊涂地把它留给后人，可不是他的不对！"王鉴说。

"原来是这么个道理，"颜鲸听懂，"可你知不知道，千岁拓展王府宫殿，只这几个字，就有一场官司要打。王府就是王府，没有什么王府宫殿，这是其一。拓展王府，须得朝廷恩准，我这几年都在朝廷上做官，从没听说过恩准哪家王府拓展，这是其二。眼下且抛开这些官司不说，就算你家千岁经皇上恩准，称王府宫殿，经皇上恩准，拓展王府宫殿，他不可以和陈司官商量一下吗？"

"怎么没有商量！"王鉴反有理由，"我就找过陈老儿三次，可他一口咬定，祖上传下的基业，不可转让。"说着，认真地请教，"都堂，祖上传下的基业，真的不可转让吗？"

"那要看怎么说，"颜鲸道，"有些时候，譬如，救人需要一大笔钱，手头又没有，只得狠狠心，让出祖上传下的基业。这样做，不会有人责备的。有些时候，譬如，你家千岁要拓展王府，他说祖上传下的基业不可转让，也没有什么错。"

"你们这些读过书又做官的呆子，真不懂事理，是千岁要拓展王府宫殿呀！"王鉴绝不放弃可能会引起官司的这几个字，还有意在这几个字上加重语气，"千岁拓展王府宫殿，难道不比个把人的性命要紧！”

“所以，你家千岁要夺去陈大壮的性命！”颜鲸也加重语气。

“错！我家千岁和我都不想夺去他的性命，他是自己走上绝路。”王鉴说。

“这就奇怪！”颜鲸抚着长髯说。

说起陈大壮的死，还真有奇处。奇之一：十数名大汉闯进陈家，紧紧贴住陈大壮。陈大壮坐，他等亦坐；陈大壮立，他等亦立；陈大壮行，他等亦行；陈大壮卧，他等亦卧；甚至陈大壮如厕，他等也围在他四周。

最要命的是，家里其他人可以如常进食，只要陈大壮一拿起食物，立刻被大汉抢去吃掉。几天饿下来，陈大壮骨瘦如柴。奇之二：陈大壮饿得昏头昏脑，出门上街，十数名大汉跟在他后面。街上有馒首卖，他没有停下来买，他知道，买了，也会被大汉们夺去。店里有羊肉面卖，他没有走进去买，他知道，买了，他连面碗都碰不到。就这样，走街串巷，到府狱前，狱门恰好开着，他竟一头撞进去。大汉们惊呆，当然，谁也没敢往狱里闯。不知他说些什么，狱吏竟让他在里面住四五天，出来时，身上长肉，脸上泛着红光。奇之三：出狱的第二天，十数名大汉又来“侍候”陈大壮，立坐卧行，无不依旧。只有一点改变，上次陈大壮出门，他们跟在后面；这次陈大壮出门，不但后面有人，前面也有人，他想撞进府狱或县狱就食，绝无可能。很快，他再没有气力出门，竟活活饿死在家里。他一死，祖传的基业落入伊府，而官府也无法追查。陈大壮固然死于非命，可凶手是谁呢？

颜鲸同情这位乡绅的遭遇，忍不住质问：“他自己走上绝路？难道那些如鬼蜮般跟随他的汉子是他自己请进家门的？难道是他自觉有罪，甘心做个狱囚？难道他前生作孽，今生该成饿死鬼？”

“或许。”好似存心气他，王鉴吐出两个字。

颜鲸厌倦地挥了挥手，随从把王鉴带下。这会儿就是王鉴愿意再说几件事，他也没有心情听下去。

颜鲸上疏，列举伊王典楧十大罪状，包括抗旨、矫敕、僭拟、淫虐等，其中，残害地方官员及乡绅一事，写得尤其具体生动。皇帝震怒，将典楧废为庶人，禁锢凤阳高墙。对罪恶多端但没有公然反逆的藩王来说，这是最重的惩罚。另外，对在西安闹事的韩府宗人也做处分，首犯融燸废为庶人，余者夺禄不等。

第六百四十七章

礼部三堂官聚于一堂议事。尚书李春芳说："这一本两京乡试革弊事宜的奏章，皇上甚重之，命礼部拟出个条例出来。二位看——"见秦鸣雷精神不集中，不时瞥一眼高拱，他问，"子豫先生在看什么？"

这么一问，秦鸣雷干脆盯住高拱看，直看得高拱心里发毛。他理理须发，整整衣襟，看看秦鸣雷，看看李春芳，不知自己哪里出错。

"肃卿先生怎么了？"李春芳代高拱问道。

高拱字肃卿，河南新郑人，嘉靖二十年进士。

秦鸣雷说："朝廷终于处置恶王，河南全境，乃至天下，无不欢欣鼓舞。怎么有的河南人并无愉悦之色，是否别有隐情？"

所谓别有隐情，是说高拱和恶王有什么牵连，这当然是开个玩笑。高拱也知是玩笑，所以只回句："岂有此理，无稽之谈。"

"肃卿先生与其空言无稽，不如笑一笑。"秦鸣雷说。

"肃卿先生直傲，难得一笑，子豫先生就不要难为他，"李春芳说着，招呼道，"来，来，议事，议事。"

奏疏是南京御史史官上的，议三件事：第一事，今后两京主考，不用本省人，如资序挨及，南人用北，北人用南，以别嫌疑。第二事，同考用京官进士出身者，《易》《诗》《书》各二员，《春秋》《礼记》各一员，其余参用教官，以便览察。第三事，誊录用书手，对读用生员，以防洗改。

"南人用北，北人用南，其旨大矣；誊录书手，对读生员，其事琐矣，"秦鸣雷评论道，又对高拱说，"肃卿先生，贵同乡把一只整牛羊和一只鸡雏煮在一锅里了。"

高拱说："第一，此官非彼官，上疏的史官非我乡人；第二，既曰革弊，则事无巨细，当一并论之。子豫先生说他把一只整羊和一只鸡雏煮在一锅里，我看没有什么不好。主考会作弊，阅卷会作弊，誊录、对读就不会作弊？所惜者，锅里只煮一只羊，一只鸡。"

史非大姓，名字单用一个官字的也少见，谁知眼下的官宦里竟有两个史官，一是河南洛阳人，嘉靖三十二年进士，一是山西翼城人，嘉靖三十五年进士。任南京御史的是山西史官，字秉衡。

“上疏的是史秉衡？我倒弄错。”秦鸣雷讪讪言道。

李春芳则悟出高拱话里的含义：“肃卿先生是说，还要多列几事？”

“不仅多列几事而已，史秉衡专论两京乡试，依我看，礼部应将各省乡试及会试中的弊端一并论之。”高拱说。

“这我赞成，”秦鸣雷不等李春芳开口，抢先表态，“史秉衡煮一小锅肉给两京士子吃，我等当煮一大锅肉给天下士子吃。”

“子豫先生，可不可以不吃肉？”李春芳道。

“可以，”秦鸣雷换了个说法，“史秉衡混制一小壶酒给两京士子饮，我等当混制一大壶酒给天下士子饮。”

“子豫先生之锅，子豫先生之壶，何其大也！”李春芳讥道。

“错，”秦鸣雷更正，“锅与壶，天子出；肉与酒，锅中有。我等不过厨工而已。子实先生大厨，掌勺，肃卿先生二厨，添料，在下忝叨末位，烧火。”

李春芳被他几句话逗笑：“我看，大厨、二厨、三厨的活计，子豫先生一人即可胜任。”转问高拱，“肃卿先生想先添一味什么调料？”

“不如子豫先生先添一把柴。”高拱板着面孔说。

“也好，”李春芳收敛笑容，“子豫先生，请。”

议起正事，秦鸣雷不再说笑：“与试各官一发布，诸生如蝇附腐，营营而至。我在想，不如晚些发布，让钻营者来不及钻营？”

“恐怕不行，”李春芳说，“考试官出题，日子总要充裕些。”

“监试官却不妨晚些发布，”高拱说，“其实，只要监试官得力，夹代、枪手等弊端，还是不难防范的。”

“那么，监试官何日发布为宜？”李春芳问。

“十日前发布如何？”秦鸣雷提议。

“不好，太紧，会试或两京乡试的监试官如有外差，就来不及，”高拱说，他想了想，把时间增多一倍，“不如二十日。”

“好，会试及两京乡试，监试官于二十日前选差，以便防范。”李春芳总括二人的意思，拟出行文。

“子实先生言及出题，我倒想起一事，”秦鸣雷说，“嘉靖二十二年，山东乡试出事，逮治多人，虽说是权贵借题发挥，但策题出的不好，使得举子难以下笔，也无可否认。”

“子豫先生还记得那年的策题吗？”李春芳问。

“记得，是《防边御虏策》。”秦鸣雷道。

“二十年前的一个普通年份，难得子豫先生记得清楚。”李春芳说。

话本无意，却触动秦鸣雷。嘉靖二十二年，不但山东的乡试出事，顺天的乡试也出事：阁臣翟銮的两个儿子翟汝孝、翟汝俭，双双中第，招致科、道猛烈的抨击，秦鸣雷的兄长秦鸣夏以左中允主顺天乡试，和另一考官浦应麒一起被劾免。

所以，秦鸣雷说：“对子实先生而言，那是个普通年份，对我而言，那不是普通年份。”

李春芳也记起这件事，不知如何安慰他才好。

高拱却不留情面地说：“阁老二公子同登高第，的确蹊跷。”

秦鸣雷无言以对。他想起“自取其辱”这句话来：真是的，今日事不议，提起那些陈年旧账做什么！

李春芳巧妙地引开：“还说山东乡试吧，子豫先生有具体想法吗？”

秦鸣雷本来想了许多，现在只草草地说：“出题宜慎。主考官未必易、诗、书、春秋、礼俱精，各场试题都由他出，未免为难；可身为主考，在出题上又不可不用心思。”

“当以主试者公同各同考官揭书出题。”高拱说。

“对，就是这个意思。”秦鸣雷道。

“肃卿先生议及监试官须得力，此事须立为一项；不过，监试官要做许多事，是一一列上，还是泛泛一笔，请二位斟酌。”李春芳说。

“一一列上，恐怕很难做到一一，不如泛泛。”秦鸣雷说。

“那就写十二个字：巡视搜检，务加严慎，以杜奸弊。”高拱说。

秦鸣雷拿起笔，道：“好，我就这样写上。”

李春芳一边看他写字，一边说：“考试官、监试官各司其职，内廉官、外廉官的职掌也要分明。”

“说的是。内廉官阅卷，须得有才望。不如这样写：各省务精选才望内廉官，无令外廉干预，”秦鸣雷拟好句子，问，“如何？”

“就是这样。下面该定中式标准吧。”李春芳道。

就在他和高拱还在斟酌时，秦鸣雷又写两句话：应举生儒二十五名中一名。中式之文，务崇简易；凡浮繁冗襍，诡僻不经，悉行黜汰。仍参取后场，以采实学。

“以采实学，乃要领所在，”高拱称赞一句，又拿笔把文中的襍字划掉，在旁边写个杂字，“既然反对诡僻不经，最好僻字也不用。”

“家乡塾试有写僻字的习惯，传给我，正好借此机会，肃卿先生帮我改一改。”秦鸣雷解嘲道。

高拱正好笔在手上，顺势写上一条，道：“六数为顺，再加一事吧。”他写的是：解原卷到部，以凭稽查，不用录本。

皇帝并不觉得，礼部大锅煮的肉大壶筛的酒，和史官的小锅肉小壶酒有什么不同，随笔批道：各乡试但照旧规。写罢一想，这句话有些含混不清。乡试的章程经过多次更改，所谓旧规，是最初的章程，还是上一次乡试的章程？他把礼部所议六事再阅一遍，发现第二事的内容不完整，于是，在第一句御批下又加上一句：令监临公同考官揭书出题，提调、监试等官不得干预，余皆如议行。

第六百四十八章

三月二十日，徐琨闯进值庐，顾不上揩去额上的汗珠，就词不达意地对徐阶说：“父亲，出事了！”

徐阶深知，这个挂尚宝寺丞衔的儿子不如徐璠稳重经事，所以并不慌张，但问：“手帕带在身上吗？”

徐琨浑身上下摸索一番，懊恼地说：“来得匆忙，没有带。”

“你爱出汗，我要你身上带一块手帕，怎么总不记得？”徐阶责备道，又问，“家里的事，和璠儿说了吗？”

徐琨更加懊恼，说：“尚未见到兄长。”

徐阶把自己的手帕给他，命道：“先擦擦汗，再去寻他。”

“是。”徐琨接过手帕，一边应道，一边往后退。

等他要转身时，徐阶才改主意：“家里出什么事，说吧。”

徐琨赶紧向前两步，说：“上月的那个人又来。”

“哪个人？”对儿子没头没脑的话，徐阶也只糊涂一瞬间，“可是上月找过徐才的那人？”

徐才是徐府的家仆，徐琨道：“就是他。”

“他叫刘三吧？”徐阶问。

“是。”徐琨应道。

“和徐才在一个村子里长大？”徐阶问。

“是。”徐琨应道。

“他找徐才，是要告发某事？”徐阶问。

“是。”徐琨应道。

几件事都落实，徐阶才说：“这件事我对唯约先生说过，但刘三空口一言，怎作得数？他今日来，若仍无实迹，唯约先生还是不能发兵。”

“这次有实迹。”徐琨说。

“什么实迹？”徐阶问。

“两卷白莲教的文书，一包白莲教的药物。”徐琨说着，把藏在怀里的两样物事取出，交给徐阶。

所谓文书，是白莲教信徒的履历，称作告身，经其魁首认可，成为他在白社合法身份的证明。它看上去有些像宫里斋醮时使用的符箓，只不过后者使用于帝王，就成仙物，前者使用于逆党，就成妖物。

徐阶把两卷告身放在一边，拿起那包药嗅了嗅，问：“此物何用？”

“据刘三说，这是省粮药，服过后，三五日不知饥饿。”徐琨说。

“果有此妙用，我也要为他烧一炷香。”徐阶说着，把药包也放在一边。他看着这两样物事，好似看着两个魔怪。良久，道：“此等荒诞不经之事，我是不信的。琨儿，你信不信？”

“父亲不信，孩儿也不信。”徐琨说。

徐阶点了点头，问：“刘三现在何处？”

“就在值庐外，”徐琨回答了徐阶提出的问题，又回答他没有提出的问题，“还有徐才，也在。”

“带他等来这里作甚！”徐阶命道，“琨儿，你速带徐才、刘三去唯约先生那里，请他审一审二人；审实，就让二人领路，剿捕匪众。当然，你要对唯约先生说清楚，刘三是来出首的，徐才是我让他虚与委蛇的。这两样实迹，你也带给唯约先生看一看。”

他指了指两样物件，要徐琨拿走，好像不愿再见到，更不想再碰。

北城安定门关外，距五军营和神机营的大教场不远，有一个大杂院。院里住着十几户，有的是夫妻二人，有的是夫妻带着一两个孩子，和其他的大杂院里没什么两样。不同的是，大杂院的门户经常关闭，这十几户人家都供奉着同一社仙，户主都以兄弟相称，并且都有同样的告身。

二十日傍晚，北城兵马司的巡城御史、后军都督府的一名参将，率一队官军从大教场出发，忽然包围大杂院。官军里有两个装束与士卒截然不同的人，一个是徐才，一个是刘三。

因是相府家人，巡城御史对徐才，连带着对刘三，都很客气。官军部署完毕，他对徐才一抱拳：“老徐，请吧。”

徐才又对刘三一抱拳：“三哥，请吧。”

刘三走上前，重重地擂击门板。有人把门拉开一道缝，看是刘三，嘴里说着“老三，怎么才来”，把门打开。这下，看到列好阵势的官军，他嘴里骂着“好个龟头老三，敢引来官军”，便要关门。

一张脸露出来，看得出是个中年汉子，他用力晃几晃，却没有晃动打开的半扇门，这才看见它被一个壮汉倚住。

“关它作甚！”壮汉道。

“大哥，是官军。”中年汉子说。

“来的都是客，管他官军，还是盗匪，”壮汉指着关闭的半扇门，命道，“把它也打开！”

中年汉子不敢违拗，极不情愿地把那扇门打开。

壮汉再找刘三，他已退回到徐才身边。壮汉朝他走去，在几步外停住，质问：“老三，你这是什么意思？”

“我说过，反对朝廷的事，我不能做。”刘三道。

“我也说过，你愿来便来，不愿来便不来。”壮汉道。

“可见到反对朝廷的事，我不能坐视，所以还是来了。”刘三道。

“你来作甚？”壮汉问。

“看在叫你一声大哥的情分上，劝你去官府自首。”刘三说。

壮汉昂头大笑，笑声招来整个大杂院的汉子，惊飞方圆数十丈以内大树上的鸟儿，使得官军，包括巡城御史和后府参将，无不悚然动容。唯一还沉得住气的，大概只有刘三，他站在那里，一动不动。徐才离他太近，感受到他的沉着，所以也站得沉稳。

“大哥，怎的？”全院的汉子都称壮汉大哥。

“这个刘三，劝我向官府自首。”壮汉说。

全院的汉子放声大笑。笑声中，一汉子说：“他看错人，大哥岂是卑躬屈膝的人！”

“他看错人，我没有看错。我早知他是卑鄙小人！”另一汉子说。

“如何处置这个卑鄙小人，请大哥示下。”又一汉子说。

壮汉双手往下一压，声音立刻停止。他问刘三：“我若不去呢？”

刘三向官军一指，道：“不容你不去。”

“当真？”壮汉向官军的队列走过去两步，问：“各位认得我吧？”

队列里有人点头，有人低声说：“怎不认得？”

“说句心里话，这多年来，我给各位惹过麻烦吗？”壮汉问。

官军中无人出声。

他又问：“我不去官府，各位真要扭我去吗？”

还是没有人出声。

壮汉冷笑一声：“说句难听的话，就你等百十人，未必扭得我去。”他向身后的汉子们命道，“咱也排个队给他等看看。”

汉子们迅速排列整齐。

“刀带了吗？”壮汉问。

“大哥，带了！”左边一半人撩起衣襟，亮出腰间的利刃。

“枪带了吗？”壮汉又问。

“大哥，带了！”右边一半人从腰后拔出短枪。

壮汉向官军叫阵：“我这班兄弟习练的是飞刀、飞枪之术，虽然不精，但足以在各位面前演练。各位要不要见识？”

官军队列里没有人出声。他们中不少人听说过飞刀、飞枪，但怎么个飞刀、飞枪，是让手中的刀、枪漫天飞舞，还是无中生有的从天上变出刀、枪，却没人知道。现在要见到飞刀、飞枪，他们又兴奋，又害怕。

壮汉继续叫阵：“我这班兄弟只习练到百步之内的飞刀、飞枪，各位相距百五十步，刀、枪飞不到各位身上，纵然碰上，也只是轻伤。各位可不可以再上前五十步？”

原来是用飞刀、飞枪取他等性命，谁敢上前！

“要不，让我这班兄弟上前五十步？”壮汉道。

他一挥手，众汉子结成的队伍缓慢而有力地向前移动。官军，包括巡城御史和后府参将，则向后移动，不那么有力，但更加缓慢，大概众汉子向前两步，官军后退一步。

“才哥，怎办？”刘三悄声问道。

“不能退，退则死。”这是徐才的第一个想法，第二个想法是，“来，三哥，随我向前。”

他拉着刘三，迎向众汉子。这一招产生奇异的效果。于是，众汉子的脚步变得犹疑；于是，官军不再后退，而且开始向前移动。

相距不到百步，众汉子停下来，徐才、刘三也停下来。

“老三，你想死？”壮汉阴沉地问。

“不想。”刘三说。

“那还不退下！”壮汉道。

“可我想你死。”刘三针锋相对地说。

“那好，我们便在拳脚上见个高低。”壮汉说。

他好像忘记有飞刀、飞枪那么一回事，徒手向徐才、刘三冲过去。众汉子也好像忘记有飞刀、飞枪那么一回事，手持刀、枪向徐才、刘三冲过去。有人在相距六七十步时，欲夺头功，把利刃掷向二人。

原来这就是飞刀、飞枪！官军冲杀过来。徐才、刘三退到一边，看双方厮杀。众寡悬殊，官军很快制服大杂院的汉子们。

“老徐，有你的！”巡城御史称赞道。

“全凭老爷一句话。”徐才说。

“哪一句话？”巡城御史问。

“置之死地而后生。”徐才说。

“相公说得好，你也做得好。”巡城御史道。他指挥官军，押解众犯，回衙门鞫讯。

第六百四十九章

通州张家湾是漕河的终点，天下货品辐辏，四方人物云集，俨然一大市镇。近日，该处又有一新景观，那就是才落成的张家湾城池。

督工的内官监少监桂琦要回宫了，和他一起督工、目前还不能回衙的顺天府丞郭汝霖在西边的城楼上摆一桌酒席，为他饯行。

“东边和南边城楼上观看景致，都比西边强，不过，我知道桂公公挂念圣上，归心似箭，所以请桂公公在这边饮酒。”郭汝霖解释说。

“时望先生有心，多谢。”桂琦揖道。

郭汝霖字时望，江西永丰人，嘉靖三十二年进士。

酒过三巡，桂琦忽问：“时望先生，张家湾城周边若干丈？”

“昨日和前日，桂公公一直和我一起丈量，怎么就忘？莫不是真的归心似箭？”郭汝霖道。

“是真的挂念皇上。”桂琦借用他的另半句话。

“这回记住。”郭汝霖说着，平伸五指。

“五百丈？不对吧？”桂琦颇感困惑。

“五丈，是尾数，大数是九百丈。”郭汝霖说。

“时望先生的法子不错，我不会再忘。”桂琦道。

“墙厚若干，高若干，桂公公还记得吗？”郭汝霖考问他。

“厚一丈多，高二丈多。”桂琦记住大概。

“记好，厚一丈一，高二丈一。”郭汝霖告诉他精确数字。

“对，厚一丈一，高二丈一，”桂琦边说，边站起来，观察城楼、城墙、城门、城内、城外，嘴上念念有词，“城墙内外皆砌以砖；东南滨潞河，以水为险，西北有壕堑为阻；门四，各有门楼，另有便门一，水门三；城中建屋若干楹，以为贮粮避兵之所。”

“桂公公，在酝酿筑城记吗？”郭汝霖跟在他后面问。

“作文记之，是你们文士的事，我不过看在眼里，记在心里，回去万岁爷问起来，有所回复，”桂琦说着，心里一动，问道，“时望先生，作记的人请好了吗？”

“这事有人在管，轮不到我。”郭汝霖说。

“你我留名青史，此其时矣，时望先生不可不管。”桂琦不以为然。

“可我去办，只请得到子京先生写记，桂公公知足吗？”郭汝霖道。

子京是顺天府尹刘畿的字。

“那么，这事是子京先生在管？”桂琦问。

“是，他已应允。”郭汝霖说。

“他请得到哪一位公卿来写？”桂琦问。

“大司空总会给他面子的吧。”郭汝霖说。

“好啊，”桂琦搓着手，好像读到了那篇筑城记，他的名字跃然纸上，“子京先生写记，我愿出润笔百金，必进先生写记，润笔倍之。”

“如果再有大家肯写呢？”郭汝霖问。

“那就再倍之，不，干脆凑个大数，五百金。”桂琦爽快地说。

“好，桂公公别忘站在张家湾城楼上的应承。”郭汝霖说。

说着闲话，不觉晷移。回到酒席上，才望见从通州城到张家湾的宽敞官道上，徐徐驰来数骑。

“什么人？”桂琦自问自答，“想必不是通州知州，就是三河县令，得知上司官在这里饯客，屁滚尿流赶来付钞。若是如此，时望先生，这顿酒饭我可不领你的情。”

“好说，好说，”郭汝霖一边答话，一边眯起眼睛，仔细向远处张望，等看清楚，他说，“既非知州，亦非县令，不但无人赶来会钞，说不定还有人要抢你我一杯酒喝。”

“怎见得？”桂琦问。

“我看清楚，在下首的是子京先生。通州知州，三河县令，哪个会行在他的上首？”郭汝霖的判断不无依据。

“方说曹操，曹操就到？”桂琦道，“真是子京先生，通州知州、三河县令即便跟在后面，也不是赶来会钞的。”

那行人再近些，看得更真切。郭汝霖边准备下城楼边说：“真是有趣得紧，上首的竟是必进先生。”

“当真？”来的是尚书，桂琦也要迎下去。

雷礼看看桌上的酒菜，问郭汝霖：“二位在独自庆功吗？”

“不敢，”郭汝霖答道，“桂公公要回宫，下官为他饯行。”

“应该的，”雷礼说，“桂公公离宫两个多月，今天可说是功德圆满。皇上知道你办事勤力，一定喜欢。”

“为万岁办事，敢不勤力，还要仰仗大司空扶持。”桂琦道。

“这可不敢当。”雷礼说。

郭汝霖则埋怨刘畿：“子京先生，你说来就来不要紧，必进先生来，你总得打个招呼，好让我们有所准备。”

刘畿朝雷礼一笑：“必进先生，如何？”

“时望，你不要埋怨你们正堂，我不让他打招呼的。他若打招呼，我今日怎喝得上残酒。”雷礼说。

“这可不行。”郭汝霖忙说，“我让他们整治一桌新席。”

“要什么新席，有一口老酒润润嗓子就好，”雷礼阻止，“要不，我和子京先生马上就走，不信在别处讨不到一口酒喝。”

郭汝霖争执不过，只得让人增添两个酒盅，两套碟筷，把本来是两个人的席面改成四个人的席面。

雷礼饮一大口酒，连声叫好。郭汝霖在下首作陪，拿起酒壶续斟，坐在雷礼对面的桂琦说：“时望先生，换个位置，我来为大司空斟酒。”

“桂公公也是客，不妥吧。”郭汝霖不肯。

桂琦硬把他拉起来，道：“有什么不妥！子京先生要和你说话。”然后对雷礼笑笑，“必进先生，他二人说衙门里的事，我二人饮酒。”

“恐怕不是说衙门里的事。”雷礼酒不误喝，话也不误说。

“必进先生怎知？”桂琦问。

“我从你眼神看出来的，你和时望在算计我。”雷礼说。

“必进先生是朝廷重臣，为万岁所倚重，我怎么敢！时望先生是必进先生同乡后进，就更不敢。”桂琦说。

雷礼不理会他的分辩，却招呼刘畿：“子京先生，你和我一路来的，可别和他二人一起算计我。”

“必进先生想到哪里去！时望先生和我说的，正是我方才在路上和必进先生说的。”刘畿也分辩。

“区区一件小事，有那么多话？”雷礼仍然不信。

“必进先生语意暧昧，我不得不多说几句，”刘畿解释，“难道必进先生要我贸然把这件事应承下来？”

“我看，时望的话也不少。”雷礼说。

“是，他对我说，有人亟欲必进先生撰文，愿拿出一笔可观的润笔之资。”刘畿就势把这一层意思说出来。

“时望所说的热心公益者是哪一位？”雷礼问。

郭汝霖不答，两眼偷瞥桂琦。

雷礼已然明白，也相信他们几人所言不虚。他说：“桂公公美意，我本不该推脱的。不过，该文不该我来写。”

“不该必进先生写，却该谁来写？”桂琦问。

雷礼学郭汝霖，不回答他的问题，两眼偷瞥刘畿。

“子京先生，必进先生对你说过？”桂琦转问刘畿。

“必进先生说是说过，可我还没想清楚。”刘畿道。

“何不说出来，大家一起想。”桂琦催促他。

“好吧，”刘畿点了点头，说，“必进先生的意思，由他撰记，不如请徐相撰记，不知你二位想过没有。”

“想是想过，不过，和子京先生不同，我不是没想清楚，而是不敢奢望。时望先生想来也是如此。”桂琦说。

“为何？”刘畿问。

“一来巴结不上，二来工程不大，怕相公根本不在意。”桂琦说。

“必进先生，如何？”刘畿问。看来，这也是他的顾虑。

“子京先生，且不忙，”郭汝霖有他的想法，“我方才在和桂公公说，此事我去办，只请得到子京先生写记；子京先生去办，请得到大司空写记。现在，如果请大司空去办，或可请得徐相写记。”

“我既出这个主意，子升先生处，自然我去说。不过，桂公公，还有时望，你等道子升先生对此工程根本不在意，却错。”雷礼说。

“怎错？”问话的是刘畿。

“我若说子升先生不仅留意张家湾的工程，而且，此城得以建成，还多亏子升先生从中斡旋，你等都困惑吧？”雷礼反问。

“不错，困惑之极。”桂琦说。

“说不上困惑，但不解其意。”郭汝霖说。

“其实，时望不该不解其意，桂公公也不该困惑之极，”雷礼道，在讲明缘由之前，他先问，“修城的工费、工料如何筹集，各位记得吧？”

“钱取自诸官赎者，木取于宫里营建之余者，怎不记得！”刘畿道。

“砖取自内官厂之积者，石取自道路桥梁之废且圮者，怎不记得！”桂琦道。

“金还取自民之助者，怎不记得！”郭汝霖道。

“工程之中，忽告工费匮乏，这事各位也记得吧？”雷礼又问。

“怎不记得，若非大司空带三万金救急，只得停工。”桂琦说。

“若无朝廷支撑，张家湾及通州之民也不会大力捐助。”郭汝霖说。

“各位可知，这三万金从何而来？”雷礼问。

“怎么，难道不是工部的款项？”刘畿吃惊不小。

“工部连修复长陵神道前坍塌的桥梁，都拿不出钱来，还顾得上这里筑城吗？”雷礼道，“实话告诉各位，那是皇上召子升先生议事，子升先生说起张家湾筑城关乎重大，及眼下工费匮乏，皇上大为感动，命光禄寺取膳羞之余金助工，这才有那三万两救急的银子。”

“这么说，是爷嘴里剩下的？”桂琦向着西方连连作揖，凄苦的表情绝非作假，嘴里还喃喃自语，“爷受委屈。”

“相公游说，皇上出资，子升先生会根本不在意吗？”雷礼最后指出在座的各人错在哪里。

“如此说来，这篇筑城记非徐相撰写不可？”郭汝霖道。

“是啊，非徐相撰写不可！”刘畿则愈加肯定。

“故事讲完，桂公公，有一事请教。”雷礼说。

“请讲。”桂琦道。

“子升先生写记，也有润笔吗？”雷礼问。

“为万岁纪德，虽倾家荡产，在所不惜。”桂琦说得更加冠冕堂皇。

“我既然应承，子升先生那里我去说，绝不食言。不过，润笔之金就不要送去相公府上，”雷礼觉得自己的语气不对，改为更坚决的说法，“不是不要送去，是一定不可送去！”

“这是为何？请人作文，馈以润笔，天经地义呀。”桂琦说。

“是啊，徐相又不是从不取润笔之资。”刘畿和郭汝霖都说。

“时势不同，”雷礼说，“我省那位相公柄政时，贿赂公行，怨声载道。子升先生深恶之。所以未痛绝之，不但收受润笔之资，也收受其他馈赠，是为自卫，不被人看作异类。否则，我省那位相公，还有他那位绝顶聪明的公子，恐怕早要加害。子升先生和我说起此事，至今深悔之。他对我说，为首相之日，立下一誓：摈绝一起馈赠，分文不取。桂公公，你此际馈以润笔，不是自讨没趣，也让子升先生为难吗？”

“多谢必进先生忠告，不然的话，我真要铸成大错。”桂琦道。

第六百五十章

吏部和都察院奉旨议处总理河道都御史王士翘。因本年闰二月时皇帝重申，吏部尚书严讷、礼部尚书李春芳、吏部左侍郎董份值西苑，严讷和董份考虑，两个人一起离开西苑不妥，便和其他几人商议，可不可以改在西苑值庐计议。由工部侍郎改任的另一名吏侍朱衡当然不会反对，掌院都御史张永明和协理院事的左副都御史毛恺，也答应得很痛快，事情就这样定下来。

大家都知道值庐低矮狭小，都想着暑气逼人，人又比往日多，一定要快议快决，免得多受罪。可事到临头，又有变化。原来徐阶闻讯，定要他们移到自己的值庐去议事，他则到小的值庐和李春芳说话。

张永明往椅子上一坐，大声感叹："以政务还有司，且以值庐借有司，子升先生真有古良弼之风。"

"锺诚先生以为，尊臀下的椅子是这么好坐的？"严讷奚落道。

张永明吓得跳起来，摸了摸屁股，问道："西苑有什么讲究吗？"

"西苑没什么讲究，子升先生这里也没什么讲究，可我还要告诉锺诚先生，这把椅子不好坐。不过，不好坐也得坐，锺诚先生学我，坐上半个屁股就是。"严讷说。他最后一句话更带奚落之意。

众人笑着，各就其位。

"赵时章的弹章大家都读过，各抒己见吧。"严讷一句话，提醒众人该议正事。时章是刑科给事中赵灼的字。他是上海人，嘉靖三十五年进士。在日前的奏疏里，他论劾王士翘举荐私人。

"举荐方面官四十五人，的确太过分。"毛恺明知以他的身份该多听少说，但还是忍不住抢先发话。

"达和先生尚未留意，举荐四十五人，是在两个月内吧？"朱衡道。

毛恺字达和，浙江江山人，嘉靖十四年进士。听了朱衡的话，他惊呼："两个月内？"

“他是嘉靖四十一年十二月中，自大理寺左少卿升任右副都御史，总理河道，嘉靖四十二年二月中，改南京粮储总督的。达和先生不妨算一算，是不是四个月？”朱衡作为吏部侍郎，大的任免记得很清楚。

“两个月不错，可赵时章为何在一年后才疏论呢？”董份提出疑问。

“赵时章在刑科，不在吏科，一年后才注意此事，不足为怪，”毛恺道，他的心思还在两个月上，“两个月举荐方面官四十五人，差不多日荐一人。总理河道，并无考察官吏的职责；即便考察，也只是所属衙门。王都堂举荐的官员里，却布、按二司官，府、州、县官，无所不有，他哪里还有心思在治河上！”

“不该举荐的，却大力举荐，会不会有别的原因？”张永明问。

“锺诚先生不会是说，他爱惜人才吧？”严讷笑道。

张永明的意思是，王士翘会不会受人钱财？但赵灼的奏疏里没有提及这一点，作为大臣，不便凭空议论，所以他问的很含糊。正因为不便凭空议论，严讷也含糊地把话岔开。

“赵时章论他违例市恩；达和先生所言，亦是违例市恩。我们就以违例市恩议处王都堂好了。日后有人以别的原因论他，我们再以别的原因议处，今日却不宜多生枝节。”严讷又说。

“敏卿先生说的是。”张永明也知道该遵循这个规则。

“锺诚先生看，违例市恩，当如何处分？”严讷问他。

“依例，当褫职。”张永明说。

“那就这样议复？”严讷询问众人。

没有人反对，也没有人想再议出些什么，这本来就是一桩极平淡的例行公事。但在严讷宣告结束之前，谁也不好站起来。

不急着走的，恐怕只有张永明。他对严讷说：“敏卿先生，我再来请教，这把椅子怎的不好坐？”

严讷大笑，道：“锺诚先生，我的这个敏字该送与你。”

“果然有些讲究？”张永明问。

“就算是吧。”见几位佐卿都在注意他二人，他说，“子升先生对我言及，这五六年来，处分的边臣太多。我请士南先生算了算，诸位可知，嘉靖三十七年至今，处分的九边督、抚有几人？”他做着手势，“论死的有三人，降免的竟有十人！士南先生，是这样吧？”

“是，”朱衡应着，又补充，“罚俸者尚不在其中。”

“士南先生，你说与大家听听。”严讷道。

朱衡宣布他统计的名单：“论死已行刑者两名：蓟辽总督王忬、蓟辽总督杨选；论死系狱者一名：顺天巡抚徐绅。降罢者十名：蓟辽总督许论、蓟镇巡抚王轮、蓟镇巡抚张玭、辽东巡抚路可由，辽东巡抚侯如谅、辽东巡抚吉澄、宣大总督张松、宣府巡抚张镐、陕西三边总督程軏、延绥巡抚孙慎。”

处分督、抚，都要皇帝亲自批准，特别是诛杀王忬、杨选，更是皇帝在盛怒下做出的决定，没有人敢议论其是非。所以，众人只听严讷怎么说，谁也不去接他的话茬。

严讷轻咳一声，说：“子升先生的意思，以上督、抚皆有过错，被处分乃咎由自取。但一味处分也不是办法，还须给予重赏，以激励士气。”

“也不是没有重赏呀，今春于蓟东一片石御敌有功，刘都堂仁甫先生不就加升兵部侍郎职衔吗？”毛恺道。

刘焘字仁甫，号带川，天津卫人，嘉靖十七年进士，是逮治杨选后，自大同巡抚任上改督蓟、辽的。

“我体会子升先生的意思，非指一人一事的升赏，而是要明确升赏条例，让边臣都能看到前程，从而尽心于职事。”严讷说。

“这是应该的，”张永明响应道，“边事日坏，而朝廷没有一个边方督、抚考绩条例，赏之罚之，出于或然。”

“条例是有的。”毛恺说。

“达和先生说说看。”严讷道。

“如佥都三年升副都，副都三年升侍郎。”毛恺举一例。

“这是一般督、抚的升赏例，我体会敏卿先生的意思，不，我体会子升相公的意思，是边方督、抚该有特别的升赏例。”张永明说。

“子升先生正是此意。”严讷说。

“我记得，有佥都立功荫子、副都立功给二品服俸的事例，不妨用于边方督、抚考绩。”毛恺说。

“但只可用于极边，如山西、保定，及陕西近边，和腹地没有太大区分，不宜概给。”张永明补充。

“即使极边，功少及微细者，亦不宜给。”朱衡再补充。

“佥都荫子，副都给二品服俸，是临期奏请，还是套用？”严讷问。

“反正朝廷还要核实，还是临期奏请好。”张永明说。

加上这些限制，大家觉得比较合理。

第六百五十一章

河南怀庆府，郑王府邸外的两间土坯房屋遇雨则毁。毁则复修，世子载堉自己也说不清楚，毁坏多少次，修复多少次。好在他求的就是简陋，毁坏不足惜，修复起来也不太麻烦。

载堉说不清楚，他在简陋的土屋里已住多久，是十一二年，还是十二三年？好在他心如止水，十一年不嫌其少，十三年不嫌其多。

郑王厚烷在嘉靖二十九年被废为庶人，禁锢凤阳高墙。从那以后，本该署理郑府事的载堉，使人盖起这两间土房，住进去。他放弃一切俗务，甚至放弃正常的生活，只做两件事：一是上疏朝廷，请宽赦父王；一是读书，特别是读历算、音律方面的书。没有这些书，真不知道这十几年的光阴，该怎么打发，说不定如他自命的山阳酒狂仙客，早已狂癫。

载堉从少年时代起，就喜爱历算学、音律学，就研习历算学、音律学。他立志要写部《律历融通》，一部《乐律全书》。以他的学识和修养，早可以从事写作，完成其中一部，或两部一起完成，都有可能。可是，由于王府变故，由于怀有一颗纯孝之心，他没有办法把精力放在著书上。有时他想，如果不是出生在帝王家，以他的才学，不难考中进士；或者，不热衷于科举，通过其他途径走上仕途，他最大的愿望就是在太常寺供职。当然，不能任寺卿，因为寺卿要应酬的事情太多；任寺丞就好，或者，干脆做一名协律郎。那么，宫廷的音乐，王府的音乐，乃至民间的音乐，将会有多大的改变呀！

有时他想，搬迁到王府外面来住，或许不仅是为父王，也是为自己，为自己那朦胧中的理想。

载堉写得一手好诗、词、曲、赋，与天南地北的任何一位名士比较，不让分毫。但同样是因为眼下的处境，他没有心思写诗作赋，除非读书有感，或读时文有感。

这一天，王府的一名承奉从外面抄录回来一篇文字，似诗非诗，似文非文，但读起来很有味道，读过又略感不足，让人想再写上几句。

该文篇幅不长不短，写的是：

一间屋，六尺地，虽没庄严，却也精致。
蒲作团，布作被，日里可坐，夜间可睡。
灯一盏，香一炷，石磬数声，木鱼几击。
龛常关，门常闭，好人放来，恶人回避。
发不除，荤不忌，道人心肠，儒者服制。
上无师，下无弟，不传衣钵，不立文字。
不染禅，不说偈，但无妄行，亦无妄意。
不贪名，不图利，了清静缘，作解脱计。
无挂碍，无拘系，闲便入来，忙便出去。
省闲非，省闲气，也不游方，也不避世。
既非庵，亦非寺，在家出家，在世出世。
佛何人，佛何处，此即上乘，此即三昧。
日复日，岁复岁，毕我这生，任他后裔。

除了知道作者叫林淇，其他一无所知。载堉判断，他是个士人，因为有“儒者服制”这样的句子；他已遁入佛门，因为在和石磬、木鱼为伴，但只作居士，不受剃度，即所谓“在家出家”。不管这些判断对不对，这个林淇堪称高明之士，因为他用通俗易懂的句子，把简单的道理讲得透彻清晰，比喻得活泼生动。

不过，这个林淇也不是高明之至，载堉想。因为他只懂得告诫人们怎样去做，却不知道，单单从正面讲道理，起不了太大的作用。超凡脱俗，知足常乐，这些道理有谁不懂吗？但人们照样在争名争利；为了名利，不惜害人，也不惜害己。栽陷父王，使他成为高墙囚徒的那几个逆宗，不就是这样的人吗！林淇也许因为皈依佛门，不愿意揭露人的短处。载堉却恨不得把这些人的嘴脸完完全全刻画出来。

同样是一首不长不短的讥刺人心不足的七言诗，或者说打油诗，几乎是一挥而就：

逐日奔忙只为饥，才得有食又思衣。置下绫罗身上穿，
抬头又嫌房屋低。盖下高楼并大厦，床前缺少美貌妻。
娇妻美妾都娶下，又虑出门没马骑。将钱买下高头马，

马前马后少跟随。家人招下十数个，有钱没势被人欺。
一铨铨到知县位，又说官小势位卑。一攀攀到阁老位，
每日思想要登基。一日南面坐天下，又想神仙下象棋。
洞宾与他把棋下，又问哪是上天梯。上天梯子未做下，
阎王发牌鬼来催。若非此人大限到，上到天下还嫌低。

载堉写了人心的十个不足，甚至连“每日思想要登基”都写上。郑府的那个宗人不就是想作郡王吗？真做郡王，他又想做亲王；做到亲王，你敢说他不想登基？当然，人心的十不足，写出来不只是讥刺那一二宗人的，载堉希望所有的人能把它当作一面镜子，时常照一照自己。所以，不妨把它称作醒世词。他还想，对人心的卑劣来说，十不足只是冰山一角；醒世词他要写许多篇，把人生百态都写出来。

第六百五十二章

嘉靖二十四年楚王府那场变故之后，过去了二十个年头。武冈王显槐，早已摆脱变故的恐怖，唯一的感觉是无所事事，百无聊赖。楚府是大府，他又是前楚王的弟弟，今楚王的叔父，而不是隔一代或几代的远亲，所以衣食无虞是可以做到的，比那些贫宗强许多。但仅衣食无虞而已，他不需要，也不可能去做任何事情，就像他虽封武冈王，但仅知道武冈州属宝庆府而已，武冈州的一切和他没有任何关系。

在江夏城里，他常常登上楚王府所在的黄龙山，观望东山脚下的大江。大江东去，浪淘尽千古风流人物。何其壮哉！或者步向江边，回首观望笼罩在绿荫里的黄龙山。夕阳无限好，只是近黄昏。何其深沉！有时，他觉得脑袋里有千百种想法；有时，他又觉得脑袋里空空如也。他抓起一把碎石子，向江里撇去，江面上泛起层层涟漪。他忽然觉得自己连碎石子都不如，只是一粒泥沙，默默无闻地存在于大江边的沙滩上，不知哪一天就会被江水默默无闻地席卷而去。想到此，他惆怅不已。

在王府附近，他不怕被人认出来，但离王府稍远一点儿，即使在江夏城里，他也不愿暴露身份。他会换上普通士人的衣裳，命随从也换上百姓的衣裳。这样，渴进茶肆，饿进饭铺，根本不会引人注目。

一日，他领着两个随从，在城里漫无目的地闲逛。他觉得擦肩而过的老者眼熟，不由回过头去：老者穿一身布衣，戴一顶农家的草帽，背一个江湖郎中使用的木箱。从背影辨认不出来，他又调转身子，尾随而去。老者走进一座茶楼，他稍一犹豫，随之而入。两个随从也要跟进去，被他摆摆手拦在门外。

老者找一张空桌，摘下草帽，放下木箱，招呼小二，要一壶茶，两样点心。几件事有条不紊地做完，他才安安稳稳地坐下。

显槐拣张离那人不远的桌子，这才看清楚，所谓老者，其实还不太老。那张面孔，不但看上去熟悉，而且，比以前更有朝气。他径直走过去，把送来茶点的小二吓一跳，把那人也吓一跳。显槐不理会，自己搬把凳子，在那人对面坐下。

“是李先生？”他问。

那人呆呆地望着他，没有任何反应。

“是时珍先生？”他又问。

那人迟疑地点点头。

“是东璧先生？”显槐问第三声。

那人仍不答话，反问他：“阁下是——”

“先生曾救过我家一个人，不记得吗？”显槐道。

那人微微摇头，显然是没有认出他来。

“他得的是气厥症。”显槐进一步提示。

这对那人没有多少帮助。气厥症虽非常见的病，可也不是极难见到的病。那人等着，看他还能提示什么。

显槐不得不说：“我住黄龙山下，先生出入如己家，我和子侄们都曾受过先生恩惠。”

这句话一出口，那人大惊：“原来是——”见显槐一只手放在桌上摆动，他会意地改变称呼，“原来是贵人。”

说着，便要起身行礼。显槐一把拉住他说：“与先生意外遭遇，茶不喝了，走，我二人饮酒去。”

李时珍字东璧，湖广蕲州人，数代行医。他因医治好楚府一位王子一般医者难以治愈的气厥症，而闻名遐迩，他也被楚府请去做奉祀正。奉祀为虚，他的主要差事是给楚府的人治病。后来他的名声越来越大，被征入太医院。在楚府时，显槐曾多次经他医治，所以一眼看到他觉得面熟；而显槐更换衣裳，他一时没能辨认出来。

现在面对面地坐在酒楼里，显槐的眉眼鼻嘴、言谈举止，可以和当年的年轻郡王对上。李时珍先要请安：“郡王爷这些年好吧？”

“除郁闷，别的都好。”显槐说。

“郁闷易生疾病，郡王爷凡事要想开些。”李时珍说。

“先生‘凡事’二字说得真好，若心里有事，身边有事，我还郁闷什么！”显槐发句牢骚，不愿多谈自己的事，他问，“听说先生在宫里很是得意，怎么回来？”

“得意说不上，我因水土不服，一到京城，不是害喘病，就是害肠胃病，已经回来好多年。”李时珍说。回来好多年，不能相瞒，因为早晚会传到显槐耳朵里。但所谓害病，则有些夸大其词，李时珍不愿意留在太医院，主要还是因为和那里的风气格格不入。

“看先生的样子，不像是回籍养病啊。”显槐却看出破绽。

“既是水土不服，回籍就无病可养。”李时珍辩道。

“我不管先生为何而回，既然回来，对我来说就是件好事。我患病，不必再找那些庸医诊治。”显槐满心欢喜地说。

“承蒙王爷青睐，把我置庸医之外，不过，我恐怕很难再为王爷效力。”李时珍却回出一句让人扫兴的话。

“为何？”显槐自然不高兴，“是不是做过御医，就不屑救治我等？”

“王爷言重，”李时珍道，“我说很难再为王爷效力，是因为我不住在武昌。”

“这不怕，我可去你蕲州就医。”显槐说。蕲州属黄州府，黄州府城距江夏不足二百里，蕲州又远二百里，加起来不过四百里。

“我也不常在蕲州。”李时珍说。

“那先生落脚在哪里？”显槐问。

“四海为家，”李时珍说着，指了指自己身上，“王爷看我这一副落魄样子，就是才从川中回来。”

“是云游吗？”显槐问。

“也是，也不是。”李时珍说。

“怎讲？”显槐问。

李时珍向窗外遥望，好像又回到旅行途中。他说：“每到深山大川，无限风光尽收眼底，云游之乐无非如此，称其云游亦可。但我的心思不在山川之美，而在一株药草，一片叶子，故领略不到云游之乐。”

“先生是在寻访草药？”显听明白一件事，却不明白另一件事，“先生医术臻乎神奇，为何还要自寻辛苦？”

“臻乎神奇，那是谬赞，我如何当得起；再者，即便臻乎神奇，也只是臻乎，并不到神奇的境界，”李时珍道，他缓缓述说自己的胸怀，“我但愿自己能达到神奇的境界，而要达到神奇的境界，一定要吃得千般苦。”

“可我还是不懂，先生吃苦为的什么？”显槐道。

“王爷不懂，我也讲不清，”李时珍说着，停下来想了想，“不如这样，王爷书读得多，我先问王爷几件事。”

“不知先生要问哪一类书？”显槐问。

“本草。”李时珍说。

李时珍会问哪一类书，显槐其实应该想到的。但他还是愣了愣，才说："这书僻得很呀。"

"王爷说的是，"李时珍道，他不是向显槐请教，而是给他讲解，"最早的本草典籍，是《神农本草》。王爷知道《神农本草》收集草药多少种吗？不过三百六十五种而已。而今人所使用的草药，普通人家都会存有数种至数十种不等，普通药铺出售的草药百种至数百种不等，我记得，王府里的存药超过五百种，而我在太医院里见到的草药不少于千种。所以，今人不可再拘泥于《神农本草》。"

"后人不是在陆续增加品种吗？"显槐道。

"是，"李时珍应一声，又讲述对神农而言是后人对他等而言是前人的人们取得的成果，"其大者，梁人陶弘景所著，本草达七百余种，唐人苏恭所著，本草达八百余种，宋人刘翰所著，本草达九百余种，至近世掌禹锡、唐慎微等所著，本草已达一千五百余种。"

"先生仍以为不足用？"见李时珍点头，显槐问，"为什么？"

"有两处不足，"李时珍说，"其一，我相信，迄今为止，虽然本草不断在增加品种，但仍有许多不为世人所知。这些不为世人所知的本草，或弥足珍贵。其二，前人著述，均有舛错。特别是近世掌禹锡、唐慎微等人的著述，被今人称作'本草大备'，但其中本草名目大幅增加，舛错也大幅增加，不是把一种本草叫作两三种名称，就是把两三种本草混为一品。这些舛错若不改正，遗患无穷。"

"先生打算作一部更完整更准确的《本草大备》？"显槐问。

"或名以《本草纲目》更为恰当，"李时珍说，"无论增加本草的品种，还是纠正前人著述里的舛错，不遍历山川，一一鉴别，如何可得？"

"我懂了，"显槐道，又问，"这么一件大事，先生一个人去做吗？"

"除我之外，一个小童，两个弟子，也就够。"李时珍说。

显槐看看四周，问："人呢？"

"他等家在江夏附近，我要他等先回家报个平安。"李时珍说。

"先生愿意不愿意再增添一个助手？"显槐又问。

"王爷有人举荐与我？"这是李时珍没有想到的。

"是啊，"显槐道，"此人于本草虽不精通，年纪也偏大，但愿意向先生学一门技艺，愿意陪伴先生穷历山川，其心精诚。"

"王爷说的是谁？"李时珍问。

"区区小王。"显槐指着自己说。

李时珍正在嚼一块肉，听这话，险些吐出来。他捂住嘴，勉强把肉吞下，然后说：“王爷的玩笑开得太大。”

“先生是嫌我愚笨？”显槐问。

“在下岂敢。”李时珍道。

“是怕我心不诚？”显槐又问。

“王爷言重。”李时珍说。

“那么，先生为何说我开玩笑？”显槐问。

“天潢贵胄，怎能做这些三教九流的勾当！”李时珍道。

“撇开我的身份，还有别的理由吗？”显槐问。

“有王爷的身份，用不着别的理由，”李时珍说，“我举一事，我须四方游历，王爷可以随我去吗？”

“我可奏明朝廷。”显槐道。

“等朝廷复旨，且不说王爷和我是不是还走得动，这块肉恐怕就咬不动。”李时珍说着，拣了块瘦肉送进嘴里，用力咀嚼，好像是十年或二十年后的那个老者。

显槐何尝不懂这个道理。出城要请旨，离开武昌要请旨，离开湖广要请旨。皇帝高兴时，数日内批复，不高兴时，数年以后也不批复；更不要说，准是侥幸，不准乃常情。

他也拣块瘦肉送进嘴里，用力咀嚼。

求学不成，使显槐沮丧，同时，也激发他有所作为。在宗室以外求学不成，在宗室以内求学成不成？自己求学不成，让子孙后代有机会求学，不再像江边的泥沙一样默默无闻地被江水席卷而去，成不成？设立宗学，不但让宗室成员有机会读书，而且让他们以后有机会做一些事，这可能是解决越来越严重的宗室危机的唯一办法。

经过一两个月的思索，八月初，显槐上疏，条议藩政，主要的内容就是：设宗学，立宗正，使亲、郡王以下子弟十岁入学，月饩之米一石。入学三载，朝廷差使者考绩，中程式者给全禄，五试不中者黜之，终其身给本禄三之二。

他想，宗人入学并通过考试，决定禄米的多少，和士人入学并通过考试，决定仕途的取舍，应该有相通之处。

另外他还议及，废为庶人的宗人及其子女，月饩六石。成为庶人的宗女，不复加恩。绝郡及以罪废者，勿令滥留。

这些年来，有不少宗室成员议论藩政。而显槐的条议，内容较为平实，看起来可行，因而引起朝廷大臣们的注意。

第六百五十三章

应天试按部就班地进行，两名主考官，左春坊左谕德兼翰林院侍读汪镗和右春坊右中允兼翰林院编修孙世芳，隔着两张书案，正在闲议得失，忽见孙世芳头一低，不再出声。汪镗过去，轻轻碰了碰他，刚来得及说一句："老兄这是怎的？"他就一头倒在汪镗怀里，慌得汪镗大叫来人。

应声而来的，是同考官、吏部主事蔡国珍。他见此情形，快步抢上前去，一手按住孙世芳的人中，一手放在孙世芳的鼻孔下，感觉不到气息，他又去摸孙世芳的脉搏，最后悲戚地摇着头。

"快请人来看看吧。"汪镗说。

"气息已绝，没有用的。"蔡国珍说。

汪镗把孙世芳慢慢放下，又是哀伤又是不平地说："我这位年兄，先是一场大病，耽误升迁，病情略有好转，又被翰林院封存，好不容易派个外差，却猝卒于贡院。说起来，真是天不佑我类。"

二人同是嘉靖二十六年进士，一为侍读，一为编修，虽不过两次迁转，但对翰林官来说，是极难的事，故汪镗会大表同情。

"振宗先生，眼下不宜感慨，还是料理后事吧。"蔡国珍说。

汪镗字振宗，浙江鄞县人。经蔡国珍提醒，他忙应道："是，是，后事须马上料理。"又问，"汝聘，你看此事当如何料理？"

蔡国珍字汝聘，江西奉新人，嘉靖三十五年进士。他原本可以留在朝廷的，但为躲避严嵩的笼络，奏请改任南京，他的见识由此可知。严嵩去后，两任吏部尚书郭朴、严讷都知其人，将他调入吏部。

"殉于职守，宜棺殓抬出，以示郑重。"蔡国珍说。

"好，就依汝聘。"汪镗代孙世芳家眷谢道，"年兄遗眷若知汝聘为他主张，一样会感激不尽的。"

也许因为一起处置孙世芳的丧事，汪镗对蔡国珍的好感倍增。乡试名帖列出，他心有所惑，命且慢录榜，单请蔡国珍过来计议。

“汝聘来看，张凤翼、张燕翼、张献翼三人，怎么添注的乡贯都是姑苏长洲？”他指着名帖问道。

“这不奇怪，他三人本是兄弟。”蔡国珍说。

“亲兄弟？”汪镗惊问。

“是亲兄弟。”蔡国珍道。

“一门三子，同入贡院，同登乙榜，此种事闻所未闻呀。汝聘，你听说过吗？”汪镗觉得这简直不可思议。

蔡国珍说：“这种事我也没有听说过，不过，我在南京任官时，对张家三子的议论不少，我略有耳闻。”

“众人怎说？”汪镗问道。

“都道：凤翼三兄弟的才学，一个胜过一个，以至姑苏流传‘前有四皇，后有三张’之谣。”蔡国珍说。

“以三张比四皇，才学是用不着怀疑的。”汪镗说。

所谓四皇，指长洲前辈官宦皇甫录的四个儿子，依次为皇甫冲、皇甫涍、皇甫汸、皇甫濂。四子均中乡试，三人成进士。其中，皇甫冲和皇甫汸同登嘉靖七年乙榜，次年，皇甫汸中进士。三年后，皇甫涍在乡试、会试中联捷。又十余年后，皇甫濂成进士。唯独大皇，春闱失意。

成绩骄人，皇甫家为天下读书人家钦羡。像汪镗、蔡国珍等读书时，家长大概也常以皇甫四杰来激励他们。不过，话说回来，四皇虽称四杰，却也不是同登乙榜的。难道张氏三子，真的是一个胜过一个；姑苏士人，真的是一代胜过一代？

汪镗对这件奇事渐渐有明晰的看法。

“此事究竟为福为祸，汝聘想过没有？”他问。

“对谁而言？”蔡国珍反问。

“对我等考官而言，亦对张氏而言。”汪镗说。

蔡国珍想一想，明白了他的意思：“振宗先生是怕闲话？”

“闲话足以杀人。”汪镗道。

“那么，振宗先生想怎的处置？”蔡国珍问。

“既以三张比作四皇，就不要让三张超过四皇，我欲从三人中圈去一人，汝聘看如何？”汪镗道。

“振宗先生所虑，不无道理，下官亦无异议。”蔡国珍说。

汪镗拿起笔，准备圈划，但在三个名字上点来点去，不知该圈谁。他把笔重重地放下，说：“亦无异议还不够，汝聘既对张氏略有所闻，看看圈去哪一张好。”

蔡国珍也很作难，他考虑很久，说：“三人以年龄而列，燕翼在后，以名声而列，献翼在后。据悉，献翼为人比较轻浮，若一定要圈去一人，只有委屈他。”

“好，就是他！”汪镗重新执笔，从名帖中圈去张献翼。

第六百五十四章

徐渭进入考场的心情可用四个字来形容：心神不定。未出考场，他已断定，今次乡试又失败，不但《诗》《书》《春秋》等试卷答得不好，就连最擅长的策论也没有作好。不过，他并不似上次失败后那样沮丧。失败是因为他心情不好，并非其他原因；等他心情好转，秋闱告捷，乃至春闱告捷，就不在话下。

心情不好，是因为去冬应礼部尚书李春芳之邀北上，寓居京师。这本来是打点关系、以应付来年乡试的大好机会：不但李春芳掌礼部，对乡试来说一言九鼎，而且与徐渭交情甚深、以文学见长的蔡汝楠为少司马，也足以帮助他活动。谁知他到京师不久，蔡汝楠南调，少了一个说知心话的人。接着，徐渭听说，胡宗宪下狱，是李春芳罗织的罪状，不由对李春芳大生恶感。他的性情一向是我行我素，又对胡宗宪感恩戴德，因此不可能再作李春芳的笔杆子。李春芳请他代撰青词，被他一口拒绝，宾主之间，关系冷淡，他在京师住不下去，二月间毅然南归。

回到家乡不久，便听到传言，说他是“胡党”。不必深究，他也知道这一传言的根子在哪里。皇上说，宗宪起御史，皆朕擢用，非严党。这才是朝廷的定论。胡宗宪不是“严党”，又哪里来的“胡党”！堂堂礼部尚书，竟玩弄这等把戏，还有什么体面可言！徐渭不仅仇视李春芳，也开始鄙视他。

但无论如何，“胡党”的传言给他造成很大的压力。如果说，当他拒绝后，李春芳对他表现出的冷淡，还不足以使他畏惧，那么，“胡党”的传言几乎完全把他压垮。若不是想到，不参加今次乡试，是向李春芳示弱，说明自己心虚，他根本不想去应付。

他在想：放榜以后，不管榜上有没有自己，一定要再赴京师，为自己辩白。为自己辩白，亦即为胡宗宪辩白，因为他知道，许多人，或许也包括李春芳，并不想就此放过胡宗宪。这顶“胡党”的帽子，是万万不可被当作事实的，是万万不能戴在自己头上的。

果如所料，榜上无名。徐渭连家也不回，即带书童北上。到南京，命书童留在住处，自己去鼓楼、新街口一带转转，找家酒店饮酒。

店主是熟人，亲自送上徐渭要的酒、菜后，没有马上离开。

“店家想取笑我，还是想用什么话来宽我心？”徐渭边喝酒，边问。

“取笑文长先生？”店主看看自己的左手，好像他的左手专司取笑，“宽文长先生的心？”又看看自己的右手，好像他的右手专司安慰，“为什么？”最后一问，不像是装腔作势。

“店家不知，我又名在孙山后吗？”徐渭道。

“原来为这事，在下怎有资格取笑文长先生。”店主说。

“何谓资格？”徐渭问。

“在下少年时亦在县学，文长先生知道吗？”店主反问。

“这却看不出来。”徐渭道。

“结果，在下连童生试也没有通过。对在下来说，能与乡试，已是一步登天。”店主不但嘴上羡慕，而且伸出拇指。

“如此说来，倒是不宜取笑。”徐渭笑道。

“宽文长先生的心，在下也是不肯的。”店主又说。

徐渭不懂：“取笑是恶念，宽慰是善念，店家为何不肯行善？”

店主诡谲地一笑，说：“小店四年里只有一年的生意好，一年里其实只有八月里生意好，试前，应试的举子们来小酌，试后，中第的举子们来狂饮，落魄的举子们来暴饮。一人暴饮，等于十人狂饮，百人小酌。文长先生请想，我若对落魄者一一宽慰，岂不是断自家小店的生意。”

徐渭大笑：“如此说来，倒也不宜宽慰。不过，我今日偏不暴饮，只把着一壶酒饮到深夜，看你的生意怎生去做！”

“文长先生肯节制，再好不过。”店主说。

徐渭一怔，觉得自己上当。

“店家，是不是有人在你这里暴饮过？”他问。

“实不相瞒，前日放榜后，有人暴饮，虽仅一人，但我店里三五个伙计都招架不住。”店家说。

“来的是何人？”徐渭问。

“长洲张府的二公子，”店家说。

“长洲张二公子？伯起、幼予、叔贻，是哪一位？”伯起是凤翼的字，幼予是献翼的字，叔贻是燕翼的字。徐渭和比他年少六岁至二十余岁的三兄弟并无深交，但对他们的名字还是熟悉的。

“是名献翼字幼予的那一位。”店家说。

“试前闻得长洲张家三昆仲要同步青云，看来还是跌下一个，”徐渭说着说着，显示出他喜打不平的性格，“三兄弟同来南京，一兄一弟就让他一人暴饮？”

“后来听说，一兄一弟都有辞不掉的应酬。”店家告诉他。

“幼予如何暴饮？”徐渭问。

“比三年前文长先生饮得还要凶。”店家说。

“知是如此，我该早来陪他，”徐渭自语，复问，“后来怎样？”

店家又告诉他：“一个时辰前，两名中第的举子来饮酒，听他们的口气，和张家是世交。他们说，幼予到现在还没有醒酒。不，是一个时辰前，或一个多时辰前，还没有醒酒。”

“妙哉，又是一个徐文长！”徐渭拍案叫好。

“文长先生称妙，就再饮一杯，”店家说着，为徐渭斟酒，却发现酒壶已空。他两指捏着酒壶，优哉游哉地到柜上添酒去。谁知柜上的酒坛里也没酒，他命小二到后面去取。

徐渭等酒等得无聊，正想暴饮伤身，何不趁此机会走人，书童却找来。书童一定是摸透他的行踪，进店时一点儿也没有犹豫。

徐渭怕他啰唆，缩手缩脚躲到柜台后面。停了片刻，听不到动静，伸出头来看，却见书童那张脸正对着自己，相距不过半尺。

“先生在躲何人？”书童问。

“我在催酒，不躲什么人。”徐渭说。

“先生饮了几壶？”书童问。

“一壶而已。”徐渭道。

“饮够没？”书童问。

“尚未。”徐渭道。

“那好，先生再饮，我陪先生坐一会儿。”书童说。

徐渭觉出不对，平日书童唯恐他酒喝多，只要撞上，从不让他尽兴；今日怎么大发慈悲，纵容他饮酒呢？除非是主人不喜欢的人找上门去，或者，书童自己不喜欢的人找上门去。但他不喜欢的人，应该也知道他的性子，这时谁也不会找上门去。那么，是书童不喜欢的人。

于是，徐渭瞪起眼睛，问：“童儿，你在避谁？”

书童眼睛一眨，讨好地说：“先生先去坐好，我提酒去。”提来酒，又讨好地斟上酒，他说，“先生好眼力，一下就看出来。来人语言无味，我想，与其陪着他闲谈，不如来陪着先生闲坐。”

“真是有个无情无义的徐文长，便有个无情无义的童儿！”徐渭自我解嘲道，又问，“那人是从家里来的吗？”

“先生说什么呢！”书童受天大的委屈，“奶奶差来的人，我就是再不喜欢，也不会避的。”

“好吧，你只说客人从何处来。”徐渭命道。

“上虞。”书童说。

“是献忠吾兄吗？”徐渭又惊又喜，难以置信。

献忠是浙江上虞人谢说的字。上虞和山阴同属绍兴府。谢说在嘉靖二十三年中进士，这一经历和徐渭不同，本来可能成为二人之间的障碍；但他只任三年进士，就隐居乡间，和在外面拼命挣扎前程，不顺心时就回家乡的徐渭不时相会，成为好友。

“谢先生会来吗！”书童嘴一撇，“是他家的仆人。”

“献忠兄有书信给我？”徐渭猜测。

“四句诗，先生要看吗？”书童不知深浅地问。

“当然要看，快快拿来。”徐渭道。

谢说是少数知道徐渭试后要赴京师的朋友之一，也知道此行目的何在。他写的是一首送别的七言绝句：

莫负才名海内知，五云深处去何迟。
丈夫须建非常业，万里风尘不可辞。

第一句似劝诫，第三句又似鼓励，但徐渭知道，他的情谊是真实的。

“先生要回复吗？”书童问。

“当然要回复，速取纸笔来，”徐渭道。

“先生以为在自己家里呢？先生在店里，只能说借，不能说取。”书童边唠叨，边去找店主要纸笔。

徐渭答诗，既感谢谢说送别，又抒发己志。诗曰：

江上芙蓉千万枝，交花接叶弄秋姿。

片帆此日江湖去，怕接郎官送别诗。

他把纸折好，嘱咐书童：“交给来者，请他代我致谢。人家千里之外赶来，给他安排好住处，带他在街上逛一逛，吃一盅酒。”

“先生不见他一面？”书童问。

“酒未饮足，奈何？”徐渭道。

书童走后，店主又过来斟酒说话。徐渭晃着书童送来的诗笺说：“友人赠诗，胜过寻常酒菜，本想今日只饮两壶，现在要饮四壶。”

“但愿天下友人多写赠诗，在下好生意兴隆。”店主插科打诨。

徐渭笑了笑，道：“这位谢献忠先生也是我越地的一位奇人。你说他热衷于功名吧，他只作三年县令，一天也不多任；你说他淡薄功名吧，从童生试至乡试至会试，他一次也没有落下，而且——”说到此，忽问，“人生四喜诗，店家听人说过吧？”

“不仅听说，而且常与人说，”店主遂念道，“久旱逢甘雨，他乡遇故知。洞房花烛夜——”最后一句，他觉得不便念。

“金榜挂名时，但说不妨，”徐渭道，“你说献忠兄淡薄功名，他却要写一部《四喜记》。唉，”他长长地叹口气，说，“求又求不得，舍又舍不掉，人情大半如此。”

《四喜记》是谢说前几年所著传奇，以洞房花烛、金榜挂名为主要线索，顺带一提喜逢甘露、喜遇故知，四喜是拼凑出来的。徐渭虽然若无其事地说出“金榜挂名时”，内心的郁闷却难以抑制。

“何以解忧，唯有杜康，文长先生多饮几盅。”店主劝道。

第六百五十五章

深秋时节，南道御史林润，奉差按视江防。在南京时，他就不时听到关于严世蕃的传闻；一入江西境内，严家的种种不法事，简直是铺天盖地传过来。他曾和张永明谈及第四次大手笔，此其时矣。

他一边条理分明地搜集严世蕃的罪证，一边焦急地等待着他派往徽州的公差返回。当然，他也得处置江防事务。让他惊喜的是，捕捉的江洋大盗，不是和严府有牵连，就是和罗龙文有牵连。严世蕃留在江西，时而在南昌，时而在袁州，时而在分宜，已有确凿的证据，可以到官指证的不下数百人。他还要证实罗龙文也没到发戍地浔州，而是潜回老家徽州，还要找寻罗龙文在徽州的种种不法事。

公差风尘仆仆地回来。他劈头便问："可见到栗推官？"

栗推官名祁，是山东人，嘉靖四十一年进士，和他有一面之交，而且和严氏父子没有任何瓜葛，所以暗察罗龙文劣迹，特请此人相助。

"去这些日子，若连若雨先生指定的人都见不到，小人真是该死了，"公差说。"栗大人很干练，也很热心，要小人向若雨先生问好。"

"好哇，"林润道，"你这般干练的差人，都说他干练，事情一定办得称心如意。"

"小人语失，若雨先生点拨的是。"公差能从林润的话里听出自己的毛病，也不愧"干练"二字。

"我怎生点拨的你？"林润问。

"小人不过一个班头，岂能评论栗大人是不是干练？称道栗大人干练，至少得是一位都堂，或是若雨先生这样的钦差。"公差道。

"多谢老兄给我留些情面，不然，你去前我称道栗大人干练，也要被讥评，"林润笑道，但他很快收起笑脸，问起公事，"说，姓罗的中书匿居徽州一事，坐实没有？"

"千真万确，小人陪同栗大人，先后传讯十数员人证。"公差道。

"见到姓罗的本人没有？"林润问。

“小人惭愧，没有见到。”公差答。

“为什么？”林润问。

“姓罗的不住在徽州城里。”公差答。

“他住在何处？”林润问。

“徽州西北的黟山。”公差答。

“黟山不就是为人称道的黄山吗？士大夫休几天假，可以从南京去爬黄山，你近在山脚下，就不肯爬一爬黄山！”林润责备道。

“小人爬过黄山，可也没见到姓罗的。”公差道。

“为什么？”林润问。

“据山里人说，姓罗的走了。”公差答。

“走了？”林润琢磨这两个字的意思。走了，可以是离开黄山，即离开徽州，在附近的州、县走走；可以是离开黄山，即离开徽州，回到发戍地浔州；可以是离开黄山，即离开徽州，远走海角天涯，譬如，下海，譬如，出塞，譬如，江西。林润最不愿意听到的是，罗龙文忽然守起法来，回到浔州作他的戍卒；最希望的是，罗龙文远走海角天涯，无论下海，还是出塞，当然，最好是来江西。

“是，”公差也要解释这两个字，“山里人说，姓罗的这两年来，进进出出不下十余次。这次出走，已有半个多月了。”

“你有没有问，他去何处？”林润问。

“小人自然要问的，”公差道，“有人说他去闽南，有人说他去大同，但大多数人都说，他去的是江西，是袁州。”

这真是天遂人愿！去闽南，无疑是会残存的倭寇、海盗；去大同，无疑是会北虏。在南京时就听说，罗龙文和东南的海贼、西北的套虏均有联络，未见得全真，也一定不会全假。而来江西，来袁州，可以百分之一百地肯定，是来会严世蕃。和海贼联络，和套虏联络，和严世蕃联络，不是他谋逆的铁证吗？不是严世蕃谋逆的铁证吗？

罗龙文匿居徽州，和严世蕃匿居袁州一样，可以坐实。现在须坐实，罗龙文的确来往于徽州、袁州间，的确会过严世蕃。林润挑选一两名干练的班头，去办这件事。

很快证实，罗龙文不但到袁州，而且就住在严府。

“听说袁州有五府，是怎么回事？”林润问。

“严家在袁州城里建有五座宅院，城东、城西、城南、城北和城中各一座，有人戏拟为严氏的五军都督府。”查访此事的班头说。

“我看，不是戏拟，是严世蕃确有不轨之心。”林润说。

那班头心领神会，道：“大人说的是。”

林润问查访罗龙文实迹的班头：“姓罗的在哪一处宅院露过面？”

“小人访得，严世蕃藏匿在城北的宅院里，姓罗的也在城北的宅院露过面。”该班头回话。

“给我盯死那处宅院，姓罗的离开，立即跟上。他出城，则跟出城；他回徽州，则跟去徽州。”这话是对几员班头说的，又特别对去过徽州的班头说，“你路熟了，跟去徽州的事，你办。”

“是，小人不会跟丢他。”该班头说。

“好，”林润把罗龙文的事且搁置一边，“我与尔等再说说严家的行状。一件：凶徒自称严府官舍，出没湖广、江西之界，白昼行凶，打劫无忌。”他指着一班头问，“此事是你查访的吧？”

舍人，无论官舍、军舍、匠舍等，都是国家某种制度的产物，有人居然称严府舍人，这本身就够骇人听闻。

“是。”查访该事的班头应道。

“你还说得出几人的姓名？”林润问

该班头一一道来：“郭宜三，刘相宜，洪斗文，樊锦，段回——”

“够了，”林润打断他。并问，“他等为何人窝藏？”

“严珍一。”该班头道。

“严珍一何许人？”林润问。

“严府家仆。”该班头道。

“说确实。”林润对他的回答不满意。

“严世蕃家人。”该班头改口。

林润的目的，就是不要把严嵩牵连在内，至少不给人联想严嵩的机会。他点点头，说：“应是如此。”再问，“萍乡是谁去的？”

萍乡属袁州府，与分宜县一在府东，一在府西。

“小人去的。”一班头道。

“男口被杀，妇女被淫的那家，户主是叫张泰八吧？”林润问。

“是。”该班头应道。

“谁人主凶？”林润问。

“洪斗。”该班头答。

林润点点头，问其他人：“林巧儿被杀一事是谁查访的？”

“是小人。”一班头道。

“林巧儿是何方人氏？”林润问。

“瑞州行商，途经袁州时被戮死性命，劫夺钱财。”该班头说。

“杀他的是谁？”林润问。

“段回。”该班头答。

“此二事与我所记相同，我再问一句：有无不实之处？”林润道。

“洪斗、段回已在袁州府狱，有招揭可证。”另一班头说。

“此事不属你查访，我要问你另一事，”林润道，“一件：阴养刺客，夺人妻女，夺人田地，夺人房基。”问该班头，“共查访若干事？”

“自四十二年十一月起至四十三年四月止，凡二十七事，小人亲自查访其中五事。”该班头答。

“说说看，”林润拿出以前所录对照。

该班头一一说出：“一事：严寿二与胡龙之妻何香儿有奸，令刺客刺其夫而拐其妻；一事：严艮一占周龙之妻；一事：严艮二占易通修之妻；一事：严思一占易江之妻；一事：严来童占鄢艮六之妻。”

“因投献伤人是谁查访的？”林润问。

一般投献，是把自家的田地投献给势豪之家，以求庇护。但也有无赖之徒，把他人田地冒充已有献出。这样，接受投献的势豪之家和真正田主会发生冲突，吃亏的当然是势单力薄的田主。

“是小人，凡四事，”一班头答道，“一事：严和鸣伤邹均重；一事：严鸣凤伤黄质练；一事：严樊伤任良谋；一事：严瑞朋伤邹公显。”

接着，有班头禀告夺人田地，却让人家仍赋田粮。他用一个骗字，凡八事。一事：严富之骗陈宝；一事：严景八之骗孔源；一事：严臻富之骗彭柏；一事：严进寿之骗锺发声；一事：严琴之骗杨宗仪；一事：严珍之骗郭寓；一事：严七之骗邓承勋；一事：严积之骗彭槐。

有班头禀告夺人房基，而不与价银。他用一个害字，凡十事。一事：严保之害李三元；一事：严思之害崔元二；一事：严勤之害王铠；一事：严珍之害黄衮；一事：严二汉之害林绍新；一事：严仲一之害彭述古；一事：严富二之害肖珠；一事：

严艮之害张文耀；一事：严志之害朱宝、王銮；一事：严珍二之害杨允积、陈子良。

“严志，严珍二各犯二事，总计起来，应是二十九事。”林润说。

“大人说的是。”班头们应道。

“你等所提到的严珍和严珍二，严艮和严艮一或严艮二，以及严富和严臻富，到底是不是同一人？”林润不无担心地问。

“奉大人之命，小人查出，严珍是严珍，严珍二是严珍二，严艮是严艮，严艮一、严艮二是严艮一、严艮二，严富是严富，严臻富是严臻富，并非一人。”一班头回话。

“这就好，我不想在此等细节上有什么纰漏，”林润说着，又问，“犯案之人都姓严，这也不会有错吧？”

“他等都是严府家人，不会有错，”一班头说，见林润没什么反应，他自己改口，“是严世蕃家人，不会有错。”

第六百五十六章

林润的奏疏里有两段话，皇帝阅毕止不住冷笑。一段，林润写道：总天下之货宝，尽入其家；倾天下之库藏，莫比其蓄。世蕃已逾天府，诸子各冠东南，虽豪奴之严年、谋主之彭孔，倚势而作威福，家赀亦称亿万。闾阎膏腴，剥削殆尽；民穷盗起，值此之由。从古以来，未有以拟其贪，而彼方扬扬夸于众曰：朝廷有我富乎！另一段，林润写道：粉黛之女，列屋群居，所衣皆龙凤之绢，所饰尽珍珠之宝，张象牙之床，围金丝之帐，朝歌而夜弦，左斟而右舞，宣淫无度，污蔑纲常。从古以来，未有以拟其奢，而彼又扬扬夸于众曰：朝廷有我乐乎！

朕没有你富！没有你乐！皇帝恨恨地想。可你的富从何而来？你的乐从何而来？你比朕富，还不是因为你把天下财富搜刮去，把一个空了的太仓库留给朕。你比朕乐，还不是因为你把天下的欢乐夺将去，把无边无涯的忧愁留给朕。严世蕃没有夸于众还罢了，真如林润所言，搜刮朕的财富，夺去朕的欢乐，还要扬扬夸于众，朕绝不饶他！

新升任内官监太监的桂琦进殿，轻声招呼：“爷！”

“何事？”皇帝不耐烦地问。

“厂臣禀奏，锦衣卫那人出城。”桂琦说。

“出的哪个门？”皇帝问。

“崇文门。”桂琦道。

他说的锦衣卫那人，是严世蕃的另一个儿子严绍庭。在严嵩的子孙里，唯独他没有罢官，也算是网开一面吧。或者说，皇帝不想对严嵩恩断义绝，在朝廷留一个人，必要的时候可以直接通通信息。当然，流言很多，皇帝对他也不放心，命东厂留意他的行踪。皇帝办机密的事一向用锦衣卫，不用东厂，因严绍庭在锦衣卫任职，只得破例。

他也要走。出宣武门，还可说为玩赏，出崇文门，就绝不为玩赏。皇帝想，他这一去，再不会回头。

“爷，要不要——”桂琦想问，要不要派人捉拿。

“要什么？”皇帝叱道，“请建极殿大学士来见朕。”

这是三殿更改名称后，第一次使用的职衔。晋建极殿大学士的两位大臣，一是首辅徐阶，一是次辅袁炜。不同的是，徐阶以少师兼，袁炜以少傅兼。皇帝以好奇及少许戏谑称呼建极殿大学士时，一般指徐阶。

“爱卿，严绍庭去矣。”皇帝对徐阶说。

“臣已听说。”徐阶道。

“他所去何处？”皇帝问。

“臣以为，他去的是袁州。”徐阶说。

“他为何而去？”皇帝问。

“朝廷要以擅离戍所，匿居乡里治其父罪，他去报个信。”徐阶说。

“和朕想的一样，”皇帝道，又问，“爱卿看，要不要追回他来？”

“追回无益，”徐阶以为，没必要和这个无关大局的小人物纠缠，“世蕃闻讯，无非蹿走雷州，龙文闻讯，无非蹿走浔州，难道皇上就不能治他等之罪？”

“也和朕想的一样，世蕃在雷州也罢，在袁州也罢，龙文在浔州也罢，在徽州也罢，均着林润逮拿，解往京师，下狱鞫讯，”皇帝传罢旨意，指了指桂琦，对徐阶说，“此事由他等去办，爱卿和朕说说话。”

“是，臣恭候圣谕。”徐阶应道。

“朕差御史采访法秘，已相继还朝，携回法秘数十册，爱卿为朕断其真伪。”皇帝说。

以前征求名山秘籍，不是差派显灵等宫的道士，就是差派内使，往往招致议论。这次皇帝干脆差派御史前往，用意是，愿议论者听便，反正是言官互纠。差派的御史有两名，姜儆是江西南昌人，访太和、龙虎等大江以南的名山，王大任是陕西保安人，访华山等大江以北的名山。

“皇上心慧眼明，不必臣言，自辨真伪，”徐阶先奉承，后规谏，“不过，臣以为，入得名山，未必求得真秘。”

“爱卿所言甚是，朕阅这数十册秘籍，精良者寡，平庸者多。献出秘籍的唐秩、刘文彬等人，朕看也是庸士。说不定所谓秘籍中，就有这几个庸士撰写出来的。”皇帝说语中，流露出失望和不满。

“皇上明鉴。”徐阶道。

“但朕不能因唐秩、刘文彬等平庸而惩治他等，他等所献之书，朕一概收之；朕也不能因姜儆、王大任等所进秘籍难辨真伪而惩治他等，他二人辛劳半年有余，朕要在京师各赐二人宅院一所，”皇帝处置过后，问道，“爱卿可知朕的用心？”

“皇上欲收平庸以等待精良，赐无过以激励建功。”徐阶道。

“知朕者，爱卿也，”皇帝称许，谈兴愈高，“朕深信，神仙，世上所必有；长生，志笃者可期。不过，朕也不会重赏姜儆、王大任等，不会重用唐秩、刘文彬等。朕自幼阅《道德》等经，即大位后从未停止醮事，想以平庸之作来欺蒙，不那么容易。如日前朝天宫来一道者，不知在哪座山修行，是何师承，但称自己是修性命人，有仙药进呈。朕未即服，连问何物，如何做成。后来，太医院使对朕说，进者水银，他自称是先天水银，朕心怀疑畏，仍是未服。”

“皇上疑畏，未服其药，真乃圣明之卓见，”徐阶道，“神仙必有，长生可期，诚如圣谕。所谓修性命者，当有一段义理工夫，上者如心仰《道德》《清静》诸经，次者如以《悟真》等篇参同领悟。今之自诩修性命者，皆不说及，但知进药，且不明说是水银，甚是可疑。”又重复道，“皇上疑畏未服其药，真乃圣明之卓见。”

第六百五十七章

鞑靼分兵入宣、大，俺答亲率一部约五千人，侵犯朔州，掠获颇丰。出套前，赵全曾约他看看板升的新貌，他自己也有此心，所以在返回时，他没有直接去本营，而是绕道去丰州老城。

四年前，官军捣毁板升，俺答心想，这块营地不值得保存；赵全向他保证要修一座崭新的板升，他根本没放在心上。而当一座规模更大、建筑更辉煌的板升展现在眼前时，他发现自己小觑赵全了。这个人不仅有能力，还有毅力。一路上，他都在想，该赏给赵全这个，该赏给赵全那个，现在他想好应该赏给赵全什么。

赵全指着前面的建筑："大汗请看，这座殿是朝殿，凡七间。"

"何谓朝殿？"俺答问。

"朝殿就是群僚每日清晨叩拜大汗的地方，也是大汗随时与群僚议事的地方。"赵全尽量通俗地讲解。

俺答还是难以理解："赵先生说每日？"

"当然是在大汗把这里当作都城以后。"赵全加上一条注解。

"后面那房子和它的大小不分伯仲，又叫作什么？"俺答问。

"那是寝殿，也是七间，大汗每晚和汗妃歇息在那里。"赵全说。

"每晚？也是我把这里当作都城以后吗？"俺答问。

"大汗说的是。"赵全应道。

"那就等我把这里当作都城以后，再进内仔细查看吧。"俺答说着，率先朝殿前的两座小楼走过去。左面的一座，牌匾上写着"蟾宫"，右面的一座，牌匾上写着"凤阁"。听赵全讲解以后，他问："我记得说书的人讲过，蟾宫即月宫，里面住着嫦娥仙子，不知是也不是？"

"大汗过耳不忘，真是好记性。"赵全说。

"我还记得，这位仙子是个女子。"俺答道。

"不错，他是后羿王的妻子。"赵全说。

“蟾宫也居女子，凤阁也居女子，板升还有男子汉住的地方吗？”俺答和他开句玩笑，紧接着又说，“反正我还没有把这里当作都城，不必急着把名字改过来。”

赵全笑着说：“我不急，大汗的宫室，应该大汗急。”

俺答摸了摸支撑起楼阁的柱子，赞道：“两座大殿，两座小楼，物料都不错。赵先生在荒野之地，备得这等物料，着实不易。”

“功不在我，在众首领，更在大汗。”赵全说。

“怎讲？”俺答问。

赵全说：“众首领出征，大汗都要他等向我问计。问计后，他等便问我需用何物，我请他等带一两方有用的木料来，就这样，费事几年，成就这座新的板升。我听说，天朝皇帝穷天下之力修复大内三殿，也要数年，我数年间还大汗一个板升，不算迟吧？”

“不迟，不迟，若非赵先生用心，焉得见此间楼阁。”俺答说。

接下来看城墙，城门和城楼。城墙是一层石头一层土垒起的，看上去不甚华丽，但城门和城楼都用上好的木料建成，城门上的楼高五层，飞梁雕柱，龙凤呈祥，既庄重又艳丽。

俺答对这些没有太在意，他问赵全：“门匾上的四个字是什么？”

“威震华夷。”赵全告诉他。

“楼匾上的四个字呢？”俺答又问。

“沧海蛟腾。”赵全告诉。

“好，”俺答道。“按照你们汉人的说法，这两块匾有帝王之气。”

赵全正不知怎样引出帝王的话题，听俺答自己说出来，不由得喜出望外。他顺势问道：“陛下拟于哪一日登极？”

“你称我什么？”俺答以为听错。

“陛下。”赵全语音清脆地重复一遍。

“你们汉人不是对皇帝才称陛下吗？”俺答道。

“臣等愿拥戴大汗为皇帝。”赵全说。

“那我就一定要把这里当作都城，一定要每日在朝殿与群僚议事，每晚在寝殿与妃子歇息，”俺答自语道，每日和每晚似乎让他惶惑不安，他摇着头说，“不，我还不想每日在朝殿议事，每晚在寝殿歇息；不，我还不想做皇帝。”从一批又一批的汉人谋主那里，他听过不少古往今来的故事，获取不少历史知识。这使得他拒绝赵全突如其来的拥戴，有更有力的依据。“你们汉人里有一位智者，别有用心的人想让他称帝，糊涂的臣僚也想他称帝。他说，这是把他放在铁镬上烤。赵先生，你不是别有用心的人，可我实在不想被放在铁镬上烤。”

“大汗英明。”赵全道。

俺答察觉到他的言不由衷，说：“赵先生不必沮丧。我不过现在还不想做皇帝；一旦想做，我一定把这里当作都城，一定让你作开国的太师。还有，你修建板升完全是为我，用你们汉人的话说，我应该投桃报李。我要回赠给你一个你意想不到的礼品。”

他拍了拍手，两个亲信裹挟着一女子，走到近前。

“赵先生，我把她送给你。”俺答说。

“大汗知道，我不喜女色。”赵全欲推辞。

“她可不是普通的女子，”俺答说，“别看她人近中年，貌不惊人，我已鞫实，她是广陵王府的郡主。你娶她，就成汉人皇帝的仪宾。我还要把她认作女儿，你娶了他，就成了我的倘不浪。既是汉人皇帝的仪宾，又是我的倘不浪，你的来头极大。”

说罢大笑。广陵王是代府最早的郡王。郡王女应封县主，俺答不熟悉，把她提升一级。倘不浪是鞑靼语，略似汉语里的女婿。俺答侵犯朔州，掠及广陵王府，掳去男丁女口若干，其中包括这个县主。俺答把她赏给赵全，既是回报，也是笼络。

第六百五十八章

严世蕃被关在曾经关过他的狱室。不过两年，墙壁破旧许多，光线昏暗许多，气味陈腐许多。当然，严世蕃也衰老许多，牢头的须发也白许多。而严世蕃坐惯的溺器没有带进牢来，让他很不舒服。

牢头念及旧情，对他还是很关照，但没有人每日来送酒送饭，他的关照，是暗中给严世蕃讲些外面的故事。

“公子，今日又解来一人。”牢头说。

“从何处解来？”严世蕃漫不经心地问。

“听说是从山海关外。”牢头告诉他。

“山海关外？”严世蕃心里一惊，“知道他姓名吗？”

“听说是姓牛。”牢头告诉他。

“姓牛？”严世蕃心里又是一惊，“名字呢？”

“记不清，只记得是单字。”牢头说。

“单字？”严世蕃第三次受惊，“是不是信字？”

“对，我想起来，他叫牛信，是山海卫的一名副千户。不知怎的，官府要拿他；不知怎的，被他逃脱；又不知怎的，又将他拿住，”牢头啰哩啰唆地说，最后一句话说得很神秘，“听说他私通虏贼。”

“唉，”严世蕃叹道，“我的死期将至。”

牢头吓一跳，问：“怎会？”

“你不是听说，他私通虏贼吗？”严世蕃道。

“那也是他的死期将至，公子怎说自个儿的死期将至？”牢头问罢，忽生疑窦。“公子不会与他私通吧？”

“总兵以下武臣，我从不与之通，”严世蕃轻蔑地说，“不过，他是罗公子的心腹。他被逮，必牵连罗公子；凡牵连罗公子的事，没有不牵连我的。他的死期将至，我和罗公子的死期也将至。”

这一情形，他不说，法司也一定问出，所以用不着在牢头面前遮掩。

“不会吧？”牢头不知真的不信，还是为安慰面前这个看到自己死期的人，“前些日子，解来一干江盗。他等或供出与罗公子有牵连，照公子的说法，即与公子有牵连了；或直接供出与公子有牵连。我告诉公子时，公子只说两个字：无碍。随后解来一干海盗，倒没有供出与公子有牵连；但无一人不与罗公子有牵连，照公子的说法，即与公子有牵连。我告诉公子时，公子又说两个字：不妨。怎么今日只解来一个牛信，公子就说自己的死期将至呢？”

“其中缘故，你当然是想不到的，”严世蕃说，“对朝廷来说，江盗是小患，海盗是中患，北虏才是大患。这十几年，海盗在江南闹得再厉害，你问问朝廷大臣，问问本兵，问问阁老，要是通天的话，你再问问皇上，谁真把它当成一回事？到底离得远，隔着大江，隔着大河，隔着那么多的府、州、县，隔着那么多的都司、卫、所，威胁不到京师。要不，数百数千人的海盗，容它跳梁到这时！北虏就不同。近在咫尺，朝夕可至，京师动辄戒严，皇上动受惊吓。你对皇上说，严世蕃私通海贼，严世蕃豢养江盗，皇上说不定传谕严世蕃知道：交人宜慎；说不定一笑了之。你对皇上说，严世蕃私通北虏，皇上必怒：好个严世蕃，难道要颠覆朝廷不成。与朕拖出去砍了！”这一番话像在说戏文，说完还问，“这下你懂了吧？”

牢头一脸苦相：“还是不懂。”

“朝廷大政，岂尔等鼠辈可懂得的。”严世蕃又一句戏文。

年关将至，徐阶无暇顾及家事，一应过年的筹备事宜，都由长子徐璠操持。距正旦节还有三天，徐阶抽空回家一趟，对外人说，是看看年事筹办得怎样，但徐璠一下就发现，这不过是托词。因为当他禀告准备多少酒、多少菜、多少干果、多少鱼肉、多少礼品、多少赏金时，徐阶连嘴皮都没有动一动，眉毛都没有眨一眨。

说累，他垂手站立一旁，听徐阶说事。

徐阶的第一句话和过年毫无关系：“东楼必死。”

徐璠不由一愣，在他印象里，徐阶在年节前从不说不吉利的话。

“父亲不是早就说过，东楼难逃一死吗？”他应付地说。

“那是推测，现在是断言。”徐阶说。

“父亲会救他吗？”徐璠问。

“璠儿怎会想到我救他？”徐阶反问。

“父亲曾受过他一拜。”徐璠说。

“那不过是一场游戏。自作孽，不可活，这个道理我懂得，其父懂得，东楼懂得，而幼殷更懂得。他以为，东楼有三不可救，”徐阶说。三不可救是杨豫孙的见解，也是他认可的，但他不能当作自己的见解。

“是哪三不可？”徐璠问。

“其一，东楼通倭、通虏之状，虽不能件件坐实，但皇上已入其言，已有杀他之心。既以威福还主上，主上要杀，则不可救。”徐阶说。

“听起来，幼殷兄的话有些牵强。”徐璠道。

“怎的牵强？”徐阶问。

“皇上有杀东楼之心，诚然；皇上一定要杀东楼，未必。再者，皇上要杀，则不可救，也不是父亲一贯的作风。”徐璠说。

“是不是牵强，璠儿听罢，再作评论，”徐阶暂时不与他争辩，接着往下说，“其二，东楼恶贯满盈，天怨人怒，世人皆曰可杀。既以用舍刑赏还公论，则不可救。”

他等着徐璠评论，徐璠却说：“父亲述罢再议。”

“其三，幼殷说，是我的家事，他不宜妄议。”徐阶道。

杀一个严世蕃，怎能说成家事？徐璠才要发作，猛地醒悟：杨豫孙所谓三不可救，前面的两不可是个幌子，第三不可才是要害；父亲心神不定，不是为前面的两不可救，而是为第三个不可救。

数年以前，严嵩猜忌徐阶，二相关系紧张，徐阶为求安宁，和徐璠计议，将徐璠次女许与严世蕃幼子。从那以后，严嵩和徐阶之间敌对的局面得以缓和。严嵩会在意识到失宠后向徐阶做出托孤的举动，徐阶在万般无奈之下不得不受严世蕃一拜，也是因为有这一层关系。在当时来说，这或是一步好棋；当然，也是不得已的一步棋。不得已投下的棋子总有隐患，现在，隐患浮现出来。

严世蕃可不可救，已经不要紧；要紧的是，怎么处置这个严家的媳妇。不错，两家之间只是换帖认亲，还没有迎娶。但能因此不承认这一桩婚事吗？那不是大户人家的风范，而且会招致无穷无尽的讽议。

也许，杨豫孙在议论严世蕃不可救的时候，徐阶在认可严世蕃不可救的时候，也在议论和认可此女不可救。徐璠也一直在为这桩不应该有的婚事发愁，又不忍为无辜的女儿做个了断。父亲毫无必要地向他宣告严世蕃的死期，也就是向他宣告此女的死期。

“父亲，这件事等过完正旦，孩儿来办吧。”他向徐阶请示，也是为女儿向徐阶求情。

徐阶默不作声地点了点头。

十一、戏以天药

第六百五十九章

皇帝伫立西苑土山，向西遥望。他的目光游弋不定，似乎想在京西群山中寻找一个特定的位置。

在皇帝身后侍立的内阁首辅徐阶、司礼掌印太监黄锦，都知道皇帝想看到的位置是什么，黄锦恨不得上前指出，景王载圳的陵墓在哪里。但他们也知道，三丈五尺五寸高的城墙虽然挡不住影影绰绰的群山，但要从数十里外辨认出一个具体的位置，是根本不可能的。况且，皇帝是不是真要看一眼这个儿子的墓地，谁敢凭空揣度！

还好，皇帝不让他们揣度。

“离景皇帝陵不远吧？”皇帝不回身，不明确问谁，意思就是，二人中谁知道的确切，谁来答话。

黄锦亲历其地查验过，所以他来答话：“爷说的是，相距不远。”

“一个是景皇帝，一个是景王，应该就近相守。”皇帝说。

徐阶和黄锦都品不出来，对墓地的选择来说，这话是褒是贬。其实，是褒是贬都不打紧。载圳是嘉靖四十四年正月上旬忽然病逝的，无子，景藩肯定不会传下去，因此，也没有必要在外地建景王陵墓。讣闻驰报朝廷，刚刚来得及决定载圳还葬京师，刚刚来得及在西山为他占卜阴宅，他的遗体还在北还途中，土木还没有大动，如果皇帝不满意选择的墓地，完全来得及再择。

他们品不出来的还不止于此。对景皇帝和景王来说，皇帝的话是褒是贬，就更难琢磨。对景皇帝是褒是贬，暂且可以不琢磨，对景王是褒是贬，就不能不琢磨，否则，一定说错话。

还好，皇帝不用他们琢磨。

“爱卿有家丧，朕也有家丧，看来，只有君臣同哀。”皇帝这句话，是对徐阶说的。

“天子家丧，亦是国丧；臣之家丧，纯属私情。二者不可同日而语。”徐阶道。他怕皇帝提到他家的丧事，皇帝偏偏提到。

皇帝无心讨论同异，但问：“爱卿的家丧可办完？”

“孙辈没有名分，草葬而已。”徐阶说。女子靠夫婿或儿子取得名分，这两件，徐阶的孙女当然都靠不上。但徐阶说她没有名分，其实是在强调，她还没有嫁出去。

皇帝不知是体察他的良苦用心，还是根本没有把他和严嵩孙辈间的联姻当作一回事，他的心思只在自己的家丧上。

“朕准景王还葬，这事没做错吧？”皇帝问。

“此事足见圣主之慈。”徐阶说。

“爱卿知朕，”皇帝道，只有在徐阶面前，他还肯透露自己的心思，“当初此子迟迟没有就藩，人言汹汹，都道于裕邸不利。其实，朕不过料定，其寿不永，不想他往返途中，受颠簸之苦。朕何尝不知，此子素谋夺嫡！如今他死，众臣也可以放心。”

皇帝是不是料到今日的结局，只有天知道。但说景王素谋夺嫡，却让徐阶大吃一惊。景王迟迟不就藩国，裕王又迟迟不册封太子，众臣的确担心，的确有过不少议论，主要是从客观上分析，二王同在京师会出现什么不利的局面。至于素谋夺嫡，那是谁也不敢妄言的。

“皇上圣明。”徐阶称颂。

“不过，素谋夺嫡，也不是他的本意，”皇帝又说，“他封景王时，只有三岁；十年后庄敬太子薨，他也只有十三岁，懂得什么夺嫡？所谓素谋夺嫡，在他年幼时，其母有其心；在他长成后，左右有其心。此子尚属孝敬恭顺，礼部议谥恭，也还恰当。爱卿说呢？”

“诚如圣谕。”徐阶应道。

东华门外，在已然败落的原王府间，有一处看上去更败落的院子。院门对面的大树下，坐着祖孙二人，一面晒太阳，一面闲聊。

“那里以前是空着的，昨天住进人去。”孙儿说。

“我看到了。”祖父说。

“爷爷知道住进去的是谁吗？”孙儿问。

“是王妃。”祖父说。

“哪一个王妃？”孙儿问。

“景王妃。”祖父说。

“不对吧。”孙儿表示怀疑。

“怎么不对？”祖父问。

“景王在京城有府邸呀，”孙儿说，“我去过相邻的两个府邸，别人告诉我，其中一个是裕王邸，另一个是景王邸。”

“那不过是习惯的叫法，裕王邸仍是裕王邸，景王邸却早已不是景王邸，”祖父说，“景王爷留在京师，那里是景王邸；一旦景王爷离开京师，景王邸就不复存在。即使皇上准许他回来见面，在京城小住，他能不能住进原来的府邸，也在两说；即使准许他住进原来的府邸，那里也不再是景王邸。何况老的景王爷已经不在，又没有小的景王爷，哪里来的景王邸！”

“原来如此，”孙儿总算明白。但随即又有疑问，“还是不对。”

“怎么又不对？”祖父问。

“爷爷不是说景王是天下最富有的王爷吗？天下最富有的王爷的妃子，怎么会住进这样一个院落！”孙儿自以为占住理。

“不错，我说过天下最富有的王爷是景王爷。但景王爷富有，未见得景王妃就富有呀，”祖父辩道，“景王爷富有，是因为他有数万顷田地。你想一想，当今世上，把数万顷田地收于囊中的富豪、乡绅能有几人？亲王、郡王能有几人？天下田地不过数百万顷，他占去数万顷，天下每一百顷田地里，就有一顷是他的，还不算富有吗？景王爷富有，还因为他奏得好几处关市的税课，例如荆州的税课。天下关市不过百余处，最大的只有十几处，荆州为其一。百余处关市中，他掌握数处，十余处最大的关市中，他掌握一处，还不算富有吗？可数万顷田地，不在湖广，即在河南；数处关市，集中在湖广。景王爷一死，没有小王爷承继，景王妃还京，她带得回一样吗？”

“景王就没有留下些金银钱财吗？”孙儿问。

“数万顷田地，数处关市，怎会不留下些钱财？”祖父道，“可景王爷左右多是小人，王爷在世，他等暗施伎俩，巧取豪夺，将王府的财富据为己有；王爷一死，你取一份，我取一份，恨不能将王府的财富瓜分得干干净净。留给王妃的，也只有她那一份私房钱。京城寸土寸金，她那份私房钱，恐怕也置不下一份好的产业。何况这处院子是皇上拨与她居住的，她岂敢另觅居所？她那份私房钱，用来修缮修缮房屋，购买几样家具，恐怕就用得差不多。”

“原来如此。”孙儿这次真的明白。

院门打开，一个衣着光鲜的老妇走出来，坐进等候在门外的小轿。祖父指着她问：“你知她是何人？”

“不知。”孙儿道。

“她是景王爷的乳娘，”祖父说着，又问，“你知她去何处？”

“不知。”孙儿道。

“她要去奶子府。”祖父说。

轿夫起轿，果然向北行去。

孙儿不等祖父开口，抢先问道：“她去奶子府作甚？”

“她一定去奶子府探探虚实，看以前那几个相好的公公还在不在，如果还在，大家做个近邻，彼此关照关照。”祖父说。

“爷爷看，他们会关照她吗？”孙儿问。

“以前她能关照人家，人家也会关照她；如今她不能关照人家，人家也未必关照她。今天她去，人家还会把她让进屋里；下次去，人家或许和她在院里说话；再下次去，人家或许就把她挡在门外。今天她去，还会有一杯上等的茶水；下次去，或许改为残茶；再下次去，或许就改为凉水。”祖父做出一连串的预测。

“为什么？”孙儿问。

“这就叫人情淡薄，”祖父道，“你看她今天的衣着，何等光鲜；下次出门，或许改为荆布衣裳；再下次出门，或许就是破衣烂衫。她今日去奶子府，会在店铺里买一盒点心，和相好们斗一斗叶子，赌几个小钱；下次去时，或许是空着两手；再下次去，或许就是告讨。”

孙儿似乎有些同情她，问：“再往后呢？”

“或许真要靠行乞度日，”祖父说，“一个乞婆，谁会关照！不知你信不信她明日光景，我是信的。”

“信，信，爷爷的话，从来没有错过。”孙儿道。

第六百六十章

听说次辅袁炜病重，礼部左、右侍郎秦鸣雷、高仪相约，一同去他家里探视。二人探视袁炜，一半是因为礼部和内阁联络较多，一半是因为乡情。

走在路上，秦鸣雷说："懋中先生满腹文章，我最喜欢和他闲谈；可我又怕他语词尖刻，品藻士大夫，有时让人很难堪。"

"子豫先生最怕的是他议论子升相公吧？"高仪一针见血地指出。

"是啊，"秦鸣雷并不否认，"懋中先生对我等均能忍让，不知怎的，对子升相公却一分一毫也不肯相让。"

"同朝这么多年，子豫先生真的不知原委？"高仪觉得不可思议。

"同朝这么多年，子象先生听人议论过吗？"秦鸣雷反问。

"这倒也是，他二位地位崇高，别人的确不好议论，"高仪表示赞同，又道，"说起原委，我略知一二。我说，说过后即不认账；子豫先生听，听过即作罢，如何？"

"如此甚好。"秦鸣雷道。

"二相芥蒂，始于三十年前。"高仪提纲挈领地说一句。

"三十年前？"秦鸣雷想，那时的徐阶是何等人物，袁炜是何等人物，"那时，子升相公还在我浙省任官吧？懋中先生还未应过乡试吧？"

高仪点了点头，说："子升相公那时是我浙省提学佥事，懋中先生那时则是宁波府学生员。"

"不错，不错，"秦鸣雷连声道，"子升相公考校各学生员，一定也考校过宁波府学；懋中先生尊子升相公恩师，便源于此。"

"但子豫先生知不知道，子升相公考校至宁波，给懋中先生打个什么分数？"高仪问。

"这却不知。"秦鸣雷答，见高仪伸出小拇指，他问，"是下等？"

"还要差，是下下。"高仪说。

秦鸣雷咋舌："会试第一、殿试第三的大才，被判为下下，真乃奇也。难道子升相公和李、夏、顾、张诸公的眼光如此不同？”

他说的诸公，是嘉靖十七年的首辅李时，次辅夏言，及会试的两位主考官顾鼎臣、张邦奇。会试第一名，是经由顾、张选中的，该科探花，则是李、夏等反复斟酌的结果。

“子豫先生事不关己，用一个‘奇’字就遮掩过去。”高仪说。

对此，秦鸣雷其实也有同感：“说的是，以懋中先生孤傲的性情，此事定成心病。”

高仪说：“好，该说的我说；说过后，我再不认账。子豫先生——”

“子象先生不必叮嘱，我听过后，即作罢。”秦鸣雷说。

一眼看过去，便知袁炜重病缠身，而非一般的心病。他冬季患喘疾，已经有好几年，以前一开春就好，但今年已至深春，仍不见有转机。

患喘，说话必定吃力，但袁炜是个喜欢说话的人，而且来的又是秦鸣雷、高仪这样值得交谈的客人，话就更多。

“二位怎么来的？”袁炜等二人坐定，问道。

他的话多，客人也高兴。只要谈的是家常，不品藻士大夫，秦鸣雷、高仪就觉得轻松。所以，二人抢着回答。

“是步行来的。”秦鸣雷说。

“是乘一段轿，步行一段来的。”高仪更正道。

“大明门内那一段，是乘轿还是步行？”袁炜问。

“是乘轿。”秦鸣雷回答。

“可惜。”袁炜道。

“怎么？”秦、高二人齐问。

“千步廊被焚，我都想去看看遗迹，无奈身不由己，二位康健，应该走近前去，看个仔细的。”袁炜说。

千步廊是大明门两侧廊庑的俗称，里面存放先朝疏稿底本，前些日子，忽起一场大火，把千步廊及所存文件烧成灰烬。

“不瞒懋中先生，千步廊火后，我曾近前看个仔细。”高仪说。

“看得如何？”袁炜问。

“片纸只字不存。”高仪间。

“难怪皇上要问，他日修史，何所凭为张本？”袁炜道。

秦鸣雷、高仪日日不是在礼部坐衙，就是在西苑行走，知道皇帝为此事叹息，不足为怪；袁炜好些日子不出门，据说皇帝已经在认真考虑不得不让他致仕后，谁堪入阁的事。他竟也知道皇帝的叹息，而且一字不差是原话，真可谓宫闱无秘事可言！

皇帝问的是徐阶，徐阶的回答是：此皆积年堆弃残帙，各衙门紧要章奏，及四夷番文，俱贮六科廊内；此等无用故纸，正合付之一炬。

据说，皇帝闻言，龙颜大悦；据说，皇帝还问到：六科廊内，存文牍多少本。徐阶答曰：十三万二千余本。

因是传闻，未向徐阶本人求证，很难断定有几分是真。不过，秦鸣雷、高仪都觉得，这样的回答符合徐阶的风格；都觉得，徐阶回答巧妙，恰见其机智。当然，他二人也觉得，徐阶这样说，游刃有余，而忠谠不足，难免要授人话柄。

果然，袁炜议论上："有人不借此灾异以进谏，不即时搜集以补救，却逢迎天威，曲意解嘲，昧着天良说什么烧得好，是何心也！"

这话若出自言官之口，秦鸣雷、高仪真要好好想一想，并希望徐阶也能好好想一想；可出自袁炜之口，就显得不那么郑重其事。徐阶有时逢迎天威，的确不假；袁炜所言所行，如所撰以嘉靖皇帝对元始天尊的长联，难道就不是逢迎天威？

袁炜知道二人是不会附和自己痛责徐阶的。他摆摆手，道："不说此事，不说此事，免得让二位为难。"

秦鸣雷、高仪陪他又说一阵闲话，辞去。

忙过今科春闱以后，包括阁臣徐阶、吏部尚书严讷、礼部尚书李春芳在内的大臣们，在一起聚了聚。当众人对试卷优劣、取士得失纷纷议论时，徐阶发现主考官之一、吏部左侍郎兼翰林院学士高拱没有来。他把严讷拉到一旁，问道："肃卿先生呢？"

"肃卿先生忽而染恙，让我向子升先生和诸位致歉，"严讷说，犹豫片刻，他又加上一句，"并向子升先生致谢。"

"为何事致谢？"徐阶问。

"自然是为子升先生的回护。"严讷道。

"致歉还说得过去，至于致谢——"徐阶摇了摇头，说，"绝非肃卿先生的性格，不是肃卿先生违心，就是敏卿先生越俎代庖。"

今科会试，高拱和另一个主考官、翰林院侍读学士胡正蒙险遭不测。问题出在试题上。试题取自《诗．大雅．烝民》里的两句：民之秉彝，好事懿德。彝，有人把它解释为祭品，有人把它解释为常规，总之这两句诗强调规范百姓的品行，用意是好的。可考试官把“秉彝”写作“秉夷”，皇帝很反感。一来，彝可以秉，夷怎么秉？二来，近二十年来，朝廷为应付套虏和倭寇，费尽全力，皇帝一见夷字就头疼。按照皇帝的意思，要严厉惩治高拱、胡正蒙。徐阶说：彝、夷二字，有时是可以通用的，有的《诗经》抄本或印本，就把“秉彝”写作“秉夷”。再者，就算把“秉夷”之夷当作四夷之夷，秉夷也是指引导四夷，并没有什么不好。皇帝这才作罢。

高拱、胡正蒙吓出一身冷汗。高拱忽而染恙如果是真的，说不定正是为此。但徐阶相信，依着高拱的性格，宁愿被皇帝治罪，也不愿接受他，或任何其他人的庇护。所以，他对严讷说：“请转告肃卿先生，今次试题风波，错不在他等，当然更不在皇上。今次取士，科、道亦无赘言。其他的事情就不必放在心上。”

“是，子升先生的话，我一定带到。”严讷应道。

见另一边众人围拢在一起，显然是被一个话题所吸引。徐阶笑道：“敏卿先生，估一估，他等在议何事。”

“不外乎礼部的事。”严讷随口说出。

“何以见得？”徐阶问。

“子实先生言罢，子豫先生言，子豫先生言罢，子象先生言，几乎把这里当作礼部衙门，还会错吗？”严讷道。

“三子凑在一起，自然话多。”徐阶道。

“那么，子升以为他等议的不是礼部事？”严讷问。

“不，子实先生不温不火，子豫先生不喜不怒，子象先生不急不慢，不是议礼部事，却是议何事？我的意思，不外乎者，太笼而统之，敏卿先生可不可以说得细些？”徐阶提出要求。

“说得细些，定是在议今次春闱。”严讷说。

“何以见得？”徐阶问。

“你看来的主考官，低垂下头，像不像他考过了别人，现在要让人家再考一考他？”严讷说着，手指向胡正蒙。

“果然很像，”徐阶笑道，“不过，他在前辈面前，一向如此。”

“子升先生的意思，我还是说得笼而统之？”严讷问。

“敏卿先生能不能说得再具体些？”徐阶说着，比画出一段距离。

“再细一丝一毫，我也力不从心，”严讷摇头，并问，“在子升先生看来，他等在议何事？”

“好，我二人过去说。”徐阶拉着严讷，向众人走去。

李春芳不温不火，秦鸣雷不喜不怒，高仪不急不慢，但有一点是相同的：三人一边说话，一边向徐阶、严讷偷窥。所以，不等徐、严二人走到近前，三人挪动一下身子，其他人也挪动一下身子，给徐阶、严讷让出位置。

“我等有一事议而不决，须子升先生裁定。”李春芳说。

“可是登科录之事？”徐阶问。

登科录的内容，是载录每科会试的考官和中第举子的姓名。考官包括主考、房考、提调、监试等，当然还有阁、部大臣，因为最后的名次，特别是一甲三人的名次，是由他们排定的。不过，编辑登科录，是一项例行公事，徐阶一下说出众人在议论此事，确实使人惊诧。

“怎么，子升先生听到我等的议论？”秦鸣雷问。

“不是听到，是估到。”严讷照徐阶方才比画的距离比画一下，说，“子升先生，你比我高明这多。”

徐阶微微一笑，说：“只是动了动脑筋，未见得高明。”

“子升先生脑筋如何动法，可否略示一二？”李春芳道。

“是啊，不好意思只让子升先生一人动脑筋，我等的脑筋也要动一动。”以工部尚书衔兼吏部左侍郎的董份附和道。这一兼职在本朝难得一见；而且，吏部侍郎也不该参与会试。董份读卷，是沿袭前次会试李春芳以吏部左侍郎读卷的例子。

徐阶等众人静下来，不慌不忙地说：“春闱张榜后，与试大臣照例要聚一聚，不过，大事完毕，以轻松为主。若有话题，应三五成伙；若无话题，则听一人讲解趣事。今次有没有话题呢？当然有。譬如，明举先生，”说着，向刑部尚书黄光升点头示意，“大严在春闱张榜后即遭刑戮，总该有人向你询问其事吧？再譬如锺诚先生，”说着，向掌院都御史张永明点头示意，“皇上有旨，抄籍老严，总该有人向你询问其事吧？有没有趣事呢？当然有。譬如，用均先生，”说着，向董份点头示意，“曾对我讲述江南士子窜改王伯谷诗句的轶事，大可以讲与诸位听。可既没人向明举先生、锺诚先生询问，也没人听用均先生的趣事。为什么？因为诸位聚在一起议事。眼下朝廷在春闱之外有什么大事吗？没有。所以诸位一定在议论春闱事。春闱已告完毕，除登科录，还有其他大事吗？没有。所以诸位一定在议论登科录。此其一也。”

“说这多，还只是其一？这次子升先生脑筋动的，非同小可。”黄光升开句玩笑。

“唯恐挂一漏万，正是我不高明处，”徐阶说，“其二，春闱之后，照例要编辑登科录，本来也没有什么好议论的。今次编辑登科录，有没有与以往不同之处呢？有。那就是袁懋中先生的去留。懋中先生若在会试开始前致仕，一定不载于登科录；若在张榜后致仕，一定载于登科录。他却在开考以后、张榜以前致仕，这就难以取舍。敏卿先生方才对我说，子实先生言罢，子豫先生言；子豫先生言罢，子象先生言。他观望得甚是细微。我料定，礼部三位堂官不是在争辩，就是有一事均感为难。”

“是均感为难，故请子升先生裁定。”李春芳插言道。

“未终其事，我看，懋中先生不载今次登科录为好。”徐阶说。

此言一出，遂成定论，众人知道不必再议。

“用均先生，有什么好故事，讲出来大家听听。”张永明道。

“不雅，不雅；不宜，不宜。”董份连连摆手。

“子升先生只称轶事，未道不雅，一定要讲。”秦鸣雷说。

“是啊，一定要讲。”众人纷纷敦促。

董份只得开讲，他预先说明：“此事关系脬和屁，故言不雅。”

话音未落，众人已笑出声来。

“用均先生，不知是哪一个脬？”秦鸣雷问。

“盛尿的脬，即俗称尿脬者也。”董份道。

虽是俗称，他也说得一本正经，众人更笑得前仰后合。

“且听脬生于何处，再笑不迟。”杨博先自己不笑，再阻止众人笑。

“子升先生说是窜改诗句的轶事，脬自然生于王伯谷的诗句，”秦鸣雷说着，问董份，“用均先生，是也不是？”

伯谷是产自姑苏长洲的名士王稚登的字。在文徵明去世以后，王稚登不仅是江南文坛的健将，而且俨然江南文坛领袖的继承者；而且，他曾以宾客的身份在袁炜府上住过一段不短的日子，深得袁炜赏识。说他的诗里生出脬来，未免过于唐突。

“王伯谷以诗文见长，诗里怎会生出脬来？”高仪质疑。

“子象先生说的是，”董份赞同他的说法，并加上一句，“脬者，并非出自王伯谷的诗句，而是他人插入王伯谷的诗句。插入脬，及插入屁者，周公瑕也。”

“可是太仓人周天球？”不知谁问一句。

“就是他。”董份答道。

周天球也是江南名士，他和王稚登有一个共同之处，就是都曾从文徵明游，宛如同出一门。周天球怎会窜改王稚登的诗句，加入如此不雅的字呢？如果说，诗里出现脬、屁一类字，曾引起众人极大的兴趣；那么，与此事有关的二人竟是王伯谷、周公瑕，更引起众人极大的兴趣。

“用均先生把这段故事一气讲完，不要等人问你一句，才讲一句。”李春芳责备道。

“敏卿先生看，礼部二侍郎轮番问话，子实先生不责备他等，只知责备我，是何道理！”董份向本衙门正堂诉苦。

“这话你对子升先生说，莫对我说。”严讷却表示：能在各衙门间仲裁或协调的，只有徐阶一人。

“听者急不得，”徐阶说，“我听均用先生讲述时，没有追问一句，他也原原本本讲一遍。”

于是，没有人再追问，董份得以讲述故事本末：“王伯谷诗中，以七言最佳；七言诗中，又以咏内阁紫牡丹者最佳；咏内阁紫牡丹诗，又以‘色借相公袍上紫，香分天子殿中烟’一联最佳。甚至有人说，本朝佳联佳句，无出其右者。可周公瑕就是不服，他把该联改两个字，寄还王伯谷。一个字：袍上紫的袍改为脬；一个字：殿中烟的殿改为屁。王伯谷览之，哭笑不得。”

“那不成‘色借相公脬上紫，香分天子屁中烟’？”秦鸣雷把这两句念出来，才觉出不仅可笑，而且可恶，“均用先生，周公瑕这可不是对王伯谷不服，而是对王伯谷不敬。对王伯谷不敬，倒也没有什么，他这却是对天子和相公的不敬。”

“是周公瑕对天子和相公不敬，还是王伯谷对天子和相公不敬？欲借相公袍上紫，欲分天子殿中烟，难道是恭敬之道？”黄光升道。

“总比欲借相公脬上紫，欲分天子屁中烟要强吧？连相公的紫脬都看得出来，还有什么是看不出来的？”秦鸣雷道。这又是一句引人发笑的话，但徐阶在场，谁也不好意思放肆地笑。他紧接着说：“我看，欲借相公袍上紫，欲分天子殿中烟，若议斩监候，欲借相公脬上紫，欲分天子屁中烟，就该议斩立决。”

高仪觉得，周天球改王稚登的诗句改得荒唐，秦鸣雷要分辨此事就更荒唐。他出言制止：“明举先生、锺诚先生都没有给二人量刑，子豫先生说什么斩监候、斩立决的，难道礼侍作得不耐烦，想改刑部？”

“我打个比方，并非想改刑部，”秦鸣雷又和高仪争辩，“是否斩监候、斩立决，自然不该我管，可我在礼部一天，他二人休想取得功名。”

要不是董份的故事还有个尾巴，真不知众人会争到哪一步。故事的尾巴进一步证实，周天球的确对相公不敬，不是对所有的相公不敬，是对某一个相公不敬；不是对子升相公不敬，是对懋中相公不敬。

董份讲述道："懋中先生对王伯谷咏内阁紫牡丹诗极是赏识，前科会试毕，懋中先生命所选吉士赋紫牡丹诗，阅罢，将王伯谷诗念与众人听，斥道：君辈职文章，能得王秀才一句耶！幸亏皇上圣明，停止开馆，要不，真让今日所选吉士无地自容。"

董份是该科另一主考官，当然知道，该科庶吉士选而复罢，是因为科臣奏言选举有私，和袁炜推崇王稚登的诗毫无关系。他把这两件事联系在一起，不过是随便发的感慨。

对徐阶来说，听到这一句感慨已够。王稚登作为袁炜府上的宾客，戏弄王稚登，批评王诗，必然牵连到袁炜。但王稚登是名流，是风雅之士，他或其他大臣戏弄王稚登，批评王诗，就不好。现在的情形是，他没有戏弄王稚登，没有批评王诗，其他大臣没有戏弄王稚登，没有批评王诗。戏弄王稚登、批评王诗的，是另一个名流，另一个风雅之士。另一个名流，另一个风雅之士戏弄王稚登，批评王诗，就等于戏弄袁炜，批评袁文。这真是一件很开心的事情。

见林爊站在众人身后，他做个手势，把他叫到一边。林爊在参与会试的官员中，品秩是很低的，只能和监试的御史等站在外一圈，没有说话的机会。和徐阶单独在一起，他可以表达自己的高兴。

"老师，这就是物以类聚吧。"他说。

"不说此事，"徐阶打断他，"贞恒，还记得我嘱咐过你的话吗？"

"老师是说——"问得突然，林爊一时懵住，但旋即醒悟，"老师是说《承天大志》的旧稿吧？均保存完好，老师放心。"

"凡经他窜改的文稿一概不用，但用原稿。"徐阶吩咐道。

第六百六十一章

如果问太原府谁家是首富，会有许多答案，而且各有各的理由。当然，其中也包括太原县的李家。但是，如果问太原县谁家是首富，异口同声只有一个答案，那就是李家。理由相同：他家在太原县城郊外的大宅院，谁比得了？他家分布在太原县以及临近县、临近州、临近府的田产，谁比得了？他家动辄拿出的数百数千乃至上万的金银，谁比得了？他家豢养的数十上百的穷凶极恶的奴仆，谁比得了？他家在本县及外县、外州、外府的众多徒子徒孙，谁比得了？也许，根本不需要任何理由，只要看一眼李家的主人，就会相信：他应该是太原县的首富；不仅是太原县的首富，而且应该是太原府或全晋的首富；不仅是首富，还应该是别的什么，譬如说，他秘密传人的教派的领袖。

李家的主人单名一个同字。不曾有人追究，他从何处迁徙至此；不曾有人追究，他的财富来自何处；不曾有人追究，他在自己颇有神秘色彩的宅院里做些什么；不曾有人追究，他周围为什么聚集这么多人。

也许有人觉得，他这么有钱，愿意住在哪里，就可以住在哪里；愿意做什么事情，就可以做什么事情。一切都不足为奇。

他的弟子里，居然有一个四川人，也就不足为奇。

李同把四川弟子蔡伯贯带到后院，说："这里你是来过的。"

"是，弟子来过。"蔡伯贯说。

李同领蔡伯贯走到一重小院前，说："这个去处，你是知道的。"

"是，弟子知道。"蔡伯贯说。

小院的门是锁着的，李同从腰间取下钥匙，打开锁，领蔡伯贯走进去。说："这里你没有进来过。"

"是，弟子没有进来过。"蔡伯贯说。

"今天，我领你走进来。"李同说。

“是，多谢师傅。”蔡伯贯说。

“你知道我领你进来作甚？”李同问。

“弟子不知。”蔡伯贯说。

院内只有一间房子，没有上锁。李同推开门，领蔡伯贯走进去。房子里只有一座供案，上面供着一个牌位，但牌位上没有写任何字；牌位后面摆放着一尊木雕的人像，雕像两侧各有一块木匾，一块木匾上写的是：弥勒再世；一块木匾上写的是：莲花绽开。

李同指着雕像说：“这是你师祖，磕头吧。”

蔡伯贯更不多问，跪在雕像前，连磕三个头。

“不够。”李同说。

蔡伯贯又磕六个头，完成九拜之礼。

“仔细瞧瞧那像。”李同吩咐。

蔡伯贯眼睛眨也不眨地盯住雕像看，边看，边瞥李同一眼。

“看出什么？”李同问。

“像师傅。”蔡伯贯说。

“算你有缘，”李同道，“告诉你，他是我祖父，亲祖父。我的一切，包括我的法术，都是他传下来的。”

“原来是师傅的先人，我再磕几个头。”蔡伯贯从新行礼，磕过头，站起身，道，“请师傅给我讲讲老师傅。”

“那我就给你讲讲老人家三十年前的事迹吧，”李同说，“那年祖父游至常州，馆于杨氏七郎家，宾主相处甚欢。一夕，二人对酌，祖父说：不可无美人侍酒。七郎欲唤家人。祖父道，不必。他向摆放在室内的屏风招了招手，只见屏风上的美人们回眸一笑，争先恐后地走出画面，走下屏风；动作稍慢的美人一脸怨艾，留下守屏。走下来的美人或纤指捧觞，或柔语劝饮，或樱口放歌，或长袖起舞，直至宾主尽欢，她等方百般不舍地回到屏风。此事传出，远近轰动。七郎有兄六郎，住在乡下，不信世间有这等奇人，赶来城里观望。他见祖父胸前挎一黄绡囊袋，天气再热，也不肯摘下，遂心生一计。次日，他约祖父出城，沐浴于河，却使人伏于树丛，见机行窃。祖父上岸，见失去囊袋，笑道：不妨，当令偷儿自献。六郎窃笑其痴。谁知过不多时，一人手捧黄绡囊袋，献至面前。其人两粒眼珠垂在睫毛之外，煞是吓人。六郎再一细看，正是他布置的偷儿，不由大惊。祖父命偷儿自己把眼珠纳入眼中，须臾而愈。”

“举手招仙，咒人致疾，有此神技，羡煞后人，”蔡伯贯羡罢，问道，“离开常州，师傅先人还有什么故事吗？”

李同接着讲述祖父的事迹：“离开常州，祖父游至姑苏，馆于前朝大老王某家。其长子约祖父饮于舟中，舟离胥口，荡向太湖中央的莫厘山。美酒佳境，欢畅异常。祖父每饮一杯后，将酒器投置水中，玉杯掷尽，复掷金斝。家人欲加阻拦，大公子不许。酒器掷尽，酒也饮得恰到好处。祖父问：欲得鱼羹乎？大公子曰：最佳。祖父手在空中一摸，摸出一条鱼来。那鱼摇尾摆鳞，似有所诉。祖父把鱼扔进湖里，说：用它做羹，大公子难免疑我有诈，还是买鱼来做吧。家人向渔夫买条才打捞上来的鲜鱼，交与后舱的厨子做羹。谁知剖开鱼肚，竟是一肚子玉杯金斝，比照祖父所掷，一样不少。那一锅鱼羹，自是鲜美无比。”

“以物养物，以物求物，有此神技，羡煞后人，”蔡伯贯羡罢，问道，“离开姑苏，师傅先人还有什么故事吗？”

李同再讲述：“离开姑苏，祖父游至松江，馆于致仕官宦朱大人家。居住数日，朱大人戏问：老神仙可做主人乎？祖父曰：可。遂约定，当晚祖父宴朱大人于城外某水榭。整整一天，祖父未做任何准备，待月亮升起，乃邀朱大人同往。水榭当中摆一张巨大无比的圆桌，几名佣人手托菜盘，穿梭而上，不多时，摆了满满一桌。祖父与朱大人推杯换盏，饮至天明。朱大人但觉，酒的味道，菜的味道，似曾相识。归还府第，妻妾纷述怪异。原来昨日是夫人生辰，众妾合伙置席请她。酒是好酒，菜是好菜，谁知摆上桌来，众人尚未动筷，却成残酒剩菜。朱大人问准备的是什么酒，妻妾道来，朱大人问准备的是什么菜，妻妾道来，均与水榭所设相同。朱大人大笑，道其原委。妻妾知被作弄，诟骂不已。”

“取之于人，用之于人，有此神技，羡煞后人。”蔡伯贯羡道。

“怎么不问后来的故事？”李同怪道。

“由西而东，游至松江，游至海滨、游至尽头。再游，则要走回头的路，”蔡伯贯说。

“徒儿有悟性，”李同笑道，“祖父回至姑苏，为奸人诬告，下狱量刑，谪戍云南。依照大明律例，发戍边方，当由两人押解。祖父问二公差为何要去。公差说：怕你逃逸。祖父说：有你二人，我就不能逃逸？说话间，踪影全无；二公差正在慌乱，祖父又现身眼前。公差改口：不得符验，无法交差。祖父说：你二人不如安住在家，三月后，到玄妙观前与我相会，我把符牌与你。二公差知道，凭他二人，无论如何也守不住祖父，只得由他。三个月后，二公差来到玄妙观前，果然见到祖父，正和观里的道童争执不下。一问才知道，祖父要见本观道长，道长知他负案在身，令道童回说不在。祖父愤然言道：你师傅东向坐于阁中，念诵玉皇经，方至某卷某页某行某字，为何诳我！公差对道童说：何不进去看看真假。进去一问，悉如祖父所言。公差、道长、道童无不大惊。祖父将符牌交给公差，在玄妙观里住几天，然后渡江北上。祖父在直隶、山西一向隐姓埋名，真没有什么故事讲给你听。”

“师祖之技，神鬼莫测，徒儿但愿得其一二。”蔡伯贯叹道。

“谈何容易，”李同道，“祖父神技，只传我一二；你来的时间短，从我这里也不过学去一二。”

“徒儿愿长久伴随师傅。”蔡伯贯说。

“不，”李同摇摇头，说，“你记住，人各有缘，你若不去，我是不会领你来这里磕头的。再者，我的法术你虽只学到一二，回去做一件大事，也足够。做成那件大事，是我期望于你的。”

“是，徒儿谨记师傅教诲，”蔡伯贯应道，又明知犯忌、却不肯罢休地问道，“师傅，师祖名讳，可否示人？”

“你问他真实的姓名，还是问他冒用的姓名？”连冒用姓名一节都托出，看来，李同不想隐瞒。

“徒儿愿知师祖一切。”蔡伯贯说。

“祖父的姓名，本不能示人的，但既要你去办那件大事，只好让你知道，”李同说着，将祖父的一切和盘托出，“我姓李，祖父自然姓李。祖父的名讳，上福下达，年少时，拜教里首领王良、李钺为师。弘治年间，王良、李钺出事，祖父亦被发戍山丹卫，后逃回山西。正德年间，山西人但知有个李午，往返于山、陕两省，不再知有李福达。但数年后，祖父还是被御史勾出，复戍山海卫。祖父再逃还，连姓氏亦改。嘉靖年间，山、陕两省之人，但知有个张寅，往返于山、陕与京师之间，不再知有李午，更不知有李福达。为安居，祖父以张寅的名义，在山西都司捐个指挥使。到嘉靖五年，山西巡按御史马录，不知怎的查出来，张寅即李午，即李福达。狱呈朝廷，刑部尚书颜颐寿、都御史聂贤皆入其言。幸而皇上糊涂，反治他等之罪。但祖父在山西也住不下去，不得不在外游历。祖父有数子，均以张为姓氏，依次为大仁、大义、大礼等。大礼即为我父。祖父嘱咐，大仁等既无寿相，亦无福相，不必恢复姓氏，待我成人，再改回李姓。祖父两姓三名，所以你看，他的神像，连姓名都没有写。”

对蔡伯贯来说，听这段故事如听天书。他既不知当年的王良、李钺等如何把山西搅得天翻地覆，更不知当年的张寅之狱牵连有多么广泛，他关心的，只是师傅交代他去办的那件大事。

“师傅提到聂贤，和我要处置的那一家人有何牵连？”他问。

李同说：“祖父的三个大仇人马录、颜颐寿、聂贤，借天子之手处置；三人的后代，我要替祖父处置。马录是河南信阳人，颜颐寿是湖广巴陵人，都不用你管。聂贤是长寿人，属重庆府，和你同郡。他一家人，你帮我去料理。”

“师傅放心，师祖的仇家，即徒儿的仇家，我定要将聂家斩草除根。不过，”蔡伯贯也将自己的打算和盘托出，“一旦杀人，定将惊动官府，惊动朝廷。我只得和官府、和朝廷作个对头。”

“如此更好，朝廷乃我等最大的仇家。”李同说。

第六百六十二章

获景王讣闻后，皇帝就身子不舒服，虽经太医院使徐伟精心调护，很快痊愈，但心里总觉得有病，严重时，甚至茶也不思饭也不想。因此，内官监太监赵楹献入法书一册、神丹三丸，可谓适逢其时。书的封页四个大字，四个小字。四个大字是万寿金书，四个小字是以宁恭录。

皇帝看了四个大字欢喜，看了四个小字生疑。他问："这个以宁是今人，还是古人？"

"回爷的话，是今人。"赵楹奏道。

"为何写作恭录，难道不是他作的？"皇帝问。

"请爷翻阅扉页，即见分晓。"赵楹说。

皇帝翻开扉页，又是四个小字：吕祖鸾笔。

"什么意思？"皇帝皱着眉问。

"以宁说，某日扶箕，不知不觉写出这部书，这四个字也是不知不觉写出来的。"赵楹道。他知道，此事不可说得太玄妙，说得太玄妙，皇帝会起疑心；也不能说得太平易，说得太平易，引不起皇帝的兴趣。他觉得，不知不觉四个字，说得恰到好处。既不太玄妙又不太平易地讲完，他说："故以宁不敢称撰，不敢称著，但称恭录。"

"那么，这丹丸呢？"皇帝问。

"爷请细看，上面有字。"赵楹道。

药丸上也印着四个字：天赐神药。

"怎么是天赐的，不是吕祖赐的？"皇帝看出破绽。

"以宁说，吕祖托梦与他，道是此药得自于天上玉皇，当赠与人间皇帝。"这一番话，不知真是那个自称以宁的人说给赵楹听的，还是赵楹被追问，临时编排出来的。

"既是吕祖相赠，却之不恭，朕就收下。"收是收下，可皇帝并没有即时服用的意思，他问，"赵楹，以宁其人，现在何处？"

“据说，仍在仙山。”赵楹回奏。

“仙山又在何处？”皇帝问。

“据说，在龙飞之地。”赵楹回奏。

“在湖广？那是玄岳了，”皇帝一下想到武当山，“可惜离朕太远，一时无法与他相见。”

“以宁虽不在京师，其子玄玉却在京师，金书和丹丸，就是他遵从父命，献与爷的。”赵楹道。

“那好，见不到以宁其人，朕就见一见其子玄玉。赵楹，你带他来西苑。”皇帝命道。

“奴才遵旨。”赵楹应道。不负道录司诸人的重礼和重托，他当然高兴，不过，有一件事要事先禀明，否则，难脱干系。所以，他领旨后，没有即去，而是做出欲言又止的样子。

“还有何事？”皇帝问。

“爷，奴才恐出差错。”赵楹吞吞吐吐地说。

“有何差错？”皇帝问。

“以宁这个人，爷说不定识得。”赵楹仍然吞吞吐吐。

“怎会？朕从没听说过这个名字！”皇帝道。

“以宁这个名字，爷自然没听说过，奴才也没听说过。不过，奴才想，这个以宁，说不定就是胡大顺。”赵楹说。

胡大顺，皇帝当然识得。他是黄冈人，和陶仲文同乡，并因这一层关系，陶仲文把他留在灵济宫。皇帝还记得，他是在陶仲文死后，因欺诈被劾，斥还原籍的。如果以宁是他，对这本标以“吕祖鸾笔”的金书和得自玉皇的丹丸，就该另眼看待；见不见他，就要另行决定。即使要见他，也不必先见他那个叫什么玄玉的儿子。

想到此，皇帝说：“朕不见玄玉，以宁到京，着他来西苑。”

赵楹当然希望皇帝按部就班地见一见玄玉。他说：“路途遥远，只怕爷等的日久。”

“朕不怕等。”皇帝却说。玄玉来西苑一事，用不着再议。

皇帝并没有等很久。连赵楹都不知道，胡大顺其实是和玄玉一起到京的，他先见道录司左正一罗万象，罗万象又为他引见来京虽晚，地位却已不低的左演法蓝田玉。三人计议，都以为胡大顺有前科，不直接出面为好。现在皇帝要见胡大顺，三人计议，机会难得，不趁此机会接近皇帝，不知以后还有没有机会。至于胡大顺应该在湖广，怎么一下子到京城，得靠他自圆其说。

胡大顺是怀着既兴奋又忐忑的心情入西苑见驾的。

皇帝果然猜疑：“你不是在仙山修炼吗，怎这快就来到京师？”

“贫道打发玄玉北上后，心知皇上要召见，神情不定，因此，于一个月前下山，步玄玉后尘而来。”胡大顺找一个绝不高明的理由。

“你是说，你心和朕有感应？”皇帝问。

“是，贫道原以为，打发玄玉北上，会与他有感应；但他下山后，贫道一刻也没有想过他。贫道只与皇上有感应。”胡大顺随口诌道。

“你既与朕有感应，可知朕为何找你？”皇帝问。

“贫道揣测，是为吕祖显灵事。”胡大顺道。

“那好，你为朕再请吕祖仙箕。”皇帝说。

“今日吗？”胡大顺问。

“今日，就在朕这里。”皇帝说。

胡大顺愣了愣，说：“吕祖今日未必肯降仙箕，贫道有负皇上厚望。”

“为何不肯？”皇帝问。

“一则，贫道旅途劳顿，未具招仙之力；二则，招请上仙，本来就是可遇而不可求的。”胡大顺说。

这两条也不是高明的理由，但说得恳切、实在。皇帝不再难为他。

“既如此，朕不求仙箕，赵楹前两日还说，你在仙山修炼，你就为朕看看，西苑为何有黑氛。”皇帝改换要求。

“皇上是说，西苑这两日有黑氛？”胡大顺问。

“这两个月都有黑氛扰宫。”皇帝说。

胡大顺低首闭目，好像在感应西苑的妖氛。过一会儿，可能被他感应到，他抬起头，睁开眼，道：“贫道有所见，可否直言？”

“直言不妨。”皇帝说。

“贫道看见黑氛；贫道以为，黑氛乃二十一年宫变中枉死者所为，”胡大顺说，一想，枉死即屈死，用得不妥，改言，“乃宫变中死难者所为。”觉得还不妥，又改，“乃死于宫变的男女所为。”

他希望皇帝让他做一件法事，扫除妖氛，那样的话，他就可以名正言顺地回到灵济宫。但皇帝注意的是宫变二字，而不是枉死、死难等字眼。皇帝正处在震惊之中，根本不会想到作法祛邪。对他来说，宫变二字讳莫如深，想忘又忘不掉。两个月来，他一直为黑氛的存在而苦恼，为不知黑氛来自何方而苦恼，胡大顺提出一个判断黑氛的新的角度，但这是一个他最不愿意接受的角度。

“自陶师仙逝以后，朕一直觉得黑氛侵宫，这两个月尤甚。朕欲举大事以祛之。”皇帝对徐阶说。虽然严讷、李春芳已在四月中补入内阁，虽然董份改掌礼部，也是早就入值西苑的，但遇到困惑，皇帝还是找徐阶一人说话。

“皇上欲举何大事？”徐阶问。他的意思，先听听皇帝想做什么。可行，则力赞之；不可行，则力谏之。可行，则不妨附和妖氛之说；不可行，则驳斥妖氛之说。

“譬如禅位，爱卿以为如何？”皇帝道。

“皇上因黑氛而生禅位之心，臣请先议黑氛，”因为预先有想法，徐阶议起来不慌不忙，“黑氛者，妖孽所为也。妖孽遇神则灭。皇上乃百神之主。妖孽由何而来，怎敢不遁！皇上说黑氛侵宫，皆因思虑所致。臣恳请皇上清心静养，则妖孽自灭，黑氛自扫。臣再议禅位。禅位为的是扫除黑氛，黑氛已除，则不必行之。”

“但愿如爱卿所言，”皇帝心里的负担果然减轻不少，“就依爱卿，暂且不议禅位。不过，陶师去世，朝天等宫无人掌管，黑氛或乘虚而入，却不可不防。朕想再以一人统掌三宫。”

“皇上想用谁？”徐阶问。

“胡大顺献书、献药，足见忠爱之心；且言黑氛源自宫变，甚有见地。”皇帝说罢，问道，“爱卿以为如何？”

胡大顺来京活动，早已传开。徐阶知道皇帝早晚会说到这个人，已想好应对之策。他说：“臣却以为，胡大顺有三不可用。”

“哪三不可用？”皇帝问。

徐阶一一道来：“胡大顺以欺诈被黜，乃无赖小人。此一不可用也。此番来京，勾结蓝田玉、罗万象等，再行欺诈。吕祖上仙，怎会以无赖子代笔？蓝田玉为严世蕃党徒，已有明证。此二不可用也。此番入宫，竟以宫变之说迷惑皇上。黑氛因宫变而生，其可入西苑，则何处而不可入？还有皇上清静修养的处所吗？此三不可用也。”

皇帝自已也觉得胡大顺有欺诈的嫌疑：吕祖肯附在他身上，写一本《万寿金书》，却不肯附在他身上，写一写宫里的黑氛，这说得过去吗？所以，皇帝说：“再行欺诈，且欺诈到朕，不唯不可用，还要治罪。蓝田玉等既与之勾结，则同为欺诈，且为严世蕃党徒，亦当下狱鞫问。”

“皇上圣明。”徐阶颂道。

于是，胡大顺、蓝田玉、罗万象下诏狱，赵楹打发去南京孝陵司香。

第六百六十三章

万恭可以说是自请戍边的。

他由大理寺少卿一夜而成兵部侍郎，像作场梦一样。少卿一般要升寺卿，或外放布、按二司官，走捷径的，则外放巡抚，经过这些历练后，才有可能升侍郎。他直接升为侍郎，或是因为不能胜任的兵部侍郎改任，皇帝有越格求才之旨，而他又好议论军事、边事的缘故。他由兵部右侍郎出任山西巡抚，更像作场梦。说起来真是凑巧，和他同升兵部侍郎的李燧因故被罢，群臣议以万恭代李燧，协理戎政，万恭就在这时告病假；等朝廷议定，以湖广巡抚赵炳然协理戎政，万恭的病又好了，又回衙门视事。这件事引起许多议论，吏科给事中胡应嘉上疏，指责万恭奸欺。皇帝没当作一回事，并诏谕科、道，休得再追究。但万恭内心不安，力请赴边自效，以表明自己绝非惧怕戎政。就这样，他在去年接任山西巡抚，一晃，将近十个月。

如果说，万恭是以一种悲愤或悲壮的心情离京赴边的，那么，经过十个月的观察、体验和战事，他现在多一份自信，他对山西乃至九边的防务，有了一套完整的设想，他会对论劾他的人说：胡应嘉辈，还以为我不堪戎政吗！

阁、部大臣难得地聚在一起议论边事。杨博见徐阶、严讷、李春芳等走进来，迎过去。他先对严讷揖道："敏卿先生，歉甚，歉甚。"

严讷不知何事，还礼不迭："不敢当！唯约先生所言何事？"

杨博不说为何致歉，严讷先谦辞后问何事，都有些可笑。徐阶说："敏卿先生应该先问何事，或许当得唯约先生一揖呢？"

"那也要说不敢当。"严讷道。

众人说笑着，各就其座。

"唯约先生，为什么事要郑重致歉？"徐阶问。

"还不是为我那位昔日旧同僚，今日父母官。"杨博说。

"为万肃卿？"万恭字肃卿，江西南昌人，嘉靖二十三年进士。昔日为兵部侍郎，今日为山西巡抚，杨博说的自然是他。徐阶问：“唯约先生的话里有什么故事？”

杨博述道：“昔日推山西巡抚，兵部已罢一侍郎，再调一侍郎，堂上就空。我对敏卿先生力言，万肃卿不可外放。敏卿先生却说，万肃卿是一好巡抚，力言当从其请。结果敏卿先生说对，万肃卿确是好巡抚。我只举一事：山西缺水，沿河套各州、县尤甚。万肃卿借用南方水车法，民大获利。我对敏卿先生那个礼，是替我乡人行的。”

山西边墙以内缺水，凡任职山西的官员均可见到；南方水车，凡出自南方的官员或任职南方的官员均可见到。但谁也没有想到，把南方的水车法引进山西边墙以内，这是万恭的一个创举。

“唯约先生说，万肃卿是好巡抚，我没有异议；唯约先生要替乡人替肃卿先生行礼，我也没有异议。不过，外放是个好巡抚；留朝，也未必不是个好侍郎，”徐阶这么说，不但是在总结众人的议论，他还想到别人没有想到的一层。他问，“唯约先生致歉，还另有缘故吧？”

“是。”杨博爽快地承认。

“是何缘故？”徐阶再问。

“我信口拈一上句：吏部一敏卿，兵部一肃卿，彼敏卿逐此肃卿；并让部属们对下句。”杨博说。

“部属们有没对上的？”徐阶问。

“他等的前程捏在敏卿先生手里，谁敢乱言。”杨博道。

众人哄笑。工部尚书雷礼道：“莫说他等，唯约先生，你的前程就不捏在他手里吗？”

“我的前程不掌握在他手里，却掌握在他手里。”杨博说。

后一个“他”，指的是已还朝的吏部尚书郭朴。众人又是一阵哄笑。

“部属们没有对上也好，唯约先生可以从容修改上句。”徐阶说。

“敢请子升先生修改。”杨博将他的军。

“好，我试言之，”徐阶道，“在朝一敏卿，在边一肃卿，此敏卿举彼肃卿。唯约先生，如何？”

“好，我就以此上句征求下句。”杨博说。

说笑够，切入正题。徐阶看了看众人，道：“一句一个肃卿，句句不离肃卿，我等就先议万肃卿的奏章吧。”

“好，”张永明通常是率先议论，“我以为，肃卿先生所言异形、异势、异用、异施，此为四异，很有见地。”

所谓异形，万恭写的是：总三关三万之兵，当俺答十万之虏，是众寡异形也。所谓异势，万恭写的是：兵故不习而脆，虏故射猎而骁，是强弱异势也。所谓异用，万恭写的是：我以三万之兵，散守八百里之外；贼以十万之众，合驰数十里之中。是萃散异用也。所谓异施，万恭写的是：贼之数五倍于我，我多步卒，止利株守；贼之马二十倍于我，贼尽骑士，殊利飚驰。是攻守异施也。

这只是万恭奏疏的开篇，奏疏的正文则是条陈十事。杨博说：“四异者，乃以我之短应虏之长；要紧的，是以我之长制虏之短。万肃卿所议十事，似亦可取。”

“他议的第一事，关乎兵部职掌，大司马看，也可取吗？”吏部左侍郎高拱问。

众人这才想到，吏部还有一个肃卿。说不定，杨博给属官们出的上句就是“吏部一肃卿”，就是“彼肃卿”。虑及高拱不苟言笑，他机敏地把吏部的肃清改为敏卿，这好理解；而高拱却在他讲述时一直置若罔闻，真有点儿让人匪夷所思。现在他提问，正好听听杨博怎么说。

万恭所议第一事为“议联络”。其略曰：九边之设，纬以镇、巡，经以总督，非谓各军其军、各土其土而已，将以联络常山势，以其成屏翰之功。兵部宜再加议拟，通檄九边，为之约曰：果桀虏纠众大举，邻兵不待调遣。如犯大同，则宣府以锐士应于左，山西以游兵应于右；贼犯山西，则大同之轻骑出威、平，屯应、朔，延绥之轻骑渡黄河，趋三关；贼犯延绥，则山西之援兵东而至，陕西、宁夏之援兵南而至。

“九边为一整体，须互相应援，当然可取，”杨博说，随即口气一转，又说，“不过，须互相应援是一回事，是否互相应援是一回事。须应而不应，须援而不援，如何惩处，则吏部、都院宜再加议拟。”

“今日只议本文，相关之事，日后再议，如何？”徐阶道。

边臣所议之事，牵扯甚广，如果牵扯一节，议论一节，那么，一天里恐怕一件事也议论不完。这一点，杨博当然也懂得，他点点头，不再提吏部、都院须议拟的事。

“万肃卿第二事说粮贱尽放折色，粮贵尽放本色，自大司徒的立场看，行得通吗？”李春芳问高燿。

万恭所议第二事为“议收放”。略曰：宜自今年秋成，预于六月借支，不拘何项官银，分发兵备道，分投招商，不必十月定估。但每月内，价贱即买，价贵即止。

“依万肃卿所言，委臣逐月登簿，一送抚臣，一送按臣，一送兵备，似乎很完

善。但关键在于借支，是否有法可依，这要请教明举先生。”高燿说。他指出，此议似乎可行；又指出，此议没有依据，

其实，万恭也谈到这一点：法网太密，人人避嫌。今日之事，便于身，不便于官，则攘臂而趋之；便于官，不便于身，则奉首而避之。何者？法使之然也。去此密网，方得上策。

“笼统地说法网太密，笼统地将法网归结为便于身、不便于官和便于官、不便于身两种，笼统地说，去此密网，方得上策，恐怕有些不妥。”黄光升议道。

“此事似属日后再议者。”张永明提醒他。

“说的是，”黄光升道，“就其事而言，借支无法可依。但米贱时银一两可得两石，米贵时银一两只得一石四斗，其间相差六斗。以边粮十万计，则可多得米六万石；以边银十万计，可节银一万余。以此而言，似乎没有不准借支的理由。我以为，此事可便宜行之。”

以下第三事“议修筑”，第四事“议防守”，第五事“议勾充”，第六事“议接济”，第七事“议拣选”，第八事“议操练”，第九事“议赏罚”，众人有话则长，无话则短，一一议过。

第十事是“议招回”。其略曰：频年北虏深入内地，抢去人口，本以我之腹心，反增贼之耳目。前总督侍郎翁万达题请，各边逃回人口，愿归者免其差役，倍加存恤；不愿归者收作通事，给与月粮。本部更定赏格，止及将官招回之赏格，未及所招回之人作何项录用。为今之计，宜反而用之，多方得彼之腹心为我耳目。

“这笔支出可不小呀，”高燿算起账来，“以总兵招至七百人计，须银两千；以参将招至四百人计，须银一千二百；以守备、把总招至三百人计，须银九百。再以总兵十员而计，须银两万；以参将五十员而计，须银六万；以守备、把总百员而计，须银九万。万肃卿动一动嘴，共须银两十七万，这恐怕难以张罗。”

“据兵部赏格而言，可是笔不小的支出，”杨博说，“以总兵十员，每员招回七百人计，则招回七千人；以参将五十员，每员招回四百人计，则招回两万人；以守备、把总百员，每员招回三十人计，则招回三万人。若有人动一动嘴，共招回五六万人，于朝廷是件极大的好事。”

“不错，五六万人助我御虏和助虏犯我，其间差别，非十数万银两可计，这钱花得值得。”张永明赞同其议。

阁、部议复，万恭所议十事，皆可行之。

第六百六十四章

福建都司都指挥使王如龙统兵攻打盘踞在龙岩城外龙头寨的残倭，本以为可以一蹴而就，谁知从四月到七月，用三个月时间才攻克。战事结束后，赶至漳州、又赶至龙岩的福建巡抚汪道昆、福建总兵官戚继光，由王如龙陪同，巡视龙头寨。

汪道昆说："此处遍地是龙，山为龙岩山，江为九龙江，沟壑为龙川，寨子为龙头寨。戚帅，我曾对你说过，王将军名如龙，这一仗一定要他来打。如何，果然大功告成吧？"

"都堂用人不疑，佩服；王将军建立大功，可贺。"戚继光说。

王如龙却皱起眉头："在下的名字起错，不该叫如龙的。"

"那该叫什么？"汪道昆问。

"如狗、如猫、如鼠，都可以叫，不然，一个龙头寨也不至于三个月才攻下。"王如龙说。

"龙头寨易守难攻，久攻不下，不是你的过错，"戚继光观察着四周的地形，说道，"毋庸讳言，我若攻打龙头寨，可能比王将军快些，大概两个半月可矣。至于伯玉先生，虽胜过你我，我想，也要两个月吧。"

汪道昆字伯玉，南直隶歙县人，嘉靖二十六年进士。他是在去年四月谭纶以服丧去官后，以右佥都御史巡抚福建的。和戚继光相处一年多，对其军事才能大为称赏。所以他问："戚帅，你是捧我，还是骂我？"

"平心而论，既非捧，亦非骂。"戚继光道。

"那岂不怪，我怎么只听人说过'戚将军用兵，汪中丞作文'，没听人说过'戚将军作文，汪中丞用兵'呀？"汪道昆道。

"那么，我也领回伯玉先生之骂。"戚继光说。

"怎么？"汪道昆问。

"戚某一介武夫，懂得什么作文！"戚继光道。

"好，元敬兄，我知你在言语上不肯吃亏的，可我有办法让你服输。"汪道昆向戚继光挑战。

“好，我随时恭候伯玉兄出招。”戚继光应战。

王如龙当然知道，这并不是真的挑战应战，只有在交情很深的文臣和武臣之间才会用这样亲昵的口吻说话。所以，他只笑笑，没有劝解。

汪道昆好像也很快忘记挑战，他向对面一指，问：“那是何处？”

“是东西洋巡检司。”王如龙答道。

“地处要冲，距龙岩县城甚远，周围村落辐辏，军民密集，”汪道昆一连说出三个特点，道，“此地宜去巡检司而设县，戚帅，你说呢？”

“伯玉先生既有此意，当奏明朝廷。”戚继光说。他觉得，这不是他作为武臣应该考虑的事情，所以，不很热心。

三人向东西洋巡检司走去，王如龙在那里设酒席款待文武上官。

酒席设在巡检司衙门里，本是汪道昆、戚继光并肩走在前面，王如龙靠后一身的，在进衙门时，汪道昆故意慢一步，和王如龙并肩。他向王如龙使个眼色，忽然惊叫一声，道：“王将军，你好本事，居然把戚夫人请来！”

戚继光在前面身子一颤，不由自主地退后两步，四下张望。等他发觉被骗，那副惊慌失措的模样已尽显在汪道昆、王如龙面前。

汪道昆大笑不已，得意地问：“元敬兄，服输吗？”

“服输，服输。”戚继光脸色微酡，仍抢先两步，好似难以直面同僚。等拐进衙门，只听他也惊叫一声，道：“翠儿姑娘，夫人怎会让你一个人来？如玉兄可真是想煞你了。”

“翠儿在哪里？”翠儿是汪家一个颇有姿色的丫环，汪道昆明明知道，夫人防她和自己单独在一起，比防贼还要厉害，绝不会让她前来见面，还是忍不住要上前看个究竟。

戚继光在前面又惊叫一声：“原来嫂夫人也在，恕在下语言无状。”

汪道昆一腿迈在前，一腿停在后，就这样呆立在那里，直到戚继光拉他一把，才恢复常态。

“如玉兄，我的回招如何？”戚继光笑问。

“先喜后惧，大喜大惧，难以言表，”汪道昆说，“元敬兄既然提起翠儿，我罚你使个计策，让翠儿与我幽会一次。”

“好说，”戚继光道，“但有一事，不可让夫人告我的闺状。”

“原来天下还有一种闺状，亏元敬兄想得出来。”汪道昆说。

二人各自取笑对方一回，好不开心。

王如龙听过不少汪道昆、戚继光惧内的传闻。如戚继光无子，绝不敢言纳妾。如汪道昆长子到娶亲的年龄，夫人对女方只提出一个条件，须是妒妇。新人进门，婆媳二人交流整治男人的法子。婆婆说：他敢在外面拈花惹草，我罚他长跪。媳妇说：他敢在外面拈花惹草，我阉割他。婆婆这才放心地把家事交与媳妇去办。

他原来想，一位都堂，一位镇帅，俱是堂堂大丈夫，怎会任内人摆布，见今日情形，他才知道，二人惧内，更超出传闻之外。

如席后，汪道昆说："王将军今日是主人，当先饮三杯。"

"是，在下认饮。"王如龙遵命，一口气饮三杯。

"王将军立下军功，当饮喜酒三杯。"戚继光说。

"是，在下认饮。"王如龙又饮三杯。

"王将军眼见衙门内外一场游戏，当饮罚酒三杯。"汪道昆说。

"是，在下认罚。"没动筷子，王如龙先喝九杯酒。

"王将军，还饮得吗？"戚继光问。

"再饮，就游到武夷山去。"王如龙说。

汪道昆、戚继光大笑，笑得开心，笑得畅快。原来，除汪中丞作文，戚将军用兵外，还有武夷山风景，时下被称为闽中三绝。

是日，宾主尽欢而散。

第六百六十五章

分宜境内的钟山峡、昌山峡，绝非名山大川，甚至连同属袁州府的宜春的蟠龙山、萍乡的罗霄山也比不上。也许，没有钤山堂，外人根本不会想到分宜有山。

钤山堂已是一座很陈旧的房屋。不妨想一想，它建于正德初年，距今将近六十年，将近一个甲子。如果它是高屋大厦，自然会经常修缮，也许会完好如初。但钤山堂只是一名才考取进士不久的年轻士人修建的读书之所，他家境并不宽裕，一切只能因陋就简。后来，主人在它附件又建起一些在当地称得上豪华的宅子，但楼名、堂名、亭名、榭名，都是皇帝赐的，不叫钤山堂。

钤山堂主人也是一个很衰弱的老人。从他步入宦途到现在，六十年过去，一个甲子了。在他完全脱离官场以前的三十多年里，他没有机会回家乡看一看；为他打理家乡宅院的那些人，只注意那些豪华的宅子，谁也不会在钤山堂上花些气力。也许，唯有钤山堂主人才怀有恋旧的情结，三年前还乡，不仅来看过钤山堂，还在钤山堂里住过，这所旧房屋才收拾得像样子些。那时，他还有精力来往于袁州和分宜之间。一年以前，儿子被逮，他连来往于袁州和分宜之间的精力也没有了。他住在袁州，只因为得到儿子的消息，会比在分宜快一步。他以为，再也没有机会见到钤山堂、住进钤山堂。可四五个月以前，儿子被杀，孙儿辈被戍，他被褫去一切旧有的职衔，罢黜为民，并有旨抄没家产。

皇帝也是一个有恋旧情结的人，所以，第一，没有再治他罪，既没有加戮，也没有遣戍；第二，把钤山堂留给他居住。于是，他最后一次回到钤山堂，也将最后留在钤山堂。

古人云：曾经沧海难为水。他一生经历过那么多大喜大悲大得大失，也许，再没有什么事情可以扰其心。

钤山堂前有株大树，大树下永远有一把藤椅。早饭以后，严嵩就坐到椅子上。他记得有人对他说过的一句话：能陪伴介翁度过晚年的，必是罗汝芳。这话是谁说的？是耿定向吧。可耿定向又是何许人？他记不起来。无论如何，话是对的，这两年来，真的只有罗汝芳还来看看他。

老仆走近他，说："巡按御史成守节要见老爷。"

"谁要见我？"严嵩没听清。

"巡按御史成守节。"老仆重复。

"我对你说过多少次，要称大人，怎么又忘！"严嵩絮叨着。"这位成大人，是现在我们能见到的最重要的大人，快扶我去迎接。"

成守节已倒背双手，走了过来。

"罪民严嵩叩见钦使。"严嵩颤颤巍巍地欲行礼。

"老人家不必。"这是这位最重要的大人对严嵩最客气的称呼。

"成大人，朝廷又降旨了吗？"严嵩问。

"老人家还盼望朝廷再降旨吗？"成守节反问。

"不盼望了。"严嵩说。

"难道不盼望皇上再开恩典？"成守节问。

"我父子罪无可赦，不盼望，"严嵩说着，吃力地摇着头，"我怕皇上追念我的罪恶，把这所旧宅也收为官有。"

"那好，我告诉你，朝廷没有再降旨；我来见你，是因抄没完毕，再与你核实一番。"成守节说。

"成大人有问，罪民一定如实回答，但许多事情，许多东西，我恐怕也说不清楚。"严嵩道。

"我拣要紧的问，老人家拣知道的说，"成守节道，他两手从身后挪至身前，手里握着厚厚一打清单，"南昌、袁州、分宜等地，正宅共计六千六百余楹，别宅五十七所，这和老人家所知有没有出入？"

"正宅、别宅，成大人如何区分？"严嵩问。

"一是按照大小，一是根据家人报称。"成守节道。

"他等知之甚详，不会有出入吧，"严嵩说着，不由感叹，"父子二人，再加上几个孙儿，要这么多房屋做什么？"

成守节不理会他的感叹，再往下说："南昌、袁州、分宜各地，共查出田土、水塘两万七千三百余亩。"

"即两百多顷吧？实际所有，应不在此数以下。"严嵩说。

"清查金银器物等共计：金三万二千九百六十九两，银二百零二万七千九十两，玉杯、玉盘等八百五十七件，玉带二百余束，金镶玳瑁一百二十余束，金镶珠玉、香环三十余束，金镶壶、盘、杯、盏等两千六百八十余件，龙卵壶五樽，珍珠冠六十三顶，”这一类物件太多，难以一一报出，成守节晃了晃清单，“余者老人家自己估摸吧。”

“金、银各若干？”严嵩问。

成守节对照清单又读一遍。

“我父子金、银积攒不少，却没想到数以百万计，几十年来的一笔糊涂账，有赖成大人点算清楚，”严嵩语气里，半是惊讶，半是辛酸，“至于其他物件，都是有的，我也不必估摸。”

“本官不明一物件用途，要向老人家请教。”成守节说。

“成大人请讲。”严嵩道。

“一箱四方手帕，两角以金钩系住，不知何物。”成守节说。

也许相隔久远，严嵩记不起来。

“我随手带来一帕，请过目。”成守节从衣袖取出一物，递给严嵩。

严嵩一看，大感尴尬，道：“成大人请收起，此乃女人亵物。”

“女人亵物？”成守节这才明白，他写在清单上的金钩手帕，原来是女人经期时使用的物件。幸亏问了问，不然，皇上和满朝文武一定会莫名其妙。他问：“府上女子，都用此物吗？”

严嵩说：“这是夫人五十五岁生日时，媳妇送进的。不过，我想，媳妇木讷，想不出这样的贺礼，多半是东楼的点子。那时夫人已经绝经，用不着这物件。媳妇、孙儿媳妇等是不是用，不得而知。”

成守节伸手，随来的衙役呈上一支笔，他把“金钩手帕”圈去，改写为“饰金女用亵物”。然后说：“本官还有一事请教。”

“请讲。”严嵩道。

“老人家喜欢下棋吧？”成守节问。

“在西苑当值，唯一的消遣就是照谱摆棋。”严嵩说。

成守节从袖里取出一粒碧玉制作的围棋子，一粒白玉制作的围棋子，问：“老人家用的是这样的棋子吗？”

“是，我特意在西苑值庐，放上一副。”严嵩说。

“除值庐那付，老人家家里也有这样的围棋吗？”成守节问。

“东楼喜欢玉石，也喜欢围棋。我那副棋子，是他在我六十岁生日时送的。我想，他自己也应该有几副。”严嵩说。

“几副？”成守节语调怪怪。

“还要多吗？”严嵩问。

“多出百倍，”成守节说，“在老人家上百所正宅和数十所别宅里，共收缴这样的围棋三百余副。”

“三百余副？”严嵩自己也难以相信。

“是啊，京师四品以上官员，每人送一副也够，”成守节讽刺地说，不等严嵩分辩，他又问，“老人家也喜欢象棋吧？”

“是，我在西苑值庐，也摆放一副象棋。”严嵩说。

“是这样的棋子吗？”成守节从衣袖取出一枚纯金制作的棋子，一枚纯银制作的棋子，递给严嵩看。

严嵩只答“不错”两个字，并不接过。

“府上这样的象棋有多少副？”成守节问。

“不会也有三百余副吧？”严嵩没有把握。

“要少些。”成守节说。

“那么，有数十副？”严嵩道。

“那又不止。”成守节用手比画着，但很难比画出个具体数字，他说，“在老人家上百所正宅和数十所别宅里，共收缴这样的象棋二百余副。我就不明白，玉制的围棋子，金银制的象棋子，用之滞重不堪，藏之并非珍品，为什么要这多？”

“谁说不是！东楼糊涂，我也糊涂。”严嵩说。

成守节又把话岔开：“府上所藏唐、宋字画，本官就不一一询问。据说老人家曾得《清明上河图》，到底有没有？”

“可以说有，也可以说没有。”严嵩道。

“怎讲？”成守节问。

“的确有人将《清明上河图》送与东楼，自称为真迹，我与东楼甚宝贵之。谁知据名家鉴赏，乃是赝品。”严嵩说。

“赝品何在？”成守节问。

“东楼一怒之下，把它烧掉。”严嵩说。

“可惜。”成守节叹息一声，卷起清单欲去。

“成大人，”严嵩招呼他，“罪民有一事，烦大人相助。”

“何事？”成守节警觉地问。

“皇上圣诞将至，罪民有贺表一篇，请大人代为呈进。”严嵩说。

“这个忙我帮不得，”成守节说，“老人家果有此心，可禀明县令、太守，由他等转禀方伯，究竟能否转呈皇上，要看方伯。”

严嵩暗自苦笑：奉旨办事的钦差都不肯转呈，布政使会转呈吗？

第六百六十六章

宣府以南的顺圣川，广袤二百余里，多杂木林，是自大同潜入的鞑靼部容易出没的地方之一。

八月初，宣府总兵所辖把总江汝栋率所部二百人，伏于一处叫作洗马林的地方，有二三十虏众散掠至此，正要下马歇息，江汝栋一声吼叫，官军杀出。虏部首领拍马迎战，被十余名官兵夹击。坐骑受惊，左突右突，把他甩下马来。虏众见状，顾不上自己也在受夹击，刀枪在身前乱舞，齐拥过来，抢在官军前面，护住自己的首领。首领伤势不轻，发一声号令，部众且战且去，突出重围。

江汝栋明知此人有些来历，指挥所部拼命截杀，却没有拦住，只得到该首领的一把腰刀和一副甲胄。

江汝栋不识那把刀、那副甲，他的部下也不识那把刀、那副甲，于是作为普通的战利品交去大营。大营一名曾长期居住河套的通事，看见那把刀，大惊道："此刀套虏只有一把，乃黄台吉所用。"看见那副盔甲，大惊道："此甲套虏只有一副，亦黄台吉所穿。"

于是，从宣府巡抚、总兵官到守备、参将等都知道，黄台吉曾深入宣府，且险些被俘。众将无不大悔，江汝栋自然更悔。

八月十五日，家人们从四面八方赶来，齐聚在俺答的大帐外痛饮大嚼。月挂当空之际，众人散去，俺答独把名叫三儿的外孙女留下。三儿年方二八，正是豆蔻年华，目光尖厉然颇具媚色，脸庞粗犷而不失秀美，身体健壮却毫不臃赘。

"外公。"三儿进帐后，快活地打着招呼。

"以后不要叫外公。"俺答说。

"那叫你什么？"三儿问。

"和旁人一样，叫大汗，或叫俺答汗。"俺答说。

"是，三儿知道了。"三儿调皮地说。

"以后你也不叫三儿，"俺答又告诉她。

“那我叫什么？”三儿问。

“叫三娘子。”俺答说。

“三娘子？”三儿品咂着这个新的名字，忍不住笑起来，“这个名字有趣，是我娘给我取的吗？”

“不，是我给你取的，”俺答说，“十年前，你娘带你来看我，我对你娘说，三儿这个名字，作女孩子的时候可以叫叫，等成女人，要嫁人的时候就不能叫了。那时带她来看我，我送她一个女人的名字。”

“可我还没有嫁人呀。”三儿说。

“你今晚就要嫁人。”俺答说。

“可我娘说，给我选的男人不会在这里。”三儿说。

“你不嫁给你娘选的男人，也不嫁给其他任何男人。”俺答说。

“那我嫁给谁？”三儿问。

“俺答汗！”俺答果断地说。

“嫁给外公？不，嫁给大汗？”三儿看俺答脸上没有一丝笑容，不由呆住。几年前她就知道，女人早晚要嫁人，女人嫁了人，才算有归宿。但她没想到，她的归宿在这里。

“是，”俺答说，“十年前，见你第一面，我就看出，你应该做大汗的妻子。但我不知道我能不能活到今天，也不知道你能不能活到今天。所以，我没告诉你娘这件事。既然我活到今天，你也活到今天，我要实现我的心愿，让你用上三娘子这个名字。”见三儿低头不语，他问，“怎么，你不愿意嫁给我？”

“我不能够嫁给俺答汗。”三儿说。

“为什么？”俺答问。

“因为俺答汗有妻子。”三儿说。

“一个大汗可以有许多女人，”俺答说。

“可一个男人只能有一个妻子，”三儿说话的语气，比俺答还要果断，“俺答汗是大英雄，我愿意嫁给他；可我只作俺答汗的妻子，不做俺答汗的女人！”

俺答被难住：“你要我怎么做？杀死我的妻子？她可是黄台吉的娘，是你娘的娘，是你的外祖母。”

“你不必杀她，你可以让她离开你，”三儿很有主意，“今晚我可以作你的女人，但她离开你的那天，我才会做你的妻子。我可以作十天你的女人，十天以后，她如果还在你的身边，我就永远地离开你。你曾有过一个叫作三娘子的女人，可你永远没有一个叫作三娘子的妻子。”

“好，”俺答伸出左手，三儿伸出右手，两只手握在一起，俺答郑重地承诺，“三娘子，今晚我握住你的手，你就成为我的女人。明天，我让你成为我的妻子。”

一支鞑靼军队护卫着两辆大车，离开俺答的营帐，离开河套腹地。前面的大车是为负伤的黄台吉准备的，后面的大车是为黄台吉的母亲、俺答的妻子准备的。晚间，母子二人分住一车，白天，母亲留在儿子的车上照料他，陪他说话，或者，是儿子陪母亲说话。

听着远处呜呜作响的号角声，母亲喃喃自语：“俺答在娶三儿为妻。”

“娘不该答应他的。”儿子说。

“他要我跟随你，照料你，我怎能拒绝？”母亲道。

“他支开娘，就是为娶进三儿，娘还没看出来吗？为了娘，我以后再不见俺答，再不遵从俺答号令；为了娘，我以后也再不见三儿！”儿子愤愤不平地说。

“胡说！”母亲叱道，“俺答是你父汗，三儿是你外甥，你不能和他们结仇。你还要遵从俺答号令；他们遇有危难，你一定要解救。”

第六百六十七章

在西苑当值的内官监太监桂琦发现侍于寝殿的两个小宦者躲在角落里打瞌睡，埋怨道："爷这些日子精神不好，你等也不是不知道，怎么还敢偷闲！爷若降罪，我可救不了你等。"

"夜里，我等要防着爷不睡；白日，我等要防着爷想睡。再熬下去，早晚得熬死。"一个小宦者嘟囔。

"什么话，想掌嘴吗！"桂琦斥道。

西苑是绝不允许说出死字的，那小宦者知道说漏嘴，不敢再出声。

桂琦又说："防不是上策，你等就不会想想别的法子？"

"别的法子？"那个小宦者除发牢骚，大概想不出别的法子，瞪着眼睛，站在那里发呆。

"可惜你一双大眼睛，"桂琦嘲笑过他，又问另一个小宦者，"你呢，有没有什么好法子？"

"好法子有，可不知桂叔要好法子做何用途。"另一个小宦者说。

前半句自诩了得，后半句却不知所云，难怪桂琦听不懂："这话蹊跷，什么叫好法子做何用途？"

"我是问，桂叔要好法子，是想引爷高兴呢，还是想惹爷不快。"另一小宦者这么一问，更让人觉得荒唐。

"还用问吗，自然是引爷高兴。"桂琦说。

"原来这是不用问的，"另一小宦者应着，又问，"我还有一事不明：引爷高兴，只能用实实在在的事呢，还是也能用编造出来的事？"

这话问得有些意思。桂琦当然不能告诉他，可以用编造出来的事引皇帝高兴，他有自己巧妙的说法。

"什么叫实实在在的事，什么叫编造出来的事？我告诉你等，爷相信的事才是实实在在的事，不管有多少人不信；爷不信的事才是编造出来的事，不管有多少人相信。”桂琦说。

“桂叔这么说，我懂了。”另一个小宦者说。

桂琦问前一个小宦者：“你懂吗？”

“桂叔再说清楚些，我或懂得。”前一个小宦者道。

“不能再说清楚，你不懂就不懂吧。不过，他要你做什么，你就做什么，这个懂吗？”桂琦问。

“这个我懂。”前一个小宦者说。

皇帝进入寝殿，第一件事是服用加进药材的银耳燕窝羹。羹盏放在床边的御几上，以便皇帝上床前，随手端起来。

“怎么有两只羹盏？”皇帝看到御几上的情形和往日不同，问道。

侍于寝殿的恰好是白天和桂琦说过话的两个小宦者。只知发牢骚的小宦者直往后退，自称有好法子的小宦者上前应付。

“两只羹盏？奴才不知呀。”他说。

“看看，里面是什么？”皇帝命道。

上前应付的小宦者揭开盏盖，一个羹盏里盛着和往日一样的银耳燕窝羹，一个羹盏里放着一枚浑圆晶莹的药丸。

“爷看。”上前应付的小宦者说。

皇帝想，今日该服用的丹丸都服用过，不记得曾吩咐御医晚间加服一丸，而且，这药丸和御药房制作的药丸也不相同。于是，他问：“药是谁放在这里的？”

“奴才不知。”上前应付的小宦者回奏。

“羹盏是谁放在这里的？”皇帝又问。

“奴才不知。”上前应付的小宦者说。

“你呢？”皇帝问往后退的小宦者。

“奴才也不知。”往后退的小宦者回奏。

“你二人好糊涂，守在这里，竟不知谁人来过！”皇帝喝道。

“爷息怒，”上前应付的小宦者请罪，并说，“奴才的意思，这个盛放丹丸的羹盏，奴才不知是谁放下的。那个羹盏，奴才却清清楚楚见到，是御膳房的公公送过来的。”

“你呢？”皇帝问往后退的小宦者。

“奴才看见，这个羹盏是御膳房的公公送过来的，那个羹盏奴才没见着是谁放下的。”除了把这、那颠倒过来，声音有些发抖，回答相同。

“这就奇怪。”皇帝思忖着，在床边坐下，两手向后撑时，碰到一物。看过去，又是一个羹盏。他一惊，站起身来，命道：“打开看看。”

上前应付的小宦者揭开盏盖，里面也有一颗药丸。

“怎么回事？”皇帝问。

“奴才不知。”上前应付的小宦者回奏。

“奴才也不知。”往后退的小宦者回奏。

皇帝在床侧踱步，似乎不敢挨上去，也不愿离开。走几个来回，忽然停下，脸上的表情也由惊而喜。

“这么说，是上天所赐。”皇帝自语。

“爷喜得天药，奴才恭贺。”上前应付的小宦者和往后退的小宦者一齐跪倒在地。见皇帝脸上终于有笑容，二人窃喜。

“急召内阁徐阶、司礼监黄锦，蒙上天厚赐，朕要亲往太极殿躬谢，并差官告于宫庙。”皇帝命道。

第六百六十八章

董份掌礼部仅两个月，因科、道论劾被罢免。朝廷上的事，官场上的事，他本来看得很透，对罢免职务一事，没有太在意。可回家乡乌程只住两三个月，他却深深体会到，在官和去官、从容去官和狼狈去官，那是大不一样的。董府向以殷实人家著称，他现在深深体会到，对去官的人来说，对狼狈去官的人来说，钱财即祸灾。

“老爷，有人求见。”门庭好不容易安静几日，家人又来禀告。

“官府里的人一概不见，地方奸民一概不见。”董份被接踵而至的客人折磨得日见消瘦，一听人来，便胆战心惊。

“小的也不知算官府里的人，还是算地方奸民。”家人说。

“什么身份总知道吧？”董份道。

“是个师爷。”家人说。

“曾来过吗？”董份问。

“未曾来过。”家人说。

“已过三个师爷，还有没来过的师爷？”董份惊道。

“那三个师爷都是乌程县的，今日来的师爷是湖州府的。”家人说。

“怎么，县外衙门里的人都来？”董份很无奈，“乌程县三个师爷来滋扰，湖州府就会有十个师爷来滋扰，布政司就会有三十个师爷来滋扰，巡抚衙门就会有五十个师爷来滋扰，我奉陪得起吗？”他大发一通牢骚，但又不得不面对现实。“你对他说几句好话，拿五十两银子，不，县衙的师爷用五十两银子，府衙的师爷得用一百两银子，打发他走吧。”

刚应付走一人，家人又来禀报：“老爷，有人求见。”

“喘口气的工夫都不给，不见！”董份气恼地说。

“老爷，他不像是本地奸民。”家人说。

“怎么，连县外的奸民也闻讯来敲诈？”这可不得了，如果说，县外衙门里的师爷还有个数目，县外的奸民就难以数计。

“他也不像个奸民。”家人说。

“何以见得？”董份问。

“奸民来滋扰，无不口出狂言，他却很谦恭；奸民来滋扰，无人呈递名刺，他却有名刺给老爷。”家人说。

“既有名刺，何不早言？”董份怪道。

“老爷不见我就拿在手上吗？”家人手里果有一张名刺。

董份接过名刺一看，大为高兴，道：“原来是何元朗，快请进来。”

来访的客人正是松江名士何良俊。他曾被荐为南京翰林院孔目，早已辞官。

何良俊与董份见过礼，埋怨道：“我在姑苏翘首以待，以为用均先生经过时，总能见上一面，用均先生怎么偷偷摸摸就过去了！”

“我有难处呀，”董份说，“见元朗，见不见其他人？以我那时的情形，还是偷偷摸摸不见人的好。”

“偷偷摸摸是在下一句玩笑，用均先生切莫在意，”何良俊道，见董份消瘦，他关切地问，“用均先生脸色不好，是否抱恙？”

“是心病。”董份指了指自己的心。

何良俊以为他还因为被劾的事不快，劝解道：“位高权重者，哪个不被人议论？用均先生的人品、文品，江南士人谁人不知！科、道之议，用均先生大可不必放在心上。”

“元朗说的是，科、道之议，我从未放在心上。”董份说。

“那么，用均先生的心病是——”何良俊问。

“访者。”董份简捷地说。

“何等访客，令用均先生心烦意乱？”何良俊问。

“友人。”董份更加简捷。

“友人？”何良俊不懂。

“不是我的友人，是银子的友人。”董份说。

访者为银子而来，这下何良俊听明白。乌程是丝绸之乡，其富庶在普遍富庶的江南是出了名的；而董府在乌程算得上首富。就像一块腐肉，总要招来无数蝇子。但首先得是腐肉，难道董份被逐出朝廷，就变成一块腐肉了？当然，董府作恶乡里的事，何良俊也略有所闻。但正如他所言，哪个位高权重的人不被人议论？徐阶的名声应该不错吧？也许因为是同乡，徐府作恶乡里的事，何良俊听到的更多。

可是，为什么会被求钱而来的访者搞得心烦意乱，他还是不明白。

“银子的友人，又不是用均先生的友人，可以拒之门外呀。”他说。

“拒之门外？”董份苦笑，“元朗听过客大欺店这句话吧？来者一个个如狼似虎，是打上门的，不是求上门的。”

“无论如何，在用均先生这里还是店大。退一步说，用均先生自重身份，不屑与之争斗，何不求助官府？”何良俊道。

“求助官府？”董份愈发苦笑不已，“来者半是官府里的人，与他等周旋，更难过与刁民周旋。”

“这是为何？”何良俊问。

董份为他解说：“董家在乌程是大户，人口众多，用的童仆也多。董家的人，我也不敢担保人人知书达理，人人向往圣贤，何况童仆！我在京师时，曾听到一些风声，说我董家的人鱼肉乡民，所以，我一回来就告诫家人，今非昔比，一定要夹起尾巴做人。我想，现在的董家比昔日的董家规矩得多。可麻烦还是不断。刁民寻上门来，说你家某某伤了他，为息事宁人，给他十两八两银子，也就对付过去。衙门里的师爷，却是拿着状纸来的。不是某某强占人家田土，就是某某倚势伤人；不是去年的案子，就是前年的案子。甚至老太爷、老老太爷当家的案子，都敢搬来。元朗，你说怎好？不理会？万一真上公堂，我可是戴罪还乡的，传到朝廷，岂不是罪上加罪？设法平息？那就不是十两八两银子应付得了。实不相瞒，县衙的一名师爷来，没有五十两银子绝不出门；一名班头来，奉上三十两银子，还要骂我为富不仁。”

“百般忍耐，不是长久之计呀。”何良俊也操起心来。

“可不忍耐，又有什么法子！”董份解嘲道，“我都想好，哪一天一命呜呼，千万不要写上我礼部尚书的旧官衔，以免玷污朝廷。也不要写上我的姓名、籍贯，以免玷污祖宗。只须白布三尺，题写‘耐辱主人’四字即可。”

“耐辱二字，真可以传世。”何良俊半是信服半是劝慰地说。

离开董份，何良俊的心情久久不能平静。在他的心目中，董份是一个有多种色彩的人：有才学，写得好字，作得好文；无才干，和同以才学见称的徐阶、唐顺之比起来，和以才干见称的胡宗宪比起来，只能用一个“庸”字；为人厚道，易于交结。落到今日田地，着实可叹。

何良俊来探望董份，出于故人之情。他和董份的身份相差甚远，说不上有什么极深的交情，但他就职南馆时，因为是名士，所以，朝中许多大人物，包括董份，都寄诗寄文致贺。那时的董份，还没有后来那么高的地位，但无论如何是一员正正经经的翰林官。何良俊认为，在所有的贺诗贺文里，董份的贺诗写得最好，最见真情。

董份写的是五言律诗，共三首，曰：

执戟余方倦，摛词尔独雄。人分两都别，官为陆沉同。
长路多秋草，虚堂急暮虫。更怜他夜月，清影隔江东。

载笔供新奉，承恩旧帝京。离宫通秘署，江水切蓬瀛。
待问称书府，高谈谢墨卿。迩来闻纸贵，知尔赋初成。

行行远送将，此去羡仙郎。作吏真成隐，之官却到乡。
千峰在城阙，一水限河梁。别后凭谁寄，秋蓠岁岁芳。

陆沉，典出《庄子》：方且与世违，而心不屑与之俱，是陆沉者也。

初读时，以为董份用此典，不过是修饰。现在看他的所作所为，与一般致仕的士大夫，还真有些不同。

第六百六十九章

是秋，自黄台吉在宣府受挫后，宣、大和蓟、僚均无大警，皇帝得以从容而空泛地谈论谈论军事。

“当年我曾传谕严嵩习武，严嵩却回奏，佳兵不祥。后古北口果被贼虏侵入。严嵩已处置，不必说他，杨博当时为什么也不作预防？”皇帝问徐阶。事过几年，他对杨博仍耿耿于怀。

“保边固圉，以预防为基本，杨博自知利害切身，敢不预防？反而言之，他若真不加预防，不仅本兵不能再任，任兵部司官、兵部主事，也不合格。”徐阶一正一反把事说透。

“既知预防，为何屡屡出事？”皇帝问。

“本兵也有本兵的难处。”徐阶说。

“难在哪里？”皇帝问。

“譬如，边事由总督、巡抚、兵备等打理；而总督、巡抚、兵备之用舍，在吏部，论劾，则在科、道。譬如，边事之要害，是钱粮；而钱粮出入，在户部，兵部一升米也拿不出，一文钱也拿不出，”徐阶举两例后，再论兵部权限。“兵部自己能主张的，不过几个将官，而将官又无权。日前降旨，明令重将权，实皇上圣明之举。但文官上下盘结，多不奉诏，还望皇上处置。”

“将官出类拔萃者少，难寄重任，爱卿看，如何处置？”皇帝问。

徐阶说：“皇上明旨重将权，臣言将官无权，都是说将官要有遇事机动之权，临机处置之权，并非要将官执权。将官动有掣肘，如把总等官，兵部提请，许总兵官自行辟用，但至今仍听巡抚、兵备荐用，致使选将练兵，多书生之谈。总兵，大将也，而知府、知县，均得抗礼；参将，佐将也，而巡抚得加鞭笞。如此，将官中即使有豪杰之士，也难以脱颖而出；而将官有遇事机动之权，临机处置之权，不必人皆出类，亦可不负天子重寄。再者，权在总督、巡抚、兵备，各员间亦相互矛盾，故边事难以整理。”

“爱卿所言甚是，可与本兵详议之。”皇帝说。

“是。”徐阶领旨。

皇帝想起一事，问道：“胡宗宪逮至京否？”

“尚未，应在途中。”徐阶道。

皇帝说：“将官中出类拔萃者罕有，文臣中出类拔萃者又何尝多了！像胡宗宪这样的督、抚已属难得，可惜他不能与朕善始善终。”

皇帝念及胡宗宪剿灭王直、徐海等的功绩，将他逮而后释。今年杀严世蕃、罗龙文，在江西抄没严家，在徽州抄没罗家。在江西抄没严家的是巡按御史成守节，在徽州抄没罗家的是巡按御史王汝正。王汝正在罗家抄出胡宗宪当年因侵盗军饷被劾时写给罗龙文、并请罗龙文向严世蕃求助的信函，以为非同小可，上奏朝廷。罗龙文有子名六一，据说素通倭贼，胡宗宪把他藏匿在自己家里，而后又不知去向。王汝正称，六一得亡，南走倭，则江南之事有大可虑者。

皇帝降旨，复逮胡宗宪，解京鞫讯。

这件事和“总督、巡抚、兵备，各员间亦相互矛盾”当然不可同日而语，徐阶说：“皇上对胡宗宪已经仁至义尽，他不思补过报君，反而招集无赖，横暴乡里，故王汝正称他罪不减于世蕃。臣以为，不能善始善终，过在胡宗宪，不在皇上。”

“可胡宗宪说王汝正私受赃银，亦不可不问。”皇帝说。对胡宗宪，他始终怀有一份同情。

徐渭醒过来时，眼前一片茫然。他不理解，夫人张氏怎么还在身边。难道自己到了阴间，把她一同带来？不对，就算能把她一同带来，自家的床、自家的桌椅、自家的房屋也能一同带来吗？怎么眼前的一切，和自己赴死前完全一样呢？

张氏见他睁开眼，惊喜地在徐渭耳边说句什么。他指指自己的耳朵，摆摆手，表示听不见。他在听到胡宗宪再度被逮的消息后，极度恐惧，总觉得自己也要被朝廷逮拿。他没受过朝廷什么好处，绝不愿意服刑受罪。所以，他以铁锥刺进这只耳朵，深入数寸，以求一死。

医者断定，徐渭必死无疑。徐渭却不死，只是一只耳朵失聪。

张氏贴近他另一只耳朵说：“老爷终于醒过来。”

“怎么，我只睡一觉，只作一梦？”徐渭问。

张氏的眼泪一大滴一大滴落下。徐渭可不是只睡一觉，只作一梦。锥刺耳垂未死，他又以重锤猛击自己的腰部，疼得昏死过去。医者检视，说他把肾击碎，又断定他必死无疑。可是他昏睡两天后，又醒过来，只是人变得呆滞。

“老爷何苦如此。”张氏说。

“你懂什么！胡公二度下狱，绝无生还的道理；胡公死，我不独活。我不如自裁，在前面等他。谁知阎罗惧我，不敢收留。”徐渭说罢大笑，“也罢，阎罗不收，我只好寄情诗句，先期痛悼胡公。”

“胡公尚在路途，生死未卜，老爷何苦咒他。”张氏说。

“你懂什么！我与胡公有约：我自裁，则胡公悼我；胡公自裁，则我悼胡公。胡公在等我悼他呢，不可再挨宕。”徐渭这两句话，明显疯癫，性情也由呆滞变得狂暴。他吼道，“速取笔纸来，别让我在阎罗面前告你一状！”

纸笔取来，徐渭想都没有想，便龙飞凤舞地题写一首七言绝句：

> 万丈云间老桧萋，下藏鹰犬在塘西。
> 快心猎尽梅林雀，野竹空空雪一支。

放下笔，命张氏：“念一遍。”

张氏结结巴巴念完四句诗，心想：知道写上四句，知道每句七个字，知道一、二、四句要押韵，看来，他心里还明白。

“解诗意吗？”徐渭问。

张氏又想：怎么只看表面，不看内容，是我不明白。

于是她问：“老桧怎会栖于云间？”

徐渭反问她：“你知老桧何物？”

“不是老树吗？”张氏道。

“笑话！寻常老树，我写它作甚？老桧者，秦桧也。”徐渭神秘地说，“秦桧怎会栖于云间？云间者，松江也。今日又有秦桧，今日之秦桧，产自松江。”

张氏听他说过，徐阶是陷害胡宗宪的罪魁祸首，一下明白，他的这首难以读懂的诗，是斥骂徐阶的，他把徐阶比作奸宋朝奸相秦桧。

这句懂得，其他几句也容易懂。胡宗宪号梅林，梅林雀即指胡宗宪，他成为老桧鹰犬的猎物。老桧的鹰犬产自塘西。徐渭曾愤愤地说，南京给事中陆凤仪论劾胡宗宪，乃奸人鹰犬。陆凤仪是兰溪人，塘西，大概指兰溪在钱塘以西吧。

晦暗的句子都有解，徐渭的确没有疯癫。

第六百七十章

知县迁正六品的府通判为擢，迁从七品的州判官为谪。海瑞原擢嘉兴府通判，因得罪鄢懋卿，被谪为兴国州判官。鄢懋卿治罪后，吏部推举敢于和奸党作对的官员，海瑞以贤令被召，任刑部主事。

主事和通判均正六品，看起来，海瑞只是恢复他原来应该得到的职位，但一为朝官，一为外官，二者绝不可同日而语。而且，以乙榜出身，擢至主事，他不是唯一的一个，也是二三人中的一个。这使得海瑞感激之情顿生，日思夜想，如何报答皇恩。

只有一个办法，那就是直言。他因正直而得祸，因正直而得福。福是皇上给的，现在他要直言时政来报答皇上。

说起来直言容易，做起来却难。你没有机会在皇帝面前直陈，只能写成奏疏。你先要反反复复琢磨，奏疏里应该有哪些内容；然后反反复复推敲，应该用怎样的词句。那些日子，你会像得了魔瘴一样，吃不下，睡不着，对别人说话时，词不达意，听别人说话时，置若罔闻。别人怕和你在一起，怕和你交谈。打好腹稿，该写在纸上，你可以不计后果，可你不能不想到家人的安危，不能不为他们做些安排。在誊录疏稿的时候，你会忍不住老泪纵横，忍不住去和亲人诀别，然后继续书写；或者，强忍悲伤，含着泪水，把亲人递给你的一杯浓茶、一碗清汤，一口喝下去，然后头也不抬地书写。

海瑞不知道自己是怎么把一篇数千言的奏疏抄录完毕的。他写道：

户部云南清吏司主事、臣海瑞谨奏为直言天下第一事，以正君道、明臣职、求万世治安事。君者，天下臣民万物之主也。是故养君之道，宜无不备，而以其责寄臣工，使尽言焉。臣工尽言而君道斯称矣。臣受国厚恩矣，请执有犯无隐之意，不为悦，不过计，披肝胆，为陛下言之。

陛下自视于汉文帝何如？陛下即位初年，刬除积弊，焕然与天下更始，天下忻忻然以大有作为仰之，识者谓辅相得人，太平指日可期也，非虚语也，高汉文帝远矣。

然文帝能克其仁，顺之性，节用爱人，三代下称贤君焉。陛下则锐精未久，妄念牵之而去矣。反刚明而错用之，谓遥兴可得，而意玄修；富有四海，不曰民之脂膏在是也，而侈兴土木。二十余年不视朝，纲纪弛矣。数行推广事例，名爵滥矣。二王不相见，人以为薄于父子；以猜疑诽谤戮辱臣子，人以为薄于君臣；乐西苑而不返宫，人以为薄于夫妇。天下吏贪将弱，民不聊生，水旱靡时，盗贼滋炽。自陛下登极初年亦有之，而未甚也。今赋役增常，万方则效，陛下破产礼佛日甚，室如悬磬，十余年来极矣。天下因即陛下改元之号，而臆之曰：嘉靖者，言家家皆净，而无财用也。

迩者严嵩罢黜，世蕃极刑，差快人意，一时称清时焉。然严嵩罢相之后，犹之严嵩未相之先而已，非大清明世界也，不及汉文帝远甚。天下之人不直陛下久矣，内外臣工之所知也，知之不可谓愚。乃醮修，相率进香；天桃天药，相率表贺。兴宫室，工部极力经营；取香觅宝，户部差求四出。陛下误举，诸臣误顺，无一人为陛下一正言焉，欺君之罪何如！

夫天下者，陛下之家也。人未有不顾其家者。内外臣工，其官守，其言责，皆所以奠陛下之家而磐石之也。一意玄修，是陛下心之惑也。过于苛断，是陛下情之偏也。而谓陛下不顾其家，人情乎？诸臣顾身念家，有不足以当陛下之心者；正心之学微，有不足以当陛下之心者。其有不然者，君意臣心偶不相值也，遂谓陛下为已拒谏。执陛下一二事不当之形迹，臆陛下千百事之尽然，陷陛下误终不复，诸臣欺君之罪大矣。

《记》曰：上人疑，则百姓惑；下难知，则君长劳。君道不正，臣请再为陛下开之。

陛下之误多矣，大端在礼佛修醮。修醮所以求长生也。自古圣贤止说修身立命，止说顺受其正，盖天地赋予於人所为性命者，此尽之矣。夫尧、舜、禹、汤、文、武之君，圣之盛也，未能久而不终。下之人，亦未见方外士汉、唐、宋存至今日，使陛下得以访其术者。陶仲文，陛下以师呼之，仲文则既死矣。仲文不能长生，而陛下独何求之？至谓天赐仙桃、药丸，怪妄尤甚。桃必采而得，药人工捣合以成者也。无因而至，桃、药有足行耶；天赐之者，有手执而付之耶？陛下玄修多年矣，一无所得。至今日，左右奸人逆陛下悬思妄念，区区桃、药，导之长生，理之所无，而玄修之无益可知矣。

太甲曰：有言逆于汝心，必求诸道；有言逊于汝志，必求诸非道。言顺者之未必为道也。即近事观，严嵩有一不顺陛下者乎？昔为贪窃，今为逆本。梁材守官守道，陛下以为逆者也，官户部者，至今首称之。虽近日严嵩抄没，百官有惕心焉，无用于积贿求迁，稍自洗涤。然严嵩罢相之后，犹严嵩未相之先而已。诸臣为严嵩之顺，不为梁材之执。今甚者贪求，未甚者挨日，见称于人者，亦廊庙山林，交战热中，鹘突依违，苟举故事。洁己格物，任天下重，使社稷灵长终必赖之者，未见其人焉。

陛下诚知玄修无益，臣之改行，民之效尤，天下之不安不治由之，幡然悔悟，日视正朝，与宰辅、九卿、侍从、言官，讲求天下利害，洗数十年君道之误，置其身于尧、舜、禹、汤、文、武之上，使其臣亦得洗数十年阿君之耻，置身于皋、夔、伊、傅相后先，明良喜起，都俞吁咈。

内之宦官宫妾，外之光禄寺厨役、锦衣卫恩荫、诸衙门带俸，举凡无事而官亦多矣；上之内仓内库，下之户工部、光禄寺诸厂，藏缎绢、粮料、珠宝、器用、木材诸物，多而积于无用，用之非所宜用，亦多矣，诸臣必有为陛下言者。诸臣言之，陛下行之，此则在陛下一节省间而已。京师之一金，田野之百金也，一节省而国有余用，民有盖藏，不知其几也，而陛下何不为之？

官有职掌，先年职守之正，职守之全，而未之行；今日职守之废，职守之苟且因循，不认真，不尽法，而自以为是。敦本行以端士习，止上纳以清仕途，久任吏将以责成功，练选军士以免招募。驱缁黄游食，责府、州、县兼举富教，使成礼俗；复屯盐本色以裕边储，均田赋、丁差以苏困敝。举天下官之浸渔、将之怯懦、吏之为奸，刑之无少姑息焉。必世之仁，博厚高明悠远之业，诸臣必有为陛下言者。诸臣言之，陛下行之，此则在陛下一振作间而已。一振作而百废俱举，百弊刬绝，唐虞三代之治，粲然复兴矣。而陛下何不为之？

节省之，振作之，又非有所劳于陛下也。九卿总其纲，百职分其绪，抚、按、科、道纠率肃清于其间，陛下持大纲，稽治要而责成焉。劳于求贤，逸于任用，如天运于上，而四时六气，各得其序，恭已无为之道也。天地万物为一体，固有之性也。民物熙洽，熏为太和，而陛下性分中有真乐矣。可以赞天地之化育，则可以与天地参，道与天通，命由我立，而陛下性分中有真寿矣。此理之所有，可旋至而立有效者也。若夫服食不终之药，遥兴轻举，理之所无者也。理所无而切切然散爵禄，竦精神，玄修求之，玄思凿想，系风捕影，终其身如斯而已矣，求之其可得乎？

君道不正，臣职不明，此天下第一事也。于此不言，更复何言？伏惟陛下留神，宗社幸甚，天下幸甚。

抄录完毕，海瑞连稍加整理、修订误字的气力也没有。他伏案小憩，准备天一亮，就把奏疏送到通政司去。

第六百七十一章

皇帝把疏纸一张一张掷向黄锦，喝道："速遣锦衣卫官校前去拿人，别让这个海瑞畏罪潜逃！"

"爷息怒，据奴才想，海瑞不会潜逃。"黄锦说。

"为何？"皇帝问。

"奴才听说，他上疏前，办了三件事：一是买一口棺材，二是与妻子诀别，三是将一老仆一小童一使女遣散。上疏后，他又换上罪服，待于朝房。所以奴才想，他不会潜逃。"黄锦奏道。

皇帝不说话。自沈鍊、杨继盛之后，还没有人敢上这样刺痛他的奏章。不，就连沈鍊、杨继盛，也写得含蓄一些，哪像这个海瑞，措辞尖锐，一点儿面子也不留。不过，他们也不像这个海瑞，自知忤逆，连死期都想到。他想到死，让你连杀他的乐趣都品味不到。

皇帝瞥地下的疏本一眼，黄锦会意，弯腰拾起，呈于圣驾前。

皇帝随意翻动，有一句没一句地读着，忽然，目光落在"礼佛修醮"四个字上，遂提起精神。

"黄锦，你信道还是信佛？"皇帝问。

"奴才信道。"黄锦说。

"道与佛有何不同？"皇帝又问。

"奴才只知道高于佛，不知其他。"黄锦说。

"这个海瑞，连道与佛不同，修醮与礼佛不同也分不清，真乃一窍不通。他居然也妄言修身立命，岂不贻笑大方！"皇帝道。

接着，目光落在"仙桃药丸"四个字上，皇帝问黄锦："天赐药丸，你未得亲见，天赐仙桃，你却是亲历其事吧？"

在御几和御榻上见到丹丸，皇帝开心几天。随后，他坐在庭院内交代黄锦办事，为遮蔽阳光，身后树立一巨大御幄。忽有一物跌落幄顶，跳两跳，落到皇帝座椅后面。皇帝和黄锦均受惊不小，黄锦疾速奔向椅后查看，却是一枚桃子。庭院内绝无桃树，而且产桃季节已过，绝不会是从树上摘下来的。不远处有两个小宦官侍驾，问一人，道是从天而降，问另一人，道是从天而降，再问黄锦，也含含糊糊地说，似是从天而降。皇帝为这件事又开心几天。

“是，奴才亲眼所见。”黄锦说。

“这个海瑞，迂腐之极，”皇帝轻蔑地说，“说什么桃必采而得，药人工捣合以成，采下的桃子，人工捣合的药丸，能是天赐吗？未见之事，则视为怪妄；书籍所载，是不是也都是怪妄之事？他也不想想，自家位卑福薄，上苍降福世间，怎会让他见到！”

“爷说的是，奴才侍奉爷几十年，天赐丹丸、天赐仙桃这两件大喜之事，也只看到一件。”黄锦逢迎地说。

皇帝不再翻阅奏本，若有所思：“朕方才交代——”

“奴才这就去办，”黄锦忙应道。

“你去办什么事？”皇帝问。

“差锦衣卫官校逮拿海瑞。”黄锦道。

“既然你担保他不会潜逃，就不必急着逮拿，”皇帝说着，指了指海瑞的奏本，“他的荒唐文字且留下，朕要再阅。”

徐阶知道，皇帝一定会和他谈论海瑞的奏疏。平心而论，海瑞的奏疏写得太尖刻！涉及臣下的部分，让他这个首辅都很难堪；涉及皇帝的部分，皇帝又怎能容忍？特别是“嘉靖者，言家家皆净”，岂是臣子该写在笔下的话？不过，海瑞的迂犟是出了名的，他任户部主事，户部自尚书高燿至他的司官，无不叫苦。他议论大臣毫不留情，议论皇上毫不留情，不足为怪。既然主张“以用舍刑赏还公论”，当然不能只给科、道说话的机会，低微如海瑞者，也要给他说话的机会。他的话过于恶毒，皇帝一定会处置他，很可能要杀他。如果皇帝决心未下，可以加以劝解，如果决心已下，也只有见机行事。

徐阶告诫自己，绝不能因为海瑞议论大臣不客气，便心怀忌恨，投石下井。如果那样，和严嵩有什么两样？

皇帝对他提起严嵩：“爱卿，朕又想到严嵩。”

“皇上为什么想到他？”徐阶问。

皇帝说：“严嵩劝朕移居南内，朕颇怪罪他。可仔细想一想，朕居于西内，和居于南内有什么区别？昔日朕曾祖避居南内，因为有两位尊上，今日朕居于西内，虽无二尊，但朕总觉得，大内还有另一尊上。也许京师的气数已尽，不容朕留居，不如择居南京。”

“皇上欲迁都？”徐阶惊问。

“或者朕一人择居南京。”皇帝说。

一人择居南京，是表示自己要去南京作太上皇。徐阶道：“皇上不是应承，不议禅位吗？此乃天下必不可行之事，臣万死不敢闻命。”

“朕并不想禅位，但这一两天，朕甚觉寒心。”皇帝说。

“皇上为何事寒心？”徐阶问。

“朕一举而罢严嵩，而诛世蕃，本以为是旷世功德；谁知在有些人看来，不过‘差强人意’，说什么‘严嵩罢相之后，犹之严嵩未相之先’。早知如此，朕何必弃之！”皇帝好似受很大委屈。

这是开始拿海瑞的奏疏作文章，徐阶按照事先所思，劝道：“小臣妄议，皇上不必和他一般见识。”

“朕不和他一般见识，但此等妄言小臣留在世上，不仅朕寒心，像爱卿这样的大臣也要寒心，天下人也要寒心。”皇帝言语间流露出杀气。

徐阶却觉得，皇帝杀海瑞的决心尚未下定，尚可挽回。他继续劝道：“杀海瑞不足惜；不过，海瑞一草野之士而已，他的心思，乃以死沽直。朝廷杀他，反遂他心愿。臣想，他甘冒死罪，朝廷偏不杀他；他欲求死，朝廷偏不让他得死。如此，他计无所施，而圣德日广。”

徐阶这几句话是顺着皇帝说的。见皇帝还听得进去，他又说：“况且，愚者千虑，必有一得；海瑞所言，也不是一无是取。”

“爱卿既说其言亦有可取，朕就再将他的奏本读几遍。”皇帝暂且放过海瑞，脸上不带任何表情。

户部司务何以尚乡荐出身，来自广西。本衙门大大小小连官带吏上百人，他别人都不佩服，只佩服海瑞一个。许多人见海瑞罪服进衙，如见瘟虫，避之而吉；他不但不避，反而有事无事，都要上前搭讪，而且礼数周到，好像生怕别人不知道他对海瑞的敬重。

海瑞感动，也很以他为知己。

一天，在衙门相遇。何以尚问候之后，说：“又要新桃换旧符，我在京城已过三个正旦节，刚峰先生是第一次在京城过年。先到为主，后到是客，我请刚峰先生去小酌两盅。”

刚峰是海瑞自号。他不欲连累何以尚，说：“情义心领，饮酒就算了。将死之人，老兄何苦陪葬。”

“刚峰先生不会死。”何以尚十分自信地说。

“何以见得？”海瑞问罢，嘴向衙门外一撇，“君不见外面那两位兄台，是随时准备把我送给刽子手的。”

门外的两个人，海瑞到衙门则一直守在衙门外，海瑞回家则守在家门外，不必问，也知道是东厂的探子。海瑞平时对这两个人视若不见，今天提起来，与其说心有惧意，不如说在提醒何以尚。

“两个爪牙，刚峰先生理他作甚！”何以尚道，“我说刚峰先生不会死，是说皇上不会杀刚峰先生。若是不信，哪一天皇上传旨下来，我替刚峰先生去死！”

这当然是一句空话。但海瑞被他的真情所感染，也颇有激情地说：“我活五十多岁，虽嗜酒而不能常得，老兄既要做东，就莫说小家子话，你我痛饮一番，以终今岁。”

“悉听尊便。”何以尚应承。

户部尚书高燿见二人兴高采烈地向外走，脸上呈露出疑惑。海瑞邀道：“即将过年，子潛先生肯赏光同去饮酒吗？”

高燿边摇头，边告诫：“汝贤，收敛。”

“下官知道。”海瑞毫不在意地说。

出衙门外，海瑞招呼守在门外的两个人：“有人做东，去饮两盅。”

两个人应也不是，不应也不是，窘迫地把头扭向一边。

心里系着一块沉甸甸的石头等了两个月，居然还能安然无恙地度过年关，实在是海瑞没有想到的。

十二、纳乎诤言

第六百七十二章

陶世恩以太常寺卿署理真人府，虽居其位，却绝没有陶仲文的威望。陶仲文的弟子，如王中敬、李中阳、屈存辉等人，对他不理不睬，各宫道士分成众多门派，倒是从陕西来的王金，自己戏称为散仙者，还把他当作神仙供起来，不时过来问安。

嘉靖四十五年正月十五日天将黑时，王金抱着一坛酒，来到真人府。

“借此酒与大真人赏月。”他说。

大真人的称谓，陶仲文在世都没享受过，陶世恩听了能不受用？

“真人府里各色好酒都有，王兄来饮就是，何劳费神。”他说。

“咿，大真人先前一张脸，说什么真人府不宜饮酒；怎么转过脸来，又说真人府各色好酒都有？”王金取笑道。

“你说先前一张脸，是什么样的脸？”陶世恩问。

“自然是大真人的脸。”王金说。

“转过来，仍然是大真人的脸，”陶世恩道，“真人府不宜饮酒，是告诫徒儿徒孙们的，大真人还能受其约束？”

二人大笑。笑过，陶世恩接着说：“不过，我那酒都是从后门偷运入府的，不像你那酒，堂而皇之地从正门抱入。”

“不妨，我对徒儿徒孙们说，给大真人送的是药。”王金说着，打开酒坛的木塞，把坛口凑近陶世恩的，道：“大真人轻吸，看气息如何。”

陶世恩闭目吸入，说：“阵阵幽香。”

王真小心地倒出一盅，递给陶世恩：“大真人再仔细品尝。”

陶世恩闭目品味，说：“滴滴清甜。王兄此酒，堪称极品。”

“我费时三载，采尽天下奇花，只酿得五坛，自是极品。”王金说。

“何不献入？”陶世恩道。

王金懊丧地摇着头：“曾经献入，万岁亦赏识，只可惜公卿大夫争风吃醋，把酒的味道也变酸。左右尽知其事，没有人肯代献了。再说，万岁已识其味，献之无益，不如与大真人谋醉。”

“好，好，承情，承情。”陶世恩连声道。

王金看出他垂涎欲滴，却把酒坛封口，任凭他两眼绕着酒坛打转。

“王兄，还等什么？”陶世恩问。

“趁着清醒，与大真人议一事，”王金说。“酒是不能献，大真人，我等何不另献一物？”

“何物？”陶世恩问。

“丹丸。”王金说。

“不行吧？”如果没有美酒，陶世恩一定会断然拒绝，美酒在前，他的口气缓和得多，“老胡不甘寂寞，自称有仙丹献上，结果怎么样？连同相帮的老罗、老蓝等，一起被下狱，前途未卜。还有那个献上秘籍的刘文彬，万岁都说他是庸才，又进献丹丸，万岁理会他吗？我听公公说，正旦那一天，万岁密谕徐阁老，问刘文彬进的药可不可服用。徐阁老进言：刘文彬素不知医，其药不宜服；自古人君误于方士甚多，望陛下慎进。你看他，好处没有捞到，反被人说三道四，这是何苦！”

“大真人这般说，真是自降身份。”王金没被劝住。

“怎么？”陶世恩问。

“老胡是被黜的方士，老刘是普通一山人，大真人则是秉一真人嫡传，掌管天下道教，和他等不可同日而语。万岁不信他等，还能不信大真人？不服他等所进丹丸，还能不服大真人所进丹丸？”王金道。

陶世恩瞪大两眼，看看酒坛，又看看王金，好像不相信，此人除酿出好酒，还有什么别的造化。看累，他闭上眼睛，缓缓地问：“王兄真有丹丸可以进献？”

“王御史以为得到华山秘籍，其实，华山秘籍在我手里。秉一真人给大真人留下人和秘籍，我有华山秘籍，合而参之，定能制出天下第一仙丹，”王金说着，伏在陶世恩耳边，“恭贺大真人，三孤又可期。”

陶世恩睁开眼睛，说：“果如此，真人府定有王兄一席之地。”他看看王金，又看看酒坛，“我与王兄边饮边议，如何？”

李中阳拉着屈存辉去见王中敬。现在的真人府里，除陶世恩外，王中敬的地位最高。在他面前，屈存辉辈分稍低，有些扭捏；李中阳与他同辈，则不管不顾。

“我二人是来向道兄告假的。”他说。

“二位欲何往？”王中敬问。

“或回武当，或云游他乡。”李中阳说。

“欲去几日？”王中敬问。

“少则三五个月，多则三五年，一去不回，也说不定。”李中阳说。

“道兄尽是气话，却是为的何事？”王中敬问。

“还用问吗？”李中阳嘴向陶世恩的居处一撇，“罗、蓝二人下狱，多少门派的人都盯住正一、演法的位置。他该争时不争，岂非拱手让与他人？我算看透，在他下面再也混不出个前程。”

“离开真人府，就能混出前程？”王中敬问。

李中阳一愣。是啊，先师秉一真人一死，眼见道录司里的位置一个一个被其他门派的道士占据；师门一派，只在真人府里还有些势力。大家都散去，前程又何在？即使云游四方，恐怕也要被人看不起。

他平静下来，问道：“道兄有何高见？”

“道兄想靠他，这个想法就错，”王中敬说，“师傅在日，大家靠师傅，他也靠师傅；师傅不在，他地位虽高，但自己都惶惶不可终日，我等又怎么靠得上他？”

“那该靠谁？”李中阳问。

“靠你我。”王中敬说。

李中阳苦笑：“道兄在说梦话吧，他都靠不上，你我还靠得上？”

“他靠不上，是因为皇上不知有他；你我靠得上，是因为皇上知有陶师。”王中敬的话里充满玄机。

李中阳似有所悟：“道兄的意思，让皇上因忆陶师而知我等？”

“道兄果然聪慧。”王中敬赞道。

李中阳觉得这是一件难事：“皇上凭空忆及陶师，绝不会知道我等。”

“所以要我等让皇上忆及陶师。”王中敬说。

“那岂不更难？”李中阳道，“陶师已登仙境，和我等再无牵挂。除非在梦里，陶师还能和我等在一起。”

王中敬击掌道：“哈，道兄说难，自己却将难题解开。”

“道兄是说托梦？”李中阳问。

“对，”王中敬道，“皇上知道陶师托梦与我，自然会忆及陶师，同时会知道我；

皇上知道陶师托梦与你，自然会忆及陶师，同时会知道你；皇上知道陶师托梦与他，自然会忆及陶师，同时会知道他。”说“你”时指的是李中阳，说“他”时指的是屈存辉。“首先，皇上会不会相信陶师托梦你、我、他呢？会相信，因为我等是陶师的门人。所以，知道了陶师托梦你、我、他，便知道你、我、他是陶师惦念的人。”

“师叔，师祖托梦说些什么呢？”屈存辉问。

“那要看我等想让陶师说什么，”王中敬道，“陶师托梦说，你、我、他有辱师门，皇上一定会把我等逐出真人府，逐出京城。这话不能让陶师说。陶师托梦说，你、我、他青出于蓝而胜于蓝，可将师门发扬光大，皇上一定不信。这话也不能让陶师说。要让皇上相信且于我等有利，只能让陶师说一句话。”

“哪一句话？”李中阳问。

“真人府凋敝。”王中敬说。

“真人府凋敝？”李中阳、屈存辉重复这句话，是要他解说。

“是，”王中敬道，“我说陶师托梦，道真人府凋敝，你说陶师托梦，道真人府凋敝，他说陶师托梦，道真人府凋敝，这话不是诋毁我等，也不是赞誉我等，皇上一定会相信。”

“皇上信是信，可于我等有何好处？”李中阳问。

“皇上信，一定差内使来真人府看看；内使回奏，真人府一如昔日。皇上一定会想，陶师为何托这个梦呢，一定是为徒儿的前程呼吁。于是皇上问，道录司有何缺官，内使奏：某官缺，某官缺；于是皇上降旨：某官用某某，某官用某某。于是，道兄等峨然冠带，傲然登座，不必愤然还山。”王中敬煞有介事地说。

果如其言，几天以后有旨：王中敬升太常寺少卿，李中阳为道录司左正一，屈存辉为道录司右正一。

第六百七十三章

皇帝因寒而咳而痰，已成痼疾，但从来也不像今年这样，一咳起来，用什么药都压不住，一口痰涌上喉头，脸憋得通红。皇帝常无奈地想，生死有命，也许是末日已经到了；又常愤慨地想，自己一生修醮，为的不就是长生吗，不该这么快活到尽头。

想到修醮，就想到海瑞。都是这个海瑞，把礼佛和修醮合为一事，使朕的一片至诚化为乌有；都是这个海瑞，嘲笑天赐丹丸、仙桃，说什么“不终之药”，使朕动辄掣肘，不便试服方士所进丹丸。如今，朕饱受疾病折磨，他却在外面得意，实乃天理不容！

召入徐阶，皇帝说：“海瑞可称当世比干。”

徐阶知道，皇帝终于忍耐不住，要处置海瑞。他说：“恕臣直言，皇上的比喻不当。”

“对，朕也正要说，海瑞欲作比干，朕却不是商纣，”皇帝道，“海瑞欲效比干，要朕幡然悔悟，日视正朝，却全然不顾朕之咳疾，朕之痰疾。”说到这里，好像要证明病不是假的，大咳不止，一口痰涌上来，让御医和近侍们忙乱一阵。

徐阶等皇帝气息平稳了，说：“圣体康健，比什么都要紧，皇上好生将养，切莫因妄言小臣伤及圣体。”

“他不是妄言小臣，他是畜物！”畜物二字，在皇帝心里反反复复不知叫过多少遍，今日终于在大臣面前叫出来。“使朕能出御便殿，与诸臣从容议事，岂受此畜物诟詈！”

“圣体要紧，皇上息怒。”徐阶只能反复劝解。

“爱卿且去，由朕来处置。”等徐阶走后，皇帝传旨，将海瑞逮下诏狱，严究主使之人，一并治罪。

太仆寺少卿杨豫孙升右佥都御史，巡抚湖广。临行前，他去徐阶府上拜别。徐阶对他依赖甚深，当然不愿意他外放；但外放巡抚，前程大好，总不能为此而耽误他的前程。从他中甲榜至今，近二十年，还是从三品衙门的佐卿，因为不是翰林出身，一味守在朝廷，不出外作一任巡抚，是很难升至三品衙门的正卿或二品衙门的佐卿的。

“幼殷独守一方，可喜可贺呀。”徐阶半是真心半是无奈地说。

“恩相违心之贺，晚生受之惶恐。”杨豫孙说。

“幼殷怎知我是违心之贺？”徐阶问。

“恩相一脸愁苦地说‘可喜可贺’，会是真心吗？”杨豫孙道。

“我不欲幼殷远离身边不假，可也不会因幼殷升迁而愁苦，”说到此，徐阶不再掩饰他的愁苦，“我之愁苦，非为幼殷。”

“是为海琼山吗？”杨豫孙问。

徐阶不语，算是默认。

“恩相看，海琼山吉凶如何？”杨豫孙又问。

“难说得很，要看他的造化。”徐阶说。

“此话怎讲？”杨豫孙问。

徐阶说：“皇上几次对我说道，海琼山的章奏言辞过激，但不无道理，可见皇上虽然心里有气，却无意杀他。今突将海琼山下诏狱，命锦衣卫官鞫讯，又改解刑部，命法司拟罪，实为痰疾所苦。皇上此疾，能服的药都服过，不能除根不说，且药效越来越差，御医院使亦是束手无策。我想，皇上的病有好转，海琼山或有救；皇上的病仍不好转，愈发迁怒海琼山，我竭力营救，也不管用。”

“恩相是说，皇上的病有好转，就是海琼山的造化？”杨豫孙问。

“是。”徐阶应道。

“如此说来，海琼山或有造化。”杨豫孙说。

徐阶万万没有想到，从他嘴里蹦出这样一句话，忙问：“此话怎讲？”

“江西有个粮长，去冬押解白粮北上，进京后，他对同伴说：有事滞留，要迟些日子回去。同伴问他何事，他答曰：天机不可泄露。恩相知道我的性子，遇有蹊跷事，绝不放过。我听到此事，设法寻到他，问他留京何事。他对我说十个字：其要玉喉开，须用金锁匙。此外，一字不肯多说。”杨豫孙述道。

“你是说，他滞留京师，是为治皇上的病？”徐阶问。

“原本也没有这样想，方才恩相说到皇上痰疾，我忽有所悟：他为什么不言其他，但言喉咙？玉喉是一般而指，还是有所特指？我就想，他滞留京师，或是海琼山的造化。”杨豫孙说。

“金锁匙为何物？”徐阶又问。

“我多方打听才知，金锁匙者，山豆根也。”杨豫孙回答。

“山豆性凉清火，其根或有奇效。”徐阶自语。

“恩相之意，不妨一试？”杨豫孙问。

“不妨一试。”徐阶说。

“那么，由恩相荐之，还是由晚生荐之？”杨豫孙问。

“都不妥。”徐阶思索许久，才拿定主意，“幼殷，这样：你让这位粮长赴通政司毛遂自荐，就说来给皇上治病，通政司绝不敢稍有延迟。我也和刘子元打个招呼，要他随到随奏。皇上苦疾，一定会亲自召见。皇上于病理及药理的理解，远胜你我，当用不当用，自可裁决。到那时，才可知海琼山有没有造化呢。”

子元是通政使刘体乾的字。他是顺天府东安人，嘉靖二十三年进士。

“理当如此行事，还是恩相思虑周详。”杨豫孙由衷地说。

服用以山豆根为主配制的药剂后，止咳化痰，果见成效，皇帝的心情大为畅快。首先受惠的是江西那个徐阶、杨豫孙都不知名的粮长，被授以太医院院判，许其衣锦还乡。其次受惠的是皇帝的近侍，由于皇帝心情好转，让他们免去许多责罚。

“爷，海瑞的罪状拟定。”司礼监太监王瑜喜盈盈地向皇帝奏报。在他看来，皇帝前些日子不愉快，是因为海瑞那篇奏疏。

“法司依何律议罪？”皇帝问。

“子骂父。”王瑜奏道。

“子骂父，依律当绞吧？”皇帝冷笑，“法司是要给他留一个全尸！”

“奴才也以为不妥。”王瑜自作聪明地说。

“你说说，怎么不妥。”皇帝命道。

“虽然都说君臣如父子，但奴才想，海瑞说爷的那些坏话，不能只笼统地归结为一个骂字。”王瑜说。

“还可以归结为哪些字？”皇帝问。

这可有些难为王瑜。他挖空心思，好不容易想出一个词来：“譬如说，谤讪。”

皇帝摇摇头，说：“谤讪未必比骂更加严重。”

“譬如说，诅咒。”王瑜又想出一个词来。

“他怎么诅咒。”皇帝问。

“区区桃、药，导之长生，理之所无，这不是诅咒吗？”王瑜道。

“这也未必是诅咒，”皇帝说，“桃、药是天赐之物，朕当然也希望它们能导之长生。可仙桃也好，丹丸也好，朕一样也没有服用，你知道是为什么？虽曰天赐，却与凡间之物并无区别。朕不知上苍赐以此物，是为朕长生，还是别有用意，故而慎重从事。桃、药果可导之长生，责备海瑞诅咒则可；未见桃、药导之长生之功效，责备海瑞诅咒则牵强。”

王瑜无词可想：“奴才愚蠢，不知该加他何罪。”

“那是因为你以为绞刑太轻，”皇帝道，“朕曾说过，海瑞的话虽然恶毒，但不无道理。今日朕把其奏章又翻阅一遍，仍觉得他的话不无道理。既有道理，何必用重典？海瑞的奏章，朕留中；法司的拟议，朕也留中吧。有一天海瑞会知道，依律，他是该死的，可朕保全了他。”

王瑜惊呆，他一点没有猜中皇帝的心思。他心想：幸亏皇帝今日的心情好，否则后果堪虞。

第六百七十四章

四川巡抚刘自强去冬召回，任户部右侍郎，这本是件大好的事，不料一波三折。先是大足人蔡伯贯拥众造反，打出大唐旗号，建年号称大宝元年，十日间攻陷合州及大足、铜梁、荣昌、安居、定远、璧山六县，远近震动。刘自强被夺俸，须得专心讨贼，不能急着还京。

蔡伯贯来势猛，去势也猛，十日间攻陷七城，又十日，则作鸟兽散，七百余人或降或俘，被俘的人中，包括首领蔡伯贯。朝廷许刘自强重新支俸，但要等新巡抚到任后才能离开。

刘自强逢凶化吉，自然不急。他专心审贼，一审，审出了大麻烦。他心急如焚，每天在心里算计着，新巡抚哪一天能到；每天在心里埋怨，新巡抚动作太慢。陕西巡抚谭纶改抚四川，早在去年十二月就有旨。

刘自强午前一次、午后一次出成都北门，向远眺望。前方有山挡住视线，当然是看不出多远。这一天，好不容易看到，一行人从山的背后绕出，确定是谭纶后，他要一匹马，迎将过去。

二人相见，谭纶打着哈哈："弟何德能，敢劳字体乾兄相候、远迎。"

刘自强字体乾，河南扶沟人，嘉靖二十三年进士。在那科进士里，有两个刘体乾，一名体乾，一字体乾，同年称呼刘自强，往往戏谑地加上一个"字"字；对刘体乾，除称呼子元兄，也戏谑地称呼名体乾兄。

刘自强说："相候是朝廷的旨意，远迎是我的本心。实言相告，我出城迎候子理兄，已经有数十次。"

"体乾兄就那么急于步入庙堂？"谭纶讥道，"四川乃天府之国，体乾兄静下心来，在四川多住些日子，有什么不好！"

刘自强辩道："能静下心来当然很好，可四川现在像一口热锅，我像热锅里的蚂蚁，心怎么静得下来！"

"体乾兄言过其实吧？我一路上只见鸟语花香，并未见有人往大锅下面添柴加薪呀。”谭纶说。

“怎么没有？蔡伯贯的事，子理兄知道吧？”刘自强问。

“我奉旨时已有耳闻。”谭纶道。

“那是第一把火。”刘自强说。

“体乾兄不是已将那把火熄灭吗？”谭纶问。

“我原来也以为熄灭了，四川这口大锅可以凉下来；谁知死灰复燃，竟成更大的一把火！”刘自强道。

“怎么？”这一比喻让谭纶也吃惊不小。

刘自强看谭纶的随从一眼，一把拉住他，走出数十步。

“这话不能让别人听到，所以我只身而来。”刘自强说。

“有这么——”谭纶想起一个词，“——恐怖？”

“子理听我说罢，就知是否恐怖，”刘自强道，他从头说起，“贼魁叫蔡伯贯，是重庆府大足县人，曾外出拜师。”开个头，他忽问，“子理兄可知他去了哪里？”

“不知。”谭纶道。

“山西，”才说两个字，刘自强又问，“子理兄可知他拜何人为师？”

“你说。”谭纶道。

“李同，”刘自强嘴里又蹦出两个字。

“这个李同很有来头吗？”谭纶问。

“据蔡伯贯说，李同的父亲是张大礼，祖父叫李福达。”刘自强说。

“等等，”谭纶琢磨，“儿子姓李，父亲却姓张，这倒不怪，可到祖父那一代，怎么又姓起李？不，应该翻转过来说，祖父姓李，父亲却姓张，到孙子这一代，又姓回李。”猛然间觉察到什么，急问刘自强，“李同的祖父是不是也曾姓张？”

有人发急，刘自强反倒平静：“据蔡伯贯说，李同的祖父也曾姓张，单名一个寅字。子丑寅卯的寅。”

听到张寅这个名字，谭纶的脸色变得严峻。

刘自强调侃地问：“子理兄，这把火如何？”

“足以把四川烧成一口热锅，”谭纶尽量让自己也平静下来。“字体乾兄，你要出热锅，却让我爬进热锅里。”

谭纶邀刘自强同审蔡伯贯，刘自强欣然允诺。虽然，这件事已由谭纶接手，但他知道，人是自己拿获的，总要牵连到自己。他很希望和谭纶商量出一个处置的办法，好一身轻松地奔赴朝廷；他也相信，以谭纶的才干，会有处置的办法。

鞫审过后，二人关起门来计议。

“蔡伯贯所言，看来是真的。”谭纶说。

“那么，我日前不能算作惊慌失措吧？”刘自强道。

“谁说你惊慌失措？我倒想有个机会惊慌失措呢，”谭纶不是替刘自强解脱，而是为自己解嘲，“不过，体乾兄惊慌失措也好，我惊慌失措也好，都于事无补，这件事总得有人处置。”

“如何处置，子理兄可想好？”刘自强问。

“小事化了当然最好；不能小事化了，也要大事化小。”谭纶说。

“何谓小事化了？”刘自强问。

“蔡伯贯闭上了嘴，就可只以川事议之，而不关晋事。”谭纶说。

“子理兄的意思是——”刘自强做个砍头的手势。

“干脆是干脆，你我却不可为之。”谭纶说。

“的确，私下置人于死，我大明律不容。”刘自强赞同。

“不仅于此，”谭纶却说，“嘉靖初年的张寅一案，你我都没有经历过；但《钦明大狱录》，你我都是读过的。该案处罚大小臣工四五十人，如贵同乡马君卿先生，遇赦不释，在极边戍所近四十年，连生死都没有人知道；他即使死了，其子孙亦受牵连。若蔡伯贯所言为实，就该还他等一个清白，使死者安心，生者奋发。要是真让蔡伯贯闭上嘴，将此事永远淹搁，体乾兄，我等有何面目见马君卿等于地下？”

“子理兄说的是，小事化了，我倒也没有想过，”刘自强应一句，复问，“请教子理兄，何谓大事化小？”

谭纶说：“蔡伯贯供词事小，李同供词事大；李同供词事小，李福达之狱，即张寅之狱，大白天下事大；李福达之狱大白天下事小，还《钦明大狱录》所系诸臣清白事大。”

刘自强顺着他的思路言道：“子理兄是说，案子由蔡伯贯而问到李同，则只问蔡伯贯；由李同而问到李福达，则只问李同；由李福达而问到所系诸臣，则只问李福达？”

“正是此意，”谭纶道，“事分三层：在四川问到的是第一层，你我鞫蔡伯贯，得到许多供词，但归根到底只是蔡伯贯的供词；供词牵扯许多人，但归根到底只牵扯李同一人。你我将蔡伯贯的供词原原本本录下，一面上呈朝廷，一面传檄山西有司，逮讯李同，即是尽职尽责。第二层是山西抚、按的事。事请牵扯重大，不仅四川方面要他等追查，朝廷也会要他等追查。我想，他等是不敢不追查的。鞫讯李同，又有许多供词，但归根到底只是李同的供词；供词又牵扯许多人，但归根到底只牵扯李福达一人。山西抚、按将李同的供词原原本本地录下，上呈朝廷，即是尽职尽责。至于裁定李福达是否即张寅，《钦明大狱录》所系诸臣是否冤屈，乃是三法司的事，乃至是整个朝廷的事，非你我可断。”

刘自强听得入迷，等谭纶说到一个段落，他说：“子理兄的思绪比我要清晰得多。依子理兄的筹算，既不至于将此事永远淹搁，又不至于骤然掀起狂涛，好当然好，只是山西又要变成一口热锅。”

“我不是也给山西的蚂蚁们指出一条爬出热锅的路吗？”谭纶开句玩笑，又叹道，“其实我何尝不想由我来鞫讯李同，何尝不想由我而使李福达之狱大白于天下，何尝不想由我而还受冤屈的大小臣工一个公道？但事有无奈，能尽职尽责已经不错。”

第六百七十五章

皇帝留下徐阶、黄锦，命其他人一概退出殿外。他说：“现在只有你我君臣三人，你二人都是朕的心腹，朕有几句心里话要说。”

“臣恭聆圣谕。”徐阶道。

“奴才恭聆圣谕。”黄锦道。

“黄锦，朕先问你，朕此番染疾，有多少日子？”皇帝问。

“断断续续，有一年多。奴才想，爷就要痊愈。”黄锦说。

“一年多，不确切，”皇帝摇了摇头，又问徐阶，“爱卿，朕曾与你说过君臣同哀，那时朕的身体就不爽，爱卿想想，有多久？”

“十四个月。”徐阶道。

皇帝点了点头，转向黄锦：“你说断断续续，也不对。十天里有两三天患病，可以说断断续续，十天里有八九天患病，也可说断断续续吗？若说断断续续，也是断断续续地好几天。”

“是，奴才见爷患病，心如刀绞，恨不能以身代替。”黄锦说。

“各人有各人的命，那是代替不了的。”皇帝说。

“臣见皇上服用新药后，精神一日强过一日，臣锦所说皇上就要痊愈，并非妄言。”徐阶道。

皇帝说：“初服时尚可，服过十天，效果又差。今日留下你二人，就是想说一说朕的病症。”

“是。”徐阶、黄锦应道。

徐阶最怕的，是皇帝说迁都、禅位。两个念头里，皇帝只要起有一个，就得费尽心思，才能说服皇帝放弃；要是把这两个念头掺和在一起，他真不知该怎样劝说。

黄锦最怕的，是皇帝让他寻医觅药。眼见太医院里的御医们，一个一个来诊过龙脉，一个一个开出药方，一个一个非被冷落，即被治罪，就是有天大的本事，也不敢来。他还怕皇帝在苦思苦想后自己又开出药方，那是谁也不敢说用得、谁也不敢说用不得的。

使二人稍感欣慰的是，皇帝对他二人的话还听得进去，遇到什么事，二人前一句，后一句，左一句，右一句，总可以打消皇帝的某些念头。

不容二人细想，皇帝已说起他的打算："朕一病而十四月不愈，是从来没有过的；服用药剂之多，以至朕有些讳疾忌医，也是从来没有过的。朕想，或有一个法子，可治愈朕的疾病。"

说到这里，皇帝停下来，让徐阶、黄锦着一会儿急。

"臣恭聆圣谕。"徐阶只能说。

"奴才恭聆圣谕。"黄锦只能说。

皇帝遂道："朕自幼体弱多病，朕记得，每逢病时，圣母皇太后就引朕到殿后一室，让朕静思默想。少则半个时辰，多则一两个时辰，朕就感到浑身轻松畅快。朕想，前次巡幸承天，是二十七年前，或是上苍责怪朕忘记以前对朕的眷顾，或是朕殷切思念旧日气息，只要再次南巡，看一看龙飞等殿，朕的心可大安。心一安，病则愈。"

巡幸承天府，虽不像迁都南京那样严重，但以皇帝现在的情形，也是绝不能考虑的。徐阶想出几条阻止的理由。

"皇上，臣等方阅承天守备太监张方、湖广巡抚谷中虚等奏表，道承天水灾严重。"这是他想出的第一条理由。

不料，阻止的理由反而成为成行的理由。皇帝说："朕亦知之。张方还说，显陵外墙倾圮，故朕愈发要去看一看。"

徐阶又说第二条理由："圣驾一出，侍从千计，骑卫万计，臣恐承天府适逢灾祸，难以支应。"

"不妨，"皇帝道，"若以侍从千计、骑卫万计声势太大，可将侍从限制在百人以内，骑卫限制在千人以内。朕也不用龙辇，也不必沿途设立便殿，有一卧辇，朕可坐可睡，足矣。至于沿途亲王觐见，既耗费国家钱粮，又耗费朕的精力，一概罢免。"

"侍从不过百，骑卫不过千，怎能这样委屈天子！"黄锦从爱护皇帝的角度，反对皇帝南幸。

徐阶当然清楚，如果皇帝决意南幸，天子的仪仗、天子的侍从，以及扈驾大臣，一个也不能少。所以，要争的并非皇帝能不能受委屈，应该不应该受委屈。他要尽最后的努力来打消皇帝南幸的念头。

“皇上且听臣一言，”他极为恳切地说，“诚如圣谕，皇上是二十七年前南巡承天的。怀念故土，人之常情也，何况皇上乃纯孝圣主，何况承天府不仅是龙飞之所，而且是皇考皇妣陵寝所在。皇上欲南巡，臣等当力赞之。但二十七年绝非短暂一刹那，臣但愿皇上认真想一想，今日之精力与二十七年前相比如何，今日之体格与二十七年前相比如何。精力同，体格同，则行之；否则，不可贸然出巡。再者，二十七年前四方无警，天下宴然，而这二十七年间，大者，套虏两次兵临城下，京师戒严；小者，白莲妖教散布北方数省，南幸承天所必经的直隶、河南尤为猖獗。臣但愿皇上认真想一想，此时皇上远狩，根本空虚，万一变生叵测，天下得无虞乎，社稷得无虞乎！”

“爱卿之意，一言以蔽之：不可南幸。”皇帝为他归纳。

“可与不可，出自圣裁；臣的意思，不宜南幸。”徐阶说。

“朕知道了，爱卿且退，容朕三思。”皇帝说。看他的表情，很沮丧；而在沮丧中，又得到某种程度的解脱。

第六百七十六章

徐州沛县以东的昭阳湖分成大、小二湖。去年秋天，黄河在沛县的飞云桥决堤，注入昭阳湖。那时，朱衡站立湖边，一眼望去，白茫茫一片汪洋，两湖相连，无法区分。冬季水渐退，湖面冻结，又划分出二湖。现在，冰层早已融化，水是水，陆是陆，界限分明。

黄河决水是在去年八月，朝廷降旨，已升任南京刑部尚书的朱衡改工部尚书兼右副都御史，总理河漕。他的差事，是整治漕河，而不是黄河。黄河的治理，应由河道总理大臣负责。总理河道都御史，原是临时的差派，自正德朝以来，渐成常设。不过，总理河道都御史，和各地、特别是各边的督、抚仍有所不同。没有水患，河道总理无事可做；等有水患，又忽然发现，旧的河道总理已改调他职，而新的河道总理还没有委任。去年八月黄河决堤时，河道总理衙门已经三个月无人主事，又过三个月，即十一月，朝廷才命大理寺左少卿潘季驯以右佥都御史，总理河道。

河漕总理，河道总理，要整治的是同一段河。差派河漕总理，是因为整治这一段河，不仅关系黄河，还关系漕河，看起来，河漕总理应该辖制河道总理。其实又不然，河道总理名义上是为整治黄河而设，但黄河之患常常殃及漕河，因而在没有特别差派河漕总理一类的专员时，河道总理也有整治漕河之责。在常设之前，时而差派总理河道都御史，就专门是为整治漕河。

因此，在总理河道都御史空缺时，先差派特别的河漕总理；在差派常规的河道总理后，又不撤回总理河漕都御史，这就出现两都御史共同治河的局面。如果二人持议相同，还好办；如果二人持议不同，就是一件极大的麻烦。眼下，朱衡的麻烦就在于，潘季驯和他持议不同，致使河工毫无进展。

当然，他受命总理河漕，是秋末冬初，潘季驯受命总理河道，已是严冬。那时，无论采用他提出的方案，还是采用潘季驯提出的方案，都无法开工，所以，不妨从容地尽情地争论。现在则不同，他已赴任四五个月，潘季驯也赴任三个月，到处是春色盎然，难道还允许他们继续从容地尽情地争论下去，争论到今年的秋末冬初，争论到今年的严冬，争论到又无法开工？所以，一定要尽快确定一个方案。

因此，朱衡再次来到昭阳湖勘察。

昭阳湖有济漕的作用，即漕水不足时，以湖水注入漕河。在昭阳湖东、西，各有一条河道。湖西的一条河道，是旧的漕河的河道，现在看过去，早已成为陆地；湖东的一条河道，是新的漕河的河道，还没有完工。黄河决口，殃及漕河，是因为黄河决口后，黄河水溢入漕河，带来大量泥沙，使漕河淤塞。嘉靖初，一些很有见地的官员，如胡世宁，如霍韬，都建议在昭阳湖以东开凿新渠，为长久计。总理河道都御史盛应期，设计新渠，北进江家口，南出留城口，共一百四十里，需夫役六万五千人，银二十万两，工期六个月。但开工只四个月，因数处旱灾，有人归咎于开凿新河，皇帝命罢工役，并罢免盛应期官职。

开始，朱衡并不理解，开凿新河，利在何处。实地勘察以后他才发现，开凿新河实在高明。昭阳湖的地势高于湖西，而湖东的地势又高于昭阳湖。南面的黄河泛滥，即便像脱缰的野马，奔驰到昭阳湖也已精疲力竭，绝淹不到湖东，绝溢不进新渠。所谓长久计，正在于此。

他主张开凿新河渠，完成胡世宁、霍韬建议，盛应期开始了的工程。

潘季驯则看到事情的另一面：地势高，黄河水无法溢入，避免泥沙淤塞；但漕河缺水时怎么办？漕河本身是不产生水的，靠的是沿途注入江水、湖水、河水、泉水，地势一高，他水不易注入，漕河水浅易搁。所以他主张，疏通留城的漕河故道。留城是古留县旧址，在沛县东南，因张良为留侯，封于此地，故名。

朱衡想，潘季驯的担心不是没有道理，但两害相权取其轻。河漕一段几次大的淤塞，都是黄河泥沙造成的，因此，应以预防泥沙为主，由留城至夏村，再由夏村至南阳，是一条理想的渠道。南阳者，当然不是诸葛亮躬耕的那个南阳，而是泰山以南的一个古地名。

这一段新河，大约四分之三业经开凿，稍加疏浚即可，费时费力的只有四分之一。朱衡想，能取得潘季驯的支持最好，如果潘季驯坚持已见，则须取得朝廷的认可。只要朝廷给六个月的期限，一定可以完工。

第六百七十七章

湖州北濒太湖。初夏时节，太湖及环城各溪蒸发出来的水气，漂移过来，弥漫城里，使人感到闷热。十分尊贵或十分富有的人，多在家里纳凉；小有家财而又有闲的人，则相约去街上的茶楼，沏一壶茶水，要几样点心，说几句开心的话，看一些城里的风情。当然，有时看到的是惊天动地的事件。

一天午后，许多人见到一名女子在街上狂奔。三五个市井纨绔在酒楼喝茶取闹，这下有了话资。

“好一个标致的娘子。”第一个纨绔说。

“标致是标致，但出身豪门，你惹不起。”第二个纨绔说。

“不仅出身豪门，且浑身是刺，你沾不得。”第三个纨绔说。

第一个纨绔显然见过世面，露出一副看不起那名女子，也看不起长兴人的嘴脸：“小小湖州，又有什么豪门可夸！”

“放肆，他可是黄善人家的儿媳。”第三个纨绔呵斥道。

“长兴的那个黄善人吗？他家里不过有几个钱，你等也把他当成一号人物。”第一个纨绔说。长兴是湖州的属县。

“我说的豪门，是她的娘家，不是她的婆家。”第二个纨绔说。

“对，我只知黄善人家娶进一个标致的娘子，却不知娶自何方，”第一个纨绔说着，问道，“她的娘家是什么来历？”

“大司空的来历如何？”第二个纨绔道。

“那自然是大人的来历，但不知这娘子的哪一位远祖在哪朝哪代曾任大司空？”第一个纨绔的问话甚是尖刻。

“其祖父，并非久远；嘉靖朝，并非隔朝隔代。”第二个纨绔说。

“司空姓甚？”第一个纨绔问罢，自得地警告，“嘉靖朝的大司空不过二十余人，都记在我脑子里，你等别想蒙骗我。”

“那么，在你脑子里，有没有姓刘的大司空？”第二个纨绔问。

“有，仅一人。”第一个纨绔道。

“黄善人娶进的媳妇也姓刘，其祖是原籍江西安仁、客居南京、人称江东三才子之一的南坦公。”第二个纨绔说。

除名和字外，他把嘉靖初年工部尚书刘麟的履历说得清清楚楚。第一个纨绔仍有些不信：“刘司空的孙女？不会吧？刘司空是有一个孙女，但视若掌上明珠，该不会把她许给白丁的家里吧？”

“黄家有钱呀。”第二个纨绔说。

“刘司空并不爱钱。”第一个纨绔立即跟上一句。

“可她的父亲、南坦公的儿子爱钱呀。”第四个纨绔说。他话不多，但都说在要害的地方，他的话一出口，第一个纨绔不再作声。

“的确如此，”第三个纨绔子弟接着说，“刘司空虽称得上豪门，可家无余赀，致仕后，日子过得很清苦。黄善人乃长兴富室，在南京结识刘司空之子，羡慕刘家的名声，巴结求亲。刘司空是看不上黄家的人的，无奈儿子看上黄家的人，于是结成亲家。”

“若是如此，小娘子算得上出身豪门，我惹不起她。”第一个纨绔说着，又问第三个纨绔，“你老兄说她浑身是刺，又是何意？”

“出身豪门、被视若掌上明珠的女子，有几个身上不带刺的？”第三个纨绔道，“她嫁入黄家，不但官人不放在眼里，连公婆都不放在眼里。初时，黄家看在大司空的面子上，对她百依百顺，可前几年，刘司空谢世，刘家的家境更不如前，黄家对这个媳妇就不那么礼敬。据说，前些日子，公公竟当众辱骂她，她如何忍受得了，也当众回骂公公，因此刘、黄两家打起官司。”

“若是如此，娘子算得上浑身是刺，我沾不得她。”第一个纨绔说着，问道，“黄善人为何当众辱骂她？”

“说起来，黄善人也不应该，”第三个纨绔说，“亲家对黄善人的儿子寄予厚望，把他接到南京读书，也许督课过严，儿子回来后，向黄善人诉苦，黄善人转将一肚子的怨愤发泄在媳妇身上。”

“前恭后倨，黄善人算不得大善人。”第一个纨绔说。

“岂止是后倨！”第三个纨绔道，“按说，与媳妇对詈，你也有一份不是；就算理全在你这一边，你只要把媳妇不孝不敬告到官府，足可以为你出这一口气。他却恶毒万分，竟告媳妇与家仆通奸，不仅不顾媳妇的名声，连自已一家的名声也都不顾。”

“他非但不是大善人，简直是大恶人，”第一个纨绔愤愤地说，“不过，他首告媳妇通奸，无凭无据，官府会受理？”

“一是稍稍顾及门风，二是无凭无据，所以，官司不能在长兴打，所以，黄善人把媳妇及媳妇家人告到归安县。”第三个纨绔说。

归安也是湖州属县，与湖州府同城。

“这等官司，也可隔城去打？”第一个纨绔问。

“黄善人在归安有产业，也算不得隔城，”第三个纨绔说，“当然，这等官司归安县令可接可不接，但他还是接案。县令有一个姓周的友人，自以为他靠得住，请他去密访。不料，姓周的受黄家的金钱，断定媳妇与家仆通奸确有其事。这不，媳妇昨天被解来归安。我听说，县令当即开堂讯问，还动用刑具。”

“哎呀，如此标致的一个女子，一动用刑具，还不皮开肉绽！”第一个纨绔惊道。

“原以为你就是个浑人，谁知还懂得惜香怜玉。”第三个纨绔说。

于是，众伴都取笑第一个纨绔。

“怎么没有人问，她奔向何处？”第四个纨绔在关键时刻又开口。

“是啊，她奔向何处？”第一个纨绔随声问道。

第二个纨绔看看茶楼前的街面，估摸着：“她由南向北奔跑，出北门，往西一转，就是去长兴的大道。莫非官司了结，她要回家？”

“长兴那个家，她还回得去吗？”第三个纨绔反驳，并提出另一种可能，“出北门，直趋太湖。她不会是寻短见吧？”

第一个纨绔猛然站起，道：“小娘子若回家，我等阻拦不得；她若寻短见，我等岂可坐视！我去看看。”

“英雄救美，我等都去为你作个见证。”众纨绔取笑着，拥他而去。

该女子没有出城，她停在嘉、湖分巡道衙门前，与衙役争辩。嘉、湖道属浙江按察司，理嘉兴、湖州二府刑狱，常设衙门正在湖州。

众纨绔赶到时，衙门前挤满人。一问才知道，女子是来诉冤的，却被衙役挡在外面。佥事或副使听说是归安县的官司，竟不纳。女子泪流尽，嗓子哭哑，忽从身上拔出一把利刃。第一个纨绔刚来得及喊一声“娘子不可轻生”，利刃已刺进她的咽喉。眼见血水喷溅，人缓缓倒下，围观者惊叫不已。

“好一个性烈的刘小姐，不愧为南坦公之后。”第四个纨绔叹道。

“她爱惜名节，我等都是人证。”第三个纨绔道。

“我等还要为她传名。”第二个纨绔道。

“我却要为她打官司！”第一个纨绔道，“毁人名节，黄某是罪魁祸首。不把他告得家毁人亡，我誓不罢休。”

“好，这是正经事，我等都来助你。”众纨绔说。

事情闹大，归安县报呈湖州府，湖州府呈报浙江布、按二司，最终将黄善人谪戍。

第六百七十八章

张居正拜望徐阶，徐阶见他脸色微红，关切地问："叔大才饮酒？"

"是，"张居正应道，"学生同年中有一人升职外放，众同年约好为他送行。学生凑兴，饮了几盅。"

"叔大同年是谁？"徐阶问。

"刘秉仁。"张居正答。徐阶教习他那一科的庶吉士，与他有师弟之谊，对他那一科的进士，徐阶未必熟悉，所以张居正报上他的姓名。

"顺天府丞，升右佥都御史，巡抚郧阳？"不料，徐阶却知道此人。

"正是。"张居正道。

"他是叔大同年？"徐阶问。

"而且他是湖广大冶人，与学生同乡。"张居正说。

"亲上加亲，送别的话自然会多。"徐阶说。

"是，为私为公，学生的话都应该多。不过，"张居正口气一转，说，"学生只送给他八个字。"

"八个字，一定是字字千金，"徐阶道，并问，"是哪八个字？"

"清白为官，莫蹈前辙。"张居正道。

"前四个字空泛而指，后四个字有感而发，或曰有悟而发，"徐阶说着，问道，"叔大，你悟出什么？"

"冥冥之中，似有一眼，善行恶行，无不尽显；冥冥之中，似有一手，恶惩善扬，一丝不苟。"听起来，张居正确有所悟。

徐阶笑道："叔大这几句话有意思，要是说冥冥之中没有一眼一手，陈志七八年前所为，或十余年所为，怎么一下子暴露无遗！"

"老师说的是，"张居正应道，"学生原本不太相信冥冥之中的，即便介溪、东楼父子终得其报，我也没有想过冥冥之中。可陈志一事，不能不说是冥冥之中的力量。"

陈志是前一任的郧阳巡抚。他是福建莆田人，嘉靖三十二年进士。他前一年以右佥都御史巡抚郧阳，距他中第，只有十二年，升迁之速，令人羡慕。许多人，包括他自己，都以为从此以后将一帆风顺。谁知一次小小的调动，竟断送他的前程。福建建宁府推官吴维京升礼部主事，谁会把它当作一件大事？福建在许多京官的眼里是个奇异的地方，吴维京讲起一些在福建为官的经历，谁会把它当作一件大事？推官的职责是缉拿盗匪，维护治安，吴维京讲起他曾拿住几个强徒，谁会把它当作一件大事？盗匪抢的是官人或富人，吴维京讲起他拿住的几个强徒抢的是陈志，谁会把它当作一件大事？那时的陈志任江西巡按，请准假回乡探视，吴维京讲起强徒抢去的不是一个空行囊，谁会当作一件大事？

如果只讲到这里，真的不是一件大事。可吴维京又多讲一点：强徒抢去的行囊里有银四万余两，有账册两本，里面记载一笔一笔府、州、县官对他的贿赂；更可骇的是，陈志直认不讳，还当着吴维京的面，一笔一笔银子核对，居然发现少几十两，为此对吴维京甚是不满。

故事不胫而走，陈志被罢去官职。

忆起此事原委，徐阶说："吴维京正是冥冥之中的那一只眼睛。陈志巡按数年，所有的恶行也许就在这四万两银子上，如果行囊不被强徒抢去，他的恶行也许就被遮掩；如果强徒不被拿获，行囊不被夺回，他的恶行也许就被遮掩；如果吴维京不调京，如果吴维京不喜欢高谈阔论，他的恶行也许就被遮掩。可是不，强徒偏偏抢去他的行囊，吴维京偏偏夺回他的行囊，吴维京偏偏喜欢高谈阔论，于是，他的恶行大白于天下。冥冥之中生出这只眼睛，好啊。"

"吴维京拿获强徒，那么，他也是冥冥之中那只手吧？"张居正道。

"不，冥冥之中那只手另有其人。"徐阶说。

"老师说是谁？"张居正问。

"高肃卿。"徐阶说。

张居正没想到，此事和高拱有关。他问："怎关肃卿先生事？"

"叔大怎么忘记，高肃卿是礼部尚书，吴维京是礼部主事了？"徐阶道，"吴维京喜欢高谈阔论，但他的高谈阔论如果不传到高肃卿的耳朵里，陈志也许仍无恙；他的高谈阔论传到高肃卿的耳朵里，如果不是高肃卿追问到底，陈志也许仍无恙；虽然追问到底，如果不是高肃卿疾恶如仇，陈志也许仍无恙。可是不，偏偏吴维京的高谈阔论传到高肃卿的耳朵里，偏偏高肃卿追问到底，偏偏高肃卿疾恶如仇，于是，他的恶行无处逃遁。冥冥之中生出这只手，好啊。"

"老师对此事谈论得透彻。"张居正恭维道。徐阶大发议论，说明对他说的一眼一手很看重，他当然也高兴。

“冥冥之中除一眼一手外，还有一嘴。”徐阶又说。

“老师说的是何应歧吧？”张居正问。

“是他，”徐阶应道，“有吴维京的高谈阔论，有高肃卿的疾恶如仇，朝廷仍不便处置陈志，因为那时高肃卿是礼书，并非吏书，并非都宪，纠劾官员，不是他的职掌。如果御史或给谏都没有听到这段故事，陈志的恶行也许仍不会被追究；如果御史或给谏都以为此事不过是笑谈，陈志的恶行可能仍不会被追究。可是不，偏偏何应歧听到这段故事，偏偏何应歧不以为这段故事是笑谈，偏僻何应歧容不得恶行。于是，他的恶行便受到惩罚。而且，何应歧已被差派勘察河工，他是临行前上疏弹劾陈志的。冥冥之中生出这张嘴，好啊。”

何起鸣字应歧，四川内江人，嘉靖三十八年进士，现官礼科给事中。因朱衡、潘季驯治河有歧见，朝廷差他前往勘察。

张居正忽然之间又有所悟：“一只眼，一只手，一张嘴，这就是老师常说的公论吧？”

“叔大作如是想，亦无不可，”徐阶应的平淡，心里却很高兴，因为他倡言的“以用舍刑赏还公论”，有人能细心体会。为掩饰高兴的心情，他伸个懒腰，问道：“肃卿先生近在咫尺，叔大不去看看他？”

去冬，阁臣严讷因病告养，今年三月，即在处置陈志之后，吏部尚书郭朴、礼部尚书高拱入阁办事。高拱任国子监祭酒时，张居正任国子监司业，二人关系十分密切，所以，徐阶单提高拱。

张居正知道老师疲乏，说：“正要去看看肃卿先生，学生告辞。”

徐阶点了点头，可在张居正就要走出值庐时，他叫道：“叔大！”

张居正退回来，问道：“老师还有吩咐？”

徐阶看他一会儿，缓缓言道：“今日士大夫中，能成就相业者，我看只有两个人，一是高肃卿，一是张叔大。叔大好自为之。”

“学生惶恐，但愿不负老师厚望。”张居正道。徐阶鼓励的话，一方面让他看到前程的光明，一方面让他感到责任的重大。

第六百七十九章

徐渭在刘麟的孙女死两个月后，才听到她的故事。他平静地对张氏说："我要去杭州，为刘南坦的后人烧一炷香。"

张氏不赞成："老爷身子还虚弱，不宜远行。再说，我也没听说老爷和这位刘先生有什么交往。"

"我之神交，你如何知道！"徐渭道，"本朝作到督、抚的，还有几人让我敬佩，做到尚书的，几乎没有让我敬佩的。这个刘南坦，是个例外。你知道，南坦的别号是怎么得来的？他官至工部尚书，致仕后，却只在南京的南郊外有两三间草舍，是郡守为他筑台，县令为他构堂，才稍具模样。他老年的时候，向往楼居，但自存家财，不足以构建，遂于梁间悬一巨篮，自称神楼，休憩时便曲卧其中。我敬佩此老，还不在于他的清廉，而在于他的憨直。他不以袒露自己的心愿为耻，又不以无力实现自己的心愿为耻，这等胸怀，少有人及。"

张氏听他说的头头是道，又知道他一向我行我素，不再劝。

徐渭离家时精神正常，情绪正常，目光正常。从会城回来，又像变了个人，目光不仅呆滞，而且凶狠。

"老爷回来。"张氏小心地招呼。

徐渭张了张嘴，没有出声。

"老爷给刘小姐烧过香吗？"张氏问。

徐渭还是不语。

张氏有些怕，推门欲出，门被锁住。

徐渭出声了。先是冷笑，笑声干涩、残忍；然后问："你去作甚？"

"去为老爷备茶。"张氏说。

"我不渴。"徐渭道。

"去换丫环来侍候老爷洗浴更衣。"张氏说。

“我不脏。”徐渭道。

张氏干笑两声，道：“老爷不渴，我渴；老爷不脏，我脏。老爷想作甚，也得等我洗干净身子。”

“我不想作甚，只想问你话。”徐渭说着，向张氏逼近。

张氏忙躲闪一旁，道：“有话说就是，老爷别过来。”

“好！”徐渭堵在门口，不怕张氏跑掉。他喘口粗气，忽然仰天痛哭，泪如雨下，在哭声中说，“胡少保死在狱中！”

胡宗宪是嘉靖四十年加少保衔的，今既以罪人死狱中，所有职衔一概皆无，可徐渭偏要称他少保。

张氏见他伤心状，也不由落泪：“我早听说。”

胡宗宪在去年十月入狱后不久即死，消息自当早就传到浙江。

“他是自裁。”徐渭说。

“那是传闻。”张氏说。

像哭声忽然而来一样，徐渭忽然止住哭，并对张氏喝道：“不准哭！”

张氏受惊吓，不哭。

“你既早听说，为何不告我知？”徐渭问。

“那天老爷说，本朝督、抚还有几人让老爷敬佩，我就想说；可又担心老爷大病初愈，故不曾说。”张氏解释。

“不对。”徐渭道。

“怎的不对？”张氏问。

“你不是怕我病情，你是怕阴谋败露。”徐渭说。

“谁人的阴谋？”张氏问。

“你的阴谋。”徐渭说。

“我一个小妇人，会有什么阴谋？”张氏明知徐渭在说胡话，还是忍不住要辩白。

“最毒妇人心，”徐渭向张氏一指，怒道，“胡少保是你害死的！”

“我害死胡都堂？”张氏怎么也想不到，徐渭会给她安上这样一条罪状，“胡都堂死在京师，死在天狱，我在越地，须臾不曾离开老爷身边，我怎么害他？”

“若要害人，一念足矣。不然，我和胡少保自裁之约，只对你说过，他怎么就自裁？”徐渭质问道。

“我都说了，胡都堂自裁乃是传闻。再者，既然老爷和胡都堂相约自裁，想拦都拦不住，还用我害他吗？”张氏辩道。

“你这是狡辩，不承认胡少保自裁，尤是欲盖弥彰！”徐渭一边指斥，一边从角落里操起一根铁锥，大叫，“胡少保，我来为你报仇！”

“老爷要做什么？”张氏惊叫。

睡房里从来不放铁器，怎会有铁锥？看来老爷才是有预谋的。张氏举手，欲护住要害；可已经晚了，铁锥深深刺进她的头部。

徐家命案轰动绍兴。验尸、查讯、拿人，那是山阴县和绍兴府的事，百姓则谈论听来的各种传闻，有些真是离奇得很。

巷口，坐着两个老者，边摇扇子，边聊闲话。

“冤冤相报啊。”一老者说。

“老哥说的是谁？”另一老者说。

“眼下全城都在议论一个人，我还会说谁？当然是徐文长。”前一老者说。

“徐文长与人冤冤相报，还是他娘子与人冤冤相报？”后一老者问。

“虽是徐文长与人冤冤相报，这并不奇；徐文长与人冤冤相报，却应验在他娘子身上，这才是千古奇案。”前一老者说。

“老哥说的，我怎么不懂？”后一老者道。

“时辰尚早，听我慢慢道来，”前一老者说，另一老者讲这段故事用半个时辰，他想今日不妨讲上一个时辰，“我先问你，见过徐娘子未？”

“隔着一条巷子，自然见过。”后一老者说。

“样貌如何？”前一老者问。

“有几分姿色。”后一老者道。

“风骚否？”前一老者问。

“老哥没听人说过吗，有几分姿色，则有几分风骚。”后一老者道。

“其实，徐娘子是不是风骚，你也不知，”前一老者中肯地说，“有姿色，便有麻烦，这才是真的。徐文长的麻烦，就出在娘子有几分姿色上。这且慢表。却说徐文长投在胡都堂幕下，半是僚属，半是嘉宾。胡都堂巡视各处，无不携之同往。这一日到武林——”

“咱浙江有叫武林的地方吗？”后一老者问。

“孤陋寡闻，武林即杭州也，”前一老者得意地给他上一课，接着往下讲，“文长不耐烦听胡都堂与各衙门官员谈论风土人情，独自上街，游游逛逛，不知不觉，到一座寺院前。”

“哪一座寺？”后一老者问。

“乃一名刹，且讳其名，”前一老者道，“文长叩门欲入，一僧挡在面前，说：本寺住持长老今日说法，居士改日再来。”

“长老是何法号？”后一老者问。

“乃一名僧，且讳其号，”前一老者道，“文长说：徐文长，名士也，非居士。僧曰：非居士，更不能入；既为名士，何不去卖弄文墨？文长说：名士徐文长，今在胡大帅帐下。僧曰：带兵戈之气，尤不能入；既已入幕，何不去卖弄伎俩？文长几时受过这等闷气，每思加以报复。一夜，他宿于妓家，半夜醒来，发现自己手上握着那婊子的一只小巧玲珑的绣花鞋，计上心来。他将绣花鞋纳入衣袖，连夜去找胡都堂。都堂问他何事。他说，夜宿僧房，忽从枕下摸出一鞋，寺院乃清净之所，怎能容此苟且之事，故来禀白。都堂对他信赖有加，哪里想到其中有诈，问清他睡在哪一间僧房，差士卒将该僧房的两名僧人捉来，更不多问，斩于辕门。其中一僧，即对徐文长口出恶言者。”

“报复一人，还搭上一人，徐文长做得过分。一言索二命，一定会遭报应，”后一老者评论道，又问，“以后如何了？”

“且听下文，”前一老者道，“徐文长毫不费力，杀死仇家，自是得意。谁知从那以后，他常生噩梦，梦里左边一人，是寺僧，右边一人，是他家娘子。寺僧言语龌龊，娘子媚眼频飞，寺僧走向娘子，娘子走向寺僧，就在将要摩肩搭臂之际，他醒了过来。人人皆知徐文长有狂癫之疾，可你知道他的狂癫之疾因何而发？那便是为此梦。那日回家，他听到屋里有嬉笑之声，隔窗斜视，终于看到任凭他想象而从来没有看到的场面：一年轻俊僧，坐于榻上，自己的娘子坐于其膝，相互拥搂抚摸。文长大怒，冲入屋内，将娘子击毙，可寻那俊僧时，哪里还在！”

“诬以奸妓而杀僧，误以僧奸而杀妻，难怪老哥说应验在他娘子身上，徐文长怕要为娘子抵命。”后一老者叹道。

“尚未可知。”前一老者说。

“怎么？”后一老者问。

“人人皆知徐文长有狂癫之疾，官府断以误杀，说不定他能拣回一条命。”前一老者说。

第六百八十章

汪道昆突然被罢免。说突然，也不是完全没有征兆。早在四月，闽县发生一起官绅与军士斗殴的事件。官绅是翰林出身、官至右中允、现在家守制的陈谨，军士属福州卫。本来是件小事，军士和陈家仆人在外由于口角而动起手来，若到官府，连是非都不必问，各打五十大板就是。后来陈谨在屋里坐不住，出来劝解，被军士殴成重伤，在床上躺一个多月，竟至丧命。这一来，事情闹大。

汪道昆知道，此事绝不是重治几个悍卒就可以了事的，一定要有一个有相当地位的人出来担当责任。至于这个人是谁，要看科、道官论劾到谁的头上。南京户科给事中岑用宾上疏，先论汪道昆酷刑激变，再论他贪污不检，再论他放纵士卒，使养成桀悍之气。部、院议复，也都认为汪道昆这个有相当地位的人应该担当责任。汪道昆遂被罢。

汪道昆倒也不觉得委屈，反而有些庆幸：一是仅被罢官，没有其他的惩处，二是烦心的事随着罢官尽行消散。不然，让他负责缉拿首恶，还真不是件轻而易举的事。听说现在被责以缉拿首恶的巡按御史陈万言正在大伤脑筋，那就让他去伤脑筋吧。

使汪道昆若有所失的只有一件事：不能和戚继光当面道别。今年初，因广东惠、潮贼屡剿不尽，朝廷罢免俞大猷，而命戚继光兼领其事。他现在不知在潮州，还是在惠州，但一定也在伤脑筋。戚继光去应付广东的局面，汪道昆罢官而去，闽中三绝失其二。

汪道昆还家途中，路过南昌，私下里拜会江西巡抚周如斗。以他现在的处境，应该绕过任何一所衙门，免得给自己，也给人家带来麻烦。但周如斗和他是同年，听说病得很重，所以无论如何要见一面。

周如斗的情形，比预料的还差，用“不忍目睹”四字来形容，一点儿也不过分。汪道昆拉着他的手，悲戚地说：“允文兄，本想问候一句别来无恙，可我实在说不出口。”

周如斗勉强笑了笑，说：“病入膏肓而已，也没什么。”

汪道昆不忍责备，又不能不责备：“不是我说你，该早些告病的。”

“这病来得凶猛，谁能料及？”周如斗道，“能在这里与伯玉兄见上一面，我甚是欣慰。酒饭我不陪你用，今晚我陪你去看一出杂剧。”

“去看杂剧？”汪道昆似难以置信。

“去看杂剧，”周如斗点头，“城里一户殷实人家，在院里搭个戏台，早就送上拜帖，请我去听戏。我因精力不济，一直没理会。我知伯玉兄有此偏好，今晚我陪你去。”

汪道昆对杂剧不仅是偏好，他自己在襄阳知府任上，就写过《高唐记》《洛神赋》《五湖记》《京兆记》等，总其名曰《大雅堂杂剧》。听说有杂剧看，他比听说有酒喝还要兴奋，竟似孩提一般地问：“允文兄，能否透露杂剧名目？”

“伯玉兄莫伤心，不是你的《大雅堂》，”周如斗戏谑地说，又解释道，“不是伯玉兄的大作不大雅，实是这几个月来，该戏本在赣省轰动，梨园排演的都是它。”

“允文兄说，究竟是何名目。”汪道昆道。

“《吴越春秋》。”周如斗告诉他剧名。

“又曰《浣沙记》？昆山人梁辰鱼所作？”汪道昆问。

“是，”周如斗点了点头，问道，“伯玉兄认得他？”

“但闻其名，未曾谋面，《浣沙记》也是但闻其名，未曾一观，”汪道昆说，“允文兄以此款待，真是再好不过。但你我同去，我担心允文兄病情，难以倾心观赏。不如这样，允文兄与主人招呼一声，我自己前去，至多允文兄幕下一二仁兄陪我同去，殊为两便。”

周如斗当然也希望这样。他问：“伯玉兄不见怪？”

“怎会！”汪道昆道。

“伯玉兄既不见怪，那好，观赏之后，要留下字据。”周如斗说。

汪道昆知道他虽然答应，但要自己或诗或文，记录在赣省观杂剧一事。他说：“兄台之命，敢不遵从。”

杂剧看到半夜，汪道昆大饱眼福，大饱耳福。独自在周如斗为他准备的寓所，反正睡不着觉，他研墨铺纸提笔，作起诗来。诗是五言，共四首，五十六句。诗里有杂剧，有历史，也有他的感慨。

诗的题目是：席上观《吴越春秋》凡四首。诗曰：

吴王摧劲越，谈笑泣穷囚。殊色恣所欢，巧言竟相投。
长驱薄海岱，执耳盟诸侯。敌国尽西来，姑苏麋鹿游。
岂无良股肱，宿昔撄镯镂。已矣国无人，谁其殉主忧。

东海将时憾，盱睢待其事。三江足组练，一旅安所之。
何物彼姝子，贤于神武师。轻身入吴宫，褒妲复在兹。
一笑褫王魂，再笑陈王尸。翩翩士女侠，匕首双蛾眉。
咄唶徐夫人，千金徒尔为。

行人羁旅臣，借资复故楚。宿怨业已修，微躯何足数。
援枹破会稽，勾践甘衅鼓。谗巧乃见亲，君心日已蛊。
国恩良不赀，安得归环堵。抉目悬吴门，甘心赴江浒。
须臾国事去，佞幸皆为虏。利口覆邦家，愿言饲豹虎。

反间入吴阊，俘囚幸不死。伊谁修戈矛，相国鸱夷子。
一举袭江东，离宫夷故址。归来泛扁舟，去去从此始。
富贵有危机，完名不受訾。良哉大夫种，精白照青史。
或恐遇九原，因之颡有泚。

第六百八十一章

胡宗宪从下狱到死于狱，徐渭从一般的神经错乱到狂乱杀人，梁辰鱼虽然没有在他们的身边，但都好像亲眼所见一样，暗地里不知对自己说过多少遍：塞翁失马，焉知非福。当然，不见得投至胡宗宪幕下的士人，都落得徐渭那样的下场，但现在能够完全置身事外，岂不是大幸？

过了闷热的一个夏季，梁辰鱼决计北游。他没有具体的筹划，但第一程到南京是确定的；然后或山东，或河南；再然后，或北直，或陕西，则由兴之所至，或偶然的机缘。

一到南京，落下脚，就有人找过来。

来的是一主一仆。主人是翩翩少年，看上去年纪在二十左右。仆人则有五十多岁，看上去就很精干。梁辰鱼由眼生，进而断定的确是陌生之人。他不开口，等对方说话。

“伯龙先生吗？”少主人问。

“我是。阁下是——”梁辰鱼仍等对方介绍自己。

“唐突得很，在下姓曹，特来请伯龙先生赴一雅会。”少主人说。

“阁下但称雅会，却不说谁人主办，是何名目，谁人被邀，我怎知是否雅会，是否当去？”梁辰鱼道。

“伯龙先生责备的是，在下口拙，未能一一禀明，”少主人说着，转对老仆，“你来向伯龙先生禀明。”

“是，”老仆应道，“主办雅会的是我家老爷。雅会名目曰莲台之会。被邀者除梁老爷外，都是在南京的东南名流。”

梁伯龙听他的话很别扭：“如此说来，只我不是东南名流？我一个庸夫俗子，又何必去附庸风雅？”

“我的意思，老爷请的客人，都像梁老爷一样，是东南名流，”老仆的上一句话马马虎虎，下一句话却受听，“我家老爷说，梁老爷是东南第一名士，恰好又在南京，一定要请来。”

“你家老爷抬举，实不敢当，”梁伯龙说，又道，“你家老爷请的东南名流，能不能报上几个姓名？”

“如常州的吴老爷。”老仆报一个姓名。

“吴宗高先生。”少主人随即说明。

“龙游的童老爷。”老仆又报一个姓名。

“童少瑜先生。”少主人说明。

“长洲的王老爷。”老仆报出第三个姓名。

“王伯谷先生。”少主人说明。

梁伯龙暗自好笑。与其他说一句，你补充一句，何不干脆你自己来说？这样做的原因只有一个，就是把自己的身份，或其父的身份，看得太重。但既然把王稚登请来，可见自重身份，不无道理。

“好，既有伯谷先生赴会，其他名流就不必提，”梁伯龙说着，又问，“再请教，何为莲台之会。”

“莲台之会即品题花魁之会。”老仆说。

“家父欲品题秦淮河诸姬，实在想不出其他的名目，遂道：先叫莲台之会吧，等想到更好的名目，再改过，”少主人补充。又说，“伯龙先生大才，也请代家父想一想。”

“不必，”梁伯龙说，“品题诸姬，实乃妙思奇想；莲台之会，正是最恰当的名目。不管他人如何，我认定是雅会。”

“梁老爷应允赴会？”老仆完成使命，心里高兴。

“还没有请教你家老爷尊姓大名呢。”梁伯龙说。

“我家公子姓曹，我家老爷自然也姓曹。”老仆说。

梁辰鱼等他再说出名讳，他却不说。

“府上在哪里？”梁辰鱼只得迂回地问。

“金坛。”老仆答道。

“那么，你家老爷是会元公一呈先生吧？”梁辰鱼道。

一呈是嘉靖三十二年会试魁首曹大章的字。他殿试定为榜眼，授官翰林编修，后以残疾罢官。提到镇江金坛曹姓，自然会想到他。

“我家老爷不许说出他来，梁老爷猜出来的，不干我事。”老仆说。

“家父的意思，莲台之会虽雅，难免有戏谑之嫌。他是朝廷弃儿，传将出去，怕御史老爷放不过他。”少主人说明。

“如此盛典，御史老爷要羡慕死了，怎敢来找一呈先生的麻烦！”梁辰鱼既明确对方身份，先说句给老爷捧场的话，再说句让少主人高兴的话。“难怪一表人才，原来是会元公的公子。请转告令尊，我一定到。”

曹大章包下秦淮河畔的赛玉楼。他是赛玉楼的常客，每来南京，必在那里过夜，陪伴他的必是赛玉楼的头牌王赛玉。至于赛玉楼和王赛玉，究竟人以楼名，还是楼以人名，他却未必知道。本来只想把赛玉楼的姑娘们集中起来，再加上几个其他勾栏与王赛玉相好的姑娘，试试文笔，此事传开，一条街的鸨母，或有几分风雅，或欲借此扬名，纷纷把自己的头牌姑娘送来。赛玉楼的鸨母成第一位考官，她看不顺眼的姑娘，与她有前怨的姑娘，均被拒之门外，不得与试。

梁辰鱼也是秦淮河畔的常客，不用向人打听，也找得到赛玉楼。远远的见门前有一女子徘徊，身影很熟悉，走近一看，是他熟悉的姑娘蒋兰玉。他唤着蒋兰玉的乳名问道：“绮霞，在做什么？”

“是伯龙先生呀，”蒋兰玉见到，像见亲人，拉着他问，“是自己撞来的，还是被曹公请来的？”

“算是曹公请来的吧。”梁辰鱼说。

“这就好，伯龙先生是嘉宾，替我说个情吧。”蒋兰玉央告。

梁辰鱼问明原委，答应下来。进赛玉楼，与曹大章见过礼，当真为蒋兰玉说起情来。

鸨母还不情愿。曹大章问：“是伯龙兄的女弟子吗？”

“算是吧。”梁辰鱼道。

“主考官的女弟子焉有不得入试的道理。”曹大章说。

一句话，梁伯龙成莲台之会的主考官。

不多时，又有某勾栏头牌，来走童珮的门路。曹大章也是问：“是少瑜兄的女弟子吗？”

“曹公小觑她，她是我的女师弟。”童珮说笑道。

“房考官的女师弟焉有不得入试的道理。”曹大章说。

一句话，童珮成莲台之会的房考官。

前前后后有七八十位姑娘露面，曹府请的宾客也来十几位。梁辰鱼在宾客里没有见到王稚登，便问：“怎不见伯谷先生？”

曹大章说："伯谷前几天就到金陵，我与他议及此事，他欣然赞同。伯龙，今日我本想请伯谷和你主试的。谁知幼予昨日到，他二人斗一夜的酒，都醉得不省人事，我方才差人去请，说二人还在酣睡，看来是起不来床。无奈，只得我充个数。让伯龙受委屈。"

"哪里，是一呈先生太给我面子。"梁辰鱼道。

曹大章与众宾客议定，只考一场：众姬各赋诗一首，五言七言、律诗绝句则不拘；须是歌花咏木之作，题目则不拘。赋诗后，各姬登台，载歌载舞。据此，考官们的品题也包括两项：一是根据诗作的好坏，评出名次；一是根据各姬的容貌和表演，评出名次。诗写得好，容貌、表演上乘者，为上；诗写得好，容貌、表演稍欠者，次之；诗勉强成韵，容貌、表演出色者，又次；诗句不通，容貌、表演又欠佳者，不予品题。

"诗作第一者，授何名衔？"有人问。

"当然是状元。"有人答。

"何谓当然？以曹公那一科来说，状元是陈公，不明不白地故去，曹公以会元兼榜眼，却前程无量。"有人辩。

"第一名总不能授以会元吧？"答者道。

"曹公再用，必成学士，第一名不如授以学士。"辩者道。

"容貌品题，以何为序？"又有人问。

"花容月貌，当然是以花。"又有人道。

"这个当然不错，但以何花为魁首？"问者又问。

"当然是牡丹。"答者又答。

"这个当然又俗，牡丹虽富贵，却不崇高。"又有人辩。

"哪一种花崇高？"许多人问。

"莫过于紫薇。"辩者道。"

于是议定，第一名授女学士，对应的是紫薇花。

考核的内容和品题的标准一公布，众姬无不努力，明处争的是芳艳，暗处斗的是才学。品题诗作，以曹大章为主考；品题容貌、表演，以梁伯龙位主考，结果，十一种名花有主，分别是：

女学士王赛玉，花当紫薇；女太史杨璆姬，花当莲花；

女状元蒋兰玉，花当杏花；女榜眼齐爱春，花当桃花；

女探花姜竹宾，花当西府海棠；

女会元徐琼花，花当梅花；女会魁赵连城，花当芍药；

女会元陈玉英，花当绣球；女解元陈文姝，花当桂花；

女经魁张如英，花当芙蓉；女经魁蒋文仙，花当葵花。

有两个姑娘，一个叫陈琼姬，一个叫王蕊梅，没有被品题，有所不甘，各自纠缠与自己相好的名士，二名士又纠缠曹大章和梁伯龙。曹大章感觉为难，可又不想宾客中有人沮丧，便问梁伯龙："官品则学士、太史，学品则状元、经魁，都已用上，品题她二人，还有何名目？总不能称女侍读，女侍讲吧。"

"一呈先生说的是，侍字用在这里，难免会让人联想到侍枕、侍寝，就有违初衷。"梁辰鱼应道。

一为相好请命的名士，激于欢爱，忽有主意："禀上二位主考，用吉士的名目如何？"

庶吉士是二、三甲进士中选择出来的优秀者，用在陈琼姬、王蕊梅身上倒也合适。曹大章已首肯，梁辰鱼又略加变通："称吉士似乎唐突，不如改称储材。"

"二姝皆幼小，称储材甚当。"曹大章应着，又问那两个名士，"两位储材以何花当之？"

"牡丹。"陈琼姬的相好说。

"菊花。"王蕊梅的相好说。

"这不恰当吧，"梁伯龙道，"牡丹虽沾不上崇高，却沾得上富贵；其实我看，连崇高也沾得上。女太史、女状元都没有与牡丹对应，储材何以当之？储材当以菊花，亦不相称。"

又提出几种花品，不是曹大章反对，就是梁伯龙反对。还是曹大章说："储材当不得花，还当不得草吗？"

于是品题：陈琼姬当蕙草，王蕊梅当芝草。

"今次莲台之会，真乃本朝绝唱。"有人赞道。

第六百八十二章

工部左侍郎张守直高兴地呼唤着“必进先生”进到衙门，显然是有好的消息。可一看雷礼的样子，他再高兴不起来。雷礼双眉紧锁，愁容满面，显然是有不好的消息。

“必进先生，出何事？”他不安地问。

雷礼两只手在脸上一抹，抹去愁容，道：“还是先听喜讯吧。”

张守直在他面前一屁股坐下，说：“必进先生，真有喜讯。”

“可是京东河工？”雷礼问。

张守直一怔：“怎么，必进先生已知？”

“不知，”雷礼道，“不过，眼下工部就这样三件大事：一是修复显陵，及龙飞殿，此事尚未动工，尚未差派大臣，即便动工，即便差派大臣，也算不得什么喜讯吧？二是河漕之工，我知道士南先生、时良先生尚未报喜；不但未报喜，恐怕还有些麻烦。第三就是京东河工。时举先生喜自心发，既然不是第一事、第二事，一定是第三事。”

时良是潘季驯的字，他是浙江乌程人，嘉靖二十三年进士。时举则是张守直的字，他是顺天遵化人，也是嘉靖二十三年进士。

“时举先生，如何？”雷礼问。

“丝丝入扣，”张守直道，“的确是耿都堂有奏表，说永平至纪各庄的河道，共计一百五十四里，已全部疏浚开通。另外，由纪各庄至天津卫的海道，共计四百二十里，也已勘察，除一百二十里须开洋，余者皆可沿海岸行船。”

他说的耿都堂，是巡抚顺天右佥都御史耿随卿。

“亦即，京师以北海运转饷，可以畅通无阻。”雷礼也高兴起来。

“正是。”张守直道。

“实乃一件可喜之事。”雷礼高兴得坐不住，在堂上走来走去。在张守直面前停下后，他问：“时举先生，你知经京师转运蓟州、辽东等镇的粮饷有多少吗？”

张守直当然知道，但他不愿扫雷礼的兴，便问：“多少？”

“三十万石，”雷礼说，“不错，比起每年数百万石的漕粮，三十万石微不足道；比起数千里长的漕河，五百里的河运微不足道。不过，每年三十万石转饷，靠的都是马驮车载，走的半是崎岖山路，吃苦费力不说，还经常遭遇大股小股的东虏。蓟镇开设百余年来，终于有人想到，可以试一试海运。我看应该给耿都堂记上一功。”

永平是顺天府以外的京畿地区的重镇，转往蓟镇、辽东的粮饷先要运到这里，以前都以陆运。耿随卿是今年正月巡抚顺天的，到任后勘察地势海域，提出从永平西门外开凿河渠，引滦河水至纪各庄入海。这样，粮饷从天津卫装船入海，至纪各庄入滦河新渠，水运到永平。永平府和首县卢龙同城，在京师以东偏北约五百五十里，也就是说，陆运和海运的距离是差不多的。而四百余里的海运加上一百余里的河运，比五百余里的陆运，要省力得多，也安全得多。户、兵、工等部会商后，决定采纳耿随卿的建议。雷礼、张守直高兴的是，这段新渠顺利竣工，从下月开始，京师以东以北的粮饷，就可以试行水运。

“有此业绩，升右副都御史，不在话下吧？”张守直问。

“理应如此。”雷礼应道。但随即发觉自己答得太随便，因为北边各巡抚的主要责任在防边，不在浚河。所以，他又说：“不过，只时举先生想他升迁不成，还要看辛爱想不想他升迁。”

听说东部鞑靼首领今秋又要有大动作，实在让人担忧。

“还要看新河转饷是否顺利，是否有助防秋。”张守直加上一句。

“时举先生说的是。”雷礼道。

“好了，喜讯报完，恶讯也得报一报，”张守直道，他虽然一直陪着雷礼高兴，可也一直记着雷礼前一刻的愁容，“必进先生说，河漕那边恐怕会有麻烦，是怎么回事？昭阳新河不是只差数里便告成吗？”

“成是将成，士南先生前次来函还说，虽然新河比当年所议多出五十里，不是一百四十里，而是一百九十里，但仍可在限期内完工。谁知一场秋雨，河水大涨，又冲决马家桥新堤。”雷礼懊恼地说。

“一百九十里的新河开通，治一决口应不难。”张守直说。

“我担心的不是决口堵不住，我担心的是言者之口堵不住。”说起这一段新河，雷礼有一肚子的话，“当初不知怎么弄出两都御史修河，我担心，士南先生和时良先生都是人才，持议不同，恐怕彼此难以相容。还好，时良先生顾全大局，能与士南先生通力合作，士南先生又能亲临督工，河工进展良好。就在那时，也有人纠劾士南先生虐民幸功。现在，新筑桥堤决口，不是更有的纠劾了？我听说，给谏某、御史某相约，以劾罢士南先生为事。何应歧勘察，原是赞成开凿新河的；我还听说，他也改口，称新河不便。”

张守直知道，给谏某是给事中王元春，御事某是御史黄襄，二人弹章已上。他不无担心地问：“朱尚书会不会受处分？”

这同样是个不好轻易回答的问题。雷礼说：“只时举先生不想他受处分不成，还要看老天想不想他受处分。”

他想，若秋雨再大，再有几处决口，谁也保全不了他。

第六百八十三章

皇帝召徐阶进殿，议朝廷人事。眼下有两个职务要议，一是吏部尚书，一是掌院都御史。郭朴、高拱入阁后不久，礼部尚书由吏部侍郎高仪接任，吏部尚书由南京礼部尚书胡松接任。胡松病逝于任上，而吏部又是一个最重要的衙门，所以，是一定要议一议的。而都察院在嘉靖四十一年以后，一直由张永明执掌。严嵩执政多年，使吏治败坏；严嵩被罢后，亟须整饬纲纪，掌院都御史的责任尤其重大。张永明为人清谨严肃，应该说可以胜任。但过于严肃就要得罪人。张永明为兵科给事中魏时亮所劾，愤然求去，皇帝准其致仕。

但皇帝首先提到的，不是吏部和都察院的缺差。皇帝说："近五六年来，最大的一件事是修复三殿，最忙的衙门是工部，对工部堂官及属僚，赏赐，朕一无所吝。如雷礼，三月方加少保，本月复晋少傅。但有一人，廷臣议赏赐，从不议及，朕觉得亏欠他。爱卿亦曾言及，三殿之工幸有他主持，是不是也觉得亏欠他？"

"皇上说的可是徐杲？"徐阶问。

皇帝点了点头。

"他已是礼部尚书衔，官至极品。"徐阶说。

"那是他三殿完工时的职衔，三殿完工至今又过去四年，他没有毫纤之升。"皇帝说。

"皇上说的也是，但如何升赏呢？"徐阶不能硬顶，只有软磨。

"朕若赐以少保、少傅什么的，与雷礼并列，爱卿一定以为不妥，若稍升一秩，加太子太保，爱卿以为如何？"皇帝道。

"亦不妥。"徐阶说。

"为何？"皇帝问。

"嘉靖改元以来，陈道瀛、徐可成以乐舞生加礼部尚书，掌太常寺；许绅以医士加礼部尚书，掌太医院；徐杲以工匠加工部尚书，掌工作。三人均非正途，然尚有祖宗朝事例可循。如乐舞生加礼部尚书衔、掌太常寺者，永乐朝有蒋守约，天顺朝有李希安，弘治朝有崔志端；工匠加工部尚书衔、掌火器者，景泰时有黎澄，”徐阶一口气举出许多事例，然后说，“各以其技，加公孤及太子三师者，则历朝皆无。列祖列宗不以尊衔加于工匠等，自有深意。”

其实，他所举事例有遗漏。如：邵元节、陶仲文以真人加礼部尚书，掌道教，也不是正途。但陶仲文不但一人兼领三孤，而且给伯爵俸，是任何正途出身的官员都不可能得到的。还有盛端明、顾可学虽然是进士出身，但加礼部尚书是掌药饵，也不可以说正途。徐阶对此避而不提，是觉得不提为好。这两类事例虽有相同之处，但他相信皇帝是不会混淆在一起的，他又何必给皇帝一个为徐杲加衔的口实呢？

说起祖宗深意，皇帝不能再坚持。他说：“不及三孤，升一品俸，总可以吧。”

“加一品俸，徐杲亦当感恩戴德。”徐阶道。

此事有默契，再议正事。皇帝道：“吴岳名声不错，但非掌院之才，爱卿看，何人堪任？”

“廷推王廷。”徐阶奏道。

“他不是廷推南京礼部尚书吗？”皇帝道。

“前推未久，若速降旨，臣想，可在半途将他追回。”徐阶说。

“追尽管追，总得有理由，”皇帝说着，问道，“他与吴岳比较如何？”

这实在不好比较。如果说，掌院都御史需要督、抚的历练，那么，二人都有：吴岳曾巡抚保定、贵州，王廷曾总督漕运；如果说，掌院都御史需要相应的地位，二人都有：王廷户部侍郎，吴岳左副都御史，相差无几；如果说，掌院都御史需要很好的口碑，二人都有：任主事时，都是堂官称赏的部属，任知府时，都是布、按二司称赏的守、令，直至独当一面，都是朝廷称赏的好都堂。要比较出个高低，实在不易。

所以，徐阶只说最简单的一件事：“他二人是同年的进士。”

“哪一年？”皇帝问。

“嘉靖十一年，”徐阶道，“他二人同授户部主事，后一人升郎中，一人改御史，差不多同时，又各任知府。”

皇帝明白他的用意，说：“有这多同时，自然难以比较。”

“臣还听说一件巧事，”徐阶接着说，“二人同任知府，王廷知苏州，吴岳知庐州，说起来相距甚远。不知怎的，竟在京口相遇。二人同游金山。吴岳先到一日，做东，备酒一坛，肉一斤，瓜果数束。王廷笑问：就这些吗？吴岳亦笑，道：足供我二人食矣。二人竟日而还。”

“二郡守之游，俭于士人，都可以掌宪。不必说，速传旨意，召回王廷吧，”皇帝说着，问道，“吏书之印，该由谁掌？”

“恕臣直言，皇上心目中已经有人。”徐阶道。

皇帝眉毛一扬，惊问：“爱卿怎知？”

“皇上欲王廷、吴岳同掌院事，臣已明了；可二人谁为正卿，谁为佐卿，皇上来不及交代，就亟议掌吏部者，故臣妄言。”徐阶说。

“爱卿不但深知朕心，连朕的性子都摸透了，”皇帝笑着说。“不瞒爱卿，朕心目中的确有一人。”

“请皇上明示。”徐阶道。

“户部尚书高燿，爱卿以为如何？”皇帝问。

这是徐阶料到的，因为高燿这几年以户部之人力、物力为皇帝办了几件差事，皇帝对他青睐有加。正因为如此，徐阶觉得他不宜掌吏部。觉得不妥，又不便直言，他说：“为官之道，高燿有几事可为楷模。”

皇帝也料到徐阶不会赞同，等着他来反驳，不想他先说起高燿的长处。

“有哪几事，爱卿说说看。”皇帝道。

“温良、宽厚、平恕。”徐阶说。

说的三条，其实只是一条。皇帝想，一条也罢。他说：“平恕者，持铨者不可或缺。”

“皇上说的是，但另有二事，持铨者亦不可或缺。”徐阶说。

“哪二事？”皇帝问。

“一则刚直，一则廉洁，”徐阶说，“二事者，高燿略有不足。此为朝廷公论，非臣一人之见。”

皇帝知道，群臣，特别是科、道，对高燿的议论，比徐阶说的要难听得多。若不得人，不但吏部的事办不好，要听的闲话也多。

于是，皇帝问：“爱卿看，谁人堪任？”

“臣以为，不妨还在六卿里访求。”徐阶说。

虽然没有道出姓名，但已非常明确。现任的尚书里，除去一个高燿，还有四人。高仪翰林出身，行事秉礼循法，可以信任，但资历浅些，代高拱任礼部尚书才五个月。刑部尚书黄光升资历倒是够，威望却略嫌不足。工部尚书雷礼，不管资历够不够，威望够不够，工部缺他恐怕不行。最后只有一个杨博。论人品，论才干，论阅历，他都是最合适的人选。但皇帝一直对他有些不满。没有明确理由的不满；或有一些尚不足以构成不满的理由的不满。徐阶不直道姓名，也是想皇帝自己拿这个主意，免得连回旋的余地也没有。

“朕知道杨博堪任，但要再仔细想一想，”皇帝说，想起徐阶方才的“妄言”，又说，“追王廷回来，是要他任掌院都御史，一个副都御史，用不着朕差人去追。”

“皇上说的是。”徐阶应道。

两天后有旨：兵部尚书杨博改吏部。

第六百八十四章

狱吏见了何以尚，像见了一头苍蝇一样腻味。说他是官吧，司务算个什么？从九品，比他这个狱吏只高一点儿；就是因为高出这一点儿，你还得叫他一声“大人”。四只眼睛碰到一起，想装作没看见是不可能的，只得迎上去。招呼虽打，可全是不耐烦：“何大人怎么又来？”

何以尚勉强挤出一点笑容，用手指了指天。

“何大人什么意思？”狱吏问。

“老哥怎忘，又到十五了。”何以尚说。

狱吏算了算，可不是吗，今日正是十月十五。从二月初海瑞下狱以来，二月十五,三月十五，直到九月十五，他都来探监。他说，为的是月圆之日，和海瑞作个伴。这不，十月十五，他又来。

“不是我拦何大人的驾，你还是请回吧。”狱吏说。

“怎么，有旨不许探视？”何以尚问。

“那倒没有。”狱吏道。

“刑部堂官老爷有禁令？”何以尚问。

“也不是。”狱吏道。

“既如此，请老哥再行个方便。”何以尚说。

“实话对何大人说吧，是海大人不想见何大人。”狱吏明白告诉他。

“不会吧？刚峰先生称我为知己，怎会不想见我？”何以尚自然不信，“他不想见我，是怕我受牵累。可我今日无论如何也要与他见一面，今日不见，下个月圆之日不知还能不能见上一面。”

狱吏听他话里有话，惊问：“何大人是不是听到什么风声？海大人在这里的日子是不是到头？是开释，是戍边，还是——”

第三种可能就不必说出来。

“那倒没有，但人有旦夕祸福，谁又说得准。”何以尚道。

狱吏被他纠缠不过，只得让他进去。

“怎么，今日又到十五？”海瑞在狱里很难记准日子。

“是，”何以尚应道。“晚间不能陪刚峰先生赏月，只好白日来和刚峰先生想一想圆月。”

“对你说过多少次，不要给自家惹麻烦，你偏不听！”海瑞责备一句，又换种语气。“不过，来了也好，下个月圆之日不知还能不能见上一面。”

轮到何以尚吃惊。他问：“刚峰先生听到什么风声了？”

“你老兄在外面听不到风声，我在里面听得到什么风声？”海瑞道，“我是说，法司已论我绞罪了，虽皇上圣明，察我无他，没有即刻执行，但只要哪一天动心，就会赐我一条绳索。”

“刚峰先生又在胡思乱想。我说过，刚峰先生不会死，皇上不会杀刚峰先生，哪一天皇上传旨下来，我替刚峰先生去死。”何以尚重复他不知说过多少遍的话。

海瑞再听这话，有些辛酸，也有些好笑。他说：“人各有命，那是替不得的。”

“替死不成，我便与刚峰先生一起死。”何以尚说得更坚决。

海瑞性情虽有些迂，也听出他话里有话。

“你今日做了何事？”海瑞问。

“只是上道奏疏，替刚峰先生把绳索解开。”何以尚说。

海瑞不想他惹祸上身，他终于还是不听。海瑞叹道：“你这是何苦。”

“刚峰先生曾言及，今之医国者只一味甘草。刚峰先生上疏，乃一剂猛药，我不过煎药时加进一薪，又有什么！”何以尚道，“能替刚峰先生去死，那是国家之福；不然，则与刚峰先生同死，那是本人之幸。”

“医国者只一味甘草”，是海瑞对同乡进士王弘诲说的，下一句是“处世者只两字乡原”。他用这两句话表达对执政者的不满和鄙视，何以尚则用这句话表达对他的敬意。

何以尚在狱里坐谈多时，全没想到，锦衣卫官校在衙门寻他不到，在住处寻他不到，正要在全城布置罗网。皇帝已有旨将他下诏狱，杖责一百再上堂问话。幸亏他身板硬，竟挺过去。

第六百八十五章

张泽想不通，他怎么会成俘虏；当然也想不通，他怎么会打败仗。现在想想在吕都堂面前的豪迈大话，真有些惭愧。

吕都堂是巡抚云南都御史吕光洵。吕光洵和张泽计议征讨武定贼，张泽一拍胸脯，说：跳梁小丑，用不着出动官军，以夷攻夷即可。都堂与我一千金，一旅夷师，旬日之内，一战而溃其众，再战而擒其魁！吕光洵没有他乐观，但还是给他五百人，让他作为先遣，并告诫他，不可轻敌，不可轻战，不可轻入。张泽答应是答应，但从心眼里认为，朝廷和都堂都把事情看得太严重。

不错，他是打过胜仗，那是在渡过一条水流湍急的山涧以前，贼部被他打得抱头鼠窜，正像他说的，一战而溃其众。于是，他和其他将领约定，分兵四哨，各取一路，会而合击。他指挥的一哨由摇摆不定的竹桥过涧，那时，他的心真悬在嗓子眼里：若有一股贼军杀出，后果不堪设想。还好，贼人没有设伏，看来，是真的溃退，不是诱我深入。

过涧之后，路途险恶。部下劝他不要涉险深入，他说：那几哨赶到怎么办？结果，那几哨迟迟未到，他孤军深入，中敌埋伏。再战没有擒其魁，张泽反而为贼所擒。

也许，真该听部下的劝告，守在涧边，不要轻举妄动。其他几哨的将领大概都是这样想的。张泽首先想到他人，自己吃亏。但他并不后悔。他是嘉靖十七年选贡出身，由知县一步步升至云南按察司佥事。和数以百计、数以千计的贡生比起来，他已经非常幸运，死于佥事任上，和死于知县、知州任上，和死于司务、都事任上，不可同日而语。

唯一的缺憾，是在武定反贼凤继祖手上输一着。

凤继祖算什么东西！他是老妇瞿氏不知从哪里拾来的弃儿，险些死在瞿氏儿媳索林的手里。两个妇人，一个豢养他，一个可以置他于死地，自己怎么会败在他手里呢？

当然，凤继祖不是个唯唯诺诺的黄毛小子，他有胆量，有本钱。这从那次索林使人杀他不成，却险些死在他手里，就可以看出；从他拥兵闹事就可以看出。受索林指使去杀凤继祖的人叫郑泓吧？郑泓是索林的面首，索林没有死在凤继祖手里，郑泓后来却死在他手里。

那时的云南巡抚还不是吕都堂，而是曹都堂。曹都堂迁就瞿氏，宽贷凤继祖，而将郑泓下狱，暂时平息风波。后来换成敖都堂，他任巡抚半年，几乎没做任何事情，就被罢免。

敖都堂名宗庆，因贪庸不职为科、道纠劾。

再后来就换成吕都堂。吕都堂和敖都堂不一样，和曹都堂也不一样。不说别的，他筹划修建武定新城，就很有魄力。他后来释放郑泓，命他回武定复业，是出于什么心思，是觉得郑泓被关几年，可以抵罪，还是也有以夷制夷的心思，想让郑泓抗衡凤继祖，就不得而知。

郑泓没有回到武定，在路上被凤继祖擒获杀死。凤继祖一不做二不休，又发兵围攻武定新城，俘获索林。临安府通判胡文显率兵往援，大败。这才有张泽讨贼之举。胡文显是中伏兵败的，早想到这一层就好了，就不会有今天。输在凤继祖手里，死在凤继祖手里，真有些冤枉。

张泽想，过去之事，悔也无益。已输在战场，不能再输在贼窟，已输掉军队，不能再输掉气势。

凤继祖的部下对张泽一直恭敬有礼，这一天尤其恭敬有礼。凤继祖一直让部下与张泽周旋，自己不出面，这一天却出面。他摆一桌丰盛的酒席，专请被俘的张泽和千户刘裕。

“这是做什么？”张泽皱起眉头。

“大人怎忘，今日是大人的寿辰呀。”凤继祖说。

“你怎么知道的？”张泽问。

“老夫人两次着我给大人送去寿礼，不经意就记下。”凤继祖说。

“想不到在这里，由你给我贺寿。”张泽不客气地坐下来。

凤继祖也坐下。他说：“土食水酒，不成敬意，在下从土著里挑选一队年轻女子，虽姿容平平，但尚能歌舞，请献于大人前。”

“免。”张泽断然地说。

“也好。”凤继祖一挥手，属下捧上一盘银锭，放在张泽面前。

“这是做什么？”张泽问。

“这是千金，请为大人寿。”凤继祖说。

“是献寿，还是有所求？”张泽问。

“是献寿，亦有所求。”凤继祖说。

张泽对刘裕招招手，说：“刘将军，你也来坐下，听听他所求之事，看我等能不能答应。”

刘裕挨着他坐下。

“说吧，所求何事？”张泽道。

“大人字大被，我一直不解其意，求大人启蒙。”凤继祖说。

“一桌酒席，就求此事？”张泽大为诧异。

“是，就求此事。”凤继祖说。

“我真后悔，没有早把这两个字里面的意思讲给你听，”张泽说着，转向刘裕，“我曾对你讲过，你还记得吗？”

“大人说，是泽惠被于天下之意。”刘裕道。

“差不多就是此意，你懂吗？”张泽问凤继祖。

“意思是懂，可是仍有疑惑。大人的志向是泽惠被于天下，为何不能被及身边的人呢？”凤继祖道。

“譬如谁人？”张泽问。

“在下。”凤继祖道。

“你？”张泽先是一愣，随后大笑，“如你所言，泽惠被于天下，确是我的志向；但现在我泽惠不能被于自身，又如何被于你？”笑罢又问，“我以前劝你的话不少，你从不肯听，今日怎么求起我的泽惠？”

“因为在下将死。”凤继祖说。

他的语气平静，不像在说死，而像在说一件极为平常的事情，不能不让人佩服。张泽和刘裕对视一眼，问他：“什么意思。”

“吕都堂传檄诸道官军，围逼我山寨，眼见把山寨向外的道路一条一条都堵死。”凤继祖毫不隐瞒地说。

“官军已大集？”听张泽的口气，好似不信。

“是啊，”凤继祖说，“别看和张大人过招，我还能讨一个便宜，在大队官军面前，我只能甘拜下风。吕都堂要我生，我可生；吕大人要我死，我只得死。今日之情势，吕都堂一定要我死。”

“吕都堂要你死，你只得死，这话不错。我怎么帮你？”张泽问。

“请大人修书吕都堂，为我等乞恕。”凤继祖说。

“看来，”张泽手指银锭问，“这是用来买我手书的吧？”

“是。”凤继祖应道。

“小儿好不晓事！”张泽斥道，复问，“你视我为何人？”

“佥宪大人。”凤继祖道。

“皇朝大臣，”张泽在“皇朝”二字上加重语气，又问，“你知朝廷给我的使命是什么？”

“征讨。”凤继祖道。

“讨贼。”张泽在“贼”字上加重语气。

“那又怎样？”凤继祖问。

“皇朝大臣，奉旨讨贼，却要我为贼做说客，岂不可笑！”张泽道。

凤继祖脸色一变，腰刀出鞘，放在银锭之旁。

“若不修书，便试我刀锋。”他冷冷地说。

“悉听尊便。”张泽也冷冷地说。

凤继祖盘踞的山寨叫东山寨。官军会聚后，向东山寨发起攻击。凤继祖自知难以抵御，率部向川东逃窜。瞿氏为他在川东定的亲事，妇家有相当势力，是他唯一可以投奔的地方。在逃窜途中，他杀死张泽和刘裕。

张泽字大被，是安庆府桐城人。

第六百八十六章

吏科都给事中胡应嘉饭后在书案前一坐，娘子知他又要写弹章。她送去一杯酽茶，问："老爷又要和谁过不去呀？"

胡应嘉不悦："我是为国除奸，怎是与人过不去？"

"是，是，老爷是为国除奸，"娘子随声附和，又道，"老爷今日除一奸，明日除一奸，也该歇歇。"

胡应嘉说："你懂什么！以前除的都是小奸，今日要除大奸。"

"小奸？"娘子夸张地叫道，胡应嘉瞪她一眼，她忙把声音压低，"劾罢二侍郎、二方伯，还只是除小奸！"

二侍郎是户部侍郎黄养蒙和工部侍郎李登云，布政使则是浙江布政使李磐和江西布政使侯一元。

"吏科都给谏劾罢侍郎、方伯，有什么大惊小怪的。"胡应嘉说。

"老爷这次又要劾谁，难道是尚书不成？"娘子问。

"权位还要高。"胡应嘉说。

"是阁老？"娘子的声调又开始夸张。

胡应嘉不语，顺手在纸上写个高字。

"高肃卿先生？"娘子显然知道其中利害，"老爷不是说，内阁四人中高相公虽排第四，但他是子升相公着力举荐的，又是昔日裕邸的讲官，此人开罪不得吗？"

胡应嘉叹口气，说："不是我一定要开罪他，只怕他容不得我。"

"我不懂，老爷不劾他，他为何容不得老爷？"娘子问。

"你方才提到的四个人，内一李，外一李，都是河南人，而且，内一李还是高肃卿的姻亲，就算我不劾他，他能容我吗？"胡应嘉道。

"河南人不一定庇护，姻亲却一定要庇护，"娘子意识到事情的严重。她问，"老爷如何摆脱？"

"以进为退，所以我一定要劾罢他。"胡应嘉说。

“老爷有把握吗？”娘子又问。

“有二事，皇上一定会气恼。”胡应嘉说。

“哪二事？”娘子问。

“一是入阁之初，他以值庐低矮狭小，迁居西安门外，常在半夜时分跑回家里睡觉；二是前些日子，皇上小小违豫，他竟将值庐器具私运于外。此二事，皆心无君上明证。”胡应嘉说。

“皇上一关能过，子升相公一关怎么办？”娘子问，“老爷不是说，他是子升相公着力举荐的吗？”

“这倒无须担心。半年前论劾高肃卿，子升先生或者不快；今日论劾高肃卿，子升先生不会不快。”胡应嘉说。

“却是为何？”娘子问。

“这还用问，他是又一个袁懋中，子升先生对他客客气气，他对子升先生反而盛气凌之。”胡应嘉说。

皇帝气恼，徐阶不会不快，应该没有什么不放心的，但娘子忽然想起一事：“不会是子升相公授意老爷上疏的吧？”

“妇人之见！”胡应嘉叱道，“即便子升先生想除去高肃卿，他不但不会授意，连稍稍示意都不会。再者，堂堂都给谏，会受人指使吗？”

“是我糊涂，老爷莫恼，快写疏吧。”娘子铺好纸笔，便要退出，走到门口，转过身又问了句，“老爷说皇上小小违豫，当真是小小违豫？”

胡应嘉没有即刻回答，停了停，才说：“所以我一定要尽快上疏。”

高拱心神不定，写几个字，把疏纸撕碎；又写几个字，又把疏纸撕碎。郭朴看不过去，道：“肃卿先生用不着只拣一条路走。”

“质夫先生说，我选的是哪一条路？”高拱问。

“自然是自辩，又何须问！”郭朴道。

“质夫先生说，我最好走哪一条路？”高拱问。

“不睬。”郭朴说。

“这不合规矩，”高拱道。大臣被劾，却不理睬，的确不合规矩。

“那就请退，”郭朴说。“大臣一味和科、道打笔墨官司，有失体统。”

“这场笔墨官司不得不打，”高拱态度十分坚定。他说，“质夫先生不知道，这里有阴谋。”

“什么阴谋？”郭朴问。

“胡祁礼背后有指使之人。”高拱说。

胡应嘉字祁礼，淮安府沭阳人，嘉靖三十五年进士。

“是谁？”郭朴问。

“质夫先生想会是谁？”高拱瞥向外面不远处的高大值庐。

“子升先生？不会吧？”郭朴道。

“质夫先生说不会，查访过吗？”高拱问。

“我不曾怀疑，为何查访？”郭朴虽未查访，但有理由，“谁不知道，子升先生一直器重肃卿先生的大才。他与其指使胡祁礼劾罢肃卿先生，还不如当初不举荐肃卿先生入阁。”

“不错，我是受过他举荐之恩，”高拱承认这一点，同时看到另一点，“可质夫先生知道他为何举荐我吗？他举荐我，不过想内阁多一个顺从他的阁员。我却不肯顺从，他自然大失所望。”

“肃卿先生就是这样查访的？未免太牵强。”郭朴说。

“可胡祁礼是他的乡人呀，”高拱加上一条新理由，“胡祁礼忽而劾罢李方伯，忽而劾罢李侍郎，我就在怀疑，他这剑舞来舞去，恐怕会有大动作。如何，果然舞到我身上了吧？”

“一个淮安，一个松江，虽同属南直隶，可要说是乡人，也未免太牵强吧。”郭朴道。

“质夫先生看不出阴谋，我说什么，自然都觉得牵强。”高拱说着，专心草拟疏稿，不再搭理他。

第六百八十七章

皇帝写完“大明睿宗献皇帝陵”八个字，怎么看都不顺眼。献字比画太多，显得挤迫；大字比画太少，又显得萧条；最后一个陵字还写歪。他气恼地把笔拍到御案上，笔竟拍成两段。

献皇帝上庙号之初，就在承天府修建显陵。但显陵明楼的碑额，却一直没有题写。是不是嘉靖十八年巡幸承天时曾许下心愿，等下次南巡时再题写，皇帝自己也记不清楚。反正显陵明楼的碑额空了二十七年。也许，二十七年来的风风雨雨都是因为这一疏忽。

黄锦换一支笔，小心地说：“爷坐久，不如躺一躺，运一运气，再重新写过。”

“不写，就用它。”皇帝说。

“是，”黄锦应道，“奴才这就去安排制作。”

“不急，”皇帝止住他，“你先对朕说说，南京出什么事？”

“南京？”黄锦摸不着头脑，“奴才没听说南京出什么大事呀。”

“昨晚朕躺在殿里，迷迷糊糊听人一会儿说南京，一会儿说门外，一会儿说对联，”皇帝把听到的几个词联系在一起，故有疑问。“是不是南京城门上或宫门上张挂有一联？”

“原来是这件事，”黄锦听罢踏实，“他等议论的大概是南京守门太监高刚，快过年，所以他张挂一联，也不过是附庸风雅而已。对联贴在他住处，他有天大的胆子，也不敢在城门上或宫门上张挂对联。”

“对联写的什么，会引起宫里人议论？”皇帝问。

“奴才不知。”黄锦奏道。

“真的不知？”皇帝追问。

“奴才听是听人说过，但不知确否。”黄锦含糊其词地说。

“朕又没要你查证，说吧！”皇帝命道。

“是，”黄锦一字一字，尽量落到实处，才奏道，“高刚上联写的是：海无波涛，海瑞之功不浅；下联写的是：林有梁栋，林润之泽居多。”

“朕迷迷糊糊听到的，也是这两句，”皇帝说，“林润在南京做官，高刚见其人，知其行，说他几句好话，还情有可原；朕敢说，高刚绝没见过海瑞，怎么也为他歌功颂德？”

“高刚是犯过错，贬到南京去的，一个无知奴才，爷犯不上为他生气。”黄锦劝道。

“朕不是生他的气，但一个无知奴才，也偏袒待罪之臣，朕不真成孤家寡人？”皇帝已经没有精神生气，只是感到无奈。

十二月十四日，皇帝没有起来用早膳。其实，皇帝有好几天不能正常进膳，近侍们已经习以为常。但皇帝想睁开眼睛，用尽气力，却睁不开；想举起手，用尽气力，却举不起来。这使得他们一个个手足无措。谁敢上前去支开皇帝的眼皮，抬起皇帝的手？

包括院使在内的御医们轮番在偏殿里侍候。所谓轮番，不过是一伙御医不安地站立踱步，一伙御医不安地打个盹。自从进太医院，他们大概就没有安心过，今年这一年尤甚，近来这几天尤甚。他们互相推诿，尽量离那支开药方的笔远一点。推掉的松口气，但也不过像斩监候；不得不拿起笔来的，则像被判斩立决。

装满丸药的匣子、盘盏摆满御案，有的是当年陶仲文、盛端明、顾可学等进献的，有的是近日陶世恩、王金等进献的，有的是根据皇帝自己开的方子制作的。皇帝对这些大大小小的丹丸已经失去兴趣，失去信心。每当近侍请用药时，他都厌恶地摇几下头。

皇帝的手终于举起来，指向殿外。

“爷要到殿外坐一坐？外面风大，爷不能出去。”一近侍胡乱猜测。

皇帝没有任何回应。近侍把比较懂得皇帝心思的桂琦叫来。

桂琦见状，胡乱猜测：“爷是问下雪没有？爷放心，今日不下雪，一两天里也会下雪。来年定是个丰年。”

皇帝还是没有任何回应。桂琦把更懂得皇帝心思的黄锦叫来。

黄锦见状，胡乱猜测：“爷要回大内？”

这次猜测对，皇帝艰难地点几下头。

黄锦立刻差人去大内传旨，火速把乾清宫里的暖阁收拾出一间来，同时命备辇舆，指挥近侍们把皇帝抬起来。

皇帝一路上似乎没有知觉，没有睁一睁眼、抬一抬手的愿望。可一被抬进暖阁，尚未散尽的阴潮之气，似乎给他带来了一丝生气。他的眼睛睁开，目光中流露出回家的欣慰和回家的恐惧。只过一小会儿，他眼睛又闭上，但还有气力抬起手来，指向暖阁外。

“爷要召入御医？”近侍问。

皇帝没有任何回应。

“爷要召入徐阁老？”桂琦问。

皇帝没有任何回应。

“爷要召入裕王千岁？”黄锦问。

皇帝用仅存的气力点几下头。

黄锦没有忘记把御医们带回大内，却忘记给入值西内的大臣们打个招呼，徐阶、李春芳、郭朴、高拱等闻讯后，匆匆赶到左顺门廊庑的朝房。众阁老齐集朝房，惊动东华门外的各衙门，吏部尚书杨博、户部尚书高燿、礼部尚书高仪、兵部尚书赵炳然、工部尚书雷礼，以及许多侍郎和部属，纷纷赶到朝房。彼此打听，才知道圣驾还宫。圣驾还宫，一定是皇帝的旨意。群臣中不知有多少人盼望皇帝回到大内，恢复正常的秩序。可当这一刻真的来临的时候，谁也说不上这是吉兆，还是凶兆。

徐阶和李春芳低声议论几句，和杨博低声议论几句，然后对众人说：“诸位请回衙门吧，我等几人守在这里。”

他的手指划一圈，从他自己，到李春芳，到郭朴，到高拱。当划到高拱时，他不由得一惊：和李春芳计议，和杨博计议，怎么忘和他计议？没有和郭朴计议，郭朴送过来的眼神是完全不在意；而不和高拱计议，他的眼神里却充满怨愤。人的性情真是不同。

皇上不能去呀，徐阶心中暗祷。他希望皇帝长寿，不仅因为君臣际遇到皇帝和他之间这种地步，要修一万年；更因为对他来说，皇帝是一把保险伞。若皇帝不在，新君即位，前途一定渺茫。

“千岁爷快起驾吧。”司礼秉笔太监冯保催促裕王载垕。冯保曾为裕邸承奉，所以黄锦让他来敦促裕王进宫。

黄锦这是多虑。父皇宣召，裕王还敢不去吗？不过，二十年没有见过父皇的面，裕王心情紧张，一会儿觉得冠服不对，一会儿不知如何行礼，东说一句，西说一句，因而耽搁下来。而且，因为和冯保熟识，也不把他的催促当一回事。

“真是皇帝不急太监急，你急什么！”裕王道。

舆轿是宫里预备的，坐在上面，裕王一阵恐慌一阵兴奋。兴奋的是，现在只有他一人与父皇血脉相承了。父皇此时迁回大内，宣召自己见驾，一定是为宣布他的太子地位。那么，从今以后，他就有一个正当的名分，不至于有了子女都不敢奏闻。恐慌的是，在父皇面前，第一句话该说什么呢？二十年不见面，对皇帝来说，裕王没有围绕在他身边的宫人、宦官、大臣们亲近；对裕王来说，皇帝也绝没有乳母、宫人、承奉和陪读的官员们亲近。今天见面时的第一话怎么说，以后怎么相处？

还有一事，使裕王既感到兴奋又感到恐慌：万一父皇不治，他该怎样去做一国之君？当然，他只能在心里默默地想，绝不能说出来。

父子二人没见上最后一面。午后，皇帝崩于乾清宫。这一天是嘉靖四十五年十二月十四日。

皇帝讳厚熜，庙号世宗，上谥钦天履道英毅圣神宣文广武洪仁大孝肃皇帝，葬于永陵。

嘉靖凡四十五年，以公元纪年，为1522—1566。

人名索引[1]

1　人名后页码为该人物首次出现时所在的页码；书中有的人名用字保留繁体。

Q

R

S